《中国文学年鉴》编委会

《中国文学年鉴》编辑部

目　　录

本刊专辑

现状考察

创作综述

作品选载

研究综述

论文摘要

论著评介

学术会议

史料与史实

文坛人物

文坛纪事

本刊专辑

高举旗帜 砥砺前行 创造中国特色社会主义文艺新篇章

铁 凝

党的十八大以来的五年，是中国文艺高举旗帜、砥砺前行的五年，在习近平文艺思想指引下，中国特色社会主义文艺迎来了天高地阔的新的发展阶段。五年来，党和国家高度重视文学艺术事业的发展。2014 年 10 月，习近平总书记主持召开文艺工作座谈会并发表重要讲话，提出了一系列新思想、新观点、新论断、新要求，在新的历史起点上指明了中国文艺的前进方向。2015 年 9 月，中共中央政治局审议通过《关于繁荣发展社会主义文艺的意见》。2016 年 11 月，习近平总书记在中国文联十大、中国作协九大开幕式上发表重要讲话。习近平总书记关于文艺的两篇重要讲话，是新形势下指导文艺工作和文化建设的纲领性文献，科学总结了我们党领导文艺的历史经验和实践探索，雄辩有力地提出和解答了中国文艺面临的一系列具有新的历史特点的根本命题，是马克思主义文艺观中国化的重大创新发展。

五年中，中国文联、中国作协把学习贯彻习近平总书记系列重要讲话精神作为推动中国文艺发展的根本动力，积极组织广大文艺工作者深入学习习近平文艺思想，认真贯彻落实中央《关于繁荣发展社会主义文艺的意见》以及一系列重要部署，文艺界的精神面貌焕然一新，文艺在“五位一体”战略布局中发挥了重要的作用——广大作家艺术家以崇高的使命感深入生活、扎根人民，潜心创造、精益求精；文艺作品主旋律高昂、正能量充沛，精品佳作不断地涌现；文艺评论激浊扬清，更加有效地引导创作、引领风尚。勃郁着中国精神、独具中国风格的中国文艺正在中华民族伟大复兴的征程上焕发着更加明亮的光芒，也为人类的文明进步贡献着想象力和创造力。

总结五年来文学艺术的发展成就，我们可以从纷繁灿烂的文艺景观中，得出新的历史阶段关于中国特色社会主义文艺繁荣发展的几点根本认识。

繁荣发展中国特色社会主义文艺必须牢记文艺的神圣使命和光荣责任

习近平总书记在文艺工作座谈会上的讲话和在中国文联十大、中国作协九大开幕式上的讲话都开宗明义地指出：“文艺事业是党和人民的重要事业，文艺战线是党和人民的重要战线。”这是我们党对中国特色社会主义文艺地位和作用的根本判断，在全面建成小康社会决胜阶段，这一判断具有很强的现实和历史针对性。中国广大文艺工作者都从这一判断中体会到庄严的使命和责任：文艺绝不能沦为单纯的娱乐和消费，更不能自甘为封闭的私人经验和“为艺术而艺术”的游戏，文艺不仅在时代和历史中获得内容和形式，更是创造历史的伟大斗争中的一种能动性力量。习近平总书记有力地指明了中国文艺当下所处的历史方位：“今天，我们比历史上任何时期都更接近中华民族伟大复兴的目标”。中国正在满怀自信，更加有力地承担起世界性责任，具有悠久文明和深厚传统的中华民族正在为人类命运共同体贡献更大的智慧、开辟新的可能性。与此同时，在全球化背景下，世界范围内文化碰撞交融的加剧，构成了对每个民族、每个国家的艰巨考验，这种考验有时甚至关系存亡绝续。一个文化上孱弱的民族不可能屹立于世界民族之林，一个缺乏文化认同的国家在全球化的世界中必然陷入混乱和衰败。越是全球化，越要坚守民族文化的根性和本位，越要坚持民族文化的自觉和自信，越要捍卫民族精神的团结和强健——这是时代和历史赋予中国文艺的重大使命和责任。

在新的历史起点上，严肃地确认文艺与中华民族伟大复兴事业的根本联系，这也是重申中国现代文艺的“初心”。以文学为例，100 年前，在风雨如磐、艰难困苦中诞生了新文学，这是一次巨大的文化变革，推动这一变革的根本力量正是国家民族的命运。新文学运动的先驱者们感时忧国，他们形成了坚强的共识——要救中国、要为中国寻求复兴的道路，必须从国民的灵魂开始，五四新文学和新文化由此成为民族精神的引擎。100 年过去，换了人间，毋庸讳言，在和平繁盛的日常生活中，在市场经济环境下，文艺与国家民族历史的深刻联系有时会被有意无意地忘却。正是在这种情况下，习近平总书记旗帜鲜明地提出，实现中华民族伟大复兴的事业，“文艺的作用不可替代，文艺工作者大有可为”。这有力地激励着广大文艺工作者重新体认自己工作的意义，重新确认自己承担的神圣使命和光荣责任，不忘初心，继续前进。

繁荣发展中国特色社会主义文艺必须坚持以人民为中心的创作导向

对人民的信念是历史唯物主义的根本道理，为人民服务、以人民为中心，是中国革命文艺和社会主义文艺的根本性质所在。五年来，中国广大文艺工作者对这个根本道理和根本性质的认识更加准确、更加深入，对人民在理性上和情感上有了更加深切的认同。曾经有人问，我自己不就是人民吗？这样问的人应该重温人民英雄纪念碑的碑文，什么是人民。人民是 1840 年以来中华民族伟大复兴事业中形成的历史主体，更是在中国共产党领导下的革命、建设和改革中的历史主体，其中包含着亿万中国人在前赴后继的伟大历史斗争中选择的方向、凝成的共同意志和情感，汇聚着一代又一代中国人共同的理想、生活、创造和奋斗。“人民”不是抽象的符号，其生生不息的力量，就在于它既有宏大的整体性，又有着最充实的具体性，我们从一个一个活生生的、有血有肉的人的喜怒哀乐中感受着人民的整体性脉动，又从人民创造历史的伟大实践的整体性出发去认识每一个活生生的、有血有肉的人。文学艺术正是由此获得不竭的源泉，由此形成世界观和方法论。只有像习近平总书记反复强调的作家要深入生活、扎根人民那样，我们才能深刻地体会我是谁、为了谁，才能真正解决为谁创作和怎样创作的问题。

五年中，中国文联、中国作协带领广大作家艺术家持续开展深入生活、扎根人民主题实践活动。中国文联成立了中国文艺志愿者协会等专门机构，2600 多人次参加了“送欢乐下基层”等文艺志愿服务。中国作协组织和鼓励作家进行一系列主题采访，走向广阔的天地，感受时代脉搏，先后在西吉、庆阳、西沙群岛等地举办“文学照亮生活”全民公益大讲堂。在这些活动中，我们经受着精神的洗礼，就像习近平总书记所说的，不仅是“身入”，更是“心入”“情入”。我曾听到一位歌唱家动情地谈道，她住到了当地老乡家里，深切感受到自己与乡亲之间的真挚情谊；我曾读到一位作家的文字，他说，“是的，人民，我一边写作，一边在寻找和赞美这个久违的词。就是这个词，让我重新做人，长出了新的筋骨和关节”。深入生活、扎根人民已经成为广大作家艺术家的自觉追求，对文学艺术来说，这不是外在要求，而是内在动力，是我们认识时代、认识自我的根本途径。五年来，中国文艺表现现实生活的能力不断提高，涌现了一大批具有强劲现实主义力量的优秀作品，在时代的波澜壮阔、人民的喜怒哀乐中呈现中国故事的斑斓画卷。中国的作家艺术家正在人民创造未来的奋斗中实现艺术的创造和发展。

繁荣发展中国特色社会主义文艺必须坚定文化自信、弘扬中国精神

文化自信是信念、情感，是磅礴的力量，是对过去的认同更是对未来的承担。习近平总书记指出，“党的十八大以来，在新中国成立特别是改革开放以来我国发展取得的重大成就基础上，党和国家事业发生历史性变革，我国发展站到了新的历史起点上，中国特色社会主义进入了新的发展阶段。中国特色社会主义不断取得的重大成就，意味着近代以来久经磨难的中华民族实现了从站起来、富起来到强起来的历史性飞跃，意味着社会主义在中国焕发出强大生机活力并不断开辟发展新境界，意味着中国特色社会主义拓展了发展中国家走向现代化的途径，为解决人类问题贡献了中国智慧、提供了中国方案。”五年来，中国广大作家艺术家深切感受着正在发生的历史性飞跃，生活和时代是最好的老师，它最深刻地引领着我们，使我们对中国伟大文化传统满怀自信，对祖国所走过的道路满怀自信，对未来满怀自信，中国文艺正在进入一个新境界：背靠着强大的祖国，我们正在这个世界上讲述中国故事，弘扬中国精神，越来越深入地参与着世界文学的建构。

仅仅30年前，中国作家还曾经为“走向世界”而焦虑。那时候，“世界”仿佛在我们之外，在遥不可及的远方，必须奋力跋涉才能走过去。但今天，一切都不同了，作家艺术家们从中国特色社会主义的伟大实践中，从祖国和人民的迅猛前进中获得力量、获得新的视野，更加自信从容。曹文轩在获得国际安徒生奖后说，“我讲了一个个地地道道的中国故事，但同时也是属于全人类的故事。中国作家必须坚定地立足于自己的这块土地。这个国家，这个民族向你提供了这个世界上唯一的丰富的写作资源，这个资源大概是任何国家和任何民族不具备的。在你讲中国故事的时候，你必须站在全人类的高度去思考人类存在的基本状态。”对当今中国的作家艺术家来说，世界在远方，世界更在脚下。

越是中国的，也就越是世界的。在新的历史起点上，坚定文化自信、坚守中国文化本根、弘扬中国精神、培育社会主义核心价值观，是中国文艺的灵魂所在。在世界的风云激荡中，文学艺术承担着培育和维护中华民族的精神纽带、强化中华民族最根本的精神认同的神圣责任。千百年来，在那些壮丽的诗篇、优美的绘画、深沉的音乐中，我们深切地意识到这

就是“吾土吾民”，我们每个人都属于一个血脉相连的伟大共同体。这种“共同”是理性的，更是情感的——我们共同的价值观，我们共同的伦理世界、生活理想和美学风范，我们的前人创造的历史和我们共同开辟的未来。正是在这个意义上，“宅兹中国”说的不仅是我们的生息所在，更是我们的精神所归；也正是在这个意义上，文学艺术是国家民族凝聚力的基本要素之一，它把我们从根本上连接起来、团结起来。五年来，许多表现爱国主义、英雄主义的文艺作品收获了热烈反响，这传达的是时代的召唤、人民的期盼。高举民族精神和时代精神的火炬，闪亮共同理想和信念的坐标，中国的文学艺术必将在中华民族的精神生活中发挥更大的作用。

繁荣发展中国特色社会主义文艺必须落实为持续不断、苦心孤诣的创造

创造是作家艺术家的神圣天职，是时代和人民对我们的热切期待和郑重嘱托，是我们所从事的事业中最为明亮、也最具魅力的核心。创造，首先是价值观的选择和坚守，像雕塑家一样，以高于生活的标准提炼生活，让广大而纷杂的生活在社会主义核心价值观的烛照下塑形，呈现出它的真、它的善、它的美。由此，我们把深藏在心中的梦想变成所有人的梦想，把我们的文化和生活中最珍贵、最根本的价值跨越时空、超越国界带到广大的人群中去。创造，也是对技艺的不断锤炼，是不懈的创新。毫无疑问，创造是艰苦的，日复一日的劳作，永不停歇的难度训练，忍耐着乏味的、疲倦的、自我怀疑的时光。但这一切都是值得的，是为了迎来被创造之光照亮的那一刻，是为了在创造中获得艺术和精神上的新生。

五年来，许许多多的作家艺术家坚守着艺术理想，抵抗着市场的诱惑，把社会价值和社会效益放在首位，把对民族精神和中国文化的责任放在首位，创造出一大批人民群众喜闻乐见的精品力作。只要我们力戒浮躁，一直坚持着，持续不断地、不知疲倦地创造，永远坚信最好的作品即将被创造出来，永远坚信创造对于此时和未来、对于民族和历史、对于世界和人类的意义，中国文艺必将迎来气象万千、群峰耸峙的壮丽境界。

繁荣发展中国特色社会主义文艺必须加强党对文艺工作的领导

党的领导是中国文艺繁荣发展的根本保障，五年来，中国文艺取得的辉煌成就离不开以习近平同志为核心的党中央的亲切关怀、坚强领导，离不开各级党委政府的大力支持。习近平总书记强调，加强和改进党对文艺工作的领导，要把握住两条：一是要紧紧依靠广大文艺工作者，二是要尊重和遵循文艺规律。这是党领导文艺工作丰富经验的科学总结，是对文艺组织工作的严肃要求。中国文联和中国作协是全国文艺工作者的温馨家园，是党和政府联系文艺工作者的桥梁纽带，是繁荣发展社会主义文艺事业的重要力量。

如今，站在新的历史起点上，文联、作协责任重大，我们要紧紧围绕党和国家工作大局，围绕中央全面深化改革总体部署，认真落实《中共中央关于繁荣发展社会主义文艺的意见》《中共中央关于加强和改进党的群团工作的意见》的要求，不断深化文联、作协的改革，加强政治引领，发挥在行业建设中的主导作用，转变职能，优化结构，创新组织机制，

延伸联系手臂，工作向基层倾斜，服务向最广大的文艺工作者拓展，强化对新文艺组织、新文艺群体的团结引导，把千千万万的文艺从业者、爱好者凝聚起来，真正达到中央对群团工作“政治性、先进性、群众性”的要求，真正做到“哪里有文艺工作者，文联、作协的工作就要做到哪里”，最广泛地激发人民群众中蕴藏的创作能量。文艺理论评论工作是文联作协引导创作、引领风尚的重要途径，要采取多种措施，进一步强化批评功能，营造和维护说真话、讲道理的批评氛围，推动中国特色社会主义文艺事业持续繁荣发展。

风云际会，繁花似锦。五年来的实践有力地证明，高举中国特色社会主义伟大旗帜，坚持中国特色社会主义文艺道路和方向，是中国文艺繁荣发展的根本保证。砥砺奋进，前路可期，让我们紧密团结在以习近平同志为核心的党中央周围，共同创造中国特色社会主义文艺新的辉煌篇章，共同迎接中华民族伟大复兴征程上恢宏壮丽的新时代。

（原载 2017 年 9 月 8 日《人民日报》）

坚定高度的文化自信　书写当下的中国故事

——学习习近平十九大报告的体会

白　烨

习近平总书记在党的十九大所作的《决胜全面建成小康社会，夺取新时代中国特色社会主义伟大胜利》的报告，全面总结了党和国家五年来发生的历史性变革，深刻阐述了新时代中国特色社会主义思想的构成与要点，明确提出了中国特色社会主义步入新时代的大政方针和战略决策。报告中对包括文化在内的各个领域的努力方向和工作要点，都提出了明确的目标，做出了切实的部署，这对于文艺工作者在历史的新方位和事业的全局性上深刻认识新时代，明确新任务，以全新的姿态和振奋的精神投入中国特色社会主义文艺的建设，提供了有力的思想指引，给予了强大的精神激励。

新的时代需要新的思想引领，新的时代也需要新的文化先行。习近平在报告中指出："没有文化的繁荣兴盛，就没有中华民族的伟大复兴"。由此可见，文化与"复兴"密切相关，"复兴"需要文化推波助澜。正是在这个意义上，习近平在十九大报告的好几处谈到文化的"创造性继承，创新性发展"，"国家文化软实力的显著增强"，并在论述中国特色社会主义发展道路时，特别以"坚定文化自信，推动社会主义文化繁荣兴盛"为题，论述了社会主义文化建设的要义与要点。这些重要的论述与论断，及其蕴含的思想精神，既为今后一个时期文艺工作的励精图治构制了一份明晰的路线图，也大大增强了广大文艺工作者砥砺前行的使命感。

坚定的文化自信源于也立于坚实的文化根基

自2016年7月1日《在庆祝中国共产党成立95周年大会上的讲话》中提出"文化自信"的重要论断之后，习近平在多次讲话中都反复强调"文化自信"的重要意义。这次党的十九大报告中，谈到中国特色社会主义文化建设，又特别指出："没有高度的文化自信，没有文化的繁荣兴盛，就没有中华民族的伟大复兴。"在这里，由文化自信立足，进而谈到文化的繁荣兴盛，最后落到民族的伟大复兴，环环相扣的论述中，揭示了文化自信决定文化建设，文化建设影响民族复兴的逻辑关系。

文化自信与民族复兴的愿景，与文化繁盛的伟业，都密切相关，这也当然与文艺息息相关。文艺是触及心灵、砥砺精神的事业，文艺家是人类灵魂的工程师。文艺作品追求以贯注于审美形式的内在精神塑造人，打动人，感染人，征服人，首先要求作家艺术家凸显立于本土文化的精神主体，葆有民族精神的文化内力。因此，是否具有文化自信，以及文化自信是否充足和坚定，都会直接影响文艺家的创作与作品，影响到文艺作品的品格与品质。从这个意义上说，文化自信关乎文艺自强，文艺自强需要文化自信。

习近平在十九大报告中，概要地提示了文化自信的根源所在，那就是“中华民族五千多年文明历史所孕育的中华优秀传统文化，熔铸于党领导人民在革命、建设、改革中创造的革命文化和社会主义先进文化，植根于中国特色社会主义伟大实践。”这样三个元素的有机融合，使我们的文化精神悠久而深厚，我们的文化血脉绵长而浓郁，这也构成了中国特色社会主义文化的基本根源，奠定了我们的文化自信的主要根基。

优秀的传统文化造就了历史的辉煌，也滋养了民族的成长。在5000多年的生息与发展中，中华民族以自己的勤劳智慧创造了灿烂的文化与文明。这些优秀的文化遗产与精神遗存，不仅为中华民族自身的发展壮大提供了丰厚的滋养，也为世界人类文明的发展进步作出了独特的贡献。这些优秀的传统文化与理念，不仅铸就了我们国家和民族的辉煌历史，而且在今天仍然闪烁着耀眼的光芒。博大精深的中华文化，内含了讲仁爱、重民本、守诚信、崇正义、尚和合、求大同、天人合一、厚德载物、自强不息等丰厚而独特的精神元素，其中所蕴涵和展示的文化精神、文化气度，在世界上也是独树一帜的。像这样的思想和理念，无论是过去还是现在，都有其鲜明的民族特色，都有其永不褪色的应用价值。从某种意义上说，这是我们民族引以为傲的文化创造，也是我们民族取之不尽的精神源泉。

优良的革命文化哺育了许多革命志士，也强健了整个民族的肌体。自近代以来，尤其是建党、建军之后，我们党和人民在长期而艰苦的革命战争与民族斗争中，创建着一个个红旗不倒的革命根据地，进行着一次次绝处逢生的革命斗争，也是在这样艰苦卓绝的革命斗争中，孕育出了顺应时代、合乎人心的革命文化。从早期的农村包围城市、武装夺取政权的革命道路，到后来的井冈山精神、长征精神、延安精神、西柏坡精神等，集中体现了在一个特殊的国度和社会时期里，民族和个人如何为生存和理想苦苦寻找解放道路的斗争精神，显示了一个时代、一个民族对幸福的向往和为理想而献身的气概，其鲜明的爱国主义、集体主义，舍生忘死的英雄主义，已经作为重要的精神元素融入我们党坚持党的基本路线，坚持解放思想、实事求是，与时俱进，坚持全心全意为人民服务，坚持民主集中制的基本要求之中。这些革命文化，过去是我们渡过一个又一个难关、取得一个又一个胜利的强大的精神力量，今天仍然是我们追求民族复兴的伟大理想，实现“两个一百年”伟大目标的不可或缺的思想动力与精神资源。

优异的社会主义先进文化，彰显了鲜明的中国特色，显示了强劲的中国力量。社会主义先进文化，是我们党和人民在现代的革命斗争、当代的社会建设，尤其是改革开放以来近40年的强国富民奋斗过程中累积和孕育出来的，它是以马克思主义为指导，继承和弘扬中华优秀文化传统和五四运动以来形成的革命文化传统、吸收借鉴世界优秀文化成果、集中体现全国各族人民在新的历史条件下的价值取向与精神追求。其主要精髓，是社会主义核心价值体系。这一价值体系，坚持运用马克思主义的思想指导、坚定中国特色社会主义的共同理想、弘扬以爱国主义为核心的民族精神和以改革创新为核心的时代精神、树立和践行社会主义荣辱观。这样四个方面，主导了社会主义先进文化的指导思想、发展方向、根本目的等，从而决定了社会主义先进文化所具有的先进性、科学性和优越性。以社会主义价值体系为核心的社会主义先进文化，是我国经济社会发展的强大精神支撑和民族凝聚力、社会向心力的重要源泉。

传统文化、革命文化、先进文化，是中华民族优秀文化递进与积累的结果，是从古到今民族精神的传承与发展的结晶。这一切总合起来，就构成我们民族精神永不褪色的鲜明标记，我们国家和人民安身立命的精神支柱。遗弃这个传统、丢掉这个根本，就等于割断了自己的精神命脉，就会丧失文化的特质。对于当今中国来说，博大精神的传统文化、志气高扬的革命文化、奋进不息的先进文化，就是推导我们从过去走到现在的强劲动力，也是保障我们从现在走向未来的定海神针。因此，我们必须始终不渝地予以坚持、千方百计地加以弘扬，并使其惠及当代、恩泽后人。

认识文化自信，把握文化自信，高扬文化自信，坚定文化自信，还在于要超越狭义的文化范畴，从广义的角度和层面，去理解、认识和把握中国特色社会主义文化。我们的文化是历史地形成的，是在实践中产生出来的，它化合了道路、制度与理论，串结了过去、现在和未来，因而具有一种整合性与总体性。正因为它积淀着民族的基因与血脉，连接着国家的历史与现实，寄寓着人民的选择与意愿，所以，这样的文化自信才是“更基础，更广泛，更深厚的自信”。

在理论批评和文艺创作中着力突显“中华性”与“民族性”

谈到发展中国特色社会主义的依循和路径，习近平在十九大报告中指出：“以马克思主义为指导，坚守中华文化立场，立足中国当代现实，结合当今时代条件，发展面向现代化，面向世界，面向民族的科学的大众的社会主义文化，推动社会主义精神文明和物质文明协调发展。”在这段重要论述里，有两个关键词与“中国特色”关系甚大，这就是“中华文化立场”和“民族的”。“中华文化立场”，强调的是文化立场上的主体站位；“民族的”，强调的是文化属性上的族群标记。这两点分别从主体和客体两个方面，强化着文化所应葆有的特征与特色。我们建设中国特色社会主义文化和文艺，尤其需要在理论批评和文艺创作中，乃至文艺活动与文艺生活中，突出“中华性”文化立场，彰显“民族性”审美风范。

“中华性”文化立场，包含了出自于中华文化的身份认同，立足于中华文化的精神依托，以及在此基础上形成的经验与精神的主体性。而这种主体性，又可能体现于文化与文艺工作的出发点、立足点、落脚点，以及文化与文艺工作者的眼光、胸襟与情怀。提出“中华性”，强调“中华性”，在当下有着特别重要的意义。

与“中华性”相对应的，是“全球化”。从新时期到新世纪，由经济到文化日益溴泛的全球化，既给我们的提供了丰富的借鉴，良好的契机，也给我们带来诸多的干扰，极大的影响。如在文艺的理论批评方面，从上个世纪八十年代以来，借助于社会与经济的改革开放，通过“走出去”和“引进来”的两种方式，在思想文化、理论批评等方面，引进了大量的西方学术经典，译介了很多欧美的文化文艺论著。这些立于西方文化立场，出自西方学者思考的学说、观点与观念，有长有短，良莠不齐，而我们的一些学人在借鉴与吸收中又缺少分析与鉴别，使得同样面对西方的学术与文化，却在不同人那里，产生了不尽相同的影响，呈现出决然不同的结果。有的学者在学习中辨析，从中吸取有益的养分，使自己的知识结构吐故纳新，学术与文化研究与时俱进。而有的学者则在知识的吮吸中，生吞活剥，迷离倘恍，渐渐地游离了原有的文化立场，变成西方思想与文化的膜拜者和应声虫。由于思想文化上的“崇洋媚外”倾向与思潮的不断影响和渗透，理论与学术领域出现了一些不应有的偏向，如把西方文化等同于现代文化、先进文化；在一味靠近中不断叫好；文学研究中把“海外汉学”看成是学界前沿和学术尖端，在“海外汉学”的影响下，对于与中国现代文学的判断，出现不断高抬非主流文学，一味贬低革命文学的倾向。在文艺理论领域，一度也是在大量引用西方的概念，照搬西方的理论，用这种并不切合中国实际的概念与理论，来分析和论评中国当代的文化现象和文艺作品，从而得出与中国当代文艺不相符合的不实之论。习近平总书记《在文艺工作座谈会上的讲话》中说到的“不能用西方理论来剪裁中国人的审美”，就是对这种流行性现象的批评，对文化文艺工作者守住中国文化立场的提醒。

因此，在文化和文艺领域，无论是从事理论探讨，学术研究，还是从事文艺批评，文艺创作，都有一个在“全球化”背景与场景下，如何保持立于中国文化的“中华性”问题，以及中国文化人、文艺人应有的文化自觉。在这一方面，著名的文学学者费孝通曾指出：“文化自觉是一个艰巨的过程，首先要认识自己的文化，理解所接触到的多种文化，才有条件在这个已经形成的多元文化是世界里确定自己的位置”。文化自觉是一种觉悟，也是一个过程。这个过程实际上就是在对自身民族文化的自觉反思中，对于新的文化主体的不断建构。只有文化、文艺领域的个体在“中华性”上坚守本位又不断刷新，整体的文化建设才有可能朝着“民族的科学的大众的”方向，不断丰富，走向繁盛。

与“民族性”相对应的，是“世界性”的概念。文化与文艺领域的“民族性”，是民族内部在文化交流与碰撞整合中呈现出来民族共性。这种民族共性，既表现为独特的民族性格，也体现为独特的民族审美。具体到文艺创作与文艺生活上，民族性常常表现为独特的民族形式与民族内容的完美统一，由此呈现出自己的独特形态，独有神韵。

文化是在互动中识别的，是在交流中发展的。因此，文学、文艺的民族性，同时内含了开放性与世界性的元素。但正是这种交流、互动与竞争，又反过来向民族文化提出了如何不失自尊，怎样不失自我的问题。在这一点上，延安时期的毛泽东在《新民主主义论》中提出“新民主主义文化”时，就明白无误地申明：“新民主主义的文化是民族的。它是反对帝国主义压迫，主张中华民族的尊严和独立的。它是我们这个民族的，带有我们的民族特性。”他还由马克思主义需要中国化的角度，说到一切外来的文化，都要“和民族的特点相结合，经过一定的民族形式”，而“民族形式”，就是“中国文化自己的形式”。这种对于民族化的精到阐释，包含了自尊、自信与自立的意涵，并与“中国化”相等同的理解，值得我们今天在中国特色社会主义文化建设中，予以再度重温，给以高度重视。

在我们的文艺领域，“民族性”也是一个不断被讨论，又不断被非议的热门话题，而在创作实践中，也常常出现对于“民族性”的漠视与游离，并由此标榜“走出中国”，“走向世界”。甚至在一个时期和一些领域，“民族性”都不大谈起，好像一谈“民族性”，就显得封闭，显得落后。毋庸置疑，这在很大程度上，影响了我们的当代文化和文艺，对于我国的民族性格与民族特点越来越不能予以完整和深刻地体现，在艺术形式上葆有中国气派和中国风格的文艺作品也越来越难得一见。

“民族性”内含了地域性，又葆有中国性。因此，保持和坚守“民族性”就显得十分重要。习近平《在文艺工作座谈会上的讲话》中，讲到文化传统的血脉，就是“中华民族的精神命脉，是涵养社会主义核心价值观的主要源泉，也是我们在世界文化激荡中站稳脚跟的坚实根基。”在这里，民族性与文化传统，与文化自信紧密相连，前所少有地强调了民族文化和文化的“民族性”的重要地位和重大作用。我们需要认真学习领会这些重要论述的精神实质，深入思考如何正确处理中国当代文艺与全球化文化发展的矛盾，深度挖掘中华民族丰厚的文化底蕴，从容应对文化全球化带来的挑战，并在这种博弈中更彰显中国的文化精神，中国的审美追求。

加强现实题材创作，讲好新时代的中国故事

习近平在有关文艺工作的几次重要讲话中，都特别强调文艺与人民、文艺与生活、文艺与时代的内在缘结。在2014年的《在文艺工作座谈会上的讲话》中，习近平指出：“我国的作家艺术家应该成为时代风气的先觉者、先行者、先倡者，通过更多有筋骨、有道德、有温度的文艺作品，书写和记录人民的伟大实践、时代的进步要求，彰显信仰之美，崇高之美，弘扬中国精神、凝聚中国力量，鼓舞全国各族人民朝气蓬勃迈向未来。”在2016年11月30日的《在中国文联十大、中国作协九大开幕式上的讲话》中，习近平指出：“反映时代是文艺工作者的使命”，并向文艺家提出：“写出中华民族新史诗”的要求。这次党的十九大报告，习近平在关于文化建设的简要论述中，特别提出：“加强现实题材创作，不断推出讴歌党，讴歌祖国，讴歌人民，讴歌英雄的精品力作。”把这些论述联系起来，可以看出，在有关文艺创作的要求上，习近平对于文学艺术切近“新时代”，作家艺术家书写“新史诗”，一直抱有热切的期待。

在文艺创作领域，作品的题材不胜枚举，但现实题材尤其重要；现实题材中可写的也不一而足，但写出“中华新史诗”更为紧要。现实题材之所以重要，有很多显而易见的理由，最为重要的，有三个方面：一是伟大的新时代及其带来的社会生活变异和人们的心理变动，需要优秀的现实题材作品去反映和描述。通过作家艺术家个人的深切感受，作品呈现的精彩故事，书写出这个时代的新气象，塑造这个时代的新人物，传扬这个时代的新精神；二是人民既是历史的“剧中人”，又是历史的“剧作者”，作为“剧中人”和“剧作者”，需要通过紧贴时代的潮动，反映时代生活的优秀作品，认识自己所处的时代，反观时代中的自己。在这个意义上，现实题材作品具有时代镜像的功能与作用。三是文艺是一定时代的文艺，这个时代的文艺一定要打上属于这个时代的烙印和特征，并在“把握时代脉搏，承担时代使命，聆听时代声音，用于回答时代课题”的过程中，实现与生活的密切互动，保持与时代的紧密联系，并不断焕发出自身的生力、活力与魅力。

写出“中华新史诗”更为紧要，是因为“新史诗”在题材题旨上具有天然自在的重大性。从新时期到新时代，“改革开放近40年来，我们党领导人民所进行的奋斗，推动我国社

会发生了全方位变革，这在中华民族发展史上是前所未有的，在人类发展史上也是绝无仅有的。面对这种史诗般的变化，我们有责任写出中华民族新史诗。”面对这种震古烁今的史诗性变化，无动于衷，是严重的失职；无能为力，是显见的失责。所以，写出“中华新史诗”，既是时代的召唤，人民的需要，也是作家的职责。书写“新史诗”，向作家艺术家提出了更更多高的要求，那就是要走出对于生活零碎的印象，对于时代肤浅的感受，要在历史与现实的勾连，中国与世界的关联上去思考和升华个人生活、个人经验与社会和时代的关系，抓取和思索重大问题，处理和把握重大现象，以具有生活广度、精神厚度和艺术力度的优秀作品，捕捉时代脉息，记录时代变革，同时体现这个时代的文艺的美学气度与作家的艺术风格。

与“加强现实题材创作”，“写出中华新史诗”的要求相比，我们的文艺创作确实差距甚大，需要深加反思。改革开放的四十多年来，从人们看得见的社会日常生活，到看不见的心理世界，都发生了深刻而巨大的变异。这种从经济到文化，从物质到精神的历史性变迁，的确给当代的文艺家提供了前所未有的创作素材与写作契机。从理论上讲，我们确实处于了一个孕育文艺精品的伟大时代。但从实际上看，我们却没有取得与这个时代相适应的文艺成果。即以文坛内外最为关注的长篇小说来看，现在每年的长篇小说总产量都在5000多部左右。在数量稳步增长的同时，近两年的许多长篇小说，都表现出直面新的现实，讲述新的生活故事的审美取向。但认真检省起来，却不难发现，多样化的写作中，旨在反映中国特色的社会现实，尤其是改革开放30多年来的巨大而深刻的时代变迁，以及这种社会巨变带来的人们心理撞击与精神新变的作品，还并不多见；而着力于典型人物形象的精心打造，尤其是写出既有独特的个性又有凛然的正气，葆有新的时代气息和精神气格的社会主义新人形象，还显得相当薄弱。

我想，一时难于出现书写“新史诗”作品的原因，是多方面的。首先是文艺家对这种一直在不断变动中的生活现实，既需要近距离地细致观察，又需要艺术性的整体把握，这不仅要求很高，而且难度极大。它对作家的要求，除过有精准地把握现实的能力与精湛的艺术表达能力外，还最好具有由政治学、经济学、社会学、哲学、历史学等知识融合一起构成的文化厚度、思想深度，以及用这种特有的素质打量生活，处理素材，提炼意蕴的非凡功力。用这样的标尺去衡量我们的作家，无疑还有较大的差距，确实还需要好好蓄精养锐，进而奋发蹈厉。

文艺的生命力，既在于根植于生活，又在于作用于时代。文艺自身的这种规律性要求，与习近平总书记在报告中提出的“加强现实题材创作”以及在其他重要讲话中要求包括文学艺术在内的文化宣传“讲好中国故事，传播好中国声音，阐释好中国特色”，是有着内在的契合的。这就要求广大文艺工作者，要立足自我，又要超越自我，把“小我”融入“大我”，把时代使命内化为自己的文学情趣与艺术追求，真正使自己的文艺写作，接地气，有生气，扬正气，感知人民声息，感应时代脉搏，努力为伟大的新时代放声歌唱，积极推动中国特色社会主义文艺在新阶段赢取新的繁荣。

（原载2017年10月30日《中国艺术报》）

谈新时代文学

吴义勤

党的十九大是在中国共产党历史和中华民族历史上一次里程碑式的重要会议。习近平总书记在大会上所作的报告，站在历史和时代的高度，宣告中国特色社会主义进入了新时代，深刻回答了进入新时代坚持和发展中国特色社会主义的一系列重大理论和实践问题。新时代呼唤新文学，新文学反映新时代。中国作家需要回应时代的呼唤，创造无愧于时代的新文学，承担更为神圣和重大的历史使命和责任。如何“无愧于时代”，是需要整个中国文学界认真思考、共同回答的时代命题。

一、新时代文学应是忠实践行习近平文艺思想的文学。党的十八大以来，习近平总书记高度重视文艺工作。2014 年 10 月，习近平总书记主持召开文艺工作座谈会并发表重要讲话，提出了一系列新思想、新观点、新论断、新要求，指明了中国特色社会主义文艺的前进方向。2016 年 11 月，习近平总书记在中国文联十大、中国作协九大开幕式上发表重要讲话，勉励广大文艺工作者牢记使命、牢记职责，不忘初心、继续前进。在十九大报告中，习近平总书记又专门论述了当前文艺工作的主要任务和发展方向。习近平总书记的三次重要讲话一脉相承，环环相扣，形成了完整的文艺思想体系，标志着习近平文艺思想的诞生。

习近平文艺思想既是在我国文艺长期发展的历史实践中形成的，又是与新时代相呼应、经过新时代文艺发展的实践检验了的真理，它科学回答了新时代文艺面临的各种重大命题，博大精深，是新时代文艺繁荣发展的根本保证，必将有力指引文艺工作的前进方向。在新时代，广大文艺工作者只有深刻学习领会习近平文艺思想的深刻精髓和博大内涵，以习近平文艺思想武装自己的头脑，才能创作出符合新时代要求的中国特色社会主义新文学。

二、新时代文学应是呈现新时代面貌、弘扬新时代精神的文学。伟大的作品都具有强烈的时代性，都与时代生活交融在一起。中国特色社会主义新时代，是实现中华民族伟大复兴中国梦、全面建设社会主义现代化强国的史诗性时代。新时代呈现出无穷的可能和无比广阔的远景，为文学提供了源源不断的题材、故事、资源和想象的空间。新时代文学应该能对新时代新的生活和社会景观进行迅捷的表现，应该能大手笔地描绘新时代波澜壮阔的历史进程和美好蓝图。新时代文学应该有与新时代相匹配、相呼应的品格、气度和境界，应该有新的文学观念、审美品格和艺术追求，应该是新时代的晴雨表和百科全书，是新时代形象的塑造者和新时代精神的承载者、阐释者。

三、新时代文学应是能够创造新时代的英雄和典型的文学。文学是人学，文学成就的高低与人物形象的成功与否有着密不可分的关系。世界文学史某种意义上就是文学典型的形象史，文学的经典性有时也就是指文学形象的经典性。习近平总书记在中国文联十大、中国作协九大开幕式上的重要讲话也对塑造典型形象提出了明确的要求。新时代是一个伟大的时代，伟大的时代必然会产生伟大的时代英雄，新时代的文学有责任也应该有能力去发现、感受、塑造新时代英雄的典型形象，为中国当代文学乃至世界文学的人物画廊做出新的贡献。

四、新时代文学应是人民的主体性得到极大彰显的文学。人民是新时代文学永恒的主体，人民性是新时代文学最鲜明的艺术属性。人民既是文学最重要的表现对象，也是文学最终的裁判者、评判者。新时代文学必须最大限度立足人民的主体性、书写人民的主体性、彰显人民的主体性。新时代文学必须是扎根人民、表现人民、满足人民美好生活向往的文学，是从人民中来，又回到人民中去的文学。在新时代，广大作家要重建与人民群众和百姓生活的血肉联系，切身感受时代生活的强烈脉动，亲自聆听人民大众的肺腑之声，自觉与人民同呼吸、共命运、心连心，欢乐人民的欢乐，忧患人民的忧患，做人民的代言人。

五、新时代文学应是能够重塑世界文学秩序并真正参与世界文学价值建构的文学。十九大报告将“文化自信”提升到了一个新的高度。中国文学走出去不能仅仅停留在输出作家、作品的层次，而是要增强与西方文学平等对话的自信和勇气，还应该在世界文学秩序和世界文学价值的同步建构中发挥主体作用，为“人类命运共同体”的建构贡献文学方面的“中国智慧”和“中国方案”。我们要输出我们对文学的认识、判断、理解和价值，我们的价值观和文学观也应成为世界的文学观和价值观。在文学领域，我们不仅要走向世界，还要影响世界、重建世界。同时，文化自信也不能仅仅停留在5000年传统文化的自信层面上，还应立足于当代创造的自信。这才是新时代文学面对世界文学所应具有的气度与品质。

六、新时代文学应是从“高原”走向“高峰”的文学。从“高原”走向“高峰”不仅是新时代对文学的期待和要求，也应该是文学工作者自觉承担的责任与使命。有习近平文艺思想的指引，有中国特色社会主义新时代精神的激励，只要我们始终坚持“二为方向”和“百花齐放，百家争鸣”的方针，不断增强原创性，牢牢扎根生活扎根人民，新时代的新文学必然会从“高原”走向“高峰”。从“高原”走向“高峰”的新时代文学，应该是社会主义核心价值观、中国价值和文学魅力大放光彩的文学；是尊重艺术规律，文学的原创力、想象力、创造力极大解放的文学；是传统与现代融合，“创造性转化，创新性发展”的文学；是雅俗共赏，呈现人民美好生活图景的文学。习近平总书记强调，中国共产党人的初心和使命，就是为中国人民谋幸福，为中华民族谋复兴。新时代的新文学在从“高原”走向“高峰”的过程中，也要永远牢记这个共同的奋斗目标，让新时代文学真正成为中国人民美好生活的不可分割的一部分，成为实现中华民族伟大复兴中国梦的重要力量。

时代为我们提供了这样的契机。在强起来的时代展现强起来的文学，正当其时。

（原载2018年2月17日“中国诗歌网”）

文艺与“新时代”

张德祥

十九大报告指出：“经过长期努力，中国特色社会主义进入了新时代，这是我国发展新的历史方位。”这是一个“划时代”的历史判断和历史定位——中华民族正在经历一个“新时代”！那么，“新时代”会对文艺带来哪些影响？文艺又应当如何回应“新时代”？或者说，文艺应当如何表达新时代的中国？文艺既是时代所赋予，又是时代之表达，与时代息息相关。因此，“文变染乎世情”，文艺最能体现时代风气。回顾百年来中国文艺走过的历程，就会清楚地看到文艺在不同时代的主题、精神与姿态。实际上，文艺的时代精神，就是文艺对时代的回应与表达。

上个世纪五四时期的文艺，是新文化运动的重要组成部分。面对中国的积贫积弱，文艺的主题是“人”的唤醒与个性解放，揭出病苦，引起疗救，不惜刺痛国民的神经，以唤醒麻木的灵魂，《呐喊》就是先觉者的声声呐喊，分明是暗夜里的点点“灯火”。进入三四十年代，随着中国革命的星火燎原与抗日民族统一战线的形成，左翼文艺运动蓬勃发展，其主题是民族唤醒与民族解放，《义勇军进行曲》《黄河大合唱》唱出了中华民族的觉醒与怒吼，唱出了救亡图存、浴血抗战的时代强音；延安文艺座谈会开辟了“人民文艺”的时代，《小二黑结婚》《白毛女》《王贵与李香香》将中国社会最底层的农民作为主人公走进了文艺世界，表现出新的人物、新的世界、新的文艺。新中国成立，中国人民从此站立起来了，随着社会制度和生产关系的深刻变革，中国社会进入了一个全新的时代，社会主义激活了中华民族改变贫穷落后面貌、建设新中国的集体主义精神和英雄主义精神，一个古老民族焕发了青春，《创业史》就表达了那个时代“创业”、“创世”的理想与激情，后来人们把那个时代叫做“激情燃烧的岁月”。毫无疑问，那是一个“大我”的时代，文艺为那个时代留下了形象记忆，传达了一个历尽磨难的民族翻身解放的豪迈心情与创造未来的理想主义。时光衍进，质文代变，改革开放后，中国社会进入了新时期，新时期的文艺空前繁荣，繁花朵朵，竞相开放，直面现实，呼唤改革，极大地推动了改革开放的向前发展，《乔厂长上任记》《新星》《平凡的世界》紧扣时代脉搏，传达人民心声，文艺成为时代风气的先声。当然，也毋庸讳言，随着市场化、商品化的发展，随着资本介入文化产业以及世界文化思潮的相互激荡，中国的文艺遇到了种种挑战。习近平总书记在文艺工作座谈会上的讲话指出，“凡此种种都警示我们，文艺不能在市场经济大潮中迷失方向。”

今天，中国特色社会主义进入了新时代，文艺如何回应和表达这个新时代，关键在于对“新时代”历史方位、主要矛盾、基本方略和精神特质的准确理解。之所以是“新时代”，就在于“中华民族迎来了从站起来、富起来到强起来的伟大飞跃”，到本世纪中叶“把我国建成富强民主文明和谐美丽的社会主义现代化强国"。这是实现中华民族伟大复兴的国家战略目标，是"新时代"的历史使命。同时，我们必须准确理解新时代中国社会的主要矛盾，即人民日益增长的美好生活需要和不平衡不充分的发展之间的矛盾，因此，要"着力解决好发展不平衡不充分问题，大力提升发展质量和效益，更好满足人民在经济、政治、文化、社会、生态等方面日益增长的需要，更好推动人的全面发展、社会全面进步"。解决好主要矛盾，推动人的全面发展和社会全面进步，这是实现中华民族伟大复兴的社会进步要求，也是新时代的历史使命。时代的使命，就是文艺的主题。很显然，建设社会主义现代化强国，实现中华民族伟大复兴，推动人的全面发展和社会全面进步，离不开文化的支撑。"文化是一个国家、一个民族的灵魂。文化兴国运兴，文化强民族强。没有高度的文化自信，没有文化的繁荣兴盛，就没有中华民族伟大复兴。"可见文化繁荣兴盛的重要意义。那么，作为文化的重要构成、也是文化的重要载体的文艺，其品质、成色、气象如何，直接影响着文化的精神内涵和价值导向。因此，文艺必须回应新时代的召唤，担负起新的文化使命。

新时代的文艺创作，必须以习近平新时代中国特色社会主义思想为指针，深入生活，扎根人民，坚定文化自信，加强现实题材创作，"讲好中国故事，展现真实、立体、全面的中国"。习近平总书记在中国文联十大、中国作协九大开幕式上的讲话中指出，"改革开放近40年来，我们党领导人民所进行的奋斗，推动我国社会发生了全方位变革，这在中国民族发展史上是前所未有的，在人类发展史上也是绝无仅有的。面对这种史诗般的变化，我们有责任写出中华民族新史诗。"中国已经不是30年前的中国，也不是半个世纪前的中国，更不是一个世纪前的中国。因此，不能再以老眼光、老角度、老观念看中国。中华民族正以崭新姿态屹立于世界的东方。中国特色社会主义道路、理论、制度、文化不断发展，拓展了发展中国家走向现代化的途径，给世界上那些既希望加快发展又希望保持自身独立性的国家和民族提供了全新选择，为解决人类问题贡献了中国智慧和中国方案。新时代"是我国日益走近世界舞台中央、不断为人类作出更大贡献的时代"，为人类作出更大贡献呼唤主人公意识，呼唤责任和担当，要推动构建新型国际关系，推动构建人类命运共同体。因此，写出中华民族的"新史诗"，展现中国人民的伟大实践与创造，展现中国社会的巨大发展与全面进步，展现中华民族推动构建人类命运共同体的和平思想与担当精神，传达中国价值、弘扬中国精神、凝聚中国力量，增强做中国人的底气与骨气，增强中华民族的自信心，是新时代文艺的责任与使命。

"文章合为时而著"。一个时代有一个时代的文艺。文艺只有热切地呼应时代，回答时代，才能与时代共振，也才能为时代所标举、所标志。新史诗、新人物、新气象，正是新时代对文艺的呼唤与期待。一句话，文艺要表达出中国从站起来、富起来到强起来的伟大飞跃。

（原载2017年11月27日《文艺报》）

现状考察

中共中央办公厅印发《中国作协深化改革方案》

新华社北京5月4日电 近日，中共中央办公厅印发了《中国作协深化改革方案》(以下简称《方案》)。《方案》强调，必须紧紧围绕党和国家工作大局及中央全面深化改革总体部署，强化中国作协深化改革的责任和担当。通过全面深化改革，进一步明确任务，转变职能，优化结构，创新举措，真正把中国作协建设成为对广大作家和文学工作者有强大吸引力凝聚力的群团组织，团结带领广大作家和文学工作者推出更多无愧于民族、无愧于时代的文学精品。

党中央历来重视发挥广大作家和文学工作者的独特作用，高度重视做好作家和文学工作。党的十八大以来，以习近平同志为核心的党中央对做好新形势下的作家和文学工作、推进中国作协改革多次作出重要部署，特别是习近平总书记亲自主持召开中央党的群团工作会议和文艺工作座谈会并发表重要讲话，为中国作协深化改革指明了方向，明确了任务。

《方案》明确了中国作协改革的指导思想、基本原则、总体目标。《方案》提出，要高举中国特色社会主义伟大旗帜，全面贯彻党的十八大和十八届三中、四中、五中、六中全会精神，以马克思列宁主义、毛泽东思想、邓小平理论、“三个代表”重要思想、科学发展观为指导，深入贯彻习近平总书记系列重要讲话精神和治国理政新理念新思想新战略，紧紧围绕“五位一体”总体布局和“四个全面”战略布局明确改革方向和重点，坚定文化自信，坚持文化自觉，增强政治性、先进性、群众性，按照走中国特色社会主义群团发展道路的总要求确定改革路径，把广大作家更广泛更紧密地团结在党的周围，繁荣发展中国特色社会主义文学事业，不断满足人民群众精神文化需求，为建设社会主义文化强国，为实现“两个一百年”奋斗目标、实现中华民族伟大复兴的中国梦提供强大的价值引导力、文化凝聚力、精神推动力。中国作协改革必须坚持政治引领，坚持以文化人，坚持问题导向，坚持转变职能，坚持服务基层。通过深化改革，切实解决中国作协存在的突出问题，作协组织政治性、先进性、群众性更加突出，联系党委和政府同广大作家、文学工作者的桥梁纽带作用充分发挥，凝聚力、影响力和工作活力显著提高，对网络文学和新的文学群体的覆盖面、引导力及服务管理效能显著增强，广大作家和文学工作者深入生活、扎根人民、潜心创作、勇攀高峰，创新精神和创造活力竞相迸发，文学精品和文学人才不断涌现，中国特色社会主义文学事业呈现日益繁荣发展的生动局面。

《方案》从5个方面提出了改革措施。第一，积极转变职能，改革完善组织机构。紧紧围绕政治引领、团结引导、联络协调、服务管理、自律维权、推动创作的职能任务，以中国作协领导机构和机关改革为牵引，推动所属单位和文学社团体制机制改革创新。提高领导机构中基层和创作一线作家代表比例，增强代表性和广泛性。优化作协领导机构人员构成，减少行政领导干部所占比例。改革中国作协机关内设机构，强化服务职能。分类推进中国作协所属企事业单位改革。建立根据文学工作特点遴选作协工作人员机制，增强作协队伍专业化水平。

第二，建立健全面向基层、面向社会的服务体系。加大服务基层工作力度。按照党领导群团工作的基本制度要求，加强和改进对各省（自治区、直辖市）作协、各行业作协等团体会员单位的指导支持与服务管理，积极推动基层作协组织建设，构建畅通稳定的作协工作体系，形成整体合力，提高工作效能。增强文学公共服务能力，实施文学普及工程，组织面向社会的文学公益大讲堂。创新服务作家工作机制，创新完善优秀作家作品宣传推介展示机制，积极为作家维护自身合法权益提供法律咨询和法律援助，积极关心和帮助解决作家在创作与生活中的实际问题。健全支持少数民族文学的长效机制，鼓励少数民族文学创作，培训少数民族作家，扶持优秀少数民族文学作品出版，开展少数民族文学作品翻译和对外交流工作，进一步促进少数民族地区文学工作开展和文学事业繁荣。

第三，建立联系新的文学群体、引导网络文学发展的工作机制。广泛团结联系新的文学群体，积极吸收新的文学群体优秀人才加入作协组织，做好团结、引导、服务工作。在作家培养、作品创作等各项扶持机制中扩大新的文学群体比例。加大新的文学群体中领军人才和拔尖人才培养支持力度。探索促进网络文学发展工作机制，加强和改进全国网络文学重点园地工作联席会议制度，发挥其在文学网站内容建设、行业自律与管理中的积极作用。加强网络文学理论评论工作，探索形成符合网络文学特点的评价体系和激励机制。加强传统作家与网络作家交流互鉴，推动传统文学与网络文学相互促进、有机融合。充分发挥文学社团的积极作用，加强对文学社团的业务指导和行业管理，指导文学社团健全领导班子，建立基层党组织，改进组织结构和工作方式，加强社团会员发展、管理和引导工作，规范开展各项文学活动。

第四，构建对外、对港澳台文学交流新格局。搭建中国当代文学走出去平台，举办具有影响力的中国文学对外交流活动，积极参与国际性品牌文学活动，促进中外文学交流，加强对外文学活动的机制化建设。加强文学精品对外译介和出版，创办多语种的综合性外文文学期刊，扩大中国当代文学的世界影响力。发挥作家在民间外交、公共外交中的独特作用。继续举办各类国际文学活动，加强与各国作家经常性交流与对话。加强与“一带一路”沿线国家地区的文学交流，积极鼓励和支持沿线省份开展相关文学交流活动，更好为国家“一带一路”战略服务。积极开展适合港澳作家特点的文学交流和研讨活动。采取灵活多样的方式，加强海峡两岸文学交流，促进两岸相互出版文学作品工作，增进两岸作家特别是青年作家的相互了解。关注海外华文文学的创作发展，增进与海外华文作家的交流。

第五，加强和改进党对文学工作的领导。加强政治引领，建立各级作协领导班子成员、文学工作者和各级作协会员培训机制，加强对专业作家、签约作家、高研班学员等重点文学群体的政治思想教育。健全行业自律机制，激励引导广大作家和文学工作者自觉践行和弘扬社会主义核心价值观。健全文学精品创作扶持引导机制，扎实开展“深入生活、扎根人民”主题实践活动。指导各级作协完善签约作家、签约评论家制度。加强重点作品扶持，引导扶持现实题材、爱国主义题材、重大革命和历史题材、青少年题材等专项重点作品，创作推出一批有筋骨、有道德、有温度的精品力作。健全文学精品和优秀作家激励机制，加强和改进文学评奖工作，更好地发挥评奖对文学精品创作的引导、示范和激励作用。切实把好文学批评的方向盘，充分发挥文学评论在引导创作、多出精品、提高审美、引领风尚等方面的重要作用。加大文学阵地建设管理力度。加强党建工作，充分发挥中国作协党组领导核心作用，承担起贯彻执行党的理论和路线方针政策的政治责任、抓党建的主体责任。加强制度建设，严格监督管理各类文学专项基金资金。加强基层党建工作，积极吸收作家和新的文学群体中的优秀分子加入党组织，增强党在文学界的凝聚力和影响力，指导基层党组织开展正常的组织生活，实现党建工作全覆盖。

《方案》要求，要强化统筹安排，加强思想引导，坚持循序渐进，认真监督检查，分步有序实施改革任务，确保各项改革措施落实到位、取得实效。

（原载 2017 年 5 月 4 日《文艺报》）

中国作家协会公报

（2017 年第 1 号）

中国作家协会书记处日前研究决定了中国作家协会第九届小说、诗歌、散文、报告文学、儿童文学、军事文学、影视文学、文学理论批评和网络文学等专门委员会组成人员，现予公布。

中国作家协会

2017 年 2 月 27 日

中国作家协会第九届专门委员会组成人员名单（按姓氏笔画为序）

中国作家协会小说委员会

主　任：王安忆

副主任：刘醒龙、迟子建、胡平、格非

委　员：王跃文、天蚕土豆、东西、宁小龄、耳根、毕飞宇、刘琼、刘震云、劳马、李佩甫、李建军、李掖平、杨少衡、吴俊、何向阳、张柠、张定浩、张悦然、陈世旭、陈福民、范稳、孟繁华、赵宁、赵玫、崔艾真、梁鸿、程永新、潘凯雄

中国作家协会诗歌委员会

主　任：叶延滨

副主任：李文朝、杨克、张清华、阿尔泰、梁平

委　员：大解、王久辛、叶舟、刘立云、刘福春、李琦、李元胜、杨庆祥、沈苇、张执浩、陈东捷、林莽、罗振亚、荣荣、胡弦、娜夜、耿占春、高兴、高昌、阎安、雷平阳、霍俊明

中国作家协会散文委员会

主　任：贾平凹

副主任：刘亮程、孙郁、张锐锋

委　员：马丽华、马步升、王必胜、古耜、江子、许辉、红孩、李兰妮、李晓虹、杨锦、吴志良、吴志实、汪惠仁、周晓枫、郑彦英、宗仁发、赵丽宏、祝勇、贾梦玮、郭文斌、黄宾堂、葛一敏、蒋蓝、韩小蕙、熊育群、穆涛

中国作家协会报告文学委员会

主　任：张胜友

副主任：王宏甲、王树增、白描、李炳银、杨黎光

委　员：丁晓原、王山、王晖、邢军纪、李青松、李鸣生、李春雷、李朝全、杨晓升、肖亦农、张陵、陈启文、赵瑜、黄传会、黄济人、董保存、蒋巍

中国作家协会儿童文学委员会

主　任：高洪波

副主任：王泉根、方卫平、曹文轩

委　员：白冰、朱自强、刘海栖、汤锐、汤素兰、孙云晓、李利芳、杨红樱、沈

石溪、张晓楠、陈诗哥、纳杨、秦文君、徐鲁、徐德霞、黄蓓佳、梅子涵、常新港、董宏猷、韩进、薛涛、薛卫民

中国作家协会军事文学委员会

主　任：徐贵祥

副主任：朱向前、周大新、姜秀生

委　员：丁临一、马晓丽、王凯、朱秀海、刘笑伟、李西岳、汪守德、张良村、陆文虎、陈怀国、苗长水、柳建伟、徐剑、唐栋、葛红国、傅逸尘、裘山山

中国作家协会影视文学委员会

主　任：陈建功

副主任：艾克拜尔·米吉提、叶辛、张宏森、范咏戈、欧阳黔森、高峰、黄亚洲

委　员：马中骏、王一川、王兴东、龙一、叶广芩、冯小宁、刘一兵、李汀、李功达、李修文、何继青、张德祥、海飞、海岩、葛水平、韩志君、程蔚东

中国作家协会文学理论批评委员会

主　任：南帆

副主任：丁帆、白烨、吴秉杰、陈思和、陈晓明

委　员：王尧、王力平、王双龙、王彬彬、艾斐、刘川鄂、刘复生、刘跃进、李舫、李国平、何弘、汪政、张莉、张未民、张新颖、张燕玲、陈众议、岳雯、於可训、洪治纲、贺绍俊、彭程、韩春燕、程光炜、程德培、谢有顺

中国作家协会网络文学委员会

主　任：陈崎嵘

副主任：吴文辉、陈村、欧阳友权、胡殷红、唐家三少、戴和忠

委　员：马季、马文运、王朔、王祥、月关、风凌天下、冯振、血红、庄庸、刘旭东、杨晨、肖惊鸿、张丽丽、阿菩、阿彩、邵燕君、林庭锋、周志雄、栗洋、夏烈、曹启文、蒋胜男、傅晨舟、谢思鹏、跳舞

（原载2017年2月27日《文艺报》）

文学基本理论问题的再思考

刘跃进

“总结历史经验，我们既要坚持‘文以载道’悠久传统，又不能放弃研究者应有的立场和情怀，在坚持马克思主义基本立场、观点的基础上，对一些司空见惯的问题开展深入的讨论，给予重新解说。一些最基本问题，如文学的界说、文学的职能、文学的评价标准等；还有一些重要关系，如一般意义上的社会关系与自然关系，物质生产与精神生产，以及文学领域的审美生产与审美消费的关系，文学理论与文学创作的关系，文学研究与社会现实的关系，坚守文学与拓展领域的关系，文学研究的普及与提高的关系等；更有一些重要的概念，如属于审美活动范畴的自由的精神生产，属于美感范畴的生产的欢乐等，涉及到文学研究的思想原则、学术方法和研究态度等方面，都有待于系统研究。”

党的十八以来的五年间，文学理论建设方面有了突飞猛进的发展。最突出的变化是马克思主义文艺理论价值得到重新认识，由此引发了对于文学理论基本问题的再思考。

以中国社会科学院文学研究所为例，2009 年我们成立了马克思主义文学理论研究中心，与全国马克思主义文艺理论研究会、中国中外文艺理论学会通力合作，开展了许多活动。2010 年以来，该中心主要成员参加了“中央实施马克思主义理论研究与建设工程”的研究工作，是我院参加该工程人数最多的单位之一。同时，积极参与马克思主义人才队伍建设，招收“马克思主义理论骨干人才计划”的博士研究生，培养了一批新锐的专业理论人才。

2014 年，我院实施马克思主义文学理论与批评创新工程。中国社会科学院副院长张江为会长，牵头成立了“中国文学批评研究会”。同年 9 月，文学研究所马克思主义文学理论与文学批评研究室正式成立。除日常研究外，每年为《中国文学年鉴》撰写“马克思主义文艺理论研究综述”，为院《马克思主义理论学科前沿研究报告》撰写“马克思主义文艺理论研究前沿报告”。同时，还承担院“马克思主义文艺理论论坛”秘书处工作，组织召开会议，出版文集。自 2016 年始，论坛集刊定名为《马克思主义文艺研究》辑刊，每年两期。《文学评论》还专门设置“马克思主义文艺理论研究专栏”，定期刊发本所及国内外学者高质量的研究成果。

2014 年 10 月 15 日，习近平同志在京主持召开文艺工作座谈会并发表重要讲话，集中回答了什么是中国特色社会主义文艺、如何繁荣发展中国特色社会主义文艺这一带有根本性全局性的重大问题，深刻阐述了有关文艺工作的理论、方针、政策，提出了一系列新思想、新观点、新判断，是今后文艺理论学科研究的纲领性文件。同年 11 月 22 日，中国社会科学院与人民日报社联合主办“学习贯彻习近平总书记文艺座谈会重要讲话精神、开展积极健康文艺批评”研讨会，同时，举办首届“中国社会科学院马克思主义文艺理论论坛”。与会者普遍认为，中国社会科学院有责任、有义务针对当前文学创作和文学研究中的重大理论现实问题，组织专家学者进行深入研究，客观分析，科学回答，及时明确地发出正确的声音，切实发挥释疑解惑、正本清源的作用，努力让文学创作真正回到人民中来，从对市场的依附中解脱出来。

习近平总书记的讲话是继 72 年前毛泽东同志《在延安文艺座谈会上的讲话》发表以来最重要的纲领性文件，具有里程碑意义。文学研究所的第一代学者中，有 12 人从“鲁艺”走出来，他们中的一些人亲自聆听了《讲话》，并坚持把《讲话》精神贯穿到文学研究的实际工作中。在文学所人心目中，5 月 23 日，是一个重要的节日。这一天，何其芳同志总要在党报上发表阐释文章。2013 年纪念毛泽东同志诞辰 120 周年以及纪念《讲话》发表 70 周年、2017 年纪念《讲话》发表 75 周年，在这两个重要的日子，文学研究所、中国文学批评研究会、中外文艺理论研究会、中国当代文学学会等召开各种形式的座谈会、研讨会，结合习近平总书记的讲话，统一思想认识，取得若干重要的共识。毛泽东同志的《讲话》是五四以来马克思主义在中国传播、生根的必然结果，为新中国文学艺术的发展指明方向。在新的时代语境下，总结延安时期马克思主义文艺理论中国化的历史经验，重新认识延安文艺精神建构的当代价值，系统总结共产党领导下的“双百”方针、“二为”方向以及“双创”原则，深入探讨文学艺术理论与创作中的“中国经验”，两个讲话无疑具有深刻的现实意义和深远的历史意义。

当代社会正处在急剧转型时期，在思想理论界，也出现了很多新的思潮，如“消费主义”“文化主义”“社会学主义（sociologism）”等等，在研究方法、研究范式等方面，主张多元化，去经典化，成为一时风气，历史唯心主义倾向有所抬头。在这样的背景下，“西方马克思主义”以及具有左翼倾向的后现代“文化研究”，从资本主义内部发出批判的声音。此前，我们曾介绍过卢卡契。近年，他的《审美特性》被全文翻译出版（徐恒醇译，社会科学文献出版社，2015）产生重大影响。卢卡契主张，马克思主义是关于人的解放学说，认为审美表现是人的生存方式的有机组成部分。伊格尔顿《理论之后》注意到文化研究和“理论之后”两种语境背后的意识形态问题，强调理论和实践结合的意义。《批评家的任务：与特里·伊格尔顿的对话》（王杰、贾洁译，北京大学出版社，2014）就流亡与救赎主题、艺术想象与历史想象异同问题、悲剧的意识形态色彩问题展开讨论，极富有启发性。当然，我们也应注意“西马”与经典马克思主义的重大差异。譬如，他们较多地关注与资本主义社会高度发达的商业化、市场化对文化活动的影响，注意到意识形态领域的斗争，但是，对于经济活动中的物质生产关注不够。

所谓具有左翼倾向的后现代“文化研究”，也成为当前文学理论研究的热点问题。文学研究所也适时承担院重大课题“新世纪全球化格局与中国人文建设”项目，勇于面对新世纪以来中国文论转型过程中呈现出来的重大理论问题，系统回应急剧变化中的中国社会文化现实问题，同时，又组织专家，按照类别编选“新世纪文论读本”，选录近10 年来重要的理论文章。大家注意到，文化研究在给中国文学研究带来活力的同时，也不可避免地出现了若干负面影响。譬如文学研究历来所关注的“文学性”，包括审美、情感、想象、艺术个性一类文学研究的“本义”无形中被漠视，甚至被舍弃。由此提出了一些新的问题，如思想史是否可以取代文学史？文学史还有其独立的价值体系吗？艺术和审美的底线在哪里？文学研究中的意识形态底线又在哪里？如此等等。这种追问确实值得我们反思。文学理论、文学研究，离不开马克思所强调的“物质生活的生产方式制约着整个社会生活、政治生活和精神生活的过程”这一发展规律，文学研究工作者必须在坚持这一原则的基础上，密切注意历史语境的变迁，找到能有效作用于社会语境的研究旨趣和范式，这样才能对文学和社会文化的发展起到应有的作用。如果脱离作为历史唯物主义基础的物质生产，抽象地讨论社会文化现象，过度地强调文化研究价值，很容易将“文学性”泛化，滑向历史唯心主义的窠臼，最终导致文学自主研究和独立学科价值逐渐消解，乃至消亡。

总结历史经验，我们既要坚持“文以载道”的悠久传统，又不能放弃研究者应有的立场和情怀，在坚持马克思主义基本立场、观点的基础上，对一些司空见惯的问题开展深入的讨论，给予重新解说。一些最基本问题，如文学的界说、文学的职能、文学的评价标准等；还有一些重要关系，如一般意义上的社会关系与自然关系，物质生产与精神生产，以及文学领域的审美生产与审美消费的关系，文学理论与文学创作的关系，文学研究与社会现实的关系，坚守文学与拓展领域的关系，文学研究的普及与提高的关系等；更有一些重要的概念，如属于审美活动范畴的自由的精神生产，属于美感范畴的生产的欢乐等，涉及到文学研究的思想原则、学术方法和研究态度等方面，都有待于系统研究。目前，我们正在组织研究当代马克思主义文学理论，对上述问题所有思考，希望能够在不久的将来问世，就教于学界同仁。

（原载《文艺报》2017 年 9 月 27 日）

对近年理论批评中几个问题的理解

雷　达

近五年来的文学理论批评，从总体上看，面对中国当代大变革大发展的丰富实践，面对创作繁荣兴盛的良好局面，能够自觉地以马克思主义文艺理论为指导，运用历史的、人民的、艺术的、美学的观点研讨理论，评判作品，表现出了关注中国现实、中国经验、中国传统的求实品质。例如，在对习近平同志讲话精神的学习、领会、研究上，在介入文学现场，对各种文艺理论问题的研究，对当下作家作品的评论和盘点上，对好作品的及时发现，对创作新现象的及时评析，对文学新人的发现上，以及对网络文学的大量新现象的辨析和研究上，都有突出的表现。理论批评界自身也涌现了大量优秀的青年才俊。这一切都是十分可喜的。

下面，我就几个与创作实践密切相关的重要理论问题，谈一些理解和看法。

关于人民与人民性问题

坚持以人民为中心的创作导向，是一切文艺创作思想和创作活动的“总开关”，人民既是历史的创造者、也是历史的见证者，既是历史的“剧中人”、也是历史的“剧作者”。这个根本性问题，当然不是自今日提出，但它引起了更高关注，显示出新的活力，成为需要重新思考和认识的问题。

人民和人民性都是历史性概念，又都在历史的长河中不断发生着微妙的变化。“人民性”这一概念源于俄罗斯文学，普希金、别林斯基、杜勃罗留波夫、车尔尼雪夫斯基都使用过它，后来的列宁、葛兰西等也都阐释和使用过类似概念。在批评家别林斯基那里，人民性的确切内涵是“一个国家最低的、最基本的民众或阶层”；而具有人民性的文学只有以这一阶层的人的生活为关注对象——而不是以“有教养的上层阶级”为对象。他认为，真实性和人民性不可分割，人民性表现得最充分的地方，也就是生活的真实性最充分的地方。杜勃罗留波夫在《俄国文学发展中人民性渗透的程度》中，从反映人民大众（主要是农民）的真正处境和卫护人民利益的观点，考察了俄国文学的发展过程。而这一观念的“中国接受”则是在上世纪五、六十年代，也即“十七年”时期，与社会主义民族国家建构的文学想象高度契合，也成为彼时文学创作和批评的武器之一。不过，在那个时期，人民性的概念更多地运用于对古典作家创作的评价和整理文学和文化遗产上。

在我国，到了20世纪80年代，“人民”这一内涵扩大为“最广大的人民群众”，但随着“新启蒙”和“去革命化”时代的到来，一谈到人民、人民性等概念，批评界有的人便本能地认为这是一种旧意识形态的复归，是一种过时的批评话语，从而使人民性的探讨未能深入，批评家往往对作为一个主权国家主体的人民和社会的边缘群体丧失了言说的话语资源。

近年来的一个重要变化是，大家更加清醒地认识到，“人民”既是一个集合概念，也是一个个体概念。从人民的历史主体性的角度来看，作为“集体”的人民的概念虽已深入人心，但是作为“个体”的人民的观念尚需进一步深入，所以，文学批评的理论资源和理论话语也需要跟进。习近平总书记在文艺工作座谈会上的重要讲话中指出：“人民不是抽象的符号，而是一个一个具体的人，有血有肉，有情感，有爱恨，有梦想，也有内心的冲突和挣扎。”“文艺的一切创新，归根到底都直接或间接来源于人民。”习近平总书记论述了人民概念的历史性进步，并提出在今天社会主义语境下，文艺批评的创新也是直接或间接地来源于人民，这是一种发展的眼光，也是一种前瞻的眼光。过去，我们曾一度将人民作为一个集合概念，从而对“一个一个具体的人”的情感和爱恨有所抑制；今天对人民的个体性价值的不断发掘，是对“人民性”认识的深化，也是真正能体现每一个“具体的人”的情感、价值和利益的文学观念，如此，人民性的观念才可能成为“诚实的理论”和“接地气的观念”。

关于现实主义精神

习近平同志在两次讲话中，都特别强调，广大文艺工作者要坚持以强烈的现实主义精神和浪漫主义情怀，观照人民的生活、命运、情感，表达人民的心愿、心情、心声，立志创作出在人民中传之久远的精品力作。这里，我想着重谈一下对“现实主义精神”的理解。

“现实主义过时了吗”——这个问题就提得很有价值。在中国当下的语境里，该怎样重新认识和理解现实主义，的确是个值得深入思考的问题。当然，最简单的回答是“没有过时”，但事情又并不那么简单。在我看来，现实主义并非只是“上世纪初由苏联传入中国的”那种主义，其实，现实主义是人类艺术地把握世界的最古老、最普遍，同时又是常在常新的一种基本的创作方法、原则和精神。中国古典小说的现实主义的根子就扎得很深。

现实主义是有其质的规定性的。就现实主义来说，它总是承认人和世界的客观实在性，它总是力图按照世界的本来面目再现（或表现）世界，它也总是强调人类理性的力量、实证的力量和判断的力量；由于它对人和世界客观实在性的肯定，它也许更重视包括人在内的环境（即存在）的作用，并重视人的社会性，把人看作“社会动物”。现实主义应该是指在艺术创作的过程中，以无限广阔的客观现实为对象，为依据，为源泉，并以影响现实为目的的创作。

现实主义不是一成不变的教条，它随着时代的发展而发展，随着人们审美观念的更新而更新，在不同历史时期里，现实主义会呈现不同的风貌。现实主义的发展，离不开与其他方法的相互激荡和相互吸收，否则现实主义就会停滞，就不会保持常青。现在，我们处身在一个物化、功利化、娱乐化的时代，我们被物质的枷锁锁着，欲望、感官、物质的实惠化，使我们常常觉得我们的肉身很沉重，想飞飞不起来，想跳跳不起来，最难的是如何活得有筋骨，有精气神，在困难乃至苦难面前，不低头，不屈服，保持对真与善的追求，对理想人格的追求，对人生意义的追求。

所以在今天，比起“现实主义”，我更认同“现实主义精神”这一提法，认为有必要在文学中强调和发扬现实主义精神。事实上，当下一些优秀作品也恰恰是贯彻了现实主义精神。依我看，现实主义精神就是具有更强烈的“现实感”，更敢于直面现实生活中的矛盾，更关注人民的苦乐，更关注当下的生存，更能与人民同呼吸、共命运。它尤其表现在对精神问题的敏感和探索上。比如说，在物质主义急剧膨胀的今天，人的精神世界会出现严重危机，传统的现实主义往往解决不了，无能为力，那就要求具有强烈现实主义精神的创作，更多地将笔触伸向人的主观精神世界。我认为，现实主义精神至少包含以下三方面的内涵，一是对人民的生活命运和思想情感的深切关怀，二是富于人文深度的批判精神和批判品格，三是热烈的理想主义情怀。没有这些，现实主义精神将会变得空洞无物。当然，用什么方法和手法都不是绝对的和决定性的，各种方法都有存在的权利，而真正决定作品生命力的是它的思想的高度，人性的深度，文化精神的广度。

“深入生活”与“阅读生活的能力”问题

习近平同志在讲话中谈到的这一点，我认为在创作实践中具有特别重要的意义，他说，“广大文艺工作者要提高阅读生活的能力，要善于在幽微处发现美善、在阴影中看取光明，不做徘徊边缘的观望者、讥谗社会的抱怨者、无病呻吟的悲观者，不能沉溺于鲁迅所批评的‘不免咀嚼着身边的小小的悲欢，而且就看这小悲欢为全世界’。”

此处没有用常用的“深入生活”，而是用了“阅读生活的能力”，可谓直抵当前创作的关键，含义颇深。深入生活无疑是带根本性的，其重要性无可置疑。但是在今天，作家也许首先要面临一个“阅读生活的能力”问题，因为当此大转型时代、网络时代、日常化时代，虽少有狂风暴雨，但日常生活却是瞬息万变、难以把握的。正如习近平同志描绘的，“今天，在我国960多万平方公里的大地上，13亿多人民正上演着波澜壮阔的活剧，国家蓬勃发展，家庭酸甜苦辣，百姓欢乐忧伤，构成了气象万千的生活景象，充满着感人肺腑的故事，洋溢着激昂跳动的乐章，展现出色彩斑斓的画面。广大文艺工作者大有可为，也必将大有作为”。我们是否可以这样理解，“深入生活”是入乎其内，“阅读生活的能力”是出乎其外，具全局眼光。这里我想借王国维在《人间词话》中所说的：诗人对宇宙人生，须入乎其内，又须出乎其外。入乎其内，故能写之；出乎其外，故能观之。入乎其内，故有生气；出乎其外，故有高致。

事实证明，作家能力的高低，能写到什么程度，往往取决于作家对时代生活读懂读透到什么程度，继而看你深入到什么程度。落实到创作上，就是审美的力量，“我们要走进生活深处，在人民中体悟生活本质、吃透生活底蕴。只有把生活咀嚼透了，完全消化了，才能变成深刻的情节和动人的形象，创作出来的作品才能激荡人心”。这也就是，“用理性之光、正义之光、善良之光照亮生活”。

（原载2017年9月22日《文艺报》）

不断丰富文学中国的色彩

梁鸿鹰

“文学创作要由人的个别通往一般，由人的情感与心灵达到对社会生活的认识。要把个人经验、情感、想象转化为中国经验、情感和精神，而不一定非得反映外在的、热闹的生产过程。现代性或现代化最本质地体现在人的观念、精神追求上，创作要探察社会深处律动，反映价值观新趋向，昭示生活微小变化在未来所蕴藏的意义，特别是要通过个人化的个性化的经验、情感、想象表达中国经验和中国情感。”

当代文学以文学之笔墨对中国实践进行书写，强化文学与国家、国族的血肉精神联系，是一个美好的传统。习近平总书记在文艺工作座谈会重要讲话中指出，“为什么要高度重视文艺和文艺工作？这个问题，首先要放在我国和世界发展大势中来审视。”一个国家，一个民族能否屹立于世界民族之林，民族精神是否强健至为重要。文艺作为审美的意识形态，作用于人的精神世界，对人的灵魂产生影响，文学像是国民精神发出的火光，照亮国家和民族前行的路途。文学形象地记录一个民族的发展，成为一个国家兴亡的文化记忆，文学无微不至地帮助人们建构对自己民族的认同、国家的认同，同样建构和强化国家和民族的共同价值。中国正处于民族复兴的关键时期，从来没有像现在这样接近伟大复兴，“任何一个时代的文艺，只有同国家和民族紧紧维系、休戚与共，才能发出振聋发聩的声音”。凝聚国家意志，张扬中国精神，是当代文学的庄重选择。

一

好的文学给人以精神归属感、心灵向心力，让人能够从中打捞先辈的过往，找到民族的来路，更从凝聚于文字中的价值观，寻求到家国共同意志与自己之间的联系。莎士比亚说，“我怀着比对我自己的生命更大的尊敬、神圣和严肃，去爱国家的利益。”国家利益的累积通过文学来实现，之所以往往强过历史文献，在于其潜移默化、润物无声。在经济全球化、文化多元化的时代，特别要不断丰富国家历史、国家向心力、国家共同信仰的建构。

在当代文学强化国族叙事意识的过程中，既要充分意识到中国现实很强的丰富性、差异性，也要充分意识到中国的整体性、统一性。中国历史源远流长，中华文明从未断绝。记录和展示民族与国家成长的足迹，消除外部世界对中国历史文化的误解，艺术地告诉人们中国历史发展的真相与源流，才能讲好中华民族从哪里来、要到哪里去的中国故事。作家有责任回应消解和重构中国历史的思潮，鼓舞人们面向未来，增进民众对国家历史和传统的亲和力。

文化是精神家园，闻一多曾说，“我爱中国固因他是我的祖国，而尤因他是有那种可敬爱的文化的国家。”先人为我们累积的文化遗产，为我们讲述的中国故事，依然以其瑰丽感染着后代。比如在我们已经能够飞天登月的今天，科学家们不由自主地从中国文化宝藏中找寻灵感，在确定“玉兔”之前，月球探测器名称就曾在哪吒、后羿、共工等神话传说中反复选择，这些文化符号深刻地影响着今天。文化的核心是价值，中国人历来讲究自律、行善、勤劳，崇尚节制，富于奉献精神和社会责任感，笃信“修身、齐家、治国、平天下”，这些价值，是我们增强文化自信的基石，这些价值是我们民族生生不息的尺度，与世界上先进的价值观是相通的。凝聚国族认同，就要彰显民族价值观的感召力，强化经济全球化时代的价值坚守。

二

当今世界日益你中有我，我中有你，中国经验、中国故事有助于世界了解中国。习近平总书记强调“为人类提供中国经验”，强调“讲好中国故事、传播好中国声音、阐发中国精神、展现中国风貌，让外国民众通过欣赏中国作家艺术家的作品来深化对中国的认识、增进对中国的了解”，有着很强的现实意义。我国已成为世界第二大经济体，崛起的过程为现代中国故事的书写提供了充分依据，我们应自豪地为世界提供富于当代性现代性的中国经验。天是世界的天，地是中国的地，只有眼睛向着人类最先进的方面注目，同时真诚直面当下中国人的生存现实，我们才能为人类提供中国经验，才能为世界贡献特殊的声响和色彩。作家要注目中国发展最进步最具有超越意义的那些方面，用自己的笔，反映中国改革开放的历史性进步，改变多少年来中国给西方人留下的“古老的、陈旧的、历史沧桑的”印象，改变我们在“文化上神秘而难以接近”等印象，坚持中国文学的主体性，警觉自我的他者化，把发展中的、为人类文明作出贡献的奇迹展现出来。

文学的“中国”形象由一代代作家共同构建，不同时代不同的中国形象，积累和丰富着外部世界对中国的认知。中国形象所包含的政治和文化诉求，对国际社会逐渐认识中国产生着巨大影响。放在世界视野中观察“中国形象”，作家责任重大。在融入国际潮流中迈出新步伐，是中国经验的主流，中国改革建设在世界现代化轨道上的进步，已经产生了惊天动地的影响，要到生活最细微的地方去，倾听时代的声音，以文学之笔，书写中国方案、中国智慧、中国贡献。这才是面向现代的中国经验的主旋律。

我国不仅在经济上有了突飞猛进的发展，在维护社会公正，促进社会和谐、人的全面发展，以及实现绿水青山，张扬传统文化等方面，也有不少可喜的进展。人们对物质化、功利化普遍反感，当代中国的现代性与民族主流价值观有了越来越多的契合，人们更相信从自己的土壤里生养出来的价值，要把那些带有中国人自己体温的坚守表现出来，让精神追求、精神价值以及对生命的庄重思考，成为文学创作的价值崇尚，使自己的作品因安妥了人们的灵魂而受到珍爱。

三

中国经验因当代中国丰富多样的现实而色彩斑斓，生活本身给文艺创作开辟的路径、可能性极为丰富。习近平总书记在文艺工作座谈会上的重要讲话中说，“顺境和逆境、梦想和期望、爱和恨、存在和死亡，人类生活的一切方面，都可以在文艺作品中得到表现。”要开阔中国经验的表达视野，呈现中国社会生活的多个层次与侧面，给人看到多样的、全面的中国理想、中国经验和中国现实。

中国有着发展中的欣喜，同样面临发展中的忧虑。一方面是日新月异的进步，一方面是前进中的问题与矛盾，城市化进程加快，社会矛盾凸显，道德价值观犹疑分化，文化上多样化的旺盛需求，在资讯、媒体高度发达，中外文化交流碰撞极为密切的当今，语言、思维方式、表达方式等发生了相当大的变化。作家每天都在与复杂的生活相遇。中国本身的进步与落后、愚昧与昌明、科学与迷信的较量，促进作家不停顿地思考与提炼。中国有着过多的历史负担，现实生活与落后观念的纠缠每时每刻都在发生，但优秀的作家能够拨开迷雾，开掘生活的本质。

文学创作要由人的个别通往一般，由人的情感与心灵达到对社会生活的认识。要把个人经验、情感、想象转化为中国经验、情感和精神，而不一定非得反映外在的、热闹的生产过程。现代性或现代化最本质地体现在人的观念、精神追求上，创作要探察社会深处律动，反映价值观新趋向，昭示生活微小变化在未来所蕴藏的意义，特别是要通过个人化的个性化的经验、情感、想象表达中国经验和中国情感。

这种表达殊为不易。苏联作家爱伦堡曾经讲，在苏联作家协会的代表大会上，纺织女工在发言中向作家们“讨债”，质问作家为什么没有写纺织女工的小说。此后20多年里，苏联确实也出现了不少写纺织工人的作品，但大都躺在图书馆里无人问津。工厂图书馆里被借阅最多的，还是托尔斯泰等作家的作品。人们更愿意读《安娜·卡列尼娜》，是因为工厂女工“看托尔斯泰的小说，不单单是为了了解那已经死亡了的社会道德，也是为了了解活生生的人类感情的复杂性。”作品写的纺织女工“不是人，而是机器：表现的不是人的感情，而仅仅是生产过程”，肯定不会受到欢迎。文学需要独特性、个别性，文学讲究复杂多义性，讲究对人的心灵世界的开掘，聆听时代的声音，表现中国经验，更需要开掘人的心灵。

（原载2017年8月11日《文艺报》）

呼唤深刻表现恢弘变革现实的文艺作品

杜学文

中国正在发生着深刻的变革。这是中国从传统社会向现代社会急剧转型的时代，是中国从积贫积弱向伟大复兴阔步迈进的时代，是中国日益走近世界舞台中央、不断为人类作出更大贡献的时代。经过长期的努力，中华民族迎来了从站起来、富起来到强起来的伟大飞跃，拓展了发展中国家走向现代化的途径，给世界上那些既希望加快发展又希望保持自身独立的国家和民族提供了全新的选择，为解决人类问题贡献了中国智慧和中国方案。面对这样一个恢宏的时代，文学艺术不能回避。尽管有很多人希望自己能够创作出超越时代、具有永恒意义的作品，但一个基本的问题是，人无论如何难以脱离自己生活的土地而飞翔。创作也同样如此，企图漠视、回避、拒绝现实都是不可能的。不论你的题材如何选择、手法如何变换，现实与你如影随形。我们只是在表现的程度、角度上做文章，而现实并没有远离。那些成功地超越了现实的作品，并不是因为回避了现实，恰恰是因为深刻地表现了现实。当然，这种表现并不是机械的、简单的、表面的，而是立足于现实的基础上，揭示出更为深刻、广阔的世界。

回顾历史就会发现，任何一个时代的文艺都是这个时代现实精神及其发展必然性的表现。它们或者呼唤新的社会理想出现，或者表现特定现实中人们的生活与努力，或者揭示出这一时代现实生活中人们的精神世界与情感追求。即使是那些以古喻今、想象未来的作品，也无不打上特定现实的烙印，难以脱离现实生活的母胎。因为这些作品的现实精神，给人们以思想的启迪、价值的引领，体现了文艺的高贵与尊严、魅力与品格。当我们回望某个时代，往往要从那些具有现实精神的作品中寻找思想资源、前行路径，使我们能够把历史与现实、当下与未来联通，并给予正在奋斗的人们以智慧与力量。新时期以来，中国的文艺创作体现出表现手法的多样性、创作理念的开放性、制作技术的精湛性、艺术样式的丰富性，以及作品数量与参与者的普泛性。这一切生动地证明了中国当代文艺的繁荣。但还是缺少深刻表现这一时代所发生的巨大变革的优秀之作，还是缺少高山仰止的高峰。我们的文艺对现实生活的表现仍然薄弱。新时代呼唤有更多深刻表现恢宏变革现实的优秀作品。

深刻表现新时代的现实生活，必须对中国的现实有正确的认知。今天的中国，尽管仍然面临着许多的困难，承受着更为复杂艰巨的考验，但一个不容置疑的事实是，中国正在并且还将要发生更加积极重大的变化，不仅将改变自身落后的面貌，也将为人类的发展进步提供经验与方案。文艺工作者要对这一历史必然有清醒的认知，要站在这样的历史高度来观照现实。

有一种观点认为，表现现实，就不能回避现实中存在的问题，所以必须以批判的眼光来揭露现实中的负面现象。一般而言，这似乎是正确的。因为如果看不到存在的问题，就无法加以克服和校正，也就不会取得进步。但是，对这样的观点也需要进一步分析。一种立场是为批判而批判，为揭露而揭露，看不到生活中的积极面，看不到战胜这些困难、挑战的强大力量。这样的作品不仅与现实不符，也将陷入片面、浅薄，进而消损其思想深度与艺术魅力。另一种立场是，在直面问题的同时，努力表现生活中蕴藏的光明与希望，表现社会生活中的爱、正义、理想，并给人以未来与希望。生活中并非到处都是莺歌燕舞、花团锦簇，社会上还有许多不如人意之处，还存在丑恶现象。对这些现象，不是不要反映，而是要解决好如何反映的问题。真正具有强大艺术魅力的作品总是要给人以前行的力量。还有的人认为，创作最关键的是要写出超越时空、具有普遍意义的生命状态。至于是不是表现了现实生活，并不重要。这种观点当然是有问题的。我们提倡艺术表达的百花齐放，也倡导表现各种各样的题材。但是，不论什么样的题材与手法，都难以脱离作家艺术家生活的现实。即使是那些历史题材、魔幻题材也是现实生活的某种反映。它们并不一定表现现实生活中的人与事，但依然彰显出能够解决现实生活问题的精神与智慧，依然具有强烈的现实情怀。在这个基础上，那些能够超越具体时空人事的局限，进而获得普遍性意义的表达当然是很好的。但是，这种表达并不是空穴来风、空中楼阁，仍然具有坚实的现实基础。脱离了这样的基础，是难以成立的。还有的作品在表面看来关注了当下的生活，但忽视了对人的精神世界的开掘和对社会生活本质的揭示，反而热衷于用肤浅的“现实”、常规的“套路”来迎合市场、印证观念，当然也是浅薄的。我们需要的是对中国正在发生的重大变革的深刻表现，需要的是以文艺的方式从历史和现实的角度深刻、生动地表现中华民族伟大复兴的必然性。

以上种种现象之所以存在，一个重要原因是创作者对现实生活急遽变化的疏离、隔膜与迷茫。当代中国的变化令人目不暇接。随着潜藏在社会深处创造力的唤醒与激发，一个个人间奇迹被创造出来。社会结构、人伦关系、经济活动、政治形态、文化样式出现了许多的新现象。过去没有的，似乎在突然之间就出现了；原来处于弱势的，好像在瞬间就上升为强势；刚刚还是星星之火，转身已成燎原之势。这种变化可谓数千年之未有。对其认知、把握确实是一种挑战。这事实上也对创作者提出了更为严苛的要求。我们不可能对现实生活再抱持浮光掠影、浅尝辄止的态度了。更多的时候，我们也不能被自己拥有的常识、习惯左右。现实生活的快速变化要求下更大的功夫，花更多的心血，进行更为深入的研究与感受——不仅仅是某种表面的，更应该是穿透表象进入本质的；不仅仅是局部的，更应该是透过局部通达全局的；不仅仅是熟悉的，更应该是通过熟悉的东西折射出那些新出现的、可能是引领潮流的——任何自以为是、故步自封的行为都将被时代抛弃。只有真正进入这变动不止、创新不止的生活当中，感受现实所焕发出的巨大创造力、可能性与丰富性，并把握其历史的必然规律，才能深刻地表现出新时代的新气象。

文学与艺术并不能满足于简单的真实与生动。虽然要做到这一点也很不容易。但是，那些能够成为一个时代文化标志的高峰之作，总是要给人以精神的激励，要为这个时代提供思想资源、价值引领、智慧启迪。好的作品应该是通过艺术的表达来启示人们进行价值的选择，得到情感的陶冶，并预示出历史发展进步的某种规律与必然性。现实生活丰富多彩、高下杂陈。我们感受到什么样的生活，并进行怎样的表达，决定了创作者的格局，也决定了作品的品格。这涉及创作者能否承担时代使命的问题。虽然并不否定那些小题材、小情调、小格局的作品，也是文艺百花园中必不可少的组成部分。因为它们的存在，才能够有万紫千红的绚丽光彩。但是，更期待那些能够对时代的发展进步提供力量与启迪，具有宏阔气魄、博大品格，能够表现一个时代精神追求与历史必然性的史诗性作品出现。

（原载 2017 年 11 月 13 日《光明日报》）

提升文艺原创力　推动艺术创新

杨剑龙

习近平总书记在党的十九大报告中提出：要坚定文化自信，推动社会主义文化繁荣兴盛。在提出中国特色社会主义文化源自中国优秀传统文化、熔铸于革命文化和社会主义先进文化、植根于中国特色社会主义伟大实践后，他提出了发展社会主义文化的目标和任务、前景与举措。习近平总书记还提出了推动社会主义文化繁荣兴盛的五项要求：一是要牢牢掌握意识形态工作领导权；二是要培育和践行社会主义核心价值观；三是要加强思想道德建设；四是要繁荣发展社会主义文艺；五是要推动文化事业和文化产业发展。习近平总书记从领导权、价值观、思想道德建设、文艺繁荣发展、文化事业产业发展，规定了如何切实推动社会主义文化繁荣兴盛，这成为我们今后文化建设文艺创作的指导思想和基本准则。

习近平总书记在谈到要繁荣发展社会主义文艺时，他先界定了何为社会主义文艺，指出："社会主义文艺是人民的文艺，必须坚持以人民为中心的创作导向，在深入生活、扎根人民中进行无愧于时代的文艺创造。"人民是社会主义文艺的核心，以人民为中心、扎根人民中、为人民创造，成为社会主义文艺的根本。他提出繁荣文艺创作的基本要求："要繁荣文艺创作，坚持思想精深、艺术精湛、制作精良相统一，加强现实题材创作，不断推出讴歌党、讴歌祖国、讴歌人民、讴歌英雄的精品力作。"创作思想精深、艺术精湛、制作精良相统一的文艺作品，是繁荣发展社会主义文艺创作的基本要求。他提出繁荣文艺创作的途径："发扬学术民主、艺术民主，提升文艺原创力，推动文艺创新。"从发扬学术民主、艺术民主的角度，强调提升文艺原创力、推动文艺创新，前者是后者的必要，后者是前者的效益。他提出繁荣文艺创作的精品意识："倡导讲品位、讲格调、讲责任，抵制低俗、庸俗、媚俗。"在强调作品的品位格调的同时，也强调作家的"讲责任"，从而坚决抵制文艺创作的低俗、庸俗、媚俗。他提出繁荣文艺创作的队伍建设："加强文艺队伍建设，造就一大批德艺双馨名家大师，培育一大批高水平创作人才。"不仅需要德艺双馨名家大师，也应该注重高水平创作人才的培养。习总书记从繁荣文艺创作的基本要求、繁荣途径、精品意识、队伍建设四个方面简洁而颇有深度地阐释了如何繁荣发展社会主义文艺。

习近平总书记关于繁荣发展社会主义文艺的讲话，尤其令人印象深刻的是他提出的"发扬学术民主、艺术民主，提升文艺原创力，推动文艺创新"。他将发扬学术民主、艺术民主看作是提升文艺原创力、推动文艺创新的前提，这是颇有开创性和深刻性的。在中国社会发展的某些阶段，缺乏学术民主、艺术民主，往往以某些人的观念主宰文艺创作，文艺的发展缺乏言论自由、缺乏讨论争鸣，“一言堂”替代了“群言堂”，文艺发展表面的繁荣掩盖了实际的衰微，以至于形成了文艺原创力的缺乏，文艺创作缺乏创新，或者以概念替代形象，或者以拷贝冒充创新，或者以低俗迎合市场，酿成了文艺界以市场效应衡量一切，而缺乏形式新颖内涵丰富、思想深刻的精品力作。

在20世纪90年代以来市场经济发展、大众文化流行的背景下，一度呈现出文艺原创力的缺乏、文艺创作缺乏创新的倾向。这大概呈现在如下几方面。一、以迎合市场为衡量文艺作品的惟一标杆。在大众文化的左右下，在市场经济的主宰中，不少文艺作品以迎合读者迎合观众为目标，电影仅以上座率为标准，电视剧以收视率为标的，文学作品以印刷码洋为标准，在经济利益的主宰下，诸多文艺作品呈现出缺乏原创性格调低下的倾向。一些冠名为“大制作”的作品，简单化地借用中国或外国经典作品的情节，在大投资名演员的投入中，却形成适得其反的效果，花哨的场景并不能弥补内容的空洞，演员的名气并不能填补剧本的拙劣，既败坏了导演的名声，更伤害了观众的接受心态，一度酿成了中国电影的低谷。二、以拷贝跟风呈现出文艺原创力的匮乏。随着人民群众文化生活的追求和文化消费的不断增长，有影响的文艺作品流传越来越广，从电视文娱节目到电视剧、电影，到文学作品，在提高了文艺家的影响过程中，在推动了有影响的文艺作品的传播过程中，却形成了文艺创作拷贝跟风的现象，既伤害了文艺创作的原创力，也削弱了文艺创作的创新。姜戎的《狼图腾》畅销后，出现了《狼的目光》《狼的诱惑》《狼的故乡》《狼性失禁》等等小说，文坛到处是“狼嗥”。在电视剧《金婚》走红后，出现了《结婚十年》《我们结婚吧》《新结婚时代》《我要结婚》等等电视剧，荧屏处处是“结婚”。三、以炒作虚饰表现出文艺作品的格调低下。由于受到文艺市场的左右，注重文艺作品的宣传成为新世纪以来的一种倾向，一幕新剧上演，请专家学者到场研讨，一部长篇小说出版，请行家里手座谈研究，但是在过度关注市场关注受众的心态下，正常的学术研讨变异为炒作，正当的研究座谈变异为虚饰，只说好不说孬、只说长不道短，成为这些作品研讨会的惯例，不菲的出场费就让某些专家学者昧着良心说话，既误导了市场误导了受众，更形成了文艺界的一种歪风邪气，引导了文艺创作走向低俗化庸俗化的歧途。

习近平总书记在十九大报告中提出“提升文艺原创力，推动文艺创新”，这成为繁荣发展社会主义文艺的重要原则和途径。如何做到提升文艺原创力、推动文艺创新？一、必须继承中外文艺优秀传统，在古为今用洋为中用中推陈出新。繁荣发展社会主义文艺的关键，在于创作出思想精深、艺术精湛、制作精良相统一的文艺作品，这就需要艺术家们有深厚的艺术造诣、良好的创作能力、敏锐的艺术眼光，这些必须基于艺术家对于中外文艺优秀传统的传承，在阅读大量中外艺术精品的基础上，才能创作出艺术精品，在努力把握艺术创作真谛中，创作出为老百姓喜闻乐见的佳作。二、必须深入生活、扎根人民中，在有所发现有所创造中提升原创力。文学来源于生活，文学创作源于生活又高于生活，文艺家必须扎根于生活，脱离生活的文艺家不可能创作出精品力作，莫言如果没有高密乡的生活就不可能有《生死疲劳》等佳作，陈忠实如果没有灞桥区灞陵乡的记忆就不可能有《白鹿原》等精品，路遥如果没有陕北山区的岁月就不可能有《平凡的世界》等力作。文艺的原创力出于生活，文艺创新源于生活的深入和发现。三、必须在发扬学术民主、艺术民主中，在营造良好文艺氛围中推动文艺创新。文艺批评与文艺研究是为文学创作营造良好的文艺舆论场，推动文艺作品走向市场走向读者或观众。在正常的文艺批评与文艺研究中，应该充分发扬学术民主、艺术民主，应该拒绝炒作批评、友情批评和小圈子批评，以科学的态度、审美的态度、精品意识，展开正当的学术批评与艺术研究，营造文学发展良好的舆论场和文艺氛围，在好处说好、孬处说孬中，推动文艺创作的创新。

随着文学创作与文学研究的发展，文学已经从仅仅关注作家创作的圈子里走出，“作家—作品—读者”的创作与接受的链，已经得到了诸多艺术家与接受者的认同。在今天倡导繁荣发展社会主义文艺时，文艺创作不仅得到文艺界的关注，也获得了政府与市场更大的关心。我们在关注作家与作品的同时，也应该不断关注读者，注重如何不断提高读者的鉴赏能力和批评能力，让读者参与到社会主义文艺繁荣发展过程中来。政府应该给艺术家提供更多的空间，让艺术家在和谐宽松的氛围中驰骋遐思、放手创作。习近平总书记在十九大报告中关于繁荣发展社会主义文艺的讲话，令我们激动与共鸣，这将成为文艺界的号角，让我们提升文艺原创力、推动文艺创新，创作出更多的精品力作，无愧于我们这个朝气蓬勃的新时代，无愧于我们广大的人民大众。

（原载 2017 年 11 月 24 日《文艺报》）

2017 年长篇小说：变化与对策

贺绍俊

2017 年的长篇小说新作源源不断地涌向书店最显眼的柜台，也摞在我的书桌上。从整体上说，阅读这些小说的感受是愉悦的，我对作家们的努力并不失望。长篇小说仍然是当代文学的辎重部队，作家在艺术上的创新和在思想上的发现往往更愿意通过长篇小说表达出来。当代社会充满着变化和不确定性，这对于作家来说是一个不可忽视的刺激，敏锐的作家会在现实的不断变化中去寻找文学的新机。2017 年的长篇小说证实了作家们的努力以及努力后收获的成果，我们不妨从变化与对策的角度来评述这一年的长篇小说。

题材变化：打破旧格局

题材虽然属于“写什么”的范畴，但当代长篇小说具有较浓厚的题材意识，因此当“写什么”被纳入到一定的题材领域时，就有可能逐渐形成“怎么写”的潜在要求。当作家选择了“写什么”后，就要注意如何避免陷入“怎么写”的窠臼。刘庆的《唇典》在这一点上做得很精彩。这部小说以东北萨满文化为纬，以家族命运为经，书写了东北大地百年来的历史变迁。因此有人将其称为地域文化小说，也有人从家族小说的角度去读解。但无论是地域文化小说还是家族小说都无法准确传达出《唇典》的精髓。因为刘庆的灵感来自口头文学，从而赋予“唇典”这个江湖词语以新的意义，表示要向一切口口相传的民族史和民间史表示崇高的敬意。这部小说充分利用了口头文学的资源，这些口头文学包括东北大地上流传的创世神话、民族史诗、历史轶闻、民间传说等等，并在口头文学的基础上进行再创造，勾画出东北百年的文化史和心灵史。刘庆抓住了萨满文化的灵魂，这个灵魂可以概括为两个核心词，一个是敬畏，一个是珍惜。敬畏神灵，珍惜生命。刘庆怀着强烈的现实忧患呼唤逐渐消失的萨满文化之魂。曹志辉的《女歌》以湖南江永的女书为纬，以一家三代女书传人的命运为经，去叩问女性精神的内蕴，与《唇典》有异曲同工之妙。作者既写出了女性意识逐渐觉悟的中国女性心灵史，也直面了女性真正全面解放之艰难。

题材意识表现得最突出的是乡村小说和城市小说，如何打破乡村小说和城市小说的旧格局也更具有迫切性。乡村小说一直是长篇小说的重镇，但随着现代化进程的提速，日益兴盛的城市小说大有取而代之的阵势。事实上，二者并非营垒分明，而是具有相互融合之势。由此雷达等批评家提出了“城乡小说”的概念。中国的现实已经把乡村和城市紧紧地铆合在一起，为“城乡小说”提供了现实基础。但我更感兴趣的是，在那些比较典型的城市小说或乡村小说中，作家们打破旧格局的倾向非常明显。如徐则臣的

《王城如海》完全讲述的是城市里的人物和故事，被认为写出了城市“众生相”。但我注意到，徐则臣并非写城市的权势者，而是写那些为生存奔波的人，写这些人的弱小和卑微。这种体现在单个人身上的弱小和卑微汇合到一起又构成了城市一股不可忽略的力量。这其实是徐则臣对乡村精神的一种理解。所以他说，城市除了浮华之外，“还有一个更深广的、沉默地运行着的部分，那才是这个城市的基座。一个乡土的基座”。曹多勇的《淮水谣》看上去是很传统的乡村小说写法，但他将离乡与恋乡交织起来写，写出乡愁的一体两面，其意蕴完全溢出乡村题材的边界。梁鸿的《梁光正的光》则将学者思维和非虚构思维带进乡村叙述，初次写长篇小说，尽管有些鲁莽，但她塑造了一个特立独行的农民形象，这个形象既是从她家乡梁庄生长出来的，也是从她内心生长出来的，折射出当今时代的异化。

马笑泉的《迷城》写的是一座小县城。小城镇是一个非常值得关注的空间，它处在城市与乡村的交汇处，衔接着城乡两种文化，最适宜展开乡村叙述与城市叙述的对话。但马笑泉并没有在乡村题材或城市题材上做文章，而是连走了两步“险棋”。第一步险棋是他选择执掌这个城市权力的最高领导作为小说的主要人物——这很容易将小说写成一部俗套的官场小说。马笑泉绕开了官场小说的陷阱，他选择这步险棋是为了选择更为宏阔的政治视点，通过政治视点可以辐射到城市的方方面面。第二步险棋是他以常务副县长鲁乐山突然坠落在住所楼下作为小说故事的开头，并将这桩不确定是自杀还是他杀的悬案作为贯穿始终的线索——这很容易写成一部流行的破案小说或反腐小说。但马笑泉同样顶住了流行的压力，他之所以要紧紧抓住这桩命案的线索，是因为他要以这桩命案为引线，将本来互不关联的事件和人物都串在一起，构成一个完整的小城版图。《迷城》的文学意蕴很足。特别是马笑泉将他多年研习书法的心得融入叙述之中，既直指当下书法热的现实，又让人物形象更为丰满，还使小说增添了一份浓浓的雅趣。迷城之迷既在迷宫般的幽微，也在迷局般的险峻；更有对美好的迷恋和对思想的迷惑。

对于作家个人而言，在题材上打破旧格局则突出体现在对自我的写作定势的突破。红柯的《太阳深处的火焰》便得益于对个人题材困局的突破。新疆的异域风情和绚烂文化是红柯最重要的题材，它开启了红柯的浪漫主义文学之路，但也形成了一定的套路。红柯后来回到了家乡陕西，他在小说中加进了陕西的元素，新疆元素与陕西元素构成了红柯小说的复调性，但两种元素的融洽性又显得有所欠缺，因为他一直未能将新疆与陕西之间的内在关系梳理清楚。终于，在《太阳深处的火焰》中，他基本上解决了这个问题，这意味着红柯对于新疆与陕西的长期对话已经有了一个明确的结论，这个结论就是新疆与陕西从文化渊源上是一体的。红柯的用意是要说，那个有着辉煌传统的陕西在现实中出了问题，而且他不满足于对具体问题的揭露和批判，而是要归结出现实问题的总根子。这个总根子就是传统文化中的阴柔观。这大概就是红柯写作这部小说的真正动机，他由此赋予新疆的太阳墓地最具现实性的象征意义。

从题材的丰富性也能看出长篇小说与现实的亲密度。比如面对以经济为主潮的社会，经济逐渐成为一种题材类型，如丁力的《中国式股东》、袁亚鸣的《影子银行》等，但经济只是作者的切入口，要么像丁力那样写如何做人，要么像袁亚鸣那样对经济行为进行精神现象分析；乔叶的《藏珠记》化用了网络文学中的穿越小说手法，让唐代的一个女孩与今天对话，触及了永恒与瞬间的哲学话题；海飞的《惊蛰》则是将谍战小说这种类型小说的写法有效嫁接在革命历史题材上。

主题变化：用头脑和体温去写作

主题之于长篇小说的重要性不言而喻。题材本身就内蕴着一定的主题旨向。因此有些作家尽管写作时主题并不确定，但他只要对题材的把握到位，主题仍然能彰显出来。然而我们停留在固定的主题上写小说，是导致模式化和同质化的重要原因，因此即使是同一个题材，也应该在主题上有新的发现，而要做到这一点，关键是要用自己的头脑，同时也要用自己的体温去写作。

主题首先包含着价值观。一个时代一个民族都会形成自己的核心价值，体现了社会主潮的价值内涵。张新科的《苍茫大地》是一部表现南京雨花台烈士英雄事迹的长篇小说。许子鹤这一形象不仅具有共产党人形象必备的思想品格和阶级本色，而且亲切感人，充满智慧、情感丰沛。这一形象的成功在很大程度得益于作者对英雄主义主题的深入发掘。一方面，他给主人公许子鹤确定了符合共产党人思想原则的底色：忠诚、信仰、使命、志向、责任感、牺牲精神，而另一方面，他又注意将共产党的核心价值与人类共同的价值内涵有机地结合起来，如孝顺、忠诚、与人友善、古道热肠等等。作者花了不少笔墨来写许子鹤对待父母特别是对待养母的感人故事，也妥善地写到他与叶瑛的爱情婚姻以及他与德国姑娘克劳娅之间微妙的情感关系。这部作品也说明，中国的社会主义核心价值系统与人类普遍认同的价值之间具有密切的辩证关系。建立在中国特色社会主义基础上的核心价值体系，充分体现出对人类普遍认同价值的认同和推广，是人类普遍认同价值在中国当代社会的具体呈现。如果说《苍茫大地》写了叱咤风云的英雄，那么任晓雯的《好人宋没用》和石一枫的《心灵外史》写的则是典型的小人物，无论是宋梅用还是大姨妈，显然都没有值得宏大叙事的丰功伟绩，她们基本上游离于大历史潮流的边上，甚至其举动与历史进程相佐。但两位作家都看到了她们身上“好人”的一面，但是“好人”就一定好吗？任晓雯笔下的宋没用其实是以软弱和忍让的方式来回避人生的进取。石一枫则要告诉我们，一个心善的人在精神上还得有信仰的支撑，否则她的善可能会办出恶事。这两部小说的小人物并不天然地占有道德的优势，因而也体现了作者不随众的价值观。

范小青写《桂香街》的目的是要宣扬江苏一位居委会干部的模范事迹，但作者并没有将此写成一篇单纯歌颂好人好事的作品，而是将小说主题调整到自己的文学思路中。范小青的文学思路之一便是寻找。从寻找的文学思路出发，范小青写《桂香街》就不是直接、正面地书写这一形象，而是设置了一个寻找的主线索：寻找居委会新来的蒋主任。《桂香街》的寻找是多方位的。林又红一次又一次的寻找，最后寻找到了居委会的核心，这个核心就是长在桂香街上的老桂树，它象征着一种默默奉献的精神。对于范小青来说，寻找不仅仅是为了编织一个情节复杂的故事，而且也是她孜孜以求的精神。寻找精神是人类文明的一种重要的精神意向，人类不就是在不断寻找的过程中开拓和丰富人类文明的资源的吗？孙惠芬在《寻找张展》中也确定了寻找这一主题，从而将一个关于中学生教育的题材写出了新意。孙惠芬在这部小说中所要寻找的仍然是

“救赎”，不仅是对“90后”的救赎，也是对天下母亲的救赎，更是对我们这个社会的救赎。而救赎惟有通过心灵的沟通才能实现。杨帆的《锦绣的城》也包含着拯救的主题，她针对道德日益败坏的现实，呼唤清洁意识，人人都需要清洁身体和灵魂。但她过于依赖感性的写作，导致一个精彩的主题在感觉的碎片中泄掉了。

一些重大题材似乎已预设了主题，要在主题上有自己的发现很不容易，但也并非不能寻找到突破点。比如周梅森的《人民的名义》写的是反腐题材。但他并没有将其写成一部在主题上中规中矩、在情节上追求戏剧性的类型化的反腐小说，他尽管高度认同党中央的决策，但同时也有自己的眼光和视角，因此小说不仅写出了当下反腐斗争的复杂性、艰巨性、多面性，更将其提高到了依靠文化、法律、制度进行反腐的高度上，由此揭示了当下中国的政治生态。李佩甫的《平原客》以一名副省长杀妻的案件为主线，也有陷入破案小说或反腐小说之虞，但李佩甫将其纳入到他一贯进行的关于传统农业文明在现代化进程的变异和困境的思考范畴之中，出生于农村的李德林是身居要职的高级官员，又曾经是有“小麦之父”之誉的科学家，喝过洋墨水，他人生经历的丰富性也构成了他精神的复杂性。范稳的《重庆之眼》写的是重庆大轰炸，但范稳并没有简单地将其写成一部揭露和控诉侵略罪行的小说，而是通过重庆大轰炸以及对后人的影响，反思战争与和平之间、国家和人民之间的复杂而又辩证的关系。因此，他在小说中设置了两条线索，一条是重庆大轰炸的历史呈现，另一条是今天人们向日本政府起诉战争赔偿的诉讼。两条线索不仅将历史与现实勾连起来，而且也通过现实的诉讼直戳历史的核心。需要注意的是，预设主题会形成一种在主题上的模式化思维，而且它就像是“第二十二条军规”一样，看似不存在，却又无处不在，所以不少作品都难免留下模式化思维的痕迹。如《苍茫大地》虽然在塑造新的英雄形象上有所突破，但在处理英雄的妻子叶瑛时，完全忽视了叶瑛这一人物的悲剧性，把她写成了一个缺乏自我意识的符号性人物，只是以她来陪衬许子鹤的政治意志；又如《重庆之眼》生硬地加入地下党在重庆策反国民党飞行员的情节，这些都可以说是模式化思维留下的败笔。

作家不仅要用自己的头脑去发现主题，也要在发现中带着自己的体温。我的意思是说，作家的写作必须融入自己的情感，用自己的生命去体验世界。陆天明的《幸存者》显然是带着体温写出来的作品。小说是以自己的经历为主线，反映了20世纪七八十年代中国社会的思想演变。书写这段历史的小说有很多，而陆天明在回望这段历史进程中的疾风暴雨，感慨自己是一名幸存者，而这一带着体温的“幸存者”认识便成为了小说的主题。陆天明从幸存者的角度来书写每一个人物。像林辅生这位曾在“文革”中被打倒的干部，恢复工作后就参加了一次“幸存者”的聚会。而谢平抱怨历史不公时，他的战友则提醒他你还活着的事实，也是在提醒他你要庆幸你是一名幸存者。不同的幸存者会有不同的生存理念。陆天明试图追问每一位幸存者，并从中寻找到人生的理想。鲁敏的《奔月》通过一个失踪者的故事去质疑现代城市的冷漠。小六因为一场车祸而成为一名失踪者，她在车祸现场捡起别人的证件以另一种身份生活在别处，这似乎实现了她内心隐秘的愿望。而小六的亲人和同事们在焦急等待小六归来的过程中也慢慢改变了自己的心理和情感。鲁敏由此发现，我们的精神信念中最缺乏的就是永恒性的东西，我们最日常的生活和情感中弥漫着不确定性。这样的主题令我们反思。但我感到不满足的是，鲁敏在讲述中是那样地冷静，她在质疑笔下的人物时，似乎没有顾及他们身上尚存的体温，这影响到小说主题的展开。我以为，鲁敏如果带着她所独有的“东坝”式温暖来体悟城市，也许会有另一番惊艳的书写。

方法变化：在处理现实上下功夫

在创作方法上，现实主义仍然是长篇小说的主流。但同时必须看到，今天的现实主义已经不似过去的单色调的现实主义，而是变得色彩斑斓了。这得感谢现代主义长期以来的浸染。“70后”以及更年轻的一代是在现代主义的时尚语境中开启文学之门的，如今“70后”已经成为长篇小说创作的主力，必须看到他们在创作方法上带来的新变。黄孝阳是“70后”在创作方法上极具标志性意义的一位作家。他的《众生·迷宫》并不在于其鲜明的先锋派风格，而在于他是抱着自己新的文学观去进行创作实践的。他的新的文学观是要寻找或创立一种新的小说叙述逻辑。他将知识作为小说叙述的基本单元，取代了形象在叙述中的位置。黄孝阳的小说实验让我们看到文学就像是一个悄悄膨胀的宇宙。与黄孝阳相似的是李宏伟，他的《国王与抒情诗》自如地在现实与非现实之间游走，把哲学、历史、诗意熔于一炉。赵本夫的《天漏邑》让我大吃一惊。这位能把现实主义玩得滴溜转的作家竟然完全玩起了现代派，他以另外一种方式来处理现实。尽管他将现实加以荒诞、诡奇的处理后能够表达出更多的意义，但我还是觉得他不应该放弃他在写实上的长处。张翎的《劳燕》以鬼魂叙事开头，三个在战争中相识的男人相约死后重聚，但作者这样的设计只是为了克服写实性叙述在时空上的约束，让三位亡灵超越时空表达对同一位女人的爱与悔，小说主要还是依靠强大的现实主义细节描写完成了对一个伟大女性的塑造，是一种具有世界视野和人性深度的战争叙事。

关仁山的《金谷银山》和苗秀侠的《皖北大地》都是正面书写新农村建设的小说。当前农村一系列新的现象如三农问题、土地流转、环境保护、农民返乡等，均在两部小说中有所反映。两位作者都对农村充满了热情和真诚，这种热情和真诚浸透在字里行间，他们都试图塑造代表新农村的新型农民形象。《皖北大地》所写的农瓦房具有一种农业的工匠精神，这是被人们所忽略的可贵精神，难得的是被作者敏锐地抓住了。《金谷银山》中的范少山则是一位主动返乡的农民，关仁山在塑造这一农民形象时有意秉承柳青在《创业史》中所凝注的乡村叙述传统。这两部小说都是紧贴现实的作品，但两位作家在如何处理现实的问题上又都存在着简单化的倾向。如《皖北大地》将当前农村禁烧秸杆的阶段性工作作为建设新农村的核心情节，《金谷银山》将一个被确定为搬迁的白羊峪作为典型环境并将抵制搬迁作为情节起点，这样的设计显然没有扣住新农村建设的精神内涵。作家紧贴现实的热情没有错，但他们的写作也许太急了些，要把现实理解透、处理好是需要一个过程的。

我们对现实主义有一种误解，以为现实主义的作品最容易写，只要有了生活或者选对了题材就成功了一大半。殊不知，现实主义是一种最艰苦、最不能讨巧，也丝毫不能偷工减料的创作方法，它需要付出特别辛劳的思考才能触及现实的真谛，缺乏思考的作品顶多只能算是给现实拍了一张没有剪裁的照片而已。所幸的是，现实主义作为当代长篇小说的主流，仍然显示出它强大的生命力。陶纯的《浪漫沧桑》和王凯的《导弹与向日葵》是2017年军旅长篇小说的重要收获，两部小说都是典型的现实主义方法，同时也充分证明了思想在现实主义创作中具有举足轻重的作用。陶纯写革命战争有自己的反思。他塑造了一个特别的女性李兰贞，她竟然是为了追求浪漫爱情而投身革命，一生坎坷走来，伤痕累累，似乎最终爱情也不如意。陶纯在这个人物身上似乎寄寓了这样一层意思：爱情和革命都是浪漫的事情，既然浪漫，就无关索取，而是生命之火的燃烧。王凯写的是在沙漠中执行任务的当代军人，他对军人硬朗的生活有着感同身受的理解，也对最基层的军人有着高度的认同感。他不似以往书写英雄人物那样书写年轻的军人，因此小说中的军人形象并不“高大上”，然而他们的青春和热血是与英雄一脉相承的。

（原载2018年1月3日《文艺报》）

中篇小说仍是高端成就

孟繁华

守成即创新

从文体方面考察，近五年来我认为中篇小说还是最有可能代表这个时期文学高端成就的文体。一方面，这与百年文学传统有关。新文学的发轫，无论是陈季同的《黄衫客传奇》还是鲁迅的《阿Q正传》，都是中篇小说，这是百年白话文学的一个传统；一方面，进入新时期，在大型刊物推动下的中篇小说，一直保持在一个相当高的水平上。因此，中篇小说是百年来中国文学最重要的文体。中篇小说创作积累了极为丰富的经验，它的容量和传达的社会与文学信息，使它具有极大的可读性；当社会转型、消费文化兴起之后，大型文学期刊顽强的文学坚持，使中篇小说生产与流播受到的冲击降低到了最小限度。文体自身的优势和载体的相对稳定，以及作者、读者群体的相对稳定，都决定了中篇小说在物欲横流的时代获得了绝处逢生的机缘。这也使中篇小说能够不追时尚、不赶风潮，能够以“守成”的文化姿态坚守最后的文学性成为可能。在这个意义上，中篇小说很像是一个当代文学的“活化石”。在这个前提下，中篇小说一直没有改变它文学性的基本性质。因此，百年来，中篇小说成为各种文学文体的中坚力量并塑造了自己纯粹的文学品质。中篇小说因此构成百年文学的奇特景观，取得了令人瞩目的艺术成就，这在百年的文化语境中不能不说是一个奇迹。他们在诚实地寻找文学性的同时，也没有影响他们对现实事务介入的诚恳和热情。无论如何，百年中篇小说代表了这个时段文学的高端水平，它所表达的不同阶段的理想、焦虑、矛盾、彷徨、欲望或不确定性，都密切地联系着这个时代的社会生活和心理经验。于是，一个文体就这样和百年中国建立了如影随形的关系。它的全部经验已经成为我们值得珍惜的文学财富。

近年来，中篇小说创作不仅提供了新的审美经验，而且中篇小说的容量和它传达的社会与文学信息，使它具有极大的可读性。总体来看，中篇小说能够不追时尚、不赶风潮，能够以守成的文化姿态坚守最后的文学性成为可能。“守成”这个词在这个时代肯定是不值得炫耀的，它往往与保守、落伍、传统、守旧等想象连在一起。但在这个无处不变、无时不变的时代，“不变”的事物可能显得更加珍贵。这样说并不是否定“变”的意义，突变、激变在文学领域都曾有过革命性的作用。但我们似乎从来没有肯定过“不变”或“守成”的价值和意义。不变或守成往往被认为是“九斤老太”，意味着不合时宜。但恰恰是那些不变的事物走进了历史而成为经典，成为值得我们继承的文化遗产。现在，“创新”已经成为这个时代最重要的口号，“唯新是举”也成为这个时代的文化的意识形态。应该说，没有人反对创新。一部文学史从某种意义上也可以说是一部创新史。但是，并不是“新的”就是好的，“创新”是一个不断“试错”的过程，而且必须是在“守成”基础上实现完成的，没有守成就无从创新。因此，在“创新”成为最大神话的今天，我们有必要强调“守成”的价值和意义。历史的经验值得注意，当激进主义的“创新”要超越一切的时候，就是它的问题就要暴露的时候。这时，强调或突出一下守成，就是十分必要的。甚至我们也可以说，某些时候守成即创新。在这方面，中篇小说多年艺术实践积累的经验是十分宝贵的。当然，当下中国优秀的中篇小说作家应该是最多的。这里，我想集中推荐三部中篇小说：《赤驴》《梅子与恰可拜》《世间已无陈金芳》。

真切表达人与社会的关系

作家老奎名不见经传，甚至从来没有在文学刊物上发表过作品。他的中篇小说《赤驴》，也是首发在他的小说集《赤驴》中。当我第一次看到小说的时候有如电击：这应该是中国第一部“反乌托邦小说”。它书写的也是乡村中国特殊时期的苦难，但它与《许茂和他的女儿们》《芙蓉镇》《爬满青藤的木屋》等还不一样。周克芹、古华延续的还是五四以来的启蒙传统，那时的乡村中国虽然距五四时代已经60多年，但真正的革命并没有在乡村发生，我们看到的还是老许茂和他的女儿们不整的衣衫、木讷的目光和菜色的容颜，看到的还是乡村流氓无产者的愚昧无知，以及盘青青和李幸福无望的爱情。而《赤驴》几乎就是一部“原生态”的小说，这里没有秦秋田，也没有李幸福，或者说，这里没有知识分子的想象与参与。它的主要人物都是农村土生土长的农民：饲养员王吉合、富农老婆小凤英以及生产队长和大队书记。这四个人构成了一个“三个男人和一个女人的故事”。但是这貌似通俗文学的结构，却从一个方面以极端文学化的方式，表达了特殊时期人与人的关系以及人与权力的关系。

我之所以推崇《赤驴》，更在于它是中国第一部“反乌托邦”小说。20世纪西方出现了三大“反乌托邦小说”：乔治·奥威尔的《1984》、阿道司·赫胥黎的《美丽新世界》和尤金·扎米亚京的《我们》。三部小说深刻检讨了乌托邦建构的内在悖谬——统一秩序的建立以及“集体”与个人的尖锐对立。在“反乌托邦”的叙事中，身体的凸显和解放几乎是共同的特征。用话语建构的乌托邦世界，最终导致了虚无主义。那么，走出虚无主义的绝望，获得自我确证的方式只有身体。《1984》中的温斯顿与裘丽娅的关系与其说是爱情，毋宁说是性爱。在温斯顿看来，性欲本身超越了爱情，是因为性欲、身体、性爱或高潮是一种政治行为，甚至拥抱也是一场战斗。因此，温斯顿尝试去寻找什么才是真正属于自己的时，他在“性欲”中看到了可能。他赞赏裘丽娅是因为她有“一个腰部以下的叛逆”。于是，这里的“性欲”不仅仅是性本身，而是为无处逃遁的虚无主义提供了最后的庇护。当然，《赤驴》中的王吉合或小凤英不是、也不可能是温斯顿或裘丽娅。他们只是斯皮瓦克意义上的“贱民”或葛兰西意义上的“属下”。他们没有身体解放的自觉意识和要求，也没有虚无主义的困惑和烦恼。因为他们祖祖辈辈就是这样生活。但是，他们无意识的本能要求——生存和性欲的驱使，竟与温斯顿、裘丽娅的政治诉求殊途同归。因此，在这个意义上，《赤驴》才可以在中国“反乌托邦”小说的层面讨论。它扮演的这个重要角色，几乎是误打误撞的。

从百年文学史的角度来看当下小说的发展，“身体”仍然是一个重要的关键词。除了自然灾难和人为战争的饥饿、伤病和死亡外，政治同样与身体有密切关系。老奎作为一个来自“草根”的底层作家，他以生活作为依据的创作，不经意间完成了一个重要的文学革命：那就是他以“原生态”的方式还原了那个时代的乡村生活，也用文学的方式最生动、最直观也最有力量地呈现了一个道德理想时代的幻灭景观。但是，那一切也许并没有成为过去。如果说小凤英用身体换取生存还是一个理由的话，那么，今天隐秘在不同角落的交换，可能就这样构成了一个欲望勃发或欲望无边的时代。因此，性、欲望从来就不仅仅是一个本能的问题，它与政治、权力从来没有分开。

不应被遗忘的承诺和等待

董立勃的《梅子与恰可拜》写一个19岁的女知识青年梅子在乱世来到了新疆，她的故事可想而知。梅子虽然长得娇小，但她有那个时代的理想，于是成了标兵模范。在一个疲惫至极的凌晨，险些被队长、现在的镇长强奸。但这却成为梅子此后生活转机的“资源”。改革开放初期，很多人想利用公路边一个废弃的仓库开酒馆，但镇长都不批。梅子提出后，镇长不仅批了而且还给她贷了两万元的款。当梅子后来有了孩子需要一间房子时，梅子又找到镇长，镇长又给了梅子一间房子。镇长当年的一时失控成了他挥之难去的噩梦。这件事情梅子只和一个叫黄成的大学生说过。黄成是一个还没毕业的大学生，在“文革”中因两派武斗，失败后从下水道逃跑，一直流落到新疆。他救起了当时因遭到凌辱企图自杀的梅子，于是两人相爱并怀上了孩子。黄成试图与梅子在与世隔绝的边地建构世外桃源，过男耕女织的生活。但黄成还是被发现了，他被几个戴着红袖章的人拖上了一辆大卡车。在荒无人烟的荒野里，恰可拜看到陌生人黄成在万般无奈的情况下，将自己的爱人托付给了他，“他听到那个男人朝着他大声喊着，兄弟，请帮个忙，到干沟去，把这些吃的，带给我的女人。你还要告诉她，说我一定会回来，让她等着我，一定等着我，谢谢你了。”“不等他作出回答，他们就把那个男人扔进了汽车。不过那个男人被扔进去后，又爬起来，就在车子开动时，把头伸出了车厢外，对他喊着，拜托你帮我照顾一下她，她有身孕了，兄弟，求你了，兄弟……”这是小说最关键的情节。承诺和等待就发生在这一刻。于是，恰可拜“一诺千金”，多年践行着他无言的承诺，他没有任何诉求地完成了一个素不相识人的托付，照顾着同样素不相识的梅子。梅子与黄成短暂美丽的爱情也从此幻化为一个“等待戈多”般的故事。黄成仅在梅子的回忆中出现，此后，黄成便像一个幽灵一样被“放逐”出故事之外；镇长因对梅子强奸未遂而一直在故事“边缘”。于是，小说中真正直接与梅子构成关系的是恰可拜。恰可拜是一个土著，一个说着突厥语的民族。他是一个猎人，更像一个骑士，他骑着快马，肩背猎枪、挂着腰刀，一条忠诚的狗不离左右。从他承诺照顾梅子的那一刻起，他就是梅子的守护神。一个细节非常传神地揭示了恰可拜的性格：他每天到酒馆送来猎获的猎物，然后喝酒。但是，“一杯伊犁大曲牌的烧酒，他每回就喝这么些决不再多也决不再少”。恰可拜的自制自律，通过喝酒的细节一览无余。这确实是一个可以而且值得托付的人。

梅子是小说中有谱系的民间人物。她漂

亮、风情，甚至还有点风骚，但她也刚烈、决绝。她是男人的欲望对象，也是女人议论或妒忌的对象。她必然要面对无数的麻烦。但这些对梅子来说都构不成问题，这是人在江湖必须要承受的。重要的是那个永远没有消息的幽灵般的黄成，既是她生活的全部希望又是她的全部隐痛。等待黄成就是梅子生活的全部内容，这漫长的等待，是小说最难书写的部分。但是，董立勃耐心地完成了关于梅子等待的全部内容。当然也包括梅子几乎崩溃的心理和行为，当她迷乱地把恰可拜当作黄成的一段描写，也可以看成是小说最感人的部分之一。因此，黄成在小说中几乎是一个幻影，他与梅子短暂生活的见证就是有了一个女儿；但是，恰可拜与梅子几乎每天接触，人都是这样，就是日久生情。恰可拜后来也结了婚，但很快就离了。无论是那个女人还是恰可拜心里都清楚是什么原因导致他们离异的。因此，后来恰可拜进城找黄成久久不归时，梅子从等一个男人变成了等两个男人。无论梅子还是恰可拜，等待与承诺的信守都给人一种久违之感。这是一篇充满了“古典意味”的小说。小说写的承诺和等待在今天几乎是一个遥远甚至被遗忘的事物，我们熟悉的恰恰是诚信危机或肉欲横流。董立勃在这样的时代写了这样一个故事，显然是对今天人心的冷眼或拒绝。在他的讲述中，我们似乎又看到了那曾经的遥远的传说或传奇。

直面这个时代的精神难题

石一枫的小说是敢于正面强攻的小说。《世间已无陈金芳》，甫一发表，震动文坛。在没有人物的时代，小说塑造了陈金芳这个典型人物；在没有青春的时代，小说讲述了青春的故事；在浪漫主义凋零的时代，它将微茫的诗意幻化为一股潜流在小说中涓涓流淌。这是一篇直面当下中国精神困境和难题的小说，是一篇耳熟能详险象环生又绝处逢生的小说。小说中的陈金芳，是这个时代的“女高加林”，是这个时代的青年女性个人冒险家。陈金芳出场的时候，已然是一个“成功人士”：她 30 上下，“妆化得相当浓艳，耳朵上挂着亮闪闪的耳坠，围着一条色泽斑斓的卡蒂亚丝巾”，“两手交叉在浅色西服套装的前襟，胳膊肘上挂着一只小号古驰坤包，显得端庄极了”。这是叙述者讲述的与陈金芳 10 年后邂逅时的形象。陈金芳不仅在装扮上焕然一新，而且谈吐得体、不疾不徐，对不那么友善的“我”的挖苦戏谑并不还以牙眼，而是亲切、豁达、舒展地面对这场意外相逢。

陈金芳今非昔比。10 多年前，初中二年级的她从乡下转学来到北京住进了部队大院，她借住在部队当厨师的姐夫和当服务员的姐姐家里。刚到学校时，陈金芳的形象可以想象：个头一米六，穿件老气横秋的格子夹克，脸上一边一块农村红。老师让她进行一下自我介绍，她只是发愣，三缄其口。在学校她备受冷落、无人理睬，在家里她寄人篱下、小心谨慎。这一出身，奠定了陈金芳一定要出人头地的性格基础；城里乱花迷眼无奇不有的生活，对她不仅是好奇心的满足，而且更是一场关于“现代人生”的启蒙。果然，当家里发生变故，父亲去世母亲卧床不起，希望她回家侍弄田地，她却“坚决要求留在北京”，家里威逼利诱甚至轰她离家，她即便“窝在院儿里墙角睡觉”也“宁死不走”。陈金芳的这一性格注定了她要干一番“大事”。初中毕业后她步入社会，同一个名曰“豁子”的社会人混生活，而且和“公主坟往西一带大大小小的流氓都有过一腿”，“被谁‘带着’，就大大方方地跟谁住到一起”。一个一文不名的女孩子，要在京城站住脚，除了身体资本她还能靠什么呢？果然，当“我”再听到人们谈论陈金芳的时候，她不仅神态自若、游刃有余地出入各种高级消费场所，而且汽车的档次也不断攀升。多年后，陈金芳已然成了一个艺术品的投资商，人也变得“不再是一个内向的人了，而是变得很热衷于自我表达，并且对自己的生活相当满意”。“给人们留下的印象。她与任何人都能自来熟，盘旋之间挥洒自如，俨然‘摆开八仙桌，招待十六方’的社交名媛。三言两语涉及‘业务’的时候，她嘴里蹦出来的不是百八十万的数目，就是那些如雷贯耳的名号。”陈金芳穿梭于各种社交场合，她在建立人脉寻找机会。折腾不止的陈金芳屡败屡战，最后，在生死一搏的投机生意中被骗而彻底崩盘。但事情并没有结束。陈金芳的资金，是从家乡乡亲们那里骗来的。不仅姐姐姐夫找上门来，警察也找上门来——从非法集资到诈骗，陈金芳被带走了。

陈金芳在乡下利用了“熟人社会”，就是所谓的“杀熟”。她彻底破坏了乡土社会人际关系的伦理，因坑害最熟悉、最亲近的人使自己陷于不义。在这个意义上，说陈金芳是这个时代的“女高加林”也并不完全准确，高加林是在一个相对“抽象”或普遍的意义上向往“现代”生活的，他想象的“城里”并不具体，他到城里是为了逃离土地，做一个城里人，他还没有现代物质观念，思想里也没有拜物教。因此，高加林同他的时代一样，是一种“很文艺”的理想化；但陈金芳不一样，她的理想是具体的，她不仅要进城，不仅要做城里人，支配她的信念是“我只是想活得有点儿人样”。按说这个愿望并没有什么错，每个人都可以、也应该有这样的愿望。只有“活得有点儿人样”才会体面，才会有尊严。但是，陈金芳实现这个愿望的手段是错误的，她的道路是一条万劫不复的道路，她在道德领域洞穿了底线。她的方式恰恰构成了我们这个时代的精神难题。石一枫发现了陈金芳并将她塑造出来，这就是他的贡献。

我竭力推荐的这三个中篇小说，从某种意义上代表了近5年来中篇小说的水准，他们也提供了书写当下中国新的经验。当然，5年来优秀的中篇小说远非这三部。像林白的《长江为何如此远》、邓一光的《你可以让百合生长》、余一鸣的《愤怒的小鸟》、陈应松的《无鼠之家》、荆永鸣的《北京邻居》、方方的《涂自强的个人悲伤》、迟子建的《晚安玫瑰》、李凤群的《良霞》、计文君的《无家别》、杨晓升的《身不由己》、弋舟的《所有路的尽头》、石一枫的《地球之眼》《营救麦克黄》、邵丽的《第四十圈》、刘建东的《阅读与欣赏》、葛水平的《小包袱》、宋小词的《直立行走》、林那北的《镜子》、陈希我的《父》、张楚的《风中事》、陈仓的《从前有座庙》、尤凤伟的《命悬一丝》、文珍的《张南山》等，都是可圈可点的优秀中篇小说。只要我们走进中篇小说内部就会发现，这个文体的璀璨、瑰丽或万花纷呈就在眼前。

（原载2017年8月18日《文艺报》）

生态文学，中国文学的新生长点

李朝全

生态文学正在勃兴

今年8月以来，塞罕坝成为社会公众和许多作家关注的一个焦点，出现了一批反映塞罕坝林场建设卓越成就、表现生态文明主题的报告文学，如李青松《塞罕坝时间》、郭香玉的《塞罕坝，京城绿色屏障的前世今生》、蒋巍的《塞罕坝的意义》、张秀超的《塞罕坝，这样走来》等。北方聚焦塞罕坝，南方聚焦安吉县。何建明创作的《那山，那水》在《人民文学》第9期首发，随即推出单行本。在很短时间内加印3次，发行量超过12万册。该书通过描写习近平同志于2005年首次提出“绿水青山就是金山银山”论断的地点浙江安吉县余村在这一科学思想指导下十几年来发生的巨大变化，表现了新科学发展理念对于中国乡村变革发展的极端重要性，这是一部献给生态文明、美丽乡村和美丽中国建设的深情礼赞。这一批作品的新鲜出炉，使生态文学成为本年度文坛的一大热点。

生态文学的勃兴，是当前文学创作领域不容小视的重要现象。近些年来，涌现出了许多有影响的生态文学作品，摘取了一些重要的文学奖项，产生了广泛的社会影响，如肖亦农的报告文学《毛乌素绿色传奇》、李青松的《一种精神》《乌梁素海》《薇甘菊——外来物种入侵中国》、叶多多的《一个人的滇池保卫战》、哲夫的《水土中国》等。《中国绿色时报》自2009年起连续举办了九届“十大生态美文评选”，其中不乏像梁衡、蒋巍、王宗仁、陈祖芬、陈世旭、徐刚这样的名家获奖，在林业系统和文学界产生了积极反响。据中国林业生态作家协会主席李青松介绍，目前该协会拥有会员300余人，创作活跃，成果丰硕。

生态文学渊源已久

生态文学的兴盛是中国现实发展的呼唤与内在需要。从“再造一个秀美山川”到美丽中国、绿色中国建设，从倡导人与自然和谐共处的科学发展观到创新、协调、绿色、开放、共享的新发展理念，统筹推进经济建设、政治建设、文化建设、社会建设、生态文明建设五位一体总体布局，国家治理体系和治理理念的转变，彻底改变了落后的发展观念，提升了生态文明的地位，从而极大地激发了生态文学的生机与活力。尤其是在中国共产党第十八次全国代表大会之后，对于绿水青山就是金山银山理论的坚定践行，从根本上扭转了人们的思想观念，增强了生态意识，生态文明建设被提到了前所未有的高度，受到了空前的重视，并正在逐步凝聚成全社会的共识。时代的发展进步催使并造就了生态主题成为文学创作的重要主题，生态文学风华正茂，绿意盎然。

在反映和体现全新的发展理念和时代变迁方面，生态报告文学一马当先，取得了骄人的成绩。其他体裁和样式的生态文学作品也出现了繁荣局面，产生了一批优秀之作。

当下生态文学的繁盛有着深刻的历史渊源和深厚的文学文化积淀基础。我国古代的山水诗、田园诗以及后来的游记、风景散文等文学作品，堪称最早的生态文学。而自古便有的天人合一、天行健、人与自然和谐与共、美即和谐、各美其美、美美与共等深刻的哲学思想，更是沉淀在每一个中国人心理深处的文化基因。中国历来重视生态和环境，重视自然与和谐。中和、协和、平和，是中国哲学的基本要义，也是生态文学的根本主题。

人与生态须臾不可分割。生态是人类的生存之需、生活之要、生命之本，生态文学其实也是人学，是最贴近人自身的一种文学样式。生态与文学可以完美地统一于人，作用和服务于人。人们关心和喜爱生态文学，其实就是在关心和关注人的生存，关注人本身。

生态问题催生生态文学

在李青松看来，是生态问题催生了生态文学，生态文学是以自觉的生态意识反映人与自然关系的文学，强调人对自然的尊重，强调人的责任和担当。这是从考察改革开放特别是上世纪 80 年代以来兴起的生态文学而得出的结论。在这一时期，率先出现的一批生态文学代表性的作品如徐刚的《伐木者，醒来!》《江河并非万古流》等，关注中国的森林滥伐，风沙肆虐、国土污染等生态环境问题，以鲜明的问题意识和批判精神赢得文坛瞩目，从而为生态文学名分的确立与崛起奠定了基础。

从题材内容上看，生态文学可以区分为植物文学（包括森林文学）、动物文学、大自然文学、生态文明建设或环境文学、水文学等。生态文学的体裁样式则囊括了小说、诗赋、散文、报告文学和儿童文学等。植物文学，如梁衡近些年来踏寻采写的“中华人文古树系列”散文，聚焦人文意蕴深厚的古木名树，生动传神，趣味盎然，独具一格。动物文学中影响最大的是动物小说，如乌热尔图的《七叉犄角的公鹿》、杨志军的《藏獒》、姜戎的《狼图腾》等，沈石溪、格日勒其木格·黑鹤的儿童动物小说。也包括诸如方敏的纪实文学《熊猫史诗》，韩开春的科普作品《虫虫》，胡冬林的森林动物题材作品等。大自然文学的代表作家是刘先平。他的《走进帕米尔高原》《美丽的西沙群岛》等大自然题材的探险纪实和探险小说等，大多具有科普的性质及价值。

水文学是近年来出现的创作新现象。一批以水资源及其开发利用和保护为主题的纪实作品产生了较大反响。譬如哲夫的《水土中国》，秦岭的《在水一方》，裔兆宏的《美丽中国样本》，陈启文的《命脉——中国水利调查》 《大河上下——黄河的命运》等。

生态文学中所占比重和产生社会影响更大的是关于生态文明建设和生态问题的纪实作品。何建明的《那山，那水》、肖亦农的《毛乌素绿色传奇》等是反映生态建设主题的代表性作品。生态问题报告文学分量很重，更易引人警醒启人深思。譬如李林樱的《生存与毁灭：长江上游及三江源地区生态环境考察纪实》《啊，黄河：万里生态灾难大调查》，哲夫的“江河三部曲”《长江生态报告》《黄河生态报告》《淮河生态报告》，蒋巍的《渴》、陈廷一的《2013 雾霾挑战中国》《国土之殇：重磅出击中国生态文明敏感话题》。

生态文学风光无限

以生态及开发建设为主题的生态文学，其价值必然超越文学。它在推动自然环境保护建设、改善人与自然的关系等方面发挥积极作用，在倡扬科学发展观、赞美绿色和谐生态伦理等方面，对读者产生正面的潜移默化的影响。因此，优秀的生态文学是一种有现实指向性和长远意义的行动文学。

今天，生态文学创作的视野与面向正在逐步地打开、拓展，生态文明理念日益成为全社会的共识。国家经济社会发展也对生态文学提出了更高的要求。创新、协调、绿色、开放、共享的新发展理念，势必将影响并改变生态文学的观念创新、取材、立意、视角和面貌。只要保持与生态紧密的关联，生态文学就一定能接上地气，获得蓬勃生机与活力。

（原载 2017 年 11 月 1 日《人民日报·海外版》）

“认识你自己”:“史诗性”小说的切入口

程光炜

在今天的语境中，重提“史诗性”是一个立意高、具有历史反思性的观点。我们可以从两个角度来观察“史诗性”。

一是四十年来文学思潮发展的角度。1979年出现在“朦胧诗论争”中的“小我”与“大我”的观念分歧，针对的是“文革”之前垄断性的极左文艺思潮，所以谢冕的《在新的崛起面前》和孙绍振的《新的美学原则在崛起》，都是企图用代表着改革开放新力量的“小我”（即个人）来反抗“大我”（极左思潮）对人性的压制，宣布一个在改革开放洪流中出现的“人”的归来。为推动“文学自主性”和新时期文学高歌猛进的发展，“论文学主体性”、“向内转”等口号相继提出。这股文学思潮是造成上世纪80年代文学繁荣局面的最大推手。90年代后，适应全面市场经济的需要，文学界再次提出“宏大叙事”和“个人叙事”、“欲望叙事”等主张，人们普遍认为，只有用“个人叙事”战胜“宏大叙事”，当代文学才能与市场经济的历史语境和世界文学全面接轨。新世纪文学之后，“自我”迅猛走出“大我”甚至“小我”的历史局限，变成一种新的文学姿态，变成一种拒绝历史生活、仅仅沉浸在自我幻想状态的文学书写形式。“小人文学”成为文学新宠，但卢卡契所说的“新时代里小说主人公的心灵”远“比外部世界狭窄”的现象（《小说理论》)，终于引起了批评界的极大担忧。这可看作是重提“文学史诗性”的一个背景。

二是当前小说创作的角度。我注意到，1985年新潮小说兴起之后，尤其是90年代长篇小说创作热兴起之后，作家们纷纷抛弃19世纪文学创作规范，倒向了西方20世纪现代派文学的怀抱。卡夫卡、福克纳、马尔克斯成为他们仿效的对象，托尔斯泰、狄更斯、雨果等19世纪文学大师黯淡无光，被放置一边。最近四十年的中国，可能是近代以来中国历史上社会最为稳定、经济发展最快、人们生活水平大幅提高的一个时期，也是近代180年来承平时期最长的一个阶段。而由于后发展国家的特点，中国的社会组织和结构形态20世纪的美国和18世纪的法国相类，而前者，正是19世纪文学大师们描写的对象——那种大规模迁移变动甚至急剧震荡的历史生活，恰恰是“史诗性”文学最善于刻画的场景。公平地说，鉴于上述文学思潮的进步，小说创作技巧被大幅提升了，很多作家的作品写得越来越圆熟，当代小说的艺术技巧可能达到了现代中国文学的最高点。然而，如果从作家帮助读者“认识生活”、“启发心灵”，从作品的基本功能仍然是感动人心的角度看，当前小说尤其是长篇小说在这方面有所退步，“感情冷漠”成为大多数作家和作品的历史特点。我个人认为，缺乏与这个大时代生活相匹配的“史诗性”长篇小说，依然是目前阶段长篇小说（也包括中短篇小说）的最大问题。

在这个背景下，我觉得重提路遥的《平凡的世界》是有积极意义的，路遥现象构成了一个认识当代文学的视角。从文学角度看，路遥并不是这四十年小说写得最好的作家，他的艺术技巧甚至还有点粗糙，作品的自叙传色彩过浓，有时还会压倒对大视野中人物命运的更理性、更冷静和更具历史深度的观察。然而，《平凡的世界》《人生》等，仍然是最为感动人心、令人心灵长久不能平静的史诗般的文学作品。它们至今都是农村出身的大学生们的“枕边书”，《平凡的世界》是这些年来少有的持续畅销书，被广大读者认为是“惟一”能够感动他们的长篇小说。为什么《平凡的世界》如此长久地占据着历史的独特空间呢？为什么没有路遥那种“城乡交叉带”的痛苦人生经历的读者，也经常被主人公孙少平跌宕起伏的命运所感动呢？这可能正如卢卡契在《小说理论》中所说，托尔斯泰《战争与和平》结尾写的是拿破仑与俄国沙皇战争的结束，但它“预示”了俄国的未来。《平凡的世界》写的是八九十年代一代农村青年波澜壮阔的“进城史”，但它也预示了“农民进城”将是中国现代化进程的最大难题。这个难题不解决，中国一百多年来的现代化梦想也无法实现，历史会重新回到过去的起点上去。当然，“感动”不是评价文学的惟一标准。“感动”只有在重新反思这四十年文学思潮和作家创作的前提下，才富有丰富的历史认识价值。因为，“感动”就像一面历史的镜子，照见了四十年来文学思潮发展的短板不足；照见了当下一些作家历史认识能力的根本局限；照见了从“大我”到“小我”的文学史进程中，固化观念让小说主人公的心灵“远比外部世界狭窄”。文学史诗性作品，在这个历史时刻衰落了。

路遥《平凡的世界》之所以值得重提，就是它重新开启了中国当代文学一道文学之门：认识你自己。在最近几十年的重要一线小说家中，路遥可能是最老实的遵循着19世纪文学创作原则的一个人。这个原则对作家的一个基本要求，就是让他们“从生活中发现问题”，贴着主人公的人生经历和命运去创作作品。作家首先是从自己的生活经历中认识自己，然后他们才把这种感受和认识写成作品，再与读者沟通、交流和分享。也就是说，作家实际是生活在读者中间的，没有高高在上扮演精神牧师或引导者的角色，或像上世纪80年代中期以后，尤其是近年来，变成所谓的冷漠的“叙述者”。“认识你自己”被视为陈旧的文学命题，作家们热衷于神秘莫测的叙述，或热衷于在长篇小说中装置一个“历史隐喻”。总之，与描写对象保持“历史距离”，成为一个在改造西方20世纪文学原则基础上形成的新的叙事模式。这种模式给人的印象是，它好像是在写历史，实际跑到了历史之外；要重新进入“这四十年”，就应该将“认识你自己”作为一个切入口。路遥、史诗性、当今小说，就在这个节点上不期而遇了。路遥的故乡陕西省延川县郭家沟是一个城郊公社，与县城仅仅几里路。然而对当时身在农村的路遥来说，他要花费大半生的时间，才可能“从农村进城”。“进城”是路遥本人和他的小说的痛苦之源，在过去漫长同时壁垒森严的“城乡二元结构”制度中，从郭家沟到县城，可能比翻过一个“柏林墙”还要艰难和崎岖。路遥把他最痛苦的“进城心灵史”都写到《人生》、特别是《平凡的世界》里面了。然而，他个人的“心灵史”却意出言外地构成了一部这几十年很多中国年轻人宏大壮阔而且极具悲剧性的

"心灵史"。路遥写的可能只是一部"自叙传"，然而它极富天才地浓缩、概括了中国改革开放这部自近代以来的"最大的传奇"。正是在这个意义上，《平凡的世界》产生了它来自自身的"史诗性"。

（原载2017年10月20日《文艺报》）

重振文学崇高的美学品格

王树增

习近平总书记在十九大报告中指出：“文化是一个国家、一个民族的思想引领、精神支柱、道德教养、知识哺育，也是一个国家、一个民族区别于别的国家、别的民族的重要标识。”

重振文学的崇高品格

文化是民族生存和发展的重要力量。

人类社会的每一次跃进，人类文明的每一次升华，无不伴随着文化的历史性进步。在几千年的时光流变中，中华民族从来不是一帆风顺的，遇到过无数的艰难困苦，世世代代的中华儿女历经沧桑孕育出独具特色、博大精深的中华文化，从而使我们的民族能够不断克服阻碍历史前进的陈旧痼疾与颓败陋习，生生不息。

但是，毋庸讳言，在今日中国经济建设突飞猛进、创造着诸多世界奇迹的同时，精神领域里一股历史虚无主义的逆流正在悄然泛滥。浮躁虚华、附庸跟风、沽名钓誉、急功近利、唯利是图的社会风气，令质疑民族历史、否定民族英雄的风潮成为时髦；在崇尚“娱乐至死”的口号下，是非不分、善恶不辨、搜奇猎艳、一味媚俗、低级趣味的恶俗现象屡禁不止；特别是戏说历史、抹黑英雄的现象频现于各种媒体，颠覆着中华民族世代传承的优秀价值取向。

关于历史虚无主义给一个人、一个国家和一个民族带来的危害，习近平总书记在讲话中深刻地指出，这就是企图让我们这个民族“魂无定所，行无依归”。

一个民族的历史是这个民族的精神图谱，民族英雄是这个图谱中的精神坐标。没有英雄的民族是平庸的民族，不敬仰英雄的民族是没有价值观的民族。现实生活的严酷已经证明，道德沦丧往往是从歪曲本民族历史和贬低丑化英雄开始的。任何头脑清醒的人都会明白这样一个并不精深的道理：要想打败一支军队，首先要摧垮这支军队的精神和意志；要想搞垮一个国家和民族，首先要割断这个国家的历史记忆以及这个民族的精神传承，使这个国家和民族彻底丧失信念的依托，从精神上釜底抽薪是涣散乃至颠覆一个国家和民族的最有效、最快捷的手段。

19 世纪英国道德学家塞缪尔·斯迈尔斯说过：“一个国家的前途，不取决于国库的殷实，不取决于城堡的坚固，也不取决于公共设施的华丽，而取决于这个国家国民品格的高下。”

精神品格的高下，将决定一个民族的命运。

因此，在中国当代文学领域，我们有必要重振文学的崇高品格。

崇高是什么？

中国古人认为，崇高就是“志于道，据于德”的个人操守；就是“法古今完人，养浩然正气”的价值取向；就是“崇高之位，忧重责深”的忧患意识和社会责任感；就是“登崇高之丘，临万里之流”的博大胸怀。

孙中山先生心目中的崇高，是“做大事，不要做大官”；鲁迅先生认为，具有崇高品格的人是“埋头苦干的人，拼命硬干的人，为民请命的人，舍身求法的人”；而毛泽东将崇高品格的标准定义为：“一个高尚的人，一个纯粹的人，一个有道德的人，一个脱离了低级趣味的人，一个有益于人民的人。”

重振文学的崇高品格，就是用文学的方式探索有崇高特性的为人之道和行为特征，以及探索塑造崇高品格的文化渊源与实现途径，从而弘扬崇高的美感与魅力。古希腊名著《论崇高》中认为，文学的崇高品格应该体现在五个方面：庄严伟大的思想，强烈动人的激情，辞格的使用、高雅的措辞和有尊严的结构。中国的古人们认为，崇高的特点是简单淳朴，是真纯的情感，是诚实的劳动，是无私的奉献。就文学的基本原理而言，文学的崇高品格，是主体与客体之间处于尖锐对立与严峻冲突时所呈现出来的美感，崇高品格之美是人性的冲突之美，这是文学意义上冲突的本质，也是文学魅力的根本所在。

英雄主义，是人类最崇高的情感之一

作为军旅作家，我认为军人的崇高品格就是英雄主义。

狭义而言，这个情感始终是中国军旅文学的精神主调；广义而言，这个情感也是人类文学史上不朽经典的精神主调。

在这个世界上，没有任何一个国家和民族，希望自己的军队由一群自私卑劣的懦夫组成。一个国家和民族的军人如果缺少了英雄主义精神，这个国家和民族的命运必将是屈辱或者悲惨的。世界文学史上，优秀的战争文学作品，无一不是英雄主义的史诗。对于民族命运而言，英雄主义过去需要，现在需要，将来依旧需要，如果我们还想让子孙后代有尊严地活着的话。

应该指出的是，宣扬英雄行为的不合理，是在给自私卑劣寻找合理性。作为一支军队，如果自私卑劣合理了，必将逃不脱丢盔卸甲、溃不成军的结局，尽管这支军队可以军号震天、仪仗华丽；作为一个国家，如果自私卑劣合理了，这个国家的土地上永远不会给子孙后代留下象征民族荣耀的凯旋门，尽管这块土地上可以高楼林立、灯红酒绿。同样，在文学创作中，如果自私卑劣合理了，这样的文学产品永远进入不了人类精神的经典殿堂，尽管这样的作品可以名噪一时。

虽然“一将功成万骨枯”，但我始终认为一个国家和民族的英雄主体，不是将军而是士兵。我写作的“战争系列” 《长征》《抗日战争》《解放战争》和《朝鲜战争》，就是那些在历史巨变中甚至连姓名都没有留下来的普通士兵的英雄谱。我在写作《朝鲜战争》的时候，曾采访过那场惨烈异常的松骨峰战斗的主力团团长范天恩。这位战后惟一被收入日文版的《朝鲜战争名人录》的中国团长，身材高大疾病缠身，已经没有力气再用语言来描述那场战斗，更不愿提及自己的英雄行为，老泪纵横的他总是重复着这样一句话：“真正打起仗来，英雄是那些士兵。”是的，在中国人民抵抗外来侵略和谋求民族解放的过程中牺牲的士兵，他们绝大多数是贫苦农家的子弟，为了一份自己有生之年也许无法看到的对美好生活的憧憬，他们宁愿承受难以想象的艰辛，甚至宁愿义无反顾地赴死。他们的崇高简朴而真诚，他们是我笔下的英雄好汉。

“人民创造历史”，是历史唯物论的核心

重振文学崇高的美学品格，就是尊崇人民为创造历史的英雄。

在75年前召开的延安文艺座谈会上，毛泽东同志的讲话开门见山地提出了“文艺为什么人”的问题；2014年10月15日习近平总书记在文艺工作座谈会上的讲话中，更是以大篇幅再次强调和阐述了这个命题。在党的十九大报告中，出现最多的词汇就是“人民”二字。

中国的文学事业从来就是人民的事业。文学的使命与人民的命运紧密相连。文学产生于人民，人民是文化艺术的创造者。文学服务于人民，反映人民的喜怒哀乐，是人民生活命运的写真。作家从来不是孤立于人民群体之外的特殊分子，人民养育了作家和艺术家，人民是作家艺术家恩重如山的父母。

在中华民族的历史进程中，人民是创造历史的主角。否认中华民族的历史是英雄辈出的历史，否认这块土地上的广大人民是中华文明发展的真正推动者，中华民族至今屹立世界民族之林的历史进程将是无法解释的。在文学意义上，我主张的英雄观是广义的，先天下人之忧而忧，后天下人之乐而乐，利他主义、集体主义、爱国主义，铁肩担道义，不媚的风骨、不随流的独立，同情、公正、博爱，执著的理想主义，对独立思考权利的捍卫以及对真理的固执求索等等，都是构成文学崇高美学品格的基本要素。

媒体和评论家在评述我的“近代史系列”著作《1901》和《1911》时，常常使用“以细节还原历史”这句话。崇尚历史细节的本质是什么？是对推动历史进程的主体动力——人民的高高托举。没有一代又一代细微如沙粒泥土的普通百姓的勤劳、智慧和奉献，以及无论在什么样的苦难中都能生生不息活下去的坚韧，历史将索然无味，尽管历史的书页上往往被涂满紫带黄袍、六宫粉黛。

我的写作，是为我值得骄傲的祖先，为中国人民树碑立传。

在中国文化传统中，文以载道是崇高品格的精神根基。文学从来不是个人狭隘的情感宣泄和呻吟，而是肩负着滋养人类心灵和托举社会道义的神圣使命。古往今来，凡是有价值的文学作品，被长久流传并成为经典的，无一不是作家“居庙堂之高则忧其民，处江湖之远则忧其君”的家国情怀的抒发。文学的良知和职责，即是人民对文学事业的嘱托。人民是文学作品优劣的惟一评判者。文学从来不是用来孤芳自赏的，也不是用来评奖获奖的，只有把个体命运和人民的命运紧密地联系在一起的文学作品，才可能得到人民的赞赏，而这个赞赏应该是褒奖文学作品最重要、最荣耀的奖项。

重振文学崇高的美学品格是当代作家的一个伟大的历史使命。这个使命要求我们在精神上要与时代同步，在文学境界上要有大格局，在文学视野上要见大风云，在文学力量上要能担当起大气象。只有这样，才能担负起新时代对所有文学工作者的期望，才能不愧于人民作家的称号。

（原载2017年12月25日《文艺报》）

追求典型化创造 攀登文艺创作高峰

赖大仁

习近平总书记关于文艺工作的重要讲话，既指出了当前文艺创作存在着有数量缺质量、有“高原”缺“高峰”的现象，同时也指出了如何走出这种困境、实现文艺创作自我超越的努力方向。比如其中一个重要方面，就是倡导文艺创作的典型化创造，以高于生活的标准提炼生活，创作出生动感人的典型人物，从而达到应有的艺术高度。习总书记在全国文代会、作代会的讲话中说：“典型人物所达到的高度，就是文艺作品的高度，也是时代的艺术高度。只有创作出典型人物，文艺作品才能有吸引力、感染力、生命力。”他还说：“走入生活、贴近人民，是艺术创作的基本态度；以高于生活的标准来提炼生活，是艺术创作的基本能力。文艺工作者既要有这样的态度，也要有这样的能力。”也许可以说，习总书记讲话所强调的以高于生活的标准来提炼生活和创作典型人物的能力，就是文艺创作的典型化创造能力。如何提高对于文艺创作典型化问题的认识，并进而提高文艺创作的典型化创造能力，是一个值得我们重视和探讨的重要课题。

在人们的文艺观念中，通常是把典型化作为现实主义文艺创作规律来认识的。现实主义不像自然主义那样照搬生活真实，而是要求高于生活真实达到典型化的高度。所谓典型化，就是要求文艺家以高于生活的标准来提炼生活，创造出具有鲜明个性化和高度概括力的艺术形象。在过去现实主义占主导地位的历史时期，出现了一大批优秀的现实主义作家和作品，如鲁迅、茅盾、巴金、老舍、曹禺等作家的小说和戏剧，以及柳青的《创业史》等作品，创造了形态各异足以辉耀文学史的众多典型人物形象，标志着现实主义的典型化创造所达到的艺术高度。当然，在过去现实主义文艺的主导性发展过程中，确实也存在着某些值得认真反思的问题和教训。比如，过于强调现实主义的创作原则而否定和排斥其他的创作方法，造成文艺创作方法和风格的单一化；在现实主义创作中，对于典型化创造的理解也存在某些偏差。有的典型化理论将文学典型解释为个性与共性统一，同时又把“共性”解释为某一类人物的共同特征，比如从几十个乃至几百个同类人物身上，把他们最有代表性的特点和习惯等等抽取出来，综合在一个人物身上进行典型化创造。这样的理解无论怎么说都是过于简单化了。于是，在改革开放后文艺创作的开放性和多样化的创新发展中，就出现了另一种极端化现象，这就是把现实主义及其典型化创作方法，当作过时、陈旧的和僵化的东西加以否定抛弃。文艺界许多人争相借鉴和模仿国外各种新潮时尚的创作方法，如新历史主义、魔幻主义，以及后现代各种新奇怪异的玄幻、穿越等等。即使是一些被称为新写实主义的文艺创作，也是更多追求纪实性、零散化、碎片化的所谓还原生活的写作，而把典型化创作方法抛到了九霄云外。现在回过头来看，这些远离现实主义的种种创新探索，一方面拓宽了文艺创作的发展道路，获得了许多前所未有的文艺创作经验；但另一方面，也由于过度背弃了现实主义创作传统，使文艺创作陷入了某种误区，尽管各种创新探索的努力不少，却难以达到应有的艺术高度，这的确值得我们加以反思。

近一时期，文艺界出现了一种值得重视的积极变化，这就是现实主义创作精神的回归。比如，路遥的《平凡的世界》、陈忠实的《白鹿原》等作品，通过影视改编重新得到社会关注和读者观众的普遍欢迎，文艺理论和评论界也对这些作品重新认识和研究，并给予高度评价。由此而推及路遥、陈忠实所尊崇和学习的前辈作家柳青，对他的现实主义力作《创业史》也引起了重新关注和认识评价。还有刘震云《我不是潘金莲》、周梅森《人民的名义》等一批作品，从小说畅销到改编为影视作品热播，都受到社会普遍好评，重新唤起了人们对于现实主义创作的热情，也引起了评论界对于现实主义问题的重新探讨。这是我国现实主义文艺经过了一段时间的低迷之后，显示出强劲回归的新趋向，这无疑是值得关注和研究的文艺现象。

从上述文艺现象及文艺作品来看，其共同特点就在于重视典型化创造，能够以高于生活的标准来提炼生活，从而创造出生动感人的典型形象，使作品充满丰富深刻的精神意蕴和思想力量。通过对这些作品的认识分析，可以让我们从获得典型化创造的许多有益的启示。

按通常的看法，文艺创作的典型化，首先表现为典型人物的创造。然而究竟何为典型人物，或者说典型人物具有什么样的艺术特征？虽然过去的典型化理论已有比较明确的阐述，比如人物个性与共性的统一，或者说是鲜明个性化和高度概括力的统一等等，但这些说法可能仍有一定的局限性，如果理解上产生偏差，很容易导致某些片面性。因此，从典型化的理论观念到创作实践，都还有待于进一步探索。

在笔者看来，典型人物的创造仍有必要在以下几个方面加强理论探讨与实践探索。

一是如何突出人物的个性化描写。典型人物要有鲜明独特的个性，这一点本来无需多论，因为人们早有普遍共识，而且理论上也有许多经典性表述。其中最经典的论述莫过于恩格斯的名言：“每个人都是典型，同时又是一定的单个人，正如老黑格尔所说的，是一个‘这个’，而且应当如此。”然而问题在于，怎样的个性化描写才是符合典型化要求的？恩格斯强调人物的个性化描写，主要是针对文艺创作中的抽象化和观念化、个性消融到原则中去的倾向，认为这样就没有现实主义的真实性和典型性可言。但这并不意味着，只要是与众不同、鲜明独特的个性化描写就一定是好的。对于那种脱离生活真实而凭空虚构的个性化描写，恩格斯称之为“恶劣的个性化”，视为一种纯粹低贱的自作聪明，是垂死的模仿文学的一个本质的标记。这里的关键问题在于，人物的个性是在生活实践中形成的，生活经历及其环境决定了人物性格的与众不同，文艺创作要从生活真实出发，从人物与环境的关系中准确地把握人物的个性特征，并通过典型化的艺术创造，使人物的这种个性特征得到更加鲜明独特的表现。如果没有对于人物及其生活实践的深刻理解，以及高度典型化的艺术创造能力，就不可能写出真正鲜活生动的人物形象，更难以创造出个性鲜明独特的典型人物。

二是如何强化人物性格的概括性、丰富性和深刻性。人物形象的典型性，很大程度上体现为高度的概括性，这一点同样不言而喻，理论界也早有普遍共识。但问题在于，这是一种什么意义上的高度概括，以及怎样才能做到高度概括？如前所说，过去的典型化理论把这种高度概括理解为人物的“共性”，即某一类人物的共同特征；而进行高度概括的方法就是“综合”，即把若干个同类人物身上最有代表性的特点抽取出来，综合在一个人物身上进行典型化创造。那么，这样综合起来求得的“共性”，差不多就成为了某类人物性格特征的“公约数”。这种综合概括的方法如果处理得不好，恰恰容易造成人物形象创造的概念化和类型化。而所谓个性与共性统一，也很容易变成某种人物类型特征的个性化显现，成为一种进行了个性化包装的模式化典型。这种简单化综合概括创造出来的类型化或模式化典型，在以往的文艺创作中也并不少见，但这显然不是应有的典型人物创造。笔者以为，真正意义上的典型化创造，并非简单化的综合概括所能达到，而是更应当注重在深厚的生活积累的基础上进行提炼概括，并对源于生活的“这一个”人物的生活底蕴和性格内涵，以及人物性格的生成发展与生活环境之间的关系进行深度开掘。这样创造出来的人物，才既有高度的概括性（对生活内涵及某些本质方面的概括），也有人物性格的独特性和丰富性，以及思想意蕴的深刻性，这样才能真正成为典型环境中的典型人物。如果说，简单化综合概括创造的人物形象，就像是人工合成制作的蜡像，再怎么栩栩如生都是没有血肉生命的，而在生活积累的基础上进行提炼概括创造出来的典型人物，则如扎根在深厚土壤中生长起来的大树，是风姿独具并且充满蓬勃生命力的。

三是如何加强审美理想的烛照。过去的典型人物理论，着重强调个性与共性统一，而对表现审美理想方面则重视不够。笔者以为，文艺创作的典型化，并不仅限于按照生活真实进行综合创造，以及通过个性表现共性，更重要的还在于，要用深刻的思想洞察现实，用高于现实的审美理想烛照现实，才能创造出具有典型意义的人物形象。文艺作品创造的典型人物，无论正面人物、反面人物还是多面性的复杂人物，都不只在于刻画其鲜明独特的性格，更需要穿透人物的精神灵魂，在艺术审美理想的烛照下，把人物真假善恶美丑的本来面目及其复杂性深刻揭示出来，这样才真正具有典型意义。如在《平凡的世界》中，自尊好强不屈服于命运的农家子弟孙少平，脚踏实地又满怀理想的孙少安，敢爱敢恨正义凛然的田晓霞，用情专注善解人意的田润叶，心系乡土不计得失的田福军，懒惰自私圆滑世故的孙玉亭，精于官场潜规则的冯世宽等；在《人民的名义》中，满怀理想嫉恶如仇的侯亮平，敢想敢为作风强悍的李达康，一身正气敢于担当的易学习，心系民众不计得失的陈岩石，儒雅伪善的正人君子高育良，出身寒微以屈求伸野心勃勃的祁同伟等，这些人物形象，不仅性格鲜明独特让人印象深刻，而且的确抵达了人物的灵魂深处，揭示了人物精神信念的坚定或幻灭，应当说是融入了作者审美理想的典型化创造。有人说作品中一些具有英雄气质或理想化色彩的人物形象不真实，看来这是混淆了生活真实与艺术的典型化创造之间的关系。艺术形象不能仅仅用真实性来衡量，艺术的典型化创造本身，就是要求以高于生活的标准提炼生活，用审美理想之光烛照现实，典型人物具有某种特殊的精神气质或理想化色彩，应当是典型化创造的应有之义。习近平总书记在关于文艺工作的重要讲话中强调说，要以强烈的现实主义精神和浪漫主义情怀，观照人民生活命运和情感，表达人民的理想和愿望。其精神实质，就包含着要求艺术真实性与审美理想有机统一。尤其是那些反映重大社会变革时期人民生活的文艺作品，所创造出来的典型人物，必定寄托着这一时代人民的审美理想。例如，柳青《创业史》中的梁生宝，新时期初蒋子龙《乔厂长上任记》中的乔光朴，《平凡的世界》中的孙少平、孙少安、田晓霞、田福军等，都是一些闪耀着理想光辉的人物形象，体现了特定历史时期的改革开拓精神和人们的理想愿望，得到了文学界和社会的普遍赞誉。这不只是艺术真实性的力量，更是艺术典型化和理想化的力量。在中外文学史上的现实主义文学经典中，这类例子并不少见，正可以成为当今文艺典型化创造的有益借鉴。

当然，文艺创作的典型化，并不仅限于人物塑造的典型化，也还包括其他方面的典型化，其基本原则也都彼此相通。例如，刘震云的小说及其改编的电影《我不是潘金莲》，就主要是情节事件的典型化。一个小小的夫妻离婚家庭矛盾的纠纷，由于各级管理部门的责任缺失，以及相关责任人员的种种私心杂念，对群众的民生问题和利益诉求冷漠麻木，行政不作为或不会作为，使本来很小的矛盾纠纷未能得到及时调节化解，乃至滚雪球般地酿成了法律事件、上访事件、政治事件，从小乡村小家庭闹到了北京的政治中心，一批官员因此而被追责。在这部作品中，未必哪个人物特别典型，而是通过这个比较特殊的生活事件，反映了现实生活中某些潜在的具有本质意义的东西，能够引起人们的深刻反思，因而具有突出的典型意义。类似的作品，如陆文夫的小说《围墙》、梁晓声的小说《讹诈》等，都具有这样一种典型意义及文学品质。

总之，如果一部现实主义文艺作品，不能创造出让人印象深刻的典型人物，或者所反映的生活事件不能获得深刻的典型意义，就很难达到应有的艺术高度。当代文艺创作应当按照习近平总书记重要讲话所指引的方向，以高于生活的标准提炼生活，不断追求典型化创造，努力攀登文艺创作高峰。

（原载2017年10月9日《文艺报》）

中国网络文学缘何领先世界

欧阳友权

中国网络文学，世界第一被戏称为“野蛮生长”的中国网络文学，已经成为人类文学发展史上一道独特的风景。最新数据表明，我国7.31亿网民中，网络文学用户已达3.33亿，占网民总数的45.6%，手机上网读文学的网民有3.04亿。数百家文学网站日更新总字数可达2亿汉字，文学网页日均浏览量超过15亿次，2016年中国的网络文学市场产值破5000亿元人民币。仅一家阅文集团，每天就有400万作者为其上传原创作品，网络小说存量达千万部。由网络小说转化出版的图书，改编的影视作品、游戏、动漫、有声读物及周边产品，带火了大众娱乐市场，打造出“互联网+”的庞大产业。可以说，如此繁盛的文学境况在中国史无前例，在世界也是绝无仅有。

据中南大学研究团队对欧美、日韩、南亚诸国的网络文学普查所知，无论是这些国家的华语网络文学还是它们的母语网络创作，都没有出现像中国这样云蒸霞蔚的繁盛局面。中国作为历史悠久的文化资源大国，抓住了数字化传媒的时代机遇，实实在在地做成了网络文学强国，无论是作者阵容、读者族群、作品存量，还是整体的文学活力，中国的网络文学已经层林秀峰般隆起于世界文学之地平线，浩瀚网文领先世界已经是一个毋庸置疑的事实，其文化品貌和影响力堪与好莱坞大片、日本动漫、韩剧相提并论。基于互联网跨界优势，一大批中国网络小说走出国门，受到老外追捧，在美国、加拿大、菲律宾、英国、俄罗斯、印尼、越南……中国网络小说的拥趸众多，仅英文翻译网站Wuxiaworld就有来自全球100多个国家和地区的读者跟读，点击量超过5亿，日均访问人数都在50万以上，不止是历史、言情，还有玄幻、科幻、游戏、末世一应俱全的作品都是众多欧美读者喜爱的“菜”，在NovelUpdates这个提供亚洲翻译连载指南的导航网站，出自起点中文网的小说就有150余部。

如此“巨量”的文学存在，且开始成为中国文化“走出去”的一支劲旅，我们的网络文学缘何能够领先世界?

政府为网络文学保驾护航

细究其因，中国网络文学的良好走势首先得力于政府的积极引导与支持，日渐形成了有利于网络文学健康发展的社会环境和舆论氛围。政府有关部门近年出台了一系列有关网络文学发展的政策举措，使草根崛起、“赤脚奔跑”的网络文学上升为文化发展的国家战略和核心价值观建设的重要阵地。一方面以政策导向给予网络文学更多的扶持和奖掖，如《中共中央繁荣发展社会主义文艺的意见》倡导“大力发展网络文艺”，采取“重在建设和发展、管理、引导并重”的方针，实施网络文艺精品创作和传播计划，鼓励推出优秀网络原创作品，以推动网络文学繁荣有序发展。国家广电总局和中国作协从2015年开始，分别开展“优秀网络文学原创作品推介活动”和“中国网络小说排行榜”，尝试为网络文学设置标杆，促进其走向主流化和经典化；另一方面开展“净网”“剑网”等专项行动，打击网络侵权盗版，加强网络文学内容和作品版权管理，规范网络文学市场秩序，优化网络环境，让正能量引领网络创作，使网络文学以其广泛的文学渗透力、娱乐吸引力和文化影响力成为中国文化软实力建设的重要一翼。

市场为网络文学注入创新动力

助推中国网络文学风生水起的另一个因素是得力于市场运作。如果说山野草根的自由写作、技术丛林的传播机制和商业模式的经济杠杆，是网络文学爆发式增长的三大利器，那么，商业模式的市场化运作则是激励创作、拉动传播、创新经营的最大推手，也是中国网络文学海量增长的经济支撑，而这一点恰恰是世界其他国家未能做到的。从十几年前最大的原创文学网站“榕树下”难以为继而被人收购，到盛大文学从一家独大到分化解体的断崖式滑落，再到阅文集团成为网络文学领域的新霸主，乃至中文在线的成功上市等网络文学市场的不断洗牌，其背后的根本原因就在于商业模式的构建和市场运作是否成功。网络文学在我国的兴起，是数字化传媒的文化创造物，也是网络文化资本市场催生的必然结果。其激励机制就在于，上网写作不仅可以自由表达、即时传播，还可以获利致富奔小康，甚至进入“作家富豪榜”而名利兼得，因而成为激发许多人“触网”写作的重要诱因。天蚕土豆近日被封为“网文之王”，辰东、猫腻、梦入神机、唐家三少、我吃西红柿等作家登上“十二主神”宝座，还有一批写手荣膺“白金作家”“大神作家”“百强大神”等称号，其评价标准除了作品内容的价值蕴含外，大都离不开他们作品的点击率、收藏量、打赏数、IP转让率、出版发行量、粉丝数量等被读者认可的市场反应。

中国本土的汉语网络文学自上个世纪中后期开始起步，走过了一段曲折的发展道路，从刚开始的“无功利”创作，到新世纪初的市场化探索（如起点网2003年尝试付费阅读），再到近些年来IP竞价版权模式，日渐形成从上游原创作品向下游影视、游戏、动漫、图书、演艺、有声、周边等产业链延伸的“长尾效应”，终于建立起“以消费者为中心”的商业模式，走活了数字化时代的这盘“文学大棋”。尽管还存在网络盗版侵权、唯利是图、忽视社会效益等情况，但网络文学的商业运作激活、带动、繁荣并制约了大众娱乐文化市场，不能不说是中国网络文学能够领先世界的一大动因。

文化为网络文学提供丰厚滋养

网络文学是一种原创文学，也是大众文学，它的影响力和传播力其实彰显的是中华民族的文化创造力，它的健康繁荣体现的是我们的文化自信。试想，一种文学，能有数千万人参与创作，拥有数以百万计签约作家和3亿多人的读者群，且以网络跨界、民间发力的特殊路径远播世界，这种时代现象级的“集群式”文学现象，定然是一个民族文学创新力的释放和文化创造力的迸发。

2004年开始网络创作的唐家三少已经写了4000多万字的小说，出版160多本书，曾连续130个月不间断续更。他近日曾感慨：“没有任何一个国家会在短短几十年涌现几百万新生作家投身创作，全世界的作家加在一起能有多少呢?”他还引用北大陈晓明教授的话说：“网络文学哪怕只有万分之一的精品，那也是一个非常庞大而可观的数字，是其他国家难以比拟的量级。”写手人多、高产量大、坚持不懈，外加青春激情放飞梦想，网络文学想不火都难。当然，网络文学高标于世界网络文学之林还有更为重要的历史和社会原因。我国悠久的文学传统和文化传承为当今网络文学创作提供了丰厚的土壤自不待言，中国经济的强势崛起，综合国力的不断增强以及开放而稳定的社会环境，更是中国网络文学快速崛起最大的时代背景。

网络文学发展的经验表明，强大的文化软实力才是一个国家追求的终极目标。网络文学彰显的创新活力和文化创造力正是中华民族文化软实力不断增强的一大表征。

（原载 2017 年 3 月 29 日《人民日报·海外版》）

文学批评刊物，如何在“论”与“辩”之间保持平衡？

傅小平

一本文学批评杂志，在打开一定的知名度以后，面临的最大问题是，如何在原有基础上进一步提升影响力。一般说来，创刊伊始，杂志会投入很大的精力，通过精心的准备，以求一炮打响，但好的开场并不意味着有越来越好的过程。实际的情况是，大多数杂志都或多或少会碰到难以为继的窘境，也可能从此慢慢走向平淡期。也因为此，如何突破瓶颈，成了不少杂志创刊多年后常谈常新的话题。

由中国社会科学院主管，中国社会科学杂志社主办的《中国文学批评》似乎走了一个“反向”的过程。在3月27日于该社举办的“深化理论与批评，回应当代需求——《中国文学批评》创刊两周年”座谈会上，杂志主编张江坦言，刚创刊时，杂志社来稿少。作为一种应对性策略，杂志比较多地依赖于名人效应，即使稿子实际上没那么好，也是刊发了再说。此后，杂志形成一定的效应，影响力打出去了，来稿越来越多了。他们便开始严格把关，即使对名家也如此，觉得文章不合宜，就退回去修改。“这样，文章的质量总体看是大大提高了。”

这一提高看似水到渠成，实际上是用心经营的结果。体现在版面上，“当代作家聚焦”、“汉学新态”、“网络文学研究”等栏目的设置，都有着更为明确的批评指向。以今年第一期“文学现象论辩”栏目为例，该栏目之所以聚焦“顾彬文学史观”，不仅在于评析已然不是热点的顾彬现象本身，而在于让这种评析凸显异质文化与中国传统及现代的对话，其间交织着中西、古今、文学与非文学的维度。毫无疑问，由于西方立场的偏见和对中国文学生长环境的隔膜，顾彬的文学史观不可避免存在各种误解乃至谬误，因此很难说顾彬提供了怎样深刻的具体洞见，但他的意义正如栏目导语所言，打开了中国文学批评的叙事空间，启发我们从不同视角反思我们的文学批评与文学写作。

不能不说这样的反思是有积极意义的。顾彬由于不是在中国文学环境里“生长”，他与中国作家、诗人们没有太多利益或人情的交集，批评起中国文学来就显得游刃有余。他可以率性地抛出“当代文学垃圾论”，而对他自己的母语文学即使有所批评，也会多一些顾忌。事实上，最考验批评家的，正在于能否对同时代作家、诗人，提出最为真实的批评意见。就当下而言，普遍的情况，就如中国社科院外研所所长陈众议所说，少有直面批评的文章，也少有有思想锋芒的文章，而鲁迅、巴金、茅盾那个年代，多的是这样的文章。“打个比方，李健吾是巴金很好的朋友，但他对巴金的批评直言不讳。”由此，在肯定该杂志两年来取得成就的同时，陈众议希望国内文学批评杂志，能多一些这样有锋芒的文章，把正面评论与反面批评很好地结合起来。

事实上，文学批评杂志一般都期待能把两者结合起来，在“论”与“辩”之间保持平衡，但当真实践起来，做好哪一端都殊为不易。《中国文学批评》正是认识到“论”的普遍缺乏，在发刊词里即申明，中国当前文学理论虽则繁荣，但中国文学理论体系的建构依然面临重重困难。而总体看，理论和批评相隔甚远，理论家对批评持不屑的态度，习惯于生产关于理论的理论，批评家不问理论，仅凭一己好恶陟罚臧否，因此倡导“理论应该是批评的理论，批评应该是理论的批评”。与此同时，中国文学理论体系的建构，也必须走理论与批评融合的道路，“以批评见证理论，以理论支持批评”。以“中华美学精神”栏目为例，刊发文章的确体现了该杂志“从历史遗产中汲取营养，为当代文学理论建设和文学批评的发展服务”的诉求。而通过这个专栏，也给这份偏重于当代理论和批评的刊物引入了博大精深的古代和近现代美学的内容，以此提供了杂志的学术厚度、思想深度和历史延续性，并因此得到与会专家的普遍赞赏，但他们同时指出，该杂志于“辩”一端还有一定的缺失。体现在一些专题上，多的是正面的评述文章，而较少有针锋相对的争鸣文章。正是在这个意义上，中国人大文学院教授程光炜直言，不要讨厌有一定学理性的酷评，应该多一些一针见血的批评。

不管酷评是否无懈可击，但它确有可能从另一个侧面拓宽批评的思考空间。而在当下众声喧哗的文学批评语境里，一本杂志要时时引起关注，酷评确是一种理想的捷径。但诚如《中国文学批评》副主编高建平所言，酷评虽然能引起关注，却未必有利于杂志的长远发展。某种意义上正是基于长远发展的考虑，该杂志走了相对稳健的路子，也逐渐形成了自己的话语风格。也因此，更为切近的问题在于，是延续并进一步巩固这种风格，还是力求突破以求增强批评的活力和表现力。

在中国人大文学院院长孙郁看来，有着明显职业化倾向的学院批评，久而久之会僵化，也会有很多盲点，所以当下更需要看到学院之外的有野性的文章，更需要在“标准”批评文章之外，看到像点评、批注这般文章。文学批评理当有更为丰富的呈现，它不应成为评论家的专职，语言学家、哲学家、社会学家等等，也不妨参与其中，作家更应如此，而且可以做得更好。“五四一代作家像鲁迅、茅盾等，都写文学批评。作家批评的好处就在于，他们往往三言两语就直抵本质。但我们当下的批评，把文学批评应该有的丰富性消解了。”

相比而言，北师大文学院副院长张清华倾向于加强文学批评杂志的本位化建设。他以在文学界有一定影响的《当代作家评论》为例表示，这本杂志之所以得到较为广泛的认可和赞赏，就因为它做到了两个“本位化”。一是批评对象的本位化，无论对作家的总体成就，还是就他们的具体作品，该杂志都不遗余力推介，既见证了当代作家的成长，参与了其经典化的过程。“再一个是批评家的本位化。该杂志同时还见证了批评家的成长，见证了他们的成型、成名。因为做到这两个本位化，无论作家、批评家都对这本杂志有相当的认同和赞赏。”

但无论持何种见解，归结到一点，文学批评杂志倘是已形成一定的风格，要以防趋于僵化、封闭，而不断开疆拓土，也不应完全失去本来该有的面目。如此文学批评杂志，才会如《中国文学批评》发刊词中所期待的那样，真正成为“高质量、有灵魂的学术刊物”。

（原载 2017 年 4 月 11 日《文学报》）

文学期刊稿酬提高：草木蔓发，春山可望

刘秀娟　周　茉

“从稿费的增加能看出一个地方对文学和文化的重视程度，为相关部门点赞！”“有益于文学的发展，提升文学的影响力，值得点赞！”2月7日，公众号“文艺报1949”和中国作家网上发布的《稿费涨啦，撸起袖子加油干吧！》的短文引起众多关注，作家、编辑、读者纷纷转发、留言、讨论，也引起各大媒体持续关注。大家深切感受到，2016年文学期刊在回暖，2017年，这股春潮更加涌动。

稿酬真涨了？守得云开见月明

文学期刊稿费低已经被调侃多年，以前很多作者会哭笑不得地在朋友圈晒出“巨额”稿费单，表示“撸几根串就没了”，以至于作家陈希我接到《花城》杂志的4万元稿费时，以为杂志社弄错了，经过确认，才知道《花城》默默地涨了稿酬。

比较幸运的是上海的文学报刊。在上海市委宣传部划拨的文化专项资金和上海文化发展基金会媒体文艺评论资助等项目的支持下，《收获》《上海文学》《文学报》等于2011年率先提高稿酬；2015年，上海主要文学报刊再次提升稿酬。目前，《上海文学》和《文学报》已开始对微信平台的原创文章支付稿酬。这让大多数同行羡慕嫉妒又望尘莫及，想涨，可是没钱。

“现在维持一个刊物难，主要是难在经费不足。”曾担任过四川多家文学刊物主编的梁平道出同行的苦衷，目前各地政府尽管对文学的重要性有所认知，开始重视，但真正落实到地方财政支持还是很难的，有的地方刊物财政拨款20多年未增加。“文学事业的发展，事关整个文艺事业的发展，而文学刊物是文学事业发展的重要载体，一个国家、一个省、一个市办好几个文学刊物，可以培养和扶持一支作家队伍起来，可以孵化一大批优秀的文学作品，这是出人才、出作品极好的平台。”

好在文学期刊一直秉持理想，经受各种“暴风劲雨”的冲击后守得云开见月明。目前，“涨稿费”已经从个别现象变为普遍现象，《人民文学》《诗刊》《十月》《长江文艺》《江南》《解放军文艺》《青年作家》等刊物都大幅度提高了稿酬。“稿费标准大幅度上调，充分体现了对作家精神劳动的尊重，对精品力作的鼓励，将进一步促进文学事业的繁荣发展。”刚刚宣布提升稿酬的《民族文学》主编石一宁对记者说。

在纸质报刊发行量下滑的大势下，稿酬的来源主要是相关部门的财政支持。在中央有关部门的支持下，中国作协及中国作家出版集团对所属报刊社给予了专项资金支持；北京、上海、广东、浙江、湖北、四川等地文化宣传部门、文联作协都加大了对文学期刊的扶持力度。期刊主编们明显感觉到，文艺工作座谈会召开以来，尤其是习近平总书

记在中国文联十大、中国作协九大开幕上的重要讲话发表以来，中央有关部门以及各地党委政府对文艺工作高度重视，在机制、财政以及人才引进等方面的支持力度明显加大。

高稿酬不意味着带来浮躁

“低稿费时代早该结束了!”消息一出，最振奋的是作家。

“即使自写作以来，我的稿费收入就足以支撑生活，但每每被人问到稿费问题，我就会有一种习惯性的难堪。所以听到稿酬普遍大涨的消息，很高兴。实话说，在更早之前，我会隔三差五地从某些刊物享受到这样的待遇，但总被告知这样的情况不多，不要声张。当时就想什么时候这成为一种常态就好了。有了高稿酬做底，一来作家的物质条件会改善，二是世俗的尊严感会得到增强。”作家乔叶表示，在日常生活中，因为稿费低，写作就很容易成为一种被人同情的行当。

也有人担心，作家会被高稿酬诱惑，反而不能静心创作。在乔叶看来，这种担心完全多余。“真正的作家都清楚，写作不是发财之道，选择写作一定是因为热爱。另外，是优稿优酬，因为高稿酬的诱惑就快速粗制滥造的作家，恐怕也很难享受到高稿酬。”

“事实上，这两年提高稿费后，刊物对作品质量要求更高了，是非常好的现象。”在作家光盘看来，有关部门给予纯文学刊物的支持是非常必要的。高稿费能督促作家重质量轻数量，“以一当十”。但他感觉，目前提高稿费还只是一些名刊，如果大多数省市级刊物也能跟上就更理想了。

“对一个浸染文学20多年的编辑来说，最提振人心的莫过于对文学和文学写作者的尊重。对涨稿费这件事，我认同大多数作家的态度：文学不为稻粱谋，但合理的稿酬体现了对为文者的尊重。”《文学报》执行主编陆梅表示。

潮平两岸阔，风正一帆悬

只靠提高稿酬拯救不了传统文学期刊。在生存的底线之上，文学期刊追求的是坚守艺术理想、勇于创新，用优秀作品感染读者、提振原创、引领风尚。

“理想的文学期刊应该是一个可以聚集优秀作品、聚拢优秀作家、引领文学创作、提高读者文学品位的优质平台。”《当代》杂志社社长孔令燕介绍说，《当代》特别注意寻找那些在创作上遵循现实主义精神、关注中国社会与中国人生活的变化的创作群体，为现实主义文学寻找新生力量。他们也积极与读者互动与沟通，维护现有读者、吸引和培养新读者，使期刊保持持久旺盛的生命力和影响力。目前，《当代》建立了比较完善和全面的新媒体系统，在渠道上实现了与读者的及时沟通，在媒体形态上适应了年轻人的习惯，用他们最熟悉的方式，把杂志上的好作品，主动呈现在他们面前。

《作品》杂志主编杨克介绍说，在稿酬机制上，《作品》杂志借鉴了网络文学网站的机制，首创文学期刊稿费打赏机制。在千字500元的基础稿酬之上，推出了季度赏和年度赏。每个季度通过微信投票与编辑评选相结合，评选本季优秀作品，按每千字200元—500元进行打赏，年底再进行一次评选与打赏。“《作品》的稿费发放标准不是主编社长一支笔说了算，而是作品发表出来之后，公开评议，读者也有表决权。”杨克认为，经过栏目设置、管理机制、人才机制、发行机制的创新后，《作品》杂志的品质和发行量有了明显提升。

在《芳草》杂志主编刘醒龙看来，办杂志有两种选择方向，一种选择是追踪伟大作家的伟大作品，一种选择是发现并推出文学基本人口的基本作品，能在文学基本人口的基本作品中发现并推出伟大作家与伟大作品，对文学杂志来说，才是幸福与荣光。“比如，像叶舟“跨界”写出非常精彩的歌剧剧本，我读过后，觉得不发表太可惜，于是专门为他辟了一个‘新才子书’栏目。之后，甫跃辉寄来一个话剧剧本，也放在这个栏目里，效果非常好。像次仁罗布的长篇小说《祭雨风中》、刘继明的长篇小说《人境》，几乎是用整期版面推出。一般的杂志很难这么做，我们却做了。”

在今天，“传统”二字，更多是为了标识这些期刊的悠久历史和纯文学定位，并不意味着保守刻板、不思进取。恰恰相反，重要文学期刊都在努力创新机制、想方设法拥抱新媒体，一方面吸引写作者，提升作品质量，一方面吸引读者，最大限度传递优秀作品的感染力。

好容易回暖，谁都不想倒春寒。文学期刊还需抓住机遇，砥砺前行。

（原载 2017 年 2 月 13 日《文艺报》）

创作综述

“现实投影”、历史回望与时代的精神困境：2017 年长篇小说概况

徐　刚

纵观 2017 年的长篇小说创作，虽不及 2016 年那般热闹，但也仍然涌现了为数不少的优秀作品，可谓精彩纷呈。而就总体创作而言，现实主义题材的书写，依然是重中之重。在此，作家们或是从现实的新闻与案件入手，去捕捉小说世界的“现实投影”；或是在斑斓的现实境遇中探询时代的病症与精神困境；而从现实抽身而去，回望历史，则或是清晰展现战争悲壮中历史的浪漫与沧桑；或是干脆在历史的碎影中编织人性的传奇……凡此种种，皆深切体现了 2017 年长篇小说的创作实绩。

一、新闻、案件与小说的“现实投影”

小说总是在模拟现实，可问题的关键在于，在何种意义上模拟现实？是一味捕捉“表象”，“抄袭”现实，还是从现实出发，探索人性的“褶皱”，致力于文学擅长描摹的内心世界，这是小说伦理的严峻抉择。近年来，作家们对于现实的焦虑日益明显，这也集中呈现在几部以新闻素材为写作契机的长篇小说之中。由于经验能力的丧失和经验的贬值，当今世界的“个人化”被压缩到一个狭隘的生活空间之中。写作也沉迷在一种类似新闻性的表象快意之中，浅表却时尚的“街谈巷议”与“道听途说”甚嚣尘上。关于新闻与小说的关系，一度有人追问，“新闻结束的地方，文学如何开始”，而新闻的“大”与小说的“小”，也是人们热烈讨论的话题。事实上，以小说的方式，为新闻事件赋形，并将其纳入效果不一的艺术实践，是中外文学极为常见的现象。司汤达的《红与黑》便取材于一件情杀案的新闻；而列夫·托尔斯泰的《复活》则源于一桩新闻报道的诉讼案件；同样的情况也发生在福楼拜的《包法利夫人》之中。因而在此，问题的关键其实不在于新闻取材本身，而在于小说如何以此为契机，将写作素材予以完美消化，从而达到再造现实的艺术目的，呈现时代精神的“幽深”。

改编自周梅森同名小说的电视剧《人民的名义》是 2017 年一部不可多得的“现象级”作品。作为最高检“私人定制”的产品，该剧似乎获得了某种特设的批判“尺度”，一种意识形态的豁免权，其“高度还原”的“尖锐性”令人惊叹。从小说到电视剧，这显然是一部极具现实性和严密可信度的作品，甚至可以清晰地看到作者对现实新闻和案件素材的选取。比如开篇那位赵德汉，其原型便是著名的“亿元司长”魏鹏远，而这位国家能源局煤炭司原副司长的“事迹”早已在坊间传得沸沸扬扬。作为一部反腐题材小说，《人民

的名义》[①] 在现实主义的深度和广度之外，更为可贵的是，在其文本内部，许多无法缝合的裂隙连带的更为尖锐的问题撑破了“主旋律”和“反腐”题材的预设。比如，赵德汉的“小官巨贪”固然是腐败问题，但其农民的出身其实更具社会普遍性；而人们对祁同伟的同情，则恰恰是因为看到了他作为底层青年的个人奋斗史和覆亡史，这里清晰铭刻着一种时代的悲剧意义；联系到官场生态，正面人物不凡的社会背景和行政资源，等等。这些都巧妙地触摸了时代敏感的情感结构，回应了人们最为关切的阶级和个人的历史出路问题。这是作品更具深广的社会历史内涵，也更能打动人的原因所在。

《风口浪尖》[②] 是杨少衡最新的反腐力作，与周梅森的《人民的名义》一样，小说同样将官场的故事讲述得跌宕起伏，悬念丛生。当然，故事的主要段落亦不乏流行的新闻痕迹：台风即将来临，省长紧急召开会议之际，分管水利的副市长却神秘失踪；酒店迎宾小姐从宾馆九楼摔下，到底是自杀，还是他杀？县纪委书记为揪出腐败分子，却身中黑枪，但为了查明真相，不得不负案潜逃；副市长因为无奈将修堤款填补工程亏空，愧疚和绝望之际，在抢险时葬身于洪水之中；县委书记好大喜功，大搞形象工程，终致贪污腐化，潜逃境外，被红色通缉令追缉……一场台风引来的官场地震，所展开的是官员们的不同命运。因此，小说中张子清和李龙章的对决就颇富深意，也体现了当前政治生态中客观存在的现实问题。个性决定命运，每个人都处在人生的风口浪尖，关键在于如何选择，一念之间便是地狱天堂。小说最后，在官场规则、个人利益和道义良心之间，张子清选择了后者，他冒着丢官的风险，以人民利益为重，做出了自己的艰难选择。

李佩甫的《平原客》[③] 取材于 2005 年河南省副省长吕德彬的雇凶杀妻案，但小说却并没有简单地“抄袭”案件，照搬现实，而是通过他一以贯之的乡村奋斗者的堕落故事，极为熟稔地讲述世情风貌和官场百态。李佩甫显然习惯于这种“乡下人进城”的故事套路，通过小知识分子的个人奋斗，展开官场的毁灭之路。《平原客》里两个从农村走出的官员，即市级干部刘金鼎与省级干部李德林，某种程度上便是作者过往作品人物的延伸。因此，在小说“高官杀妻”的话题性背后，虽则有其刺激性的元素，小说后半部分一连串破案缉凶的动作戏便是明证，但它更多还是从文化层面来反思李德林作为乡村奋斗者，留美归来的博士，国家首席小麦专家，农业部专家组顾问，位高权重的副省长，究竟是如何走上腐败的不归之路的。如其所言的，“从某种意义上说，腐烂是从底部最先开始的，可以说是全民性的”，“麦子黄的时候是没有声音的”。因而，以案件改编为契机，在触摸社会性和时代感之余，《平原客》更多探讨的还是文化构成与人物命运。

刘震云的新作《吃瓜时代的儿女们》[④] 同样可以牵强地归入官场或是反腐题材小说之列，故事的尖锐性甚至让人想到他的那部《我不是潘金莲》。坦率而言，这部小说读不出反腐小说酣畅淋漓的正义感，也读不出官场小说皮里阳秋的厚黑味，却能看到刘震云一贯的反讽与“拧巴劲”：一如《一句顶一万句》，他还是那么“绕”。初读《吃瓜时代的儿女们》，

---

① 周梅森：《人民的名义》，北京十月文艺出版社 2017 年版。

② 杨少衡：《风口浪尖》，湖南文艺出版社 2016 年版。

③ 李佩甫：《平原客》，《花城》2017 年第 3 期。

④ 刘震云：《吃瓜时代的儿女们》，长江文艺出版社 2017 年版。

小说里新闻时事的堆积，不免让人想到余华那部受人诟病的《第七天》，但刘震云却借事还魂，以简练的笔法巧妙地将这些新闻热点融入到人物身上，演绎出一连串的“巧合”和误会，也顺势写活了农家女、小官吏和大权贵。小说之中，真实事件的隐射所携带的现实尖锐性，批判的躲闪、迂回与延宕，以及小说的形式感所蕴藏的反讽，使得这些真实而荒诞的“中国故事”，既让我们会心一笑，又不得不掩卷深思。

记者出身的须一瓜一向善于以新闻事件为核心来编织小说故事，眼尖的读者可以发现，她的新作《双眼台风》[①] 便是以震惊中外的“呼格案”为原型的。小说以“双眼台风”命名，显然暗示了两种力量的较量，傅里安与鲍雪飞的殊死对决所掀起的反腐风暴，事关屈死者的平冤昭雪和终将来临的迟到的正义。同样是案件叙写与改编，《十九年间谋杀小叙》[②] 则围绕至今仍为悬案的“朱令案”展开。那多以奇崛缜密的构思为我们编织了一个黑暗而精彩的悬疑故事，小说也显然超越了类型探案的边界而直指人性的幽暗。

二、探询时代的病症与精神困境

通过新闻和案件的叙写，艰难捕捉小说世界的“现实投影”，固然能够获得某种连带的作品关注度，但这种尖锐的直接性显然只是现实的一个方面。倘若要更为深广地铺展开来，在小说与现实的层面作更复杂的思考，探询时代的病症与精神困境，则需要作家们通过某种现实的契机，作更切实的努力。

青年作家石一枫一贯坚持着“把人物写好”和“对时代发言”的现实主义文学准则。他的新作《心灵外史》[③] 通过讲述大姨妈半个世纪以来的信仰变迁，以“问题小说”的方式，极为敏感地提出了我们时代的精神生活的问题。小说大量篇幅都在详细叙述大姨妈一生追寻心灵寄托却并不如愿的经历，直至最后作者才点明了她对宗教的皈依。小说的叙述容纳了漫长的历史时间，大姨妈的信仰变迁贯穿了上个世纪五六十年代的“革命”和八九十年代的“气功热”，直到新世纪以“虫虫宝”项目为代表的传销活动和民间宗教风潮。这种追寻精神信仰的历史，显然构成了中国当代社会史的缩影，也是在这个意义上，小说被命名为“心灵外史”。令人感慨的是，这一追求信仰的过程，却总是伴随着全社会整体性的轻信与盲从。在石一枫笔下，20 世纪中国人的心灵历史，似乎就是一个由心灵空虚、信仰缺失而导致轻信和盲从，又因轻信和盲从而使心灵更加空虚、迷茫的恶性循环的过程，这也是小说的社会批判和文化反思的意义所在。

长篇小说《无名指》[④] 的写作是批评家李陀的另一种“批评”方式。为此，他在写作手法上做了一次反向实验，把塑造人物视为写作的中心。在他这部据说是学习《红楼梦》的作品里，尝试用“对话”来结构小说和塑造人物。在他看来，走曹雪芹和托尔斯泰、陀思妥耶夫斯基的写实路子，是“彻底摆脱现代主义的阴影”的有效途径。小说主人公杨博

---

① 须一瓜：《双眼台风》，《收获》2017 年第 6 期。

② 那多：《十九年间谋杀小叙》，《收获 · 长篇专号》2017 年秋卷。

③ 石一枫：《心灵外史》，《收获》2017 年第 3 期。

④ 李陀：《无名指》，《收获 · 长篇专号》2017 年夏卷。

奇中文系出身，在海外拿了社会学和艺术史的硕士学位，为了从“人的内部”理解人的秘密，又修了心理学的博士学位，回国后在北京做心理医生。这个职业使他见到了许多奇奇怪怪的人，有大老板，有公务员，有家境丰裕而内心迷茫的家庭妇女，也有游走于城市边缘的底层群众，由此见证我们时代的精神生活：经济在不断发展，而人的内心却无处安放。对他自己来说，个性不羁的女友突然宣布分手，至交朋友历史学教授出轨，朋友聪明绝顶的妻子要出家，都让这位深研过文学和心理学的博士在光怪陆离的现实面前失去了判断力，而仅仅在那些打工者身上看到了些许微光。小说相当程度上是向批判现实主义的典型化写作回归，对于我们时代的精神危机，小说并没有提供确切的答案，而是把困惑和问题呈现在写作之中。

鲁敏的《奔月》① 是一个关于逃离的故事，逃离庸俗的日常生活，以骇俗的消失去寻找本我的根源，抑或徒劳地收获一片虚无。故事从一辆开往梵乐山的旅游大巴意外坠崖展开。主人公小六在这场事故中消失了，生不见人死不见尸，只留下散落满地的物品。丈夫贺西南不愿相信她已死去，不断寻找她的下落，却渐渐揭开了小六隐藏在温顺外表下乖张不羁的多重面目。与此同时，小六以无名之躯来到了完全陌生的小城乌鹊，开始了异域里的新生活，却遭遇各种沉沦起伏，预期中的自由却没能如愿出现，这些都让城市生活在荒诞中显露出人性的诡谲。在此，作者描述的其实是当今时代的精神荒谬：厌倦人情交际而渴望隐匿的妻子；怀念妻子却最终接受了别的女人的丈夫；甚或不断更换床伴却始终内心孤独的情人，所有的人都在遭遇着精神困境，而鲁敏正是要以这种冒犯的方式直刺人生的假面，寻找抵抗生活的途径。在这个意义上，《奔月》其实重写了鲁迅《奔月》的逃离主题，小六的抗争，不过是要像嫦娥一样要抗争厌倦的日常生活。小说贴切地表达了现代都市人的精神状态，它犹如一面镜子，照见了我们内心的焦虑与不甘，以及为了摆脱生活的倦怠所做的冒险。

梁鸿的《梁光正的光》② 是作者继《中国在梁庄》、《出梁庄记》、《神圣家族》等影响巨大的非虚构作品之后，完成的首部“梁庄”系列长篇虚构小说。作品以梁光正执意寻亲报恩为起点，随着他一系列行动的一再重复和失败，几个子女也被迫回顾父亲如西西弗般屡战屡败、永不言弃的奋斗史和爱情史。在这部小说中，梁光正颠覆了传统文学设置的父亲形象，如作者所言，他是一个农民，也是个斗士，他是梁庄的堂吉诃德，四村八乡闻名的“事烦儿”，却笃信世间一切必遵循“道理”发生。如同一团孤独的乱麻，热情地席卷所有人，给子女空留下一地烦恼。他的一生就这么愚蒙而固执、仁厚而浪漫、自大而狂热地战斗着，像一条无理取闹的“老狗”。在他棺材落地的一瞬间，人们才突然觉得，这世界过于空旷。这是一个发生在农村的故事，但梁鸿的创作却突破了我们对乡土的固有想象。当人们走进这个故事，就会在纤毫毕现的人物描摹和宏大时代背景共同作用的文学魅力下，真正看见一个普通中国农民和典型农民家庭的精神世界。

红柯的《太阳深处的火焰》③ 不是一个单纯的长篇故事，完全可以作为文化哲学和生命哲学来阅读。小说材料互相穿插、多线交织，简直“眼花缭乱”。它由两条线索展开，一条

① 鲁敏：《奔月》，人民文学出版社 2017 年版。
② 梁鸿：《梁光正的光》，人民文学出版社 2017 年版。
③ 红柯：《太阳深处的火焰》，《十月 · 长篇小说》2017 年第 4 期。

线索集中书写的是当代知识分子坐困书城的精神困境，写的是他们“皮袍下的小”，整个文化的猥琐令人心惊，“过去他们衣冠散乱，内心清净。他们如今衣冠整齐，神不守舍。”作者以冷峻的反讽书写当代儒林。另一条线索讲述渭北大学徐济云教授和新疆姑娘吴丽梅的浪漫爱情故事。而在儒林和爱情故事之外，红柯还细致刻画了陕西关中民间皮影艺人的日常生活、工作状态及内心世界，呈现了基层知识分子的精神处境。然而最重要的是，他对“太阳”和“火焰”的理解，“在万物产生之前，整个世界充满了永恒的生命之火。火才是世界的本原和始基。”作者要表达的是一种阳刚激越和充满光明的文化在我们这个时代的慢慢消逝。这种文化挽歌的情绪所寄予的批判之情溢于言表，因此小说的意绪不仅在于对草原文明和原始生命的崇拜，更呼唤着人性深处升腾起高贵的火焰。

在李宏伟的《国王与抒情诗》[①] 里，我们会天然地站在抒情诗的一边，抒情诗所代表的人文主义具有一种天然的道义，而国王所代表的理性法则冰冷、残酷、邪恶。这种预设的二元对立深深植根于文本内部且构成了小说的基本逻辑。或许在作者看来，倘若非如此就不能表达文本的正义。然而，小说将“国王”与“抒情诗”对立，却并不是单纯处理善和恶，理性和感性之间的关系，而是想看一看未来社会的人之可能。小说提出了一个问题：凡人如何不死。每个人都会死亡，国王认为有一个解决之道，他认为，我们对死亡感到恐惧，是因为自我有意识，这个意识很大程度上是由语言带来的，所以国王想做一件事情，把语言的抒情性取消掉。于是，帝国一直在做的一件事，就是不断对词语进行消耗。而“抒情诗”所指代的则是无法被损耗，被理性革除的感性诉求，那就是每个人都想明确知道自己是谁，想确立自己的存在，这种感觉不会因为国王或帝国任何行动而断绝。《国王与抒情诗》讲述的就是这两种意识不断纠缠的过程。

三、回望历史的浪漫与沧桑

在 2017 年的长篇小说创作中，抗战题材的“井喷”无疑引人瞩目。海飞的《惊蛰》，范稳的《重庆之眼》，张翎的《劳燕》，范迁的《锦瑟》，徐贵祥的《对阵》以及陶纯的《浪漫沧桑》，都从不同侧面展开了对于那段波澜壮阔的历史的叙述，甚至是情节奇特的《天漏邑》和《唇典》，也都映现着影影绰绰的“抗战”踪迹。这也难怪，那个悲壮年代的丰富细部总会被人反复咀嚼。而对历史的缅怀与见证，对战争的反思，抑或是历史的慨叹和人性的礼赞，再或是爱情的铭刻和传奇的编织，皆会在某个特定的时刻（2017 年被认为是抗战全面爆发 80 周年）重新鼓荡，以历史之名写下浪漫与沧桑。

《重庆之眼》[②] 以“重庆大轰炸”为背景展开，但对于历史叙事来说，它很好地做到了“虚与实的平衡”。于历史而言，小说展现了蔺佩瑶、刘云翔、邓子儒的旷世爱情和婚姻家庭生活，以及他们对于抗战中极为严重的蒙难事件的遭逢，进而表现了他们坚强不屈、愈战愈勇的民族精神，以及整个民众蓬勃向上的精神风貌。对于小说来说，“后续震荡至今的全景描写”则表现在民间方兴未艾的对日战争索赔活动之上，这“也是对遗忘的拒绝和抗

① 李宏伟：《国王与抒情诗》，中信出版社 2017 年版。

② 范稳：《重庆之眼》，《人民文学》2017 年第 3 期。

争”，体现了二战结束半个多世纪后中国人对战争的反思，对和平的坚守，以及维权意识的觉醒。如作者所言的，“只要我们还活着，我们就是历史的证言；我们死去，证言留下。”《重庆之眼》就是这样一部“拥有国家志气、国家底气、文人诚信和文化自信的作品”，从中可以读出丰富的历史内容。

《劳燕》[①] 的写作大概源于一封老旧的信件。如小说结尾所展示的，那是1946年，反法西斯战争胜利刚刚过去一年，战争伤痛仍在徘徊。信中，一位名叫“伊恩·弗格森”的援华美军急切呼唤着他“亲爱的温德”前来相会。这封意外发现的尘封已久的往日信件，也许只是作者虚构的一部分，却恰如其分地完成了一种关于战争的叙事想象。小说正是以这种独特的方式，打开了大历史的丰富细部。然而就像所有战争小说一样，以此为背景，故事的动人之处则在于人物的情感和命运。具体到《劳燕》，则体现在小说精心编织的三个男人和一个女人的情感纠葛上，人物深沉浑厚的命运感也得以凸显。张翎的小说一向专注叙事形式的艺术，《劳燕》也突出呈现了多文体形式的适度穿插。举凡书信、日记、新闻报道、地方志、戏文，乃至亡灵叙事的精心设定，甚至两只狗之间的对话，都被作者有效纳入到叙事进程之中，这些特别的形式无疑让小说更加动人。

在《麻雀》之后，海飞的《惊蛰》[②] 将谍战剧的“烧脑”发挥到了极致，这也让它堪称卧底小说的集大成之作。这里不仅有“梅机关”的特工潜伏到了重庆，也有早已至此的中共地下人员，随后他们又以军统的名义卧底到日本人那里，这种三重间谍的戏码不禁让人费尽思量，而围绕这个剧情，各色人物的冲突与合作也更加凶险复杂。除此之外，小说也充分调动了“假夫妻”这一经典模式的叙事意义，甚至还在此之中穿插着“假出轨”、“假私奔”的全新段落，真假难辨的情爱纠葛让人欲罢不能。然而，这也是一个关于牺牲与拯救的故事。它在忘我的牺牲中成功容纳了一个“拯救大兵瑞恩”式的悲壮桥段，这无疑是一种更高意义上人性法则的体现，也生动诠释了历史内在的悲壮。小说之中，张离的牺牲固然令人扼腕，但她的死却意外保全了余小晚这位革命家族的唯一后代。而围绕这次拯救产生的一系列牺牲，甚至包括普通人的慷慨赴死，便显得意义非凡。这群贩夫走卒被历史所卷入，又奇迹般地被召唤成革命的主体，成为历史悲壮的一部分，而革命恰恰就是由这些无名者的牺牲构成的。

陶纯的《浪漫沧桑》[③] 也是以爱情书写战争的小说典范。故事通过女主人公李兰贞与四个男人的关系展开，将历史叙事引向传奇的境地。小说前三分之一是国共斗争，而后通过“西安事变”迅速转向共同抗日，“大家都是中国人，共同抗日是唯一的出路。”但这里有意思的地方在于，女性的身体往往成为历史的人质。作为警察局长千金的李兰贞本与革命无缘，出于对汪默涵的爱慕才誓死追随，而汪则完全是为了报复余家才顺势拐走了这位小姐。之后不久，汪默涵绝情出走，李兰贞的上司江山虽对她颇有好感，但却巴望着将她派上更大用场——用美人计赚取匪首龚黑柱。就此，李兰贞为了追求浪漫爱情扎进革命阵营，却阴差阳错走上充满荆棘的人生道路。十几年的革命生涯，她得到的是无尽沧桑。小说力求通过李

① 张翎：《劳燕》，《收获》2017年第2期。

② 海飞：《惊蛰》，《人民文学》2017年第1期。

③ 陶纯：《浪漫沧桑》，湖南文艺出版社2017年版。

兰贞复杂的情爱与命运，展示波澜壮阔的历史，写出她的希望、忧伤、追求、痛楚和悲怆。在陶纯这里，李兰贞又是爱的化身。正如他所阐释的，“爱情、革命，都是浪漫的事，也蕴含着无尽的沧桑。但这一生，她不后悔。她出来革命，不是为了占有，不是为了争夺，而是为了寻找爱，为了化解恨。这一生，一切经历如梦似幻，得之我幸，失之我命，她不想有任何的抱怨。”

同样是以抗战为背景，上过战场又非常熟悉中国革命史的军旅作家徐贵祥的《对阵》[①]，无疑具有不一样的气质。抗战期间，为抵御外辱，渤海湾由以郑亦雄为首的国民党“琅琊独立旅”和以杨蓼夫为首的八路军“清河支队”共同驻守。其间，两支部队由于政治立场、思想观念、军事目的和行为方式的不同，发生了种种冲突和摩擦，但面对共同的敌人，血浓于水的情感联系却不容忽视，于是某种意义上的亦敌亦友的冲突与合作，构成了这两支“神奇”部队的主要故事。这里不仅可以清晰地感受到《历史的天空》中“泥腿子将军”形象的鲜活性，也重在竭力塑造杨蓼夫身上所蕴含的精神性，这种精神的激励，为日后解放战争期间郑亦雄等国民党军官的率部起义埋下伏笔。因而，两支政治立场迥异的队伍不仅是战场的对决，更是人心向背的对阵。作品尝试从最本真的人性中寻求信仰的力量，无疑会给今天的读者提供重要的思想启迪。

四、历史的碎影与人性的传奇

作家们总是惯于将那些严峻的或者不严峻的历史，以更加通俗的言情方式来讲述，这些历史的传奇给人们带来无尽的趣味，倘若还能在这里获得一些思考的契机那便再好不过了。乔叶的《藏珠记》[②] 让小说回到最为朴素的如何编故事，如何讲故事之上。让故事有趣，动人，可信，具有感染力，这是写作最为原始的动力。小说里一个从唐朝来的女人，她活过了千年，和一个现代人谈恋爱，没有什么比这更容易出彩的了。小说既可以清晰看到传统志异故事的灵感，荒诞不经的现代“志异”故事，堪称中国版的“千年之恋”，又可明显看出对于穿越题材影视剧的借鉴，堪称中国版的“来自唐朝的你”。当然，小说要提升故事的品格，升华它的主题，必须具有合理、可信又显得高端的故事内核。在这一点上，《藏珠记》也努力做到了。小说讲述千年处女成了精的故事，巧妙融合了有关贞洁、永生，以及最重要的——干净的爱情的故事。没有什么比爱与死，纯洁和永恒的命题更加引人入胜了。在如今的小说中，情的强调和重新发现，成为一种不可辩驳的倾向。人生短促，唯有情能留下痕迹。无情者永远旁观，有情者才会参与其间，才有生死爱欲，才有雁过留痕的历史。这些情感元素，是故事值得咀嚼的筋骨。除此之外，故事还需要绵密的针脚，细节的填充做到既扎实又独特。在这一点上，则需要辛苦的案头工作。就小说而言，这里的美食和烹饪相关的古籍材料的研读与运用，既合理又巧妙，为小说增色不少。

徐兆寿的《鸠摩罗什》[③] 算得上是某种意义的研究论文，作者以做研究的态度来写小

---

① 徐贵祥：《对阵》，长江文艺出版社 2017 年版。

② 乔叶：《藏珠记》，《十月·长篇小说》2017 年第 3 期。

③ 徐兆寿：《鸠摩罗什》，《作家》2017 年第 7 期。

说，通过史料的梳理再现鸠摩罗什的一生，这体现了传记小说的史料严谨性。作者查阅了很多资料，当然也有一些虚构，但把鸠摩罗什完整的一生连缀起来了。作为传记小说中的“兴奋点”，鸠摩罗什身上的神迹，围绕神迹展开的各类传说与故事，史料的整理与总结，各种猜想与辩驳，都极富趣味。当然，作者的情感投入，对于鸠摩罗什理解与认同的背后，包含着一种笃定的信仰。小说中有许多关于佛教问题的具体讨论，既是个人长久的思想困惑的交代，也可隐约看到一种信仰根基的建立。值得注意的是，这部人物传记型的历史小说，在鸠摩罗什的故事之外，还具有许多丰富的辩论性的声音，这种辩论性的声音不光是个人的情感寄托，还是更深层的文化思考，事关中国文化的命运和中西文化关系。通过这些人物对话、学术探讨和教义分析，可以看出作者试图将鸠摩罗什的问题引向中国文化命运这一宏大且具有强烈现实意义的命题，将之与重新解释中国人的精神世界发生联系。这都使得单纯的鸠摩罗什故事获得了更加丰富的文化意涵。

“传奇化”的历史叙事，往往将宏大的历史作为美妙背景，以人性的名义，在已然编制有序的政治框架内，讲述大历史中的小人物承受的不幸命运。在长篇小说《好人宋没用》①里，任晓雯塑造了一个被历史遗忘名字的小人物。这个被时代筛漏了的无名之人，是一个不折不扣的无用的人，父母称她“没用”，子女也认定她“没用”。她是如此微不足道，以至于连名字都显得无足轻重，“宋没用”，还是什么比这更令人难堪的？然而，就是这个随波逐流，苟且存命的无用之人，带着她细小的柔弱与坚定，走过死荫的幽谷，穿越历史的雾霭，蹒跚着走向这个宽阔的新世界，来到我们面前。而正是无数像宋没用这样的无用之人，构成了我们的历史，形成了城市的基底。小说也因此意外呈现出一个旗袍与租界之外的“底层上海”。一个苏北女人的艰辛过往，隐匿在大历史的褶皱之中，透露出上海都市的驳杂来路。如任晓雯所言的，“写一个人，就写出她滔滔的一生”。在此，大历史中隐秘的个人命运如此令人着迷，而在既定的历史框架之外，紧紧裹挟的则是生活无边的洪流，小说的魅力也在这里。《好人宋没用》则正是要向这个“用爱抵抗苦难的故事”致敬。然而，宋没用这个被历史蹂躏的无用的“好人”，能否担当“用爱抵抗苦难”的重任，进而抵挡整个20世纪历史的“重若千钧的目光”，却是一个值得怀疑的问题。

范迁的《锦瑟》② 同样是以爱情来叙写大时代的传奇。小说以精细的白描勾勒了男主人公的一生，我们看到一个卑微的男人，读过一些书，生性敏感懦弱却狷介自赏。范迁笔下的这个“他”，在小说中一出场就饱受食色之苦，家道中落之后不得不随时代变迁而命运流转，他爱不到所爱的人，却阴差阳错地参加了革命。在天翻地覆后的新时代，他终于意外娶到了心爱之人，然而好景不长，时代运动中的打击接踵而至，终至人生没落。置身在这个变动的大时代，一切都显得无可奈何，只能被历史洪流所裹挟，平静地接受令人唏嘘的命运。

陆天明的《幸存者》③ 以引人入胜的悬疑方式将小说引向遥远的知青岁月。在那里，满腔热忱的上海青年投身时代大潮，来到荒凉的大西北，“广阔天地，大有作为”，是那个年代的共同理想。垦区的艰险并没有磨灭他们的意志，尽管等待他们的却是阴谋和罪孽。正是

---

① 任晓雯：《好人宋没用》，《十月·长篇小说》2017年第2期。

② 范迁：《锦瑟》，《收获·长篇专号》2017年秋卷。

③ 陆天明：《幸存者》，人民文学出版社2017年版。

通过将知青故事与反腐故事的结合，作者有效串联了两个不同的时代，从而重新阐释信仰的意义。严歌苓的《芳华》[①] 以半自传的方式将小说引向部队文工团的故事，一次触摸事件所引发的人物命运的流转，揭示的是不同阶层的人物在残酷而荒诞的大时代的屈辱和爱恨。而在那被追忆的青春芳华中，不仅有战争的残酷，人情的冷暖，更有善良的人们得不到善待的慨叹。除此之外，2017 年还有两部极为独特的边地小说，更是将传奇的笔墨扩展到少数民族的视野之中。《西南边》和《唇典》，一个西南，一个东北，皆超越一般作品的狭窄视野，而将民族风貌与地域历史巧妙融合，给人留下了深刻印象。冯良的《西南边》[②] 提供了一幅完全不同的共和国历史的画面，它将视角深入到多彩复杂的彝族社会，用丰富的细节构建了当代文学中的边地形象。刘庆的《唇典》[③] 则以一个长着一双猫眼的“命定”萨满的视角，在辛亥革命至改革开放初期的漫长时间跨度里展开叙述，书写东北亚波澜壮阔的心灵史诗。

此外，2017 年的重要作品还包括阎连科的《速求共眠》，晓航的《游戏是不能忘记的》，以及关仁山的《金谷银山》和季栋梁的《锦绣记》等。另外值得重视的还有霍香结的《灵的编年史——秘密知识的旅程》和黄孝阳的《众生·迷宫》等极具实验性的作品。由于篇幅的限制，本文无法在此对更多的作品做出准确而全面的概括。

---

① 严歌苓：《芳华》，人民文学出版社 2017 年版。

② 冯良：《西南边》，长江文艺出版社 2017 年版。

③ 刘庆：《唇典》，《收获·长篇专号》2017 年春卷。

作为载体的困境，与重新开始的可能：2017 年中短篇小说综述

聂 梦

2017 年，小说家们贡献了大量优秀的中短篇小说作品，围绕这些作品所展开的分析和讨论，增加了文学于社会空间的热度和分量。然而，在繁荣气象背后还有一个潜在的主题在悄然运行，那就是困境——写作者对于人们所处困境的指认和描摹，构成了这一年中短篇创作中深具普遍性的光景。

2017 年的中短篇小说创作，小说家们贡献了大量优秀的作品，这些作品本身，以及围绕它们所展开的分析和讨论，在很大程度上增加了文学于社会空间的热度和分量。然而，在繁荣气象背后还有一个潜在的主题在悄然运行，那就是困境——写作者对于人们所处困境的指认和描摹，构成了这一年中短篇创作中深具普遍性的光景。在小说家眼里，困境从各个方向、自各个层面向我们蔓延而来，作为整体的生活、独一无二的关系以及始终难辨的自我，均因困境的存在而加深了自身色调的晦暗与凝重。但与此同时，困境又是载体，在它身上，一股更为深沉的力量被凸显出来。这力量既包含了现实的向度，又包含了精神的向度，它怀着巨大的哀伤和沉寂，协助小说家完成笔下文字的使命：珍视所有的力有不逮和悲悯与热望，珍视那些不可挣脱的命运和必然性，以及人与自身对话的艰难与可能。

被劫持的生活

“被劫持的生活”出自王咸的《去海拉尔》。李朝在 MSN 的聊天对话框中敲下几个字：感觉整个生活都被劫持了，天聊得很随意，却有种一语成谶的味道。它从一个侧面反映出小说家们在如今这个时代的现实感——这种主观的、观念层面的认知因其存在本身，以及对于主体行为的作用力，已然构成了现实的一种。对于小说家来说，现实本身很重要，如何认识现实和表达现实同样重要。

自《心灵外史》开始，石一枫逐渐将笔下的现实拉长，并试图让人物命运与时代变迁贴得更紧。《借命而生》中，他以上世纪 80 年代末一桩不起眼的刑事案件为切口，描绘了一幕附着在小人物身上的时代悲剧。劫持警察杜湘东一生心神的，是他对浪漫、理想和价值的执念，是对不同时代下、不同语境中好与坏定义的反复思忖。主人公“憋闷”的人生遭遇提醒我们，时至今日，理想主义光环仍旧可以将失败者与悲剧式英雄连接在一起。另一位被劫持了一生的女孩，来自田耳的《一天》。不同的是，她的出场形象仅是一具残缺不全的

尸体。死亡在这里变成了一个契机，许多人物连同他们的经历、命运一下子被召集在了一起。围绕着赔偿金数额的多番争执，引出了亲人们不同层次的悲痛、几辈庄稼人的故事，以及无法言尽的风俗、世情与人心。作者有意将语调压低，语速放慢，试图在一种平静的气氛里，写出人生的大苦。叶兆言的《滞留于屋檐的雨滴》和乔叶的《四十三年史》同样是写一生。如同记录片一般，前者使用儿子的旁白，画面中却尽是父亲的镜头，后者按下快放键，以“她”从学业到升迁再到清场的奋斗史，写尽了那个极易养活、永远精神矍铄、生机勃勃的穷。

郭平《在故乡》整理了六则耐人寻味的故人往事，故事与故事之间各自独立却又彼此缠绕。特定年代施加于人身上的压抑、荒诞与喑哑，因作者冲淡自持的叙述而愈发显得割肉见骨。作者以“在故乡”为题颇具深意。可以想见，此去经年，但凡思乡之时，惟有用这些千疮百孔的记忆来驱除异乡感，其中的滋味更是难以言说。类似的钝痛，在樊健军的《穿白衬衫的抹香鲸》中亦有回响，表达方式上却是另外一番形貌。这是一篇深谙繁简之辩的小说，作者以“藏”为义，对童年经验的细微描摹和整个作品不予质判的纯真感伤的基调，激活了小说更加丰富多义的阐释空间。童年独特又模糊的矛盾之处以及何以以沉默的复杂的姿态反抗规训和简化等，从象征的层面进一步强化了小说卓越的品质。有时，动物也会成为记忆的见证者，它们的出现，本身就是岁月的善举，是岁月对于人们“复杂的痛苦”的人格化抚慰（崔曼莉《熊猫》）。

面对如此这般的生活，辩驳者与反击者不乏其人，但挥出去的拳头却往往只能打在棉花上，涌动的激烈情绪最终都变成了怅然。驻军的日常并非文艺的新鲜话题，董夏青青的《科恰里特山下》有意绕开此类题材关于坚持、信仰的直抒胸臆，用一种干脆得近乎凛冽的语调，写出了不断闪回的外部世界对于边地驻守军人变动不居却暗流涌动的内心的干扰。尹学芸的《曾经云罗伞盖》于不动声色中再现了时代变迁里曾经的巾帼英雄、如今的钉子户朱玉兰引人唏嘘的曲折人生。肖勤的一手经验和写作智慧在《所有的星星都有秘密》中得到了充分施展，小说写官场倾轧，写得惊心动魄，小小县城中，塌方式的腐败对人的意志、斗志和勇气提出了极大的考验，邪不胜正的结局并不妨碍阅读者进一步发问：世界自有其干净透亮、门神与死士，为何总有人难抵克制背后的贪婪？此外，苏童的《玛多娜生意》、艾玛的《白耳夜鹭》、蒋峰的《海面那儿有个小黑点儿》、徐衎的《肉林执》、钟求是的《街上的耳朵》、章缘的《失物招领》、鲁敏的《火烧云》、张楚的《人人都应该有一口漂亮的牙齿》、徐小斌的《入戏》等，也都在各自的向度上可圈可点。人世的艰难、辛酸和无奈被小说家悉数洞穿。

在一众心怀怅然的人物当中，黄昱宁《呼叫转移》里的“我”格外显眼。一位代驾，转而兼职电信诈骗，却不知不觉在女文青和男导演的戏份中扮演了重要角色。在这里，荒诞变得顺理成章，却也滋生出对于另外一个世界的好奇、试探、理解与松动。《呼叫转移》从某种意义上阐明了小说家藏匿于“被劫持”的现实感背后的更深层面的动机：现实感既包括现世的观照，也包括高远的遥望。尽管人们的遥望方向并不一致，但说到底，能摆渡自己的终究还是自己。警察、穷人、孩子、骗子，他们的内心世界究竟有没有可能如此丰富、如此强大，这取决于我们把他当做一枚标签，还是一个人，甚至是人的总和。从这个角度来说，一个时代的文学所能提供的现实感，也完全可以在情感、观念甚至思维层面影响并塑造这个时代的表情。

此处的痛苦是另一处痛苦的回声

人与人之间每段关系都是独一无二的，所有人都有权利去创造和不断加深对各种关系的理解，但与此同时，我们又不得不承认，关系同样构成困境。深陷在关系里，是人们与痛苦为伍的根源之一，而每一段关系所特有的光影明暗，又决定了人们在通往世界获取现实感的途中，每一个瞬间的位置和走向。2017 年，一些以女性之间微妙关系为题旨的小说，丰富了文学这一品类中有关“关系”的向度。其中，表现亲缘之下女性关系（母女关系）的几部作品，尤其值得关注。

不知从何时起，母亲的形象开始走下神坛，母女关系从和谐走向了疏离甚至反叛，母亲的缺失、母女之间的裂隙甚至在一定程度上成为了当下书写中具有普遍性的认知态度与美学倾向。

关于痛苦的回声的描述，杨方在《天鹅来到英塔木》中说：“她们中某个人的痛苦也许正是另一个人痛苦的回声，这让她们找到了彼此纠缠不休的理由。”狠心的母亲、不靠谱的双胞胎姐姐，作者极富边地特色的、幽默甚至略带嘲讽的表述，令小说中母女关系的痛苦部分为一种喜乐精神所驯化。“我”与母亲之间，从本质上来说是同构的，而这同构的基础是我们共同持有的“向生而生”的生命观。同样以痛苦为起点，《我不是尹丽川》里的情绪变调则为成长的波折感所填满。一个女人怎么会是另一个女人的妈妈呢？带着相似的身体，我该做她们没做的事吗？庞羽将外婆、妈妈和我三代人命运片段的起伏，容纳在一首诗歌的长度里，同时容纳于其中的，还有一个小小的个体，从自身、自情感发散而出的主体性追问。陈永和在《十三姨》里也写到了“母女”间的误解和疼痛，只是在岁月的安抚下，这些情绪逐渐为感同身受所替代：直到“我”也老了，老到可以看到死，便长出了一双十三姨看我的眼睛。崔君《炽风》里母女关系的发生情境更为特殊，却仍旧落脚在人性的幽微和不忍上。因此，当“我”某天学着母亲的样子把沸水浇在鸡蛋上时，却换来了意想不到的痛斥，母亲只想让与父亲通奸的女人掉头发，却从没想过让她死——如此有力的细节，恐怕只有在极具潜力的小说家的头脑里，才得以迸发。

谈到关系，总是难以避开爱。这一年，作家们围绕着决定人类生存和命运的基始性情感，反复用文字印证那条早已不再是新发现的拓扑学原理，此处一次不经意的振翅，在另一处看来或许就是海啸山崩、世界末日。张天翼的《重逢的三个昼夜》写同性间的深重感情。在这篇反对复述的小说里，战争、军队、失意、重逢，共同组成了一段近乎绝望的、极度纯粹且不辜负任何人的完满爱情。作者在展示其描绘人心中大江大海和每一波微澜的卓越能力的同时也告诉我们，那些已经被小说家成千上万次拥抱过的主题和故事，仍然可以在新的语境下生发出新的光景。畀愚说，《氰化钾》中的乱世之爱，只是谍战者的片段人生，而在离乱人生表象下微不足道却又深入骨髓的情愫，则可以发生在那个时代里任何一个人的身上。

张翎《都市猫语》里的猫是可通人语的猫，是非人的观察和叙述媒介。两只猫的难舍难分，使得同一个屋檐下，洁身自好的出租车司机与迫于生计的卖身女之间，产生了相依和怜悯的可能。

在文字中照见更清晰的自己

关于自我的探询如同一枚磁石，紧紧吸附着人们。这也是为什么在张悦然《阿拉伯婆婆纳》中，会有一个无处不在又几乎已经死亡了的作家，写下一部不愿出版的作品；为什么姚丽《带刀刺猬》里的“我”明明可以发声，却拒绝与任何人交谈。因为在她们看来，一个人的首要交流对象，有且只有自己。

小说家们或许早已达成了这样的共识，人是有限与无限、暂时与永恒、自由与必然的综合。因此，在有限、暂时和自由中寻找无限、永恒与必然，于此在的困境中确证自身的意义与价值，便成为自我对谈中赢得自我、获得自我的旨归和终点。荒芜的校园、一望无际的枯败杂草，所有人分散在其中，这是胡迁在《大裂》里呈现的困境和荒原。每个人都试图寻找出口，而藏宝图和金子，则是独属于“我”的意义空间。《花与镜》的荒原，寄生在一个机械人的世界里。在父亲彼得身上，张天翼写出了个体在地狱之中、于绝对孤独状态下的善好与自救。她让我们看到，一个已经毫无退路的人，如何对信与真保持强大的信念，并高贵地活。复杂境地中的绝对单纯，以及由此生发出的崇高的、带有悲剧色彩的人性的力量，是两位年轻的写作者贡献给我们的宝贵财富。

确证意义与价值，并不意味着回避孤独者自我对谈中另一重充满悖论的困境。远赴澳洲体验牛仔生活的经理人，在回味自己“顿悟”的一刻依然受到善意的嘲笑：富人要进天堂，比骆驼钻过针眼还难（禹风《穿针之旅》）。比如在与特权阶层的交往中，“我”只有以大篇幅的动物学文献为保护色，才能确保内心的强盛并全身而退（牛健哲《猛兽尚未相遇》）。比如在情感结构的创面里，女孩将苗条的身体视为自我确认的对象，一旦幻象消失，暴露的则是于价值离散语境中自我信赖感的彻底崩塌（马小淘《失重》）。比如在极端的异化状态下，完全迥异的人生仍能够见缝插针地错差、置换，极度扭曲的仿象，同样可以将自我的惟一性稀释（范小青《王曼曾经来过》）。

在时下“无力青年”“无为青年”甚至“失败青年”的人物群像里，《故事星球》中的阿信是少数愿意把窃窃私语转化为热切行动的人。他同小伙伴一道，在千帆竞技的资本大航海时代组队打怪，为的是让正在长高的中国抬头看一看星空。彭扬将青年人所特有的、寓于奔跑——急停——再奔跑之间的速度感和心理节奏，寄托在一个关于梦想的故事里。从阿信身上，我们可以辨认出一种处于成形过程中的“新人”的可能以及一种新的姿态，这姿态中，蕴藏着青年写作的新的路向。

在这一年小说家为我们描绘的重重困境里，生活的走向和人物的自主性越清晰，人与世界的关系反而越繁复；人性寻绎着更丰富的藏身之地，情绪和风习更自如地参与着人的韧性和价值的支撑；新人遇到新时代水土，层出不穷，只是作品中的新人形象尚有些形单影只。但这些并不妨碍小说家们持续性的探询。在他们眼中，文学意味着不断地重新开始。就像包慧怡在《僧侣镇》里所印证的那样，文学之于人类的终极关怀，是让我们拥有无上的自由，得以携带着“死亡的苦“和”遗忘的甘”，回到之前人生的任意一点，重新来过。

（原载《文艺报》2018 年 2 月 14 日）

存在之纬、表达之轻与突围之难：2017 年短篇小说述评

张元珂　王　雪

在一个外界的规定性已经变得过于沉重从而使人的内在动力大受拘囿的世界里，人之存在与发展的可能性是什么？小说存在的理由是什么？正如米兰·昆德拉在《不能承受的生命之轻》里说的：“小说不是作者的忏悔，而是在世界变成的陷阱中对人类生活的勘探。”是的，小说家存在的意义就在于说出只有小说能说出的话，而不是用小说语言去传译一种非小说认识。如果说长篇小说是一面反映历史和时代主流的大镜子，那么，短篇小说则重在勘探与呈现微观情态、世态及其纹理结构，代替那些身处边缘的沉默者们发出莫可言明的“孤独之声”，说出他们不能或无法说出的话。从这个意义上讲，2017 年的短篇小说还是以其对人之存在纬度的富有个性化的多角度开掘与表达给我们留下了值得反复说道的话题。

自我、代偿与想象

不是所有小说家都是日常生活的信奉者，思考者们总是在不断寻找自我，或者说，任何写作首先是对自我的表达。在这一过程中，无论对旧我的追溯，还是对新我的建构，透过任何叙述行为，我们都能找到作者的影子。而自我是由对存在的疑问所决定的。因为有疑问，所以才想象。小说家们就是要在想象中言说自我，超越自我，建构自我。由此，小说家借助人物、事件、话语转达一己所欲、所想、所期，并在这种“转达”中或与这个时代对话，或与历史攀谈，或与已逝或未逝的人、事、物及其关系对视，或什么也不想，什么也不做，就是沉浸于一个人的意识里。从文艺心理学上来说，这既是一个主体代偿的过程，也是一个身份建构的过程，在此，它包孕了所有与小说有关的秘密及生成可能。由于灵感与动力来源于“实感经验”，在其经由生活之真向艺术之真转换后，这类作品往往最接近经典质地，并以其特有的生命品质而撼人心魄。郁达夫的《沉沦》、鲁迅的《狂人日记》、莫言的《透明的红萝卜》便是如此。本年度，双雪涛的《北方化为乌有》、刘汀的《夜宴》、刘建东的《声音的集市》、邢庆杰的《鲁北旧事》、王祥夫的《怀鱼记》在以小说方式审视与表达“自我”，发出“孤独之声”并与时代展开有效对话方面堪称用心、用力之作。

双雪涛是少见的以文学为志业并取得突出成绩的 80 后小说家之一。《北方化为乌有》显然深深打印着他生活的影子。在小说中，大年夜，一个作家，一位编辑，一位陌生来访者，三个人因共同话题聚在了一起。他们谈生活，谈历史，谈文学，谈工作，每每关涉现

实，特别是边缘人的边缘体验，总让人产生情感与心灵上的共鸣。这个短篇对寓居大都市里处于边缘地位的青年人的边缘生活及情感予以充分反映和表达，是难得一见的及物的带着痛感的直击生活内核的写作。但更引人瞩目的是这个短篇对历史经验及其光影的处理方式，即作为载体的话语（三人之间的谈话）在此承担起了有关历史的讲述，故事就是从他们的相遇与谈话中开始、发展或结束，但那些故事虚虚实实、远远近近，既清晰，又飘渺，充满着诸多不确定性。他们的谈话方式和态度随意、率性、自由，但内容严肃、认真，而交谈中有关血腥与暴力、衰落的北方工厂里的爱恋与私奔、都市边缘人边缘处境的描写、揭示或反映尤显历史感和现实感。这样的讲述抹平了现实与历史、想象与纪实、文本与生活的界线，一切以你中有我、我中有你方式存在并持续发展着，从而赋予小说以别样的韵味。很显然，作为标题的“北方化为乌有”这句话带有多重意蕴，你可能会问，“化为乌有”的到底是那些东西呢？是衰败了的北方工厂以及人事纠纷，还是作者、叙述者或小说中人物的某种记忆？是一代人的生活与生存，还是作者或叙述者的当下镜像式体验？大概都有吧！

《夜宴》讲述了一位来自农村的知识青年大都市里的人生经历。出于对于某种美好生活的渴望，他通过努力，考上大学，并最终留在了北京一郊区中学工作，应该说，这对绝大部分城市人来说一切都显得稀松而平常，但对他来说，却有了不同寻常的意义——这是农村青年人转变身份、融入城市生活的第一步。然而，生活似乎从来没有按照他的预设前进，伴随物质的窘迫、爱恋的错位、青春的萌动，以及生活的偶然与必然的重叠，都使得他越来越背离那虽平常但还算美好的生活理想。被辞退后，他由体制内人转为体制外自由职业者，虽四处打拼，赚钱也不少，但终难免四处碰壁、飘泊无依、精神无寄，最终成为都市边缘人或零余者；当父母先后离世，他那种有乡回不去和身在城而心相离的境遇其实不只是他一个人的经历，而是一代青年人的人生写照。但在这种历史必然的背后，那些有关人生的种种无奈与悲情无不让人痛彻心扉。因此，在新世纪以来的小说创作领域，这样的书写虽也司空见惯，但终因其裹挟着时代的光影，反映个体生活、生存与人性的真实，以及对现实主义精神和人文情怀的追求而为读者所瞩目。此外，小说还涉及到青春与成长、自我与精神以及当代都市青年人的精神状态等较为广泛的话题。其中，有关爱情与欲望的描写（他对小丛的爱恋以及自慰），以及有关青年人精神状态的展现（他与陌生红衣女人的约会以及彼此倾诉），给人以深刻印象。

《声音的集市》对作为个体与群体的知识分子身份与形象做了审视，这里显然有着自我惊醒与反思的意味。名人忙于做讲座，或为名，或为利，他们忙忙碌碌、东奔西走的身影倒也是当代社会中一道靓丽的风景。小说正是以这种现象为聚焦点，以颇富现代主义的笔法，通过对“我”与作为听众的小姑娘之间几次互动交往过程的讲述，揭示了深处其中的当代知识分子既沉湎又分裂的精神状态。一个盲人姑娘，一个知识分子，他们的相遇与交流以及由此而给“我”带来的思想与精神的变化耐人寻味。在当代极其功利化的社会语境中，“我”作为知识分子，身心难以统一，或者说，假我和真我常常各行其事，“刚才那个人不是我”，不仅是“我”的自况，也是当代绝大部分知识分子的写照。小姑娘的穿透本质的敏锐认知力，以及在她的镜鉴下“我”的自察与自审，是当代版的启蒙与被启蒙主题在当下的又一次有力反映。从某种意义来说，小姑娘才是“我”的师者，正是在她的直逼人心的发问与督正下，“我”才猛然醒悟：“我开始反省自己，我是如何成为一个夸夸其谈的人的，一个喜欢被别人捧在天上的人的，一个喜欢到处去兜售自己廉价思想的人的？于是，从那个夏天开始，我不再有求必应，不再频繁地去四处讲学。”小姑娘的存在及其作为深深地映照出了我灵魂中的“小”，在此，知识分子反而成了被启蒙、被教育的对象，这样的主题足够滑稽，也足够深刻。

邢庆杰的“鲁北叙事”包孕着怀旧与寻根的双重冲动。根就在大地上，人与土地呼吸与共，生命相连。在《鲁北旧事》中，鲁北大地，生长着人类，也生长着动物的精灵；有金钱法则的盛行，也有古老文明观念的遗存。但无论哪方面的存在，一切都生龙活虎，或杀气腾腾。诚如古诗词所言：“旧时明月旧时身。旧时梅萼新。”作者对旧情旧调旧乡土的找寻与表现，其过程既是代偿与释怀的必然结果，也是他证与想象的使然。其实，无论《出猎记》杨哥与白貔俱亡，莫老实那么“不老实”地死去，还是其它众多民间传说、人事关系，作为鲁北“旧事”之一种，皆可作如是观。可见，小说家依凭自有经验写作，但他所依凭的无论是直接经验，还是间接经验，都必须是经由审美主体反复体验与审视过的那一小部分。这就意味小说里的“经验”是主体审美转化与创造的产物，如此以来，那种以有限反映无限，以小我见证大我的整体效果才有达成的可能。

在《怀鱼记》中，作者虚构了不存在的村子、人物、对话，一位有个外国情调名字的中国老农民“乔桑”，仿佛是人工制作出来的一个缩微景观。作为一个快速发展时代中的老人，他面临着双重的抛弃。一是自己的经验迅速失去用武之地，时代将他抛弃，二是衰老令他力不从心，身体将他抛弃。但人的精神偏偏不愿接受这一切。也许作者觉得中国的老人似乎很少如此强烈的自我存在感和不认输的精神，所以他起了一个“老乔桑”的名字，为了匹配，让他身边的伙计们都姓乔：乔土罐、乔树高、乔树兴、乔谷叶、乔日升……民间传说中，遇到巨大困难时，人们开始付诸想象力，用一种情感安慰另一种情感，来排遣现实生活中的诸多不适感。作者借用了这种想象力，安排老乔桑臆想鱼进入了自己的肚子。在现代人看来，这不过是人老了以后为了博取身边人的注意力而胡闹，但小村里的人们都真诚配合着老人，卖力地表演了一番。鱼没了，但因为共同的关于鱼的记忆与怀恋，将一些人连接起来。这毕竟是一种安慰。安慰也是一种代偿。

每位小说家的自有经验总是有限的，那么，他怎样为其写作提供永不枯竭的动力与资源呢？其秘诀就是，对自有经验进行反复审视，直至从有限中实现突围。弗兰纳里奥康纳说：“任何活过童年岁月的人都已经有了足够的生活素材，足以让他在之后的人生中反复回味。如果你无法在很有限的经验中找到可写的东西，那么即便你有充足的经验，你也写不出来。作家的工作是审思经验，而非把自己变作经验的一部分。”从这个角度来看，双雪涛早年的工厂经验以及后来的都市漂泊生活，刘汀对基层生活及都市零余者（同代人）青春体验的征用，刘建东的作为知识分子一员对自己以及同代人的身份感知，邢庆杰对生于斯长于斯的鲁北大地发自内心的带有乡愁意味的心灵体验，王祥夫对乡村（民间）及其人事的记忆，都作为“审美经验”的一部分被融合到文本中，从而建构了新的话语体系。那些蕴含着自我经验、履行着代偿功能、杂糅着身份想象的各类形象（人、神、鬼、有灵性的动物，等等）寄托了作家对自我、历史与时代的诸多感慨、想象与追问。

世态、世相与世情

文学是时代的一面镜子。小说家与时代的关系、小说与时代的互证，是永远也说不完的话题。短篇小说更适合于快速记录时代——多角度、多侧面描摹世态，展现世相，传达世情。

谈及作家、短篇小说与时代之间的关系，莫言在2017年的发表的《天下太平》可作为重点解读的范例。本年度，莫言的推出了短篇小说《天下太平》与《故乡人事》。前者直接接通当下，后者回到历史。从读者反映看，普遍反映后者写得好于前者。为什么专家与读者对前者反映平平，甚至不做评论呢？此种现象值得玩味。我倒觉得《天下太平》不应被忽略，因为它所反映的“时代问题”以及作者的“时代观”都是值得研究的新话题。《天下太平》涉及到了当下众多前言而敏感的社会问题，比如，人类的贪欲无度，对自然界的肆意掠夺；基层治理的混乱无序以及权力的蛮横霸道；生态破坏，水体污染，物种变异，等等，它们指向当下，切进当下，惊醒当下，但这一切都似乎又都不是这个短篇所要侧重表现的向度，或者说，也仅是小说所要表达的第一层意蕴。事实上，它们都被做了背景化处理，并以此来反映更为深层意蕴。如果说上述“背景”是对“人界”表象经验的简单描摹，那么，对村西大湾及其水族世界的描写则是基于展现“灵界”世相的一种企图。在小说中，村西大湾是一个独立的世界，长久以来，湾里的“居民”似也习惯了这里的生存环境。两位打渔人的到来打破了这里的平静，不仅湾里的水族被捕获，而且因此而引发来自“人界”的众多纷争。老鳖咬住小奥死死不放，众人想了很多方法予以施救，但终归失败。虽然两者最终握手言和，小奥得救，老鳖回归湾里，但这完全可看成是“人界”与“灵界”之间的一次不分胜负的交锋。在民间传说中，老鳖是神灵之物，承载了人们有关禁忌、祈福、夙愿、生死轮回等众多想象。所谓“万物有灵”，寄托了我们对天、地、人和谐相处、同归大同的美好愿望，而对敬畏终生、呵护生灵则是其中最起码的意识。但随着当代中国功利实用主义甚嚣尘上，我们对之已经漠视、疏远太久了。这个短篇中的老鳖形象及其与众人的对立正是对这一趋向的有力反驳。在文末，二昆喊出的“天下太平”，与众人喊出的“天下太平”、局外人理解中的“天下太平”，以及读者理解的“天下太平”，显然不是同一个意思，但不论哪种意思，都足够意味深长。我们果真“天下太平”了吗？

由于作家们对“时代”的感受与理解各各不同，如果说莫言的《天下太平》以寓言方式记述乡村自然风貌的巨变，那么，朱辉《七层宝塔》则通过对邻里纠纷与观念冲突故事的讲述，不仅聚焦世道人心的变化，还力图呈现其本真样态。小说中的唐老爹一家搬进新式楼房，但生活态度、处事方式及心灵状态依然停留在传统的乡村世界里，同样一同住进新楼，阿虎一家则快速融入世俗化的生活秩序中，无论日常心态还是趋利诉求，都显得与众不同。所以，他和阿虎一家绵延不断的日常纠纷可看作是传统与现代两种生活方式的冲突。阿虎形象、言行及其处事固然让人生厌，但他实在是当代中国城乡变迁所塑造出来的人格形象的典型代表。他庸俗，趋利，自私，但也不乏一点善意——实际上，是从传统乡土文明中继承来的——这样的描写让人信服。如果说宝塔的倒掉象征着传统乡土世界的消亡，那么，唐老爹的病危也是对传统乡土文明所塑造的文化人格趋向式微的预言。但是，这种冲突在作者看来并非截然分明，而总是呈现你总有我，我中有你的混沌状态。比如，虽然唐老爹与阿虎一家屡发冲突，但在绝大部分时间里也算各行其事；虽然阿虎满脑子功利，不仅药死唐老爹养的鸡，而且遭窃文物，言行和处事让人厌恶，但紧要关头，他也对病危中的唐老爹施以援手，拉他去医院。这样的描写颇显人性表现的真实与深度。

余一鸣是值得关注的一位优秀小说家。近些年，他在《人民文学》、《北京文学》、《作家》、《钟山》等刊物上接连发表了一系列极具现实感、带有极强反思性和评判性的小说，更是引人瞩目。在当代中国，城乡之间既对立又融合的现实必然带来世道人心的骤变、巨变。在城里人看来，传统乡土世界正在消亡，那么，乡土世界的人怎么看呢？余一鸣的《求诸野》中有关世态和人性样态的书写可谓真实而客观，堪称一部浓缩版的城乡变形记。小说既有对城乡冲突、代际冲突以及现代性景观的充分展现，也有对粗粝现实、变异的亲情关系以及人物的灵肉伤痛的揭示。这种带有现实感、反思性、批判性的创作显示了其在当代文坛现场中的珍贵价值。

莫言、朱辉、余一鸣的写作带有极强的现实感和时代性。上述三位作家的三个短篇小说在 2017 年的同类写作中具有代表性。但何谓“时代”？何谓何谓小说中的“时代”？要说清楚这看似熟悉又简单的命题实际上并不容易。段崇轩在论及 2017 年的短篇小说创作时说：文学中的“时代”问题，既是一个创作实践问题，也是一个思想理论问题。什么是时代？……只有马克思和恩格斯才第一次对时代概念作出了科学的论述，揭示了时代的本质，并形成了他们完整而科学的“时代观”。所谓时代观，就是人对不同时代特别是当下时代的感受、认识、评价。这对作家来说至关重要，它是作家世界观、人生观、价值观中的关键部分，它支配、制约着作家对社会人生的把握和表现。但作家的时代观又是一种极为复杂、不断变化甚至充满矛盾的思想倾向。它的广度和深度、新颖与滞后、成熟与幼稚，决定着作家作品的思想艺术品格和价值。短篇小说是一种小文体，但它同样要表现出社会人生之大来，作家的时代观与短篇小说的这种“小”和“大”息息相关。我高度赞同段老师有关短篇小说与时代关系的论述。有什么样的时代观，就会产生什么样的文学。“小时代”必然产生郭敬明、卫慧这类偶像级“写手”，“大时代”必然呼唤柳青、路遥这类大家出现。如今，有关“新时代文学”的概念及其特征的讨论可谓新鲜而时髦，这种紧跟“形势”的界定与阐释于真正的文学创作及其研究究竟有何益处呢？我觉得，一方面，命名与阐释当然有其必要性，某种意义上来说，这正是当代文学批评家、文学史家对“大时代”、“新时代”可能拥有的文学形态、特征及意义的有针对性的回应。另一方面，我又觉得，作家也好，理论家、批评家也好，即便从事“新时代文学”这类带有极强时政色彩的研究或创作，也应时时自我警惕——诚如洪子诚先生所言：“写作自然要关注、介入‘时代’，但是也要和‘时代’保持距离，包括语言的距离，不管是什么样的‘时代’。‘紧跟时代’‘与时俱进’等等，并非什么情况下都是真理。”——保持独立的“时代观”是从事文学创作与研究的最基本的前提。

短篇小说在表现“时代”时，就是通过写“小”来反映“大”。当然，“小时代”里并非没有扛鼎之作，“大时代”里也不一定生成与之匹配的文学。说白了，书写“时代之小”

与表现“时代之大”并不冲突。文学中的“时代”并无新旧之别，作家可以以旧写新，也可以以新写旧。但不管怎样，大时代需要大作家、大学者。没有与大时代相匹配的大作家、大学者，这个时代显得多么肤浅、无趣！然而，一般而言，对同步于当代中国现实生活的描写与表达，无论个体的自由度、审美空间的拓展、艺术形式的创新，还是达成与读者默契的接受度，都要难于对历史的书写，因而，讨巧的作家善于绕过“当下”而聚焦“历史”，而不愿触碰这些向来不易获得灵感，或者虽有灵感但出力不讨好，或者因种种禁忌而不能深入展开的现实题材写作。当然，这种回避现实、逃避责任的现象也有创作主体上的深层原因，即王彬彬所言的作家在面对现实时的“审美休克”：“作为一个作家，面对现实时精神上的无所适从，无法把握太复杂的现实，无法从现实中理出一种头绪，无法对现实产生审美兴奋。既然现实不能在美学的意义上刺激作家，既然不知道应该怎样以小说的方式叙述现实，那就从现实面前转过身去，从过去的年代寻找创作的题材，毕竟，把握过去比把握现实容易得多”但当作为“精神之子”和“时代之子”的作家纷纷逃离当下或有意回避现实，这种现象是极为不正常的。从这个意义上说，我们还是希望作家们扎根生活，书写无愧于时代和人民的优秀作品。

官场、情场与游戏场

官场是当代社会关系的缩影，情爱关涉最基本的人性，而小说以向外拓展的广度（反映社会生活，即人、事、物及其关系）和向内指涉的深度（表现内心，即理、智、情等）而成为“第一文体”，故以官场生态、情爱关系为题材的小说每年都有不少。又由于官场中的人、事、物及其关系的变动不居，情爱活动中的理、智、情、欲的异彩奉承，故这类被冠以“官场小说”、“情爱小说”的创作成为文坛常青树。2017 年度亦然。范小青《你的位子在哪里》、晓苏的《看病》、南飞雁的《皮婚》都是以“官场”为直接讲述对象或构思背景的佳作，而艾伟的《在科尔沁草原》、张惠雯的《梦中的夏天》、王方晨的《花事了》、鲁敏的《枕边辞》则聚焦“情爱”及其可能向度。这六个短篇小说的可读性较强，无论对官场生态及官场人物言行、心理的描写，还是对情爱故事、情爱心理及情爱主题的讲述，都给人以耳目一新之感。

《你的位子在哪里》堪称一部当代浓缩版的“官场现形记”。局长在外陪上级调研，主任让我代替局长赴会，但由此以来，我的形象和生活被改变：会上参会者认为我就是局长；会下有人说喊我孙局长，我不回应，他们认为我架子大；妻子误认为我荣升副局，从此对我温柔有加。为了消除我的不安，我去假许长明所在单位进行调查，以消除负面影响，但最终也没找到那个人，而陪“我”的竟是主任的替代者；年底又一次开会，当类似经历再次上演时，局长竟返回来到了会场。这样的故事看似荒唐，但其实每日都在上演。我究竟是谁？“我”似乎永远不能通过自己的行动认识自己。

晓苏的短篇向来讲求可读性，故事性强，尤其突出戏剧化效果。《看病》同样对中国官场投去了意味深长的一瞥。故事不乏黑色幽默，同情式戏谑贯穿全篇，背后深意让人深思。主人公林近山是我插队时房东的儿子，也是我穷时的哥们；我动用自己的关系，为来城看病的林近山提供了一切便利。林近山看好了病，局长还了人情，本来顺利的事情因为两个陪同人物的出场而有了插曲和看头。陪护者发现有公家的便宜可占，便马上利用起来看了自己的病；包车司机无证驾驶，却在镇上畅通无阻、趾高气扬，在城里因违规占用公交车道而被扣车、罚款、准备拘留。司机动用首长的关系网，摆平了这场风波。在回村路上，三人各揣算计，大打出手，致使车翻人伤。在此，权之本相昭然若揭，人之本性已赤裸，人情规则横行无忌，然而，这一切无关美丑，无涉善恶。

《皮婚》虽然讲述的是官场职员之间的暧昧故事，但这似乎不是作者讲述的重点，而是深入日常生活肌理，细察人物精神世界，表现形形色色小人物内心的脆弱、忧伤、善意等更为内在的人性内涵。正是从此意义上来说，这使得这个短篇跳出了常见婚恋男女故事的窠臼而有了更多可供解读的崭新意蕴。在小说中，普通职员穆成泽、机关中层领导付晓冉、家庭主妇王雅琳分别代表了当代中上层社会中的三类人；他们各自的生活、理想以及遭遇也分别代表了三种不同的样态；他们都曾有过（或正经历）委屈、苟且、无奈，也都渴望安稳、欢乐、真爱；每个人都有自己的伤痛处，在生活面前，谁是强者，谁是弱者，似都不是一维延续着的，而无论曾经的偷欢苟且（比如穆成泽与付晓冉），还是后来的安于沉稳（比如王雅琳对于生孩子的努力），作为生活之一种，又焉知谁对谁错呢？作者就是这样侧重从平凡的生活以及男女关系中揭示出内在于其中的深层意蕴，耐人寻味。

《枕边辞》聚焦“性”，言说“爱”，很有意味。爱情虚无，性爱是拯救之地吗？男女之间，性的连接必不可少，性是一种交流方式，特别的交流方式。有的人交流能力强一点，有的人弱一点，以这个角度切入男女之间的关系，这个小说可算做了一种尝试。枕边说的话一定能构成一种特殊的文类，披着隐秘的色彩，心扉敞开，交出自己，寻找回应与安慰。小说就在这种设置中展开，两次枕边辞，一次的辞言说另一次的辞，二者又构成了隐约的同构——身边的女孩正是多年前床上枕边的那个“男娃娃”，物换人非，故事却固执地重复着自己。男主人公 18 岁时遇到一个大他 16 岁的女人，路边店中初次奔涌的激情令他对姐姐难以忘怀，却迫于世俗压力而无法跟她在一起，越不能在一起，越念念不忘，要不要去见面几乎成了他一辈子的阿姆雷特之问。这次促成爱发生的，是性的冲动，而阻挡爱继续的则是门当户对、年龄相当的社会条框。被压抑的性之爱不能实现，如羽毛之轻，却压在主人公心头永久不能祛除，如泰山之重。一个人一段情，不过沧海中一粟，作家打捞起它，即使不能成为诗意闪光的红豆一颗，也能成为考量何为自我的一面小镜子吧。

《在科尔沁草原》“事故”起因于老板赵子曰被人弄断了一根手指和家中保姆被杀。为安顿好此事，一位在体制中游刃有余的高手王安全带他来到了草原，并为他安排了一名艺校女大学生，以满足他找处女放松的需要。蒙古包的主人是王安全的另一朋友，同来此地的还有王的另一位性伙伴。至此，三男二女在这封闭的时空里度过了细碎的寻求“放松”的时光。中途赵老板还来了一出在喇嘛寺闭关三天的插曲，不按套路出牌给王安全带来了一丝不安全感。仿佛是为了适应这个欲望之重下的生活之轻，作者的叙述琐碎之极，全能的视角游走在丑陋却真实的男女之间，正如这个丧失了意义的时代，只剩下身体的驱壳在金钱的刺激下木偶一般行动。然而出人意料的是，拿到 20 万酬劳的女大学生对王安全动了真情，因为这个男人寄托了她对于社会人的全部崇拜。艾伟笔下的爱情更关注对爱情的感受，它如此沉重而虚无，演变成了人性中一个无解的困局。

《梦中的夏天》讲述了一个美丽、年轻、有能力的女子的情感遭际。一位女子遇见有家室的上司，遂坠入爱河。上司将其送出国，并答应会去寻她，开启新生活。爱情对于女人来说是整个世界，对于男人来讲不过是一个阶段的小冲动，随着时间的推移，小冲动成了麻烦与包袱，气急败坏地想甩开。甩开本应该付出代价，但受过高等教育的女人的自尊心导致这种代价不需要了，只消说“你不要死缠烂打了”，一切便可解决。也许在某个夜晚或年老的时候，这位银行行长会飘起一点愧疚，但官场上人精中的摸爬滚打早已把心磨得坚硬，会用“傻、活该”来评价这个为了她而改变人生轨迹堕入命运深渊的女子。女人那么听话，让她不要死缠烂打，她就不会出现在行长的人生中。高傲与自尊让自己的家与国都成了回不去的地方，为了生存，她走了另一条随波逐流的路：为了绿卡嫁给智障的美国人，不小心生下孩子后又不忍心抛弃，接着又生了一个。人就这样眩晕着，这爱与伤害已无力去分辨和抗争，善良有时是软弱的另一种写法。一场探望、一首老歌的调子不过是“现代烦闷”的道具而已。

《花事了》也聚焦“爱情”，其调子既“诡异”，又气韵清奇。首先，第一个出场的人物是老花头，这个人物在平常人平常世界中看会是什么样子呢？他在糖酒站上班，三代居住老实街，祖上名门望族。三个子女，两个在海外，一个在南京。平时不言不语，内有乾坤，擅长保媒。这样一个人物在作家笔下染上的却是看透世情的道骨仙风，俨然深藏不露的世外高手，为老实街平添一层风流神秘的色调。其次，女主角编竹匠女儿“鹅”被叙述成一位奇女子。她未婚有子，没有单身母亲的悲怨，反而以小卖部老板娘的风情周游于老实街几位出场的男“演员”之间，两位“候选人”被老花头拦下，一位推荐人被她拒绝，另一位外来的大人物毁灭了整个老实街。而最后，小说暗示，老花头也是鹅女子诸多隐秘中的一脉。如果说借书写小说而达到诗歌的抒情境界，是沈从文文学创作的最高目的，那么，这样的效果显然也是王方晨在《花事了》中所要极力追求的效果。即在平淡冷静的叙事表面下，隐藏着作者一种似乎难以自制的冲动，他要将市井主题与当下现实中的诡异与血腥融为一体，也为心中的美好道德秩序与人伦情感在历史的巨大欲望与万劫不复中保有一席之地。这真是，花事了，春已尽，属于老实街的爱情就此倒塌、蒸发，不剩一丝余晖。

有意味的叙述语式

小说是叙述的产物，是一个复杂的信息体，而对作者（叙述者）而言，选择何种叙述视角，如何调节叙述距离，即采用何种语式，其目的就在于如何把握和控制这些信息。一般而言，视点根据人称可分为第一人称、第二人称、第三人称三种，而在具体实践中又常兼具两种或三种，从而形成视点杂糅现象。视点不同，作者、叙述者、人物、读者之间的距离即不同，距离远近即意味着叙述效果的差异。根据视角与距离的互联关系，最常见的语式有讲述式、展示式、综合式。从语式角度来看，裘山山的《调整呼吸》、李云雷《草莓的滋味》、叶兆言的《滞留于屋檐的雨滴》、苏童的《玛多娜生意》是四个颇值得注意的文本。

1.《调整呼吸》：作为事件的“应学梅之死”

作为事件与话题的“应学梅之死”不是小说讲述的重点，只能说，老太太的意外死亡是这篇小说的重要事件，由此而牵扯出众多人物及其关系，且侧重人与人之间关系的揭示与表达，既而反映各类人物众生相及当下世情，才是这篇小说的核心内容。小说对当下世相情态的揭示堪称入木三分。

介入日常，透过表象，揭示本质，这应是当代优秀小说家的基本担当与诉求。看似和谐实则裂隙不断的家庭（夫妻、母女）关系，老人们孤独与空虚以及欲罢而不能的晚年生活，人与人之间在交流与沟通方面的深深隔膜，被他人控制的不能自主的个体意识（比如：牟芙蓉的被洗脑），等等，都是对当下社会世相的精准描摹。这样的描写发人深省，很具代表性。

从写法上来看，小说打破了正常的讲述顺序，不仅众多事件交叉讲述，而且事件的发展及结果也不安时间顺序展开。篇幅虽短，但讲述综合了探案小说的推进方式，特别是围绕应学梅之死为中心所采用的、以呼应与悬疑（比如，对应学梅死因的揭示，直到文末才最终明确）推进情节发展的模式，则大大地增强了小说的可读性。

2.《草莓的滋味》：提供三种不同的读法

小说由正叙和余叙两部分构成。在正叙中，叙述“我”和高振兴求学时代的交往经历，述及那个年代的物质生活、乡村学校中的文体活动、青春期的爱恋心理、真切而朦胧的社会理想等颇显特定历史时代色彩的内容。这些内容对 1970 年代出生的农村人来说都不会感到陌生。不妨说，正叙部分以略带挽歌的调子对这一代人的早年求学及情感经历做了代偿式描写。在余绪部分，围绕“我”、高振兴、小竹之间的三角关系，小说提供了三种不同的结尾，而结尾不同，即意味着正叙中的人物关系及“我”寻访高振兴之行的意义的巨大不同。正叙和余叙两部分相互关联，彼此映照，如此以来，不仅有关想象与生活、叙述与真实的关系被打破，而且还为读者提供了有关文本的三种不同读法。这是讲述方式给小说以审美形式上的变化。然而，形式也是内容，而且更富意味。

3.《滞留于屋檐的雨滴》：讲述制造的“冰山”效果

父亲是谁？我来自哪里？这一疑问始终困扰着陆少林，为此，他从未放弃过自我身份的寻找与认同。无论对母亲的老相好“老梁”的猜想（“这个人会不会是我的亲爹呢”），还是急切地从姐姐那儿获知一点信息，无论后来多次远赴新疆打听生父的消息，还是最后归于一己幻境，并在想象中完成对父亲形象的建构，都将陆少林恋父情结和寻父的冲动展现得淋漓尽致。但事实证明，这一切都是徒劳的，因为母亲的拼死阻挠——“只要我还剩一口气，他别想见到你，你也不许找到他，绝对不允许，如果敢去找他，我立刻死给你看，我立刻找一根绳子吊死”）——已是他无法逾越的刀山。随着母亲的死去，陆少林的寻父梦想也将变得遥遥无期，他只能在虚拟世界中暂且安放一己孤独的心灵，但“陆少林不是小说家，他不写小说”。那么，他该如何安顿一己彷徨不定的心灵呢？这也是小说留给我们的另一个大大的疑问。

小说以“我”为视点，并以断断续续、若隐若现讲述方式推进话语流转，从而使得人、事、物及其本真关系都被叙述者有意跳过或悬置了。在小说中，陆少林、陆的姐姐、陆的养父、陆的母亲，外加一个始终未出场的陆的生父，五个人之间彼此关联，故事重重，到底发生了什么，其实，小说并没有清晰地告诉我们。虽然从“我”的讲述中大体感知彼此间的敌意与阴谋，但它们何以以及怎样产生，叙述者并未作详细讲述。因此，当把背景置于前台，把本相置于幕后，且侧重对人物关系的讲述，并以此生成小说的深层意蕴，这就形成了讲述上的“冰山”效应。

4.《玛多娜生意》：隐匿在叙述中的“作者声音”

小说聚焦在一个小小的高层文化圈，艺术家庞德小有天分与才华，混迹商海，追寻一个名唤成功的大骗子。女朋友桃子是少年宫教琵琶的老师，算是与艺术沾边，她经由爱情婚姻而踏上社会，最后顺从了这个社会的原则，上位为有钱老板的第二任妻子。主人公简玛丽，一位来自川东小城混社会混到纽约去的歌舞团女演员，最后安顿和收服她的是混血女儿的爱。三个人物主次分明，个个充满无边欲望，完全颠覆林语堂笔下对中国人“知足常乐”国民性的概括。活动的领域与世界接轨，在主人公的生活中，纽约与新西兰不过就是另一个有点远的一二线城市。作者把自己隐蔽起来，端着肩膀冷静地看着自己创造的浮华世界，偶尔插两句嘴，笑笑，一尽文明观众之责任。冷笔写火热的人世，世故的眼神想看到的却是纯真。叙述如此流畅，拿捏的分寸如此到位，技巧娴熟，仿佛阅尽人世悲欢、体味世事无常后的高手。

小说内部的“关系诗学”

小说擅以“人物”为审美触点，以人物与人物、事件与事件、人物与事件的关系为基本线索，以各种“关系”交叉而形成的网络为基本骨架，既而趋向对各种特殊“可能性”的发现与建构，从而最终呈现一个崭新的艺术世界。因此，对“关系”的探索与建构更突显了短篇小说在艺术上的独特性。本年度，以下五篇小说堪称这方面的佳作。

1. 迟子建《最短的白日》：以人物关系结构全篇

货车司机、穿制服的小伙子、“我”分别代表了三类不同的世俗角色，他们各自有各自的处事方式、生活空间和理想追求。但无论对货车司机人性中势利与鄙陋一面的揭示，对小伙子质朴性格与孝敬品性的描写，还是对“我”逐利倾向、内心隐忧和家庭遭际的展现，都表征了作者试图客观呈现现代人形形色色生活与精神样态的努力。可以说，小说以“我”为视点通过对这三者生活经历的交叉讲述，不但对各类人平凡而日常的世俗生活给予细致观照，而且也对生活与生命的形而上本质给予深刻揭示（“我们奔向的都是异乡”）。

小说构思很巧妙。作者将故事背景设置于高速运行的高铁上，不仅人物、时间、地点随时变更，而且事件、情景、人物关系也不断变化；小说主要是借助人物对话不断推进情节发展，既而在故事的顺承与陡转中生成深层意义，从而给人以意想不到的接受效果。这种策略赋予讲述以较大的自由性——既可轻松自如地拉家常，从而有效拓展小说的物理空间，也可突然收缩或转折，以戏剧化方式突显某种精神内涵。

2. 张楚《人人都应该有一口漂亮的牙齿》：以事件排列组合生成意义

第一个故事里儿子用近自己一个月的工资给老母亲买了一副假牙，在老太太这里假牙丧失了使用功能，成为一个象征幸福和爱的符号，老人每天摩挲，直到九十六岁那年，因遗失了假牙而离世。

第二个故事的男孩子掉了两颗门牙顾不上镶嵌就为了生计而进入剧组当助理，与台湾的女化妆师之间发生了纯洁的爱情，他为之激动，鼓起勇气求婚前镶上了烤瓷的门牙。兴奋之中他忘记了女孩子曾经不经意说过的一句话：“如果我喜欢，你就永远不去镶牙，如果你能做到，我就嫁给你。”

第三个故事关于拥有美满生活家庭主妇的一夜情。一夜情的对象其实是外地工作老公的手下兼兄弟。在老公并不知情的情况下，美丽的主妇因为床下的发现一颗牙齿而患上了抑郁症。

三个关于爱的故事各自独立，又彼此关联，既而以此生成意义。其中，有伤感，有尴尬，有背叛，但不能挥去的是所有人对爱的渴求，这背后则是人们深入骨髓的孤单。

3. 李铁《送韩梅》：以“关系”的并置与继承展开叙述

作者想知道自己的爱能有多柔软，于是他创造出老吉。老吉与老秦是同一代人，两人虽非至交，但因生活而缔结起来的关系倒也始终将其命运连接在一起。其中最引人关注的是，老秦两次委托老吉送他的养女韩梅：一次是她上高中时，嘱托老吉护送其回家；另一次是她上大学时受到同宿舍同学的威胁，老吉又一次挺身而出，护送她来往于校园之间。

小说以一定篇幅详细述及两人的关系及具体交往经历，描述了韩梅的青春成长经历以及老秦一家的家庭关系，但这似乎不是重心所在，而是以背景方式为韩梅出场以及围绕韩梅所展开的非常态生命际遇做铺垫，即小说叙述重心聚焦老吉与韩梅之间的两次陪护经历，并由此而反映各类人物在非寻常境遇中的非寻常心态。

4. 吴君《安宫牛黄丸》：隐藏在“关系”背后的不堪人生

小说塑造了四个人物：父亲，吃喝嫖赌，莲塘上生出的恶瘤，巨大的阴影足以毁灭一切；母亲，想以死亡来超脱生活的煎熬与折磨，没有彻底逃脱的力量；姐姐，破碎的童年，生活在恐惧和绝望中，直到弟弟归来，才燃起生活的希望，打工赚钱支持弟弟，希望他能带来正常和向上的力量；然而弟弟，从小因为被送出去寄养而得以有健康生活轨迹的男孩，当回到贫穷破败的家中，巨大的反差令他在愤怒的情绪中无法承受与超拔。高考失败，他在喝酒与赌博中麻醉自己，依稀走上父亲的老路。小说的意义就是在对这四人之间“关系”的交叉讲述、层层剥离，从而最终生成新意。

90 后作家群及 00 后小作者的出场

徐晓、庞羽、李唐、马忆、张牧笛、宋阿曼、王苏辛、周朝军、朱雀等一大批 90 后作家的出现以及各大期刊对他们不遗余力的推介，是 2017 年最引人关注的事件。其实，早在 2013 年，便有 90 后写手陆续荣登名刊显耀位置，并引发批评界热议，但以群体方式出现，以近百篇小说在省级以上期刊发表，并引发文学批评界的及时、强力阐释，则出现于 2017 年度。不仅如此，00 后也崭露头角，并得到主流期刊的推介，比如，杨渡（年仅 16 岁）。他的《不要太伤心也不要太高兴，我还活着》先是发表于《青年文学》，后被《小说选刊》

选载，年末又被收入《当代文学经典必读 2017 年短篇小说卷》。

这到底是怎样一个群体，笔者阅读有限，不敢深论，在此，只结合二、三文本谈一点浅薄的看法。以下是笔者的观察：第一，他们对“生活”的理解与表达已大大超出了我们的经验视野，在我们看来不免幼稚、肤浅的念头在他们那里可能成为其文学创作的主要诱因。第二，有些 90 后作家的创作既非依靠生活经验，也不表现生活，而以完全背离时代与生活方式，单靠虚构与现象创造“新生活”。这生活是仿像式的，是脱离大地的空中楼阁，是来无影去无踪的海市蜃楼。仿像即生活，仿像即现实，仿像即人生。这种后现代或曰“景观社会”里的文化逻辑非常契合这一代作家的创作理念。第三，他们于尺寸间寻找整个天地，于片刻间挖掘无边永恒的文学实践也给人以深刻印象。第四，他们赋予文学轻灵的质地，虽虚幻、飘忽，但想象力好。第五，“科幻小说”是其写作的强项。

朱雀的《夜间飞行》讲述了卡鳅及其伙伴驾驶飞艇在夜间的一次空天飞行经历。而对于卡鳅而言，只要顺利完成这次飞行，也即完成飞艇考核任务，顺利拿到飞艇驾驶执照，但这并不像预想的那样一帆风顺，实际上，从储能、起飞、合体飞行、穿越云层、误入雷暴云核心地带，到最后到达目的地，整个飞行过程既惊险又刺激，途中所见、所遇亦堪称奇幻。这篇作品类似科幻小说，但又不同于习见的类型，它不传递任何理念，它只表达一种感觉——在意境中飞，在精神宇宙中飞，飞的过程及其感觉就是一切！

庞羽的《步入风尘》以一个副市长的独生女林佳月为主角，讲述了一个家庭中林林总总的“新新生活”。憎恨爸爸的情人在父亲入狱后给林佳月施以经济援助；家庭交往中结识的公子在其自家败落后成为她的嫖客；整天打麻将的母亲在父亲出事后只会找有钱男人生活；林佳月更是特立独行，打算用出卖处女初夜换一笔巨款，前往美国芝加哥大学。她夸张地生产着嫉妒、独占、自我陶醉的情绪，沉沦其中决不自拔，自比紫霞仙子，靠一口仙气生存。一切与我们的想象相左。凡人艳羡的高官以入狱收场，锦衣玉食的官太太靠打麻将麻醉自己，富贵之家的千金体会到的世界支离破碎，而万人唾骂的小三则放射出最后的温情。

杨渡的《不要太伤心也不要太高兴，我还活着》以一个新死之人的视角叙述了从临终到火化的一系列进程。火化后，死者的灵魂见到了三个人：一位平时永远笑眯眯、无比和气的老板、一位小时候的同学、自己最为惦记的小儿子。他们来到追悼会现场，虽前来拜祭，但目的不纯。不过，逝者都原谅了他们。作者将之处理成“一场梦”，将现实与梦境加以对照，揭示成人世界里颓丧麻木与种种不堪。应该说，这种构思与内容并不算新颖，但小作者的笔法与文学感觉是好的，其未来可期。

结语

以上短篇小说文本仅仅是在笔者阅读视野范围内的数量有限的作品，是 2017 年短篇小说创作整体的一部分、一个侧影，但正所谓窥一斑而见全豹，我们由此可以看出短篇小说创作在过去一年中所呈现出的基本艺术风貌。与此同时，我们也应注意到短篇小说文本内外所存在的一些问题和困境。

笔者跟踪并评述年度中短篇小说创作已是第七个年头了。我对过去几年间短篇小说创作印象可用波澜不惊、四平八稳、乏善可陈来概括。今年亦然。这种尴尬由来已久，或许广大小说家、读者或部分研究者也这么一厢情愿地认为：短篇难以匹配并有效进入与充分表现时代气象；短篇在文体上的优势在于自由、轻灵；短篇注定是“边缘化”或“被边缘化”的；短篇靠技巧，且是“小手艺”。当然，这些认知并没错，至少都有其经得起某种标准或某个发展阶段的检验，可是“短篇小说”这种文体已经固步自封太久了，不仅难以追慕并捍卫这种文体在新文学百年历史上曾经的巨大荣耀，难以承受并担负起社会转型时期对“时代之重”的表达，也难以在文体实践中取得新突破。如此界定，并非说一无是处，而是说我们已经很难在经典传统与谱系中去筛选、认定与阐释年度作家与作品，或者说，以“短、平、快”著称、被称为“文学轻骑兵”的短篇小说在整体上已经很难被纳入中国当代文学史的大格局中予以充分阐释并赋予某种可匹配的位置。

2017 年度短篇小说创作依然普遍缺乏思想性的有效支撑。或者说，绝大部分压根就没有思想。这可能是导致这些年来短篇创作难见起色与创新的根本原因所在。思想性赋予小说以灵魂，以质感，以启迪，没有深刻思想的小说宛若清汤寡水。在相当长的一段时间内，我们的小说家似乎怯谈文学的思想性，并笃信对思想性的经营不是小说家的主业，一厢情愿地认为那是思想家、哲学家们要做的事。放逐思想，迷信直觉，唯求审美的结果必然出现从小到小的局面——永远小三小四、永远地柴米油盐、永远地小情小调、永远的一地鸡毛！然而，追求思想性，又谈何容易，更何况绝大部分小说家本就没有独到的思想。当前，据笔者观察：50 年代与 60 年代出生作家靠熟透了的经验与技术化了的套路支撑门面；70 后作家并无实际创造力的自负清高、自以为是——（实乃“拉大旗，作虎皮”）——已让人生厌；80 后已失去了出道时经验的光鲜与依赖“肉体”所生发出来的创造力；90 后、00 后尚在路上，我们既不知道这是一个怎样的群体，也不知道他们走向何处。总之，思想阙如，且相当严重，这的确是一个大问题。

当然，你弃之也好，关注也罢，它依然不温不火地存在着——年来年去就那些熟悉的面孔与熟悉的风格；小叙事、小情调、小格局、小题材主导一切……这种“熟悉”与趋向于“小”且碎片化写作倾向在 2017 年短篇小说创作中表现得愈发明显。如此认定也并非意味着 2017 年度的短篇创作没有什么亮点，相反，值得关注的话题还是不少的，比如，各种排行榜的热闹出场；莫言在小说创作上的回归（发表了两个短篇）；庞羽、杨渡、李唐、马忆、徐晓、宋阿曼、王苏辛、周朝军等一大批 90 后作家群的出现以及各大期刊对他们不遗余力的推介；苏童、叶兆言、艾伟、迟子建、裘山山、晓苏、范小青等一大批“60 后”作家的纷纷出场以及荣登各大名刊的显耀位置；张楚、鲁敏、李云雷、房伟、吴君、刘建东、李浩等 70 后作家中带有一定探索性的写作以及他们在短篇小说创作领域内所展现出的可持续性发展的良好势头；双雪涛、南飞雁、张惠雯等 80 后作家带有实感经验和时代面影的写作，00 后小作者杨渡的出场，等等，都给笔者留下了深刻印象。

故事依然是支撑当下短篇小说创作的法宝。小说家们争相搜肠刮肚地寻找故事，讲述故事，以此确证各自“写作行为”的持续存在。讲故事是小说家的本业，不但合乎有关“小说”的经典定义，也切合消费社会影视工业对原始素材（有故事的小说文本）的大量需求。但故事不是小说的一切，单纯讲故事也不是小说。饭局段子、新闻报道以及生活故事就其精彩度而言并不亚于小说，因此故事也不是一次性行为。作为小说基本要素之一的“故事”只能是功能性的，非功能性的故事被生拉硬套进小说中来，不但违逆文体内部律动，也砸了自己作为“小说家”的招牌，几千字的短篇哪能容得下那么多烂俗的“故事”！还是消消肿吧，自行减负，该扔就扔，别不啥的，否则，当它们变质发霉，将会连同作者一起烂掉！故事仅是小说要素之一，除此，还有人物、语言、修辞（如何讲，包括微观与宏观）、思想及其它神启般的未知存在。我觉得，真正小说家依托故事，但不能迷信故事。

从整体上看，当下小说家语言实践也存在较大问题。比如：小说家被普通话彻底俘虏，思维被其所固，小说语言半死不活；语言精致得如同瓷器，读之，总觉味同嚼蜡；只有叙述，不见描写，尽失汉语之灵性；语言缺乏文学性，致使把“小说”写成了“作文”。这些问题皆非个案，而是普遍现象。因此，当代汉语小说尤须洗心革面，浴火重生，而其中语言创生一环必先首当其冲。

“大时代”与“小时代”的纠缠：2017 年短篇小说述评

段崇轩

小说文体与“时代观”

阅读、梳理 2017 年的短篇小说，让人油然想到近年来关于“大时代”与“小时代”问题的争鸣。2008 年郭敬明出版了系列长篇小说《小时代》，后来又改编成电影、电视剧，由此引发了一场持久而广泛的讨论。有人认为我们正置身于一个前所未有的大时代，文艺应该表现出这个大时代的广度和深度来；有人则以为这个时代也有小的一面，无数人的小时代就构成了大时代。近年来的短篇小说，出现了两种倾向：一种是努力表现时代之大，虽有一些精品力作，但并不多；一种是痴迷表现时代之小，整体倾向出现了问题，但也不乏优秀篇什。如何认识、表现当下时代，已成为小说乃至整个文学的一个突出问题。

文学中的“时代”问题，既是一个创作实践问题，也是一个思想理论问题。什么是时代？《辞海》的解释是：“历史上依据经济、政治、文化等状况来划分的社会各个发展阶段。”但马克思主义的时代内涵要复杂深刻得多，《共产党宣言》中指出：“每一历史时代的经济生产以及必然由此产生的社会结构，是该时代政治的和精神的历史的基础。”只有马克思和恩格斯才第一次对时代概念作出了科学的论述，揭示了时代的本质，并形成了他们完整而科学的“时代观”。所谓时代观，就是人对不同时代特别是当下时代的感受、认识、评价。这对作家来说至关重要，它是作家世界观、人生观、价值观中的关键部分，它支配、制约着作家对社会人生的把握和表现。但作家的时代观又是一种极为复杂、不断变化甚至充满矛盾的思想倾向。它的广度和深度、新颖与滞后、成熟与幼稚，决定着作家作品的思想艺术品格和价值。短篇小说是一种小文体，但它同样要表现出社会人生之大来，作家的时代观与短篇小说的这种“小”和“大”息息相关。

一个作家的时代观，体现在他的言论中，也蕴含在他的作品里，只有把二者进行比照、互证、结合，才能把握作家完整的时代观。但这是一种困难的探索和研究。众所周知，莫言的时代观、社会观是复杂的，他很少完整地表达对时代的看法，但他却从人的角度，表达了自己的时代观：“我曾经说我是一个讲故事的人，实际上我是一个观察人、研究人，包括观察我自己、研究我自己的人。只有理解了别人才能理解自己；当然，也只有理解自己，才能更好地理解别人。而小说从根本上说写的是人与人之间的关系，只不过更错综复杂。”这就是说，表现时代首先要写出人物、写出人际关系，写好人物是写好时代的基础。2017 年莫言重现文坛，奉献了两篇短篇小说。在赓续民间立场、荒诞写法的基础上，更强化了小说的现实感和社会性，体现了50年代作家的思想风貌和批判立场。《故乡人事》由三个短章组成，刻画了数位人物，但人物背后却有着深广的社会背景。《地主的眼神》描写了一位被冤枉、被管制，精明能干但未必善良的地主孙敬贤的形象。《斗士》刻画了两位好斗的人物，信奉阶级斗争的老支书方明德，贫困命贱而破罐子破摔的恶人武功。《左镰》塑造了一位学习好、会干活，因偶然事件失掉右手、又因成分不好而终身潦倒的田奎的悲剧形象。小说以“我”为视角，展现了不同时代农村的阶级斗争、人际关系、农民命运、日常生活，力透纸背、发人深思。

而范小青对当下时代有着深切的感受和反思，她说：“当下正是一个说不清道不明的时代，却是一个作家创作的好时代。说不清道不明意味着你可以从各种角度去诠释这个时代”。“作为一个写作者，非常需要在这个时代有所警醒。”近年来，她始终关注和探索着现代社会人的身份焦虑、即人的异化问题。《千姿园》中两家房屋中介公司，都有一个王伟，他们的个人信息、联系客户等，竟然一模一样，引出了一连串喜剧和闹剧，表现了现代社会对人的“格式化”。《你的位子在哪里》是一篇难得的喜剧小说，写的是官场会议中的“替会”现象，揭示了官场游戏规则中严重的形式主义，所带来的弄虚作假、以假当真、人格消弭的政治生态。

青年作家杨遥说：“现实就是如此荒诞、诡异，像八卦中的阴阳鱼游来游去，一种巨大的虚无和无聊淹没了我。我怀疑生活哪来的那么多意义，哪来那么多伟大可歌可泣的事情，其实每个人就像花草树木一样，渴望阳光、雨露，春天发芽，秋天枯亡，因为品种的不同，又摇曳千姿、各有百态。”这种时代观是作家在现实生活中形成的，同时受到了西方现代主义文学思想的影响，它深切地体现在作家的新作《补天余》中，小说描述了“我”——一位从底层调到省城、业余玩奇石的年轻教师，王二——一个不务正业、期望贩卖奇石致富、但最终一事无成的普通农民。小说中的社会、人生真正逼近了那种细微、琐碎、世俗的境地，但在这种真切的写实中，又呈现出一种诡异、荒诞的真相来。

短篇小说中的时代感，可以清晰、强烈，也可以模糊、薄弱。这是由作家的时代观和一篇作品的审美要求决定的。但历史是由一个一个时代的交错、衔接构成的，作家就需要对每个时代作出自己的判断、表现。在2017年的短篇小说中，出现了不少描述历史特别是“文革”历史的作品。譬如何立伟《昔有少年》，描绘了一群年幼无知的少年的野生野长和性意识的萌芽；樊健军《穿白衬衫的抹香鲸》，表现了一批林场孩子在游戏中的争斗和一位知识分子出身孩子的无辜丧命；肖克凡《天堂来客》，展现了天津大杂院底层市民之间，猜疑、暗斗、背叛、殉情等种种令人震惊的矛盾纠葛。这些作品对时代的把握是精准、深刻的。表现当下时代的生活，往往比表现历史生活更有难度。因为现实社会是变动不居的，而人们对当下时代生活的看法总是纷杂不一。这就更需要作家有一种深邃的洞察力和高超的艺术表现力。

刘庆邦是一位出色的短篇小说作家，他往往能在精短的篇幅中，表现广阔的社会生活和结实的人物形象。他的《英哥四幕》，写的是乡村的戏剧文化对一代一代农民的深刻影响，以戏剧《秦香莲》的四幕戏为引子，牵出了宋楼村爷爷宋国成、父亲宋景辉、孙子宋阳三代人的婚姻、爱情和家庭生活。如果说传统戏剧中的道德、伦理，化解了爷爷、父亲的婚姻危机的话，那么在新一代的宋阳身上，传统文化已经完全失效。小说结构巧妙、人物突出、内涵丰盈，把半个多世纪以来不同时代的农村文化和风俗都表现了出来。现在一些年轻作家在揭示时代生活奥秘方面，也作出了可贵的探索。刘汀的《速记员》，写了被社会忽略的速记公司和速记员，以及同掌握话语权的文化体制以及上层人物的复杂关系。那些大大小小的速记员生活在社会底层没有任何话语权，但他们通过巧妙修改各种会议发言中的“关键词”，改变着上层人物的声音乃至他们的命运，同时影响、扰乱着社会的运行和秩序。作品借鉴了一些侦探小说的写法，故事新颖、思想敏锐，读来启人心智。

当下社会究竟是大时代、还是小时代？其判断和认识，取决于作家的生活阅历和思想视野。今天的中国正处于一个剧烈而深刻的社会转型期，它无疑是一个大时代，但正如宏观世界中有微观世界，物质世界之外有精神世界。退到后一种世界，就是一种小时代。但在不少年轻作家那里，小时代变成了自我圈子、杯水风波。文珍是一位创作勤奋的 80 后作家，她写的大都是现代城市和同龄人生活。她对时代的认识是：“我所想写的，也许就是城市里每个普通人都可能遇到的困境，以及这种看上去十分正常、实际上隐藏着巨大的反人性的现代城市生态。——城市的种种便利让孤独个体变得似乎更容易存活。但同时，也放任孤独者更无法自我改变，更难以互相安慰。”在她的短篇小说《你还只是一位年轻人》《风后面还是风》中，用冗长的篇幅描述了年轻夫妻在生孩子问题上的纠结与矛盾，相恋男女在爱情上的痛苦煎熬，放大了自我的悲欢、扩张了个体的孤独，成为一种真正的小时代生活。这样的作品也许对包括作者在内的小资们是一种发泄、抚慰，但对广大社会和民众来说是微不足道的。

置身在“大时代”的浪潮中

近年来，狄更斯长篇小说《双城记》中的开头一段，在文坛上颇为流行：“这是最好的时代，这是最坏的时代，这是智慧的时代，这是愚蠢的时代，这是信仰的时期，这是怀疑的时期，这是光明的季节，这是黑暗的季节，这是希望之春，这是失望之冬，人们面前有着各种事物，人们面前一无所有，人们正在直登天堂，人们正在直下地狱。”这部现实主义经典作品创作于 1859 年，表现的是英国和法国从封建主义向资本主义过渡时期狂风暴雨般的社会生活，狄更斯用他的如椽之笔，一开篇就坦露了他充满困惑和矛盾的时代观。想不到却同今天的中国作家发生了心灵共鸣。当下中国的社会转型，是从传统的农业文明和社会向现代工业科技文明和社会的蜕变，涉及到经济、政治、文化、道德等所有领域，是古老中国的再造与新生。它与 19 世纪之交的欧洲社会变革，虽然性质不同，但都处于历史转折的节点上，都充满了各种各样的艰难与阵痛。两个时代都是沧海桑田般的大时代。对置身于大时代的中国作家来说，坦率讲，还难以提出并表现出那种有关国家、民族乃至人类的大课题。但越来越多的作家正走近它、深入它，认识并表现出了它的宏大、深刻、复杂。但有的则回避它、远离它，退回到个体、内心，感受并描写着自己的小时代。

当下的短篇小说，在表现不同题材、领域方面，呈现出不同的特点和态势。描写乡村和农民生活、地域特色和文化生活，倒往往表现出大时代特征；而表现城市、官场题材生活，则常常呈现出小时代特点。但也有一些作家能够突破题材的局限，显示出一种大时代神韵。

乡村小说创作，从上世纪 90 年代以来开始衰微，由文学的主流变为支流。但作为一种具有深厚传统的文学潮流，依然时有佳作，且有再度活跃的迹象。譬如夏鲁平《吃喜儿》写乡村愈演愈烈的攀比风，曹多勇《盖楼记》写因盖楼引起的家庭不和，都表现了农村新的社会问题和矛盾。譬如李云雷《我们去看彩虹吧》塑造了一位命运坎坷、怀揣理想、不断打拼的农村姑娘小锐的奋斗者形象；钱静《显微镜》刻画了两位在孤独中寻找人生道路的探寻者形象。都揭橥了现实农村青年一代的生存与精神状态。譬如余同友《雾月的灰马》写城市以及城市人对农民的盘剥与排挤，那匹由城到乡、在乡村被汽车撞伤的灰马，象征了农民在城市化进程中的悲剧命运。雷默《祖先与小丑》以“我”为叙事人，叙述了父亲的死、儿子的生，以及日常生活中渗透的乡村伦理、人世亲情，意在发掘乡村社会那种看不见的传统文化。譬如陈玺的《一抹烟尘》，再现了旧时代长工与地主的生活和关系，描绘了长工栓栓与村姑晴儿纯朴而真挚的爱情悲剧，让人们看到了传统乡村的古老、贫困以及底层农民执着、深沉的精神情感。这些作品题材并不大，人物很平凡，但却有着广阔的社会背景，淳厚的审美意境，因此依然有着某种大时代特色。

在 2017 年的短篇小说中，有两篇格外值得关注。

朱辉的《七层宝塔》，书写的是乡村变为城镇、农民成为新城市人之后，城镇社会出现的新现象和新问题，居民之间紧张的人际关系以及他们精神情感的震荡。原来乡村的房子是平地散落的，现在的楼房是叠加立体的，它给农民的生活和行动带来了很多不便，给邻居之间平添了诸多磕碰。原来的乡村有土地、山河、树木，特别是有镇村之宝宝音寺和七层宝塔，现在的城镇集中在几条狭窄的街道上，古寺古塔也终于因城市建设而被拆毁了。小说精心刻画了一位传统农民唐老爹的形象，他本是原来村里的乡贤，知书达理、德高望重，主持公道、受人尊敬。但在新的城镇环境中，他难以适应这种封闭、杂乱、互扰的生活空间。特别是在同本家侄子阿虎因居住、做生意发生的矛盾中，在同居委主任、不法开发商因拆毁七层宝塔爆发的冲突中，他干预、抗争，但却显得软弱、无助，终于突发心脏病住进了医院。这是一个乡村文化的捍卫者，也是一个城市文明的牺牲者。小说尖锐地提出了乡村社会和文化还要不要保留、如何保留的问题？传统农民能不能、怎样能成为现代城市人的问题？值得全社会思考。

莫言的《天下太平》，再一次以孩子的行动和视角，展现了广阔的社会生活，各种各样的农民和公家人形象。小说的主要情节，是留守儿童小奥被外村人捕捉的老鳖咬住手指到获得解救的整个过程。这一情节有点滑稽、荒诞，但却巧妙地贯穿了众多的情节、细节、环境、人物。小奥是一个纯朴、机灵、善良，热爱自然、乡村、有着朦胧的环保意识的孩子。围绕着他的遇险，作家刻画了众多的人物，有爷爷、父子打鱼人、村官张二昆、村医星云、胖子和瘦子警察等十几个人物。每每着墨不多，但形象鲜活。透过这个有惊无险的喜剧情节，小说艺术地表现了这个村子的经济落后、环境污染、文化贫乏、村政权变质等一系列严峻问题。故事结尾有人发现，老鳖的背壳上有“天下太平”字样，而这个村子就叫“太平村”。是个具有匠心的反讽情节。作家揭示了改革发展中的农村，存在的种种问题和危机，启迪人们去关注、思考、变革。一个短篇小说能容纳这样丰富的内容和思想，在当下的创作中并不多见。

地域题材小说常常混杂在乡村题材小说中，但它其实有自己的表现领地和审美特征。在2017年短篇小说中，读者看到了多篇优秀地域题材小说。阿成《你方唱罢我登场》，用老到的笔墨刻画了哈尔滨“道外”北三道街的街头一景：一帮老人老阿、范爷、西人、老五、学者等，在茶博士的茶摊上边喝茶、边谈古论今、下棋唱戏，潇洒快活、乐天知命。但城市改造正在大规模推进，茶摊、商铺都将拆迁、消失。小说表现了古老街巷与地域风俗在现代化浪潮中的脆弱、无力。郭宏冰《大师》描绘的是小镇图画，老旧的理发店，传说中的金剃刀，手艺高超但默默无闻的剃头匠王师傅。但剃头作为一种传统手艺，正在现代社会中消失。李进祥《奶奶活成孙女了》写的是西北农村少数民族家庭的独特风情，这里生活古朴、家庭和睦、老人长寿、儿孙孝敬，显示了偏远乡村生活美好、温馨的一面。

城市题材与官场题材小说，容易受故事情节的限制，而被写小，但在一些成熟作家的手里，同样可以表现出大时代的某些方面来。付秀莹的《那边》，描述了从芳村一路奋斗到京城的小裳，做了富人老边的小三，身居豪宅中的精神情感活动。这样的情节极易写成小时代式的作品。但作家自然地穿插了主人公的人生经历、爱情故事、校园苦读等生活情景，展现了一个年轻女性在情感、欲望、理想之间的矛盾与选择，使作品具有了丰富的时代内涵。赵欣《透析》，刻画了一个下台官员吴世雄，沦落世俗生活后的重新做人、艰苦打拼，折射出人世的艰难，人与人之间的关爱。邵丽的《蒋近鲁的艺术人生》，塑造了一位极具个性的县委书记蒋近鲁的独特形象。他工作能力超强，颇有开拓精神，管人用人有方，但有严重的家长作风。他有政治头脑、人生理想，但又善于玩弄权术。这样的官员是官场里的异数，但又能够叱咤风云，我们需要思考和追问的是，什么样的政治机制和文化土壤，孕育了这种非典型官员？如上几篇小说都是着力书写人物的，人物站立起来了，小说自然就有了丰厚的时代蕴含。

短篇小说要表现大时代，当然需要生动曲折的故事情节，但好故事并不一定能反映出大时代，重要的是作家对时代、对历史的熟悉和把握。正是在这一点上，一些年轻作家常常显得力不从心。旅居香港的70后作家葛亮，在一篇创作谈中说：“我们不是生活在大时代里的人，没有经历革命的烽火洗礼，也没有翻云覆雨般的社会变迁。五四，抗战，‘文革’，没有一环扣住了我们的个人生活。”“后来我逐步发现，平凡本身有着独立的审美价值。我们身边，当下微小的生活，也有很多可书写的东西。问题不在于生活本身如何，而在于你怎样去表达。”这些话表现了他创作上的困惑和认识上的偏颇。譬如他的近作《罐子》，写了两个独特人物和一个传奇故事，涉及到“文革”、知青运动、反腐败斗争等等，但小说却并没有写出这些时代的真实情景和同当下生活的内在关联，而是把笔墨集中在了两个人物开小饭馆和女主角蓄谋报仇的琐细过程中，使富有社会人生内涵的小说变成了一个通俗故事。

“小时代”后面须有大背景

“大时代”与“小时代”之间，有一种复杂而微妙的关系。小时代这一概念，应该说有两种内涵。

第一种内涵指的是，它是与宏观世界相对应的微观世界，物质形态之外的精神形态，社会生活之内的个体生活等。现代哲学思想和文学思想，已经打破了唯物主义理论和现实主义创作的藩篱，开拓出了崭新的精神世界、微观世界乃至非理性世界，并在文学创作中得到了充分的表现。宏观与微观、物质与精神、社会与个体，本是紧密相依、息息相通的。大时代中有小时代，小时代里也有大时代。如同现代物理学中量子力学所证实的，物质中的两位以上的粒子，在同一系统中可以形成一种纠缠状态，在无限远的距离下实现瞬间互动。精神、灵魂甚至鬼魂都可以独立存在。就像六百多年前的思想家王阳明所悟到的："你未看此花时，此花与汝心同归于寂。你来看此花时，则此花颜色一时明白起来。便知此花不在你的心外。"心与物相通，心与物同在，心创造了物。正是现代思想理论、现代科学研究、古人思想智慧，推动着人们对世界和人自身的深入认识，对时代与社会的重新理解。这些思想观念的进步，又深刻地影响着作家对时代的理性认知和艺术表现。

小时代的第二种内涵指的是，现代人无力应对外面的宏大世界，难以解释关于政治、文化、道德等方面的现实问题，于是退回到个人的世俗生活和情感生活中，退回到自我的精神心理世界中，自行封闭、自己折腾，"螺蛳壳里做道场"，把这样的生活视为小时代。这种小时代与大时代是隔绝的，它虽然也能折射出一些社会的、时代的、生命的光影，但却十分有限。它更主要的是一种个人习俗、情趣、欲望等。譬如那种琐碎的物质生活，譬如那种矫情的爱情方式等。郭敬明《小时代》中，那些年轻人的爱情和成长故事，就具有这样的特点。这个时代太宏大、太剧烈，新新人类们宁愿退居边缘，享受物质化的小时代。这个时代太严密、太精巧，新新人类们只能坚守"岗位"，难以走进更广阔的大时代。狭隘的小时代是宏阔的大时代结出的一颗涩果。当下众多的80后、90后作家，写作了大批的小时代式作品。譬如80后作家孟小书的《满月》，是一篇现代小说，描述"我"以及一些新潮青年，逃到泰谷的潘安小岛，效仿嬉皮士，练瑜伽、吸大麻，过着一种艰苦、粗糙的原始生活，期望获得灵魂的净化和升华。读者在作品中看到的，只是这些年轻人荒唐的行动、怪异的举止、非理性的心理；难以看到当下社会的经济、政治、文化、道德等对他们的影响、制约，难以看到个体生命人性的沉浮、情感的纠结、灵魂的矛盾，活生生的人物成为木偶人、面具人。这也许正是西方现代主义文学中被异化的"空心人"吧？70后作家骆平的《狻猊》，用18000字的篇幅，细腻而深切地描述了一位中年女官员杜安静的爱情、婚姻、家庭生活，特别是与丈夫的无性婚姻，与同事的婚外情感，以及同母亲、婆婆、闺蜜等的日常交往，把一个现代职业女性的生存与精神困境写得纤毫毕现。但作者痴迷于描写人与人之间的幽暗关系，夫妻之间的心理博弈了，淹没了人生背后广大的社会舞台，一个人的社会身份和她的主体性格，使人成为一种病态人物。80年前，鲁迅就批评一些青年作家的作品："所感觉的范围颇为狭窄，不免咀嚼着身边的小悲欢，而且就看这小悲欢为大世界"。"从率直的读者看来，就只见其有意低徊，顾影自怜之态了。"今天的一些年轻作家，再一次堕入了"小我"的泥沼里。

如前所述，衰微中的乡村生活往往表现出一种大时代的特征来，而发展中的城市社会则常常显示出一种小时代的味道来。这是当下文坛值得关注和反思的一种文学现象。上世纪

90 年代以来，中国社会变化最快最大的领域就是城市。无数大中小城市在膨胀式发展，小城镇在农村的土地上神速生长，现代工业和现代科技在爆炸式推进，电脑、电视、手机等传媒终端全方位普及，大众文化、通俗小说和严肃文学多元共荣…… 尽管城市的兴盛也带来了诸多社会问题，各种各样的精神和心理疾病不断滋长；但中国的社会转型集中体现在城市的发展上，现代城市正引领国家走向强大，这是众所公认的事实。21 世纪之交的城市发展，是中国大时代的主旋律。尽管当下的长中短篇小说，在表现城市生活方面有了丰硕的成果，但相距城市的速猛进程、广大读者的阅读需求，依然差距甚大、道路漫长。

短篇小说书写城市题材，自然不能为了体现大时代而贪大求全，但它可以通过“小事件大背景”的表现方法，折射出大时代的某些本质和特征来。在 2017 年的短篇小说中，可以看到作家在这方面的艺术探索。哲贵《每条河流的方向与源头》，写的是一个职业女性——吴旖旎的人生探寻历程，小说一方面表现了一个名门之后的教养与风采，另一方面又揭示了作为个体生命的精神世界中的冲突。作为出色的电视主持人，代表了她的自我；作为成功商人的情人，又显示着她的本我；作为无师自通、出手不凡的业余画家，又象征了她的超我。她在自我、本我和超我中探索、挣扎、升华，充分表现了一个现代人精神世界和潜意识世界的汹涌波涛。作家显然研习过弗洛伊德的精神分析理论。张惠雯《梦中的夏天》，写了两位赴美年轻人“梦想”的破灭。“我”厌倦了国内大学工作的疲惫、虚伪，前往美国大学实验室从事研究；“她”在国内银行前景美好，却因爱情失败逃匿美国，期望重新开始自己的人生。但他们的人生“梦想”渐渐破碎。小说表现的是现代人理想的虚幻、人生的荒诞。苏童的《玛多娜生意》，精心刻画了一个业余诗人、美术设计师庞德，在经商中耽于幻想、在爱情上自由放浪，最终落得一败涂地的狂妄者形象，表现出作家鲜明的反讽态度和批判意识。

在短篇小说中，表现城市底层人物的作品，显得更为开阔、丰富，更具有时代特色。张怡微《过房》写了城市一位小职员悲苦的一生，虽然平庸、贫困、孤单，但他深切体验到了被亲人关爱的幸福、他关爱亲人的快乐，显示了城市底层人物一种超然的人生境界。汤成难的《搬家》从作家“我”的角度写农民工李城；农民工纯朴、乐观、向往理想的性格和精神，深深感染和影响了作家，使作家走出生活的阴影，变得坚强起来。张翎近年来的短篇小说创作十分活跃，她的作品内涵丰富、人物突出、语言锐利，真正切入了城市社会的纵深之处。《都市猫语》写了一男一女两位城市打工者，同居一屋发生的种种故事。一位是年轻的出租车司机茂盛，另一位是洗脚女兼卖身的农村姑娘小芬。他们身上有粗俗、有算计、有欲望，但更有善良、爱心、义气、自尊。从他们身上，看到了现代城市底层的沉重与艰难。作家的另一篇作品《心想事成》，写的则是公司女白领在工作重压下的人生挫折，在夸张的喜剧情节中，让人感受到了上层社会生活的别一种沉重与艰难。人物是现实生活的主体，是社会关系的总和，写好各种人物，就写出了大时代的气象和特征。

强化小说的艺术表现力

一个作家在他运用短篇小说文体创作时，总是期望这一文体有强劲的艺术表现力。其实短篇小说的表现力，一方面依赖题材本身隐藏的思想艺术潜能，另一方面依赖作家采用的表现形式和手法。多样的、新颖的艺术形式，可以给文本插上有力的翅膀，使表现对象飞得更高；而单一的、陈旧的表现形式，可以导致有价值的内容和思想，委顿于泥土。当下的短篇小说，在创作方法上，多数作家坚守的是现实主义。但现实主义在今天面临着困境，弱化了变革、创新的能力。传统的现实主义手法，似乎已经全部用过，不再有新鲜东西；西方现代主义表现形式，也已然悉数尝试，感觉“不服水土”。现实主义是一种不断生长的文学思潮和方法，现在处于“前不着村后不着店”的境地。2017 年的短篇小说，一如往年，虽不断有一些佳作，但整体上处于消沉状态。其中一个重要原因，就是在艺术形式上趋于保守、封闭。短篇小说的重振、兴盛，道路只有一条，就是继续借鉴西方现代后现代主义艺术形式，同时取法中国古典主义文学的经验与写法。

在短篇小说沉闷的版图上，依然看到一些作家在艺术形式上的孜孜探索，以及结出的美丽果实。

向西方现代主义小说借鉴，始终不绝如缕，而借鉴最多的是荒诞手法和象征手法，它已化入中国的现实主义文学中，在今天已经显得熟能生巧了。王祥夫的《怀鱼记》，写的是人与鱼的关系、人与自然的关系。由于水的污染、工业的发展，一条“胖江”变瘦、变脏，江里的鱼儿近绝迹，江边的地成为禾田。对鱼、对江感情深厚的老村长老乔桑，想鱼成疾，竟感到自己的肚子里生出了大灰鱼，闹得沸沸扬扬，最后竟做了一场取鱼的假手术。癔症中的老村长，与昔日的鱼融为一体，渴望腹中的鱼唤回江里的鱼，唤回村民对鱼的感情。但不管是同代人，还是小辈人，已不懂他的心。人肚里怀鱼，一个匪夷所思的情节，却把老一代人同鱼的休戚与共、现代人对自然环境的疯狂剥夺，写得入木三分。譬如曾皓《追赶影子的将军》，写一位老将军在最后的日子里，孤独无聊，与自己的影子的故事。影子不再是一个虚幻的存在，而成为一个拟人化的形象，成为老将军的朋友、诤友。他在同影子的对话、辩论、游戏中，认识了自己现在的糊涂、过去的错失、一辈子与士兵和故乡的深情。一个荒诞情节，折射出老将军的人格、精神，以及个性、情感中真实的一面。譬如甄明哲《京城大蛾》，写一个北漂青年酒醉后变为一只大蛾，暗示着他在京城的盲目折腾只能是“飞蛾扑火”，借鉴的是卡夫卡《变形记》的手法。

象征手法、心理剖析手法，也是短篇小说创作中常见的手法。譬如胡迁《大象席地而坐》，用断腿大象只能坐在地上背后的沉重与痛苦，来象征颓废青年内心的沉郁、痛楚、悲怆。象征的运用强化了小说的艺术表现力。譬如张怡微《度桥》，以“我”为视角人物，展示了现代青年的艰难生存和曲折暗淡的内心活动。作家对人物的精神、情感、心理，进行了细腻的展示、剖析、反思，让读者窥见了新一代人全景式的心理图画。心理剖析手法的选择，凸显了人更逼真的心理世界。象征手法和心理剖析手法，已成为中国作家驾轻就熟的表现形式。

向古典小说取法，可以说还没有走上正途。新时期以来的几代作家，曾自觉地借鉴过西方现代主义文学，其思想观念和艺术形式深刻地影响和改变了中国文学。但对中国古典小说的汲纳，虽然也有部分作家在探索和运用，却并未形成一种自觉实践、文学思潮。中国古典小说历史，如果从已经成熟的魏晋时期算起，至今已有一千七八百年。它留下了数不胜数的经典作品，积累了宏富精深的艺术经验与写法。遗憾的是，几代作家在古典小说修养方面都较薄弱，从文坛到作家还没有把继承发展古典文学传统作为一种文学使命。众多学者在古典小说研究上成果累累，但没有转化为当下小说创作的宝贵营养。仅从古典小说的类型和写法看，就有史传、传奇、话本、章回、笔记等多种模式。新时期文学以来，已有一些功底厚实的作家，如汪曾祺、王蒙、冯骥才、贾平凹、聂鑫森、孙方友等，吸纳古典写法，创作了面目一新的笔记、传奇、话本小说，其经验和写法，是值得总结和研究的。

古典小说创作传统没有得到全面承传，但古典小说的表现形式和手法，却在部分作家的作品中得到了使用。如中国的史传小说、笔记小说，都主张事件、细节、人物的真实性，反对虚构性，形成了中国古典小说中的纪实方法。这种方法后来又演变成报告文学、纪实文学等新文体。但作为小说创作中的一种基本手法，始终持续不断。譬如马原曾经是先锋派作家，但现在转向了小说的纪实手法。在新作《小心踩到蛇》里，作家用白描式的笔法，记录了“我”隐居山林、回归自然的日常生活。写出了“我”与女人在大自然中的劳动、创造、辛苦、喜悦，让人不由想到陶渊明的《桃花源记》《归去来兮辞》。譬如莫言《故乡人事》，记叙“我”回到高密故乡的行程，所遇到的人事，虽然难免有虚构，但运用的完全是纪实的视角、笔调、语言。给读者一种信赖感和亲切感。

“传奇”既是古典小说的一种文体，又是古典小说的一种表现手法。作为表现手法，它突出的是故事情节的离奇曲折，人物命运的变幻莫测。在 2017 年的短篇小说中，可以看到作家对传奇手法的喜爱和运用。譬如房伟的《杀胡》《红龙》，前篇写抗战时期山东农民与日军俘虏之间的奇异婚姻，后篇写香港“文革”时期两位陌路男女的乱世情缘，都是历史题材，情节奇特、人物神秘，读来扣人心弦。譬如严泽《萝卜》，其中的祖父是一位象棋高手，他在四十年代的抗战时期、六十年代的饥荒时期，因下棋祸福缠身，刻画了一位棋手的传奇人生。譬如李浩的《自我、镜子与图书馆》，写的是阿根廷一座古堡图书馆的神奇故事。主人公豪尔赫谋职图书馆，博览群书，寻找一本关于“自我”的图书，在他打开“巴别塔之梦”的古书时，却人与书掉入地下的洞穴里。小说似在表现书籍与家族、血缘与遗传病、寻找与毁灭这样一些哲理主题。虽然晦涩难懂，但却像迷宫一样诱人。

以现实主义创作方法为主体，汲纳、融合西方现代主义和中国古典主义的表现形式和手法，是小说特别是短篇小说的一条广阔道路。

回归生活与守住本真

——2017年中国散文创作概观

王兆胜

如将散文放在一个较长的时段，并与小说等文体进行比较，当下散文有不断边缘化和走低之势。这主要表现在：一是20世纪九十年代以来的余秋雨“大文化散文”热，一直处于降温状态，至今20年过去了，这种降温不仅没有升温，反而持续下降。二是全民创作散文、喜读散文的气氛有所减弱，不要说小说家、诗人，就是散文家的散文写作热情也在锐减。前些年各种散文选本尤其是年选层出不穷，2017年似乎淡化多了。散文的边缘化明显有所加剧。三是好散文变得愈加难得，一年的散文读下来，真能感动你、有一定境界品位的并不多见，能影响时代并产生积极效果的散文更少。因此，从散文热度和中心化角度观之，2017年散文并不令人满意。但换个角度，站在“边缘化”和“平淡”就是散文的本性这一角度看，2017年散文又有不少闪光点和亮色，一些方面较以往还有明显的推进和深化。其中，最突出的是“回归生活常态”和“守住人生本真”成为2017年散文写作的要点。

一、形而下的及物写作视域

散文创作曾一度有这样的倾向：追求知识、喜爱新名词，热衷于思想和意义，崇尚哲学思辨，这对于散文走出平庸进入形而上是有益的。但其最大的问题是，散文容易变成空洞的说教与不着边际的哲理阐发，导致散文不接地气的呓语式写作，尤其是变得不可爱甚至面目可憎。近些年，这一状况明显有所改变，2017年表现得尤其突出，即散文创作目光向下，有的甚至以书写自己身边的琐屑为能事。表面看来，这确实有点不可思议，但实际上代表着一种新趋向，即散文写作观念的回归。

写一己个人生活点滴的散文在2017年特别多。从自己出发，让散文中有“我”，有自己的“个性”，有能触摸到日常生活的体温，有发自内心、能感化他人亦能感动自己的生命热情和力量，甚至能牵引出隐藏于内心深处的孤独寂寞、无奈绝望，这是2017年散文中最动人的一页。像边地民歌中那些拉不长也扯不断的悲情，2017年散文对于生活的本真化书写，既有欢欣的时刻更有永远无法理平的人生皱纹，这是一首最为真实的生命之歌。在舒晋瑜的《老之将至》（《美文》2017年第7期）中，女儿和父亲间的感情因父亲之病，被书写得痛入骨髓。在父亲的绝症面前，作为小女儿的“我”无能为力，在绝望中拼尽全力希望挽救父亲的生命。全文带着作者独特的伤怀与心悸，也写出了普天之下的父女情深。作者说:“窗外灰蒙蒙一片。严重的雾霾沉沉地裹住这城市的每一处角落，我们戴着墨镜、捂着口罩，冷漠着别人，也封闭着自己。只有亲情是温热的血液，流淌在我们的身体里，温暖着孤单的心灵；只有亲人的笑脸，胜过耀眼的阳光，足以穿透厚厚的云层。”这一情怀只有失去最亲之人才有共鸣。与舒晋瑜浓烈的感情不同，赵炎秋的《怀念母亲》(《创作与评论》2017 年 3 月号上）用的是散淡之笔，但也将母亲坎坷的一生描摹得感人肺腑。作品有这样的感触:“没有了母亲，也就没有了家，没有了家的感觉、家的牵挂，没有了那个最无私、不求任何回报地爱着你的人。”这是一句浸入骨髓的话。亲情、爱情、家乡情往往像空气和水一样，当我们拥有时并不珍惜，一旦失去就永远寻不回来。所以它是最易被忽略也往往是最深刻的，它源于灵魂深处的召唤，是生命之根脉，所以深得作家喜爱，也是经久不衰的母题。2017 年散文在此有所细化、深化，也有了更多的醒悟，从而使作品更加内在化。

对于“物”的关爱与书写，是近些年散文的一个趋向，这在 2017 年散文中尤其突出。动物、植物、无机物，都成为作家追求的目标，一些有特色的作家尤其是年轻作家像铁屑之于磁石般乐此不疲。如简单列举出来，2017 年写物的散文就有：刘郁林的《头刀韭菜》(《当代散文》2017 年第 3 期)、萧笛的《花语》(《山东文学》2017 年第 8 期)、南帆的《送走三只猫》(《人民文学》2017 年第 7 期)、田周民的《动物吉祥》(《美文》2017 年第 7 期)、郑义的《怀念猪》(《散文》2017 年第 3 期)、张羊羊的《记忆词条》(《散文》2017 年第 1 期)、杨永东的《红棉袄》(《散文百家》2017 年第 8 期)、莫景春的《沙语》(《黄河文学》2017 年第 5 期)、浇洁的《蔷薇花开夜未央》(《北京文学》2017 年第 11 期)、陆春祥的《关于天地，关于生死》(《黄河文学》2017 年第 4 期）中的《杂草的故事》等等，这些关于“物”的散文像野草一样弥漫于散文的领地，并开出其各式各样的花朵，亦散发着各自的芬芳。

“小”是 2017 年散文写作的另一关键词。有不少“小”散文甚至“微末化”写作，我称之“微散文”写作。“小”以及“微散文”写作，其最大优点是“日常生活化”、了如之掌的“熟知”、“以小见大”的清明、灵动和富有诗意的审美情调，这都为散文写作在深广度上有所开拓和推进。如朱以撒的《进入》(《散文》2017 年第 2 期）主要是谈日常生活中的微末细事“钉子”，这个题材在一般人看来并无多少写作意义，却被朱以撒赋予了灵性、神性和魅力。从小时候在山野被刺扎入脚底，到拒绝拆迁者被称为钉子户，到将树木、楼房看成大地和城市的钉子，再到现代生活中以钉子代替榫卯结构，到将钉子钉进树木，都是钉子主宰的现代生活世界。这种以“钉子”之“小”涵盖日常生活本质的方式，反映了作者看取问题的方式，这是一种眼睛向“下”向“小”的视野。

不以理念写作，不好高骛远，不作玄想奇思，而是紧紧贴近日常生活，贴近自然大地，关注那些在我们身边的细小微末事物，这是 2017 年散文的一个显著特点。这些题材看起来显得低级甚至微不足道，但却是及物的，也是大有深意的，包含了形而上的理性思考的。

二、天地情怀与形而上境界

2017 年散文并不因取材的日常生活化，也不因选材之“小”而降低了境界和品位。相反，却能以小见大、知微见著、颇多心会。这就避免了碎片化散文写作的平面感、无知无聊感、无意义感。事实上，从“小”中看到“大”，由“无”见“有”，自“低下”发现“高贵”，这是需要更高境界的。

一般说来，人与人之间往往充满矛盾困惑，很难达到理解或谅解。这往往成为不少作家创造的困境甚至死穴。穆蕾蕾的《架下蔷薇香》（《美文》2017 年第 5 期）则是这样“读日子”：“从前认为彼此理解很重要，后来明白沟通是人和神的事，理解远没有包容高大。因为理解往往像利用别人与自己的相似在证实赞美自己，而包容更多的是肯定接纳对方与自己的不同。像造物主的奥秘从来不为人所知，甚至为人所歪解抱怨一样，可造物者又何尝与人一般见识，他无数次的包容与给予使人感受到莫大的爱与抚慰——这就是没有一个人看见大自然的胸怀能不喜爱低头的缘故。我们虽不理解大自然的奥秘，但大自然默默给予我们，如果有爱，有哪份爱比这样的包容更伟大永恒？”

对于人尤其是亲情、爱情来施爱，这往往是容易的，但将爱施加于动物，尤其是那些弱小的生灵，往往需要宗教情怀。冯秋子的《冬季》（《红岩》2017 年第 4 期）是写父亲生病的，但却更关爱鸟儿的冷暖。因为天冷前鸟儿已住进家里通火炉的烟道，所以无法通过烟道为父亲取暖。于是，“我哥哥想出一个不是办法的办法，生灶火，烧热做饭的大铁锅，炙烤房子，为父母取暖。”面对“大鸟小鸟早晚叫唤”，一家人不仅没气恼，反而处处为它们着想。作者写道：“我踩板凳上去看鸟，小鸟全部被挤卧在草木垫里看我。它们的屎尿拉到墙洞边缘。我看见了母亲放进去的那块叠衲了好几层的布。其实她知道鸟不会使用她的布，把她的布当作褥子或者床单，只会在上面拉一些屎撒一些尿，她还是往进乱放东西。她怕鸟受冻，想不出给鸟取暖的更好办法，跟我哥哥一样，被鸟难住了。”“母亲担心小鸟掉下来，让人移走了放在墙根底下的水桶，她在地上铺了一块大棉垫。”笔底的温情令人为之动容。这一家子能舍身为鸟着想，用博大的爱呵护幼小无助的生灵，由此可知他们对于人的爱一定是值得依赖的。

对于更低级的物种甚至于无机物也能施于同情之理解，这是 2017 年散文更大的收获。以朱以撒的《进入》为例，它由“钉子”这个微末问题，演生出现代意识和天地情怀。作者说：“如果不是一个人感同身受觉得疼痛，对一棵树表示怜悯，同时自己又具备强大力量，明了拔取的方法，那么这棵树至死都是身怀钉子。”“不由得想到立足的大地，有多少坚硬之刺进入它的深处，永远拔不出来，夜阑更深时，能否听到它无奈的呻吟。”能感知树木之痛，并体味“大地”所受到的伤害，这是朱以撒散文所达到的高度、深度和境界。

写作是需要境界的，其中天地情怀所生的博爱至为重要，由“形而下”上升到“形而上”哲学层面亦并非说说而已。在 2017 年散文中，能达到这样的境界虽并不多见，但仍有一些作品充满希望之光，并让我们欢欣鼓舞。

三、新的理念和新的方法

与其他方面一样，散文也需要创新，这既表现在观念上，也表现在方法上。然而，多年来散文创新就如同推着巨石上山一样艰难。何以故？因为天底下往往无新鲜事，真正的创新太难了。还因为传统往往像个巨大的锁链，没有特殊情况我们很难挣脱它。2017 年散文的创新意识不强，但仍有一些创新努力和创新作品。

余秋雨是以“大文化散文”开风气之先的，其创新性不言而喻。但多年来，他的散文开始平淡下来，其大文化散文亦风采不再。发表于《美文》2017 年第 3 期的《书架上的他》亦是一篇平淡之作，是写好友陆谷孙的，其平淡委婉之叙述深深契合了回归生活和显示本真的主旨。不过，此文有两点值得注意：一是余秋雨确实会写文章，平淡之事经他叙述，大有波澜壮阔之感；二是虽写友情与生活琐事，但又不拘于此，而是着力于文化问题。他说：“文化在本性上是一种错位，与社会潮流错位，与政治运动错位，与四周气氛错位。古今中外真正的文化，都是如此。我们过去习惯的理论正好相反，宣扬‘文化呼应时势’‘到什么山唱什么歌’，但那是‘跟风文化’。”他还说：“真正的文化是连‘问题’也不谈的，只着力基础建设。‘主义’和‘问题’，在文化上都只是潮流而已，哪里比得上基础建设？”“我们选择的文化就是一支安静的笔，是一双孤独的脚，却又庞大到永远无法完成。无法完成，还不离不弃。”这些观点是有新意的，它至少可以突破娱乐文化、大众文化、跟风文化的罗网，为文化尤其是基础文化找到稳固的基地与依靠的码头。

贾平凹的《当下的汉语文学写作》（《美文》2017 年第 5 期）在诙谐幽默中包含写作伦理等重要问题。作者有三点颇有启示：一是将一己写作提升到更大范围和高度。他说：“你所写的不是你个人的饥饿感，你要写出所有人的饥饿感。而当你个人的命运与国家的、民族的，或社会的、时代的命运在某个节点上契合了，你写的这个节点上你个人的命运就成了国家的、民族的，或社会的、时代的命运，这样的作品就是伟大的。”二是对于中国“城镇化”道路的认识，他说：“从理性上我在说服自己：走城镇化道路或许是中国的正确出路，但从感性上我却是那样的悲痛，难以接受。”三是直言自己对一些农村问题的困惑。他说：“当下的农村现实，它已经不是肯定和否定、保守和激进的问题，写什么都难，都不对，因此在我后来的写作中，我就在这两难之间写那种说不出的也说不清的一种病。”这些思索颇有价值，它为 2017 年散文增加了深度与厚度，也有了某些新思路与新向度。

2017 年散文还有一些创新性，较有代表性的有许俊文的《欢乐颂》（《散文》2017 年第 11 期）、傅菲的《床》（《红岩》2017 年第 2 期）、凌仕江的《僜人》（《创作与评论》2017 年第 2 期）、朱朝敏的《行无嗔》（《红岩》2017 年第 6 期）等。许俊文将父亲之死赋予“欢乐”送别的方式，既衬托了死亡之悲，又超越了人生苦难与死亡之痛，从而进入一个带有喜剧色彩的超越性里。作品在题记中说：“父亲的这株水稻，终于被时间收割了；我弯下腰，在他曾经生长的地方，捡起几粒遗落下的稻子。”在结尾，作者写道：“父亲下葬的那天，雪下得更大了。走在送葬前面的唢呐手，顶着漫天风雪，一路吹奏着《百鸟朝凤》，喜气洋洋的音符从村庄一直撒到墓地，置身其中的我，恍若有一种面朝大海，春暖花开的感觉。想必父亲也是。”以诗的心怀及泪中的笑，送别苦难卑微的父亲，这种对于人生的穿透力是具有永恒性的。傅菲的《床》是用心灵折射出来的最柔美的一束天地之大光，它带着体温、经验、幸福感与感恩之心，还有对于天地自然间的生命密语，进行创造性写作的。读这样的文字如入美梦，似进仙乡，有一种丝绸样的美感与柔弱哲学。这是 2017 年散文的重要收获。

2017 年散文还有明显的不足，这主要表现在：一是碎片化写作过多，有时要找到一篇形神凝聚、心散的散文都难。二是私我写作过多，大我写作较少，与时代、政治、社会的关联度不强。余秋雨所说的“文化错位”固然重要，但若将“文化”与时代、政治、社会尤其是“问题”相对立，也是有问题的。文化既是寂寞中事，同时也需要与时代相呼应，难道李大钊的《青春》这样的散文就没有文化，在新的时代就不需要吗？三是多数散文境界和品位还有待于提升。以余秋雨的《书架上的他》为例，整个文章多有对于“我”自己光荣历史的展示甚至炫耀，对于对立面和异已者则心怀不满，这不能不说毫无原由，但也反映了作者缺乏洒脱和超拔的境界。如与穆蕾蕾的《架下的蔷薇香》对读，这一点就非常明显。在“反面在提醒什么?”中，穆蕾勒说：“如果接纳不喜爱的事物，即你的对立面，这点最能体现一个人的智慧。”在《读日子》中，穆蕾蕾又说：“平庸如我，活一天，总有些对不起这些给自己做背景的大自然。大自然那么沉默忍耐包容，手脚却捧着我这样一个拥有诸多问题动不动就烦恼的俗物。”以这种谦卑心来对待人事就会获得新的体验。余秋雨的“架上”与穆蕾蕾的“架下”两相比照，两位作家的境界与品位立有高下之别。问题的关键是，余秋雨如何能获得一种谦卑，完成自己的不断成长与超越性。四是缺乏前瞻性写作。贾平凹关于乡土文学的困惑一面说明文化选择的难度，一面说明作家对于时代与未来价值观的模糊不明。因为面对中国当前的重大转型，作为敏感的作家要做出自己的正确判断，既需要理解的兴趣，也需要文化积淀，更需要文化眼光，一种穿越历史迷雾的超前性眼光。而这一点往往是最难做到的。

2017 年诗歌创作现象

中国诗歌学会　北京大学中国诗歌研究院

以一年为时间坐标，诗歌的现实生长与总体面貌呈现之间充满偶然性。本部分针对的2017 年度诗歌创作现象主要立足于专业诗歌刊物及综合性文学刊物，通过对《诗刊》《星星》《扬子江》《诗潮》《诗林》《诗选刊》《江南诗》《诗歌月刊》《绿风》等专业诗歌刊物，《人民文学》《十月》《花城》《民族文学》《北京文学》《作家》《钟山》《上海文学》《青年文学》《西部》《作品》《鸭绿江》等综合性文学刊物中的诗歌以及《诗探索》《读诗》《汉诗》《飞地》《中国诗歌》《诗建设》《草堂》等连续性诗歌读本的阅读，以期对2017 年度诗歌创作现象有所把握。

基于阅读，我们看到，这一年的诗歌文本在创作风格、书写内容和精神取向上，呈现出丰富与多元态势。经典文本的贡献主要倚赖于成熟诗人，但年轻诗人的大量涌现与文本之耐读已成为不能忽略的重要现象，尤其值得注意的是，莫言、阿来、林白、东西等小说家的诗歌创作在 2017 年诗坛成为一组别样景致。纵观各家刊物及诗集出版，2017 年诗歌创作现象可大致归纳如下几点：莫言及小说家的诗歌写作热、九零后诗人引人瞩目、还是“旧人”唱主角、学院派中的新生力量。

（一）莫言及小说家的诗歌写作热

2017 年，当代著名小说家在中国诗坛的表现尤为值得关注。

2017 年 9 月，莫言在《人民文学》发表组诗《七星曜我》（莫言于 2004 年在《北京文学》，2008 年在《新民晚报》发表过旧体诗，此次为第一次发表新诗作品），讲述、回忆他与七位诺贝尔文学奖得主的交往和友谊。七首诗分别是《格拉斯大叔的磁盘——怀念君特·格拉斯先生》《一生恋爱——献给马丁·瓦尔泽先生》《从森林里走出的孩子——献给大江健三郎先生》《帕慕克的书房——遥寄奥尔罕·帕慕克》《写诗是酒后爬树——献给特朗斯特罗姆》《奈保尔的腰——回忆 V. S. 奈保尔先生》《最是那一低头的温柔——想念勒·克莱齐奥先生》。这组诗歌甫发表便引起广泛关注与讨论。莫言将他瑰丽奇妙的想象在诗歌这一文体中再次淋漓展现，记忆与想象被裁剪成一段段飞扬、诙谐且动人的场景，“帕慕克扬言要把那些/年龄在五六十岁之间/愚笨平庸小有成就江河日下/秃顶的本土男作家的书/从书房里扔出去/他从书架上拿下一本英文版《红高粱》/我摸摸头顶有些恐慌/他笑着说：你不是本土作家呀//但他还是将这本书/从阳台上撇了出去/四只海鸥接住/像抬着一块面包/落到教堂的圆顶上/难道还有比这更好的归宿吗”（《帕慕克的书房——遥寄奥尔罕·帕慕克》)。关于交往的回忆，他这样写到，“你到过我的故乡/进过我的老屋/站在窗户前，想象洪水似扬鬃烈马/在河道里冲撞/那时候高密最大的宾馆里/没有暖气没有热水/春节之夜，孤独一人/你在县城大街上漫步/硝烟滚滚，遍地鞭炮碎屑”(《从森林里走出的孩子——献给大江健三郎先生》);“老勒站在我家猪圈东侧/手扶着墙/满面忧伤/也许仅仅是惆怅/万里之外的贵客/可不能让他饿着/我们准备杀猪款待他/他脱下棕色皮衣/带着貂皮领子/他非要将皮衣送我/我也没有客气/我找了一件棉袄送他/民国初期的东西/但他穿不进去//一匹矫健的白马奔驰而来/蹄声清脆，铃声叮当/西边是幽暗的山影/东边是初升的太阳/老勒纵身上马/大吼一声/一头金发，漫天朝霞/马蹄腾空，彩云如画/去福建，他说/与那个梦见雪的女孩见面”(《最是那一低头的温柔——想念勒·克莱齐奥先生》)。这组诗在细述友情的同时还探讨了写作、经典的标准等问题：“我把打铁的经历写进了小说/《透明的红萝卜》/我在《铁皮鼓》里发现了/凿石碑的你/好的小说里总是有/作家的童年/读者的童年”(《格拉斯大叔的磁盘——怀念君特·格拉斯先生》)。

此外，当代多位著名小说家在诗歌创作方面都有涉及。阿来发表诗歌《风暴远去》(《草堂》2017 年 1 月号)等、林白出版诗集《过程》，发表诗歌《全身麻醉》《瘢痕》(《诗刊》2017 年 2 月上半月刊)等，东西发表诗歌《出卖灵魂》《宠物》《死后什么模样》《大雨来过》(《诗刊》2017 年 2 月上半月刊)等。当代著名小说家的诗歌创作，在语言、想象力与诗歌可能性的丰富与探索上，在当代诗歌的多样化上，提供了可堪对照研究的文本。

(二)诗歌“新人类”：九零后诗人引人瞩目

“九零后诗人”作为一种创作现象的存在不是今年甚至近两年才出现，但这一群体日渐成熟的创作与诗歌界给予的鼓励与承认在 2017 年呈现出令人瞩目的态势。2017 年 11 月 7 日，由马晓康主编、北岳文艺出版社出版的《中国首部 90 后诗选》问世，该诗选是中国第一部由国内正式书号出版的 90 后诗选，涵盖了当下多个 90 后诗歌写作流派，较全面地反映了当前 90 后诗人诗歌创作的生态。有诸多刊物对年轻写作者予以关注，《作品》杂志设置“推手·90 后推 90 后”栏目助力 90 后写作者，《草堂》诗刊设置“最青春”栏目，主要发表 80 后、90 后诗人的作品，《人民文学》则专辟“九○后”栏目，2017 年发表了庄凌、炎石、颜彦、李昀璐等 90 后作者的诗歌作品。《诗刊》下半月刊“发现”栏目择期推荐，下半月刊 2017 年 2 月号“银河”栏目专设“90 后诗人特辑”，集中刊发了莱明、李琬、朱光明、午言、王江平、张雨丝、李海鹏、王浩、张雪拉、马晓康、康苏埃拉、李天意、吴雨伦、息为、朱天歌、宫池、洪光越、宋阿曼、张诺一的诗歌。

这一代“诗歌新人类”所观照的主题、语言方式与想象力的幅宽显示出了他们诗艺的潜力。值得注意的是，拥有高学历在九零后优秀诗人中呈现出集中分布态势，其中不乏国际知名大学硕士博士，在写作的同时他们还翻译诗歌。譬如莱明，1991 年生，四川大学博士研究生在读。其发表于《诗刊》2017 年下半月刊的《煎茶镇》《慢花园》《小事诗：观雨》《隐居的熊：一张诗集插画的素描》等诗想象力灵动轻逸，令人耳目一新。“感冒抵达红松树林。山之附近，小镇身体。/你醒来，又睡去，想象的海在眼角飞驰。一切都来得及。房屋、树木、山影。雪——被安顿在/我们的间隙。那儿一对采茶人夫妇/正沿着地平线缓缓爬升。/十二月，你梦见的都已经发生。”（《煎茶镇》），“他看到仍属于它的一次散步。/风摇开河面，他为你的阅读开道，也为/隐居在这首难产的诗里：/一只眼打开时微动，一只眼打开是惊奇。//而我们的探险神仙于此，/一次语言的提速改变了熊的日常生活。/瞧，世界就顺势跌进这双涨潮的眼——//如铁/他静坐如/下了一夜的雪。”（《隐居的熊：一张诗集插画的素描》）在智性与修辞上，他的作品已具有一定的标识度。九零后诗人中玉珍的创作稳定而成熟，其2017年发表的作品《抒写令人敬畏》《时代背后的脸》《悖论》《1966——给我的母亲》《水中的练习》等显示出超越年龄的冷静、智慧与宽阔，“有些人走了一个世纪/又无声地返回/我曾为虚无感到伤悲/在这伟大的，看上去虚空的世界”，“我曾从贫穷的洞穴中穿过/如此黑暗，艰难成长成现在的样子/一些严重的故事留下悲伤的后遗症/有些事我只说给星辰/像眼泪根本毫无价值//穷人的一生比死更轻，像潦草的收割/将生活割开巨大的空荡/发出的声响还不如临终哀嚎/那刻薄的卑微比死沉重”。此外，应引起注意的年轻诗人还有康苏埃拉、黄小培、马骥文、叶晓阳、徐晓等，他们的创作已经为当代诗歌提供了一些新鲜别样的文本。

（三）还是“旧人”唱主角

纵观2017年专业诗歌刊物与综合性文学刊物，活跃度高且为我们带来较多经典作品的仍然是业已成熟的诗人。于坚、大解、臧棣、宋琳、树才、潘洗尘、胡弦、毛子、张执浩、蓝蓝、李南、韩文戈、侯马、朵渔、沈浩波、轩辕轼轲、江非、刘川、王夫刚、李寒等诗人在2017年创作颇丰，他们在对永恒主题的新鲜开拓上，在对日常生活的精细化与惊奇化的处理上，在自我更新与对诗艺的精进探索中，向诗坛展示了“旧人们”的不懈努力与创作实绩。

诗歌指向永恒，诗歌主题很难逾越某些特定的范畴，这往往导致诗歌意象的偏狭、对诗意理解的程式化。如何重构已为人所熟知的诗意？《扬子江》诗刊第2期刊载臧棣的组诗《新山水诗》以今人的视角与感触，辅之纯熟精炼的语言，为此类创作提供了别具意义的借鉴。同样，蓝喉的《长啸图》中“半段焦墨”“黄皮汉人”等意象，以及“为加速竹子的长成，他分散到翠竹体内”这样的诗句，无疑也是在古意中发掘出了更多的新鲜感。宽泛地说，诗歌关注的永恒主题不外乎情感、生死、疼痛、记忆等。在怀念亲人、思念友人与想象家族的文本中，有一些值得我们关注。其中，悼亡类题材（特别是怀念亲人的题材）在我国的文化背景之下较易引起情感上的共鸣，也往往难免落入雷同化的窠臼，令读者产生审美疲劳。在众多怀念父母、手足、亲祖乃至家族中各路亲戚的诗作中，东篱《该怎样跟大字不识几个的母亲说荡漾》透露出一种别样而复杂的心境：在母亲百日时来到坟地，见到自然的美好，痛失亲人的悲与内心的“荡漾”微妙地结合在了一起，“如果不是因为母亲的新坟/土还湿热 /这些大地拱出的斗笠状土包/身披绿蓑衣/头顶青焰火/我几乎脱口而出：/真好”。再比如黄纪云《往事》，在失去了奶奶和爱犬以后，“妹妹学步前，我不敢抱她/总觉得她是奶奶转世的/（母亲说过，奶奶一断气/她肚子就开始疼了）/后来妹妹会走了，老黏我/我又觉得她是我的那只狗投的胎”。这种类似儿童视角的感受，表达了一种朴素而感人的、对于延续的期待。

怀念父亲而不止停留于对温暖、慈祥等惯性形象的抚摸，在吴开展的《我也很想和他谈谈我的忧伤》（《星星》2017 年 2 月上旬刊）中，诗人对“父亲”这一形象进行了多维度表现：“用那双打过我无数次的手/给我敬烟”“老了。像一座快要散架的草垛——/这个牛脾气的男人/走起路来地动山摇的男人，一掌推倒母亲的男人”“我接受着他的前言不搭后语，他的病痛与无助/他的谨小慎微，甚至，越来越多的沉默”，当暴戾的细节将情绪不断累积，诗人却将语气忽然和缓：“更多的时候/我也很想和他说说我的忧伤”。在年微漾的《家族史》（《星星》2017 年 6 月上旬刊）中，诗人以短短六行诗几乎完成对一个家族命运的书写，“暗河中钟乳石固执而贫穷/人类的黄昏/布满了小争执。一枚茶叶击沉了，另一枚茶叶//歪脖子树是落枕的树。曾祖父当时/尚未婚娶。我庆幸/他跃出战壕，沿着树根，在黑夜里找回余生”。“在黑夜里找回余生”以特殊的时间把握方式将生命的纵深感轮廓出来，也使短短诗行承载起了“家族史”这一题目。在蓝蓝的《三十年后》（《扬子江》诗刊 2017 年第 1 期）中，诗人以回忆完成对童年生活现场的“重临”，在时空的错置中使陌生感与盛大的失落情绪一齐发酵，画面有如电影里被暂停的一帧：“房子里传出人说话的声音。还是第九栋/她七岁，和弟弟一起为豆角浇水。/她种了一颗向日葵，在窗台下/隔壁邻居的吵架声震得玻璃发抖。//门开了，出来的是陌生人。她唯一能明白的是/那个扎羊角辫的女孩也是陌生人/和她有同样的名字。//还有她年轻的母亲，高大健康/父亲在下雪的时候回家，肩上落着雪/一家人就在这屋里吃晚饭。//如今那碗是空的，一个大洞。而她早已失去了它们。”

在怀念友人的作品中，树才的《叹息——念牛汉老人》（《十月》2017 年第 5 期）里诗人以牛汉先生的叹息将过往记忆联结，斯人已逝，但那叹息成为先生精神力量的外化而长存：“人世间最深最长的叹息——/我是从牛汉老人的嘴里听到的”“第一次，我听着怔住了/你竟然抱歉：‘把你吓着了……’”“有一次，我调皮地用了个比喻——/说你的叹息像我听到过的钱塘潮”“如今，你已经永远入梦了/那叹息，其实是火无法焚毁的//在骨灰、骨块和骨灰盒里/那叹息还活着，仍会惊动周围//比如今天，恍惚间，不知为何/我又听见你这声长长长长的叹息。”代薇的《千言万语一声不响》（《鸭绿江》2017 年第 3 期）以逻辑推理的方式表达了对非指向性重要他人的一种情感：“我拒绝成为一个幸福的人/有了幸福便有了恐惧/你走了真好/不然总担心你要走”。“你走了真好”通过对事实的解构，使情感的反转成为可能。胡赳赳《想念》（《读诗》2017 年第 2 期）这首诗如同一个连锁反应装置，睡眠、数羊、羊群、牧羊的姑娘、绳索成为一套完整的多米诺装置，诗人“以传统的方式数羊”而启动第一枚骨牌，将对姑娘的想念严丝合缝地装置进来。在对记忆的抚摸中，徐江的《排队》（《诗潮》2017 年第 11 期）这一首诗比较特别。它以短短十三行勾勒出 20 世纪 60 年代在粮店外排队买红薯的经历，诗人以白描状写了少年们的敏感与自尊，“几乎每一行列/都会有班上的同学/但排队的时候/一些人不再说话/他们只默默地排队/好像从不认识”。

“日常”是上世纪九十年代以降诗歌写作最为寻常的对象，如何处理日常成为几代诗人或者说每一位诗人都绕不开的命题。对日常及生活本身的挖掘深度某种程度标示着诗歌可能触碰的高度。对于诗歌创作而言，我们并非生错了时代。我们拥有着古人体会不到的一切：大到环境污染、房价飞涨、人际关系淡漠，小到上下铺的学生宿舍、外卖送餐员的生活、“遮挡牌号的小汽车、用金盒子盛装的月饼”……（西川《传统在此时此刻》）即使不是诗人的亲身见闻，在信息流通速度如此迅速、数量如此庞大的今天，他们可以轻而易举地通过网络，第一时间了解到身边发生的事。捕捉这样微细而特别的日常细节，冯晏做出了很好的尝试。如《时间史里的杂质》（《作家》2017 年第 10 期）中的“有糖精，甜的假设，/有老式胶片电影放映机，/以及观看朝鲜影片反讽的哭。/阴影处有我对思想禁区漫长的荒野出走。”和《清晨的候机大厅》：“土特产店的林蛙油、蚂蚁精，/还有熏酱大雁，/我用目光恢复它们在林中爬行”“光华书屋的视频里，/马云在教路人赚钱，/手势和呼吸犹如唐吉诃德大战风车，/他身穿一件鸡蛋黄颜色圆领针织衫，/不分昼夜，服能量子。”这类真正具有当下性的诗作，意味着我们身边还存在着许许多多尚未发掘出的诗意，往往令人惊喜。

诗歌的“好”是反抗定义与规训的，我们无法以一种目光和标准审视文本。诗歌的精妙往往埋伏于超越惯常想象的地方，在习以为常处制造出惊奇，在熟稔的意象上创造出新的诗意，是每一代诗人自觉的努力。黄梵的《秋天让人静》（《扬子江》诗刊 2017 年第 3 期）用一种残酷美感赋予“安静”更为丰富的品格。“安静，使声名变得遥远/在一座山上，提起它已等于放弃/晚霞是山吐出的最后一口气，没人在意/山吐出的血是多么美丽//我羡慕，天上那一团团厮杀的星群，有对安静/的执迷不悟——/我不住地仰头，学会用安静在深夜里走路”。诗人对“安静”的表达与想象跳脱出它被惯性思维凝固的属性。清歌《抱甜瓜的孩子》（《星星》2017 年 1 月上旬刊）通过对一个孩子抱着甜瓜走在路上这一生活片段的定格，描绘出一幅“明净与辉煌”的画面：“万物皆被引领//仿佛他是一块会走动的糖。/仿佛他是从最甜的瓜心里，长出来的一样。”这样的表述不仅仅洁净、甜蜜和动人，甚至靠近着圣洁的质地。灯灯《布拉格此时下雪》（《扬子江》诗刊 2017 年第 5 期）的美感也许过于精致：“布拉格此时下雪，作为回应/雨落在江南。/年轻的树木学会落叶，在我的仰望里/寒冷是一个高度，温暖是/另一个高度”。在比照关系里，情感自然地经由天气流转，诗在最后一句重回“布拉格此时在下雪”，一个环形的情绪周游，诗人在其中安置了诸如“对事物，有了冬天的耐心”这样动人的比喻。津渡《热带雨林旅行》（《诗歌月刊》2017 年第 10 期）在第一句就给出了旅行的答案：“旅行的方式仅仅是为了抵达自我”。在周游斑斓的热带雨林之后，读者随诗人一齐到达出发的地方：“绕过大半个地球，一朵鲜花/给了你真正的香味/一点奶酪捐赠给松鼠/你以放逐的方式重新回到世界/来得这样彻底/你把你的心，放置在自己的手上”。

对日常生活的惊奇化处理在诸多诗人的创作中均有体现。比如胡续冬《清晨的荣耀》（《江南诗》2017 年第 2 期）是诗人经由女儿的引导，唤醒了对牵牛花的重新认知。这首诗将牵牛花所到之处铺陈得丰满华丽，在繁复的幻想与女儿的牵引下，诗人重新触摸到生命本身的质地。卢卫平《望远镜》（《诗选刊》2017 年第 5 期）通过对阳台上盆景放大一百倍，看到了三十年前家乡的风物、景致与人情，这样的视角与想象足够令人惊叹。此外，郭金牛《木匠小郭的悲观主义》（《作品》2017 年 5 月号上半月刊）、春树《周末城铁》（《读诗》

2017 年第 3 期）、子梵梅《厨房里的政治》（《汉诗》2017 年第 2 期）、龙红年《仇家》（《诗探索·作品卷》2017 年第三辑）、师力斌《中科院力学所微雨中捡枣》（《十月》2017 年第 2 期）、华清《露天电影》（《作家》2017 年第 7 期）、朵渔《奇迹》（《西部》2017 年第 3 期）、李南《现在，曾经》（《诗刊》2017 年 1 月号下半月刊）等作品也都从日常处进入，或以生活中某一场景为切片，或回溯记忆，从细节、想象等维度拓展了日常诗意的可能性。此外，如何以诗进入公共事件、跟进新闻事件是诗歌写作中不甚常规的一个动作。但这类诗歌如果达到较高完成度，会极具力量。在 2017 年的创作中，对新闻与公关事件的书写有这样几首诗值得关注，分别是哨兵《过积庆里》（《人民文学》2017 年第 1 期）、毛子《对一则报道的转述》（《读诗》2017 年第 3 期）和徐国亮《狼是对的》（《诗选刊》2017 年第 8 期）等。

（四）学院派的新生力量

诗歌界“学院”与“民间”的派系之别由来已久，纵观 2017 年诗歌创作，在高校从事研究教学工作或具有高学历的新生代诗人呈现出旺盛的创作生命力，杨庆祥、戴潍娜、胡桑、茱萸、刘汀、秦三澍、杨碧薇、王子瓜等青年学者、作家的诗歌创作构成了别样的景观。

2017 年，杨庆祥于《诗林》第 5 期发表《杨庆祥爱情诗选》，于《安徽文学》第 11 期发表组诗《给母亲的一封信》。杨庆祥的诗想象力独异，“当我不能爱的时候/我就坐在水边看山//当我不能爱的时候/我就饮鸩露为甘泉/我就秉昙花一夜游//当我不能爱/我就坐在菩萨的法眼里/我问自己//是不妩媚了吗/还是风尘磨损了深情?”学者与诗人两种身份在他的身上得到平衡。戴潍娜的诗兼具智性与美感，“我从未尝过泥土，从未舔过雪冻/我这一副身体不够来爱这世界/可我依然活着，倚赖种种传言/流连他们口中一天比一天更可爱的蓝/罔顾启示录里一年年延迟的末日时间/盲目幸福着，如草原上一只獴苍凉的小背影/只一次机会，造访这宇宙的深情/它汗腺和血液中的冰川，抵御——/那来自知识的色情/而最终用一首诗打发掉这些/如表演中的无实物练习/我再一次辜负你”。戴潍娜的诗歌意象丰富跳荡，修辞与表达自成逻辑，她的诗拥有自由轻盈的质地。青年作家刘汀在 2017 年发表诗歌多首，组诗《一瓢海水》发表于第 6 期《钟山》、组诗《日常生活短章》发表于第 11 期《海燕》、组诗《归山野去》发表于第 10 期《诗刊》、组诗《我喜欢不停劳作》发表于第 7 期《青年文学》、组诗《当说好的雪变成雨》发表于第 3 期《天津文学》。刘汀的诗多取材于日常生活，篇幅精悍，常常在戛然而止处引出深意、惹人思想：“山首先在想象中隆起/即高出日常生活的部分/然后才是石头和泥土/及一切可称为沉默之物”。王家铭毕业于武汉大学中文系，文艺学硕士，他的诗歌拥有一种含蓄内向的现代感，想象力肆恣，其《圣诞夜》写道：“今年是在公共汽车上，没有雪/打到紧闭的窗户。冬天在衰退，/就像我摈弃久远的回忆，透过彩色灯枝/看城市纤维伸进了骨径。是否有/柔软的石子被车轮带起，又面临彗星般的坠落和肿胀。/谈话云端席卷的声浪啊两小时后命盘的诱惑与劝导，/都提醒我出发宜迟，筋络全在水银的孤岛。”张何之 1988 年生，为法国高等社科院在读博士，写诗并翻译诗歌。她对词语等概念有敏感的思考，在诗歌《冬炉夜雪》中，她这样表述，“屋内充满耳廓/人坐在孤独的半径里/一只獐子在树林中徘徊/夜，从四方收缩//一落雪，每个人就是一片荒野/一次内部的倾听/从火焰到雪/是门过度的语言//物质挤满四宇/谁都不会比一片雪更大/劈词语的柴生火/肩头硬质的时间剥落/鞋底淌下泥水/无人知晓来时的路途”。从代际的角度来看，诗歌的“变化”更多的体现在年轻诗人身上，他们写作的起点更高，接触的信息更多，想象力丰富，对于时代变化的体察更为敏锐，他们的作品是更可能包含和形成诗歌新美学的。

纵观各刊物的栏目设置，有集中刊发国内实力诗人的组诗力作，以经典为基，兼容并蓄，呈现当代诗歌的成熟面貌；有寻找国内处于最佳诗歌写作状态的实力诗人，并配发专题诗评；有旨在发现公开发表较少但文本优秀的诗人，将他们推上前台；还有致力于挖掘和推出有潜力的 80 后、90 后诗人，并邀请著名评论家给予点评。无论是从年龄段、诗风、创作水平，甚至诗体等各个方面，不难看出诗歌刊物为集结优秀诗作所做出的努力。

（张清华 主持　王士强 刘诗宇 贺嘉钰 参撰）

在场·前沿·深度:2017年报告文学

王　晖　丁晓原

2017年的报告文学，借着新时代的引力风生水起、跃动多姿，一方面是新时代的种种大观，激活了报告文学作家书写生活现实的热情，另一方面，读者对于纪实信息获取的需求，助推着近年来包括报告文学在内的非虚构创作的持续走热向高。

2017年注定要成为具有标志意义的年份。这一年，中共十九大召开，中国特色社会主义的新时代正式启航。“文章合为时而著，歌诗合为事而作”，作为具有悠久现实主义传统和强烈时代性的非虚构文体，报告文学全力聚焦新时代、倾情表现新故事，呈现出在场、前沿和深度之特质。

在场：国家战略的艺术呈现

王　晖：新时代的文艺创作满足人民对美好生活的需要，就仍然要坚持以人民为中心的创作导向。以人民为中心的创作，既是经典文艺的本质特征，也是中国文艺的历史传统，更是文艺创作者价值观的最重要体现。作为具有强烈新闻性和现实性特质的文体，2017年的报告文学创作又一次展现出它的锐利和魅力，在对生态保护、扶贫攻坚等国家战略的艺术呈现上用力最多，体现出满满的“在场感”。

何建明的《那山，那水》以浙北湖州安吉余村这样一个典型个案为例，形象化地诠释了“绿水青山就是金山银山”的社会发展之道，以及经济发展方式的转变所带来的成效。历经12年，余村环境美若仙境，人心向善向美，人与自然和谐共存。其根本原因就在于对以破坏环境为代价的粗放型发展模式的舍弃，而更加注重生态均衡的可持续科学发展。另一个生态文明建设的典范——河北塞罕坝林场，则成为2017年诸位报告文学作家描述的焦点。蒋巍的《中国读本：塞罕坝》以“金木水火土”为喻书写塞罕坝的传奇故事，李青松的《塞罕坝时间》旨在表达“绿是发展方式，也是生活方式，而美是强国的目标”，李春雷的《中国塞罕坝》着力描写的是塞罕坝人追求绿色生态梦想的顽强与执著，王国平的《好一个大“林子”》则重点写林场的今昔对比，并从生态思想和精神力量角度挖掘塞罕坝人的内在动力。此外，还有梅洁的《走过东线》写的是南水北调东线工程先治污后调水的举措，凸显东线工程的生态环境保护意识。丁燕的《尼西村的“童话”与“变化”》则表现藏区民众对大自然的自觉保护。

报告文学对于扶贫攻坚的表现，我印象比较深刻的有：李朝全的《国家书房》写作家金兴安帮助安徽定远县蒋集镇农民创建全国第一个农家书屋，目的是提高农民文化素质，满足他们的精神文化需求，金兴安的行动正是中国政府为农村建立60万个农家书屋计划的一部分；纪红建的《乡村国是》通过对贵州、云南、广西、湖南、陕西、江西和福建等贫困地区202个村庄的田野调查，获取了大量中国扶贫脱贫的第一手资料，对精准扶贫和产业扶贫的路径和规律做出形象化叙述；另有李春雷在《妮妮下乡》里写省文联干部王海妮主动请缨到甘肃定西临洮县任村第一书记，不遗余力“精准扶贫”的故事。陈崎嵘的《航民：一个共富的村庄》、郑旺盛的《庄严的承诺——兰考脱贫攻坚纪实》等也各有特色。

丁晓原：2017年的报告文学，借着新时代的引力风生水起、跃动多姿，文坛内外广为看好，是一个不争的事实。这是一个非虚构的时代。一方面是新时代的种种大观，激活了报告文学作家书写生活现实的热情，另一方面，正像小说家王安忆、贾平凹最近说的，“非虚构的东西好看”，“纪实性的文章看起来特别有味道”。急剧流变的现实生活具有无限的丰富性、复杂性，甚至是戏剧性，远胜于想象力庸常的虚构作品。读者阅读兴趣的部分转移，他们对于纪实信息获取的需求，助推着近年来包括报告文学在内的非虚构创作的持续走热向高。2017年是党的十九大召开之年，砥砺奋进成为今年的主题热词，报告文学因此也更具“十九大年”的鲜明特质。关乎这一大的背景，所以，的确如你所说，2017年度有关国家战略的报告文学成为创作的一大亮点。

王　晖：除了上面所说的两个方面，对道德模范的关注也成为2017年报告文学的一个聚焦点。李春雷的《初心》和王国平的《当代焦裕禄：廖俊波》都以全国优秀县委书记廖俊波为描述对象，写出了一个有情有义、有血有肉、有烟火气的真实的时代英雄。李鸣生的《德能无量》写广州黄埔卫校校长欧阳焕文的“德能教育”，以孝道感恩、弟子规为抓手，将道德教育深入学生生活实际，使学生拥有高尚道德人格。范小青等人合著的《最美江苏人》描写近几年涌现出的江苏道德模范。任林举的《此心此念：太行之子吴金印》记录的是全国优秀乡镇党委书记吴金印，作品以饱蘸深情的笔触再现这位“情系群众家长里短的知心人、与时俱进引领群众发展致富的主心骨”。丁晓平的《铁汉丹心》写的是全国“两学一做”学习教育先进典型、中央企业优秀共产党员张进的先进事迹。高凯和刘镜合作的《初心》描述从长工到副省长的李培福如何在毛主席“面向群众”题词的激励下，不忘为人民服务的初心。谌虹颖的《放歌天地间》书写“时代楷模”阎肃德艺双馨的艺术人生。我特别看重的是这些作品以生动个案所体现的“国家唤善、社会思善、人民盼善、党员为善”的现实诉求。

丁晓原：新时代是先进模范辈出的时代。在他们身上体现出的中国精神和中华民族的风采，是报告文学书写的重要内容。2017年这类作品发表出版较多，其中有不少作品所写人物洋溢着鲜明的时代精神，展示了卓然崇高的人格力量，读来尤为感人。除了你提到的这些作品外，还有徐富敏的《永远的李保国》，吴晶、陈聪的《大地之子黄大年》，李万军的《因为信仰》等作品也值得我们关注。《永远的李保国》写的是一位寻常的科技工作者，他把自己的一生奉献给了太行山。让李保国“永远”的是人物身上所体现的鲜明的时代精神和卓异高尚的个体人格。作者用一系列具体的有表现力的故事和细节，将人物真实真切而感人地推置读者面前。李保国为了他的事业，把自己变成农民，把农民变成专家。这里的叙述没有高大上的形容词，有的只是简单的记写，但静默的文字却将李保国这位当代太行山上的新愚公形象树立了起来。吴晶、陈聪的《大地之子黄大年》主人公是吉林大学地球探测科学与技术学院的教授。“当人们含着热泪传颂这个名字的时候，他已经永远闭上了双眼”，“有人说他是大地的儿子，因为他一生与地球物探相连。有人说他是璀璨的流星，那燃烧的生命之火，仍在大地深处，漫散炽热”。读着这样的文字，我们无不为之动容致敬。《因为信仰》让读者知道了信仰的力量和意义。作品所写的人物王新法曾经受到诬陷锒铛入狱，丢了公职。因为信仰自主创业，精忠报国；因为信仰，致富后不忘扶贫帮困，成为“全国脱贫攻坚模范”。

前沿：中国经验的形象表达

王　晖：习近平总书记说，我们有责任写出中华民族的新史诗。而“史诗”是昭示民族和国家伟力的传奇。在新时代，通过对当代中国科技创新成就的生动描述，报告文学作家为我们显现出标示中国经验和中国智慧的新史诗。陈启文的《袁隆平的世界》叙写科学家袁隆平及其中国超级杂交稻，既写出了袁隆平解决国计民生问题的爱国之情和攻坚克难的顽强意志，也对事关中国人舌尖安危的粮食安全问题亮出自己的反思。宁肯的《中关村笔记》以柳传志、王选、冯康、吴甘沙、冯军、程维等代表人物为个案描述，再现作为“中国硅谷”的中关村的发展历程，展现大国崛起的艰辛与豪情。王鸿鹏和马娜的《中国机器人》描述以蒋新松、王天然等为代表的中国科技人员围绕“中国制造 2025”战略目标，打造具有世界影响的机器人品牌，实现中国从机器人制造大国向强国迈进的历史性跨越。叶梅的《强国重器》写中国高能物理发展的里程碑——北京正负电子对撞机项目的研制和成功。陈芳和余晓洁的《中国创新之问》书写中国科技成就及其存在的问题。周艳丽的《衣被天下中国棉》写位于河南安阳的中国农科院棉花研究所培育新品种、创新中国棉的故事。此外，王雄的《中国速度：中国高铁发展纪实》、陈启文的《西藏之路——林拉高等级公路拉萨段追踪》、哲夫的《国家高速——京新高速明哈段纪实》将笔触指向中国高铁和高原地区高速公路建设。黄传会的《辽宁舰，五岁了》、李忠效的《一个中国公民的航母梦——中国第一艘航母“辽宁舰”的前世今生》从不同视角表现中国航母的诞生。这些再现对象和描述角度各异的作品，都显示了改革开放近 40 年中国的强大精神动能，以及在这种动能的导引下由中国制造转向中国智造，再到中国创造的“史诗”般传奇历程。

丁晓原：你的阅读视野比较开阔，我还想作一点补充。徐锦庚是一位优秀的报告文学作家，从 2014 年的《“懒汉”治村》到 2017 年的《芝麻开门》，他的许多作品都使我们眼前一亮。《芝麻开门》中，给山东丁楼村民“芝麻开门”的是“淘宝”。文中说到，“在丁楼村转悠时，墙上一句话，引我生共鸣：网络改变生活，知识改变命运。”如果说“淘宝村”是中国经验，那徐锦庚具有个人特质的书写就是所谓的形象表达了。我以为，现在的报告文学写作不缺乏中国经验，而是少了文学表达。写“淘宝”之类题材的作品已有不少，但像《芝麻开门》这样写得凝练有致、质朴有料又活色生鲜的作品却不多见的。此外，书写中国经验值得一评的作品还有郑彦英的《龙行亚欧》和黄立轩的《筑梦大海》。“一带一路”是我国提出的重大发展战略，它符合国际社会的根本利益，也彰显着人类命运共同体的愿景。

仅从这一点来看，《龙行亚欧》涉及“陆上丝绸之路”，是中国第一部全方位表现中欧班列运营的长篇纪实文学，《筑梦大海》直接正面以“海上丝绸之路”为题，都是具有重要的题材价值的。无疑，这也是2017年中国报告文学创作的一种新的收获。

深度：社会民生的持续关注

王　晖：“以人民为中心”的文艺需要欢乐着人民的欢乐、忧患着人民的忧患。“人民”并非抽象的所指，而是一个个鲜活的具体所在。在我看来，2017年的报告文学作家没有忘记这一文体关注社会民生的“初心”，在多个方面予以独具深度的表现。丁捷的《追问》及时而鲜明地回应了中国老百姓热切关注的反腐败斗争。作品以8名落马高官的口述实录真实呈现其腐败堕落的前因后果，以及对党和人民事业所造成的危害。李英的《第三种权力》写的是浙江武义县后陈村成立中国第一个村务监督委员会，表现农村分权制衡、民主监督的民主政治建设进程。长江的《直面北京大城市病》是一篇问题报告文学，主要纪录了作为国际大都市的北京目前所存在的人口膨胀、交通拥堵、资源短缺、环境恶化、住房紧张等城市“病症”。胡启明的《生命的礼物》反思当下中国遗体和器官捐献的紧急现状。方格子的《我在人间一百年——麻风病人口述实录》和普玄等的《五十四种孤单：中国孤宿人群口述实录》分别指向两类特殊人群。前者通过对5个麻风病人的口述实录，在真实揭示这一特殊弱势群体隐秘而痛苦的生存现状之时，呼吁全社会给予其充分的关爱。后者以湖北和河南福利院的几十位孤寡老人讲述各自生活的方式，表现孤宿人群封闭、奇异的生活状态。李燕燕的《山城不可见的故事》聚焦重庆山城里的女老板、钟点工和打工仔等人群。此外，范小青等人合著的《两岸家园》所描述的22位来江苏投资创业的台湾企业家、李迪在《天网难逃》里再现的徐州公安干警、张仲全《穿越子午线的日子》里的国际化学武器核查中的中国专家罗华政、李延国和许晨的《无衔将军》对军转干部王福波的描述、徐锦庚《大器晚成》里叙写的传记文学作家陈明福、许晨在《一个男人的海洋》里对中国航海家郭川的再现等都各具风采。这些鲜活的形象呈现出多层次和多元化特点，为我们提供了一个直观中国的有效窗口。

丁晓原：我想从另外的角度说说2017年一些作品所达到的深度。作品的深度就是作者思想的深度，没有这样的深度，不足以言谈作品的优秀。生态文学书写是本年度的一个亮点。过往的此类作品，大多是反映生态问题的，而《那山，那水》写的是新时代生态的新气象，作品不是一般简单地讲说生态建设的美丽故事，而是将其置于新时代新发展的高度，彰显其中的深意；同时，将缩写对象的生态建设实践和习近平新时代中国特色社会主义思想逻辑地关联了起来，以前者的成就充分阐释新时代新思想的重大意义，由此达成了当代生态文学书写的新时代高度。王宏甲的《塘约道路》7万字，是中篇规模，其思想的分量远重于许多“空心”的长篇。贵州的塘约曾经是一个贫困村，但这篇作品正如作者自言，“不仅仅是一个迅速脱贫的故事”。作者的立意在于，“一个好社会，不是有多少富豪，而是没有穷人”，寻常的话语中蕴含着深刻的主旨——这才是点亮“道路”的火炬。余艳的《守望初心》写的是红嫂的传奇。这类传奇此前已有书写，余艳自己也发表有《板桥绝唱》。2017年尾推出的长篇，以湖南桑植红嫂群体为主人公，她们送走了男人，又送走了儿女。“守望的红嫂，会用怎样的坚韧熬过几十年漫长岁月？英勇的红军，会蹚过多少坎坷持一颗初心走向胜利?”可歌可敬的红色传奇与新时代“不忘初心”这一精神主题，在这部作品中有了内在的逻辑关联，作品叙事的意义有了新的增殖。还有一种深度是由纪红建《乡村国是》所体现出来的报告文学写作精神。作者走过包括新疆、西藏、宁夏、甘肃、云南和湖南在内的14个省市自治区的39个县市区，足迹印在202个村庄的土地上。从某种角度上说，对于已经具有良好写作能力的报告文学作家而言，有了好的写作题材，作者的写作态度大致就决定了作品的质量。《乡村国是》是青年报告文学作家纪红建艰苦行走的馈赠。作者身入、心到、情切，因而作品获得广泛好评就是很自然的了。

（原载《文艺报》2018年01月24日）

多向度的发展与挑战

——2017 年中国电影创作研究综述

丁亚平

2017 年的中国电影不能概括为常态性呈现，电影市场的发展存在于人们的普遍预测之外，2017 年热映的《战狼 2》票房达到 56.83 亿，电影创作和电影工业体系发生改变，电影银幕数达 50000 块，电影市场充满着巨大的能量和多样性，广受瞩目。相比较其他各国，中国电影在市场意义上的制度优势，也就是国有化与市场性结合的“中间层”领域的主体性作用日益突显。在电影市场狂飚突进与电影生态发生重要改变的语境下，如何理解和把握当下的发展，怎样重视电影内容生产和市场建设联动，提升电影艺术和制作质量，积极融入电影界和学界的思考，推动中国电影的本土性和世界性的结合，推进中华文化与文明走向世界与未来，值得认真对待。

一、2017 年中国电影创作的主要特点和趋势

2017 年，中国电影取得了巨大的成就，全年票房达到 559.11 亿元，同比增长 13.45%。国产电影票房 301.04 亿元，占总票房的 53.84%，多样化的创作态势业已形成。总体来看，电影市场发展成就受到国内外高度评价，电影新理念新思想新战略新格局赢得了广泛认可，口碑与票房统一的本土电影创作呈平稳增加态势，与 2016 年电影市场与电影生产低落以及中外电影激烈交锋的情况形成鲜明对比，电影创作出现一元主导、多元共存的生动局面。

首先，世界电影中由全球化到民族化的发展趋势，作为一种异质性的实践，在 2017 年电影发展的主体性的意义上，已经打上了越来越深的中国的烙印，北美电影市场和好莱坞电影票房垄断的态势出现坍陷。事实上，过去近 20 年来，无论是我们国家经济、社会，还是电影，都可以说是大刀阔斧，是别人很难复制的神速建设。现在，西方国家经历的恐怖袭击从未像今天这样密集：难民问题、债务危机、金融危机、福利危机等等，已经形成了西方社会的重大问题，而且成为世界不安全不稳定的一个主要根源，西方中心论正面临严峻挑战。《战狼 2》横空出世，体现出电影民族主义持续滋长，电影的民族主义在迅速崛起，并与其他社会思潮形成较强的合流之势。2017 年，《速度与激情 8》以 26.7 亿夺得引进片票房榜冠军，这跟以 56.83 亿元票房和 1.6 亿观影人次创造了多项市场纪录的中国国产影片《战狼 2》相比差距很大。

好莱坞过去肯定是看不上中国电影市场，不把中国和中国本土电影当成合作拍摄伙伴，

不拿中国电影当回事，但是，在经历了这几年的中国电影市场的发展，特别是2017年电影的整体提升，就完全不同了。

其次，互联网技术向“互联网+”的电影新形态的转变和跃升是电影结构化变革的核心标志之一，中国电影生态特别是新语境下电影对这一重大社会变革有了全面的回应与接合。基于新媒体的基本立场、观点与方法，从信息时代本体论（世界观）、认识论和思维方式、价值观、话语方式、经济社会发展方式、人的存在方式等方面对“互联网+”电影发展方式做了新的认知和把握，可以认为，信息时代和“互联网+”为中国电影实现世界电影主导权和话语权准备了技术和社会条件。

再次，中国高效率的政经体制大幅缩短电影市场建设的时间，基础设施建设和各种力量的推动，为本土化的电影创作提供了氛围和前提条件。与欧洲相比，电影政策、市场环境和放映且不论，仅以创作上的支持而言，除法国电影基金资助一部50万欧元，其他国家仅仅在10万、20万欧元上下。而我们比这些国家高得多。中国国家电影奖励和资助有多个路径与项目机制，在已完成的影片以及发行放映上，就包括电影事业发展专项资金和电影精品专项资金奖励或资助两项，两个专项资金使用范围不同，资助影片项目各有侧重，原则上不对同一部影片重复资助，它们都设有管理委员会，都有《评选章程》和《评选工作细则》，力度颇大①。试将过去中国的电影和强调、施行电影市场经济的优越性的当下电影，两相对照，我们就可以理解为何我们有底气说，我们现在可以去主动破除电影发展上的西方中心叙事了。

最后，泛娱乐主义对于电影创作、电影思潮和电影接受等方面的影响不断加深。伴随着城市影院终端的飞速扩张，数字技术对电影制作生产和影院观影体验的提升，以及移动互联网平台的推波助澜，近年中国电影创作、市场环境出现的变化巨大。现在电影的社会影响那么大，每一个电影院仿佛都是一个国家电影文化中心，类似国家电影宫这样的场所，充溢着泛娱乐主义。电影，已经成为现代生活中不可或缺的普遍的一种大众娱乐和文化生活，而且我们有足够的资金建设起这样一座又一座的电影文化娱乐的基础设施。建设中的泛娱乐的电影文化中心，它是实体的，也是可以借助网络信息技术的发展，以虚拟的便捷的去中心化的形式建构多维的网络互动娱乐空间，电影发布、展示、观赏和交流的重要场所，移到了更多的地方，这也可以说是中国这个快速扩张的世界互联网发展中心的一项传播优势的体现。用电影文化建设的关注和责任丰富电影文化的体验，为我们这个电影的黄金时代留下泛娱乐标志，令人忧喜参半。电影发展的成就固然不小，积累的问题却也不容忽视，脍炙人口的电影愈来愈少，豪华巨制的动作片缺乏内涵，喜剧片则一味凸显娱乐的商业情感效应，许多问题的转变要通过闻思也即正确观念的讨论，在认知上树立，在电影的创作实践中去贯彻。

中国电影在市场化意义上的改革开放，它从国有化到重新进入市场，行业公司业绩增速

① 2017年12月18日，国家电影专项资金管委会召开第38次会议，会议报告了第37次国家专资委会议布置的工作进展情况，2017年预算执行情况和2018年—2020年三年工作规划、预算；明确了“预算管理办法”修订的内容，下一步补助地方的部分项目试行“因素分配法”。作者曾受邀参加了电影事业发展专项资助的项目评审工作。

加快[①]，从电影基建到互联网，扩大和加快了各种电影的传播面和速度，它以多元的信息和网络的逻辑走向世界，由民族电影向世界电影转型，这是新民族国家电影发展的契机，也是其所面临的重要挑战。

二、政策、市场与导向

党的十九大召开是2017年中国政治领域的重大事件，十九大召开后，全党全国人民在学习习近平新时代中国特色社会主义思想和十九大精神形成中统一认识、凝聚共识，进一步坚定理论自信、制度自信、道路自信、文化自信。2017年3月1日，《中华人民共和国电影产业促进法》开始实施，这是中国文化体制改革的一座里程碑。作为文化产业“第一法”，这部法律的立法工作启动于2003年12月31日，历经近13年立法进程，于2016年11月7日十二届全国人大常委会第二十四次会议审议通过。

《电影产业促进法》的实施，为正处在黄金年代中国电影产业的规范有序的发展提供了法律依据和保障，同时，也为中国电影类型开拓和表达中国式主流价值开拓了更为广阔的路径。它对于中国电影产业的健康发展形成新的认知视野，也具有极为重要的意义。

电影产业促进法的立法目的在于规范电影产业发展和市场秩序，通过简政放权、加大扶持力度，提高电影整体发展的工业化和现代化的水平。该法除了总则，还就电影创作摄制、电影发行放映、电影产业保障、法律责任等各方面，明确了资质审查程序及各级电影主管部门审查电影的权限，并对贴片广告和票房核算等作出了详细规定。虚报瞒报票房收入的法律责任和处罚方式，均有严格界定和处理办法。电影产业促进法明确，国家鼓励各种资本和社会力量以投资等方式发展电影产业，并依法予以优惠。没有电影产业促进法，电影业的发展总是不稳固的，有时快速前行，有时陷于困惑，甚至面临倒退或倾覆。

电影创作生产是电影产业的龙头。《电影产业促进法》第四条、第十二条、第十五条、第三十六条分别从导向、创新、地方责任、类型题材等方面明确做出规定，颇具指导意义。无疑地，市场发展太快在某种程度上会适得其反，注重稳健的市场发展才是中国电影可持续发展的基石。

《电影产业促进法》导向鲜明，法律框架体系完整，成为独具阐释性的症候文本。面对中国电影的快速发展的市场现状，如何强化创作的意义，以好电影去理性地引导新的电影观众？对于存在一定缺陷的作品，它的意义、肌理又体现在什么地方？赞美者贬斥者怎么找到进一步思考的维度，以至提供良好的纠错和参照机制，承担真正的责任和使命？很显然，《电影产业促进法》立法宗旨，意在促进电影创作的专业化和国际化的发展。该法明确电影的导向作用中，既涉及政府如何充分发挥引导、激励作用，加大对电影产业扶持力度，又标

---

① 2018年3月1日和2日，华谊兄弟、光线传媒两大影视龙头公司先后发布了2017年业绩快报，两家公司的营业收入和归属于上市公司股东的净利润都分别实现了上涨。其中，华谊兄弟2017年实现营业收入38.71亿元，同比增长10.49%；归属于上市公司股东净利润为8.28亿元，同比增长2.50%。华谊兄弟2017年影视板块是公司业绩的主要推动力。而光线传媒在业绩快报中披露，2017年实现营业收入18.70亿元，同比增长7.98%；归属于上市公司股东的净利润8.18亿元，同比增长10.38%。

志着中国电影发展快车进入更有序的轨道。该法在强调平等互利的基础上，鼓励通过互办电影节展、合作拍摄影片、选送优质国产影片参加境外的电影节（展）等方式，进一步提升扩大中国电影的知名度和影响力，站稳脚跟，提升电影强国的国际地位。它明确规定国家应该以多种方式对“走出去”的优质电影的外语译制给予一定的资金和政策支持。外交、文化、教育等部门也应充分利用各自的对外交流渠道和资源，积极推广优秀国产影片。国家同时鼓励多主体、多形式的境外推广活动，最大限度地激发和利用社会上的活跃资源，为国产电影的境外推广发挥积极作用。“求木之长者，必固其根本；欲流之远者，必浚其泉源。”通过制定《电影产业促进法》，把实践中已经推行的改革举措写入促进法，将长期以来电影产业改革发展的经验上升为一种机制和制度。

根据中国国家统计局 2018 年 2 月 28 日发布的《2017 年国民经济和社会发展统计公报》，2017 年中国经济实力实现新跃升。中国国内生产总值（GDP）占世界经济的比重达 15% 左右，比 5 年前提高 3 个百分点以上，稳居世界第二位。数据显示，2017 年，中国国内生产总值比上年增长 6.9%，总量超过 80 万亿元（人民币，下同），达到 82.7 万亿元。按年平均汇率折算超过 12 万亿美元。2017 年中国对世界经济增长贡献率在 30% 左右，继续成为世界经济稳定复苏的重要引擎。

在新的经济发展环境中，作为新的民族国家电影获得快速转型并形成更为宏阔的创作格局与根本方向已十分明显。不能不看到，“一带一路”的政策红利，进一步推动了电影的区域化发展。2017 年 5 月在北京召开了“一带一路”的国际论坛，来了一百多个国家的领导人。各个国家都来（好象印度领导人没来），各国都为什么这样重视，就是认为中国太大了，中国的 GDP 已达十几万亿美元，体量太大，它不是空有其表。电影的发展，和国家的经济发展水平与经济规模同步发展，“一带一路”对于中国来说，也是“中间层”领域发展的良机，是跨界融合补结构性短板的好机遇，是增强新民族国家电影主体意识和位置的重要提振点。

在全球化的趋势之下，很难坚守国家民族文化的原汁原味，在交融、消解并行开启的“中间层电影”不断有新的突破和进展的过程中，保持本民族文化特色至关重要。“中间层电影”跨文化传播中遭遇的问题同样是“文化壁垒”和“文化折扣”现象。全球化的裹挟之下，电影市场、资本的跨境流动与扩张和对境外电影工业的仿制，用行动践行，在重绘世界电影的版图，并进而重构着中国电影作为“中间层”电影的分享机制中是可能形成更为多样性的创作的，从一种视觉外化物的资本符号，到多样性的电影创作的内容祛魅，无疑映寓着中国电影艺术的更大发展。

三、从“中间层电影”到多样化的创作

2017 年中国电影票房过亿的影片 51 部（另有 41 部引进片），其中国产电影票房过 10 亿的 6 部，即《战狼 2》《羞羞的铁拳》《功夫瑜伽》《西游伏妖篇》《芳华》《乘风破浪》，表现亮眼。该年度票房过 10 亿的影片共达 16 部，国外引进片中，也有不少获得了口碑和市场的高人气。但是，2017 年度的本土电影中的高票房影片，较上一年还是有了较大的提升。

2016 年故事片产量是 772 部，其中上映的 503 部影片中票房过亿的有 84 部，国产片占 43 部，票房过 10 亿元的只有 9 部，其中 3 部是进口片，1 部是合拍片，3 部是香港内地合拍片。

2017 年的中国电影市场上，外国优秀电影的引入，呈现一发不可收之势。美国动作片《速度与激情 8》《变形金刚 5：最后的骑士》，爱情片《美女与野兽》《爱乐之城》，喜剧片《寻梦环游记》《神偷奶爸 3》；英国动作片《王牌特工 2：黄金圈》（与美国合拍），历史片《敦刻尔克》（与法、荷、美合拍），文艺片《至爱梵高》，其他国家如泰国的悬疑片《天才枪手》，西班牙悬疑片《看不见的客人》，印度的《摔跤吧！爸爸》① 等，兼具现代特征与民族风格，纷纷唱起了主角。国产商业片面对挑战，积极开启民族电影创新思维，包括主旋律电影商业化在内的本土化的创作仍然日趋丰富，以至引起轰动。

2017 年国产电影代表影片，当推不无主旋律特征的商业化剧情片《战狼 2》《建军大业》《空天猎》。

创造单片票房纪录的《战狼 2》着意民族情绪的文化表达与国家形象呈现，取得了重要成功。此片是导演吴京 2015 年 4 月 2 日上映的自导自演的电影《战狼》的续篇。吴京凭借《战狼》荣获第 20 届华鼎奖最佳编剧奖、最佳新锐导演奖。《战狼 2》热映后，他说："中国的观众憋得太久，我们太需要在银幕上看到一个中国的超级英雄了，我只是恰好点燃了观众的爱国热情。"吴京希望他拍的是一部基调昂扬向上的影片。

此片选取撤侨的故事，运用异国情调和幻觉力量为观众呈现一系列景观，将信仰和民族自豪感视为国家强大与否的试金石。电影表现的内容，是作为大国崛起后的中国在国际社会越来越有发言权和影响力下的红色主题的海外营救，可归为广义的主流电影。片中的吴京在非洲，五星红旗高举，就能穿越政府军与叛乱分子交战的烽火线。吴京饰演的冷锋收养非洲儿童为养子。他和援非的陈博士一样，作为中国人，被非洲人喊"爸爸"！

影片风格带有较强的现实感，而其叙事内容则引发了争议。有人说这不是真不真实的问题，而是叙事、美学和思想问题，而恰恰是在这两个方面，论者形成了前所未有的争论。有人说，它就是好电影，好电影票房高是应该的。有论者道，无论在剧作还是价值观表达、文化形象建设上影片都还有不足，至少还可以做得更好。也有人说，作品是把"强大的祖国"拿来做个影子，它的高票房缘于档期与营销。但是，成功并不是投机，有的时候它就是需要天时地利人和。和时代并行的电影在某种意义上虽然不可复制，但是，仍然呈现出了一种与时代紧密结合的特点。

从一定意义上说，动作片的《战狼 2》是具有时政色彩的商业电影，但不能说它仅仅是靠爱国之心才获得这样的逆市而上的巨额票房。无论怎样，这个影片的文本、个体性经验与商业化结合的特别表现，不经意地挑动了市场电影、民族电影与世界电影秩序，本该是一场以艺术与商业为主旨的市场行为，却激活了一些电影空间以至社会空间隐性的问题，比如民族主义情感，民族电影的选择、国产片的未来，比如影片主题与情节设置、演员发挥、商业电影发展、艺术与社会及政治的关系等。占据天时地利人和的电影行为在电影史上虽难复

① 《摔跤吧！爸爸》在中国市场凭借高质量和良好的口碑获得了 12.99 亿元票房。

制，却也并非司空见惯，只要不过于频繁或影响到公共和个人电影认知与成规，一般都欣然以对。

因此，将思考的立足点放在电影作为商业类型片的双重本质，特别是其表面的市场成功背后的国产片的开放性与解放性的潜能之上，就不难看出，《战狼2》将人们带到了一个可以称之为“中间层电影”的充满启发意味的空间。

“中间层电影”，既不是狭义的主旋律电影，也不是艺术电影、文艺性影片；它是意义充盈开放的电影类型，更是为观者去打开新的社会的视野的对话性影像文本。影片不能归为浅薄化、单一类型。我们既不能说它展示、认同或省思成为抽象理性一统天下的世界，亦同样不能认为它仅仅属于无灵魂的生产工具，聚焦表现的只是一个“并不存在的真理”。从民族电影美学蕴涵上看，电影发展可行的策略，也许正是积极投身现实，在常规方式之外，参与不丧失自我立场的“中间层”的电影创作，在力争使其选择面目愈加清晰的基础上，呼唤一种和而不同的民族电影发展观与美学观。一方面，电影表现形式的取舍，不脱离民族审美主体的情感和国家、时代心理的基本趋势；另一方面，以多样性的个体体验、独立而深入的参与、美学和责任，认真考虑分布在各个阶层观众以至世界各地的观众移情的可能，丰富民族电影，进而为世界电影发展留下无可替代的重要一笔。总之，中国电影的“中间层”身份认同的建构，既不能成为量的增殖，也要防止一成不变的定型化、刻板化，而是通过银幕形象进行一种“中间领域”的审美传递，实现新的世界主义主导下的电影的民族化发展。

《建军大业》和《战狼2》同时于2017年7月27日在内地上映。① 作为“建国三部曲”，前两部为2009年上映的《建国大业》和2011年上映的《建党伟业》。《建军大业》和它的前作一样，上映伊始便处在媒体的聚光灯下。这样的主流电影商业化的影片，也可以说正是在如上所说的一个“中间层”的思想土壤中才得以重获生机的。

该片由导演刘伟强，总策划兼艺术总监韩三平，监制黄建新，由刘烨、朱亚文、黄志忠、王景春、欧豪、刘昊然、马天宇、张艺兴、董子健、霍建华、张天爱等主演。作为主旋律题材的电影作品，《建军大业》聚焦表现1927年中国风雨飘摇内忧外患之际，革命先辈驰骋沙场浴血奋战的一页重要篇章，努力显示出历史的纵深面貌。片中有许多血光飞溅的爆破场面，全是实景拍摄，没有后期电脑特效加工。在战火的蔓延中，中国工农红军得以建立。在影片所表现的中共一批历史英雄群像之中，刘烨饰演的毛泽东与李沁饰演的杨开慧、朱亚文饰演的周恩来与关晓彤饰演的邓颖超、霍建华饰演的蒋介石与张天爱饰演的宋美龄，三对历史人物的爱情戏激活了革命史中仿佛沉睡着的能被唤醒的情感体验，小历史和大历史互为嵌入，为战争片添加了柔情。片中的朱德是由黄志忠扮演的，他突破了固定不变的模式，显示了入乎其内出乎其外的通透。此外，王景春的贺龙，身上不无江湖色彩，而朱亚文扮演周恩来，突出了其血性一面，欧豪在表现叶挺的英勇顽强的同时，还凸显他的“酷”和“帅”。这之中，比较形似，更重视神似的追求，即在对历史人物的塑造上把握住角色内在的精神和气质。在表演过程中，年轻一代显示出了一种职业演员的迅捷思维，这种表演意识，无论革命历史题材影片，抑或普通的市场电影，都有价值意义。主创为了加深对这段历

---

① 在此之前的6月30日，“八一厂”的纪念红军长征胜利的影片《血战湘江》上映，也引起了关注，票房超过7000万。该片和《建军大业》《空天猎》《战狼2》等片一起列为2017年向建军90周年献礼的影片。

史的了解，花了一年多时间搜集资料，通过历史博物馆、战争纪念馆，重新了解 90 年前革命先驱的事迹。影片出品方请来刘伟强这样的拍过《古惑仔》《无间道》《头文字 D》的香港商业片导演来执导，同时力邀一群有市场号召力的年轻明星来参演，着力探索口碑与上座率兼备的可能性，体现了电影人思考和探索主旋律电影如何深入人心的努力。

对于历史人物进行无拘无束的角色扮演是一种对历史的祛魅和对历史事实历史人物的深入探索，但仍需对历史有敬畏之心，对成功的创作经验亦应有所汲取。这是电影不断反思之下的收获，体现了电影艺术运用的能力、勇气和审美表达的新趋求。

在 2017 年的下半年上映的国产电影中，《空天猎》同样可以视为主旋律电影商业化的尝试，尽管它在市场上并不那么成功。《空天猎》由李晨导演，李晨、范冰冰、王千源等人领衔主演。它暑期档推出时，受到过关注。无论过去还是现在，反映主旋律的电影作品耳熟能详。但是，如何拍好这样的一部电影，影片主创的主题表达、形象塑造、叙事路径，在作品中得到怎样的呈现？本土的明星怎样利用自己的明星影响力和号召力拍摄电影并使之成为中国电影发展的驱动力？透过《空天猎》的得与失，找寻一个因果性的解释并不那么容易。

在广袤的长空，军人驾驶战机飞行。岁月静好，是有人为我们捍卫。吴迪、浩辰、巴图、亚莉他们都是英雄，凌伟峰作为特训队负责人和教官，通过过硬的本领和技术支撑自己对死亡做好心理准备，直面死亡，当更是大英雄。影片观影感觉新鲜刺激，其中强烈的情感力量和人物的献身精神让人感动，由境外作战以及战机等装备道具亦能让人心血澎湃，帮助人们引发国家认同，在新的国防意识中生活着，进而理解错综复杂的形势，而与多数人产生共鸣。

《空天猎》着力刻画了人民空军年轻一代军人群体及其情怀。导演出身于军人世家，有军人情结，军人的生活，他们的坚强、善良与勇敢，为了祖国安宁和平默默奉献与牺牲，这些都使影片主创获得了比较细致、准确的自我感觉，影片整体群像比较生动饱满。长天寥廓，军人霸气，展示了中国军人真实而正能量的一面。新时代的军人，不仅要迎接胜利，而且要迎接失败。他们自信，骄傲，把生命融化到蓝天之中，不管走到哪儿自己身后永远有一个强大的祖国。祖国让他们战胜恐惧。祖国让他们干啥他们就干啥。惹怒他们是敌人最愚蠢的决定。影片以空军实战为主要内容，时代气氛浓烈，无论前半部的集训，抑或后半部实战，都着意显示了我国空军的铁血豪情和战斗风采，也反向性说明祖国安宁、人民幸福来之不易。影片讲述了我国空军在面临境外恐怖分子威胁国家利益和地区和平的严峻局势下出动飞行精英部队反恐作战最终化解危机成功营救人质的故事，守卫祖国疆土的军人、为祖国牺牲的英雄，值得尊重。

这部影片，展现出中国空军向战略空军加速转型的最新成果。片中，中国空军各种新式武器依次亮相。营救部分虽让人感觉紧张，表现较精彩，但“二十姬”和“胖妞”甫一现身，即引来观众尤其是军迷的喝彩声。影片主创者把国内的新锐战机一一展现，各种反恐战战术运用娴熟，甚至我们普通观众很难见到的空军作战指挥所、演习靶场，都得以展示。高端武器装备是扬我国威的集中亮相，同时，也是一种军备科普。从歼 7 到歼 8 再到歼 10 歼 11，自主研发战斗机之路，历经几代设计师的努力。2012 年 1 月 11 日，中国第一部隐形战斗机歼 20 横空出世。片中，现役的歼 11B、歼 10B、歼 10C、歼 20、运 20、空警 500 等先进装备出现在大银幕，让人惊艳。自主研发战斗机与强大军事能力相联，才能谈得上捍卫和平的能力。和平年代仍不停加强军力的道理，寓蕴其中。

这部并非尽善尽美的电影，风格偏向平实，却引领观影者从某个角度想象这个世界，并产生情感上的回应：壮哉我中华军人。军人与战机，成为此片展示的最关键性的形象。作为军事片，战机展示，以武止戈，作为新时代的军人，以战斗守护疆土，保卫人民，这是影片的亮点。作为中国人，人们不必妄自菲薄！虽然故事情节有编撰和虚构，但在大银幕上展现中国空军敢于跨出国门，为了营救同胞勇于出击，不惜一战及其勇气，却在凝聚中国人的磅礴力量的同时，见证并喻示了大国崛起的担当，和一种可意会不可言传的姿势。

如前所述，此片票房未能获得较好收获，但是，电影品位、格调与责任，是电影类型和叙事的核心与关键，有这样的杀手锏才是重要的。有底牌有独门秘技，注重制作质量，且有自己的现实关怀才有底气。这也是近年来伴着中国快速崛起的本土电影的进步所在。多样化表现，需要具有更富叙事强度和内容亮点的突破。

《芳华》，冯小刚导演，黄轩、苗苗等主演，是一部颇具鲜明艺术风格和开拓意义的电影。影片根据严歌苓小说改编，讲述了 20 世纪 70 年代部队文工团一群时值芳华的年轻人充满理想、激情遭遇爱情和命运波折的故事。大时代的洪流滚滚向前，每个人的命运有了折叠、簸荡。表面是怀旧，思想、情怀与人性主题才是关键。壮志凌云，那是血性男儿的热血和梦想。关于歧视、爱、伤害、友谊以至关键时刻的舍命之举，才构成最扣人心弦的段落，吸引着观众的注意力。底层小人物的青春、激情、无奈、美好、气息精神十分感人，让人止不住泪长流。四个女兵不同的命运故事和故事背后的深刻意义，在于它蕴含的人性主题。对于一部好电影说来，这远比书写大历史、纯粹展示国家如何强大、武装军队如何为国效力更具有内在的张力和打动人的力量。

特殊年代的人性的故事主线是最精彩最刺激的叙事。战斗场景，无煽情，特别震撼，所较量的是实打实的军事战斗，和其背后的可能寓示的人性的摧折人心。男主人公刘峰质朴善良，乐于助人，平凡而伟大。“他平凡，他平凡到了最不起眼的程度，但是他又是具有美德的人。”这样的平凡的英雄如何有爱？如果不能，那又谁能？这是人类和国家通往正常生活的起点，同时也是好的有情怀的作品如何将观众引向深刻的思想层面上来的可能的最重要路径。

《芳华》一片中无疑也是融入反思性表现的。严歌苓说：“《芳华》是一个虚构的故事，我在叙述人和我之间游离、变换，似乎是真的，又似乎是假的。占取了一个虚实之间的便宜，所以讲了大量的真话，也讲了很多我对当年的一些战友，尤其是何小曼（即何小萍）这样一个人物的忏悔，以及很多对青春里发生的一些现象的反思。”从农村来的何小萍屡遭文工团女兵们的歧视与排斥。影片展示并反省了人群里的对一个弱者的迫害欲的形成与走向。片中，不乏主观性的段落处理，导演显现出良好的艺术感与掌控能力。

一个导演，本份还在艺术表现方面能力的提升，应专注于人物形象的创造。电影中好的丰富的角色创造和人物形象表现，是艺术创造水到渠成的结果，而不是概念的直接扮演。作为导演，要创造性地对待自己的作品，不要走抄袭别人的路。不妨给自己提出最难的题目，要对作品有自己的向往，使想象中的角色的魅力不断引诱着自己，这将成为激励自己不断探索的动力，对深入角色有用。影片真诚感人，与导演冯小刚知难而上敢于创新有关。在《芳华》的拍摄过程中，冯小刚的主观努力与严谨认真是极其突出的。提高想象力，“创造性地对待自己的角色”，懂得理解观众，学习体会他人的情感。在历史与人的关系处理中，情感的灌入，人性的努力发掘尤为必要。在情感与生命境遇中，将人物不安宁、无奈的内心、生命或命运感，和那种永远地面对自己的精神和情感，淋漓尽致地予以呈现。这是非常重要的。

2017 年的艺术电影创作可谓集束式脱颖而出，使严肃题材在这样一个年份的市场中的地位和影响体现得更为自觉，且更具传播力。除了《芳华》，其他如《一念无明》《明月几时有》《二十二》《七十七天》《冈仁波齐》《地球：神奇的一天》《暴雪将至》《村戏》等文艺片和纪录片，也都追求历史或实际生活的真实表现，艺术表现生动、丰富，反映了艺术性与市场性结合的可能性。这些影片富有个人特色，着力去营造新鲜而具有个性化的世界与氛围。高艺术高质量的艺术影片，拓广电影表现自我反思的潜力，许多都属于中小成本制作，但却受到观众欢迎。①

不消说，类型片在 2017 年更其显现出多样化的创作趋向，这也是快速发展的电影市场和日渐高企的电影票房的联动反应。动作片《战狼 2》《非凡任务》《功夫瑜伽》《杀破狼·贪狼》《拆弹·专家》《追龙》《机器之血》《追捕》《英伦对决》，视听语言和风格色调独特，重视讲述故事，着力展现场面、细节、人物关系、音乐以及视觉奇观，受到了市场的欢迎，大都形成现象级的电影。其中，《功夫瑜伽》由成龙主演，票房达 17. 48 亿，而《拆弹·专家》4 月 28 日周五首日 4800 万（含午夜场 114 万），五一档期里《拆弹·专家》跃居国产电影票房首位，三天累计 2. 36 亿。这都展现了观众的热情，也突显了国产电影“美学化”建构上取得的进展。这样的影片情节紧张，与其类型手法较为简洁干净不无关系。影片透露出十足的港味，个性和张力兼具。编导演认真拍戏，场面震撼，人物演绎、情绪渲染和情节讲述极其细腻，颇富节奏。人物斗智斗勇、枪战、追逐和爆炸场面，极重细节。何况还有成龙和刘德华这样的超级巨星出演。

奇幻片《妖猫传》《西游·伏妖篇》《悟空传》《解忧杂货铺》《奇门遁甲》等，颇具类型元素，蕴含故事的丰富性、复杂性。《西游伏妖篇》采取魔幻喜剧片风格，大制作的合家欢影片，由春节档推出，在内地电影市场获得了 16. 52 亿元的票房收入。由导演陈凯歌与编剧王蕙玲联手打磨剧本的影片《妖猫传》于年末上映，它叙事清晰，场面宏大，画面构图完美，影片依据真实比例复现出一座恢弘的长安城，金碧辉煌的宫殿、古雅的亭台楼阁、栩栩如生的壁画展现出独特的大唐风韵。《妖猫传》作为一次类型电影元素的杂糅，悬疑、惊悚、推理、奇幻、爱情等繁多的元素演绎了一个“野史”故事，却让人难以融入剧情。全片重在推翻一个人尽皆知的爱情故事，这是对观众固化思维的一种挑战。岁末上映的另一部影片《解忧杂货店》系改编自东野圭吾的小说，影片旨在找寻现代人内心流失的东西，没有利用穿越的这条神秘线索将整部电影串联在情节中，却还是努力传递出对小人物生活与情

① 《冈仁波齐》票房过亿元，《二十二》票房 1. 7 亿元，《地球：神奇的一天》（主要由 BBC 进行创作，在加入中国投资和进入中国市场过程中结合进中国的导演、编剧和配音演员）票房 4547 万元，《嘉年华》票房超过 2000 万，《明月几时有》票房则达 6200 万。

感的关爱。原著是一部极具日本文化元素及符号的作品，本次采用“本土化”改编策略，偏于文艺片的松散节奏，未能真正展现解忧杂货店的神奇之处。

悬疑片《嫌疑人X的献身》①《记忆大师》，把冲突和情节的进展集中建立在人物的内心活动上，扣住人物心理和情感世界来展开叙事，在本土化的结合之下，使普通观众在观影过程中分别完成了一次探索谜底的刺激之旅，总体上看在艺术上表现得游刃有余。

电影《心理罪》与《心理罪之城市之光》同样脱胎于作家雷米的网络小说，同名网络剧的粉丝也为这部两部电影积累了人气。以“犯罪心理画像”为要点的两部电影在神秘的题材、紧凑的情节、刺激的影像之下为观众打造了一种前所未有的新奇刺激感。但这两部电影也因此共同缺乏悬疑推理电影所必备的细节推敲和逻辑推演，相比之下，《心理罪之城市之光》的故事创作、剧情架构与影片叙事相对符合逻辑，神探方木与犯罪嫌疑人江亚之间有过一段共同的过往经历，这为故事的演进提供了内在的合理性；而《心理罪》的剧情在诡谲离奇的背后，却难摆脱“故作玄虚”之名，犯罪心理画像的神秘让电影《心理罪》不免成为一部游走在悬疑与玄幻之间的“模棱两可”的作品。

武侠片《绣春刀2：修罗战场》所述故事开始于万历四十七年萨尔浒尸横遍野的战场，收束于崇祯即位、魏忠贤垮台的时刻，情节与人物表现有力，成绩可观。喜剧片《乘风破浪》虽系虚构，但父子和解的情节和人物刻画却趋于生动自然。爱情片《喜欢你》讲述了一个简单的爱情故事，在“吃货”横行的年代，因美食结缘的爱情故事，成为本片吸引观众的一个噱头。尽管同样是一部“开开头、知结局”的故事，但是流畅的剪辑、轻松的节奏、小清新的色调之下，融入爱情的小情趣与小细腻，构成了爱情初期的情愫互生的美好与甜蜜。同样可归为爱情片的《春娇救志明》，突显叙事主体，故事富有内在的逻辑，同时具有一定的创新性形式，特色鲜明，在剧情的起承转合之间依然不落窠臼。

本年度由IP衍生改编作品②，如：西游IP《西游伏妖篇》③《大闹天竺》，网文IP《悟空传》《三生三世十里桃花》，话剧“开心麻花”第三部IP《羞羞的铁拳》，聚拢了高人气。《羞羞的铁拳》是“开心麻花”继《夏洛特烦恼》《驴得水》之后的又一次舞台剧的电影化，表现简练、生动，喜剧色彩夸张而丰富，夺得了2017年“十一”黄金档票房冠军。《羞羞的铁拳》作为2017年度票房成绩仅次于《战狼2》的电影在商业上无疑是成功的。《羞羞的铁拳》作为一个标准的商业电影，能够令观众在观影时刻得到最大限度的放松，影片中的性别互换后的刺激④、笑料与后半部分展现的励志、热血都戳中了观众的笑点。真正顶级的喜剧是让观众在笑完之后会感动且有所思，这就要求电影从创作到表演都秉持一个真，煽情却不肉麻，能抵达观众心灵深处。《羞羞的铁拳》在这方面尚需更多的思考和进步空间。

---

① 《嫌疑人X的献身》根据东野圭吾同名小说改编，这部电影先后在日本、韩国被改编而登上银幕，此次观众在观影过程中不免对此进行比较，对本片也多有吐槽。

② 根据《2017腾讯娱乐白皮书》，2017年度的IP电影为65部，平均票房1.74亿元。

③ 2018年春节档上映的由郑保瑞导演的《西游记女儿国》也使用“西游IP”中常见的捉妖驱魔的情节，取得了重要的票房成功。

④ 《羞羞的铁拳》延续了开心麻花一贯的风趣幽默，尽管在此之前“男女互换”已经被多次演绎，但这部已经经过话剧舞台多次打磨的作品，依然令观众眼前一亮。

2017 年推向市场的一些影片，比较注重品牌延续，质量虽不整齐，但是不少代表作的水准都有了提高。主流电影观众群体呈明显的年轻化趋向，融合年轻一代的题材选择与创新性的电影表达的作品获得了年轻一代的青睐。

四、建构传播电影文明共生共存的平台

中国电影成果丰硕，许多电影人、制片投资家在电影产业中占据了重要话语权，电影生态发生新的突破和改变。国产片的内涵得以延展与更新，电影生产和电影合作态势已经发生了重大变化，截至 2017 年年底，中国已经与 16 个国家签署了电影合拍协议。国产电影艺术和思想力虽有待成熟，但它的核心地位得到进一步加强，针对电影新发展，业界以至学界的反应积极迅速。

2017 年 3 月 1 日，文化产业“第一法”《电影产业促进法》施行之前的 2 月 17 日，宣传贯彻电影产业促进法座谈会在京举行，全国人大常委会副委员长兼秘书长王晨出席。王晨在会上强调，党中央高度重视文化立法工作，把加强文化立法作为全面推进依法治国的一项重要任务。电影产业促进法经全国人大常委会第二十四次会议审议通过，是我国文化法治建设取得的重要进展，为我国电影产业的健康繁荣发展提供了法律保障。座谈会提出，要贯彻实施好电影产业促进法，充分认识制定实施电影产业促进法的重要意义，大力推动法律的宣传普及，抓紧完善相关制度措施，严格依法履行职责，确保电影产业促进法得到有效实施。

4 月和 6 月，北京和上海国际电影节分别举行。第七届北京国际电影节于 4 月 16—23 日在北京举办，期间在北京 29 家影院展映 500 部左右，放映了 1000 多场中外佳片。本届颁奖典礼以“一带一路、聚焦中国、文化融合、面向世界”的主题，围绕“电影情怀、艺术精品、一流嘉宾、东方审美”的核心要素，用镜头表达电影情怀。最佳女主角由伊朗电影《姐姐》的主演戈拉布·阿迪娜夺得，最佳男主角则由出演了《不成问题的问题》的范伟夺得。

6 月 17—25 日，上海国际电影节举行。电影节自 11 月 15 日起即开通线上征片，“金爵奖”“亚洲新人奖”和国际影片展映，均在上海国际电影节官方网站接受在线报名。6 月 25 日，上海国际电影节闭幕，金爵奖所有大奖全部颁出，黄渤凭借《冰之下》拿下金爵影帝，而菲律宾影片《三轮浮生》斩获最佳影片，伊朗电影《筹款风波》成最大赢家，拿下评委会大奖与最佳女演员两项大奖，波兰影片《我是杀人犯》导演马赛·皮耶普莱兹卡获得最佳导演奖。

6 月，金砖国家电影节举行。金砖国家电影节通过举办论坛、策划议题、重温经典、回溯渊源，以电影的名义，让金砖五国的历史传统与文明经验不断向世界传递。6 月 25 日，金砖国家电影优秀传统文化传承与青年人才创新发展共同宣言发表。宣言倡导：不忘历史，珍惜传统；不忘根源，尊重前贤；不忘初心，珍藏记忆。五国电影人要善于从历史文化资源宝藏中提炼题材、获取灵感、汲取养分，将优秀传统文化的有益思想、艺术价值与时代特点和要求相结合，将优秀的文化传统发扬光大，让古老的文明之光穿越时空。

2017 年举办的重要电影学术论坛包括：

（1）举行重要影片研讨，7 月 25 日，《建军大业》研讨会在中国电影资料馆举行；9 月

12 日，由国家新闻出版广电总局电影局主办，中国电影艺术研究中心（中国电影资料馆）承办的“国产电影论坛”——《战狼 2》学术研讨会在京举行。《建军大业》《战狼 2》被视为年度“主旋律 + 类型片”的代表影片。(2) 11 月 27 日，第三届中国电影新力量论坛在杭州举行。本次论坛题目为“昂首新时代 阔步新征程”，120 多位近年来在电影创作中卓有成就的编剧、导演、演员、制片人济济一堂、热情饱满，共议中国电影在新时代的新目标和新任务。(3) 4 月 22 日，第七届北京国际电影节主论坛之一“探寻电影之美高峰论坛——‘一带一路’电影发展与全球电影新格局”在中国电影博物馆举办。(4) 8 月 24—25 日，第十四届中国·北京数字电影论坛在中国电影资料馆举办。本届论坛中，多家单位的技术专家发表了自己的观点，气氛热烈。(5) 12 月 13 日　北大人文论坛“迎向中国电影新时代：产业升级和工业美学建构”举行。论坛聚焦如何提升作为生命线的电影质量，如何规范电影的全产业链机制，建构一种兼顾电影的技术/艺术、工业/美学特质的“工业美学”原则，如何更好地建设新时代的中国电影等议题，电影创作界、学界、业界部分人士参加了研讨。

2017 年，国家电影主管部门将该年定为“中国电影质量促进年”，着力打造多品种、多类型、多样化的电影作品，进一步提高国产影片的观众满意度，为打造和重建优质国产电影提供了契机与思考的路径。

在电影发行领域，9 月 28 日，国家新闻出版广电总局电影局向各省、自治区、直辖市新闻出版广电局，中国电影发行放映协会，各电影院线公司，各电影院下发《国家新闻出版广电总局电影局关于进一步加强影院放映技术管理的通知》，对全国电影放映质量提出要求。12 月 10 日，中国电影发行放映协会代表大会在东莞举行。国家新闻出版广电总局电影局对 2018 年发行放映工作作出五点部署：第一，要推动深化院线改革。遵循电影市场规律，尊重中国电影市场的发展实际，鼓励院线重组整合，做大做强，真正履行“四个统一”的职能，基本形成结构相对合理、规模数量合理、具有较强实力、市场充分竞争的院线格局。第二，要推动发行机制改革。第三，要推出互联网售票指导意见。第四，确定 2018 年为电影市场规范加强年。第五，要更加关注影院建设的布局问题。

2017 年 12 月 26 日　中国艺术研究院电影电视评论周开幕式暨开幕论坛隆重举行。评论周开幕式暨开幕论坛论坛包括启动仪式、主题论坛、文艺节目等内容。启动仪式标志着此次评论周主体活动的开幕；主题论坛邀请重量级嘉宾围绕“新时代·讲好中国故事”进行演讲，把握中国电影的发展现状和趋势，为中国电影在新时代提升电影品质和竞争力问诊把脉，建言献策，推动中国电影进入优质时代。除开幕论坛之外，还包括：论坛一“三方对谈：中国电影编剧的成就、困境与突围”，论坛二“青年矩阵：中国电影产业发展的驱动力”，论坛三“网络自制剧走向何方？——新媒体影视论坛”，论坛四“行业剧与社会价值观建构”，论坛五“坚定文化自信，推进学科发展——电影史学科建设研讨会暨《中国电影艺术史研究丛书》出版座谈会”，论坛六“戏曲电影：观察与反思”，论坛七“艺术电影的诗性精神研讨会”。

2017 年电影交流活动更趋活跃，中外电影合作与对话更具深度和宽度，传播电影文明、融合现实需求的价值观念的大电影格局正在形成。这主要包括：

1. 2017 年 11 月 28 日—12 月 3 日，第四届丝绸之路国际电影节在福州隆重举行。电影节紧扣“丝路通天下”的主题，着力体现融合、联动、共享的精神主旨。2. 2 月 24 日，由国家新闻出版广电总局、外交部主办，中国电影资料馆承办，华夏电影发行有限责任公司、电影频道节目中心协办的“中国—中东欧国家媒体年”开幕式暨“中东欧主题影展”开幕式在北京举行。童刚在开幕式上致辞。他表示，近年来，中国与中东欧 16 国在媒体领域开展了富有成效的合作。本次“中国—中东欧国家媒体年”将通过一系列媒体领域活动，进一步深化双方民众的相互了解和传统友谊，希望双方媒体以“媒体年”契机，增进交流，深化传统友谊，为中国—中东欧国家合作共赢贡献力量。媒体年放映了《白毛女》《五朵金花》《大闹天宫》《梁山伯与祝英台》等中国电影，以及《瓦尔特保卫萨拉热窝》《鼹鼠的故事》《好兵帅克》等中东欧国家的优秀电影。3. 中外电影展映与交流进一步加强。如：3 月 25 日，“2017 中国电影周”在坦桑尼亚、毛里求斯举行，同时中毛签署了电影合作备忘录。通过电影周影片放映，非洲的观众朋友加深了对中国的历史文化、风土人情以及正在积极创造“中国梦”的当下中国社会和文化的了解；3 月 29 日，第 23 届地中海国家电影节中国主宾国开幕式在摩洛哥举行，中国影片《湄公河行动》《师父》《寻龙诀》《烈日灼心》等参加了展映；5 月 15 日，第七届法国中国电影节在巴黎开幕。法国中国电影节为中法文化交流和中法关系增添了亮色；5 月 19 日，中国与丹麦合作电影《烽火芳菲》在哥本哈根举行特别展映；5 月 24—28 日，德国电影回顾展在北京举行。影展由国家新闻出版广电总局主办，精选了 1980 年以来的七部德国影片，在中国电影资料馆艺术影院放映；5 月，加拿大枫叶国际电影节联合中国电影资料馆主办的“中国印象・印象中国”中国经典老电影展映活动分别在温哥华昆特兰理工大学和温哥华国际电影中心举行，播放了中国影片《马路天使》，《白求恩大夫》，《一江春水向东流》，《大撒把》、《刮痧》等，活动吸引了 1000 名观众前来观影；6 月 7—18 日“哈萨克斯坦 2017 中国电影展”在哈萨克斯坦首都阿斯塔纳举行，成龙任推广大使；6 月 9 日，2017 意大利中外合拍电影展在意大利首都罗马电影之家开幕；6 月 13 日，中国作为主宾国参加了 2017 安纳西国际动画电影节。4. 5 月 3 日，《中华人民共和国政府与丹麦政府关于合作摄制电影的协议》签署仪式在北京人民大会堂举行。国务院总理李克强与丹麦首相拉斯穆森（Lars Lokke Rasmussen）共同见证了协议的签署。此前，中国已与加拿大、意大利、澳大利亚、法国、新西兰、新加坡、比利时（法语区）、英国、韩国、印度、西班牙、马耳他、荷兰、希腊、爱沙尼亚等 15 个国家签署了电影合拍协议。5. 12 月 3—7 日，中国电影导演代表团赴美国二十世纪福斯电影公司访问交流。由吴京、赵小丁、赵天宇、杨磊、刘语林、卢正雨等组成的中国电影导演代表团，围绕着“技术、特效和创作”的主题，在洛杉矶的二十世纪福斯电影公司进行了较为深入的访问交流。6. 11 月 17 日，第三批 12 位中国动画电影人赴迪士尼学习。参访的动画电影人在学习交流过程中，积极学习迪士尼动画工作室编写故事的思维模式、用流程控制品质的创作机制以及“开放共享”的管理体制等。7. 9 月 16 日，第 42 届多伦多国际电影节中国经典默片《奋斗》（1932 年）修复版入选特别放映单元进行放映活动。《奋斗》全片修复版在多伦多国际电影节主场 TIFF Bell Lightbox 进行全球首映，这是中国修复版经典电影首次在世界著名电影节上举行全球首映，现场采用了钢琴配乐。

2017年电影活动与交流内容丰富，随着国内电影快速发展和中外电影交流的不断加强，中国电影发展及在电影领域的交流合作取得了更新更好的成果。但是，如何找到适合中国电影发展模式，立足中华优秀传统文化，坚持创造性转化和创新性发展，从而树立中国电影的民族风格，在全球电影中占据一席之地，仍然是中国电影由电影大国走向电影强国的过程中需要拿出更大勇气跨越的方向。

五、电影学术概观与学科发展

2017年中国电影的转型发展与活跃增加，促进了电影研究与学术的发展。自艺术学升格门类后，戏剧与影视学成为一级学科，这无疑也有利于电影学学科的研究专业倾向性的增强。在电影快速发展和影视学科跃升发展的语境下，2017年中国电影理论学术及发展呈现出研究维度和涉猎面越来越广、交叉性和文化内涵越来越强的特点，电影史、电影批评和应用性评论，显出其现实与历史评价的科学性与活力，推动了领风气之先的新时代电影文明共生共荣局面的出现。

电影史研究显示出它的多向度的历史价值取向。由丁亚平主编的“中国电影艺术史研究丛书”[①]，结合产业、技术和社会思潮发展状况，指涉中国早期电影语言、类型电影的特征、电影产业的基本状况，突破传统中国电影史叙述的分期方式，着力探究了中国电影百余年的艺术演进过程，对20世纪的中国电影做出比较全面深入的描述和阐释。

由文化艺术出版社推出的这套丛书包括七种：李少白和邢祖文主编，李少白、邢祖文、陆弘石、李晋生撰著的《中国电影艺术史》，深入考察中国电影发生的历史文化背景，系统叙述了制片机构和各片种在中国从无到有的初期实践，史料丰富、翔实，对电影史范式所做的探索和对文献所下的考订功夫，格外突出。秦喜清的《中国电影艺术史（1920—1929）》，以民族认同为主线，探讨20世纪20年代中国电影如何继承、转化中国传统文化资源，同时接受好莱坞及欧洲电影的影响，在中西文化、传统与现代的交汇格局中确立并逐步发展。本书梳理了美国侦探长片、喜剧片、爱情片对20世纪初期中国电影的广泛影响，还论述了中国传统文学、戏曲资源如何被吸纳到电影这个新的艺术样式之中。高小健的《中国电影艺术史（1930—1939）》是对中国30年代电影发展的整体概述。作者在论述中着力揭示30年代的中国电影中艺术与社会和时代的共命运和有声有色的艺术变革的特点，同时对社会、文化、经济、产业等电影相关的领域尽可能都有所观照。丁亚平在该丛书中出版了他个人独著的《中国电影艺术史（1940—1949）》和《中国当代电影艺术史（1949—2017），分别以断代史形式，重点研究中国20世纪40年代电影和1949年以来中国电影如何讲述与呈现不同空间的故事，表现出对特定时空的电影发展的认识和思考。著作以联系、发展、运动的历史眼光，采用了不拘一格，集众家之长的综合性研究方法，形成了一种特殊的结构和切入方式，即专题式的研究方式，以时空环境、个人特征、作品分析为主要内容，进行全方位的探索。赵卫防的《香港电影艺术史》，描述了香港电影百余年的美学与产业发展历程。在总论

① “中国电影艺术史研究丛书”由笔者主编，文化艺术出版社2017年9月—11月出版。

部分总结了香港电影港味美学的特色：港式人文理念、类型美学、极致化表现及优生态创作链。储双月的《中国历史电影艺术史》，论述了中国历史电影的产生、发展和多维方向拓展，该著注重史论结合，从历史观及其对应的创作观念在中国一个多世纪的历史发展进程中实践、位移和嬗变的角度，来梳理中国历史电影的时代特征和社会特质，进而综述中国历史电影的百年艺术发展史。

由中国电影出版社出版，饶曙光、丁亚平主编的“中国电影史工程”丛书，2017 年也推出了陈一愚的《中国早期电影观众史（1896—1949）》和宫浩宇的《电影政策与中国早期电影的历史进程（1927—1937）》。前者旨在为学界提供一个中国电影观众的成长史，尤其是通过年代较早的公众舆论中有关电影观众的争鸣历史，梳理不同历史时期的公众话语表达，描述中国观众如何去认识电影的过程。后者则由 1927 至 1937 年南京政府的文艺政策为论述对象，着意使之成为建构早期电影业形态的一个关键，这是学界理解早期中国电影的一个不可忽视的成果。此外，杜巧玲等人编著的《中国抗战题材电影史略》①，论述了自 1931 年“九一八”事变以来中国抗战题材电影作品，它以现当代中国历史发展和社会变迁为主线，按照时代特征和地域变化等将抗战电影以归类划分，以宏观概览与个案研究相结合的方法，较为全面地梳理了自 1931 年“九一八”事变后，内地、香港和台湾三地抗战电影的发展历程。罗丽的《延展与凝视：粤剧电影发展史述评》②，力图把粤剧电影的发展历程全景式地勾画出来，运用历史研究的方法，以一种宏观的视角，描绘粤剧电影的发生、发展、高潮、衰落等阶段性特征，让读者对粤剧电影的近百年的历程有较为完整的了解。在分阶段叙述的时候，对不同时期和地区的社会政治文化现象进行了比较充分的概括，对同时期的戏剧、电影、大众文化消费特点也作出概括。

在期刊上发表的电影史论文，也很多。代表性的有：李道新的《电影作为新兴实业——20 世纪 20 年代中国电影的复杂境遇及其观念生成》，黄望莉、杨姣的《从“仿写”到“转译”：以早期歌舞片《人间仙子》为例》，李镇的《戏影连环——20 世纪 20 年代上海连环戏略观》和《曲阑觅芳踪 蝶舞自不群——试论胡蝶的现代性与后现代性》，陈墨的《不约而同：1954 年三部工业题材电影研究》，薛峰的《跨媒介实践：连环戏与中国早期电影（1926—1935）》。③ 这些史学研究，重视充分挖掘新资料，史料和论述比较丰富，充分说明无论何种电影史分析，首先应该掌握资料，即使寻求对历史重审与“重写”，也需要言之有据。

2017 年的电影史研究，通过对史料的实证寻求历史背后发生的动力，填补和完善了当下电影研究领域的薄弱环节，完善和丰富了中国电影文化史、产业史、思想史和政治史的研究内涵，呈现出了多元化的格局。电影史归根结底不是故纸堆和“死的东西”，而是活的历

---

① 中国电影出版社 2017 年出版。

② 人民出版社 2017 年出版。

③ 李道新：《电影作为新兴实业——20 世纪 20 年代中国电影的复杂境遇及其观念生成》，《当代电影》2017 年第 4 期；黄望莉、杨姣：《从“仿写”到“转译”：以早期歌舞片《人间仙子》为例》，《当代电影》2017 年第 4 期；李镇：《戏影连环——20 世纪 20 年代上海连环戏略观》，《当代电影》2017 年第 4 期；李镇：《曲阑觅芳踪 蝶舞自不群——试论胡蝶的现代性与后现代性》，《当代电影》2017 年第 10 期；陈墨：《不约而同：1954 年三部工业题材电影研究》，《当代电影》2017 年第 6 期；薛峰：《跨媒介实践：连环戏与中国早期电影（1926—1935）》，《文艺研究》2017 年第 3 期。

史，它具有警醒和纵深的理解的意义和阐释价值。

在当代电影和现状研究方面，学界也有不少收获。如前面述及的丁亚平的《中国当代电影艺术史（1949—2017）》一书，以80余万字的篇幅讲述中国当代电影艺术发展，作者以历史的方法为主，辅之逻辑的方法，做到较好的史论结合，在章节的设置上，有分有合。在每章的开头部分和结尾部分，勾勒出每段历史时期中国电影艺术的基本特点、脉络，并作出纵向和横向的历史比较，找出中国当代电影发展的最基本的规律。该著是作者在对中国电影近七十年的观察、思考基础之上，写出的一部关于1949年以来中国当代电影发展的通史著作。作者对当代中国电影的不同发展阶段都进行了较具体的分析和论证。其中既有历史风貌、重大事件的回顾与阐述，亦不乏对一个历史时期横断面的分析梳理与个案剖析。厉震林的《1979—2015中国电影表演美学思潮史述》①，则根据新时期以来电影表演美学的内在发展以及逻辑，划分为若干的历史分期，明确并剖析断代的美学主体思潮，并且对重要表演美学现象进行个案研究，发现和总结中国电影表演的经验得失，以期为社会以及文化界提供一种经过历史验证的丰富的表演美学观。

除了专著以外，不少论文也值得重视。饶曙光、吴冠平的《2016中国电影：反思与调整》② 是关于2016年的电影产业和创作情况，还对电影在周边国家的传播提出了对策及建议。丁亚平的《论全球化视域下中国电影的观念变革、作用与影响》③ 一文视野较为开阔，关注了电影发展的一些新议题，指出在当前世界电影的新格局中，好莱坞电影的强势竞争不断增加，而中国电影如何开拓海外市场的策略以及影响世界电影发展的新态势，需要进行认真的研究。黄会林等的《中国电影在周边国家的传播现状与文化形象构建——2016年度中国电影国际传播调研报告》④，系该团队进行的系列年度研究，作者认为电影在文化外交中有着不可替代的作用。2016年度“中国电影国际传播”调研项目着力于中国电影在周边国家区域中的传播效果，分析观影行为与构建我国文化形象的关系。调研发现，中国电影在周边国家的传播存在区域性差异，受访者对中国电影制作的印象高于其思想内涵；在构建中国文化的当代形象方面，电影具有更显著作用。其他相关代表性论文还包括：丁亚平的《2016年中国电影艺术的发展、挑战及趋向》，尹鸿、孙俨斌的《2016年中国电影产业备忘》，刘汉文的《2016年中国电影产业发展分析报告》，孙剑的《演进、建构与想象：制度变迁下的贺岁档之路》，饶曙光、尹鹏飞的《“拐点”论争与中国电影结构性优化》，陈旭光的《青年亚文化主体的“象征性权力”表达——论新世纪中国喜剧电影的美学嬗变与文化意义》，金丹元、田承龙的《当下中国电影的类型重组与价值取向的错位》，⑤ 等等，忧患是

① 中国电影出版社2017年出版。

② 《北京电影学院学报》2017年第1期。

③ 《上海大学学报（社会科学版）》2017年第1期。

④ 《现代传播》2017年第1期。

⑤ 丁亚平：《2016年中国电影艺术的发展、挑战及趋向》，《艺术评论》2017年第3期；尹鸿、孙俨斌：《2016年中国电影产业备忘》，《电影艺术》2017年第3期；刘汉文：《2016年中国电影产业发展分析报告》，《当代电影》2017年第3期；孙剑：《演进、建构与想象：制度变迁下的贺岁档之路》，《当代电影》2017年第4期；饶曙光、尹鹏飞：《“拐点”论争与中国电影结构性优化》，《浙江传媒学院学报》2017年第2期；陈旭光：《青年亚文化主体的“象征性权力”表达——论新世纪中国喜剧电影的美学嬗变与文化意义》，《电影艺术》2017年第2期；金丹元、田承龙：《当下中国电影的类型重组与价值取向的错位》，《上海大学学报（社会科学版）》2017年第3期。

批评的内在品格，这些文章也充满这样一种评论和批评意识，努力为电影界提供良性反馈和评论意见，以此呼应并成为时代精神的征兆与证明。

电影理论研究方面的原创成果，虽然数量不算多，但直面时代发展，勇于创新，对电影理论建构和批评有新的理解，为当前理论批评提供富有深度的理论根据，仍显难能可贵。周星的《建构中国电影学派：传播视域的概念探究与其适应性》① 认为，在中国电影发展提升的关键时期，给予中国电影更好的认知命名是一个迫切的任务。探索建立中国电影学派，从创作和研究双重兼备的角度对中国电影的健康发展与提升具有重要意义。作者提出：1. 构建中国电影学派必须面对的难题是中国电影的国际传播力和认知度不高。2. 中国电影学派的概念是广义而非狭义。是指中国电影卓然挺立于世界又凸显出独具一格的风貌和气质，从中可以透视出中国电影主导性优秀创作所具有的形态、风格、精神追求、价值观走向、艺术常见的表现方法。3. 中国电影学派应该是一种中国电影红火的精神内在性与凝聚的精神文化形象的传播简洁性结合，所以，中国电影学派应该成为世界电影中具有号召性的品牌称谓。4. 中国电影学派应该包括创作和理论研究两个方面，要形成一种类似于好莱坞电影、类型电影等独具特色的话语体系。张宗伟的《建构中国特色电影理论的三个关键》② 一文提出：抓住“不忘本来、吸收外来、面向未来”三个关键，建构中国特色电影理论，是中国由电影大国迈向电影强国的必由之路。不忘本来，提醒我们用发展的马克思主义文艺理论检视中国电影理论的历史，珍惜马克思主义文艺理论中国化的理论成果，增强“中国道路”的理论自信；吸收外来，要求我们科学总结改革开放以来学习西方电影理论的成功经验，提炼青出于蓝的“中国话语”；面向未来，促使我们融通中外，直面世界电影理论的全新语境，着力提出能够体现中国立场、中国智慧、中国价值的“中国方案”。原文泰著的《电影批评（类型美学与文化）》③ 一书，从网络时代的概念出发，对当下的电影批评作出进一步的概念辨析和理论思辨。本书重视理论梳理和方法介绍，力图对网络时代的电影批评做出一个较为完整的思考。同时，从类型和美学的角度，对近年华语电影作出批评，对当下华语电影的创作态势、问题以及电影批评的发展方向、症结，作出比较系统的论述。史可扬的

---

① 《现代传播》2017 年第 11 期。在此之前，电影学界曾有构建电影理论批评中国学派的相关讨论，代表论述主要有两篇：饶曙光研究员的《建构电影理论批评的中国学派》（《电影新作》2015 年第 9 期），认为中国电影批评史上有过两个黄金时期，即 20 世纪 30 年代前期和 70 年代至 80 年代末期。文章讨论了“西方化”与“本土化”之间的关系。指出西方电影理论的引进对中国电影创作和理论批评产生过重要影响，成为中国电影的重要催化剂，以至于中国有没有真正意义上的电影理论都存在着很大分歧。文章还探讨了构建电影理论批评的中国学派所要注意的问题：1. 在借鉴西方电影理论批评的思想和资源的同时必须立足于中国电影实践。2. 必须从中国文化传统、中华美学传统中吸取营养和智慧。3. 利用互联网重新整合资源，积极推进电影理论批评话语体系升级换代。李建强的《电影理论批评“中国学派”的构想与建设》（《民族艺术研究》2016 年第 1 期）认为构建电影理论批评的中国学派有以下一些理由或者说依据：一是时代的机遇与挑战，这主要是指互联网和大数据。二是实践的积累和提升，这主要是指当下中国电影呈现出持续增长的繁荣景象。三是目标的导向和牵引。2020 年要全面建设小康社会，2050 年将赶上甚至超过中等发达国家经济水平。在这样的宏伟目标中，以电影为龙头的文化产业扮演着非常重要的角色。文章接着指出，无论古今中外，学派的形成有赖于师承、地域、问题三种因缘，因而学派大体上分为师承性学派、地域性学派、问题性学派三类。构建电影理论批评的中国学派也需要有这三种因缘的结合。

② 《当代电影》2017 年第 8 期。

③ 中国电影出版社 2017 年出版。

《中国电影批评现状与对策研究》[1]，在对中国电影批评宏观把握和理论观照基础上，重点对中国电影批评现状和中国电影批评发展策略做深入而具体的研究。中国电影批评的现状研究，内容涉及我国的电影批评人员构成、主要的批评方法和理论资源、主要的价值立场和学术观点、电影批评对电影市场和观众的影响、电影批评人才培养现状等的梳理、调研和研究。在作者看来，中国电影批评对策研究，包含国家电影文化政策研究、电影批评的意义和地位研究、电影批评的学科基础和理论品格研究、电影批评与电影实践的关系研究、电影受众研究，一定意义上具有“策论”性质。梁明、李力的《镜头在说话：电影造型语言分析》[2] 根据多年从事电影专业教学的经验以及艺术创作的实践和总结，以二十余部国内外优秀影片以及重要导演、摄影师为案例，从电影造型元素与视觉效果、电影摄影的创作技巧和方法等角度深入研究，详细剖析色彩、运动摄影、光线、空间、环境、景别、风格等影像语言的各个要素，帮助读者认识视觉语言的规律和解读影像的方法。

钟大丰的《“华语电影”与电影的“国籍”认定》[3] 一文，梳理中英文语境下的“中国电影”概念的界定和使用，指出在目前的世界文化语境中，主要基于“依人”为主、兼顾“依地”的原则使用“中国电影”（Chinese Film）的概念，这更便于涵盖基于中国文化传统的各种电影文化表达，也更符合界定电影“国籍”时主要关注于影片的文化表达的主流学术视点。王志敏的《电影研究与哲学的电影学转向》[4] 一文则认为：“语言学转向”已经成为人们用来标识西方20世纪哲学与西方传统哲学的区别与转换的一个概念，也就是说，集中关注和理解语言是20世纪西方哲学的一个显著特征，语言不再仅仅是传统哲学讨论中需要涉及的一个单纯的工具性问题，而是成为哲学反思自身传统的一个起点和基础。换言之，语言不仅被看成是传统哲学的症结所在，同时，也是哲学的进一步发展所必然面对的根本问题，由于语言与思维之间的极其紧密的关系，哲学运思的问题在很大的程度上被语言的问题所替换。张英进的论文《传记电影的叙事主体与客体：多层次生命写作的选择》[5] 提出：传记电影发展迅速，但传记电影研究却相对滞后。作者于此文中首先梳理一些概念问题，区分传记与生命写作不同词语背后的含义，然后概述英文学界传记电影研究从经典时期到后现代时期的发展，讨论类型界限、人物分类、叙事结构和明星表演等议题。文章在理论层面探究原型与再创、历史与再现、真实与虚构之间的关系，借鉴电影改编理论、民族志纪录片研究和广义的改编理论，强调改编与再创自身的文化意义，还简要分析了香港导演关锦鹏的传记片《阮玲玉》，指出建构多层次生命写作与死亡写作的新思路与新问题。此外，李洋的《中国电影的硬核现实主义及其三种变形》和《电影与记忆的工业化——贝尔纳·斯蒂格勒的电影哲学》，陈奇佳的《暴力批判：论戈达尔电影的艺术主题》，姜宇辉的《后电影状态：一份哲学的报告》，陈晓云的《明星的脸：当代明星文化的

① 中国广播影视出版社2017年出版。
② 插图修订版，北京联合出版公司2017年出版。
③ 《电影艺术》2017年第1期。
④ 《贵州大学学报（艺术版）》2017年第1期。
⑤ 《文艺研究》2017年第2期。

身体迷恋与物化崇拜》等①，将理论视作一种依据和基础，显示出不同范式和理路的理论探索的深入。

2017 年是香港回归 20 年，描述、纵论香港电影百余年的美学与产业发展的论著颇具阵势，这是继 2007 年关注“香港电影 10 年”、2010 年聚集“香港电影新态势”之后，又一次相对比较集中的论述。除前述赵卫防的《香港电影艺术史》以外，张建德的《香港电影：额外的维度（第 2 版）》，饶曙光、李国聪的《东方好莱坞：香港电影思潮流变与工业图景》，赵卫防的《后融合时期香港本土电影中的“港味”》《港台青春片的美学流变及当下状态》《回归二十年香港与内地电影观察》，张燕、朱瑾烨的《大片厂制度对邵氏兄弟（香港）有限公司的影响》等②，也都富有一定的代表性。应该说，每段历史的都是发展中的历史，都是随着时代和社会所赋予的语境而变化着的。任何历史都是社会的历史，是在大的情境中所发生的，对香港电影的集中研究，尽可能对它进行还原，需要从现实出发，也需要具有未来意识，这样的审视就显示出了更多的学术批评意义。

2017 年的电影理论与学术，纠正目前社会以及文化界对于电影的某些认知误区，同时，还对电影创作的理论总结，提出许多极具建设性的意见。但是，电影学科和电影批评以审美角度去思考问题的方式和体系变得越来越弱，这是需要改变的。全球化语境下中国电影能否持续健康发展，跃居为世界电影强国之一，很大程度上不仅是产业领域的问题，更是涉及到艺术、文化和学术领域的问题。当下中国电影蕴藏无尽的机遇，如何直面全球政治、经济和文化的变局，并从当前实际和发展走向中总结经验，形成世界电影视域下中国电影艺术发展的有价值的思路，电影学科探究与学术研究值得重视。

六、中国电影的发展趋势与对策

在全球视野下，中国电影如何从思想、内容到表现，从个性到风格都具有鲜明的中华文化特色与普泛意义。不同的文化消费形式与电影文化相联，成为共同的诉求。在全球电影产业发展中，中国电影不断反思，及时校准观念与方向，与那些自欺欺人、投机取巧的扭曲价值观，与绑架了中国现行电影创作的拜金主义告别，转而变为新的、开放的、包含现代性的话语选择和推动海外电影传播的有效策略，是一种必然。

第一，没有创新就没有未来，创新会成为中国电影的主题，只有创新才能赢得未来。在这方面，政府管理部门加大对影视产业的支持，给影视创作更大一点空间，进一步激发文艺

---

① 李洋：《中国电影的硬核现实主义及其三种变形》，《文艺研究》2017 年第 10 期；李洋：《电影与记忆的工业化——贝尔纳·斯蒂格勒的电影哲学》，《上海大学学报（社会科学版）》2017 年第 5 期；陈奇佳：《暴力批判：论戈达尔电影的艺术主题》，《戏剧》2017 年第 6 期；姜宇辉：《后电影状态：一份哲学的报告》，《文艺研究》2017 年第 5 期；陈晓云：《明星的脸：当代明星文化的身体迷恋与物化崇拜》，《当代电影》2017 年第 8 期。

② 张建德：《香港电影：额外的维度（第 2 版）》，北京大学出版社 2017 年版；饶曙光、李国聪：《东方好莱坞：香港电影思潮流变与工业图景》，《艺术百家》2017 年第 4 期；赵卫防：《后融合时期香港本土电影中的“港味”》，《北京电影学院学报》2017 年第 4 期；赵卫防：《港台青春片的美学流变及当下状态》，《电影艺术》2017 年第 3 期；赵卫防：《回归二十年香港与内地电影观察》，《当代电影》2017 年第 7 期；张燕、朱瑾烨：《大片厂制度对邵氏兄弟（香港）有限公司的影响》，《电影艺术》2017 年第 4 期。

工作者的创作积极性，是一种重要选择。国家财政的支持力度进一步加大。就国家电影资金专项办开电影事业发展专项资助而言，2018—2020 年的放映成绩突出的优秀国产影片项目，在三年的时间里，每年大约获得资助 1.1 亿，资助的项目分三大块，一是优秀国产电影放映，另一块是艺术电影发行放映补贴，第三块，则是支持海外推广的，支持具有创新精神的国产电影走出去。优秀国产电影放映每年度选放映成绩突出（当年票务系统（票房起步2000 万）的前 20 部影片，一共 6000 万，其中，分三个等级，支持资金分别为 480 万、330 万、180 万三个档次，是合拍片的，思想艺术统一的合拍片的国内合作出品单位的发行方，资助票房的 1%。从发展本土电影市场及其丰富潜能上看，政府投入或主导的力度，仍旧在隐形的呈现中，这也透露出了破除西方中心叙事的合理化存在的本质。进入 21 世纪以来，中国电影工业悄然发生改变，在学习好莱坞电影电影的工业运作模式的基础上，融合本土文化的趋向风生水起。这之中，创新是电影生产与市场的发动机。

现在国产电影逐年上升，2017 年上映的电影约达 381 部。破亿影片也从 2011 年的 17 部上升到 2017 年的 51 部。但是，没有上映或低票房的“无效投资”的影片数量，也呈上升之势。这一方面说明市场竞争激烈，另一方面也反映了电影内容竞争依旧不足，影片质量亟待提高。

第二，2018 年的电影将保持 2017 年的中高速增长，但中国电影的综合实力和国际影响力在和好莱坞竞争中如何迈上新的台阶是重大而严峻的考验。2017 年中国内地电影总票房为 559.11 亿元，北美总票房 110.66 亿美元，折合人民币约 698 亿元，两者相差近 139 亿元。北美电影市场这几年几乎停止增长，按中国电影市场 2017 年 13.45% 的增长率，中国电影票房最迟 2018 年超北美。如果按 2018 年 1—2 月的增长速度，2018 年中国有望成为全球最大电影市场。[①] 应该说，从电影业态发展来看，深入开展文化领域的对话合作，寻求不同文化之间的“最大公约数”的首要目的是防止“中间层电影”的好莱坞式的“再度神话化”，拉近电影传播与市场竞争覆盖地文化之间的距离，树立平等原则，秉持宽容态度，让交融和合作更加坚实。

但这有不同的选项：一是将民族电影、“中间层电影”的发展纳入到某种共同体的框架下来理解的倾向。这个克服与破除的办法，就是发挥民族电影美学，与区域电影结盟，寻求市场、文化的互利共通与美学选择的新型式。但是，它的问题、焦虑和担心一个也不会少：它一没有稳定的利益联系与保证，二是会否与创作上的多样性和自由发展相悖，比方说从观众角度研究戏剧性与电影的关系，在商业电影和非商业电影那里，很明显就是有区别的。三是相对于世界电影发展和好莱坞的主导，民族国家电影或“中间层电影”的区域结盟，可能会停留于远离好莱坞的想象式的抚慰之中，甚至使新的“救世主义”形成蔚然之势。认真选择并融合创造，未来是极可期待的。

---

① 据国家电影专项资金管理办公室统计，2018 年春节档总票房达到 57.23 亿元，相较 2017 年同期的 34.28 亿元，同比增长 66.94%；观影总人次 14396 万，同比增长 58.9%，票房和观影人次这两个核心指标创下春节档的最新纪录。2018 年 2 月，我国电影市场票房高达 101.44 亿元，同比增长 64.05%，接连刷新全球单一电影市场单日、周末、单周和单月票房纪录。该成绩成功打破 2017 年 8 月单月 73.7 亿元人民币的国内电影市场纪录，同时打破北美 2011 年 7 月全球单月票房（88.16 亿元人民币）的纪录。

第三，从电影大国迈向电影强国，认真做内容生产，鼓励题材创新、内容创新，提升影片质量，建立统一开放、公平竞争的电影市场的问题审视与路径选择，必须有法可依。为了在电影领域繁荣文艺创作、推动文艺创新，《电影产业促进法》明确电影活动的指导思想和创作原则，声明尊重和保障电影创作自由，倡导电影创作人员贴近实际、贴近生活、贴近群众。就电影作品本身，《电影产业促进法》确乎鼓励多出展现艺术创新成果、促进艺术进步的电影以及推动科学教育事业发展和科学技术普及的电影，并对优秀电影给予奖励，这是在当代中国文化艺术体制坐标内的带有方向性的重要导引。《电影产业促进法》明确规定尊重、保障电影创作自由，保护电影知识产权，很显然是有利于进一步营造激发创作热情的制度环境的。

在当今世界，电影产业作为文化创意产业，超越了理性纯粹主义的想象性，成为有着巨大效益的直接现实。中国电影市场的快速崛起，已成为世界电影业增长和发展的焦点。国产片创作及发展带有显著的时代特点。《电影产业促进法》的价值取向及核心原则，影响到中国电影人关于电影艺术的演进及多向度发展等问题的认识和概括。以新的问题意识重新讨论中国电影的市场竞争特别是内容生产与消费问题，重新将电影观念问题化，也是电影产业立法并依法管理的题中应有之义。

第四，针对数量多而质量不高的现象，主要不是继续发展数量，而是要提高质量，寻求突破与转型。国产片的“质”，永远比“量”更为重要。中国电影市场实际上是缺乏国产强片，电影在内容上如何制作、创意、营销等，特别是电影观念怎样进一步改变，是更为迫切、重大的考验。类型扎堆在爱情、动作、青春题材领域，喜剧片更被讥为空心化，成为“笑点尴尬，剧情浮夸”的痒痒粉。经济环境可能对电影创作是双刃剑，市场发展慢一点未必全是坏事。适当降温会引起质量提高的反思。

想想北京国际电影节、上海国际电影节期间展映的包括国产电影佳作在内的世界优质电影的一票难求，就不难明白：电影是一门工业，好电影才会赢得观众。这提示我们，文化艺术限定了电影家观察世界的方式，制约了他们的所思所虑即他们认为当然如此的东西。艺术真实的进步动力，来自电影的发展和电影的文化坐标，来自有着严苛检视一切的“毒”眼光的观众，乃至时代社会。

第五，任何电影的创作及其当代性都关系到电影在观众那里的接受度，主旋律作品也不例外。勇于直面现实，将主旋律概念广义化，推动以至演绎出创新性的改变，增加作品的亲和之感，使观众通过电影学习、了解历史，在观影欣赏中获得陶冶和浸染。主旋律概念获得了泛化的扩展，从最初特指重大革命历史题材和现代历史题材，向着更普泛的主流价值观拓展，主旋律电影因此在表现范围、艺术手法和人物塑造上更加灵活多样。主旋律影片的改变，是市场也是社会发展的需要。这和观众直接攸关。市场化作为一种思维，聚集中心是金钱是票房是逐利，关心观众多少的背后，是狭义的商业中心主义，是眼皮底下的经济考量。这无疑已经形成了制约中国电影发展的根本力量。但归根结底，好的基本电影才代表着艺术和文化以至文明的根本精神和核心价值。即使是高票房，对主旋律电影创作者来说，也是天上掉下来的馅饼，做电影本身，才是旨趣所在。

回顾电影史的时候，不难发现一些电影，特别是主旋律电影作品在今天看来它的艺术价值可能已经非常有限，但在某些特定的历史背景下却受到热烈的欢迎，以至给当日的观众以审美的愉悦。这其实不能说特定历史时期存在着特定的审美标准。究其原因，从观众方面说，一是电影发展的向度和历史发展的向度未尽一致，二是时代与艺术教会了他们如何分析人物接受人物，三是，电影范式的扩展、探索与接受，应该允许和鼓励。这些文化的或艺术的因素不仅在观众的选择的自觉方式和立场上表现出来，而且尤其会在观众直觉的以至意识不到的地方表现出来。建立以本土受众为支撑，我们这个时代的先进思想为中心的路径，研究根植于西方文明的外国电影和受众，兼顾不同文化语境下的全球观众所存在的语言障碍、文化障碍和审美习惯的差异情况，研究、掌握、采取具有普遍意义的行之有效的故事讲述方式、叙事规则，同时，努力以艺术与文化结合的形式，打破电影传播的障碍以至禁忌。通过电影影像主流实践，实现中国文化的通俗化、大众化的表达，打破阻隔在国家文化之间的“影响线”，值得期待。

但是，电影创作的多重矛盾和市场紧张关系是其发展的关键所在，只有重视并切实解决，才可能透过表面现象而找到解决问题的方法。据了解，从2018—2020年，政府电影管理机构，要拿出真金白银对艺术电影发行放映进行补贴，每年2000万。原来发行成本，据测算一部艺术片的发行成本大约是50万，它的评审资助对象主要是进入有着17条院线参加的全国艺术影院联盟的放映影片。凡评审入选的，专项资金平均给你一部补助20万，计划每年选100部，这是多大的推动？甚至我都在想，国产电影生产一年700部，这之中能选得出好的名副其实的100部艺术电影吗？

不过，无论怎样，政府部门与相关机构、企业联手，稳扎稳打，将电影放映分众化、呼唤多年的艺术电影放映做了具体的实施（现在已经有十七个院线参加进来了）。这是好事。你不喜欢商业大片，你喜欢艺术片创新的镜头语言和人文表达，你喜欢纪录片深刻的思想内涵，现在和将来，会越来越有地方进行选择性分众式地去观赏了。

第六，在中外合作，包括和亚洲国家（如韩国、印度等）合作中，可以寻求市场的共赢，在找到文化“最大公约数”的同时，反向性地建立以亚洲电影、“一带一路”并进而扩大到世界电影市场为导向的“中间层”的创作体系、市场化策略与传播规则。在价值观的传播与输出上，可以在不放弃表现中华文化价值的同时，重点考虑人家可能接受、大家可能接受的东西，表现东西方存在的彼此都认同的“中间层”价值观。只有这样，才能让中国电影真正“走出去”，最终达到传播我们的文化价值观和国家修辞，促进世界人民的交流与国际文化传播的目的，进而为民族电影创新表达，提升水准与质量，克服电影全球化或市场化这些范畴上的本土中心论，树立世界电影空间中的中国形象，发挥独特的作用。用国际化的叙事手法表达本土文化，将中国人民真挚的的情感诉求，真实的生活风貌呈现在他国观众眼前。于一般观众而言，本国民族文化之外的文化传递是新鲜且模式性的，迥然不同的文化背景对于观众理解他国电影中的文化符号有难于逾越的鸿沟，了解输入国的历史、人物、民俗等生活状态和叙事逻辑，以解决电影受众与电影创作者之间信息传递不对等的“中间层”问题，是题中应有之义。

在推进海外拓展的过程中，离不开政府的支持与鼓励。2014年，为贯彻落实“丝绸之路经济带”和“21世纪海上丝绸之路”的战略构想，国家新闻出版广电总局创办以海陆丝绸之路沿线国家为主题的“丝绸之路国际电影节”，期冀以电影为纽带，推动各国间的文化互动对话，承续思路精神与文化。国家电影机构近年来对丝路电影节有扶持的政策，同时也有一定投入（500 万元），而对其他电影节等也有支持（500 万）。此外，近几年每一年国产电影海外票房约 20 亿，国家专项资金拿出 2000 万给予支持、资助（按海外票房的 1% 给奖励和补助）。

第七，在全球化语境中，看到并把握世界电影发展的国际水平与动向，跟上美国等外国电影发展的脚步，中国不能长期安于国内电影市场挣钱，长期处于电影产业链的低端，重思电影强国发展以及参与海外电影市场竞争之道，以更加开放的国际视野，更加主动的自信姿态，更加鲜明的民族精神和审美趣味的实践，积极融入全球电影市场，在关键的电影艺术与文化核心上不能也不应落后于人。“一带一路”在中国电影“走出去”上指明了方向，制定了策略，这使中国电影有可能通过一个新的领域与路径进入亚洲电影、世界电影舞台。人们非常欣喜地看到，随着全球化态势下中国国际话语权的加强，国家文化软实力不断提升，包括中国电影在内的中国文化产生发展与延拓业已勾画出新的蓝图，现阶段需要的是中国电影人合力并举。“一带一路”是基于世界发展形势、加强国际合作、共享互利成果而做出的重大战略决策。“一带一路”横亘亚非欧三大洲，沿线国家总人口约 44 亿占全球总人口的 63%，而约 21 万亿美元经济总量仅占全球总量的的 29%，中国是大国也是强国，面对现状，中国仍有更大的潜力和发展空间。而“一带一路”沿线的重要国家，与中国的电影合作也趋于密切，在这样的合作中，需要有一种学习意识、文化意识与“中间层”的结盟意识。如中国韩国电影合作中通过雇佣韩国公司的电影创作人才、学习韩国电影特效技术，利用中韩文化的同源性，就也可能成为中国电影同时也是韩国电影获得海外市场的重要策略。再比方说丝绸之路国际电影节对于世界电影的多样性、多元化发展，以及沿线发展中国家电影产业的发展就确实也是一个新的双向性的延拓契机。依托“一带一路”的战略背景，丝绸之路国际电影节在跨国合拍、投资、拍摄以及主创合作方面彰显出巨大的潜力，也为塑造中国及沿线国家的形象发挥着举足轻重的作用。纵观三届电影节的举办，参与国家与规模逐年提升，吸引沿线国家的特色单元参加展映，寻求文化合作，表达文化主张。电影技术与媒介理论在全球范围内是相对一致的，文化的呈现却是多彩缤纷的，中国的文化属性与民族性格与各国不尽相同，这是中国电影“走出去”的重点，也是难点。开拓国际视阈，加强对各国的文化研究，熟悉各地风土人情，构建立体化多层次的电影产业交往格局，为中国电影与中华文化的海外传播获取新的历史维度和真实理念，这样的视野与方式更具有重要的意义。

（原载《艺术百家》2018 年第 01 期）

在质朴中追求诗意

——2017 年话剧创作演出综述

刘　平

2017 年的话剧创作与舞台演出很红火，各种展演一个接一个，中国剧协举办的“第十五届中国戏剧节”，中国国家话剧院举办的“第三届中国原创剧目展演”，北京人艺举办的“2017 首都剧场精品剧目邀请展演”，中国儿艺举办的“第七届中国儿童戏剧节”，北京东城区举办的“南锣鼓巷戏剧展演季”，还有 2017 北京青年戏剧节，2017 金刺猬大学生戏剧节，以及上海和全国各地举办的各种戏剧展演活动等，真可谓好戏连台，美不胜收。2017 年适逢中国话剧诞生 110 周年，北京市东城区人民政府与中国话剧协会联合举办“纪念中国话剧诞生 110 周年暨戏剧东城 10 周年全国话剧优秀新剧目展演季”，上演全国各话剧院团创作的 21 台剧目，其中国营话剧院团 17 台，民营话剧社团 4 台。这些演出，不仅丰富了北京乃至全国的话剧舞台，而且在艺术上也呈现出多样的风格追求。

一、原创话剧的诗意追求

话剧创作的诗意追求，是中国话剧创作的理想与奋斗目标，但能否实现却不是每个戏都能达到的，因为它需要编剧和导演的默契，编剧提供坚实的剧本基础，导演需要具有驾驭舞台艺术创造的能力。2017 年的话剧舞台上出现了几台令人惊喜的剧目，如《〈富春山居图〉传奇》、《秋水山庄》、《再见徽因》等。

《〈富春山居图〉传奇》（上海话剧艺术中心）的故事写元朝山水画大师黄公望，古稀之年结庐富春江畔，倾其全部心血完成名画《富春山居图》，引无数达官显贵、文人骚客为之痴迷，为它沉醉。该剧通过这幅名画在历代风雨中跌宕起伏的命运，写出了人的命运与民族情感。导演李伯男运用传统戏曲艺术的表现手法，在舞台上营造出诗中画、画中诗的写意美的艺术意境。整个演出用画面讲述画中的故事，演员演画中的人物，舞美体现着画中的意蕴，音乐延伸着画中的涵义，灯光透视着画中的灵魂。全剧在讲述《〈富春山居图〉传奇》在历史中所经历的风雨变迁，其演绎过程和舞台上所呈现的，似乎就是一副大写意的中国传统水墨画，简约中展示着坚韧的风骨，唯美中孕含着浓浓的诗情，质朴中体现着文化人的精神气质，“留白”处给人以更多的思考空间，真可谓画里乾坤，烛照人心。该剧的舞台呈现具有简洁、大气、空灵、美感且有诗的意蕴，竹叶、梅花的运用，雕栏、团扇的造型，夸张的冷月，都非常恰当地为该剧的演出营造了简约、诗意的意境，表达出中华古典文化的审美意蕴——淡雅悠然、飘逸空灵。如剧中描写吴间卿一家逃难时出现的那几束光柱，像圆柱子，又像画轴，表达的却是人物的心理幻象——对画的痴迷，对美的向往，展现的是人物“家中诸物皆弃，唯《富春山居图》寸步不离”的真实心态。此时的情景，人、物合一，情、美融合，这种情景所达到的意境美，可以说是舞台艺术创作所追求的最高境界，美妙至极，令人陶醉！

《秋水山庄》（浙江话剧团）描写民国时期一对佳人才子的爱情凄美故事。沈秋水（原名沈慧芝）是上海滩名妓，史量才是报界翘楚，两个人走到一起成就了收购《申报》后的如日中天，然而令人称道的爱情却并非如平静的春水，在涟漪迭起之中不断涌起道道波澜。导演李伯男通过多时空的运用，以人物的心理线索设置场景，人物情感的浓情蜜意，情爱绵绵。尤其是对沈秋水与史量才的爱情描写，导演以“碎片化”的形式，通过男女主人公的回忆与朋友们的记忆，在深入开掘这对郎才女貌佳偶心灵深处的痛苦与纠葛的过程中，在表达爱情的无奈之中体现出爱的美好与纯情，在复杂的社会环境中展示出一种纯粹的人格力量。导演以现实主义创作方法为基础，以散文化的舞台表现手法，在虚实之间体现写实与写意的结合，以简约、大气的手法创造出具有浓郁诗化意象的演出形式，在展示人物多重心理矛盾与情感纠葛中突出人物的心灵美，使整个演出具有了写意性的美学意蕴和行云流水般的韵律美。剧中人在陶醉，观众也在被感动之中留下了深深的记忆。

《再见徽因》（浙江话剧团）通过对林徽因与徐志摩、梁思成、金岳霖等人的情感纠葛的描写，表达了剧中人物的复杂情感与高尚人格。导演李伯男在舞台二度创作中，对林徽因和她周围的每个人物心理的开掘，揭示出语言和行动背后涌动着的“欲说还休”的浓浓情感，给观众一种美好的、纯情的印象——爱一个人不是以得到、占有为目的，更不是以伤害对方作为失败的报复，而是从心里为对方发出由衷的赞美和美好的祝福。这种在爱中生发出来的友谊和在友谊中延伸出来的爱，真挚、纯洁、高尚，可望而不可及，却令人永远向往、回味和怀念。

二、话剧民族化的探索与实验

中国话剧是舶来品，它能在中华大地上生根、开花、结果，就在于它始终走着一条话剧民族化的道路，即与中国的传统戏曲相结合所创造出来的、有别于国外话剧风格的、写实与写意相结合的舞台艺术形式。因此，话剧民族化就成为几代中国话剧人的追求目标。本年度出现的《大讼师》《邯郸记》《你是我的孤独》《红水衣》等话剧就体现了这样的舞台艺术追求。

《大讼师》（北京人民艺术剧院）取材于传统戏曲《四进士》，经历了从戏曲到话剧的转换，更是一次全新创作模式的尝试，也是继续探索北京人艺话剧民族化的一次实验过程。从舞台演出效果看，编剧郭启宏和导演蓝天野的“探索”与“实验”收到了很好的艺术效果。导演在舞台二度创作过程中，有意把话剧的“写实”和戏曲的“写意”手法相结合，以“写实”的手法刻画人物；以“写意”的手法调整戏剧节奏，使整个演出如行云流水，又不拖泥带水。有些不重要的场子就用“语言”一笔带过，既避免了场次的过于琐碎，又给演员提供了施展表演才能的机会。如宋士杰带着干女儿杨素贞去官府衙门告状，无辜被打了四十大板，下得堂来，正遇着干儿子杨春，他支使杨春去拦轿告状。没有一会儿工夫，杨春就“健步如飞”地跑上台，向宋士杰讲述他“拦轿告状”的经过。在此期间，舞台上并没有出现按院大人的轿子，所有的“过程”——杨春如何“呈状”？按院大人如何问话？都是在杨春与宋士杰的“对话”中完成的。这样处理，既避免了“写实”的繁琐，又以“简洁”的手法增加了讲述故事的趣味性，展示了演员的语言魅力。它既是戏曲的，又是话剧的。宋士杰领着杨素贞去告状，只是在舞台上走了一个“圆场”就“到”了府衙。杨素贞呈状子时以双手举过头顶；宋士杰在大堂上见府衙大人下跪时不是面朝府衙大人，而是面朝着观众，这些也是“借鉴”戏曲的一些表现手法，用的恰到好处。以“写实”的手法刻画人物使人物形象更真实、更鲜明。如“柳林卖妹”中对杨清性格的刻画，宋士杰在客栈“偷看”二公差的包袱时的描写，府衙大人顾读手捧田伦书信时的情景描写，非常细腻、传神，从人物的外部动作观众可以洞见人物内心的变化。剧中用河南坠子“串”起全剧，是编剧、导演的一个精彩的创造。他是一个“叙述人”，冷眼旁观讲述人间的悲欢离合，既起到“间离效果”的作用，又有“画龙点睛”的效果。同时，也间接参与塑造人物。如该剧快结束时，妻子万氏听说宋士杰在公堂上挨了打，问宋士杰，“以后再遇到这样的事，你不要管了。”宋士杰没有回答“是”，也没有回答“不是”，而是借助河南坠子唱出了自己的心愿：“以后啊……‘一人一马一杆枪，二郎担山撵太阳’……”，给观众留下无限想象的余地，感受到了宋士杰性格坚韧与人生信念的执著。

《邯郸记》（广州话剧艺术中心）的成功在于导演王筱頔对汤显祖及其作品的重新解读。《邯郸记》是汤显祖“临川四梦”中的最后一梦，也是最接近作者汤显祖生平经历的一部，既是写自己生平，却又将故事设定成“黄粱一梦”。历史上的解读多认为这是汤显祖对现世及官场的抨击，甚至愤懑之中还带着消极。但王筱頔却不这么认为，她说：“如果汤公只想表达胸中愤慨，为何不退隐之后第一梦就写《邯郸记》？那应当是他胸臆最难平的时候。”她认为，“愤世嫉俗的解读未免太狭隘，汤公其实早已经以超脱的心态俯视官场，又何以值得再愤懑？人生只有自己能渡自己。”王筱頔在舞台上创作的《邯郸记》是一部“源自经典，却又不完全照搬经典”的全新的作品。为了表达对这部作品的深刻理解，体现出“人生只有自己能渡自己”的深刻意蕴，导演把原剧中的吕洞宾换成了清远道人，因为汤显祖的号亦称“清远道人”。在舞台呈现方面，导演运用了很多戏曲元素，使整个表演如行云流水，充盈着诗情画意的美感，同时在台词上下功夫，既能体现汤显祖剧中原词如诗般的美韵，又能呈现出现代诗意，以此拉近经典名剧与今天观众的审美距离，令观赏者感到情趣盎然。该剧的创作为话剧民族化的探讨与实验提供了新的思考与舞台实践。

《红水衣》（甘肃省话剧院）通过对《水浒传》中历史人物的重新解读，以普通人的视角去俯视原著中那些被神话了的英雄好汉，从对剧中杨雄、石秀和潘巧云等人物的心理开掘与情感探讨，到对人物性格的揭示和对人物形象的重塑，为人们提供了一种新的视角与思考空间。该剧的结尾，石秀尽管拒绝潘巧云的爱情，却珍藏了“红水衣”若有所思地离去。这一笔是表导演对历史人物的重新认识，也给观众留下了思考。李伯男导演在这个戏中对话剧民族化的追求与体现，无疑是今天话剧创作的一个值得重视的话题。

《你是我的孤独》(上海话剧艺术中心)是一台以歌手王洛宾的歌为素材创作的音乐戏剧，随着一首首歌曲的吟唱，创作者所探寻的是音乐背后发生的人生故事，是与行吟歌手一次次灵魂的对话。诗人(歌手)不断地吟唱带给人们无限的欢乐，而他却一直游走于“孤独的”情感长河之中，跋涉于对爱的寻觅之中。他唱着《在那遥远的地方》去追忆那位美丽、善良的藏族姑娘卓玛；他唱着《掀起你的盖头来》是对爱妻永生的怀念。20 年的牢狱之灾，几次面对死亡，可他的那种热情激荡的情感从来没有被束缚住，一直在自己的心灵中自由地飞翔、激情地歌唱，那首热烈的《青春舞曲》正是他对一去不复返的青春小鸟的赞美。他唱着《高高的白杨》为的是应和三毛的《橄榄树》，但阴错阳差始终错过，他只有轻吟《等待》祈盼着下一世的重逢。导演周小倩以开放的舞台设计诠释这部作品，以音乐为“灵魂”勾勒出诗人(歌手)的心灵轨迹，唱出诗人的情感波涛。整个演出恣意、开放，人物的上下场是随着诗人的情感的起伏为需要，以雕刻人物形象为宗旨，没有半点儿的多余，简洁、朴实、和谐、流畅，形成一种流动的韵律美。

值得一提的还有北京曲剧团演出的话剧《怀清台》。该剧是小剧场实验戏剧，是一部非现实主义风格的历史悲剧，演绎秦朝时期中国第一个女企业家巴清(巴寡妇)与秦始皇之间关于长生不老丹的一段政经悲史，是一部融历史底蕴与当代思悟于一体的有关“运”与“脉”的作品。该剧取材于司马迁《史记·货殖列传》中关于古代涪陵(今重庆彭水)巴寡妇清的记载，讲述了“重农耕、重军功、重吏治”的秦始皇，在垂老之时追求长生不老，驱逐涪陵工商业人士迁往南阳耕种，寡妇清为了保护本地工商业发展，从咸阳宫到琅琊台，冒死求谏秦始皇，以炼制长生不老仙丹的承诺求得生机。然而，为虚无的“长生不老”，秦始皇等到鬓发霜白，炼丹百姓亦逃不脱离乡背井和割舍生命的悲惨结局。导演梧桐在该剧的舞台呈现方面进行话剧民族化的探索与追求，剧中十几个角色全部有戏曲演员扮演，荒诞风格的服装设计和怪异的脸谱造型，比较恰切地映衬了剧中人物的虚无、荒诞的思想与人生追求。在演出过程中，戏曲打击乐全程贯穿，以快慢强弱的节奏与诗意化的语言相融合，烘托出人物的复杂的心理变化及其在强权压迫下的悲苦心情。

《她弥留之际》和《收信快乐》则给人以另一种启示，即艺术家如何运用艺术的思维把简单的事件开掘出深意，演绎出人间真情。

《她弥留之际》(北京人艺)细腻地描绘了一个关于“爱”的谎言。其突出的特点是：把“谎言”写成了“真实”，或在“谎言”中体现出了“真实”。编剧实在高明，他让剧中的几个毫无关系的陌生人在“误会”发生了联系，产生了爱情，滋生了亲情，而且让观众看了不觉得虚假，说明他对生活的深刻了解。不然，他不可能把“谎言”写出生动的细节和动人的情感来，而且还让人相信，觉得好看好玩又有艺术趣味。尤其是剧中的年轻姑娘金娜的举动，她莫名其妙地得到苏菲亚老太太赠送的珠宝，原以为老太太想孙女心切，实际她心里明白，她把珠宝送给金娜之时就没有想得到回报。结果是，金娜拿走了珠宝后居然又回来了，而且把珠宝也如数奉还。这一笔写出人性的纯真，着实令人感到温暖。

《收信快乐》(福建人艺)的导演陈大联的高明之处在于把一个“普通”、“乏味”的故事变成了“有趣”的演出。该剧没有什么大的舞台动作，也没有什么激烈的矛盾冲突和复杂的情节。舞台上的男女主人公读了四十多封信，在一封封来信中“读”出了两个普通人

（不是夫妻）几十年人生道路、情感发展和生活状态。“读”出了真情，“读”出了“爱”意，让观众领略到那种超越世俗的相互关爱。该剧的创作，真正是以小见大，在普通中现惊奇，在平凡中见深刻。

《家丑外扬》（北京人艺）讲述了一对夫妻——丈夫安德烈·戈鲁别夫和妻子娜塔莎·戈鲁别娃之间由于儿子的受伤残疾而发生的抱怨、争执乃至相互揭短，将全部家丑外扬于公众的故事。结构严谨，故事吸引人，体现了导演（顾威）的艺术功力，演员的表演凸显了话剧艺术的魅力。

三、历史剧创作的现实表达

有人说，任何历史都是当代史，这话有一定的道理。当我们去讲述历史时一定会有自己的观念融入其中，通过历史人物的口表达自己的一些情感，“借古人块垒，浇今人心绪”，或许这就是历史剧创作的当代性吧！正因为如此，历史才会具有鲜活的生命力，历史剧才会有吸引今天观众欣赏的艺术魅力。正是基于这样的考量，本年度出现的、以历史人物为题材的话剧《大清相国》《天下粮田》《大江东去》《甲午祭》等剧的创作是具有深刻的当代意义的。

《大清相国》（上海话剧艺术中心）以当代的视角去描写历史事件与历史人物，深入开掘历史上反腐题材的深刻含义，以做人、为官、忠君、爱国为切入点，通过对陈廷敬等人物的描写，揭示了人性的复杂以及官场的黑暗。在塑造人物形象的过程中揭示了道德、人格在人生、仕途中的重要作用。该剧以细腻的笔法塑造了以陈廷敬为代表的清官形象，他聪明有才，智慧能干，却因直爽敢言，惹怒官场权贵，屡遭打压，但他意志坚定，不屈不挠，不卑不亢。他徜徉于官场几十年而不倒，就在于他不忘初心，不弃理想，尽管他也常常感到无奈与痛苦，但他始终保持着洁身自好的品格。该剧写出了他的复杂性格——忠心与良心，友情与爱情，铁面无私与人性善良的矛盾，使这个人物非常鲜明、生动、活灵活现。同时，该剧还以陈廷敬、张汧、郑恒、高士奇四位好友不同的人生道路，为观众提供了如何选择生活道路的思考。

《天下粮田》（天津人民艺术剧院）从事关国计民生的粮田入手，通过廉吏刘统勋与以讷亲为首的贪腐集团之间的尖锐矛盾冲突，折射出人性的善恶忠奸。刘统勋因妄议皇庄废弛而被贬为庶民，但他不卑不亢，坚持以法护田，以律治田，命寄沃野，血洒田畴，最终得到乾隆皇帝的赏识，击败了盘踞朝廷中枢的“铁帽子王”讷亲的贪腐集团，保住了大清国的耕地红线，为今天的现实提供了警示。

《大江东去》（宁波市演艺集团）通过对甬商的创业道路、人生历程的描写，展示了他们精明的商业智慧和高尚的道德操守，以及在民族利益面前所展现出来的坚毅的人格与爱国情怀。剧中通过对年轻一代甬商洪一龙等人物性格的细腻刻画，以人物的品格表达出深厚的文化内涵，展现其在经商活动中的坚韧力量，尤其是在日寇以势压人的蛮横挤压下的不屈不挠和果敢的出击与抗争，体现着中华民族坚毅、顽强的抗争精神，令人敬佩，给人鼓舞。

《甲午祭》（山西省话剧院）展示了一幅 19 世纪晚期东亚局势图，通过对李鸿章这位晚清政府“裱糊匠”经历的描写，回顾了清政府对日外交及甲午战败的全过程，探寻了其战败的原因——落后必挨打，弱国无外交，腐败须铲除，变革须彻底。在反思历史的过程中，也描写了中国人在耻辱中觉醒奋发的激情，中华民族只有自强才是唯一出路。

《遥远的乡土》（江西省话剧团）描写历史人物余墨林的敢于担当、克己牺牲的凛然正气。他在朝为官时为挽救部下，宁愿丢官而自己一人担责；回乡务农仍胸怀天下，造福乡民，其无私精神与浩然正气令人钦佩。

《韩文公》（广东省话剧院）写韩愈被贬潮州刺史，但他仍然以爱民忠君之心，为民排忧解难，整饬歪风邪气，铲除奸恶势力，兴学育人，发展水利农耕，实现了“君子居其位，则思死其官”的心愿。

《铁血道钉》（佛山艺术剧院）通过描写詹天佑 1905 年修建中国第一条京张铁路的故事，赞扬了詹天佑“实业救国，铁路兴邦”的雄心壮志，以及实现民族复兴大业的伟大理想，以及冲破外国势力种种打压、阻挠的顽强毅力。该剧的演出有激情，充满正气，充分展现了中国人的爱国情怀与自强不息的奋斗精神。《兰陵王》（国家话剧院）描写权力与人性的矛盾与较量，给人以警醒。《成兆才》（承德话剧团）通过民间艺人成兆才曲折艰难的成长历程与对民族文化的坚守与发扬精神，鞭挞了黑暗就社会的丑恶现象。

值得称道的是《赵一曼》（四川人民艺术剧院）的创作，通过革命者赵一曼真实的人生经历与成长过程，写出了一个知识分子成长为一个革命者的精神追求，写活了一个母亲、妻子的饱满的精神世界，写出了赵一曼一心为国家兴旺、为民族解放、为人民自由而甘愿奉献的英雄气概。赵一曼的事迹不仅震慑敌胆，而且鼓舞后人。

四、现实题材的审美突围

描写现实题材的话剧作品很多，但质量上乘者并不多，这一直是近年来话剧创作的一个瓶颈。其原因：一是现实题材的话剧难写，没有艺术功力的人很难从现实中提炼出生活的实质，讲不好故事，平铺直叙的描摹生活，人物形象不鲜明，语言没趣味，缺少艺术的吸引力。二是一些以先进模范人物为素材创作的戏，多是唱颂歌，讲好人好事，不敢写矛盾，人物形象不突出，戏立不起来。这种现状在 2017 年的创作中多少有了一些改变，如《干字碑》《铁杆庄稼》《人民的名义》《雨夜》等。

《干字碑》（辽宁人民艺术剧院）根据丹东凤城市大梨树村原党支部书记毛丰美的先进事迹创作。该剧值得称道的一是写了矛盾，二是舞台形式新颖。毛丰美为发展农村经济砍树被人举报，被公安局抓走，由此看到了一个想做好事也不是一件不容易的事。舞台表现形式比较新颖，编剧从不同的角度去描写主人公的事迹，通过与毛丰美交往密切的人的回忆为这个人物“塑像”，有县委书记、车奶奶、曹主任、老犟牛、毛妻等，从毛丰美死后讲起，形式比较鲜活。但对毛丰美内心矛盾的描写仍然不够丰富，表现与家人的矛盾只有不顾家、不管孩子等。

《铁杆庄稼》（宁夏话剧团）写得满台生活，情感真挚，把精准扶贫的理念融进人物形象的塑造中，让观众看到了一种生活真实与情感真实。如剧中描写沟底村的支部书记段冬林为改变村里的贫穷面貌，组织村民外出打工，可是村里的老人们没人照顾。他与赵天贵商量办一个小食堂，但没有钱，他以假结婚的理由从父亲段老抠手里“骗”到6万元。结果被父亲发现，父子俩顿时起了冲突。段冬林的计划被打乱，独自苦恼不堪。是他的母亲偷偷地把“存折”交给他。此时此刻，人们才真正看到了“爱”的实质——它是“自私的”，又是“无私的”。舞台上所涌动的浓浓亲情令人动容。

《人民的名义》（国家话剧院）是一出描写“反腐”题材的戏，但创作者没有对贪官们的贪腐事实与案件过多地着墨，而聚焦的是贪腐者与反贪者之间的情感纠结与人格较量，重点写人在成长过程中的异化，弘扬了正义战胜邪恶的民族正气。

《家客》（上海话剧艺术中心）在亦真亦幻的描摹中讲出了生活的真谛，揭示出人生的哲理。生活化的语言，鲜活的人物，在平静的生活中掀起一道道生活的波澜，给人以诸多的人生感悟。该剧由老艺术家张先衡、许承先、宋忆宁主演，更增添了生活的味道，凸显了话剧艺术的魅力。

《雨夜》（沈阳话剧团）通过一次同学聚会写出了每个人的人生道路与生活追求，写出了人在现实社会中的各种异化现象，有些事件看似平常却也触目惊心。有的人的变是自身原因，有些则是身不由己，有些是身陷其中而不自知，归根结底还是为名和利所累，在金钱利益面前失去了自我，这是人生的大可悲。

《薪火》（重庆三峡歌舞剧院）围绕三农问题描写四川天坑村改变贫穷面貌的故事，情感真挚，内容接地气，写出了脱贫致富之路上人们的复杂心态，以及无私奉献、甘愿牺牲的豪情壮志，塑造了田景秀等人物的鲜明形象。更重要的是写出了扶贫工作的实质——不只是给钱，更需要给思路。语言通俗、幽默、感人，有情趣。

《你若离开我便浪迹天涯》（国家话剧院）是一部关注中国当下普通老百姓家庭生活的音乐剧。剧中通过一家三代人讲述自己和家人的故事，意在唤起更多年轻人关照老人、关注家庭，学会宽容、理解与爱。“一家人一扇窗，爱是温暖光亮。一个人去远航，家就是避风港”。动听的歌声和优美的舞步使该剧的演出具有浓郁的艺术趣味。

《谷文昌》（国家话剧院）中塑造的敢作敢为的人民公仆的形象。《闺蜜》（哈尔滨话剧院）写不同的人生追求在家庭、婚姻中引发的种种矛盾，《大雪》（鞍山市艺术剧院）描写人格成长、心灵救赎的故事，都具有一定的艺术特色。

《情陷阿克塞》（武警文工团）是一出喜剧，描写边疆部队的官兵与战士的关系，以及连长与妻子的矛盾，把严肃的人生问题以喜剧的形式呈现，在机趣、诙谐、幽默中体现出严肃认真的创作态度，让观众在艺术审美的愉悦中思考着人生道路的选择与生活态度的表达。

五、民营话剧的发展

就2017年话剧创作与舞台演出而言，民营话剧创作不如往年红火，但也出现了令人欣喜的一些作品，如《海上花开》《结伴关系》《留取丹心》《皇城根下》《我爱我房》《广陵散》《呐》《秋梦》等。

《海上花开》（编剧王甦）是一部由青年人创作、献给年轻观众的“青春剧”。写四个追逐“梦想”的年轻人自主创业的故事。江海不满于妈妈安排的“前程”，放弃出国留学的机会，想按着自己的意愿去干想干的事。妈妈一气之下断了他的生活费，他便利用妈妈的一套房子偷偷出租。他的“豪爽”与“仗义”终于收获了一片真情与爱情。剧中还描写了几个年轻房客的情感经历，樊花是金融界的女斗士，为了支持男友而放弃出国，结果被甩了。一厢情愿的梦想破灭，樊花重新认识了自己，后与靠自己打拼的高上天走到了一起。林开颜没有多高的学历，靠着勤奋去追求人生的“梦想”，与江海一起开了“海上花开”咖啡店，走上自谋生路的创业之路。剧中人即使在遭受命运的打击和人生挫折时，也没有失去信心，既没有对社会的牢骚满腹的怨气，也没有对人生的消极颓废的怒气，依然乐观地寻找着自己的成长之路。该剧生活气息浓厚，处处显示着青春的饱满和阳光的灿烂情绪，令人赏心悦目且受到鼓舞。

《一双眼睛两条河》（鼓楼西剧场）是一部描写人的心灵情感的话剧，具有诗意的底蕴。剧中通过描写两个素昧平生的人——音乐爱好者白露与诗歌评论家黄雨的偶然相识与交往，写出了两个纯真至善的人的倾情交流。剧中没有惊心动魄的事件，没有强烈的矛盾冲突，但人性的纯真与现实的复杂、理想的美好与人生的无奈却使这个戏充满了内在张力，该剧在表面的平静中蕴藏着内心的汹涌波涛，而人物的主观理智又使这情感波涛化为涓涓细流，观众在这波澜不惊与和风细雨中似乎感受到了生活的本真，在遗憾与无奈中依然使自己干涩已久的心田获得了些许滋润。

《广陵散》（北京是演出公司）这是一出有着浓郁审美意蕴的戏，有散文诗般的美感。该剧以历史上“竹林七贤”的故事创作，舞台呈现通过写意手法演绎出深刻的主题，对读书人命运的思考具有相当的深度。剧中以群体形象，探讨中国文人的人生选择和人格精神。他们坚守理想、崇尚自然、淡薄名利，脱俗飘逸、抒浩然之气，尽显魏晋之风骨。主人翁嵇康作为一代名士和文坛领袖是儒雅的典范与文人良知的象征，他刚正不阿，赴死之际从容弹奏一曲《广陵散》，以生命彰显人性，在升华其人格的同时，更是在精神层面深刻地定义了死亡的意义与人生价值。该剧在继承话剧民族化思想精髓的基础上，努力将戏曲美学融入话剧创作之中，探索话剧表演艺术与戏曲表演艺术的最佳契合点，形成了一种独特的美学风格。

《致命咖啡》（上海安可艺术团）是一部以“瘾藏者”为题材创作的音乐剧，以爱情的力量拯救“瘾藏者”，是该剧的中心主旨。当剧中人张然吸毒的事实暴露后，有嫉妒者的幸灾乐祸、“落井下石”，有同事们恨铁不成钢的埋怨，有旁观者的笑话与揶揄，更有小题大做的打击报复。而他的恋人赵冰冰却是另一种态度，她决心用执着的爱去挽救张然，召唤他“回家”，给他悔过自新、重新站起来的精神力量。“给他最后一次的希望，在悬崖边伸出双手，给他走出阴霾的力量，重新开始，面对伤疤。”这歌声唱出了赵冰冰的心声，唱出了她对张然的希望，更唱出了她心里的坚韧与力量。该剧以音乐剧的形式呈现在舞台上，表演活泼，歌声优美，音乐动听，给人以艺术的享受。观众在欣赏艺术美的过程中也情不自禁地思考着很多问题，尤其对那些“瘾藏者”如何滑向悬崖、走向深渊的思考。

《我是余欢水》（繁星戏剧村出品）根据长篇小说《如果没有明天》改编。余欢水是一个生活在社会底层的小人物，猥琐、懦弱、胆小，是一个“怂到家了”的软蛋，在公司不受人待见，在家里也没有地位，岳父母看不起，妻子带着孩子离开了他。在一次体检中，余欢水被检查出患了“胰腺癌”。他感到自己的生命进入了倒计时，但他还想实现很多人生的梦想，过过甜美的生活。于是，他与“临终关怀中心”发生了关系，闹出了很多哭笑不得的事情。但他敢于与恶意“碰瓷”的不良行为进行搏斗，因此而成为受“表彰”的“大英雄”。但他依然得不到应有的尊重，因为他是个穷光蛋。只有一件事让他兴奋了，他的“癌症”是被误诊的。该剧是一部轻松的生活喜剧，舞台演出生活气息浓郁，演出了一个身处底层的小人物的苦辣酸甜。

《汇贤坊》（上海现代人剧社）写上海一个老城区“汇贤坊”石库门弄堂拆迁的故事，写出了普通市民的复杂心态，是一出非常接地气的演出。舞台设计非常精致逼真，该剧的演出改变了民营戏剧制作粗糙的不足。

《青春之歌》（北京联合大学）是根据同名小说改编的一部剧作，是一帮年轻的学生在青年教师的带领下完成的一部创作，他们不仅演出了历史上的青春似火的人生事迹，也思考着自己的生活道路与人生选择，留给观众的除了艺术上的审美意趣，还有对历史与现实的一种深切地观照。

《结伴关系》《呐》和《秋梦》的可贵之处则在于，编剧的剧本创作和导演的舞台呈现都具有探索、创新的艺术追求。《结伴关系》（结伴之家文化产业发展公司出品）反映当下的婚恋生活状态，探讨解决发生在爱情、婚姻、家庭中的种种矛盾的另一种思路。剧中以超脱婚姻、家庭的视角反思婚姻、家庭的种种矛盾与问题。整个舞台演出节奏流畅，舞美设计简洁、大气，通过几块洁白幕布的拉动，形成不同的表演空间，具有写意性的诗意美感。导演顾雷的舞台呈现有创新。《呐》（武汉 江湖戏班戏剧工作室演出）改编自鲁迅先生的小说集《呐喊》。它秉承了鲁迅先生的精神，直面当下，直面社会现实，淋漓地、彻骨地反思问题，并试图找到解决的可能。大胆的想象，恣意的表演，处处显示着青春的、动态的活力。导演郎剑飞的天马行空，舞台呈现如行云流水，流淌着生活的诗意，人生的哲理。“赵太爷”一场，用民间艺人说书人讲述阿 Q 对赵太爷的态度与看法，形象地描述了赵太爷的行为举止。“鸡飞狗跳”一场表演的形象化，以肢体语言表达生活的本真，演员的表演非常形象。结尾“集体朗诵”《〈呐喊〉自序》，让观众感受到没有动作的“表演”，传递着不一样的精神，把鲁迅原作的精神主旨通过语言的“塑造”深入每个人的脑海，给人的印象极其深刻。

《秋梦》的实验性是以“梦境”反观现实，以“梦境”映照现实，以“梦境”的视角探索现实中人们的“心灵”真实。剧中描写一对在现实中相互怨恨、发誓老死不相往来的同母异父的姐弟，但他们在自己无法控制的“梦境”里却是另一番情景——一种斩不断理还乱的情结，由亲情与血缘所形成的无法挣脱的关系，一种无法忘怀的感情。现实中的恨，在梦里却“互相关心着”；现实中不自知的很多事情，在梦中明白了。姐弟俩的“反目”，是因为姐姐外出打工，干什么都不成功，非但没挣到钱，还常常跟父母要钱，跟弟弟要钱，而且“不还”，实际是无力偿还。久而久之，家人都疏远她。但弟弟的态度却不同，尽管他认为，如果是亲姐就不会这样对我，可“她毕竟是我姐”。他心里这样想，可感情上却依然难以接受这样的“姐”。想忘却不能，想接近又不愿。心里的一切纠结——一种真实的心态，在梦中出现了。他爱姐姐，又恨姐姐。然而无论他怎样地“恨”，却始终不能忘怀。在爱与恨的交融中，他发现“恨”，其实也是“爱”的另一种表现形式。正因为“恨”才激发起他对“姐”的关心，“你在那边过得还好吗?”同样，姐姐也没有忘怀弟弟，虽然因为自己的“不能干”，出来“奔”没有挣到钱，还给家人丢了面子，也伤害了弟弟。她想解释，可是没有人相信，索性就吵架，互不相让，直到干脆不愿理睬。可是，她无论如何无法抹去对弟弟的情感。她在梦中才发现，对弟弟的“爱”不是用金钱来衡量的——金钱既无法代替亲情，也无法割断亲情。因此，她常常“梦”里“关心着”弟弟。正是这样的“梦境”，拉近了姐弟俩在现实中的情感隔阂，从彼此走进对方的“梦”里，逐步发展到现实中的和解。舞美的设计非常巧妙，用“物化”的形式表现人的情感，表达人的心灵情境。舞台设计是大小两个房间，弟弟坐在床上自言自语，述说着自己的“梦”；姐姐活动在另一个稍大些的房间，也在独自述说着一切。表现“梦境”交叉的时候，是姐弟俩的语言的“交叉”——他们会同时回忆起同一件事，两个生活在不同空间的人像是在“对话”，实际上不过是“梦里”的“所想”而已。当姐弟俩的情感逐步接近时，两个“房间”也一步步接近、交合，最后合二而一——即弟弟的“小房间”融入姐姐的“大房间”，暗示着他们的“心灵”接近与现实中的行动接近。该剧用虚无的梦境、情感的暗示、语言的交叉（类似于“隔空对话”或“无线交流”）的手段，反映了人物的真实的情感和现实世界的一种真实的生活形态，很有艺术的意味。

《婚姻情境》（鼓楼西剧场出品）是非常有生活深度的戏。写家庭、婚姻从夫妻的性生活入手，“寻找婚姻的灵魂”，在寻找中发现性生活在两性婚姻中的重要。约翰和玛丽安是一对登上《妇女时尚世界》的模范夫妻。多年来他们“几乎不吵架”。然而突然有一天，这座中产阶级高知家庭的城堡轰然倒塌。原来“不吵架”的背后是“我想要甩掉你已经足足想了四年”。于是，他们分居，离婚，与不同的情人恋爱、再婚，却永远也找不到“理想的”伴侣。在一个晴朗的午后，他们分别避开自己在法律意义上的伴侣，又一次幽会在一起。作者试图通过自己对家庭、婚姻的认识与理解，以“寓言式”的笔墨写出了婚姻生活的实质和家庭生活的现状，细腻、深刻、有寓意。

六、儿童剧的成长

中国儿艺主办的“第七届中国儿童戏剧节”，与往年一样好戏连台，其特点从剧作的主题到舞台演出都非常鲜明：

（一）以“成长”为主题的创作

儿童剧创作，不只是给孩子们欢乐，还应该引导孩子们成长，或者为孩子们的成长提供不同的道路参考与借鉴。本年度就出现了几部以“成长”为主题的儿童剧，如《山羊不吃天堂草》《戴“星星”的孩子》等。这些作品不仅让孩子们感受到了“娱乐”，更让他们认识了“成长”的概念，初步体悟到“成长”的意义。

《山羊不吃天堂草》（中国儿艺演出）聚焦当代少年儿童的心灵成长历程，启发少年儿童对人生的思索。少年明子一直不明白，“山羊为什么宁可饿死也不吃天堂草”？带着这样的“疑问”，他跟随师傅三和尚和师兄黑罐去外面的世界闯荡谋生，在生活的艰辛和世态炎凉中被一步步逼到了人性抉择的悬崖边。在经历了“骗雇主的工程款”的“心灵搏斗”中，在经受了一次次“灵魂”的拷问中，明子渐渐地“悟”出了“山羊不吃天堂草”的人格隐喻，同时，他也在艰难、挫折、坎坷、磨难的现实中慢慢地“懂”得了如何“选择”人生的道路。于是，他从“跌倒处”爬起来，抖掉身上的“灰尘”，又继续上路了。作为一部“成长戏剧”，该剧从个人与社会、理想与现实的宽阔视野中去思考生活，去体悟人生的真实的含义，对于今天少年儿童“成长”来说，无疑具有积极的启发与思考作用。

《戴“星星”的孩子》（济南儿艺演出）描写抗战时期一个“孩子剧团”的成长故事。写孩子们在“磨难”中成长，在艰苦岁月中的亲情和友情的体现，为“梦想”而奋斗的信心与勇气。尽管时代不同，但由于写出了孩子们在成长过程中的共同的“梦想”与亲情，一下子拉近了与今天孩子的距离。该剧生活气息浓郁，充满喜剧风格，塑造了一个个活泼、调皮、可爱的孩子形象，聪明、任性的星豆，憨厚的狗墩，秀气、乖巧的柳荫，率真的英子，淘气的小快板，爱吃零食的胖丫，他们性格各异，争强好胜，互不服气，可是一但遇到困难又如兄弟姐妹一样亲近。而“孩子剧团”智斗日本鬼子的场面更让小观众们兴奋不已。这些生活在抗战时期的孩子们的成长经历，对今天的孩子也产生了启发作用。

《人参娃娃》（辽宁儿艺演出）描写孩子们在与恶势力抗争中成长。该剧是三十多年前的剧目，今天演出依然受到孩子们喜欢。

即兴喜剧《谎言！卡布奇诺》（台湾如果儿童剧团），是一台令人惊奇又有着浓郁的艺术趣味的剧目。该剧是以意大利著名剧作家哥尔多尼的喜剧《一仆二主》为蓝本创作。但是，如何把一个“成人剧”改编为“儿童剧”？从中亦可以看到该剧编导演的智慧与创造的才能。剧中主人翁卡布奇诺是一个聪明、勤劳的人，同时也是一个能言善辩、足智多谋、甚至有些狡猾的普通人。因为吃不饱饭，他外出打工，想多赚钱同时找了两份工作。于是，他便成了佛林嘟嘟和他的恋人拉希娜两个人的仆人。而拉希娜的父亲帕斯达老爷不喜欢佛林嘟嘟，反对女儿嫁给他。于是，拉希娜在女仆妮斯的帮助下逃离家庭，去寻找恋人佛林嘟嘟。想不到两个人住的是同一个饭店。这让卡布奇诺犯了难。为了不被两个主人发现自己的真相，他东躲西藏，欺上瞒下，左右逢源，却欲盖弥彰，不断露出很多马脚，闹出许多笑话，令人忍俊不禁。戏也就在这种阴错阳差的情境中推进、发展。正是因为卡布奇诺的关系，拉希娜才知道了佛林嘟嘟的消息。她最终说服了父亲，与佛林嘟嘟团聚，如愿以偿，皆大欢喜。演出由演员丰富的肢体语言，融入杂要和舞蹈动作，边唱边舞，连戏曲的武打场面也借用过来，在舞台上上下翻飞，增加了可看性和趣味性。同时用优美的歌声营造出一种欢快浪漫的舞台气氛，体现出一种互相关爱的情感，洋溢着一种和谐祥瑞、积极向上的人文精神，让观众看着开心，愉悦，还有几分感动。尤其是剧中人物经受了种种波折最终达到了自己的目的时，剧场内的观众无不为他们感到高兴，连自己也感到心情舒畅！

（二）以艺术的“机巧”开启智慧“美”

如果说“寓教于乐”是儿童剧创作所需要遵循的规则，那么，以艺术创造的“机巧”

开启“美”的想象，拓展智慧的表达，也应该是儿童剧创作的一个重要方面。本届儿童戏剧节演出的《量身定制》《木偶马戏团》《小吉普・变变变》等就具有这样的艺术特色。这些作品中“教”的成分不是很突出，但是，它以创作的“机巧”产生趣味，以“美”的表现传达“智慧”的灵感，不仅吸引了孩子们观看的兴趣，同时也给孩子们以启发与思考，促进他们对生活的观察与智力的开发。《量身定制》（以色列火车剧团）是一个人表演的儿童剧，是一部结合了木偶、音乐与杂耍、魔术的儿童剧。不是讲故事，虽然也写了一个小裁缝，只不过一个载体。而是以技巧“制造”趣味，利用普通的生活用品如缝纫机、衣架、木盒子等开掘新意，在机巧中展示“表现”的新奇“美”，在“玩耍”中呈现艺术趣味，凸显“创造”的智慧，让观众在“好看”“好玩”的惊讶中享受开动脑筋进行创造的快乐。如缝纫用的盒子突然变成了一架钢琴，缝纫用的针和线又变成渔夫手中的鱼钩，缝纫机的脚踏板能够“踏”出大海的“波浪”，挂衣服架子可以模拟人的动作抬胳膊、摇头晃脑等等，这些看似平常的东西却引发了孩子们极大的好奇。演出结束后，表演者又把这些“秘密”一个个当众“解开”，“哦，原来是这样！”孩子们在恍然大悟之中感到惊讶不已。《木偶马戏团》（捷克大篷车剧团演出）是由两个人表演的“提线木偶剧”，表演技巧精美绝伦。狮子会张口，不吃人；白马会抬前腿，跑动如飞，四蹋达达；木偶人会在单杠上做各种动作，非常灵活逼真。这是真正把“假的艺术”演成了“活的形象”，演出了木偶的“感情”。《小吉普・变变变》（中国儿艺）中利用香蕉、苹果、黄瓜和海绵、毛巾、刷子、笊篱等日常生活用品“创造”出各种“形象”，具有丰富的想象力和创造智慧。《匹诺曹》（西班牙戏剧院）利用纸板和木条创造出多元化的新形象，在充满想象力的创造中尽显艺术的趣味。《皇帝的新衣》（浙江话剧团）超越文本中的故事，进行新的解读，引发孩子观赏的兴趣。《成语魔方（二）》以“形象”讲述成语故事，增加了观赏的趣味，也加深了对原作的理解，引发孩子阅读的兴趣。《曹文轩兄妹和小雨姐姐的开心故事会》以“故事会”的形式，请名作家进行阅读示范，了解作品创作背后的故事，增加了孩子们阅读的乐趣，深得孩子们喜爱。

七、人才是戏剧发展的动力

谈 2017 年的戏剧舞台创作现状，还有两件事值得记述：一是，2017 年 7 月 30 日，广州市文化局召开了“‘为一座城市，点亮一盏灯’——王筱頔导演艺术暨院团发展管理学术研讨会”；二是，2017 年 12 月 13 日，中国戏剧家协会《中国戏剧》杂志召开了“青年导演李伯男研讨会”。

（一）王筱頔，是一位导演，但她的作用决不仅仅是导演几个戏，而是在她的带领下“救活”了一个团，“为一座城市，点亮一盏灯”。王筱頔 2007 年接手广州话剧团时，剧团的状况是怎样的呢？多年演不出一台像样的戏，人心涣散，缺乏干劲，管理混乱，债务缠身。一出戏演出，台上几十个演员，台下仅有 9 个观众。当时的工作人员甚至为此而默默流泪……这样的困局对于当时台前幕后的所有人来说，无疑是一种煎熬，一种痛苦。面对这样的困难，王筱頔没有退缩，毅然担负起广州话剧团的领导职务，她凭着话剧人的一种责任感和使命感，以及艺术追求的理想，决心改变剧团的这种状况。她不急不躁，给剧团开出的药方是，从抓剧目、抓管理、抓人才入手，首先确立了“以具有审美品格的优秀作品培养话剧观众”的艺术创作为宗旨，把“灵魂洗涤，精神建设”作为戏剧创作的根本和追求目标。然后是抓管理，建立健全剧团的规章制度，分配制度，明确岗位职责，多劳多得，奖惩分明。调动全团人员的积极性，增强爱团如爱家的自觉意识。几年间，剧团排演了《南越王》《威尼斯商人》《复活》《麦克白》《邯郸记》《去往何处》等戏，取得了很好的收获：一是票房，扭转了演一场赔一场的局面，增加了剧院的收益，也逐渐改善了演职员的待遇；二是收获了观众的口碑，剧院有了二万多观众的粉丝会员；三是增强了发展事业的信心，找回了戏剧人的尊严。使广州话剧团从此走上了正常的发展轨道，从开始的周末两天演戏，逐渐到四天，到天天有演出。

为创作剧团良好的创作环境，王筱頔在剧院2009年转企改制之后，顺应市场的需要和观众的审美需求，把小剧场精心打造“十三号剧院”。他们提出的口号是：“看话剧去13号剧院”。如今，“十三号剧院”成为广州话剧的一个品牌，是一个以创作生产、演出经营优秀剧目的话剧专业场所，坚持以“艺术标准”走市场的原则，坚持以具有审美品格的戏剧作品培育广州话剧市场，培养话剧观众，培养专业队伍。“十三号剧院”为广州这个城市“点亮一盏灯，微弱的光亮吸引着人们在平庸浮躁的现实中获得片刻的宁静、优雅，在戏剧的光晕里寻求精神的高贵”。

（二）李伯男，是一位年轻导演，一直在扎扎实实地做民营话剧的小剧场创作，导演的作品有：《有多少爱可以胡来》《剩女郎》《嫁给经济适用男》《隐婚男女》《建家小业》等，产生了很大影响，尤其是受到青年观众的喜欢，得到了戏剧界的赞扬，也收到了可观的经济效益。近年来他经常为国营话剧院导演大戏，已有几十部作品。仅就2017年，在北京舞台上演出的李伯男导演作品就有《秋水山庄》《〈富春山居图〉传奇》《再见徽因》《大江东去》《红水衣》等，更主要的是，李伯男在舞台上的艺术追求受到了观众的赞赏和评论界的好评。这些戏当然不全是2017年创作的，但是这么多有艺术质量的戏剧作品集中在北京舞台上亮相，还是出乎人们的意料。有人说，2017年是“李伯男年”，也实不为过。

从王筱頔和李伯男身上，我们又一次看到了人才的成长对于戏剧发展的重要。

（原载《剧作家》2018年第3期）

2017年度少数民族文学创作综述

李晓伟

纵观2017年度的少数民族文学，看似波澜不惊，却又有着不少的惊喜。5月31日，作为新闻出版界最高奖的第四届中国出版政府奖获奖名单公示，我国首套以民族立卷的文学丛书《新时期中国少数民族文学作品选集》名列其中；8月29日，第三届剑桥徐志摩诗歌艺术节组委会授予彝族诗人吉狄马加“银柳叶诗歌终身成就奖”……这些颇具影响力的奖项无疑都是对少数民族文学的极大肯定，而其他一些少数民族文学奖项，如首届“土家族文学奖”、《民族文学》年度奖等文学奖项的评选也都从不同角度展示着当下少数民族文学创作的实绩。此外，还有一些少数民族文学会议的召开，如由《民族文学》杂志社与广西民族大学南宁相思湖畔举办了“少数民族‘80后’‘90后’作家对话会”，共有18个民族的四十余位“80后”“90后”青年作家、批评家参会，也可以看作是对当下少数民族文学青年作家的一次集中检阅。这些形式多样的活动从不同的方面为少数民族文学的创作注入了动力，特别是近几年来逐渐浮现的文坛新秀，正在以崭新的面目登上文坛，书写出不同的文学风景。这是我们在考察每一年度的少数民族文学出版时需要注意到的新的态势，而面对着数目巨大的出版量，笔者依然会尝试选取一些有代表性的作品来加以考察，以期能够对本年度少数民族文学出版的整体状况有一些深入的把握。

一

儿童文学似乎向来不是一块热闹的文学田地，特别是在少数民族文学之中，受到的关注很少，但在2017年度的少数民族文学出版中就有一个别样的惊喜来自于这一“冷门”，彰显出了儿童文学自身所特有的文学活力。

在本年度，有两套少数民族儿童文学丛书相继出版，一套为辽宁少年儿童出版社策划出版的“中国当代少数民族儿童文学原创书系”，其中包括了来自十个不同的少数民族作家创作的十部风情各异的小说；另一套为青海人民出版社策划出版的“青海世居少数民族少儿长篇小说丛书”，囊括了讲述六个世居于青海的少数民族的生活故事的六部小说。可以说，这两套儿童文学丛书的出版不仅仅是出版界的一个亮点，而且同时也是少数民族文学独特的地域性与多样性的充分彰显。两个出版社一东北、一西北，所选的作家也都来自于不同地域的十余个不同民族，而作品之中所涉及的生活图景更是覆盖了全国近半数以上的少数民族，这也可以看做是一次少数民族儿童生活画卷的全面描绘。这些作品或是“自传式”的成长故事，或是当下生活的生动记录，又或是童话的讲述，从不同的角度为我们勾勒出了不同民族生活中的万千世相，其中内蕴着的是童真、童趣，以及由此生发出的对真善美的追求。

马金莲的语言本身就很有平常生活的味道，而且很多作品也都以儿童为书写对象或者是直接以儿童的视角来展开叙事，所以在转换体裁来写儿童文学时显得很是清新自然。由她所著的《数星星的孩子》中，“数星星”是这些乡村孩子们闲暇时的娱乐，在对于“星空”的想象中，孩子们感受到的不仅有星月夜的神秘美感，还有对于博大世界的憧憬。这也在尕蛋巴巴心中埋下了“走出去”的种子，这样含蕴着积极向上、努力求索的精神的故事对于阅读者而言，尤其是少年儿童，无疑是有着很强的启发性的。满族作家王立春则在《蒲河小镇》里用五个不同的关键词或人物结构起了自己的故事，看似松散，实际上却由“我”的视角把整个蒲河小镇上的人、事、物都串连了起来。故事简单，暗含温情。通篇是回忆的纬度，但甚少有成年之后的眼光来判断，读起来颇有些《城南旧事》的味道。

“80后”蒙古族作家索南才让的儿童长篇小说《小牧马人》以一个阴差阳错误入歧途的草原少年在辍学后返回草原发生的一系列故事为主线，展现了草原少年牧马人阿秀的成长之路。少年阿秀尽管学习上有着很多磕磕绊绊，在学校里也常被坏学生欺负，但他内心一直保持着纯真。而且，作为牧马人后代的阿秀心中一直有着一种召唤，那就是对于草原放牧生活的向往。在一次与母马“花鹿”和它的孩子小马驹“玉鹿”的离家之行中，他和两匹马一起经历了一次艰难却又奇妙的旅程。当他们一起走出迷途，踏上回家之路的时候，也预示着阿秀解开了与姐姐之间的心结，完成了自我的成长。小说中的阿秀似乎也有着作者自我的影子，因此读来真实、自然。另外一部由曹谁所创作的《雪豹王子》则以童话的形式讲述了可可西里动物世界中的雪豹王子强巴的成长之路。原本宁静、美丽的可可西里，在随着人类（偷猎者）的进入之后，这里的静美被猎枪的血腥打破了。在失去父亲之后，雪豹王子强巴带着使命开始了拯救家园、守卫圣境的漫长之路。这毫无疑问正是对强巴成长历练的刻绘，作家也巧妙地设置了一个悬念：雪豹王子最终能否赶走江吉和豺狼，拯救卓玛，恢复可可西里的美丽家园？这样没有给出结局的设置在给阅读者留下悬念的同时，也有对阅读者继续思考、寻求故事背后寓意的鼓励。

而两套丛书中其他的作品也都以不同的故事来讲述着对“成长”不同的理解，哈萨克族作家阿瑟穆·小七在《淘气的小别克》中用自然、亲切的语言以及一系列的小故事塑造了一个调皮捣蛋让人头疼不已却又十分可爱的哈萨克小男孩形象，其中也折射出了哈萨克人的一些民族性格；景颇族作家玛波的《背孩子的女孩》写的是边地农家女孩在生活重压之下的各种憧憬和挣扎，书写出生活痛感的同时也有着对新生活的憧憬；蒙古族作家陈晓雷在小说《黑眼睛，蓝眼睛》里写到的是蒙古、鄂伦春、俄罗斯三个不同民族的少年之间的往事，前半部分写草原、雪原之上几个少数民族之间的童趣，后半部分在童年时光里折射出扭曲时代的种种荒诞，沉重也有希望。像其他作家，如拉祜族作家李梦薇的《阳光无界》、土家族作家苦金的《白鹤少年》、维吾尔族作家玉苏甫·艾沙的《绿叶》、土族作家东永学的《天边的彩虹》、回族作家冶生福的《蓝月亮》、蒙古族作家察森敖拉的《天敌》、李玉梅的《阿里和穆巴奇遇记》等也都从各个角度书写着儿童世界的美好与光明。值得我们注意的是，这些作品中在涉及对一些历史的回顾时，保持了清醒的审视，体现出文学的担当。

这两套儿童文学丛书不但有着对“成长”主题的深切描绘，也有着对童年美好往昔的怀恋与镌刻。儿童的世界本就是充满了各种奇妙与可能性，这些小说中的少数民族元素又让故事充满了异域的精彩。这样的阅读对于本民族儿童是一种熟悉的亲切，对于其他民族的儿童又是视野的拓展。一方面，从“书内”的角度来说，这些作品中共同含蕴着的对于“真善美”的诉求让阅读成为了另一种形式的成长教育，这大概可以说是两套书的最大亮点；另一方面，这样的儿童文学丛书的出版，无疑又是对当下少数民族文学的有益补充，正如学者张锦贻所言，“10 个作家写 10 本书，书写各自熟悉的生活，采用各自擅长的艺术方式和民族语言，可谓百花齐放。可以说，这套‘书系’试图以回归和创新的双重姿态建构中国少数民族儿童文学的新面貌。”①

二

“现实主义的回归于对于现实社会问题的关注可以说是新世纪以来小说的总体潮流”，②因此，翻阅本年度出版的少数民族小说（集），可以看到作家们保持了对现实的多维关注，以文学的温度来审视时代与人心依然是这些少数民族作家们在小说创作中的一个重要向度。

人间烟火，世态冷暖，小说以“故事”的方式讲述现实世界，作家的情怀与思考也就潜藏于文字之中了。“80 后”羌族作家羌人六就在他的小说集《伊拉克的石头》中以“文学地理学”式的叙述对自己故乡“断裂带”上的人与事进行了多向度的扫描。羌人六的创作一直以诗歌和散文为主，在这里他换用小说的方式来书写那个早已存在于他的文字世界中的故乡“断裂带”，拨开人事繁复，他看到的是在那场地震灾难之后，平静并未能够随着时光的流逝而到来。地质学意义上的断裂带一直都在，但人心上的断裂带却是从“5.12”大地震之后出现的。现实的地震早已过去，人心里的地震却一直都在隐隐阵痛。诚如小说中的人物所言，“断裂带生在我们脚下，地震活在我们心上”。将骨头车成纽扣，艰难度日的丹木吉、在亡人与现实之间纠结的女人、灾难之后丈夫离家打工，自己独自一人与生活的琐碎和苦闷对峙的柳珍……这本集子里的小说基本都以这些经历了“地震”的人们为主角，写出的是一个个个体在心灵阵痛之下的挣扎与沉沦。地质上有“断裂带”，而如今人心之上也有了“断裂带”，它将一个人、一个家、一个小镇都隔成了过去与现在两半。所以，从文学史的背景下来看，这也可以看做是一种“伤痕文学”式的书写。小说的语言很有质感，这大概是得益于作者写诗的滋润，然后言语中又包裹着这些个体生命的痛感，可以说是相得益彰了。

与羌人六执着于对精神故乡的雕镂不同，另一位“80 后”壮族作家韦孟驰选择了“散点”式的讲述来记录自己周遭的世界，在小说集《甘蔗林》中，从故事到行文语言，都有一种粗砺感，来自于生活气息的浸染，这在当下文学（特别是小说）逐渐被架空于现实之上的背景下显得格外的有意义。小说基本上每一篇的主人公或者视角都是“我”，这样的叙事比较另类，有写“我”的爱情、“我”的打工生涯、“我”的童趣，或者是“我”眼中的各式生活面貌，似乎所讲故事均为自己之事，即使小说中讲述者、主人公并非是“我”，但

① 张锦贻：《生动塑造民族儿童新形象》，《文艺报》2017 年 3 月 3 日第 6 版。

② 刘大先：《少数民族中短篇小说的现状与未来》，《民族文学》2017 年第 11 期。

总能读出那种隐藏于其后的“我”的气息。这些小说语调平淡，故事也甚少有大起大落，讲述者也似乎漫不经心，但是包裹在这平淡无奇中的是很多让人读后顿觉心酸之处。作家在不动声色中就将整个生活都推到了我们面前，从这个方面来说，这也可以算作是为底层做群像的尝试吧。

同样是“80后”，又同样是描写自己身后的乡土，但马金莲与阿微木依萝这两位女作家笔下的“风景”显然是不一样的。本年度马金莲创作颇丰，除了前文提及的儿童文学之外，还有两本新作《绣鸳鸯》和《难肠》出版。马金莲依然是在用自己平淡如水的语言讲述着乡景、乡情与乡事，妇女与少年则是这些故事的中心，并从其中映射出广博的情怀。在《老人与窑》中，一位被批斗而在窑厂中积年累月放羊并最终由羊获罪的阿訇为求队长放“我”一马，最终被迫痛苦地在自然死去的动物身上动刀子。这种矛盾的痛苦在眼睁睁看着一庄人“坏口”中日益加剧，阿訇终于与世长辞。这种对洁净至高无上的尊崇也在默默地影响着“我”，多年后“我”也成为了一名阿訇，结合“老疯子”在那段艰苦岁月中偷偷教导“我”学习古兰经的时光，“我”成为阿訇这一步便不仅仅意味着是对“老疯子”学问的继承，更重要的是对那种黄土地之上博爱的延续。不论是《坚硬的月光》中一生承受了无数磨难的奶奶，还是《利刃》中失去爱子哈儿的孤独母亲，又或是《口唤》里一直存在于爷爷深深惦念里的那位救命恩人干奶奶，她们无一不是那片土地之上纯净的代表，这片土地孕育了生命，也塑造了乡民的品格，同时也给予了他们延续的力量。

作为“文坛新人”的阿微木依萝则带来了自己的第一部小说集《出山》，或许是由于自己的底层生活经历，再加上散文写作出身，阿微木依萝的写作并不花哨，平实的语言加上平实的故事，小说整体上就呈现出一种“实”感，在写一群山里人平常无奇的生活的同时也有她自己默默的怜悯包裹于其中。如《出山》中对奶奶几次“出”与“不出”之间的犹豫的描写，实际上写出的是一种老无所依的无奈痛楚，尤其这样的故事由“我”这一个儿童之眼来讲述，单纯眼光中看到的老年人孤苦无依就显得格外的震动人心。当然，在这样的“实写”之外，也有着虚实真幻起起伏伏的试验手法，如《边界》中对陈老妈妈死后之事的想象，似真似幻以及《牧羊人》里张果子爱情故事的奇幻色彩，这些都让小说有了先锋的气息。

现实的故事精彩纷呈，而历史的幻魅也同样值得探究。少数民族文学“在保留着文学审美起源论特征的同时使其呈现出强烈的文化表述功能，并以自觉的民族志写作来强化自身的族群记忆和历史想象，呈现出鲜明的‘地方性知识’特征。”① 无疑，将目光投向民族历史的源头，去探寻“我是谁”“我从哪里来”是在当下少数民族作家确证民族文化在场最为有效的书写手段。于是，我们可以看到，在关注现实的同时，也有作家带着对历史情怀的追寻，将书写的笔触指向族群历史烟云之中。“80后”彝族作家英布草心本年度推出了他雄心勃勃建构的“彝人三部曲”之一的《第三世界》，在这里，英布草心精心建构的彝族历史空间已经初见雏形。小说颇有以文学为彝族立史的意味，实际上这样的写作观在英布草心之前的两部小说：《玛庵梦》《虚野》中已经有了很清晰的表达了。不管是法师还是土王，都在

① 李长中：《民族志写作与人口较少民族书面文学的身份叙事》，《社会科学家》2014年第2期。

走走停停中走进了彝族氤氲的历史烟云中。在小说中，鲁从一个普通人开始一路成长，经历了小法师、带兵官、大首领的身份更迭，最后成为彝族土王，鲁一生的荣辱浮沉中照见了三代人之间的爱恨情仇和人事更迭，也照见了彝族的悠远历史，而在小说中时时隐现着的“在路上”的思考也让这样一部“史诗”具有了向深度开掘的文学可能。从这个意义上来说，小说不仅仅是英雄的战歌，也同样是一曲民族的颂歌。

本年度的小说创作中，年轻作家成为了中坚力量，特别是“80后”作家，而一部分“90后”新锐力量的浮现无疑也带来了不一样的文学活力。“90后”回族作家宋阿曼出版了自己的第一部小说集《内陆岛屿》，从语言与细节都可以看到这位年轻作家中文系出身的科班素养，而阅读过程中那在实感的漫溢与虚感的轻盈之间的切换又透射出作家自身对于多向度文学传统的汲取、融合。《公孙画梦》里陷入家族式“死亡”宿命而不自知却又竭力跋涉探寻“谋杀”问题的公孙、《贤良》里现实的沉重与疼痛……这些都构成了作家为读者打开的文学迷宫，同时也有作家自我的世事思辨。另一位“90后”蒙古族作家苏笑嫣出道很早，《果粒年华》是对她多年写作生涯的总结，关于青春、成长中那些朦胧、不可言说的或酸或甜的滋味的发现，也让她在青春写作中获得了独特的标识。

关注现实以及这其中的普通人，是这些作家创作中一个重要的聚焦点，在书写现实面貌是怎样的同时，他们也都普遍呈现出了对现实生活何以如此的追问，而如何更进一步地去追索潜藏于平常生活碎片中的幽微并以文学的方式审视人性存在，将是这些作家们努力的方向。

三

从某种意义上来说，散文似乎可以看做是最贴近于大地的书写方式。自然界中的大地并非是一个独立的存在，它如同一个巨大的生命圈，既包括土壤、水和空气，也将生长在大地上的一切生命体纳入其中。居于其中的作家以笔触为印来为大地留迹，也实在可以称作是对大地的贴近。凝视大地与泥土，是这些作家共同的书写姿态，也是散文的品格所在。

回族作家叶多多今年带来了散文集《银饰的马鞍》，她的散文创作可以说是当下文学版图中极具代表性的“边地书写”，尤其是她不管是文本内或文本外都秉持的“行走”的姿态，以及作为一个亲历者所坚持的“在场式写作”，都使得她的文字充盈着最为真实的温度。正所谓“一方水土养一方人”，高原山地将深沉厚重赋予了山民。在大山里的这些少数民族部落，每个人从一出生就开始咀嚼着生的艰难，为了活下去，用上全身的力量去抗衡死神，这反而造就了他们的不屈和坚韧，像经过烈火淬炼后的钢铁，生命更有韧性。因此山民有一种外人无法进入与复制的情感：对神的崇拜。在这里叶多多感受到的是一种由生命内部生发出的神性，“同许多山地民族一样，任何一个佤族人都会告诉你，山上的每一棵树有灵魂，山上的每一块石有灵魂，山上的每一条溪流有灵魂，飞鸟、走兽等都是他们中不可分割的部分。”① 与此同时，踏足在祖先行走过的路上，近距离触摸历史，在那银饰的马鞍之上，

---

① 叶多多：《银饰的马鞍》，大象出版社2017年版，第104页。

叶多多看到的是山地独有的那种厚重和茂盛的生命力，从过去到现在一直铭刻在山地子民们的骨血深处。

与叶多多的“行走”一样，白族作家彭愫英在自己的《怒江记》中也同样是以自己的脚步在丈量怒江盘桓其上的滇西大地，并用文字的形式把这种虔诚与情怀定格在了纸面之上。《怒江记》并非简单的游记，她在文字中编织出的是自己对于一条河流、一脉古道、一座古村落、一群远行客……的缕缕悼念。现代“速度”逐渐穿透了大山，让曾经的高山阻隔成为了远去的背影，与怒江的奔腾汹涌相伴着的盐马古道也卸下了身上数不尽的足印，静默于高原群山中。尽管它沉默了、寂静了，却并不代表被遗忘，彭愫英的行走与记录让这条静默的古道抖落掉历史的尘埃，在文字里慢慢复活，讲出它所承载着的数百年的沧桑岁月。

“80后”土家族作家陈丹玲没有进行远足，在《村庄旁边的补白》中她只是将目光集中于自己的安居之地：梵净山西麓的印江小城，所写之地看似很小，但又时时可见文字中的沉实。《村庄旁边的补白》写的是个人史，但这一个体之后所承载的却是村庄的历史、造纸的历史。这样的小中见大在另一位彝族作家左中美那里同样存在，作为一个“从村庄出发”的写作者，她从与安居地密切关联的种种细微之物着手，在《安宁大地》中为那并未完成的“村庄”进行着讲述。不管是那些植物：菌子、山果、药草……还是动物：蚂蚁、蚯蚓、蛤蟆蛊……以及村民们在大地上的各种生活痕迹，都是作家对大地的真情告白。两位女作家不约而同地选择以一些零散的事与物来进行讲述，在这看似散漫、随意的拼贴里，我们读到的是作家选择的苦心以及对安居地的博爱。其他作家如吉布鹰升的《在凉山》对自己生于斯长于斯的凉山土地几十年来的点滴变化做了深情的书写，文字里满是恳切。

四

在对本年度少数民族诗歌进行检视时，首先要提及的就是新一卷《彝诗鉴》的出版。在出版2014年卷的基础之上，楚雄师范学院又继续编辑、整理了《彝诗鉴》的2015年、2016年两卷，并在年中集中推出，反响强烈。两卷诗集中收录了约70位彝族诗人的诗作，当下活跃的诗人基本都有收录。诗歌是彝族诗人们“个体与自然、社会相联接的一种方式”,[①] 以“诗鉴”的形式来对每一年彝诗创作状况进行扫描，一方面形成了对文学现场的追踪考察，另一方面，这样的“诗鉴”也让少数民族文学在更广意义上的中国多民族文学场域中获得了同步的呈现。

本年度诗歌方面的另一个亮点则是来自于民间诗坛，诗歌民刊《佛顶山》于2017年重新复刊，在沉寂数年以后重新归来便是一个大手笔，连续出版了两期，分别是“80后90后少数民族诗人诗选”与“少数民族诗人诗歌专号”，其中包括了约30个少数民族的诗人。值得注意的是，这里有早已成名的前辈诗人，更多的是那些并不知名的新生力量，尽管略显粗砺或稚嫩，但也内蕴着新鲜的活力。在上一年度的述评中，笔者曾对民间文学力量的坚守以及“80后”少数民族作家的“年代侧影”有所提及。[②] 在《佛顶山》“80后90后少数民

---

① 曹晓宏：《彝诗鉴（2016年卷）·序言》，云南人民出版社2016年版。

② 李晓伟：《流动时代的立体书写——2016年度少数民族文学出版掠影》，《中国图书评论》2017年第1期。

族诗人诗选”专号中，这样的文学面貌再一次得以集中展现。年轻的文学新军带着来自民间的文学力量，走进我们的视野中，他们在诗歌中或关注世界，或思考自我，从自己的文字里写出了不一样的风景。

“90 后”新锐祁十木也在本年度推出了自己的第一部诗集《卑微的造物》，他在诗歌中与世界致敬、对话抑或保持执拗，读者从诗行里读出的是年轻诗人对于诗歌的虔诚。他以足够宽广的视野接纳、汲取那些前行者，同时又有一种“影响的焦虑”在他诗句里奔突。这使得这些诗歌既有着可以概称为“先锋”的实验性，也有着从他内心生长出来的、与族群相关的凝重。其他一些诗人的写作也同样值得我们关注，曾参加了 20 世纪 80 年代“非非主义”诗潮的吉木狼格推出了诗集《立场》，节制、简约的语言写出的是诗人对生活、世界的感悟与沉思，其他一些诗作如满族作家宁延达的《假设之诗》、撒拉族作家韩原林的《生命之恋》等也值得关注。

在本年度的少数民族文学出版中，我们可以看到新的文学力量在崛起，不同代际的作家们都在以各自的方式书写着自我与时代的种种关联。事实上，在看到创作繁荣的同时我们也应该意识到，在当下的少数民族文学中，有分量的作品依然少见。而对于年轻作家来说，如何从自己族群身份经验的单向表达转向与时代做多向度、深度对话，以及在关注、描写现实的同时进行深层追问，这些都是他们所要努力的方向，也是值得我们持续关注之所在。

（原载《中国图书评论》2018 年第 2 期）

网络文学:沧桑变化争朝夕

马 季

网络文学落地已有二十年时间，至今仍然处在高速发展中，无论是参与创作的人数、日更新的字数、文学平台的发展模式，还是作品产生的社会影响力，几乎每年都有新的话题出现。究其根本，网络文学的迅猛发展与国家经济的快速增长，社会的巨大变革，以及民众思想的开放包容有着密不可分的关系。二十年来，数百万网络写作者笔耕不辍，数亿网络读者追更阅读，原创作品总量多达1400多万种，每年新增近200万种，文学网页日均浏览量达15亿次。这一方面说明网络文学的极大繁荣符合民众的文化需求，另一方面说明中国社会在全球化时代积累和蕴藏着巨大的能量。换句话说，新世纪以来，尤其是近五年来在党和政府高度重视和引导下，展示出勃勃生机和巨大发展潜力的互联网大众写作和全民阅读，不仅创造了人类历史上新的文化奇迹，而且印证了中华民族“文化自信”理念的民众基础和社会根由。

精品化成网文主流方向

回望过去的五年，无论从内容生产还是产业规模的角度观察，网络文学行业发生的乃是结构性的变化，追随变化的足迹不难发现，精品化已成为当下网络文学发展的主流方向。

第一是创作形式与作品内涵的变化。网络文学类型化的发展逐步成熟，出现了大量具有中国本土特色的网络文学类型，如玄幻仙侠、架空历史、远古神话、古代言情、都市异能、历史武侠、现代修真、悬疑探险等，如《择天记》《奥术神座》《芈月传》《木兰无长兄》《雪中悍刀行》《血歌行》等作品呈现出内容与形式较为完美的结合。据粗略统计，五年来有两千多部网络文学作品被改编成电影、电视剧、网络剧、网络游戏和漫画，下线出版纸书超过5000个品种。其中最突出的特征是现实题材优秀作品不断涌现，接地气、有担当，成为网文爆款的重要标志。如《欢乐颂》《翻译官》《他来了，请闭眼》《遇见王沥川》《烽烟尽处》《网络英雄传》《浪花一朵朵》《相声大师》《大地产商》等作品给网络文坛带来了一股新风。

第二是产业发展态势的变化。即由在线阅读——粉丝经济——版权销售的粗放化模式，向类型化开发——全渠道推广——IP孵化的精品化模式转换。这一变化的内在动因主要有两个方面，其一是政府主导，在中央“大力发展网络文学”精神的指引下，连续数年，国家在互联网行业开展清网行动、剑网行动等专项活动，无非是对宏观定位的确认和目标实施的巩固，实际上，这也为网络文学的局部定位确立了行为规范、扫清了认识障碍，对网络文学的健康发展起到了保驾护航的作用。同时，国家新闻出版广电总局印发《关于推动网络文学健康发展的指导意见》，并开展年度“优秀网络文学原创作品推介活动”，中国作协发布“中国网络小说排行榜”，并组织专家探索建构网络文学评价体系，这些举动对推动网文的精品化起到了主导作用。

其二是行业做大做强的自身需求，随着互联网文化产业链的形成，网络文学出现了数字阅读和 IP 孵化两个发展方向，而后者由于受众更加广泛、产业附加值更高，但对作品的文化含量要求也更为严格，而这一区域的竞争使得网文主流化的路径逐渐明朗。

第三是网络作家认知的变化。五年来，网络文学组织化程度有了大幅提升，积极靠近组织融入社会成为广大网络作家的共识。目前已有浙江、上海、广东、江苏等 20 个省市、自治区以及行业建立了网络作协、网络文学委员会等相关组织机构，引导和扶持网络文学创作，培育网络作家成长、打造精品力作，已成为各级作协组织的日常工作。自中国作协鲁迅文学院开办网络作家培训班以来，五年中全国有近 2000 名网络作家接受了不同层次的培训，其中 167 名网络作家加入中国作协，9 名网络作家当选中国作协全国委员。近 200 部网络文学作品获得中国作协和地方作协重点作品扶持。两百多名网络作家参与了“走访四川地震灾区”“走进抗战历史”“重走长征路”等重大主题活动，深入企业、农村、部队、学校一线采风，耳闻目睹中国社会发生的巨大变化。

IP 孵化，关键在文化价值

2010 年兴起的移动阅读对网络文学的发展产生了巨大作用，最突出之处在于它引发了网文大数据概念的形成，成为 IP 孵化的一个跳板。但在 2012 年之前，IP 的开发是无序的，每个产品开发都出自认知不同的团队，因此产生不同的用户，变现是唯一的目的。结果 IP 开发出来之后，不同区域的用户往往互不相通，各说各话，比如小说的用户与影视剧的用户之间形成排斥，游戏的用户与小说的用户之间互不认同。因为理念不统一，缺少应有的文化包容，不同的开发商之间为了商业利益封锁消息，相互掣肘，最终导致用户群体的割裂。一部优质网络小说 IP 化之后，不仅没有产生叠加效应，反而形成了泡沫。从表面上看这是商业竞争在作怪，但往深处探究，根源是在文化层面缺少了认知的统一性。因此说，IP 孵化起步于创作，却完成于合作，从系数上来讲，合作的重要性丝毫不弱于创作本身，很多作品由于合作的紧密度不够，未能很好地发掘原作的特质。

近五年来，随着政策导向清晰明朗化，资本有序流入，促使 IP 产业链上下游运营模式透明简约，无论是最上游的网文大神、文学网站、影视游戏创作团队，还是最终的传播渠道，各方分享红利，分担风险。一部优质网络小说在孵化 IP 时不同的改编团队认真研究作品的特点和用户心理，做出预案，形成文化理念上的高度统一，使得 IP 的商业价值和文化价值达到一个最大的阈值。目前，互联网文化产业链上的各个环节已经认识到 IP 孵化关键在文化价值的呈现，近年由网文改编的《琅琊榜》《花千骨》《芈月传》《微微一笑很倾城》《醉玲珑》《那年花开月正圆》等作品在一定程度上实现了这一目标。文化展示的是一个社会的整体风貌，IP 作为我们这个时代特有的文化现象，绝不仅仅是商业运作，它当仁不让地承担着文化传承的历史使命。

2014 年，国务院办公厅发布的《进一步支持文化企业发展的规定》提出，通过公司制改建实现投资主体多元化的文化企业，符合条件的可申请上市。规定公布后，资本市场迅速加大了对网络文学企业的关注，融资渠道逐步拓宽，现有上市公司：中文在线、平治信息、掌阅科技；准上市公司：阅文集团；上市公司子公司：纵横中文网、阿里文学、凤凰阅读、网易云阅读、华阅文化；上市公司产业链布局：掌维科技、黑岩阅读、幻文科技、多看阅读、精典博维；新三板：天下书盟、铁血中文网、博易创为、天涯社区等，还将有一批文学网站陆续上市，推动网络文学产业升级。

网络文学与传统文学的关系一直是学界关注的问题之一。通过这五年的发展，网络文学用事实证明了自身的存在价值。“网络文学”与“传统文学”的确有很多不一样的地方，但文化根脉是一致的，两者之间既有分野的一面也有融合的一面。目前是一个文化开放、思想兼容的时代，“网络文学”与“传统文学”之间的包容和互补将是主流发展方向。它们之间不仅在表现形式上可以互补，在思想内容上也可以互补。网络文学在传播上具有优势，而传统文学更适合慢阅读。网络文学想象力丰富，天马行空，任尔驰骋，作品类型众多；而传统文学在艺术审美方面更为深刻和细致，承载了民族精神。两者的互补有助于文学事业健康繁荣发展。

进军海外，讲好中国故事

近五年，还有一个重要现象值得一说，原创网络文学资源共享渠道形成规模，第三方阅读平台成为行业发展的核心动力。除阅文集团、掌阅系、中文在线、百度文学、阿里文学和爱奇艺文学等渠道外，三大电信公司移动阅读基地、亚马逊、京东 lebook、当当多看等纷纷加入新平台的建设。在此基础上，初具实力的中国网络文学终于迎来了“进军海外”的黄金发展期，一批本土网络文学企业乘风破浪，迎势而上，发挥数字阅读平台已经积累的经验和优势，逐步推进原创网络文学作品的翻译推介，实现跨文化、跨区域的长足发展。

2015 年 7 月，掌阅科技启动 iReader 海外项目，正式进军国际市场。目前海外用户规模已突破 800 万，月销售额达 300 万元人民币，在新加坡、马来西亚等 60 多个国家和地区的分类 app 销售榜中位列榜首，其中包括近 40 个“一带一路”沿线国家和地区，成为在全球影响较大的数字阅读平台。2016 年 10 月，中文在线数字出版集团股份有限公司新设增加 CHINESEALL CORPORATION 美国公司，完成听书产品的美国本土销售，同步构建了国内数字出版产品国际对接的主要研究工作。2017 年 5 月，阅文集团旗下起点国际正式上线，以英文版为主打，将逐步覆盖泰语、韩语、日语、越南语等多语种阅读服务，并提供跨平台互联网服务。目前上线作品已达 40 余部，累计更新近 5000 章，总量远超所有翻译中国网文的独立站点，品类覆盖玄幻、仙侠、科幻、游戏等多种题材。

近两年，网络文学在海外的发展引起了社会广泛关注，这显然是中国文化走出去在互联网时代的具体实践。目前，中国网络文学作品已在多个海外翻译网站走红，在 Wuxiaworld（武侠世界）、Gravity Tales 等以翻译中国当代网络文学为主营内容的网站上，随处可见众多外国读者“追更”仙侠、玄幻、言情等小说，老外跟读中国网文已成为中外文化交流的新趋势。中国网友还根据流量显示贴出了老外喜爱的十大作品——《逆天邪神》《妖神记》《我欲封天》《莽荒纪》《真武世界》《召唤万岁》《三界独尊》《巫界术士》《修罗武神》《天珠变》等。这些小说被网友称作“燃文”，讲述的多为平凡无奇的男主角开天辟地一路拼搏，在各路神仙师傅的辅助下，不断升迁，最终取得人生成就的故事。

（原载《文学报》2017 年 10 月 16 日）

作品选载

·长篇小说述评·

《天漏邑》

赵本夫原著　徐刚述评

“天地亦物也。物有不足，故昔者女娲氏炼五色石，以补其阙，断鳌之足以立四极”，赵本夫的长篇小说《天漏邑》以《列子·汤问》开篇，说任何东西都有破绽的，而小说里天漏村就是天空的一个破绽。在他这里，天漏村无疑是一个奇怪的村子，它的前身是舒鸠国的都邑。在天漏村三千多年的历史上，死于雷劈的有一万八千多人。正是因为这种奇异性，关于天漏邑，世间流传着各种说法。一说是远古遗民部落，一说为舒鸠国都城，一说是历朝囚徒流放地，这便存在某种截然的对立，罪恶的渊薮，抑或自由的天堂。只不过，这些如桃花源般的传说终究虚无缥缈，而在小说寓言化的策略里，天漏邑被认为是恶的传说。

《天漏邑》中第一个出现的关键人物是宋源，他的出现有点像《封神演义》里面的雷震子。他的出生源于他的母亲，丈夫已逝六年的宋王氏上山砍柴时，被一声干雷击中，但令人称奇的是，她腹中的婴儿却只是劈黑了半边脸，这个半边黑脸的婴儿就是后来的抗日英雄宋源。这种明确的标记，让小说中的他就像是一个活脱脱的黑煞星。作为九龙山一带的游击队队长后，宋源神出鬼没，搞得日本人到处悬赏缉拿，可他自己总嫌赏金太低，每次把杀掉的鬼子扔到彭城司令部门前时，他都要注明加钱，一时间令鬼子闻宋源而丧胆。

日本人进剿的前两天，宋源离开九龙山，他突然接到一个特殊任务，单枪匹马护送一个高级干部去延安。这样为了便于伪装，不会太招摇。宋源本不想去的，他正和日本人玩得兴起。但军令如山倒，何况是护送一个高级干部去延安。延安是所有革命者向往的地方，他当然想去看一看。从九龙山到延安三千多里，来回四五个月足够。事前说好的，把人送到就回。他却一去三年，重回九龙山时，已是一九四二年冬天。这段失踪的经历，使得所有关于宋源的传说，最终成为一个宋源之谜。

围绕宋源，出现了小说中另一个最重要人物——副队长千张子。千张子和宋源不同，他是个十分谨慎的人，打仗前侦察摸底，敌人的兵力、装备、布置、厕所、食堂，作息时间，环境、天气、风向、撤退路线，一切都弄清楚了，他才下手。除了宋源和千张子，女县长檀黛云，专家祢五常及他的几个学生，都是这部小说的重要人物。这些人物共同构成了小说里的历史以及对于历史的回溯和探索。

在小说中，赵本夫运用田野调查的叙述笔法，对天漏村的异状进行了细加考辨，在他这里，田野调查是对对象的实地察看、查勘、追踪、辨识和研究，最终是以呈现事物的真实客观面貌为重要目的。因此当赵本夫运用田野调查笔法，对天漏村之异状加以一一考辨，小说是有意模糊了纪实与虚构的界限的。或者换句话说，是占据了虚构与写实的双重优势，让小说在真实与虚幻中自由出入，将宇宙自然的奇幻力量与文明进程的诡谲之处表现得淋漓尽致。

《天漏邑》全书有两条叙述线索，一个是天漏村人宋源、千张子的游击队顽强抗日，及宋源在解放后追查叛徒，为被残忍杀害的女县长檀黛云报仇的故事。第二条线索是大学教授祢五常带领学生到天漏村考古的事情。在此，从天漏村走出去的抗日英雄宋源、千张子双双成谜，令前来考察的大学历史系教授祢五常和弟子们深深陷入到历史的团团迷雾之中。对于赵本夫来说，写一部好看的小说，希望读者能够获得阅读快感，这本是他的首要追求。因而《天漏邑》的写法并不花哨，但却是非常中国化的，这里有奇谲的故事，鲜活的人物和迷人的悬念，而正是这些元素，激发了读者浓厚的阅读兴趣。但另一方面，小说其实并不仅仅在追求好看，它没有停留在阅读快感的肤浅层面，而是执着追求某种深切的文本意涵。在这个意义上，如小说推荐语所言的，“从一个村庄的田野考察引出的超现实文学力作，赵本夫向自然秘境与文明演变发出的终极叩问”。

关于《天漏邑》的写作情况，如作者赵本夫自己所言，这是有故事原型的。小说女主人公檀黛云这一人物，是他以其五舅妈的一部分经历为原型塑造出来的。这位五舅妈在徐州当地非常有名，曾被人称为“钢铁妈妈侯五嫂”。作为妇救会长，侯五嫂在抗战时期做了大量的革命工作，不幸被日本鬼子捉住后受尽酷刑也宁死不降。她后来侥幸逃生。这里赵本夫有意引入最近网上的一个说法，历史上很多记载似乎表明，女性相对男性更少背叛。赵本夫多次采访侯五嫂，深感迷惑，他也不断思考，除了信仰的精神因素，是什么决定了叛变的发生与否。令人诧异的是，与檀黛云的宁死不降相比，小说中叛变的千张子是因为“实在忍受不了那个疼”。那么令赵本夫感兴趣的问题来了，究竟应该怎样从政治、法理、伦理、道德多个层面来评判叛变的问题？作者更进一步指出：在战争的环境下，谁是应该被牺牲的，谁又是应该被保护的？人做出怎样的选择才是合理的？千张子选择出卖女上级檀黛云换取自由，他的理由似乎理直气壮：他比檀黛云更能杀鬼子。事实上，他并不怕死，他也的确在这之后进行了疯狂的复仇行为，杀掉了更多鬼子。也正是因为这样，这种叛变的伦理意义更加暧昧复杂。

在赵本夫看来，《天漏邑》的故事既是现实的，又是超现实的，既是形而下的，某种程度上又是形而上的。即所谓一条线写“天道”，一条线写“人道”。一方面作品带有明显的隐喻和寓言的性质，另一方面小说又是以作家长辈为原形的抗日英雄为中心，同时也是他首次“正面”书写的叛徒形象。如其所言的，他想写出历史和社会、历史和现实、人生的包括人性的复杂性。相当多的评论者认为，《天漏邑》将笔触深入到了人性幽微之处，小说蕴含了复杂的人生况味，让今天的我们有机会思考险峻环境下的人性难题。作者以蛮荒之地、化外之民的天漏村为模型，将当代文学中稀见的“原罪”意识呈现了出来，再杂糅以田野调查的笔法，创建了一个关于自然与文明的寓言式的作品，并由此致力于向自然秘境与文明演变发出终极叩问。从这个意义上说，《天漏邑》是一部充满了疑问、让人深思的小说。

对于《天漏邑》的艺术成就，郜元宝从文化角度给予了高度肯定，他在《天漏，人可以不漏》（《当代作家评论》2017 年第6 期）一文中分析了《天漏邑》所包含的文化意识。他认为，小说《天漏邑》中，巨大的“漏”字覆压全篇，成为“文眼”。赵本夫并没有援用某个现成的神话传说为其小说的现实世界构造一个具有强大阐释功能的超验框架，而是暗示其笔下“人道”世界和“天道”世界都残破有“漏”。如果说赵本夫有足以阐释现实世界的超验世界，那也就是这个关于“天漏”的半神话半传说的奇特寓言。在郜元宝看来，《天漏邑》一上来就承认我们的文化之根就包含在一个巨大的“漏”字里面，犹如无法逃避的原罪。这种“原罪意识”也是赵本夫所刻意强调的。事实上，从《天漏邑》中是可以看出“原罪意识”的，这是中国文化中分明缺少的一种文化意识。在赵本夫看来，中国有佛教、道教，包括儒教等宗教，但中国文化中缺乏忏悔意识，却是不争的事实。

在《天漏邑》的扉页上，赵本夫引用了奥地利作家斯蒂芬·茨威格写的《异端的权利》里的一句话，“我们的世界大得足以容纳许多真理”。正是这几句话，引起了评价家的广泛关注。孟繁华认为，这句话可谓理解这部小说的一把钥匙，因为它体现了赵本夫对世界，对战争，对我们的文明史的一种理解，一种认同。而按赵本夫自己的说法，他是要借这句话说明一个看起来非常简单，却常常容易被忽略的道理：一件事不是只有一种说法，站在不同的角度会有不同的说法。《天漏邑》很好地诠释了赵本夫的这一理解。即小说如他所表现的，是要从如何塑造总是被脸谱化的“叛徒”形象上，看出他所选择的不同寻常的切入角度。

评论家胡平高度肯定了赵本夫对于复杂人性的描摹，在他看来，赵本夫塑造的千张子的形象，可谓国内抗战文学书写上一个重大突破。如其所言，千张子的叛变无关信仰，无关人格，只因为一个“疼”字。千张子怕疼，并不是因为他怕死，他活下来后，果然成为了一个英雄式的人物，还杀死了很多日本人，最后他也获得了原谅。“通常小说不会这样写。比如甫志高出卖了江姐后，他就定型了。我们过去写叛徒都是这样写的。但赵本夫不一样，他对战争和人性做出了自己独特的考察。”正是在这个意义上，赵本夫与其说是写抗战，不如说是如白烨所说的，他是把抗战作为舞台，展现一些非常独特的人性和个性，他运用一些叙事手法，把人物的复杂性写了出来，同时也丰富、改写甚至颠覆了我们既有的认识观念。关于千张子的形象，郜元宝也指出，本来当汉奸是个无解的悲剧，但赵本夫给“汉奸”侯本太设计了一个合情合理的从糊涂、逆反、冲动、卑怯到怀疑、思索、痛苦、屈辱、逐步警醒、最后毅然反正的过程。这个人物不仅是迄今为止“抗日小说”难得一见的异类，也是整个“抗战文化遗产”中不可多得的一个闪光点，体现了作家思考的深度和独创的勇气。在赵本夫这里，千张子成为了一个打引号的抗日英雄，其中蕴含了复杂的人生况味，值得我们今天的人们认真思索。

作为一部乡土题材小说，《天漏邑》如评论家陈晓明所指出的，在乡土文学或抗战文学的表层框架里，融入了神话思维。“它是在神话的意义上来重新书写乡土中国的村庄的文明史。”提到神话，相当多的人会想起寓言，因而寓言也是评论者讨论《天漏邑》的关键词。评论者都高度肯定了小说所具有的寓言品格。比如在评论家聂震宁看来，赵本夫小说的主要特色在于寓言化，从《地母》三部曲到《卖驴》，从《无土时代》到《天漏邑》，他的主要小说都是寓言化的作品。但评论家李敬泽并不认为《天漏邑》是一部寓言，他觉得小说塑造的意象有着人类生活丰富经验的支持，“这个小说我觉得最珍贵的还是让我们由此认识人性，认识自己的同时也认识我们的文化、历史，认识我们身上那些光荣、高贵、卑微和可怜”。

关于《天漏邑》，更让评论家阎晶明感兴趣的是，赵本夫的很多小说都有鲜明的主题，像《无土时代》这样的小说，书名本身就是一个主题的浓缩。但让他感佩的是，赵本夫虽说有很强的主题意识，但他不说教，不空洞，他能够通过自己的人物、故事，把原先设定的那个看上去有点大，看上去有点硬的主题融化掉。阎晶明表示，《天漏邑》有着很强的传奇性，但它又分明写的是历史。“毫无疑问，赵本夫试图在传奇性和历史性之间，找到一个最佳的结合点。”当然，赵本夫笔下的天漏村，本身就是一个超现实的存在。它会让读者联想到马尔克斯《百年孤独》里的马孔多镇，但赵本夫有意避开新时期文学被拉美魔幻现实主义文学笼罩的巨大影响，而是试图独辟蹊径，创造一个东方古代文明的母本，以此梳理东方文明流变及其国民性格。“我不希望从我的作品上能看到任何一部国内外经典的影子，如果能让读者读到这样的影子，它就是失败的，这也是我所不愿看到的。”

事实上，赵本夫也并不止于要给读者讲述一个寓言故事，他是把寓言作为一个载体，承载自己的写作诉求。《天漏邑》包含了诸多丰富的主题，诸如原罪意识，罪与非罪的纠结，社会残缺与人性残缺的对照，以及惩罚与宽恕，忠诚与背叛，出世与入世等几组范畴。小说深藏的用意和苦心不时让人心生波澜，追究种种谜题背后的隐喻。赵本夫坦言，涉及这么多复杂深奥的主题，他当然无法给出答案，但作为一个求索者，提出问题总是好的。“在人类认识自然和社会的过程中，提出问题永远比解决问题更重要。因为叩问是前提，提出问题就有可能解决问题。如果不能提出问题，问题就永远无法解决。”

（《天漏邑》，赵本夫著，人民文学出版社，2017 年）

《金谷银山》

关仁山原著　郭宝亮述评

继“农村三部曲”之后，关仁山又推出了他的最新长篇《金谷银山》（作家出版社 2017 年 10 月版）。小说以最大的热情、最朴实的笔触，描摹了新时代新型农民范少山带领乡亲们艰苦创业的感人故事，从而谱写了一阕新时代的新型“创业史诗”。

说《金谷银山》是新时代的《创业史》，主要就两部作品的精神气质上的一脉相承而言的。在范少山的身上，流淌着梁生宝的血脉，共和国初期的创业英雄，在经历了历史沧桑巨变之后，终于再次凤凰涅槃，浴火重生了。范少山回乡创业，带领乡亲们重走集体合作共同富裕之路，正是梁生宝昔日创业道路的新时代翻版。可以说，《金谷银山》正是关仁山有意向柳青《创业史》致敬的现实主义作品。作品中不断出现的范少山喜欢读《创业史》，景仰梁生宝的情节，是关仁山有意设计的从梁生宝到范少山的血脉源流。作者旗帜鲜明地祭出《创业史》这面革命现实主义的大旗，就是要为新时代文学找到正源清流的一种努力。

梁生宝作为共和国第一代创业者，他的实干、吃苦、心系群众，是柳青留给我们的一笔宝贵财富。改革开放以来，由于家庭联产承包制度的实施，人们对建国初期的合作化运动颇多微词，作为这场运动带头人的梁生宝等一代英雄人物也频频遭遇误解甚至是被否定的命运。一时间消解和颠覆、“躲避崇高”成为新的时髦。当然，从文学史的眼光看，八十年代开始的对昔日“假大空”的解构，还是具有重要的意义的，那是对“文革”极左的拨乱反正，是将拉上神坛的“英雄”拉回到普通人的位置上来的二次“启蒙”，其进步意义是明显的。然而，九十年代以来，随着市场经济的确立，人的欲望空前泛滥，一些文学作品，不仅没有以正确的价值观对这种现象加以批判，而是推波助澜，追逐欲望，崇尚颓废，继续消解英雄，宣扬虚无主义价值观等等消极思想充斥文学作品，这显然是不合时宜的。新世纪以来，批评界不断呼吁的“文学向外转”实际上就是对这种现象的不满的表现。“文学向外转”不仅要关注现实生活中的问题，而更重要的是要写出面对现实问题迎难而上埋头苦干的人。这样的人就是新时代的新人，是我们时代的新的英雄人物。可以说，关仁山的《金谷银山》恰逢其时，适应了文学与时代的双重要求，把梁生宝作为自己小说主人公范少山的榜样，从而完成了他一贯以来塑造农村新人的夙愿，塑造出一个新时代文学的全新形象。这不仅成为关仁山自己的一次文学转型，也成为新时期文学向“新时代文学”转型的标本之一。

当然，范少山的时代毕竟不同于梁生宝时代，范少山也不是梁生宝。如何塑造我们当下时代的新人形象，关仁山也是颇费了一番心思的。首先是典型环境问题。范少山生活的时代已经到了新世纪。改革开放带来了生产力的极大发展，中国社会的主要矛盾已经变为“人民日益增长的美好生活需要和不平衡不充分的发展之间的矛盾”。一方面是城市的高速发展，另一方面则是一部分乡村的衰落，导致极大不平衡。关仁山坚持现实主义的精神，没有回避目下农村存在的诸多问题：贫穷、闭塞、荒芜、伦理失范、人心不古……他笔下的白羊峪就是其中的代表。这个燕山脚下的只有 17 户人家的自然村，近年来，人们走的走，迁的迁，年轻人出外打工，剩下村里的老弱病残，无人看顾，一派荒芜景象。最关键的还是村里没有主心骨儿，村支书费大贵自顾自地搬下了山，住进城里的别墅，从而使党的基层组织纪律涣散，人心冷落，伦理崩坍。由于山太高，路难行——白羊峪自古只有一条路：鬼难登，空手上山还时常有人跌落深谷——上级组织决定让白羊峪全部搬迁下山，而白羊峪人却穷家难舍，不愿搬迁，就这样不死不活地僵持着，几乎毫无希望地苟延残喘着。这是关仁山为主人公范少山设置的典型环境。家园将芜，是放弃还是坚守？这成为摆在范少山面前的一道严峻的难题。

主人公范少山本是白羊峪的一个普通农民，五年前只身来到北京昌平以卖菜为生，家乡的贫穷，妻子的背叛，使范少山漂泊的心始终找不到停歇的港湾。一次偶然的回乡，邻居范德安在贫穷孤寂中的自杀事件，令范少山的心灵受到强烈震撼。从此萌生要回乡带领乡亲们创业，摆脱贫困的念头。放弃城里的生活回到农村，这是一种逆向的流动，不仅不合时宜，而且基本上是自找苦吃。况且，范少山在城里还认识了贵州姑娘闫杏儿，二人在城里打拼，肯定比在农村更具有优越性。然而，范少山为什么这样义无反顾地回到乡村呢？关仁山在此并没有从观念出发简单地书写范少山的迎难而上，像当年的梁生宝那样，如何带领乡亲们克服困难，艰苦创业的外在事迹，而是写出了范少山的内心逻辑。范少山之所以是新型农民形象，是说他已经不像梁生宝那样，是封闭在土地上的老一代农民了。范少山由乡村到城市，再由城市返归乡村，正是城乡融合之后的结果。农民进城，作为改革开放的一大新鲜事，极大地拓展了农民的眼界，也使城乡的融汇成为可能。然而进城的农民工的身份却是很尴尬的，他们似乎永远也难于融入城市，范少山在城里卖菜为生，打拼五年，虽然可以赚到比农村多得多的金钱，但却很难找到归宿感，打工只能是一种暂时的无奈之举："范少山觉着自己个在北京就像一滴油花，漂在水面，看似光亮，却总也溶不进水里。而一滴油花能做什么？反而将水弄脏了。范少山是个啥人？城里人认为他是乡下人，乡下人认为他是城里人。他就像画好油彩扮上妆的演员，一登台，却被观众轰了下来。"范少山的归宿在哪里？只能在白羊峪。这是范少山回归乡村的心理基础，因而是令人信服的。而城市的生活经历，又使范少山具备了一般农民不具备的市场眼光。从范少山回归白羊峪所做的每一件事，无不显露出他的商业考量，这显然超越了梁生宝那一代农民。种金谷子，种金苹果，发展绿色农业，凿山修路，开发溶洞旅游……都是具有商业卖点的阳光项目。但范少山不是单纯的商人，他是有着远大抱负和宽广胸怀的白羊峪人。对故乡的热爱，对乡亲们的牵挂，对衰败乡村的秩序的强烈的忧虑，使他雄心勃勃地要重建家园，不仅经济上让农民富起来，而且更重要的是要让乡亲们在精神上充实起来。

家园的重建和坚守，首要任务是脱贫。如何脱贫？这是一个事关农村农业发展道路的重大问题。20 世纪 80 年代实行的家庭联产承包责任制，解决了八亿农民的温饱问题，是农业发展具有重大历史意义的举措。但无可讳言的是，随着时代的发展，城市化进程的加快，一家一户型的农业发展模式已经不适应如今的农村实际，新时代迫切需要重新组织起来，走"集体"创业，共同富裕道路的农业发展新模式。不过，同样是"集体"创业，共同富裕，范少山与梁生宝也大大地不同了。比起梁生宝，范少山的创业更具有复杂性和挑战性。梁生宝在共和国初创时期的创业，尽管困难重重，但农村的形势还是比较单纯和明朗的，梁生宝按照党指引的互助合作化方向前进就可以了；而范少山所面临的具体情势，是在市场化全球化的冲击下，农村的传统农业形态向城市的现代文明形态转型的大环境中，农村农业如何发展仍处在摸索实验阶段。范少山根据自己在城里经商的经验，按照市场规律和生态理念，实行自愿入股的现代公司体制，使土地流转起来，进而把农民组织起来，建立新的"合作化"模式，走新的"集体化"之路和绿色发展之路。这也许是农村未来发展的方向。以现代公司的运作模式，经营农业，将生产与销售链接起来。女友杏儿在城里的营销渠道，以及利用互联网的操作方法，都显示出范少山不凡的现代新型农民的特质。小说中若隐若现的大学生雷小军回家乡创业，在县上成立了蔬菜协会，对农户实行产、供、销各个环节的服务且越做越大，成为范少山的影子，表现出关仁山对未来农村农业发展的理性思考。这表明，如今的农业已经同梁生宝时代的农业完全不同了，城市化的过程，并不是要消灭农业，而是要在城乡一体化的总体格局中，要让自给自足的传统农业模式代之于真正市场化的现代农业模式。只有这样，农村和农业才有活力，家园才可以得以重建和坚守。

家园的重建与坚守，更深层次的还在于一种精神。在现实层面，《金谷银山》很好地演绎了习近平总书记提出的“绿水青山就是金山银山”的绿色发展理念。《金谷银山》以传统的“金谷子”抵抗外国种子；以不打农药，不施化肥种植成功的“永不腐烂”的“金苹果”来宣示绿色环保的时代精神，正是实践习近平新时代中国特色社会主义理论的一次自觉尝试。在历史文化层面，向传统吁求力量是范少山十分明确的追求。小说中反复出现的银杏树，以及对康熙亲题古村训的寻找，都是试图实现传统与现实无缝对接的努力。特别是对金谷子种子的寻找，使小说充满了象征意味和传奇色彩。金谷子是白羊峪一带的特产，早年间是皇宫里的贡品，可是“文革”期间，金谷子绝种了。范少山要重新找回金谷子种子，他从太行山老姑爷爷的坟墓中找出金谷子种子，难道不正是向传统找寻力量、自信和希望的象征吗？

家园重建与坚守的核心是要重建新的乡村伦理秩序。乡村伦理秩序在过去是由家族的亲情纽带来维系的，乡村自治的核心是族长制度。一个德高望重的族长，一方面靠血脉亲情，另一方面要靠族长自身的道德楷模作用，而道德的威严来自于文化的约束。十七年时期，农村稳定的前提来自于集体体制中的干部，那时的干部由群众选举产生，是真正的带头人。八十年代以后，一家一户的联产承包责任制，打破了集体体制一元化的权威，农村的干部失去“威望”。特别是经历了“文革”的冲击，家族伦理关系失去了约束力，市场经济刺激下的欲望泛滥，人们的价值观世界观都被扭曲。于是，子不孝，父不慈，兄不友，弟不恭，妯娌失和，婆媳反目现象触目惊心。《金谷银山》中老德安的自杀，原因复杂，儿子不孝，肯定是原因之一：“老德安辛辛苦苦拉扯大的儿子，娶了媳妇，离开了白羊峪，就跟他一点儿牵扯都没有了。”还有那坑蒙拐骗的，横行霸道无法无天的。老德安的儿子范少军，在南方打工常年不顺，看到白羊峪变了样，纠集一批人回乡闹事，又是糟蹋金苹果，又是乱砍果树，浑身戾气，无赖流氓，妄图以此横霸一方。范少山果断出击，毅然报警，以法治的力量镇住了这帮浑不吝的。然而，口服不如心服，没有心理上自觉归化，乡村伦理秩序是建立不起来的。范少山以德报怨，为这些回乡的“捣乱分子”修房子，安排工作，以“村训”教化迷途的游子，范少山以共产党员的凛然正气、宽广的胸怀和无私的大爱，感化了范少军等一批游子，他在新农村的建设中重建了新的乡村伦理秩序。

《金谷银山》在风格上诙谐轻松，大有赵树理之遗风。以轻写重，以实写虚，是小说艺术上的重要特征。所谓的以轻写重，就是说关仁山所写的题材是极为严肃和重大的，但关仁山却以诙谐幽默的轻喜剧的方式来处理。比如，余来锁与田新仓对寡妇“白腿儿”的爱情追求，以及争风吃醋的描写，常常令人忍俊不禁。范少山与闫杏儿、池春英、欧阳老师之间的爱情纠葛与误会，也都采用了这种方式。我在阅读这部小说的时候，常常猜想关仁山的写作状态，一定是很轻松，很惬意吧。关仁山完全放开了手脚，小说一气呵成，文顺气畅，不枝不蔓。

他把无尽的笑和欢乐连同思考一并留给了读者。

“以轻写重”是《金谷银山》与《创业史》的区别。《创业史》的风格更凝重，更严肃。其实，在十七年时期的许多革命现实主义作品，在写重大题材的时候，风格上往往采用严肃，剑拔弩张的方式，是“以重写重”的居多。当然也有“以轻写重”的作品，比如赵树理为代表的“山药蛋”派的作品，喜欢以农民的幽默来写现实重大问题，因此读来给人轻松的感觉。关仁山私下曾向笔者透露，他曾认真研读过赵树理的作品，是看着《李有才板话》来写《金谷银山》的。但在我看来，革命现实主义作品中，孙犁为代表的“荷花淀”派的作品，也是“以轻写重”的优秀范例。关仁山正是在对赵树理和孙犁的继承和超越中，找到了自己的写作风格。小说中处处风景，山水林木，奇峰异石，飞禽走兽，花鸟虫鱼……白羊峪穷是穷，但自然景观美如画廊，关仁山以灵动优美的文字，亲切深情的口吻描摹的这个白羊峪世界又有些超凡脱俗的世外桃源的意味了。

所谓以实写虚，是说关仁山在小说总体上是写实的，但又在写实之上氤氲着一层虚的光晕。这是《金谷银山》不同于《日头》的方面。在《日头》中，虚的方面是有意识安排的，尽管使小说充满了魔幻色彩，但有些方面，虚得太过，显得有些勉强；而在《金谷银山》中，虚与实处理得比较自然，小说基本围绕范少山结构小说，主要写了范少山与余来锁、田新仓等人种植金谷子、发展绿色苹果、开山修路、创办学校、研究沼气发电、开办爱心食堂等。这些都是实写的层面。而作品中出现的雷小军、孙教授、欧阳老师、泰奶奶、范老井与狼群的故事，以及日本商人田中二喜等，又从虚的层面拓展了小说的时间与空间，从而使小说打通了历史、现实与未来，连结了乡村、城市乃至世界。

（《金谷银山》，关仁山著，作家出版社，2017 年）

《梁光正的光》

梁鸿原著　徐勇述评

对于梁鸿的《梁光正的光》来说，虽说修改本比发表本更为成熟而内敛，但若从梁鸿的创作历程来看，发表本更具有症候和过渡色彩。也就是说，我们从发表本中更可以看出作者的创作轨迹和流变来。相比《出梁庄记》和《中国在梁庄》，发表本（《梁光正的光荣梦想》）让我们看到了不一样的梁鸿。这一个梁鸿虽然隐匿在一个叫梁冬竹的叙述者身上，以代言人的身份出现。但即使如此，我觉得还是比那个侧立一旁，以俯视、冷静和客观的眼光打量梁庄的一切的梁鸿要亲切得多。这一个梁鸿的形象，她知道作为叙述者的限度。她十分清楚，她只是一个叙述者，她的叙述可能存在漏洞，可能无法完整拼出事情的来龙去脉和起承转合，她的叙述也可能言过其实，或者说该讲清楚的没有讲清楚，该隐藏的却没能隐藏。但恰恰是这样的叙述者，才是离我们最近的，因而也是最让人觉得可亲可爱的，也最触动人心和让人深思的，虽然她的叙述不免有这样或那样的缺点。

当然，这都是因为文体的不同。前面提到的两部作品，被称为“非虚构”文本，在其中，作者/叙述者不仅是作为所叙故事的参与者，观察者，还是作为讲述者，乃至著名高校的教授。这一多重身份的重叠，自觉不自觉地决定了她的“端着”的姿态和立场。也就是说，在《出梁庄记》和《中国在梁庄》中，其主人公并不是通常理解中的生活在梁庄或离开梁庄外出打工的梁庄人，而是作者梁鸿自己。某种程度上，这是另一种形态的学术专著，她是以学者的姿态和立场，在从事中国乡村的切片式的勘探和田野考察，两部书的作者的主体性都很明显。相反，《梁光正的光荣梦想》则一开始就明确定位在“虚构”文体上。小说在故事的开始之前加上《楔子》这一部分，其实是想告诉或提醒着我们叙述者的存在。这种提醒在此后的几乎每一章的章首都以不同字体的形式显示着自身。

这样做的目的十分显然。此一讲述的故事是叙述者猜测、想象、“研究”和“拼接”的结果，是叙述出来的故事，与事情本身可能有出路。作者为什么要这样做？是因为作者是大学教授，她想写出一部带有先锋意味的小说吗？还是另有原因？我们看到，这里的叙述者“我”不是作者梁鸿，而是小说中的主人公之一梁冬竹。也就是说，这是以小说的其中一个主人公作为小说的叙述者的。或许，问题就可以换一种角度提出：为什么要以梁冬竹作为整个小说的叙述者？为什么要时刻提醒读者注意到叙述者梁冬竹的存在？

抛开叙述者不论，仅就故事的讲述层面而言，这一小说应该说是很成功的。小说中父亲梁光正的形象，可以说十分精彩且极具典型性。梁光正是农村中有一定知识的，爱干净的，爱打抱不平的，爱惹事的，爱偷奸耍滑的，但又是肯吃苦的，锲而不舍的，坚韧不拔的农民。这一农民形象，既不符合我们对 1950—1970 年代的社会主义新农民的想象，也与改革开放以来的新式农民的代表明显不符。他的想法很多，但他始终都是一个“失败者”的形象：既种不好地，也不可能脱离土地走向城市。他是一个想法好于行动的人，但又是一个敢作敢当的人。在他身上既有传统农民的狡黠的精明的一面，也有质朴、善良与乐善好施的性格特征。但这样的一个农民，他注定了是一个不称职的父亲。他的心思过多地放在他事旁人那里，就是不肯聚焦于自己的儿女们身上。所以他同他的儿女们的关系始终“剑拔弩张”而深具火药味。小说讲述的主要就是他的儿女们同他之间展开的不屈的“斗争”和较劲的故事。

这样一种“斗争”构成了整部小说的贯穿始终的故事或主题。但这样的“斗争”又是不彻底的，往往带有虚张声势的特点。晚年的父亲每提出一个要求或想法，都会遭到子女们的集体反对，但最后他们又都乖乖地服从了。梁光正提出要去寻亲，子女们不同意，还是跟着去了。梁光正要回农村种油菜，子女们反对，后来也还是默许了。即使是梁光正提出“想去寻寻蛮子”，那个最让子女们谈之色变的曾经的“后妈”，他的子女们最终也还是妥协了。这就是小说所叙述的梁光正一家的形象，一个奇怪的，彼此之间充满怨恨，但又难以割舍和分离的大家族。

小说中所谓的“斗争”，主要围绕在父亲梁光正同他的四个亲生子女——梁冬雪、梁冬玉、梁冬竹和梁勇智——之间展开。而不是后妈与继子继女之间，也不是异父异母的兄弟姊妹之间。这是父子、父女之间的长久的“战争”。小说中讲述的绝大多数事情，大都是围绕这个斗争而展开。他们对父亲的怨恨无法消除，转而向“后母”蛮子发泄，甚至不惜以一个烫伤事故的形式让蛮子带来的儿子小峰终生残疾。但也是这事故，成为了横亘在他们家族的历史上的一个无法绕开的“事件”。小峰以他的伤残的身体及其身上无处不在的触目惊心的伤疤时刻向他们显示着他们的不义和残酷：这就是你们，是你们留给“我”的礼物！这样来看，就会发现，梁光正之所以在年届65岁之后还要热衷于寻亲，其实是在为最后提出“寻寻蛮子”做铺垫和准备。而“寻寻蛮子”，也并不是要接续未了的情缘——蛮子因为被前夫找到而曾被强行带走——而是要还债。因为，他感到他的时间并不是很多了。他想在死前的最后时间里完成对小峰的还债。

这也是他的子女们为什么会一而再再而三的妥协的原因。正是因为不敢面对小峰的伤疤，所以才会反对去“寻寻蛮子”，而也因为这一伤痕无法抹除永远都在那里，时刻警示着他们，他们又不得不一次次的让步。这一事件就是一个“超级能指”，不断地横扫指向梁光正和他的子女们，不断地激起并制造着他们之间的矛盾、斗争，而后是一次次的退让、妥协。这样也就能理解，整部小说为什么只是聚焦于梁光正和他的子女们之间的“斗争”，以及他们一家同蛮子母子之间的纠葛关系上。而对他们兄弟姊妹之间的关系，却不太关注。

即使如此，我们仍旧要说，这样一种对父女、父子之间“单向度”关系的处理方式，虽简洁有力且把握得张弛有道，但却不能不说是对家族成员之间多面复杂关系的某种简化。既然父子、父女之间一直都在或明或暗的较量与“斗争”，这样一种“斗争”关系就不可能是单方面的。梁冬雪他们同蛮子之间，怎么可能没有冲突和矛盾？他们同他们的其他异父异母的兄妹之间，又怎么不会有矛盾呢？既然要集中写他们父子、父女之间的单方面的矛盾“斗争”，那就完全可以舍去梁光正同巧艳妈和巧艳兄妹之间的关系这一条线索而不像现在这样既偶尔提到又不展开。而事实上，这一岔开来的关系，就小说故事的完整性而言，完全是多余的，删去完全不影响小说故事情节及主题的展开。

不难看出，这一小说虽看似结构漫漶，但其实都是围绕烫伤这一“事件”铺展来的。也就是说，小说采取的是以这个“事件”为中心和逻辑上的起点，以此架起现实与过去之间随意转换的桥梁。“事件”是组织情节、结构小说的线索。小峰的到来是烫伤“事件”（也是整个小说故事）的逻辑的起点（起源），终点是小峰同梁家兄妹的最终和解。这种处理方式，还造成小说各个章节之间叙事视点的游移不决。既然整部小说的叙述者是梁冬竹，为什么在叙事视角的选择上，还要加入梁冬玉？既然加上了梁冬玉，为什么不让梁冬雪和梁勇智也充当视角人物？显然，作者让梁冬玉和梁冬竹充当视角人物是因为她们与烫伤事件有关。更确切地说，是因梁冬竹而起。梁冬玉从小柔弱，经常被梁勇智欺负，她与小峰关系最好，因此小峰的烫伤在她心里一直留有歉疚。梁冬竹却相反。她是一个内敛的、少语的，而且有主见的人，对爱和恨都藏得很深。她一手制造了小峰的烫伤事件，却不露声色。她是矛盾的制造者，又让大家蒙在鼓里，心存愧疚，互相猜测、互相伤害，乃至于循环往复，只有她才能解开这个“死结”，由她充当视角人物再自然不过。她作为叙述者和视角人物，其回忆、想象、“研究”、“拼接”和叙述，这一行为本身就具有了展现故事的来龙去脉并揭开谜底的叙事功能。

但这样一来，会造成叙述者与叙事视点的混乱与错位。小说采取的第一人称视角，并非观察视点，而是叙事视点。观察视点是一种客观限制叙事，而叙事视点则是一种主观叙事。小说采用第一人称叙事视点，与整部小说作为想象、拼接出来的产物相一致。但问题是，这第一人称视角叙事中的视点人物并不是一以贯之的，也就是说，视点人物不仅有梁冬竹，还有梁冬玉。梁冬玉作为叙事视角并不是不可以，但与小说在总体上以梁冬竹作为叙述者似有不符。此外，人物叙事视点的游移，在总体上应该会造成风格的差异，而事实上，这部小说却不是这样的。小说的各个章节之间，虽然叙事视点常有变动，但总体风格却看不出有多大区别。也就是说，叙事视点的游移是没有必要的。我们看不出梁冬竹和梁冬玉作为叙事视点，在风格上有什么不同。小说完全可以以梁冬竹的叙事视点贯穿始终。那么是否意味着，第十章中以全知视角叙述也是没必要的，因为与小说整体风格上的主观色彩不协调？

显然不能这样理解。如果说楔子部分是作为小说的第一部分，那么第十章采用全知视角以区别于与小说的主体部分（第一章至第九章），就说明它是作为小说的第三部分出现的。可见，这是一个三段论式的小说结构。尾章（第十章）与楔子部分构成一种彼此对应和互相阐发的关系。其在风格上采取一种全知叙事是为了呼应小说的第一部分的。通读完小说，我们发现烫伤事件的肇事者是梁冬竹，但她始终没有向家人坦白。是父亲的死亡，使她认识到自己的罪愆，从而生出忏悔意识，发现此前所做的可能都是错误。也是这忏悔意识，使她想起了通过想象性“拼接”重新回溯她和她的兄弟姊妹同父亲的“斗争”的一生，以重新看待她和她的兄弟姊妹同父亲之间的关系，重新看待自己的所作所为。她生活在恨里，看不到爱。她以为只有她最爱这个家庭，她的兄弟姊妹都是叛徒，所以她才会制造出烫伤那样的过激的事情。通过回溯性的叙事，她最终发现，事实并不是这样。表面看来，这是一种循环式的逻辑结构。但这正说明，忏悔意识其实就是一种“认识装置”（柄谷行人），通过这个“认识装置”，罪过被她作为“风景”（柄谷行人）发现。依此逻辑，“风景”发现之后才会有对家庭错综关系及其罪过起源的回溯性叙事。这样我们发现，最后一章（第十章）才是整部小说的真正的起点。所以这里采用的全知客观叙事视角。

这也就回答了前面的问题，即为什么小说要以梁冬竹作为总的叙述者。她既是作为小说的叙述者出现，也是作为小说的返观性的读者。通过对故事的“拼接”和回溯性叙事，使她逐渐明白，贯穿在这长长的父女、父子之间的“斗争史”，原来也是一部亲人间的剪不断理还乱的相亲相爱史。她通过对这个家庭（家族）的贯穿始终的“斗争史”的追溯，最终发现了深藏在其中的深沉淤积的爱。正是因为有这爱，才会使他们那样的痛苦、纠结和仇恨，以才会使他们最后会自觉不自觉地彼此宽容和宽恕。她始终以为只有自己最爱这个家，因而也最是纠结，故而常常活在过去和痛苦中，走不出来，某种程度上，通过这部小说的回溯性叙事和想象性拼接，她所要完成的正是同过去的告别，和走向未来。小说在形式上采用先锋小说的元叙事技巧，表现的其实是最为传统而具有中国化的感情。

或许，前面提到的问题或症候梁鸿已经有所意识，所以在单行本中才有了那么大的改变。这种改变，使得梁鸿的这一小说的单行本同作者此前的另一部介于虚构和非虚构之间的《神圣家族》建立了内在的联系。虽然说《神圣家族》中的本事（人或物）可能属于“非虚构”的范畴，但因其浓郁的抒情性及其对人物群像白描式的成功刻画，更可以看成是“虚构”文本。这是一种小说式的写法，所谓虚虚实实、实实虚虚，没必要分得过于清晰。同样，《梁光正的光》也是如此。这一小说以作者的父亲作为原型，但因为采用“虚构”的手法，里面的父亲形象梁光正与作者的父亲之间，如果有关联的话，那也只是精神上的神似，或某一细节的类似（比如喜欢穿白衬衫），而可能与现实生活中实际的父亲形象相距甚远。

比较此一小说的两个版本，一个最大的感觉就是，小说发表本中强烈的主观抒情色彩和先锋探索精神没有了，代之以冷静的、客观的和内敛节制的叙述。与这一改变而来的，是梁鸿不再以叙述者梁冬竹的身份出现，而是在“后记”中直接以作者的身份亮相。这种身份的转变，让我们想起单行本的改变，即从“爹”到“父亲”的称谓的变化，以及叙述者从自我暴露到自觉隐匿的转换。梁鸿意识到，作为小说的叙述，作者的声音应该隐匿在尽量客观的叙述当中，所以在单行本中，梁鸿把发表本中的主观限制视角变回到全知视角上去。全知视角是一种上帝式的洞悉一切的视角，其实也是传统小说所惯用的技法。故事情节的推进由原来的穿插交替、任意颠倒，变为现在的向前顺时针发展和向后的回忆相结合的方式展开。不难看出，从单行本到发表本，梁鸿其实是从先锋探索（虽然作者并不一定意在先锋上的探索）向后撤退。也就是说，尽管单行本要比发表本成熟得多和优秀得多，但作者的探索精神却丧失了大半。

（《梁光正的光》，梁鸿著，人民文学出版社，2017 年）

《心灵外史》

石一枫原著　宋嵩评述

在发表于 2017 年的长篇小说《心灵外史》中，“70 后”作家石一枫就借一个警察之口道出了政府的无奈：明知当下农村非法传教活动猖獗，却没工夫去管这些神神鬼鬼的勾当，只能采取“引导”的措施；只要不发展成谋财害命的邪教，公安机关也不会立案。然而，这种无奈之下的“纵容”，却始料不及地导致了小说主人公“大姨妈”王春娥、以及其他六个人死于煤气中毒的人间惨剧。作者摆出了让人触目惊心的问题，却无从给出解决问题的途径，由是观之，《心灵外史》似乎并没有脱离“问题小说”

的窠臼。但这样的解读显然有将复杂问题简单化的嫌疑。小说一共有十五节，前十四节都是在详细叙述大姨妈几十年来追寻心灵寄托而不得经历，直至最后一节，作者才点明了大姨妈对宗教的皈依。正如之前那段引文所说，传教人刘有光背诵的经文在大姨妈面前“展开了一条金光大道”，这种体验，与北村所回忆的“从心里涌起一股安慰”和“从深处感到……那个至大者在灵里与我亲近”是何其相似！而且，那个“至大者”是北村“过去所寻找”的，这条“大道”，也是大姨妈之前“走了那么多的弯路”所要指向的最终方向；更何况，此前曾一再在她耳边响起的那个声音——“信了吧，信了就一切都会好”——又再度出现。这个声音贯穿起了二十世纪五、六十年代的“革命”和八、九十年代的“气功热”，直到新世纪以来以“虫虫宝”项目为代表的传销活动和民间宗教风潮。半个世纪以来的中国社会史被缩影为大姨妈追寻精神信仰的历史，而这也正是作者将小说命名为“心灵外史”的原因——“外史”者，“野史”“稗史”也。令人唏嘘不已的是，这一追求信仰的过程，却总是伴随着全社会整体性的轻信与盲从。在石一枫笔下，中国人二十世纪后半叶以来的心灵历史，就是一个由心灵空虚、信仰缺失而导致轻信和盲从，又因轻信和盲从而使心灵更加空虚、迷茫的恶性循环。

在石一枫眼中，“好小说的标准”有两条，即“能不能把人物写好”和“能不能对时代发言”，并将其落实到近年来的创作中。在《地球之眼》《营救麦克黄》等作品里，人与当下时代的关系得到了充分展示和深入剖析。而将一个长时段中的人与时代的关系加以动态呈现，就像若干幅画面的快速翻动所带来的动画效果一样，其中的每一“帧”都是这一关系在特定时代中的定格。在此类作品中，作为“七十年代生人”，石一枫重点讲述的是对自己成长经历具有决定性影响的二十世纪八、九十年代的故事，即对同龄人成长经历的逼真再现。尽管如那首著名的歌曲里所唱的，“有过多少往事/仿佛就在昨天”，但随着时间的推移，那些发生在二、三十年前的往事也因此具有了历史感；而对人物在时代沉浮中心态与命运的精准把握，也使他的《世间已无陈金芳》得以在“70后”“怀旧写作”的热潮中脱颖而出。但石一枫并不满足于此，于是，在2017年，我们看到了他笔下的“60后”姚斌彬和许文革（《借命而生》，《十月》2017年第六期）；而在《心灵外史》中，他将笔触直指父母辈的心灵隐秘，并由此呈现出一部“70后”视角的中国当代史。

《心灵外史》写的是大姨妈半个世纪里的信仰变迁史，然而作者却不惜打断叙事的节奏，插入将近整整一节（第五节）基本上与大姨妈的经历无关的文字，讲述了杨麦（即“我”）和同事李无耻“分享信仰”“投资修庙”的经历。在前面几节里，作者一直尽力克制自己标志性的狂欢化、反讽式、调侃腔调的语言风格，而在这一节中，这种克制陡然解除；而“李无耻”这个典型的小丑形象，也在一场轰轰烈烈的亮相之后销声匿迹，此后的叙事进程中再也不见影踪。这一节文字无论在结构还是在叙述风格上，都因其突兀而显得格外扎眼，但它绝非作者为炫技而炮制出的冗文，而是具有巧妙的“装置”意义：首先，此前四节都是写“我”童年、少年时期的回忆，而从第五节开始，石一枫将读者的目光由回忆拉回到当下现实；其次，这一节的主要情节——“投资修庙”和“半路出家的高僧沦为经济犯罪嫌疑人”——本身便极具荒诞色彩，都是当下这个为追逐经济利益不惜一切代价的时代里最魔幻却又最真切的现实，“庙宇”和“僧侣”的神圣性被金钱解构，狂欢化的语言正与之相得益彰；第三，也是最重要的一点，就是在这一节里，作者第一次正面提出有关“信仰”的话题。然而，无论是杨麦心中“王侯将相以及一切社会形态下的既得利益者——宁有种乎?”的呐喊，还是李无耻借“历史唯物论”名义实施的“分享信仰”式的投机，抑或是牟得暴利后“谁敢说中国人民没有信仰，那他一定是受了西方敌对势力的蛊惑”的叫嚣，无一不凸显出“信仰”这一原本崇高的理念在拜金、贪婪、无操守的时代风气熏染下的变色乃至变形。至于李无耻最终将投资泡沫的破灭归咎于“信仰出了问题”，既是“眼见他楼塌了”之后的自我解嘲，更是对时代风气的绝妙反讽。作者安排杨麦以“小龙虾”自况、自省，极力写出这类人心灵的肮脏阴暗、形态的外强中干和性情的恣睢残暴，而对于“小龙虾”式的生物而言，“信仰”又何从谈起呢?

> ……难道“不问鬼神问苍生”只是一小撮儿中国人一意孤行的高蹈信念，我们民族从骨子里却是“不问苍生问鬼神”的吗?或者说，假如启蒙精神是一束光芒的话，那么其形态大致类似于孤零零的探照灯，仅仅扫过之处被照亮了一瞬间，而茫茫旷野之上却是万古长如夜的混沌与寂灭?如果是这样，那可真是以有涯求无涯，他妈的殆矣。

以上这段话是杨麦在幻梦破灭后写下的感想，字里行间透露出逼人的忧愤之气，而其中“启蒙精神”四字尤其引人注目。相信任何一个对中国20世纪八、九十年代的文化语境有所了解的人都会立即参透作者用意所在。“启蒙运动就是人类脱离自己所加之于自己的不成熟状态。不成熟状态就是不经别人的引导，就对运用自己的理智无能为力。当其原因不在于缺乏理智，而在于不经别人的引导就缺乏勇气与决心去加以运用时，那么这种不成熟状态就是自己所加之于自己的了。Sapere aude！要有勇气运用你自己的理智！这就是启蒙运动的口号。”康德为“启蒙运动”所下的定义，至今仍是对这一概念最为权威的解释；而被他所诟病的“不成熟状态”的最突出表现，正是大姨妈式的盲信盲从。无论是她在四个历史阶段中先后服膺的“革命”“气功”“传销”和“宗教”，还是她并未亲身涉及、但在杨麦的杂感里提到的“打鸡血”“红茶菌”“东北口音的仁波切”等等，半个多世纪以来的中国，几乎每个年代都会涌现出这样那样让后人看来匪夷所思、啼笑皆非的群体性盲信，或曰“迷信”。如今我们以局外人、旁观者的身份冷眼回望“红卫兵运动”，或是对着泛黄的老照片嘲笑八十年代头戴铁锅接收“气功信号”或“宇宙信息”的芸芸众生，又有谁会意识到，或许十几年、几十年以后，我们的子辈、孙辈、重孙辈会像我们今天看待前辈一样看待我们?

在《心灵外史》的开头，石一枫看似漫不经心地写道，“后来政治气氛宽松了，母亲却又摇身一变成为‘自由’和‘人性解放’的代表”，而这“自由”和“人性解放”，在那个年代差不多就是“启蒙精神”的同义词。现在看来，像母亲这样得以沐浴“启蒙”恩泽的人实在是太少了，社会上的“大多数”还是大姨妈这样的盲信盲从者，“必须得相信什么东西才能把心填满”，但这并不意味着接受了启蒙的人就有权力站在意识形态的制高点上指责另一方的“空虚”。他们盲信盲从，仅仅是因为他们想要借此摆脱世上的一切苦，善良而又虔诚地怀着“信了就一切都会好”的信念；或是为了求得救赎，“犯过的罪都能抹掉”。也正是因为如此，大姨妈才会在自己走投无路的时候把惟一一个“越过越好”的机会让给“我”；而拉母亲加入传销，出发点只不过是“为了你们好”。甚至当革命、气功、传销的幻景被尖锐的现实一一刺破、最终不得不投入宗教的怀抱，大姨妈也依然不只是为了个人的慰藉，她还要以善良、仁慈的胸怀去帮助那些因环境污染而罹患骨骼疾病的残疾人。可以说，大姨妈的每一次抉择都带着苦行僧的色彩，符合“圣徒”的标准，但其愿望和抉择所达致的效果却总是相反，也因此一次又一次给他人带来伤害，一遍又一遍加重自己的罪愆。

小说的题目《心灵外史》，很容易让人联想到张承志那部大名鼎鼎的《心灵史》。张承志在书中写尽了伊斯兰教哲合忍耶教派信徒们所罹受的苦难，无论是生存环境的荒凉贫瘠还是统治者的血腥压迫，加诸于肉体或心灵的摧残都因献身于信仰而得以克服。中国当代作家中书写宗教主题者不乏其人，但思考之深入、体验之深刻、态度之虔诚坚定无出张承志其右者。将《心灵史》中的哲合忍耶信徒与《心灵外史》中的大姨妈放在一起对比就能看出，相较于前者对待信仰的坚定，大姨妈的“相信”则充满了动摇：她相信“革命”的善、正义和伟大，并由此出发“史无前例地出卖了母亲”，却很快又“一如既往地豁出命来保护了母亲”；她相信气功大师功力无边，却因为被告知“得罪过师父的人一定都会遭报应”而怀疑自己“信师父”的正确性……这种动摇性（或曰“怀疑主义”的苗头）与“必须得相信什么东西才能把心填满”并存，构成了困扰大姨妈终生的悖论。在评论者看来，“怀疑主义至少是这个时代的一笔重要的文化财富”，因为“从50年代至80年代，怀疑主义的欠缺造成了严重的后果”，而“怀疑主义已经成为一代人遏止盲目崇拜的一种文化品质”。这位批评家还再次强调薛毅谈论张承志时所得到的结论：“在我们这个时代，怀疑主义、不信任和否定的态度决非全是缺乏神圣感的表现”倘若大姨妈身上能多一些“怀疑主义、不信任和否定的态度”，她是否就能认清号称“为了我的中国我的人民”、要“扭转能量的分配，为我们开创一个美好的新时代”的气功大师，自称以“这片土地上的人民都能过上好日子”为梦想的传销代理人，以及那些心怀鬼胎、却以“革命”的名义活跃于“运动”中的积极分子们的真面目，从而使自己的人生少一些苦难？当然，生活中没有那么多“倘若”。在半个世纪的徘徊和游移之后，大姨妈终于找到了信仰的归宿——盲人传教士刘有光背诵的那些让人似懂非懂的经文，以及存在于经文里的那个“上主”。吊诡的是，刘有光背诵的居然不是“真经”，因为他所依据的油印盗版《圣经》充满了错讹；而他所谓的“传福音”，也不过是在人们对他倾诉苦难之后说一句“主都看见了”“主都有安排”。那么，大姨妈经历肉体折磨考验之后确定下来的“新的‘相信’”到底算不算“宗教信仰”？也许这个问题在宗教界人士那里很重要，但对于大姨妈自己来说却毫无讨论的必要。在西班牙作家、哲学家乌纳穆诺看来，信仰意味着“我愿意相信”而非“我相信”；而所谓“愿意”，势必会是经历了痛苦怀疑之后的坚定信念。因此，在决定集体自杀前，在刘有光“像一只漏气的风箱”的背经声中，这群苦难深重的普通人“脸上和残破的身体上都有了光”，终于获得了纯粹的喜悦和自由。

（《心灵外史》，石一枫著，《收获》2017年第3期）

《寻找张展》

孙慧芬原著　程旸评述

孙惠芬的新作《寻找张展》分为上下两部。上部寻找以主人公作家“我”的第一人称口吻出发，通过与已成年的儿子的精神对话与争辩引出他最欣赏的高中同学张展的不幸经历：个性我行我素，与父母长期失和，父亲在09年法航空难中离世。接下来的线索出乎意料，张展的父亲在出事前不久读过叙述主人翁女作家的《致无尽关系》，而且颇为欣赏。对于一位文学创作工作者来说，最为慰藉的就是拥有未曾谋面读者对其作品的喜爱。这可以说是一种心灵相通，或者惺惺相惜吧。更深刻的意义上来说，是各有差异的灵魂找到了某种精神上的交汇点，对于某种人类共通情感的体悟与感慨。孙惠芬设置的是一个巧妙的引子。自此，带有作者自身影子的小说叙述主人公开始了锲而不舍的寻找张展的历程。“我”探访了张展的中学班主任，交换妈妈，和张展有过情感纠葛的大他八岁的发廊女，试图从只言片语、蛛丝马迹中拼凑出一个有血有肉的张展。另一条线索是“我”留学美国的儿子通过现代化的通信工具对于张展人生历程、性格来路的不断陈述。“我”儿子的往事回忆与主人公追寻张展踪迹过程中对于张展现状的期待与希冀，所要说明的是每个人类社会成员对于一种不符常规、特立独行的人生的向往。换句话说，希望有人能活成自己想成为的样子。这自然是每个正常人的心理投射，也是芸芸众生对于反常态、带有俗世传奇色彩生活的暗许，或者说期盼。

如果说上半部仅仅讲述对于张展一个人物的探索，难免会让读者觉得意犹未尽。作者在这里运用了高超的小说技巧，铺展开了另一条并行不悖的线索：借主人翁儿子之口，交流探讨现今时代年轻人的成长与心灵成熟。比较常见的青春文学因为缺乏生活的养分，作者的文学素养也有欠缺，只得渲染一小部分脱离生活正常轨道，并且前途茫茫的青年的下行堕落的成长故事。也许是为了刺激已经步入小康社会的中国读者日渐碎片化的审美视角，这类作品虽然有着不错的销量，但是难以获得足够的文学史价值。这部作品难能可贵之处在于线索清晰地揭示出主人公儿子和张展这两位当代青年追求个人独立、自由，但仍然是在社会伦理、时代走向所容许的范围之内。进一步说，这些人物形象代表了当下时代绝大多数青年奋发上进，个性化求索个人价值的正确道路方向。

“我”对于张展高中毕业后去向的不断追踪终于有了结果。在经过儿子对张展独特个性的理想化描述和张展的交换妈妈局长耿丽华将张展视为没有道德感的孩子，叛逆堕落的控诉后，读者对于张展究竟是个怎么样的人开始抱有极大的阅读期待感。意外的，张展的身影出现在了主人公丈夫拍摄于癌症临终关怀病房的纪录片中，且是一个不断拒绝出境的沉默的志愿者。循着这条微弱的线索，主人公作家知道了张展大学毕业后在特教学校工作，见到了同样遭遇过不幸命运的特教学校校长和辅导员。

孙惠芬对于特教学校的描写有着特别的味道。的确，这里是有着各种身体残障的孩子们栖居的场所。远离了父母们对于正常孩子读书上进，追求大好前程的美好期待。这里是心碎后的父母安置丧失了常态的社会生活机能的少年儿童的地方。作者对于这里的描写有着怜悯，但更多的是对于未知环境深入了解的渴望。令她意外的是，看似不幸汇聚的场所，却有着对于生命最深刻的慈悲。张展的领导对于张展非常欣赏关怀，张展纪念父亲的系列画作在网上引起了不小反响，领导们真诚的期望他能作为典型好榜样被广泛宣传。令“我”和儿子感到非常惊诧的是，张展自小叛逆，与父亲失和，离家出走数次，父亲空难离世前已有三年未与父亲谋面，为何在画作中倾注了对于父亲最深沉的情感。在画作中为父亲的眼睛融入了小草，小雨，乃至灿烂的星辰。读到这里，观众对于张展故事的好奇进一步加深。主人翁作家儿子的一席话揭开了一些谜团，但又设置了更曲折的漩涡：“这么些年了，我有了种种经历，我觉得我的人生观价值观在不断改变，可到头来我发现，有一些东西，始终没变……我最不能忘记的，就是高中三年和张展在一起的时光，可以说，他向我打开了一扇窗户，一扇一眼望去就让你激动得浑身颤抖的窗户，像被拽进吸毒室。现在想来，多亏有过那样一段生活，多亏遇到张展。我不是说他丰富了我的人生，不是，我是说他让我看到了人性的两面——对某种自由自我即恐惧害怕又被强烈吸引的两面，他就是我身体的另一面……我其实一直都处于这种矛盾当中，做不到他那样坚定，果敢，心不被身役”。

带着这段自我心灵剖析，作品的下半部：张展 开场了。全文采用书信体，以张展和孙作家几次谋面后终于鼓起勇气发来的长篇邮件为内容。这也是一种既古老又崭新的小说叙述形式。说它古老，是这种书信体小说形式出现在 17 世纪的英国文坛，当时的《帕梅拉》等作品可以说具有石破天惊的震撼效果。其大胆直露的心路分析与表白在相对古典传统的时代具有革命性的意义。说它崭新，也是因为这种写作方式在当代小说中已非常稀少，不太利于展开尖锐的矛盾冲突。孙惠芬这次采用如此的讲述风格，利用张展的第一人称口吻，将作者本身隐藏在人物背后，以直率袒露的口气叙述张展从童年到成年近二十年的心路历程，将上半部隐于谜团中的张展清晰地展露了出来。通过这条线性线索，读者清楚地了解了张展这个青年的性格成因。

张展出生在山西基层的官宦世家。从小因为父母忙于仕途，无心照顾他的成长，将他寄养在姥姥家。童年亲情的缺失，导致他对于父母有着天然的敌视态度。亲戚间的关系也相当错综复杂，利益的需求盘根错节。唯一关爱他的表姐梦梅被政府的车子撞死后，父母居然严禁家人上访上诉，还与肇事者握手言欢，只为了仕途不受影响。这一切彻底打碎了他对于亲情的期盼，从此沉迷于绘画，与甘肃来的流浪女孩交朋友，从艺术与外人的怀抱中寻找温暖。书中这段话相当贴切的表述了主人公张展对于艺术的渴望：“每个人身体里，都潜藏着对艺术的需求，只不过有多和少的区别，有有天赋和没天赋的区别，有先天和后天的区别，但无论多和少，有天赋没有天赋，无论是被动加入还是主动寻找，它一旦注入一个人的生命，就会为生命打开一扇天窗，拓开又一个维度，它使感觉世界变得绵软，体贴，富有温度”。

张展的心灵完全逃离了家庭的窒息般的压抑与束缚后，又结识了开小吃铺，会烙好吃的土豆饼的黑脸男孩。自此，除了表达封闭心灵的绘画，他又有了新的伙伴：手工劳作的技艺。自己摸索着做老祖宗留下来的土豆饼。之后，父母打碎了他对于平凡的，自给自足生活的渴望，将他转学到大连，陷于交换妈妈耿丽华，一个和张展母亲一样强势、功利的地方官员的掌控之中。在大连结识了大他八岁的发廊女斯琴，和小说叙述者“我”的儿子，高中最要好的同学申一申。他对于心灵滋养和精神自由的追求开始一发不可收拾的迅猛爆发。逃课去写生，沉迷于绘画技艺的精进，努力准备考美术学院。与父母和交换妈妈的激烈矛盾到了不可收拾的地步，三年未与父亲谋面，直至父亲空难离世，为了自我的精神救赎，张展选择了去特教学校工作。

之所以前文说这部长篇融合了近二十年来中国社会的种种矛盾对立，价值体系与时代巨变的冲突与妥协，是因为孙惠芬的笔触不仅写到了中国传统文化所秉持的子女对父母的顺从与体谅，也更多的记录下了全球化时代以来，在中国经济巨变的背景下，新一代年轻人对自我价值的追寻与父母期望坚持的成才道路的摩擦对立。某种程度上来说，张展父母的价值观并无错误之处，这一代人经历了动荡不安的大时代和中国经济最为贫瘠的苦难时期，对于抱有生活安全感和尊严感的功名利禄的追求是他们的自我价值的实现，也是足以立足于任何国家的社会竞争中的必要因素。而张展和申一申这新一代人，成长于中国经济腾飞，三十年的飞速发展仿若西方发达国家百年的沧桑变化的大背景下，又是出身自条件优越的家庭，自然在物质条件充足的基础上追寻心灵的突破羁绊与充分自由，这也是具有其必然的合理性的。只是这两种不同的价值观念如何在找到某种共识的基础上互相磨合、融合是人类伦理中永恒的话题，也是永远没有终极答案的疑问题。自然也是任何民族，国家的文学艺术创作者永远的灵感来源与探索目标。

孙惠芬也以批判性的笔调记载下了中国基层政治运行体制的种种弊端和欲壑难填的人性黑洞。与大部分描写此类内容的小说家不同的是，她并无锋利谴责的怒斥语气，深刻挖掘出其中隐藏的人性弱点，并以旁观者的立场注入了芸芸众生共有的对于亲情的体悟和悲悯之心。

这部作品的思想深度远远突破了阅读者对于中国当代文学的认知，超越了中国当代文学作品以家国悲欢、历史苦难探索人性深度的惯常模式。孙惠芬以步入小康社会的中国为时代背景，描摹了在通常认知中并不带有悲剧性家庭背景，但是处于不可调和的家庭不幸中的青年人对于传统束缚的反抗，在此过程中对于自我认识的不断深刻化，对于人类生存价值，对于在生死边缘挣扎的不幸人群对于生的希望的渴求。大段大段的自我心理分析和作家“我”处于隐藏视角的旁观语气叩问震撼了阅读者的审美视角，将读者的阅读期望与体悟带到了人类心灵最深沉崇高的所在。这里摘录一段作者的描述：“他的人生，埋在一汪黑色的字体中间，如同埋在黑色的岩石之下，那里光线暗淡，空气稀薄，他在那里却从没有放弃过希望。当他的命运被时代这只老虎以冠冕堂皇的名义粗暴侵犯，他就是那个在船上与之搏斗的少年派。他恐惧它，可他又知道它是他的唯一陪伴。他向它示好，希望与它和平相处，可它时不时向他露出尖锐的牙齿。它是一只怪兽，它常常憨态可掬慈眉善目，可它从不放弃和涌来的巨浪一起将他置于危难之中”。

在这部作品里，作家时隐时现地写到了最近三十年城镇化时代大潮中的奋斗者对于乡村故土即难舍又毅然远离的复杂情感。张展的父亲从农村考上大学，留在了城里，事业有成，当上了副县长。但是由于张展母亲为了孩子远离农村根基的不断阻拦，也可能因为张展父亲需要依靠妻子娘家的人脉获得上升通道，他也有意无意地与故乡亲人疏远了来往。城市化进程让许多人决然背井离乡，寻求改变命运的机会，却难以割断人们与故乡亲朋的血脉联系。作者利用这些片段化的插叙，也意在说明中国的城镇化变迁中应该如何在推进时代变革的同时保存传统文化，传统的伦理道德习惯。这也是每个国度在现代化进程中都要面临和逐渐解决的问题。

优秀的长篇大作不仅需要处理小我的情感，也更应该陈述超越了血缘家族的人类所共同珍视的对个体生命的尊重与关怀。这部作品的接近结束的段落阐明了张展对于父亲的敌对情感背后隐藏至深的父子亲情。他对于父亲言行的细微态度里的认同与接受，也可说是难以割断的天然的父子感情。用被评价为展现了如同米开朗琪罗早期作品般对于生命的深刻体认的“父亲系列”绘画作品纪念离世的父亲也许代表了张展内心深处自我的精神救赎，终于寻找到了一条情感洪流的释放出口。孙惠芬在接近尾声的部分大篇幅的描写了张展在癌症临终关怀病房的志愿者经历。面对一个个临近终点的生命，不管是老者，中年人，还是张展的同龄人，刚刚考上名牌大学即被诊断出白血病的小伙子，作者的悲悯却冷静的笔触让张展与他们逐个对话，诠释出生命最本真的抗争与释然。大段大段的来自临终患者的自述也可以说是作家几十年创作旅程的心血凝结和最深刻的对于人类精神、心灵、世界万物存在的意义和运行规律的体悟与推理升华。这些结尾的颇为宏大又细腻入微的剖析文字突破了亚洲作家千百年来沉浸其中的人世悲欢、生离死别的命运无常。换句话说，更加解释了西方宗教传统所带来的对于人生此岸、彼岸的理性分析。孙惠芬的文字告诉我们，人世的此岸之后，或许还有彼岸，还能够有对于他方光亮的期许与追逐靠近。这也是千百年来人类锲而不舍的永远在路上的寻找的终极意义所在。正如本书的标题：《寻找张展》，我们在寻找他人的艰辛旅程中，何尝不是永远无法停下脚步地寻找自己灵魂精神的最终栖息之地？

（《寻找张展》，孙慧芬著，春风文艺出版社，2017 年 2 月）

· 中篇小说 ·

向西，向西，向南

王安忆

1

其实，陈玉洁和徐美棠早在十年前即有过交集，那是上世纪九十年代初柏林，库当大街上，接近歌剧厅的街角，开一扇门，倚门立一个白衣白裤的亚裔男人，抬头看，门楣上方写几个汉字，就知道是中国餐馆。周末，向晚时分，白昼的跃动平息，夜生活尚未拉开帷幕，正在休憩的间隙。薄暮中，这条街仿佛被遗忘了似的，只剩下玉洁和这家中国餐馆。她与侍者对视着，忽觉得这并不是本族人，深目隆鼻，精瘦的骨架子，要知道，此地的中餐馆，不定是雇佣华工的。对方也在犹疑，不知道当她哪里人。最后，他们用英语打了招呼。走进店堂，临窗坐下，唯有她一个客人。这时间对本地人远不到饭点，他们都是夜猫子。男人送上菜单，看见汉字写的菜名，就有一种安心。点了什锦面，还回菜单，问道：会华语吗？男人眼睛亮起来：原来是中国人，还以为从英国来，英国过来的人比较多。几近雀跃地，一个转身，到楼梯口，仰头向上喊：老板娘，有中国人！楼梯上响起脚步声，老板娘下来了。

在中国人里，老板娘的身量算得上高大，亦因为中国人看中国人，才看出年纪在三十和四十之间，穿秋香绿色的裙装，袖口撒开，像鸟翼般，随动作起落。绕过空着的餐桌，走到玉洁跟前，双手支着桌面，问从哪里来。玉洁回答上海，对方自报来自青田。青田，知道吗？总归听说过青田石！这时候，什锦面上来了，罐头笋、猪肉、芥菜、甜椒，切成筷子粗细，很悭吝地放两株青菜，面和汤的味道与这些全不相干，显然来自现成的酱料。她埋头吃面，女人站着，眼睛越过头顶，望向窗外，继续说话。她的普通话带着口音，大约就是青田一带的吧，玉洁没去过那里，辨别不出来。话音流水般淌过去。视线与墨绿桌布上的那双手平齐，于是注意到这双手，硕大、丰润、骨肉匀停，能劳动，却不是苦作，所谓得心应手，大约就是指这样的。如此一坐一立，吃完了面，店堂还是只她一个客人，不禁出声道：生意冷清啊！女人被她的话唤醒似的，打住话头，低头看一眼，说：今晚比赛足球，都看球呢！德国人很奇怪，脑筋有毛病，我们和他们，完全是两种人类。她笑起来，结了账，推碗离座，道了再见。这就是玉洁和美棠的第一面，彼此都没有问名姓，连模样都是含糊的。

走出餐馆，天光依旧亮着，街上除她之外，多了一对情侣，忘情地接吻。夕照贴地而起，瞬间掠过去。歌剧厅前终于有了人迹，厅堂里已聚起些声气。检票与领票，前后照应，添几分动静。观众坐有半席之满，在足球杯的晚上，亦可称得上座了。剧目是芭蕾《吉赛尔》，乐池里传来定音的管弦声。

陈玉洁在外贸公司做公关经理，上海与汉堡是姐妹城市，两地往来频密。这一回是为一批货迟迟不能上岸，汉堡港的理由是中国货轮的外漆有几项环境指数不达标，装卸工人不能作业。玉洁在汉堡与各部门交涉，请求重新检测，再次审核，最后一关是工会，同意一定天数之后，才可接近货轮操作。汉堡有公司租赁的公寓，没有食宿之忧，只是寂寞得很。于是，周末便去柏林一趟。这个国家的工会拥有无限权力，休息日绝不允许工作，就不会出状况，她也只好休息。白天去勃兰登堡门，柏林墙遗迹，美术馆，老教堂……最后的节目是芭蕾。她买的四等票，这一区域只有十来个人，散坐四处。前边有空位，可是没有人移动，这是一个纪律严明的民族。想起方才老板娘的话，德国人是一种奇怪的人类，就又要笑。场灯暗下，乐池里的光就仿佛夜航中的船舶，她呢，茫茫大海中的礁石。音乐响起，舞者在舞台上列成各种队形，奔跑、跳跃、旋转。因为座位的关系，大约还有心情，离她十分遥远，就像一帧镜框里活动的图画。有一时，她睡着了，被掌声唤醒。掌声很整齐，先期经过排练似的，什么时候起来，什么时候止住。然后，中场休息。出去走动走动，第一遍铃声后回座，每个人都在原位上，她依然独自一人。音乐奏响，她又沉入睡眠。

走出剧院，天黑下来，街上却一片亮，路灯，霓虹灯，广告灯箱，咖啡座，餐馆全开张了。热狗铺前排着队，麦当劳里满是人，汽车揿着喇叭，年轻人呼啸而过，高举彩旗和气球。电器商店橱窗里的电视机播放新闻，站一圈人看，她才知道，德国队进入决赛。走在人潮中，几乎迈不开脚，满目都是笑靥，互相叫喊，擦肩而过一伙人，竟然横过旗杆抽她一下，回头看，无数笑靥相迎。可依然是离远的，隔一层膜。走回旅馆，洗漱上床，窗外依然喧哗。铜管乐队在游行，其中一支小号特别高亢，随她入梦里。是这样的夜晚，使得其他一些细节变得清晰，留下印象，以至于许多年过去，换了场景，这两人互相都认出了。

汉堡的公寓，人称中国大厦，是由几家国资单位联合买下一幢旧楼，再翻倒重起，专供企业外派人员居住。风格与周边高层住宅无大异，那多是战后的建筑，平行与垂直的线条结构，与现代极简主义有关，更是从实效出发，用料经济，施工快捷。中国大厦是近年造成，就更新，更高，因此也变得孤立。那白色的塑钢框架的窗户格子，一行行，齐崭崭，要是望进去，内容就丰富多样了。房间里斜拉的铁丝，晾着毛巾、衣服，床上张挂的蚊帐，桌面立着热水瓶，电饭煲吐吐地沸滚，里面炖着猪蹄和鸡膀；窗台内侧的瓦盆里养着小葱，蒜头抽出绿苗，其中一叶上缠着祈福的红丝线。过日子的劲头一股脑冒出来，中国式的日子，乱哄哄，热腾腾，与使领馆的中国式不同，那是官派的，这里却是坊间社会。

中国大厦的住客来自四面八方，你就可以听见各种方言在此交流：东三省、云贵川、江浙、山陕、闽广、两湖，最终又汇合成北方语系的普通话。有长住，有短留，长可至半年之久，短呢，落一下脚便转移。陈玉洁原本只一周计划，延宕到两周，事情办有六成，公司方面让她再坚持一周，索性彻底解决。不料余下的四成是为最琐碎困难，就又是两周过去，还看不到结束。一人在外，新鲜感维持半月已达临界，初始就有长久规划另当别论，她却是随事态演变，一日一日拖下来，难免焦虑心起，不耐得很，情绪变得低落。汉堡这地方，阴晴无定，云开日出时，眼前一派明媚，坐在湖畔，柳丝婆娑，微波荡漾，水面点点白帆，真仿佛仙境。转瞬间，天空沉暗，树丛密闭，湖中的天鹅呱呱地叫，鸽群呼啦啦盖顶而来，像是鹞鹰，豆大的雨点砸下。赶紧起身，回程中，乌云忽地破开，迅速向四围退去，湛蓝的穹顶越扩越广，万物晶莹闪烁。心情却鼓舞不起来了，鲜丽明朗的视野反而让人忧郁。

后来，非不得已便不出门，有时候，整天待在住处。白日里，客房都走空了，清寂中，动静声声入耳。清洁工开门闭门，说话嬉笑，吸尘器轰然响起，又轰然停止，修理工的击打，新入住的客人经过走廊，行李箱的轮子咯哒咯哒滚压地面，没有吵着她，却是让她安心，不自觉睡着。不知道过去多少时间，在一股饭菜的气味中醒来，恍惚以为是在公司的食堂里——饭点到了，窗户板推上去，大锅，小炒，米饭，面食，热气蒸腾，汹涌澎湃。雪白的四壁刺痛眼睛，闭了闭，方才想起身在何处。中国大厦的餐厅，中午不开张，少数几个客人，就直接到后面厨房，锅灶边上，盛饭盛菜，倒有几分居家的气氛。这一日，大师傅的媳妇从山西老家来探亲，下厨帮忙，做的是家乡饭猫耳朵。揉得十分劲道的面，揪成手指头大小的薄片，下在汤里。黑木耳、胡萝卜、西红柿、青芦笋、紫茄子、白山药，切成片，上下翻滚。大海碗，灶台上一字排开，老陈醋胡椒面，任意添。这一餐饭呀，吃得汗泪交流，痛快，亲热。

一同吃过猫耳朵，就有交情似的，由此，认识了来自沈阳的一个姑娘。她是通过熟人关系住进中国大厦，还是个学生，在波恩读商科，她带陈玉洁去到火车站的中国书店。书店门面不大，进深却几乎穿透一个街区，四层高。顾客多是中国学生，来淘减价的教科书，学生总是手紧，看的多，买的少。还有从火车站过来的行旅中人，为消磨候车的时间，也是买少看多。相比这有限的客流，书店显得过于宽敞。除了老板，一楼收银台后面的小个子广东男人，似乎没有其他店员。那是个寡言的人，甚至是腼腆的，偶尔在过道走个对面，头一低就过去了。但并不意味着性情冷淡，她很快注意到，书店仿佛是个中国留学生的服务站。临上火车需要办事情的将行李寄存这里，刚下火车的又推门咨询交通和住宿，自行车轮胎瘪了，进来借打气筒，再有借用电话和厕所，帮助收发留言消息。显然，中国人尤其留学生圈里人都知道他，一传十，十传百的。来自香港的他——沈阳女孩告诉她，并不像通常港台人那样，与大陆学生有隔阂，生成见。那时候，中国陆生留洋海外正在草创阶段，经济上，货币不能自由通兑；政治上，体制为对立两边；初度开放，人数少，根基浅，远没有形成自己的社会。与中国大陆亲近者，多是左翼知识界人士，而左翼运动发生地则以美国为中心，比如反越战，比如台湾学生的保钓。二战后的德国，正经历漫长的反省与疗伤，对于这个热爱思辨的民族，类似东方哲学的静修，难免是沉寂的。所以，来自社会主义中国的学生，呈孤军作战之势。后来，陈玉洁知道，香港人是一名基督徒。她开始进出书店，当那里半个驻地，港务局方面的业务亦顺利结束，她回国了。

2

回想起来，九十年代是个节点，上个周期完成，进入下一个。苏东解体，冷战告终，中国改革开放，经济腾飞，香港回归，美国“9·11”，中东战争，亚洲金融危机……世界资本主义体系一方面扩容，另一方面，介入异质成分。具体到中国大陆，由政府推行市场经济，进入全球化，同时筑起防火墙，可说旱涝保收，完身通过世界性危机，外汇储备激增，国库充盈，个人财富积累。在陈玉洁个人，二十世纪的最后十年就好比一夜之间，又像是几个世代，来不及后顾，一径地向前。从外贸公司买断工龄，自营进出口。大学毕业分配在政府部门的先生早几年已辞去公职下海，先是承包一家体育用品商店，赚第一桶金，然后与几个同学去南非购买金矿，再又掉转龙头，向内发展，到山西开矿和炼焦。这十年于他们五十年代出生的人，可说是原始的，又是最后的发展机会。就在他们奋起的同时，六十年代后生冲刺新型产业的前沿，时间越进两千年，就将是又一代风流引领。总算立定脚跟，不仅获得财富，更是在一波连一波的产业浪潮之间，占据衔接的一足之地。他们的事业起自计划和市场两种体制的狭缝，左右逢源，亦屈抑迂回，得尽先机，也种下后患，暧昧的受益最终造成身份的尴尬。

他们的孩子，一个女儿，在千金买醉的日子成长。陈玉洁至今记得，两千年世纪之交，一家三口乘豪华游轮夜游浦江。十五岁的女孩，穿一件珍珠白低胸露背礼服，那时候，真还不懂得怎么穿，将她往成年女性里打扮，更显得人小，比实际年龄更幼稚。手腕上套个珠包，踩着高跟鞋，站在大厅里，茫然不知所措。巨大的枝形吊灯从挑高的通顶上垂下，灯芯做成烛状，壁上也是烛状的灯，立在金银座的水晶盏里。无数彩带、气球、鲜花，玻璃珠子串在尼龙丝上，红灯笼也串起来。眼睛都不够用了，脖子也仰酸了。视线慢慢移下来，这就看见餐台，呈十字向四面伸展，冷食、热菜、烧烤，中式、西式、和式，蛋糕、水果、巧克力。女儿第一盘就直接奔甜品，各色小点心，粉红、淡紫、浅绿、鹅黄的奶油和咖喱，第二盘还是小点心。那颜色形状首先诱人，尤其诱惑女孩子，其次是香甜的口味，小孩子都是口重又嗜糖，平时受大人限制，从不曾饱足，此时敞开，非但不干预，还是鼓励的眼神。可惜到第三盘，便吃不动了，就这，还只是餐台上末梢的一点点，前菜和主菜丝毫未沾，都要哭出来。岂止孩子，大人不也是憾憾的？只不过能自持，不像孩子那般坦然不掩饰。接近子夜时分，餐台撤下，顶灯暗下，地灯点亮，一池莲花盛开，乐队和歌手仿佛是从地心升上来，音符从天庭降落，众人环绕起舞。父亲带女儿下了舞池，两人都不太会，基本就是走步，从这头到那头。看他们在人群中忽隐忽现，有几回女儿的脸正对她，表情十分严肃，好像接受成人礼，就觉得女儿正在脱去小姑娘的形骸，飞速地长大，长成那件珠光晚礼服里，真正的主人。舞池到处是这样的美人，衣袂飘兮，巧笑盼兮。她走神了，没注意人群哗动中倒计时的数秒，只听得最后一声，当！海关大钟敲响，彩带剪断，纷纷坠落，珠子漫撒开来，红灯笼亮了，原来里面都是电灯芯子。船正走到吴淞江口，调过头，外滩沿岸一带同时放起烟花。那游轮顶上的吊灯突然迸裂，露出玻璃穹盖，于是，一朵一朵烟花在深邃的夜空绽放，化成流星雨，缓缓垂落，时间就此走进二十一世纪。

女儿自小在祖父母身边生活，与他们聚少离多。在出生成长的十多年里，正是她和丈夫激烈打拼事业的阶段。他们都是上海普通人家，一条街上的邻居，就读同一所小学，又在“文革”中划地段分进同一所中学，是本地市民典型的婚配形式。中学毕业一个去崇明农场，一个留在上海分配工作，分得很好，在外贸局——照今天话说，就是办公室小妹。后来，崇明的那个凭一己之力考取大学，上海的，就是陈玉洁，由单位送外语学院委培商务英语，原去原回。那是个百废待兴的时期，机会很多，他们可说是得天时地利的一代。等两下里读成，都已是三十岁，这才生了孩子。上世纪八十年代，上海住房的紧张，全世界闻名，由此生出多少悲剧和喜剧。他们原是在公婆房间里隔出一条做婚房，两人上学各自住学校宿舍的几年里，丈夫的兄弟住进他们的房间并且生下孩子。这期间，他们夫妻的私人生活都是在周末和节假的宿舍，他或者她的同屋回家，让出空间，供他们享用。所以，住房局促是他们脱离体制自主创业的极大动因。挺着六七个月的肚子，肿着脚踝，去后勤部门索讨房子。局办公楼在外滩一座老建筑，殖民时代留下的，石砌的墙壁，天花板很高，动静都有回声，走在里面，是有压迫感的。当时不觉得，年轻，又是单位里最低阶职工，况且，大家不都一样？为住房、晋级、加薪、奖金，一趟趟跑领导办公室，赔着笑脸，叹着苦经，事后回想，却是很屈辱的。就这样，分来一间房，面积不大，朝向也不好，西北，是一套公寓里的一间。这套公寓不知出于何种历史原因，被拆分成三户人家，公用厨房和厕所。但无论怎样不便，住进公寓，身份就不同了，下一轮的争取和调配中，资本也不同了。很快，这一间加上丈夫单位增配的一个亭子间，二换一，换来新工房的一个独立单元。换房的经过，也是不堪回首。电线杆子上贴告示，房屋交易集市寻觅对象，所谓房屋交易集市就是马路边上，自发形成的几块地方。掮客一类的人物应运而生，他们手中掌握许多信息，从而串联上家下家。时间一久，陈玉洁自觉得也能成为业内一员，日后独立出来做贸易，是否从这里起念，只有天晓得。

这套一室半的单元房位处虹桥，其时还未开发，属城乡结合部，上下班需经过一条铁路。远远听见道口铃响，路障放下，挤进等待的自行车和行人里，一列火车吐着白汽驶过。倘是客车，就看得见车窗里的人，满脸旅途的劳顿，不知道在他们的眼睛里，自己是怎么样的。这条铁路横亘在面前，将新城区和旧城区隔开，他们被划分在新的一边，即是逐出，同时呢，又是纳入，纳入进另一种命运。

住进这一处房子，动荡结束，终于安定，将女儿接来。女儿已在市区一所重点小学就读，而这边且是草创，周边还很荒凉，学校的品质可想而知，决定暂不转学，每天由父亲接送，顺便可去看望婆婆。辛苦是辛苦，但一家人不必分住几处，算是团圆了。就在此时，方才发现，女儿与他们是生分的。跟阿娘长大，宁波人称祖母“阿娘”，阿娘们称得上是上海中等阶层的一个类型，她们精明、仔细、能干、豁辣——沪上人说，给宁波人做媳妇不易，可她们自己不也是从媳妇熬成婆的吗？她们带出来的小孩，尤其小女孩，都有一张刁钻的嘴和一副刁钻的性子。一上来，他们就感到棘手了。绿豆芽，要摘两头；鱼，只吃腮上瓜子大小两片肉；豆腐是要去皮的。穿衣服也很麻烦，一件套头衫，后领的商标一头脱线，她按惯例索性将那一头也扯下来，多年紧张甚至惶遽的生活将她磨砺得粗糙和简单，孩子却哭了，说应该缝上去，否则就分不出前后。鞋面上的浮尘不擦拭干净也是要哭的，马尾辫不是高了低了就是歪了。随身搬过来的几大包杂碎，她看也看不懂。那些花花绿绿的铁发卡，掰开，再按下，沿发际线扣一排；喝水的壶盖藏着机关，这里一揿，那里跳起来，吐出一个嘴；透明的小贴纸上的人物动物有名有姓，贴哪里也有名堂，而且重要……这些零件又不是阿娘的传统了，而是来自现代都市物质生活，阿娘家住在淮海路中心地段。有一次，她下班早，去学校接女儿，遇到班主任，说起往返路途的辛苦，老师惊讶道，不是就住在附近吗？原来女儿一直将阿娘家的地址报给老师和同学。小姑娘和同学走在前面，她推着自行车跟随其后，看那矜持的小背影，比同年龄孩子高一点，所以就在中间，一个挽一个胳膊，有些小妇人的风度。陈玉洁说不上喜欢，也说不上不喜欢，女儿长大了，却不是想象中的长大。这种复杂的心情一直潜藏在母女之间，到两千年的跨世纪晚会，再度浮出水面，却是另一番情景。这时候，作父母的，与女儿相处和谐，陌生感逐渐消弭，甚至有几分亲热。

偶尔地，她会生出怀疑，这样的改善是出于哪一种原因。血缘是一种，共同生活是一种，还有，是不是还有什么？她从国外公务回家，省下津贴补助买成礼品，最多的是女孩子的衣物，内心里多少有一些讨好的意思。她和丈夫总是讨好的，为补偿抚育的缺失，其实也没有那么理性，一家三口，本应是亲近的。女儿得到礼物，绽开笑容，一个返身，抱住妈妈的颈项。软软的小身子，贴在怀里，她有些羞怯呢！真希望不要长大，就这样。她喜欢女儿的笑脸，下眼睑很饱满，一旦开颜，便呈现两个窝，像猫咪，又像花。随年龄增长，圆脸变长脸，脸颊滑顺下去，笑窝不见了，显出少女的清秀，却又有一种凛然——不知道事实如此，还是心理的缘故，她始终有些怕她呢！这也是所有父母对长成的儿女的心理，生恐被遗弃似的。有时与朋友交流，彼此就像在攀比这种感受，很享用的呢！但内心深处，又觉着不像对方的单纯，在某个地方存着差别，而且是本质性的。生活在进行，不等她想明白，已经到下一个阶段。

他们买了商品房，先是四室两厅的公寓房。装修大半年，搬进去，住下两年。其中有一间北屋，从来不曾使用。紧接着就搬进另一套，复式两层。偏离开市中心，但后来居上，成高档地区，住户以日韩籍为众多。女儿进一家私立中学，和小学同学疏远往来，阿娘呢，也不常走动，这个老城区的孩子成了新人类。礼物和礼物激起的喜悦还在继续，却已不止是出国带回，且随时随地，量和质都在增加。整套卧室家具，钢琴，电脑，音响，万圣节的鬼装扮。这个街区已兴起万圣节，基本是自己和自己玩，没有讨糖和捣乱的小孩子，南瓜灯在店铺的玻璃窗里闪烁，少男少女们穿了吸血鬼的长袍在街上呼啸走过，其实显得很寂寥。最后，女儿高中毕业，直接去美国读大学，可谓人生大礼。因学业中等，就读一所设计专科学院，校址却是在纽约曼哈顿，学费和食宿极昂贵，有什么呢？钱已经不是问题。

因生意上的事暂时走不开，就由丈夫保驾护航送去纽约。看父女二人走进国际出发厅渐渐远去，女儿比两千年晚会上又高出半头，身着旅行装，双肩背包上垂挂粉红水晶的吊串，随着走步一摆一摇，就有一股跃动，欣欣然的。没有回顾，就这么径直走出视线，她们母女相处向来冷静，从不滥情。回到家中，推开女儿卧室的门，打算收拾整理，不料想，一下子撑持不住，坐倒在床沿。那是张童话里公主的卧床，高高的弹簧垫，白色床柱上托着金球，圆顶帐垂下来，珍珠纱上布着小朵玫瑰花。眼泪溃决，流了满面，这才相信“血浓于水”是千真万确。

3

多半的缘故是女儿在美国读书，还有就是寻找新商机。她将德国方面的贸易收缩了，转移到纽约。然而，距离上的靠拢并不使她们更亲近，分别初的那一段激情没再回来过，反而是，平淡下来。女儿抽条的身子显得很纤细，穿低腰的撒腿裤，长款的背心外面套一件横宽的背心，都是黑色，踩一双夹趾草编凉鞋。学习设计的人总是从自己身上开始实验，创造独特性。最终，很奇怪的，这些独特性又汇合成同一种风格。看女儿走在街上，走在魁伟壮硕的外族人里，四肢、身体、衣服、头发，一侧剪至耳上，另一侧，齐腮，垂下来——仿佛在飘。不少男孩，也有成年人，被吸引目光。这些目光，就像风，将她送得更远。偶尔地，女儿会挽着母亲的肘弯，便感觉到纤细的手臂里的骨骼，不是小时的柔软，而是坚硬的，有一股力度。

女儿租住的是一种称之为“工作室”的房屋，一大间，除厕所和冲淋房，再无其他区隔，住户根据自己需要分配使用。因为楼层很高，还可架成阁楼。这样的房型，得自于二战以后的苏荷地区，废弃工厂车间被艺术家用作画室，渐变为风尚，建筑商适时跟进，开发房地产市场。以此可窥见波西米亚人走入布尔乔亚，嬉皮变雅皮的过程。所以，这间位于中城的“工作室”其实相当中产化，玻璃幕墙，细木地板，牙白色烤瓷漆的橱柜，后现代极简主义的灶具和卫浴，以及连房屋出租的餐桌椅，工作台。这样的环境里，席地而卧的床垫，东方图案的靠枕，随意摊放的杂物书本，反显出造作。她不懂设计专业是什么样的内容，从外部看起来，女儿无疑是业中人士的做派了。

在决定长住，计划买房之前，她都是住酒店。睡地铺起卧不方便还在其次，难以忍受的是无遮蔽全敞开的空间。不夜城的光，从窗帘叶片里透进来，躲也躲不开，好像当街躺着。女儿并不反对母亲住酒店，多少透露出迹象，孩子已经有自己的生活。一个不问，一个不说。有些私密的话题，至亲间反倒不易沟通，又尤其是她们这样亲中有疏的母女。有几次和丈夫同来，住的是中下城的老酒店。在美国，说老酒店不过是更欧洲化，代表新大陆居民来源地的历史。那都是狭小、逼仄的房间，自点早餐，到晚间，酒吧咖啡座上满满的，需挤过人堆，向柜台上领房间钥匙，沉甸甸的铜头钥匙放在柜台背板上的小格子里，射灯自上向下照着职员的脸，很像希区柯克电影里的一帧景。

丈夫喜欢这样的老酒店，女儿也喜欢，凡住这里，总是过来。换一种情形，就是她过去了。来到这里，多半是在底下酒吧消磨，单独的桌子永远不够用，于是，不相干的人凑在一长条大案子边上，各说各的。女儿显得格外兴奋，比平时话多，丈夫呢，捧着酒杯，缩着手肘，避免碰到邻座的人，脸上布着笑容。她却怀疑，他们实际上真的有表现出来的那般享受。看上去，更像是一种坚持，将“快乐时光”坚持到底。酒吧门口的招牌上，不都写着“快乐时光”的字样！酒店的“快乐时光”里，中国人极少，像他们一家三口的中国人，大概仅此一例。那实在不是个家庭聚会的场合，这三人未免显得不合时宜，可他们一坐就是半夜。送女儿去住处——步行即可到达，两人再返回。子夜时分的清寂里，藏着无数喧哗，那沿街的，一半沉在地面下的门扉，一旦开合，就涌上来，引起一阵骚动。

他们沉寂地走过一段，凛冽的空气驱逐了困盹，方才她可是困盹得很呢，此刻醒过来，开始说话。她说，要不要在美国买房？好啊！他说。女儿的房租加我们的酒店费用，差不多是一套厨卫的钱了。说到这里，他就正色道：不要考虑钱，钱不是问题。话里有一股豪气。他们这一路对话，都是有豪气的。倒退十年二十年，做梦都做不到。是啊，钱不再是问题，可也是个问题，就像上了发条，开关启动，自行运作，以级数增长，令人不安。想这世界上任何物质的总量都有限度，哪经得起如此递进生产。她有时会提议关闭生意，不要再赚了，一个人一辈子究竟能用多少钱？丈夫的回答是，你以为我们是净赚？不是，我们是和世界通货膨胀赛跑，趁脚力好，多领先几步，等脚力弱下来，就少落后几步。然后，丈夫便举出几个数据，证明通胀的速度和程度。按马克思政治经济学理论，通货膨胀是为解决危机，同时酿成新一轮危机，所谓搬起石头砸自己的脚——丈夫一旦打开话匣子，谁也刹他不住，所谓“马克思政治经济学”，在他们一代人，就是蒋学模的一本教科书，在世界冷战格局下，以共产主义为人类社会最终目标的前提下，诠释资本演变。现在人早不读它了，但里面不乏真家伙，也就是硬道理。丈夫继续道，二次大战以后，技术革命大爆炸，迎来第三次浪潮，似乎可能消化危机，事实上，只不过暂缓，将局部纳入总量——“总量”这个词出来了，正是陈玉洁的担心。你以为总量可无限增长？他问她。不能，她回答。增长的是缝隙，就像受过冻的萝卜，糠的，这就是泡沫经济，所以，我们必须和通胀赛跑！最后总结。这时候，他又变成虚无主义，不相信人类历史的进步。

他们走进酒店，“快乐时光”方兴未艾，领了钥匙进电梯，经过一条狭窄的走廊，推开房门，迎面是满壁墙纸的缠枝花，天花板顶线的雕饰，窗帘打着沉甸甸的结子，床幔垂下流苏，椅套、茶垫、桌旗，丝线经纬底下藏着隐花，门窗、家具、用品的边缘都是曲线，底足是弯脚，镶着金边，重重叠叠，是维多利亚时代的风尚。事实上，酒店不过开业于上世纪七十年代，酒店的典故，关于一名女演员的风流韵事，是百老汇款的。床垫很厚，很软，人卧得很深。听见枕边人的鼾声，不由哧地一笑：真会装！也不知道笑的是哪一个，然后，沉入睡眠。

她自己来，通常是住新泽西，真正的北美式标准间。遍布全中国，直贯县镇级的酒店模式就来自于它。宽敞明亮，自助式早餐，价格只到那类老酒店的三分甚至四分之一。越过哈德逊河看曼哈顿，不过上海浦东与浦西的距离。这酒店主要客源是旅行团，尤其中国旅行团，占一半以上，其次东欧和日韩，再有些本土的学生团体。她虽是散客，但因为常来，一住又是半月一月，甚至两三个月之久，所以店方就将她打包进旅行团，享受大折扣，价格又下来一截。虽说钱不是个问题，可是，不还要和通胀赛跑吗？收缩德国方面的生意，转向美国，一时上还摸不到门。多年来积累的经验和人脉，都是在欧洲方面，在此可说白手起家，从头开始。来美国之前，都说这里地大物博，制度自由，有许多机会。听起来，很像近代史上所写，冒险家的乐园上海，实地一看却大不以为然。近十年内，中国的人力物力，犹如水银泻地，充盈每一寸空间。大到并购企业，小至浙江义乌小商品市场的发圈发卡，工业有中型机械，农业有果蔬植种，几乎无一遗漏。于是又回到老本行，中国餐馆，购买老店，开张新店，华埠从曼哈顿飞跃皇后区法拉盛，迅速扩大。陈玉洁数次往返，一年时间过去，依然委决不下，往哪里开拓。她倒也不急，多年历练，磨出了耐心，只是出于勤勉的本性，不开源就必得节流，能省即省。

酒店里每天有一团团的中国游客进出，闹哄哄来，闹哄哄往。一个人住久，终有些寂寞，所以，并不嫌嘈杂，还以为有意思。那些常受指摘的大妈们，与她属同一代人，在匮乏和争夺中度过岁月，大堂里一个空位都不放过，即便只是出发前短暂的等候，她是理解的。有时候会主动搭话，提供咨询，解决语言沟通。有一回，一个老年团的旅客向她打听大都会博物馆的票价，她如实告之，从一元到二十五元，全凭自愿。对方顿时愤忿起来，这个团费以外的自选项目，导游收费竟每票三十。看他们气咻咻找导游论理的背影，便知引起事端不小，赶紧避开。这些闲嘴调剂了客居的生活，否则就太闷了。这个酒店，让她想起汉堡的中国大厦，住在那里的时候，独自一个人，但有公务在身，总是社会中人，多少有些刻意地回避交道，有大国企单位的骄矜，也有避免麻烦的用心，是一种自恃的寂寞，而现在，是真寂寞，仿佛游离在真空地带。

女儿从来没到过新泽西的酒店，静听母亲述说那些杂碎，似乎只是出于礼貌。她们母女间一直或者说越来越保持礼貌。这固然没什么不好，可也没什么好。有一回，听完母亲的大妈们的故事，大约觉得应该作出些反应，不至显得态度冷淡，女儿说出一句评价：老阿姨多半是粗鄙的。她顿生反感，回击道："老阿姨"这称呼就很粗鄙！母女极少起冲撞，她出言又过激，女儿不禁怔一下，然后笑一笑，过去了。还是年轻人更有礼貌。她却有些微的失望，心底积蓄着一股冲动，自己都无法解释的，就是想刺痛女儿，可此方矛头一出，彼方适时避让开，到底没交上火。

女儿真正的兴趣所在，是关于买房。在这里，议题变得具体了，不像她父亲，从务虚始，到务虚终。每一次去——住新泽西酒店，就总是她去女儿住处，每一次，都得到一批售房信息，从网络上搜索下来，也有她朋友推荐，全是曼哈顿岛，或中央公园周边，或苏荷，切尔西，抑或第五大道。许多中国人在那里买房，女儿说。她以商量的口气建议，为什么不考虑皇后区，那是中国人聚集的地方。女儿笑一下，这样的笑容，常会使她瑟缩，自觉得变成受教育的人。女儿笑一下，说，从投资角度出发，曼哈顿的地产有更大的增值空间。她嗫嚅道，法拉盛一带正趋向上扬。自知说服力不够，就又添一句，中国餐馆多，生活方便。女儿回答一句，曼哈顿也有许多中国餐馆，重要的是文化生活丰富，性价比更高。对话沿着买房的主题进行，倘若换成她父亲，每一个岔口都会旁出去，比如餐饮，比如乡谊，比如文化，都可激发谈兴，见仁见智。说的和听的，一概忘记初衷，不知道来自哪里，又去往哪里。当年，她便是被带入迷局，一去千万里，回头看，沧海桑田。难免感到庆幸，几回折转关头，都没出错招，尚还有歪打正着处。似乎有一条潜在的轨迹，引导他们的脚步。事实上，应该感谢那个时代，刚从计划经济走出来，选择是有限的，非此即彼。倘是另一种选择，道路不同，结果未必有大差别。草创的世界，各路英雄殊途同归。不像今天，机会很多，陷阱也同样多。但不论怎样说，丈夫确是性情中人。女儿不像父亲，那么就是像她，理性，清醒，冷静。这些禀赋在她，更多体现在谨慎，甚至一定程度的保守。女儿呢？似乎，她忍不住想，似乎缺乏热情。

环顾女儿的住处，有一种刻意的凌乱，大小靠枕东一个西一个，斜面长案上散放着绘图工具，形状莫名的雕塑直接立在地板，台灯、蜡烛、香熏、几盆水生植物，分布餐桌、茶几、料理台、上阁楼的木梯边缘。杂物的堆砌中，因为总体上几何线条的结构面，呈现肯定的秩序。女儿不在的时候，一个人待在房内，小心翼翼地走动，避免搅乱这些物件的摆放，她觉得，这间"工作室"公寓房，很像一个橱窗，第五大道上的奢侈品商店橱窗。她怀疑，这面橱窗的背后，还有没有日常性的生活。她想起她的婆婆家，终年散发着咸鲞和虾酱的腥气，那是宁波人家特有的气味，从八仙桌底下的坛子里蹿出来。小小的女儿，跪在椅上，操一双竹筷，吃海瓜子，一只一只送进嘴，然后划一大口泡饭，很快，跟前堆起一堆壳，透明的粉红的螺钿。那细细的颈脖子里，也有一股子海瓜子的咸味。现在，小姑娘长大了，身上的气味换成可可香奈尔的国际香型。

在女儿的安排下，她还见过一位房屋中介商，荷兰裔的美国人，会用中文说“你好”“谢谢”“恭喜发财”，古怪的发音里有一股油滑。介绍的房屋在公园西大街，原本是酒店，然后改成住宅。宽大的门厅、走廊，房间分走廊两侧排列，依稀可见昔日酒店的痕迹。推进门去，迎面满窗绿荫，正对中央公园。受限于原先的客房的格式，内部形制多少有不合常理处。比如原先的套间要成为独立的两卧，不得不横断空间，立一面墙，辟出玄关，重新开门，难免局促，厨房和浴室对于家庭起居也是逼仄的。她倒有点动心，因为想起上海的那种前厢房，而且，使用过的房屋有一股烟火气，是过日子的气息。她没有流露喜欢，但询问的仔细，让中介先生窥见成交的可能性，即便这一处不行，还有另一处呢，中国人可是购房的国际主力。往返对答，中介先生也判断出这个中国女人属理性消费人群，相当专业，正对他口味。他就是不怕专业，而对不专业生惧，在这法制社会里，对规则有共识，一切都好说了。

女儿在一旁静听，态度变得驯顺，使向来严峻的表情松弛下来，小时候的笑靥隐约又回来了。她温存地投去目光，想到小小年纪一人在外的诸多不易。这一天，母女间相处和谐。和中介先生告别，对方说了一句恰如其分的中文：后会有期！三个人都笑起来。然后，她们走进公园，挽着胳膊。早春时分，气温还很低，前一场雪未化尽，吸纳着正午的热量，空气凛冽，直入肺腑，身上起着轻微的寒噤。载客马车走过去，马粪味扑鼻，带着畜类的体温，在清冷中散播开。一个跑步的男人赶上她们，身上冒着热气，奇怪的，也有着同样的体味。女儿的手伸在肋下，使她想起很早以前，那软软的小身子，不由紧了紧臂弯。母女间的肌肤之亲向来很少，事实上，不是吗？她也是缺乏热情的母亲。

女儿说：那人好像怕你呢，妈妈！如何见得？她问，小心翼翼的，多少有点巴结。女儿做了个表情：转着眼珠，飞快地睃巡，就像一个猎手跟踪他的猎物，有几分神似。她发现女儿竟然是活泼的，并非表面的矜持。谁知道，也许在心里骂我们呢！她说。嗯？女儿停下脚步，困惑地看母亲的脸。怕和骂，是同一件事，她说。什么事？女儿问。我们的钱！她回答。哦——女儿吐出一口气，迈开脚步，手滑出臂弯，走到前面半步。绒线帽顶的毛球随脚步摇曳，留长的头发从帽底流泻下来，垂到黑呢大衣肩背。她想起自己的青春，在惶遽中度过，不曾流连，就远遁不见踪迹。那背影忽然顿住，转回身来，说：所以，妈妈，所以，我们要买房子，买给他们看！这孩子气的话里有一股凛然，她明白这凛然的来由，不在父母亲身边长大的孩子，总是缺乏安全感，于是，过度防卫。清寂的公园，四边楼宇远在地平线上，母女二人站在大块的天空底下，仿佛遗世孑立，心中就有苍茫生起。这是她的孩子啊，近不得，远不得，拿什么去爱你呢？

下一回再来，是与丈夫一起，在林肯中心对面新建公寓里，全款买下一套。其时，复古主义一改为现代主义，自有一套理论。他认为，酒店是幻象，住宅则是现实，前者是一时间，后者是长此以往，一是传奇，一是日常，彼此不可取代互换。而且，他强调，必须新建筑，不能二手房，前人的遗痕会成为魅影，打扰现在式的生活，那些幽灵的传说，逐渐在科学中显形，比如红外线，比如超声波，比如暗物质，现代物理学正在向东方神秘主义归宿……她的心情却正相反，一旦买定房子，反倒像是做梦，一个明晃晃的白日梦，说话起着回声，身影倒映在蜡光铮亮的地板。丈夫似乎也有些生畏，噤下声气，办完手续的次日，便丢下妻女，独自回国去了。

4

有时候，她不禁会想：为什么是我，为什么是我们？四周都是异族人的脸，忽然间恍惚起来，不知道自己身在何处。面对生活急剧的变化，女儿比她镇定多了，更像是知道要什么，并且向目标接近。搬进几件家具——这时体会到丈夫拍板买新公寓的正确，不需要装修，直接就可入住。几件家具虽不足以填充偌大一套房，但到底消除些空旷。她继续寻找开拓事业的方向。女儿临近毕业，是读硕士，保持学生身份，若不是，就要求职。学习设计的学生一大堆，尤其是中国学生。这是个暧昧的专业，什么都沾，又什么都不沾。所以，她需要将女儿的出路纳入她的计划。这一日，到唐人街买菜，一时兴起，走上威廉斯堡大桥，往布鲁克林去了。

布鲁克林正在兴起，大有飞跃的势态。可是，像她，一个谨慎的生意人，本能地对这种经济发生的模式持保留态度，那就是制造业衰退，以艺术家为主体的设计型产业进入——这类产业的利益链相当含糊，在资本市场的考验中，命运很不确定，或者淘汰，或者转变，抑或真如预期的蓬勃发展，然后又回到萧条。苏荷地区经历大半世纪走完的周期，如今越来越短促。省略发生过程的复制，总是缺乏自然的生命力。历史进入现代，复制又在加速。大约在机器诞生，再推远，人类掌握工具的时候，就已经注定的命运——她发现自己在沿着丈夫辐射型的思路，漫游开来，哑然失笑。天下着毛毛雨，威廉斯堡大桥的步道上极少人迹，城市在脚下搏动，桥面震颤，顶上是巨大的钢架结构。这城市定是在生产钢铁的年代建设，你能感受坚硬的程度。钢铁铸造一座城市，尚有剩余，于是流向战争。在地面看，威廉斯堡桥不过从东河这岸到那岸，走上去，可是漫长。引桥跨越几个街区，河面又出乎意料的宽阔。偶尔有人迎面走来，观光客和慢跑者。列车轰隆隆驶过，整座桥梁都在跳跃。太阳忽钻破云层，大放光明，雾气下沉，沃拉博特湾、曼哈顿桥、布鲁克林桥，一下子浮托起来，水鸟飞翔。只转瞬之间，云层闭合，光线收起，景物又退下了，仿佛海市蜃楼。这地场真是大，开发四百年，不过只是一个角。所以，就还有一股原始的野蛮力量，从现代性中穿透出来。

计算一下，陈玉洁在桥上足走了有一个钟点，步道在引桥中段向地面下去，穿过桥墩的钢柱，就站在了路口。停了停，顺势一转，依街道数字排列，从小号码向大号码走去。路上很清静，建筑多是陈旧和简陋，多少是破败的，犹太人的“贝狗”店，还有中国餐馆，间杂着狭小门面的店铺，是年轻人自创的品牌服装和小礼品，后现代设计型风格，稀奇古怪，用途不明，显示出物质过剩时代生长的一代人的消费理念。这样的小店，每一分钟都有无数间开张，又有无数间关闭，不是作为单个，而是一个群体，维持着它们的存在。然而，谁能就此下结论呢？

在一整个街区的草根性中，这些小铺子，却是华丽的眼，穿越到未来，那里兴许有传奇在等着呢！时间已到午后两点，饭店都歇了，准备晚市开业。又走过一个路口，看见中国字样“牛铃”，名字有一些新鲜的情调，但招牌底下的门面，却是唐人街的旧俗，红灯笼，绿窗棂，翘檐上的黄琉璃瓦，日晒风吹，再蒙上油垢，显得灰暗。倒也让人踏实，因有一股柴米油盐酱醋茶的气息，透露出温饱的人生。

店门侧边的街道，停一辆小型运货车，地面上的铁盖掀起，露出一个男人精瘦的上半身，接着卸下的货物。她伸头向店里张望，黑洞洞的，也是歇业的样子，正要退出，却听一个女人的声音：吃饭吗？循声看去，门内酒柜后面原来有人。她说是的，女人就说，随便坐。稍适应店堂里的暗，走进去，在临窗餐桌坐下。天光带着窗玻璃上的污迹，映在桌面。酒柜里的女人问：吃什么？声音远远传过来，更显得店堂的空阔。她看见桌上夹子里有一束菜单，懒得翻看，只简单说一声：炒饭！这是每个中国餐馆必备的速食。隐约感觉女人叹口气，走出酒柜，向后厨去了。显然，厨工们休息了，不得不亲自出马。小货卡卸车完毕，扣上挡板，路面的铁盖板放下，这些动静都是清脆的。后厨里的排风扇打开了，呼呼响，油锅哔哔炸开，葱花的气味就传过来，有一股居家的安宁。店堂里的暗将空间四合，人在里面，甚至是温馨的。她想，布鲁克林是个不坏的地方。排风扇停息下来，在惯性里当当响了两声，听见男人和女人的说话。不知道说什么，只是一些音节，短促地轻盈地来回。店堂和厨房连接处有一方亮，嵌着男人的身影。大约是搬运，推拉收放，动作生风，像是有功夫。女人端着餐盘出来了，未到跟前，已香气扑鼻。

葱青蛋白的炒饭上，覆着一层金黄，仔细看，是油渣，送进嘴，原来是炸虾米。女人并不走开，而是站在桌边，指导用餐，将虾米和饭一并入口，果然，米饭软有劲道，虾米松而酥脆，口感味觉受用无穷。好不好吃？女人问。好！她顾不上说话，只回答一个字。算你有口福！女人说，是我们家乡的饭食，从来不做给客人。家乡何处？她稍停下筷箸，问道。青田，女人回答，依然站在桌边，两只手支在桌沿。余光所见，是一双丰白的大手，就有些记忆回来。女人继续说：温州那一系的菜在外国打不开，洋人就认那几样，酸辣汤，咕咾肉，宫保鸡丁，春卷，美国人的脑子有病！陈玉洁忽然想起了，抬头看女人，女人不看她，眼睛平视窗外。有汽车驶过，还有人声，零落的，这一处，那一处。洋人是一种奇怪的人类，女人说，他们没有口福，从小到大，就吃那些炸鸡，烤牛排，煎三文鱼，无论什么肉，都要做成一块一块，用手抓得起来，然后再添加调料，所谓“沙司”，这“沙司”又只是几味，翻来覆去的。说话间，盘子清空大半，她的思绪已经跑开，听不到女人说话，却在一件事上盘桓。她见过这女人，可是又无法断定，不相信如此巧合。正是不相信，才更觉得是见过，因为非出于巧合，而更像是机缘。她放下筷子，问出一句：老板娘从何处来到美国？女人吁出一口气：说来话长。转身喊一声，男人即来到跟前，收走盘子。然后拉开椅子，在对面坐下：我就不当你客人，老乡见老乡。眨眼工夫，男人又到跟前，送上一壶茶两套茶具，腿脚进去颇有架势。女人说：你看他像不像李小龙？陈玉洁笑：像！女人正色道：练过咏春拳，拜师傅的！随后加一句：我男人。男人一笑，露出洁白的牙齿，旋即离开，不见人影。

十六岁从家乡出来，我今年四十六，整

三十年，半个甲子。两人面对面，没有其他人，生出一股推心置腹的气氛。陈玉洁说：我比你长四岁，半百。对面人说：还以为我长你呢，真后生！谢了夸奖，心里推算回去，七十年代初，正是革命时期，国门紧闭，一个十六岁的女孩子，有什么通道出来？女人仿佛看穿她的心思，接下去的叙述正可为解答疑虑。十六岁，个头这么高，女人伸手在一米多点的位置比画一下，又瘦，自己都记不清，夹在什么人的胳肢窝里，搭车、乘船、走路，再搭车、乘船、走路，到了欧洲。她心里又是一动，定睛看过去——饱满的脸颊，眼睛周边略有些松弛，眸子却是亮的，短鼻梁，厚嘴唇，宽下巴，肤色稍显黑粗，但因为紧致，就有一层光，是个健康的女人。却又拿不定了，是那个人吗？其实连长相都没看清，仅一个轮廓，而眼前这个，具体，生动，于是，就不像了。陈玉洁小心翼翼地问：你的意思是偷渡？女人笑起来，抬手四下一扫：我们都是偷渡，他是游水，游到香港，然后——你们在哪里遇见的？她问道。女人做个制止的手势：还没到这一段呢！她被逗乐了，像不像的那回事扔到脑后，忘记了。

说出来怕你不相信，没有人相信，登岸头一站，意大利佛罗伦萨，竟然长个头了，身上阔出一圈，就是现在这样。确实让人不敢信，女人又一次窥到陈玉洁的心思，解释说：你知道为什么？她摇头。我们温州人是生在石头缝里的人，挤着手脚，好容易挤出来，砰的发开了，就像爆米花！两人都笑了。佛罗伦萨去过吗？她点头。你们是旅游，看的表面文章，不会知道内情——内情是什么？她问。对面人倾过身子，耳语般说：到处是我们的人。她不由也倾过身子，压低声音：真的吗？对面人点头：不止佛罗伦萨，罗马、巴黎、里昂、布鲁塞尔、阿姆斯特丹、柏林——她怦然心动：柏林？是的，到处是我们的人。哦！她说。再告诉你一个秘密，女人向她招手，示意靠拢，这样，就头碰头了。你知道，全世界的经济命脉掌握在谁手里？她回答：美国。不！女人摇头否决，犹太人。嗯？她离开些，看着对面人，那人狡黠地眨眨眼，说：温州人就是中国的犹太人。

光线移过来，从女人侧脸照过去，可能是用了一种植物染发剂，呈出红紫色，就像鸡冠，她忽然又觉着是同一个人，不是因为外形相像，而是某些潜在特征促成的机缘。女人自十六岁开始的阅历可够漫长曲折，难怪要话说从头。遭驱逐，买卖假护照，蹲移民监——移民监有什么呢？吃喝保证，还放电影，社工服务，心理疏导，还教英语，关键是要有人！女人强调。就这么一程接一程，一关过一关，后来到了柏林。又是柏林！她要插话，被制住：你知道我怎么到的柏林？我怎么知道？她反诘，两人开始熟稔。结婚！这倒出人意料了。也是青田人，早多年出来，已经入籍，在威斯巴登开餐馆，你不会知道，很小的城市。可是她偏偏知道，就在法兰克福近边。女人看她一眼：你倒是知道的不少！有些不满意讲述被打断。那一年夏季，威斯巴登举办美食节，市政府提供摊位三天，中国人的食亭总是春卷打底，青田人开车到阿姆斯特丹进春卷，阿姆斯特丹的春卷大王，上财富榜的，女人呢，正在那里打工，然后，就把人和春卷一起捎走，春卷送到威斯巴登，人带进柏林，那时候，还分东西两部，就在西柏林库当大街开出一家分店。她终于插进话去：我是不是去过你的店！然后说出时间，地点，以及老板娘的形貌，几可断定，就是你！对面人并不惊讶，在一个餐馆老板娘，阅人无数，不像她，会以为是传奇。有可能！女人承认，更像是敷衍，不忍让她失望。那时候，老头六十岁，我二十六，就是说，出来整十年，总算有了身份。

话说得轻巧，事实上，上世纪七十和八十年代，欧洲殖民地纷纷独立，移民潮涌动，人口激增，德国二战重建中的土耳其劳工尚未消化，合法居留谈何容易。具体到个人，六十岁的年纪阅历，一定还有家小，而且，很微妙的，不是居住威斯巴登，而是飞地柏林，其间一定有许多曲折。但在对面的人，什么没经历过呢？就也不在话下。她好奇的是，如何一见钟情。青田话呀！女人说，有多少人听得懂青田话？无论你说英语、德语、西班牙语，就算普通话、广东话、上海话，青田口音藏也藏不住，老头听我说话，眼泪就下来了。她质疑：不是说，到处都有你们的人！女人说：可是也要遇得到，比如，今天，你遇到我！她感觉到女人的机敏，机敏里不单是反应快，还有一点慧心。男人走过来，与女人说着什么，又退回去。大概是商量，什么放什么地方，什么又作什么用。你们说的什么话？她问道。他说福建话，我说青田话。说得通吗？她怀疑。女人大笑道：要看什么人和什么人！说罢，推开椅子站起身，知道是结束的意思，就要买单。女人说：看着给吧。她抽出二十元，压在茶碟底下，女人抬头示意，走来一个华裔女人，收走钱。又有一个墨西哥人，过来擦拭桌子，员工进来上班了。不知不觉中，过去半天时光。走出"牛铃"，心里还有许多未解的疑问，比如，福建人与青田人，也就是女人的"前夫"，不知道能不能这样称呼，他们如何交接班？显然，福建人还年轻，看起来是出劳力的人；又比如，为什么从柏林来到纽约布鲁克林？但又觉得这些疑问已经有解，这样一个女人，可能制造任何传奇。她没有继续在布鲁克林游逛，也没有按原路返回，而是走过两个路口搭乘地铁，回曼哈顿去。这半日的经历让她疲乏，又有一种满足，邂逅、美食、陌路的人生故事，仿佛跟随走了一程。都是计划外的遭际，集中在同一时间里降临，令她应接不及，倒把去布鲁克林的初始目的搁置了。

接下来的日子，变得忙碌了。女儿正式告知，要读硕士，于是，寻找学校，提交申请，报名，缴费，一连串的手续。其间，她注册的公司——其实是个空名，为的是签证与货币进入，此时，国内金融出台新政，汇兑额度有变，就需要打通关节，另辟路径，决定回国调停，买机票，定行程。可是，丈夫的合伙人来纽约度假，她当然有义务出面接待，于是推迟动身。这些到底也难不倒她，都在可控范围，冷静处理，乱麻中理出头绪。事情只要一件一件做，没有做不完的时候。客人到的这日早晨，先在电脑查到飞机准点信息，然后启用优步系统叫车，向纽瓦克机场去了。

虽然步步周到，接人却并不顺利，后来回想，其实是兆头。看起来，两件事情没什么关系，可大千世界就像一张网，网眼扣网眼，所有的事端都连在一起，所以，她还是视作预兆。飞机已降，却久久不见人出来。眼看着几次航班先后到达，依然少有人出来。打电话联络，对方不接听，等对方来电，她则手机故障，接不起来。特别通道出来三两人，问得的消息只不过是，海关处排长队，过关的效率低，窗口少，人越积越多。然后，又有三两人出来，再然后，就仿佛突破瓶颈，络绎成阵，却看不见要接的人的身影。她怀疑自己错过，因与这人所见不过几面，都不太想得起来确切模样，于是出门到出租车站上搜寻，忽又怕正巧这时人出来，掉头跑回去。往返梭行，焦虑得很，颇不像她一贯行事作风。好不容易，隔了玻璃门看见大腹便便一个男人，空着手，摇摇摆摆走来，已经看见她，远远地挥手。

5

合伙人一行四人，他，太太，太太的妹妹，再加一位助理。从行李车上一摞半空的箱子，就可知道，主要任务是采购。助理小殷兼任导游、翻译、拎包，陈玉洁并不必陪伴全部，为尽地主之谊，到的当晚，在哥伦布圆场边的一家米其林接风宴请，随后再视情形而定，随时准备提供服务，反正“全天候”，她笑道。合伙人姓戴，是丈夫大学里的同级，看年轻时照片称得上英俊，如今发福了，找不到原来的样貌，仿佛成另一个人。他们这一代成功人士，到此时多是急流勇退，享受胜利的果实，在戴先生，就是口舌之欲，所以养成现在的身形。经长途飞行，在时差的折磨里，照理没什么胃口，可戴先生的味觉依然能够分辨细微的差别。他说，和女士不同，他的任务是吃，因此，可不可以脱离团体，单独活动？眼睛看向太太，征询的却是陈玉洁的意见。小殷归购物团，陪吃就当另安排，方才不是说了吗？全天候。如此这般，以后的日子里，每到饭点，她就去到酒店，而戴先生已经在大堂等候。太太们早出发一二小时，甚至更早，天方亮，便驱车往长岛奥莱去了，然后，向晚时分，归来集合，一同去吃晚餐。她的计划是中午小吃，晚上大吃。前一晚就做功课，网上搜下菜单与图片，供作挑选，听多方意见，最后由她民主集中，作出定夺。

俗谚道：祸从口出。这话真就应验了。

要说她和戴先生，原本并不相熟，甚至可说生分。她和丈夫的事业，从头起就没有交集，各自的人际社会就也不重叠。晚饭好些，人多嘴杂，将时间分摊，各说各的，又总能说到一起，自然就热烈起来。中午一餐，单独相对，就受到冷场的压力。难免过度积极，一个没说完，一个就开言，形成争抢，为礼让一并打住，立时变得沉寂，又一并张嘴出声，彼此都是紧张和窘。这也被视作不好的兆头，如她的性格和历练，待人接物向来从容，这一回，却失态了。于是，话题泛滥，必要和不必要，该说和不该说，滔滔不绝，一泻几千里。说和听的都无法集中注意力，任其无度扩张弥散，其中多少挟带出一点实情。真正的端倪，是女儿识破的。

有二三回午餐，女儿与她同去，三个人，其中又有一个年轻人，气氛就活跃了，她也松弛精神，偷得几分悠游。每一次去，戴先生都会替女儿买礼物，每一次分手，就都提着大包小盒。回到家中，坐在地板上一个一个拆封，包装纸摊在四周，就像过圣诞节。她说：戴先生这么破费，真不好意思！女儿没抬头，忽然从鼻子里哼一声，戴——她这么称呼，“戴”，呈出一种客观的立场——戴送我礼物，爸爸送维维安礼物，总量上是平衡的。“总量”这个词是从父亲那里来，丈夫他，凡事都是从总量计。心里一惊，这才发现，“维维安”这个名字已经在说话中出现许多次，太多次，仿佛已经是个熟人。镇定一下，说：维维安是谁？与你有什么干系！女儿抬起头，望着母亲：别装了——说得不错，他们家的人都会装。别装了，女儿说，那是个小三，跟着爸爸到这，到那。是一代人的缘故，还是只是个体，女儿说话如此直接，直接到粗鄙。你爸爸的助理，自然要跟随左右。她辩护道，自己也觉着是软弱的。年轻人笑了：你听戴的口气，好像我们已经承认她，都没有一点遮掩回避。那更说明一切正常！她听见自己的声音变得尖利。女儿又笑：好，好，正常！她看着女儿的脸，那么年轻，美丽，同时，有邪恶。做小三的，正是这样的脸。她控制不住地，举手抽过去一个嘴巴，那脸上立时泛起一片红，眼泪下来了。女儿将礼物从膝上推下去，站起身回自己房间，重重关上门，砰一声响。她被自己吓坏了，站在原地，动弹不了。从来没有动过手，一直是小心翼翼，也很久没看见过女儿的眼泪。地上铺着礼品的包装纸、彩带、晶片、玫瑰花样的按钉，似乎铺到了地平线。这么大的房子里，只有她和她。

心跳得很快，却很奇异的，有一种类似愉悦的痛快，终于，终于发生了！发生了什么？该发生的。她想起戴——现在，她在私下也称他“戴”了，戴有一口头禅，“你知道”，凡陈述一个人一件事，必要说一声“你知道”，于是，维维安的存在，就都是“你知道”。她好笑地想：你才知道呢，我什么都不知道！

为什么是我？仿佛天问。为什么不是我？反过来又问了一句。她陪女儿读书，他打拼挣钱，这样的家庭模式，在他们的阶层已成普遍。同时的“普遍”还有，还有维维安。她其实一直在等待维维安现身，必须有一个维维安。正因为有维维安，才能相安无事，社会和谐。她静了静，然后拨打小殷的手机，表示道歉，晚上突然有事，不能陪大家吃饭，但餐厅已经订座，某条街某个号码。小殷说，没事没事，包在他身上了。听起来，对面的环境很嘈杂，小殷的声音破壁而出。关上电话，尝试将戴的出行换一种组合，由丈夫率队，维维安，维维安的姐妹，或者说是闺蜜，再加一个“小殷”。很好，四个人是最合理的人数，乘车一辆，吃饭一桌，可一并出动，又可分头并行，而他们一家三口，在数学上是个素数，物理上则不对称，总之，缺乏平衡的条件。

她做好简单的晚饭，等女儿出来，心里准备着道歉的措辞，承认女儿的判断有道理，以达成共识，然后，然后怎么样？要表态吗？是决裂，还是接受现实？事情来得太快，猝不及防，可是，事实上，她一直在拖延。戴的来到，从接机开始，到每餐饭没话找话的焦虑，都是预兆，预兆真相逼近。她几次起身走到女儿房间门口，欲敲门又作罢，本来就有畏心，如今这一时刻，更是不敢面对。她这才发现，她们母女被安置在这地方，多少有着受打发的意思。饭菜都已凉了，女儿走出房间，看起来，表情无异常。走到餐桌边，直挺挺坐下，说，已经给父亲发信，要去巴黎学艺术——维维安去得我去不得？说罢，捡起筷子，吃起饭来。她久久不动碗箸，有一种寒冷，原来，她不需要表态，谁都不要她表态，她这个当事人，结果成了最无关的人。

戴在纽约的余下几日，循事先安排顺利度过，购买与美食均超额完成任务。又添了两口箱子，戴的腰围似也扩出一周。送到机场，看他们走进海关，四个人的背影换成那四个人，想象中的组合，迅速转身离开。最初的冲动，是回上海，机票就在手里，只需签日期，但很快颓唐下来，去又如何？一进一退之间，丈夫那边来邮件，说去了香港。那么，她也去香港。香港是客地，这样处境和心情，实在凄楚得很，于是又迟疑了。时间在无所作为中过去，越发像是一种默认。她转而希冀丈夫来，买房至今，已有一年半，丈夫再没有出场，回想那一回走，难免有落荒而逃的迹象。近来，关于女儿去巴黎的事，照理应当全家一同商量，可都是父女两人邮件往来。女儿每一项要求，合理或不合理，父亲全欣然答应，不作深询。既像是还债，又像是敷衍。这段日子，生活费用以及女儿的额外开销，依然按月汇到，不知从哪里收集的汇兑额度，更可能是及早转到外汇账户，这意味着什么？意味他希望她们母女安下一颗心，住在纽约，衣食无忧——从这点说，并没有放弃责任，继而想起戴的一句话，他感慨道：这世界上有多少单亲妈妈！怎么说起来的？前后文想不起来了，反正聊天嘛，漫天漫地的海聊，又都喝了酒。心里一动：维维安会不会就是其中一个？她不禁血脉偾张，心跳加速。去香港的念头又生出来，而且无比强烈。她拿起电话，打给惯熟的旅行社，了解飞香港的航班。问答之间，情绪复又平定。这就是她，与外界交道总是冷静、克制、礼貌、矜持。于是，讨论到具体票务事项时候，冲动消失，她改了主意。放下电话，她兀自笑一笑，忽明白一件事，所以她想做这，想做那，最终什么也不做，其实就一个原因，她不知道该做什么！有谁能告诉她，她该做什么？这就又明白第二件事，那就是，异乡异地，她去了来，来了去，无论住多久，都是在过路，她没有朋友。

女儿转向去巴黎读书，撤销纽约学校的注册，索回部分学费，报名一个法语课程，小班授业，价格极昂贵，父亲照单全收。有什么可商量的，“维维安去得我去不得”！最初的狂怒过去之后，女儿找到维护权益的方式，就是花钱，于是安静下来。法语课也给生活制定纪律，每日上课下课，朝九晚五，散漫的时间归入河床，流向某个目标。余下她独自一人，仿佛在宇宙洪荒，无边无际，无羁无绊。她毫不怪罪女儿自私，在这样的年龄，成长本身就有无数困难，何堪外部的变故，能保住自己就很好。至于她，即便最消沉的时刻，也有一种自信，自信不会坠落，只是需要耐心，切勿慌乱。丈夫不再来电话，当然，她也不去电话。显然已觉察出什么，也可能，本来就是戴领了使命，有意露出口风。也好，她想，很好。她想，真是太好了！她继续装不知道，他也装她不知道，他们都会装。

天气好的时候，她出门走走。樱花绽开，一树一树。什么种植，到美洲新大陆全都变样了。亚洲的樱花，像“雾”，扑朔迷离，在这里却是确凿肯定。历经寒冬，春阳高照，人们涌上街头，无端地笑和叫喊。她却从欢欣的人群中辨出几张落寞的亚洲人的脸，不由猜测他们的身份、来历、生活。梅西百货里，每个专柜几乎都配备中国销售员，接待中国顾客，其中也有落寞的脸，在柜台间无目的地游走，她就是其中一个。有人往手里塞广告和试用样品，说些什么，她听而不闻，只看见嘴的翕动。在凹凸分明的异族人面相里，中国人脸显得扁平多肉，中国话也显得音节短促，声调突拔。不乏有年轻貌美的女孩，妆容精致，穿着时髦，表情傲慢，出手极为阔绰，大约都是维维安们。未曾谋面，就知道维维安的形貌，这已经成为概念，她，是另一个概念。怪不得，她想，怪不得美国人分辨不出中国人谁是谁，因为都是概念。有一只手，拉住她的胳膊，不禁吓一跳。是“兰蔻”品牌的销售员，中国人。当然是中国人，唯有中国人，才会动手拉人。这只中国手，按着她的胳膊，向下滑去，握住她的手。她并不反感，也没有挣脱，就这么留在销售员的手掌里。那是个中年女性，眼影和唇膏都洇染出边缘，就这样大妈型的女人，加倍会拉人。试试吧！大妈恳求道，不一定买，试试没关系！身不由己地，被按坐在椅上，椅背放下来，成半躺，合上眼睛，由一片清洁棉片在脸上擦拭。柔软的、清凉的棉片抚过脸颊，不防备的，眼泪涌出来。棉片擦去旧痕，新泪又下来了，她几乎哽噎。棉片湿透，又换干的，很快又湿透，再换一片。整个过程中，“大妈”始终静默着，直到做完清洁，试妆完毕，她还是买下一瓶粉底霜，方才说出一句：对自己好一点。她惭愧起来，不回头地逃离“兰蔻”，走出梅西。

然而，这次际遇让她想起一个人，两回邂逅，称得上有缘，下一日午后，便出发往布鲁克林“牛铃”去了。她依然从威廉斯堡桥步行，走路可使心情平静，也可以消耗时间。也许是出发早了，还是脚下加快速度，或者是路熟，到地方，午餐供应尚未结束，正是热火朝天。老板娘亲自上阵，点单、下单、买单，托着菜盘餐桌间梭行。今天，换了一身白色衣裤，丝绸与化纤合成的材料，垂荡感很强，随动作起伏，前襟和裤脚上的彩绘花样时隐时现，有点像戏台上的女子。她茫然站在门口，牛铃一径地响，没人过来领座。有几度老板娘的眼睛掠过来，又掠了过去，似乎没有认出她。等了一刻，终于有人过来招呼，认出是上回管收账的华裔女人，将她领到中间一个单人小桌，靠着立柱，这样，更不易被老板娘发现了。女人快手快脚送上一杯水，从桌上夹子里抽出菜单放在跟前，旋即要离开，赶紧叫住，也不看菜单，就点一个炒饭，希冀唤起老板娘注意。一抬头看墙上的时钟，已过中午饭点，客流依旧汹涌，甚至排起等座的队伍。窗外街道上的人和车也比那日稠密，竟然有换了人间之感。不一时，炒饭上来了，不是上回的，而是所有中国餐馆里专对美国人口味，虾仁、鸡粒、葱段、蒜头，芥兰叶，盘边镶几片炸龙虾片。吃着炒饭，眼睛追寻老板娘的身影，立柱挡着视线，目标就常常消失踪迹。倒是后厨里的油烟一团一团送过来，仿佛看见那精瘦汉子立在灶火前翻着炒勺，铁铲当当地敲着锅沿。勉强吃下三分之一，再加把力，也为拖延时间，大约有一半光景，就招手打包和买单，起身向外走。她有意绕路，在餐桌间曲折往返，寻机会与老板娘照面。老板娘埋头在收银机前，她又加紧脚步过去，不等走近，老板娘却又离开了。推门的瞬间，她感觉到自己的荒唐，萍水相逢，何以解忧。这时候，身后伸来一只手，代她推开门，阳光扑面而来，几乎睁不开眼睛。是那个华裔女人，开口道：老板娘谢谢你，下回再来！不及回头答话，已被新进的客人从门边挤开。

阳光在地面流淌，这一条街就变得颜色鲜丽，忽然想起，这一日是周末，所以人多。她这一个闲人，早已经没有日程的概念，尤其这一段，作息制度瓦解，更失去坐标，仿佛回到混沌世界。走在布鲁克林的街上，路人中大半是游客，手里握着照相机，东拍拍，西拍拍。她也是游客，一个老游客，看惯了风景，却还不回家。无意中，跟着游人，走进小店，一踏入门，就听风铃一声响。店主和顾客都是年轻人，商品也是小孩子的喜好，就又走出来，继续向前。再进下一家，风铃又一声响，街上风铃声连连，呼应与唱和。终于折回头，上桥，向曼哈顿走去。桥上也比那一日熙攘，桥下的水面起着反光，闪闪烁烁。桥栏上零落挂着同心锁，胡涂乱抹的言语就离谱了。心情多少开解些，甚至还用手机拍了几张照片。走到引桥，曼哈顿的市声拔地升起，一片轰鸣，偶有电钻的锐响从中穿透，轰鸣又蛰伏下去。塔吊在半空中缓缓移动，好像巨兽在监控它的猎物。她，迎头过去，不是勇敢，而是没奈何。

6

事情一开头，就径直往下走。还是那个戴——自从戴来过，丈夫就不再与她直接通信息，这就更像是一个预先安排。戴和她通话，告诉说最近形势变化，她先生不便自己出面，所以托他转告。人事更迭，频繁出台新政，他们这些依凭国企背景的民企，本来身份暧昧，如今处境就十分微妙，所谓“拉一把过来，推一把过去”，无论过去还是过来，接下来的麻烦都很不少，正面与负面的拒斥力量相等。在草创时期，骑政策中线所为，到立法趋向完善的当下，几乎件件都是出轨，他们这一批创业者，可说是有原罪的人，蹚过污泥浊水，替世人顶着十字架——现在，她想，圣坛要出来了！耶稣也要出来了！说话人仿佛不是代言的戴，就是丈夫本人，远兜近绕，归纳起来，一个公式：抽象问题具体谈，具体问题抽象谈。她很知道，他们其实越走路越窄，尤其新一代的虚拟经济起来，他们的实体性经营方式就算走到了刀锋上，这才叫“拉一把过来，推一把过去”，过来过去都是下滑。生产和市场都是有限资源，又到了重新分配的时刻，危机随之来临。唯有丈夫这样的人，才会扯到“原罪”。对是对，可就是“扯”得很。她想着丈夫这个人，原来这么近，现在无比远。所以——戴说，现在，我们最好做隐身人，继续保持暧昧，留在模糊地带，回顾历史——历史也来了！她又看见丈夫的身影，回顾历史，这一片模糊地带比清晰地带宽阔，它处理了许多理论和实际的两难，总之——她打断戴的话：你的意思是——戴脱口说：不是我的意思！接着改口：也是我的意思。她不由一笑：你们的意思是什么？戴变得嗫嚅了，她忽然感觉，丈夫就在戴的身边，几乎听见他的呼吸声。戴期期艾艾道：就保持现状，一动不如一静。好的，她说，放心，我哪里都不去！对方沉默着，她也沉默，两边都等待着，等待谁先挂电话。是礼貌，在这里则成为一种对决。时间过去，对方到底没挨过她，挂了。她浑身颤抖起来，就像高热引起的寒战，不得不双手环抱，从一个房间走到另一个房间，从厨房走到浴室，从这个浴室走到那个浴室。这套公寓，简直成了囚室。她走遍每一个角落，来回穿梭，身上的寒噤稍平息些，才发现牙关咬得死紧。做着深呼吸，松弛肌肉四肢，心跳恢复正常，她能够思考了。

回想戴的电话，她以为国内正调整经济结构，许多企业主引退江湖，如丈夫这一行，涉及到能源，追究起来，难逃咎由，滞留香港，不失为权宜之计。他早申办香港居留，如今满七年，便是合法居民，可是，可是……如果没有维维安，一切顺理成章，现实却是有一个维维安。她想到方才的回答，过于斩截，至少应该提些建议，比如，他可以来美国，全家团圆。丈夫英语不好，是一个否决的理由，再说，女儿要去巴黎，就谈不上团圆。那么，她可以去香港呀！她设想的反驳是，美国新买的房子怎么办？卖了！她在心里说。然后，又会得到一大段全球经济的预测性论谈——这个问题可撞上他的强项了。如此自问自答，果然只剩下一条路，她哪里都不去。想象中的对诘十分聒噪，都听得见声音，自己一个人的声音，对方只是沉默。这沉默漫延过来，将她一并淹没。

陈玉洁在沙发里坐下，疲倦极了。公寓里依然只有最初添置的几件必要的家具，动静都有回音，仿佛一个巨大的空洞。许多时间过去，日光转移，房间暗下，将空洞遮蔽起来，她感到一点安心。朦胧听见门锁响，一惊醒，原来睡着了。一张年轻美丽的脸，凑得很近，就在她睁眼的瞬间，又离开了。女儿回来了。惶惶想道，没有做饭，让女儿吃什么？等着听女儿抱怨，却没有。自从有了维维安，很奇怪的，不是在他们父女之间，而是她和她，起了隔膜。有时候，她觉得女儿恨自己，恨她无能，让维维安插足。大概还恨她不是维维安，否则，父亲的爱就不会这样分裂。两千年的晚会上，父女俩跳舞的情景出现眼前。两千年，不是开玩笑的，真的，什么终结了，什么又开启了！

思绪弥漫，忽听见女儿的声音：吃饭了。方才还动弹不得的身体，这时腾地起来。女儿打开餐桌上方的灯，摆放餐盘，盘里冒着热气，是速成的意大利通心粉。她坐到桌边，有些惭愧地，低头捡起叉子。餐桌很大，足可以坐下十至十二人的大家庭，就像意大利人的家庭。现在只有她们两个，一头一尾，隔着一具枝形烛台，阻断双方的视线。她大口吃着，夸赞道：很好！自己都听出声音里的巴结。女儿说：谢谢。她们简直成美国人了，家人之间不停地道谢和道歉，这可以视作礼貌，同时呢，是不是也意味感情荒疏？停了一时，女儿说话了：法语课放假，我准备去上海，看阿娘。哦！她答应道，明天替你订机票。已经订好了，女儿很快回答。她抬头望过去，离得很远，在烛台的金属花枝后面，埋在灯影里的，绰约的脸，又长长的“哦”一声。明白了，女儿去的不是上海，是香港，她父亲出的机票钱。还是那句话，钱不是问题。不知道他们父女如何交割的，背着她，她已经出局了，没她的事。心里却另有一阵轻松——从女儿的示好，浮泛的，冷淡的示好，就可看出有事，现在知道是什么事了。女儿很快吃完，将空盘子留给母亲，事情说完，洗盘子的活就还给她了。

洗完盘子，收拾干净锅灶，对着厨房的窗口看一会儿。这幢公寓楼，兀自耸立，站在高层，就像身处云端。城市之光升起来，又将它托得更高。是装糊涂，还是为佐证猜疑，她走出厨房，到卧室里取了一叠钱，去敲女儿的门。等里面说声“请”，才敢推进去。女儿背对门，蹲在地上整理箱子，她说：把这钱交给阿娘。女儿说：有了。还是将钱放下，用镇纸压住。女儿没有回头，从背影看，似乎在哭，肩背微微颤动。纤细的娇好的身体，后颈里有一个浅窝。她都能感觉到这身子的体温和气味，还有哭泣。她想过去抱抱这身体，可明显感觉到一股拒斥。还有她自己，也在拒斥着接近。越是至亲的人，越是近不了。女儿在疏远她，事实上，她不也在疏远女儿吗？两个受伤人，各领一份伤心，合起来就是两份，情何以堪。她悄然退出，带上门。

下一日，她又去了布鲁克林。本还是决定走威廉斯堡桥，但中途改变主意，转为地铁。忽然心急起来，等不及要到“牛铃”，见到老板娘。见到又怎样？上回去，见到也像不见到，原就是陌路，又因为陌路，才可倾心相诉。出来地铁，时间才到午后一时，生意正忙碌。但不是周末，兴许好些，就直往“牛铃”走去。她可以等，等客流过去，老板娘闲下来。就像上上回，面对面坐在无人的店堂，听老板娘讲述。这回该轮到她讲，就扯平了。过几个路口，即到“牛铃”，推开门，果然不是周末的热烈，七成座光景。华裔女人一边送菜一边回头照应：随便坐！显然认得她。走进几步，在上回立柱后面的小桌坐下。华裔女人端着餐盘经过，放下一杯水在桌上，来不及说一声：炒饭，人已经走过去。四顾周围，没有老板娘的身影。华裔女人却又站到跟前，她想说炒饭，开口却是面条。什么面？女人问。牛肉面，她说。炒面汤面？汤面。这几句应答往来速度很快，方有结论，女人抄走菜单，又不见了。留心看店内形势，但见华裔女人和墨西哥跑堂，脚不点地，折返于前堂与后厨之间。后厨传出的声气亦有些两样，烟火吞吐不那么汹涌澎湃，铲勺砧板的敲击则显得零落。老板娘始终没有出现。汤面上来了，鲜浓异常，便知不是从食材中提取，而是来自现成的汤料，那几片牛肉是后放的，来不及煮滚，所以就半凉。有一种变故在发生。她慢慢地吃面，等待老板娘露面，或者说，等待事态水落石出。客人少去些，仅余几位，其中包括她。时钟指向两点，华裔女人立即挂出打烊的牌子，站到收银机前清点小费。看来，眼下由她掌管店内事务。

碗里的汤喝尽，墨西哥人已经换上自己的衣服，双膝敞着破绽的牛仔裤，白色T恤底下看得见硬实的肌肉，走过她身边，笑一下，露出洁白的牙齿。现在，她是最末一个客人了。推开碗，站起来，走到收银机前索得账单，按最高一档小费给付。慷慨的数字让华裔女人脸色变得柔和，她趁便问：老板娘不在？对方含混地说“是的”两个字。她又问：去哪里了？回答依然是含混敷衍的：出去了。什么时候回来？她紧问一句，收银机后的人抬起脸，表情转为警惕：是老板娘的朋友吗？这句话将她问住了，顿一顿，说：是。女人怀疑地看着她，复又低下头去，不再回答。她仓皇退后，向门口去，自觉有落荒而逃的意思，反倒不甘心，镇静下来，说道：我们在柏林就认识。华裔女人一怔，猜不出眼前人什么来历，脸上又换一种表情：老板娘的事情，我们并不知道。

吃了个软钉子，多少有些悻然，走出来，茫然四顾，不知要往何处去。身后玻璃门里，有一双猜度的眼睛，想：这个女人是做什么的？她终于举步，沿街走去，街道渐渐开阔起来，也更加清寂，绿地和石阶上面，矗立一座犹太教堂。从底下走过，却进入一扇栅栏，浓荫蔽地，花枝扶疏，蜜蜂嗡嗡飞舞。想不到布鲁克林如此广大。她在石凳上坐下，不远处是儿童乐园，有母亲和孩子玩耍，话音和笑声散开来，轻盈地振动空气。她吁出一口长气，醺醺然的，仿佛有一股醉意袭来。小孩子走近跟前，仰头看她。黑亮亮的脸蛋，头发被红绿丝线扎成五六个小辫，朝天冲起。小孩将一枝花扔过来，她探身去牵手，却一个转身跑了。就这样，坐到太阳西移，该起身走了。掸去膝上的落叶，出公园，循来路回去搭乘地铁。经过“牛铃”，禁不住往里看一眼，这一眼分明看见一个人，在银台后面，不是老板娘又是谁？猛一推门，门里人倒是一惊。这时，华裔女人忽从店堂深处现身，说道：她等你好久！心中涌起感激，感激代她说出这句话。老板娘并不觉得有什么唐突，从银台后面走出，领她到临窗的餐桌，就是她们头一回谈话的地方，面对面坐下，女人已经端上一壶茶。其实，她这时意识到，老板娘早已认她作朋友，所以也就不问为什么事而来。积郁的情绪舒缓下来，倾诉的欲望也不那么迫切了，平静地看着对面的人，这就发现这人样貌有变。原本饱满的脸颊变得松弛，于是皱纹生出，不仅是面部，衣服里的身子也枯索了，肩袖处空落落的。华裔女人退出店堂，留下她们自己，就像那一天，可是不对，少了一个，在后厨入口处，光影里的身影。你男人呢？她问。病了！老板娘说。什么病？照理不该这样紧追，疾病属于隐私，她们中国人却大可忽略不计。再则，她们是有缘人。肝病。老板娘果然不瞒她，她却纳闷，肝病的人做大厨，可是大胆得很。医生怎么说？她接着问。换肝！对面扔过来两个字。有保险吗？那人苦笑一下：我们这样的人，都是自己保自己。她倒吸一口气，不知道说什么好。那人却奋勇起来，高声说：我可以把我的肝给他，切一半，可是，什么医学伦理法规，非亲属关系，不可捐供体。可是夫妻属于亲属关系，而且最密切的亲属！她说。对面的人奇怪地一笑：我和你说，洋人的脑子有毛病，他们相信文书，市政厅的注册，或者教堂里的誓言，戒指换来换去，你愿意我愿意，就不相信眼睛，这是一种有病的人类！她明白他们没有婚姻合法手续，倘现在办理，就有要增加审核手续。我的心肝！压低声叫道，将头埋在臂弯里，伏在桌面上，不动了。

本来是这一个说给那一个听，结果还是那一个说给这一个听。

精瘦、细长、腿脚有功夫、拜师学过咏春拳、福建籍的男人，柏林时候，是她餐馆的厨工，比她年少十岁，彼此有心，但因东家尚在。这东家于他们双方都是有恩，可说是收留他们的人，决不可辜负的。青田女人看着她，又奇怪地一笑：按洋人的脑筋，我没有义务。我和老头，既没去过市政厅，也没上过教堂，威斯巴登那边，老头家里，还有一大群人呢！她没问一大群人里有没有他的太太，有又怎么样呢？我们有人心！青田女人握拳捣捣胸口。老头是在柏林这边走的，没受罪，一觉睡下，再没醒来，积多少德，才有这般福气？也是个受苦人，跟伯父出洋，漂到欧洲，二次大战以后，德国战败重建，需要劳工，才有了身份。这时候，积攒了些钱，就在威斯巴登这地方，做中国餐业，起先是一个亭子，渐渐做大，又各处开出分店，柏林店就是其中之一。老东家过世，她电话通知威斯巴登，等那群人来到，接上手，便离去了。店、房子、家什、钱款，都留下了，就带走一个人。下巴向后厨方向一抬，后厨沉寂着。所有东西都在人家名下，平日里，老头没少给她，做人要凭良心！拳头又在胸口捣捣。两人离开柏林，来到这里，也是投奔老乡，不是温州人，而是福建人，反正，都是自己人！从柏林来到纽约，可真看不惯，就像国内说的“脏乱差”，你知道——青田女人说，德国人特别会收拾，脑子有病归有病，收拾东西却不得不服气，一大优点！她不由笑起来，多少天来，头一次展颜。不过，“脏乱差”有“脏乱差”的益处，就是活路多，脑筋坏得轻一些，比较好商量。两人笑起来，并且，一发不可收拾，前仰后合，直笑到眼泪出来，才渐渐收住。

好了，开出这间店，安下家，再生个孩子——青田女人看着她，正色道，你不要笑！我没有笑！她辩解。你笑我生不出来，上回报纸说，七十岁的老太太，还生下一对双胞胎。她不知道哪一张报纸登过这样的奇闻，面对这个女人，伤心欲绝，又野心勃勃，还能说什么？我身体好，生理年龄很年轻，例假正常，整日价想着和男人上床！两人又笑，止住笑又添一句：只想和我男人上床。话说回到这里，气氛沉寂下来，愁容浮起，方才脸上的光彩褪去，蹙眉道：按我们家乡话说，我这样的女人身上有毒，沾一个，灭一个。她心里一惊，有些被乡下人的迷信吓住，嘴上却道：没那样的事！对面的人忽昂扬起来：有这样的事，也不是我！头一个，是寿数有限，该当死的；这一个，还没死呢！我命好，罩得住他，你信不信？她点头说：信！

茶喝干了，什么时候，华裔女人进来店堂，坐在一隅，将筷子插进纸套，再又按桌摆放。到开业的时间了。隔着距离，主雇俩来回说着什么，用的是相近的方言，就知道华裔女人也是青田一带籍贯。她听出几个字，“后厨”和“前堂”什么的，大约人工不足，不是缺大厨吗？于是就要重新调配。都没想一想，冒然脱口而出：我可以帮忙！那两人都一怔。青田女人说：你能做什么？至少，她嗫嚅起来，至少，洗碗！青田女人说：我付不起你这一等的洗碗工。她想表示不要工钱，又怕人以为说大话，不如客观一点，就说：按市价就行。两人都看她，检验说话的真假，她红着脸，又嗫嚅一句：反正我也没事。这一句话比较能信服人，她确实有闲人一个，谁都看得出来。于是，她留下来，当然不是洗碗，洗碗太屈才了，青田女人说，做前堂。这样，自己可以掌勺，不必让小工上灶。华裔女人取出一件制服，紫红色的棉布做成中式斜襟立领，裤子倒是西式，裤脚上各有一个盘龙的印花，脚下是塑胶平地布面鞋。她为难起来，商量说能不能就穿自己的衣服，像你一样——她指指青田女人身上的荷绿裙装。女人说：我是老板娘！她只得换上，两人都忍着笑。老板娘忽想起什么：你找我有事？她回答：没有，我就是没事！一半是人手的需要，另一半是，好玩，就像小女孩扮家家的游戏，穿上制服的她，变了一个人。青田女人上下端详她一回，问：怎么称呼？她说出名字，对方也说出，陈玉洁和徐美棠彼此结交认识。

7

如此，陈玉洁过起一种上班族的生活。每天十时走出家门，搭乘地铁。纽约尖峰时段已经过去，人流稀疏下来，车厢里也空裕了。现在，她能够辨别出，座上客多有餐馆里的工人，表情既是漠然，同时又有一种自足。她虽然不像他们的职业化，可至少，也是有去处，知道要做什么的人了。十点三刻踏入“牛铃”——这是一具真正的牛铃，来自德国绿草茵茵的巴伐利亚州。华裔女人，她跟着美棠叫作阿初姐，已经在店堂，后厨里有人到，听得见砧板声响。美棠时在时不在，视福建人那边需要而定，事实上，不在的时间在增多，店内的事务基本由阿初姐掌管。这是个谨慎的女人，口风很紧，从对店务的态度，陈玉洁以为或者是有投资，或者就是恩情重。温州人以乡谊为契约，自成一个社会，内里的规则外边人是无法谙透的。饭店照常营业，但仿佛有一种气息发散出去，生意日渐清淡，小费收入减少，墨西哥人离开了。陈玉洁的加盟就变得重要起来，甚至必不可少。她且格外卖力，其中既有新鲜的成分，也有帮助美棠的原因，更主要的是，这一段日子，她的心情在好转。女儿走了——确定去香港无疑，女儿的信用卡是她的副卡，看得出消费地所在。难免想象父女聚首的情形，他将如何介绍维维安？会不会引女儿进他那个家——她确定无疑，那里有一个家，人是需要有一个家的。女儿和维维安怎么相处，她们应该年龄差不多，属同一代人，也许能做朋友。那晚，女儿饮泣的背影出现眼前，她明白，女儿对即将发生的事情早有准备。一个人的公寓，更显得大而无当，为摆脱四周空间的压迫，她将其余房门都锁上，只在自己的一间里活动。当走过客餐厅去厨房的时候，听见自己的足音，就觉得这种压迫追逐而来。于是，将咖啡机、面包机、微波炉移进卧室，尽最大限度减缩活动面积。

“牛铃”完全是另一个世界，这段时间的相处，阿初姐和她似走近了些，称呼从“陈小姐”改为“玉洁”，还与她商量店务。现在，没法和美棠谈什么事了，“魂灵走出了”，这是阿初姐头一回向她评价老板娘。生意几近减半，阿初姐建议做成自助餐，以低价招徕，后厨和前堂的劳动都可节省。陈玉洁则对自助餐的客源抱怀疑，只怕新客未来，旧客已走失，她的意见是减少菜式。事实上，她发现，客人经常点的也就那几味，大多只是虚设名目，装门面而已，但凡遇到促狭的客人点将，或是说无货，或是勉强凑合。如今的大厨是原来的小工，能将常用的几道应付下来已属不易，再要有额外之举，一定砸锅。阿初姐觉得有理，当场拍板。两人也不去问老板娘，自主改写菜单，送去打印压膜。次日的下半天，美棠来店里，对菜单的革新视而不见，一路走到临窗桌前坐下。这一回，是陈玉洁端上的一壶茶。因穿了服务生的制服，先没认出她，后又说：以为是阿初姐呢。又低头不语。两人一个坐一个站，沉默好一时，美棠抬起头，认真看她，她被看得发怵。过一会儿，那人开口了：原先他身体好好的，每日早起一套咏春拳，自从你来，就出这样的事！阿初姐在那头看着，身影显得紧张，怕她们起口角吗？她静一静，在对面坐下，说：我确是个有霉运的女人，但并不在这一路。哪一路？那人脸上浮起讥诮的笑容，问道。霉在桃花运上，她说。那人收起冷笑，暗处可见阿初姐的身影似也松弛下来，放心了。陈玉洁开始讲自己的故事，三言两语，交代完毕，自己也惊讶这样没有感情色彩。兴许，她说，你们夫妻和美，不定是借我的呢！美棠目不转睛地看着她，她接着说：无论什么事，总量不变——天哪，她也说出“总量”，这才叫不是一家人，不进一家门！总量不变，老天爷分配不同，这里多一点，那里就少一点。什么鬼话！对面人轻声道，脸上的愠怒退下去，换一种温柔的表情。

这一天，美棠在店里守到打烊。晚饭时，她亲自下厨，做一盘温州炒饭，端给陈玉洁。就是头一回来“牛铃”吃的，米饭炒到粒粒松散，珠润玉滑，覆一层金黄的油炸虾米。自己也不吃，就坐在对面，指导她如何将米饭和油渣合起，一并入口，直看她吃到盆干碗净，吁出一口气，起身说：走吧！

生意不可阻止地下滑，这就是个连环结。店堂越冷清，上客越少；上客越少，店堂越冷清。外卖还勉力维持原状，送外卖的人手，墨西哥人却走了。只有阿初姐自己送，陈玉洁路不熟，又不会骑摩托。她曾经想过开她的车来，可那是一辆迷你宝马，太不合时宜，就打消念头，镇日留守，于是，店务有一半归她处理。每天提早一小时出门，推迟一小时进门，这又有什么用呢？客人继续少下去，有时候，一个上午不上座。厨工坐在后门口用手机打游戏，阿初姐到美棠处帮助料理家事，美棠回中国老家，找一位大师指点，福建人一个人在家休养。陈玉洁现在店堂里梭行，餐桌摆得不能再整齐，碗碟洗得不能再干净，玻璃窗明晃晃的，如此的清洁，只让人觉得肃杀。要知道，布鲁克林是个闹哄哄、乱糟糟的地方，整个纽约就是个闹哄哄、乱糟糟的地方，所有人同时说话，为使自己的声音听得见，不得不吊着嗓门，你高过我，我高过他，他再高过你，最后谁也听不见谁。

美棠从国内回来的那一日，情绪高涨，大师的箴言极其鼓舞。大师说，福建人的星命是在西边，前半段他是顺势行，从香港到欧洲，到美国，不是一路向西？然而，在东岸滞塞久了，应继续向西，所以，就准备迁移。“牛铃”怎么办？玉洁问。美棠说出一个字“卖”。阿初姐声色不动，陈玉洁则是一惊：卖？美棠斩截道：卖！陈玉洁不由惘然，她已经将“牛铃”当成自己的家，若不是有它，每日晨昏如何度过？不要！她的声音带着哀恳。美棠避开她的眼睛：人命关天！说罢走到银台，打开收银机，又推上，再打开。事实上，心绪烦乱，不知从何入手。玉洁镇定下来，说道：卖给我！连阿初姐都吃一惊，可是，不谓不是个出路。开个价！她说。美棠的手停下来，转脸向她，忽怒从中来，说：知道你有钱，有钱人买幢楼就像买棵白菜，可是，你知道怎么经营？你会吗！玉洁说：我雇你做经理。美棠止不住笑出来，笑着笑着哭了，人朝后一退，坐倒在地上，双手拍着地面。她上前拉扯，被阿初姐止住，动不了。号哭声在店堂里回荡，其中夹杂着诉说，是青田话吧，没一句听得懂。

这一日，“牛铃”照常营业，美棠对玉洁说，饭店接手，一日不可停业，否则就少去一堆回头客，若要装修，只有夜间施工，懂吗？方才一场恸哭，将多日的积郁清空，脸色变得澄明。懂了！她驯顺地答应，心想阿初姐不让她上去劝是对的。那人接着说：留住现金，现金为王，所以，中午必收现金，晚上才刷信用卡。懂了！她说。中国话说，天网恢恢，疏而不漏，这个国家是法网恢恢，密而有漏，你知道区别在哪里？不知道，她谦虚道。读过的书白读了吧！一个是天网，一个是法网！那人得意地说。天网是全罩，法网只罩一半，我们是罩不住的那些人，所以这也不合法，那也不合法，动一动就犯法，但是，在天道里，都是入籍的人，这就叫“星命”——说到此，停下来，仿佛陷入茫然，不知该往何处去，顿一顿，又接下去——所以，我们要往西岸去。西岸什么地方？玉洁问。走一程算一程！“叮”一声响，进来客人，阿初姐赶紧迎前领座。那人却不肯挪步，当门站着，这才看清是个洋人，英语却说得磕磕巴巴。他说不是吃饭，是寻工。问他会什么，回答“拉面”。这三个人就都笑起来，他却很认真，说曾经在老家布拉格跟过一个中国师傅，学过两年“拉面”——“拉面”两个字是用中文说的，发音很准。美棠和玉洁互相看着，问：要不要？一个说：你是老板，你说了算。另一个说：没过户，你就还是老板！那洋人不知道她们说什么，来回看她们的脸，最后美棠做了个拒绝的手势，来人退出了。

如此搅扰一下，卖店的话题搁置了。又仿佛是一个谐谑的开头，剧情变得活跃。到下半天，忽然上客了。美棠到后厨掌勺，小工将砧板剁得山响，阿初姐的女儿，一个高中生，也喊来帮忙。看女孩伸开小臂内侧，稳稳搁一溜碗碟的手势，就知道在中国餐馆里长大，却不会说一句中文。热腾腾的气氛，像是起死回生，又像最后的晚餐。第二日上午，街区格外寂静，一夜狂欢之后，宿醉未醒的样子。生意回复平淡，美棠也回到时来时不来的旧况。阿初姐告诉说，在法拉盛找到一位中医，给开了方子，有几样药引很难得，老板娘正寻觅。这才叫病急乱投医！阿初姐叹道。陈玉洁倒有一时的心安，因暂时不会有变故，只期盼现状维持一日是一日。每到收工，与阿初姐一并结账，关窗闭火，两人在“牛铃”门前分手，一个驾摩托，一个步行往地铁口。周末的地铁，总是很乱，停开的停开，并线的并线，陈玉洁始终没有总结出规律，都是走着瞧。这日错了一条线，下在陌生的站点，站台上没有一个人，心里有些生畏，索性出站上到路面。远远看见新建的世贸中心，夜雾缭绕中，塔尖发出幽光。她辨别出方位，徒步往中城走去。

凌晨时分，城市在静谧中浮托起来，升高了，空气凛冽。她生出一种奇怪的分离，好像一个自己看着另一个自己，走过一条街，又一条街。红绿灯兀自转换，路口无车亦无人，只有她自己，穿行在楼宇之间的峡谷。她张开双臂，简直要飞起来，飞到楼尖上，俯瞰曼哈顿岛。

这一日，回到公寓，推门就见灯光大亮，上锁的房间敞开门，客厅地上桌上堆着东西，女儿赤着脚跑进跑出。她有一点激动，喊了一声，女儿转过脸，蹙眉看她，问道：哪里去了，这么晚！她说：上班。女儿转回头继续忙碌，似乎有一丝笑影掠过，笑她：你能上什么班！女儿看不起她，她很理解，转身回自己房间，女儿却又说出一句：

看你过的什么日子！她站住脚，掉过头，看着女儿：我过什么样的日子，你们比较满意？她着重说“你们”，而不是“你”，话里有话，难免是刻薄的。她注意到女儿比走前略丰润，经历十多个小时飞行，竟然还很精神，看来这一个月过得不错。女儿瑟缩了，喃喃道：对自己好一点嘛！她心软下来，又一次听到这句话，由女儿说出来，到底不同些。她叹一口气，说：我过得很好。女儿低下头，将桌上一堆礼盒推向母亲：给你买的。谢谢！她说，看见包装袋上写着“崇光百货”“金钟广场”“太谷城”的字样，不是从香港来又是从哪里？女儿说：下月就去巴黎，已经找好一所学校，那人付了全部学费。“那人”是指父亲，一阵痛楚袭来，她让孩子失去父亲。事实上，父亲还是父亲。停一时，她问道：爸爸还好吗？这个问题真把人难住了，女儿停了更久的时间，然后回答：不知道。

这一夜没有睡好，临天亮方才入眠，一觉起来已是上午十点多，大叫不好，赶紧起床。公寓里静悄悄的，女儿的卧室门紧闭，里面藏着女孩子酣甜的睡眠，几乎听得见纤细的鼻息声。她忽然想到，女儿走了，她又将是一个人在这公寓里，四壁空空，邻里老死不相往来，难得见面，需用外国语寒暄。禁不住悲从中来，冲出门去。电梯下到底层，穿过大堂，站在楼前的合欢树花影地里，静了静，将眼泪吞进肚里。

到“牛铃”已经中午，料想不到，美棠在店里，正和阿初姐说笑，看上去心情不坏，大约药引子觅到了。两人都注意到玉洁神色有异，阿初姐装没看见，美棠的眼睛一直追着，就晓得放不过她，不如照实说了。其时，心情平静下来，却如死水一潭。美棠的眼睛还在她脸上，仿佛看得穿她，说：你这样不行！陈玉洁不明白了：这样是怎样？美棠说：这样的就是这样！陈玉洁无心纠缠，不予理会。美棠的手搭上她肩膀，硬是扳过身子，这使她想起梅西百货里的那个兰蔻女人。中国同性间不忌惮肢体接触，这是多么好的文化啊！美棠扳过她的身子：你要学会崩溃！这倒出乎意外得很，转过眼睛，直看着对面的人。崩溃呀！美棠说。陈玉洁想起这青田女人坐在地上呼天抢地的情景，要是也能来那么一下，或许会轻松很多。可是，她真的不行！美棠继续启发：你看外国电影，洋人碰到屁大点事情，就尖起声音大叫，撕扯头发，然后到洗手间，拉开柜子，翻找药瓶子——哗啦啦撒一地！美棠学着电影里女人的疯狂动作，陈玉洁笑起来。要崩溃，才能救自己！美棠说。看她还是笑，便叹气：你可真能熬，那还怕什么呢？牛铃叮一响，上客了。

8

女儿索性不回来，她也就撑持了下去，可一来再一走，情况就不同了。公寓里又剩她一个人，形影相吊。她想，儿女就是让人软弱的一样存在。她很羡慕美棠能够崩溃，崩溃也要有能量不是吗？像美棠这种元气丰沛的女人，才可如火山爆发，岩浆奔腾。她显然热力不足，也是受文明毒太深，异化了本能，自持的结果就是自伤，一日一日萎缩。美棠说，跟他们一起去西岸，地方都定了，圣迭戈。为什么是它？从中国回来路上，在芝加哥机场转机，遇到一个台湾老太婆，说是老太婆，也就六十来岁，在圣迭戈开餐馆，抱怨儿女都不生孩子，不让她做祖母，说一旦有第三代，立马卖掉餐馆，专司喂养。美棠说，要卖就卖给她。虽是戏言，但两人认真交换通信方式。美棠向玉洁说着这段路遇，眼睛烁亮，在日渐消瘦，瘦成长条的脸颊上，有一点叫人害怕。这梦呓般的憧憬并不鼓舞，反是沮丧。事态不可逆地颓圮，越来越加速，越来越不祥。这两人各在迷局，头脑已经糊涂，单阿初姐一人清醒，照管店务。实在忙不过来就遣女儿来帮忙，有时小姑娘还带来意大利籍的小男朋友，两人唧唧哝哝说着情话，交臂而过抽空亲个嘴，难免打翻碗盏，或者上错菜点，轻佻的举止不合当事人的心境，但也调节了“牛铃”里的阴沉空气。

这一天的中午，依然小猫三只两只，帮工的小男女在学校上课，陈玉洁和阿初姐两人对付，尚有余裕。叮一声铃响，进来的是美棠，脸色平静，并不说话，径直走过店堂，向里走去，通往后厨的过道口一转身，不见了。陈玉洁寻到跟前，见地下室楼梯上，有人影一闪，随即也下去。暗中几条光线，从顶盖的金属板缝隙透进来。她磕绊着循动静迈步。空气中充斥一股咸腥辛辣的气味，由脱水的鱼鲜和肉类合成，是唐人街特有的，一旦走近，便扑面而来。她想起第一次来到这里，远远就看见，盖板翻起来，精瘦的福建人，半个身子探出街面，接货放货，行动生风。她叫了一声，纸箱后面传出回答：让我崩溃一下。她不做声了，等待有惊天动地的事情发生。时间在沉默中过去，什么都没有发生，但是，她又分明感觉到一种坍塌，先是一角，再是一面，然后一层一层陷下来。灯啪地打开，地下室一片通亮，却更像是夜晚。阿初姐的声音在头顶响起：你们在做什么？上客了。她振作一下，转身上去，留美棠自己，崩溃吧！她在心里说，按物质不灭的原理，收拾收拾，再做一个人。

方从地下室上来，不禁让地面上的光明眩了眼睛，今天是个好天气。她依阿初姐指点，去到窗边桌上，放下一杯水，客人屈指叩两下桌面道谢，然后将手点在牛肉汤粉一栏。这一位先生，亚裔的脸，从形状看，大约是香港人。她忽觉得面熟，仿佛见过，又不知在哪里。客人双手插在短夹克的口袋里，安静等待上餐。看不出年纪，似乎是中年，因发顶稀薄，面上也见沧桑，但却有一种单纯，让他显得年轻，就像一个在校的学生。汤粉送来，他自己从桌上调料瓶倒出辣椒酱，覆在碗上，筷子一搅，还未进口，额上已冒出汗气。从吃口看，也像广东一带的人籍。牛铃响一声，进来人，隔一条街上修路的南美人，每回都是同样，一块猪排，炸成两面黄，一勺米饭，几朵绿菜花，最后浇上酱汁。近些日子，他们成为中午的主要客源。吃饭带打尖，可消磨一整段休息时间。没什么赚头，但有他们在，店内就显得不那么萧瑟，客引客的，也带进少许生意。香港人还在吃，头埋进汤碗，顶上稀发受了热，竖起来，看上去有点滑稽。顺道时，她替他添了茶，手指头又叩两下桌面。她想，他要是发声说话，也许就想起来是谁。可他一直不张口，于是，那一点模糊的印象消失了。

南美人离座上工去了，香港人这才招手买单，临走终于开口，问道：老板娘不在吗？她犹疑一下，回答：老板娘很忙。哦，他说，然后走过店堂，推门出去。声音和姿态都是温和的，是个有教养的人，陈玉洁收拾起碗盘，心里想。中午营业过去，她们几个已经吃过，美棠方才从地下室上来，脸上没有泪痕，甚至相当平静，这平静是崩溃之后还是之前？她暗忖道。阿初姐下厨做一碗汤饭，捡几样咸菜放在面前，走开了。陈玉洁站在桌边，看徐美棠用餐，这情景使人想起初次邂逅，但是反过来，这一个坐，那一个站。她告诉说，方才来个客人，问起老板娘。美棠“哦”一声。她继续描绘客人的形象，也是没话找话，气氛不至太消沉：身量不高，黄黑皮肤，态度谦和，口音里——这就吃不准了，因为客人惜字如金，说话极少。美棠说：知道了！再找不出话题，就枯站着，看美棠吃下一碗汤饭。饱食使神经放松下来，方才的平静更可能是极度紧张。此时，脸上浮出红晕，显得十分慵懒。抬头看她一眼，说：那人也是从德国过来，原先在汉堡开书店——她这就想起为什么面熟，那个沉默的书店老板，搬着半人高的书走上走下。书店呢，盘给谁了？陈玉洁问。盘给谁谁要？赔本的买卖，拿老爹的钱不当钱，早晚一回事，关门大吉！美棠仿佛很来气，说出一大串。刚才应该叫你的，玉洁颇有遗憾。千万别！美棠举起一只手挡在脸前，我怕他。她纳闷着，想不出怕他什么。举起的手捂住眼睛：我怕上帝，他是上帝派来的。美棠的手久久不放下，看不见手掌后面的脸，她拾起空碗，走开了。

这天夜里，福建人走了。阿初姐电话给她，约好次日一早去吊唁。美棠的家在布鲁克林福建人集居的街区，不晓得是哪一代的唐山客过海到这里，买下地皮，翻造房屋，出租给同乡人。纵横的街巷，墙上用中文和注音写着：同安道、南平道、泉州道……大约以籍贯命名。美棠所住莆田道，一条狭街尽头搭起灵棚，两行花圈排到街口。一是入乡随俗，二也是生计繁忙，丧事免去繁冗，一切从简。遗体直接从医院送去殡仪馆火化，然后送回，停放在本乡人的祠堂，一间独立的二层小楼。灵棚里只设一张相片，相片中人很年轻，也是精瘦，不笑，严肃地看着祭奠的来客。她和阿初姐各点三炷香，送上白包，就赶回“牛铃”，饭店照常开业，正如美棠说的，停一日，拒一批回头客。吊唁的人群里，看见前日来店里的香港人，听见有人与他招呼，称他潘博士。

三天之后，美棠来到“牛铃”。前一日里，新聘的大厨上工了，也是福建籍，但来自不同的县份，早几日就找下了，碍着美棠，等尘埃落定，这时才进店。他称阿初姐老板娘，陈玉洁并不以为意，很快发现，“牛铃”已然易主。其实，自福建人得病，美棠就一直向阿初姐出让她的份额，终于，所剩无几。等福建人走了，其余的全部脱手。这一切，都是在陈玉洁不知情下进行，她到底是局外人。美棠不在“牛铃”，她也就没理由在了，最后一次来到这里，一是向阿初姐道贺，二也是，怎么说呢？前后几个月相处，她总要道别一下吧！阿初姐将她们安顿在临窗的桌上，她们总是在这张桌上，面对面。阿初姐一道一道地上菜，很快铺满餐桌，留下她们自己说话，不再作陪——都是自己人，阿初姐说。这一日，最忙碌，进货、卸货、与新厨子交涉、又有应工的面谈。美棠双手抄在胸前，合目养神，她不敢打搅，沉静着。只听牛铃“叮”一声响，又“叮”一声响，再“叮”一声响时，进来了那个香港人，潘博士，看着她们，犹豫一下，走到立柱后面桌前坐下，与两人隔一段距离。

他又来了！她轻声说。谁？美棠合目问。潘博士，她说。美棠笑一笑。请过来一起坐？她问。美棠没回答，就知道至少是不反对，于是立起身过去请人。潘博士受她邀请，没有意外，站起身随后跟来。阿初姐眼明手快，立刻将他的茶盅碗盏收拾起，几乎同时摆开在她俩桌上。现在，他与她坐一边，面对合目不动的美棠。有了第三人，气氛就活泛一些，她说：曾经见过你，在汉堡的书店。他当然记不得，抱歉地笑。她又说：那时候，中国学生往你书店好比跑娘家。他欲开口说话，结果还是笑而不语。她觉出这人的有趣，说：书店关门，中国学生没地方跑了，会感到寂寞的！潘博士这才说出一句：今非昔比。这一句可解释中国学生的处境，也可用来解释他自己的，称得上言简意赅。怎么来美国的？她问，自觉得像是审讯，但好奇心迫使，还因为此人的厚道天真，所以就不怕失礼，放肆了。他依然笑着，低下头，惭愧的表情。美棠却在一边出声道：传播福音来了！陈玉洁想起当时就有人告诉，这是个基督徒。美棠说：把老爹的钱造完了，只剩下福音了！她想拦住话头，这话即是渎神，又是伤人。他却接了过去：书店很难经营。美棠睁开眼睛：要我说，所谓福音，就是诅咒，是不是？我男人已经见好，遇上你，掉转身坏下去，坏到底！这是美棠一贯的逻辑，起先不还把她当灾星，如今转到这一位身上，是出于迁怒，但也可能是一种怪力乱神论。他强辩一句：他到上帝身边了！美棠冷笑道：上帝是谁？我们不认识，他应该在我身边的，在那里——她的手指向后厨——在那里炒菜。后厨里的油烟涌出来，仿佛呼应她的话。美棠！陈玉洁叫起来，不要再说了！她真有点害怕，怕说话人会受罚。美棠转向她：起先还有些信呢，去教堂听讲经，听到什么“尘归尘，土归土”，就坐不住了，分明一个大活人，怎么就变尘土了？晓得这不是讲道理的时候，陈玉洁还是竭力劝阻：生死由命，不是潘博士的事！命？凭什么规定生死，是谁给它的权力？美棠态度很好，摆出一副讨论的架势。老天！陈玉洁乖乖地回答，就像受了魅惑，跟随走去。不还是上帝吗？美棠微笑着看对面两个人。她挣扎道：癌症是目前的科学尚无解决的难题。对面的人歪着头：科学出来了，到底上帝还是科学有决定权？这样就进入有神论和无神的命题。陈玉洁认真起来：上帝有决定权，但它要借用一双手去实施，科学就是这双手！徐美棠问：为什么是科学的手，而不是你我的手？她说：你我太渺小了，一个人的时间也太短促，要经过许多许多代，才能发出一点光芒，科学之光！对面人说：这话我不能同意，照这样说，我们都是白耗时间，浪费生命？潘博士被她们的对话吸引，兴奋起来，几次插话，企图发表意见，都被挡回去。他哪里是她们的对手，一个有强悍的性格，另一个则是知识的力量。但他的笑容，那么谦逊和惭愧，更好像一切都是他的错，于是又显得无辜。他只能不断扶一扶杯盏，它们在双方激烈的手势底下，差那么一点点就倒翻到桌子底下去。

三人走出“牛铃”，已是薄暮，这一餐饭，从午前到午后，再到晚间营业时间。阿初姐送到门前，嘴里说着“再来再来”，事实上都知道不会再来了。三个人都有些醉，无端地高兴着，走在街上。抬头看见电线杆上高高吊着一只靴子，原来是修鞋铺招徕生意的广告。美棠说：洋人的脑筋很有毛病！潘博士弯腰拾起几块石头，瞄准了向靴子投射，终于有一块射中，靴子动了动，玉洁说：它接受了福音。三个人在威廉斯堡桥口分手，各往各处去。她走上大桥，引桥在布鲁克林上空盘旋，离河面老远老远，等她走到桥中心，灯光亮起了，在心里喃喃说一声“科学之光”，继续向前走。

后来，陈玉洁和徐美棠真的去往加州圣迭戈，西岸的南部。那个台湾老太婆出售的餐馆还要向南，临墨西哥边境的一个小城，到摘采草莓的季节，就有大批的墨西哥人过境到农场做工。这里的墨西哥人比纽约的温和，应该说，所有族裔的人都比纽约的温和，安静，亲切，友善。大城市将人磨砺成一种坚硬的材质。这餐馆是当地唯有的两家中国餐馆的一家，已有四十年历史，那老板娘用它养活了三男二女，终于，第三代出生，便收官退休，享含饴弄孙的天伦之乐。

她信守诺言，将餐馆出让给徐美棠，严格说，是徐美棠的朋友陈玉洁。按先前的立约，陈玉洁做老板，徐美棠任经理，经理兼大厨，老板负责前堂。原来的一个厨工，一个跑堂，还有一条大狗，一并留下来。那狗太老，不能承受迁徙的动荡，似乎自知无法跟随旧主，很认命地趴在窝里不动。临别时，泪眼对泪眼，很久很久，无奈门外车喇叭一径地催，方才一拍两散。

餐馆总共十来种菜式，编号排序，无论鱼肉荤素，一律都是滚水中氽一氽，然后浇上预先调好的酱汁——老板娘称之“打沙司”，不惜赐教，如何配料，打出味厚色浓的“沙司”。出于恭敬，一一应道，心里却不以为然，决定另开新路，往精细清淡方面发展。来客对盘中物流露出谨慎的态度，几天时间过去，一个人也没有了。只得因循老板娘积几十年经验创立的路数，方才渐渐回来客人，生意重又兴隆起来。餐馆没有申请酒牌，不设酒吧，晚上收市比较早。总体上说，小城的夜生活相当节制，只有公路边上的一家餐厅，通宵营业。尤其周末，聚集着年轻人，电子乐的低音，咚咚地敲击，空气起着震荡。从纽约那地方过来，多少会觉得沉寂，可两个人互相作伴。打烊以后，坐在厨房灶头边，做两个温州家乡菜，烫一壶日本清酒，电视机里播放着美棠所说“脑筋有病”的节目，有当无的，半个晚上过去，剩下的便是酣畅的睡眠。她们的睡眠都改善了，公路上疾驶而过车辆，从梦里穿行，使人不至于彻底坠入虚空。

即便是这样平淡的日子，也会有意外发生呢！有一日早晨，门敲响了，里边人还没开业呢。敲门声止住，过一时，又响起，来回几番，终于耐不住，开出门去。这一开门不要紧，一声尖叫冲上天。陈玉洁以为发生抢劫，大白天的，竟还有这大胆的事，跑出来，也是一声尖叫。面前站着一个人，谁？潘博士！风衣上蒙一层土，身后一架租来的车，也是一层土，垂手提一个旧背囊，腼腆地笑着，不好意思抬眼。两个高个子女人，一人一边架着胳膊，脚跟离地提进门去。问他怎么会来？他不回答，也不需要回答，管他怎么来，总之，他就来了。

潘博士住了三天，重又上路了。他出身香港一户富商人家，父亲指望他参加家族事业，攻读商科。他对经商一无兴趣，但也听从父命，来到德国读经济。第一年就被高等数学击败，转读哲学，为此和家庭决裂。终究是自己骨肉，父亲给出一笔钱，从此不再负担，无论生活还是学业。另有一笔存于托管基金，结婚成家时方可支付。他用到手的钱开出汉堡的书店，书店终于关门，便到教会做义工，挣些吃喝。因他始终没有结婚成家，所以名下的第二笔钱便不得动用。逐渐地，他发现自己，最适合的生活是，做一名游僧。开车行驶在西部的沙漠，仙人掌一望无际，太阳照耀大地，前方是地平线，永不沉没。

（原载《钟山》2017 年第 1 期）

大乔小乔

张悦然

1

上瑜伽课前，许妍接到乔琳的电话。听说她到北京来了，许妍有些惊讶，就约她晚上碰面。电话那边沉默了片刻，乔琳用哀求的声音说，你现在在哪里，我能过去找你吗？

她们两年没见面了。上次是姥姥去世的时候，许妍回了一趟泰安，带走了一些小时候的东西。走的时候乔琳问，你是不是不打算再回来了？许妍说，你可以到北京来看我。乔琳问，我难过的时候能给你打电话吗？当然，许妍说。乔琳总是在晚上打来电话，有时候哭很久。但她最近五个月没有打过电话。

外面的天完全黑了，她们坐进车里。照明灯的光打在乔琳的侧脸上，颧骨和嘴角有两块淤青。许妍问她想吃什么。她转过头来，冲着许妍露出微笑，辣一点的就行，我嘴里没味儿。她坐直身体，把安全带从肚子上拉起来，说能不系吗，勒得难受。系着吧，许妍说，我刚会开，车还是借的。乔琳向前探了探身子，说开快一点吧，带我兜兜风。

那段路很堵。车子好容易才挪了几百米，停在一个路口。许妍转过头去问，爸妈什么时候走？乔琳说，明天一早。许妍问，你跟他们怎么说的？乔琳说，我说去找高中同学，他们才顾不上呢。许妍说，要是他们问起我，就说我出差了。乔琳点点头，知道，我知道。

车子开入商场的地下车库。许妍拉下手刹，告诉乔琳到了。乔琳靠在椅背上，说我都不想动弹了，这个座位还能加热，真舒服啊。她闭着眼睛，好像要睡着了。许妍摇了摇她。她抓起许妍的手，放在自己的肚子上，低声说，孩子，这是你的姨妈乔妍，来，认识一下。

在黑暗中，她的脸上露出微笑。许妍好像真的感觉到什么东西动了一下。像朵浪花，轻轻地撞在她的手心上。她把手抽了回来，对乔琳说，走吧。

许妍捂着肚子蹲在地上。明晃晃的太阳，那些人的腿在摆动，一个个翻越了横杆。跳啊，快跳啊，有人冲着她喊。她用尽全身力气站起来，横杆在眼前，越来越近，有人一把拉住了她……她觉得自己是在车里，乔琳的声音掠过头顶，师傅，开快点。她感到安心，闭上了眼睛。

许妍已经忘记自己曾经姓乔了。其实这个名字一直用了十五年。

办身份证的时候，她改成了姥姥的姓。姥姥说，也许我明年就死了，你还得回去找你爸妈，要是那样，你再改成姓乔吧。从她记事开始，姥姥就总说自己要死了，可她又活了很多年，直到许妍在北京上完大学。

许妍一出生，所有人听到她的啼哭声，

都吓坏了。应该是静悄悄的才对，也不用洗，装进小坛子，埋在郊外的山上。地方她爸爸已经选好了，和祖坟隔着一段距离，因为死婴有怨气，会影响风水。

怀孕七个月，他们给她妈妈做了引产。据说是注射一种有毒的药水，穿过羊水打进胎儿的脑袋。可是医生也许打偏了，或者打少了，她生下来是活的，而且哭得特别响。整个医院的孩子加起来，也没有她一个人声大。姥姥说，自己是循着哭声找到她的。手术室没有人，她被搁在操作台上。也许他们对毒药水还抱有幻想，觉得晚一点会起作用，就省得往囟门上再打一针。

姥姥给了护士一些钱，用一张毯子把她裹走了。那是个晴朗的初夏夜晚，天上都是星星。姥姥一路小跑，冲进另一家医院，看着医生把她放进了暖箱。别哭了，你睡一会儿，我也睡一会儿，行吗，姥姥说。她在监护室门外的椅子上，度过了许妍出生后的第一个夜晚。

许妍点了鸳鸯锅，把辣的一面转到乔琳面前。乔琳只吃了一点蘑菇，她的下巴肿得更厉害了，嘴角的淤青变紫了。

怎么就打起来了呢，许妍问。乔琳说，爸在计生办的办公楼里大吼大叫，保安赶他走，就扭在一块了，不知道谁推了我一把，撞到了门上。许妍叹了口气，你们跑到北京来到底有什么用呢？乔琳说，我只是想来看看你。许妍问，那他们呢，你为什么就不劝一下？乔琳说，来北京一趟，他俩情绪能好点，在家里成天打，爸上回差点把房子点了。而且有个汪律师，对咱们的案子感兴趣，还说帮着联系“法律聚焦”栏目组，看看能不能做个采访。许妍说，采访做得还少吗，有什么用？乔琳说，那个节目影响大，好几个像咱们家这样的案子，后来都解决了。许妍问，你也接受采访吗，挺着个大肚子，不觉得丢人吗？乔琳垂着眼睛，抓起浸在血水里的羊肉扑通扑通扔进锅里。

过了一会儿，乔琳小声问，你在电视台，能找到什么熟人帮着说句话吗？许妍说，我连我们频道的人都认不全，台里最近在裁员，没准明天我就失业了。她看着乔琳，是爸妈让你来的吧？乔琳摇了摇头，我真的只想来看看你。

许妍没说话。越过乔琳的肩膀，她又看到了过去很多年追赶着她的那个噩梦。上访，讨说法。爸爸那双昆虫标本般风干的眼睛，还有妈妈磨得越来越尖的嗓子。当然，许妍没资格嫌弃他们，因为她才是他们的噩梦。

她爸爸乔建斌本来是个中学老师，因为超生被单位开除了。他觉得很冤，老婆王亚珍是上环后意外怀孕，有风湿性心脏病，好几家医院都不敢动手术，推来推去推到七个月，才被中心医院接收。他们去找计生委，希望能恢复乔建斌的工作。计生委说，只要孩子活下来，超生的事实就成立。孩子是活了，可那不是他们让她活的啊。夫妻俩开始上访，找了各种人，送了不少礼，到头来连点抚恤金也没要到。

乔建斌的精神状况越来越糟，喝了酒就砸东西，还总是伤到自己，必须得有人看着才行。虽然他嚷着回去上班，可是谁都看得出来，他已经是个废人了。王亚珍的父母都是老中医，自己也懂一点医术，就找了个铺面开了间诊所。那是个低矮的二层楼，她在楼下看病，全家人住在楼上，这样她能随时看着乔建斌。乔琳是在那幢房子里长大的。许妍则一直跟着姥姥住。在她心里，乔琳和爸妈是一个完整的家庭，而她是多余的。乔建斌看见她，眼睛里就会有种悲凉的东西。她是他用工作换来的，不仅仅是工作，她毁了他的一切。王亚珍的脸色也不好看，总是有很多怨气，她除了养家，还要忍受奶奶的刁难。奶奶觉得要不是她有心脏病，没法顺利流产，也不会变成这样。每次她来，都会跟王亚珍吵起来。她走了以后，王亚珍又和乔建斌吵。这个家所有人都在互相怨恨。没有人怨乔琳。她是合情合理的存在，而且总在化解其他人之间的恩怨。那些年她做的最多的事，就是劝架和安抚。她在爸妈面前夸许妍聪明懂事，又在许妍这里说爸妈多么惦记她。她一直希望许妍能搬回来住。可是上初中那年，许妍和乔建斌大吵了一架，从此再也没有踏进过家门。

许妍骑着她那辆凤凰牌自行车经过诊所门前的石板路。乔琳从二楼的窗户探出头来，朝她招手。快点蹬，要迟到了，乔琳笑着说。许妍读初中，她读高中，高中离家比较近，所以她总是等看到了许妍才出发。有时候，她会在门口等她，塞给她一个洗干净的苹果。

许妍的手机响了。是沈皓明，他正和几个朋友吃饭，让她一会儿赶过去。许妍挂了电话。面前的火锅沸腾了，羊肉在红汤里翻滚，油星溅在乔琳的手背上。但她毫无知觉，专心地摆弄着碟子里的蘑菇，把它们从一边运到另一边，一片一片挨着摆好。她耐心地调整着位置，让它们不要压到彼此。然后她放下筷子，又露出那种空空的微笑，说刚才是你男朋友吗？许妍嗯了一声。乔琳说，你还没跟我说过呢。你什么都不跟我说，从小就这样。他是干什么的？许妍说，公司上班的白领。乔琳又问，对你好吗？许妍说，还行吧，你到底还吃不吃？乔琳说，有个人让你惦记着，那种感觉很好吧？

餐厅外面是个热闹的商场。卖冰淇淋的柜台前围着几个高中女生。许妍问，想吃吗？乔琳摸了摸肚子，好像在询问意见。她趴在冰柜前，逐个看着那些冰淇淋桶。覆盆子是种水果吗，她问，你说我要覆盆子的好，还是坚果的好呢？那就都要，许妍说。我不要纸杯，我想要蛋筒，乔琳笑着告诉柜台里的女孩。

那是九月的一个早晨，许妍升入高中的第一天。乔琳撑着伞，站在校门口。见到她就笑着走上来，你怎么不把雨衣的帽子戴上，头发都湿了。她伸出手，撩了一下许妍前额的头发说，真好，咱们在一个学校了，以后每天都能见到。放学以后别走，我带你去吃冰淇淋，香芋味的。

路过童装店，乔琳的脚步慢下来。许妍顺着她的目光望过去，亮晶晶的橱窗里，悬挂着一件白色连衣裙。发光的塔夫绸，胸前有很多刺绣的蓝粉色小花，镶嵌着珍珠，裙摆捏着细小的荷叶边。乔琳把脸贴在玻璃上，说小姑娘的衣服真好看啊。许妍问，你希望是男孩还是女孩？男孩吧，乔琳说，如果是男孩，说不定林涛家里能改变主意。许妍问，他后来又跟你联系过吗？乔琳摇了摇头。

汽车驶出地下车库。商业街灯火通明，橱窗里挂着红色圣诞袜和花花绿绿的礼物盒。街边的树上缠了很多冰蓝色的串灯。广告灯箱里的男明星在微笑，露出白晃晃的牙齿。乔琳指着他问，你觉得他长得像于一鸣吗？许妍问，你这次来联系他了吗？乔琳说，我没有他的手机号码了。许妍沉默了一会儿，说快到了，我给你订了个酒店，离我家不远。乔琳点点头，双手抓着肚子上的安全带。

于一鸣走过来，坐在了她和乔琳的对面。他T恤外面的衬衫敞着，兜进来很多雨的气味。空气湿漉漉的，外面的天快黑了。于一鸣抹了一把脸上的水，冲她们笑了。他的下巴上有个好看的小窝。

到了酒店门口，乔琳忽然不肯下车。她

小心翼翼地蜷缩起身体，好像生怕会把车里的东西弄脏。许妍问，到底怎么了？乔琳用很小的声音说，别让我一个人睡旅馆好吗，我想跟你一起睡……她抬起发红的眼睛，说求你了，好吗？

车子开回到大路上。乔琳仍旧蜷缩着身体，不时转过头来看看许妍。她小声问，旅馆的房间还能退吗，他们会罚钱吗？许妍说，我只是觉得住旅馆挺舒服的，早上还有早餐。乔琳说，我知道，我知道，对不起。

车窗起雾了，乔琳用手抹了几下，望着外面的霓虹灯，用很小的声音念出广告牌上的字。直到车子开上高架桥，周围黑了下去。她靠在座椅上，拍了拍肚子，说小家伙，以后你到北京来找姨妈好不好？许妍没有说话，她望着前方，挡风玻璃上也起雾了，被近光灯照亮的一小段路，苍白而昏暗。

乔琳盯着于一鸣，说你的发型真难看。于一鸣说，我知道你剪得好，可我回去两个月不能不剪头啊。乔琳揽了一下许妍说，来，认识一下，这是我妹妹，亲妹妹。于一鸣对乔琳说，走吧，该回去上晚自习了。乔琳说，你先去，我跟我妹妹坐一会儿，好久没见她了。于一鸣说，咱俩也好久没见了，说好去济南找我也没有去。乔琳笑了，明年暑假吧，我跟我妹妹一起去。于一鸣走了。许妍说，别跟人说我是你妹妹行吗，非得让所有人都知道家里超生的事吗？乔琳垂下眼睛，说知道了。许妍问，你们在谈恋爱？乔琳说没有。许妍说，别骗我了。乔琳说，真的，他来泰安借读，高考完了就走了。许妍说，你也可以走啊。

乔琳笑了一下，没说话。

2

许妍找到一个空车位，停下了车。刚下来，一辆车横在她们面前，车上走下一个戴着黑框眼镜的男人。他说，又是你，你又停在我的车位上了。许妍认出他就住在自己对门，好像姓汤。有一次他的快递送到了她家，里面是一盒迷你乐高玩具。她晚上送过去，他开门的时候眼睛很红。她瞄了一眼电视，正在放《甜蜜蜜》。张曼玉坐在黎明的后车座上。

许妍说，我不知道这个车位是你的，上面没挂牌子。她要把车开走，男人摆了摆手，说算了，还是我开走吧。他钻进车里发动引擎。

乔琳笑着说，他一定看我是孕妇吧。现在我到哪里都不用排队，一上公交车就有人让座，等孩子生下来，我都不习惯了。

许妍打开公寓的门。她的确没打算把乔琳带回家。房子很大，装修也非常奢侈，就算对北京缺乏了解，恐怕也猜得出这里的租金一般人很难负担。但是乔琳没有露出惊讶，也没有发表评论。她站在客厅中间，低着头眯起眼睛，好像在适应头顶那盏水晶吊灯发出的亮光。

过了一会儿，她回过神来，问许妍，你主持的节目几点播？许妍说，播完了，没什么可看的。乔琳问，有人在街上认出你，让你给他们签名吗？许妍说，一个做菜的节目，谁记得主持人长什么样啊。她找了一件新浴袍，领乔琳来到浴室。乔琳指着巨大的圆形浴缸问，我能试一下吗？许妍说，孕妇不能泡澡。乔琳说，好吧，真想到水里待一会儿啊。她伸起胳膊脱毛衣，露出半张脸笑着说，能把你的节目拷到光盘里，让我带回去吗？放心，不告诉爸妈，我自己偷偷看。

乔琳的毛衣里是一件深蓝色的秋衣，勒出凸起的肚子。圆得简直不可思议。她变了形的身体，那条被生命撑开的曲线，蕴藏着某种神秘的美感。许妍感觉心被什么东西蜇了一下。

电话响了。沈皓明让她快点过去。听说她要出门，乔琳的眼神中流露出恐惧。许妍向她保证一会儿就回来，然后拿起外套出了门。

许妍睁开眼睛，看到自己躺在病房里。墙是白的，桌子是白的，桌上的缸子也是白的。乔琳坐在床边，用一种忧伤的目光看着她。许妍坐起来，问乔琳，告诉我吧，我到底怎么了。乔琳垂下眼睛，说你子宫里长了个瘤子，要动手术。子宫？许妍把手放在肚子上，这个器官在哪里，她从来没有感觉到它的存在。乔琳说，你才十七岁，不该生这个病，医生说是激素的问题，可能和出生时他们给你打的毒针有关。

……医生站在床前，说手术很顺利，但瘤子可能还会长，以后可以考虑割掉子宫，等生完孩子。但你怀孕比较困难。他没说完全不可能，但是许妍知道他就是那个意思。

医生走了，病房里很安静。许妍望着窗外一棵长歪了的树，岔出去的旁枝被锯掉了。乔琳说，我知道我说什么都没用，可是我以后真的不想生孩子。不知道为什么，想想就觉得可怕。

许妍赶到餐厅的时候，沈皓明已经有点喝多了，正和两个朋友讨论该换什么车。上个月，他开着花重金改装的牧马人去北戴河，半路上轮轴断了，现在虽然修好了，可他表示再也无法信任它了。

他们有个自驾游的车队，每次都是一起出去，十几辆车，浩浩荡荡。许妍跟他们去过一次内蒙，每天晚上大家都喝得烂醉，在草地上留下一堆五颜六色的垃圾。有一天晚上，许妍和沈皓明没有喝醉，坐在山坡上说了一夜的话。他们两个就是这么认识的。许妍跟所有的人都不熟，是另外一个女孩带她去的，那个女孩跟她也不熟，邀请她或许只是因为车上多一个空座位。到了第五天，许妍坐到了沈皓明的那辆车上，他们一直讲话，后来开错路掉了队。两个人用后备箱里仅剩的烟熏火腿和几根蜡烛，在草原上度过了一个难忘的夜晚。

回北京那天，许妍有些低落，沈皓明把她送回家，她看着车子开走，觉得他不会再联系她了。她知道他是那种有钱人家的孩子，周围有很多漂亮女孩，只是因为旅途寂寞，才会和她在一起。也许是玩得太累了，第二天她发烧了。她躺在床上，觉得自己像一根就要烧断的保险丝，快把床单点着了。她感到一种强烈而不切实际的渴望。帮帮我，在黑暗中她对着天花板说。每次她特别难受的时候，就会这么说。

傍晚她收到了沈皓明的短信，问她要不要一起吃晚饭。她摇摇晃晃地从床上爬起来，化了个妆出门了。那不是一个两人晚餐，还有很多沈皓明的朋友。她烧得迷迷糊糊的，依然微笑着坐在沈皓明的旁边。聚会持续到十二点。回去的路上，她的身体一直发抖。沈皓明摸了摸她的额头，怪她怎么不早说，然后掉头开向医院。在急诊室外面的走廊里，他攥着她的手说，你让我心疼。她笑着说，大家都挺高兴的，这是个高兴的晚上，不是吗？

那个夏天，沈皓明时常带她参加派对。那些派对在郊外的大房子里举行，总有穿着短裙的女孩带着她的外籍男友。直到夏天快过完，她才确定自己成为了沈皓明的女朋友。那时她已经学会了自己卷头发，并且添置了好几条短裙。到了九月末，她和几个从前要好的朋友坐在路边的烧烤摊，意识到自己以后也许不会再见他们了。来北京八年，一直在认识新朋友，进入新圈子，那种不断上升、进化的感觉，给她带来一些满足。

你想去莫斯科吗，沈皓明扭过头来看着

她，春天的时候咱们开车去莫斯科吧？好啊，许妍说。她想到旷野上的星星，以及那些因为喝醉而感觉自由一点的夜晚。

饭局散了，许妍开车把沈皓明送回他爸妈家。当初租房子的时候，他是准备跟她一起住的。后来觉得上班太远，多数时候就还是住在他爸妈家。那边有好几个保姆伺候，饭菜又可心。他爸妈也不希望他搬出来，好像那样就等于认可了他和许妍的关系。

你表姐安顿好了？沈皓明忽然问，明天我妈让你来家里吃饭，喊她一起吧。许妍说，不用，她自己有安排。沈皓明说，后天律师所没事，我可以陪你带她转转，买买东西。许妍说好。

回到家已经是凌晨一点。乔琳还没睡，正靠在床上看电视。她好像在哭，抹了抹脸，对许妍笑了一下，说你看过这个节目吗，把一个城里的孩子和一个农村的孩子对调，让他俩在对方的家里住几天。结果那个农村孩子把城里的“爸妈”给她买早点的钱都攒下来，想给农村的奶奶买副新拐杖。许妍说，都是假的，节目组安排好的。乔琳说，怎么会呢，那个农村孩子哭得多伤心啊。

许妍换上睡衣，在床边坐下，说你怎么会失眠呢，孕妇不是应该贪睡吗？乔琳说，我每天睁着眼睛到天亮，看什么都是重影的，好像那些东西的魂全跑出来了。许妍问，去医院看过吗？乔琳回答，说是精神压力大，可他们不让吃安定。许妍沉默了一会儿，问你后悔吗，把孩子留下来？乔琳笑着说，怎么会呢，我把衣服都买好了啦，白色的，男女都能用。

半年前乔琳打来电话，说自己怀孕了。男的叫林涛，比乔琳小两岁。和她在同一家商场当售货员。他父母一直告诫他，不能跟乔琳谈恋爱，沾上她爸妈，一辈子都别想安生。得知乔琳怀孕，他吓坏了，休假躲了起来。乔琳厚着脸皮找到他们家，林涛的母亲给了一些钱，让她把孩子打掉。乔琳爸妈说，怎么能打掉，就去林家闹，还跑到商场去找乔琳的领导。乔琳把工作辞了，跟她爸妈说，你们要是再闹，我就死在你们面前。

那段时间，乔琳常常给许妍打电话。她在那边问，为什么我的生活里总是有那么多的纠纷呢？

十月的一个早晨，两个女生在学校门口拦住了她，说你就是乔琳的小跟班吗，最好离那个狐狸精远点，别沾得自己一身骚。许妍不算意外。她已经发现乔琳在学校里非常有名，追她的男生很多，背后说闲话的也很多。

放学后她和乔琳碰面，没有提起这件事。走到大门口，那两个女生又来了。她们低着头，哭丧着脸说，我们说错话了，对不起，你千万别放在心上。乔琳皱着眉头，一言不发。

她们又去了冷饮店。于一鸣很快也来了。乔琳瞪着他，你的眼线挺多啊。于一鸣说，怎么了？乔琳说，别装傻，你让王滨去吓唬李菁菁了？于一鸣说，太嚣张了，不给她们点颜色看看怎么行。乔琳说，你要是真拿王滨当哥们，就别让他干这种事。他身上背着两个处分，再有一回就得开除。于一鸣说，我绝不允许她们这么败坏你。乔琳笑了笑，我才不在乎呢。

许妍对乔琳说，如果我是你，大概会把孩子打掉。乔琳显得很惊恐，说怎么可能，它是个生命啊。许妍说，这个世界上有很多错误的生命，生下来只会受苦。乔琳说，别说了，我绝对不能那么做。

许妍很清楚，乔琳不能那么做是因为爸妈。他们最初是反对计划生育，后来变成连堕胎也反对。特别是王亚珍，成为了这方面的斗士。她经常守在医院门口，拦截去做流产的女人，讲各种怨灵的故事，还去吓唬医生和护士，让他们放下手术刀到寺庙里超度。有那么几个女人听了她们的话，没做流产，生下孩子以后拍的满月照片，被王亚珍扩印得很大，拿在手里到处宣传。她还爱讲自己的故事：我的小女儿，当时被他们逼着流掉，又打激素又打毒针，我有心脏病，差点死在手术台上。可孩子不是照样健健康康地活下来了吗？你们现在什么困难都没有，有什么理由不要孩子？她以后一定也会把乔琳当成单亲妈妈的典范。至于乔琳该如何抚养那个孩子，她根本不去想。这几年一直都是乔琳在养家，现在她还没了工作。

她们的不幸，最终都会变成爸妈上访的资本。就像许妍子宫里生瘤，也被他们到处宣扬，无非是为了多要一笔赔偿金。许妍心里的愤怒，如同休眠的火山，这时又燃烧起来。所以或许并不完全是为了乔琳，更多的是想反抗爸妈的意志，给他们沉重一击，——她又给乔琳打了电话。乔琳有点受宠若惊，说你从没给我打过电话。许妍说，你最好再考虑一下，留下这个孩子，一生可能都完了。乔琳说，可它是活的啊，在我身体里动，真的很奇妙，那种感觉你不会懂的……许妍冷笑了一声，是啊，那种感觉我不会懂的。以后你的事我也不会再管了。

乔琳没有再打来电话。许妍偶尔想起来，会在心里算算月份，想一想孩子还有多久出生。

乔琳坐在操场的看台上，咬着一根棒冰，嘴上都是鲜艳的色素。许妍走过去，说你躲到这儿有用吗？乔琳不说话。许妍问，你是不是特别喜欢看男生为了你打架？既然你不想跟他们谈恋爱，为什么还要对他们好，让他们围着你团团转呢？乔琳说，可能害怕孤独吧，她抬起头，咧开橘色的嘴唇笑了，你是不是很讨厌我这样的女孩？

许妍在床上躺下，伸手关掉了台灯。但黑暗不够黑，窗帘的缝隙间夹着一道颤巍巍的光。她正犹豫是否要去消灭那簇光，乔琳的手穿过阻隔在中间的被子，找到了她的手。她说，你还记得吗，从前姥姥生病我把你领回家，咱俩挤在我那张小床上。许妍说，那是很小的时候，上了初中我就没再去过。

乔琳握紧了她的手，说我知道上回我说错话了，一直想给你打电话，可是真怕你再劝我把孩子打掉……许妍说，承认吧，你现在后悔了。乔琳说，没有，我想通了，不管我给这个孩子什么，给多给少，他都是奔着他自己的命去的。你小时候受了不少苦，现在不是也过得挺好吗？许妍问，你自己呢，你是奔着什么命去的，干吗非要背那么重的担子呢？乔琳在黑暗中笑了一声，我爱逞能，老觉得没我不行，其实我有什么用啊？她捏了捏许妍的手心，上访的事我早都不抱希望了，就是跟林涛呕一口气。当时他说，你家里要真是讨到了说法，再也不闹了，我就娶你。其实怎么可能啊，人家肯定早交了新女朋友。

许妍翻了个身，闭上眼睛。她感受着乔琳滞重的呼吸。如同一艘快要沉没的船。一个显而易见的却一直被她忽略的事实是，她的姐姐过得很糟，而且也许再也不会好了。她能帮她做什么吗？

她能。沈皓明自己就是律师，而且热心，爱帮朋友。他爸爸又有很多政府关系。

她不能。她根本无法开口。从一开始她就隐瞒了家里的事，说爸爸走了，妈妈死了，她是跟着姥姥长大的。这不是撒谎，她对自己说，只是出于自保。谁能接受一对不停闹事，总是被保安驱逐和扭走的父母呢？不过，既然她一直说乔琳是她的表姐——是不是可以让他们帮一帮这个表姐呢？但是也有风险，她爸妈曾在采访里提到过小女儿的名字，还说她现在在北京生活。一旦那些资料被翻出来，她的身份就掩饰不住了。

许妍勉强睡了几个小时，天快亮的时候醒了。她感觉到乔琳在耳边呼吸，嘴巴里的热气涌到她的脸上。她睁开眼睛，乔琳在曦光中望着自己。她一时想不起来从前什么时候，她也是这样望着自己，用那双圆圆的大眼睛，好像明白了什么重要的事要告诉她。但是她并没有开口。

你看我也是重影的吗？许妍问。

乔琳说，不，我看你看得很清楚。

于一鸣站在她的教室门口。他说乔琳三天没来上课了。许妍说，我爸把腿摔断了，她得照顾他。于一鸣说，我知道，快考试了，这样下去不行。你带我去找她。

外面下着雪，马路结冰了。他们推着自行车往前走。风很大，雪乱糟糟地降下来，天空像个马蜂窝。于一鸣的头发又长长了，他的脸很白，下巴上有个好看的小窝。他神情凝重地说，帮我劝劝乔琳，让她好好复习，跟我一块儿考到北京。许妍说，她不想走。于一鸣说，她在这里没有出路。许妍问，北京什么样？于一鸣说，北京的马路特别宽，到处都是商店，还有很多咖啡馆。你好好学习，两年以后也考过去。许妍问，我？于一鸣说，是啊，我们在北京等你。

许妍怔怔地看着他。他口中呼出的白气在空中上升，然后散开了。

3

第二天，许妍录节目到下午五点，然后匆匆忙忙赶去买甜点。那家蛋糕店是从巴黎开过来的，最近上了不少时尚杂志。她每次都为带什么礼物去沈皓明家而伤脑筋。

小巧的纸杯蛋糕陈列在玻璃柜里，上面镶着翻糖做的高跟鞋和花环，像是一件件奢华的珠宝。价格当然也贵得离谱，她最终决定买四个。这时乔琳打来电话，问她什么时候回来。许妍说，冰箱上不是有外卖单吗，你先叫东西吃啊。乔琳说，我不饿，你家门怎么锁，我在屋子里喘不上气，想出去走走。许妍把门锁的密码告诉她。她重复了一遍，说要是我等会儿忘了，能再给你打电话吗？

挂了电话，许妍扫视了一圈玻璃柜，目光落在一个有跳舞小人的纸杯蛋糕上。小人单脚支地，抬起双臂，好像正准备起跳，飞离地面。我要这个，她跟柜台里的女孩说。

许妍听到乔琳在身后喊自己。她追上来，把手里的布袋递给许妍，说裙子我帮你借好了，领子有点大，你别两个别针就行了。许妍说，我真的不想主持了。乔琳说，你要是不主持，我就也不跳舞了。晚会咱俩都不参加了。许妍问，干吗要费那么大力气帮我争取呢？乔琳笑了，大乔小乔要一起出风头才好。当时在学校已经有很多人知道她们是姐妹，并且叫她们大乔小乔。

保姆开了门，要帮许妍拿东西。许妍捧着蛋糕盒说，我自己拿到客厅吧。三个女人坐在客厅的沙发上喝香槟。其中一个短发女人笑盈盈地看着她，对另外两个说，皓明就喜欢这种瘦瘦高高的女孩。旁边披着披肩的女人说，现在的男孩都喜欢这种身材。

一个八九岁的男孩跑出来，是沈皓明的弟弟沈皓辰。他手里牵了一只短腿腊肠狗。那只狗穿着蓝色羽绒坎肩，背后有个帽子，跑快一点帽子就扣过来，盖住了它的脸。沈皓辰把狗拽到沙发边，向大家介绍，它叫贝利，有点感冒了。挑高细眉的女人问，你上次那条狗呢？沈皓辰说，送走了，妈妈嫌它老翻垃圾桶。短发女人说，你妈一开始可是爱它爱得不行啊。男孩耸耸肩，我妈妈是个很难捉摸的女人。三个女人笑起来。披着披肩的女人说，皓辰，过来，让阿姨抱抱。男孩勉为其难地向前走了两步，把头转向一边，阿姨，我也感冒了。披着披肩的女人摸了摸他的后脑勺，都那么大了，真是有苗不愁长啊。挑高眉毛的女人放下香槟杯说，后悔了吧，当时都劝你跟于岚一起去，还可以做个双胞胎。

谁在说我坏话呢，我可是听到了，一个矮胖的女人走进来，穿着深蓝色香云纱裙子，腰部有一朵白色荷花，是沈皓明的妈妈于岚。你儿子，短发女人说，他说你是个很难捉摸的女人。于岚笑起来，对男孩说，宝贝，你昨天不是还说我不用开口，你都知道我要说什么吗？男孩说，我知道你要说什么，但我不知道你在想什么。挑高细眉的女人说，你儿子是个哲学家。

男孩抬起头问于岚，我能让许妍姐姐陪我去玩吗？于岚说，好啊。她笑吟吟地朝许妍走过来，说我都没看到你来了。许妍微笑着说，我买了甜点，饭后可以吃。太好了，于岚说，那我就不让大李再去买了。许妍在心里飞快地算了一下，四块蛋糕，自己不吃，刚好她们四个女人一人一块。

她跟着沈皓辰来到后院。那里有几簇假山和一个凉亭，前面是一小片结冰的水塘。沈皓辰问，你说贝利能在上面滑冰吗？许妍说，不行，它会掉下去。玩点别的吧，我陪你去插乐高。沈皓辰摇摇头，我想陪着贝利，它太孤单了。许妍说，它感冒了，需要休息。沈皓辰说，都是我妈，非让它睡在花房里。许妍问，为什么不让它到屋子里去？沈皓辰说，我妈说我们还不了解它的脾气，要观察一段时间，惠惠姐姐刚来的时候，她也不让她跟我们一起吃饭，说她嘴巴臭，可能有胃病。

许妍通过这个男孩知道了他们家不少事。包括沈皓明刚和她在一起的时候，于岚还给他介绍一个银行行长的女儿。没准他们见了面，她没问过沈皓明。以后恐怕还有律师的女儿，医生的女儿，她显然不是理想的儿媳，不过他们也没公然反对。有一次沈皓辰说，我妈说哥哥带什么女孩回来都没所谓，谈谈恋爱又不是当真的。许妍相信沈皓辰不至于蠢到不知道这些话不该讲给她听，他是故意的，好让她心里难受。他也会把他妈妈讲保姆小惠的话告诉小惠，然后站在门外听小惠在房间里偷偷哭。这是一种什么爱好，许妍不知道，用沈皓明的话来说，他弟弟是个内心阴暗的小孩。

他们相差十八岁，沈皓辰叼着奶嘴的时候，沈皓明已经系着领结跟爸爸去参加慈善晚会了。他对弟弟没太多感情，一开始甚至忘了跟许妍讲。后来有一次随口讲到他，许妍惊讶地问，为什么？什么为什么，沈皓明问。许妍说，为什么能生两个孩子。沈皓明说，哦，我爸妈都入了加拿大籍。其实不入也可以，罚点钱就是了。

沈皓明推门走出来，对许妍说，我到处找你呢。他冲着沈皓辰的屁股拍了两下，别老缠着别人，你就不能自己玩会儿吗？沈皓辰哀求道，我们等会儿出去吃冰淇淋吧。沈皓明不理他，拉着许妍走了。

沈皓明的爸爸沈金松和几个男客坐在偏厅的沙发上。沈皓明带着许妍走过去，把她介绍给两个没见过的客人。他爸爸说，皓明，给你李叔叔拿支雪茄来。走出房间，沈皓明咕哝道，他怎么还有脸来。你说谁，许妍问。沈浩明说，那个戴鸭舌帽的男的，做生意把周围的朋友坑了一个遍，大家都不跟他来往了。沈皓明返回偏厅的时候，许妍拉住他，说笑一下。沈皓明皱着眉头，干什么？许妍说，你的怒气都写在脸上，让别的客人看到不好。沈皓明勉强露出一个微笑。许妍也给他一个微笑，进去吧，我去问问你妈妈那边有什么需要帮忙的。

许妍回到大客厅，发现又来了两个女客人。蛋糕不够分了，她有点不安地盯着桌子上的白盒子。开饭了，于岚对她说，我们过去坐下吧。

这种家宴是沈家的传统，每个星期都有一两回。客人彼此相熟，不会感到拘束。许妍环视四周，低声问沈皓明，高叔叔没来？沈皓明说，他开会，晚点来。披着披肩的女人问，皓辰呢？于岚说，让他跟保姆吃，那孩子絮絮叨叨的，大人都没法好好说话了。

戴鸭舌帽的男人挨着女人们坐，一直保持沉默，每当那碟花生米转到面前的时候，他都会夹起一颗。你的古董店还开着吗，旁边的女人问他。没有，他回答，停顿了几秒说，不过我正打算重新开起来。女人问，还在原来的地方吗？啊，对，他说。一个男客人笑了笑，你确定吗，那一带盖了新楼，租金涨了四五倍。所有的人都看向戴鸭舌帽的男人，屋子里一时很静。许妍觉得自己所分担的那份尴尬比其他人更多。她理解那个戴鸭舌帽的男人，他一定很渴望成功，只是运气差了点。

饭吃到一半，高叔叔来了。许妍也弄不清这个高叔叔到底在政府做什么工作，只知道他权力很大，帮人铲了不少事。戴鸭舌帽的男人忽然来了精神，一直看着高叔叔，听他跟周围的人讲话。他们笑起来的时候，他也跟着笑了。

晚饭结束后，大家移到偏厅喝茶。沈金松和高叔叔去了另外一个房间，戴着鸭舌帽的男人也跟了进去。沈皓明对许妍说，他肯定有事要让高叔叔帮忙。许妍问，他会帮吗？沈皓明说，不知道，我们去看电影吧？许妍说，早走了你妈妈会不高兴。沈皓明说，管她呢。许妍笑了一下，你可以不管，我不能不管。她拉着沈皓明来到客厅，女人们正坐在那里聊天。沈皓明听到她们都在谈论衣服和包，就说我还是去男士那边吧。

许妍在于岚旁边坐了一会儿，发现桌上的水果又不够，就起身去拿。让佩佩把甜酒打开，于岚在她身后说。经过走廊，她看到沈金松他们还在那个房间里，好像在说什么房子的事。

她拿着叉子从厨房出来，听到旁边的房间里传来奇怪的声音。好像是干呕，伴随着细小的嘶叫声。她敲了两下，推开门。是沈皓辰，正仰面躺在地上哭。那间屋子长期闲置，空荡荡的，只有一只书柜立在墙边。她蹲下来，说你可真会挑地方。沈皓辰不理她，闭上眼睛继续哭。许妍问，就因为没陪你去吃冰淇淋？沈皓辰抹了把眼泪，说我早就习惯了。许妍问，为什么不叫你的朋友来家里玩呢？沈皓辰说，你要是整天转学，还会有什么朋友吗？他摇了摇头，说这个家里没有一个人真的关心我。许妍说，不要对别人有什么期望，你自己得变得强大起来。沈皓辰撇了一下嘴，我还是个孩子呀。许妍说，孩子怎么了？沈皓辰哀求道，你能让我自己静一会儿吗，我不想回房间，惠惠姐姐像只鹦鹉，一直说个不停。

许妍带上了房间的门。她确实没想过沈皓辰会有什么痛苦。生在这样的家庭，不是应该从梦里笑出声来吗？但是现在看起来，他或许也是一个多余的孩子。他爸妈要他不过是为了装点生活，其实已经没有耐心再陪他长大一遍了。于岚不能放弃太太们的聚会和旅行，沈金松不能放弃打高尔夫和应酬。沈皓辰总是和保姆待在一起。一任又一任保姆。他满意的他妈妈不满意，他妈妈喜欢的他不喜欢。

许妍回到客厅，她的蛋糕盒子打开了，

摊在桌上，里面的蛋糕一个也没有动。有两个上面的花蹭在盒子上，变成了一坨红色烂泥，只有立着跳舞小人的那个仍旧完好。小人踮着脚尖，好像正从一堆废墟里往外爬。

戴鸭舌帽的男人出现在门口，咧开嘴冲着于岚笑了笑，说我来跟你说一声，我要走了。于岚点点头，让司机送你一下？男人说，我叫了辆车，司机好像迷路了。于岚说，坐下等一会儿吧。鸭舌帽迟疑了一下，走过来坐在沙发上。许妍把自己那杯没有动的甜酒放到他跟前，对他笑了笑。

快去把你的貂皮大衣拿来！短发女人把手搭在于岚的肩上。还有那个绝版的蜥蜴皮，挑高细眉的女人说。于岚去取了灰蓝色的貂皮大衣，还有几只包。女人们走上前，有的试穿大衣，有的摆弄着包。只有许妍和鸭舌帽坐在沙发上。鸭舌帽探身向前，目光呆滞地盯着茶几上的东西。他忽然伸出手，拿起那个有跳舞小人的纸杯蛋糕，整个塞进了嘴里。

乔琳走到舞台中央，射灯的光不偏不斜地打在她的脸上。她天生知道光在哪里。她趋着步子，荡着纤长的腿，将裙摆转得飞快。每次她双脚离开地面的时候，许妍都感觉到心里一紧。她不知道自己是在担心，还是在希望发生点什么。直到乔琳平安地弯腰谢幕，她才松了一口气，然后忽然难过起来。她想，很多年后，台下的人不会记得是谁主持了这场晚会，但他们一定记得乔琳跳舞的样子。

十点过后，客人陆续离开。许妍帮保姆收酒杯，被沈皓明堵在厨房门口。他搂了一下许妍的腰，眨眨眼睛，说不如今晚你就睡在这里吧？许妍挣脱开，一脸正色地说，跟我说说，你是从多大开始，留女生在家过夜的？沈皓明耸耸眉毛，十七？你爸妈也答应吗，许妍问。沈皓明笑着说，他们到我房间来了好几次，我估计是想看看有没有准备避孕套。你准备了吗？许妍问。沈皓明收住笑容，神情变得凝重，我想向你坦白一件事……其实我有一个……年轻时候总会犯些错误对吧……他低下头，双手捂住脸。许妍想把他的手拉开，他拼命躲闪，直到迸发出笑声，他一边笑一边摆手，我实在是憋不住了……许妍推了他一下，自己还觉得演得挺像是吧？沈皓明笑着问，要是我真从外面领回来个孩子，你帮我养吗？许妍说，那得看长得好不好看了。沈皓明说，好看，比我还好看。许妍说，养啊，为什么不养，省得自己去生了。沈皓明伸出双手兜住她，不行，你至少还得生两个。许妍望着他，笑了笑。她说，我还是回去吧，表姐一个人在家。沈皓明说，好吧，我明天陪你们，给你们当司机。许妍说，不用，她脾气怪，你在她会不自在。

许妍穿上外套，拢了一下头发，转过身来问，对了，刚才那个人找高叔叔什么事？沈皓明说，前些年他在郊区找了块地盖房子，当时和乡政府签过合约，但是不作数，现在地要被收走了……许妍问，这事难办吗？沈皓明说，嗯，不过高叔叔去想办法了。许妍说，所以还是会帮他？沈皓明说，不然呢，他住哪里呢？

回去的路上，许妍在心里掂量，是鸭舌帽拆房子的事难办，还是她爸妈的事难办。他既然连那个名声不好的人都愿意帮，是不是也意味着他可以帮她呢？不，不是她，是她的表姐乔琳。再找机会吧，她想，应该多和高叔叔见几面，让他觉得自己是沈家的一员。

许妍回到公寓，发现乔琳坐在楼下大堂的沙发上。她抬起头，抱歉地冲许妍笑了一下，我把密码忘了，你的手机关机。许妍问她坐了多久。她说没多久，我一直在院子里转悠，把开着的小商店都逛了一遍。这里真好，人都很和气，还借给我厕所用。

许妍看着她，乔琳，你能别把自己弄得那么惨兮兮的吗？

乔琳从三轮车上跳下来，笑着对她说，我把写字台给你拉来了，反正我以后再也不用学习啦。许妍打量着那张写字台，桌腿上的贴画已经斑驳，她还记得贴画刚贴上去的时候，上面那张明艳的赵雅芝的脸。她确实觊觎这张书桌很久。姥姥在窗台上搭了块木板，她一直在那上面写作业。

许妍问，成绩出来了？乔琳吐了吐舌头，连那个破烂煤炭学院也没考上。她们把写字台搬下来，乔琳拍了拍手上的灰，说我已经找到工作啦，明天就去华联商场上班，以后你买“美宝莲”都是员工价。她的手指上涂着藕粉色的指甲油，穿着低腰牛仔裤，长头发在胸前甩来甩去。她身上的美丽还在增加，但她好像并不把自己的美丽当回事。那股潇洒的劲特别令男孩着迷。

4

第二天，十点不到她们就出门了。往常的周末，许妍会和沈皓明在床上赖到十一点，然后去吃个早午餐。但是这一天，天刚亮许妍就醒了。失眠大概传染，她就没见乔琳闭过眼睛。但是乔琳坚持说自己睡了一会儿，还做了梦，梦见自己生了个罐子人。罐子人？许妍皱起眉头。对，乔琳说，就是那种马戏团里的小孩，养在罐子里，手脚都萎缩了，只有头特别大。她打了个激灵，跳下床，说我去做早饭了。

厨房里传出葱油的香味。乔琳用平底锅烙了两个葱花饼。这是小时候最熟悉的食物，许妍来北京以后就没有再吃过。要不是再闻到这股味，她已经忘记世界上还有这种食物了。

许妍想带乔琳先去景山，那附近有一段红墙她很喜欢。街上的车不多，她们静静听着广播里的歌。乔琳抿着嘴唇，似乎很悲伤。许妍说，别想了，那只是个梦。乔琳点点头，知道，我知道。没事的，我在等汪律师的电话，他说今天会打给我的。许妍觉得乔琳在把某种压力传递给自己，这令她感到很烦躁。

车子剧烈地震了一下，许妍回过神来，猛踩刹车，可是已经撞上了前面的车。乔琳拱起身体，护住了肚子。前车的女人对着许妍一通抱怨，然后给交警打了电话。交警来了，许妍把车上翻遍了，也没找到行驶证，只好给沈皓明打电话。过了几分钟，沈皓明拨过来，说在家里找到了，上次司机修车取出来，忘记放回去了。沈皓明说，我给你送过去，你在哪里？许妍沉默了几秒钟，说出了自己的位置。

她回到车里。乔琳头靠着车座，双手还放在肚子上。许妍说，我男朋友正赶过来，我跟他说你是我表姐，你不要提爸妈的事。乔琳点点头，知道，我知道。许妍还想交代几句，见她闭上了眼睛，就没有再说。

沈皓明到了，处理完事故，他坐上驾驶座，侧过头来冲乔琳笑了笑，表姐，我开车可稳了，你安心睡会儿吧。

已经过了十一点，沈皓明提议先去吃午饭。他把车开到附近的购物中心。三楼有家粤菜馆，于岚常约人在那吃早茶。沈皓明把菜单交给乔琳，让她看看想吃什么。乔琳看了一下，又把它递给许妍。许妍低头翻菜单，总觉得乔琳在看自己。一屉虾饺上百块，显然不是白领能负担的。乔琳大概早就把她识破了，借来的车，租的房子，一切都充满破绽。她抬起头来的时候，乔琳微笑着说，我吃什么都可以，辣一点就行。

我就知道许妍得撞，沈皓明说，不撞个两三回哪算真会开车？可是车上坐着你，不能有半点马虎。我早就跟她说今天我来给你们当司机……乔琳笑了笑，已经很麻烦你了。沈皓明说，她以前不也常麻烦你吗，她说上高中的时候你很照顾她，给她买雨衣，陪她打吊针……乔琳淡淡地说，那不算什么。沈皓明说，有时候表亲反倒更亲，我和我表姐的感情就比跟我弟好……乔琳问，你有个弟弟？沈皓明说，对啊，一个爱哭鬼，烦死人了。乔琳说，怎么能生第二个孩子呢？沈皓明笑了，你怎么跟许妍问得一模一样，我爸妈拿了加拿大护照。乔琳喃喃地说，哦，外国人……沈皓明说，以后我跟许妍至少生三个，你的小孩不愁没人玩。乔琳点点头，好啊。许妍埋头吃着刚上来的石斑鱼。生三个？她似乎听到乔琳在心里暗笑。

乔琳的手机响了。许妍很怕她会在沈皓明面前接起电话，但她站起来，离开了桌子。许妍对沈皓明说，下午你不用陪了，我就带她在后海逛逛。沈皓明说，我跟任国栋吃晚饭，上次他女儿百天不是没去吗，没事，五点出发就行。

乔琳回来了，脸色凝重，失神地盯着面前的盘子。她不吃，许妍也不劝。直到听到沈皓明说，那我们走吧，她站起来，驱着腿往外走。沈皓明喊住她，把落在椅背上的羽绒服交给她。

乔琳跟在他们后面，双手抓着她的羽绒服。里子朝外，破了个洞，钻出一簇棉絮。许妍简直怀疑她是故意的，想要他们给她买件新大衣。沈皓明说，我是不是应该给任国栋的女儿买点东西？买什么呢？他们绕着商场走了半圈，沈皓明忽然停住脚步，指着橱窗说，就买这个吧。小小的白色纱裙被云彩簇拥着，跟上回许妍和乔琳看到的那件一模一样。应该是连锁店铺，橱窗布置得也一模一样。沈皓明问乔琳，知道你的宝宝是男孩还是女孩吗？乔琳摇摇头。沈皓明说没事，转身进了那家商店。

乔琳立即告诉许妍，汪律师说他接不了这个案子。她咬了咬嘴唇，又说，他去开会了，我等会儿再打个电话求求他。许妍说，别这样，乔琳，你以前不这样。乔琳眼泪涌出来，说我真没用，什么事也办不成。沈皓明拎着纸袋走出来，把其中一只递给乔琳，说我买了个礼盒，里面什么都有，白色的，男女都能穿。乔琳把头扭到一边，抹着脸上的眼泪。沈皓明尴尬地拿着纸袋。过了一会儿，乔琳才回过头来，挤出一个微笑，说谢谢，真的谢谢你。

他们到后海的时候，天已经很阴。空气中零星飘着一点凉丝丝的小雪。河面结着厚实的冰，是青灰色的。沈皓明说，出来走走心情是不是好点了？乔琳点点头，说谢谢你们。许妍转过脸，朝河的方向看去。河中央有一辆鸭子形状的船，冻住了，船身倾斜，鸭头望着天空。

乔琳说，我们那里也有一条河，叫奈河，比这个还宽。沈皓明说，我以为你们那里都是山呢，我还跟许妍说什么时候去爬一次泰山。乔琳说，小时候有一回，我和许妍亲眼看到一个放风筝的小孩掉到水里，淹死了。他妈妈在岸上大哭，围了很多人。许妍说，我不记得了。乔琳说，你站在那里，我怎么拽都不肯走。一直等到人都散了，你用竹竿把那个孩子的风筝挑下来，拿着回家了。沈皓明问，那个小孩是她朋友吗？她想要那个风筝作纪念？乔琳笑了笑，她就是想要那个风筝。许妍盯着乔琳的脸。乔琳没有看她，好像还沉浸在回忆里，说那孩子的妈妈后来每天在岸边哭，抱着经过的人的腿，求他们去救她儿子。再后来岸边的树都砍了，盖起一排楼房。她沉默了一会儿，对沈皓明说，许妍想要什么是不会说的。沈皓明说，对，她什么都憋在心里不说。乔琳说，不要紧，只要你一直在那里，默默支持她就行了。

许妍看着面前的湖。午后的太阳照着水面，淬起一片金光。于一鸣放下桨，让他们的船在水上漂。乔琳忽然开口说，我看见过水怪。有个放风筝的小孩掉到河里，水面上升起一团白烟。那团白烟朝我们这边飘过来，我吓坏了，拉起许妍的手就跑。可她好像定住了似的，站在那里一动不动。我就也没跑，挽住了她的胳膊，心想要是水怪过来，就把我们一块带走吧。乔琳俯身向湖面，撩了几下水说，于一鸣，什么时候教我们游泳吧。

雪越下越大，河显得更灰了，冻住的鸭子船在身后变小，拐了个弯，看不见了。路边有间咖啡馆，他们决定进去坐一会儿。推开门，里面都是人。沈皓明说，嘿，整个后海的人全都躲到这儿来了。许妍付了钱，在等饮料的地方排队。做咖啡的男孩像是新来的，把热牛奶打翻了。沈皓明从背后戳了戳许妍，说你表姐把手机落车上了，我陪她去拿一下。许妍说，等买了咖啡一起去吧。沈皓明说，没事，很近，然后转身走了。

隔着玻璃窗，许妍看到他们朝来的方向走去，乔琳好像在说什么。她烦躁地看着那个做咖啡的男孩，把手中的收据折成小块，又摊开。

乔琳也许是故意的，汪律师不帮她，她就慌了神，觉得沈皓明没准能帮忙，就想跟他说一说。许妍气恨地用力一挣，把收据撕成了两半。

做咖啡的男孩拿过撕碎的收据，仔细辨认着上面写的是什么饮料。你们连基本的培训都没有吗，许妍气呼呼地问。她把咖啡放在桌上，拉开椅子坐下。乔琳会跟沈皓明说什么呢？事情万一败露了，她应该怎么解释呢？她脑袋一片空白，什么说辞也想不出来，只是不断去按手机，看时间的数字变化。

他们终于回来了。乔琳没坐下，她看了许妍一眼，说我再去打个电话。许妍看着沈皓明，想从他的表情里读出一点信息。但他一直在低头看手机。许妍碰碰他的胳膊，拿起桌上的咖啡递给他。他喝了一口，皱起眉头说，真难喝。乔琳回来后，脸色依然凝重，她喝了两口水，捧着杯子发愣。沈皓明看了看外面的雪，对许妍说，你就别开了，我让司机来接你们。

车来了，她们先坐上，沈皓明去取了先前在童装店给乔琳买的东西，让司机放在后备箱。他凑到车窗前对乔琳说，表姐，这两天你要是不走，到我家来玩。乔琳点点头，一直望着沈皓明走过去，钻进车里。他人真好，乔琳对许妍说。

路上她们没有说话。司机拐了个弯去加油。发动机熄灭，广播里的音乐停止了。乔琳望着窗外纷飞的雪说，我明天就回去了。许妍说好。

太阳从头顶移开，风吹着湖面，水的气味升起来。船从午睡中醒了过来，一点点动起来。许妍、乔琳和于一鸣不约而同地向后靠，蜷缩着腿躺下去，仰脸望着天空。也许是在等晚霞出现，但是渐渐地不重要了。许妍合上了眼睛。湖水像一双温暖的手臂环绕着自己。它的脉搏一起一伏，节律微小而有力。船在缓慢地动着，可他们没什么地方要去。不去对岸，也不回去。他们三个好像可以一直那么待着，谁也不会离开。

好像什么都不重要了。许妍松开了眉头。她不再计较他们到底有多么爱彼此。她只是知道她爱他们。那股强烈的感情使她觉得自己并不是多余的。她是他们当中的一员，即便是微不足道，可以被舍弃的，她也不在乎。

她睁开眼睛的时候，晚霞已经来过了。只有几块很小的云彩挂在天边。湖面一片金色，望不到尽头。但只是一瞬间，湖水转眼就开始变灰。当她转过脸去的时候，看到乔琳正望着湖面，似乎已经注视了很久很久，又好像是她的目光使湖面暗了下去。于一鸣还没有睁开眼睛，嘴角带着一丝淡淡的笑意。不要睁开眼睛，许妍在心里这样祝福着他。因为随即他会发现太阳已经落下去，船要往回开了。他们的旅行结束了。

晚饭许妍叫了外卖。乔琳没怎么吃，她说想去床上躺一会儿。许妍吃完看了会儿电视。她到卧室的时候，乔琳正坐在床上发呆。许妍走过去拉窗帘。路灯下，有个穿着羽绒服的男人在遛狗。是对门那个姓汤的邻居，他仰起头看了一会儿月亮，从地上抱起狗，夹在胳膊底下，走进了楼洞。

许妍听到乔琳在身后轻声问，沈皓明能帮上咱们吗？许妍转过身来看着乔琳，说你自己没问他吗，你们两个去拿手机的时候。乔琳摇了摇头，我什么也没跟他说，他问我想不想来北京工作，他可以安排，我说不用了。哦，许妍应了一声。乔琳说，他是律师，又认识挺多人的，没准还能托上政府的关系……许妍问，你怎么知道他是律师的？乔琳说，他自己说的，我真的什么都没问。她低下头，看着拱起的肚子，汪律师不接我的电话了，电视台那边也没回信，我实在没有办法了。这事折腾了那么多年，总得有个了结……许妍笑了一声，你为我考虑过吗？你是不是觉得我想要什么就有什么，过得很容易？你想过几天安稳日子，我不想吗？你小时候至少有个完整的家，我有什么？她的眼圈红了，这么多年了，你们就不能放过我吗？乔琳也哭了，对不起，对不起，我不该来打扰你……她仰起脸，吸了几下眼泪说，你没看到爸妈现在什么样子，爸早晨醒了就喝酒，手抖得已经拿不住筷子，妈整天守着电脑，到各种论坛发帖子求助，隔一会儿发一遍，那些人骂她是疯子，把她踢出去，她就重新注册了再发……我真的管不了了，我的身体垮了，在街上晕倒过好几回……她停住了，定定地看着前方，好像要把什么东西看清楚。

桌上的台灯照着乔琳，但她的脸是暗的，腮颊被阴影削去了。许妍望着她，她容貌的改变令她感到惊讶。那些青春时的光彩消失了，这也许是必然的，可它们好像从来没有存在过。没有人可以通过这张脸，想象出她少女时代的模样。许妍仿佛从二楼教室的窗户里看到那个总是微微扬起脸的长腿姑娘正穿过校园，她从那扇大门走出去，然后消失了。她去了哪里？

许妍走到床边，握住乔琳的手。那只手很烫，热量从指缝间汩汩流出来。乔琳的手指很长，这肯定不是许妍第一次注意到这一点，或许在漫长的青春期的某一天，她偷偷打量过这双手，暗暗惊讶于它们的美。但是现在，她第一次意识到，这双手很适合弹钢琴，要是它们能在童年的时候遇到一个钢琴老师的话，他肯定会这么说。要是那时候遇到一个舞蹈老师，可能也会说她适合跳舞。这具承载着苦难的身体，或许同时蕴藏着某种天赋。但是天赋不重要，对有些人来说，一生中没有任何一个时刻，会有人坐下来讨论一下她的天赋。许妍想起大三的时候，她得到了去电视台实习的机会，后来被留下了，那个频道的主任对她说，我并不觉得你很有当主持人的天赋，知道为什么选你吗？因为你身上有股劲，想从人堆里跳起来，够到高处的东西。

许妍握着乔琳的手，坐下来。她感觉自

己在靠它取暖。但屋子里很热，地板也是热的，一点都不像十二月。她说，我答应你，我会去问问沈皓明。具体怎么说，我要想一想。我这么做不是为了爸妈，只是为了你，你明白吗？许妍攥了一下她的手说，给我一些时间好吗？乔琳点了点头。

十点过后，沈皓明打来电话。他说你猜怎么着，礼物拿错了，给你表姐的那袋才是给任国栋女儿的裙子。许妍夹着手机打开纸袋，解掉奶油色的缎带。那件缀满珍珠的小礼服折叠着，静静地躺在盒子里。要我现在送过去吗，她问。不用，沈皓明说，反正给你表姐买的礼盒任国栋女儿也能用。我打赌你表姐生女儿，他在电话那边笑起来，我买的裙子肯定能派上用场。

5

从北京回去不到一个月，乔琳就生下了一个女儿。比预产期早了一个多月，但是孩子很健康。她发过来几张照片，小小的一团，手脚却很长。沈皓明看了两眼说，跟你长得有点像。

那个月许妍很忙。台里在筹备一个新节目，过年的时候开播。每天连着录十来个小时，一段话反复说。这期间她去过沈皓明家一次，沈金松没在，只有于岚和几个太太在打麻将。许妍替了几圈，输掉六千块。临走时于岚说，咱们过年再打。许妍想这倒是个讨于岚开心的法子，于是许妍说服沈皓明过年不去苏梅岛，而是留下陪他爸妈。到时没准还能在家宴上遇到高叔叔。

许妍接到电话的时候是傍晚。还有三天就过年了，下午她和沈皓明去买了一堆烟火。回来的路上有点下雨，据说到了后半夜会转成雪，气温降十度。此前一些天北京都很暖和，让人有一种春天来了的错觉。

手机响了，跳动着一个陌生的号码，当时她正站在沈皓明家的花房里，指挥保姆把兰花搬到屋里去。沈皓辰也被喊来帮忙，许妍觉得让他干点体力活有好处，至少没那么多时间胡思乱想。他撇了撇嘴，说这些花可真丑。她双手叉腰看着他，你觉得什么花好看？假花，他回答。她让沈皓辰把面前这一盆搬到客厅，然后接起了电话。

是她妈妈。在那边大声号哭，告诉她乔琳自杀了，晚上一个人出门，跳进了城边的那条河。还在抢救吗，还在抢救吗，她连着问了好几遍。她妈妈说是昨天的事，人已经没了。许妍挂断了电话。

周围一片寂静。她搓了搓手上的泥巴，搬起一盆兰花往外走。

天气湿漉漉的，好像已经下雪了，仿佛有些凉飕飕的东西，带着爪子，紧紧地揪住了她的头皮。她伸出手，想触碰到空中的雪花。砰的一声，花盆跌落在地上。瓷片在地上打转。嗡嗡，嗡嗡。

沈皓辰走过来，看着她脚边的花盆。哈哈，他有点得意地说，假花就不会摔成稀巴烂。走开，她冲着他喊，蹲下把兰花从碎瓷片里捡起来。沈皓辰吓坏了，站在那里没有动。许妍敛起兰花磕了磕土，抱着它们走了。

她把花放在旁边的座位上，驶出了别墅区的大门。窗外是呼啸的大风，雪花如同决绝的蛾，砸在挡风玻璃上。她紧握方向盘，浑身发抖。泪水在眼眶里转悠，她蹙着眉头，盯着前面的路。为什么乔琳要这样做？她感到很愤怒，在北京的最后一个晚上，她不是答应得好好的，回去等着她的消息。她为什么就不能等一等呢？

车子冲下高速，擦着一辆卡车开过去，横冲直撞地拐了几个弯，在一片空旷的停车场停住。她狠狠地砸着方向盘，喇叭发出尖锐的鸣响，她不是说会想办法的吗，为什么不相信她呢？她靠在椅背上，大声哭起来。

手机在旁边座椅上响了好几遍，是沈皓明。她坐在黑暗里，等屏幕最终暗下去的时候，才对着它喃喃地说，我姐姐死了。

她没有回去参加追悼会。

除夕夜下着小雪。她站在院子门口，看沈皓明点着了烟花。她仰起头，望着光焰绽放，坠落。天空又黑了下去。几片雪落在她的脸上。

她给家里打了个电话。她妈妈一直在哭，不停地说，乔琳为什么那么狠心抛下我们？那边传来婴儿的啼哭，还有她爸爸的咒骂声，盆碗掉在地上，发出叮叮咣咣的响声。她妈妈问，你到底什么时候回来啊？这好像是她第一次对许妍表达需要。再过几天吧，她回答。你永远都别回来！她爸爸吼了一声，电话挂断了。

许妍一直没有回泰安。她心里有股怒气无法消退。她觉得乔琳不理解她，不相信她，甚至根本不希望她过得好。她这么做是为了让她永远感到内疚。在很长一段时间里，这股怒气有效地抑制了悲伤，使她可以正常入睡。

四月的一天，她去沈皓明家吃晚饭。那天只有他们自己家的人，吃了巴黎运回来的生蚝和新西兰鳌虾。于岚抱怨生蚝没有上次的新鲜。你下个月不就去巴黎了吗，沈金松拿着遥控器换台，屏幕上出现了一个穿白色西装的女主持人。她看了一眼手中的稿子，抬起头来：

“一九八八年，在泰安的一家医院里，患有风湿性心脏病的王亚珍生下了第二个女儿。她没有一丝做母亲的喜悦，只是感到很恐慌。在她的身旁，那个只有三斤八两的女婴睁开眼睛，好奇地打量着这个世界。那一刻她是否知道，这个世界等待她的不是温暖的祝福，而是无情的责罚呢？手术室的门外，乔建斌坐在长椅上，一夜没有合过眼。在经历了辗转于计生委和医院之间的几个月后，他已经疲倦不堪。然而他们家的厄运才刚刚开始……”

许妍盯着屏幕，一只手攥着毛衣领口，感觉自己就快要窒息。

这个“聚焦时刻”有时候还能看看，沈金松说。于岚说，有什么可看的，不是钉子户就是超生。妈妈，妈妈，沈皓辰说，你算超生吗？于岚说，宝贝，生了你加拿大政府还给我奖励呢。

“……记者来到乔建斌家。乔建斌被开除以后，全家人就以这家诊所维持生计。现在门口依然挂着‘平安’诊所的招牌，但是已经好几年没有来过一个病人了。一楼的诊断床上堆满了各种保健药。有的早已过了保质期，王亚珍就留给家里人吃。她拿起一瓶药给记者看，这个是帮助睡觉的，我大女儿老睡不着，我就让她吃……在过去二十多年里，乔建斌和王亚珍一直通过各种途径寻求帮助，希望单位能恢复乔建斌的工作……”

镜头掠过他们家。角落里的蜘蛛网，桌子上油腻的桌布，泛着黄渍的马桶，最后停在墙上的照片上。那是一张他们全家的合影，可能也是唯一一张。当时许妍大概四五岁，站在最右边，乔琳的手搭在她的肩膀上。

许妍感觉所有人的目光好像都朝这边涌过来。她几乎就要从座位上弹起来，冲出房间了。

随后，主持人讲述了这些年乔建斌家的生活，也讲到那个超生的小女儿，因为早产和用药的原因导致不孕。但她的去向并没有提及。也没有提到乔琳的女儿，只是说乔琳这些年，一直在为这件事奔波，导致恋爱失败，也失掉了工作。两个多月前，有天晚上她像往常一样，哄孩子睡了觉，然后离开家走到河边，跳了下去。

画面切回演播室。女主持人说：“就在自杀的前一天，乔琳还给本节目的编导发过一条短信。在短信里，她这样说：‘陈老师，我恳求您给我们做一期节目。这不是我们一家人的问题，很多家庭都有类似的遭遇。我相信节目播出以后，一定会引起很大的反响。如果还需要什么材料，您随时找我。给您拜个早年！’”主持人垂下眼睛，停顿了几秒，“我们将这期迟到的节目献给乔琳，希望她能安息。同时，我们也希望热心的律师朋友能跟乔建斌一家联系，帮助他们走出困境。感谢您的收看，我们下期再见……”

沈皓明气呼呼地说，这也太操蛋了。于岚看了他一眼，你想干吗，这种案子又不是你管的。沈皓明说，我可以去问问我同学，说不定有人愿意接。沈金松说，犯不着打官司，这种事找对了人，就是一句话的事。于岚说，有捐款电话吗，直接给他们打过去点钱就是了。

保姆端上水果。电视里已经在播连续剧，但许妍不敢去看屏幕，仿佛先前的画面下一秒就会再跳出来。她缩着肩膀，低头盯着面前的盘子，直到听到沈皓明说，我们走吧，就站了起来，跟随他走出大门。

她抱着自己的包坐进车里，身体一直在发抖。你的外套呢，沈皓明问。她才发现忘记穿了，别回去拿了，她几乎用哀求的语气说。车子停了，她走下来，发觉自己在一个空旷的院子里，周围都是深红色的砖墙。她打了个寒战，问这是哪里？沈皓明说，苏寒有个生日派对，我不是跟你说了吗？

屋子里很吵，拼起来的长桌两边坐满了人。除了苏寒，她一个都不认识。沈皓明挨个介绍，她一直点头，却记不住任何一个名字。这是方蕾，沈皓明指着右边的女孩说，她跟我在英国一个学校，也读法律，算是我学妹。女孩笑了，你没念几天就转走了，也好意思自称是学长？沈皓明说，嘿，学校的校友录可是有我。女孩耸耸眉毛，那是为了让你捐钱好吗？沈皓明笑起来。许妍也跟着笑了一下。笑意在她的脸上一点点消失，泪水突然涌出来。

乔琳拉着她的手往山上走。许妍说，快下雨了，回去吧。乔琳说，你要去北京了，我得给你求个护身符。许妍说，可是摆摊的都回去了啊。乔琳说，再往上走走看嘛。

大雨降下，她们跑进一座庙里。两人抖着身上的雨水，乔琳长头发上的水珠溅在许妍的脸上，她咯咯笑起来。许妍说，严肃点，菩萨会生气的。乔琳收住笑，环视了一圈大殿，低声问，这个庙是求什么的啊？

许妍支起手肘，托住腮悄悄抹去眼泪。沈皓明正在问那个叫方蕾的女孩，你什么时候搬回来的？方蕾耸耸眉毛，你怎么知道我搬回来了呢，我看起来不像是回来度假吗？沈皓明摇了摇头，我才不信你在英国待得下去呢。

她们并排站在大殿中央。菩萨的脖子伸进黑暗里，看不见脸，但许妍能感觉到，有一簇白光从上面照下来。

乔琳小声问，你说那么多人来求她，她能帮得过来吗？许妍说，只帮她喜欢的人吧。乔琳笑了，说那她肯定喜欢我。当时我一直盼着妈妈能把你生下来。而且我还说，想要个妹妹。你瞧，菩萨就把你给我了。许妍说，当时你才两岁，就知道求菩萨了？乔琳说，我说不出来，但心里想的东西，菩萨一定能知道。许妍说，你要是知道后来发生的事，当初就不会那么希望了。乔琳说，我还是会那么希望的。我从来都没觉得不该有你，真的，一刹那都没有，我只是经常在心里想，要是我们能合成一个人就好了。她握住了许妍的手。她的手心很烫，仿佛有股热量流出来。

给我们拍张照片好吗？许妍听到有人在喊自己。是苏寒，她正站在方蕾和沈皓明的身后。许妍接过手机。苏寒笑着问沈皓明，还记得吗，那阵子每个周末我们三个都开车到郊外BBQ。后来过了一个暑假，回来大家都变得很忙，就没有再聚。也可能你们两个聚了，没有叫我。方蕾斜了她一眼，你说对了，我们在瞒着你谈恋爱。沈皓明点点头，后来她把我踹了，我伤心欲绝，就回国了。苏寒笑起来，小心你女朋友当真，回头跟你吵架。沈皓明说，她才不会呢。

大殿里飘过几丝凉翳的风，雨好像停了，有个人靠在门边看着她们。那人穿着一件破袄，逆光里看不到脚，还以为是坐着，后来才发现，脚被袄盖住了，他是个矮人。很老，布满皱纹的脸像一团揉搓起来的废报纸。她们往外走，他在一旁开口说，你们想知道自己的命运吗？她们对望了一眼，没停下脚步。他说，不收钱，我就当给自己解闷。

他走到她们跟前，仰起脸盯着乔琳，说你早运不顺，有一些坎，三十岁以后越来越好。乔琳问，怎么个好法？他回答，儿孙满堂，有人送终。乔琳笑起来，有人送终就算是好吗？矮人没回答，把头转向许妍，你啊，想要什么东西，都得跟别人去争。许妍问，那最后能争赢吗？他摇了摇头，说我不知道。许妍问，你也有不知道的事啊？他点点头，有一些。

苏寒用手指戳了戳沈皓明，说你可得劝劝方蕾，她现在是个愤怒少女，什么都看不惯，整天批判社会。沈皓明说，这叫回国综合征，过一段就好了。方蕾问，就像你吗，坦坦荡荡地做着你的沈家大少爷？沈皓明有点激动，说别把我想得那么麻木不仁好吗，我一直都想做点事啊……

然后他讲起出门前看的电视节目来：有对夫妻意外怀了二胎，按规定应该打掉，忘了为什么拖了好几个月，反正不是他们自己的责任，七个月才去引产，孩子生下竟然活着……苏寒感慨道，命可真大。沈皓明说，可是这算超生，男的丢了工作……讲到乔琳自杀的时候，方蕾摇头，这是我觉得最可悲的，因为上一辈的问题，子女的一生都毁了。苏寒说，这个故事有意思的地方是，合法生的姐姐死了，不合法出生的妹妹倒是活下来了。现在他们不就只有一个孩子了吗，还算超生吗？

许妍离开座位，走进洗手间，反锁上门。

乔琳不是不相信她，而是对世界不抱什么希望了。许妍记得最后一次乔琳打来电话，是一天清晨。她说，我今天出月子了。许妍问，你的奶够吃吗，现在能睡着觉了吗？乔琳没有回答，只是说，都挺好的，我就是跟你说一声，你去忙吧。她的声音淡淡的，没有高兴，也没有悲伤，只是有种解脱的感觉。她好像一直在等这一天。等孩子出生，等她过了满月……她那么迫切地希望解决爸妈的事，不是期盼能过什么新生活，只是希望有一个让自己心安一点的结果。如果没有，她也不能再等了。她已经松开了双手。

外面的人在不耐烦地敲门。许妍拧开水龙头，把脸伸到水柱底下。外面的声音消失了。好像沉入了河中，耳边只有汩汩的水声。我就是想来看看你，乔琳转过脸来笑着说。那双有点发红的眼睛在黑沉沉的水底望着她。然后熄灭了。

许妍回到座位上，跟沈皓明说自己可能

着凉了，想先回去。沈皓明说，我们一起走吧。在车上，他说，方蕾听我讲了新闻里那个事，也挺来气，说她有几个从国外回来的律师朋友，没准有谁愿意接。我回头再给高叔叔打个电话，让他跟泰安那边的人说一下。这事反响很大，不解决一下，他们自己也难交代。许妍怔怔地望着他，这是乔琳拿命换来的，她想，眼泪掉下来。沈皓明很惊讶，这是怎么了？他抓住许妍的手，你不会是当真了吧，以为我和方蕾谈过恋爱？我们在开玩笑啊。许妍摇头，没有，没有，我只是有点感动，你真的心肠很好，她望着沈皓明，伸过手去，摸了摸他的脸颊。他拿下巴蹭了蹭她的手心，笑着说，我忘刮胡子了。

6

五月初，许妍回了一次泰安。学校已经给乔建斌恢复了工作，按照退休教师的待遇发工资。据说那期“聚焦时刻”惊动了北京的大人物，出面给计生委打了电话。但是乔建斌和王亚珍对结果并不满意，因为赔偿金的事没有落实。他们还在继续上访。

自从节目播出以后，他们接受了不少采访。乔建斌的口才练得越来越好，见到摄影机镜头，眼睛就放光。他有些得意地告诉许妍，那些记者都挺佩服我的，觉得这个社会就缺我这种有点轴的人。王亚珍开了个微博，在上面写这些年他们家的遭遇，被几个有名的记者和学者转发了，很多人在下面留言。王亚珍每条留言都会回复，有的谈得来的，还加了 QQ。

这些外界的关注使他们一天到晚都很忙碌，暂时缓解了丧女之痛。但是一旦他们回到眼前的生活，意识到乔琳永远不在了，情绪就会再度崩溃。家里的灯坏了，没有人修。冰箱里臭烘烘的，还放着乔琳买的蛋糕和酸奶。桌上的婴儿奶粉敞着盖子，已经结成了疙瘩。一到天黑，蟑螂就变得猖狂，在桌子上到处爬。于是王亚珍又哭起来。乔建斌的情绪比较两极。有时候安静地坐在那里，对着桌上的酒瓶发呆。有时候暴跳如雷，大骂乔琳没良心，白白把她养到那么大。王亚珍哭完了，就在那台陈旧的电脑前坐下，开始写微博：

“你们不知道我的大女儿有多好，长得漂亮又懂事，性格活泼，所有的人都喜欢她。我难过的时候，她总是安慰我说，妈妈，都会过去的。这个世界上没有过不去的事……”

她写着写着又哭了起来。许妍走过去坐在她的旁边。她转过身，搂住了许妍。许妍轻轻拍着她的背，让她安静下来。电脑发出叮咚一声，王亚珍从许妍的怀里坐起来，抹了一把眼泪，有人回复我了，她说，连忙握住鼠标点击了两下。

回来的最初两天，许妍住在附近的旅馆里。第三天晚上，乔琳的孩子有点发烧，她留下来照看她，睡在了乔琳的床上。枕巾没有换过，上面还有乔琳没带走的香波的气味。许妍枕着它，想起小时候的愿望，从未被她承认过的愿望，那就是她可以睡在这张床上，不，不是和乔琳一起，而是她自己。这个破烂不堪的家，对她有一种吸引力，她渴望自己能作为一个合法的女儿，住在这幢房子里。在漫长的童年和青春期，她见过不少优秀的女孩，富有的，美丽的，聪明的，可是她一点也不想成为她们。她只想成为乔琳。她想取代她，占有她所拥有的东西。即便那些东西包含痛苦和不幸，也没有关系。因为她觉得那是本来应该属于自己的东西。如果没有乔琳……她无数次这样想。小时候她和乔琳站在河边，一样的太阳照着她们，可是她感觉到乔琳在阳光里，而自己在阴影里。如果没有乔琳……她可以向右挪两步，走到阳光底下。

小时候的愿望是如此真挚和恐怖，被她一直揣在心里，缓缓向外界释放着毒素。很多年后，它实现了。乔琳不在了。现在她睡在乔琳的床上，作为爸妈唯一的女儿。许妍把脸埋在枕巾里，失声痛哭。她可以撤销那个愿望吗，这一切是否会有不同？乔琳会幸福一点吗，而她是不是能长成另外一个人？乔琳不在了，她并不能走到阳光底下。她将永远留在阴影里。

婴儿发出响亮的啼哭。许妍抱起了她。黑暗中，孩子皎洁的脸上没有泪痕，也没有难过的表情，好像先前发出的哭声只是为了把许妍从痛苦里拉上来。她静静地看着许妍。小巧的眼仁里像是蓄满宽广的海水。许妍想对着它忏悔，但更想把所有的祝福都给它的主人。如果她的祝福也像她童年的愿望一样有法力，她希望她能得到自己和乔琳永远无法得到的幸福。

许妍从于一鸣身旁醒来，时间是凌晨三点钟。旅馆的窗户关不严，寒风钻进来。立冬了，北京很冷。许妍约于一鸣吃了晚饭，然后又去喝酒。快结束的时候，乔琳忽然在他们的谈话中消失了。许妍记得于一鸣怔怔地望着自己。随后的记忆一片模糊。许妍不记得自己说了什么，于一鸣说了什么。他们有没有接吻。她好像有点疼，也可能没有，只是她觉得自己应该有点疼。

她把于一鸣叫醒了。他从床上翻下来，抓起地上的衣服。女朋友还在家里等他，喝醉之前他就强调过这一点。他一边穿衣服，一边对许妍说，我知道是因为你刚来北京，有点想家，过些日子就好了。

走到门口，许妍喊住了他，拿起背包伸进手去掏索。他问怎么了。许妍说，乔琳有个东西让我带给你。他站在那里等了一会儿，她还是没有找到。他说，我真得走了，以后再说吧，然后拉开门走了。

那支钢笔一直放在书包的隔层里，许妍前两回见于一鸣总是忘记给。也许是想有个和他再见面的理由。但是现在，她非常想把那支笔给他。她打开灯，把包里的东西倒在地上。

乔琳的孩子特别安静。在度过最初那段离开母亲的日子之后，她很快适应了新生活。每次喝完奶就睡着了，醒来只是轻轻哭几声，然后安静地等着。许妍抱起她来的时候，孩子把头贴在她的胸口，好像在听她的心跳，脸上露出一丝微笑。每次放下她，她都会嘤嘤地发出两声，许妍心里一紧，又把她抱了起来。

外面已经很暖和，她抱着孩子走到太阳底下。槐花开了，地上落了厚厚的一层花瓣，被风吹着，散了又拢到一起。她走到河边，在石阶上坐下，想让孩子睡一会儿。但是孩子不睡，和她一起注视着面前的河。你闻到你妈妈的味道了吗？她问孩子。孩子笑起来。

孩子叫乔洛琪，名字是乔琳取的，但是好像没有人记得她的名字，爸妈都管她叫孩子。乔琳的孩子。他们好像仍把她看作是乔琳的一部分。她的圆眼睛和乔琳很像。有时候望着它们，许妍会有一种想和乔琳说话的渴望。但她不知道该说什么，她想说的乔琳应该都知道。现在乔琳知道世界上所有的事。知道许妍回来了，知道她和孩子在一起，知道她很想念她。

离开的那天清晨，许妍又抱着孩子出去散步。路过火车站，她对孩子说，这里面有火车，呜呜呜，汽笛拉响，然后哐啷哐啷开走了。以后等你长大了，坐着它去找我，好不好？孩子没有笑，静静地看着她。她心里一紧，攥住了孩子的手。她无法想象孩子如何在那样一个破败的家里长大。

回到家，许妍把晾在门口的婴儿衣服叠起来，放在柜子里。她看到了那只纸盒，压在柜子最底下，露出一个角。打开盒子，那件白色连衣裙和她记忆里的样子不一样，塔夫绸没有那么硬，荷叶边也没有那么复杂。她给孩子穿上，把她抱到窗口。阳光照在胸前的那些小珍珠上，像雀跃的音符。你知道你很漂亮吗，她小声对孩子说。孩子软软地趴在她的肩上，用脸蛋蹭着她的脖子。

许妍坐在火车上，听到鸣笛声一阵心悸。她合上眼睛，想睡一会儿，但是耳边都是嗡嗡的噪音。她心烦意乱地拧开水，咕咚咕咚喝下去，然后盯着窗外飞快掠过的树和房屋。她一点点安静下来，并且做了个决定。回去以后，她要把所有的事都告诉沈皓明。他早晚有一天会知道的。她想跟他商量，等孩子大一些，把她接到北京住。要是有可能，她想收养她。

司机在车站等她，接她去吃晚饭。沈皓明订了一间日本餐厅。刚谈恋爱的时候，他们来过一回，从榻榻米包间的玻璃窗望出去，能看到小小的日式园林，但是现在天色太晚，覆盖着青苔的石头都变黑了。喝点酒吧，她跟沈皓明说。我正想说呢，沈皓明拿起酒单翻看。

清酒端上来，盛在圆肚子的蓝色玻璃瓶里。她和沈皓明碰了一下杯子。沈皓明问，片子什么时候播？她怔了一下。沈皓明说，这次出差拍的片子。她说，哦，下个月吧，还不知道剪出来什么样。然后她问沈皓明，你妈妈去巴黎了吗？沈皓明说，没呢，下周走，她们非要坐徐叔叔的私人飞机。许妍说，挺好，她们四个可以在飞机上打麻将。沈皓明撇了撇嘴说，无聊透了。

窗外园林的轮廓被夜色吞噬，只剩下灯光照亮的一角，石头发出幽绿的光。许妍喝了一杯酒，抬起头看着沈皓明，说你知道吗，我一直觉得你身上有很多可贵的品质……她笑了笑，说你知道我不擅长表达，可我真的觉得你特别善良，有正义感……沈皓明问，你干吗要说这个呢？她说，而且你对我很包容，我们的家庭情况不同，生活习惯也不一样，我身上肯定有很多地方让你不舒服……沈皓明打断她，别说这种话行吗？许妍又给自己倒了一杯酒，把发烫的脸贴在杯子上，说我十八岁来到北京，谁也不认识。课余时间我当家教，做导购，帮人主持婚礼，赚了钱给自己买衣服，去西餐厅吃饭。我就是想过体面一点的生活，你明白吗，我小时候家里什么都没有，连写字台也没有，要在窗台上写作业……我特别珍惜现在的生活，珍惜你，所以我一直……许妍哭了起来。沈皓明蹙着眉头望着她，她心里一凛，不知道怎么说下去。

服务员送进来甜点。两人默默吃着。沈皓明给她倒了酒，又把自己那杯添满。许妍喝了一口，鼓起勇气说，我表姐，冬天来北京的那个……沈皓明啪的一下把杯子放在桌上。许妍愣住了。他沉了沉肩膀，说我这两天，在方蕾那里过的夜，嗯，他又倒了一杯酒，说我本来想过几天再说，可是你把我说得那么好，让我很惭愧，我没打算瞒你，你知道我最讨厌骗人的。许妍茫然地点点头。她攥住酒壶，想再倒一杯酒，但始终没有把它拿起来。瓶壁上有很多细小的水滴，像一种痛苦的分泌物。她轻声问，你们俩的事是刚开始，还是已经结束了？沈皓明不说话，点了一支烟，白雾从他的指缝里升起来。许妍用手臂支撑着从榻榻米上站起来，说我先走了，等你想清楚了，告诉我你打算怎么办吧。

她拉开门向外走，沈皓明追出来，把外套披在她身上，说你又忘了穿大衣。然后他张开双臂拥抱了她。这是最后的告别吗，她一阵心悸，推开他跑到路边，拦下一辆出租车。

回到家，她发觉自己浑身滚烫，好像在发烧，就设了闹钟，吞了两片药躺下来。帮帮我，她在黑暗中说。外面天空发白的时候，她感觉乔琳来了，背坐在床边，扭过头来望着自己。她的目光并没有应许什么，却使许妍平静下来。

闹钟响了很多遍，她挣扎着坐起来，看了看另外半边床，很平整，没有坐过的痕迹。她洗澡，烤了两片面包。手机上跳出一条短信。她没有看，走过去拉开窗帘，外面下雨了。她把杏子酱涂在面包上，慢慢吃起来。吃完才拿起手机，点开短信。

沈皓明：我们还是分手吧，对不起。

她喝光杯子里的牛奶，拿起伞出门了。

请假十天，积压了很多工作，她一口气录了三期节目。中场休息的时候，编导进来跟她聊节目改版的事：活泼一点，别死气沉沉的行吗？要是收视率再这么低，节目就得停播了。许妍说，那我就去主持一档新闻节目。编导朗朗地笑起来，“聚焦时刻”那种吗？真没看出你身上还有社会责任感。

许妍换了一套衣服，坐在镜子前补妆。她问化妆师，你觉得我剪个短发怎么样？化妆师说，嗯，挺好。别再留齐刘海了，挡着额头影响运势。许妍笑了笑，说听你的。

回家的路上，许妍拐进一家美发店。从那里走出来，天已经黑了。夏天的风吹着脖子，很凉爽。她去便利店买了两个面包，然后往家走。路边有一家酒吧，或许是新开的。她朝里面张望了几下，有很温暖的灯光。她推开门走进去。

酒吧很小，只有一个男人趴在角落里的桌子上。她坐上吧台，点了一杯莫其托。角落里的那个男人走过来，要添一杯威士忌。是对面那个姓汤的邻居。他冲她点了点头，然后回到自己的座位。

店里放着喑哑的电子乐，像是有什么东西发霉了。喝完第三杯，她觉得自己应该醉一次。她从来没有试过，交过的几个男朋友都很爱喝酒，她必须保持清醒，好把他们送回家。有人在敲桌子。她抬起头来。店主面无表情地说，我要关门了，我女朋友在家等我呢。然后他走到角落里，把她的邻居叫醒，站在那里看着他把口袋里的钱摊在桌上，一张张地数着。

许妍坐在姥姥家门口。明天就要动身去北京，箱子已经装好，还有很多小时候的东西要处理。她把纸箱拖到外面，坐在门槛上慢慢挑。乔琳朝这边走过来，手里举着两个蛋筒冰淇淋，融化的奶浆往下淌。她坐在许妍的旁边，把香草的那只递给她。

乔琳说，我买了支钢笔，你帮我送给于一鸣。她们默默吃着冰淇淋。一个住在隔壁院子里的小男孩走过来。约莫十来岁的样子，站在那里看着她们。乔琳指着冰淇淋说，下回我给你买一个，好吗？男孩没说话，仍旧站在那里。地上散着从箱子里拿出来的乱七八糟的玩意儿。装风油精的瓶子，雪花膏的铁皮盒子，一块毛边的碎花布……这些不成为玩具的玩具，曾是许妍童年最心爱的东西。乔琳说，雪花膏盒子好像是我给你的。许妍说，我拿纽扣跟你换的。什么纽扣，乔琳问。许妍说，那是我最喜欢的纽扣，你竟然不记得了。她把蛋筒塞进嘴里，起身进屋洗手，忽然听到背后发出叮咣一声响。

隔壁的小男孩从地上那堆东西里拿起一只风筝，转身就跑。乔琳对她说，走，我们把它抢回来！

男孩到了胡同口，转了个弯，朝大马路跑去。她们给一辆车拦住，落下了很远。但她们还在往前跑。乔琳脚踝上的链子发出丁零零的声响。她的长头发在风里散开了，许妍闻到香波的气味。小男孩消失在马路的尽头，但她们没有停下。头顶上翻卷着乌云。许妍恍惚发现这一会儿的工夫，把小时候整天走的那些街都走了一遍。如同是快进的电影画面，一帧帧飞过，停不下来。乔琳拉了她一下，伸手指了指天空。在天空的最远端，一只绿色的风筝，正在一点点升起来。

许妍停下来，和乔琳仰头望着天上。那只风筝垂着两条长长的尾巴，像只真正的燕子。它在大风里探了个身，掠过低处的黑云，又向上飞去。

许妍和她的邻居站在酒吧的屋檐下。邻居说，好像又下雨了。她笑着说，有什么关系呢。邻居说，我希望下雨，这样土能好挖一点。许妍晃了晃她的短发，你说什么？邻居说，我的狗死了，我等会儿去埋它。它现在在哪里，许妍哈哈笑起来，你不会把它冻在冰箱里了吧？邻居的脸抽搐了一下，说我真的不想回家，我们能再喝一杯吗？许妍说，好啊，我家里有酒。邻居问，你男朋友呢？许妍说，分手啦。邻居说，遗憾。对了，什么时候能尝尝你做的饭吗，经常在走廊里闻见，特别香。许妍说，也可能是外卖。邻居说，不是，周围所有的外卖我都吃过。许妍问，你没有女朋友吗？邻居说，我喜欢的都不喜欢我。许妍说，你肯定有很多怪癖。邻居想了想，喜欢在浴缸里泡澡的时候吃橙子算吗？

雨下大了，他们跑起来。许妍踩到一个大水洼，雨水溅了一身。她笑起来。来到屋檐底下，邻居抖了抖身上的雨水，转过头来问，对了，你的表姐怎么样了？她的孩子好吗？许妍不笑了，望着他。

他说，有天晚上我下来遛狗，拿着手电乱扫，结果忽然在灌木丛边看到一个女人，躺在那里跟死了似的。我刚想喊保安，她睁开了眼睛，说没事，我只是晕倒了。我想扶她起来，但她说想再躺一会儿。我也不好意思丢下她，就坐在旁边，陪她聊了一会儿天。许妍问，她都说什么了？邻居说，忘了……哦对，她说，我肚子里的小家伙好像很喜欢北京，不想离开这儿，我就跟它说，你很快会回来的，你以后会在这里长大的……嗯，你表姐还说，让我到时候别忘了带我的狗和她玩……

许妍哭起来。乔琳从未说过要把孩子托付给她。然而她却知道孩子会来北京的，大概是笃信自己和许妍之间的感情，并且因为她了解许妍是什么样的人，也许比许妍自己更了解。那颗在掩饰和伪装中裹缠了太多层，连自己都无法看清的心。

许妍看向天空，好让眼泪慢点掉下来。她点点头说，孩子很快会来的，跟你的狗一起玩……

邻居说，狗死了啊，我今晚要去埋它……

许妍喃喃地说，你不知道那孩子有多乖，一点都不吵，你一逗她，她就咯咯笑个不停，是个女孩，很漂亮，眼睛圆圆的，穿着白裙子，像个小公主……

邻居说，哦，那我再养一条狗吧……

雨声淹没了他的话。许妍站在楼檐底下，静静听着外面的雨。她不知道能否照顾好孩子，以后会不会为了前途想要抛弃她。她对自己完全没有把握。可是此刻，她能感觉到手心里的那股热量。有些改变正在她的身上发生，她的耐心比过去多了不少。也许，她想，现在她有机会做另外一个人了。

（原载《收获》2017 年第 2 期）

双十一

林那北

1

亚静往镜子前凑了凑。眉画了，腮抹了，唇涂了，她非常喜欢化过妆的自己。

青兵在她背上推了推说，快点!

亚静说好，转身就出了家门。她现在要去见一个叫陈建民的人。之前已加了微信，彼此发了照片，也大致说了各自情况。陈建民生于1983年，郊县人，在出版社当司机，已在城里买了一套六十多平方的房子，首付是家里出的，他自己每个月还按揭，还行，快熬到头了。青兵觉得六十多平的房子虽然小了点，但这年头有房比从前财主有地活得还踏实，算不错了，去见见吧。亚静点点头，就去了。

十一月中旬，按说天应该凉了，却一直凉不下来，太阳还是燥燥的，晃得睁不开眼。亚静套了一件黑色高领打底衫，外披粉色格子薄衬衫，扎着马尾辫，脚上是双白运动鞋。其实她本来平时也这么穿，清清爽爽的。

陈建民不是亚静这几天见的第一个人，前天上午、下午、晚上，还有昨天上午、下午、晚上，亚静做的都是同一件事，就是在离家一百多米外的玫瑰咖啡馆见人，往俗里说，就是相亲。算起来，陈建民是她这几天见的第七个人。日子一下子变得很不一样了，亚静想，那些当红的明星说不定还不如自己，他们只在屏幕上按剧本规规矩矩地演戏，而她则不一样，虽然青兵教她要这样那样，但临场全得靠她，她发现自己天赋挺好。

走进咖啡馆时，陈建民已经在里头了。个子不高，一米七出头，挺瘦的，但瘦得结实，脸红扑扑地泛着油光。亚静向之前约好的七号桌走去，还隔着五六米远，坐在那里的陈建民就站起来笑眯眯地看着她。有些男人坐着看上去很高大，站起来却马上显矮了，青兵其实就是这样的。刚开始亚静弄不清什么原因，细看了几次才发现原来是腿短。也就是说，长着长着，上身发育正常，腿却磨洋工不长了。亚静已经不奇怪陈建民跟青兵身材相似了，随便打量周围，没几个男人腿是长的，大概人种就是这样吧。

亚静走到桌旁后先把手里的包往旁边椅子上放好，再拖开椅子坐下，动作略有夸张，但毕竟成功掩饰了尴尬。陈建民说：“你比照片好看。”亚静笑笑，这也是青兵教的，青兵说对方夸奖时或者遇到所有不好回答的问题，都笑而不答。在一些微妙的场合，女人的笑而不答是最有杀伤力的武器。亚静转转头，眼角很快就搜到青兵的身影。他紧随她走出家门，急步快走，抢在她之前走进咖啡馆，已经坐到离他们七八张桌外，独自捧着一杯柠檬水或者可乐之类的饮料。亚静知道他不喝咖啡，说那味道像尿，也知道他脸虽然埋在吸管上，其实眼睛在打量这边。

陈建民重复了一句："你比照片上还漂亮。"

亚静想，没话找话真是折磨人。是青兵用手机反复拍她，然后选中一张，用手机软件P过，腰修小了，脸修圆润了，腿修长了，肩修窄了，皮肤修滋润了，就那么一眨眼的工夫，她就活脱脱像去韩国整过容。青兵把这样一个亚静自己都快认不得的美女放上网，陈建民见了面一对比，居然还不敢说真话，这就应了青兵之前的分析。青兵说，这个人可能挺厚道的。青兵一直最看重的就是厚道，他觉得现在的人都太奸了，那些一肚子都是鸡贼的家伙必须远远绕开，咱们玩不转他们哩。当然他主要是指亚静玩不转，这是实情。

服务生过来，问需要点什么。陈建民看着亚静，问："你要什么？"

亚静走神了一瞬，她觉得陈建民长得有点像一个人，像谁呢？一时没想起来。她笑起来，说："柠檬水就好。"在饮食上，她跟青兵的口味非常接近，选咖啡馆这里，不是为了喝咖啡。这一带饭馆不少，但都是巴掌大的小吃店，沙县小吃、尚干拌面之类的，又小又挤，地面上还东一块西一块扔着纸团。最像样的，只有这家咖啡馆了，虽然也不大，装修并没比外面的小吃店好多少，但挂上"咖啡馆"三个字，立即就洋派了。店外有三四十平方米的空地，空地边就是一排橡胶厂歪斜的工棚，厂倒闭了，工棚也早就废弃了，还没拆，砖瓦都破破烂烂萎在那里。再往旁走，就是十几排单层红砖房，以前应该是工人的宿舍楼吧，搭建得很随意，砖缝都没抹上，裸露着粗粝的砂石。工人们大都搬走了，空出来的房间都出租给从乡下来打工的人。幸亏有他们，这一带才热闹着。

柠檬水很快送上来，陈建民让她再点些主食，亚静说不必了。青兵提醒过她，一开始要克制，女人贪婪最讨人嫌。但陈建民还是帮她点了意面和几样小糕点，东西陆续端上来后，还把刀和叉子递到亚静手上，催她快吃，声音挺顺畅的，不像刚见面，倒像已经认识几十年了。

亚静当然就吃了，很好吃嘛，她不能再客气下去。期间她瞥了青兵几眼，青兵还在装模作样低着头，咬着吸管，吸那杯似乎永远吸不完的饮料。咖啡馆里只有他们三个人，有点怪怪的，但陈建民居然一次都没有往青兵那边看。亚静想起青兵曾教她如何识别男人是否对她感兴趣：话多不多和眼看不看。第一条陈建民表现不明显，甚至相反，几乎没说多少话，但一直做出想说的样子。第二条，哎呀第二条太泛滥了，她抬头低头总是撞到陈建民的眼睛，一直盯着她看，然后一碰上她的眼神，又一下闪开了，脸居然微微有点红。

他说："你真的比照片上还好看哩。"

他又说："你嘴唇最好看。"

让亚静公开征婚的主意是青兵出的，整了她资料、照片上传到征婚网的也是青兵——只能是青兵，亚静哪会想到这个？还挺神的，第一天就有五个人发站内邮件让她加微信，第二天又有两个人，第三天一个，第四天三个。亚静嘻嘻笑着，没想到，太意外了，挺刺激。青兵对这事比亚静起劲多了，他把自己的手机丢一边，整天抱着亚静的手机东拉西扯，搜索各种话题跟人家聊天。屋里灌满了叮咚叮咚的微信提醒音，一下子觉得家变大了，人来人往似的。不过有时在叮咚响过之后，他也会故意把手机往旁一扔，好半晌才再拿起，缓缓回复过去。亚静觉得奇怪，问为什么。青兵说："分寸，分寸知道吗？"亚静撇撇嘴，她当然不知道。

在见到陈建民之前，亚静已经见过六个人了。套路都一样，聊微信、发照片，然后约在咖啡馆见面。每次去青兵也都跟着，坐在不远处，慢悠悠喝着饮料。青兵混成现在这样真是委屈了，他怎么看都像是能成大事的人，一直也不偷懒，不断生着法子去挣钱，但钱却一直躲着他。青兵总结过，说自己命不好。亚静想了想，重重地点点头。人真的有命啊，这没有办法，老天爷脾气古怪，他什么时候把福气降给谁从来是没准的事，福气没到，就发不了财。

对青兵跟去见面，亚静其实稍稍顾虑过。她说："要是人家看到你怎么办呢？"

青兵把两手一摊说："看到也没关系呀，告诉他我是你哥哥呗，会怎么样？你们是相亲嘛，又不是偷情。"

亚静咂了咂嘴，她说不过青兵，另外她也没弄清是不是真有必要把它说清。她这样一脑糨糊的人，操心这个似乎本来就不对头，青兵怎么说就怎么做吧，听青兵的反正不会错。这辈子居然还会在咖啡馆里，以相亲的名义见男人，亚静打死都没想到。按上传到网上的资料，她生于1992年，身高一米六三，技校毕业，特长跳舞。有没虚假？除了技校并没毕业外，其他一样一样全部真实。照片虽然P过，毕竟是在她本人照片基础上，又没拿范冰冰的照片冒充。见第一个人时亚静还是慌得够戗，指尖一直抖，舌头都是麻的。到见第三个人时，她慢慢开始习惯，该笑该说都不那么慌乱。现在是第七个，她已经快接近老练了。

"我叫亚静。"没有说谎，她真的叫亚静，一出生就叫这个名字。

陈建民是不是所见的七个人中最帅的？不是。最有钱的？也不是。只是这一场见面时间最长，面食和糕点还没吃完，亚静的手机就响了两次，她接起，嗯嗯应着，然后看看陈建民，陈建民仍然没有站起来走的意思，她也就不走了。

电话是青兵打来的，青兵说："行了，差不多了！"

2

加微信聊的人并不是都愿意见面，顾虑重重或者居高临下的，问了几句也就消失了。青兵刚开始没反应过来，连发几个微信，问："人呢？"对话框就跳出一个加感叹号的小红圈，原来已被删除，人家溜了。聊到可以坐进咖啡馆里见面了，见过后立马又有四个删除了微信。从前的女人，甚至仅仅几年前，都活在照片没有P的日子里，现在不一样了，手机那么普及，手机P图软件那么好操作，谁肯让自己白白吃亏？所以见了面，惊讶亚静本人比照片差太远的，亚静也不意外。她问青兵："那些明星照片肯定都是P过的，他们本人到底比照片丑多少？"青兵对这个不感兴趣，他皱着眉头琢磨的是另一件事。

那四个男的见面后为什么立即删除微信走人？

愿意见面，说明对亚静的其他条件还算认可，见了面就没有下文，说明对亚静长相无法接受。亚静眼睛不大但很细长，有点古代仕女那种感觉，谈不上好看，却有特色，笑起来眼睛一眯，萌萌的，很乖巧的样子。问题也在这里，亚静已经二十四岁了，乖巧有什么可夸的？城里这一茬男孩差不多全是在计划生育政策刚开始强力推行时生下的，几千年来女人的肚子原本都可以随便大起来随便生下来，猛然间只能生一个了，很多城里人肯定吓得不轻，心理立即适应过来还是有难度的。一根独苗，几个大人心肝宝贝地围着打转，冷了不行，饿了也不行，结果长到二三十岁，一个个都成细皮嫩肉小鲜肉，即使面相体格粗得像头猪，心里头也跟豆腐似的，一碰就化成一摊滴滴答答的水。他们找老婆是找另一个妈，乖一点是可以，但不能乖成傻子，也不能真像妈一样气场强大，总之心智太成熟或者才智太出色的都吃不消。

青兵把这些想法分析给亚静听时，亚静已经睡着了。

女人都爱吃爱逛街，亚静却不太一样。她不贪吃，也没太大兴趣买东西，她只是爱睡，别人八小时就够，她十二小时都嫌少。从电视养生节目里她知道太贪睡是一种病，具体什么病亚静没记住，大约跟脑部缺氧有关系。亚静没有紧张，因为电视里说这病不会致命。不致命瞎叨叨什么呀，明明摊在床上烂睡是天底下最舒服的事，管它哩，睡！

青兵跟她正相反，不眠不休完全无所谓，万一困了，蜷在那里打个盹马上又像条活蹦乱跳的泥鳅，这就是人与人之间的差距。按青兵的说法，一天睡八九小时，一辈子就得睡掉三四十年。闭着眼躺在床上什么都做不了，连知觉都没有，亏不亏？死了以后，反正有的是时间睡，那为什么要把活着的有限时间白白浪费掉？三四十年啊，做什么不好？听起来好像也不是一点道理都没有，但亚静就是做不到，不让她躺到床上，她站着眼皮也往下耷拉。不可能天底下每个人都像青兵，青兵一天到晚想的事太多。脑子歇不下来的人，就跟插了制氧机的鱼似的，氧气那么足，哪需要睡哩。

亚静睡觉时谁跟她说事她都不听，反正听不进去，说也白搭，耳朵的开关全关闭掉了。等到她舒舒服服醒来，伸几个懒腰，这时候就成为一个谦虚温顺的人，尤其是青兵的话，她一五一十全当成圣旨听进去。青兵跟她说的还是当下男人的择偶倾向，亚静揉揉眼睛，不知道青兵说这些跟她什么关系。她问："你要干吗？"青兵说："你该好好化化妆。"亚静噢了一声，就起来，跟着青兵出去买了几样化妆品。每掏一次钱，青兵嘴里都嗞嗞嗞地连声吸着冷气，亚静也没想到大商场里的东西这么贵。那买不买呢？青兵手一挥："买！"于是就买下了。把新买的化妆品抹上后，亚静才发现被大多数人流着口水喜欢的好东西确实是非常好的，自己以前不逛街原来并不是真的不爱，而是和睡觉相比，逛街要花钱，她只好选择不用花钱的。

青兵抓住机会强调一句："这年头，没钱怎么能行！"

亚静点点头，没钱当然不行。

青兵用手机搜出一个传授如何化妆的节目让亚静看。这手艺其实也不太难，怎么才能让自己好看起来，差不多就是女人的本能，何况亚静以前真的在技校跳过舞，虽然她总共只上了一年就辍学了，毕竟还是参加过两次演出，而演出总要化妆。那时年纪小，都是老师帮忙描眉、上粉、涂抹胭脂，乱哄哄的没留什么印象，不过好歹是有过历史的。

现在不过是重新来过。

亚静在镜子前侍弄一番，细长的眼变大变更长，塌下去的鼻梁抹点亮粉一下提高了不少，再有就是嘴唇，她的嘴上唇比下唇厚，看上去像被蜜蜂蜇过肿起似的，但一抹上口红，很奇怪马上就不肿了，变得又饱满又丰润，一下子接近某个做口红广告的好莱坞明星了。哎呀，以前真是白白被自己糟蹋掉了！而且不是一年两年，是整整二十四年。同一个时代，却不是同等竞争，一旦明白这一点，任谁也不会轻易咽下这口气。

连青兵都吓了一跳。青兵说："妈的，

还真是，女人确实靠打扮啊。”

青兵又说：“我就不信这样子还弄不成！”

后来的事实证明青兵说中了，亚静化了妆后见的第一个人就是陈建民，陈建民说亚静比照片好看，尤其是嘴唇最好看。陈建民还说：“有没有人说过你嘴唇很性感？”亚静摇头，确实没有人说过。回家后她又站到镜子前，吃过一顿饭后，口红已经没了，又变回原先那种又大又宽又没血色，反正挺难看的。亚静忍了忍，最终还是掏出口红重新抹上。青兵走过来，一把将口红夺去。青兵说：“神经病啊，在家里抹个鬼！你以为口红不要钱买啊？”

亚静撇撇嘴，双手用力抓住青兵的手，掰开他的手指头，把他攥在手心的口红抢回来，扭身又走到镜子前，重重抹到嘴唇上，尤其上嘴唇，面积太大，必须来回多抹几下。她看到镜子中的自己像一朵花慢慢开放了，忍不住笑了起来。凡事都是这样，一直是苦的倒也就无所谓了，但一旦尝到甜头，再要无所谓就没门了。

从咖啡馆出来时陈建民要送她回家，亚静想起青兵的吩咐，就拒绝了。本来亚静只要向左转，走几十米，再拐进一条黑乎乎的小巷就到家了，但她却向右走，走到红绿灯路口，上了天桥，站在天桥上笑眯眯地向还愣愣站在下面的陈建民摆摆手。

这也是青兵事先教她的。

青兵读中学时写过诗，是语文科代表，还是校小记者团成员，曾立志当作家，可惜最终大学没考上，作家没当成，诗也不写了，但脑子终归比别人好使。从把亚静资料放到网上的第一天起，青兵就一招一式设计好亚静相亲的全过程。青兵问：“是不是有点像作家写小说？”

亚静点点头。关于这件事，她现在也觉得挺有意思的。

3

在陈建民之前见过的六个人中，仅剩下两个还有联系，一个叫王新，一个叫徐必广，前者在王子酒楼当服务生，后者是送快递的，都是到南方打工的北方人。打工能有多少钱？亚静说算了吧，别跟他们费时间了。青兵不搭理她，捧着手机给王新发了个表情，又给徐必广发了表情，然后再问：“大哥下班了吗？”

亚静瞥过一眼，心里骂道：“大哥个屁！”

她伸过手想拿回手机，青兵却闪开了。青兵说：“别吵，忙着哩！“

亚静说：“这是我的手机。”

青兵扬扬手让她走开。亚静黑下脸，走开的人应该是青兵而不是她。她说：“把手机还给我！”青兵侧过脸瞪了她一眼：“你干吗？”亚静说：“我要看微信。”青兵说：“看我的去。”亚静说：“你的有什么好看？我要看自己的。”话音未落，亚静已经一把将手机夺回来。

青兵盯着她的脸几秒，然后猛地吼起来：“给我！”

又吼道：“给我！”

亚静后退几步，虽然仍把手机别在后背，气毕竟没刚才壮了。她紧张地看青兵的脸，又看青兵的手，青兵的手果然动了——青兵正站在桌旁，桌上有只不锈钢杯，杯子很快到了青兵手里，又被举到半空，然后“咚”一声响。亚静虽然脑袋猛地往旁歪去，肩膀还是被砸中。

青兵一直爱动粗，这毛病他根本就改不了。

亚静把手机递过去时，眼泪就跟下来

了。青兵讨厌眼泪，看都不看一眼，他急着看的是手机。亚静想出门去，又不敢，只好在屋角坐下，背对着青兵。微信“吱吱吱”的声音不停地从后脑勺传来，亚静双手抱住膝盖，看着墙，墙是多年前用陈旧的红砖潦草砌出来的，连勾缝都没有上，而屋顶覆着的乌黑瓦片已经结了不少蜘蛛网。对，他们住的就是橡胶厂废弃的工人宿舍。三年前刚来城里打工时，市区这种房子还不少，夹在高楼间，像没开化的小野人，周围扔满垃圾，污水东一块西一块。没有厨房，买罐煤气架在门口对付着煮饭；没有卫生间，用痰盂接着，端到附近的公厕倒。总之还对付得下来，而且左邻右舍有不少是老乡，闲时聊聊天打打牌也很方便，没觉得有什么不好。但这两年不行了，房地产商老是看上这样的破房子，拆了，建起高楼，眨眼间就成了高尚社区。只好搬，越搬越郊外，就到了橡胶厂这里。其实也保不准还能住多久，但房东黑得很，租金还是每个月都在涨。

亚静突然想起一件很重要的事，她脚尖一蹬，猛地转过身来。她说：“你还是去上班吧。”

青兵仍然盯住手机屏幕，张着嘴，眉眼泛着光。

从老家出来后，青兵先是在家具店当搬运工，嫌挣得少；又去跟人学当油漆工，这挺没谱的，工程结束才能有工钱，往往还没完没了地拖欠；再去保安公司，钱倒是每月固定时间拿到，就是挣得更少了，而且上班不能玩手机，这就要了青兵的命。青兵没手机已经活不下去了，包月的流量不够，他走到哪儿都急吼吼蹭人家的免费 wifi。咖啡馆靠在窗外也可以蹭到信号，青兵对此就差喊万岁了。把亚静资料弄到网上后，他更需要看手机，就把保安工作给辞了。他让亚静也辞，进城后亚静给人做保洁员，说白了就是上门做卫生，每小时三十元，要是工做得勤比青兵挣得还多，但这几天青兵也不让她出去干活，就在家里候着，随时去咖啡馆相亲。总不能坐吃山空啊，亚静说：“你把手机还我，要是有人喊我做卫生，我得去哩。”

青兵眼仍盯着手机，身子这时忽地往上一挺，嘴大张，笑出声来。

他说：“红包!”

他把手指头往屏幕上重重一戳，怔了下，眉头又皱起来了，骂道：“妈的，才十元!”

半个小时后，亚静和送快递的徐必广在咖啡馆见了第二面，十元红包就是他送的。亚静脸沉着，她真不想来，但青兵在她屁股上蹬了一脚。青兵说：“十元不是钱吗?”他的意思是十元虽少，但跟其他人比，比如在王子酒楼当服务生的那个王新，说了半天话却一分钱都舍不得给，既然徐必广给了，好歹算是慷慨的人。在钱这个问题上，最能看出男人的心性品德，那种一分钱都要铜墙铁壁死死守住的，即使不是精于算计的渣男，至少心胸狭窄得跟老鼠洞似的。

但十元就不是老鼠洞了?

亚静就从这件事下手，她垂下眼睑盯着徐必广给她点的柠檬水，嘴噘起。刚才出来时，她没重新抹口红，上面只残留一点隐约的色泽。够了，她反正也没想花心思对付这个人。她说：“你给红包什么意思?”顿一下她又说：“既然给了，你给十元，打发叫花子啊。”

徐必广眼睛很大，鼻梁挺挺的，要说长得还算不错，个子也有一米七五左右。虽然之前已见过一面，但几个人连着见，亚静很快也就把他们混到一起，她早就想不起徐必广的具体情况。在微信上聊来聊去的反正都是青兵，她哪记得住谁是谁?不过每次出门见面时，青兵都会把对方情况概括说一下，比如这个徐必广，已经三十五岁，离过婚，有个六岁的儿子。亚静最生气的就在这里，这么大年纪了，不过一送快递的，还离过婚有个儿子了，却只肯花十块钱跟她约会。她可没那么贱。

手机叮咚响了一声。亚静往旁瞥了瞥，以为是青兵发的微信，拿起来看，竟是徐必广。她抬头看看徐必广，徐必广也正低头捧着手机，应该是故意不看她。“大吉大利……”一看就是红包。徐必广面对面给她发红包？她正犹豫着该不该点开，手机又响了，这次不是短促的提醒音，是持续地响。亚静整个人都缩紧了，谁会想到陈建民恰恰在这时候给她打微信语音电话。之前没有过，总之是第一次。亚静无措地转动几下脑袋，她在看青兵。但她其实并没看清青兵的表情，心跳很快，没想到自己这么紧张。她把手机竖到脸前，免得坐在对面的徐必广看到，然后关掉了语音。反正这时候不能跟陈建民对话，换了青兵也许仍然可以很从容，亚静却做不到。

放下手机时，她对徐必广笑了笑，这是她今天坐下后第一次笑。

徐必广也笑起来，问：“红包点开了？”

亚静才想起红包的事，连忙重新拿起手机，点下那个橘黄色的方块图标，吓一跳，居然是大包。

手机这时又叮咚了一声，陈建民发来微信，亚静不敢看，把手机放入裤袋里。

徐必广说：“收到了？”

亚静点点头。

徐必广说：“收到多少钱？”

亚静眨几下眼，看着徐必广。

徐必广说：“你说吧，你收到多少钱的红包？”

亚静白了他一眼：“你发的你自己不知道多少？”

徐必广说：“我想知道是不是你收到的。”

亚静更不解了，她说：“不就一百元吗，你就这么嘚瑟？”

徐必广笑起来，有种如释重负的感觉。他说：“看来误解你了，手机确实是你的。”

亚静说：“什么意思？”

徐必广又笑笑，看上去他似乎不打算回答，不过最后还是说了：“你叫亚静？对，你叫亚静。呵呵，对不起啊，我刚才一直觉得之前微信聊天和面对面见到的不像同一个人……”

亚静吸吸鼻子，抿紧嘴盯着他。

徐必广说：“微信聊时你挺热情的，见了却……好像很不高兴哩……可能是紧张吧？”

亚静支吾着，咳了一声，还是有点后怕。这些天青兵掌管了她手机，出门跟人见面才把手机还给她，这就是青兵的聪明之处，要不这会儿就穿帮了。徐必广问：“‘双十一’你买什么了吗？”亚静摇头。其实她下单买了衣服和裤子，但她并不想说。徐必广很高兴的样子，指节在桌上连叩几下，说：“居然还真有‘双十一’不‘败’东西的女人啊，难得难得。天下傻子真他妈太多了，疯了似的，以为真占了便宜，其实……唉，反正谢谢你啊，你这种人多一点，我们就少累一些。”亚静瞥了他一眼，她有点弄不清徐必广是不是在讽刺。不过讽刺也无所谓啊，她已经不想再坐下去了，徐必广反正也没点其他吃的。她欠欠屁股，扭了扭身子。她说：“我还有点事……”

徐必广看看手机上的时间，说：“我也就中午这一阵有闲。这一阵货都快送死了，从早到晚没完没了地跑。知道我送一件货多少钱吗？一块钱！就是说今天我给你打了一百一十块钱，我得送一百多件货……你要不要跟我去哪里坐一会儿？”

亚静说：“这不就是坐吗？已经坐了这么久。”

徐必广抓抓头皮，还是笑：“不是……这样坐。呃，公园里或者哪里，没有人的地方……”

亚静脑子嗡嗡嗡响着。这时徐必广把手伸过来，握住亚静搁在桌上的手。亚静像被烫了，猛地把他手抛掉。徐必广脸一下子黑了，眼瞪得更大了，还要再去抓亚静的手时，亚静已经站起来，左手举起，在耳朵上揉了几下——这是之前青兵跟她约好的，紧张情况下她就发出这个信号。果然手机很快就响了，亚静接起：“喂，噢，好。”

然后亚静说：“我真的还有事哩，我得走了。”

徐必广却不站起，他嘴抿得紧紧的，眼里瞪出凶光。亚静不想理他，提起包就往外走。她看到青兵也站起了，就跟在身后，心里顿时踏实了下来。青兵跟来当电灯泡看来是必要的。

出门后还是右拐，到红绿灯路口还是拐上天桥。站在天桥上她掏出手机，点开刚才陈建民发来的微信。“公园里菊花展快结束了，下午我开车带你去看看吧。”亚静不知怎么办好，见青兵从后面走近来，她把手机递了过去。

4

下午四点陈建民的车停在咖啡馆外面，是一部桑塔纳。当然不是他自己的车，是出版社的。陈建民已经站在车旁等着了。亚静和青兵一起向他走去，远远看到陈建民有些怔怔的，盯着青兵直看。走到跟前，亚静把青兵介绍给陈建民：“我哥，青兵。他也想看菊花展。”青兵伸出手，问：“一起去可以吗？”陈建民好像还没回过神来，手慌忙和青兵握了握，说：“可以可以。”其实亚静听出来，陈建民明明不愿意。

亚静坐到后座，青兵坐在副驾驶座上。车子看来已经有些年头了，一路嘎嘎响，屁股都颠疼了。

青兵不时打量着陈建民，兴致很高，说个不停。进城几年了？开车几年了？工资多少？有没有外快？家里兄弟姐妹几个？父母做什么？多大年纪……

陈建民答倒是都答了，但声音短促拘谨，脸几乎不转过来看青兵。

下车后，趁着青兵上厕所的间隙，亚静连忙说：“对不起，我哥太八卦了。”

陈建民笑笑：“没关系，他是为你好。”

亚静看了陈建民一眼，还是觉得很抱歉。她哪里想让青兵跟来？但青兵不依不饶。青兵说：“怎么能单独坐他车去？赔了夫人又折兵的买卖连周瑜那么聪明的人都干过哩。不行，我一定要去。”亚静想说你去我就不去了，但她确实还是很愿意去。菊花老家就有，多了去了，野的更多，只是像城里人这样集中在公园里，搞得热热闹闹的，她还从没看过。她拗不过青兵，走出家门时，心里堵着几块石头。青兵有时真的挺过分的。

好在陈建民不计较，居然认为青兵是为她好。

公园里人很多，看上去都很爱花的样子，其实不过忙着用手机拍来拍去，自拍或者拍花，然后低着头在手机屏幕上划来划去，估计马上发朋友圈了。亚静也有朋友圈，都是一起做保洁的那些人。她举起手机远远拍了几张照片，好歹也逛次公园了嘛，这是进城后的第一次，回头她也要晒一晒。花确实很美，色彩多，花朵肥大，跟亚静以前在老家屋角田间见到的完全不一样。毕竟是城市，连花命都比乡下好。

亚静站在陈建民的侧面一起看向不远处的公共厕所，那里排着长长的队，看不清青兵到底在门内还是门外。陈建民转过头问：“你不去去厕所?”亚静摇头。亚静说：“对不起，他一定要跟来，我没办法。”

陈建民还是笑笑：“来就来呗，迟早要见大舅子的。”

亚静不敢接话了，她用眼角横向看过去，看到陈建民向外凸起的喉结，居然这么大啊！一时间她想不起青兵的喉结有多大，再看看周围走动的男人，好像都没陈建民的大。她很想问问这有什么道理，但舔了舔嘴唇，终究没敢问出来。大概跟女人乳房一样吧，有的人大有的人小。都说大乳房性感，那大喉结呢?

这时终于看到青兵了，他边拉着裤门，边从厕所内小跑出来。跑几步又折回来，在水龙头前洗了洗手。陈建民说：“你哥有点怪怪的。”他脸没有转过来，声音也不大，亚静还是听清了，她正想着该怎么回答，青兵已经甩着双手到跟前。青兵说：“男蹲坑太少了，偏偏我肚子痛，拉稀了。这中午也就吃了一碗面，居然就吃坏肚子，哗哗哗的直喷水哩，还好里头有卫生纸……亚静你肚子呢？你怎么好好的?”

亚静瞪了他一眼。

陈建民提议绕着湖边走，菊花观景台就是沿湖搭建起来的，走一圈，大致都看遍了。三个人正要走，青兵的肚子又痛了。他再冲去厕所时，陈建民拉了拉亚静，意思是让亚静在旁边的木椅子上坐下。亚静后来眼睛动不动就落到自己左边袖子上，陈建民并没有碰到她肉，拇指和食指只是捏住她袖子。她穿一件红色的薄毛衣，半腈纶半膨体纱的那种，没什么弹性，被拉过之后，那里现出一块锥状，很久都消不下去。

亚静坐下后，陈建民也坐下，没有贴过来，离她有半米远，坐得也很周正，双手压在双膝上，上身挺得很直。亚静把手机攥紧，这时候那几个网上相亲的男人其实都不可能来微信，吸取了中午跟徐必广见面时的教训，出门前青兵已经把他们微信都设置成消息免打扰了。不过亚静还是担心，怕手机突然响起来。

陈建民说：“你肚子真的没事吧?”亚静悄悄吁一口气，她突然觉得胸口有点紧，以前都没这样过。她说：“下午你不上班没事吧?”陈建民说：“没事，下午替单位送了份文件，趁机溜了。本来……”亚静一边琢磨着他“本来”的内容，一边等着他往下说。但他没再说，默默坐着，望着厕所。亚静悄然叹口气，一下子觉得花没意思了，不想看下去，一点都不想看。青兵出来时，她站起来说：“算了，回家吧。”

青兵和陈建民对看一眼，都说那好吧。

亚静想，原来他们也早就打算回家了。

走几步青兵忽然又改变主意，他拍拍陈建民的肩膀说：“要不去你家坐坐吧。”

亚静怔住了，她看到陈建民的脸也僵着。陈建民支吾了半天，还是摇头，又连连摆手，他说：“不好意思，这个……没有准备，我家里太乱了。”

“乱有什么关系？我们又不是精神文明检查团。”说着青兵就开始拉住陈建兵的胳膊往外拖了。

陈建民扭头看着亚静，眼神无助而无奈。亚静就走上前，一把推开青兵。她说：“快回去吧，一会儿你肚子又痛了。”不待青兵再开口，亚静又说：“走吧走吧，你快开车送我们回去吧。”

陈建民把车开到咖啡馆门口，然后就一溜烟不见了。青兵手压在肚子上盯着车子远去，嘟囔道："这种破车！"又瞪了亚静一眼："就应该去他家看看啊，你这个笨猪！"亚静不理他，径自快步走去。

刚回到家，微信就响了，是陈建民发来的。亚静正要点开，手机就被青兵一把夺过去。青兵看一眼骂开了，他说："妈的，花花肠子都来了啊！"亚静问："怎么啦？"青兵说："他说下次带你去爬山，让你一个人去，不要我去。妈的，爬山，他到底打算爬什么山啊？"说到这里，青兵往亚静胸前瞥了一眼。

亚静一侧身，走开了。

青兵把消息免打扰设置解开后，亚静的手机一下子进了七条微信。青兵看了看，说都是徐必广的。

没想到，居然把徐必广得罪了。不让他摸手，不跟他去没人的地方而已。徐必广让亚静把一百一十元红包还给他。徐必广说："街边的野娼搞一次只要三十元哩。你他妈的一百多元了还不知足！"

亚静气得脸通红，她说："还他，马上还他！"

青兵白了她一眼，青兵说："弄了半天，总共才挣一百多元钱哩，干吗要还？还个屁，是他自己愿意发红包来，发了还想退？做梦！"

亚静问："要是不还他，他会不会找上门来啊？"

青兵手一扬，说："他敢？——咦，你告诉他我们住哪里了？"

亚静摇头，她谁都没告诉，包括陈建民在内。青兵再三交代这个不可泄露，她当然记得。青兵手又扬了扬："那怕什么？去他妈的！"

看青兵那么淡定，亚静长吁一口气，似乎也镇定了下来，但心里还是七上八下的。不过一百多块钱，徐必广却跟被剥了一层皮似的，渣男。

这一夜亚静没睡好，一会儿醒一下，甚至到底是否睡了都不太清楚，整个人有点恍恍惚惚。她最擅长的睡功，居然说破也就破了。

暗暗地她不免怪起青兵。真是神经病啊，干吗要出这个馊主意啊？网上是个什么地方？根本就乌七八糟的嘛。

5

当时其实是这样的，"双十一"前大家不都在"剁手"买买买吗？亚静也把看上的两件毛衣一条裤子放进了购物车。结果还没买成，青兵就发现了。青兵觉得亚静不过一做卫生的，穿那么好干吗？亚静说这哪里好哪里好了？大都几十块钱，最贵的一件都没超过一百五十元哩。青兵说一百五不是钱？一件一百五十元，四件就要六百元。六百元如果加到一起买手机，说不定机身内存就可以从32G直接升到64G。弄了半天原来青兵想给自己买新手机了。青兵不仅喜欢手机，他还喜欢汽车，更喜欢房子。他当搬运工一趟趟搬家具时，对人家新装修好的房子口水流了一地，做油漆工时又对别人正装修中的大房子啧啧啧地反复说道，当保安则是在一高档小区，每天眼皮底下小车进出、业主来去，这些都是刺激啊。

青兵说："没钱在这世上活着真是太没意思了！"

大概就是在说过这句话之后，青兵决定把亚静弄到网上。那个征婚网站动不动就往手机上推送广告，仿佛全国人民都急着找对象似的。还是有效果的，青兵就点击注册了，居然不需要验证什么，一注册就成功。"双十一"会员价打八折，交两百七十八元就成水晶会员，可以查看站内信件，也可以查看谁正在看你的资料等等，很顺利。如果亚静动手，肯定弄不成，青兵就一点问题都没有。青兵摸摸亚静的头说："乖啦，你只要配合就行。"亚静说："那衣服裤子让不让我买？"青兵连声说可以可以。亚静本来还很犹豫，青兵一说可以买，她心一松，就不管其他了，先买再说。

但是，一切并没有预想的顺利，实在差太远了。徐必广给的一百一十元红包是仅有的现金，其余的把吃过的饭、喝过的饮料以及坐过陈建民的车都折成钱，合起来也凑不够两百七十八元吧？连本都赔进去了，青兵恼火也不是一点道理都没有。

"你还是上班去吧。"亚静又开始劝，她自己也要出去挣钱啊。保安一个月挣两千三，保洁员多挣点，满勤的话能挣五六千，合起来就有七八千。两人花两三千，给父母寄一两千剩下三四千一年攒下来，也有几万了。要是攒十年二十年，就有几十上百万摆在那里了。

但几十上百万放在老家还可以，放在城里根本不够买一套像样的房子。二十年以后，一辈子都过去大半了，仍然买不起一套房，没有房就在城里扎不下根，最终也还是得滚回去……哎呀想着确实没意思。

青兵又低着头在手机上划拉，然后他说："王新明天中午要请你在咖啡馆吃饭。"

亚静问："哪个王新？"

青兵说："王子酒楼的那个啊，三十二岁，脸颊这里有颗痣。"

有痣？亚静想了半天，没想起来，她叹了口气说："算啦，不去了。"她确实不想去，王新，还他妈王旧哩，比徐必广还不如吧？徐必广毕竟还发过红包，他却一毛不拔。青兵马上说："不行，说好了，必须去！"接下去青兵就开始接连不断说为什么必须去的道理。他真是怀才不遇，这种口才，这种说话的逻辑，唉，真是太浪费了。

亚静知道，她只有答应一条路。她说："行啦行啦，去去去。"

第二天中午十一点半她果然就去了，但等到下午两点，王新都没有出现。青兵坐在不远处的桌子前不停给亚静发微信，让她催一催王新。亚静懒得催，不来才好哩。她慢慢想起来了，脸颊上那颗像停着一只苍蝇的黑痣，眼睛不大，脑袋两侧的头发剃得短短，露出青皮，头顶却留着蓬松的一大坨，正是时下最时髦的韩式发型，只是剪得不到位，哪里不到位说不上，看着就是怪。第一天见面时说了什么？这个亚静也忘了，东一句西一句没个准吧。这种人，精得跟猴似的，哪挤得出半滴油水？

手机又响了，青兵发来的，青兵说亚静再不催王新的话，他就要把她微信号切换到自己手机里了。这可不行。刚才亚静其实也一直在跟人聊微信，那人是陈建民，她跟陈建民说可以跟他一起去爬山，青兵不会跟去。陈建民很高兴的样子，说那就这两天吧，周末之前肯定安排。这些对话亚静打算在手机重新被青兵拿去前都删掉，没必要让青兵看到嘛。

既然青兵急了，亚静就给王新发微信。马上咚了一声，她看着，回过神来，站起，举着手机走到青兵桌子旁。

王新已经把她微信删掉了。

她笑起："走吧，回家吧。"一下子轻松了，还不等青兵站起来，她就转身先出了门。到家好一阵了，却不见青兵回来。她拨个电话去，青兵也没接。两三个小时后屋外有停放电动车的声音，然后青兵进来，脸青青的。他究竟什么时候取了电动车出去的？亚静竟然不知道。

青兵好久不吭声，过一阵才说自己去了王子酒店。亚静脑中嗡了一声，她甚至看到了打架的场面，一地都是血。“你……你把他怎么了？”她的声音都有点打战。

青兵重重吐了一口痰说：“王子酒楼根本就没有叫王新的人。妈的，骗子！”

亚静怔了片刻，扑哧一声笑起来，她觉得很好玩。“还说别人哩，我们都是骗子。哈哈哈，这年头谁不是骗子啊？”

有人敲门，亚静止住笑走过去开门。是邻居老王，手里捧着一个包裹。“你的快递，中午到的。你家没人，我帮忙签收了。”亚静一边道着谢一边接过，马上撕开看，是“双十一”“败”的一红一绿两件毛衣。裤子是另一家网店买的，还没到货。

亚静忙着试毛衣时，青兵又捧起手机。亚静从镜子里看着他，不免狐疑起来。王新已经删了微信，徐必广正讨钱，青兵不可能跟他们两个聊天，只剩下陈建民，青兵跟他聊？亚静收起毛衣挨着青兵坐下，斜着眼看手机。明明是她的手机，她却失去了掌控的自由，这要是在外国，不知可不可以起诉。

其实青兵并不是跟谁聊天，而是登录征婚网，把化过妆的亚静正面、全身、半身照片逐一上传。亚静捋捋头发，大声说：“你还不死心啊！”

青兵说：“人没死，心怎么能死啊？就当生意来做啦，激动什么！”

亚静说：“要做生意你自己做去，拿我照片干吗！”

青兵白了她一眼说：“你长得漂亮嘛。现在生意多难做啊，我们又没钱，只剩你这一张脸了，不做怎么办？”

亚静不耐烦地要去抢手机，青兵身子侧开，说：“别吵别吵！不能被动等着他们发邮件来，必须主动出击，撒大网！”说着他用指尖重重点了一下屏幕，虽是一闪而过，亚静还是看到了，是“统一打招呼”，也就是说青兵连问都不问一下亚静，就把亚静拿出来撩一大群男人了。在“择偶告白”一栏中，他也直接把亚静的微信号公开了。

“有意者请加微信。”青兵指着这行字得意地扬扬下巴，说，“之前没经验，早这么弄就好了。”

第二天亚静的手机果然有十几个陌生人要求加微信，青兵忙不迭一个个通过验证，嘴咧得大大的，点一下都像捡一块金元宝。“怎么样？”青兵转过头，一脸都是得意。

亚静站起，走开，走几步又停下。她打算跟青兵谈个条件，青兵如果不同意，她就坚决不同意再与那些陌生人见面。以前没去过咖啡馆，她多少还存有好奇心，如今已经去了这么多次，她其实早腻了。

6

亚静跟青兵说的是陈建民，她甚至把数学老师以前动不动就在课堂说的那句名言也搬出来：“集中火力，各个击破。”意思是她老是认不清人，这一点青兵很清楚，刚开始她也总把青兵与他哥哥青工弄混了，而且她脑子也不够用，如果一下子见太多人，她肯定搞不定，两手空空，那不是白费力气了？对了，老家不是有一句谚语：双手抓不了两条鳗鱼？

“你是说先对付陈建民？”青兵皱着眉头问。

亚静点点头，看上去又老练又乖巧，这两样当然都不是亚静一贯拥有的。“如果这个陈建民确实不行了，我再见其他人也不迟嘛。”

青兵说：“人家微信已经加进来了。这些人不会只加你一个，都是双手抓好几条鳗鱼哩。你又不是天仙，人家会非你不可，怎么等都可以？”

外面“哗”地一阵喊叫，是隔壁老王

几个人在打牌。如果没有工做，就只剩下打牌可做了，赌个小钱，把日子打发掉。

亚静走过去把门掩上，又回过头说："加了微信也没关系啊，你不是照样可以跟他们聊？聊呗，但不要急着见面。陈建民这边也不用太长时间，一两天、两三天的，进一步接触下，看有没有戏，总得有点收成了再下一个嘛。各个击破应该就是这样子的吧？"

青兵眉毛往上一挑，笑起："可以啊，亚静你他妈都头头是道了啊。"

亚静嘴噘了噘，她最常做的就是这个动作，那么厚的上唇不知是不是这么噘出来的。其实暗暗地她不免也有一点惊讶，一夜之间，没想到自己无缘无故竟然变聪明了。她把手机从青兵手里拿回来，给陈建民发了一条微信：现在有空爬山吗？

青兵问："现在？"

亚静说："不是不能拖太久吗？那就越快越好。今天是周六嘛。"

恰在这时陈建民微信回进来了："可以，我马上过去，半小时后我咖啡馆门口接你。一会儿见噢！"还跟着几个笑嘻嘻的表情。

青兵说："也好，那一会儿我们就……"

亚静打断他："我自己去，你不要去。"

青兵眼球鼓起来："你什么意思？"

亚静说："我能有什么意思？人家不愿意你去就别去呗，去了只会添乱。"

青兵："可是你们一对狗男狗女的……"

亚静不爱听了，扭身往外走："那就不去了呗，我也打牌了。"

"等等！"青兵吼起来，他是真生气了，嘴抿着，鼻孔张得很大。亚静停下来，扭头看着他。青兵手举起，舞了一下说："算了，还是我去打牌，你自己去吧……不过，你得保证没事啊。"

亚静笑起："能有什么事？真是的。"

半小时后亚静穿着新到货的红毛衣，站在咖啡馆门外了。出门前青兵说："别忘了，手机也能转账啊。"青兵的意思是，红包有上限，两百元毕竟太少了，转账钱数大。亚静点点头，这个她当然知道。

陈建民很快也来了，还是开着出版社的那辆旧车。网上一直说今年会是冷冬，但到现在天都没冷下来。陈建民只穿一件衬衫，脸上还冒着汗，见只有她一个人，很高兴，咧大嘴笑起来，一股口香糖的味道马上扑过来。

这次亚静坐到副驾驶座上，她以前还从来没坐过小车的副驾驶座，其实连小车也没坐过。小车与大客车的区别在于座位一个高一个低……当然不仅这个，亚静不想比了，实在没法比。青兵以前老说想买车，他瞥一眼从旁边经过的车子，就能报出车的牌子和价格。亚静以前觉得好笑，现在看来其实是她可笑。车确实是好东西，真有钱了，一定得买。

陈建民侧脸看了她一眼，问："晕车吗？"

亚静一笑，摇头。她才不会晕。

陈建民就伸手往前一按，音乐响起来，是哪个男歌手在唱，过一会儿又换成女歌手，再换成男歌手。陈建民摇晃着脑袋跟着哼起来，虽不大，但就在耳边，听着很清晰。他声音居然这么好。亚静瞥过去一眼，又看到那个大喉结了，上上下下滚动。喉结大声音就好？她不清楚。

她说："你像一个人。"

陈建民侧过头问："谁？"

亚静歪着头想了想，还是没想起来，只好笑了。

陈建民也笑，身子向这边侧过来，问："你歌唱得怎样？"

亚静摇头，她以前跳过舞，但歌确实唱得一般，也不爱唱……她向外看看，觉得有异样。不是去爬山吗？山明明在西面，可是这车却是往东面走的，而且越走越远，已经出了城了。她犹豫一下，还是问了："这是去哪里啊？"

陈建民笑笑，不答。

亚静又问："去哪里啊？你不说我就不去了。"

陈建民看着前方说："去我老家，不远，再有三四公里就到了。"

亚静紧张起来："你要干吗？"

陈建民说："放心，只是去转一下，吃顿午饭马上回城。"

亚静喊起："不行，我不去！停车，我要下车！"

车子却反而加快了速度，颠得厉害，车上不知哪个部件"哗哗哗"地响。陈建民扭头笑着看过来，轻声说："你看你，吓成这样。我真的像个坏人吗？太冤枉了！我保证，绝对没事！你可以把手机拿出来，压好110键，有事马上拨打。行了吗？这是法治社会，别怕，乖！"

太阳很大，路上车往来密集。虽是已到郊区，但两旁都是灰蒙蒙的楼房，商店一家挨着一家，看样子被并入市区只是迟早的事。亚静慢慢有点松弛下来，应该也不至于有什么事，不过陈建民事先没说清楚，临时来这一手，她还是生气的。她沉着脸盯着前方，她得做好准备，万一车子开到荒凉无人的地方，她就真的要打110。

车子拐下大路时，亚静看到有一个蓝底白字的大路牌立在那里，上面写着"陈厝"二字。陈建民说："我老家到了。"亚静松了一口气。村子很热闹，到处是新房子，但因为盖得横七竖八，看起来村子却显不出新的样子。车停下，是一幢青砖三层楼的房子，只建个毛坯，楼层处的钢筋还有几根露在半空中。陈建民下了车，绕到副驾驶座这边，拉开门，让亚静下来。

事已至此，亚静也只能下车，跟着陈建民走进屋子。

两个六十多岁的老人正坐在厅堂里编竹器，陈建民喊道："爸，妈。"

老人高兴地站起，手在身上拍几下，一下子像冒气一样冒出一层尘土，四下散开。他们都看到亚静了，一直看着她。陈建民说："认不出来了？翠玲啊。你们不是看过我和她的合影吗？"

老人立即搬来椅子说："哎呀翠玲，快坐下快坐下。"

亚静看着陈建民。她怎么改名了？她还跟陈建民合过影？陈建民却不看她。这时手机响了几声，是青兵发来微信。青兵问："开始爬山了吗？"亚静回复道："嗯。"青兵又问："还有其他人吗？"亚静回复："很多。"

至少第二条不算假话吧？

门外已经来了几个邻居，喊着建民建民。陈建民就出去，跟他们打着哈哈，又扭头招呼亚静："翠玲，来，出来见见我叔我婶！"

亚静一边往门外走去，一边想青兵上传资料，是不是把她名字写成翠玲了？再一想，没有呀，征婚网她也上去看过，写的就是亚静，没有错。这件事她没时间琢磨，那几个邻居已经笑眯眯地喊着她翠玲，她只好先礼貌地点头应付。陈建民揽过她肩膀问："怎么样，我媳妇漂亮吧？"回答很一致，都说当然漂亮。陈建民就大声笑起来，高兴极了。

媳妇？亚静心里颤了几下。

午饭是长寿线面，两个蛋，一堆土鸡肉。放下碗筷，陈建民马上说："爸妈，我们得走了，下午还有急事哩。”老人很惋惜的样子，但还是点头说好：“以后多带翠玲回来，这么近，你有车，踏几脚油门就到了。”

陈建民说好好好，就爬上了车。

路上他一直不说话，亚静也不说，她不知说什么好。土鸡肉的味道好，以前在家吃过，到城里这么久，就再没碰过。手机微信提示音又响了，还是青兵，青兵问：“在哪？”亚静想都没想就回道：“山上。”点发送后她吸了吸鼻子，她也不知道自己为什么顺手就瞎编。

陈建民转过头看她，问：“去我家怎样？”

亚静一怔，不过她很快回过神来，刚才去的是他老家，他在城里不是已经买了自己的房吗？说的是这个家。她说：“不去！”

陈建民按了下喇叭：“上次要去我家看看的也是你们。去吧，这次我提前做了卫生，都整理好了，请你去视察嘛。”

亚静说：“不去！”

陈建民又按了几下喇叭，顿了下，又说：“去了我跟你讲翠玲的故事。”

亚静没有再应他，但她还是去了。上次确实是青兵提出要去他家看看的，被拒绝，现在既然机会来了，代青兵去看一眼应该也算不得什么。

7

陈建民家在凤凰小区，一看名字就知道是上世纪的老房子。七八幢稀疏地排列着，都只有五层高，没有电梯，外墙的淡灰色涂料已经褪色，斑斑驳驳的水渍东一块西一块。爬楼梯时，陈建民在前，亚静跟在后面，跟得很紧，一抬眼就是陈建民一撅一撅扭动的屁股，不大，但看着很结实，肉硬硬地隆着。司机嘛，虽老坐着，毕竟踩油门和刹车腿得不断使劲。

突然陈建民站住了，亚静一趔趄，脸差点就撞到人家屁股上。

“对了，我买的只是二手房。”原来陈建民要解释的是这件事。

亚静想，按青兵的说法，就是类似这样不显眼的二手房，离他们也还有十万八千里远。

屋子确实很整洁，客厅的沙发布面皱巴巴的，却很干净，一看就是自己在家随便洗，没有在洗衣店高温熨过的。有两间房，一间摆着床，一间堆着杂物：跑步机、铝合金衣架，甚至还有一张塑胶瑜伽垫。亚静跟在陈建民背后转一圈后回到客厅，陈建民让她坐。她看看沙发，俯身用两个巴掌在上面用力抚了几下，皱褶似乎真的一下子少了。然后她又扫了一眼客厅角落的柜子和电视，再重重拉了拉沙发的四角，重新放好靠垫。这是她进城后已经做了三年的活，熟门熟道。如果这屋子让她来做卫生，电视和柜子都得再擦一遍，门旁的鞋架也得重新整理，夏天的凉鞋该收起来了，运动鞋不能那样底朝天胡乱塞进去。还有门后，雨伞和卫衣不能那样混挂，应该分开，雨伞可以插到鞋柜后，卫衣领口后那个商标可以挂到弯钩上。

青兵曾赶时髦帮她查过星座，处女座，她喜欢到处有序干干净净，一乱就扎眼，所以很多东家都喜欢她上门，钱给多给少她都一样干活。

做保洁员其实挺好的，要是以后陈建民需要，她愿意来做。

但她还是很快回过神来，陈建民是她相亲对象嘛。

她坐下，手交叉着放在两腿间，眼珠子转来转去的却不知搁哪儿好。陈建民烧水泡茶，然后在她旁边坐下。沙发大的一张、小的两张，她就坐在大的上，她觉得陈建民应该坐旁边那张小的，但她是客人，不好指挥主人坐哪里。

结果陈建民的一条胳膊就搭到她肩膀上了。中午在他老家时也搭过，那是演给邻居看的，这会儿再搭，亚静就不乐意了。她往旁挪了挪，胳膊还在。她又挪了挪，胳膊仍然在。她就想站起来，可是脚却没有力气，也可能胳膊太重了。这时候胳膊往后一拉，她就跟着向后仰去。她“啊”了一声，声音细细的，还要再喊，陈建民湿润润的嘴已经凑上来。

接着陈建民的手伸进衣服里，到了她胸上，又到了两腿间。

她一直觉得不行不行，这样不行，但整个人还是越来越松软，闭上眼，喘着气，额上起了一层汗。还在上楼梯时她就已经把手机声音关掉了，完全是下意识的，之前她哪有这方面的经验？陈建民上身全部压过来，下嘴很重，把她的上嘴唇全部含住，嗞嗞嗞吸着。乳房也重重捏，揉面似的转来转去，有点疼，但她也顾不上疼了。

陈建民抽空问：“是处女吗？”亚静摇头。陈建民捏得就更重了，手指头还往里捅，捅得也重。但接下去却没有再发生什么，是戛然而止的，仿佛有人突然站到面前，陈建民一把放开她，收回手，仰到沙发靠背上，眼紧紧闭着。

红毛衣是外披式的，里头还有一件花衬衫。衬衫的纽扣敞着，胸罩也松到一边，有一半的乳房挤到外边，乳头都清晰可见。至于下身，她穿的是牛仔裤，裤头松着，裤门拉链开着，短裤也褪得差不多了。亚静不知道怎么办，她拉了拉短裤，又拉了拉前襟，只是象征性的，并没用上力，明显有点不甘心。然后她也靠在沙发后背上，也闭上眼。脑中嗡嗡响着，她相信还会再发生点什么。到底是什么？

陈建民的手又伸过来了，这次不是摸她，而是帮她先系上胸罩扣子，又系好衬衫扣子，接着抓住她的裤头用力提了提，把裤子也穿好了。她又恢复到进门前那么正正经经的穿着打扮了，好像什么都没发生过。

可是明明已经发生过了啊。

陈建民倒了两杯茶，一杯递过来，一杯自己倒进嘴里。然后他点了烟，抽到一半时终于开口，他说：“我答应你要说一说翠玲的故事。”

翠玲是他前女友，美容师，谈了快一年。这房子其实就是为了娶翠玲才买的，翠玲也住进来了，跑步机、衣架、瑜伽垫都是她的。两个月前翠玲却跟店里的美发师好上，死活从这里搬走。高速路将从村里穿过，房子要拆迁，按家中人口赔偿，全村人都忙着结婚生孩子这件事，总之想尽办法添上人口多捞些钱。父母也催他结婚，但翠玲却已经走了。父母说翠玲不结婚就拉倒，赶紧找别的女孩。怎么能随便找个呢？要结婚他只能跟翠玲。

陈建民说这些时，亚静仍然靠在沙发上闭着眼听着。她突然想到一个问题，便问：“我长得像翠玲？”

陈建民侧过头看她一眼，站起，走到柜子前，把扣在上面的一个相框拿起，举在胸前看了一阵，手掌抚几下，重新走回沙发。站到亚静面前，相框又藏到身子后面了。

“想看？”

亚静没有动。

陈建民又把相框举到眼前看一眼，转身走开，又把相框扣到柜子上了。再坐到沙发上时，他先长长叹了一气。“我上征婚网前其实心挺灰的，父母催得急，索性就在上面找个呗。但是看到你的照片，一下子就……你别生气，其实翠玲比你漂亮，主要是气质好，美容师嘛。但脸形，尤其是厚厚撅起的上嘴唇，都很像，越看越像……”

陈建民叹了口气，俯下身子，双手抱住头。“我完全没有想到自己会这么爱她，其实一开始就知道她不是真心，老家这么近，她一次都不肯跟我回去让父母看看，真心的哪会这样？但无论她怎样，我这心里都只放得下她！可能我上辈子欠了她。”

眼角有点痒，亚静用手抹一下，是眼泪。她站起，揪住衣角整了整。陈建民也跟着站起，靠近来，低头看着她，又用胳膊环住她，把她揽进怀里，手还在她屁股上摸了摸，拍几下。

亚静“哇”地哭了，终于哭出声来，浑身抽搐。

陈建民下巴抵在她头顶。“你哭的声音也像翠玲，抱着的感觉更像，刚才一恍惚都觉得是翠玲回来了。可是你不是翠玲。她走了，可是只要她一天没结婚，我就等她一天。即使结了，也还可能离，我还是得等她。很抱歉，我利用了你。之前父母看过翠玲的照片，我要是不带个人回去让他们看看，他们会自作主张替我定亲、送彩礼、办婚礼……我真的只想跟翠玲结婚。”

亚静双手用上劲，把陈建民推开，然后不看他，套上鞋，自己开了门往外走。

陈建民追出来，说：“我送你回去。”

亚静头也不回，双脚急速地踩住台阶下楼。

但陈建民还是跟来了。车就停在楼下空地上，陈建民拉她上车，硬按在副驾驶座上，然后发动了车。亚静很奇怪自己的眼泪一下子就没了，她掏出手机，看上面有十几条微信，还有六个未接电话，都是青兵。

她回拨过去，嗲声说：“老公，是我啊，我是亚静。”

又说：“老公放心，我马上就到家了。”

车猛地停下，陈建民踩了刹车，转过脸看了她一会儿，什么也没说。过一会儿车子重新发动，开得很快。

已经临近傍晚，太阳柔软了下来，光清淡得似有似无。虽是周末，街上人却一点没少，每一条路都是堵的。远远看到咖啡馆时，也看到青兵了。他站在大门外，脸色铁青。

8

亚静跟青兵定亲时只有二十岁，半年后就办了酒席算嫁给他了。农村女孩出嫁早，这不算什么，然后两人就一起到这座城市了。其实青兵高中一毕业就离家打工，先去的是深圳，后来又去东莞，赚了点钱好歹够结个婚。但接下去要面临的就不单单结婚这么简单了，孩子要生、要上学，父母越来越老得赡养。婚后第一次离家时，青兵就跟父母说了大话，就是以后要在城里买房，把他们接去住。父母摆着手说：“你们自己混好了就行，多挣点钱，尽快把孩子生了。”

但是三年过去，钱既没挣多少，孩子也一直没生下来。

很奇怪，没有采取任何措施，亚静却从来没怀过孕。有一两次例假推迟了好几天，以为有了，刚准备高兴，裤底又忽地见红。要不要去查一下？亚静倒是想去，却被青兵阻止了。二十四岁在村里可能显大，在城里根本还是小屁孩，当保安时每天都听得到很多八卦，七幢那个开宝马的女人三十六岁了还是单身，五幢那个整天化着浓妆的女人三十二岁了刚和第三个男朋友分手，诸如此类，都不算什么。另外，检查不是需要钱吗？谁不知道现在医院乱收费？过几年再说吧。

一直没怀孕的亚静，身材就还停留在少

女阶段，瘦瘦的，薄薄的。

亚静后来一直猜翠玲的样子，有时盯着镜子看，有时盯着投到地面的影子看。

那天陈建民的车没有开到咖啡馆面前，见青兵站在那里，离着还有近百米吧，陈建民就提前踩下刹车。亚静什么话也没说，开了车门就下去了，走几步手机响了，是陈建民发来的，只有一个短句：裤子后袋有五百元。

她顺手就把这条微信删了。

回到家青兵问都做了什么。她就说到了山上，山上人之多，路之挤，风之大，景色之好。又说山脚下那几家酒楼菜之贵，之难吃。这些都不难，她去人家家里做卫生时，早就听业主叨叨过。不知青兵信了没有，应该没信。青兵问："为什么车停那么远？他心里有鬼吗？"

亚静笑起，"鬼个屁！"她还在青兵身上娇嗔地打了一下，"人家接到领导的电话，突然有应酬，让他赶快去接。"

青兵还是很狐疑："那也不差这几步路啊。"

亚静说："几步也是步嘛。是我说可以了，让他停下来，别耽误事了，车子本来就是偷开出来的嘛。"其实当时陈建民比亚静更早看到青兵站在那里，他踩下刹车后亚静才知道怎么回事。

青兵侧过头酸酸地看着她："咦，挺贴心的啊。"

"去你的！喂，晚上还是吃稀饭吧？"这个话题亚静觉得应该打岔掉了，说着她走到米桶前准备淘米。

但青兵仍然不放过，他跟过来，鼻子凑近来上上下下地嗅着。亚静笑着推开他："真是的，你以为自己是狗啊！"青兵手抓住她肩头，重重晃了晃，说："他真没把你怎么了吧？"亚静眼一翻，故作生气地说："你自己检查看我身上哪块肉少了，如果真少了，就肯定有。"青兵说："给你钱了吗？"亚静摇头说："哪能一下子就给？"青兵还是不甘心："那礼物有吗？至少得送你点什么吧？"亚静还是摇头，说："没有。"

青兵松了手，眉头还是皱的。"你手机呢？"他把巴掌伸到亚静面前。亚静从裤袋里掏出手机递过去，青兵坐下划拉着。他问："怎么大半天这个陈建民就没有再给你微信了？"亚静说："不都在一起爬山吗，有什么可微？"青兵说："他也不发几个红包给你，好歹陪了他这么久嘛。"亚静装作没听到。他们只租一间屋子，一张床就占去大半，和其他人一样，灶放到门外。烧的是小煤气罐，睡觉时隔在墙外面会安全些。

亚静把洗好的米放进锅，端出去，低着头站在灶前，长长吁出两口气，胸口还是发闷。

中午出去前，微信刚加进来的那些人也都被设置了免打扰，这会儿解开，肯定有一堆信息涌进，够青兵忙乎一阵子的。让他去忙吧。

"亚静，亚静进来！"

亚静只好进去。

青兵说："这个陈建民怎么把你删了？"

"呃？"亚静也很意外。

青兵很生气："妈的他一分钱还没出哩，竟删了……咦，这条短信你有没看到？"

亚静凑过去。她不发短信，短信要花钱，一般也没有熟人给她发，发到手机的都是各路广告，所以她通常懒得看。但这条短信显然不是广告，写得很长，只显示号码而没有显示名字，所以肯定不是通讯录里的谁。一直拨拉到最后，都没有落款，但短信中提到了一百一十元红包。

徐必广？就是送快递的那个。亚静问："他说什么？"

青兵没有马上答，他侧着头盯着亚静，半晌才问："你告诉他手机号了？"

亚静摇头。

青兵说："我只在网上公开你微信号，并没有提手机号啊，他怎么知道？"

亚静这才回过神来。短信是发手机上，确实，他怎么知道号码？她去抓青兵握在手中的手机，想看看都写了什么。青兵身子一扭侧开了。亚静急起来："到底说什么了？"青兵不理她，掏出自己的手机，嘴里一边念着发短信的手机号，一边在自己手机上按下号码，然后拨打出去。

铃声居然在门外响起来。和手机铃声一起响的还有敲门声。

亚静和青兵对看了一眼，都怔住了。

最后是青兵过去开的门，果然是徐必广站在门外，也不待请，就跨进来了。

"把一百一十元还给我！"他一只手抱着一个包裹，另一只手伸出来，看看亚静又看看青兵，脸色非常难看。

青兵说："别跟我玩这一套，老子不怕！"

徐必广说："那老子就怕了？老子反正婚结过，儿子也有了—— 一百多元可以给我儿子买一堆好吃的，我干吗要给你们？"

青兵说："去问问全天下的人，发红包有退的吗，呃？走，快出去！"

徐必广把手上的包裹往地上一摔，吼起来："不把钱还我，老子今天就不走了！"

包裹并不是一下子就跌到地面，而是先撞到桌上的两只碗，碗噼噼啪啪摔落，碎了，声音脆响。隔壁老王听到了，跑过来连声问："怎么啦怎么啦？"

徐必广指着青兵，又指着亚静，大声说："这两个是骗子，他们……"话还没说完，青兵已经抓起旁边的锅盖照着他头砸过去了，徐必广跳起，扑过去。椅子倒了，桌子翻了，床也歪了。房间实在太小了，两人扭打到一起根本施展不开。

老王脸色都变了，指着亚静说："快，快打110！"

见亚静只顾着往屋角躲，老王自己取出了手机。亚静连忙冲出去，返身把门带上。她把老王已经举到耳边的手机拉下，点了关闭键。老王说："怎么回事啊你？"亚静笑了笑，她回头看着不时晃动的门。门里响成一团，不过传出来的声音闷闷的，听得不太清楚。

她说："老王，能先借我十块钱吗？"

老王愣愣地掏出钱递过去。亚静推开门，她看到青兵已经躺在地上，不过没死，身子蜷着，手捂住脸长一声短一声哼着。徐必广张大腿站着，手里还握着锅铲，大口喘着气。亚静手伸进牛仔裤后袋，掏出一叠钱，共五张。她取出一张，加上老王借的十块钱一起递过去。徐必广显然有点意外，但也没客气。他就是来讨钱了，讨到了，把铲子往地上一扔。"哼，"他说，"以为老子钱都跟你们一样是骗来的？老子挣的都是血汗钱！脚跑没皮了才能挣到一百多块！"说着他看了地上的青兵一眼，好像有点怯了，"我跟你说，是你们自己惹的啊。揭穿骗子，我算得上为民除害。有什么后果，你们自己负责！"边说他边快步往外走。

他电动车就停在门外，上面还堆着很多包裹。见他走了，老王也要进屋，被亚静拦住了。老王指着青兵说："他怎么样了？要不要送医院？"亚静笑笑说："不用。"就关上门。

老王在门外喊："需要送医院喊一声啊。"

亚静说："谢谢。"她声音很小，不知老王有没听到。不过无所谓，没听到就没听到吧。她蹲下，摇了摇青兵的胳膊，她说：

"你没事吧?"青兵把手拿开，额头破了，还在流血。亚静就去推出电动车，把青兵扶上后座，她载着，去了医院。伤口清洗一下，包扎好，没大事，又回来了。加上挂号，这一趟花了五十四块钱。

青兵看来真是打累了，回到家，倒头就睡过去了。亚静搬张椅子坐到门口，手机又回到她手里。她翻到那条短信，徐必广说自己原先不是送这一片的快递，特地调了片区。他已经弄清，他们是夫妻，不是兄妹，如果不把一百一十元钱还了，他就绝不客气，要在网上揭发他们，把他们搞臭。

亚静在心里骂了一句。

回过头，她看到屋里扔在地上的那个包裹，就站起，俯身捡了，撕开。原来是"双十一"买的裤子。翻过来看上面的快递单，户名是她，留的手机号也是她的。噢，她明白了，徐必广不是神，快递员嘛，只要盯上了，弄到她手机号码不难。

手机叮咚叮咚地响，她懒懒的，还是点开了。不过没看，只是打开通讯录，把这些天加进微信的一个个都删了。删到陈建民她手在半空停了两秒，然后她写了一行字发出：

"翠玲不会回来了。"

很快发送不成功的提示音就响了。真的删了，居然真的删了。

她把裤袋里的钱都掏出来，抽出一张十元放一边，准备回头还给老王，又点出两百七十八元放到床边，青兵醒过来就会看到它们的。不是在医院又花了五十四元吗？再一减去，手里就只剩下五十八元。她闭上眼靠到墙上，想起在陈建民家沙发上也差不多这么靠着。被摸了半天，才挣到五十八块钱。她叹了口气，开始看手机。摸就摸吧，又没少一块肉——对了，陈建民长得真的很像一个人，到底是谁？她歪着头想了想，还是想不起来。

那就不想了吧。她手指开始在手机屏幕上拨拉，"双十二"反正眨眼就来了，她要看一看，剩下的这五十八块钱还能在网上买件什么衣服。

（原载《长江文艺》2017 年第 10 期）

摩擦取火

陈　仓

1

凡事需要上天来证明的，那基本就是谎言。

2

整整五年了，这是陈元第一次迈出大铁门。

陈元出门后，听到身后吱咛一声再哐当一声，已经走出十米开外了，他摸了一下自己的光头猛一回头，目光碰到大铁门的时候，像碰到一块冰一样打了一个激灵。

在里边的五年时间，他无数次地想象过大铁门一开再一关的声音。他曾经想让提前出去的狱友告诉他那大铁门一开一关究竟是什么感觉。有一次，陈元跟第二天就要出去的大胡子说了自己的想法，谁料想，被大胡子给骂了个狗血喷头。大胡子把拳头顶到陈元的鼻梁上，说，你什么意思？陈元说，没什么意思啊。大胡子说，你是在咒我吗？陈元说，怎么会呢？我就是想知道大铁门一开一关的时候，会不会像刀子捅进去再拔出来的感觉。大胡子正好是因为动刀子而进来的，于是骂道，妈的，要不要我像当年一样再捅你一刀试试？这是监狱，又不是婊子房，你觉得我还会回来吗？陈元说，当然不会呀。大胡子说，我不回来，又怎么告诉你呢？陈元说，那还是别麻烦你了，我争取早点出去自己体会吧。

陈元发现这种声音并没有传说的那般刺耳。大铁门吱咛一声开了，而后又十分轻软地关上了。若真要他陈元打个比方的话，大铁门一开一关并不像白刀子进红刀子出那样的凶猛，倒像是一把手术刀在做一场手术，切开了经过麻醉的腹部，是缓慢而麻木的，甚至有点明亮的快慰。

陈元站在外边，打量着隐隐作痛的大铁门——大铁门漆黑漆黑的，虽然刚刚刷过了油漆，还是可以看出一点锈迹在努力地朝外透着。大铁门与大多数的门都是一样的，中间照样有一条缝，刀子一样的一条缝。陈元真想走近一点，从缝隙朝里看看，到底会看到什么。但是他一点儿也迈不开步子，因为里边的一切在他的脑海里已经扎根了，已经被放大了。比方说，院墙下边的一棵小草，在他的眼睛里，通过五年的时间，早已长成了一棵畸形的大树。

陈元是陕西丹凤人，来上海已经十年了，前五年是在外边度过的，后五年都是在里边度过的。在外边的时候，他刚刚过不惑之年，自己却迈进一扇大铁门，等他再迈出这扇大铁门的时候，没有想到他马上就知天命了。他在外边最后的身份是小学校长——上海市大沙镇菜场农民工子弟小学的校长，而在里边的时候，他的身份却是“那种人”。那两个字实在说不出口，他总觉得用那两个字定性的，不是他陈元而是他的孪生兄弟。

陈元想，妈的，我是那种人吗？在这个世上有谁知道我是那种人呢？又有多少人知道我不是那种人呢？恐怕绝大多数人，比如菜场小学的师生，大沙镇的居民，还有陕西老家的乡亲们，包括老婆屈爱琴、儿子陈改朝，都认定他就是“那种人”。

相对来说，明白他不是那种人的人，恐怕只有三个了。

一个是田老板，一个是仅有一面之交的不满十四岁的小丫头黄丽。第三个就是他陈元自己。自己明白自己，那相当于一百乘以零，结果还是等于零。

应该还有一个人明白他不是那种人，那就是苍天。

苍天明白自己，结果会不会也是等于零呢？

陈元想到这里，抬头看了看，此时的天空很蓝很蓝，蓝得似乎动一指头就会破碎一般。冬天的天空本来就应该这么蓝，并不是因为自己终于出来了而蓝的。他又摸了一下自己的光头，先是嘿嘿地笑了两声，而后再也笑不出来了。他清楚，在这个世界上，到处都是人，有几十亿的人，能证明他不是那种人的，可怜得仅仅只有两个，或者是三个——陈元还无法确定，那个办案的民警邢小利，是不是明白自己不是那种人。

为什么连他自己与苍天，都无力证明他的清白呢？

陈元从耳朵上取下一支烟，这是刚刚离开的时候，王管教送给他的临别的礼物。王管教扔过来一支烟，对他说，不能再干那种傻事儿了啊，不仅丢人，而且蛮亏的，以后脱裤子之前，问一下人家有没有满十四周岁吧！我再给你普及一下法律吧，为了加大对未成年人的保护，最近国家对刑法进行了修订，如果未满十四周岁，如今像你这种“未遂”的，全部都是要重判的。

陈元没有正面回答王管教。在五年之中许多狱友像王管教一样，都拿那件事儿取笑过他，他开始还会说一句，我是清白的。人家就哈哈大笑地说，你未遂嘛，当然是清白的了。后来，他发现自己的辩解很无力，一是清白的人怎么会在里边呢？二是他写过的几封申诉信都石沉大海了。万般无奈，他干脆把那种人想象成了自己的孪生兄弟，予以漠视。

陈元笑了笑说，你也快了吧？王管教说，我和无期徒刑差不多，这辈子算是耗在里边了。听上去，王管教似乎不是管教，而是罪恶更加深重的人。陈元想，王管教除了领了一份薪水之外，与他陈元不一样的地方并不明显。

陈元把烟叼在嘴上，打量着四周。有位大妈清扫完了落叶，放下手中的大扫帚，靠在马路边上的一个角落里，掏出打火机先给自己点燃了一支烟，然后远远地问陈元，你想借火吗？

陈元说，我有，不需要。

正好风刮了起来，她的打火机就熄灭了。

陈元走向了大妈。其实他走向的不是大妈，而是大妈靠着的一面墙壁。

陈元撕开棉衣的袖子。这身黑色的棉衣是新的，是出来前王管教送给他的。陈元像往常一样，从棉衣袖子里掏出一小撮棉花，放在手心搓成了一根棉花条子。他蹲下去，脱下一只鞋。这是一只布鞋，也是王管教送给他的。这么多年从来没有人给陈元送过东西，于是在出来之前，王管教就送了他一身衣服，还安慰了一句，等你回去了家里人就原谅你了。

陈元用那只布鞋，把那根棉花条子压在

一面墙上，开始上上下下地摩擦着。那种动作有点像在磨刀，而且越磨越快。这是刚进去的时候，他发明的取火之法。刚进去的时候有烟，但是没有火。火保管在王管教的手中。王管教害怕他们生事，把火都给没收了。在外边的时候，陈元除了是校长之外，平时还是一名物理老师，他懂得摩擦起火的原理，就是一个物体与另一个物体紧密接触、来回移动的时候会产生一种力，它的大小与物体表面的光滑程度和重量有关。在这种力的作用下，物体的内能不断增大，温度会越来越高，最后就达到了着火点。在进去的第七天晚上，他利用这种原理，从光秃秃的墙上帮大家取到了火，从而成为神一般的人物。从此，他们撕开自己的棉衣，用一只鞋压住棉花，在墙上猛烈地摩擦。夏天不穿棉衣，那就撕开被子。棉衣和被子总是被他们撕得越来越薄。尤其是四面墙，被他们摩擦得油光发亮，像打磨出来的一面镜子。

相比之下，外边的水泥墙粗糙多了。

陈元仅仅摩擦了几分钟，棉花条子就燃烧起来了。

他从棉花条子中间轻轻地吹出了火苗，把自己的烟点着了。

大妈并没有走开，吃惊地凑过来说，你这招在哪学的？陈元说，当然是在里边了。大妈说，你从里边出来的？还以为你是过路的呢。陈元回过头，再次看了看大铁门。门缝里边的世界像一把一指宽的刀子，被磨得闪闪发亮。里边很安静，大部分事物都隐没其中，似乎偌大一个地方什么也不存在。

陈元有些窒息。他是真真切切地进去过了，而且是真真切切的五年。

五年前自己是清白的，经过日日夜夜的洗刷自己仍然还是清白的吗？

到底是谁夺走了他这五年的时光？这些时光到底都流到哪里去了？在邢小利那个民警那里，在姓田的那个超市老板那里，还是在十四岁不到的小丫头黄丽那里呢？

陈元觉得，他有必要去找找他们，看看能不能找到他白白流走的含着屈辱的时光。

3

陈元蹲在大铁门前边吸完了一支烟。

他迷茫地问大妈，大沙镇怎么走呢？

大妈说，不远，你坐地铁九号线吧，九号线全线都开通了。

陈元记得十分清楚，地铁九号线二期遗留站是自己进去的前一年开通的。开通那天陈元十分兴奋，因为在菜场小学的背后设有一个出入口。有老师问他，你高兴什么呢？上海不是你家的，地铁站也不是你家的。陈元说，它不是我家的，却是咱们菜场小学的，它是菜场小学给我这个校长配的专车！他本来是没有任何事儿的，但是那天，他对着所有的学生说，你们还没有去过徐家汇吧？走，坐我的专车，咱们去徐家汇拜一下徐光启，再逛一下清朝的那个藏书楼。于是，他把学生全部组织起来，排着队，举着小红旗，唱着《我们是共产主义接班人》，坐着地铁九号线来了一场体验之旅。

大铁门外边，是一条并不繁华的大路，大路上边建起了高架桥，显得有些凌乱和荒凉。两边的梧桐树叶子已经落光了，却还有一些没有消融的雪花。原来这座城市下雪了。自己在外边待过五年，都没有下过一次雪。在里边待过五年之后，一切就面目全非了，很少下雪的江南也开始下雪了。

前往地铁站的时候，路过一家理发店，陈元一下子钻了进去。当他坐在一面镜子前边的时候，突然发现自己不应该理发。自己的头发已经很短很短了，而且大面积地谢顶，和光头是没有什么差别的。有一个小丫头走过来说，大爷，你要剃光头吗？陈元说，我现在不是光头吗？小丫头说，你这不算光头，你还是剃光头吧，说得不好听一点儿，你这不清不白的，让人感觉很不舒服。

陈元一边退出门一边问，我怎么不清不白了？

小丫头对着他的背影说，你这个头呀，头发吧又不长，剃吧又没有剃光，有点像犯人。

陈元回过头说，你从哪里看出来我像一个犯人？

也许因为做不成生意，小丫头就恶狠狠地说，不仅是头发，还有感觉，彻头彻尾像个犯人。

小丫头似乎是一个未成年人，还带着稚嫩的腔调，让陈元忽然想起了小丫头黄丽。他在心里又骂了一声，妈的，我怎么就成犯人了呢？犯人是凭着感觉的吗？当年他们就是凭着感觉把我逮起来的吗？陈元毅然决然地离开了理发店。他希望自己的头发瞬间就长出来，长成他原来的一头披肩长发——没有进去前他留着一头长发，每次和人说话的时候都会朝后甩一下，那是多么潇洒啊。

在九号线的地下通道，陈元看到了一间小店，是卖假发的小店。他不管三七二十一，就挑了一个假发。他戴上假发，对着镜子凝视着。假发有原来那么长，也是又黑又亮，但是戴在自己头上，味道完全不一样了。或许是自己老了，脸上的皱纹多了；或许是假发就是假发，它永远不可能成为身体的一部分，像他身上曾经背负的所谓的罪名。

他还是愿意戴着假发。戴着假发起码给人的感觉不再像个犯人了。

不是他想逃避什么，是因为他根本就没有犯过什么。

陈元坐上地铁九号线，半个小时就到了大沙镇。从地铁大沙镇站二号口出来，前边就应该是菜场小学了。陈元顺着四周找了一圈，那所自己办起来的菜场小学已经不见了。院墙，几座平房，一个小操场，一根篮球架杆，一点痕迹都不见了。四周全部变成了高楼大厦，只有小操场的位置和原来一样空旷，确确实实地建起了一个菜市场。

陈元钻进了菜市场。已经过了采购的高峰期，菜市场人并不多，地面上污水横流，里边掺着血水、鱼鳞和菜叶。几个摊主懒洋洋的，有人问，大妈，你要萝卜青菜吗？冬天多吃萝卜青菜不容易感冒。有人说，大妈，割点肉回去吧，马上过元旦了，而且北方下大雪了，说不定要涨价了。

陈元扶了扶自己的假发。同样是披肩长发，年轻的时候从没有人把自己误会成女的，如今为什么人人见了他，都叫他大妈呢？

陈元低头看了看，污水中的自己确实像个大妈。

陈元想辩解一下，张了张嘴还是作罢了，是大爷还是大妈对别人对自己有什么关系呢？

陈元在一个大妈的摊位前，犹豫了一会儿站住了。他觉得这个大妈不太一样。不太一样的是大妈有点眼熟，似乎原来在大沙镇遇见过。让他眼熟的，其实也不是大妈的面孔，而是大妈眉心上的一颗黑痣。有豆子那么大的一颗黑痣。但是，他站了几分钟，大妈并没有任何反应。

大妈说，你是要西红柿吗？

陈元说，嗯，来一斤吧。

大妈挑拣了几个西红柿，陈元执意要付钱的时候，大妈说，我不收你的钱。陈元说，为什么？你认识我吗？大妈说，我不认识你，但是我看你不像个买菜的。陈元真想问，自己怎么就不像买菜的了？他不明白什么样子的人才像买菜的。是指有家的人，还是指一日三餐有着落的人呢？

陈元离开的时候，还是没有忍住，回头问大妈，这里原来好像不是菜市场吧？大妈说，你原来在这里住过？这里确实不是菜市场，最早是一个纸板厂，后来办了一所学校，农民工子弟学校，农民工子弟学校关掉后，有段时间成了屠宰厂，杀猪杀羊杀鸡，什么东西都杀，再后来发生禽流感，屠宰厂也被关掉了，把旁边盖成了居民小区，居民闹腾了好长时间，说是没有地方买菜，就建成了这么个地方，这个菜市场刚开张不久。

陈元摸出一个西红柿在袖子上擦了擦，咬了一口。

陈元一边吃一边说，为什么关掉了呢？

大妈说，你是指纸板厂还是小学？

大妈拉了一条板凳，让陈元坐下聊。大妈说，当时大沙镇有很多工厂，有制衣厂，有五金厂，有建筑公司，外来打工的都住在这里。每年夏天有好多孩子，从全国各地赶到这里看望父母，假期结束的时候，孩子们个个都哭着闹着不愿意回去，有的抱着大树，有的抱着电线杆，想留在父母身边，但是根本没有地方念书，好多孩子干脆辍学了，留在大沙镇上打工，小小年纪，有的进了理发店，有的进了商场，有的拾垃圾。其中有个陕西来的小丫头为抢一个空瓶子，被另一个孩子推到小河浜里，活活地淹死了。

陈元两口下去，连柄也没有留下，就把一个西红柿给咔嚓掉了。

他的眼睛湿润了，在他模糊的眼睛里，那一幕幕再次浮了上来。

当时，他随着一家大型建筑公司来到了上海大沙镇。他是一个中专毕业生，在学校学的是工程监理，按说学历不高，在硕士博士成群的上海，是没有他立足之地的，但是他文笔不错，而且会写一手不错的毛笔字。他到建筑公司打工之后，除了负责监工之外，还兼公司的宣传与文案，比如写写“安全就是生产力”之类的标语。有一年，他的女儿来上海度暑假，眼看着假期就要结束了，但是女儿哭哭啼啼地央求他说，爸爸，让我留下来吧。陈元说，留下来干什么呢？女儿说，留下来念书啊，关键是我回去的话，别人欺负我怎么办？陈元说，不是有妈妈和哥哥吗？女儿说，哥哥和妈妈，一个是小麻秆儿，一个是小麻雀，保护不了我呀。陈元说，那你是什么呢？女儿说，我是一片小树叶子，也保护不了自己呀。陈元说，我也想让你留在爸爸身边，这样就有人给爸爸做饭了。

女儿十二岁，只比桌子高出半个头，但是已经会下厨做饭了。女儿说，我留下来的话，天天给爸爸做好吃的。陈元说，你能做什么好吃的？女儿说，多着呢，面条、锅盔、葱油饼，我还会蒸大米饭。最后一个晚上，陈元从工地回到宿舍的时候，发现桌子上已经摆好了饭菜。一盘西红柿炒鸡蛋，一盘醋熘土豆丝，一盘腊肉炒青椒，还有一盆西红柿鸡蛋汤，两只碗里盛上了大米饭。建筑公司有食堂，陈元基本是吃食堂的，但是公司里的兄弟们，来自天南地北，大家对饭菜的要求不一样，有的喜欢吃甜食，有的喜欢吃辣椒，有的喜欢吃又甜又咸的，所以总是那么不合口味。于是他空闲的时候，还是自己亲手烧饭。

女儿说，怎么样？陈元说，米饭特别香。女儿说，这是我的绝招。陈元明白，她的绝招是从她妈那里学的，淘好米之后，在锅里放一点盐，再放一点油，蒸出来的米饭不仅粒粒不粘，而且香喷喷的。女儿说，你没有发现问题吗？陈元说，没有啊，都是我喜欢吃的。女儿委屈地说，爸爸不老实，你没有发现西红柿炒鸡蛋与西红柿鸡蛋汤重样了吗？陈元说，不呀，一个是炒的，一个是汤，怎么会一样呢？女儿说，爸爸喜欢，我以后天天给你做，我有几个拿手菜还没有亮出来呢。

陈元低下头只顾着吃饭，真不知道再说什么好了。为了女儿，白天他去过附近的几所学校，也去过大沙镇教育部门，打听下来的结果是，像他这样没有上海户口，没有居住证，四处流动的建筑工人，子女根本不可能留在这里上学。陈元吃完了饭，女儿又忙着洗碗。陈元说，爸爸对不起你，马上要开学了，你明天还得回去。

那天晚上，父女两个坐在一片荒凉的工地上。这个工程是一个居民小区，地基已经打好了，墙已经砌出了两米高。他们两人坐在墙头上，静静地看着远处的灯火和天上的星光，一直坐到了凌晨四点。

陈元说，四点了。

女儿说，那走吧。

陈元与女儿回到宿舍，收拾了一些行李，准备送女儿去汽车站。大沙镇那时还没有通地铁，陕西丹凤也没有通火车。女儿必须坐大巴到河南南阳，再转车回家。陈元带着女儿来到恒丰路汽车站，女儿在进站的那一刻突然回头说，爸爸，如果我迷路了怎么办？陈元说，你怎么会迷路呢？来的时候也是你一个人呀。女儿说，爸爸，若我被人贩子拐走了呢？陈元说，我给司机交代过了，他会帮你转车的，你听他的话就行了。

女儿检完票之后，她猛然回过头，一下子冲了出来。女儿坐在汽车站外边的广场上，紧紧地抱着一棵梧桐树不放。女儿说，我还不想走，明天走吧。陈元说，那车票就作废了。女儿说，我有钱，我挖药赚了好多钱，就为了来看爸爸的，如果作废了我还你。陈元说，爸爸不是这个意思，你要回去念书。女儿说，我不想念书，我只要爸爸。女儿说着，又哭了起来。陈元也哭了起来。无奈，陈元把女儿又带回了工地。

陈元的老婆屈爱琴打电话来催了，说是要上六年级了，学校马上就要报到了，怎么还不见女儿回家呢？陈元说，明天就回去，或者是后天就回去。女儿抢过电话说，我不回去了，我在上海念书了。屈爱琴说，上海除了楼房高，学校有什么好的？女儿说，当然好了，不但上语文数学英语，还会教我们打排球呢，我以后说不定就像郎平阿姨一样，成了铁榔头。屈爱琴说，你就吹吧，小心变成了铁疙瘩，不过你留在那里也好，可以盯着你爸爸不要让他花心。女儿说，你说什么呀？我爸爸想花心，怕也没有机会。屈爱琴说，堂堂大上海，十里南京路，怎么没有机会？你可不能跟你爸爸一起糊弄你妈妈。

女儿说，爸爸待的地方，除了砖头就是水泥，你就放心吧。

第二天一清早，陈元就出门了。他买了几条中华烟，去了附近的那所学校。他想找校长再谈一谈，希望让女儿进去。没有桌子，哪怕自己买张桌子；没有地方，哪怕在教室的拐角上站着；如果连站着都不行，那就让她坐在窗子外边。总之，他必须让女儿上学。让他最为悔恨的，就是自己书念得少。如果自己不是中专毕业，而是大学本科毕业或硕士博士毕业，那他绝对不会活成现在这个样子。起码有一点，可以在上海落户，或者办理人才引进类居住证，有了户口或居住证，自己就成了上海人，能享受上海人的待遇，女儿自然也可以留在上海上学了。

但是与过去一样，陈元刚刚靠近学校大门，还没有开口说话呢，就被保安给撵走了。保安说，你为孩子上学这事儿来的吧？

别做这个梦了，除非你是居民、镇长或流氓，如今开学报到已经结束了，镇长和流氓恐怕说话也不算了。

第二天一清早，女儿也出门去了。女儿给陈元的说法是，与工地上的几个小伙伴一起出去玩玩。女儿晚上回来的时候，手中提着一把韭菜、半斤五花肉、几个土豆。女儿洗了一把黑乎乎的小手，说是要烧晚饭了，做土豆焖肉给爸爸吃。陈元说，你去哪里了？玩得那么疯？女儿从身上掏出四十块钱，神秘地塞到陈元的手中说，我可以帮爸爸赚钱了。陈元把钱狠狠地摔在地上，很生气地说，谁要你赚钱了？有本事你给我赚四万块回来！你这么大孩子，为什么不听话呢？你现在最重要的是什么？是念书！是回去念书！

第三天一清早，陈元去工地上班，想在午休的时候再去另外的学校试试。女儿照样提着一个塑料袋子出门去了。她与几个同样辍学的孩子约好了一起去拣饮料瓶子，一个饮料瓶子可以卖两毛钱，一天下来每个人可以拣几百个瓶子。

那天，陈元正在刷写标语。上边来检查安全质量前，工地上都是要刷写标语的，无非还是“欢迎领导莅临指导”等，当陈元把一条横幅刚刚写好，正在朝工地上悬挂的时候，眼睛突突地跳了几下。正好这时他接到了一个电话。电话是民警打来的，事后才知道这个民警叫邢小利。

邢小利说，你是不是有个女儿在上海？陈元说，你谁呀？邢小利说，我是派出所的。陈元说，派出所也管孩子上学吗？陈元以为自己这几天跑来跑去，终于有人被感化了，要安排女儿上学了。

邢小利说，上什么学？到哪里上学？你快点过来吧，过来就明白了。

当陈元赶到一条小河旁边的时候，那里已经被围得人山人海。大家让出一条通道来。陈元不明白为什么大家会让出一条通道，他从来没有受到过如此尊重。陈元有点茫然。当时他已经是一头披肩长发了。他从人群的夹缝中穿过的时候，不停地朝后甩着自己的长发。在小河边的草地上，躺着一个人，确切地说是一个孩子。她身上的衣服湿淋淋的，紧紧地贴着瘦小的身体。双手、大腿和脸上糊满了污泥，像一个还没有捏好的泥人儿，是看不清面目的。

没有一个人吱声。

陈元说，怎么回事？

有个民警上来说，我是邢小利，你辨认一下，这是不是你家的孩子？陈元再次细微地看了看，他看到她下巴旁边的一块红色的胎记，看到左胳膊上的一道褐色的伤疤。她手上紧紧地握着一个瓶子，瓶子里没有饮料，而是灌了半瓶子泥水。陈元说，妞妞，怎么睡在这里了？妞妞是他女儿的乳名。

他要上前摇醒她。

但是邢小利说，她已经停止呼吸了。

陈元迷茫地望了望旁边的人。有个护士说，是的，我们赶到的时候，她已经停止呼吸了；有个穿着靴子的男人说，我们把她从水中打捞起来的时候，已经停止呼吸了，掉到水里三十多分钟呢，谁有这么大的本事还活着呀。

陈元像一个聋子似的，大声地问，你们说什么？

旁边有两个工人，是工地上的工友，陈元是认识的。一个工友说，她和我们家的孩子一起，在这里拾饮料瓶子，另外一帮孩子不让，说这是他们的地盘，就把她逼到了河边，然后，然后，她就掉下去了。另一个工友说，什么掉下去了？是被推下去的！

有两个孩子在瑟瑟地发抖，他们哭着点

了点头说，我们是一伙的，所以不是我们推的，是那个孩子推的。

这里不得不向各位交代一下田老板了。

田老板当年五十来岁，也不是上海本地人，但是他张口就是“阿拉”，闭口就是“伊们”，其实他只会阿拉和伊们几个词，所以没有人知道他是哪里人，都以为他是上海本地人。田老板胸口刺了一条龙，远远看上去，怎么都不像一条龙，而像半根霉烂的草绳子。有人问，这刺的是什么呀？他啪啪地拍着胸脯说，是龙呀！阿拉是龙的传人。有人说，龙头在哪里？依我们看，倒像一条蚯蚓。他赶紧把衣服敞开说，有句古话怎么说的？见头见尾不见身！我这条龙啊，是见尾见身不见头，侬就不懂了吧？说完，他会自己解释说，龙尾龙身都刺好了，一只眼睛都刺好了，仅仅剩下一个龙头了，但是那个痛呀，太他妈的难受了，所以真是太遗憾了。田老板之所以叫田老板，是因为他在大沙镇开了一家超市，规模还是比较大的，里边不仅有服装鞋帽和日用百货，还有蔬菜瓜果、食品香烟和安全套避孕药。

把陈元女儿推下水的，就是田老板的孙子。田老板的孙子不可能外出拾饮料瓶子，即使是拾饮料瓶子也不会为钱。他们当然不缺钱。可是那天，田老板的孙子在那里玩耍，看到陈元的女儿在那里拾瓶子，就上前问，你拾瓶子干吗？女儿说，拾瓶子卖钱呀。孙子说，你要钱干什么？女儿说，买东西呀，还要买菜呀，我要给我爸爸买条鱼。孙子说，买条鱼干什么？女儿说，还能干什么，当然是做晚饭了。孙子说，瓶子是你能随便拾的吗？这些都是我的，我就住在旁边，别说几个瓶子了，就是地上的毛毛虫也是我的。于是两个人追着，就跑到了小河边。

事后，在民警邢小利主持调解的时候，有人说是被田老板的孙子推下水的，有人说是陈元的女儿自己滑下水的。邢小利说，不管怎么样，人已经死了，除了赔钱还有什么办法呢？我提一个数字，就六十万元吧。田老板说，一个乡下小屁孩子，哪值这么多啊？陈元说，我给你六十万元，买你孙子一条命怎么样？田老板说，侬能拿出那么多吗？反正阿拉是拿不出来的。民警邢小利说，拿不出来也得拿，你不是还有一家超市吗？田老板说，阿拉孙子还是孩子，这个情况也得考虑进去吧？民警邢小利说，你孙子多大？若超过十四岁了，还要负刑事责任的，属于故意杀人你明白吗？邢小利又对陈元说，按照相关规定，农村人与城市人，确实是同命不同价的。

最后，田老板赔偿了三十五万元。陈元拿到三十五万元之后，却一分钱都不敢花。每花一分钱好像都是在出卖他女儿的命。所以思来想去，他就想到了那群辍学的孩子。到了第二年春天，附近一家纸板厂倒闭了，陈元就盘下了那块地方，准备办一所农民工子弟学校。申请开办小学的时候，陈元见人就哭诉自己女儿是如何如何想留在上海，是如何如何被人推到河里淹死的。也许是被感动了，也许是农民工子女不上学，在大街小巷四处晃荡，毕竟是一种社会隐患，所以就得到了当地政府的支持。

因为学校门前有一条马路叫菜场路，陈元干脆给这所迷你型的学校起了个名字叫“菜场小学”。陈元自己亲自担任校长，从外地招了几名一心想到上海发展的老师，又在旧厂房里添置了一些桌椅板凳和教学用具，还在操场上树了一根旗杆和一根篮球架杆，学校很快就开学了。

这些都是旧话，按下暂且不提。

大妈从自己摊子上，抓起一个西红柿，也啃了起来。大妈说，纸板厂倒闭之后，这里开了一家农民工子弟学校，办学校的钱说是校长的又不是校长的，其实是一个姓田的老板卖掉自己的超市赔给校长的。可惜好景不长，校长出事儿了。可能是冤家路窄吧，有一天田老板报案，说干女儿被人给那个了。那个校长姓什么来着？如今记不得了，就被抓起来了，被判了整整五年。为什么被判五年？说是干女儿未满十四岁，不管怎么样都是犯法的。

陈元浑身一阵颤抖，忽然站了起来。

大妈说，校长被判刑之后，学校自然就关门了。

陈元说，那些学生呢？大妈说，本来就没有多少学生，据说通过报纸和电视台一报道，政府怕事儿闹大了影响不好，特事特办，不管是外地的，还是哪儿的，也不讲什么条件了，统一安插到附近的公办学校念书去了。前几天听说，有些孩子明年初中毕业，照样不能在上海上高中，要想继续念高中考大学，还得回老家，老家都没有人了，这些孩子怎么回去？大家都念着那个校长，若那个校长不进去的话，他们的孩子恐怕连初中都上不完，现在毕竟是初中毕业，也不算文盲了。

陈元又掏出一个西红柿咬了起来。

在里边的五年中，他多少次猜测过农民工子弟学校的命运，什么结果都想过了，想到了关门，想到了被别人接替继续办着，唯独这个结果是自己万万没有想到的。自进去之后，这是第一次接收到让自己有点欣慰的信息。

陈元在准备离开的时候问，你相信校长是那种人吗？大妈说，我们普通人，相信不相信有什么用呢？这得听警察的吧？那个田老板，把大超市赔进去了，不排除他设计圈套，来打击报复校长。我当时在那家宾馆当服务员，虽然在眼皮子底下，也没有亲眼所见，什么都是猜测的，所以这是是非非，再怎么想也是白想。

陈元说，你做过宾馆服务员？

大妈说，是呀，在那个红星宾馆，田老板超市的隔壁，你在那里住过吗？当时我在那个宾馆当服务员，而且那天晚上还是我值班，当警察跑过来的时候，我才知道出事儿了。

陈元忽然意识到，他之所以对大妈那么眼熟，就因为当时在红星宾馆的前台，他向她打听过宾馆内部的保健按摩房在哪里。她告诉他就在宾馆二楼的时候，顺便提醒了一句“我们的按摩房是正规的”。陈元在上楼之前还拿她眉心上的那颗黑痣开过玩笑。陈元说，你是斯琴高娃吗？她说，如果我是斯琴高娃的话，我就去韩国把这颗黑痣给祛掉。陈元说，那可是一颗福痣，祛掉你就当不成明星了。

想到红星宾馆，陈元又开始窒息了。他从身上急忙摸出一支烟，从撕开的袖子里掏出一撮棉花，搓成一根棉花条子，然后脱下自己的布鞋。但是菜市场的墙似乎是塑料板或光滑的预制板，地板上到处都是水渍与垃圾，根本容不得陈元进行摩擦。

大妈从另一个摊子上借过来一个打火机。

陈元说，不需要，我有火。

大妈接着说，出了那种事儿之后，红星宾馆因为生意冷清就被拆迁了，我也下岗了。你别看在宾馆当服务员，那可是国营宾馆，食堂随便吃，空闲的房间随便住，电话也是随便打，工资不高，但是全部都落下了。我常在想，若没有发生那件事儿，宾馆会不会倒闭呢？若不倒闭的话，大沙镇现在是迪斯尼板块，酒店的日子是不是更好过了？我会不会当上经理了？如今我摆的这个摊子，肯定是赚钱的，可惜它不是我的，我是给人家老板打工的。

陈元不想再说什么了。

他必须到外边去，找一堵能摩擦取火的墙。

他向大妈询问了一下大沙镇派出所的位置，知道派出所还在当初的那个地方。

正是中午休息时间，陈元坐在派出所对面的一家小饭馆里要了一碗面条，一边吃着一边看着派出所那排低矮的房子和像杂货铺一样的院子。只有这些地方，可谓铁打的衙门。菜场小学倒闭了，红星宾馆倒闭了，田老板的超市也转让了，唯有派出所还那么破旧地设在那里，不会受到任何人的命运的牵连。

4

陈元去大沙镇派出所，就想找民警邢小利。

他出的那件事儿也是邢小利一手经办的。他想看看在他进去的五年时间里，那些人最后的情况都是什么样子，其中包括那个狗日的田老板、不知轻重的小丫头黄丽，当然还有邢小利本人。只有这三个人，或者只有前边的两个人，是他那件事儿的主人公。

陈元吃完一碗面条，围着派出所转了一圈。当初为了女儿的事儿和自己那件事儿，没少来这家派出所。其实，他为女儿的事儿来派出所的次数比较多，为自己那件事儿只来过一次，就那么一次，便彻底给交代过去了。

陈元记得，派出所背后那条巷子比较深，七拐八拐地一直通往稻田，穿过稻田就到了女儿出事儿的小河浜。有一位大爷，在巷子宽大一点的拐角处，摆了个自行车修理点。大爷叼着一支烟，正在低头补胎，见陈元站在旁边不走，便问，你要补鞋吗？陈元说，你不是修自行车吗？大爷说，自行车都能修，修鞋还不是小菜一碟？陈元本来没有什么要修，还是拉过一条板凳，把鞋脱下来扔给了大爷。大爷看了看说，哪里烂了？

陈元说，没有。

大爷说，那补什么？

陈元说，你看着补吧。

大爷笑了笑说，你偏脚，鞋底子要垫一垫才好穿。

陈元说，从这里朝前走，是不是一块稻田？大爷说，是啊，原来稻田里长稻子，现在稻田里开始长房子了。陈元说，再往前是不是一条小河浜？大爷说，原来叫小河浜，如今叫景观河，不过再怎么变，流水是不变的，照样是可以淹死人的。陈元说，没有设栏杆吗？大爷说，没有栏杆的时候，是被别人推进去的，现在设了栏杆，都是主动跳进去的。陈元说，跳进去洗澡吗？大爷抬起头说，洗澡？在臭水里洗澡，岂不是越洗越脏？陈元说，那干什么？大爷说，是寻死，也就是自杀。经我的手捞起来的，有七八个了，最小的那个，是陕西的，才十二岁，是被推进去的；最大的那个是一个姓田的老板，都五十多了，是自己跳进去的。

陈元说，他那么大把年纪了，为什么要跳进去？大爷说，是活腻烦了吧。那天我去小河浜里钓鱼，听到扑通一声，以为有人落水了，我跳下去把他给拉上来了，你知道拉上来之后出什么事儿了？陈元说，死了？大爷说，哪死了？活着呢！是我救上来的唯一一个活着的，而且是唯一一个不想活的。

哎哟，妈的。大爷似乎被手中的刀片削破了，手指头在流血。

大爷说，谁知道救人还救出麻烦了。陈

元说，这是做善事儿，他们理应谢谢你。大爷说，还谢呢，救了那么多人，连根烟都没有抽上过。陈元当时确实没有问过是谁把女儿捞上来的，也没有说过一句谢谢。

陈元抽出一支烟，递给了大爷说，我要谢谢你。大爷说，你是谁呀？我又没有救过你。陈元真想告诉大爷，那个陕西的孩子是自己的女儿，就是他给捞起来的，好像大爷还说过，他捞了半个小时。如果陈元说出这些，会引出自己后边的事儿。虽然后边的事儿都是莫名其妙的，因为没有人证明是莫名其妙的，所以那种羞耻依然储存在别人的眼睛里。

大爷说，田老板胸脯上刺了一条龙，当我把他拖到草地上，他竟然拍着张牙舞爪的胸脯指责我不应该救他。我说，你又不是一头畜生，我怎么能见死不救呢？他说，我就是畜生，一心想死的畜生，是你让我没有死成。我说，那你自己再跳下去吧。他说，水那么深，想跳就能跳啊？这需要勇气的！他缠住我，非让我把他给推下去。你说说，我敢把他推下去吗？他有个大超市，孙子把人家女儿推下去，赔了三十五万元，如果我把他推下去，我拿什么赔人家？恐怕只有光屁股了。

陈元说，他寻死，不会是因为赔钱吧？大爷说，有关系，但似乎又没有关系，当时大超市已经转让掉了，连第二个案子都发生了。第二个案子牵扯到的还是田老板他们两个人，所以各种各样的猜测就非常多，有人说他们上辈子就是冤家，也有人说他们都上了别人的圈套。反正田老板非得让我把他推下水去，不然就不准我离开。

大爷说，我那时还在派出所上班。

大爷朝着派出所的屋顶瞄了一眼，屋顶上有一根不高的烟囱。已经过了午饭时间，所以并没有冒烟。不冒烟，或许因为那个烟囱已经不是烟囱了。

陈元说，你在派出所干什么？大爷说，厨师，他们临时雇的。我正急着回去给派出所做午饭呢，但是田老板抱着我死活不放，我赶紧给派出所打电话，副所长邢小利赶了过来。陈元说，邢小利不是民警吗？大爷说，是刚刚升任副所长的，可能一连办了两个案子，所以立功了吧。

大爷又“哎哟”了一声，另一个手指头也被刀片削破了。

有个小伙子推着自行车来修，大爷说，我这是补鞋的，不修自行车，工具都在那里，你需要的话自己动手吧。陈元笑了笑说，你怎么又变成补鞋的了？

大爷说，生气啊。我回到派出所的时候还不到十二点，比平时开饭也就晚了半个小时，结果你猜都猜不到。当我洗完碗，刚解下围裙呢，邢小利就来通知我，让我第二天别来了。我问，别来了是什么意思？邢小利说，我们要另请厨师了。我说，不就晚了半个小时吗？又没有饿着谁，何况我是见义勇为去了，不是我的话田老板就死了。邢小利说，他死不死与你有什么关系？何况他这种人多一个少一个有什么影响吗？我说，好歹也是一条命吧？邢小利说，反正你的行为影响了本职工作，辞退你也是经过派出所研究的。我说，你跟谁研究的？我在这里做了十几年饭，你刚刚升任一个小小的副所长就把我开除了？邢小利说，开除了又怎么样？我说，你恐怕居心不良吧？邢小利说，你说说看，我怎么居心不良了？我说，感觉你希望田老板死。

大爷又抬起头，朝派出所那边的屋顶瞄了一眼，而后低着头嘿嘿地笑了。

陈元说，后来呢？他们给你说法了吗？大爷说，食堂是邢小利分管的，不就他一句话吗？他让我走，我能不走吗？当天离开派出所后，我变成了无业游民，有阵子在这里开过冷饮摊，可是从这里经过的，要么是报案的，要么是犯事儿的，都是火烧火燎的，哪有心情坐下来喝一杯呢？尤其到了冬天，一根冰棍也卖不出去，万般无奈我就摆了这个摊子，说实话这个摊子也不怎么样，原来骑自行车的人还挺多的，现在大部分换成小汽车了。

陈元又想用棉花取火了，但是大爷已经修好了鞋。大爷说，你试试吧。陈元穿上鞋试了试，果然走起路来平稳多了，不再歪歪扭扭的了。

陈元说，多少钱？

大爷说，不要钱。

陈元说，为什么？

大爷笑了笑说，我这是自行车修理点，补鞋只是义务的。

陈元看了看天，晴朗的太阳有点偏了。陈元便辞别了大爷，拐到了派出所的大门口。保安拦住陈元说，你报案吗？陈元说，我找人。保安见陈元有点迟疑，便说，最近风声紧得很，如果找人办私事儿，我劝你还是省省吧。陈元说，我想找邢小利，副所长邢小利。

保安说，你是他什么人？陈元说，什么人都不是。保安说，你在这里有案子？陈元说，也不是。保安说，那到底是什么？陈元说，我亲自和他说吧。保安说，他已经不在这里了。陈元说，我真没有什么事儿，找他就是想看他一眼。保安说，你们是朋友吗？陈元说，算是吧，所以你就没有必要骗我了。

保安说，我没有骗你，实话告诉你吧，他现在在城西监狱里。

陈元一愣，那不是自己刚刚出来的地方吗？

陈元说，他调到那里去了？保安说，调？什么叫调？他是服刑去了，他犯法了你不知道吗？人家躲他都来不及，你还主动往上贴呀？陈元说，犯什么法了？保安说，除了杀人越货，现在能犯法的，不就是贪污受贿吗？我一年前来当保安的时候，他已经进去了，据说除了受贿之外，还有侵占他人财产。陈元说，判了多少年？保安说，具体我也说不清楚，大概是五年吧。陈元说，没有带出别的什么案子吗？保安说，你是指同伙吗？同伙倒是有一个，是他手下的一个民警。

陈元心想，肯定没有牵连出自己的事儿。若自己的事儿有了转机，他应该早就被放出来了。

陈元对邢小利一下子失去了兴趣。即使邢小利没有进去，如今见到了邢小利，他又能和邢小利说什么呢？告诉他自己出来了？继续告诉他自己是被冤枉的？问一问是不是他邢小利设下的圈套？那又能怎样呢？现实是，邢小利也进去了，很有可能就是因为自己进去的，而且与自己一样判了整整五年。

保安对着陈元的背影说，你们真是朋友的话，就去菜场路七十三号看看他老婆吧。

陈元朝着菜场路走去。他不是有意要去看看邢小利的老婆。邢小利的老婆又不认识自己，而且和邢小利本人还是不一样的。陈元之所以朝菜场路走去，是因为那是地铁九号线大沙镇的那一站。

陈元在离大沙镇地铁口还有五十米的地方，一抬头不经意间就看到了七十三号。那里是一个居民小区，一楼全是临街的门面房，七十三号门面房安装着玻璃门。正是下午时分，大白天依然开着灯，是粉红色的霓虹灯。灯光下摆着一张红色沙发。沙发上坐着一个女人，看上去已经不太年轻，应该四十多岁的样子，但是一副小清新的打扮，身上穿着一条白纱裙，低胸的，半透明的，可以清晰地看到桃红色的胸罩兜着半个被挤压的乳房。裙子特别短，稍微动一下，就露出了水红色的三角内裤。

陈元从门口经过的时候，她没有把陈元误会成一个女的，或者她根本不在乎男女，一边嗑瓜子一边朝陈元勾了勾手，还撵到门口，贴着玻璃门说，进来吧，进来玩玩吧。陈元原来遇到此情此景，肯定会大大方方地摆摆手，如今莫名其妙地心虚起来，最后一慌张就钻进了隔壁。

隔壁是一家正规的理发店。陈元并不知道这是正规的理发店。当他走进去的时候，凭着那亮亮堂堂的灯光，还有服务员"欢迎光临"的口气，他觉得应该是一间正规的理发店。一位年轻的小伙子拉出一把椅子，直接告诉陈元说，我们是正规的理发店，请问你要理发吗？陈元说，不理发。小伙子说，那你要烫头吗？陈元说，也不烫头。小伙子有点迷茫地重复说，我们是正规的理发店。

陈元说，你看着办吧。

小伙子说，我看你头发挺长的。

陈元说，头发是假的。

小伙子有点意外地说，这样啊！那刮刮胡子吧？

陈元说，我这胡子能刮吗？

小伙子说，当然能刮了，你又不是女的。

小伙子把椅子调平，开始给陈元刮胡子。陈元说，你怎么发现我不是女的？小伙子说，女的也长胡子，但是没有这么硬，而且你喉结那么大，女的是没有喉结的。陈元说，你老家是哪里的？挺聪明的嘛。小伙子说，老家是河南南阳的，聪明有什么用，念书少，只能待在这种地方。

陈元说，为什么念书少？小伙子说，外地的呀！上到初中毕业，就不让考高中了，若不是有个校长，恐怕连初中都上不了。陈元说，哪个校长？小伙子说，我也不知道，我那时候年纪小，但是听我爸妈说，有个人自己出钱，建了一所农民工子弟学校，我在那里上了一段时间，后来学校关门了，就转到正规学校去了，这些天我爸妈还在念叨，说那个校长应该快出来了。

陈元心想，虽然大家忘记他姓什么叫什么，总算还有人是惦记着自己的，甚至是感激自己的。但是惦记自己、感激自己有什么用呢？是丝毫也无法证明他不是犯了那种事儿的人的。

小伙子说，你不去隔壁是对的，老实说隔壁很脏的。我给你讲个故事吧，前几天有个同性恋，泡了一个娘娘腔，带回家干完事儿之后，又有一个老男人跑过来，说那个娘娘腔是他的女朋友，逼着同性恋拿出八千块钱。同性恋没有那么多钱，只好交出银行卡和密码。趁着娘娘腔拿银行卡出去取钱的机会，老男人又把同性恋给那个了。同性恋一气之下就报案了，警察把娘娘腔和老男人都给抓起来了，在被逮捕之后，给老男人体检，发现老男人患了艾滋病！

陈元说，都是隔壁发生的？

小伙子说，当然不是了，是从电视里看到的。但是隔壁那个女人，谁知道带着什么病呢？传染上了可就毁掉了。而且你不知道，那个女人可不简单，她老公原来是派出所的副所长。据说，她当副所长老婆的时候威风得很，整天开着汽车在大街上乱窜，手上提着的包包都是上万块的，穿着的裙子人家说像只花蝴蝶，我看啊，蝴蝶的翅膀也不见得有那么漂亮。有人说副所长被抓起来，就是她和别人联手举报的，之所以要举报自己老公，是副所长在外边有花头了。为了那个花头，副所长在大沙镇盘下了一家超市。

不管谁是谁非，副所长进去之后，家里人都劝她和副所长离婚，但是她死活不肯。她不离婚，也不去里边看他，就开了隔壁的理发店，理发店里就她一个人，既当老板，又当小姐。她那个理发店，与我们不是一样的，我们这个理发店是真理发，而她那个理发店什么都有，就是不理发。大家以为她为了钱，人家说不为钱，就为了报复副所长。

小伙子说，大叔，对不起啊。

陈元说，为什么对不起？

小伙子说，只顾着说话，我一失手，把你下巴刮破了。

陈元才意识到下巴在流血，有一丝火辣辣的痛。

陈元起身要结账的时候，小伙子说，我不收你的钱，因为我把你的下巴刮破了。

陈元出了理发店，本来还想在大沙镇逗留两天，比如去自己曾经打工的建筑工地看看，比如去找找田老板和他的那间超市，比如去看看红星宾馆拆迁后都建成什么样子了。但是，一切都在五年前开始拐弯了，像一条路突然拐向了让人看不见的方向。他不忍心多看一眼那间粉红色的门面房，还有那个对着路人不停招手的有些沧桑的女人。他立即转过身，钻进了地铁九号线的入口。

目前他最想的就是回家，回陕西丹凤的那个家。

如今他无法预料自己的老婆屈爱琴和儿子陈改朝会朝着什么方向拐去。

5

陈元仍然选择先到南阳，再转乘前往西安的大巴。

前往西安的大巴会经过陕西丹凤。这是自己以往回家的线路，也是女儿当初来上海度暑假时逆向而行的线路。陈元心想，五年时间，也许从上海到丹凤已经开通了直达的班车，但是他不愿意直达，他希望转车。如今转车还是不一样了，原来从上海到丹凤，有一大半路是走国道的，会遇到一个个小镇，比如叶子镇，比如太阳镇，在那些小镇上，大巴要停下来，一边上人，一边让大家吃口饭撒个尿，有时候还会在小镇上住一夜，回到家基本需要三天两夜。如今全成了高速，陈元在车上迷瞪了一下，醒过来的时候已经到了南阳。在南阳等候了两个多小时，转了车，再迷瞪了一下，中午十二点就到了丹凤县城。

陈元的家在塔尔坪村，离丹凤县城还有七十里。每天下午的时候会有一趟班车前往庾家河镇，并不经过陈元的家乡塔尔坪，所以中途下车还要步行十多里。陈元不愿意坐班车，也许是嫌班车还要等几个小时，也许是嫌班车开得太快了，也许是怕遇到一些熟人。能坐这趟班车的人基本都是镇上的，即使不是镇上的，起码也是经常到镇上走动的。虽然过去了五年，陈元变化很大，还戴着一顶假发，但是不排除有人会认出他。即使不认识他了，他身上的那件事儿，应该是人尽皆知的。

陈元决定全部步行，七十里路对他来说算不了什么。七十里路，要翻过两座大山，不出意外的话，路上会有积雪，陈元若慢慢走，回到塔尔坪的时候应该正好是天黑时分。

陈元实在太饿了，在半路上推开一户人家的门。虽然午饭时间已过，但是大妈还是给陈元烙了锅盔，下了挂面。陈元好久没有吃到锅盔和挂面了，严格意义上是五年没有吃上锅盔和挂面了，所以他像一个吸毒的人突然拿到了一堆白粉。大妈看他吃得那么香，便说，你是哪里人啊？陈元说，我去塔尔坪。大妈说，走亲戚吗？

陈元说，去看看。

大妈说，我怎么不记得有这么个地方了？陈元笑了笑。

继续往前走的时候，路上遇到了两个人，陈元装作问路的样子，问人家塔尔坪还有多远或塔尔坪怎么走。人家都摇摇头说，是寺庙吗？好像没有听说过呀。真是奇怪了，塔尔坪再小，再不出名，它毕竟是一个村子。何况村子里的一个女儿还淹死在上海，村子里的一个父亲还出过那么丢人的不清不白的事儿。是那些事儿在如烟的时光中根本不值一提，还是都被人给遗忘掉了？

正如陈元所预料的一样，他是在暮色苍茫的时候，看到了那棵熟悉的大核桃树，看到了那棵大核桃树上的一个鸟巢，有几只乌鸦站在树顶上有气无力地哇哇着。

所以，塔尔坪还是存在的。

陈元想等到天黑才进村，于是坐在那条无名的小河边。

老婆屈爱琴还是老样子吗？还剪着齐肩的短发吗？还喜欢穿着碎花的棉袄吗？脸上还涂着双生花牌雪花膏吗？还会莫名其妙地眉开眼笑吗？此时，她是否系着围裙在喂猪呢？冬天了，栏上的猪应该两百多斤了吧？到腊月是杀了吃肉呢，还是卖钱？她见了他，还会不会像过去一样，他一进屋就被她给抱住了，而后稀里哗啦地把他剥个精光？

陈元骂了自己一声“妈的”。他怎么就把儿子给忘记了呢？陈元进去之前，儿子陈改朝刚刚订婚。儿媳妇她爸在另外一个村当村长，她在另外一个村办小学当代教，模样儿十分水灵。有人问儿媳妇，家里条件那么好，为什么看上了陈改朝？儿媳妇说，因为他有一个爸爸在上海，以后到上海去旅游都不用住宾馆了。儿媳妇有一半是开玩笑的，有一半是大实话。陈元在堂堂的上海工作，在建筑公司写写画画，这是多么让人羡慕。虽然陈改朝没有考上大学，还是一个农民，但是在大家眼里，有个厉害的老爸，迟早是要被安排工作的，而且肯定是在上海。

可惜的是，在儿子订婚之前，陈元没有机会见儿媳妇。她应该和儿子陈改朝结婚了吧？应该有孩子了吧？是孙子还是孙女呢？陈元突然发现，自己忘记带礼物了，没有给老婆屈爱琴买双生花牌雪花膏，也没有给儿子买几包红双喜，给孙子或者孙女买几包大白兔奶糖。过去他回家的时候都会大包小包地带着这些东西。如今若是带着这些东西回来，会不会显得十分奇怪？自己是被放出来的，又不是光荣退休了。

陈元突然想抽烟。

他从袖子里掏出一撮棉花，可是四周没有墙。有山，山上有积雪；有树，树已经枯干；有草，都是荒草；有一条小路，没有铺水泥。陈元拾起两块石头，像古代人一样碰撞，一下两下三下四下，整个山谷都回响着敲击的声音。最后石头都被撞碎了，还是擦不出火花。

天真的黑了。

陈元感觉有点毛骨悚然。

他一回头，看到背后站着一个人，对着他嘿嘿地笑。

虽然天黑了，光线十分暗淡，陈元还是认出了这个人。他是塔尔坪有名的老光棍，长得一表人才，而且心灵手巧，会制猎枪，会修收音机，会织毛衣。他不仅织毛衣自己穿，还织毛衣送人。曾经送过两件毛衣给陈元的老婆屈爱琴，一件是水红色的，另一件还是水红色的。不过，一件是高领的，另一件是鸡心领的；一件胸口有一朵花，另一件什么花也没有。关于老光棍为什么变成了光棍，说法比较多，有人说年轻时家里穷，有人说是挑花了眼，也有人说他一直在暗恋陈元的老婆屈爱琴。

老光棍的名字叫马青。

马青说，你躲什么呢？

陈元说，我没有躲呀。

马青说，你躲到哪里我都会找到你的。

马青对着河边的一棵杨树轻轻地踢了一脚，说你以为你躲到树里边，我就找不到你啦？从杨树上落下一片叶子，也许是最后一片叶子。马青从地上拾起叶子，朝着它吹了一口气，而后说，赶紧回家吧。

陈元感觉，马青像是在和自己说话，又不像是在和自己说话，而是在和自己背靠着的那棵杨树说话。陈元喊了一声，马青。马青说，谁叫马青？这片树叶子原来就叫马青啊？陈元说，你认识我吗？马青嘿嘿一笑说，你是谁？不可能是屈爱琴吧？屈爱琴比你漂亮多了。

陈元有种不祥的预感。

照着马青说话的语气，马青可能疯了。

在自己没有进去前，就有人说马青有点疯，不过并不彻底。

马青说，跟着马青快点回家吧。

陈元跟在马青背后，向村子里走去。路上没有一个人，整个村子也没有一点光亮。每从一户人家门口经过，马青都会上前，扣住人家的门环，把人家的门敲得哐当哐当地响。他敲敲汪家的门说，准备好了吧，要赶班车的话，应该出发了；他敲敲方家的门说，快点起床吧，天都大亮了，应该下地收苞谷了；他敲敲马家的门说，快点放炮吧，小媳妇马上就到了，要拜堂成亲了。他的话也不全是颠三倒四的，当年汪家开了一个小卖部，卖点油盐酱醋和针头线脑，经常要搭班车进城进货；方家是个懒汉，要睡到太阳晒屁股才起床，经常地里的庄稼都顾不得收；马家有一次结婚，新娘子都进门了，迎亲放炮的人竟然喝醉了。

无论他敲谁家的门，门上都挂着一把大锁。

陈元明白，大家应该进城打工去了，或者迁移到开阔的地方去了。

终于到了自己家的院子外边，院门是半开着的。马青还是一样，走上前去，敲了敲门说，屈爱琴啊屈爱琴，你梳妆打扮得怎么样了？你们家的男人从上海回来了。陈元不明白，马青是认出自己来了呢，还是随口说说的。马青不等有人来开门，就把门给推开了，而后回头对着陈元说，跟着马青快点回家吧。

陈元进了院子，马青再轻轻地把门给掩上了。

陈元一下子又要窒息了。

原来的三间大瓦房不见了，成了一块平地。

从前摆着香案和祖宗牌位的位置如今长着一棵树。

陈元认不清是一棵什么树。因为是冬天，树上没有一片叶子，枝丫显得无比的瘦，像核桃树，又像柿子树，还有点像梨树。陈元以为走错了地方，在塔尔坪总共十几户人家，大多数人家的院子是一模一样的。比如马青家的院子和陈元家的院子，无论大小进深不仅一模一样，而且还在隔壁。

陈元说，这是你家吧？

马青说，是你家。

陈元准备退出来的时候，被马青给拉住了。马青拉来一张凳子，让陈元坐下来。陈元坐下来后，再朝院子后边的山看了看，又回头朝院子前边的山看了看，他感觉自己并没有走错，这确实就是自己的家。自己的家为什么不见了呢？是自己在做梦，还是老婆屈爱琴与儿子陈改朝在别处，比如在镇上盖了新房，全家一起搬走了？

陈元说，我老婆呢？

马青说，在那里呀。

陈元说，现在呢？我说的是现在。

马青说，她躲起来了。你以为你躲到一棵树里，我就找不到你了吗？

陈元仔细地辨认了一下，长在废墟上的那棵树确实是核桃树。塔尔坪的人喜欢种核桃树，因为核桃树寿命长，而且可以结核桃，所以在房前屋后，坟头坟脑，都会见缝插针地栽种核桃树。

陈元认为马青是真的疯了。

陈元出了院子，在整个村子又转了一圈，还是没有发现一个人，大多数房屋破败了，有些房屋已经倒塌了，到处都种着核桃树，有的已经合抱粗了，有的还是小树苗，把整个村子打扮得像森林似的。马青跟在陈元的身后，每到一家，他仍然上前敲门，敲完了门，又上前去敲树。他把一棵棵核桃树敲得嘭嘭响，而后一声声叫着，你们快点开门吧。

陈元说，我得走了。

马青说，门马上就开了。

马青跟着陈元离开了塔尔坪。陈元不知道自己要去哪里。他觉得自己应该先去镇上，镇上应该是有人的，他要打听一下老婆屈爱琴与儿子的下落。当马青把陈元送到一个山顶的时候，马青塞给陈元一个纸卷，陈元以为是马青自己卷的一支烟，就接了过来，夹在自己的耳朵上。马青掏出一个打火机，要给陈元把烟点上。

陈元笑了笑说，不用，我有。

但是四周一片漆黑，根本不知道哪里才能摩擦。

陈元摸索着赶到庾家河镇的时候，已经是晚上十点多了。陈元在镇上上过两年初中，那时仅有一条一百米的石板街，弯得像个“V”字。如今石板街已经没有了，全部改造成了水泥，而且两边全是小洋楼。可惜的是，小镇毕竟是小镇，一点儿都不繁华，街上不时有人经过，也有一两对男女没边没沿地溜达着，但是店铺基本关门了，四周显得一片漆黑。

陈元在街角的一座桥头，找到了一个摊点，是做烧烤的，还亮着灯。有一个人，没有坐在摊子上，而是坐在桥上，背靠着栏杆，独自在那里喝酒。摆烧烤摊的，是二十多岁的一个姑娘，梳着马尾辫，穿着绛红色的棉袄。

姑娘说，你想吃什么？鱿鱼，鸡腿，羊肉，什么都有。陈元说，随便吧。姑娘说，你是大妈吧？陈元笑了笑说，有关系吗？姑娘说，当然有关系，大爷爱吃羊肉，大妈爱吃鱿鱼。陈元说，随便吧。姑娘说，你要几条呢？陈元说，还是随便吧。姑娘说，那就先烤两条，不够了再添。

姑娘说，你不是本地人吧？陈元说，你看我像什么地方的？姑娘说，听口音，我看像南方的，冬天来我们这小地方，怕是收药材的吧？陈元说，你哪里人？姑娘说，我是本地人，又不是本地人。

陈元说，你知道塔尔坪吗？

姑娘说，那个地方，我知道呀，听我堂姐说过。

陈元说，你堂姐是谁？她怎么知道的？姑娘说，我堂姐就是我叔叔家的女儿，她险些就嫁到塔尔坪去了。陈元说，险些是什么意思？姑娘说，快结婚了，听说我姐夫他爸是个大流氓，所以就泡汤了，当时我才十几岁，具体我也说不清楚。陈元说，大流氓是你堂姐说的吗？姑娘说，她呀，一句话没有，都是别人瞎掰掰的。陈元说，你们信吗？姑娘说，据说人被抓起来了，法院都判了，信不信又有什么意义呢？

姑娘把鱿鱼架在炉子上，一边烤着一边说，当时我堂姐在一个村办小学教书，事儿很快就传到学校了，无论老师还是学生见了她，都是指指点点的。她一站到讲台上，底下一片沉默，不提问，也不发言，都直直地盯着她。有个学生考试成绩差，两门功课不及格，我堂姐通知家长来谈谈，哪知道家长一进学校就大吵大闹，说这么流氓的老师怎么能教出好学生呢？校长说，人家一个姑娘，怎么就成流氓了？家长说，她的公公是流氓，公公的儿子肯定是流氓，她嫁给这样的流氓，不是流氓是什么？校长说，不能这么推吧？家长说，她是教数学的，这叫等量代换明白吗？我堂姐无脸再进学校，第二天就辞职了。后来，婚事就泡汤了，据我叔叔说，不是他们薄情寡义，是我姐夫主动提出取消婚约的，不取消婚约怎么办呢？他不敢上我叔叔家的门，也不敢带我堂姐出去。

姑娘叹了口气说，我堂姐多漂亮啊，眼睛像两个桃子，粉扑扑的脸蛋像红富士大苹果，苹果都没有她那么水灵。现在二十七八了，还没有嫁出去呢。

鱿鱼烤好了，陈元却一点胃口都没有。他只想取火抽烟。

姑娘说，我姐夫与我堂姐分手后就离家出走了，开始说是在外边打工，后来有人在陕西铜川煤矿遇到了他，说他在洛南县某个村里，当了上门女婿。我姐夫离开塔尔坪后，就剩他妈一个人了。据说他妈去了一次上海，在上海待了几个月，最后是一边要饭一边回到塔尔坪的。回到塔尔坪后，她就再没有出过院子。我堂姐去看望过她，但是无论怎么敲门，她都不开。村子里任何人敲门她都不开。她在院子里待了将近两个月，直到第二年春天，有个疯子翻墙跳进院子里，想强行把她拉出来，发现两间屋子已经垮掉了。可能是被那年的一场大雪给压垮的。那年的雪下得太大了，把好多大树好多电线杆都压垮了。她躺在仅剩下的一间屋子里，尸体已经发臭了，头发已经全白了。其实她从上海回来的时候，头发已经全白了。

在桥头喝酒的人醉了，把一个酒瓶子扔进了河里，发出一声破碎的声音，而后摇摇晃晃地离开了。

摊子前没有一个客人，姑娘坐到陈元的身边，拿起给陈元烤好的鱿鱼，自已吃了起来。姑娘哽咽着说，疯子恐怕是有意的或是无意的，放了一把火，把剩下的一间房子点着了，大火不仅烧光了院子，还把院子后边的几座大山都给烧掉了。火特别大，我们从几十里外赶过去，帮忙把大火给扑灭了。最后大家和疯子一起，干脆把墙推倒，把她埋在了她家的院子里。

姑娘挑了挑炉子说，后来塔尔坪就空了，只剩下了一个疯子，疯子哪儿也不去，他在她的坟头上栽上了核桃树，在整个村子的边边角角都栽上了核桃树。听说塔尔坪原来有个塔，是镇鬼的，会不会塔倒了，妖魔鬼怪都跑出来了？

陈元万万没有想到在这个小镇上，轻而易举地遇到了未过门的儿媳妇的堂妹。似乎不是姑娘在讲述，而是岁月在向他讲述，是老婆屈爱琴在向他讲述，每个人的讲述尽是悲凉，像小镇上的那个冬天的夜晚。

姑娘吃完了一条鱿鱼，擦了擦眼泪笑了笑说，你到底是大爷还是大妈？

陈元说，为什么要把我误会成大妈呢？

姑娘说，也许头发太长的原因吧。

陈元掏出五十块钱，姑娘说，你一点儿都没有吃，所以不收你的钱。

有人在向这边走来，姑娘指了指说，我

堂姐来帮忙收摊子了，大爷不如去我们那里将就一晚上。陈元看着那个不断靠近的有些疲惫的身影，站起身说，算了，我该走了。姑娘说，这么晚了还能去哪里呢？陈元说，我要回塔尔坪。

从庾家河镇到塔尔坪，是几十里伸手不见五指的山路。路上还有一些积雪，沿途也没有一户人家，陈元一脚深一脚浅地往回赶，赶到了最后一个山顶的时候，看到有个黑乎乎的东西在山顶上晃动。它不像一个人，而像一根树桩。

陈元是从里边出来的，所以不怕鬼，也不怕人，更不怕树，唯一怕的，是把鬼误会成了人，把人误会成了树。还不等陈元喊叫一声，那黑乎乎的东西嘿嘿一笑，瓮声瓮气地说，你躲到哪里去我都会找到你的。

陈元听出来了，他是马青。看样子，马青把他送到山顶之后并没有下山，而是一直在山顶上守着，似乎知道陈元还会回来一样。

陈元说，走吧。马青并不跟着他下山，而是靠着一棵松树坐下了。陈元说，赶紧走吧。马青还是没有吱声，几分钟就疲惫地打起了呼噜。马青应该太累了，他一直站在山顶上，在等着什么，所以他太累了。陈元也太累了，于是他依着马青，靠着那棵松树，坐下来闭上了眼睛。

陈元迷迷糊糊之中发现自己带着女儿回到了塔尔坪。他穿着一身西服，打着领带，皮鞋擦得铮亮。两个人一起进了门，女儿在东厢房里找妈妈，他则在西厢房里叫着屈爱琴。他在西厢房里找来找去，发现屈爱琴躺在一只储存麦子的柜子里。她没有剪齐肩的短发，而是留了一头与自己一样的披肩长发；她没有穿上带着碎花的棉袄，而是穿着一身白色的袍子；她没有眉开眼笑，而是脸上蒙着一块黑布。陈元说，你以为你躲在这里，我就找不到你了？她说，我不躲到这里还能躲到哪里？她说着，一骨碌从柜子里站起来，堵在了他的面前。陈元定睛一看，站起来的不是她，也不是一只柜子，而是一副棺材。

其实也不是棺材，而是疯子马青。

天大亮了，马青醒了，陈元的梦也醒了。

从山上往下看，整个塔尔坪还如从前一样，根本看不出有什么异常。一片树林之中，一块块屋顶上，还残留着积雪。如果细细地对比，原来是有炊烟的，或者有弥漫的雾气，如今什么也没有，显得十分清冷。像一个人有了呼吸，哪怕他的身体再冷，还是温润的，一旦没有了呼吸，就失去了生气。积雪上，原来是有喜鹊的，如今尽是乌鸦。它们从屋顶跳到树枝上，又跳到另一根树枝上，百无禁忌地哇哇地叫着。

陈元与马青一起下了山。陈元进了院子，终于把一切看得清清楚楚。除了院子基本完好无损之外，里边的三间房子连残垣断壁都不存在了，唯有破碎的玻璃还一如既往地反射着光。猪圈里长满了灌木，石磨上长满了青苔，水井隐没在衰败的蒿草之中。陈元终于看到了一块木板，插在隆起的地上，上边写着“屈爱琴”几个字。估计是马青给屈爱琴立起的牌位。

陈元在牌位前蹲了下来。

他从棉袄里掏出一大撮棉花，从废墟里捞出了一块青砖，从脚上脱下了自己的布鞋，开始使劲地摩擦着。他从没有用青砖取过火，由于青砖沾上了融化的雪水，有一大半还是潮湿的，但是他没有因此而丧失耐心。他一只手拿着鞋，一只手拿着青砖，夹着一根棉花条子，快速地摩擦着。第一根棉花条子被磨碎了，他又搓出第二根棉花条子继续摩擦。青砖从干燥到发热，从发热到发烫，半个小时之后，棉花条子慢慢地变黑，终于冒出了一股青烟。

陈元吹了吹，把一把艾草和一把树叶点着了。

陈元对着燃烧起来的火苗跪下了。

马青把一个火苗捧在手心，嘿嘿地笑着说，你以为你躲到树里我就找不到你了吗？

陈元想抽支烟，但是烟盒里已经空了。他从身上摸出了昨天晚上马青给他的那根卷烟，叼在嘴上。但是似乎是实心的，里边并没有烟叶。陈元把这根卷烟展开，只要揉一些树叶包进去，照样是可以当成卷烟抽的。

当陈元展开这张纸，发现上边有字。

虽然那字迹有些模糊，但是陈元一下子认出了这是屈爱琴的字。

屈爱琴曾经给自己写过信。写得比较稀少，每年就一封两封。每次接到屈爱琴的信，陈元都特别开心，坐在工地最高的墙头上，一个字一个字地反复读。屈爱琴的信很简单，要么告诉陈元收了多少麦子，要么告诉陈元槽上的猪多少斤了。这些话在电话里说过一遍，但是经过她写出来，味道又不一样了。有一次，屈爱琴在电话里说，他爸呀，咱们改朝看上了一个丫头，丫头的爸爸是村长，丫头在小学里教书，人长得也不赖，你回来把把关吧。陈元说，我把什么关呀？儿子看上了，你看上了就行，怕就怕人家看不上我们。屈爱琴说，咱儿子又不差，何况人家看中的，是你这个老爸。陈元说，你这个当妈的，也没有正经吗？既然你们定下来了，就请媒人提亲。过了不久，陈元收到了屈爱琴的信，信中又把那些话重复了一遍，不过里边多了一张那个丫头的照片。订婚的时候，陈元的建筑公司走不开，没有办法回家，就寄了两千块钱。

屈爱琴在这张纸上写着：

妞妞：大沙镇柳沙河。

他爸：上海市雪山路1551号。

学校：大沙镇菜场路177号。

副所长邢小利：上海市大沙镇大沙浜路1号。

田老板的儿子田小龙：西安市阎良区前进东路14号××小区。

黄丽：陕西省渭南市临渭区河西乡河东村，十三岁零十个月。

改朝：陕西省洛南县灵口镇桑树洼村。

纸上还有几个大大的感叹号，几个大大的疑问号，在田老板的名字上打了一个叉。纸头上印着“大沙镇派出所”的字样，看来屈爱琴真去过上海了。

陈元分析了一下名单和地址，她在上海的两个月时间里，应该去过女儿淹死的那条小河浜，柳沙河就是那条小河浜的名字；应该去过菜场农民工子弟学校，那时学校恐怕已经关门了，学校一关门，除了桌子椅子就什么也没有了。她肯定首先去的是大沙镇派出所，见到了已经是副所长的邢小利，从邢小利那里了解到女儿的事儿，当然主要是了解自己的事儿。田老板的地址是他儿子的，在陕西而不在大沙镇，是田老板已经离开了，还是这个地址是假的？甚至她还去了位于雪山路的城西监狱。王管教从来没有提起有人去看望过他陈元。陈元在里边五年时间，从没有任何人进去看过他。但是并不代表屈爱琴没有去过城西监狱。说不定她到城西监狱大门口，从门缝朝里看了几眼，而后就离开了，因为她明白他，就算她进去见他，他也不见得答应见她。

陈元爬起身，拍了拍马青的肩膀，说了句，谢谢你。

马青说，你以为你躲到树里我就找不到

你了？

陈元穿过村子的时候，马青跟在他的后边一家家地敲门。

咚咚的敲门声在空洞的村子里不时地回荡着。

陈元要离开了。老婆屈爱琴留下来的那张纸其实就是一个天意，或者说是她冥冥之中对他的指引。陈元原来的计划是先见田老板和黄丽，因为田老板与黄丽是掌握着真相的两个人。如今必须颠倒一下，接下来他第一个想见到的，是自己的儿子陈改朝。因为自己蒙受的不白之冤，让那个可怜的孩子已经流落异乡，起码改朝养育的儿子或者女儿不会再姓陈了。他不知道是不是预兆，因为在他给改朝起名字的时候，老婆屈爱琴就提醒过他。

改朝改朝，不就是要改换门庭的意思吗？

6

根据屈爱琴提供的地址，改朝家住陕西省洛南县灵口镇桑树洼村。陈元对洛南县的灵口镇并不陌生，它就在丹凤县的隔壁，是从塔尔坪通往河南灵宝县的必经之地。

他曾经跟随着马青，也就是那个疯子一起，去河南灵宝县淘过金。灵宝县有很多金矿，在陈元青春年少的时候，不仅仅是塔尔坪，方圆几百里的男女老少，唯一的营生就是去灵宝县淘金。说是淘金，其实就是偷，半夜三更钻进矿洞里，偷人家的矿石下山卖钱。那时候，偷不叫偷，叫背；金矿不叫金矿，叫山上。陈元记得十分清楚，矿石一斤两毛钱，一克金子五十块。背矿石并不容易，因为矿洞里是伸手不见五指的，身后还有人拿着棍子追赶，一不小心就掉到矿井里，被当成矿渣给铲走了。村民们农闲的时候，或者家里困难的时候，就会吆喝一帮人去山上背矿。陈元去过几次，其中一次是自己想上学，家里出不起学费；还有一次是和屈爱琴结婚，为了给屈爱琴买块手表。那一次，他和堂兄一起去的。堂兄也准备娶媳妇，想攒几桌子酒席钱。刚刚坐车到了灵口镇，就发生了车祸，堂兄推了陈元一把，把陈元推出车外，堂兄自己来不及逃，被活活地轧死了。

从塔尔坪去灵口镇，必须经过三要镇。从塔尔坪到三要镇，有六十里的大峡谷，当年不通汽车，如今应该也不通汽车。反正陈元不喜欢坐汽车，坐汽车会遇到杂七杂八的人。这条线路，完全就是上山背矿的线路，不过似乎一切都变了，山似乎矮下去了，河流似乎窄了浅了。陈元不明白是自己眼光长了，老了，还是这些山瘦了，水干了。

陈元在太阳落山的时候赶到三要镇，再转车赶到了灵口镇。陈元出了灵口车站，问一家旅舍桑树洼怎么走。老板娘说，从没有听说过，还是住下来再说吧，一晚上三十块钱，要热水有热水，要按摩有按摩。陈元又问了一个保安，保安说，是桑树洼吗？会不会是桑树岭呀？桑树岭倒是不远，往北走就三里路。

陈元赶到桑树岭，有位老人坐在村口抽烟。陈元问，大爷，村里有没有一个叫陈改朝的人？老人说，你问的是女的吗？陈元说，是男的。老人说，我们虽然叫桑树岭，却清一色地姓杨，杨树的杨，怎么会有姓陈的呢？陈元说，是上门女婿。老人说，上门女婿那倒是有一个，在村东第一家，不过人家不叫陈改朝，人家叫杨利。

陈元想，肯定是走错了，或者屈爱琴把地址给抄错了。

正想离开的时候，有一个女人背着一袋子东西，弓身从村口经过。

老人指了指说，桂花，你们家杨利是不是改过名字？桂花放下肩膀上的袋子。她原来不是被压弯了腰，而是一个罗锅子。她弓着腰说，他说原来的名字不好听，入赘我们杨家后就跟着我们杨家姓了。老人说，他原来叫什么？桂花说，叫陈改朝，改朝换代的朝。老人说，那就对了，这里有人找呢。

桂花看到了陈元，问，你哪来的客人呀？

陈元迟疑了一下说，我是他煤矿上的工友，他不在家吗？

桂花说，还在铜川煤矿上，恐怕过年才能回来吧。

儿子不在家，陈元反而踏实了。陈元说，走到这里天黑了，就是想来投个宿。陈元接过口袋，是一袋子面粉。陈元背着面粉，跟着桂花进了村。桂花走路的时候，每走一步，头几乎都要磕到地上了。天黑，陈元判断不出桂花的年纪，不清楚桂花是儿子家里什么人，凭着样子感觉不像自己的儿媳妇。

儿子家没有院子，只有三间瓦房。房子不是青砖的，而是用泥巴夯起来的。中间有一个香堂，写着“天地君亲师位”，西边是一间厨房，东边从中间隔成了两个卧室。地板没有铺砖，也没有打水泥，积着厚厚的尘土。家里陈设简陋，几乎没有几件像样的家具，只有几只漆成红色的木箱子。桂花生了一盆火，而后问，大伯还没有吃晚饭吧？

陈元笑了笑说，还没有呢。

桂花便进了厨房，忙碌着做饭去了。

东边的门帘子揭开了，是一位五十岁左右的大妈。大妈说，你是哪位亲戚，怎么一点都不认识呢？陈元说，我是路过的，这么晚了，打扰您了。陈元估计，应该是儿媳妇她妈。她若是儿媳妇她妈，正在厨房添水做饭的，难道就是自己的儿媳妇？陈元看到儿媳妇弓着身子，几乎都够不着锅灶了，心里顿时生出一丝悲凉。

大妈说，你是哪里人？陈元说，我呀，原来是丹凤县的。大妈说，我们家杨利也是丹凤县的，那个村子叫什么来着？陈元说，叫塔尔坪。大妈说，听他说，塔尔坪已经没有人了，他们都迁到哪里去了呀？

陈元说，有的迁到镇上去了，有的迁到城里去了。大妈说，你和我们杨利熟悉吧？陈元说，挺熟悉的。大妈说，他家里都有什么人？父母和兄弟姐妹呢？我们问他的时候，他只说死了，到底怎么死的，什么时候死的，从来也不告诉我们。陈元说，孩子可能伤心吧。大妈说，如果不伤心的话，怎么会入赘到我们家？陈元说，他是怎么跑到这里来的？

大妈说，按说去灵宝背矿，也不经过我们桑树岭，哪知道他是怎么绕到这里来的？有一年冬天，下了好大好大的雪，雪把四面八方的路都封住了。我们早晨起来，不仅找不到路，吃水都找不到河。我们推开门，门外坐着一个人，看上去哪像人啊，倒像一个被冻僵的雪疙瘩。这就是我们家杨利。他在我们家睡了两天两夜，醒过来后，什么也不说，也不打算离开，挑水，劈柴，干活都不用人叫。春天了，帮忙下地锄草；夏天了，帮忙下地收麦子。待了半年多，我们问他，家里有没有媳妇？他摇头；我们问他，以后有什么打算？他摇头；我们问他，愿意不愿意做上门女婿？他竟然点头了。就这样，在那年农历八月十六立了招书。

大妈说，这个女婿话少，勤快，懂事儿，对我也孝顺，每次从外边回来，都给我买衣服，你看看我身上这件羽绒服，穿着多舒服啊。我们家桂花，按说也没有什么说的，但毕竟是个罗锅子，还长杨利三岁。我们能招这么一个女婿，恐怕是上辈子积了阴德。

看大妈对儿子如此称心，刚刚升起的那股悲凉稍稍地减轻了一些。

陈元摸出一支烟。他犹豫了一下。地板是泥巴的，墙壁是泥巴的，又是半夜三更，他怕吓着了人家，所以打消了摩擦取火的念头。

房间里传来了孩子的哭声，大妈说，是我孙女杨小青。

大妈掀起帘子，进房间里哄孩子去了。

陈元对桂花说，随便吃点就行了。但是桂花摆了一张桌子，蒸了一锅大米饭，炒了一个腊肉萝卜片和一个鸡蛋土豆丝，还提出一瓶子太白酒。桂花说，冬天里没有什么菜，就请大伯将就一点吧。陈元说，够多的了。桂花说，听你刚和我妈说，你是杨利老家那边的，又都在铜川煤矿待着，第一次上我们的门，算是稀客。

桂花说，大伯你一把年纪了，怎么还要上煤矿吗？陈元说，不挖煤能干啥呀？桂花说，电视里经常说，这边煤矿塌方，那边煤矿渗水，每次都有几十个人被埋在下边，你们待的煤矿怎么样？陈元说，都一样，哪儿都一样，不安全。桂花说，有没有死过人？陈元说，听说过，不过我们还好。桂花说，我劝说杨利，在家干点别的，钱有啥多少的，他总是不听，按说铜川离家也不是太远，可是一年到头，除了收麦子和过年，他多数时候都不回家。

陈元说，煤矿也没有外边说的那么可怕，你别太担心了。桂花说，我好奇，煤都埋在什么地方？陈元说，埋在地下。桂花说，多深呢？陈元说，我们不清楚，反正挺深的，下去要半天。桂花说，上边种庄稼吗？陈元说，煤多值钱，不用种庄稼了。桂花说，你们挖煤的时候是怎么进去的？陈元犹豫了一下。

陈元想起自己去过的金矿，便说，有洞，洞口有点像我们这里的墓，也像隧道或地铁，你坐过地铁吗？桂花说，还没坐过呢。

桂花要给陈元倒酒，陈元推开了。桂花说，大伯，煤挖出来是什么样子？陈元说，挖出来是黑的，和泥疙瘩一样。桂花说，从地下一挖出来就能烧吗？真是奇怪，我们地里的泥巴为什么不能烧，人家那里为什么就能烧？陈元真想告诉她，在地壳运动中，有一些植物被埋在地下，在不透气或空气不足的情况下，经过几亿年的高温与高压，最后就形成了煤。但是陈元觉得那样解释，文绉绉的不合适。

陈元说，泥巴和泥巴能比吗？

桂花说，我一直想去煤矿，但杨利他不带我。其实我去，不是为了挖煤，而是为了陪陪他，给他做做饭，顺便看看煤是什么样子的，煤矿到底安全不安全。

几天一直在外奔波，加上在里边五年的煎熬，陈元第一次有了家的感觉。他三下五除二地吃了一顿饱饭，倒床便呼呼地睡去了。自是一夜安宁无话，第二天，陈元一觉睡到大亮，吃完早饭便起身告辞。桂花拿了一件棉袄，一双新做的布鞋，一袋子煮熟的香肠，让陈元捎给杨利。陈元说，这些东西，哪儿买不到，用不着吧？桂花说，杨利总不给自己添衣服，恐怕还穿着原来那件破棉袄。大伯你劝劝他，让他别舍不得花钱，想喝酒就喝，想抽烟就抽。再捎句话给他，马上过元旦了，如果元旦不回来，过年就早点回来。

大妈也送出门，对着陈元耳朵边悄悄地说，关键是让他早点回来，给咱杨家抱个孙子。

有一群孩子，你追我赶地跑了回来。有个孩子冲着陈元的后背喊，爸爸，爸爸。陈元一扭头，看到一个三岁左右的孩子，扎着马尾巴，单眼皮，清秀的模样，像极了自己女儿小时候。陈元想，没有猜错的话，女儿就是这孩子的姑姑。

桂花说，杨小青，你眼睛长哪儿了？是不是想爸爸了？杨小青说，他和爸爸长得一样。桂花说，确实有点像你爸爸，昨天晚上在村口遇到的时候，我也以为是你爸爸呢。杨小青说，长得一样就应该叫爸爸对吗？桂花说，不对，这是爷爷，快点叫爷爷。

杨小青便躲在桂花的背后，弱弱地叫了一声“爷爷”。

陈元听到叫喊，他的心扑通一声，悬在胸口的两块石头一下子落地了。陈元一阵感动，忙从身上掏出五十块钱，说是给杨小青买糖吃。但是杨小青不要，桂花也死活不要。桂花不但不要钱，反而回到家里，又装了几个馒头，让陈元带着在路上充饥。

7

陈元平白无故地在里边待了五年，从四十不惑即将熬成五十知天命，但是自己处在一个与世隔绝的地方，除了王管教那些人之外，大家都是有罪的，无论是偷盗还是抢劫，无论是杀人还是放火，无论是罪有应得，还是蒙受不白之冤，犯人与犯人的交往从精神的角度看，就显得平等多了。但是老婆屈爱琴呢？儿子陈改朝呢？儿子原来的女朋友和邢小利的妻子呢？他们这些与那事儿不相干的人，是生活在正常的社会上的。他们的一点一滴都牵扯到尊严，牵扯到脸面，牵扯到羞耻。陈元想，与他们相比，自己遭受的折磨轻多了。

陈元返回灵口镇坐车，在车站一打听，去铜川煤矿要经过渭南。陈元决定顺路去看看那个当时不满十四岁的小丫头黄丽。他怎么也想不通，那么小一个娃娃蛋子，她知道什么是男女之事呢？她哪懂什么是法律呢？她为什么要与人一起陷害一个陌生的和她父亲一般大小的人呢？如今小丫头已经长大成人了，推算一下已经十九岁了，若是五年前还不明白轻重的话，五年之后是否已经明白了呢？

在五年的时光流逝中，命运又是怎么安排她的呢？

陈元根据老婆屈爱琴列出的地址，坐了一趟大巴，倒了一次火车，在渭南南站下车后，往南走了两公里，或许是三十年河东三十年河西的原因，轻易就找到了河西乡河东村。

陈元在下午三点左右进了河东村。刚进村子不远，有一条小河，临河住着一户人家，三间房子有些破败，房前的河里结了冰，冰块之间有几只鸭子在游泳。屋檐下有位老人，估计七十岁左右，耷拉着头坐在太阳底下晒太阳。

陈元说，大爷，家里有水喝吗？

大爷半睁着眼睛说，你自己进门倒吧。

陈元不好意思自己进门，便又问了一句，你们村里有没有一个姑娘叫黄丽？

大爷彻底睁开了眼睛，打量了一番陈元说，我就是她爷爷，这就是她家，你是干什么的？陈元刚刚开口，就撞到了黄丽家的门上。陈元有点意外地说，仅仅见过一面，她不在家吗？大爷拉了条凳子让陈元坐下，说你在哪里见过她？在省政府那边，还是在医院那边？你不会又是来做思想工作的吧？

陈元听说黄丽不在家，便在大爷的旁边坐下了。大爷说，前些日子，省里的，市里的，信访办的，卫生局的，民政局的，还有什么残联的，分头都来过了，让他们别再到处上访了，但是黄丽她爸那个孽障，哪里听得进去呀。他越来越起劲了，家里庄稼也不种了，什么营生也不管了，整天挂着个牌子，牵着自己的女儿，到处又是哭闹又是上访的，把我们的人都丢尽了，他们不要脸，我这张老脸还要呢，等我死了怎么好意思去见阎王爷？

陈元心想，他们究竟为什么上访呢？

陈元说，肯定是有冤屈吧？

大爷叹了口气说，我孙女命苦啊，从落地那天起，就没有受到爸妈疼过。我那儿子，也就是黄丽她爸，是一个大酒鬼，整天把自己泡在酒瓶子里。如果没有酒喝，他不仅打黄丽，还打我这把老骨头，你看看我头上这几道疤，就是他用酒瓶子打的。有一次，酒瓶子见底了，他还没有喝好，便提起一壶开水，泼在了黄丽身上，把黄丽半个肩膀的皮都烫掉了。

当初的那些镜头如雾霾一样在陈元的眼前开始扩散。

有一天晚上，在菜场小学的宿舍里，陈元接到了田老板的电话。田老板说，陈校长你是不是还在恨我？陈元说，一切都过去了，我恨你干什么？田老板说，那出来喝酒吧。如果田老板不把超市低价卖掉，就没有三十五万元的赔偿款，没有那笔赔偿款就没有菜场小学，没有菜场小学的话几十个孩子就辍学了。田老板卖掉超市后，不仅倾家荡产了，而且失去了应有的经济来源，一下子从老板变成了无业游民。陈元本来不会喝酒，一是对田老板存有愧疚之心，二是冤家宜解不宜结，所以就接受了田老板的邀请，跑到红星宾馆门前的大排档上，陪着田老板喝了几杯。

几杯酒下肚，陈元和田老板都有些醉了。田老板说，我有一个干女儿你知道不？陈元说，我和你又不熟悉。田老板说，她现在没有地方上学，能不能送到你们学校去？陈元说，孩子多大了？田老板说，差两个月十四岁。陈元说，原来念过书吗？田老板说，念过，在老家念六年级。陈元说，我这里只有六年级，念半年就毕业了。田老板说，半年就半年，上完小学再想办法。陈元说，你明天让她来报到。田老板说，你们学校是免费的吗？陈元说，这个学校有你的功劳，所以我给她全部免费。

田老板说，那太好了！她正好在楼上的按摩房里上班，我让她给你做一次按摩表示感谢吧。陈元说，我是老师，老师怎么可以去那种地方？田老板说，这种地方也有干净的，何况她不到十四岁，又是我的干女儿，纯粹就是保健按摩，你脑子不要长歪了好不好？其实人家自己不愿意上学，你是校长，要去给她做做思想工作。

陈元随着田老板，晃晃荡荡地来到了红星宾馆的二楼。

据陈元后来了解到的情况，田老板的干女儿叫黄丽，是陕西那边的老乡。她是到上海来找她妈的。据说她妈在大沙镇，也许在某家服装厂，也许在某家商场，也许在某家饭店。小丫头一家挨着一家找，在那年冬天，几乎找遍了大沙镇，也没有找到她妈，在身无分文的时候，由于几个月没有地方睡觉，几天没有吃饭，恰好晕倒在田老板的超市里。当时田老板还开着超市，还是财大气粗的田老板，便把小丫头认成了干女儿，安排在红星宾馆的按摩房里。

就在那天晚上，就在红星宾馆，就在二楼尽头的按摩房里，就是那个十四岁不到的小丫头黄丽。时间，地点，人物，情节；酒，包厢，按摩床，脱光的衣服，流血的身体；灯光的昏暗，环境的封闭，自己的好言相劝，小丫头恐惧的目光；突然消失的田老板，突然尖叫起来的黄丽，突然而至的警察邢小利。一切好像都很普通，又好像是布置好的；一切好像都是巧合，又都是上天注定的；一切好像都十分道德，也没有任何违法行为，又十分失常和扭曲；一切好像都有人证明，但是又都百口莫辩。关键是，一切都是空白的，偏偏被人描绘得有鼻子有眼。

陈元听到大爷的话，终于明白黄丽肩膀上的那一片惨白，不是花纹，而是被开水烫伤后落下的疤痕。

陈元并不愿意回忆，每当那些镜头跳上自己脑海的时候，他都用各种各样的办法，比如说摸摸自己的光头，最有效的办法就是摩擦取火，逼迫自己中断那些无中生有的回忆。他取下自己的假发，摸了摸自己的光头；他慌张地抽出一支烟，从棉袄里掏出一撮棉花，从脚上脱下一只布鞋，但是墙壁依然是泥巴的，地板依然是泥巴的，还有一些泥泞，甚至有一些结冰。

陈元拒绝大爷用打火机给他点烟。

陈元把那支烟在手心里捏碎了。

大爷说，黄丽每天一放学，就去附近拣垃圾卖钱，供她爸喝酒。有一次我病得很重，黄丽放学回来自己做饭，没有顾得上出去拣垃圾。而她爸呢，酒又喝光了，他让黄丽出去买酒。黄丽说，没有钱。他说，没有钱，不知道赊吗？黄丽说，之前欠了几百块，还没有还清。她爸听了，立刻提起一个酒瓶子，朝着黄丽扔了过去。黄丽流着血出门了，那天正好下了那年冬天的第一场雪，雪下得不大，但是外边很冷。黄丽出门后，让村子里的人捎信给我，说她去南方找她妈妈去了。

大爷抹着泪说，黄丽她妈多贤惠啊，忍受不了那个孽障，在黄丽十岁的时候，跟着一个药材贩子跑掉了，从此失去了音信。有人说跟着药材贩子回浙江结婚了，也有人说是被人骗到了上海，在一些乌七八糟的地方打工。黄丽是春节前回来的，回来后整个人都变了，死活不愿意上学了。问她都去了什么地方，她摇摇头；问她见到她妈了吗？她摇摇头；问她有没有看到东方明珠？她摇摇头。肯定在外边遇到什么事儿了，或者是没有找到她妈吧，黄丽回来不久就生病了。她说头里边有一个大石头，硬邦邦的大石头卧在里边。而且头发大把大把地脱落，十几岁的女孩子就成了秃子。她每次一发病，就口吐白沫，满地打滚，滚着滚着就晕过去了。晕过去之后满嘴胡话，说抹在床上的血，不是人家打的，是自己的鼻血；说自己的衣服是自己脱掉的，不是人家脱掉的；说告诉警察的那些话都是别人教的。别人拿着刀子威胁她，如果不照办就把她卖掉，或者扔到大海里喂鱼。

陈元说，病治好了吗？

大爷说，治好了。

陈元说，为什么上访？

大爷说，还能为什么？头痛治好了，双目却失明了，变成了一个瞎子。变成瞎子后，黄丽反倒开心了。她说自己活该，就应该是个瞎子；她说世界上不管红的白的，在瞎子的眼睛里都是黑的；她说再好的东西都不值得她看，也没有脸去看。她爸那个孽障，看到黄丽瞎了，也挺高兴的。他说在头上开刀，怎么把眼睛弄坏了？说得轻一点是手术失误，说得重一点是医生故意的，因为我们没有给医生塞红包；他说不管怎么样，那是要赔偿的。于是他用纸板子，制作了一个“状子”，用红色油漆在上边写着：我叫黄丽，现年多少多少岁，渭南市河西乡河东村一个穷苦农民，本来我的眼睛好好的，两只眼睛视力都是一点五，但是由于某某医院进行脑部手术时，发生了医疗事故，致使我双目失明，请青天大老爷主持公道，给我们申冤。她爸那个孽障把状子挂在脖子上，拉着黄丽去了那家医院。医院解释说，脑部手术致使双目失明，这是正常的，而且手术前，把风险告诉你们了，你们家属也签字确认了。她爸那个孽障发现是我签的字，要赖说，那字不是他签的，他不承认。

那个孽障每次去，都喝得醉醺醺的，甚至提着酒瓶子，医生跑到哪里，他就跟到哪里。医院饱受折磨，就报了警。见警察来了，他上前对警察说，青天大老爷啊，终于把你们等来了，你们可得为民做主啊。闹得警察也是万般无奈，总是尴尬地收兵了。医院天天解释，发现解释不通，干脆准备了好多太白酒，等那个孽障一来闹事，就提一瓶酒塞进他怀里。他抱着酒瓶子喝完了，基本就醉得不省人事了。那个孽障不但去医院，还去省政府大院，据说每次去省政府大院，对方像接待外宾似的，笑呵呵地主动和他握手，就差没有放音乐铺红地毯了，如果遇到吃饭时间，还到食堂给他买饭吃，好好招待一番后，让他回来等消息。

大爷抹着眼泪说，后来有人告诉他，你女儿是一棵摇钱树，你在这里瞎折腾干吗？你把她拉到大街上去要饭，钱会哗哗啦啦地扔过来的。那个孽障，从此拉着我可怜的孙女，白天在医院和省政府讨说法，晚上就在饭店酒店前边要饭。

陈元说，手术到底有没有失误？

大爷说，医院申请了事故鉴定，结果是没有责任的。

大爷说，不让黄丽看病吧，她受那么大折磨，现在病看好了，又变成瞎子了。其实，我们哪有钱做手术啊，硬是向老战友借了一点儿。我当年是国民党老兵，解放前投靠了八路军，你看看我这半条腿，被日本人的子弹打穿了，现在还是麻木的。因为我是老八路，有很多战友。从战友那里筹到钱，我带着黄丽去渭南检查，什么也没有查出来，再跑到西安一家医院，检查的结果是脑瘤。黄丽说，就让她死，她该死。我是硬把她逼到医院去的，在上手术台的时候，她说，爷爷，如果我死了，你帮我一件事儿吧。我问她，什么事儿呢？她说，你帮我对人家说句对不起。我说，你对不起谁呀？她想了想说，对不起好多人。

陈元迷茫地望着在冰块中间戏水的鸭子，不明白是河水还不够冷呢，还是鸭子根本不怕冷。

大爷说，你喝水吧？你刚才好像说讨口水喝的，我都忘记了。

大爷进门倒了一碗水，递给了陈元。但是陈元不想喝水，他想抽烟。

陈元递给大爷一支烟，大爷掏出打火机，又要给他点烟。陈元犹豫了一下，还是对着那小小的火苗，把烟给点燃了。

陈元发现，这样抽烟轻松多了。他深深地把烟吞进了腹部，吐出来的时候那烟清淡了许多，几乎不像烟，而像出了一口淡淡的气。

陈元离开河西乡河东村，搭上了前往西安的火车。陈元到西安的时候天已经黑了。他出了火车站，迷茫地往南走，走了两百多米，看到了五路口地铁站。变化真大啊，五年前那个春节，他从老家返回上海，走的就是西安，当时西安好像还没有地铁。陈元进了地铁站。在地铁站的通道边，摆着各种各样的小摊，有卖袜子和手套的，也有的卖一些小首饰，中间还夹杂着几个乞丐。在通道的尽头，有个乞丐是个年轻的姑娘，她与其他的乞丐不同。其他乞丐要么坐着拉二胡，要么是跪在地上的，而她懒洋洋地坐在地上，前边放着一个牌子，牌子上写着“状子”，“状子”前边放了一个碗，里边扔了许多硬币，旁边躺着一个中年男人，抱着一个酒瓶子在喝酒，似乎已经喝多了。

那个姑娘站起来，伸了几个懒腰，朝前挣脱了几步。

但是她与男人之间，有一根绳子系着。

陈元见过人与狗用绳子系着，人与人之间还是第一回。

陈元从她身边经过的时候，斜眼瞅了一下“状子”。他被吓了一跳，上边似乎有“黄丽”。他以为看走眼了，回过头再仔细一看，确是“黄丽”无疑，后边还写着“河西乡河东村”。他再去打量那个姑娘，人瘦得像根麻秆儿。他不明白她长大了，还是自己忘记了，无论从哪方面看，她都不是印象中的那个小丫头了。

陈元想，如今无论是缺胳膊还是断腿，都成了一种乞讨的资本，既然有人假冒瘸子，有人假冒哑巴，当然就会有人假冒“黄丽”。何况一个年轻的女瞎子，自然更容易博得人的同情。陈元不管她是不是假冒，凭着她身上系着一根绳子，也是值得自己施舍的，于是摸出二十块钱，放进了碗里。

或许那个姑娘真是个假的，或许她听到了细微的声音。她发现了这种施舍，于是对着陈元离开的背影说了一句“对不起”。她没有说“谢谢”，而是说了一句“对不起”。陈元不知道是她说错了，还是她惯用的感激之词就是“对不起”。

陈元不想再坐地铁了。在他即将撤出地铁口的时候，听到身后一阵吵闹，大意是为了自己留下的二十块钱，那个男人要拿钱去买酒，而那个姑娘不从。随之听到一只碗碎裂的声音，还有那个姑娘的一声惨叫。果然，那个男人摇摇晃晃地在前边狂奔着，那根绳子在后边拖着那个姑娘，朝着地铁站外边冲去。那个姑娘一会儿摔倒在地，一会儿又爬了起来，她一只手拽着那根绳子，一只手捂着额头，指缝间在汩汩地流血。

血洒在光怪陆离的夜色之中一点儿都不起眼。

8

陈元又回到了火车站。他问一个路人，有没有去阎良的火车。人家说，阎良？什么阎良？陈元说，阎王爷的阎，善良的良。人家说，这是什么地方？你还是去窗口问吧。陈元去窗口，窗口说，阎良就在西安，不值得跑火车，你出门向东走五百米，有个汽车站叫三府湾，那里有大巴。

陈元坐了四十分钟的大巴，来到西安市阎良区，东问西问，终于找到了位于前进东路十四号的某某小区。保安告诉他，田小龙家住十三楼。陈元上了十三楼，敲了敲门，门轻易就开了。开门的是个女的，留着一个爆炸头。她自称是田小龙的妻子，也就是田老板的儿媳妇，当年把女儿推进河里的那个小男孩儿的妈妈。

爆炸头不让陈元进屋，拦在门口说，田小龙还没有下班呢。陈元说，那田老板呢？爆炸头说，我们家一帮穷鬼，哪有什么田老板？你到底是谁呀？陈元说，我是从上海来的，田老板在上海的时候，我们在一起待过一阵子。

爆炸头说，不管你找他是讨债还是干啥，反正找也白找，他现在还不如一棵树，一棵树还会自己吃饭睡觉，会自己摇晃几下呢，他呀，像块木头。陈元说，他当年机灵得很。爆炸头说，再机灵有什么用？在外边待了十几年，不明白是中邪了，还是脑子坏掉了，我们什么都不清楚，前几年从上海回来刚刚半年，稀里糊涂地变成了植物人。这个植物人可把我们给坑苦了，放在家里吧，翻身呀，拉屎撒尿呀，都得有人帮忙。我们忙着上班，平时连盆花都养不活，哪有精力养一个植物人啊，所以干脆送到敬老院让他享福去了。

陈元说，他没有出事儿之前，有没有留下什么东西？爆炸头说，他在上海的时候开超市，听说都成百万富翁了，但是回来的时候已经身无分文，你说说，他把那些钱是不是送给哪个女人了？陈元说，他变成植物人之前，有没有留下什么话？

爆炸头说，话多着呢，嘴里整天咕嘟咕嘟的，都不知道他在咕嘟些什么。除了神神叨叨之外，还躲在房间里写写画画的，写了撕，撕了写，都写了几百张纸，撕了几百张纸，最后只落下了一张，像鬼画符似的，如今还压在玻璃板下边。陈元说，能不能把那张纸拿给我看看？爆炸头返回家，拿回一张纸递给了陈元。

陈元看了那张纸，上边写着三个字——忏悔录。陈元心想，他写下的肯定不是法国作家卢梭的那本书，因为还有一些词，零零散散的，别人看不懂，但是陈元能看懂，有邢小利、黄丽、陈元等人的名字，还有好人、奸人、冤枉等。

爆炸头说，他画的该不会是藏宝图吧？哪怕就是一张藏宝图，你感兴趣就送给你吧。爆炸头进门提了一个包，出来的时候把门给锁上了，而后说，为了一个月几千块护理费，这么晚了我还要去上班。我在按摩房上班，你如果要按摩就跟我走吧。陈元说，想问一下，田老板他在哪家敬老院？爆炸头说，不远，叫清福敬老院，你出门右拐，三百米就看见了。

陈元刚出小区不久，果然看到了清福敬老院的大门。除了上边闪烁着的霓虹灯，那扇大门也是铁的，也是漆黑漆黑的，也有城西监狱那么高，中间也有像刀子一样的一条缝。从刀子一样的门缝看进去也是空荡荡的。

他又想摩擦取火了。这里到处都是水泥地面，到处都是粗糙的水泥墙。他随便选了一个地方，脱下布鞋，撕开袖子，掏出一撮棉花。他把棉花条子压在一堵墙上，上上下下地摩擦了起来，两分钟，三分钟，四分钟……这一次，也许他力气太小，也许他动作太慢，也许墙面太潮了，棉花条子始终没有冒烟。

他觉得他已经没有必要再见田老板了，也没有必要再见其他人了。

他如今唯一想见的只有一个人。他把儿媳妇桂花捎给儿子的棉袄、布鞋和香肠，挂在肩膀上，转身离开了。与清福敬老院一路之隔，就是一家长途汽车站，这里有通往四面八方的班车。他要坐其中的一辆车，也是当天最后一趟车，连夜赶到他唯一可以见、也必须面对的一个人那里去，说不定那个人正在犹豫徘徊地期待着他呢。

陈元上车之前，他突然觉得有点热。再过几天就是元旦，已经属于深冬了，他仍然觉得有点热，这是十分奇怪的。他想起了自己头上的假发，一头披肩的假发。他取了下来，把它挂在汽车站里的一根树桩上。这根树桩像是一个人似的，一下子有了活着和走动的欲望。

陈元身边坐着一个小伙子。小伙子嘻嘻地笑着说，原来你是一个光头啊？

陈元摸了摸自己的光头，望着开始后退的窗外景物嘿嘿地笑了。

他掏出一支烟，主动地对小伙子说，你有打火机吗？让我借个火可以吗？

9

如果我们从人世朝上看，故事已经有了

结尾。但是如果从上边朝人世看，一切应该还在继续。比如有一股风，你看似已经平息了，但是风永远不会灭的。它没有在地上吹，并不能证明它不在空中吹。树木不再摇晃了，并不能证明云不在飘。还是开头那句话，需要上天来证明的，那基本就是谎言。

（原载《芒种》2017 年第 9 期）

·短篇小说·

天下太平

莫　言

1

小奥，大名马迎奥，但除了学校里的老师叫他的大名，村子里的人都叫他小奥。

星期天上午，因为下雨，没法放羊，爷爷让小奥在家学习。他趴在炕沿上，翻了几页课本，心中感到厌烦。又看了一遍那本看过很多遍的儿童绘本，更烦。他的目光盯着墙上一只壁虎看，看……突然，那壁虎向一只蚊子扑去。蚊子到嘴时，壁虎的尾巴一声微响，断裂了。另一只壁虎从黑暗中蹿出来，把那条在炕席上跳动着的小尾巴吞了下去。小奥大吃一惊，蹦了起来。他很想把奇迹告诉爷爷，却听到了爷爷响亮的鼾声。原本坐在灶旁用柳条编筐的爷爷手里攥着柳条睡着了。他悄悄地从爷爷身边绕过去，顺手从门后抓起一个破斗笠扣在头上，然后轻轻地穿过院子，蹿出大门。两只拴在柿子树下的山羊咩咩地叫着，他没理睬它们。

雨下得不大不小，头上的破斗笠发出噼噼啪啪的响声。新用水泥铺成的大街上汪着明晃晃的雨水。他一边跳踩着水汪，听着咕叽咕叽的水声，一边念叨着同学们篡改过的诗句："小鳖他老姐，最爱把气生。哭了一整夜，天明不住声。圈里母猪黑，窗上玻璃明。养猪发大财，全家进了城。"

大街上没有人，一条狗夹着尾巴，匆匆地跑过。一只麻雀叼着一只知了从很高的空中飞过。那知了尖厉地鸣叫，拼命地挣扎。小奥听出了知了的愤怒和不服气，这么大的知了被小麻雀儿擒住，它怎么能够服气？果然，那知了挣脱了麻雀的嘴，尖叫着钻到天上去了。小奥从来没有想到知了能飞得这样高。那只失去了猎物的麻雀，筋疲力尽地落在张二昆家的门楼上，半天才发出了一声叫，仿佛老人叹气。

张二昆家的大门是村子里最气派的大门。在张二昆家大门两侧白色的墙上，右边写着"改建新式厕所"，左边写着"享受文明生活"。张二昆是村子里最大的官。村里人都不乐意把改建厕所的宣传口号写到自家墙上，二昆说那就写到我家墙上。张二昆当官两年就把这个乱得出名的村子治理得服服帖帖。张二昆让村子里的人都坐上了马桶。张二昆说农民坐着拉屎是小康社会的重要标志。小奥想到刚开始爷爷蹲到马桶上骂二昆，过了几天爷爷坐到马桶上夸二昆。张二昆当官前是村子里最大的刺儿头。他曾经将他的前任拖到村西头那个大湾里。小奥记得那天的场面，真像过节一样。那个官不会游泳，在湾里挣扎，喝湾水把肚子都喝大了。那个官刚爬到湾沿上就被张二昆踢下去。爬上来又踢下去。爬上来又踢下去。后来那个官哭着说："二昆，爷爷，我承认了还不行？"张二昆说："你大点声说，让大家伙都听到，你承认了什么？"那个官说："乡亲们，我承认，我将黑青铁路占咱们村的公留地的赔偿款挪用了一点点。”张二昆说：“大家伙儿都把手机拿出来录视频，你大点声，当着大家的面说清，说你贪污了多少，怎么贪污的。说不说？不说你今天就在湾里泡着吧……”小奥记得那是前年二月里的事儿，湾里的冰刚刚融化，水很凉，小北风一吹，站在湾边的人都忍不住打哆嗦。大家都开了手机录视频，那个官站在湾沿，浑身流着水，嘴唇发青，哆嗦着交代罪行。小奥爷爷不会用手机录像，急得跳脚。小奥把爷爷的手机夺过来，点了几下。爷爷说：“小东西，你跟谁学的？”张二昆说：“乡亲们，把证据保存好，千万别删了。我去投案了。”乡亲们说：“二昆，我们联名保你。”

小奥路过张二昆家大门口时，看到路边停着一辆黑色的奥迪，车后粘着一个银色大壁虎。他畏畏缩缩地靠近那壁虎，想用手指戳戳它。就在他刚刚伸出手指时，一扇大门嘎嘎响着打开了。张二昆跟随着一个五大三粗的黑汉子走出来。那黑汉子腆着肚子，腰带扎在肚脐下边。张二昆与那黑汉子握手，脸上挂着笑，嘴里连声说：“您尽管放心，袁武的工作我去做。”小奥不认识黑汉子，但他知道袁武是他的同学袁小鳖的爹。袁小鳖大名叫袁晓杰，小鳖是他的外号。黑汉子距离奥迪车还有七八步时，司机从车里猛然钻出来，把小奥吓了一跳。司机小快步绕到车右，拉开后边的车门。黑汉子对着张二昆双手抱拳晃了晃，弯腰钻进车里，车体猛地落下去一截，车轮也瘪了一些。司机不轻不重地推上车门，然后疾步回到驾驶座上。车轻快地往前跑去，排气管里冒出白色的雾气。张二昆对着车招手，目送着车沿着湾边的公路右拐北去。这时，他才像突然发现了似的，惊讶地问：“小奥，你在这里干什么？”小奥指一指门楼上的麻雀，悄悄地说：“知了飞了。”张二昆冷笑一声，道：“什么知了飞了，回家写作业去。”

小奥站得笔直，盯着张二昆看。他看到张二昆穿着一件壁虎牌T恤衫，胳膊上刺着一条青色的壁虎，与T恤衫上那条壁虎上下呼应。张二昆虎着脸说：“看什么？鳖羔子，回家让你爷爷给你爹娘打电话，让他们赶快滚回来，我们太平村要干大事，不用出去打工了。”张二昆转身进门，大门哐当一声关上。这时，小奥发现那只麻雀大概是死了，因为它蹲在瓦楞上一动不动。它一定是气死的，小奥想，麻雀气性真大。

2

溜达到村西大湾，他看到湾边有两个男人在打鱼。两个男人一高一矮，高的年轻，矮的年老。他听到那个高的叫了一声爹，才知道这是爷儿俩。现在的儿子都比爹高，他记得张二昆站在大街上说，儿子为什么都比爹高？是人种进化了吗？非也，非也，是生活水平提高了！他们身上都披着那种带连帽的红色塑料雨衣，手里都提着一张旋网。湾水灰白，疏密不定的雨点儿将水面敲打得千疮百孔，细密的乳白色雾气升起来。红色的打鱼人站在水边显得格外醒目。湾边有十几棵粗大的垂柳，树干因雨淋湿而发黑，柔软的绿色枝条，直探到水里。有几只燕子贴着水面飞翔。最北边那棵柳树下倒扣着一条锈得发红的铁皮船，这是前任村官购置的。他异想天开，想吸引城里人到湾里来划船。小奥不记得有人坐过这条船，从他记事起这条船就这样倒扣在柳树下。那两个打鱼人赤着脚，挽着裤子，裸露着小腿。老打鱼人枯树干一样的小腿上，沾着褐色的泥。年轻打鱼人的小腿很白，丰满的腿肚子上沾着黑泥。他们的面目模糊不清，但口中不时龇出的白牙齿，让小奥感到他们是在按捺不住地窃笑。他们手中提着的旋网，底下拴着铅制的沉重的网脚，散开口比碾盘还大。他们在撒网前，总是先站稳脚跟，铆足了劲儿，掂掂量量，唰的一声，就撒出去了。网在空中短暂飞行，接触到水面的那一刹那，网脚已经散开，像一张圆形的大嘴，带着吞噬水中万物的霸气，把一片水域罩住。稍停片刻，打鱼的人开始往上拉网，缓缓地，试探着，小心翼翼。网的上端是细的，越往下越粗大。拖上来的部分，淅淅沥沥地滴着水，一环一环地挽在臂弯里。水底的淤泥被网脚拖动，湾里的水浑浊起来，漾起了怪臭的气味。到了最后，整个网脱离了水面，打鱼人将身体弯下去，用胳膊挽着网，猛地提起来。这时的网分明重了许多。可以看到网里纠缠着黑色的水草，还有活的东西在水草里挣扎。打鱼人把网提到湾边较为平坦的地方散开，将网中兜住的东西抖出来，有水草，有淤泥，有沤烂了的鸡毛掸子，有破塑料盆，有砖头瓦块，还有各种颜色的塑料袋子。但每一网总有几条鱼，大都是鲫鱼，明晃晃的，像犁铧一样。好大的鲫鱼啊。小奥兴奋地想着，看着。黑色的蛤蟆，在那些被网拖上来的淤泥和水草中，笨拙地爬动着。打鱼的人把蹦跳着的鲫鱼按住，抓起来，塞进腰间的蒲草包里。与那些大鲫鱼相比，蒲包的口儿似乎小了。有几网，除了鲫鱼，还有黄鳝，还有泥鳅。

最为奇特的一网，是儿子撒出的。儿子比老子高出半个头，胳膊也长出一截，力气也显然比老子大得多。小奥看到那儿子在水边站成一个马步，有条不紊地将网理好，挽在胳膊上，然后身体前探，猛地撒了出去，嘴巴里发出哎嗨一声，那网直飞到大湾深水处，无一折叠地打开，成一个优美大圆。这一网连小奥也觉得精彩，嘴巴里发出赞叹之声。老头子更是欣赏，眼睛里放射出光彩。网沉水中，稍候片刻，儿子便慢慢收网，一截一截地，挽到胳膊上。下边越来越粗，网眼越来越大，网眼上形成的水膜儿哗哗响着破裂。网猛烈地抖动了一下，湾水中泛起灰绿的浪花，似乎网住了大家伙。小奥看过很多次打鱼，知道网住大鱼一定不能急，如果拉急了，大鱼暴躁起来，一挺身子，那锋利的鳍尾，就把网给豁了。儿子的脸色顿时凝重起来，老头子也不再撒网，看儿子收网，低声提醒着：“稳着点，稳住……”那网收到五分之四的样子，网里又有一次大动，儿子和老子的脸色都成了铁。老子将自己手中的渔网放下，低声说：“不要拉了，稳住。”老子小心翼翼地下了水。儿子说：“爹，你来拢着网，我下去，”老子不回答，慢慢往水中走。水淹到了他的肚子。他弯下腰，摸着网口的铅坠，慢慢往里拢。小奥虽然看不到，但他知道那网口已经在水下合拢。老子给儿子使了一个眼色，儿子手上又使了劲儿。老子在水里几乎把网揽在怀里，慢慢地往前推，终于靠近了水边。爷儿俩配合默契，将臭烘烘的网抬出水面，沿着倾斜而滑溜的湾涯，水淋淋地拖到了湾边的水泥路上。

他们竟然网上来一只鳖。一只浅黄色的大鳖，比芭蕉扇子还要大一圈儿。那鳖一出网就飞快地往湾里爬，儿子用双手按着鳖盖子，才制止了它的爬行。老打鱼人从腰里摸出一根白色的尼龙绳子，拴住大鳖的后腿。他看看儿子的腰间，又看看自己的身上。爷儿俩腰间的蒲包都塞得鼓鼓胀胀。小奥知道他是想把这只大鳖挂在儿子或是自己腰间，然后继续打鱼。但这只鳖实在是太大了，无法挂。这时，老打鱼人看了小奥一眼。

小奥忽然意识到，这个大湾子，是属于自己村的，湾里的鱼，应该是村子里的财产，这两个不知哪里来的打鱼人，打走了这么多鱼，还有一只价值不菲的大鳖，这是明目张胆的偷盗。他正犹豫着是不是应该去向张二昆报告时，听到那个年轻的打鱼人说：

“爹啊，这个大鳖足有十斤重，蒲包子也满了，我们该回去了吧？”

“急什么？”老打鱼人压低了嗓门说，“今日该咱们爷儿俩发利市了……”

“没地方盛鱼了啊！”年轻的打鱼人大声说。

“小点声音，怕村子里人不出来是不是？”

老打鱼人不满地责备着儿子，然后说：“把裤子脱下来。”

“干什么？”儿子疑问着，但还是摘下腰间的蒲包，将裤子脱了下来。

老打鱼人看了小奥一眼，将拴鳖的绳子递给儿子，自己也弯腰脱下裤子。老打鱼人的内裤破了一个窟窿，幸亏有塑料雨衣遮挡着。老打鱼人先将自己的裤子两条腿扎起来，撑开裤腰，让儿子用脚踩住拴鳖的绳子，腾出手，把蒲包里的鱼，扑棱扑棱地倒了进去。然后他又将儿子的裤子腿扎起来，将自己蒲包里的鱼倒进去。他从裤腰上抽出发黑的牛皮腰带，扎在红色塑料雨衣外，显得很是精干。儿子学着老子的样子，把棕色的人造皮腰带抽下来，扎在红色塑料雨衣外，显得很是利落。最后，老打鱼人折了几根柔软的柳条，将裤腰扎起来。老打鱼人黑色的裤子和他儿子的灰色的裤子，就像两条分岔的口袋，鼓鼓囊囊地躺在路上。雨点儿落到裤子上，鱼在裤子里扑棱着。小奥知道，如果是鲢鱼，离水片刻就死，但鲫鱼命大，离水许久，还能扑棱。

老打鱼人扯着拴鳖的绳子，看看小奥，笑着说：“小伙计你好啊！”

小奥点点头，没有搭腔。但老打鱼人脸上的微笑，消解了他心中的敌意。老打鱼人将那两裤子鱼放在那棵裸根如龙的大柳树下，又把那只大鳖，拴在了柳树凸出地面的根上。他做好了这些，低声对小奥说：“小伙计，帮我们看着，别吭声，我们走时，会送给你两条鱼，两条最大的鱼。”

小奥看着那两裤子鱼和那只大鳖，依然没有吭气。

那只大鳖错以为得到了解放，急匆匆地往湾里爬，但拴住它后腿的细绳很快就拽住了它，它一挣扎，就被绳子拴住，一条后腿被长长地拉出来。再一用力，它翻了跟斗，肚皮朝天，四条腿蹬歪着，好不容易翻过身来，继续往前爬，随即又被托翻，肚皮朝了天，再翻过来，再挣扎。折腾了几次，它不动了，似乎在生闷气，两只绿豆小眼里放射出阴森森的光芒。

小打鱼人蹲下身，脸上流露出孩子般的顽皮神情，伸出一根手指，去戳鳖甲。他得意地说：“爹，其实咱有这只老鳖就够了，野生大鳖，贱卖也要给咱们两千……”

老打鱼人瞪了儿子一眼，低声呵斥：“闭嘴吧你！”

小打鱼人继续用手指戳鳖甲，甚至去戳鳖头，脸上的喜色掩饰不住地洋溢出来。

“你找死啊？”老打鱼人训斥道，“被这样的野生老鳖咬住手指，它是死活不会松口的。”

“说得怪吓人的……”小打鱼人不屑地嘟哝着，但那根刚触到鳖头的食指，机敏地缩了回来。

“不被鳖咬你就不知道鳖的厉害！”老打鱼人说着，突然打了几个喷嚏，低声嘟哝几句什么后，对小奥说，“小伙计，怎么样？今天算你好运气，既看了热闹，又白得两条大鱼。”

“我不要鱼，”小奥盯着老打鱼人眼睛，低声说，“我不要鱼。”

“你不要鱼?”老打鱼人皱了皱眉头，问，“你竟然不要鱼，那你想要什么?”

“我要这只鳖。”

“你要这只鳖?”老打鱼人冷笑一声，说，“你可真敢开牙!”

“我不要鱼，我就要这只鳖。”小奥坚定地说。

“你知道这只鳖值多少钱吗?”小打鱼人提高了嗓门，说，“这两裤子鱼，也卖不过这只鳖。”

“我不管，你们如果要让我看鱼，我就要这只鳖。”小奥说。

“我们凭什么要给你这只鳖?”小打鱼人顶了小奥一句，看着他的爹，不满地说，“我们为什么要他看?鱼装在裤子里，鳖拴在树根上，跑不了的。”

小奥傲慢地说：“我根本就没要给你们看鱼，是你们让我给你们看鱼，是你们要给我两条大鱼。”

“那么，”小打鱼人说，“我们现在不要你给我们看鱼了，我们也不要送你鱼了。”

雨不大不小地下着，鱼在湾里翻着花儿，发出哗啦哗啦的声音，湾里散发着腥臭的气味。

老打鱼人看了一眼湾里的水，说：“小伙计，你先帮我们看着，至于这只鳖，等我们要走的时候，再跟你商量，也许，我们高了兴，还真的把它送给你。但如果你捣蛋，惹我们不高兴了，那我们不但不会送你鳖，我们连一片鱼鳞也不会送给你。”

“你们去打鱼吧，反正我要这只鳖。”

“反正你要这只鳖?!”小打鱼人轻蔑地说，“反正个屁!我们什么也不会给你，你能怎么样?”

“我能怎么样?”小奥冷冷地说，“我能跑到村子里去，到张二昆家，告诉他，来了两个打鱼的，把湾子里的鱼快要打光了，还打了一只鳖，一只大鳖。他们已经打了满满两裤子鱼，他们还在打。”

“这鱼是野生的，鳖也是野生的，我们为什么不能打?”小打鱼人说。

“这个大湾子是我们村子里的，”小奥说，“这湾子里的鱼，自然也是我们村子里的。”

“屁，你们村子里的，你叫叫它们，它们答应吗?如果你叫它们，它们答应，那就算是你们的。”小打鱼人说。

“我叫它们，它们不会答应，”小奥毫不示弱地说，“但张二昆叫它们，它们就会答应。张二昆家里养着一条狼狗，像小牛一样高大，每次可以吃五斤肉。张二昆家还有一面大铜锣，他一敲锣，全村的人都会跑来，把你们围起来，没收你们的鱼，没收你们的鳖，没收你们的网。如果你们不老实，就把你们扔到湾子里去，哼!”

“吓唬谁啊?我们是吃着粮食长大的，不是被人吓唬着长大的。”小打鱼人说。

“你这个小伙计，年纪不大，口气不小啊!”老打鱼人看看湾子里被雨点儿打得麻麻皱皱的水面和大鱼不断翻起的浪花，抬手擦了一把脸上的水珠，说，“小伙计，你也不用吓唬我们，我和张二昆，早就认识，我们两家，还是瓜蔓子亲戚，论道起来，他该叫我表叔。你叫来他，他就会请我们去他家喝酒。我不愿意惊动他，是怕给他添麻烦呢。”

小奥冷笑着，不说话。

“其实，不就是一只鳖吗?”老打鱼人说，“等我们把这两个蒲包打满，我们就把这只鳖送给你。但你必须帮我们看着这些鱼。”

“好吧，我帮你们看着鱼。”小奥说。

“爹，你真是慷慨!”小打鱼人气哄哄地说，“我们凭什么给他?”

“行了，你就少说两句吧。赶快，趁着雨天鱼儿往上翻腾，多打几网。”老打鱼人对儿子使了一个眼色，转回头对小奥说，“小伙计，你可千万别戳弄它，被它咬住就麻烦了。”

两个打鱼人急匆匆地沿着斜坡下到水边，他们不时地回头看树下，显然是对小奥不放心。他们对着湾中大鱼翻花的地方将网撒下去，丰盛的收获，使他们暂时忘记了往这边张望。

小奥看看空无一人的街道和寂静的村子，心中又感到无聊。他看到有几户人家的烟筒里冒出了白色的炊烟，知道做午饭的时候到了。他有点记挂爷爷了，但既然答应了给人看鱼，而且那个老打鱼人已经答应了会将这只大鳖给自己，他不能离开。他想，这只老鳖到手后，是拎到集市上卖了呢，还是炖汤给爷爷补身体？自从去年奶奶去世后，他发现爷爷的身体越来越不好了。爷爷过去编筐时从不困觉，现在爷爷编筐时经常打呼噜。爷爷是编筐的高手，张二昆说要帮爷爷把筐卖给外国人。

裤子里的鱼渐渐地安静下来，那只大鳖也认了命似的一动不动。小奥仔细地观察着这只鳖，只见它背甲绿里泛黄，甲壳上布满花纹。甲边的肉裙又肥又厚。脖子周围，臃着黑色的疙瘩皮，头是黑的，但鼻子是白的。小奥知道这是只上了岁数的老鳖，心中生出几丝敬畏。小奥看到鳖头上那两只晶亮的绿豆眼放射着仇恨的光芒，忽然感到身上发冷，很多从爷爷和奶奶嘴里听过的鳖精故事涌上心头。小奥觉得眼前这只被拴住后腿的鳖，就是一只鳖精，只要它一施展法术，就会水势滔天，决堤毁岸。只要它摇身一变，就会变成一个白胡子老头，站在自己面前，讲述前朝旧事。那老鳖似乎看出了他的胆怯，猜到了他的心思，两只小眼的光芒愈发地明亮凶狠起来。

一时间小奥不敢与鳖眼对视，他用求助的目光去寻找打鱼人，却发现他们已经转到大湾的对面去了。他们的面目已经模糊不清，身上的红色雨衣在雨中漶化成两大团颜色，他们的旋网像一道道明亮的闪电，不时地在水面上颤抖着展开。他想喊叫他们，但突然感到他们行迹诡异，也许他们也是鳖洞里的老鳖，幻化成人形，来考验他的意志和忠诚。于是就努力地回忆他们的模样，越想越觉得他们的容貌怪异，仿佛带着假面的妖精。他抬头往远处看，正好看到那条从大湾南面斜着穿过的黑青铁路上，有一列绿色的只有四节车厢的火车无声地滑过。车上似乎也没有乘客，一闪而过的车窗上似乎都挂着洁白的窗帘。他记起村里人关于这条铁路和这列神秘列车的议论。人们实在想不明白为什么要占数万亩的良田，花数十亿的资金修这样一条斜劣霸道的铁路，每天只有这样一列似乎什么也没拉的火车从这里滑过去，列车时刻表上查不到这列火车的任何信息。他于是感到这条铁路、这列火车都与这个大湾里的老鳖有关系。鳖洞是不是像那些绘本上所画的那样，连通着另外一个世界？而另外那个世界里的人，长得是否跟老鳖一样？

越想越怕，低头看老鳖，似乎觉醒了似的，又开始了挣扎，重复着向前爬行、绳扽后腿、四肢朝天、困难翻转、再爬再翻的游戏。小奥下定决心，要放了这个老鳖。他想，既然两个打鱼人也是老鳖变的，那放了同类不正是它们期待的吗？也许这就是应对它们考验的最好的举动。放了老鳖，让鳖精知道我的善良，然后它们就会保佑我的爹娘多挣钱，保佑我的爷爷身体好，保佑我考试得高分……于是小奥解开了树根上的绳子，低声说：“你走吧。”但那老鳖竟然一动不动了，刚才还疯狂挣扎呢。小奥看着老鳖，老鳖也瞪着两只小眼看小奥。老鳖尖尖的嘴巴，晶亮阴森的小眼，让小奥感到似曾相识，似乎是在什么地方见过的一个男人的脸。小奥又重复了一声，说：“你走吧。”但老鳖依然不动。小奥终于明白，老鳖是不愿意拖着一根尼龙绳子下湾的，那将给它带来诸多的不便，也会让水族们嗤笑。小奥说：“老鳖，老鳖，我明白你的意思了。我帮你把绳子解开就是。”小奥弯下腰，试图去解拴在鳖后腿上的绳子时，那老鳖，却以闪电般的速度，咬住了他的右手食指。

3

小奥惨叫一声。与其说是因痛苦而喊叫，不如说是因恐惧而喊叫。他猛地站起来，但不得不随即蹲了下去。因为老鳖咬住了他二分之一的食指，他的站起，只是把老鳖的脖子拽出了腔壳，它的四个爪子牢牢地扒着地面，身体没有动弹。深刻到骨头里的疼痛让小奥不得不乖乖地蹲在了老鳖面前。他感到老鳖的咬劲很大，似乎尖利的牙齿已经刺进了自己的指骨，只要挣扎，半截食指就会断在老鳖的嘴巴里。小奥一屁股坐在地上，大声哭喊起来。

小奥喊叫那两个打鱼人，但他们已经转到了大湾的南边，那两团红色的漶影更加模糊，而那一道道闪电般的网影也更加明亮而梦幻。小奥又往外挣了几下手指，但似乎每挣一下，老鳖嘴巴上的力道就更足了一分。他哭着诉说：“老鳖啊老鳖，我是想放你的生啊，我是善良的孩子，我奶奶信佛，不杀生。我刚才想把你杀了给我爷爷炖汤喝是我错了，我一时糊涂了，我只记得行孝，忘了我奶奶对我的教导。老鳖，老鳖，你饶了我吧……”

“小奥，小奥!”绝望中他听到了爷爷的喊声，同时也看到了爷爷的身影。他不敢大声回应，生怕因此惹老鳖生气而加大咬劲儿。他低声哭泣着说：“爷爷……爷爷……快来救我……”

爷爷终于看到了小奥，并尽着一个老人的最大的力量，跌跌撞撞地来到大柳树下。气喘吁吁地看清楚了孙子和老鳖的关系后，爷爷抬起拐棍就在鳖壳上捣了一下子。小奥随即发出一声哀号，仿佛那拐棍不是捣在鳖壳上，而是捣在了他的背上。爷爷不明就里，抬起拐棍又要捣，小奥哭着哀求：“爷爷，别捣了，您越捣，它咬得越紧……”

爷爷焦急地转着圈子，叨叨着：“这是咋整的，我还以为你在学习呢，你怎么跑到这里来了？这是咋回事，谁的鳖，怎么能咬着你呢？真是的，这是咋回事呢……”爷爷前言不搭后语地念叨着，围着老鳖和小奥转着圈，似乎时刻想抬起脚踢那老鳖。小奥哀求着：“爷爷，爷爷，您千万别踢它，您踢它，它就把我的指头咬断了……”

“这怎么办?”爷爷望着湾对面那两个打鱼人，吼道，“这是你们的鳖吗？你们的鳖把我孙子的手指咬了，你们要负责……”

两个打鱼人没听到爷爷的喊叫，只顾一网接一网地打鱼。不断有银光闪闪的大鱼被他们从网中抓起，塞到腰间悬挂的蒲包里。

“爷爷，您快去叫我星云姑姑吧，她一定会有办法救我。”

星云是小奥姑奶奶家的女儿，是村子里的医生。小奥相信，星云姑姑一定有办法让这老鳖松口。

爷爷拄着拐棍一瘸一颠地走后，那两个打鱼人过来了。他们腰间悬挂的蒲包已经塞满了，几条大鱼的半截身子露在蒲包外摆动着，随时都可能蹦出来。他们托着沉重的、散发着臭气、滴沥着污水的旋网，虽然看上去步履踉跄、筋疲力尽，但脸上洋溢着喜气。小奥哭着喊："救救我……"

老打鱼人是大为吃惊的样子，小打鱼人却是满不在乎甚至幸灾乐祸的表情。

"你这小伙计，我不是跟你说了，不要戳弄它吗？"老打鱼人懊恼地抱怨着，放下渔网，摘下蒲包，蹲下观察情况。

"小子，"小打鱼人轻佻地问，"被鳖咬着什么滋味？"

老打鱼人白了儿子一眼，道："赶快，想办法让老鳖松开口。"

"那还不简单吗，我一只脚踏在它的背上，还怕它不松口吗？"小打鱼人说着，就要将泥泞的大脚踏到鳖背上。

小奥用哀号制止了他。

老打鱼人也说："不行，鳖这东西邪性，你越踩它，它越用劲，那这小伙计的指头就要断在鳖嘴里了。"

小打鱼人说："断了就断了呗，不就是根指头嘛！"

老打鱼人看看从村街上匆匆跑过来的几个人，低声道："他的指头断了，我们还走得了吗？"

"怎么就走不了了？"小打鱼人嘟哝着，"又不是我把他的指头咬了下来。"

老打鱼人压低了嗓门说："你就闭嘴吧。"

小奥看到了爷爷和背着药箱子的星云姑姑，还有一个大个子，是星云姑姑的丈夫，县畜牧兽医局的侯科长。他激动得鼻子发酸，眼泪溢出了眼眶。

"怎么回事？"星云姑姑弯下腰，观察着情况。

侯科长严肃地质问打鱼人："这是你们的鳖吗？"

老打鱼人抢着回答："这鳖确实是我们从湾里打上来的，但我们已经把它送给了这个小伙计。"

侯科长摇摇头，说："这么贵的东西，你们怎么会送给他？"

"是这样，领导，"老打鱼人看出了戴着眼镜、镶着烤瓷牙的侯科长的官员身份，谦恭地说，"我们让这个小伙计帮着看鱼，我们把这只大鳖送给他了。"

"刚开始我们只是要送给他两条鱼，但他一定要这只鳖！"小打鱼人说，"我没有答应，但我爹答应了。我们打到的鱼加起来，也不值这只老鳖的钱。"

"君子一言，驷马难追！"老打鱼人说，"从我答应了那一霎起，这只大鳖就是这个小伙计的了。"

"是这样的吗？"侯科长问小奥。

小奥点点头。

侯科长道："你们真够大方的。"

星云姑姑打开药箱，拿出一把镊子，戳了戳鳖头。那鳖的头猛地往后搐了一下，小奥发出一声哀号。

侯科长急忙道："你不要乱动！鳖这东西，是有性格的。"

"什么性格？"星云道，"不就是一只鳖吗？低级动物。"

"别这么说，别这么说，"爷爷目光哀怨地看看众人，然后低头对老鳖祈告，"大帅，大帅，原谅他小孩子无知，您松口吧……"

小奥不明白爷爷为什么将老鳖称为大帅，他知道这名称后定有好听的故事，但他现在顾不上了。

星云姑姑试试小奥的额头，又摸摸他的脉搏。抬头问侯科长："要不要给他输点液？"

"不用吧？"侯科长想了一下又说，"不过输点也没有坏处，加点抗生素，防止伤口感染。"

星云姑姑说："那我回去取药。"

侯科长道："你顺便喊一下二昆。"

老打鱼人跟儿子使了一个眼色，说："领导，那我们走了。"

他弯腰抓着一裤子鱼，将裤裆叉在脖子上，两条盛满鱼的裤腿顺到胸前，腥臭的污水也顺着裤脚流下来。侯科长一把抓住他的胳膊，说："您别急着走，这个村的书记马上就到了，等他来了，说清楚了你们再走也不晚。"

"凭什么不让我们走？"小打鱼人怒气冲冲地说，"这只老鳖值好几千块呢，我们不要了还不让走？你们限制我们的人身自由，是犯法的。"

"年轻人，火气别这么大。"侯科长笑着说，"看，我们的村官来了。"

二昆叼着烟卷，打着饱嗝，懒洋洋地走过来。

"怎么回事，爷们？"他低头看了一下，扑哧一声笑了，"太好玩了，爷们儿，你真是会玩，我活了大半辈子，还是第一次看到鳖咬人。什么感觉？"

小奥咧咧嘴，哭着说："大叔，救救我吧……"

"哭什么？"二昆道，"这还不好办？看我的，"他将烟头放在嘴边吹了吹，将火头猛地按在鳖头上。

小奥又是一声哀鸣。一股暗褐色的腥臭液体从鳖尾巴下窜出来。

"不能这样！"侯科长道，"你这家伙，实在鲁莽！"

"奶奶的，这问题还真有点严重了。"二昆摸出手机，拨打了110，他安慰小奥，"爷们儿，不要急，110马上就到，他们有办法。"

侯科长道："你这家伙，亏你想得出。"

上下打量着两个打鱼人，二昆指指老鳖，问："这个鳖玩意儿，是你们弄上来的？"

老打鱼人从腰里摸出一个塑料纸包，揭开，显出一盒皱巴巴的香烟，用湿漉漉的手笨拙地抽出一支，递给二昆，道："书记，请抽烟。"

二昆道："老爷子，少来这一套，我不抽你的烟。"

老打鱼人尴尬地笑笑，说："您是嫌咱的烟不好呢，穷打鱼的，能抽上这个就不错了。"

"别说这些没用的，我问你话呢。"二昆道。

"要说这鳖，确实是我们打上来的，不过，这小伙计要，我们就送给他了。"老打鱼人道。

"这么慷慨？"二昆道，"这鳖玩意儿最少也有十斤！我这辈子没见过这么大的鳖，大叔。"

他转脸问小奥的爷爷："大叔您经多见广，您见过这么大的鳖吗？"

小奥的爷爷摇摇头。

"您呢，畜牧局的专家，"二昆问侯科长，"您见过这么大个的鳖吗？"

"前几年龟鳖协会在市里搞过一次评比，鱼滩养鳖场参展的一只鳖跟这只个头差不多。"侯科长说，"不过，那是人工养殖的，用配方饲料和激素催起来的。"

"我们这大湾也被袁武这个狗日的给污染了，满湾激素。"二昆恨恨地说，"所以，这也是一只激素鳖、变态鳖！"

"这次市里下了大决心整顿不合格畜禽养殖场，"侯科长说，"袁武这个场问题很多，必须关闭。"

"你们这次可要狠起来，不能虎头蛇尾！"二昆道，"你老婆一家也是受害者呢。"

"壮士断腕，毫不留情！"侯科长斩钉截铁地说。

星云姑姑拿着盐水瓶子和挂吊瓶的器械

来了。村子里很多人也跟着来了。

不知何时，雨停了，东南天上出现了一道彩虹。小奥看到彩虹，马上想到去年奶奶死时，天上也出现过彩虹。想到奶奶他悲从中来，便抽抽嗒嗒地哭起来。

“哭什么啊爷们儿？”二昆大大咧咧地说，“男子汉大丈夫，挺起来，就算把这根指头喂了老鳖，那又怎么样？闭嘴，不许哭！”他摸出手机看看时间，道，“110 这些家伙，怎么还不到呢？”

星云姑姑将吊瓶支架竖起来，柔声说：“小奥，没事啊，姑姑给你输上液，咱们跟老鳖较上劲儿，看看谁能熬过谁。”

星云在小奥的左手背上扎上了针头，可能是被鳖咬处的疼痛分散了注意力，往常打针都会吱哇乱叫的小奥，竟然一点都没感到针头扎进血管的痛楚。

老打鱼人对小打鱼人使了一个眼色，说：“二昆书记，还有各位乡邻，这只价值三千元的大鳖，自然是这个小伙计的。除了鳖之外，我们再奉献出一裤子鱼，给各位尝尝新鲜。”老打鱼人将自己裤子里的鱼倒在柳树下，说，“如果没有事，我们就走了。”

那些生命力顽强的鲫鱼，在柳树下蹦跳着，一片银光闪烁。二昆飞起一脚，将一只蹦到他脚边的肥大鲫鱼踢到大湾里。小奥似乎听到那鲫鱼落到水面时发出了一声惨叫，很像小孩子的哭声。他听到二昆冷笑着说：“怎么会没有事呢？事多着呢。等 110 来了后，如果他们让你们走——这些家伙，怎么还不来呢？”

“来了！”一个清脆的童音喊叫，“我听到警车的声音了。”

喊叫者是小奥的同学袁晓杰，这个外号“小鳖”的男孩，浓眉大眼，唇红齿白，十分英俊。

“这才是真正的小鲜肉呢。”二昆看了一眼星云，仿佛要让星云同意自己的说法，但星云低着头观察小奥被鳖咬住的手指，没理他。他又说，“小鳖——小鳖，谁给咱这俊孩子起了这么一个外号—小鳖，去，把你爹叫来，就说我找他。”

“我叫晓杰，袁晓杰！”“小鳖”怒冲冲地说，“你的外号我也知道的。”

二昆笑道：“晓杰晓杰，袁晓杰，去把你父亲袁武叫来，就说我张二棍子或者是张二混子有要事找他。”

一辆警车鸣着警笛，呼啸而至。车盖子上泥浆斑驳，仿佛从一万里外赶来。车门打开，走下两个警察。一个是瘦高个，面孔黑黢黢的，鹰钩鼻，目光犀利。另一个体态壮硕，红脸膛，蒜头鼻，眼睛发红。还有一位白净面皮的，手把着方向盘，稳坐在驾驶座上。壮硕的警察掏出一张纸巾沾沾流泪的眼睛，问：“什么事儿？”瘦警察则麻利地分拨开众人，站在小奥与老鳖的旁边，弯下腰，仔细地观察着。壮硕警察也走近前来，看了一眼，浑身立刻松弛了，打了一个哈欠，问：“谁报的警？”

“我。”二昆道。

“你是什么人？”

“中华人民共和国公民啊。”

“我问你的职务！”

“报警还要有职务？”

“我不是这个意思。”

“那你是什么意思？”

“故意的是不是？”壮硕警察烦躁地说，“大事大事，我还以为多大的事！驴踢着鳖咬着都报警，接下来是不是连老母鸡不下蛋、圈里的猪不吃食者都要报警？把我们当成什么了？”他清清嗓子，吐了一口痰，低声嘟哝着，“奶奶的……”

“你骂谁？”二昆冷冷地问。

“咦，”壮硕警察道，“我骂人了？你听

到我骂人了?"

"我不但听到了，而且还录了下来。"二昆晃晃手机，说。

"我是骂你吗？我怎么敢骂你！"壮硕警察道，"我是骂我自己，骂我的嗓子，骂我不争气的身体，昨天夜里也不过出了三次警，就咳嗽、发烧、流泪……"

"少来这一套，"二昆道，"驴踢着鳖咬着不能报警吗？人民警察为人民，人民被鳖咬着，鳖不松口，医生无计可施，你说，不找警察找谁?"

瘦警察来到二昆身边，道："老乡老乡，消消气，人民警察为人民，别说被鳖咬着，就是被蚊子咬着，也可以找我们。"

"这话说得，有水平！您一定是队长！"二昆道，"本来，我是想给你们个出头露面的机会。"二昆晃晃手机，说，"我们村子里的人，在我的培训下，都有强烈的新闻意识，都能熟练地使用手机的录像功能，上到百岁老人，下到五岁儿童。"二昆指指举着手机的村民，继续说，"你们想，人民警察，顶风冒雨，前来解救一个被鳖咬住手指的留守儿童。这样的视频，在网上发布后，你们马上就是网红。你们成了正能量满满的网红，你们领导也会高兴，你们领导一高兴，等待你们的，不是立功就是提升！可是，你们竟然发牢骚，骂人，这个视频要是在网上一发布，那是什么后果，你们自己想想吧!"

瘦警察掏出烟，递给二昆。二昆不接，瘦警察再送。二昆接了烟，瘦警察给他点上火。瘦警察自己也点上烟，低声说："我是副队长，您一定是这个村子的书记，一把手。"二昆点点头。瘦警察说："我们这个同志，带病坚持工作，心情不好，请多多谅解。"二昆道："您这样说，咱们自然理解。警察也是人嘛。""谢谢谢谢，"瘦警察道，"那段录像……千万……他也不容易，老婆刚跟他离了，自己带着个三岁的孩子……""兄弟，人民群众是通情达理的，"二昆高声道，"大家伙儿注意，今儿个的视频，谁都不许发，都给我删了，待会儿我发一个正能量满满的版本，你们死劲儿给我转。"

瘦警察抓住二昆的手，使劲儿握了握。

壮硕警察大声地吆喝着："让开点，让开点！大家保持安静，请相信我们，我们一定能尽快地把这个孩子的手指从老鳖的嘴巴里解放出来!"

4

瘦警察抽着烟，皱着眉头思索着。壮硕警察像一头大熊，转来转去。他拍拍枪套，说："陈队，干脆，我对准这王八盖子上放一枪，然后让医生慢慢收拾。"

小奥带着哭音喊叫："不要开枪……不要打死它……"

"那就用电棍搞它一家伙!"壮硕警察提着警棍比画着说。

"不要……"小奥哭着说。

"你是医生?"瘦警察问星云。

星云点点头。

"能将老鳖麻醉吗?"瘦警察说，"让它丧失意识，肌肉完全松弛。"

星云摇摇头。

"要叫救护车吗陈队?"壮硕警察问。

瘦警察摇摇头，又蹲下身，先看小奥，再看老鳖。看小奥时他面带微笑，看老鳖时他满面严肃。小奥感到老鳖也斜着眼睛盯着警察，眼神里充满了仇视与不屑。小奥甚至猜到了老鳖的心思：我就是不松口，看你有什么办法。警察的表情突然转换了：看小奥时严肃，看老鳖时微笑。仿佛成竹在胸似的，他站起来问二昆："能找到猪鬃吗?"

“猪鬃？太能找到了，”二昆道，“你看，我们的作恶多端的太平养猪场的场长来了。”

袁武在儿子的引领下，来到众人面前。他是个大个子，背有点驼，瘦长脸，大眼，头发花白，胡茬子很硬，下巴上有道血口子，看样子是刮胡子刮破的。他看到了警车和警察，眼神里似乎有几分不安。他问：“书记，您找我？”

“你赶快回去，弄几根猪鬃来。”二昆道。

“猪都杀光了，哪里还有猪鬃？”袁武道。

“你少给我装蒜，”二昆道，“不是还有两头老母猪一头大公猪吗？”

“老百姓总还是要吃肉的嘛。”袁武嘟哝着。

“袁晓杰，你腿快，你去拔，”二昆又对村子里的文书说，“孙奎，你跟晓杰去，拔那大公猪的，小心别让猪咬着。”

“找我就这点事？”袁武问。

“找你的事多着呢。”二昆道：“袁武，你还记得咱们小时候，这个大湾里的水，是什么样子的吗？”

袁武低声嘟哝着，听不清他说了什么。

“那时候，水清见底，湾里生长着芦苇和蒲草，我们在这湾里游泳洗澡，那时候，湾边有口水井，咱全村人都吃这口井里的水。可自打你建了这个太平养猪场，大湾渐渐地成了一个污水坑，井里的水，也散发着刺鼻的臭气，不能吃了。”二昆说，“你自己倒是发了财，听说在青岛、威海都买了房子，随时都准备迁走。你说说，你缺德不缺德？”

袁武道：“二昆，话不能这样说，我办养猪场，是得到了当时的领导支持的，县里和镇上奖给我的牌子都在家里挂着呢。再说，村子里修路、建庙，我是捐款最多的。村里人遇到难处，我也是慷慨相助的。何况，十几年来，我为人民群众提供了大量的优质猪肉，这也是有功劳的。”

“呸，你还好意思说你的猪肉！你的猪，是用十几种药物催起来的。过去，我们养头猪，一年半才能长到一百五十斤，可你的猪，四个月长四百斤。你生产的猪肉，是百分百的毒药。”

“大家都是这样养，这是科学的进步。”袁武辩解着，看一眼侯科长，说，“我们用的配方饲料、添加剂，都是从畜牧局下属的公司购买的。侯科长，您是专家，您给评评理。”

侯科长不置可否地摇摇头，说：“对任何事物的认识，都是需要一个过程的。”

“我想不明白，不久前还给我披红戴花，一转眼就成了罪人。”袁武道。

“你还挺委屈？我问你，你的养猪场里，是不是有一条暗道通到这个大湾里？你污染了一湾清水，还污染了我们村的地下水源。”二昆道，“省环保巡视组的人已经到了县里，你看着办吧。”

“你们看着办吧，”袁武说，“大不了我把公猪和母猪也杀了，养猪场彻底关门。如果还不行，你们就把我抓进去呗。”

“嗨，你还挺硬气的。”二昆道，“公猪和母猪，你可以卖给符合环保条件的大养猪场。你这种往大湾里排污的养猪场关门，那是必须的。但抓你是不行的。即便公安局来抓你，我们也要把你留住，等你把这个大湾的污水变成清水，把井里的臭水变成甜水，才能放你走。”

“二棍子，”袁武怒冲冲地说，“你不用跟我玩花样了，不就是有人看上了养猪场这块地儿吗？要在这里建什么养老别墅吧？我让出来还不行吗？”

“你可以不让，你就在这里挺着。但你害得全村人买水吃，害得村里三十多人得了怪病，害得全村的年轻人都不敢回乡，这事你得负责。”二昆道。

“什么都怪我？年轻人不回乡也怪我？欺人太甚了吧？”袁武说，“湾里有鱼有鳖，就说明水质很好。”

“不怪你？你看看这些鱼，看看这只鳖。”二昆指指柳树下那些还在蹦跶的大鲫鱼，说，“你看看，这是鱼吗？身上都是瘤子，你看看，”二昆用脚踢着鱼，说，“连腿都长出来了，你见过长腿的鱼吗？”二昆指指那只大鳖，“还有这只鳖，你看看它的头，看看它的脖子，看看它的眼神，对着它的眼睛看，你不感到害怕吗？世界上哪里有这样的鳖？咬着人死不松口，小奥，咬着你有两个小时了吧？这都是你的养猪场污水喂养出来的怪物。”二昆看看两个打鱼人，道，“你们以为我们是想扣留你们的鱼？白给我们也不要。当然我们也不允许你们把这样的鱼拿到集市上去卖。”

老打鱼人点头哈腰地说：“这些鱼，我们全部扔回湾里去，然后我们就可以走了吧？”

“那不行，这些鱼多半死了，扔到湾里去不是让湾水更臭吗？你们要将这些鱼做无害化处理，焚烧掩埋。”

“你这书记，总要讲理吧？”小打鱼人气哄哄地说，“鱼本来就在你们湾里，我们扔回湾里，这叫物归原主。”

“那你问问警察同志，他们让你们走，你们就走。”

“不行，”壮硕警察严肃地说，“这个小孩被鳖咬的事还没处理完呢。”

老打鱼人垂头丧气地说：“他娘的，今日真是被鳖咬着了。”

5

在众人闹哄哄的说话声中，小奥似乎睡了一小觉。他睡着的证明是梦见了爹和娘。爹在一家小饭店里当厨师，娘给他打下手。他梦到爹在厨房里剁下了一条眼镜蛇的脑袋，而那个落在地上的蛇头又突然飞了起来，咬住了爹的手指……他惨叫一声，浑身是汗，星云捏着他的耳朵，说：“小奥，小奥，不要睡，马上就有办法了，警察同志想出好办法了。”

小奥睁开眼，看到周围人脸上的表情都怪怪的，一股股浓重的腥味令人作呕。他看到自己的同学袁晓杰右手举着一撮闪闪发光的猪鬃跑过来，后边跟着跑的是村子里的文书孙奎。而最让他感兴趣的是袁晓杰低垂的左手里提着的一个贴着红色商标的塑料瓶子，他知道那是可口可乐。

当袁晓杰将可乐瓶口送到小奥嘴边时，小奥的眼睛里流出了热泪。他暗自发誓今后不再叫袁晓杰的外号，也不再传唱编排袁家是非的歌谣，同学情谊高于一切。他咕嘟咕嘟地喝了半瓶可乐，感到身上有了力气，精神也不恍惚了。他甚至试探着从老鳖的嘴巴里往外拽了拽食指，但钻心的疼痛让他立即停止了动作。他不得不面对着严酷的现实：老鳖咬人，是下定了与被咬者同归于尽的决心的。小奥甚至考虑到，请星云姑姑索性将自己的手指割断，就算自己送给老鳖一份礼物。他同时还在祈求，祈求梦中所见的情景，永远不会变成现实。他也似乎明白了，自己被鳖咬，并不是无缘无故的，因为他的父母打工的那家餐馆，是家野味餐馆，父亲除了每天杀蛇外，还要杀死很多鳖。

瘦警察跪在地上，将猪鬃的尖儿，小心翼翼地捅到老鳖的鼻孑里。小奥发现这个鳖的鼻孔特别大，特别圆，小小的鼻尖亮晶晶的，像钻石一样放射着光芒。瘦警察又将一根猪鬃插进老鳖的另一个鼻孔里。众人都屏住呼吸，目不转睛地盯着瘦警察的手指。十几个手机，盯着鳖头拍摄。那个开车的白脸警察也下了车，举着一个小型录像机录像。他很专业的样子，既录全景，也录局部。瘦警察那几根被香烟熏黄了的手指，灵巧地捻动着猪鬃。老鳖的眼睛似乎眨巴了一下，众人的心都提了起来。老鳖突然闭紧眼睛，尖尖的鼻子里打出了一个响亮的喷嚏，与此同时，瘦警察抓住小奥的手腕，猛地往后一扯，在鳖口里受苦多时的小奥的食指，终于获得了解放。

众人齐声叫好。

袁晓杰跳跃着欢呼。

爷爷泪流满面。

星云姑姑匆匆地用碘酊给小奥受伤的食指消毒。

“发视频，发视频！”二昆兴奋地说，“满满的正能量！大家都发朋友圈！”

“陈队，真有你的！”壮硕警察大声说，“没有我们人民警察解决不了的问题。”

瘦警察看看小奥的手，问星云：“需要去医院吗？”

“不需要吧？”星云问小奥，“你感到有什么不舒服吗？”

小奥摇摇头。

星云给小奥的手裹上纱布，顺便拔掉了他手背上的针头。

此时，那只老鳖，悄悄地向湾边爬行。小奥看到了老鳖的行动，但他不想吭声。他期望着老鳖回到湾里去，回到那个深不可测的鳖的宫殿。就在老鳖猛然加速时，县畜牧局的侯科长一脚踩住了鳖后腿上拖着的绳子。老鳖往前挣扎着，嘴巴里发出了愤怒而绝望的叫声。听到鳖的叫声，人们的脸都变了颜色。这是一种尖厉的声音，就像铁皮哨子发出的声音。世界上听过蛤蟆叫的人比比皆是，但听过鳖叫的人寥寥无几。

小奥祈求地望着侯科长，低声道：“放了它吧。”

侯科长看看众人，众人的眼神都很暧昧。

“二昆，”侯科长神秘地说，“你仔细看一下，鳖盖上有什么？”

二昆低头看了一下，抬头说：“没有什么呀？”

“鳖盖上有字。”侯科长指点着说。

“有字吗？我怎么没看出来呢？”二昆道。

“你看，”侯科长比画着说，“这是天，这是下，这是太，这是平。天下太平。”

“太棒了！”二昆道，“咱们村叫太平村，这个湾叫太平湾，抓了个鳖叫太平鳖。”

十几个手机近距离拍摄着鳖的背壳。

小奥眼含着泪水，望着二昆，低声说：“放了它吧。”

“这个老鳖是小奥的，小奥要放了，那就放了。”二昆盯着老打鱼人说，“但是，不能让‘天下太平’拖着一条尼龙绳子下湾吧？是不是啊小奥？”

小奥点点头。

“解绳还需系绳人。”二昆盯着老打鱼人，说，“二位，请吧。”

老打鱼人抓住绳子，猛地将老鳖提起来。小打鱼人趁势抓住了老鳖的那条没拴绳子的后腿。老打鱼人将绳子解了下来。小打鱼人将老鳖放在湾边。

老鳖静静地卧着，仿佛死了一样。众人的手机盯着鳖拍。二昆跺着脚喊：“走吧走吧，‘天下太平’，放你的生了。你看，我们村子里的人多么善良！”

老鳖将脖子从鳖盖里慢慢伸出来，脑袋

转动着，似乎在探测周围的环境。突然，它的身体立起来，像一个锅盖，沿着斜坡，向大湾滚去。众人还没反应过来，大鳖已经消逝在湾水中。

二昆鼓掌，众人和之。

“天下太平！”二昆大声喊。

众人跟着喊：

“天下太平！”

（原载《人民文学》2017 年第 11 期）

北方化为乌有

双雪涛

刘泳看着饶玲玲，束手无策。作为出版人，饶玲玲无疑是最好的，敬业，聪明，敏锐，珍惜每一页纸张，善于整束所有人的资源。作为一个女人，她一塌糊涂。没有结婚，没有孩子，没有信仰，基本上是靠着虚荣心在工作。还有最要命的一点，就是酗酒。此时，2012 年 1 月 22 号，除夕夜，她坐在刘泳在北京的寓所，已经喝了七个小时。有那么几个时刻，她似乎已把刘泳当成酒保，不时用食指敲敲桌台，示意他把酒给她续上。她身材高瘦，令人想起福楼拜那个著名的比喻，裹在衣服里，如同一柄剑插在剑鞘。她喝掉了自己带给刘泳的两瓶红酒，上面还绑了花。目前开始蚕食刘泳珍藏的威士忌，公寓里的干果已经被她吃光。刘泳看她用手指在空盘摸索，便套上羽绒服下楼。超市关门了，街角做卤味的福建人也已回家过年，铁门上写着大年初十恢复营业。漫天的烟花，路上飞散着硝磺的气味，好像一场战役刚刚落幕，地上尽是红色的纸屑。突然从黑暗里窜出一支炮仗，在刘泳头顶发出一声巨响，吓得刘泳一激灵。那炮仗像是残敌掷来的手雷，震得窗框直晃，却不知对方藏在哪里。

按理说，饶玲玲这时候来找刘泳，刘泳也应该反省。来之前，她没打招呼，算准他在，算准他是一个人，算准他无所事事也不会睡觉，算准他如果不是无所事事就是在摆弄着电脑写着新的长篇小说，算准他再讨厌她的行径，也不会撵她走。这足以证明刘泳在饶玲玲心里是怎样的一个人。刘泳三十一岁，一米六七，六十五公斤，头发白了三分之一，蓝色羽绒服里头穿着一件旧衬衫，前襟因为抽烟破了一个洞，不过此时掖在裤子里看不见。灰白色的运动裤，裆前有尿渍，左边大腿上有一块醒目的油点。

他一直使用洗衣机，洗衣机不会针对一个油点。

刘泳和饶玲玲合作了三本书，两本长篇小说，一本小说集。之前出过一本小书，跟没出差不多，只是几个大学里年轻的批评家发现了有这么一个人写得挺有意思。跟她合作之后，他的境况有了明显改善，靠着版税可以过活，一本小说正在改成电影，接触的人，也终于逐渐地，喝红酒和威士忌的，比喝白酒的多了，有几个人还用喷枪烧着雪茄。不过他还是和过去一样，羞于见人。虽然不需要再为生存恐惧，他的作息和工作方式没有变过，每天八点起来，下楼吃早餐，回来写一上午，中午吃饱一点，午睡。睡醒之后处理一些邮件，回一些电话和微信，然后接着写一点。晚上也许自己喝一点酒，或者就在家附近见见老朋友，或者自己去电影院或者躺在沙发上看一部电影。唯一的区别是，当有了一些积累之后，他能够更从容地准备。他准备把萦绕自己多年的故事写出来。先写上一年初稿，信马由缰，然后再说。

刘泳回来的时候，饶玲玲已经脱掉毛衣，只穿一件贴身的T恤。刘泳说，你别再脱了，我很两难。她仰头说，你两难个屁，你从来没想动过我。他说，不要贬损自己，也不要贬损我。她说，没有贬损你，你他妈的一向精于算计，你要是对我有念想，你就不会跟我合作，你就是这么他妈的无聊。我一直纳闷你这么乏味的人，怎么会有人买你的书？他说，那是你的本事，你是这个意思对不对？她的眼睛一喝酒就扁一圈，目前是两块菱形。她说，你坐下。他坐在她对面。她三十三岁，柳肩，胸很平，这就少了不少尴尬，他可以将其看做胸肌。她说，说真的，小泳，我做你的书，不为别的，我看你的书都哭。他说，你没跟我说过，你算版税算的可细了。还有我说过好几回，别叫我小泳，不是你叫的。她说，我是南京人，没去过东北，你写的东北我不相信，但是我会哭，这就是为什么我做你的书。他说，你不相信，这个不好。她说，那是你意念中的真实，那些人没那么好，对不，要不然你也不会大年三十不回去。他说，喝多了谈论文学是最没劲的事儿，实在无聊的话你就继续脱。她说，你有个小说说下了一场大雪，工厂的托儿所很旧，礼堂改的，木制的，被大雪压垮了，你们这帮孩子一点事儿没有，就在雪和木头里头玩捉迷藏，阿姨在后面追。刘泳说，我写过。她说，不知为啥，看到这儿我哭了，但是我不信。你们一个大厂子，车间都是石头的，我就不信托儿所是木头的。而且房梁都下来了，人的密度那么大，会没事儿？这就是你们东北人吹的那种牛逼。他说，这事儿有。她说，放你妈的屁，我的故事你为什么不写？我小时候学舞蹈，一身都是伤，在台上一转圈甩出去都是眼泪。来了北京，先从图书批发干起，跟大老爷们一起搬书，睡过五六个作家，后来发现他们都是朋友，有一个群，背后谈论我，你为什么不写？他说，我是个东北男人，写不了南方女人的人生，况且，我要是真写了，你第一蹦出来说我诽谤，对不对？她说，不是这个原因，是你除了你的童年你什么也不会写，你狭隘。她想激怒他，饶玲玲经常会尝试激怒别人，尤其是男人，在争吵中实现男女平等。刘泳没有生气，一是他明白她的企图，二是他已经过了在意这种批评的时候，有些批评家也会这么说他。这很中肯，不过对他没什么影响，他自己也没有因此感到羞愧。

接神的时刻来了，窗外的爆竹声密如一场暴雨，终于过去了，又归为沉寂。北京已变成空城，归家的人卸掉了这只巨兽的内脏。刘泳想起去年春节的时候，他还不认识饶玲玲，自己穿着羽绒服跑到长安街上骑自行车，骑得忘乎所以，满身大汗。随后他又想起小时候在家里过年，奶奶会包两种饺子，一种是三鲜馅的，一种是芹菜馅的，三鲜馅给大家，大概十几个人吧，芹菜馅只有他一个人吃。爷爷用筷头蘸一点白酒喂给他。小勇，酒是粮食精，张嘴。爷爷在工厂的事故中失去一只眼睛，面部失去了平衡。那只假眼珠像果冻，好像一敲他的下巴就会掉下来。他死时，刘泳在高考，没人告诉他，他得知时他已给烧成灰，下葬在城市背面的山坡上。他成年之后经常会想起那只眼睛，他的面容和高考的试卷一样已经仅具轮廓，只有那枚果冻式的眼睛永远不会腐朽，似乎一直在某个高处看他。

饶玲玲站起来走向她的背包，他以为她要走了，心情突然有点不好，她没有走，从背包里拿出两摞书稿。她说，你这个长篇的开头我看了，你准备写多少字？他说，没想好。她说，我看了这两万字，觉得你这本书得三十万字。他说，有可能，也不一定，那两万字也许不能用，我最近在琢磨，开头可能得重新写，你知道我想用书面语写一个小说，过去写不太长，可能跟一直用短句子有关系。饶玲玲说，写在书面上的就是书面语，我警告你，别老为语言瞎操心，怎么舒服怎么写。他说，嗯，我准备先这么磨磨蹭蹭写着，不能用也没关系，等天暖和了，我回一趟东北，摸一摸素材。她说，你怎么干我不管，我现在跟你说你这个开头。我看了之后没睡好，不是别的，是挺激动，你知道吧，我这人碰到这样的稿子，总是睡不好，想出一百种方式给你做好。他说，要不你也失眠。她说，傻逼，失眠和睡不好是两码事。你写了一起凶案，说是你十六岁住在工厂，你爸是个钳工，车间主任是个小个子，姓董，宣传口上来的，不太懂生产，贸然用了德国来的机器，出了几起事故，然后在一天晚上，在办公室被一柄匕首插进喉咙，第二天一早被打扫卫生的发现，血已经流干了，对吧？他说，是，你复述得准确。她说，办公室在三楼，窗户在里面锁着，冬天，大雪刚过，即使窗户没锁，也冻死了。办公室门虚掩着，行凶者应该是从门进来的，然后再从门出去。这个车间有两个大门，正门冲南，后门冲北，北门连着一块空地，是生产线上的拖拉机下去之后，直接开动测试用的。下班之后就锁上。一般情况下，下班之后有一伙人在换衣服的工具箱旁边打扑克，所以正门先不锁，到八点左右，打更的老马把这些人清走，然后把正门在里头锁上。董主任那天下班之后走了，据老马回忆，十点左右又回来了，好像喝了点酒，说要写点材料，老马开门让他进来，他上了三楼办公室，你们家当时住在车间的二层，动迁之后没地儿住，你爸就央求董主任让你们家住在二楼的杂物间。因为你爸喜欢下棋，董主任也喜欢下棋，而且想跟你爸学棋，就答应了。那天你爸妈去锦州参加婚礼，只有你自己在，你以第一人称儿童视角写道：我看见了老董走进办公室的背影，穿着灰色的工作服，拎着一只暖瓶。刘泳说，你歇口气，你说的都对，你要干吗？她说，你等我说完。老马的口供很详尽，他是个老更夫，在这个车间打了五年更，每一个角落都熟悉。他确认，八点之后除了你之外，没人在车间里，之后也没人进来过，因为大门从里面用钢筋闩住，不可能钻进来，四面的高窗除了高达两米之外，也都从里面锁好，玻璃第二天完好无缺。所以除了你，没人能够杀人，我这个逻辑对吧？他说，慢一点说，这是我的小说，你这么激动干吗？搞得像在开庭。她说，你这个故事里面有多少东西是真实的？他说，你这是外行话，永远不要问作家这样的问题。她点点头，拿起威士忌放在书稿上，说，行，我是外行，这个事儿先按下不表，说另一份稿子。其实在饶玲玲说话的时候，刘泳已经瞥见了另一份稿件，上面的字体比他的大，分段也比他多，且没有题目，也没有题记，上来就是一个自然段。她说，这份稿子是我昨天在邮箱里发现的，然后打印出来。是十几天前一个莫名的邮箱发给我的，被系统当成垃圾邮件处理了，碰巧我昨天整理垃圾箱，扫了两眼，把她恢复了。这个小说没写完，看格局像是个中篇，目前写了七八千字，还没写出所以然，想到哪写到哪，文字很朴素，语病不少，但是才华尽显，你知道吧，就是一看就不想放下那种，这是文章的人格魅力，你明白吧？他说，明白，但是你跟我说不上这个，我不是编辑，专业不对口。她说，你别急。说着她把书稿推到刘泳面前，拿起压在书稿上的威士忌抿了一口，说，前面七八千字，写了一个罪案，跟你写的一模一样，不是叙述一样，是故事的核心是一样的，对那个车间的格局描写也一模一样。你看这段，你写道：车间的后门是红的，却有一个白色的叉在中间，不知何意。她这里也有对这个后门的描写，她写的是：车间后面是一个红门，上面一个白叉，是我趁人不在，用喷漆枪喷上去的，因为我课本上都是这玩意。我没有比较你们的文学造诣，你是老江湖，此人是个生瓜蛋子，她这七八千字，一边写这个匕首案，一边写了很多闲篇，上学的事儿，好像上的厂办的技校，让人着急。但是她好像对于同一件事情有不同的理解哈。刘泳看着书稿，一动不动。饶玲玲感到这个除夕夜有了点意思，继续说，我不是说你抄袭，作为出版人，我的直觉告诉我，你们两个互相没有看过对方书稿。你往后看，她还提到了你。

在文章的末尾，当然不是结尾处写道：据查当时车间里有一个十六岁男孩，是唯一可能的目击证人，他却声称什么也没有看见，也没有听见。当然他也可能是唯一的凶手，只是匕首和门把手上都有完整的指纹，不是他的，也不是老马的，也不是能够值得比对的任何人的。于是少年自此排除了嫌疑，使此案成为货真价实的无头案。

刘泳又把文稿从头到尾看了一遍，然后放在桌子上。他说，她当时不可能在车间里。饶玲玲说，她没这么说，虽然用的是第一人称，但是看出来是想象，比如她说罪案发生前，有一只野猫走上了三楼老董办公室的前面，想要点吃的，这是一只经常在车间里徘徊的野猫，谁有吃的就给点。这是想象，只不过细节很逼真。刘泳说，这不是想象，那只猫是我养的，叫武松，那天它确实上过三楼，我看见了。

饶玲玲坐直了，看着刘泳。刘泳说，写这东西的是谁？干什么的？男的女的？多大？饶玲玲说，你冷静一下。刘泳说，我没有不冷静，这是很简单的问题，请你回答一下。饶玲玲说，这东西没头没尾，作者署名叫米粒，没有留地址，只有一个电话。刘泳说，请你现在给她打一个电话吧。饶玲玲说，现在是大年三十儿，这人可能五十岁，在美国刷碗，也可能十八岁，现在正在跟父母一起在黑龙江某个县城守夜，你想干吗？刘泳说，不可能五十，也不可能十八，应该跟我差不多大，你打个电话。饶玲玲说，你有病，我没有，我要回去睡觉了，要打你自己打。刘泳一把抓住饶玲玲的手腕，说，今儿我们俩在一起喝酒，就是世上最亲的人，我求你帮我这个忙。饶玲玲说，你别唬我。刘泳说，我的小说里有虚构的部分，就是我当时是待在车间里，但是并非住在里头，我只是去玩。那天十点，我和老董一起回来的，他上楼去写材料，我在车间的另一头拿螺丝摆长龙。因为，这个老董，姓刘，是我的父亲。他死时我十六岁，后来我妈改嫁，嫁到深圳。要不然我不会在这里过年，你说对不对？

电话那头响了好一阵，饶玲玲几乎在听筒里听见自己的心跳。刘泳坐在对面盯着她，她第一次感到这个东北男人并非一个文弱的书生，他的眼睛微微眯着，手放在桌子上，微丝不动，那上面的关节，那连接肉的骨头，好像随着会拧成一把什么铁器。

一个女孩儿的声音。

女孩：喂？

饶玲玲：请问，是米粒吗？

女孩：哪个米粒？

饶玲玲：大米的米，颗粒的粒？

女孩：大颗粒？

饶玲玲：米粒。

女孩：啊对，米粒，我是米粒，不好意思，我喝多了，睡前还吃了安眠药。

饶玲玲：我是饶玲玲，做出版的那个饶玲玲，我收到了你的书稿。

女孩：看了？

饶玲玲：看了，写的有意思，你是做什么的？

女孩：我没写完，不知道往下咋写了，你说往下咋写？

饶玲玲：这你不能偷懒，你得自己想。

女孩：你在北京吗？

饶玲玲：在。

女孩：你看到有一个特别大的烟花没？就在刚才，就在我窗户前面。

饶玲玲说：没看见。

女孩：特别大，像一个大蜘蛛。

饶玲玲：你怎么没回家过年？

女孩：跟你有关系吗？你怎么也没回家？你不是挺牛逼的出版人吗？不应该拿着一堆成功的样书回家？

饶玲玲：我提醒你一下，你得尊重我一点，你家人没教你怎么跟人讲话？

女孩：为什么要尊重你？我就是闲得无聊给你发了篇自己写的破玩意，我指着你能吃饱？我当个傻逼作家？把青春都烂在椅子上，然后到处舔出版人，评论家的屁股，还他妈的穷得叮当响？你家人没教你除夕夜打电话把人叫醒应该抽你大嘴巴？

饶玲玲打开免提，把手机放在桌子上。

饶玲玲：这样，我旁边还有一个人，就是你说的那种傻逼作家，他想跟你说两句。

刘泳：你好，我叫刘泳，写小说的，出版人和批评家屁股什么味道，我不知道，我想知道一件事情，你写的那个故事，是听来的，还是你看见的？我恰巧也写了这么一个故事，为了证明一下，我告诉你，那个死去的车间主任，姓刘，那只猫，你没有描写，我知道，是黑白相间的花纹，尾巴尖也是白的，公猫。

女孩：你是谁？

刘泳：我说了，我叫刘泳。

女孩：哪个刘，哪个泳？

刘泳：原名是姓刘的刘，勇敢的勇，笔名改了一字，改成游泳的泳。

女孩：哦，本来挺勇敢，现在要随波逐流？

刘泳：游泳也可能逆流而上，你住哪？

女孩：你多大？

刘泳：我 1981 年生人，今年 31.

女孩：你是老刘的儿子吧？

刘泳：有可能。这样，这么闲聊总是差点意思，我相信你知道我不是骗子，我也相信你肯定跟我有点交集。我住在朝阳区阳光上东 22 号楼 2 单元 5 零 3。你要是方便，你过来一趟，我和老饶都不是北京人，都没回家，在这儿搭伙过年，你要是愿意，请你过来，有酒，一起守夜。

沉默。

女孩：我没兴趣，你们俩自己玩吧。

忙音。

饶玲玲说，困了，我得走了。刘泳说，留下帮我做个见证。饶玲玲说，说实话，我很欣赏你，我们也是挺好的搭档，但是我们真没有那么熟。刘泳说，所以你是见证人的最好人选。刘泳站起来走进卧室，出来拿着一块带血的布。刘泳说，这是我爸当时穿的工作服的衣领子，烧之前，我偷偷把衣领子剪下来，这么多年一直带在身上。后来我一直跟我爷爷奶奶住，我爷在我高考那年死了，夏天，搬了个大西瓜回家，心脏病突发死在院子里，西瓜倒没有摔碎，滚到墙角。我当时住校，这是我奶后来告诉我的。过了五年，我奶死了，死在炕上，她那时已经糊涂了，我在旁边，她把我当作我爸，问我什么时候回来的，这么长时间去哪了。也不赖她，我和我爸长得确实像。这些事情我没跟人说过，你说我们俩不熟，我们现在也许熟了一点，如果你也这么觉得，我请求你留下来，帮我把这件事情弄明白。饶玲玲想了想说，我陪你等到天亮，也别天亮，万一阴天下雪天不亮不好说，我陪你等到早晨七点，如果这女孩儿没来，我也没有办法，我不是你老婆，不能一辈子在你屋子里待着。刘泳说，好，你想再喝点吗？饶玲玲说，不喝了，你给我找件外套，冷。刘泳把自己的薄羽绒服给饶玲玲披上，拍了拍她的肩膀。然后从电视柜的抽屉里，找出一副新的一次性拖鞋和一副跳棋。刘泳把拖鞋放在门口，坐回来说，没事儿干，玩会儿跳棋吧，有时候我自己跟自己玩，你要红的要绿的？

刘泳的这间公寓位于朝阳区的南面，地势略高，房间面积大概90几平，两室一厅，他已租了两年。家具都是自己买的，北欧风格，简单，硬朗，且无一不是米黄色，件数也不多，茶几，电视柜，餐桌，四把椅子。客厅里只有电视是黑色的，不过连电源线都没有连。卧室在南，书房在北。书房四个立式书柜，一个长方形书桌，从这头到那头，顶到了窗户底下，地下也满是书，有的书里夹着纸条。靠着北墙，放着一个小黑板，上面写一点也许跟小说有关的提示性的东西，此时小黑板上写着：匕首/少年L/开枪的是人，提供子弹的却是上帝。

楼道悄无声息。刘泳下起棋来全神贯注。有时候会用手摸一下下巴，大部分时候双手支在桌子上，头垂直于棋盘，呼吸均匀。大概是凌晨两点半左右，楼道里的电梯门开了，随后是脚步声。脚步停在门前，等了几秒，手在敲门。刘泳说，你别动，一会儿下完。此时他的绿色棋子，已经有半数进入到饶玲玲的本营，而饶玲玲的黄色棋子，昏昏欲睡，如一条长蛇，都在路上。

女孩穿了一件黑色帽衫，挺瘦，但是也挺结实。

“撂下电话我就睡着了，睡醒了想起有这么一个事儿。”女孩说。

“把鞋搁这儿，这拖鞋是你的。”刘泳说。

“你家挺热，你是饶玲玲？”

饶玲玲有点不知该说啥，从没遇见这样的人。她挺想生气，给她一个白脸子，但是发现自己的气已经消了。不管怎么说，小说写得不错。

饶玲玲点头说，坐吧，喝什么？

女孩从怀里拿出一瓶白瓶牛二，52度，你们喝得惯这个吗？

她没化妆，黑色短发，脸很小，白白的。尖下颌，冷丁一看以为是高中生，仔细一看眼睛，也许超过三十岁，或许比刘泳还要大一点。那是一双常年没有休息好的眼睛。

三人落座，刘泳刷了三个玻璃杯，女孩（姑且还是称为女孩吧）和饶玲玲坐对面，他坐中间。玩跳棋呢？女孩说。她的面前摆着刘泳的棋子。刘泳说，打发时间，等你。女孩说，你咋知道我一定会来？刘泳说，感觉吧，你打车的钱，我可以给你。女孩说，给你省了。我离你不远，走过来的。刘泳说，你住附近？女孩说，不是附近，是一个小区，我住你旁边那栋，和另一个女孩合租，刚搬进来。你能不能干了？养鱼？两人干了一杯牛二。刘泳说，冒昧地问一句，你是干什么的，小说写得很好，过去写吗？女孩说，我那也叫小说？就是闲着没事儿胡编乱造，当时叫了外卖，正吃大米饭，就署了名叫米粒。我啊，常年混在剧组，什么都干，剧务，美工，副导演，编剧，最近还当了几次演员。刘泳说，什么电影，我们看过吗？女孩说，肯定没看过，都是小制作，特矫情那种。我问你，你家有饺子吗？我来不为别的，过年想吃顿饺子，你有吗？刘泳说，速冻的行吗？女孩说，生的我都能吃一盖帘儿，就想这口了。饶玲玲说，我去煮吧，你们聊。刘泳说，冰箱左门那个门，第二层，厨房的灯在那。女孩说，你俩两口子？饶玲玲扭头说，两口子他告我灯在哪？女孩张口喝了半杯酒，一笑，露出一排小白牙说，是我傻逼了，但是你们文学圈谁知道谁跟谁怎么回事儿。

刘泳不抽烟，但是家里有烟，也有烟灰缸。他戒烟五年，一根没抽过。女孩抽中南海，刘泳看着她抽了半根烟，说，听你口音，是东北人没错，我也不绕弯子，小说好，我表扬完了，我想问一问，这个事儿你怎么知道的？女孩说，我说完还能吃上饺子吗？等吃完再说。刘泳说，好，那咱们就等饺子。做电影有意思吗？女孩说，别没话找话了，咱们把跳棋下完吧。两人便下，女孩用饶玲玲的残棋，她也不往前走，就是处处堵刘泳的路，刘泳有时候偷偷瞥她一眼，她面带笑意，在这种消极的战法里得到极大的快乐。她的脖子很长，带着一个银制的十字架，嘴唇有点干，时不时用舌尖舔嘴唇，黑眼圈如同刺青渗入肌肤。饺子好时，刘泳还剩一个棋子没有走进女孩的阵营，女孩的那枚棋子也死活不出来。开始吃饺子，女孩说，没有腊八醋？刘泳说，确实没有，遗憾，外酸里甜。女孩说，醋是绿的。于是继续吃，女孩吃了几个说，没有喜钱。算了，你这是速冻的。饶玲玲说，什么是喜钱？刘泳说，就是饺子包一个洗干净的钢镚，谁吃着谁新的一年走运。当年我们家年年都是我爸吃着。吃完了饺子，女孩和刘泳一人喝了一碗饺子汤。三人继续喝酒。

女孩说，吃得很好，你想把饺子抠出来也费劲了。刘泳说，肚子里的全是你的。女孩说，好，这故事我是听来的。刘泳说，听谁说的？女孩说，我姐。刘泳说，你这岁数，城市里不可能有俩孩子。女孩说，我是超生，所以我爸妈都没了工作，去你爸的厂子当临时工，刘主任是你爸吧？刘泳说，是。你继续说。饶玲玲说，我可以用手机录一下吗？女孩说，随便你。你可以选择录，我也可以选择怎么说。刘泳说，行，不录。饶玲玲把手机揣起来。女孩说，我家住南教堂那儿，你知道南教堂吧。刘泳说，知道，俄国人修的。女孩说，我爸是天主教徒，我爷也是，那教堂是老毛子修的，我们家跟着老毛子信的。所以我妈怀了我就给生出来了。我姐当时十八岁，没考上大学，在你爸车间当喷漆工，啊，对，那个后门的白叉，就是她喷的，其实是个十字架，喷歪了，我在小说里写的是胡编的。当时我姐和你爸，老刘，正在谈恋爱。爱得死去活来。饶玲玲看着刘泳说，我看这孩子没一句真话。刘泳抬起头说，少说多听。说完他对女孩说，我当时有感觉，我妈也应该有感觉。你姐叫什么？女孩说，忘了，你还想听吗？刘泳说，想，说吧。女孩说，我姐后来跟我说，活了这么长时间，遇见你爸之后才觉得活着有意思。我爸妈以前给她讲的那些道理，遇见你爸之后才觉得是真的。上帝就是爱啊。女孩喝了一口酒说，你爸虽然个子不高，但是心是善的。那套德国机器，在其他很多车间没有开箱，只有你爸强令开箱使用？为啥？因为那时候工厂已经要完了，其他车间主任，都在打自己的算盘，先让工厂倒了，然后把新机器弄到自己的小作坊里，工人裁掉三分之二，我姐说，这么干国家是支持的，叫小舢板突围。刘泳说，嗯，有这个说法。女孩说，你爸是想救工厂，不想看着工人都回家，他那时候经常跟我姐说，工厂完了，不但是工人完了，让他们干什么去，最主要的是，北方没有了，你明白吧，北方瓦解了。你爸是宣传口出来的，还他妈文绉绉的。刘泳说，他写一手好字，你还是叫他老刘吧，我能稍微舒服点。女孩说，行，那就彻底第三人称。老刘答应我姐，做最后一搏，如果这套机器上了，还是不行，等他妥善处理完遣散工人的问题，就和我姐私奔，什么也不要了。饶玲玲没忍住，私奔？女孩说，是私奔，跑到更南的地方去。推着三轮车卖早点也行，一起背着货跑单帮也行，反正不能分开。那机器呢，谁也玩不转，主要是工程师心早散了，都在想自己的后路。几人出了事故，有一个年轻工人，刚来不久，很想表现，结果被咬掉一只手。刘泳说，老刘出事儿跟他有关系吗？

女孩站起来，在身后握住双手，把身体抻了抻。刘泳说，有关系吗？女孩说，坐太久了，你们作家怎么能一天坐那么久？刘泳说，那你动动。女孩说，嗯，我不想说了。刘泳说，什么意思？女孩说，没意思。你给我弄口水，喝完我走。刘泳说，哪儿不对了？女孩说，你是个写小说的，你说写到这时候怎么写？刘泳想了想说，卖了个关子？女孩说，你摆地摊卖吧，我鞋呢？刘泳说，也许应该写写这个姑娘？女孩把手移到身前，活动着手腕，说，继续说。刘泳说，如果是福楼拜的时代，也许应该从姑娘的头发和吃穿用度开始写。女孩说，不用扯那么远，头发可以。刘泳点点头说，黑发，大黑辫子。女孩说，颜色对，弄那么长辫子给机器绞脑袋？刘泳说，是了，黑短发，刘海过眉。女孩说，可以。刘泳看了看女孩说，身材不高，但是很挺拔，皮肤很干净。女孩说，可以。刘泳说，话不多，但是有脾气，有意思，说出的话招人听，遇见不对路的人一句话也不说。女孩说，喜欢看书吗？刘泳说，确实，老跑厂里的图书馆。女孩说，行，说说她和老刘怎么认识的？刘泳说，朋友，我毕竟是老刘的儿子，让我揣测这个伦理上有点问题。女孩说，你是作家还是儿子？刘泳说，都是。女孩说，首先是啥？刘泳说，好吧，我随便猜，女孩爱看书这点让她与其他女工不同，老刘注意到了。女孩说，太概然，新年联欢会女孩演了个节目。刘泳说，对，朗诵？女孩说，诗朗诵。刘泳说，沁园春·雪？女孩说，屁。戴望舒。刘泳想了一下，说，应该。女孩说，继续说，怎么私奔？刘泳说，老刘带上家里的钱，女孩带上一点首饰。女孩说，再带上一箱子吃的？你以为是羊脂球？老刘只带两百块人民币，剩下的留给老婆孩子，女孩带几件衣服和几本书。两人要去哪？刘泳咬着牙说，实在猜不出来。女孩说，你身上流着老刘的血。北京。

女孩摆了摆手示意他不用据此回答，然后坐下说，挺无聊的哈。饶玲玲此时已经趴在桌子上睡着了，脸靠着盘子，嘴微张着，披着刘泳的羽绒服，因为个子高，身体如虾一样折着，好像鼻子不通气，一直用嘴吸气。刘泳看着她，意识到刚才她说困了是真困了，另外一层是，这件事情只是他自己的事情，或者说一个人身上发生的事情都是自己的事情。女孩说，跟那些受伤的工人没关系。是你们厂长。刘泳说，我都忘了厂长姓什么了。女孩说，有人记得。当时老刘老是半夜来写材料，其实有一个目的是跟我姐幽会，我姐有一副老刘办公室的钥匙，下班之后她就自己进办公室，藏在柜子里，等老刘去而复返。刘泳说，嗯，他得接我放学，还回家陪我妈和我吃饭。女孩说，另一个目的是确实在写材料，他写五份，举报你们厂长副厂长四人，侵吞国家财产，挪用工人养老保险在农村买地给自己盖房子，等等等等吧，准备寄到五个部门。说实话，这些事情，都是我最近才知道的。刘泳说，哦，最近才知道。女孩说，不知道厂长从哪听说了此事，便要弄死老刘，他自己不可能动手，就雇了一个人，他们当时详细地研究了车间的图纸，发现就在老刘的办公室的顶棚，有一个废弃的排风扇，通到外面房顶。几乎没人知道，多年不用，是当年按照苏联图纸建造的，后来觉得，东北风大，不用非得这么排风，就多年不转了。此人就是用一条绳子，顺着这个排风口下来的，然后又顺着绳子爬上去的。我姐已养成了习惯，她没敢开灯，因为开灯就会有人上来找老刘说话，老刘并不在，会露。她都是摸黑藏进柜子里，然后打开手电筒看书，累了就睡一会儿。那天老刘回得很晚，也许是打开柜门，发现她睡得很香，就没叫她，先坐在办公桌前写材料。杀人者悄无声息从他头顶降下，一刀就把他刺死了，然后拿着材料又顺着绳子爬上去，我姐醒时，看见人已经爬回顶棚了。

天更黑了，彻底安静。很难知道北京城到底有多少守夜的人，大部分窗子都瞎了，偶有几只灯笼亮着，好像哭红的眼睛。女孩说，我姐后来很少睡觉，老刘在她睡觉时死了，她可能对睡觉有恐惧吧。刘泳说，故事讲完了吗？女孩说，我很累了，但是还有一点。从那天起我再没见过我姐，这些事情都是她写信给我我知道的。第二天早晨，她从办公室的门走出去，就开始追踪这个杀人者，十几年了吧，终于在一个月前，把此人杀死在一个村庄的河边。她跟我说，她把他的双手割下扔在河里头了。

刘泳拿起酒来喝了一口。酒真凉啊，到了肚子里四方流散，无孔不入，刘泳连脚趾都觉得暖了。

刘泳说，你姐叫什么？女孩说，你不用知道。她说她累了，先歇一歇。刘泳说，嗯。女孩说，不过她歇完了还会上路吧，一个一个来，是吧，要一视同仁。刘泳说，你这个故事不错。女孩说，一般吧。刘泳说，如果老刘活着，也会觉得是个好故事。女孩说，不一定，也许他会觉得她永远躲在柜子里最好。女孩站起来说，我走了。我住很远，到家天要亮了。刘泳说，好，不送你了。女孩说，好，你坐好。刘泳点头说，不是一个小区？女孩说，不是。女孩推门走了出去，头也没有回。

饶玲玲动了动，没有醒。虽然姿势有点难受，但是她还能坚持。

刘泳走到窗前，看着女孩走出门洞，又走出大门。世界漆黑一片，如同海底，只有两个小姑娘在大门口放烟花，海马一样，似乎是背着大人偷跑出来的一对姐妹。女孩对其中一个小姑娘说了什么，那姑娘把两支燃着的烟火递到她手里，她一手一个，展开双臂将其摇晃。火焰四处喷射，夜海浮动，不知要将她带往何处。

（原载《作家》2017 年第 2 期）

穿白衬衫的抹香鲸

樊健军

豹皮樟担任教练之前，欢迎的队伍早已相当齐整，要说瑕疵，就是队员们彼此间的配合还不够默契，个别人的动作还不够完美。在马尾松的表哥到来之前，欢迎的队伍有足够的时间排练，豹皮樟毛遂自荐担任了他们的教练。他将他们集中到林场堆放木材的场地上，那儿总有地方空着。

豹皮樟说："从今天开始排练，谁也不能请假，更不能缺席，谁缺席谁就是咱们林场的敌人!"

他跳上一个矮木墩，像他父亲那样吼着嗓子，挥舞着手臂，说话的方式同他父亲如出一辙。所有的孩子一声不吭，注意力全都集中到了木墩上。欢迎马尾松表哥的仪式是极为严肃而神圣的，没有谁认为他在开玩笑。

他仿效他父亲做了一根鞭子，每次训练时都带着它，仿佛随时要把它派上用场。

"一二一。"

"左右左。"

"向右边摆动。"

"动作要大一点，倒向右边，倒向右边！栗子，你长着耳朵没有?!"

豹皮樟气急败坏，朝叫栗子的男孩扬起了鞭子，就要劈头盖脸抽过去。栗子受到鞭子的威胁，努力向右边倾斜身子。他们都清楚，豹皮樟的性格是有遗传的，他父亲不折不扣执行马尾松父亲的旨意，从来不会歪曲，哪怕一根头发丝粗细的偏离也不会有。豹皮樟训练时的参照对象是马尾松，马尾松走步时习惯朝右边摆动身体，幅度还不小。体育老师都很宽容他，不去纠正马尾松走步时的姿势，豹皮樟更没有理由要求他改变多年来养成的习惯。

林场的孩子不多，就二十来个。几个女孩子想参与，马尾松不答应。剩下十几个男孩子，每个孩子都必须从鞭子下走一遍，走一遍不满意，就走第二遍，第三遍，豹皮樟满意了才会放手。

"甜槠，你的步子小一点，别迈那么宽。"

"白蜘蛛，你别他娘的像个蜘蛛，走正步，不是爬，不是爬，知道不?!"

孩子一个个走过了鞭子，没走过的队伍越来越短。那走过了鞭子的，不允许离开训练场地，而是被动或主动留下来围观。那些被鞭子恐吓出来的诸种丑态，就像一种黏性极强的胶水，牢牢地粘住了他们的脚步。这种时候要赶走他们都不容易，甚至他们在暗暗期待着发生点什么。

"棕榈，抬起头，眼睛看着我。"

"大果，把手摆动起来。"

"……"

没走过的队伍更短了，就剩两个人：水蛇和抹香鲸。

训练开始之前，豹皮樟就让水蛇给大家示范过，水蛇的一举手一投足，就像马尾松的孪生兄弟，分不出彼此。水蛇就是马尾松的影子，或者替身。果真，水蛇在众目睽睽之下毫无悬念地走过了鞭子，甚至在走步的同时朝大家得意地咧着嘴。

往后，所有的目光都锁定了抹香鲸。

那时候，他们都不明白抹香鲸是种什么稀奇古怪的植物，是树还是草，是藤萝还是荆棘。他们的外号都是林场里的那些伐木工或放排工喊出来的，唯独抹香鲸例外，他的名字最早出自于抹香鲸的父亲之口。

抹香鲸的父亲是个瘦高个，脸瘦削而苍白，鼻梁上架着眼镜。他们一家人是在一个夏天的黄昏挑着简陋的铺盖卷儿来到林场的。抹香鲸的父亲虽然个子高，力气却不如一个女人，伐不了木，也放不了排，给他安排个怎样的工作，马尾松的父亲伤透了脑筋。无所事事一个星期后，抹香鲸的父亲得到马尾松的父亲允许，开始在林场有限的墙壁上涂涂写写。墙壁的高处够不着，抹香鲸的父亲就会搬来桌椅垫脚，或者架起梯子。抹香鲸的父亲爬上桌椅，或者上了梯子，拿东西不方便时就会朝身后的男孩叫喊：“抹香鲸，拿支毛笔给我。”或者说：“抹香鲸，颜料盒，颜料盒在哪儿呢?”

林场的孩子都听到了，那个同他父亲一样瘦瘦高高的男孩叫抹香鲸。

抹香鲸比他们高出半个脑袋，穿着白衬衫。

“你，走过来!”豹皮樟拿鞭子命令他说。

抹香鲸没有立即走过来，而是犹豫了一下，瞧了瞧豹皮樟手中的鞭子。鞭子不只鞭打过他们当中某个人的大腿，有可能还鞭打过地面，鞭梢沾上了可疑的脏物。抹香鲸脱去白衬衫，将它叠齐整了，放在一根干净的杉木上。杉木剥去粗皮的时间可能不长，树身仍洁白着。

“抹香鲸，你磨蹭什么，还不快点儿!”

豹皮樟抖动鞭子，鞭子摩擦空气发出嗖嗖的呼啸声。

抹香鲸只穿了个背心，踩着他们刚刚留下的足迹朝豹皮樟走过去。

“抹香鲸，肩膀放低点，身体摆向右边。”豹皮樟冲抹香鲸喊叫。

抹香鲸好像没听见豹皮樟的喊叫，既不放低肩膀，身体也不向右边摆动。他昂首挺胸，迈动长腿，一步步朝他们走了过来。豹皮樟还没来得及叫喊第二遍，抹香鲸已经站到了那条线路的尽头。

“抹香鲸，倒回去，重走一遍!”豹皮樟恼羞成怒，扬起了鞭子，但因为隔着距离，鞭子没有抽中抹香鲸，而是落在了地上。

几个孩子跟着嚷嚷：“抹香鲸，倒回去！抹香鲸，倒回去!”

抹香鲸在围剿他的喧嚣声中回到了起点。

“这一次你最好放老实点，否则打断你的腿!”豹皮樟拖着鞭子，跑到了同抹香鲸平行的位置。

抹香鲸无辜地朝豹皮樟微微笑了笑。

“开始!”豹皮樟喊起了口号，“左，右，左。”

“抹香鲸，身体摆向右边，肩膀要压低一些。”

抹香鲸咕噜说：“体育老师都不是这么教的。”

他别扭地朝右边歪了歪肩膀，但很快恢复了之前的姿势。他的腿长，步子宽，同豹皮樟不在一个步调上。豹皮樟不得不小跑着才能赶上他。

“抹香鲸，你把步子放小一点!”豹皮樟将鞭子在半空中甩了一个回合，鞭梢距离抹香鲸的脑袋就差那么一点点。

抹香鲸并没有因此放慢脚步，相反有加

快的迹象。这无疑在挑衅，豹皮樟忍耐不住，鞭子朝抹香鲸的腿部斜扫过去。抹香鲸早有预防，随便一抬腿，就躲过了呼啸而来的鞭子。豹皮樟被激怒了，左一鞭，右一鞭，招招奔向抹香鲸的大腿。抹香鲸左闪右避，鞭子全落在了空处。围观的孩子发出连串的哄笑声，在林场除了马尾松外，没有哪个孩子敢这么戏弄豹皮樟。豹皮樟发狂了，嗷叫一声，鞭子劈头盖脸抽向了抹香鲸。不管谁挨着这一鞭，不皮开肉绽才怪呢。抹香鲸面无惧色，躲闪的空隙，寻个机会一把揪住了鞭子。豹皮樟的个头小，力气也小，抽不回鞭子，一张脸涨得通红。

“抹香鲸！”马尾松在松木堆上大叫。

围观的孩子闻声收住哄笑，都拿眼睛盯住抹香鲸，抹香鲸才撒了手。

豹皮樟无处发泄愤怒，转头一鞭子抽向了抹香鲸的白衬衫，那洁白的衬衫上立刻留下了一条肮脏的鞭痕。

马尾松的表哥要来林场参观的消息是马尾松的父亲带回来的。每隔一段时间，马尾松的父亲就会进城向马尾松的表舅汇报林场的工作。间隔时间的长短并不固定，有时几个月，有时才几天。据说马尾松的表舅领导着数十个林场，他们所在的林场只是其中之一。马尾松的父亲每次进城都会捎带一些林场的山货，说是让马尾松的表舅尝尝鲜。马尾松的父亲带进城的有野猪肉，野麂肉，野兔，山鸡，蛇，以及木耳，蘑菇，还有竹参，竹蛋。有时还会带上几根山鸡尾毛，一把山果，几支豪猪箭。也带过竹编的小昆虫，比如蝉，蝴蝶，和蜻蜓什么的。有个伐木工老会编这些，闲来无事时就编些小玩意儿消磨时光。

马尾松后来才知道，那些小玩意儿，包括山鸡尾毛，山果和豪猪箭，都是送给马尾松表哥的礼物。马尾松的表舅家有个男孩，比马尾松要长一两岁。马尾松曾经缠着父亲带他进城去见表哥，父亲嘴上答应着，却始终不兑现。马尾松从父亲带进城的那些东西猜想，表哥的喜好同林场的孩子差不多，至于其中的差别，就很难想象。

几次纠缠失败后，马尾松不再对父亲抱有幻想，也渐渐淡忘了城里的表哥。马尾松的父亲最近一次进城是在几天前，一大早从林场出发，第二天黄昏时才回到林场。马尾松的父亲是在饭桌上将马尾松的表哥要来参观的消息告诉马尾松的。

马尾松的父亲说：“你陪着你表哥好好玩玩，不能欺负他，不能让他受委屈，要带他到最好玩的地方去玩，不能让他摔着碰着，要是发生什么事，小心你的耳朵。”

马尾松的父亲经常拿耳朵威胁马尾松，每次犯了错，都会拎住他的耳朵惩罚他。马尾松的父亲惩罚孩子的办法好像在林场推广了，马尾松他们的耳朵比别处孩子的耳朵要长那么一点点。那一点点就是被他们的父亲拎出来的。

马尾松兴奋得一晚上都没有睡着，父亲的郑重其事预示着表哥即将来到林场。第二天一大早，马尾松就将表哥要来的消息告诉了豹皮樟，豹皮樟也同他一样，激动得打了个尿战，险些尿了裤子。豹皮樟又将消息传播给了水蛇和其他孩子。孩子们都跟着激动起来，林场在山沟里，平常很难见到新鲜面孔，何况将要来参观的人是马尾松的表哥。他们聚在一块儿，你一言，我一语，给马尾松出主意。有三件事必须做足准备：第一，所有孩子列队欢迎马尾松的表哥，一个也不许少；第二，确定去哪些地点参观，参观什么内容；第三，给马尾松的表哥赠送什么礼物。

豹皮樟嚷嚷着，由他担任队列训练的教练，他的理由很简单，在学校他是体育委员，曾替代过体育老师指导同班同学做早操。灯台莲被允许代表所有孩子给马尾松的表哥送花，送花时要佩戴红领巾，花朵也由她采集。灯台莲是马尾松的妹妹，马尾松的表哥也是灯台莲的表哥。其他孩子见被豹皮樟和灯台莲夺了头功，都很着急，讨论后两个问题时一个个抢着发言，生怕自己被冷落了，被忽视了。

大果说：“夏天到了，可以去河里游泳，去捉螃蟹，捞鱼虾，还可以看我爸爸他们捡死羊。”

大果的父亲是放排工，把搁浅在岸边的树木重新放回河里，行话就叫捡死羊。

“要是表哥不会游泳怎么办？出了危险怎么办？”马尾松反问。

大果被问住了，涨红着脸，默不作声退到了一边。

粗榧说：“上山摘杨梅，捕蝉，捉小鸟。”

灯台莲插话说：“捉小鸟太残忍了！”

马尾松盯了一眼灯台莲，灯台莲噘起嘴，吐了吐舌头。

栗子说：“上山捡栗子，板栗子，尖栗子，毛栗子，都有。”

豹皮樟鄙夷说：“春天哪来的栗子？”

栗子就噤声了。

商量到最后，他们才决定，马尾松的表哥如果夏天来，就上山采杨梅，摘山桃子，捕蝉，到山沟里捉石鸡。秋天来呢，就去捡栗子，摘猕猴桃，说不定还能逮到小松鼠。最有趣的该是春天，可以爬到山顶上去看杜鹃花，可以捡蘑菇，摘草莓，拔小竹笋，还能喝到蜂蜜。到了冬天就难办了，山沟里大雪封门，无处可去，顶多看看雪景。大山里的雪景同别处不同，足够时间长，也足够壮观。

白蜘蛛说：“可以去捉山老鼠。”

白蜘蛛的父亲会捉山老鼠，逮到山老鼠就烤着吃，香喷喷的，马尾松的父亲就曾让他烤过两只山老鼠带进城去，也就那一次，之后马尾松的父亲没再带过山老鼠进城，估计马尾松的表舅不喜欢。

白蜘蛛的馊主意遭遇了马尾松的白眼球，白蜘蛛丢了脸面，悄无声息躲去了人背后。

赠送的礼物倒很容易找到，马尾松收藏的东西不少，山鸡的尾毛，一拃长的野鹿角，两三寸长的野猪牙齿，木头手枪，木剑，弹弓，漂亮的马鞭，甚至有一张五六尺长的完整的蛇皮。其他人也有不少收藏，只要慷慨，谁都自觉把最好的东西拿出来，精挑细拣，绝对能找到适合的礼物。

后来大果说：“我让我爸爸给表哥做把二胡。”

大果的父亲会捕蛇，马尾松的蛇皮就是大果的父亲送给他的，据说那张蛇皮就能蒙上两把二胡。

粗榧说：“我让我爹给表哥做把竹笛。”

粗榧的父亲会吹笛子，吹的笛子都是他自己用小竹子做的，用竹膜做笛膜。不捡死羊的时候就吹笛子，有时是清早，有时是月夜，就会听到粗榧父亲吹响的笛声，婉转得走哪都听得见。

灯台莲又出主意说：“让老扎匠编只喜鹊。”

老扎匠就是那个拿竹篾编蝴蝶蜻蜓的伐木工。

豹皮樟说：“干脆让他编条龙。”

说完他随即哈哈笑了，为他自己奇丽的想象而得意。

最后确定送给马尾松表哥的礼物为：七根山鸡尾毛，一把二胡，一根长笛，两只竹编的翠鸟，一个野猪牙齿做的胸坠，一根精致的马鞭，一对一拃长的野鹿角，一枚用果核挖的口哨。如果能逮到活的小野兔，到时再让老扎匠编只兔笼，连笼带兔送给马尾松的表哥，肯定会招他喜欢。后来豹皮樟又贡献了一枚石蛋，石蛋比鸭蛋稍大，表面上长有好看的花纹。是个放排工在河里捡到的，偷偷送给了豹皮樟的父亲，豹皮樟的父亲没敢声张，豹皮樟就说自己捡的，还夸张说是龙蛋，一直藏着没敢拿出来。

抹香鲸接连几天都没出现，估计他的衬衫被弄脏后受到了他父母的责罚。有一次，豹皮樟远远看见抹香鲸穿着白衬衫走了过来，以为来找他们，谁知他却拐个弯走向了另一个方向。他对他们视若无睹，或者故意躲避他们。豹皮樟内心很焦急，却又不敢将焦急告诉马尾松，怕马尾松会瞧不起他。如果抹香鲸重新加入他们，豹皮樟不知该怎么对付他，特别是如果抹香鲸不配合排练，更是找不到惩治他的办法。若是打架，豹皮樟先就怯场了，抹香鲸比他高出半个脑袋，他不是抹香鲸的对手。

马尾松没有留意到豹皮樟的焦急，他的注意力全放在准备赠送表哥的礼物上。马尾松将他们准备的情况报告了他父亲，他父亲似乎很满意，还表扬了他。马尾松的父亲说："这是对你最好的锻炼，将来你肯定能接替老爸的位置，当上林场的场长，不，应该比老爸更有出息，像你表舅那样，进城当林业局长。"马尾松趁他父亲高兴时追问："表哥什么时候来？"马尾松的父亲皱了皱眉头说："会来的，你把该准备的事情都准备好，可不能怠慢了你的客人。"

马尾松听了父亲的话既高兴又紧张，怎样才不会怠慢了客人，林场就这么些孩子，就那么些玩的地方，要是会变戏法就好了，手那么随便掐弄几下，一个新鲜的花样就出来了，再掐弄几下，又一个新鲜的花样出来了。马尾松不会变戏法，林场的孩子也不会变戏法，就是林场那么多的伐木工和放排工，也找不出一个会变戏法的。

马尾松在内心叹口气，让孩子们先把礼物集中起来。豹皮樟的父亲亲手制作了一根马鞭，大果的父亲在赶做二胡，粗榧的父亲打磨了一根漂亮的长笛，还在竹林中弄到了厚厚一叠做笛膜的竹膜。老扎匠编织了两只翠鸟，果真栩栩如生，好像正展开翅膀在水面上捕鱼呢。轮到编龙时，老扎匠却犯难了，都说有龙，可龙是什么模样，没人见过。豹皮樟很后悔出了这馊主意，不但没给自己长脸，反而让他在马尾松跟前难堪。山沟里的村庄有舞龙灯的习惯，但那种龙灯身架巨大，九个人合力才能舞动它。况且那龙灯的龙并不好看，简陋得就剩几截竹篾制作的竹篓子。将那些竹篓子凑合在一起就组成了一条龙，将那样一条龙送给马尾松的表哥显然不妥，若是那样还不如不送。

马尾松正要将它从礼物的名单上划去，抹香鲸却无意中解除了豹皮樟的难堪。孤独几天后，抹香鲸又同他们混在了一起，山沟里太狭窄，也太寂静，如果不同他们一块玩儿，就没其它去处。抹香鲸并不知晓礼单上的那些东西都是送给马尾松表哥的，以为都是马尾松的东西。或许为了讨好马尾松，或者缓和同他们的关系，抹香鲸给了他们一幅图画，画面上是一条张牙舞爪的龙，仿佛正腾云驾雾从他们的头顶飞过。这图画比山村里的龙灯不知漂亮多少倍，真有这么一条龙，马尾松都舍不得送给他表哥了。那老扎匠也啧啧称奇，一个劲地夸赞抹香鲸心灵手巧，居然画得出这么精美的图画。

礼物收集齐整后，马尾松就专注于欢迎仪式的训练了。豹皮樟向马尾松建议，每个孩子轮流担任教练，谁也不能例外，包括抹香鲸。这是豹皮樟的父亲教给他的办法，训练中如果有谁不听话，每个轮流担任教练的孩子就可以拿鞭子惩罚谁。如果每次训练都不听话，那他就成了所有孩子的敌人，他们就会集中力量来对付他。豹皮樟对他父亲的办法将信将疑，但还是交出了那根作为惩罚工具的鞭子。

第一个接任教练的是白蜘蛛，他的个子小，步子也小，之前挨过豹皮樟的训斥，可能想着要把丢失的面子挣回来，鞭子在手，模样立马变得比以往凶狠百倍，奓着头发，龇牙咧嘴，像个小狼狗，每个从他鞭子下走过的孩子都战战兢兢，生怕哪儿出了差错。抹香鲸仍旧穿着白衬衫，可能不是挨过豹皮樟鞭子的那一件，衬衫不单洁白，还挺括。经过白蜘蛛的鞭子时，抹香鲸象征性地朝右侧歪了歪肩膀，有可能恐惧白衬衫会成为牺牲品。白蜘蛛也没多追究，豹皮樟都拿抹香鲸没奈何，他更没必要给自己招惹麻烦。

白蜘蛛风平浪静将鞭子交到了棕榈手上。棕榈是个羞怯的孩子，豹皮樟训练时就很紧张，换了他来做教练就更不知所措，鞭子都不知往哪儿放。他像个犯了错的孩子，谁也不敢看，只敢盯着自己的脚指头。一轮走下来，哄笑不断，气氛轻松了不少。

栗子想同白蜘蛛一样振作，但孩子们似乎不把他放在眼里，加上棕榈的散漫，栗子当教练的效果比棕榈更差劲。豹皮樟就给粗榧丢眼色，要他赶快接过栗子的鞭子。

粗榧上场时，孩子们的情绪还没能从哄笑中走出来。有孩子受到了粗榧的责罚，大腿上不轻不重挨了一鞭子。抹香鲸大概被这种训练弄厌烦了，又恢复到了之前的情形，平时怎么走步，训练时仍旧怎么走步。

粗榧拿鞭子指着抹香鲸说：“你的右肩，倒向哪边?”

抹香鲸并不理睬他的警告，依然我行我素。

粗榧扬起鞭子，朝抹香鲸的后背抽过去，抹香鲸往前蹿一步，鞭子落在了空处。粗榧再挥一鞭子，抹香鲸连蹿几步，同粗榧拉开了距离。再要追赶时，抹香鲸已经逃得很远了，粗榧的个子同抹香鲸不相上下，跑起步来却比抹香鲸慢了许多。粗榧停下脚步，抹香鲸也停住了，还回头朝粗榧做了个嘲弄的鬼脸。粗榧面红耳赤，追下去不是，归队也不是，就傻傻地站在那里。

粗榧之后没人愿意接鞭子了，鞭子半推半就落在了水蛇手中。水蛇本就是马尾松的影子，抹香鲸的行为早就惹恼了他，可脸上并没有丝毫表现，甚至比谁都要轻松。水蛇挥舞着鞭子，做了一连串滑稽的动作，逗引得训练场上笑声不断。他在不知不觉间运动到了抹香鲸身边，抹香鲸还没来得及提防，大腿上早挨了一鞭子，鞭子去得毫不犹豫，似乎将他的大腿抽折了。抹香鲸痛苦得弯下腰抱住了右腿，鞭子却没有因此住手，接着抽中了他的右胳膊，还有一鞭落在了他的脊背上。他的白衬衫上留下了好几条突兀的印迹。

水蛇说：“我叫你笑！我叫你不听指挥!”

鞭子继续往抹香鲸身上招呼。

抹香鲸接连挨了几鞭子，防卫乏力，挣扎着，逃出了鞭子的阴影。他的右腿受伤不轻，跑动起来一扭一拐，好像个瘸子。

水蛇并不追赶，拿鞭子戳着抹香鲸的背影说：“你们瞧瞧，谁的姿势有他标准?对，摆向右边，听话，动作还可以大一点，很好，继续保持，别受不得表扬!”

抹香鲸走后，孩子们很是忐忑，担心抹香鲸的父亲会来报复。水蛇却不惧怕：“是他搅乱了咱们排练，活该挨揍!”孩子们的担心似乎是多余的，抹香鲸的父亲并未来兴师问罪，有时撞见他们还会讨好地笑一笑，闭口不提抹香鲸挨揍的事。水蛇那一鞭子的确够抹香鲸受的，接连几天，都没见他出门，再见到他时腿伤似乎还没痊愈，走起路来摇摇晃晃，身体摆动得厉害。

豹皮樟适时收回了鞭子。排练照常进行，没有抹香鲸的参与，他们的动作整齐划一，如同一个模子里铸出来的。他们不能在马尾松的表哥跟前丢丑，不能让他小瞧他们。他们相信他们已经做得够好了。有一天，马尾松的父亲陪着一个从县城来的人在林场走动，碰巧撞见他们在排练。那个从县城来的人长咦了一声问："那些孩子怎么了？是不是营养不良？"

马尾松的父亲陪着笑脸说："他们在玩游戏呢。"

那个从县城来的人好像相信了马尾松父亲的解释，不再理会他们，在马尾松的父亲陪同下转到别的地方去了。

豹皮樟他们的训练平静得有几分单调，可谁也不敢掉以轻心，生怕会沦为又一个抹香鲸。抹香鲸没有归队是个遗憾，训练时少了波澜，孩子们好像也因此少了兴致。马尾松也担心，万一表哥来访时遇见抹香鲸，恰巧他又不在欢迎的队伍中，表哥会不会觉得抹香鲸对他不尊敬，会不会以为孩子们不听马尾松的话。马尾松将顾虑告诉了豹皮樟。

豹皮樟说："会回来的，他不回来上哪儿去呢？"

豹皮樟有豹皮樟的道理。

几天过去后，抹香鲸的腿伤好全了，果然又回到了孩子们当中。训练依旧进行，但没有之前紧张了，动作也没有之前要求严格。更多时候，孩子们将训练当成了一个无聊的游戏，走着走着，就闹出了别的动静。谁能让孩子们对一件事情怀有持久的兴趣呢。马尾松的情绪也受到了影响，表哥来访的时间似乎遥遥无期。马尾松催问过好几次，他父亲每次都拿相同的话回答他："会来的，应该快了。"

父亲的回答让马尾松莫名的紧张，如果表哥事先不通知他们，突然来到林场怎么办。总有那么一些人，谁也不通知，突然出现在林场。马尾松的父亲被这些突然出现的人搅弄得都有些神经衰弱了。马尾松觉得不能让训练松懈，否则就有可能因此怠慢他表哥。

豹皮樟的鞭子又开始挥舞了。他在收回鞭子前就想到了对付抹香鲸的办法，是水蛇的做法启发了他，如果让抹香鲸的右腿受点伤，就不愁他的动作不标准了。最好是长久一点的伤害，如果几天又痊愈了，抹香鲸不再合作就难办了。豹皮樟将想法告诉了水蛇，水蛇眨巴了几下眼睛，毫无顾虑答应了。水蛇的表情有几分兴奋，他的眼睛闪闪放光。水蛇将豹皮樟的想法扩散给另外几个孩子，粗榧怕马尾松小瞧了自己，立马表示赞同，何况之前还被抹香鲸嘲弄过。大果有些犹豫，但最后迫于他们几个的压力也答应了。

他们挪动了训练场地，从堆放木材的空旷地带挪到了几堆木材之间，那里空间窄小，还避人耳目，一般情况下很少会有人光顾，更不要说抹香鲸的父亲。豹皮樟故作轻松，问了抹香鲸一个愚蠢的问题："抹香鲸长有几条腿？"

抹香鲸嗤了一下鼻子，没有回答他。他不知道他的高傲让孩子们很是反感。也许就是因为这个原因，他没少吃苦头，最终付出了惨痛的代价。

他们刚刚转入一堆树木背后，水蛇就率先发难了，扑上去死死箍住了抹香鲸的腰，抹香鲸抖动身体想把他甩出去，甩了几次都没成功。粗榧和大果见状赶忙跳过去，一左一右扭住了抹香鲸的胳膊。甜槠冲上去揪住了抹香鲸的头发。白蜘蛛拧住了抹香鲸的一只耳朵。栗子也想钻进去，无奈接近不了抹香鲸的身体。豹皮樟也被粗榧他们挡住了，扬起鞭子，却找不到下手的地方。棕榈涨红了脸，眼神慌乱，不知朝向哪儿。水蛇声嘶力竭地叫喊："豹皮樟，你他妈的脓包啊，还不动手?!"

抹香鲸被水蛇的叫喊刺激了，挣扎得越发厉害。几个人纠扭成一个球体，朝附近的一堆树段子撞过去。另几个孩子见缝插针，你一手我一脚，球体更圆滚了。就在这混乱中，不知怎么触动了那堆树段子，轰隆隆一阵乱响，树段子瞬间垮塌了。孩子们四散而逃，可是抹香鲸被埋在了孩子堆中的最底部，逃离迟缓了一步，一根树段子砸中了他的额头，将他砸趴下了。之后，他再也没有机会挣扎，翻滚的树段子立刻把他连同白衬衫一块儿吞没了。

马尾松的表哥终究没有来。

马尾松的父亲也没有解释马尾松的表哥为什么没到林场来。

孩子们训练的队伍走着走着就散了。马尾松收集的那些礼物坏的坏，烂的烂，都成了垃圾。

后来，林场也解散了。孩子们各奔东西。

许多年过去之后，他们搞了一次聚会，是水蛇发起的，差不多所有孩子都来了，缺席的极个别。他们聚在一块儿喝酒聊天，追忆往事，也谈论这些年的风风雨雨，各自的幸与不幸。林场的生活给他们留下了非常深刻的记忆，掏鸟蛋，捕蝉，到河里捉鱼捞虾，冬天里诱杀山老鼠，艳丽的雄山鸡尾毛，鲜红的野草莓，脆嫩的小竹笋，肥美的蘑菇，杨梅又酸又甜，猕猴桃鲜美多汁……一切都那么清晰，像打下的烙印，抹都抹不掉。他们在林场的空地上走动，那些老房子多少还在，有些被拆除了，留下的被修葺一新。房客都是陌生的脸孔，马尾松的父亲去世了，豹皮樟的父亲搬进了县城，余下的人家由于种种原因，都从山沟里迁了出去。这更给了他们物是人非的慨叹。他们谈论大果的父亲制作二胡，粗榧的父亲打磨长笛，还谈到了会编蝴蝶蜻蜓的老扎匠，以及别的伐木工和放排工。

有些墙壁上还残留着抹香鲸父亲的字迹，笔势飞动，奔放流畅。

甜槠问："抹香鲸的父亲是个语文老师吧?"

白蜘蛛纠正说："不对，好像是大学中文系的教授。"

话题慢慢转移到了抹香鲸身上，他们都选择了沉默。好长一段时间，只有他们橐橐行走的足音打破静寂。

后来是水蛇主动挑起了话题："还记得那根鞭子吗?"

水蛇后来当了兵，在部队训练时没少挨骂，没少挨罚，才把走步的姿势矫正过来。其实其他孩子也经历了水蛇类似的过程，都做了很大努力去矫正各自的姿势。

棕榈说："当然记得，我还挨过你一鞭子呢，小腿上淤紫好大一团，几个星期才消退。"

栗子跟着说："我是第一个挨你鞭子的人。"

水蛇又问："还记得鞭子是什么做的吗?"

豹皮樟说："好像是细竹根。"

水蛇再问："为什么要用细竹根做鞭子?"

豹皮樟摇摇头，有些迷惑。

大果问："为什么呢?"

白蜘蛛鹦鹉学舌："为什么呢?"

水蛇说："细竹根很有韧性，不容易折断，而且长有密集的竹节，每个竹节外围都有精致的突起，那些突起就像精美的雕刻。"

"长在水边岩石上的细竹根最好。"水蛇补充说。

甜槠说："你就胡诌吧。"

水蛇越过甜槠的嘲讽，对其他人说："走吧，我们还欠抹香鲸一回教练呢。"

他们记起了为迎接马尾松表哥的到来而准备的排练，的确，每个孩子都曾担任过教练，唯独抹香鲸没有。抹香鲸被树段子砸中后，就埋葬在林场宿舍附近的山坡上。那里地势相对平坦，阳光充足。他们找到抹香鲸的坟墓时，坟墓成了一个草堆，坟沟里还长了一棵杉树，杉树超过人高了，杉树的针叶青翠得闪光。

水蛇是第一个从抹香鲸坟墓前正步走过的人。他抬头挺胸，腰板笔直，一举一动保留着军人的威武。第二个走过的是白蜘蛛，挺着啤酒肚，步子不疾不缓，身体不歪不扭，这似乎是他离开林场后的生活写照，从容不迫，轻松自如。之后是豹皮樟，甜槠，大果，粗榧，棕榈，栗子……他们都身板笔直，步履端正，全然没有了过去的影子。他们都很认真，丝毫不敢随意，仿佛抹香鲸就穿着白衬衫举着鞭子站在他们旁边，或者他们要向抹香鲸证明什么……落在最后面的是马尾松，如果放在以往，那该是抹香鲸站立的位置。

马尾松可能没想到会有这么一出，迟疑了好长一会儿，才挪动脚步。他的姿势没有变化，每走动一步，身体就会朝右边倾斜。他们似乎才发现他是一个瘸子，有些人惊讶地张开了嘴。他们彼此交换了一下怀疑的目光，才确认了造成他身体歪扭的原因，他的双腿似乎并不等长，右腿好像比左腿短了那么一小截。他们谁也没有说出这个原因，就静静地等候在坟墓的另一侧，瞅着马尾松一扭一拐走过来，马尾松的身体摆动得并不厉害，向右边倾斜的幅度也不大，好像在极力控制着。马尾松走到坟墓前方正中的位置，突然有了意外的举动——他面对坟墓站定，向萋萋荒草深深弯下了腰。

一只肥胖的蝗虫因此受到惊吓，从草丛中蹦起来，划过一道弧线，落入了不远处的草丛中。

（原载《青岛文学》2017 年第 4 期）

你的麦子不能割

蔡中锋

我那三亩麦子熟透了。那天天刚放亮，我就带领一家人拿着磨好的镰刀到了田头。可是正在我弯下腰要割麦子的时候，却接到了张乡长的电话："我说王村长，听说你家的麦子是咱全乡长势最好的，你家的麦子先不要割啊！"我不解："我刚到地头，正要开镰呢。您怎么不让我割呢？"张乡长说："这个你不要管，你先不割就是。我申明，若你胆敢私自割了，我唯你是问！"

过了三天，我那三亩麦子已经熟过头了，开始焦穗掉粒，我坐不住了，忙给张乡长打电话："张乡长啊。别人家的麦子都已全部割完，只剩下我的这三亩了，这还是小事，更重要的是，这三亩麦子若现在再不割，就可能都坏在地里了。”张乡长非常严肃地说：“那也不能割。这是命令，你必须执行！没有我的命令，你什么时候也不能动镰刀！明白吗?”我虽然很不解，但也只能苦笑着说：“是！我坚决执行命令！您就放心好了！”

那天夜里，下起了雨，不大不小的雨一直下了半个月，麦地根本进不去，等雨停了之后，我再到我那三亩麦地里去看，却发现麦田里所有的麦穗和麦秆都长满了黑黑的小霉点，不少麦穗上还发出了麦芽！

我忙给张乡长打电话：“张乡长，您一直不让我动镰割麦，现在，我的麦子已经在地里发芽了，即使再割也没什么用，只能喂牲口了！多好的三亩麦啊，就这样白白浪费掉了！”张乡长一听，非常高兴：“你的麦子真的到现在还没割吗?”我说：“真的啊，你不让割，我哪敢割啊！”张乡长忙问：“麦子还都长着没倒吧?”我说：“那倒没有，这些天只下雨，没刮风。”张乡长一听，立即兴奋地说：“太好了，真是太好了！”我大惑不解：“可是，这究竟是怎么回事呢?”张乡长说：“是这样的：李县长前几天说要到我们乡亲自割几垅麦体验一下生活，让我给他找块好麦地，于是我就想到了你。可是没想到他刚安排好这件事就生病了，直到今天才出院！不过还好，你的麦子还没割，我们现在至少还可以去你那儿补一下镜头嘛！”

（原载《金山》2017 年第 1 期）

玛多娜生意

苏　童

1

那些年，我也做过生意。

我和庞德合伙的鸢尾花广告公司开张了五个多月，人气很旺，庞德每天都在公司接待好几拨客人，咖啡机烧坏了两台，一次性纸杯用掉了好几箱，但我后来得知，并没有一份像样的合同，那些人都是来找庞德谈艺术的。有一个摇滚乐手喝啤酒喝醉了，捏着那玩意儿在公司里跑来跑去，对着每一盆植物撒尿，嘴里高喊，Come on！Come on！那些杜鹃、龟背竹、发财树不知所措，没几天，就一盆一盆地枯死了。

必须介绍一下庞德。他是我的朋友，一个业余诗人，一名音乐发烧友，本业则是美术设计，朋友圈公认他为最有艺术才华的人，但现在，他是我们公司的经理，才华不能挣钱，要它何用? 大家可以想见我的恐慌，五个月颗粒无收，我对庞德的敬佩，已经变成了愤怒。我多次奚落了庞德的无能，也顺带抨击了他所热爱的一切事物，诗歌的酸腐、音乐的无用，甚至诋毁了庞德最崇拜的大师毕加索，说他不过是个色情狂。也许是类似的电话接多了，庞德的抵御非常理智，逻辑性很强，他说，我请问你，失去一点金钱，就有资格诋毁艺术吗？然后我听着他对经营的失败做出流利的辩解：一切都归咎于一个香港天皇巨星的爽约，朋友介绍来的合作伙伴极不可靠，其中一个是诈骗犯，还有一位洽谈户外广告的家具商人，竟然是目不识丁的文盲。后来不知怎么提到了公司的名称，他埋怨我们盲目听从一个女画家的建议，注册了鸢尾花这个倒霉的名字。鸢尾的花季很短很短，知道吗？梵高画了鸢尾花就疯了，知道吗？现在可好，鸢尾的诅咒应验了，我也快被你们逼疯了。说到这里，他旧事重提，我本来是要叫南方草原的，记得吗？庞德大声嚷嚷，南方，草原，多么开阔多么好听的名字，是你们反对的。

那一阵子庞德还坚持续租太平洋酒店裙楼的写字间，悉数保留所有雇佣的员工，每天西装革履，开着他的桑塔纳轿车出没在太平洋酒店。他对人心惶惶的员工说，放心吧，苹果树上的最后一只苹果，一定是最红最甜的。有人告诉我，他女朋友桃子生日的那一天，他给桃子送去了九十九朵玫瑰，这让我怀疑他对浪漫与享乐的追求，会把公司账户上最后一点余额挥霍一空。我再一次打电话谴责了庞德，也就是那一次，庞德与我翻脸了。我听见庞德电话里的声音变得傲慢而尖锐，你那点钱，可以撤走，我根本不在乎。然后在一阵蓄意的沉默之后，他向我亮出一张底牌，令人难以置信。玛多娜，玛多娜你知道的吧？庞德清了清喉咙说，我透露一个消息给你，玛多娜要来了，我们的大生意，马上来了。

我在太平洋酒店的咖啡厅里看见了庞德。

他和一个陌生姑娘面对面坐着，喝咖啡，说话，耸肩膀。与以往一样，庞德与姑娘在一起的时候显得格外帅气，意气风发，耸肩的动作会极其频繁。我走过去的时候，他似乎忘了之前的不悦，很大度地向我介绍了身边的姑娘。深圳来的简玛丽小姐，玛多娜生意的合作伙伴。他这么说着，看我猜疑的表情，用胳膊肘捅了我一下，轻声补充道，简老大的侄女啊。

庞德嘴里的简老大，我当然知道是谁。所谓广告界的大鳄和教父，一个传奇的成功人士，白道黑道还有红道，路路皆通。我只是本能地怀疑这笔大生意的真实性，庞德社交生活的浮夸与芜杂，多少让我对这个陌生姑娘心存戒备。我记得很清楚，简玛丽当时没有站起来，似乎是回敬我多疑的眼神，她皱皱眉，将一只手懒懒地伸出来，让我握一下，明显是作为恩赐的。她将嘴里的咖啡渣吐在纸巾里，团了团扔在烟灰缸里，忿忿地说，这叫什么咖啡？瞟一眼远处的侍者，又宽宏大量了，说，什么样的地方做什么样的咖啡，不计较了。什么时候我带你去喜来登，那儿的蓝山咖啡，还算不错。

是一个时髦、高贵而且神秘的姑娘，穿皮裙，短靴，白衬衫。肤色微黑，脸形稍显方正，谈不上多么漂亮，但是，有某种说不出的动人之处。当她的面孔朝向庞德，眼神单纯清澈，微笑的时候，那一丝妩媚与羞怯，似乎还属于一个少女，偶尔目光朝我瞥过来，一切都不同，我从她的脸上发现某种明显的骄矜与冷酷之色，我相信那是刻意流露的，对我的多疑，她给予了必要的报复。

我其实插不上什么话。他们在热切地谈论玛多娜。她的音乐。她的舞台。她的造型和头发的颜色。甚至谈及她新婚的丈夫，一个英国导演，他最近拍了一部什么黑帮电影，杀人，杀得很浪漫。我急于打探玛多娜巡演的代理细节，庞德明确阻止了我，称现在我们还没有资格商谈细节，鸢尾花能否承接这笔生意，还要等简玛丽回到深圳再说，一切都要简老大决定。听起来这是可信的。我问简玛丽，简老大是你叔叔还是伯父？她抿了抿嘴唇，用征询的眼神看看庞德，庞德照例耸耸肩。她突然凌厉地看着我，你猜呢？我并没有从她眼睛里发现任何的虚弱，倒是看到一丝孩子气的调皮，我像庞德一样耸了耸肩，这怎么猜？她发出了突兀的一声冷笑，其实你猜得出的。然后她从包包里掏出一支口红，开始修补唇妆，问我，吕先生你听过玛多娜吗？我说我听过，就是一时不记得她唱了什么了。她斜睨我一眼，忽然灿烂地一笑，我知道你们这款男人最喜欢什么，《像一个处女》，你肯定喜欢吧？

玛多娜生意后来不了了之，这在我们很多人的预料之中。好在事情并未能向前推进，除了庞德陪同简玛丽去黄山和杭州的那点旅游费用，鸢尾花公司并没有什么损失。那个简玛丽究竟是不是骗子，暂时成为了我们心底的一个悬念，难以追究。

朋友圈内有人在上海遇到过简老大，有幸与他攀谈了几句，自然问起了那笔玛多娜生意，回答是确有其事，只不过中间人太多，演出承包商那边的预付没有谈拢，生意最后黄了。后来问起简玛丽这个人，简老大矢口否认，说他从来没有什么侄女。大家对简老大浪漫的私生活都有所耳闻，身边美女如云，否认是侄女，并不排斥是其他什么人，简玛丽与简老大的关系尚待多方查考，那朋友只好自己找台阶下，说，一定是碰巧了，姓简的人不多，那姑娘恰好也姓简。

鸢尾花真的很快凋谢了，广告公司关了门。庞德愤怒了几天，又沮丧了一阵，最后一次去公司的办公室，他枯坐在办公桌前，对着一本画册发呆，手里把玩着一把美工刀。有人注意到那是梵高割耳后的自画像，立刻引起了警惕，告诫他道，庞德你别想不开，公司开开关关很正常的，割了耳朵你怎么泡妞？割了耳朵你怎么听音乐？庞德说，别吵，我离发疯还早呢，我不过是在体会，什么是背叛，什么是悲伤。还好，庞德最后化悲痛为力量，他只是用美工刀在办公桌上刻了四个大字：壮志未酬。刻得缓慢艰难，因为是篆体的。之后他把美工刀扔在字纸篓里，扬长而去了。

有一段时间庞德销声匿迹。谁也找不到庞德，包括他的女友桃子。庞德向我们描述过他的好多人生计划，最惊人的莫过于去青海塔尔寺做喇嘛，其中并不包括失踪这一项。有人猜他是设法去美国了，那是他多年的梦想。但桃子说庞德被美国大使馆拒签了，无论是去拉斯维加斯听玛多娜的演唱会，还是去哈佛大学留学的计划，暂时都还是庞德的空想而已。

桃子是少年宫的琵琶老师，也是圈内公认的淑女，容貌酷肖邓丽君。之前庞德狂热地追求她，追了三年，还是个朦胧的恋人。桃子的父母嫌庞德浮夸不可靠，一直反对女儿的爱情。等到桃子终于说服了父母，准备谈婚论嫁，庞德却不告而别了。我们都同情桃子的境遇。她的生活已经习惯了两个内容：被庞德宠爱，孩子和琵琶。庞德不在，孩子和琵琶的陪伴便可有可无，桃子的生活彻底失去了平衡。她憔悴了许多，跑到庞德的所有朋友那里哭诉，言辞之间多少流露出对我们这班朋友的抱怨，是我们把庞德拉上一条贼船，现在船沉了，大家都不管他了。哭到伤心处，桃子要大家设法转告庞德一个限期，如果在六一儿童节之前不回来，她会抱着琵琶从少年宫的塔楼上跳下去。有点危言耸听，但桃子以满眼泪水告诉我们，那不是威胁。看着一个知书达理楚楚动人的淑女形象，转眼成为一堆绝望恐怖的碎片，大家都心痛，也感慨爱情的变幻无常。都说他们的爱情是一坛浓烈的蜂蜜，可是这坛蜂蜜居然就打翻了，打翻之后凝结成一把锋利的刀，连我们都被刺伤了。

寻找庞德，就这样成了一件人命关天的事，当然也成了我们这个朋友圈的义务。证券公司的小辛先找到了一丝线索。是一张用傻瓜相机随意拍下的照片，背景灯光紊乱刺眼，导致影像有点模糊，但还可以分辨出庞德那张意气风发的面孔。倚靠在他身边的那个外国女郎，银发红唇，艳光四射，引起了我们的一片惊叫，玛多娜玛多娜！那分明就是大家错失了的玛多娜。庞德真的去了美国吗，这么快，他就见到玛多娜了吗？

很快就冷静下来，不可能的。定下神来分析那个玛多娜，应该是一次模仿秀，一个替身而已。细看照片的一角，隐约可见庆祝什么股份公司上市的横幅标语。至于庞德身边的那个冒牌玛多娜，她眼神里放出的空茫而妖媚的气息，几可乱真，但仔细甄别容貌，应该是我们的同胞。是谁呢？有人说出了几个当红歌星的名字，而我当时就联想起了简玛丽，只是印象里的简玛丽脸形稍显方正，做玛多娜的替身，她的脸该怎么拉长呢？还有鼻梁和眼窝，是怎么化妆的呢？

后来的消息证实了我的直觉。那个玛多娜，是蛇口玛多娜，所谓蛇口玛多娜，其实就是简玛丽。我们寻找庞德的义务，就这样演变成对一个外地女孩的暗中调查。

很快就水落石出了。简玛丽的履历背景，不像庞德说得那么神秘，也不像我们猜想的那么简单。她最初是川东一个小城的歌舞团演员，跟着几个朋友南下深圳，成立了一个舞蹈团，专门为晚会伴舞。舞蹈团不久散了，朋友各奔东西，只有她留了下来，拜师学声乐。有很多深圳一带爱泡夜场的朋友，见过她狂放的歌舞，说她唱功一般，经常对口型，但舞台形象令人难忘，劲爆火辣，性感无敌，蛇口玛多娜这个艺名，对于简玛丽来说是恰如其分的，她确实住在蛇口。有人了解到的信息属于隐私，说简玛丽曾经被一个香港的中年地产商包养，有一次不知为何拿了一只高跟鞋追打那个香港人，从电梯追到公寓大堂，再追到停车场，邻居们看见她用高跟鞋将香港人的轿车玻璃砸出一个坑，光着脚提着鞋子往回走，对邻居说，这下有点爽了。所以，她在那幢公寓里又有个特殊的绰号，叫作有点爽。还有一些人在电视上见过简玛丽。她参加过很多选秀活动，也在几部电视剧里跑过龙套，甚至还经商，是一种韩国美容乳液的代理商。关于简玛丽的种种消息，我们最关心的是她的现状。她的现状简洁明晰，却没有人敢告诉桃子。

听说在深圳，简玛丽与庞德已经同居了。

2

五月将尽的时候，桃子的父母和庞德的兄嫂联袂去了趟深圳，把庞德押回来了。

不知道为什么，庞德如此归来，竟仍然给人衣锦还乡的感觉。他约了我们一帮老友见面，不在以前我们的聚点太平洋，而是在喜来登酒店的西餐厅，喝香槟，吃牛排，花销明显要贵很多。桃子也在，她很少说话，只是以一种悲伤的手势握着庞德的手，告知我们爱情失而复得的艰辛。庞德穿了一套奇怪的镶白边的黑色西装，当我们对他的西装表示出好奇，他不以为然，说，你们是穿惯冒牌货了，少见多怪，知道吗？阿玛尼的新款，从来都这么出位。我们又问他出位是什么意思，他懒得解释了，耸耸肩，给我们递上了新的名片。公司名字叫热带风暴演出经纪公司，他身兼三职，法人、董事长、总经理。有个朋友讽刺地说，庞德你在深圳就这三个职务？不止的吧？庞德倒是不介意，自嘲道，别的职务，名片上就不写了。他身边的桃子听出了话音，脸上乍然变色，大家就不忍心再拿庞德开涮了。无论如何，六一的隐患已经消除，他们的复合是一件好事，至少省却了朋友们的烦扰。

最初谁也不知道，简玛丽尾随庞德，一起回来了。庞德后来声称他对此毫不知情，那是否谎言，我们一时无法证实。只是在事情发生之后，我们很多人联想起桃子那天在喜来登西餐厅的奇遇，她不过是去了趟洗手间，白色长裙的裙摆上，居然被人用口红打了一个红色的大叉叉。

那天是六月五号了，照理说桃子的通牒已经失效，但她还是上了少年宫的塔楼。学习琵琶的孩子们说，有个金色头发的玛多娜阿姨一直在等桃子老师，后来庞德叔叔也来了，他们在课堂里听见庞德叔叔与玛多娜阿姨在外面争吵，等到孩子们跟随桃子出去，庞德叔叔已经不见了。当天的琵琶课程因此草草结束。孩子们看见桃子和玛多娜阿姨说着话，先是在草坪上，后来桃子老师就拿着琵琶往塔楼上走，那个玛多娜阿姨跟在她身后。

她们站在塔楼上，塔楼上有一面鲜艳的少先队队旗迎风飘展，她们就站在那面旗帜下面，为爱情交涉。两个人影，一个是黑色的，一个是蓝色的。孩子们听不清她们在塔楼上的交谈，只是目睹了黑色与蓝色长时间的对峙，突然，他们听见了玛多娜阿姨尖利的声音，你跳啊，你跳我陪你跳！

孩子们看见他们的桃子老师扶着栏杆哭泣，看起来真的有跃身而下的危险。有聪明的孩子叫来了别的老师。书法老师先来了，据说他一直暗恋着桃子，他径直冲向了塔楼，随后少年宫的负责人严老师也来了，严老师不敢上去，她脸色煞白，嘴唇哆嗦着，向着塔楼质问，那位小姐，你从哪儿来？玛多娜阿姨回答，从地球上来。严老师跺了跺脚，又向桃子发出了严正的谴责，这是少年宫！看看你头顶的旗帜吧！桃子你别让爱情冲昏头脑，孩子们都看着你呢，当着孩子们的面，就在少先队队旗下面，你怎么敢？立刻下来！

桃子被书法老师扶下来的时候，一直用琵琶盒子遮着自己的面孔，很明显她不想让孩子们见到她崩溃的样子，但琵琶盒子遮掩不了她颤抖的身体。桃子的身体在颤抖，她不停地对孩子们说，对不起对不起，我太软弱了，不配做你们的老师。有个女孩上去扶住了桃子，出于一颗爱憎分明的心，女孩朝玛多娜阿姨啐了一口，你不是玛多娜，你是女魔鬼！

少年宫的人们都看着玛多娜阿姨。那天她黑衣黑裙，戴着两个硕大的贝壳耳环，脚踝上套了一圈彩色布条，布条上系了一只红色的铃铛。他们看见她皱起眉头，用纸巾擦去了女孩的唾沫。再抬起脸来，她猩红的嘴角出现了一丝宽容的微笑。你那么小，还不懂玛多娜。她用手指在女孩脸上刮了一下，有时候玛多娜是仙女，有时候她就是魔鬼。

3

简玛丽就这样成为了一个黑暗的传说。

六月发生的事情，让我们对庞德失望透顶，甚至无法确定他的归来，究竟是为了与桃子复合，还是为了与她做个了断，或者干脆相信，庞德到最后都没有拿定主意，他是需要桃子，还是需要简玛丽。对于庞德残存的友谊，迫使很多朋友向他晓以利害，告诉他简玛丽今天对桃子有多么冷酷，未来对你就有多么冷酷。庞德为简玛丽做出了辩护，你们不了解她。他说，她其实很善良。有人尖刻地问，跟一块石头比，还是跟一头狼比？他说，跟我们大家比。又说，跟我在一起的时候，你们不知道她是多么善良。这是可能的，因为爱情。大家没有反驳，他便来了精神，你们猜猜看，她收留了多少流浪猫？没人理睬，他自己回答，举起一个巴掌说，五只啊，她收留了五只流浪猫，一只叫白玛，还有一只叫花玛，跟我们睡在一起的。又期盼地看着大家，等待谁来提问白玛和花玛是什么意思，偏偏没人配合他，他只好自己解释，白玛是白猫，就是白色玛多娜的意思，花玛是一只花猫，花花玛多娜，懂了吧？看朋友们的表情充满讥讽，他无奈了，整了整领带总结道，我知道你们对她有偏见，你们不懂得爱，爱，是独占性的。告诉你们吧，是爱的独占性，才让她变得那么疯狂。

庞德留在了我们的身边。可以说，是在多种逼迫之下做出的选择，也许算是悬崖勒马，也许是出于对桃子剩余的爱，也许，仅仅是某种畏惧，他害怕桃子的以死相胁。不久之后，庞德与桃子举行了婚礼。桃子那天的打扮，以及她的一颦一笑，都酷似我们众人热爱的邓丽君。有个朋友注视着容光焕发的新娘，忽发感慨，说，毕竟是在我们的地盘上，看，邓丽君打败了玛多娜！

我们挽留了庞德，多少也为自己挽留了一些累赘。庞德的热带风暴公司还在，只是离开了简玛丽，也就离开了玛多娜，离开了玛多娜，他对自己能做什么陷入了空前的迷惘。他与桃子的婚房坐落在聋哑学校附近，有一天路过那里，他看见两个美丽的聋哑女孩在学校门口以手语激烈争论，忽发奇想，决定要组织一场聋哑人辩论大赛，让电视转播。必须承认，我们的朋友圈里不再有人愿意再与庞德合作，却有人还愿意赞美他的创意和智慧。庞德受到了鼓励，开始为此奔忙。聋哑学校方面倒是有兴趣借此推广他们的品牌，电视台也勉强承诺，可以先录一台节目，看看节目效果再说。关键是赞助商，要找一个愿意赞助聋哑人辩论的商家，很不容易。那一段时间里我们频频接到庞德的电话，记得最清楚的就是庞德沙哑而充满激情的声音，类似宣言，也好像是恫吓。会轰动的，这一次，商业效益跑不掉，社会效益无法估量，一定会轰动的，他说，你们现在敷衍我，到时后悔也来不及！

只剩下桃子陪着庞德，到处游说。那个做大理石生意的郝老板，我们原来都不认识，听说是桃子琵琶班上一个学员的父亲。庞德能够与郝老板签署赞助协议，是琵琶，或者说是弹琵琶的桃子立下了汗马功劳。庞德那一阵子去赴郝老板的饭局，总是带着桃子，或者说，是桃子带着庞德和琵琶，吃完饭，她照例要为满桌客人弹一曲《春江花月夜》。我们知道，那是桃子最擅长的琵琶曲。

电视台录制节目的前夕，我们很多人受到了庞德的邀请。为了见证庞德这次辉煌的起步，我也去了电视台的录播大厅。庞德忙得团团转，无暇顾及我们，只是匆匆地向我们介绍了郝老板。那是个胖胖的黑乎乎的福建男人，笑起来很憨厚，眼神里又透出几许精明。桃子陪着他，不知为什么，看起来并没有多少成功的喜悦，倒是心事重重的样子。

聚光灯下的聋哑孩子们在辩论一个关于爱与怜悯的主题，相信那是庞德的构想，对于孩子们来说有点难了，所以我不断地看到一个美丽的聋哑女孩忘记台词，急得要哭的样子，另一个男孩则情绪激烈，以旋风般的手语向对手发起攻击。我问旁边的人他说了些什么，原来那男孩在控诉对手不配谈爱与怜悯，昨天夜里他还被对手逼迫，喝了一杯尿液。突然，那男孩涨红了脸，以手做枪，扳动扳机，向对手做了个开枪的动作。下面一片哗然，有人不停地哄笑，我隐约听见庞德在摄影机那边大叫，红方红方！二辩住嘴！Cut！Cut！

桃子和郝老板静静地坐在一起，有点混乱的录像场面并没有影响他们的坐姿。他们的腿应该在一起，挨得近一些，无伤大雅。但是我无意中瞥见，他们的手在暗处交流。郝老板抓着桃子的手，尽管很快被桃子推开，但我相信，那不是我的幻觉。在郝老板与桃子之间，似乎已经发生了什么。我所不能确定的是，在桃子与庞德之间，到底发生了什么。这么快，桃子就决定背叛庞德吗？为了庞德，桃子背叛了庞德吗？他们之间那份以命相许的爱情，再一次让我陷入了疑惑之中。

庞德的聋哑学生辩论大赛在电视台播出了一期，紧急叫停了。有关部门认为节目导向不明，又涉及特殊人群，没有任何积极意义。庞德写了洋洋万言的申诉材料，奔波于各个部门，最终徒劳，不得不放弃了他的心血之作。之后他疝气发作，住进了医院。我们到医院去看他的时候，他有点委顿地总结了自己的得失，我跟官僚机构天生打不了交道，我还是适合做音乐。他说，你们知道吗，玛利亚·凯丽要到香港了！大家一下就都不说话了。庞德的眼睛放出光来，我过几天准备飞香港，去见见她的经纪人，我有个同学在纽约，认识那个经纪人。我们看他的眼神，等着他的下文，果然他的声音开始变得神秘，那个经纪人对中国市场很有兴趣啊，这是个好机会，你们有兴趣吗？

我们因此提前离开了庞德的病房。在走廊上，我们遇见了桃子。桃子一脸倦容地提着她的琵琶，说是刚刚去乐器行给琵琶换了弦。我们问她是否要跟庞德一起去香港。她露出一丝哀婉的微笑，还去香港呢，机票都买不起了。现在都是我在挣钱养家。她突然拨响了琵琶，拨出一声刺耳的杂音，我现在，上门给学生做家教啊！

4

那年冬天多雪。

庞德在一个雪夜不约而至，敲响了我家的门。一定是临时起意，我注意到他只穿着毛衣和睡裤，满身雪花，看见我他的手举起来，亮出一只料酒瓶子，你看，我家里的料酒都喝光了。他说，现在没地方买酒，你借我一瓶酒。

他的眼神是破碎的，走路的脚步已经踉跄。我把他扶进屋子的时候，他很感恩，忽然在我脸上亲了一下，喷出一嘴酒气。他说，还是朋友好，只有友谊，可以天长地久。

其实我猜到发生了什么，桃子去为郝老板的女儿做家教，做出了些意外的插曲，庞德与桃子分居多日，朋友圈里已经有所耳闻。大家没有想到的是，庞德悬崖勒马，桃子变了心。听说郝老板的妻子曾经找到少年宫去，不知为何，最终也跑到了少年宫的塔楼上。桃子跟着那女人，与她并排站在一起，桃子说，你想想好要不要跳，要跳就数一二三，我陪你跳。这件事听起来很像谣言，桃子这么快就变成了简玛丽，谁也不敢轻信，但有人认识少年宫那个美术老师，按照他吞吞吐吐的口径来推敲，似乎那是真的。

我不知道该怎么开导庞德。我们坐下喝酒。他不说话，指指喉咙，捂捂胸口，意思是嗓子哑了，心碎了。我害怕他跟我谈论他的婚姻危机，试探道，你喝成这样，我们还是谈谈诗歌谈谈音乐吧，要不谈谈毕加索也行。

他目光炯炯地审视着我，看透了我的畏惧，忽然发出一声尖锐的冷笑，诗歌，是狗屁。音乐，也是狗屁。顿了一下，打了个嗝，他哑着嗓子说，毕加索算老几？他不过是艺术的男妓。

我几乎要笑，不忍心，打岔道，玛多娜呢？玛利亚·凯丽呢？她们是什么？

他想了想，没有再贸然羞辱他曾经的偶像，只是坚定地摇着头，我现在不听她们了，一个太商业，一个太肤浅了。他说着从毛衣里挖出一张 CD 来，你可以放一下听听，震撼，震撼，我现在天天听这个，听一下，心情就好多了。

是一张黑色封面的进口 CD，银色的骷髅头长了两片鲜艳的红唇。我不认识那一排花哨的洋文。庞德介绍道，骷髅玫瑰乐队，曼哈顿的地下摇滚。我好奇地把 CD 放进音响，先听见一阵阵呻吟，伴随着玻璃碎裂汽车奔驰和推土机打桩机的噪声，然后各种电声乐器涌入，夹杂着一个女声疯狂的尖叫。正值夜深人静时分，我赶紧把 CD 退出来，问庞德，谁给你的 CD？吵死人了。他的脸上又出现了我所熟悉的神秘表情，你猜。我照例不猜。他说，是简玛丽给我的，她现在在纽约。又问，你知道那女主唱是谁？我摇头。他说，听不出来？就是简玛丽啊！她的乐队，键盘，吉他，贝斯，鼓手，不是白人就是黑人！他们去过黑暗厨房演出，黑暗厨房你听说过的吧？简玛丽现在不跳舞，做地下摇滚，成功了！

我知道简玛丽去了纽约。我以为她是去寻找玛多娜的，预计她暂时会在一家中餐馆或者服装厂洗衣店打工。庞德嘴里简玛丽的成功，我凭本能觉得可疑。然而，庞德不容我对简玛丽的成功提出任何质疑，他捏着拳头捶了下大腿，我错过了她，我说过只要给我五年时间，我就会把她打造成国际巨星，你们都不相信我。庞德说着说着伤感起来，抱住头说，我错过了她。也错过了我自己的幸福，我不怪你们，怪我自己被绑架了。我一惊，谁绑架你了？他忿忿地看着我，突然吼道，道德！还有你们这帮虚伪的朋友！你们利用了我的善良！然后是他所擅长的自问自答环节，善良是什么东西，你知道吗？他说，告诉你们吧，善良，是个最大最臭的道德狗屁！

窗外大雪飘飞。我想象此刻纽约的街道上说不定也在下雪，此刻的简玛丽会在做什么，我头脑里却一片空白。我与简玛丽匆匆一面的印象已经模糊，说起简玛丽，我眼前浮现的竟然都是玛多娜且歌且舞的样子，有点吵，有点窒息，但某种妖娆的挑逗隔空而来。真的有点奇怪，一个川东姑娘，就这样以玛多娜的形象驻扎在我记忆里了。

那个雪夜庞德留宿在我家里。他酒醉严重，去卫生间吐了两次。第一次呕吐的间隙，他还清醒，向我透露了下一个人生计划，说他在等简玛丽的绿卡，她有了绿卡，他就可以去美国了。第二次呕吐很厉害，庞德抱住马桶，流出了眼泪。他抱着马桶哭泣，有点胡言乱语了，他说他恨不能从马桶里钻到美国去，要是可以钻过去，简玛丽一定会在下水道的出口等他。

5

现在看来，庞德的去国之路，其遥远程度堪比丝绸之路。简玛丽的绿卡遥遥无期，而庞德等不及了。是一个旅行社的朋友替他安排了一条漫长而诡谲的路线。他先去了云南，从云南去了越南，从越南去了澳大利亚。按照他们事先的计划，最终还是要越过太平洋，目的地确定不变，是美国。

大多数朋友都收到过庞德在悉尼歌剧院门口的照片，是与卡拉扬的演出广告合影，他说他听了卡拉扬的音乐会，无比震撼，还将去听瓦格纳的歌剧《尼伯龙根的指环》，必将更加震撼。这如果是真的，当然令人羡慕，只可惜无从证明。悉尼有我们的朋友。最初我们听到他的消息，大抵是找工作找住房之类的琐事，庞德没少去麻烦别人，后来便失去他的音讯了。大家以为他是设法去了美国，后来知道，庞德没有能去美国，不清楚是他无能，还是简玛丽那边的变故，他瞒着悉尼的朋友，去了新西兰，到一家葡萄园摘葡萄去了。

没有人料到他在新西兰摘葡萄，摘了那么多年。也是葡萄，后来与庞德结下了不解之缘。大约是五年之后的一个夏天，朋友圈里纷纷得知一个消息，庞德回来了，兜里揣着一本新西兰护照。他以一个葡萄酒酒庄经理的名义回来，回来开拓营销市场，顺便邀约了过去的朋友，参加一个品酒会。

五年后的庞德依然相貌堂堂，衣着考究，我们想象的艰辛与沧桑在他的脸上并没有留下多少痕迹，只是白色的紧身西裤夸大了他的肚腩，看起来是发福了。他向我们展示了几款葡萄酒，不停地说着单宁、甜度、果香、黑品诺之类的词汇，我们都听不懂，只是注意到席间有个戴耳环的白人男子，看起来四十岁左右的样子，忙着招呼几个洋人，不时与庞德传递眼神，热烈，多义，还有点诡秘。我们都察觉到他与庞德之间关系亲密，悄悄打听他的身份，庞德说，他是杰克，伟大的酿酒师啊。庞德忽然笑了，笑得有点腼腆，大家都看着他，不明白他笑什么，然后我们就听见庞德压低声音说，他妈的，我明明是一串西拉，被他酿成了一杯夏多内！

我们都对葡萄酒一无所知，也就没有人听得懂庞德隐晦而真诚的告白。庞德的美国梦，他自己已经放下，我却记得清楚。我想起那个雪夜庞德的誓言，忍不住追问他，这些年来，你究竟去没去纽约，见没见过简玛丽？他叹口气说，去了，见了，人家已经是两个孩子的妈妈。我问他简玛丽嫁给了什么人，他说，谁也没嫁，一个女孩，是跟白人的混血，一个男孩，是跟黑人的混血。我一时默然，问，现在呢，她会不会还在等你？他又耸肩，做了个天知道的动作。我试探庞德，你为什么还是单身，你还在等她吗？他发出一种短促而夸张的笑声，不知道是对我的愚蠢表示轻蔑，还是表示感伤。你知道我在等谁吗？他的笑容很快变得狡黠起来，瞥一眼远处杰克的身影，打了个响指，告诉你，我和杰克在等李嘉诚，李嘉诚已经收购了我们隔壁的酒庄，我们在等他收购我的酒庄。又晃了一下手里的酒杯，你看我们的酒，这酒体，这果香！庞德说，都是黑品诺，都在玛尔堡，我们不比他们差啊！

庞德与简玛丽依然隔着太平洋，天各一方。他们之间，似乎还刻意保留着朋友关系。两年前的一个春天，我忽然接到庞德打来的电话，说简玛丽要带着孩子回国探亲旅游，会在我们这个城市停留，他要我们几个朋友替他招待一下简玛丽。坦率地说，大家都想看看这个传奇的简玛丽，现在是怎样的一位母亲，朋友们都一口应允，为了纪念大家的相识，也为了向一个破碎的爱情故事致意，我们特意将他们安排在太平洋酒店。

我们请简玛丽一家吃饭。简玛丽带着两个混血孩子，姗姗而来。她那天穿了件白色镶嵌蓝边的旗袍，头发恢复了黑色，盘成一个复古的圆髻，她的脸被很厚的粉底罩住，口红很重，岁月的痕迹被谨慎地涂抹之后，看起来很像是三十年代的烟草广告女郎。有人这么直白地说出自己的感受，她淡然一笑，说，我的打扮很正常啊，现在纽约流行复古风。

我带去的葡萄酒来自庞德的酒庄。她瞥一眼酒瓶就猜到了，说，基佬酿的酒，味道都很复杂，我要多喝一点。果然就喝了不少，人也显得松弛了。席间不知是谁提起了桃子，被人在桌子底下踢了脚。没想到她倒坦然，主动问，听说桃子后来嫁给一个大富翁了？听说有几个亿？大家猜到是庞德夸大其词了，在任何时候，我们都需要掩护庞德的虚荣心，没有人轻率地接茬，简玛丽也没有再追问下去。庞德酿造的葡萄酒在她身上起了奇妙的效用，她勤于回忆往事，又毫无保留地披露她在纽约的生活。是她自己主动提起了少年宫塔楼上的那件往事。说到跳楼，真的没什么大不了的。我在曼哈顿，差点也要跳，三十七层的大厦啊，比少年宫那塔楼高多了。她这么说着，诚恳地看着我们，我不光是为了爱情，也是为了房租，为了，为了——心碎。她艰难地选择了心碎这个词汇，眼睛里忽然闪烁出一丝泪光，我都已经写好遗书了，我已经走到楼顶了，知道是谁救了我吗？空气骤然紧绷，大家都紧张地看着她，猜测她要宣布的人选，我记得我当时思维偏向电影化，脑子里跳出的是玛多娜，而我注意到对面小辛的嘴型，他明显轻轻吐出了庞德的名字。简玛丽抿了一口酒，以莞尔一笑，原谅了我们的轻浮或愚昧。别猜了，你们猜不到的。她突然用手指着她的混血女儿，是露西亚，露西亚那年才五岁，她穿着睡衣追到楼顶上来了，她对我说，妈咪你别丢下我，我陪你跳，你抱着我，我们一起跳。

一时满桌静默，谁也不敢说话，大家的目光都聚焦在露西亚脸上。露西亚是一个美丽的混血女孩，腿很长，头发是亚麻色的，眼睛有一点点发蓝。我们很少见到蓝眼睛，难以定义露西亚的眼神，它流露的究竟是纯真还是早熟，是羞怯还是无畏。她正与弟弟一起玩游戏机，这时候抬起头，以一种谴责的目光看了看她母亲，她用英语说，妈咪，你喝多了。我不准你再说话了。

简玛丽吐了下舌头，果然不说话了。为了调节气氛，有人小心地与露西亚搭讪，露西亚，小美人，你喜欢玛多娜吗？

露西亚摇了摇头，说，不喜欢，玛多娜早就过时了。

（原载《作家》2017 年第 1 期）

五十一个强光点

冯　唐

题记一：

某些参透顶级智慧的僧侣甚至能够在事情发生之后再来决定它应该怎么发生。但是需要指出的是，这些僧侣也只是恒河中的一粒砂，尽管他们知道在某个刹那这粒砂该放到天平的哪边。

——鸠摩罗什读经笔记残卷翻译

题记二：

鸠摩罗什本来可以修成第二个佛陀
如果他不破戒
真好奇，他如何破了什么戒
——冯唐短歌集《不三》之四十二

1

公历2011年10月6日，乔布斯死后第二天，在地球范围内，有十三个人在十个城市用不同方式宣布他们继承了乔布斯的衣钵，给出的理由也彼此不同。

2

公历2011年10月6日那天，我走在中关村大街上。

现在想起，我忘掉我为什么走在中关村大街上了。可能只是因为那天天气好。天蓝得又高又透，小风儿脆脆的，让脑子清爽又不让身子冷。北京像某些长得按你命门的妇女，一身的毛病，但是偶尔好起来，让你在瞬间忘记她一切的毛病，在瞬间仿佛初次相见。

每当有个好天儿，人民欢天喜地，从各自的住处钻出来上街了，各个公园都挤满了人民，各种老人推着各种小孩儿，没小孩儿可推的老人在好天儿里唱京剧、跳新疆舞，各种非老人、非小孩儿的人民五公里、十公里、半马跑、全马跑，不辜负任何好天气。

我走进清华校园，在有隐约民国气质的大草坪前站了几分钟。草坪上有三对在婚纱摄影，三个男的一直在忍不住乐，还偷着抽烟，三个女的用眼神、手势或者嗓音提示这些男的，严肃点，你们丫能不能严肃点啊，照个婚纱都这样，以后笑床完成不了宇宙生命中的大和谐怎么办啊？我看了看这三个女的，一副女娲补天的控制感，我看到了那三个男的未来有很多需要借酒消愁的瞬间。

我试图混进北大，北大的保安似乎比其他大学的保安智慧很多，总试图在分辨坏人的表情。四十多岁的我戴上个眼镜，还是混进去了，完全没被盘问。我内心得意，如同在旧金山参禅中心，刚吃完烤翅、喝完啤酒，被问：“你参的是不是曹洞宗？”北大校园里的姑娘还是一个个屌屌的，拎着比她们脑袋还大的饭盆在饭堂和教室之间直立行走，旁若无人。银杏树还没变得金黄，我记得它们金黄之后的样子，直立在路边，仿佛一排被点燃的火柴。

在中关村大街上转悠的那天，我先后遇上三个人，年龄相差不到十岁，都问我："你信不信？乔布斯之后，就看我的了。"

年岁最大的，就是我认识很久了的小浩浩。他痛恨在人民面前讲话，但是人民喜爱听他讲话。小浩浩真诚地说过很多次，他愿意用十年阳寿换不必在人民面前讲话，但是，一旦一年内他不在人民面前讲话，他想做的事儿就进行不下去。他在人民面前讲话的时候常常紧张，他的必杀技是往那儿一站，嫣然一笑，不说话。那天，他遇到我的时候，他没笑，他说："你严肃点，乔布斯昨天死了，我很难过。他打下了那么好的基础，他做创意，库克做执行，他负责战略，库克负责战术，手上现金无数，他的见识又修炼到了金字塔顶尖下一米的高度，太可惜了。在科技上唯一能给我压力的人不在了，我很伤心。你不要笑。昨天听到消息后，我勉强开完公司里必须开的两个会，天黑了，我一个人走出公司写字楼，在路边的煎饼摊儿点了个煎饼，在等大妈做煎饼的时候，我终于忍不住了，坐在中关村大街的马路牙子上，哭出了声儿来。煎饼好了，从大妈手上接过来，一边吃，一边哭，泪水流在煎饼上，和葱花、辣酱、鸡蛋、薄脆、面饼混在一起，我不管，我大口吃进嘴里，泪水是咸的。但是，我今天又想了想这个问题，从另一个角度上看，在科技上唯一能和我竞争的对手也不在了，我能干的事儿突然多了好多。他命不好，我命好。乔布斯让风吹起来了，站在风口上的猪都能飞。我是一只猛虎，乔布斯给了我他的衣钵，也给了我他的理想和使命，他的灵魂是我猛虎的双翼。我要转行。我不做英语培训学校了，干掉旧东方英语培训学校没什么成就感，我要做手机，做人类未来百年、千年，甚至万年里最重要的工具。"

我问："手机的确越来越重要，毫无疑问，将会是人们用得最多的人造器物。但是，问题来了，凭什么你来引领手机行业？换句话问，你凭什么做手机？手机是要烧钱的，你没钱。即使你用你的理想和人格魅力形成近似于乔布斯的现实扭曲场，融到了钱，烧钱的心理压力你也不一定能受得了，手机还没做出模样，人先挂了。手机的产业链很长，从设计、研发、采购、生产、市场、渠道、物流、客服到售后维修等等，在这个行业里，你不认识任何一个能干的人，怎么组织团队？而且，竞争这么激烈，跨国企业、国企、私企都有做手机的，而且都做得不错。"

小浩浩想了想，说："有再多的公司做手机也没用，他们没有乔布斯的见识。我为什么做手机？原因很简单，因为现在的手机都做得太差了，连苹果手机都算上，作为人类，我很失望。"

我做过十年管理咨询，现在做投资，小浩浩的想法严重挑战我的职业判断，我的职业习惯病犯了，接着劝："你可以为人类做的事儿还很多，以你的口技，在现实的扭曲场里，找些竞争没那么激烈，但是痛点又很痛的领域做。这些领域要有四个基本特点。第一，市场细分足够小，吸引力不够强，没有苹果、西门子、日立或华为这样的大公司纠集一票人马和你硬干。第二，市场细分足够大，能容得下小十家玩家要，否则空间太小，你无法生存。第三，市场增长足够快，每年百分之二十以上的增长，这样你的日子才能过得相对舒服，犯一些错误，不怕。第四，市场的衍生性很好，好讲故事，就好一轮轮融资，从产品到服务到系统到平台到生态，从十个亿到一百亿到千亿、万亿，尽管目前小，但是想象空间大，这些想象空间还都能用估值模型量化。我现在就可以给你点出几个有这些特点的领域。比如，耳机。现在的耳机多差啊！耳机做好了，就往 VR 发展，智能手机都得接入你的 VR 平台。比如，电动汽车。改革开放三十年，中国拿市场换技术最失败的就是汽车行业，但是现在出现了弯道超车的历史性机遇，造车变得前所未有的简单了，和手机业刚出现联发科这样公司的时候类似，在房子之后，汽车是最大的商品，房子不能标准化，汽车可以，汽车是可标准化的最大宗产品。电动车一定更容易智能化，车子一动，海量数据就会产生，市场可延展的空间太大了。再比如，空气净化器。你看北京的天儿、河北的天儿、河南的天儿，多差啊。小到空气净化口罩、车载空气净化器，中到房屋的空气净化系统，大到除霾大炮、除霾炸弹或者除霾天塔，可做的太多了。”

小浩浩的回答很简单：“你说的这些领域都不错，你的战略眼光很好，但是，乔布斯没做过耳机、电动车和空气净化器。我是乔布斯的衣钵传人，我也不做这些，我只想做手机。”

3

四十五岁之后，五分之四的人我见了一面之后就不想见第二面了。尽管这五分之四的人里的某些人似乎对于我的工作很重要，我还是能不见就不见了。我爸是这么教我的，其实你唯一能支配的是你的时间，有些人似乎重要，其实也没那么重要，你动动脑筋，其实他们都是可以被替代的，找个你真想见的替代。剩下的五分之一通常分为两类，一类是好玩的人，一类是好看的人，又好玩又好看的人基本没有。慧极必伤，情深不寿，又好玩又好看的人常常很早就挂了，来不及出来见人。

朱紫是个我见了第一面还想见第二面的女人。她不是男性人民都喜欢的那种“妖艳贱货”型的好看，很高、腿长、腿细，大腿几乎和小腿一样粗细，上身比例很小，头很小，短头发，整体感觉像是一个圆规。朱紫穿连衣裙很好看，尤其是比较短小的连衣裙。朱紫属于好玩的人，有种生愣的智慧。她在医院的环境里长大，总被父母说幼稚，直到有一天，她大声反驳她父母说：“我不是幼稚，我是用死亡来观照万物，我总觉得我活不长，感谢你们陪我。你们试试从我的角度、从人必有一死的角度、从你我明天都可能死掉的角度、从真理的角度来看看世界，你们会发现，你们的思路、言行、举止都是幼稚的，而我的行为是很好理解的。”

朱紫见我第二面的时候和我说：“尽管我开了一家人力咨询公司，但是撇开我的个人利益不谈，我还是想劝你，你投资一个公司，不要太看重这个公司的战略和生意模式，要多看看这个公司的创始人和团队，特别是创始人。战略可以梳理，生意模式可以慢慢摸索，甚至团队可以配，但是，创始人不可替代。如果可以替代，那你还不如直接去投那个替代者好了，省去很多麻烦。所以，除了商业尽调、财务尽调、法务尽调、IT 尽调，你还要重视人力尽调。创始人的权重，应该占你投资决策的大半。”

我喝了口凉啤酒，发现朱紫聊非工作的事儿要可爱很多。我打算在工作的事儿上逗逗她，我说：“看人重要，还是看他做出的事儿更重要？如果能分出君子和小人，固然好，但是在现实生活中，天下无一成不变之君子，天下也无一成不变之小人。看人有时候不如经事儿。”

朱紫有可能小我两轮，她们这代人说话比我们直接：“我们讲的是概率，您不是理科学霸吗？学霸老了就成杠头了？能经事儿当然好，可是您有机会和您要投企业的创始人都经事儿吗？您这辈儿人的常识教育都是谁教的啊！”

我又喝了口凉啤酒，问朱紫：“那你说，如何做人力尽调？”

“专业的事交给专业的人来做，雇我的公司，我帮你做。”

“你有什么科学手段？”

“属相匹配啊，星盘分析啊，血型契合啊，还有紫微斗数、八字、面相、手相等等，看你倾向于西化还是国学。”

“你觉得人民币明年会贬值吗？明天的证券股会涨停吗？”

“滚！如果我知道这些，我躲在家里炒股、看美剧就好了，我还开什么人力资源咨询公司！”朱紫抬腿示意要踢我，我仔细看了看，腿可真长啊。

4

乔布斯，属羊、O 型血、双鱼座，公历 2011 年的元旦开始就反复梦见他十九岁那年去印度朝圣的那个夏天。他梦见他试图跟佛像那样双盘而坐，怎么也做不到，只能单盘打坐。梦醒之后，他尝试了一下双盘，竟然一点不痛地做到了，一坐就是一天，不饿、不渴、不困、不倦、不烦、不躁。

他被这件事吓了一跳。肉身对于他似乎不再是个限制了，他可以像开关电灯一样开关脑子，让脑子像冬天的太浩湖一样平静或者像春天的优山美地山上一样丰盛。而在这一时刻，这个肉身似乎也要离他而去了，飘浮在地面和天空之间，初步具备了某些非实体感的特质。这个悖论似乎和爱情一样，那个妇女终于对你不再控制了，在这一时刻，她也就不再爱你了，她已经或者马上要离你而去了。所谓绝对的自由或者终态，其实就是一片静寂，千山鸟飞绝，蓑笠翁如果一念之间收起鱼竿儿，他也就完成了这绝对静寂的最后一步。想到这里，乔布斯又被自己吓了一跳，他知道这就是圆寂的先兆，一旦有了先兆，基本就逃不掉。所谓圆寂，并不是说可以拖着不死，而只是有能力有限度地自主决定哪天走而已。

创造、保护、毁灭。没有毁灭就没有新的创造，苹果公司已经把自己保护得很好了，毁灭在哪里？公历 2011 年的夏天，乔布斯宣布从苹果公司辞职。

5

从记事儿以来，小浩浩似乎一直分不清现实和梦境。他四十岁之前，一直尝试在梦境中找到自己一辈子应该做的事儿，梦境一直像一面哈哈镜，呈现的画面总是让他不敢确定有没有科学性。

在一生之中，正常人类平均的睡眠时间超越平均的学习时间，睡眠中做梦的时间超越学习中神游的时间。小浩浩总觉得他白天里眼耳鼻舌身意收集的海量信息都在睡眠里被拼命消化和整理，而睡眠里，眼耳鼻舌身意也在一刻不停地用夜晚模式在进一步收集海量的信息。

他试图追随梦的指示去安排他在现实里的战略方向：跳过霹雳舞、倒卖过电脑、教过英文、办过英语培训学校，还写了一本书，也叫《我的奋斗》，还在一个社会主义国家正式出版了。他总觉得似乎还是有什么地方不对。

公历 2011 年 10 月 7 日，小浩浩给我打来电话，说：“乔布斯下葬了，选在今天，更说明，我继承了他的衣钵，科技进步，之后就看我的了。”

我像捧哏，问：“你为什么这么说?”

“我在他死前连续梦到他七天。这七天，我在睡梦中接收了海量信息，我有理由相信，主要信息来自乔布斯，你如果不信，你把乔布斯的银行卡给我，让我试三次，我有信心，我输入的密码是对的。这七天，每天醒来，比睡前还累。我越来越有一种不祥的预感，乔布斯在把他肉身里最重要的信息、他特别想留给某个地球人的信息拼命高速拷贝给我，他知道他的时间不多了，或者说，他留给自己的时间不多了。我从来没有连续梦到任何人七天，包括我的初恋女神。而且他死后在七号下葬。这一切都说明，我就是他选好的接班人，不可能有第二种解释。我要做手机，乔布斯重新定义了手机，我要重新定义乔布斯死后的手机，我先做东半球最好的手机，然后做全地球最好的手机，然后做下一代手机，直到做出适用于灵魂网络的手机，人机一体，一念千年。到那时候，你可以和褒姒、妲己、你死去的姥姥通电话，资费开始可能挺贵，和公历 1975 年的中美长途似的，十块美金一分钟，但是很快直线下降，任何一个活人都负担得起。你不要用那种眼神看着我，我是认真的。你严肃点，打开你智识的边界，释放你的想象。你想想，人脑记忆的存在形式是什么?乔布斯见识的存在形式是什么?如果没有存在形式，怎么会记得和使用?如果有实在的存在形式，为什么不能复制、传输、继承?其实，现在的科学技术就可以做个雏形出来。我有一个伟大的想法，做一个‘人鬼情未了’APP。比如你爸爸死了，当然，你爸爸还没死，比如，比如。比如你爸爸死了，你很怀念他，不能自拔，你可以下载这个‘人鬼情未了’APP，然后上传你能找到的一切你爸爸的信息：邮件、短信、微信、微博、录音、录像、照片、著作等等。这个 APP 也会用自己的搜索引擎和算法在网上找关于你爸爸的一切，这个一切可能比你收集的那个一切更丰富。根据这些信息，这个 APP 会合成一个你爸爸，会给你发邮件、短信、微信、微博，甚至可以给你打电话，和你讨论事情，帮你出主意，给你建议，尽管还没有一个具体的肉身，但是三观、思维习惯、口语习惯、笔头表达习惯都和你爸爸一样，让你感觉你爸爸并没有死，只是去另外一个城市出差或者度假去了。十年之内，等 VR 以及 3D 打印机再进步一点，给你一个你分不出真假的有肉身的你爸爸，还是有相当可能性的。毕竟，你和你爸爸也不会有太多肉体接触。我不知道你，我自己五岁以后就不亲我爸爸了。我倒，我按第六天梦里乔布斯给我的密码进入了他的电子邮箱，我的电脑正在疯狂下载，太刺激了，我不和你电话聊天了，我去改变世界去了。”

6

我到了朱紫所在的城市，想想有谁可见、想见谁、谁能人畜无害，就想起了朱紫。

“2011 年就快过去了，晚上一起吃个饭吧?”

“好。反正也11 月底了，一起庆祝新年吧。”

朱紫说我是她见过的不太让人烦的少数的成年人之一，就像她还未成年似的。朱紫说觉得我长得很亲切。我报了我的年龄。她说：“难怪，和我小叔叔同年同月生，还是一个星座的。”

然后朱紫就讲了一晚上她的小叔叔，仿佛她小叔叔是她初恋一样。

她小时候和爷爷、奶奶一起住，她小叔叔也是。她小叔叔在十五岁到二十岁之间，只做两件事，一件事是对她发功，另一件事是在院子里接收宇宙信号。她小叔叔说，如果她有慧根，他可以把她变成和他一样的人。每次她小叔叔隔空向她推掌，她总是做出各种被触摸了的表情。她小叔叔问她什么感觉。她说，热的流动，光芒万丈。后来，她在她小叔叔眯起眼睛的时候，就开始做出被触摸了的表情。她小叔叔沉默了一阵，看了眼天，天上有两只燕子飞过。她小叔叔对自己小声说，看来这是精进了，地球人是可以通过培训成为准外星人的。饭做好了，爷爷、奶奶总是不敢叫她小叔叔吃饭，总让她去叫。叫到第四遍的时候，她小叔叔就会吼她："×你奶奶，你要是再吵，影响了外星人来接我，我就弄死你。"

"后来呢？"我问。

"后来他被送到精神病院去了。吃了很多药，药劲儿足的时候，脾气特别好。"

"再后来呢？"

"他出院了，结婚生了个儿子，他现在最大的乐趣就是和他儿子打电子游戏，星际争霸。"

7

乔布斯一直没想好在公历 2011 年夏天之后的哪一天圆寂。

乔布斯也没想好圆寂的那个瞬间应该是什么样子。自从辞去职务之后，他很多次在脑子里想象那个瞬间。有时候那个瞬间仿佛蹦极，他需要一时的决绝，仿佛当初他做一个重大的商业决策，尽管他知道，拉闸之后很可能不是一片静寂，他还是在那一时不能行云流水。有时候那个瞬间就和其他瞬间没什么区别，仿佛无数片树叶在无规律地摇晃，忽然有一片叶子掉了下来。有时候那个瞬间介于有意识和无意识之间，仿佛失手掉了茶杯，杯子在石砖上碎开。这个瞬间也可能在睡梦中发生，仿佛那颗精子碰撞卵子细胞壁的瞬间，仿佛胚胎的心脏第一次跳动。

在乔布斯想象那一瞬间的过程中，他同时在想，谁会是下一个乔布斯？他会对下一个乔布斯说什么？如果只说一句话，他说什么？如果可以说三句，他说什么？

乔布斯考虑从如下三个感悟中选择一个：

"把每一天当成最后一天过，过好每一天。"

"不要问现在技术能实现什么，而要问你要什么，然后坚持到周围人都想砍死你，然后你得到了你想要的产品，然后你得到了一切。比如，你要日用的机器漂亮，漂亮到不用也养眼，漂亮到摸上去也养手。比如，你要日用的机器安静，安静到风扇的声音也听不到，仿佛你妈睡着了还忘记了打呼噜。"

"人是会死的。"

斯坦福医疗中心的医生费了很大力气，试图说服乔布斯在胰腺癌手术后多吃东西。乔布斯的理论是，不吃或少吃才能更好地杀死术后残存的肿瘤。

8

公历 2015 年 8 月底，我收到了小浩浩寄过来的一个包裹。打开是七部手机，七个不同的颜色：赤橙黄绿青蓝紫。

我自己留了一部红色的，其他送给了周围的人。

9

朱紫打电话让我去她办公室，说要给我看个东西。我说能不能发截屏给我、能不能微信留言、能不能电话里说。她说不能。

我走进朱紫的办公室，她电脑开着，她的表情似乎是活着见到了鬼。

“你知道小浩浩在做 C 轮融资？”

“听说了。”

“领投的那家私募股权投资公司雇了我来做人力尽调。”

“于是你算了小浩浩的属相、星盘、血型、八字、面相、手相？”

“我最近在尝试一种新的人力尽调方式。你慢慢听我说。有家古怪的生物科技公司向我建议了一种古怪的分析方法，开始，我也不信，但是他们这次不收费，我想，不妨一试，多一个角度看问题也是好的，如果太荒谬不用就是了。这家生物科技公司的技术主管问我，你想测小浩浩什么？我说，我想测他是否真继承了乔布斯的衣钵，还是只是有乔布斯的毛病，没有乔布斯的命。如果他真的继承了乔布斯的衣钵，这一轮的估值就合理。这个技术主管嘿嘿一笑，说：‘如果想测别的，现在这个技术还没有完善到这个程度，但是测小浩浩是否乔布斯附体，我们刚刚解决了这个问题。你知道 DNA 吧？你知道基因吧？宗教领袖的产品意识和蛊惑气质也是由某些基因决定的。我们很偶然地收集到了从唐初到清末几百个禅宗大和尚剃度时留下的头发。谁留下的？你知道，有些大妈是有收集癖的，她们还收集了大和尚们一些其他部位的毛发，你知道，毛发里的 DNA 是最容易完整保留的。她们还收集了一些大和尚们掉了的牙齿，这上面的 DNA 不是很好用，有很多细菌残留的 DNA 会造成干扰。她们当然还收集了一些所谓的舍利子，但是骨头里的 DNA 基本都被高温破坏掉了，提取不出来了。我们新开发出了一个基因检测和计算平台，用这个平台测糖尿病，发现和四十五个基因位点强相关，测大和尚们的创造能力和蛊惑气质，发现和五十一个位点强相关’。”

“后来呢？”天还没黑，我眼前有些发黑，感觉后脖子有些冷汗渗出来。

“后来我们设法从斯坦福医学中心找到了乔布斯的一些头发。在这个平台上测，五十一强相关位点，乔布斯都有，而且强度都很高，你看乔布斯的结果图。然后你看这个。”

朱紫给我看屏幕。屏幕上闪烁着五十一个强光点，和乔布斯的结果图几乎不可区分。

朱紫说：“这是小浩浩的基因检测结果。”

10

多年以后，小浩浩站在第一代灵魂手机 SPHONE 的发布会现场，面对一万一千个地球人，准会想起我 2007 年 7 月 7 日在加州湾区帕罗奥图镇上给他买第一代苹果手机的那个遥远的黄昏。

（原载《长江文艺》2017 年第 16 期）

我不是尹丽川

庞　羽

十三岁时我问
活着为什么你。看你上大学
我上了大学，妈妈
你活着为什么又。你的双眼还睁着
我们很久没有说过话。一个女人
怎么会是另一个女人
的妈妈。带着相似的身体
我该做你没做的事么，妈妈
你曾那么美丽，直到生下了我
自从我认识你，你不再水性杨花
为了另一个女人
你这样做值得么
你成了个空虚的老太太
一把废弃的扇。什么能证明
是你生出了我，妈妈。
当我在回家的路上瞥见
一个老年妇女提着菜篮的背影
妈妈，还有谁比你更陌生

这就是我姐姐尹丽川的诗。我叫尹绯绯。

鲜血喷溅出来。我的开心消消豆到了12级。她哀叫了一声，我抬头望了望。血是红色的。我又低下头，进入13级。她从厨房里出来，哆哆嗦嗦地拿纸巾。天气有点热，我打开电风扇。她问我，云南白药放在哪里了。我冲着电风扇说，我不知道。电风扇把我说的话变得颤颤巍巍。她捂着手翻箱倒柜，我突然意识到，我和这个切肉切到手的妇女，相识24年了。

她叫林中燕，外婆起的名。这24年里，她不慌不忙地活着，我拼命地把自己塞进裙子里。小学、中学、大学，尔后，我往容城档案局一躺，摸瞎过生活。她倒好，脖子紧俏，身体颀长，睫毛长而卷，眼睛深而亮，砧板前敲敲打打，盆栽里摆摆弄弄，柴米油盐，稳稳当当。

童话书上说，天鹅能生出丑小鸭。说的不错。我黑皮小眼，8岁成了胖墩，10岁戴上眼镜。她给我买白裙子红裙子。裙子在我腰间勒出了印子，我扶着眼镜看黑板时，总能听见衣服窸窸窣窣的撕裂声。我一直在等待。等我瘦了，要把这些裙子撕成条、撕成丝，变成她脖子上的红白丝带。

是夜，她睡熟了，我起身，站在镜子前，扯扯身上的肉，摸摸肉上的皮。尤其是摸到自己的胳膊，那些红色的丁丁点点，又漫出了一大块。林中燕说那是鸡皮疙瘩，隐性遗传。我和她顶嘴，都怪你，都怪你选择了罗家，都怪你生下我。对于这件事，我不原谅。从小，她说春雨润如油，我却说清明雨纷纷；她说小荷尖尖角，我却说映日别样红。在这样的一张一弛中，我慢慢蹿高了，同时，我手臂上的疙瘩越来越多，在我的胳膊上蔓延，像是林中燕的眼波似的，流转逶迤。

林中燕的眼波，不是白吃的。年轻时，她往人群里飞一眼，男的耐不住，女的急得跳。至于她为什么嫁给我爸罗勇，这得问我外婆。我瞅瞅罗勇，心想，真亏得当年罗家的小洋房，把林中燕骗了去。林中燕成了罗家的媳妇，洗衣做饭生孩子，轻松干净，好像我是她的碎玉珠子，缀在发间，不要了可以摘下来。

除了这些，她尽张罗自己的人生去了。东边水疗室，西边小书店，她活得安稳恬静。在我小时候，她还经常看87版的《红楼梦》，唱几句阆苑仙葩、美玉无瑕什么的，我把电视调到《西游记》，在沙发上蹿来蹦去：猴哥，猴哥，你真了不得！她笑笑，说诸葛亮草船借箭、空城对琴，都没我这般神气。我再瞅瞅罗勇，脑瓜瓢上褐色板寸，指尖的烟屁股娉娉袅袅，二锅头熏红了他的脸，卤猪蹄催肥了他的身体，偶尔啐口痰，圆溜溜，暗黄加暗赭，像极了案板上剩下的一钱猪肝。可听别人讲，罗勇年轻时，可像白衣飘飘的赵云了。我难以想象，脑海里全是曹操割须弃袍、关羽败走麦城的样子。

在容城，磨刀匠走街串巷，三天磨一把刀；菜贩子路口闲聊，也不吆喝；春来天暖，老人在公园里打太极，树叶也绿得慢了一些。每天早晨，我坐在2路车上，车辆的引擎声、间隙的说话声，合着耳机里淡淡的音乐，我感觉到有什么东西无关感情，无关风月，无关这个无限宽阔的宇宙，它存在于我的内里，蓬勃生长，优雅老去。公交车行驶，我坐在那儿，希望命运无澜，天高海阔，林中燕坐在沙滩上，解开她飘飞的丝带。

林中燕比我迟会儿。她站在车道里，一手拎着包，一手扶着铁栏。2路车晃一下，她晃一下，等车平了，她依然脖子紧俏，身体颀长，睫毛长而卷，眼睛深而亮。为此我常常难过，为我身体里沉睡的美好基因难过。它们卧在我的心脏里，脾肺里，阅览我每天的悲欢喜乐，却怎么也不肯出面。

林中燕似乎知道这点，切葱丝碾肉末，让我在一旁看着。锅里闹闹腾腾，林中燕手悬着铲子，翻拨葱丝，铲开糖盐，几滴汗水滑下她的脸颊。我想起了黛玉葬花。花死了，黛玉也死了，谁都会死。林中燕擦着额头的汗，我感觉她要融化了，像冰一样融化，滴下来、滴下来，顺着瓷砖蔓延，蹿升到我的血液里。一个女人怎么会是另一个女人的妈妈呢？

林中燕决定带我去上海的那天，非洲瘟疫开始了。这是一种新型病毒，让人瘫软无力，眼睛发花，安详睡去。科学家取名“尼奥”，猜测瘟疫来自一种动物肉类，像《黑客帝国》一样隐形危险。

罗勇坐在电视机前，一字一句地把新闻报给林中燕。林中燕像是没听见，继续碾肉末。电视机忽闪忽闪的，罗勇耷着脖子，拇指食指半抡着，像握着小口杯，等待英雄煮酒。罗勇爱酒，爱到骨子里。高考结束那天，他拿出高脚杯，给我斟了满满一杯。没等我反应过来，他就把他那杯一口干了。那一晚，我喝了几口，他把几瓶都灌下去了。等对饮结束，他却一边擦着眼泪，一边擦着鼻涕，一边拉着我的手说，三国里，赵云智勇双全、志向远大，本可夺天下，本可夺天下啊！我问他，不是曹操，不是刘备，怎么会是赵云呢？罗勇不说话了，脸涨成猪肝色：你不懂，天下本是君子的，全都被小人夺走了。我陷在沙发里玩游戏。

突然，罗勇把虚拟的酒杯一摔，刷地直起脖子：我说，别烧肉了好吗！窗外天空白了半晌，又阴下来。菜刀笃笃笃地响着，林中燕还在碾肉末。罗勇似乎泄了气，继续耷着脖子看电视。刺啦啦一声响，游戏通关了。整个小洋房，都回响着游戏庆祝声。林中燕不慌不忙，我也挪开了余光，继续游戏。

从那以后，罗勇不吃红烧肘子卤猪蹄了。到了傍晚，他摆好一碟油炸花生米，一碗岳记花甲，抿几口小酒，唱几段小曲，乐呵自在。林中燕还是喜欢下厨，碾些肉末，放点葱丝毛豆炒炒。我和她对坐，捡着豆子吃。吃完，她把肉末挑出来，整齐地码在小碗里。

接下来的几天，都会有肉末茄子、肉末四季豆。同样的，她把肉末挑出来，整齐地码在小碗里。熟肉末日益减少，林中燕又开始碾生肉末。周而复始，她不疲倦。我吃厌了，躲在家里叫外卖。林中燕一个人坐那，把豆子葱丝吞下去。阳台上的绿植郁郁葱葱。仿佛就像诗中所说，十三岁时我问，活着为什么你。看你上大学我上了大学。妈妈，你活着为什么又。你的双眼还睁着，我们很久没有说过话。

在我出生之前，我的外婆寅芽死在了上海。寅芽从小生活在上海。对于上海，我是无感的。我听林中燕说，母系的藤老爷住在上海火车站附近，外婆寄住了一段时间。火车经过时，外婆喜欢在那儿跳绳。火车空了，藤老爷带外婆去火车站纳凉。外婆喜欢把腿伸出站台，往铁轨上够。列车员来了，她撒腿就跑，鬓发飞飞的。

林中燕告诉我外婆的这些事，我觉得奇怪。一个素未谋面、已经死去的老亲戚，居然也小过、闹腾过，在她的人生里炸出数朵金花。听林中燕的口气，藤老爷家里不大，马桶连着煤气罐，凳子连着晾衣架，而且还比不上容城那些拆掉的危房。外婆在这儿度过了她的童年时代、青涩时光，我感到一丝战栗。原来我和那个粉红雕花、砖红瓦片的小洋房，不过是久别重逢。

林中燕拖着一口行李箱，背影袅娜。我拎着包跟在后面。林中燕的裙底飘着线头，手上的切口还没痊愈。候车厅空旷，回荡着行李箱的滚轮声。等了一会儿，我们登上这辆开往上海、前轮驱动、底盘稳当的三层长途车。林中燕打票打得早，我们坐在了前排，司机在我们脚底下。踩在别人头上，我想笑，扭头看林中燕。林中燕表情淡淡的，问我带给藤老爷的养生品放好了没。我说放好了，又问她，容城的馓子黄烧饼藤老爷爱吃吗，会不会粘了牙。林中燕笑笑，扭过头看车窗外。窗外是阴天，万物覆着一层冰灰色的光芒。林中燕的锁骨更深了，侧脸勾画得像木刻。一瞬间，我以为她是那个补雀裘、撕扇子的晴雯。我闭上眼，尖尖的脖颈，尖尖的眼眉。罗勇摸过哪些地方？他吻过林中燕的脖子吗？

藤老爷坐在70年代小筒楼的小幺间里。门开着，四周都是霉，墙壁上沁着各色的污渍。马桶边有一口锅，锅里有几个茶叶蛋，浮浮沉沉，不知煮了多少回。藤老爷披着旧夹克，微眯双眼，鼾声浑浊粗厚。林中燕不着急，坐在床沿等他。床和椅子挨得很近，不够伸腿。我不愿坐着，站在那儿看网文《人妻陌途》。女主人公正在喝酒，蓝色夏威夷、绿色蚱蜢、白色俄罗斯、黑夜之吻，弄得我心痒痒的。藤老爷一声呼噜，把自己吓醒了：你们哪位？

寒暄片刻，出去买菜的姨娘回来了。她招呼我们吃茶叶蛋，我摆手。林中燕却吃了一个，眼眶还泛着泪。藤老爷口齿不清地说，寅芽懂事呢，穿裙子坐摆渡从来弄不湿。寅芽是我外婆的名字。

一声咳嗽。林中燕拍着他的身子，让他顺顺气。藤老爷半张着嘴，残牙交错间，只能磨出几个字。姨娘跑过来，正正他身上的旧夹克，帮他梳头。藤老爷抖了一下，闭上眼沉进椅子里。林中燕起身，把养生品塞给姨娘，带着我走了。

时值正午，我不知下面的时间如何打发。林中燕昂着头，拖着行李箱走在前面。认识她24年，我依旧不了解她的底细。她拨弄碎发时想什么？她弯腰捶腿时想什么？我看见的她是真的她吗？我理解的她是真的她吗？她喜欢小性子的林黛玉，还是心比天高的晴雯？在容城，我完全可以撒手，把林中燕精心准备的东西全扔在地上，但在人生地不熟的上海，我只能跟着她，生怕串了门跑了调。我不看她的背影，仰头对视太阳。

我随着林中燕到了地铁站。两边贩卖着报纸、矿泉水、小玩意儿。林中燕在地铁口呆望了许久，我想问她做什么，想想算了。在罗勇身边，她好茶好水好脸色，现在她要把这身皮褪下来了。地铁刮起一阵风，吹动她的衣襟。我的母亲林中燕，光洁如新，纯白无邪，涉江采芙蓉，鱼戏莲叶东。你曾那么地美丽，直到生下了我。自从我认识你，你不再水性杨花……

林中燕带我去了建华路。房子错落有致，道旁的树木森郁。有几家早茶店、馄饨摊、咖啡馆缩在楼房各角，形成隐秘的、幽深的、不露锋芒的热闹。我感到渴了，殚竭气力，杵在马路中央看着林中燕。

林中燕回了一眼：快点。

瞬间我想起，24年来，林中燕在前，我在后，我冲她发火、嗷叫，她眨巴着眼睛看我，等我气消了，淡淡说一句，快点。每次如此，我的气都撒在了棉花上。此刻的她，分花拂柳，行色从容，步态好似水面漫上沙滩，又淡淡回落。我是她身后的浪潮，莽撞、慌乱、叫嚣，被她温柔地化作微澜。我无奈，加快脚步，嘴里发出一声雁鸣。我有一种感觉，林中燕要去南方了，她要在那个春暖花开的地方，梳理羽毛，独自终老。

建华路323号是栋小别墅。林中燕停下来，看着323号。太阳隐去了，云翳慢慢爬上她的脸，像一块冰糯飘彩的玉。我歇歇气，大声问她怎么了，到底要带我去什么地方，赶了这么多路都不让我喝口水。她似乎没听见，握住我的手，走吧，我们进去。我感觉，让我打砸抢都无法解气。世界静悄悄，除了林中燕敲在雕花铁门上的回音，笃笃笃，可以下锅了。

开门的是位老人。见到我们，他并不奇怪。林中燕把馓子黄烧饼塞给老人，老人看了一下，沉默半刻，领我们进屋，落座，沏茶。

我们仨相对无言，老人垂着头，林中燕垂着头，我盯着面前的茶水看，那里有看得见的茶叶、茶脉、茶梗，也有看不见的茶素、鞣酸、儿茶酸、芳香物质。我想起了大观园，六安茶、女儿茶、枫露茶、老君眉，老君眉产量极少，状似太上老君的眉毛。第四十一回中，妙玉同黛玉、宝玉和宝钗三人喝体己茶，宝钗的茶具叫“𤫴斝”。黛玉用的叫杏犀乔，寓意心有灵犀。宝玉用的则是妙玉自己的杯子，绿玉斗。林中燕讲给我听，我还她一双青白眼，这时想想还蛮有意思。老人抬眉看我，这是寅芽的外孙女吧？林中燕点头。老人抓起馓子吃，眼眶里有浊泪。馓子脆响，茶杯上的白雾淡下去。

林中燕回过神来，露出釉色洁白的牙：快叫俞正爷。我吭了一声。俞正爷放下馓子，靠在沙发背靠上，眉宇轻快许多：叫我阿正好了。我噎了一声，右手食指摩挲着左手大拇指。林中燕轻声说：俞正爷，照片在你那儿吗？

照片上的寅芽，眼睛透亮，嘴唇饱满，黑亮的头发散在耳朵两边，如云鬟雾鬓。在这张照片上，我原谅了林中燕的美。

照片来自俞正爷的一本笔记本，蓝色绣花布面，泛着旧黄，纸页发脆了，还有虫洞。林中燕拿起照片，眼眶泛起红云。我看着林中燕，她的眼睛里有星球，有陨石，有不明物质，还有一种东西，看不见，却庞然巨大地存在着。人们叫它黑洞。在它里面，一切都被扭曲，被传送，直到穿越重重时光，去到各个时空。

我不管她，让她茕茕地站着。

半晌，林中燕放下了照片。

俞正爷开始说话了。他说寅芽年轻时可漂亮了，她走在上海街上，几个外国人跑过来，偏要领养她，带到国外去。那时正值乱世，可寅芽的妈妈舍不得。乱世里几场战役一打，寅芽的父亲没了。说是失踪，也说是战死。听到消息，寅芽冲出屋子，冲进人群，抱着国军的大腿喊，还我爸爸。国军用枪托敲她，她不放手。俞正爷经过，拉下了寅芽。后来战胜了，解放了，俞正爷攒钱给寅芽买帽子，买裙子，寅芽给俞正爷做了好几年布鞋。寅芽在上海待了童年、少女时代，被她妈妈、我的曾外祖母喊回老家，说是去结婚。

我不认识我的外婆寅芽，也不太清楚外公这个人。他们死了好久了，就像上世纪的老八音盒，唱不动了，就锁起来吧。想到林中燕和他们待的时间，比和我在一起都长，我感觉怪怪的。林中燕捂住嘴。她是要哭吗？还是仅仅一个喷嚏？不一会儿，她撤开了手，表情依然淡淡的，睫毛长而卷，眼睛深而亮。那一刻我难过地想，她生的人不该是我。

离开俞家时，俞正爷倚在雕花铁门旁，手里摩挲着一枚老怀表。怀表是和笔记本一起拿来的，上面都有包浆了。我走出了铁门，望着他们。俞正爷微微颔首，手里的怀表发出了清晰的滴答声，似乎在计算他剩下的日子。林中燕也缓缓地走出雕花铁门，俞正爷伸出手，想说话。林中燕嘴角蜻蜓点水：不用了。照片你收着吧。我只是想看看她。

家里还是那样。罗勇躺在沙发上，鼾声震天。

林中燕轻手轻脚放下行李，把沙发边堆积的衣物拿去洗。

我越过罗勇的腿和胳膊，沉在沙发里，打开手机里的开心消消豆。罗勇被吵醒了，踢了我一脚。我打开电视机，把声量调到40。罗勇睡眼惺忪地坐起来，板寸都蓬松了。他举起拳头要打我，电视机阻止了他。

专家说，“尼奥”已经开始蔓延，欧洲多人感染，亚洲也出现首例。目前来说，此病传播方式多样，且无药可解，只能少去人群密集的地方，自求多福。

罗勇似乎吓酥了，瘫在沙发上嘣嘣脆脆。林中燕打开洗衣机，我的消消豆升入第二关。罗勇火气从板寸上蹿起来：听到没！去什么上海！

见过寅芽后，林中燕全身都松弛下来。她的睫毛短了一截，眼睛边生出了藤蔓，颀长的身子变得摇摇欲坠。我问她今天几号，她说二十，初五，二十三。没有一个是对的。我不难为她了，怕声音一大，她就碎了。等她闲下来，我往她身上凑，讲办公室主任、档案局局长的八卦。她微觑两眼，唇齿打滑，像婴儿一样睡去了。在家，罗勇用筷子敲着碗边，怎么了？没饭吃？林中燕在厨房里缓慢地切着肉丝。罗勇又说，不能吃肉不能吃肉。她也不管，一撮小葱一皿肉丝，罗勇不吃，她吃。出门，罗勇和她各走各的。不出所料，罗勇投奔他哥们了，喝小酒唱卡拉OK，顺便按摩按摩自己的老骨头，讲讲三国里的天下观，讲讲赵云就是被娘儿俩害的。那些中年男人也会岔话，讨论天下分合什么的，再吹吹牛，要不是那会儿选错路，这会儿美国总统还得喊他爹呢。这种聚会罗勇带我去过一次，然后我找个借口溜回家了。林中燕手里挎着购物袋，买点葱买点生活必需品，然后在街道上茫然地转着。好几次我招呼她，她恍然大悟，不好意思地笑笑，跟我回家。她也放弃了开辟鸿蒙、金玉良缘，每天追问我《人妻陌途》更新了多少。我问她《红楼梦》哪去了。她说，一堆废纸，埋了可惜，不如卖了。

“尼奥”登陆亚洲的第8天，台风也登陆了。天空变成大海，风云变幻，潮起潮涌。我坐在家里，心想怎样度过这个潮湿的周末。林中燕储备了两天的菜，罗勇囤积了一星期的酒水。罗勇酒杯磕碰碗沿，叮叮当当，等酒劲上来了，咣当一声扔掉酒杯，空坐在那儿。电视机放着“尼奥”的最新消息，电脑却在唱着，滚滚长江东逝水，浪花淘尽英雄，是非成败转头空……

罗勇一边听一边哼，等林中燕经过他身边，他没头没脑地说，你都快50岁了，还买新裙子穿？

林中燕不答话，整理整理裙边的老褶子。她穿这裙子三年了，夏至穿，大暑穿，入秋了，洗好熨平叠放在柜子里，等着有心人发现。罗勇歪着头舒展睡意，林中燕拍拍裙摆，收拾桌上的碗筷。我看着她，线头不见了，侧影似有抄检大观园，晴雯倒掀宝箱，痛骂王善保家的样子。是的，她居然把一条裙子，穿得那么决然。

周日晚上，外面的雨小了些。林中燕挎着购物袋，出发了。我问林中燕买什么，她咿咿呀呀了半天，说外面空气好，出去透透气。我说雨会下大的，她说不怕，有伞。她弯下腰，在脚腕磨蹭，好容易把高跟凉鞋穿好，轻手轻脚地离开了小洋房。雨淅淅沥沥的。

电话打过来时，我的消消豆到第5关了。此时的窗外下着瓢泼大雨。窗户洗了又洗，我的脸反光在上面，扭曲的、变形的，还分成了好几个。这么瞧，还挺像林中燕的。

我坐在这个粉红雕花、砖红瓦片的小洋房里，听着林中燕在手机那头无力地对我呼唤：囡囡啊，妈妈走不动了。我拎着一把大伞冲进雨中。雨水飞溅，天昏地暗。林中燕站在雨中，购物袋落在地上，雨伞斜在一边。我搭着林中燕的胳膊，一步步地搀扶她。我说，咱们回家看《红楼梦》，87版的。林中燕却瘫软下来，囡囡，妈妈不想看了。我问她想看什么，《人妻陌途》没到大结局呢。她笑了，胳膊微微振动：书里都是假的。只有囡囡是真的。雨水顺着她的脖子流到我的手上，冰凉而惊颤。

林中燕再也不能穿高跟鞋了。医生说，脚上肌肉受寒、萎缩，要养养，脚底还要贴膏药。他还说，年龄到了，很多人都患上了这毛病。林中燕把膏药往脚后跟一贴，却瞬时矮了几分。她眼角的藤蔓，已经长到嘴边了。那个脖子紧俏，身体颀长，睫毛长而卷，眼睛深而亮的林中燕，变得小了、枯了。我突然想起那个叫作寅芽的女人，想必她也这样步履蹒跚过。林中燕唤我的名字。我扭头不应。我无法面对林中燕的衰老。

和林中燕的衰老一起到来的，还有我的转变。倏忽间，我身上的裙子变松了，修身了，不再发出窸窸窣窣的撕裂声。林中燕不好去商场，问我淘宝网怎么购物。后来她买了两个衣架、三条裙子，都是给我的。裙子有碎花的，有宽松的，我穿起来，林中燕说像年轻时的她。

大雨不停，倒灌着容城。电视里，上海有了“尼奥”感染首例。罗勇见林中燕的眼色都不对了。他不吃林中燕做的菜，不碰林中燕喝过的水杯，待在家里就咋呼，出门了夜不归家。林中燕不管他，继续碾生肉末，烧熟肉末，坐在饭桌前，静静地吃掉一碗白米、半碗菜。我陪着她吃。渐渐地，她开始教我做其他菜了，红烧茄子、番茄炒蛋等。她说姑娘家要会点厨艺，一来安生，二来防身。

我烧的菜有的过咸，有的偏甜，她还是静静地吃掉了。只是有一次，我烧了葱丝毛豆肉末，林中燕吃掉毛豆，挑出肉丝，突然哭起来。她说是寅芽的味道。寅芽在的时候，日子艰难，一顿肉末都要烧好几道菜。几滴泪下来，她克制住情绪，又去洗碗洗衣服。我有些难受，想帮忙，她让我去给绿植浇水。植物在晚风中轻轻拂动，像极了少女林中燕的裙摆。

碗筷归档完毕，罗勇破天荒地早回家了。他把衣服扔给林中燕，讨好地说，他哥们做生意的，儿子想找媳妇。林中燕明白他的意思，我也明白他的意思。

罗勇见我们不说话，又补充，有车有房，有车有房。我垂着头不说话。林中燕“哇”地一声哭出来，把罗勇的衣服扔在地上，还用脚踹：我的女儿不是衣服，我的女儿不是衣服！

罗勇当着我的面，对林中燕动手了。暴雨疏风，斜光月影。等他安歇了，我抱住地上的林中燕。林中燕在我怀中颤抖。我随着她一起颤抖。外面的雨没有停。

大雨降临的第6个晚上，容城被淹了。整个城市都漂浮在水中，人们挽着裤腿，手拉着手出行。林中燕的绿植开始下垂腐败了，我一遍遍问自己是不是浇多了水。林中燕不管，忙好早饭，坐在阳台前看天。她说她看见了寅芽。我感觉她要再一次融化了，像冰一样融化，而这次不会再结冻了，她要随着这场洪水流走了，去到那无限宽阔的宇宙，随我蓬勃生长，优雅老去。

我收拾好包裹，出门上班。虽说城市部分水位已经过膝，但政府仍号召我们上班，坚持在第一线。上班也没有什么可做的，坐在那儿当个摆件。我拎着包出门，林中燕却一瘸一拐地追出来了。她说要去单位取个东西。我说这么大的雨，去了干什么。我看见她恳求的眼睛，还有依旧淡淡的表情。洋房里，罗勇举着酒瓶，电视机忽明忽暗，那高达44的音贝里，讲的全都是对“尼奥”的恐惧。我带着林中燕缓缓走到公交站台。

2路车来了，我和林中燕并排坐着。车辆的引擎声、间隙的说话声，合着耳机里淡淡的音乐，我感觉到有什么东西在我的内里，一脉传承，生生不息。林中燕静静坐着，她脸上的藤蔓也停止了生长。我用余光瞧着她，洪水迅速退去，白云飞上蓝天，我那美丽年轻的林中燕，她坐在沙滩上，微笑着，昂扬着，解开她飘飞的丝带。

林中燕到站了。公交车停在路边，这条道路水很深，昏黄浑浊，车驶过，惊起水浪一片。车门徐徐打开，林中燕挪动着双脚，一点一点、艰难地走出去。她提着裙边，慢慢摸索着，积水吃掉了她的小腿肚子。车子正在启动，轰隆隆的。车门要关上了，林中燕回过头，朝我微笑。她要说什么？“快点”？我听不清。在洪水中，林中燕更小了。我想起了俞正爷，想起了寅芽，想起了罗勇，想起了晴雯想起了林黛玉，他们都在我的脑海转啊转，晃啊晃。突然，我的泪夺目而出，我冲到已经关闭的公交车门，把车门拍得震天响。林中燕似乎没听见，离我越来越远，越来越小。我瘫软下来，拼命地拍着车门，拼命地大喊，林中燕，你走后，我该找谁去怀念你？我要找谁去要照片？

林中燕回来了。衣服角、发尖都湿漉漉的。我走过去，替她拿包。

我对她说，妈妈，有我在，罗勇不会再打你了。

林中燕不说话，手里的伞滴着水。

我又对她说，我会去上海要寅芽的照片的。

林中燕瞪大了眼睛。

我耐不住了，说，我给你读一首我姐姐尹丽川的诗：

十三岁时我问
活着为什么你。看你上大学
我上了大学，妈妈
你活着为什么又。你的双眼还睁着
我们很久没有说过话。一个女人
怎么会是另一个女人
的妈妈。带着相似的身体
我该做你没做的事么，妈妈
你曾那么地美丽，直到生下了我
自从我认识你，你不再水性杨花
为了另一个女人
你这样做值得么
你成了个空虚的老太太
一把废弃的扇。什么能证明
是你生出了我，妈妈。
当我在回家的路上瞥见
一个老年妇女提着菜篮的背影
妈妈，还有谁比你更陌生

林中燕把滴水的包放在地上，露出两束胡萝卜须：你爸不叫罗勇，你外婆没去过上海。还有，你从来没有什么姐姐。

（原载《创作与评论》2017 年第 7 期）

·散文　随笔·

晴　　朗

姜念光

夜晚，雨直在下。没有风，雨点落在屋瓦和树叶上，粒粒可辨。这种清晰和从容，像个胸有成竹的写作者在敲打键盘，又像一个训练有素的主持人正低声诵读。

这样的雨之书，原是一部最古老又最新鲜、最恒常又最原创的经典，迥然有异于我们装腔作势的书面语，它以一种不需要比喻和暗示的语言写成。这一回，它用到了此时此刻存在的事物——夜阑的北京，城市东北四十公里的天空，五百米外的河流与湿地，灯光寥落的住宅，一个睡着的人和一个醒着的人，还有一片黑暗和宁静。当然也少不了众多的树木，白杨树啦、白蜡树啦、栎树啦、金银木啦、元宝枫啦，如果有足够的耐心和善意，就会知道，它们比人的性格要鲜明得多，在雨滴中各有各的口音。

雨点落在白杨树上，圆形阔叶发出踢踏之声是什么意思？雨点落在栎树上，橡实与水滴一同落下是什么意思？雨点落在白蜡树和枫树上，在廊灯的映照下它们一明一暗是什么意思？雨点落在百米外的公路上，汽车呼啸而过，前灯雪亮然后消逝又是什么意思……与阅读深奥作品时的情形一样，我在不停歇的雨声或书页的翻卷中，臆测和想象着世界的各种可能，懵懂无绪，昏昏欲睡。听任雨声不绝，灌满了耳朵，但说不出任何有用的话。相对于雨之书的无限丰富和缜密语法，我觉得自己像一个真正的文盲，缺少教养，目不识丁。

在雨后，我是亲眼看到天晴的。雨持续到了第二天，中午时分，仿佛听见一个人叫喊：瞧，太阳出来了！我将双手自琐事的缠绕中抽出，从布满灰尘的地面抬起头来，看见了正午的阳光。我早先已经适应了阴暗和淡漠，目遇从云层间涌来的光线时，便不得不眯起眼睛。起初只能觉察光影闪烁，一片炫耀，接着，我的被雨声浇灌了许久的耳朵，仿佛听到了窗帘徐徐拉开，还伴着细细的叮当声，像一串彩色琉璃轻轻摇动，又像泉水的淙淙。当明白这声音并不是来自外界，而只可能发自我的内在时，我真是惊讶，类似一个偶然接获珍宝的幸运儿，不敢相信自己竟有如此的好运气。心中满是感激，却不知该对谁表达。

这会儿，大自然正按照它的法则，安排事物的边界和顺序。云层早先一步就被拂拭过了，然后从薄薄的云层背后透出光来，先是朦胧柔和，像是担心过于猛烈的光伤害刚刚复明的眼睛，然后，云层渐渐分散和堆叠，成为大小不一、深浅各异的云朵。蓝天初绽，就在云团推挤和移动时，从各处缝隙间，太阳开始掷下灿烂的光束。这些光直率、通透，在云天的背景上，看起来像闪光的弦索，而若有人用手指弹拨一下，这架大竖琴就会铿然而鸣。

很难说清是什么时候，天就已经晴透了。天空明净，太阳响亮。如果注视那些松软的云朵，你会发现它们移动得很慢，你甚至有足够的时间，把它们变化的形状看成奔马，看成狗，看成孩子，或者更加恣意一些，把它们看成一帮仙女，正从天庭的舞场中退下，曳裙而过。但是你永远无法解释，刚才密密匝匝的那么多云，那些不透明的部分，为什么好像一转眼就消失了踪影。你所能看见的只有蓝色天空，也许正是天空吸收了雨水、云彩、阴影和光线，它才能让自己成为绝无仅有的蓝。它吸收得如此之多，才蓝得如此明净，如此深远，或者只能说，蓝得如此永恒。

我从蜗居的房子里出来之后，就这样站着，或随意走到任何地方，被太阳从头顶照到脚跟。在今天，整个午后的时间，我也什么都没有做，没有去市场，没有开动机器，也没有俯首阅读，只是尽情享受阳光和快乐。我久久地看着天空和云朵，觉得再也没有比这更好的风景了。我一遍遍看着雨水滋润过的草地和树林，反复扫视不远处闪着波光的河流。我看着阳光穿透万千树叶，让它们成为几乎透明的明亮的碧玉。我惊讶地发现，一只麻雀被越过树枝的一束光线照着，变成了耀眼的金色，而这只金灿灿的鸟儿，浑然不知自己这会儿有多么神圣。我不由设想，一块石头被光线浸透了会变成什么，一块宝石吗？那么一个人浸透了光线，又会变成什么呢？也许这个巨大的秘密，仅仅当事者本人能够知晓。让整个自我浸透明亮的光线，我明白这一定很难，但真的不妨一试。

在这样亮丽的时光中，最笨的人也会想入非非吧！我想尝试的事情真的很多，像一个刚刚获得解放的人，我沿着草坡奔跑起来，飘飘然有如神祇。我顺着河堤的弧线走过去，生满灌木的堤道，就像不朽的诗行。我走到任何地方都感到视野开阔，世界从我所站之处向四周展开。而各种建筑围绕着，像是我各种念头的结晶体，从不同的侧面反射着光……这些体会是如此真切和奇特，我想告诉我的伙伴们，如果生活不那么浮躁和潦草，是有可能发生奇迹的，会有那么一个瞬间，你面对的是一个刚刚实现的黄金时代。所以，请原谅我不加任何铺垫，在这里写出真挚、诚恳、信念、天真等词语，一点儿也不感到堆砌，不感到贫乏。

瞧！万物一直不停地吸收光线，太阳变得柔和下来，正一点点显出它最为本质的金黄。蓝色天空也在变深，将成为无边无际的光线的蓄水池。我看见，天穹的边缘，纯粹是为了装饰，一些浮雕状的云朵才没有散去，它们镶嵌在天地相接的地方。在西边，绯红的落日就要成型了。

接下来的一个早晨，我是被窗外的五六只大喜鹊吵醒的。它们在元宝枫上振动尾翼，大呼小叫，不像“喜鹊登枝”的咕咕、咯咯那般喜庆，而是吃惊而又愤慨的呱呱、啊啊，好像世界发生了惊天动地的大事，其实无非有一只猫刚刚从树下经过，或者它们其中的一位发现了蜥蜴。大喜鹊对猫、蛇和蜥蜴非常敏感，一旦发现就高声招呼，群聚在树上，声嘶力竭地进行呵斥，似乎在它们眼里，那几位的长相都过于邪恶了。而我在树冠旁的阳台上突然出现，显然出乎它们的意料。几位黑脸皂衣的朋友停止了吵闹，冲我好奇地看看，彼此嘎嘎低语几声。我发出嘘声，它们并不惊慌，待了好一阵才从容张翅，一只接一只陆续起飞，最后的那位抛下几滴白色鸟屎，抖抖羽毛打着呵呵离开。仿佛在这样晴朗的天气，它们根本不屑与我为敌。

太阳已经升得很高，蓝天上纤云皆无。昨晚我淘然而睡，今天显然起得太晚了，有违“一天比一天起得更早，变得无比健康、富足和明智”的圣训。不过，我只是错过了黎明的序曲，错过了日出盛景，心里并没有觉得过于遗憾。经过雨的洗涤和各类光线的辐射浸染，我认为已经超脱黑暗无知的深渊，并且亲身搭起了一座拱桥，通向晴朗和明亮。而长睡和晏起，只是让这座桥另外有了一个略显漫长和平坦的斜坡而已。当然，我也错过了麻雀一家梳洗打扮的早课，它们每天都把白蜡的圆形树冠当作起居室，如果我起得够早，就可以窥视这些土气，但是勤快、机灵的小朋友，它们彼此低语着相互梳理。现在白蜡树空空荡荡，它们已经前去探察原野和丛林了，作为一种本地最常见的留鸟，我们随时会在哪里遇见。

在越来越温暖的空气里，秋天的树木还将有较长的时间空着，没有鸟的飞临。而春天和夏天则有所不同。秋天难得见到黄鹏和一种蓝绿相间的小鸟，暮春时节却经常独自出现，精神亢奋地立在嫩绿闪亮的树枝上，带着迷醉的表情左顾右盼，放浪而鸣。初夏五月，灰椋鸟和黑卷尾将频繁地在房前屋后出没，它们意在快要成熟的樱桃；大苇莺只在河滩湿地的上空可见，它们盘旋辗转，然后一头扎进芦苇丛里；只要是晴天，四声杜鹃不管白天还是黑夜都会出动，在百里麦香中边飞边叫：“光棍儿好苦，光棍儿好苦……”这些鸟儿，是本地自然四季的点睛之笔，即便此时此地没有出现，又有什么要紧呢，它们确实存在于生活之书的前一页或后一页，只要一次得见，也就永远飞鸣，随时勾连起我们对于美好世界的认识，成为构成生存秘密的最有意味的一个部分。更何况，今天运气足够好，你将遇到大斑啄木鸟，它以陡峭迅疾的飞翔，从一棵树干到另一棵树干，用专注伏案的姿态敲敲打打——在飞禽中，啄木鸟的风度和性格，就像传说中文笔上佳、风骨铮铮的御史大人，足以让所有看到的人惊喜莫名。

除了照实描画种种细节之外，从来没有人规定，不能用爽朗、英俊和博雅这样的词语，来形容秋日里晴朗的一天。譬如水晶，精湛悦目，仿佛从没经历黑暗和压力；譬如珠玉，莹然自明，仿佛从来没有阴郁和苦闷；譬如儿童，纯真洁净，仿佛没有阅历沧桑。明亮的太阳、蓝汪汪的天空和生机勃勃的大地，是它无穷无尽的赞美诗般的躯体。

世人常常用太阳来比喻公平正义，这个时刻，我所见的树们，正在享有这个公平和正义。这些自然界的炼金术士，各怀绝技，可以把水、土和光线转变成超出我们想象的任何事物。现在，它们当中最常见的几位就在我身边，在强烈的阳光下，展示着各自的性格，葱郁，挺拔，用最普通的方式给我陶醉和唤醒。成排的白杨树显得好动又吵闹，像是北方的蓬头表兄，热情外露，动不动就呵呵大笑，来上一阵掌声。松树在任何时候都有独一无二的静穆，除非遇到较大的风雨，它们才摇动金字塔般的树尖，在阳光下，它的针叶碧绿但并不闪亮，像是忍住了笑容，好让自己显得更矜持和严肃。栎树伸展着边缘多齿的椭圆叶片，就像一簇簇别致的羽毛，它夏天深绿，秋季棕黄，并且显然知道自己身姿潇洒，每有风来，就得意地全身抖动，跃跃欲飞。而柳树则好似某位优秀的女性，有一副弱不禁风的样子，其实熟悉的人都知道，它虽然善良、容易伤感，其实是既耐心又坚忍的。樱桃的果实在五月就被鸟儿和我们瓜分掉了，栎树的橡子是九月陆续落下的，有些留在身边的地上，另一些用来诱惑松鼠，让这些贪心又健忘的家伙带到了另外的树林里。现在举目所见的是柿子树，丰硕的果实已经染上一层金黄，这些勤恳能干的树，就像低头想心事的农夫，被自身的重量压弯了枝条。我几乎每天都从旁经过的海棠树，是今天最为惊艳的，甚至超过它在四月的第一周时满树着花的绚丽。今天，它密密拥挤在树枝上的果子正由浅粉转向鲜红，喜气洋洋，闪闪发亮，像被阳光烤成了彩瓷，还有些果子隐在枝叶的后面，躲躲闪闪，像一群胆小、好奇的小妖精，我甚至能想象，如果调皮的小男孩拿棍子去戳，它们就会发出吱吱的慌乱叫声。

但是，有许多声息我们从无听闻。比如清风的乐声，单靠我们的耳朵听不到的，只有通过树和草木，才能明白风在歌唱或叙说什么。在河流的堤岸前面，开阔的斜坡上，遍地茅草已经足够高了，想必它雪白的根茎已经注满了甜味，它所铺排的细密的叶子掀着绿色波浪，风就在上面一阵阵跑远，而一丛丛野菊花招摇着黄金托盘，车前草们举着成串的花序。它们让我想到，对于生存之事，它们各有各的方法，各有各的逻辑。河流堤道的灌木丛里，至少有十几种披散的枝条，还有藤本植物左右相伴，它们就像自然组成的唱诗班，风起时就手舞足蹈，顺势作歌。其中最显眼的要数金银木了，虽然自然界并不嫌贫爱富，它们在数量上还是占了优势，而且，每一根枝条都结满了圆润的、红豆般的鲜艳浆果。作为这个季节的水果仓库或明星酒吧，每天都有鸟群来此聚餐或轰饮。出于好奇和尊重，我摘了几粒品尝，很苦，无法下咽，但对于鸟儿来说也许恰好够味儿。我恍惚间听说：生存之美在于自性，它需要由自省获得！好吧，之于我，有些果实苦而晦涩，想来其中必有道理！

这样晴朗的日子，我到后来才注意人和书写人，当然其中也必有道理。人，本来是世界上最大的奇迹，但在我们日益繁荣的时代，物质的富足并没能带来精神的丰盈，却常见人的消失和退化，完整的生命被抽空了思想，只剩下谋利的工具、消化的胃和一个个粗鄙欲望的陈列室。如此就毫不奇怪了，当我们欣然大自然的美、自由和独立，会愈加感到当代生活的屈辱和荒诞——为何会在那么长的时间里，我们用了那么多贪婪、自私和欺骗，努力做时代加冕的所谓“成功人士”，兢兢于咄咄逼人的权力，执迷于巧言令色的功利，沉醉于匍匐在地的庸俗。而现在，当我们有机会拥有这样明亮真实的一天时，那些生活就仿佛变成了虚构和笑谈。

实际上，太阳的公平正义，不仅惠及树、草木和鸟儿，当明媚的阳光照彻大地，空气清澄无比，人类的罪错也同样可以得到宽恕。“走向大自然，最终让我们走向自己。”那么，怡人的晴空下，半世的仇敌可以并肩散步，卑鄙的罪人也可能回头，而愤懑的、忧愁的人，将恢复爽朗和纯洁。我注意到邻居和其他人——我向园林工人朗声问候，他推着割草机修剪的草地流畅而工整，俨然造物主的手笔；警察穿着蓝色制服站在阳光下，威严而又充满了善意，犹如一位可信的天使；一个刺青少年骑着摩托呼啸而过，外挂音箱正在播放《光辉岁月》，我感到，我的某一部分岁月也随之呼啸而来；我抬头注视蓝天，多蓝啊！蓝得像往昔，像她的美目……

这样的时刻，蓝天犹如穹庐，笼盖世界，我的立足之处，仿佛正是辉煌大教堂基座的中央，我笔直地站着，目光伸向无限的高处。“人是万物的尺度！”我设想量一量晴朗蓝天的深远，那么我这把尺子，可真的要够大够长才行；我还设想，我站在这里，我的目光就是竖起的立柱，并且加入了其他光线的行列，一同支撑起这座教堂的穹顶。

“有形的自然，必然有其精神和道德的血缘。”所以，这不是一个雨后就自动绽开的晴天，也不是一个由天空、阳光和风自发构成的晴朗的日子。如果我们仍然沦陷在腐败的事实中，不能发现心灵的光焰；如果我们不马上动手，去尝试一种充满理想的、有价值的生活，那么，任何一条真正的光线都无由穿过我们狭隘观念的针眼，生命就仍然布满乌云和困扰，世界就仍然蒙昧难察，而自然界的晴天不过是一场虚幻。只有自觉并且醒着，万物的语言与清新的思想，源源不断倾注于我们，晴朗的日子才会真正到来。

（原载《美文》（上半月）2017 年第 1 期）

又到清明时

向维东

清明临近时，妻老在我耳边絮叨："今年回去吗？"其实，回去不就是在父母坟前烧几堆纸钱吗？而这对故去的父母，又有什么意义呢？

父亲是 2001 年患痛风瘤去世的，前前后后病了一年多。开始阶段，父亲还能坚持种菜，后来就只能呆坐或是躺在床上了。我们兄弟都在外面忙乎，隔三岔五回去看一下，陪伴他的就只有母亲了。我拍过母亲为父亲清洗伤口的照片，每每翻看，难免自责。有一次，父亲独自爬到楼上摸摸索索的，母亲问他做什么，他说："痛得不想话了。"母亲说："你也要为三个儿子想想呀！你如寻了短，乡里传出来好听吗？"

父亲是条硬汉子，身上有再大的痛，从不呻吟的——正由于不呻吟，我们不知道他一直在忍受着巨大的痛。他的死，是因为左手背上长了个瘤子，县人民医院大夫诊断为痛风瘤。吃过不少药，我从省城也为他带过药，但药物对他好像没作用。后来一江湖游医给他瘤子划开引流，还用口吸了脓，这一弄，反而使病情急转直下，终于不治……

如今想来，我最遗憾的是没能把他接到省城做一次全面的检查。论那时我的经济条件，也许不能满足很好的治疗，但做一些起码的治疗还是可以的。有一次回去，我本说通了父亲，答应跟我来省城做一次检查，可第二天他又变卦了。我说即便不做检查，看看省城也好啊。父亲说，人老了，看不出什么名堂了。我觉得，父亲多半还是心痛我花钱。那时我在省城谋职，没高铁，回去一趟要七八个小时。在父亲生病期间，我十天半月回去看一次，但也纯粹是看看而已，面对父亲的病痛毫无办法。我每次给他钱，他又舍不得花。我也知道，那时父亲需要的不是钱，但我又能给他什么呢？

父亲严厉，呵斥起来很吓人，可在我记忆里，父亲从没打过我。大概是 1975 年，我正在大队（现在叫村了）小学当民办教师，当年推荐工农兵学员上学，也有一个像模像样的"考试"。明明我的成绩比别人好，但最后被推荐去上学的却是另一个人，没办法，别人有背景。记得那天消息发布后，我足足睡了一下午。父亲从来不多说话，那天却走到床前叫我："六儿（我的小名），起来，锄头把底下不误人！"父亲走了，我爬起来，又像平常一样做自己该做的事，一点也不敢懈怠。

那时候，我正做着文学梦，把十里八里外缺了封皮的书借来读。没有电灯，就用墨水瓶做成的简易煤油灯，熬到凌晨一两点是常事。母亲唯恐我多用了煤油，总是一遍又一遍催促我睡觉，可父亲一次也没催过我。母亲是文盲，父亲上过两年私塾，毛笔字也写得像模像样，但他从来不问我读的什么书。大概是八十年代初，我写了篇《父亲》的散文，投给我所在地区的文学内刊，居然发表了。收到样刊后，我在灰暗的煤油灯下读给他听，未等读完，父亲流泪了。当时农村已分田到户，父亲虽六十好几了，但还是一把劳力。由于大哥在县城里教书，家里的田地就靠嫂子去打理了。嫂子能干，可犁耙活儿自然不是女人干的。我虽年近而立，犁耙活还是外行，就只得靠父亲了。有一次，望着父亲在泥田里吆喝大水牯的背影，我突然有了想写父亲的冲动，于是就有了这篇小文。也许，是那篇稚嫩的文字中的真情，刺痛了父亲的泪神经……

在我印象中，父亲是闲不住的。小时候，家里烧的柴火都是父亲在劳动小憩时砍的。沟边溪旁，一丛丛老鼠刺别人无处下手，父亲戴上母亲特制的帆布手套，三两下就砍了一捆。记得十几岁时，有天傍晚父亲收工回来，嘴巴动了几下，我忙问他吃什么，他有点不耐烦地说："吃亏！"可能，这也是父亲唯一一次对劳累的感叹。我刚高中毕业那几年，当了大队民办教师，每年"双抢"时节，因为我能写些顺口溜，钢板字也刻得不差，所以我就不用参加繁重的"双抢"劳动了，只需每天刻写一份《双抢战报》，印了发到田间地头。

过去农村"双抢"时节，人人都是泥一身水一身的，我则做完了自己的事，可以潜伏在家里读小说。傍晚父亲要给自留地里的菜浇水，他也从不叫上我，只是一个人默默地做了。有次我说去帮他，他说："我去算了，你去了人家看到影响不好。"他不像电影包氏父子那样对儿子读书寄多大希望，他也不知道我读的那些书，对我将来会不会有用。

在家里，母亲是领导者，一般事情大都是母亲说了算。父亲不善多言，也不多说话，母亲却是"刀子嘴"。有时，把父亲逼急了，偶尔也会做出激烈的对抗。大概是六十年代末期吧，那时虽然吃饭基本糊口了，但要吃肉不容易，一个月难得一次，只有到农忙或是过年过节时队里才杀一头猪，每人可分到三五两，四口之家也就是一两斤吧。那时生产队分肉，都是会计远远地大喊："下一个，一斤八两的！"等屠夫称好后再叫上是谁家的，也就是说，根本不可能让人自己去选精择肥。那年"双抢"时杀猪，父亲分得一斤半肚皮肉，拿回去被母亲数落得急了，他干脆丢进粪桶不要了。母亲这下急了，只得忙从粪桶里把肉捞起来。那年月，谁舍得把那么大一块肉丢掉？只得洗了又洗，还是吃了。

三年大饥荒时，我六七岁，饿得皮包骨，晚上做梦吵着要和自己同岁的"三多""毛坨"换饭吃——因为他俩的妈妈是食堂里的炊事员。父亲饿成了水肿病，人快不行了。还是母亲灵活，把最小的弟弟过继到油洋大山区，在那里换来些红薯、米，好不容易才熬到散了食堂。此后，母亲总是向我们重复说着父亲的一件糗事——

原来统购统销时，父亲是个积极分子，他作为互助组长到县城里开了三天会，相信了将来"楼上楼下，电灯电话""每人每天半斤肉，四两水果糖"的幸福生活。当统购统销工作组来到家里征粮打封条时，母亲故意把楼上的一木桶稻谷隐瞒不报，父亲知道后，狠狠批评了她。母亲说："将来要是没饭吃，怎么办？"父亲说："你莫憨好吗？将来实现社会主义，每人每天半斤肉、四两水果糖，你还愁没饭吃吗？”后来过苦日子，父亲饿得全身浮肿，九死一生。几十年过去了，只要一说起过苦日子，母亲总是奚落父亲说：“果然是每天吃肉、吃水果糖，脸都吃成水瓜勺了，脚也吃成木桶了……”每每这时，父亲呆坐在一旁，苦着脸，只顾抽他的闷烟……也许，父亲后悔当初了，有一种被忽悠的感觉，但又岂止是父亲一人被忽悠？

十多年来，对父亲我一直心怀愧疚。我曾对子女说：将来自己化作一缕青烟后，不要墓碑，也不用你们清明牵挂了，骨灰就撒在爷爷奶奶合葬的坟头，并书“你们的不孝之子回来了”，和着纸钱烧去，以慰双亲在天之灵。

（原载《北京青年报》2017 年 8 月 21 日）

野草在摇曳未来

徐　刚

当我们忽视草地的时候，也同样忽略了一种悲哀及一种希望。在天然林被破坏以后的草山草坡上的草，是这一块土地植被被演替中最后的绿色，此非悲哀乎？在石漠化土地上的人工改良草地，那青青牧草却是生态修复的先行者，此即希望也。在未来岁月里，压垮人类的很可能是一根草；拯救人类的，也可能是一根草。

为什么我们的先人逐水草而行、而居？因为大地到处都是草，无草不成林。林地外缘也是草，东部何以有稻？西部何以有黍？因为各色野草最多——为生命之延续，为求一饱也。因此故，先人留给我们的基因，使后来人对三种物质最有亲近感：土、水与草。

在我童年的记忆中，崇明岛上除了农田里的庄稼，沟河边的芦苇，田边地头里到处都是野菜，荠菜、马兰头等可食用的草不下数十种，还有可以入药的车前子等，更多的是开花不开花的无名小草：缠结于田埂路使其稳固的是马斑草，开着各色小花的是花被单草，如小太阳一般金光闪闪的是野菊花草，专门用来斗蟋蟀的是蟋蟀草，太多的蒲公英随风飘散……回想起来，认识这片土地是从草开始的，江边芦苇荡里丛生的丝草籽，很可能是世界上最小的坚果，半粒米大小，饥饿的岁月里曾经以之果腹。后来知道原始人逐水草而居时，有顿悟之感。

人之初，有水可喝，无饭可吃。人类经过了吃草、吃草实的漫长岁月，后来才有能力捕杀野兽，吃肉。今天我们吃蔬菜，其实是吃草的延续。野草是我们的衣食之源。人类一部分人的忘恩负义，疏离自然，始于疏离水草。

我们不知道拔去了多少野草，以至于汉语——我一向认为是世界上最美的语言文字——出现了极为残忍的一个成语，“斩草除根”。现代化的推土机，在今天更是势不可当地在铲除一切野草，代之以水泥楼房、水泥地，这个世界便卫生便干净了吗？

活在当下的每一个人，都曾目睹并感受了消灭野草的过程，以发展的名义。

20 世纪 80 年代初，我住北京团结湖小区，一箭之遥便是农村、农田、庄稼与野草。每到夜晚，无数的青蛙齐鸣合唱，此起彼落，虽然喧闹却不会扰乱人心，多了一种野趣，添了一点乡愁。半年后，代之以蛙声的是混凝土搅拌机，建筑工地的日夜赶工，然后是新楼连片，庄稼、野草、蛙声一起飘逝。不到 10 年，北京三环以外的农村几乎全部消失，没有耕地，没有野草，只有层垒叠加的水泥楼板大行其道。

就这样，我们的城市变得不再温柔。

2000 年，因不堪忍受造楼、装修，可以让人发疯的喧嚣、灯光与气味，举家迁往通县张家湾，路边有麦田，池塘有蛙声，小院里开着太阳花俗称“死不了”——日出花开，日落花闭，自以为找到了一个好去处。待住下才知道，我住的小楼基地原是生产队的打谷场，整个小区所占用的全部是农田，当地农民告诉我这是“黑油油的耕地”。难怪水泥房基，路面的边边角角，会长出各种野草甚至麦苗秧，无助而孤苦地望着路人，好像在问：“千百年在一块地上厮守，情何以堪?”有专司拔草的清洁工，草长出来便拔，拔出来又长，小草希图展示自己的生命力的顽强，令我唏嘘不解：野草何害，人类必欲除之而后快?

2005 年，我又迁往广安门外新居，紧邻住处有一块荒地，杂草丛生。杂草成块状，茁壮旺盛，夏秋之际开着红色和金色的小花。有几只流浪狗来回奔走，有时还追逐流浪猫，荒地中有两棵树，流浪猫情急之下便上树，流浪狗在树下大吠，继而退隐于野草丛中，伏莽而待。荒地紧靠二环的边沿，还有两间已拆毁的旧平房，住着一家拾荒者，夫妻俩带一个小女儿。女孩出来打水时，流浪狗紧跟其后，女孩便喂狗，似乎是窝窝头之类。戏耍片刻，女孩回去时流浪狗一路相送。偶尔，在秋日的阳光下。这个七八岁的小女孩会摘一朵野花捧在手里凝视片刻……这是我从住处的窗口所见的场景。

是冬大雪奇冷，融冰化雪时，那些野草开始返青，到夏天便茂盛，便开花，如是往复五年多，挖土机开始挖土，混凝土搅拌机昼夜轰鸣。挖出的土堆成了大土丘，以丝网覆盖着。一场春雨过后，从丝网的千孔百眼里，忽然又有青青野草探出头来，茫然地望着这一处耸立起吊车、脚手架的工地……

凡草木皆有根，人类无法阻挡推土机、挖掘机，它们可以毫不费力地斩灭野草，却无法根除，因为它们蛰伏于地下。倘若都市林立的水泥楼群使它们窒息、枯死于地下，那么对这个世界而言绝不是好消息：大地稳固者不再稳固大地了。

使这个地球变得有生机的首先是海洋，是水和草木。当地球成为草木世界之后，才有姗姗来迟的人类始祖。与其说人类当时离不开森林，更确切的意义上不如说更亲近荒草。荒野荒草，连接起森林、河流，在人类发展史上如里程碑一样，记录着人类先人的生命故事：荒野是人类最初的原始家园；荒草提供了最早的食物；荒草中盛放的各色花朵，荒草的自生自灭、自灭自生，使原始人有了最初的惊讶，促进了自然崇拜的发生：在只知其母不知其父的漫长岁月里，荒草丛又是当时人类共有共享的爱巢：以荒草为生，想来也发生过悲剧，有的草吃了人便死了，草的能吃不能吃，使原始人有了对草的分辨和思考，进而发现有的草能止血，有的草能止痒，则是草可治病之始。而流传至今的仙草一说，除了草能给人以温暖，大约便是草可以治病了。

“仙草”一词，是人类对草的最恰当的

赞美。去昆仑山盗“仙草”是故事。在更加广泛的民间传说中，稻草是“仙草”，由此推溯，“仙草”应是泛指可食可医的所有野草，没有“仙草”，人类不可能延续至今，也就是说，人类有诞生，但不可延续。在野草所属的植物世界中，至少有五种植物影响了人类文明的历史进程，从而改变了世界。它们是烟草、茶叶、甘蔗、土豆、白薯。它们在原生地往往是默默无闻的，越洋贸易的船只和水手是传播者，广及世界，或多或少改变了人类的日常生活，并且使远隔重洋不同种族人群的生活习惯，产生了趋同性。

哥伦布的船队，是烟草最早的传播者。

烟草源出美洲，哥伦布率船队到访，当地土著以礼物相送，其中之一，哥伦布航海日志有记，“发出独特芬芳气味的黄色干叶，即烟草。再到古巴，当地土著把烟叶卷成筒状抽吸，青烟缭绕于口鼻，悠然返航先至西班牙，西班牙人跟着抽吸；再到葡萄牙，葡萄牙人也纷纷上瘾，烟草随之落地。1580 年之后，烟草的传播速度更加提速，传播范围日益扩大，大致途径是：经葡萄牙进土耳其，烟雾又缭绕至伊朗、印度、日本。从烟草的广泛传播中看到商机的是西班牙人，他们把烟草水运到菲律宾，开始规模种植，赚得不少银子。接下来就要到中国，17 世纪初叶前后，福建的船工与商人在与菲律宾生意往来时，不经意地把烟草带到中国。只要气候适合，烟草不难栽培。很快，先是在沿海省份，进而烟雾弥漫遍及中国。

烟草在 16 世纪的欧洲还曾享受过“神药”的待遇。除了抽吸烟卷、烟斗之外，欧洲医生还用它来治病，从牙痛、口臭到肠道寄生虫、破伤风乃至癌症，皆以烟草医治。实际治疗效果没有明确记载可证，倒可以想见当时欧洲医疗水平之低劣。

从哥伦布水手发现并吸食烟草，到传遍世界，所用的时间不到 130 年，今天几乎所有国家都处在吸烟有害与烟草制造业巨额利润的夹缝中。笔者也是烟民，这一如风如潮的烟草传播却使我想起，所有风靡一时的时髦与时尚，大约都带点毒。

在烟草传到中国之前，欧洲人抽烟，中国人喝茶，两相比较，不仅有习俗不同，文明高下程度也可立判。茶的温醇芳香，渗透在我们的民族性中，是为中庸、中和、温良恭俭让，与“斩草除根”相反，生出了一个绝美的词语——“齿舌留香”。

与人类文明史密切相关的，就动物与植物而言，动物提供了肉食，此植物所不及，但在更多的层面上，植物远胜于动物。原始人除了采集果实之外吃菜吗？在很长的历史时期内，所谓菜，就是野草和树叶。距今约 8000 年前，新石器时代又添一个伟大的创造；各种陶器的出现，其中的食用器用来煮饭煮菜煮汤。在中国的北方如大地湾，在中国的南方如河姆渡，先民们偶然地用几种他们吃过的草或者树叶，投之于陶罐，这是第一罐汤，也是人类历史的第一罐茶。在几千年前便有饭稻衣麻的太湖流城，极有可能这第一罐茶和第一罐汤难分先后。后来的饮茶史却是明了的，把茶汤从别的所有的汤饮中区分剥离出来，但好茶者仍视之为汤，汤色也。

中国人最早享用茶叶，并在千百年饮茶的实践中，知晓了茶树栽培、茶叶加工、茶叶分类，以何种水达到何种温度泡何种茶为最宜等。西方人第一次喝中国茶并为之倾倒后，给中国的茶叶取了个在 16、17、18 世纪西方人熟知的流行词：中国树叶。这一称谓在某种程度上恰恰说明，中国茶树之众，享用茶叶的人群之广。从皇帝到山野草民，皇帝喝贡茶，山民饮土茶，土茶的味道甚至远胜贡茶。从都市到小镇，有了茶铺、茶馆，茶叶已和经济民生相连接。中国的文人雅士情有独钟于茶，则有了文化意味。

中国人饮茶、品茶、论茶，并为琴棋书画助兴，以一管羊毫作书画写出满纸烟云时，欧洲人还在茹毛饮血。

因为丝绸之路，与丝绸传到西方差不多时间的大约公元纪年开始之后800多年，阿拉伯商人用骆驼把茶叶——他们认为的东方神奇之一——运达西方。最早享用中国茶并在上流社会炫耀的是威尼斯商人，直到16世纪中叶，中国茶才传到欧洲。威尼斯商人颇得物以稀为贵的真传，始入欧洲的茶叶价格昂贵，唯贵族才可享用。那个时候普通欧洲民众的梦想之一，就是有一日可得中国茶而饮之，其独特的芬芳与味道，何能得而品之？

17世纪开始，英国东印度公司取得特许经营权后，中国茶叶一则大行其道，一则渐渐“变味”。东印度公司每年以低价从中国进口4000吨茶叶，再以高批发价出手至欧洲各地。大发茶叶财的是东印度公司，而英国购买中国茶的银子日趋紧缺。赚足了中国人的钱而又丧尽天良的东印度公司，竟向中国输人鸦片回笼白银，中国人以茶叶使英国人得到愉悦，至今下午4点喝下午茶仍是英国中产家庭的生活习惯。而英国人回报中国的是鸦片，是铁壳船和洋枪洋炮——鸦片战争爆发。鸦片使中国人成为病夫，接下来的中华民族被奴役、被瓜分的屈辱史，鸦片之危害当为外因之首。有不少论史者认为，鸦片战争源于中国茶叶，然而，英国人侵略的本质又怎能轻松地忽略？

欧洲人好喝红茶，放糖，以小点心佐饮。喝茶所连带的是对糖的需求。蔗糖从甘蔗中提取，最早种植甘蔗并品味糖的是亚洲人，其时欧洲所得的甜味，是蜂蜜，欧洲无糖。11世纪，十字军骑士幸运而雀跃地在叙利亚尝到了糖的甜味。随着海上新航路的开辟，西班牙、葡萄牙等老牌殖民帝国开始种植甘蔗，甘蔗种植园如风起云涌般出现，糖产量急剧升高，价格大幅降低。欧洲享用糖之甜蜜的不仅是皇室、贵族、大商人，普通的市民百姓也开始吃糖，欧洲似乎成了“甜蜜的欧洲”。

“甜蜜的欧洲”，说明了糖对饮食习惯的世界性的改变。糖的诱惑就是甜的诱惑，在我儿时，能吃上一块糖，上海的大白兔奶糖，那是一种奢望。可见此种诱惑所持续的时间之长。与之相比更重要的是，因为种植甘蔗需要大量劳动力，便产生了世界人口种族版图的改变。当欧洲人在加勒比大量种植甘蔗时，便从非洲一个船队一个船队地运来黑人，成为奴隶，辛勤劳作。一个我难以考证的话题是，那些被称为“黑奴”的黑人，在非洲就是奴隶吗？还是在白人的皮鞭下成为奴隶的？

说不清有多少“黑奴”在漂洋过海的途中便一命呜呼了。《环球时报》2006年8月29日载刘作奎先生的文章称：“据统计，16世纪以后的300年间，从非洲贩卖到美洲，从事包括种植甘蔗在内的大量种植园劳动的奴隶达1170万人，最终仅有980万人活着到达目的地。”刘作奎先生说得好，甜蜜是与奴隶的血与泪掺在一起的”。笔者再加一句：尤其是自诩为文明富有的西方！

所谓人类文明史，充斥着野蛮、残暴、血腥的不文明，以及对真相的掩盖。

相比较而言，能够使人类解除饥困，平和地传输到世界各地的是土豆和甘薯。也许，我们以及我们的后人，都要记住一个土豆原产地的地名：南美洲安第斯山区。与北美洲有的国家的霸悍、好窥探相比，南美洲温和，“有抵御别人暂时成功的能力”（南美洲谚语）。南美洲的地下埋藏有人类初始文明的种子，土豆其一也。土豆的特点是有土便可以种植，不仅产量高而且富含淀粉和别的营养。也是新航路的船长和水手们，把土豆带到了欧洲，然后以极快的速度传播到世界各地。土豆告诉我们，人类——无论西方还是东方——都曾长时间地为饥饿所困，在不缺淡水的前提下，吃饱肚皮是生存的第一要义。土豆养活了更多的人，土豆可以取代面包。我在云南、贵州山区采访时，一户一家，一个火炕，墙角只有一堆土豆的山民不在少数。在河西走廊古浪八步沙，我曾三次踏访六个农民的治沙地，他们留我吃饭，吃香喷喷的羊肉，而农民们吃的是土豆蘸盐巴。我和农民争吃土豆，真香！河西走廊的土豆个大，农人告诉我，“没有土豆早就饿死了”。

奢侈过度的享受是暂时的。奢靡者千万不要以为百姓过着和你们一样的生话，他们中的边缘山区贫困者，仍住土坯房，老人和孩子都在吃土豆，大米白面仍是奢望。愿记得李商隐的诗句：”历览前贤国与家，成由勤俭败由奢。”

甘薯多别名，山东叫地瓜，北京叫白薯，河南叫红薯，江苏叫山芋，河北、四川称为红苕。甘薯一物，欧洲有植物考古学家认为，印第安人的先民是最早挖掘地下根茎时，发现了甘薯根块，再通过根系再生繁殖而成为栽培作物。甘薯有惊人的繁殖力、适应性，很快传播于整个南北美洲。因为甘薯硕大而美味，生熟皆可食，食之者强壮，此印第安文明之所以曾经繁华之一端也。

很少有一种植物如甘薯那样，吸引着闻名世界的专家学者的眼光，并据此勾勒了古代先人的生存技能及其发明。摩尔根在《古代社会》中说：“由栽培而来的淀粉性植物的获得，必须看作是人类经验上最伟大的事迹之一。”摩尔根所说的淀粉性植物是泛指，其中无疑包括了经过原始人选择之后的产物甘薯。考古者在秘鲁的古墓中发现了距今 8000 多年的甘薯块根碳化物。1974 年，伊恩《甘薯和大洋洲》中进而记述，古代秘鲁的印第安人把甘薯块根的图案绘制于陶器、编织在仿织品中。最为壮硕的甘薯在印第安人的宗教仪式上，被供奉为神灵，视同法器。

此一时期，距甘薯进人中国的明代，相隔几千年，一种有趣的历史现象出现了，当甘薯即将传播世界各地时，在它原产地的印第安族群中，它不仅是植物的块根、可吃的食物，而且历经岁月的淘洗之后已成为文化，具有神性。它使我想起了距今 7000 多年的大地湾彩陶所绘制的鱼、花草纹、水波纹、葫芦纹。我们的先民有意无意间记录了洪荒岁月中人赖以生存的若干图像，与印第安人把甘薯图案绘于陶器、编于织物，何其相似。绘图之始也，爱美之初也。它对今人至少有两点启示：其一，文化首先是物质的，是物质与人的想象与劳动的结合；其二，文化必具有真正的创造性、创造力，与人类发展相同步，除去“利用厚生”的生存需要，还有美的需要，即精神文化。

一般认为把甘薯引进中国的，是明代福建长乐人陈振龙，他曾侨居吕宋，即菲律宾。吕宋产甘薯，但其时吕宋的西班牙殖民者严禁甘薯外传。1593 年，在前两次偷运未果后，陈振龙把薯藤系于缆绳，涂上污泥，才过得关卡运抵福建。当年 6 月，陈振龙之子陈经纶依父命呈《献番薯帖》于福建巡抚称：“番薯功同五谷，利益民生，是以捐资买种，并得夷岛传授法则，由舟而归。”当时福建荒年频发，即令全省“依法栽培，滋息繁衍”。甘薯自此落地福建，其产量之高使沿海饱受风袭水灾的福建人，度过了一个又一个灾年。福建人称甘薯有二名，一曰番薯，得自番地故；二曰金薯，记巡抚金学曾试种之功。福建乌石山海滨有“先薯祠”，记陈振龙父子之功德，当地人告诉我，这是中国独一无二的祭祀甘薯的祠堂。其实，在广东电白还有“怀兰祠”，又称番薯林公庙，是记吴川人林怀兰从越南引进番薯之功。

甘薯在江南的种植，功推徐光启。江南水患经年，农人无衣无食，闻知福建、广州的香薯抗旱抗涝，块根大，可食，便经由他在福建的学生，在松江三次试种，终获成功，时万历三十六年（1608）。徐光启赞扬香薯高产味美，济世备荒，向万历皇帝进《番薯疏》。甘薯惊动的另一个皇帝是乾隆，1786 年即乾隆五十一年旨谕全国“广为栽种，接济民食”。中国当今的甘薯种植面积仅次于水稻、小麦、玉米，居主食之四，为世界甘薯种植面积的 60% 以上。

甘薯的大行其道，广为人类所喜好，其实质只是说明了一个真理：食物之于人类的生存发展，永远位居第一。“手中有粮，心中不慌”的古语不含时代性。

南国多青草，乃为宝中宝。以秦岭—淮河以南、青藏高原以东为限而界定的中国南方，气候温暖。考察南方的草地资源，以及原生植被，往往会心生困惑：这是繁荣的土地，还是凋敝的土地？南方当初的森林何止是现在我们所见的林区？占南方土地总面积之大部的山陵丘地上，曾经多为森林覆盖。千百年人类活动，砍树伐林，林区成为农区，是有南方森林被砍伐之后形成的草山草坡，亦即今日之天然草地资源。

南方的草地确切地说，是原始森林被破坏后的次生植被，它们的演化方向依自然规律，应是次生林。在人口增加、人类生产开发活动强力干扰下，规律也只能变通，南方植被终于未能成为次生林而成为草地。

20 世纪 80 年代农业部的一项调查资料说，南方天然草地的总面积为 7958 万顷，另有 560 万顷的人工改良草地。在我踏访过的南方 10 多个省区中，贵州的天然草地和人工改良革地使人耳目一新。寒冬腊月，中国北方内蒙古草原冰天雪地、牛羊饥寒瑟缩时，贵州威宁灼圃草场上，牧草青青，大群牛羊津津有味地吃草，悠然自得地散步，牧羊人在草丛中闲庭信步。

贵州西南部的晴隆县，从 2001 年开始，在石漠化丘地上退耕还草，建立人工改良草地，放牧山羊。中国石漠化土地遍及贵州、云南、广西等岩溶山区。牧草以其植物世界中离土地最近、对土地最亲密、生命力最顽强著称，从而为人类提供了不可或缺的动物蛋白，保护了土地，提供了中国粮食缺口中主要紧缺的饲料粮。同时，我们在这些中国最贫困的岩溶山区农村，可以见到畜牧业为基础的草原经济模式，是循环可持续的。那里的农民还谈不上富起来，但不再穷下去。

只要有地，哪怕是石漠化土地，也能生出青草来。我们忽视草地的时候，也同样忽略了一种悲哀及一种希望。在天然林破坏以后的草山草坡上的草，是这一块土地植被被演替中最后的绿色，此非悲哀乎？在石漠化土地上的人工改良草地，那青青牧草却是生态修复的先行者，此即希望也。在未来岁月里，压垮人类的很可能是一根草；拯救人类的，也可能是一根草。

南国草青青，南国花烂漫，那是一些发生于草根、炫目于草根而不与名花游的草花、草根的花。在广东、海南气候炎热的深山野地，我见过状若牵牛的甘薯花，娇嫩地美艳着。有植物学家告诉我，野生牵牛很可能是甘薯的野生祖先。我对野生牵牛怎样牵出甘薯来无从考究，但我惊讶、艳羡、沉醉于野草的神奇美妙，我在大地上行走时会在山野荒草间席地而坐，坐拥青草、抚摸青草就是坐拥自然、抚摸自然。轻轻地抚摸野草时，会生出抚摸孩子的感觉，但我很快听到了一种天籁之音：“不！是野草在抚摸它的孩子！”

我对汉语中“茶”字释放的信息反复思考，由此而生出的对造字者的敬重，对汉字之美，常常拍案叫绝。“茶”，草字头下一个“人”字，人中间为“木”。它既说明了中国古人与茶的悠远密切的关系，又指向人在何处——人在草木中。一个汉字，茶字，却包含了人之初，人何以为人的意涵。

人生一世，草木一秋啊！

人生唯有一世，草木何尝一秋！

（原载《光明日报》2017年6月9日）

关于天地

陆春祥

壹　杂草的故事

我们都要将杂草除之而后快。

在水稻生长季节，有稗草混杂其间，起初，人们还识不清它的面目，拔节时，稗的尾巴就露出来了，它显然比稻粗壮，且颜色越来越青，稻已经开始谋划孕育生命，稗却只顾抢夺稻田的养分。迅速拔掉，坚决不能让它伤害稻类。稗，虽然也是禾类，但它已是身份卑微的象征，和卑有关的词，都不怎么有地位，婢女，即便陪主子睡了，也很难成为夫人。

稗草是典型的杂草，人们虽尽力除稗，但它仍能让自己的种子混进稻种里，在来年一起被播种。还有野燕麦，也一样能混进麦粒中而不被发现。人们只是不断陈述杂草的危害程度，却不太了解它的前世今生，更不知道无数杂草有着怎样的命运。其实，细细体味，杂草的生长，很有些哲学含义。

英国博物学家理查德·梅比，他的《杂草的故事》，从园艺、文学、历史的角度，探究了许多杂草的来龙去脉，让我们重新审视那些不起眼的杂草。

顺着梅比的思路，我们来厘清几个关于杂草的概念。

1

杂草是出现在错误地点的植物。

这个观点，如同我们比喻垃圾，垃圾是放置错误的宝贝，因为垃圾是宝贝，所以才会有那么多的人寻宝贝，而一般人都将它当作垃圾丢弃了。

杂草也是这样，这个地方是宝贝，换个地方就成了杂草，反之亦然。

例子比比皆是：独脚金，原产地肯尼亚，它的花朵被用来铺洒在迎接贵宾的道路上，而在美国东部，却使上万亩农田颗粒无收；罗马人把宽叶羊角芹引入英国，因为它有缓解痛风的药效，还可以当食物，但两千年过去，这种植物再无药用价值，变成了英国花圃中，最顽固、最难除的令人厌恶的杂草。

2

杂草只是没有被人类驯养。

我们很自然地将叫不出名字的植物统称为杂草。

但对于那些已经知名的草，却有一种莫名的崇拜。端午刚过，许多人家门上还插着干枯了的艾叶。古罗马哲学家阿普列尤斯，他的《植物记》中，这样讲“艾草”：若将此草之根悬于门上，则任何人都无法损坏此房屋。关于“蓖麻”，他这样写：将此植物种子置于家中或任何地方，可保此地不受冰雹袭击，若将此种子悬于船上，则可平息任何暴风雨。

我居住在大运河杭州终点的拱宸桥边，运河两岸，长着无数的花草，有人工种植的，也有自然生长的，简单数数，不会少于一百种，可我只认识很少的一些，我的内心，常常将那些叫不出名的，称为杂草杂花，其实，在农艺花木专家眼里，它大部分应该是有名字的，只是一般人不知道。

所以，被称为杂草的植物，其实遍布每一个植物类群，从简单的藻类，到森林的大树，哪里有人类，哪里就有杂草。且，总是那些叫不出名的杂草，生长得最旺盛，你虽然不去刻意照顾它，它却吸吮雨露，沐浴阳光，长得欢快，日日欣欣向荣。梅比观察说，如今世界上杂草生长最繁盛的地方，正是除草最卖力的地方！

这就很让人思考。杂草与人类比邻而居，人类与杂草，保持着共生关系，它意味着，人类从杂草中得到的好处，一点也不比其他植物少。杂草是最早的蔬菜，是最古老的药材，是最先使用的染料。《诗经》中百多种植物，在先民眼里，就是杂草。

立即想到，我们身边的那些动物，命运也和杂草一样，是不断驯化的结果。如鸡，如狗，原来也是杂善，长久长久的若干年以展，鸡狗和人类共处共生，慢慢亲近，最后成为朋友，谁也离不开谁。

3

杂草的可怕纯粹是人类的短视。

现实世界，危害极大的杂草确实存在，但杂草的危害力，也是人类对自然世界的破坏造成的，一种植物成为杂草，且凶狠勇猛，纵横多国，是因为人类把其他野生植物全部铲除，使这种植物失去了可以相互制约、保持平衡的物种。

我们来看，世界危害最大的杂草，排名第七的丝茅。

1964 年到 1971 年间，美国向越南喷洒了一千两百万吨的橙剂，此剂臭名昭著，是因为它让所有的雨林树叶都脱落，美军洒剂，就是为了使越共部队无处藏身。差不多半个世纪了，当年茂密的雨林，现在仍然生长着坚硬的丝茅。每当树木脱叶，丝茅就会旺盛生长一段时间，可一旦树荫重新遮住阳光，丝茅即默默退去。越南人一次又一次烧丝茅，越烧长得越旺，他们尝试种植柚木、菠萝甚至强大的竹子，以遏制丝茅，一次次失败，越南人骂它为“美国杂草”。

有消息说，丝茅躲在亚洲出口的室内包装里潜人了美国，如今，正在美国南部各州疯长。这是丝茅的复仇吗？

其实，丝茅是东南亚森林地表植被的组成物之一。在我们周围，丝茅到处都是，可以说，那些绿化不太好的地方，贫瘠的山沟地边，裸露的岩石上，到处都长着丝茅，顽强得很。我在中学读书的时候，节假日就割过这种茅草，收购站会收，和芒杆一样，造纸用。

丝茅青青，它的茎叶，牛羊也要吃。

中医里，草和药同源，丝茅也有药用价值，利尿，清凉。

4

杂草顽强，无所不在的生命能力，仿佛有从神话中得来的无穷力量。

英国植物学家爱德华·索尔兹伯里，成功地将从蝗虫粪便里提取的种子种活，他还从一只红腿鹧鸪伤腿上的泥巴里，培育出了八十多种植物，他很出名的一个举动是，从自己裤脚卷边带回的零碎中，培育出了二十多种计三百株杂草。

科学表明，一棵颇具规模的毛蕊花或小蓬草，能够释入超过四十万粒种子。风滚草的种子，能在三十六分钟内萌发。千里光从播种到开花再到播种，整个生命周期，只需要六周。

种子可以休眠，两年、三年、五年、三十年甚至三百年，数千年，一英亩的农田中，可能含有一亿粒休眠的种子。土地中杂草的种子，永远除不干净。我看过一个纪录片，说是有机构在南极建立了一个种子库，里面有数千上万种人类生活需要的种子，种子可以存活一千年以上，如果哪一天，地球发生毁灭性灾难（肯定不是球没了），这些种子就可以帮助我们重建家园。

难怪，杂草无处不在，即便在光光的岩石上，千年的枯枝中，只要迎风有雨，都会蓬勃生长。

5

在中世纪，至少有二十种杂草，被人们赋予魔鬼的恶名：春黄菊——魔鬼雏菊；菟丝子——魔鬼的线；荨麻——魔鬼之叶；蒲公英——奶桶。

有恶草，就会有仙草。车前草，就称为“百草之母”，几乎所有的古老药方中，都有车前草的身影。不仅如此，车前草，还是一种占卜草，可以帮助人们预见未来。

1694年6月24日，英国自然哲学家约翰奥布里，他在散步时，看到二十几个女子，她们中的大部分人，衣着光鲜，跪在地上，十分忙碌的样子，像是在除草，一问，原来她们在找爱人：她们在找车前草根下的木炭，晚上把这些木炭放在枕头下，就能梦见未来丈大的模样。

三色堇，又叫静心花，一种常见的农田杂草，却成为爱情的象征，引发人们各种浪漫的想象。它的花，像张沉思的小脸，有两道高高的眉毛，两颊，一个下巴，上面还有看起来很像眼睛或者笑纹的细线条。原来如此。

三色堇的形状，在浪漫的法国人看来，一张脸变成了两张脸，两个嘴唇在接吻。于是，代名词和形容词如潮涌来：吻我然后抬起来头；花园门后的吻；在花园门口给我一个吻；给我一个蜻蜓点水的吻；跳起来给我一个吻；去门口迎接她然后在地下仓库里吻她。法国人似乎整天生活在感情的海洋中，太能想了，只是一朵杂花而已。

6

孤独的野外，默默地开着的，是一朵朵不起眼的小花，因为无名，被人忽略，于是活下来撒播种子，来年，它们又子孙满地，风轻扬，倔强地生长。

杂草的故事，还有许多隐响，人类不一定非要将自然世界，拆分成野生与驯养两大部分，杂草至少在提醒我们，生活不可能整天整洁光鲜，一尘不染，人类应该像杂草一样，学会在自然的边界上生存。

此刻，雨后，我到楼下，在一楼的院子

中仔细看了看，这里也有好些不知名的杂草，摇曳婀娜，估计它们是去年藏在各种花木的泥盆里一起迁来的。都是客人，我决计不清除它们，让其自由生长，它们原本也是有名字的，就如茫茫人海中的陌生人，只是我不认识而已。

贰　一平方英寸的寂静

1855 年，美国西雅图酋长，为印第安土地部落的购买案，写信给富兰克林·皮尔斯总统，信里有这样两句话：

如果在夜晚，听不到三声夜莺优美的叫声，或者青蛙在池畔的争吵，人生还有什么意义？

现在，我的窗外，是机器间歇的轰鸣声，铁钻机钻钢筋水泥，滋，滋，滋，节奏嗒嗒嗒，强劲有力，要将硬水泥地钻通，仿佛要将你的心脏一起钻碎。

这种建筑的声音，装修的声音，在城市的随便哪个角落，随时都能听见。

几乎所有的人，都烦噪声，但又在不遗余力地制造噪声。

用科技的手段来对抗噪声，虽然小有成就，但力度，并没有像人类对待治理癌症那样重视。

于是，我们都很向往一种环境，一种安静的环境，想那苍穹下，一望无际，满地青草和鲜花，只有蓝天和白云，还有飞鸟在陪伴我们，想采菊东篱下，悠然见南山，想门对千棵竹，闭门即深山。

这纯属奢侈，要在当下的社会，找到块安静的地方，很难，今日，宁静就像那些濒临灭绝的物种一样。

穆雷·谢弗，在《世界的调音》里，曾经提议，把能否听到自己的脚步声，列为城市的噪声标准之一，他的意思可以这么理解：我们居住的地方，应该安静到足以听到自己或者他人走路的声音。

然而，除了那些无人烟的荒漠高原外，各种机器，就是主导我们当今世界的主要声音。

到哪里可以找到安静呢？绝对的安静肯定没有，地球上最安静的地方，应该是实验室，美国欧菲尔实验公司有个无响室，位于明尼阿波利斯的边远地带，底噪只有负九加权分贝。

尽管安静是奢侈品，但我们很多人，还是在不断寻找自然的宁静点，美国声音生态学家戈登·汉普顿也在找，他几十年，都致力于寻找寂静的声音，寻找那一平方英寸的寂静。我将汉普顿的这种行为，当作一种实验。

2005 年 4 月 22 日，世界“地球日”那天，他独自到美国奥林匹克国家公园的霍河雨林，在距离游客中心大约三英里的地方，将印第安部落长老送给他的一块小红石，放到一根圆木上，并将那里命名“一平方英寸的寂静”，他设下这个标记，希望对这个偏远荒地的自然声境有助于保持和管理。他会定期到那里，监测可能入侵的各种噪声，记录下噪声发生的时间，还尝试确认噪声的来源，再用电子邮件通知对方，向他们解释保存仅余的自然寂静声音的重要性，请他们自我约束，他还会随信附上在一张有声 CD，上面有噪音入侵的实况。

汉普顿录制声音，已经超过二十五年，他的声音图书馆里，藏有三千 GB 的声音，包括蝴蝶鼓动翅膀的声音，如雷瀑布的轰鸣声、一片漂浮的叶子细微的声响、草原幼狼低柔的咕咕声、传授花粉的昆虫拍扑翅膀时标带起的柔和声，等等，可以说是库纳万籁。

一平方英寸的寂静，有什么实际意义吗？在大部分不理解的人看来，这就是矫情，或者是小题大做，或者是愚蠢。汉普顿却认为，如果能保存一平方英寸的寂静，就能减少千平方英里内的噪声污染！也就是说，大自然的寂静，是能够支配许多平方英里所在的。

他的体验是，一个安静的地方，能让人的感觉全部打开，万物也会生动起来。汉普顿的记录告诉我们，在美国要找到连续十五分钟以上的寂静，极度困难，在欧洲，这种寂静，更是早已绝迹，现在大部分地方，已经完全没有安静的地方，反而是全天二十四小时都存在着一种以上的噪声来源。

我们来看看，这个声音生态学家的敏捷听觉。

这是一次平常的记录，在他的一平方英寸目标点。

五十英尺外，传来西方鹪鹩的叫声，四十加权分贝。

三十英尺外，传来红胸和栗背山雀的叫声，四十五加权分贝。

下午一点四十五分，一架直升机，沿霍河河谷的北脊飞过，五十加权分贝。

大叶枫林里，强风从河谷吹来，每片叶子从六英尺高掉到蕨叶上，平均会发出三十加权分贝的声响。

单只熊蜂嗡嗡飞过，音量可能在三十四至四十四加权分贝。

整个早上，他都在静静观察周遭的自然奇景，三十英尺外有一只树蛙，五十五加权分贝，它的声音几乎跟人类平常的聊天一样慢，听得很清楚，缓慢，从容，清晰，类似干橡皮绞动的声音。

他开始搜寻麋鹿。他朝步道走了一小段，这时，从低矮的白球树丛里，传来一种微弱、干脆、叮叮咚咚的新声音，他立刻静止不动。仔细搜寻后，他发现，树丛上，有一些铁杉的针叶，抬头看，它们是从一百英尺以上的高空掉落的。

在一般人眼里，做这些事情，且持续数十年，是不是有点枯燥无味呢？

嗬，这得看怎么理解了。汉普顿眼中的寂静，是一块神圣的地方，他记录并极力保护那一平方英寸，是因为他比我们常人，对寂静有更深刻的理解。

他理解的寂静，有内在和外在两种。

内在寂静，是尊重生命的感觉。我们可以带着这种感觉，去任何地方，神圣的寂静，会提醒我们的是非对错，即便在城市嘈杂的街道上，仍能产生这样的感觉。内在寂静，属于灵魂层次。外在寂静，是我们置身于安静的自然环境，它邀请我们敞开感官，与周围万物产生链接，无论我们望向何方，都可以看到相同的链接。外在寂静，还可以帮助我们找回内在的寂静，让心灵充满感恩和耐心。

这也许就是汉普顿和别的一些科学家不一样的地方了，他是世界上最好的倾听者，卓识远见，他在用心实验，他的实验是科学和诗意的交融，他试图找出人类烦躁的病症，他似乎也是中国古代哲学良好的践行者，天人要合一，道法存在于自然中。

2016 年 4 月 30 日夜十点，窗外仍然喧闹，我读完汉普顿的《一平方英寸的寂静》，满胸起伏，在扉页上草草记着以下几句：

应当觉醒，拯救寂静，是因为寂静变得稀有，差不多快灭绝了；

寂静，是另一种独特的声音，其实也是万物俱在，空气是翅膀留下的音乐，万物都在音乐中舞动和谱曲；

人类不是世界的主宰，无论植物或动物，都在同一现场，相互依赖，任何生物都无法单独生存；

保护寂静，聆听大地的声音。

（原载《黄河文学》2017 年第 4 期）

致敬乡贤

——李灿亳州花戏楼保护记

李 辉

每到一个初次走进的地方，总会有意想不到的惊喜。

前年，走进陕西汉中，归来撰写一篇《世上已无张佐周，何时再唱石门厦?》，叙述抗战前夕年轻工程师张佐周，为保护石门汉魏以来的碑刻，决定易道而建的故事。“文革”期间，因修建石门水库，石门里的大部分碑刻从此淹没水中。幸好著名的有“石门十三品”，被切割下来，成为汉中博物馆的镇馆之宝。其名录如下：汉《鄐君开通褒斜道摩崖》；汉《故司隶校尉楗为杨君颂》（又以《石门题》而著称）；汉《石扶丞李君表记》；汉《杨淮·杨弼表记》；汉隶大字“石虎”摩崖；汉隶大字“石门”摩崖；汉隶大字“玉盆”摩崖；汉隶大字“衮雪”摩崖（为曹操所书）；曹魏《李苞通阁道题名》；北魏《石门铭》；南宋晏袤《鄐君开通褒斜道摩崖释文》；南宋《潘宋伯韩仲元李孝章碑字及晏袤释文》；南宋《山河堰落成记》。

写完此篇，心里萌生一个想法，应该好好写一组民间人士保护文物的故事。百年之间，因战争，因无知，多少文物被无情破坏，纷纷消失。然而，就在这种情形下，不少地方的有识之士，他们热爱故里，热爱故里的文化，尽其所能，保护千百年的古建筑，使之侥幸留存。去年，我从福建安溪归来写下一篇安溪文庙保护的文章，题为《乡贤何在，文脉谁续?》。

是的，一个地方，如无乡贤，就没有了文脉的延续。走进亳州，又一次深切感受到这一点。

前往亳州，与古井贡集团的杨小凡先生相关。依稀 20 年前，我收到一本《人地书》书话集，寄书者就是杨小凡，他喜欢书话作品，请我签名。我签名寄回，并复信一封。多年后，我们重新取得联系，当年的他，已经成为颇有名气的小说家，同时还是古井贡集团的一名负责人。小凡兄，热爱文化，对亳州历史研究颇深。2016 年岁末，应古井贡集团邀请，我们一行人，走进亳州、走进古井贡。

儿时不认识“亳”这个字，总是念成“毫”。不过，读《三国演义》，知道曹操、华佗是这里的人。来到亳州古地道门口（如今命名为“曹操运兵道”），两个大大的汉隶“衮雪”，镌刻于巨大石碑之上。真是巧，在汉中见到的真迹，被曹操故里复制于此，千里相互呼应，衔接一起。

走进亳州，就是走进历史。地面古建筑与地下千年遗迹，一一呈现眼前。魏晋时代的古井，考古发现的历代酿酒遗址，由汉唐至明清，延续至今。佩服古井贡集团的文化创意，他们把这些遗址保护下来，建立一座古井酒文化博览园。伫立于酿酒废墟面前，酒文化的脉络清晰可见。这座遗址，几年前由国务院公布为国家级重点文物保护单位。因千年遗址，文化与酒的紧密关联，莫过于此。

最大的惊喜，是走进了大关帝庙。

三百年前的亳州，因华佗而成为清代医药之都，各地药商汇聚于此，一时间，亳州的繁荣景象可想而知。至今，亳州的药材市场也是蔚为壮观，与我在安溪看到的茶都一样。

史料记载，大关帝庙始建于清顺治十三年。那一年是1656年，距我1956年出生，正好三百年。发起筹建大关帝庙的是山西商人王璧、陕西商人朱孔领，故这一带也称为山陕会馆，大关帝庙为其中一部分。

在曹操故里修建一座关羽的庙宇，可谓一个美谈。读《三国演义》，都知道曹操曾一心笼络关羽。关羽为保护刘备家眷，虽然一度有条件地归顺曹操，但他恪守“桃园三结义”，仍身在曹营心在汉。曹操最终只好放行。关羽为寻找刘备，离开许都，千里一路闯关，连斩曹营数员大将，曹操却依然宽厚相待，这不能不令关羽为之感动。赤壁之战，曹操败走华容道，关羽违反军令放走曹操。三国鼎立，未能持久。蜀吴交战，关羽败走麦城，为孙吴所杀。孙权为挑拨蜀汉关系，把关羽头颅送到曹营。曹操感念关羽的忠义仁勇，在洛阳以王侯之礼为他举行隆重的葬仪。曹操此举成就其敬重天下英才的美名。

两人的命运也难以想象的巧合。安葬关羽一个多月后，曹操病逝于邺城。千余年之后，又因山、陕客商在亳州修建大关帝庙，两个人的历史渊源又紧紧联系在一起。亳州朋友告诉我，曹魏故里的人们，敬仰曹操，同样敬仰崇拜关羽。亳州大关帝庙得以修建，凸显其与众不同的意义。

史料记载，在大关帝庙落成20年后，清康熙十五年（1676），陕西、山西的药商在大关帝庙里面修建一座花戏楼。花戏楼可谓大关帝庙的精华所在。300年间，大关帝庙多次翻修。清乾隆五年（1740），重建。乾隆三十一年（1766），建新大殿，增置座楼，戏楼增加藻井彩绘。乾隆四十九年（1784），大关帝庙重修一次。

这座大关帝庙，数百年间历经战火与浩劫，有的毁掉，有的侥幸保存，尤其是大关帝庙与花戏楼的保护故事，亳州朋友的讲述，令我深为感动。

回到北京，念念不忘花戏楼那些美妙绝伦的砖雕，念念不忘曾经为保护花戏做过贡献的亳州乡贤。我咨询杨小凡，他先后发来这样的线索：

> 李老师，花戏楼历经三次劫难被保护线索：1. 1925年12月军阀孙殿英祸亳，大火十八昼夜，而其以神灵护佑传说免于火；1930年亳县民国政府下令废除各处庙宇庙产充公，宗教界联合到省府安庆控告获胜；1956年有识之士申报省文保成功，“文革”时六文保单位、县博物馆之名，加之在上面贴毛主席语录、毛像、大字报而保护；1988年申报国保成功，免于被改建。
>
> 李老师，这是一些基本材料。其中有采访80岁李绍义老师文字。李灿先生当时亲自管理保护花戏楼，他已93岁了，身体时好时差，思路清晰，说话不太顺，建议早采访。

一直想再次前往亳州，拜望这位保护花戏楼的亳州乡贤李灿老人。未能成行，却可以在他的回忆文章中，在李景彪、马荣振两人撰写的《涡水之恋——李灿与中原文化》一书中，读李灿的一生，读他与亳州文化融为一体的感人故事。

李灿保护大关帝庙的故事，其实早在1958年“大跃进”期间的“大炼钢铁”就已经开始。人称亳州大关帝庙以及花戏楼有“三绝”：一绝是铁旗杆。两根铁旗杆，各重一万二千斤，高十六米。二绝在山门。镶嵌在山门上面的立体水磨砖雕，闻名天下。三绝是木雕。戏台檐枋上的木雕玲珑剔透、琳琅满目，令人赞不绝口。这两根高高的铁旗杆，能够逃过”大炼钢铁”一劫，保存至今，李灿功不可没。《涡水之恋》一书，作者描叙李灿保护铁旗杆的故事：

> 大炼钢铁时，花戏楼铁旗杆时刻处在危险之中。有一天，李灿来到花戏楼，土产公司看管仓库的老头（因当时花戏楼还归土产公司做仓库使用）说：“你来得正好，有一拨人来着多少回了，想拉铁旗杆，因为怕砸着人不敢动。你看西边旗杆上的铁对联被他们砸了，还有下边一层的风铃也被他们摘跑了。”
>
> 李灿来到院内，看到大香炉还在，但作为大蜡台站着的龟驮鹤已没有了。李灿问：“那一只残损的龟鹤呢？”老头说：“被他们拉走炼铁了。”于是李灿对老头说：“再有人来，您告诉他，这是文物，不许破坏。”老头说：“他们能听我的吗？”
>
> 李灿想老头说得对，就立即赶回去，找来一张纸，在上面写道：“花戏楼属文物，所有铁体亦属文物，如有违反，依文物法处置。”他盖上亳县文物管理委员会的公章，交给了仓库老头，并告诉他，这是保护古物的“文件”。
>
> 李灿又到花戏楼大殿后面的“古关帝庙”（当时归咸宁街小学用），古关帝庙内有四对一米多高的铁铸怪兽，属艺术品，李灿一看也没有了，他便问老师，老师说：“大炼钢铁了！”
>
> 李灿听后，胸口像是被撞击了一下。但是，花戏楼标志之一的铁旗杆却从此保住了！

遥想当年“大跃进”的“大炼钢铁”，一时的忽发奇想，多少与铁器有关的文物，被扔进火炉之中，化为铁水。为炼铁，多少树木被砍伐，丛林变为秃岭，许多年之后森林生态也难以恢复。乡贤李灿，站在花戏楼空荡荡的大院里，亳州人钟爱的龟驮鹤和四对铁铸怪兽，早已化为铁水，其内心之痛足可让他仰天长啸。

8年之后，1966年5月“文革”爆发。8月下旬，“破四旧”高潮迭起，花戏楼又一次处在危机之中。读《亳州文史参考资料》第一辑，刊有李灿所写《漫步文博考古三十年》一文，他写到“破四旧”期间保护亳州文物的亲历记：

> 1966年夏，文化大革命运动开始“破四旧”，博物馆《历史陈列》首被砸掉，一些文物被毁掉。库房的古书字画也被抄走，拉到大街上焚掉。我仅偷偷地保存下来两部《亳州志》。社会上被破坏的珍贵文物更多。
>
> 清末民初，亳县有一位当过毅军首领的上将军姜桂题。二中红卫兵为“破四旧”，挖了他的墓，接着又挖汤王墓。“县文革”照顾红卫兵安全，要我去参加他们的挖墓，我借此机会向红卫兵宣传保护文物的重要性，说明文物与四旧的界限。学生还是热爱祖国的，

他们听后，不但中止破坏汤王墓的活动，还把从姜桂题墓中挖出的墓志铭和金、银饰物交给文化馆保存；并向一中、师范红卫兵造反团发出一份《在破四旧中注意保护文物的倡导书》。这一举动，对维护花戏楼的安全发挥了重要作用。

亳县城郊有许多大墓，不少属省级重点文物保护单位。1968年春，一伙农民造反组织去挖离城四里的省重点文物刘园孤堆（汉墓），这时，该村社员刘玉昆到文化馆找我报信，我随即同他前往劝阻，这些造反者非但不听，反说我保四旧，该打。当时，我意识到问题的严重性，要管，强行制止不住；不管，如刘园孤堆一被挖，附近许多大墓亦难保存，出于不得已，就去找支左部队，幸好得到解放军的支持，一场挖墓风刹住了。

（《漫步文博考古三十年》）

尽管采取这样一些保护措施，但如同全国各地一样，亳州的诸多古建筑与文物，仍难以幸免。咸平寺、徽州会馆、白衣律院、东观稼台、大悲寺等会馆与庙宇的古建，大多被毁，宋、元、明各代的石碑，也被毁。

幸好还有乡贤李灿！动荡岁月，以个人之力影响学生，以个人之力四处奔波。虽无法力挽狂澜，他却以点点滴滴的努力，涓涓小溪，汇入涡水……

读《涡水之恋》，得知少年李灿，就读于涡北中学，学校前身是美国教会学校。李灿和著名影星仲星火是同学，他们的历史老师靳铁山，是芝加哥大学归来的留学生。李灿对考古产生兴趣，源自这位博学的历史老师。中学毕业后，李灿被分配到城父完小任教。城父历史悠久，古迹众多，文物遍地，从此时起，他开始热衷于田野考察。李灿后来被调至亳县豫剧团当编剧。无论当老师，还是当编剧，考古兴趣却一直没有离开他半步。

最终，李灿走进文物部门。

多年间，李灿参与的考古发现，古建修葺，遍布亳州——曹操宗族墓群、花戏楼、曹操地下运兵道、汤王陵、华祖庵、道德中官、薛阁塔、明王台、古井博物馆、南京巷钱庄、江宁会馆、青凤岭遗址、傅庄遗址、黛台遗址、东钓鱼台遗址、希夷故里、城父故城遗址、章华台、东西观稼台、二女孤堆……如今，花戏楼、地下运兵道、曹操宗族墓群，已被评为国家级重点文物保护单位。

亳州考古第一人，非李灿莫属！

亳州何其有幸！一位九旬老人，数十年间，为生于斯长于斯的亳州，倾注心血，挽救文物，发掘文物，在他心中，故乡的一切，早已融于他的生命！

在一次谈地名保护的演讲中，我谈到乡贤。一些年轻朋友好奇，说从来没有听说过“乡贤”这个词汇。他们有所不知，乡贤早已是中国传统文化的一部分。抗战爆发前夕修建西安至汉中的公路时，保护石门碑刻时，张佐周站了出来，他是乡贤；云南腾冲抗战硝烟处，李根源、张问德挺身而出，保家护国，他们是乡贤：为保护福建安溪文庙，文化馆馆长叶清琳站出来，他是乡贤；亳州花戏楼面临破坏时，李灿站了出来，他是乡贤……

不忍心看到千年文物被破坏，不忍心文化脉络被割断，艰难之际，挺身而出的所有热爱文化之人，就是我心目中的乡贤！

乡贤何处寻？乡贤处处在。

致敬乡贤！

（原载《上海文学》2017年第7期）

去看狼巢

方 方

二十世纪九十年代，我应邀去美国进行四周的访问。在翻译的陪同下，由东而西，一路走过。最后一站是旧金山。有一天，翻译把我交给当地义工。按行程安排，是由他们陪同我参观旧金山郊外的葡萄园。

陪我的义工是来自中国甘肃的一位老师。她的先生是美国人。与我们同行的还有他们正上中学的儿子。惭愧的是，岁月已久，我忘记了他们姓甚名谁。老师的美国先生负责开车，并带领我们参观。旧金山葡萄园的历史，也主要由他来讲述。那里几无游人，四处陈旧不堪。但放眼望，环绕它的，却是一望无际的葡萄园。我们就在这个旧作坊的空地处吃着自带的午餐。美国先生突然说，你是作家，知道杰克·伦敦吗？

这个名字对我来说，简直太熟悉了。从少年时代起，我就开始读杰克·伦敦。无论是《荒野的呼唤》或是《热爱生命)，还有他的《白牙》《马丁·伊登》，都曾是我喜爱的作品。兼及作家，杰克·伦敦充满野性和张力的人生，也是我等平庸之辈所羡慕所向往但却做不到的。

我立即回答说，当然知道。我非常喜欢他的作品。美国先生高兴起来，他说，杰克·伦敦的墓就在附近，你想去看看吗？我大声说，太好了。他还有座狼巢，被烧掉了。美国先生见我知道狼巢，更高兴了，说是的，也在那里。树林很大，我也是很久以前去的，要寻找一下。

于是我们马上驱车而去。其实美国先生道路很熟，稍微转了一下，随即找到了那片森林。森林之大，之荒凉，之寂静，完全在我的意料之外。正值秋天，满林子被季节熏染过的或黄或红的树叶与一些常青树木重叠交错，让人满眼的斑斓混杂。我们踏上一条林中小路。小路两边，灌木和大树高低错落，不时有乱枝横挡在眼前。似乎从未有过人迹，而覆盖着树叶的小路却又已是被人踩实。可见过来的人也不会太少。

依着指示路牌，在林中小路上走了大约十几分钟，我们先到了杰克·伦敦的墓地。没有墓碑，没有坟包，也没有墓志铭，有的只是一块大石头。石头在雨露风霜下，长着层层苔藓，老的死去，新的再生。杰克·伦敦的肉身就埋在这块石头之下。而石头，被一圈业已陈旧的木栅栏围护着。真不知道他狂放不羁的灵魂是否能被这石头压扁或被栅栏围困。好在杰克·伦敦并不孤独，邻旁便是他儿女的墓地。

从墓地到狼巢，步行只需三五分钟。尽管已知狼巢建在密林之中，但它出现在我眼前时，我仍然有点心惊。没有料到，它给我的感觉，竟然有些悲壮。四周有参天的大树围绕。被焚过的狼巢，尽管火痕历历，但其轮廓依然清晰，在斑驳的阳光下，一派风光地挺立着。

狼巢的外墙所用石块呈赭红色，大小不一，交错砌就。据说附近的山谷叫月亮谷，石头都是从那里运来。时光已久，石块表层一如墓地的石头，也生长着些许多苔藓，东一片西一片地粘在石墙上。室内已烧毁得完全不成形状，但巨大的浴缸却清晰可见。最显著的是狼巢的烟囱，有四五个，高耸着，威武而挺拔。纵然已成废墟，但其粗犷而坚定的风格，还保有杰克·伦敦气质，与我脑海中的印记很是吻合。

狼巢是杰克·伦敦的心血之作。据说花了他好些年的时间，延请名家设计，精心筑就。内部豪华，外观壮丽。但意外的是，在他即将搬入的前两三天，一场大火将它烧毁，至今都没有人说清火灾的缘由。这场火似乎也烧掉了杰克·伦敦的野心和生命。大概三年后，杰克·伦敦便去世。是自杀身亡还是疾病无治，我已经记不太清。所记得的只是，他死时只有四十岁——这该是何等风华正茂的年龄。

离开时，我们都没有说什么。甚至，我连其所在的地名都没有问。

一晃过去了十几年，我再次去到旧金山，是路过。秋阳下狼巢的样子，不时从脑海浮现，我突然很想再去看看。有同学居住在旧金山，特意来酒店看我。我问他你去过杰克·伦敦的狼巢吗？同学吃了一惊，说他居然完全不知道。我说我去过，但我还想再去看看。同学立即说，我陪你去。于是他问朋友打听了路线，第二天我们即驱车前往。

现在我知道了我们要去的地方在旧金山北部的索诺玛县。这一带正是葡萄盛产区域。索诺玛山脉环绕着这里密集的葡萄酒庄。一百年前，杰克·伦敦在这里买下了一个农场，看上去，他试图过一种边耕作种植边写作的生活。狼巢便建筑在他的农场之内。

当年的农场现已是杰克·伦敦历史公园。经过一棵老树，我看到一幢石屋。同学看了介绍说，这是杰克·伦敦纪念馆。房屋是杰克·伦敦去世后，其夫人仿狼巢风格所建造的，新近才开设为纪念馆。

馆内很清静，墙上挂着杰克·伦敦的照片，柜中陈列着杰克·伦敦的遗物和手稿。虽然触碰不到，但走近它们时，似乎仍然能感觉得到杰克·伦敦的气息。想到这曾是杰克·伦敦亲用之物，亲抚之纸，难免不怦然心动。再一次踏上了那条小路。墓地和狼巢与我十多年前看到的完全一样。时间在此，有如凝固。它们仿佛潜伏这森林之中，不动声色地看春来秋去，人世沧桑，只是苔藓更密更厚了一些而已。甚至，这一切给我的感受，与十几年前相比，也没有什么两样。

有时候，什么也不为，只因为你读了他的作品，他的作品影响过你的人生，于是，就想来看看。看看就好。

而实际上，你看到的可能是一个人生微缩：你的奋斗，你非常努力的奋斗；你的不放弃，你异常顽强的不放弃，但经常就只剩得断垣残壁式的一个结果，留下一块苔痕累累的石头，在夕照下，闪耀光芒。它或许照亮后人的内心，又或许给他们的只是更深重的阴影。

（原载《2017 中国散文年选》，花城出版社 2018 年 1 月版）

·诗歌·

我是有故乡的人

李少君

我是有故乡的人
我的故乡在东台山下涟水之滨
我每回一次故乡
就获得一种新的打量世界的视角

这种视角就是父亲的视角
我父亲今年八十六
但他的思维仍停留在五十年以前
他恪守早睡早起、早上练拳晚上散步的习惯
以及菜市场、公园和家里三点一线的生活方式
每次，我从外地赶回来，看见他总有些激动
他却毫不惊奇，仿佛我从未离开过家里
他怀旧，对往事如数家珍，对当下却相当隔阂
我父亲的固执让我相信
这个世界其实没多大变化
虽然有些人动辄夸张地形容为天翻地覆

这种视角就是我少年的视角
每次回到故乡，我仿佛置身于三十年前
我还会为不平之事拍案而起
还会相信未来相信坚持下去会别有天地
我有时踱步到火车站，看到一条条铁轨
还会唤起那时对远方的种种幻想和向往
我沿着当年每天跑步的那条河边小道奔走
又重拾起当初充满激情和理想的执拗
我在每一个地方都会触景生情睹物思人
从中吸取到一种简单质朴的纯粹力量
然后坚定精神，回头应对这慌张混乱的时代

这种视角就是东台山的视角
任天下风云变化，东台山屹立不动
在雷鸣电闪狂风暴雨之中
宝塔在天空下更显清晰的坚挺的形象

这种视角就是涟水河的视角
船来船往藻草繁盛的时节
涟水河里浪花飞溅鱼儿跳跃
河流的本质就是流淌，永远奔涌着激流

我是有故乡的人
每次只要想到这一点
我心底就有一种恒定感和踏实感
那是我生命的源头和力量的源泉

（原载《诗歌月刊》2017年第5期）

流水四十年

丁　立

最初，我什么都不晓得
等明白过来，我错过的事物
都已在洛河两岸，自成风景
我的兄弟已去了远方，二十余年
流水汤汤无消息

稍一恍惚
我又站立于长江湍急处
七曲八折，水花多飞溅，而李白捞月处的石头
只是在勉强守住自己
日益孤独的内心

行至高原，我何以越来越坚信
天下的江河，都来自同一水系
谁能告诉我，翡翠河跳蹚过三千米海拔
何以竟绿以至此，草花开到水旁的湿地
有什么理由越来越像，湮失了时代感和使命感的人

请别问我，我什么都不晓得

（原载《诗探索·作品卷）2017 年第二辑）

诗是酒后爬树

——献给特朗斯特罗姆

莫　言

哦，特朗斯特罗姆
如果我敢说你是我的朋友
那我等于自己找死
哦，特朗斯特罗姆
如果我说读过你的诗
那我等于挖坑埋了自己
好东西人人喜欢
最好离着远点儿
见了皇帝老婆叫大姑
呸！你也配！到一边凉快去
哦，特朗斯特罗姆
你的名字
像一串冰糖葫芦

"醒来是梦中跳伞"
写诗是酒后爬树
爬时浑身发痒
羽毛快速生长
爬上树梢变鸟
飞到宇宙深处
那里有很多左手琴谱

当那个被老陈醋烧坏心的秃头歌女
在雪地上裸身打滚时
当那个被五粮液灌醉的目光如鹫的女人
在学院门前抖着翅膀撒泼时
当他们把欲望包装成理想时
当他们把谣言重复成真理时
当我孤掌难鸣有口莫辩时
特朗斯特罗姆说:
这是一个很好的演讲，我喜欢

有一位瑞典画家为我画了一幅肖像
面孔是我，身体是鹿
仿佛一个约定
或者是一个暗示
雪原茫茫，鹿蹄留下的踪迹
是最好的诗

你坐着轮椅
出现在大厅里
你的威仪胜过国王
人们争着与你照相
你不言不语
白发凌乱，目光忧伤
我站在你轮椅后留影
我说的都是真的

(原载《人民文学》2017 年第 7 期)

石家庄记

刘　年

1

书架上，供着
里尔克、阿米亥、米沃什诸神
卖不掉，李寒不急
小芹也不急
诗集发黄的速度
远慢于头发发白的速度

2

这一生都在做买卖
小学，跟着婆婆卖甜酒
后来，跟着父母卖粑粑
卖米豆腐，卖过面条
再后来又卖体力，卖尊严
如今，又在台上叫卖诗集
39 块钱一本，我说
诗歌是人间的药

竟然，也有很多人相信

3

孟醒石的酒
有着液体的刀锋
切断了舌根上的铁链
石家庄的烧烤摊上
诗人们说了很多话
唱了很多歌
李南，唱的是《假行僧》
这位来自德令哈的女人
总让我想起
丢失多年的姐

4

狂欢之后
必有大悲凉
第二天起来
如同掏空了的麻袋
一起喝酒的诗人姐妹啊
都去了哪里
他们说城西，就是太行
目光所及之处
只有重霾的天
它像个自闭症的孩子
看着末日般的人世
无动于衷

5

特意途经了
诗人陈超的家
那栋十六层的房子
涂着梵高的黄
刚刚认识没几天
他便从楼顶上跳了下来

6

我对隆兴寺里
那些铁炉、铜钟、石碑
之类的大殿重器
毫无兴趣
只是坐在石阶
眼神呆滞地看
槐花们一朵朵决绝地
撞向地面

7

寺庙外面
是个建筑工地
打桩机还在反复地模拟
头颅叩问世界的
闷响

（原载《诗潮》2017 年第 5 期）

在草原上听风

牛庆国

在抓喜秀龙草原　我看到的还是去年的草
今年的草正在赶往草原的路上
一头白牦牛　毛色再暗一点　就和草一个颜色了
但我还是能看出它是白牦牛
几年前第一次见它时　它像一个披麻戴孝的孝子
今年还是
眼睛里的忧伤　让我感到它多像我的一个兄弟
跟着白牦牛　再往草原的深处走
一条雪水河　就像哈达一样在风中飘动
那么多的白石头　像是在河里开着的花朵
一头白牦牛 又一头白牦牛　一群白牦牛
慢慢地涉过河去　没有一点怕冷的样子
但它们向着祁连山的雪线走了去　却又折了回来
它们一定是怕把自己走成山上的一堆雪
现在它们和我一起望着前面那座白色的佛
经幡哗啦啦地响着　和我们身后的河水遥相呼应
从塔顶上看过去　就是高原的天空　和天空上的流云
但云的流动　没有一点声音
我们就在这里站了站 听了听草原上的风
听风穿过了我们三个人的身体
忽然就听见自己心里也有一片经幡被风吹动
直到天色暗了下来　我们才悄然离开
风就把夜色像吹倒了一堵牛粪墙一样吹塌在草原
那么多的白牦牛　和那么一大片枯黄的草
就在抓喜秀龙草原上轰隆隆地卧倒

（原载《作品》2017 年第 9 期）

为了在这家店里吃碗刀削面

甫跃成

为了在这家店里吃一碗刀削面，
我做足了该做的一切准备。

二十五年来，我乘坐无数汽车、
火车、飞机，没有碰上一次事故，
也没有在步行穿过斑马线时
死在车轮底下。

我路过许多城市，到过许多乡村旅游，
一次地震也没有发生，火灾
也总是躲在荧屏之后，逼真地出现在
别人的经历当中。

除此之外，我还保住了健康的身体，
没有稀里糊涂地染上肺炎或者禽流感，
也没有在爬树时摔断一条腿。

我通过了所有必须通过的考试，
顺利地上了高中和大学；
毕业后来到这个地方，有一份工作，
可以挣到养活自己的钱。

现在，我走进这家小店，坐下来，
要了一碗刀削面。二十五年来，
只要稍有差池，我吃过的面里头
便将永远不包括这一碗。

（原载《滇池》2017 年第 4 期）

邮　　箱

路　也

我们相隔多远？从网易到新浪那么远
邮件在光纤里穿梭
偶尔携带以回形针固定的包裹
字母上浮，汉字在邮箱底部沉没

我写给你的信，你写给我的信
有时同时跑过孤独的山东半岛
半路相遇，佯装不识
继续朝对方营地奔去

我们在邮箱里绝交过 19 次
运载过胡萝卜、小红辣椒和蜂蜜
偶尔产生这样的念头：
一起在邮箱里过夜

个别的时候，鼠标“咔哒”一声
信会弹跳，改道去流浪，走亲戚
迷途知返或者走失

我曾经丢失过一车干草
大雪封门，树林沉寂

一种不可知的力量使邮箱连接了穹苍
一封你写的邮件穿过茫茫风雪
支撑起我的夜空，把星星旋拧在幕布上

（原载《海燕》2017 年第 7 期）

像个钉子户那样在时间里插满红旗

刘云芳

他们
在院子里种菜，养狗
围上栅栏
秋天，男人取回栅栏
在院子里砍柴、焚烧
女人在地里收获花生和白菜

我希望那菜地是我的，
那果实和炊烟也是我的
像个钉子户那样
在时间里　种满花生　白菜　西红柿
不管高楼怎样攀升
车流怎样不息，灯怎样在高处啃下一块
黑暗
我只需要在这一块时间里插满红旗
固执成钉子　死守住一条河流

大部分情况下
我像对面那钉子户家房顶上
那只白色大懒猫
在一面旗与另一面旗之间
悄悄睁眼又悄悄把眼睛闭上
而风一阵又一阵地吹过去

（原载《中国诗歌》2017 年第 6 期）

翻阅50年代《诗刊》，在一首诗里听到了乡间的声音

林 莽

那些年的乡间生活多么质朴
清晨的鸟鸣伴着炊烟和船舷相磕的响动
薄雾在春风中很快就消散了
隔着窗纸我能分清是谁在门外走动
咳嗽声告诉我
是他刚点上第一袋烟　轻轻地吸了一口

那些年的乡间生活是遥远的
日出日落　星空多少个夜晚只有少许的移动
我们将彼此的脚步声记在心中

还有那些细微的有时让你心灵一动的记忆
五月的叶子在初春的水面上
新生的芦苇摇曳着嫩绿的风
黄昏的村庄洋溢着晚饭后孩子们喧闹的温馨
而后　灯一盏一盏地熄了
夜的幽鸣中突然传来几声清晰的犬吠声

这些都是我阅读一首诗时突然涌现的
此刻　高层办公楼边三环路上的噪音轰鸣
车辆呼啸而来　人流匆匆而行
这现代都市的噪音让我们成为了失聪的贝多芬
只有借助一支无形的“金属棒”
在某些瞬间幸运地听到了心灵的琴声

（原载《人民文学》2017年第3期）

格 局

戴潍娜

这刻起，我们已开始相互欺骗
别信！除了我还爱你，这唯一的真金
我们如今还有什么是共同的？
一座股权平分的废墟，使命、信念还是明天？
没有。连一张纸，一滴墨水都没有了

青山懒起。姑娘，请啜饮你为我酿造的苦刑
向那些欺骗过、坑害过你的人学习
让他们都像我一样匍匐着，看你抽身离去
披散长发犹如折损的树枝
丰臀堪比墓地般庄严

当初是我邀请你加害于我
走进你，像走进一间病房
我还会驶回那罂粟埋尸的黑暗腹地
别怕这分离，但愿人生过得迅疾
你我终于把全部的缺陷攒齐
你六十岁的裸照陪我下葬
别忘了，到最后，一切是平局

（原载《后天》2017 年总第 7 卷）

忆旧游

柏 桦

有一天，我突然看见你出现在诗生活网站
正在演讲的你笑着……我大吃了一惊……
这不可能是真的！二十四年前的那个下午
九眼桥附近，你曾给我看过你刚拍的相片。

昏暗天光的科技大学宾馆，我们朗读幸福……
明清茶楼，我裤子包包上的扣子咔嚓失踪。
晚餐说来就来了，街边亮灯的小房子饭馆
我们似曾相识的童年？……谁正在生气？
谁扯到贝肯鲍尔，布考斯基？现在川大的
德国留学生？你说你不喜欢他们只爱生意。

又钻出个画家，千万别和他的鬼影子谈心！
青春霍霍有点空，转念你的爱丁堡大学近了。
莫言檀香刑，他是个作家，他饿，他吃过煤，
他得了诺贝尔文学奖。你说这一切对吗？

（原载《诗歌月刊》2017 年第 8 期）

中秋夜故意赶到外地赏月怀古

祁　国

下了飞机
下了地铁
下了出租车

进了旋转门
进了电梯
进了宾馆标准单人房

打开电视
打开互联网
打开各种广告和直播现场

看到一轮轮圆月
以各种各样的方式
在各种各样的故乡
不停地升起
不停地放大
不停地闪光

我手握鼠标和遥控器
交警一样
指挥着川流不息的月亮

这一阵阵月光
紧锣密鼓
从不同角度抽打在我的脸上

疼得我
像个外国人
不住地大声喊着欧耶

（原载《诗潮》2017 年第 9 期）

雾　霾

熊　焱

有时候，我会怀疑自己是不是走错了地方
那些在雾霾中匆匆忙忙的身影
仿佛是在坟场里游荡的幽灵

有时候，我会抱紧身子
一张张口罩闪过
我担心，他们是不是要蒙面抢劫

站在三十楼高的房顶，我看不清大地上
的事情

眼前若隐若现的高楼，仿佛只是一场幻影
但我看清了，正在一点点地溃烂的良心
无数的我，正在麻木地袖手旁观
正在麻木地无能为力
此时我的母亲卧病在床，咳嗽不息
几十年里，她以坚韧的骨头熬过了饥荒、灾难和穷困
却不知道该以怎样一个强大的肺
来熬过这个严酷的冬天

送女儿出门的时候，在街边
两只狗戴着口罩，穿着新衣
正在蹦蹦跳跳地撒欢。我相信
它们一旦站起来，就是人形
我再一次茫然四顾，再一次确信无疑
——这真的是人间

（原载《诗潮》2017 年第 6 期）

送　礼

杨　荟

男人吩咐
梳洗一番　随我送礼

女人喜悦
苦　慢慢咀嚼着咽下去
守着枯灯　也要举着明月

田间作物如能卖个好价
一窝猪仔　一张床
单薄命运也怀揣理想

洗净脸庞
换上压箱底儿的衣裳
翻山二十里
到达目的地

女人问
礼物呢
男人说
就是你

（原载《大家》2017 年第 5 期）

还没到时候

胡茗茗

雨中的马，正在雨中哭

它在我这个路人对它短暂抚摸之后

在我低头、依偎并转身以后
仰天长鸣

我承认这几天正走在即将丧父的路上
父亲躺在刀刃上，我走在刀尖上，不，还没到时候，没到
落叶尚未被尽扫，呼吸仍在机器里游离
最后的棋子仍未落下
我和雨中的马，还在各自的孤独里哭

我把即将被宰杀的鱼看做父亲
把街上的流浪犬看做父亲
我替你闻着空气中烤红薯的香甜
关心美国总统的竞选和双十一的疯狂
不用再取悦谁，更不必再分辨真情假意
我们依旧共用着分分秒秒与雾霾
多好啊！窗外又是一个黎明
门，仍虚掩
神灵与万物照常在里面
拥挤、穿行

（原载《诗刊》2017 年 7 月号上半月刊）

所有的夜晚都有相同的纹理

刘　春

中秋夜，酒足饭饱的家人
沿屋前小道散步
月亮如约挂上树梢
我和刘夏秋冬掏出手机
变换角度，一阵狂摁
周围人声嘈杂
焰火争着往天上冲
回到家，在日光灯下
把照片放大
想看看月亮上有没有桂树
树下有没有织草鞋的姑娘
但除了那个白点
屏幕一片灰暗
像乡村小学的黑板
童稚的笔迹擦拭殆尽
再放大，像少年穿过的布衣
针线缝补的痕迹
最后，像越来越少的青草
伏在秋天的坡地上
回忆葱绿时的样子
刘夏秋冬说
想不到老家的夜晚
有那么深的纹理
我说是啊，以前一直没有留意

（原载《草堂》2017 年第 8 期）

研究综述

2017年马克思主义文艺理论与批评综述

贾 洁

作为文艺学研究的一个重要板块，我国马克思主义文艺理论与批评研究在2017年延续着稳步向前的良好发展态势，在学界的共同努力下取得了相当的进展和突破，以马克思主义文论为主题的研讨对话和学术交流也日趋丰富。本文就五个领域分别予以年度性回望梳理，展开综述。

一、对习近平有关文艺系列重要讲话的学习研究

习近平总书记有关文艺的系列重要讲话，把文艺问题放在实现中华民族伟大复兴中国梦的历史任务上来，提出了许多新观点、新主张、新思想，对一些重要的文艺理论问题进行了新阐释、新思考、新强调。丁国旗指出，习近平总书记系列讲话是对文艺本质属性的新界定、对文艺功用的新阐释、对艺术家素养的新要求、对文艺精神价值的新期盼、关于文艺人才培养的新思路，习近平文艺思想对我国文艺文化的繁荣发展将产生深远的影响。[①] 陈娜、骆郁廷认为，“以文化人”可以看作是习近平文艺思想的核心，其内涵主要体现在三重维度上：一是目的维度，一切文艺作品都是为了“化人”，旨在引领人的价值追求、满足人的精神需要、提高人的审美能力；二是内容维度，用优秀文艺作品“化人”，既包括不忘本来的优秀文艺作品，也包含吸收外来的优秀文艺作品，同时还含有源于时代的优秀文艺作品；三是方法维度，提高“化人”的艺术和技巧，主要运用教化、浸化、悟化等手段和方式达到以文化人的目的，实现内化于心、外化于行、互化于境、同化于群的理想效果。三者有机统一，创造性地回答了新时期社会主义文艺“为何化人”“何以化人”以及“如何化人”等关键问题。[②] 程仕波、谢守成则指出，习近平总书记关于文化的系列重要讲话和论述，系统回答了发展怎样的文化、怎样发展文化与为谁发展文化三个根本问题。[③]

习近平总书记非常强调中国的方法和中国的实际，因为这是我们自己的东西，只有把自己的东西做好了，才是对世界的真正贡献。在《当代我国文论建构的突围之路》[④] 一文中，丁国旗从“中西文论关键词比较”谈起，阐明了习近平总书记《在哲学社会科学工作座谈会上的讲话》中的观点：“要推出具有独创性的研究成果，就要从我国实际出发，坚持实践

---

① 丁国旗：《习近平总书记文艺思想论纲》，《贵州省委党校学报》2017年第6期。

② 陈娜、骆郁廷：《以文化人：习近平文艺思想的核心》，《思想教育研究》2017年第8期。

③ 程仕波、谢守成：《论习近平文化思想的四个特点》，《社会主义研究》2017年第3期。

④ 《文艺争鸣》2017年第1期。

的观点、历史的观点、辩证的观点、发展的观点，在实践中认识真理、检验真理、发展真理。”丁国旗的《习近平总书记繁荣“民族文学”的世界视野》[①] 论述了“世界文学”的民族指向与“民族文学”的世界视野所期冀的最终归宿必然“既是民族的、也是世界的”，这是全球化时代文艺健康发展的目标与愿景。到那时，“世界文学”实质上就是世界视野中的“民族文学”，而“民族文学”的实质则是显而易见的“世界视野”与显而易见的“民族写作”的有机结合。丁国旗认为，这些也正是习近平总书记想通过文艺讲话呈现给我们的有关文艺创作的全部秘密。

《中国文学批评》刊物于2017年第4期刊出了“习近平关于文艺的系列讲话精神研究”专栏，集中探讨习近平文艺思想。文艺与时代关系的论述是新形势下对文艺和文艺工作所处境遇的理论回答。习近平总书记将文艺与时代的关系问题摆在了突出地位，并反复强调文艺“与时代同频共振”这一“时代性”特征对于文艺作品的重要意义。李圣传对此予以了详细地分析论述，认为习近平总书记对文艺时代性特征的强调有着鲜明的现实意识，其问题指向及理论维度有三：一是要担负时代之“责”，反映时代风貌和精神气象；二是要发挥号角之“力”，为时代前进聚力与抒怀；三是要铸造精神之“鼎”，为文艺振兴与民族复兴提供助推力。[②] 常培杰认为习近平总书记关于文艺的系列讲话，就文艺与市场的关系问题，从历史唯物主义和辩证唯物主义的角度出发，站在历史和美学的高度，给出了富于创见的指导性意见，这为中国社会主义文艺的发展指明了方向。[③] 贾洁的《重塑文艺批评精神》[④] 一文对习近平总书记的文艺批评思想做了探析，指出习近平总书记在重提文艺批评应采用“历史的、美学的观点”的基础上，及时增加了“人民的、艺术的观点”。运用这四大观点来评判和鉴赏文艺作品，是习近平总书记针对当前文艺批评存在的问题所提出的建设性意见，从而在大众文化来临的时代有效地防范了文艺批评“有人民、无艺术”的局面的产生。此外，范玉刚发表在《文学评论》上的《“以人民为中心的创作导向”》[⑤] 一文对习近平文艺思想中的“人民性”做了深入研究，指出习近平总书记关于文艺的系列讲话，深刻阐述了新形势下当代文艺发展道路问题，阐明了当代文艺的根本是文艺的人民性，文艺创作要处理好文艺家和人民以及文艺与生活的关系，倡导“以人民为中心的创作导向”。

中共十八届五中全会提出“五大发展”理念及“共享是中国特色社会主义的本质要求”命题，习近平《在省部级主要领导干部学习贯彻党的十八届五中全会精神专题研讨班上的讲话》将“全民共享”“全面共享”“共建共享”“渐进共享”有机统一，完整构建起社会主义“共享”理论体系，堪称“第三次工业革命时代的马克思主义”的重大创获。刘方喜指出，诞生于第三次工业革命的物联网生产方式正在全球蓬勃发展，国际学术界相关研究正在逐步展开。习近平总书记的“共享”论，对构建物联网中国话语体系有直接指导作用：物联网分享主义平台，可以使人免费、无偿分享部分文化和物质产品，“全民共享”“全面

① 《文艺评论》2017年第7期。

② 李圣传：《担时代使命·鼓时代号角·铸时代精神》，《中国文学批评》2017年第4期。

③ 常培杰：《文艺不能在市场经济大潮中迷失方向》，《中国文学批评》2017年第4期。

④ 《中国文学批评》2017年第4期。

⑤ 《文学评论》2017年第4期。

共享”得到一定程度的体现；无偿生产的大众“创客（产消者）”又使其具有“共建共享”特性。推动物联网“分享主义平台”向“自由人联合体”“创客”向“全面发展的个人”转化，将会在创新发展中助推中国特色社会主义“渐进共享”进程和中华民族伟大复兴。① 在《由“使用权”而“劳动者的个人所得制”：物联网时代社会主义“全民共建共享”所有制建构的进程》② 一文中，刘方喜指出，物联网高度的联通性有助于“广泛汇聚民智”，而弱化“所有权”对“使用权”的支配、推动生产资料碎片化使其最终落实到劳动者个人手中，则有助于“最大激发民力”。这是在当代新情况下进一步解放和发展生产力的需要，同时也有助于推进生产资料向“劳动者的个人所有制”演进，进而推进社会主义全民共建共享的进程。刘方喜的《由“区块链”而“交往形式本身的生产”：物联网时代社会主义“全民共建共享”生产关系建构的进程》③ 进一步研究指出，与由“使用权”而“劳动者的个人所有制”的“所有制”建构进程相对应，由“区块链”而“交往形式本身的生产”体现的是物联网时代社会主义全民共建共享“生产关系”全面、渐进建构的进程。作为当代“极致技术”与“极致生产力”创造出的人类“交往关系”的新型生产方式，第一代物联网分享经济主要处置“闲置资源”，以“区块链”为技术和金融基础的第二代物联网则创造出代表“极致信任”的“极致货币”即“比特币”，进一步强化和提升了互联网点对点、分布式、民主化、协作、开放、平等和共享等特性，冲击着以“交往形式”为手段而以“交换价值（货币）”为目的、基础和中介的资本主义物质性、经济性交往关系即生产关系，资本主义落后生产关系与当代“极致生产力”之间的冲突达到极致。刘方喜认为，深刻领会和落实习近平共享发展精神，深入研究并推动物联网生产方式发展，有助于进一步提升中国特色社会主义道路自信、理论自信、制度自信、文化自信。

二、“文化自信”问题研究

党的十八大以来，以习近平同志为核心的党中央高度重视弘扬传统文化精神，习近平总书记在多次重要讲话中对弘扬优秀传统文化，对以爱国主义为核心的民族精神和以改革创新为核心的时代精神作出系统阐述，尤其是《在庆祝中国共产党成立 95 周年大会上的讲话》中首次将“文化自信”与道路自信、理论自信、制度自信放在一起而成为“四个自信”，引发了国内学术界和文艺界探讨研究的热潮。丁国旗的《文化自信：当代文艺工作的底气与灵魂》④ 一文研究指出，文化自信为文艺工作注入了底气和灵魂，弘扬传统文化、彰显时代精神已成为广大文艺工作者的共识。近些年来，一些综艺节目和影视作品掀起了弘扬中华优秀传统文化的高潮，而在革命和建设时期涌现出来的英雄事迹和英雄人物也正在以艺术的形式得以再现。今天我们比以往任何时候都更加对中华文化充满自信，对民族精神充满崇敬。

---

① 刘方喜：《习近平“共享”论与物联网中国话语体系初探》，《阅江学刊》2017 年第 3 期。

② 《毛泽东邓小平理论研究》2017 年第 1 期。

③ 《毛泽东邓小平理论研究》2017 年第 6 期。

④ 《学术前沿》2017 年第 6 上期。

文化自信正在推进文艺的繁荣与发展。赵炎秋的《文化自信与文艺的发展繁荣》[①] 一文阐发了习近平总书记《在中国文联十大、中国作协九大开幕式上的讲话》中对文化自信的论述，认为这是习近平总书记对文化自信的系列思考与观点的自然发展与延伸，具有重要的理论价值与实践意义。在讲话中，习近平总书记围绕文化自信和文艺发展这个中心，从六个方面全面阐述了文艺和文艺工作者为什么需要文化自信、如何实现文化自信的问题，六个方面环环相扣、全面深刻。代金平、秦锐研究指出，党的十八大以来，习近平总书记对“文化自信”做出了一系列重要论述，形成了相对完整的文化自信思想。从文化引导力、文化生产力、文化凝聚力、文化包容力、文化防御力、文化影响力、文化领导力等七个维度系统深入地研究习近平文化自信思想，具有重要的学理价值和现实意义。[②] 邹慧认为，文化自觉、文化自信、文化自强是习近平文化逻辑思维的三个维度，三者之间为并举融合的联动关系，以文化自觉为认识起点，经由文化自信发展到文化自强凸显纵深延伸、动态推动的生成路径，是中国特色社会主义文化强国建设的行动指南。[③]

徐立文、舒建华探讨了习近平总书记提出“文化自信”的必然性，指出“四个自信”是一个系统有机的整体。“文化自信”作为“四个自信”的重要组成部分，它的提出具有历史和现实的必然性。在“四个自信”中，习近平总书记首先辨析了“文化自信”的确切含义以及它与一些相近概念的区别；其次阐明了“文化自信”在“四个自信”中的地位和作用，尤其是与其他三个自信的关系；最后在此基础上指出了“文化自信”对于中国的强国之路和实现中华民族伟大复兴的中国梦所具有的深远影响。[④] 林映梅认为，习近平关于“文化自信”这一论述充分显示共产党人对人类社会发展规律的深刻洞察，具有重要的理论价值与实践价值。[⑤] 张克兵指出，文化自信是文化主体对自身文化的高度认同和自觉践行，是基于心理优越性和行为坚定性的文化表现。当代中国文化自信具有强大的力量源泉，其支撑不是星星点点的文化成果，也不是零零散散的文化著作，而是具有深厚底蕴、丰富内容、合理结构和开放精神的文化体系。这个文化体系包括中华优秀传统文化、中国特色革命文化和社会主义先进文化等文化形态，是具有深刻文化根基、文化内涵和文化理想的复合体系，是当代中国之所以可以并且能够实现文化自信的力量源泉。[⑥]

习近平总书记在多个场合对中国优秀传统文化作了深刻的新阐发，应该说，中华优秀传统文化的丰富性，是当今中国文化自信的保障。张兆端的《正确认识和科学对待中华优秀传统文化——论习近平的马克思主义传统文化观》[⑦] 一文指出，习近平总书记对于如何正确认识和科学对待中华优秀传统文化作出了一系列重要论述：中华优秀传统文化是中华民族的精神命脉和最深厚的文化软实力；厘清中华优秀传统文化的历史渊源、发展脉络、独特创造、价值理念，以增强文化自信和价值自信；从中华优秀传统文化中汲取营养和智慧，延续

① 《中国文学批评》2017 年第 4 期。

② 代金平、秦锐：《习近平文化自信思想的七个维度》，《探索》2017 年第 4 期。

③ 邹慧：《文化自觉、文化自信、文化自强：习近平文化思维的逻辑理路》，《理想理论教育导刊》2017 年第 3 期。

④ 徐立文、舒建华：《习近平总书记提出“文化自信”的必然性探析》，《马克思主义与当代》2017 年第 1 期。

⑤ 林映梅：《习近平“文化自信”的重要价值及实现路径》，《中共云南省委党校学报》2017 年第 2 期。

⑥ 张克兵：《习近平关于当代中国文化自信力量源泉的三维审视》，《湖湘论坛》2017 年第 1 期。

⑦ 《东北师大学报（哲学社会科学版）》2017 年第 1 期。

文化基因；坚持古为今用、以古鉴今，坚持有鉴别的对待、有扬弃的继承，努力实现创造性转化和创新性发展。习近平不仅系统地论述和形成了完整的马克思主义传统文化观，而且身体力行、活学活用，成为全党读典与用典的光辉典范。陆卫明、孙喜红认为习近平总书记从战略高度阐发了中国优秀传统文化在现代化建设中的重要战略地位；深入地阐述了中国优秀传统文化的精神特质及丰富内涵；进一步阐释了继承中国优秀传统文化应该坚持的科学态度。习近平的一系列新阐释，对于深化对中国传统文化与现代化建设关系的研究、增强文化自信、建设社会主义文化强国、促进国家治理能力现代化均具有十分重大的指导价值。① 罗建华则指出，在新的历史时期中国文化面临着多重的挑战与危机，其中最为突出的是历史虚无主义借助网络信息技术以全新的方式出场并对中国历史与文化加以否定与虚化。新一代领导人深入历史虚无主义的理论内在机理和理论形式背后的政治诉求，力图对其本质加以揭露并从根本上解构它，以构筑文化自信的理论基石与政治共识。经过长期的理论酝酿与现实考察，习近平在庆祝中国共产党成立 95 周年大会上的讲话中明确提出了“四个自信”，实现了从“三个自信”到“四个自信”的理论升华和对中国特色社会主义文化的精准定位。②

三、纪念《在延安文艺座谈会上的讲话》七十五周年

《在延安文艺座谈会上的讲话》是马克思主义文艺理论与中国革命文艺实践相结合的光辉文献，是马克思主义文艺理论中国化的重要里程碑，发表至今已整整 75 周年。《文学评论》刊物 2017 年第 5 期发表了“纪念毛泽东《在延安文艺座谈会上的讲话》发表 75 周年笔谈”专栏。李云雷将毛泽东主席 1942 年在延安文艺座谈会的《讲话》同习近平总书记 2014 年在北京主持召开的文艺工作座谈会进行了细致的对比，指出二者具有一脉相承的历史逻辑，习近平总书记的重要讲话立足于历史新视野，是新时代中国文艺发展的纲领性文件。③ 高远东提出，毛泽东的《讲话》里是有经有权的，《讲话》有其重要的历史背景，我们应当从具体的历史背景去理解《讲话》的精神，切不可教条地将《讲话》照搬于当下的文艺实践，必须活学活用，“把我们当代最大的政治，如中华文明的伟大腾飞等，跟我们的文学艺术的发展和创造的目标结合起来”。④ 程凯基本赞同高远东对《讲话》理解中的“经权之辨”，其《政治与文艺的再理解——从胡乔木讲话反观〈在延安文艺座谈会上的讲话〉》⑤ 研究指出，1991 年 10 月和 1992 年 1 月，围绕毛泽东《在延安文艺座谈会上的讲话》发表前后的情况，胡乔木做了两次详谈，后以《关于延安文艺座谈会前后》的标题收入《胡乔木回忆毛泽东》一书。作为历史当事人，两次谈话回忆了《讲话》产生的背景、准备情况、修改发表过程与传播状况，澄清了许多事实；而作为理论家，胡乔木更就如何在新的历史条件下理解《讲话》的理论命题及如何认识其时代局限提出了一些重要看法。

---

① 陆卫明、孙喜红：《论习近平对中国优秀传统文化的新阐析》，《社会主义研究》2017 年第 1 期。

② 罗建华的《从“三个自信”到“四个自信”：习近平对中国特色社会主义文化的思考与定位》，《求索》2017 年第 5 期。

③ 李云雷：《历史视野中的两个〈讲话〉》，《文学评论》2017 年第 5 期。

④ 高远东：《经与权的辩证法》，《文学评论》2017 年第 5 期。

⑤ 《文学评论》2017 年第 5 期。

丁国旗的《始终将人民群众放在文艺的中心位置》[①] 从“关于文艺与文艺工作的重要作用”“关于文艺的人民性问题”“关于文艺与时代的关系”“关于文艺的评价标准”几个方面重点探讨了毛泽东同志《在延安文艺座谈会上的讲话》与习近平文艺思想之间的理论联系以及它们的时代贡献与理论价值。张炯的《论〈在延安文艺座谈会上的讲话〉的历史背景和理论生成》[②] 从争夺民族民主革命的文艺领导权、总结新文艺以来的文艺论争、针对当时延安文艺界的情况等方面论述了《讲话》产生的历史文化背景，并从马克思主义文艺理论在中国的传播和发展、毛泽东的天赋和毛泽东思想的形成以及他对当时延安文艺问题的调查研究，详细地阐明毛泽东文艺思想的理论生成过程。这种理论创新途径，对于后人是深具启示意义的。而其《论〈在延安文艺座谈会上的讲话〉的传播与影响》[③] 一文则以丰富的资料，对毛泽东《在延安文艺座谈会上的讲话》发表以来的传播经过和在国内外产生的深远影响做了详细的论述，以求有助于人们对毛泽东文艺思想的重大历史意义的认识的深化。杨向荣认为，《在延安文艺座谈会上的讲话》有着明确的文艺美学政治诉求，呈现为审美政治话语的建构。[④] 吴圣刚的《民间立场与政治建构》[⑤] 一文，从“民间立场与平民价值观”“社会视角与政治建构”“历史深度与思想理论价值”几个方面阐明《在延安文艺座谈会上的讲话》仍然闪烁着重大的思想价值、理论价值。阙艳华研究指出，1942 年，毛泽东《在延安文艺座谈会上的讲话》的发表极大推动了中国共产党抗日根据地戏曲实践与政策的发展。抗日根据地的戏曲工作者从旧剧目、旧形式的利用和改造，从整理改变传统戏到创作新的历史剧和现代剧，从实践到政策，进行了全面探索。这一时期的戏曲实践与政策对新中国戏曲的发展奠定了基础，在毛泽东《在延安文艺座谈会上的讲话》发表 75 周年之际，对全面抗战时期中共戏曲实践和政策进行研究，具有十分重要的现实意义和理论价值。[⑥]

四、对马克思主义文论经典命题的研究

马克思主义文论在当代中国文论中占据重要位置。首先，在我国马克思主义文论研究领域，学界对经典马克思主义文论的研究一直长盛不衰。这不仅是由于经典马克思主义文论研究自身内在地规约我们需不断地完善研究、拓新认知，也是客观现实要求我们要重返经典马克思主义文论，以其丰富蕴藉和内涵来指导文艺实践。本年度学界对经典马克思主义文论的研究主要涉及两个方面：对马克思主义经典论著、命题的解读和研究；对经典马克思主义文论发展的探讨与反思。

刘方喜研究指出，关于中国当代文艺思想的历史叙事，或存在偏离历史唯物主义的倾

---

① 《文艺报》2017 年 11 月 24 日。

② 《文艺争鸣》2017 年第 6 期。

③ 《兰州学刊》2017 年第 8 期。

④ 杨向荣：《〈在延安文艺座谈会上的讲话〉的审美意识形态诉求与审美政治话语建构》，《云梦学刊》2017 年第 4 期。

⑤ 《中国图书评论》2017 年第 11 期。

⑥ 阙艳华：《全面抗战时期中国共产党的戏曲实践与政策——纪念〈在延安文艺座谈会上的讲话〉发表 75 周年》，《中共山西省直机关党校学报》2017 年第 5 期。

向，或存在僵化而无法把握新的社会文化现实的问题；马克思强调，“观念的历史叙述（文化史、思想史等）”必须与“现实的历史叙述（经济史等）”充分结合在一起，艺术生产等作为“非结构性”问题应置于政治经济学整体“结构”中来考察，学科的过度分化、独立化有违这种整体“结构”精神。文艺作为“上层建筑”与“经济基础（物质生产）”的关系是双重的，“意识形态”论所揭示的只是两者间的“社会关系的观念投射（反映）”关系，而被传统研究所忽视的马克思“意识形态阶层”论还揭示了两者间的“剩余价值的现实流转”关系。刘方喜进而认为，在创新中重建历史唯物主义叙事，对于揭示当代文艺思想史的发展规律，尤其认识由1949年以来，前30年与后30年构成的“历时结构”、以文艺与政治关系为单一问题开始向重视文艺与经济关系的重大转型及其意义等，有多方面启示。[①] 王元骧在其《反映论文艺观：我的选择和反思》[②] 一文中强调，马克思主义创始人把实践的观点引入反映论，在理论上把认识世界与改造世界统一起来，而发展成为能动的反映论。文学作为以审美评价的方式来把握现实的审美意识的载体，它对于人的价值不仅在于陶冶情感、净化心灵，同时还能感发意志、影响行为。因而，只有按能动反映论的思想，把“体”与“用”，“潜在的”价值与“实在的”价值统一起来，才能充分显示它的性质，确立评价其优劣的客观标准。

高楠的《〈政治经济学批判〉导言的启示：建构文学理论》[③] 研究指出，当下中国文学理论正遭受方法论的束缚，二元思维的方法及观念化的方法，使文学理论僵化且远离文学实践。在这方面，马克思《政治经济学批判》以其对于现实重要问题的研究，及求解这类问题运用的由一般提升为具体的逻辑方法，对中国文学理论的方法论突围产生重要的引导意义。高楠另一篇文章《当代中国马克思主义文论研究的尴尬及问题性建构》[④] 指出，马克思主义文论研究的前一段状况因尚待繁荣而尴尬，这是一种历史性尴尬。社会变革的时代语境为马克思主义文论创新与繁荣提供了广阔思路并推进着研究的深入。在马克思主义哲学与文艺学关系问题上，先后展开认识论文论转化为审美反映论文论的思考、对文艺学的马克思主义哲学根据进行开放性理解与思考，及用马克思主义哲学研究文艺学问题的思考等。马克思主义文艺学的理论建构，则在马克思主义文艺学的体系性问题、审美意识形态问题、马克思主义文论的时代性与民族性建构问题等问题性建构中收获成果。孙士聪的《马克思主义文论批判精神的当代反思》[⑤] 研究指出，马克思主义文论的批判精神在反思与转换过程中，诸如过时论、本土无用论、“激进化”等观点先后出现，如何重新审视马克思主义文论的批判精神是当代文学理论与文学批评研究须直面的课题。随着文学世界的迅速扩张、文学实践的日益复杂与丰富，批判精神成为当代性问题。关于马克思主义文论批判精神的当代反思内在于理论的反思性、去蔽性、开放性以及对于人的生存现实的关注之中，而批判锋芒的重现有赖于知识分子自身的反思意识与批判精神。黄念然、李耀威则深入研究了中国早期马克思主

---

① 刘方喜：《论马克思对当代文艺思想史历史唯物主义叙事的启示》，《社会科学辑刊》2017 年第 5 期。

② 《中国文学批评》2017 年第 2 期。

③ 《中国社会科学院研究生院学报》2017 年第 5 期。

④ 《山东社会科学》2017 年第 5 期。

⑤ 《中国文学批评》2017 年第 3 期。

义文艺理论的译介方式和传播特点，对进一步探索马克思主义文艺理论的中国化有着重要的学术意义。①

其次，国内马克思主义文论研究还包括将马克思主义的理论建构与问题阐释结合起来，把探索研究植入到大的时代背景中。刘方喜的《物联网时代马克思主义视域下审美分享主义的主体建构》② 指出，使精神生产与物质生产日趋融合的当代物联网生产方式，宣告西方传统美学范式的式微和马克思美学范式的复兴。马克思审美分享主义以生产性自由个性为审美主体的基本特性，以劳动者共享生产资料为这种主体建构、生成的物质基础。审美分享主义的建构，一方面有助于美学的马克思主义中国话语体系建设，另一方面也有助于从美学的角度深入理解习近平“共享发展”理念。赵逵夫用马克思主义观点审视先秦文化元典，指出近大半个世纪中，由于历史的原因也未能真正用马克思主义分析先秦各家思想，存在着简单化、贴标签的现象，把一些复杂的问题简单化。论各家各派，重在论一家与一家之异，而忽略了一家内部之异与各家间的影响流变。③ 王瑾、文世芳论述了虚无主义概念传入中国后的演化史，认为反对历史虚无主义，必须加强对党的历史的认同，坚定对党的历史的自信，敢于承认问题、批判错误，要坚定“四个自信”，在不断推进中国特色社会主义伟大事业中，科学把握革命与传统的辩证关系，巩固唯物史观的指导地位。④

五、国外马克思主义文论研究

国外马克思主义文论的研究是马克思主义文艺学研究中的重要组成部分。在面对日趋全球化的经济形态和文化形态中，学习借鉴、研究探讨国外马克思主义文艺理论的思想内涵、价值取向、方法路径不仅是现实文学实践的外在要求，也是我们发展中国特色马克思主义文论的内在需要。

首先，是俄苏马克思主义文论的研究。朱佳宁的《中苏文化交流中的〈苏联文艺〉》⑤ 研究指出，《苏联文艺》创刊于上海，是建国前我国唯一一份专门介绍俄苏文艺的大型译文类刊物。该刊由“苏商”时代出版社出版，在苏联塔斯社驻上海远东分社社长罗果夫的支持下创办，由罗果夫主编，中共地下党派姜椿芳等负责具体编辑事务。由于有苏联人的参与，该刊对俄苏文艺的汉译进程几乎与苏联文艺发展同步，部分刊物还会特地邮寄给苏联作家，这使《苏联文艺》成为中苏文化交流的有效载体。可以说，《苏联文艺》是 20 世纪 40 年代上海地区集中展示俄苏文艺的重要窗口，也是搭建中苏文学关系的重要桥梁。安静研究了形象思维理论在俄苏的流变，形象思维与苏联的美学大讨论联系在一起，成为美学讨论中的一个综合的话语场域资源，从而奠定了形象思维在俄苏文艺理论中的重要地位。⑥ 曾军、李维探讨了新世纪以来中国巴赫金研究的现状及其问题，认为，新世纪中国的巴赫金研究随

① 黄念然、李耀威：《论中国早期马克思主义文艺理论的译介与传播》，《重庆山峡学院学报》2017 年第 2 期。

② 《中国社会科学评价》2017 年第 2 期。

③ 赵逵夫：《用马克思主义观点审视先秦文化元典》，《西北师大学报（社会科学版）》2017 年第 1 期。

④ 王瑾、文世芳：《1949～1989 年〈人民日报〉对历史虚无主义的解析》，《当代中国史研究》2017 年第 2 期。

⑤ 《新文学史料》2017 年第 1 期。

⑥ 安静：《从艺术独特性走向意识形态》，《南京晓庄学院学报》2017 年第 1 期。

着《巴赫金全集》中文版的出版、巴赫金研究学会的成立获得了长足的进展。在巴赫金思想的研究中，中国学者主要围绕“巴赫金思想体系研究”“巴赫金语言理论研究”“对话、狂欢和复调的理论论争”“文化理论视角下的巴赫金”等几个焦点展开。将巴赫金置于俄苏和欧美文学和文化理论的学术史中展开研究是新世纪中国巴赫金研究较为突出的一个特点，中国学者围绕巴赫金与俄罗斯文艺思想的渊源、与法国理论、与英美文化理论以及与德国传统等方面展开研究，但冷热不均，成果亦不均衡。[①] 李圣传辨析了苏联美学对新中国美学的影响，指出20世纪五六十年代发生在中苏两国的美学大讨论，无论是从流派形态、理论模式还是知识范型来看，都呈现同理同源、一脉相传的态势；中苏之间美学研究的模式平移与话语传递，是新中国成立后“以苏联为师”导向的必然性结果；“苏式美学模式”作为中国美学发展的样本和参照，不仅为新中国美学的建构提供了“体制原型”和“理论原型”，更为美学大讨论的发生预设了以马列主义为指导的政治前提和师承苏联的学术前提，这种状态直到80年代解放思潮的出现才有所突破。[②]

其次，是欧美马克思主义文论的研究。本年度关于卢卡奇研究的著述颇丰。卢卡奇被誉为“西方马克思主义”鼻祖，同时也是西方马克思主义文艺理论的杰出代表。卢卡奇认为，文学与社会现实并非直接对应的，其间有“作家世界观”和“文类”两个必要环节。通过对卢卡奇文类理论的深入研究，陈军认为其“文类”是“作家世界观”影响文学的中介，同时也体现了作家个人的创作自觉。卢卡奇的文学艺术形式观、文类观带有席勒、黑格尔、克罗齐乃至萨特等人美学思想的痕迹，但他以社会历史因素弥补唯心主义之不足；卢卡奇包括文类思想在内的整个文艺、美学思想，都带有其浓厚的个人倾向——对古典的崇拜。[③] 徐熙强调卢卡奇的文艺批评家的身份，认为卢卡奇的这一身份，往往被掩盖在他“哲学家”“美学家”的光环之下，然而他在文艺理论方面的意义和地位，值得被关注和研究。1931—1945年是卢卡奇的重要转折期，是他转变为马克思主义者、为社会主义革命坚守的时期，是他对理论答案寻找的关键时期。“伟大的现实主义”是卢卡奇文艺批评思想的核心观念，这一观念的基础，是他的“总体论”理论，同时也体现出马克思主义文艺理论的典型特征。[④] 陈舒盈、段吉方的《批判与回归——论卢卡奇的“物化”理论及现代性审美救赎》[⑤]研究指出，卢卡奇通过对发达资本主义社会的深刻批判，揭示了当代西方资本主义社会工业社会生产领域以及伦理心理领域的“物化”现象，通过对史诗时代的召唤与对现实主义叙事的捍卫，表达了对符合人性的理想社会的渴望。他的“物化”理论蕴含着从资本主义异化社会与人的精神危机中寻觅救赎之路的审美现代性精神，在当代审美文化研究中具有重要的理论价值和启发意义。许瑞涛则由卢卡奇的总体性困境反思主体性，指出如何处理内在于马克思思想中的自由与必然的张力问题，不仅是卢卡奇的难题，更是当前中国马克思主义哲学研究者的难题。卢卡奇在处理这一问题时，因援引黑格尔的总体性辩证法而遭遇了自身不

---

① 曾军、李维：《新世纪以来中国巴赫金研究的现状及其问题》，《人文杂志》2017年第2期。

② 李圣传：《苏联经验与新中国美学发生的史与思——以20世纪五六十年代中苏美学讨论为中心》，《文学评论》2017年第5期。

③ 陈军：《文类：世界观影响文学的中介——卢卡契文类理论研究》，《文学评论》2017年第6期。

④ 徐熙：《作为文艺批评家的卢卡奇：1931—1945》，《江苏社会科学》2017年第5期。

⑤ 《湖北大学学报》2017年第9期。

可克服的困境。因此，在借助卢卡奇的阐述方式推进中国马克思主义哲学的发展时，首先需要深入卢卡奇的困境，进而才能探索解决之道。由卢卡奇的总体性困境反思近代精神的主体性原则，正是出于恢复马克思的“现实的人”这一有限主体的考虑，其目的是突出自由与必然在马克思思想中的张力，这就是既彰显有限者的主体性，同时又不忽视能动者的有限性。[①] 夏宏比较了卢卡奇与胡塞尔的事实观，指出卢卡奇和胡塞尔各自从不同的哲学立场对“什么是事实”这个复杂的哲学问题做出了解答。他们都强调事实与主体紧密关联；事实都具有一定的历史性；自然科学或实证科学并不能够真正把握事实。在这些表面看似相同的观点背后，却有着诸多分歧，这是由于他们各自大异其趣的哲学目标和意旨所决定的。这些分歧也进一步表明，认识“事实”并不是一蹴而就的事情。[②] 王银辉则论述了胡风对卢卡奇的接受与“遮蔽”问题。[③]

在葛兰西研究方面，徐洁、戴雪红回顾总结了葛兰西文化领导权思想在国内近40年研究，认为学界的探讨主要围绕三大论域进行：葛兰西文化领导权（另译“文化霸权”）的理论内涵；葛兰西文化理论与其他思想家的比较研究；葛兰西文化领导权的现实向度。这三方面的理论成果绘就了葛兰西文化领导权思想在国内研究的理论图景，也奠定了未来学术讨论的基本走向与发展趋势。[④] 俄国十月革命的成功给欧洲无产阶级带来了巨大的鼓舞，他们也尝试罢工、起义，但意大利乃至欧洲的无产阶级革命均以失败而告终。胜利与失败之间形成的巨大反差促使葛兰西思考以往革命失败的教训和未来革命成功的策略。冯燕芳研究认为，葛兰西从东西方社会结构出发指出，由于工业文明和商品经济不发达，东方社会没有形成独立的市民社会，而西方社会在发达商品经济的基础上形成了独立的市民社会，因此，在西方社会应该采取不同于东方的革命策略，要在市民社会领域争夺文化领导权。在文化领导权的获取过程中，如果没有知识分子的参与，是不可能的。今天重新审视葛兰西的文化领导权理论尤其是采取阵地战的策略获取文化领导权等思想具有重要的理论意义和现实价值。[⑤]

本年度关于法兰克福学派的代表人物本雅明的研究取得了较显著的进展。李莎的论文聚焦本雅明的“Aura”观念和其《可技术复制时代的艺术作品》所举中国古代画家之联系，从德意志观念论的直观问题钩沉“Aura”的美学肌理，揭橥本雅明的“Aura”会通于中国艺术观念“气韵”。[⑥] 马欣探讨了本雅明“手工复制时代”的誊写美学，认为可视之为其“机械复制”美学思想的重要补充，并指出誊写作为“文学文化”重要保证的笔迹学内涵，在数字复制时代具有启示意义。[⑦] 胡国平的《对未来的承诺——论本雅明历史哲学中的未来维度》[⑧] 一文试图呈现本雅明历史哲学中的未来维度。文章指出，本雅明拒绝一种体制化的未来，他认为这种未来造成了对失败者的遗忘。他建立了一种未来由过去的非正义性所启示

① 许瑞涛：《由卢卡奇的总体性困境反思主体性》，《天津大学学报（社会科学版）》2017年第5期。

② 夏宏：《卢卡奇与胡塞尔的事实观及其启示》，《学术研究》2017年第3期。

③ 王银辉：《论胡风对卢卡奇的接受与“遮蔽”》，《天津师范大学学报（社会科学版）》2017年第1期。

④ 徐洁、戴雪红：《葛兰西文化领导权思想近40年研究综述》，《国外马克思主义研究》2017年第1期。

⑤ 冯燕芳：《葛兰西文化领导权理论再审》，《当代世界与社会主义》2017年第6期。

⑥ 李莎：《“Aura”和气韵——试论本雅明的美学观念与中国艺术之灵之会通》，《文学评论》2017年第2期。

⑦ 马欣：《本雅明“手工复制时代”的誊写美学》，《文学评论》2017年第4期。

⑧ 《文艺理论研究》2017年第4期。

的历史哲学，这种忠实于时间伦理的历史哲学将过去视作是未完成的，它携带着记忆的责任，在过去与未来之间建立一种伦理关系，并最大限度地向他者开放。本年度对法兰克福学派另一代表人物阿多诺的研究也取得一定的成果。常培杰的《阿多诺对先锋艺术“自发性”的批判》① 指出，阿多诺是现代主义艺术的坚定维护者，他认为真正优秀的艺术作品应是依据“艺术逻辑”构建自身的作品。此类作品是理性的结晶。“艺术逻辑”既吸纳了“演绎逻辑”的合理之处，又批判了“演绎逻辑”的压抑形态即“工具理性”。然而，阿多诺借助艺术批判理性的做法，遭到哈贝马斯和韦尔默的有意“误读”。他们认为阿多诺的“审美主义”观念实则将审美置于理性之上，试图通过审美来解决社会现代性带来的问题。然而，这种“审美主义”观念恰恰是阿多诺反对的。王月颖的《音乐与社会批判》② 一文对阿多诺的音乐哲学进行了思考研究。赵勇与塞缪尔·韦伯所做的访谈呈现了阿多诺思想中目的论倾向和“非同一”观念交织的特征。结合阿多诺的真实处境和“非同一”思想的局限，访谈探讨了法兰克福学派社会批判理论和政治行动规划之间难以逾越的间隙。在“非同一”观念的基础上，韦伯汲取了克尔凯郭尔、本雅明、德里达等人的思想，进一步发展了“重复”“独异”这些聚焦于具体事物的观念。访谈还从“奥斯维辛之后写诗是野蛮的”引出了“异域词语”问题和阿多诺的身份问题。汪尧翀立足于列奥·施特劳斯与哈贝马斯关于现代性理论的纲领性文献指出，审美奠基主义作为德国观念论的直接后果，构成了双方批判现代性危机的起点。进而，对主体问题的否定批判与肯定转换，孕育了古典政治哲学与批判社会理论两套思想方案。双方的思想立场相互对立，并折射不同的政治意义。从思想史角度考察双方共享的现代思想主题及思想语境，既有助于反思国内学界的“施特劳斯热”，又初步尝试建立批判理论与古典政治哲学之间的对话关系。③

姚文放和杨乔喻分别研究探讨了阿尔都塞的“症候解读”观点和其对结构主义的反思。姚文放从谱系学的角度着眼指出，阿尔都塞关于“症候解读”的创见可以追溯到弗洛伊德和拉康。弗洛伊德是从过失、梦以及神经病的症候之中解读出意义来。拉康借助哲学、心理学和语言学对于精神分析学进行重建，用科学的、系统的理论对弗洛伊德关于“症候是有意义的”思想进行重构。而这恰恰为阿尔都塞的“症候解读”奠定了理论基础。阿尔都塞是从黑格尔逻辑学的否定性形式中获得了方法，从弗洛伊德和拉康关于精神病心理机制的研究中找到了概念，从马克思《资本论》关于剩余价值的研究中发现了问题，从而铸成“症候解读”的理论。阿尔都塞将“症候解读”视为一种生产，它借助自身的证伪、校正功能倒逼和反推知识增长和理论跃迁。此后“症候解读”理论向文学归趋，为文学研究开辟了新的理论空间，马舍雷将之引向文学批评，而卡勒则进一步将之引向了文化研究。④ 杨乔喻的《不在场的“理论实践”》⑤ 从阿尔都塞遗稿中一组特殊的档案文献及其最新研究入手，集中讨论阿尔都塞 1962—1963 年在巴黎高师开设的“结构主义的起源”研讨课。在阿尔都

---

① 《文艺理论研究》2017 年第 4 期。

② 《文艺争鸣》2017 年第 2 期。

③ 汪尧翀：《现代性理论及其政治意义：哈贝马斯与列奥·施特劳斯的思想对话》，《中外文化与文论》2017 年第 4 期。

④ 姚文放：《“症候解读”的理论谱系与文学归趋》，《文艺理论研究》2017 年第 2 期。

⑤ 《马克思主义与现实》2017 年第 4 期。

塞对结构主义进行的独特哲学谱系学考察中，认识一个拥有独特问题边界及困境的“结构主义”，重新了解阿尔都塞与结构主义之间的关系。阿尔都塞基于马克思主义对当时盛极一时的结构主义思潮进行的深度反思，也将为我们今天面对各种新思潮开展马克思主义理论工作提供重要启示。谢卓婷则探讨了阿尔都塞对朗西埃思想的早期影响，阿尔都塞对马克思主义所作的结构主义式的理论创新，具有开启一个时代的革命性意义。而朗西埃受其影响，对《资本论》做出症候式解读并以此而形成其学术处女作《“批判”的概念与“政治经济学的批判”：从〈1844 年手稿〉到〈资本论〉》，尽管在其日后“背离”马克思主义的学术道路中屡遭否弃，但其思想的基本立场乃至学术方法等其实都可以在这篇论作中找到某种理论“原型”，因此，可称之为朗西埃学术思想的一个“反向”的起点，或者是“结构性”的开端。①

詹姆逊和伊格尔顿作为当代西方马克思主义的领军人物，多年来在国内一直享有很高的研究热度。《国外理论动态》期刊于 2017 年第 2 期刊出了詹姆逊的访谈录《重访后现代主义》，在访谈中，詹姆逊回顾了该文中的主要议题，并对他在 1984 年使用的概念进行了澄清，包括后现代主义、情感和认知图绘等。詹姆逊还对后现代与后现代主义、哲学与形而上学、情感与强度、真实与虚构等概念进行了对比，并进一步思考了资本主义及其理论、艺术和文化在当下的状况。包括中国在内的非西方文化产品、当代影视文化以及詹姆逊近年来的几部著作等也都在此次访谈中有所涉及。吴娱玉的《为詹姆逊重绘台北地图？——再探台北本土性、全球化与后现代》② 研究指出，詹姆逊以对于台北本土性电影书写的诠释，试图为其后现代主义文化理论寻找一个注脚。尽管詹姆逊透过电影《恐怖分子》的阐释，为重绘台北的现代性经验提供了一种另类的、颇富潜力的分析模式，然而，由于詹姆逊并未十分遵守客体性优先原则，且选取的参照尺度是脱离台北经验的内地电影和西方文学，导致了其结论难以令人信服。李世涛认为关于詹姆逊马克思主义研究的身份问题，国内外学术界存在着许多分歧。从总体上讲，詹姆逊学术研究的性质是马克思主义，而其身份可进行进一步具体地界定。③ 李世涛的另一篇论文《詹姆逊文化理论在中国的接受及其问题》④ 指出，作为当代西方社会最著名的思想家之一，詹姆逊的文艺、文化理论与批评理论对中国文艺理论的研究具有重要的学术价值和启发意义。当前，国内的詹姆逊研究取得了丰富的成果，但也存在着不少问题，这些问题势必影响中国文艺、文化理论与批评的发展。因此，亟待突破目前研究的局限，以全面的、深入的研究来推进和拓展国内的詹姆逊研究，并在借鉴其成果的基础上，有创造性地发展中国自己的文艺、文化理论与批评实践。肖琼研究指出，在对现代性的辩护和反思中，詹姆逊揭示了悲剧与现代性之间的隐秘关系。在詹姆逊看来，现代性最好的展现方式是悲剧。⑤

在伊格尔顿研究方面，《文艺理论研究》刊物于 2017 年第 2 期和第 3 期做了集中讨论。

---

① 谢卓婷：《“结构性”的开端——阿尔都塞对朗西埃思想的早期影响》，《马克思主义美学研究》2017 年第 2 期。

② 《福建论坛·人文社会科学版》2017 年第 2 期。

③ 李世涛：《詹姆逊马克思主义研究的身份问题》，《中国文学批评》2017 年第 3 期。

④ 《学习与探索》2017 年第 6 期。

⑤ 肖琼：《现代悲剧：现代性的一种叙事方式——由詹姆逊的现代性理论获得的启示》，《社会科学家》2017 年第 12 期。

王健的《通向暴力的“语言乌托邦”——论伊格尔顿关于“恶”的话题》① 指出，西方学界对奥斯维辛事件的反思由来久矣，伊格尔顿的独特之处在于他将阐释的重点拓展到了语言的维度上：即认为语言中所蕴含的超越性既能够被当作创造性的源头，也会因忽视作为界限的他者而成为暴力的渊薮，最终形成“恶”。基于这个层面，伊格尔顿的思考也包含着对阿多诺等精英主义者理论的反思。对此，他呼唤一种伦理意义上的“唯物主义”，它与现实个体的有限性与他者相连，强调二者都具有不可控性。王伟指出，伊格尔顿在解读本雅明时使用的“革命批评”范畴常被研究者等同于“政治批评”“意识形态批评”，而“革命批评”与文化革命、革命文化实践之间的密切联系及其中蕴含的革命性能量被弱化乃至忽略。伊格尔顿指出，“革命批评”既预示了当代解构主义的批评实践，又与解构主义有着质的差别。需要注意的是，他对解构主义的另一些描述有些漫画化、简单化。有学者认为，“革命批评”是伊格尔顿理想中的批评取向，这种看法忽视了“革命批评”中存在的唯心主义缺陷问题，也忽略了伊格尔顿对本雅明“星座化”批评模式的心仪与实践。② 此外，伊格尔顿在《理论之后》中对曾盛极一时的各种后理论进行了批判，提出文学理论要重新回归文学本体，要在道德和伦理等宏大问题上进行建构性的反思。尹晶的《事件文学理论探微——“理论之后”反思文学研究的重建》③ 一文试图在伊格尔顿提出的“文学伦理学”的基础上，在其理论反思所凸显的“事件”的基础上，将吉尔·德勒兹和阿兰·巴迪欧的“事件”哲学概念结合起来，继续推进伊格尔顿对理论的反思，尝试发展出一套行之有效的事件文学理论。事件文学理论关注的是作家作为事件的忠诚主体通过语言事件表现生命事件，关注的是读者作为事件的忠诚主体接受这些生命事件，通过自己的生成让它们颠覆日常生活中的规则、习惯、风俗、标准等等。尹晶认为，据此可以说，这正是伊格尔顿所期待的“文学伦理学”。王健的《伊格尔顿：意识形态的伦理维度》④ 认为，伊格尔顿批判了意识形态是“欺骗”“治理术”和“永恒的”等说法，指出它同样含有承诺性、复杂性和解放的维度，而后者更有助于开启一个解放性的未来。

本年度关于其他西方马克思主义理论家的研究也颇有收获。蒋洪生的《阿甘本文论视野中的诗与哲学之争》⑤ 指出，长期以来，诗和哲学的分离在西方文化中被视为一种自然的事情，但阿甘本认为两者的分裂造成了严重的问题，是西方文化精神分裂症的表现：主体无法“完全拥有知识之客体”，无法经验人性的完整性，从而导致了自我和文化的异化。为了处理诗与哲学交恶的问题，阿甘本致力于倡导一种融批评与创造为一体的创造性批评，以此来重新恢复西方文化中碎片化语词的统一性。汇聚包括诗和哲学在内的所有人文科学，促成一种没有特定研究客体的“跨学科的学科”，在阿甘本心中，是来临中的一代人的重要文化任务。解青的《巴迪欧的“形式”哲学》⑥ 通过阐释巴迪欧的“形式”哲学，试图对其数

---

① 《文艺理论研究》2017 年第 2 期。

② 王伟：《论伊格尔顿的革命批评》，《文艺理论研究》2017 年第 2 期。

③ 《文艺理论研究》2017 年第 3 期。

④ 《道德与文明》2017 年第 1 期。

⑤ 《文艺理论研究》2017 年第 2 期。

⑥ 《哲学动态》2017 年第 4 期。

学本体论和哲学立场作出一种理解。单传友的《现代政治批判的不同路径》① 指出，霍耐特的“为承认而斗争”和朗西埃的“为平等而斗争”代表了当代西方马克思主义政治批判的两种路径。两种路径的实质都是从理性批判展开政治批判。韩清玉研究了 T. J. 克拉克的艺术批评，认为克拉克的批评话语，以马克思主义为重要的方法论资源，将“艺术生产”“意识形态”“阶级”等核心范畴与艺术风格、作品结构结合起来。②

此外，仰海峰的《文化理论：从马克思到西方马克思主义》③ 一文研究指出，从马克思到西方马克思主义的文化理论的内在逻辑转变可以看出：一方面，随着资本主义社会的变迁，意识形态与文化问题在社会生产与再生产中的作用发生了变化，另一方面，针对这种变化，理论的逻辑也在相应的改变。这是西方马克思主义学者试图从马克思走向当代的尝试，也体现了他们对现代社会的问题意识。从总体上来看，虽然理论的逻辑发生了诸多变化，但从马克思到西方马克思主义在以下几个方面还存在着共识：第一，坚持从社会生活出发来理解文化的地位及其作用，从社会总体性出发来定位文化与意识形态问题。第二，在文化的具体研究中，要考虑到主导性文化与非主导性文化，现存性的文化与指向未来的文化间的差异，同样也要考虑到社会结构中由于地位的差异而带来的文化差异。理解了这些差异，可以进一步深入到文化的内在机理中，推进文化研究。第三，文化从根本上来说，指向人的解放，尤其是工人阶级的解放。这也是马克思主义文化理论的根本指向。今天的文化理论研究，尤其需要在这个方面做出更多的探索。段吉方的《当代西方马克思主义美学的生产转向及其理论意义》④ 指出，在布尔迪厄的审美趣味与文化区隔研究、朗西埃的“感知的再分配”理论和当代审美资本主义研究中，当代西方马克思主义美学在生产维度上进一步拓展了理论空间，着重探讨艺术生产、文化资本、审美趣味与当代西方资本主义的关系，对当代美学问题域的变革起到了重要的推动作用。在审美资本主义时代，当代美学研究应进一步关注文化与资本、体验与经济、美学与时代的关系及其呈现出的理论问题。审美资本主义的理论内涵及其发展与当代社会文化转型过程密切相关，二者交汇融合也促使当代美学进一步关注当代体验，这是当代美学走向新的理论发展不可回避的问题。何卫华选取卢卡奇、本雅明和詹姆逊为代表，对西方马克思主义和世界文学之间的关系进行一些尝试性梳理。⑤

虽然后马克思主义的理论难以被归为马克思主义的理论，但其产生与发展与马克思主义毕竟有着千丝万缕的联系。范永康、刘锋杰的《后马克思主义的审美意识形态论》⑥ 一文旨在分析后马克思主义审美意识形态理论的哲学基础、理论内涵、理论特征和理论价值。国内影响颇大的审美意识形态理论隶属于传统马克思主义的“问题式”，当代西方的审美意识形态理论则归属于后马克思主义的“问题式”；前者的哲学依据是历史唯物主义，后者的是文化唯物主义和语言建构主义；前者的理论路径是“反映论”和“观念论”，后者的是“建构

① 《马克思主义与现实》2017 年第 2 期。

② 韩清玉：《马克思主义对文艺研究方法论的启示——论 T. J. 克拉克的艺术批评》，《文学评论》2017 年第 5 期。

③ 《北京大学学报》（哲学社会科学版）2017 年第 2 期。

④ 《文学评论》2017 年第 5 期。

⑤ 何卫华：《“西方马克思主义”的世界文学研究》，《文学理论前沿》2017 年第 2 期。

⑥ 《文艺理论研究》2017 年第 1 期。

论”和“实践论”。后马克思主义视域下的审美意识形态不再停留于“形而上”的语言、文化、符号层面，而与“形而下”的物质系统、社会现实融为一体，寄生于“机构/制度”之内，从而具备了物质载体和实践效果。后马克思主义审美意识形态论的哲学基础有偏离历史唯物主义之弊，但启示我们建构“日常生活审美意识形态”理论的重要性和必要性。宋伟则在其《后马克思主义文化理论出场的历史语境》① 一文中论证了马克思主义与后现代主义之间存在着千丝万缕的复杂关联。

六、本年度重要学术研讨会

除以上内容外，本年度还召开了一些重要的学术研讨会。2017 年 4 月 9 日，由陕西师范大学文学院、文学院延安文艺研究中心和《人文杂志》社联合举办“纪念《在延安文艺座谈会上的讲话》七十五周年暨《人文杂志》创刊六十周年”高层论坛。来自中国社科院、北京师范大学、四川大学、华南师范大学、重庆师范大学、人民文学出版社、西北大学、《人文杂志》社等全国各地的 40 多位专家学者出席了此次论坛。2017 年 5 月 22 日，为推动习近平总书记关于文艺系列重要讲话精神学习活动的深入开展，深刻理解我们党关于文艺问题方针政策的连续性、继承性、一贯性，时逢毛泽东同志《在延安文艺座谈会上的讲话》发表 75 周年来临之际，中国社会科学院中国文学批评研究会、中国当代文学研究会、中国中外文艺理论学会于 5 月 22 日在京联合主办了“学习习总书记讲话　重温延安文艺传统”纪念毛泽东《在延安文艺座谈会上的讲话》发表 75 周年座谈会。来自中国社会科学院、中国作家协会、北京大学、中国人民大学、延安大学、陕西师范大学、西北大学等单位的专家学者 20 余人参加了此次会议。2017 年 8 月 26 日，中国社会科学院第四届马克思主义文艺理论论坛暨“中华优秀传统文化与马克思主义文艺理论学科学术话语体系建构”研讨会在山东大学（威海）召开。论坛由中国社会科学院马克思主义理论学科建设与理论研究工程领导小组主办，中国社会科学院文学研究所、山东大学马克思主义文艺理论研究中心、山东大学（威海）文化传播学院合作承办，50 多位专家学者参会。2017 年 9 月 16 日，由中国社会科学院马克思主义理论学科建设与理论研究工程领导小组主办、中国社会科学院文学研究所和兰州大学文学院合作承办的中国社会科学院第二届马克思主义文艺理论青年论坛暨“延安文艺与当代文艺发展”学术研讨会在兰州大学本部举行。来自中国社会科学院、兰州大学、山东大学、人民大学、东北大学、中国海洋大学、西南大学、华中师范大学、山东师范大学、延安大学、大同大学、西北师范大学、兰州理工大学、兰州交通大学、兰州城市学院等高校的 40 多位中青年专家、学者及兰州大学文学院部分师生参加了论坛。2017 年 10 月 14—15 日，全国马列文艺论著研究会第三十四届年会暨“当代中国马克思主义文论研究的理论创新”学术研讨会在辽宁丹东召开，来自全国各大高校与科研院所的 130 余位专家学者与会。会议积极贯彻习近平总书记在全国文艺座谈会上的讲话精神，围绕“习近平有关文艺问题讲话研究”“当代中国马克思主义文论话语体系创新性构建及批评实践研究”“马克

① 《南京社会科学》2017 年第 1 期。

思主义文论与中华优秀传统文化会通关系研究”“马列主义文论经典文本与元典精神研究”等议题进行了大会发言与分组讨论，会议还以“中国马克思主义文论的当代建构”为主题组织了圆桌论坛。为在中国特色社会主义建设时代背景下，推进中国马克思主义文论的学术体系建构和话语创新，进行了富有成效的学术研究。

（本文审稿专家　刘方喜）

2017年中国古代文论综述

杨子彦

2017年中国古代文论研究出现了一些新的特点：研究重心向基本理论、重大问题回归；利用出土文献，重新审视文本，研究关键问题；成果数量激增，质量也有明显提高。在经历了改革开放四十年的迅猛发展后，中国古代文论的重要性得到更多学者的认同，在当代文论和文化建设中发挥着重要作用。

一、历代文论研究

先秦文论

对先秦诸子，学界更多从哲学史学角度予以分析，文论集中在孔子、老子、庄子研究方面。

就孔子研究而言，《孔子诗论》、孔子艺术观等在过去的一年受到较多关注。徐正英对出土文献《孔子诗论》中的“颂”论及诗学史意义予以分析，指出其对《周颂》所作“平德也”“多言后”“成功者”三个方面的概括，比汉儒所下定义多出一项内容，更为确当；“颂”论丰富了孔子的诗学思想体系，颠覆了先秦诗论、乐论不分的定见，昭示了先秦由音乐附庸到单句取义再到系统化文化解读《诗》的诗学走向。王齐洲对孔子的文学教育思想予以分析，认为“兴于诗，立于礼，成于乐”是孔子文学教育思想和教学实践的理论总结：“兴于诗”强调的是儒家君子人格养成的逻辑起点，“立于礼”主要指示了儒家君子人格养成的行为准则，“成于乐”则是在长期音乐教育和诗礼熏陶下形成的，它不仅不排斥全面而完整的音乐教育，而且以之作为依托和凭借。①

对于孔子和《诗经》关系，谢炳军提出了新的见解，认为清华简《周公之琴舞》未能为“孔子删《诗》”论提供实证，一个基本原因是难以证明孔子删过组诗《周公之琴舞》；《诗经》作为承载殷、周雅言文化的王官教本，符合周王朝的礼义标准，是孔子不会大删《诗经》诗歌的思想基础；《诗经》经过春秋时期的传播之后，生成了较为稳定的文本形态，孔子不会标新立异、自行己意而将它大加删汰；此外，以恢复周礼为己任的孔子与司马迁笔

---

① 徐正英：《上博简〈孔子诗论〉“颂”论及其诗学史意义》，《文艺研究》2017年第8期。《上博简〈孔子诗论〉“大雅”论残简阙文臆补与相关诗学问题》，《中国人民大学学报》2017年第5期。王齐洲《试论孔子的艺术观》，《中山大学学报》2017年第1期；《“立于礼”：儒家君子人格养成的行为准则——孔子文学教育思想探论之二》，《社会科学研究》2017年第3期；《“成于乐”：儒家君子人格养成的性格特征和精神向度——孔子文学教育思想探论之三》，《华中师范大学学报》2017年第5期。

下删《诗》的孔子形象不符，而符合孔子形象的是“述而不作”。马昕对孔子“诗教”思想对当代文学教育的启示予以了阐释，认为“以诗为教”作为儒家文艺思想的基本线索，不仅主导着两千多年来古典文学的传承与发展，而且对教育领域维持着长久而深度的渗透作用。①

关于老子研究，道器论历来受到关注，王玉彬认为在老子那里有两个世界：道生万物的自然世界和“朴散而为器”“因物以制器”的人文世界，“器”意味着人文的开始；通过对道器关系的阐发，老子意在以道的自然价值化解人文之弊，知止、恬淡、清静就是在自然价值贞定下对待“器—制—名”的应然态度。学者利用历史和出土文献，对老子进行的解读也值得关注。对于南宋林希逸《老子鬳斋口义》，孙明君认为他能超越儒士的正统立场，对道家始祖老子给予同情之理解；《老子鬳斋口义》归纳了《老子》长期受到蒙蔽误读的原因，指出老子学说与孔孟之道虽然有同有异，但在大本大源上同于儒家；同时第一次从文学角度解读了《老子》的文学特点，应受到更多的重视。对于《老子》传世本中的“绝圣弃智”“绝仁弃义”“绝巧弃利”，郭店楚简的文字有所不同，汪韶军对学界已有分析进行了汇总归纳，认为基于楚简本乃孤证，无法确定它反映的就是原貌；《周礼》已有六德说，老子具备提出“绝圣”“绝仁弃义”的时代条件等，认为应当尊重传世本，理解老子以过激言论刺激世人彻见本源的用意。②

庄子研究方面则主要关注“虚静”“逍遥游”等问题。胡立新认为心斋、坐忘、丧我、用心若镜等都是虚静认知方法，分别诉诸感知、意志、理解、虚静，是以不同的心理机能来改变世俗之人的认知方式，抑制世俗化贪欲奢情对认知主体心性的干扰，重建道学的虚静认知心理，以道镜、道心去认识宇宙人生万象，认识自然天道玄德的本性，理解并践行物我齐一、天人相和、无为而无不为的道性人生。刁生虎对庄子的形神论及其艺术转化进行了研究，认为直到庄子才对形神问题进行了全面、系统、辩证的阐释：形是神的前提和基础；神为形之主；形神相互依存，庄子形神观的确立对后世中国哲学和文学艺术产生了深远影响。关于庄子的“逍遥游”，劳悦强采用训诂与义理并重的方法，对“逍遥”和“游”的涵义进行了阐释，认为庄子逍遥真义的关键在于“游”，若不能游便不能逍遥，自然无入而不自得即是逍遥游。黄璐对比了庄子的“游”和尼采的“醉”，认为庄子中“游”是超拔脱俗的至高境界，而在尼采哲学中“醉”的境界由酒神狄奥尼索斯建构，从某种角度看查拉图斯特拉的形象也承续了酒神的精神因子；二者皆显现出将生命融于审美精神之中的可行性与必然性。③

---

① 谢炳军：《孔子与今本〈诗经〉关系再认识》，《江西社会科学》2017年第9期。刘娟在其论文《再论清华简〈周公之琴舞〉与“孔子删诗”——历时性与共时性双重视域下的〈诗〉本生成》（《岭南师范学院学报》2017年第4期）与此观点有近似之处。马昕：《孔子“诗教”思想对当代文学教育的启示》，《文艺评论》2017年第4期。

② 王玉彬：《自然与人文之间——老子“器”论的思想意蕴》，《人文杂志》2017年第9期。孙明君：《林希逸〈老子鬳斋口义·发题〉释读》，《北京大学学报》2017年第2期。汪韶军：《老子“三绝三弃”辨正》，《北京社会科学》2017年第8期。

③ 胡立新：《庄子虚静认知观释解》，《东北师大学报》2017年第1期。刁生虎：《庄子形神论及其艺术转化——兼论其对中国写人传统的影响》，《西北师大学报》2017年第6期。劳悦强：《游于常与变之间——庄子逍遥义解》，《杭州师范学院学报》2017年第6期。黄璐：《“游”与“醉”——庄子与尼采审美精神之互释》，《理论月刊》2017年第7期。

汉魏六朝文论

陈莉对汉魏六朝文论对文学虚幻性的阐释与判断进行了分析，指出虚幻性是魏晋之前中国文学艺术的突出特征，王充、嵇康、刘勰等人都持否定态度，导致艺术创作实践和理论概括之间的脱节。征圣、宗经的立论原则以及东汉以来的朴素唯物论是限制汉魏六朝时期对虚幻性文学艺术正面解读的障碍。①

锺嵘与《诗品》是汉魏六朝研究的重点，对其品第裁定、源流等方面多有质疑，研究也多围绕此展开。如《诗品》认为阮籍“其源出于《小雅》”，此说历来有所争议，叶黛莹结合具体作品进行了细致分析，认为从文体和内在情感逻辑等方面，阮籍的五言《咏怀》近《小雅》而远《离骚》，锺嵘独标阮籍源出《小雅》，为理解阮籍诗和《小雅》提供了一种观察视角和思考维度。对于此前很少关注的《诗品》的评语义例和诗歌谱系的建立等角度，也有学者进行了研究。邬国平认为“辨彰清浊，掎摭病利”八字是钟嵘对他自己的批评观，对《诗品》评语的批评义例做出的说明，也是理解《诗品》评语表达作者褒贬方式的一把钥匙；具体分为有褒无贬、有贬无褒、间接褒贬、既褒且贬四种情况，其中又以第四种情况最具有考察意义。分析《诗品》这一批评义例，有助于具体和深入地理解钟嵘真实的批评意图。葛志伟认为锺嵘对诗歌此举不仅将五言诗体追溯到诗骚传统，更从根本上解决了五言诗的诗坛地位问题，并且精心编撰了一个既保守又开放的诗人秩序，在中古五言诗的演进历程中意义重大。② 关于锺嵘《诗品》的比较和源流研究方面，依据初唐元兢编选的《古今诗人秀句》序，孙佩认为其“以情绪为先，直置为本；以物色留后，绮错为末”等诗学主张和品评标准受到了《诗品》的影响，是锺嵘诗学思想的传播者，在唐代《诗品》接受史上起到了中介作用。③

关于江淹赋作中的文学观念，袁济喜、迟文颖予以了分析，认为他的赋作在继承屈骚文学与鲍照诗文的同时，善于出新；赋作以悲为美，具有丰富的文学思想；以悲为美既是从个体感受出发，又能上升到天道人生来思索，从而拓展了汉魏以来赋作的审美境界，具备了自觉为文的思想。④

此外，关于汉代乐论对于文学的影响，韩伟认为乐论中强调的美学之“悲”一变为文学之“怨”，汉代文论通过对屈原及其作品的推崇，使以“愤”“怨”为主的文学发生观成为主导；在创作上，汉赋中“悲士不遇”主题几乎与讽劝性主题分庭抗礼，同时以雅乐歌辞、乐府诗和部分文人五言诗为代表的汉代歌诗亦表现出明显的悲怨特征。⑤

---

① 陈莉：《汉魏六朝文论对虚幻性文学的理论阐释与价值判断》，《江西社会科学》2017 年第 12 期。

② 叶黛莹：《从“源出小雅”谈起——兼论阮籍之于“兴”义的价值》，《文学遗产》2017 年第 7 期。邬国平：《“辨彰清浊，掎摭病利”——〈诗品〉评语义例探微》，《许昌学院学报》2017 年第 3 期。葛志伟：《锺嵘〈诗品〉与中古五言诗经典谱系的建构》，《文学遗产》2017 年第 4 期。

③ 孙佩：《论元兢〈古今诗人秀句〉与锺嵘〈诗品〉之关系》，《山西师大学报》2017 年第 3 期。

④ 袁济喜、迟文颖：《论江淹赋作中的文学审美观念——兼论中国文学理论批评对象的学科定位》，《学术研究》2017 年第 10 期。

⑤ 韩伟：《汉代乐论的美学贡献及对文学之影响》，《社会科学战线》2017 年第 2 期。

唐宋时期文论

王昌龄在文论史上占有重要地位，蔡宗齐对他的创作论和理论渊源进行了深入探讨。依据《文镜秘府论·论文意》和现存本《诗格》部分的选段，对《论文意》中六十处“意”的使用进行归纳，认为《论文意》在文论史上第一次展现出“意”作为一种范式的意义，首创文以意为主，其中立意、作意为创作启动过程，从意到境是外界的观照，思与意象是构思过程，意与言是构思与成文过程，意与物色的结合是文本的诞生，整体是一个“意—境—象—言”理论框架，发展出其独特的带有明显佛教风格的文学创作论。①

司空图《二十四诗品》是中国古代美学史上的经典著作，对于其理论性质是风格论还是境界论，学界有所争议。方明对此问题进行了辨析，认为意境具有风格所不必具备的特征，即表现为某种时空图景，《诗品》中只有少数品目具有这样的特点；以风格论来解读则可将整篇著作统一起来，对诗歌不同风格类型的关注亦是司空图的一贯美学主张。此外，丁利荣对其中景观意象的取象与造境进行了研究，认为在逻辑建构上，从自然物象的选取到艺术意象的形成再到哲学意境的构造，三者一脉相承；在色彩建构上，彩色流韵、浓淡相成的色彩体系显现了道的流动变化和自然光华；在形式结构上，呈现出回环往复的花形结构特征，与此相应，也形成了流动回环、似断实连的解读方式。对于最后一则《流动》，李贤臣从此入手，认为它既是一则诗品，又具有《诗品》序的功能。“载要其端，载闻其符”的《雄浑》《冲淡》，各依《周易》《乾》《坤》卦旨以立义，是《诗品》开合的门户。其他“载闻其符”的诸品，也都各依《易》卦之旨，从而“风律外彰，体德内蕴”。②

《沧浪诗话》研究并不是很多，其中较有新意的是李大西关于《诗辨》、陈璐关于“参”的研究。对于《诗辨》，李大西认为它的目标是要构建独特的诗道体系，本质则是将“以禅喻诗”贯穿于“学诗”“参诗”过程而最终求得“诗道真谛”；严羽关于“诗道”体系的建构，是以学诗为基，以参诗为核，以辨诗为的，具有要言不繁而体系完备的特征；如果只注意其以佛禅“喻诗”的特性而忽略其诗学体系，对其诗论的理解也是片面的。陈璐关于“参”的观点，是指学诗要多读熟读、仔细揣摩；“参”分为“参饱”“参熟”“参活”“参破”四个境界，是《沧浪诗话》一以贯之的学诗之道，也是严羽诗论的精髓所在。③

关于朱熹和理学家的文学思想，在过去的一年依然有不少研究。对于争议很多的朱熹以“淫”定位“郑卫之音”，胥秋菊认为《诗集传》中存在两种标准，一方面沿袭了先儒以“淫”定性“郑卫之音”的历史传统，另一方面对同于或者甚于“郑卫之音”的“齐鲁之风”却未予否定，甚至是“默许”的态度；这种差异原因是朱熹沿用先儒以“淫”说“郑卫之音”的表述形式，却又刻意曲解“淫”的原意，旨在建构其思想体系，此外还有文化地理决定论等因素。高有鹏注意到朱熹对于《楚辞集注》中神话传说理论的阐释，并予以

① 蔡宗齐：《王昌龄以“意”为中心的创作论及其唯识学渊源》，《复旦学报》2017 年第 4 期。

② 方明：《论〈二十四诗品〉的理论品质——兼谈“意境”与“风格”的比较》，《沈阳工程学院学报》2017 年第 4 期。丁利荣：《取象与造境：〈二十四诗品〉景观意象的审美建构》，《湖北大学学报》2017 年第 3 期。李贤臣：《千古奇文——司空图〈诗品〉再探》，《河南大学学报》2017 年第 4 期。

③ 李大西：《从佛禅术语看〈沧浪诗话·诗辨〉的“诗道”体系》，《创新》2017 年第 4 期。陈璐：《论〈沧浪诗话〉“参”的内涵与境界》，《中国美学研究》2017 年第 1 期。

了解析，认为朱熹把其中的神话传说故事视作历史的真实，又做出辩证分析，表现出唯理论的阐释方式，更多的是从历史文化的合理性回答。①

关于苏轼和黄庭坚的研究，周燕明对苏轼的“静故了群动”诗学观进行了分析，认为既是他创作经验，是禅宗止观禅法对他诗学的影响。范金晶对《江西宗派图》提出了新的见解，认为与北宋的文坛盟主意识、吕本中的个人经历等因素有关，吕本中将自己所整合与命名的、以江西诗人为主体的诗歌群体，系在了黄庭坚名下，上续欧—苏脉络，而黄庭坚青出于蓝而胜于蓝，代表着本朝诗歌的最高水平与发展方向；《江西宗派图》的写作，盖出于吕本中一己之私意，并非出于众人共识，实际上的“江西诗派”，则是几个松散的团体及一些独立的诗人，被吕本中整合入图。范文立论新颖，对于吕本中和《江西宗派图》的论述相较于浮泛言论，更为平实，有一定的学术价值。②

关于文天祥的文学思想，李懿进行了解读，认为文天祥的理学思想对其诗学观影响至深，坚持道先文后与自然平易的复古倾向，将文学创作和重视儒家传统经典密切联系起来，提出以气为本、以节义为文等观点，推崇文学的经世致用功能，体现了程朱理学对宋末诗学发展的深远影响。③

金元明清文论

金元研究领域有所拓展，除了元好问等大家，也关注到刘将孙这样没有那么著名的人物；明代多围绕文学与性情展开，特点比较鲜明；清代内容相对散乱，袁枚性灵说、王国维境界说等依然引发多方关注。

金元之际北方诗学有它的特殊性，侯文宜以元好问和郝经为例，对此进行了探索，认为他们诗文论中经常出现“英雄气”“豪气”“幽并之气”“元气”，体现了“重气之旨”，不仅代表了一种主流的审美取向，由此所倡导的刚健之风也得到了广泛传播。④

关于元代文学思想，查洪德认为是多样的，元代是一个多元化的社会，文学观念也是多样的：既有垂世立教，以文为行道工具，也有以文作为耳目之玩，乐吾之性情；既有以诗气和声和，也有以为当怒而怒，适亦和耳；……歧见纷呈，呈现出空前的多样化。⑤

关于元代刘将孙、吴澄的文论思想，何砾、张福勋进行了研究。二人的思想都主要体现在文集的序跋之中。刘将孙别集《养吾斋集》中的序类文章较多，包含了丰富的文论思想，何砾认为其中的“心”“悟”“道”“气”范畴内涵丰富，建构起刘将孙的文论体系：诗歌提倡性情，作文讲求“以欧苏之发越，造伊洛之精微”，达到真实自然和高雅不凡的文学境界。吴澄的《吴文正公集》同样保留了大量序跋，不仅见出吴澄的诗学观点，也窥见整个

---

① 胥秋菊：《朱熹〈诗集传〉中以“淫”定性“郑卫之音”辨析》，《湖北社会科学》2017 年第 7 期。高有鹏：《朱熹对〈楚辞集注〉中神话传说理论的阐释》，《文化遗产》2017 年第 3 期。

② 周燕明：《苏轼“静故了群动”诗学观与禅宗止观》，《北方论丛》2017 年第 3 期。范金晶：《因缘际会中的偶然：吕本中〈江西宗派图〉新论》，《西南交通大学学报》2017 年第 1 期。

③ 李懿：《文天祥的理学诗观及对宋末文坛的影响》，《理论界》2017 年第 12 期。何砾：《刘将孙诗论中的“悟”》，《贵州师范大学学报》2017 年第 1 期。

④ 侯文宜：《金元之际北方诗学探微》，《中北大学学报》2017 年第 4 期。

⑤ 查洪德：《元代文学观念的多样性》，《古代文学理论研究》第四十四辑，2017 年 6 月版。

元代诗学理论的面貌，张福勋认为其诗学存在尊唐抑宋，主真情，倡自然，反雕琢等特点，补充《元诗选》《元诗纪事》应收而未收诗事、诗评，对于元代诗歌史料及元诗批评史有杰出的贡献。①

关于前后七子的学术文章不多，伍美洁认为宋儒理学在明代大肆侵入文学，造成了严重的文学危机，以李梦阳、何景明为首的前七子兴起复古运动来抵制这种侵入，通过对文、道关系的梳理来重新确立文的独立，重新认识“情”，还原了文学的本质特征，促进了文学的独立与发展。②

对于汤显祖“至情”说，盛志梅以《牡丹亭》为例提出自己的见解，认为在《牡丹亭》中杜丽娘由人而鬼，再由鬼而人，始于情，终于礼，最后重新融入到了现实秩序之中，体现了作者“以人情之大窦，为名教之至乐”的追求、倡导礼乐教化的苦心，有明显的复古倾向。③

关于明末清初黄宗羲和王夫之，学界也多从性情角度予以分析。温德朝认为黄宗羲以思想家的远见卓识总结了明代中后期诗学理论和诗歌创作的得失，批判地继承了宋明诸儒关于“性情”命题的理论成果，建构了以“性情论”为主体的诗学思想体系。雷斌慧则从“写心”这一角度具体分析了黄宗羲的文学观，认为黄宗羲提出天下至文源于写心等观点，是在心学的根底上建构其文学观，从而沟通心学与文学。关于王夫之，杨宁宁认为“诗道性情”是其诗学理论的起点与核心，植根于人性论基础当中；“性之情”是王夫之对于“诗情”的一种理想化确立，它的标举使王夫之诗学中的情本体有了清晰具体的价值指向。何良五则对王夫之以“现量”论诗的弊端进行了分析，认为这一佛教术语转接到诗歌理论中有所不适，具体体现在过于强调审美主体的身观限制，将审美感知与审美传达混为一谈，将审美客体的真实置于审美主体之上，排斥夸张、虚构、想象等手法等。④

对于明末魏僖的文学思想，朱泽宝予以了研究，认为魏僖提倡文章须明理适用与清初经世致用的思潮相呼应，积理练识说是清初推崇实学的思想的文章学表达，而“真气”说更展现了明遗民群体的精神风貌，堪称明遗民文论的代表。⑤

关于袁枚诗学，两种研究较有新意：袁枚和姚鼐诗学关系考论；咏史诗批评观念。关于袁枚和姚鼐，他们私下有不错的交情，但诗学观念存在较大的分歧。潘务正对此予以了分析，认为姚鼐代表的桐城诗学以理学为根基，提倡人品与诗品的统一，要求诗歌语言及情感格调高雅，对俗体诗有强烈的厌恶之情；袁枚则反感理学，提倡性灵，重视艳情，对俚俗表现出浓厚的兴趣。袁枚一生中写下二百余首咏史诗，但是相关研究不是很多，马昕指出咏史题材在袁枚的诗学世界中占有重要地位，对创作也提出了具体要求：“新义”，即思想内容

---

① 何砾：《刘将孙诗论中的“悟”》，《贵州师范大学学报》2017 年第 1 期。张福勋：《元代诗歌批评史上杰出贡献者——吴澄对元诗的补阙与评点》，《银山学刊》2017 年第 2 期。

② 伍美洁、韩云波：《论前七子以复古抵制宋儒理学对文学的侵入》，《重庆师范学院学报》2017 年第 3 期。

③ 盛志梅：《论汤显祖唯情文学观的复古倾向——以〈牡丹亭〉为例》，《文艺理论研究》2017 年第 5 期。

④ 温德朝：《黄宗羲诗学“性情论”诠释》，《中国美学研究》第十辑，2017 年 12 月版。雷斌慧：《从“写心”说看黄宗羲的文学观》，《山西师范大学学报》2017 年第 4 期。杨宁宁：《王夫之诗情论辨正》，《北京师范大学学报》2017 年第 4 期。何良五：《论王夫之以“现量”论诗的弊端》，《衡阳师范学院学报》2017 年第 5 期。

⑤ 朱泽宝：《明遗民文论的代表——论魏禧文论的时代精神》，《广州大学学报》2017 年第 1 期。

上有高超识见；“隽永”，即在艺术风貌上形成感情深沉、意味不绝的效果。①

王国维研究，内容集中在两个方面：一是从多个角度阐释境界说，一是从抒情和叙事关系角度分析王国维文学观。围绕境界说展开的研究有：境界说与传统美学的关系，余开亮认为王国维的“境界说”对传统美学进行了一种适应现代美学范式的选择与改造，对传统的情景理论进行了提纯，还突出了传统美学形而上维度的地位并扩展了这一维度的时代内涵。王妍则从现象学角度阐释了“有我之境”“无我之境”，认为“有我之境”是在由静至动中超越了对象化的纯粹主体和纯粹客体之间的分化与对立，“无我之境”便是在平静中复归到包含“天、地、神、人”四方整体的自然之家，复归需以超越为基础。关于王国维对抒情和叙事评价的转变过程，张冠夫依据《人间词话》指出“抒情诗，国民幼稚时代之作也；叙事诗，国民盛壮时代之作也”，认为这时期王国维认为叙事文学优于抒情文学；由于中国文学的抒情传统对于其影响的持续以及个人的性情等因素，王国维对于抒情文学仍然难于忘情，这导致他的文学论述中涉及传统抒情文学时的内在的矛盾；在后期的戏曲论中，王国维纠正了个人的认识偏颇，强调叙事与抒情两者间的内在联系，从而打破了抒情文学和叙事文学的二元对立。②

二、刘勰与《文心雕龙》研究

关于刘勰与《文心雕龙》研究，2017 年成果较多。从内容来看，基本问题研究依然是主体，如对《情采》《声律》篇的分析，《文心雕龙》对《楚辞》的评价等；其次是龙学的学术史和传播比较研究，如《文心雕龙》和其他著作的比较，《文心雕龙》的英译以及在海外的传播等。随着中西学术交流的日益频繁，《文心雕龙》在海外的影响日益扩大，海外学者的研究也已经成为当代龙学一个重要组成部分。

在基本理论问题研究方面，张健提出的《文心雕龙》的组合式文体理论值得关注。在他看来，《文心雕龙》有一根本观念，即文体是由众多构成元素组合而成之统一整体，这一观念也构成《文心雕龙》文体论的基础。《文心雕龙》的重心之一即是讨论文体的构成元素及其在文章中之功能，论述构成元素的组合方式、相互关系及其与整体之间的关系。刘勰的文体论涉及当代文论所谓体裁、风格问题，皆以文体组合观念为本。赵树功则从另外的方面论述了《文心雕龙》的系统性，认为是以道为体，以才为用，形成了一个以“才”贯穿始终的完整理论体系；全书以“三才”论肇始，以“三才”论收束，体现了“才”在这一严密理论系统建构中的核心作用。他们的研究是对以往提出的《文心雕龙》的整体有机观的进一步发展，有重要的启示意义。③

---

① 潘务正：《姚鼐与袁枚诗学关系考论》，《安徽师范大学学报》2017 年第 4 期。马昕：《袁枚的咏史诗批评观念与风格追求》，《苏州大学学报》2017 年第 2 期。

② 余开亮：《再论王国维“境界说”及其与传统美学的关系》，《中国文艺评论》2017 年第 9 期。王妍：《超越与复归——王国维“有我之境”“无我之境”的现象学解读》，《文艺评论》2017 年第 10 期。张冠夫：《在抒情与叙事之间的认识调整——20 世纪初王国维文学观建构的一个侧面》，《厦门大学学报》2017 年第 1 期。

③ 张健：《〈文心雕龙〉的组合式文体理论》，《北京大学学报》2017 年第 3 期。赵树功：《道贯“三才”与骋才创体——论以“才”为核心的〈文心雕龙〉理论体系》，《文艺研究》2017 年第 10 期。

《宗经》《神思》等篇依然是研究重点。郭鹏对“宗经”理论的开放性、包容性特质与作用机理予以了分析，认为这是刘勰关于“道”“圣”“经”三者关系的集成性表述，包涵其对“义”与“辞”两方面的要求，通过一系列与“圆”有关的语汇予以落实，是成就整个《文心雕龙》文学理论和批评实践能够做到原则性与灵活性兼具的“文之枢纽”。刘尊举对《神思》篇中的“杼轴献功”进行了分析，认为它既不是文学想象，也不是修饰润色，而是指在整理、裁择创作素材的基础上，通过选择文体经营结构、组织语言等创作活动，完成文章的构思与写作，使作品主旨分明、条贯清晰、首尾圆合、焕然成章。归青对“神思”进行了词义学解读，认为刘勰之前基本上是在精神和思维的意义上使用，《文心雕龙》中“神思”特指写作启动时的文思，是一种突破时空限制，不须苦思，兴奋活跃的非理性的思维状态。①

关于《文心雕龙》和谶纬、铭箴、论说等之间的关系，孙蓉蓉、吴中胜、雷恩海予以了专论。孙蓉蓉对《正纬》篇中的“荣河温洛，是孕图纬”“事以瑞圣，义非配经”“后来辞人，采摭英华”进行了辨析，认为刘勰对于谶纬的认识、态度以及谶纬对于文学创作意义的揭示等，都有启发的意义。关于《铭箴篇》，以往研究不多，吴中胜将之视为中国铭文化的早期专论，以此为中心解读相关资料和文字，可以对铭文的源流、功能与文体特征有更全面深入的认识。雷恩海则指出，《论说篇》是文论史上第一篇对论说文作深刻论述者，不但探讨论说文之体制规范，亦彰显其文学性，以期最大限度地发挥论说文之功用。②

关于《文心雕龙》的学术史方面，针对詹锳的《文心雕龙》研究，学者从不同角度予以了评价。陶礼天主要就《刘勰与〈文心雕龙〉》予以分析，认为作者主要站在现代文学理论批评和现代美学的理论视野下进行诠释，将刘勰视为文学理论家、批评家和骈文作家，较为全面地反映詹锳先生《文心雕龙》研究的水平，也较为充分地反映了其理论研究的方法论。李平、黄诚祯则对比了詹锳《文心雕龙义证》和李曰刚的《文心雕龙斠诠》，认为前者对于后者在采摭材料、汲取成说方面有所接受，同时也有阙疑、补充、驳正、录异等方面的发展，指出二十世纪 80 年代以来海峡两岸“龙学”研究存在渐趋交融的态势。③

《文心雕龙》和其他著作的比较研究方面，方舒雅从“情”“志”关系角度和《诗品》进行了对比，认为两者都重“情”兼重“志”，区别在于刘勰的“志”更具有浓厚的儒家传统诗教色彩，钟嵘的“情”更尊重生命的本性，因而刘勰“以志统情”，将“志”作为诗的灵魂；钟嵘则“以情慰志”，把“情”视为慰藉“志”的途径。两者从不同角度，彰

---

① 郭鹏：《从“禀经制式”到“首尾圆合”——论〈文心雕龙〉理论的开放性、包容性特质与作用机理》，《山西大学学报》2017 年第 3 期。刘尊举：《〈文心雕龙〉“杼轴献功”疑义辨析》，《中国社会科学院研究生院学报》2017 年第 3 期。归青：《“神思”的含义和篇旨的概括——对〈文心雕龙〉“神思”的词义学解读》，《社会科学》2017 年第 12 期。

② 孙蓉蓉：《〈文心雕龙·正纬〉之辨》，《北方论丛》2017 年第 1 期。吴中胜：《〈文心雕龙〉与中国铭文理论的早期形态》，《文学评论》2017 年第 2 期。雷恩海、杨小红：《论说之体制暨文学性释证——以〈文心雕龙·论说〉为中心》，《兰州大学学报》2017 年第 6 期。

③ 陶礼天：《詹锳关于〈文心雕龙〉的理论诠释及其方法论》，《兰州学刊》2017 年第 10 期。李平、黄诚祯：《〈文心雕龙义证〉对〈文心雕龙斠诠〉的接受与发展》，《上海师范大学学报》2017 年第 2 期。

显了抒情艺术在理论高度与文学批评上的自觉与发展。[①]

《文心雕龙》海外传播，近年成为研究热点。李逸津对俄苏在20世纪对于《文心雕龙》的研究进行了全面分析，1918年出现了最早的俄国译本，此后在上个世纪的70年代和90年代都有几部研究专著出版，对《文心雕龙》的概念术语、文学理论、美学思想等做了有俄苏学术特色的探讨。戴文静以《文心雕龙》的英译为例，对于1951年至2003年13个不同版本及译者的身份和翻译策略进行了细致分析，认为中国文论英译呈现“译者学者化”的态势，在译介过程中应充分观照“人”的主体性，合理构建学者型和评论型的译者身份，采取译释并举和译评融合的中国文论英译策略。古风则对《文心雕龙》的海外译介和传播做了较为系统的分析，不仅涉及英译本，还详细分析了相关研究的价值与特点，并在此基础上比较了中西研究上的差异，认为国内倾向于与史结合的注疏考证这种传统研究方式，西方则更多地集中于集中在对理论、结构及术语的重新阐发。胡作友对比了宇文所安和杨国斌对于《文心雕龙》的译本，认为宇文所安的阐释更多体现西方文化的价值，杨国斌的阐释则更突出方文化的特色；两个译本在从不同角度传递中国古典文论的过程中，阐释了相同的精神，即文学是心灵的家园。[②]

三、热点问题

关于强制阐释的讨论明显降温，部分学者对四十年古代文论的发展进行反思，目的依然是如何建设古代文论，使其在当代文化文论建设中发挥作用，至于如何落到实处，还是指向范畴等相对具体的研究。

关于古代文论的建设与发展，左东岭认为目前关于古代文论的研究与借鉴还仅仅停留于范畴、术语与方法的层面，而对核心观念或者说基本精神缺乏深入的研究与深刻的认识；中国古代文论最鲜明的特征就是它是一种系统而丰富的大文论观：开放、包容、会通、系统及富于弹性的观念体系，形成了有别于西方文论系统的中国经验；既强调文章的华美漂亮，同时又重视其实用，将文章与社会生活的方方面面紧密联系起来，从而建构起一个庞大严密的文论系统。毛宣国就古代文论建设发表过不少见解，在《古代文论“进入”当代的理论思考》一文中强调要在当代人的意识照耀下，让古代文论资源进入到当代文论；至于如何进入当代，范畴的清理与重构是重要的环节；这种清理与重构，不仅有利于中国文论的话语建构，也有利于增强中国文论对于当代文学的阐释能力。杨万里关于建设古代文论的设计则主要包括：重视发掘和整理新的文学批评资料，以及与其相关的文化艺术批评资料等；对中国古代文论的一些经典文本、核心命题在文化语境中作出还原性阐释，在审美体验中给予同情

---

① 方舒雅：《“以志统情”与“以情慰志”：试论〈文心雕龙〉与〈诗品〉的“情”“志”关系及其意义》，《辽东学院学报》2017年第2期。

② 李逸津：《20世纪〈文心雕龙〉俄苏研究述略》，《中国俄语教学》2017年第4期。戴文静：《中国文论英译的译者行为批评分析——以〈文心雕龙〉的翻译为例》，《解放军外国语学院学报》2017年第1期。戴文静、古风：《中国传统文论的海外传播现状研究——以〈文心雕龙〉的译介和传播为例》，《贵州社会科学》2017年第2期。胡作友、陈萍：《走向心灵的家园——〈文心雕龙〉英译中的阐释学评价》，《学术界》2017年第11期。

之理解；观念与视野也需随资料的发掘与层次的深入而更新转变。①

在具体的范畴研究方面，成果并不多。专著《意象范畴的流变》梳理了意象范畴的形成过程进行，阐释审美意象的建构和形态，界定和辨析物象、形象、兴象、意境等相近范畴。论文方面涉及的范畴主要“本色”“学”“意”等。关于“本色”，学界已有所研究，黄丽娜主要从通论、诗论、曲论、文论的代表作入手考察，梳理“本色”一词的意义流变，同时对于当代学界已有研究也进行了归纳评述。明清小说评点中的“学”，李梦圆认为是指小说作者的学识，是小说创作的重要条件，可称为主体性素质范畴之一。对于苏轼所说的“意”，刘禹鹏认为它是苏轼文艺理论的核心范畴，是其进行艺术创作、论说各种艺术活动的审美尺度和原则，也是统摄、综合诸种艺术的关枢和纽带；苏轼“以意为主”的文艺观，旨在张扬主体精神和艺术个性，追求“言外之意”“妙在笔画之外”的审美境界。② 这些专著和论文在当前的范畴研究中较有代表性，体现了当前范畴研究的两个趋向：一是深化系统化，“意象”“本色”的研究，基本属于这一类；一是继续拓展领域，研究以往不太受关注的范畴，“学”“意”的研究大概就属于这一类。

与范畴研究相近的是命题研究。吴建民《中国古代文论命题研究》一书对命题的性质、特点、功能及其于范畴的区别进行了详细阐释，并对“发愤著书”说和“外师造化，中得心源”说做了解读，藉此来展示古代文论和画论命题的一般特点。其另外一本专著《经学与古代文论之建构》则从经学对古代文论发展建构的促进、经学对古代文学理论的制约、经学对文论家的影响三个角度进行了论述。③

创意写作日益流行，中国古代文论中也有不少相关资源，近年也有一些文章表达见解，从根本上也和古代文论的建设与发展有关。葛红兵认为在中国已经过了引进和初创阶段，未来即将进入中国化创生阶段。要做到有中国气派，建构创意写作的“中国话语”，产生“中国学派”，需要充分研究西方创意写作史，研究它的西方土壤和适应性，厘清其与中国特色现实的距离；建立“创意本体论”的文学理论新体系，同时要在“中国话语系统”的建构上下细工夫。④

四、海外及比较研究

比较研究方面，既有系统论述，也有专题文章，已经逐渐走过了笼统比较的早期阶段，进入到了相对深入细致的时期。专著主要有罗怀宇的《中西叙事诗学比较研究：以西方经

① 左东岭：《大文观与中国文论精神》，《文学遗产》2017 年第 1 期。毛宣国：《古代文论“进入”当代的理论思考》，《中国文艺批评》2017 年第 9 期。杨万里：《材料 · 观念 · 价值——中国文学批评史研究的活力与意脉》，《古代文学理论研究》第四十四辑，2017 年 6 月版。

② 胡雪冈：《意象范畴的流变》，百花洲文艺出版社 2017 年 7 月版。黄丽娜《“本色”考辨》，《理论界》2017 年第 1 期。李梦圆：《明清小说评点中的“学”范畴》，《齐鲁学刊》2017 年第 1 期。刘禹鹏：《苏轼文艺理论“意”范畴探微》，《中国书法》2017 年第 24 期。

③ 吴建民：《中国古代文论命题研究》，南京大学出版社 2017 年 11 月版；《经学与古代文论之建构》，南京大学出版社 2017 年 5 月版。

④ 葛红兵：《创意写作：中国化创生与中国气派建构的可能与路径》，《江西师范大学学报》2017 年第 1 期。

典叙事和中国明清叙事思想为对象》，该书通过对中西方重要叙事范畴和若干核心概念的对比与研究，描述了叙事诗学比较研究的现状，展望了叙事学这门学科在比较研究向度上的发展前景，指出在故事和话语的二分法和对作者、人物、视角等方面中西叙事诗学的相通性，以及西方重形式和功能、中国重精神和直觉等方面的差异，让中西学说互相映照，为中国叙事研究提供了理论参照，也有利于中国叙事思想在国际的传播与接受。范畴对比类文章较多，党圣元、王向远关于中国“神思”与西方“想象”的比较、中日“慰”与“为”的比较值得关注。文章指出，作为中西关于文学创作中作家思维特征和艺术构思与表达方式的关键词：神思是一种整体性的艺术构思状态，带有很强的主观倾向与情感体认，其理论基础是建立在天人合一的思想前提上的以道观物、一气流转；想象则有“空想说”“再现说”和“创造说”三种观念形态，基本实现了理论层面的圆通交融。神思和想象存在的差异主要体现在指涉范围、对主客体关系的处理方式、运思方式等方面。当下文学创作和理论批评要向“神思”“想象”提供的经典文学精神学习，以批判矫正那些已经畸形、病变了的文学想象观。王向远对“慰”论进行了分析，认为日本古代文论先是模仿和套用中国的社会政治功用论，再逐渐发现自身文学传统中“慰”的功能，并对中国的功利主义文论加以否定批判，最后确立起独特的“慰”论；中国文论讲求“为”，为政道为教化，日本文论则“以慰为事”，讲求慰人慰心。“慰”论根源于日本人独特的心理构造，是对日本传统文学之功能的正确概括。①

海外研究方面，韩国学者金白铉指出在老子的“道”是客观实有还是主观境界问题上，可通过东学来理解，韩国东学创始人水云崔济愚认为：“侍者，内有神灵，外有气化，一世之人，各知不移者也”，以“气化”来理解客观实有，以“神明”来理解主观境界，认为老子的“道”具有绝对性的主客合一性，可以以此来探究 21 世纪新道学的出路。对于朝鲜后期文坛对明代唐宋派的接受情况，韩东指出接受经历了三个阶段：前两个阶段的接受主要体现在理论批评与创作普及的层面上，第三个阶段的接受反映在朝鲜文人对唐宋派文论的吸收与活用上；朝鲜后期文人通过接受“重道不轻文”与“由唐宋上窥秦汉”的理念，解决了文坛上存在的模拟、俚俗风气，并打破了推崇秦汉古文抑或唐宋古文、相互抵牾的局面。李蕊则对意大利关于中国文论的研究情况进行了述评，从早期的传教士及世俗汉学到第二次世界大战结束后专业汉学的成立，再到中意建交后汉学的蓬勃发展，逐步讨论了意大利多位汉学家在各个时期的研究著作及时代特征，并勾勒出了意大利中国文论研究的历史发展曲线。②

古代文论的英译情况，张万民以《诗大序》至明清诗话等为主体，对它们的英译情况进行了史的梳理，指出促成中国古代文论英译发展的原因之一，是英语世界自身的文学理论发展所激发的对于中国文论的兴趣；同时中国文论英译的成就，主要集中在诗文批评，而小

① 罗怀宇：《中西叙事诗学比较研究：以西方经典叙事学和中国明清叙事思想为对象》，世界图书出版公司 2017 年 1 月版。党圣元：《中西文论中“神思”与“想象”的比较及会通》，《探索与争鸣》2017 年第 1 期。王向远：《“慰”论：日本文学功能理论及与中国古代文论之关联》，《东岳论丛》2017 年第 9 期。

② 【韩】金白铉：《从“神明”与“气化”概念看庄子与〈管子〉》，《管子学刊》2017 年第 4 期。韩东：《朝鲜后期文坛对明代唐宋派文论的接受》，《中国比较文学》2017 年第 3 期。李蕊：《意大利汉学界的中国文论研究》，《文学理论前沿》2017 年 9 月版。

说和戏曲批评的翻译显得相对单薄。到了最近二三十年，中国文论的英译才出现更全面、更深入的局面，主要表现为中国文论被编成有系统的文论选本，或进入各种中国文学和文化选本，由此，中国文论在西方汉学界真正成为一个相对独立的研究领域，并以新的面貌进入一般西方读者和英美本土文学批评界的视野。①

（本文审稿专家　刘方喜）

① 张万民：《中国古代文论英译历程的反思》，《暨南学报》2017 年第 1 期。

2017年文艺美学研究综述

宋铖铖

2017年，文艺理论与美学的发展依旧沿着新时期理论发展态势，展现出愈来愈鲜明的本土意识和理论自信。立足于当下，扎根于现实，总结反思近百年来的文艺美学学科建构，探索未来中国文艺发展方向，已经成为学界的共识，并逐渐形成了一条清晰的发展脉络。因此，如何构建具有中国特色的本土文论，完成新世纪文论的学术转场和理论转型，成为当代文艺理论界持续关注、论争的理论焦点和话语场，代表着当代文艺美学学科的发展趋势和方向。这种强烈的本土意识和现实精神，也深刻地体现在各种重要的学术会议以及国家重大课题的立项内容中，如2017年6月召开的以“继承真血脉、真精神，实现当代文化创新”为主题的“中华文化传承与当代文化创新”学术研讨会，以及2017年8月召开的“中国中外文艺理论学会第十四届年会暨当代中国文论的创新发展”学术研讨会，都将如何确立中国文艺理论的主体地位，完成中华文化的传承与创新，在充分吸收利用中国传统文论和西论中国化的过程中，完成当代文论的领域拓展与范式创新，作为讨论的主题与重点。

文艺美学的发展方向及学科基础建构研究

推进中国特色话语体系建构，树立文化自信，加强理论自信，充分发扬具有民族思想内涵的中华美学精神，是中国文艺美学发展的基本方向。为实现此目标，文艺美学界在进行学科基础问题探讨和理论建构方面，都体现出深刻的现实精神和问题意识。

中华美学精神与文化自信研究

十八大以来，习近平总书记关于哲学社会科学的一系列讲话，为人文学科的建设指明了方向。文艺美学界致力于建设新时期的新人文，激活中华文明的生命力，发扬中华美学精神，坚定理论自信、文化自信，就相关论题展开了充分的讨论。

首先，对社会主义文艺品格的关注，是习近平文艺思想的重要内容。范玉刚认为，社会主义文艺的根本要求是“以人民为中心的创作导向”，如何坚持以人民为艺术表现的主体，以人民性为艺术评判的标准，让文艺作品更好地为人民服务，是社会主义文艺工作者应该思考的问题。[①] 丁国旗在总结习近平文艺论述的基础上，概括出新时期治国理念下的文艺观，即具有鲜明民族特色与马克思主义文艺思想光辉的创新型文艺思潮，是在重视经典文本，致

① 范玉刚：《“以人民为中心的创作导向”——习近平文艺思想的人民性研究》，《文学评论》2017年第4期。

力民族复兴，加强文艺沟通，树立文化自信的基础上发展起来的创造性文艺思想。[①] 张玉能认为，中国特色社会主义文艺应该坚持“以人民为中心”的美学思想，在继承、发展马克思主义文艺观的基础上，重视文艺作品的阶级性、党性和人民性。[②] 李圣传从文艺与时代的关系层面，阐述了习近平新时期文艺观的理论维度和问题指向，强调文艺创作要担负时代之“责”，发挥号角之“力”，铸造精神之“鼎”，成为反映新时期风貌，推动社会发展，复兴民族繁荣的精神力量。[③] 张弓、张玉能从文本价值方面，探讨了中国特色社会主义文论独特的精神属性和生产创作问题。[④]

其次，对中华美学精神的阐释与发展，是新时期文艺工作的重要内容。杨春时的一系列关于中华美学精神的文章，系统地分析了中华美学思想产生的历史文化背景、思想特征和现代重建之意义。他认为，中华美学是在社会大变革过程中，伴随着春秋战国时期人文精神、普遍理性观念的形成，以及诗乐舞等艺术从礼乐形制中独立出来，而逐渐形成的具有中华民族特殊提问方式的人文思想。相比于西方美学，中华美学从肇始之初就是一种在实用理性指导下，通过形象体验，直觉感悟，综合地、主客体不分地把握世界的人生美学。在综合吸收儒释道三家美学思想的过程中，逐渐形成了其强调诗歌的审美教育功能，关注具体的诗歌艺术问题，包含了哲学、诗学、礼乐文化三种理论形态的具有世间性和隐超越性的天人合一美学观。而中华美学的这种前现代性在现代社会的审美实践中，需要在保持其合理的思想内核的基础上，扬弃其中的蒙昧成分，实现与现代美学的沟通对话，进而成为中国现代美学的精神源泉。[⑤] 高建平认为，美学学科应当充分把握好当下的发展机遇，吸收中国传统美学精华，批判地借鉴其他国家的理论成果，依据当前社会的发展状况，处理好学术研究和知识普及之间的关系。在文艺创作实践过程中，多出精品，发展出既符合当下，又具有中国特色的中华美学思想。[⑥] 刘方喜通过系统梳理中国传统文化中“全经”“全人”学说，为理解当今社会对于传统文化的继承发展，弘扬“中华美学精神”，提供了很好的启示。[⑦] 陈望衡探讨了中华民族的“家—国”意识对中华审美概念系统的建构作用和影响，认为诸多重要的传统美学概念，如美、妙、刚、柔、交感和谐、崇阳恋阴，以及以“江山兴亡”“家国情怀”为主的文学母题，均从“家—国”意识中孕育而来。其概念外延则有天下为公、天人合一的重要意义。[⑧]

再次，树立文化自信，建构具有新时期特色的新文论，是文艺美学学科的发展方向。金惠敏深入分析了习近平总书记的系列讲话，从主体间性的角度，论述文化自信问题。他认为，“文化自信”是一种以主体间性为哲学基础的文化间性，是基于儒家“和而不同”思想

---

① 丁国旗：《文艺的当代品性与历史使命》，《中国社会科学报》2017 年 2 月 20 日。

② 张玉能：《中国特色社会主义文艺应该“以人民为中心”》，《长江文艺评论》2017 年第 1 期。

③ 李圣传：《担时代使命・鼓时代号角・铸时代精神》，《中国文学批评》2017 年第 4 期。

④ 张弓、张玉能：《中国特色社会主义文论的文本价值论》，《艺术百家》2017 年第 33 期。

⑤ 杨春时：《中华美学思想的建构探源》，《文艺争鸣》2017 年第 8 期；《中华美学的世间性和隐超越性》，《学习与探索》2017 年第 9 期；《中华美学的现代意义及重建之路》，《上海文化》2017 年第 12 期。

⑥ 高建平：《关于中华美学精神建设的思考》，《社会科学战线》2017 年第 2 期。

⑦ 刘方喜：《“全经”“全人”与中华美学精神》，《文学遗产》2017 年第 1 期。

⑧ 陈望衡：《中华美学的“家—国”意识》，《文学评论》2017 年第 5 期。

之上，对自身文化传统的坚持发扬以及对他者文化中有益成分的借鉴吸收。不同于亨廷顿等人理解的那种带有民粹主义色彩的“亚洲普世主义”，“文化自信”是打破陈旧的中西二元对立思维模式的文化理念。在与不同文化的交流对话中，坚持自身的现实立场，坚持古为今用、洋为中用的实践性原则，实现对自身特殊性的超越，形成多种文化相互尊重、理解的“星丛共同体”模式。① 李西建认为，作为一个具有丰富思想内涵和突出方法论意义的重要理论概念，“文化自觉”从一个新的视角为当代文论发展创新提供了深刻的启示。以推动本土理论自主转型为核心的“文化自觉”，体现出普遍而深刻的反思性特征，有利于在文学实践的过程中实现对理论自身发展的自省与审视，增强理论对现实问题的针对性和有效性，并构成当代理论创新的内在动力。在推动本土文论完成现代转型的过程中，要重视对传统文化的主体地位、方法选择的自觉认识，有效利用中国传统文论资源，完成古代文论的现代转型，以及对现代知识体系的系统构建和知识创新的应用。② 丁国旗从当前文艺创作状态出发，探讨了文化自信作为当代文艺工作的底气和灵魂，对推动当前文化事业繁荣发展的重要意义。③ 秦佩、李心峰具体分析了在以“文化自信”为主要精神特征的文化历史语境中，文艺理论界呈现出的鲜明的“中国”取向，即“弘扬中华美学与艺术精神形成热潮；探寻传统艺术理论资源，建设中国话语；艺术学理论建设努力追求中国特色”。在这样的意识主导下，艺术理论的学科发展应具有世界视野，立足于中国传统文化和当代文艺实践，做出对世界应有的贡献。④

学科基础问题研究

审美问题始终是文艺美学的基础问题。王昌忠认为，审美概念所指涉的对象及其发挥的功能，随着社会文化、时代精神变化而变化，其内涵与外延也相应地表现出极大的弹性和灵活性。回到具体的历史语境考察、辨析审美概念的历史沿革及其意义，可以透视、把握百年中国文艺理论的发展历程。⑤ 桂强认为，在五四思想启蒙背景下产生的真正意义上的审美现代性，来自于学术思想、现实要求和社会文化等不同层面因素的共同作用。其核心意义在于应对、反思近代以来在整体社会文化转型过程中，个体层面上的感性问题和精神结构重组问题中的一系列内在挑战。审美—艺术的自律问题和审美批判的政治功能问题，是审美现代性理论的重要问题。从中国近代以来的社会语境来看，现代民族国家观念的输入以及重塑国民性等，是审美现代性积极参与社会现代化进程的主要内容，应立足于具体的国情、民情，实现其在社会现代性建构中的准确定位，确立其追求的现实合法性维度。⑥ 潘知常则从信仰的角度探讨了审美和艺术问题，认为进入“无神的信仰”时代之后，宗教与信仰之间的“强

---

① 金惠敏：《文化自信与星丛共同体》，《哲学研究》2017 年第 4 期；《文化自信必然意味着文化间性》，《 社会科学报》2017 年 9 月 21 日；《作为话语的文化与作为生命的实践——习近平“当代文化”和“现实文化”两个概念对于破除中西文化二元对立思维模式的意义》，《外国文学动态研究》2017 年第 3 期。

② 李西建：《“文化自觉”与当代中国文论的知识创新》，《甘肃社会科学》2017 年第 5 期。

③ 丁国旗：《文化自信：当代文艺工作的底气与灵魂》，《人民论坛・学术前沿》2017 年第 11 期。

④ 秦佩、李心峰：《“文化自信”语境下艺术理论研究的“中国”取向》，《民族艺术研究》2017 年第 30 期。

⑤ 王昌忠：《百年中国“审美”概念的历史沿革及其意义》，《文学评论》2017 年第 1 期。

⑥ 桂强：《对近代中国审美现代性问题的再思考》，《中国社会科学院研究生院学报》2017 年第 5 期。

相关”已经逐渐转换为“弱相关”，与此相应，哲学与信仰的关系，审美、艺术与信仰的关系，却从“弱相关”转为“强相关”。尤其是审美与艺术，借助于为了见证自我而创造非我世界的特殊方式，对信仰的建构产生了重大作用。[①] 赵奎英认为，我国的美学研究经历了一种从美到以美感经验为中心的美和艺术，再到以审美活动为主导的审美论的错综复杂的历程，而当今中西方美学界出现的“审美”转向，体现出重建以审美活动为美学研究对象的趋势。在美学重建的过程中，要对“审美”概念本身进行反思和重塑，防止预判性和主客体二元分离的倾向，重构一种更具包容性、批判性、整体性的美学基本理论。[②]

相对于以审美经验为研究对象的旨在阐释文学文本基本构成、风格特征、修辞技巧等文学形式、创作、接受等基本问题的“审美论”诗学，另一种文学理论研究途径，则是以审美经验与社会文化诸因素的整体关联性为研究对象的外部研究，李春青认为可以称之为“文化诗学”。“文化诗学”旨在揭示包括文本构成、修辞技巧等形式范畴在内的各种文学现象在形成过程中与各种社会文化因素的复杂联系，回答“为什么”和“意味着或表征着什么”的问题，属于“后现代性”理论范畴，是一种饱含反思性与颠覆性的文学理论研究路向。就中国的情况而言，“审美诗学”与“文化诗学”具有自己独特的文化渊源与理论特性，与西方学界相比呈现出一种错位，根本原因则是社会现实的需要使然，而时至今日，中国的文化诗学正在成为一种更为有效的文学阐释路径。[③]

从叙事学的角度，对文学文本的研究，同样是文艺美学的基本研究路径。其中，有对叙事学整体学科发展进行理论思辨的研究内容，如程光炜对比中西方叙事学视角差异的研究。其认为，中国现代文学研究中的叙事学倾向于把叙事时间、叙事体态和叙述语式转变成中国化的“叙事结构”，将叙事研究与小说社会学研究结合，或者借助西方叙事学功能结构来分析中国小说叙事中天人合一的矛盾，建构以人为中心的叙事学。在文学批评中，则出现了用作品形式代替作品内容的批评意图，以“叙述”代替“作者”，小说批评直接参与创作而叙事学理论内化于修辞技巧中，并深刻影响着作家看问题、看世界的视角。[④] 尚必武在考辨叙事学和文学伦理学两大批评流派的兴起、发展和互涉基础上，探讨了根植于中国语境的文学伦理学批评与叙事学之间的互补性。其认为，内容和形式都是考察文学作品意义价值的重要内容，以作品内容为中心分析伦理特性的文学伦理学，与以作品形式为中心分析叙事特征的叙事学之间，是相互借鉴、相互补充的关系。[⑤]

另外，从文学作品构成三要素，即作者、作品、读者的角度对文学文本意义进行探讨，也是叙事学研究的永恒话题。张政文认为，文学文本的意义源自作者创作、读者阅读和评者评论共同构成的文本在场状态。其中，作为文本初始创造者的作者，在洞察社会、理解生活的创作冲动驱使下，驾驭某种语言、富有个性地按文字规则和审美要求书写成能被读者阅读、欣赏、评论的语符系统，产生了文学作品；读者以其阅读期待、阅读前见、阅读习惯欣

---

① 潘知常：《作为信仰的审美与艺术》，《艺术百家》2017 年第 4 期。

② 赵奎英：《美学的对象与美学的重建》，《厦门大学学报（哲学社会科学版）》2017 年第 4 期。

③ 李春青：《论文化诗学与审美诗学的差异与关联》，《社会科学文摘》2017 年第 2 期。

④ 程光炜：《叙事：中西不同的理解视角》，《学术研究》2017 年第 1 期。

⑤ 尚必武：《从“两个转向”到“两种批评”——论叙事学和文学伦理学的兴起、发展与交叉愿景》，《学术论坛》2017 年第 2 期。

赏作品；评者在阅读的过程中更深入地解说作者、作品、读者的生活背景、文化场域、意识状态，理性地评论文学文本中的公共性社会意义。这三者共同作用使文学作品转换为文本，成为作品的意义之源。在“作者已死”“理论中心”“强制阐释”甚嚣尘上的后现代批评背景下，重谈文学文本意义之源的话题，需要坚持马克思主义文学观的实践性、历史性和规律性原则，既要防止拒绝作者意图、泛化读者阅读所造成的文学文本意义的消失，又要防止黑格尔式的逻辑主义强势话语对评者评论自由性的遮蔽，凸显文学评论的真理性、公共性和普遍有效性，发扬中华民族的文学阐释特色，从而真实、真切、真诚地昭明并增长文学文本的文化价值和人生意义。① 朱立元从阐释学角度，系统梳理了自19世纪末期以来，西方文论中关于文学作品意义的理论转变，即从19世纪末到20世纪初的“作者中心论”，到20世纪前半期的“文本中心论”，再到60年代前后的“读者中心论”。他认为，文学作品的意义应该由作者和读者双向互动，共同创造，是在作者、作品和读者三要素之间相互作用、动态流程中不断生成的。② 段建军认为，文本的意义不是任何一种霸权主体的独白，而是多重主体的众声喧哗，产生于不同文学主体围绕文学文本而展开的相互争执、互相制约、相互融合与建构。③

文学批评方面，学界普遍表现出深刻的反思意识，在反思近代以来以西方文艺理论为主导的批评话语上，强调对中国传统诗学的继承与发扬，建构本土批评话语。同时，强调文学批评对现实社会的积极引导作用，重视文艺作品的艺术性，体现出鲜明的现实意识和问题精神。杜书瀛认为，中国现代文学批评是建立在西方观念基础上的人文学科，其骨架和语码基本上是来自于西方的文艺理论而非中国的传统诗学，与我国悠久的“诗文评”传统存在着某种学术“断裂”。而当前文学批评实践方面存着诸多问题，如“理念先行”的批评以及以文化批评代替文学批评，模糊了文化与文学的边界，忽视文学文本的艺术性。对此，要改造我们的批评观，就要在细读文本的基础上，“入乎其内”而“出乎其外”，将形象思维和抽象思维相结合，避免新批评的文本中心主义。同时对批评家而言，要做到知人论世，成为集创作、理论、鉴赏于一身的文学批评鉴赏者。④ 史爱兵认为，近代以来，随着西学东渐之风，我们师法他者的过程中不断自我否定，盲目求新声于异邦，造成了我国优秀的传统文化研究逐渐失语的尴尬境遇。要回归、重构中国艺术批评本土话语，完成对传统艺术批评话语精神的传承与发展，并在立定传统的基础上，吸收西方艺术理论、归纳新时期的文化精神，建立一套能够呈现中国人文精神内涵、具有中国文化特点的话语表达途径和方法。⑤ 贾洁在深入分析习近平总书记在文艺工作座谈会上的讲话的基础上，认为当下的批评工作要运用历史的、人民的、艺术的、美学的观点评判、鉴赏作品。⑥ 刘悦笛从“分析美学”的角度，揭示比尔兹利、古德曼等人关于艺术批评、“元批评”的理论，是从哲学层面对艺术批评理论

① 张政文：《文学文本的意义之源：作者创作、读者阅读与评者评论》，《社会科学战线》2017年第8期。

② 朱立元：《略论文学作品的意义生成——一个诠释学视角的考察》，《中国社会科学》2017年第5期。

③ 段建军：《作者意图与文本意义的众声喧哗》，《社会科学战线》2017年第8期。

④ 杜书瀛：《改造我们的批评》，《文艺争鸣》2017年第4期。

⑤ 史爱兵：《中国艺术批评本土话语的回归与重构》，《中国文艺评论》2017年第2期。

⑥ 贾洁：《重塑文艺批评精神》，《中国文学批评》2017年第4期。

进行的建构。[①]

文学艺术的起源、文艺美学的发生机制，以及文学的品性，历来是文艺美学需要面对的重要问题。对于这一点，学者们普遍采用一种历史的、实践的眼光看待文学的发生与发展，强调文学作品的实践性和历史性意义。杜书瀛在反思以往关于文学艺术起源的各种假说的基础上，强调要重视维谢洛夫斯基、陆侃如、冯沅君和 18 世纪思想家维柯的理论观点，并提出自己的假设，即文学（诗）是人的历史实践的产物，是应人的内在的本性欲求和诉求自然而然发生的。[②] 李健系统分析了美学发生机制中意象创造的问题。他认为，感物创造艺术意象具有独特的美学机制。感物兴情和托物寓情是两种不同的感物方式：感物兴情是受外物的感发产生情感，自然与社会现实之物既可能成为文学艺术作品中的意象，也可能完成感发任务之后便立即隐退，虚幻之物是现实的虚化，与现实之物的审美功能没有什么差异；托物寓情是先有情，然后再按照情感的特征去寻求与其相适应的寄寓之物，凡是寄寓之物都成为文学艺术作品的意象。叙事作品中的意象可以是人，也可以是物，或者是完全虚构的东西。人、物、意象在叙事性作品中仅仅起着穿针引线的作用。[③] 南帆认为，文学并非来自某种孤立的本质，而是各个话语系统相互博弈的历史性产物；进入不同的时代文化，文学话语的比较与衡量对象亦各不相同。在此意义上，文学必须向社会历史打开，必须经受历史逻辑的检验。文学经典中，欲望与历史逻辑之间出现了最大限度的张力，历史不仅可以解构许多传统观念，建构各种新型的认识，同时还存有巩固和保持现有事物、关系、机制的巨大能量。[④] 王元骧从能动的反映论角度，强调文学作为以审美评价的方式来把握现实的审美意识的载体，要发挥其陶冶心灵、感发意志的作用。要按能动反映论的思想，把“体”与“用”，“潜在的”价值与“实在的”价值统一起来，充分显示它的性质，确立评价其优劣的客观标准。[⑤]

学科建设研究

文艺美学学科无论是在整体的学科发展问题上还是具体的学科建构过程中，都体现出强烈的反思意识，强调理论转型，建构本土文论，具有世界眼光。

首先，在学科整体发展思路上，表现出鲜明的民族性，在反思西方话语主导地位的同时，强调多民族文化之间平等的交流与对话。王一川认为，近代以来，作为一级学科的“艺术学理论”是以西方主导的现代性艺术理论来建构中国现代艺术理论的。而今天的中国艺术理论已经到了重新挖掘本土民族话语以便与世界性话语展开对话的时候了，我们的当务之急应当是致力于本土民族话语的现代性转化及其世界性重建，而这正是寻求文化自信的中国艺术理论的方向。从知识型、学科范式、命题系统和本土品格四个方面来看，文艺美学学科发展需要打破学科既有格局，整合文史哲，回归到我国传统的各门艺术“相通共契”的

---

① 刘悦笛：《当代“分析美学”的艺术批评论》，《艺术百家》2017 年第 33 期。
② 杜书瀛：《文学的发生——“文学一家言”之一》，《文艺理论研究》2017 年第 1 期。
③ 李健：《感物创造艺术意象的美学机制》，《中国社会科学院研究生院学报》2017 年第 5 期。
④ 南帆：《文学、文学性与话语光谱》，《东南学术》2017 年第 1 期。
⑤ 王元骧：《反映论文艺观：我的选择和反思》，《中国文学批评》2017 年第 2 期。

学科范式中，重新看待我国传统艺术理论命题系统中具有世界性价值的命题，坚守中国文化心灵的艺术性品格。① 南帆深入思考了全球化时代如何保持中国文学理论民族性的问题，包括中国文学理论的民族性与全球化，现代性话语与传统文化的复杂关系，以及如何以建构的眼光看待“本土”和中国古代文学理论的“现代转化”等。这其中要注意的一个原则性问题是：引进各种西方文学理论的意义是再现和阐释“中国经验”及其意义，而不是将“中国经验”剪辑为迎合西方理论预设的例证。“中国经验”是一个不可代替的中心词和理论场域的制高点。②

陈雪虎在二十世纪八九十年代学科发展背景下，反思了“文艺美学”作为治学思路在中国的独特的建制意义。在他看来，要根据时代语境和中国特色，思考其间内在的问题和张力，在新的时代基点上推进文艺美学作为人文进思之路的功能，扎实面对当代世界提出的具有现实性的问题，并进一步努力将之转化为具有时代内容的素养化育之学，从而彰显文艺美学的问学沟通及美育之本义。③ 另外，从具体的学科属性角度，对文艺理论进行探索的，有毛宣国、周奕希、邢建昌等。毛宣国、周奕希认为修辞批评是文学实践过程中中国文论话语建构的重要选择之一。④ 邢建昌从文学理论的知识学属性角度，全面分析了文学理论学科所具有的非实证性、解释性、可以名言的、寄生性的知识学特征。⑤

其次，在具体的学科建设问题上，学者们也提出了许多富有建设性的思路。从学科内部的发展方向和划分构想来看，赵奎英认为，目前国内的艺术学研究中，在学科的名称、对象和边界问题上存在着诸多争议，故其主张：第一，要为艺术学理论“正名”，把“艺术学理论”改回为“艺术学”；第二，面对艺术学理论研究的层级对象，划分出“元艺术学理论研究”“原发艺术学理论研究”“继发艺术学理论研究”三大研究系统；第三，为艺术学理论勾画“虚线”边界，正视艺术学理论的“居间”地位以及与相邻学科的互动，把艺术哲学作为艺术学理论研究的重要领域，把具体艺术现象作为艺术学理论研究的终极基础；第四，朝向艺术学理论的开放谱系，培育生长中的艺术学理论“树形图”。⑥ 从学科拓展，跨领域交流发展来看，田川流认为，在当下，将艺术科技提升为一门具有独立特性的从属于艺术学理论的分支学科，是必要的和适时的。艺术史上的每一次重大进步，大都与科技的进入有关，二者在铰链方式上具有深层融合的特性。艺术科技学应对艺术与科技的关联方式及其广泛交融的内容加以观照，对艺术与科技活动中迥异而又相互交融的思维方式加以探索，同时要对其可能产生的负面影响加以研究，如艺术创作模式及其产品的同质化，以及艺术表现的表层化和过度娱乐等问题。⑦

---

① 王一川：《民族艺术理论传统的世界性意义》，《文艺争鸣》2017 年第 2 期。
② 南帆：《文学理论：全球化时代的民族性》，《文艺理论研究》2017 年第 3 期。
③ 陈雪虎：《试谈“文艺美学”的生成逻辑与当代问题》，《文艺争鸣》2017 年第 1 期。
④ 毛宣国、周奕希：《修辞批评视域下的中国文论话语建构》，《中国文学研究》2017 年第 4 期。
⑤ 邢建昌：《文学理论的知识学属性》，《文艺理论研究》2017 年第 6 期。
⑥ 赵奎英：《艺术学理论的名称、对象、边界与谱系》，《艺术百家》2017 年第 1 期。
⑦ 田川流：《当代中国艺术科技学的建构》，《艺术百家》2017 年第 2 期。

关键词研究

由张江教授提出和倡导的“中西文论关键词比较研究”得到了文艺理论界的广泛响应，许多专家学者对此话题给出了自己独到的见解。当下学科分化严重，西方文论领域盲目追求国外最新的理论思潮，古代文论领域专注于知识探源，忽视了当代相关研究和实践，理论与当下的文艺创作实践和批评现实脱节，这些现象都严重阻碍了当代中国文艺理论话语体系的建构。要打破学术壁垒，立足本土现实，沟通古今中外的理论资源，就需要找一个合适的切入点，而“关键词”作为理论的骨架结点，是进入理论和建构体系的着力点，开展“中西文论关键词比较研究”，无疑就是这样一个符合时代要求的契机。

不少学者从“关键词”研究的整体思路、研究规划和问题导向等角度，对该话题进行了概括思辨式探讨。朱立元认为，中西文论关键词比较研究不仅是我国当代文艺理论研究的重要组成部分，而且是建构有中国特色的当代文论话语体系的一项基础性工程。通过大量、广泛、深入细致的中西文论关键词比较研究，根据我国当前文化理论的发展状况，批判地借鉴西方文论中有价值的东西，传承发扬中国传统文化中有生命力的东西，将二者结合起来，凝聚于当前中国文论本土建构中，这实际上是一种理论创新，而不是简单地拼凑、混合。① 张政文认为，关键词是建构一门学科理论知识形态的基石，是深化理论话语的环节和阶梯。只有通过对理论学科知识形态的关键词进行不断地清理、激活、重构与创造，才能推动学科知识形态建构和发展。文学理论长期撤离文学现实生活，与传统诗学疏离，盲目引进西方文论等，造成当代文论疏离中国审美实践、理论失语和功能失效的后果，因此需要确立当代文论合法性，实现理论转场，重拾中华民族文艺自信。应从以下三条途径推进当代中国文论“关键词”建设：首先，综合运用中西文化比较方法，厘清当代中国文论关键词的基本范畴，确立“以我为主”的关键词构建原则；其次，弘扬中华美学精神、激活中国古代文论的核心概念，挖掘关键词建设的传统资源；再次，围绕“中国精神”，回归当代中国文艺实践，注重关键词构设的本土化和当下化。②

韩经太强调文学理论关键词研究的核心价值问题导向及其思想深度和理论高度，认为要超越主体意识的偏执之心，以一种“集大成”的创新型思维把握关键词研究的问题。在对关键词的选择上，既要有对原有理论体系之“关键”的提炼，也要有对新建理论体系之“关键”的设计，这种双重属性的学术实践，要在双向推进的整体思路中进行，通古今之变，集中西之长。③ 李春青认为，中西方文论关键词比较的真正意义，在于通过文论关键词的比较可以更清醒地认识中国传统文论的特点之所在，更准确地判断其价值与意义，同时更深刻地了解西方文论的特点，判断其可以借鉴与吸纳的因素，透过西方文论和中国传统文论来审视我们当下的文论建设，进而结合两者之力来构建有中国特色的文论话语。在关键词选择问题上，要注意选择同一类属、同一层级的关键词，并且两个词语的意涵要有一定的交集，整体上呈现某种相似性。而在比较的过程中，一定要将“跨文化研究”作为比较诗学

---

① 朱立元：《建构有中国特色的当代文论话语体系的基础工程》，《文艺争鸣，》2017 年第 1 期。

② 张政文：《当代中国文论“关键词”构建的基本途径》，《文艺争鸣》2017 年第 1 期。

③ 韩经太：《文学理论关键词研究的核心价值问题导向》，《文艺争鸣》2017 年第 1 期。

的基础，深入到文化系统中去，揭示出种种差异的深层历史文化原因和两种文化系统复杂的关联性、价值取向和思维方式。①

张晶对中国近年来已有的关键词研究成果进行了梳理概括，认为关键词研究应该在范畴研究的基础上有所延伸，所选的关键词要有普遍意义，能够涵盖思想文化的更大的范围，代表着中华民族美学观念的一些根本性的、具有强劲的辐射力、衍生力、生命力的一些基本词语，从语义学入手，在其历史流变中考察该词所具有的意涵及影响，不要脱离问题产生的具体语义场，把文学研究泛化到大而无当的理论状态下。要以关键词为网结、“抓手”，在文论研究领域里形成有机的网络，将中国文论的内在结构予以还原，以历史语义学为基本方法，使之呈现出动态的、鲜活的形态，从而激活中国文论的丰富能量。②

丁国旗深刻反思了当前我国文论发展的尴尬境遇：马克思文艺理论泛化，对经典马克思主义理论研究不足；忽视我国古代文论资源的当代适用性，中国传统古代文论失声，盲目引进西方文论，食洋不化；文艺理论远离文艺现实，我们的原创理论观点跟不上文艺实践的发展，丧失了对于当下文艺现实的解释力。面对如此研究现状，中西文论关键词比较研究的意义和价值就表现在：于比较中总结和清理近四十年来我国文论的成绩和问题，解决当下我国文艺理论缺乏自信的问题，逐步建立起属于我们自己的文艺理论学术与话语体系。③

段吉方在系统梳理以雷蒙·威廉斯为代表的西方关键词研究内容的基础上，认为关键词研究具有突出的跨学科性特征，是一种知识论，但具有超越知识论的方法论价值，兼具学理性与实用性。通过某个学科以及某种思想文化系统中的重要语汇、词条、词语和关键概念的研究，可以重新梳理概念史、学术史、文化史和思想史发展演变的重要问题，从而对学术问题研究和学科发展建构产生奠基性的影响。④ 罗剑波认为，在中西方文论关键词研究中，应坚持因时图变、革故鼎新的问题导向，通过梳理特定词语的语义变迁，分析其形塑过程中呈现的重要的社会文化争议与问题，最大限度地还原“活态历史”的现场，为中西文论比较提供理念、维度及边界、限度上的基本依据。⑤

还有不少学者选择具体的中西方文论中的关键词进行比较研究，进而以此为切入点探讨关键词研究的问题导向、方法途径和意义价值。党圣元从字词渊源及其应用于不同语义场中的含义、特征等角度，系统梳理了中国文论中“神思”和西方文论中“想象”（imagination）的概念及其流变，并在指涉方位、主客体关系处理、运思方式及衍生形态等方面对“神思”与“想象”进行了比较分析。在会通融合两个概念的过程中，他强调要注意如何对待中国传统文化与外来文化的问题，以及方法上的两种有机范畴体系间的“化学性”会通。强调以问题意识为导向，在当下的文学场域中需激活中西经典文学中的想象理论，为文学实践和批评作出指导性贡献。⑥

李春青认为，中国古代学术有自己独特的话语形态，其背后隐含着独特的思维方式。与

---

① 李春青：《浅谈中西文论关键词比较的意义与方法》，《文艺争鸣》2017 年第 1 期。

② 张晶：《中西文论关键词研究之浅思》，《文艺争鸣》2017 年第 1 期。

③ 丁国旗：《当代我国文论建构的突围之路——从“中西文论关键词比较”谈起》，《文艺争鸣》2017 年第 1 期。

④ 段吉方：《作为文化批评传统的文论关键词研究》，《文艺争鸣》2017 年第 1 期。

⑤ 罗剑波：《问题导向与中西文论关键词比较》，《文艺争鸣》2017 年第 1 期。

⑥ 党圣元：《中西文论中“神思”与“想象”的比较及会通》，《探索与争鸣》2017 年第 1 期。

西方传统哲学那种主客体二分模式的、对象性和概念形而上学的思维方式不同，中国古代学术呈现为一种心物交融、物我一体的，具有直觉性、类比性的被称为关联性思维的运思方式。这种常常用“体”或“体认”来标示的思维方式可以称为“体认认知”。值得注意的是，19 世纪后期以来，西方哲学从不同角度、以不同方式反思着自己的传统，对那种长期占据主导地位的形而上学思维方式不满，相继提出体验、存在之领悟、默会认知等概念，力求在身心统一中寻找人类思维的奥秘。这一反思的学术旨趣在某种意义上与中国传统思维方式具有了相通性，这就提供了一种对话的可能，也让人们在中西两大文化传统的这种“接近”或“趋同”中看到了未来学术的走向与希望。①

刘方喜对“体用”与“本体”这一对中西方文论关键词在中国古代、现当代和西方的词语渊源、原始文献、语义场流变进行细致勾勒与深入辨析。从相通处看，“体用”与“本体”本来皆为哲学范畴，“体用”至晚唐五代、“本体”至新批评尤其是兰色姆又皆成为诗学范畴；两者皆把语言本体论与世界本体论、诗歌内部本体性与外部本体论关联贯通在一起，以语义功能的有限性（言不尽意）为出发点，强调以语言“声—象—义”三“用”的内部本体功能的丰富性，展示诗歌与外部之“体”即世界（道）、人（情）之间本体论关联的丰富性，以及诗歌所建构的人与世界关系的丰富性。不囿于诗歌内部的本体性，兰色姆“结构—肌质”论强调诗歌以“意象”及其功能（“用”）本体论上的丰富性，展示宇宙本体（“体”）的无限丰富性。但通过否定语音结构的表现力而切断诗歌与人的情感世界的本体论关联，又可见其未能彻底摆脱体用、主客二分的西方传统窠臼。以体用不二、主客交融为立足点，深入比较研究“本体”和“体用”论，有助于对古今中外各种理论资源进行整合，进而在哲学上对文学理论的本体论基础进行反思和重构，对于在中西汇通和理论系统发育中推动文学本体论关联的重建，有重要启示。② 陈定家对中西方文艺理论中关于“兴会”与“迷狂”的代表性观点进行了辨析概括，在此基础上，认为二者在逻辑起点、运思方式与价值取向等方面都存在各自文化体系下的特征。③ 杨向荣对俄国形式主义中的“陌生化”与中国古典诗学中的“新奇”两个关键词的历史发展过程、流变及内容范畴进行了细致梳理，强调从中西诗学观念的实践路径、接受维度等方面进行比较研究。④

中国古代文论与美学研究

在古代文论研究领域，学者们关注我国传统文艺理论思想如何转型问题，在已有的研究成果和优良的学术传统的基础上，突破传统诗学僵化、失语的窘境和西方话语的强势遮蔽，激活其中有价值、有生命力的学术资源，为当代中国特色文艺理论建构和创新，提供强大的

---

① 李春青：《在“体认”与“默会”之间——论中西文论思维方式的差异与趋同》，《社会科学战线》2017 年第 1 期。

② 刘方喜：《体用不二：在“词语的旅行”中重建文学本体论关联——谈关键词比较研究对于文论系统发育的意义》，《文艺争鸣》2017 年第 1 期；《诗学“体用”与“本体”比较研究》，《学术研究》2017 年第 3 期。

③ 陈定家：《“兴会”与“迷狂”——从文学思维视角看中西灵感理论的异同》，《探索与争鸣》2017 年第 5 期。

④ 杨向荣：《陌生化/新奇——中西诗论关键词的一种对读》，《中国社会科学院研究生院学报》2017 年第 6 期。

理论支持。①

毛宣国思考了古代文论如何“进入”当代的理论问题，强调“古代文论的现代转换”并不是说当代文学理论形态如何从古代文学理论形态转换而来，也不意味着以古代文论为根基进行理论重建。而是意味着“转化”“进入”，即让古代文论资源在当代人的意识参与下，进入到当代文论中，以有利于当代文论的创新与发展。古代文论要进入当代，范畴的清理与重构是重要的环节。这种清理与重构，不仅有利于中国文论的话语建构，也有利于增强中国文论对于当代文学的阐释能力。② 蒋寅认为，近代以来，批评史乃至整个文学史研究始终是前重后轻、前实后虚，对明清文学理论和批评研究关注不够，这导致20世纪中国文学理论和批评传统的构建始终存在很大缺陷和偏颇，突出表现在学界对古代文论和批评持有的偏见上，即认为中国文学批评属于感悟式、印象式的，没有成系统的理论著作，缺少真正科学意义上的理论范畴，没有严格意义上的理论命题。对清代诗学的丰富文献的重新发掘，了解其中丰富的概念、命题和独特的批评形式，促使我们重新认识中国文学理论、批评的传统，从而实现“在中国发现批评史”的学术理念，真正意义上的批评史研究也是理论创新的一个重要前提。③

李春青在反思“中国的抒情传统”说之得失的基础上，考量中国文学传统的标准与方法问题，认为由海外华裔学者陈世骧、高友工等学人提出并加以论证的“中国的抒情传统”论，虽然提出了不少颇具启发意义的见解，但总体上却存在着一种“具体性误置”的形而上学倾向，实际上遮蔽了中国文学自身的种种独特性与复杂性。当前的学术界应该反思如何看待中国文学传统乃至整个中国文化传统的问题，而这涉及文学研究乃至整个文化学术研究的方法论问题，涉及如何处理“古”与“今”、“中”与“西”的关系问题，要坚持历史化、语境化的研究路径以避免重蹈概念形而上学的覆辙。④ 陈雪虎以“史、论、释”的研究范式，对中国古代文论学科合法性、问学路径和思路做法方面进行了深入的讨论，以期启发中国古文论研究的理论自觉。他认为，古文论研究是百年来在世而淑世的现代事业，思想重构和传统体认是其相反相成以求重获整体性自觉的一体两面。他把百年来古文论研究中较为主流的三种“做法”概括为“史”“论”“释”，考察诸种学问样式、历史意识及其文化效果，辨析其优劣短长，期望形成古文论研究的自我认识或理论自觉。⑤

刘金波论述了中国古代文论的民族性特征，认为中国古代文论研究作为具有中国特色、中国风格和中国气派的哲学社会科学的一个重要组成部分，在构建中国话语体系，强化文化自信，阐释、回应与批判当今文艺理论界诸多理论问题与现实问题等多方面不可缺场。廓清中国古代文论民族性的深刻内涵，对了解中国古代文论自身的生存规律、言说方式、人文关

---

① 党圣元、韩经太、李春青、张晶、王秀臣、侯文宜、刘毓庆、郑伟：《“百年中国文学批评史研究”笔谈》，《山西大学学报（哲学社会科学版）》2017年第4期。

② 毛宣国：《古代文论“进入”当代的理论思考》，《中国文艺评论》2017年第9期。

③ 蒋寅：《在中国发现批评史——清代诗学研究与中国文学理论、批评传统的再认识》，《文艺研究》2017年第10期。

④ 李春青：《论“中国的抒情传统”说之得失——兼谈考量中国文学传统的标准与方法问题》，《文学评论》2017年第4期。

⑤ 陈雪虎：《“史、论、释”：中国古文论研究的理论自觉》，《南京社会科学》2017年第5期。

怀和视界融合，对于中国古代文论的话语重建，中国古代文论与西方文论的比较、借鉴和相互影响等，都有极其重要的作用。中国古代文论在物质形态、生存规律、表达方式、融通手段、审美情志等多方面的民族性，具有融古今通中外的强大生命活力与智慧光芒。①

中国古代传统文化中，文史哲合一的理论状态，对于今天学科分化严重、学术壁垒凸出的研究现状，有很好的启发和示范作用。从中选取特定话题进行分析梳理，对当代文论话语体系建构颇具启发。张汝伦指出，中国古人着眼于道来谈艺，甚至以谈艺来论道，艺是求道、明道的特殊途径，艺以道为旨归。其中，“无”作为中西方哲学中的重要概念，尤其是中国传统道家的基础思想，对中国古典美学具有重要的影响。古代文艺创作用感性的表达方式体现无之大化流行，追求天道和宇宙造化的万千气象，使简约成为中国美学最基本的原则之一；艺术创作强调“无我”，艺术家的主体作用在作品中是隐没状态。② 王齐洲对孔子的艺术观进行了讨论，认为孔子所称的“艺”，主要指有关新、旧“六艺”的知识和才能。“志于道，据于德，依于仁，游于艺”，是孔子艺术观的集中表达，阐述了礼乐文化精神与艺术的关系。在价值层面上，“艺”受“道、德、仁”等上位概念的统摄和指导；在操作层面上，“道、德、仁、艺”则是一体，本末兼该，内外交养。这一观念不仅为艺术确定了基本位置，而且促进了艺术鉴赏水平和审美趣味的提高，但同时也使传统儒家思想统摄下的艺术批评出现泛道德化的倾向，影响艺术创作的独立价值。③

张晶以中道和诗法为切入点，阐发其对中国传统诗学的审美感悟。以唐代诗僧皎然为代表的众多诗人、诗论家的创作和思想具有“中道”色彩，诗人作为审美主体整体性地把握对象的方式，意象和意境在般若中观的影响下表现出的幻象特征，中道的“不 A 不 B”或“非 A 非 B”的思维方式，进入诗论后发生各种形态变异，大大增加了古典诗歌的内在张力；中道的“无分别”与“不二法门”对语言名相的消解，使诗论进一步形成了超越语言之上的审美价值系统等，昭示了在中国诗学中借鉴佛学“中道”观念而呈现的一些诗学理论内涵。“中道“观念多数情况下作为一种内在的方法论，呈现为具有丰富理论蕴含的诗学命题，是中国诗学异于西方诗学的重要特质。④ 刘成纪认为，中国以礼乐为本的传统文化思想使中国政治具有鲜明的“美治主义”色彩，体现出政治与美和艺术难以分割的魅力特质，也为中国“礼仪之邦”的特性提供了历史的阐明。同时，中国的文艺创作和美学思想，也不止关注文艺领域，而是具有家国天下的广阔视野，其价值不仅在于怡情养性，而且具有为政治注入诗意又在理想层面引领政治的双重功能。在当代社会，这种由美孕育的国风，对于促进社会和谐、推进国家文化强国战略，无疑仍具有重要的启示意义。⑤

陈传席回到“天人合一”思想总结提出者张载的理论分析中，系统梳理、廓清了中国美学思想中关于“天人合一”的真实意蕴，认为中国艺术的精髓即为天人合一的思想，自然平淡乃是评价文艺创作的最高标准。⑥ 夏静考辨了中国文学思想史上“文德”论发生、发

---

① 刘金波：《中国古代文论的民族性》，《湖北民族学院学报（哲学社会科学版）》2017 年第 5 期。

② 张汝伦：《中国古典艺术思想中的“无”》，《复旦学报（社会科学版）》2017 年第 1 期。

③ 王齐洲：《试论孔子的艺术观》，《中山大学学报（社会科学版）》2017 年第 1 期。

④ 张晶：《中道与诗法——中国诗学的审美感悟之五》，《北京大学学报（哲学社会科学版）》2017 年第 3 期。

⑤ 刘成纪：《礼乐与中国传统政治的审美属性》，《中国社会科学报》2017 年 9 月 1 日。

⑥ 陈传席：《“天人合一”的真实意蕴及其艺术价值》，《中国文艺评论》2017 年第 7 期。

展的历程，认为先秦以来的文德思想，有“文”为德行和文人的道德、文章两种基本含义，并与文质、文武、文道、文气以及“文之为德也大矣”“修辞立其诚”“文人无行”等问题互有关联。两种含义在文学思想史上各有发展，形成德充文昌、文德合一与文德分离、重德轻文两种批评范式。其中刘勰《文心雕龙》中的“文德”论兼有上述两种含义。[①]

中国现当代文艺美学研究

面对西方后现代思潮的全面侵袭，国内学界开始对近百年来西方文论的影响及中国文艺理论话语建构等，进行回顾与反思。

首先，对当代文论建设总体情况的理论反思。党圣元指出，当下中国思想文化发展所呈现出来的新态势，为我们反思改革开放四十年来中国新文论的发展建设提供了十分有价值的参照；以敏锐的理论触角感知现实与时代精神，在既有业绩的基础上再次出发，在传承发展中华优秀传统文学精神的基础上续写当代中国文论发展之新篇章，是当前文学理论研究中的一个重要问题。在反思的过程中，诸如文论何为、强化马克思主义指导地位、“文艺乱象”批判、坚持问题导向意识、在古今融会贯通中发现传统资源的价值意义等问题，应该成为我们思考与探究的重点。[②] 赖大仁将新时期以来我国文论的发展变革划分为两个阶段，认为前二十年左右在破、引、建三者交织互动中变革发展不断推进，多有与时俱进的理论创新和拓展，可看出比较充分的理论自觉和自信；后二十年左右在新一轮破、引、建的变革循环运动中，则表现出普遍的困惑与焦虑。其中值得着重反思和探讨的主要问题：一是“后理论”时代理论何为？二是当代文论所要面对的研究对象是什么？三是当代文论应当研究什么样的问题？四是当代文论研究的价值功能与目标何在？五是当代文论研究是否需要以及应当依托什么样的理论资源？只有通过理论反思建立应有的理论自觉，才能在新的理论基点上寻求新的理论重建。[③]

谭好哲对新时期文学理论的问题、思路与方法进行了反思，认为其中的问题有：流于现象形态的历史描述，缺少以新时期文学观念的演进为理论核心的叙述，忽视对不足和纷争的探讨，不能彰显新时期文学理论发展中精神趋向的复杂性和观念选择的多样性，没有贯彻历史唯物主义的方法论原则，缺乏前瞻意识，没有将学术史的总结、反思与中国文学理论发展前景的思考统一起来。面对这些问题，要坚持历史唯物主义的方法论指导，以新时期文学理论的客观发展进程为事实依据，以问题意识为切入点，着重对新时期三十年来基本文学观念的历史流变及其中的学术纷争做出系统的梳理、科学的总结和深入的反思。[④] 蒋述卓强调当代文艺评论应自觉与文化传统构成一种对话关系。在这个文化大众化、阅读碎片化以及媒介多元化的时代，传统文化的力量依然焕发出自身强大的精神效能。从事当代文艺评论者必须具有充分的文化传统意识。文化传统与当代文艺评论之间的对话，不仅是一个理论命题，同

---

① 夏静：《中国文学思想史上的“文德”论》，《文艺研究》2017 年第 10 期。

② 党圣元：《新时期四十年中国文论反思：问题与导向》，《社会科学辑刊》2017 年第 5 期。

③ 赖大仁：《当代中国文论面临的问题及其理论反思》，《江西师范大学学报（哲学社会科学版）》2017 年第 4 期。

④ 谭好哲：《新时期文学理论反思的问题、思路与方法》，《百家评论》2017 年第 1 期。

时也是一个丰富的、具体的、鲜活的话语实践过程。在文化立场层面，当代文艺评论必须建立整体性的文化视野。在学理方法层面，当代文艺评论应自觉发掘古代文论的理论资源。在具体创作和批评实践层面，应更多自觉地重视和借鉴传统文化资源。①

王晓平指出，安敏成、史书美等相关研究的方法论，或者建立在后现代主义的历史不可知论上，体现了一种错置的“历史性”，即从今天流行的立场、外来的经验出发，来投射于一个有着自身特有历史和社会经验的异质社会；或者以古代的传统来附会理解现代的作为和思维，从而作出似是而非的比较和结论；或者运用后殖民主义的“不确定性”“暧昧性”的概念来解释现代中国作家的人生选择与创作，但这并不完全适用于现代中国的社会境况。西方理论在阐释中国文学创作中的这种削足适履的情形，表明我们有必要改变对于西方理论的盲目崇信，重建一套适应中国历史和社会经验的话语体系，以有效地阐释文学中的“中国经验”。②

其次，对现当代文艺理论发展中具体问题的研究。赖大仁具体分析了现代文学理论中“文学是什么”的文学本质论问题。他认为，在中国文论现代转型发展进程中，对文学本质论的重视，标志着现代“文学”观念的建立，只有在对文学本质问题进行自觉认识的基础上，现代文学理论与批评范式才得以建立。文学本质论观念有一个历史建构与嬗变过程，从20世纪初到改革开放时期，随着时代变革和文学发展而不断变化，以适应不同时代的要求。在新时期，从社会意识形态论到审美意识形态论，从审美论到人的文学论，乃至在反本质主义语境下对文学本质问题的重新探讨，反映了文学本质论观念的历史嬗变进程。对文学本质论问题及其观念嬗变的反思，一方面可从中获得应有的经验教训或历史启示，另一方面也促使我们思考当代文论所面临的困境和问题，克服反本质主义论争带来的消极影响和自我迷失的困惑，进行当代人应有的理论探究与建构。③ 党圣元对二十世纪早期中国文学批评实践进行归纳总结，进而对中国当代文学批评史书写路径进行检视。他认为，“五四”时期在西方科学主义观念的主导下形成激进的反传统和重估传统价值的思潮，间接促使了中国文学批评史的勃兴。“求是”与“致用”是传统与现代之矛盾的派生物，贯穿于20世纪早期中国文学批评史的书写之中，并在其书写路径、运思模式和理论品格上造成大量的问题。其争论点在于，贯彻历史主义的“求是”原则，就必然要求在文学观上采取多元、多样化的立场；主张科学主义的“致用”原则，又会偏离文学批评史的客观性。陈钟凡提出“历史的批评”，郭绍虞主张“批评史路径”，罗根泽倡导“原理路径”，他们都侧重于历史主义的“求是”原则；胡适的整理国故，在方法论上似乎中西兼顾融通，而在世界观、文化观上更倾向于“致用”原则和全盘西化。中国文学批评史学科正是在“求是”与“致用”之间创立起来的。④

李春青系统梳理、分析了新时期以来人文主义思想在文论话语建构中的发展状态和价值

---

① 蒋述卓：《当代文艺评论应自觉与文化传统构成一种对话关系》，《中国文艺评论》2017年第10期。

② 王晓平：《西方理论如何阐释现代中国文学创作？——以两部西学著作为例》，《文学评论》2017年第2期。

③ 赖大仁：《文学本质论观念的历史嬗变及其反思》，《文艺理论研究》2017年第1期。

④ 党圣元：《在“求是”与“致用”之间——20世纪早期中国文学批评史书写路径检视》，《中国高校社会科学》2017年第5期。

影响，认为以人文主义和科学主义为主导的思想解放，使文艺的性质从阶级性回归到了人性，文艺的价值功能得到了重估。人文主义价值诉求三十多年来的曲折历程，对我国文学话语形态产生了积极深刻的影响，使文学理论研究保持积极的价值追求和批判精神，让我们的文学创作和批评实践有了公认的评判标准。“为文学正名”根本上说乃是为人正名，是人道主义精神在文学领域的话语表征，文学不再依附于政治，获得了独立存在的价值——即此而言，一种蕴含着人文主义精神的文学理论话语开始形成。就其思想资源而言，早期马克思、卢卡奇与西方马克思主义、弗洛伊德的精神分析主义以及尼采、萨特、海德格尔的存在主义对其形成有重要影响；就其话语形态而言，审美特征论、文学主体性、新理性主义以及中国文化热是其最突出的表现。①

姚文放的新著《从形式主义到历史主义：晚近文学理论“向外转”的深层机理探究》②，致力于对晚近文学理论从形式主义走向历史主义的路径进行勾勒，对于这一“向外转”趋势的深层机理作出了深入、全面的探究，旨在为目前及今后一段时期我国文学理论的发展，建构具有中国特色和中国气派的文学理论体系等提供必要的学术参照。陶水平认为，姚文放这部文艺理论领域内的重要成果，探讨了当代文论转型的十个重要理论问题，是对当代文论发展的历史图绘与学理透视。通过对晚近五十余年中西文论从形式主义转向历史主义的学术嬗变及其深层机理进行全面系统、深入精微的探究，展现出鲜明的问题意识、宏阔而新锐的理论框架、深刻的学理阐释、自觉的学术创新意识和主体意识。③

蒋述卓分析总结了百年来海外华人学者的文学理论与批评实践，认为始于清代学者的汉籍外译的海外华人文学理论与批评，经过 20 世纪前叶的学术拓展与积淀，至 20 世纪 60 年代后，已成为中国诗学研究的重要组成部分。在此历程中，海外华人文学的理论与批评由欧洲拓展至北美，形成了地域上的补充。其特点在于，立足传统而承接现代，求诸西学而求发现中国。④ 李自雄反思了反本质主义与当代文论重建的关系，认为在当代中国文论界，反本质主义的引入及其造成的巨大冲击，对于破除与解构僵化思维及话语霸权具有积极意义，但也存在“理论中心”的强制阐释运思模式与问题。主要表现在它的解构策略与重建思路上，使反本质主义的理论重建与现实的文学实践活动相疏离，并表现出自身理论构建的无力与不足。当代中国文论的重建，必须从认识论根源入手，重新恢复理论与实践的正确关系，回归到实践的根本出发点，从而克服对西方理论的亦步亦趋及对现成理论结论的文献式演绎，构建具有民族特色和实践根基的当代中国文论话语体系，以促进自身理论的健康发展。⑤

再次，对近代文艺理论大家的研究，通过考察百年来的学案、史案，以期勾勒出中国现代文艺理论发展脉络，总结文论话语建构特征，实现理论创新。其中有代表性的学者有夏中义和祁志祥。夏中义指出，在“西学东渐”背景下，中国学术界应对西学（方法）与中国

---

① 李春青：《论人文主义价值诉求与新时期以来文论话语建构之关联》，《中国政法大学学报》2017 年第 3 期。

② 姚文放：《从形式主义到历史主义：晚近文学理论‘向外转’的深层机理探究》，北京大学出版社 2017 年 4 月版。

③ 陶水平：《当代文论发展的历史图绘与学理透视——〈从形式主义到历史主义：晚近文学理论“向外转”的深层机理探究〉评析》，《当代文坛》2017 年第 6 期。

④ 蒋述卓：《百年海外华人学者的文学理论与批评》，《文学评论》2017 年第 2 期。

⑤ 李自雄：《理论中心、反本质主义与文论重建》，《中州学刊》2017 年第 5 期。

经验（对象）最有效的方案，是从学术史中遴选典型公案，他选择了郭绍虞、朱自清、钱锺书、朱光潜等几位近代学术大家，进行具体研究。郭绍虞、朱自清、钱钟书三位大家在1930年代围绕“‘纯文学’与中国文学批评史”这一公案所呈示的专业角色、思维路径与学识视野，不啻为一出精彩的学术史剧，即把“西学与中国经验的关系”这一命题史案化了。郭、朱、钱三人各自安顿“‘纯文学’与中国文学批评史”关系时的学术论衡，在某种程度上成为中国学术界百年来何以回应“西学东渐”的历史隐喻。另外，对于钱锺书在思想学术史上的地位，学界历来存在争议。夏中义通过打通《宋诗选注》与《管锥编》的价值亲缘关系，具体分析了钱锺书思想中的“暗思想”特质，重估钱锺书学术思想的重要价值。《宋诗选注》具有“微判断”“隐理据”“侧阐释”的特征，相比之下，《管锥编》中的思想性更加隐晦，与《宋诗选注》形成互文性，从学术上考辨其思想特质的一脉相承，具有“文献—发生学”性质。夏中义还通过考辨朱光潜《美学拾穗集》中表现出的“有思想的美学”特征，揭示其对“思想解放”运动的功绩的两大标志，一是“方法论转向”，即明言须将中国美学原理研究的思维准则，从《唯物主义与经验批判主义》“反映论”转向《1844年经济学—哲学手稿》，这是从美学方法论角度楔入，在反映论与实践论之间划了一道无可避讳的界限，极具公共性；二是“共同美破题”，以及为此破题而构建的关于“人性（人类一般）、人道（族群特殊）、人情（艺术个别）”的三维人学逻辑，对于召唤且驱动“人道主义回潮”为主流的第二波思想解放有重要影响。①

祁志祥在进行现当代美学史书写的过程中，具体分析了李泽厚、陈伯海、童庆炳、曾繁仁和朱立元的主要思想：（1）他对李泽厚的实践美学思想进行历时分析与反思，认为李泽厚的实践美学思想可分前后两个时期，前期为20世纪50年代末60年代初，是实践美学观初步形成的时期，后期以20世纪80至90年代为主，是实践美学观的系统化建构时期。认为其在对蔡仪的客观论、高尔太的主观论、朱光潜的心物二元论的批判中，提出了客观性与社会性相统一的辩证、历史的唯物主义美学观，建构了由美学、美论、美感论、艺术论组成的美学原理体系。（2）他对陈伯海的“生命体验论美学”进行分析，认为其以“后形而上学视野中的‘形上之思’”为自觉的方法论指导，以马克思的实践论和海德格尔的存在论为主要依据，融合中国古代“天人合一”的文化资源，取消实体论的本原论，从人的审美活动入手探讨美的生成，提出美学研究的主要对象和逻辑起点是“审美活动”，建构了以“生命”为本根、以“体验”为核心、以“超越”为指向的审美学体系。（3）他认为童庆炳的“文学审美特征论”，在特殊的历史语境和理论资源背景下，形成了独特的思考和重要创新，有现实问题的关切与回应，是20世纪80年代至90年代中国文艺理论领域主流话语之一。（4）他分析了曾繁仁的生态存在论的美学价值和创新意义，认为其学说以马克思实践唯物主义的社会存在论为基础，改造、融合海德格尔的存在论与现象学，倡导人与万物的相对平等的生态人文主义美学观，注重在“人—自然—社会”的共生系统中追求生态关系之美，

---

① 夏中义：《“纯文学”与中国文学批评史观——重估郭绍虞、朱自清、钱钟书在1930年代的学术论衡》，《河北学刊》2017年第3期；《论钱锺书学案的“暗思想”——打通〈宋诗选注〉与〈管锥编〉的价值亲缘》，《清华大学学报（哲学社会科学版）》2017年第1期；《论朱光潜“有思想的美学”——考辨〈美学拾穗集〉对“思想解放”运动的功绩》，《学术月刊》2017年第12期。

对自然美学、环境美学、城市美学、文艺美学中的生态审美观作了彼此联系又相对独立的剖析与阐释。（5）他认为朱立元的“实践存在论美学”是建立在对以李泽厚为代表的美学的本质论、实体论、现成论、方法论的全面解构之上，利用马克思主义的实践论改造海德格尔的存在论，用海德格尔的存在论解读马克思主义的实践论，以人的实践存在方式之一的审美活动为美和美感产生的基础和前提，通过对人与世界的关系和审美实践中人的地位的高扬，建立了独特的生成性美学学说。①

此外，刘峰杰对郭绍虞的“文以载道”论进行了分析，认为其建立了中国现代关于“文以载道”的基本研究模式，他划分的“文以贯道”“文以载道”与“文以明道”的三分法，影响了几代学者的相关论述。但其不足之处在于：以现代西方文学观念为依据，不能有效地揭示“文以载道”的本来含义，忽略了它在“杂文学”观念之下形成的事实及所蕴含的特色。要正确地认识“文以载道”作为一种中国事实基础上形成的古典知识形态的独特性，就得回到本体论的层面去分析和认识。②

西方文艺美学研究

2017 年国内学者关于西方文艺美学经典思想和最新理论的研究，都有较大进展。

首先，对西方经典理论的再关注。刘彦顺探讨了西方美学思想中的时间性问题，通过分析柏拉图美学思想中“无时间性”的“相”的概念，认为柏拉图把知识论中概念产生的过程与神学思想中的身心二分、灵魂独存的思想完全运用于美学思想，把审美活动的时间性完全抽空，消弭了审美的丰富性。在分析席勒的美学思想时，他指出，“时间性”是区分感性冲动和理性冲动的关键，而其“活的形象”思想则侧重对审美活动进行内时间意识构成维度的“流畅”特性分析，由此奠定了其美育思想的坚实基础。另外，他分析了国内学者姚文放美学思想中关于无时间性美学、时间性美学与历史性美学的界定，认为其在审美活动构成完整性、历史性美学的意义增殖及非现成性识度等美学基础理论诸多方面有新的建树，并将其运用于学术史研究，体现了历史与逻辑的高度统一。③

在康德研究方面，马元龙分析了德里达对康德的批判，指出德里达通过对康德文本中例证与脚注的解构，颠覆了康德的美学大厦，边框或配饰、纯粹切割之无以及崇高的无限，它们一直在秘密地解构着康德看似完整的美学。④ 苏宏斌对康德美学进行现象学阐释，认为现象学的本质直观理论有助于理解和完善康德的创造性想象力命题。从这种理论出发，可以把

---

① 祁志祥：《李泽厚实践美学思想的历时论析及反思》，《社会科学研究》2017 年第 5 期；《陈伯海“生命体验论美学”的独特创构》，《社会科学》2017 年第 5 期；《“文学审美特征论”：童庆炳文艺美学思想述评》，《清华大学学报（哲学社会科学版）》2017 年第 3 期；《曾繁仁生态存在论美学观及其创新意义》，《学习与探索》2017 年第 12 期；《朱立元“实践存在论美学”评述》，《人文杂志》2017 年第 12 期。

② 刘锋杰：《调和的尴尬——郭绍虞的“文以载道”论》，《浙江工商大学学报》2017 年第 3 期。

③ 刘彦顺：《以“无时间性”消弭审美丰富性——论柏拉图美学思想中的时间性问题》，《社会科学辑刊》2017 年第 1 期；《游戏冲动何以在时间中扬弃时间？——论席勒美学思想中的时间性问题之二》，《文艺理论研究》2017 年第 37 期；《从无时间性美学到时间性美学与历史性美学——论姚文放教授美学思想的一个向度》，《扬州大学学报（人文社会科学版）》2017 年第 6 期。

④ 马元龙：《解构中的美学：德里达的康德批判》，《文艺研究》2017 年第 3 期。

图式看作直观活动的产物，因而图式不再局限于认识领域，在审美和艺术活动中也有着重要的作用。正是通过图式的中介作用，艺术家才得以完成从理性理念到感性形象的转化过程。①

其次，对西方当代重要理论的研究。杨建刚分析了鲍德里亚学术研究中贯彻始终的符号学方法，认为鲍德里亚通过对消费社会的物体系、时尚和艺术品拍卖及其体现出来的消费意识形态的分析和批判，发展出一种独特的符号政治经济学批判理论，以此丰富和发展了经典马克思主义以及法兰克福学派的批判理论。正是符号学方法的运用，使鲍德里亚学术生涯呈现出断裂与联系的内在张力，使其最终背离了马克思主义生产理论的基本原则，并在对后工业社会的文化、艺术和传媒等文化景观的批判中发展出了拟像、仿真、内爆和超真实等学说，从而形成一种典型的后现代理论。② 姚文放从谱系学角度，对“症候解读”的理论谱系与文学归趋进行了概括总结，认为阿尔都塞从黑格尔逻辑学的否定性形式中获得了方法，从弗洛伊德和拉康关于精神病心理机制的研究中找到了概念，从马克思《资本论》关于剩余价值的研究中发现了问题，从而铸成“症候解读”的理论。阿尔都塞将“症候解读”视为一种生产，它借助自身的证伪、校正功能倒逼和反推知识增长和理论跃迁。其后，“症候解读”理论向文学归趋，为文学研究开辟了新的理论空间，马舍雷将之引向文学批评，而卡勒则进一步将之引向了文化研究。另外，姚文放以泰州学派的开创人王艮的“尊身论”作为个案，阐发中国古代身体美学思想对于舒斯特曼的“身体美学”的支持和超越。王艮“尊身论”的运思方式的思辨性、分析性、系统性，能够在现代身体美学的进一步建构中显现出极其丰富的当代价值。③

陈军对卢卡契文学批评理论体系中的文类理论进行了研究。在卢卡契思想中，形式与内容的高度同一，在美学方面保证了文学艺术的审美特性，在社会层面则被抬升到反资本主义的理论高度。卢卡契在西方文类理论史上第一次从艺术的审美本体高度正面肯定了“三一律”存在的部分合理性，第一次明确否定“三分法”之间存在辩证关系。通过文类的中介作用，作家的世界观作用于创作实践，使其走向自觉的秩序与规范。卢卡契文类理论凸显浓重的资本主义历史语境色彩以及非常强烈的个人世界观倾向，从而难免在个别具体问题上有失客观公允与科学辩证。④ 江守义从具体的当代中国语境，考察了西方文论的发展状态，认为西方文论于20世纪初和20世纪80年代中期在中国经历了两次历史语境的转变。从具体的历史语境来考察，西方文论主要的历史贡献表现在观念更新、思维拓展、关注文学自身三个方面，其不足主要有，某种理论在逻辑自洽的同时又显得偏执，以及理论更迭频繁，难以消化吸收等。⑤ 王伟对伊格尔顿的革命批评理论进行了研究，强调“革命批评”与文化革命、革命文化实践之间的密切联系及其中蕴含的革命性能量。伊格尔顿指出，“革命批评”

---

① 苏宏斌：《创造性想象何以可能？——康德美学的现象学阐释》，《西北大学学报（哲学社会科学版）》2017年第3期。

② 杨建刚：《批判理论的符号学拓展——鲍德里亚学术研究中的符号学方法》，《文艺理论研究》2017年第5期。

③ 姚文放：《“症候解读”的理论谱系与文学归趋》，《文艺理论研究》2017年第2期；《王艮“尊身论”对舒斯特曼“身体美学”的支持和超越》，《中国社会科学院研究生院学报》2017年第2期。

④ 陈军：《文类：世界观影响文学的中介——卢卡契文类理论研究》，《文学评论》2017年第6期。

⑤ 江守义：《从中国语境看西方文论》，《学习与探索》2017年第6期。

既预示了当代解构主义的批评实践，又与解构主义有着质的差别。在分析悲剧的过程中，伊格尔顿认为朴素的现实主义或悲剧人文主义是有效政治的唯一可靠基础——这种认识与其“革命批评”观相一致，一方面承续了古希腊的传统，另一方面又赋予其政治革命与个体解放崭新的内涵，带有鲜明的马克思主义烙印。①

关于海德格尔的研究，依然是西方文论研究的重点内容。其中，赵奎英和苏宏斌均以海德格尔与夏皮罗就梵·高的画作《鞋》所进行的争论这个现代艺术史上的著名公案，为切入点，进行了不同角度的理论探讨。赵奎英反思了艺术哲学与艺术史研究之关系问题，认为海德格尔艺术之思的任务是追问艺术的本质，而不是考察具体作品对象的所属，物之所属不同于物之所是，夏皮罗判断鞋之所属的依据并不比海德格尔的依据更有效，海德格尔的艺术真理观并非对艺术家在场的否定，它只是调整了艺术家在艺术世界整体中的位置。这个世界整体重建了艺术与神性领域、与民族历史世界、与大地自然根基的联系，体现一种更高的生态人文主义精神，导向一种更宽广的生态宇宙整体，艺术哲学必须与艺术史研究平等对话。② 苏宏斌认为，海德格尔主张对作品进行无成见的直观，源自现象学，而夏皮罗主张采取有成见的理解，源自解释学。不同的方法导致不同的结果，海德格尔之误在于没有严格实行现象学还原，以致把不合理的成见带入了作品；夏皮罗的成功则在于把现象学方法和解释学方法合理地统一起来，在对作品进行精细直观的基础上，合理地发挥了成见的作用。对于艺术作品意义的理解应该综合两种方法，进行无成见的直观，以确保作品的源初显现，同时进行有成见的理解，让合理的成见充分发挥其作用。③

在关于本雅明“机械复制”理论研究方面，杜书瀛重新分析了本雅明的“现代信息社会‘以机械复制为特点’的艺术是否需要创造”的问题，认为本雅明的所谓“机械复制”，复制的不是创造本身，而只是创造出来的作品，“机械复制”并不取消“创造”。而在后现代背景下，“文学与生活并未合一”，“艺术是生活的特异化”，文学仍然需要“创造”。④ 马欣认为，本雅明“手工复制时代”的誊写美学，可视为其“机械复制”美学思想的重要补充。他把本雅明在《单向街》中关于誊写的美学阐释，放在“手工复制时代”的框架下进行考察，围绕文字的复制与艺术作品的复制之间的差异，及文字的手工复制与文字的机械复制的分歧问题，勾连本雅明的《机械复制时代的艺术作品》《讲故事的人——尼古拉·列斯科夫作品随想录》《论波德莱尔的几个母题》《评安雅·门德尔松与格奥尔格·门德尔松〈笔迹中的人〉》等著述，分别从誊写与阅读、誊写与讲故事、誊写与印刷三个角度进行细读与分析，揭示出誊写作为“文学文化”重要保证的笔迹学内涵，以及誊写美学在数字复制时代的启示意义。⑤

再次，对西方最新理论的关注。张昊臣在后现代“伦理转向”的背景下，通过分析朗

---

① 王伟：《论伊格尔顿的革命批评》，《文艺理论研究》2017 年第 2 期；《论伊格尔顿的悲剧观念及其悲剧的政治》，《江苏大学学报（社会科学版）》2017 年第 5 期。

② 赵奎英：《艺术哲学与艺术史研究之间的对话——也谈海德格尔与夏皮罗之争》，《文艺研究》2017 年第 9 期。

③ 苏宏斌：《无成见的直观与有成见的理解——梵·高画作〈鞋〉的阐释之辩》，《中国社会科学评价》2017 年第 1 期。

④ 杜书瀛：《“复制”与“创造”》，《社会科学战线》2017 年第 6 期。

⑤ 马欣：《本雅明“手工复制时代”的誊写美学》，《文学评论》2017 年第 4 期。

西埃对利奥塔的理论的批评，探讨了艺术跨界问题，反思审美批判本身的合理性与适用边界。基于审美自律与社会批判互构的乌托邦传统，不少西方学者对艺术跨界持批评态度，对艺术跨界背景下的美学走向持悲观态度。朗西埃通过反思利奥塔及其所代表的整个后现代“伦理转向”，试图激活跨界艺术的政治潜力以重建美学的批判向度。然而，由于对“不可呈现者”与“不可再现者”的混淆，朗西埃没有同情地理解利奥塔崇高美学所打开的感性学指向，其审美政治路线本身也存在一定局限。① 陶水平通过对布尔迪厄的文化场和艺术再生产理论的研究，分析了文学艺术场域学术话语的自主、开放、表征与竞争问题。布尔迪厄的文化场理论认为，文化生产体现了资本、习性和场域的交互作用。任何特定文化场的生产和再生产，都遵循历史建构出的自主性优先原则，是自律性与他律性的统一。在场域活动中，符号表征发挥着独特的作用，符号表征使得其他各种资本得以合法化和神圣化，因而成为一种符号权力或象征资本。场域行动者之间争夺文化资本的竞争，是推动文化生产和创新发展的动力。布尔迪厄的知识社会学和美学社会学揭示了文化再生产的奥秘，又消解了传统美学和艺术理论的诗情画意与审美精神。②

对阿甘本的研究，也是一个理论热点。蒋洪生探讨了阿甘本文论视野中的诗与哲学的关系问题。阿甘本认为，长期以来，西方文化中诗与哲学的分离，使主体无法“完全拥有知识之客体”，无法经验人性的完整性，从而导致了自我和文化的异化，是西方文化精神分裂症的表现。因此，阿甘本致力于倡导一种融批评与创造为一体的创造性批评，以此来重新恢复西方文化中碎片化语词的统一性。③ 支运波分析了阿甘本理论中关于生命政治与生命诗学的“姿态”问题，认为阿甘本的姿态论思想存在着由美学向生命政治以及生命诗学转变的潜在线索，倡导以生命诗学拯救姿态丢失后所造成的去主体化命运，从而“复魅”经验世界，实现人之诗意的栖居。④

另外，有些学者还对西方当代文论发展轨迹进行了分析和总结。段吉方分析了当代西方美学的政治转向及其理论路径。他认为，当代西方美学的政治转向研究是当代美学研究基本问题域的深化和拓展，是现代性审美关系的另一种理论表达。从马克思美学遗产出发的西方马克思主义文化政治学、葛兰西的文化领导权理论、雅克·朗西埃及其“后阿尔都塞学派”的美学政治学、齐泽克的“后政治的生命政治”理论等，构成了当代西方美学政治转向的主要理论路径。这一理论路径在感性学的维度上进一步强调美学研究的现实感和问题意识，研究重心集中于审美话语的现代性意义、历史衍变与现实表达，其中所探究的理论问题既是当代美学新的理论面向，又是对现代性社会发展中审美与政治、审美与社会、审美与伦理之

① 张昊臣：《艺术跨界：美学的危机或生机——以朗西埃对利奥塔的批判为中心》，《文艺理论研究》2017 年第 5 期。

② 陶水平：《文学艺术场域学术话语的自主、开放、表征与竞争——布尔迪厄的文化场和艺术再生产理论探微》，《中国文学研究》2017 年第 2 期。

③ 蒋洪生：《阿甘本文论视野中的诗与哲学之争》，《文艺理论研究》2017 年第 2 期。

④ 支运波：《迈向生命政治与生命诗学：阿甘本的姿态论及其转向》，《四川大学学报（哲学社会科学版）》2017 年第 3 期。

间关系的一种重新梳理。[①] 张伟认为，作为肇始于语言学场域中的一种思维方式与话语形态，结构主义对文学批评的介入在强化文学研究的本体存在、提升文学批评的形式观念与理性意识的同时，却又因自身的极端化将文学批评导向一种科学性征与技术倾向，其倡导的文学研究的整体性、系统化背后却是文学人文精神意蕴的流失，它超脱具体文本形态所高扬的普适性原则又将文学研究导入一种形式乌托邦，其研究思路与审美路径在视觉时代的文化语境中反向映衬出"图像霸权"的某种合理性，而由此带来的对文学现实命运的关注，无疑可以引发更多的理性思考。[②] 王坤以反本质主义和本体论学理问题作为分析西方文论中国化的重点个案进行了具体研究，认为从学理层面看，本质论不应该就此消失、由本体论取而代之。本质论所追问的"是"，与本体论所注重的"在"，多有重合交集，并不能取消"是"的空间；本体论的神学色彩与目的论预设，与本质论的先在性异曲同工。迄今反本质主义的成功，在于以建构论消解本质论的僵化或固化对象的弊病；但建构论真正要消解的还是本质论的先在性及其背后的自然本体论。[③]

生态美学也是学界一直关注的热点话题。曾繁仁认为，中西对话是中国生态美学当代以及未来发展的主题，只有在中西对话中才能找到生态美学发展的创新路径。要进行中西生态美学对话，需要处理中西生态美学对话的动因，中西对话的文化根基，中西对话的主题，中西对话的哲学内涵，中西对话的话语方式以及中西对话的艺术实践等问题。[④] 陈望衡初步探讨了"生态文明美学"的构建问题，认为生态只有在肯定人，肯定文明时才可能是美的。生态文明美的本质是生态与文明的共生，其标志性的美是朴素。建构生态文明美学要重新确认自然神性，奉行新时代的自然崇拜；重新确认科技人性，重建科技的信任；提升人类"家园"的品格。[⑤] 赵奎英分析了海德格尔的技术观及其生态伦理学意义，认为海德格尔对现代技术的"解蔽"与"座架"本质进行了揭示，对技术统治造成的"存在遗忘"和"存在离弃"的危险进行了勾画，也为技术的拯救开启了通向"开端之思"和"诗意艺术"的道路。重新思考海德格尔的技术与艺术之思对于生态美学、文化研究以至整个生态文明建设都具有重要的启示意义。[⑥]

技术、新媒体与视觉文化研究

科技的进步，互联网的飞速发展，创造出了大量的新的艺术创作手段，尤其是新媒体的不断发展和广泛应用，彻底改变了艺术生产、传播模式，为文艺理论提供了新的阐释空间。

---

① 段吉方：《审美与政治：当代西方美学的政治转向及其理论路径》，《外国文学研究》2017 年第 6 期；《当代美学的政治转向：理论、问题与实践》，《云南大学学报（社会科学版）》2017 年第 3 期。

② 张伟：《结构主义思维与文学批评的现代危机——兼及"图像霸权"的有限合理性》，《西南民族大学学报（人文社科版）》2017 年第 9 期。

③ 王坤：《反本质主义和本体论学理问题——西方文论中国化重点个案研究之一》，《学术研究》2017 年第 9 期。

④ 曾繁仁：《中西对话中的中国生态美学》，《西南民族大学学报（人文社科版）》2017 年第 2 期。

⑤ 陈望衡：《"生态文明美学"初论》，《南京林业大学学报（人文社会科学版）》2017 年第 1 期。

⑥ 赵奎英：《技术统治与艺术拯救——海德格尔的技术之思及其生态伦理学意义》，《山东社会科学》2017 年第 7 期。

首先，关于技术对文艺创作、批评实践的影响的研究。张进、王垚认为，技术和技术物是当代哲学、艺术和文化研究关注的核心议题。在有关当前技术与文化状况的分析和评估方面，唐·伊德分析了技术与人的多重关系，并强调技术—文化的“嵌入性”；唐娜·哈拉维的赛博格理论突破了人/非人的界限，突出技术带来的身体跨界为人类所开启的新的可能性；贝尔纳·斯蒂格勒指出，技术的“药性”一方面毁坏文化的社会性，另一方面则催生了社会联系和人的多样化存在。物质文化研究探讨人与物的复杂关联以及“与物为春”的共存境遇，如上有关技术物的嵌入性、杂合性和药性的剖析，是物质文化研究不可多得的维度。① 楚小庆认为，技术进步对艺术生态变化、作品形式表现、创作形态演变和艺术跨界整合产生深刻影响。技术在不断拓宽着艺术创作的方式和手段，潜移默化地影响着艺术的思想、观念、方法，逐步改变着整个艺术生态。技术进步造就了艺术作品展现和存在空间的广延化，推动了经典艺术世俗化与大众文化的崛起，拓展了非物质化的艺术空间新形态。同时，技术进步加速了不同艺术形态的跨界融合，推动形成艺术形态的先锋性，提升了艺术创作语言形式刺激的阈限，延展了艺术自身和交往的空间。②

其次，关于新媒体对艺术生产和传播的影响的研究。张一兵通过对斯蒂格勒《技术与时间》的构境论进行解读，探讨了好莱坞文化殖民的隐性逻辑问题。斯蒂格勒认为，应该揭示当代资本主义隐性意识形态霸权中好莱坞文化殖民的秘密装置是如何发生作用的：电影蒙太奇的拼接、远程登陆的电视传播等手段，使个体意识结构发生无意识的改变，异地异时地同一化于一种时间客体中的接受意识共在，大大加剧了美国式资产阶级意识形态隐秘控制的精神灾难。③ 陈定家认为，新媒介的崛起给当代文化的生产、传播与消费造成了巨大冲击，由于主体的“隐匿”和“弥散”，大众由卑微的“受众”变成尊贵的“用户”，微信、微博等自媒体更是将信息公共空间变成率性而为的话语狂欢之地。在工具理性与技术逻辑所主宰的新媒介文化语境中，网络写作者渐渐弱化了对诗性智慧与审美意味的感知能力。新媒介文化批评也相应陷入标准混乱、价值迷失的困境之中，尤其是在网络文学领域，作者匿名和主体性虚位消解了传统写作的责任、良知、使命感、意义追问等价值依凭和审美担当等人文理念。因此，新媒介文化的价值导向研究和健康向上的批评引导，已到了刻不容缓的关头。④

李昕揆认为，媒介以“提供尺度”“创造环境”的方式对文艺思潮之总体面貌、根本特征、发展走向等进行全面构型。互联网改变了文化思潮的生长平台和传播模式，深刻制约着思想的形式状态。要在文艺思潮“世俗化”大潮中抵制文艺“低俗化”倾向，在提倡文艺“多样化”过程中批驳“指导思想多元化”谬误，在文艺“全球性”传播中保持民族文艺

① 张进、王垚：《技术的嵌入性、杂合性、药性与物质文化研究》，《西北大学学报（哲学社会科学版）》2017 年第 1 期。

② 楚小庆：《技术进步对艺术生态变化与作品形式表现的影响》，《东南大学学报（哲学社会科学版）》2017 年第 1 期；《技术进步对创作形态演变与艺术跨界整合的影响》，《上海师范大学学报（哲学社会科学版）》2017 年第 5 期。

③ 张一兵：《好莱坞文化殖民的隐性逻辑——斯蒂格勒〈技术与时间〉的构境论解读》，《文学评论》2017 年第 4 期。

④ 陈定家：《试论新媒介文化的批评标准与叙事逻辑》，《中州学刊》2017 年第 3 期。

特色、防范文化风险，就必须用马克思主义实现对多样化文艺思潮的有效引领。[①] 易晓明从电子媒介视角考察了文学知识的演变，认为电子媒介以特殊的信息生产形式，与文化生产、文化产业形成密不可分的关系，电媒文化直接影响了文学知识范型的转换、扩大与更新。电媒技术感知与电媒环境中文学的艺术感知同形同构，显现为当代文学内部的各种创作方法与艺术形式为电媒所塑造，与电媒属性存在对应关系。电媒带来文学知识改变的这一认知路径，有助于深入理解20世纪文学文化现象及其背后的动能与结构。[②]

单小曦认为，新媒介文艺批评是“倾向”或“根据”文艺媒介要素并着眼于“文本—媒介”关系的独立性文艺批评类型。可以从媒介建构论、数字文艺学和文艺批评类型研究等三个理论话语层面，把握新媒介文艺批评建构的学理依据。新媒介文艺批评可以生发出不同于模仿说、实用（接受）说、表现说、客观说的“媒介说”文艺观。“媒介说”文艺观具有“文艺即媒介工具”“文艺即媒介程序”“文艺即媒介实践”“文艺即存在显现的媒介场域”等几个代表性具体内涵。另外，针对网络文艺现象，可以建构一种集读者、作者、编者、学者“四方主体合作式批评”，采用“金字塔形合作式话语生产”和“环形合作式话语生产”两种具体操作形式。[③] 胡友峰认为，电子媒介时代审美范式发生了从“形象”向“拟像”的转型，导致了文学的异变，产生娱乐化、世俗化、消费化趋向，进而引发了文学审美空间的变化。要摆脱媒介的形式偏好，面向文学的实践召唤，恢复文学的想象和形而上学功能，呼唤一种“尊灵魂”的文学创作原则。[④] 杨柏岭认为，新媒介的兴起加速了文学的边缘化，文学作品载体、内容及价值的图像化，文学审美价值由美感到快适的过程。应立足于媒介发展规律，以理性的态度正视文学观念的变化，强化新媒介传播文学精神的责任，以通变的态度审视文学活动的新变，重塑文学精神，更新文艺学的内涵与外延。[⑤]

再次，关于语图互文、图像叙事的研究。当下，技术不断丰富着艺术的视听效果和体验维度；同时，人对技术的依赖程度有了明显提升，艺术场域依托于技术进步得到了极大扩展，作品创作和艺术精神都实现了对于原有地理空间、文化习俗等主客观隔阂的有效跨越。

龚举善分析了图像叙事的发生逻辑及语图互文诗学的运行机制。从发生学角度看，现代图像叙事缘自图像传统又超越了传统图像，哲学本体、社会制衡和媒体催生构成其三大逻辑支点。图像叙事虽拥有形象的直观性、符号的隐喻性以及理解的多义性等表达优势，但仍无法掩饰其叙事趣味浅表化、图像话语权力化的双重局限。应运而生的语图互文诗学，研究动态性的冲突、互补、转化和异质同构等运行机制，兼顾当下鲜活的文艺现实，顺应文艺发展的基本规律，拓展文艺研究的多边对话疆域，具有理念的集纳性、方法的适用性和绩效的周全性，彰显了图像时代文艺理论批评与时俱进的阐释风范和面向未来的建设情怀。[⑥] 赵炎秋通过对艺术视野下的文字与图像关系进行研究，探讨了视觉文化和语言文化的分层问题。从

---

① 李昕揆：《“文变系乎媒介”：互联网与新世纪的文艺思潮》，《社会科学辑刊》2017年第5期。

② 易晓明：《从电子媒介看文学知识的演变》，《外国文学》2017年第6期。

③ 单小曦：《新媒介文艺批评及“媒介说”文艺观的出场》，《中国人民大学学报》2017年第6期；《合作式网络文艺批评范式的建构》，《中州学刊》2017年第7期。

④ 胡友峰：《电子媒介时代审美范式转型与文学镜像》，《浙江社会科学》2017年第1期。

⑤ 杨柏岭：《新媒介的兴起与文学精神的传承》，《安徽师范大学学报（人文社会科学版）》2017年第2期。

⑥ 龚举善：《图像叙事的发生逻辑及语图互文诗学的运行机制》，《文学评论》2017年第1期。

形式的角度也即根据语言与图像在同一作品中的比率，可以将两种文化分为纯图像的视觉文化作品、图像为主文字为辅的视觉文化作品，文字为主图像为辅的语言文化作品、纯文字的语言文化作品。根据思想与表象在语言文化作品中的比率与地位，可以将语言文化作品分为思想主导型、表象配合思想型、思想配合表象型和表象主导型四种类型。根据思想与表象在视觉文化作品中的比率与地位，可以将视觉文化作品分为表象主导型、表象显示思想型、思想溢出表象型、思想主导型四种。①

周宪从视觉建构、视觉表征和视觉性三个核心概念入手，对中国当代视觉文化的相关层面展开分析，探索一种视觉文化的研究路径。视觉建构是视觉文化的功能性表述，它包含了对主体的两方面的建构，即社会领域的视觉建构和视觉领域的社会建构；视觉表征涉及表意实践中的视觉编码和解码、从实在物到概念再到符号的复杂过程，其中充满了差异和变化；视觉性是对“看之方式“的探究，在中国当代视觉文化中，存在着主流文化、大众文化和精英文化三种亚文化，相应地存在着主导性、娱乐性和批判性三种不同的视觉性，它们的互动构成了中国当代视觉文化的协商性动态结构。② 张伟系统分析了图像时代视觉文化批评的建构模式，认为随着现代社会图像表征的愈渐成熟与主流，图像对文学的挤压造成了现代意义上的“图—文”张力，也使得传统的文学批评场域发生了与图像时代相匹配的视觉转向，孕化出视觉批评这一新的文本阐释形态。视觉批评在延续传统文学批评主体特征的同时，对文学母本的意义延展、审美内涵以及阐释者的主体身份都产生颠覆性的影响，营造出文学批评视觉化的现代景观，这一批评范式的形成得益于速度社会、消费意识乃至日常生活审美化等多元文化因素的现实滋养，而其本身的图像主导机制却又使得这一批评范式显露出难以回避的表意缺陷。③

在以互联网为背景的研究方面，刘方喜全面探讨了物联网时代马克思主义视域下审美分享主义的主体建构，认为使精神生产与物质生产日趋融合的当代物联网生产方式，宣告西方传统美学范式的式微和马克思美学范式的复兴。马克思审美分享主义以生产性自由个性为审美主体的基本特性，以劳动者共享生产资料为这种主体建构、生成的物质基础。共产主义使精神生产资料（自由时间）从物质生产中游离出来并让每一个劳动者共享，为具有生产性自由个性的“全面发展的个人”在包括艺术在内的“自由的精神生产”中的生成提供物质基础——物联网生产方式使作为劳动者的“创客”重新共享生产资料，为考察中国特色社会主义“共建共享”主体向“全面发展的个人”渐进生成的进程提供了现实出发点，而习近平“共享发展”理念则为这种考察提供了理论立足点。审美分享主义的建构，一方面有助于美学的马克思主义中国话语体系建设，另一方面也有助于从美学的角度深入理解习近平

① 赵炎秋：《试论视觉文化和语言文化的分层问题——艺术视野下的文字与图像关系研究之六》，《湖南师范大学社会科学学报》2017 年第 3 期。

② 周宪：《视觉建构、视觉表征与视觉性——视觉文化三个核心概念的考察》，《文学评论》2017 年第 3 期。

③ 张伟：《现代视觉艺术的“图—声”叙事及其审美建构》，《华南师范大学学报（社会科学版）》2017 年第 1 期；《视觉批评何以可能——图像时代文学阐释的视觉转向与审美创构》，《河南社会科学》2017 年第 3 期；《从“视觉机制”到“视觉体制”——现代视觉图式的权力架构与意义延展》，《广东社会科学》2017 年第 2 期；《“视觉转向”与文学经典“再经典化”的演化逻辑——兼及建构“视觉批评学”之可能》，《南京社会科学》2017 年第 4 期。

“共享发展”理念。[①] 张进、王垚通过考察文学作为物的文化传记，分析了消费社会中文学经历了“商品化—去商品化—再商品化”的过程。文学消费活动发生在多个子系统中：一般物性商品的系统、物质性“商品符号”系统以及物质性语言符号系统。文学接受与文学消费不应是高低等级制的关系，而是一种“域化”与“解域”的复杂关联。[②] 傅守祥认为，在新媒体时代，作为“数字人文”的文学经典的研究和传播愈发离不开“大数据”。重视大数据分析并不意味着放弃对意义的追索，文学经典传播必须搭建起人文与科技沟通的桥梁，诠释经典与“活用”经典并举。应该将时新的媒介高科技运用与传统的人文意义追索结合，构建立体型、纵深性的人文谱系，以适应时代变化、接续人文根系。[③]

总体而言，2017 年文艺美学学科建构与发展方向，均沿着中国文论话语体系建构的道路进行学科推进和理论深化。无论是基础理论研究、古代文论、现当代文论、西方文论，还是热点话题研究，都体现出深刻而鲜明的本土意识和当代意识。文艺美学界关注当下文艺创作实践，以及文艺理论对现实创作的理论指导性和批评效果，从本土化与当下化两个维度进行理论转场、学术转型的努力，以求在立足中国现实、拥有国际视野的研究态度中，推动中国美学和文论建设。

（本文审稿专家　刘方喜）

---

① 刘方喜：《物联网时代马克思主义视域下审美分享主义的主体建构》，《中国社会科学评价》2017 年第 2 期。

② 张进、王垚：《论文学消费的物质性》，《社会科学家》2017 年第 3 期。

③ 傅守祥：《文学经典的大数据分析与文化增殖》，《浙江社会科学》2017 年第 10 期。

2017年中国文论前沿综述

刘志兵

党的十九大报告指出，近代以来久经磨难的中华民族迎来了从站起来、富起来到强起来的伟大飞跃，中国日益走近世界舞台中央，不断为人类作出更大贡献，为解决人类问题贡献更多的中国智慧和中国方案。① 这宣告中国国家、社会与文化的发展进入了新时代。2017年，中国文学理论可谓在“破旧”与“立新”中迎接着新时代的来临。如果说，经过多年探索，辨明中西二元对立观念的是非、在对话中发展理论与文化的呼吁和实践，唱响了新时代中国文论的前奏，那么，在破除强制阐释、理论中心等枷锁之后，公共阐释学的提出则迈出了建构中国文论的新步伐；如果说，弘扬传统美学精神、发掘古代文论资源，让中国文论的建构有源可溯、有根可寻，那么，从社会文化理论的多元视角研究文学，则将中国文论的发展植根于开阔的学术沃土。

破除中西二元对立思维，在对话中发展中国文论

在经济全球化日益发展的当下，通过对话和交往来坚持和发展文化的多样性已是不可扭转的历史趋势。如何认识和处理民族文化与外来文化的关系，是一个十分必要而又在争论中历久弥新的问题。无论是文学还是文学理论，都无法脱离这一历史洪流而独处。

金惠敏在审视中国近代以来的历史和文化问题时深刻地洞察到，中国自鸦片战争以来的核心问题是中西方的关系问题，而人们往往以二元对立思维来认识和处理这一关系。他指出：“中西文化二元对立思维是一种将中华文化仅仅限制在特殊性层次上的思维，而不知道既往的中华文化既是民族的也是世界的，既是历史的也是当代的，即是说，不知道中华文化既是特殊的，也是普遍的，是全人类的共同财富。中西文化二元对立思维是自我矮化的思维，不仅妨碍中华文化的世界性作用的发挥，也阻碍我们生活于其中并不断对之加以创新的当代文化对全球文化的建构。”②

这不是否定中国文化的特殊性，而是强调特殊性、普遍性兼顾并举，因为绝对的特殊性无异于自我封闭、自动出局，无异于自我矮化、自行遮蔽。历史地看，二元对立的思维或者观念并非一无是处。在亡国灭种的危急时刻，在致力人民解放的战争年代，强调对立、明确对象、强化自我，是无可厚非的，即使有时言语和行动偏激，亦在情理之中。问题是，我们

① 习近平：《决胜全面建成小康社会　夺取新时代中国特色社会主义伟大胜利》，人民出版社2017年版，第10—11页。

② 金惠敏：《关于中西文化二元对立观念的讨论》，《中国图书评论》2017年第7期。

所处的时代发生了变化，如果我们不能与时俱进地思考这个时代的各种问题，不能与日俱新地构想这个时代的发展前景，只是株守特定历史时期的某些观念、某些记忆、某些情绪，那就无异于开了历史的倒车。这样的思维或者观念，不符合我们的国情，也没有跟上时代的步伐，更谈不上文化自信了。

深感破除当下中西二元对立惯性思维之紧要，《中国图书评论》刊载了金惠敏发起的一组讨论文章。关于如何破解二元对立思维，易晓明认为，麦克卢汉的边疆理论提供了有效路径①；张聪认为，要着重处理好文化的普遍性与特殊性的关系问题②；高丽萍认为，后殖民理论中的抵抗和对话思想可资借鉴③；刘宝认为，“文化星丛”，也就是文化多样性是一条出路④。

实际上，如何破除中西文化二元对立思维，是近些年来金惠敏一直倾力探索的问题。从“全球对话主义”到“价值星丛”论，再到“差异”话语，在建构当代世界文学文化理论话语的同时，无不蕴藏着批判和破除中西二元对立思维的努力。在全球化的今天，一味强调中国文化的特殊性和不可通约性，自行绑缚在弱势、另类和边缘的位置上，不仅不合时宜，而且有碍于参与国际话语体系的建构。因此，各种价值符号之间动态对话，在正视差异的同时互相界定和阐释，如同星丛那样彼此探照、平等相处、“和而不同”，也就成了必要之举。⑤

金惠敏指出，与那些“扎篱笆、砌围墙、拒世界文化于国门之外的保守主义和民粹主义”不同，中国建构的是以“和而不同”为志趣的“人类命运共同体”：“我们的目标是顺应全球化的客观大势，做全球化的捍卫者和引领者，积极构建人类命运共同体，但它不是传统意义上的共同体，而是一个被重新界定了的共同体，即一个被星丛化了的共同体。在其中，我们敬重差异，敬畏差异，与差异始终保持不即不离的间距，坚信：第一，差异是世界的本来面貌和本体论特征；第二，差异是人类进步或文明发展的源泉和动力；第三，差异使世界丰富多彩，使世界充满了意趣和意义。”⑥

中西二元对立思维，不只是中西文化主体间的对立问题，还存在着一个时间维度，也是传统与当代的中西文化关系问题。金惠敏在深入解读习近平“当代文化”和“现实文化”两个概念的基础上指出，发展中国当代文化，必须坚持我们自己的现实本位立场，无论古今、不分中西，都可以将其作为资源加以使用，通过实践检验其效价。⑦ 南帆认为，在全球化时代，我们引进西方的各种理论，是为了再现和阐释“中国经验”及其意义，而不是反

---

① 易晓明：《边疆理论对中西文化二元对立的超越》，《中国图书评论》2017 年第 7 期。

② 张聪：《特殊与普遍之辨——也论中西文化的二元对立》，《中国图书评论》2017 年第 7 期。

③ 高丽萍：《从对抗到对话——摆脱中西文化二元对立的后殖民主义启示》，《中国图书评论》2017 年第 7 期。

④ 刘宝：《文化与“文化星丛”》，《中国图书评论》2017 年第 7 期。

⑤ 金惠敏：《价值星丛——超越中西二元对立思维的一种理论出路》，《探索与争鸣》2015 年第 7 期；《差异即对话：一份研究纲领》，《中国比较文学》2016 年第 4 期。

⑥ 金惠敏：《文化自信与星丛共同体》，《哲学研究》2017 年第 4 期。亦见《文化自信必然意味着文化间性》，《社会科学报》2017 年 9 月 21 日第 6 版。

⑦ 金惠敏：《作为话语的文化与作为生命的实践——习近平“当代文化”和“现实文化”两个概念对于破除中西文化二元对立思维模式的意义》，《外国文学动态研究》2017 年第 3 期；亦见《一切文化都是资源，都是话语》，《社会科学报》2017 年 1 月 5 日第 6 版。

过来将“中国经验”作为例证，这样才能保持中国文学理论的民族性。[①] 也就是说，西方的理论是可以拿来使用或者借鉴的，但必须根植于中国大地，根植于中国的现实生活。李春青考察了中西方思维方式的“异中之同”与“同中之异”及其历史演变，认为19世纪后期以来西方哲学的思维方式与中国传统思维方式具有相通性，这就为中西文论对话提供了可能性。[②] 曹顺庆将中西文论对话看作促成中国话语建设的新路径：以中国古代文论为理论支点，以西方文论为当下语境，既求同又辨异。[③]

正是深切认识到对话之可能性与必要性，中外文论的比较仍然是本年度的热点话题。我们认为，比较本身就预设了差异性与同一性的共在关系。因为只有差异没有同一，就无法比较；只有同一没有差异，也无须比较。所谓比较，就是求同存异，也就是对话。

《文艺争鸣》刊发了一组讨论“中西文论关键词比较”的理论文章。在宗旨和原则问题上，朱立元认为，中西文论关键词比较研究是建构有中国特色的当代文论话语体系的一项基础性工程。[④] 韩经太指出，当下“中”“西”跨文化视域下的关键词比较研究，核心价值在于建构当代文学理论体系。[⑤] 张政文论述了进行中西文论关键词比较、建构当代中国文论需要坚持的若干原则，强调必须“以我为主”，注重本土化和当代化。[⑥]

在方法问题上，李春青强调，关键词的选择要注意其可比性，也就是差异性、相似性共存并保持某种平衡，关键词的比较要深入文化系统的深层和复杂的关联性之中。[⑦] 罗剑波批评了将中西文论的差异绝对化进而拒绝对话的观点，认为关键词方法论为中西文论比较提供了理念、维度及限度上的基本依据，强调关键词比较要有语境意识、历史意识，必须有差异地建构并回答“中国问题”。[⑧] 张晶指出，应该选择那些代表中华美学根本观念，具有强劲辐射力、衍生力、生命力的词语作为比较对象。[⑨] 段吉方认为，关键词研究在方法上以词带论、以词考论、以词论辩，主旨是呈现词语背后的思想和文化。[⑩]

在实践层面，一些学者就中西文论中的某些关键词做出了比较。《学术研究》开设“中西文论关键词比较研究”专栏，本年度第1—8期皆有专题论文发表。例如，胡亚敏、刘知萌将中西文论的“空白”概念做比较，阐述了中西方“空白”概念的同中之异，认为这种差异根本上源自中西宇宙观的差异，即“无”与“being”（有）之间的差异。[⑪] 曹顺庆、林家钊比较了中西的“语言”与“意义”这对范畴，认为中西在语言本质观、语言生成意义

---

① 南帆：《文学理论：全球化时代的民族性》，《文艺理论研究》2017年第3期。

② 李春青：《在“体认”与“默会”之间——论中西文论思维方式的差异与趋同》，《社会科学战线》2017年第1期。

③ 曹顺庆：《中国话语建设的新路径——中国古代文论与当代西方文论的对话》，《深圳大学学报（人文社会科学版）》2017年第5期。

④ 朱立元：《建构有中国特色的当代文论话语体系的基础工程》，《文艺争鸣》2017年第1期。

⑤ 韩经太：《文学理论关键词研究的核心价值问题导向》，《文艺争鸣》2017年第1期。

⑥ 张政文：《当代中国文论“关键词”构建的基本途径》，《文艺争鸣》2017年第1期。

⑦ 李春青：《浅谈中西文论关键词比较的意义与方法》，《文艺争鸣》2017年第1期。

⑧ 罗剑波：《问题导向与中西文论关键词比较》，《文艺争鸣》2017年第1期。

⑨ 张晶：《中西文论关键词研究之浅思》，《文艺争鸣》2017年第1期。

⑩ 段吉方：《作为文化批评传统的文论关键词研究》，《文艺争鸣》2017年第1期。

⑪ 胡亚敏、刘知萌：《中西“空白”概念比较研究》，《学术研究》2017年第1期。

的方式及效果方面均呈现出相似又相异之处。[①] 刘方喜则通过比较“体用”与“本体”两个范畴，阐发了关键词比较对于弱化中西二元对立思维、推动中国当代文论系统发育的重要意义。[②] 如此等等，不再一一列举。

在比较的视野中，关于文学理论一些基本问题的讨论得以继续和深化。例如，王元骧在比较分析认识论、表现论、存在论、形式论四种主要文艺观的基础上，认为马克思主义的能动反映论，也就是把反映论与实践论结合起来，最能洞察文学审美地认识世界与改造世界的本质特征。[③] 姚新勇、刘亚娟回顾了少数民族古代文论学科的构建过程，在中西比较的视野中思考了少数民族文论乃至中国文论的发展问题。[④] 另外，关于“世界文学”概念的争论，仍在进行之中。[⑤]

从强制阐释到公共阐释，建构新文论的中国方案

近年来，张江提出的“强制阐释论”成为学术界关注的热点问题，关于“强制阐释”“理论中心”“作者意图”的对话和讨论持续进行。[⑥] 继而，张江又发起关于阐释的边界的讨论：阐释到底是开放的还是封闭的，到底是确定的还是不确定的？

张江以安贝托·艾柯两部著作中所反映出的看似矛盾的观点为例说明，文本既是自在的，也是开放的，我们既不能否认文本自身所蕴含的有限的确定意义，也不能否认理解者的合理阐释与发挥。因此，需要“在确定与非确定之间，找到合理的平衡点，将阐释展开于两者相互冲突的张力之间。各自的立场都应该得到尊重，无须对具体文本阐释过程中各个方向有限的过度夸张加以过度责难”。[⑦]

张江发起的讨论引起学术界的热切回应，《文艺争鸣》刊发了一组探讨“阐释的边界”的笔谈文章。[⑧] 正如陆扬所指出的，张江的结论虽然呼应了之前的强制阐释批判立场，不过已经显得相当温和。[⑨] 宋伟认为，张江的结论体现出“辩证阐释学”的理论意向，反映了

---

① 曹顺庆、林家钊：《语言与意义——中西文论关键词比较》，《学术研究》2017 年第 2 期。

② 刘方喜：《体用不二：在“词语的旅行”中重建文学本体论关联——谈关键词比较研究对于文论系统发育的意义》，《文艺争鸣》2017 年第 1 期。

③ 王元骧：《反映论文艺观：我的选择和反思》，《中国文学批评》2017 年第 2 期。

④ 姚新勇、刘亚娟：《少数民族文论的困境与中国文论“失语症”连带》，《文艺理论研究》2017 年第 1 期。

⑤ 参见方维规《何谓世界文学?》（《文艺研究》2017 年第 1 期）、杨慧林《“世界文学”何以“发生”：比较文学的人文学意义》（《北京大学学报（哲学社会科学版）》2017 年第 1 期）和曹顺庆、齐思原《争议中的“世界文学”——对“世界文学”概念的反思》（《文艺争鸣》2017 年第 6 期）等文。

⑥ 《社会科学战线》2017 年开设“‘意图’与‘阐释’的讨论”专栏，于第 2、4、6、8、10、12 期陆续刊发多篇专题论文。此外，还有张江、本尼特、罗伊尔、莫德、博斯托克《意图岂能成为谬误——张江与本尼特、罗伊尔、莫德、博斯托克英国对话录》（《学术研究》2017 年第 4 期），张隆溪《过度阐释与文学研究的未来——读张江〈强制阐释论〉》（《文学评论》2017 年第 4 期）和王元骧《读张江〈理论中心论〉所想到的》（《文学评论》2017 年第 6 期）等文。

⑦ 张江：《开放与封闭——阐释的边界讨论之一》，《文艺争鸣》2017 年第 1 期。

⑧ 这组文章发表于《文艺争鸣》2017 年第 11 期，除本自然段下面所提及的几位学者的文章外，还包括赖大仁《文学批评阐释的有效性及其限度——从一个文学批评阐释之例说起》、赵炎秋《阐释边界的确定与开放》、丁国旗《阐释的“界”线——从盲人摸象谈起》、刘方喜《“意无穷”不是“坏无限”——也谈意义的开放性》和潘雯《理论的封闭与开放：兼论如何理解“东方主义”》等文。

⑨ 陆扬：《艾柯的困顿》，《文艺争鸣》2017 年第 11 期。

“悖论存在”的生存本体论事实。由此，阐释学有可能从认识论、知识论或逻辑学的框架中解放出来。[①] 谭好哲充分肯定批判强制阐释对于建设当代中国文论的现实意义，同时认为有必要对强制阐释“场外征用”和“主观预设”两个特征做进一步分析。他认为，脱离文学实践和阐释对象而强制征用固然不对，但并非一切征用都要排斥和否定，要区别对待原生理论和次生理论。作为一个否定性理论命题，“前置立场”“前置模式”的界说不能涵盖当代西方理论与批评的全部情况，应做具体分析。总之，要进一步厘定界限。[②]

我们看到，关于强制阐释、阐释边界的讨论不局限于文学领域，而是延展到历史学、量子力学等领域，成了一个更加具有普遍意义的理论问题。张江通过辨析20世纪的量子力学，特别是海森堡的不确定性原理指出，20世纪中后期以来，以后现代主义的兴起为标志，当代一些社会与人文理论，出现了否定人类理性和认识的真理性追求的趋势。它们否定对历史、文学、社会等各类现实与非现实文本的确定性阐释，以去中心、去本质、去客观化、片面推崇理解和阐释的无限开放与任意结果为主潮，呈现了相对主义和虚无主义逐步占据主导地位的历史倾向。[③]

强制阐释批判明确反对的是不顾作者的意图、文本的自在性，而将任意阐释发展到极端的做法，明确反对的是绝对相对主义和历史虚无主义等错误的理论倾向[④]，强调阐释要在一定的限度内进行，必须以确定性、真理性追求为己任。尽管阐释的边界处于变动之中，但是，通过对话讨论达成基本共识，也就是说，获得对文本大致相同的理解与认识，是可能的。[⑤]

强制阐释批判由此转向了阐释学的建构。接下来的问题便是，阐释如果确有边界的话，到底在哪里呢？这个限度到底如何界定呢？我们应该建构什么样的当代中国阐释学呢？于是，“公共阐释”作为一个核心范畴被提了出来。

张江认为，公共性而非私人性，是阐释的本质特征，也就是说，公共性就是阐释的限度或者边界，阐释即公共阐释。所谓公共阐释，是指“阐释者以普遍的历史前提为基点，以文本为意义对象，以公共理性生产有边界约束，且可公度的有效阐释”。公共阐释具有六个特征：一是理性，二是澄明性，三是公度性，四是建构性，五是超越性，六是反思性。公共阐释，强调理性的主导作用，但不否认非理性可以参与其中；强调文本的意义可以渐次为公众所理解，但不否定文本的自在性；强调阐释活动各要素之间是能够互相通达、取得基本共识的；强调阐释活动致力于公共理性、公共视域、公共理解的建构；强调个体阐释必须在人类共在、集体经验、公共语言和确定语境四个维度上接受公共阐释的约束，个体阐释只有上升为公共阐释，也就是只有以公共效果才能进入历史，但不否认个体阐释的原初性，因为阐释的公共性本身就隐含了公共场域中各类阐释的多元共存；强调在对话交流中，不断反思、

---

① 宋伟：《艾柯反对艾柯——阐释的悖论与辩证的阐释》，《文艺争鸣》2017年第11期。

② 谭好哲：《“强制阐释论”系列研究的理论建构意义——兼就几个问题做进一步商讨》，《文艺争鸣》2017年第11期。

③ 张江：《不确定关系的确定性——阐释的边界讨论之二》，《学术月刊》2017年第6期。

④ 张江：《评“人人都是他自己的历史学家”——兼论相对主义的历史阐释》，《历史研究》2017年第1期。

⑤ 张江、伊拉莎白·梅内迪、马丽娜·伯恩蒂、凯撒·贾科巴齐：《文本的角色——关于强制阐释的对话》，《文艺研究》2017年第6期。

改进和更新自身。①

关于公共阐释，张江与国内外学者进行了多次对话和交流。迈克·费瑟斯通在肯定公共阐释的意义的同时，指出当下达成公共阐释所面临的诸多挑战。他认为，制约和影响公共言说、公共对话、公共辩论，也就是阐释的公共性的主要因素，一是经济社会关系、话语权力对于公开竞争的限制，二是社会体制、文化传统对于个体言说的规约，三是媒介所具有的“修辞力量”对于公共真理的遮蔽。②

如果说，张江与迈克·费瑟斯通之间的对话聚焦于阐释的“公共性”何以可能这个问题，那么，张江与约翰·汤普森之间的对话则围绕阐释的本质到底是“公共”的还是“社会”的这个问题而展开。约翰·汤普森赞同公共阐释学的核心观点。进一步地，他立足于阐释学是一门关于理解世界的日常生活的学问，强调阐释不仅是公共的，也具有冲突性，因为我们所生活的世界是多样的，本来就存在着竞争或者斗争。他提议把阐释学带入社会生活与政治生活中来，因为阐释是象征性权力的展现，阐释和阐释学总是与权力、利益及冲突等纠缠或捆绑在一起的。总之，公共阐释是相对于私人阐释而言的，本质上就是“社会阐释”。张江认同公共阐释首先应该立足于日常的公共生活，但认为阐释要经历一个由个人阐释到社会阐释，再由社会阐释上升为公共阐释的过程。阐释已经成为一种对话，成为一种互动过程。③

综上可见，公共阐释具有广泛的现实适用性，是一个涉及多个学科领域的理论问题。将公共性作为阐释的本质特征旨在强调，在普遍的社会历史前提下，多元的阐释主体在多次的对话和反思中，可以就文本的意义不断达成基本共识。和一般的方法论、本体论（存在论）的阐释学不同，公共阐释学明确表达了自己的公共价值取向。我们由此可以说，公共阐释学致力于建构一种对话阐释学，它和冲突性、对抗性的对话阐释学不同，是求同存异、“和而不同”的对话阐释学。当然，公共阐释学要从“论纲”发展成学说或者理论，势必对其基本问题做出更加全面而深入的探讨。

建构当代中国文论话语，离不开对文论基本问题的阐释。从公共阐释的角度看，一个时期对于某个问题的公共阐释在另一个时期可能成为私人阐释，这体现了公共阐释的超越性与反思性，或者说，变动性与复杂性。

例如，中国文学“抒情传统说”自提出四十多年来响应者甚众，堪称一种对于中国文学特质的公共性阐释，但是，也有一些批评乃至否定的声音。李春青在归纳了龚鹏程对该说的批评（如方法及范畴上的错乱，“以西律中”，混淆中西“抒情”的不同含义等）后，进一步指出该说的谬误之处：以“抒情”来标示几千年的中国文学传统具有明显的“本质主义”倾向，缺乏历史的视野，并且对中国哲学与艺术历史演变轨迹之原因的分析具有很大的主观随意性，归纳起来，可称之为“具体性误置”。李春青认为，阐释中国文学传统，要

---

① 张江：《公共阐释论纲》，《学术研究》2017 年第 6 期。

② 张江、［英］迈克·费瑟斯通：《作为一种公共行为的阐释——张江与迈克·费瑟斯通的对话》，《学术研究》2017 年第 11 期。

③ 张江、［英］约翰·汤普森：《公共阐释还是社会阐释——张江与约翰·汤普森的对话》，《学术研究》2017 年第 11 期。

坚持历史化、语境化的思维方式，要从主体的视角来研究，要立足于中国的文学实际，借鉴西方的理论与方法，最终要“别立新宗”。[①] 这样，不仅对中国文学“抒情传统”之阐释的公共性提出了质疑，而且进行了反思性阐释的尝试，在对话中推进了我们对于中国文学传统及其特质的认识。

再如，关于文学的“本质”问题，赖大仁描述了当代中国，特别是新时期以来文学本质论观念从社会意识形态论到审美意识形态论，从审美论到人的文学论，乃至在反本质主义语境下重新探讨的历史嬗变，并反思了当下文学本质论研究所面临的困境和问题。[②] 王坤认为，反本质主义的成功之处在于，以建构论消解本质论的僵化或固化对象的弊病。但是，建构论真正要消解的还是本质论的先在性及其背后的自然本体论。反本质主义必须解决以差异性消解同一性的问题。[③]

对于文学基本问题的研究，是常在常新的。理论的阐释没有完成时，只有与时俱进、与日俱新而已。

发掘中华传统文化资源，服务当代中国文论建设

我们不仅要通过比较和对话来破除中西二元对立的壁垒，借鉴和吸收外国文化这个“外来”，还要通过发掘和阐释，激活和利用中华传统文化资源这个“本来”，最终的落脚点是面向“未来”建构当代中国文化。因此，如何实现传统文化的创造性转化与创新性发展，是建构当代中国文化、文论的一个重要问题，而理解和阐释传统文化、文论的涵义和精神又是回答这个问题的一个前提性条件。

2017 年，《中国文学批评》继续设立“中华美学精神”专栏，其他报刊也不时地刊发或者组织撰写相关的专题论文。[④] 综合地看，本年度刊发的相关论文大致可分成以下几类。

一是从文化源头或者本质特征方面进行研究。例如，杨春时从发生条件、提问方式、论说方式和理论形态四个角度考察了中华美学思想的根源。[⑤] 陈望衡认为，“家—国”意识对于中华审美概念系统的建构、审美实践具有重要的影响，家国情怀催生出兴亡、气节、羁旅、江山等文学母题。[⑥] 周代的思想和文化对孔子本人、儒家思想和中国历史的发展具有深远影响，韩仪对有周一代的诗学思想及审美标准做了研究[⑦]，陈丽丽则以《周易》为核心，

---

① 李春青：《论“中国的抒情传统”说之得失——兼谈考量中国文学传统的标准与方法问题》，《文学评论》2017 年第 4 期。

② 赖大仁：《文学本质论观念的历史嬗变及其反思》，《文艺理论研究》2017 年第 1 期。

③ 王坤：《反本质主义和本体论学理问题——西方文论中国化重点个案研究之一》，《学术研究》2017 年第 9 期。

④ 例如，《中南民族大学学报（人文社会科学版）》刊发了一组以“论中华美学的传承与创新”为主题的文章，包括刘纲纪《坚持和发展马克思主义实践观美学》、高建平《美学的世界与世界的美学：走出“冲击与反应”模式》、张法《中华美学在当前三个重要课题》、薛富兴《发扬“诗教”传统　提倡普遍意识》、刘成纪《中国美学研究亟待重回中国历史本身》、刘悦笛《以“生活美学”反本开新出“大传统”》、彭修银《当下民族美学话语建构的述行性及其问题》和吴海伦《中国传统美学思想的创造性转化与创新性发展》等文。

⑤ 杨春时：《中华美学思想的建构探源》，《文艺争鸣》2017 年第 8 期。

⑥ 陈望衡：《中华美学的“家—国”意识》，《文学评论》2017 年第 5 期。

⑦ 韩仪：《论周代的诗学思想及审美标准》，《中国文学批评》2017 年第 2 期。

探究了“生生”“观物取象”“阴阳”“天人感应”等思想对中国古代审美意识的影响[①]。古风通过中西比较，分析了中国美学的七个主要特色，认为西方美学立根于“感性”，却又背离了“感性”而追求“理性”，中国美学则不仅立根于“感性”，而且坚守了“感性”，是真正意义上的“感性学”。[②]

二是从核心范畴或者关键词方面进行研究。由于中华美学的相关文献常见于文论、诗论、书论、画论等之中，因此，文论关键词研究有助于我们理解相关的美学范畴，反之亦然。例如，王昌忠回到具体的历史语境，考察、辨析“审美”概念的历史沿革及其意义，透视了百年来中国文艺理论的发展历程。[③] 杨星映对“气”的形态及其在艺术中的表现做了系统而细致的描述。[④] 冀志强辨析了意象与美两个范畴之间的差异。[⑤]

三是从不同时代、地域和民族特征方面进行研究。例如，李天道、魏春艳认为，受巴蜀文化中通达开放的地域文化心态的影响，司马相如的赋作蕴藉着一种开放的美学精神。[⑥] 刘启涛、王琨、李骞认为，当代大凉山彝族汉语诗歌中最常见的原生态意象彰显了丰富的文化基因和质朴的生态美学精神，反映了少数民族文学创作的“边缘活力”。[⑦]

四是从具体的审美领域或者器物方面进行研究。例如，毛宣国把书法看作一门最能体现中华美学精神的艺术，认为汉字的结构与诗化能够体现出中国文化的特征。[⑧] 曾繁仁认为，中国书法以其独特之美彪炳于世，即独特的线条艺术、笔墨走势、生命韵律、风格特征和文化内涵。[⑨] 史红将中国服饰的主要美学特点归结为由自我约束的价值取向所构成的审美意象，由权力、等级与秩序所建立的严格的审美规范，由不同理念、趣味所导致的对立的审美风格，由“天人合一”法则所呈现的自然合理的审美存在。[⑩] 易冬冬认为，从美学和艺术的角度审视中国传统礼文化的要义在于，将礼看作一种以行礼之人为核心的综合性的、具有演剧性质的典礼艺术。[⑪]

这些文章有助于我们从宏观层面把握中华美学的主旨精神、源流发展、差异特征，有助于我们从中观层面理解中华美学的核心范畴及其时代、地域、民族特征，有助于我们从微观层面体认渗透到社会生活各个角落的中华美学精神。微观层面的研究，让我们看到传统文化和现实文化活生生的联系，这是传承和弘扬传统文化的有力支点和重要动力。

传统文化的传承和弘扬，不仅是一个认识问题，更是一个实践问题。对于传统文化，不仅要理解传承，还要阐发激活，将其带入建构当代中国文化的对话和实践中来。关于传统美学、古代文论与当代美学、文论的发展问题，高建平强调，要汲取传统美学的精华，在当下

---

① 陈丽丽：《〈周易〉对中国古代审美意识的影响》，《中国文学批评》2017 年第 1 期。

② 古风：《从比较视域看中国美学的基本特色》，《中国文学批评》2017 年第 3 期。

③ 王昌忠：《百年中国“审美”概念的历史沿革及其意义》，《文学评论》2017 年第 1 期。

④ 杨星映：《论中国古代美学元范畴“气”》，《中国文学批评》2017 年第 1 期。

⑤ 冀志强：《意象非美——关于意象美学的几个理论问题》，《南华大学学报（社会科学版）》2017 年第 6 期。

⑥ 李天道、魏春艳：《司马相如赋作的地域文化心态与美学精神》，《中国文学批评》2017 年第 2 期。

⑦ 刘启涛、王琨、李骞：《论当代大凉山彝族汉语诗歌的原生态美学精神》，《中国文学批评》2017 年第 2 期。

⑧ 毛宣国：《汉字与中华美学精神》，《中国文学批评》2017 年第 3 期。

⑨ 曾繁仁：《笔的生命之舞——书法美学概论》，《文学评论》2017 年第 5 期。

⑩ 史红：《中国服饰与中华美学精神》，《中国文学批评》2017 年第 4 期。

⑪ 易冬冬：《中国传统礼仪中的美学问题》，《文艺研究》2017 年第 11 期。

文化和艺术实践的基础上，发展出既具当代性又具中国特点的美学。[①] 朱志荣认为，中国传统美学的现代性具体表现为独创性、开放性、与时俱进和面向世界等，是在学习西方美学观念和方法、适应当代审美实践、保留自身特点的基础上形成的，符合全球化时代审美实践和理论建构的需要。[②] 曾繁仁把中西对话看作中国生态美学发展创新的有效路径，并具体分析了这种对话的动因、文化根基、主题、哲学内涵、话语方式和艺术实践等问题。[③] 陈雪虎将百年来的古代文论研究概括为“史”“论”和“释”三种主要方法：“史”的做法侧重于历时维度的连续性或非连续性，“论”的做法侧重于整体逻辑或内在结构，而“释”的做法侧重于同当代主体的对话关系，三者虽各有侧重，却互相补充，甚至浑而为一。[④] 毛宣国认为，“古代文论的现代转换”是指古代文论资源“进入”当代文论中，以有利于当代文论的创新与发展。[⑤] 潘链钰建议从返道、立本、致用、诗性四个方面建构中国文论话语，使其焕发出新的活力与生机。[⑥]

在当代中国美学家思想研究方面，《文艺争鸣》继续开设“重构中国美学精神”专栏，推出了研究宗白华美学思想、李泽厚哲学美学思想的专题文章。[⑦] 2017 年是宗白华诞辰 120 周年，《中国图书评论》也刊发了一组研讨宗白华美学精神的文章。[⑧]

我们看到，从古代到现当代，从理解阐释到传承发展，关于中国传统美学、文论的持续讨论显示出令人欣喜的发展态势。中华民族有着五千多年的文明发展史，创造了灿烂多姿的思想和文化，这些都是当下社会文化发展的根脉源泉。实现传统文化的创造性转化与创新性发展，就是“通古今之变”，就是实现中国文化的古今对话，进而强化当代文化对自身历史的自觉与自信。

拓宽社会文化多元视野，建构开放的中国文艺学

正如南帆所指出的，文学理论在与诸多学科的紧张对话中，“置身于共时的文化结构空

---

① 高建平：《关于中华美学精神建设的思考》，《社会科学战线》2017 年第 2 期。

② 朱志荣：《论中国传统美学的现代性》，《文艺争鸣》2017 年第 7 期。

③ 曾繁仁：《中西对话中的中国生态美学》，《西南民族大学学报（人文社会科学版）》2017 年第 2 期。

④ 陈雪虎：《“史、论、释”：中国古文论研究的理论自觉》，《南京社会科学》2017 年第 5 期。

⑤ 毛宣国：《古代文论“进入”当代的理论思考》，《中国文艺评论》2017 年第 9 期。

⑥ 潘链钰：《返道·立本·致用·诗性——中国文论建构的四个关键词思考》，《中国文学批评》2017 年第 3 期。

⑦ 探讨宗白华美学思想的专题文章发表于《文艺争鸣》2017 年第 3 期，包括王岳川《宗白华的散步美学境界》、彭锋《气韵与光影——兼谈宗白华的中国现代美学建构方式》、王德胜《阐扬生命运动表现的理论——宗白华艺术审美理论中的“动”》、汤拥华《宗白华与“中国形上学”的难题》和唐善林《“生命的律动”——宗白华“六法”绘画美学思想探微》等文。探讨李泽厚哲学美学思想的专题文章发表于《文艺争鸣》2017 年第 5 期，包括刘悦笛《实践哲学与美学来源的真正钥匙——新发现的李泽厚〈六十年代残稿〉初步研究》、宋伟《李泽厚与刘再复：“主体性哲学”与“文学主体性”》、张宝贵《本体论的生活美学——杜威与李泽厚思想比照》、陈岸瑛《从朱光潜到李泽厚——如何建构后美学时代的中国本土艺术哲学》和李伟《推勘李泽厚对“工具本体”之未受重视的抱怨——以李泽厚同康德和马克思之关系为中心》等文。

⑧ 这组文章发表于《中国图书评论》2017 年第 12 期，包括童强《拯救感性：宗白华美学精神在今天的启示》、汪涤《宗白华美学与中西造型艺术》、黄积鑫《关于书法理论研究的反思——以宗白华为线索》和张生《努力创造我们的技术——宗白华的技术观》等文。

间，并且在文化结构多重压力的敦促之下不断地从事自我调整。具体地说，文学理论即是在紧张的对话关系之中显示了聚焦的范围和对象”。[①] 尽管每个时代的文学理论所聚焦和解答的问题不尽相同，但不容置疑的是，文学理论离不开社会文化这个大集体。当下，对于文学的理论把握，专业化、领域化的研究是一种方式，但更要有一种开阔的社会文化理论视野，才不至于偏执一端。这是现实的必然要求，也是理论应有的气度。

当代社会，媒介技术的变革深刻地改变了人们的生活方式，不停地塑造着人们对于外部世界的感知方式。通过语言、声音、图像等各种符号塑造形象、表达意义的文学艺术不能脱离这一境遇。那么，媒介技术的变革是如何影响人们的社会文化感知，包括审美感知的呢？

文化的视觉性、听觉性乃至触觉性，可称之为文化的感性学问题，仍然是学术界重点关注所在。周宪认为，在“世界被把握为图像”的时代，视觉文化成为中国当代文化的主导形态。视觉文化是一种表意实践，从编码到解码，从实在物到概念再到符号，充满了差异和变化。他将中国当代视觉文化划分为主流、大众和精英三种亚文化类型，认为主导性、娱乐性和批判性三种“看之方式”的互动，构成了中国当代视觉文化的协商性动态结构。[②] 周志强认为，在消费主义文化政治逻辑主导下的时代，“倾听”是一个被声音文化工业生产出来的产物。现代声音技术以其独特而有效的编码逻辑，逐渐“摆脱”其场所和空间的限定，使声音变成“纯粹的能指”，变成人们用内心生活代替现实境遇的方式。[③] 刘连杰认为，在视觉文化霸权不断扩张“之后”，用听觉文化来替代视觉文化并未跳出西方传统思维模式。相比于视觉文化和听觉文化，触觉文化具有更强的自我反思能力，更不容易形成专制主义，并呼应了当代文化的身体转向，因此具有更积极的时代意义和更广阔的发展前景。[④]

媒介技术的变革不仅影响着文学与文化的发展动向，而且生发出建构文艺学、美学新的理论增长点。

例如，关于媒介技术影响下的文艺批评问题，单小曦在“新媒介文艺学”的基础上进一步提出“新媒介文艺批评”的主张，提出了不同于模仿说、实用（接受）说、表现说、客观说等传统文艺观的“媒介说”，其具体内涵有“文艺即媒介工具”“文艺即媒介程序”“文艺即媒介实践”“文艺即存在显现的媒介场域”等。[⑤] 欧阳友权、喻蕾针对网络文学批评的历史书写问题，分析了网络文学批评在观念、标准、功能、主体和影响力方面的变化。[⑥] 陈定家认为，在工具理性与技术逻辑所主宰的新媒介文化语境中，网络写作者渐渐弱化了对诗性智慧与审美意味的感知能力，新媒介文化批评也相应陷入标准混乱、价值迷失的困境之中，新媒介文化的价值导向研究和健康向上的批评引导到了刻不容缓的关头。[⑦]

再如，关于媒介技术的发展与当代美学的建构问题，陈海认为，数字技术极大地改变了自然、社会和艺术的存在状况，当代美学应该通过跨学科研究、吸收媒介生态学等媒介技术

---

① 南帆：《文学理论能够关注什么?》，《文艺争鸣》2017 年第 8 期。

② 周宪：《视觉建构、视觉表征与视觉性——视觉文化三个核心概念的考察》，《文学评论》2017 年第 3 期。

③ 周志强：《声音与“听觉中心主义”——三种声音景观的文化政治》，《文艺研究》2017 年第 11 期。

④ 刘连杰：《触觉文化还是听觉文化：也谈视觉文化之后》，《文艺理论研究》2017 年第 3 期。

⑤ 单小曦：《新媒介文艺批评及“媒介说”文艺观的出场》，《中国人民大学学报》2017 年第 6 期。

⑥ 欧阳友权、喻蕾：《网络文学批评史的问题论域》，《中南大学学报（社会科学版）》2017 年第 3 期。

⑦ 陈定家：《试论新媒介文化的批评标准与叙事逻辑》，《中州学刊》2017 年第 3 期。

理论成果，来获取新的视野。[①] 牛鸿英则对虚拟现实技术生成的审美体验做了具体分析，倡导以此"活化"华夏审美体验，以传统审美的超越精神促进全球公共美学的生成与升级。[②]

另外，《文艺理论研究》刊发了研究"批判理论""法兰克福学派"的专题文章。实际上，这些看似与"文学"理论关系不甚密切的文化理论、社会理论，是渗透在文学"理论"的细胞之内的。因为理论向来与现实共在同行，文学与社会、文化尚不可剥离，焉有将文学理论与文化理论、社会理论等相隔离之理?

在全球化时代，在坚定文化自信的新时代，我们不应该因为自己通晓外来文化而自责，一个没有开阔视野、包容意识和宽广胸怀的民族何以创造出世界意义的文化?我们所要做的，不是丢弃以巨大代价换来的对外来文化的认知，也不是走到食古不化的老路上去，也许从来就没有什么绝对的"复古"，也没有什么纯粹的"外化"，因为我们的现实本位始终存在且生生不已。在新时代中国特色社会主义思想的指引下，我们所坚持的是，真正舍弃各种形式的自卑和自大心态，坚信当代中国文化的本位价值，坚信传统文化的根源价值，坚信外来文化的对话价值，以开放多元的理论品格，建构新时代的中国文论。

（本文审稿专家　金惠敏）

① 陈海：《当代美学的技术挑战及出路》，《中国文艺评论》2017 年第 3 期。

② 牛鸿英：《虚拟现实技术条件下传统美学的当代进路》，《中国文艺评论》2017 年第 3 期。

2017年网络文学理论与批评热点问题综述

陈定家

网络文学的崛起无疑是中国当代文学具有划时代意义的大事件，欧阳友权将其说成是中国文学的“世纪性转向”，马季将其描述为当代文学的“第二次起航”，白烨认为它在文坛已开创出“三分天下有其一”的局面。尽管网络文学的理论与批评相对滞后于创作，但在这种大河改道式的文学变革面前，相关研究也取得了比较可观的实绩。单就2017年的研究成果看，就有许多具有年度特色的关键词颇为引人注目，例如：“主流化”“精品化”“经典化”“升级换代”“生态发展”“网络文学+”“文化输出”“走向世界”“文学出海”“价值导向”“精神力量”“理论突围”“评价标准”“批评共同体”“网络文学20年”“浙江现象”“IP热潮”“变革黄金期”“内容审读规范”等等。从年度研究成果统计资料和年度学术“热词”盘点情况看，网络文学的审美导向问题、网络小说的精品意识问题、网站编辑管理机制问题、网文市场主体培育问题、网文评论引导问题都算得上热点论题的一时之选，在有关网文影视改编、产业开发、政策扶持、人才培养、行业自律等方面的文章与专著也不在少数。但相较而言，下面几个方面的问题，受到了更为密切的关注或更为深入的研究：一是如何推动网络文学创作的健康发展；二是当前网文研究与批评的缺失与对策；三是网络文学的IP热与泛娱乐化问题。

一、如何推动网络文学的健康发展

最新调查数据显示，目前我国网络文学用户规模已达3.53亿，占网民总数的46.9%，截至2016年12月底，国内40家主要网络文学网站提供的作品数量已高达1400余万种，并有日均超过1.5亿文字量的更新。支撑上述天文数字的各层次写作者超过1300万，其中相对稳定的签约作者已接近60万人。一个如此巨大群体的迅速崛起，已经引起社会各阶层的高度关注。2017年8月13日至15日，首届中国“网络文学+”大会开幕式暨中国网络文学高峰论坛在京召开，会议主题词是“网络正能量、文学新高峰”。当网络文学拥有了极为广泛的读者群，当它与影视、动漫、游戏产业结合开辟出巨大的市场，“正能量”以及“三观”问题就不可避免地浮出水面，如何推动网络文学的健康发展，已成为中国当代文学必须面对的重大理论问题。

从国内外网络文学创作的总体情况看，以中文写作的网络文学在活跃程度、读者数量、文化影响力和产业链开发等方面，都是其他语言的网络文学难以匹敌的。关于这一点，邵燕君在《网络文学：中国这边风景独好》一文中指出，为什么网络革命在全世界发生，中国网络文学风景独好？作者从中国的特殊文化体制等方面分析了这一“特殊现象”的成因，为中国网文繁荣的必然性做出了令人信服的阐释。当然，中国网文异军突起的原因是多种因素综合作用的结果，正如阿里巴巴、微信的崛起一样，它们都可以视为具有本土特色的网络文化的创新产物。从这个意义上说，我们谈论网络文学就不能仅就文学看文学。譬如说，许多网络作品为影视和游戏改编提供了素材，不少喜闻乐见的影视剧和热门网游都来自网络文学改编，表面上看，这无疑是网文成就了影视和网游，但实际上，影视与网游对网文热的“反哺”与“催发”贡献更大。当然，与影视和网游相比，大多数情况下毕竟还是网文居于文化创意的源头，因此，要营造风清气正的网络空间，如何推动网络文学创作的健康发展便成了问题的关键所在。①

毋庸讳言，当我们在为网络文学风景这边独好欢呼雀跃的同时，也不要忘记这样一个事实，那就是当前网文创作还存在着质量良莠不齐、三俗作品泛滥等问题。事实上自网络文学诞生之日起，其如何健康发展的问题就一直颇受关注。2014 年年底，国家新闻出版广电总局甚至出台专门文件隆重发布“指导意见”，提出了多项推动网络文学健康发展的保障措施。“意见”强调，网络文学要坚持为人民服务、为社会主义服务的根本方向，紧跟时代发展，把握人民需求，始终把创作生产优秀作品作为中心环节，坚持百花齐放、百家争鸣的方针，把社会效益和社会价值放在首位，形成精品力作不断涌现、优秀人才脱颖而出的生动局面，构建优势互补、良性竞争、有序发展的产业格局。本年度的相关讨论成果颇丰，比较受关注的文章有刘晓闻《探寻网络文学升级之路》（《文艺报 8 月 16 日）、许旸《有担当的网络文学才能走得更远》《文汇报》2 月 14 日）、鲁博林《网络文学的深耕与广拓》（《光明日报 11 月 4 日）、王瑜《网络文学：呼唤有担当的时代精品》（《工人日报》10 月 23 日）、李婧璇《网络文学：用精品搭建高地》（《中国新闻出版广电报》11 月 2 日）、周志军《网络文学：优质内容赋能生态发展》（《中国文化报》8 月 16 日）、贺梓秋《网络文学已进入“升级换代”关键期》（《光明日报》8 月 15 日）、郭真真《利用“把关人”理论分析网络文学如何进行有效把关》（《新闻研究导刊》第 15 期）、陈定家《探寻网络文学健康发展之路——兼论网络文艺价值导向的几个问题》（《创作与评论》第 12 期）等。

2017 年 4 月中旬，中国作协等单位在南京举办了“第三届中国网络文学论坛”，刘晓闻《创作在人民中传之久远的网络文学精品》一文对这次论坛情况进行了综合性评介。论坛与会者一致认为，网络文学工作者首先要以习近平总书记重要讲话为指针，认清前进方向；李敬泽指出：“习近平总书记在文艺工作座谈会上的重要讲话是网络文学进入新的发展阶段的分水岭。网络文学今后的健康发展，同样必须以习近平总书记文艺思想为指针、为纲领。网络作家、文学网站、网络文学研究者和评论者，都应牢固树立这样的信念。”论坛进一步指出，要以坚定文化自信为根本追求，推动网络文学健康发展；论坛发起人陈琦嵘指出：“创办论坛的初心是搭建网络文学、网络作家交流的平台，开设展示网络文学实绩的窗口，形成研讨网络文学评价体系的场所，筑起科学前瞻网络文学的瞭望台。”他还就一些重要问题，如“习近平总书讲话的指导意义”“网络文学与文化自信的关系”“网络作家的历史观、文

① 邵燕君：《网络文学：中国这边风景独好》，《学习时报》2017 年 3 月 24 日。

化观、创作观”“构筑中国网络文学的‘高原’与‘高峰’”等做出了创新性论述。中宣部彭云认为，网络文学虽然来自于新时代，但依然根植于历史文化土壤。网络作家和文学网站要把坚定文化自信作为根本追求，为中国网络文学的发展负责。广电总局程晓龙预言，网络文学即将迎来重要调整期，总局将从完善阅评机制、出台新的文件、加强精品扶持、支持文学走出去等方面加强扶持引导。① 黄发有在《媒介融合与网络文学的前景》一文中指出：“新媒介是中国近代以来文学变革的重要推动力，新旧媒介为了争夺话语空间，往往会展开激烈的博弈。在新世纪网络文学的发展历程中，网络文学对网络技术、商业资本、文学资源形成了多重的依附，一直没有建构独立的模式，选择了一条“依附性发展”的道路。在媒介融合的趋势下，网络文学的发展将表现出三大趋向：其一，在网络接近全面覆盖的环境下，“网络性”不再具有标签意义，网络文学和传统文学将逐渐融合；其二，技术美学取代主体美学，网络写作成为网络 IP 产业链的一个环节；其三，文学语言退化，乃至文学退化。”②

当然，从文学史的眼光看，发展中的网络文学存在这样或那样的问题都是暂时的，快速增长过程中出现缺陷和不足，这是正常现象。正如邵燕君所说的：“中国网络文学‘野蛮生长’的十几年间，成为了全世界最大的欲望空间，生长于全球化时代的几亿青年人的‘原始’欲望，在这里得到大量的、反复的、极致的满足和刺激。对此，基本‘看不懂’的师长辈、文化精英们忧心忡忡，是完全可以理解的。”在她看来，网络文学的现状在向好的方向发展，“经过最初一段时间的‘黑暗行走’后，网络文学普遍开始出现‘触底反弹’，走出基础欲望层面的‘初级 YY’，走出‘丛林法则’，进行价值重建。”事实上，网络文学的出路在于提升，这早已是网文圈内的共识，不仅是由于外部环境，也是网络文学发展的自然趋向。

许苗苗在《网络文学应具有精神力量》一文中指出，网络文学已不再是局限于屏幕阅读或青春群体的小众现象，而成为当前大众文化的主要来源之一。因此，对其要求也应当随之提高，在新奇好看之外，网络文学还应具备更深层次的精神力量。网络文学不仅自身已发展成为一片沃土，也滋养了影视、游戏改编和周边产品，并通过实践展示出媒介融合环境下粉丝经济的威力。对待网络文学不应继续采取鼓励新生事物或看待纯娱乐产品的态度，不能单凭不俗的市场成绩或读者趣味就报以赞誉。随着网络文学从业者年龄的增长、产业的壮大、社会影响力的提升，对其要求也应当从单纯的娱乐态度、经济效益转向更开阔的精神维度、更深刻的文化内涵。是否具备精神力量，是否能够担负起展示中华文化风采、增强民族文化自信的重任，是当前网络文学的一个重要命题。③

有研究者针对未来网络文学发展的促进与管理提出以下对策：第一，团结和联合新老作家、文学研究人员等，共同参与到网络文学的发展中来，合力促进网络文学的健康发展。第二，要大力抓好网络文学的创作生产，提高作品的质量。高质量、高品位的网络作品是网络文学健康发展的压舱石。但高质量的网络文学作品产生的前提是网络作家要具有较高的艺术

---

① 刘晓闻：《创作在人民中传之久远的网络文学精品》，《文艺报》2017 年 4 月 17 日。

② 黄发有：《媒介融合与网络文学的前景》，《天津社会科学》2017 年第 6 期。

③ 许苗苗：《网络文学应具有精神力量》，《文艺报》2017 年 4 月 17 日。

素养和写作水平，因此，提高广大网络作家的创作水平是提高网络文学质量的关键和重要途径。第三，要加强网络文学的载体和传播途径管理，促进网络文学的发展。传统文学要借助印刷、出版和发行流布。传统文学的管理主要集中于书号和出版许可，国家设有专门的机构审查和管理。网络文学要借鉴传统文学的管理办法，对网络文学的作家、创作、传播、评价和研究等的管理建立一套切实可行的制度，规范管理，促进网络文学的发展。此外，处理好网络文学的产业化问题，也有利于促进网络文学的发展。随着互联网经济的发展，网络文学已发展成为一项重要的文化产业，具有极大的商业价值。因此，要处理好网络文学发展的产业化问题，使网络文学的文学性与商业性保持平衡，实现二者的共赢，产生最大的文化效益和商业效益。①

当然，网络文学的健康发展必须依赖全行业的自律自强与通力合作。从文学网站的角度看，从业者必须有正确的价值观和强烈的社会责任感，矢志不渝地坚持职业操守，注重筛选、发掘高品位、高品质的作家作品，拒绝粗制滥造，本着多元、长远、积极、开放的心态，鼓励创新，努力推出一批蕴含中国梦想、展示中国文化、传递中国精神的网络文学作品“走出去”。网络作家有责任引导广大读者树立正确的世界观、人生观和价值观，关注现实，扎根人民，把握时代脉搏，善于从纷繁信息中捕捉闪光点和创新点，并时刻检视自己，正视问题，自律自强，坚定文化自信，推动中国网络文学走得更远。

二、当前网文研究与批评的缺失及其对策

关于网络文学当前状况及其发展态势，是近年来广受学界关注的重要论题之一。党圣元认为，当下的网络文学研究在如下几个方面遭遇瓶颈：一是受传统观念和西方话语裹挟，致使网络文学创作与理论批评间不能很好地接榫；二是研究对象选取褊狭单一，论述内容空洞宽泛；三是对市场化和产业化现实的文化价值认识不够。针对网络文学理论研究的当下困境，作者简明扼要地提出了几条颇有创见的对策：首先要在思想观念上厘清网络文学与传统文学之间的关系，认清商业化、市场化、产业化、泛娱乐化是我国网络文学的基本状况和主要现实；其次在研究重心上，要实现从个别热点作家作品向整个网络文学现实的转移；此外，在理论资源上，要减少对法兰克福学派批判理论的过度依赖，积极借鉴“文化研究”和“传播政治经济学”等理论资源，通过二者的结合，实现网络文学研究的理论与批评创新。② 许苗苗曾对网文驱动力量及其博弈制衡进行过比较深入的探讨，她认为，媒介、资本和制度是驱动网络文学变化的三个主要力量。媒介技术带来新的发布渠道和传播方式，推动网络文学形式上的一次次突破。资本很大程度上主导着网络文学的趣味，使其从早期迎合编辑审读、模仿印刷文学，走向追随市场、面向网民的通俗化道路。在管理和制度层面，出版监管的宽容、各级作协的接纳等助力了网络文学的壮大。三股力量各自发挥作用，也相互牵制：资本使一度先锋的新媒体技术普及到大众，但当资本达到垄断、制约创新时，新技术又成为竞争者的突破口。管理制度通过主张知识产权间接调控技术的泛滥，又以净网行动对逐

---

① 陆双祖：《网络文学发展中存在的问题及对策》，《发展》2017 年第 1 期。

② 党圣元：《网络文学研究的当下困境与理论突围》，《江西社会科学》2017 年第 6 期。

利资本的庸俗化导向予以警示。三者在相互博弈和制衡中形成合力，共同驱动网络文学健康发展。①

纵观网络文学的发展，多年来某些流行的价值观似乎并不尽如人意。在快餐式消费的影响之下，在市场需求的带动下，让读者“爽”变成了唯一的指向。有些网文作品抓住了读者平凡生活里无法实现的愿望，其实只是麻醉剂和安慰剂而已。不少网文作者对丛林法则、厚黑法则和宿命论等腐朽的东西津津乐道，而不能真正体现完整和合理的世界观。明显缺少人性关注和人文关怀。譬如说，不少网文靠“权利 + 金钱 + 女人 = 人生赢家”这样一个所谓的“爽点公式”吸引未成年读者，其影响所及，必然是世界观的颠倒、人生观的错位、价值观的迷失。阿里文学总编辑周运在接受媒体采访时表示，他一直相信，网络文学应该传递给读者更多正面、乐观、积极向上的信息，要引人向善，需要杜绝那些过于负面、消极、颓废厌世的思想倾向。“主要还是通过故事中的正面角色所思所想、所作所为，去宣讲我们的社会主义核心价值观，去弘扬中华民族的传统文化，宣扬中国社会的传统美德，培养我们的民族自尊心和自豪感。”在学者的视野里，网络文学的“三观”呈现出更为复杂的面貌，与一些读者的直观感受不尽相同。邵燕君多年来从事网络文学研究，她写过一篇论文《从乌托邦到异托邦》，就涉及网文的价值观问题。她表示，网络文学以前所未有的民主性和草根性把“娱乐性”本身的意义问题提到前台，打破了既定的文学秩序，在心理建设和文化建构方面具有一定的积极功能。②

必须指出的是，中国网络文学经过近 20 年的发展，产生了大量优秀作家和文学精品。譬如首届“茅盾文学奖新人奖·网络文学新人奖”得主唐家三少，十多年来，他以时不我待、只争朝夕的敬业精神，“日均八千字，数年不断更”，创作了大量脍炙人口小说，作品数千万字，读者数以亿计，在取得惊人经济效益的同时，也获得了较好的社会效益，享有“人气天王”等美誉。他的小说选材精当，构思精巧，语言简洁，价值观健康向上。其代表作《光之子》《斗罗大陆》《酒神》《唯我独仙》等，为开创玄幻文学的黄金时代作出了重大贡献。又如网络历史架空小说家中的杰出代表酒徒。他的创作素以“讲品位、讲格调、讲责任”著称。其代表作《秦》《明》《家园》《盛唐烟云》等，气势恢宏、语言凝练、情节曲折，往往借“小人物的悲欢离合”，写“大时代的兴衰成败”，具有强烈的艺术感染力和历史厚重感。在传统文学网络化和网络文学精品化等方面，都作出了卓有成效的探索。在譬如说，起点中文网的著名“白金大神”我吃西红柿，作为盛极一时的网络“小白文”的开创者和代表作家，他创作的《寸芒》《星辰变》《盘龙》《吞噬星空》等小说，语言浅白、情节流畅、人物单纯，成功争取到了数量巨大的读者群。他的作品和写法，在网络文学类型化形成和市场化转型过程中产生了巨大影响，为网络小说的发展和繁荣作出了重要贡献。

周志雄在《中国网络文学评价体系的维度及构建路径》一文中认为，网络文学注重商业化和娱乐化，是一种新兴的大众文学，与传统文学存在差异，构建网络文学的评价体系势在必行。这一评价体系应包括价值、理论、审美、文化、技术、接受、市场等维度，既注重

① 许苗苗：《网络文学：驱动力量及其搏弈制衡》，《厦门大学学报》2015 年第 2 期。

② 邵燕君：《从乌托帮到异托邦——网络文学“爽文学观”对精英文学观的“他者化”》，《中国现代文学丛刊》2016 年第 8 期。

评价的有效性和通约性，又能在更高层面上促进网络文学发展。构建网络文学评价体系对研究者提出了很高要求，应从阅读作品出发，走进网络文学创作一线，深入调查、感知与评价，及时总结中国经验和中国道路，实现研究的理论创新，推动网络文学健康发展。[①]

当然，我们也应该看到，优秀作家和网文精品只是其露出水面的冰山一角，掩藏在它背后的网文生态状况却不容乐观。有论者指出，“网络文学质量实在是参差不齐。在网站推荐的作品列表中，大概要浏览三十部左右的作品，才能找到一部文字质量稍微过关的。”[②] 究其原因，除文字功底不足外，还有讲故事能力的不足。现在的网文，形成了一定的套路，看完开头就能猜到结局，缺想象力，少新鲜感。但正如陈晓明说的，网络文学是哪怕只有万分之一的精品，那也是一个非常庞大而可观的数字，是其他国家难以比拟的量级。值得一提的是，有论者认为，出不出精品，出多少精品，并不是我国网络文学的一个主要问题。当前的主要矛盾，还是网文的结构性问题。网络文学的体裁，和现实距离太远，最多的还是让读者获得精神快感的文本，其次是架空历史和扭曲历史的类别，缺乏深度，抽离现实，刻意玄幻，这也是当前网文存在的一个比较突出的问题。有些读者阅读网文时，并没有把它当作文学作品对待，并没有奔着文学性和主题去，只是将其当作一种娱乐的方式。[③]

针对新媒体时代的文艺评论领域出现的一系列新情况，有研究者认为，理论家与批评家们首先要增强责任担当。我们要本着对社会负责、对人民负责的态度，坚守中华文化立场，弘扬中华美学精神，用社会主义核心价值观和人类优秀文明成果滋养人心、滋养社会，坚持经济效益和社会效益相统一。其次要加强理论素养。网络文学具有大众化的特征，一定意义上也是青年人的文学。在网上，随感式批评较为常见，而学理式批评还较为薄弱。网络文学的健康发展需要一大批学识渊深、学理讲究的文艺评论家投身其中，开展鞭辟入里、切中要害的文艺批评。此外还应该努力掌握新媒体评论规律。网络文学具有更新快、传播广、互动强的特点，符合大众碎片化阅读的习惯。传统文艺评论不乏精品力作，却往往因为缺乏传播到达率而被雪藏，难以充分发挥评论的效用。新媒体在给传统媒体带来压力的同时也带来了转机，是“拦路虎”还是“助推器”，考验评论人的写作和传播方式是否符合新媒体评论规律。[④]

三、网络文学的 IP 热与泛娱乐化问题

十九大报告指出：“增强改革创新本领，保持锐意进取的精神风貌，善于结合实际创造性推动工作，善于运用互联网技术和信息化手段开展工作。”[⑤] 对于文学研究而言，与时俱进地运用互联网技术和信息化手段确乎至关重要。

中国网络文学已有 20 多年的历史，从其产生、发展到如今已经基本被纳入到了商业化

① 周志雄：《中国网络文学评价体系的维度及构建路径》，《文艺评论》2017 年第 1 期。
② 胡珉瑞：《网络文学繁荣之下的隐忧》，《团结报》2017 年 8 月 26 日。
③ 胡珉瑞：《网络文学繁荣之下的隐忧》，《团结报》2017 年 8 月 26 日。
④ 欧阳婷：《网络文学评价体系构建的理论思考》，《文艺理论研究》2017 年第 1 期。
⑤ 习近平：《在中国共产党第十九次全国代表大会上的报告》，人民出版社 2017 年版，第 68 页。

的轨道之中，从最初的自由抒写到如今的商业操控，网络文学完成了它的商业化蜕变。在这过程中，资本的介入不断改变着文学的格局，网站和网络写手们获得了巨大的经济收益，整个网络文学市场的规模不断扩大。从根本上说，网络文学的商业化是中国消费文化语境下文学与时代博弈的必然结果。单就 2017 年度热点问题而言，作为商业化产物的“IP 开发”无疑当在年度屈指可数的热词之列。这是一个事关网络文学产业创新的关键词，当前的网文产业主要依托移动互联网技术，围绕 IP 版权开发，全方位打通行业壁垒，将原创作品与 IP 开发多渠道、无界限对接，使 IP 开发在推动网络文学主流化过程中发挥应有的作用。

众所周知，在 IP 包含的著作权、专利权、商标权三大体系中，当前最受资本青睐的无疑是著作权。张秋《粉丝经济视角下的泛娱乐 IP》一文指出，虽然 IP 类型广泛，但从 IP 开发的难易程度来看，网络文学凭借着衍生周期短、生产成本低的优势，已成为当前 IP 运营的主体部分。除了影视产业外，动漫、舞台剧等相关文创产业也在 IP 热席卷之列，一条泛娱乐化文化产业链正在形成。“泛娱乐”指由动漫、影视、音乐、游戏、演出、衍生品等多元文化娱乐形态组成的融合产业，其中 IP 为产业上游的核心环节。而 IP 火热的背后离不开粉丝经济的推动。从粉丝经济的角度看，优质 IP 的产生、孵化到最终变现，离不开情绪资本积累、网络营销手段和媒介增值服务。作者认为，在粉丝培育阶段，情绪资本是吸引粉丝关注 IP 的重要因素，IP 中展现的流行文化以及网络环境所赋予的用户瞬时反馈机制能够帮助 IP 形成自己的核心粉丝。在粉丝拓展阶段，营销手段的运用使 IP 产品的核心粉丝转化为衍生产品的潜在用户，同时在网络效应和虚拟社区的催化下，核心粉丝会凝聚更多泛化粉丝，而这些粉丝也成为衍生产品的泛化用户，粉丝数量更加庞大。在粉丝变现阶段，多元化商业增值服务的开发使 IP 版权的基础粉丝转化为衍生产品的粉丝，而泛娱乐文化产业就在粉丝群体多轮次付费活动中获得盈利。①

作为商业化产物的“IP 开发”，近年来颇受网文批评界的关注。如今，IP 已成为一个事关网络文学产业创新的关键词。当前的网文产业主要依托移动互联网技术，围绕 IP 版权开发，全方位打通行业壁垒，已是大势所趋。尤其是原创作品与 IP 开发的直接对接，已经成了网络文学发展的一种新时尚。最新《文娱 IP 白皮书》报告显示，2017 年 1—9 月，上映的 IP 类电影共 108 部，总票房高达 339.74 亿元，“叙事 + 奇观”被说成是开启 IP 大门的密钥。相关研究资料表明，以咪咕数字传媒有限公司（原中国移动手机阅读基地）2015 年就已正式启动 IP 运营；类似的运营模式，还有掌阅科技推出的原创平台，阿里推出的内容渠道；中文在线的“汤圆创作”APP 原创平台；在这些“IP”开发竞争过程中，阅文集团的隆重挂牌，或许是最引人注目的战略重组之举，有研究者将网络文学产业发展概括为“跨界、调整、重组”，这三大趋势的确是资本深度介入网文生产所带来的显著变化。

IP 开发，为网络文学生产与消费增添了活力、开辟了新路，但也带来了一些不利影响。例如，网络文学 IP 价格虚高，泡沫化严重，这就是一个值得密切关注的问题。资料显示，2012 年之前，一部网络小说的改编版权，用 10 万元左右便可买到。到了 2014 年，知名作家的作品可以突破百万元，2015 年，诸如南派三叔、天下霸唱、唐家三少等的一部作品版

---

① 张秋：《粉丝经济视角下的泛娱乐 IP》，《新媒体》2017 年第 4 期。

权费更是达到千万元以上。但事实上，拥有优质 IP 并不等同于一劳永逸，并非毫不费力的就能创造不菲的市场价值。

尤为值得注意的是，当前“泛娱乐”竟然被作为多家互联网公司的巨头写入战略规划并大力推进。随着明星 IP 价值不断上涨，网络文学在泛娱乐潮流中如鱼得水，BAT（百度、阿里、腾讯）加大在网络文学上的布局，新一轮的竞争即将引爆。但我们也应该看到，在泛娱乐大背景下，尤其是在“互联网 +”的风口浪尖上，网络文学作为传统信息消费的信息化转型的典型模式之一，其受众特点发生了巨大变化。众多网民在切实感受到网络文学所带来的知识获取途径变革的同时，网络文学的一些特点也给网民带来了不少困扰。

关于 IP 与网文“主流化”的关系问题，志在打造中国第一核 IP 平台的侯小强有一个相当有趣的说法。他认为：“好 IP 就是要不断跨界，成为主流……最初的网络小说是小众的，变成纸质书，变成游戏，变成漫画，变成影视，就是在不断跨界，每次跨界都会带来新的用户，这就是主流化的过程。可以说，IP 就是要跨界。……IP 特别像个种子，核比外围重要，因为核决定它能长多大。……《战狼 2》之所以火，是 IP 的胜利，首先《战狼 1》给它聚集了大量的受众，第二是它的故事模型经典，但最重要的是情绪太对了。我对 IP 是有定义的，IP 是人设 + 经典叙事。”① 据介绍，从 2016 年 5 月成立到现在，“火星小说”共签了 3000 多位作家，已经有 10000 多部作品，纸质书出版将近 100 种，影视版权也已经有 20 多个授权，听书到 2017 年年底也会有 100 个产品。

当然，不断跨界并不是 IP 孵化的唯一模式。事实上常见 IP 孵化模式至少有如下三种：积累型孵化、跨界型孵化、消费型孵化。所谓“跨界型孵化”目前叫做“泛娱乐化”，如腾讯将网络文学改编成电视剧，再改编成游戏、漫画、有声读物等；“消费型孵化”即通过相关的 IP 作品售卖衍生产品，如《三生三世十里桃花》中的定制产品“桃花心·糯米团子”。资料表明，2017 年年初，IP 大剧《三生三世》大获成功，“圈粉”无数。据说该剧上线 48 小时全网播放量突破 10 亿；开播 3 周，便成功迈入“百亿俱乐部”；收官之夜，全网总播放量逼近 300 亿。此外，《三生三世》的电影及品牌衍生品也同样受到人们的关注，该剧热播时正好遇上消费狂欢节——情人节，坚果品牌“百草味”为《三生三世》定制的产品“桃花心·糯米团子”在天猫旗舰店一上线就销售了 1000 件，近 4000 件限量款“糯米团子”随即售罄。《三生三世》这部超高人气电视剧的热播，让人们对 IP 打造及 IP 孵化再次产生了极大的兴趣。目前，不少互联网公司的“泛娱乐化”战略的一种有效方式，是直接孵化已经获得成功的 IP，比如知名的网络文学、动漫、网络剧等作品，由于已经有一定的粉丝基础，符合年轻人的口味，在推向受众之后，也会极大提高成功的可能性。② 这个例子表明“巡转孵化”是加速 IP 产业健康发展的重要途径。

产业的繁荣与 IP 产业链的蓬勃无疑是令人鼓舞的，但我们也应该看到与繁荣相伴的缺憾与不足。就网络文学的内容看，虽然总体趋势在逐年向好，但正如张毅君所指出的，“重迎合市场轻价值导向，重个人倾诉轻时代分量，重离奇猎奇轻文化底蕴等现象尚未根本扭转；抄袭模仿、千部一腔，难免陷入套路化的窠臼；娱乐至上、浅薄浮躁，也就难以摆脱唯

① 邵燕君：《“主流化”就是“跨界”，IP 就是网络文学 +》，《文学报》2017 年 11 月 23 日。

② 春蕾：《IP 永葆青春“巡转孵化”是关键》，《中国出版传媒商报》2017 年 5 月 5 日。

点击率的怪圈。”因此，陈琦嵘强调，网络文学创作必须以人民为中心，弘扬民族精神、时代精神和人类进步理想，传承中华民族文化的基因、符号和标识，充满人间真情和世俗烟火，能够引导人们向真、向善、向美、向上、向前。①

当然，相关研究者和批评家们对网文的走向与缺失始终保持着应有的警觉。当人们在为IP崛起欢呼雀跃的时候，自始至终也总会有忧虑、警告的声音相随相伴。例如，何平在《网络文学就是网络文学》一文中指出，当网络文学被狭隘地理解为网文平台的网文，“文学”被偷换成“IP”之后，其实，传统文学和网络文学之“网文”的“共识”已经和文学越来越没有关系了。他认为，网络文学就是网络文学而已，不是我们通常谈论的“文学”。如今，网络文学的“IP”时代的来临，网络文学写作者已经无须借助纸媒文学来进行最后的文学认证。网络文学及其衍生产品依靠点击量、收视率、粉丝数、收入、票房等等建立了以读者为中心的自足的审美和评价机制，这样的审美和评价机制扎根在所谓的草根阶层。网络文学可能会出于对中国现实文艺制度的考量，参与当下文学对话，但这种对话基本上对于网络文学生态不构成现实的影响，只是以妥协和让渡赢得更大的资本和利润空间。② 总之，网络文学IP热与泛娱乐化的合理性及其局限，在2017年度受到了密切关注与深入探讨。

（本文审稿专家　刘方喜）

① 张知依：《网络文学：“正能量”成为关键词》，《北京青年报》2017年08月18日。

② 何平：《网络文学就是网络文学》，《文艺争鸣》2017年第6期。

2017 年先秦两汉文学研究综述

林甸甸

2017 年，先秦两汉文学研究一方面保持了跨学科、跨领域的研究特色，一方面在若干核心议题上取得了纵深的发展。文体研究、文学思想研究、修辞研究、文学批评与理论研究等揭示文学内部问题的传统研究领域，仍为先秦两汉文学研究的重心所在；而文学与制度、文学与文化、文学的传播与接受等外部研究也不断发掘出新的议题。在新材料的利用方面，除了持续推进的出土文献研究，图像及器物等非文字文献也开始进入当下的研究视野。最后，文献生成及经典化问题作为先秦两汉文学研究中最具特色的议题之一，在本年度产出了诸多令人瞩目的学术成果。

一、文体研究

文体研究长期以来都是各时段文学研究的重要领域。针对先秦两汉这一文学起源的特殊历史时期，如何谨慎地利用古典文论对文体的定义，追索文体发展的源流，关键在于秉持理论视野，回归文本层面，对文体的核心形态、体式进行深入解析。本年度较为优秀的文体研究成果因此体现出切口小，纵深大的特点。

在诗体研究方面，《诗经》成为体式研究的主要对象。姚苏杰《〈诗经〉重章结构的形态与类型》① 将《诗经》的重章形态分为包括语句、语节、语章三个层级的微观形态，以及语篇层级的宏观形态，发现重章结构各类型有一定的分布规律，以此提出重章结构中部分复杂类型应是文人参与下的创制，反映了上层文学与下层文学的交流。陈桐生《论〈鲁颂〉借名为颂而体实国风》② 将《鲁颂》的语言形式特征总结为用语平易、多用比兴、重章复沓、语句内在逻辑清晰四点，对比《周颂》的佶屈艰深，不分章节等特征，认为《鲁颂》使用的主要是风诗语言。贾学鸿《论古代诗歌中的三句一节结构》③ 提出，《诗经》虽以“偶句相须”为主要特征，但“三句一节”结构仍广泛、错落地分布于《风》《雅》《颂》诸篇中。该文认为，“三句一节”结构虽晚至词和散曲出现才引起词论家的关注，但其艺术张力来自于音乐韵律及其内在机制，与“偶句相须”互为补充，促进新诗体的生成，并使中国古代诗歌表现出多样化的章法形态和节奏韵律。赵敏俐《中国早期诗歌体式生成原

① 《清华大学学报（哲学社会科学版）》2017 年第 2 期。

② 《学术论坛》2017 年第 1 期。

③ 《文艺研究》2017 年第 4 期。

理》[①] 解释了中国古代诗体以齐言而非杂言为主，在齐言中又以四言、五言、七言而非三言、六言为主的现象，提出中国诗歌体式源于歌唱，定型于诵读，是一种有节奏、有韵律的语言加强形式。而为了追求声音节奏之美，需要将对称音组与非对称音组加以组合，而骚体诗最先有意识地构造出这种组合，其后五言诗、七言诗的产生，也与音组的组合规律有关。易文晓《四言诗演变的文体学考察》[②] 以四言诗的演变为考察对象认为，《诗》《书》的四言形式存在本质区别，而汉代四言诗融合了两者传统，体现出“典重”的特色。及至汉以后的四言诗，更多受到五言、骈体甚至拟乐府影响，工于属对，与《诗》《书》四言传统已非同调。作者在另一篇论文《赋、比、兴体制论》[③] 中提出，《诗》的体制决定了通合六义的统一性，而赋、比、兴因适合《诗》的体制特点而成为其表现手法。王思豪《汉赋用〈诗〉“四言”之拟效与改造》[④] 也关注到《诗》的四言体式对汉代文学的影响，文章认为汉代四言赋的“直言”传统取代了《诗》四言的“雅言”传统，并带来了句式的骈化变迁。李鸿雁专著《先秦汉魏六朝叙事诗研究》[⑤] 对叙事诗的内涵作出界定，并分析了叙事诗产生的原因。作者围绕不同时期叙事诗发展的内在理路，就热点与焦点问题展开研究，并借鉴西方的叙事理论，总结了先秦汉魏六朝叙事诗的叙事模式。

在散文和史传研究方面，本年度学界对叙事文类的关注较为突出。魏鸿雁《编年体记史散文时间叙事结构的嬗变与定型》[⑥] 将编年体记史散文的起源追溯到殷商甲骨卜辞的纪时结构，提出古代叙事文体的时间结构经历了干支纪时、月相纪时、春秋纪时和编年纪时等过程，纪事时间渐趋精确。在此基础上，作者还探讨了这一变化与历法进步、政治体制变革的关联。马振方《〈礼记〉叙事的虚拟成分与文类辨析》[⑦] 分析了《礼记》叙事之文的内容和体式，文章认为其中存在虚拟的早期小说类作品，后者以假托孔子说礼之作为最多，从而形成孔圣形象与古礼融合的表现模式，对传播、发展古礼和以孔子为代表的儒学起着补充推动作用。常森《先秦史传、诸子及辞赋中的“小说”叙事和想象》[⑧] 反对将魏晋时期视为小说的起点，提出小说观念可能成形于战国中期，此时的小说口耳相传，多数未能转化为文本形态，但由于其叙事和想象具有社会基础，因此广泛存在于先秦史传、诸子、辞赋等各种文类中。同一小说的不同口传形态在诸子的宏大论说中颇有留存，且凸显出一系列可识别的语文特征。尹雪华《先秦两汉史传作品叙事研究》[⑨] 运用西方叙事理论，解析了先秦两汉史传作品的叙事方式及其演变，文章认为史传叙事虽为对历史实在的重新建构，但在重组历史事件的过程中，叙述人对实录原则的恪守保证了史传叙事的真实性。

针对其他散文文体的研究，既包括具体文篇的体例与规范分析，也包括文类演化的考

---

① 《文学评论》2017 年第 6 期
② 《中国人民大学学报》2017 年第 4 期。
③ 《文艺研究》2017 年第 6 期。
④ 《文学遗产》2017 年第 1 期。
⑤ 中国社会科学出版社 2017 年 4 月版。
⑥ 《文学遗产》2017 年第 3 期。
⑦ 《北京大学学报（哲学社会科学版）》2017 年第 4 期。
⑧ 《北京大学学报（哲学社会科学版）》2017 年第 2 期。
⑨ 学林出版社 2017 年 1 月版。

察。陈桐生《先秦对话体散文源流》[①] 认为，对话体散文发轫于《尚书》，定型于《国语》，以主客问答为结构形式。到了战国时期，对话体散文发生新变，一是对话主体由王侯卿士大夫变为战国诸子百家的宗师与弟子时人，二是对话体散文内容由务实变务虚，三是在对话体散文中增添了论辩色彩。战国后期的对话体散文出现虚构现象，从而诞生了散文赋。裴登峰《〈战国策〉中的"个人作品集"》[②] 以《秦策一》为例，分析了诸策的文本结构、语言技巧与篇目间的关联，作者认为不同的策文在语言、风格上没有地域差异，从而推断《战国策》应当是有意识的、自觉创作的个人作品集。刘湘兰《〈周易参同契〉的文本形态与隐喻手法》[③] 研究了丹书文本形态，文章认为《周易参同契》文体杂糅的文本形态，与大量使用隐喻的创作手法，是丹书为求传承丹道，同时严守秘术而作出的选择。王勇《奏议文的演进与汉魏六朝文学变迁》[④] 缕析了奏议文体由战国至南朝的演变进程：其于秦时被视作"政事"；在汉代受儒学、经学影响，呈现出"雅"的风貌；建安以后经学中衰，文体独立，追求文学形式之"丽"；及至南朝被归于"笔"，文体品格下降，上述过程体现出不同时代文学观念对文体的影响。王允亮《扬雄官箴创作及经典化问题探讨》[⑤] 讨论了扬雄官箴文创作的内外动因，提出扬雄官箴作品产生影响并成为箴文文体转折点的原因，一是由于其渊博典雅的风格特色符合士大夫的审美追求；二是由于《汉书》扬雄本传、《文心雕龙》《艺文类聚》等文献的甄录和关注。

关于其他文体，王宁邦《戏之发生考——中国戏曲起源新说》[⑥] 结合《说文》等材料提出，"戏"的本义为"军事号令"，"游戏（演戏）"原指"军事号令的演练"，最终演化为"优戏"，并标志着戏曲之戏的发生。李冠兰《论先秦文体的同体异名与异体同名现象》[⑦] 提出，先秦时期的文体边界模糊，存在同体异名与异体同名的现象，作者认为造成这种现象的原因有二：一是先秦的文体命名存在随意性，遵循多种原则，因此可能基于不同命名原则而产生同体异名现象；二是先秦文体内涵复杂，文体依托于仪式礼典，不同文体可能基于相同的仪式或传写载体而产生异体同名现象。

二、文化研究

本年度对文学的文化研究，主要集中在仪式祭祀、政治制度、思想观念等层面。

《诗经》《楚辞》等直接用于仪式歌唱的文类，成为考察先秦仪式与文学生成的重要切入点。李辉《〈诗经〉重章叠调的兴起与乐歌功能新论》[⑧] 认为，"重章叠调"的诗乐特征，在复沓往来的无算乐的仪式中得到发挥，因而流行成为《诗经》的主要章句形式。范子烨

---

① 《学术研究》2017 年第 8 期。
② 《文学遗产》2017 年第 1 期。
③ 《文学遗产》2016 年第 6 期。
④ 《学术交流》2017 年第 3 期。
⑤ 《暨南学报（哲学社会科学版）》2017 年第 8 期。
⑥ 《清华大学学报（哲学社会科学版）》2017 年第 2 期。
⑦ 《中山大学学报（社会科学版）》2017 年第 4 期。
⑧ 《文学遗产》2017 年第 6 期。

《诗之声与乐之心——对〈诗经〉“鼓簧诗”的还原阐释》[①] 从“口簧”的演奏技法和文化功能入手，对《诗经》中三首涉及鼓簧艺术的歌诗作出阐释，并强调了《诗经》兼容多民族文化的礼乐经典属性。张树国《〈楚辞·大招〉：汉高祖丧礼中的招魂文本》[②] 考察仪式、制度、饮食，判断《大招》文本产生于汉高祖时代，作者当为陆贾。董静怡专著《先秦南北方音乐文化分野下的〈诗经〉〈楚辞〉研究》[③] 探讨了不同地域音乐文化对《诗经》《楚辞》的影响，并考论了南北方文化继替的深层原因。

除了直接应用于仪式的文本之外，一些与礼俗仪式间接相关的文学现象，也受到学者的关注。梁奇《〈论语·述而〉“执礼”指归与孔子的再认识》[④] 提出，孔子早年所执多为乡党丧葬之礼，适周问礼与孟懿子学礼增加了孔子的知名度，此后才有机会执掌朝廷之宾礼，因此《述而》“执礼”当为“三十而立”之后所执宾礼。王学军《大傩礼与东汉疫病流行及其文学影响》[⑤] 认为，东汉大傩礼的盛行，是东汉初期礼制建设运动的组成部分，与儒学复兴、疫病流行都有着内在关联。东汉时期的部分文学作品将大傩礼作为礼制典范与政治文明的象征；汉魏之际文学则多涉及疫病，疫病强化了人生短促无常之感，并推动了以人物纪念为基础的文学批评的出现。张影专著《两汉祭祀文化与两汉文学》[⑥] 关注到汉代文学的政治化、哲学化倾向，以祭祀文化为切入点，结合考古学、文献学资料，择取汉代一些重要祭祀文化事象、祭祀神灵和祭祀文学文本，对祭祀文化和祭祀文学的关系作出深入探讨。

针对文学与政治制度、政治文化的研究，主要集中在散文领域。过常宝《祭告制度与〈春秋〉的生成》考察了祭告制度与《春秋》生成的关联，提出原始《春秋》以“策”的形式存在，诸侯国有事祭告本国宗庙而形成“诸侯之策”，其中重要事项复祭告于太庙。由于太庙只建于周、鲁，因而只有周之《春秋》、鲁之《春秋》可载列国之事。这也解释了祭告书策不载原因、过程，不作评论的文体特征，以及种种“书法”的来源。孙少华《韩非、李斯之死与周秦之际文学思想的变化》[⑦]讨论了李斯、韩非之死作为政治事件对士人心态的影响，并以此考察周秦之际文学思想的变化。程维《保傅制度与辞赋造作》[⑧] 关注到汉代内官制度与周代保傅制度的联系，提出保傅之学原为周代礼乐制度的赋布者，于周道寖坏后流为私学，又于汉代重建礼制时复归“王言”，在文学上表现为大赋之兴盛。保傅之言辞已出现铺陈、假设问对、讽颂相兼等言说技巧，是为汉赋之先河，也体现出汉代内官制度对周代保傅制度的继承。陈君《政治文化视野中〈汉书〉文本的形成》[⑨] 考察了东汉前期政治学术环境对《汉书》编撰及其内容的影响，提出《汉书》本质上是东汉明、章之世帝国精英参与创造的时代共识，可视为知识与权力合谋的产物。朱汉民《〈白虎通义〉：帝国政典和

---

① 《文学评论》2017 年第 4 期。
② 《文学评论》2017 年第 2 期。
③ 苏州大学出版社 2017 年 8 月版。
④ 《河南师范大学学报（哲学社会科学版）》2017 年第 2 期。
⑤ 《文化遗产》2017 年第 4 期。
⑥ 中国社会科学出版社 2017 年 5 月版。
⑦ 《西北师大学报（社会科学版）》2017 年第 1 期。
⑧ 《南京大学学报（哲学·人文科学·社会科学）》2017 年第 6 期。
⑨ 《文学遗产》2017 年第 5 期。

儒家经典的结合》[①] 探讨了《白虎通义》作为政典的目的以及形式上的经学特点，提出其为汉代士大夫与帝王在合作过程中而达成的政治盟约与文化共识。苏瑞隆《论两汉曹魏皇室文学赞助之模式与变革》[②] 讨论了汉代宫廷的文学集会活动传统，考察了汉武帝、汉宣帝的文学赞助模式、东汉灵帝鸿都门学的审美取向，以及汉末曹氏父子赞助下的群体文学创作活动，提出文学赞助模式影响了文学的形式风格和文人的创作立场。王欣慧《“鸿都门学”发微——兼论鸿都赋说之性质及影响》[③] 也关注到鸿都门学作为体现汉灵帝个人趣味的“文化雅事”的性质，并探讨了鸿都门学赋与民间诽谐体俗赋的关联，认为不应当将其视为魏晋文学自觉之前奏。侯文学《威权之域与首善之区——两汉散体赋都邑理念的差异》[④] 认为，两汉散体赋对于都邑的赋写，实质上是赋家基于时代诉求而产生的都邑理念的艺术再现。其中存在两种倾向：以司马相如为代表，以表现天子威权为主，突出西都长安的壮丽富饶；以班固、张衡为代表，以表现天子德治为主，按照由内而外的德化顺序，或四时节令秩序，表现东都洛阳作为首善之区的地位。孙少华《由“讽上”到“颂德”——以〈鲁灵光殿赋〉为例论汉赋文学功能的变化》[⑤] 对《鲁灵光殿赋》作出深入解读认为，它有别于此前的汉赋作品，充满了社会、政治隐喻，体现了汉赋从“讽上”到“颂德”的功能变化。

泛文化研究方面，侯文华专著《先秦诸子散文文体及其文化渊源》[⑥] 择取了先秦散文的八个重要文学传统，包括《论语》与春秋君子文化，《老子》与箴诫传统，问对体与咨议制度，经释体与说书传统，先秦寓言、小说与俳谐风尚，说唱与先秦诸子文献，先秦“论”体演进及其成就，先秦诸子言意观与文体，分别探讨了上述文体形式、文本结构背后的制度文化传统，对其发展演变过程作出了细致的研究。马银琴《〈诗经〉史诗与周民族的历史建构》[⑦] 将《大雅》中的五首史诗性作品分为三类，一为《绵》《大明》等古公亶父“作五官有司”产生的历史叙事；二为《皇矣》《生民》一类由乐官制作，用于美化先祖的神话记忆；三为《公刘》等由公卿大夫复现仪式活动以谏诫宣王的作品。作者另一篇《风、风声、风刺以及〈风〉名的出现》[⑧] 分析了“风”在先秦时期的各种义项来源与字义分化，并提出了“风”诗命名与“风”义项的关联。林甸甸《〈诗经〉“三星”考》[⑨] 提出，《小星》《苕之华》《绸缪》三首诗所涉及的天文事象皆为参宿，作者认为先秦时期对星象与物候的书写具有明确事件发生的节令、判断事件的时序价值等功能，体现出“治宜于时”的政治哲学，而后世对《诗》中天文事象的理解存在日常化的趋势，则体现出《诗》学自身的变迁。尚永亮《弃逐与回归：上古弃逐文学的文化学考察》[⑩] 一书从神话学、伦理学等视角出发，考察了上古“弃逐—贬谪”文学的发展脉络，探讨了上古弃逐文化的深层意蕴及其与

① 《北京大学学报（哲学社会科学版）》2017 年第 4 期。
② 《清华大学学报（哲学社会科学版）》2017 年第 2 期。
③ 《南京大学学报（哲学·人文科学·社会科学）》2017 年第 6 期。
④ 《复旦学报（社会科学版）》2017 年第 4 期。
⑤ 《湖北大学学报（哲学社会科学版）》2017 年第 5 期。
⑥ 中华书局 2017 年 6 月版。
⑦ 《学术论坛》2017 年第 1 期。
⑧ 《清华大学学报（哲学社会科学版）》2017 年第 4 期。
⑨ 《文学遗产》2017 年第 2 期。
⑩ 上海古籍出版社 2017 年 9 月版。

后世贬谪文学的内在关联。小南一郎《〈楚辞〉的时间观念》[①] 从“古”和“终”的词义入手提出，《离骚》内部存在多重时间结构，体现了主人公对古老的圆环性质的时间的怀念和追寻，对直线性质的政治性时间的反叛，并探讨了《楚辞》中“终古”意象的不同层次。

三、学术思想与古典文学理论研究

本年度有关先秦两汉学术思想与文学的研究，仍集中于战国至两汉这一时间段。刘书刚《战国“小大之辩”的思想内涵与赋体意义》[②] 提出，“小大之辩”这一命题广泛存在于战国时代的诸家论说之中，它从道家的思想命题衍生成为阴阳家的时空想象，最终影响到战国修辞技巧的提升和赋体的发生。邓骏捷《“诸子出于王官”说与汉家学术话语》[③] 认为，《周礼》王官说为《七略》“学术出于王官”论的主要支柱，反映出刘歆藉先秦典籍传承制度联系王官之学与西汉学术文化所建立的古今学术源流体系。“诸子出于王官”说的“以经观子”批评方式，以及“融子入经”的理论意图，是对西汉儒家经学吸收融会周秦诸子百家之历史趋势的建构性解释。“诸子出于王官”说是刘歆站在经学立场统摄诸子，强化五经官学的权威性的汉家学术话语。汪春泓《谈谈〈吕氏春秋〉“十二纪”之“三秋”思想——兼论杂家与中国文学观念的确立》[④] 分析了《吕氏春秋》《淮南子》编撰者的特殊身份，梳理了杂家整合九流十家的历史进程，提出杂家是平衡现实社会君臣、朝野、阶级等各种势力之余所形成的意识形态，对中国文学的抒情传统和现实主义传统均有开创之功。潘铭基专著《贾谊及其〈新书〉研究》[⑤] 探讨了贾谊的学术思想以及《新书》的真伪问题。该书采取文本细读的方法，多方面比勘贾谊《新书》与周秦两汉典籍之互见关系，并详细论述了贾谊的经学思想。张峰屹《两汉谶纬考论》[⑥] 讨论了两汉时期“谶”与“纬”从分立到化合的过程，提出“有谶而无纬”的观点，并认为东汉“纬”的本质是“以谶纬经”。作者在另一篇论文《谶纬思潮与两汉士人心态之迁变》[⑦] 中提出，两汉士人将图谶与正统经学相牵合，产生了以谶辅经、以谶释经的谶纬思潮。随着政治格局的变化，这一思潮也体现出历时变化，从西汉初年的政治批判，到王莽代汉时的群体分化，再到汉末的经谶兼修，士人心态及政治立场都深受谶纬思潮的影响。

先秦两汉文学理论研究，一方面存在向上溯源的研究尝试，一方面也有对经典文学理论的深化考察。钱志熙《从王官诗学、行人诗学到诸子诗学——先秦时期诗学及其发展进程的再认识》[⑧] 对先秦诗学的发展作出从王官诗学到行人诗学、诸子诗学的分期，尝试利用《尧典》《周礼》《毛诗大序》等材料建构出先秦诗学的发展史。作者在另一篇论文《先秦

---

① 《复旦学报（社会科学版）》2016 年第 6 期。
② 《文学遗产》2017 年第 6 期。
③ 《中国社会科学》2017 年第 9 期。
④ 《中山大学学报（社会科学版）》2017 年第 6 期。
⑤ 上海古籍出版社 2017 年 11 月版。
⑥ 《文史哲》2017 年第 4 期。
⑦ 《南开学报（哲学社会科学版）》2017 年第 5 期。
⑧ 《北京大学学报（哲学社会科学版）》2017 年第 1 期。

“诗言志”说的绵延及其不同层面的含义》① 中，以先秦“诗言志”说为研究对象，考察了春秋赋诗行为和诸子诗论，乃至《周礼》“乐语”“六诗”，《毛诗大序》“六义”，《乐记》等经典对“诗言志”说的继承。魏耕原《毛公标兴分类普查与取义特征》② 将毛公标兴116首诗分为触物起兴、索物起兴、反兴、思理起兴四类，文章认为套语起兴与索物起兴或思理起兴相重，据此推出“凡所标兴均有取义”。该文还进一步将《毛传》标兴分为风雨、葛藤、杕杜、水与束薪、“有”字等五类模式，分别探讨其取义特征。张晶《触遇：中国诗学感兴论的核心要素》③ 提出“触物以起情”是“感兴”论的基本内涵，诗人在触物感兴时，用内在的艺术媒介来感受和把握“物色”，引发出与审美冲动及语言构形一体化的审美情感。李冠兰《论先秦的文体并称与文体观念》④ 探讨了上古时期“文体并称”的文体观念，文章认为文体并称现象体现出文体观念的泛化与初步的文体类取观，而在先秦“泛文体”占据主流的背景下，时人对文体的识同比辨异意识更为显著。宋亚莉《东汉晚期士人活动与文学批评》⑤ 从东汉末年士人活动与皇权更替、人物品评与文学批评入手，探讨文学批评的形成与特质，作者认为时代变革下士人的政治活动、创作活动为文论发展提供契机并注入新内容，冲击了士人心态思想，激荡了新的文艺观念。

在修辞研究方面，刘承慧《试论〈孟子〉类推修辞》⑥ 分析了《孟子》中的类推说理案例，探讨其修辞技巧及修辞效果。易闻晓《大赋铺陈用字考论》⑦ 讨论了四言散语一顺铺陈对大赋用字所具有的句式规制作用。许结《赋体骈句“事对”说解》⑧ 探讨了西汉赋作多“言对”，东汉赋作对“事对”这一现象背后的思想文化因素，以及辞赋创作历史化的走向。

四、出土文献和图像文献研究

随着对出土文献认识的不断深化，基于历史学、考古学、古文字学等领域的研究成果而作的文学研究成为一个新的学术增长点。

首先，是考证一些具体年代、史事，乃至文本的来源成为可能。李锐专著《人物、文本、年代：出土文献与先秦古书年代学探索》⑨ 利用出土文献，对古书的年代、学派以及人物年代作出了考证。谭德兴《出土文献与先秦文学批评思想研究》⑩ 以出土文献与传世文献互证，从甲骨卜辞、铜器铭文、楚竹简等材料中，寻找对先秦文学批评范畴、理论的生成及

① 《文艺理论研究》2017年第5期。
② 《文学遗产》2017年第5期。
③ 《复旦学报（社会科学版）》2016年第6期。
④ 《文学遗产》2017年第3期。
⑤ 中国社会科学出版社2016年12月版。
⑥ 《清华大学学报（哲学社会科学版）》2017年第1期。
⑦ 《复旦学报（社会科学版）》2017年第1期。
⑧ 《文学遗产》2017年第2期。
⑨ 中国人民大学出版社2017年3月版。
⑩ 文物出版社2017年9月版。

演变轨迹。成富磊、李若晖《失德而后礼——清华简〈系年〉“蔡哀侯取妻于陈”章考论》[①]解读《系年》记载认为，息妫所引发的楚、蔡、息三国之争，实质是婚制纠纷，并进一步讨论了礼乐制度形式与贵族内在德性的关联。张树国《扬雄〈畔牢愁〉与〈九章·悲回风〉的“附益”问题》[②] 利用出土简帛的编连体例判断，《悲回风》由两大部分嵌合而成，其中前四十八单句为屈原原作，自“孤子吟而抆泪兮”至结尾的六十二单句为扬雄所作《畔牢愁》，后者在刘歆等人整理《七略》时追录并附益于《九章·悲回风》之下。

其次，出土文献为一些长期难以考论的重大问题提供了新的材料和证据。在这方面，本年度徐正英的两篇论文通过考证上博简《孔子诗论》，为研究孔子诗学思想提供了重要依据。其中，《上博简〈孔子诗论〉“大雅”论残简阙文臆补与相关诗学问题》[③] 认为，孔子的诗学思想存在体系性，“大雅”论简具有重要的诗学价值。该文对残简内容作出考析和补充指出，“大雅”论简的三个重要诗学史价值：一是指出“周族史诗”是大雅作品的核心内容，还正视了大雅对周王无道之行的揭露作用；二是提出大雅文本内容的实质是对周民族精神的歌颂；三是揭示《诗经》四大门类的诗乐分家并不同步，其中颂的分家最晚，大雅、小雅、邦风仍保留着“徒歌”《诗》之文本的遗风。上述发现对于认识先秦文学思想的发展和建构过程提供了依据。徐正英的另一篇论文《上博简〈孔子诗论〉“颂”论及其诗学史意义》[④] 以上博简《孔子诗论》的“颂”论为研究对象提出，其对《周颂》内容性质的概括较汉儒更为丰富，对《周颂》音乐和文本风格特征的评述更为确当，对《周颂》文本精神实质的评论具有现实警示意义。该文认为，上博简“颂”论可对孔子诗学思想体系作出补充，足够颠覆先秦诗论、乐论不分的定见，并昭示先秦由音乐附庸到单句取义再到系统化文学性解《诗》的诗学走向。

最后，是基于成熟的出土文献所作的进一步的文学研究。曹胜高《〈鸱鸮〉与“武丁周”“实始翦商”史事考》[⑤] 对读了《诗经·豳风·鸱鸮》与清华简《金縢》及相关考古资料提出，《鸱鸮》为周公所用，而非周公所作，其诗当作于古公亶父时期，用于表达对商族的不满。韩高年《〈诗〉〈骚〉“求女”意象探源——从清华简〈楚居〉说开来》[⑥] 认为，清华简《楚居》中楚先祖季连与穴熊两次“求女”的记载具有原型意义，可与《史记·楚世家》《世本》《大戴礼记·帝系》的相关记载作出比较。该文还进一步解读了《国风》和《楚辞》中的“求女”意象，提出《汉广》《蒹葭》是《楚居》求女传说的空间传播结果，而《离骚》三次“求女”是楚先祖神话在后世的再现。徐林云、黄金明《出土文献与“小传统”中的秦代文学》[⑦]关注到秦代出土文献类型与“焚书令”的关联性，提出秦代文学存在“小传统”，具有重实用，少文采的功利性特点。该文重点考察了秦代的铭颂类作品及“日书”认为，“日书”中潜藏着秦代民俗文化中的神话元素和志怪故事因子。

---

① 《复旦学报（社会科学版）》2017 年第 4 期。
② 《文学遗产》2017 年第 1 期。
③ 《中国人民大学学报》2017 年第 5 期。
④ 《文艺研究》2017 年第 8 期。
⑤ 《文学遗产》2017 年第 2 期。
⑥ 《学术论坛》2017 年第 1 期。
⑦ 《闽南师范大学学报（哲学社会科学版）》2017 年第 2 期。

先秦时期的图像与器物文献与文学关联较深，是在“文献不足征”情况之下的重要研究材料。本年度有不少研究关注到文学与图像，文学与器物的联系，并尝试从中发掘图像和器物文献的文化意义。

在器物文献方面，闫月珍《作为仪式的器物——以中国早期文学为中心》① 提出，在器物的物质形态中潜伏着社会意识形态和历史叙事范式，器物本身即为一种特殊的文本和叙事。该文将中国早期文学的器物文化功能分为三个阶段：首先是借助于器物搬演的乐舞仪式，开辟和巩固了礼乐文化记忆；其次是轴心时代社会思想领域的制名活动取法于器物制作技艺，形成了政治、伦理和文学等方面的规范性话语，确立了中国早期文化的基本命题；最后是汉以来的字书收集器物作为其系统性归类的一个分支，达到了对整体文化秩序的建构。程章灿《神物：汉末三国之石刻志异》② 认为，石刻是汉末三国时代一种重要的文献形式，刻石是一种蕴涵丰富的文化活动。在汉末三国的政治文化环境中，正史、杂史、地理书及志怪小说等诸种历史文献对石刻志异现象尤为关注，而以前所未有的广度反映了石刻文献的文化意义。

在图像文献方面，周建忠、何继恒《屈原图像在中国古代的传播与接受》③考察了屈原图像在古代的传播形式，提出其主要以石刻、纸绢和版刻为媒介，而时人对屈原图像的接受，则主要以艺苑点评、题画诗文以及仿写临摹为主。许结《汉代文学与图像关系叙论》④提出，汉代是中国文学与图像关系史上的一个重要阶段。汉代的文本与图像多围绕着帝国图式构建的历史进程展开，其主旨多为表现天子礼仪，其表现形式则有赖于物质形态的拓展、象数思维的流行、道德教育的普及。该文认为，汉代图文关系的构成可分为神仙、历史、名物三个传统，以天人感应为文化模式，以汉代礼制为表述核心，其中最具典型意义的是汉赋与汉画像石的关联。

五、经典化问题与文学的传播接受研究

文献的经典化问题在今年产出了诸多重要成果。徐建委《〈诗〉的编次与〈毛诗〉的形成》⑤ 发现周礼演乐的诗次、《诗序》诗次、《毛传》诗次和三家诗次都有不同，通过研究“季札论诗”材料、《尔雅·释训》与《毛传》关系、《毛传》上源等问题，判断《毛传》内部存有前孔子时代的《诗》文本特征，并进一步推断孔子曾重构三百篇的序列和结构，使之更符合周代礼乐制度；子夏及其后学又在《春秋》学陶冶下，对调了《大雅》《小雅》的部分诗篇，使二《雅》皆有美刺。该文还提出，仿效《春秋》精神的《诗小序》形成于第二次重编之时。程苏东《失控的文本与失语的文学批评——以〈史记〉及其研究史为例》⑥ 将《史记》分为司马迁独立创作的原生型文本，以及根据既有文本编纂而成的衍生型

① 《中国社会科学》2017 年第 7 期。
② 《南京大学学报（哲学·人文科学·社会科学）》2017 年第 2 期。
③ 《中州学刊》2017 年第 4 期。
④ 《社会科学》2017 年第 2 期。
⑤ 《复旦学报（社会科学版）》2017 年第 2 期。
⑥ 《中国社会科学》2017 年第 1 期。

文本，提出后者的实质是通过各种形式的“钞撮”，将来源、功能各异的经传、诸子、谱牒文献重写为风格、体例、价值一致的有序文本。然而在此过程中，不同文本的拼接处有所疏漏，因而留下“失控的文本”。该文认为，“失控的文本”展现了编钞者试图构建有序文本的过程及其所遭遇的困境，有助于研究者进入文本深层结构，了解《史记》编纂的过程。徐建委专著《文本革命：刘向〈汉书·艺文志〉与早期文本研究》①、论文《周秦汉文学研究中的〈汉志〉主义及其超越》② 提出，“刘向校书”这一行为，使未央宫所藏汉成帝前的古文献在文本形态上发生巨变，可称为“文本革命”。经过刘向校书以后，原本开放性的文本被校雠写定为闭合性文本，以“类”的形式存在的流动的篇章变成了具有固定性态的古书。以此为基础而去审视《汉书·艺文志》，可认定其内容是刘向整理后已被划归入固定学术系谱的图书，本质上是刘向图书整理的成果目录，是对刘向父子所描绘的早期知识世界的简化。因此，后世学者应当超越这一叙事结构去审视经典文本的生成和经典化过程。郭持华专著《经典与阐释：从“诗”到“诗经”的解释学考察》③，该书运用解释学方法，着眼于《诗经》从“里巷歌谣”到儒家经典再到国家文化经典的经典建构过程，以《诗经》经典意义生成的“效果历史”为研究对象，揭示《诗经》伦理、政教经典意义生成与转化的历史过程及其合法性，并在此基础上解析儒家典籍阐释的方法论基础与解释策略，以及它们对后世经典阐释的重要影响。

关于先秦两汉文学的传播和接受，付星星《汉文化圈视野下的朝鲜半岛〈诗经〉学研究》④ 关注到《诗经》在东亚汉文化圈的传播，提出朝鲜半岛现存的以汉字书写的《诗经》学典籍可作为主流的中国《诗经》学的补充，而在汉文化圈的视野下，朝鲜半岛的《诗经》学总体上呈现出以朱熹《诗集传》为中心的研究格局，但也受到本国的实学思潮影响，产生内涵丰富的新变化。谷口洋《试论西汉士人的宋玉情结》⑤ 认为，西汉文学如《楚辞章句》所收录的拟骚作品中的屈原形象，以及东方朔的形象，皆与西汉文献中的宋玉形象有所相似，可认为宋玉形象对西汉文学存在较深形象，其本质是投身在宋玉形象上的以失意和自卑为中心的“宋玉情结”。韩高年《论“诗骚传统”》⑥提出，古代文学史中存在着一以贯之的“诗骚传统”，《诗经》与《楚辞》与后世文学之间存在文本上的互文性。赵敏俐《如何认识先秦文献的汉代传承及其价值》⑦ 肯定了汉代学者对先秦文献的传承和接续，文章认为汉人所构建的以“六经”“诸子”为代表的学术体系具有重要意义。

除上述研究成果之外，本年度还出版了通论性质的曾祥旭《论西汉后期的文学和儒学》⑧，论文集性质的韩高年《先秦文学与文献论考》⑨、刘毓庆《诗骚论稿》⑩。此外，《日

---

① 中国社会科学出版社 2017 年 9 月版。
② 《文学遗产》2017 年第 2 期。
③ 浙江大学出版社 2017 年 6 月版。
④ 《文学遗产》2017 年第 5 期。
⑤ 《信阳师范学院学报（哲学社会科学版）》2017 年第 1 期。
⑥ 《文学评论》2017 年第 5 期。
⑦ 《中国高校社会科学》2017 年第 3 期。
⑧ 河南大学出版社 2016 年 12 月版。
⑨ 中华书局 2017 年 10 月版。
⑩ 商务印书馆 2017 年 8 月版。

本先秦两汉诸子研究文献汇编》[①] 也于本年度出版，该书是由从江户到近代为止的汉文著作中选取百余种善本汇编而成，并附有《提要》，所录文献都是第一次在中国出版，可为研究日本汉学及先秦两汉诸子提供借鉴。

最后，本年度先秦两汉的重要学术会议有浙江大学召开的"'文本生成与史料批判'古典文史青年学者研讨会"，在广西大学召开的"中国诗经学会第十二届年会暨国际学术研讨会"，在南昌大学召开的"第十三届海峡两岸先秦两汉学术研讨会暨先秦学术与当代人文精神建构高峰论坛"，在人民大学召开的"先秦两汉文学史研究的理论与实践高层论坛"等。

本年度的先秦两汉文学研究，总体看来呈现出综合性的发展趋势。这种综合性不但体现为文学研究与历史、制度、文化、考古等领域的交叉，更表现为文学内部问题的互文——传统的时段划分、文体分类产生了动摇。这一方面归因于近年文献生成及经典化研究的不断推进，学者对古书的成书过程产生反思；一方面得益于部分议题经由多年酝酿，已具备向纵深化、垂直化推进的潜力。此外，出土文献的文学研究，也已不再局限于基础的考证和辨析，开始触及传统文学研究的重大、核心议题，其前景值得期待。

（本文审稿专家　吴光兴）

① 上海社会科学院出版社 2017 年 3 月版。

2017年魏晋南北朝文学研究综述

许继起　都轶伦

2017年魏晋南北朝文学研究继续向前推进，不仅在各体文学研究中皆取得了较为丰硕的成果，在研究视野、研究方法上也有所拓展。本文首先根据研究内容，分为综论性研究、诗歌研究、辞赋骈文研究、《文选》研究、小说研究等几个板块对相关研究状况逐一述之。同时，魏晋南北朝是古代文学文体发展非常重要的时期，不仅出现了各种文体分类，也是古代文体理论形成时期，学界在这方面的研究成果也较突出，故专设文体研究一节。此外，本年度魏晋南北朝文学研究在文献整理和考辨方面也出现了一些重要成果，也将专门作一介绍。

一、综论性研究

综论性研究指通论魏晋南北朝或其中某个时段文学的整体状况，主要包括文学史发展、文学与社会政治、文学与文化以及文学理论等方面。

本年度在综论性研究方面，有两部重要的专著值得注意。其一是戴燕《远游越山川：魏晋南北朝文学史研究论集》①。全书分为四个部分：一是以曹丕、曹植为中心的汉魏文学史论；二是以陆机、陆云为中心的晋代文学史论；三是以“永明体”为中心的南朝文学史论；四是论述现代学术史上的魏晋南北朝文学研究。此书选取魏晋南北朝文学发展史上的几个关键时期，围绕具体的文学作品，从文本解读入手，立足于文学评论，并旁涉思想、制度、宗教、绘画、声韵等诸多方面，内容丰富，部分论述也相当深入。其二是陈引驰《中古文学与佛教》②。此书循六朝隋唐时代之序，择取与佛教文化相关的中古文学问题，诸如晋唐士僧之交往、印度佛教文学之文本与口头传入、中古文学观念与声律的佛教因缘、唐代诗人在佛道两教之间的抉择、身处禅学发展不同阶段中的诗人、古文运动与儒佛关系、民间宗教诗歌传统、变文讲唱的佛教缘起、志怪传奇中的佛教影响等，都展开了详细的论述。全书绘制了中古文学在形式、内容、观念和精神等诸层面与佛教文化的关系图景，对深入理解佛教文化和中古文学的特质皆具价值。

综论性研究的论文集中在文学与历史、政治、社会的关系方面，尤其是皇室与文学的关系。苏瑞隆《论两汉曹魏皇室文学赞助之模式与变革》③ 一文，探讨了两汉至曹魏之间的文

---

① 复旦大学出版社2017年10月版。

② 商务印书馆2017年6月版。

③ 《清华大学学报（哲学社会科学版）》2017年第2期。

学赞助的模式与变革，同时也探讨这种文人与皇家之间的特殊关系如何对文学品味和文类产生影响。陈虹岩《略论刘宋皇族生活及文学的政治基础》① 认为，在晋宋文风转变的过程中，刘宋皇族起到了重要的推毂作用。皇族笃好文学、跻身风雅，招集、倚重才秀之士，使文才成为品藻人物的重要尺度。辛明应《萧梁王室与荡舟记忆——兼释经史与文学意象的互文性》② 一文，从萧梁宫廷文学中"荡舟"与"采莲"意象的风行与新变入手，结合历史文献、儒家经书与文学作品的互文特性，探寻隐匿在历史记忆背后的文学之心。于涌《定鼎嵩洛与北魏洛阳诗赋之复兴》③ 认为，北魏孝文帝定鼎嵩洛后，不仅使洛阳成为政治经济中心，更恢复了其历史文化地位。以北魏宗室为中心的文人群体，带动了洛阳文学的复兴。在诗赋创作方面，洛阳恢复了西晋以来的创作传统，并能够在融合南北的基础上有所开拓。张振龙《汉魏之际游艺与文学关系的新变》④ 认为，汉魏之际是我国古代社会发生重要转型的时期，也是游艺和文学发生巨大变革的时期。主要表现为：一是文人的游艺活动与文学创作活动走向了统一；二是出现了大量的真正意义上的游艺文学作品；三是在思想上达到了文人的游艺观念与文学观念的融合。这三个方面的充分展开和相互渗透，最终实现了文人游艺的文学化和文学的游艺化，标志着我国古代文人游艺和文学的关系达到了一个新水平。蔡丹君《乡里社会与十六国北朝文学的本土复兴》⑤ 认为，从十六国北朝文学发展脉络来看，外部因素并非是推动文学力量复兴的根本原因，而是乡里社会塑造了北方文学。三长制推行后繁荣的乡里私学为北朝培养的大量寒族士人，乡里社会中的中下层士人与胡族政权之间的文学互动等，是这一文学发展机制中较为重要的几个要素。它的"底层性"所凝结的精神价值，是其超越南朝文学的重要方面。

文学理论方面的综论性研究成果也较为突出。袁济喜、李小青《〈周易〉贲卦对六朝文学理论的启迪》⑥ 认为，《周易·贲·彖传》中"观乎天文，以察时变；观乎人文，以化成天下"的文学观念和"白贲"美学思想，不仅为古代文论提供了一种美的范式和标准，也反映并实践了魏晋审美观念的变化与重构。陈莉《汉魏六朝文论对虚幻性文学的理论阐释与价值判断》⑦ 认为，虚幻性是魏晋之前中国文学艺术的突出特征。面对普遍存在的恢诡谲怪的艺术现象，王充、嵇康等人在理论上都持否定态度，导致艺术创作实践和理论概括之间的脱节现象。刘勰对虚幻性文学基本持否定态度，对其艺术特征及理论价值认识不足。"宗经""征圣"的立论原则以及东汉以来的朴素唯物论是限制汉魏六朝时期对虚幻性文学艺术正面解读的障碍。唐芸芸《从"笔"之病犯论南朝"文笔说"》⑧ 认为，在《文镜秘府论》中可以看到"笔"亦存在病犯，强调句中宫商和谐，且句末不押韵。由此可知，"文""笔"之分，应该是骈体的写作方式在南朝时流行的体现。唐代"文笔"说的式微也与骈体

① 《古籍整理研究学刊》2017 年第 2 期。
② 《复旦学报（社会科学版）》2017 年第 6 期。
③ 《中国韵文学刊》2017 年第 1 期。
④ 《华中师范大学学报（人文社会科学版）》2017 年第 5 期。
⑤ 《文学遗产》2017 年第 1 期。
⑥ 《河北大学学报（哲学社会科学版）》2017 年第 3 期。
⑦ 《江西社会科学》2017 年第 12 期。
⑧ 《文艺理论研究》2017 年第 2 期。

的衰落有关。魏耕原《建安文学的雷同与模式》[①] 认为，建安文学五言诗，是中国传统五、七言诗的第一座高峰。但在曹魏军阀卵翼下的建安诸子，亦存在创作上种种限制，出现题材与内容、表现方法的雷同，审美上趋于一致的粗糙描写。至于公宴、斗鸡、游览，包括从军、咏史之类的诗赋，则更为明显。

二、诗歌研究

2017 年度有关魏晋南北朝诗歌研究的成果较为丰硕，涵涉面广，就内容而言可分为一代诗歌的总体研究、诗歌韵律研究、诗歌意象研究、诗人诗篇个案研究等。

关于一代诗歌的总体研究，本年度出版的专著有陈子梅《魏晋诗人之游仙主题研究》[②] 一书，以“时物我知识体系”和“主题学研究概念”为理论支撑，以游仙诗为主要文本依据，来探讨魏晋诗人的自我认知和生命意识，具有较强的理论性，有利于深入认识魏晋时期诗歌的特质以及思想与文学之关系。论文有刘运好《玄学性情论与魏晋诗学之关系》[③] 认为，玄学“性情论”以理性与非理性交织的生命情怀、儒家和道家融合的思想属性，对魏晋诗学产生了深刻影响。李小乔《论南朝诗风与陶谢诗史地位之嬗变》[④] 一文，从南朝诗风视角来深入挖掘陶谢诗史地位嬗变问题的原因，结合南朝诗风中一些关键问题如“刻意自然”“彩丽竞繁”“仿拟纠偏”等来重新诠释此论题。李建栋《西域胡乐流播与北齐诗风的转变》[⑤] 提出，西域胡乐在北齐末期大盛，乐工、帝王、士人不仅熟习胡乐，且创制胡乐新声。此现象背后隐藏着统治者以胡乐为纽带而兴起政治上胡化的用心，其直接结果是汉族士人被排斥于国家权力核心之外。相应地，这一时期文人的政治热情消歇，诗歌多抒发伤情，语言刻画趋于细腻精工，与风骨遒劲、语言富赡的魏齐之际的诗风形成明显反差。

魏晋南北朝是诗歌声律理论发展的关键时期，也是这一时期诗歌研究的重要方面。本年度较重要的成果有杜晓勤《汉魏六朝五言诗“篇中转韵”现象之考察》[⑥] 指出，汉代五言诗中之所以存在着一定数量的“篇中转韵”之作，一方面是因为这些作品多表达了比较复杂的情感、变化了的场景、或丰富的情节。韵部的转换，与诗意的变化之间存在着对应联动关系。另一方面还应该受到诗歌外在音乐形式尤其是配乐演唱方式的影响。魏晋时期五言诗中的“篇中转韵”之作，在音乐形态和体式特点上与汉乐府歌辞具有相似性。东晋南朝五言诗中“篇中转韵”之作大为减少，既是旧的音乐系统——汉乐府相和曲调的日渐衰微所致，又与新起的音乐系统——吴歌西曲的音乐特点有关。徐艳《永明声律新论》[⑦] 认为，声律并非只有形式意义，它在内容表现上也有重要作用。永明声律有效地影响了诗歌各层面的

① 《山西大学学报（哲学社会科学版）》2017 年第 1 期。
② 台湾花木兰文化出版社 2017 年版。
③ 《江海学刊》2017 年第 1 期。
④ 《江淮论坛》2017 年第 5 期。
⑤ 《安徽大学学报（哲学社会科学版）》2017 年第 1 期。
⑥ 《文学评论》2017 年第 6 期。
⑦ 《上海大学学报（哲学社会科学版）》2017 年第 1 期。

结构关系，突出了结构的对照性、跳跃性。新的诗歌结构配合了诗歌内容的重大变革，即由以叙事、说理为中心的散文化抒情方式，发展为内在心绪为中心的更加诗性的抒情方式。永明声律是永明诗歌内容革新的重要支持；同理，近体诗格律是近体诗之诗性内容表现的重要支持。声律的这种作用不仅体现在诗歌，也不同程度地渗透到辞赋和骈文。白崇《永明声律论发生的双重因素》① 认为，永明声律之发生存在两方面主要因素：一是作为韵律艺术的诗歌对声律有内在要求，六朝时期声律的发展使得徒诗声律化时机成熟；二是佛经在汉化过程中，接受了汉诗体制的影响，并对汉诗体制进行了积极调整。佛徒诗人的大量存在，则成为佛教与汉诗声律化的中介。

乐府诗兴起于汉魏六朝，其本身具有音乐性的特质，且涉及音乐机构及其制度等问题，始终是学界关注的焦点，本年度也出现了不少相关论文。许继起《魏晋南北朝鼓吹乐署考论》② 认为，魏晋南北朝是乐府鼓吹乐发展的重要时期，鼓吹乐署也成为这一时期重要的乐府官署。文章详细考证了魏晋南北朝各个时期鼓吹乐署的职掌功能、相关制度及其沿袭变化。张建华《乐府古辞、本辞及词曲始辞之辨正》③ 认为，本辞为同一曲题乐府诗创作的本源参照，它是汉乐府处于民歌或俚歌阶段的状态；古辞是将本辞进行音乐加工后，可入于汉魏晋宫廷音乐歌唱的汉代乐府歌诗；始辞则是指为词曲牌调名所主之曲调填配的初始之辞作。郭晨光《南北朝多元文化交流中的“梁代角横吹曲”》④ 一文，从概念辨析入手，正本清源，由具体曲目分析南北诗风的融合，考证曲目所属民族、北乐南传的具体路径以及民间音乐的互动交融等，进而探讨南北朝时期多元文化背景下的民族文化交流。吴真《日本雅乐中的汉晋乐府》⑤ 认为，日本雅乐《昆仑八仙》历来被归入高丽乐，近代以来的日韩学界又认为起源于西域，均有意忽视了葛洪《神仙传》“淮南八公”的故事本源。《昆仑八仙》音乐继承了汉晋乐府《淮南王》舞曲的内在结构，舞容则来自《淮南王》舞曲本来之“鹤舞”，其后又拼合了朝鲜新罗的鸾舞，同时混杂了神仙变化术、昆仑山想象等中国民间文化元素，呈现出三个文化层次的融会整合。

在诗歌意象和用语研究方面，马奔腾、李馨香《魏晋南北朝诗歌中的“竹”意象及其诗学意义》⑥ 认为，“竹”是魏晋南北朝诗歌中常见的一个意象，它可以分为比德之竹、乐器之竹、闺怨之竹、隐逸之竹等四种类型。研究“竹”意象特点及其诗学意义，有助于深入认识传统美学意象生成与演化的内在机制，理解文艺发展与政治、哲学、宗教、经济等因素的复杂联系。周喜存、刘燕歌《论南朝诗歌的写“影”风气》⑦ 提出，中国古典诗歌中描写自然物象之“影”的风气兴起于南朝时期。从刻画影的形貌和捕捉影的动态两方面可以看出，齐梁诗人在写影艺术上灵敏的审美感悟力及精巧的语言表现力，其中尤其值得关注的是萧纲诗歌在写影上的创新性手法。写“影”风气的背后是佛教的影响和佛典语言的渗

① 《求索》2017 年第 4 期。
② 《江苏师范大学学报》2017 年第 5 期。
③ 《中国韵文学刊》2017 年第 3 期。
④ 《民族文学研究》2017 年第 2 期。
⑤ 《文学评论》2017 年第 3 期。
⑥ 《云南社会科学》2017 年第 2 期。
⑦ 《中国文学研究》2017 年第 2 期。

透，采撷影像入诗，是佛典语言中的“影”喻表达在诗歌中的映现。刘祥《汉魏六朝诗歌中“西北”“东南”发微》① 指出，汉魏六朝诗歌中的“西北”“东南”意象不仅具有方位意义，而且带有神话、哲学、性学、文学等综合文化内涵。“西北”“东南”丰富的文化内涵，使其成为汉魏六朝诗歌比兴艺术的典范。

在诗人、诗篇的个案研究方面，最受关注的仍是陶渊明及其诗作。顾农一人即发表了《从陶渊明〈述酒诗〉说到他的政治态度》②《陶渊明〈拟古〉诗新论》③《陶明杂述五题》④《品读陶渊明诗〈移居〉二首》⑤《陶渊明〈归园田居〉诗及其前后》⑥《〈文选〉中的陶渊明》⑦ 等六篇论文，主要通过细读的方式对陶渊明诗歌内容、艺术特点、政治关系等方面进行重新评价，取得了一些新的认识。另有蒙金含、胡旭《文学脸谱与历史真容：陶诗自传形象的双重阐释》⑧ 认为，文学作品自身的艺术特质导致陶渊明自传诗不但在表现手法上写实与虚构并存，而且诗中所塑造的自我形象具有双重性。这种形象或隐或显，在一定的时空情境中还可相互转换，呈现出临时性、可替换性和不稳定性的特征。汪洋《陶渊明王弘交游新考》⑨ 指出，陶渊明在谨守遗民节操的前提下，与王弘保持着私人交往。这也是晋宋之际陶渊明对待其他仕宋友人的交游原则。明了陶渊明与王弘的“旧知”关系，亦可证明陶诗《于王抚军座送客》并非伪作。邓小军《陶渊明〈述酒〉》笺证》⑩ 一文，对《述酒》全诗逐字逐句加以解释，包括训诂、古典、今典（东晋当代史）、时事等。

除陶渊明外，曹操、曹植、阮籍、陆机、谢灵运、鲍照、谢庄、庾信等名家之诗也均有新的研究成果。郭晨光《曹操〈气出倡〉三首与汉代歌舞百戏关系考论》⑪ 提出，曹操《气出倡》并非求仙之作，而是描摹由“仙倡”表演的乐舞百戏，是为“游宴”而非“游仙”之作。吴大顺《曹植拟乐府的创作模式及其诗歌史意义——汉魏六朝诗歌传播研究之六》⑫ 认为，曹植拟乐府存在“拟调”和“拟篇”两种方式。他在“拟篇”中大胆创新，突破乐府诗的音乐限制，突出乐府诗的文本特征和文人情结，为文人徒诗在立意、谋篇和抒情言志等方面提供了成功经验和范式，进一步巩固了“建安风骨”的文坛地位，从而完成了中国诗歌从“应歌”到“作诗”的转移，还创建了文人拟乐府的基本模式。徐华《阮旨“遥深”的诗学阐释——从阮籍〈咏怀诗其一〉的用典说起》⑬ 一文，以阮籍《咏怀》第一首为例，分析其“今典”与“古典”的双重意味，文章指出其中意旨正与当时的诗学语境、

---

① 《学术交流》2017 年第 3 期。
② 《文学遗产》2017 年第 2 期。
③ 《南京师范大学文学院学报》2017 年第 1 期。
④ 《苏州教育学院学报》2017 年第 4 期。
⑤ 《古典文学知识》2017 年第 5 期。
⑥ 《中原文化研究》2017 年第 6 期。
⑦ 《天中学刊》2017 年第 2 期。
⑧ 《西南民族大学学报（人文社会科学版）》2017 年第 1 期。
⑨ 《南京师范大学文学院学报》2017 年第 3 期。
⑩ 《铜仁学院学报》2017 年第 1 期。
⑪ 《兰州学刊》2017 年第 6 期。
⑫ 《中南大学学报（社会科学版）》2017 年第 5 期。
⑬ 《北方论丛》2017 年第 1 期。

诗语语境、历史语境以及阮籍前期济世情怀相契合，当为正始时期阮籍内心世界的真实写照。冯源《论陆机诗歌的“绮靡”风貌》① 一文，细致剖析了陆机诗歌的“绮靡”特性，具体表现为辞采清绮、流韵绮靡、析文绵密。刘宁《采药与谢灵运山水诗之关系》② 认为，魏晋采药行为对谢灵运写作山水诗具有催化作用。蒋文燕《“兴头”与“冷寂”之间的鲍照诗歌》③ 指出，鲍照大量的诗歌都具有开端“兴头”、结句“冷寂”的构思特点，并在一热一冷的起伏间表达曲折回环的心理和深沉抑郁的痛苦，从而达成一种顿挫之致，形成峭促劲健的美学张力。在修辞手法上则形成了开端铺陈与结句反问之间的对比。其用意是诗人从普遍人生中的种种悲哀现象来提炼现实的本质，以揭示一己人生悲哀的普遍性和典型化，这使得鲍照诗歌成为魏晋时期诗歌深化自我呈现的典范。袁济喜《论鲍照的“急以怨”》④ 认为，鲍照出身寒微受到压抑，因为急于进取而罹祸，他的诗赋创作具有抗争的悲剧价值，在南朝特定阶段，他的“急以怨”具有重振颓风的积极意义，也是对乡愿社会的反抗。孙耀庆、姜剑云《论谢庄杂言诗及其诗史意义》⑤ 认为，谢庄大胆突破乐府古体的传统范式，将三、四、五、六、七言各种体式均融入杂言诗中，并采用骚体句法，将杂言诗从乐府中解脱出来，使其成为独立的诗体。谢庄杂言诗节奏分明、情感浓郁、对仗工整。在诗史上具有促使诗歌向抒情化方向发展、实现诗歌风貌由“雅”向“俗”转变、推动“元嘉体”向“永明体”过渡进程的意义。田晓菲、寇陆《庾信的“记忆宫殿”：中古宫廷诗歌中的创伤与暴力》⑥ 认为，庾信以南方宫廷诗歌的材料、资源和技术作为基础，建构了一个错综复杂的文本“记忆宫殿”。从庾信身上可以看到，正因为固有的诗歌写作传统和资源皆不足以表达创伤体验和复杂的个人情感，诗人开始尝试创建新的诗歌语言和自我书写方式，对南方宫廷诗歌的既有类型和写作常规进行变形，创造一种新的诗歌语言。该文从历史“创伤记忆”角度研究作家创作的革新，为研究六朝诗歌提供了新的视角。

三、辞赋骈文研究

魏晋南北朝是骈文与辞赋盛行的时期，本年度也产生了不少研究成果值得注意。在综论方面，刘涛《六朝骈文形式美的建构及其艺术缺陷》⑦ 认为，六朝骈文是由秦汉古文经过骈俪化而形成的一种文体，它在形式技巧方面的艺术创新远比内容表达更独特，建构出高度的形式美。具体来说，它主要通过作用于视觉的形文和作用于听觉的声文体现出来。但过于追求形式美也流露出诸多缺陷，如雕琢过甚导致情感抒发肤浅，有时甚至虚假，用典繁密致使文章伤于板滞，以典故指代人名或运用生僻典事则会使文句含义不明等。陈鹏《论六朝碑

① 《湖北社会科学》2017 年年 6 期。

② 《江苏第二师范学院学报》2017 年第 5 期。

③ 《求索》2017 年第 3 期。

④ 《中国人民大学学报》2017 年第 1 期。

⑤ 《广西社会科学》2017 年第 9 期。

⑥ 《上海大学学报（社会科学版）》2017 年第 4 期。

⑦ 《中国文学研究》2017 年第 3 期。

文的骈化及其艺术特质》[1] 认为，六朝时期的碑文创作在蔡邕骈语雅润的基础上又有了很大的推进，不论是外在样式还是文本内容，都已基本涵盖后世的所有种类，并取得了独特的艺术成就。相对散体碑文，六朝骈体碑文更能发扬以形容为主的特质。明清碑文批评以今律古，严分正变，无疑影响了对六朝碑文客观公正的评价。许结《赋体骈句"事对"说解》[2] 认为，刘勰《文心雕龙·丽辞》提出"言对""事对"说，反对"正对""四对"说，唐前赋文中的"事对"，又可从时序之变迁、题材之选择与古今之替转观觇赋体骈句"事对"的运用、发展与优劣。而赋家创作从西汉多"言对"到东汉以降多"事对"，又兼涉重经言与重史实的变化，同样与辞赋创作历史化的走向契合。迨至唐宋科举取士用"赋"，对偶之法偏重技艺，于"言对"与"事对"鲜有辨析，但唐宋时期闱场赋多"言对"而究义理，其反映于创作中，又具有予"事对"传统反思的赋史意义。

在针对各种主题展开的辞赋研究方面，郭建勋、邱燕《论西晋咏物赋的题材开拓与形制表现》[3] 认为，西晋文人创作的咏物赋急剧繁荣，其中，植物赋以树木、花卉、瓜果为主，动物赋主要包括禽鸟、走兽和昆虫，器物则集中在乐器、文具、用具方面，而石榴、款冬花、宜男花等新品种的述写，显示出赋家对异域新物和自然博物的浓厚兴趣。在形式上，西晋咏物赋已出现大量"四六交错对"或"四七交错对"，是"四六对"成熟定型过程中的重要一环。杨滨《汉魏六朝禽鸟赋的类型化创作特点》[4] 指出，汉魏六朝禽鸟赋无论是对意象的继承和创新，还是对题材、主题的发掘，都取得了丰硕的成果。禽鸟赋创作具有明显的类型化趋向，这也在一定程度上限定了禽鸟赋创作的题材、主题和表现的手法；而诗赋合一的创作身份和态度也造成了禽鸟赋与禽鸟诗相互间的作用和影响。李慧芳《论先唐丽人赋"由容及情"的书写模式》[5] 一文，论述了先唐丽人赋"由容及情"的书写模式的形成及其具体表现。文章认为，丽人仪容描写的成因和艺术高度既决定于赋体的性质，又得益于骈句入赋的助推和人物对称之美的表现需求；爱美之心和物哀之情构成作者情感的起因和两层高度。

在文人创作个案研究方面，宋小芹《论陆机赋的题材选择与情感表达》[6] 一文，结合陆机所处时代环境及其身世经历，分析考察其赋在题材选择和情感表达方面独到的特色与贡献，认为陆机对题材选择挖掘有充分的自觉性，其赋题材广泛；陆赋的情感内容丰富深厚，既有志匡世难的理想抱负，也有逢时不祥的矛盾忧伤；陆赋在语言形式上具有"诗化"的特征。徐中原《魏收辞赋创作考论——兼论其文学思想与"为魏公藏拙"》[7] 认为，魏收辞赋在形式上极富藻饰、辞美文丽、文风华靡，在内容、主旨上具有质实情真、充实刚健的特点。其辞赋体现了南北优长文风的融合，是"合其两长"的"尽善尽美"之作，应视作盛唐文风的滥觞。徐陵"为魏公藏拙"的真实原因，应是其久拘北地而对北齐产生了民族仇

---

① 《河南师范大学学报（哲学社会科学版）》2017 年第 4 期。

② 《文学遗产》2017 年第 1 期。

③ 《中南民族大学学报（人文社会科学版）》2017 年第 2 期。

④ 《烟台大学学报（哲学社会科学版）》2017 年第 1 期。

⑤ 《湖北社会科学》2017 年第 8 期。

⑥ 《辽东学院学报（社会科学版）》2017 年第 2 期。

⑦ 《阜阳师范学院学报（社会科学版）》2017 年第 5 期。

恨心理，以致拒绝传播其文化。邱光华《江淹〈别赋〉笺证》① 一文，综合运用文字学、音韵学、训诂学、语源学等学科知识和方法，对《别赋》部分语词和文句作出训释与疏证，订正了前人在语词训释与文意理解两方面的错误或不足。

四、《文选》研究

《文选》是古代诗文总集中的典范，在文学史中具有开创性的地位与特出之贡献，《文选》研究亦向为显学。本年度关于《文选》及《文选》学的研究也不断有新成果推出。需要说明的是，此处所列论文主要是针对《文选》内容方面的研究，关于《文选》的版本研究、文献考辨及整理方面的成果，则在下文的“文献整理考辨”一节中再专门介绍。

关于《文选》原典的研究，黄燕平《〈文选〉赋立“情”“志”二目考论》② 认为，《文选》赋设“情”“志”二目，反映了萧统重情的文学观，并通过探讨“情”类赋与南朝宫体诗发展的关系，说明“言志”“缘情”传统在南朝的发展。侯迎华《萧统〈文选〉公文批评研究》③ 指出，萧统《文选》共收录先秦至梁的公文作品八十余篇，是我国第一部分体编录的公文总集，也是我国古代公文批评史上的第一部“选本式”批评论著。萧统重视公文的“文采”，所选公文均具“美文”特征，并强调了公文“娱玩”的性质。《文选》中体现出的公文文体论在汉魏六朝公文批评史上不可忽视。

关于“《文选》学”的研究，赵建成《萧该〈文选音〉到李善〈文选注〉——早期〈文选〉学者及其“〈选〉学”著作述略》④ 认为，“《文选》学”发端于隋代萧该的《文选音》，至曹宪而正式建立。其后许淹、李善、公孙罗等各有著作，其中李善为“《文选》学”之集大成者。李善《文选注》在继承前代典籍注释传统的基础上进行开拓创新，共引书1965 家，征引繁富是其最重要的特色。曾朝骄《〈文选〉李善注“以赋注诗”现象研究——以〈文选〉谢氏行旅诗注为例》⑤ 认为，《文选》李善注“以赋注诗”现象比较突出。在谢氏行旅诗中，李善以征引赋作的方式对诗歌作品进行注解，很好地阐释了诗歌的韵味，从而达到最大程度的留白，较好地规避了强解诗歌出现的主观偏颇，有助于读者对诗歌原本语境的体会与感悟。李善注诗对辞赋文献的大量引用生动诠释了中国古代诗赋之间的密切关系，对保存唐前辞赋文献具有重要作用。刘跃进、赵华《段玉裁〈文选〉研究平议》⑥ 指出，段玉裁在《文选》研究的理论思考和具体实践方面，主要体现出聚焦古音韵学的关注视点，综合形、音、义的切入方法，先立义例的操作顺序，还于当下的历史观念，求真求是的校勘原则，以及旁观综理的通达理念等，都是值得今人借鉴的可取之处。当然，段氏选学研究也不可避免地存在诸如版本局限、勇改武断以及忽视文脉文理的纯文本化解读等问

① 《重庆师范大学学报（哲学社会科学版）》2017 年第 2 期。
② 《浙江学刊》2017 年第 1 期。
③ 《郑州大学学报（哲学社会科学版）》2017 年第 4 期。
④ 《铜仁学院学报》2017 年第 8 期。
⑤ 《合肥学院学报（综合版）》2017 年第 3 期。
⑥ 《文史》2017 年第 1 期。

题。穆克宏《汪师韩〈文选理学权舆〉平议》[①] 指出，清代汪师韩的《文选理学权舆》是研习《文选》的入门书，对《文选》的传播起了积极作用。该书内容分为《撰人》《注引群书目录》《选注订误》《选注辨论》《选注未详》《前贤评论》《质疑》等八卷，并对《文选》和李善注作了比较全面的介绍和评论。

五、文体研究

魏晋南北朝是古代文学文体发展最为重要的时期，不仅出现了功能、体式各不相同的各种文体分类，同时也是古代的文体理论、文体批评意识形成时期。在魏晋南北朝文学的研究中，文体研究占据了重要的位置，本年度有相当数量的研究皆是围绕文体展开。

在诗体研究方面，易闻晓发表了三篇论文，分别论述了五言、六言、七言诗体问题。《拟乐府与五律的形成》[②] 认为，《古诗十九首》造语、意态本于乐府古辞，乃是拟乐府的产物。拟乐府逐渐脱出乐府叙事以及描写、对话的长篇敷衍，转而主情，出之以象，并以字句锻炼、属对讲求，导致篇幅缩短。谢灵运山水诗属对已造精工，预为永明声律规范。声律规范联对，形成四联之制，卒使五律定篇。五律的形成，乐府五言是为基础，拟乐府是其演变，联对结构与声律规范最为关键。《论六言之起及其体律造语》[③] 认为，六言必以节奏的整合才成为稳定的句式，这是确定六言句式与六言体诗起源的依据。六言句式出于汉乐府，建安时始有文人创制，以五句且每句押韵的组诗形式为常。六言与五、七言在齐梁同时接受声律规范，始有隔句用韵相对，从而形成六言格律的雏形。由于六言不具单音节以为著力锻炼，所以造语必以“自在”为尚，这是衡量六言体诗高下最为重要的标准。《七言之起与七言体晚兴和律化》[④] 认为，七言体起于七言句式的确定，骚语由于缺乏七言句式的限定不能指为七言体之始。七言起于汉代谣谚、镜铭、歌诀，亦有文人偶作并赋体七言系辞，但汉乐府五言蔚为正宗，而七言俗制罕作。及南朝宋鲍照七言隔句押韵新造其体，开启南朝七言之盛，与五言同时接受声律规范，卒成七言律体。在七言律体的形成过程中，声律和联对具有关键性的作用。刘靓《试论魏晋六朝吟诵之风对于中国诗体发展之影响》[⑤] 认为，魏晋六朝时期，吟诵取代歌唱而成为了中国古典诗歌最主要的诵读方式。吟诵在当时的盛行以及对诗歌美听的讲求，直接推动了五言诗二三顿挫的形成以及“四声八病”声律论的提出，从而促进了永明体的产生乃至近体诗的形成，中国诗歌的基本体式从此建立。

在赋体研究方面，赵辉、崔显艳《晋前赋体的形成演化与诗辞语说俳的互动》[⑥] 认为，赋是先秦辞、语、说、俳等文体与赋这一言说方式相结合的产物。语为赋提供了语篇结构模式，辞、说给赋的华丽辞采以深刻影响，而俳谐不仅确立了赋体最早的功能，也对赋的整体

---

① 《文学遗产》2017 年第 4 期。

② 《南开学报（哲学社会科学版）》2017 年第 2 期。

③ 《吉林大学社会科学学报》2017 年第 3 期。

④ 《清华大学学报（哲学社会科学版）》2017 年第 3 期。

⑤ 《福建师范大学学报（哲学社会科学版）》2017 年第 2 期。

⑥ 《湖北大学学报（哲学社会科学版）》2017 年第 5 期。

风格的形成有着很大的作用。四言诗和骚体诗形成了骚体赋和四、六言赋的体裁形式，也将诗、骚的抒情传统与叙事因素融入赋体，形成了赋聚叙事、写景、抒情、议论于一体的表达方式。马黎丽《论建安赋序的文体功能与文学成就》① 认为，从文体功能上看，建安赋序具有文体上的独立性，并承担特定的叙事抒情功能，增强了赋体文学的叙事性和抒情性。从文学成就角度观照，建安赋序表现出比汉代赋序更为自觉的文学意识，注重张扬个性，抒发个体情感，表现出超脱社会政治的隶属于生命本身的特质。孙少华《"拟作传统"与"文学缺席"——郤正〈释讥〉的文体考察与文学史定位》② 认为，郤正《释讥》拟自崔骃《达旨》，在形制、主旨上有汉赋传统，但从体式、音韵上看，又有后世骈文的某些元素。在文学思想上，《释讥》既与《答客难》《解嘲》《达旨》《答宾戏》等有着类似的"赋体"思想渊源，又与《释诲》具有相同的"释体"思想渊源，其中蕴含的大量四六韵文句式，使其具有"赋"与"文""双重文体"特征，但总体上属于"赋"体作品。

在论述诗、赋二体之融合关系方面，莫道才《六朝诗赋文的同步骈化与文体互融》③ 认为，"六代之骈语"不仅仅是文的骈化问题，而且是诗歌、赋与文都在同时全面骈化。这是这一时期历史演变的重要趋向，反映了文学走向自觉之后的文体互渗与文体融合的问题，并对后来的文学发展有所影响。孟庆丽、杨一凡《魏晋南朝诗歌的赋化》④ 认为，魏晋南朝时期诗赋两大文体由前代关注伦理与实用向重主观抒情与艺术审美方向转化。魏晋南朝诗在"写物图貌"的艺术手法、句式排偶化、以空间铺排结构诗歌、"卒章显志"的艺术构思等方面都沾染上赋化的痕迹。李贺《汉魏六朝的"赋末附诗"及其文体学意义》⑤ 认为，赋家在赋末附诗，主要是源于抒情言志的需要；同时，五七言诗的出现也是重要因素。这一文学现象背后，暗含的是诗歌和辞赋之间相互承续、渗透和影响的复杂关系，故"赋末附诗"也为汉魏六朝的诗歌和辞赋的相关研究，提供了一种新的依据和视角。

《文心雕龙》一书，集汉魏六朝文体学思想之大成，故有关这一时期文体学的研究也往往以《文心雕龙》作为论述对象。张健《〈文心雕龙〉的组合式文体理论》⑥ 指出，《文心雕龙》所论之文体，乃是由众多构成元素组合而成之统一整体，这一文体组合观念是《文心雕龙》文体论之基础。《文心雕龙》的重心之一即讨论文体的构成元素及其在文章中之功能，论述构成元素的组合方式、相互关系及其与整体之间的关系。刘勰之文体论涉及当代文论所谓体裁、风格问题，皆以文体组合观念为本。吴中胜《〈文心雕龙〉与中国铭文理论的早期形态》⑦ 一文，结合近现代以来出土的大量商周时期的青铜器铭文，论证了《文心雕龙·铭箴篇》关于铭文论述的合理性，指出以《文心雕龙·铭箴篇》为中心解读相关资料和文字，可以对铭文的源流、功能与文体特征有更全面深入的认识。赵俊玲《文体功能：

① 《兴义民族师范学院学报》2017 年第 4 期。
② 《中山大学学报（社会科学版）》2017 年第 2 期。
③ 《求索》2017 年第 4 期。
④ 《辽宁大学学报（哲学社会科学版）》2017 年第 5 期。
⑤ 《江西社会科学》2017 年第 2 期。
⑥ 《北京大学学报（哲学社会科学版）》2017 年第 3 期。
⑦ 《文学评论》2017 年第 2 期。

刘勰辨体的重要一面》① 认为，刘勰重视辨体，主要体现在对于功能相近的文体的辨析，他既看到了它们的交叉互渗，又往往刻意规范它们的功用，以对之进行相对明晰的区分；还体现在他关注承担原生文体部分功能的新文体，辨析描述其衍生、发展过程。这样的辨体方式，一方面使人们能够迅速地认识各种文体发展的主要线索及与其他文体的区别，另一方面也能反映一些内涵、外延宽泛，或功能复杂的文体不断衍生分化的事实。但同时也应看到，刘勰有时不免对某些文体描述不够客观全面，又不免分体过细。

六、小说研究

魏晋南北朝也是古代小说发展的重要时期，尤其是志人志怪小说发展的高峰期。2017年度有关这一时期的小说研究也有进展，在小说的思想观念、源流演变、艺术特色、研究史等方面皆有文章发表。

在综论方面，宁稼雨《六朝小说研究的回顾、反省与展望》② 一文，从六朝小说的文献整理、断代文体史的建构、文化文学分析等几个方面，对六朝小说自1919年以来的发展过程作了历时的回顾和评介。刘蕗《魏晋南北朝小说观考》③ 认为，魏晋南北朝时的小说观既是“实录”，强调作品质明可信，受史家的束缚和影响颇深，但也有“虚”的一面，时人亦用史家观点缓解“实”与“虚”的矛盾。江永红《六朝私撰地志中的民间传说探论——就“梗概与繁复”与林继富先生商榷》④ 认为，民间传说是六朝私撰地志的重要组成部分，以记述地理风物为主。地志创作征实性与传说客观性的统一，使民间传说的叙事呈现出梗概化特点。从东晋开始，部分民间传说的叙事趋于繁复化，甚至是有意识地雅化，使其逐渐超越地志所述实物的束缚而具有了独立的文学价值，进而呈现出梗概化与繁复化并存的叙事特色。林继富对方志民间传说叙事特点以“梗概、线索式”“简单化”一概而论的观点值得商榷。

在志怪小说研究方面，刘泰廷《文本中的政治秩序：对六朝志怪小说书写的新考察》⑤ 指出，作为一种与政治文化系统充分结合的文学活动，六朝志怪书写无法逃离权力话语的影响与规约。一方面，部分志怪小说在创作之初即带有明确的政治目的；另一方面，受制于历史语境与撰者身份背景，一些志怪小说不自觉地贯彻官方意志。张传东《睡虎地秦简〈诘〉篇与六朝志怪小说渊源关系》⑥ 提出，睡虎地秦简《诘》篇是志怪小说发展史上具有重要意义的渊源性文献。作为巫术之书，其中志怪因素较多，不少条目已具有志怪故事的雏形。特别是其中的鬼怪形象、驱邪巫术及部分条目中体现出的叙事结构、人与鬼怪的交通模式等皆深刻影响了六朝志怪小说。张传东《六朝志怪小说对“避煞”民俗思想的继承和超越》⑦、

---

① 《河南师范大学学报（哲学社会科学版）》2017年第6期。

② 《中国文学研究》第2期。

③ 《湖南大众传媒职业技术学院学报》2017年第7期。

④ 《学术界》2017年第2期。

⑤ 《北京社会科学》2017年第4期。

⑥ 《齐鲁学刊》2017年第1期。

⑦ 《殷都学刊》2017年第3期。

金官布《魏晋六朝鬼话与小说观念的转变》[①] 两文探讨了民俗、宗教因素对六朝志怪小说的影响和改变。前文认为，六朝志怪小说中有很多作品表现鬼魂回归家庭、与生前故旧再续前缘。这类作品的构思明显来源于我国传统民俗的“归煞”和“避煞”观念，但在内容设置上既有对归煞观念的继承，也有对归煞思想的突破和创新，体现了鲜明的时代特色。后文认为，魏晋以来，鬼故事不仅成为当时志怪小说中最具特色的内容之一，同时在汪洋恣肆的想象、怪诞滑稽的形象、奇幻诡谲的情节刺激下，古代小说的发展逐渐突破汉代小说观念的藩篱，小说的虚构性和文学性得到极大增强，为唐传奇的出现奠定了基础。

志人小说研究方面，则有秦蓁《从〈世说新语〉到刘注〈世说新语〉——虚实相间的六朝史学书写》[②] 认为，出现《世说新语》，出现刘孝标注《世说新语》，乃至出现对刘孝标所注之《世说新语》的重视和喜好，俱是魏晋史学史上的重要环节——反映了魏晋时人对以小说形式出现的“一家之言”的认可，也反映了魏晋时人在对小说体虚实相间的叙事方式的认知基础上，出现了以史证文的趋向。

七、文献整理考辨

随着新的文献材料涌入研究视野，尤其是海外汉籍被大量发掘，魏晋南北朝文学研究可利用的文献资源得以不断扩充。2017 年度有不少论文对新文献进行了翔实的介绍和细密的考辨，同时还有重量级古籍整理著作问世。本年度文献整理考辨方面的成果主要集中在《陶渊明集》与《文选》。

陶集方面的考证以日藏稀见文献为主。卞东波《日韩所刊珍本〈陶渊明集〉丛考》[③] 指出，日本、朝鲜历史上曾多次翻刻《陶渊明集》，形成和刻本与朝鲜本的《陶渊明集》。这些陶集的底本俱已无传，故这些日韩刊本具有很高的文献与版本价值。这些日韩刊本皆有日韩学者所撰序跋，是了解陶渊明在日本、朝鲜流传情况的宝贵文献。另外，这些日韩刊本中还有陶渊明的画像以及明代江西陶渊明墓地、祠堂遗迹的图像资料，皆不见于中国刊本，具有较高的文献价值。苏晓威《日本藏两种稀见陶渊明集朝鲜版本考述》[④] 指出，现藏于日本国会图书馆的宋末元初刘辰翁《须溪校本陶渊明诗集》三卷，对研究刘辰翁诗歌评点特点有较大的作用和意义。现藏于日本国立公文书馆的朝鲜刻本《陶渊明集》为后世陶渊明诗文集注评本系列中的一种，为研究该系列中相关版本衍变关系提供了一定的帮助。这两种国内不见的陶渊明集版本，提供了未曾见过的诸多文献信息，也是研究陶渊明作品在古代朝鲜、日本传播和接受的重要载体，具有较为重要的版本和学术价值。苏晓威《日本藏四种稀见陶渊明文集版本考述》[⑤] 指出，日本现藏不少陶集版本，就其与中国现存众多陶集版本关系而言，可分为以下几类：中国现在见不到的版本，可称为独立版本；中国亦存在，可称

① 《殷都学刊》2017 年第 3 期。
② 《史林》2017 年第 2 期。
③ 《铜仁学院学报》2017 年第 1 期。
④ 《中国典籍与文化》2017 年第 4 期。
⑤ 《九江学院学报（社会科学版）》2017 年第 4 期。

为平行版本；基于国内刊本而翻刻，可称为交叉版本。从版本价值而言，独立版本提供了先前未曾见过的诸多文献信息，似乎价值更大一些，但由于平行版本和交叉版本为著名学者收藏，且有其批注，是探讨其对陶渊明作品研究的基础性文献，也具有较为重要的文献和文化价值。蔡丹君《独山莫氏复刻缩宋本〈陶渊明集〉底本探疑》① 指出，“独山莫本”《陶渊明集》是贵州独山人氏、清代藏书家莫友芝于咸丰十一年（1861 年）根据“旌德李氏翻宋本”（即李文韩刻本）翻刻的一种陶集。此种陶集在清末以后流传甚广，在汲古阁旧藏十卷本《陶渊明集》公开之前，甚至被一些研究者当作宋本陶集来参考。该文通过辨析，发现李文韩刻本是以汲古阁旧藏十卷本《陶渊明集》为底本的，在具体的文字内容上与汲古阁本大致相似，但存在对编次的大量改动。

在《文选》整理和考证方面，刘跃进主编的《文选旧注辑存》② 是本年度重量级的成果。此书选用南宋淳熙八年（1174）尤袤刻本为底本，以敦煌吐鲁番本、日本古钞本、杨守敬过录日本室町本、陈八郎本、朝鲜正德本、北宋国子监本等为参校本，从目录、版本、校勘等角度对“《文选》学”史上产生的宋代以前重要注释进行了系统整理，卷帙浩繁、辑佚严谨、编排得体。单篇论文方面，丁红旗《日藏三条家本五臣注〈文选〉价值考论》③ 指出，日藏三条家本五臣注《文选》被日本列为“重要文化财”，然其性质、特色一直未能得到深入揭示。除考校异同外，该本还能考见《文选》学史上的两个重要问题：一是与南宋绍兴三十一年陈八郎本《文选》比较，能见出其在恢复五臣注原貌上的独特贡献；二是藉此能考证唐末李济翁《资暇录》等严辞谴责的五臣注“从李氏（李善）注中出”的判断失当，这能为客观评价《文选》五臣注提供一个可靠的判断依据。唐普《北宋国子监〈文选〉版本考述》④ 指出，毋昭裔刻本《文选》系五臣注本，印板后被收入国子监；景德四年诏校《文选》李善注本，是由馆阁校勘并刻板，但毁于荣王宫火灾，并未印行；天圣七年国子监刊本李善注《文选》，则是由国子监官员负责校勘并由国子监印行的。金少华《敦煌写本〈文选〉李善注引〈毛诗〉考异》⑤ 一文，以敦煌藏经洞出土唐写本李注《文选》为依据，对其中 10 条《毛诗》引文（含毛传、郑笺）与今本《毛诗》的异同加以详细考辨。

此外，还有刘明《曹植集研究三题》⑥ 专门考辨曹植集版本，认为现存宋本《曹子建文集》是讨论曹植集传本系统的重要实物文本，该本属《旧唐志》著录的二十卷本系统，祖于曹魏秘阁编本。两《唐志》著录的三十卷本曹植集，属曹植自编全集本系统，在诗文篇目、编辑特征等方面均不同于二十卷本。《四库》本《曹子建集》抄自翻宋嘉定本，基本保留嘉定本的旧貌，是与今存宋本不同的另一版本曹植集，具有今宋本所不及的版本校勘及文献价值。

总之，2017 年度的魏晋南北朝文学研究在综论性研究、诗歌研究、辞赋骈文研究、《文

---

① 《中国社会科学院研究生院学报》2017 年第 6 期。
② 凤凰出版社 2017 年 10 月版。
③ 《图书馆杂志》2017 年第 6 期。
④ 《四川师范大学学报（社会科学版）》2017 年第 5 期。
⑤ 《敦煌研究》2017 年第 5 期。
⑥ 《许昌师范学院学报》2017 年第 4 期。

选》研究、文体研究、小说研究等方面均逐渐向纵深方向发展，在文献整理考辨方面也有突出的成果问世。其中，有关魏晋南北朝文学研究的总体思考，以及对具体作家作品、诗歌声律体式、文体理论等方面的研究值得重视，六朝文论、小说研究则有待拓展。此外，六朝史传文学以及其他文体的研究尚存在一些不足，应该引起研究者的重视。

（本文审稿专家　吴光兴）

2017年隋唐五代文学研究综述

陈才智

2017年隋唐五代文学研究领域，不仅研究成果斐然，而且学术交流和各类会议也很频繁，王维、李白、杜甫、韩愈、刘禹锡、柳宗元等大家，均有全国性的研讨会召开。以下仅就唐宋会通研究、经典作家研究、文化视野研究、文艺视角研究、文学地理研究、接受影响研究、文体文类研究、文献整理考证等几个方面加以综述。

（一）唐宋会通研究

在中国文学史上，唐、宋两代有独特意义。宋诗、宋文与宋词都是在对唐人的继承与创变中展开，宋代文学思想的演进，亦主要来自对唐代文学成就的反思和扬弃。宋人苏颂说："国朝号令风采，超迈百王，原其典章文物，刑名法制，大抵研习唐旧，其间或有损益，亦不相远。"①道出其间的缘由。当然，宋承唐制之外，亦有发展变化，而不论继承或发展变化，只有在唐与宋的联系和比较中，才能获得更好的认识，更加凸显其意义。也就是说，需要通过原始察终的会通研究，深化唐宋文学研究，尤其需要以会通的视野。《文学遗产》2017年第6期专门开设"唐宋文学的会通研究"笔谈栏目，其中莫砺锋《关于"会通唐宋"的简单思考》认为，"会通唐宋"的主要理由，在于唐、宋两朝的文学之间存在着千丝万缕的关系，而且呈现一种"剪不断，理还乱"的复杂状态。如果单看古文，则从中唐到两宋正是一个连续性很强的发展过程，可以划为一个文学史阶段。诗歌史的脉络有异于古文。如果说宋文是唐文的发展，那么宋诗可称是唐诗的演变。至于词，当然是宋代文学的一代之胜。但是晚唐词坛上已经出现了温庭筠那样的著名词人，五代的南唐、西蜀两大词人群更是宋词的直接源头，一部词史如果不从晚唐五代说起，就会变成没有源头的河流。所以从词的角度来说，文学史的划段最好从晚唐开始。

陈尚君《唐宋因革与文学渐变》认为，唐宋变革是一长时段渐变的过程，涉及问题很多，就大端来说，一是汉魏以来士族社会的瓦解，同时也造成士庶隔绝的中止；二是官员选拔制度从察举、荫袭向科举的完成，出身下层的文人更多地进入权力核心，也成为文学舞台的主角；三是胡汉融通、思想多元的文化格局，逐渐走向儒学一元的理学主导，这一过程大约绵历五百年，到理宗时完成，但很快宋王朝也就结束了，真正的影响在明清两代。唐诗从杜甫开始的转变，经过大历、贞元间的逐渐转型，出现的新的高潮，与开天诗风已经大异其

① 宋·赵汝愚：《宋朝诸臣奏议》卷六，上海古籍出版社1999年版，第55页。

趣。从表面看是出现一批各成面貌的大家，但就实质来说，此时的诗人更为世俗化，更为日常化，更善于将诗歌作为记录生活、书写情绪、表达感受的工具，人际交流的作品大幅度增加，诗歌的篇幅越来越弘大，诗题越来越绵长，自注越来越详尽。同时，诗歌所写的内容也越来越不受限制，凡是日常所有的一切皆可入诗，完全改变了传统诗歌含蓄精致的传统。

卢盛江《用会通的眼光发现和研究新问题》认为，唐宋文学很多问题，有它的发展轨迹和特点，会通可以帮助我们更为全面深入地了解。可以说，声病说的提出在齐梁，而将其内容系统保存和阐发，则在隋和初唐，当然，近体诗律的完成，也在初唐。与反对齐梁浮靡文风的思想潮流相应，唐代还有四声八病的批评意见。作为对过去时代诗体的回味，唐人文论出现“齐梁调诗”，唐人集中不少“齐梁体”诗作。但到宋代，李淑《诗苑类格》等也载录了八病，但已只是条目式、摘要式，只是零星摘要，没有再作阐发。宋人仍有对永明体、齐梁体的评述，但多是客观评述，且所评多为浮艳之辞，并非声律之体。这说明，齐梁声律说在唐代特别在初唐，不论赞成还是反对，都是文学批评的主题之一。但在宋人那里却不一样，议论不激烈，不痛不痒，这已不是他们的主题。

周裕锴《通读细读、义例义理与唐宋文学会通研究》认为，就“会通视野”的内涵而言，其义包含甚广：一是研究对象和领域的会通，即时间维度上的唐宋（唐之初盛中晚、五代、宋之北南）串联，空间维度上的诗词文、文史哲、儒释道的跨界。二是研究方法的会通，包括古人所云义理、辞章、考据的三位一体，今人所用文学史、文艺学、文学批评的结合，文学分析和语言分析的融通，西方研究手段如新批评、叙事学、形式主义、阐释学、符号学等的借鉴，其他学科的新方法如考古学、统计学、传播学、地理学、人类学、心理学的化用。文本通读有助于了解唐宋文学的大格局。会通唐宋文学，从发现一些基本义例入手，由此而发明形而上的义理（文学史文化史的一般规律），值得尝试和追求。

查屏球《唐宋变革与唐人偶像的宋型化》认为，对于文学发展而言，其中核心问题之一就是社会结构的变化以及而造成的社会文化的改变。这一点又集中体现在宋人对唐人文化精神的重新诠释以及对唐人偶像的重新包装这类事上。宋人多有崇唐情结，塑造了众人唐才子偶像，但这些才子多经过了宋人的包装与改造，多有宋化唐人的特点，很多唐代名士、科场才子多着上宋代官僚士大夫色彩。某种程度上看，唐宋转型也是科举制与士人生活关系的转型期，这种转型自中唐就已开始了，白居易诗中醉吟先生与香山居士形象正是对处于转变中的官僚士大夫形象的一种自我认定。但是，在唐时，这一形象仍为科场才士“白舍人”光环所掩盖，至宋随着官僚士大夫的全面成熟与定型，白居易这一形象特点又被认可，成为官僚士大夫新的精神偶象。因此，白居易形象在唐宋间的变化，正是唐宋转型的历史走向在文学史上的投射。

李贵《唐宋文学会通研究的“四文说”》认为，唐宋文学会通研究，可从文人、文本、文体和文化这“四文”入手。文人的角度，观察唐宋以降作者身份的变化。由唐到宋，士大夫文学达到鼎盛，江湖文学多元分化，佛教文学（尤其禅宗文学）发展到本土化的高峰，女性作家群体渐次崛起，这是唐宋制度变革、社会分层对写作者的直接影响，也是唐宋文学变迁的大略趋势。文本的角度，可分别从文本历史、文本形态和文本内容来研讨。文本历史指传统的文献学、版本学、目录学等文本考证，是文学研究的基础。新出文献与域外汉籍是近年的学术生长点，对全面认知唐代文学冲击极大，对宋代文学研究的刺激程度则犹待观察。文本形态指文本的书写方式和承载、传播媒介。文本内容（包括标题、作者署名、注释等“副文本”的内容），既要聚焦文本的语言文字本身，还要留意相关的图像资料。文体的角度，包括说什么和怎么说两大问题，一是文学体裁，如诗、赋、诏、表、词之类；二是形式体制，如五言七言、三字九字、齐言杂言之类；三是题材类别，如京都、登览、怀古、悼亡之类；四是文学风格，如《文心雕龙·体性》篇论文学体式，总结为典雅、远奥、壮丽、轻靡等八体。文化的角度，一是对文化的研究，即将文学视作思想文化的一部分，研究文学的思想文化背景，文学与哲学、历史、宗教、艺术、社会的关系，文学活动的文化意义；二是作为一个专门学科及方法论的文化研究。

（二）经典作家研究

在文学经典建构进程中，隋唐五代时期至关重要。2017 年的隋唐五代文学研究，于多元探索的格局中，在经典作家分析及作品阐释方面成绩突出。如魏耕原所著《盛唐三大家诗论》[①] 围绕李白、王维、杜甫的诗歌创作活动，以诗体的发展变化为中心，以三大家各自特色为切入点，李白诗中的“笑”、歌行的结构、比喻和顶真的修辞，杜甫的七律、歌行、组诗以及他的“诗史”地位，特别把王维的绘画与诗歌结合研究，探讨三大家共同出现的原因，细致地比较三位诗人的诗体风格，比如李白和王维的五、七言绝句比较，三位诗人喜用的关键词比较等，进而抽绎出盛唐诗坛极盛局面产生的内在根源。

陈建森《“九龄风度”与唐代文学的审美取向》[②] 认为，张九龄是盛唐开元名相和文坛领袖。他以“九龄风度”见知玄宗而成为宰执荐引公卿、朝廷录用大臣的审美标准。“九龄风度”的内核是守正忠直的品行，外化为儒雅秀整的风仪、“轻缣素练，实济时用”的文品和醇厚清澹的诗品。张九龄将唐诗由“诗品正”导向“诗品醇”，开唐诗“清澹一派”，“为李杜开先”。“九龄风度”不仅成为有唐一代人物品评的审美标准，而且对唐代文学的审美取向产生了深远的影响。

王辉斌《孟浩然新论》[③] 一书对孟浩然生平经历、文学成就、文体特征、历代批评及影响加以论述，为近年作者研究领域新近成果总结。全书分上中下三编，上编《孟浩然年谱》从永昌元年（689）孟浩然出生到开元二十八年（740）孟浩然去世，按照时间先后载录历史事件及孟浩然主要活动；中编《孟浩然评传》偏重对孟浩然生平事迹评价；下编《孟浩然论丛》收论文十篇，是对孟浩然其人其作相关问题的研究，涉及孟浩然的人格魅力、生平交结、作品个案、孟集版本，以及孟浩然画像的真伪，历代的孟王优劣论等。王辉斌另有《唐代诗文论集》[④]，是已发表与新撰论文前后相续的合集，上编“唐诗探论”13 篇，一类是对唐诗现象的专论，如《论唐代的虚拟边塞诗》《论唐代的制题艺术》《论唐代的佛境风

---

① 北京大学出版社 2017 年 8 月版。

② 《文学评论》2017 年第 1 期。

③ 武汉大学出版社 2017 年 4 月版。

④ 武汉大学出版社 2017 年 7 月版。

物诗》等，是在对唐诗中的某种文学现象作归纳总结的同时，具体阐述其发生、发展、影响等；另一类是对唐诗题材的研究，如《论王绩的婚姻诗》《论张祜的题咏诗》《论杜牧的登高诗》等。下编“唐文考论”13篇，侧重初、盛唐时期散文，“考”是针对骆宾王、张九龄等人散文中的相关错误，进行具有个案特点的辨正；“论”则分为综论和分论，既有对具体作家散文特点论述的分论，如《读张九龄散文札记》，从《曲江集》入手，涉及对唐代“十道”与“十五道”设置时间的考辨，章仇兼琼所任官职的考辨，张九龄任荆州大都督府长史时间的考证，以及《景龙观山亭集送密县高赞府序》撰写时间的考证；也有对唐初散文发展态势，唐宋散文发展状况论述的总论，如《初唐散文的发展态势》，先以时间顺序简述唐初散文发展态势，继而从初唐散文三大作家群、初唐散文的基本类别、初唐散文的创作特点分而论之，最后简要总结初唐散文的特点。

詹福瑞《唐宋时期李白诗歌的经典化》①认为，经典是文本在其传播过程中形成的，任何经典都有其经典化的历史过程，李白诗歌亦不例外。作为天才诗人，李白经典地位的确立，就在盛唐当代，至迟不过中唐。在宋代，又得到进一步强化。唐宋士人接受李白的过程，既是其接受李白诗所承载的价值观和审美观的过程，亦是发掘、凝炼李白作品经典价值和意义的过程。唐宋时期，以苏轼为代表的士人所揭示的李白诗歌所表现的士人特立独行的风操气节和人格力量以及天才诗人的艺术特征，成为唐宋时期、同时也是此后李白诗歌最有影响也最有价值的经典内涵。

罗时进《李白“薄声律”本义与“将复古道”的诗学实践》② 认为，李白在开元十五年后以鄙薄声律的姿态出现于盛唐诗坛，意在以“将复古道”为旗帜推行复古诗学理想。他对扭转当时拘忌声病的倾向，改变盛唐诗坛的品质，丰富诗歌创作的风格做出了具有诗史价值的贡献。对李白“薄声律”的诗学观应与其复古诗学实践结合起来考察，这对于揭示唐诗演变的关节，理解唐诗发展的成就都具有重要意义。

李白与科举的关系众说纷纭，可归纳为两类，即性格说和身份说。戴伟华《文学研究的创新仍应以文献及其解读为基础——以李白与科举相关问题为例的分析》③将其划分为三个时期论述，青少年时期为科举准备阶段，诗歌写作对仗工整，有绮丽倾向，而投刺和献诗，可视为准备过程中的行为。安陆十年，并没有放弃科举的努力，开元二十三年（735）送人赴举诗，实际上是李白自己的写照，也是对自己的反思。其后，李白移家山东，走上另一条非科举而入仕之路，以供奉翰林为归结。李白放弃科举的原因非性格所致，也不是曾为小吏或商人家庭，而是“漏于属籍”。

历来文学史对刘禹锡的定位，都是视为中唐元白与韩孟两大诗派之外的优秀诗人，自具风格，别有个性。但刘禹锡晚年的诗歌创作，因为与白居易交往唱和而有所变化，也同样是不争的事实，只是没有受到充分的重视而已。二人诗风因交互影响而不免有趋同倾向，历史上也屡有刘冠白戴的误判，其中还包括方虚谷、王渔洋和袁随园等赫赫有名的诗评家。陈才

① 《文学遗产》2017年第5期。
② 《文学评论》2017年第2期。
③ 《文学评论》2017年第1期。

智《刘禹锡与元白诗派的离合》[①] 在详细排比刘禹锡与白居易交游唱和诗基础上，论述他们诗歌创作上的交互影响之迹，以求辨析刘禹锡与元白诗派的离合。程宏亮《刘禹锡公文书牍导读》[②]收录刘禹锡表状书启类作品30余篇，加以注释及助读，有的着重从文学与写作学的角度进行文本分析，更多是从文本中发掘有重要联系或重大关切的话题，跳出文本而又围绕刘禹锡及其生活的时代去探讨问题，以助读者了解刘禹锡的人生历程和思想状态，感知刘禹锡言行举止与其生存环境之间的互动，从而有针对性地去认识引发刘禹锡命运变迁及其作品生成的人物关系和社会深层原因。

尚永亮《佛学影响与儒者情怀——柳宗元、刘禹锡贬后心态侧窥》[③]认为，执著自我，执著现实，是柳宗元、刘禹锡贬后心态的主要方面。不过，由于柳、刘二人与佛教徒密切交往，又潜心于佛典之中，耳濡目染，潜移默化，因而不能不受到佛学相当大的影响，并对其执著意识产生一种明显的弱化、消解作用。柳、刘二人之喜佛学，并不是对佛学的一切都无条件的接受，而是根据自己的一贯原则来决定对佛教各宗派义理的去取态度。细读柳、刘诗文，总觉察得到一种起伏波动于其心灵深处的矛盾：一方面，他们心香佛典，不时在主观上淡化自我情志，竭力步入淡泊宁静与世无争之途，另一方面，他们在客观上又常常冲破自我的主观设计，仿佛被一股巨大的无形的力量驱使着，念念难以忘怀社会政治而欲再入其中一展经纶；一方面，承受着残酷的专制政治赐予他们那终身受用的苦果，他们确曾寒心销志，感到无比的沉痛和哀伤，另一方面，他们又不仅仅沉溺于其中，而是能时时从这沉痛哀伤中振起，或讽谕，或嘲笑，其锋森然，少敢当者。而从根本上说，柳宗元、刘禹锡仍是儒门中人，一狷一狂，奠定了他们自我心性和执著意识的基石。

刘禹锡所撰文集序含有丰富的文体学、文学史、文献学等方面的价值。吴夏平《刘禹锡集纪文的文学史料价值》[④] 通过梳理唐代集序文发展脉络，发现刘文突出特点是“隐约其辞”，亦即对作者事迹有所择取，表达方式委婉含蓄，体现出“春秋笔法”的特色。这是对序文文体的一次重要突破。刘禹锡认为，文学变化不仅与时代环境、帝王个人好恶相关，而且有周期性。这种文学史观，与其天道运周、否极泰来的哲学思想是相合的。序文对相关文集的卷数、篇目、编撰方法等记载较为详备，具有一定的文献学价值。此外，序文还有补正史之阙的史学价值。下定雅弘著，李寅生译《白乐天的世界》[⑤]，原名《白乐天的愉悦——闪光的人生睿智》（白楽天の愉悦：生きる叡智の輝き，东京：勉诚社，2006年4月），分别从“青年时代的白居易及其诗歌”“人生观确立的年代”“赴任杭州、苏州刺史”以及“白乐天的愉悦”“女性・友情・衣食住・动植物・雅趣・养生”等多个视点，对白居易进行了全方位的研究。

相关研究还有吴光兴《王士禛“神韵说”与唐诗经典化之关系》[⑥]、于展东《张籍王建

---

① 《岭南学报》复刊第七辑，上海古籍出版社2017年5月版。

② 安徽师范大学出版社2017年5月版。

③ 《铜仁学院学报》2017年第5期。

④ 《中山大学学报（哲学社会科学版）》2017年第5期。

⑤ 凤凰出版社2017年4月版。

⑥ 《纪念王渔洋诞辰380周年全国学术研讨会论文集》，齐鲁书社2016年12月版。

体研究》[①]、刘卓《唐代“三包”考辨》[②]、王南冰《中唐李元宾研究》[③]、焦尤杰《醉折花枝当酒筹：白居易与花草树木》[④]、王永波《晚唐皮陆诗派研究》[⑤]、吴在庆《韩偓论稿》[⑥] 等。

（三）文化视野研究

谢天开《唐诗：诗人与文化》[⑦] 一书上篇以“四唐”为序，从历史文化视野解读、再现引领唐诗的代表性诗人及诗风；下篇从长安都城、宫廷诗会、朱雀天街、华清宫、女子妆容、牡丹、塔寺、高台、时风与流传等视角，解析生成唐诗的历史文化语境及其深远影响。范晓燕《唐宋词与士林文化研究》[⑧] 为社会文化视域的“唐宋词与士林文化”研究，一是“史”的观念，词史互证；二是以点带面，由个别到一般；三是比较分析，求同求异。士林文化，包含器物文化、制度文化、精神文化、行为文化等多个层面。作者运用文化阐释的叙述方式，对唐宋词以及所蕴含、关联和折射的士林文化进行论述，从唐宋词人的个体特质到群体特征，来探究唐宋士林的生存方式、价值取向、宗教信仰、文化心态、创作倾向、审美思潮以及社会风尚等，富有启发意义。

近年来，陆续发现与刊布的大批墓志，已经成为唐代文史研究中不可或缺的一手史料，《千唐志斋藏志》的出版，最早开启了当代集中刊布墓志的先声。刊布录文的《唐代墓志汇编》及《续集》，刊布拓片图版的《北京图书馆藏中国历代石刻拓本汇编》《隋唐五代墓志汇编》，融图版、录文、考释于一体的《唐代墓志铭汇编附考》，都是唐代墓志的重要文献。越来越多的学者开始利用墓志进行唐代文史研究，《出土墓志所见中古谱牒研究》《贞石诠唐》等是近年来这一领域的重要成果。利用考古发现研究唐代文学，随着学术成果的积累出现了大量的文章，但是集大成性的论著还是寥寥可见。胡可先《新出石刻与唐代文学家族研究》[⑨] 出版，无疑在唐代文学史领域具有举足轻重的意义。这部著作以新出土石刻文献为新材料的基础，将这些新出文献与传世文献进行比照和印证，从士族文学研究的角度，以重要文学家族为切入点，以文学发展为指归，考察文学史演进过程中的种种面向，从地缘、党争、科举、婚姻等多方面考察文学的生态环境，考察南北朝门阀士族到唐代科举家族这一历史转型期中具有代表性的唐代文学家族。唐代盛行厚葬，特别重视墓志的撰写，墓志中保存着很重要的政治、经济、文化信息，作者透过以墓志为主的石刻文献探讨这些文学家族传承千年的家风、学风与文风，进而揭示唐代文学生态的多元面向。2017 年 7 月，浙江大学

---

① 中国社会科学出版社 2017 年 7 月版。
② 广东世界图书出版有限公司 2017 年 4 月版。
③ 中国社会科学出版社 2017 年 8 月版。
④ 郑州大学出版社 2017 年 4 月版。
⑤ 武汉大学出版社 2017 年 8 月版。
⑥ 中华书局 2017 年 9 月版。
⑦ 山东画报出版社 2017 年 10 月版。
⑧ 中国社会科学出版社 2017 年 5 月版。
⑨ 北京大学出版社 2017 年 4 月版。

中文系和《浙江大学学报（人文社会科学版）》编辑部还联合主办了“考古发现与中古文学研究”国家社科基金重大项目专题研讨会暨《新出石刻与唐代文学家族研究》新书发布会。

唐代隐逸在承传前代的基础上也有鲜明的时代特征，例如出入世化、世俗化、心性化的特质。唐诗中的吏隐主题、对功成身退理想的讴歌以及唐人借助佛禅实现心灵的超越和对个体身心泰适的书写，生动再现了唐代隐逸入世化、世俗化、心性化的特质，并折射出唐代士人的精神风貌和社会文化特征。李红霞《唐代隐逸与文学》[①] 以唐代隐逸的历史嬗变为经，以唐代士人生活与诗歌创作为纬，通过探讨唐代隐逸兴盛的文化动因、唐代士人隐逸心态的演变、唐代隐士丰富多彩的生活与交游、唐诗的隐逸主题与语词意象，对唐代的隐逸文化进行的全面梳理和深入探索，力求揭示唐代隐逸与诗歌间复杂而密切的联系。

樱桃的礼之用可以溯源至《礼记》，汉代樱桃荐新正式成为制度，其礼制地位在唐代更为显赫。张东哲《“樱桃”礼制文化内涵与唐诗的象征书写》[②] 分析说，唐诗中的樱桃意象，主要体现在应制诗、宫词、赠答诗和杜诗中。诗人们赋予樱桃雅正的形象和宫廷文化的内涵，且将礼制文化与诗体特征、作家个性等因素融合，使得樱桃的象征意义被强化和个性化。礼制文化影响了唐诗书写，诗歌亦丰富了礼制的象征内涵，形成了双向互动。

熊明《唐诗的兴起》[③] 一书通过梳理初唐政治、经济、文化等各领域制度，特别是其中与文学相关的各种制度变革与建立的历史脉络，发现封建制度的变革与建立在初盛唐时期诗歌中的历史留痕，探寻这一过程中各种制度的变革与建立对唐诗兴起并走向繁荣的影响。在这一关系中，重读初盛唐时期的诗歌，梳理相关制度与当时诗歌思潮及诗歌流派兴起之间的逻辑理路，力求对代表性诗歌流派中的重要作品与作家做出合乎历史规定性的定位与评价。从某种意义上讲，可视为尚定所著《走向盛唐》（中国社会科学出版社 1994 年版）的后续研究。

李小荣《晋唐佛教文学史》[④]借鉴法国社会学家布尔迪厄“文学场域”论及挪威建筑理论家诺伯舒兹“场所精神”论，运用源流、本末、体用及“作家、作品、文体三位一体”等原则，对东晋至唐五代的佛教诗歌、佛教散文、佛教小说及净土、禅宗文学的生成场所与创作表现加以剖析，意在厘清晋唐佛教文学发展的内在脉络。俞晓红《佛典流播与唐代文言小说》[⑤]以佛典流播与唐代文言小说的关系作为研究主体，以文史互证、史诗互证的方法切入，考察佛教文化东传后对魏晋隋唐时期君臣士民佛教意识的启发与影响，探寻佛典流播对唐代文言小说创作的影响渠道，剖析佛典观念对唐代文言小说文本构成的多元渗透、佛典文学质素对小说文学价值建构所起的作用等。书后附录唐代涉佛文言小说作家小传、涉佛小说题材类型篇目统计、涉佛小说异质形象分类统计等。

王维和谢默斯·希尼是中西诗歌文学的杰出代表，虽然时代、国度、语言不同，但深藏在其诗歌文本背后的认知机理彼此相通。李昌标《王维与希尼诗歌认知比较研究》[⑥] 从认知

---

① 商务印书馆 2017 年 11 月版。

② 《江苏第二师范学院学报》2017 年第 10 期。

③ 社会科学文献出版社 2017 年 7 月版。

④ 人民出版社 2017 年 10 月版。

⑤ 人民出版社 2017 年 7 月版。

⑥ 南京大学出版社 2017 年 10 月版。

语言学以及与相邻学科相结合的角度，建构诗歌的概念合成模式，解读两位诗人的诗歌艺术。

柯睿《李白与中古宗教文学研究》[①] 收录论文6篇，其中《李白的超越性诗语》是西方语言中首次尝试论述道教对李白的意义，及李白在诗歌中如何运用其宗教文献和实践的知识。《李白的紫烟》对李白有关道教的作品展开进一步研究，分析其所使用的奇特迷人的意象紫色。《李白〈大鹏赋〉》尝试为西方读者提供完整的背景知识和必要的参考资料，以便理解这篇精湛的作品。《蜀道：从张载到李白》将《蜀道难》与另外两篇不同体裁但内容类似的作品联系起来——赋作《剑阁赋》和诗篇《送友人入蜀》，推测这三篇作品是在同一场合创作。《登高诗：登泰山》是融合文学史研究和宗教史研究的早期尝试。《法幢与经幢——李白的佛教碑铭》尝试阐明李白的一些带有佛教灵感的诗篇，尤其是他为佛教寺院中的常住器物所撰写的两篇长长的碑铭。

白居易和贾岛都是中唐时期受佛禅影响极深的诗人。蔡星灿《禅风熏染下白居易、贾岛诗歌创作的不同及原因》[②]认为，二者诗歌创作的区别，主要体现在两方面：一为意境，包括意境的形态、构成意境的物象、创作主体与意境的关系；二为情感，包括情感特点和表现方式。导致不同的原因主要有三：人生历程及个性不同，诗歌艺术源流不同，佛禅对二者的影响不同。

陈恒新《白居易的文化人格与文学品格》[③] 认为，白居易的文化人格具有二重性：兼济天下的人生理想与独善其身的人格追求交织在一起。白居易由早年积极进取的精神逐渐遁入个人生活，其思想由儒家转向佛老。故其文学品格既有意激刚健的一面又有闲适淡泊的一面。其文化人格继承了中国传统知识人关怀天下与追求独立人格的文化传统。中唐时期传统社会形态的转型，士人审美情趣与社会意趣的转型是其文化人格二重性的原因所在。

白居易研究史上，陈寅恪无疑占有重要地位。陈才智《陈寅恪先生的白居易研究》[④] 认为，这不仅源于其历史学家的独特角度，比较分析方法的发覆与娴熟运用，更源自其诗史互证的文化史研究范式，影响深远，沾溉至今。其《元白诗笺证稿》形式是传统的——继承并发扬清代乾嘉学者治史重证据、重事实的精神，但思路是现代的——汲取欧洲近代研究梵文、佛典的传统，及西方的历史演进法。在繁复征引和绵密演绎的深处，还有着诗的才情的潜流，有着超越于史事证述的对人生、对社会的深刻思考，体现出一种古典文学研究中文化史批评的倾向。赵耀锋《陈寅恪“元白”诗研究以及内藤湖南的影响》[⑤] 认为，在《元白诗笺证稿》中，陈寅恪从作为研究对象的元白的选取，到对新乐府运动和古文运动研究的具体学术观点的提出，都受到内藤湖南上述汉学思想的影响。内藤湖南对陈寅恪学术思想影响的具体线索的考证，对陈寅恪学术思想形成的研究具有重要价值，同时也对民国时期日本汉学对我国学术影响的研究具有重要价值。

---

① 白照杰译，徐盈盈校，齐鲁书社2017年11月版。

② 《九江学院学报（社会科学版）》2017年第1期。

③ 《现代语文（学术综合版）》2017年第1期。

④ 《扬州大学学报》2017年第2期。

⑤ 《浙江师范大学学报（社会科学版）》2017年第4期。

唐代诗人担任郎官现象较为突出，郎官的各类活动与唐代诗歌有着重要和密切的关系。唐代社会对郎官非常看重，文人也十分期盼获得郎官职位。尚书省二十六司各司中的郎官存在等级之分，这种等级的差别和各司职务的闲剧及权重有着关联，也影响到郎官的诗歌创作。王永波《论唐代郎官与诗歌创作之关系》① 认为，郎官从社会角色、文化活动、文学创作、诗文革新等方面与唐代诗歌创作存在种种关系。从某种层面上讲，唐代诗人担任郎官时期创作的诗歌是较为成熟的，风格趋于定型，具有鲜明的时代特征。无论是作为集团还是个体，郎官对唐代诗歌的发展都起到了积极作用。作者又有《张九龄任职郎官期间的心态与创作》② 认为，盛唐诗人张九龄曾在开元七年（719）到十年（722）间在长安担任郎官，这段郎官生涯是他一生仕途中较为平稳的时期，对他在开元诗坛宗主地位的形成具有重要意义。建功立业与报恩明主的思想占据主导，同时坚守不屈己、不阿私，保持相对独立的人格精神。在诗文创作上，此期的作品不算突出，数量也不算多，但他在奉和应制诗及山水纪行诗方面颇有革新，在这两种题材的创作中融入了对时局和人生的思考，对盛唐诗坛影响较大。

继其《唐代中央文馆制度与文学研究》（齐鲁书社 2007 年版）《唐代文馆文士社会角色与文学》（中国社会科学出版社 2012 年版）之后，吴夏平又撰有《唐代文馆文士朝野迁转与文学互动》③，作者以唐代学官、史官、秘书省官员、“三馆”学士朝野迁转考证为基础，论述文士在朝廷与地方之间的迁转路径、方式及其与文学之关系。正如作者所云，制度与文学之关系的研究，已取得令人瞩目的成绩，形成具有特色的研究范式，但在其发展过程中也出现不少问题，比如未能对“与”的涵义进行充分理解和发掘，过于重视文学外部研究因而不能很好地解决文学内部的审美问题，制度与文学关系史的梳理偏于简单化和直接化等。有鉴于此，未来研究不仅要反思中国文学与西方文艺理论之间的适应性问题，更应重思制度起源，并由此建构新的研究理论和学术方法，在跨学科研究中尽可能避免知识性错误，及伪考据等现象。④这部著作正是其实践上述设想的佳例。

相关研究还有袁行霈《唐诗风神及其他》⑤《蠡测集——中国文学与文化的大时段研究》⑥、董乃斌《中国文学叙事传统论稿》⑦、姜剑云《文史探赜：古代文学纵横论》⑧、陈允锋《古典诗学述论》⑨、陈广宏《中国文学史之成立》⑩、何江涛《唐宋丹道文学简论》⑪、

① 《社会科学战线》2017 年第 11 期。
② 《青海师范大学学报（哲学社会科学版）》2017 年第 5 期。
③ 中国社会科学出版社 2017 年 12 月版。
④ 吴夏平：《“制度与文学”研究的成就、困境及出路》，《北京大学学报（哲学社会科学版）》2017 年第 5 期。
⑤ 黄山书社 2017 年 4 月版。
⑥ 中华书局 2017 年 11 月版。
⑦ 东方出版中心 2017 年 7 月版。
⑧ 人民出版社 2017 年 11 月版。
⑨ 中央民族大学出版社 2017 年 2 月版。
⑩ 上海古籍出版社 2017 年 3 月版。
⑪ 中国广播电视出版社 2017 年 3 月版。

徐乐军《唐诗与科举》[①]、张锦辉《唐代文人禅诗研究》[②]、尚永亮《诗映大唐春：唐诗与唐人生活》[③]、张靖华《唐代儿童诗歌研究》[④] 等。

（四）文艺视角研究

“诗思在灞桥风雪中驴子上”语出晚唐宰相郑綮，标志着灞桥意象由具体的情感指向到抽象诗思指称的转变。尚永亮、刘晓《“灞桥风雪驴子背”：一个经典意象的多元嬗变与诗、画解读》[⑤] 认为，这种转变既基于灞桥意象本身的成熟与深化，又受到晚唐清冷枯寂、骑驴苦吟诗风的影响和推动。灞桥与风雪、驴背所营造的诗歌创作情境，一方面契合了“诗穷而工”和“江山助诗思”的传统作诗经验，另一方面又溢出单纯的“诗思”范畴成为一种对诗人身份的认同，传达出主体渴望远离尘俗纷扰、坚守生命本真的志趣追求，因而成为宋元人吟咏不辍的诗思范式。在此过程中，孟浩然“灞桥骑驴”故实的演变与大量相关图画的流传不容忽视。作为诗人、寒士与高士等多重身份的交织，孟浩然形象在“灞桥风雪驴背”的语境中得到重新阐释与再创造，成为宋人笔下必然的“灞桥骑驴”诗人。而伴随文学故实接受的深入，《灞桥风雪图》也逐渐跳脱孟浩然的限制，在南宋成为重要的山水绘画题材。至此，灞桥意象本身的内涵虽趋于停滞和程式化，然其借助“风雪驴背”所衍生的文学情境和投射出来的文人意趣却在诗歌与图画之间蔓延渗透，显现出此一经典意象的持久生命力。

偏重文艺视角，普及性撰写的王晓磊《六神磊磊读唐诗》[⑥]，力求按照符合大众的审美水平来行文，从《全唐诗》的编纂写起，横跨从南北朝末期到唐朝的四百年历史，从谢朓、初唐四杰、宋之问、陈子昂、王之涣一路写下去，大致按照初唐、盛唐、中唐、晚唐的轨迹加以排列，重点是李白和杜甫，再往后写到白居易、李商隐，也有《武侠小说怎样用唐诗显得高明》《唐诗，就是一场太阳和月亮的战争》等。别出心裁地打破时间和空间上的限制，力求使叙事变得妙趣横生，加上独具所谓幽默风趣的写作风格，把一段段诗歌的起转承合、刀光剑影、爱恨情仇娓娓道来，不仅紧贴大唐历史，而且加之以丰富的细节，把诗人当成一个个鲜活的人来讲述，充满对人性、对官场、对世情的洞察。这些诗人刷着朋友圈，在儿女情长、世态炎凉、升迁贬谪、草莽英豪、离愁别恨、喝酒撸串的大唐人世间策马奔腾，令读者真切领略到大唐精彩绝伦的诗歌江湖，在忍俊不禁中重温到温暖而风雅的唐诗记忆。类似著作还有潘向黎《看诗不分明（增补本）》[⑦]、章雪峰《唐诗现场》[⑧]等。

---

① 暨南大学出版社 2017 年 11 月版。

② 中国社会科学出版社 2017 年 6 月版。

③ 北京大学出版社 2017 年 5 月版。

④ 天津人民出版社 2017 年 3 月版。

⑤ 《文艺研究》2017 年第 1 期。

⑥ 北京十月版文艺出版社 2017 年 7 月版。

⑦ 生活·读书·新知三联书店 2017 年 10 月版。

⑧ 山东文艺出版社 2017 年 12 月版。

张之为《唐诗与音乐》[①]从乐人、歌唱、舞蹈、乐器等音乐主题切入，分析以音乐为诗歌主题的相关诗篇，并从音乐的创作、演绎场合、演绎形式、演绎工具方面分析唐诗与音乐的关系。白居易爱好音乐，精通乐律，不仅作有《琵琶行》等优秀的音乐诗，而且在诗文中阐发了不少音乐主张和理论，包括礼乐治国思想、通达开明的礼乐沿革思想、对新兴音乐（胡乐）以及传统音乐（古乐）的态度、对音乐表演中艺、法、情关系的认识等。贺威丽《论白居易的音乐主张和理论》[②] 认为，总体来看，白居易的音乐理论和主张具有积极性、保守性和矛盾性的特点。凭借自身深厚的艺术修养和极高的艺术造诣，以及通达开明的思想理念，白居易在音乐以及与音乐有关方面的见解和领悟是许多同时代人所不能比拟的。白居易提出了不少真知灼见，尤其是他的“太平由实非由声”以及“始知乐与时政通，岂听铿锵而已矣”的观点，具有积极意义。但诗人显然又不能完全突破自身认识的局限，在对待新乐的态度上又显得保守消极，甚至与自己的某些观点相矛盾。李成秋《白居易的音乐实践》[③] 认为，白居易的音乐实践十分丰富，主要包括欣赏评论音乐舞蹈作品、弹奏琴筝、演唱歌曲、创作新的音乐舞蹈作品四种方式。通过白居易的诗歌来研究他在音乐方面的实践情况，有助于全面立体地理解诗人白居易，也是打通文学与音乐跨学科研究的一种尝试。李建栋《从琵琶乐到诗中乐：元稹声诗的转换》[④] 认为，元稹的乐学造诣精深，不仅与众多乐师、歌工私谊笃厚，而且熟知多种乐曲、乐器及旋宫转调等乐学理论。其笔下琵琶乐与诗中乐的衔接纽带是情感。基于吐蕃东渐、胡乐舞流行、元稹东台司宪后一再被贬的实际情况，他笔下的琵琶乐亦多表现出忧时伤己的悲情倾向。描写是元稹笔下琵琶乐到诗中乐转换的基本方式，可分为外在感观描写、内在情感刻画两种类型。听觉、视觉等感观描写，将不可触摸的琵琶乐音符变成可听、可见的具象，琵琶乐遂形象、生动。侧面烘托、情感接力、意境转换等情感的间接刻画，完成琵琶乐情感到诗中乐情感的微妙转换，乐情与诗情遂融会贯通、浑然一体。以情感为纽带、描写为转换方式，是唐声诗中诗乐转换的一种定式。

陈才智《生死·爱恨·天人——〈长恨歌〉的谜与魅》[⑤] 认为，不同于《琵琶行》咏写知音之叹，《长恨歌》咏写天人之恨——生死脱蒂于爱恨，爱恨长萦于天人，这是《长恨歌》的不朽魅力所在。《长恨歌》之魅，与《长恨歌》之谜，是一个问题的两个方面。《长恨歌》之谜在其主题，《长恨歌》之魅在其视角。《长恨歌》的作者，其视角偏于客观，叙述中蕴含抒情，相对知性，《琵琶行》的作者，其视角偏于主观，叙述乃为了抒情，相对感性。二者均有叙事成分，只是《琵琶行》的故事事出偶然，偶然遇到陌生的异性知音，是现实题材；《长恨歌》的故事事出必然，必然因重色而思倾国之恨，是历史题材。现实题材的《琵琶行》，在偶然中亦因主人公白居易之“多于情”而存在必然；历史题材《长恨歌》，在必然中亦因作者视角的别样而存在偶然。

图像化的传播途径，是接受史研究的一个途径。继《白居易诗歌的图像化传播——以

① 暨南大学出版社 2017 年 9 月版。
② 《临沂大学学报》2017 年第 5 期。
③ 《艺术科技》2017 年第 6 期。
④ 《文艺研究》2017 年第 4 期。
⑤ 《文史知识》2017 年第 3 期。

明代〈琵琶行〉书迹著录与流传为中心》[1] 之后，陈才智《清代〈琵琶行〉书迹著录与流传》[2] 认为，形态与风格各异的《琵琶行》清代书迹，包括题跋等，是《琵琶行》接受史研究的重要领域。这些书迹和题跋等，丰富了《琵琶行》原作的内涵，扩大了其艺术表现，在各自不同的文化环境里，生发出新的魅力。在清代书法家笔下，《琵琶行》转化为与诗画并胜的艺术形式，呈现出与诗歌意境相互补充的美感。通过这些《琵琶行》书迹的探研，不仅可以比勘不同版本文字流传之异同，还可窥见不同地域的不同书家，如何处理相同的书写内容，这无疑可以加深我们对《琵琶行》经典化这一问题的认知。

白居易研究会编《白居易研究年报》第 17 号之“书迹与绘画”特集[3]收后藤昭雄《尚齿会绘画》、查屏球《从西域佛到东土隐士：宋代维摩诘图题诗的变迁》、小林宏光《鸟窠白乐天问答图与白居易像的行方》、衣若芬《无学祖元赞『白乐天像』的文图学研究》、泉纪子《白居易诗与伊势物语》、池泽一郎《田能村竹田与白居易》、陈翀《尊圆亲王笔白氏诗卷的文献价值》、文艳蓉《白乐天诗文书迹拓本的古记录》、张砚君《白乐天文殊化身说的生成与展开》等等。《白居易研究年报》第 18 号之“饮酒与喫茶”特集[4]则主要以白居易饮酒与喫茶研究为专题，旁及韦应物的茶诗及日本中世纪禅林文学与茶相关的典故研究。

1992～1993 年，中国社会科学院考古研究所洛阳唐城队对履道坊白居易宅院遗址进行了大规模的考古勘察和发掘，[5]其中在南园出土的残石经幢，弥足珍贵，对于研究白居易的生活与创作情况其有重要意义。经幢为六面体，六面均刻有楷书汉字，其中一至三面刻《佛顶尊胜陀罗尼》的咒语，四至六面刻《大悲心陀罗尼》的咒语及题记。温玉成《白居易故居出土的经幢》（《四川文物》2001 年第 3 期）曾考证残经幢《佛顶尊胜陀罗尼》与《大悲心陀罗尼》为白居易晚年书写，但只是推断，并无直接和明确的证据。韩建华《唐东都洛阳履道坊白居易宅院出土经幢研究》[6] 对白居易宅院出土经幢的经咒内容进行全面释读，并判定其版本认为，经幢是白居易为“同发菩提共成佛道”而建造的，刻写的是《佛顶尊胜陀罗尼经》和《大悲心陀罗尼经》的咒语部分，是有关白居易居洛期间的重要实物资料，是研究晚年白居易佛教信仰及其生活、思想不可或缺的重要资料。

刘青海《李商隐“元气自然论”及其尚真、任情的诗歌思想》[7] 认为，“元气自然论”是李商隐诗歌本源论的核心表述。作为一种受道家影响明显的美学思想，“元气自然论”是对传统儒家以政教为基本功能的文学思想的一个重要补充，李商隐借此提出他自己不同于韩愈一派古文家的文学起源论和文道论，其所包含的尚真、任情的审美思想，是造就李诗在题材与风格上的独特性的重要原因，也由此形成李诗整体上的“缘情”特征。其他相关著作还有吴怀东《诗国花开——唐诗美感的流变》[8]等。

---

① 《安徽大学学报》2015 年第 5 期。
② 《吉林师范大学学报》2017 年第 5 期。
③ 东京：勉诚社 2017 年第 1 月版。
④ 东京：勉诚社 2017 年第 12 月版。
⑤ 《洛阳唐东都履道坊白居易故居发掘简报》，《考古》1994 年第 8 期。
⑥ 《考古》2017 年第 6 期。
⑦ 《文学评论》2017 年第 6 期。
⑧ 安徽文艺出版社 2017 年 1 月版。

（五）文学地理研究

江山之助，文学发展之动力。2017 年在文学地理学研究方面，丝绸之路与文学关系方面格外引人关注。丝绸之路的对外交流在唐代达到顶峰。苏宁《唐诗中的丝绸之路与天府之国》[①] 认为，通过唐诗与历史文献、考古发现的互证可以看出，天府之国通往西域的丝绸之路不仅真实存在，而且曾经是那样的意气风发，丰富多彩。一方面，丝绸之路所带来的社会变化、文化风尚为唐代巴蜀诗歌、宫廷乐舞等文学艺术创作带来多维影响。另一方面，通过丝绸之路的连接，巴蜀文化的深厚积淀与丰富内涵深深影响了唐代的文化。唐诗为巴蜀文化与丝绸之路的灿烂历史提供了可靠见证。米彦青《草原丝绸之路上的唐诗写作》[②] 则认为，草原丝绸之路地处边陲，在交通不够发达的古代，亲身经历异域自然景色和独特民俗的体验，与坐守乡园的想象，在改变了诗人诗歌气质的同时，也共同促进了草原丝路上的咏物、写景、民俗类诗歌的发展；而草原丝路上的文学创作又为草原丝路文化的形成从文人情怀与诗意人生的角度进行了建构。

元和十年（815）闰六月至十四年（819）正月，元稹在通州（今四川达州）做了三年半的司马。作为贬谪闲官，闲诞无事，遂专力于诗章。在诗文状写通州的地理环境、社会现状、虫蛇猛兽、食货物产和民俗风情。陈正平《司马元稹笔下的通州风土人情》[③] 认为，这些描写染上了元稹个人的感情色彩，流露了他独特的通州情怀，留下一幅当年的通州印象。

白居易一生在宦海沉浮，出仕各地，足迹遍及大江南北，其诗歌创作，明显受地理环境的影响。白居易为母丁忧时长期在下邽居住，遭到贬谪时在江州地区游历，晚年在洛阳终老，他在上述三个地区的创作的诗歌，与当地的环境有密切的关系。林雪《白居易诗歌文学地理解读》[④] 从文学地理学的角度，解读白居易在渭南时期、江州时期以及晚年隐居洛阳时期的诗歌创作，并进一步探讨了地理景观对白居易创作和思想的影响。相关论文还有霍宏伟《白居易的诗城》[⑤] 等。

白居易建中三年随家移居徐州符离县，其居住地即在运河边的埇桥附近。滕汉洋《运河环境、寄户身份与白居易符离修业生活考论》[⑥] 认为，运河边的生活环境对白居易思想和创作也产生很大影响，其《策林》《百道判》等早期与科考相关的作品中对于运河漕运、商业、民俗等问题的关注，即融入了符离时期的见闻和感受。

刘建建《古徐州的生活经历与白居易的文学创作》[⑦] 分析说，在 75 年人生经历中，白居易曾多次往来古徐州，客居此地长达 22 年，与古徐州结下不解之缘。这里的人文风物为白居易的诗文创作提供了大量素材，白居易为此地倾注了无限深情，在其诗作中得到了淋漓

---

① 《文学评论》2017 年第 4 期。
② 《文学评论》2017 年第 1 期。
③ 《四川文理学院学报》2017 年第 4 期。
④ 《北方文学（下旬）》2017 年第 7 期。
⑤ 《文史知识》2017 年第 10 ~ 12 期。
⑥ 《南京师范大学文学院学报》2017 年第 2 期。
⑦ 《安徽文学（下半月）》2017 年第 3 期。

尽致地展现。

学者历来认为白居易迁谪江州，是其政治与文学生涯的重要分水岭。廖文华、陈小芒《白居易江州诗文的多重地理空间建构》① 分析说，白居易江州诗文中的地理空间是多元且复杂的，自然地理空间侧重勾描山川地理环境；人文地理空间重视社会空间与人际关系的构建；心理地理空间则较多描摹现实地理空间影响下的作家心态或心境。白居易江州诗文中的地理空间具有重叠性和交叉性，其文学地理空间的建构也呈现出由近及远、先小后大的拓展深化的特征。

元和十年（815）的江州之贬，是白居易发现吏隐价值的契机，他在嗣后任职忠、杭、苏等州过程中，自觉地践行吏隐的生活方式。滕汉洋《制度夹缝中的自得与从容——白居易州郡任职时期的“吏隐”生活考论》② 认为，在白居易作为地方长官的日常生活中，严格的衙鼓制度使其成为躬亲庶务的循吏，宽松的旬假制度又为其享受私人生活提供了时间保证。在制度夹缝中平衡吏与隐的矛盾，追求自得与从容，是白居易在为官过程中寻绎到的生活智慧。这段吏隐生活实践，对于白居易正式提出中隐观具有先导意义。

李俊、滕峥《论白居易谪居忠州期间的人生心态》③ 认为，白居易在忠州刺史任上勤于政事，但对于一向“外服儒风”有更大政治抱负的诗人来说，仍有沦落天涯的弃掷感。白居易忠州期间种树栽花之举，可视为诗人在遭遇现实挤压之后对“内宗梵行”人生理念的践行；此间的饮酒、优游之举，其实也是诗人超越眼前苦难、避祸全身的人生策略。相关论文还有柳向阳《白居易西去三峡》④ 等。

邓小军《白居易〈卖炭翁〉与陈寅恪课堂答问》⑤ 认为，白居易《卖炭翁》诗中的唐代长安地理背景具备真实性。宋敏求《长安志》、吕大防《长安图》、当代唐长安城考古发现，对于了解《卖炭翁》诗中东市—大明宫地理，具有决定性作用。《卖炭翁》具有突出的故事性，包括情节发展的铺垫与突变，同时通过生动传神的人物容貌、动作、心理描写，刻画出勤劳、朴实的卖炭翁形象，霸道、轻佻的宦官形象。

白居易以园林建筑为题材创作了一些诗歌作品，成为其精神世界的艺术书写。崔晶、王金伟《园林建筑诗：白居易精神世界的一种艺术书写》⑥ 认为，白居易诗中的亭台楼阁堪称其身心的栖息地，从多方面反映出其精神世界，由此可见白居易崇尚闲适的人生态度、中隐的生活追求，内向性与柔弱性的人格品性，以及对园林的文化关注。

相关研究还有洪迎华《唐两京与文学创作的文化学考察》⑦、王永莉《唐代边塞诗与西北地域文化》⑧、李振华与丁慧琴《唐诗诞生的地方》⑨、严寅春《唐五代涉蕃小说整理与研

① 《江西社会科学》2017 年第 5 期。
② 《盐城师范学院学报（人文社会科学版）》2017 年第 3 期。
③ 《重庆三峡学院学报》2017 年第 5 期。
④ 《中国三峡》2017 年第 2 期。
⑤ 《安徽师范大学学报（人文社会科学版）》2017 年第 4 期。
⑥ 《山东广播电视大学学报》2017 年第 2 期。
⑦ 中国社会科学出版社 2017 年 3 月版。
⑧ 西北工业大学出版社 2017 年 1 月版。
⑨ 山东画报出版社 2017 年 1 月版。

究》[①]、王兆鹏《唐宋诗词中的武汉》[②]、高人雄《汉唐西域文学研究》[③]、彭志强《秋风破：杜甫踪迹史诗歌传记》[④]等。

（六）接受影响研究

韩达《论唐代诗人对陶渊明的接受》[⑤] 认为，由于诗人本身的志趣不同，唐代诗人对于陶渊明的接受大致可以分为两种态度，一种是赞赏其隐逸出世的独立精神，另一种则不满于其远祸避世的消极姿态。而不同时期的文人则根据时代背景和个人境遇的不同扬弃式地接受陶渊明的影响，这使得唐代的陶渊明接受史呈现出强烈的个体差异性特征。文章通过梳理唐人诗文中的陶渊明形象，揭示这种褒贬共存的复杂感情背后仕与隐的深层矛盾，并从类书对于陶渊明的征引情况入手，探讨唐人对于陶渊明普遍理解不深的弊病及其原因。

刘青海《论唐代怨刺诗学的发展历程——以李、杜及其接受为中心》[⑥]认为，李、杜是盛唐怨刺诗学的代表人物，皆标举风雅，推崇微婉。但李多用比兴，而杜多直接赋写，艺术上有隐、显之别。中唐元、白重倡风雅比兴，以六义为标准，主要受杜甫、元结这一派影响，具有明显的功利主义倾向。元、白新乐府皆学杜甫，各有取径，白居易成就更高。李商隐越过汉儒诗教，将怨刺诗学直接《诗经》，创作上具有直言无隐、放言无忌的特点，故不免招致思无不邪的批评；不过，他兼学李、杜而能变化，既能深广地反映现实，又在艺术上颇为隽永，由此成为唐代怨刺诗学的又一大宗。

纵观杜甫人生遭遇，他对陶渊明的认识、评价、接受，因其自身处境的变化而呈现不同的态度。黄小珠《罢官流徙与典范选择——杜甫对陶渊明的接受与诗学转型》[⑦]认为，入蜀之前的罢官经历以及迁徙漂泊的生活遭遇，使得杜甫在相对安适的草堂环境中，在生活行迹上有意效仿陶渊明。与此相应，草堂时期的诗歌创作亦深受陶诗的影响。遣兴与漫与成为这一时期主要的诗学追求，创作题材亦转向描写琐细平凡的乡居生活。草堂诗因其表现日常生活的真切性和凡俗性成为杜诗创作的一个转型期，反映了唐宋诗歌发展的一个新的走向。

陈才智《杜甫对白居易的影响——以咏物诗为中心》[⑧] 认为，白居易是杜诗当之无愧的"第一读者"。对于杜诗的创作态度，杜诗的写实精神，杜诗的种种艺术手法，如造语遣辞、音律节奏、篇章结构等，白居易也是有意识的追慕乃至崇拜者，学习因而继承其衣钵者。就咏物诗而言，杜甫对白居易的影响，最突出的一点是托物寓意，托物兴寄。其次是即物抒怀，托物寓怀。杜甫咏物诗熔状物、写景，叙事、抒情、议论于一炉的特点，对白居易亦有深广之影响。此外，影响还表现组诗咏物、诸体皆备、题材广阔等方面，以及许多具体的描

---

① 民族出版社 2017 年 11 月版。

② 武汉出版社 2017 年 4 月版。

③ 新疆人民出版社 2017 年 1 月版。

④ 人民日报出版社 2017 年 10 月版。

⑤ 《中北大学学报（社会科学版）》2017 年第 1 期。

⑥ 《文艺研究》2017 年第 8 期。

⑦ 《中国诗歌研究动态》2017 年第 2 期。

⑧ 《杜甫研究学刊》2017 年第 2 期。

写之中，可谓袭其面貌而得神味者。

乾元二年（759），杜甫弃华去秦，流寓陇蜀，成为其人生经历的转折点，也造就了其陇右诗歌创作的大丰收。曾绍皇《论杜甫陇右诗的清人未刊评点》①以数十家杜甫“陇右诗”的清人未刊评点为对象，剖析杜甫陇右诗清人未刊评点的历史贡献：从文学视角审视杜甫陇右诗的基本特征；用史学眼光洞悉杜甫陇右诗的源流正变；以汉学工夫对杜甫陇右诗的前人笺注纠摘疵谬；以批评家意识发掘杜甫陇右诗歌评点涉及的诗学理论。作者认为，杜甫陇右诗的清人未刊评点作为清代杜诗学史的有机组成部分，不仅开拓了地域视野下杜诗文本研读的思维与路径，展现了清代杜诗学在传统刻本文献之外原生态演进的多样性和复杂性，而且是重要的第一手杜诗学、文学批评史资料。

沈文凡《杜甫韵文韩国汉诗接受文献缉考》②广搜博徵，缉录韩国中世、近世、近代时期汉诗接受杜甫创作之原始稀见文献，加以校阅缉考，以诗系人，以人系时，将韩国历史中、近世、近代时期（公元 918 年—1945 年）数百年间效杜之诗人诗作依年编次，并一一标列诗人生卒年份及诗歌体裁、选集出处，凡录诗人五百余，诗作近四千，煌煌八十五万字，可谓杜甫韵文韩国汉诗接受文献缉考与研究并美之专著。

接受学视野下的白居易研究，从现代学术意义上讲，始于异域日本，日语称为“受容”，东京勉诚社 1994 年出版的《白居易研究讲座》第三、四、五卷，即日本对白居易的受容和围绕白诗受容的诸问题。若以鉴借西方接受学理论而言，则始于 20 世纪末，代表论著有《〈长恨歌〉接受史研究》《中唐元和诗歌传播接受史的文化学考察》《白居易与宋代重“意”“理”的诗学发展：宋人对白居易〈长恨歌〉的接受与详论》等。近年来更涌现出一大批相关论文，而全面系统的梳理和研究尚付阙如。陈才智《白居易接受史研究论略》③ 认为，白居易接受史研究，一方面生根自本土，一方面需要借镜于异域。其研究的范围，涉及以白集文献整理者为主体的白集编纂史，以历代白居易诗文选本与评点为主体的选本沉浮史，还有以普通读者为主体的接受效果史，以文学作品为主体的作品效仿史，以文学批评家为主体的作品评论史，以作家为主体的接受影响史，这六个方面大致涵盖了白居易接受史研究的范围。从时间线索上展开的接受史研究，与从空间领域展开的诗迹研究加在一起，一纵一横，是未来白居易研究值得大力拓展的两个方向。随着其接受史研究的深入开展，白居易在文学史上必将获得新的理解与认知。

白居易具有十分自觉的文学传播意识，黄俊杰《白居易的文学传播意识与其作品传播之关系》④ 认为，从现代传播学的角度看，他的传播意识涉及受众、传播效果、传播方式、大众传播等范畴。这些均可在他的以《与元九书》为代表的诗文自述中得到印证。同时，白居易这种自觉的文学传播意识对于他作品的创作数量与存留数量均具有较为重要的主观性作用，并因此影响到他的文学史地位。魏娜《论白居易诗歌自注与诗歌传播间的关系》⑤ 对

① 《文学评论》2017 年第 4 期。

② 吉林大学出版社 2017 年 2 月版。

③ 《苏州大学学报》2017 年第 1 期。

④ 《北京化工大学学报（社会科学版）》2017 年第 1 期。

⑤ 《新疆教育学院学报》2017 年第 2 期。

白居易诗歌自注相关成果进行梳理，论述了白居易诗歌自注中传播意识的表现，探讨了以注传诗的原因，并剖析了白居易以注传诗的得失认为，白居易通过作注方式在很大程度上实现了对诗歌中情、事、理的有效传播，为诗歌文本中情感的激活构建了时空场景，保存了重要的历史事件和当时的民风民俗，对尚实务尽诗歌理念也是一种诠释，但削弱了诗歌的内在意蕴，也势必制约读者的创造性阅读。

白居易在宋代的影响与接受研究方面，殷海卫《宋代白居易接受简论》[①] 认为，宋代文人出于不同的政治情怀、人生态度、生活方式等，对白居易忧国忧民的精神、放达乐观的人生态度、中隐自在的生活方式等都加以认可和接受，他们学习白居易不同的诗体与表现技法，学习其诗平易自然的语言，表现不同的生活题材等，并在思想情怀、审美表现等方面不断超越。在影响与接受中，彰显了两代文人的思想性格特征、生活状况、审美追求等。

王禹偁诗学白居易，是宋初白体的主要代表。张小明《论王禹偁对白居易诗风的变革》[②] 认为，宋初唱和诗风盛行，王禹偁亦受此影响，较多地学习元白唱和诗的作法，但他能变元白唱和诗重音韵技巧为重风雅兴寄；王禹偁注重学习白居易讽谕诗，其诗能直面现实，但能变白居易讽谕诗重就事论事为就事而能生发；王禹偁同时变白诗轻艳、浅切为“清其格态，幽其旨趣”。尽管王禹偁的变革是局部的，但在变革中起着引领北宋诗歌创作风气的作用，为真正意义的宋诗创作导夫先路。

以白居易为代表的白体，原指白诗自然、浅易之风格，薛瑾《北宋“白体”诗风演变关捩——以张耒“效白居易体”为中心的考察》[③] 认为，白体在北宋的演变历程，与时代心理、主体意识、人格力量密切相关。张耒用儒释精神重构了原以苦县之学为思想基础的白体诗风，其闲适的内涵，演变为党争下外王追求落空后转向内圣的精神补偿。自张耒拟作白体后，宋人学白，把儒学经世视域纳入白体之闲适范畴，宋代党祸频频，为贬谪失意下仍无所悔恨的士大夫提供了陶渊明以外另一个心灵栖息之所。查秀芳《浅析白居易与吴嘉纪诗歌之异同》[④] 则从诗歌内容和艺术手法两方面，论述了清初东陶诗群代表、遗民群体中自成一家的诗人吴嘉纪与白居易在诗歌创作上同异共存的地方。相关论文还有陈才智《元代西域诗人对白居易的受容》[⑤] 等。

白居易创作诗歌注重写实、崇尚通俗，对后世通俗文学产生了重要影响。王有景《论白居易在元明清戏曲中的形象变迁——以〈琵琶行〉所改编的戏曲为中心》[⑥] 认为，《琵琶行》一诗广泛流传并在元明清时期被改编成多部戏曲，诗人自己也作为主人公走进戏曲，而其戏曲形象又随着时代的发展有着不同的面貌，经历了由痴情才子到落寞士子的形象演变。

最晚在公元 815 年前后，白居易诗已经传入日本。从元白在日本平安时代的受容状况，

① 《渭南师范学院学报》2017 年第 3 期。
② 《海南大学学报（人文社会科学版）》2017 年第 2 期。
③ 《吉首大学学报（社会科学版）》2017 年第 2 期。
④ 《语文教学通讯·学术刊》2017 年第 6 期。
⑤ 《走上丝绸之路的中国文学》，社科文献出版社 2017 年 7 月版。
⑥ 《陕西教育（高教）》2017 年第 2 期。

可以了解其在域外的深远影响。文艳蓉《“元白”在日本平安时代的受容》①指出，在日本平安时代，元白深受好评。二人诗文集进入日本后共同流传、共同受容，很快成为平安文人最为崇拜的诗人。平安朝文人常以元白来自诩或高度评价他人，甚至在梦中同时拜谒元稹与白居易。在创作上，他们利用元白来革新当时的诗风，学习元白的诗歌唱和方式与诗歌语句。元白在日本平安时代的流行，对于重新评价和审视元白有重要的参考作用。文艳蓉《日本和歌理论对白居易的受容——以〈古今和歌集序〉与〈文集百首〉为例》②又以纪淑望译、纪贯之所作《古今和歌集序》和慈円《文集百首》为例，探讨和歌理论对白居易诗论的受容。文章认为，《古今和歌集序》完全模拟白居易《与元九书》诗论部分的结构和语言，并化用其诗歌理论概念，虽未能完全融会贯通，却也是次有益的尝试；平安末镰仓初的慈円在《文集百首》跋文中也吸收了白居易晚年以世俗文字结后世佛法缘的文学思想，在选录白居易诗歌时多关注其表达人生虚幻、生死无常以及通过佛教来拯救人生苦痛的诗歌，昭示着镰仓文学对白居易受容的新风向。

日本平安时代诞生了世界上最早的长篇小说《源氏物语》。作者紫式部自幼学习汉文学，十分喜爱白氏诗歌，而其中《长恨歌》对其影响最深。梁桂熟、杨乔君《白居易诗歌中道教思想对〈源氏物语〉的影响——以〈长恨歌〉为例》③从白居易《长恨歌》出发，考察其中的道教思想对《源氏物语》的影响。作者认为，《源氏物语》的创作在一定程度上受到《长恨歌》的影响。《长恨歌》全诗遍布道教思想，贯穿着玄幻、浪漫的色彩。相关成果还有屠颖、丁晨蕾、刘辰昀《论菅原道真对白居易的受容》④、坚白《为什么白居易在日本备受推崇》⑤、黄华珍《白居易诗歌的魅力及其内在的道家思想——兼谈白诗在日本的影响》⑥等。

张震英、白爱平《唐韵的阐扬：姚贾的理论内涵及传承影响研究》⑦以时间为经，以问题为纬，多层面多角度对姚贾并称进行剖析和解读，对姚合、贾岛的研究由晚唐五代推向宋、元、明、清各代，由以往的诗人个案分析层面，推向诗人并称与群体研究层面，由诗文诗史的阐释层面推向理论批评层面，对学界深入认识姚贾的内涵外延以及在文学史中的传承影响等问题有重要的借鉴意义。魏强《清人选唐诗研究》⑧考察清代唐诗选本的编选特征、编选动因等，总结了清人选唐诗的特点，分析了其繁盛的原因；从清人选唐诗的内容、编辑理念等角度分析了清前期、后期学唐诗的诗学特征；从清人选唐诗的选诗与选人角度考察了清人选唐诗的接受特征。相关研究还有孔敏《唐代小说在明清时期的传播研究》⑨，作者意在通过探究唐代小说在明清时期的传播问题，展现唐代小说的面貌与成就，并展现出中国古

① 《学术探索》2017 年第 10 期。
② 《中国文化研究》2017 年第 4 期。
③ 《牡丹江大学学报》2017 年第 2 期。
④ 《文教资料》2017 年第 9 期。
⑤ 《文史博览》2017 年第 12 期。
⑥ 收入《知性と創造：日中学者の思考》，日中人文社会科学学会 2017 年 8 月版。
⑦ 人民出版社 2017 年 12 月版。
⑧ 苏州大学出版社 2017 年 8 月版。
⑨ 商务印书馆 2017 年 6 月版。

代小说自觉意识形成之后的发展脉络，以及各时期小说之间的承继、影响关系。

（七）文体文类研究

葛晓音《唐诗流变论要》[①] 一书从历次诗歌革新的背景思潮、儒学玄学思想的影响、文人行为方式和观念取向的演变等多种视角，对南朝至盛唐诗歌发展的若干外部原因提出独到见解；结合诗歌体式内部规律的探讨，着重研究初盛唐五言古诗、新体诗、歌行、五七言律、绝句等各种诗体的发展规律。力求紧扣这段诗歌史上的若干关键节点为一些重要文学现象寻找最贴近历史的解释，反映出对唐诗流变前因后果的多种思考角度。另外专门聚焦杜甫，葛晓音又有三篇相关论文从不同角度探讨杜诗的体式。其中《杜甫长篇七言“歌”“行”诗的抒情节奏与辨体》[②] 认为，杜甫的七言古体按诗题分为“歌”诗、“行”诗和非歌行题三类，有其明确的辨体意识。“歌”与“行”都有咏物、咏事及咏人等主题集中的歌咏对象，其抒情节奏主要是以咏叹语调贯穿并呈现层波叠浪的推进方式。二者体调的区别在于节奏幅度和抒情脉络的不同，但其共性决定了“歌”与“行”可以合成“歌行”一体。杜甫非歌行题的七古有部分与歌行体调相同，但另有一部分七古，没有集中的歌咏题目和抑扬起伏的节奏波澜，而是突出了散句单行的线性节奏，脉络紧凑和连贯更接近五古。杜甫发现了“行”诗和节奏与之相近的七古适宜连贯叙述的特性，开创了以七古和“行”诗反映时事的范例，使原来没有叙述和议论传统的七古扩大了表现功能。《杜甫七绝的“别趣”和“异径”》[③] 从杜甫创作七绝的情绪状态和抒情基调着眼指出，杜甫在七绝中追求的“别趣”，主要表现为善于捕捉自然景物中的生机和人居环境中的雅趣，尤其突出地呈现了诗人放达幽默的性情和风致，以及对深层审美感觉的追求。同时他追溯到七绝的源头，突破传统作法的禁忌，以各种“创体”辟出“异径”，体现了杜甫对七绝表现原理的独到认识。尽管这些探索有得有失，但能充分发掘出七绝的表现潜力，并在盛唐七绝推崇情韵的传统审美标准之外开出“趣多致多”的新境界，为中晚唐和宋人展示了七绝发展的广阔空间。《从五七古短篇看杜诗“宪章汉魏”的创变》[④] 认为，历代不少诗家独推杜甫“宪章汉魏”的原因，除了杜甫新题乐府和长篇五古咏怀诗的突出成就及其与盛唐诸家学习建安体的差异以外，还可以从他的五七古短篇中寻找。其短篇五古没有沿袭陈子昂《感遇》和李白《古风》以组诗咏怀的传统，而是在多种题材中活用汉乐府、古杂诗和古谣谚的创作原理；其短篇七古歌行也融入了汉魏五古中的兴寄和杂言汉乐府的遗韵，这就使其短篇五七古的体调更接近早期汉诗。

杜晓勤《六朝声律与唐诗体格》[⑤] 对齐梁以来的声律问题进行深入的专题研究，虽不是完整的诗律史，但是所涉及的都是声律领域最关键的问题。无论是思路、方法、观念还是文

---

① 商务印书馆 2017 年 4 月版。

② 《文学遗产》2017 年第 1 期。

③ 《文学评论》2017 年第 6 期。

④ 《北京大学学报（哲学社会科学版）》2017 年第 3 期。

⑤ 北京大学出版社 2017 年 3 月版。

献、材料、视野等，有许多新特点。尤其是“大同句律形成过程及与五言诗”一篇，由单句句律的变化到节奏型的演变再到诗句的表达功能，一步步逆推，抽丝剥茧，将永明体到近体演变的关键节何以在梁大同年间出现的原因阐释得淋漓尽致。崔炼农《乐府歌辞述论》① 运用目录研究法、相近事物比较法、分类统计法和表格法等多种方法，探索乐府歌辞体制，对乐府民歌进行研究，这些看法，为更大范围的歌辞研究提供了可靠的参照。李爽、魏学宝《白居易半格诗规制考》② 认为，白居易作为元白诗派的代表人物，创造了半格诗这一新的诗体，融合古体诗和近体诗的格律规范于一体。就字数而言，半格诗不受字数限制，多用12句、16句、20句等句数类型；就平仄而言，合律诗句和不合律诗句同时存在且比重大致持平，多用粘对律和拗救；就用韵而言，其韵式分为一韵到底、邻韵互押和中途换韵三种，平声韵部使用频率较高；就对仗而言，主要分为律诗的工对、古体诗的对仗和无对仗等三种类型。其规制介于古体诗和近体诗之间，别具一格，“似古非古，似律非律”，为古典诗歌的发展注入了新的活力。

“转韵律体”是张培阳在《文学遗产》2016年第2期《论七言转韵律体的体制特征——兼及律体的判定标准》一文中提出的概念，吴淑玲《慎用“转韵律体”概念》认为，“转韵”是歌行体的特点，“律体”一般意义上指向“律诗”（含合律的绝句），张文所言“转韵律体”，其实质是有较多律句夹杂其间的歌行体诗。“转韵律体”一词，中心词是“律体”，是与“歌行”完全不同的概念，用“转韵律体”概念，容易混淆歌行体诗和律诗的概念内涵，应该慎用。作为歌行研究的力作，薛天纬《唐代歌行论》认为，元稹对歌行的理解是“新题乐府”，而白居易所理解的歌行是“新题乐府”和“歌辞性诗题”的“非乐府歌行”。宋振锟《元、白歌行观再认识——以〈唐代歌行论〉为中心》③ 在前文结论的基础上，对于元、白歌行观给予新的认识。

杜甫诗云：“王杨卢骆当时体，轻薄为文哂未休。”但四杰骈文之“当时体”的内涵究竟是什么，似罕见有确切而翔实的论析。祝尚书《论初唐四杰骈文的“当时体”》④ 认为，所谓“当时体”并无太大的新异处，只因他们典故化的撰述方式，从而引发文章在结构、写法等体制上的某些变化，是它最显著的特征。说得直观些，比如《杨炯集》，原书字数不过十万多，用典却近万条，若给典故作注，字数将超百万，足以编成一部颇具规模的类书。这也许是“当时体”被盛唐人诟病的主要原因。

对中唐古文家文道观的研究与阐释，自20世纪以来经历了复杂的变化。从内容与形式之关系来理解文道关系，是流行的阐释视角，但其中存在简单化的决定论倾向。为克服这一局限，海内外研究者进行过多方面的探索。最近20多年来，对“文”的思想史意义的思考，吸引了学界的兴趣，刘宁《中唐古文家文道观研究之反思》⑤ 结合包弼德《斯文：唐宋思想的转型》及林少阳《“文”与日本的现代性》（中央编译出版社2004年版）、

---

① 人民文学出版社2017年6月版。

② 《中国石油大学学报（社会科学版）》2017年第6期。

③ 《名作欣赏》2017年第3期。

④ 《文学遗产》2017年第5期。

⑤ 《华南师范大学学报》2017年第4期。

陈赟《“文”的思想及其在中国文化中的位置》(《中国文化研究》2006年冬之卷)三文认为，有关研究受到语言哲学、过程哲学和概念史等丰富理论视角的影响，对深化文道观的阐释多有启发，其间的局限也值得反思。作为中唐一代文宗，元稹“制”体政论文为人所熟知，祝丽君《元稹政治诗文浅释》[①] 选取其较少被讨论的政论文《对才识兼茂明於体用策》进行研究认为，元稹政论文出于干预现实政治之目的，具有强烈的现实针对性。其政治诗常以动物喻人，颇多象征意味和私人情怀。相关研究还有张超《初唐诏敕文研究》[②] 等。

谢桃坊《唐宋词的定体问题》[③] 认为，早期的词集里出现若干词调之作品在字数、句式、字声平仄和用韵的差异，以致词学界自来即有“花间诸词无定体”之说。唐宋词定体即词的体制格律建立是有一个过程的。在敦煌曲子词里已有律词的出现；在花间词里虽有一些词调存在较多的别体，但常用的小令已经定体，并为宋人沿用；在柳永词里虽有不同宫调之词调的词体制差异，但同宫调同词调之作品多是格律严密的律词。律词产生于盛唐，经晚唐五代的发展，在北宋时期此种文学样式的体制基本上确立。彭国忠《唐宋词与域外文化关系研究》[④]探讨唐宋变革语境下，域外文化对唐宋词的影响及其在唐宋词中的表现形态，唐宋词人对待域外文化的心态，以及宋与周边政权对立时期词所发生的新变。书中还涉及唐宋词调与域外文化，唐宋词中的域外乐器，唐宋词中的域外名物，唐宋词乐词调传入日本朝鲜，及政权对峙下的宋金词。孙克强《试论唐宋词坛词体观的演进——以〈花间集序〉〈词论〉〈乐府指迷〉为中心》[⑤] 认为，在唐宋词学史上，对词体的认识有一个演进过程：欧阳炯的《花间集叙》之于文人词勃兴的五代，李清照《词论》之于诗词之辨关键时期的南北宋之际，沈义父《乐府指迷》之于词体定型于案头且受到民间曲艺影响的南宋后期，三部文献在这些词史发展的关键节点上，准确地把握了词体发展的新变，对已经形成的当代词体新的特质加以分析概括，并对今后的创作发表了指导性的意见。这三部文献清晰地勾画出唐宋词学史的发展路径，代表了当时词体观的最高成就，具有唐宋词学史上里程碑的意义。孙克强又有专著《唐宋词学批评史论》[⑥]，上卷论述唐宋词学与批评理论，就词体绮艳风格的形成、唐宋词兴盛的原因、唐宋词坛词体观的演进、宋代词学与诗学、唐宋人的诗词之辨、词学史上的清空论、柳永俗词、清真词、白石词、梦窗词、《草堂诗余》《乐府指迷》等。下卷是清人论析唐宋词，探讨清代词学的南北宋之争、浙西词派倡导的南宋词、常州词派的南北宋之辨、谢章铤论析南北宋之争、清末民初的南北宋之论、清人对唐宋词风格的划分、晚清四大家推尊吴文英、郑文焯论柳永词、况周颐的唐宋词史观、清人论词绝句的唐宋词史观。

---

① 《宁夏社会科学》2017年第4期。
② 郑州大学出版社2017年7月版。
③ 《文学遗产》2017年第3期。
④ 安徽大学出版社2017年1月版。
⑤ 《文学遗产》2017年第1期。
⑥ 河南大学出版社2017年12月版。

（八）文献整理考证

理论阐释指向意义，偏重未来，文献学研究则重在重现过去。这两个取向，对文学研究而言，同样重要。文献学研究主要包括作家生平行止事迹和作品真伪、留存、传承等的考辨，以及古籍文本的校勘注释等整理工作。

关于文献考辨，考证作家生平事迹容易陷入两个误区，一个是认小说家书为信史，力图用历史考证的方法证实之，并用它来考证古代作家的生平事迹。另一个误区是坐实诗文中所用典故，以之为依据，考证古代作家的生平事迹。陈铁民《考证古代作家生平事迹易陷入的两个误区——以王维为例》① 以王维生平事迹考证为例，对此加以阐说，认为《集异记》的作者薛用弱生活的元和、长庆时代，各地举子群奔于京兆府求解送、争解头的风气很盛，但《集异记》所记载的王维时代，开元前期京兆解送尚未置等第，因此根本不可能存在王维与张九皋争等第、争解头之事。薛用弱实际上是假托王维、岐王、玉真公主之名虚构故事，以反映当时争京兆解头的现象和请托之风的社会现实，终究是小说家书，若将它当作信史用以考证王维的生平事迹，很容易陷入误区。而有学者将王维《慕容承携素馔见过》“年算六身知”，坐实为七十三岁，并以之考证王维的生年，是很靠不住的。还有学者将王维《赠从弟司库员外絿》“徒闻跃马年”，断为指开元二十二年任右拾遗之事，由此推定王维生于公元692年，亦不妥当。

陈铁民《〈《使至塞上》与崔希逸破吐蕃事无关〉求疵》② 针对《历史研究》2014年第2期发表的戴伟华《〈使至塞上〉与崔希逸破吐蕃事无关》一文加以反驳，戴文认为两《唐书》及《通鉴》所载，河西节度使崔希逸破吐蕃的时间在开元二十五年二月或三月，乃误读，根据《全唐文》卷三五二樊衡《河西破蕃贼露布》和吐蕃《编年史》，崔希逸破吐蕃的时间应在开元二十五年十二月。因此王维《使至塞上》与崔希逸破吐蕃事无关。陈文则认为，“误读”的不是两《唐书》和《通鉴》的作者，而是“戴文”作者。《河西破蕃贼露布》中的河西节度使，当指王倕，而非崔希逸。王维《使至塞上》和崔希逸的大破吐蕃有关。

署名张若虚的今本《春江花月夜》是公认的唐初七言长篇杰作，而唐宸《〈春江花月夜〉成篇献疑——兼论〈乐府诗集〉的截取缀合改编现象》③认为，此诗初见于三百年后的《乐府诗集》，署名张若虚实属孤证。由新发现的两则唐宋人引张若虚诗句文献可知，今本《春江花月夜》存在一个较为复杂的成篇过程：稍晚于张若虚的诗僧皎然在《诗式》中引张若虚《秋月》近体诗，与今本《春江花月夜》中诗句雷同。通过对皎然引诗中“捣衣”一词词义的分析，推测《秋月》近体诗确实存在，且是今本《春江花月夜》缀合改编的素材；南宋初，赵次公注杜诗引张若虚《春江月》一联，却不见于今本《春江花月夜》，经考实为张若虚同时诗人张谔所作，可见改编的《春江花月夜》原本不止一首，今本仅是其一。《乐

① 《文学遗产》2017年第4期。
② 《历史研究》2017年第2期。
③ 《乐府学》2017年第15辑。

府诗集》中的截取缀合改编型作品，值得学界进一步探究。

自北宋时王洙在《杜工部集记》中提出杜甫“陷贼”之说，至《新唐书·杜甫传》更为明确地表述为“为贼所得”，关于杜甫在安史乱中的这段经历成了千年来学界的共识。薛天纬《杜甫“陷贼”辨》①则认为，仅仅凭借诗歌文本及基本史料，比如《资治通鉴》的细读，仍有可能打破杜甫“陷贼”的传统说法，而作出更为切合实际的新叙事。考察当时战局及杜甫“只身奔赴行在”的过程，可知杜甫实无为贼所得的可能性。杜甫其实是出于关切时局、心系朝堂的人臣情怀，在确认无性命之虞的情况下“潜回”长安。

刘禹锡以柳宗元遗稿“编次为三十通”。作者选何等诗文以传后世，又盟友如何分类编次，可谓千古之谜。日本静嘉堂文库藏有南宋嘉定间永州刊三十三卷本《唐柳先生文集》残卷，仅存《非国语》《外集》，中国国家图书馆藏有乾道间永州刊本亦仅存《外集》《后序》，惜无正集。2015 年 3 月，日本某书店出示其残本，共十一卷，学界惊喜观止。日藏残本有正集，大有助于恢复刘原编本，必在柳学上开新局面无疑。户崎哲彦《刘禹锡编〈唐柳先生文集〉三十卷本新探——由南宋永州刊三十三卷本窥探刘禹锡“编次”及其用意》②据以初步调查认为，刘禹锡原编三十卷本分类编次：原有卷首、总目及韩愈《子厚墓志》等；卷一非辞赋，亦非《古今诗》，乃《唐雅》《唐诗》《贞符》，可窥见子厚自选、禹锡编次之用意。

《韦瓘墓志》是近年新出土于西安市长安区的一方唐代墓志，提供了韦瓘生平事迹的诸多信息，不仅可以纠正和补充传世文献失实、失载之处，而且对于考察韦瓘的家世生平、科举仕宦、文学成就及其与牛李党争的关系具有重要意义。杨琼《新出土唐代文学家韦瓘墓志考论》③ 据以分析说：韦瓘家族是一个绵延数代的文学世家，也是一个极具影响的科举世家；韦瓘生长在良好的文学环境之中并取得了较高的文学成就；韦瓘的仕宦经历了入幕、升迁、贬谪和重新擢用的过程；韦瓘与牛李党争具有复杂的关系。

在元稹研究中，家族世系问题常常困扰着研究者，卞孝萱《元稹年谱》基本采录岑仲勉《唐集质疑·元稹世系》的观点，认为元稹是什翼犍（昭成皇帝）之十四世孙。吴伟斌《元稹世系考——元稹是后魏昭成皇帝十七世后裔》④ 意在辨明真相，作者认为元稹是后魏昭成皇帝十七世后裔。吴伟斌《误认是他作之元稹诗文举例》⑤ 认为，元稹的诗文被误解者甚多，其中就包括本来是元稹作品被误认为是他人诗文的在内，如《一字至七字诗·茶》《春游》《正月十五夜呈幕中诸公》等。

宋代李昉等编《文苑英华》卷六二五《论裴延龄表》《又论裴延龄表》题为元稹作，后人或谓元稹代人作。吴伟斌《辨伪明误，清舛弃讹——论〈论裴延龄表〉〈又论裴延龄表〉的作者肯定不是元稹》⑥ 认为，虽两文所载的事有历史根据，反映的是中唐时期宰相陆贽与唐德宗宠臣裴延龄之间斗争的真实的历史事件，但其既不是“元稹所作”，也不是“元

① 《杜甫研究学刊》2017 年第 4 期。
② 《文学遗产》2017 年第 5 期。
③ 《文学遗产》2017 年第 3 期。
④ 《南京师范大学文学院学报》2017 年第 2 期。
⑤ 《杭州电子科技大学学报（社会科学版）》2017 年第 2 期。
⑥ 《宁夏师范学院学报》2017 年第 2 期。

稹代人作”，很可能就是阳城或王仲舒以及顾少连、崔邠所作，是元稹亲手抄录可能误导了《文苑英华》的编撰者。

自从元稹的《莺莺传》问世之后，“张生即元稹自寓”的观点就已产生，信从者代有其人。吴伟斌是“张生即元稹自寓”观点的第一位否定者，1981 年以来，先后发表《“张生即元稹自寓说”质疑》《再论张生非元稹自寓》《三论张生非元稹自寓》三文。其《四论张生决非元稹之自寓——赵令畤〈微之年谱〉谬误举证》[①] 则从“张生即元稹自寓”的最早源头——宋代赵令畤《微之年谱》的诸多错误着笔，四论张生决非元稹自寓的原观点，从另一个角度展开新的论证和新的讨论。

2015 年三秦出版社出版的吴伟斌《新编元稹集》，洋洋 16 大册 701.6 万字，学界评价甚高，周相录《别集整理的失范之作——评〈新编元稹集〉》[②] 则评价说，该书是别集整理的失范之作，因为其校勘并不“精细”，笺注并不“科学”，且笺注过度，辑佚“也往往是不靠谱的”，常常与存目混为一谈，引用可谓“广博”，但过于芜杂，正误丝毫也不“谨严”，编年“详”则有之，而“实”则未必。而且，违背基本学术规范之处，触目皆是。吴书“商榷鲁迅、陈寅恪、岑仲勉等名家的权威结论，提出了与传统观点截然不同的许多新观点”，但或理解错讹，或阐释有误，或证据不足，或逻辑混乱，所谓“破解”“谜团”，解开疑案，自我期许甚高，但是实际上恐怕还有待进一步落实。

元和八年（812），元稹为杜甫作《唐故工部员外郎杜君墓系铭并序》，徐海容《元稹〈唐故工部员外郎杜君墓系铭并序〉考论》[③] 认为，《墓系铭并序》不仅旁征博引，重在论诗，而且记载准确，资料详实，对杜甫的诗歌创作予以高度评价，是研究杜甫生平的重要文献。文中崇扬杜甫，有着强烈的历史和现实意义，为杜诗经典化奠定了基础。

关于白居易生卒年，学界一般信从宋人陈振孙《白氏文公年谱》的观点，认为白居易生于大历七年，卒于会昌六年。陈翀《新校〈白居易传〉及〈白氏文集〉佚文汇考》（《文学遗产》2010 年第 6 期）曾据其新校日本令宗允亮所编《政事要略》（大致成书于日本长保四年，公元 1009 年）收录的《白居易传》所载，对白居易生卒年提出的新观点，即白居易生于大历六年（771），卒于会昌五年（845），并利用《醉吟先生墓志铭并序》、宋人陈振孙所见北宋苏、杭诸本白氏《文集》及令宗允亮文末按语等材料，进一步论证《政事要略》这条材料之可信。而武秀成《新材料的发现与批判——白居易生卒年新材料辨析》[④] 认为，陈翀该文尚缺乏力证，难以推翻陈振孙的大历七年这一旧说。日本平安古文献《白居易传》，神话荒诞气息挥之不去，不宜采信，白居易诗文中有许多可以确认其与崔、刘同岁以及白居易生于大历七年壬子岁的材料。而关于白居易卒年，最可靠的还是李商隐受白居易子景受之托撰写的《白公墓碑铭》，碑刻北宋时尚存，赵明诚《金石录》有著录。碑既受白居易家人所托而撰，史料必本之于家传，经过其子核查认可，又有赵明诚目验碑刻，无传写之

---

① 《宁夏社会科学》2017 年第 4 期。
② 《学术界》2017 年第 10 期。
③ 《南京师范大学文学院学报》2017 年第 2 期。
④ 《历史文献研究》第 38 辑，华东师范大学出版社 2017 年 2 月版。

误，则白居易75岁卒于会昌六年，可为定说。相关研究还有童岭《六朝隋唐汉籍旧钞本研究》[①]、贾军《陈氏注骆研究》[②]、肖献军《唐代湖湘客籍文人年谱》[③]、黄永武著、郑阿财编《敦煌文献与文学丛考》[④] 等。

文献整理方面，赵章超《汉魏至唐五代小说佚文辑证》[⑤]对汉魏六朝及隋唐五代时期散佚的古小说加以整理。在古代和现当代学者辑佚基础上，做进一步的佚文搜集。在十四余万字的佚文资料中，其中有约三分之一的内容是从六朝、隋唐及宋元时期的典籍辑佚而出。对与辑佚相关问题的考证，有五万余字，文中认为汉魏本《古今刀剑录》并非“真伪参半”，绝大部分内容应该是原作内容。此外作者还对佚文的真伪进行了辨析。

其他相关研究成果还有李剑国《唐五代志怪传奇叙录（增订本）》[⑥]、黄大宏与张晓芝《萧颖士集校笺》[⑦]、王锡九《常建诗歌校注》[⑧]、郝润华与丁俊丽《韩昌黎诗集编年笺注》[⑨]、陈才智《白居易》[⑩]、马玮主编《白居易诗歌赏析》[⑪]、卞东波编《寒山诗日本古注本丛刊》[⑫]、张勇《王维诗全集》、陈才智《韩偓诗全集（汇校集注汇评）》[⑬]、杨景龙《花间集校注》[⑭]、孙微《清代杜集序跋汇录》[⑮]、唐雯《云溪友议校笺》[⑯]、踪凡与郭英德主编《历代赋学文献辑刊》[⑰]、徐琳《赵州录校注》[⑱]、章红梅《五代石刻校注》[⑲]、国家图书馆出版社影印“国学基本典籍丛刊”中收入的《宋本王摩诘文集·宋本孟浩然诗集》《元本分类补注李太白诗》《宋本杜工部集》《宋本韩文公文集》《宋本河东先生集》《宋本白氏文集》《宋本花间集》[⑳] 等。

总上所述，2017年唐代文学研究成绩斐然可观，在以上挂一漏万的介绍中，各种新理论、新见解、新思路的背后，在作家作品、方志墓志、出土文献、电子文献、石刻史料、图像史料、口头史料、域外史料等各个领域，或有新发现，或有新发明，为重绘重构唐代文学的历史风貌提供了新机。在迈入大唐建国一千四百年之际，在唐代文学研究走入近代化一百

① 中华书局2017年6月版。
② 安徽大学出版社2017年8月版。
③ 中国社会科学出版社2017年6月版。
④ 浙江大学出版社2017年4月版。
⑤ 人民出版社2017年9月版。
⑥ 中华书局2017年1月版。
⑦ 中华书局2017年11月版。
⑧ 中华书局2017年7月版。
⑨ 中华书局2017年6月版。
⑩ 五洲传播出版社2017年4月版。
⑪ 商务印书馆国际有限公司2017年6月版。
⑫ 凤凰出版社2017年6月版。
⑬ 崇文书局2017年1月版。
⑭ 中华书局2017年8月版。
⑮ 人民文学出版社2017年7月版。
⑯ 中华书局2017年1月版。
⑰ 国家图书馆出版社2017年9月版。
⑱ 中华书局2017年11月版。
⑲ 凤凰出版社2017年9月版。
⑳ 国家图书馆出版社2017年5～12月版陆续出版。

馀年之际，在笔者连续关注这一领域研究现状二十载的当下，深感在以上斐然可观的成绩背后，满蕴着几代师生薪火相传、弦歌未辍的不懈努力，在行文之末，谨以些弱之力，深表崇敬之谢意。

（本文审稿专家 吴光兴）

2017年宋辽金文学研究综述

王润英　马东瑶

2017年，宋辽金文学研究继续充满活力地向前推进，尤其是宋代文学，取得了不少令人瞩目的学术成果。这首先得益于研究者善于发现尚未开掘的新议题，勇于反思久未辨明的旧议题，广拓视野，积极采用新方法和新技术等，而新材料的发现、引入和利用，又为研究注入了新的能量。以下将从文学本位研究、文学的文化研究、思想理论研究、传播接受研究、文献整理和考辨几方面分述之。

一、本位研究

本位研究是文学研究的根本出发点和最终落脚点，2017年宋辽金部分的本位研究，在文学史问题的探索、分体考察、作家作品阐析等方面成绩突出。

1. 文学史问题的探索。“宋调”和“唐音”作为我国古典诗歌史上的两大类型，标志了两种不同的审美范式与体性特质。上世纪，缪钺、钱钟书在前人基础上提炼了“宋调”的特征，受到学界普遍认同。然而，这类提炼本质的概念性表述却难以揭示事物自身多元复杂的运动形成过程。对此，沈松勤《简论“宋调”的体性特质及其成因》① 从创作主体、学术思潮、社会风气等各方面分析了“宋调”形成的运动过程和关键环节所起的重要作用。文章指出，宋人的“为己之学”、理性自觉以及以理驭情三者相互联系，互为作用，形就了“宋调”的体性特质。从而丰富和深化了“宋调”现有概念的内涵，修正了人们对此概念的既有认识。李成晴《搁笔：唐宋文士纪事的文本模式》② 以唐宋文士纪事中颇为常见的“搁笔”文本模式为中心，探究了其源起、流变因革和内在理路。文章指出，“搁笔”实以“服善”伦理为根基，可分作共时性和历时性两类。这两类文本书写源起于《典略》《后汉书》等中古文献，在唐宋纪事中被广泛应用，且出现微调和变体。随着影响扩大，后世出现了比附式改写，通过情境代入的方式将其纳入了“搁笔”的书写系统。王启玮《论北宋庆历士大夫诗文中的“众乐”书写》③ 全面考察了仁宗朝中后期的“众乐”书写，通过对其中代表作品的阐释，展示了这种书写在题材、风格、创作心态诸层面的新变，并结合新政前后的政治困境、地方吏治改革以及“孟子升格运动”，追溯了“众乐”书写在政治和思想史上的渊源，借此呈现庆历时政治、思想与文化的深层互动。宁雯《物之审美与情志寄寓——北

① 《国学学刊》2017年第4期。

② 《天津社会科学》2017年第6期。

③ 《文学遗产》2017年第3期。

宋士大夫关于澄心堂纸的酬赠与文学书写》[①] 细致考察了北宋士大夫使用、接纳与传扬南唐故物澄心堂纸的现象，通过分析与之相关的酬赠活动和文学书写，探讨了澄心堂纸作为文房器物、审美对象、文化典故等多重文化内涵，并在此基础上了解到北宋士大夫推重此纸背后尚文雅的审美旨趣和追求不朽的心理动因。程磊《悲剧意识与宋代士人的山水宦游》[②] 认为，在宦游中依托山水，宋代士人将世务行役之累转而为审美体验，是对汉唐游宦传统中悲剧意识的深化，展现出全新的悲剧意识消解模式。宋人的山水之思饱含宇宙人生之理，说明随着唐宋文化的转型，山水消解悲剧意识的功能逐步走向弱化。

宋代诗歌体派众多，对宋诗体派的研究是学界历来的热门。侯体健《“江湖诗派”概念的梳理与南宋中后期诗坛图景》[③] 梳理和反思了“江湖诗派”概念，并重新给出了合理的界定。通过这种梳理，作者认为应该先悬置“脉络化”，把被“江湖诗派”概念遮蔽的诗人群体揭示出来，重新擘画诗学版图，如此才能更全面、准确地认识宋代晚期的文学图景和历史地位。范金晶《江西风味何所似：“江西诗派”内涵辨析》[④] 探析了何为江西诗派共同的“江西风味”认为，应包括精神内蕴上的治心养气，作诗方法上领略古法生新奇，作诗技巧上“句里宗风”和审美取向上取朴拙而避华美。董晨《南宋书院诗歌创作对宋诗“清险风趣”的扬弃》[⑤] 比对宋诗“清险风趣”的特征，考察了南宋书院诸学者的诗歌创作和理论主张，发现他们在继承前人的基础上自有拓展，并从多角度有针对性地批判了时人盲目求险的创作倾向。他们这种扬弃的态度，对促进宋诗风格多样化发展和匡正当时诗坛空疏浮躁的风气，皆有重要意义。南宋诗歌中兴，是继唐代开元、元和及北宋元祐之后的又一诗学高峰，是文学史研究的重要议题，曾维刚《百年来宋诗中兴研究的学术史考察》[⑥] 综观南宋中兴诗歌相关的百年研究史，将其分作三个阶段：20 世纪初至 1949 年的初兴，1949 年至 1979 年的局部深入，1980 年至今的全新拓展。文章认为特别是 20 世纪 80 年代以来，学界在南宋中兴诗歌相关各项研究上皆取得了重要成果，但在诗人研究的广度和深度、文学文化学研究的深度以及南宋中兴诗歌转型等方面尚存在较大的开拓空间。在宋诗中兴研究已走过百年历程的今天，及时总结经验、思考不足，对未来此议题的研究具有重要的指导性意义。

在词学研究中，词体的起源是古今词学的核心问题之一，极为复杂。钱志熙《古今词体起源说的评述与思考》[⑦] 认为，词体起源既是文学史问题，也是学术史问题，应该放在文学史研究中文体起源问题的理论视野中去推究。由此梳理了古今相关论说，整理出了几个主要类型。并且从学术史的角度看到，古今词源说中体现出不同的学术立场，而近现代的词源学，则明显存在新旧学术之分野。词学界自来即有“花间诸词无定体”之说，谢桃坊《唐宋词的定体问题》[⑧] 指出，唐宋词定体有一个过程，即在敦煌曲子词里律词已出现；在花间

---

① 《安徽大学学报（哲学社会科学版）》2017 年第 1 期。
② 《云南社会科学》2017 年第 4 期。
③ 《文学遗产》2017 年第 3 期。
④ 《新宋学（第六辑）》，复旦大学出版社 2017 年 10 月版。
⑤ 《甘肃社会科学》2017 年第 6 期。
⑥ 《江西社会科学》2017 年第 3 期。
⑦ 《北京大学学报（哲学社会科学版）》2017 年第 4 期。
⑧ 《文学遗产》2017 年第 3 期。

词里小令已定体，并为宋人沿用；在柳永词里同宫调同词调的作品多为格律严密的律词。律词产生于盛唐，经晚唐五代发展，在北宋时期体制基本上确立。如此，厘清了多年来词学研究中辨而未明的重要问题。李飞跃《倚声改字与词体的律化》① 根据《词源》所记张枢倚声填词、审音改字事，提出南宋文人词实已采用雅乐一字配一音的协音方式。在比较分析张枢审音改字与姜夔、沈义父、杨缵、周德清等有关词曲倚声改字后，文章提出从早期曲子词的"依曲拍为句""曼衍其声"，到南宋雅词的"一字一音""音节皆有辖束"，倚声方式的改变促使词体格律的形成与律词的兴起，并在俗词、俚曲交侵下力保词体独立和其一代文学之地位。李桂奎《唐诗宋词的年段叙事及其段位性》② 发现唐诗宋词常用"年"来分割叙事单元，总结了这种年段叙事的几种组合方式，讨论了它们承担的叙事功能和结构功能。解志熙《"小山"吟望"塞下秋"——读词小札二题》③ 将唐宋词分为艳婉与庄重两大类，提出释读这两类词，应用不同的方法。艳婉词大多抒写日常情事，不必要也不可能逐词考证求解，可以文学的想象力去领悟；有些庄重词确乎关系重大，必须以考证之助才能准确地理解其背景和意蕴。

和宋代诗词研究相比，宋赋的研究一直比较薄弱。本年度，胡建升的专著《宋赋研究：权力与形式》④ 对宋赋展开了系统讨论。全书分十二章，采用专题研究方式，将宋赋置于科举发展、宋学形成诞生、党派斗争、古文革新运动等制度、社会和文化语境中深入考察，结合影响宋赋创作的音韵、格律等多种元素，多角度、多层次地研究了宋赋的源流演变、文体特征及其与两宋各种文学样式间的互动。扎实的文献考证与理论阐释相结合，对宋代文赋的散文化、科举试赋的用韵及格律等都有详细分析，在宋学与赋风新变等问题的思考上颇有创获。书后还附有宋代科举试赋用韵表和宋赋辑佚。

小说研究中，话本小说与文言小说、弹词讲唱中的底本与话本等多组"关系"问题在本年度取得了新的进展。纪德君《宋元话本与文言小说的双向互动》⑤ 首次具体地探析了宋元话本小说与文言小说的互动和影响。文章指出，文言小说是说话艺人的重要依凭；说话艺人在敷演文言小说时，于故事情节、环境描写、思想意蕴及诗词韵语等方面会有所发挥；而文人在编创文言小说时，会有意识地在取材、故事情节、叙事等方面借鉴说话艺术。施文斐、刘锋焘《从宋人语境看底本与话本的关系》⑥ 指出，以今律古是造成宋代弹词讲唱中底本与话本的关系为学界持久争议不能决疑的根源。文章上溯至宋人语境，重新梳理了"话本"的原初含义，将其与今人语境中的"话本小说"区分开，厘清了宋人语境下底本与话本究竟为何、二者的关系为何，并对今人的种种误读作出解析。

近年来，"都市想象与文学记忆"逐渐成为研究热点，"空间"在话本小说研究中亦倍受关注。郜冬萍《宋元话本中的东京想象与记忆》⑦ 由纪念碑性实物记忆、政治精神文化记

① 《文艺研究》2017 年第 2 期。
② 《文学与文化》2017 年第 3 期。
③ 《华东师范大学学报（哲学社会科学版）》2017 年第 1 期。
④ 上海交通大学出版社 2017 年 7 月版。
⑤ 《文艺研究》2017 年第 6 期。
⑥ 《中州学刊》2017 年第 7 期。
⑦ 《河南大学学报（社会科学版）》2017 年第 2 期。

忆、市民日常生活记忆几个方面讨论了宋元话本承载的东京想象与记忆。文章认为话本小说中的东京呈现出多维性，此特性影响了话本小说的东京书写，且塑造出可令读者产生共鸣的东京意象。张斯琦《宋代话本小说叙事的媒介特征》注意到宋代各类媒介对话本小说的作用，讨论了话本套路的叙事价值以及话本小说的叙事线索等。[①] 余丹《从文言小说类书看宋人小说观念》[②] 研究了宋代出现的18部文言小说类书之收录篇目、分类标准及编者自序等，由此了解到宋代尚未形成明确的小说文体观念；宋人编纂文言小说类书的主要动机是助教化、增见闻和供消遣，且尤其注重前两者，反映了宋人对小说功能的认识。

《永乐大典》中的《张协状元》是现存最早的南戏剧本。张勇风《宋代戏剧形态与〈张协状元〉的文本生成》[③] 指出，《张协状元》剧文本的生成受到宋代各种戏剧形态及伴生艺术的深刻影响。其内容嵌用和化用了大量宋杂剧的段数，主体故事架构当来自《双捉婿》之类的宋杂剧。它是一部反映宋代社会"榜下捉婿"和"进士富娶"等现象的作品，而不是以往所认为的负心主题剧。其音乐形式采摭诸如唐宋大曲、唐宋曲牌、犯调、赚词等艺术样式。傀儡戏、影戏、诸宫调等对其文本生成也有很大影响。研究此个案，对认识南戏体制渊源乃至中国古代戏剧发生演变的历史，具有重要的方法论意义。

2. 分体考察。相较于西昆体和晚唐体，宋初三体中的白体诗受到的关注较少。本年度，汪国林《宋初白体诗研究》[④] 从当时的政治文化生态、宋初白体诗人群的构成及主要诗人的实际创作等层面，全面分析了这一诗歌体派。文章认为宋初白体诗人群是个结构松散、成员复杂的开放式创作群体；宋初白体诗风格虽具有明显的统一性与稳定性，但它又随时代发展而不断丰富变异，表现出阶段性与个体差异性。张焕玲《宋代文化视野下的咏史诗研究》[⑤] 从政治、思想、历史文化等视角，结合具体个案，考察了宋代咏史诗的源流、各类咏史诗的创作情况及其价值，揭示了咏史诗得以在宋代繁荣的深层原因。李生龙、张记忠《北宋亭台楼宇诗文所隐含的老庄意蕴》[⑥] 指出，北宋时期亭台楼宇诗文中隐含着老庄的理念、情愫与意识。文人们借亭台楼宇或寄托道家的政治理想，或抒发自适的态度和情感，或表达自己的超越意识。亭台楼宇诗文的特质决定其可作为寄托文人老庄思想和心态的一个很好的载体。

在贬谪文学的研究中，文体上更偏重诗文，张英《唐宋贬谪词研究》[⑦] 一书则独具只眼地系统观照到唐宋的贬谪词。全书以五章结撰，追溯了唐宋贬谪词的文学渊源，勾勒其发展脉络，且在北宋党争和南宋主战主和之争背景下考察贬谪词并进行归类，深入研究了词人贬谪与词体诗化的关系等问题，探析了文人贬谪对唐宋词的深刻影响。张振谦《论唐宋哲理词》[⑧] 一文对唐宋词中受关注较少的哲理词进行研究，指出哲理词是古代诗歌理性传统的继

---

① 《文艺争鸣》2017年第12期。
② 《学术研究》2017年第1期。
③ 《文艺研究》2017年第1期。
④ 上海古籍出版社2017年2月版。
⑤ 中国文史出版社2017年1月版。
⑥ 《中国韵文学刊》2017年第2期。
⑦ 中国社会科学出版社2017年11月版。
⑧ 《暨南学报（哲学社会科学版）》2017年第3期。

承和发展，与唐宋时期佛禅、理学、老庄哲学相互交融的文化背景密切相关。文章还梳理了唐宋哲理词从唐五代萌生、北宋时成熟、南宋时延续与新变的发展历程，挖掘出唐宋哲理词兼具理性精神与诗性品质的美学特征。刘尊明关注到宋代的无名氏词，其《宋代无名氏词中的孤调及其词史意义》① 提出，宋代无名氏词中孤调的形成，既跟宫廷大曲与杂曲的局限性有关，同时也受民间词曲艺术水准的限制。文章总结宋代无名氏词孤调的类型认为，其词史意义主要表现在两方面：一是创制了一批形式多样的歌舞剧曲，二是反映了民间词曲创作的活跃状态和本真风貌。在其另一篇《宋代无名氏词所用词调的数量与成就》② 中，作者还通过对宋无名氏词详细的分类统计，看到宋无名氏词所用词调总数超过了两宋词坛任何一个具名的大家与名家；宋无名氏词对唐宋旧调有继承也有创新，小令与中长调兼具，大曲与杂曲并重，为宋代词调的发展做出了重要贡献，充分肯定了宋无名氏词的价值。以上两文可结合参看。唐宋词中的《忆秦娥》和《秦楼月》往往被认为是同调异名，陈斌《唐宋时期〈忆秦娥〉词体演进及其与〈秦楼月〉之关系》③ 通过从字数多寡、押韵方式、句法句式等方面重新梳理唐宋时期《忆秦娥》的词体演进，发现《秦楼月》是词体固化定型之后的《忆秦娥》演进进程中的一支，两者之间存在同中见异、异中见同之处，《忆秦娥》与《秦楼月》是源与流、干与枝的关系。

方笑一《论宋代殿试策文的文本形式》④ 在对现存完整的 32 篇宋代殿试策文作深入研究后指出，宋代殿试策文沿袭了唐后期部分制举策文的形式，形成了一种基本样式。策文通过多种形式来美刺皇帝与朝政，并在美与刺间努力寻求平衡，因而产生了独特的言说技巧和修辞策略。因为策项中加入了大量经书阐释和历史分析的内容，宋代殿试策文的篇幅较前代有明显扩展。而熔经铸史的写法又增强了宋代殿试策文论说的力度和逻辑，丰富了论说技巧。周剑之《节奏的新变：宋代骈文独特风貌的语言学阐释》⑤ 从语言学角度出发，通过考察骈文的关键因素节奏的几种新变，如句内拍节增多、意义节奏的作用突显、声音节奏的复杂化以及拍节对应方式的发展等，具体清晰地呈现出宋代骈文的发展和特征。

对于在宋代急剧兴盛起来的笔记，近年来不再只是被当作史料文献，不少研究者已将其纳入文学研究的视野，视其为新兴的、从宋代开始被各阶层广泛采用的一种写作体制。周剑之《宋代笔记的谐谑倾向与士大夫的愉悦写作姿态》⑥ 以生动的例子“两个刘攽”展开论析，比对笔记文本的内外，说明笔记别于正统著述的娱乐功能和轻松的文学风格，通过笔记的谐谑倾向讨论了宋代士大夫愉悦的心态和写作姿态。笔记特殊的记录方式，决定了话题在这种文体当中至关重要，朱刚《北宋笔记的“话题”研究》⑦ 和赵惠俊《话题、身份与选择：宋代笔记中的人物形象》⑧ 均讨论到宋代笔记中的话题。前者提出，可使用与考察诗歌

---

① 《南京师大学报（哲学社会科学版）》2017 年第 6 期。
② 《深圳大学学报（人文社会科学版）》2017 年第 3 期。
③ 《中国韵文学刊》2017 年第 1 期。
④ 《文学遗产》2017 年第 4 期。
⑤ 《新宋学（第六辑）》，复旦大学出版社 2017 年 10 月版。
⑥ 《宋代文学评论（第二辑）》，中国社会科学出版社 2017 年 6 月版。
⑦ 《宋代文学评论（第二辑）》，中国社会科学出版社 2017 年 6 月版。
⑧ 《宋代文学评论（第二辑）》，中国社会科学出版社 2017 年 6 月版。

“题材”同样的方式来考察笔记的话题，并通过统计，分析了北宋笔记的话题与类目等，为相关研究提供了方法和思路。后者则落到具体，以宋初杨亿、晏殊和石曼卿为例，汇总同一人物为话题的笔记条目，从中看出其哪些性格特点或个人经历成为了笔记作者的话题，这些话题塑造了人物形象，后又成为后代笔记的话题循环下去，人物形象遂在笔记中被符号化定型。成玮《百代之中：宋代行记的文体自觉与定型》① 研究了宋代行记的文体自觉与叙事空间，探讨其文体属性和内部分类，最后对任务类行记与游观类行记进行分述，作者指出在行记文体演变史上，两宋实为一关键转折点。

另外，罗时进《宋代医学典籍歌诀类作品探论——以刘信甫〈活人事证方〉（前后集）为例》② 注意到中医文献中的文学属性，以南宋刘信甫《活人事证方》（前后集）为对象，考察宋代医学著作中数量可观的歌诀。文章指出，这些歌诀的目的性和工具性很明显，从写作技巧与审美特征上看，有些“类于诗”，有些则基本可称作“诗”了。作者认为，正确评价宋代包括歌诀在内的“医科文学”之意义，需要理解“儒而知医”的文化背景，并对民间实用性文学写作有观念上的理解与同情。

3. 作家作品阐析。欧阳修、苏轼及苏门君子、辛弃疾等仍是学界关注的重点。洪本健《欧阳修和他的散文世界》③ 一书共十二章，从欧阳修的人生经历、思想发展探起，不仅结合唐宋诗文革新运动及北宋中期的政治、经济背景，还将欧阳修置于文学史中，与前辈和后辈作家相参照，对其人及其散文世界进行了全面深刻的考察，体现出宏阔的学术视野。对“六一风神”等经典论题进行了反思，多有发覆之功。成玮《褒贬即从字面求——由〈于役志〉看欧阳修〈春秋〉学的特色》④ 一文考察学界尚未足够重视的欧阳修之《于役志》，分析认为这卷行记实则表现出欧阳修所理解的“春秋笔法”之两大旨趣：字面纪实与褒贬表态。尤其前者，为欧氏的创见，是他置身中唐以来“舍传从经”新学风中，重建解经客观标准的努力，具有经学史上的意义。《于役志》创新性地用“春秋笔法”记自身之事，具有独特的认识价值。王莹《欧阳修自传的叙事技巧与哲思意蕴》⑤ 从中西叙事学的视野来研究《六一居士传》，在与西方自传比较后提出，欧阳修自传符合经典传记的特质，而其传记理论思想亦具有超前性。在中西比较下，更清晰地凸显了欧阳修自传的高妙营构。

张淘《苏轼七言古诗中的对仗艺术——兼论古体诗“律化”的问题》⑥ 考察了苏轼七古中的对仗情况认为，其在杜甫基础上使古体在用韵和句式等方面同律诗一样达到了艺术上的审美并重。这是苏轼在继承初唐及杜诗基础上的创新，形成了瑰伟绝特的“似律古体诗”。杨晓霭《苏词“自是一家”之“又一体”的歌词本色》⑦ 通过研究清康熙年间《钦定词谱》中录苏轼词注明“又一体”者提出，苏轼“自是一家”的创作，并非摆脱音乐，将词写成抒情诗，而是通过改变翻唱一支乐曲，使抒情诗的内容通过歌唱表达出来，以取得更

① 《宋代文学评论（第二辑）》，中国社会科学出版社 2017 年 6 月版。
② 《苏州大学学报（哲学社会科学版）》2017 年第 1 期。
③ 上海古籍出版社 2017 年 3 月版。
④ 《华东师范大学学报（哲学社会科学版）》2017 年第 2 期。
⑤ 《郑州大学学报（哲学社会科学版）》2017 年第 4 期。
⑥ 《四川大学学报（哲学社会科学版）》2017 年第 6 期。
⑦ 《西北师大学报（社会科学版）》2017 年第 3 期。

感人的效果。宁雯《苏轼自然观照中的自我体认与文学书写》① 关注到苏轼文学作品中大量关于自然的书写，深入挖掘这类书写隐含的苏轼反观自我、审视人生的体认。不仅为探讨苏轼的自然观念提供了依据，也有助于从作者自我认识的角度获得关于苏轼其人的深细认识。黄州时期是苏轼人生和创作中极为重要的一个节点，司聃《苏轼黄州诗文“幽人”意象初探》② 探究苏轼黄州诗文中颇具典型的“幽人”意象，联系其贬谪，分析此意象在不同阶段的意蕴：从对政治生命的失意，到消解悲情的遁世之道，再到对人生本真意义的追寻。通过确指和暗示，读者在“幽人”意象内涵与外延的距离延宕中，升华了对苏轼黄州时期文学与思想的体悟。方星移《论安国寺对苏轼的精神引领——兼论苏轼对佛道的态度》③ 则通过考察苏轼谪居黄州时围绕安国寺展开的各类活动，展现苏轼在面对人生大挫折时，以安国寺为精神媒介，在参禅悟道中求得安心和净垢，反映了苏轼对待宗教的实用态度。

林岩《一个北宋退居士大夫的日常化写作——以苏辙晚年诗歌为中心》④ 以苏辙的晚年诗歌为中心，通过在诗题中标注日期、关注天气以及对家庭事件的记述等，论析苏辙晚年家居的生活状态和思想心态。文章认为苏辙晚年作为退居士大夫的生活方式，决定了他的日常化书写，这或对南宋陆游等诗人的晚年诗歌写作产生了某种重要影响。孙立尧《山谷诗的自由王国》⑤ 从语序、用典及对“远境”的追求等诸多层面，研究黄庭坚的诗歌艺术。指出在对传统的继承和拓展下，黄庭坚的“句法诗学”为古典诗歌带来了全面突破，构成了一座诗歌的“自由王国”。莫砺锋《张耒诗歌三问》⑥ 针对学界向来对张耒的三个评价，即诗歌成就以乐府为主、诗艺有粗率之弊、诗名较盛乃因卒年较晚，经详细的文本深析后提出了新见。作者认为张耒诗歌题材广阔，内容丰富，不仅乐府诗，在描写自然景物及日常生活方面亦成就卓著。其作诗以平易简洁为目标，虽然过度时难免粗率，但恰到好处时便平易晓畅。张耒在当时被称为苏门翘楚，实因其诗风近于苏轼，成就上与黄庭坚、陈师道相近，其诗名与卒年无关。薛瑾《张耒“文潜体”的内涵及其对后世诗风的影响》⑦ 讨论张耒之“文潜体”既有复古“唐风”而“别成一宗”的风格，也有因时代氛围及宋贤精神形成的多元化内涵，这种与主流宋诗异趣的阐释视角，影响了后世诗家对唐风的评价与接受。李法然《论李廌襄州之行的民间转向》⑧ 清理为数不多的李廌的文献资料，考察其绍圣、元符间的襄州之行，展现了李廌“非官非隐”的生存状态，以及此次游历对其心态与创作的独特意义。

刘京臣《中原何处所，梦落散关东——陆放翁与大散关书写》⑨ 发现大散关在陆游诗作中共出现20余次，构成了陆游诗中一个永恒的主题。有宋一代大散关皆象征着战争，陆游

① 《文学遗产》2017年第4期。
② 《郑州大学学报（哲学社会科学版）》2017年第1期。
③ 《中国苏轼研究》2017年第7期。
④ 《华东师范大学学报（哲学社会科学版）》2017年第6期。
⑤ 《安徽师范大学学报（哲学社会科学版）》2017年第5期。
⑥ 《学术月版刊》2017年第3期。
⑦ 《江西社会科学》2017年第7期。
⑧ 王水照、朱刚主编：《新宋学》第六辑，复旦大学出版社2017年10月版。
⑨ 《社会科学战线》2017年第5期。

在乾道八年（1172）曾有过勒马散关下的从军生涯，且此后终生不忘。其大散关书写饱含着身临雄关意欲恢复的豪情与报国欲死无战场的悲愤。文章提出是陆游在诗歌中发现和创造了“大散关”，因其书写，大散关具有了别样的温度与色调，它们又通过陆诗传递到了元明清的大散关诗中。孙学堂《陆游〈游山西村〉的叙事结构》① 重读陆游《游山西村》，对这首经典化诗歌给予新的解读。作者指出该诗与传统七律不同，富有现场感和对话气氛，可用诗人与村民的对话来理解全诗。对话形式使该诗淳朴而活跃，突破了七律一贯的体裁风格。

辛弃疾是两宋间留存《临江仙》词调最多的词人，朱惠国《论辛弃疾二十四首〈临江仙〉的体式及其词谱学意义》② 就辛弃疾所有《临江仙》词作了系统考察发现，它们均用双调60字的基本体，格律十分严谨。对词调、体式的选择及对词调固有声情特点的遵循，加之这些词作于辛弃疾退居江西时期，从形式到内容达成了和谐统一，使它们呈现出和谐冲淡、舒缓雍容的特点。文章最后指出辛弃疾所用《临江仙》首见于滕宗谅，由苏轼初步成型，又经叶梦得等人的创作实践，后由辛弃疾确定词调风貌和词谱定式，并通过大量创作彰显其活力与影响。谷卿《“极其变”：从“以文为词”到稼轩词的“象”与“事”》③ 提出，辛弃疾的“以文为词”呈现出一种“后设性”，是稼轩体超越以往词体旧式的特点。辛弃疾以作词来保持“诗戒”，故得以在词的领域开辟出瑰奇曼妙的空间，可针砭政弊、寄怀山水，亦能思接千载、将政治抱负化为雄伟想象，它们均基于辛弃疾强烈的生命寄托和幽微的政治隐情。稼轩词中奇特的“象”与“事”则将它们展现出来并让其具体形象更加生动感人。南宋词“变体化”的发展因稼轩词而得以显示出巨大的魅力和争议性。

张万民《宋代文学文化视野中的朱熹》④ 主张从“文学型文化”的视角来描述宋代的整体文化语境，为此文章以朱熹的经典阐释和政治论述为例，具体分析了朱熹与宋代文章学、唐宋文学传统之间的双向互动，进而说明宋代文学传统与思想表达之间的互动关系。宋荟彧《文本空间与书写策略——朱熹〈张浚行状〉探微》⑤ 重探朱熹所作《张浚行状》，结合行状的史源和文体特征等展开研究，文章认为历来对朱熹的指责不免粗率。《张浚行状》的材料由张家提供而并非朱熹捏造，受制于行状的文体规约，朱熹在材料选择、书写侧重、修辞用句等行文策略上确有刻意经营的痕迹，他极尽所能地提升强化了张浚作为中兴鼎臣的形象。通过讨论朱熹《张浚行状》，充分展现了文本与作者的离合关系，以及作者如何在文本规约下书写等问题。

鄢嫣《王安石碑志文的“史汉之法”与“史汉风神”——以欧阳修碑志文为比照》⑥ 参照欧阳修碑志文指出，王安石碑志文与“史汉之法”保持了距离，更注重议论的精警。在“风神”表现上，王安石主要通过议论，将主人公的形象提炼和深化，且注重发掘这类人物的共性，继而弘扬其道德理念和价值观。叶晔《互见与内向转型：论范成大的地方书

① 《中国社会科学院研究生院学报》2017年第6期。
② 《文艺理论研究》2017年第4期。
③ 《中国文学研究》2017年第1期。
④ 《新宋学（第六辑）》，复旦大学出版社2017年10月版。
⑤ 《新宋学（第六辑）》，复旦大学出版社2017年10月版。
⑥ 《河南大学学报（社会科学版）》2017年第4期。

写观念》[①] 指出，范成大之于中国地理文学史的突出意义在于其地方书写观念的实践和转型意义。一方面，他采用纪行诗、文结合的流动书写，风土诗、地方志结合的结构书写，构成了点、线、面三维层叠互见的地方书写模式。另一方面，他结合自身经验，将前代的“四方”书写内转至“地方”书写，进一步挖掘了农事田园诗的乡土内涵，为中国风土诗歌的发展开辟了一条日常化观看之路。熊海英《刘克庄的“江湖社友”——以嘉定诗坛为中心》[②] 重新梳理了刘克庄和戴复古、赵师秀、翁卷等十余人的交游，呈现出刘克庄及这群“江湖社友”在当时嘉定诗坛上的真实状况。肖占鹏、袁贝贝《浅议孔平仲的杂体诗》[③] 认为，孔平仲《诗戏》是中国历史上最重要的杂体诗专集，具有集大成的意义。《诗戏》的出现，既是孔平仲对中国古代游戏文化的继承，也是宋代“以文为戏”风气的产物，它反过来又对金元明清各朝杂体诗的发展产生了深远的影响。范伟《论陈亮的“养气”思想及其对爱国词创作之影响——并论龙川爱国词的基本风貌》[④] 解析了学界少有人论及的陈亮之“养气”思想，发现其所谓“气”的内核是“勇”与“才”。“养气”思想会直接作用于词的立意，加上陈亮对南宋朝廷萎靡不振、士人空谈性理不满的强烈感情喷发，遂塑造了其词“以文为词”的特色和“饱有余而文不足”的基本风貌。卞东波《遗民之恨——南宋遗民蔡正孙在宋元之际的诗学活动》[⑤] 重视文学与世变之关系，看到宋元易代这个中国历史上的大变动，造成中国文化史上第一次出现大规模的遗民社群。文章借助国内未见的域外汉籍资料，还原了遗民蔡正孙在南宋灭亡后回到故乡组织遗民诗社，编选《诗林广记》《唐宋千家联珠诗格》《精刊补注东坡和陶诗话》等诗学活动，以“小人物”洞见了“大历史”。

二、文化研究

将文学置于大文化背景下的研究，突破了从作家到作品或从作品到作家的单向研究模式，自上世纪80年代开始至今，已取得了不少成绩。本年度，宋辽金文学的这种文化研究势头依然强劲，呈现出跨度更广，研究更加深入贯通的特点。

文学的发展与政治息息相关，其中科举与文学的关系最为人瞩目。诸葛忆兵《论宋代科举词》[⑥] 独辟蹊径，选取相对于诗和文与科举距离较远的宋词为考察对象，讨论了宋代科举词的特征和意义。文章指出，宋词与科举题材结合，是“以诗为词”变革的结果；宋代科举词绝大多数产生于北宋末或南宋，多为送人赴试和地方庆功宴上的创作。在科举考试过程中，词常用来表现男女分手的相思情意等儿女私情，多真情实感；诗词相互影响，科举词写功名富贵时就会融入男欢女爱，徽宗时期兴盛的戏谑俗词中也有相当的科举题材。方笑一的专著《经学、科举与宋代古文》[⑦] 分六章，以古文为核心，从宋代官方经学与科举制度的

① 《新宋学（第六辑）》，复旦大学出版社 2017 年 10 月版。
② 《新宋学（第六辑）》，复旦大学出版社 2017 年 10 月版。
③ 《南开学报（哲学社会科学版）》2017 年第 2 期。
④ 《中国韵文学刊》2017 年第 2 期。
⑤ 《华东师范大学学报（哲学社会科学版）》2017 年第 2 期。
⑥ 《江西社会科学》2017 年第 10 期。
⑦ 浙江大学出版社 2017 年 11 月版。

演变入手，梳理了宋代士人的经学活动与观念，探求经学与宋人的古文理论及创作之联系，又以经解序文、策问、策文等作个案，通过对其内容和文本形态演变的分析，具体呈现在宋代不同时期，经学与科举如何介入和“塑造”了古文，以及如何延及后世。宋代翰林学士是当时文化建设和文风变革的重要力量，马自力、朱玲芝《宋初翰林学士知贡举与科举制度及文风变革》[①] 注意到太宗朝以后翰林学士知贡举成为常例的情况，知贡举是翰林学士最能发挥主观能动性，也最能产生直接影响力的角色活动，通过知贡举，翰林学士不仅对科举制度的规范化作出了贡献，且引领了文坛风气，在文学史上产生了重大影响。戴路《宝祐四年贡举与宋元之际文章学的嬗变》[②] 将宝祐四年贡举单独提出来认为，这是宋元之际文章学史上的标志性事件。通过此次贡举，促进了文章学的体系化和理论化；词科取士又推动了词学体系的完备，为骈体公文树立了写作范式；宋元易代促使进士群体反思科举制，突出了文人的价值担当，丰富了文章学的精神意蕴。另有丁楹《文化视野下的南宋干谒风气与文学创作研究》[③] 一书较系统地研究了南宋文人的干谒活动及心态等，探索南宋干谒风气与文学创作之联系。

宋与辽、金等政权的关系史、交聘史，几乎是贯穿两宋政治的一个主题，然而目前学界的相关研究还有待深入。曾维刚《南宋中兴时期士风新变与使北诗歌题材的开拓》[④] 以士人出使辽、金产生的使北诗歌为中心，深入挖掘历史事实、政治制度与文学之间的关系，并从历时性角度考察其变化。作者认为，随着南宋中兴时士风发生变化，使北士人展现出图强自振的精神风貌，涌现出如洪迈、王之望、洪适等重要使北士人和诗人，他们将使北经历、见识和感情形诸诗文，表现了对国土分裂的感慨，恢复中原的理想等，令使北诗歌思想内容更加丰富深刻。使北诗歌开拓了南宋中兴时期的诗歌题材，具有鲜明的时代特色和独特的文学史意义。许浩然《从“文化中心”到“官僚机构”——北宋后期词垣文化的演变》[⑤] 指出，北宋词垣在古文运动与新旧党争背景下，从欧阳修、苏轼时代至后期的绍述之政、徽钦之朝，由“文化中心”逐渐变为“官僚机构”。欧、苏居于词垣时，主动追求古文事业，引领士大夫文化发展的方向，彰显出超轶政治权势的文化魄力。但是到北宋后期，再经靖康之乱，后至南宋，词臣群体官僚面貌愈发恶化，词垣因为词科之学的背景依旧延续了官僚性的一面。晚宋郑清之、林希逸、刘克庄、胡谦厚等人的《文房四友除授集》，向来被认为所收乃游戏文章而不受人重视，程章灿《文儒之戏与词翰之才——〈文房四友除授集〉及其背后的文学政治》[⑥] 通过细读文本，尤其是根据宋本《文房四友除授集》中存录的林希逸、刘克庄、胡谦厚的三篇序文，以及陈垲的一篇跋文，看到宋代四六文、词翰人才与政治之关系。文章指出，伴随政局动荡及郑、林、刘三人的仕宦起伏，还有胡谦厚困于场屋的境遇，四人同作此类除授文字，其意非仅在游戏，更在彰显词翰才华，且具有各自不同的政治考量。

---

① 《清华大学学报（哲学社会科学版）》2017 年第 1 期。
② 《四川师范大学学报（社会科学版）》2017 年第 2 期。
③ 暨南大学出版社 2017 年 1 月版。
④ 《文学遗产》2017 年第 2 期。
⑤ 《文学遗产》2017 年第 5 期。
⑥ 《清华大学学报（哲学社会科学版）》2017 年第 5 期。

民俗与文学的关系在本年度仍颇受关注。李黎《宋代民俗与诗歌研究》① 一书分上下编，上编六章研究宋代各类民俗诗歌的创作特征和表现手法等，思考了宋代诗人如何主动观照民俗并将其作为诗歌书写的重点对象。下编四章聚焦处于诗歌嬗变重要时期的南宋，诗人的世俗化心态及对民俗的强烈关注如何影响了诗歌的题材、审美与诗风。成明明《宋诗中的七夕书写》② 展现了七夕民俗和宋诗间的互动关系。文章指出，相较于宋代笔记对七夕记载的不遗余力和浓墨重彩，因节日自身内涵和角色限定，以及宋代文人较强的疑古精神和学究气等因素，宋诗对七夕的书写主要集中于对牛郎织女传说的反思和批评，对乞巧行为的干预嘲讽以及依托七夕抒发其他情感。在艺术上呈现出议论、说理突出，幽默诙谐、游戏翻案十足的特点。余敏芳《回望与坚守：论宋代节俗词怀旧书写的文化意义》③ 指出，宋代节俗词的怀旧书写立足于民俗的承传性，从记忆中的民俗经历出发，通过对节日风俗追忆式的场景重现或实践回望式的选择联想，抒写对往昔的眷念和幽怜，具有慰藉心灵情感、身份追寻与文化认同、以个人小历史反映社会大历史三方面的文化意义。

佛禅与文学关系方面，周裕锴、祁伟《宗风与宝训——宋代禅宗写作传统研究》④ 一书分上下编，以宋代禅宗文学书写的个案为研究对象，主要讨论了三方面的内容：一是禅宗世代相传的诗歌范式，如山居诗、十二时歌、牧护歌等，如探讨山居诗中从禅意的云到禅意的屋之演变，宋代文人和僧人拟寒山诗的不同特点；二是禅宗的散文传统，包括禅林笔记、禅门请疏等，如探讨宋代禅林笔记的忆古情结和书写策略；三是考察禅门特殊的写作惯例和禁忌，如以忌日为生辰，以锁骨为栓索等。全书具体而微，深入揭示了宋代禅门书写的规则特点和具体状貌。左志南《近佛与化雅：北宋中后期文人学佛与诗歌流变研究》⑤ 从分析士大夫诗歌中运用的佛教典故、术语入手，结合当时文人与佛教之关系，探寻文人接受佛学思想的逻辑顺序及其佛学思想体系的生成。在此基础上，兼顾当时儒释整合的文化发展趋势，以文人对佛禅理论的接受内容、研习角度为切入点，深入讨论了文人学佛与其诗歌创作的关系，考察了文人学佛变化在诗歌流变中的作用。作者以北宋中后期具有代表性的王安石、苏轼、黄庭坚及江西诗派为个案具体论析，通过个案与整体，历时与共时相结合，实现了对北宋中后期诗歌流变研究的深化。周裕锴《文字禅与宋代诗学》⑥ 在考察大量禅宗、诗歌文献及禅僧与士大夫的活动史实后，认为禅宗与诗歌的这次“语言学转向”，体现了宋人对语言与存在关系更深刻的认识，是宋代文化全面繁荣的产物，而禅与诗在文字上的相互渗透和深层对应，在文化史上尤具有重要意义。王树海、朱丽华《黄庭坚诗歌的文化资本辨白》⑦ 探析了黄庭坚诗歌创作所依循的文化资本是儒、释、道。儒家文化的核心道义，可保障黄诗格调品位；释家文化对宇宙时空的悟解等，使黄诗的表达从容而智慧；道家文化尤其是庄子几曾让山谷痴迷，其阅世行世之辩，增益了山谷对“人间世”的超然洞见。

---

① 中国社会科学出版社 2017 年 7 月版。
② 《安徽大学学报（哲学社会科学版）》2017 年第 3 期。
③ 《中国文学研究》2017 年第 4 期。
④ 中国社会科学出版社 2017 年 3 月版。
⑤ 中国社会科学出版社 2017 年 10 月版。
⑥ 复旦大学出版社 2017 年 12 月版。
⑦ 《东岳论丛》2017 年第 8 期。

吴冬红《乱世雅音：宋南渡台州词人群体创作论》①、梅华《宋代文集序跋中的地域书写》② 涉及地域与文学问题。前者深入研究了宋南渡后台州词人群体的创作指出，这个群体虽因政治因素生成，却又集体性地在创作中疏离政治，走向一种艺术的雅化，呈现出与南渡主流词坛不同的风貌。这种独特的创作现象与台州偏僻的地理位置、浓厚的佛道文化等紧密相关。后者认为，两宋时期地域意识的增强对文学产生了相应的影响，人们在文集序跋中不断挖掘和强调地域自然环境和人文环境对文学创作的影响，并将这种观念转化为一种地域书写方式。宋人对于地域文化的认同热爱，促使他们积极投身并参与到地域文化活动当中，这其中，撰序题跋成为撰序题跋者与文集作者之间沟通交流的独特方式，在一定程度上推动了地域文化的发展和繁荣。

宋代工商业空前繁荣，城市经济勃兴，运河等交通发达便捷，给文学尤其是市民文学带来了不小的变化。赵豫云《宋代运河与话本的兴盛》③ 认为，作为市民文学的宋话本，其传播、发展和南渡等与运河交通紧密相关。宋话本呈现了繁忙的宋代运河交通网络，其对运河沿岸市民营生的独特叙事，再现了较真实的宋代运河都市图景。文章指出运河文化影响下的宋话本具有独特的文献和思想、艺术价值。彭敏《宋代湖湘诗人群体与地域文化形象研究》④ 一书从地域文学角度立论，探讨宋代湖湘文学的特色。上编通过不同身份类型的诗人群体对湖湘的书写展示了宋人笔下的湖湘，下编从独具地方特色的“潇湘八景”“潇湘意象”“潇湘石刻”考察了宋诗中的湖湘地域文化形象。张海鸥《宋代隐士居士文化与文学》⑤ 一书上编为专题论述，从文学、史学、哲学等多角度探讨了宋代隐士居士文化与文学之深层关系，下编为宋代隐士、居士的叙录，收录隐士 570 人、居士 291 人，并为每人撰写了小传并注明主要的文献线索。

宋代是一个各类文化艺术高度发达的时代。书画上，张鸣《文学与图像：北宋乔仲常〈后赤壁赋图〉对苏轼原作意蕴的视觉诠释》⑥ 针对古代历史上文学文本转换为绘画文本的现象，从文学研究的立场出发，讨论了北宋乔仲常《后赤壁赋图卷》对苏轼原作《后赤壁赋》的视觉呈现和主题揭示。通过文学原作和绘画图卷的比读，比较文学原作和绘画图卷的结构安排、角度转换、画面构图等因素，解读了画家对文学原作的理解和形象转换，解释了画家如何根据自己对文学作品的理解和想象以安排角度，重塑情节、细节与形象，从而再现文学原作的审美内容和诠释思想意蕴。文中还根据所见新材料，对历来争论的《后赤壁赋》中苏轼所梦道士的人数问题给出了令人信服的论断。张毅《南宋诗学“中兴”的书画元素》⑦ 则梳理了促成南宋诗学“中兴”的陆、杨、范、尤“四大诗人”以及姜夔的书画造诣认为，他们创作的论诗诗、论书诗和题画诗，将书画艺术的审美元素融入到创作构思和表现技法上，为诗、书、画的会通提供了榜样。在音乐文学方面，徐利华《宋代雅乐乐歌

---

① 《浙江师范大学学报（社会科学版）》2017 年第 1 期。

② 《学术交流》2017 年第 4 期。

③ 《江西社会科学》2017 年第 3 期。

④ 中国社会科学出版社 2017 年 3 月版。

⑤ 社会科学文献出版社 2017 年 6 月版。

⑥ 《国学学刊》2017 年第 4 期。

⑦ 《文学与文化》2017 年第 3 期。

研究》[①] 一书从礼乐文化与诗歌的关系切入，考证了宋代雅乐乐歌的作者和作年等，并在礼、乐两个维度研究其发生、功能和文体特征，是一部宋代雅乐乐歌的系统研究专著。陶然、周密《唐宋步虚韵的词学观照》[②] 一文从词学研究的视角，结合道教音乐步虚韵与汉魏清商乐尤其是南方祀神歌有密切渊源，与佛教梵呗也存在同源互通关系的背景，论析了步虚词的源流及其与唐宋词乐、词调的关系。此外，周生杰《论宋代藏书诗的创作及文化意义》[③] 研究了宋代藏书文化下生成的藏书诗，发现它们以藏书家为观照对象，以藏书活动为歌咏主旨，以藏书楼为审美意蕴，彰显了藏书与"家庭精神"、读书及文化传衍等一脉相承的关系，文章认为宋代藏书诗开启了元明清藏书诗繁荣之端，并可能对叶昌炽等创作藏书纪事诗具有重要影响。

三、思想理论研究

思想理论研究方面，韩经太《宋型文化人格与唐宋转型艺境的一体生成》[④] 反思了"宋型文化"讨论的思想空间认为，其间的核心问题和核心原理皆围绕着宋型文化人格和唐宋转型艺境的一体化生成。如此文艺思想体系建构的士大夫精神风貌，典型表现为"迭为宾主"的政治文明意识、"以道自贵"的道德文章自信、"光风霁月"的君子人格气象。与此相应，则有"不问于主人"的艺术生活观、"晋宋间人"的名士风流意态和"景色可想"的诗歌美学追求。文章提出，深入探析这种同时涵涉政治与艺术、道德与风流、人格与诗艺的学术问题，将大大有益于通过宋型文化典型来重新阐释中华优秀传统文化的核心精神。

胡建次、邱美琼合著《宋代诗学的多维观照》[⑤] 一书从不同视角多维地考察了宋代诗学。其一讨论宋代诗学的范畴与命题，以廓清其中重要且具特色的如诗意、诗韵、诗趣、诗格等论；其二讨论宋代诗学中关于陶渊明、李白、杜甫、韩愈、欧阳修、苏轼及黄庭坚之论，以探宋人诗学观念的渊源和应用；其三系统梳理和考察宋代唐诗学研究，由此视角彰显宋代诗学精神的意义；其四研究宋代江西籍诗论家，主要论析黄庭坚、惠洪、曾季貍、朱弁等人的诗学思想、具体批评和创作实践，从乡邦诗学的角度拓展与深化对宋代诗学演变发展及其特征的把握和体认。最后于附录中收录了围绕宋代诗学不同专题研究撰写的五篇文章，在通观视域中进一步反思和把握宋代诗学演变发展的历程、内在特征及传播和影响等。该书丰富和深化了对宋代诗学的研究，为此后的相关研究提供了可资借鉴的考察角度。

情理之争历来是诗学的一个重要命题，这在标榜理学、谈诗论道皆以"理"为最高标准的宋代尤为突出。如何在"主理"的诗学背景下为"主情"的创作事实争取一个合法空间，是宋人不得不面对的难题。刘靓《宋代诗学中的情理之争》[⑥] 讨论了宋人为解决这个难题付出的努力，作者认为放弃辩护，承认"强直之士，怀情正深"，使情和理在"刚者必

---

① 人民出版社 2017 年 3 月版。

② 《浙江大学学报（人文社会科学版）》2017 年第 2 期。

③ 《中国文学研究》2017 年第 3 期。

④ 《中国文化研究》2017 年第 3 期。

⑤ 商务印书馆 2017 年 8 月版。

⑥ 《郑州大学学报（哲学社会科学版）》2017 年第 1 期。

仁”的哲学层面达成和解才是关键。近年来，关于古代文章学的成立时期问题，成为了学界争议的一个焦点，张志勇《再论古代文章学的“宋代成立说”：以古文运动为中心》① 认为，此问题实际上涉及古代文章本原功能的实现及文章谋篇布局方法演进等根本性问题。东汉至南朝的“八代文”可以概括为“诗化文章”，从功能及谋篇方法上与唐宋散文对比，则可发现宋代古文运动的兴起促成了文章之叙事和议论两大功能得以完全实现，因而“中国文章学”作为一门学科的最终成立应定位于宋代。

吕思勉在1931年的《宋代文学》中就曾指出骈文和散文分途，各就所长以为用，然而宋人对骈文的“应用”究竟持怎样一种观念，这种观念又与当时的骈文写作有何关系，这些问题均未得到很好解决。周剑之《宋代骈文“应用观”的成型与演进》② 在梳理史实的基础上，绾合观念与写作，给这些疑问提供了较明确的答案。文章指出，“应用”成为宋人对骈文的基本定位，随着这种观念的成型，形成了骈散分途的格局。宋人对骈文存在着“有用”和“无用”这样两极分化的评价，构筑了宋代骈文多维度的价值体系。故以“应用观”为基础，才能有效实现宋代骈文的深入探究。张翼驰、党圣元《北宋初期古文家韩愈观异同论》③ 通过《旧唐书》与《新唐书》对韩愈评价的巨大差异，看到北宋初期是韩愈观形成的重要时期。由于关注焦点的差异而形成了以柳开和王禹偁为代表的两派韩愈观的分歧，这种分歧孕育了宋代文学与学术的萌芽，是后世文学及学术冲突与融合的预演，是北宋古文运动的重要准备阶段，并为北宋中叶古文运动的顺利完成提供了理论基础与实践经验。

在南宋的词科批评中，较为典型的有吴子良、刘克庄之“词科习气”说。管琴《论南宋的“词科习气”及其批评》④ 细致系统地梳理了南宋的“词科习气”之由来，并以明确被指出具有“词科习气”的周必大、吕祖谦和王应麟为例分析认为，“词科习气”和“词科程文手段”“词科体”等系列批评，包含了对词学的轻视，不乏以偏概全等问题，但它们也为南宋的科举时文与四六文批评增添了新的内容，体现出南宋文学批评更加丰富化与细化的趋向。孙克强《试论唐宋词坛词体观的演进——以〈花间集叙〉〈词论〉〈乐府指迷〉为中心》⑤ 注意到欧阳炯的《花间集叙》、李清照的《词论》以及沈义父的《乐府指迷》恰在词史发展的关键节点上，作者认为它们准确地把握了词体发展的新变和特质，清晰勾画出唐宋词学史的发展路径，代表了当时词体观的最高成就，具有里程碑的意义。在晚宋词论研究方面，孙虹《晚宋“骚雅”词论与江西诗学》⑥ 及其与胡慧聪合作的《晚宋“清空”说与词学法度》⑦ 分别讨论了张炎所提“骚雅”和“清空”两论。前者从诗骚以来的诗教传统、清刚峭拔的诗境格调、“活法”建构的诗性语言三个层面论析了江西诗学对“骚雅”词论的深刻影响。后者认为“清空”说是对晚宋词学由推崇质实典丽到清空骚雅的总结，是晚宋词人共同的创作追求和理论建构，而张炎及晚宋词人创作具有词学法度的实践范本意义。

---

① 《深圳大学学报（人文社会科学版）》2017年第3期。
② 《华东师范大学学报（哲学社会科学版）》2017年第2期。
③ 《河北学刊》2017年第6期。
④ 《文学遗产》2017年第2期。
⑤ 《文学遗产》2017年第2期。
⑥ 《南京师大学报（社会科学版）》2017年第5期。
⑦ 《上海大学学报（社会科学版）》2017年第1期。

除以上成果外，尚有不少对具体的某一群体和某位作家之文学思想或理论的研究。唐宋时代诗僧辈出，他们在诗歌创作和理论方面皆成就斐然。周萌《宋代僧人诗话研究：诗学、禅学、党争交织的文学案例》[①] 一书以宋代诗僧为考察对象，考辨宋代僧人的诗话，探寻这些诗话的诗学特色，注意到宋代诗僧的诗话在诗学、禅学、党争多重背景下的发展路径。北宋庆历时期是士人主体精神较为自由和高扬的一个时代，高宏洲《庆历士人的文学不朽观》[②] 经细致的文献梳理，发现北宋庆历士人对人生和文学如何不朽等问题有着深入的思考。在他们看来，人只有通过立德、立功、立言才能实现人生的不朽，文学创作极为重要，但其根本在于道义，所以须具备辞采和独创性，正是这样的文学不朽观奠定了北宋古文复兴的基础。

欧阳修的文学思想极为丰富且影响着宋代文学的发展流向，故而长期以来吸引着研究者的目光。谢琰《“不朽”的焦虑——从思想史角度看欧阳修的金石活动》[③] 抓住了金石活动这一古人实现“不朽”的有力方式，探讨欧阳修在“不朽”问题上的焦虑。欧阳修为前人编纂《集古录》，为逝者作墓碑和墓志，为地方官创作记文并刻石等，皆极为积极和精心，且频繁表达了对“易失”“易坏”现象的敏感与忧惧。这实际上是仁宗朝诸多士大夫的共识与风气。“不朽”焦虑的存在及表现方式，能够反映社会转型时期新兴阶层的成熟进程，具有思想风候的意义。任竞泽《辨体对立角色与破体开拓意义——欧阳修的文体学思想探微》[④] 通过全面搜罗、分析欧阳修的相关文体批评材料，从辨体尊体论、破体变体观和文学革新运动等多层面构建出欧阳修的文体学理论批评体系，文章认为欧阳修的文体学理论极为丰富，在宋代文体学乃至中国古代辨体理论批评史上都具有举足轻重的历史地位。

另外，朱良志《论苏轼的“无还”之道》[⑤] 从“性”“见”“变”“物”几个方面，论析了苏轼以“无还”为核心建立的艺术哲学思想。文章提出，此种思想直接影响了苏轼在艺术创造、赏鉴等问题上的看法。以苏轼为首的文人集团的形成，标志着传统文人艺术真正成为一种与重载道、顺秩序一脉思想相抗衡的思潮，这对南宋以来文人艺术的发展产生了根本性影响。钱志熙《黄庭坚哲学思想体系述论》[⑥] 指出，黄庭坚的哲学思想体系，以圣学、道学为最高范畴，与当时流行的理学流派同中有异。其主要贡献在于提出圣俗之辨的实践哲学，“道德本心”与“万物一家”是其哲学思想体系的两个重要思想，相应地在经学上富有宋儒经学的特点，同时也吸收了汉儒的经学。黄氏的圣学、道学追求在某些方面可视为陆王心学之先驱。刘勇刚《论秦观的思想路径与济世情怀》[⑦] 由秦观初字“太虚”到改字“少游”，梳理其从受张载“太虚即气”影响导向建功立业的实践，转为归心于东汉马少游，选择低微自适的人生。然而两种影响一直存于秦观内心，终以太虚精神为主体，不忘济世之初

---

① 北京大学出版社 2017 年 2 月版。
② 《江西社会科学》2017 年第 1 期。
③ 《华东师范大学学报（哲学社会科学版）》2017 年第 2 期。
④ 《甘肃社会科学》2017 年第 6 期。
⑤ 《文艺研究》2017 年第 11 期。
⑥ 《文学遗产》2017 年第 4 期。
⑦ 《北京大学学报（哲学社会科学版）》2017 年第 1 期。

心。张毅《诗书画“三绝”的新古典范式——赵孟頫文艺思想的三种面相》[①] 注意到在将元初南北的文艺复古思潮整合为新古典主义的历史进程中，由宋入元的文艺全才赵孟頫起到了核心作用。他往来于江南与大都，与南北的诗文家和书画家交流切磋，成为诗书画“三绝”的典型。他提出的“古意”说以及对“唐法晋韵”的理解等，为元代诗书画三位一体的文艺创作指明了发展方向。

吴可《藏海诗话》是宋代颇具特色的一部文学批评著作，孙可《〈藏海诗话〉创作范畴论——兼论宋代诗学中“以禅喻诗”风气的形成》[②] 以此书为突破口，考察了宋人对于诗歌创作的基本看法认为，其中的“法”“化”和“悟”等论来源于宋人自觉引入大量佛教术语和佛禅观念，是“以禅喻诗”的成功探索，并进而论析了宋代诗学“以禅喻诗”风气的形成过程。谢琰《“道喻”的日常化趣味及思想史意义——〈二程遗书〉的一种文学解读》[③] 则从文学角度解读哲学名著《二程遗书》，打开了新的思想史研究空间。文章指出，《二程遗书》的文学趣味集中体现为，利用先秦诸子典籍资源以譬喻方式说解形而上学问题的“道喻”。二程“道喻”的表达方式呈现出日常化趣味，它揭示了宋代哲学方法论的重大新变。这种新变体现在苏轼诗文中即表现为“理趣”。“理趣”呼应“道喻”，印证了文学与哲学的深层联系。

李清照《词论》自上世纪50年代以来，一再成为学界关注的热点，围绕词“别是一家”、对北宋词人的评论，以及《词论》写作时间等问题展开了多方面的研究，然而迄今不少问题仍未辨明。由于缺少文本以外的材料佐证，姜荣刚《李清照〈词论〉思想正解——也以李八郎之例的解读为基础》[④] 通过文本细读获得了一些突破。作者以在《词论》中承前启后的李八郎故事为切入点，发现李清照是有意将此故事放在盛唐历史语境下叙述，借此说明词胎息于当时流行的胡部新声，具有可歌性，故而重新为《词论》首句断句，由此判断李清照对宋词趋雅持肯定态度，“别是一家”只是对当时词丧失可歌这一基本属性的反拨，并无回归词的传统风格与反对诗、词合流之意，可歌与雅正是其词学批评的两大标准。张海明《李清照〈词论〉首句的解读及相关问题的辨析》[⑤] 同样针对《词论》首句。通过对前人论述的详细梳理和反复推敲，为首句重新断句，最后又回到北宋中期词学背景下考察指出，《词论》实沾溉于苏门评词风气，且写作时间当在李清照婚前。首句的“乐府”乃“歌”之代称，“声诗”分指曲调与歌词。“别是一家”说是由词源自歌导出，其内涵不止于协律，知词与否并非仅由此裁定。最后推测《词论》可能因晁无咎评词而作，其事其文很可能载于晁著《骫骳说》，该书后以抄本形式流布，其中“晁无咎评本朝乐章”及李清照《词论》为吴曾收入《能改斋漫录》，胡仔《苕溪渔隐丛话后集》因之，流传至今。两篇文章切入点不同，但得出的结论颇有重合之处，大大推进了《词论》相关问题的研究。

---

① 《文艺理论研究》2017年第3期。

② 《山西师大学报（社会科学版）》2017年第4期。

③ 《北京师范大学学报（社会科学版）》2017年第4期。

④ 《文学遗产》2017年第1期。

⑤ 《清华大学学报（哲学社会科学版）》2017年第6期。

四、传播接受研究

传播接受研究是近年来古代文学研究中的热点，宋辽金领域亦不例外。随着学术积累的不断增加，针对作家作品本位研究的空间不断缩小，在此形势下从其传播与被接受的角度来思考和探索，不失为一个新的学术增长点。

王兆鹏多年来密切关注中国古代尤其是宋代文学的传播，撰写了相关专著和多篇论文，本年度其《宋代〈赤壁赋〉的“多媒体”传播》[①] 围绕苏轼《赤壁赋》何以能在南宋时成为经典名篇的问题展开，文章认为这与当时的“多媒体”传播密切相关，即主要指可视的书法绘画和可听的吟诵歌唱。苏轼至少 5 次手书《赤壁赋》赠送友人，后又经石刻和临摹，由人际传播转而为大众传播。徽宗朝几度禁毁苏轼文字，却从反面刺激了时人的热爱与追捧，禁愈严而传愈多。《赤壁赋》还被宋金数十位画家创为《赤壁图》。此外，《赤壁赋》不仅有人吟诵，更被配乐而歌，成为流行歌曲。如此，在自媒体和多媒体的合力下，《赤壁赋》的传播效应自然得以快速提升，最终使该篇在南宋成为经典。诸葛忆兵《论宋代时文之传播》[②] 从科举制度切入，注意到自宋真宗朝以来，科考录取的重心转移到了时文上，于是对时文的收集或刊印就成为必然之事，时文之传播亦由此大大加速。宋代印刷术的发展，为时文刊行提供了技术支持；书肆商贩因时文之商业利润开始大量编录、刊印和销售此类作品选集以供考生学习速成；南宋时，朝廷开始强化管理，整顿与时文刊印贩卖相关的一系列问题，如禁止将时文贩卖到境外等，试图将刊印权力收归官方所有等。科举制度影响了市场选择，宋代时文在官方管理和书商私印的多方作用下得以迅速传播，这种传播直接影响着宋人的思维和创作。

此外，潘明福《北宋时期文人文集的“行卷式”传播》[③] 和马强才《修辞技艺·信息传递·知识扩散：诗歌自注的多重功能——以王安石、苏轼、黄庭坚为例》[④] 关注到了两种独特的传播方式，即行卷和自注。作为北宋时期科举背景下文人文集的一种传播方式，潘明福指出“行卷”具有传播目的的功利性与传播路径的单一性、传播内容的精品化和传播文本的临时性、传播对象的明确性和传播时间的固定性三方面的特点，同时采用“射线群”和“代表作品领衔传播”两种模式进行传播。尽管北宋时期文人文集的“行卷式”传播存在着制度和非制度层面的多重阻力，但由于前代行卷风气作为惯例的影响以及行卷成功者所带来的鼓舞的原因，此种方式的传播在北宋社会有着强劲的生命力。马强才则以王安石、苏轼和黄庭坚为例，说明诗人的自注不只是一种修辞技艺，通过自注，依托诗歌文献传播，进入公共传播领域，它可以调节诗歌的阅读接受效果，助力诗歌表情达意功能的实现。

以上论文涉及传播主体、传播环境、传播方式、传播内容等因素对文学传播速度和效果产生的重要影响，所论多为同一时代的共时性传播。本年度施晔《高罗佩〈棠阴比事〉译

---

① 《文学遗产》2017 年第 6 期。

② 《西南大学学报（社会科学版）》2017 年第 2 期。

③ 《江汉论坛》2017 年第 6 期。

④ 《杭州师范大学学报（社会科学版）》2017 年第 3 期。

注——宋代决狱文学的跨时空传播》[①] 一文在传播研究中显得别出新意。《棠阴比事》本是南宋桂万荣辑录的历代刑讼故事之汇编。1956 年荷兰汉学家高罗佩《棠阴比事：中国古代的罪与罚》出版，是欧美汉学界最早对《棠阴比事》的一部学术性译注。然而迄今为止，鲜少有人论及。施晔从传播角度将这部译注重新拉回学界的视野，呈现了一场宋代决狱文学从中国国内到国外、从南宋到二十世纪跨越时空的传播。文章分析了高罗佩该译注的三大价值，即考察了比事源头和相关典故，向外国展示了中国司法史之源远流长和博大精深；分析评判了中国古代司法体系之长短优劣，做到了高屋建瓴与精细入微；梳理该书版本变迁及东传详赡可信，为后来的研究者奠定了坚实的文献基础。作者指出，译注最独特的贡献在它将《棠阴比事》的研究成果与狄公案小说创作完美结合，使汉学研究走出象牙塔而为大众接受，并带动了西方作家吸收"棠阴"养分新创狄公案故事的热潮。

接受研究方面，首先是对接受史的研究。本年度，美国学者艾朗诺著《才女之累：李清照及其接受史》[②]，由夏丽丽、赵惠俊翻译出版。在李清照研究成果早已汗牛充栋的今天，艾朗诺的专著没有提供新的文献和材料，却独出机杼地着意于做"减法"，从接受史的角度梳理古今浩繁的相关资料，将李清照及历代研究者还原到历史语境中予以重新审视，经过严密的分析论证，提出了令人信服的新颖看法，无疑是本年度极为亮眼的一部论著。论著前五章分析了李清照作为女性作家在生前如何写作，通过写作努力获得认可等，提出李清照的作品并不等同于其具体的人生。自第七章始，作者不吝笔墨地连续三章分别厘清李清照去世后在南宋至元代、明清以及现当代的接受史。艾朗诺认为，后人对李清照作为才女形象的认知和看待她的立场历经了层累性的变化，不少关于李清照的惯常言论其实皆是精心阐释的产物，是经过了传统文化系统的棱镜折射之后的。后人为了强化她的传统形象，甚至在为李清照的作品结集时，混杂了许多后起的拟伪之作。艾朗诺的论著对传统的思维模式提出了挑战，将数世纪以来外加于李清照的累赘层层剥离，重构一个更加接近本来面貌的李清照的形象，展现了自宋代以来长达数世纪的颇富趣味的李清照接受史，也让学界看到了李清照研究更多的可能性。

陈文忠《"历代文话"的接受史意义——〈醉翁亭记〉接受史的四个时代》[③] 是对欧阳修的名篇《醉翁亭记》千年接受史的分析和探究。《醉翁亭记》虽然一俟写成即为时人所传诵，但时人传诵并非一路歌颂。作者指出，该篇的接受史实际可分为特点鲜明的四个时代，即宋代之"讥病"，元明之"辩护"，清代之"细读"和现代之"追问"。文章全面细致地考察了《醉翁亭记》在四个时代跌宕起伏的接受史，不仅有助于深入把握作品的艺术特色和作者命意，也可以由此见出不同时代文学观念的微妙变化，得窥历代文评家的识见和经历对文本解读的深刻影响。

其次是对宋人接受前代文人的研究。宋皓琨《黄州耕作：苏轼接受陶渊明历程中的关键因素——在北宋诗学背景下考察》[④] 讨论苏轼对陶渊明的接受认为，苏轼能成为陶渊明接

① 《文学遗产》2017 年第 2 期。
② 上海古籍出版社 2017 年 3 月版。
③ 《安徽师范大学学报（人文社会科学版）》2017 年第 3 期。
④ 《中国韵文学刊》2017 年第 6 期。

受史上的经典，关键在于黄州耕作。和大多数文人在田园中怡情养性、对陶渊明的接受仅停留于符号化层面不同，苏轼在黄州的耕作是迫于生计，他对土地有生存和精神的双重依赖，将个人生命意蕴赋予土地，真正深入接受和领悟了陶渊明，达到了“我即渊明”的境界。没有黄州耕作，苏轼便不可能在惠州、儋州时期达至“渊明即我”的至境，从而成为经典。周裕锴《苏轼眼中的杜甫——两个伟大灵魂之间的对话》① 探究苏轼对杜甫的接受。创新之处在于，作者将苏轼对杜甫的理解和接受，视为这两位伟大诗人之间的对话。苏轼如何回应杜甫遗留下来的会话材料，既透视着杜诗作用于苏轼思想、行动的痕迹，同时也塑造着杜甫的形象和杜诗的品格。苏轼眼中的杜甫和时论保持着一定距离，不论推崇、调侃或微议，实则都是从其自身的个性、观念和体验等出发，更注重杜诗在自己心中引起的共鸣。苏轼引自己为杜甫的异代知己，将杜甫作为自己的代言人。杜诗浸透在苏轼生活的各个方面，实际上已化作苏轼生命的一部分，超越了文本本身，成为一种生命诗学。

对杜甫的文学接受，成为北宋中期以后文坛的重要内容。除以上论及的苏轼外，欧阳修、黄庭坚、王安石诸家，对杜甫诗歌的精湛艺术，均表现出一致的赞赏和敬意，而其中黄庭坚的接受在当时影响最大。在黄庭坚的引领和倡导下，以杜甫为诗歌创作的最高典范，形成了宋代最具影响力的江西诗派。赵德坤《黄庭坚谪居黔戎时期对杜甫的文学接受》② 指出，从文学创作和文学理论层面出发，黄庭坚对杜甫的接受可以谪居西南为界分前后两阶段：被贬前，黄庭坚主要在诗歌写作上，对杜甫的词法、句法、律法和意法心摹手追，并在此基础上提出“点铁成金”的观点；谪居黔戎时，更侧重从文学理论维度审视杜甫的诗歌艺术，进而认识到人生境遇的跌宕与苦难对其审美境界的淬炼和升华。这种从诗法向诗意的纵深性拓展，亦影响着江西诗派未来的发展方向，为南宋初期江西诗派后劲诗风的转向埋下了伏笔，从而使其诗艺探索终于从故纸堆中走出来迈入现实世界。

五、文献考辨和整理

文献研究主要包括作家的生平和交游等行止事迹，文学作品的真伪、留存和所涉问题的考辨等，以及古籍文本的校勘注释搜集之类的整理工作。本年度，除文学文本和常规历史资料外，研究者扩展了探索边界，注意到石刻题名、书法丛帖等文献。国内发现的文献外，更积极发掘和利用海外稀见和未见的汉籍资料。

作家作品的考辨方面，刘成国《新见史料与王安石生平行实疑难考》③ 根据新发现的北宋杭州灵隐山张奎的摩崖题名、程俱《余杭法喜院荆文公书堂》诗歌自注，考证出了王安石曾于仁宗康定二年赴杭州探望大妹王文淑，并在法喜院读书且有题诗。其次，根据《续资治通鉴长编》《宋会要辑稿》中关于李琮伴送辽使归国的记载，考证出王安石嘉祐五年春天伴送辽使归国时，曾按惯例越过宋、辽边界进入过辽国，并且撰有四篇描写辽国境内景物的诗歌，此外未曾正式使辽。再次，又根据《（景定）建康志》关于王安石熙宁八年三月一

---

① 《四川大学学报（哲学社会科学版）》2017 年第 6 期。

② 《中国韵文学刊》2017 年第 3 期。

③ 《文学遗产》2017 年第 1 期。

日赴阙的记载，考定《泊船瓜洲》作于熙宁元年三月中旬，并判定“春风自绿江南岸”为原初文本，以及《宋史》对王安石和吕惠卿交恶、新党分裂的叙述与史实并不相符。最后根据王巩《闻见近录》的记载，考证出《四家诗选》应编撰于神宗元丰五、六年间，且未必有明确贬李白之意。充分利用新见材料，纠正了学界之前的误判，解决了王安石一生行实中的几个疑难问题，为此后相关研究打下了可靠的文献基础。李小龙《宋末笔记作者罗大经生卒年及罢官考》① 在罗大经《鹤林玉露》的点校者王瑞来研究基础上进一步考察，由罗大经随父谒诚斋的绍熙五年（1194）为“十许岁”，庆元二年（1196）遇日本国僧时为“少年”，淳祐十一年（1251）忽被罢官等多重证据，推出罗大经确切的生年为淳熙九年（1182）；再细致分析《鹤林玉露》各编的成编时间，作者认为罗大经去世时间最晚不会晚于宝祐元年（1253），享年72岁。

《家世旧闻》是陆游所著的一部具有重要史料价值的笔记，上世纪90年代曾由孔凡礼点校整理出版。张剑《〈家世旧闻〉版本补议——兼议陆游家世诗数量稀少的原因》② 首先就孔凡礼留下的遗憾，列表将《家世旧闻》的孔凡礼点校本与穴砚斋本、张珩藏本比对分析，梳理清楚了《家世旧闻》的版本源流。其次，文章分析指出该书一直未能刊刻，不仅因为其作乃与家训、家谱同类的家庭内部读物而不欲公之于众，也因为在新学遭到抨击的当时，考虑到书中对王安石及新学有褒美之言等，故意藏之。最后，论及陆游家世诗数量稀少的原因。作者认为陆游更愿意选择比诗歌更加庄重的史笔方式来记述先人言行，他通过《家世旧闻》表达着对家族的怀念与尊敬。刘镇《苏轼〈不获再会帖〉考论——兼及苏轼与章楶之诗词酬唱与交游》③ 关注到了书法丛帖文献。《不获再会帖》是苏轼传世书迹中的精品，以往对于此类书迹文献，皆囿于书法研究的范畴，此文首次详考其文字内容和所涉史事，通过资料钩沉和梳理，考实此帖作于元丰三年六月廿八日，收信人为章楶。由此论及章楶与苏轼的交往集中在诗词唱和、书画往来、酒禅相慰几个方面。此文在利用丛帖文献的基础上，对于二人文字交往进行挖掘和编缀，为书迹文献和文学研究的联结提供了启示。

关于李清照研究，学界争议的晚年再嫁和《词论》的写作问题，皆涉及王灼的《碧鸡漫志》和晁公武的《郡斋读书志》。张海明《王灼与晁公武的交往——李清照研究中一桩不为人知的史实》④ 不同于以往分别对王、晁的研究，敏感地觉察到二人之间可能存在联系，且由此探知李清照《词论》的写作与传布问题。作者通过细致考辨指出，南宋高宗绍兴十四至十五年间，王灼、晁公武曾同在四川，确有过较为密切的接触，王灼《次韵晁子与》五首实为与晁公武唱和之作，“子与”乃晁公武字“子止”之讹。晁公武因特殊身份和经历可能知晓或听闻过李清照早年的情况和《词论》创作。王灼《碧鸡漫志》所记李清照之事应得自晁公武处，根据其评苏词“今少年妄谓东坡移诗律作长短句”，可推断《词论》当作于李清照与赵明诚结婚之前。

---

① 《宋代文学评论（第二辑）》，中国社会科学出版社2017年6月版。

② 《宋代文学评论（第二辑）》，中国社会科学出版社2017年6月版。

③ 《文艺研究》2017年第4期。

④ 《北京师范大学学报（社会科学版）》2017年第5期。

马里扬《陈师道〈秋怀十首〉考释》① 主要解决了四个问题。其一，辨析前人对作年的判断，重断《秋怀十首》当作于陈师道元祐元年秋客寓汴京城南时。其二，考证出“四十尚无君”为尚未入仕之意。其三，透过三、四两首中与邢恕、王直方的交游，考见陈师道等士子当日处境并非只有贫苦牢愁。其四，借考释第五首厘清了陈师道与“苏门”诸君子、苏轼间的关系。此文弥补了前人研究所未及，呈现出陈师道的真实处境与思想状态。王兆鹏、肖鹏《范仲淹边塞词的现场勘查与词意新释》② 考证出范仲淹《渔家傲》创作的时间地点为庆历二年的庆州，继而重返历史现场去勘查，文章认为这首（组）边塞词实则抒发了范仲淹内心的悲凉，是其反复思考用兵用策之利害得失的产物，体现其厌恶战争杀伐、悲悯天下苍生的高尚情怀。诗词而外，程民生《〈庄家不识勾栏〉创作年代与地点新考》③ 重考了杜善夫的代表作套曲《庄家不识勾栏》。根据杜善夫的生活经历、曲作选题和情趣，以及曲中所言进入勾栏的费用、演出内容和程序、演出的剧本服饰和演员等要素，推知《庄家不识勾栏》乃金朝末年杜善夫居汴京期间所作，反映了金末汴京杂剧的演出和勾栏形制。

文献搜集和整理方面，诸葛忆兵《宋代科举资料长编》④ 一书是在其多年来宋代文学研究基础上产生的力作。作者以“竭泽而渔”的方式，力图尽可能全面地搜集、考辨和汇编与宋代科举相关的所有文献资料，体现出作者一贯对第一手文献资料的高度重视和文史贯通的研究理路。全书分为北宋、南宋、综合三大卷，所收资料来自宋代的史书、笔记、别集、总集、类书、辞书、地方志等各门类著作。在编排体例上，北宋和南宋卷以传统的时间为结构线索，综合卷则以史书、笔记、文集之类的书籍门类编排结构，呈现出宋代科举制度演变的过程，以及与此相关的社会制度、政治思想、文化观念、文学风气的发展及其转变历程，为学界提供了一个相对完整的宋代科举制度发展史，是此后研究宋代科举与文学等相关议题不可或缺的文献资料。

由顾宏义主编的《朱熹师友门人往还书札汇编》⑤ 是迄今为止最完备的一套朱熹书札集。该书收录了朱熹与朝中公卿、师友故旧、乡亲门人等往还的书札约 3000 通。这其中包括朱熹亲笔书札（包括残篇、断句）2580 余通，其他人致朱熹的书札（包括残篇、断句）370 余通。书札的时间跨度上起绍兴十七年（1147 年）下至庆元六年（1200 年）朱熹病殁前夕，涉及人物多达 530 余人。全书的独特处在于，全文汇编了当今所存朱熹书信及他人予朱熹之书信，按往还次序系年编列。编纂方式亦具有创新性，以与朱熹有书札往还者姓名的汉语拼音为序，并在人名下简述其生平事迹及与朱熹之交友情况，然后收录其与朱熹往还书札，以通信年月先后为序。对撰写时间不明、收信者姓名不详等书札均加以考证辨别。该书清晰地展现了朱熹等人的学术思想之形成、演变和发展，是研究朱熹生平、思想及宋代理学、南宋学术思想等方面的重要资料。

---

① 《文学遗产》2017 年第 1 期。
② 《文艺研究》2017 年第 2 期。
③ 《中州学刊》2017 年第 1 期。
④ 凤凰出版社 2017 年 6 月版。
⑤ 上海古籍出版社 2017 年月版。

何新所《新出北宋石刻碑志文献刍论》[①] 一文作为其所编《新出宋代墓志碑刻辑录（北宋卷）》一书的前言，介绍了宋代石刻文献的流传保存及整理刊布概况，文中指出，宋代墓志碑刻仅目前公布的或有著录的数量就有1000种左右，未公布收藏于公私机构和藏家手里的应该也不下1000种，未来的相关整理研究工作任重道远。此外，文章还介绍了《新出宋代墓志碑刻辑录（北宋卷）所收北宋石刻概况，讨论了其于文献、文学、艺术方面的重要价值。

域外汉籍研究是当前东亚学术范围内的前沿课题，已然成为中国古代文学研究新的学术增长点。卞东波新著《域外汉籍与宋代文学研究》[②] 共分三辑，第一辑介绍域外汉籍中所见宋代文学新文献，约占全书篇幅的一半，由《宋代的东坡热：福建仙溪傅氏家族与宋代的苏轼研究》《〈精刊补注和陶诗话〉与苏轼和陶诗的宋代注本》《曾原一〈选诗演义〉与宋代“文选学”》《域外汉籍中所见宋代江西诗派新资料及其价值》《域外汉籍中所见南宋江湖诗人新资料及其价值》及《宋元之际古逸书〈唐宋千家联珠诗格〉》六章组成。第二辑研究宋代文学在域外的传播与接受，包括《欧阳修〈庐山高〉〈醉翁亭记〉在朝鲜汉文学中的追摹与变形》《朱子〈斋居感兴二十首〉在东亚社会的流传与影响》《文人传记的不同书写——〈宋史筌〉〈宋史〉文人传、〈艺文志〉书写之比较》三章。第三辑侧重于讨论宋代文学典籍的域外版本及价值，亦有《朝鲜活字本李壁注〈王荆文公诗〉之文献研究》《京都大学附属图书馆藏正中元年（1324）跋刊本〈诗人玉屑〉考论》《和刻本宋代笔记谫论》三章。作者向学界介绍了许多罕见甚至未见的域外新材料，着力分析这些材料的阐释特色，且开创性地使用了“推源溯流”“文本旅行”“书籍环流”“文献文化史”等新方法和前沿观念，在东亚视域下追问不同文本在中日韩三国流变中的思想和文化意义，借他山之石，为中国古代文学研究提供更完善的材料，在“汉文化圈的知识共同体”内探究中国文学典籍的更大意义和价值。该书文献考证与研究功力扎实，同时注重建构“文献—文化”的视野，具有课题新、材料新、视角新等学术价值。卞东波还有《域外汉籍与施顾〈注东坡先生诗〉之研究》[③] 一文，来源于该书第一辑第二章。

除此以外，黄燕妮《宋代〈文苑英华〉校勘研究》[④] 一书从古文献学的角度，运用校勘学、版本学、文化史、汉语史等多方面的知识，对宋代周必大等人的《文苑英华》校勘进行了总结研究。研究内容涉及校勘者的个人情况、校勘者依据的文献资料、校勘方法等。唐玲《宋诗注释方法芹献》[⑤] 一文以宋代著名诗人“小东坡”唐庚的诗集为例，结合宋代其他诗人的作品，探讨今人注释宋诗时应遵循的原则、义例和方法。辽金部分，阎凤梧主编的《全辽金文》为辽、金两代文章总集之渊薮，是研究辽金文学方面重要的参考资料。然而该集仍难可避免出现断代文学总集无法将作品搜罗完备的问题，自出版以来即有不少学者进行补遗。本年度，吕冠南《〈全金辽文〉补遗八则》[⑥] 从方志丛书及佛教文献中录得八则

---

① 《新宋学（第六辑）》，复旦大学出版社2017年10月版。
② 中华书局2017年6月版。
③ 《文学遗产》2017年第6期。
④ 巴蜀书社2017年5月版。
⑤ 《文史哲》2017年第3期。
⑥ 《江苏大学学报（社会科学版）》2017年第5期。

佚文发表，同时为继续补充该总集提供了资料线索。

最后，在已进入大数据、云计算为代表的新时代的今天，刘京臣《大数据视阈中的文学地理学研究——以〈入蜀记〉〈北行日录〉等行录笔记为中心》① 积极利用大数据（Big Data）作技术支持，讨论了文学地理研究问题。作者注意到融文学、史学、地理学、地图学等诸要素于一身的行录笔记，在文学地理学学科中特征最明显，也最易与信息技术相结合。文章以《入蜀记》《北行日录》等行录笔记为中心，说明通过对行录笔记进行数据挖掘（Data mining），可以将道里遐迩、郡邑更革以及疆域、建置、名胜、古迹、山川、江河、时事等数字化，如此既能与其他文献互证，又能补文献之缺。与地理信息系统（Geographic Information System，即 GIS）结合，在方志与其他相关文献建立起关联的基础上，不但可以增加地图的标注范围，依托虚拟现实（Virtual Reality，即 VR），还可将城池区划、布局、建筑等立体呈现。文章对我们如何在中国古代文学研究中积极利用新技术以及正视新技术带来的巨大挑战等问题方面，颇具启发性。

总的来说，2017 年的宋辽金文学研究，一方面能在文学史问题的探索、分体研究、作家作品阐析等揭示文学内部问题的本位研究领域坚守阵地，反思长期以来陷入僵局的议题并找到新的切入口，关注到以往被忽视或讨论不够的问题，且能开掘如日常化书写等新鲜的研究视角；另一方面在文学的文化研究、传播接受研究等外部领域又能尽可能地拓宽范围，开阔思路，并辅以大数据等现代方法，作深入贯通的研析。此外，还能突破旧有思维，将被当作历史或其他文献的书写形式纳入文学研究的范畴；积极利用文学文本和传统史籍文献以外的资料，如摩崖石刻、书法丛帖等；发掘和引入海外稀见甚至未见的汉籍资料。所有这些，都展现出研究在进入深水区后，开始查漏补缺、深耕细作和开疆拓土的总体趋势。需要说明的是，以上这些情况更多的是针对宋代文学研究而论，相较之下，辽金文学研究尚处于探索阶段，虽然也取得了一些成绩，但在研究的广度和深度上都有极大的进步空间，未来可在密切联系辽金时段特点的情况下，在方法和视角等方面借鉴宋代文学的研究经验。

（本文审稿专家　吴光兴）

① 《文学评论》2017 年第 1 期。

2017 年元明清文学研究综述

王宣标 李 芳 朱 姗

元代文学

元代文学研究方面，何跞的学术专著《元代文学新论：民族性、理学与真性情》① 认为，民族性与理学这两个背景因素，使元代文学整体上具有重真性情的倾向，其既体现为戏曲的俗白叙事与直接抒情，也体现在诗文风气的宗唐得古和春容盛大。少数民族的尚直之风，与理学的深心自得殊途同归，在文学中走向性情尚真，只是有着大气与平和之别。文人风尚的民族性特征、文学思想的理学影响、文学作品重真性情的倾向，构成了元代文学的整体风貌，使其区别于唐、宋、明、清等其他朝代。这三方面相互作用和影响，形成大气、尚直、尚真的大元文学精神，绘出大元文学的独特盛景。

学术论文方面，武君《元代总集开放式的编集方式及其诗学意义》② 总结出元后期所编元诗总集最显著的特征是一种“旋得旋录”“反复编刊”开放式的编刊形式，作者认为这与元后期文人的文化心理及元诗史发展特征密切关联。关于元代书画与文学的关系研究，本年度的成果有谷卿《论元代雅集品题的内涵特质》③ 以雅集中的书画为研究对象，文章认为参与雅集的品题者或试图借助对品题对象的评述和诠释表达政见和立场、对当政者进行规鉴；或因集体品题的现场性而在文本群中构设对话与互文，亦由此形成一种书写的类型化倾向；又或力图跳脱出品题对象的基本内容和语境，隐微或明晰地呈现个人寄意。张毅《尽得古意与形神兼备》④ 一文中提出，江南士人在与他们的交往过程中写的一些题画诗和书画题跋，不仅是对他们艺术创作的欣赏，也使诗学的“宗唐得古”与文人书画在得“古意”问题上实现会通。南北的诗人画家在题画诗和书画创作中努力探寻新的文艺发展途径，追求清雅品格和天真之趣，明确了“高尚士夫画”需形神兼备的文艺思想。大数据的发展也为元代文学研究提供新的思考和方法。徐永明《全元文作者地理分布及其原因分析》⑤ 一文利用大数据，对《全元文》中有籍贯或省级行政区域著录的 1794 位作者的地理分布及其原因，进行了分析。

元杂剧的研究，版本方面的研究成果有如下几种：张倩倩《元杂剧文本体制的定型——

① 天津人民出版社 2017 年 10 月版。
② 《文学遗产》2017 年第 6 期。
③ 《文学评论》2017 年第 1 期。
④ 《复旦学报》2017 年第 2 期。
⑤ 《复旦学报》2017 年第 2 期。

兼与〈剑桥中国文学史〉商榷》① 一文认为，曲文完整的《元刊杂剧三十种》取得了文学的身分，拥有了固定的文学形式，完成了元杂剧文本体制的定型。范德怡《元杂剧的版本差异与脚色研究》② 从脚色研究的角度来讨论元明杂剧刊本的差异问题，文章认为，虽然明刊、抄本元杂剧在元刊本的基础上对脚色有一些改编，但并未改变元刊本中就已经形成了的元杂剧脚色体制。元杂剧的内容相关研究本年度呈现出一些新意，曹瑜《论元杂剧对死亡现象的描写——以如何处理亡者骨殖为中心》③ 认为，元杂剧中描写了人们对亡者骨殖的处理，体现了骨殖神圣、入土为安、以死惩恶、事死如事生等死亡观，相关的仪式与习俗描写从一个侧面映照出元代的社会生活风貌，也折射出儒、佛、道死亡观的互渗及其对现实生活中死亡习俗、死亡观念的影响。艾炬《论元杂剧与元代刷卷制度》④ 认为，刷卷制度与杂剧创作有着密切关系。一方面，元杂剧为我们提供了刷卷者的身份、刷卷的内容以及刷卷发挥的作用等历史信息；另一方面，刷卷制度对元杂剧的创作有着重要影响：刷卷是冤假错案得以昭雪的关键因素，是推动故事情节发展的重要环节，是塑造丰满生动人物形象的重要手段，同时刷卷情节还蕴含了杂剧作家的创作旨趣。

明清诗文

2017 年度明清诗文研究的重心依旧在诗文思想及理论研究，取得诸多成绩引人瞩目；于此之外，在诗文文献整理研究、地域家族文学研究、文体学研究、女性文学研究等方面也都有所突破。以下先就该年度诗文思想及理论研究的重要专著、论文进行概述，再对其他四个专题研究依次进行总结。

明代诗文理论研究，专著有何宗美、张晓芝《〈四库全书总目〉的官学约束与学术缺失》⑤ 以《四库全书总目》明人别集“提要”为主要研究对象，从版本、文献、批评三个方面分析版本著录及对明代文学评价的缺失，对代表官方政治概念和文学思想的《四库全书总目》就明代文学所作的评价进行考证、辨析和清理。李国新《明代诗声理论研究》⑥ 指出，明人将诗学与哲学、美学等联系起来，集中关注声与气、声与义、声与情、声与形等几组关系的讨论，而明代诗声理论的核心“诗主声”是中国诗学发展到一定阶段的理论总结。张慧琼《唐顺之研究》⑦ 主要涉及唐顺之的生平、文学创作、文学思想、交游以及在文学史上的地位评判。周锡山《汤显祖与明代文学》⑧ 则选择汤显祖的美学思想、《牡丹亭》研究、汤显祖与明代文学等三个基本问题展开论述，通过这一个案研究凸显明代文艺思潮的某些特征，尤其关注明代戏曲创作、曲学观念、舞台风尚之间的互动关系。此外，罗时进

---

① 《民族文学研究》2017 年第 5 期。
② 《文化遗产》2017 年第 1 期。
③ 《戏曲艺术》2017 年第 3 期。
④ 《戏曲艺术》2017 年第 4 期。
⑤ 人民文学出版社 2017 年 3 月版。
⑥ 中国社会科学出版社 2017 年 8 月版。
⑦ 凤凰出版社 2016 年 12 月版
⑧ 上海人民出版社 2017 年 5 月版。

《文学社会学：明清诗文研究的问题与视角》[①] 为作者近年来所发表论文的结集，主要涉及地域空间、家族文学、制度文化、社会阶层、人际交往、社团集群、文人品格等方面，也很值得注意。

重要研究论文，有饶龙隼《明代人物诗传之叙事》[②] 认为，明代人物诗传提供了新的文学质素，拓展了诗歌叙事的功能与题材，并讨论其话语间性产生的理据与来源。龚宗杰《近世视野下的明文话研究与文章学建构》[③] 一文在文献稽考的基础上，以批评文献的“近世性”为视角，结合明文话所处近世社会之教育、科举制度及出版文化等在内的历史语境，探索明文话研究与文章学体系建构的思路。黄卓颖《茅坤古文选本与批评——“逸调”的提出、运用及其意义》[④] 指出，茅坤在编纂古文选本的过程中，明确提出学神理的复古主张，以“逸调”来坐实神理，并在批评实践中进一步加以推广和运用，使其最终被确立为古文批评的理想范畴。袁宪泼《以书喻诗：明代复古派的书学与诗学》[⑤] 认为，明代复古派采取以书喻诗的方式确立了一套成熟的诗法观念，为复古思想在明代的大行其道奠定了基础。薛欣欣、朱丽霞《王世贞与唐宋派关系新辨》[⑥] 分析了王世贞对唐宋派从批判到宽容的变化历程，文章认为这既反映出个人遭际在文学史书写中的偶然性，又折射出文学集团内部对于新思潮从探索到吸纳的必然性。孙学堂《“大礼议”与嘉靖前期重情重韵的诗学思想》[⑦] 通过分析“大礼议”对诗人心态的影响指出，“大礼议”促进了重情、重韵的诗学思想在嘉靖前期的发展。师雅惠《乱世文人的持守与展望：竟陵派的文章理论与创作》[⑧] 讨论竟陵派领袖钟惺、谭元春等人的文章理论与传统古文观念的因革，而他们的文章创作从实践的角度表达了对深厚、诚挚的文人“性灵”的追寻。此外，值得注意的论文，还有李超《李贽的文学观念与晚明小品文的勃兴》[⑨]、吴晟《胡应麟的江西派诗比较论》[⑩]、刘彦彦《袁宏道心路历程与诗风嬗变》[⑪]、肖艳平《以禅论杜——傅山文学批评实践举隅》[⑫]、陈飞《金圣叹幼年家难探测——相关诗文读释》[⑬] 等。

清代诗文理论研究，专著有刘敬《清初士林逃禅现象及其文学影响研究》[⑭] 基于对清初士林逃禅现象的文献辨正与爬梳，揭示其独特的宗教文化属性，寻绎其在历史、宗教、文化、文学等层面的发展脉络，进而研究其在文学领域的实际影响、特殊价值及其背后的宗教

① 中华书局 2017 年 12 月。
② 《文学评论》2017 年第 5 期。
③ 《文艺理论研究》2017 年第 6 期。
④ 《文学遗产》2017 年第 4 期。
⑤ 《文艺理论研究》2017 年第 2 期。
⑥ 《苏州大学学报（哲学社会科学版）》2017 年第 5 期。
⑦ 《文学遗产》2017 年第 1 期。
⑧ 《苏州大学学报（哲学社会科学版）》2017 年第 2 期。
⑨ 《江苏师范大学学报（哲学社会科学版）》2017 年第 2 期。
⑩ 《社会科学》2017 年第 8 期。
⑪ 《中国文学研究》2017 年第 2 期。
⑫ 《中国文学研究》2017 年第 2 期。
⑬ 《上海师范大学学报（哲学社会科学版）》2017 年第 5 期。
⑭ 人民出版社 2017 年 7 月版。

文化动因。杨子彦《乾嘉情文理论研究》[①] 认为，情文关系是文学研究最基本和核心的问题，存在于文学活动的所有环节。该书从性与理、情与幻、性情与格调、情感与虚构等多种角度，对乾嘉时期情文理论进行深入研究。王宏林《乾嘉诗学研究》[②] 从诗人、诗道、诗史、诗法、贡献五个方面对乾嘉诗学加以宏观考察，并通过与前代诗学的比较，凸显乾嘉诗学的学术价值、时代特征和诗学贡献。蔡德龙《清代文话研究》[③] 在普查清代文话文献的基础上，结合清代特有的学术风会与时代思潮，从宏观与微观两个层面对清代文话展开研究。此外，张则桐《明末清初散文探微》[④]、朱迪光《王夫之诗歌创作考论》[⑤]、时志明《盛世华音——清代顺康雍乾诗人山水诗论》[⑥] 等专题研究，也值得关注。

具有宏观视野的研究论文，有蒋寅《在中国发现批评史——清代诗学研究与中国文学理论、批评传统的再认识》[⑦] 指出，清代诗学的丰富文献促使我们重新认识中国文学理论、批评的传统，研究其拥有的丰富的概念、命题和独特的批评形式，有助于实现“在中国发现批评史”的学术理念。罗时进《作为清代文学批评形式的“岁末祭诗”》[⑧] 认为，“岁末祭诗”至清代演变为一种特殊的文学批评形式，其包含选择、品鉴、取舍的过程，具有强烈的自我检视、内向否定倾向，并带有鲜明的行为表现色彩，仪式化的语境呈现出一定的悲剧性美感效果。徐雁平《论清代写照性手卷及其文学史意义》[⑨] 则认为，清代写照性手卷将图像、题识、印章以不同的组合方式固定在作为物质载体的卷轴上，形成一个容纳不同时空、不同声音的文学世界，其制作以现实交往的“近似写照”为基础，塑造了一种“形散神聚”的文人群体形象。罗时进《清人焚稿现象的历史还原》[⑩] 指出，清代大量焚稿现象具有一定的隐私性，其发生有着复杂的原因，需要在深入研究的基础上揭示这一社会意念的本质特点，以及作为一种文学批评行为的意义。而分时段或具体个案研究的论文有，蒋寅《乾隆朝诗学史研究的问题与方法》[⑪] 认为，乾隆诗学整体上的多样化格局和丰富的诗学理论使乾隆诗学史的研究面临前所未有的复杂性，该文提出以时间线索为经、以流派为纬的研究思路，力求以一个清晰、合理的格局展开对乾隆朝诗学史的论述。马昕《袁枚的咏史诗批评观念与风格追求》[⑫] 指出，咏史题材在袁枚的诗学世界中占有重要而独特的地位，袁枚对咏史诗创作也提出两条具体要求：一是“新义”，即思想内容上的高超识见；二是“隽永”，即在艺术风貌上形成感情深沉悠远、意味绵长不绝的效果。蒋寅《翁方纲对王渔洋诗

---

① 中国社会科学出版社 2017 年 2 月版。

② 百花洲文艺出版社 2017 年 10 月版。

③ 中国社会科学出版社 2017 年 11 月版。

④ 中国社会科学出版社 2017 年 3 月版。

⑤ 中国社会科学出版社 2017 年 5 月版。

⑥ 凤凰出版社 2017 年 1 月版。

⑦ 《文艺研究》2017 年第 10 期。

⑧ 《文艺研究》2017 年第 8 期。

⑨ 《文学评论》2017 年第 3 期。

⑩ 《文学遗产》2017 年第 5 期。

⑪ 《武汉大学学报（人文科学版）》2017 年第 6 期。

⑫ 《苏州大学学报（哲学社会科学版）》2017 年第 2 期。

学的接受与扬弃》[①] 基于翁方纲诗学与王渔洋诗论的对话关系，细致梳理翁方纲对王渔洋诗学的全部看法，从而更完整地理解翁方纲自己的诗歌理论，从诗学史的角度给予较为全面的阐释和价值评判。谢海林《曾国藩与道光后期诗坛的宗黄之风》[②] 指出，曾国藩道光后期标举黄诗，在一定程度上得到了京城诗坛的高度赞扬和湘籍文士的积极响应，但曾国藩自诩为黄诗热的始倡者则并不符合史实。左鹏军《曾国藩的诗文理论观念及其近代意义》[③] 分析了曾国藩诗文理论所具有的丰富内容，文章认为这些观念反映了曾国藩及其同道者在继承传统诗文理论基础上进行适度变革转换的稳健姿态，也透露出中国近代文学理论发生内在变革和寻求理论出路的时代信息。此外，罗时进《明清诗界的"差序混层"与"众层化创作"》[④] 指出，明清诗界的差序格局相当复杂，对其混层现象尤其需要进行深入切当的辨识，因此应该对明清诗人群体采取众层化研究方法，将各阶层诗人的创作纳入视野加以考察以更多地呈现各种诗学现象和创作成果。其他值得注意的论文，还有黄卓颖《论明清之际的比兴诗学——以朱鹤龄、冯班、贺裳、吴乔四家为例》[⑤]、白一瑾《清初庙堂文人诗学意识形态之建构——以施闰章、魏裔介、冯溥为中心》[⑥]、郭院林《"圣君"表述与欲望掩饰——论乾隆南巡诗的内在紧张及其成因》[⑦]、李立、李建中《叶燮的比喻性诗学》[⑧]、刘畅、郑祥琥《王士禛中晚期诗风"亦唐亦宋"特征新论》[⑨]、梁琳《问题视域中的沈德潜与厉鹗唐宋之争》[⑩]、叶晔《论袁枚的"以棋喻诗"说及其源流》[⑪]、刘大先《满洲心象：论顾太清创作与晚清旗人社会心理》[⑫]、萧晓阳《"荒寒"与"同光体"诗歌的境域》[⑬]、丁恩全《论晚清何家琪以性情展现为中心的文章学》[⑭] 等。

（一）诗文文献整理研究

该年度有多种明清诗文文献先后整理出版，值得注意的有许建平、郑利华主编《王世贞全集·弇山堂别集》[⑮]，全书100卷，记载明朝典制沿革、稗史异闻、史乘考误等，具有较高的文学和史学价值。赵广升点校《孙应鳌集》[⑯]，是为资料完备的孙应鳌诗文全集。刘

---

① 《北京大学学报（哲学社会科学版）》2017年第4期。
② 《文学遗产》2017年第4期。
③ 《文艺理论研究》2017年第4期。
④ 《江海学刊》2017年第3期。
⑤ 《文艺理论研究》2017年第5期。
⑥ 《上海大学学报（社会科学版）》2017年第5期。
⑦ 《苏州大学学报（哲学社会科学版）》2017年第2期。
⑧ 《苏州大学学报（哲学社会科学版）》2017年第4期。
⑨ 《贵州社会科学》2017年第7期。
⑩ 《甘肃社会科学》2017年第5期。
⑪ 《苏州大学学报（哲学社会科学版）》2017年第1期。
⑫ 《文学遗产》2017年第5期。
⑬ 《苏州大学学报（哲学社会科学版）》2017年第5期。
⑭ 《苏州大学学报（哲学社会科学版）》2017年第1期。
⑮ 上海古籍出版社2017年8月版。
⑯ 人民文学出版社2017年6月版。

正刚整理《区太史诗文集（外二种）》①，收区大相及胞弟区大伦所著诗文。宫晓卫、修广利辑校《邢侗集》②，以邢侗诗文集《来禽馆集》为主体内容，兼收邢氏杂著及诗文辑遗等。张明华、朱玲芝校注《芦花湄集校注》③，对张鹤鸣《芦花湄集》进行整理，并考订张氏家世、生平。冯君豪遗著《袁宏道游记笺评》④，该书从文章评析、胜地概述、同游考略等进行笺注，并辑录后世名家对袁氏游记的评述。翟奎凤、郑晨寅、蔡杰整理《黄道周集》⑤，收录黄氏各体文千余篇。章建文校点《吴应箕文集》⑥，收明末复社领袖吴应箕《楼山堂集》《楼山堂遗文》等。陈传席点校《陈洪绶集》⑦，对陈氏《宝纶堂集》重新整理。范道济点校《查慎行全集》⑧，汇集查氏十余种著作，具有重要的文献价值与学术价值。陈东辉主编《卢文弨全集》⑨，对现存卢氏著述进行全面而系统的整理，其中大部分是首次整理校点，并附《抱经堂集外佚诗文》《清卢抱经文弨先生年谱》等。张剑、张燕婴点校《莫友芝全集》⑩，汇集莫氏 19 种著作，并附莫友芝研究资料汇编、莫友芝年谱简编等。崔建利校注《柯劭忞诗集校注》⑪，汇辑柯氏《蓼园诗钞》《蓼园诗续钞》，并辑佚存世诗若干首，在此基础上进行点校、注释。此外，张剑、徐雁平、彭国忠主编的《中国近现代稀见史料丛刊》（第四辑）12 种 17 册⑫也具有很高的学术价值。

诗文理论文献方面，陈广宏、龚宗杰编校的《稀见明人文话二十种》⑬，在全面调查、搜集明人文话及文章学著述的基础上，选取《文章绪论》《文训》等二十种稀见罕传的明文话予以点校出版。陈广宏、侯荣川编校的《明人诗话要籍汇编》⑭，择取在文学批评史、文体史上具有较高价值的明人诗话五十种要籍，汇为一编。

文献研究方面，著作有魏宏远《王世贞文学与文献研究》⑮一书在新发现文献的基础上，指出王世贞晚年在创作内容、取法对象、创作方法、审美趣尚、文学思想等方面都发生了转变，标志着七子派复古运动的式微。研究论文有高虹飞《汤显祖尺牍相关问题再考》⑯考证汤显祖部分尺牍的交流对象、写作时间等相关问题。萧海扬《陈继儒诗文集的流传及版本述略》⑰根据现存六种版本在文本文句之间的差异，区分为万历本与崇祯本两大系统，

---

① 齐鲁书社 2017 年 6 月版。
② 齐鲁书社 2017 年 3 月版。
③ 社会科学文献出版社 2017 年 4 月版。
④ 绛树出版社 2016 年 6 月版。
⑤ 中华书局 2017 年 7 月版。
⑥ 黄山书社 2017 年 2 月版。
⑦ 中华书局 2017 年 7 月版。
⑧ 中华书局 2017 年 11 月版。
⑨ 浙江大学出版社 2017 年 11 月版。
⑩ 中华书局 2017 年 1 月版。
⑪ 中国社会科学出版社 2017 年 3 月版。
⑫ 凤凰出版社 2017 年 7 月版。
⑬ 上海古籍出版社 2016 年 12 月版。
⑭ 复旦大学出版社 2017 年 6 月版
⑮ 上海古籍出版社 2017 年 3 月版。
⑯ 《中国典籍与文化》2017 年第 1 期。
⑰ 《中国典籍与文化》2017 年第 2 期。

并分析两大系统之间的关系。而李瑄《袁宏道诗文辑佚及佛教文献的利用》[①]《吴梅村佚作与明清文学研究中佛教文献的利用》[②] 通过佛教文献中袁宏道、吴梅村诗文的辑佚，指出佛教文献对明清文学研究有不可或缺的作用，应当引起研究者重视。

（二）地域家族文学研究

地域文学研究方面，饶龙隼《元末明初大转变时期东南文坛格局及文学走向研究》[③] 指出，东南文学生态的形成具有两大表征：元末明初南北文化被隔裂、东南文人呈地域群落分布；这不仅成为当时文坛格局的基本框架，而且影响着元明之际的文学走向。邱江宁《浙东文人群与明前期文坛走向——从“元正统论”视角观照》[④] 则认为，浙东文人秉持“元正统论”，概括提出元季创作总体上“通经显文”的特点，这也可以看作是明初的创作取向。关中文学研究，常新《明清时期关中士人生存境遇与文学生态》[⑤] 对明清关中士人的生存状态与文学之间的关系进行考察，展示明清关中文学的演变轨迹，较为全面地反映明清关中文学的地域特色。冉耀斌《清初关中诗人群体研究》[⑥] 则系统研究清初关中诗人群体的诗学理论、创作成就和地域特色，探讨清初关中诗人群体的文化渊源、创作心态和审美情趣。云南文学研究，孙秋克《明代云南文学家年谱》[⑦] 对 18 位明代云南文学家的生平事迹、政治哲学思想、文学理论、文学交游、文学创作及诸因素相互之间的内在联系进行系统考察。李潇云《清代云南诗学研究》[⑧] 则认为，对地域化的清代云南诗学主体而言，其诗学话语建立在自为式构建的诗人自身与家国、审美与道德若即若离的情怀之上。其他地域文学研究，吴中胜《明清江西诗学与文论》[⑨] 考察明清以来江西诗学的发展历程，并对明清江西出现的总结地域性文论思想的编著进行分析。顾浙秦《清代藏事诗研究》[⑩] 论述清代藏事诗的渊源及演化，总结其诗体特点，并阐述藏事诗与时代历史事件和藏族社会文化之间的互动关系。至于域外交往方面，夏敏《明清中国与琉球文学关系考》[⑪] 也值得注意。此外，关于地域经济与文学的关系，李传江《明清两淮盐业经济影响下的区域文艺创作与消费》[⑫] 认为，明清时期两淮盐业经济的迅速发展影响了区域文艺创作与消费。陈书录《明清地域商贾与文学》[⑬] 则系统梳理明清地域商贾与文学互动的传统，发掘明清时期文学与地域商贾及地域文化三者之间交叉互动中的历史价值、经济价值与美学价值。

---

① 《浙江学刊》2017 年第 2 期。
② 《文献》2017 年第 6 期。
③ 国家图书馆出版社 2017 年 11 月版。
④ 《苏州大学学报（哲学社会科学版）》2017 年第 5 期。
⑤ 中国社会科学出版社 2017 年 5 月版。
⑥ 中国社会科学出版社 2017 年 4 月版。
⑦ 商务印书馆 2017 年 11 月版。
⑧ 中国社会科学出版社 2017 年 3 月版。
⑨ 中国社会科学出版社 2017 年 7 月版。
⑩ 中山大学出版社 2017 年 11 月版。
⑪ 社会科学文献出版社 2017 年 9 月版。
⑫ 《求是学刊》2017 年第 1 期。
⑬ 《南京师大学报（社会科学版）》2017 年第 4 期。

家族文学研究方面，杨昇《明代艺文家族研究》① 探讨明代艺文家族的生成因素、时空分布和姻娅关系，考察明代社会物质、文化水平的发展状况与艺文家族勃兴现象之间的关联，并分析明代艺文家族产生、发展的基础和动力。王小舒、袁鳞《晚明山左公氏昆仲的诗学观及其创作取向》② 分析蒙阴公氏的代表诗人公鼐、公鼒昆仲各自的诗学主张和取得的创作成就。温世亮《张英家族与清代"清真雅正"的文学风尚》③ 认为，张英家族所秉持的文学创作理念与清廷文统相适应，又借助其政治文化地位在诗坛文坫发挥一定影响，与清代"清真雅正"的文学风尚有着内在的联系。王德明《论清代临桂况氏文学家族的重"法"传统》④ 则指出，清代临桂况氏文学家族重视文学作品作法的总结，形成了其特有的传统和与众不同的个性特征。沙先一、秦敏《江南家族与学术共同体——以涉园张氏家族为例》⑤ 以浙西海盐涉园张氏家族为例，探讨清代家族学术共同体如何利用自身的文化资源进行学术研究，展开家族性"对话"，推进知识生产和文学生产。此外，王泽强《清末才女汪藕裳及其家族名人研究》⑥ 也值得注意。

文人群体研究方面，罗时进《明清江南市镇及其文学群落的形成——以空间分布、流动汇聚、环境生态为视角》⑦ 认为，分析文学群落的形成，特别要注意作为历史要素的明清江南市镇的物质环境和人文生态。叶晔《提学制度与明中叶复古文学的央地互动》⑧ 则指出，明代复古作家们通过提督地方学政建立起复古文学思想在中央与地方之间的流动通道，借此与馆阁文学的庶吉士培养模式相抗衡。张涛《文学社群与文学关系论》⑨ 考察"社群文人群体运作方式"这一明清特殊文学样态，具体分析万历末年至康熙初年社群对当时文学发展的促进作用。蒋东玲《明清之际文人的集群关系变异及其诗界影响》⑩ 指出，明清之际的历史语境激变影响着文人集群关系的稳定性，出现了群体关系离析和再聚合互见的格局变化，这对清初诗歌创作思维的类型化、诗风气骨的两极化及诗歌体式的偏好性选择等方面都有所影响。邓晓东《顺治右文与燕台诗人群体的复古诗风》⑪ 认为，顺治亲政后的右文举措促成了清初燕台诗人群体的形成，其代表人物魏裔介的复古诗论与清初诗坛反思晚明诗学弊端的旨趣不谋而合。

（三）文体学研究

何诗海《明清时期诗文难易之辨》⑫ 认为，从"诗难于文"的传统和主流观念到明清

---

① 浙江工商大学出版社 2017 年 5 月版。
② 《苏州大学学报（哲学社会科学版）》2017 年第 6 期。
③ 《苏州大学学报（哲学社会科学版）》2017 年第 3 期。
④ 《苏州大学学报（哲学社会科学版）》2017 年第 3 期。
⑤ 《苏州大学学报（哲学社会科学版）》2017 年第 3 期。
⑥ 上海三联出版社 2017 年 12 月版。
⑦ 《社会科学》2017 年第 8 期。
⑧ 《文学遗产》2007 年第 5 期。
⑨ 人民文学出版社 2017 年 1 月版。
⑩ 《苏州大学学报（哲学社会科学版）》2017 年第 4 期。
⑪ 《文学遗产》2017 年第 2 期。
⑫ 《文学遗产》2017 年第 3 期。

时期“文难于诗”等异响别调的出现，正是对诗文性质、功用及文体尊卑的认识发生变化的自然结果。左杨《元明易代与宋濂的题跋文创作》[①] 结合宋濂的题跋文创作实践，发掘明人题跋灵活的体制特征及不容忽视的历史价值，探讨题跋文在明代的发展及对元代的承拓。李瑄《“梅村体”歌行的文体突破及其价值》[②] 则指出，从“梅村体”的叙述角度、结构设置、语言修辞等方面都不难看出戏曲模式的渗透，其“破体”动力来自吴梅村诗歌与戏曲互通的文体观，以及以诗歌容纳复杂人情、贴近世俗生活的多元价值需求。八股文研究方面，有张荣刚《明清八股文“代言”特征考辨》[③] 通过对八股文“代古人语气”和“代圣贤立言”特征形成发展过程的梳理，辨析八股文在“代言”方面所存在的不同观点。陈维昭《日藏稀见八股文集〈一隅集〉考论》[④] 则通过对陆陇其《一隅集》的分析，提出如何合理处理“义”与“法”的关系是陆陇其制义批评的重要内容。清代骈文研究方面，吕双伟《清代骈文对辞赋的扩容》[⑤] 认为清代的骈偶之文演进为“俪体”“骈体”“骈文”等，多包括讲究排偶的辞赋，这实现了对辞赋的扩容。张彦《梁章钜〈退庵论文〉的文笔骈散之辨及其意义》[⑥] 则认为，梁章钜重提六朝“文笔之辨”，意在提高骈文地位，批驳古文家穷经注史、远离文之本质、贬低骈文的观点。赵益《孙德谦“说理散不如骈”申论——兼论骈文的深层表达机制》[⑦] 指出，骈文之所以擅言中国思想中二元对立统一的“玄理”，是因为排偶的形式特性及其规约的二元结构产生出“并行背出、同时合观”的深层表达机制。吕双伟《曾国藩与晚清湖湘骈文批评的崛起》[⑧] 从曾国藩的骈文观念出发，探讨其主要观点，同时联系晚清湖湘其他文人的骈文批评，展现晚清湖湘骈文的崛起。此外，值得注意的论文，还有曹虹《清代文坛上的六朝风》[⑨]、张明强《论清初骈文家地理分布与地域骈文流派》[⑩]、杨旭辉《传统审美思维视野下的清代骈文理论与骈文修辞美感特质》[⑪] 等。

（四）女性文学研究

研究专著，有王郦玉《明清女性的文学批评》[⑫] 以明清时期女性所创作的各类文本为基础，结合明清女性的各种文学活动，分析归纳明清女性文学批评观念与思想，以厘清明清女性文学批评意识和观念产生和发展的历史脉络，展现明清女性文学批评的整体面貌。聂欣晗《清代女性诗学与文化》[⑬] 则纵向展示清代不同历史时期女性诗学经典所体现的与主流话语

---

① 《文艺研究》2017 年第 12 期。
② 《文学遗产》2017 年第 3 期。
③ 《浙江师范大学学报（社会科学版）》2017 年第 4 期。
④ 《复旦学报（社会科学版）》2017 年第 5 期。
⑤ 《中国文学研究》2017 年第 4 期。
⑥ 《广西师范大学学报（哲学社会科学版）》2017 年第 5 期。
⑦ 《文学评论》2017 年第 4 期。
⑧ 《文学评论》2017 年第 6 期。
⑨ 《安徽大学学报（哲学社会科学版）》2017 年第 1 期。
⑩ 《广西师范大学学报（哲学社会科学版）》2017 年第 5 期。
⑪ 《苏州大学学报（哲学社会科学版）》2017 年第 1 期。
⑫ 华东师范大学出版社 2017 年 12 月版。
⑬ 世界图书出版公司 2017 年 1 月版。

的疏离与结合，并从清代众多女诗人的屈骚情结与英雌话语中感悟清代知识女性的生命流动与诗学表达。此外，董佳贝《17—18 世纪桐城绅士家族闺秀研究》[①]、柳素平《追求与抗争：晚明知识女性的社会交往》[②] 也值得注意。研究论文，有曹慧敏、陶慕宁《明末清初女性文学的兴盛——基于文学生态角度的考察》[③] 认为，明末清初以女性作家群体为中心的文学生态逐渐形成，女性作家的思想意识不再囿于闺门之内，女性创作群体不分阶层融合起来，文学实践活动丰富多元。吴琳《清初闺秀与文人的交游网络及文学互动》[④] 则指出，顺康时期闺秀诗人通过唱和、社集、拜师等形式，与文人结成了复杂的交游网络，推助了闺秀名家的生成与作品的经典化。此外，李菁《明清嘉兴家族女性作家的时空分布及特征》[⑤]《明清嘉兴望族女性文学的创作分期》[⑥] 对明清嘉兴府女性作家群体的相关问题分别论述。

明清词学

明清词学研究中，研究著作有夏志颖《经典新诠与词学表微》[⑦] 认为，词人、词作、词籍、词学命题与词学概念，它们在词史、词学史的演进过程中具有核心地位，产生了显著影响，是解读词学史面貌生成的关键所在。

明代词学研究，张仲谋《明人词谱编撰的探索与贡献》[⑧] 一文认为，明代词谱作为词学入门的普及读物，在激发词学兴趣、培育词学爱好者方面发挥了重要作用，为明代后期的词学复兴在技术层面提供了条件保证；明人在词调的辑録甄别、异体的辨识认定，以及编排体例、图谱标识等方面的不懈探索，为清代词谱编纂的进一步完善，起到了不可或缺的探索与铺垫作用。周明初《南明词人方惟馨〈菩萨蛮〉的“词史”价值》[⑨] 认为，《菩萨蛮》组词实录了南明时期瑞金一带复杂的情势，反映出当时南明社会的普遍状况，具有“存史”“补史”的价值，在千年词史上是目前所见的最早的真正具有“词史”意义的作品，值得重视。

清词研究的学术论文中，张宏生《清词研究的空间与视野》[⑩] 认为，清词研究中对专篇、专人及专题的研究，都有进一步发展的空间。《清代的回文词及其传承与发展》[⑪] 认为，回文词的创作发展到清代达到了最高峰，不仅题材内容有所扩大，形式上也有了更多的变化。清人创作继承宋人，在回文词的创作上争奇斗艳，这正是他们试图提升词的地位的重要方式之一。彭玉平《晚清民国词的明流与暗流》[⑫] 系统梳理重拙大词说的发展流变，使之彰

---

① 华东师范大学出版社 2017 年 12 月版。
② 郑州大学出版社 2016 年 11 月版。
③ 《山东大学学报（哲学社会科学版）》2017 年第 2 期。
④ 《福建师范大学学报（哲学社会科学版）》2017 年第 3 期。
⑤ 《西安电子科技大学学报（社会科学版）》2017 年第 3 期。
⑥ 《重庆社会科学》2017 年第 10 期。
⑦ 人民出版社 2017 年 6 月版。
⑧ 《词学》2017 年第 1 期。
⑨ 《文学遗产》2017 年第 3 期。
⑩ 《北京大学学报》2017 年第 4 期。
⑪ 《复旦学报》2017 年第 1 期。
⑫ 《文学遗产》2017 年第 6 期。

显出晚清民国词学的一条重要的源流谱系，重新估量其意义。沙先一《选本批评与清代词坛的统序建构》① 认为，清代词坛以选本批评的方式建构起了各种统序；略分风格、地域、体裁和师法四种样式。选本批评的形态优势使得词选中的统序具有先天的权威性、鲜明的主观性和充分的展示性。曹明升、沙先一《清：清代前期词学风格论的核心范畴》② 提出，在清初词坛矫治鄙俗淫艳之风的过程中，词学风格论的核心范畴从“艳”向“清”发生转变。这既是词学批评内部因革损益的结果，也是受到了统治者对社会文化生活进行匡饬的影响。“清”范畴在构成态势上具有极大的开放性，它所衍生出来的一系列概念，涵盖了清初词学中有关创作主体、表达方式与审美特质等多个层面，构成了一套以“清”为核心的风格理论体系，并在客观上推动了当时的词风转变和流派构成。沈松勤《在唱和中逼出妙思》③ 提出，明清之际盛况空前的词体唱和成为词坛中兴的运行模式。作者认为唱和引领创作风格的新变，最终推进词坛中兴之盛，是在唱和史上树立全面推进创作繁荣的一个成功范例，为考察唱和的得失成败提供一个典型的正面案例。此外相关研究论文还有蔡雯《论清初咏物词的新题材及其时代意义》④、孙欣婷《从清词总集看清词三大家的经典化形成》⑤、彭志《明末清初词籍凡例探赜——以四库类丛书为讨论中心》⑥。

具体词人词作的研究中，与清代女词人顾太清相关的学术论文，有孙艳红、张震《论太清词本体特征的表现形式》⑦、卓清芬《试析顾太清仿拟宋词和编选〈宋词选〉的意义与价值》⑧。此外，还有朱丽霞《文人游幕与清初词坛——以词人万树为个案》⑨ 等。

明清小说

本年度的明清小说研究，在往年对于小说文献、小说文本、小说史及理论研究的基础上皆有所推进。值得注意的是，明清小说的域外传播作为近年来新兴的热点问题，在本年度的研究中继续取得令人瞩目的成果。

（一）小说文献学研究

本年度，学界对于明清小说文献研究有所推进，主要体现在新文献的发现和利用、小说成书与版本研究，以及小说作者及相关问题考证三个层面。

1. 新发现的存世小说文本

潘建国《新见清初章回小说〈莽男儿〉考论——兼谈其与〈獭镜缘〉〈绣衣郎〉传奇

---

① 《文学评论》2017 年第 5 期。
② 《江海学刊》2017 年第 3 期。
③ 《复旦学报》2017 年第 3 期。
④ 《西南民族大学学报》2017 年第 6 期。
⑤ 《南京师范大学文学院学报》2017 年第 4 期。
⑥ 《中南大学学报》2017 年第 2 期。
⑦ 《词学》2017 年第 1 期。
⑧ 《词学》2017 年第 2 期。
⑨ 《南京师范大学学报》2017 年第 4 期。

之关系》[①] 一文，介绍了新发现的清初章回小说《莽男儿》的作者、版本、年代及回目，继而指出《莽男儿》是目前所知东亚最早的"老獭稚"母题的小说文本，"其超人与盐徒的独特人物组合、长江水系与浡泥岛国虚实相间的地理空间设置，都在明清小说史上显得颇为独树一帜。"同时，该文还将《莽男儿》置于明清小说和戏曲创作的宏观视域下，指出《莽男儿》与清初《獭镜缘》《绣衣郎》传奇之间存在文本承继关系，为古代小说、戏曲相互改编研究增添了一个新的学术个案。

2. 小说成书与版本研究

本年度成果主要以资料汇编、论著和论文形式体现。资料汇编方面的成果主要有：程国赋、郑子成编著《中国历代小说刊印研究资料索引》[②]，全书分为"中国古代小说研究著作""相关著作""学位论文""单篇论文""外国论著"五个部分，以网络检索和实地调研相结合的方法汇编索引，为进一步研究提供基础资料。王振良主编《民国红学要籍汇刊》[③]影印出版了醉红生《红楼梦谈屑》、寿鹏飞《红楼梦本事辨证》、俞平伯《红楼梦辨》、姚燮《红楼梦类索》等 18 种民国年间红学著作。

论著方面的成果主要有：叶桂桐《〈金瓶梅〉版本研究枢要》[④] 一书以《金瓶梅》的成书、版本和流传为考察对象，以专章论述《金瓶梅》的"词话本""崇祯本"两版本系统间的关系，对于《金瓶梅》版本研究及相关问题多有涉及。邓雷《〈水浒传〉版本知见录》[⑤] 一书收录现存《水浒传》版本，提供了诸本藏处、存佚、递藏、书籍概况、著录情况、影印本及点校本情况等主要信息，亦对学界此前著录《水浒传》版本时存在的问题予以订正。

论文方面的成果主要有：张同胜《从印刷术看明代长篇章回小说的成书问题——以〈三国志通俗演义〉为中心》[⑥] 一文，重点考察印刷技术对长篇章回小说的成书和传播的影响。吴秀卿《再谈〈五伦全备记〉——从创作、改编到传播接受》[⑦] 基于对新发现的两个版本的序跋、凡例等史料，论证《五伦全备记》创作和刊行时间，并对其在朝鲜的传播进行了考证。石雷《〈隋史遗文〉成书于清初辨》[⑧] 指出，"根据小说突出宣扬'乱世英雄易代择主'的主张和小说评语'通夷见戮'之说，与明末崇祯年间的政治语境十分抵触，却与清初贰臣哲学恰好契合"，由此判断《隋史遗文》成书于清初。王进驹《〈剿闯小说〉版本新考——以台北藏本与日本内阁文库藏本为中心》[⑨]，论证台北藏本是从内阁本演变而来的一个版本，关于台湾"国图"藏本是现存最早版本之说不能成立。此外，陈国军《〈绣谷

---

① 《文学遗产》2017 年第 1 期。

② 凤凰出版社 2017 年 11 月版。

③ 南开大学出版社 2017 年 4 月版。

④ 中州古籍出版社 2017 年 12 月版。

⑤ 凤凰出版社 2017 年 11 月版。

⑥ 《明清小说研究》2017 年第 4 期。

⑦ 《文学遗产》2017 年第 3 期。

⑧ 《中南民族大学学报（人文社会科学版）》2017 年第 6 期。

⑨ 《文学遗产》2018 年第 6 期。

春容〉的成书年限》[1]、赵春辉《黄标与〈古今说海〉新考》[2]、杨浙兵《〈枣林杂俎〉佚文考识》[3]、李鹏飞《〈儒林外史〉第五十六回为吴敬梓所作新证》[4] 等，对于明清时期各体小说相关的文献问题皆有所涉及。

值得注意的是，围绕《红楼梦》的版本研究成果占据了较大比重。沈治钧《甲戌本缩微胶卷校读记》[5]，张云、马义德《论俄罗斯圣彼得堡大学所藏的〈红楼梦〉版本》[6]、蔡芷瑜《日本伊藤漱平旧藏程本〈红楼梦〉考》[7]、王丽敏《上海图书馆藏〈红楼梦〉活字本再探》[8] 对《红楼梦》的特定版本各有考辨。张天星《民国〈新闻报〉所载〈红楼梦〉稀见史料论札》[9]、张云《〈庚午老人修改本红楼梦〉回目研究》[10]、黄一农《再论〈枣窗闲笔〉之真伪》[11] 等，皆对《红楼梦》的相关史料有所讨论。此外，苗怀明《二十一世纪前十多年间红学文献研究的新进展》[12] 一文，从重要红学文献的新发现、相关目录和索引的编制、作品的整理出版、红学资料的整理与汇编、辞书的编纂和论著的出版五个方面，回顾并总结了二十一世纪前十多年间的红学文献研究态势。

3. 小说作者及相关问题考证

值得关注的成果主要有：彭国忠《吴承恩长兴县丞任新考》[13] 据《归有光全集》所载归有光与吴承恩等人往来的书信，对相关史实进行考辨。向彪《李煦与西洋传教士接触及其对曹雪芹创作〈红楼梦〉的影响》[14] 在学界已知的黄伯禄《正教奉褒》所载李煦与西洋人直接交往的史料之外，增补了李煦与西洋人接触的三种史料，指出李煦对待西洋文化的态度间接影响了曹雪芹创作《红楼梦》。郑志良《新见吴敬梓〈后新乐府〉探析》[15] 考证了清严长明《八表停云录》收录吴敬梓《后新乐府》诗六首，论证其与《儒林外史》的主题、情节及人物原型之间的密切关系。宋世瑞《〈夜航船〉作者"破额山人"为沈钦道考》[16] 论证《夜航船》作者"破额山人"即为清代乾嘉时期苏州诗人沈钦道，并对沈钦道的著作、生平进行了考证。

---

① 《明清小说研究》2017 年第 1 期。
② 《明清小说研究》2017 年第 3 期。
③ 《文献》2017 年第 3 期。
④ 《中国文化研究》2017 年第 1 期。
⑤ 《红楼梦学刊》2017 年第 2 期。
⑥ 《红楼梦学刊》2017 年第 5 期。
⑦ 《红楼梦学刊》2017 年第 2 期。
⑧ 《红楼梦学刊》2017 年第 2 期。
⑨ 《红楼梦学刊》2017 年第 3 期。
⑩ 《红楼梦学刊》2017 年第 3 期。
⑪ 《红楼梦学刊》2017 年第 5 期。
⑫ 《红楼梦学刊》2017 年第 2 期。
⑬ 《文学遗产》2017 年第 1 期。
⑭ 《中国文学研究》2017 年第 3 期
⑮ 《文学遗产》2017 年第 3 期。
⑯ 《文学遗产》年第 2 期。

（二）小说文本研究

在文本研究领域，本年度研究成果广泛分布在明清时期各体小说，特别是对于明代小说“四大奇书”“三言二拍”，清代小说《红楼梦》《儒林外史》《聊斋志异》的研究皆有所推进；同时，亦有对于明清小说与政治制度、经济发展、思想文化，乃至社会风俗的交叉研究成果。

论著方面，刘世德《古代小说论集》[①] 分为五卷，收录了《红楼梦》《水浒传》《聊斋志异》《儒林外史》《九云记》等明清小说的专题研究论文多篇。

论文方面，关于明代小说的研究成果主要有：朱刚《故事·知识·观念：百回本〈西游记〉的文本层次》[②]、齐裕焜《〈水浒传〉出场诗刍议》[③]、张蕾《英雄何处不相逢：〈水浒传〉对现代通俗小说的影响》[④]、夏薇《〈金瓶梅〉的“传奇性”继承对其写实主义创作的影响初论——〈金瓶梅〉性描写的文学史价值》[⑤]、张进德、胡艳平《〈金瓶梅词话〉的回目设置与事件叙写》[⑥] 等，从不同角度对明代小说“四大奇书”的相关问题进行论述。

关于清代小说研究的研究成果主要有：商伟《小说戏演〈野叟曝言〉与万寿庆典和帝国想像》一文，在论证《野叟曝言》对百岁寿典的描写与宫廷大戏关系的基础上指出：“小说的叙述者通过对戏曲表演的叙述，为整部作品做出回顾与前瞻，凸显了它帝国想像、自我点评与后设叙述等重要特征。”[⑦] 此外，徐永斌《试论〈儒林外史〉对文士治生生态的摹写》[⑧]、李正学《论李绿园的小说思想》[⑨]、汪泽、宁稼雨《国香国色自相因，芳草美人原合并——燕梦卿形象文化渊源的互文性审视》[⑩]、梅玉玲《狐鬼精怪世界的书写与末世士大夫的淑世理想——晚清贵州文言小说〈啖影集〉创作论》[⑪] 对清代小说《儒林外史》《歧路灯》《林兰香》《啖影集》等作品皆有所关注。

《红楼梦》继续成为本年度明清小说研究的热点，在论文数量上占据较大比重，较之往年保持了稳定态势。据《红楼梦学刊》发布的统计数据，本年度《红楼梦》研究专著出版情况为：“内地及港澳台地区共出版各类《红楼梦》论著 80 余种。既有民国时期的旧作新刊，也有当代资深红学家代表作的重印或增订再版，更多的则是中青年学者的新作。”[⑫] 本年度《红楼梦》研究论文发表情况为：“各类期刊、报纸、杂志以及硕博论文上发表的《红

---

① 国家图书馆出版社 2017 年 11 月版。
② 《复旦学报（社会科学版）》2017 年第 1 期。
③ 《明清小说研究》2017 年第 3 期。
④ 《文学评论》2017 年第 3 期
⑤ 《辽东学院学报（社会科学版）》2017 年第 4 期
⑥ 《明清小说研究》2017 年第 4 期。
⑦ 《文学遗产》2017 年第 3 期。
⑧ 《复旦学报（社会科学版）》2017 年第 6 期。
⑨ 《明清小说研究》2017 年第 3 期。
⑩ 《明清小说研究》2017 年第 3 期。
⑪ 《贵州民族大学学报（哲学社会科学版）》2017 年第 1 期。
⑫ 何卫国：《2017 年〈红楼梦〉图书出版述评》，《红楼梦学刊》2018 年第 1 期。

楼梦》研究文章共约1000篇，其中在期刊上发表的约800篇，数据与去年同期基本持平。”[①] 本年度报纸媒体发表的《红楼梦》相关文章情况为：“本年度以‘红楼梦’为主题的文章有36篇，以‘曹雪芹’为主题的搜索结果有4篇。而根据中国知网（CNKI）的统计，2017年刊发在报纸上的相关文章大约有106篇。”[②] 但是，正如《红楼梦学刊》在发布数据时所指出的：“在重要文摘转载情况方面，2017年《红楼梦》研究文章转载量不高，《新华文摘》转载2篇，《人大复印资料》全文转载2篇，《中国社会科学文摘》与《高等学校文科学术文摘》则均无转载，这一令人遗憾的情况与过去几年类似，未能得到改观，也提示我们在保证了文章数量的前提下还要更加追求文章的学术质量。”[③] 其中，值得关注的成果主要有：苗怀明《〈红楼梦〉的叙事节奏及其调节机制》[④]《论〈红楼梦〉的叙事时序与预言叙事》[⑤] 二文指出，《红楼梦》在继承中国古代小说叙事传统的基础上，对叙事节奏和时序皆有所创新，在叙事节奏上，作者通过“强化空间叙事的功能；叙事稳中有变，保持叙述的新鲜感；增加叙事的情调和意境”的手段避免沉闷和单调；在叙事时序上，作者通过倒叙统摄全书的手法，以及创造性地以预叙手法贯穿全书，达到了很高成就。段江丽《〈红楼梦〉与中国传统家庭伦理》[⑥] 指出，《红楼梦》全面演绎了中国传统家庭伦理精神的本质，形象地描写了传统家庭伦理的两种“变奏”方式，对于当代家庭文化的重建具有重要的借鉴意义。

（三）小说史及理论研究

本年度，学界关于中国古代小说史、小说理论等问题的研究皆有所推进。

论著方面，刘勇强、潘建国、李鹏飞著《古代小说研究十大问题》[⑦] 一书，从“古代小说研究的基础、角度与方法”“古代小说语言研究的思路与命题”“人物设置、边缘人物与人物研究”“情节·情节衍变·情节类型”“主题：表现策略、双重性及其接受”“小说的文体兼容性及与诗歌、戏曲之关系”“结构的多角度透视和不同体式”“时间、空间及关联性叙事”“素材：文本性本事、作者经历、当代史事”“学术史与创作史视域下的古代小说的当代性”十个问题入手，以学术前沿的立场和眼光，对于古代小说研究的基本理论问题，如文体、风格、主题、结构、情节、语言等等，进行反思和讨论。该书在研究方法上兼顾小说文本分析和中西方文学理论研究，诸多新的思路和观点富有启发意义，对于古代小说研究具有较高的前沿借鉴价值。

程毅中《近体小说论要》[⑧] 以“近体小说”的发展史为研究对象，重点考察了中国小说史上的“第三次变迁”，指出“宋代之后兴盛起来的白话小说则是由话本的编创和传承所

---

① 胡晴：《2017年〈红楼梦〉学术期刊类述评》，《红楼梦学刊》2018年第1辑。

② 李虹：《2017年〈红楼梦〉报纸、网络与新媒体传播及年度活动述评》，《红楼梦学刊》2018年第1辑。

③ 胡晴：《2017年〈红楼梦〉学术期刊类述评》，《红楼梦学刊》2018年第1期。

④ 《曹雪芹研究》2017年第1期。

⑤ 《南京大学学报（哲学社会科学版）》2017年第3期。

⑥ 《中国文化研究》2017年第3期。

⑦ 北京大学出版社2017年10月版。

⑧ 北京出版社2017年7月版。

引起的。宋人话本的创新意义除了使用白话，还在体裁上衍生了以章回体为主的近体小说。”全书以“‘四大奇书’的演化”“《清平山堂话本》与‘三言二拍’”“清代小说的新发展”等章节，对明代小说“四大奇书”、清代小说《红楼梦》《儒林外史》《歧路灯》等重要作品皆有重点讨论。

此外，董乃斌《中国文学叙事传统论稿》[①] 一书，以“中篇：古典小说与叙事传统”专论古代小说叙事与文体问题。朱迪光《中国古代叙事文体中的诗歌功能研究》[②]、温庆新《方法、文献与文化：明清小说研究的多维视阈》[③] 等论著，亦对相关问题进行了讨论。

论文方面，王炜《“说部”之概念辨析》[④] 基于对明代中后期至近代“说部”概念及其发展变迁的回顾，论证“说部”概念对中国小说观念嬗变的影响。该文指出：“‘说部’与‘小说’这两个概念之间存在着差异与断裂”、近代以来，“‘说部’与‘小说’这两个概念指称的知识实体在类例建构、质性特征、体式规范上完全交叠、重合，衍出近现代中国小说观念基本的构造形态。”

傅承洲《文人独创与章回小说的新变》[⑤] 通过将文人独创小说和早期世代累积型小说的对比，从题材变化、创作方式、文学特点等角度指出，文人独创给章回小说带来深刻的变化。同时，对于文人独创小说中的“炫才”现象予以考辨。

纪德君《明代通俗小说对民间知识体系的建构及影响》[⑥] 考察了明代中后期通俗小说的通俗化、民间化潮流，指出：明代通俗小说文本构建的文化知识，“不仅对民间社会的生活实践、道德观念与宗教信仰等产生了深广的影响，而且参与了国家与民族意识的建构，增强了民众的民族文化认同感，促进了明代中后期社会文化的历史变迁。”

任明华《论明代小说选本对传奇小说的改编及其文体学意义》[⑦] 指出，明代编刊的小说选本对于传奇小说的改编，例如诗文的增删、叙事的详略、语言的雅俗转换等现象，使传奇小说发生文本上的变化，从而体现出文体间的相互渗透，具有一定的小说文体学意义。

陈才训《论清代文字狱对小说文本形态的影响》[⑧] 指出：清代频发的文字狱和小说禁毁政策，使小说家、编选者或书坊主产生了强烈的惧祸意识，并最终在小说文本形态上反映出来。文字狱及小说禁毁政策对清代小说家的创作心态产生了显著影响，并由此左右了其小说文本建构策略。

夏晓虹《晚清“新小说”辨义》[⑨] 针对晚清“新小说”的界定，指出“‘新小说’的提倡者与创作者如何自我界定这一文类，实为辨析其性质的关键。”新小说“所追求的书写形式与启蒙宗旨尽管有‘通于俚俗’的外表，但无论是从读者设定、文学观念与文体探索，

---

① 东方出版中心 2017 年 1 月版。
② 中国社会科学出版社 2017 年 3 月版。
③ 湖南师范大学出版社 2017 年 12 月版。
④《中国社会科学院研究生院学报》2017 年第 1 期
⑤《江海学刊》2017 年第 5 期。
⑥《南京大学学报（哲学社会科学版）》2017 年第 3 期。
⑦《文艺理论研究》2017 年第 1 期。
⑧《求是学刊》2017 年第 4 期。
⑨《文学评论》2017 年第 6 期

还是从小说的文学等级、小说家的社会身份、小说的知识构成等诸多面向考察，‘新小说’都有非常高雅的理想。作为具有巨大包容量与弹性的文类。”新小说由此引领了“小说时代”的到来。

（四）明清小说的域外传播

本年度，明清小说在域外的流传、翻译和研究，继续成为学界关注的热点。在具体的研究中，成果大致集中在如下四个方面：

1. 域外小说史料的搜集

潘建国主编《海外所藏西游记珍稀版本丛刊》[①] 搜集分藏海外的《西游记》明刻本，如日本天理大学图书馆藏足本《新刻出像官板大字西游记》二十卷一百回、日本广岛市立中央图书馆浅野文库藏残本《新刻出像官板大字西游记》（存五十一至一百回）、日本广岛市立中央图书馆浅野文库藏足本《李卓吾先生批评西游记》一百回，汇总影印。鉴于《西游记》早期重要版本皆庋藏于日本、英国以及中国台湾地区的公私图书馆，中国大陆至今没有发现一部完整的明刻本《西游记》，该丛刊广泛搜集《西游记》的海外珍本，为国内学者的进一步研究提供便利，具有较为重要的史料价值。

2. 明清小说的翻译研究

论著方面，宋丽娟《“中学西传”与中国古典小说的早期翻译（1735—1911）——以英语世界为中心》[②] 一书，以明清时期中国古典小说的西译为考察对象，首先对中国古典小说的翻译做出了全面梳理，勾勒出中国小说西译从滥觞到发展再到逐步完善的历史轨迹；其次，采用翻译的文化学理论，辨析了中国古典小说西译所承担的文化转换功用；再次，透过中国小说的西译文本分析了西方人眼中的“中国形象”；复次，对中国古典小说的西译与西洋小说的中译进行了双向比较，探讨了中西文学交流的双向性和不平衡性，及中西文化文学交流中的权力关系制约。

论文方面，学界对于《三国演义》、“三言”、《聊斋志异》《红楼梦》等重要明清小说文本的英文、德文、俄文、日文等译本多有关注，成果涵盖了比较文学、翻译理论、语言学等多个领域。

关于《三国演义》的译本研究，王燕《汤姆斯与〈三国演义〉的首次英译》[③]《艾约瑟〈汉语会话〉与〈三国演义〉的英译》[④]《19世纪英译〈三国演义〉资料辑佚与研究——以德庇时〈三国志节译文〉为中心》[⑤]，朱振武《〈三国演义〉的英译比较与典籍外译的策略探索》[⑥] 等论文，分别针对《三国演义》汤姆斯、德庇时、邓罗和罗慕士等重要译本，厘清渊源、比对风格，推进了《三国演义》英译本的研究。

---

① 北京大学出版社2017年8月版。
② 上海古籍出版社2017年10月版。
③ 《文学遗产》2017年第3期。
④ 《明清小说研究》2017年第2期。
⑤ 《复旦学报（社会科学版）》2017年第4期。
⑥ 《上海师范大学学报（哲学社会科学版）》2017年第6期

关于“三言二拍”的译本研究，王华玲、屠国元《“三言”翻译研究史论》[①] 回顾了18世纪早期以来的“三言”翻译史，并对未来的研究趋向进行了可行性分析；邱爽《“三言二拍”英译本的译者风格对比研究》[②] 对比了“三言二拍”的韩南译本和王惠民译本，指出“韩南多采用归化的翻译策略，在意‘三言二拍’的学术价值，重准确和完整；王惠民主张异化，意在向西方介绍中国文化，重沟通与接受。”

关于《十二楼》的译本研究，聚宝萨茹拉《稀见拟话本小说清季蒙译本蒙古文〈十二楼〉》[③] 一文对蒙古国所藏蒙古文《十二楼》与该小说之汉文原著进行了对勘研究，文章认为蒙古族译者不仅在文章结构上对原著作了一些有趣的调整，文字内容上也进行了许多值得推敲的删削，是对李渔及其作品的文学史价值的补充。

关于《聊斋志异》的译本研究，高玉海《阿列克谢耶夫〈聊斋志异〉俄译版本百年流变》[④] 梳理了1910年阿列克谢耶夫俄文译本在俄苏百年传播过程中的版本流变；罗一凡《创造中国怪异：Rafael Rojasy Román 首译〈聊斋志异〉西班牙语译本研究》[⑤] 介绍了《聊斋志异》的西班牙语译本，以及译者 Rafael Rojasy Román 与插画师 Joand ‘Ivori 对于小说文本的再创造。

更多的研究成果，集中出现在《红楼梦》翻译研究领域。杨柳《视域融合与语境平衡——霍克思〈石头记〉序文研究》[⑥]、王金波、王燕《杨宪益—戴乃迭〈红楼梦〉英文节译本研究》[⑦]、王烟朦、许明武《〈红楼梦〉威妥玛译本窥探》[⑧] 分别针对《红楼梦》翻译史上的权威译本——霍克斯译本、杨宪益—戴乃迭译本、威妥玛译本的相关问题进行考察。黄彩霞、王升远《日译〈红楼梦〉对中国文化的解读与翻译——以〈国译红楼梦〉的注解问题为视角》[⑨]、吴珺《伊藤漱平〈红楼梦〉回目翻译研究》[⑩]、韩裴、北山《将〈红楼梦〉译成保加利亚文》[⑪]、王金波《库恩〈红楼梦〉德文译本误译分析》[⑫] 诸文，分别对《红楼梦》的日本、德文、保加利亚文译本进行了介绍和研究。此外，侯羽、贾艳霞、杨金丹《〈红楼梦〉定量翻译研究现状分析——基于对国内外主要学术期刊论文和著作的考察（1979—2016）》[⑬] 从宏观角度梳理和统计了不同时期国内外《红楼梦》翻译的概况。

3. 明清小说在域外的接受研究

欧美方面，朱明胜、范圣宇《〈西游记〉故事在美国的传播与接受——基于对〈纽约时

---

① 《湖南科技大学学报（社会科学版）》2017年第6期

② 《成都师范学院学报》2017年第6期

③ 《明清小说研究》2017年第3期。

④ 《明清小说研究》2017年第2期。

⑤ 《蒲松龄研究》2017年第4期。

⑥ 《红楼梦学刊》2017年第2期。

⑦ 《红楼梦学刊》2017年第5期。

⑧ 《红楼梦学刊》2017年第6期。

⑨ 《红楼梦学刊》2017年第6期。

⑩ 《红楼梦学刊》2017年第6期。

⑪ 《红楼梦学刊》2017年第2期。

⑫ 《红楼梦学刊》2017年第2期。

⑬ 《红楼梦学刊》2017年第3期。

报〉猴王故事报道的分析》[①] 再现了《纽约时报》作为世界主流媒体，在1930年到2015年间，对于西游故事在英语世界的传播中所发挥的重要作用。宋丽娟《十九世纪西人所编中国书目中的〈红楼梦〉》[②] 基于对西人书目著录《红楼梦》的考察指出，这些书目既反映出西人对《红楼梦》的重视和认知，又对《红楼梦》在西方的翻译、接受与传播产生了积极的影响。朱振武《〈聊斋志异〉的创作发生及其在英语世界的传播》[③] 一书对《聊斋志异》在英语世界的传播和接受进行了考察。

日本方面，杨森《论〈李卓吾先生批评西游记〉对〈绘本西游记〉插图的互文性影响》[④] 考察了明刊本《李卓吾先生批评西游记》与日本江户时代产生的《绘本西游记》间的互文性，指出两者间的渊源关系，以及《李卓吾先生批评西游记》在艺术创作上对后者的影响。任莹《日本江户时期的读本小说与〈三言〉》[⑤] 考察了"三言"在日本江户时代的流传。宋丹《〈红楼梦〉最早抵日时间的再确认——基于对村上文书〈差出帐〉的调查》[⑥]、吴昊《日本当代消费文化语境下的〈红楼梦〉传播》[⑦] 二文，皆对《红楼梦》在日本的流传有所关注。

朝鲜方面，秦莹《中国古典小说在朝鲜半岛的传播与再创作——以〈列国志传〉为中心》[⑧] 一文，考察了在20世纪初期朝鲜半岛对《列国志传》等中国古典小说的改编现象，指出"原著在传播的过程中不断得到解构和再创作，从而更好地被国外读者所接受"，翻案小说的出现，使《列国志传》等中国小说在朝鲜半岛的传播成为一种文化现象。

4. 对欧美、东亚汉学界明清小说研究史的回顾

关于明代小说"四大奇书"的域外研究，李金梅《论美国华裔汉学家"东夏西刘"的〈水浒传〉笔战》[⑨] 梳理了美国汉学家夏志清和刘若愚围绕《水浒传》道德批判问题的论争，指出："引起两位华裔汉学家笔战的原因主要是他们对待中国文学的态度不同，夏志清浸润于西方思想和批评方法，借用西方批评术语指责《水浒传》，带有以西方文学为优的文化偏见，而刘若愚则维护中国文学传统，将中国文学置于与西方文学同等的地位，并褒扬中国经典文学作品"，这一论争不仅拓展了该小说的研究范围和视角，也反映了《水浒传》在欧美汉学界的不同接受。王燕《德译〈中国童话〉与〈西游记〉学术探究》[⑩] 一文，根据1914年出版的德译《中国童话》指出，"最早将孙悟空与哈奴曼联系在一起的并非胡适，而是德国汉学家卫礼贤。同时，胡适认为《西游记》是一部'童话小说'，这一观点与卫礼贤的相关论述也有着惊人的相似。因此，卫礼贤的学术观点在《西游记》研究史上具有开启先河的重要意义。"艾瑞克·齐奥科斯基、吴冠文《世界文学史的轴心时刻——〈哈姆雷

---

① 《中国文化研究》2017年第3期
② 《红楼梦学刊》2017年第5期
③ 上海学林出版社2017年8月版。
④ 《明清小说研究》2017年第4期。
⑤ 《天津外国语大学学报》2017年第1期
⑥ 《红楼梦学刊》2017年第2期。
⑦ 《红楼梦学刊》2017年第5期。
⑧ 《江西社会科学》2017年第1期。
⑨ 《明清小说研究》2017年第1期。
⑩ 《中国人民大学学报》2017年第5期。

特〉〈堂吉诃德〉与〈西游记〉中的“故事套故事”》[①] 则将《西游记》置于世界文学的视域下，通过考察三部重要文学经典，继而指出：“它们代表了中西文学中的一个轴心时刻，即自十六世纪最后十年至十七世纪开始的几十年，它们通过自身内部的自我复制来炫耀其文学性：《哈姆雷特》里的戏中戏，《堂吉诃德》中的小说里的小说，以及《西游记》里的经书中的经书”“文本套文本这一现象与这些作品根植其中的佛教和基督教传统有关，是具体的宗教传统为文学作品提供了概念层面的先驱。”

关于以《红楼梦》和《儒林外史》为代表的清代小说的域外研究，夏薇《浦安迪〈红楼梦的原型与寓意〉读译记》[②]、赵苗《盐谷温对〈红楼梦〉的评论》[③] 二文，分别着眼于美国学者浦安迪《〈红楼梦〉的原型与寓意》和日本学者盐谷温的《中国文学概论讲话》，对于其中涉及《红楼梦》的叙事、原型、社会风俗等问题进行了回顾和探索。陈惠琴《文体论三部曲——川本荣三郎的〈儒林外史〉研究》[④] 针对日本学者川本荣三郎关于《儒林外史》文体研究的三篇论文进行介绍和评述，文章认为川本荣三郎在研究中体现的语言意识、历史意识、文体意识，对现今的古代小说研究有一定的借鉴意义。

此外值得注意的，还有宋莉华《理雅各的章回小说写作及其文体学意义》[⑤] 一文，考察了英国维多利亚时期汉学家理雅各翻译《大明正德皇游江南传》，并以此为范本创作章回小说《约瑟纪略》和《亚伯拉罕纪略》，通过对章回体的改造、对文体选择及其影响等具体问题的讨论，指出理雅各不仅影响了19—20世纪西人的汉文小说写作，其对中国文学的认同，亦对当今学界重新审视中国小说的文体演变和研究路径颇有助益。

明清戏曲与俗文学

明清戏曲研究中，重要的古籍整理著作有影印丛书《郑振铎藏珍本戏曲文献丛刊》[⑥]《西北稀见戏曲抄本丛刊》[⑦]《朱有燉杂剧集校注》[⑧] 等。研究性著作，本年度有两部关于清代伶人的著作值得学界关注。吴新苗《梨园私寓考论：清代伶人生活、演剧及艺术传承》[⑨] 一书分上下两篇：上篇论述了私寓发展的历史，及其与晚清北京昆曲演出和传承、与京剧的形成和发展的关系等；下篇则是扎实的文献梳理、考证，厘清了自清嘉庆至宣统100余年间近300个私寓的传承关系，重要史料殆无遗漏。吴存存《戏外之戏：清中晚期京城的戏园文化与梨园私寓制》[⑩] 一书中利用大量的史料、文学作品和图片，深入考察清代京城独特的梨园私寓制和演艺体制。作者认为，戏园不仅是舞台上的戏曲艺术，也包括伶人、戏班、戏

---

① 《复旦学报（社会科学版）》2017年第2期。
② 《红楼梦学刊》2017年第2期。
③ 《红楼梦学刊》2017年第5期。
④ 《清华大学学报（哲学社会科学版）》2017年第1期。
⑤ 《文学评论》2017年第2期。
⑥ 国家图书馆出版社2017年7月版。
⑦ 浙江古籍出版社2017年4月版。
⑧ 黄山书社2017年3月版。
⑨ 学苑出版社2017年4月版。
⑩ 香港大学出版社2017年6月版。

园、观众、私寓、花谱、甚至其周边的酒楼饭庄等诸多因素，它们共同构成了一个具有现代意义的都市公共娱乐空间。书中进一步阐释传统的“倡优并提”观念在当时现实生活和文学作品中的贯彻和表现，从而展现了一幅与男色服务交织在一起的京城戏园社会生活的生动画卷，并进一步反思性爱、社会等级和权力在清中后期戏园文化中的实际影响。石芳《清代考据学语境下的戏曲理论》[①] 由经学与戏曲之关系入手，揭示考据学渗入戏曲理论的历史事实，阐析清代曲论与考据学之历史渊源、曲论之特征；李志远《中国古代戏曲批评形态研究》[②] 分别探讨了古代戏曲的批评形态体系构成、戏曲文献整理中的戏曲批评、古代戏曲批评的“春秋笔法”思维特点、以实用为美的古代戏曲批评、古代戏曲批评作为诗性批评的学术观注与美学意义、戏曲批评体制与戏曲批评形态体系的构建关系六个主要问题。此外，相关研究专著还有左鹏军《近代戏曲与文学论衡》[③]、吴新苗《文本、舞台与戏曲史研究》[④] 等。

学术论文中，明代戏曲相关论文有吴凤雏《来自汤公故里的新发现》[⑤] 介绍了最新出土、第一次面世的汤显祖两篇佚文《祖母魏夫人迁祔灵芝园墓志铭》和《明敕赠吴孺人墓志铭》。朱万曙、朱雯《“案头”与“场上”——明中叶戏曲创作技术性难题与沈璟的曲学贡献》[⑥] 认为，沈璟针提出了“词人当行，歌客守腔”的理论主张，并通过编纂《南曲全谱》等多种曲学著作，示以范式，化解了戏曲创作的技术性难题，赢得了诸多创作者的推崇，为明代中叶后的戏曲创作做出了重要贡献。王小岩《晚明文人传奇改家的身份定位及其在戏曲批评史上的意义》[⑦] 一文提出，晚明由《牡丹亭》改本引发的论争，深刻影响了文人改家的自我定位。他们必须为改本的合法性辩护，而“知音”成为论说中的重要话语和身份指代。这些借助“知音”展开的有关身份定位的论说，侧重戏曲批评专业知识体系的构建，呼吁的是戏曲批评的专业化乃至职业化，在戏曲批评史上应有其地位。

清代戏曲研究的论文包括：朱万曙《论清代宫廷大戏》[⑧] 一文提出，戏曲与小说研究中应该更加重视清代宫廷大戏：这些大戏是前代叙事文学的“蓄水池”，汇聚了诸多的前代小说、戏曲。它们虽然不免“颂圣”、表达忠君思想，但因为编撰者也是文人，故其中仍然潜隐和寄寓了关注社会问题、扬善惩恶的文人情怀。刘轶《〈阐道除邪〉在清代宫廷的演出》[⑨] 介绍了端午承应戏《阐道除邪》在清宫演出的情况。

胡胜关于西游戏的研究有系列成果问世，今年度有《重估南系西游记：以泉州傀儡戏〈三藏取经〉为切入点》[⑩] 聚焦泉州傀儡戏《三藏取经》，这一文本的发现为研究者提供了一个前此完全陌生的完整自足的“南系”西游故事。尽管该戏现存抄本时间较晚，但有种

---

① 上海古籍出版社 2017 年 11 月版。
② 时代华文书局 2017 年 6 月版。
③ 上海古籍出版社 2017 年 2 月版。
④ 中国社会科学出版社 2017 年 6 月版。
⑤ 《文学遗产》2017 年第 2 期。
⑥ 《文艺理论研究》2017 年第 4 期。
⑦ 《戏剧》2017 年第 2 期。
⑧ 《文学评论》2017 年第 3 期。
⑨ 《明清文学与文献》2017 年第 1 期。
⑩ 《复旦学报》2017 年第 6 期。

种迹象表明它的出现应该在《大唐三藏取经诗话》之后，与杨景贤《西游记》杂剧同时或更早，是宋元间《西游记》的标志性作品之一。《论稀见戏〈莲花会〉与〈收八怪〉——兼及“西游戏”的俗化》[①] 一文中讨论了两本稀见的西游戏《莲花会》与《收八怪》，《莲花会》宣扬的是佛法无边，善恶有报；《收八怪》则大肆渲染色情，与《升平宝筏》为代表的传统“西游戏”，有了本质的区别，凸显了与传统审美迥然不同的俗化倾向。《〈西游记〉与“目连戏”渊源辨》[②] 提出，作为目连戏之集大成者，郑之珍本《新编目连救母劝善戏文》剧中部分情节与《西游记》有或隐或显的渊源，曾引起研究者的争议。厘清二者的渊源，有助于我们对不同话语系统中“经典”的互文性做更加深入、清晰的了解。如果我们追溯目连戏与《西游记》的动态演进过程，就会发现二者互有借鉴，在同台演出之中交互影响，呈现一种你中有我、我中有你的纠结状态。

域外戏曲文本、文献的研究中，《伍伦全备记》在朝鲜的传播是值得关注的议题之一。它被朝鲜官方选为汉语教科书多次刊刻印刷，供学习者使用；被改编为韩文和汉文小说，在民间广泛流传。吴秀卿《再谈〈五伦全备记〉——从创作、改编到传播接受》[③] 一文根据新发现的两个版本保留的两篇序（包括奎序）和凡例七条及一篇跋，可以说明《五伦全备记》是在景泰元年丘濬三十岁时南京寓言轩为“世教”采用南北曲而创作的，且丘濬在世时已被刊印过。庚午年经青钱父改编付与演出和印行，此后庚午改编本又经张情假录并写序付梓。传播到朝鲜至少两次，第一次是青钱父改编本，第二次是张情序本。嘉靖初被选为译官们的汉语教科书，留存几种中文版本和翻译本《伍伦全备谚解》。通过对《五伦全备记》的创作、改编、传播接受问题的梳理和澄清，可确认丘濬的著作权及其“自创新意”在明初戏剧史上的意义。吴秀卿还在《〈五伦全备记〉朝鲜资料辑考》[④] 中对朝鲜所存藏的相关资料进行了梳理。赵春宁《错位与变异：朝鲜王朝〈伍伦全备记〉接受论》[⑤] 认为，《伍伦全备记》在朝鲜受到的礼遇，与其在中国的遇冷，形成了鲜明对比。这是中朝两国文人对中国戏曲认识的错位造成的，与作品本身的主题内容紧密相关。此外，程芸《朝鲜文集所见元明清戏曲资料辑考》[⑥] 中分类辑录了朝鲜文集中有关中国戏曲的史料文献。

王国维与戏曲史研究中，廖奔《王国维与百年戏曲史路径》[⑦] 讨论王国维所提出的曲牌体音乐结构经过大曲联章体和缠令缠达、诸宫调、唱赚联套体的多重作用，最终形成南北曲套的结论。今人对此有不同看法，强调唱赚音乐直接转化作了南戏和北杂剧的音乐结构。此文经过详细的材料分析与考辨，否认这种结论具有科学性。马丽敏《晚清戏曲宗元观念与王国维的元代戏曲研究》[⑧] 提出，晚清至民初是中国古典戏曲研究从传统向现代转型的时期。焦循、梁廷楠、姚燮、俞樾等人的戏曲评论与研究中，宗元倾向非常明显，为元曲

---

① 《文学遗产》2017 年第 4 期。
② 《社会科学战线》2017 年第 7 期。
③ 《文学遗产》2017 年第 3 期。
④ 《戏曲与俗文学研究》2017 年第 2 期。
⑤ 《戏曲艺术》2017 年第 4 期。
⑥ 《戏曲与俗文学研究》2017 年第 2 期。
⑦ 《文学评论》2017 年第 5 期。
⑧ 《复旦学报》2017 年第 2 期。

“一代之文学”观念注入了丰厚的理论积淀与材料基础，并直接影响了王国维的戏曲研究。

在俗文学相关研究中，在弹词、鼓词等重要的俗文学类型之外，其它地方小曲也得到了研究者的关注。伊维德《过番歌：清末民初以来客家与闽南方言说唱中的海外移民》[①] 一文关注客家语《过番》和闽南语《过番歌》，二者在标题、篇幅和结构上均有相似之处，演唱移民至新加坡等地之艰辛，原型来自讲述移民至台湾的早期歌谣《劝人莫过台歌》。以往对于帝国晚期的中国移民和华侨的研究，大多基于描写获得成功的移民和华侨的作品，而“过番歌”唱本则提供了另外一个视角。值得注意的论文还有丁春华《清蒙古车王府旧藏弹词述考》[②]、盛志梅《弹词〈白蛇传〉的经典化历程》[③]。

近年来海外藏俗曲曲本愈来愈受到学界的关注，相关整理与著录成果颇丰。徐巧越《伦敦大学亚非学院图书馆藏广府方言唱本目录》[④] 著录了伦敦大学亚非学院图书馆所藏 89 种广府唱本，对该馆的中文汉籍收藏来源进行了溯源，并对英国地区各大图书馆所藏广府唱本的情况进行了全面介绍。刘蕊《莱顿汉学研究院藏俗文学文献经眼录》[⑤] 对莱顿大学汉学院图书馆藏中文小说、戏曲等俗文学文献，择其善者详加阐述，并附以书影，可供学者参阅。

（本文审稿专家　吴光兴）

① 《戏曲与俗文学研究》2017 年第 1 期。

② 《戏曲与俗文学研究》2017 年第 2 期。

③ 《戏曲与俗文学研究》2017 年第 1 期。

④ 《戏曲与俗文学研究》2017 年第 1 期。

⑤ 《戏曲与俗文学研究》2017 年第 1 期。

2017年中国域外汉籍研究综述

刘慧婷　金程宇

2017年中国域外汉籍研究领域硕果累累，不仅有相关原始文献的影印与整理、回流与收藏，在个人论文、专著、会议论文等方面也取得了显著进展。今拟就笔者所知，对本年度中国的域外汉籍研究成果予以梳理，略陈管见，敬请方家批评指正。

一、2017年中国域外汉籍的影印与整理

（一）影印

1. 日本

儒学典籍方面，由扬州广陵书社影印出版的《甘雨亭丛书》收录日本学者所著诸种中国儒学文集，辑成者板仓胜明为一名日本书店从业人员，此套丛书于日本弘化二年（1845）至嘉永六年（1853）完成，选目以新井君美所著最为丰富，包括《白石遗文》二卷、《白石遗文拾遗》二卷、《奥羽海运记》一卷、《畿内治河记》一卷、《奥州五十四郡考》一卷、《南岛志》二卷、《木门十四家诗集》三卷、《人名考》一卷、《准后准三后考》一卷，较为稀见和珍贵。石立善、周斌主编《日本先秦两汉诸子研究文献汇编》[①]从日本江户时代到近代为止的汉文著作中精选善本，其中，第一辑（6册）为儒家文献，第二辑（4册）为兵家文献，第三辑（9册）为法家文献，第四辑（6册）为医家文献，第五辑（5册）为墨家、杂家、道家文献。此批资料皆为首次在中国出版，为学术界提供了日本汉学的珍贵学术文献，推动了域外汉籍及先秦两汉诸子领域的研究。

史料汇编方面，东京大学东洋文化研究所《东京大学东洋文化研究所大木文库藏明清稀见史料汇刊（第一辑）》[②]对大木文库所藏七种汉籍（《仪真县鱼鳞册》《总管内务府掌仪司所属盐山县南皮县沧州鱼鳞地册》（附录《锦州府锦县知县造送境内乡社情形详晰查明造册列表》）、《掌仪司第肆段果园丁册》《新刊玉堂精制举业备用经济时务注解判选》《怀庆河南南阳汝甯肆府雍正十年分地丁本折钱粮册》《棘听草》《道光十八年重修杂税全书》）予以原版影印，为学界提供了难得一见的珍稀史料。冯天瑜《东亚同文书院中国调查手稿丛刊续编》[③]系1916—1926年东亚同文书院所派遣的日本学生对中国的第10至20期调查报告，作为《东亚同文书院中国调查手稿丛刊》（1927—1943）的续编，此书对北洋政府统治

① 上海社会科学院出版社2017年3月版。
② 上海古籍出版社2017年7月版。
③ 国家图书馆出版社2017年12月版。

时期的历史研究和中日近现代外交关系有重要的文献意义。对日本所藏地理文献的整理以李勇先、王强主编《日本藏汉籍地理文献珍本丛书》最值得关注。2017年出版包括《日本藏中国水利文献珍本汇刊》[①]（全22册）、《日本藏汉籍中国山水祠庙志珍本汇刊》[②]（全51册）、《日本藏中国地理总志珍本汇刊》[③]（全55册）、《日本藏山海经穆天子传珍本汇刊》[④]（全11册）四种丛书，是汉籍地理文献影印的重要成果。其中，《日本藏汉籍中国山水祠庙志珍本汇刊》将日藏中国历代山水祠庙珍本文献予以系统整理，收录（明）慎蒙撰《名山诸胜一览记》（明万历刻本）、（明）徐表然纂辑《武夷山名胜图绘》（日本藏钞本）、（明）田汝成辑撰、（明）范鸣谦修、（日本）图南直批校《西湖游览志》（明万历十二年范鸣谦重修本）、（清）王概等修《太岳太和山纪略》（清乾隆九年下荆南道署藏本）等等，具有重要的文献价值和史料价值。而《日本藏巴蜀稀见地方志集成》[⑤]（全18册）则是首次对日藏巴蜀地方志文献予以影印，汇集日本尊经阁文库、国会图书馆、内阁文库、上野图书馆、东洋文库等馆藏罕见明刻孤本，为学界整理和研究巴蜀地区历史文化提供了极大的便利。另外，巴蜀书社于2017年出版了《水经注珍稀文献集成》[⑥]（凡五辑），其中，第四辑收录了日本京都大学所藏钞本《水经注疏》。

诗文集方面，《日藏明人文集珍本丛刊》[⑦]（第一辑）（全12册）所选明人文集均来自日本公立图书馆，如日本国立公文书馆、国会图书馆、日本东京都立中央图书馆等。所收文献共计12种，均为稀见明代刊本，个别为举世孤本，包含大量明清社会史、文学史的相关研究资料。卞东波《寒山诗日本古注本丛刊》[⑧]（全2册）收录日藏古注本寒山诗集四种：释虎圆《首书寒山诗》、连山交易《寒山子诗集管解》、白隐慧鹤《寒山诗阐提记闻》、大鼎宗允《寒山诗索赜》，末附录隐元隆琦《拟寒山诗》。

童蒙文献方面，韩宝林据其所藏与《三字经》相关文献编成《三字经文献汇编》[⑨]一书，其中一并收录和刻本及仿造此书体例所创之日本汉文作品，如（宋）王应麟撰清道光五年（1825）爱兰居和刻本《新刻正书三字经》、（日）小笠原宽笺注清光绪十年（1884）和刻本《笺注三字经校本》、（日）大桥若水撰清同治九年（1870）和刻本《本朝三字经》、（日）富泽当英撰清同治十一年（1872）和刻本《本朝三字经辩》。

2. 朝鲜、韩国

诗文集方面，赵季辑校《新罗高丽朝鲜汉诗集成》[⑩]（第一辑，全70册）广搜国内外各种诗文别集，将其中所涉朝鲜半岛的新罗、高丽、朝鲜三朝汉诗辑出并影印出版，末附《索引小传卷》一册，便于读者查询诗作、了解诗人生平。

---

① 四川大学出版社2017年7月版。
② 广陵书社2017年9月版。
③ 广陵书社2017年11月版。
④ 四川大学出版社2017年11月版。
⑤ 巴蜀书社2017年9月版。
⑥ 巴蜀书社2017年11月版。
⑦ 人民出版社2017年7月版。
⑧ 凤凰出版社2017年6月版。
⑨ 国家图书馆出版社2017年4月版。
⑩ 凤凰出版社2017年10月版。

儒学方面，大型儒学影印丛书《韩国儒学编》[①]（全116册）共收录朝鲜半岛历史上的儒家学者文集三十二种，将传播到韩国并发展成为独立学统的性理之学的相关汉籍资料加以汇编，诸如金麟厚《河西先生全集》、赵光祖《静庵先生文集》等等。

史籍方面，周斌等主编《朝鲜汉文史籍丛刊》拟将有关朝鲜半岛高丽王朝至一九四八年的史籍分为十种史体：纪传体、编年体、杂史、传记、谱牒、政书、职官、诏令奏议、地理、目录。2014年影印出版的第一辑所收为纪传体，2017年则继续出版了第二辑“编年体通史”和第三辑“编年体断代史”（三国与高丽）[②]。

3. 欧美

诗文集方面，大型丛书如徐永明、乐怡主编《美国哈佛大学哈佛燕京图书馆藏明清善本总集丛刊》[③]（全139册）收美国哈佛大学哈佛燕京图书馆藏明清善本总集83种，其中明代善本总集35种，清代善本总集48种，灰度图全文影印出版。明清文书、诗集的单行影印可关注由西南师范大学出版社与人民出版社联合出版的美国国会图书馆藏《太洋洲萧侯庙志》《守茗血谱》《斋中读书记》《井心集诗抄》四种珍稀中国古籍，或未见于各类书目，或为海内外孤本，具有极高的版本价值，一并收入《域外汉籍珍本文库》。

就海外所存《永乐大典》的影印而言，2013—2016年，国家图书馆出版社相继出版《美国普林斯顿大学东亚图书馆藏〈永乐大典〉》《哈佛燕京图书馆藏〈永乐大典〉》《牛津大学博德利图书馆藏〈永乐大典〉》《德国柏林国家图书馆藏〈永乐大典〉》《美国汉庭顿图书馆藏〈永乐大典〉》《英国阿伯丁大学图书馆藏〈永乐大典〉》等海外所藏《永乐大典》。2017年，国家图书馆出版社影印《德国柏林民族学博物馆藏〈永乐大典〉》[④]和《英国剑桥大学图书馆藏〈永乐大典〉》[⑤]二种。前者4册7卷（卷903—904、1033、4908—4909及13189—13190），内容分别为寒山诗、金诗故事、小儿证治、事韵、燕国，等等；后者2册5卷（卷16343、16344、19737、19738、19739），内容分别为算法十四、十五，沙门灌顶国清百录一、二、三，等等。

此外，牛津大学博德利图书馆馆藏手抄孤本《顺风相送 指南正法》[⑥]于本年影印出版。二书系较早记载钓鱼岛相关情况的珍稀文献，在地理、航海、中外关系方面提供了宝贵的历史资料。

4. 中国国内

辛欣主编《大连图书馆藏域外汉籍珍秘中医古籍丛刊》[⑦]（全72册）影印十余种和刻本中医古籍，多为罗振玉旧藏，版本精良，不少版本甚至较国内所存更早。如《千金翼方》所据底本为日本文政十二年（1829）覆刻元大德十一年（1307）梅溪书院本，较国内所存明万历刻本更为珍贵。各书前附有出版说明以简述作者、内容及版本情况。

---

① 采薇阁出版社2017年1月版。
② 巴蜀书社2017年1月版。
③ 广西师范大学出版社2017年10月版。
④ 国家图书馆出版社2017年10月版。
⑤ 国家图书馆出版社2017年10月版。
⑥ 中华书局2017年2月版。
⑦ 广陵书社2017年10月版。

（二）整理

1. 日韩

儒学方面，“栗谷学”曾被誉为“朱子学”生发以来东亚儒学的又一座高峰，朱杰人、朱人求、崔英辰编《栗谷全书》① 系经韩国栗谷学会整理的李珥全集。文学方面，查屏球《甲午日本汉诗选录》② 一书由“别集选录”“专集选录”“报刊摘录”三部分组成，分别从日本汉诗人所著别集、甲午战争时期汉诗专集以及当时的报刊上选录中日甲午战争前后日本文人所作与战事有关的汉诗，具有史学与文学的双重文献价值，收入《中国近现代稀见史料丛刊》第四辑。

科技方面，《中国科技典籍选刊》继 2014 年出版第一辑后，2017 年推出第二辑，此丛书的特色在于将影印页与校点整理页互相对照，既方便研究者在阅读时参据原本，又能够清晰地展现全书整理后的整体面貌，可谓集影印与整理于一体。其中高峰校注清人李长茂撰《算海说详》③ 选择日本内阁文库藏清顺治十八年（1661）刻康熙元年（1662）修补本为底本。继 2016 年赤迫照子编纂《广岛大学文学部旧藏汉籍目录》一书后，2017 年赤迫照子又为该书编纂了索引（《广岛大学文学部旧藏汉籍目录书名索引》④），为学人查阅广岛大学文学部旧藏汉籍提供了极大便利。此外，东洋文库所藏《论语集解》⑤ 由石塚晴通、小助川貞次、高橋智撰写解题并影印出版，收入“古典研究会丛书汉籍之部”系列丛书。

2. 其他

文学方面，刘跃进著、徐华校《文选旧注辑存》⑥（全 20 册）在选取南宋淳熙八年尤袤刻本为底本的同时，参校英、法、俄藏敦煌吐鲁番本以及诸种日本古钞本（猿投神社藏、九条家藏、上野精一氏藏、宫内厅藏、三条家藏、东寺观智院藏等）、杨守敬过录日本室町本、陈八郎本、朝鲜正德本等等，对域外所藏、所钞、所刊“选学”注释文献予以充分关注和使用，是《文选》旧注的一次大规模系统整理著作。

周振鹤主编《明清之际西方传教士汉籍丛刊》是大陆学者对明清时期西方来华传教士译述编纂的汉文文献首次予以系统整理的重要文献汇编。第一辑于 2013 年 12 月出版，收录文献 30 种。2017 年继续出版第二辑⑦（全 8 册），收书 23 种，大多版本鲜为人知，如汤若望重要译著《坤舆格致》的首次公开，《超性学要》《御制律吕正义续编》的首次整理、新见韩国奎章阁藏明刻本《远镜说》的参校利用等等，为相关领域的深入研究提供了丰富的新资料。

目录方面，海外所藏汉籍目录的整理和编纂是“十三五”古籍出版工作的五大重点之

① 华东师范大学出版社 2017 年 12 月版。
② 凤凰出版社 2017 年 6 月版。
③ 湖南科学技术出版社 2017 年 7 月版。
④ 東京大学東洋文化研究所附属東洋学研究情報センター 2017 年 2 月版。
⑤ 汲古书院 2017 年 3 月版。
⑥ 凤凰出版社 2017 年 10 月版。
⑦ 凤凰出版社 2017 年 6 月版。

一。2017 年，美国普林斯顿大学东亚图书馆编《普林斯顿大学图书馆藏中文善本书目》[①]和慕学勋编《加拿大多伦多大学慕氏藏书目（外一种）》[②] 顺利付梓。二书系 2014 年国家古籍保护中心策划启动的“海外中华古籍书志书目丛刊”项目的阶段性成果。前已出版有（日）田中庆太郎编，（日）高田时雄、刘玉才整理《文求堂书目》[③]、杜文彬编著《西班牙藏中国古籍书录》[④]、李坚、刘波编著《美国哈佛大学哈佛燕京图书馆藏善本方志书志》[⑤]及美国埃默里大学神学院图书馆编，刘波整理《美国埃默里大学神学院图书馆藏中文古籍目录》[⑥]。此外，2017 年 3 月 15 日“海外中文古籍总目”项目首批成果《美国俄亥俄州立大学图书馆中文古籍目录》[⑦]《美国杜克大学图书馆中文古籍目录、美国北卡罗来纳大学教堂山分校中文古籍目录、美国湾庄艾龙图书馆中文古籍目录》[⑧]《新西兰奥克兰大学中文古籍目录》[⑨] 三书在加拿大多伦多市东亚图书馆年会发布。诸种海外所藏汉籍目录的出版必将有助于推动中文古籍文献在全球范围内的清理，进而促进域外汉籍的研究进程。

2017 年度国家古籍整理出版专项经费共规划资助出版物 91 项。其中，就域外汉籍的影印与整理出版而言，除上文提及已出版的《德国柏林民族学博物馆藏〈永乐大典〉》外，尚有《海外中文古籍总目（第二辑）》《日藏稀见唐诗选本四种》和《中日韩朱子〈斋居感兴二十首〉古注本集成》三种。《中国科技典籍选刊》第五辑亦纳入本年度国家古籍资助出版规划。

二、2017 年域外汉籍在中国的回流与收藏

张伯伟认为，域外汉籍大致可分为域外所藏（流失在域外的中国古籍）、域外所抄、所刊（中国典籍的域外刊本或抄本）、域外所写（历史上域外文人用汉字书写的典籍）三方面内容。今据此对 2017 年域外汉籍在中国的回流与收藏情况作一概述。

2017 年拍卖市场上出现日本三井文库旧藏元至正十六年（1356）刘氏日新堂刻本《新增说文韵府群玉》二十卷。是书前有至正丙申（1356）刘氏日新堂长篇牌记（全文达一百零四字），并有三井家族收藏印、三井高坚大正十三年（1924）泥金书得书记。此版国内公藏并无全套，四川师范大学图书馆、辽宁省图书馆所藏残本已先后收入第一、第二批《国家珍贵古籍名录图录》，上海图书馆所藏曾被认为是大德本，虽有残缺，依然影印入《中华再造善本》。本品全套，且无论印工、品相都称最佳，颇为珍贵。

碑帖方面，热衷于收集古墨、法帖的宇野雪村藏有“千唐志斋拓片”一千二百余种，

---

① 国家图书馆出版社 2017 年 3 月版。
② 国家图书馆出版社 2017 年 4 月版。
③ 国家图书馆出版社 2015 年 3 月版。
④ 国家图书馆出版社 2015 年 11 月版。
⑤ 国家图书馆出版社 2015 年 12 月版。
⑥ 国家图书馆出版社 2016 年 8 月版。
⑦ 中华书局 2017 年 2 月版。
⑧ 中华书局 2017 年 2 月版。
⑨ 中华书局 2017 年 3 月版。

另附志盖九十余张。内容以唐代墓志为主，并有少量他朝墓志拓片。雪村旧藏“龙门造像六品”及“唐伊阙佛龛碑帖”亦回流中国。

佛经古籍方面，日本古写经颇有出现在国内市场上，如旧写本除《大般若波罗蜜多经》（卷二十五、卷八十一、一百一十一、卷一百九十九、卷二百九十七、卷三百一十八、卷三百五十三、卷三百九十四、卷五百三十三）、《毗卢遮那成佛神变加持经义释》（卷七）、《妙法莲华经》（卷一、卷二）、《观自在菩萨大悲智印周遍法界利益众生熏真如法》（一卷）、《大方广佛华严经菩萨明难品第六》等外，尚有承安五年（公元1175年，南宋淳熙二年）僧宗心所书《大般若波罗蜜多经》卷六、嘉禄二年（公元1226年，南宋宝庆二年）至安贞二年（公元1228年，南宋绍定元年）僧盛真所书《大般若经》卷五十一、卷六十五、僧定雄等所书《大般若经》卷一百九十四、卷二百五十八、文永二年（公元1265年，南宋景定四年）日本奈良东大寺僧快圆所书《大般若波罗蜜多经》卷十二等等。此外，流入者尚有日本长和四年（公元1015年，北宋大中祥符八年）弘庆上人书《敬自佛母缘起之事》。此写本系日本有纪年之最早绀纸[①]书法，为历代名山大寺殿堂庙供之至宝。另有日本平安中期（901~1068）绀纸金泥古写本《妙法莲华经卷第四》等。可见日本古写经的学术与收藏价值逐步得到重视。此外回流的日本百万塔陀罗尼经，对研究印刷史颇为重要。

2017年域外回流书画中，北京保利的《四朝宸翰——宋高宗等南宋皇帝御笔》自美国回流。《张即之等写经册》自日本回传，该册中还包含了大量日本古写经，颇为珍贵。日本回流的南宋高僧偃溪广闻禅师行书诗偈，保存了四首中土亡佚的作品，极具文献价值。

南宋宫廷旧藏青铜器兮甲盘自日本回流，这件西周青铜器包含130多字铭文，具有重要的历史文献价值，极为珍贵。

三、2017年中国域外汉籍研究的相关论著成果

（一）单篇论文

1. 综述类

文献综述为各类研究已有成果的阶段性汇总和评价，故今单独列作一类，与其他各类具体性的文本研究加以区分。

文学类，诗歌方面，有李奎、范嵘嵘《近十五年国内越南汉诗研究述评》[②]；小说方面有赵维国《论中国的东亚汉文小说整理研究现状及其学术意义》[③]，考察并概述上世纪80年代以来东亚汉文小说的主要研究成果；戏曲方面，有仝婉澄《日本大正年间的中国戏曲研究论略》[④]。史学类有郭万青《日本江户及明治时期〈国语〉著述综论》[⑤]。文献类有伏俊琏

① 绀纸，亦称碧纸、鸦青纸、青藤纸，缘起于佛教钞经，明永宣后，因呈色与苏麻离青瓷类，方称“瓷青”。
② 《红河学院学报》2017年第5期。
③ 《东疆学刊》2017年第4期。
④ 《戏剧艺术》2017年第3期。
⑤ 《古籍研究》2017年第2期。

《5～11世纪中国文学写本整理研究概论》[①]、赵彦昌、苏亚云《纸背文书研究述评》[②]、孙晓《古代东亚的汉文献流传与汉籍之路的形成》[③]。医学类有张如青、于业礼《出土西夏汉文涉医文献研究述评》[④]。

2. 文学类

就诗、词、文研究而言，日本方面，有李敏《浅谈日本遣唐使的汉诗创作》[⑤]、刘一《拟乐府赋题法与日本平安朝五律的初现》[⑥]、（日）绿川英树《山谷诗在日本五山禅林的流传与阅读——以万里集九〈帐中香〉为例》、葛婷、卞东波《日本汉籍〈放翁诗话〉考论》、李晓田《市河宽斋〈陆诗意注〉考论》、（日）衣川贤次《旅日高僧一山一宁禅师的偈颂和书法艺术》[⑦]、郑雅尹《遭遇明治日本：郁曼陀〈东京竹枝词〉的文学书写及其日本体验》[⑧] 等等；越南方面，有严艳《18—19世纪越南华裔如清使及其家族汉文学创作述论》[⑨]、刘晓敏、滕兰花《清代越南使臣与广西士人交游探析》[⑩]、朱洁《论越南词人阮绵审对姜夔词风的继承与嬗变》[⑪]；朝鲜方面，有郑墡谟《高丽义天的北宋之行与诗文集刊行——以李颋〈乐道集〉刊行经纬为中心》[⑫]。此外，何永艳《越南花山岩画文献研究》[⑬] 对越南使臣留存的32份花山岩画文献展开研究。这些文献形式多样，既有诗歌、散文，也有日记、图画，显现了作者将自然与人文相结合的独特研究视角。

说话文学研究方面，有程国兴《日本古代文学中的西施故事研究》[⑭]、李铭敬《日本说话文学对中国古典文献的引用和翻译》[⑮]。

此外，林彬晖《〈诗经〉在日本江户时代"中国教科书"身份的探讨》[⑯] 从"教科书"这一视角下考察了日本对中国文化的语学、儒学和文学接受。付星星《汉文化圈视野下的朝鲜半岛〈诗经〉学研究》一文指出，朝鲜半岛现存的以汉字书写的《诗经》学典籍"总体上呈现出以朱熹《诗集传》为中心的研究格局，但是又与本国的学术思潮紧密结合，在实学思潮的影响下朝鲜半岛《诗经》研究发生新变，呈现出丰富的《诗经》学内涵。"[⑰]

---

① 《云南师范大学学报（哲学社会科学版）》2017年第5期。
② 《西华师范大学学报（哲学社会科学版）》2017年第5期。
③ 《社会科学战线》2017年第11期。
④ 《中医文献杂志》2017年第1期。
⑤ 《明日风尚》2017年第9期。
⑥ 《新国学》2017年第1期。
⑦ 以上四文收入《新宋学》第六辑，复旦大学出版社2017年10月版。
⑧ 《中国现代文学》2017年6月（总第31期）。
⑨ 《暨南学报（哲学社会科学版）》2017年第6期。
⑩ 《玉溪师范学院学报》2017年第1期。
⑪ 《词学》2017年第2期。
⑫ 《古典文献研究》第二十辑（上卷），凤凰出版社2017年12月版。
⑬ 《民族艺术研究》2017年第6期。
⑭ 《河南科技大学学报（社会科学版）》2017年第6期。
⑮ 《中国社会科学报》2017年3月7日第6版。
⑯ 《东方论坛》2017年第2期。
⑰ 《文学遗产》2017年第5期。

3. 文献类

版本方面，就日藏汉籍而言，有程苏东《东京国立博物馆藏唐人〈毛诗并毛诗正义大雅残卷〉正名及考论》[①]、王震《域外汉籍的学术考证与价值评估——以日传〈孙子〉的一个古本为例》[②]、李佳玉《〈日本楚辞文献版本的调查与研究〉补证》[③]、王定勇、陈安梅《日本尊经阁文库藏〈增定笠翁论古〉的文献价值》[④]、顾永新《京都大学附属图书馆藏写本〈七经孟子考文〉发微》[⑤]、张德恒《江户之前春秋左传学文献流传日本考》[⑥]、陈瑜《大云书库旧藏医籍考》[⑦]、王进驹《〈剿闯小说〉版本新考——以台北藏本与日本内阁文库藏本为中心》[⑧]、苏晓威《日本藏两种稀见陶渊明集朝鲜版本考述》[⑨]、卞东波《日本汉籍藤昌琳〈名媛诗仙集〉叙录》[⑩]、卞东波、王林知《和刻本宋代笔记叙录》[⑪]。卞东波《域外汉籍与施顾〈注东坡先生诗〉之研究》[⑫]一文则对施顾《注东坡先生诗》一书在今后整理时的版本选择问题提出了具体可行的方案，指出目前的宋刊本所阙六卷可据日藏古钞本《东坡先生年谱》及《翰苑遗芳》所引施顾注之佚文等文献加以补辑和复原。此外，其《日韩所刊珍本〈陶渊明集〉丛考》[⑬]一文还关注到和刻本、朝鲜本《陶渊明集》。

对俄藏汉籍的研究以张云、马义德《论俄罗斯圣彼得堡大学所藏的〈红楼梦〉版本》[⑭]一文为代表。此文介绍圣彼得堡大学东方系图书馆素有以《红楼梦》作为汉语教学的传统，进而对馆藏程甲本与程甲、程乙混装本《红楼梦》予以考察，并对其他18种《红楼梦》及其续作的版本进行辨析。

郭正宜《瑶族文献在海外的收藏及发现——以越南瑶族民间古籍〈增广书〉为中心的考察》[⑮]关注到越南瑶族手抄文献《增广书》，同时将其与台湾通行本《增广昔时贤文》、美国国会图书馆藏本三种进行比较，发现越南本具有独特的文献价值。李军《哈佛藏明刊本〈吏部职掌〉考——兼及上图藏本》[⑯]一文将哈佛燕京图书馆藏明刊《吏部职掌》十册与上海图书馆同名藏本及相关文献进行比较，从而确定二者系同版所印，实为天启初刊行的《吏部志》之抽印本。此外，尚有谢辉《剑桥大学图书馆藏稿本〈郑堂读书记〉述论》[⑰]

① 《中央研究院历史语言研究所集刊》2017年第6期。
② 《图书馆工作与研究》2017年第4期。
③ 《佳木斯大学社会科学学报》2017年第5期。
④ 《文献》2017年第4期。
⑤ 《中国文学研究（辑刊）》2017年第1期。
⑥ 《兰州大学学报（社会科学版）》2017年第3期。
⑦ 《中国中医药图书情报杂志》2017年第3期。
⑧ 《文学遗产》2017年第6期。
⑨ 《中国典籍与文化》2017年第4期。
⑩ 收入《中国诗学研究》第14辑，安徽师范大学出版社2017年12月版。
⑪ 收入朱刚、侯体健编《宋代文学评论》第2辑，中国社会科学出版社2017年6月版。
⑫ 《文学遗产》2017年第6期。
⑬ 《铜仁学院学报》2017年第1期。
⑭ 《红楼梦学刊》2017年第5期。
⑮ 《东方论坛》2017年第5期。
⑯ 《文献》2017年第2期。
⑰ 《文献》2017年第2期。

等等。

目录方面，有黄政《哈佛大学所藏〈山东学政阮芸台示生童书目〉考论》[①]、周蓓《唐代汉籍东传日本的目录学考察》[②]、包晓悦《日本书道博物馆藏吐鲁番文献目录（下篇）》[③]、唐宸《〈华盛顿大学远东图书馆藏明板书录〉补正》[④]、宋丽娟《十九世纪西人所编中国书目中的〈红楼梦〉》[⑤]、孔雁《〈黑城出土汉文遗书叙录〉中 TK133 叙录辨正》[⑥]、小林真理絵《狩野文庫完全目録作成の試み（1） ~和刻本漢籍經部の修正~》[⑦]。

辑佚方面，金程宇《日藏南宋圭堂居士〈佛法大明录〉文献价值考述》[⑧] 一文在考证禅宗典籍《佛法大明录》时指出，此书有助于辑补《全唐詩》《全宋詩》以及《全宋文》。陈翀《正仓院古文书所见汉籍书录及唐逸诗汇考》[⑨] 则着眼于正仓院古文书及古文物图录中的几首全唐逸诗，文章认为这些记录或将有益于今后《全唐诗》的增补与修订。另有刘洁《“旧卷常抄外国将”之解——杨巨源中土逸诗补考》[⑩]、程芸《韩国文集所见元明清戏曲资料辑考》[⑪] 等文。

典藏方面，刘洪岩《琉球汉籍训点文献的馆藏及研究价值》[⑫] 关注到琉球所藏汉文文献；对日藏汉籍的探究则有汪超《立命馆大学两种词学专门文库之价值——兼说中田勇次郎、村上哲见教授治词的“京都学风”》[⑬]、陈维昭《东洋文库藏本〈举业瑶函〉与“二三场”》[⑭]；法国汉学家桀溺早年旅居中日期间先后购得一批与汉学研究相关的书籍文献，其中不乏版本珍稀者，刘蕊、岑咏芳《法国汉学家桀溺藏书及其汉学研究》[⑮] 一文对桀溺所藏稀见汉籍予以考述；徐巧越《伦敦大学亚非学院图书馆中文藏书》[⑯]、刘蕊《莱顿汉学研究院藏俗文学文献经眼录》[⑰]、杨慧玲《瑞典国家图书馆藏稿抄本汉外词典初探》[⑱] 三文将目光投向欧洲地区，分别介绍了英国伦敦大学、荷兰莱顿大学、瑞典国家图书馆所藏汉籍；张西平《梵蒂冈图书馆藏越南天主教中文文献研究》[⑲] 一文则将视域转向来华耶稣传教士在中国本土所刻西学汉籍在越南的流传情况及其在越南刻印的西学汉籍刻本；城地茂《国立台湾

---

① 《古典文献研究》第二十辑（上卷），凤凰出版社 2017 年 12 月版。
② 《出版发行研究》2017 年第 8 期。
③ 《吐鲁番学研究》2017 年第 1 期。
④ 《古籍整理研究学刊》2017 年第 4 期。
⑤ 《红楼梦学刊》2017 年第 5 期。
⑥ 《西夏学》2017 年第 1 期。
⑦ 《東北大学附属図書館調査研究室年報》2017 年 3 月刊（第 4 号）。
⑧ 《古典文献研究》第十九辑（下卷），凤凰出版社 2017 年 7 月版。
⑨ 《中国文学研究（辑刊）》2017 年第 1 期。
⑩ 《古典文献研究》第十九辑（下卷），凤凰出版社 2017 年 7 月版。
⑪ 《戏曲与俗文学研究》2017 年第 2 期。
⑫ 《山西档案》2017 年第 1 期。
⑬ 《词学》2017 年第 2 期。
⑭ 《中山大学学报（社会科学版）》2017 年第 6 期。
⑮ 《文献》2017 年第 6 期。
⑯ 《山东图书馆学刊》2017 年第 5 期。
⑰ 《戏曲与俗文学研究》2017 年第 1 期。
⑱ 《国际汉学》2017 年第 1 期。
⑲ 《史学史研究》2017 年第 4 期。

大学之和算资料初探》[①] 一文以国立台湾大学所藏日本著名和算研究家加藤平左卫门所收集的和算书为研究对象，就以往海外和算书收藏的数量而言，此批文献规模堪称之最。

校勘方面，辛睿龙《〈大唐西域记校注〉订补》"利用日本国立国会图书馆所藏思溪藏本《西域记》，同时参考高丽藏本等几种古本《西域记》，结合可洪《新集藏经音义随函录》、慧琳《一切经音义》等佛经音义书材料，试对《校注》存在的疏误的地方进行订补。"[②] 金原泰介《清代考据学对日本古典文学研究之影响研探——以木村正辞〈万叶集文字辨证〉为中心》[③] 指出，木村在《万叶集文字辨证》中证实了《万叶集》传本中的中国古俗字的存在，进而强调俗字在展现古籍原貌中的重要性，而这正是木村正辞与乾嘉学者在俗字观方面的差异。

辨伪方面，梁氏海云《越南陶晋〈梦梅词录〉考辨》[④] 指出，目前的陶晋词作除去范文映在2009年和2011年先后发表的《〈梦梅词录〉的真相面貌》《陶晋〈梦梅词录〉一些留意点》二文中已指出四十三首抄袭自中国外，剩余十七首也是袭自中国，现存《梦窗词录》当属伪作。

此外尚有丁生花《朱彝尊对朝鲜文献的发掘与运用考》[⑤]，该文认为朱彝尊在编撰《明诗综》《日下旧闻》《经义考》等著述时关注到朝鲜文献相关记载。刘全波《类书编纂与类书文化（下）》[⑥] 一文则着眼于古代日本、韩国、越南学者依据中国类书所编汉文类书在东亚类书中的重要地位。

4. 史地类

越南方面成果颇丰，有成思佳《现存最早的越南古代史籍——〈大越史略〉若干问题的再探讨》[⑦]、段晋媛《越南史籍中的嘉靖征安南事件》[⑧]、魏超《越南陈朝地方管理模式的流域结构——以黎崱〈安南志略〉为中心的考察》、韩周敬《越南〈大南一统志〉地图的初步研究》、陈继华《越南阮朝北部村社地名与〈诗经〉的关系——以〈同庆地舆志〉为中心》[⑨]、郑幸《越南使臣入清京师路线考述——以汉文燕行文献为中心》[⑩]、黄启书《〈文庙祀典〉所见中越孔庙设置与祀典仪节异同举隅》[⑪]。

日本方面，竺秉君、竺济法《最澄传茶日本文献探微》[⑫] 通过日本古今文献及碑记等记载，表明最澄等高僧传播茶种这一史实的可信性；刘子凡《大谷文书唐〈医疾令〉〈丧葬

---

① 《中华科技史学会学刊》2017年12月刊（总第22期）。
② 《励耘语言学刊》2017年第2期。
③ 《中国文哲研究集刊》2017年3月刊（总第50期）。
④ 《词学》2017年第2期。
⑤ 《延边大学学报（社会科学版）》2017年第1期。
⑥ 《寻根》2017年第2期。
⑦ 《中国典籍与文化》2017年第3期。
⑧ 收入《民族史研究》第十三辑，中央民族大学出版社2017年2月版。
⑨ 以上三文皆刊于《黑龙江社会科学》2017年第5期。
⑩ 《历史地理》2017年第1期。
⑪ 《台大中文学报》2017年第3期。
⑫ 《农业考古》2017年第2期。

令〉残片研究》[①] 指出，大谷文书中的 Ot. 3317 与 Ot. 4866 两件文书对于相关唐令的复原及排序有重要文献价值；吕顺长《日本新近发现梁启超书札考注》[②] 一文借助日本高知市立自由民权纪念馆所藏 8 通梁启超书札补充了研究戊戌变法事件的相关史料。朝鲜方面，有黄雅诗《朝贡与恩赐：从康熙朝燕行录看朝贡制度的真相》[③]、拜根兴《朝鲜半岛现存金石碑志研究的现状和展望——以 7 至 10 世纪为中心》[④]、刁书仁《朝鲜使臣所见晚明辽东社会的民生与情势》[⑤]。韩国方面，有党斌《韩国现存中国地方志及其特征》[⑥]。琉球方面，有王振忠《琉球汉文文献与中国社会研究》[⑦]。

此外，张伯伟《东亚行纪“失实”问题初探》“从前后因袭、观看态度以及‘文战’场合三方面入手，对其‘失实’问题予以探讨，强调只有充分掌握行纪文献特征，才能使大量的行纪数据实现其应用的价值”[⑧]；林硕《从文献和考古遗存看东夏王朝兴衰始末》[⑨] 一文在引证文献时关注到《高丽史》中的相关记载；郭明明《黑水城文书中的孛罗帖木儿大王》[⑩] 则通过《俄藏黑水城文献》中编号为 TK248 和 TK204 的两件文书考证了至正十三年（1353）与后魏王孛罗帖木儿的相关历史事件，填补了史籍记载的部分缺失；赵彦龙《西夏历法档案整理研究》[⑪] 对《中国藏西夏文献》《俄藏黑水城文献》《英藏黑水城文献》等文献中的西夏历法档案予以梳理和分析，进而探究西夏历法档案背后的实质意义。

5. 哲学类

林月惠《韩儒郑霞谷的良知体用观——兼论与王阳明体用观的比较》[⑫] 通过中、韩阳明学对比研究视角，凸显郑霞谷所树立的良知体用观在韩国阳明学体用观中的独特性。陈威瑨《朱熹与伊藤仁斋在“公共哲学”的交会》[⑬] 一文亦运用比较研究路径，将理学家朱熹与日本江户时代文人伊藤仁斋的哲学思想予以对比，在东亚儒学中的广阔背景中探究“公共哲学”的历史内涵和当代公民的德行培养。锅岛亚朱华《由〈大学〉三纲领的诠释探讨日本江户初期的儒学发展——以藤原惺窝治经方法为中心》[⑭] 在探究藤原惺窝《大学要略》引用林兆恩《四书标摘正义》原因的过程中，思考其治经方法及对日本后世儒者解经方式的影响。

6. 文教类

文化交流方面，张哲挺《越南燕行使李文馥文化中华观之特色》据越南士大夫李文馥出使福建时期所写《夷辨》一文指出，其“文化中华观”以“纲常道义”“圣人教化”“文

---

① 《中华文史论丛》2017 年第 3 期。
② 《文献》2017 年第 1 期。
③ 《中国典籍与文化》2017 年第 3 期。
④ 《社会科学战线》2017 年第 2 期。
⑤ 《社会科学战线》2017 年第 11 期。
⑥ 《中国地方志》2017 年第 6 期。
⑦ 《海洋史研究》2017 年第 1 期。
⑧ 《中华文史论丛》2017 年第 2 期。
⑨ 《长春市委党校学报》2017 年第 6 期。
⑩ 《西夏学》2017 年第 1 期。
⑪ 《中国档案研究》2017 年第 1 期。
⑫ 《台大中文学报》2017 年 6 月刊（第 57 期）。
⑬ 《台湾东亚文明研究学刊》2017 年 6 月刊（第 14 卷第 1 期，总第 27 期）。
⑭ 《汉学研究》2017 年 6 月刊（第 35 卷第 2 期）。

章礼义”作为中华与否之判断标准，是对以中国为中心的世界秩序观的解构，这一文化中华观“与当代东亚文化交流圈的概念相符合，具有高度的时代意义与价值。”①

语言研究方面，有史维坤《〈字学纂要〉文献源流初探》②。汉语教育方面，有李无未《近代越南汉喃“小学”“蒙学”课本及其东亚汉语教育史价值——兼与朝鲜朝、日本江户明治时期汉语官话课本进行比较》③、北川修一《日本江戸期唐话教材『唐话纂要』の祈使句》④、黄莉萍、方环海《〈唐话纂要〉中汉语二语教学单位“话”的性质》⑤。汉籍翻译方面，有刘岳兵《近代日本的汉籍翻译及其意义——以田冈岭云的“和译汉文丛书”为中心》⑥ 等等。

7. 宗教类

郑阿财《东亚文献与敦煌文学中的佛教无常世界——以九想观诗为中心》⑦ 通过分析日本文献中有关“九想观”的诗歌与绘画阐释中国佛教文学中的“九想观”从“观想”到“劝化”这一转变现象；国威《日本律宗文献〈传律图源解集〉研究》⑧ 以日本江户时期东大寺僧人亮然重庆所撰《传律图源解集》一书为中心，探究宋代资持派及日本东大寺的承传谱系；辛睿龙《俄藏黑水城佛经音义文献再考》⑨ 利用日本小川睦之辅氏家藏本《新译大方广佛华严经音义私记》对俄藏黑水城文献《随函录》和《华严经音》予以梳理和考释，进而探究东亚佛教文献在传播过程中的语言使用问题。此外，尚有陈小法《大慧宗杲及其相关著述在日本的流播与影响》⑩ 等等。

8. 书籍交流

作为重要的文献流传方式，中外书籍传播长期以来备受域外汉籍研究者的关注。如刘玉珺《从清代粤越地方文献看中越书籍交流》⑪ 指出，广东是清代中越书籍交流的重要枢纽，该地的地方文献对越南古典文学的发展影响深远；谢贵安、宗亮《崇慕与实践：清修〈四库全书〉在越南的传播与影响》⑫ 一文认为，正是“四库”类书籍在越南的流传使得越南士人在编纂文学、目录学、史学类书籍时有模仿因袭的痕迹。此类研究尚有瞿艳丹《近代中日两国汉籍复制交流——以张元济影印〈四部丛刊〉为例》⑬、高薇《清朝商人与江户时期中日文化交流》⑭、金庆浩撰、戴卫红译《出土文献〈论语〉在古代东亚社会中的传播和

---

① 《台湾东亚文明研究学刊》2017 年 6 月刊（第 14 卷第 1 期，总第 27 期），第 78 页。
② 《柳州职业技术学院学报》2017 年第 3 期。
③ 《东疆学刊》2017 年第 3 期。
④ 《多元文化交流》2017 年第 9 期。
⑤ 《国际汉语学报》2017 年第 1 期。
⑥ 《南开学报（哲学社会科学版）》2017 年第 4 期。
⑦ 《中国俗文化研究》2017 年第 2 期。
⑧ 《宝鸡文理学院学报（社会科学版）》2017 年第 5 期。
⑨ 《保定学院学报》2017 年第 4 期。
⑩ 《文献》2017 年第 6 期。
⑪ 《中国文化研究》2017 年第 1 期。
⑫ 《河南师范大学学报（哲学社会科学版）》2017 年第 3 期。
⑬ 《中国出版史研究》2017 年第 4 期。
⑭ 《广东外语外贸大学学报》2017 年第 2 期。

接受》[①]、程芸《孔尚任〈桃花扇〉东传朝鲜王朝考述》[②]、孔定芳、赵蒙《清前期汉籍东传与朝鲜中华认同观之嬗变》[③]、曾若涵《江户时代〈玉篇〉接受一隅——以享保版〈增续大广益会玉篇大全〉为例》[④]、林桂如《明代〈日记故事〉类书籍之刊印及其在日本之传播－以〈新锲类解官样日记故事大全〉为中心的考察》[⑤]、《汪廷讷〈劝惩故事〉之成书及其东传影响之研究》[⑥]、回嘉莹等《六朝隋唐时期中日医学交流——读小曾户洋〈汉方的历史〉》[⑦] 等文。

刘斯伦《张绍仁、黄丕烈书籍交往初探——以静嘉堂藏《秘册汇函》张绍仁手校题跋为中心》[⑧] 一文则透过域外所藏文献对清代藏书家张绍仁、黄丕烈二人书籍交往始末予以考察。

（二）专著

文献方面，2016 年出版的《海外中医珍善本古籍丛刊》（全 403 册）收集中国稀缺乃至散佚于海外的古籍 427 种，其中宋元明版所占比例过半，另有和刻本、抄本、朝鲜刻本 140 余种，具有极高的文献遗存价值。此套丛书在影印的同时配以提要出版，为研究者查考古籍提供了极大的便利。考虑到丛刊规模庞大，2017 年主编、副主编郑金生、张志斌二人又整理出版了此丛书的单行本提要——《海外中医珍善本古籍丛刊提要》[⑨]，一册在手，更便学人研习和查索。

黄灵庚在编纂《楚辞文献丛刊》的同时，对 200 余种文献予以系统评述，撰成《楚辞文献丛考》[⑩] 一书。继 2014 年《丛刊》影印出版后，2018 年《丛考》的出版为《楚辞》学研究提供了重要参考依据。其中，著者在日本著名楚辞学家石川三佐男帮助下，辑录日本国庋藏的《楚辞》精品文献多达十七种，此外亦有辑自美国哈佛大学的稿本，具有重要的目录学、版本学价值。

文学方面，沈文凡《杜甫韵文韩国汉诗接受文献缉考》[⑪] 一书选取《韩国文集丛刊》为底本，秉持“以诗系人，以人系时”的原则，辑录韩国中世、近世、近代学杜诗文近四千篇，涉及用杜韵、次杜韵、和杜韵、依杜韵、效杜仿杜、赋得杜诗、以杜诗为韵、分韵等多种接受范式，是首次整理韩国杜诗接受文献的专著，在方法上为今后其他诗人诗作的域外

① 《史学集刊》2017 年第 3 期，原文注：“本文原刊发于 2012 年出版的《地下的论语，纸上的论语》一书，本刊已取得成均馆大学出版社公司的中文出版许可，授权号为（ISBN 978－89－7986－933）。”

② 《戏曲研究》2017 年第 2 期。

③ 《学术界》2017 年第 1 期。

④ 《汉学研究》2017 年 9 月刊（第 35 卷第 3 期）。

⑤ 《东吴中文学报》2017 年 11 月刊（总第 34 期）。

⑥ 《东华汉学》2017 年 6 月刊（总第 25 期）。

⑦ 《医学与哲学（A）》2017 年第 11 期。

⑧ 《文献》2017 年第 1 期。

⑨ 中华书局 2017 年 6 月版。

⑩ 国家图书馆出版社 2017 年 12 月版。

⑪ 吉林大学出版社 2017 年 2 月版。

接受研究提供了宝贵借鉴。沈文凡论文集《唐宋文学综论》① 亦于2017年出版，全书分“唐风宋韵纵论”“研究现状综观”及“治学思想述评”三编，其中亦不乏涉及域外汉籍的精辟考述，如《唐代诗歌无为而有味美学内涵辩证——以韩国李圭景〈诗家点灯〉所辑文献为中心展开》《唐代士大夫的君臣契合论——以韩国南羲采〈龟磵诗话〉所辑文献为中心展开》《唐代渤、日通聘赠答诗初探》《唐代渤海国聘日使节诗歌初论》。

夏敏《明清中国与琉球文学关系考》② 一书关注到明清时期的涉琉文学文献。是书上编主要对明代《使录》③ 文献记载的诗歌、游记、神记、碑记、文赋等文体及相关文学活动予以考辨和分析，同时亦涵盖《使录》以外的册封使诗歌和非册使涉琉文学；中编以清代涉琉文学为研究对象，重点探讨《使录》中的文学叙事、《使志》中的庙记、碑记、序文、《使录》与《使志》中的文赋等文学体裁，进而思考中华文化向“琉球”东渐的足迹；下编围绕明清琉球籍文人的文学作品（如诗歌、随笔、游记、庙记、碑记等）展开，同时关注到清代琉球文士的口述文学这一特殊的文献形态；补编部分以文献留存为基础对往来琉球的妈祖神迹传说和传统海疆文学予以佐证。

此外，尚有从词作、词论角度出发展开系统论述的新著，如杨焄《域外汉籍传播与中韩词学交流》④、王进明《朝鲜词文学传播与创作研究》⑤ 等等。二书对域外词文学研究颇有贡献。

语言学方面，陈东辉《东亚文献与语言交流丛考》⑥ 一书则从文献、语言、人物三方面对“东亚文献与语言交流”这一主题进行分章论述，如“语言编”一章从日本的汉语史研究、汉语训诂学、汉语音韵学、汉语文字学等视角梳理了相关研究成果，进而探究日藏汉籍珍本对汉语史研究的特殊意义。

科技文化交流方面，日本学者小林龙彦著，徐喜平、张丽升、董杰译《德川日本对汉译西洋历算书的受容》⑦ 对十八世纪以来传入日本的汉译西洋历算书予以系统梳理，分析并考证了此时期日本学者在天文、算法、测量等方面知识的接受视野，进而探究日本历算研究史的发展与嬗变。

（三）论文集等

1.《域外汉籍研究集刊》

《域外汉籍研究集刊》是国内第一种域外汉籍研究专业集刊。2017年继续出版第十五辑⑧。该辑设有“朝鲜—韩国汉籍研究”“日本汉籍研究”“越南汉籍研究”“汉籍交流研究”四个专题。刊载《高丽朴寅亮的北宋使行与“小中华”意识》《〈四河入海〉所引苏诗

---

① 吉林大学出版社2017年7月版。
② 社会科学文献出版社2017年9月版。
③ 指明代陈侃、郭汝霖、萧崇业、夏子阳所记四种《使琉球录》，简称《使录》。
④ 上海古籍出版社2017年9月版。
⑤ 中央民族大学出版社2017年10月版。
⑥ 浙江大学出版社2017年8月版。
⑦ 上海交通大学出版社2017年1月版。
⑧ 中华书局2017年5月版。

佚注与〈东坡别集〉》《越南汉喃院藏汉文燕行文献述论》《论日本古写经中的〈广弘明集〉》等文二十余篇。如冯翠儿《高句丽〈好太王碑〉形制考》一文以《好太王碑》为典范对高句丽的碑刻进行细致考察，指出其在借鉴中国两汉至北朝碑刻形式的基础上又在选材、修整、形制、文本内容、铭刻等方面融合了独特的民族风格，并深刻影响了新罗、百济的碑铭文化；金程宇《唐末五代禅僧明招德谦相关史料及偈颂辑考》则结合国内唐五代文献辑录的现状，深入发掘、汇总唐末五代时期著名禅僧明招德谦相关文献，利用日藏《佛法大明录》等文献，共辑录德谦偈颂四十八首另一联，是香严智闲七十六首偈颂发现以来唐五代僧诗最重要的发现。

2. 一年纪事与会议论文

2017 年度海内外举办的域外汉籍研究重要会议如下：

3 月 29 日至 4 月 9 日，美国莱斯大学、中国南京大学主办“重思汉文化圈”学术研讨会；5 月 20 日至 21 日，浙江财经大学人文与传播学院主办“东亚汉籍与越南汉喃古辞书国际学术研讨会”；6 月 10 日，台湾中央研究院中国文哲研究所主办“日本江户时代《论语》学之研究会议”；6 月 30 日，南京大学外国语学院主办“东亚视野下的韩国学研究”学术会议；7 月 1 日至 2 日，南京大学文学院“中国文学与东亚文明协同创新中心”、域外汉籍研究所主办“第二届南京大学域外汉籍研究国际学术研讨会”；7 月 11 日至 12 日，台湾大学台湾文学研究所、韩国东国大学国语国文文艺创作学部“BK21 + 事业团”合办“17 世纪到 20 世纪初的东亚交流和区域性国际学术研讨会”；9 月 23 日至 24 日，山东大学犹太教与跨宗教研究中心、山东大学哲学与社会发展学院主办“第三届东亚文献与文学中的佛教世界”国际学术会议；10 月 6 日至 7 日，佛光大学中国文学与应用学系、中央研究院文哲所“近世东亚文化意象传衍过程中的中介人物”计画、韩国东国大学中语中文学系、台湾古籍保护学会主办“2017 东亚汉学国际学术研讨会”；10 月 17 日至 21 日，台湾中正大学主办“第二届文献与进路越南汉学会议”；11 月 2 日至 5 日，北京论坛组委会主办“北京论坛（2017）文明的和谐与共同繁荣——变化中的价值与秩序：中华文明的国际传播”；12 月 8 日至 10 日，南京大学、韩国高丽大学、日本立命馆大学协同主办“第四届东亚汉籍交流国际学术研讨会”；12 月 8 日至 11 日，南京大学、韩国成均馆大学联合举办“‘燕行录’与中韩关系暨中韩建交 25 周年纪念会”。

其中，域外汉籍研究国际学术研讨会由南京大学域外汉籍研究所每十年举办一次，2017 年为第二届。7 月 1 日至 2 日，来自中国大陆、中国香港、中国台湾、美国、加拿大、日本、韩国、越南的近百位学者参与了此次国际学术讨论，篇幅所限，今拟从国别角度选择部分论文予以简要介绍。

中国方面，金程宇《一封唐人尺牍的东亚传播史——法藏致新罗义湘书及其相关问题》关注到唐代贤首国师法藏致朝鲜新罗僧人义湘的一封尺牍文献，对所涉相关文献予以系统搜罗和梳理，对接文化传播史揭示中古时期尺牍文献在东亚的流传途径和接受轨迹；廖肇亨《不负艰难到海涯：琉球册封使诗文中的海洋经验与异国情调》聚焦来自大陆的册封使对琉球所见所闻的书写探究其文字背后的独特文化意蕴，以本国之眼观照异域风情。

日本方面，王宝平《笔谈文献刍议——以〈大河内文书〉为中心》聚焦“笔谈”这一文体形态，讨论日本学者实藤惠秀所编《大河内文书》的性质、产生原因及版本问题；道坂昭广《关于日本传存的〈王勃集〉残卷——其书写形式以及“华”字缺笔的意义》运用碑文碑铭与写本文本互证的研究方法指出日本“正仓院本”“上野本”“东博本”《王勃集》残卷中的“华”字缺笔问题；王小盾《论日本音乐文献中的古乐书》从音乐角度介绍了日本雅乐、日本乐书的主要类型和文化特质。此外尚有高津孝《鹿儿岛大学附属图书馆“玉里文库”所见萨摩藩之海外信息收集》、佐佐木孝浩《日本古籍所见中国古籍装帧的疑问》、陈正宏《江户本与江南本——以和刻套印本〈米庵先生百绝〉〈米庵藏笔谱〉为例》等等。

朝鲜方面，张伯伟《文字的魔力——朝鲜时代女性诗文的新考察》① 指出，朝鲜时代女性一旦能够以汉字为书写工具，那么无论是个体内在的自我认知还是家族外在的男性态度都会发生巨大变化，汉字世界与拉丁文世界对女性的迥异态度形成鲜明对照，而这正体现了东亚知识体系中的汉字功效；童岭《唐帝国的东亚情报与佚籍〈高丽记〉再考》考察了《高丽记》的部分佚文，同时将其与唐太宗征伐高丽的事实进行文本比对，特别分析了《高丽记》作为情报书的可能性和持续性，拓展了域外汉籍指引中国史研究的新维度；程芸《龙继栋〈烈女记〉传奇东传朝鲜王朝考述》指出，晚清文人龙继栋所创《烈女记》传奇长期以来虽不为研究者所关注，相关原始文献记载却颇为丰硕，甚至受到朝鲜文人朴珪寿、李建昌高度赞誉，此类文献对今后文学史、书籍史的重构有重要的学术价值。此外，尚有崔溶澈《朝鲜时代〈万宝全书〉的传播及其翻译》、王国良《朝鲜汉文小说选〈花梦集〉探析》等等。

越南方面，刘玉珺《中越诗歌关系视野下的阮保诗歌创作考论》② 关注到具有重要个案意义的越南诗人阮保的诗歌创作，在考订人物生平、诗歌流存、体裁、题材的基础上探究阮保诗歌的文学渊源及越南汉诗的创作途径；何仟年《华夷之辨与中越唱和诗的创作动机——以越南邓黄中与华侨叶遇春的诗歌交往为例》一文则以诗歌交游活动为基点，从越南邓黄中与华侨叶遇春二人的互动往来中揭示中越唱和诗创作的社会背景、创作倾向及文本内涵。此外，尚有陆小燕《同文晚唱：同治光绪时期越南朝鲜燕行使臣交流研究》、耿慧玲《北使与越南李朝政治之研究》、段黎江《越南南部汉喃文学研究及采集的现状》等文。

琉球方面，陈捷《关于琉球〈选日通书〉及新发现的韩国国立中央图书馆藏本的价值》立足于琉球王府和士人之家所用官制日用历书《选日通书》，在调查韩国国立中央图书馆所藏八种版本的基础上对是书的内容、版本和文献价值予以系统分析。新罗方面，有冯翠儿《新罗〈鍪藏寺碑〉考论》；欧美方面，有稻畑耕一郎《地理学家志贺重昂的汉诗——兼论美国得克萨斯州的汉文“阿拉莫之战纪念碑”》、林宗正《〈金山联玉〉与黄遵宪任职旧金山总领事的三年期间——从〈金山联玉〉对黄遵宪美国诗歌的一些想法》。

理论与方法上的总体性综合研究，以张哲俊《第三种比较文学关系与东亚文学》、衣若芬《文图学与东亚文化交流研究理论刍议》二文为代表。所谓“第三种关系”，即影响关系（直接影响）与平行关系之外的间接影响关系，强调生活关系对文学关系的作用力，力图藉此纠正过去研究中影响与平行关系非此即彼的二分模式。“文图学”即文学与图像的比较研

① 刊于《中国社会科学》2018 年第 3 期。

② 刊于《西南民族大学学报（人文社科版）》2017 年第 8 期。

究，衣若芬认为此种方法具有经典化、政治化、概念化、抽象化、本地化、规范化、模块化七大特点，进而以“东坡笠屐图”为例，比较了中朝两国的文本与图像，指出其具有规范化、模块化、本地化的文献特色。

此外，结集出版的会议论文集尚有北京大学北京论坛办公室编《北京论坛（2017）文明的和谐与共同繁荣——变化中的价值与秩序：中华文明的国际传播论文与摘要集》（2017年11月），收录论文28篇。其中，既有国内学者清晰细致的学术见解（以《东亚视野下的经学与文学——以〈孟子〉为例》《汉文古写本与中华文明的早期域外传播——以〈文馆词林〉为中心》《唐宋时期佛教灵验故事集在东亚的传播》等为代表），又有海外学者匠心独具的异域眼光（如《“汉诗”创作在日本的兴衰及其文明史上的意义》《从佚存书立场所见的中国学术文化的传播以及汉字汉文文化圈的形成意义》《十八世纪朝鲜对明清通俗文化的接受与批判》等等），内容大多围绕域外汉籍的版本、世界文明的交流与互动以及研究域外汉籍的理论和方法等方面展开探讨，研究遍及日本、朝鲜、马来西亚、印度、欧美等诸多国家和地区。

3. 个人论文集

2017年“域外汉籍研究丛书”第三辑出版，此辑计划出版个人论文集9种，先行出版的有张伯伟《东亚汉文学研究的方法与实践》①、卞东波《域外汉籍与宋代文学研究》②、童岭《六朝隋唐汉籍旧钞本研究》③。

《东亚汉文学研究的方法与实践》一书以“新材料·新问题·新方法——域外汉籍研究三阶段”为导言。张伯伟指出，域外汉籍研究应在搜集、整理、介绍“新材料”，分析、阐释“新问题”两个阶段的基础上，根据不同文献的各自形态特征探索“新方法”，进而强调“作为方法的汉文化圈”这一研究要旨。至于具体的研究方法，张先生认为大致可以包括以下要点：一是将汉字文献作为一个整体，以性质而非国家、民族、地域区分，强调文献的整体性；二是关注到书籍的“东西流传”，思考文化统一性中的多样性，强调文献的流通性；三是破除中心主义，将不同地区的汉籍文献置于同等重要的地位，思考汉文化圈内外的“受容”与“变容”，强调文献的交互性；四是关注到不同文化语境、地域、阶层、性别、时段下人们的不同思想方式，强调文献的统一性和多样性。总体看来，域外汉籍研究以整体性、流通性、交互性、统一性、多样性五种特质贯穿始终。

是书主体由第一编“总论”、第二编“书籍环流与文学互动”、第三编“行纪与笔谈”、第四编“目录与史料”四编构成。“总论”部分侧重于方法论的直接阐释，以陈寅恪“以文证史”法为典范，强调今天的中国古代文学研究应“自立于而不自外于、独立于而不孤立于西方的学术研究”④，在文学本体与理论性之间保持“必要的张力”。其余三编系针对不同的文献形态在各自方法论指导下的具体实践。第二编从书籍/文献交流史出发，分别以《清脾录》、杜诗、“三五七言体”为例阐发东亚文学的形成、发展与变异，书籍环流恰恰成为

---

① 中华书局2017年6月版。
② 中华书局2017年6月版。
③ 中华书局2017年6月版。
④ 中华书局2017年6月版，第33页。

其中的重要媒介，一旦误读、误传，这一过程便会显现出接受的差异性和再创造的新奇化。第三编则从“行纪”与“笔谈”两类文体出发，探讨其在形成过程中所呈现的面貌及文本背后的文化意义。在《名称·文献·方法——关于“燕行录”研究的若干问题》一章中，张伯伟提倡使用“中国行纪”一词代替“朝天”“燕行”等政治色彩极为鲜明的称谓；《东亚行纪“失实”问题初探》一章主要考察由主观因素导致的诸种文献的“真实性”问题；《东亚文人笔谈研究的回顾与展望》以二十世纪以前“狭义的笔谈”① 为研究对象，综述笔谈文献整理与研究的现况和存在问题，强调“不能仅仅将笔谈文献放在单一的国别外交史领域中考察，必须放在整个东亚社群的视域中，放在汉文化圈整体的内在关联下考察”②。第四编三文皆以朝鲜时代文献为研究对象，《从书目看奎章阁所藏经部文献的价值》《朝鲜时代私家杜注考》二文分别从目录学、版本学角度对相关文献予以考订，《从朝鲜半岛史料看中国形象之变迁》一文结合史料在“看”与“被看”之间思考异域之眼所建构的中国形象。

《域外汉籍与宋代文学研究》一书利用域外所存宋代文学文献，从“域外遗珍：域外汉籍中所见宋代文学新文献”“域外受容：宋代文学在域外的传播与接受”“域外版本：宋代文学典籍的域外刊本及其价值”三方面拓展了中国古代文学的研究空间，试图从更为宽广的视角探究诸种文献流传背后思想文化意蕴。如《宋代的东坡热：福建仙溪傅氏家族与宋代的苏轼研究》一文关注到韩国所藏孤本诗话《精刊补注东坡和陶诗话》所载的傅共《东坡和陶诗解》和日本所藏朝鲜刻傅藻的《东坡纪年录》。《京都大学附属图书馆藏正中元年(1324）跋刊本〈诗人玉屑〉考论——兼论〈诗人玉屑〉在日本的流传》一文则以《诗人玉屑》的域外版本流传为个案探寻东亚书籍环流的发展嬗变历程。

《六朝隋唐汉籍旧钞本研究》着眼于“钞本”这一特殊的书籍留存形态，分析日本所藏六朝隋唐时期汉籍的存佚与研究现况，在中日两国文史典籍的比较中探索古代东亚世界与东亚文明。上篇从公元九世纪前汉籍的东传情况、“钞本”与“写本”的区别、六朝隋唐汉籍旧钞本遗存的初步统计及前人研究现况等方面予以宏观介绍；中篇分别选取《讲周易疏论家义记》残卷、伪《古文尚书》《礼记子本疏义》《琱玉集》残卷、《翰苑》残卷予以文献考述；下编从辑佚角度考辨了《弘决外典钞》所引六则《孝经述议》佚文以及《秘府略》残卷中所见《東觀漢記》佚文。总体看来，作者关注到“钞本”这一独特的书写方式，并力图以此为视角结合六朝隋唐文献挖掘文献背后所蕴含的思想史意义。

4. 综合性论文集

如教育部社会科学委员会历史学学部编《史学调查与探索（2017)》③ 涵盖“历史教育与国民素质的提升”和“东亚地域文明的交流、冲突与融合”两个专题。后者所收《东北亚地域古代史的“难民”视角》《关于东亚文化交流的若干断想》《江户日本的“孔子形象”探析》《东亚视野下万历朝鲜之役的研究》《朝鲜〈李朝实录〉中的辽东矿税监高淮》

---

① “狭义的‘笔谈’，特指同文不同语的两国或两国以上人士会面之时，用书写文字代替语言来进行沟通交流的一种方式。”（第271页）

② 中华书局2017年6月版，第295页。

③ 北京师范大学出版社2017年11月版。

等文皆围绕东亚汉籍展开研究。

2017 年《中正汉学研究》刊出的两期文献分别设有“越南汉学”和“东亚汉籍”专辑。前者收录丁克顺《十世纪前越南汉文碑铭：新发现、文本意义和价值》、钟彩钧《黎贵惇有关中越文化交流的论述：以〈芸台类语〉与〈见闻小录〉为范围》、陈益源《清代越南使节于中国刻诗立碑之文献记载》、耿慧玲《越南南汉时代古钟试析》、阮青松、阮俊强《越南 10 世纪到 19 世纪的汉字六言诗研究》五文[①]；后者收录水口幹记著、张丽山译《日本最早类书〈秘府略〉的编纂及其背景：通过对文人滋野贞主的考察》、崔溶澈《论朝鲜李邦翼漂海记录的分类及其演变》、陈捷《关于琉球〈选日通书〉及新发现的韩国国立中央图书馆藏本的价值》、阮俊强、梁氏秋《西学东渐与书籍交流：近代越南〈新订国民读本〉的欧亚旅程》四文[②]。

（四）学位论文

本年以域外汉籍研究为方向选题的硕博士论文成果颇丰，今分类简要介绍。

文学类，说话文学方面，有丛颖《日本异类婚故事与中国文献》[③]；汉文小说方面，有王乙珈《韩国汉文小说〈壬辰录〉研究》[④]、金洙京《“剪灯二话”在韩国的传播与接受》[⑤]。

诗词文研究方面以围绕越南的研究成果最为丰硕，其中朱春洁《晚清诗人黎申产研究》[⑥] 梳理和考证了仅存于越南的黎申产之重要诗集文献《妆台百咏》；夷萍《越南黎朝应制诗研究》[⑦]、王昕《越南阮前送别诗研究》[⑧] 分别关注到越南黎、阮二朝的诗歌创作，进而探究文学文本背后的创作动因和文化意义；此外，尚有曹良辰《越南北使诗略论》[⑨]、刘晓敏《清代越南使臣笔下的左江地区社会风貌研究》[⑩]、陈柏桥《14－19 世纪中越使臣诗歌中的潇湘印象》[⑪]、张琦《越南后黎朝汉文燕行诗研究》[⑫]、LUONG THI HAI VAN《越南阮朝汉词研究》[⑬]。聂聪聪《李奎报〈开元天宝咏史诗〉研究》[⑭] 则关注到高丽文坛著名诗人李奎报的咏史组诗。此外，尚有侯汶尚《西山朝北使诗文研究——以四部燕行集为考察中

---

① 《中正汉学研究》2017 年第 1 期（总第 29 期）。
② 《中正汉学研究》2017 年第 2 期（总第 30 期）。
③ 北京外国语大学 2017 年度硕士学位论文，2017 年 4 月。
④ 上海师范大学 2017 年度硕士学位论文，2017 年 5 月。
⑤ 山东大学 2017 年度博士学位论文，2017 年 5 月。
⑥ 南京师范大学 2017 年度硕士学位论文，2017 年 3 月。
⑦ 西南交通大学 2017 年度硕士学位论文，2017 年 5 月。
⑧ 西南交通大学 2017 年度硕士学位论文，2017 年 5 月。
⑨ 上海师范大学 2017 年度硕士学位论文，2017 年 5 月。
⑩ 广西民族大学 2017 年度硕士学位论文，2017 年 5 月。
⑪ 广西民族大学 2017 年度硕士学位论文，2017 年 1 月。
⑫ 天津外国语大学 2017 年度硕士学位论文，2017 年 3 月。
⑬ 华东师范大学 2017 年度博士学位论文，2017 年 5 月。
⑭ 青岛大学 2017 年度硕士学位论文，2017 年 5 月。

心》[①]、庄秋君《清代越南使臣在广东的文学活动研究》[②]。

此外，日本汉诗研究方面有郑潇潇《江户时代女性汉诗人双璧》[③]，经学研究方面有胡琳琪《日本江户时代经学家平贺晋民研究》[④]。

文献类有詹征征《东洋文库的特色典藏文献研究》[⑤]、曲姗姗《〈伤寒论集成〉文献研究》[⑥]、刘盟《〈体源钞〉的文献学研究》[⑦]、岳小恋《〈参天台五台山记〉副词研究》[⑧]、李学泰《俄藏黑水城西夏汉文经济文献研究》[⑨]、周玳《朝鲜时代汉文写本异构俗字研究》[⑩]、盛丽《李氏朝鲜经筵文献〈尚书讲义〉训诂研究》[⑪]、林炯珍《朝鲜时代老子学的发展与五种〈老子〉注释书研究》[⑫]。

史地类，翟金明《文本的力量——以朝鲜汉籍所涉〈史记〉〈汉书〉资料为基础的研究》[⑬] 一文关注到朝鲜史料对中国《史记》《汉书》两种史书的接受。此外，尚有赵来春《〈梵网戒本疏日珠钞〉所载博戏新考》[⑭]、魏文《朝贡交往与地域观察：如清越南使臣的桂林活动和见闻研究》[⑮]、张雪爱《出土文献所见夏元时期黑水城对外交流研究》[⑯]。

医学类有李敏《18 世纪日朝笔谈的医学史料研究》[⑰]。书籍交流方面有闫姝涵《宋丽书籍交流探析》[⑱]。

（本文审稿专家　张伯伟）

---

① 国立中正大学 2017 年度硕士学位论文，2017 年 4 月。
② 国立成功大学 2017 年度博士学位论文，2017 年 7 月。
③ 南京大学 2017 年硕士学位论文，2017 年 5 月。
④ 南京大学 2017 年硕士学位论文，2017 年 5 月。
⑤ 北华大学 2017 年硕士学位论文，2017 年 6 月。
⑥ 山东中医药大学 2017 年度硕士学位论文，2017 年 6 月。
⑦ 温州大学 2017 年度硕士学位论文，2017 年 3 月。
⑧ 安徽大学 2017 年度硕士学位论文，2017 年 1 月。
⑨ 西北民族大学 2017 年度硕士学位论文，2017 年 5 月。
⑩ 浙江财经大学 2017 年度硕士学位论文，2017 年 1 月。
⑪ 扬州大学 2017 年度硕士学位论文，2017 年 5 月。
⑫ 国立台湾大学 2017 年度硕士学位论文，2017 年 6 月。
⑬ 中国社会科学院 2017 年度博士学位论文，2017 年 4 月。
⑭ 华中师范大学 2017 年度硕士学位论文，2017 年 5 月。
⑮ 广西师范大学 2017 年度硕士学位论文，2017 年 4 月。
⑯ 宁夏大学 2017 年度硕士学位论文，2017 年 5 月。
⑰ 北京中医药大学 2017 年度博士学位论文，2017 年 5 月。
⑱ 延边大学 2017 年度硕士学位论文，2017 年 5 月。

2017年中国古典文献学研究综述

郜同麟　王　楠

本年度在经学文献方面，值得注意的是几种礼学研究著作。陈绪波《〈仪礼〉宫室考》[①] 系统总结了前人《仪礼》宫室研究的历史，并在此基础上，借助考古资料，对《仪礼》的宫室提出了新的见解。徐渊《仪礼丧服服叙变除图释》[②] 分上下两编，上编将亲属关系分为九组，分别根据《仪礼·丧服》绘制了服叙图，下编则绘制了各种丧服的变除表，这对阅读《仪礼·丧服》有很大帮助。杜泽逊《〈尚书注疏〉校议》[③] 一文是杜氏2014年所发表的《〈尚书注疏汇校〉札记》的赓续，该文在比较十九种版本和十五种校勘记的基础上总结了五十结论，这对理清《尚书注疏》的版本源流及相关学术史有很大帮助。方韬、刘丽群《黄侃手批〈左传〉初探》[④] 介绍了黄侃三次手批白文十三经的情况，分析了黄侃手批标识的体例，进而指出黄氏治经方法上承汉儒，并非尊崇杜氏学，这与刘师培更为接近，而异于中晚年的章太炎。《秦汉魏晋南北朝经籍考》[⑤] 编译了日本学者的十七篇经学著作，内容涉及经学史、经学思想、经学佚籍等多个方面。

在小学文献方面，张渭毅《〈集韵〉流布久不显于世的原因》[⑥] 指出了《集韵》成书后不显于世的五个原因：一是北宋科举制度改革和学术风气的转变；二是《礼部韵略》和《平水韵》两个系列韵书的风行和广大士人的尊崇；三是科举考试所需知识可以从《礼部韵略》中获取；四是《集韵》异读字下不标又切，难于检索；五是《集韵》没有处理好传统音系与创新音系的关系。

在史学文献方面，程苏东《失控的文本与失语的文学批评——以〈史记〉及其研究史为例》[⑦] 考察了《史记》抄撮前代经传诸子的材料，文章认为司马迁在钞撮的过程中，难免在其文本嫁接处、补缀处或截取处稍存疏漏，在不同程度上留下了一些“失控的文本”。这些失控的文本展现了编钞者试图构建有序文本的过程及其所遭遇的困境，成为我们进入文本深层结构、了解编钞者文本编纂意图和方式的有效途径。徐建委《文本革命：刘向、〈汉书·艺文志〉与早期文本研究》[⑧] 指出，《汉书·艺文志》既是当今考查先秦及西汉学术的

---

① 上海古籍出版社2017年5月版。

② 中华书局2017年4月版。

③ 《文史》2017年第2辑。

④ 《文史》2017年第3辑。

⑤ 中西书局2017年6月版。

⑥ 《中国典籍与文化》2017年第4期。

⑦ 《中国社会科学》2017年第1期。

⑧ 中国社会科学出版社2017年9月版。

起点，同时也是应被超越的视点。该书分上下两编，上编以十五节论证了周秦汉学术研究中的“《汉志》主义”及其超越，下编分别就《汉书·艺文志》五经文本、《诗经》形成、《风诗序》及《左传》早期史料来源、《史记·十二诸侯年表》与古本《左传》、《论语》的流变、孟子的知识背景、《汉书·五行志》及汉代灾异学等问题做了细致的论辨。熊明《汉魏六朝杂传集》① 收集整理了汉魏六朝三百余种杂传。但该书采择的标准较宽，与六朝时“杂传”的概念似并不相符。

集部文献方面，刘跃进主编的《文选旧注辑存》出版②，该书汇集了李善注、六臣注，以及《文选集注》以及《史记》《汉书》《楚辞》等书中相关的旧注。该书李善注以尤袤本为底本，五臣注以陈八郎本为底本，正文及注还校对了敦煌本以下的各种重要版本。另外，该书还有按语疏通文献基本内容，并存录了顾广圻《文选考异》、胡绍煐《文选笺证》、黄侃《文选平点》等前人的重要成果。除此之外，该项目组还有一些相关成果发表，如刘跃进、徐华《段玉裁〈文选〉研究平议》③ 考查了段玉裁在《文选》研究中的理论思考、基本方法，也指出了他研究的局限性。孙微《清代杜集序跋汇录》④ 辑录210多种清代杜集的460余篇序跋，该书收录了不少稀见文献，对了解清代诗学理论也有帮助。踪凡、郭英德主编的《历代赋学文献辑刊》⑤ 汇集影印了两百多种稀见赋学文献。陈广宏、龚宗杰《稀见明人文话二十种》⑥ 点校整理了《文章绪论》《文训》《文断》等二十种明代文话。

版本目录学方面，马楠《陈振孙藏书之钞本考》⑦ 对《直斋书录解题》所著录的可能是抄本的条目做了逐条分析，从而得出南宋抄本仍是书籍传布主要途径的结论，并指出不应据《郡斋读书志》《中兴馆阁书目》乃至《宋史·艺文志》等文献作为宋代印刷史的参考依据。石祥《清初书籍刻印的实态细节：清通志堂刻试印本〈读史方舆纪要〉读后》⑧ 认为，武汉大学图书馆藏清康熙通志堂刻试印本《读史方舆纪要》，系徐乾学代纳兰性德以通志堂名义刊刻的，刻印时间约在康熙十九年至二十四年，顾祖禹在徐氏家中坐馆期间。该文又根据此本中的审阅者批校等史料，考述了清初书籍刻印的实态细节，具体涉及修版改字后的局部再印、刻版字数的统计方法与复核、刻书主持方与刻工的博弈互动、清初刻书家对于方体字刻本的美观性要求等问题。张丽娟《元十行本〈监本附音春秋穀梁注疏〉印本考》⑨ 比较了元十行本《监本附音春秋穀梁注疏》传世诸印本，并分析了它们的递修层次及源流。童岭《六朝隋唐汉籍旧钞本研究》⑩ 对日藏六朝隋唐汉籍旧钞本的现存情况及研究史做了梳理，并集中考察了日本京都大学所藏《讲周易疏论家义记》《伪古文尚书》《礼记子本疏

---

① 中华书局2017年6月版。
② 凤凰出版社2017年10月版。
③ 《文史》2017年第1辑。
④ 人民文学出版社2017年6月版。
⑤ 国家图书馆出版社2017年9月版。
⑥ 上海古籍出版社2017年3月版。
⑦ 《文史》2017年第3辑。
⑧ 《中国典籍与文化》2017年第4期。
⑨ 《中国典籍与文化》2017年第1期。
⑩ 中华书局2017年6月版。

义》《琱玉集》《翰苑》等几种钞本。

敦煌吐鲁番文献方面，北京大学、中国人民大学整理旅顺博物馆藏吐鲁番文献取得了一些阶段性成果，如王振芬、孟彦弘《新发现旅顺博物馆藏吐鲁番经录——以〈大唐内典录·入藏录〉及其比定为中心》① 一文缀合了一组吐鲁番出土的佛经目录，并考查了这种文献与《大唐内典录·入藏录》以及敦煌经录的关系；段真子《旅顺博物馆藏吐鲁番出土“律吕书”考释》② 考查了一件旅博藏吐鲁番“律吕书”，并研究了它与《吕氏春秋》《淮南子》《五行大义》等典籍的关系；赵洋《唐代西州道经的流布》③ 通过对德国及旅顺博物馆所藏的数件重要道经进行考论，证实了唐代西州道经三洞经典的存续完整性；游自勇《吐鲁番所出〈老子道德经〉及其相关写本》④ 在旅顺博物馆藏吐鲁番文献中比定出了二十二片《道德经》写本。荣新江《丝绸之路也是一条“写本之路”》⑤ 一文利用敦煌、吐鲁番、和田及高加索地区出土文书论证了丝绸之路的运作离不开写本，丝绸之路也是一条“写本之路”。除此之外，今年还有一批佛经缀合的专题论文，如张炎《英藏敦煌本〈大集经〉残卷缀合研究》⑥，景盛轩、陈琳《英藏敦煌〈大般涅槃经〉残卷初步缀合》⑦ 等。金少华《敦煌吐鲁番文选辑校》⑧ 出版，该书是目前收集写卷最多、考证最为翔实的集成式的敦煌吐鲁番《文选》汇校本。

徐秀玲《隋唐五代宋初雇佣契约研究（以 敦煌吐鲁番出土文书为中心）》⑨ 对敦煌吐鲁番地区出土的隋唐五代宋初时期的农业、畜牧业、手工业、建筑业、雇人代役等契约做了分析，对契约的格式及内容，以及契约中反映的隋唐五代社会经济问题做了论述，另外书末还附了部分契约的校释。

出土文献方面，今年公布了一批新材料。《清华大学藏战国竹简》第七辑出版⑩，共收录竹简四篇，都是传世文献及以往出土材料所未见的佚篇。其中，《子犯子余》《晋文公入于晋》《赵简子》三篇皆载晋国史事，前两篇记晋文公事，后一篇记赵简子事。《越公其事》则载越国史事，共 75 支简，原分为 11 章，详细记载了句践灭吴的过程，也记载了大量对话，是研究吴越史的重要文献。吕金成编著《夕惕藏陶续编》出版⑪，该书是沂水所出战国时期齐国官量釜上的刻划陶文的专门著录，共收录沂水陶文 865 件，其中新刊布的 846 件，包括照片、拓片、文字摹本和释文等；附录部分收录已发表陶文的拓片或照片 19 件。除此之外，一些论文、发掘报告中也批露了一些新发现的出土文献，如《荆州望山桥一号楚墓

---

① 《文史》2017 年第 4 辑。
② 《文史》2017 年第 4 辑。
③ 《中华文史论丛》2017 年第 3 期。
④ 《中华文史论丛》2017 年第 3 期。
⑤ 《文史》2017 年第 2 辑。
⑥ 《中国典籍与文化》2017 年第 1 期。
⑦ 《中国典籍与文化》2017 年第 3 期。
⑧ 浙江大学出版社 2017 年 4 月版。
⑨ 中国社会科学出版社 2017 年 5 月版。
⑩ 中西书局 2017 年 4 月版。
⑪ 中西书局 2016 年 12 月版。

出土卜筮祭祷简及墓葬年代初探》[①] 公布了望山桥楚墓出土15枚简中的5枚卜筮祭祷简，并作出考释。《湖北荆州望山桥一号楚墓发掘简报》[②] 公布了望山桥楚墓出土文物，其中楚简、漆器上有重要文字材料。《陕西西安立丰惠泽苑唐墓发掘简报》[③] 刊布的随葬品中有墓志1合。《陕西咸阳渭城区民生工程汉墓发掘简报》[④] 公布了汉代陶瓶2件，瓶体腹部均有朱砂书写的铭文十二竖行，部分字漫漶无法辨认。《陕西咸阳邓村北周墓发掘简报》[⑤] 公布的随葬品中，有日光镜1面、墓志1合。《湖北老河口安岗楚墓竹简概述》[⑥] 公布的遣册所记有不少是以往楚墓遣册中未见的名物，如翟车、犬车、饮杯、吴将剑、楚者剑、曲弓、张弓、矰等，丰富了楚国车马、兵器类物质文化的内容。黄德宽、徐在国、夏大兆等撰文公布了部分安大简关于《诗经》的内容[⑦]。戴卫红《韩国木简研究》[⑧] 上编介绍了韩国木简的发现、主要内容及研究现状，下编主要利用韩国新出土的百济、新罗时期的木简，讨论其所反映的户籍、仓库制度等历史问题。

字编、诂林类工具书方面，徐正考、肖攀主编的《汉代文字编》出版[⑨]，这是学术界第一部涵盖出土汉代简帛、漆器、铜器、陶器、封泥及碑刻墓志等不同载体文字的文字编。《岳麓书院藏秦简（1—3）文字编》[⑩] 汇录已公布的三册岳麓书院藏秦简的文字。《甲骨文字诂林补编》[⑪] 依照《甲骨文字诂林》收录字形的编排顺序，以成果发表时间为顺序，依次汇集新的研究成果，补充旧有的漏收的研究成果。严志斌《四版〈金文编〉校补》[⑫] 对四版《金文编》存在的漏收、释字等问题进行了校补。除此之外，张显成、李建平合著的《简帛量词研究》[⑬] 将简帛置于甲金、碑刻、吐鲁番文书、敦煌文献等出土文献和传世文献的视野下，努力发掘简帛所反映的量词及称数法的内在规律。

石刻文献方面，胡可先《新出石刻与唐代文学家族研究》[⑭] 以大量新出土石刻文献为新材料的基础，与传世文献互证，从士族文学研究的角度，考察南北朝门阀士族到唐代科举家族这一历史转型期中具有代表性的唐代文学家族，主要是透过以墓志为主的石刻文献探讨这些文学家族传承千年的家风、学风与文风，进而揭示唐代文学生态的多面向。刘连香《民

---

① 《江汉考古》2017年第1期。

② 《文物》2017年第2期。

③ 《考古与文物》2017年第2期。

④ 《考古与文物》2017年第2期。

⑤ 《考古与文物》2017年第3期。

⑥ 《文物》2017年第7期。

⑦ 参黄德宽《安徽大学藏战国竹简概述》，《文物》2017年第9期；徐在国《安徽大学藏战国竹简〈诗经〉诗序与异文》，《文物》2017年第9期；夏大兆《〈诗经〉"言"字说——基于安大简〈诗经〉的考察》，《中原文化研究》2017年第5期。

⑧ 广西师范大学出版社2017年10月版。

⑨ 作家出版社2016年12月版。

⑩ 上海辞书出版社2017年6月版。

⑪ 中华书局2017年10月版。

⑫ 商务印书局2017年11月版。

⑬ 中华书局2017年7月版。

⑭ 北京大学出版社2017年4月版。

族史视野下的北魏墓志研究》① 将北魏墓志作为基础材料，通过全面梳理，从墓主的人员构成、墓葬分区、反映的乡里结构等方面探讨其民族融合过程。魏宏利《北朝关中地区造像记整理与研究》② 对北朝时期关中地区造像记进行系统整理，并对北朝关中造像的文体渊源、特徵、内容以及造像记中涉及的宗教、政治、民族等问题作了分析。

今年在石刻文献方面公布了一些新材料。《开封繁塔石刻》③ 为繁塔文物管理所重新对于繁塔石刻作了传拓和调查的成果，为学术界提供了最为全面详细的繁塔石刻资料集。目前调查所得石刻为155块，可以释读的为150块。繁塔石刻的内容涉及北宋初期的职官、地理、人物和佛教等诸多方面，对于研究北宋的历史、开封地方史和繁塔的历史沿革都有重要的文物和史料价值。《风引薤歌：陕西历史博物馆藏墓志萃编》④ 收录北魏到清代墓志99种，其中北魏四种，西魏2种，北周1种，唐代51种，五代后晋1种，宋代2种，近代1种，元代1种，明代5种，清代31种。其中可资考证的《韩国信墓志》《普安公主墓志》《皇甫武达墓志》《程伦墓志》《苏谔墓志》《高仙墓志》《韦秀墓志》《韩休及夫人柳氏墓志》《卢世隆墓志》等多篇文献，均有专论附于书后，共计十篇。周德明、仲威主编《上海图书馆善本碑帖综录》（下简称《综录》）⑤ 收录上海图书馆藏善本碑帖三百种，其中碑拓二百五十种，刻帖拓本五十种，又分丛帖和单帖两类。全书分为三卷，卷一、卷二为碑刻，卷三为刻帖和题跋释录。《综录》所收碑帖数量较《上海图书馆藏碑帖善本》（上海古籍出版社，2005年）种数略有增加，各种碑帖图版也有增加。增加的品种主要最近十年发现的馆藏善本碑帖，更为详尽地反映了上海图书馆藏拓全貌和碑帖研究成果。《综录》每种碑帖名字之后缀以最具代表性的藏家姓名，以示与别种版本的区别，也是读者对于藏拓的价值和版本一目了然。每种碑帖刊布反映装帧、形态和具有鉴别意义的图版三四幅，提要一篇，历述原石刊刻信息、拓片版本信息、递藏信息、题记信息（包括题跋释录）、馆藏信息等。气贺泽保规编《新编唐代墓志所在总和目录》⑥ 是气贺泽2009年版《新版唐代墓志总和目录》（增订版）之后的新编版，较之前作增加了2004年至2015间大陆新出的唐代墓志专书，共收唐代墓志12523件，其中志12043件，盖480件，较之前作增加了3776件，增幅大大超过前面2004年和2009年的两次增订。西安市水墨长安艺术博物馆编《丰碑大碣——历代金石拓本精选》⑦ 收录三百多件拓片，其中明拓4件，清拓192件，民国拓本101件。全书分六章，章下按年代列序：首章名为金石琳琅，其实属小品类（或称杂类）比如青铜器具全形拓，秦汉瓦当的拓与藏，石已漶漫、留有明拓的《校官碑》册页，北宋《唐兴庆宫图》以及唐景云钟铭。第二章石门篇则为陕西关中眉县斜口穿秦岭到达褒谷口的褒斜道摩崖石刻，属传统名品。第三章取西安碑林菁华，非指一般意义的原石，而是首次公布碑林所藏旧拓。如北魏《司马芳残碑》，其书法可与吐鲁番出土北魏写经书迹相互印证。第四章的圣迹

① 文物出版社2017年3月版。
② 中国社会科学出版社2017年1月版。
③ 中州古籍出版社2017年12月版。
④ 陕西师范大学出版社2017年8月版。
⑤ 上海书画出版社2017年3月版。
⑥ 明治大学东亚石刻文物研究所、汲古书院2017年3月版。
⑦ 陕西人民艺术出版社2017年8月版。

佛光分别编入儒佛两类石刻拓本，圣迹当指山东曲阜汉碑旧拓辑荟，佛光为曲阜佛造像记。第五章收集的是墓冢石阙及墓志墓碑，不乏汉画像石、造像碑、各种墓志初拓本。第六章汉字足迹，编者属意代表六书发展及字体变更拓品。

（本文审稿专家　刘　宁）

2017 年度中国近代文学研究综述

李思清

2017 年，研究者继续聚焦于近代小说文体、内容、观念之新变；诗词选本、学人诗词研究出现了较多成果；不少学者从文学的社会关系与功能角度（如文学与国家、文学与权力、文学与族群等）考察近代文学；近代诗文文献的点校、笺注及整理出版益受重视。从文类看，诗、词、小说、散文、戏剧、翻译文学等均有研究者涉足。从队伍构成看，仍以高校及科研院所的学者为主。除近代文学学科的学者外，不少现代文学研究者上溯至近代。一批古代文学研究者则穿过近代，下探民国，关注民国时期的旧体诗词、文言小说、话体文学的现代命运。从研究时段看，晚清、民初仍为热点，对道、咸、同三代文学的研究偏少。从研究趋势看，学者们的考据兴趣有增无减，近代文人（尤其以往所忽视的人物）之仕履生平考索仍占论题之大宗；本事钩沉、诗史互证、古今中西比较等方法使用较多。不足之处是点的深化逊色于面的拓展。前辈学人在研究中往往兼擅各体，如短论、札记、诗词选注、年谱、编年史等，如今这些著述形式渐被单一的章节体所取代。另外，拓荒性、填补性研究成为中青年学者的用力方向，经典作家作品的研究有待加强。

一、近代小说研究

今年的近代小说研究，多有高质量的长文或专著，但在成果数量上似有减少。重要的小说史概念之辨析，以及对近代小说转载现象、小说流派、小说插图、晚清民国文言小说等的研究，较具代表性。有些成果带有学术史回顾和总结性质。

晚清小说界革命一直是近代小说研究的一个重点。夏晓虹认为，晚清小说界革命不但推动了新小说的创作，也在理论批评新规范的建立方面颇有作为。这些作为是从两方面展开的：一是面对当下，着意于新理念的阐发；一是回溯前代，致力于旧小说的重估。夏晓虹《从“诲盗之书”到“祖国第一政治小说”——晚清的“新评〈水浒传〉”》① 一文以晚清以《水浒传》的“新评”为例，考察传统文学资源在晚清的“新生”问题。论文指出，当时之评价《水浒传》，初仍沿袭旧说，贬抑为“诲盗之书”，后因受到日本《世界百杰传》为施耐庵立传刺激，始赞赏其文学意趣、揭示其政治寄托，将《水浒传》与自由、独立、民权、武德、立宪甚至女权意识等挂钩，这是晚清“旧学”向“新知”转化的一个实例。

夏晓虹另有两文，一论近代“新小说”，一论“戏剧”，均从概念史切入。《晚清“新

---

① 《现代与古典文学的相互穿越》（《岭南学报》复刊第八辑），蔡宗齐、许子东主编，上海古籍出版社 2017 年 10 月版。

小说”辨义》[①] 一文指出，“新小说”的提倡者梁启超初从启蒙层次看待“新小说”，故关注重心在白话，以白话为“新小说”的理想载体，体裁则主张借鉴“旧小说”、取章回体。然即便用“白话”或“俗语文体”，未必通俗易懂，因“新小说”既为熔铸新思想、新知识而成，对读者的阅读能力与知识储备的要求实高，先要读者成为各类知识具备的新学家，“新小说”于是偏离了启蒙之道，当然这也也凸显了其特有的新质。

陈大康《近代报刊小说转载编年史》[②] 全文五万余字，以作品系年的方式，呈现了“小说转载”现象从萌生到蔓延的过程。陈大康指出，在所知311种刊载过小说的近代报刊中，45家曾有“转载”，总转载量约500篇。陈大康另有《论近代小说的转载现象》[③] 一文，对各报刊、各地区的小说转载情况进行了归纳整理和分析。

关于近代文学的“近代性”或“现代性”问题。耿传明、汪贻菡指出，“感时忧国既是文人传统，浪漫颓废亦不能说是晚清新制；然若从空间维度切进会发现，晚清五四的‘忧国’是‘世界’概念下的‘国民’之忧（而非臣子之忧），此时的颓废浪漫则在未完全蜕掉的旧式文人底色基础上，增加了都市生活所独有的难以排解的忧伤情绪。”[④] 耿传明、于冰轮分析了《瓜分惨祸预言记》和《新石头记》这两部小说对于文明的不同理解，他们认为都存在洞见和盲区。[⑤] 吴智斌以《海上花列传》中的“夜”叙事为中心，分析近代小说叙事之变化，如叙事时间由季节、时辰等模糊化表述向日期、钟点等精确化指向转变，叙事场景“夜”由传统小说节庆化、仪式化向日常化、大众化转型，传统的空间“家”让位于近代的空间“都市”，线性时间也转换成共时空间，这标志着都市小说时空模式的初步形成。[⑥] 郭小转则分析刘鹗《老残游记》对晚清山东城市（尤其济南）的书写认为，小说呈现了“丰富多彩的城市文化，新奇时尚的近代文明”。[⑦]

不少学者从流派、文体、题材等角度，就近代小说史展开较长时段的贯通研究。侯运华、刘焱《中国近代小说流派研究》[⑧] 指出，“流派”有自觉倡导、后人追认两种类型，近代小说流派多由思想内蕴、艺术风格、审美趣味相同或相近的小说家自觉形成，并依托近代印刷技术、报刊传媒而集群发展。该书对近代小说流派的分类颇具弹性，偏重过程史的梳理。张蕾《章回体小说的现代历程》[⑨] 一书从“章回”入手考察传统小说的形式和文体变迁史，借鉴了形态学研究方法，对章回小说之现代命运的分析尤有价值。蔡爱国《清末民

---

① 《文学评论》2017年第6期。

② 《现代与古典文学的相互穿越》（《岭南学报》复刊第八辑），蔡宗齐、许子东主编，上海古籍出版社2017年10月版。

③ 《文学遗产》2017年第4期。

④ 耿传明、汪贻菡：《空间意识变迁与晚清小说的现代性》，《中国高校社会科学》2017年第3期。

⑤ 耿传明、于冰轮：《近代“文明论”的兴起与清末小说中关于“文明”的歧见——以〈瓜分惨祸预言记〉和〈新石头记〉为例》，《社会科学研究》2017年第4期。

⑥ 吴智斌：《〈海上花列传〉“夜”叙事时空的近代建构》，《中国现代文学研究丛刊》2017年第10期。

⑦ 郭小转：《一城市书写：作为一种视角——〈老残游记〉中的城市记忆》，《中国石油大学学报》2017年第2期。

⑧ 中国社会科学出版社2017年8月版。

⑨ 北京大学出版社2016年10月版。

初侠义小说论》[1]、王鑫《晚清标“新”小说论稿》[2] 则各从题材、主题（“侠义”）或特征（“新”）等角度展开研究。胡闽苏考察了一批以波兰亡国为题材的晚清小说，他认为小说“脱离了历史叙述的框架”，形成了“想象性的书写空间”。这既受到“小说界革命”的理论指引，又反过来限制作品的启蒙视野。[3] 论文试图超越以往有关“波兰亡国”这一“寓言”的解释框架，回到“具体的书写情境”中去做“重新还原”的工作。武田雅哉、林久之《中国科学幻想文学史》[4] 将“SF”（Science Fiction）定义为“近现代产生或者‘发现’的一种文学类型”，“一种充满着假装是科学性或科学的‘惊险感’而令人感到陶醉的故事类型”。该书上卷共六章，由武田雅哉执笔，从创作与翻译两个方面，对清代后期、末期及民国时期的科幻小说发展史加以勾勒，尤其对这些作品的内容、写法给予了较多关注。武田雅哉还指出鲁迅所译《月界旅行》的不足，并委婉地批评了后世学者对鲁迅翻译史地位的拔高。关于科幻小说，另有贾立元《“晚清科幻小说”概念辨析》[5] 一文可参，该文旨在梳理回顾“晚清科幻小说”这一概念的生成过程与历史逻辑。

陈晓屏将《海上花列传》中的插图称为“海上花吴派插图”，这些插图侧重“都市叙事”，并未与小说情节紧扣，出现了“小说叙事的焦点在图像叙事中被弱化、转换或取消等现象”。而传统小说插图往往只见“都城”，不见“都市”，小说插图中真正意义上的“都市图像叙事”要到晚清时期上海的期刊连载小说出现后才蔚然成风。引发这一风气的，正是“海上花吴派插图”，其特点是构建了相对科学、客观的观看方式，拓展了传统的文图关系，创造了都市化的视觉表意系统，使得中国小说插图的现代风格开始呈现。[6]

张振国《民国文言小说史》[7] 关注的是传统文言小说在现代中国的发展与流变问题，此书将民初七年的文言小说纳入“民国文学史”架构。全书共三编，第一编“伤世昙花：民初文言小说的繁荣（1912—1919）”篇幅较大，居全书六成。是编将民初文言小说分为三大部类，即文言长篇小说、文言短篇小说集、报刊文言小说。作者从小说文献学和目录学起步，先对存世作品展开查阅搜访，再据搜访所得分析概括。既在资料层面突越前人，论述也更具体、深入。对纂辑体文言小说集、报刊旧体传奇小说、报刊旧体笔记小说、别体文言小说等，都有切中肯綮的归纳分析。

二、近代诗词研究

近代诗词研究在微观层面继续深入；王闿运、陈三立等代表性诗人词人仍是研究重点；个人与时代之共振、个体与流派之关联、名家大家对后世之影响等成为研究者切入论题的重

---

① 九州出版社 2017 年 4 月版。

② 中国社会科学出版社 2017 年 11 月版。

③ 胡闽苏：《救亡的“寓言”：晚清小说中的波兰亡国书写》，《中国现代文学研究丛刊》2017 年第 2 期。

④ 李重民译，浙江大学出版社 2017 年 9 月版。

⑤ 《中国现代文学研究丛刊》2017 年第 8 期。

⑥ 陈晓屏：《都市图像叙事的兴起与近代中国小说插图的视像变革——〈海上花列传〉吴友如派插图研究》，《文艺研究》2017 年第 10 期。

⑦ 凤凰出版社 2017 年 6 月版。

要方法；针对诗词选本、报刊诗话、词体声律、诗钟、学人诗词等具体论题的研究均有收获；不少学者向细微处开掘，致力于诗词文本的分析阐释、诗词本事的考证还原；更多的诗人词人及群体流派进入考察视野；大量诗词文献尤其乡邦文献被整理出版。

（1）现象、流派及诗词文本研究。吴怀东、马玉《湖湘政治群体之崛起与湖湘区域文化之自觉——论王闿运对汉魏六朝诗派之建构》[①] 结合《八代诗选》的编选过程，分析王闿运与湖湘诗学之关系，指出王闿运所代表的汉魏六朝诗是对王夫之、魏源、邓辅纶等人诗脉谱系的传承，这是以湖湘士人群体崛起为背景的，也体现了对湖湘文化传统的自觉建构。胡迎建《陈三立与同光体赣派》[②] 指出，同光体诗派下分闽派、赣派、浙派，赣派承宋代江西诗派，陈三立为其首领。陈氏能独辟诗境，承传黄庭坚而又有创新。华焯、王浩、胡梓方等赣籍诗人，辛际周、汪辟疆、胡先骕、王易等赣籍学者，以及陈衡恪、隆恪、寅恪、方恪等，均受陈三立诗学之沾溉。焦宝指出，虽然《国风报》及《庸言》仍刊旧体诗词，但已难觅诗界革命作品之踪迹，表明梁启超的诗学理念已随时局而变。同光体诸老此期以实名发表作品，是一种“宣言式的努力”，即“以诗的活跃来对抗势的失落”。[③] 王守雪《张之洞与近代“江南”诗学》[④] 指出，“后人论近代诗人，对于张之洞的身份定位，处理每有失当之处。汪辟疆将他定为‘河北派’的领袖，与‘湖湘派’领袖王闿运、‘闽赣派’领袖陈三立并列，三足鼎立，似为公充并且很重视，其实不然。”论文考察了张之洞与江南、江南诗人的关系，认为张氏成就了文化意义上的“江南”。

（2）诗词选本研究。清末民初各类唐宋词选本有近百种，刘兴晖《晚清民国时期的唐宋词选本研究——以光宣时期为中心》[⑤] 一书，既是对光宣时期唐宋词选本之研究，也是从接受美学角度观察光宣词坛。刘兴晖另撰有《晚清民国的唐宋词“新声”与近代乐歌的雅俗分化——以陈厚庵〈宋词新歌集〉为中心》[⑥] 一文指出，陈厚庵所编《宋词新歌集》体现的是近代音乐家贯通“东方风趣”与“西洋规律”的实践。刘和文《清人选清诗总集研究》[⑦] 着眼于整个清代，其中有对孙雄《道咸同光四朝诗史》之诗史观、吴闿生《晚清四十家诗钞》之诗法指授的分析；书末有经眼清诗总集及辑选者概况，列有成书于道、咸、同、光四朝及民初选本百余种。

（3）诗论词论研究。李德强《近代报刊诗话研究（1870—1919）》[⑧]、昝圣骞《晚清民初词体声律学研究》[⑨] 是两部专著，各从诗学批评史、词体声律学角度展开，是近年来就特定的诗学、词学专题做深入研究之代表。潘静如《民国诗学》[⑩] 述及22位诗论家，兼及近

---

① 《学术界》2017年第4期。

② 《岭南学报》2017年第2期。

③ 焦宝：《论〈国风报〉〈庸言〉诗词与梁启超的诗学转变——以梁启超、朱祖谋与同光体诗人为中心》，《学习与探索》2017年第4期。

④ 《湖北师范大学学报》2017年第6期。

⑤ 安徽师范大学出版社2017年3月版。

⑥ 《广东第二师范学院学报》2017年第1期。

⑦ 安徽师范大学出版社2016年10月版。

⑧ 上海书店出版社2017年12月版。

⑨ 社会科学文献出版社2017年12月版。

⑩ 北京联合出版公司2017年7月版。

代、现代。以陈衍、汪国垣、钱仲联为上卷，钱钟书、范罕、王闿运、李慈铭、刘咸炘、章太炎、陈诵洛、杨钟羲、徐世昌、郭则沄、孙雄等为下卷。此著在体例上体现为诗话体、札记体、学案体的结合。萧晓阳以其中闽、浙、赣三派诗人为例，指出同光体诗人论诗标举“荒寒”，以理趣为宗，既非载道，亦非缘情，是一个标举独诣之境、诗近范古之文的理趣诗派。[①] 彭玉平结合“重拙大”一说的源流与谱系，揭示晚清民国词学的“明流与暗流”；[②] 孙银霞则围绕情感论诗学、元气诗论、趣味主义诗学等关键词，分析了各派光宣诗人的诗学主张。[③]

（4）从体裁、题材、族群等角度研究近代诗词。潘静如《时与变：晚清民国文学史上的诗钟》[④] 一文指出，“诗钟”是盛行于士大夫群体间的“文字游戏”，近代士人对诗钟的酷嗜，除与近体诗的创作技术愈发圆润相关，也是一套独特的“游戏诗学”和“颓废美学”，体现了一种“近代诗学精神”。另有学者从事藏书诗、旱荒诗、藏事诗之研究。藏书诗研究有周生杰的《传统与变革：近代以来藏书诗的创作转型》[⑤] 和《百年来藏书纪事诗研究综述》[⑥] 二文。唐海宏《宣统元年甘肃旱荒的文学书写及赈灾义演考述》[⑦] 讨论了旱荒诗、词、小说及演剧。顾浙秦《清代藏事诗研究》[⑧] 指出，藏事诗虽由边塞诗发展而来，但并不与中原王朝的边塞概念同步。所论虽以鸦片战争之前为重点，但附录中提及的斌良、姚莹、唐金鉴、魏源、夏尚志、钱召棠、吴世涵、胡延、联豫等人都已进入近代。刘大先《满洲心象：论顾太清创作与晚清旗人社会心理》[⑨] 一文着眼“满洲”认为，顾作体现了“旗人贵族昧于内外形势的常态”，折射出“特定人群希望在文本中修复现实的社会心理”。

（5）近代竹枝词、歌谣等研究。以朱易安《近代竹枝词的女性图景和空间转向》[⑩]、伊维德《过番歌：清末民初以来客家与闽南方言说唱中的海外移民》[⑪]、李秋菊《时调唱歌与清末之社会启蒙运动》[⑫]、冯仰操《歌谣仿作与地方启蒙——以〈湘报〉为对象》[⑬] 等论文为代表。

（6）考证及版本研究。胡全章《晚清新派诗人金楚青考论》[⑭] 考证金楚青即金嗣芬，作为“晚清诗坛上的活跃分子”，其诗作散见于多家维新派和革命派报刊诗歌、诗话栏目。沈

---

① 萧晓阳：《“荒寒”与“同光体”诗歌的境域》，《苏州大学学报》2017 年第 5 期。

② 彭玉平：《晚清民国词学的明流与暗流——以“重拙大”说的源流与结构谱系为考察中心》，《文学遗产》2017 年第 6 期。

③ 孙银霞：《光宣诗论及其新诗走向》，《文学评论》2017 年第 2 期。

④ 《中山大学学报》2017 年第 4 期。

⑤ 《苏州大学学报》2017 年第 6 期。

⑥ 《石家庄学院学报》2017 年第 2 期。

⑦ 《民族历史研究》2017 年第 1 期。

⑧ 中山大学出版社 2017 年 11 月版。

⑨ 《文学遗产》2017 年第 5 期。

⑩ 《江海学刊》2017 年第 5 期。

⑪ 李芳译，《戏曲与俗文学研究》2017 年第 1 期。

⑫ 《南京师大学报》2017 年第 1 期。

⑬ 《中国韵文学刊》2017 年第 4 期。

⑭ 《中国诗学》（蒋寅、张伯伟主编）第二十三辑，人民文学出版社 2017 年 10 月版。

燕红、朱惠国《晚清民初学者冯幵及其未刊抄本〈秋辛词〉》[①] 一文，是对宁波天一阁所藏冯幵词作未刊抄本的考辨和研究。张剑《〈黔诗纪略后编〉版本及成书过程述略》[②] 考证了《黔诗纪略后编》的三种存世版本；马昕《邵懿辰诗文集版本考述》[③] 梳理了邵懿辰诗集、文集的刊刻情况。李柏霖《晚清庚子事变的诗歌抒写》[④] 认为，庚子诗歌是晚清诗史的重要篇章，堪称“庚子诗史”，据作者统计，有160多位诗人创作了3300余首庚子事变诗歌。

（7）民国诗词作为近代诗词的自然延伸，近年颇受关注。曹辛华《民国词史考论》[⑤]、李剑亮《民国教授与民国词坛》[⑥] 两书虽名“民国”，实亦关系近代。因活跃于民国间的诸位老辈作手，原是光宣旧人。曹著分民国词史为“创作”（又分综论、群体流派论、女词人论、词社论、南社诸子论、词体理论批评论等）、“诗词学生态”（围绕宋词选本、清词选本、词人结社、抗战诗词等分论题展开，并倡纂“全民国词话”）、“词史文献”（对词集版本、词人生平著述、词籍序跋等详加考录）等部类，既见工夫识力，又具规模深度。李剑亮的“教授词”研究，则体现着近年学人诗词研究的新进展。

另外，罗时进《明清诗界的“差序混层”与“众层化写作”》[⑦]、张宏生《清词研究的空间与视野》[⑧]、沙先一《选本批评与清代词坛的统序建构》[⑨] 等文虽不专论近代，但差序混层、词坛统序等相关思考对近代文学研究亦有启发。

三、近代戏剧戏曲与散文骈文研究

夏晓虹《中国近代戏剧概念的建构》是一篇长文，分两次刊载。[⑩]论文细致辨析了英文中的“drama”、中文中的“戏”“剧”“小说”“诗”等概念之内涵、外延，继而讨论“新剧”“旧剧”之分野、“戏剧”“戏曲”之关系。论文指出，“drama”的中国化涉及西学输入、文类重构、戏剧戏曲改良、新剧出现、旧戏评价等问题，是一个复杂过程。在此过程中，“戏”“剧”“曲”等本土语汇渐与“drama”调和，形成新的概念体系。郭英德《想象与写实：近代中国戏曲中的外国故事及表演》[⑪] 一文梳理了中、日报刊1902—1916年刊发的涉外题材戏曲作品，文章指出其题旨以讴歌西方革命者和革命运动、昌明女学并鼓吹女权等为主，以激发人们对异国的想象和书写，因而成为建构“自我形象”的重要手段。这些作品开写实化表演之风，是“近代文化精神”的体现。夏、郭二文都重视使用原始史料，如当时报刊文字、栏目分类、辞书条目、各方论争等，夏晓虹称之“基础史料”。这些“基

① 《浙江社会科学》2017年第2期。
② 《西南民族大学学报》2017年第4期。
③ 《安徽师范大学学报》2017年第1期。
④ 《苏州大学学报》2017年6期。
⑤ 人民出版社2017年4月版。
⑥ 浙江大学出版社2017年10月版。
⑦ 《江海学刊》2017年第3期。
⑧ 《北京大学学报》2017年第4期。
⑨ 《文学评论》2017年第5期。
⑩ 《戏剧艺术》（《上海戏剧学院学报》）2017年第4期、第6期。
⑪ 《求索》2017年第8期。

础史料”，既是进入历史语境的手段，其自身也是历史语境之载体。

刘于锋《杨恩寿戏曲研究》[①] 从生平、交游、创作等层面对杨恩寿进行了深入的个案研究。虽是个案，却能出之以近代戏曲发展史的整体视野。杨恩寿并非一流戏曲家，但其戏曲地位观、创作观、声律观等均有代表性，是近代戏曲特定发展阶段的标志人物。书中结合杨恩寿《词余丛话》《续词余丛话》，探讨了杨恩寿的曲论和曲学思想，如强调曲与诗异流而同源，赋予曲以诗词之品格，重题材、结构、词采、气韵、口吻、性情，肯定声韵性质与脚色声口之关系，强调法度与才情的统一等；还评述了杨恩寿的诗文词创作情况。赵骥《戏剧文献的重新发掘与梳理——以近代“新剧”为中心》[②] 依据新近发掘的相关著述或报刊史料，对一些有问题的说法加以商榷，也介绍了早期剧人的生平、活动以及新剧舞台演出的内容、技术以及观众反响等。

论著还有左鹏军《近代戏曲与文学论衡》[③]、吴新苗《梨园私寓考论：清代伶人生活、演剧及艺术传承》及《文体、舞台与戏曲史研究》[④]、赵海霞《近代报刊剧评研究（1872—1919）》[⑤] 等。学者们各从文学史、社会生活史、报刊史、戏剧理论等角度讨论戏剧，或专论近代，或书中篇章涉及近代。艺术学科学者多从演出实践及舞台、剧场等角度展开，文学研究者则偏重文本研究或史事考证。此外，刘红娟对粤戏《特别西秦碎锦》的研究[⑥]、饶莹对许之衡《曲律易知》的理论分析[⑦]、李静对近代粤曲中的“文人曲”撰作研究[⑧]、魏兵兵对近代上海剧场建筑演变过程的研究[⑨]等，或聚焦于题材、体裁，或着眼于地域，或从城市、空间角度切入，均体现了研究路径的拓展。姚大怀《晚清民国曲家黄剑及其〈情环劫传奇〉考论》[⑩]、谷曙光《清末稿钞本〈改制皮簧新词〉整理选录》[⑪] 等，分别对近代剧曲作家及作品进行了考辨整理。

王国维的戏曲观也是受关注的论题之一。马丽敏《晚清戏曲宗元观念与王国维的元代戏曲研究》[⑫] 指出，焦循、梁廷枏、姚燮、俞樾等人的戏曲评论与研究有明显的宗元倾向，直接影响了王国维的戏曲研究。论文考察了晚清戏曲宗元观念的演变，探讨其表现形态、话语方式、文化根源，认为王国维“融中国传统戏曲观念、研究方式与西方文艺理论为一体”，通过对元杂剧的研究，推举现代学术观念，促成了现代戏曲研究格局的形成。廖奔《王国维与百年戏曲史路径——兼谈唱赚的历史定位》[⑬] 一文充分肯定了王国维的戏曲研究

---

① 凤凰出版社 2017 年 7 月版。

② 《文化遗产》2017 年第 2 期。

③ 上海古籍出版社 2017 年 2 月版。

④ 学苑出版社 2017 年 4 月版；中国社会科学出版社 2017 年 6 月版。

⑤ 齐鲁书社 2017 年 10 月版。

⑥ 《戏曲研究》第一〇二辑，文化艺术出版社 2017 年 7 月版。

⑦ 《戏曲研究》第一〇三辑，文化艺术出版社 2017 年 10 月版。

⑧ 李静：《文人曲的撰作与近代粤曲的新变》，《粤海风》2017 年第 6 期。

⑨ 魏兵兵：《近代上海半殖民地市政与城市公共空间之演进——以剧场建筑问题为个案》，《史学月刊》2017 年第 3 期。

⑩ 《中国戏曲学院学报》2017 年第 2 期。

⑪ 《戏曲与俗文学研究》第三辑（黄仕忠编），社会科学文献出版社 2017 年 6 月版。

⑫ 《复旦学报》2017 年第 2 期。

⑬ 《文学评论》2017 年第 5 期。

成就。关于王国维认为经过大曲联章体和缠令缠达、诸宫调、唱赚联套体的多重作用最终形成南北曲套这一观点，近年有学者提出不同看法，廖奔分析后认为，王国维的观点是成立的。

散文、骈文研究方面。王蘧常《清故贞士元和孙隘堪先生行状》记孙德谦谓“说理散不如骈”，赵益认为，“说理散不如骈”命题涉及骈散问题的核心。该命题有三个基本前提：（1）文章叙事、说理重心有别；（2）文章体性不同效果各异；（3）说理之“理”偏指“玄理”。骈文之所以擅言“玄理”，盖因其排偶的形式特性及其规约的二元结构产生出一种深层表达机制——“并行背出、同时合观”，这有助于理论探讨时对概念进行定义；而骈文的“用事”特性，又以其“扩展性”和“互文性”的高度融合进一步加强了说理能力。这种“某一文体在某种内容的表达上不如另一种文体”命题的核心内涵，就在于它逻辑地指向了特定文体的形式所规约的结构以及由此生成的深层表达机制，彰显出“形式”在文体问题上的本原性。① 诸雨辰注意到，不拘骈散、务为有用是梁章钜对骈散之争的基本态度。所以如此，实是出于对今文经学之“处士横议”的不满，意在维护国家秩序、反对权力下移。② 梁章钜在道光朝已身处高位，故其观点与魏源、包世臣等中下层官员相较偏于保守。吕双伟的晚清湖湘骈文作家研究、杨汤琛的晚清域外游记研究、肖百容的清末民初挽联研究等也值得注意。

出版及会议方面。郭英德、张德建主编的散文研究集刊《斯文》今年推出第一辑，由社会科学文献出版社出版；莫道才主编的《骈文研究》集刊第一辑由广西师范大学出版社出版。中国骈文学会、湖南师大文学院等主办的第五届中国骈文学会年会七月在长沙召开，会上有谭家健考论晚清民国湖湘骈文名家，陈松青讨论易顺鼎辞赋、骈文。桐城师范高等专科学校主办，桐城派学术研究中心承办的“桐城派研究前沿问题国际学术研讨会”十月在安徽桐城召开。

四、人物、文派及思潮、现象研究

近代人物个案或群体研究是较具整体性、思想性的领域。对桐城派、南社以及郑珍、梁启超、严复、林纾、秋瑾、王国维等人的研究依然活跃；不少学者从文学角度研究政治人物如曾国藩、张之洞等，揭示其身份之多重性，表彰其对文学的赞助之功；有关郑孝胥、杨钟羲、穆儒丐等清遗民或满族人物的研究稳中有进；制度、官府、官员、学堂等与文学之关系，西学东渐及中西文学比较等论题，也都各有成果。也有学者以地域为单位对近代人物群体展开研究。③

左鹏军《曾国藩的诗文理论观念及其近代意义》④ 将曾国藩置于近代中国文体观与文体

---

① 赵益：《孙德谦“说理散不如骈”申论——兼论骈文的深层表达机制》，《文学评论》2017 年第 4 期。

② 诸雨辰：《不拘骈散 务为有用——梁章钜文论的现实批判》，《明清文学与文献》第六辑，杜桂萍、陈才训主编，社会科学文献出版社 2017 年 12 月版。

③ 如王宁宁《近代扬州文人群体研究（1840～1945）》，社会科学文献出版社 2017 年 5 月版。

④ 《文艺理论研究》2017 年第 4 期。

演变的脉络中加以讨论，文章认为曾氏强调文学与世变相因、提倡“经济”之学，继承古文阳刚与阴柔学说并将其与文章风格类型、变化发展观念结合，关注古文文体功能特征，主张骈散相济、奇偶结合，关注应用文体的形态功能，主张在积理极富的基础上追求修辞立诚，强调诗文声调和谐之美，反映了曾国藩及其同道者继承传统、适度求变的稳健姿态。唐保华《龙城雅韵：张之洞与父兄族戚在安龙诗文选注》[①] 收集了张之洞及其父亲张锳和张锳的子侄们在兴义期间写作的诗文，加以校注。其中，《天香阁十二龄课草》为张之洞早年文字，颇有价值。继曾秀芳《郑珍研究》上年出版[②]后，施吉瑞的《诗人郑珍与中国现代性的崛起》于今年中译出版（王立译）[③]。两部论著体现了中西学人处理近代人物的不同思路和方式。《莫友芝研究十五讲》[④] 以专题教材形式，对莫友芝一生文学、学术道路予以总结，注重对学界成果的吸收借鉴，是以文献综述的方式写成的莫友芝学案。

桐城人物研究角度和方法呈多元态势。王达敏《桐城派与北京大学》[⑤] 通过文献爬梳，勾勒出以北京大学为舞台的桐城人物群像，论及近代以来桐城派及其后学百余人，文章认为桐城学人与北大“互相映发，互相成就”，文化贡献卓越。王达敏另撰有桐城派学者李诚年谱。[⑥] 汪孔丰从家族、婚姻角度分析麻溪姚氏，撰成《姚鼐家族弟子群考述》[⑦]《清代桐城文化家族的姻娅网络及其文化特征——以麻溪姚氏为中心》[⑧] 等论文。前文将姚鼐门下姚氏家族弟子分为四类；后文分析了姚氏家族与各当地其他家族之间的联姻特点及意义。汪孔丰《赓和〈感怀〉：明清麻溪姚氏家风的一个面相考察》[⑨] 关注的则是姚氏家族的“和诗史”。丁恩全《论晚清何家琪以性情展现为中心的文章学》[⑩] 指出，何家琪推崇《左传》《史记》、唐宋八家、归方刘姚，接受了桐城派言有物有序的理论，又清楚桐城派理论之不足，不为门户之见拘束；他的“不为无关系之文”以及与此相关的性情论，体现了桐城派文章理论的转型。于广杰研究了吴汝纶、范当世、贺涛的得意弟子李刚己，认为他作为桐城派重心北移后培养的畿辅本土文士，在“莲池学派”第四代古文群体中具有典型意义。[⑪] 邢海霞《桐城派序跋研究之回顾与展望》[⑫] 回顾了1920年代以来有关桐城派序跋的研究史。张秀玉《清代桐城派文人治生研究》则体现了文学研究与社会学研究相结合的思路，即从物质生活、经济收入等角度研究一个文学流派。[⑬]

2017年是王国维诞辰一百四十周年、逝世九十周年。国家图书馆整理出版了《国家图

① 贵州人民出版社2017年9月版。
② 中国社会科学出版社2016年8月版。
③ 河南大学出版社2017年6月版，英文原著出版于2013年。
④ 梁光华、李朝阳主编，贵州人民出版社2017年12月版。
⑤ 《安徽大学学报》2017年第6期。
⑥ 王达敏：《桐城派学者李诚先生年谱初编（1906～1949年）》，《斯文》第一辑，社会科学文献出版社2017年9月版。
⑦ 《安庆师范大学学报》2017年第2期。
⑧ 《河北科技大学学报》2017年第4期。
⑨ 《池州学院学报》2017年第4期。
⑩ 《苏州大学学报》2017年第1期。
⑪ 于广杰：《李刚己的诗文创作与文艺思想》，《保定学院学报》2017年第6期。
⑫ 《天中学刊》2017年第2期。
⑬ 中国社会科学出版社2017年12月版。

书馆藏王国维往还书信集》[①]，收录王国维家书和寄师友信札及诸家来札共1543通2600多页，往还师友计90多人，均据该馆所藏原件影印。“诸家来札”部分尤其丰富，其中数百通首次公布。国家图书馆主办的《文津学志》设“纪念王国维先生诞辰140周年专栏”，刊刘波、李坚、孙俊、卢芳玉、韩旭等学人论文五篇。其中孙俊《国家图书馆藏王国维著作目录手稿》一文，对国图所藏百余部王国维著作手稿加以编目。彭玉平《王国维与民国大学之关系——以王国维与北京大学的离合关系为考察中心》[②] 从学术史角度分析王与北大之关系，藉此观察彼时政治与学术、新派与旧派之间的离合与分野。彭玉平另在《文史知识》上连载多篇短论，解读王国维其人其词的词学史意义与审美价值。如以王国维《霜花腴》一词为例分析王与朱祖谋二人因遗民身份之同，而“淡漠掉”词学之异，进而“快速走近对方”，这首词也便成为“一个遗民写给另一个遗民的友声”。[③] 彭文切入点虽小，却能写得深入而且开阔，将诗词文本尽力对接词学史、学术史、思想史的宏观视野。张冠夫《在叙事与抒情之间的价值重估——梁启超、王国维对传统文学类型观的调整》[④] 对比分析了二十世纪初梁、王二人对叙事文学、抒情文学优劣观之异同。二人之同在于，均视叙事文学优于抒情文学；二人之异，表现在对文学的本质、功用等的认识方面，这也导致二人出于不同的原因而对传统文学类型观进行调整。比如，梁启超突出文学的教化功能，王国维则强调文学的美育价值。当然也存在着内在的共性的因素，如文学认同的由中国文学向西方文学倾斜，在对文学的性质的认识中强调认知和思想的因素，以及二元对立的思维方式等。后来，二人对此各有反省。王国维的反省稍早，体现于《曲录》和《宋元戏曲史》等著述中，梁启超则要迟至20世纪20年代。反省意味着二人在试图修复和重建对中国文学传统的认同。

清遗民研究呈现出文献梳理与理论阐释并进的局面。刘威志从谢抡元、张尔田二人对朱祖谋《鹧鸪天》的不同理解谈起，通过文本分析和本事考证，掘发词人的“幽微心事与政治意图”。[⑤] 潘静如《“两京”沦陷区清遗民的“位置”——以〈雅言〉〈同声月刊〉杂志为中心》[⑥] 指出，《雅言》多载登高望远、展褉绂尘之作，《同声月刊》上感慨战乱之作却比比皆是；尽管大部分清遗民（伪满除外）没有参与沦陷区的“（伪）政权重建”，但也“消极地”构成了“（伪）秩序重建”的一部分。姚达兑《民初清遗民的身份认同和文化想像——何维朴〈登岱图〉及其题咏研究》[⑦] 亦以文本细读和阐释见长，对清遗民的政治文化心理之分析颇为细密。潘静如《清遗民诗词结社考》[⑧] 梳理出清遗民诗词社58个。朱曦林

---

① 中华书局2017年10月版。

② 《学术研究》2017年第10期。

③ 彭玉平：《一个遗民写给另一个遗民的“友声”——王国维〈霜花腴·用梦窗韵补寿彊村侍郎〉》，《文史知识》2017年第9期。

④ 《同济大学学报》2017年第2期。

⑤ 刘威志：《清遗民的“理屈”与“词穷”——论朱祖〈鹧鸪天·广元裕之宫体八首〉》，《中国诗学》（蒋寅、张伯伟主编）第二十三辑，人民文学出版社2017年10月版。

⑥ 《中国现代文学研究丛刊》2017年第1期。

⑦ 《兰州学刊》2017年第7期。

⑧ 《中国韵文学刊》2017年第4期。

据金兆蕃书札考证了金兆蕃参编《清儒学案》的相关史事。[①]

《革新与守固——林纾国际学术研讨会论文集》（吴仁华主编）[②]、《海潮大声起木铎：陆建德谈晚清人物》（陆建德著）[③] 聚焦于林纾等近现代之交的旧文人，前者为会议论文集，后者为个人论文集。二书均以反思历史、反省成见为旨趣。郭道平《辛亥以前严复林纾交游考论》[④] 不拘泥于考证，视严、林为清末“趋新知识人”的代表，在史料钩沉和异同辨析中勾连起背后的思潮与时事。《沈阳师范大学学报》2017 年第 6 期“穆儒丐研究专题”刊发了《作为方法的“穆儒丐”》（刘晓丽）、《穆儒丐与现代日本文化》（刘大先）、《〈随感录〉:〈盛京时报〉时期穆儒丐真实思想的表述》（王晓恒）、《伪满洲国与假亲属关系——以穆儒丐〈新婚别〉为个案的考察》（罗鹏）等文。张伟、李永东《民初北京的文学想象——以穆儒丐的长篇小说〈北京〉为中心》[⑤] 通过分析小说中的城市想象，探讨文学作品与民初民族国家观念建构之关系。陈均整理了穆儒丐、张次溪等人《伶史》《燕都名伶传》《北京梨园掌故长编》等戏曲史著作五种，均是有关晚清民国时期梨园或伶人艺事的文献。[⑥]

《侠女愁城：秋瑾的生平与诗词》系妇女史专家鲍家麟和弟子刘晓艺合撰，该书结合秋瑾诗词，从女性视角审视秋瑾一生。著者怀“千古女性相通之意”，以体味秋瑾“愁城”难破之悲，解诗深切细腻，文笔洗炼隽永，是一本可读性与专业性兼顾的传记小书。[⑦] 漓江出版社则重印了萧艾的《王国维评传》（2017 年 9 月版），萧氏谈王国维，务求通透平情，不为胶执之论。以上新撰或重印，均是重温近代经典作品、经典人物的有效方式。陈春香《南社与新文化运动关系探析》[⑧] 把南社人的文学活动放到历史和文学史的视角，从文学观念、外国文学的译介和白话文运动三个方面探讨南社与新文化运动的关联。

普通中国人的日常生活、文化心态、传奇经历及其文学表现，也是研究近代人物的角度之一。王振忠利用族谱、文集及海外报道等文献，对“天赋奇形、身材颀长”、被洋人带往世界各地展览表演、最后定居英国的婺源人詹世钗的生平事迹加以考证。论文指出，晚清民国时期的笔记、小说、戏曲对詹世钗多所演绎，其中真伪参半，夹杂着时人的诸多想象，一定程度上反映了国势积弱背景下传统文人伤时忧国、愤世嫉俗的心态。[⑨] 李彦东《晚清文人与流行文化》[⑩] 一书指出，“不少晚清文人参与流行文化的方式天差地别，各种情感和情绪都掺杂其间”，有时他们是“流行文本的生产者和消费者”，同时他们“又能用精雅的文字将本易流逝的风景定格下来”，作者分析了晚清文人笔下的新事物、新现象、新术语。

---

① 朱曦林：《金兆蕃参编〈清儒学案〉史事考实——以国图藏金兆蕃致曹秉章书札为中心》，《文献》2017 年第 3 期。

② 商务印书馆 2017 年 5 月版。

③ 东方出版中心 2017 年 11 月版。

④ 《现代中文学刊》2017 年第 2 期。

⑤ 《创作与评论》2017 年第 18 期。

⑥ 《伶史：外四种》，北京出版社 2017 年 9 月版。

⑦ 南京大学出版社 2016 年 11 月版。

⑧ 《南京理工大学学报》2017 年第 1 期。

⑨ 王振忠：《从“虹关长人”到“中国巨人”：晚清婺源詹世钗生平事迹考证》，《安徽师范大学学报》2017 年第 5 期。

⑩ 中国电影出版社 2017 年 7 月版。

五、近代报刊文学、女性文学、翻译文学等研究

从报刊角度研究近代文学，一向有不同思路。有偏重文献勾勒整理者，有偏重理论阐释者。前者以精微细密见长，后者以推断生发取胜。胡全章《近代报刊与诗界革命的渊源流变》① 以新发掘的期刊文献为基础，围绕“诗界革命”这一论题展开多维阐释，最终为近代诗歌的嬗变史梳理出清晰的脉络。杜若松《近代女性期刊性别叙事研究》② 以女性期刊上的文学作品为基础，探讨了女性自我的发现、男性对“理想女性”的塑造、女性职业及社会化构建等论题。薛海燕《近代视阈下的明清戏曲小说研究》③ 是作者近十余年间的论文结集，书中有对顾太清、吴藻、吕碧城及晚清民初女性小说家群体的考论。

马勤勤《闺情·启蒙·市场·学校——清末民初女作者小说的多元书写》④ 以陈翠娜、刘韵琴、高剑华和直隶第一女子师范学校的七位女学生为例，就近代女作家、五四女作家之间的混沌地带、清末民初小说女作者的文学史地位等问题展开辨析，探讨“女性从事小说创作的禁锢是如何逐渐消除的”。文章认为，在“五四”现代女作家登台之前，近代女性小说创作有着多元面向，分别继承、指代或开启的，是古代闺秀创作、晚清“小说界革命”、民初通俗文坛、“五四”新文学等不同的传统。黄湘金《民初新女性“自由结婚”的难局——舆论和文学中的周静娟案》⑤ 一文分析了围绕 1913 年主张自由结婚的上海青年女教员周静娟投河自尽这一事件的司法处理、报刊报道，以及谐文、通俗小说对该事件的庸俗化叙写，指出不同文体虽关注重心有别，但各以不同视角揭示“父母专婚”的不合时宜，从而扩大了案件的舆论效应。

翻译文学研究。李今主编《汉译文学序跋集 1894—1949》第一辑四卷于本年 12 月由上海人民出版社出版，第一卷所录起 1894 年，终 1910 年，由李今主编、罗文军编注，是对汉译文学单行本序跋、引言、评语等的收录和整理。专著有赵纪萍《清末民初文学翻译中的创造性叛逆研究》⑥、刘小刚《清末民初翻译文学中的西方形象》⑦ 等。前书关注翻译文学的译法（“创造性叛逆”），后书关注翻译文学的内容（“西方形象”）。宋声泉《〈域外小说集〉生成前史之再考察——以〈玉虫缘〉〈荒矶〉为中心》⑧ 以周作人两篇译作为例考察《域外小说集》的生成前史，分析周作人的译法选择及译文语体之变迁；周旻《“隐形”的底本：英和双语读本在周作人早期翻译生产中的角色——以〈玉虫缘〉为个案》⑨ 对此也有论说，可参看。蔡静、方维保《从传播视角看林译小说序跋的价值》⑩ 从“传播”“序跋”

① 北京大学出版社 2017 年 5 月版。
② 中国社会科学出版社 2016 年 12 月版。
③ 中国社会科学出版社 2017 年 7 月版。
④《妇女研究论丛》2017 年第 2 期。
⑤《文学评论》2017 年第 5 期。
⑥ 山东人民出版社 2017 年 9 月版。
⑦ 浙江大学出版社 2017 年 1 月版。
⑧《中国现代文学研究丛刊》2017 年第 5 期。
⑨《中国比较文学》2017 年第 4 期。
⑩《中国现代文学研究丛刊》2017 年第 9 期。

角度观察林译小说，提供了新视野。

传教士与近代文学关系研究。宋莉华《理雅各的章回小说写作及其文体学意义》① 一文视《约瑟纪略》和《亚伯拉罕纪略》为理雅各所创的“纪略体”小说，这代表着“中篇章回小说”的新发展，其范本是理雅各于1842年由中文译为英语的《大明正德皇游江南传》。陈恩维《传统论说文的现代性起点——以〈东西洋考每月统记传〉所载论说文为中心的考察》② 将早期新教传教士的中文写作纳入中文文体史视野加以论析，体现了传教士研究、期刊研究、文体研究的融合。徐巧越考察了“末代帝师”庄士敦的中国戏剧观并指出其意义所在。③ 宋莉华还结合中国近代文学尤其是近代小说研究史，指出美国学者韩南的贡献所在。她认为韩南引入了世界文学视野和外部研究视角（如城市生活史视角、叙事学视角等），且发掘了诸多新史料，较早展开汉译小说、传教士汉文小说等研究，不仅具有方法论的启示，也开拓了研究领域。④

六、年谱、日记、编年史研究及文献整理出版

年谱之作因其资料性、学术性兼具，故甚受学界重视。上年出版的《李慈铭年谱》（张桂丽）⑤、《曾熙年谱长编》（王中秀、曾迎三）⑥ 均为扎实之作。福建人民出版社“闽人年谱丛书”今年出版《陈宝琛年谱》（张旭、车树昇、龚任界）。上海交通大学出版社“晚清以来人物年谱长编系列”出版《曾国藩年谱长编》（董丛林）、《叶景葵年谱长编》（柳和城）等三种。曾谱两大册，近150万字。程翔章、程祖灏出版了《樊增祥年谱》。⑦

诗文集校注及日记、信札、手稿的整理出版。沈家庄、朱存红据王鹏运各刻本、抄本、稿本，对王氏759首词作进行详尽校勘和笺释，以《王鹏运词籍校笺》为名出版，是迄今较完备的王鹏运词集。⑧ 瑞洵折片、诗文、函牍等500多件经杜宏春、郑峰整理出版，书名《瑞洵集辑笺》，中编为瑞洵诗文。⑨ 崔建利《柯劭忞诗集校注》⑩ 对柯劭忞《蓼园诗钞》《蓼园诗续钞》两集共540首诗作进行点校整理，另辑出柯氏佚作15首。此书以校异和辑佚为重心，注释则详于人名、舆地，亦有少量本事及系年方面的考证。李慈铭文集已刊行有《越缦堂文集》《越缦堂文钞》《越缦堂骈体文》《越缦堂诗文集》等，尚有散佚。张桂丽从《越缦堂日记》中辑出14篇文章并加以笺释。⑪ 《上海图书馆藏稿钞本日记丛刊》（86册）

---

① 《文学评论》2017年第2期。

② 《文学遗产》2017年第6期。

③ 《戏曲研究》第一〇三辑，文化艺术出版社2017年10月版。

④ 宋莉华：《美国汉学视阈中的近代小说研究及其学术史意义——以韩南为考察中心》，《上海师范大学学报》2017年第3期。

⑤ 上海古籍出版社2016年8月版。

⑥ 上海书画出版社2016年11月版。

⑦ 华中师范大学出版社2017年6月版。

⑧ ［清］王鹏运笺著，沈家庄、朱存红校，上海古籍出版社2017年11月版。

⑨ 黄山书社2017年7月版。

⑩ 中国社会科学出版社2017年3月版。

⑪ 张桂丽：《李慈铭遗文辑释》，《暨南史学》2017年第1期。

由上海科学技术文献出版社出版；“中国近现代稀见史料丛刊”推出第四辑（收书12种17册），其中有江瀚、英韶、胡嗣瑗、王振声、黄秉义、王锺霖等人日记。[①]《苏州博物馆藏晚清名人日记稿本丛刊》共七卷，收入潘世恩、潘曾莹、潘曾绶、潘鍾瑞、潘观保、潘祖同、潘祖荫等人日记。[②] 十六册《张佩纶家藏信札》由上海图书馆整理出版[③]。上海大学出版社影印“珍本南社旧著丛刊”多种。《吴汝纶文集》（上、下册）[④]《文廷式诗词集》[⑤]《甲午日本汉诗选录》（上、下册）[⑥] 等近代诗文文献也相继整理出版。

“津沽名家诗文丛刊”出版第六、七、八种，即《刘大同诗集》[⑦]《碧琅轩馆诗钞》[⑧]《石雪斋诗稿》[⑨]。《邓辅纶父子集》收入邓辅纶、邓国瓛、邓琅父子侄三人诗文，由杨式仁主编，列入“邵阳文库”出版；[⑩] 秦焕《剑虹居古文诗集校注》[⑪] 为“广西地方古籍整理研究丛书”之一。陈懋鼎《槐楼诗钞》列为“福建文史丛书”出版，[⑫] 陈懋鼎是陈宝琛之侄。“同文书库”聚焦厦门文献，第二辑推出近、现代诗文文献十种：（1）《赋月山房尺牍》（谢祐）（2）《禾山诗钞》（黄瀚）（3）《挥麈拾遗》（邱炜萲）（4）《顽石山房笔记》（林尔嘉）、《紫燕金鱼室笔记》（李禧）（5）《卧云楼笔记》（苏逸云）（6）《止园诗集》（陈延谦）、《铁菴诗存》（刘铁庵）（7）《陈丹初先生遗稿》（外一种）（8）《绣铁盦丛集》《绣铁盦丛话》（贺仲禹）（9）《二菴手札》（苏警予）（10）《虚白楼诗》（虞愚）。常法宽编《颍上常氏五世诗词手迹选》[⑬] 收入常国佐、常凝章、常任侠、常家纯等人诗、词、曲、赋手稿多种，既是家族文集，也是近代以来文脉承传、文教演进的缩影。

福建泉州人苏大山的《红兰馆丛书》列为“泉州文库”，含《红兰馆诗钞》《红兰馆小丛书》两种。苏氏虽为地方诗家，其诗实亦有关家国大体，其《桐南后集》收入1907—1911年间所作诗，感时伤世，诗思锐敏。如《杂感》八首即吟咏时政，有当朝名公巨卿所不及言、不能言者。其四云：“天下本一家，何分彼与此？咄咄异族心，乃复存歧视。开国错已铸，末流波更靡。讵知压力穷，遂使薄天子。懿亲匪不贵，难与谋国是。冢中骨已枯，恶足安危恃？防川日以严，溃决日以起。云扰各纷纷，从此多事矣。”[⑭] 是为地方有识之士对时政及满汉问题的立场与认知。南京大学出版社今年出版《逸笔清风万古垂——南通范

---

① 朱曦林：《“日记”中的历史——兼谈日记的文献价值》（《中华读书报》2017年8月9日）一文对这批日记的价值多所阐发。

② 文物出版社2016年5月版。

③ 上海人民出版社2016年12月版。

④ 朱秀梅校点，上海古籍出版社2017年6月版。

⑤ 陆有富校点，上海古籍出版社2017年4月版。

⑥ 查屏球编著，凤凰出版社2017年6月版。

⑦ 刘建封著，刘自力、曲振明整理，天津古籍出版社2017年4月版。

⑧ 杨光仪著，赵键整理，天津古籍出版社2017年6月版。

⑨ 徐宗浩著，张金声整理，天津古籍出版社2017年12月版。

⑩ 光明日报出版社2016年12月版。

⑪ 上海古籍出版社2017年6月版。

⑫ 福建人民出版社2017年12月版。

⑬ 国家图书馆出版社2017年4月版。

⑭ 苏大山著，苏彦铭、谢如俊点校：《红兰馆诗钞》，载于《红兰馆丛书》，商务印书馆2017年12月版第39页、第40页。

氏世家诗文研究》(周建忠主编)、《帆迎旭日霞方起——范铠、范罕、姚倚云研究》(徐芙蓉、朱菊颐、徐丽丽著)、《独树一帜非羞颜——范伯子诗学体系论略》(黄伟、吴翔著),皆列为“南通范氏诗文世家研究丛书”(周建忠主编);“八闽名家读本”(陈庆元主编)今年出版《陈衍读本》(林东源编)① 选取陈衍诗、词、诗话若干加以注释、解读;李杉、阮毅《晚清海南诗人冯骥声》② 则是海南省哲学社会科学规划重大课题。以上反映了学术出版的课题化、地域化及专题化趋势。

柳向春《笺边漫语——近现代学人手札研究》③ 基于手札考证盘点近现代学人与学术;刘建丽《康輶纪行校笺》对姚莹《康輶纪行》的诸多版本进行了校勘和笺释④;郭建鹏、陈颖编著《南社社友录》⑤ 是张夷主编的“南社史料辑存”丛书之一。张夷另主编有“珍本南社旧著丛刊”,第一辑收入陈去病辑《松陵文集》《笠泽词徵》、陈去病著《浩歌堂诗钞》、高燮《吹万楼文集》、刘铁冷《铁冷丛谈》及南社同人唱和集《迷楼集》等多种。⑥ 其中,《松陵文集》是陈去病汇辑的苏州地方文献,据1922年“百尺楼丛书”本影印;《迷楼集》据中华书局1920年仿宋版影印。另有《秋瑾诗文集》,由郭长海、郭君兮辑校出版。⑦ 李云发表多篇论文,其中三篇是对陈大康《中国近代小说编年史》的补遗。⑧

七、近代文学研究的其他进展

除以上各体、各领域的研究之外,今年的近代通俗文学研究、晚清画报研究、晚清民国话体文学研究、近代文话研究、语言变革与白话文研究、传教士与近代文学关系研究等,也各有收获。论题新旧、因创不一,但都有新的开掘生发。

通俗文学研究。范伯群主编、多位中青年学者参撰的《中国现代通俗文学与通俗文化互文研究》(上、下册)⑨ 出版,该书颇为注重近代与现代的学科视野贯通。全书120万字,共设十四专题,从广义的“互文性”概念入手,揭示通俗文学与评弹等通俗文艺、与中外文学、与社会大文本、与散文小品等其他创作文类之间的关系。此书重返“市民日常文艺生活的场景”,揭示了“文学文化生活的丰富性与复杂性”,呈现了“不同地域文化、文学的自有生态以及它们在变迁中的多元路径和价值”。⑩

“话体文学”研究。黄霖主持的民国“话体文学”研究课题,近两年来成果颇多。除上文提到的李德强《近代报刊诗话研究(1870—1919)》等书外,今年还出版论文集《民国旧

---

① 福建教育出版社2017年6月版。

② 南方出版社2017年10月版。

③ 故宫出版社2016年8月版。

④ 上海古籍出版社2017年7月版。

⑤ 上海大学出版社2017年6月版。

⑥ 上海大学出版社2017年6月版。

⑦ 杭州:浙江古籍出版社2017年5月版。

⑧ 论文三篇,分别刊《明清文学与文献》2017年(年刊),《文学与文化》2017年第1期及第4期。

⑨ 江苏凤凰教育出版社2017年2月版。

⑩ 刘祥安:《学术新空间与市民日常文学生活》,《中国现代文学研究丛刊》2017年第10期。

体文论与文学研究》（黄霖主编）[①]，收入近年有关民国话体文学、旧体文学的论文。黄霖指出，“所谓话体，就如诗话、词话、文话、曲话、小说话一类形式独特、自成一体的文学批评著作”（该书《前言》）。书中不少论文也涉及，因为民国间从事话体文学写作的队伍中，以清遗民、光宣文人、旧派文人等为代表。

蔡德龙对清代、近代“文话”的研究也值得注意。蔡德龙指出，产生于民国初年的《骈文丛话》（作者署名郑好事）是晚近文学批评史上为数不多的骈文话之一，作者不满于民国初年小说雄踞文坛、骈文乏人问津的现实，提出“骈文学”概念，并将“古文”概念重新阐释，使得骈文也可以被纳入“古文”范畴，以提高骈体文章的地位。[②] 蔡德龙《论文绝句的创制与散文史的构建——徐湘潭〈论文绝句一百七十五首〉论》[③] 指出，清代论诗绝句，论词绝句、论曲绝句均为数不少，论文绝句却不常见。在作者查考到的 15 种 781 首论文绝句中，徐湘潭《论文绝句一百七十五首》是创制较早、规模较大、价值较高的一种。徐湘潭将绝句作为一种特殊的批评文体，提出了不少新颖有价值的文章学概念。蔡德龙另出版有《清代文话研究》一书[④]，该书第六章讨论了平步青的《国朝文槪题辞》。

白话文及晚清语言变革研究。这是多年热点。如今学者们的重心，一在还原，二在辨析。还原有赖于不杂成见地深入史料和当时语境，辨析则需要思力和识见。季剑青分析了围绕世界语取代汉语的方案所展开的论争，他指出世界语的提倡者、章太炎代表的语言民族主义者、钱玄同等新文化运动同人各有主张，这些主张是与“输入新文明创造新文化”这一时代命题始终交织在一起的。[⑤] 段怀清从黄遵宪的语言文学改良思想中，归纳出“彼此呼应又有所差别”的两个不同诉求：一是“通文字之用”，二是“我手写吾口”。前者旨在开启民智，后者则强调“书写者个体的主体性的完整实现”。[⑥] 谢君兰的专著梳理了白话新诗的“来时路”，她认为清末民初的“新式白话”已不同于古白话，白话新诗的生成资源也不仅是“白话”，还囊括着来自古代、民间和西方的其他“语言因素”。作者旨在从语言层面辨析白话诗体的演进层次，以“译词”“隐语”“方言”“俗语”“音”“韵”“句法”“意象”为考察中心，勾勒了近代白话“肌理生长的细微性”。[⑦] 高玉分析了《新小说》等五种小说杂志的语言使用情况后指出，这些期刊所用语言介于“中等文言”与“文白话”之间，可分“文言”“古白话”“近代白话”三类。[⑧] 朱家英检讨了 1920 年代有关“国故毒”的大论战，他认为这是在“整理国故”思潮影响下文言与白话、旧学与新知的斗争在教育领域的蔓延。[⑨]

学者们也考察了近代来华西人的语言观。段怀清将新教传教士的语言策略概括为“来

---

① 凤凰出版社 2017 年 4 月版。

② 蔡德龙：《〈骈文丛话〉：“骈文学”的初步构建与骈文特征的系统总结》，《中国文学研究》2017 年第 4 期。

③ 《广西师范大学学报》2017 年第 1 期。

④ 中国社会科学出版社 2017 年 11 月版。

⑤ 季剑青：《语言方案、历史意识与新文化的形成——清末民初语言改革运动中的世界语》，《现代中文学刊》2017 年第 1 期。

⑥ 段怀清：《“通文字之用”与“我手写吾口”——黄遵宪语文思想的两个向度》，《社会科学》2017 年第 4 期。

⑦ 谢君兰：《古今流变与中国新诗白话传统的生成》，羊城晚报出版社 2017 年 3 月版。

⑧ 高玉：《论清末民初期刊白话文的新变》，《学术月刊》2017 年第 9 期。

⑨ 朱家英：《新旧文学的易地交锋：“国故毒”论战平议》，《求索》2017 年第 9 期。

华初期的语文适应策略”“民族共同语文策略”两阶段，前者是与本土现有语文的“妥协”，后者是“更具有开创性与前瞻性的语文策略”。[①] 刘东玲指出，从梁启超“报章体”的论说文，到晚清“政治小说”的盛行，政论与文学作品构成了“宣传的组合”，其间有“互文性”；“政学”与“文学”互动是清末文学思潮的鲜明特点，而白话文运动也是一场“政治运动”。[②] 文月娥认为，傅兰雅的汉语语言观形成于晚清特定历史语境中，其汉语语言观的表现在他对“汉语”概念的界定、对汉语语言特点的分析等方面。[③]

晚清图像及画报研究。陈平原《图像叙事与低调启蒙——晚清画报三十年》（上、下）[④] 对晚清画报从《点石斋画报》诞生的1884年到《醒华画报》《浅说画报》《广州时事画报》等石印画报发行的终止年份1913年这三十年中的发展状况做了提纲挈领的梳理，认为这一时期是石印画报的时代，之后便进入由《真相画报》（1912—1913）所开启的铜版印刷时代。陈平原从百余种晚清画报中选出较重要的30种，为之撰写提要，并以“战争叙事”“图文对峙”等角度加以分析认为，晚清画报兼有启蒙、娱乐与审美等诸多功能，它们“以平常语调描述主潮、漩涡与潜流”，对风俗习惯、社会场景以及日常生活有精细的观察与呈现。晚清画报之“低调启蒙”，是以表达“中间立场”“都市风情”“市民趣味与平常时光”的方式实现的。

语词、主题、概念史、话语史研究。王宁《“国学”内涵的变迁与章太炎国学的现代意义》[⑤]、陈建华《叩响天朝之门的世界革命——康有为与“戊戌变法”对“革命”的使用》[⑥] 围绕“国学”“革命”两个概念解读章太炎、康有为。杨联芬《“贤母良妻主义”与晚清文化转型》[⑦] 则分析了晚清民国士人对“贤母良妻”这一传统范畴的改造过程，即如何既保留其传统意涵，又增加“近代国家主义”的向度，从而成为“兴女学”的理论依据。马勤勤《传统文论当代意义的百年话语掠影》[⑧] 从学术史视角切入，对传统文论的“当代意义”这一话题做“话语追踪”，文章认为清末民初知识者到传统中寻找可资利用的资源，是应对文化危机的“策略”，而1920—40年代则多属“为学术而学术”，反倒缺乏前代知识者对于传统文论经世致用的标举。

典章制度攸关一代思想、学术和文学。清沿明制设置学政，各省学政的作为与角色变迁也是观察近代文人、文学的一个切口。安东强《清代学政规制与皇权体制》[⑨] 侧重有清一代学政的官制沿革，第三至五章论及咸、同、光、宣四朝，勾勒了学政这一学官群体在近代中国知识转型过程中的作为、作用与地位变迁。作为官员的学政，多由学人或文人充任。学政研究也为文学研究提供了补充性的视角。陆胤《国家与文辞——清季文学教育的制度化》[⑩]

---

① 段怀清：《晚清新教来华传教士的语文策略考评》，《山东社会科学》2017年第2期。

② 刘东玲：《“新民说”与晚清白话文运动——1900年代的民粹主义辨析》，《学术月刊》2017年第9期。

③ 文月娥：《傅兰雅的汉语语言观及其当代价值》，《国际汉学》2017年第3期。

④ 《文艺争鸣》2017年第4期、7期。

⑤ 《北京师范大学学报》2017年第1期。

⑥ 《济南大学学报》2017年第1期。

⑦ 《天津社会科学》2017年第2期。

⑧ 《文艺评论》2017年第8期。

⑨ 社会科学文献出版社2017年4月版。

⑩ 《文学评论》2017年第5期。

从文学教育在整个知识体系中的地位入手，考察了“中国文辞”如何从危急时势下的“无用之学”升格为近代学制不可或缺的一门教科，进而探索制度设计作为一种“思想潜势力”的可能性。

官府、官员、学堂等与文学之关系。陈曙雯《经古学与19世纪书院骈文的发展》[①] 剖析了诂经精舍、学海堂这两所专课经古学的新型汉学书院对骈文发展的影响；陈志勇《晚清岭南官场演剧及禁戏——以〈杜凤治日记〉为中心》[②] 描述了晚清广府官场宴戏及民间演剧的面貌。陆胤《从书院治经到学堂读经——孙雄与近代中国学术转型》[③] 指出，孙雄虽曾一度主张将经学碎片化以迁就外来学科，却最终在辛亥“经科存废”论争中力主保全经学整体，虽与清季整个教育界的激进化趋势处在相反的方向，却是对抗外来分科之学的一种经学转型模式。

从学科发展的全局来看，一方面是一批古典文学研究者进入民国文学研究领域，尝试运用古典文学的概念、范畴、方法对新文学的对立面——文言文学或曰“旧文学”，加以分析阐释；一方面是一批现代文学研究者提出“民国文学”概念以取代“现代文学”或“新文学”，希望实现与古典文学中以朝代命名的断代文学史思路相对接。这两批学者的努力，使得“近代文学”与“现代文学”一样面临挑战。“近代文学”要回归到“清代文学”范畴之内吗？“清代文学”与“近代文学”之关系、“民国文学”与“现代文学”之关系，这两组关系在性质上有不同之处吗？在对50余部民国文言长篇小说进行考察后，张振国发现这些作品“主要集中在民初的七八年间”，“‘五四’后文言长篇很快在文坛上销声匿迹。”[④] 这个研究结果表明，仅就文言长篇小说的发展情形看，“五四”确实仍是一个界标。因此，诸如晚清文学之新变、“清代文学”与“近代文学”概念之异同、“五四”作为文学史界标意义等论题，仍有待学界同人的讨论。

（本文审稿专家　王达敏）

---

① 《中山大学学报》2017年第3期。
② 《中山大学学报》2017年第1期。
③ 《学术月刊》2017年第2期。
④ 张振国：《民国文言小说史》，凤凰出版社2017年6月版，第9页。

2017 年现代文学研究综述

熊　鹰

一、前沿问题与研究热点

《在延安文艺座谈会上的讲话》75 周年纪念

今年是《在延安文艺座谈会上的讲话》（以下简称《讲话》）发表75周年，各类现代文学研究期刊及报纸都专门组织了各种形式的研讨会、专栏、座谈、笔谈，就《讲话》的内容、历史意义及接受情况等从各个角度做了详尽的研究。程凯在《政治与文艺的再理解——从胡乔木讲话反观〈在延安文艺座谈会上的讲话〉》一文中通过对《讲话》的历史语境的分析，提出《讲话》后改造革命文艺的一个重要方式是打破文艺的领域化界限，将文艺活动嵌入群众运动、政治运动，作为其中的一个环节而发挥作用。因而，四十年代通俗文艺和工农的群众创作的蓬勃发展依靠的不仅是创作方式的改变，更是整风运动之后“群众路线”工作方式的兴起。① 李云雷在《历史新视野中的两个〈讲话〉》中将毛泽东主席 1942 年在延安主持召开的文艺座谈会与习近平总书记 2014 年在北京主持召开文艺工作座谈会联系起来看，并指出从两次讲话可以看出我们党对文艺工作的高度重视。② 高远东在《经与权的辩证法》中提出《讲话》内含的经权关系应该置于党在不同历史阶段的不同历史任务的变化中辩证地认识，因而我们今天对《讲话》也不能做教条主义甚至原教旨主义式的理解，而应该活学活用。③

李杨在《“右”与“左”的辩证：再谈打开“延安文艺”的正确方式》一文中则从作家作品侧面讨论了延安文艺座谈会在当时的接受情况。通过对丁玲创作于延安时期的《我在霞村的时候》《在医院中》《“三八节”有感》以及王实味的《野百合花》等作品的再解读，李杨指出这些文字当年与延安主流政治发生的激烈冲突并非如学界普遍理解的那样是发生在“个人主义”与“集体主义”“五四”与“延安”乃至“文学”与“政治”之间，而是发生在“集体主义”“延安”乃至“政治”的内部，是一种比主流政治更为激进的文化政治主张的表达与呈现。④而王贵禄的《〈讲话〉的前奏：五四到“左联”时期关于人民性理论的探讨》则追踪了五四和“左联”时期为“人民文学”理论的提出所做的准备工作。

---

① 《文学评论》2017 年第 5 期。

② 《文学评论》2017 年第 5 期。

③ 《文学评论》2017 年第 5 期。

④ 《中国现代文学研究丛刊》2017 年第 8 期。

文章指出五四时期周作人等先觉者从理论上论证了新文学将“平民”作为叙述焦点的合理性，而革命文学的论争时期是人民性理论的确立时期，理论家们普遍强调培养作家的无产阶级意识、强调作家的底层生活体验、表达底层民众的愿望诉求等。而人民性理论在左联时期得到进一步的深化与发展。[①] 以上这些文章从思想资源、接受情况、作家创作等不同的视角思考了《讲话》的意义及重要的政治性。

“文学革命”一百周年

2017 年时值“文学革命”一百周年，围绕“文学革命”现代文学研究领域涌现了一批相关论文与会议。9 月 23 日至 24 日，北京大学主办了“现代文学与书写语言”国际学术研讨会。国内外著名学者如陈平原、郜元宝、藤井省三、许子东、陈力卫、贺桂梅等从文学语言的文法、文类、文体、语体、音韵、词汇、文字等多个角度回顾了以文学语言为依托的现代文学的生成、经典化、知识化与学科化的历史，从语言形式的角度呈现现代文学的内在肌理。对于语言与文体问题的重视也反映在香港的现代文学研究界。6 月 18 日至 20 日，香港中文大学举办了“历史、文学与文体”国际学术研讨会。张隆溪、李欧梵、葛兆光、商伟、陈平原、夏晓红、陈尚君等国内外二十余位知名学者出席了会议。会议就韵律与文体、新文学的雅俗取向、帝国想象与小说叙事、中国诗学的建立等重要问题对现代文学学科的建立与发展进行了反思。

与此同时，2017 年也涌现出一批关注“文学革命”，探讨文学语言、文体及文学内部构成要素的论文与专著。宋声泉的《鲁迅早期翻译活动与其新体白话文经验的生成——以〈月界旅行〉为中心》考察了鲁迅早年翻译的《月界旅行》中的白话文体，指出其迥异于当时通行的白话文的欧化特征，并通过详细对照译文与日文原文阐明这种欧化特征的来源。[②] 季剑青的《语言方案、历史意识与新文化的形成——清末民初语言改革运动中的世界语》则考察了清末民初语言改革运动的视野中的世界语运动。[③] 林少阳的《章太炎与南方话语》讨论了章太炎与辛亥青年“南方话语”之间的密切关系。文章认为章太炎包含方言在内的语言文字研究与其历史观和革命观相辅相成。[④]

跨文化研究方法的兴盛

2017 年现代文学学科的另一大特点是现代文学研究视野的扩大，以及跨文化、跨国界研究方法的普及。运用东亚与世界视角重新审视鲁迅思想与文学的研究方法近十年来有了长足的发展。2016 年就曾出版了《文学者的革命：论鲁迅与日本无产阶级文学》《韩国鲁迅研究精选集》《日本鲁迅研究精选集》等颇有影响的跨文化研究专著与论集。今年在此基础上进一步发展，出现了一些优秀的论文。邱焕星的论文《鲁迅研究——从区域视野到世界视野》将鲁迅的思想和文学置于一个从国家到东亚再到世界的不断变动的跨文化视野，认为

---

① 《兰州大学学报（社会科学版）》2017 年第 4 期。

② 《首都师范大学学报（社会科学版）》2017 年第 1 期。

③ 《现代中文学刊》2017 年第 1 期。

④ 朱庆葆、孙江主编：《新学衡》（第 2 辑），南京大学出版社 2017 年版。

国内的鲁迅研究经历了以追赶西方现代化为依托的民族国家叙事和强调现代批判、东亚现代性和中国主体性为目标的东亚区域视野。作者认为未来的鲁迅研究更需要超越区域，走向“世界视野”，在“人—国—世界”的辨证关系中思考，为人类文明的发展提供新思维。[①]刘春勇的《世界历史与文学进程中的鲁迅及其价值》则运用柄谷行人的“帝国理论”，在世界历史的普遍进程中重新思考鲁迅杂文的意义。作者认为相对于单一的民族—国家体制而言，帝国是多元与容忍的，而表现这种多元与容忍的书写方式就是文。鲁迅后期的杂文写作其实质正是向多元书写方式的文的更高层面的复回，而对单一的文学书写方式的背离。[②] 文学理论研究方面，吴晓东的论文《作为“中介”的日本》以20世纪30年代中国出版界对宫岛新三郎和升曙梦的翻译为例，指出日本除了作为“中介”的功能外，自身对西方文论的消化和吸收也包含了某种主体性的成分，因而有必要思考日本作为“方法”的意义。[③]

左翼文学方面也出现了突破一国视野、在跨文化视野中重新再现左翼文学作为二十世纪世界文化现象的努力。李斌的《河上肇早期学说、苏俄道路与郭沫若的思想转变》指出相比于学者和文学家，革命家才是郭沫若的首要身份。而他正是在翻译河上肇《社会组织与社会革命》及与孤军社论战的过程中，批判清算了河上肇早期学说对中国革命的消极影响，逐步完成了向马克思主义者的转变。[④] 阮芸妍的《共振与时差：1930年前后“左联”的国际连带》则在“国际左翼”文学组织的视野里重新考察中日左翼文学的联带关系。文章指出，1930年前后，刚成立的“左联”便积极向国际寻求支持。同年底，“左联”在哈尔可夫大会之后成为国际革命作家联盟支部。“左联五烈士”被害后通过几次翻译实践激起国际上支援中国反抗压迫的“共振”。可是这种“共振”存在一定的时间差，哈尔可夫大会对“左联”产生实质影响却要推迟到九一八事变和一二八事变接连爆发之际。此时“左联”快速吸收大会中对世界局势与帝国主义战争的分析，并据此调整工作重心、进行改组。[⑤] 马筱璐则在《俄苏—日本—中国：“革命文学”的跨文化之旅》一文中通过苏联、日本和中国三个不同历史语境的比较追溯“革命文学”这一概念在全球语境下的跨文化传播历程，并指出“革命文学”从未在俄苏或日本被当做一个重要的理论口号，更未曾引发如中国这般激烈的理论争辩。但是俄苏及日本的理论资源的确为中国对“革命文学”的解读提供了极大的想象空间。[⑥]

在丁玲研究中也出现了类似的跨文化研究的成果。台湾人间出版社编印出版了《探索丁玲——日本女性研究者论集》一书，收集了秋山洋子、江上幸子、前山加奈子和田畑佐和子四位日本女性学者在长达30余年的时间宽度内21篇丁玲研究的论文。自1993年开始，这四位女作家曾多次结伴到中国参加丁玲研究国际研讨会，组成关系紧密的研究小团体。此书代表的是日本一代女学者以丁玲为媒介、对于生命体验、历史等问题的思考。《人间思想》杂志同时发表了国内学者王中忱的《女性视线：跨越时空的交错》、贺桂梅的《与丁玲

---

① 《东岳论丛》2017年第8期。
② 《名作欣赏》2017年第34期。
③ 《长江学术》2017年第3期。
④ 《文学评论》2017年第6期。
⑤ 《文学评论》2017年第4期。
⑥ 《华文文学》2017年第5期。

的三次“相遇”——女性主义与跨日本视角》、王增如的《可敬的探索精神——读〈探索丁玲：日本女性研究者论集〉》、苏敏逸的《荆棘的道路：我读〈探索丁玲——日本女性研究者论集〉》，从而与四位日本学者的研究方法、历史与政治问题意识、性别视角等多方面进行了述评与回应。①

文学史料的整理与规范化

中国现代文学文献整理不仅是重要的基础研究工作，而且是孕育和触发学术创新点的重要一环，其学术价值不容低估。然而现代文学学科的文献学基础薄弱，在具体问题的处理上无章可循，不利于现代文学文献研究的开展和成果的交流。近年来，学术界对于这一基础性工作越来越重视。2016 年现代文学在史料的勘察与整理方面成果颇丰，出版了《本的隐与显：中国现代文学文献校读论稿》《材料与注释》《文学史的“诗与真”：中国现代文学文献校读论集》等一系列专著，2017 年在此基础上涌现了一些重要的著作和会议。

首先，沦陷区文学史料的收集今年有了惊人的成绩。东北沦陷时期的文学资料和史料一直是相关区域文学研究的瓶颈。所幸，2017 年北方文艺出版社出版了《伪满时期文学资料整理与研究》，共 33 种 34 册，分作品卷、史料卷和研究卷，翔实而清晰地呈现了东北沦陷时期的文学面貌和脉络，以及当今国内外在此领域最具代表性和影响力的研究成果。该套丛书通过伪满时期的文学作品及研究成果，使读者具体而形象地了解和感知那一特殊历史时期下广大民众尤其是底层民众的生命图景，他们痛苦挣扎与抗争并存的生存状态，以及那时期的社会风貌、人文地理、自然风光，可以说是实录伪满时期生活图景的一份丰厚的历史档案。香港方面则出版了郑树森选编的《沦陷时期香港文学资料选（1941 至 1945 年）》。② 本书是日据时期刊于香港各报刊杂志的文章的辑选，提供了研究这一时期香港文学面貌的一手材料，重点选编了叶灵风、戴望舒、柳雨生等作家的作品，并提供了“新香港”“大东亚文学”“香港的新文学”等多个历史与文化视角，描绘出在日本统治下，香港作家的写作态度及文学发展的骨架，具有重要的参考价值。

在具体的研究成果方面有陈子善的《从鲁迅到张爱玲：文学史内外》。③作者继 2015 年的《张爱玲丛考》出版后又对包括张爱玲在内的诸多作家进行了史料的考证工作。该书汇辑了作者近年来在鲁迅、胡适、郁达夫、张爱玲等作家研究领域的史料新发见，在发现史料的基础上对文学史和作品提出许多可信的新见解。全书分为“鲁迅及其文坛友人”“胡适、新月与京派”“张爱玲及其同时代作家”“‘旧派’作家二三”和“序跋及其他”五部分，作者从这几位作家与同代人间的交往及书信往来等角度切入，从细节开始，考证史实，辨析文献，描画出一幅幅文学史内外的新现场。同时力图在历史的“缝隙”中以显现出宏观叙事。其中的《郁达夫〈她是一个弱女子〉手稿本》一文则更进一步提出了研究作家手稿的重要性。

对史料的意义提出理论和方法讨论的学术类文章有李怡的《百年中国新文学史料的保

① 《人间思想》2017 年第 16 期。

② 《沦陷时期香港文学资料选（1941 至 1945 年）》，香港：天地图书 2017 年版。

③ 《从鲁迅到张爱玲：文学史内外》，北京大学出版社 2017 年版。

存、整理与研究》① 和《在民国历史中重新发现现代文学》。②这两篇论文不但强调中国新文学自 1917 年一路走来，这百年历程中的一切文学现象——作家作品、文学运动、思潮、论争之种种信息，乃至影响文学发展的各种社会法规、制度、文化流俗等等都可以被称作是不可或缺的“史料”，拓宽了文学史料的边界。同时也提出，这些文学的“周边”不仅必要，而且往往能带来诸多意想不到的启示作用，因而对百年中国文学发展历程的所有总结回顾，首先就得立足于对“史料”的勘定和梳理。

在史料勘定和整理的急需性已经成为共识的前提下，学者们更希望能够对史料整理建立规范、提出方法，进入理论化讨论的阶段。为了更好地搜集、整理、刊布亟待抢救的中国现代文学文献，中国社会科学院文学所现代文学研究室于 12 月 3 日至 5 日召开了“中国现代文学文献整理中的问题与方法”学术研讨会，邀请中国现代文学文献整理工作的专家就如何汲取以往现代文学文献研究成果的成功经验，同时借鉴古典文献学的传统惯例，确定中国现代文学文献整理的一些基本的工作标准，如何根据中国现代文学文献整理的实际情况，酌定可供同行共同遵守的文献工作规范、通用的文献工作语言等问题交换了意见。此次会议落实了史料编撰过程中的具体问题，为推动中国现代文学的基础研究作出了贡献。

多元文学史叙述的视野与困境

“重写文学史”一直是现代文学学科的一项重要内容。近年来海内外涌现了一大批新的成果。这些全新的文学史书写力图对现有文学史从“纯文学”“断代史”“国别史”等方面予以“修正”。钱理群先生 2013 年主编的《中国现代文学编年史——以文学广告为中心》便是希望能够突破纯文学的边界，在广阔的文化史视野内重新发现现代文学的原生态。刘方政在《基于“阅读坐标”的“文学生活史”研究》中则指出，文学史研究不应只局限于作家、评论家以及研究者之间的“内部对话”，而应考虑 20 世纪中国文学发展过程中普通读者的参与，从文学接受角度提出“20 世纪中国文学生活史”的新角度。③ 2017 年出版的《重写旧京：民国北京书写中的历史与记忆》虽不是正统的文学史研究，但也可以看作是自觉运用文化研究和城市研究的方法突破纯文学研究的局限自觉努力。④ 在该著作中，季剑青以城市为对象，视野不囿于文学文本，还涵括了旅游指南、城市规划、建筑史等文本，甚至与文字有关的文化实践。季剑青的研究在吸收了原有京派研究方法的基础上又融合了新的跨学科的方法，并结合自身的时代问题，通过对“旧京”的发现提示了一种融会新与旧、传统与现代的可能性。方维保在《民国文化中心与现代文学生成关系论纲——中国现代文学史的空间叙述》一文也尝试通过勾勒民国文化中心的空间迁移——1920 年代北京，30 年代上海和 40 年代重庆——来描绘现代文学生产和文化中心迁移的关系。⑤

对现有现代文学史叙述更大的挑战来自于以华文文学史观为基础的文学史叙述。2017

① 《新文学史料》2017 年第 2 期。

② 《中山大学学报》2017 年第 1 期。

③ 《山东社会科学》2017 年第 10 期。

④ 《重写旧京：民国北京书写中的历史与记忆》，三联书店 2017 年版。

⑤ 《海南师范大学学报（社会科学版）》2017 年第 6 期。

年美国哈佛大学出版了王德威主编的《新编中国现代文学史》，《南方文坛》刊发了王德威为文学史所撰写的导论《“世界中”的中国文学》，并同时发表了陈思和、丁帆、陈晓明、季进等文学史研究专家的评论。陈思和指出“世界中”是《新编中国现代文学史》的核心叙述。正是这个概念提示了广阔的国际视域，站在海外的华语文学立场上，不但整合了大陆内地文学，“把台湾香港、南洋华侨、海外华人的创作都整合到中国现代文学的范畴”。但与此同时，这部文学史对现有文学史的挑战在于，“我们曾经主流文学史的核心叙述是新民主主义革命论，所以一般叙述就必须从五四运动开始，因为之前只是旧民主主义革命，而反帝反封建的革命性质也必然成为文学史的主要叙述内容。20 世纪 80 年代以降，‘现代性’逐渐成为现代文学史的核心叙述，所以文学史的视域就集中到晚清，用‘被压抑的现代性’来分析晚清小说就是一般叙述，由此引出国内学术界对通俗文学的再评价，也是以现代性为核心叙述的一般叙述。在这个叙述系统里，五四新文学运动的重要性就被减弱”，而如今王德威“跳出了海外汉学以‘现代性’为核心叙述的视域，这就构成了以‘世界中’为核心叙述的文学史观，使这部文学史在时空上获得了大幅度的扩张，其一般叙述就与我们传统的文学史一般叙述大相径庭。”[①] 而这个“世界”的范围具体而言就是“华语语系”的视野与范围。华语语系文学从语言出发，“探讨华语写作与中国主流话语合纵连横的庞杂体系”，在这一思路中汉语是中国人的主要语言，但中国文学里也包括非汉语的表述，也不能排除其中的方言口语。[②]这就对新文化运动、白话文革命、国语创制等一系列原有文学史的权威概念造成了一定的冲击。另一方面，“大中华文学”的视野则与原先以民族—国家为单位的文学史叙述大相径庭。

正如李继凯在《“文化磨合思潮”与“大现代”中国文学》一文中所指出的那样，“我国自晚清民初以来，中外文化便在近现代时空中开始了不断‘磨合’的或痛苦或欢欣或悲欣交集的曲折历程，并在文化思想与实践层面形成了一种具有普遍性、持久性和复杂性的‘文化磨合思潮’，对中国的五四新文化运动、民主主义文化运动、社会主义文化运动及相应的文学现象都产生了极为重要的影响”。[③] 这种文化磨合也对文学史叙述不断地提出新的挑战，怎样适应丰富多样的文化形态，与此同时又创建出积极的文化和文化主体是目前急需要思考的问题。

与《新编中国现代文学史》能形成某种对话或对照的或许是宋炳辉的《弱势民族文学在现代中国：以东欧文学为中心》，该书同样旨在世界性视野下对中国现代文学的诞生和发展进行考察。作者提出，“弱势民族”并非有着恒定内涵的本质性概念，而是于“中国为建立现代民族国家而经受了空前动荡和变迁的时期”，在现实国际局势和历史情境下，现代民族意识觉醒的中国人为“确立自身的民族地位”，而在和其他民族进行强弱对比中生成的。一个民族的“强弱”与否，固然有其政治地位或经济实力的限定性，但界定其是否能归为“弱势民族”，却取决于它在具体历史境遇下于“中国主体的视域”内的呈现，“是一种文化互动（cultural interaction）的结果”，因而具有一定主观性。作者有意将“弱势民族文学”

---

① 《南方文坛》2017 年第 5 期。

② 《南方文坛》2017 年第 5 期。

③ 《中国高校社会科学》2017 年第 5 期。

树立为中外文学关系研究中一个独特而边缘的参照系，以有别于美国、西欧等“现代化先发国家”的“强势文化和文学”，并试图在这种镜像式的认同中反照出“中国民族主体意识”的生成和演变之路，体现了现代文学研究的世界性视野，同时也有强烈的主体建构意识。

与此同时，中国社会科学院文学所于8月4日至6日召开了“转折的年代：40、50年代之交的汉语文学研究”国际学术讨论会，文学研究所现代文学和港台文学研究室成员与来自欧美、亚洲、中国台港澳及内地的六十多位学者齐聚一堂，共同探讨了四五十年代转折年代的文学与历史。会议聚焦于40、50年代的巨大转折在文学上的投影，试图在汉语文学版图重新呈现为多元、跨地缘特点的今天，打破现代、当代和华文文学之间的界限，跨越中国大陆、台湾、香港、东南亚的区域界限，以多重视角讨论六十多年前文学与历史的复杂关系，理清转折发生的线索，思考其深远意义，及对当下汉语文学发展的影响。与泛泛的“世界视野”不同的是，本次会议把1949以后的多元论述重新拉回到主流论述上，集中讨论了反殖民、民族解放运动、左翼运动及其文学实践等议题。会议取得了深远的影响，是社科院文学研究所现代文学研究室主导的国际学术前沿会议。同时，本次会议也是对文学研究所现代文学研究室2003年的“40—70年代的文学讨论会”、2014年的“聚散离合的文学时代（1937—1952）”的继承与发展，对于在新的“世界视野”和“华文文学”视野思考文学史叙述有积极地推进作用。

简而言之，对于不断出现的各类重写文学史现象，正如韩琛在《“重写文学史”的历史与反复》一文中说指出的那样重写文学史背后所隐含的各种权利与政治的运作，“任何历史化的知识生产都隐含着权/势的想象与运作”，看起来是“后设客观性”的叙事政治，往往预示权力转移的趋势，而“1980年代以来的‘重写文学史’运动往往会采取一种有意识反复的策略，即通过‘重返五四’‘再解读革命’‘回到民国’等叙事，来表征不同现代性意识形态的历史合法性”。[①] 因而，海内外出现的新的文学史写作的动态值得现代文学研究重视，认真思考“‘大文学史’的边界”并在理论上予以积极的探讨与回应。[②]

二、学科研究进展

鲁迅研究

本年度鲁迅研究有了长足的进步，除了召开了“鲁迅与新文学”国际学术研讨会、第三届中韩鲁迅研究对话会、国际鲁迅研究会第八届学术论坛、纪念《野草》出版90周年国际学术研讨会等国内外多项研讨会外，鲁迅博物馆还与上海科学技术文献出版社联合举办“《鲁迅译〈死魂灵〉手稿》出版研讨会”，宣布鲁迅手稿《死魂灵》的顺利出版。2016年将鲁迅译《死魂灵》手稿整理编辑，2017年由上海科学技术文献出版社以线装、宣纸、影印的方式出版。这次出版，继承了40年前《鲁迅手稿全集》的传统，是对鲁迅文化遗产的致敬。近年来，一些从未面世的珍贵鲁迅手稿特别是译文手稿陆续出版，如国家图书馆出版

① 韩琛：《“重写文学史”的历史与反复》，《南方文坛》2017年第5期。

② 周维东：《“大文学史”的边界》，《扬子江评论》2017年第4期。

社三年前出版了《国家图书馆藏鲁迅未刊翻译手稿》，《死魂灵》手稿的出版也可以说是这方面工作的延续。在此之前，2016 年北京鲁迅博物馆已经出版了《鲁迅藏浮世绘》《鲁迅藏书志：古籍之部》；2014 年，中央编译出版社还影印出版了《浙江潮》，而湖南美术出版社也出版了五册装的《鲁迅藏外国版画全集》。由此可见，与鲁迅相关的出版已经逐渐将重心转移到鲁迅文学创作以外的期刊、资料、画册、手稿。

资料的整理出版可以看作是鲁迅研究的风向标。传统文学作品以外的画册、手稿等的大量出版也预示着近年来鲁迅研究的新的方向及新的领域的出现。学者们已经注意到一个更为全面、完整的鲁迅的存在。鲁迅除了文学创作外还是一名出色的学术研究者，他又是个兴趣广泛，且对所感兴趣的内容无不精通的人，注重美育，提倡木刻运动，关心欧洲美术史和新兴的现代主义美术运动；同时，对于鲁迅而言翻译至少与创作具有同等重要的地位。这些新的认识势必带来研究领域的开拓。于是，近年来跨学科的研究方法成为鲁迅研究的一个增长点也是必然的事情。早在 2012 年，李音就曾在《从“旧事重提”到“朝花夕拾”》一文中，通过分析 1926—1927 年鲁迅的思想及创作活动，联系其早年文言论文，发现《朝花夕拾》与鲁迅早年留学日本时所吸取的德国文化民族主义思潮大有关系，并指出其名字暗含着 18 世纪末德国兴起的将民族比喻为植物的有机论典故。2015 年熊鹰和张丽华分别发表了《从《小约翰》到《药用植物》：鲁迅反帝国主义植物学的一次翻译实践》与鲁迅生命观中的“进化论”，关注到鲁迅思想中与德国生物学及植物学的联系。2016 年王芳则推出了《进化论与法布耳：周氏兄弟 1920 年代写作中的博物学视野》。可以说，近年这一领域断断续续有了不小的进展。2017 年在此跨学科的研究视野中更是出现了不少佳作。李哲的《“雨雪之辩”与精神重生——鲁迅〈雪〉笺释》以鲁迅《野草》中的《雪》为具体的批评对象，揭示出鲁迅以“雨”喻周作人，而以“雪”自喻，从而展开某种具有“论辩”意味的精神对话。文章指出通过对兄弟二人共享之“类书”“杂览”知识的征引及对爱罗先珂童话剧的化用，鲁迅构筑起瑰丽奇崛的“江南雪野图”，并藉此启动了对“故乡”与“童年”的召唤机制。而“朔方之雪”则表征着鲁迅在对“死”之彻悟中洞悉了生生不息的宇宙循环图式。由此，鲁迅在《雪》的写作实践中不仅超越了兄弟之间精神“论辩”的框架，也完成了对自己内在精神的结构性重生。[①] 涂昕则在《鲁迅“博物学”爱好与对“白心”的呵护》一文中指出，“博物学”作为一种“异端思想资源”是鲁迅持续终身的爱好。“博物学”中所包含的“纯白之心”是鲁迅尤其看重的。文学里有“博物”，一方面能让文字的世界“有大心”，另一方面，因“博物学”既与天地自然声气贯通、又与日用伦常互相贴近，它能牵引人朝向文字之外更广阔的生活世界，牵连起每个人切己的情感记忆——而这，恰是鲁迅为文为人一贯看重的品质。[②] 而季剑青的《从“历史”中觉醒——〈狂人日记〉主题与形式的再解读》则指出从《狂人日记》中可以看出，鲁迅的历史观充满了内在的张力，这在很大程度上是他对来自西方的生物学思想资源加以创造性的转化的结果。并揭示这种历史观背后的进化论生物学的思想资源，为我们理解这篇名作的深刻内涵提供了新的视角。[③]在美术方

① 《文学评论》2017 年第 1 期。
② 《杭州师范大学学报（社会科学版）》2017 年第 4 期。
③ 《中国现代文学研究丛刊》2017 年第 7 期。

面，王中忱的《奔跑在野兽派与立体派之间牝鹿》则通过调查鲁迅外文藏书的《玛丽·罗兰珊诗画集》通过西方美术和日本诗歌两条路径追踪鲁迅对西方现代派艺术的接受之路，并指出鲁迅“对后期印象派及其后续谱系上的‘现代画’，他持有相当广泛的关心。”[①] 对鲁迅与博物学、生物学、美术等关系所作的跨学科视野的研究是目前鲁迅研究的一个新兴的增长点，值得期待与关注。

2017 年鲁迅研究的另一项重要突破就是对创作和翻译语言的重视，对文体的推进研究。国家玮在《启蒙与自赎——鲁迅〈呐喊〉〈彷徨〉的思想与艺术》一书中着重分析了第一人称的叙事功能和反讽的表现手法。国家玮用引用、批注、列表等形式对鲁迅小说进行了充分的文本细读，重新发现了鲁迅小说中种种的反讽形式。周海波的《命名的艰难——论鲁迅散文文体意识的演变》则指出鲁迅使用的散文文类的概念更加多样，也更复杂，因而也更具有文体学上的意义。鲁迅在为现代散文命名的过程中，在不同时期有不同的用法，也有不同的指向。1920 年代中期之后，以使用“短评”和“杂感”或“杂感”与“杂文”互用为主，而且并未一定将这种文体视为文学，而看作是社会的、文明的批评，说明鲁迅宽广的文体学视野和现代知识分子的胸怀、创造现代文体的意识以及超越纯文学的设想。而 1930 年代后，鲁迅比较集中地使用杂文这个概念，而且努力将其挤进文学行列，在突出杂文战斗性的同时，也强调了其文学性。[②]李国华的《消费社会与文体生产———试析鲁迅杂文的生成语境》则指出，鲁迅对“余裕”的追求和对消费社会的理解及批判正构成鲁迅杂文生产的历史景观，消费社会制约着鲁迅杂文的生产和再生产，而鲁迅通过杂文与消费社会进行博弈，使其杂文成为表征消费社会最好的文学编码。在这一过程中，鲁迅对文学的理解发生深刻的变化，一定程度上摆脱现代主义写作的桎梏，从而实现对中国现代社会的有效介入。[③]

在方法论上有重要提示的两篇论文是李玮的《1936—1940 年“思想家鲁迅”的产生》和孟庆澍的《将鲁迅重新嵌入实践》。李玮的《1936—1940 年“思想家鲁迅”的产生》通过关注 1936—1940 年包括邹韬奋、罗稷南、胡曲园、李平心、艾思奇、胡风、毛泽东等人在内关于“思想家鲁迅”的论述，分析“思想家”一词在当时的认识论基础、理论资源和命题式前提，以及由此所决定的“思想家鲁迅”的表述逻辑和历史功能，从而揭示出 1940 年前后“思想家鲁迅”的论断，并非是个人偶然的选择，也并非是政党的宣传策略，而是当时产生普泛影响的知识范型的必然产物。[④] 孟庆澍的《将鲁迅重新嵌入实践》一文，则首先提出目前中国 90 年代后的鲁迅研究是在竹内好、伊藤虎丸、木山英雄、尾崎文昭、王得后、汪晖等人提出的概念的基础上进行的对话，因而其论证过程基本上是对抽绎出来的理念进行的再抽绎，这类研究是在“鲁迅学”内部生长起来的纯理论研究。鲁迅研究的学科化、学术化和内倾化是 1990 年代以来的重要现象，而与此相对的是，在此之前的半个世纪，鲁迅研究一直都具有很强的现实性、实践性和政治性。作者提出一种从“实践”角度重新理解鲁迅的视角和方法，并认为鲁迅研究中的一些困难问题，例如“向左转”的问题、托尔

---

① 《鲁迅研究月刊》2017 年第 8 期。

② 《社会科学辑刊》2017 年第 1 期。

③ 《文艺研究》2017 年第 1 期。

④ 《江苏社会科学》2017 年第 4 期。

斯泰和尼采两方面的矛盾问题、文体的转换问题、多疑和骂人的问题、虚无主义思想的问题，以及革命文学的问题，如果从实践和行动的角度来看，都可以由此得到新的思考。①

左翼文学

左翼文学研究依然是2017年现代文学学科建设的重要组成部分。4月12日复旦大学中文系、清华大学（台湾）台文所联合召集了“左翼/反殖文学中的性别、族群、阶级与国家”学术工作坊。柳书琴、郜元宝、符杰祥等内地和台湾地区的多名学者出席了会议，对丁玲、萧红、穆木天以及台湾地区的左翼文学进行了广泛的讨论。4月21日，郭沫若研究会召开了第三届青年论坛，讨论了北伐前后的郭沫若思想的马克思主义转向。4月22日至23日，中国艺术研究院马克思主义文艺理论研究所和重庆大学人文社会科学高等研究院合办了以“左翼文艺批评：历史经验与现实处境”为主旨的第四届全国青年文艺论坛。此论坛设置了“左翼文论的历史回顾：遗产与债务”“重新理解‘人民文艺’”和“重提左翼文艺批评的现实依据与可能”三个专题，来自全国高校和科研机构的四十余位学者进行了学术研讨。

2017年的左翼文学研究成果也相当丰硕。在鲁迅与左翼文学的关系相关研究有李国华的《马克思主义批评话语与鲁迅杂文形式》。李国华指出恰恰是马克思主义批评话语为20年代处于启蒙困境的鲁迅提供了解决的途径。正是在马克思主义的作用下，鲁迅才得以重新面对形式与内容的问题，从而将摩罗诗力的生命意志于抽象观念中解脱出来，重新置入具体的社会结构关系之中。② 陈朝辉在《〈壁下译丛〉发微——再论鲁迅、有岛武郎、片上伸的革命文学立场问题》则借助丸山升和中井政喜两人的不同解读，亦对1920年代末鲁迅革命文学观的流变过程进行了一次全新的考察。③ 金浪在《阿Q在抗战中——抗战时期左翼文学批评中的“典型”问题》则讨论了《阿Q正传》在抗战时期的左翼文学批评中的接受情况以及《阿Q正传》对左翼文学批评的激发作用。论中指出，抗战时期左翼文学批评围绕阿Q“典型”的批评话语，至少从三个面向前推进了战前胡风与周扬的“典型”论争：一是国民性范式在民族国家危机中经历了从民族性到世界性的蜕变；二是通过对阿Q与阿Q主义的区分，左翼文学批评不仅拓宽了阶级论的适用范围，而且还以阶级论视野对国民性范式进行了重构，从而为新中国阶级论范式的主导格局奠定了基础；三是围绕“典型”塑造标准形成的“为革命”和“写真实”的分歧。④

葛飞的《正统与划时代：革命文学运动背景下的文学革命历史叙事》从历史叙事中的连续性与断裂性的问题意识出发，解读20年代后期至30年代左翼革命文学运动中不同团体和个人对“革命文学”和“文学革命”的多样历史叙述。⑤ 李瑞华的《作为启蒙的“民间文学”——革命语境下左翼文学对“歌谣体”新诗的建构》在考察三十年代左翼文学“大

---

① 《天津师范大学学报》2017年第2期。

② 《中国现代文学研究丛刊》2017年第1期。

③ 《中国现代文学研究丛刊》2017年第1期。

④ 《文艺理论与批评》2017年第6期。

⑤ 《文艺争鸣》2017年第3期。

众化”理论对于歌谣体的理论滋养，文章指出在左翼主流话语逐步建构之下，四十年代“歌谣体”新诗才渐趋圆熟。文章考察了三四十年代左翼文学“场域”对文学话语形式的决定作用和新诗建设中的得失。[①] 侯敏的《中国左翼文学对高尔基“社会主义现实主义”接受之考辨》以高尔基社会主义现实主义理论为切入点，指出中国左翼文学在接受苏联社会主义现实主义理论的过程中，存在两种不同的接受路径，因此形成了左翼文学内部两种不同的理论样态：一方以周扬、萧三等为代表；一方以胡风、茅盾等为代表，左翼文学在接受苏联社会主义现实主义理论过程中存在驳杂性。[②]

专著方面，香港三联书店出版了张广海的新著《政治与文学的变奏——中国左翼作家联盟组织史考论》，作者将左联置于具体的政治语境之中，利用党史材料等各类实证资料对勘回忆录，考察具体的组织生成，推进了左联研究，是近年来左联研究的力作。广西师范大学出版社出版了《左翼文学研究读本》，编选了新世纪以来学界对于20世纪二三十年代中国左翼文学较具代表性的研究成果，以期刊论文为主，也包括某些著作的节选，共50篇，其中全文收入21篇，存目29篇。所选文章均注重在复杂的历史脉络里对左翼文学作出具有生产性的再解读，一方面清理了左翼文学实践的历史遗产与债务，一方面也回应了当下中国的社会现实及文化政治。

新诗百年

2017年是新文化运动一百周年，也是中国新诗发展的一百周年。1917年2月1日，《新青年》第2卷6号发表了胡适创作的白话诗《朋友》，与该刊2卷5号刊发的《文学改良刍议》一文相呼应，拉开了文学界新诗革命的序幕。2017年，围绕“新诗百年”，学界召开了一系列朗诵会、座谈会和纪念会，同时也涌现出了一系列学术文章和出版物。为纪念中国新诗诞生百年，由中国作协委托诗刊社编纂的《中国新诗百年志》于2017年出版。全书共四卷，分诗歌卷上、下两册，理论卷上、下两册，收录338位诗人诗作460篇，学者文章88篇。今年现代出版社也出版了由张贤明编著的《百年新诗代表作》（现代卷）。

与此同时，学界也涌现了一批讨论新诗和作为白话诗人的胡适的研究文章。学者们从新诗的对仗、韵律、分行、欧化语言等各个角度对新诗的形式进行了探讨。冷霜在《新诗史与作为一种认识装置的“传统”》一文中借助柄谷行人的理论，以五四以来的新诗为视角反观“古典诗歌传统”的创造与发明。[③] 王泽及龙高健的《对称与五四时期新诗形式变革》研究了作为诗歌形式建构的重要方式的对称，他们称在具体创作实践中对称又可细分为两种不同形式：一是倾向于整齐一律的“对仗”；二是融“一致”与“不一致”于一体的“对称”。在五四时期的新诗变革中，诗歌中的对称形式发生了现代转变，使诗歌初步完成了从以整齐一律为主导的旧体诗形式到自由多元的现代诗体形式的变革。从而，新诗的对称主要体现在诗形建构、节奏安排以及诗意构筑等方面。多样自由的对称形式为新诗的诗形建构提供了多样化途径。以对称形式安排的音节和韵为新诗节奏的试验提供了技术支持。多元化的

---

① 《民俗研究》2017年第2期。

② 《中国现代文学研究丛刊》2017年第9期。

③ 《文艺争鸣》2017年第8期。

对称推动了新诗诗意建构的复杂化。所有这些既为中国现代诗歌增添了更加多维的表达空间，也为五四新文学的思想与精神革命注入了全新内涵。[①] 李蓉在《从“声音”到“呼吸”——论新诗音乐性的现代转换》一文中则指出，新诗诞生后的音乐性建设主要是在声音的韵律节奏层面进行，其基本思路是寻找现代汉语诗歌音乐性的普遍规律，这仍然是一种古典式的对音乐的理解方式。这和80年代以后追求“呼吸”式的音乐，即追求的是由经验性的语言带动的声音不同。李蓉追踪了新诗从“声音”到“呼吸”的发展历程。[②] 叶澜涛在《分行：新诗形式革命的反思》研究了新诗的另一个形式特征：分行。叶澜涛指出，新诗的分行与古体诗的“顿”相似之处，但分行比“顿”形式变化更加丰富。新诗分行的分析可以从怎么分、分几类，以及分的作用，即标准、分类及功能等三个方面来讨论。新诗分行的标准是情绪和节奏；分行的类别从手段可分为段内分行和跨句分行，从目的上可分为规律分行和无规律分行；新诗分行的功能可分为构成特定的格式和形成特定的节奏。通过对分行的讨论，可以加深我们对新诗形式变革的认知。[③] 龙扬志的《语言改造与早期新诗的欧化》则指出欧化在诗学范畴内呼应中西文学交流的要求，指向中国诗歌如何吸收外国诗歌观念与形式的技术层面，是一个具有时空性的语言结构命题。正是20世纪20年代新诗的欧化提供了白话汉语到西方诗学语言过渡的想象。着力于语言复杂性探索的欧化冲动在不同阶段经历停顿和重启，拓展了新诗的言说可能和美学观念，西方话语如何传达本土经验所面临的挑战，亦在欧化过程中被突显。[④]

也有不少研究关注到胡适的新诗创作。李章斌在《胡适与新诗节奏问题的再思考》一文中指出，胡适的“自然的音节”论是新诗诗体变革的重要理论依据，它在节奏层面上给新诗做出了定义。但是，胡适的节奏理论更多地采取新诗与旧诗截然对立的视角，很少去通盘思考“韵律”共同之本质。因此，“自然的音节”论依然留存着很多疑点，比如“自然的音节”究竟与散文和日常语言的节奏有何区别？它是否就是韵律本身？这些认知空白给新诗造成了文体上的合法性危机。李章斌认为，若重新理解韵律之基础（同一性与重复），并从同一性与差异性的辩证关系来看待新诗韵律的种种结构与现象就能够认识到胡适的节奏理论的意义与局限，揭示出其理论中诸如双声叠韵、“内部的组织”与韵律之关系这些有待讨论的问题。这样，不仅可以对新诗与旧诗的韵律做统一的观照，从而破除“新诗没有韵律”的疑虑，而且有望为新诗韵律的营造和分析找到有效的思路与原则。[⑤] 同样是对白话诗人胡适的考察，何吉贤则受到其所翻译的《一次失败的诗学探索——现代中国诗歌从意象主义到惠特曼主义的转化》的启发，[⑥] 在《胡适诗歌观念中的“意象”辨》一文中对胡适诗歌的“意象”进行了考察，追问意象派在何种程度上对胡适的诗歌观念构成了影响？以及构成了什么样的影响？这种影响又在何种程度上与中国的传统诗歌观念构成了龃龉或对抗，又在何种程度上与中国传统诗学达成了共谋或默契，从而影响或在一定程度上决定了胡适的诗

① 《中国社会科学》2017年第6期。
② 《文艺研究》2017年第3期。
③ 《北方论丛》2017年第1期。
④ 《中国现代文学研究丛刊》2017年第5期。
⑤ 《中国现代文学研究丛刊》2017年第3期。
⑥ 《中国现代文学研究丛刊》2017年第3期。

歌观念甚至现代中国新诗的观念？文章从意象角度切入，重新比较胡适发动“文学革命”之始对彼时中国诗歌创作中在意象问题上的历史性批评，以及英美意象派关于意象的观念，以进一步梳理“新文学”发端之始胡适从意象出发构建的新诗观念。① 邓伟则在《五四白话文的诗意何为——以胡适、郭沫若新诗为中心》一文中对比考察了胡适和郭沫若的新诗创作。邓伟指出，胡适新诗的诗意追求集中于音调、音韵、音节等形式方面。从《尝试集》的数个序言之中，“自然音节”最终成为评判其创作的唯一标准，也表明了胡适新诗尝试与探索能够达到的最高之处。而与此不同的是，郭沫若强调的“诗本体”构成的直觉、情调、想象等因素，而“内在的韵律”“节奏”明显地成为郭沫若诗学之中的核心问题。从五四时期胡适、郭沫若有关新诗的若干言论与实践也可以看到新诗发展过程中两种不同的节奏、两种不同的诗意获得。②

今年的新诗研究中还出现了一些关注民间歌谣的成果。例如，刘继林的《民间歌谣与五四新诗的现代性建构》就指出民间话语是中国新诗现代性发生及建构的重要资源。通过对五四前后民间话语与白话新诗两者间关系的重新梳理可以发现：发轫于北京大学的现代民间歌谣运动给刚刚起步的五四新诗带来了一股清新、强劲的民间气息，并为五四新诗在“人”学思想、语言表达、诗歌体式等方面的现代性建构提供了重要的可资借鉴的本土文化资源，也为白话新诗取代文言旧诗、形成自己的现代品格打下了坚实的基础。③ 杨盼盼的《文艺视野关照下的〈歌谣〉周刊》则指出，20 世纪 20 年代北京大学发起的“征集全国近世歌谣”运动一开始就带有鲜明的文学目的性，参与者们也多是早期新诗的创作者，他们积极征集歌谣，将歌谣作为创作新诗的资源与参考，意图借歌谣的形式来为新诗发展服务。但由于诸多因素的影响限制，新诗的歌谣化并未取得足够的成功。④

丁玲、萧红、张爱玲及女性文学

2017 年的丁玲研究除了出版了《探索丁玲——日本女性研究者论集》外，另有两篇值得注意的论文。熊权的《“自杀意象”与丁玲的无政府主义思想之探寻》指出无政府主义思想不仅促成丁玲一举成名，而且长期存在于丁玲的文学世界中。作者指出一种文化批判意义上的无政府主义，认为它作为一种隐在的思想资源长期推动丁玲时时碰撞、对话占据中国近现代主流的“民族国家话语”。⑤ 熊鹰的《“物质基础”与民主生活之间——论〈夜〉对新民主主义道路的探讨》则循着冯雪峰对《夜》所做的评论，对文本《夜》中涉及的“经济”与“民主政治”生活重新进行了历史化的考察，指出《夜》是丁玲在 30 年代末 40 年代初马克思主义理论中国化的背景下尝试理解以马列主义理论为主要指导思想的中国革命的实际情况。丁玲在小说中呈现了边区经济基础与上层建筑整体重构的过程中个体所可能面临的问题。这里凝结着党员干部丁玲对党的理论与政策的思考，也包含着作家丁玲深入生活后

① 《现代中文学刊》2017 年第 6 期。

② 《青海社会科学》2017 年第 1 期。

③ 《厦门大学学报（哲学社会科学版）》2017 年第 5 期。

④ 《现代语文（学术综合版）》2017 年第 1 期。

⑤ 《文学评论》2017 年第 1 期。

对农民个体的理解及同情。[①] 张谦芬的《论萧红香港时期的创作反刍》则关注到了抗战时期的香港作为作家“流亡中转站”所具有特殊的价值。文章指出对于萧红来说，香港不仅提供了相对安定的外在环境，而且提供了远离抗战主场进行创作盘整的机遇。萧红在香港时期对自己熟悉的、已写作过的题材、人物、主题进行了创作反刍，形成了基于生命立场、悲悯审美的独特抗战书写。萧红在香港时期的创作在疏离与回归、边缘与中心的辩证关系中展示了作家与时代不同的链接方式，也提供了抗战时期文学的另一种经验。[②] 另外，日本的中国现代文学研究者平石淑子出版了《萧红传》，传记通过爬梳史料勾勒其一生，尽量还原萧红的生活环境、交游情况、创作背景，并由此结合萧红的创作情况，描述出萧红精神世界发展变化的不同历程。[③] 唐小兵的《聆听延安：一段听觉经验的启示》则关注到了张爱玲四十年代在上海写下的《谈音乐》一文，将其与陈学昭《延安访问记》中所记录的体验与观察进行比较，讨论了两个不同时空中的女性对音乐和声音的体验。[④]

2016 年李怡就曾在《〈从军日记〉与民国“大文学”写作》中指出《从军日记》在新文学史上的意义并不在是不是“纯文学”而在于能够折射时代印迹和当时人们的生存关怀的诸多内容。[⑤]今年，黄华的《论大革命时期的女性文学——以〈从军日记〉〈低诉〉为例》在此基础上关注到了“民国大文学”传统中的女性视角以及出版和传播的途径。文章对 1929 年、1930 年上海春潮书局先后推出的谢冰莹的《从军日记》和陆晶清的诗集《低诉》进行了考察，并指出两部文集以不同风格展示了大革命期间特别是北伐战争期间妇女参加革命的经历，虽然同为大革命时期的作品，但不同的文体和迥异的写作风格，加之出版策划、传播途径等方面的差异，决定了两部书稿的不同命运。由此可以看出革命文学发展初期个性化的文学话语与集体性的政治话语之间复杂的互动关系以及革命文学 20 世纪 20 年代末 30 年代初“向左转”的发展轨迹。[⑥] 张晴柔的《民国时期报刊妇女诗话略论》则关注到了民国时期涌现了大量连载于报刊杂志之上的妇女诗话。认为这些诗话既是对清代闺秀诗话的继承，同时也具有鲜明的时代特性，从中萌生出新的女性才德观。[⑦]文章对增进了解民国时期的女学和女权思潮有所贡献。

抗战文学与四十年代

2017 年是全面抗战八十周年，文学研究领域虽没有特别重大的纪念会议，但一系列相关的学术会议和学术论文也可看作是对全面抗战八十周年的纪念。目前有关抗战文学研究主要集中在对抗战时期特殊文化场域和文学形式上的多样化与民族化的讨论。例如，熊辉的《内迁作家与中国抗战文学创作的转变》关注到了抗战文学中创作主体的特殊性，即一批内迁作家。文章指出，抗战时期，由于很多作家因大片国土的沦丧而内迁到西南大后方，内迁

---

① 《中国现代文学研究丛刊》2017 年第 7 期。

② 《社会科学》2017 年第 7 期。

③ 平石淑子著，崔莉、梁艳萍译《萧红传》，中国人民大学出版社 2017 年版。

④ 《现代中文学刊》2017 年第 1 期。

⑤ 《首都师范大学学报（社会科学版）》2016 年第 1 期。

⑥ 《妇女研究论丛》2017 年第 6 期。

⑦ 《理论界》2017 年第 9 期。

作家在三个层面上导致了中国抗战文学的转变。首先是中国抗战文学创作中心的转变，内迁作家促进了大后方文艺事业和抗战文学创作的兴盛，使该地区取代了昔日京沪的文学中心地位；其次抗战文学创作风格的转变，内迁作家从昔日的激情创作转向对战争和历史的冷静思考。[①] 范雪的《抗战时期生活书店的制度选择》则将目光聚焦到文学的出版与发行领域，关注文学的文化生态。文章指出生活书店在抗战时期从一所具有独立地位的民营出版社转向与中共的出版系统相结合的过程，具有丰富的文化和政治意味。范雪细致地梳理和考察了这一段历史，分析了生活书店自身的出版理念和制度安排，以及抗战时期的历史语境，如何决定了它的选择。[②] 尤其值得注意的是高明的《战时动员与“突击”演剧——西北战地服务团戏剧运动考论》以西北战地服务团的戏剧运动为例，注意到了战时文艺“突击性”的一大特征，并对这种“突击”性从文艺自身发展的角度和政治性两方面做出了新的解释。[③] 高明指出在中共领导的根据地，战时动员有着颇为独特的实践，并深刻地塑造了根据地的文艺形态。西北战地服务团采取“突击”演剧的方式触及到了战时文艺的诸多层面和某些症结，而剧团的经历更促发了作家的转变。随着《突击》的上演，作家丁玲根据自身经历，不断调整舞台经验，并记述了西北战地服务团从组建之初的各个阶段遭遇的种种障碍。

在对于抗战时期文学民族形式的考察方面，闫峰、王兆辉则在《抗战时期的一朵通俗文艺之花——穆木天〈抗战大鼓词〉略评》关注了鲜为人知的穆木天的《抗战大鼓词》，指出从抗战时期文艺创作发展进程而言，《抗战大鼓词》是穆木天通俗文艺创作实践的代表作，是抗战时期的“一朵通俗文艺之花”，也是抗战时期“诗歌大众化”、“文艺通俗化”运动的结晶。[④]李斌在《抗战时期郭沫若与沈钧儒的诗词酬唱》一文中关注了郭沫若在四十年代抗战时期的旧体诗词酬唱。文章指出虽然郭沫若和沈钧儒的最初相识是在全面抗战爆发后的上海，但他们密切的诗词交往则是在陪都重庆。通过诗词唱和，他们在很多观念上取得共识，为在民主运动中采取一致立场奠定了情感基础。[⑤]可以说诗词酬唱既是抗战时期多元文学形式的一种，亦是当时文人交往的一种形式，是在政治和军事生活之外的另一种不同形式的政治。无独有偶，复旦大学中华文明国际研究中心也关注到抗战时期旧体诗词在文学修辞和政治思想等各方面的现实意义，曾于 2017 年 6 月 2 日至 3 日在复旦大学召开“赋到沧桑：抗战时期的汉诗抒情与修辞策略”工作坊。北京大学的吴晓东作了题为《沦陷区诗歌的抒情性问题》的主题讲演，吴宝林、邱婧、曲楠等学者发表了《从“同命运的兄弟”到“半殖民地的命运”——以新发现的胡风诗文为中心》《共同体想象、家国感怀与抒情诗——抗战时期的少数民族汉语诗歌》《“谣曲”的发现：西班牙内战诗体与中国新诗的战时转型》等一系列论文，充分展现了抗日战争期间创作的诗词所有的国际精神以及内容和题材方面的多样性，开拓了抗日战争期间诗词研究的视野。而在题为“乡愁与离散——战乱中的南洋歌诗”的第三场讨论中，新加坡国立大学的林立和美国俄亥俄州迈阿密大学的杨昊昇所提

---

① 《社会科学研究》2017 年第 3 期。

② 《文艺研究》2017 年第 7 期。

③ 《现代中国文化与文学》2017 年第 2 期。

④ 《南京艺术学院学报（音乐与表演）》2017 年第 3 期。

⑤ 《群言》2017 年第 2 期。

交的论文《新加坡日据时期的华文旧体诗》和《"骸骨迷恋者"情归何处——浅论郁达夫战时旧诗中的遗民情结及其现代性》则涉及到了抗日战争对南洋的辐射以及文学传统的继承与开拓问题。这一方面的研究值得进一步关注。

其他作家与作品研究

戈雅的《无政府主义信仰的曲折之路——青年巴金对历史、时间与革命的反思》则对巴金的无政府主义政治信仰对其早期文学作品的影响进行了考察，认为其早期小说，尤其是《灭亡》《爱情三部曲》等早期作品蕴含了作者的信仰与其文学创作之间的深刻关系，显示了作家对革命、历史和时间的反思。革命是无政府主义理论的核心观念，也是 20 世纪 20 年代末 30 年代初中国的历史现实。那时巴金不得不面对自身所处的历史条件，通过自己的文学作品和政治著作去思考中国无政府主义运动的危机、国民革命的意义、萨珂—凡宰特事件、国内外工人运动发展等等，并借此深入探讨历史唯物论和历史唯心论这两种相对立的时间观。张一帆则在《新文学家的儒教乌托邦理想——论废名〈莫须有先生坐飞机以后〉的主题》一文中提出，废名《莫须有先生坐飞机以后》一书寄寓着废名迥异于新文学主流的社会理想与人生观，因而也很难在文学史的脉络中把握其意义与价值。张一帆从文本内部出发，细致分梳废名借莫须有先生之言与行和盘托出的思想与观念，完整地呈现了废名所构建的儒教乌托邦的理想图景。作者认为，尽管不脱乌托邦色彩，但废名从中国的社会现实与中国人的精神需求出发来理解和想象世界的努力在今天依然值得令人追怀与尊敬。[①]

作为中国现代文学史上的经典作品，《子夜》自问世起就受到评论界的高度关注。但是其在被经典化之前的读者反应并不统一。葛飞在《作为畅销书的〈子夜〉与 1930 年代的读者趣味》一文中指出，《子夜》刚出版时在读者中引起了颇多争议，其接近旧小说的一面受到了不少批评。不少人将《子夜》当做"黑幕小说"来阅读，也有人指责作者在情色描写方面有迎合读者低级趣味之嫌。之所以会出现这种现象是由于茅盾创作《子夜》时，有着"大众化"之努力，其结果则是雅俗共赏。为了照顾一般读者的接受，茅盾熔铸出一种"可读可听近乎口语"之文字，方法之一是向"旧小说"学习，解决了长久以来新小说语言过于欧化的弊病，此举亦具有高度的文学史意义。左翼的意识形态之前卫与其普及性宣传之任务间，始终存在着紧张。在茅盾等人的理论表述中，雅俗乃为不可调和的两极，但是 1930 年代的"小市民"乃至青年学生读者仍是"兼收并蓄"。[②] 作者从茅盾的创作意图、30 年代的读书市场、左翼评论界的价值指向等诸多方面，通过对《子夜》的阅读和接受这一具体个案的分析，探讨新文学自诞生起就面临的"雅"与"俗"之间的紧张关系对左翼作家和评论家带来的困扰，并在这一脉络和语境中重新论述了《子夜》的文学史意义。

作为老舍最具盛名的代表作，《骆驼祥子》的研究成果极为丰硕。孟庆澍在《"反成长"、罪的观念与个人主义——重读〈骆驼祥子〉》一文中指出《骆驼祥子》具有"反成长"小说的典型特征，祥子在社会生活中逐渐妥协、溃败，最后的毁灭恰是小说开头英雄形象的投射与反讽。小说因此可以被解释为"恶"不可逆转地战胜了"善"的故事。作者

---

① 《文艺争鸣》2017 年第 7 期。

② 《中山大学学报（社会科学版）》2017 年第 5 期。

对基督教“罪”的观念的认信决定了小说内在的黑暗性。罪的根源在于人的自由意志，祥子因自由意志而成为强大的个体，也因滥用自由意志而犯罪，并必须为自己的决断与行动负全部责任，这才是“个人主义的末路鬼”的深层意旨。因此，老舍语境中的个人主义乃是一个以神学/哲学的自由意志论为核心的多层结构的概念，承载了老舍对人的复杂性、人本身的力量与局限的形上思考。① 作者进而由此深入剖析了小说的“个人主义”批判主题与基督教的自由意志论的内在关联，令人耳目一新。

（本文审稿专家　赵稀方）

① 《文艺研究》2017 年第 3 期。

2017年中国当代文学研究综述

徐 刚

一

随着当代文学学科积累的不断深入，当代文学的“历史化”成为一种鲜明的学术自觉。就像从事古代文学、现代文学研究一样，越来越多的研究者开始将当代文学视为一门“学问”而非单纯的文学批评。洪子诚先生出版于2016年的专著《材料与注释》[①]，收集了他近年来陆续发表的系列文章。他以“材料”与“注释”相对照的形式，处理与当代文学密切相关的重要文件、讲话稿，及更为隐秘而特殊的检讨书等，力求严谨客观地呈现历史的原貌。在此，“材料”即为原始史料，而“注释”则是对这一文本相关背景、人物关系、历史线索的补充解释与展开，这两者相结合的方式便展现出历史现场的完整和复杂，这也无疑开创了当代文学史研究的新范式。为了更加深入地讨论这部著作所牵涉的文学史写作的诸多问题，2017年3月11日，北京大学人文与社会科学研究院组织召开了“洪子诚《材料与注释》研讨会”。会议由北京大学中文系贺桂梅召集，北京大学中文系李杨与北京大学中文系博士生李浴洋主持，北京大学、清华大学、中国人民大学、中央民族大学、中国社会科学院与中国艺术研究院等高校与研究机构的20余位学者与会。参会嘉宾围绕《材料与注释》的形式与内容、中国当代文学研究的视野与方法以及洪子诚的学术思想等议题展开讨论。会后，《文艺争鸣》2017年第3期开辟专栏，刊登钱理群、杨联芬、旷新年、孙民乐、钱文亮、何吉贤和李云雷的笔谈文章，《汉语言文学研究》2017年第2期亦以“当代文学研究新视野”笔谈的形式刊登姚丹、姜涛、鲁太光、李静、石岸书与罗雅琳的相关文章，从不同角度讨论《材料与注释》的形式和内容，带出许多重要的文学史问题。比如，在旷新年看来，《材料与注释》具有一种反理论的理论意义，而“材料与注释”本身就可以作为一种学术信仰[②]。而姚丹则认为，洪子诚的研究方式是“文学”的，而非“知识”的。《材料与注释》中的“注释”更为接近的不是中国古典的注释方式，而是西方世界的解经学与诠释学的方法。除去“注释”，书中对于“材料”的铺排同样具有鲜明的个体选择与价值判断。而在洪子诚的“克制”背后，有一种“愤怒的激情”[③]。

“凡成熟的学科，必定有史料基础”，这是近年来当代文学研究界逐渐形成的共识，学

① 北京大学出版社2016年版。

② 旷新年：《围城档案——由〈材料与注释〉探讨当代文学研究的问题与方法》，《文艺争鸣》2017年第3期。

③ 姚丹：《诗与真——〈材料与注释〉中的“主观”与“客观”》，《汉语言文学研究》2017年第2期。

界同仁也在为此不断努力。而关于当代文学史料研究的方法论问题，也越来越受到人们重视。程光炜在《从田野调查到开掘——对80年代文学史料问题的一点认识》① 一文中强调中国当代文学史的学术研究，应该像社会学一样先从作家与地方志的关系入手，从田野踩点到逐步开掘，通过实证研究的途径，继而完整构筑起主要作家的创作世界来。文章分析了文学史田野与作家富矿的关系，富矿开掘对田野踩点提供反证视角的必要性，最后提出了解矿藏分布和如何实施开掘的具体问题及相关难点。在程光炜看来，文学史料研究，要注意区分田野踩点与开掘式深入的不同之处，因此不能根据作家所说而说，文学史研究是要将其拉伸、扩展、问疑、补充，在田野调查的地表下面，再用锄头深深地挖下去，最后开出一个很大的历史遗址，一个文学的考古场地。

吴秀明依托国家社科基金重点项目“当代文学研究的‘历史化’及其主要路径与方法”，陆续发表论文研讨当代文学史写作的重要问题。他在《论当代文学研究的知识学养问题——基于文学史料的一种考察》② 一文中认为，学人知识学养是当代文学研究的大问题，是影响和制约当代文学研究的一个重要的根源性因素，而文学史料属于学术研究的基础层次，它处于学人知识结构的核心。六十多年来，当代文学研究呈现与古代文学和现代文学不尽相同的“代际”特点，三代学人在知识学养方面所作的努力及其历史局限，不仅对当时而且也对今天的文学研究带来深刻的影响。吴秀明的另一篇论文《批评与史料如何互动》③则聚焦文学批评与文学史料的关系问题。在他看来，当代文学批评尽管相当复杂，但从宽泛的意义上讲，它与文献、史料支撑着理论思维，并由之组成一个“正三角”关系；而从批评与史料的角度来考察，这里存在看似矛盾，实则难以切割的互动关系。这一互动不仅具有内在逻辑与学理依据，而且也有经验教训。中国当代文学批评虽然不尽如人意，但在历史化的背景下也呈现出新状态和新面向。对今天的文学研究者来说，最重要的是返回当代文学的历史现场进行历史、具体的考察，思考批评与史料进行互动的可能性与可行性，寻求历史逻辑与艺术逻辑之间的协调与沟通。

2017年，当代文学史料研究工作的具体开展也取得了不错成就。比如，中山大学张均的“中国当代文学本事文献的整理与研究”仍在继续推进，最近的论文《〈铁道游击队〉的“徐广田难题”》④ 通过小说《铁道游击队》中“徐广田难题”的揭示，讨论现实先进人物的“意外”变化给小说叙事带来的尴尬，暴露出社会主义文学的“新人叙事学”在处理个人逻辑与历史逻辑的结构性关系时所遭遇的叙述难题。王秀涛的《中央文学研究所的筹备与成立》⑤ 以作者在山东中国文学艺术博物馆看到的一份文联档案《讨论筹办文学研究所参考提纲》为依据，参考有关报刊的报道，以及邢小群的《丁玲与中央文学研究所》等已有研究成果，对中央文学研究所的筹备和成立做进一步的考察，试图纠正相关研究的疏漏和错讹。李丹的《中国当代文学的“征求意见本”现象——以人民文学出版社20世纪70年代

---

① 《中国现代文学研究丛刊》2017年第2期。

② 《中国现代文学研究丛刊》2017年第6期。

③ 《文艺研究》2017年第12期。

④ 《文艺争鸣》2017年第11期。

⑤ 《文艺争鸣》2017年第5期。

的长篇小说为中心》① 关注 20 世纪 50 至 70 年代长篇小说创作和出版流程中普遍存在的“征求意见本”现象。近年来，青年学者黄平依托教育部人文社会科学研究青年基金项目“新时期文学之发生”，一直致力于“新时期文学”起源的重新清理和考释的工作，陆续发表了一系列引人注目的研究成果，《新时期文学起源阶段的虚无——从“潘晓讨论”到“高加林难题”》② 是他 2017 年的最新成果，论文认为起源于 70 年代的虚无主义塑造高度自我的“经济人”是先于市场经济大规模展开出现的，这也成为此后市场经济的人格—心理基础。这样一种人格结构固然值得“历史的同情”，但如何面对这一“利益主体”，成为今天的我们所必须面对的“高加林难题”。

二

具体作家作品的深入评析与研究，无疑是当代文学研究工作的重要方面。在 2017 年的研究总结中，这方面的成果依然令人瞩目，具体来看大致体现在以下几个方面：

第一，陈忠实逝世引发的纪念性评论和反思性研究。2016 年 4 月 28 日，陕西作家陈忠实逝世，这无疑是中国当代文学的一个重要事件。此后，《文艺报》《人民日报》等刊物相继展开大规模的纪念性评论活动，一直延续到 2017 年。在这一年有关陈忠实的研究论文中，李建军的《让一块石头燃烧起来——论陈忠实对“文化心理结构”概念的利用及误解》③ 无疑值得关注，文章讨论“文化心理结构”之于陈忠实写作的意义，在李建军看来，“文化心理结构”虽然的确帮助陈忠实摆脱了僵化的“典型论”的观念误区和写作困境，但却不能继续支持他对当代生活的阐释和叙事。因为，时代造成的巨大变化，绝非固态化的“文化心理结构”所能阐释。表现新的复杂生活，需要有更开阔的视野，需要调动更具阐释力的知识资源。甚至更重要的是，需要作者调整自己的写作态度，建构一种新的写作模式，需要一种更彻底的启蒙姿态和反思精神来写作。由此深切反思了陈忠实写作的重要局限。李建军的最新专著《陈忠实的“蝶变”》④ 也于 2017 年 9 月出版，这是本年度关于陈忠实研究最为重要的成果之一。

第二，陈映真逝世引发的纪念性评论和研究。2016 年 11 月 22 日，作家陈映真在北京去世，“最后一个理想主义者之死”也堪称当代文学的大事件。一时间，《文艺报》《中国现代文学研究丛刊》《文艺争鸣》《艺术评论》《世界华文文学论坛》等刊物纷纷开辟专栏组织讨论，相关研究和纪念性评论也大量出现。李云雷在《陈映真是一面精神旗帜》⑤ 中指出，陈映真的意义在于文学，在于思想，在于他的人格魅力，在于他对左翼文学传统的继承与创新，对底层民众的深厚情感，对祖国统一的坚持与热望，这是我们最为宝贵的精神财富。而在试图回答“今天我们为什么纪念陈映真”的问题时，赵稀方将答案指向了殖民性

① 《文学评论》2017 年第 3 期。

② 《文艺研究》2017 年第 9 期。

③ 《南方文坛》2017 年第 5 期。

④ 二十一世纪出版社出版。

⑤ 《文艺报》2017 年 1 月 25 日，第 9 版。

批判，“陈映真一生念兹在兹的是台湾的殖民性批判，这里的殖民性不但包括战前日本殖民主义，也包括战后美国和日本的新殖民主义，还包括当代文化帝国主义乃至消费主义。”[①]也是在这个意义上，我们便不难理解曾庆瑞、赵遐秋那篇《他为什么要批判藤井省三——怀念陈映真》[②] 的基本脉络了。除此之外，吕正惠论及陈映真在上世纪 60 年代统左思想的形成，他指出，作为革命运动在台湾的遗腹子，陈映真与台湾一般知识分子的最大不同是从不承认国民党政权在台湾统治的合法性[③]。黎湘萍指出陈映真始终在探索新的“人”、新的“社会”是什么？台湾所有的社会、政经、历史、环境、族群、两岸、民众史等议题都可以在陈映真创办的《人间》找到源头[④]。而熊辉的论文则重点讨论了陈映真文学批评中有关市镇小知识分子作家、殖民地知识分子、民族文学、“台独”谬论及正确引导青年人等方面的观念，在呈现出陈映真民族诗学丰富性特征的基础上，进一步凸显出他沉重的民族思考和整体性的国家视野[⑤]。

第三，获奖之后有关莫言的评论研究。在获得诺贝尔文学奖之后，莫言一跃而成为最为经典的当代作家，而此时对于他的研究则被寄予了别样的意义。在众多相对重复的成果之中，《文学评论》2017 年第 1 期刊载的系列论文所显示的新意值得关注。陈晓明的《“歪拧”的乡村自然史》试图从莫言相对冷僻的作品《木匠和狗》看中国现代主义的“在地性”；张清华《莫言与新文学的整体观》则意欲考察从鲁迅到莫言这一“新文学整体观”的精神脉络；而谢有顺的《感觉的象征世界——〈檀香刑〉之后的莫言小说》，以及刘旭的《文学莫言与现实莫言》也各有侧重地讨论莫言的叙事手法和身份问题[⑥]，都试图将相关研究引向深入。不过，相对于既往作品的研究，更值得讨论的其实是莫言获奖之后新近发表的作品。2017 年 9 月，在万众期待之中，莫言的戏曲文学剧本《锦衣》终于发表在《人民文学》杂志上，这也顺理成章地引起了强烈反响。徐健的《剧作家的“野心”与“匠心”》[⑦]，马兵的《亦史亦野亦锦绣》[⑧]，李壮的《换种方式讲故事的莫言》[⑨] 等文章，都对《锦衣》有着深入而及时的讨论研究。

三

近年来，对西方汉学的重新反思，成为当代学术研究的热潮。德国汉学家顾彬对中国当代文学的评论曾引起轩然大波，而他的中国文学研究，也在中国学者中引起广泛争议，这本身就构成了一个中外文化交流的事件。《中国文学批评》杂志组织栏目对顾彬文学史观进行

---

① 赵稀方：《今天我们为什么纪念陈映真》，《中国现代文学研究丛刊》2017 年第 6 期。

② 《名作欣赏》2017 年第 4 期。

③ 吕正惠：《1960 年代陈映真统左思想的形成》，《世界华文文学论坛》2017 年第 2 期。

④ 黎湘萍：《阅读陈映真是对“人”及其世界的探索》，《世界华文文学论坛》2017 年第 2 期。

⑤ 熊辉：《分裂时期的民族诗学——陈映真文学批评印象》，《中国现代文学研究丛刊》2017 年第 6 期。

⑥ 均载《文学评论》2017 年第 1 期。

⑦ 《文艺报》2017 年 9 月 11 日，第 3 版。

⑧ 《人民日报・海外版》2017 年 8 月 30 日，第 7 版。

⑨ 《文学报》2017 年 8 月 24 日，第 8 版。

评析，重点围绕他的《二十世纪中国文学史》展开讨论。贺仲明认为这部著作存在史学资料上的不足以及西方中心的文学史观等特点，严重影响了作为一部文学史所应有的全面和客观[①]；罗振亚也认为，顾彬秉持的“世界性眼光”的实质，是用欧洲的标准、经验和审美来要求中国当代文学，存在大量的“误读”和“偏见”[②]；在陈剑晖看来，顾彬试图从语言、形式和个体精神三方面叙述中国当代文学，但因面对的是完全不同于西方文学和中国古典文学的异质化文学，所以他找不准方向，更找不到行之有效的评价尺度和依据[③]；刘毅青也认为由于狭隘的文学观念，使得顾彬的文学批评显得缺乏合理的根据[④]。

对于西方汉学的重新思考，也突出地表现在对“华语语系文学”概念的反思之上。钱翰在《“华语语系文学”：必也正名乎》[⑤]一文中指出，“华语语系文学”的概念，名不正则言不顺，之所以有这样一个不正之名，是潜藏在这个概念背后的“去中国化”的意识形态的干扰。在作者看来，如何面对中国，如何面对中国与“世界中的中国文化”之间的关系，我们可以包容不同的立场、认知和情感，但是不能让这种意识形态干扰了对事实的客观认识，也只有以客观事实为基础，才能有真正的包容力。除此，朱崇科的《“华语语系”中的洞见与不见》[⑥]，霍艳的《另一种傲慢与偏见》[⑦]也都尖锐指出了史书美、王德威等人概念背后的意识形态偏见。所有这些，在破除西方汉学的神话背后，无疑具有重建当代批评理论自信的功效。

在顾彬之外，《中国文学批评》杂志同样组织了对于王德威文学史观的深入评析。汪卫东的《评析“晚清现代性”的悖论与盲区》[⑧]与江腊生的《什么“现代性”，如何“压抑”》[⑨]都围绕王德威的名著《被压抑的现代性》展开深入的反思性讨论。同样是对王德威关键概念的批评，最激烈的当属栾梅健的《充斥着意识形态的偏见——评王德威的〈被压抑的现代性〉》[⑩]。在作者看来，该书在价值标准方面，存在有明显的意识形态倾向，与我国现行的政治观念严重冲突。对此，必须引起我们的深入考察与高度警觉。当然目前来看，王德威的“新颖”之处仍然广受赞誉。《南方文坛》新近发表了王德威的《“世界中”的中国文学》[⑪]，这是他主编的哈佛版《新编中国现代文学史》的导言。某种程度上，“世界中”的中国文学，正是他念兹在兹的“华语语系文学”与“被压抑的现代性”的详尽延伸。这种新的文学史观念的具体展开，引起了陈思和、丁帆、陈晓明、季进等人的热烈讨论，大多肯定其重要意义。目前，《新编中国现代文学史》的中文版本尚未出版，相信在中文版面世

---

① 贺仲明：《沙上筑塔，岂可安稳——简评顾彬〈二十世纪中国文学史〉》，《中国文学批评》2017 年第 1 期。

② 罗振亚：《“世界性”眼光与中国现当代文学评价问题——评顾彬〈二十世纪中国文学史〉》，《中国文学批评》2017 年第 1 期。

③ 陈剑晖：《剑走偏锋与理解之同情——评顾彬的文学史观》，《中国文学批评》2017 年第 1 期。

④ 刘毅青：《狭隘的文学观，悖谬的文学批评——顾彬中国文学批评商兑》，《中国文学批评》2017 年第 1 期。

⑤ 《文艺报》2017 年 8 月 4 日，第 4 版。

⑥ 《文艺报》2017 年 8 月 4 日，第 4 版。

⑦ 霍艳：《另一种傲慢与偏见——华语语系文学研究的几个问题》，《扬子江评论》2017 年第 4 期。

⑧ 《中国文学批评》2017 年第 4 期。

⑨ 《中国文学批评》2017 年第 4 期。

⑩ 《文艺报》2017 年 4 月 14 日，第 2 版。

⑪ 《南方文坛》2017 年第 5 期。

之后，围绕王德威文学史观念的更为深入的讨论将会陆续展开。

作为一种“巨存在”的现象级文学境况，中国网络文学的发展态势不仅在中国史无前例，在世界上也绝无仅有。如人所指出的，在20余年的时间里，中国作为文化资源大国已实实在在地做成了网络文学强国。从2016年开始，在美国网站“武侠世界”的带动下，中国网络文学海外传播成为媒体关注的热点。在此背景下，夏烈认为，“是时候提出网络文学的‘中华性’”，在他看来，网络文学既是一种根植于当代改革实践和中国民间及传统文化的创作混生体，也是越来越强烈地反映着全球化语境下中华主体性确立的敏感区。网络文学的“中华性”既是它自然而然形成的精神质地，也是当下以及未来需要阐释和研究的文化根性①。然而，尽管网络文学的发展势头极为迅猛，但冷静的思考依然必不可少。如吉云飞在《过度同质化伤害了网络文学生态》② 一文中所指出的，过度的同质化已经严重影响到网络小说从高原走向高峰。如其所言，同质化也会带来粗糙化等不良倾向。依靠流行套路在商业上获得一时成功，并不代表就达到了较高的文学水准，如果简单认为商业上的成绩就代表了文学上的成绩，因此不思进取，甚至藐视基本的文学规律，也会严重阻碍作者个人的成长和进步。同样，欧阳友权在《网络文学热的“冷”思考》③ 中也提醒人们警惕网络文学的品质风险、套路风险和审美疲劳风险。直面网络文学资本热潮中客观存在的问题，是开展积极健康的网络文学批评的重要条件。

四

就2017年的当代文学批评概况而言，还有许多值得关注的现象。比如杨庆祥在《“新伤痕时代”及其文化应对》④ 一文中对“新伤痕文学”的阐释，就极富话题意义。在作者看来，“新伤痕时代”的提法当然是相对于“伤痕时代”而言的，相对于80年代“伤痕书写”以文革史为书写对象，“新伤痕文学”书写的对象是“改革开放史”。在杨庆祥那里，上世纪80年代以来的改革开放早已进入“野蛮”阶段，发展主义被推向了极端。这显而易见地包含着他的问题意识——关于时代病症的忧虑与焦灼，以及对它的批判性理解与诊断，并积极召唤一种作为“同时代人”的情感态度，共同参与到期待性的疗救之中。在此最重要的意义在于，在这破碎的时代，以文学的方式重建一种久违的“总体性”，并试图重建文学批评与时代的关系。除此之外，现实主义、新乡土写作、非虚构文学等过往热点的持续讨论，打工诗歌、“新主流写作”等更多研究个案的多点展开，以及零星的批评片断中所引出的新的契机和挑战，也都值得当代批评从业者认真清理和总结。

在本年度当代文学青年研究者的成果中，两套青年批评家丛书无疑值得重视。其一是北京大学出版社与中国现代文学馆合作，继续推出的文学馆青年批评家丛书。该丛书本年度出版了第三辑，有夏烈的《观念再造与想象力重建》，陈思的《文本催眠术：历史·主体·形

---

① 夏烈：《是时候提出网络文学的“中华性”了》，《光明日报》2017年9月21日，第2版。

② 《文艺报》2017年3月31日，第2版。

③ 《文艺报》2017年4月26日，第5版。

④ 《南方文坛》2017年第6期。

式》，丛治辰的《世界两侧：想象与真实》，以及李振的《时代的尴尬》[1] 等十一部著作。其二是上海文艺出版社与复旦大学共同策划出版的《微光——青年批评家集丛》。“微光”丛书着眼于中国当代文学批评领域，遴选当代文学批评界的“70 后”“80 后”青年批评家，希冀通过他们的专著，梳理中国当代文学及批评在新世纪的生长脉络。该丛书第一辑收入了张莉的《众声独语——“70 后”一代人的文学图谱》，杨庆祥的《社会问题与文学想象——从 1980 年代到当下》，黄平的《反讽者说——当代文学的边缘作家与反讽传统》，岳雯的《抒情的张力——20 世纪 80 年代初期的四位小说家》，李德南的《“我”与“世界”的现象学——史铁生及其生命哲学》，以及木叶的《水底的火焰——当代作家的叙事之夜》[2] 等六部著作。

作为中国当代文学研究的重镇，本年度文学所当代室的重要成果包括李建军对莎士比亚和汤显祖的比较研究，以及对于俄苏文学批评的讨论；另外，李洁非的论文《散文散谈——从古到今》[3] 以随笔体的方式梳理了散文的名称、特征、文体、样式与边界；田美莲的著作《博弈：女性文学与生态》[4] 从多重生态视角与立场出发，考察了 20 世纪 80 年代以来女性文学与生态之间的博弈关系；陶庆梅的《网络技术霸权下失衡的文化生产机制》[5] 试图重新阐释中国特色社会主义的文艺理论；而杨早的《吾乡固多才俊之士，而声名不出于里巷》[6] 则讨论了汪曾祺笔下的高邮文人。这些最新的成果均对相关研究产生了重要影响。

（本文审稿专家　祝晓风）

---

① 均由北京大学出版社 2017 年出版。

② 均由上海文艺出版社 2017 年出版。

③ 《文艺争鸣》2017 年第 1 期。

④ 中国社会科学出版社 2017 年版。

⑤ 《文化纵横》2017 年第 12 期。

⑥ 《文艺争鸣》2017 年第 12 期。

2017 年中国新诗研究综述

张凯成

2017 年的中国新诗研究整体上呈现了三个向度：一是对“新诗百年”的关注发生了本体性的偏转，由“话题”转向了“视点”；二是作为概念的“新诗研究”受到重视，学者们在理论思维的导引下，有意地将其理论化；三是新诗研究载体建设在取得成效的同时，建构出了新诗理论与批评的“当代意识”。

一、作为研究视点的“新诗百年”

“新诗百年”最初作为“话题”出现在学者们的研究视域中，在近些年来之所以被频繁地触及，一方面得因于时间层面的新诗发展“百年”历程，另一方面则由于其本身犹如一块强力“磁石”，能够通过吸纳社会、政治、文化、历史等诸多因素，组构成强大的研究“磁场”，并在不同因素的相互扭结中生发出纷繁多样的研究焦点。就内容层面看，已有的“新诗百年”的研究主要集中于新诗起点与命名的辨析、新诗发展历程的回望、新诗百年成就与问题的梳理等。这些研究将“新诗百年”作为“场域空间”，在自觉的“总结”意识的前提下，更多地着眼于新诗百年“话题”层面的探讨。

“2017 年”作为“新诗百年”的重要节点①，再次吸引了诸多研究者的目光。但与上述研究相区别的是，研究者在“新诗百年”的大背景下，有意地将“新诗百年”这一话题“视点”化，呈现出了强烈的理论建构意识。《文艺争鸣》2017 年第 8 期和第 9 期连续开辟了专栏“新诗百年研究专辑”，刊发了孙绍振、唐晓渡、张桃洲、姜涛、冷霜、熊辉、余旸等学者和诗人的研究文章及访谈。其中，孙绍振通过分析中、西诗艺的差异性，试图建构起中国古典诗学传统与西方理论之间的“转基因”工程，从而把对“新诗百年”的考察置放在某种理论机制之中。他将中西方“诗艺”的融合作为关注的焦点，一方面强调了百年新诗的发展要坚持对中国古典诗学传统的继承，在激活古典诗学话语的基础上进行形式的探索；另一方面，他看到了新诗百年来在吸收与借鉴西方文化与理论过程中，所出现的“饥不择食态度”“缺乏批判自觉”的弊病，以此强调了合理的“融合”方式的寻找。② 与之相应，谢冕发表在《中国文艺评论》上的《我有两个天空——百年中国新诗与外国诗》一文，

---

① 有关新诗“起点”问题，研究界并未达成共识。陈仲义在《百年新诗：“起点”与“冠名”问题》（《中国现代文学研究丛刊》2017 年第 10 期）一文中，细致地梳理了有关新诗起点的七种说法，具体内容请参看原文。

② 孙绍振：《新诗百年：未完成的中西诗艺转基因工程——兼论中国古典诗学话语的激活和建构》，《文艺争鸣》2017 年第 8 期，第 20—36 页。

也谈及“中西方”诗学之间的关系问题，但其重心在于阐释外国诗歌在形式与内容层面，对于中国新诗发展的积极影响。① 而谢冕自觉建构“新诗百年”批评意识的文章是《前进的和建设的——中国新诗一百年（1916—2016）》，该文以极具建设性的视野构筑了“新诗百年”的发展图景，在细致探究“新诗与传统”“新诗与旧诗”“新诗的理想形式”“新诗与当前时代的关系”等具体问题的基础上，将新诗百年的发展历程看作“始于‘破坏’而指归于建设的一百年，是看似‘后退’而立志于前进的一百年”。② 尽管这种全局性视野容易将某些问题“本质化”，但它在“新诗百年”理论化的过程中发挥了独特的优势。

在“新诗百年”的话题范畴中，谢冕、孙绍振的研究自然带有明晰的理论建构意识。但由于他们着眼于研究的“整体性”视域，相对“遮蔽”了新诗百年发展过程中的某些“细部”问题，而对“细部”问题的考量则成为了本年度“新诗百年”研究的创新点。需要强调的是，在“新诗百年”的理论“装置”下，这种“细部”问题的研究自觉融入了“延续”“对话”意识。比如姜涛在“五四时期新文学、新文化、新社会、新政治之间相互激荡”的研究视域下，通过考察早期新诗发展过程中，所表现出的由“修养论”到“源泉论”的转换，深入地把捉了早期新诗人的“特定心态、诉求、及言论背后的社会文化意涵”。该文的结尾极具发散性，有效地反思了早期新诗历史的“剧情主线”：“从五四时期的‘修养’与‘泉源’论，到30年代后经由西方现代诗学洗礼后生成的‘经验论’，在新诗发生及自我纠正的‘剧情主线’之外，是否存在这样一条强调人生社会深切‘触着’的诗学线索？其间的差别与变异是什么？从中能看出新诗社会位置、文化形象怎样的变动？”③ 张洁宇致力于呈现早期新诗在“语言”“格律”“旧诗”“文化”“现实历史的关注与介入”等层面的“本土化”探索，以之来对抗其时出现的“薄古厚西”倾向。同时，她还指明了“本土化”探索对于“当下诗坛”的启示意义，建构出了新诗百年的“对话”语境。在她看来，“新诗百年的历史都是‘对话’的历史”，而“本土化的问题就正是发生于对话性的语境当中”。④

区别于“话题”层面的把捉，本年度有关“新诗百年”的研究还深入到了“诗歌本体”维度。一般来说，外部语境对于新诗的影响不可忽视，甚至在某些时期占据了主导性地位。但新诗的发展本质上依靠其“本体”机制的变化，因此，立足于“诗歌本体”的研究更容易把捉到新诗发展的关键。比如敬文东的《从唯一之词到任意之词——欧阳江河与新诗的词语问题》一书⑤，选择“词语”这一诗歌本体性要素作为研究“刺点”，有效地反

① 谢冕：《我有两个天空——百年中国新诗与外国诗》，《中国文艺评论》2017 年第 4 期，第 14—17 页。

② 谢冕：《前进的和建设的——中国新诗一百年（1916—2016）》，《北京大学学报（哲学社会科学版）》2017 年第 3 期，第 5—18 页。

③ 姜涛：《“为有源头活水来”——早期新诗理论中的“修养”与“源泉”论》，《文艺争鸣》2017 年第 8 期，第 63—71 页。

④ 张洁宇：《论早期中国新诗的本土化探索及其启示》，《中国现代文学研究丛刊》2017 年第 9 期，第 1—9 页。

⑤ 敬文东此书属于“第四届东荡子诗歌奖作品集”（黄礼孩编《诗歌与人》2017 年总第 47 期），由东荡子诗歌促进会于 2017 年 11 月出版，本段所引语句均出自此书。该书主体内容共分为十个部分，他在《中国现代文学研究丛刊》2017 年第 10 期上发表的论文《词语：百年新诗的基本问题——以欧阳江河为中心》，是该书的前三部分。

思了新诗百年的发展历程。他在书中指出，“词语”问题生发于欧阳江河有关“词语……直接等同于诗的状况和命运”的“诗学之问”，进而引申出了“新诗现代性”意义上的“词语的一次性原则”（“对新诗而言，词语及其分析性只可能是一次性的，亦即一个诗人不能两次在同一含义上使用同一个词”）。欧阳江河在其写作初期敏感地捕捉到了这一原则，但随着时间的推移，其写作中逐步生成了由“词语的直线性原则”“瞬间移位”“诗歌方法论”等要素所构筑的“词语装置物”，这不仅从根本上破坏了新诗的现代性，而且使得“新诗现代性严格要求的唯一之词，还有唯一之词自身的唯一性，终于被‘欧阳牌’咏物诗替换为任意一词”，欧阳江河的写作也从“词语的一次性原则”，“反讽地走向了欧阳江河诗学之问的反面”。整体上看，敬文东通过检视欧阳江河1980年代以来的诗歌写作，触及到了“新诗百年”这一“老”话题，但他从“诗歌本体”（“词语”）视角所进行的分析，有效地将研究“话题”转变为了研究“视点”。根本上看，这种转变反映出了研究思维的精细化发展，即在摆脱一般性的总结式、扫描式、结论式研究“假面”的基础上，开始探究熔铸诗歌生命本体的研究方式，以期获得更为丰富的研究效力。

二、“新诗研究”概念的理论建构

在以往的新诗研究中，学者们更多地在“操作”层面关注于研究的对象、策略、方法，而对“新诗研究”本身并未给予充分地重视。尤其当“新诗研究”作为概念呈现在学者面前时，如何对它进行有效、深入的观察，成为研究的关键所在。王光明在发表于2015年的《新诗研究的历史化——当代中国的新诗史研究》[①]一文中，通过考察学界自1950年代开始的新诗研究状况，确立了研究的“历史化”视角——即“根据一种现代文学形式诞生与成长遭遇的问题，寻找新的研究策略”——不仅表现出强烈的理论建构意识，而且对于新诗研究自身经验的总结与未来的发展大有裨益。遗憾的是，随后的研究中，学者们并未就此问题进行持续的探讨，也使得“新诗研究”这一“学科”的建立遭到“阻滞”。2017年的新诗研究中，此一问题得到了集中探究。一方面，学者们围绕着研究视野、方法、意识等要素展开讨论，构筑出了“新诗研究”概念的理论空间；另一方面，有关新诗研究方式（如“新诗形式研究”）的理论化问题受到重视，学者们试图建构研究方式的理论机制。

张桃洲在《如何重返新诗本体研究？——从〈中国现代诗歌意象论〉谈起》[②]《“同质”背景下的“异质”探求——试谈新诗研究的拓展》[③]等文章中，曾针对新诗研究的方法问题进行了深入剖析。而在《重构新诗研究的政治学视野》一文中，张桃洲从探讨“祛除‘浸入本体’后陷入固步自封乃至僵化而累积的种种‘成见’和思维惯性”的“方法论”出

---

① 王光明：《新诗研究的历史化——当代中国的新诗史研究》，《文艺争鸣》2015年第2期，第83—89页。

② 张桃洲：《如何重返新诗本体研究？——从〈中国现代诗歌意象论〉谈起》，《首都师范大学学报（社会科学版）》2009年第5期。

③ 张桃洲：《“同质”背景下的“异质”探求——试谈新诗研究的拓展》，《中国现代文学研究丛刊》2014年第10期。

发，以王东东的博士论文《1940 年代的诗歌与民主》中所谈到的“诗歌与民主”问题为聚焦点，表现出其在建构新诗研究“政治学视野”方面的努力。在他看来，“重构新诗研究的政治学视野，其要义在于厘清诗歌的处境即它在社会公共生活中的位置，同时确定诗人写作的出发点和指向”[①]。这在很大程度上推动了“新诗研究”概念的理论化进程。与之相应，王东东发表在《江汉学术》上的《穆旦诗歌：宗教意识与民主意识》探究了穆旦 1940 年代诗歌中所隐含的“借以克服和‘消化’残酷战争经验的现代政治意识”，尽管其着眼点在于分析这种“现代政治意识”的构成要素——宗教意识与民主意识——之间的关系问题，但“诗歌与民主”的视域则为新诗研究政治视野的理论建构提供了有力的支撑。[②] 而冷霜在思考新诗研究中所使用的“传统”概念时，有意识地将其去本质化。他的理解中加入了诠释性、生成性的维度，使“传统”概念成为“现代性的认识装置”，进而开掘了新诗研究的理论空间。在这一“装置”下，有关新诗与旧诗、新诗与传统的提问，就转换成了对“诗人如何在具体实践中征用、转化、改写古典诗歌中的文化、美学和记忆资源”问题的思考。[③] 冷霜有关“传统”概念的思考，正回应了王光明所提出的“……中国新诗的历史研究，倘若能够认真梳理和呈现一个新事物从诞生到成长过程的不同观感和研究结论，不是武断地为历史做定论、做了断，而是呈现认真的思考，关注发现的问题，将更有助于激活新诗探索的动力”[④]。

此外，有关诗人的传记、年谱、日记、检讨书等“副文本”的讨论在本年度的新诗研究中频繁出现。比如易彬以考察新见的穆旦集外文为中心，揭示了“地方性或边缘性报刊之于文献发掘、时代语境之于个人形象塑造与文献选择的特殊意义”[⑤]；张立群在回顾“徐志摩传”发展史、写作现状的前提下，对现有的“徐志摩传”进行了叙述方式、表现形式层面的分类[⑥]；巫洪亮通过分析郭小川在 1950—1960 年代的情诗与情书之间的“互文性”，探察了当代诗歌正、副文本之间内在的复杂关联[⑦]……从内容方面看，这些研究主要涉及的是文献资料的发掘与整理问题，但深层次说，其为“新诗研究”的方法论建构提供了理论基础。在此意义上，张桃洲选编的《王家新诗歌研究评论文集》[⑧] 则作为资料汇集，有效地积累与总结了学界有关王家新诗歌的研究，为今后的研究者提供了翔实的文献资料。

作为“新诗研究”的重要组成部分，2017 年有关新诗的“形式研究”中也呈现出了理论化趋势。如王泽龙与高健在《对称与五四时期新诗形式变革》一文中，将五四时期新诗形式变革的完成归结于诗歌“对称形式”的现代转变，在改变以往研究中所忽视的从形

---

① 张桃洲：《重构新诗研究的政治学视野》，《文艺争鸣》2017 年第 8 期，第 47—54 页。

② 王东东：《穆旦诗歌：宗教意识与民主意识》，《江汉学术》2017 年第 6 期，第 50—56 页。

③ 冷霜：《新诗史与作为一种认识装置的“传统”》，《文艺争鸣》2017 年第 8 期，第 71—75 页。

④ 王光明：《新诗研究的历史化——当代中国的新诗史研究》，《文艺争鸣》2015 年第 2 期，第 83—89 页。

⑤ 易彬：《集外文章、作家形象与现代文学文献整理的若干问题——以新见穆旦集外文为中心的讨论》，《文学评论》2017 年第 4 期，第 155—163 页。

⑥ 张立群：《“徐志摩传”现状考察及史料价值问题》，《文学评论》2017 年第 2 期，第 130—138 页。

⑦ 巫洪亮：《郭小川情诗与情书的互文性解读——兼论“当代诗歌”副文本研究的多维向度》，《北京社会科学》2017 年第 2 期，第 21—29 页。

⑧ 张桃洲：《王家新诗歌研究评论文集》，东方出版中心，2017 年。

式变革角度来研究“对称形式”的同时，为“形式研究”的理论化提供了新的维度。因为“对称形式”在此作为能动的结构体，涵括了新诗在诗形建构、节奏安排以及诗意构筑等方面的内容，具备了“形式学”生成的自足空间。[①] 而在新诗“形式研究”的体系内，诗歌“意象”这一特殊的形式要素被本年度的研究者们较多地提及。以往的研究中大都将“意象”作为研究“对象物”，较为重视诗歌意象的归纳与提炼，以之来阐释某一时期、某一诗人的写作状况。与之相比，本年度的“意象”研究表现出了“意象学”的建构倾向。

简政珍和郑慧如两位学者共同选择“意象”作为研究的核心元素，分别以台湾当代诗与简政珍诗为研究对象，深入地挖掘了其中所蕴含的意象空间与意象美学。简政珍把“意象”看作诗歌的“比喻系统”，其中包含着人们对于台湾的“家国认知、政治情境、经济状况、文化历史归属、与生活空间定位”等面向的自我体认，这即从本源上建构出意象研究的诗学空间。[②] 郑慧如则从简政珍所提出的“意象思维”这一诗学概念出发，通过细致地分析后者在诗歌创作中所表现出的语言放逐的意象实践与意象思维的密度、裂缝，最终在“意象思维”与“诗的本质”之间建立了稳定的结构关系，有力地呈现出简政珍诗的“意象美学”。如她所说：“从诗的终极价值出发，摄受意象以探索诗的本质，这项特色使得简政珍的诗学与诗作呈现极难能可贵的崇高感。”[③] 此外，西渡对于当代诗的意象问题亦有着深入的思考，他通过分析海子与骆一禾对朦胧诗“意象”的批驳，以及二者在认知“意象”问题上的内在差异，指出了他们凭借“创造一系列个人性的意象”，“或在更高的程度上赋予了已有意象个人的意义和象征”，从而“废黜了朦胧诗的公共性意象谱系”，型构出当代诗写作的新形态。[④] 就此而言，“意象”与诗歌写作形态之间的紧密联系，为“意象学”的建构提供了新的诗学空间。

三、新诗研究载体“当代意识”的建立

近年来，诗歌发展之所以呈现“繁荣”现象，与其在发表、出版、传播等层面的“敞开”状态关系密切。除单本诗集、诗歌选集的出版外，官刊、民刊、网刊、微刊等渠道为诗歌的发表与传播提供了强有力的平台，共同营构了诗歌发展的场域空间。与之相比，新诗研究的发表空间较为有限，除依托一般性的研究期刊外，专门的新诗研究平台相对匮乏。在如此背景下，《江汉学术》（原为“《江汉大学学报（人文科学版）》”，2013 年起改名为“《江汉学术》”）所开设的“现当代诗学研究”栏目、《新诗评论》（北京大学中国诗歌研究院主办）以及《诗探索（理论卷）》（中国当代文学研究会主管，首都师范大学中国诗歌研究中心和北京大学中国诗歌研究院主办）等刊物，显示出了其作为新诗研究载体的可贵之处。更为重要的是，这三份刊物建构出了新诗理论与批评的“当代意识”，即在认识到诗歌

---

① 王泽龙、高健：《对称与五四时期新诗形式变革》，《中国社会科学》2017 年第 6 期，第 143—164 页。

② 简政珍：《现实与比喻：台湾当代诗的意象空间》，《江汉学术》2017 年第 5 期，第 44—54 页。

③ 郑慧如：《翻转的瞬间：简政珍诗的意象美学》，《江汉学术》2017 年第 4 期，第 53—61 页。

④ 西渡：《当代诗歌中的意象问题》，《扬子江评论》2017 年第 3 期，第 57—67 页。

研究与时代之“对话”关系的基础上，深度挖掘已有问题，精准捕捉研究热点。这种意识使其自觉地疏离于当前“同质化”“舆论化”的研究方式，重视新诗理论与批评的有效性。

《江汉学术》的“现当代诗学研究”栏目自2004年创办（具体为2004年第4期）以来，始终致力于推介高质量、高水平的新诗研究成果。这些文章不仅带有着强烈的问题意识，而且兼顾了“诗论文体的有效性”[①]。从具体的内容来看，其所刊发的文章主要集中于“新诗的资源、语言及体式”“现代诗潮与诗人重释”“当代诗潮与诗人”以及“台湾与海外诗歌”“翻译与比较诗学”等专题。较之以往，2017年该栏目在诗学现象、诗人个体研究层面呈现出了新的维度，尤其对诗歌写作中的“自我”问题进行了深度挖掘。米家路通过考察戴望舒的“记忆诗学”，体现了他对戴诗写作中现代性“自我”的集中思考。在《自我的裂变：戴望舒诗歌中的碎片现代性与追忆救赎》一文中，米家路将戴望舒置于20世纪初的中国语境——“历史时间的中断与文化整体性的丧失”——中进行审视，展现出了诗人在现代主义诗歌的写作中，所呈现出的由外部世界退向私人的生活世界的转向。戴望舒在创伤的身体中重塑了“整合的自我”，在写作层面表现为对现代性碎片的捕捉、“追忆”性质的叙述以及所形成的身体追忆的修辞学。[②] 而米家路的《反镜像的自恋诗学——戴望舒诗歌中的记忆修辞与自我的精神分析》一文，则关注到了戴望舒对“断裂时间意识”（由现代性时间所导致）的体认，这种体认在其追忆诗学（“从外部世界退回到了私人的生活世界”）中逐渐内化，并为其“观照自我与他者之间身份张力的反镜像行为”提供了便利。作者指出，戴望舒通过“记忆、女性与花朵的修辞转化”，型构出“自我经他者而塑形”的“自我精神分析学”，而这种“反镜像自恋诗学”在诗歌史上具备独特的意义——“一方面，这一意识标明了从郭沫若，经李金发到戴望舒之间，自我形塑泾渭分明的边界；另一方面，映现了中国新文化话语中自我身份模塑逐渐的成熟观念。”[③] 除米家路外，彭吉蒂以食指、温洁的“书写疾病之诗”为观察对象，通过引入“精神疾病学”的方法，挖掘出了其中隐含的“反诸自身的隐喻”（即关于自身之乖悖、健康、身体与心灵之脆弱、寻找归宿的身份之痛苦挣扎的隐喻），由此建构出了当代诗歌写作中的“精神疾病诗学”。[④] 在对诗歌写作“自我”的审视中，彭吉蒂与米家路之间构成了相互的对话关系。与后者所采用的“现代性”视角相比，前者的研究表现出了跨文化层面的探索，由之拓展了新诗研究的视域空间。

作为新诗研究的载体，《新诗评论》尽管办刊时间有限（2005年创刊），但它在“把握新诗研究的前沿思路，关注当下创作的发展动态，兼及诗歌阅读、翻译和史料的整理”宗旨的指引下，于诗学研究的道路上持续精进。2017年的《新诗评论》最具特色的是对戈麦

---

① 陈超在此强调了他对诗歌研究中保持“诗论文体”特殊性的期许（《祝贺、观感和希冀》，载江汉大学现当代诗学研究中心编《群峰之上——“现当代诗学研究”专题论集》，长江文艺出版社2011年版，第4页）。据此而论，江弱水在2017年出版的《诗的八堂课》（商务印书馆）则以“介入门学习与专门研究之间”的方式，谈论了诗的发生学（“博弈”篇）、鉴赏论（“滋味”篇、“声文”篇、“肌理”篇）以及“玄思”“情色”“乡愁”“死亡”主题，为诗论文体的创新打开了空间。

② 米家路：《自我的裂变：戴望舒诗歌中的碎片现代性与追忆救赎》，《江汉学术》2017年第3期，第26—40页。

③ 米家路：《反镜像的自恋诗学——戴望舒诗歌中的记忆修辞与自我的精神分析》，《江汉学术》2017年第4期，第38—52页。

④ 彭吉蒂：《以自身施喻：当代汉语诗歌中的精神疾病诗学》，《江汉学术》2017年第2期，第35—46页。

的关注，它以戈麦“辞世25周年”为契机，刊出了研究戈麦的三篇论文。在已有的研究中，学者们的目光更多地投向戈麦诗歌创作的本体，而相对缺乏复杂场域空间内的审视。在收入《新诗评论》的三篇文章中，戈麦及其诗歌创作被置于更大的关联域中。如吴昊细致地考察了戈麦诗歌创作的外部场域（1980年代中后期到1990年代初期的“高校诗歌场”以及“中国社会场”），同时辨析了戈麦为代表的一代青年在该场域中所经历的意义危机与精神裂变。作者将戈麦的诗歌写作看作是“青年诗人纾解意义危机与精神离别的一种方式”，使之与“1980—1990年代诗歌转型中诗人的精神历程”之间产生了复杂的结构关系。该研究视域突破了孤立地看待戈麦诗歌写作的研究方式，使其获得了开放性的阐释空间。① 王辰龙重点分析了戈麦诗歌“冷”的情调特征与戈麦诗歌的重要节点“孤悬的时刻”，尤其在后者的诠释中，作者呈现了写作背后所包蕴的社会和心理机制，在更大的场域中完成了对该写作节点的审视，增强了戈麦研究的复杂性。② 周俊锋的论文主要考察了戈麦诗歌的语言实验、意象思维以及意象集群的整合方式，通过剖析前述要点所内蕴的现实生存困境与内在精神冲突，展示出了戈麦诗歌创作的丰富性。③ 总体而言，这三篇文章不仅向研究界抛出了“今天为什么还要谈戈麦”的追问，而且在更大的程度上彰显了其在“如何深入、有效地研究戈麦诗歌”层面的努力。

与前述两份刊物相比，《诗探索》有其“悠久”的历史传统（1980年创刊），它与当代新诗研究不仅保持了时间的同步性，而且在研究视野、姿态与内容等层面，与新诗研究的当代发展亦有着持续而深入的“对话”。据此而言，《诗探索》成为了当代新诗研究发展的“见证者”。2017年的《诗探索（理论卷）》在承继其“见证”姿态的同时，表现出了对新诗发展的“回望”与“前瞻”姿态。比如对多多诗歌的讨论文章④中，学者们注意到了多多对于中国新诗的现代转型所起到的推动作用，从而将其诗歌“放在新时期以来文学的大背景下予以研讨和解剖”，在不断深化多多诗歌研究的同时，也有力地促进了当代诗学建设。如果说对多多诗歌的研究表现出“回望”性质，那么对“新媒体视野下的诗歌生态”的把捉则体现出了其“前瞻性”的眼光。学者们及时“把脉”新媒体所带来的诗歌生产机制、传播途径、评价体系等的变化，对诗歌写作过程中所出现的秩序混乱、消费倾向严重、思想性弱化问题进行了有效地清理，为新形态下的诗歌写作提供了健康的发展空间。⑤

当然，笔者上述内容只是通过简要地论述本年度新诗研究的几个面向，把捉“2017年中国新诗研究”中能够“言明”的部分。而作为一个复杂的结构体，其本身仍存在着许多

---

① 吴昊：《青年意义危机与精神裂变——戈麦与1980—1990年代转型期诗歌》，《新诗评论》2017年总第21期，第58—79页。

② 王辰龙：《冷的诗学与孤悬的时刻——戈麦论》，《新诗评论》2017年总第21期，第80—101页。

③ 周俊锋：《戈麦诗歌的语言实验与意象集成》，《新诗评论》2017年总第21期，第102—116页。

④ 《诗探索（理论卷）》2017年第2辑“多多诗歌创作研讨会论文选辑”部分，刊载的文章有钱文亮的《诗歌是语言的多功能镜子——关于多多诗歌的札记》、夏汉的《死亡赋格之后：我们依然得挽回——多多诗歌中死亡主题的辨识》、李海英的《多多的秘密：什么时候我知道铃声是绿色的》和王学东的《浅析多多的诗学观》。

⑤ 《诗探索（理论卷）》2017年第3辑“新媒体视野下的诗歌生态”部分，刊载的文章有罗振亚的《新媒体诗歌：“硬币”的两面》、孙晓娅的《新媒介视域下二十一世纪新诗创作生态研究》、刘波的《论新媒体视野下诗歌思想性写作的突围》以及金石开的《探析新媒体时代的诗歌传播途径》。

“未曾言明之物”——法国理论家马舍雷所强调的“文本”中的“重要部分”（“What is important in the work is what it does not say”）① ——面对这些“未曾言明之物”，需要更多的研究者来挖掘与呈现，笔者期待“对话者”。

（原载《江汉学术》2018 年第 2 期）

---

① Pierre Macherey. A Theory of Literary Production［M］. Geoffrey Wall，trans. London：Routledge&Kegan Paul Ltd，1978：87.

2017 年民间文学研究综述

祝鹏程

2017 年度，民间文学研究继续推进，学者在学科基本理论和各种文类的研究上均作出了有益的探讨，并出版了可观的论著与译著。限于篇幅，本文仅从代表性成果与基础理论探讨、学术史研究、非遗保护研究、神话研究、传说与故事研究等几个方面，对本年度的研究进行概述，并对年度发展趋势做出总结与反思。综述将以民间文学为主，同时结合民俗学的相关成果。由于笔者阅读视野有限，还有一些有价值的研究未能收入其中，请作者与读者谅解。

1. 代表性成果与基础理论探讨举要

总体而言，2017 年度民俗学与民间文学研究的成果颇为丰硕。在专著方面，董晓萍的《钟敬文与中国民俗学派》[①] 对中国民俗学家钟敬文的民俗学学说体系、故事类型个案研究与民间文艺学理论建设成果进行了总结，全面探讨了钟敬文建设中国民俗学派学说的内涵。岳永逸的《朝山》[②] 则对现有的庙会与民间信仰研究进行了总结和批评，强调要在整体的社会生活中看待庙会，指出庙会是一种弥漫性、整体性、渗透性、建构性的存在，包括了自然、经济、社会组织、政治、信仰等各个层面，是乡民整体性的一种精神存在方式。萧放、张勃的《城市·文本·生活——北京岁时文献与岁时节日研究》[③] 从历时与共时、都市文化与都市生活传统的角度，对传统都市节日进行深入研究，深入分析了从元代至今的北京城市生活与节日节俗。丁晓辉的《阿兰·邓迪斯民俗学研究》[④] 探讨了美国民俗学家阿兰·邓迪斯（Alan Dundes）在民俗学研究领域方面的独特贡献。袁瑾的《地域民间信仰与乡民艺术：以绍兴舜王巡会为个案》[⑤] 对绍兴会稽山区的虞舜信仰和巡会的传统展开了全面研究。此外，一些老学者还增订再版了昔日的著作，如马昌仪的《魂兮归来——中国灵魂信仰考察》[⑥]、杨恩洪的《民间诗神——格萨尔艺人研究》[⑦]。在资料与工具书方面，出版了托汗·

---

① 中国社会科学出版社 2017 年 5 月版。

② 北京大学出版社 2017 年 5 月版。

③ 中国社会科学出版社 2017 年 9 月版。

④ 社会科学文献出版社 2017 年 9 月版。

⑤ 中国社会科学出版社 2017 年 5 月版。

⑥ 中国社会科学出版社 2017 年 5 月版。

⑦ 中国社会科学出版社 2017 年 7 月版。

依萨克、阿地里·居玛吐尔地、叶尔扎提·阿地里主编的《中国〈玛纳斯〉学辞典》①,《中央苏区文艺丛书》编委会主编的《中央苏区歌谣集》②,朝克编著的《鄂温克语民间故事》③ 等成果。

在翻译方面,学界也引进了一些经典著作,如美国学者德克·卜德(DerkBodde)的《古代中国的节日》④,日本学者大木康的《冯梦龙〈山歌〉研究》⑤,日本民俗学家宫本常一的《田野调查:被遗忘的村落》⑥,爱沙尼亚学者于鲁·瓦尔克(ÜloValk)的《信仰·体裁·社会:从爱沙尼亚民俗学的角度分析》⑦,柳田国男的《巫女考》《女性的灵力》《日本的传说》《妖怪谈义》《日本的昔话》《远野物语》⑧、劳格文(John Lagerwey)的《中国社会和历史中的道教仪式》⑨ 及其与谭伟伦主编的《中国客家地方社会研究》系列丛书⑩、路易·杜蒙(Louis Dumont)的《阶序人:卡斯特体系及其衍生现象》⑪、阿莱德·阿斯曼(Aleida Assmann)的《记忆中的历史:从个人经历到公共演示》⑫、赫尔弗里德·明克勒(HerfriedMünkler)的《德国人和他们的神话》等书的翻译引介也将对民俗学的研究有积极的借鉴作用。

从上述的成果来看,民间文学显然已经不再限于单纯的收集与整理,学界尝试着突破传统的"民俗学概论式的研究范式"⑬,对学术领域旧有的问题意识、基本术语与概念体系、学科使命、学术伦理等展开深刻的反思与严肃的检讨。经过学者们的努力,"实践民俗学""朝向当下""互为主体""社区""日常生活"等概念已经被学界普遍接受,在新的形势下,如何定位学科的责任与功能是摆在学者面前的一大责任。

户晓辉的著作《日常生活的苦难与希望:实践民俗学田野笔记》⑭ 便是围绕如何确立新时代民俗学的认识论、方法论和价值论展开的。该书揉叙述与理论为一体,主要以作者家族三代人为叙述对象,从上世纪50年代末父母"支边"开始,追溯半个世纪以来的流年时光和生老病死,汇总起来犹如一部生生不息的家族档案史。作者把实践民俗学视为学科目前最要紧的理论任务和目标,即通过对日常生活的真实复原,通过对实践理性的过滤和追问,实实在在问询作为普通人怎样能够过上"好生活"的家族成因和制度保障。在作者看来,记录普通人生活的目的在于寻求并还原人们在日常生活中共同具有的常识感、公平感和正义感,由此反思日常生活的伦理行为和政治行为的目的条件。他本年度发表的《民俗学为什

① 中央民族大学出版社 2017 年 5 月版。
② 长江文艺出版社 2017 年 7 月版。
③ 社会科学文献出版社 2017 年 10 月版。
④ 学苑出版社 2017 年 6 月版。
⑤ 复旦大学出版社 2017 年 5 月版。
⑥ 北京十月文艺出版社 2017 年 3 月版。
⑦ 中国大百科全书出版社 2017 年 6 月版。
⑧ 西南师范大学出版社 2017 年 7 月版。
⑨ 齐鲁书社 2017 年 7 月版。
⑩ 中国人民大学出版社 2017 年 8 月版。
⑪ 浙江大学出版社 2017 年 4 月版。
⑫ 南京大学出版社 2017 年 1 月版。
⑬ 刘铁梁:《中国现代民俗学概论的基本思想及其影响》,《民俗研究》2017 年第 3 期。
⑭ 中国社会科学出版社 2017 年 10 月版。

么需要先验逻辑》[1] 也可以被视为对这一思考的延续。

周星的《“生活革命”与中国民俗学的方向》[2]《生活革命、乡愁与中国民俗学》[3] 有感于当代中国的迅速发展产生的“生活革命”，新的“都市型生活方式”与“日常生活”已经初步确立并迅速普及。作者尝试着为中国民俗学与民间文学的现代转型找出新的方向：亦即舍弃对传统、乡愁的过度审美与礼赞，直面和正视当前中国城乡民众最为基本的现代日常生活，尤其要对普通百姓作为生活者究竟是如何在其全新的现代日常生活的实践中创造出人生的意义予以足够的关注。总之，中国的现代民俗学应该超越朝向过去的乡愁，对当下正在发生并已成为现代中国社会之基本事实的生活革命予以高度关注。

高丙中的《日常生活的未来民俗学论纲》[4] 则通过对传统、日常生活、非物质文化遗产等概念的梳理与辨析，强调了学科的当下使命。文章认为，仅仅强调“朝向当下”是不够的，中国民俗学一直是也必然是“未来”导向的，中国近代以来的社会革命、学术生产都是为了在未来有一个理所当然的日常生活，民俗学要在这个大局之内寻找自己的位置，实现自己的价值。我们今天清醒地认识这种历史宿命，继而要把宿命转化为使命，通过学术自觉成全民俗学学科在时间意识上的完整性。

在当下的环境中如何看待传统？展开民俗学与民间文学的调查？徐赣丽的《中产阶级生活方式：都市民俗学新课题》[5] 认为，随着城市化进程的加快，在到乡村去寻找、抢救传统的民俗之外，学者更紧迫的任务是完成民俗学的现代转型之路，即开拓都市民俗学，尤其是定位于都市中产阶级生活方式的民俗学的研究。张祝平的《论民间信仰的城镇化空间——一个异地城镇化村落传统信仰重建的考察》[6] 认识到农村城镇化和农民市民化已成中国社会转型的重要特征。“新城镇居民”内卷化所致的重建传统信仰的行动与城镇化生活中国家的强势在场产生了巨大的张力。城镇化不应成为传统村落信仰的终结者，应当成为中国当代社会民间信仰调适转型的催化剂，政府与学者要以文化之理性和政治之理性的结合，建构有利于更好聚合传统村落文化要素价值集成的制度空间，重建民间信仰的当代意义。当下农民的生活也仍然应该是学者关注的重点，李向振的《迈向日常生活的村落研究——当代民俗学贴近现实社会的一种路径》[7] 便聚焦于此。文章认为，中国当代民俗学的视角转化：从关注具体民俗事项转向民众日常生活的整体性研究，促进了现代民俗学者对中国基层社会结构与文化现实的进一步理解。在村落研究的技术层面，研究者需要重视在田野中的感受和经验，对村民日常的生活世界进行深挖和叙事学分析，深刻理解村民的生活逻辑和意义，迈向日常生活整体的村落研究。

显然，当下中国正处于激烈的社会变迁中，无论是对民俗学未来指向的强调，还是对民众日常生活与苦难的关注，无论是对中产阶级民俗的关注，还是对城镇化与农村生活的追

---

① 《民俗研究》2017 年第 3 期。
② 《民俗研究》2017 年第 1 期。
③ 《民间文化论坛》2017 年第 2 期。
④ 《民俗研究》2017 年第 1 期。
⑤ 《民俗研究》2017 年第 4 期。
⑥ 《民俗研究》2017 年第 6 期。
⑦ 《民俗研究》2017 年第 2 期。

踪，都体现了民俗学与民间文学在新时代关注生活文化，参与民生建设的责任。

2. 学术史研究

在学科的发展过程中，对学术史的梳理是一项富于意义的工作。本年度，围绕着民俗学与民间文学学科的发展历史，不少学者撰写了相关的文章。

在关于西方中国民俗学、民间文学学术史的研究上，卢梦雅、刘宗迪《戴遂良与中国故事学》① 论述了法国耶稣会士戴遂良的《近世中国民间故事集》在中国故事学研究方面的先行作用，揭示了该书在展示中国民间信仰、探索母题索引上的尝试。张志娟的《西方现代中国民俗研究史论纲（1872—1949）》② 梳理了西方现代中国民俗研究史，将其分为三个阶段：确立期（1872—1892）、延伸期（1893—1923）和交融期（1924—1949）。沈梅丽的《十九世纪末中国语境下民俗学汉译及其学术思想史意义》③ 梳理了十九世纪末期的两次由英国传教士及在华英人主导的民俗学汉语译介活动，认为这些成果未能产生后继影响是此后国内学界选择了日本学术传统的结果。

在国内学术史的梳理上，施爱东的《民俗学是一门国学——中山大学民俗学会的工作计划与早期民俗学者对学科的认识》④ 分析了中国现代民俗学早期发展时期中山大学民俗学会的四份工作计划和何思敬、杨成志与顾颉刚的学术实践，探讨了早期民俗学者的学术取向与学术实绩的辩证关系。陈祖英的《中国现代民间传说研究回眸（1913—1937 年）》⑤ 梳理了 20 世纪二三十年代中国民间传说研究发展的状况。吴光兴的《钱穆论中国民间文学、文艺》⑥ 考察了文化保守主义者钱穆对于民间通俗文学、文艺的一系列论述，探讨了民间文艺在他建构的文化体系中的作用。刘锡诚《民间文艺学家董均伦书简二十二通——先生诞辰百年祭》⑦ 以作者与董均伦的通信，为读者展示了老一辈民间文艺工作者在民间文学搜集与整理上的贡献。李瑞华的《作为启蒙的"民间文学"——革命语境下左翼文学对"歌谣体"新诗的建构》⑧ 考察了左翼文学"场域"及其平民化诉求和阶级话语对民间歌谣的利用。此外，马昌仪的《从书简看袁珂填海逐日的神话思想》⑨、董晓萍的《钟敬文建设中国民俗学派的背景与趋势》⑩，卢梦雅的《试论法国汉学界的中国上古神话研究——兼及对中国"古史辨"派的关照》⑪、郭佳的《顾颉刚大禹神话传说研究与"层累造成古史说"的提出》⑫，

---

① 《民族文学研究》2017 年第 2 期。
② 《民俗研究》2017 年第 2 期。
③ 《民俗研究》2017 年第 2 期。
④ 《民俗研究》2017 年第 2 期。
⑤ 《天中学刊》2017 年第 5 期。
⑥ 《民间文化论坛》2017 年第 5 期。
⑦ 《民俗研究》2017 年第 6 期。
⑧ 《民俗研究》2017 年第 2 期。
⑨ 《民间文化论坛》2017 年第 6 期。
⑩ 《西北民族研究》2017 年第 1 期。
⑪ 《历史教学问题》2017 年第 2 期。
⑫ 《民俗研究》2017 年第 2 期。

张春茂的《鲁迅民俗观论析》[1]，杨华、徐国君《王韬对欧洲民俗的体验和认识》[2]，郭俊红的《地方文化视域中的牛郎织女传说研究述评》[3] 也从各自的研究领域对中国现代民俗学、民间文学研究的历史与经验有所梳理与研究。

在西方民俗学、民间文学学术史的研究上，本年度也有不少成果。福田亚细男的《日本现代民俗学的潮流》[4] 梳理了从20世纪70年代开始日本“新民俗学”的进展：包括都市民俗学、现代民俗学、超越“一国民俗学”以及重归“在野之学”等趋势。日本学者菅丰联合福田亚细男、塚原伸治组织的《超越福田亚细男——我们是否能从“20世纪民俗学”实现飞跃?》(赵彦民、陈志勤、彭伟文等人编译)[5] 则反思了20世纪日本民俗学所走过的道路，对以福田亚细男为代表的日本民俗学学者的研究路径展开了细致的剖析，从中可见新一代日本民俗学者对前辈学术贡献的批判性继承。马千里的《法国民俗学的史前史——凯尔特学会钩沉（1804—1813)》[6] 分析了19世纪法国民俗学组织凯尔特学会（Académie celtique）兴起的民族主义背景，考察了其在岁时节日、人生礼仪、民间信仰、古代碑刻与建筑以及口头传统进行调查与研究，及首倡问卷调查的历史功绩。周波的《美国民俗学的移民研究传统——兼论对中国民俗学的启发》[7] 梳理了美国民俗学移民研究成果，认为研究经历了从关注遗留物与口头传统，到注重“经验”“过程”与“认同”的转变。

本年度，《长江大学学报（社科版)》继续开设“神话学与神话资源转化研究”，梳理了大量西方神话学研究的学术史。出现了蔡艳菊的《神话素：列维—斯特劳斯神话理论的基本范畴》[8]、郝婷婷的《表达的符号形式——恩斯特·卡西尔神话研究》[9]、王树福的《阿法纳西耶夫与〈俄罗斯民间故事〉中的神话思想》[10]、丁晓辉的《阿兰·邓迪斯的神话学研究》[11]、梁青的《平成期以来日本神话研究动向》[12] 等成果，为学界展示了西方神话学研究的发展脉络与前沿话题。

3. 非遗保护研究

非物质文化遗产保护实践开展至今已有十余年的历史，正如户晓辉的《〈保护非物质文化遗产公约〉的实践范式》[13] 所说：《公约》通过新文本和新术语倡导一种新的实践范式，

① 《民俗研究》2017年第6期。
② 《民俗研究》2017年第6期。
③ 《民间文化论坛》2017年第4期。
④ 《民间文化论坛》2017年第1期。
⑤ 《民间文化论坛》2017年第4、6期。
⑥ 《民间文化论坛》2017年第2期。
⑦ 《西北民族研究》2017年第2期。
⑧ 《长江大学学报（社科版)》2017年第1期。
⑨ 《长江大学学报（社科版)》2017年第6期。
⑩ 《长江大学学报（社科版)》2017年第4期。
⑪ 《长江大学学报（社科版)》2017年第4期。
⑫ 《长江大学学报（社科版)》2017年第3期。
⑬ 《民族艺术》2017年第4期。

即非物质文化遗产保护的根本意义在于保护共同体、群体和个人创造与传承非物质文化遗产的权利，在保护的过程中尊重人的权利与尊严。非物质文化遗产保护，不仅关乎民间文化，更关乎拥有这些文化的人。在保护实践的过程中，学界越来越认识到及时总结经验、反思保护实践的必要性。本年度出现的非遗研究便以反思为核心。出现了刘瑾、孙晓立的专著《民间文学艺术的知识产权保护》① 等著作，和王加华的《"你"怎么看：胡集书会保护与传承的艺人视角》②，邢莉的《民俗学的研究发展与非物质文化遗产的保护》③，张祝平的《本体与他者：当代中国社会民间信仰"非遗化"反思》④，张举文、周星、王宇琛的《中国非物质文化遗产实践的核心问题——中国传统的内在逻辑和传承机制》⑤ 等论文。

安德明的《非物质文化遗产保护的中国实践与经验》⑥ 全面探讨了中国非遗保护的得失。肯定了保护对传统文化的积极影响：赋予民间文化合法性，促进国家、社区和研究者之间更加积极的合作，提升传承人与社区的地位。也指出保护中产生的首要问题是教科文组织理想化的理论与特定语境下的保护实践之间的矛盾。从而在不同国家与地区之间造成了争夺传统文化所有权的竞争或冲突，也削弱甚至剥夺了普通人通过自己的文化自我表达的权利。就此而言，非遗相关的社区、研究者和国家权力等仍然还有很长的路要走。

一些学者对 UNESCO 制定的非遗保护相关准则、展开的相关实践展开了辨析与反思。朱刚的《从"社会"到"社区"：走向开放的非物质文化遗产主体界定》⑦ 强调了非遗保护中的核心原则社区参与的重要性，并通过对《公约》《操作指南》与相关文件的检索，梳理了"社区参与"概念的发展历程、理论来源和实践状况，以及实践面临的挑战。马千里的《非物质文化遗产清单编制中的社区参与问题》⑧ 也强调了社区的重要性，认为以社区为主导的清单编制模式有利于社区保护自身的文化实践权益，让成果更有效地为社区成员共享。他的《教科文组织非遗项目申报中的若干共性问题》⑨ 也指出了非遗申报中的各种问题，如不当用词和"本真性"问题、保护儿童权益的问题及动物使用问题。缔约国亟需要加强对于《公约》的宗旨和精神的认识，UNESCO 也需要正视《公约》面对各国复杂状况与价值观时遭遇的悖论。

在当下的社会语境中如何保护非遗？郑土有的《民俗场：民间文学类非遗活态保护的核心问题》⑩ 认为在民间文学类非遗活态保护的过程中，核心是要尽量恢复其生存的民俗场。有些民俗场尽管不可能恢复，但可以采用移植、借用、再生的方法逐渐培养新的演述民俗场。毛巧晖的《微信时代的非物质文化遗产保护：文化空间与民间文艺的重构》⑪ 把思考

① 知识产权出版社 2017 年 3 月版。
② 《民族艺术》2017 年第 3 期。
③ 《民族艺术》2017 年第 2 期。
④ 《中国农业大学学报（社会科学版）》2017 年第 6 期。
⑤ 《民间文化论坛》2017 年第 4 期。
⑥ 《民间文化论坛》2017 年第 4 期。
⑦ 《民族艺术》2017 年第 5 期。
⑧ 《民族艺术》2017 年第 3 期。
⑨ 《民俗研究》2017 年第 6 期。
⑩ 《长江大学学报（社科版）》2017 年第 3 期。
⑪ 《长江大学学报（社科版）》2017 年第 3 期。

放到了新媒体时代的非遗保护上。作者敏锐发现，互联网、微信重构了民众日常生活和民间文艺的表达，当下非物质文化遗产保护对象随之改变，今后非物质文化遗产的保护更要关注的是已经改变了的文化空间与文艺形式。

4. 神话研究

神话的基础研究与译作引介

2017年，神话的基础研究与译作引入成果颇丰。在著作上，有林玮生的《中西文化范式发生的神话学研究：以中国神话与希腊神话形态比较为中心》①、张开焱的《世界祖宗型神话：中国上古创世神话源流与叙事类型研究》②、饶静的《中心与迷宫：诺思洛普·弗莱的神话阐释研究》③、沈德康的《中国藏缅语民族文化起源神话研究》④ 等成果。

王宪昭出版了《中国创世神话母题（W1）数据目录》⑤。该书是王氏“中国神话母题W编目”中“W1. 世界与自然物”的升级版，书中列举的中国创世神话母题由原来的3级母题升级为5级母题，母题数量由原来的4607个扩展为12583个，在表现形式上采取了表格与注释相结合的表述方式，每个创世神话母题均包含“W编码”“母题描述”和“关联项”三个部分，是目前中国各民族创世神话研究的重要检索引擎和母题工具书。

李斯颖的《壮族布洛陀神话研究》⑥ 在长期田野调查的基础上，结合田野调查、神话母题研究、比较研究的方法对布洛陀神话的历史与民族文化内涵传统进行了探讨。同时，作者搜集了与壮族同属侗台语族群的国内外其他民族的同类神话母题，将之与布洛陀的神话母题进行横向比较，再现它们共同的文化根基。此外还借鉴神话“叙事链”的概念，尝试还原布洛陀神话早期的叙事链，并构拟侗台语族群分化前的共同神话。

本年度学界还翻译了一批神话学研究方面的优秀成果。张冰编选的《神话与民间文学——李福清汉学论集》⑦ 是俄罗斯汉学家李福清（Б. Л. Рифтин）关于神话与民间文学研究的重要论作。系统地阐释了中国神话的体系构成，历史流变，海内外中国古代神话研究状况、发展进程。

英国学者柯克（G. S. Kirk）著、刘宗迪翻译的《希腊神话的性质》⑧ 是一部当前西方神话学界的前沿著作。该书梳理了当下研究神话的几种模式，批判并质疑了关于神话的种种宏大理论，并对通行的神话定义进行了检讨，认为不应该将神话与民间故事、传说等生硬区分开来。作者同时分析了希腊神话中的两大类别，即诸神神话和英雄神话，强调了其存在的独特性。最后主要探讨了神话与仪式、神话与哲学、神话与民间艺术等的关系。

---

① 中山大学出版社2017年8月版。
② 中国社会科学出版社2017年6月版。
③ 人民出版社2017年7月版。
④ 中国社会科学出版社2017年10月版。
⑤ 中国社会科学出版社2017年9月版。
⑥ 中国社会科学出版社2017年5月版。
⑦ 北京大学出版社2017年9月版。
⑧ 华东师范大学出版社2007年6月版。

个案分析的深入

在神话的个案研究领域，本年度也有不少值得一说的成果。在神话文化内涵的分析上，王宪昭的《论满—通古斯语民族族源神话中的婚姻母题》① 考察了满—通古斯语民族族源神话中的婚姻母题，认为其不仅在族源神话叙事中具有明显的结构功能，而且在强化民族自识、保存民族记忆、构建民族关系、传递民族文化信息等方面也发挥着重要功能。苟波的《中国古代神话中黄帝的形象和图腾演变》② 结合宗教社会学理论与神话—原型批评方法，解读出黄帝作为部落领袖和巫师在古代巫术—仪式中的活动情况，以及黄帝形象的演变过程。王怀义的《释“德”：对神人交流条件的分析——以“绝地天通”神话为中心》探讨了早期文明观念“德”与巫的关系。李斯颖的《追寻那会飞的稻谷——泰国侗台语族群谷种神话搜集纪略》③ 则考察了侗台语族的谷魂崇拜与谷种神话的关系。

还有一些学者从语言学角度展开神话研究。吴晓东的《伏羲女娲蛇尾蝎尾考——兼谈嫦娥为什么也有尾巴》④ 从语音学的角度考察神与神话的分化现象，认为伏羲女娲的人首蝎尾的形象源于羲与蛇、蝎古音同音，而义与羲、娲古音同音则是伏羲女娲交尾形象的缘由。后羿嫦娥与伏羲女娲的名称都来源于“日”的语音变异，所以嫦娥与女娲有同一来源。李斯颖的《“盘古”涵义新探》⑤ 通过梳理“盘”“古”二字在历史上及当下的常用涵义，结合语言的认知发展规律，推测“盘古”一词或为动宾短语向名词转化的结果，“盘古”作为神祇之名出现是语言转喻与隐喻的产物。

本年度，中国社科院民族文学所的一批学者组成了“中国神话学”课题组，围绕着盘瓠神话撰写了一系列的专栏文章，并出版了《盘瓠神话文论集》⑥。其中既有传统文史考证式的研究，如吴晓东的《盘瓠神话源于中原考》⑦《盘瓠神话的起源、传播与接纳》⑧；也有从形式入手的分析，如王宪昭的《论盘瓠神话的母题链程式及母题变异——以三篇瑶族盘瓠神话为例》⑨；也有对神话与仪式关系的探析，如李斯颖的《壮族蚂节仪式起源神话的探析——从盘瓠型“龙王宝”神话说起》⑩，还有对盘瓠神话研究学术史的梳理与反思，如毛巧晖的《文化的他者：20 世纪初至 40 年代盘瓠神话研究》⑪；以及盘瓠神话对特定族群的影响与意义，如毛巧晖的《社会秩序与政治关系的言说：基于过山瑶盘瓠神话的考察》⑫、孟令法的《畲民科举中的“盘瓠”影响——以清乾道时期（1775—1847）浙闽官私文献为考

① 《贵州民族大学学报（哲学社会科学版）》2017 年第 5 期。
② 《宗教学研究》2017 年第 2 期。
③ 《民族艺术》2017 年第 1 期。
④ 《民族艺术》2017 年第 5 期。
⑤ 《贵州民族大学学报（哲学社会科学版）》2017 年第 5 期。
⑥ 学苑出版社 2017 年 10 月版。
⑦ 《民间文化论坛》2017 年第 3 期。
⑧ 《贵州民族大学学报（哲学社会科学版）》2017 年第 3 期。
⑨ 《民间文化论坛》2017 年第 3 期。
⑩ 《民间文化论坛》2017 年第 3 期。
⑪ 《贵州民族大学学报（哲学社会科学版）》2017 年第 3 期。
⑫ 《民间文化论坛》2017 年第 3 期。

察核心》[①]。在同一个学术共同体内，对一个神话展开多种方法与视角的演研究，有利于更加立体、多面向地展示神话的全貌。

此外，田兆元、刘惠萍的《中国海洋神话的发展与传承》[②]，王宪昭的《满族人类起源神话母题探析》[③]，杨栋、祝鹏程的《纬书夏禹神话的文本生成与文化意蕴》[④]，刘潋的《古印度摩奴洪水神话探析》[⑤]，宋亦箫的《西王母的原型及其在世界古文明区的传衍》[⑥]，游自荧的《从洪水神话到洪水叙事——以山西洪洞灾民为中心的灾难叙事和社区重建》，朱佳艺的《〈山海经〉中西王母的神话形象新探》[⑦] 等文章也从不同的侧面丰富了神话的个案研究。

关于神话图像的研究

关于神话与图像的研究本年度也有不少成果。叶舒宪的《神话历史与神话图像》[⑧] 认识到神话不仅以书面文本形式存在，也大量地以口传讲唱形式和图像形式存在。神话图像的辨识与研究是伴随着新兴学科考古学一起生长的跨学科研究领域。神话图像为研究者找到先于文字而存在和外于文字而存在的一套思想观念表达的符码系统，借此有助于重建无文字时代和无文字民族的复数的神话历史。在此基础上，他还撰写了《引魂升天——灵宝西坡大墓随葬玉钺与陶灶的二元结构及宗教功能》[⑨]《中外玉石神话比较研究——文明起源期"疯狂的石头"》[⑩]《玄黄赤白——古玉色价值谱系的大传统底蕴》[⑪]《从玉教到儒教和道教——从大传统的信仰神话看华夏思想的原型》[⑫] 等文章，将神话与考古图像、中国文明联系起来加以申说。

此外，李黎的《女性视角与图像叙事：女神文明的知识考古——评〈女神的语言：西方文明早期象征符号解读〉》[⑬] 介绍了美国学者马丽加·金芭塔丝（Marija Gimbutas）的神话理论，即从女性主义视角出发，大量运用考古实物和图像资料，考证了女性在西方早期文明中的位置更高，为解读早期神话提供了一种新的范式。公维军、孙凤娟的《〈山海经〉"鱼妇"神话原型考释》[⑭] 吸收了金芭塔丝的理论，结合考古新出土玉鱼、玉衣、鱼车出行画像石等文物，考释"鱼妇"的神话原型是鱼女神，既指引亡者，又庇佑亡者生命再生。玉作为中国神话中贯通天地、象征不死的神物，使得鱼妇神话追求死而再生的表述意义愈加

---

① 《贵州民族大学学报（哲学社会科学版）》2017 年第 3 期。
② 《贵州民族大学学报（哲学社会科学版）》》2017 年第 3 期。
③ 《满语研究》2017 年第 1 期。
④ 《民族文学研究》2017 年第 6 期。
⑤ 《民族文学研究》2017 年第 1 期。
⑥ 《民族艺术》2017 年第 2 期。
⑦ 《徐州工程学院学报（社会科学版）》2017 年第 3 期。
⑧ 《民族艺术》2017 年第 1 期。
⑨ 《民族艺术》2017 年第 6 期。
⑩ 《贵州社会科学》2017 年第 1 期。
⑪ 《民族艺术》2017 年第 3 期。
⑫ 《社会科学家》2017 年第 1 期。
⑬ 《长江大学学报（社科版）》2017 年第 6 期。
⑭ 《民族艺术》2017 年第 1 期。

凸显。

关于活态神话与神话主义的研究

神话不是远古的遗留物，在当下的社会里神话仍然保持着鲜活的生命力。本年度关于活态神话与神话主义的研究成果也有不少。李子贤、李莲的《试论活形态神话的传承》① 论述了活态神话传承的状况，探讨了研究的方法论，认为探讨活形态神话及口头神话的传承是当代神话传承研究的重心，除了探讨传承人、传承场之外，更要关注神话传承的深层动因及机制，即价值取向、信仰体系、祭仪系统、文化心理结构等要素的参与状态；关注族群成员参与神话传承的程度。此外，还要探讨在不同的历史时期神话传承状态及其构成因素的差异性。李子贤的《韩国济州岛传承的活形态神话》② 则是对活态神话研究的实践，对济州岛现存的神话与神话的传承生态展开阐释。

段友文、刘彦的《山陕后稷神话的多元化民间叙事》③ 考察了后稷神话在当代晋陕地域的呈现与传承形态。文章发现，后稷神话在民间呈现出了口头、空间、行为三种叙事形式，除了“教民稼穑”外还承担起司雨、治病、驱邪等职能，其神格也显现着地方化、民间化的趋势。不同时空环境下的后稷神话在复杂的社会互动中转化为具有现实意义的地方性知识，体现了经典神话叙事的民间传承过程，实现了官方意识形态与民众现实生活诉求的对接。

“神话主义”是杨利慧近年来努力开拓的学术概念。本年度，借着国家社科基金课题“中国神话的当代传承——以遗产旅游和电子传媒的考察为中心”结项的时机，杨利慧又推出了一组专栏文章。她的《民俗生命的循环：神话与神话主义的互动》④ 立足于河北涉县娲皇宫景区的田野研究，细致考察了社区内部的神话传统（神话的“第一次生命”）与旅游产业生产的神话主义（“第二次生命”）之间存在的交互影响与密切互动，进而提出了“循环的民俗生命观”。修正了本质主义和直线进化论的民俗生命观，认为民俗的生命发展阶段并非简单的直线进化，而是相互影响、彼此互动，呈现出一种循环往复、生生不息的状态。祝鹏程的《祛魅型传承：从神话主义看新媒体时代的神话讲述》⑤ 则考察了新媒体时代的神话传承与改编者，将那些常常对神话展开解构性改编与挪用的传承命名为“祛魅型传承”。受此影响，当代神话由一种独立的体裁变成特定群体日常交流的表达资源，并展开以传统为取向综合性地传承，但这种传承传播仍然局限在一定的范围内。张多的《遗产化与神话主义：红河哈尼梯田遗产地的神话重述》⑥ 考察了在30年来的遗产化进程中，哈尼族口承神话被开发利用的过程。遗产旅游的发展使得神话成为可资挪用的资源，神话的传承方式发生了剧烈变迁，歌手演唱的起源叙事被重述为族群的遗产。传统的“哈巴”演唱渐渐走出仪式语境，转而在神话主义的逻辑下改变其叙事场域，成为文化政治的显在符号。

---

① 《民间文化论坛》2017年第1期。
② 《民间文化论坛》2017年第5期。
③ 《中原文化研究》2017年第2期。
④ 《民俗研究》2017年第6期。
⑤ 《民俗研究》2017年第6期。
⑥ 《民俗研究》2017年第6期。

围绕着“神话主义”，杨利慧又组织了吕微、户晓晖、施爱东、安德明、陈泳超、林继富、吴晓东、王宪昭、王杰文、谭佳、王娟等学者对这一概念的意义与价值展开了讨论，相关讨论结集为“神话主义与朝向当下的神话学”① 和“神话学与神话资源转化研究”② 两个专栏。总体而言，学者们肯定了“神话主义”概念的理论价值与学术前景，认为神话主义是一个时代性的前沿学术概念，它拒斥“本质化”的观念，有助于推进民间文学学科朝向当下，相关的成果是一项以当代文化为视角、为目的、为旨归的研究。同时，一些学者也指出，神话主义的研究还应该进一步强调实践主体的能动性，努力用民间文学的神话资源和概念来介入当代文化批评，这样才能真正彰显独特的学科价值。

此外，高健的《从开天辟地到“解放”来了——佤族司岗里神话的历史表述》③，雷伟平的《上海当代三官神话的地方话语及其变迁研究——以上海青浦区 A 村为例》④，张晓鹏的《“重述神话”的叙述策略探析——以“重述神话·中国卷”为例》⑤，霍志刚、王卫华、王星虎的《现代化语境下伏羲神话的重构——以河南淮阳地区为个案》⑥ 也都从各自的视角展开了活态神话或神话主义的相关研究。

5. 传说故事研究

本体研究上的继承与创新

传说故事向来是民间文学研究的热门。本年度，在传说故事的本体研究方面的相关成果也颇为可观。这些研究或是立足于传统，探讨故事的结构、形态与类型；或是另辟蹊径，深入挖掘文本背后的文化内涵。

在民间故事的综合性研究上，刘红的专著《傣泰民族民间故事研究》⑦ 在综合运用各国文本资料和研究成果的基础上，梳理、分析傣、泰、老民间故事共同或相似的主题、形象系列、母题，考察故事中标志意味的文化因子、习俗传统以及价值观念等，审视故事所呈现的独特美学意味，以此探讨傣泰民族的文化渊源。

在文化内涵分析上，田兆元的《毛衣女故事之生育互助主题——传统叙事的向实研究路径》则看到了当下民间故事解读中存在着抽象解读的倾向。文章尝试发展出“向实”的解读形式，即以故事叙事为依据，抽绎出各种叙事语段，与特定的社会现实相联系，立足于现实向传统叙事提出问题。作者以毛衣女故事为例，解读出故事背后的借种生育习俗。刘晓峰的《从中国四大传说看异界想象的魅力》⑧ 则从“异界想象”角度理解和阐释四大传说，并引入日本妖怪学研究的讨论来丰富传说的研究方法。乌·纳钦的《格斯尔射山传说原型

---

① 《民间文化论坛》2017 年第 5 期。
② 《长江大学学报（社科版）》2017 年第 5 期。
③ 《民族文学研究》2017 年第 3 期。
④ 《华东师范大学学报（哲学社会科学版）》2017 年第 3 期。
⑤ 《贵州师范学院学报（哲学社会科学版）》2017 年第 1 期。
⑥ 《贵州民族大学学报（哲学社会科学版）》2017 年第 3 期。
⑦ 云南人民出版社 2017 年 9 月版。
⑧ 《民族艺术》2017 年第 2 期。

解读》[①] 揭示了格斯尔射山传说的情节原型，认为该传说的情节链背后暗藏着神话、史诗与巫术的原型套链，承载了除魔祛邪与使生命转化重生的双重主题，隐喻了现实中的生存危机以及化解危机之后的复兴。邹明华的《从关公传说看事实向文化的演化》[②]、徐金龙等人的《以龙求雨：从传说、巫术到习俗》[③]、汪保忠的《妙善传说新探》[④] 则考察了民间传说与故事背后的信仰因素。

在故事的传承传播研究上，张举文的《“定亲”型故事中“月老”形象传承的文化根基》[⑤] 在阿切尔·泰勒（Archer Taylor）对“定亲”型故事研究的基础上，对故事中月老的独特形象与特殊作用展开了探讨，并得出关于故事传播规律的结论：一个元素或一个故事的存在取决于它是如何或是否植根于某一文化的基本理念和核心价值，为故事所采用的或是经过修改以适应了既有的象征系统，或是原本就与新的文化体系有相似的表现形式或意义。卞梦薇的《对“恶女谤比丘”类型故事的源与流的初步考察——以〈警世通言·陈可常端阳仙〉》为中心》[⑥] 发挥传统的文史考证方法，梳理了“恶女谤比丘”型故事从佛经到小说的流变过程和流传路线图，并推断了《陈可常端阳仙化》的写定年代约为宋末元初。郭玉华的专著《中国民间传说的戏剧传播研究》[⑦] 则考察了民间传说与戏剧的跨体裁传播，综合运用多种研究方法，以对影响中国民间传说戏剧传播的故事要素、人物角色、戏剧冲突、戏剧叙事、主题及唱词等的分析为重点，力求系统地展示中国民间传说戏剧传播的历史脉络、观念变迁及审美价值。

传说故事的记录与改写研究

传说故事的记录与改写是民间文学界永恒的话题，忠实记录是否可能、如何看待搜集工作中的纪录与改写一直是学界聚讼不已的话题。近年来，相关的讨论分成了两派，占多数的一派持实证主义的观点，认为民间文学的搜集必须以忠实记录为原则；另一些学者则提出了反思，认为民间文学研究中的实证主义倾向既不可能，亦无必要。本年度，老学者刘守华又再次提及了这一话题。借着作家一苇（黄俏燕）改写的民间文学作品集《中国故事》[⑧] 的出版，刘守华撰写了名为《论民间故事的“改写”》[⑨] 的序言，在肯定了“忠实记录，慎重整理”的必要性的前提下，作者把民间故事的采录分为三类：接近原始记录稿的、有一定的加工与整理的、接近于改写的，进而对“改写”问题进行了深入的思考，揭示了各国学者改写民间故事的成功经验，认为好的改写应该遵循保持故事的基本面貌，能够延续故事的生命，尊重、保留原故事所含的习俗、信仰、根基等基本原则。在《与中国民间故事相映

① 《民族文学研究》2017 年第 5 期。
② 《民间文化论坛》2017 年第 6 期。
③ 《文化遗产》2017 年第 5 期。
④ 《文化遗产》2017 年第 6 期。
⑤ 《民俗研究》2017 年第 2 期。
⑥ 《浙江师范大学学报（社会科学版）》2017 年第 2 期。
⑦ 中国电影出版社 2017 年 6 月版。
⑧ 中信出版社 2017 年 5 月版。
⑨ 亦可参见《民俗研究》2017 年第 1 期。

生辉的名字：董均伦》[①] 一文中，刘守华探讨了著名民间文艺工作者董均伦、江源在故事搜集上的贡献，进而独具慧眼地指出：董均伦、江源笔下的故事不是作为学术资料被记录下来的，而是作为面对大众的文学读物被写定的，正是不同程度的文学加工——“改写”，赋予了作品以广泛的可读性和鲜明生动的艺术生命力。

黄景春的《黄道婆传说的当代建构及社会记忆转型》则以个案研究，探讨了当代社会是如何在复杂的权力与文化场域中编写、改写传说的。作者结合了社会变迁与社区转换两个维度，梳理了从20世纪50年代至今的黄道婆传说建构与社会记忆转型的关系。在新中国的意识形态和政治话语作用下，通过新传说的创编，黄道婆被建构成纺织女工、纺织技术革新家、童养媳、反抗者、民族文化交流使者等多重形象。20世纪80年代以后，海南又通过建构新的地方化传说进行文化资源生产，但新传说难以形成合力，国家层面上的社会记忆对海南重塑黄道婆记忆的努力起到了抑制作用。可见新传说的建构成为社会记忆转型的依托，而新的社会记忆维护着现存的权力话语体系。

显然，我们应该打破民间文学研究中的实证主义迷思，把搜集整理视为民间文学传播的重要环节，并认识到故事的受众不同，目的也不一样，作为学术研究的文本应该尽量贴近采录的原貌，但面对普通读者的作品应该注重文学性与可读性。另一方面，民间故事的搜集、改写不仅仅关联美学，更关联社会政治，我们需要对搜集、整理与改写中的社会权力关系有足够的认识和警惕，并将其作为“文本化”过程中的重点进行研究。

传说故事的比较研究

在传说故事的比较研究上，本年度有不少成果。有两篇文章通过个案分析，反思了研究方法。刘建华的《维、汉异类婚型民间故事比较研究》[②] 展开了对维吾尔族和汉族异类婚故事的比较，认为基于不同的文化传统，维吾尔族异类婚故事在多个方面都与汉民族有很大差异，在此基础上反思了国内学界在异类婚型民间故事研究中以汉族故事为主的知识建构。孟令法的《跨文化视野中的“看图讲故事”研究——梅维恒〈绘画与表演〉读后记及其论题意义》[③] 展开了对美国汉学家梅维恒（Victor H. Mair）的《绘画与表演——中国的看图讲故事和它的印度起源》的述评，指出该书依据的流传学派对文化一元论的溯源考论的局限性，也肯定了“看图讲故事”有助于在更大范围内探查故事讲述的民俗实践路径及其活形态表达的文化多样性。

还有一些研究注重于个案考察。杨柳的《中日异类婚恋型民间故事的比较研究——以〈田螺姑娘〉与〈鱼妻〉为中心》[④] 通过中日两国同类故事情节与审美的比较，发掘了中日文化当中的相似性。苏永前的《中亚东干民间故事与中国民间故事的比较分析——以李福清〈东干民间故事传说集〉为对象》[⑤] 比较了中国民间故事与中亚东干族民间故事之间的相

① 《民俗研究》2017年第6期。

② 《文化遗产》2017年第1期。

③ 《贵州民族大学学报（哲学社会科学版）》2017年第1期。

④ 《天津商务职业学院学报》2017年第5期。

⑤ 《宁夏师范学院学报》2017年第4期。

似性，为考察民间文学的跨境、跨文化传播提供了个案。

传说故事与社会关系研究

传说故事往往传播于特定的地域与阶层中，是特定群体出于自身利益而展开的一种表述，相关的文本往往与时代、社会充满了互文性的关系。围绕着传说与故事与族群、地方社会的关系，学者也展开了一系列的研究。出现了王志阳的《论漳州民间传说中朱子为官形象的文化内涵——以《朱熹错判铁环树》为例》①、金晶的《族群认同传说流布的边界性——以湘西土家族八部大王传说为例》②、谢红萍的《族群记忆与现实表述——以西双版纳基诺族族源叙事为例》③、覃德清的《历史记忆与“刘三姐”多重文化意象的建构》、杨洁琼的《传说、农民和道德——以闽西九洲村“红娘过缸”“乌油钵”故事为例》④ 等成果。

万建中的《话语转换：地方口头传统的“在地化”——以新余毛衣女传说为例》⑤ 考察了流传于江西新余的《毛衣女》传说，作者发现新余当地凡是与传说发生关联或联想的实物、景观、生产生活方式，都被一并纳入了传说的话语言说当中，建构为完整的话语谱系。传说叙事话语转换的过程就是一个“在地化”的过程，不断地向生活世界靠拢。作者进而认为，“在地化”是地方口头传统要获得新的生命活力的普遍采取的途径。

董秀团的《心理疏泄与群体记忆：基于〈火烧松明楼〉传说“完型化”过程的探讨》⑥ 提出了传说“完型化”的概念，即指传说情节母题不断丰富完善和核心母题趋于明确的过程。文章对大理白族民间传说《火烧松明楼》进行分析，该传说因与六诏归一史实的勾连，成为民间传说叠累变异及“完型化”发展的典型范例，文章认为，社会变迁、文化转型、群体记忆和群体的心理变动是其发展变异的重要动因。

张运春的《困局与应对——对沂水刘南宅家族神话的一点看法》⑦ 分析了沂水刘南宅族谱里收录的家族传说，认为传说的产生、流传与刘氏先祖的早期历史及明清时期的社会文化有很大的关联，它缓解了易代之际的身份认同困局，树立了刘应宾及其支脉在家族内外的政治权威，在其家族对当地进行文化控制的过程中发挥了重大作用。

毕雪飞的《古典的遗传：日本牛郎织女传说的在地化分析——以大阪交野牛郎织女传说为个案的探讨》⑧ 研究了大阪交野地区的牛郎织女传说的独特的风貌，认为当地的传说既遗传了中国古典的文本，同时也被日本人加以细微改造，被自然地嵌入日本元素，已然成为经过在地化洗礼的日本版。

---

① 《天中学刊》2017 年第 6 期。
② 《民俗研究》2017 年第 3 期。
③ 《民族文学研究》2017 年第 2 期。
④ 《西北民族大学学报（哲学社会科学版）》2017 年第 1 期。
⑤ 《贵州民族大学学报（哲学社会科学版）》2017 年第 5 期。
⑥ 《民俗研究》》2017 年第 5 期。
⑦ 《民俗研究》2017 年第 6 期。
⑧ 《民俗研究》2017 年第 3 期。

都市传说与谣言研究

本年度，学界在都市传说与谣言研究领域也成果颇丰。《民族艺术》持续推出了一系列相关论文。施爱东的《食品谣言的传统变体及叙事生长点》① 持续推进着以谣言研究展开社会批评的学术关怀。作者把食品谣言视为民众对于食品安全问题的自我提醒和教育的话语。认为谣言是现代食品工业的专业隔离、食品安全丑闻的频发等原因影响下产生的。网络食品谣言多是传统谣言的变体，和传统相比，网络食品谣言的叙事生长点主要体现在新材料新技术背景下新题材的产生；劝导篇幅加大，专业术语和精确数字的出现；图像的出现改变了谣言信息的构成要素三个方面。

海力波的《“小孩弹弓杀老人”：一则当代传说中的道德困境与集体焦虑》② 从“历史—结构—意义”三层面对“小孩弹弓杀老人”传说加以整体性的分析，首先探寻其生命史的脉络，分析其在母题、形式上与传统民间故事和社会生活之间的渊源关系，再进一步分析传说隐含的对于社会“失范”的恐惧以及缺乏相关应对手段所带来的道德困境与情感冲突，力求摆脱意义解读上机械反映论的分析窠臼。

祝鹏程的《鸡汤变灵药：一种谣言的跨媒介传播》③《托名传言：网络代言体的兴起与新箭垛式人物的建构》④《怀旧、反思与消费：“民国热”与当代民国名人轶事的制造》⑤ 聚焦于新媒体中的当代谣言。作者把谣言的考察范围扩大到了语录言论、传闻轶事、“心灵鸡汤”等体裁，结合互联网时代民众的心态、互动方式、消费需求考察这些谣言的成因、类型与传播。在研究方法上，作者吸取经典民间文学研究的方法与概念，结合文化批评与文学研究的方法，如《托名传言》一篇采取了新媒体研究的视角，同时结合民间文学研究中“箭垛式人物”和文学研究中“圆形人物”与“扁平人物”的概念，体现出了综合研究的取向。

此外，李永平的《文化视野下的谣言风险及其“灭活”》⑥ 刘汉波的《作为风险文化的微信谣言——“无知羞耻”下的信息互酬与角色扮演》⑦ 马星宇的《山大诡事——一则网络传说的传播与认知》⑧ 等篇章也从不同的角度对传说与谣言展开了探讨研究。

从上文的分析可以看出，2017 年民间文学研究整体上呈现出以下趋势：在基础理论、学术史、非物质文化遗产、神话、民间传说故事等研究领域均有不俗的成绩。在学术研究的责任上，学者越来越有自觉意识，认识到学科应该在社会转型中积极贡献自己的力量，通过知识生产挖掘民众的主体能动性，参与到推动社会进步的整体进程当中。在对学术概念的考辨、学术史的梳理、非遗保护的论述和个案的分析上，学者们表现出了相当程度的反思精

① 《民族艺术》2017 年第 5 期。

② 《民族艺术》2017 年第 4 期。

③ 《民族艺术》2017 年第 1 期。

④ 《民族艺术》2017 年第 4 期。

⑤ 《民族艺术》2017 年第 5 期。

⑥ 《陕西理工学院学报（社会科学版）》2017 年第 1 期。

⑦ 《民族艺术》2017 年第 5 期。

⑧ 《贵州民族大学学报（哲学社会科学版）》2017 年第 5 期。

神。但另一面，民间文学研究总体的学术质量仍然层次不齐，有不少文章属于低水平重复，面临着个案研究有待于上升到理论层面、描述性研究亟需转向阐释性研究等问题，这些问题需要民间文学界夯实基础，齐心协作才能克服。

（本文审稿专家　安德明）

2017年少数民族文学研究综述

刘大先

2017年的少数民族文学研究按照学术研究的惯性缓慢而稳健地推进，这也是一个时代学术研究应该具有的常态。其中最为醒目的应该是“多元一体视域下的中国多民族文学研究丛书”的出版。该丛书列入计划的共有十本，2017年内出版的有三本。孙诗尧《锡伯族当代母语诗歌研究》① 对锡伯族历史与锡伯族母语诗歌发展展开综述，并从诗歌韵律和词句章法等角度探析了锡伯族当代母语诗歌的语言形式，随后分析了锡伯族当代母语诗歌主题，比如爱国主题、“怀西迁”主题、“颂人伦”主题等等，考察了锡伯族当代母语诗歌意象，指出了锡伯族当代母语诗歌创作的特点、意义与展望。刘大先《千灯互照——新世纪少数民族文学创作生态与批评话语》② 则是作者作为多年少数民族文学创作的观察者、评论者和推动者，对于十余年来少数民族文学创作的发展历程的描述和总结，此书纳入了“介入式观察与批评”，并不是年度综述文章的简单叠加，而是针对近年来少数民族文学创作现场的认知与理论探讨。邱婧《凉山内外：转型期彝族汉语诗歌论》③ 则着重研究了20世纪70年代末、80年代初至今的彝族汉语诗歌。书中收集了大量一手诗歌作品材料，对转型期彝族汉语诗歌发展阶段、总体创作情况、不同内容和风格的彝族汉语诗歌进行了分类考察，对彝族汉语诗歌与文化地理学、民族文化心理、话语趋向等诸方面关系进行了剖析。

从上述著作可以看出，“丛书的主题、领域、视角多样丰富，所涉族裔文学现象多样，时代纬度参差交错。有神话与史诗研究，民间口头文学及说唱文学研究，族裔文学个案剖析与多民族文学现象的互动分析，当下少数民族文学及少数民族文艺创作、表演现象的宏观扫描及理论概括，某一族裔文学、文化经典传统个案的诗学理论之内在结构、文本肌质、表演仪式、叙述模式的深度剖析与细致型构，某一族裔当代文学创作的文化转型、民族心理与时代张力的考察，族裔母语文学的考察或母语、汉语双语互动的分析，等等”，“互文性”是这套丛书的重要特点，也是中国多民族文学创作、批评与研究的特点。

一、学术史、方法与理论探讨

随着少数民族文学研究的深入，学术史的探讨向纵深方向发展。李晓峰《“少数民族文

① 暨南大学出版社2017年8月。
② 暨南大学出版社2017年12月。
③ 暨南大学出版社2017年12月。

学”构造史》[①] 一文历时地梳理了“少数民族文学”的命名及知识等级、作为“新文学”的“少数民族文学”及其话语规范、“兄弟民族文学”与“少数民族文学”的交错并置、“少数民族文学”构造镜像的“多民族文学”之后，指出从“少数民族文学”构造的学术史角度，多民族国家——多民族文学——少数民族文学（兄弟民族文学），这样具有内在逻辑关系的三个词组的排列，揭示了中国“少数民族文学”作为“中国话语”产生的历史语境和基本内涵。“少数民族文学”是“统一的多民族国家”“多民族文学”的标识性话语，“少数民族文学”构造的完成，是“统一的多民族国家”“多民族文学”“共同发展”时代到来的标志。至于“多民族文学”潜蕴着的巨大的整体性文学观念变革能量，也成为推动少数民族文学进一步发展的重要动力，这一点，已经在60年后（2007年以来）的关于“多民族文学史观”的讨论中得到证明。汪荣《“内部的构造”：从少数民族文学到多民族文学》[②] 呼应这个观察，文章指出在新世纪以来的少数民族文学学科史中，“多民族文学”无疑是学科内最重要的理论关键词。从少数民族文学到多民族文学，命名的变换带来的不仅是词汇前缀的变更，更体现了学科的范式转移和观念更新。“多民族文学”蕴含的理论能量不可小觑，因此就更有必要对此一概念的来龙去脉以及它产生的意义进行考察和分析。将“多民族文学”重新放回少数民族文学学科的历史脉络与文化场域是一种有效的方法，通过与当代少数民族文学的各种议题进行对话和互动，“多民族文学”的理论意义与历史意义被凸显出来。而“内部的构造”的提出，则是对“多民族文学”进行新一轮理论建构的尝试。

少数民族文学研究需要在理念和方法上进行转型更新。如同王平《论当代中国少数民族文学研究新思路》[③] 一文中所说：一是当代少数民族文学研究不能只是局限于纯粹的“文学性”研究，需要加强与少数民族文学相关的政治学、民族学、社会学、历史学等知识的联系。二是当代少数民族文学研究可借鉴知识社会学的方法揭示出民族文学生产过程及民族文化精神产品背后复杂的社会联系，呈现当代少数民族文学生产和消费的内部肌理与脉络，使少数民族文学研究具有实证性和普适性。三是当代少数民族文学研究应是知识社会学意义的文学事实研究。通过对文学事实的发现和梳理，研究者才可能从对少数民族文学文本简单模式化的批评走向文本与社会复杂关系的深层结构分析，从而真正阐述当代少数民族文学的发展脉络及其价值所在。新世纪以降，少数民族文学研究的活跃态势既表述着研究领域的拓展、研究话语的更新、同时也潜隐着某种共识的匮乏。杜红梅的《新世纪少数民族文学研究的知识图谱——基于 CiteSpace Ⅲ以 CSSCI 数据库为中心的可视化分析》[④] 一文基于 Cite Space 的新世纪少数民族文学研究成果的文本信息挖掘及知识图谱的可视化分析，清晰直观地呈现了少数民族文学研究的基本主题、热点演进及研究者的学术贡献等，为少数民族文学研究提供较为原生态的知识谱系，同时也揭示了新世纪少数民族文学研究存在着诸如“研究梯队建设意识薄弱”“理论研究与话语创新意识薄弱”等问题。

少数民族文学学科具有自己的特殊性，学科群完全可以在不同级次学科点上进行集合。

---

① 《当代作家评论》2017 年第 5 期。

② 《中国比较文学》2017 年第 2 期。

③ 《广西民族大学学报（哲学社会科学版）》2017 年第 5 期。

④ 《中央民族大学学报（哲学社会科学版）》2017 年第 5 期。

欧阳可悝在《作为学科群的少数民族文学研究与关系论范式》① 一文中认为，少数民族文学学科群的构成可分为核心学科、支撑学科、相关学科三个层次，彼此之间的关系是渗透交融、互为参照。建设学科群是为了凸显少数民族文学学科在整个国家社会文化建构过程中不可替代的社会文化价值，并明确核心研究任务。而完成少数民族文学学科群的研究任务，首先要确立研究的范式，其中关系论范式最为实用有效。体现在具体批评中，李长中《当代少数民族文学批评的公共性检讨：以文化多元论为视角》② 认为，少数民族文学批评的公共性既表现为通过批评揭示出少数民族群体的现代性体验、并就少数民族文化走向及伦理价值重塑等提供引导，又要“重叠共识”、将少数民族故事讲成国家故事。“文化多元论”作为当前少数民族文学批评实践中最为活跃的关键性语码，却时常以“他者”缺席或“他者”被误读的方式被批评所误用，倡导差异、尊重边缘、张扬平权的“文化多元论”以狡黠的方式走向它的反面，抑制了批评的公共性生长，这敦促我们需要进一步反思主流的文化多元论。

二、当代少数民族作家作品评论

少数民族作家响应时代发展的号召，在历史与现实的交织中，在传统与现代的冲突中讲述故事。他们在历史中重述中国革命，深切关注社会问题和底层群众，表现灵魂的深度与人性之复杂，揭示当代中国人的精神状况和心理需求；思索自然、存在、时间和生命的复杂关系，表现中国传统的美学精神和哲学思想。这一系列当代创作特色总结体现在关于第十一届“骏马奖”（2016 年 8 月评出）获奖作品的评论文章之中。杨一《历史叙事下的哲学思辨与民族意识——侗族作家袁仁琮的“破荒”之旅》③ 评论的是侗族作家袁仁琮荣获“骏马奖”的《破荒》三部曲，文章通过考查该小说的运作模式和言说立场，探究《破荒》如何回归“五四”写实传统，扮演历史批评与民族志书写之角色，并在“后社会主义时代的各民族文学”中，基于文化认同感发出独特的声音。卓今《散文的“新乡土主义”——试论“骏马奖”获奖作品〈凹村〉〈露水硕大〉〈新疆时间〉》④ 关注的是“骏马奖”获奖散文，文章认为在文学和文化日益面临全球性危机的今天，中国少数民族文学凸显了强大的责任意识和艺术创新追求，各民族作家自信而从容地从本民族文化传统和价值判断去感受生活、感应时代，与其他民族共同书写人类普遍情感、历史和现实。少数民族散文突破了传统散文眼界和思维方式上的局限，在乡土、乡愁主题上有所创新和提升。第十一届“骏马奖”三部散文获奖作品，从变化中的乡土空间概念与现代人的精神归宿、神秘文化与自然辩证法、诗性品格与实践精神等方面进行探索，具有“新乡土主义”风向标意义。杨彬《现实性民族性主旋律——评第十一届“骏马奖”获奖长篇小说〈白虎寨〉》⑤ 认为，土家族作家李传锋的长

① 《中南民族大学学报（人文社会科学版）》2017 年第 3 期。

② 《民族文学研究》2017 年第 2 期。

③ 《民族文学研究》2017 年第 3 期。

④ 《民族文学研究》2017 年第 3 期。

⑤ 《民族文学研究》2017 年第 3 期。

篇小说《白虎寨》具有浓郁的少数民族特色，将社会主义新农村建设故事设置在土家山寨，将现实性和民族特色结合起来，奏响一支土家山寨的新农村建设之歌。作者一扫底层写作对农民苦难、愚昧、灰色的描写，将中国少数民族新农村建设欣欣向荣的景象和新一代少数民族青年农民奋发图强、积极进取的精神呈现出来，鲜明地展示了少数民族文学“骏马奖”“聚焦时代生活、彰显民族特色”的特点。

满、蒙、藏等大民族文学，无论在综合研究还是作家作品评论上都有较多成果。张洪波《论端木蕻良〈曹雪芹〉艺术创作的三重视界》[①] 认为，端木蕻良创作的长篇历史小说《曹雪芹》将曹雪芹这一特殊历史人物置于三重视界中进行多维观照，并于此基础上进行多角度立体化的形象塑造，力图描画出曹雪芹形神兼具的“意态”，展示出端木蕻良红学研究与小说创作的特别境界及独特成就。丁琪《〈满巴扎仓〉的民族根性与开放意识》[②] 认为，蒙古族作家阿云嘎的长篇小说《满巴扎仓》以民族医学遗产为叙事场域，围绕一部蒙医药典的历史命运，从人物塑造、情节发展及矛盾冲突等方面凸显了蒙古族的草原文明、人文智慧、伦理道德及审美观照，并从游牧文化、精神信仰和民族根性等层面将蒙古族文学的传统养分融入其小说创作。文章认为，在当下的全球化语境中，少数民族作家既要继承本民族的文学传统，积极挖掘人文叙事资源，同时也要抱持一种开放的文化视野，让叙事策略和表述方式与多元文化和现代文明形成有机的对接和转化。因此，作为蒙医传承的故事书写，《满巴扎仓》在民族根性与开放意识这两个向度上为当代少数民族文学创作做出了示范。张丽青《论玛拉沁夫小说的意识形态与生活逻辑》[③] 提出，无论是作为特殊的政治意识形态论，还是作为普遍性的文化意识形态论，马克思主义的意识形态理论都蕴含着深刻的现实生活逻辑。玛拉沁夫于二十世纪五六十年代创作的系列“草原文学”，从生活出发，“自在清丽”地歌颂祖国和民族团结，以众多文本的共同指向，阐释了“意识形态”作为生活过程的反射、回声和物质生活过程的必然升华，具有使生活世界产生更加丰富意义的肯定性价值。在其高扬的、革命的、国家民族主义的意识形态表述背后处处闪现着生活的逻辑。郭秀琴《新时期内蒙古少数民族作家生态书写的困境与突围》[④] 提出，在蔚然成观的生态小说创作格局中，内蒙古少数民族生态小说也呈现出集约式的“井喷”现象。但综观他们的创作，发展中的内蒙古少数民族作家的生态书写仍存在着审美上的迷津，需要在生态话语与审美取向、科技理性与民族文化、现实危机与理想救赎等多种矛盾张力中寻求平衡与实现突围，从而转向更具启示意义的知性创作。冯清贵《藏地叙事的民族审美建构——论次仁罗布的长篇小说〈祭语风中〉》[⑤] 认为，次仁罗布的《祭语风中》是一部具有藏地民族志风格的长篇小说，也是作者对地方性知识、族群记忆的深度描写。作品既有根植于民间传说、宗教仪式、口头歌谣的精神原乡呈现，又有藏地现代化过程中的民族心理嬗变、社会改革及文化变迁描述。小说通过本土信仰的深描与还原、传统文化的复魅与寻思、族群历史的自述与呈

① 《民族文学研究》2017 年第 1 期。
② 《民族文学研究》2017 年第 2 期。
③ 《民族文学研究》2017 年第 2 期。
④ 《民族文学研究》2017 年第 3 期。
⑤ 《民族文学研究》2017 年第 2 期。

现、民族身分的固守与超越，书写出独具地方性知识的精神空间与多元文化的共生谱系，传达出信仰与救赎、坚韧与包容、悲悯与正义、耐劳与和谐等人类的高贵品质，在文化趋同化和精神碎片化的时代背景下，提供了治疗现代性精神危机的族群叙事。

某些研究者有机地将人类学方法运用到文学批评之中，颇有新意。如杨运来《当代少数民族题材文学中疾病与医疗叙事的转向——以当代哈尼族文学中的疾病与医疗叙事为例》① 认为，当代哈尼族文学中的疾病与医疗叙事是一种与20世纪50年代至70年代少数民族题材文学中疾病与医疗叙事——解放叙事相反的叙事模式。这是一种以民族传统文化为核心的还乡叙事，它强调对母族祖先的寻根、对原始自然和素朴人性的追寻、对原始宗教的信仰和对某种神秘力量的暗示。王艺涵《论万玛才旦的民族志书写》② 认为，与常见的将西藏和藏族生活奇观化与传奇化的叙事不同，万玛才旦的小说和电影给予我们的是一个世俗的或世俗化进程中的西藏；与西藏高原常常作为自然神秘的“他者”并将其神秘化的表现不同，万玛才旦呈现的是一个日常生活的西藏。正是万玛才旦这种质朴内敛的叙事风格和本真性的人性诉求超越了神秘化的西藏符号，成就了其作品的民族志意义。他的每一个短篇、每一部电影都在以重叠和延展的方式探索一种超级民族志话语，来讲述一种既是个体的又是民族的命运，既是现实的又是寓言性的故事。陈守湖《故乡书写的审美现代性——以潘年英的人类学笔记为例》③ 指出，故乡的诗化、撕裂及弥合是侗族作家潘年英人类学笔记的叙事主脉与情感基调。选择人类学笔记这样一种文体形式，使得他不能仅仅在对故乡的美好回忆中沉沦，他更需要直面现代性语境中故乡衰微的残酷现实，其故乡书写由此成为一种抵抗诗学实践，并具有了超越文学地理空间的独特审美现代性价值。

少数民族诗歌研究一向比较薄弱，但一些宏观性论述已经达到了较为优秀的水准。邱婧《1980年代以来少数民族汉语新诗的世界性》④ 从总体上梳理了1980年代以来的少数民族汉语新诗的发展以及在“世界文学”视阈中对其的观照，指出无论从创作的积累与接受上，还是从写作样式与创作素材上，少数民族汉语新诗都藉由现代诗歌的写作与世界文学息息相关。王四四《西部诗歌意象探索》⑤ 认为，西部诗歌拥有独特的烙有西部地域特征的意象体系。西部诗歌在意象上自觉地进行了探索：让诗歌在诗意中栖居、走终极关怀路线、防止诗歌过度陌生、意象和意义的内里高度融合。西部诗歌敬畏神灵、仰慕自然，因而西部诗人在诗歌中通过意象艺术做到的“天人合一”既不同于中国古人的“情景交融”，也不同于西人和汉语新诗中的“情”“景”二分，它是人和景的共同体验。

研究者们也关注到了一些新生代的少数民族作家，如哈萨克族年轻的作家艾多斯，李晓禺《寻找与重述的方式——以〈艾多斯舒立凡〉为中心》⑥ 一文认为，从文体形式来看，《艾多斯舒立凡》具有词典体小说的特征，同时又杂糅了史志、歌谣、论文等文体。文体的特殊性与其寻找、确认民族身份的过程实现了深度融合。元叙事策略保证了叙事者自由地讲

---

① 《名作欣赏》2017年第36期。
② 《小说评论》2017年第5期。
③ 《民族文学研究》2017年第2期。
④ 《扬子江评论》2017年第1期。
⑤ 《民族文学研究》2017年第1期。
⑥ 《民族文学研究》2017年第1期。

述“个人经验”，民族经验与个人经验的融合有效地克服了“民族经验”遮蔽“个人经验”的弊端，也使文本呈现出一种“百科全书式”小说的气象。土家族作家田耳虽然早就获得过鲁迅文学奖，但在少数民族文学研究界一直没有引起太多关注，徐勇、伍倩《“去价值化”写作与日常生活的敞开性——田耳小说论》① 一文对田耳小说进行分析，认为其无意追求戏剧化效果，这决定了他的小说结尾的敞开性状态和叙事结构推动力的构成，其小说往往充满一种意外和旁枝逸出，以及因之而来的“去价值判断”倾向。某种程度上，面对日常生活的日益丰富复杂与全球化多重时空的交织，作者以其对变与不变的辩证法思考所呈现出来的是小说内在的情感认同和理性认识间的冲突和矛盾。

三、现代少数民族文学研究

少数民族现代文学无疑是倒溯的结果，何圣伦《现代语境下少数民族作家汉语写作的身分选择与民族性表达》② 认为，现代中国少数民族作家的汉语写作是中国现代文学的重要内容，现代性与民族性都是他们文学创作追求的重要目标。从启蒙主义时代少数民族文学创作中的民族文化暗示，到革命文学时代的民族性符号标记，到后现代思潮中少数民族文学创作中民族意识的自觉与拒斥，作家都会应时代的变化而选择自己的创作身份和表达自己的民族立场。这方面研究多集中在已经被经典化的作家如老舍、沈从文等作家那里。

比如沈从文研究，这两年成为一个小小的热点。他在文学的世界里建构了独特的湘西苗族世界，这个世界自然健康，平等自由，充满了活力。周子玉《湘西世界：沈从文笔下的他者建构》③ 指出，鉴于沈从文本身文化血统与生理血统的不统一，这一形象只是汉族对苗族的乌托邦他者幻想，它的反面则是西方文明对汉族的意识形态他者想象。也就是说，乌托邦苗族他者的本质，是被隐藏了的西方乌托邦他者。李国太《“表述他者”还是“呈现自我”？——论沈从文的苗族书写》④ 一文认为，有着苗族血统的沈从文营构了一个以湘西为蓝本的文学世界，但其本意则是希望通过对苗疆风情和苗人社会的书写建构一座“人性的神庙”。沈从文以苗族为创作原型的作品仍多是以“外来者”的视角展开叙述的，并未明确凸显出其苗族身份认同。文章发表后引起了学界的关注。董正宇《沈从文的文学语言观》⑤ 一文认为，沈从文是一位文学大师，也是一位语言文字大师。在长期的文学创作和评论中，形成了自己的文学语言观。语言认知上，提出“工具重造”观念；语言态度上，倡导“习作”不辍；语言理想上，主张节制、适当和语言德性；语言路径上，提倡“极力使文字成为自己的言语”，形成自己的风格。张立群《“沈从文传”的考察与进路》⑥ 注意到沈从文是现代文学史上最早写自传的作家之一。从20世纪30年代至今，“沈从文传”出版时间跨度大、数量多，已形成独特的风景。通过对沈从文自传、“他传”两种主要类型进行阶段性

① 《民族文学研究》2017年第3期。
② 《民族文学研究》2017年第3期。
③ 《中国现代文学研究丛刊》2017年第3期。
④ 《民族文学研究》2017年第4期。
⑤ 《民族文学研究》2017年第4期。
⑥ 《民族文学研究》2017年第4期。

的考察，不仅可以看到“沈从文传”的历史与现实、已取得的成绩，也能看到其中的不足。在此前提下，总结“沈从文传”已有的写作实践，可为其未来发展提供有益的镜鉴。马新亚《人与自然的契合——论沈从文的人学观念》① 则认为，沈从文的湘西题材作品所表现出的人与自然的契合，不仅仅体现为一种创作方法，更体现为如何表现自我与他者的艺术观和如何认识人与自然的宇宙观。人与自然是一个整体，自然可以将道德秩序、生命元气赋予人，在一定程度上弥补“神性”维度缺失所带来的道德失范和生命萎缩；单个的人与人类也是一个整体，只有将“小我”融入“大我”，才能使速朽、有限的“小我”永生不朽。沈从文的整体论宇宙观为中国现代文学的人学观念提供了一种类似宗教的超越性背景。

老舍研究因为有中国老舍研究会这样的组织推动，因而历年来都成果较多。孟庆澍《“反成长”、罪的观念与个人主义——重读〈骆驼祥子〉》② 可以说是近年来的重要收获。该文认为《骆驼祥子》具有“反成长”小说的典型特征，祥子在社会生活中逐渐妥协、溃败，最后的毁灭恰是小说开头英雄形象的投射与反讽。小说因此可以被解释为“恶”不可逆转地战胜“善”的故事。作者对基督教“罪”的观念的认信决定小说内在的黑暗性。罪的根源在于人的自由意志，祥子因自由意志而成为强大的个体，也因滥用自由意志而犯罪，并必须为自己的决断与行动负全部责任，这才是“个人主义的末路鬼”的深层意旨。因此，老舍语境中的个人主义乃是一个以神学/哲学的自由意志论为核心的多层结构的概念，承载老舍对人的复杂性、人本身的力量与局限的形而上思考。杨君宁《老舍与李永平南洋想象的对比研究》③ 在城市之外引入对“地点”这一概念的新描述以应对新情况下的讨论，比较老舍笔下的《小坡的生日》所写之新加坡和李永平《吉春秋》中所塑造的吉陵镇，衡量它们在南洋书写上的共性与相异，饶有新意。杨秀明《论中国现当代文学中的回汉联姻叙事》④ 认为，联姻极大促进了回汉民族在政治、经济、文化和社会等方面的交流。文章选取《国家至上》《恋爱的季节》《十个女人的命运》《穆斯林的葬礼》四个文本进行分析，蕴含其中的革命与恋爱、民族与宗教、历史与性别等矛盾表现了近现代以来回族文化身分探寻之路的艰辛与曲折。杨建军《论东南亚回族华人文学的旅行书写》⑤ 关注到东南亚回族华人文学的旅行书写历史悠久，其形成涉及地域和族裔两个层面。作家们借助汉语和马来语夹杂的语言，表达了华人与南洋人友善相处的意愿；借助具有民族特色的语言，体现了其与伊斯兰文化的特殊联系。东南亚回族华人文学的旅行书写传承了中国的游文化和伊斯兰教的游文化，在海外华人文学中有其特殊价值。

一些之前较少为人注意的作家、现象与群体，在少数民族文学研究视野中也得到的抻展。如詹丽《东北沦陷时期通俗文学作家群考略》⑥ 对东北沦陷时期的作家群进行考察，报刊的兴起促使通俗小说家群体形成，绘成了特殊年代蔚为大观的文化景观。根据通俗小说家的成长背景、文学身份、创作特点和审美取向的不同，将其划分为二十年代通俗小说家群，

① 《民族文学研究》2017 年第 4 期。
② 《文艺研究》2017 年第 3 期。
③ 《小说评论》2017 年第 4 期。
④ 《民族文学研究》2017 年第 2 期。
⑤ 《民族文学研究》2017 年第 1 期。
⑥ 《民族文学研究》2017 年第 1 期。

三、四十年代通俗小说家群，女性作家群，京津作家群以及日系、俄系、朝鲜系作家群。这些小说家群体在探索和调适中确立了坚守传统文化、追逐现代文化、表达女性文化、彰显精英文化和融合多元文化的不同文化追求。刘大先《穆儒丐与现代日本文化》① 讨论现代日本文化对旗人作家穆儒丐的影响，认为从留学经历到在《盛京时报》的工作历程，无论从美学趣味还是价值观念上，现代日本文学与文化都对作为清朝“遗民”的穆儒丐产生了较为深远的影响。在辛亥革命之后尤其是日本侵华扶持伪满洲国的语境中，穆儒丐结合自身满洲旗人文化背景，将日本影响转为自身的写作资源，逐渐形成一种既有别于“中华民族”主流的革命与反帝，又有别于日本帝国主义的具有族群民族主义色彩的政治与文化认同。这种认同是不符合时代趋势的，因而只是一个历史的微小回流。

四、母语、译介、地域与域外少数族裔文学

母语文学创作是少数民族文学独特的一脉，此方面研究成果也往往以相关文学的母语论文面目出现，因而汉语论文就显得难能可贵。姑丽娜尔·吾甫力、杨茜《维吾尔族女诗人齐曼古丽·阿吾提诗歌创作研究》② 认为，齐曼古丽·阿吾提是当代维吾尔族杰出青年女诗人，作为2008 年全国少数民族文学创作“骏马奖”的获得者，她的诗歌创作深受维吾尔古典文学的影响，新时期又融入新的创作技巧和现代文化元素，形成了自己独特的创作倾向，具体表现为民族性、地域性和现代性的融合，传统文化与朦胧诗的结合以及意象派的民族化表现。

相关的少数民族文学对外翻译则关注较多。魏清光、曾路《当代少数民族文学对外译介：成效与不足》③ 通过穷尽性梳理、统计当代少数民族文学对外译介的各种数据，比较分析了自 2004 年我国实施文化“走出去”战略以来，对外译介当代少数民族文学所取得的成效。同时分析了对外译介的系统性、执行计划的制度安排、资助经费的分配、输出渠道、路径规划、输出语种等方面存在的不足之处。文章指出在当前形势下，应从国家安全的角度来对待当代少数民族文学的对外译介，在加强与周边国家的人文交流方面，当代少数民族文学承担着特殊使命，应大力推动当代少数民族文学译介到周边国家，促进民心相通、文化交融。从本质而言，翻译是一种语言，也是学习的过程，它是跨越了民族所达成的互相沟通。少数民族文学是民族文化的体现，文学翻译的核心就是经由译者的有效劳动，尽可能的传承源语文化。范莉《文学与文化：少数民族文学翻译中的跨文化解构研究》④ 指出，由于少数民族文学有其特殊的语言性质，使得少数民族文学翻译面临诸多难以直译的困难。解构主义为解决直译窠臼提供了方法论，让译文能散发出生命力，而无需受到原文的约束。在此从跨文化解构角度研究少数民族文学翻译，以文学翻译为基础，尝试探索少数民族文化跨文化传播的有效途径。

---

① 《沈阳师范大学学报（社会科学版）》2017 年第 6 期。

② 《民族文学研究》2017 年第 1 期。

③ 《西南民族大学学报（人文社科版）》2017 年第 3 期。

④ 《贵州民族研究》2017 年第 1 期。

由于内部人口流动所带来的区域少数民族文学群体与创作是当代少数民族文学的新兴现象。邱婧《文化流散、母语与现代性想象——珠三角少数民族的文学发展现象观察》[①] 聚焦近年来发展迅速的珠三角地区的少数民族作家文学。除了回族、满族、瑶族等世居民族的文学创作之外，其他少数民族的作家作品不断出现。新世纪以来，随着珠三角地区少数民族流动人口增多，工人书写、少数民族母语文学民刊、少数民族知识分子的共同体想象等较为多元的文学话语逐渐涌现。该文对考察珠三角少数民族作家文学的发展，探讨少数民族流动人口在遭遇现代性时的生存困境与文学想象。阮波《珠三角民族文学生态探究——中山少数民族作家群引发的思考》一文从南方民族写作具有审美优势、其中蕴含他乡与故乡的纠结、南方民族文化生态的现状与问题综述入手，讨论协调与平衡这一个问题的三个方面，也就接通了当下南方民族文学在永恒的古老与创新的现实之间的涅槃生存之道。最终得出有关珠三角民族文学的三方面结论：1. 异质文化的碰撞使这一地域的民族元素呈现出一种杂交优势与生命力，具有先天的审美优势。2. 民族地域寻根的写作可说是寻根文学的一种延伸，有传承意义。3. 该地区民族文学面对文化冲突的局限性及出路。文章认为应该从更立体的层面去抒写细节和情绪，使我们民族文学在历史的蜕变中成为相互了解的最佳途径；在一个小的场域里写出大的时代背景，在市场经济大潮下表达出尊重自我内心的写作姿态；写出地域民族的复杂性和细致鲜活的人性，包括对民族问题的干预、穿透和对民族文化的深层审视，令我们的民族文学做到真正的自省。

“他山之石，可以攻玉”，借鉴西方文学理论和少数族裔文学研究成果能给我们提供更开阔的研究思路。夏婉璐《华裔美国移民作家的中国文化元素翻译策略》[②] 认为，就华裔移民作家创作文本的研究而言，文学与文化的视角仍是绝对的主流，鲜有学者从翻译的角度进行研究。文章以不同文化身份的华裔美国移民作家的英文作品为研究对象，挖掘这些作品中被忽视的翻译元素，对这些作品中的翻译成分进行界定及理论论证，并探讨不同的文化身份对选择不同的中国文化元素翻译策略的影响。宋赛南《美国土著契卡索诗人琳达・霍根诗歌中的“栖居”思想》[③] 关注美国土著契卡索诗人琳达・霍根，认为其“栖居”思想融合了她对部族神话、创伤和夙愿的理解，也吸纳了她在自然中的“栖居”体验。霍根的诗歌传达了其“栖居”思想的三个方面：通过摒除多余的欲望回归原初、通过观察自然中的万物体认身份、通过翻译自然的语言重建秩序。藉由不同于海德格尔的契卡索式的“栖居”思想，霍根试图复兴业已中断的人与自然的联系，帮助身处绝境的当代人重返家园。

五、古代民族文学研究

古代少数民族文学内容极为丰富，其所表现出来的国家观念对于重新认识“中华文学”具有刷新视野的意味。中国少数民族文学之中有着丰富的爱国表达、民本思想，有着强烈的

---

① 《学术研究》2017 年第 3 期。

② 《民族文学研究》2017 年第 1 期。

③ 《民族文学研究》2017 年第 4 期。

中华观念。查洪德《“华夷一体”：元代文坛特征》① 提出，文倡于下、雅俗分流、“华夷一体”，是元代文坛的显著特征。考察并揭示元代蒙古、色目诗人作家风格特色是必要的，但不能淡忘甚至消解元代文坛的一体性。蒙古、色目士人与汉族文人，在大元治下，具有相同的国家观念与文化观念，有着共同的国家认同与文化认同。李军《末世悲歌堪比文山——论伯颜子中其人其诗》② 认为，元末明初著名的遗民诗人伯颜子中，在明廷征聘者莅门之际，他饮鸩而死，其不仕新朝、不惜以死抗争的决绝态度，受到明清士大夫的赞扬，可比于文天祥。狄宝心《论元好问的民本实践》③ 提出，元好问的民本实践业绩突出，救民于水火之中，其不惜名节，忍辱负重，堪称达节。刘大先《满洲心象：论顾太清创作与晚清旗人社会心理》④ 则通过个案，观察了近现代转型中旗人文学的嬗变，该文指出顾太清诗词小说作为晚清“闺阁文学”的代表之一，显示了在嘉道咸同年间，在满汉权势此消彼长、西方经济与军事入侵的情势之中，旗人贵族昧于内外形势的常态。尽管有少数精英人士已经窥见帝国衰落的征兆，但绝大多数人依然沉浸在自我编织的幻梦之中不愿意面对现实的挑战。近代工业革命、殖民主义兴起之中，中国思想内部由清初中的实学为主流一转为经世致用，文人的雅正传统挥发最后折光，肇示着新的文学变革。顾太清的作品具有一定的代表性，某种程度上是一种“满洲心象”，折射出特定人群希望在文本中修复现实的社会心理，可以作为观察时风世相的幽微之镜。

中国古代各民族文学产生了多方面的交流关系，是中华文化交融并生的直观体现。胡蓉、杨富学《元代畏兀儿双语作家考屑》⑤ 指出，元代畏兀儿人大批入居中原，涌现出一批双语作家。这一现象的出现，与元代蒙古统治者推崇藏传佛教息息相关，蒙古贵族需要借助畏兀儿文士的媒介作用与藏传佛教高僧沟通。这一特定历史环境为元代畏兀儿双语作家群体的形成奠定了基础。云峰《元代状元泰不华族籍考》⑥ 指出，泰不华是一位在元代中后期较有影响的人物，对其进行研究已经引起学界的重视。关于其族籍尚有不同说法，主要有色目回族人、蒙古人之说。二说相比较而言，根据史料记载和当时科举考试惯例等情况，似为蒙古族当较可信。马志英《论清中后期云南多民族文学格局的形成——以回族文人交游为中心》⑦ 提出，清乾嘉之际，以沙琛与马之龙为代表的回族文人广泛地与白、彝、纳西等民族的文人墨客交游往来。这些交游酬唱活动使各族文人互相学习、转益多师，扩大了创作视野，丰富了云南文学的创作主体，对清中后期云南多民族文坛格局的形成具有积极的促进作用。王亚楠《容美土司田氏家班搬演〈桃花扇〉考论》⑧ 指出，清代孔尚任的传奇名作《桃花扇》在康熙年间曾流传至西南边地的土家族聚居区，并被土司田氏的家班在容美境内

① 《民族文学研究》2017 年第 4 期。
② 《民族文学研究》2017 年第 1 期。
③ 《民族文学研究》2017 年第 1 期。
④ 《文学遗产》2017 年第 5 期。
⑤ 《民族文学研究》2017 年第 3 期。
⑥ 《中央民族大学学报（哲学社会科学版）》2017 年第 5 期。
⑦ 《民族文学研究》2017 年第 3 期。
⑧ 《民族文学研究》2017 年第 3 期。

的多个地点多次搬演。李剑锋《论乾隆皇帝对陶渊明的接受及其意义》[1]一文认为，乾隆是历史上留存接受陶渊明诗作数量最多的帝王，他一方面赞赏和向往陶渊明的闲适，另一方面又坚毅地固守皇帝勤政进取的价值理念，甚至以优越的君王心态来友好地嘲戏、揶揄一下陶隐士及其生活情趣。帝王的身份使乾隆首先看重陶渊明身上有利于统治的特点。都刘平《元代蒙古散曲家阿鲁威佚文辑存及生平新考》[2]一文，在新材料发现的基础上，对元代蒙古散曲家阿鲁威佚文辑存及生平等若干问题的进行了考证。马涛《论清代蒙古诗人和瑛〈易简斋诗钞〉的理学底蕴》[3]认为，和瑛是清中期重要的蒙古诗人，有《简易斋诗钞》传世，并著有大量经学性理之作，尤其精通《周易》，且深受禅学濡染。多洛肯《“改土归流”后的土家族文学家族述论》[4]一文，通过对土家族七个文学家族的家世梳理，整理出家族的世系、成员、生平、著作等，家族角度阐述其文学群体的成因和文学创作活动。孙纪文《清代少数民族诗人与杜甫诗歌——以满、回、壮为中心》[5]认为，清代少数民族诗人与杜诗之间的内在关联是特定历史时期文化融合的产物。杜诗的回响主要是经典范式力量所起的作用，影响到少数民族诗人的诗歌作品及其价值取向，使他们的诗歌呈现出“互文性”的文本特征。

中国少数民族文学还具有跨国交流性质。黎国韬《“鱼龙幻化”新考及其戏剧史意义发微》[6]可谓其中代表性论文，关于两汉“鱼龙幻化”艺术之基本史料尚存六条，均具较高可信度并可相互印证发明；对其深入考析可知，此艺术创编于西汉张骞凿通西域后，安息国所献“黎轩善眩人”之手，因黄门鼓吹乐人而得传承；其运用幻术、杂伎、舞蹈、逗引等手段，由艺人套著鱼状假形及骏马套著龙状假形进行扮演，所展示之情境及内容则与汉武帝意欲得到之西域天马有关，复与西域诸国之龙神信仰有关。据此判断，“鱼龙幻化”实为中国古代早期戏剧之一；此结论不但对隋唐以前戏剧剧目有所增补，并可提供“古剧”研究方法之借镜；循此反思古代戏剧史上“百戏性质、以物为戏、胡戏入华”等较为重要之问题，亦将获得新启示。徐希平、彭超《俄藏与中国藏两种西夏文曲辞〈五更转〉之探讨》[7]认为，俄罗斯与中国甘肃武威分藏两组西夏文曲辞《五更转》，为西夏文学提供了诗文之外新的体裁。文章在学界相关考释基础上进一步探讨其起源及内容风格演变。韩东《韩国藏日刻本李贽〈明诗选〉辨伪》[8]认为，韩国国立中央图书馆所藏日刻本李贽《明诗选》是明末清初沿海书商为牟利而假托李贽之名所作的伪书。此伪书传入日本后能被重新刊刻与江户前期诗坛推崇明代七子派的背景有关。伪书李贽《明诗选》在日本的传播，也从另一个侧面说明了李贽与其著作在日本的影响与流行。

中国少数民族大部分居住在边疆地区，因此边疆民族文学书写具有特别的意义。杨柳

① 《民族文学研究》2017 年第 3 期。
② 《民族文学研究》2017 年第 3 期。
③ 《民族文学研究》2017 年第 2 期。
④ 《民族文学研究》2017 年第 3 期。
⑤ 《民族文学研究》2017 年第 2 期。
⑥ 《文学遗产》2017 年第 4 期。
⑦ 《民族文学研究》2017 年第 6 期。
⑧ 《民族文学研究》2017 年第 3 期。

《论维吾尔族“木马”与印度“金翅鸟”之形象塑造》① 一文指出，中国与印度作为世界文明古国历来为人熟知且彼此间渊源甚久，同时作为民间文学的发祥地的两个国家在文学上亦有诸多相似之处，机器金翅鸟的故事出自印度民间文学代表作《五卷书》，“金翅鸟”形象在印度历史上流传深远，早在神话时期便是印度崇拜的神灵形象。无独有偶在我国维吾尔族民间也广为流传着与其有相似情节的略带神话色彩的“木马”故事，同类型的故事何以出现在不同地区，究其原因，是丝绸之路的贯通及大众心理的共通性为它们提供的交流契机和相似素材。丝绸之路作为古代中国与中亚各国及印度往来的主要交通货运要道，它引进和输出的不仅仅是货物，更有文化的传播和交流，西域作为沟通中西方的桥梁历来是文化汇聚融合之地，西域与印度产生交往和文学上的相似有着良好的契机和孕育的土壤，但是尽管二者有交流、有融合，然而地域特点及宗教观念的差异及各自所具有的民族特征存在着一定的差异，所以二者的不同之处亦比比皆是，对其进行比较分析既可以充分了解二者的交流情况又可充分认识各自的本土特质，对于金翅鸟和木马形象异同的梳理不仅仅是对历史上中印文学交流的一种再现和补充，同时也对今天的“一带一路”战略推进提供了文化支撑和心理认同。王树森《唐代吐蕃题材诗歌的文学史意义》② 认为，唐代吐蕃题材诗歌在唐诗史与中国文学史上均有重要意义。在中国文学的边疆民族书写传统中，唐代吐蕃题材诗歌首次对边疆民族形象进行真实描画，使民族平等的理念得到真正传递，也展示了民族自信的恢廓胸襟。郭道平《民国初期“个体意识”的范本——单骑〈新疆旅行记〉论析》③ 一文，以署名“单骑”的《新疆旅行记》文本为对象，论析单骑新疆之行的时代背景，以及文本中所蕴涵的丰富的视野层次，并试图以此为范本，呈现民国初期“革命党”出身的新进官吏中某种具有典型性的个体意识特征。晁正蓉《中国〈福乐智慧〉研究的文学视角（1914—2014）》④ 一文，通过搜集、整理《福乐智慧》维吾尔语、哈萨克语、汉语资料，从文学、美学的角度进行深入考察，理清中国《福乐智慧》文学研究的历史、现状及取得的成绩和不足，为进一步开展《福乐智慧》文学研究提供借鉴和参考。

古代民族文论研究有待进一步深入探讨。刘亚娟《中国少数民族古代文论研究的回顾与反思》⑤ 通过梳理中国少数民族古代文论研究的三个时期：新中国成立后50—70年代、80—90年代、新世纪以来，厘清中国少数民族古代文论研究在每个时期的特点及前后之间的联系。指出随着时代变化，研究话语由少数民族古代文论向多民族文论发展，研究的方法与视角也由单一的文学理论向文化学、诗学、比较文学推进，并且整合社会学、宗教学、人类学等多学科知识，使少数民族古代文论成为一门跨学科、跨语言、跨民族、跨文化的研究共同体。民族音乐进入文学当中，形成了丰富的内容。郭晨光《南北朝多元文化交流中的“梁鼓角横吹曲”》⑥ 从概念辨析入手，正本清源，由具体曲目分析南北诗风的融合，考证曲目所属民族、北乐南传的具体路径以及民间音乐的互动交融等，进而探讨南北朝时期多元文

① 《知与行》2017年第8期。

② 《民族文学研究》2017年第2期。

③ 《民族文学研究》2017年第3期。

④ 《民族文学研究》2017年第1期。

⑤ 《大连民族大学学报》2017年第2期。

⑥ 《民族文学研究》2017年第2期。

化背景下的民族文化交流。高建新《唐诗中的北方游牧民族乐器——以羯鼓和羌笛为研究对象》① 提出，唐王朝开放强大，持续实行的兼容并蓄、为我所用的文化政策，推动了中原汉文化与北方游牧民族文化的交流融合。以羯鼓、羌笛、胡琴、箜篌、觱篥等为代表的北方游牧民族乐器大量传入中原地区，丰富了中原乐器的种类及其演奏，促进了诗与音乐的进一步融合。王永《论金代文坛的文脉之争与文意之论》② 认为，金代中期以后，文人集团合力突破了金世宗重视辽地文人的观念，建立起源自唐宋文脉的本朝文盟谱系。在唐宋古文家"文以明道"主张的基础上，周昂、赵秉文、王若虚、元好问等人更注重发挥苏轼"以意为主"观点，这体现出女真政权视域下民间立场对原有精英思想的反思和创新。高岩《论元曲的自我经典化》③ 认为，元人无论在理论批评、舞台演出，还是文本创作上，都已经有了对本朝戏曲艺术加以经典化的自觉意识。

口头传统与古代民族文学关系紧密，研究方法属于跨学科。魏启君《"撇斜"语义考辨》④ 就既可以说是文学研究，也是语言学研究，该文着重考辨子弟书中的疑难词"撇斜"，该词是北京话里的老词语，现在依然还活跃在口语中。本义为"讥讽、嘲笑"，引申为"炫耀、卖弄"，字形又写作"撇些、撇邪、撇卸、躄躠、撇鞋"等。"撇斜"及诸书写形式的地域分布仅限以北京为中心的北方方言区，考其来源当为满语"bezhielembi"的音译。由于不明语源，诸多词典和论著对此词的释义存在偏误。张巧云《口头传统在回鹘文译经中的回归》⑤ 认为，汉译佛典来源的回鹘文译经最终又向"质朴、通俗、口语化"的原初形态回归，变成了名副其实的口头佛经文本，这些数量巨大的口头文化遗产，是我们研究古代维吾尔文化的重要资料。张振谦《唐宋时期民族语入诗现象论析》⑥ 认为，唐宋时期以民族语入诗呈现出显著的特征，具有独特的功能和诗史意义，具体表现在兼顾民族特色和汉诗规范、增强诗歌的时事性和现实色彩、形成新奇怪异和诙谐风趣的审美风格三个方面。

以上五个方面主要就一般文学学科意义上的"文学"观念对2017年度少数民族文学研究做一个整体扫描，事实上"少数民族文学"中的"文学"已经完全溢出了现代以来我们对于"文学"的知识体系中的认知，它还包括丰富复杂的口头文学门类，关联着民俗学、宗教学、人类学、社会学、历史学等诸多相关学科，但这种广义的"少数民族文学"限于学科的规定性及外延的广阔性，本综述不再一一涉猎。

（本文审稿专家　朝戈金）

① 《民族文学研究》2017年第2期。
② 《民族文学研究》2017年第3期。
③ 《民族文学研究》2017年第3期。
④ 《中央民族大学学报（哲学社会科学版）》2017年第2期。
⑤ 《民族文学研究》2017年第4期。
⑥ 《民族文学研究》2017年第4期。

2017 年台港澳暨海外华文文学研究综述

周启星　郑海娟

2017 年度，台港澳暨海外华文文学研究继续沿以往的方向与脉络，在文学史的书写、研究格局的思考、研究方法的扩展、作家作品的个案分析等方面均稳步推进，一些重要的成果得以问世。文学史研究方面，研究者不但对本学科发展史进行回顾和整理，也对学科概念的厘清、边界的界定投入了更多思考；专题研究方面，益发呈现出开放与多元化的研究格局，离散研究、“华语语系文学”讨论、华文文学与中华文化研究等均走向新的纵深，研究者对当代华文文学文艺思潮的流变及最新特征也有了更为准确的把握；作家作品研究方面，学界在给予经典作家作品足够关注的同时，对台港澳暨海外华文文学各区域新生代作家作品保持着最前沿的批评视野。与此同时，如何处理台港澳暨海外华文文学与中国现当代文学之间的关系，在保持各区域独特性的前提下建立更为成熟的世界华文文学学科共同体，填补文学史上被遮蔽、被遗漏的空间，发出更具“批评性”的声音等，仍然是有待思考、研究的方向。以下仅从文学史研究、专题研究、作家作品研究三个方面，对 2017 年度台港澳暨海外华文文学研究加以概括总结。

一、文学史研究

台港澳暨海外华文文学学科的创生同近现代以来中国社会历史的特殊历程紧密相关，回顾总结学科创立发展的历史，为我们把握相关领域的文学史具有重要意义。朱双一的长文《“世界华文文学研究”学科创立前史——“保钓”后旅美华人的“新中国”认同热潮与文学交流》[①] 细致梳理了“世界华文文学”学科创立前史，对学科史和文学史的研究有着极为重要的实证意义。文中提到，世界华文文学研究学科的创立始于 1979 年，初步成型于 1982 年。这一学科的建立首先基于“保钓运动”“中国统一运动”后海外华人的新中国认同热潮，也得益于许多海外爱国科学家、知识分子访华之后的积极反响。大批旅美华人在返乡观光后，将大陆的戏剧、文艺带到海外，且自发组织歌颂新中国建设成就的文艺运动，这些运动直接奠定了海外华文文学的艺术基础。此外，聂华苓组织的“国际写作计划”“中国周末”，以及陈若曦在旧金山家中接待海内外华人作家、知识分子等活动，更进一步联结了海峡两岸及海外华人作家的共识与交流。这些内容均与世界华文文学研究学科的建立有着紧密的联系，可以视为学科创立的前史。

① 《世界华文文学论坛》2017 年第 3 期。

刘登翰的著作《遥望那一树缤纷——台湾文学漫论》[①] 汇集了该书作者从上世纪 80 年代到新世纪初从事台湾文学研究的系列论文，内容共分三辑：第一辑从“分流与整合”的研究视角出发，讨论台湾文学思潮与论争，涉及“建设台湾新文学”、台湾乡土文学论争等议题；第二辑集中于台湾现代诗歌论述，以细致的文本分析和深入的理论阐释述及二十世纪 50 年代到 80 年代的数十位现代诗人，力图勾勒出台湾现代诗歌史的发展脉络；第三辑以台湾现代小说为文本对象，选取白先勇、黄春明、施叔青等代表性作家，处理了包括台湾现代主义、乡土写实、跨境书写等层面的重要问题。书中提出 20 世纪中国文学研究的整体视野，要求将研究者容易忽视的台港澳文学重新纳入中国文学史的范畴内加以考察，提倡两者的整合。台港澳文学与中国大陆文学的分流有其社会历史的原因，而这也是我们从事整合研究时必须面对的现实困难。关于如何实现整合，书中提出了两条可供参考的路径，一是“通过交往和交流，打破阻隔，形成一个共同享有的文化/文学空间”；二是“在重构中整合”，寻求历史的和解。

在努力突破文学史观思维定式的同时，学界也在寻求文学史叙述的新途径。黄一、黄万华在《文图：文学史叙述的新途径——以战后至 1970 年代的台湾、香港文学为例》[②] 一文以战后至 1970 年代的台湾、香港文学为考察对象，提出从文图关系着手探寻中国现当代文学史叙述的新方式。战后至 1970 年代是台湾、香港文学发展的重要时期，这一阶段战争的阴云尚未完全散去，各种思潮如现实主义、浪漫主义，尤其是现代主义、后现代主义争鸣于台湾、香港知识界，而文学在表达各种思潮时，往往与其他艺术形式如绘画、影视、戏剧、音乐等相互激荡，它们各自代表着同一种思潮的不同艺术面向。因此，文学与图像的关系演变密切反映了现实主义、现代主义等思潮运动，是我们考察文学变革的重要内容。此外，文中还提到，文图关系的演变直接受到现代印刷术、影视、多媒体等媒介的影响，而文学与这些现代媒介联姻，协同实现了台湾、香港文学对自身传统的建构。该文为文学史研究开辟了新路径、新方法，但受考察对象范围所限，文中未曾提到网络媒介，而预计后者也会在不久的将来带给文学史研究颠覆性的革新。

2017 年正值香港回归 20 周年，学界对香港文学的研究在已有成果之上，走向新的文学史纵深，同时也对当代香港的文艺思潮给予足够关注。赵稀方近年来专注于香港早期报刊研究，成果颇丰。长期以来，《伴侣》被认为是香港最早发表白话文学作品的刊物，素有“香港新文坛第一燕”之称，赵稀方《〈伴侣〉之前的香港白话文学》[③] 一文发掘出一批在《伴侣》之前就已经发表白话文学作品的刊物，包括《中外小说林》《双声》《英华青年》《小说星期刊》等，提出这些长久以来被忽视的刊物为书写香港白话文学史的发生发展补充了新的史料。赵稀方《从〈诗朵〉到〈好望角〉——20 世纪五六十年代香港现代主义的历史脉络》[④] 一文试图填补文学史上二十世纪五六十年代香港现代主义发展过程的研究疏漏，通过对小说、诗歌、批评、翻译等文类的梳理，指出香港文学的现代主义思潮起于《诗朵》，

---

① 江苏大学出版社 2017 年 1 月版。

② 《福建论坛·人文社会科学版》2017 年第 10 期。

③ 《香港文学》2017 年第 7 期。

④ 《甘肃社会科学》2017 年第 4 期。

但影响力微弱；发于《文艺新潮》，创作与翻译并重；兴于《新思潮》，颇具艺术特色且仍然承接其旨；续于《香港时报·浅水湾》，以介绍翻译西方现代主义为主；式微于《好望角》，因其独力难支。他随后发表的《论香港〈文艺新潮〉的翻译》① 一文专门考察了香港《文艺新潮》的翻译作品，指出这份刊物的翻译成就大于创作，对中国翻译文学史具有不可忽视的意义。该文提到，《文艺新潮》在译介时对法国文学予以特别关注，大量介绍存在主义小说、欧美现代诗，“衔接了中国1930—40年代的现代主义和纯文学传统，填补了汉语翻译文学的很多空白”，甚至对当时香港文坛盛行的“美元文化”潮流构成一定冲击。

黄万华的专著《香港百年文学史》② 论述了从19世纪后期至今的香港文学百年发展历程。全书将香港文学史分为早期（19世纪后期—1945年）、战后30年（1945年—1970年代）和最近30余年（1980年代至今），在文学史分期上较有新意，同时秉持“近30年文学不宜‘入史’”的观念，对早期和战后的香港文学进行文学史论述，对20世纪80年代以来的香港文学仅做文学批评式的初步梳理。该书视域宏阔，以香港文化与中国文化之关系为总纲，将“百年香港文学史”置放于整个中华民族文学发展史的历程中加以考察，力图在中华文化的整体格局中凸显香港文学传统的形成过程，同时重视对香港文学第一手资料的发掘，注意吸收香港本土研究人员及研究资料，颇具参考意义。书后尚附有《从赌城到诗城——澳门文学的自立和发展（20世纪50—90年代）》一文，通过对澳门当代为数众多的诗歌、小说、散文作品的梳理，勾勒出澳门文学独立意识的深化以及澳门文学形象的建立过程。

香港作为最早的开放性国际大都市，一直是多元文化、思潮汇聚之地。古远清的《香港当代文艺思潮的混合性结构》③ 辨析了1950年代以来当代香港文坛多种文艺思潮相互混杂、碰撞的结构特点，有助于我们更好把握香港当代文学思潮的流变。该文论及香港当代文艺思潮混合性的主要表现，将其总结为四种混合，即“美元文化”与写实主义文学思潮的混合，现代主义文学思潮与反殖民意识的混合，本土意识与中国意识的混合，后现代与后殖民、分离主义等文学思潮的混合。

对作家群体的整体性研究是文学史的重要议题之一，这在本年度的研究成果中也有所体现。司空维的专著《认同与解构：台湾外省第二代女作家研究》④ 选取20世纪50年代在台湾出生的外省第二代女作家群体为研究对象，对朱天文、朱天心、苏伟贞、平路、袁琼琼等作家的作品进行分析论述。书中认为，这批作家出生年代相近，文学成就有目共睹，她们作为一个文学群体的特征业已显现，因此有必要对其展开整体性的研究。外省人和女性是这一群体两个显著的身份特征，两者的双重结合构成了外省第二代女作家在书写身份认同的问题时所呈现出的独特性和复杂性。这批女作家集中书写了外省几代人的认同危机，其作品既剖析外省人的身份构成，也在不被认同的环境中还原历史、祛魅政治、探寻认同的多种可能。书后亦附有作者对苏伟贞、朱天心、平路、袁琼琼四位台湾女作家的访谈，有助于我们较为

① 《中国比较文学》2017年第4期。

② 花城出版社2017年7月版。

③ 《中国文艺评论》2017年第6期。

④ 中国社会科学出版社2017年10月版。

直观地了解和把握这批作家的创作与思想。

张重岗《失败的潜能：关于钓运的文学反思》① 一文同样勾勒出特定文学群体的整体特征。该文分析了保钓运动促生出的一系列文学作品，指出作为一个思想史事件，保钓运动的兴起、衰落和延伸不断产生精神能量，影响着海内外华人对自我生存、社会状况和世界局势的理解。关于钓运的书写，则是使得其精神价值延续不息的重要途径。保钓文学从不同角度呈现了钓运价值的诸多面向和内涵，其中，张系国的《昨日之怒》以半自传体小说的形式，抒写钓运亲历者的感受和认知，对钓运之所以流产的原因进行了反思；平路的《玉米田之死》以现代主义式的思考，探究钓运人在日常生活中的生存困境，对其内心的梦想进行了追踪呈现；刘大任的《浮游群落》《远方有风雷》和郑鸿生的《青春之歌》在剖析20世纪六七十年代青年思想状况的基础上，对过去和现在进行了内在的连接，在文学和精神层面展现了钓运失败在主体成长和历史认知上所蕴藏的意涵，并开启了关于第三世界左翼之路的持续思考。

作为一个群体，台湾新生代作家在他们的创作道路上不断给台湾文坛乃至华文文学带来新的气息，冲击着传统精英式的文学观。古远清的《台湾“七年级”作家的“新乡土”创作》② 一文概括了台湾“七年级”作家的代际特征，并对陈柏青、杨富闵、神小风、赖志颖、林佑轩、黄崇凯、盛浩伟等几位具有代表性作家的“新乡土”创作进行了评述。该文提出，“七年级”作家多发迹于网络，还未形成流派，他们的乡土写作不同于以陈映真为代表的老一辈乡土作家书写时代的使命感，而是习惯于用自身情感解构宏大叙事，情节与语言则主要表现为破碎新奇，古远清将之归纳为“一种魔幻式的消费主义文学”。

马华文学一直是海外华文文学的重镇，90 年代的马华诗坛群星闪耀，而诗人与诗歌在当时马华文坛的活跃与文艺报刊的推动关系甚密，王文艳、吴奕锜的《“是你赋予我一片青绿的山色”——试论〈文艺春秋〉〈南洋文艺〉与1990 年代的马华诗坛》③ 由“罗厘诗人”叶明琚参加诗歌征文比赛进入文坛为引，介绍了《文艺春秋》《南洋文艺》两大文艺副刊在90 年代通过举办各类诗展、开设诗歌专辑、诗评等活动活跃整个马华诗坛，进而勾勒出 90 年代马华诗坛绚丽多姿的景象。

作为中国文学众学科中最为年轻者，台港澳暨海外华文文学学科本身仍然存在较多学科研究概念与边界模糊的问题。杨洪承在《华文文学的边界与中国现当代文学研究的问题》④ 中探究了边界模糊并日益拓展的华文文学与边界清晰而有本土传承的中国现当代文学这两个文学史概念共生发展的问题，并提出应当打破二者的边界，以重新调整文学自身的系统和结构，构建“多文化的汇通中民族的历史的理解、和而不同”的大文学史观。

文学事件与史实编年之于文学史的叙述有着极为重要的参照意义。古远清以史家纪年的手笔撰写了三篇《台湾当代文学大事记》⑤，整理出 1945—1969 年、1970—1992 年、1993—

---

① 《暨南学报（哲学社会科学版）》2017 年第 11 期。

② 《江汉论坛》2017 年第 7 期。

③ 《世界华文文学论坛》2017 年第 1 期。

④ 《世界华文文学论坛》2017 年第 3 期。

⑤ 《新文学史料》2017 年第 2、3、4 期。

2000 年三个阶段的台湾当代文学大事记，资料翔实，具有参考价值。他的《2016 年的台湾文学事件》① 一文则记录了当下台湾文学的发展现状。与此类似，凌逾的《2016 年香港文学与文评综览》② 是对当下香港文学和文学评论现状的呈现，同样有助于我们把握香港文坛的最新动态，了解香港文学创作与评论的发展趋势。

二、专题研究

2017 年台港澳暨海外华文文学研究在离散研究、“华语语系文学”讨论、华文文学与中华文化、跨界研究等专题领域都有新的推进，以下分别展开论述。

1. 离散研究

离散（Diaspora）也作流散、飞散，最早用于指犹太人因政治、宗教原因被迫离开故土流徙到世界各地。在族群离散的过程中，犹太人一方面为了融入移居地生活而努力做出在地化的调适，另一方面，他们仍然保持着原有犹太族群的文化、信仰等民族特征，并反过来影响旅居地的氛围与环境。离散作为始于上世纪五六十年代以全球化为背景的文化研究视角，八九十年代扩展到比较文学研究领域，成为研究移民作家的常见视角之一。随着全球化的进程，世界范围内的人口、族群流动越来越频繁，离散一词也被用于犹太人之外其他民族的移民研究，华人、亚裔的离散问题早已在国际文化研究领域屡见不鲜，澳大利亚籍华裔学者王赓武（Wang Gungwu）和美籍土耳其裔学者阿里夫·德里克（Arif Dirlik）等均对这一议题有着深入研究。华人移民及离散研究近年来已逐渐进入中国大陆学者的视域。

本年度的相关研究中，傅守祥、黄晓丽《流散文学视域中的母族记忆与文化融通——从加拿大华文作家张翎的小说创作谈起》③ 一文以流散的视角考察了张翎的创作。一般来说，寻求不同文化之间互相理解、尊重、对话的文化间性是流散文学的本质特征之一。张翎意欲让读者从她的作品中感受到东西文化共通的写作追求，正是流散文学文化间性特征的突出代表。张翎的作品中既有在异国他乡努力寻找自己的身份与价值的移民形象（其中尤其致力于女性形象的刻画），也有至死都在回望故土的怀乡者情结。融化在张翎小说中的童年记忆、历史叙事与故土情怀体现了她在寻求东西文化共融时对族裔文化的坚守。许燕转的《离散主体的精神诗学——重论聂华苓〈桑青与桃红〉》④ 从精神分析的角度，对聂华苓小说《桑青与桃红》的离散主体内在灵魂进行了细致而深入的解剖。文章认为，主人公桑青从中国大陆到台湾再到美国的离散历程是对家园、传统、国族的逃离，这是文化认同归零的历程，也是离散主体进行自我辨认、分裂、抗争的历程。许燕转还从聂华苓的自述中发现，《桑青与桃红》的创作受卡尔·门林格尔的《人对抗自己》一书直接影响，并从人的求生与求死两种生命本能的角度，分析了主人公由“桑青”分裂成“桃红”背后的复杂隐喻义，进而提出这一分裂并非是其他学者所说的道德堕落或主体虚无，而是具有反抗、重生的女性

① 《南方文坛》2017 年第 3 期。

② 《苏州教育学院学报》2017 年第 5 期。

③ 《湖南社会科学》2017 年第 5 期。

④ 《华文文学》2017 年第 1 期。

主义意义。

除了以中文写作的海外华人作家，在离散地用第二语言英语进行创作的作家作品也受到研究者关注。蔡晓惠《北美华人英语流散文学与中西文学传统——以哈金、李彦作品为例》[①] 一文结合哈金、李彦这两位北美华人作家的人生经历及创作理念，对他们以英语为书写载体的离散写作加以比较分析。该文认为哈金、李彦的英语离散写作既不同于汤亭亭、谭恩美等以英语为母语并持有所在国内部单一视角的华裔作家，也有别于张翎、严歌苓用汉语创作且处于北美文坛边缘地带的华人作家。与这两个群体比较，哈金与李彦有着更为深刻的跨文化视野，以及更高的在地化程度。同时，哈金与李彦两人本身也相互区别：受过正规英语文学教育，并深受俄国文学影响的哈金更倾向于超越或淡化族裔属性，注重作品的文学性，努力融入西方文学传统；以新闻、历史专业出身的李彦则更重视作品的历史性、客观性，力求把真实的“中国”介绍给西方世界，更多地显示出与中国文学传统的亲缘关系。

作为一种视角，离散研究的对象似乎不应仅限于海外华人作家，可以说，20 世纪 50 年代从大陆迁台的作家同样经历了离散，而这一特殊的生命体验势必会对他们的文学创作产生不容忽视的影响。王进《台湾当代文学离散叙事的审美追求》[②] 通过分析台湾当代文学中具有离散经历的作家，发现他们的作品中有着共同的审美追求，即温情与悲情相交织的怀乡之愁，人物命运充满无常与苍凉的底色。而有别于这一群体共同审美追求的诗人洛夫则提出了“天涯美学”的概念，其“中华情怀与宇宙境界”的诗学表达也使台湾文学的离散叙事有了更宏大、深邃的理论境界。

2. “华语语系文学”讨论

自美国华裔学者史书美提出“华语语系文学”（Sinophone literature）概念以来，学界关于这一概念的讨论渐趋热烈，越来越多研究者参与其中，并对相关理论话语展开思考。史书美用该词指称中国之外使用汉语的作家以汉语写作的文学作品，从词源上来看，该词移借自“英语语系文学”（Anglophone literature）、“法语语系文学”（Francophone literature）等，而后一类概念主要体现原宗主国与殖民地之间在语言、文学上的中心/边缘结构，“华语语系文学”因此从一产生就携带着西方殖民话语模式的理论基因。王德威沿用这一概念，同时对史书美偏激的姿态略做修正，认为应该破除华语/中文的对立，使关于华语语系的讨论更具包容性。经王德威推动，“华语语系文学”在海外华文文学界引起广泛回响，海外学者石静远、白安卓、蔡建鑫等人均参与了相关讨论。

针对于此，中国大陆及部分港澳学者近年相继提出“新华文学”“汉语新文学”等概念，试图以此统合植根于同一传统的全球汉语新文学写作，但学界目前尚未就具体的概念表达形成共识。对于“华语语系文学”的话语体系，不少学者发文批评，此中不乏中肯的学理性呼吁。赵稀方在《探索与争鸣》《世界日报》等报刊上发表《突破二元对立的汉学主义研究范式》《华人文学之我见》《华人文化研究之定位》等系列文章，对这一话语中的二元对立思维局限加以批判。霍艳《另一种傲慢与偏见——华语语系文学研究的几个问题》[③] 一

① 《中国比较文学》2017 年第 4 期。

② 《西南民族大学学报》（人文社会科学版）2017 年第 11 期。

③ 《扬子江评论》2017 年第 4 期。

文就史书美“华语语系文学”概念及十余年相关研究所呈现出的几个问题进行了剖析与批驳。文章认为，史书美的学术经历及海外学术环境所产生的边缘化焦虑，促使其提出了“华语语系”这一概念，其目的在于对抗中国中心主义及西方知识霸权。然而，史书美所对抗的实际上是在西方的偏见与敌意下塑造的“中国”。文章继而对史书美所提“华语语系”概念作了辩证剖析，指出由于此概念的边界不具有封闭性，导致其研究架构日益臃肿。此外，文章还在梳理华语语系文学发展流变的基础上，提出研究者应当消除傲慢或偏见，在承认特殊性的前提下，共同寻找华语文学中的普遍性。

朱崇科也对“华语语系”这一概念及研究理路进行了辩证的论述，他在《“华语语系”中的洞见与不见》[①] 一文中首先提出了王德威、史书美共同倡导的“华语语系”研究理论的洞见，即去除“国族文学”意识形态的局限，通过反殖民倾向以树立华文文学自身主体性，注重对本土自我的形构等。与此同时，文中也道出了这一理论话语建构中的“不见”，包括跨殖民的过度泛化，剔除中国大陆文学而导致“对抗性贫血”等。文中提到，若要在上述理论困境中突围，则需要更加重视“本土中国性”（Native Chineseness）。此外，华语语系论述除了理论争鸣，还需要紧密结合个案作家，进而推动各区域华文文学创作，形成各区域之间的良性互动。

陈贤茂的《海外华文文学的前世、今生与来世》[②] 可视为对朱寿桐此前提出的“汉语新文学”理论话语的回应及补充，他在文中对“海外华文文学”这一概念做了重新梳理，认为“海外华文文学”指中国以外国家或地区的汉语文学创作，其产生可远溯至一千多年前非华人作家为主体的汉语文学创作，彼时称为汉文学，而展望未来的海外华文文学，也必将由华人作家与非华人作家共同创作。该文由此提出，“海外华文文学”或可更名为“海外汉语文学”。

简而言之，围绕“华语语系文学”的争论不断，新的概念与理论话语相继涌现，这反映出不同学术场域的不同立足点，从而生成了区隔鲜明又相互冲突的话语体系。预计相关的研究与讨论在未来一段时间内仍将持续发酵。

3. 华文文学与中华文化研究

华文文学是中华文化在海外传播的重要载体，随着我国综合国力的稳步提升，文化中国在国际上的影响力与日俱增，华文文学与中华文化研究这一视角在本年度学科研究中较为突出。2017 年 4 月，“华文文学与中华文化海外传播国际学术研讨会暨新移民作家笔会”于江苏师范大学（徐州）召开，会议主要关注华人作家对于中华文化的认同问题，追问华文文学的文化精神和价值取向，探讨中华文化走向世界的形态、方式和机制。10 月，由江苏社会科学院主办的“中华文脉与华文文学”国际高峰论坛（南京）暨《世界华文文学论坛》百期巡阅研讨会在江苏省南京市召开，“何谓文脉”以及“如何理解中华文脉与华文文学的关系”是此次会议关注的首要问题，与会学者对海外华文文学发展现状进行了介绍和展现，对华文文学的概念、边界及其定位做了探讨。同一年度两次以华文文学与中华文化为主题的学术会议召开，正表明目前学界对这一研究方向的重视。

---

① 《文艺报》2017 年 8 月 4 日第 4 版。

② 《华文文学》2017 年第 2 期。

相关议题也不断激发着研究者的思考。沈庆利在《论两岸互动中的“文化中国”》① 一文中首先回溯了20世纪70年代末台湾出现的“文化中国”概念，分析了这一概念的生成背景，而后将视野从台湾扩展到大陆及海外，由近现代知识分子及文人作家（如戊戌诸君、陈独秀、鲁迅、辜鸿铭、梁漱溟、林语堂、张爱玲等）在历史变迁中对“中国”的不同认知与态度，勾勒出“文化中国”话语谱系的演变轨迹。同时，该文在正本溯源的基础上，还试图发掘“文化中国”这一理念之于未来两岸文化互动的意义。

从定义上来看，华文文学所涉地域范围原本极广，然而单就海外华文文学各区域研究的版图而言，目前仍主要集中于东南亚与北美，欧洲华文文学的轮廓与血肉显得极其模糊而细弱。近年来，学界逐渐关注到这种区域间的不平衡现象，呼唤对欧华文学开展更为扎实多样的研究。例如黄万华就在《百年欧华文学与中华文化传统》② 一文中将欧华文学的百年历史轨迹概括为“远行而回归”，指出欧洲华文文学对中华文化的海外传播同样有着重要的世界性影响，它“既富有建设性地参与了五四新文化传统的形成、发展，更极有创造性地开启、推进了中国文化传统的现代性转换”。较之于东南亚华文文学所充盈的强烈的民族抗争意识，欧华文学似乎更加注重文学本身，其文化建设显得平和悠长，这一特点也促进了中华文化传统与西方文化的对话。朱双一关注“语言”这一“文化中国”最重要的表征与国族认同之间的关系，他在《语言与台湾民众的“国族认同”》③ 一文中梳理了一百多年来台湾民众所用语言的变迁，并以此讨论台湾民众的“国族认同”感。近百年来台湾民众所用语言的状况颇为复杂，日语、汉语普通话、不同方言乃至多种少数民族语言交织在一起，但汉语始终是最基本的语言。日据时期的日语殖民教育激发了台湾知识界通过汉诗书写、引入白话文以及使用台湾方言来保持中国文化修养及民族认同的热情。光复初期，利用方言学习国语成为台湾民众的共识，却也为80年代“台语文学”的兴起及“台湾民族”意识抬头埋下了历史伏笔。不过，该文认为，这种出于意识形态的政治操弄，必将由于缺乏学理依据而难以实现。

在华文文学与中华文化的议题之下，亦不乏具体的个案分析，本年度涌现出一批相关代表性成果。沈庆利《“中国”之“死而复生”——白先勇小说的一种解读》④ 一文以白先勇小说中的“中国”象征与想象为线索进行了整体性解读，指出在以白先勇为代表的华人作家那里，“中国”既是文化和心理上的，又是空间的和地理上的，是一个融汇了古代与现代、历史与未来、梦幻与现实的“大一统”的中国，一个具有不可抑止“向心力”的中华民族的化身。文章从白先勇的《芝加哥之死》《谪仙记》等留学生文学作品入手，以“吴汉魂”们的死亡抒发了海外华人“失家”“失国”与“失（文化之）根”的悲哀，象征着文化中国在海外的消亡。而到了《台北人》诸篇小说中，古代中国的许多文化“传统”借小说中的人物形象、命运“复活”，亦隐喻着文化中国的复生，因此可以说，《台北人》塑造了一个建构于废墟之上的“文化中国”的经典原型。陈舒劼《传统的盛景与幻象——近二

---

① 《暨南学报（哲学社会科学版）》2017年第5期。

② 《世界华文文学论坛》2017年第3期。

③ 《文学评论》2017年第5期。

④ 《世界华文文学论坛》2017年第3期。

十年来张大春、台湾六年级作家的写作及台湾的文化身份选择》[1] 以重重拷问揭开了张大春与台湾六年级作家传统书写中以盛景构建的幻象，他们的叙述中充满着逃逸、偶然、模糊、怀疑、多元等态度，实际上是在不断否定传统并断绝接近传统的路径。这种状态显示了张大春及台湾六年级作家乃至台湾当代文坛对文化身份认同的混乱局面。陈舒劼对此深表忧虑，并呼吁建立承载正确传统观与现实观的文学，强调台湾作家对“中国性”的认同意识。

4. 跨界研究

“跨界”一词近年来颇为热门，从推动学科发展、拓展学术思路的角度来看，跨界研究或可为文学研究开辟出新的空间。应该说，作为一门相对新兴的学科，台港澳暨海外华文文学研究从产生起便具有较强的跨学科意识，注重多方面吸收理论与实践资源，这一趋势在相关领域的跨界研究中表现得尤为明显。2017 年 4 月，“世界华文文学区域关系与跨界发展”国际学术研讨会在杭州召开，来自海内外的近百名学者参加了这次大会。会议目的在于加强跨学科、跨文化、跨语际的学术交流，推动世界华文文学研究的蓬勃发展。“跨界”的概念本身具有跨地域、跨文化、跨学科、跨媒介的思想外延，这一研究方向改换了文学研究的传统视角，捕捉到华文文学当下的一些新动向，为进一步深入开展研究提供了空间。

2017 年 8 月，中国社会科学院文学研究所“20 世纪海内外华文文学”重点学科举办“转折的时代——40、50 年代之交的汉语文学”国际会议，会议聚焦于 20 世纪四五十年代巨大的社会政治转折在文学上的投影，试图打破现代文学、当代文学、华文文学的学科限制，集结不同地区、不同年龄段的研究者，以多重视角讨论四五十年代文学与历史的复杂关系，厘清转折发生的线索，思考其深远意义及对当下汉语文学发展的影响。这次会议同样是一次打破学科界限、跨越区域界限的尝试，有助于进一步确立以整体观探寻文学历史互动关系的研究范式。

跨界的思路运用到具体研究中也促生出一些学术成果。在世界华文文学各区域中，香港是一个融汇东西文化的大都会，多元、开放的文化环境使其在文化跨界上有着得天独厚的优势。凌逾在《跨界创意香港造》[2] 一文中提到，盛产于香港的跨界创意是陆地文明与海洋文明互融共通的结果，而当代传播媒介的融合新变也带来了香港文化的跨界繁荣，表现为既有后现代特征，又不失其本土性。文章还指出港派跨界的特色，认为其既具有世界性、先锋性，也重视个人性、草根性。

华人作家由于旅居多地，其人其文也有着鲜明的跨界特征，金进注意到出生于马来西亚的华侨武侠作家温瑞安的跨界行旅经历在其武侠创作中的体现，他的《跨界行旅与温瑞安武侠小说创作的关系》[3] 一文还原了温瑞安由马来西亚、台湾至香港跨界行旅中的创作心理变化。文中指出温瑞安早期的武侠创作颇有以文化中国对抗政治中国的意味，这与马来西亚华人遭受的种族压迫及其失根感不无关系；留学台湾时期的武侠创作可视为温瑞安文化中国的小说实践；赴港之后的武侠创作则是他精神创伤的自我疗救，但其中也仍然蕴藉着“文化中国”的文人理想。

---

① 《福建论坛·人文社会科学版》2017 年第 10 期。

② 《中国文艺评论》2017 年第 6 期。

③ 《中国比较文学》2017 年第 4 期。

三、作家作品研究

本年度，台港澳暨海外华文文学具体作家作品研究方面成果众多。为纪念台湾著名作家陈映真，学界同仁通过阅读和研究陈映真的作品，尝试对其人其文进行多维度的深入解读。与此同时，对于那些正在或已经进入经典序列的台港澳暨海外华文文学作品，学界的讨论一如既往地热烈，研究者不断努力以新的角度切入，挖掘作品生成的复杂性及其在文学史上独具的价值特色。此外，近年来华文文学的新作及新生代作家也引起一定关注，相关研究视角仍在不断拓宽。伴随主题意识、叙事结构、文化研究、性别理论、意象隐喻、人性书写、空间理论等多角度全方位研究方法的运用，批评视界不断打开，研究视野日趋前沿，而这也意味着台港澳暨海外华文文学学科研究体系逐步走向成熟与健全。

1. 陈映真研究

台湾著名作家陈映真于 2016 年末去世，学界通过对陈映真作品的阅读和研究表达纪念。2017 年 3 月，由两岸关系和平发展协同创新中心主办、厦门大学台湾研究院文学所承办的“鞭子与提灯：陈映真文学和思想”学术研讨会在厦门大学召开。与会 40 余名专家学者分别从文学、历史、政治、社会的角度，讨论了陈映真作品的左翼思想、美学特色、民族认同以及人道主义情怀等主题，力图多方面呈现一个立体的有情感温度的陈映真。会上，台湾学者赵刚对陈映真的小说《夜行货车》做了深入解读，将其视为陈映真对“乡土文学论战”的经典介入。陈光兴从陈映真的第三世界视野出发，讨论“外省”失乡人与“本省”沦落人。黎湘萍、朱双一、陆卓宁等学者均在会上做出富有启发的发言。

再读陈映真的作品，重释和肯定其价值是陈映真研究的主要方向。黎湘萍《阅读陈映真是对“人”及其世界的探索》① 一文梳理了陈映真研究由被误读到被正视的历程，由此说明解读陈映真的作品及其提出的文学、思想、社会等诸多问题，仍是一个既旧且新的课题。文章指出，阅读陈映真的作品及其创办的《人间》杂志，体会发刊词中的“人间原则”，是了解陈映真的国族、民众关怀的必经之路。同时，阅读陈映真更是探索“人”的信仰、希望、爱，以及自我探索的过程。李晨全面考察了 47 期《人间》杂志的报告文学与纪录影像，她的《纪实与关怀——从〈人间〉杂志到纪录影像》② 一文以详实的案例分析印证了陈映真创办《人间》杂志的指导思想：“从事对生活的观察、发现、记录、省思和批评”，“站在社会上弱小者的立场，对社会、生活、生态环境、文化和历史进行调查、反思、记录和批判”。文章还论及了《人间》杂志被迫停刊后，其现实关怀与批判立场仍然对台湾知识界乃至整个台湾社会发生着影响。

陈映真的作品不断触及日本殖民时代及战后美日新殖民主义带给台湾社会的创伤，他的写作与实践中所具有的反殖民主义思想价值因此格外值得探索。针对于此，赵稀方的《今天我们为什么纪念陈映真?》③ 一文从台湾历史经验的独特性出发，努力建立新的观察视角。

---

① 《世界华文文学论坛》2017 年第 2 期。

② 《文艺理论与批评》2017 年第 6 期。

③ 《中国现代文学研究丛刊》2017 年第 6 期。

文章以80年代陈映真与阿城、张贤亮、陈丹青、王安忆的对话落差为引，追溯了陈映真反现代主义、新殖民主义批判等先见性思想，认为陈映真的一大贡献在于将新殖民主义批判提升到了文化的高度，由此回应了文章标题的发问。文中提到，陈映真一生念兹在兹的，是台湾的殖民性批判，这里的殖民性不但包括战前日本殖民主义，也包括战后美国和日本的新殖民主义，还包括当代文化帝国主义乃至消费主义。作者提到，或许只有从反省殖民性的视野出发，注意到台港澳经验的独特性，我们才能更清晰地把握陈映真的问题意识。

李娜《试析1950—60年代台湾青年的“虚无”，重新理解“现代主义与左翼”——以陈映真、王尚义为线索》① 以陈映真《我的弟弟康雄》、王尚义《野鸽子的黄昏》两篇作品为线索，着力追索20世纪五六十年代台湾青年“虚无”面目的历史渊源，并重释现代主义与左翼在当时台湾社会的现实影像。该文认为，陈映真与王尚义作品中的“少年虚无者”形象是在当时白色恐怖封锁下的反叛与启蒙，其“虚无”的历史构造分别可以追踪至19世纪俄国旧知识分子的无政府主义、现代主义的思想底色。小说中人物的“虚无”气质还来源于父辈与子辈之间理想的落差，父辈在子辈的眼中已然坍塌，而成为批判和省察的对象。文中提到，陈、王二人尽管都肯定西方现代主义兴起的意义，却也在批判现代主义与倾向左翼或隐性左翼立场中达到了共情。陈映真对现代主义的批判是随着左翼立场的成形而逐步激进化的，从王尚义对存在主义的反省来看，他如果不是过早去世，也会走向隐性的左翼立场。现代主义、左翼在他二人身上的复杂纠葛，正是20世纪五六十年代台湾青年心理群像的缩影。

刘奎在他的《陈映真小说的忧郁诗学与情感政治》② 中详述了陈映真小说中浓重的忧郁色彩，认为忧郁的人物与感伤的氛围构成了陈映真小说的美学风格，而小说中人物的忧郁往往来自于现实中的挫折，以及理想的匮乏与缺位。尽管陈映真对其作品中的感伤与忧郁风做了自我批评并试图克服，但刘奎发现，感伤与忧郁元素仍潜藏在其叙事结构之中，陈映真后期作品变得理性与明朗，而原因只是“忧郁”隐藏得更深了。置诸50年代台湾的历史语境，陈映真的感伤、忧郁反使他的文学兼顾革命与情感，因而独具特色，可以理解为一种情感政治。陈美霞关注到了陈映真对50年代肃清历史的叙述，她的《陈映真“白色恐怖三部曲”——话语的重构与历史的再叙述》③ 一文以《铃珰花》《山路》《赵南栋》三篇作品为文本对象，解答了文学与历史、现实的四个命题：陈映真的文学作品借白色恐怖创伤书写抵抗遗忘，用现实感与话语重构思考当代，以耶稣式人道主义呈现左翼情怀，唤起分断时代的民族认同来疗愈创伤。刘堃的《女性、革命与知识分子的人格模拟——论陈映真小说〈山路〉》④ 从性别角度切入，讨论小说《山路》的女性人物形象塑造，通过对女主人公蔡千惠形象的分析，阐释陈映真左翼思想与文学镜像之间的关系。该文认为，基督教的赎罪与牺牲，以及左翼思想中对底层劳动者的人道主义同情，共同构成了蔡千惠形象的崇高之美。文中指出，这一人物形象的前后差异与矛盾实际上源于对知识分子人格的再度模拟，左翼知识

---

① 《文艺理论与批评》2017年第6期。

② 《文艺研究》2017年第9期。

③ 《文艺报》2017年11月17日第004版。

④ 《妇女研究论丛》2017年第4期。

分子因“革命的挫折”而形成的精神创伤无法直接言说，必须加以“性别转化”，以女性的形象重新编码，并重构男性历史。

2. 其他作家作品分析

丰富多彩的作家作品分析在本年度台港澳暨海外华文文学研究中格外引人注目，大量视角多元、语言鲜活、各具风格的批评之作为本学科灌注了勃勃的生机与活力。近年来，华人作家的长篇小说创作热情不减、新作叠出，而评论家的解读视角也不断突破陈见，锐意出新。

台港澳暨海外华文文学经典仍然吸引着研究者一次又一次地重读。例如，关于白先勇作品研究，在前引《“中国”之“死而复生”——白先勇小说的一种解读》一文外，刘俊的《从“单纯的怀旧”到“动能的怀旧”——论〈台北人〉和〈纽约客〉中的怀旧、都市与身份建构》[①] 同样值得参考。怀旧是白先勇小说创作的母题，该文从“怀旧”这一话题出发，对白先勇的两部小说集进行了富有启发的比较论述。《台北人》中的“台北人”身份完全错置，而《纽约客》中的“纽约客”却已接受了新的身份；台北人的怀旧是“单纯的怀旧”，在过去寻求安全感，放大了过往的青春与美好，对照出现实的灰暗，而到了纽约客身上，已转变为“动能的怀旧”，也即在怀旧与今昔对比之中获得新生的动力，“旧”不过是为“新生”增添了曲折性与复杂性。从“单纯的怀旧”到“动能的怀旧”，白先勇小说中的都市景观和作品中人物的身份认同/身份建构，也一同发生了变化。

何彤珊、徐放鸣的《空间的意味与隐秘的乡愁——论哈金短篇小说中的中国形象呈现》[②] 一文分析了美国华人作家哈金的三部短篇小说集《小镇奇人异事》《新郎》和《落地》（中文版），从小说叙述空间的转换解读哈金小说中“中国”形象的变化，认为《小镇奇人异事》《新郎》书写了故乡“大中国”权力体系对个体的压迫，而《落地》则描绘了纽约“小中国”里的个人在文化冲突之中的艰难生存，小说中空间的转换也呈现了“中国”形象的转换，即“由一个严酷的父亲到一个面目模糊的母亲”。

严歌苓当属华人作家中最为大陆读者所熟悉的一位，她的作品也颇受批评家青睐。陈思和的《被误读的人性之歌——读严歌苓的新作〈芳华〉》[③] 一文首先回顾了严歌苓以往塑造的一系列具有“地母”人格的女性人物，继之以克鲁泡特金的人性论分析《芳华》中的男版“地母”刘峰。文中提到，刘锋在特殊年代里的善良被误读，扮演成政治道德样板，而严歌苓正是通过有意的误读，写出了高贵又不被神化的人性之善。同样以严歌苓的小说为文本对象，刘艳的两篇文章针对严歌苓新作所体现的“中国叙事”进行分析，其中《叙事结构的嵌套与“缩合”面向——对严歌苓〈上海舞男〉的一种解读》[④] 一文认为，小说《上海舞男》的叙事结构彼此嵌套、缩合，通过大量运用自由直接引语实现了第一人称叙述视角与其他叙述视角切换自如。刘艳《隐在历史褶皱处的青春记忆与人性书写——从〈芳华〉

① 《南方文坛》2017 年第 3 期。

② 《世界华文文学论坛》2017 年第 1 期。

③ 《当代作家评论》2017 年第 5 期

④ 《文艺争鸣》2017 年第 5 期。

看严歌苓小说叙事的新探索》[①]一文则细读《芳华》，分析严歌苓在叙事技巧上新的探索。该文指出《芳华》以第一人称叙事，复现了动人心弦的青春记忆，小说采用全知视角与限制视角相混合、话语调试等叙事技巧，增强了虚构性，同时也强化了小说的心理真实感，在虚实主线之外旁逸斜出的人性书写反而显得更为繁复深刻。

张翎是北美华人作家中关注社会现实，且保持较高创作质量的作家，卓今的《站在不远处看待危险的自身——张翎的新长篇〈流年物语〉分析》[②]一文集中解读了张翎的新作《流年物语》，并对张翎以往作品做了整体的回顾与比较。卓今提出张翎在写作上的两大突破，一是超越了海外华人作家移民写作中书写文化差异的局限，进入普遍人性书写的层面；二是在结构和语言上均进行了大胆创新，长篇新作《流年物语》在汉语小说艺术上达到了新高度。文章指出，小说中叙述者与意象相互渗透，话语层面与故事层面不着痕迹地自如转换，屉笼套盒式的叙事结构探索了一种全新的小说叙述方式。张娟《〈甲骨时光〉：寻找"看不见的城市"》[③]解读陈河的近作《甲骨时光》，认为该小说很好地处理了纪实与虚构的关系，使文本兼具史学精神与诗性气质，具有多重线索分叉交织的叙事结构，并通过时间、空间的构筑与欲望的指引，实现了远古的城市追寻。

此外，台港澳及华人新生代作家作品正在越来越多地受到研究者关注。自"南北书"以来，葛亮日益显示出他的才华和功力。张莉的《〈北鸢〉与想象文化中国的方法》[④]一文认为，葛亮的近著《北鸢》提供了重新理解中国传统文化的流动视角，还原了乱离历史的个人，复归了含蓄、留白的古典汉语之美，开拓了讲述文化中国的方法。周珉佳《用中提琴的音色叙事——评葛亮长篇小说》[⑤]以别具一格的批评视角分析了葛亮长篇小说的美学风格，认为其叙事音色属于厚实而温暖的中提琴，同时也指出葛亮的作品受叙事风格限制，未能驾驭宏大厚重的历史题材，读来不无遗憾。康春华在《历史、命运与文化日常——葛亮〈朱雀〉及〈北鸢〉中的城市想象》[⑥]一文中也表达了类似的观点。此外，康春华还认为《朱雀》与《北鸢》以女性书写来隐喻城市命运，其叙事核心在于历史缝隙之间的日常生活，从中弥散而出的诗学和美学品质值得注意。

从第一代华人移民至今，融入与在地化始终是华人世界一个不断被演绎的主题。欧阳光明《张惠雯小说论》[⑦]中对张惠雯的小说作品进行了全面论述，分析了张惠雯小说中频繁出现的新移民群体的漂泊主题，以及强烈渴望"家"的表达，并抓住了张惠雯的小说关注人物现实困顿、擅用"寓言"化叙事等特征，精确书写"新移民"骚动不安的内心世界与无根的灵魂。王芳《注视与超越——〈无声告白〉中的存在主义思想解读》[⑧]认为，新生代小说作家伍绮诗的《无声告白》有明显的存在主义思想特征，文章借用"凝视"理论剖析

---

① 《文艺争鸣》2017 年第 7 期。
② 《文学评论》2017 年第 6 期。
③ 《南方文坛》2017 年第 2 期。
④ 《文艺争鸣》2017 年第 3 期。
⑤ 《当代作家评论》2017 年第 6 期。
⑥ 《当代作家评论》2017 年第 6 期。
⑦ 《当代作家评论》2017 年第 3 期。
⑧ 《当代外国文学》2017 年第 3 期。

小说中华裔家庭在白人社会“凝视”之下承受的巨大精神压力，并解读小说对于主体建构和种族问题的哲学性思考，认为作者无意强化种族二元对立，而是通过白人由注视者到参与者的角色转换来模糊主体与他者的界限，试图建立超越种族主义的共同体。江宏《“中国意识”的深层表达——兼谈华文小说〈合欢牡丹〉的艺术特征》[①] 以“中国意识”为角度切入江岚的小说《合欢牡丹》认为，小说女主人公沈玉翎身上具有古代诗人不染尘俗的共性，小说营造的意境兼具“情韵”与“理趣”的审美特征，具体的意象中包含大量传统中国元素，在描写海外华人生活境况之余有意呈现出东方韵味。

研究者和评论家还敏锐地捕捉到华人作家群体创作中一些新的动态，包括对新主题的展开、新的现实问题的书写等等。多数新生代海外华人作家都并非专业作家，其中有些人更是从事着与人文社科相距甚远的工作，然而他们并未放弃人文思考，且往往因其特殊的个人经历和工作、生活环境，而赋予作品别开生面的书写方式。刘俊注意到从事科技工作的北美华人作家黄宗之、朱雪梅伉俪的“教育小说”，他在《从“想象”到“现实”：美国梦中的教育梦——论黄宗之、朱雪梅的“教育小说”》[②] 一文中指出，黄宗之、朱雪梅聚焦于美国华人代际之间教育观念的冲突问题，传统中国的教育观念已不适用于新一代美国华人的教育实际，华人须将美国教育的“想象”化为“现实”，方可通过教育梦，实现美国梦。同时，刘俊也指出了“教育小说”及“科技小说”的局限，并认为作家须“深化对人生价值、生存意义的追问和思考”，才有可能突破局限，提升作品的价值。另外一位新世纪以来在北美华文文学中崭露头角的华人作家陈谦与以上两位作家有着相似身份，但不同的是，陈谦的小说以自身经历为创作基础，更加关注科技界华人的生活困境与生命体验。刘云、王宗法就陈谦的两部长篇小说《爱在无爱的硅谷》《无穷境》做了细致的解读，分析了小说所呈现的硅谷华人精英的人生困惑与内心世界[③]。

小说作为当代台港澳暨海外华文文学作品中体量最大的文学体裁，格外受到研究者关注。不过，在小说之外，散文、诗歌、传记等同样参与着当代文学景观的建构，其价值不容忽视。传记方面，华人作家中曾涌现出不少自传性作品，如隐地的《涨潮日》、龙应台的《大江大河》、王鼎钧的《文学回忆录》四部曲、齐邦媛的《巨流河》等，而戴小华的《忽如归》可以说是其中特别的一部。在《痛与爱——读戴小华〈忽如归〉》[④] 一文中，通过与其他华人作家的传记作品相比较，黎湘萍特别提到，戴小华《忽如归》中的移民背景、离散经验与台湾政治书写使其在华人传记作品中成为独特的存在。该文指出《忽如归》一书焕发着朴素的激情，在对家族移民史的撰写中怀有深切的离散意识。《忽如归》并没有书写族群分裂对抗的意识，而是恰恰相反，书中对宗教的讨论“为世界提供了中国伊斯兰教的和平主义理念和宗教宽容的价值观”。《痛与爱——读戴小华〈忽如归〉》一文兼具读者体验与研究态度，体现了鲜活感受与理性分析的结合。

长期以来，台港澳暨海外华文文学作品中大量的散文似乎并未引起研究者的足够重视。

---

① 《南方文坛》2017 年第 5 期。
② 《世界华文文学论坛》2017 年第 3 期。
③ 《世界华文文学论坛》2017 年第 2 期。
④ 《红杉林》2017 年 3 月。

林强的专著《台湾当代散文空间诗学研究——以台北为中心》① 以台北这座城市为对象，借用雷蒙·威廉斯的感觉结构理论，兼采空间诗学和文学地理学的理论与方法，细致分析台湾当代散文中所呈现的台北空间形象的类型及其演变过程，为一向冷门的台湾当代散文研究提供了新的范例。不仅如此，该书集中探讨台湾当代散文创作的空间意识和空间书写脉络，从而考察作家、地方与文本之间的多重关系，努力尝试将文学文本与城市空间生产具体过程相结合，展开双向的考证和思辨工作，具有一定方法论的意义。同样关注文学文本与城市空间的相互关系，郑海娟《澳门当代文学中的小城意象》② 一文重点探讨当代澳门文学中"小城"意象的生成机制及其蕴含的社会文化内涵。该文梳理了当代澳门诗歌、散文、小说中频繁出现的小城意象，指出这一意象不仅是澳门现实都市空间在文学世界的映射，更是创作主体有意为之的建构，其中既寄寓着身份认同的诉求，又饱含着全球化时代的怀旧与乡愁。

总体而言，本年度具体作家作品研究成果丰硕，在深度和广度上均有推进，研究者通过多姿多彩的个案研究参与和推动台港澳暨海外华文文学经典化的重要过程。不过，仍需要注意的是，评论类文章颇多赞誉之词，较少对症下药的批评以及关乎创作理论方法的质询与建议。华文作品所涉范围极广，数量亦多，从创作实际来看，应未至于尽皆佳作，而无有可批评之处。本年度相关领域的文学批评未能给作家写作带来更多行之有效的批评，这一遗憾希望在以后得到改善。

以上从文学史研究、专题研究、作家作品研究三个方面对 2017 年度台港澳暨海外华文文学研究现状做了概述和总结。总体而言，目前台港澳暨海外华文文学学科的研究发展仍然保持着较好的势头，一方面，具体的作家作品研究、文学批评层出不穷，并逐步走向细化、深化；另一方面，新的热点和研究方向陆续出现，激励本领域的学者不断省视既有的研究局限，积极借鉴、吸纳新的理论和研究方法，一批颇具特色的学术成果也由此催生，文学史的书写、专题研究、个案研究均逐渐走向纵深。同时，如何在尊重各区域独特性的基础之上推动台港澳暨海外华文文学学科共同体建设，如何妥善处理台港澳暨海外华文文学与中国现当代文学之间的关系问题，如何在关注经典作家作品的同时以有效的批评话语促进相关文学创作等等，仍然是有待解决的问题。这同时也为今后的研究指明了方向，研究者应努力借鉴其他学科的理论与方法，进一步加强交流与对话，尝试多方面、多角度打开新的研究空间，力争在台港澳暨海外华文文学研究领域提出更多具有可拓展性的重要学术议题。

（本文审稿专家　张重岗）

① 人民出版社 2017 年 5 月版。

② 《暨南学报（哲学社会科学版）》2017 年第 7 期。

2017 年比较文学研究综述

郑熙青

2017 年比较文学学科的主要学术研究成果仍以涉及面广泛，论题繁多新颖，且多有跨学科跨领域的研究为主要特点。因此，掌握本学科的发展全貌尤其困难，限于阅读范围，本综述只能以所见所闻的研究为基础。比起往年来，2017 年度的论著提高到理论高度的泛而论之的概括性文章少，研究者的问题意识转向了更为细节和具体的方向，特别难得的一点是其脚踏实地，深入细节问题和内容，有非常可贵的文本细读、资料考证工作。和去年不同，本年度的研究不再特别强调“中国文学/文化走出去”的目标要求和研究导向，但总体研究底色仍然以建立中国文化自信为主。这种自信尤其体现在从容而细致的问题分析，体现在很多学科问题，例如翻译研究的“文化转向”之类向来被理所当然地作为既成事实忽略过去的概念，获得了极其细致的追根溯源和讨论。同时，随着新的议题和新理论框架的提出，本年度比较文学学科内部各个领域也多有交流、汇合和跨界，也为学科的将来指明了可能的发展方向。

一、比较文学学科理论建设

本年度的比较文学学科理论建设主要从历史和传统研究了比较文学和世界文学这一学科的历史发展和理念变化，并探讨了学科之间、领域之间和各文化之间的关系，以此推动了学科理论的发展。

（一）学科史梳理

2017 年继续了 2016 年对比较文学和世界文学的讨论，但是在此基础上，尤其关注当代比较文学学界对于“世界文学”这一概念的继承、发展和重新探讨。吴晓都《世界文学理念的生成与阐释》①、刘洪涛《中国世界文学观念的百年演进》②、龚觅《从古典传统到世界文学》③ 等文章都追溯到了世界文学概念的早期形态，从歌德对“世界文学”的定义到中国近现代早期对世界文学和比较文学的界定，以此为起点和参照，阐释并介绍了当代世界和中国的“世界文学”发展样态和定义。《世界文学还是全球文学：西奥多·德汉教授访谈

① 《中国社会科学报》2017 年 12 月 18 日。

② 《中国社会科学报》2017 年 12 月 18 日。

③ 《中国社会科学报》2017 年 12 月 18 日。

录》[①] 则记录了比利时鲁汶大学英语文学与比较文学教授西奥多·德汉 2017 年 5 月接受何成洲和李淑玲关于世界文学与全球文学的访谈。他从世界文学的不同定义以及他个人编写世界文学选集的原则谈起，着重阐述了当今世界文学研究的潜力、危险和不同声音。他提出了超越后殖民主义、用“全球文学”替代“世界文学”的设想，以回避学界对于世界文学的一些质疑。姚孟泽《论作为文学空间的世界文学》[②] 认为，学界没有充分意识到作为前沿学术问题的世界文学。但这一世界并不完全等同于现实世界，而是独特的文学空间。这种空间里的实质内容，是更加复杂和精微的文学关系。杨慧林《“世界文学”何以“发生”：比较文学的人文学意义》[③] 概括了提哈诺夫、达姆罗什、弗雷泽和柯马丁 2015 年在北京对“世界文学”的讨论，对其工具性价值和解释性功能予以申说。从“世界文学”到“文学行动”的讨论，其实亦是将对象性的存在重述为一种关系结构，有如“世界文学并不存在”，“世界文学”这一工具性概念却使“正在发生”的“文学行动”成为“主体”和“他者”之“关系性存在”的绝佳样本。弗拉基米尔·比提《文学全球化的“不明地带”》[④] 提出，近代以来，西方文学与文化作为全球化进程的组成部分，使得全球化要么作为西方强权自上而下地强制实施的一项策略性工程，要么促成生长于底层的属地自发地联合。本文认为第二种模式源于创伤研究与记忆研究交汇之处的跨学科领域，但它脱离了文学的非归属性，而本文提出了一种替代模式，脱离“创伤群集”而成为一个兼具归属性和非归属性的文学作品的诞生地。

另外，还有一些学者讨论了比较文学作为一种学科本身在各个国家的发展变迁，例如张珂《通向世界文学之路：民国时期中文系与外文系的世界文学课程设置与沟通》[⑤] 一文，介绍了民国时期大学开设的世界文学课程。最具特色的是在中文系设置世界文学课程。1940 年代中文系和外文系的沟通渐成焦点，引发了有识之士对相关系别课程设置的讨论。周小莉《从语言学的视角看美国比较文学的演变》[⑥] 提出，在美国比较文学的演变进程中，语言观的转变自始至终都是促使其研究对象、研究边界、研究方法等发生变化的内在驱动力，既给比较文学造成危机，又带来发展契机，最终推动学科不断重新定位。

（二）关于学科理论的探讨

2017 年也有很多论文着重讨论了比较文学学科中主要的方法论和命题，从大方向上探讨了比较文学学科可以利用的理论和《当代世界文学与比较文学研究的主要命题与批评争议：托马斯·奥利弗·比比教授访谈录》[⑦] 记录了尚必武博士对美国宾州州立大学比较文学教授托马斯·奥利弗·比比的专访，谈话主要涉及世界文学的定义、民族文学与世界文学之间的关系、世界文学的阅读与教学，以及翻译与世界文学等一系列重要论题。苏勇《中西

---

① 《外国文学研究》2017 年第 4 期。
② 《文艺理论研究》2017 年第 1 期。
③ 《北京大学学报（哲学社会科学版）》2017 年第 1 期。
④ 《外国文学研究》2017 年第 4 期。
⑤ 《中国比较文学》2017 年第 3 期。
⑥ 《兰州大学学报（社会科学版）》2017 年第 3 期。
⑦ 《外国文学研究》2017 年第 1 期。

对话、文学阅读、解构及其他——希利斯·米勒访谈录》[①] 中采访了希利斯·米勒，加州大学尔湾分校英语与比较文学系教授，解构批评的代表性人物之一。访谈主要围绕中西对话、解构的价值、解构的运作、解构在美国、文学研究、文化研究、图像化转向等学界比较关心的话题展开。

另有一些学者着重讨论了一些在比较文学中可以利用和发扬的新的研究范式和视角，不仅可以克服现在比较文学学科遇到的一些现实困境，也提出了一些有益的新角度和方法。欧阳可惺《作为学科群的少数民族文学研究与关系论范式》[②] 认为，少数民族文学学科具有自己的特殊性，完成少数民族文学学科群的研究任务，首先要确立研究的范式。林玮生《个体论：比较文学研究的另一种取向》[③] 提出，在比较文学学科内，以个体论取向代替总体论取向，以学者的个体性为本位。金英敏《跨国文学中的越界、文化翻译与种族身份》[④] 认为，跨国文学的接触区域或边界阻止了具有多重语义的漂浮能指的通过，我们应为这些能指搭建穿越、移植、运送与翻译的桥梁。本文认为跨国主义可被视为一种"超越"单一国家界限的结构性桥梁。宋炳辉《对话与认同之际：比较文学的人文品格与当代使命》[⑤] 认为，比较文学人文使命的思考，不能限于对这一学科的内涵式理解，即不能把至今为止对这一学科性质的理解，作为比较文学人文价值体现的认识框范。而应该对这一学科做外延式考察，即应当从这一学科的演化历史和当下态势中，重新发现它在不同阶段、不同文化历史时空中所呈现、所蕴含的"观察时间窗口"，从而使这种理解与考察，向未来的可能性敞开，向不同的文化和不同的历史经验敞开。

其他参与比较文学学科理论探讨的论文还有：张辉《重新认识比较文学的意义——从奥尔巴赫的一段引文说起》[⑥]、张隆溪《作为人文学科核心的比较研究》[⑦] 等等。

二、跨文化文学关系研究

中外文学文化关系依然是比较文学研究中成果最丰富，也最引人注目的领域。本年度的研究中有几个较为热门的话题和方向，论题较为分散，选题相当多样化和富有创新性。

2017 年有关于世界文学和思想史的一系列文章，集中讨论了文学史中一些重要人物和事件与思想史、精神史之间的普遍联系，虽然仍然立足于跨文化文学关系的研究，但是仍然以其多面向的视角成为比较文学研究中的跨文化和跨学科两方面跨界研究的典范。如谷裕的《〈浮士德〉中的学者形象——"没有约束的现代性"之前现代图解》[⑧]，以歌德对学者的塑造变化，隐喻了现代性在没有"至高的善"约束，纯粹以没有约束的意志而行动，则走上

---

① 《外国文学》2017 年第 4 期。
② 《中南民族大学学报（人文社会科学版）》2017 年第 3 期。
③ 《南京社会科学》2017 年第 7 期。
④ 《外国文学研究》2017 年第 1 期。
⑤ 《北京大学学报（哲学社会科学版）》2017 年第 1 期。
⑥ 《北京大学学报（哲学社会科学版）》2017 年第 1 期。
⑦ 《北京大学学报（哲学社会科学版）》2017 年第 1 期。
⑧ 《中国比较文学》2017 年第 1 期。

对权力的无限攫取之路。成桂明的《17、18 世纪英国“古今之争”与中国——以坦普尔和斯威夫特的中国书写为中心》①，一改以西方为中心的视角，从中国在论争中扮演的角色出发，研究了坦普尔和斯威夫特有关中国的书写，探讨了斯威夫特如何借鉴并重新反思了坦普尔笔下的中国及其与17、18 世纪英国思想史的关系。刘耘华《文学与思想：“视域歧分”视角下的一个纵深考察》② 指出了西方文化基于“同一性”的真理观奠定了一系列二元对立的思维模式，与此相应，思想（哲学）取得了对文学的支配地位。而古代中国文化却没有建立哲学与文学的文类对立。叶隽的《文学侨易学与“观念侨易”——“文学思想史”研究的方法论思考》③ 则提出了“文学侨易学”这一方法论，研究文学世界里的观念侨易现象，将最具意义的作品和诗哲人物填入思想史叙说的谱系之中。范晶晶的《“缘”：从印度到中国——一类文体的变迁》④ 一文，则梳理了印度佛教的“十二分教”文献典籍中“因缘”与“譬喻”对中国佛教和文学产生的深远影响，不仅是整体结构框架上的借鉴，还有三世因果的作品主旨。张辉的《文学与思想史研究的问题意识》⑤ 一文，则将文学与思想史研究的联结提高到问题意识层面，认为二者的结合是为了恢复文学研究的人文品格，激活“如何说”和“说什么”之间的有机关联，为质疑约定俗成的“常识”和“定见”提供了最大可能性。

本年度也有很多论文着重关注了写作者的跨界行旅和异邦体验，从“流散文化”和异帮文化的影响讨论其对作品的影响。亚思明《论“流散”语境下梁秉钧“发现的诗学”》⑥ 指出，梁秉钧诗作中的“香港意识”，藉由观看、倾听和品尝等不同层面展开，打开视觉、听觉及味觉的感官入口，建立个体与世界的关联，考察“流散文化”的复杂变迁。韩琛《三城记：异邦体验与老舍小说的发生》⑦ 讨论 1924 年至 1930 年，老舍的异邦行旅和他小说写作的关系。作者认为，跨界东西的异邦体验、多元一体的身份认同，让老舍小说变得杂音起伏、多义交响，形成了一个复杂的文本世界。左怀建《开放的现代意识与严肃的左翼立场——论艾青早期诗歌中的巴黎书写》⑧ 考察艾青早期的巴黎书写中，开放意识下的巴黎与左翼立场下的巴黎形成的矛盾和张力。金进《跨界行旅与温瑞安武侠小说创作的关系》⑨ 介绍了温瑞安生平与武侠创作的关系，在冷战文化的格局下，讨论这位地跨三个地区、文学风格变化多样的作家创作心理的变化过程，还原他的创作和跨界行旅的关系。蔡晓惠《北美华人英语流散文学与中西文学传统——以哈金、李彦作品为例》⑩ 比较了哈金、李彦等北美世界以第二语言英语进行文学创作并获得文名的作家，认为他们分别代表了北美华人英语流散文学的两种面向、两种写作流脉。李炜《从“反战”到“主战”——以与谢野晶子的

① 《中国比较文学》2017 年第 1 期。
② 《中国比较文学》2017 年第 2 期。
③ 《中国比较文学》2017 年第 2 期。
④ 《中国比较文学》2017 年第 2 期。
⑤ 《中国比较文学》2017 年第 2 期。
⑥ 《文学评论》2017 年第 5 期。
⑦ 《文学评论》2017 年第 5 期。
⑧ 《中国现代文学研究丛刊》2017 年第 3 期。
⑨ 《中国比较文学》2017 年第 4 期。
⑩ 《中国比较文学》2017 年第 4 期。

“满蒙之旅”为中心》[①] 从1928年与谢野晶子的“满蒙之旅”开始，分析晶子的来华原因、还原其在华经历，剖析晶子思想转变的内在原因，认为晶子的思想表面呈现出不断变化的“流动性”特点，但其底层一直存在着“凝固”不变的天皇尊崇观，从“反战”变为“主战”是必然的结果。

近现代中国文学和文化，尤其是思想界通过翻译介绍受到西方影响，一向是跨文化文学关系中最为重要和活跃的领域，2017年对晚清民初的翻译研究特别强调了这段时期译介对于五四的基础作用。赵亮《〈域外小说集〉：中国现代小说的先声》[②] 通过周氏兄弟在日本留学期间编译的《域外小说集》一书，讨论其对周氏兄弟文学创作的影响，并指出其为中国现代文学的先声。李林荣《作为文艺评论实践的鲁迅译介》[③] 梳理了鲁迅的译介实践，认为译介是鲁迅所有社会文化实践活动的枢纽部分，始终把着眼点瞄准在民族性格和国民精神上。鲁迅这种以译介的方式来为新文艺、新思想和新价值开辟通路和空间的文化策略和人生实践观念，是鲁迅那一代精英知识分子共有的。张婷《史传笔法与凡人琐事——林译狄更斯小说序跋文的价值》[④] 以林纾翻译的狄更斯小说为研究目标，指出林纾在翻译外国小说时，将狄更斯等人创作的小说与中国的史传文学相比较，林纾的翻译及创作实践适应了古老中国走向现代化的历史进程，为历史的发展及时地提供了精神食粮。

同时，周氏兄弟受到外国文学和思想的影响，以及他们在后来对这些影响的发扬和传承，也是本年度研究中颇有亮眼之处的话题。张鑫和汪卫东的《晚清驳杂语境中的西学传播——鲁迅〈文化偏至论〉中“施蒂纳”言述的两个可能性材源辨析》[⑤] 详细梳理了鲁迅《文化偏至论》一文中“施蒂纳”的来源可能，认为数个可能的文本之间错综复杂的亲缘关系，是晚清西学东渐过程中传播复杂性的精彩个案。张先飞《从托尔斯泰到周作人——“五四”俄国人道主义文艺观的受容与“人的文学”观的生成》[⑥] 认为，五四前期表现为“人的文学”的文艺思想建构与创作实践直接来源是晚期列夫·托尔斯泰人道主义的文艺活动。周作人的理论努力使他成为列夫·托尔斯泰人道主义文艺观在五四中国的散播源。高旭东和魏琛琳的《论留日时期鲁迅的浪漫主义特色及哲学背景》[⑦] 认为，留日时期的鲁迅以救国为最终目的，在当时的鲁迅看来，不推崇尼采主义就无以自强强国，不推崇托尔斯泰主义就无以反对帝国主义侵略，因此，他在文学上在选择浪漫主义、现代主义的同时，兼容了启蒙主义与现实主义。郜元宝《鲁迅看取意大利文化的眼光》[⑧] 整理了鲁迅在大量论文、杂文和翻译作品的序跋中论及意大利社会、历史和文化的细节。

五四之后中国现代文学受到的外国翻译影响，以及中国现代文学与其他国家文学的交流互动依然是跨文化文学关系研究中的重点之一，其中除了各类文学主题和文艺思想，本年度

---

① 《外国文学评论》2017年第3期。
② 《鲁迅研究月刊》2017年第10期。
③ 《鲁迅研究月刊》2017年第11期。
④ 《鲁迅研究月刊》2017年第10期。
⑤ 《鲁迅研究月刊》2017年第4期。
⑥ 《鲁迅研究月刊》2017年第7期。
⑦ 《鲁迅研究月刊》2017年第9期。
⑧ 《鲁迅研究月刊》2017年第11期。

还有不少论文特别关注了革命文学、左翼文学对苏联、日本的学说接受、批判和发扬。尤为引人关注的是，这些论著不仅讨论了文学关系，而且恰当地深入探讨了思想层面上中国的知识分子受到的外国影响以及回馈。杨姿《二十年代“革命文学”语境中的托洛茨基》[1] 提出托洛茨基在“革命文学”命题中的重要性，直面“革命文学”论争的复杂性。侯敏《中国左翼文学对高尔基“社会主义现实主义”接受之考辨然》[2] 以高尔基社会主义现实主义理论为切入点，考察中国左翼文学在接受苏联社会主义现实主义理论过程中的驳杂性，并由此探究潜隐于不同左翼文学理论话语背后的思想内涵。李斌《河上肇早期学说、苏俄道路与郭沫若的思想转变》[3] 和熊权《郭沫若对河上肇的接受和修改》[4] 研究了郭沫若翻译河上肇《社会组织与社会革命》及与孤军社论战的历史，均认为郭沫若得河上肇之助，获得了认识并突破自身困境的方法，又通过反思河上肇的革命时机论，批判国家主义、推崇苏俄革命。邓瑗《耿济之译托尔斯泰〈艺术论〉与20年代中国文学批评》[5] 研究了1921年出版的耿济之译《艺术论》中托尔斯泰文艺思想在中国的影响，该书因契合了20年代新文学批评“美”与“为人生”两方面的诉求而参与了现代文学批评的建构。熊鹰《“中国题材”的政治——中日左翼文学交流中的〈我的母国·作为日本文学课题〉》[6] 讨论1936年，日本创造社的左翼作家和鲁迅、郭沫若就日本左翼文学传统中的“中国题材”等问题展开对话，揭示了中日两国从五卅运动到抗日战争全面爆发，围绕着“中国题材”的文学创作所展开的各种对话的历史。崔丹、李增《中国新诗对英国浪漫主义的借鉴与“文化的国家主义”践行——以新诗诗人朱湘的诗学思想与实践为例》[7] 认为，新诗诗人朱湘的诗学思想与诗歌实践借鉴了英国浪漫主义诗歌，铸就具有“文化的国家主义”风格的中国新诗，揭示出中国知识分子如何保持自身的民族性与文化独立性。

另一些研究则着重关注海外对中国文学和文化传统的接受、改编和经典化过程，从而追溯了历史上中外文学文化关系里，中国成功输出的经验。其中有代表性的文章有江棘的《海外视域下的民众、宗教观念与中国民间文艺经典的塑造——以〈定县秧歌选〉的外译阐释为例》[8]，论文讨论了20世纪20—30年代，晏阳初领导的中华平民教育促进会搜集、整理和刊印的《定县秧歌选》在国内外民俗学界的经典化过程。在华基督教人员的参与和海外关注的介入与20世纪30年代民族主义、民众教育动员、群众政治话语既错综缠绕又矛盾紧张的关系，体现了中国近代民众启蒙的复杂性与特殊性。宋莉华《理雅各的章回小说写作及其文体学意义》[9] 则研究了英国汉学家理雅各逆晚清西风东渐之势，“以中律西”，用中国传统文学体裁写作西方人物传奇，认为这一文体选择包含了他试图克服畛域之见，跨越中

---

① 《中国现代文学研究丛刊》2017年第9期。
② 《中国现代文学研究丛刊》2017年第9期。
③ 《文学评论》2017年第6期。
④ 《中国现代文学研究丛刊》2017年第1期。
⑤ 《文学评论》2017年第6期。
⑥ 《文学评论》2017年第6期。
⑦ 《中国比较文学》2017年第1期。
⑧ 《文学评论》2017年第2期。
⑨ 《文学评论》2017年第2期。

西界限的文化取向，并独创“纪略体”小说，对中篇章回小说也有新的发展，以自己的方式捍卫并保持了中国文学的独特性。周翔《武田泰淳的自我认知与日本近代思想批判——以〈司马迁——史记的世界〉为中心》① 分析后来成为日本战后派作家的武田泰淳的《司马迁》和《女帝遗书》，认为参战体验对武田批判思想的产生有决定性作用，一方面让武田看清中国在日本近代思想中的缺席，另一方面也让武田意识到知识分子保持自身独立的重要性。

海外各国对鲁迅的研究则是本年度海外接受中国文学文化传统的论文中最为引人注目的一部分。谢淼《鲁迅在德语世界的经典化历程》② 考察鲁迅在德传播过程中所受到的政治影响、依托的文化载体、经由的汉学途径，分析这些因素在译介的潮流、资源、方法尤其是书目选择、文本解读和形象塑造等方面的相关呈现。马峰《鲁迅在印尼的传播和影响》③ 一文，介绍了鲁迅的作品从华人华侨的文学开始到印尼语翻译的广泛影响，印尼的接受者并不是刻板照搬而是将内化与本土化相结合，同时也有作者体现了在华人中延续人性批判的鲁迅精神。刘燕《从普实克到高利克：布拉格汉学派的鲁迅研究》④ 介绍了布拉格汉学派对鲁迅的研究，认为其文学批评理论深受俄国形式主义和布拉格捷克结构主义的影响，重视对作品的语言形式和结构变化的分析，偏重科学主义与实证主义的研究，对鲁迅作品的理解更富有理解力和同情心。贾岩和姜景奎的《译介与传播：鲁迅的印度“来生”》⑤ 罗列记录了从鲁迅逝世后开始，印度对鲁迅的译介和传播，认为印度正逐渐成长为国际鲁迅研究的重镇之一。陈漱渝《把本国作品带入世界视野——夏目漱石与鲁迅》⑥ 比较了中日两位文学大师，简述了二人生平和夏目漱石对鲁迅的影响，并简单对比了二人作品中的人物形象。

除上述论文之外，本年度的另一大亮点，是有不少研究都讨论了不涉及中国文学的两种外国文学之间的跨文化文学关系，充分显示比较文学的研究正在逐步摆脱中国的文化中心主义，走向更加国际化的发展路径。例如，张小玲《雷蒙德·钱德勒的侦探小说对村上春树都市物语的影响》⑦ 认为，村上春树在早期对雷蒙德·钱德勒侦探小说的评论中，鲜明地揭示了都市物语与国家意识形态的深刻联系。孙璐《同情的困境：〈同情者〉中的世界主义伦理与反讽主义实践》⑧ 认为，荣获2016年普利策小说奖的《同情者》中，身为越战难民、后移居美国的作者阮越清呈现了世界主义反讽的越战叙事，不仅审视了美、越两个国家以及越南革命，同时阐释了世界主义对话与反讽主义质询对理解他人和完善自我的作用，以及“爱有等差”的认同伦理对构建自由主义的世界乌托邦的意义。严仁卿、郑炳浩和金孝顺的《朝鲜被殖民期间日本语文学的生成研究：日语杂志、朝鲜文学的日语翻译和日本传统诗

---

① 《外国文学评论》2017年第4期。
② 《文学评论》2017年第6期。
③ 《鲁迅研究月刊》2017年第3期。
④ 《鲁迅研究月刊》2017年第4期。
⑤ 《鲁迅研究月刊》2017年第11期。
⑥ 《鲁迅研究月刊》2017年第10期。
⑦ 《外国文学研究》2017年第2期。
⑧ 《外国文学研究》2017年第3期。

歌》[①] 通过对日本殖民朝鲜时期日语文学与日语杂志、朝鲜文学的日语翻译和日本传统诗歌之间的关系，考察始于20世纪早期的“朝鲜半岛日本语文学”的全貌。

其他中外文学关系相关的重要论文还有：李伟民《跨文化演绎中的本土建构——从莎士比亚的悲剧〈麦克白〉到徽剧〈惊魂记〉》[②]、黄怀军《冯至与尼采》[③]、施晔《〈春梦琐言〉为日本汉文小说辨》[④]、蒋永国《关联对读与经典发掘——从〈马可福音〉到〈复仇（其二）〉的深层考察》[⑤]、高玉《世界文学视野下的余华评价》[⑥]、高晓倩《上海流亡犹太戏剧与文化身份建构》[⑦]、刘璇《论近世以来日本文人的中国通俗小说观念流变——以小说序跋为线索》[⑧]、王晓平《文化虚无主义与历史虚无感的纠缠与救赎的幻想——论张爱玲〈倾城之恋〉中的跨文化书写与再书写》[⑨] 等等。

比较文学中另一个不可忽视的课题便是中国多民族背景下各民族文学之间的关系，以及汉语文学、少数民族语言文学和外国语言文学的关系，这些讨论进一步打开了中国比较文学研究的视野，让我们用更加全景化的视角看待中外文学关系。汪荣《“内部的构造”从少数民族文学到多民族文学》[⑩] 认为，从少数民族文学到多民族文学体现了学科的范式转移和观念更新。将“多民族文学”重新放回少数民族文学学科的历史脉络与文化场域，与当代少数民族文学的各种议题进行对话和互动理解其意义。罗杰《比较文学视域下竹枝词中的云南少数民族形象书写》[⑪] 以明清时期竹枝词中书写云南少数民族形象为对象，在比较文学视域下分析书写者对异己的书写策略、书写心态与文化认同，并探索竹枝词文人如何运用寓居、游记、追忆的滇地体验书写云南少数民族形象及深层文化意蕴。

三、形象学

2017 年形象学相关的论作和往年一样，依然以个案研究为主。本年度最为常见也较为多产的论题，仍然是历史上外国文学和作者眼中的中国和中国文化，但本年度的论文选材和角度都颇有新意，都回到了历史语境中，寻找到中国符号和形象在世界范围内的特殊历史和影响力，体现了形象学在显现文化间交流和影响方面的独特优势。在这个论题下，本年度主要有谭渊的专著《德国文学中的中国女性形象》[⑫]，重点研究 17 世纪至 20 世纪上半叶德国文学家对中国女性形象的接受、解读和文学再创造，同时探索东学西渐和中国文化软实力对

---

① 《外国文学研究》2017 年第 2 期。
② 《外国文学研究》2017 年第 4 期。
③ 《中国比较文学》2017 年第 3 期。
④ 《中国比较文学》2017 年第 4 期。
⑤ 《中国比较文学》2017 年第 4 期。
⑥ 《中国现代文学研究丛刊》2017 年第 7 期。
⑦ 《中国比较文学》2017 年第 1 期。
⑧ 《中国比较文学》2017 年第 4 期。
⑨ 《中国比较文学》2017 年第 1 期。
⑩ 《中国比较文学》2017 年第 2 期。
⑪ 《中国比较文学》2017 年第 2 期。
⑫ 武汉大学出版社 2017 年 11 月第一版。

德国文学发生影响的机制。全书紧扣德国文学家笔下的中国“她者”这一独特视角，着重分析了德国文学家塑造的“中国亚马孙人”“中国公主”“中国女诗人”“政治女强人”“觉醒的女性”“四川好人”等具有典型意义的中国女性形象。张珣《中国式“务虚”——从〈法国作家看中国〉透视法国视域下的中国形象》[①] 分析《法国作家看中国》一书中辑录的启蒙运动至今法国作家对中国文化各方面特点的总结。陈建伟《从“纲纪”到“理性”——论伏尔泰〈中国孤儿〉中的社会政治伦理》[②] 讨论伏尔泰借用中国元杂剧《赵氏孤儿》的故事创作《中国孤儿》表达的社会政治伦理，认为《赵氏孤儿》中的“纲纪”伦理是伏尔泰借以宣扬理性政治伦理的“本文”。张小玲《论〈开往中国的慢船〉中作为“符号”的中国与美国形象》[③] 认为，村上春树《开往中国的慢船》里隐藏的美国文化符号和中国符号同等重要，构成文本中的“他者”形象。这个文本也由此具有象征近代史上日本确立自身文化身份过程中所走过的偏执道路的强烈隐喻意义。王茜《“空洞”的所指：〈一个中国人在中国的遭遇〉与文学形象学的另议》[④] 认为，凡尔纳小说《一个中国人在中国的遭遇》中无论是中国人、中国的历史事件或者文化地理景观，都被消解了其真实的社会历史文化内涵，而成为传递作品“理性—非理性”深层叙事结构的能指符号。陈后亮《佛教、中国功夫与美国种族问题——评约翰逊在〈中国〉里对东方文化的创造性使用》[⑤] 分析美国非裔作家约翰逊的短篇故事《中国》，认为其中阐释了以佛教为代表的传统东方文化如何可以帮助黑人战胜心中种族主义的痼疾。侯铁军《中国的瓷器化——瓷器与18世纪英国的中国观》[⑥] 审视18世纪英国人通过瓷器了解和想象中国的相关书写，分析它们如何利用瓷器表里不一、脆弱易碎的物性和有别于透视绘法的文饰，把中国化约为华而不实、不堪一击和野蛮怪诞的想象共同体。朱幸纯《“何谓阅读鲁迅?”——中野重治〈一个秋夜〉研究》[⑦] 讨论了日本作家中野重治发表于1953年的小说《一个秋夜》，认为小说揭示了日本中国学研究的殖民性和战后鲁迅研究的不足，展现出日本读者在阅读、面对鲁迅时的不同姿态。小说集中体现了中野重治以鲁迅为思想资源，思考日本民族问题所做的努力。董炳月的《“内在现代性”与相关问题——论竹内好对〈倪焕之〉的翻译与解读》[⑧] 则讨论了竹内好在叶圣陶小说中阐发出来的“内在现代性”，与战时日本的“现代的超克”发生关联，同时又用改写或删节的方式解决反日元素与战时日本的冲突。朴婕《“满洲”铁路叙述与日本帝国神话》[⑨] 梳理了日本近代史上与“满洲”铁路相关的作品，认为这些作品通过展现列车窗外沿线的景观，铁路建设过程中遭遇的艰难以及克服艰难的过程，也树立起“满洲铁路”乃至日本的“神圣”形象。但这些叙述也显示出日本的现代想象因袭西方现代化进程，缺

---

① 《外国文学研究》2017年第2期。
② 《外国文学研究》2017年第3期。
③ 《中国比较文学》2017年第1期。
④ 《中国比较文学》2017年第4期。
⑤ 《中国比较文学》2017年第3期。
⑥ 《外国文学研究》2017年第2期。
⑦ 《文学评论》2017年第3期。
⑧ 《文学评论》2017年第3期。
⑨ 《外国文学评论》2017年第3期。

乏反思和推进。

与其相对的是中国近现代以来在社会文化和文学创作中对外国文学形象和符号的想象与借鉴。例如，赵化《变异的“诗圣”与“诗史”：英语世界的杜甫研究》① 认为，英语世界的学者对于“诗圣”和“诗史”的理解与中国学者有很大出入，往往脱离儒家文化精神的背景，而从纯文学的角度去理解。这种出入体现了不同文化传统、审美习惯对于研究者认知的巨大影响。谭渊《“名哲”还是“诗伯”？——晚清学人视野中歌德形象的变迁》② 通过盘点歌德在中国的早期接受史，对各具特色的“歌德形象”的产生进行了分析，揭示了形象建构背后的深层社会历史原因，同时也指出了以往研究中的一些误区。陈勇《乔治·奥威尔在中国大陆的传播与接受》③ 认为，奥威尔传播和接受的过程较长时间受到了国际冷战对峙和国内极左意识形态的控制和影响，总体具有强烈的政治和现实指向，其发展趋势是作品本身的经典性因素日益受到关注。胡闽苏《救亡的“寓言”：晚清小说中的波兰亡国书写》④ 通过对以波兰亡国为题材的晚清文本的叙事分析，揭示本土的文学观念和叙事传统是如何影响异域历史在小说中的呈现，并最终使小说叙事脱离了历史叙述的框架，形成了想象性的书写空间。

较为难得的是，本年度也有大量的研究着眼点不在中外文学关系上，而在两种外国文学和文化之间的互相影响和想象上。这样的趋势表明中国的比较文学学科正在越发走向国际化的视野。例如，赵飒飒《讲述与展示——V. S. 奈保尔旅行写作中“真实”的印度》⑤ 从传达“真实”的视角来研究奈保尔三次印度写作在体裁选择上，以及在叙事上从“讲述”到“展示”变化的心路历程、对“真实”印度的思考，为研究“印度三部曲”开辟新的思路。虞又铭《埃及的鳄鱼：论〈安东尼与克莉奥佩特拉〉中的异域想象及自我反思》⑥ 分析了莎士比亚的第五大悲剧《安东尼与克莉奥佩特拉》中的异域想象，认为剧作展示了当时欧洲人对东方世界的简单化想象，最终呈现了罗马人对他者文化有限的认可与接受，但这种认可与接受仍然是在自我与他者二元对立模式下展开的。随着日裔英国小说家石黑一雄获得2017 年诺贝尔文学奖，也迅速涌现了一批以石黑一雄的小说为主题的研究。由于石黑一雄幼年从日本移民英国，赖艳《石黑一雄早期小说中的日本想象》⑦ 讨论日裔英籍作家石黑一雄的早期小说《远山淡影》和《浮世画家》中第二次世界大战后战败的日本想象，凸显了以下两个方面：一是战后日本社会的创伤和重建，二是战败与美军占领所带来的日本社会中的价值观冲突。王卫新《石黑一雄〈上海孤儿〉中的家园政治》⑧ 讨论了石黑一雄的小说《上海孤儿》中公共租界的形象，抗战时的上海孤岛和石黑一雄小说中的孤儿遥相呼应，孕育着一种复杂的家园政治。

---

① 《中国比较文学》2017 年第 3 期。
② 《中国比较文学》2017 年第 2 期。
③ 《中国比较文学》2017 年第 3 期。
④ 《中国现代文学研究丛刊》2017 年第 2 期。
⑤ 《中国比较文学》2017 年第 4 期。
⑥ 《中国比较文学》2017 年第 2 期。
⑦ 《外国文学研究》2017 年第 5 期。
⑧ 《外国文学研究》2017 年第 5 期。

另一些值得注意的形象学研究有：彭贵昌《祛魅与重构——论加拿大新移民华文文学中的“白求恩书写”》①、韩东《朝鲜后期文坛对明代唐宋派文论的接受》②、马金科《论韩国诗话的史传叙事传统观念及其特殊性》③、杨宏芹《格奥尔格与法国象征主义》④ 等。

四、比较诗学

2017 年度的比较诗学研究有几部引人注目的总括型理论著述，整体将比较诗学问题提高到方法论高度进行辨析。同时，在个案分析中，也不乏长篇的细致分析历史沿革的论著。总体来说，比较诗学研究中的个案分析多以诗学相关的一到两个具体问题为切入点，以小见大，总结比较诗学的可能研究路径和研究范式。

其中试图将比较诗学提高到提纲挈领的方法论位置的，最典型的论著是王宁《比较诗学、认知诗学与世界诗学的理论建构》⑤。他认为，世界诗学是基于世界文学和比较诗学研究成果的一种理论升华，而中国学者有能力提出这一理论建构，改变和修正现有的世界文学和文论格局。李春青《论“中国的抒情传统”说之得失——兼谈考量中国文学传统的标准与方法问题》⑥ 则梳理了中国比较诗学最重要的概念之一，“抒情传统”说的历史沿革，同时指出，因为它总体上存在着“具体性误置”的形而上学倾向，其目的本来是要彰显中国文学的特质，结果却遮蔽了中国文学的独特性与复杂性，应当用历史化、语境化的研究路径避免这种问题。苏琴琴《比较诗学视野下的反现代诗意汇通——论叶维廉对庄子复元古美学思想的现代阐释》⑦ 认为，叶维廉在创作和理论研究中始终追索人类元古诗性精神的心理诉求和精神旨归，使他与庄子美学发生了心灵上的感应，将关注点放在物我关系及其语言表达策略上，使其对庄子美学的现代阐释之“现代”具有了反现代的意涵，成为与 20 世纪欧美反现代文化思潮的汇通点。周皓《界限之辨：克洛代尔与中国的对话》⑧ 以“界限”问题为线索，将法国诗人保尔·克洛代尔 1907 年的纲领性著作《诗艺》和 1946 年的艺术评论集《眼在听》联系起来，观察诗人诗学原则的确立和发展，以及在不同时期对东方思想的借鉴。

本年度有两本著作，集中从比较诗学的角度，各自梳理了一种跨文化的诗歌传统。宋阳著《华裔美国英语诗歌研究——比较诗学视域中的语言表征》⑨ 依据目前国内外华裔美国英语诗歌研究领域的重要材料，研究具有华人血统，尤其是出生于美国的诗人用英语创作的诗歌作品，选择将族裔性批评与文学性批评两种视角相结合，在发掘其被长期模式或忽略的文

① 《中国比较文学》2017 年第 1 期。
② 《中国比较文学》2017 年第 3 期。
③ 《中国比较文学》2017 年第 3 期。
④ 《中国比较文学》2017 年第 1 期。
⑤ 《文学理论前沿》2017 年第 1 期。
⑥ 《文学评论》2017 年第 4 期。
⑦ 《南昌大学学报（人文社会科学版）》2017 年第 5 期。
⑧ 《外国文学研究》2017 年第 2 期。
⑨ 中国财经出版社 2017 年 7 月版。

学审美性的同时，反观其作为族裔文学之独特的社会、历史与文化价值，对华裔美国英语诗歌做全景式的观照。范丽娟的《影响与接受——中英浪漫主义诗学的发生与比较》[①]，在接受理论框架下，阐释中西方文学影响和接受的关系研究，意在探讨中国五四浪漫主义诗学同英国浪漫主义诗学之间在影响和接受过程中所呈现出的相似性与差异性，并探讨影响和接受过程中所呈现的复杂文学机制。

2017 年还有很多作品重新回顾了一些重要的西方文学理论，并讨论了西方文论在中国语境中的使用。例如《中国比较文学》2017 年第三期，在 2016 年结构主义文论问世 90 周年，以及托多罗夫和艾柯等结构主义大师离世之际，对中国至今不甚熟悉的捷克结构主义文论的总体性回顾和介绍，分别翻译了罗曼·雅各布森的《浪漫主义的泛斯拉夫主义——新斯拉夫学》、彼得·斯坦纳的《结构主义：从布拉格走向世界》、帕德里克·弗莱克的《雅各布森和德国思想向结构主义范式的转变》等文，就为介绍西方理论做出了重要贡献。耿强的《重返经典：安德烈·勒菲弗尔翻译理论批评》[②] 梳理了勒菲弗尔的翻译理论，尤其是“重写理论”发展的谱系，识别其理论文本中的空白与沉默、裂隙与冲突之症候，提出批评，谋求改进。王嘉军的《“il y a”与文学空间：布列肖和列维纳斯的文论互动》[③] 梳理了布列肖和列维纳斯两位 20 世纪法国思想界的巨星在法国当代哲学中重要概念“il y a”上的阐释和创造。冯欣和曹顺庆的《从布律内尔等人的“X 和 Y 模式”再谈比较文学“法国学派”》[④] 一文，则致力于修正我国现有比较文学教材中对法国学者、美国学者学术主张非此即彼的标签化扣帽子论断，关注法国学者对影响研究以外的其他方法进行的吸纳总结、针对比较文学理论进行的完善与更新。马欣《本雅明“手工复制时代”的誊写美学》[⑤] 和李莎《“Aura”和气韵——试论本雅明的美学观念与中国艺术之灵之会通》[⑥] 则着重关注了法兰克福学派著名的理论家本雅明关于艺术品复制的灵光理论，并提出了和中国现象和理论的关系。

另一个体现比较文学理论分析的专题是《中国比较文学》2017 年第 4 期中对“先锋”理论的探讨，用一系列各国的先锋文学研究展开对这个国际文学传统的研究。其中，乔国强《论先锋理论中的几个基本问题》[⑦] 力求厘清“先锋”与“先锋性”“现代”“后现代”等先锋理论中的几个相关联的基本问题间的关系和界限。邱雅芬《日本先锋文学初探》[⑧] 介绍了日本先锋文学探索的硕果。日本近现代文学又与西方文学具有明显的“共时性”特征，宜从“先锋文学”角度把握日本近现代文学发展脉络。张和龙《“唯一正宗的英国先锋派”——重访旋涡主义》[⑨] 介绍了长期不受重视的旋涡主义，追溯其时代背景与文化氛围，

---

① 中国社会科学出版社 2017 年 2 月版。
② 《中国比较文学》2017 年第 1 期。
③ 《中国比较文学》2017 年第 2 期。
④ 《中国比较文学》2017 年第 2 期。
⑤ 《文学评论》2017 年第 4 期。
⑥ 《文学评论》2017 年第 2 期。
⑦ 《中国比较文学》2017 年第 4 期。
⑧ 《中国比较文学》2017 年第 4 期。
⑨ 《中国比较文学》2017 年第 4 期。

评述其先锋文艺主张与《狂飙》的先锋特征，探析这一先锋文艺运动的文学影响及其局限性。杨劲《20世纪德语先锋叙事文学一瞥》① 聚焦20世纪先锋文学两个鼎盛期，深入探讨德语叙事文学的先锋特征及其来龙去脉、发展流变，勾勒出研究先锋文学的方法路径。王岚、黄川《从〈办公室〉看门罗早期创作中的先锋性特征》② 分析了门罗的早期作品《办公室》，认为尽管门罗并没有在写作内容和人物形象上进行新颖或实验性的创作，但她仍借助互文、戏仿等手段，实现了对传统女权主义作品的传承与超越。陈元《先锋主义是一种新形式主义——论阿波利奈尔的诗歌》③ 分析了阿波利奈尔在《醇酒集》和《图画诗》等诗集中革新诗歌语言与形式，打破绘画艺术与语言艺术之间壁垒，重新定义了"为艺术而艺术"的经典诗歌形式主义。荣洁《走近俄罗斯先锋诗歌》④ 介绍了20世纪初俄罗斯先锋文学，马雅可夫斯基等未来派诗人向理性、秩序等发出挑战，一些观点为其后形成的俄国形式主义奠定了理论基础。而姜玉琴《"马原的叙述圈套"与中国当代先锋小说的"虚构"》⑤ 从"虚构"的角度对"马原的叙述圈套"的来龙去脉做出梳理和解释，同时也就是对当代先锋小说叙述话语体系做出阐释和梳理。

其他一些重要的比较诗学相关论文有：赵毅衡《认知差：意义活动的基本动力》⑥ 讨论了认知差问题在文本认知中的作用，从较为抽象的层面讨论意义活动的根源。徐亮《叙事的建构作用与解构作用——罗兰·巴尔特、保罗·德曼、莎士比亚和福音书》⑦ 认为，罗兰·巴尔特和保罗·德曼解释了语言和意义建构之间的问题，但陷入了理论话语的单向性和"总体化"。从莎士比亚和福音书等非理论写作中，则可以发现叙事既解构又建构的双重运作方式，而且二者显示了语言、特别是阅读的其他的积极要素。

五、翻译研究

由于翻译在跨文化文学的比较中的重要作用，2017年和往年一样，涌现出了大量对翻译现象的研究文章，翻译研究领域的学术成果主要有几大类：翻译史和比较文学翻译理论的梳理，中国文学作品翻译成外语时的策略和形式讨论，以及外文作品翻译成中文时的对策等。但本年度的理论文章中，还有一些其他较成系统的研究趋向，一方面研究视角和关注越来越细致精确，另一方面，本年度翻译研究体现出了很强的历史意识，不仅将翻译现象和理论带回历史现场分析其成因、作用和影响，而且非常注重补充翻译现象本身在历史上的印迹。

本年度翻译史和翻译基础理论的研究中，最为引人注目的发展，是有很多学者不再满足于泛泛地讨论翻译学相关的理论，而是系统地梳理国外翻译研究发展的成果，详尽而细致地

① 《中国比较文学》2017年第4期。
② 《中国比较文学》2017年第4期。
③ 《中国比较文学》2017年第4期。
④ 《中国比较文学》2017年第4期。
⑤ 《中国比较文学》2017年第4期。
⑥ 《文学评论》2017年第1期。
⑦ 《文学评论》2017年第1期。

介绍到中文学界中来。如此便有利于中国学界了解国外翻译研究的状况，在此基础上才有利于我们提出自己的观点和认识，在批评诸如西方中心主义的错误时才更加有据可循。尤其值得注意的是新出版的王富的专著《后殖民翻译研究反思》①，选取后殖民翻译理论几个重要的关键词如表征危机、历史转向、翻译策略、文化杂合等为切入点，对后殖民翻译研究关键词的全面批评性反省，对后殖民翻译理论的普适性提出质疑。而今年对经典翻译理论梳理的文章主要有：耿强《重返经典：安德烈·勒菲弗尔翻译理论批评》② 尝试梳理安德烈·勒菲弗尔的翻译理论尤其是“重写理论”发展的谱系，认为勒氏的理论与其所基于的晚期资本主义文化生产的逻辑有着内在冲突。方梦之、袁丽梅《当今翻译研究的主要论题——四种国际译学期刊十年（2004—2014）考察》③ 利用 Babel、Target、Translation and Interpreting Studies 和 Translation Spaces 四种国际译学期刊作为信息源，考察了当今翻译研究的主要论题并编选了论文集《国际翻译研究论文精选》，反映了近十年来国际译学前沿和研究热点。本文对选编内容作简要介绍。伍小君《演绎逻辑与翻译明晰化假说》④ 以语料库翻译研究为依托对明晰化假说进行证明已成为一种有效途径，本文从演绎逻辑的三个维度，即概念问题、命题理解和逻辑推理，对该验证方法提出质疑。

另有很多文章关注了翻译理论的文化转向这一理论变迁，赵稀方《翻译研究的文化转向——从西方到中国》⑤ 介绍了传统的翻译学研究自 20 世纪 70 年代以来的文化转向，认为文化转向重视利用跨学科的方法对翻译进行更深层的挖掘和探讨。刘满芸《翻译研究文化转向以来的主体滥觞之反思——从“翻译暴力”谈起》⑥ 则从翻译的历史经验、意识形态话语、互文性本质三个方面对以“翻译暴力”为典型的文化解构翻译批评范式进行反思。吴文安《原始文献的尴尬缺位——翻译研究文化转向在中国的传播和改写》⑦ 更尖锐地通过文献梳理指出，国内有些学者对原始文献不够重视，在一定程度上偏离了这一理论的原始概念，附加上很多学者个人的推测和判断，对这一理论的探讨起到了误导作用。刁洪《刍议翻译研究的“技术转向”》⑧ 回顾了翻译研究的几大“转向”，梳理了近年来翻译技术的重要进展，结合国内外最新研究范式提出了“技术转向”的概念，并阐述了翻译研究实现“技术转向”的必然性及应对策略。

除了国际上一些近期的翻译理论进展，在翻译理论方面另一个重要的研究方向是中国近现代史上的翻译行为策略和翻译理论的研究。颜方明、秦倩《严复与马礼逊的“信达雅”理论及圣经翻译对比研究》⑨ 认为，严复和马礼逊的“信达雅”原则在理论内涵和理论表征上相似程度很高，严复更可能是在中西理论结合下的融会贯通。葛中俊《钱钟书视域中的

---

① 2017 年 7 月中国社会科学出版社第一版。
② 《中国比较文学》2017 年第 1 期。
③ 《外语与翻译》2017 年第 3 期。
④ 《外语电化教学》2017 年第 5 期。
⑤ 《学习与探索》2017 年第 1 期。
⑥ 《上海理工大学学报：社会科学版》2017 年第 1 期。
⑦ 《天津外国语大学学报》2017 年第 6 期。
⑧ 《语言教育》2017 年第 4 期。
⑨ 《外语与翻译》2017 年第 1 期。

翻译之名和译品之实》[①] 认为，钱钟书的“化境”说有两层含义：误解误告是译本常态，即失本成译；要求原作者假借译者之口用译入语说话。是否恪守“忠实”标准是区分传统译论和现代译论的重要标志，由此来看，钱钟书的翻译思想具有现代意识。王杰泓《中日近代术语对接的复象现场与历史经验——以“文学”“艺术”“文艺”为例》[②] 研究了中国现代学术分科中清末民初西学东渐过程中经日本中介移植的一些术语，因为古今转换、中外对接的交错势必造成概念的叠加增殖与术语的交叉混用，所以对其历史探微，有助于更深入地把握中国文学、艺术学科现代转型的真实过程。

本年度另一个引人注目的发展，是很多学者集中在一些细节的文本翻译和理论翻译问题上，进行考证，并提出批评和指正。董炳月《竹内好的“现代”话语——从子安宣邦〈何谓“现代的超克”〉讲起》[③] 就集中讨论了中国学术圈对竹内好的误译和误读，并指出“近代的超克”理论的读解应当放在语境中慎重进行。周旻《“隐形”的底本英和双语读本在周作人早期翻译生产中的角色——以〈玉虫缘〉为个案》[④] 研究周作人翻译的《玉虫缘》，发现其底本并非纯粹的英文版本，而是“再译”自日人山县五十雄的英和双语读物“英文学研究”第四册《寶ほり》，并认为英和底本所呈现的翻译面貌实则暗中承担了周作人早期翻译的理想状态。

在对中国作品翻译成外语的策略讨论中，一些学者讨论了外国译者将中国经典文学作品翻译成外文时所采取的翻译倾向、文化背景，以及策略方法，以期将翻译行为放置在更广阔的文化背景中讨论其意义。例如，王文强、汪田田《译者翻译倾向研究——以邓罗和罗慕士英译〈三国演义〉为例》[⑤] 比较了两个《三国演义》英译本，认为在译本中体现出的翻译倾向与历史文化语境影响下的不同翻译目的、不同出版社、译者的语言能力及工作模式密切相关。卢丙华《文化视野下理雅各〈诗经〉英译的文学翻译主体性研究》[⑥] 研究理雅各《诗经》英译的文学翻译主体性，并以《诗经·小雅·菀柳》和《国风·召南·摽有梅》为例分析理雅各《诗经》英译的翻译目的和所采取的翻译策略和方法。吴珺《伊藤漱平〈红楼梦〉回目翻译研究》[⑦] 和《伊藤漱平〈红楼梦〉日译本隐喻翻译研究》[⑧] 均以伊藤漱平《红楼梦》日译本为考察对象，经论证得出伊藤译本隐喻翻译呈多样化特征，“保留源文本喻体”的翻译策略占主流。这是译者与原文本、原作者、目标读者视域不断融合而产生的结果，也是译者在“重视源语”与“重视目标语”之间取得的一种平衡。刘晓晖、朱源《派屈克·韩南的翻译价值思维管窥——以晚清小说〈风月梦〉的英译为例》[⑨] 以《风月梦》的英译本为例，管窥韩南翻译中体现的三大价值思维——学术偏爱、文化保留和客体

① 《中国比较文学》2017 年第 3 期。
② 《文学评论》2017 年第 2 期。
③ 《文艺研究》2017 年第 8 期。
④ 《中国比较文学》2017 年第 4 期。
⑤ 《燕山大学学报：哲学社会科学版》2017 年第 2 期。
⑥ 《乐山师范学院学报》2017 年第 9 期。
⑦ 《红楼梦学刊》2017 年第 6 期。
⑧ 《中国文化研究》2017 年第 2 期。
⑨ 《中国比较文学》2017 年第 1 期。

主体化，揭示价值思维对原本客体的价值重估与构建的直接影响。王剑《“文明等级”的提升——论丁韪良英译中国神话传说和诗歌》[①] 将丁韪良的翻译活动回置于近代中西方权力关系的背景下，以 19 世纪西方殖民势力制定的世界“文明等级”秩序为参照，指出丁韪良英译中国神话传说和诗歌的根本目的在于向西方社会传播中国“半文明”的定位和形象，以维护西方在华的殖民利益和传教利益。

另一个相对的理论方向，是研究中国近现代对外国经典文学翻译和接受的历史。例如，宋莉华《丁尼生〈公主〉的早期跨文体翻译研究及译介学思考》[②] 介绍英国诗人丁尼生的叙事诗《公主》最初以传统章回小说的体例被译介到中国，题为《公主之提倡女学》。《公主之提倡女学》为译者如何合理利用本民族的文学传统，从而使译文与原著在审美上相映成趣、更好地与译入语文化相融合，提供了诸多启示及成功的翻译范本。唐珂《〈哀希腊〉百年译介活动的语言符号学考察》[③] 考察了肇始于 1902 年的《哀希腊》百年汉语翻译史，包括梁启超、马君武、苏曼殊、胡适、查良铮等人的译本，映射的是不同译者把拜伦诗歌纳入历史语境、注入个体生命的诠释过程，使之在中国经典化，亦成为透视中国近现代文学翻译的万花筒。冯欣、曹顺庆的《〈保尔与薇吉妮〉在中国的变异研究》[④] 则研究了法国 18 世纪末的畅销小说贝纳丹·德·圣—皮埃尔的《保尔与薇吉妮》（林纾、王庆骥译为《离恨天》），在中国遇到冷遇的现象。

本年度还有不少学者致力于考证和发掘翻译史上一些重要的期刊和翻译潮流现象，详细地罗列并叙述历史数据和事实，补全翻译史上的空白。赵稀方《论香港〈文艺新潮〉的翻译》[⑤] 介绍了香港《文艺新潮》在 1950 年代集中翻译的大量的存在主义小说、现代诗等，衔接了中国 1930—40 年代的现代主义和纯文学传统，填补了汉语翻译文学的很多空白，但仍完美地处在冷战意识形态对立的位置中。廖七一《“十七年”批评话语与翻译“红色经典”》[⑥] 显示，十七年翻译与翻译批评不仅受到主流政治意识形态的控制，同时也强化了主流意识形态。这些翻译作品在影响整整几代人的同时，也揭示了文化产品、规范，以及文学典范的建构性。郑晔《从读者反应看中国文学的译介效果：以英文版〈中国文学〉为例》[⑦] 详细考察《中国文学》发行 50 年间的读者群及其评论，发现制约翻译文学读者反应的因素主要包括译介目的、作品选择和翻译策略，而这些又受国家外交关系、主流意识形态和诗学的影响。

其他与翻译研究相关的论文有：王宏印《典籍翻译：三大阶段、三重境界——兼论汉语典籍、民族典籍与海外汉学的总体关系》[⑧]、姚斌《鲁布鲁克出使蒙古的翻译问题研

---

① 《中国比较文学》2017 年第 2 期。
② 《中国比较文学》2017 年第 3 期。
③ 《中国比较文学》2017 年第 2 期。
④ 《外国文学研究》2017 年第 1 期。
⑤ 《中国比较文学》2017 年第 4 期。
⑥ 《中国比较文学》2017 年第 3 期。
⑦ 《中国比较文学》2017 年第 1 期。
⑧ 《中国翻译》2017 年第 5 期。

究》[①]、汪世蓉《身份博弈与文化协调：论华人离散译者的文化译介》[②]、王雪明《明喻翻译研究：以朱自清散文英译为例》[③] 等。

六、对海外汉学的研究

本年度海外汉学的研究与往年相比，更多上升到理论高度的总体性探讨，而往年占大多数的对单个海外汉学家的考察，以及对单个中国作者或作品在海外汉学中的研究则相对较为少见。同时，本年度关于海外汉学的论文更加注重回到作者的实际写作中，探讨其对中国文学文化研究的成果与得失，比起往年来少了先入为主的无可信论据支撑的批判。这也反映了随着国内学者对海外汉学的了解深入，也越来越能以平和的心态来观看审阅海外汉学的研究了。例如，季进的《论世界文学语境下的海外汉学研究》[④] 认为，在民族文学的观念已经渐渐丧失其权威性和概括力条件下，将世界文学为语境作为海外汉学的认识基础，由此可打开认识和解读海外汉学的更大空间。蒋述卓《百年海外华人学者的文学理论与批评》[⑤] 梳理了海外华人文学的理论与批评，认为其理论与批评的特点在于：立足传统而承接现代，求诸西学而求发现中国。一些学者着重研究了个体汉学家的论述和思想，如张清芳和陈爱强的《海外华人学者李欧梵鲁迅研究中的"台湾学术传统"因素》[⑥] 通过研究李欧梵的《铁屋中的呐喊》一书中体现的"台湾学术传统"，赞扬其把鲁迅看作独特生命个体，且削弱其政治意识形态色彩，推动了海外鲁迅研究发展，但也因此传统限制了学术视野。龚刚《论夏济安与陀思妥耶夫斯基》[⑦] 从夏济安对陀思妥耶夫斯基的接受与评价、陀思妥耶夫斯基对夏济安文艺观的影响、陀思妥耶夫斯基对夏济安创作倾向及生活态度的影响等三个方面，探讨陀氏对夏济安的影响，并对陀氏的美学精神、宗教精神对于中国文学的启示意义略加申说。罗文军、曾笑栗《"现代性"的化身：李欧梵的现代文学研究概貌》[⑧] 通过梳理李欧梵研究"文史结合""都市叙事""视觉维度"和"回归古典"的几个重要转向，力图对其"边缘人"身份带来的"多元视角"作准确描述，由此探求海外视野与中国经验如何对接的问题。

在肯定、学习和发扬的同时，也有学者冷静地指出了海外汉学的一些问题，尤其是郭恋东《论中国文坛对海外中国现当代文学研究的接受与反思》[⑨] 认为，海外中国现当代文学研究自 20 世纪 80 年代至今其对中国文坛的影响一直不绝，呈现出作为研究资源、文化资本、普世主义道德标准的三副面孔。中国文坛对海外中国现当代文学研究的接受既是自身焦虑之

---

① 《国际汉学》2017 年第 2 期。
② 《中国比较文学》2017 年第 2 期。
③ 《北京科技大学学报：社会科学版》2017 年第 5 期。
④ 《文学评论》2017 年第 3 期。
⑤ 《文学评论》2017 年第 2 期。
⑥ 《鲁迅研究月刊》2017 年第 2 期。
⑦ 《中国比较文学》2017 年第 3 期。
⑧ 《浙江海洋大学学报（人文科学版）》2017 年第 5 期。
⑨ 《学术月刊》2017 年第 1 期。

体现，是为获取文化资源完成其未完成的现代性的一种手段；同时也体现了其在艰难前行中的逐渐成熟。王晓平《西方理论如何阐释现代中国文学创作？——以两部西学著作为例》① 以安敏成、史书美的研究著作为例，认为它们的方法论体现了西方理论在阐释中国文学创作中有削足适履的情形，表明我们有必要改变对于西方理论的盲目崇信。

七、跨学科研究

本年度比较文学相关论著中，还有一些提出了跨学科的理论分析，从不止适用于比较文学的文学理论视角探讨和比较文学相关的问题。

2017 年的另一个较为突出的发展方向是对流行文化和类型小说、电影等研究的吸收和转向。例如詹玲的《中美科幻小说中的个人与族群价值观比较——以〈冷酷的方程式〉及其改写为例》②、王瑶《“冷酷的方程式”与当代中国科幻中的“铁笼困境”》③ 都关注了 1982 年翻译到中国并产生广泛影响的美国科幻作家汤姆·戈德温的短篇故事《冷酷的方程式》，并讨论其中科幻小说的自反性伦理悖论，以及中国科幻作者对其讨论和改写中体现的中国科幻特有的民族寓言维度。

姚利芬的《日本科幻小说在中国的译介》④、贾立元的《“晚清科幻小说”概念辨析》⑤、李广益的《中国转向外在：论刘慈欣科幻小说的文学史意义》⑥、刘璇的《论近世以来日本文人的中国通俗小说观念流变——以小说序跋为基础》⑦、金进的《跨界行旅与温瑞安武侠小说创作的关系》⑧、秦刚的《“有声卡通”时代的迪士尼动画在民国上海——以鲁迅日记为线索》⑨、单小曦的《网络文学评价标准问题反思及新探》⑩ 等文，都关注了大众文化，并从类型小说和流行文化的角度，对现代和当代中国社会进行分析，展现了中国现代化中的一些现象和问题。其中，尤其以对中外之间流行文化和流行文学的译介交流特别有发展潜力。

文化人类学相关的研究也出现在本年度的论文中。占才成《中国斩蛇神话群与日本八岐大蛇斩杀神话》⑪ 和黄悦《〈水死〉中的神话原型与文化隐喻再探》⑫ 分别讨论了日本速须佐之男命斩杀八岐大蛇的神话和大江健三郎的《水死》中核心意象“水死”。两者均以民俗的角度认为其既继承了日本民俗传统，同时具有现实指向。大江健三郎借用了神话的框

① 《文学评论》2017 年第 2 期。
② 《中国比较文学》2017 年第 3 期。
③ 《文学评论》2017 年第 6 期。
④ 《中国比较文学》2017 年第 3 期。
⑤ 《中国现代文学研究丛刊》2017 年第 8 期。
⑥ 《中国现代文学研究丛刊》2017 年第 8 期。
⑦ 《中国比较文学》2017 年第 4 期。
⑧ 《中国比较文学》2017 年第 4 期。
⑨ 《中国现代文学研究丛刊》2017 年第 7 期。
⑩ 《文学评论》2017 年第 2 期。
⑪ 《中国比较文学》2017 年第 2 期。
⑫ 《中国比较文学》2017 年第 2 期。

架，将个体经验重新熔铸，创造出一系列具有代表性的隐喻体系，“水死”作为一种跨文化神话原型在大江的笔下成了一个支点，不仅撬动了近代日本历史的军国主义外壳，更成为重建民族集体记忆的基点，凸显出神话仪式对于文化共同体的价值。

（本文审稿专家　董炳月）

论文摘要

习近平总书记繁荣“民族文学”的世界视野

丁国旗

习近平总书记就文艺问题发表的一系列重要讲话，对文艺工作提出了许多新的要求，对文艺在实现中华民族伟大复兴中国梦，弘扬民族精神与时代精神，讲好中国故事、传播中国声音等方面的作用做出了重要论述，对推进中国特色社会主义文艺繁荣发展具有重要意义。本文将从“民族文学”与“世界文学”这一角度，谈谈习近平繁荣发展“民族文学”的世界视野。

一、致力于“民族文学”的繁荣发展

无论从哪个角度讲，习近平总书记发表文艺讲话的主要目的都是为了繁荣发展中国特色社会主义文艺，即“民族文学”或“民族文艺”。这在其两次讲话的主体内容、文化立场以及对中国精神的弘扬中清楚地体现了出来。

（一）重视文艺创作，着眼民族复兴

《在文艺工作座谈会上的讲话》中，习近平总书记从“实现中华民族伟大复兴需要中华文化繁荣兴盛”“创作无愧于时代的优秀作品”“坚持以人民为中心的创作导向”“中国精神是社会主义文艺的灵魂”“加强和改进党对文艺工作的领导”五个方面展开讨论，阐释了繁荣发展中国特色社会主义文艺的基本思想，为文艺工作者提供了理论指南。《在中国文联十大、中国作协九大开幕式上的讲话》针对文艺工作的具体问题，围绕实现中华民族伟大复兴中国梦提出了四点希望：“希望大家坚定文化自信，用文艺振奋民族精神”“希望大家坚持服务人民，用积极的文艺歌颂人民”“希望大家勇于创新创造，用精湛的艺术推动文化创新发展”“希望大家坚守艺术理想，用高尚的文艺引领社会风尚”。此外，习近平还在讲话中就人才培养、改进党对文艺的领导、文艺高峰的到来等问题发表了重要看法。

以上两次讲话与《关于繁荣发展社会主义文艺的意见》一起，为当前我国文艺繁荣发展规划了方案，提供了遵循，充分体现了以习近平同志为核心的党中央对文艺工作的高度重视，反映出了文艺在实现民族伟大复兴中国梦中不可替代的价值和作用。

（二）坚定文化自信，弘扬中国精神

坚定文化自信，一个非常重要的内容就是要对改革开放以来中国特色社会主义的建设实践和社会主义文化充满自信。在中西文化交流日益频繁，西方各种社会思潮与价值观念日益泛滥的今天，提出文化自信，强调振奋民族精神，是及时而必要的。习近平要求工作者培育和弘扬社会主义核心价值观，坚定中华文化立场，反对错误的思想和文化意识，将创作生产优秀作品作为文艺工作的中心环节，努力创作更多传播当代中国价

值、体现中华文化精神、反映中国人审美追求，思想性、艺术性、观赏性有机统一的优秀作品，努力筑就中华民族伟大复兴时代的文艺高峰！

二、“世界视野”关照下的文艺创作

习近平对于文艺在国际文化艺术交流中的重要价值和作用颇为重视，关于中国文艺与世界其他民族文艺的关系以及我国文艺的国际影响等问题，他重点强调了以下几项内容。

（一）重视文艺对外的窗口作用

文艺在国际交流中发挥着不可替代的作用，是国际社会了解中国的重要方式。“文艺工作者要讲好中国故事、传播好中国声音、阐发中国精神、展现中国风貌，让外国民众通过欣赏中国作家艺术家的作品来深化对中国的认识、增进对中国的了解。要向世界宣传推介我国优秀文化艺术，让国外民众在审美过程中感受魅力，加深对中华文化的认识和理解。”①

（二）重视对世界优秀文化成果的学习借鉴

弘扬社会主义核心价值观，继承和发扬中华民族优秀传统文化，坚持和弘扬中国精神，与学习借鉴世界优秀文化成果并不相悖。“只有坚持洋为中用、开拓创新，做到中西合璧、融会贯通，我国文艺才能更好发展繁荣起来。”② 此外，习近平十分重视国际市场中的艺术竞争问题，他强调没有竞争就没有生命力，只有竞争才能更好地壮大自己。

（三）希望民族文艺为世界文化贡献力量

习近平对中华文化在世界文化中发挥的作用颇为重视，他对文艺工作的基本立场和观点的立足点主要有两个：一是繁荣发展民族文艺；二是重视我国文艺的世界影响。他将对民族文艺的讨论置于世界文明与人类未来的关照之下，将中国文艺的使命深深根植于中国民族文艺的发展与中华民族复兴大业的实践上来。民族文学与世界视野，是其思考文艺问题的两个维度。

习近平对文艺问题的民族视角和世界视角关系的处理，符合当代文艺的基本事实和发展规律，在全球化语境中为中国特色社会主义文艺的繁荣发展提供了科学的思路，为当代中国文艺在世界文化格局中占有重要地位、发挥重要影响规划了可行的蓝图。

三、歌德的“世界文学”与习近平的“民族文学”

歌德是习近平非常喜欢的作家之一，从他关于发展中国特色社会主义文艺的思路以及谈论中国文学发展时所秉持的“世界视野”来看，他们之间有着许多相似之处。这些相似之处，于歌德而言，成就了德国文学的繁荣发展与世界影响，于习近平而言，或将证明中国文学的繁荣发展与中国文学的世界影响即将到来。

（一）歌德提出“世界文学”的真正意图

“世界文学”由歌德最早提出，虽然他

① 习近平：《在文艺工作座谈会上的讲话》，人民出版社2015年版，第15页。
② 同上书，第26页。

并没有对这一概念进行阐释和界定，但根据他的相关论述，可以总结出他提出这一概念的原因，进而窥探“世界文学”的涵义。其原因在于：一、彼此精神的认同和需要，推动了世界文学的形成；二、外来的注视和压力构成一种特别的参照，可推进民族内部问题的解决；三、理解和宽容促成世界文学的产生。此外，还有一个更为重要的原因值得关注，即发展“民族文学”，这才是歌德提出“世界文学”的真正意图。“世界文学”是民族文学的“本原”追求，“民族文学”的发展才是“世界文学”得以成全的根本途径。事实证明，德国文学的世界性进程正是由以歌德为代表的德国艺术家完成的。

歌德提出“世界文学”的真正意图以及德国文学取得的世界性地位给我们带来了两个启示：一是民族文学的发展要有“世界意识”；二是要实现创造“世界文学”的抱负，最终还是要落实到发展“民族文学”上来。这两点对于我们理解习近平文艺思想具有重要的理论价值与现实意义。

（二）对习近平发展“民族文学”的理解与认识

在经济得到很好发展的今天，如何建构我们的民族文学，用我们的文学经典对话西方，塑造国家形象，是现实给中国人提出的挑战。习近平将文艺放在我国和世界的发展大势中，科学分析当前我国文艺所面临的新形势，提出以我为主发展中国文艺，这就为中国文艺为世界提供“中国文化方案”奠定了信心和底气。

每一位艺术家都属于某一个民族或某一个国家，受某一种民族文化或主要受某一种民族文化的滋养和熏陶，这就使“民族元素”或受到“民族元素”制约的“个性元素”在艺术家身上得以凸显，进而显示为创作上的“文化倾向”或“民族倾向”。因此，“民族元素”是“世界文学”研究无法回避的问题。在新媒体与消费时代，信息传播方便快捷，对于“民族文学”而言，除了不断提升创作水平外，还要将最优秀的作品推介出去，在世界舞台上收获影响和尊重。因此，拥有发展“民族文学”的世界视野就显得异常重要。习近平在致力繁荣发展当代中国文艺的前提下，提出了“让我国文艺以鲜明的中国特色、中国风格、中国气派屹立于世界”“为人类提供正确精神指引”等目标，为文艺的繁荣发展奠定了优越的先决条件。

笔者认为，“世界文学”的民族指向与“民族文学”的世界视野所期冀的最终归宿必然是“既是民族的、也是世界的”，这是全球化时代文艺健康发展的目标与愿景，也是习近平总书记想通过文艺讲话呈现给我们的有关文艺创作的全部秘密。

（原载《文艺评论》2017 年第 7 期，全文 12000 字，王园园摘）

物联网时代马克思主义视域下审美分享主义的主体建构

刘方喜

互联网尤其是物联网正在深刻地改变着人类的精神生产和物质生产方式。马克思主义美学思想可以概括为“审美分享主义”：社会财富的“可分享性”与人的“生产性”，在作为“真正自由的劳动”的艺术活动中相互提升。

一、共享精神生产资料的“全面发展的个人”：审美主体生产性自由的生成

共享精神生产资料并进行自由的精神生产而具有生产性自由个性的个人，从而也就是“全面发展的个人”，乃是马克思对审美主体的基本定位，而这种定位是在资本运动的内部、尤其是生产资料所有制演进内部展开的，有助于从正面推动扬弃资本主义内在对抗性的共产主义的生成。马克思始终是结合物质生产及剩余价值（自由时间）的流转、生产资料所有制的历史发展进程来讨论审美主体的“自由性”的，并且是与“生产性”充分结合在一起来揭示这种“自由性”的。“生产性”与“自由性”相统一的主体就是“全面发展的个人”，而在“自由性生产”中实现的“生产性自由”，乃是审美分享主义对审美主体的基本定性之一。

马克思强调要“从一定的历史的形式来考察”“精神生产和物质生产之间的联系”。只有在历史性基础上，“才能够理解统治阶级的意识形态组成部分，也理解一定社会形态下自由的精神生产”：决定生产方式历史特性的重要因素是生产资料所有制形式，正是不同的所有制形式决定着资本主义的物质生产方式不同于中世纪的生产方式，进而也决定着与资本主义生产方式相适应的精神生产。物质生产资料的所有制形式对于一个时代的精神生产特性来说是最基础的决定力量，而精神生产资料的所有制形式则是最直接的决定力量。“要研究精神生产和物质生产之间的联系”，需找到两者之间的连接点，“生产性”“剩余价值”“自由时间”等就是其中的重要连接点。劳动要具有“生产性”需要具备两个前提条件：（1）能创造出“余额”“新价值”；（2）劳动者自己拥有生产资料，“自己占有自己的剩余劳动”。马克思揭示：物质生产时间由“必要劳动时间”和“剩余劳动时间”两部分组成，而“整个人类的发展，就其超出人的自然存在所直接需要的发展来说，无非是对这种自由时间的运用，并且整个人类发展的前提就是把这种自由时间作为必要的基础”。

马克思围绕“生产性”描述了资本主义内在对抗性如何被扬弃并为共产主义创造条件。人的生产性本质要得以充分实现，需要“客观的条件”即“物的要素”，资本主

义的历史使命就是要创造出这种“物的要素”。“生产性”是马克思美学相对于资产阶级美学的“区别性特征”：审美“自由”就是一种“生产性自由”，而“生产性自由”只能在“自由性生产”即“自由的精神生产”中才能实现。马克思还从“自由时间”的角度揭示了共产主义相对于资本主义的“区别性特征”，强调在扬弃“资本主义生产”关系后的共产主义“个人会在艺术、科学等等方面得到发展”——而自由大发展的客观条件是让劳动者个人占有“自由时间”或共享精神生产资料。

二、从小生产者私有制到劳动者的个人所有制：审美主体生产性个性的生成

劳动者个人拥有生产资料，乃是劳动获得“生产性个性”的客观条件；而物质生产劳动丧失艺术性和自由个性，可以说也是马克思所揭示的资本主义既不同于其前也不同于其后的社会形态的“区别性特征”。

马克思多次提到资本主义生产方式成熟之前手工业劳动的“半艺术性质”。马克思把社会形态的演变分成：（1）“人的依赖关系”，（2）“以物的依赖性为基础的人的独立性”，（3）“建立在个人全面发展和他们共同的社会生产能力成为他们的社会财富这一基础上的自由个性”。与以上社会形态三阶段相应，马克思还把生产资料所有制的演进也分成三阶段：（1）前资本主义阶段的“劳动者”即小生产者的私有制；（2）资本主义“非劳动者”的私有制；（3）共产主义的“劳动者的个人所有制”。由此可以看出：小生产者的劳动之所以具有“自由个性”和“半艺术性质”，是因为小生产者作为劳动者部分拥有生产资料；而资本主义劳动之所以丧失“自由性”和“半艺术性质”，是因为劳动者的生产资料被彻底剥夺；共产主义劳动之所以具有这种“自由个性”，是因为通过“剥夺者被剥夺”而建立起来的共产主义“劳动者的个人所有制”，重新使劳动者个人共享生产资料。这昭示的是劳动者由丧失而重新拥有生产资料的过程，在此历史进程中，劳动者的劳动由丧失而重新获得“自由个性”“艺术性质”。

“纯艺术”与手工艺的分化，恰恰只是近代资本主义以来才逐步被强化的，并且这种分化恰恰与物质生产由具有“半艺术性质”手工业劳动向丧失艺术性质的资本主义大机器生产转变的过程几乎同步——离开物质生产这种特性的历史演变过程，是无法科学揭示近代以来艺术和审美纯化的历史过程的。

三、创客、全面发展的个人与共建共享：审美分享主义的主体建构

在最新一次工业革命中产生的物联网生产方式，重新整合了原来分离的精神生产与物质生产，作为劳动者的“创客”开始重新部分拥有或共享生产资料——这对审美分享主义主体建构有重要启示，而作为最新一次工业革命时代的马克思主义，习近平“共享发展”理念则为这方面的探讨提供了中国话语支撑。

马克思指出，共产主义生产的社会性与资产阶级生产的“区别性特征”在于：劳动者个人对生产资料的“分享”，使其生产具有直接的“共同性”，并进而决定着其产品的“分享”。当下以物联网创客生产方式为代表的最新一次工业革命初步呈现出生产资料“碎片化”趋势，意味着生产资料有

可能重又回到大多数劳动者手中。所谓“创客”与“自己制作”（DIY）活动相关，而物联网则把本来分散的一个个自己制作的人联通在一起，从而形成所谓“创客运动”。3D打印机是物联网创客所使用的基本的生产工具，并最能体现物联网生产方式的基本特点。由“巨型计算机”而“微型计算机”，某种程度上标志着精神生产资料也在落实到大众个人手中，从而使“信息”进而也可以说是“精神”生产工具也在向微型化、个人化进而大众民主化方向发展。互联网尤其是移动互联网则对这种精神生产资料的高度积聚化、垄断化形成冲击。

习近平对“共享发展”理念有全面、系统的阐述，将其内涵概括为“全民共享”“全面共享”“共建共享”“渐进共享”4个方面。可以把习近平“共享发展”理念的主线概括为：通过“共建共享”推动全民共享、全面共享的渐进发展，而这种发展的高级目标是“每个人自由而全面的发展”与普遍的“社会共享”的统一。习近平还强调要“把创新摆在第一位”。“共享发展”在外部与“创新发展”的统一，在“共享发展”的内部就体现为“共建”与“共享”的统一——而物联网生产方式则最能体现这种统一。“以人民为中心”的“共享发展”也是社会主义文学艺术发展方式的基本特点和本质要求。“共享发展”理念，对于研究物联网生产方式下的文艺发展方式等美学问题尤其具有直接的指导意义。

可以把由“共建共享”主体向“全面发展的个人”的推进，视作中国特色社会主义向共产主义远景目标渐进发展的主体建构进程，而物联网“创客”则可视作这种主体建构渐进过程的当下出发点。

（原载《中国社会科学评价》2017年第2期，全文18000字，宋铖铖摘）

文学文本的意义之源：作者创作、读者阅读与评者评论

张政文

当代西方文论精神危机的重要症候之一是断然否决作者与读者、评者的内在联系，使文学生产—消费活动成为一场理论的独角戏。文学活动的文化场域是作者意图、读者意趣和评者意义构成的文本在场状态。当下论述作者创作、读者阅读、评者评论的内在关系，目的在于重申作者文本意图的实在性和读者、评者文本意图的公共性始终在场，作者、读者和评者共同建起的文学经验是文学文本的意义之源。

一、作者创作与对文本的知识解说

作者是文本的初始创造者，由其书写成的能被公众阅读、欣赏、评论的语符系统便是文学作品。作者对外在世界的理解、对自我生活的经验皆被对象化在文学作品之中，

就是作者的文本意图。

在马克思主义阐释图景中，文学作品是作家创作实践活动的结果，在文学阅读、欣赏、评论中成为文学文本。而作为文学本文基础和载体的文学作品也就独立于作者，成为客观独立的文本，不再为作者所控制和改变。所以作者意图在，是个不容置疑的事实，而问题是读者如何发现作者的文本意图怎样在、评者如何昭示作者的文本意图为何在。这是读者阅读文本意义的基础，也是评者的评论能够被公众普遍接受的前提。阅读、评论都要找寻、确定作者的文本意图，而文本意图的丰满也是实现正确而有效理解、诠释文学文本的重要途径。这就要求读者、评者在理解作者文本意图时，尽可能实现准确性、客观性和独立性。

中国文学鉴赏与批评的重要传统就在于聚焦作者的文本意图。可以说，中国古代文学阅读与批评的核心标准和主流观念都是关乎作者文本意图之在与如何在的理解，这也使在阅读、评论中长期湮没于文本沉默之中的许多文学作品的作者文本意图获得了揭示，为承传中国审美文化，延续中华文明根脉做出重大贡献，并成为最令世人尊重的显学。

不过，文本意图只形成了具体文学作品的知识形态，却不是文学文本意义的全部。文学文本虽潜具着社会生活的客观性，但归根结底是作者的主观认识的对象化、文字化。只有被读者感受领悟、评者思考判断，才能在作者文本意图上生出更丰富、更公共化、更具普遍性的文本意义。文学阅读、文学评论以感受、理解、领悟和文字写作为基本路径和主要方法，在阐释中实现对文学文本的认识。因而读者、评者对文学文本的阐释不可能是不在场、零度化的陈言。不过，在“作者已死”“理论中心”“强制阐释”的后现代阅读与批评时代，需要更加强调文学阅读、论评对作者意图的发现与昭示，以凸显文学阅读与评论的知识性、公共性和普遍有效性，同时更好地发扬中华民族阅读、评论的传统。

二、读者阅读与对文本的个体理解

文学作品只有与作者分离，进入消费过程，成为公共间性对象，在读者阅读中获得被他者理解的性质时，才真正成为文学文本。因而文学文本意图绝不仅仅是作者的文本意图，读者的阅读意图与评者的评论意图可能是作为公共文化消费品的文学文本意图的主要构成方面。

在阅读中，作品与读者是一与多的关系，所以一个作者只有一个哈姆雷特，一千个读者就有一千个哈姆雷特。读者对一个文学作品的每一次阅读都具有独一无二性和不可重复性，同一部文学作品在读者的不同阅读中可能生成多种阐释文本。一句话，当读者未与作品相遇时，作品是自在的、封闭的、沉默的，而当读者阅读时，作品在读者阅读的主体间性过程中成为灌注了读者意图的文学文本，从自在中自觉、从封闭中敞开、由沉默转为言说。文学从作者的作品转换为公众的文本，关键就在读者对作品读不读、读什么、怎么读。文学阅读所以是一种文本阐释活动而不是一般的认识活动，就在于读者通过阅读与作者和作者创作的生活之间不仅达成一种认知的交往，而且实现了一种意义的确认，与作者、作品形成了一种文本的对话关系：读者通过阅读发现作者的意图，同时又在对作者意图的阐释中将文本递送到读者当下的文化场域里，使文本成为当下文化之现实。

阅读不是六经注我、任意胡为。读者的阅读是受思想观念、文化知识、感觉经验、语言能力等阅读的前见控制的。海德格尔说理解受制于前见而不可能绝对主观；伽达默尔也说阐释文本不可能主观任意、独断而为。文本自身规定了读者不能摆脱文本的客观性去解释文本，否则就会造成文本的消解、阐释的强制、意义的迷失。我国 20 世纪全民读《红楼梦》、全民评《水浒传》的现象便是例证。当然误读作者文本意图的现象也经常出现。其实，读者的前见总与作者意图不同，误读作者的意图应是必然。换个视角理解误读可以发现，在读者的阐释中，作者视阈与读者视阈相互融合，阅读的前见与文本的此见相互渗透交织，当文本敞开被沉默的潜在意义时，就真正呈现为一种文化的开放状态。在这种状态中，每一次的阅读既是作者的又一次复活，也是文本的再一次生成，还是读者的再一次超越。

三、评者评论与对文本的“公共阐释”

评者是一种特殊的读者。发现文本中的作者意图，判明读者意图的合理性，进而昭示评者的意图，从而释出文学文本意义在不在、怎样在、为何在，实现文学文本对现实生活的超越和审美对日常人生的解放，这些都是评者阅读、阐释文本的根本目的。阅读的引领性、阐释的公共性又使评者不再是一般意义上的读者。

马克思在评论文学现象时总将社会存在与社会意识的结构关系作为阐释文学现象的基本视阈，将昭示与阐明文学现象背后的社会力量视为文学评论的宗旨。因此，他在具体的文学评论中总是立足文学文本的实践性，亦十分敏感于文学文本中的各种社会关系的现实性以及这些现实性对文学文本中的环境、人物、性格的作用与影响。

新中国成立以来，我国文学评论在马克思主义批评观念、批评方法和批评标准的指导下，出现了一大批优秀的评论成果。不过，一些批评与理论实践也在一定程度上受到了黑格尔逻辑主义批评观的影响，在文学评论中有意无意地陷入“强制阐释”的泥淖。

德国古典哲学家黑格尔执着于思维中理性的作用，认为理性既是世界存在的本质又是文学文本的本源。在其认识论中，对事物的本质认识就意味着在思维中找到事物自身的内在关系，使抽象的逻辑再生为具体的现实。但是，黑格尔用逻辑主宰现实，用理性强暴文本的错误也十分明显。曾几何时，我国评论界不少人将黑格尔辩证法工具理性化，认为每个文学文本中的意义都潜藏着支配一切文本意义的普遍规律，而且这种普遍规律贯穿在历史全过程中。20 世纪五六十年代，文学评论界用阶级分析观念与方法评论古今中外的文学文本，认为阶级与阶级斗争是所有文学文本的规律，也是文学发展的动力。而 20 世纪与 21 世纪之交，我国评论界又盛行以审美意义取代意识形态的批评观念，虚无主义大行其道。其实文学普遍规定性和意义有效性永远是相对的、有条件的。一旦文学评论中黑格尔式的逻辑主义强势话语遮蔽了文学文本的丰富意义，文本评论就只能成为社会意识形态的传达和表态。可见，评者对文学文本意义阐释时要特别警惕文化独断论，防止沦为现实观念的逻辑剪刀和理论糨糊粘贴起来的强制阐释。

综上所述，文学文本的意义是作者创作、读者阅读、评者评论三者共同建构的。文学作品在三者共建中转换为文学文本，而文学文本在阐释的场域里成为当下的社会意义和文化价值。曾经作为历史的作品在当下的阐释中成为现在的文本。由此，民族文学的传承、外国文学的借鉴不仅是发现、描述、说明，而且是当下文化的增值，现代意义的深化，文学活动将真正引导着人们自主地从现在走向未来，永无终结。

（原载《社会科学战线》2017 年第 8 期，全文 9000 字，李沐春摘）

略论文学作品的意义生成

——一个诠释学视角的考察

朱立元

在文学作品意义来源问题上，从 19 世纪后期、20 世纪初期“作者中心论”到 20 世纪前半期“文本中心论”到 60 年代前后“读者中心论”，百年来的西方文论恰好经历了构成文学活动三个要素或环节逻辑进程两大重大理论转变：创作→作品→接受，以及作者中心→文本中心→读者中心。其中原因复杂，存在需要反思的片面性和理论失误。

上述两个重大转变都与诠释学的现代转型有密切关系。18—19 世纪，以施莱尔马赫、狄尔泰为代表的“一般方法论诠释学”还处于诠释学的前现代阶段，即认识论、方法论阶段。20 世纪中期以来，西方诠释学开始突破传统。在意义理论上形成两个具有现代性的重要理论思潮：一是从海德格尔到伽达默尔的哲学本体论或存在论诠释学，二是以意大利哲学家贝带为代表的“作为精神科学一般方法论的诠释学”。这两种不同的现代诠释学形成了不同的意义观。

伽达默尔继承、发展了海德格尔现象学所谓“实存性的诠释学”，实现了诠释学的本体论转型，即由前现代向现代的转型。首先，他认为，理解不是解释者（主体）对外在于他的一切文本（客体）及其作者意义的寻求和解释的行为方式，而是此在（人）本身的存在方式，这样，理解活动就从认识论范畴转化为人的存在范畴的基本规定。其次，按照这种本体论诠释学思路，伽达默尔提出了“效果历史意识”理论，认为“理解从来都不是一种对于某个给定的‘对象’之主观（按：亦可译‘主体的’）行为，而是属于效果历史，这就是说，理解是属于被理解东西的存在”。正是在理解中具有历史性的此在自我的现在视域与历史实在（他者）的视域达到“视域融合”，上升到“更高的普遍性”的理解。效果历史意识构成伽达默尔现代诠释学的理论核心。伽达默尔总体上贬低理解中作者意义的作用和地位，把读者对文本意义的再创造作用提升到高于作者原意的中心位置。接受美学的主要代表尧斯直接继承和发挥了伽达默尔的“效果历史意识”“视域融合”等理论，提出了接受文学史或读者文学史的基本原则，其意义观也就把读者的作用提到前所未有的高度。这既构成了对传统的文学史理论和研究的有力挑战，也把伽达默尔初步构建的读者中心论推向了更加彻底化的新阶段。

再看以意大利哲学家贝蒂为代表的“作为精神科学一般方法论的诠释学”。贝蒂不同意伽达默尔本体论诠释学偏重于阐释者而轻视作者的意义观，坚持理解的认识论、方法论思路。贝蒂认为，他人（作者）的“精神的客观化物”，作为解释对象，具有外在于解释者的客观自在性；但它是能够被解释者重新认识的。这是贝蒂与伽达默尔的诠释学最大的不同。贝蒂把这个理解过程表述为三个要素（作者主体、富有意义的形式即语言文本、解释主体）的统一过程。贝蒂方法论诠释学的意义观，既不同于伽达默尔、尧斯等人的读者中心论，也不同于浪漫主义传统诠释学的作者中心论，似可概括为融合作者与读者为一体的文本意义中心论，但不是结构主义、形式主义切断文本与作者主体联系的文本中心主义。

伽达默尔与贝蒂二人理论分歧的实质确实在于：是否承认解释对象客观自主性的问题，正如帕尔默所指出，贝蒂认为伽达默尔本体论诠释学的要害在于，把理解中的“意义赋予（赋予对象以意义的诠释者之功能）”“等同于诠释了”，正因为这一点，“人文科学中客观有效之结果的完整整体（解释结果的客观性）才受到挑战”。

现在看来，贝蒂为代表的方法论诠释学在现代西方诠释学史上独树一帜，与伽达默尔的本体论诠释学虽然根本对立，其实是对施莱尔马赫、狄尔泰的传统诠释学两个不同方向的推进和发展，具有互补性，对其重要影响不应该低估，在现代诠释学诸种思想理论中，在哲学基础和体系、观念、范畴、方法等各方面都十分完整、严谨，能够与伽达默尔构成全面对话、论争的，唯有贝蒂的方法论诠释学。如果从更长远的历史时段来考察，贝蒂对诠释学巨大的理论贡献似乎还没有受到充分的重视和肯定，其在思想史、学术史上的地位和评价理应受到更高重估。

20 世纪 80 年代以来，中国哲学、美学、文艺学界同样主要受到从海德格尔、伽达默尔到接受美学的阐释学理论的重大影响，而贝蒂的影响几乎可以忽略不计。

之所以形成这样一种对西方诠释学有选择性的接受状况，客观上说，是我国学术界在引进、译介时自然会把主要注意力和重点放在占据主流地位的海德格尔、伽达默尔一脉的本体论诠释学上。主观上，笔者认为，是改革开放初期的思想解放运动形成了我国思想界、学术界特定的接受语境。以上内外两种因素和力量的汇聚，一方面逐步形塑了我们接受外来思想文化的现实需要和新的语境，另一方面又根据借鉴、应用的实践不断修正、调整、改变、拓展这种接受语境。新时期以来，我国学界（包括文艺理论和美学界）关注度最高、持续时间最长的西方学术思潮之一就是胡塞尔开启的，海德格尔、梅洛庞蒂、萨特等推进的现象学和存在主义理论，以及后继者伽达默尔的哲学诠释学。

上述这种接受情况，到 2014 年才发生重大变化，其标志是张江发表了在我国文艺理论界产生重大影响的《强制阐释论》。张江在《强制阐释论》及其后一系列论文中，在深入批判当代西方文论的主要缺陷之一（不是第一或者唯一）——强制阐释——的同时，也对伽达默尔和接受美学过分夸大文学阅读，批评、阐释创造作品意义的读者中心论进行了深刻的反思。他发现了不同于本体论诠释学的另一路——贝蒂的认识论、方法论诠释学，赞同“文本或者说作品，是作者‘精神的客观化物’”，重新提高了作者创作及其赋予作品原初意义这一不可替代的重要地位，实际上也提出了重估贝蒂的方法论诠释学的历史地位的主张。张江借用贝蒂的理论既批评了伽达默尔和接受美学贬低作者意义的读者中心论，同时也批评了结构主义、解构主义的“作者已死”论。张江的系列论文打破了国内文艺理论界长期流行的这种忽视或轻视作者意义的主潮，重新引起人们对文学活动中作者意义的关注和重视。这一变化虽然刚刚开始，但是意义重大，从诠释学角度看，是重新建构全面、辩证的文学作品意义观的一个理论转折点。

在诠释学视域下，总的说来，文学作品的意义既不是单由作者赋予的，也不是完全由读者诠释创造的，而是由作者与读者双向互动、共同创造的，是作者、读者两个主体的“间性”关系，是在作者、作品文本和读者三要素动态流程中不断生成的。在某种意义上可以说，这是一种辩证地综合了本体论与方法论诠释学合理性的生成论的意义观。

（原载《中国社会科学》2017 年第 5 期，全文 12400 字，程朝霞摘）

中国话语建设的新路径

——中国古代文论与当代西方文论的对话

曹顺庆

在中国学术界，由于对西方学术话语和西方文论的过分依赖使得中国文学理论脱离了现实文化的土壤，陷入长达数十年的“失语“困境。随着新时期文论 30 年的发展，我们也开始逐步反思当前中国文论的现状，并积极探索话语重建的有效方案。不论是西方文论的研究还是古代文论的阐发都取得了一定的成绩。然而，从总体上看，现当代中国文论还是隐而不彰，没有呈现出自己独立成熟的理论形态和话语系统。

我们究竟要重建一个什么样的中国文论？首先，有一个方向是清楚的，那就是整合中西文论，在继承的基础上创新。其次，如何创新，怎样创新？

中国话语的重建应以实际的生存经验为基础，充分利用好当下现有的文论学术资源，实现对中西文论的整合，在继承的基础上创新。中国古代文论与当代西方文论的对话就是促成中国话语建设的新路径。中国古代文论与当代西方文论，在时间上跨越了传统与现在，在空间上联接了中国与西方，使得他们之间的对话成为了中西文论对话中的重头戏。古代文论是中国传统的话语资源，西方文论是当代主要的言说语境，两者的对话和磨合对于我们重建中国文论至关重要。

一、西方当代文论与中国古代文论对话

中国文论话语可从中西对话的当下语境、理论支点、对话的话题与言说方式等方面着手深入建设。

（一）当下语境：当代西方文论

中西文论对话的根本目的还是在于促进我国的文论事业的发展，解决我们当下的困惑和实际的问题。流派纷呈的西方当代文论，有很多成功和失败的经验可以供我们借鉴。当代西方文论已经超越了文学理论的专业领域，与西方当代哲学一起，直接参与了西方当代价值理念的建设而纵横天下。因此，当代西方文论成为我们所选择的对话主体之一。

（二）理论支点：中国古代文论

对话不是独白，它要求对话双方各自有各自独立的话语，在此基础上才能进行平等有效的对话。对话西方当代文论，我们需要一个有效的理论支点，这就是古代文论。中国古代文论话语规则独具特色，与西方文论有着从根子上就截然不同的异质性。这形成了她与西方文论对话的天然条件。另一方面在于古代文论根植于中国传统文化的命脉，理解古代文论，我们才能更好地理解我们自身，才能在传统与现代的过渡中回旋转身。在当今西方话语盛行的时代，听听古代文论的言说，能唤起我们的集体无意识，唤起我们的民族记忆。也是在西方文论的参照下，我们能冷静地审视我们的文化传统，更加清楚地认识到自己的特质。西方文论新锐犀利，但常常是只见树木不见森林，深刻与偏见共存，启示与迷茫同在。传统深厚的理论资源，历经岁月千年的淘洗锤炼，它的浑厚和大气正好作为西方当代文论的参照。

二、对话的话题与言说语境

当代西方文论和中国古代文论走到了一起，讨论些什么呢？如何开展交流、沟通与对话呢？《文心》从篇《明诗》开始，细论各类文体，基本是按照这个程式进行的。我们便依古人之例，略加变通，改造成中西文论对话的方法，或许可行。论述路径如下：

（一）原始以表末：西方文论在中国的译介和研究

原始以表末，对西方当代文论在中国的译介和研究情况做一个历时性的梳理。理清西方文论传入中国的来龙去脉，了解现有研究状况，是构建对话语境的基础。

（二）释名以章义：同题共论中西观点

展开中西文论的画卷，对比强烈的色差使我们不得不首先找寻它们的共同点以寻求沟通的可能。不同话语共同话题、不同路径共同走向、不同规则共同规律都是可供切入的交汇点。在这些交汇点上，所谓“释名以章义”，就是在对话的过程中敞开各自的阐释和立场，揭示各自的角度和观点，搭建对话沟通的话语平台。

1. 不同话语共同话题

《在对话中建设文学理论的中国话语——论中西文论对话的基本原则及其途径》一文中，曹顺庆、支宇先生就提出“不同话语与共同话题”作为中西异质文论对话的具体途径之一。展开异质文论的对话，掌握好原则和途径，共同话题是一个很好的切入方式，也是最常用的切入方式。

2. 不同路径共同走向

中国的内陆型文明西方海洋性文明起源虽然迥然不同，都展开了对宇宙人生的思考。虽然各自的路径不同，希腊的“逻格斯”，中国的“道”，一可说一不可说，但都指向以语言为阶梯的对宇宙规律的揭示。而文学本是人学，中西文学和文论其实都绕不开人性的探索。

3. 不同规则共同规律

中国古代文论与西方当代文论都是根植在各自文化传统中，有着各自不同的话语规则。熟悉古代文论的中国读者一眼就可以看出伊瑟尔提出的“文本的召唤结构”和传统“意境”理论的“虚实相生”“韵味无穷”有着类似之处。从不同的学术规则出发，我们也能探寻到文学艺术的共同规律。

（三）探源以辨异：类似论述不同根源

中西文论对话的价值，一方面在于寻求文学的共同规律，一方面还在于对于各自异质性的确证。所谓探源以辨异，就是不仅仅看到表面上的同，还要进一步深究其根源上的不同。这也是中西文论对话进行之后更深层次的要求。

1. 类似现象不同成因

中西文论成长在不同的文化语境之下，有些观点和论述不谋而合，但细加咀嚼，就会发现它们后面的结构背景、文化支撑其实是不同的。例如，西方现象学文论传到中国，引起中国学者的极大兴趣，乃是由于现象学的本质直观与中国传统思维颇为类似之故。但其实二者之间有着绝大的不同。

2. 类似结论不同指向

西方当代文论是在对西方文化的批判过程中发展而来，都有着现实的内在意义。在中西文论对话的时候，不仅要听它们说了些什么，要辨析它们言说的思路和根源（也就是异质性），更要比较思考各自言说的目的和指向，也就是它们的话语试图达成的力量。这样才能吸收双方思想精华为我所用，而不是我为其用。

3. 杂花生树范畴共生

对话寻求的是理解，不是争个谁是谁非，不是一方压制另一方，也不是强势话语的一家独白。杂花生树、范畴共生让异质性话语都有言说的空间，互证互识，共存共生。异质性最好的保护就是保持其原生态，异质共生，保持其独立的品格，形成真正的“和而不同”。西方文论争奇斗艳，古代文论枯木逢春，杂花生树春满园，范畴共生百花开。

（原载《深圳大学学报（人文社会科学版)》2017 年第 34 卷，全文 11579 字，程朝霞摘）

语言主观性与传统艺术主观性的同构

张伯江

语言的主观性问题，是近年来语言学上的研究热点，汉语被认为是主观表达非常强的一种语言。越来越多的事实启示我们：汉语里主观性和主观化表现是如此的丰富，不仅遍布各级各类语言单位，且形成和运作的原因和机制也是多种多样的。这里我们就从一个微观的考察入手，讨论戏剧化的语言对生活语言乃至汉语基本句法结构的影响。我们认为，汉语的主观性不是个孤立的现象，它实际上是汉民族文化特征的一个具象化的表现，也就是说，汉语在世界语言之林中显示的主观特性，正是中国传统文化中各种形式间共性的体现。这一研究可以帮助我们寻绎语言结构与其他文化现象相互影响的痕迹，用语言学的证据印证文化表象背后共通性的存在，为进一步揭示文化特征提供一个新的视角。

一、从中国京剧的出戏和入戏说起

中国京剧的艺术价值该如何认识，近百年来文化界有过截然不同的各种评价。目前比较有共识的看法是：京剧以其“非现实性”区别于世界上其他戏剧表演体系，有代表性的学说，就是20世纪60年代初黄佐临把中国戏曲表演体系跟西方以斯坦尼斯拉夫斯基和布莱希特为代表的戏剧追求做了系统性对比。但遗憾的是，这种比较研究仍然基本是以西方戏剧理论为参照体系的，仍然笃信戏剧必须尽可能地还原生活真实，只不过西方戏剧常用细节真实的舞台设置还原真实，而中国戏曲不依赖布景道具纯靠形体表演来展示剧情与情感。抱着这样的理念，理论家们就过多地把注意力放在寻找京剧表演中那些最能逼近剧中人的情感真实和思想真实的表现手段上，对戏曲传统中一些明显与“真实”脱节的艺术手段有意无意地避而不谈。我们认为这仍然不是发现中国京剧本质特征的正确途径，这样的比较研究仍然不免落入从另一个侧面去印证西方戏剧理论的窠臼。

京剧在中国人的文化生活中娱乐性多于教化性，交互性多于观赏性，“还原戏剧真实”并不是根本追求，这不应该成为我们羞于提起的事实。入戏是世界上所有戏剧共同的艺术追求，出戏则是中国传统戏曲的特点。值得注意的是，出戏是靠一定的语言形式来显示的，同时又深深影响了京剧的语体特点，对生活语言的语法结构也产生了潜移默化的影响。

这里我们就从京剧语言最典型的出戏语言表达法入手考察，然后讨论隐性的出戏表达法，进而讨论它对普通语法结构的影响。

“自报家门”是最明显的逸出剧情之外的语言，一般是在一个人物首次出场时，不进入剧情，而是面对台下的观众说一番话，内容主要是介绍自己的姓名、身份以及当前所处的情境等情况。

打背躬指的是在剧情进行过程中演员暂时脱离剧中情境而转过身来面对台下观众说话的情形。打背躬可以说是一种内心独白，但与西方戏剧传统中的内心独白有所不同。西方话剧传统的内心独白是入戏的，而京剧的打背躬是具有出戏性质的。出戏的标志之一就是切换为第三人称。

为什么中国戏曲有着如此自由的以人称切换为代表形式的出入戏切换？我们认为这与中国戏曲的说唱传统有关——戏曲不过是早期说讲形式的角色固定化的结果。

二、从京剧人称表达的语法特征看出戏和入戏的融合

这一节，我们进入一种习以为常的语法现象的细微观察，那就是京剧中同位短语的使用。语法学上把居于一个语法位置上指称

同一个事物的两个名词相邻的情况称作同位现象。京剧中这种用同位方式组合而成的短语用得特别多，不管是话白还是唱词里。相比于小说、散文等一般文学语体，京剧里同位短语出现频率高得多，且集中于几种类型里。

（一）人称代词与专有名词的组合

这些同位组合，如果仅留其中的第一、第二人称代词项，去掉与它组合的另一名词项，都是正常的对话语言；如果去掉其中的第一、第二人称代词项，仅保留与它组合的另一名词项，则句子都失去了对话中自称和称呼对方的意义。这个现象，明确地告诉我们一个事实：这些同位组合里的两个词项事实上代表着两个表达角度，一个是剧中人的自称和面称，另一个是演员对角色的他称，他称的听话对象是观众。由此我们揭示了一个重要事实：京剧既入戏又出戏的特征并不一定要以句子为单位实现，而是可以内化在短语里边的。

（二）同位组合中的关系阐释

当我们有了这样的眼光，我们对京剧中其他类型的同位短语也就有了新的认识。刘探宙正确地指出，汉语同位同指组合的基本语义是后项对前项的阐释关系。这样看，京剧里每一个同位组合都是一种阐释，是演员向观众做阐释。由于演剧是口头艺术，人物关系交代一次未必能给观众留下深刻印象，于是多借助同位短语的阐释功能，就可以让观众多些机会记住人物关系。这是京剧中同位组合用得多的另一个原因。就此，叶秀山曾慧眼独具地谈到京剧演员既在戏内又在戏外的特点，叶先生的观点是切中要害的，揭示了传统京剧在艺术表现上既“入戏”又“出戏”的本质特点。

（三）粿合形式

京剧语言里同位短语不仅用得多，而且有一些创新形式：同位组合短语这种短语形式，在戏剧对话中，有着特殊的表现力。

（四）反思单项名词

有两种现象，似乎有悖于我们前面的观察。一种是，说话人以单项亲属名词自称。这种现象最值得注意的特点是，主要用于关系明确的二人对话中，而且往往是接应上文对方的称呼，这种紧密的接应语保证了单项的词不会造成误会。可以说，这是一种代词项为零形式的凸显阐释内容表达法。另一种情况，大多出现在唱词里，这些例子里都有把人名、他称词、官职等第三人称词语用作自称的现象，没有出现第一人称代词。原因其一是唱词节律的限制，添加一个“我”字可能不好安排唱腔；其二，歌唱比起对白来，跟剧情的紧密程度更疏远些，以上几个例子，大多属于比“背躬”还要独立性强的、演员面对观众（而不是面对剧中另外角色）演唱的情况。从这后一个特征看，可以说完全是出戏的情况了。

三、戏剧化语言研究的理论意义

以上我们聚焦于京剧语言中的同位短语，观察出戏与入戏相融这一戏剧特点在语言结构中的凝结，看到的是开放式的戏剧理念与自由化的名词组合之间深度的吻合。这一观察带来多方面的理论思考，既为汉语语法研究中的语体解释提供了新的例证，又为语言的主观化研究开拓了文化视角，更为民族文化标识性概念的理论建设提供了扎实的依据。

（一）语体研究的新视角

语言学界对汉语同位组合的研究不少，但关注其语体倾向的不多。一般来说，含有第一、第二人称代词的同位短语多出现在对话中，不含第一、第二人称代词的多用在叙述性语体里。但“对话”“叙述”这样的语体类别显然是不够用的，无助于对语法现象做出精准的解释。这里，我们提出“戏剧化的语言”这一语体视角，用以解释汉语的同位同指组合。

戏剧化是个非常有用的重要概念，它可以帮助我们观察文化中戏剧化因素在语法结构上的投射。汉语的戏剧化表现，不光在句式上，也在短语里；不光符合一般意义上的戏剧化特征，还有民族性特征。上面我们观察到的指称立场的表现形式，既符合井茁（Zhuo Jing-Schmidt）著作所论人类文化中戏剧化语言的普遍特征，又精准体现了中国文化中民族戏曲的形式特点。

我们从中国戏剧的艺术特征角度，重点考察指人同位组合的特征，进而观察它进入生活语言后的表现，用“戏剧性”这一概念使普通语言现象得到更为精准的解释。

（二）主观化研究的新维度

我们用戏剧艺术解释语言现象的来历，还有一个重要的意义，那就是，主观性的表达理念和主观化手法的使用，其实是贯穿于中国多种传统艺术门类里的。这些表现形式之间，又是相互渗透、相互影响的。

主观和客观，在西方文化中是两相对立的分立概念，非此即彼；而中国文化中固然也存在主观和客观的区别，但二者之间是包含关系，主观包含客观。就是说，客观区别于主观这不是最重要的，重要的是，中国文化里的客观表达总是同时表达着主观意义。主观与客观，就是这样的一种“对待关系”，客观是“体”，主观是“用”，主观与客观的关系，在中国文化里正好就体现了一贯的“用体包含”关系。至此，我们就找到了民族艺术形式同构背后的民族哲学思想基础。

（三）强化文化自信，探索标识性概念

我们的研究也引发出对传统文化研究的进一步思考。一个时期以来，不同文化艺术门类的研究者往往局限于本门类内部来刻画特征，这些特征在特定行业内部获得较多共鸣，而所揭示特征有没有跨门类的共通之处，一般研究者很少有这种意识。孤立地成立于个别门类的特征揭示，在宏观的文化研究中终究意义有限，我们应该有意识地寻找具有跨门类共性的特征，这样的特征才是对于文化研究具有深刻认识价值的所在。这种跨门类共通特征的揭示有助于在民族文化研究中力避外来视角，在论及自身文化个性时更加自信。

强化文化自信，给学者提出的重要任务之一就是要加强对中华优秀传统文化的挖掘和阐发，而挖掘和阐发的根本目的就是“提炼标识性概念，打造易于为国际社会所理解和接受的新概念、新范畴、新表述”。在这个过程中一以贯之的，就是“主观性”这一民族文化特征。

（原载《中国社会科学评价》2017 年第 3 期，全文 13000 字，程朝霞摘）

文化自信与星丛共同体

金惠敏

文化自信正日益成为一个欲观览未来中国文化走向则必须涉足其间的“众妙之门”，而文化自信的后果又绝非仅仅发生在文化方面，文化自信不仅在构造未来的中国文化，也在构造未来的中国。对文化自信的解释不纯是学究性的，它同时也是对此构造活动的积极介入，或者对未来的一种选择。究竟什么是文化自信呢？本文将以习近平总书记的相关论述为研究中心，探知文化自信的权威阐述及其可能的思想容量。

一、文化自信以文化间性为其理论前提

“文化自信”并不是一个刚刚提出来的新术语，自上世纪 90 年代以来，随着全球化进程的逐渐加速，中国传统文化进而所遭受到的来自西方文化的挤压日益加剧，作为一种反弹，就有一些学者在不断地使用这一术语，以重振民族文化士气。但是“文化自信”被提高到国家政治层面来使用则是自 2011 年胡锦涛同志“七一讲话”而开始的，五年后在庆祝中国共产党 95 周年即又一个“七一”大会上，习近平总书记再提文化自信，但赋予其一个新的可见性与一个从未有过的重要性。“文化自信”的核心是自我的文化，是具有自身特色的文化。但是任何“自我”都不是自我形成、自我圆满的，自我是一种结构，一种话语，必须借助于一个外围的他者来完成其自身的叙述和建构，“文化自信”因而就必然涉及如何看待外国文化或异质文化以及因为他者的出现而如何重新打量和定位自身的问题。如果说文化自信不仅是对自身文化传统的坚持，也是为更好地坚持即丰富和发展这一传统而对他者文化之有益成分的汲取，以此而营养和强壮自身，那么文化自信也就必然意味着一种文化间性、主体间性或文化的主体间性。

文化间性首先包含了文化之间的相互敬重、理解以及共在，但既然作为文化间的对话，它也同时意味着对自身特殊性的超越。这种“超越”不是对自身特殊性的摈弃，而是留置，它仍然留存于其原初所在的地方，甚至根本没有被实际地触动和改变，但同时在概念上将其置于与其他文化的表接之中，由此特殊性便不再是那孤独的个体性，而是位于“文化星丛”之中的特殊性。这种特殊性既属于其自身，但更属于它在其中显出自身的星丛。

当代学术话语中心的全球文化其实并非一具体之文化。它们意味着一种地方间性，是各个民族文化之间的相互沟通和欣赏。世界文学概念启示我们，只要我们打开被封闭于国门之内或自身文化传统之内的特殊性，让它与来自于其他世界的特殊性相遇、相识、相悦，让我们的特殊性显现给他人，则我们的特殊性可瞬间转变为普遍性。

今日中国经济早就与世界融为一体，并

被认为是全球经济的引领者。我们已经有了充分的经济自信，但是，面对一贯强势的西方文化，我们的文化自信还远未真正地建立起来。对于民族文化自信的建构，人文社科工作者责任重大。我们应该在坚持民族性的同时让其介入世界，即使民族性更加符合当代中国和当今世界的发展要求。我们所强调的民族性是世界文化星丛中的民族性，而唯如此我们才能够声言“越是民族的越是世界的”。

二、东亚普世主义与星丛共同体

我们的文化自信绝非塞缪尔·亨廷顿所担忧的那种在其文明冲突论框架下的文化自信，即排除一切差异而唯我独尊的普世主义的自信。

意识到文明的冲突，但又极力通过对话来避免这样的冲突，两方面合起来才应该是亨廷顿文明冲突论的完整意涵。其问题唯在于，如何在理论上令人信服地阐释文明的特殊性是可以转化为文明的普遍性的。

这一点上，我们致力于对话精神的研究和实践，在对文明对话的倡导和解说上，要比他本人更直接，更坚定不移，更贴近我们之介入全球化过程的经历，因而也更言之有据，并且在理论上由于将特殊和差异纳入对话的范畴而更具整合力和超越性。

2017 年 1 月 18 日在联合国日内瓦总部的讲演中，习总书记重申了他近些年多次表达过的构建人类命运共同体的真切愿望，其发言对目前弥漫于整个西方世界的民粹主义和民族主义一个旗帜鲜明、毫不含糊的强力回应和善意警示。以孔子“和而不同”为志趣的“人类命运共同体”或言人类命运的星丛共同体凸显了习总书记所表达的当代中国人的“文化自信”的最高旨趣，这一自信将打破世界主义、普遍性、共同体、世界文学等等那长久以来被单极化、单一化了的意指，而赋予其多元、复数、间性，但同时又不失“应”、失“和”即动态性的相互联系的新蕴涵。

三、超越中西文化二元对立的思维模式

这种建立在文化间性或曰“和而不同”基础之上的文化自信已经远远地超越了长期困扰中国思想文化界的中西二元对立思维模式，也超越了与此中西二元对立思维模式颇有几分类似的，当前以英脱（Brexit）和川普主义（Trumpianism）为代表的将自我孤悬于全球和全球化、世界和世界化之外的民粹主义和民族主义的认同政治。

在当代文化政治场景中，可以发现，弱者总是声称其特殊性或差异性，以此为话语（如果不是话语策略的话）和旗帜，如第三世界、少数族裔、同性恋人群以及妇女等。在中西文化之间，或者，在西方与非西方文化之间，株守和标榜任何一方的特殊性或优越性都是弱者或即将滑落为弱者的表现。也许亨廷顿之捡拾西方文化的特殊性而丢弃其普遍性有其策略上的考虑，西方文化未必会自甘于边缘化的，但对于已经崛起了的、愈益扮演全球化引导者的中国来说，我们需要的是兼取了特殊性和普遍性或者由特殊性而过渡到普遍性的文化自信，自信于我们自己的实践着的当代文化和现实文化，自信于我们自己古老文化的当代价值和对于当代世界的价值。

（原载《哲学研究》2017 年第 4 期，全文 11000 字，程朝霞摘）

两种审美现代性：以郁达夫与王尔德的两个文学事件为例

朱国华

提到唯美主义，落实到具体的文学实践，就中国而言，我们可能都会提到郁达夫，而对于西方，都不可能忽视王尔德巨大的符号意义。他们之间的文学关系引起了不少学人的研究兴趣，这不光是因为他们的唯美主义实践在各自文化语境中具有难以匹敌的代表性，也因为他们的文学生产，乃至作为审美家或者颓废文人的容止举动在当时产生了巨大反响：尤其是王尔德的《画像》与郁达夫的《沉沦》都以叛逆的形象攻击了他们置身其中的社会，因而可以说，引发了具有历史性的文学事件。

本文分别以郁达夫的《沉沦》与王尔德《道连·葛雷的画像》引发的文学事件为切入点，比较了中英两种审美现代性。就前者而言，作者借助于当时相关报章杂志的材料，试图在某种程度上还原历史现场，指出郁达夫并没有遭到他本人声称的那种“不道德”的大规模伦理指控。文章结合对于汪静之《蕙的风》的文学事件考察，认为郁达夫及其盟友们建构了一个想象的新旧冲突。他们将正常的文学争鸣视为新旧两派的交锋，并相信新文坛盟主周作人辩护文的发表是新派势力获胜的标志。这种对于受攻击幻象的生产，暗合了创造社对此加以事件化，并谋求符号利润的策略。但是，清季以来的旧派势力已经名存实亡，因此《沉沦》获得经典化地位，是因为它不仅不与社会主流话语相冲突，反而还彰显了启蒙现代性的意义与价值。另一方面，对《沉沦》文学技术的批评亦可视为传统观念惯性力量的暗度陈仓，郁达夫及其同时代知识人内心中仍然充满着新旧斗争。也就是说，郁达夫的成功是因为《沉沦》并没有与社会构成尖锐的对立关系，想象的新旧冲突在意识层面并不存在，因为清季以来政治军事等全方位持续失败使得旧派人物丧失了抱残守缺的坚强意志，而向西方学习的愿心构成了中国知识界的普遍性精神取向；另一方面，传统文化的力量还会发生强大的惯性作用，那些新派人物的内心中几乎都会不时地被传统的幽灵所萦绕。表现在《沉沦》文学事件中，他们尽管不会挑战唯美主义理论主张的权威性，因而放弃了实践理性批评亦即伦理批评，但是，他们的传统观念可能会以文学技巧批评的乔装改扮的方式再度呈现出攻击力，换言之，责难《沉沦》的身体描写过于粗俗，这类评论很可能不过是温柔敦厚诗教审美无意识的流露。但无论如何，这些波澜不足以阻止《沉沦》赢得的文学认可与世俗成功。从社会学的角度来说，《沉沦》之所以成功，可能是它不仅没有挑战社会秩序，反而以某种特定方式凸显了这个社会反对压抑、寻求解放的时代激情，因为社会结构总是倾向于不断再生产和再确认自身。《沉沦》对于启蒙现代性的追求，使得它能够成为实现这一客观目的的符号和工具。《沉沦》的文学事件可以视为中国特色的一种审美现代性隐喻，其基本特征是以审美的形式来表达现代性的渴望。

就后者而言，作者认为王尔德处在中产阶级逐渐获得社会领导权的社会里，其纨绔子弟的行事与文学作品的风格却推举日渐边缘化的贵族阶级趣味，即认为形式高于功能的所谓自由趣味。这种贵族趣味反映在《道连·葛雷的画像》中，其主要特征可以归纳为非人性化。王尔德对布尔乔亚习性的批判使他成为晚期维多利亚社会的众矢之的，尽管他本人不乏中产阶级气息。与郁达夫不同，王尔德所践行的审美现代性指向的是审美形式的现代性，他要求的是艺术或感性本身的绝对主体地位。作为一种向社会发出的抽象要求，即认为艺术可以高于生活，艺术家可以享有不受伦理约束的绝对自由，唯美主义只能以观念的形式，作为一种批判的可能性才能获得具有某种正当性的存在。王尔德身体力行地贯彻了唯美主义的意志，尤其是实践了艺术高于生活的信条，最终锒铛入狱，而他推崇的唯美主义理念亦随之被舆论界判决为异端邪说。文章认为，作为某种隐喻性人物，王尔德可视为唯美主义运动的极端。唯美主义观念超过不及物的极限，也就是将理念转化为行动，在任何社会都不会获得成功。王尔德的身后另名是左拉等一批法国知识分子所领导的美学革命获胜的结果，这场革命使得艺术自主性变成文学世界共和国的普遍法则。

西方世界文学场的符号斗争所积累的符号遗产对追求新文明的中国也具有有效性，这解释了郁达夫何以未遭到较多伦理责难。比较起来，王尔德《道连·葛雷的画像》所体现的审美现代性，侧重的是审美的现代性，特点是审美的独立性和主体地位，并指向与社会的对立；而郁达夫《沉沦》所体现的审美现代性，则是以审美的形式来表达对于现代性的诉求，在中国，这样的美学逻辑依然方兴未艾。

（原载《扬州大学学报》，2017 年第 5 期，全文 35627 字，程朝霞摘）

网络文艺批评的困境与对策

——从网评莫言的“准的无依”说开去

陈定家

网络时代，人们的日常生活和文化环境都在经受着大河改道式的巨变。尤为令人大开眼界的是，雄霸哲学王座两千余年的“因果关系”，在大数据时代居然被迫禅位给了“相关关系”！在举头“云端”抬手“终端”的数据化生存语境下，有人惊呼“事实已不再是事实！”以事实为基础的知识大厦在虚拟世界非线性“相关”条件下已轰然倒下。知识爆炸、信息冗余、资讯超载，现代人已变成了深不可测的知识海洋中不知何去何从的小鱼。众声喧哗却又不知所云的网络批评，在这种背景下，更是遭遇了前所未有的“标准”危机。

“事实胜于雄辩”是传统文学批评的一条重要原则。讲事实、摆道理是文学批评最常用的方法。但是，在数据化生存语境中，这个基本原则发生了根本性动摇。因为，在“什么都是数据说了算”的数据化海洋里，所谓“网络事实”，已不再是印刷时代那种“被视为社会基石的事实”，“我们正在见证牛顿第二定律的事实版本：在网络上，每个事实都有一个大小相等、方向相反的反作用力。这些反作用的事实可能错得彻头彻尾。”事实决定数据的原则在“数据化生存”过程中出现了逆转，因为我们新的信息技术设施恰好是一个超链接的出版系统，它将我们“眼见的事实”链接到一个不受控制的网络之中。

任何事实都不再“确切地”拥有人们“各是其是”的“真相”，人们遭遇的大量信息都是已经被数据化处理过的碎微化的“网络事实”。至于我们所关注的作家、作品以及与此相关的文论与批评，也都毫无例外地相应启动了脱胎换骨的“数据化”程序。在这个“相关关系”替代了“因果关系”的大数据语境中，那些以文学史实/事实为根基的传统文学观念，也都相应地发生了不同程度的变化，在一系列的变化中，“用事实说话”的文学批评可谓首当其冲。

从表面上看，网络批评似乎并不违背以事实为准绳的原则，但在“事实已不再是事实”的情况下，批评的标准则往往会被“沉默的螺旋”所左右。当评判标准变得飘忽不定时，批评的可靠性就必然要大打折扣。尤其是对文学艺术这样复杂的精神现象做出评判时，标准至关重要。如果评判者“随其嗜欲”“准的无依”，其结果必然是美丑不分、褒贬失据。大数据语境下微批评失据的混乱状况尤为突出，微博微信中的“莫言批评”就是一个典型例证。

不言而喻，莫言获得诺贝尔文学奖是中国当代文坛的一件大事，由诺奖引发的“莫言热”对当代文学批评产生了巨大影响。百度“莫言吧”、新浪读书频道、天涯社区，以及各种移动终端上形形色色的相关评论，形成了一道“网评莫言”的大数据文化风景线。我们注意到，屏屏相叠的“网评莫言”，除标语口号满天飞的景象之外，很少见到真正深入探究作品本身的言论，以作家作品为核心的言论可谓“万不及一”。与泡沫横溢的标语体形成鲜明对照的是，某些真正具有思想深度和学术意义的批评，往往倒是一些探讨细节问题的文章。

值得一提的是，十多年前，莫言曾一语惊人：“人一上网就变得厚颜无耻，马上就变得胆大包天，我之所以答应在网上开专栏，就是要借助网络厚颜无耻地吹捧自己，胆大包天地批评别人。”有趣的是，莫言“厚颜无耻”地“落网”不久，其“网态”出现了180度的逆转：莫言不仅自嘲《人一上网就变得厚颜无耻》是“歪船野马，偏激文章”，而且热情著文盛赞“网络文学是个好现象”！更为出人意外的是，他甚至欣然出任“中国网络大学”首任校长。

莫言在谈论创作经验时说，他曾经努力尝试“把坏人当好人写”或“把好人当坏人写”。例如《丰乳肥臀》，就是既要拷问出罪恶背后的善良，也要拷问出善良背后隐藏的罪恶。对此，有人认为这是莫言小说叙事之“人性美学”的精彩表述，是文学大师的“写作秘诀”。和网评莫言一样，莫言的网络言论，在网评语境中具有极大的争议性，但值得注意的是，即便是他那些调侃与反讽之语，也没有打破常识底线，与“语不惊人死不休”的“雷人雷语”相比，莫言的随笔与批评文字，尤其是他获奖后的一些言论，明显具有一种回归常识的趋向。或许，我们应该向莫言学习，回到常识，重建大数据时代“微批评”的价值观。

（原载《人民论坛》2017 年第 1 期，全文 3500 字，郑薇摘）

《周易》中的阴阳学说与“和合”美学观

党圣元

阴阳及阴阳相成相济、对待统一的“和合”观念，是从上古以来的中国人在生活和社会实践活动中，通过观察、认识自然和社会生活领域的种种现象，而总结、抽象出来的包括人自身在内的宇宙间万事万物生成与发展变化的规律，并且形成一个“三才”通贯、通观，因而具有整体意义世界的系统性阐释框架，中华传统思想文化的知识共同体就是以此为范式而建构起来的。古人认为，阴阳二气是普遍存在于宇宙间的两种互相矛盾对立的基本元素，它们互相对待，既相互对立又相成相济，是事物生成变化最根本的因素和原始动力，并且支配着事物的运动发展。《周易》通过“象喻”的方式所建构起来的阐释框架与意义世界，丰富、发展了我国古代的阴阳学说，体现了丰富的辩证统一思想。同时，作为中华思想文化根脉之一的《周易》中的阴阳学说与和合观念，实际上也是中华文艺与美学思想的元理论范畴与原初批评意识，其对中华文艺创作及美学精神产生了深刻而久远的影响，曰为塑型了中华文艺与美学的精神气象，也一点也不为过。

在西周末和春秋时期，原始的阴阳观念已发展成为一种学说，即早期阴阳学说。据《左传》《国语》记载，当时人们普遍用阴阳学说解释各种自然现象。这种从阴阳二气的矛盾运动中来寻找事物变化原因的认识，其中包含着朴素的唯物与辩证思想因素，对于后来阴阳学说的形成和思想体系建构，奠定了重要的基础。同时，就在这种强调阴阳相互对待、相反而相成的哲学思想基础之上，产生了“和合”的思想观念，其中也包括着早期形态的讲求阴阳对待的美学观念。

《周易》继承并进一步发展了早期阴阳学说中的朴素唯物观念与辩证思维，因此对“和合”美学思想的认知与建构作出了拓展与深化，并使“和合”美学观初现知识化的形态。卦爻辞的作者们或者编纂者们已经朦胧地认识到，从自然界到社会界，以及人类的种种活动都充满相互矛盾现象，而且矛盾双方互相依存，失去一方，另一方便不复存在。《易经》也朦胧地猜测到了事物处于不断的运动变化之中，在这种运动变化的过程中，处于对待关系的双方能互相转化。由此可见，尽管《易经》中还没有出现明显的已经哲学概念形态化了的“阴阳”哲学范畴，但其中已经包含着朴素的阴阳辩证思维和思想观念的因素。当然，这还只是一种在原始宗教筮卜束缚之下的朦胧的认识，还没有达到理性自觉的认知程度，即还没有从哲学的高度认识到阴阳矛盾对立是宇宙间的一种普遍存在和事物发展运动的规律。

《易传》产生于战国时期，比《左传》《国语》等书晚，它在早期阴阳观念的基础上正式提出了“一阴一阳之谓道”的哲学命题。《易传》不仅用阴阳观念来解释诸如天地、日月、星辰等自然现象，也以此来解释社会领域中的上下、内外、君臣、君子和小人等关系。它认为，事物的一切运动变化都以阴阳的对立变化为根据，阴阳相互作用而引起物变就是宇宙规律的具体表现，天地之间的一切事物都可以根据其阴阳属性而区分为阴阳两种对立的势力。从自然界的普遍联系关系的角度来看，无论天道、地道、人道，都是由一阴一阳、一刚一柔这两个既互相对立，又互相统一的方面构成。这是一种包括天、地、人在内的关于自然和社会普遍规律的元哲学思想体系，其核心就是阴阳对待统一的“和合”观念。

关于“阴阳”对立规律与卦爻象以及“文”的关系，《易传》中有不少表述。《易传》中所说的“相杂”“参伍”“错综”等等，都是指刚柔性质不同的事物和谐统一于一个相互矛盾对待的有机整体之中，只要阴阳异类之物“相遇”，结果就能产生“文”；“文”包括“天文”“人文”，而诗、乐等艺术又包括在“人文”之中，所以，刚柔对立成“文”亦指诗、乐等文艺活动而言，即审美、尚美的文艺活动也必须刚柔“相杂”“参伍”“错综”，如此，才能含有“文”“章”之美。可见，阴阳矛盾对立、和合统一的宇宙自然法则，也是礼乐审美文化活动中审美和艺术创造之法则，这和“物一无文”“相成相济”之说在基本精神上是一致的，是对彼之继承发展。

《周易》中阴阳相互对待、相辅相成的哲学思想与美的相对性、美丑转化也有密切的联系，其尽管还没有上升到理性的自觉，但起码对美的相对性、美丑转化已有了朦胧的认识，给后世中国美学这方面的理论言说提供了具有元观念性质的思想资源和启发契机。在美丑转化过程中，《周易》主刚，老子主柔，《周易》认为美丑转化是阴阳矛盾对立、相克相生、相成相济之结果，而老子却认为美恶相互转化是双方均系“道”所生而又复归于“道”而致。由此，我们可以看到《周易》与老子对于美、丑现实存在的肯定与否的不同态度。《周易》中的矛盾相互依存及相互转化的辩证哲学思想以及美学观点，对后世亦产生了影响，清代叶燮就是在此基础上提出了极有创造性的完整的美丑相互对立转化的观点，从而对我国美学史作出了重要贡献。

虽然《周易》认为美具有相对性，经过对立面的斗争，美丑可以互相转化，但是最终的理想还是主张“中和之美”。因此，《周易》在认识到阴阳矛盾对立统一时又提出了“中”的概念。《易传》又把这种刚柔相应、协同配合的状态叫做“太和”，“太和”就是最高的和谐，亦即所谓“和合”。《易传》运用对立统一、刚柔变化的原理分析解释一切事物，其最终目的就在于保持由刚处于支配地位的这种最高的和谐，而且认为这种最高的和谐是事物始终循环、恒久不已的必要条件。这种认识基本上属于儒家伦理美学思想范畴，因为主张“中和”“适度”、反对过度、反对偏于一面是儒家伦理美学思想的主要精神，而恰恰在这点上，《周易》亦如此。因此，我们可以说《易传》中的相关思想，极大地丰富和拓展推进了中华美学中的“和合”美学精神义理。

《周易》对事物之“类”的问题也有一定的认识，并且对中华美学思想的后世发展产生了深刻影响。“类”可划分为不同的层次，如人与禽兽是非类，但同类的人又可划分为男女不同的类，阴阳虽然矛盾对立，但作为共处于一个统一有机整体中的两种气，或者事物的两种属性，亦可视为是同“类”。用此来解释人们对美恶的不同看法，即审美的差异性就丝毫没有什么困难了。庄子使用诡辩术，混淆人与动物的“类”的区分界限，其目的是为了泯灭美丑界限，否定美的客观现实存在，以贯彻他的极端相对主义思想，比较起来，《周易》的“类”的观点对于阐明美感产生的问题确有可贵的意义。在这个问题上《周易》的缺陷是从人性一般出发来看待人的性情取舍，而不知道人类内部因阶层等等不同而审美观点迥异。不过，这在当时的时代是难以认识到的。

《周易》中的阴阳对待、和合统一的辩证美学思想对后代产生的影响是巨大的，在其影响下，阴阳刚柔成了独具中华民族文化特征的重要审美范畴，并且几乎渗透到了诗歌、散文、书法、绘画、音乐、戏曲表演等一切艺术领域中。我国文学艺术创作及批评中向来讲究的形神、奇正、虚实、巧拙、繁简、情景、雅俗、动静、骨肉等等应相互渗透、相偶而成，虽然不是直接的阴阳刚柔对举而言，但其中体现的则完全是相互结合、相反相成的矛盾对立统一的辩证的美学思想。

总之，《周易》阴阳学说及其中所蕴涵的“和合”美学思想，对后者中华美学精神产生了深远的影响，在其浇灌下生长而成的中华美学讲求相互对待、相成相济、充满艺术辩证法的审美意识与理论话语体系，具有坚实的哲学底蕴和丰赡的精神义理，滋养了延绵数千年的中华文脉，因而成为最能体现中华美学精神的内涵特质与文化烙印的标识性范畴之一，对于当代中国文艺、美学而言，值得充分重视并传承发展之。

（原载《陕西师范大学学报》2017 年第 5 期，全文 13000 字，袁劲摘）

失控的文本与失语的文学批评

——以《史记》及其研究史为例

程苏东

“失控的文本”——文本的编钞者在整合多元文本来源，或尝试将某种意识形态植入既有文本的过程中，往往难以真正弥合异质性文本的内在张力，文本常呈现出割裂、重复、冗余、突兀、矛盾等多种失序现象，对于编钞者而言，文本处于不同程度的“失控”状态。对于《史记》中并不鲜见的文本“失控”现象，以及与此相关的司马迁如何“控制文本”的问题，文学研究界却鲜见讨论，史学界却几乎从未引入“文学性”的考察维度。本文将以《史记》中部分“失控的文本”为切入点，循此考察司马迁如何尝试“控制文本”，并将通过对《史记》文学研究中“选择性失语”现象的分析，尝试构建对衍生型文本展开文学研究的基本范式。

通过各种形式的“钞撮”，司马迁博采《尚书》《诗经》《春秋》三传以及先秦诸子文献，将其“重写”为语体风格、叙事体例、价值立场大体一致的史文，在部分文本嫁接处、补缀处或截取处的处理稍显粗糙，留下了一些“失控的文本”，根据文本失控的具体形态，将其分为四类。

首先是前后重复之例，如《五帝本纪》中论及舜家庭出身的部分。其次是内在逻辑未周之例，如《鲁周公世家》中的两处叙述，其一为公子斑鞭荦事，其二为闵公嗣位事。第三类的表现是文辞突兀、失实或冗余，如《卫康叔世家》中关于宣公杀伋子之事，又如《卫康叔世家》中师曹诵《巧言》事。第四类是同一史事前后褒贬不一，遂致叙述脱节，在《史记》的部分篇次中，传文与史论之间完全脱节，史论成为游离于全篇之外的异质性成分，例如《宋微子世家》中宣公、穆公让国一事，前后异辞造成的文本脱节也出现在同篇对宋襄公形象的塑造上。

面对文本，司马迁尝试彻底掌控他们，“继《春秋》”的志向赋予其行为一种合法性乃至神圣性，使他敢于、甚至乐于对既有文本进行各种形式的改造，生成新的衍生型文本。可将其概括为四种基本方式：

首先是改笔，如《五帝本纪》中关于舜嗣位的记述，系截取《孟子·万章》篇“尧崩”以下数句援为己用。其次是留白，《五帝本纪》在“太史公曰”中介绍，这一部分的基本史料来源是《五帝德》和《帝系》，都见于《大戴礼记》，将两者比对后发现，在黄帝、颛顼、帝喾三人的记述中，分别有一段文字见于《大戴礼记》本《五帝德》，不见于《史记》。再次是补笔，如《宋微子世家》中微子亡去事，所据为《尚书·微子》。最后是缀合。如《宋微子世家》中南宫万弑君事，主要取材于《左传》庄公十一年、十二年的相关记载。

至少通过上述四种处理方法，作为“钞者”的司马迁成功驾驭了多元的史料来源，其生成文本的异质性已经最大可能地被抹平，若不是借助与其史料来源的比读，司马迁的改笔之处大多已难以辨识。如果没有高超的文学才能，这种整合工作是难以实现的，而我们讨论《史记》的“文学性”成就，自然不应忽略其整合异质性文本的细致用心和丰富手法。

对于《史记》文本层面存在的“失控”现象，文学研究者大多只关注那些叙述流畅、行文谨严的“优秀篇章”，而对于存在疏漏、错置、重复、矛盾、脱节的篇章则不予置评，或者将其一概归因于文本传刻过程中出现的讹谬。这种选择性的研究真的能够触及《史记》“文学性”的内在本质与生成机制吗?《史记》的“文本控制”和“文本失控”现象真的不具有文学研究的价值吗?如若不然，那么又可以从哪些层面来认识以《史记》为代表的大量“衍生型文本”的文学研究价值呢? 下面从三个层面来思考这些问题：

（一）作为具有多元史源的异质性文本，《史记》的文学性肇端于司马迁对于叙事完整性与系统性的高度追求，而实现于他面对既有史源时弥合其矛盾、裂痕的书写方式中。尽力还原这一书写过程，是我们对《史记》的文学成就进行评估的前提。

（二）就文章学与书籍史层面而言，战

国秦汉时期是文本流通的基本单元从“篇”到“书”逐渐转变的过程，也是文体观念逐渐清晰、各文体风格逐渐塑形的过程，而在此过程中，大量衍生型文本的出现是一种值得注意的文学史现象。通过对于这批文本生成方式的类型学研究，可以帮助我们了解文本在“章”“篇”与“书”等不同层面的意义生成方式，并循此对于早期著述方式与传统的形成、文体观念的生成等文学史问题产生新的认识。

（三）关于“文本控制”和“文本失控”问题的讨论，在理论上要求我们重新思考“文本生成者”与“文本”之间的复杂关系，从而在方法论层面拓展古代文学微观研究的新范式。在中国早期文本的研究中，“生成者”仍然是文本研究无法绕开的一个主导性角色，对他们社会角色、表达诉求、书写方式的探讨，仍将是对衍生型文本展开研究的基本方法。对衍生型文本的生成者而言，他会受到各种因素的制约：文本的物质载体、书写方式、文本可能存在的多歧语义指向、文本隐秘的深层结构等，都可能阻隔他在文本中贯彻自己的表达诉求。因此，认清“文本生成者”与“文本”之间存在的这些阻隔，不仅对判定文本生成者的真实表达意图具有重要的帮助，更是我们开展“衍生型文本”研究的理论前提。

（原载《中国社会科学》2017 年第 1 期，全文 26000 字，徐光明摘）

政治文化视野中《汉书》文本的形成

陈 君

《汉书》编撰深受当时政治、文化环境的影响——《汉书》文本逐步成型的西汉后期到东汉前期，正处于汉帝国从政权崩溃到重建秩序的历史阶段，《汉书》本质上是东汉明、章之世帝国精英参与创造的时代共识。全面考察《汉书》编撰的历史过程及其产生的历史条件，尤其是东汉前期的政治状况、学术环境对《汉书》编撰及其内容的影响，不仅能让我们细致领会东汉王朝重建秩序、建立共识的良苦用心，也有助于深刻认识《史》《汉》之际中国史学的巨大变迁，以及此后近两千年中国历史编撰的走向。

如果从西汉成帝时冯商续《太史公书》算起，到东汉和帝时班昭等完成整部《汉书》的编撰，整个《汉书》的编撰史绵延一百多年，刘向、刘歆、扬雄、班彪、班固、班昭都参与其中，成为汉代学术文化史上的一件盛事。《汉书》发轫于诸贤，奠基于班彪，成书于班固，续补于班昭、马续，至此定型。《汉书》主要是由班氏家族成员完成的。从某种意义上说，《汉书》之竣，乃班氏一族之功；《汉书》之学，为班氏一家之学。

东汉前期，在恢复政治秩序之后，思想文化上建立共识成为统治者考虑的重要问题。史学领域，东汉皇帝要树立对历史和现实评判的权威。随着《汉书》文本面貌的不断整齐，政教因素不断加入进来。特别是东汉明帝时期，《汉书》身不由己地加入到东汉帝国秩序重建的过程中，成为东汉意识形态建构的组成部分。东汉皇权与精英群体的合作与共谋，不仅是简单地垄断知识，而是生产出符合自己需要和期待的知识——作为一种经典文本，《汉书》就是东汉明、章之世帝国精英参与创造的时代共识。《汉书》具有典型的官方意识形态特征，体现出历史写作与意识形态的复杂关系，体现了一种帝国共识。这是东汉初年的知识阶层对所处时代环境的一种积极回应。

《汉书》中流露的“周汉一脉”的思想观念，首先体现在《汉书》的得名上——《汉书》之“书”与《尚书》特别是《周书》有着密不可分的渊源关系。东汉前期，《尚书》学受到皇帝重视，在社会上也非常流行。王充不仅将汉帝与周圣、《汉颂》与《周颂》相提并论，而且主张承前代经典而作“汉书”。《汉书》计有十二帝纪、八表、十志、七十列传，共百篇，正与西汉时期流传的百篇《尚书》的观念相合。其次，《汉书》行文中常常透露出“大汉继周”的观念和意识。西汉时期“汉家尧后”“汉德承尧”的观念已深入人心，这是血统方面。从正统的角度来说，刘邦伐无道、诛暴秦，所建立的西汉乃是继周而兴。《汉书》中的人物传记传达了同样的观念，吾丘寿王所说的“高祖继周”与司马相如所说的“继周氏之绝业”，都认为汉承周而来，重振周道、兴复王业，这是汉室的历史使命。

如何让西汉与东汉在时间上紧密衔接，是班固不得不考虑的问题，其中不仅是“更始”帝刘玄，还包括许多具体的技术问题。可以假设，《汉书》中的西汉年数可能存在一个显隐并用的“双轨制”：显的是西汉帝纪，共十二世，这是一个大致的、简单的说法；隐的是西汉年历，共二百三十年，包含着“更始”在位的两年，这是班固为衔接两汉所特别采取的叙事策略。《汉书》纪传的安排，也显示了这种“双轨制”的存在。如“十二纪”，是西汉帝系的显性存在，而列传特别是《王莽传》则揭示了两汉历史的一种隐性链接。《王莽传》可以视为新莽一代的编年体断代史。在西汉历史最后阶段的叙述中，班固重视《王莽传》，别具深意——因为班固让《王莽传》承担了两汉历史衔接的重要使命。

从《史记》到《汉书》，中国史学在表面的继承下发生了根本性的变化——《汉书》的王朝史学取代了《史记》的人本史学，并统领了以后的两千年。《史记》以辉煌的成果总结了以往近千年的史学，它更多地是承担一种文明载体的功能；《汉书》则开启了一个新传统，成为以后两千年王朝史学的典范。从《史记》到《汉书》的转变，主要是一种思想观念的转变，而不仅是简单的历史编撰范式的变化。司马迁和班固的史书中都凝聚了史家的精魂：司马迁是诸子百家孕育的精魂，班固是六经独尊之后的思想结晶。司马迁与班固在史学上都追求体系的完整性和系统性，在著作中也都成功地完成了自己的历史建构，但二人又有许多差异：如《史记》贵求索，《汉书》重因循；《史记》文笔疏放，《汉书》法度严整等等。其根本不同在于：司马迁听从内心，追求创造、个性与自由；班固重视传统，强调服从、权威与秩序。《史记》与《汉书》显示了两种不同的史学精神，一个强调个性，注重想象；一个强调权威，注重法度；一个勇于向人的内心世界探寻，一个努力在现实社会中实现人生价值；一个尽力反对世俗和拘学者的一切偏见，一个站在学者的立场去评判历史和社会。前者带来灵性和活力，后者带来限制和规矩。《史记》与《汉书》的这两种精神特质，形成中国史学传统中的两种力量——个性与自由，权威与秩序。在真实的历史时代，影响历史编撰与写作的这两种力量，是强调道德感、铸就社会稳定基础的一方处于优先地位。两千年的皇权专制社会中，最终是后者稳稳占据了支配地位。《汉书》的传统至《资治通鉴》而达到极致，而《史记》的传统则再无特出的苗裔了。

（原载《文学遗产》2017 年第 5 期，全文 18000 字，徐光明摘）

祭告制度与《春秋》的生成

过常宝

《春秋》是较为成熟的史著文本，是先秦史官文化鼎盛时期的产物。《春秋》的形成过程、文体形态、文化功能等，都需追溯到史官的职事行为，以及这一职事所包含的责任和信念。春秋时期，社会文化发生着急剧的变化，而史官正处在这一继往开来的关键位置，他们凭着职事传统所赋予的话语权力，自觉推动了社会文化的变革和发展。《春秋》正是这一文化变革过程的典型样本。

《春秋》是鲁国史官二百多年书策之累积，其原始状态为每事一策，在春秋末期被编定成书。书策不是鲁史独立自主的行为，而是与“来告”相连，或是“来告”活动的一部分。一般情况下，鲁史不会擅自将他国之事书策，“来告”者是各诸侯国的史官。来自周王的赏赐、命运变化、有寓意的突发事件等，都可以是“命”，要祭告神灵，常用作“赐命”“告命”。“诸侯有命”实际上是指诸侯国发生了重大事件，要由史官决定是否“来告”。周灭殷后，祭告仪式得到继承，并且较为盛行。西周春秋时期，祭告的对象有先公先王、山川之神，以祖先神为多，山川之神则逐渐减少，这与宗法制度逐渐成熟有关。祭告的内容包括结盟、祭祀、作宫、出生、丧葬、婚娶、出行等。祭告仪式从殷商到春秋时期一直保持着稳定的态势，是当时人神交通最常见的方式之一。

“岁典”就是用于四时祭祖的典策。如非王本人特别需要或认可，史官会将各种书策存留到四时常祭时再行祭告。春秋诸侯史官“来告”，也要先将书策交与鲁史保存，等到四时常祭时，由鲁国史官再行书策集中祭告。祭告及“岁典”仪式，是史官书策的制度性依据。这一制度形成于西周，并在春秋时期得到发展。春秋礼崩乐坏，一方面使得诸侯国的卿大夫、史官拥有更多的礼仪权力，一方面也激发起他们维护礼乐的意志。在这种社会背景下，祭告和“岁典”仪式，在史官这个层面被制度化，被付诸实践，并被赋予了特别重要的意义和新的文化功能。

诸侯史官“来告”制度源于祭告仪式，

目的也在于祭告。但春秋毕竟不再是一个礼制森严的社会，“来告”的仪式性、神圣性也很难得到完全的保证。史官有可能在“告命”或“来告”的启发下，将载录转变为职业权力和习惯。对于“告”“岁典”“来告”等资料的梳理，可以拟出一个渊源有自的传统：第一，上古祭告在社会和政治生活中十分重要，祝史是祭告的主持者，祭告的对象主要是祖先，周朝祭告通常假岁时常祀举行；第二，祭告的内容包括结盟、分封、征伐、婚娶、出行、祭祀等一切重要事务；第三，史官书策“以为岁典”，就是将约剂付诸神灵的监督和裁决；第四，西周时期多“策命”，春秋时期主要为“告命”，两者有着相同的仪式形态；第五，这一传统赋予史官维护礼制、批判社会的权力。

春秋史官对祭告的载录，将事件系于王年、月直至干支日下，时间信息较为具体，这为它的编次创造了最基本的条件。《春秋》的基本记事时序是年月日，反映了自西周以来史官著录的发展趋势。但《春秋》似乎更加突出季节性时序，显示出以四季为单元的编次痕迹。春秋时期，至少在鲁国已经形成了四时常祭的岁祭制度。岁祭中的祭告仪式是书策以四时编次的根源，在这一基础上，才形成了“四时具而后为年”的编年实践和历史意识。岁祭活动中所形成的书策编次，为孔子编定《春秋》奠定了基础。“春秋”在当时可指四时祭祖，而四时祭祖中祭告之礼是史策文献形成和编次的关键环节，这是“春秋”作为文献名称的来源。

《春秋》包含了二百四十二年的鲁策，经过十数代史官的累积，现在看来，其撰写体制自始至终都较为稳定。后世学者对《春秋》文体风格的描述一般用“简”这个概念。《春秋》所谓“简”主要表现在两个方面：一是不载录事实过程，二是不作任何评判，只有一个特别简略的陈述。文笔之“简”是与理义之“丰”相对而言的，后人相信《春秋》包含着深刻而复杂的“大义”，孟子所谓“孔子成《春秋》而乱臣贼子惧”，说的也是《春秋》文本的社会裁决功能。书策意味着史官祭告，祭告的传统和对鬼神的恐惧意识，给史官提供了维护礼制的权力和手段。在那个礼崩乐坏的时代，史官的社会角色开始发生转变，他从仪式职业人员，变成了维护礼乐制度的斗士。在维护书策固有表达方式的同时，史官通过使用某一特定的字，或改变某一个正常使用的字，以此来暗示自己的态度，这就是“一字褒贬”法。

书策和告命的传统中，一直就包含着神灵的鉴证和裁判，对社会行为起着监督和约束的作用。在宗教礼仪具有震慑力的时代，史官隐身在神灵背后，只是以自己的职事技艺，引导仪式的完成，默默地延续着神圣传统；到了礼崩乐坏的时代，史官不得已而通过书策现身，积极裁判现实，成了礼乐文化的卫士。史官之所以能有这样的信念和权力，其原因就在于他所凭依的神圣传统，在于他所发明的各种“书法”。春秋史官在“书法”中所建立起来的各种理性精神、批判意识，超越了自身的传统，为《左传》《国语》等铺平了道路。可以说，《春秋》显示了一个知识阶层的主体自觉，推动了社会文化向理性主义的转型和发展。

（原载《文学遗产》2017 年第 3 期，全文 23000 字，徐光明摘）

论《鲁颂》借名为颂而体实国风

陈桐生

颂诗在《诗经》中以语言艰深著称，尤其以《周颂》为最。颂诗语言深奥情形到春秋时期有所改变，在鲁国，周公的后人虽然创作了颂诗，但所用的语言却悄悄地由雅颂向风诗转化。

《诗经·鲁颂》有四篇作品：《駉》《有駜》《泮水》《閟宫》。《毛传》将这四篇作品全部断为歌颂鲁僖公之作，鲁僖公在当政时期，委派大夫奚斯重修周人始祖姜嫄庙宇，这被鲁人视为一件可与当年周公制作颂诗歌颂祖宗神媲美的大事，所以鲁人创作《閟宫》对鲁僖公予以颂美。或许其他三篇《鲁颂》作品，也是在这样的背景之下创作的。因此姑且按照《毛传》之说，将它们视为鲁僖公时期作品。

将《鲁颂》与《周颂》《商颂》相比，可以发现，《鲁颂》虽然名为颂诗，实际上它的体制却接近风诗。这一点是唐代学者孔颖达第一次指出的，孔颖达举出“非告神之歌”“故有章句”两点证据，来证明《鲁颂·駉》借名为颂而体实国风。其实《鲁颂》借名为颂而体实国风，并不局限于“非告神之歌”“故有章句”这两点，它更多地体现在语言方面。孔颖达关于《鲁颂》借名为颂而体实国风之说，为我们研究《鲁颂》语言打开了一条思路。四首《鲁颂》作品大致可以分为三种情形：《駉》《有駜》为第一种情形，基本符合风诗语言特征；《泮水》为第二种情形，它主要运用风诗语言写作，但也吸收了一些雅颂语言因素；《閟宫》为第三种情形，它吸收雅颂语言因素比前三首作品都要多，但其中也有某些风诗语言特征。

先来讨论第一种情形，《鲁颂·駉》用风诗语言写作，是基于以下理由：第一，《鲁颂·駉》如同风诗一样，在章法上采用重章复沓的形式。《駉》第一章奠定了全诗语句格局，后面三章只是换了几个字，全篇四章都是由重章复沓构成。重章复沓在语言上的好处是用字较少，可以有效地降低语言的难度。第二，《鲁颂·駉》如同风诗一样，在句式上以两行诗作为一个完整句子意义单位。以两行诗作为一个句子意义单位，可以帮助读者理解作品。第三，《鲁颂·駉》的某些语汇与风诗相同或相近。第四，《鲁颂·駉》语言底色不属于“殷商古语”而是使用“文言”，它所用的语汇是常字常义，这是最重要的一点。《駉》的语汇不存在常字古义问题，每个字都有清楚、单一、稳定的含义。第五，《駉》的字与字、上句与下句的逻辑关系是清楚的。与《周颂》不同，《周颂》中不少诗句，彼此之间逻辑关系不太清楚。《有駜》同样不是告神之歌，而是歌咏鲁国君臣在处理公务之余欢聚宴饮、醉歌酣舞的快乐生活。将《有駜》与《駉》进行比较，就可以发现凡是《駉》所具有的风诗特点，诸如重章复沓、划分章节、多用语气词、常字常义等等，《有駜》

大体上都具备了。《有駜》某些诗句和词语也见于其他国风诗作品。《有駜》还有一个明显的风诗特色，就是运用比兴手法。比兴是化抽象为形象、激发读者联想的艺术表现手法，它可以降低语言的难度，增添语言的形象，提高语言艺术水平。《诗经》颂诗多用赋法，而风诗多用比兴，《有駜》运用比兴，是《鲁颂》借名为颂而体实国风的又一体现。

再来看《鲁颂》语言的第二种情形，主要运用风诗语言，同时又有一些雅颂语言因素。《泮水》是这方面的代表作。《泮水》歌咏鲁侯修建泮宫实施教化从而使淮夷归服的功德，同样不是告神之歌。全诗共分八章，每章八句，前三章是歌颂鲁侯的文教，语言平易轻快，风格接近风诗；后五章歌颂鲁侯的武功，语言难度加深，风格接近运用“殷商古语”的雅颂。《泮水》有部分重章复沓的因素，但不像《駉》那样四章全用复沓，它的复沓只用在前三章开头两句。《泮水》的比兴也很有特色，在前三章，诗人用鲁人在泮水旁欢乐地采摘水菜起兴，从第四章至第七章，诗人改用赋的手法，歌颂鲁侯穆穆和善、勤勉理政的美德和征服淮夷的武功。后几章不仅表现手法变了，而且它的某些诗句和词语也取自雅颂。在《泮水》最后一章，诗人又重新运用比兴手法以恶鸟飞鸮集于泮林食我桑黮来比喻淮夷的骚扰，但这些“飞鸮”在鲁侯美德感召之下幡然醒悟，他们前来归顺鲁侯，献上元龟、象齿、宝玉、黄金作为贡物。

《閟宫》代表了《鲁颂》语言的第三种情形，主要运用雅颂语言，同时又适当运用风诗语言。《閟宫》全诗共有九章，其中五章每章十七句（第四章脱一句），两章每章八句，另有两章每章十句，凡一百二十句，是《诗经》中罕见的长篇。全诗从周人始祖姜嫄诞生后稷写到太王迁岐、文武灭商、周公建国，从第三章开始重点歌颂鲁僖公“复周公之宇”。四首《鲁颂》，只有《閟宫》接近“美盛德之形容，以其成功告于神明”的颂诗宗旨。即便如此，《閟宫》与《周颂》仍有不小区别，诗中歌颂祖宗神的内容其实很少，主要篇幅都用来颂扬鲁僖公，为鲁僖公祝寿祈福。《閟宫》吸收了不少《诗经》雅颂语言。它的有些诗句是对雅颂作品的缩写。《閟宫》虽然大量吸收了雅颂语言，但也不乏某些风诗语言的因素。作为告神乐歌，《閟宫》像风诗一样具有章句。

本来《鲁颂》应该像《周颂》一样写得古色古香，但事实上《鲁颂》作者主要用的是风诗语言，在这个现象背后，蕴含着丰富的历史文化信息。

（原载《学术论坛》2017 年第 1 期，全文 8700 字，徐光明摘）

"拟作传统"与"文学缺席"

——郤正《释讥》的文体考察与文学史定位

孙少华

郤正，字令先，在蜀为秘书令，蜀降曹魏，郤正入魏，受封关内侯。今存《释讥》一篇，《三国志》本传收录全文。郤正具有很高的文学地位，陈寿评其文"文辞灿烂，有张、蔡之风"。《释讥》乃其模拟崔骃《达旨》而作；然《达旨》又模拟于扬雄《解嘲》，《解嘲》源于东方朔《答客难》。这种以"答""解""释"为题的文章，具有大致相同的结构体式与写作模式，由此知《释讥》有其特定的"拟作"传统与文体渊源。

《释讥》句式有三、四、五、六、七言。分段以相同韵脚为准，两个"句群"之间，一般会有换韵情况发生。四、六句之间，换韵情况不一。全篇以四六句式为主，且不乏后世所称标准的"四六"句式。有人评价此赋"全篇以骈俪为主，对仗工整，用典密集，声律和谐，辞采华美，实开西晋赋风之先河"。

《释讥》将箴、碑铭、民歌等文体中的韵字援入的做法，使得《释讥》具有了散文化特征。有人提出，郤正《释讥》属于散体大赋、韵散结合，并有散文向骈文过渡化特征，还有人直接将《释讥》看作是"骈俪文"，这说明《释讥》兼具赋、文两重性质。

《三国志·郤正传》录其《释讥》，"其文继于崔骃《达旨》"，可知在体制、主旨上，《释讥》仿《达旨》，有汉大赋的思想渊源。史书记载，《达旨》又模拟于《解嘲》，此类"主客问答"赋，自汉初至三国，一直有其体式传承。就思想内容而言之，此类"主客问答"体，主要讨论的是"立功""立言"，其背后则又有政治、社会、文化的背景。

由郤正上溯崔骃、班固、扬雄、东方朔，他们皆以学问为重，追求"玄静"的生活方式。他们对待利禄与学问的态度，反映了一种"修身"或"隐逸"思想。自《答客难》至《释讥》，从思想、形式与结构上，皆有其一以贯之的传统，体现了中国古代文学作品的前后继承关系。据《后汉书》蔡邕本传记载，蔡邕曾仿东方朔、扬雄、班固、崔骃等作《释诲》，从文体新变的角度上看，《释讥》或有另一种新的"拟作"传统。

陈寿说郤正"文辞灿烂，有张、蔡之风"，从写作目的上看，蔡邕《释诲》是拒绝与中常侍为伍之作，郤正与蔡邕不与宦官为伍的态度相似。就此而言，《释诲》、《释讥》具有相似的写作背景。《释诲》实际上与其他文章也极为相似，即皆被人问难何以"默而无闻"，这说明《释诲》与其他文章的写作主旨，主要因"功名"问题。从结构上看，《释讯》借鉴了《释诲》的题名方式、结构与用韵模式。与其说《释讯》仿《达旨》而作，倒不如说袭《达旨》主题，而其结构、文体则袭自《释诲》，具有“释”体的新特征。

从篇章规模上看，《释诲》《释讯》与皇甫谧的《释劝》，规模相似，与之前模拟对象有所差异。在事情的原委上，《答客难》体现出一种“隐逸”思想之后，《释劝》的“逸民”思想则更为强烈，也更自觉。从用韵与体式看，《释劝》亦多押韵，与《释讯》非常相似。但《释劝》与此前诸文的不同，就是在“其辞曰”后有一个长序，此序的出现，改变了《释讯》以上诸文的结构形式。

从文体发展的进程看，《释讯》等文，或当属“文”，但依照当下的文学史认识，《达旨》《释诲》《释讯》一类作品，又具有“赋”体的某些文学特征。《释讯》应该是汉赋、杂文一类文体向骈文过渡的典型代表作品，兼具“赋”“文”双重文体特征。也就是说，“文体”是“流动”的，尤其是在文体形式发生转换的特殊时代。《释讯》等文的文体矛盾证明，在几种文体交融、转换、新变之际，某些作品的文体归属不能简单而论，甚至同一作品被归入不同的文体中也有其道理，这就说明某些作品可能具有“双重文体”性质。

《释讯》在文学史上的“缺席”，甚至文学史重曹魏、轻蜀吴现象，说明文学史家在文本选择上有故意遮蔽的可能。首先，《释讯》被文学史忽视，可能是建安文学的辉煌成就遮蔽了吴、蜀文学所致。三国时代，文学史家多以“汉魏”“魏晋”称之，主要以曹魏时期的“建安七子”为中心，中国古代的正统观念，很容易将同时期其他王朝、地域的文学忽略掉。其次，《释讯》缺席文学史，可能与其文体不清有关。第一，《释讯》模拟东方、扬、班、崔之文，已经脱离了汉赋盛行的特殊时代，与完全意义上的汉赋已经出现了差异。第二，处于汉魏之际历史转折的重要关头，赋、文二体也在发生着潜移默化的转换，刘勰将此类文体视作“杂文”，后人对《释讯》的文体性质更是无法完全说清楚。最后，《释讯》的被屏蔽与作者本人的“附逆”“贰臣”身份有关，一者郤正身上具有浓厚的“贰臣”色彩，为后人诟病，其作多不传；二者文学史家更重视魏国文人及其作品，致使蜀、吴作者多被屏蔽在文学史之外。

总之，对《释讯》的考察使我们认识到，文学史上蔽而不彰的某些作品，可能很好地保留着该作品所在时代或之先的语言、文字、音韵使用情况。《释讯》的“拟作”传统与体式渊源，以及其后仍有类似作品产生的现象，说明此类文体的性质较为复杂，可能具有“赋”“文”双重文体特征。这种“拟作”现象，值得深入考察。

（原载《中山大学学报（社会科学版）》2017 年第 2 期，全文 18000 字，徐光明摘）

乡里社会与十六国北朝文学的本土复兴

蔡丹君

自西汉时起，文学发展的主要社会空间是城市。长安、洛阳和邺下曾是诸多文人的集结之地，也是重要文学作品的产生之地和描述对象。但是，“八王之乱”以及“五胡乱华”结束了文学在北方地区的城市发展道路。在战乱中幸存下来的文人隐没于更为偏远之处。

关于北方地区文学力量流散的方向，人们以往更多关注的是南渡之“中州士女”。事实上，当时有相当一部分人留在了北方，至少有大批流民是“东徙辽左，或西走凉州”。而在胡族统治者所占领的地带，大批北方士人委身于类似战争夹缝的坞堡之中。乡里坞壁除了必须保障坞壁内人们的安全以外，也充分考虑宗族内部文化传统的延续。乱离之中，北方文学开始反思并挥别玄虚的精神生活，从此着力于对于现实的深切关注。在末代乱局之中，以凉州为中心河西地区对西晋文学的存续独具特点。当长安受到巨大破坏时，河西地区暂安的社会环境，有利于文化之存续。前凉时期的凉州社会，正是通过这种宗族聚居以及相互往来，形成了一个互相师承、彼此教授的文化发展机制。这个体制在晋末乱世不但没有被打破，而且因为一些士人自京师返回凉州乡里，而进一步加强。凉州本土势力之间互相依赖，其乡里社会的文化传承机制，保证了凉州地区实现文化发展之自足。晋末凉州乡里著姓参与扶持了晋愍帝政权，前凉时期长期使用西晋建兴年号，自居为西晋遗民。受此影响，凉州地区的文学也颇具遗民特质，保留了西晋时期的一些文学传统，且贯穿了整个“五凉”时代。西晋末年的坞壁之中还产生了一些民歌，主要分为歌颂坞主和描述坞壁战争生活两类。

总之，西晋末年有一大批文学士人逃归乡里。在失去过去氛围热烈的创作环境之后，在乡里社会的空隙之中艰难生存的文学士人之文学，在很长一段时间内较为沉寂。有的士人即便有所创作，也很可能因为这种封闭的环境而无法留存和传播自己的作品。然而，文学力量转移到乡里社会这一现象，既是整个西晋文学时代的句号，也是下一个文学时期的开始。

胡族统治时代的到来，直接造成了北方乡里士人作为政治新贵之崛起。他们往往居于乡里，和胡族政权保持若即若离、时密时疏的关系。他们与胡主之间的文学互动，为北朝文学的本土复兴起到了促进作用。前赵刘氏父子的文学才能与学术修养受到公认，这与并州乡党关系很深，刘氏早期正是通过并州乡党中的大族来与西晋政权建立联系。然而，总体看来，由于在战时无暇经营文学，汉赵时期的文学作品留存较少，除了一些公文文字之外，赋颂和诗歌基本没有留下它们的具体篇名和内容。石勒创立后赵没有乡党基础，且好杀王公贵族，对于所启用的少数旧族士人，亦不很重视。总之，从残存作品看来，石赵政权的文学发展水平是胡族政权中最低的，但是他们拔擢了大量的寒素士人，这对北方地区文学的复兴亦有其功。前燕慕容氏居于辽东，有着振恤河北的传统，在西晋败亡后仍以晋臣自居、承认东晋政权的合法性，遂为流亡士人所接受。受此流亡士人大量侨居之影响，慕容氏政权中的儒学风气也忽然转盛。慕容氏采取了设立学校、建立考试制度和官僚体系等举措。大量文人在前燕政权集中，遂致文学创作阵容庞大。慕容氏政权与东晋交流中产生的外交文字，可以视作南北文学交流的早期表现。十六国后期的前秦和后秦政权都是经历了长期汉化之后才获得北方大部或者局部领土控制权的。苻坚、姚苌政权先后在长安定都，对于关陇及其周边之乡里士人加以重用，重新振兴了关陇地区的文化凝聚之力。

从以上情况可见，十六国时期几个主要的胡族政权与汉族士人的合作各有特点，而他们的共通之处在于启用的北方地区中下层士人，大多来自于乡里社会，或为胡主之同乡同党，或为胡主收拢之乡里士人。因为这些乡里士人的文学水平本身并不高，所以他们对于文学价值的理解也有别于西晋时都城的一流文人。随着他们的出仕，他们的文学价值观念也就被带入了文学史发展的主流之中，为塑造北方地区文学的基础面貌奠定基础。

在北魏末期，当时北方地区出现了一个颇有人数规模的文坛，这是文学史发生的重要变化。北魏前期在乡里社会实现了一些重要的制度变革，如设立官方乡学、检括户口、颁布“三长制”等。“三长制”的开放性远比乡里坞壁要强，因而为基层社会内部的交流带来了便利，乡里私学游学局面的形成即是基于此。乡里私学培养了大量人才，北魏采用的以察举为主的九品中正制却十分滞后，于是出现一种“才学”与“姓氏”之间矛盾突出的情况。寒人也对社会体制做积极的抗争，以获得出仕机会。当时，还有一些无法获得出仕机会的寒门士人因文章才华而受到鲜卑贵族接引，为其服务。在洛阳的乡里士人群体，经常以同乡关系结为群体，洛阳城中一些文化士人的声名，往往缔结在深厚的乡里关系的基础上。孝文太和盛世成为北朝文学向“气韵高艳，才藻独构”方向发展的转折点，及北魏迁都邺城的东魏乃至定都邺城的北齐，北朝文学更是步入了“声韵抑扬，文情婉丽”的境界。都城之中繁荣的文学现象，与那些来自四面八方的乡里士人是分不开的，是他们构成了北方地区文学力量自西晋末年以来的本土复兴。

北朝乡里社会之中，除了大姓高门中的上层乡里士人发挥了文化作用，那些中下层文化士人同样对推动文化发展做出了贡献。北朝文学特质的生成，和乡里士人在从乡里到都城的人生际遇中所凝结的对自身更为深刻的情感认知有密切的关系。到了北朝末年，这种对于人生生存空间变化的情感，为一种强烈的功名之心和得失之心所取代。这种功名之心和得失之心，给北朝文学作品带来更为充沛的情感和宽阔的视野。建立在充沛情感基础上的文学气质，是北朝文学在艺术品质上能够超越南朝文学的根本因素。这种超越，可以视为“底层性”的超越。文学发展下移到普通士人或者中下层士人当中，是文学史发展的积极趋势，它意味着文学创作将要从台阁出去，从此告别贵族文学的创作模式，成为个人化的歌咏。

本文采用概述的方式，选取了十六国北朝文学中的一些典型文学现象，来梳理并总结北方地区文学力量跨时代的复兴过程和该过程最终形成的文学特征。基于本文的分析，可以进一步反思：为何南北朝后期文学发展形成了“南衰北盛”局面？北方地区的历史发展遵循了它自身的道路，在近三百年的民族融合和历史变革过程中，产生了能够使文学发展更具延续性的发展机制。乡里社会繁育出的巨大文化再生力量，使得北朝文学的发展秩序，可以适应战乱，适应异族统治，适应意识形态的变迁而不断获得存续和重生。而北朝文学从乡里社会中生长出来的以儒教为本、重视个人情感之表达等文学价值观念，最终在隋唐文学发展过程中占据了主流地位。

（原载《文学遗产》2017 年第 1 期，全文 17500 字，董 双摘）

日本雅乐中的汉晋乐府

吴 真

8 世纪前期，日本模仿唐制设立“雅乐寮”，大规模地吸收、改编大陆的音乐舞蹈。9 世纪中期，雅乐寮完善了舞乐的左右两部制，唐乐、天竺乐、林邑乐等归于左方乐（左舞），高丽乐（三韩乐）、渤海乐属于右方乐（右舞）。本文将尝试解开一首历代被划入高丽乐的日本雅乐与中国异名舞曲之间的传承关系。今天仍作为“奉纳雅乐”固定演出的《昆仑八仙》，从 10 世纪有记录以来即被归入右方高丽乐。既是昆仑，又有八仙，似与中国地名及八仙信仰有某些关联，然而在《通典》《羯鼓录》《教坊记》《乐府杂录》等中国典籍记录的唐代乐舞曲名中，找不到同名或者相似的曲名。此舞的实际表演形态与曲目完全“名不符实”，4 名舞者戴着此曲专用的鸟形面具、穿着绿色舞衣起舞。

934 年成书的日本最早辞典型类书《倭名类聚抄》在“高丽曲”类中记“昆仑八仙”，这是目前存世文献里《昆仑八仙》乐舞的最早记载，可惜只有 8 个字的介绍，无从得知其表演形态。直到 1133 年，才有大神基政的《龙鸣抄》详细记载《昆仑八仙》舞态，由此可见仙人在仙宫起舞的表演形态在 12 世纪初即已定型，日本现存七个古代乐舞面具也证明了这一点。从演出记录、表演形态、乐舞面具、乐谱可以到，《昆仑八仙》是日本雅乐中重要的一支乐舞。然而其鸟状面具、鼻子垂铃的舞容与《龙鸣抄》所云“仙人之舞”大旨之间，仍存在一些疑点，即鸟喙垂铃的仙人是何方仙人？

1233 年，奈良兴福寺的乐人狛近真，根据世代口传整理的舞乐资料写成了最早的日本综合性乐书——《教训抄》。《教训抄》引《神仙传》只有一处，载明《昆仑八仙》的本事出自东晋葛洪的《神仙传》，乐舞主角是引领淮南王成仙的八公。乐曲先入“破”，舞人表演八公求见刘安的场景；乐曲入“急”，小童部的舞人表演八公变化之术，身穿绿色的苔衣，鼻子垂铃，表现凌绝仙宫、不胜清寒的样子。

考索中国文献可以发现，日本雅乐的“八仙”，其实就是《神仙传》记载的淮南八公。东汉高诱《淮南鸿烈解叙》、王充

《论衡·道虚》、应劭《风俗通义·正失》、葛洪《抱朴子内篇·仙药》等篇均提到，八公就是淮南王刘安的八位谋士。汉末晋初，八公开始被神化为接引刘安白日升天的仙人，并增加了传奇故事情节，云仙人八公因为外貌衰老而不获刘安接见，遂变化成八名童子。六朝至唐代的文献多将八公记为“八仙”。五代时期的道士王松年编有《仙苑编珠》，其所引《神仙传》有“时感八仙降焉”，这条引文说明唐代有一种《神仙传》是将“八公”称为“八仙”的，早期传入日本的《神仙传》可能出自这一版本系统。据学者研究，葛洪《抱朴子》在6世纪即已输入日本，神仙思想在平安时代的贵族之中很受欢迎，作为《抱朴子》的形象化辅教之作，《神仙传》也于同时传入日本。梳理了《神仙传》的东传史之后，可以推论乐舞《昆仑八仙》的本事——淮南八仙（八公），对于古代日本人来说应该并不陌生。不仅是日本知识阶层熟读的《文选》《艺文类聚》《神仙传》里常见八公典故，八仙的灵验也在日本享有名声。

《昆仑八仙》乐舞的本事来源，毫无疑问与中国典籍的“淮南八公变化”有关系。八公化成“露髻青鬓，色如桃花”八名童子，受刘安的弟子之礼，现存《神仙传》各版本均作如此。《昆仑八仙》的表演场景却是四人舞者在仙宫漫步，而且舞人的装束完全不见于中土典籍：绿色的苔衣，五色冠，蓝色鸟状面具，鸟嘴上吊铃铛。正是这种舞人形象与本事掌故之间的明显差异，令近代以来日本学者无法接受其《神仙传》的中国渊源。从12世纪的琵琶谱《三五要略》直到16世纪的《舞曲口传》，各种乐书与乐谱均在《昆仑八仙》目下记有“鹤舞”二字提示。也就是说，《神仙传》里的八公变为童子，为一变；《昆仑八仙》则由童子变为翱翔仙宫的仙鹤，是为二变。那么仙鹤与淮南八公故事有什么内在联系呢？既然《昆仑八仙》是一种乐舞，那就应该到中国的舞曲歌辞里面寻找线索。东汉至唐代，中国恰恰有一首乐舞名为《淮南王》。我们可以看出日本雅舞《昆仑八仙》与中国汉晋宫廷乐舞《淮南王》的内在联系：《昆仑八仙》的“破”对应《淮南王》前三解，也就是上半场，八公化为八位色如桃花的童子，在登仙台与刘安宴饮；《昆仑八仙》的“急”对应后三解的下半场，舞人戴着鸟形面具模拟仙鸟驱乘风云，翱翔仙宫。日本古代乐书将《昆仑八仙》记为“鹤舞”，这是因为《淮南王》舞曲之中本有黄鹄舞。至于为什么日本乐书将“鹄舞”写成“鹤舞”，这可能是书写习惯导致的。本来在中国，黄鹄和黄鹤就是相通的，在《昆仑八仙》舞曲出现的平安时期，当时日本人是把鹤与鹄看作禽鸟的同一类。

《淮南王》舞曲或许早在六世纪就随着南朝音乐以及《神仙传》东播日本，只是乐舞本身浓郁的道家神仙色彩妨碍了它被佛教文化背景的伎乐所采用。直到大规模吸收改编大陆音乐的平安时代，南朝乐舞《淮南王》才被日本宫廷雅乐所利用和改编。《昆仑八仙》的日本化改编更为晦而不显，就是因为“昆仑”二字无法在舞态之中找到相应的表现。据江户时代的乐书《乐家录》可知，后来《昆仑八仙》被认为是仙人来贺太平的吉祥乐舞。如果按照昆仑山是仙鸟的来处这一思路继续考察，再联系乐舞的装束，那么“昆仑”的意涵大致可以落实。舞者身穿绿裳，头带五色扇形头盔，并在嘴上咬着铃铛模仿仙鸟的鸣叫，动作又多跳跃与转圈舞蹈，这样的表演形态，与其说是鹤舞，不如说是“鸾舞”。理由有二：第一，五色的鸟冠这是鸾鸟与鹤的最大外形区别。鸾鸟多为青鸾，这正是《昆仑八仙》面具接近于蓝色的绿色鸟面的原因。《昆仑八仙》面具最突出的特征——鸟嘴上垂挂着铃铛，如果解为鸾鸟意象特有的“鸾铃”，就完全吻合了。第二，只有解为鸾鸟，“昆仑”二字的内在意义才显现出来。昆仑山的鸾鸟若是现世，则象征着当朝帝德之昌明。《乐家录》把《昆仑八仙》描述为昆仑仙人来贺太平，其实是跳出鸾鸟的意涵，直接把八仙与昆仑拉上关系。当我们看清《昆仑八仙》的“鸾舞”本质之后，背后的高丽传统也可稍加解释。朝鲜新罗末期的著名学者崔致远《束毒》诗，在“蓝面”“押队”“舞鸾”这三点上，新罗《束毒》与日本《昆仑八仙》极为相似。“束毒”一词应该是“粟特”的谐音，《束毒》似是西域各国传入唐朝的健舞，很有可能是新罗朝廷将唐乐中的西域乐舞改编而来。

日本雅乐中的“高丽乐”不同于“唐乐”，它们同中国文化的联系更为隐蔽：面具、表演形态呈现日本化，内容却是中国的。表面上看，《昆仑八仙》是平安时期的日本乐人新编乐曲，但底层却混杂了神仙变化术、汉晋乐府、昆仑山想象等中国元素。《昆仑八仙》呈现出三个文化层次：一、“八仙”本事来自于《神仙传》的淮南王八公变化，接受了中国神仙思想的影响，以乐舞表达仙宫遨游的意境。二、音乐上继承了汉晋乐府《淮南王》舞曲的内在结构，舞容也是《淮南王》曲本来之“鹤舞”。三，来自仙境昆仑的青鸾，因感于帝德昌明，应节起舞。这三个文化层次的立体式融会，反映了日本文化接受中华文明的广度与深度，古代东亚汉字文化圈在音乐、文学等领域的交流与互动，远比我们想象的更加紧密。

（原载《文学评论》2017 年第 3 期，全文 13000 字，董　双摘）

从陶渊明《述酒》诗说到他的政治态度

顾　农

陶渊明的《述酒》一诗历来以难懂著称。宋代学者韩驹、汤汉从“山阳归下国”一句切入，指出这里明写被曹丕取而代之的汉献帝刘协（山阳公），暗指先被刘裕赶下台后又遭杀害之东晋末代皇帝司马德文（零陵王）。全诗讲的都是晋宋革易之际的政治，并表明了自己的态度。如此阐释《述酒》全诗主题恐怕是将“山阳归下国”一句的意义严重地扩大化了。《述酒》一诗是以酒为中心来展开叙述的，采用的是咏物辞赋中常见的放射性章法，其中有涉及当下政治的地方，但并非全谈政治。这首诗凡三十句，可以分作三段：前六句写秋日的景色，引出下文；最后六句说自己退居于野，关心的是养生和长寿；中间十八句则是以酒为中心的浮想联翩，心事浩茫，其中涉及晋宋易代之事，用典故来借古喻今，构成最引人注目的热点。总起来看，《述酒》的写法是浮想联翩，兔起鹘落，只是始终没有离开酒这个中心罢了。

《述酒》诗虽然涉及易代，但态度毫不激烈。在《述酒》的研究解读中，逯钦立提出，《述酒》诗不仅指斥刘裕，也有批评桓玄的意思，可是事实上陶渊明同桓玄关系颇深。据《庚子岁五月中从都还阻风于规林》二首和《辛丑岁七月赴假还江陵夜行涂口》这三首诗，可以确知隆安四、五年（400、401）陶渊明曾在荆、江二州刺史桓玄手下任职。此外，在庚子、辛丑这两年所作的诗中都很有些倦宦情思归隐的句子，但这只是仕与隐一般的矛盾，其中并没有对桓玄本人的批评。追其原因，东晋朝政的一大特色在于皇权并不是唯一的权威，司马氏“作为驾于所有士族之上的权威是带有象征性的”，司马道子当国之时朝政腐败混乱不堪，人心思乱，他们并非不可取代；依靠一个强大的地方实力派以实现自己大济苍生的理想，在陶渊明看来应当也未尝不是一条可以走的路。在桓玄与刘裕的生死斗争中，陶渊明因母丧而置身事外，但从感情上来说，他与许多世族出身的人士一样，对刘裕有一种本能的反感，而陶渊明因为与桓玄有过一段深刻的关系，所以更倾向于桓玄。从《晋故征西大将军长史孟府君传》《癸卯岁十二月中作与从弟敬远》《癸卯岁始春怀古田舍》《和胡西曹示顾贼曹》《停云》《思亲》《荣木》等作品中可以看出陶渊明积极与桓玄建立联系、急于出山有所作为的心思。而让后世读者疑惑，甚至认为陶渊明反桓玄、忠晋室的是因为陶渊明在守丧期满后做了几个月刘裕的参军。然而细品《始作镇军参军经曲阿作》可知，陶渊明之仕于刘裕盖是天命论思想下的权宜之计。义熙元年，陶渊明有做了刘敬宣的参军，但旋自解职。由上可见，陶渊明的归隐的原因在于以桓玄为代表的世族政权的旁落，行伍出身的刘裕崛起之势日益明显，这令支持门阀势力的陶渊明无意于仕途经济。当然，陶渊明的归隐并不完全是政治性的退避，在很大程度上乃大有哲理性退避的意思。

归隐以后，陶渊明诗文中涉及朝政的不多，但他的诗在饮酒与归田之外，仍然有若干政治内容，只是往往比较间接隐晦而已。《与殷晋安别》《杂诗》其二等较为隐晦地流露出陶渊明对于刘裕权势增长的不安。陶渊明归隐后十六年，刘裕正式结束了腐朽的东晋王朝，刘裕称帝后致力于加强中央集权，主要宰辅多选用寒门中的人才，对于世族的特权则加以限制。陶渊明与新政权不合作的态度便与刘裕的国内政策有关。颜延之《陶征士诔》称道陶渊明在易代之际有“夷皓之峻节”，沈约在《宋书·隐逸传》指出陶渊明入宋后诗文不书年号的做法，确实流露了陶渊明某种政治态度。陶诗中多少有些“忠愤”意味的作品大抵写于易代之初，他除了用诗文淡淡地寄意以外，别无任何慷慨激昂的行动。此后随着时间的推移，他的态度更为平和，与刘宋的官员颇有来往，用鲁迅先生的话来说，此时的陶渊明“乱也看惯了，篡也看惯了，文章便更和平”，这正是他的主流和归宿。中古时代的士人尤其往往无特操，善舒卷，陶渊明在这一方面也颇为典型。

总起来看，陶渊明并不是与政治无关的山林隐逸，他曾经进入官场，并与稍后一度夺取了东晋政权的桓玄发生过相当密切的关系，但由于桓玄最得志之时恰恰与陶渊明服母丧之期叠合，因此陶渊明介入政局并不深；打垮桓玄的刘裕代表新兴的非世族的政治势力，陶渊明对桓玄之后的政局深感失望和忧虑，下决心并迅速实行了归隐。归隐之后，陶渊明仍然关心朝政，对改朝换代在诗作中有种种隐晦曲折的表示，有意无意地流露出东晋遗老的口吻；而他在处理实际问题时态度比较舒卷自如，并不僵硬。当然，陶诗在读者中的影响往往是它的一般意义，其诗中的某些微言大义倒是可以“不求甚解”以至忽略不计的。他的《述酒》一诗放在这样的大背景前来关照，才比较能得其原意。

（原载《文学遗产》2017 年第 2 期，全文 18000 字，董 双摘）

漂泊无助的远游

——读《秦州杂诗》二十首及其他

刘跃进

远游，在中国诗歌史上有其特殊涵义，多与求仙相关。如《楚辞》中有《远游》一篇。屈原《远游》有两个主题，一是怀才不遇，二是寻仙求远。两者又有因果关系。后来诗人写作这个题材，也多围绕这两个主题展开。杜甫“三年饥走荒山道”（《同谷歌》），经历了远游、流浪、流亡等种种苦难，刻骨铭心。但他在这个时期写下的诗歌，几乎看不到任何仙道遁世思想，留给读者的多是战乱、饥饿、民不聊生、国家败乱的画面。过去三年的远游经历，彻底改变了杜甫的劫后余生。

一、远游

乾元元年（758）秋天，唐军收复两京，肃宗回到长安，杜甫也从鄜州入京。由于旧怨，作为老臣的房琯、严武等先后被贬。这年六月，杜甫也被赶出京城，出为华州司功参军。这对杜甫是一次很大的打击。从此，杜甫再也没有机会回到京城。长安，成了他心头不可磨灭的记忆和生命的寄托。

乾元二年（759）春夏，关中久旱不雨，出现灾荒。这年，杜甫已经 48 岁，他决定要像陶渊明那样，毅然决然地挂冠归隐。此前，他的侄子杜佐已在秦州东柯驻留。他来秦州，只为避一时之难。终究，他还是要回到自家的故乡。说到家乡，在杜甫的心目中，其实有两个影像，一是生他养他的故乡，也就是河南巩县的老宅。还有一个是心灵的故乡，那就是他给予厚望的长安。《秦州杂诗》其二说：“清渭无情极，愁时独向东”。显然，后者的位置在他心目中更加重要。

进入秦州之后至离开陇右地区，前后不到半年的时间，杜甫留下了一百多首诗歌，几乎每天一首，比较完整地记录了他行踪和情感的变化。在这半年，他最著名的作品就是《秦州杂诗》二十首、《同谷歌》七首。此外还有大量纪行诗。这些作品，内容丰富，在字里行间贯穿一种无法排解的漂泊无助的情绪，自己漂泊，朋友漂泊，国家也在漂泊。

《秦州杂诗》主要抒写的是自己的漂泊

之感。第一首说自己从华州到秦州，“迟回度陇怯，浩荡及关愁。水落鱼龙夜，山空鸟鼠秋。”杜甫过此而愁，愁什么？诗的最后两句有所交代：“西征问烽火，心折此淹留”。逃亡西部时，他最为关心的是广大地区的“烽火”，具体说东有安史之乱，西有吐蕃之警。只有在这里，他以为可以平静地度过难关，期待着回到故乡的那一天。故第十八首说：“地僻秋将尽，山高客未归”，在秦州，他把自己视为过客，仅此而已。

二、流浪

漂泊之感，是一种非常复杂的感情。一个人，在现实生活中漂泊无定，到处流浪。他被边缘化，也可能自认倒霉，心安理得，并没有改变现状的勇气。这是一种流浪者的心态，比较容易理解。还有一种情形就比较复杂。他可能在官场体制中，但他依然感觉到自己是异乡人，很难融入固化的体制中。他渴望改变体制，却又无能为力。这种心态，可能就是美学意义上的流亡状态。杜甫从最初的远游，到秦州的流浪，深深地体验到人生被边缘的痛苦。

乾元二年十月，同谷县有位“佳主人”来信相邀，正在走投无路之际的杜甫听说那里物产丰富，便决定离开秦州，前往同谷。从秦州到同谷，他的心态已经有了很大的变化。他深深地感觉到，这不只是一次远游，因为没有目标，没有尽头，是漫无目的的流浪。这漫长的游历将会是怎样的结果，他不得而知。这时的杜甫，正是将老未老之时，而颠沛流离，可称其一生之最。他说：“天寒霜雪繁，游子有所之。岂但岁月暮，重来未有期”，是说自己既往同谷，就没有了退路。也就是说，自己离政治中心越来越远。

杜甫到了同谷，一下子就跌入了人生的最低谷。《乾元中寓居同谷县作歌七首》组诗的开篇从自我形象写起，形象地描绘出一个衣衫褴褛、骨瘦如柴的诗人形象。作者反复强调一个“客”字，强调自己客居异乡，在荒野采拾橡栗充饥，挖掘野菜中草药，天寒日暮，手皴脚冻，没有衣食。这哪里是客，分明是流浪者的形象。从诗的构思看，七歌既终，日色已暮，实际暗喻着生命的凋零与落寞。既然如此，任何感叹、怀想，在这个时候确实没有实际意义。人生的第一要务，是要生存。为此，他还要继续前行，开始了最后的流亡生活。

三、流亡

这年十二月，他应友人相邀，由此入蜀，至成都，开始了“飘零西南天地间”的流亡生活。《发同谷》诗说：“去住与愿违，仰惭林间翮”。去，是前往成都。住，是留在陇右。无论是去，还是留，都不是他的本意。他还是要回到心灵的故乡。但是现在，他别无选择，只能冒险前往。一路上，备尝艰辛，留下深刻印象。

个人也好，朋友也好，他们的漂泊，还只是个人的流浪遭遇，而国家的风雨飘摇，则叫他无望。他无力改变现实，甚至连提意见的机会都没有。这是杜甫作为流亡者最大的痛苦。从这年七月到十二月，杜甫在秦陇实际生活了六个月，却是他平生最为艰辛的时期。所以《发同谷》说自己“一岁四行役”，即由华州到秦州，由秦州到同谷，由同谷到成都。从秦州到同谷，这是他心态发生重要变化的一个时期。如果说，以前还只是一种远游的心态，在前往同谷以及到达之后，他真正变成了一个流浪者。而从陇右到四川，有秦岭相隔，又远离了政治中心，这已不是流浪，而是流亡。

西北逃难的半年，彻底改变了杜甫的生活，也使他的思想和创作发生重要变化。从华州到秦州，他最初只是抱着一种远游的心态，想到秦州寻找一个临时寄居的地方。没有想到的是，他自己竟也沦落到社会底层，加入到流浪者的队伍中。他不仅看到了民众的苦难，自己也亲身经历着这种度日如年的生活。人在落难的时候看人生，视野、心态都会发生变化。正是这种流浪的生活，促使他把目光转向自然、转向自我，诗的题材更加广泛，内容也更加深刻。当然，杜甫不会想到，从踏上远游之路起，他就注定要在流浪与流亡的路上度过自己的余生。

（原载《中国文学研究》2017 年第 1 期，全文 12000 字，刘延玲摘）

杜甫长篇七言“歌”“行”诗的抒情节奏与辨体

葛晓音

杜甫的七言古体就诗题来看，大致可分为三种题目，一是以“XX 歌”为题，二是以“XX 行”为题，三是无“歌”或“行”题的其他题目。这三类诗的篇幅皆有长短之分，而长篇与短篇虽然都是抒情性最强的体裁，但体式特征有较大区别。本文仅从长篇七古的抒情节奏入手，分析杜甫对这三类诗题处理方式的同异。

杜甫的各体诗歌都以抒情为主导，即使是叙述性较强的诗篇也不例外。但七言歌行作为最适宜抒情的体裁，其抒情节奏又有不同于其他各体的特点，最突出的是抒情与声调的密切配合。本文拟从七言歌行的咏叹语调和节奏推进方式着眼，对其声情配合的原理作进一步申论。

始终以咏叹语调贯穿抒情节奏，是七言歌行的基本表现方式，这是其区别于五古的叙述节奏和五排的铺陈节奏的主要特点。与七言歌行的咏叹语调密切相关的是抒情节奏的推进方式。在长篇里，表现为由歌行的诗节和层意构成的波澜层叠式的结构。由于七古歌行在南朝形成双句一行，四句乃至六句、八句一个诗节的结构，每一行的宽度达 14 个字。诗情的发展往往呈现出诗行或诗节的层递式推进，而且南朝末期和初唐时期的长篇歌行更多层意的重叠反复。所以七言歌行咏叹语调的低昂抑扬与层意的起伏跌宕一致，使抒情节奏自然以层波叠浪的方式推进。

细读杜甫全部长篇七言“歌”诗，可以发现其抒情节奏及其推进方式的主要特点是大多采用惊叹疾呼的夸张语调和纵横超忽的层意变换，诗情脉络的连接方式是断续变化、曲折跳跃的，也就是前人所论情绪高扬，放声咏歌，声情的激烈变化或如“疾雷震霆”，或如“凄风急雨”，而较少规行距步的平顺递进。最能体现杜甫长篇“歌”诗这一体式特征的作品莫如《奉先刘少府新画山水障歌》。杜甫部分题画、咏物和酬人的“歌”诗往往以奇幻浪漫的想象助推抒情高潮，其抒情的基调大多是赞叹、惊叹或者悲叹，当一般的意象不足以表达其夸张的用意时，诗人的想象便自然会超越现实，例如《玄都坛歌寄元逸人》《戏韦偃为双松图歌》。在某些富奇幻想象的“歌”诗里，杜甫更以僻涩的用字和拗口的声调强化其夸张的声情，使抒情节奏的波峰与低谷之间形成更大落差。这种奇特的想象和苍硬的声情不仅见于杜甫题画诗、咏物类作品，就连一些描写日常生活情景的“歌”诗也往往写得曲折跳跃，夸张出奇，如《閺乡姜七少府设鲙，戏赠长歌》、《观打渔歌》。杜甫还有一些诗以“引”“叹”为题，其体式特征也多近于上述的“歌”类，如《桃竹杖引赠章留后》《楠树为风雨所拔叹》。具有以上特征的“歌”类作品，在杜甫的长篇七言“歌”诗中约占一半。当然，杜甫也有部分“歌”诗并不凭借奇特的夸张想象和拗峭不平的声调来助推抒情节奏，而主要是以跌宕的声情和跳跃的脉络连接方式展开，如《醉时歌》。抒情节奏的处理方式与这类“歌”诗相似的还有《丹青引赠曹将军霸》。

细读杜甫的全部长篇七言“行”诗，可以发现其共同特点是布局严整，筋节紧贯，层层绾合，段意转换平顺，或多或少有不同方式的重叠复沓。事实上，层意复沓、节奏分明的特征在“行”诗萌生和发展的过程就已经形成，杜甫只是在与“歌”诗的对比中强化了“行”诗节奏脉络的特征，并从中推究出“行”诗适宜于叙述的原理。杜甫写景咏物的“行”中也有如“歌”诗那样带有奇幻想象的作品，但其抒情节奏的推进方式则是平铺直叙、起伏有序，与“歌”的纵横变幻不同。如《渼陂行》所有的奇语和奇想都按清晰的节奏步骤勾连递进。杜甫的“行”诗中也不乏夸张和激情，但节奏的推进依然规行距步，如《古柏行》。有些“行”诗句法错综，层意亦非四句一转，但其实多节奏的复沓，如《赤霄行》。有的“行”诗感情起落幅度虽大，但其抒情脉络则紧密贯穿各层诗意，如《观公孙大娘弟子舞剑器行》。

由杜甫以上各类风格的“行”诗可以看出，尽管其艺术表现可以具有类似“歌”诗的奇想、夸张和激情，乃至错综的句式，但是共同的体式特征是脉络连贯、略无顿断，诗节之间层层勾连，层意转换多为顺转平接，甚至交叠反复，极少突然的逆转陡折，因此抒情节奏的推进呈现出连绵起伏、平稳有序的形态。这样的体式特性较之抒情脉络断续跳跃的“歌”诗更适宜于叙述。五言古诗便于叙述的原因就在其可用散文语法连贯叙述事件过程。七古比五古每句多两个字，语言又偏于通俗，理论上是适宜叙述的。但七言在诗化之初，便形成了特有的抒情节奏及其推进方式，在后来的发展过程中也没有用于叙事的创作传统。杜甫在将七古长篇分成“歌”“行”两类题目的创作过程中，显然探索了二者体式的区别，并发现了“行”诗节奏平稳、筋脉连贯的特性，因此在一些“行”诗中充分发挥了七言叙述的功能。记游是较适合用“行”诗叙述的题材之一，如《忆昔行》。七言“行”诗适宜叙述的特性，正是杜甫选择这种体式反映时事的主要原因。通常被视为新题乐府的《兵车行》《丽人行》《岁宴行》从不同角度体现了“行”诗的体式特征。

以“行”为题的长篇七言虽然并非始于杜甫，但初盛唐中的“歌”与“行”在题材分工、表现功能、及体式特征等方面没有明显区别。杜甫以“歌”与“行”表现咏怀、咏物、游赏、应酬等题材虽然没有明确的分工，但反映时事的内容主要见于“行”诗。以前不明原因何在，经仔细分析其全部“歌”诗与“行”诗的体式特征，才明白杜甫确有对二者进行辨体的自觉意识。在这种探索中，他发现了“行”诗处理节奏幅度和脉络变化的方式与“歌”诗的差异，从而利用其适宜连贯叙述的长处，开创了以七言“行”诗反映时事的范例，成为白居易新乐府采用七言歌行体的先导。

杜甫非歌辞题七古中有一部分体调与“歌”“行”近似，这与七古历代随乐府歌行发展的创作传统有关。此外，杜甫有的咏物类七古也有近于“歌”诗的。除了以上两种在取题和题材上与乐府歌行有密切联系的七古以外，杜甫还有一些应酬类作品，也有歌行的声调和风格。但是杜甫确实还有另外一些长篇七古，体格更接近五古，而离歌行渐远。主要见于两类题材，一是应酬寄赠，一是由日常生活情景触发的兴致和杂感。有些七古内容复杂，不用“歌”“行”类题目，或许是因为歌行大都有集中歌咏的一事一物一景，易于立题。用古诗式的取题，较便于照应繁多的头绪。这类七古全用散文句更为多见。这类七古其实和五古一样，发掘了七古散句本来适宜叙述的表现力，部分地以线性推进的节奏取代了层递式推进的节奏，使叙事、抒情和议论融为一体，与歌行以双句诗行为基础的抒情节奏不同。另一类七古取材于由日常生活中晴雨变化或偶发事件引起的杂感。这类感触有的与家国大事联系在一起，但也有并无深意的戏作。这类即事即景的七古也都是以散句为主或全散句，句意和层意的连贯承接，虽与“行”诗相近，却又没有咏叹声调的抑扬顿挫和层递复沓的节奏推进，因而更接近五古。

以上两类题材的七古多见于杜甫到夔州以后。显然从取材、内容到体式都与歌行有明显差别，最突出的特点是没有集中歌咏一事一物的题目，只是抒发生活中的杂感或偶然的意趣。其抒情节奏往往借鉴五古叙述节奏的线性推进方式，因而给人以整秩平顺之感，没有歌行的轶荡顿挫。可见杜甫后期显然有意突破七言古体历代囿于歌行式取材和体调的传统，使七古不限于歌咏吟叹，可适用于纪事、议论、杂论、游赏等不一定以咏叹为主调的题材范围，适之与五古一样无所不能。这类七古到韩愈手里有更为长足的发展，其独立于传统歌行的体调也体现得更为清楚。

（原载《文学遗产》2017 年第 1 期，全文 20000 字，董　双编）

痛感的审美:韩愈诗歌的身体书写

周裕锴

韩愈幼年丧父，大约自小身体就不太健壮。然而，他这样的健康水平，竟然在韩氏家族中享年最高。倘若家族中有一两人不幸早逝，那么可以说是由于各种外界的不确定因素造成的悲剧。但韩氏家族祖孙四代均享年不永，显然不是偶然，它意味着这个家族缺乏长寿的遗传基因，疾病与死亡的阴影总是伴随着家族中人，常常不期而至。如果我们把文学创作看作一种生命的表达，那么，最直接痛切的生命体验便是亲人的死亡和身体的衰病。也许正是由于家族的遗传基因和不幸先例，使韩愈对死亡的恐惧和生命留恋超越常人。也许正是这个原因，韩愈诗中充斥着大量的对身体的关注和书写。

与前代诗人相比，韩愈的诗文中有关身体的描写大大增加。晚年的杜甫开始爱写自己的疾病，韩愈无疑受其影响，并在其基础上踵事增华，变本加厉。不过，我所说的身体书写虽然有一部分与疾病书写重合，但二者并不是一回事。因为无论是否写疾病，韩愈都喜欢在自己的诗中嵌入各种各样的身体形象，甚至直接描写身体各种器官，这表现在语言上就是大量身体词汇的使用。从内脏到体表，从头上到脚下，从五官到四肢，从皮毛到骨髓，几乎无所不包。有不少字词的用例极为频繁，如“肠”字，多达十余例。又如“肝”字，接近十例。韩诗中不少情况是一句里便包含两个以上的身体名词。正是这样的现象，显示出韩愈对身体各器官组织的特殊嗜好。韩愈最著名的身体书写是关于其牙齿，年未四十而齿牙动摇脱落，直接影响到他的形象、进食和说话，因而在好多篇诗文里，他都专门提到自己的牙齿状况。除了散布在各首诗篇中的句子之外，韩愈还有一首著名的题为《落齿》的诗，这首《落齿》诗也许是中国文学史上第一首专门以人体为吟咏对象的诗歌。那么，《落齿》是否代表着唐代诗歌由此在某种程度上发生了日常生活中身体书写的转型？更进一步而言，这种现象是否为“元和诗风尚怪”之一端？中唐以后一直到整个宋代的身体书写，大概都是由韩诗导其先路。

以“物感”为中心的诗歌发生学，大致是魏晋南北朝以来基本的诗歌观念。韩愈当然不可能颠覆这一“感物吟志”的写作传统，但仔细分析其诗歌的表现，我们可发现其“物感”机制的运行，更多取决于他自己的身体对外界之感受，或者说，他更偏好从生理层面去表现自己身体对外部世界的体验。如前所述，韩愈的身体状况随时令他自己担忧，因而其诗中的“物感”往往异于常人，随处可见到刺痛感、焦灼感、闷热感、厌恶感、惊悚感、恐惧感、瘙痒感的表达。概括起来略有数端：其一，韩愈喜欢直接写人体对外界气候的感受。其二，韩愈爱写狰狞恐怖、丑恶有毒的动物。而写这些丑怪的动物，韩愈不但会写其令人厌恶的身体特征，也常常描绘自己的生理反应。比他贬谪岭南更久的柳宗元以及苏轼的诗中，却看不到这种大量的丑怪描写，这充分说明韩愈的险怪书写是与其身体书写紧密相连的。其三，韩愈爱写各种令人焦灼烦躁的色彩、声音、气味、味道，强调其对人体感官的刺激性。视觉方面，韩愈似乎偏爱红色，因为红色与炽热之火相关。在听觉方面，韩诗则爱描写各种聒噪的噪音，大多动物啼叫嘶鸣在他看来都如此不堪入耳，“沸”是韩愈描写声响时偏爱的字眼之一。在嗅觉和味觉方面，韩愈会描写一些腥臊或酸苦的东西，难以入鼻或不堪下咽。其四，即使是在艺术审美欣赏的过程中，韩愈也常常用描绘身体痛痒的诗句去表现超常的快感。这种用低层次生理快感比喻高层次审美快感的诗句，影响到后来众多诗人。其五，正如有学者已经指出的那样，韩愈诗中爱表现一种“杀戮的快感”。诗歌是诗人生命的感知的表现，这感知既是精神层面的，也是肉体层面的，精神的痛苦和肉体的痛苦往往相互联系，相互转化。当生存的恐惧通过痛感的书写表现出来，便形成韩愈诗中独特的审美景观，我们或可以将此称为“痛感的美学”。他正是试图通过大量以毒攻毒式的痛感书写，宣泄其病态身体中潜藏的阴暗恐惧心理，从而完成审丑向审美的转化，同时也完成一次排毒解毒式的心理治疗，战胜因家族阴影而带来的生存恐惧。

当然，诗人在写作过程中也会感到苦恼，会有“恒患意不称物，文不逮意”的感叹。然而，在韩愈的笔下，这种精神上的苦恼则变成了肉体上活生生的痛苦，诗人的写作成为一种恐怖的自我虐杀过程。在艺术的创作与审美的过程中，韩愈把传统诗学的“意”“志”“性”“情”“神”“思”之类的抽象概念，置换为“心” “肝” “肠”“胃”“脾”“肾”“胆”等等具体的身体器官。这是中国诗歌史上的一个新变化，此后的“诗心”“诗肠”“诗脾”“诗胆”“诗骨”“诗肩”等诗歌与身体相组合的套语，大多由此生发出来。写作的痛苦既在于构思的艰苦，也在于文字把握物象的困难。文字也成为暴力杀戮的对象，当然这种暴力会转化为刀凿的雕琢或斧劈的开荒。韩愈最有名的关于斧凿大自然景观的诗句见于其论诗名篇《调张籍》。在《荐士》篇中，韩愈同样赞美李杜笔力无施不可的语言暴力。

韩愈提倡“惟古于词必己出”，反感“后汉迄今用一律”的降而剽窃，公然相袭。本来生动的语言因诗人的反复使用而形成一种审美的惯性和惰性。语言逐渐成了概念的符号，日益趋向空壳化，缺乏具体可感性。从某个角度说，韩愈正是力图用身体书写来增加语言的物质性，使古老的现成意象恢复鲜活的感性。无论是抒情、写景、议论，韩愈都会时不时插进其乐之不疲的身体书写，这也许就是他追求的“横空盘硬语，妥帖力排奡”之一端吧。

我们的中国古代文学研究，常强调反映现实与抒发感情，强调外部现实世界对作家的反馈，强调生平社会经历对作家创作内容和风格的影响。但归根结底，作家不仅是社会的人，同时也是自然的人，是一个有血有肉的生命体。一切对于外部世界的反应，都得通过这个生命体去完成。因此，除了地理环境、社会环境的制约之外，这个生命体自身的状况也在相当大的程度上左右着作家的写作，尤其是左右着作家的审美趣味。韩愈的诗歌风格之所以倾向险怪，很可能与其身体状况的恶劣分不开。循此思路，我们似乎也能感觉到韩孟险怪诗派的风格也与该派各诗人身体情况相关。那么，在古代文学的研究中，我们是否可开辟一条关于身体与风格之关系的探索路径呢？本文权且抛砖引玉，见笑于大方之家。

（原载《北京大学学报》2017 年第 1 期，全文 15000 字，董 双摘）

中唐古文家文道观研究之反思

刘 宁

中唐韩、柳等人的古文思想以“文道观”为核心，其思考带有鲜明的文道并重的色彩。北宋古文家对此有直接继承，与道学家的重道轻文形成明显的区别。20 世纪的研究者，从不同的理论路径出发，对古文家的文道观做了丰富的阐释。这些阐释有怎样的贡献与局限，很值得深入反思。

20 世纪的中唐文道观阐释，一个颇为流行的视角是将“道”与“文”视为内容与形式，从内容与形式的关系来认识文道关系。“形式”概念在 20 世纪从西方引入中国，中国学者对之有复杂的思考。相较于形式与内容一元论的意见，对“内容”与“形式”进行两分，并认为“内容决定形式”的见解影响更为广泛。20 世纪初期，苏联马克思主义文艺思想在批判俄国形式主义文论的过程中，将“内容与形式的关系”问题，视为文艺理论的中心问题，认为在这个问题上体现了唯物主义和唯心主义的斗争，在此基础上，认为现实主义与形式主义分别体现了对内容与形式之关系的正确与错误的认识。现实主义与形式主义的矛盾斗争，也因此成为建国后不少文学史叙述的主线。

在“形式”概念进入中国并经历曲折演变的大背景下，观察中唐古文文道观的现代阐释，就可以看到许多值得关注的现象。最有代表性的是郭绍虞 1934 年初版的《中国文学批评史》以“复古”和“演进”的关系来观察中国文学批评思想的演变过程，而在 1959 年的修订再版中，这变成了形式主义与现实主义起伏消长、相互斗争的历程。解放以后，从“内容决定形式”的角度对文道关系所作的决定论阐释日见流行。今天，反思“内容决定形式”这一视角对于文道关系研究无疑有积极的一面，可以推进对于“道”的思想内涵的认识。但是，“文”作为“形式”往往被简单视为与作为“内容”的“道”相对的艺术表现方式，这就难以揭示“文”的复杂内涵，及其与“道”的深层联系。一个直接可见的简单化认识，就是将中唐古文视为出于反对骈文这一形式主义文风而创作。钱穆《杂论唐代古文运动》认为古文运动的胜利不能简单理解为散文形式对骈俪形式的胜利，而是散文文学性对实用性的胜利，无疑更加深入。

对于从“内容与形式”角度观察文道关系所存在的简单决定论局限性，不少学者都有所关注，并积极探索克服的方法。孙昌武指出韩愈思想与文学中所存在的新与旧，进步与保守。张清华在指出韩柳二人对文道关系理解之共性的基础上，又辨析了二人对“道”的理解的差异。葛晓音从儒道内涵的演变来观察韩柳等古文作者在古文思想和创作上的革新。熊礼汇则提出了颇具创获的“古文之学”概念，特别指出古文是一种文体特征、艺术精神和为文法度独特的散文文体，而“古文精神”正是将“文”“道”联系起来的内在纽带。这就为探索“文”与“道”如何在特定的文化环境下，通过作家人格实现相互连接，提供了一个行之有效的思考角度。朱刚《唐宋四家的道论与文学》则从辨析韩柳欧苏道论的内涵入手，反思文道关系，提出了许多有启发性的见解。海外学者对这一问题的研究，也有不少独特的思考。陈幼石《韩柳欧苏古文论》对于韩愈如何实现“文”之“纯”与“道”之“真”的分析，对于理解韩愈文道观的内涵，视角独特。蔡涵墨《韩愈与唐代对统一性的寻求》对于韩愈的“文道观”，以“诚”为核心，建立了“文”与“道”一本论的阐释，有鲜明的心性儒学色彩，有着十分积极的理论突破。

最近 20 多年来，学界对“文”的思想史意义展开探索，这为认识中唐古文的文道关系提供了新视角，也是意在对中国核心价值传统进行反思。包弼德《斯文：唐宋思想的转型》指出中唐到北宋的士人一方面坚持“斯文”在确立价值观方面的权威意义，以期获得统一的价值标准和思考模式；另一方面主张要对价值观做独立探求。这两者之间的“张力”，是古文演变的核心动因，也是唐宋思想演变的核心问题。包弼德自道其分析方法受到以英国斯金纳和德国科赛勒克为代表的概念史研究的影响。因此，《斯文》对古文家文道关系论的理解，既非一元论，也不是简单的二元论。它从一个独特的视角阐发了“古文”之“古”的内涵，也为更为内在地理解“文”“道”关系，提供了独到而富有深度的解读。林少阳《“文”与日本的现代性》一书主要关注“文”作为“文字辞章”这个狭义的层面，从理论渊源上看，深受雅克·德里达“文字学”的影响。陈赟《“文”的思想及其在中国文化中的位置》一文理论路径则可看到过程哲学的影响。林少阳从语言哲学的视角所做的观察，较多地着眼于声音语言与文字书写之间的复杂关系，适合讨论东亚近代转型中的言文关系；陈赟的观察则着重于“文”作为“礼仪文教”的化成作用。这两者都对于认识古文的文道关系，稍显隔膜。与之相比，《斯文》的讨论，则更为切近。但是，由于《斯文》专注于唐宋转型这一语境来进行观察，它对古文的理解也存在一定的局限。

事实上“文”对于古文作者具有不可或缺的意义，并非仅仅来自于他们要通过中古的“斯文”传统来帮助确立自身价值观的基础。从某种意义上讲，古文传统虽然启发了道学的兴起，并受到道学的否定，但古文所提供的价值观探求之路，却并不因道学对古文的否定而退出历史；相反，古文之路在中国封建社会的后半期，一直作为与道学并行的选择而产生持久的影响力。对古文意义的思考，如能既重视唐宋语境，又能同时关注古文长期的影响力，有关的认识可以更为丰富。

古文作者认为“道”可以并需要通过“个性”来发明；道学家则认为，人可以通过内心来认识真正的价值观。古文家所强调的“个性”，指一个人自然生动的个体性情；而道学家所强调的内心，则是纯粹的内在道德性。“个性”兼具善的道德性，也包含情欲这样的自然性情，而且更强调“性情”的自然生动的存在状态。韩愈论文，强调“不平则鸣”，它揭示了人心感物而动的生动状态，这个状态才是文有造诣的根本。但是“个性”是复杂的，如何能依靠生动自然的“个性”来写出“道”之文？韩愈通过求道的高绝气势来实现。“古文”所强调的以“个性”明道，有着古老的思想渊源。传统儒家人性思想中道德生命与自然生命密切的联系，在“古文”中得到鲜明地呈现。“古文”通过生动自然的“个性”以明“道”，正反映了道德生命与自然生命的内在一致性。这显然可以从更为内在的层面，解释古文何以如此强调“文”“道”一体。

（原载《华南师范大学学报（社会科学版)》2017 年第 4 期，全文 10000 字，郑韵扬摘）

王昌龄以“意”为中心的创作论及其唯识学渊源

蔡宗齐

在唐代诗学研究中，王昌龄的“三境”(尤其是“意境”）和诗僧皎然的“境象”诸说，一直是学者集中关注的课题，然而对王、皎文学思想与唯识学渊源关系的研究却一直没有真正展开。这一薄弱环节恰恰是唐代诗学研究有可能取得突破之处。本文一方面系统地梳理和研究王昌龄诗学中“意”的涵义；另一方面将王氏的“意”与唯识八识的“意”“意识”作比较，帮助他重构陆机和刘勰“意—象—言”框架，建立出自己独特的、带有明显佛教风格的文学创作论。

本文关于王昌龄创作论的材料主要来源于《文镜秘府论·论文意》和现存本《诗格》部分的选段。笔者首先从“意”在不同段落中的具体含义，再进行互文的比较，将王昌龄的“意”放在更广泛的哲学、美学背景下来斟酌其涵义，并借此来看王昌龄是如何巧妙地使用道家“意”的概念来阐述创作过程中的不同阶段的。另外，还会比较王昌龄之前的文论和书论著作中“意”的用法，通过发掘王昌龄研究中被忽视的佛教思想的来源，即唯识类内典中“意”和“意识”概念的使用，揭示这两个概念如何引导王昌龄重新考虑文学创造过程。

《论文意》在文论史上第一次展现出“意”作为一种范式的意义。虽然刘勰和陆机用“意—象—言”框架来考虑、研究创作过程，却很少将“意”作为一个核心理论概念来使用。但对王昌龄来说，“意”几乎是一个万能的术语，用于描述和阐述创作过程的不同阶段。王运熙认为王昌龄把“意”放在首要地位来考虑，可说是继承了中国古代文论中以“意”为主的优良传统，这个观点值得斟酌。

我们首先来看王昌龄是怎样使用作意和立意这组概念，来阐述创作的第一个阶段：“意须出万人之境，望古人于格下，攒天海于方寸。诗人用心，当于此也。”这里强调出色的诗歌创作在最开始的时候就要进入到超验的至高点。用一“意”字来描述超验的冥思过程，是文学批评和艺术批评中的重大发展。王昌龄有关“意”的论述却罕见这类道家术语，而“意”的佛教含义在《论文意》中则表现得很清楚，如作意、置意、起意，带有很明显的佛教的意味。就王昌龄的文学创作论而言，对意和意的复合词之佛教渊源的研究，比对其他任何术语的研究意义都大。

与刘勰、陆机一样，王昌龄也认为，开头的超经验的创作会迎来第二个阶段，即外界物象世界在脑海中呈现。第二阶段则往往是外界意象的纷呈，是对“情—象—辞”三者动态结合的描述发现总相之境与个相之象的区别，无疑是唐代诗学最为重要的突破之一。如果说王昌龄受到唯识思想的启发，把“境照”视为先于作品意象营造之前的创作活动，稍后的论诗家则从相反的审美过程来探究境与象的不同，认为审美是由象到境的反向过程。

创作的第三个阶段，就是进入具体创作构思的有意识的阶段。王昌龄认为，构思一个具体作品的意象，就是创作活动的第三阶段。如果说第一、第二阶段在很大程度上是一种不自觉的、无意识的心理活动，那么第三个阶段则进入一种有意识的创作活动。这种创作活动，王昌龄用所谓三思来描述。在《论文意》中，思出现了 14 次，几乎每一次都是描述有意识的艺术创作活动。在《诗格》里，他提出了三思，即三种用思的方式。

把心中的意象或艺术构思变成一个文本，构成文学创作的最后一个阶段。对此陆机、刘勰和王昌龄持有共识，不过王昌龄将此阶段视为第四阶段，而并非陆、刘的第三阶段。由于在脑海中虚拟的意象和真实的语言之间有巨大的鸿沟，刘勰和陆机都认为这对作者是极大的挑战。在讨论把作品想象统一到作品的书写过程方面，王昌龄无疑超越了陆机和刘勰。但将作品想象和成文过程的贯穿相结合，他并非首创。

将意定义为成文的驱动力之后，王昌龄需要接着说明，这种如涌烟一样的动态的艺术想象，也就是意是怎样影响作品的方方面面的。这一点他很可能又受到王羲之的影响。王昌龄认为，这种意的动态的想象能够激活或者加强作品中各个层次上主观和客观的互动，也就是情和物的互动。

虽然刘勰和陆机都是在“意—象—言”框架中探索文学创作，但他们都没有在创作中的任何阶段真正强调意的作用。与此相对照，王昌龄强调意在创作的每一个阶段中的关键作用，并且引入了一组和意相关的复合词，比如“作意”（创作刚开始的超经验过程）、“意象”（艺术想象的理想结果）、“起意”（最后成文阶段的心理活动）等等。所有这些意都反映了王昌龄诗学中对直观和视觉感知的重视，让我们能够更敏锐地感知客观世界的丰富多样的呈现。

随着王昌龄对意的多义性很有创意地加以利用，一个以“意”为中心的、相当有系统的文学创作论就自然产生了。虽然这个创作论并不是王昌龄有意建立的，但它足以与刘勰、陆机的创作论相媲美。《论文意》中所呈现的“意—境—象—言”理论框架，为后世明清批评家进一步发展文学创作论开辟了一个新的路径。

（原载《复旦学报（社会科学版）》2017 年第 4 期，全文 17000 字，康　倩摘）

李贺学杜及其影响

张忠纲

李贺的父亲李晋肃为李唐宗室郑孝王亮后裔，与杜甫为较远之舅表兄弟，二人早年应相识。唐代宗大历三年冬，晋肃入蜀，杜甫在公安，有《公安送李二十九弟晋肃入蜀余下沔鄂》诗，时距李贺出生仅二十二年。唐德宗贞元九年，李贺四岁，时晋肃正在陕州陕县令上，颇有政绩，当时杜甫已是“声名动四夷”的大诗人，又有这一层亲戚关系，李贺受到杜甫的影响当是情理中事。

杜甫苦吟，李贺更是苦吟的诗人。贺存诗二百余首，可谓皆苦心孤诣之作，虽绝去笔墨蹊径，但杜甫的影响还是有迹可寻。如“批”是一个多义词，其中用作“削”义是后起意，在清编《全唐诗》中共有三例使用该义，其中杜甫独用二例，即《房兵曹胡马》《李鄠县丈人胡马行》，另一例即李贺《马诗二十三首》其十二。

然而，若以为李贺之学习杜甫，只是在模拟字句，效仿句法，求似杜甫，则未免肤浅之见。李贺与杜甫在思想深处是相通的，同有愤世嫉俗之心，忧国忧民之志。他的诗或揭露统治者的荒淫，或抨击藩镇割据的罪恶，或同情劳苦大众的苦难，或抒发怀才不遇的忧愤，大都能“深刺当世之弊，切中当世之隐”。杜诗被誉为“诗史”，姚文燮亦称李贺诗为“诗史”。李贺以忠爱为诗教，无异于杜甫，这一点上，姚文燮有发见之功。学杜而能变杜，变杜而独成一家，这就是独树一帜的“李长吉体”。所谓“李长吉体”，就是指李贺刻意求新，想象诡异，立意新奇，辞藻瑰丽，形成奇崛幽峭、秾丽凄清的独特诗歌风格。李贺不按常规作诗，将杜诗“奇险”的一面发展到极端，如《天上谣》《李凭箜篌引》《秦王饮酒》等。李贺往往采用“曲喻”手法，“以一端相似，推而及之初不相似之他端”。

李贺当然不只是受到杜甫的影响，他对楚辞、鲍照、李白、韩愈等等，都注意学习。而他的博取众长，虽卓有成就，但却未臻化境。贺诗有人工雕琢之迹，不及杜诗的浑成自然之妙。李贺诗歌创新求奇、自成一家的独特风格，在当时及其后都产生了相当大的影响。与贺同时的刘言史、庄南杰，诗文都近李贺。其后的韦楚老、李商隐、温庭筠、张碧等，都不同程度地受到贺诗的影响。南宋的刘克庄、谢翱、周密等也都学李贺。元代郝经、刘因、吴允文、宋无、萨都剌、杨维桢、马祖常、吾丘衍等都是效仿“长吉体”的。明代徐渭、汤显祖等，也都受到李贺的一些影响。曹雪芹和近代龚自珍、黄遵宪、谭嗣同等都非常喜欢李贺诗。鲁迅早年喜欢李贺、晚年倾慕杜甫的变化，也折射出李贺和杜甫的异同。

（原载《杜甫研究学刊》2017 年第 3 期，全文 6726 字，董　双摘）

张耒诗歌三问

莫砺锋

一、张耒诗的成就是以乐府为主吗?

南宋周紫芝曰:“本朝乐府,当以张文潜为第一。”在现存的苏轼、苏辙以及“苏门四学士”的别集中,将“古乐府歌词”单列一体者仅有张耒,乐府诗的作品数量也以张耒为最多,在当时首屈一指。

乐府诗中最常见的“悯农”类主题,在张耒诗中有相当突出的呈现。张耒诗中的此类主题,实已溢出了所谓“乐府歌词”的范围,这种情形与苏轼诗相似。张耒作诗多及民瘼,乃深受其师苏轼之影响。就此类主题而言,张耒诗的成就已是青胜于蓝,主要体现是所涉及的社会现实比苏诗更加广泛,也是同时的其他诗人很少关注的。张耒在政治上追随苏轼,但是张耒从未在朝中担任要职,也未像苏轼那样奋不顾身地参加新旧党争,却同时遭受到政治高压下作诗惹祸之形势的影响,所以他未能像苏轼那样充分发展用诗歌讥刺时事、干预政治的可能性,从而较早确立了回避政治题材的写作倾向。然而,正像苏轼在“乌台诗案”之后并未彻底改变作诗讥刺的积习一样,在张耒此后的诗歌中政治主题并未绝迹,不过变得闪烁其词而已。

然而,张耒诗的主要主题倾向并非反映民瘼、针砭时弊两类。在张耒看来,写诗的冲动主要源于诗人的自身遭际,其中既包括穷厄困苦等社会因素,也包括时光节物等自然因素。张耒的诗学观念与《诗大序》及钟嵘《诗品序》等传统诗论一脉相承,但更加强调诗人感受之个体性与当下性。正因如此,张耒笔下最常见的诗歌主题一是目耳所及之风物景象,二是亲身所历之生活情状。当他欣赏自然风光时,往往诗兴大发,以至于人们称赏张诗,常常着眼于其模山范水的佳句,他还善于从细微平常的景物中发现美感。张耒喜咏平凡的日常生活,此类诗作中虽然缺少传诵人口的名篇,但其总体成就是相当可观的。乐府诗仅是张诗中特别引人注目的一类主题而已。

二、张耒诗为何有粗疏草率之病?

最早批评张耒诗风粗疏的是南宋人朱熹,朱熹首先是肯定张耒诗自有优点,其次才是批评其粗疏,但后人往往只注意后者而对前者视而不见,例如钱锺书评张耒诗风云:“可惜他作的诗虽不算很多,而词意每每复出叠见,风格也写意随便得近乎不耐烦,流于草率。……看来他往往写了几句好句以后,气就泄了,草草完篇,连复看一遍也懒。朱熹说他‘一笔写去,重意重字皆不问’,还没留心到他在律诗里接连用同一个字押韵都不管账。”

据今本《张耒集》统计,存诗共二千

二百零五首，况且张耒作诗常有一题多首之习，若要彻底回避全篇题旨方面的“重意”，恐属强人所难。“重意”如指单句之诗意，则确为一病，这在张耒诗中也确实比较严重。一般来说，古体诗是不避重字的，张耒诗也是如此。但如果一首诗中重字太多，或重字之句连接较紧，便给人以重复之感。张耒的律诗中也时见重字，情形就较严重。“草草成篇”的情形主要见于张耒的古风，尤其是五古。这种“虎头蛇尾”之病，正是张耒古诗中少见意境浑融之佳作的主要原因。至于“律诗里接连用同一个字押韵”，确有二例，笔者一方面佩服钱氏读书之细，另一方面也认为这可能是张耒偶然粗心失检，并非普遍情况。上述种种不足，确实与张耒“满心而发，肆口而成”的写作态度有关，但是张耒在创作实践中，从炼字、押韵到用典，也曾颇下苦功。张耒作诗有时也追求精工稳妥，也能臻于精深工整的艺术境界，张耒诗在总体上未能避免粗疏草率之病，非不能也，乃不为也。

张耒论诗，最重平易简洁而不主瑰奇险怪，《答李推官书》被元人撮要录入《宋史·文苑传》，而同入《文苑传》的“苏门学士”黄庭坚、秦观、晁补之诸传中皆无一字及其文论，可见张耒此论影响之大。“满心而发，肆口而成”之论是指写作态度，此论则指风格倾向，它们相辅相成，表明张耒对于诗文写作是以平易简洁为追求目标的。这样的追求对张耒诗的成就来说是一把双刃剑，如果过度，难免产生粗疏草率的缺点。如果适度，则会形成平易晓畅的优点。

三、张耒诗在苏门诸学士中地位如何？

在苏轼及周围的诗人群体中，张耒的卒年最晚，后人注意及此，至元人撰《宋史·文苑传》，遂云：“时二苏及黄庭坚、晁补之辈相继没，耒独存，士人就学者众，分日载酒肴饮食之。”其实张耒诗名早著，决非由于晚卒而“其名益甚”。元祐元年(1086)，苏轼早将张耒与黄庭坚、晁补之、秦观、陈师道诸人相提并论，并对其文学事业寄予厚望。元祐年间，张耒入汴京任职，此后与二苏及黄、晁、陈诸人交游日密，诗名益著，他的创作高潮与苏门诸君基本同步。及至其晚年，随着政治形势越来越严酷，苏轼及苏门诸人皆受到越来越重的政治迫害，诗歌创作皆转入低潮。在这样的环境中，张耒虽然没有彻底放下诗笔，但其创作盛期显然已经过去。所以张耒在北宋诗坛上的地位，与其卒年较晚并无关系。

在当时，张耒以诗文与晁补之齐名，但事实上若论五七言诗的创作实绩，张耒明显高于晁补之。秦观的诗文在当时也卓然名家，但其风格与张耒相去甚远，与张耒的写作态度几乎是南辕北辙。张耒对黄庭坚的诗歌成就极为钦佩，对黄诗的独特风格亦甚为推崇。但是黄诗那种生新瘦硬、戛戛独造的诗风并不符合张耒本人的风格追求。从总体而言，张耒的诗风与黄、秦二人皆相去较远，而与苏轼本人的诗风比较接近。从字面上看，张耒学习苏诗“句法”的情况并不普遍。张耒在立意或篇章结构上仿效苏诗的情况也不太多，效果则参差不齐。从整体来看，张耒集中的好诗都呈现出平易晓畅的风格倾向。北宋后期，学杜已成诗坛的整体风尚，张耒诗中也时露学杜痕迹，仍然体现着张耒自己自然晓畅的风格追求。笔者曾说：“王安石诗的‘工’，苏轼诗的‘新’，黄庭坚诗的‘奇’，乃至陈师道诗的‘拙’，其实都是相对于唐诗或宋初诗的陌生化的体现，也就是宋诗独特风貌的个性化表现。”

张耒诗风在整体上与苏轼诗风比较接近，而且更加自然质朴，也就更加远离深折透辟、生新瘦硬的倾向。在元祐诗坛上，张耒堪称距离唐诗风调最近的诗人。如果我们仅从对形成宋诗独特风貌的贡献来评价，则张耒在苏门诸君中的地位显然不如黄、陈。但如果摆脱这样的评价尺度，则张耒的地位当在黄、陈之间。

（原载《学术月刊》2017 年第 3 期，全文 15000 字，郑韵扬摘）

唐宋词的定体问题

谢桃坊

词的体制规范的建立比其定名过程更为复杂。从音乐文学的观念来看，词是以词从乐的文学，南宋灭亡之后词乐散佚，此种音乐文学的生命也就结束了；所以我们考察词的定体应以唐宋词为准，宋以后许多新创的词调不在考察的范围。唐宋词人填词是依据乐曲之音高、节奏、旋律为准，因而形成长短句形式的、讲究声韵的、以乐曲——词调为单位的体式；后来不懂音律的文人填词则以创调之作为规范而模拟制作，这样仍能付诸歌唱。在词乐散佚之后，词学家们总结词体形式的规律时，便只能从纯文学的角度来整理其声韵格律了，于是编订词谱。自清初以来《词律》与《词谱》成为词体规范，以句法及字声平仄定体，然而因对词是以词从乐的性质和词以调为律的特点缺乏认识，依旧不能解决唐五代及宋初某些词调“无定体”的问题。二十年前洛地提出“律词”的概念。律词是指合格律的词，或具有格律规范的词。凡律词必须具备的条件是：一、依调定格；二、每调有字数的规定；三、分段；四、长短句式；五、字声平仄的规定；六、用韵的规定。我们只有确认每个词调自成特殊的格律，才可能引发律词的概念。由此可将其他中国音乐文学史上诸种歌辞和格律诗的诸种诗体排斥于律词之外，以突显词体的古典民族文学形式的个性特征。我们考察唐宋词的定律过程，即是确认律词的出现及律词规范的形成，这关系到最早的词集《云谣集杂曲子》《花间集》和《乐章集》。

我们可以认为律词的出现是词体起源的标志，而这最初出现的律词在体制方面必须是较为稳定的，否则便无规律可寻。《云谣集》是中国最早的词集，均为无名氏的作品。它于唐末流行于西北地区，王国维最初见到日本狩野所录此集目录及《天仙子》一首和《凤归云》二首，说：“《天仙子》唐人皇甫松所作者不叠，此则有二叠；《凤归云》二首，句法与用韵各自不同，然大体相似，可见唐人词律之宽。”此种“词律之宽”的现象还见于《竹枝子》《洞仙歌》《柳青娘》《倾杯乐》《内家娇》《拜新月》等词，它们各调之词字数与句数不同，词字平仄不拘，平韵与仄韵兼用，看来并无严密的格律，但存在韵数、结句或几句格律相同的情形。然而此集中的《破阵子》《渔歌子》和《浣溪沙》已是律词。《凤归云》四首，虽然字句略有差异，但用韵之句位的字声平仄是合律的。这种情况也应算律词，它们是在倚声制词时出现的一些差异，并不影响入乐歌唱。

五代后蜀广政三年（940）赵崇祚编的《花间集》十卷，收录晚唐五代词人十八家之词五百首，它们之中有的调之各词存在字数、句式、字声平仄和用韵的一些差异。《花间集》某些词调之作品体制之细微差异乃音谱不同所致，亦因词人们倚声制词对音谱的理解不同所致；这是音乐文学中正常的现象。《花间集》的作品基本上是小令，其中大部分常用词调已经是体制稳固的律词。《菩萨蛮》《小重山》《谒金门》三调是典型的律词，无别体，格律严密。此外，《河传》与《酒泉子》被认为是无定体的例子，然而它们的别体虽繁，但又存在律词。以上两调在花间词及后来的宋词里皆出现别体繁多的现象，它们之所以无定体，是在流传的过程中因音谱多样，没有形成以名篇定律所致。此种情况在词体中较为特殊。花间词中的常用词调为宋人所沿用者，大多数已具格律规范。此外尚有一些词调，虽已定体，但不为宋人沿用。

今传之柳永《乐章集》三卷，存词301首。自明代以来，整理词谱者即感到柳词定律和分体的困难，而以为《乐章集》之讹误甚多。柳永是精通音乐的词人，其创作时代正值北宋以来民间新声盛行，唐代教坊曲经改制而成为新的词调；所以在其词集中保存了一些传统的词调，而更多的是流行的新声。《乐章集》是按照唐宋歌谱体例以宫调分类编排，共用十五个宫调，较完好地保存了宋人歌词集之原貌。其所收录之词并不存在较大的讹误或脱漏，然而从律词的观念来考察，其具体情形确是复杂的：（一）沿用与改制唐五代之词调。柳词的小令大都沿用唐五代词调，体制和格律亦符合传统的规范。柳词与唐五代同调之作出现极大的差异者是将小令发展为长调，自成格律。（二）不同宫调之词的体制差异。词调与宫调存在亲密的关系，即当歌词付诸演唱时，宫调可以给乐曲以音乐的规范。因此某一词调因宫调的不同，其音谱也是不同的，而词人倚声所制之词在体制上也就出现差异了。柳永不同宫调之词的体制的差异是因所据音谱不同所致。这种情况仅在《乐章集》中出现，此后张先、周邦彦和吴文英词集中凡注明宫调之词调皆未出现不同宫调之词调，应是词乐发展过程中避免音谱杂乱，仅传某宫调之词调了。（三）同宫调之律词。柳词同宫调之词调，其词的体制完全相同者甚多，而且已是格律严整的律词。（四）创调之作成为体制的典范。柳永对长调的发展作出了巨大贡献，其许多创调之作在宋词中逐渐被确定为该调的正体。

唐宋词的定体即是词的体制格律的确立，它是以律词规范的建立为标准的。词的体制格律是以每个词调为单位的。我们很难断定每一词调有统一的音谱，然而词调的每一体式，无论小令或长调必然是有统一的音谱，否则便不可能倚声制词而形成格律。这些词调的产生、发展和衰微皆受到时代审美观念和音乐变化的影响。唐宋词的定体有一个过程，从严格的意义而言，应是指某调的律词的产生并成为该调作品的体制格律的规范，这必然涉及到词调的别体问题。自明代以来词谱的编订者对词调的分体愈分愈细，以致繁琐。我们在考察别体繁多的词调时，应当以该调的某一体为词人普遍使用者为准，以确立它的通行的正体。故一般而言“定体”或“无定体”是极为空泛的判断。从上述的考察可见：在敦煌曲子词里已有律词出现，而且已有较标准的律词，标志着律词的产生；在花间词里有的词调虽存在较多的别体，但某些词人的作品则是规范的律词，而且许多常用的小令已经定体并为宋人沿用；在柳永的作品里虽因某词调之宫调不同而有别体，但其同调作品里已有格律严密的律词，尤其是为许多长调奠立了体制格律的规范。据此我们可以认为词体产生于盛唐，经晚唐五代的发展，至北宋时此种文学样式的体制格律已基本建立了。词体在北宋建立后，又经北宋后期和南宋时期的充实而趋于完备，终于形成了中国古典格律诗体之一的律词。

（原载《文学遗产》2017 年第 3 期，全文 12000 字，郑韵扬摘）

欧阳修自传的叙事技巧与哲思意蕴

王　莹

作为北宋的“一代文宗”，欧阳修在诸多文化领域皆尽得风流。欧阳修的自传《六一居士传》，是其足以引领时代的高雅趣尚和精神世界的绝佳呈现，欧阳修在其中自述晚年生活的情趣——读书、鉴赏碑铭、弹琴、弈棋、饮酒等等，“一”的概念的引入，别居深意，其中的每一个“一”，在欧阳修心目中都是自己独特的精神标识。特别是将自我也作为六个“一”的组成部分，将雅好之“物”与“自我”同值与并置。

一、“六一”的“元叙事信号”功能与意象妙用的结构之技

“六一”在欧阳修自传中是一个饱含深意的文化意象，是欧阳修绝无仅有的独特艺术创造，它包含着欧阳修充实丰富的精神世界的对应物和投射物，也包含着欧阳修的“自我”本身，“六一”的命名令这个特殊意象具有了外物与自我既聚合又发散的矛盾特性，这种不确定的深刻的美感，为其赋予了无可比拟的艺术魅力。

在西方叙事学中，有着“元叙事信号”这一概念，以这一概念来观照欧阳修的自传《六一居士传》，其中，最能彰显其雅趣和人格追求的五件事物加上其自身——这“六一”就是明显的元叙事信号。“六一”的丰富内涵，将欧阳修丰富的人生经历和人格认知都浓缩在了这两个字里，以西方叙事学理论来加以观照，呈现出高超的叙事技巧。“六一”作为元叙事信号的设置，不仅完美地履行了其应有的功能，而且从意象运用的视角考察，更是运思高妙的所在。除了运用“六一”意象的聚散来实现其作为“元叙事信号”和“特殊意象”对于整体行文叙事起承转合，意义勾连的草蛇灰线之外，欧阳修在主客问答这一叙事模式的设置中亦是别具深意，其间蕴含着其鲜明的价值判断。

二、叙事视角中的自省与反讽——自我辩护与内心独白

《六一居士传》的另一重要叙事特点，是叙事视角的流动和转换，这对曲折而深刻地呈现“自我”的内心世界起到了至关重要的作用。正是借助视角操作的独特性，使作品产生了哲思意蕴并由此引发了深刻的社会人生反思。问答情境的设定，是引发思辨场域的一种叙事方式。以某种假定性的主客体针锋相对的戏剧化场景，隐喻作者内心的自省与反讽。

鉴于《六一居士传》在结尾处明确文本自传性质的叙述，我们可将形式上的第三人称等同于实质上的第一人称，通观全文，分析性段落贯穿了整个文本，主体与客体的设定，究其实，正是叙述者在第一和第二人称间的转换，由此，文本的自我辩护和道德升华性质就变得极为显明，伏脉千里。

欧阳修就是作为文中“六一居士”的人物身份将自己的故事告知给了作者—叙述者，故事的套层结构也因之形成，人物作为主体与另一客体对话的场景，到对话被主体主动终止后主体的内心独白，作者—叙述者自由地出入于故事中的人物，并在文末通过明确承认这是自传的表述，主动画圆并闭合了这一叙事圈套。且以道德和美学意旨之维，对自己的人生进行了理想化的处理。

三、传记文学理论的建构与呈现——语缓意切与文简意深

《六一居士传》中所显示出的欧阳修的叙事精巧和文旨高妙前文已有论述，而欧阳修在传记领域的贡献还不止传记写作方面的宏大成就，还有他在传记文学理论方面的创见和建树。

在写作《新五代史》时，欧阳修就承前代之传，提出了传记写作“不没其实”的原则，其传记文学伦理思想在其著名的《论尹师鲁墓志》中得到了极大的彰显。他还提出了“语缓意切”和“文简意深”的传记写作理念。以平静淡远的笔调表达激烈悲怆的意绪，以有策略的节制去寓含褒贬，寄意深情。认为“其语愈缓，其意愈切，诗人之义也”是欧阳修传记文学理论的重要观点。

在此之外，他还提出了以简明的语言包含深广的意涵，拒绝语言的繁复、堆砌和肤浅，以“简而有法”的笔调彰显知己之谊，体现了更高层次的传记写作伦理，也是他对于中国传记文学理论的贡献。

而“语缓意切”与“文简意深”两个传记文学写作原则，欧阳修在《六一居士传》的写作中亦是贯彻始终，将自己的传记文学理论完美地融入了自己传记的写作中去，其光耀千古的思想品性，在自传中得到了恰如其分的传达。

如果我们进一步将欧阳修的《六一居士传》及其传记文学理论放置于世界传记文学理论领域里去考察，他的价值就会更加凸显和放大——欧阳修的创作实践和传记理论在世界领域而言都非常超前。

19世纪英国传记理论家斯坦菲尔德（James Field Stanfield）在传记研究领域曾提出过非常重要的见解，并对英国传记文学的发展有着重要影响，其观点与欧阳修一贯坚持的直录求实的精神和立场是一致的。按照荣格在《心理类型》一书中的观点，《六一居士传》属于古典型传记作品，透露着浓厚的离群索居、独善其身的特质，且写就时间距离欧阳修去世仅剩两年，符合生命后

期将心灵最圆熟的成果公诸于世的特点。

四、结语

综上，欧阳修的《六一居士传》作为杰出的叙事文本，其高超的叙事技巧和深远的哲学内涵，为传记文学世界创造了美不胜收的多元层面的奇崛笔法和杰出成就，是对世界传记文学贡献巨大的经典范本。

（原载于《郑州大学学报（哲学社会科学版）》2018 年第 4 期，全文 14100 字，王莹摘）

构建中国特色哲学社会科学的可能萌蘖

——梁昆《宋诗派别论》的学术史意义

陈　斐

梁昆的《宋诗派别论》是民国时期诞生的唯一一部专门从派别视角研究古代文学的系统论著。该著不仅奠定了此后宋诗体派研究的基本框架，而且其对某些具体派别特征、源流等等的分析以及分析时引证的前人论说、诗例等也在后人著作中频繁重述、出现。本文拟结合当时的学术背景，从立场、方法、观念等方面探讨其学术意义，期望以此为个案，寻求构建中国特色哲学社会科学的有益启示。

随着“新文化运动”的全面开展，出于为白话文学、平民文学寻求合法性和精神资源的考虑，“代有偏胜”的文学进化史观在胡适、鲁迅等领袖人物的鼓吹下受到普遍推崇，而被排除在“一代之文学”之外的宋诗，价值和文学史地位都遭到质疑甚至否定。《宋诗派别论》是民国时期唯一一部站在数千年诗史流变的高度，较为客观地梳理宋诗派别、研究宋诗特点及文学史地位的现代意义上的系统论著。尽管，作者的诗学观念及对诗歌史的认识不可避免地受到时论的影响，诗歌趣尚还没有摆脱以唐诗为典范的束缚，不过整体而言，有一以贯之的通达的诗史意识：他不仅将诸派置于宋诗发展的脉络中予以审视，详谈其兴衰的时间、势力、影响等等，也能在数千年诗史流变的大背景下掘发、评估这些诗派的特点、价值。在具体研究过程中，对最能体现宋诗特征的昌黎派、江西派及其代表作家欧阳修、黄庭坚等人开拓的异量之美颇多肯定、赞美。

近代以来，在“西学东渐”的大背景下，特别是“五四”新文化运动以来，胡适等领袖人物主张用科学方法“整理国故”，对于克服中国传统学术支离破碎、笼统武断、影响模糊等缺陷，有很大效力。《宋诗派别论》亦采用了实证的和系统的研究法。梁昆一开篇即指出，历代批评宋诗议论、说理、不讲音韵、拗曲不明等等的言论，皆未考虑宋诗的丰富性。研究宋诗须先明派别，具体分析各派为诗之源流、长短、宗主、弃舍、方法、习尚等等，奠定了一个科学的思路。对于前人聚讼纷纭的问题，作者细致分析各家所言的合理之处与偏颇之处，综合判断，在认同、阐发、辩驳之中提出自己的看法。实证研究法还体现在作者的存疑精神和考据功夫上。《宋诗派别论》在研究方法和撰述方式上都显示出别具匠心的系统性。全书由13篇构成，开篇《分派法之商榷》和末篇《各派之源流表》可以看作绪论和小结，中间11篇是主体，每篇依照时序先后论述一个诗派，结构谨严完整。第一篇斟酌前人论说，结合自己对宋诗发展的考察，将宋诗划分为如下11个重要派别：香山派、晚唐派、西昆派、昌黎派、荆公派、东坡派、江西派、四灵派、江湖派、理学派、晚宋派，于此后诸篇每篇开列“小传”“宗主”“习尚”“批评”等部分予以论述。有时还会根据各派差异做一些调整。末篇《各派之源流表》对前面所论诸派之间的渊源关系做一总结，主体诸篇引言和末尾部分，已对所论诗派兴起的背景、流行时间及其与他派相互消长、影响的关系有所论述，皆与末篇互相呼应，在纵横交织的历史时空中系统呈现了有宋一代主要诗派彼此影响、更迭演进的立体图景。

今日论者谈到梁昆《宋诗派别论》的不足或局限时，多指责其诗派概念的笼统和诗派划分的不合理，认为该书论列的某些诗派是否成立值得怀疑，某些诗人纳入某个诗派是否妥当也有待商榷。这些论者显然都是以西方传入的“流派”观念审视宋代诗史并评判梁著的。西方传入的“流派”观念，大都将一定数量和代表人物的作家群在创作中体现出一致的群体风格，当作鉴定文学流派的标准。这和中国古典诗学对派别的认识存在较大差异：风格和派别二者有一定联系，但并不互为必要条件。古人能视为派别的文学集团，一般须要具备以下两个条件：一是须有一定数量的作家群，不管是否经过自觉还是半自觉、不自觉的结盟、师承、交游或唱和等等，都客观上形成了群体，大多数还有领袖或核心。二是须在理论主张或创作倾向上具有某种共性，这种共性可以呈现为关于文学功用、师法对象等等的理论主张，也可以体现在题材、技法、修辞等创作倾向方面，不一定是风格。中国古代“析派”意识发端甚早，但只有到了宋代，随着文人结盟、结社意识的进一步强化，人们在对江西诗派的评论、梳理中，才参照禅宗的法嗣传承正式提出“派”的称谓，并确立和强化了自觉的宗派观念。以此为界限，此前的文学派别多呈半自觉或不自觉状态，时人多以“体”称之，后人呼之为“派”乃其宗派观念积极作用的结果；此后自觉的文学派别增多，人们指称时“体”“派”兼用。中国古典诗学中带有派别意味的“体”，可能指称该派在理论主张或创作倾向上呈现的某种共性，基本与上文提出的界定派别的第二个条件重合。梁昆对宋代诗派的析论，乃继承、集成了传统的“体派”观念。他按是否有自觉的派别意识，对“体”“派”做了大致区分，这符合中国古代文学派别由“体”到“派”、由不自觉到自觉演进的总趋势。以风格为核心的流派观念在中国古代诗史、文学史研究领域经过近百年的充分实践、应用之后，其局限和扞格也越来越突出。首先，古代不少被称为“派”或自身即以“派”相号召的文学集团，丧失了“派”的身份，不能被界定为流派。“派”的界定出现了问题，文学家的个案研究和文学史的梳理书写也会面临困境，进而影响文学史研究全局的可行性与合法性。其次，从流派视角审视，可能会屏蔽中国古代文学派别乃至文学家理论或创作的丰富面相。梁昆用现代实证的、系统的研究法分疏、论证中国固有的“体派”观念，进而撰写宋代诗歌史的尝试，不失为观照传统，撰写诗歌史、文学史的一种方式。

今天，在以西学为范本的现代学术建立、完善之际，越来越多的研究者意识到用西方理论审视、研究中国学术存在问题，从而呼吁“构建中国特色哲学社会科学”、提高理论创新能力的大背景下，我们有必要回到现代学术奠基的“起点”——民国时期，重新审视和寻觅中国学术另一种可能发育的萌蘖。长期以来，因为急于和国际接轨，我们对民国学术史的梳理、回顾往往彰显、肯定的是那些追随西学的论著及其面相。然而，在崭新历史条件下，恰恰是那些被遮蔽的论著及其面相，其站在民族文化本位立场嫁接、融会、转化古今中西理论、观念、方法、话语的尝试和努力，可以为我们带来更多切实的启示。

（原载《文学评论》2017 年第 3 期，全文 20500 字，郑韵扬摘）

“极其变”：从“以文为词”到稼轩词的“象”与“事”

谷 卿

从南宋时期的词学批评来看，苏轼进行词体改造的部分意义已被发现和认知甚至遭到过度强调和尊奉，这表现为“以诗为词”对词之雅化进程的推动作用；从同一时期词坛的风貌来看，苏学后劲也在尝试从各个方面继承苏轼作词时“变”的手法和思想。张元干和张孝祥将词的“变体”引导进豪放的路径，而苏轼拓展词境的理想，也在二张这里因为注入新的历史话语与情愫而得以推衍。然而真正将缘情之词用以言志者，还是上承二张的辛弃疾，南宋词“变体化”的发展，也以辛弃疾稼轩词的出现而显示出巨大的魅力和争议性。

生于金国的辛弃疾，自幼受到家庭影响，“纾君父所不共戴天之愤”，是辛弃疾一生的理想与志业，遗憾的是并不与帝国统治者的主流想法合轨，而他“归正人”的身份似乎总向人们提示着他政治上的“不可靠”。起伏无定的人生际遇、无可实现的报国理想与辛弃疾所经历的那个充满动荡、危机和变数的时局，造成了他悲剧性的人生，而他的苦痛、愤懑、畸情，不得不以一种特殊的方式大量宣泄，因此留下了至今可见的六百二十馀阕“稼轩体”词。以比较传统的观念来看，词与诗、文相比，固然是一种边缘的文体。辛弃疾在政治上的边缘身份使他有意选择词体进行创作，抒发苦闷和压抑；同时，由于辛弃疾曾因作诗触犯当局的忌讳而引来麻烦，因此转而多番利用为人轻视的词体来抒怀。为“避谤”而戒诗作词的辛弃疾，显然无法满足于本色词体的规约，相比苏轼而言，辛弃疾改造词体的要求更为迫切激烈。用楚辞体是辛弃疾作词的一大习惯，且往往在词序中亲自说明，可以直观而全面地呈现“以文为词”的手法与思路。与作为韵文的诗相比，“文”是一种未经过声乐加工的文体，从形式上也与多数为齐言的诗各具不同的美感；而词则多为长短句，形式上较“文”为近，只需在韵律上稍作修饰加工，则更容易呈现“文”的形态和美感来。“以诗为词”是词的重要“变体”，“以文为词”则是“极其变”的体现。

所谓“以诗为词”，是将诗的表现手法移植到词中，以苏轼词作为例，苏词尝试用诗句入词的方法作词；促使词面向山川江海、台阁以及天地、人生，宋诗所表现的理趣也被借用词来表达；词承担起了应歌、应社之外的言志功能；还发展了词序的形式。至于辛弃疾的“以文为词”，不仅具有上述“以诗为词”的所有特点，更且有全词用经句、子句及全首散文体者，其奇崛怪诞，莫可名状，似唯有韩愈险峭涩辣的“以文为诗”可以比拟。辛弃疾思辨能力极强，又稳于实务，这些均成为其词文法显扬、论点突出的原因；同时，他在现实世界中遭遇的愤懑不平也催动他用词来表达词当干预时政、泄导人情的理念，因此，在上述两种情况的作用下，辛弃疾主动尝试、积极实践的“以文为词”也呈现出一种“后设性”：即他在对古典进行演绎、变翻、模拟的时候，作为叙述者或抒情者的自我与前者产生了交融或背忤，稼轩词因而成为“关于文学的文学”；而他在写词的过程中，又能跳脱文本的叙事抒情框架，对自我的书写表达期许和规定，因使其词又成为“关于词的词”。这些都是“以文为词”的稼轩体超越以往词体旧式的所在。

辛词的尊体，不是一味寻求对小词“本色”的疏离与避忌，而是一种呈现为复杂的动态的行为——随着辛弃疾政治处境和心境的变化，他对词的看法和利用方式也有所不同。因此，辛弃疾得以在词这一领域开辟出许多瑰奇曼妙的空间，既可针砭政弊，又能寄怀山水，还能思接千载、将政治抱负化为雄伟的想象。稼轩词的这种表达和词学思想的如是呈现，正基于他强烈的生命寄托和幽微的政治隐情，而展现辛弃疾的生命寄托和政治隐情并让它们具体形象、生动感人起来的，则是稼轩词中奇特的“象”与“事”。是故不仅宜乎借助“兴”来理解稼轩词中的“象”，更当以之来理解其中的“事”，也唯有“兴”才能传递辛弃疾“文字起骚雅”的这种上承诗骚传统的词学思想。在稼轩词的世界中，“美人”频频出现，而“美人”正是楚辞传统中一个最为重要也最为典型的意象。而词这一文体在产生之初，就是以女性为中心的，词的命意和用字，也颇与楚辞的寓旨和辞藻相通。不过，早期词史从表现上来看，与楚辞关系并不密切，仅有的一些有关楚辞的字句，也只是比较表层的借用和象征。辛弃疾是将“香草美人”传统运用到实际之处最为明显的词人。另一易于引发阅读者进行“知识考古”的女娲形象，则是稼轩词“兴事”的典型。“兴事”，不仅见意象，且见行为、事迹，所以谓之“兴”，是极言此行为或事迹与“兴事”者关联之密切，非同一般用事言身外之事或他人之慨，更且贯穿全篇，统领诸“象”。刘再复认为，补天神话是一种知其不可而为之的精神体现，其间有一种原始的天真。可以说，在政治上，辛弃疾也是一个单纯的人，他一心只想实现山河早日一统，使民众身有所托、心有所寄，同样显得单纯进取、别无他顾的“补天”，实际上成为稼轩词内词外一个重要贯线，而辛弃疾的实践理性也让“补天”典事在稼轩词中显得更为真实和震撼人心。稼轩词的“兴事”，是以情感的真实化为前提，现实与神话之间，因有能够沟通的桥梁和媒介。感于事和物而“兴”，将自己的幽微情志、激烈愤慨、迫切理想寄诸“象”与“事”中，成为稼轩词区别于以往代言之词的特质。从这个角度，也可以理解辛词中隐含的主要是家国与身世之悲，而苏词则往往表现为时代与文化之悲，一据以现实，一根植理想，故辛词悲而无法抽身，苏词则悲而一反为乐，虽同为“变体”，而“豪壮”“旷达”之判，其在兹矣。

宋词成于北宋，精于南宋，南渡以后的词风，乃向多样化的方向发展，力图突破北宋的框架而“极其工”且“极其变”。与北宋相比，南宋词逐渐进入徒诗化的境地，视域和创作场地的改易，也带来创作思路、写作方式和思想的改易。这些巨大变化的背后蕴藏着丰富的历史情感和思想资源，稼轩词无疑是理解这一时代这些剧变的重要语码；而要探索稼轩词“以文为词”的创作方法和习惯及其背后的生命情态和政治情怀，又不能不用心体察两宋之际政治历史与文学演变的实况。本文正是以“变”为观察考索之入口，通过揭橥南宋词中最具特殊意义和价值的稼轩词外在与内里的独特性，来具体地理解词体与词史之变以及词作如何承载、蕴含和体现词人的词学思想等等，以期为稼轩词的研究和南宋词学思想史的构建提供些微参考。

（原载《中国文学研究》2017 年第 1 期，全文 11000 字，郑韵扬摘）

乾隆朝诗学史研究的问题与方法

蒋　寅

乾隆一朝是清代文化、学术最繁荣的时期，也是诗学最发达的时期，诗论家众多，诗派林立。社会富庶，君主右文，科举恢复试诗，幕府争揽贤才，形成普遍的诗歌风气。而浓厚的学术风气在给予诗歌强烈刺激的同时，也挤压着诗歌生活的空间，带来性情与学问的紧张。原有的格调诗学走向总结和综合，试帖诗学推动蒙学诗法的复兴，新起的性灵诗学和肌理诗学从不同方向为弥补神韵诗学的缺陷而各辟新途，桐城文派、高密诗派从不同的文学传统中发展出各自的诗学观，强化了乾隆诗学整体上的多样化格局和丰富的诗学理论，使乾隆诗学史的研究面临前所未有的复杂性。

一、是文人入幕与地方文学风气兴盛。君主右文足以影响一代风气，非仅朝中满汉大臣都雅好文艺，热心著述，地方长官、封疆大吏也无不崇尚文学，延揽才学之士入幕，形成清代独特的幕府文化。乾隆间因烽息兵弭之久，督抚藩臬均以文臣居之，多招纳文士为幕友，不付以刑名钱谷之务，而专事公文案牍，兼任西席，课授子弟，暇则相与商略学术，赏玩金石书画，诗酒唱和之余，采掇文史，编纂书籍。当时著名的幕府，宾客少则数十人，多至上百人，人才济济，可谓古来罕俦。幕府这种大规模的文士雅集和诗咏活动，使乾隆诗坛格局较清初发生了一些变化。另外，乾隆时期，乡绅阶层很大程度上已充当了地方文化事业的主持者或赞助者。各种文化沙龙由达官贵人的府邸下移到各地富商的宅第，似乎也是乾隆年间出现的一个醒目现象。地方的文酒诗会也不亚于幕府文学的盛况。乾隆间的实证学风更刺激了考订金石、书画的风气，日常雅集题咏常以鉴定、赏玩金石书画为题材。乾隆时代各地出现许多文士的沙龙，比如扬州马氏兄弟小琳珑山馆，等。当时富商本身就是文人或富商而附庸风雅的人很多。

二、乾隆朝的诗歌风气与诗学品格。在我的清代诗学史分期中，其他三个时期都包含两个以上的世代，只有乾隆独自构成一个时期。乾隆时代，诗坛遭遇的最重要的事件是考据学对诗学的冲击，从而构成乾隆诗学的主题——学问与性情。虽然程度不一，但当时很少有人能自外于这两者间的关系，当时重要的诗论家不约而同地涉及学人之诗、才人之诗与诗人之诗的论辩，正与这无人不笼罩在其中的文化背景有关。清代诗人从日常生活到写作，都无法回避当时社会流行的一股浓厚的学问和考据风气。诗中频繁地以书画、骨董为主题，却断是乾隆诗坛独有的风气。考据的癖好也影响到咏物诗，前代咏物以征典与状物为主，乾隆间的咏物明显打上了考据的烙印。尽管学问在当时处于人生价值的顶端，为文士群体所瞩目，但学者仍不肯放弃诗歌，仍希望用诗歌来装饰学问，甚至不惜牺牲传统 的“性情”要素，以学问充当诗的动机、诗的素材、诗的内容和诗的目的，以“学人诗”的冠名方式使学问攀附于诗而提升品位。学问对性情的过度挤压更加剧了性情的反抗，袁枚性灵诗学与其说是对格调派的反驳，还不如说是对学人诗的警戒，由此形成乾隆诗学的两个主题——性情与学问，两者之间既有对立，又有融合，其相位的变换与矛盾冲突构成了乾隆诗学的主旋律。

乾隆诗坛一方面是个诗派林立、各种主张杂陈的喧哗空间，一方面又是缺乏领袖群从之巨人的平庸时代。回顾乾隆诗坛，竟像是一个群龙无首的武林江湖。伴随着话语权的争夺而来的，便是乾隆诗学的理论旨趣由多元趋向于集中，具体地说就是由地域文化的多元性产生的多元化观念，逐渐趋向于诗学思想的同一性和理论目的单一化。当王渔洋汲取明代格调派的精髓，参以盛唐空灵轻澹之风，提出以神韵为核心的一种新诗歌美学时，诗坛为之风靡，诗家无不踊跃鼓舞，尊奉为一代正宗。可惜好景不长，到康熙后期，神韵诗学就日渐显露出“清利流为空疏”的迹象，引起诗坛共同的忧虑，乃至群起而讲求有以救之之道，而王渔洋诗学也就成了天下共逐的秦鹿！

三、乾隆朝诗学的研究路径。如何处理乾隆时代的诗学课题，我们以时间线索为经、以流派为纬的研究思路，力求以一个清晰、合理的格局展开对乾隆朝诗学史的论述。我认为首先可能需要放弃以地域为单位来呈现诗学格局的论述模式。而根据大致的时间次序，以人物和思潮为中心而不是以问题为中心来展开论述。首先是将康熙到乾隆的诗歌史视为清诗形成的关键时期；其次是重视乾、嘉经学家对于清代文学思想史的意义，认为他们最深地感知了“儒家智识主义”兴起的时代精神，是形成和塑造清代中晚期文学思想面貌的基本力量之一；复次是注意到学者的个性化与文学思想的多元化现象，使以往在“乾嘉学风”的宏大叙事下被遮蔽的学术品格和思想方式的丰富性和复杂性重新呈现出来。这有助于我们理解当时各派诗学之间对立、冲突与融通、互文并存的现实。乾隆各派诗学纷纷破除壁垒、以开放的态度对待传统，无形中形成一股对立、冲突与沟通、融合并存的态势。乾隆一朝本是学术多元、学风开放的时代：经学中汉学和宋学共存，文章中古文与骈文并盛，诗学中也是诸多流派并驾齐驱，冲突中有调和，对峙中有融合，形成前所未有的多元化的活泼语境。但不可否认的是，性灵诗学终究是乾隆诗学的主流，它不仅风靡一时，产生极大的社会影响，在传统观、价值观、技法观及批评方法等方面也深刻地影响了中国诗学史的走向。事实上，被命名为格调、性灵、肌理的三派诗论无不以救神韵论之弊为出发点，这三种诗学的对峙和交融，就迎来古典诗学一个全面的总结期。我在研究中不仅要关注各派诗学的外部交流和内在关联，留意其间的时序和影响关系，还要特别注意这个时代诗学的公共话题、普遍性问题及其与学术文化、创作实践的多元关系，揭示其诗学理论的现实指向性、批评史意义上的当代性以及学术史意义上的总结性。

（原载《武汉大学学报（人文科学版）》2017 第 6 期，全文 20000 字，陶运宗摘）

论清代宫廷大戏

朱万曙

清代的宫廷大戏和《长生殿》《桃花扇》等文人剧作一起，共铸了清代中叶前后戏曲的又一次辉煌。由于宫廷大戏是为包括皇帝在内的宫廷观众编创的，在强调阶级对立的思想背景下，它们被视为为最高统治者服务的作品，自然也难以得到研究者的重视。近年来，已有学者和数篇博士论文以清代宫廷大戏为研究对象，但总体上的研究还不全面和深入。

清代宫廷大戏是前代叙事文学的“蓄水池”。大多数清代宫廷大戏源自前代小说戏曲等叙事文学作品。如果说前代各种叙事文学作品如同分支的河流，清代宫廷大戏的改编就将这些分支的河流汇聚在一起，成为一个“蓄水池”，其故事源头十分丰富。值得注意的是，清代宫廷大戏并不是对前代叙事作品简单的汇聚，也不是纯粹按照原作进行改编。改编者吸收了原故事流传过程中扩充、延伸的情节，从而使得大戏的内容更为丰富，其“蓄水池”的特征和功用更为明显。不仅如此，有些前代戏曲佚失的曲文，在大戏里还得到了保存。作为“蓄水池”，清代宫廷大戏在汇聚各条水流之后，又提供给下游水流各种养分。这种影响来自两个方面：一是在花部兴起后有的大戏不断被改编，二是宫廷演员出宫后的传播。

清代宫廷大戏的编者清楚自己的剧本是演给帝王观看的，中国传统儒家提倡“忠”的观念，现实之中对君王的命运依赖乃至对君王的膜拜，都决定了他们编写剧本时，首先要颂扬“当今天子”和大清朝。几乎所有的大戏，都有这样的“颂词”。有些作品甚至为了迎合帝王的意图，对前代作品的寓意进行修改。因此在一些学者眼中，清代宫廷大戏不属于文人所作的传奇或杂剧。但这些大戏的编撰者尽管是为帝王编戏，但他们并非是帝王；因为是文人，长期受到儒家思想熏陶，在编撰过程中必然会流露乃至寄寓自己的文人情怀。它主要表现在注重下层社会的问题，包括民生疾苦、恃强凌弱等，同时在道德上弘善贬恶。细读各部大戏，可以发现，文人情怀都或隐或显地寄寓在各剧之中。即便是完全依据小说文本改编的情节，改编者也往往添加笔墨，表达出对于“善”“恶”的爱憎之情。我们甚至能从《如意宝册》中看出改编者表达的吏治理想。

在改编过程中，改编者首先遇到的问题就是如何将小说文本转换为戏曲剧本。虽然二者都是叙事文学，但文体性质上存在巨大差异。在不考虑版本差异的情况下，将小说与戏曲文本进行比较，仍然能够看出大戏改编者的内行。首先是场面选择，以《升平宝筏》甲下第二十出《撇子贞名似水清》为例，虽然改编者为图省事完全搬用元吴昌龄（一说杨景贤）的杂剧《西游记》，但不明就里的人至少被殷氏在江边抛子入水的痛苦场面所感动。从场面选择看，改编者无疑是非常高明的。其次是场面的安排。这里所说的场面的安排，指的是围绕人物性格、情节发展、戏剧冲突的场面安排。清宫大戏因为皇家戏台的精巧华丽，其场面往往铺排的盛大无比，诚如有学者指出的，“宫廷大戏往往追求热闹的戏剧场面和怪异的戏剧形象”。再次是人物的曲白代言。从小说到戏曲的文本转换，是将小说的第三者叙述改变为戏剧的代言体，让所有的人物均以本人的口吻参与情节事件。这最为考验改编者才能，也是真正意义上的“改编”乃至“创作”。最后是舞台氛围的调剂。宫廷大戏演给帝王和宫内观众观看，而不是演给文人雅士观看，必须做到“雅俗同欢，智愚共赏”。所以大戏的改编者非常重视包括插科打诨在内的舞台氛围的营造。

清代宫廷大戏的编撰者多精通曲律，而且刻意强调、考究有加，在编撰大戏的过程中尽力付诸实践，使清代宫廷大戏的编撰成为曲学与创作实践相结合的现象。乾隆以降，戏曲声腔开始“花、雅”分野。随着昆腔的式微，不少文人即使创作戏曲，对于曲律也不甚熟悉，但宫廷大戏的情形却完全不同。戏曲史上，曾经发生过关于文辞和曲律孰重孰轻的“汤、沈之争”。显然，在宫廷大戏的编撰者看来，曲律更为重要，所谓“词曲必按宫调”。他们对“文人游戏，惟兴所适”的作品虽然没有提出尖锐的批评，但都在“凡例”中明确“悉遵宫调”，或“悉遵大成九宫之句数规格”。这种对曲律的重视和讲究，也反映在 抄本中。总体上，大戏对于宫调和韵部的使用严格而讲究。

综上所述，清代宫廷大戏是前代叙事文学的“蓄水池”，汇聚了诸多的前代小说、戏曲。它们虽然不免“颂圣”、表达忠君思想，但因为编撰者也是文人，故其中仍然潜隐和寄寓了关注社会问题、扬善惩恶的文人情怀。它们大多由前代长篇小说改编，较好地实现了从小说到戏曲的文本转换。编撰者注重宫调、用韵、曲律等要求，实践了他们的曲学主张。故无论是戏曲史、小说史还是清代文学史的研究，都应该重视这些宫廷大戏。

（原载《文学评论》2017 年第 3 期，全文 16000 字，郭丹曦摘）

晚明文人传奇改家的身份定位及其在戏曲批评史上的意义

王小岩

由《牡丹亭》改本引发的论争，是晚明戏曲批评史研究中的重要问题，也是学界研究的重点。围绕《牡丹亭》改本的研究，如改本的版本，不同改家的理论特色等问题，已经得到了深入的探讨。但是，文人改家如何界定他们在改本中扮演的“角色”，始终没有得到重视。

戏曲作品经由删改而上演、出版实为惯例。但早期的改家，如李开先、徐渭，并没有身份焦虑的问题。到了汤显祖公开反对删改他的作品，才将改家的合法性提出来。对此，曾将《牡丹亭》改为《同梦记》的沈璟寄希望于将来懂戏曲音律的知音人赏识。相对于汤显祖激烈地反对改本，沈璟后世知音的预设，既是无法挽救当时创作弊端的无奈表达，也可以认为是他对改家身份定位的调整。从何良俊到沈璟，改家们试图为戏曲批评构建一套知识体系，这套知识体系不仅可以成为评选戏曲的标准，也可以成为删改戏曲的标准。

在万历后期《牡丹亭》改本中，臧懋循的改本，以其敏锐的批评见识及尖锐的批评态度，备受关注，而臧懋循对改家身份的论述更具典范性。臧懋循删改并刊行“临川四梦”已是汤显祖去世之后。即便臧懋循可以更为高调的批评汤显祖，但他仍必须回应汤显祖的改本批评，论述自身的合法性。也因此，知音倒置在臧懋循的批语中最为显眼。

臧懋循引入伯牙、钟子期的典故，为这个故事加入个人的理解，赋予知音以“权力”：一般理解的知音范式，应该以汤显祖为作者，臧懋循为“赏音人”，但臧懋循含混了这种理解：伯牙辍弦于子期，本意是子期已逝伯牙辍琴，但现实是汤显祖已去世，臧懋循尚存人世，这构成了一种倒置的知音范式。人亡琴在，所以，臧懋循要调琴正音。正由于臧懋循有意倒置了知音范式，从而赋予知音一种新义涵，知音能够删改作者的原作，知音成了进一步完善文本的“作者”，至少是作品的“部分作者”。臧懋循有意颠倒了作者与知音的关系，提示读者，经由删改的作品会得到汤显祖的“叹赏”。而臧懋循也自任是汤显祖的“功臣”，甚至认为他的部分改作，仅能获得梁辰鱼这样知音的理解。显而易见的是，梁辰鱼、郑若庸、陆采、汤显祖是作者，但在臧懋循的改本前，他们变成了读者，要具备专业的知识、理解改家删改的原因和意义，才能被许为知音。

不过，臧懋循这种颠倒的知音范式是临时的，可看作是给知音注入的新内涵，当他面对作者文采斐然且合乎音律的曲辞时，原有的作者身份被恢复，改家的身份仍然退回到读者、知音的地位。因此，以知音身份处理或删改原作，仍是改家的惯例。

臧懋循的批评立场与他自己设定的知音身份紧密联系，就其有关身份定位的论述而言，臧懋循巧妙地倒置了传统的知音范式，跃居为“作者”，将汤显祖置换到“知音”的位置上；同时，他又以知音的身份肯定了汤显祖剧作的成就。当然，臧懋循论述存在不少问题，引发汤显祖粉丝的批评，这又会影响后面的改家。

臧懋循改本“四梦”问世之后，出现了较多的负面评价。这些评价无疑给来的改家很大压力，促使这些改家调整自己的身份定位，改变批评策略。《风流梦》被视为臧懋循后的重要《牡丹亭》改本。冯梦龙要删改汤显祖的作品，不仅要对汤显祖本人反对改本予以回应，还要对批评臧懋循改本的声音予以回应，此两方面构成了其《风流梦·小引》的主旨。《风流梦·小引》首先对《牡丹亭》的艺术成就作出了简要而全面的肯定评价。他以替汤显祖辩护的语气来体现出他作为知音式的改家的合理性，但在指出汤显祖作品不合律问题时也绝不含糊。接下来，冯梦龙引入汤显祖对改本的讥刺，不仅揭示汤显祖作品“不合律”的事实，同时还要批评不懂音律的人为汤显祖盲目辩护。他认为，倘若能在改本中保持汤显祖作品的意趣，同时还能订正不合律之处，这相当于浣洗西子“不洁”以“全其国色”，更能为汤显祖作品增辉。

冯梦龙可能鉴于臧懋循改本的遭遇，而调整了自己的改家身份，不妨将冯梦龙这种改家身份界定为“谨慎的知音”。而这种“谨慎的”改家身份，实际是为他更好地传播曲学理论服务的。冯梦龙的改本，终要“以授知音”为结，这是自我认同的另一种表述方式。“以授知音”正是冯梦龙删改传奇的原因，他确信改作可以由知音流传，在梨园上演不息。

冯梦龙的知音论说与臧懋循倒置知音范式表面上非常接近，都将自己的改作寄希望于其他知音的理解，但两人的知音论说落脚点不同。臧懋循过于强调他与汤显祖的“知音对话”，冯梦龙则期望其他知音的理解，寄希望于改本的观众、读者与改家达成“知音认同”，而这些改家的努力，实际为批评史注入了崭新的活力。

总而言之，明代万历后期，通过自我身份的定位、专业知识体系的建构，文人传奇改家主动回应了汤显祖提出的问题，同时有意识地将戏曲批评专业化和职业化。事实上，改家所谓的“知音”，指示的正是戏曲批评的职业化身份。参照明代文学批评专业化、职业化的大背景，沈璟、臧懋循、冯梦龙等这些文人传奇改家，对其改家身份的调整和论述，也正是明代戏曲文学批评专业化、职业化趋势的一部分，在戏曲文学批评史上应有其地位。

（原载《戏剧（中央戏剧学院学报）》2017 年第 2 期，全文共 10000 字，郭丹曦摘）

清词研究的空间与视野

张宏生

近二三十年来，清词研究越来越引起学术界的关注，已经成为重要的学术增长点。在一些重要的方面，如对清词经典化的研究，对清代词人探索词体文学的边界的认识，对清代词学理论和请词创作中建构统序的揭示，对清词创作中不断扩大的题材内容（特别是引进西方文明的新知识）的思考等，都取得了不少成绩。然而，还有一些层面值得关注，如对专篇的研究，对专人的研究，以及对专题的研究等，都有进一步发展的空间。

清代是词学的总结期，多元发展，号称复兴。在这个时代，经过前代批评家和本朝批评家的努力，唐宋词的不少经典都已确立，对清代词学的建构，产生了重大影响。在清代词人经典化的过程中，朱彝尊和陈维崧可以作为最典型的例子。首先看选本。朱、陈二人在诸多选本中入选词作数量数一数二。其次看词话。清人词话中对朱陈虽有批评指责，但整体上却是将二人推为清初词坛之冠冕者居多。再次看序跋。许多批评家自觉地将朱陈并列，体现出对清初创作的认识。此外，朱、陈的的经典化还体现在后世作家的创作实践中。从朱陈二人的例子可以看出，清代的清词经典化，已经有了非常成熟的观念，他们选择了不同角度，采取了不同形式，都增强了广度和深度。

在讨论清代词坛的经典化问题时，还有一个较为特殊的现象，即清代的词人或词学批评家，在对本朝词进行经典化的时候，往往会把自己摆进去。清代词人有着非常明确的历史观念，他们自信地认为，既然自己是清词创作群体中的一员，因此，当然也是在建构传统，创造历史。在这种意识的指引下，他们不仅希望对前代作家作品予以定位，而且也往往明确表示要将自己纳入文学史的思潮中，自述特色，思考成就。不仅如此，他们也把自己的作品选入选本。清人大规模地采取这种方式，不能仅仅看成他们热衷求名，而应该从他们的创作自信上去思考。

以今天的眼光看，清词经典化的程度是远远不够的。考察有清一代词坛，很明显，对前期词人的经典化程度较高，中后期则较低。这与一代代词人创作发展过程中的取向有关，也与五四新文学运动以后，思想观念发生的变化有关。

唐宋时期，词体文学创作虽然不断发展，但由于词的地位不够高，创作观念调整的幅度不够大，因此，尽管唐宋词人涉及了不少题材内容，探索了不少表现形式，站在后人的角度看，就显得只是开了一个头。作家们不免追问：既然词体文学别是一家，具有特殊性，则沿着唐宋词人开辟的道路，去表现特定的生活，其受容性有多大？其边界又在什么地方？在他们看来，找到了这个边界，也就至少在一定程度上超越了唐宋词人。事实上，这体现的是清代词人所具有的文体意识，也是清人面对前代遗产的一种态度。清代词人在艳词、以文为词、词的学问化方面均作出边界探索。对于这类作品，词史上往往予以负面评价。这当然是有道理的，尤其是从审美的角度看，但站在今天的角度，回看他们的创作努力，我们可以不喜欢他们的作品，但应该认识他们的动机。

两宋时期，词的创作虽然非常兴盛，但统序意识还不强。晚宋张炎作《词源》，阐扬姜夔一路，隐然有了统序观念，虽然尚显粗疏，也给了后人很大启发，尤其在明清之际的词学建构中，起到了很大的推动作用。从《古今词统》到《词综》，可以看出一种特定的思路，即越来越明确地在词学中确定统序。清代词学发展的不同阶段，往往都有一定的批判精神。但是，词史上的许多作家，或某些作家的某些作品，并不一定能够完全纳入一个特定的框架，而是具有一定的超越性。后来者建立自己的理念时，面对前人确立的经典，往往不是完全排斥，而是予以包容并重新阐释，这也就构成了清代词学统序建构中的一个重要特点。清代词坛，流派众多，此消彼长，情况复杂在清理清词发展的过程中，要充分认识其中既强烈批判，又兼容并包的特色，在统序的更替中，往往新中有旧，旧中有新，这样，才能对清代词学思潮以及与之有着密切关系的词体创作，做出更合乎实际的认识。

唐宋两代，词的创作和演唱的渊源很深，所以，尽管创作境界不断扩大，题材内容不断增多，总的来说，还是有着较强的惯性，以及被当时所认定的文体规定性。到了清代，观念发生很大变化，词人们从传承开拓的角度去思考传统，认识到词的创作还可以和社会生活发生更为密切的关系，因此，作品中就注入了很多新的因素。早在清代初年，词坛就对域外传来之物非常敏感。鸦片战争之后，随着国门被西方列强的坚船利炮打开，大量涌进的西方文明，更给词体文学创作增添了新的素材。值得提出的是，在文学史上，并没有词界革命的说法，但如果广泛清理文献，综合加以考虑，特别是从文体学的角度，将这一类的词放在诗界革命前后的大背景中，则或能对当时的文学史发展有一些新的认识，也能够创造新的话题。

近年来，清词研究有很大进展。不过在梳理近年来学术史的过程中，我也感到，就出版的专著而言，通论性的较多，往往部头求大，篇幅求长，建构求宏，这当然也没什么不好，只是尚有不少未尽之意。我觉得，至少在以下三个方面，还可以更为关注，我称之为三专，即专篇、专人、专题。我们有理由期待，通过总结和反思，在不久的将来，清词的研究还会有一个新的更大的突破。

（原载《北京大学学报（哲学社会科学版）》2017 年第 4 期，全文 19000 字，郭丹曦摘）

《红楼梦》与中国传统家庭伦理

段江丽

作为典型的家庭/家族题材小说，《红楼梦》尽管包含了中国传统文化的方方面面，表现得最为全面而深刻的还是中国传统家庭/家族文化精神。本文拟从正反两方面相对全面地解读《红楼梦》所蕴含的中国传统家庭伦理，以及一些“变奏”表现，力求细化既有研究，并提出新的解读视角及论点。

一、《红楼梦》中家庭伦理的负面影响

（一）父权对子辈的伤害　主要体现在两个方面。一是家教的暴力化倾向。作为经典的文学作品，《红楼梦》的意义不止是真实地描写了普遍存在的暴力家教的社会现实，更重要的是，它通过宝玉这一典型人物揭示了暴力家教对子辈心理和人格的伤害。二是子辈主体意识的自我消解。《红楼梦》细致入微地描写了宝黛刻骨铭心的爱情以及宝钗出类拔萃的处世智慧和志存高远的心气，他们却均将父母之命媒妁之言的婚姻伦理内化为道德法则，自觉遵守，直至堕入悲剧深渊而不敢有丝毫怨恨。

（二）夫权对女性的伤害　夫权的极端表现就是女性的从属身份和一妻多妾婚姻制度，《红楼梦》所描写的父权对女性的伤害正体现在这两个方面。一是女性对男性在物质和精神上的双重依附。二是一妻多妾婚姻对女性心灵和人格的伤害。《红楼梦》中的王熙凤和赵姨娘分别代表了悍妻和悍妾两种典型。她们是男权文化土壤里长出来的恶之花。

（三）男权给男性带来的生命困境　一是权力带来的无法承受之重。二是权力导致的人格堕落。男性拥有种种权力的同时，也承担着个体生命难以承受的重大责任；另一方面，男性有纵欲的特权，同时也会因为纵欲、堕落而受道德我的自责，并且在客观上失去人的尊严，这就是男权文化给男性设置的无法摆脱的困境。

二、《红楼梦》中家庭伦理的正面质素

我们从四个方面概括《红楼梦》所表现的传统家庭伦理的正面价值。

（一）长者的慈爱　作为贾府这个大家庭的老祖宗，贾母一方面权柄在握，无为无不为地发挥着权力中枢的作用，另一方面，她以爱的光辉温暖着几乎所有的后辈乃至许多地位低贱的底层人士。

（二）子辈的孝道　子辈们的孝道具体表现为两种形式，一是发自内心的对长辈的孺慕敬爱之情，一是出于礼法规则不得已为之的表面功夫。小辈真心的孝行体现出了小辈对长辈由衷的尊敬、关怀与体贴，体现了长幼关系中温暖美好的一面。小辈们出于礼

法要求而不得不为之的孝道从不同层面发挥了维护家庭秩序的作用，有时还能约束子弟的非礼行为。

（三）夫妇之间的情义　主要表现在两个方面。一是结发夫妻之间的情分。最典型的是贾政与王夫人，他们经常在一起心平气和地商量家事，互相理解、互相劝慰，最后达成一致的意见。二是不育婚姻中的恩义。站在当代的立场，贾赦与邢夫人、贾珍与尤氏之间的夫妻关系具有典型的男权色彩，但是，回到传统文化语境，则不无可取之处。毕竟，即使在男女平等、个性自由的今天，要维持不育的婚姻，双方也必须付出艰难的努力。

（四）兄弟之间的悌道　贾府毕竟是翰墨诗书之族，我们能看到兄弟妯娌之间的确有友爱和睦、患难互助的一面。贾赦贾政兄弟，兄长袭爵、弟弟蒙皇恩赐官，贾母与贾政夫妇同居，却又由贾赦子媳贾琏夫妇协助管理家政，总体说来，两房之间，不但没有发生“各妻其妻、子其子”的不良现象，遇到大小事情，还能彼此友爱、互相帮忙。

（五）家族之内的守望相助　宁荣两府四代人之间往来密切，平日里宁府上下在荣府的“老祖宗”贾母面前礼数周全、恪尽孝道；有节庆丧葬大事，都是合族上下一起参与；除夕祭宗祀的大典，更是将两府所有族人紧密联系在一起。

综上，《红楼梦》所描写的贾府，除了腐朽黑暗的一面之外，也不乏尊老爱幼、兄弟友爱、夫妻和顺、家族之内守望相助等等温暖的故事，体现了传统家庭伦理的正面价值。《红楼梦》中那些温暖的故事所表现出来的家庭伦理，正是中国传统家庭/家族文化的精华所在，值得继承和发扬。

三、传统家庭伦理的变奏

除了负面影响和正面价值之外，《红楼梦》还客观真实地描写了传统家庭伦理在实际生活中的变通，权且称之为传统家庭伦理的变奏。

作为贾府的最高权威，贾母对伦理规范立意过高的问题有清醒的认识，因此，常常以长者的仁爱与智慧对规矩仪节做变通从权处理，其他人亦有类似的行为或者认识，主要表现在两个方面。

（一）对繁文缛节的简化　贾母多次表示，小辈们只要正经礼数大体不错，日常生活中的规矩仪节不必胶柱鼓瑟、拘泥死守。除了礼法上不拘小节，贾母还表现出了一定的宽教观念，贾母对宝玉固然是溺爱过度，可是，她所提出的小孩子家要慢慢教导、不可逼迫太紧的宽教思想却与现代教育理念颇有契合之处。

（二）对等级秩序的超越　关系典型地表现在贾母与鸳鸯、凤姐与平儿、黛玉与紫鹃这三对主仆身上。这三对主仆，在一定程度上演绎了超越身份等级的情义，可谓主仆伦理的变奏。

（原载《中国文化研究》2017 年第 3 期，全文 19000 字，刘延玲摘）

桐城派与北京大学

王达敏

桐城派与北京大学的历史性相遇，大致可以截作四个时段：光绪二十七年（1901）底至清帝退位（1912）的清季新政时代，1912 年至 1928 年的北京北洋政府时代，1928 年至 1949 年的南京国民政府时代，1949 年后的中华人民共和国时代。

一、历史性相遇

桐城派与京师大学堂真正相遇，缘于张百熙主持学务。张百熙籍贯长沙，少时就读于城南书院，得桐城派名家郭嵩焘教诲，因而对该派学者青睐有加。在他接引下，桐城派学者鱼贯进入大学堂。桐城派在京师大学堂的地位得到进一步加强，是在柯劭忞主持大学堂经科和总揽校务之后。柯氏在任期间，所聘经科、文科教员多为桐城派学者。桐城派在北京大学达于彬彬之盛，是在严复主持校务之时。蔡元培长校及蒋梦麟负责校务期间，桐城派与北京大学的关系时而稳定，时而摇荡，几位老辈林纾、姚永概、李景濂和姚永朴等先后离开北京大学。新文化运动时期，新文化派与以林纾、章士钊和胡先骕为代表的桐城派之间，发生纷争。此间，一些桐城派学者如王景歧、何基鸿、章士钊、方孝岳、柴春霖、单丕和贺培新等入北京大学任教；桐城派学子如张厚载和李濂镗等入北京大学就读；北京大学学子如法科的张曰铬、张若旭、吴景林、刘书钵、贾应璞，国文科的柯昌泗、马金涛、李炳瑗、陆宗达和贺翊新，土木工程科的李钺，以及马瑞徵、王双凤、李述礼、黄福墀和胡孝澜等，拜吴闿生为师，在吴氏创办的文学社内接受桐城派训练。在南京国民政府时代，桐城之学在北京大学仍占有一席之地。中华人民共和国时代，硕果仅存的一些桐城派学者在北京大学的历史、美学、文学和印度学等学科领域耕耘。

二、面对“五四”

自道咸之后，为迎接西方挑战，正是以曾国藩为代表的桐城派学者最先参与引领中国走出中世纪，面向现代世界。甲午战后，吴汝纶、严复和林纾等继武前修，努力向西方寻求真理，激进地要求变革。在新文化运动中，如果说新文化派属于左翼，桐城派就是与其根连、又与其相对的右翼，二者均是新文化运动的组成部分。桐城派一些老辈经历了从激进到渐进的思想转折，许多新文化派学者是在桐城派老辈向西方取经的劳绩庇荫下成长起来。在新文化运动中，桐城派学者与新文化派共具进化理念，因而赞同新文化派提出的伦理、文学变革主张。

桐城派学者与新文化派之间也存在严重分歧。首先，桐城派学者反对新文化派的激进态度，主张渐进。其次，桐城派学者反对新文化派弃旧图新，主张调和新旧，在继承传统基础上创新。第三，桐城派学者反对废除古文。第四，桐城派学者反对废除戏曲，也反对以改革为名从根本上对戏曲加以破坏。

五四运动最终实现了罢免亲日派官员职务和拒签巴黎和约的目标，推动中国的现代化向深广处发展。桐城派总统徐世昌的斯文作为以及傅增湘、章士钊、严修、马其昶和姚永概的有效支持是这场运动能够取得硕果的关键因素，他们的理解、容忍、支持和仁爱在这风云激荡的大时代中熠熠生辉。

三、建设现代学科

在北京大学确立现代学制和学科建设过程中，张百熙、张之洞、吴汝纶和严复发挥了决定性作用。奠定京师大学堂和北京大学学科建设格局的，就是这个带有浓重桐城派色彩的精英群体。桐城系统学者在北京大学开创了伦理学学科。张鹤龄编纂了《伦理学讲义》和《修身伦理教育杂说讲义》；林纾连续三年为大学堂预科和师范班讲授伦理道德课。桐城派学者在北京大学开拓了逻辑学学科的新境界。章士钊主张把 logic 译为“逻辑”；与谷钟秀等创办《甲寅》月刊，形成逻辑谨严的政论文风；讲授逻辑学和逻辑学史，将中国的逻辑资料纳入西洋逻辑系统之中进行阐述，这使其逻辑学带上鲜明的中国色彩。桐城派学者把北京大学建成中国现代美学学科的最高学术殿堂。朱光潜、宗白华二人均以桐城之学为研究美学的根基。桐城派学者在北京大学开创了中国文学理论批评史学科。姚永朴《文学研究法》是对中国古典文章学的总结。林纾立足桐城前贤文论，创造性地提出意境等理论。桐城系统的学者是北京大学中国史学科建设的主力。邓之诚、钱穆讲授过中国通史；徐中舒的殷周史料考订，李景濂的《左传》研究，钱穆的中国上古史、秦汉史、汉魏史，邓之诚的魏晋南北朝史，柯昌泗的隋唐五代史、宋史，柯劭忞的元史，钱穆的宋元明思想史、中国近三百年学术史，构成了中国史学科的完整序列。尚秉和《辛壬春秋》是研究中华民国史的开山之作。柯劭忞《新元史》以诠采宏富、体大思精，被政府明令列入正史。孙贯文在金石铭刻学研究领域取得的成就也斐然可观。桐城派学者在北京大学创立了印度学学科。此外，桐城派学者在北京大学自然科学学科建设方面也有出色表现。

四、承雨润而茁壮

桐城派新生代因承北京大学雨露之润而成长为国家栋梁。北京大学赋予桐城派学子铁肩担道义的社会责任感，一些桐城派学子走上爱国救亡之路。谷钟秀代表京师大学堂学生起草《京师大学堂师范仕学馆学生上书管学大臣请代奏拒俄书》，以北方桐城派特有的铿锵激越笔法，表达了莘莘学子对于民族的责任和救国热忱。贺翊新考入北京大学中文系，很快加入秘密救国组织实践社。桐城派一批青年学者在北京大学为人师表，受北京大学哺育，获得自信，获得声光，为自己的青云事业奠下雄厚根基，如方孝岳、贺培新等。一些桐城派学子经过北京大学哺育，成为优秀学者，如尚秉和、陆宗达等。一些桐城派学子经过北京大学哺育，成为优秀诗人、小说家和散文家，如徐志摩、汪曾祺、吴小如等。桐城派新生代在北京大学精神培育下，一方面继承桐城之学，另一方面吸收新的文化成果。他们为桐城派带来了活力，也在现代化道路上，与桐城派之初心渐行渐远。

（原载《安徽大学学报》2017 年 6 期，全文 25000 字，李思清摘）

中国近代“戏剧”概念的建构

夏晓虹

与诸多学术术语相似，今日所谓“戏剧”概念，主要是在近代确立与建构起来的。本文将问题放置在西方（包括借途日本）戏剧观念与演出形式传入中国的背景下，重点考察中国原有的“戏”“剧”“曲”直至“戏曲”“戏剧”以及与之相关的本土传统语汇，在近代如何与西方的 drama 调和，生成新的概念体系，具有了现代的意涵。

晚清西人笔下的“drama”

马礼逊《华英字典》第三部分采取了以英文排序、夹杂汉语的英文译述方式，对一些重要的中国名物进行了解说。“drama”的解说中英夹杂，包含了依据《元人百种曲》（即《元曲选》），对正末（末泥）、副末（苍体［鹘］）等九种戏剧角色（九色）的简要介绍，以及对涵括情节的神仙道化、林泉丘壑等“十二科”的列举，甚至关于舞台设置的“鬼门”即“鼓门”也未遗漏。马礼逊已直接将“宋有戏曲”中的“戏曲”与“drama”相对应，而不是像提及“传奇”或“院本杂剧”时仅写出汉字与拼音。

艾约瑟所做的译介与马礼逊方向不同，他的目标主要不是为了让西方了解中国，而是希望中国了解西方。在 1857 年 1 月于上海创办的《六合丛谈》第一期上，他以《希腊为西国文学之祖》一文亮相登场，这也成为其随后定名为“西学说”的系列文章中的开篇之作。《希腊诗人略说》于叙说古希腊“演剧之事”时，对三大悲剧作家爱西古罗（埃斯库罗斯）、娑福格里斯（索福克勒斯）、欧里比代（欧里庇得斯）以及喜剧作家阿利斯多法尼（阿里斯托芬）、梅南特尔（米南德）的作品，大多套用了中国的“传奇”之称；《罗马诗人略说》追溯古罗马戏剧的起源，直接使用了“以希腊戏剧本作罗剧”的说法。套用中国当时流行的、主要指称昆曲的“传奇”一语，以对译作为“drama”源头的古希腊戏剧。

“戏曲”与“戏剧”的交错

目前学界通常将“戏曲”词语的确立归为王国维的功劳。但若回归晚清语境，则王国维之使用“戏曲”其实也应该说是因应时势而非引导潮流。报刊在其间无疑起了重要作用。《警钟日报》实有开辟新局之功。《警钟日报》1904 年 4 月 22 日“地方纪闻”栏出现了一则《改良戏剧之计画》的通讯，由此正式拉开了“戏剧/戏曲改良”的序幕。陈去病主编的《二十世纪大舞台》于1904年10月在上海诞生，柳亚子撰写的《发刊词》以及杂志刊出的《招股启并简章》均标示出“戏剧改良”（“改良戏剧”）的宗旨。

“戏曲”与“戏剧”二词语虽都是古已有之，不过，与“戏剧”的旧词翻新不同，“戏曲”的流行应更多借助了日本之力。

“新剧”与“旧剧”的分野

1904年后的“戏剧/戏曲改良”，直接指向对传统以及现有戏曲的不满，因而呼唤“新戏曲”的出现。经过改造的“新戏曲”，后来多半谓之“文明新戏（剧）”或“新戏（剧）”。

鉴于时人对新剧的不同期待，在清末民初的一段时间里，“新剧”成了一个各自阐释、意义多元的概念。尽管“drama”一词与中文的“话剧”并不完全对等，但它的出现清楚表明，早期话剧家对于“新戏/新剧”的想象直接脱胎于西方。而此一看法也体现了新剧界的主流意识。

“戏剧”包容“戏曲”之趋势

相比于“戏曲”一词的借力日本而在晚清广泛流行，“戏剧”的蜕旧趋新或许更有意味。其间，民初文学史上两次重大的讨论，即《新青年》的批判旧戏与《晨报副刊》的“国剧运动”，均对“戏剧”概念的最终确立产生了决定性影响。

以《新青年》为主要阵地的这场论争，使得与“旧戏”相对的“戏剧”一词使用频率大增。《新青年》批评中国旧戏的偏向，当年虽未能被张厚载的争辩所撼动，迨至1926年6月17日《晨报副刊》的“剧刊”专栏开张，情况才有所变化。聚集在这里的一批留美归来的学人，集中讨论了“国剧”问题。其所谓“国剧”，既有别于“旧剧”，也不等于“新剧”，按照余上沅的解说，乃是“要由中国人用中国材料去演给中国人看的中国戏”。正是从唯美的价值出发，中国“旧剧”被认作“包涵着相当的纯粹艺术成分”，成为“国剧”的一个重要源头。尤其是旧剧的程式化，得到了最多的肯定。《晨报副刊·剧刊》栏发表的42篇文章，标题中均大量使用了“戏剧”一词，可见“戏剧”较之“戏曲”确已更具涵括力。

至于在上述论说中不断出现的“戏剧”定义，如欧阳予倩所谓：“戏剧者，必综合文学、美术、音乐、及人身之语言动作，组织而成。”或熊佛西所说：“戏剧是一个动作（action），最丰富的，情感最浓厚的一段表现人生的故事（story）。”“戏剧必须合乎‘可读可演’两个最要紧的条件。”“戏剧的功用是与人们正当的娱乐，高尚的娱乐。”最终也落实在以知识集成为目标的各种新编辞典上。

西方“drama”的中国化是一个相当复杂的过程，涉及西学输入、文类重构、戏剧/戏曲改良、新剧出现、关于旧戏的评价等诸多问题。并且，其间既开拓了中国戏剧的新格局，也突破了西方固有模式的局限。以取法泰西为开端，仍要回归到确立中国主体性的努力，百年来近代戏剧观念与实践的演化，提供了值得后人深长思之的丰富内涵。

（原载《戏剧艺术》2017年第4期、第6期，全文35000字，李思清摘）

论近代小说的转载现象

陈大康

自光绪二十九年（1903）至宣统三年（1911）九年间，共有报刊小说4060种（自创3326种，翻译734种）。据统计，已查明小说转载近五百篇次，实际数字还更大。

一、近代报刊小说转载的开始

目前能断为最早的小说转载，是光绪二十四年（1898）四月初一日《无锡白话报》第三期开始连载的《海外拾遗》，署“金匮梅侣女史（裘毓芳）演”。转载再次出现是五年后的光绪二十九年三月十二日，上海《童子世界》第四号开始连载《俄皇宫中之人鬼》，它是《新小说》第二期“曼殊室主人（梁启超）”所译同名小说之改写。与之同时，彭翼仲在北京创办《启蒙画报》，自光绪二十九年三月开始连载《黑奴传演义》。彭翼仲还相继创办《京话报》与《京话日报》。《京话报》为旬刊，只出了六期，所载四篇小说均为转载。《京话日报》也转载过两篇小说。稍后，保定府高等农业学堂的《北直农话报》自第二期开始连载《阿藏格》，也是改写式转载。

上述较早转载小说且又推崇白话的报刊有几个共同特点。首先，都认识到小说深受大众喜爱，可借助它有效地宣传爱国救亡思想，它们不约而同地开设小说专栏，说明这已逐渐成为办报者共识，其实践或早于“小说界革命”的倡导，或几乎与之同时。其次，它们刊载小说的愿望虽强烈，却缺乏创作或翻译的支撑，于是转载已有之作便成了共同选择。再次，这些报刊知道大众喜爱小说，同时也明白用白话演述方能在最大范围传播。除个别本已是白话外，编者转载时都作了改写，既推广白话，也可争取更多读者。第四，此时报界似尚无维护版权意识，但多数转载保留了原作者名以示尊重。最后，编者着重考虑的是作品的政治倾向，并未显示出强烈的牟取商业利益的动机。

其时，全文抄录式转载也开始出现。稿件一是遴选于报刊，另一类是取自小说单行本。后来选取自报刊者成为最普遍的转载方式。转载现象刚开始出现时，认为“文章为天下之公器”的思想较普遍，被转载者大多也没意识到权益已受伤害。转载现象的蔓延，为小说传播的特殊形式提供了丰富案例。

二、近代报刊小说转载的类型

各报都在转载，程度却有不同，据现已查明的资料，大致可分靠转载维持、转载自创参半与仅有个别转载三种类型。前两种占据了大半版图。

重庆《广益丛报》是靠转载维持的典型案例。现见其九年共载小说77篇，查明确为转载者52篇，占总数68%；若考虑作品篇幅长短，它出版的225号中，有179号的小说为转载，占总数80%。另一家旬刊

《重庆商会公报》，现存18篇小说，9篇已查找到出处，另9篇则疑似转载。美国旧金山华人报纸《中西日报》现见小说401篇，为近代报刊中最多者，其中查明出处195篇，另外206篇则似多为转载。

同盟会员在新加坡创办的《中兴日报》与《星洲晨报》，属转载与自创参半的类型。《中兴日报》约三年半里共载小说78篇，18篇查找到出处。剩下60篇中，有的由作者可推知为转载。一些国内报刊也属此类型。

晚清报刊小说系统始终在不断扩容，主要支柱就是上海各日报刊载的自创小说。上海当时十四家日报小说共1108篇，只有34篇为转载。《图画日报》转载较多，它只要作品合适，就配以图画刊出，并不讲究转载或自创，然而即使如此，它自创作品比例也高达85%以上。当时粤港地区创作形势与上海相类。

三、小说转载之选取、处理及其原因

在转载现象相当普遍时，唤起大众，拯救国家危难等政治因素的考虑仍然存在，且已和经济盘算相结合。上海《神州日报》的政治倾向鲜明，它被转载篇数尤多。上海其他报刊也为转载提供了稿源，其间不少作品都是抨击与嘲讽政府与社会现状，只是不那么犀利尖刻。转载者不必有太多顾忌，却同样可显示自己的政治倾向。

转载者自知是侵占他人成果，故尽量掩饰，于是略去出处便成了行内的潜规则。至于原作译者名，多数情况下也不再保留。除署名外，各报转载时还常擅作改动，其中有些只是编辑方面原因，另有些改动或有编辑原因，但在客观上起了抹去转载痕迹的作用。如《中兴日报》转载《神州日报》的《丐妇多金》时，不留原署名，还擅自加上“宜乎保皇党，因虏酋主权在握，羡彼多金，而甘认之为父矣”一句。

四、转载现象在近代小说史上的功用

较普遍的转载现象却在一定程度上缓和了需求与供给间的矛盾，远离创作与翻译中心的读者，阅读面还因此突破了本因地区隔阂而造成的限制。转载往往是作品在异地报刊上再发表，它扩大了小说传播面和影响力，维系了各地读者不断高涨的阅读热情。

各地区小说创作与翻译状况不均衡既是转载的重要动因，同时也为之成为较普遍现象提供了可能性。人才的积聚、中外交流的便利、观念的开放以及相应的经济措施应时而变等区域优势，使上海成为近代小说的创作与翻译中心。

由出版、作者、理论、官方文化政策与读者五个相互制约的要素组成的小说发展系统，自明万历朝以降已维持了约四百年的平衡。进入近代后，传播环节率先发生重大变革，印刷业近代化改造刺激了读者数量猛增；稍后报刊小说又提供了传播的新方式，改变了人们长久以来的欣赏口味与习惯，同时再次促使读者群扩容。创作与翻译在此压力下也开始变化，当其产出跟不上传播的快速以及读者需求的增长时，尖锐的矛盾便导致了盗版、转载之类现象的发生。较大规模的报刊小说转载，是系统经动荡而达到新平衡期间的产物。转载现象对近代小说研究还另有保存众多作品的功绩。

（原载《文学遗产》2017年4期，全文21000字，李思清摘）

传统论说文的现代性起点

——以《东西洋考每月统记传》所载论说文为中心的考察

陈恩维

《东西洋考每月统记传》自道光十三年八月号首栏刊出“论”，今可见“论”文十二篇，此外还有一些以“序”“叙语”“书”“叙谈”“煞语”等名称出现和直接出现文题而不标明文体的论说文，三者的总数超过了四十篇。这批由来华传教士以中文书写的论说文在文体形态上与传统论说文有何区别？它们有怎样的跨文化价值？它们对中国近代论说文的转型有怎样的影响？

一、“说明白外国事情”与新文风

道光十三年八月号第一篇《论》即表示要“说明白外国事情，令四方君子，通达西洋人之素性动静也”。“说明白外国事情”，是《东西洋考》所载论说文的内容总纲，也决定了《东西洋考》所载论说文的基本风格。“说明白外国事情”，既包括外国的政治、经济、科技方面的知识，也包括外国的信仰和文化，多数喜欢采取“上帝的真理”和“科学的光芒”相融合的书写策略。“说明白外国事情”，不仅给国人带来了新知识，同时也提出了一系列时代新命题，从而增强了论说文体的时代感和思辨性。“说明白外国事情”，还给论说文带来了大量的新词新义，形成了新的语言景观。为了“说明白外国事情”，《东西洋考》所载论说文还倡导和实践了一种将浅易文风与新名词相结合、以报刊为载体的新文风——报章论说文言说方式。

二、文体和合与论说文的新体式

书信体是《东西洋考》论说文使用频率很高的一种文体。《东西洋考》在刊首“论”栏目陆续刊登了十余封书信，主要借远游海外的汉人之口，以一个假想的亲历者的口吻，来介绍西方世界的方方面面。书信在希腊与罗马时代已经成为一种文体，但在世界上的各种宗教典籍中，只有基督教才用书信的格式写出教义内容。《东西洋考》所载书信体论说文，还受到了同时期西方报刊散文、书信体散文和小说的影响，也吸收并改造了中国的书信体论说文的文体经验。

《东西洋考》所载对话体论说文，同样也是中西文体和合的产物。对话体成为来华传教士经常使用的论著体式。《东西洋考》所载对话体论说文，借鉴了西方基督教和明清早期传教士汉文著作的体例，而将之用于单篇的论说文；也吸收了中国对话体说理文的经验。

三、新思维与论说文体的现代性

中国传统论说文，是依照经学思维展开的，反映在论说文中就是喜欢引经据典、罗列历史。这是一种传统导向的思维。《东西洋考》所载论说文，在见证思维的影响下，往往知识性、逻辑性更强。所谓“见证思维”，是指在基督徒看来，抽象的、难以捉摸的道或上帝，在具体、实在、可见、可摸的肉身里得到证明。因此，他们的论说文往往遵循形式逻辑，以大量的事实来证明上帝的存在。这决定了《东西洋考》所载论说文那种将“上帝的真理”和“科学的光芒”相融合的内容安排，也深刻影响了它的文体结构。

在基督教神学思维的影响下，《东西洋考》所载论说文呈现出比传统论说文更加鲜明的批判性。《圣经》的 polemic 辩论模式，深刻影响到了《东西洋考》论说文的写作，因而以黜斥异端为目的的辩论对话结构成为其论说文的“潜结构”。

四、《东西洋考》所载论说文的启蒙性影响

中国传统论说文在内容上以述经叙理为中心，在文体资源上依靠儒家经典，在文体思维上以宗经为特点，这个传统在近代以前一直未变。但是，自从《东西洋考》进入中国，中国传统论说文的发展格局开始发生变化。首先，《东西洋考》由于“说明白外国事情”所带来的内容和文风的变化，为近代睁眼看世界的知识分子所关注。如魏源《海国图志》（1842）引用《东西洋考》凡十三期，文章达二十四篇，多数与世界地理相关。鸦片战争之后，五口通商，传教日广，传教士中文报刊堂而皇之进入中国，一些与传教士接触较多的口岸文人开始不自觉地接受传教士报刊论说文的新文风。甲午以后，学习西方成为朝野大势，引介和学习来自欧美、日本的新学成为当然之选，文学上的情况也是如此。此前被轻视的报刊论说文开始被文人主动接受。其次，《东西洋考》“报章政论文”的言说方式，也逐渐为中国文人所接受。最后，《东西洋考》论说文还改变了传统论说文的文体观念和文体视野，进而在实践层面推动了传统论说文的现代转型。应当指出的是，《东西洋考》所载论说文，还只是中国论说文的现代转型的起点，真正推动传统论说文现代转型的是甲午战争之后的传教士中文报刊以及与它们有密切联系的中国知识分子。

（原载《文学遗产》2017 年 6 期，全文 16000 字，李思清摘）

“国学”内涵的变迁与章太炎国学的现代意义

王 宁

一、作为国家教育制度的“国学”

西周以前，“国学”指的是古代教育的一种制度：国老与庶老是两个等级，国子与庶子是两个等级，他们相对应于宗法社会的大宗与小宗。国学，应当是宫廷的最高学府，是对乡学而言的。

周代进入了宗法制，用血统维系统治，教育制度更趋严密，“国学”是指宫廷中的最高学府，“乡学”则是建立在乡、党这一层次的学校。“国学”是养“国老”的，国老是当时最有学问、并且具有一定的资历的长者，也就是后世所谓的“帝师”。他们负责教导国子，并给天子、诸侯执政作参谋。

《周礼·春官·大司乐》中所说的“掌国学之政”的乐师，地位是很高的。古代的乐舞不仅是一种艺术欣赏，重要的职能是和礼仪相配，配合“行礼如仪”的动作来调整情绪、协调节奏。音乐可以陶冶人的性情，是中国古代思想文化的一个重要方面。在国学中，对贵族进行礼乐射御书数的六艺教育。古代的国子必须能文能武，既要懂得文化礼仪、治国方略，也要受到射、御训练，掌握作战技能。这就是周代的宫廷教育机构的“国学”的内涵。

二、等同于“经学”的“国学”

中国古代社会几经变革，以血统论“大宗”“小宗”严格的宗法制度难以全面维持，严格的“国学”教育制度也就无法长期存在，作为文化垄断势力的国学不断受到私学的冲击，但宫廷教育仍然是文化教育的主流。只是，学习的内容也逐渐有所改变。

秦代烧灭经书，涤除旧典，黄老之术盛行。汉代经过文景之治，采取“罢黜百家，独尊儒术”的方针。《汉书·武帝纪》载：“孝武初立卓然，罢黜百家，表章六经，兴太学。”太学学习和研究的主要内容是儒家经典，立博士的目的是强化经学的地位，使经书成为宫廷教育法定的主要教材。“经”是古代宫廷用以教育国子的基本典籍，也是体现正统思想文化的官方课本。今文经或古文经学中某家之说被立为博士，就有了官学的地位，进入太学，也就是国学了。自董仲舒以来，儒家经典除了在历史文化和道德修身的作用外，在政治上起到维护“大一统”的作用，多为皇权所推崇。由此可见，汉代“国学”和“经学”有一种混同的趋向，“国学”不再是机构的名称，而是称谓“五经”以及某种经学流派的名称。

三、超越经学的“国学”

魏晋南北朝是中国文化的一个转型期。由于国家长期分裂，经学也逐渐形成了南学、北学分裂的局面。儒学内部宗派林立，各承师说，互诘不休。佛教的传入和影响的深广对正统文化的冲击很大，政治大一统的破坏使统一的宫廷教育的单一体系不复存在。

宋代书院制兴起，国学的范围也随之更加扩大。“国学”这一概念由一种教育制度的名称，逐渐转变为教育内容的名称，唐代以前，其内容仍限于宫廷的上层范围。宋代开放了书院教育，“国学”的范围才走出宫廷，有了更为扩大的空间，内容也有了更多的自由度。

清代乾嘉学者，延续了古文经学和唐代经学的观念，以“小学”为研究主线，从汉字字理入手来解读典籍。乾嘉之学是在中国文化走向近现代的时期整理古代典籍的必然发展中产生的。传承历史文化是一种使命，从顾炎武到戴震，他们都有一种振兴民族、唤起民心、注重国事的情怀。

总结魏晋至清代的国学，在体制上已经超越了宫廷教育的制度，在内容上已经超越了经学的范围。它几乎是中国古代典籍记载的文化精神的总括，而国学知识的范围，不妨以《四库全书》所涵盖的经、史、子、集来概括。

四、反对“盲目西化”的国学

20世纪初，辛亥革命前后，针对改良主义和盲目西化的思潮，一批熟知国学、传统文化根柢深厚的革命党人，提出“研究国学，保存国粹”的主张。持有这种主张并将其纳入民主革命文化建设的学者被称为“国粹派”，主要代表人物有章太炎、刘师培、邓实、黄节、陈去病、黄侃、马叙伦等，章太炎在其中起到引领作用。

国粹派的主流人物，多数是站在推翻帝制、救亡图存前沿的民主革命家。他们提出“国学、君学对立论”，批判君学；强调在效法西方、改革中国政治的同时，必须立足于复兴中国固有文化，从传统文化中发掘为中国现代化所需要的东西。他们反对的是放弃中国特色，以“西化”为“现代化”的偏颇，在他们的宣言和行为中，革命与进步的动机荦然可见。

这时的国学，与古代国学不论在目的和内容上，都有了本质的区别，始与现代化建设的方针紧密相连的。

五、走向现代的章太炎国学

在学术渊源上，章太炎是乾嘉国学的殿军，他的学术积淀着传统国学广博的知识，有着清代小学与经学丰厚的修养和积累。而在世界观和时代精神上，章太炎又是坚决反帝反封建的战士，他的国学充溢着新文化建设的理想，与宗法制度下的国学、统治者的国学、中体西用的国学、泥古后退的国学，有着完全不同的内涵。章太炎的国学已经走向了现代。我们把他的国学的特点总结为六点：

第一，强烈的爱国精神与文化自信。章太炎格外强调，“用国粹激动种性，增进爱国的热肠”，高度重视民族文化的自信心、自尊心，把它看做振兴民族的前提。

第二，彻底反对封建糟粕的革命思想和时代精神。他既反对怀疑一切的民族虚无主义，又反对没有分辨力的食古不化。他的革命思想和时代精神，决定了他对传统文化的是非、优劣是有所分辨的。

第三，面向未来和社会深谋远虑的致用观。章太炎面对社会问题每每有深刻的理性思考。对汉字改革问题，他眼光远大，思虑周全，明确指出，在强调便于扫盲教育与初等教育时，必须考虑到高等教育与高深的文化历史学习。对于后者来说，汉字的功能仍是无法取代的。

第四，保持理性、探究本原的科学精神。章太炎在发展《说文》学的过程中，突破了清代末流文人繁琐的考据，以追求“所以然”的科学精神，把中国语言文字学引向理论的探讨。

第五，以宏扬国学、振兴民族精神为己任的高度责任感。他认为自己是肩负着传承国学的责任的，要把我们的文字、语言、典籍、思想、历史传承不息。语言文字的根源，就是传统文化的根源。

第六，博览群书，将中国文化溶于血液中的博学与智慧。章太炎是一个深刻而智慧的人，他博览群书，经史烂熟于心，借鉴历史而观察当代，穷究根源而看透世态。他同时熟悉世界文化顶峰时期的西方文化，从这个立足点上出发，不断加深对哲学、佛学、经学、史学、医学等中国固有的学问全面认识。

以上几个方面说明，章太炎国学从国粹派起步而超越了国粹派走向现代，其内容和精神，都应当是现代国学发展的起点。

“国学”在中国历史上经历了数千年的发展，随着社会制度的变化，内涵早已经多次变异。古代国学有很多地方需要我们继承，但就总体名称的内涵而言，不论是作为教育制度的名称，还是作为教育内容的名称，都与帝王宫廷有关，这些定义是今天不能直接沿用的。19—20 世纪之交，“国学”与“盲目西化”对立，成为一种学术主张，并且带有了现代理念，这才是现代国学的基础。21 世纪与章太炎所处的时代，又已经发生了巨大的变化，在 21 世纪的新形势下，在信息社会的大环境中，国学尚需进一步推进。章太炎国学明确的时代精神和古为今用的品质，对今天国学的发展是有诸多启示的。

（原载《北京师范大学学报》2017 年第 1 期，全文 12000 字，刘延玲摘）

“反成长”、罪的观念与个人主义

——重读《骆驼祥子》

孟庆澍

（一）

一个不难发现却长期未被重视的现象是：由于与主人公的心智变化有如此密切的关系，《骆驼祥子》（以下简称《骆》）或许可以被视为“成长小说”（Bildungsroman）。这类成长小说与古典成长小说不同的是，抛弃了理想结局而选择人物的注定失败。从这个意义上说，这类小说是“反”成长的。《骆》的“反成长”主题很明显，因为这部小说不是表现人的潜能如何在社会中得到实现，而是表现一个强有力的人如何在社会生活中逐渐妥协、溃败。从这一视角来观察，尽管事业上经历了小说家有意设计的“三起三落”，但祥子从刚入都市的纯真少年，最后堕落成为“个人主义的末路鬼”，却并不出人意料，而是呈现出了一条相当稳定的下滑线。在情节结构上，这也相当吻合成长小说的线性结构。老舍表现其“逆向成长”的意图，通过小说的几个重要节点清晰地呈现出来：失去洋车、与虎妞发生性关系、与虎妞结婚、与夏太太有染、得知小福子死去、出卖阮明。如果读者能注意到，在这些重要的人生转捩点上，老舍都以全知视角对祥子的内心活动进行充分描述，就会对小说家的主观意图有更清晰的领会：他过于强烈地想让读者了解祥子的思想和精神发生了哪些变化，以至于忽视了这种全知视角的讲述在具有引导性和确定性的同时，其实有伤于小说的真实性。问题在于，老舍为什么要采取“反”成长小说的叙事模式？这部小说和老舍的其他长篇不同，并无太多说教，也没有集成经典成长小说的教化功能，其目的究竟何在？

（二）

《骆》在叙事层面采取了“反成长”小说的情节模式，而在主题层面，是一部思考善恶问题，并进而涉及“罪”的观念的带有宗教色彩的小说。老舍曾评价康拉德“不只是个残酷的观察者，他有自己的道德标准与人生哲理，在写实的背景后有个生命的解释与对于海上一切的认识”。无独有偶，在写实主义的外衣下面，老舍自己同样“有个生命的解释”。从成长小说的情节结构来看，《骆》可以被解释为一个“恶”逐渐地、不可逆转地战胜“善”的故事，这也决定了小说内在的黑暗性。祥子当然是老舍虚构的人物，但在这一人物身上也有老舍的自我投射。他将祥子置于道德的困境与两难中，思考人物的内心抉择。从始至终，一个强大的叙述声音跟随着主人公，这个叙述者无所不知，并对祥子的堕落进行着严厉的判决。因此，可以说《骆》是老舍系统思考“善”与“恶”的一部小说。这也可以解释为什么《骆》没有明确的时代背景，祥子也没有确凿的来历。因为作者思考的是带有普遍性的、超时代的人性问题，在本质上，这是一部“向内发展”的、带有宗教思辨色彩而非讨论社会问题的小说，具有概念化的抽象性和普遍性。所谓的社会恶势力如兵、官等，他们都是同一类人，只是抽象的恶的不同化身而已。因此，这里需要重视的乃是老舍所思考的抽象的、概念化的、伦理学意义上的“恶”。老舍表现出对于善的深刻质疑和对于恶的透辟理解——导致祥子堕落的恶，并非是外部的社会因素（不良政治和阶级压迫），也并非虎妞等“资产阶级老女子”的引诱（蓝棣之），也并非现代城市文明（王润华），而是来自欲望和意愿本身，这是人无法逃脱的宿命。

（三）

揭示《骆》对“罪”的思辨，一个重要的功能是有助于人们重新认识小说的主题。老舍对个人主义的思考与基督教的自由意志论有关。在基督教神学理论中，罪来自于人的自由意志。奥古斯丁认为，上帝是至善的，作为被造物的人只是相对的善；人的本质中有恶，恶源自人的自由意志。在《骆》中，令人印象深刻的是，祥子有着强烈的自由意志，而这种自由意志恰恰带来双重效应：一方面，他对自我的信念是异常坚定的，确信能够成为自己的主人，“自己为自己立法”；另一方面，由于以自己为神，“爱自己而轻视上帝”。老舍所谓的个人主义，其基本内容便是基督教神学论述中的自由意志。它的核心理念乃是上帝将自由意志赋予人，人便具有了自由决断的权利，人有能力完全只根据自己的意志去决断生活、行动，而且这种权能是一种绝对权利，由于每个人以自己意志而不必以其他任何人的意志为依据去行动，因此他的存在便以自身为目的，这便是每个人的绝对尊严之所在。同时，由于人的一切行动都来自他的意志决断，他也必须绝对地接受和承担自己行动的后果。祥子的自由意志使他成为强有力的独立个体，但其罪恶和毁灭也来自自由意志，这才是“个人主义的末路鬼”的真实含义，也是老舍塑造了一个近乎完美的祥子却又令其毁灭的内在原因。

由于时代氛围的熏染，老舍的个人主义当然不会是纯然的神学—哲学概念，而必然是糅合了社会政治内容的多层结构的混杂概念。最表层也最显在的，是强调个人奋斗、个人抗争、独善其身，是集体主义的反义；其次，它也指从个人奋斗而来的个人精神气质，如老舍所说臧克家身上的“豪气”与“刚硬”，以及《国家至上》里张老师的固执、倔强。因此，在老舍的语境里，个人主义也是一个以自尊、自信、自强、自傲为核心的伦理学、心理学概念。最后，它来自于基督教神学中的自由意志论，并决定着老舍对人的复杂性、人本身的力量与局限的终极思考。个人凭自由意志抉择与行动，并为此负全部责任。

（原载《天津师范大学学报》2017 年第 2 期，全文 15000 字，熊鹰摘）

战时动员与“突击”演剧

——西北战地服务团戏剧运动考论

高　明

为了进行战时动员，从 1937 年 9 月成立到 1938 年 11 月，西北战地服务团在延安、陕北、山西及西安等地活动，流动演出是其最重要的实践形态，只要有利于宣传，各类形式如“戏剧、音乐、讲演、标语、漫画、口号各种方式”都在应用之列。这构成了中共根据地文艺组织、活动和同时期其他文艺团体的重要区别。

一、战地演剧：宣传性与艺术性的变奏

西北战地服务团有效地展开战地宣传，很大程度上并非着力于节目、表演等环节的艺术性，而在于对宣传技巧的格外重视，具体的做法是：其一，除了因时因地的主动演出，对群众临时性的要求也会尽量满足。其

二，虽然准备的节目不多，但流动演出中不必担心节目重复，加之观众大都是农民、士兵，对演出不会提太高的要求，往往可以利用多种形式，如“戏剧我们除少数之煽情短剧和街头剧外，大都采取旧形式，相声、《拾黄金》《打城隍》等，这些都是平日在民间最受欢迎的形式。我们利用它，放进许多最新的东西进去，一方面可以教育他们，使他们懂得一些抗日理论，更可提起兴趣。”其三，节目大都贴合时事，演员们也尽量融入当时环境。其四，为达到宣传效果，往往因观众而调整节目。

但是，西北战地服务团在导演、编剧和演员等主要环节都存在明显的不足，这种演出在农村还可以应付，其宣传效果也毋容置疑，但随着演出空间和观众的变化，尤其进入西安这样的大城市，就遭到了不小的挑战。

二、走向舞台：大众宣传与商业演出的悖论

西北战地服务团要到西安进行宣传，不得不考虑大城市的特点，于是决定租用易俗社的剧场进行首次公演。关于演出场所的选定，丁玲说：“这事看起来似乎不很重要，但却关系着我们在西安第一次演出的成败。当时西安别的剧院都太小，座位又少，几经比较，同志们选中了易俗社。国民党党部在剧本审查方面，没有办法阻挠我们，但在演出场地或其他问题上，还是可以横生枝节，暗中为我们制造困难，加以破坏的。”这主要是就外部环境而言的，具体到演出环节，从战地到舞台的空间变化，实则意味着要从适合农村的杂要、独幕剧等转向舞台剧。为到西安公演，丁玲在山西特地着手创作多幕剧《河内一郎》，她说：“那时缺乏剧本是实情，我们又准备到西安去，到西安后，总要一个像样点的剧本，于是我就着手写”，然而，由于缺乏扎实的生活和创作经验，《河内一郎》最终未能上演。西安的首次公演是将塞克等编剧的《突击》作为主打戏。

然而，不得不指出的是，话剧《突击》的上演实则隐含了某种悖论。一个问题是话剧舞台演出和大众化之间的矛盾。《突击》公演之前，丁玲指出：“《突击》是现实的，所以虽说有适度的灯光和美的布景，它仍是大众化的，因为这是以大众为主，又是在游击区最普遍的题材，并且正确地指出了大众应该走的路。”但丁玲很快意识到：“在一般民众中，都还不能接受这种艺术，他们更喜欢一些旧有的东西，如二簧、大鼓、说相声之类。……所以我们准备第二次的公演尽量供给一些通俗的，但是充满了抗战热情的玩艺儿。”

另一个问题是宣传动员与商业演出之间的矛盾。本来，作为一个宣传团体，西北战地服务团实行的是经费制，几乎不用考虑经济问题，但是，在大舞台公演，问题就凸显出来了，最实际的是要负担租场地的费用。一方面，为大众演出主要考虑宣传效果，演出就具有公演的性质，票价只能定的很低；另一方面，过低的票价导致收支无法平衡，剧团也将无法进入稳定的运转状态。

三、转向旧剧：改革的尝试及其难题

西北战地服务团借助易俗社剧场共进行了三次公演，前后演出形式变化极大：第一次是话剧，第二次是以大众化的曲艺节目为主，第三次则转向了旧剧，其每一次转向都有着深刻的现实根据。在旧剧演出中，西北战地服务团主要采取了“拿来”的态度和

方式，他们显然没有像老舍那样深入思考旧剧改革中更深层次的问题。

结语

“突击”文艺有着更深的渊源，周维东指出，“突击”作为重要的政治、军事和文化实践形态，可以追溯到苏区时期，而中国共产党是从“整体战略”的高度赋予“突击”以全新的意义，具体来说：“抗日革命根据地认识具体事务的意义都是从整体战略需要出发，先有战略的需要，然后才有具体的事务。这种思维模式在根据地的宣传动员中表露无遗。”西北战地服务团的“突击”演剧印证了这一点。只是，一旦进入具体的历史情境，却如本文所论述的，“突击”演剧实则牵涉到宣传性和艺术性、大众宣传和商业演出、话剧和旧形式等之间的复杂关系。

在中共领导的根据地，“突击”文艺不只是战时宣传、动员的权宜之计，作为一个文艺理念，它有着根本性的意义。1939 年 5 月，《文艺突击》革新号的创刊词指出：“文艺界进步的迟缓，不是因为太不顾艺术，而常是因为我们的工作太考虑自己的艺术，因此不能够充分为抗战而运用自己的艺术，是因为我们的工作者常常为旧的艺术习惯所束缚，因此不能适应新的改变了的现实生活，抗战的动员，在文艺界里，没有达到应有的和必要的广泛和深刻，是使艺术本身不能获得很多收获的根源。……我们需要到前线去，到民众中去看现实的战斗生活，然而战地文艺工作的动员非常的少，而能够深入工作的更少。我们需要向老百姓学习，向民间学习，然而我们的文艺界还有不少人始终徘徊在都市里，作闭门造车的大众化作品。”事实上，这里提出的正是文艺创作应以“突击”的方式直接切入生活，重新认识、确立艺术和现实的关系；在此基础之上，打开新的创作路径，并创造出新形式的作品。

（原载《现代中国文化与文学》2017 年第 2 期，全文 17000 字，熊鹰摘）

《1936—1940 年“思想家鲁迅”的产生》

李　玮

“思想家鲁迅”的产生，在中国现代文学，甚至文化史上是一个重要“事件”。因为它一直影响着建国后对鲁迅的评价和认识，乃至对中国现代文学和文化发展史的评价。“思想家鲁迅”在中国的产生和影响，并不能简单归因于鲁迅个体的因素，事实上，无论是鲁迅思想版本的变迁还是对于鲁迅思想“过度阐释”的质疑，都在表明个体肉身的鲁迅与“思想家鲁迅”之间有着宏大历史内容的区别。前者只是一个实践性主体，功能和意义受制于不同的语境，而后者是意义化的历史主体，所编织的意义系统，成就某种宏观历史断续的本身。本文展现从 1936 年邹韬奋明确提出并讨论“思想家鲁迅”，到1940年，“思想家鲁迅”成为政党权威的论断这一过程，分析“思想家鲁迅”话语系统产生的方式，考察“思想家鲁迅”出场时“思想”背后所联结的知识范型和权力，包括邹韬奋、罗稷南、胡曲园、李平心、艾思奇、胡风、毛泽东等所代表的阶层、政治力量，着重解释他们在阐释“思想家鲁迅”时所使用的逻辑、前提、所选择的历史元素，所使用的历史逻辑和隐含的历史功能等等。讨论决定“思想家鲁迅”产生的认识论基础，是意图描述一个由“话语实践”决定的对“过去”和“现在”的历史叙述。

一、并非只是宣传性论断：1936—1940年“思想家鲁迅”的知识表述

鲁迅逝世后，“思想家”的称谓并未被突出，他被称为“中国的高尔基”“民族斗士”“文学家”等，最为普遍的表述是以“鲁迅精神”纪念鲁迅。只有邹韬奋明确提出：“鲁迅先生不仅是一个文学家，并且是一个思想家。”邹韬奋只是提出“思想家鲁迅”的命题，系统论述“思想家的鲁迅”的文章则发表于1938年。1938年10月，上海举行鲁迅逝世二周年纪念会，许广平，罗稷南，胡曲园，孙治方，陈珪如，吴清友，吴大琨，旅冈，李平心等参会。与会者之一罗稷南在一次演讲中再次重申“思想家鲁迅”是“共识”。毛泽东在1940年发表的《新民主主义论》，他改变了1937年称鲁迅为“新中国的圣人”的说法，明确指出“鲁迅是中国文化革命的主将，他不但是伟大的文学家，而且是伟大的思想家和伟大的革命家。”

二、“思想”成为“问题”和“中国需要思想家”命题的出现

1936年后对“思想家鲁迅”的集中讨论首先与抗战背景下对“思想问题”的关注有密切关系。抗战背景下各种势力均认为思想与民族存亡关系密切，甚至被认为是“国防”的“武器”，有所谓“思想国防”的说法。“思想”一词在这里不仅指代特定的精神活动，而且表述理论指导实践的关系。抗战时期将国防成败归结为思想问题，来源于从新文化运动时就兴起的以思想解决现实政治问题的思路。陈独秀在《旧思想与国体问题》里从思想的角度思考国体问题，他认为“旧思想”不洗刷干净，共和政治不能进行，而各种学术主张也难以推行。“思想”被用以强调精神、知识方面的革新，并以此引领从政治到文化制度等一系列领域的实践，这是新文化运动的共识。从新文化运动到抗战爆发，对“思想问题”重视，有着一脉相承的发展线索。抗战全面爆发后，在思想上如何认识中国的历史和现实，如何看待日本入侵，成为急切的需要。

三、“思想”背后的马克思主义认识论结构

“思想家鲁迅”中的“思想”并不泛指任何一种精神性活动，而是指由马克思主义认识论结构决定着的“意识形态”，它超越了经验性的个体态度层面，也不同于逻辑学意义上的知识体系，它虽然具有宣传功能，但并非是策略性的选择，而是在特定认识论基础之上的对“精神”和“现实”同一性的认定。将“思想”理解为“意识形

态”，自1930年代初期就开始在中国出现。1940年前后对“思想问题”的重视是在继续1930年代开始的意识形态批判运动，它呼吁密切联结思想和行动之间的关系，并从社会政治功能层面解释一切知识的形成。所以，这里的“思想”并不指形而上的本体论哲思，也并不包含任何逻辑学的考察，甚至也不在意和马克思主义理论框架的契合度，而只是一种有关“现实立场”的意识形态。

四、“思想”的命题前提：中国社会性质的认定

对于鲁迅所处的“现实环境”，有关“思想家鲁迅”的论述有着一致性的判定，即“半殖民地半封建中国”。在全盘解决的愿望驱使下，对中国“半封建半殖民地”的概括，被广泛接受。

五、鲁迅作为“思想家”的必然面貌和历史功能

从“封建”的角度谈中国的落后，从“殖民”的角度审视“资本”加诸中国的“剥削”，“鲁迅的思想”的模式也呼之欲出。李平心详细地举例说明“鲁迅的批判和斗争恰恰是和中国社会政治与文化的发展和斗争合拍的。”相较而言，罗稷南，胡曲园等人的论述虽然较为简单，但也是紧紧将鲁迅的思想与中国时空紧密相连，胡曲园更强调鲁迅的“启蒙思想”的反封建、反帝意义，而罗稷南则更倾向于从“民族主义”的角度说明鲁迅改变“半殖民地半封建中国”的思想动力。毛泽东与李平心的论断较为类似，强调鲁迅在从反封建到反帝的中国政治文化发展和斗争中的代表性价值。他们在述说鲁迅思想时，是把鲁迅的思想作为特定社会经济关系所决定的的“上层建筑”来加以论述的。“启蒙”“救亡”或是“革命”的出场都紧紧针对“半殖民地半封建中国”的语境，都是在为了解决“半殖民地半封建中国”的问题而阐发。因此我们也要注意，在1940年前后的“启蒙”“救亡”和“革命”之间是相辅相成，一以贯之的关系。1940年前后对于鲁迅思想的论述，通过把鲁迅编织入特定的知识构建范式中来实现。在这里，鲁迅的“个体性”是不重要的，重要的是这种知识构建范式必然要衍生出对个体价值和意义的赋予和阐释。鲁迅，虽然是“思想家鲁迅”的主角，但却不是“主体”。真正的主体是论述者，他们选择和建构有着特定前提和因果逻辑的知识体系，这一知识体系赋予了鲁迅具有“客观性”和“必然性”的思想，并使该思想的价值得以呈现。在1940年前后“鲁迅的思想”的叙述系统中，论述主体通过将鲁迅的个体肉身和特定的知识系统相结合，表达了关于中国的认识，和现实政治行动的方向。

（原载《江苏社会科学》2017年第4期，全文15000字，熊鹰摘）

从“历史”中觉醒

——《狂人日记》主题与形式的再解读

季剑青

一、把握“历史”的位置

《狂人日记》从诞生起，就展现出它对中国历史的巨大批判力量，人们公认“吃人”这一高度概括性的表述，真实地揭示了传统社会的本质。意味深长的是，历史真理却是通过“狂人”之口说出来的，这种反讽性的结构安排所隐含的某种悖论，引起了许多研究者的注意。但是，以往的研究多从辨析狂人是否真的发狂入手来讨论这个问题，最终往往陷入对“狂人”形象的塑造手法的琐细争论中。

“没有年代”这个修饰语暗示，历史不是作为过程性的叙述，而是作为一个整体的对象化的存在而被狂人把握的。只有将历史作这样的处理，才能对它下总体的判断（“吃人”）。此外，小说中的狂人在其他地方提到历史上吃人记录的时候，往往出现年代错误的情况，显然是作者有意为之，这也表明小说呈现的“历史”是具有象征性的整体，并不追求史实的准确。狂人何以能够从整体上把握历史？答案不应该从狂人形象本身，而应该从小说文本内在的表意机制中寻找。日记体的叙述形式是理解这一机制的关键。文言小序告诉读者，狂人的日记“不著日月”，“不著日月”的日记与“没有年代”的历史之间存在着微妙的对应关系。《狂人日记》正文的十三则日记没有任何时间标记，这与果戈理的《狂人日记》形成了对照。后者写一个抄写员因为对部长的女儿想入非非而陷入精神崩溃的境地，前三分之二的部分都标有连续的日期，读者能看到主人公心理扭曲不断加深的过程，等到主人公彻底疯狂之后，日记的日期也随之变得荒诞可笑（如“三十月八十六日”之类）。显然，时间标记具有指示主人公心理状态的功能。我们不能确定鲁迅“不著日月”的设计是否受到果戈理的启发，但时间标记的缺失也同样起到了指示狂人心理状态的作用。与果戈理笔下的抄写员不同，狂人没有经历从病态走向疯狂的过程，而是从第一则日记开始就发狂了，“才知道以前的三十多年，全是发昏”一语，异常鲜明地将狂人当下的疯狂与他之前的正常分割开来，同时也将狂人与他身处其中的现实社会分离了开来。日记中的狂人始终处于这样的状态中，“不著日月”暗示狂人的主体状态不受自然时间流程的影响，表现出完整而自足的性格，狂人与现实之间的隔膜乃至对立关系在相互对象化的构图中也因此显得格外的分明。作为中国第一部现代日记体小说，《狂人日记》恰恰是“不著日月”的。去除了纪年和日期这类公共的时间标记，就等于关闭了个人经验进入历史的通道，狂人不仅与现实相隔离，同时也与历史相隔离，而对那个正常的社会而言，现实本身就是受历史支配的，人们服膺的是“从来如此就对”的法则，接受的是“历来惯了，不以为非”的生活方式。然而，正因为狂人脱离了现实与历史，他才获得了一个能够对历史（也是对现实）做整体的把握和判断的有利位置（值得注意的是，狂人是因为被家里人关在书房里才得到了独自晤对“历史”的契机），而这个位置是正常社会中的人们无法拥有的。在这个意义上，由一个疯狂的人来说出历史真理并不是悖论，相反，揭示中国全部历史的真相的任务，只能由一个身处历史传统之外（因而在正常人看来显得疯狂）的人来完成。

二、进化论的图式

狂人把“吃人的人”定位为“野蛮的人”，他们处在向“真的人”进化的阶梯上的最初阶段。当然，这里从“野蛮的人”向“真的人”的转变并非生物学意义上种族的进化，而是象征着人类精神进化的历程，体现了鲁迅秉持的“尼采进化论的伦理观”。我们从狂人那不容置辩的语气中，能够体会到他因掌握了进化论这一先进的理论而获得的自信。在以进化论为基础的普遍的自然史叙述中，中国人仍停留在“吃人的人”这一野蛮阶段上的论断显得毫无可疑。但这个进化论图式同时也许诺了改善和进步的可能，许诺了中国人走出“吃人”的民族史向“真的人”发展的前景。狂人规劝大哥和身边的人：“但只要转一步，只要立刻改了，也就人人太平”，呼吁“你们立刻改了，从真心改起!”。仿佛只要他们有改变的意志（“心思”），他们马上就能成为具有能动性的历史主体。

显然，由于狂人和社会之间无法缓和的对抗关系，他的劝告不可能产生效果。这里更值得玩味的是狂人的启蒙者姿态，他借助于进化论从一个抽离于“历史”之外的位置上对本民族的宣判和告诫，尽管具有真理般的力量，却难以召唤出真正的变革主体。鲁迅的深刻之处在于，他让狂人最终意识到自己也内在于这“历史”之中，那种将整个社会和历史对象化的疯狂状态虽然给他提供了把握历史真理的契机，但还不是真正的觉醒，只有把全部的历史重新纳入到个体的经验中来，真理才能在主体的内部真正转化为现实的能动性。

三、“遗传的定理”

鲁迅将生物学中的“硬遗传”说引入他对中国历史的反思，让历史成为内在于个体生命之中无法摆脱的血肉般的存在，从而赋予他笔下的狂人以沉重的悲剧性格。发现了历史真理的狂人，反而因这真理的发现而不得不将全部的历史背负起来，从而将民族历史的问题当作个人的问题去咀嚼和反省。但也正因此，那挣扎着与自身内部的黑暗历史搏斗——而非站在“历史”之外以真理的掌握者自居——的自我，才真正成为具有能动性的主体，真正迎来了从“历史”中觉醒的时刻：不仅觉悟到历史的黑暗，而且觉悟到这黑暗就在自己的内面。自我批判构成了社会和历史批判的前提，在这个意义上，狂人最后的绝望不是变革努力失败的结果，而恰恰是新的文化和社会运动展开的起点。

《狂人日记》中狂人对“历史”的批判和反思，就是这种历史观最初也是最充分的展现。如果把《狂人日记》放置到新文化运动的历史语境中来看，它的从整体上否定中国历史传统的主题并不算新鲜，在当时的《新青年》上不难找到类似的论述，这也构成了鲁迅加入《新青年》阵营的基础，用他自己后来的话来说，便是“对于热情者们的同感”。然而，《狂人日记》那种将“历史”当作生命体验来认识和把握的独特方式，以及它所隐含的自我批判构成社会和历史批判之前提的深刻命题，都是鲁迅所独有的（“知者尚寥寥也”一语透露了其中消息），这在很大程度上依赖于鲁迅对生物学思想资源的（虽然未必是自觉的）创造性的转化。

（原载《中国现代文学研究丛刊》2017年第7期，全文10200字，熊鹰摘）

新诗史与作为一种认识装置的“传统”

冷　霜

从胡适在1917年2月1日出版的《新青年》第二卷第六期上发表《白话诗八首》算起，新诗迄今已经走过了百年历程。在这百年历史里，新诗与旧诗、新诗与“古典诗歌传统”的关系，是一个反复被提起的话题。对这一问题的解析，涉及到很多具体、彼此缠绕的层次，比如，在新诗的历史中，一些诗人经由现代文学观念的中介，汲取古典诗词的某些美学和技艺资源，确曾形成非常生动的个体写作实践，这些实践也成为其写作风格和艺术独创性的重要成分。如何看待这些实践，以及它们与这一问题之间的关系，是一个值得讨论的问题。本文围绕“传统”及“古典诗歌传统”这些概念，从知识、话语的维度，从历史和理论两方面揭示其认识论的构造及其在新诗史上的实质意涵。

一

在新诗历史上，关于新诗与旧诗或“古典诗歌传统”，无论是对后者所采取的总体态度，还是面对后者所侧重的不同面向、所赋予的不同内涵，在不同时期一直发生着变化。“五四”时期，白话诗运动在语言、形式和所欲承载的思想观念上都力图突破旧体诗词的藩篱，作为一个整体的修辞表意系统，旧体诗词被视为白话新诗的对立面。

在新诗已初步立住脚跟，同时文学观念的演进对新诗从审美现代性方面提出新的要求时，旧诗作为文学资源或美学资源的价值开始不断被引入新诗的讨论，如1920年代中期，周作人批评早期新诗过重白描和叙事、缺少“余香和回味”，而将“象征”与“兴”的艺术手法加以牵连，1930年代中期，叶公超在指明新诗与旧诗之语言工具的根本差别的基础上，主张“新诗人不妨大胆的读旧诗”，以扩展写作意识和发掘旧诗文中可为新诗所用的材料。在新诗理论史上产生了深远影响的一些论述也集中出现在这一阶段，如周作人提出著名的新诗发展趋势上的“融合”论假说；朱光潜在其《诗论》等著述中所确立的会通中西古今、给予“诗”的内涵一般性的界定的诗学研究思路，积极地参与了当时的新诗讨论，在新诗的本体认知上具有相当的代表性；废名的《谈新诗》讲义虽然很长时间里影响有限，本身却是在1930年代关于新诗前景不同想象与实验的争辩性氛围之中的产物。它们都涉及到新诗与旧诗及其“传统”的关系，或则在各异的思考向度和不同的层面上倾向于二者间的某种连续性，或则以一种复杂的认识趣味和诠释方式强调其间的断裂性，显示出在“新诗的十字路口”，对于这一问题的分歧理解。

对于“古典诗歌传统”的另一重理解与诠释，萌芽于五四时代的启蒙主义、人道主义、平民主义文学观，在左翼文学思潮兴起和民族危亡的历史情境中进一步发展演化，后来日益具有政治意识形态的内涵，例如王瑶写于1950年代初期的《什么是中国诗的传统》一文中，将“中国诗的优秀传统”界定为“正视现实和反映当时人民生活要求”，“我们常常听见有人说现代的诗人应该学习中国诗的优秀的传统，应该使今天的诗歌和我们的民族传统有机地连接起来，并在这个基础上向前发展”。这种带有鲜明左翼文学思想特征的传统观突出的是从作家的思想立场和作品的题材、内容评价其文学史价值，构造其文学史链条，而不是像前面提到的几种思路，分别从语言、形式或美学的角度，亦即形式化的角度来诠释“传统”，与后者相似的是，这种左翼传统观在以往的文学与新文学之间也建立起一种连续性。

在新诗历史上，对于它所面对的所谓“传统”，并不存在一种确定不变的内涵，它的内涵是在不同历史语境中，基于新诗自身对其现代性的探求或不同的文学现代性方案所作出的诠释，而且，对于新诗与这些不同诠释下的“传统”的关系，也存在着不同的理解和争议。因此可以说，在新诗与“传统”之间，并不存在一种本质性的关系，而是呈现为一系列诠释和建构，而这些诠释和建构的内在动力和依据也来源于新诗自身和新诗所置身的文化、社会、历史处境，这些以“传统”之名展开的诠释和建构，都内在于新诗的历史及其问题性之中。

二

不过，就新诗与“传统”的关系而言，真正的特殊性尚在于，当我们使用“传统”或“古典诗歌传统”这些概念时，往往会忽略它们的现代起源。柄谷行人在《日本现代文学的起源》一书中批判性地考察了日本现代文学的形成过程，从起源上剖析了现代文学的制度化性格，从而还原出其现代性的认识装置，通过这一装置，现代文学在确立起自身之后其起源被忘却，与之有关的一系列观念取得了不证自明的具有普世性的面貌而被广泛接受，柄谷行人将此种认识的颠倒称为“风景的发现”，而所谓“国文学史”的观念正是在这种“风景的发现”中形成，它在现代的“文学”观念之上被规定和解释，以时间性的顺序来讨论它与现代文学的关系，恰是一种自我忘却的颠倒。而宇文所安也以不同的方式讨论了“五四”一代学者在现代的文学观念支配下对“文学过去”（他用这个概念来与“文学传统”或“文学遗产”等明显源自现代文学观念内部的术语相区别）的分割和重组，在此意义上，“古典诗歌传统”显然也源自这种“风景的发现”，“新诗与传统”这样的命题已经是建立在一个颠倒的关系之上的结果。

回溯20世纪20—30年代的新文学历史就可以发现，古典文学研究作为一门现代学科的最初确立与新文学、新诗的早期历史有着密切的联系。从晚清梁启超、王国维起，以现代的“文学”观念与历史主义方法重新整理、估价以往分属于四部的典籍，意味着现代意义上的古典文学研究的开始，而在它形成其基本面貌的过程中，胡适、郑振铎等“五四”一代学者占据着显著的位置，而胡、郑以及另外一些重要的学者如朱自清、闻一多等均出自于早期新诗人的阵营。在晚清、“五四”这两代学者/作家中，柄谷行人所说的那种现代文学观念对其起源的自我忘却已经完成，基于对文学现代性的信心，和将文学与建立新的民族国家的要求联系在一起的意识，新的主题，新的文类划分，新的文学语言观，都取代了旧的，成为新文学实践的要素，并延伸到古典文学研究中。到了1930年代，在“现代派”诗人群里，对于一种纯粹的、具有普遍性的诗性的追求成为一种共享的意识，卞之琳、何其芳、林庚、废名（后三位日后也都从事于古典文学的研究）等新一代诗人对于李商隐、温庭筠为代表的晚唐五代诗词的兴趣，就是这种追求在古典文学阅读中的延伸。

因此，涉及到新诗与“古典诗歌传统”这一议题时，我们必须注意到它已经经过了多重诠释的中介，即我们首先是在现代的“文学”观念中对以往的典籍进行整理，从过去的“诗”“骚”“乐府”“词”等不同体裁中建立起一个历史主义的古典诗歌的脉络，继而在此基础上对作品加以评价诠选（不同的评价诠选标准之间也存在争夺），并确立起文学史上的经典——而所谓“传统”，其内涵正是在这个过程中形成，很大程度上取决于这些经典及其解释。当这一过程从古典文学研究进入到文学教育中，它意味着这种“传统”的解释逐渐知识化、体系化，甚而成为一些看似自明的知识。而这种意义上的“传统”在认知形态上与中国古代文论系统中的“通变”观念，或宗经尚古的意识（如杜甫所谓“别裁伪体亲风雅”）已完全不同。

（原载《文艺争鸣》2017年第8期，全文6700字，熊鹰摘）

同情与反讽

——论陈忠实晚期阶段的小说写作

李建军

陈忠实晚期阶段创作的小说数量不大，质量也未必都很高，但却体现着他同情弱者的底层意识，表现着他对权力腐败和人性败坏的不满和反讽，也反映着他发掘和弘扬陕人道德精神的写作意图。从艺术上看，这些小说具有很强的写实性，有的甚至将纪实性与虚构性融合起来，显示出一种质实而朴素的叙事风格。但是，整体上看，他的这些小说缺乏深刻的思想内容和纯粹的批判精神，不仅没有达到《白鹿原》的高度，而且离尖锐反讽的现实主义文学，也有一定的距离。

一、民生多艰：底层人的生存境遇

陈忠实在2001年创作的短篇小说《日子》是一篇描写底层农民的境遇和心情的作品。对照修辞是《日子》在艺术上的一个特点。农村的凋敝与城市的繁荣形成对照，底层生活的艰辛“日子”与官员生活的腐败“生活”形成对照，大自然的平静而绚丽的景观与现实中的喧嚣而毁废的情景形成对照，对底层人的同情与对腐败官员的讽刺形成对照，“男人”对自己命运的坦然接受与他对女儿未来的忧心如焚，也形成对照。正是通过这样的对照修辞，陈忠实平静而尖锐地揭示了农民生活的艰难和沉重。这篇小说的叙事节奏是舒缓的，笔调是凝重的，内蕴着令人沉重和辛酸的情感内容。景物描写也是这篇小说的一个亮点：陈忠实在小说中的景物描写是别样形态的抒情。作者观察和描写的焦点，仍然是人物；他所要表达的，则是对人物的关切和同情。

如果说，《日子》反映的是农民困窘的生活境遇，那么，《腊月的故事》叙写的就是城市里国营工厂工人同样艰难的生活状况。只是，在后者的叙事中，显然包含着一种更为沉重和荒诞的意味。这篇小说描写的将公有财产据为己有的腐败现象，并不是什么不得一觌的特殊现象，而是司空见惯的普遍现象，但是，陈忠实的尖锐对照下的叙事，还是给人一种强烈的震撼效果。当然，在这篇小说的叙事里，最让人震惊的，还不是权力阶层的腐败和堕落，而是工人阶层生活的悲惨和无助，是他们在生活上的困窘，以及困窘之下的铤而走险。

《日子》和《腊月的故事》都写得极为耐心和沉着，具有很强的真实感和写实性。就叙事态度来看，它们表达了对现实的焦虑，内含着同情甚至不平，但是，从主题深度来看，它们并没有多少足以发人深思的思想内容。当代小说叙事迫切需要的，是更加深刻的思考和更加尖锐的反讽。

二、柔性反讽：权力与人性的败坏

陈忠实并不是一个尖锐的反讽型作家。反讽需要与现实保持距离感，需要一种理性的怀疑意识和成熟的批判意识，但陈忠实与现实的距离太近，内心也缺乏那种犀利的锋芒和冷峻的态度。他晚年所写的小说里，固然也有反讽，但那是一种极为柔和的反讽，内里虽然含着讽意，却并不那么尖锐，力量也不那么强大。他的讽刺性修辞，仍然未脱“柔性反讽”的范围。

《猫与鼠，也缠绵》写的是一个农民小偷与公安局长之间的故事。情节很简单，一句话就可以概括：一个公安局长因为一个农村小伙多次偷了他放在办公室的钱而被“双规”了。换句话说，一个体制外的小偷将一个体制内的“大偷”给曝光了，并将他送上了审判台。鼠一刹那间成了猫，猫一瞬间沦为鼠。猫即鼠，鼠即猫，彼此之间的界线是模糊的，两者地位的转换也是迅速的。“缠绵”二字，蕴含幽默，颇有讽意存焉。

陈忠实的叙事，很有喜剧性，也可使人发笑。但是，由于缺乏令人信服的逻辑感，由于太依赖不大可靠的偶然性，这篇小说的叙事整体上给人一种夸张甚至失实的感觉。

短篇小说《关于沙娜》中夸张的人物心理描写同样造成了小说艺术效果的大打折扣。

比较起来，《一个虚脱症患者的发言片断》的讽刺，就显得辛辣而尖锐，属于陈忠实的这几篇讽刺小说中的上佳之作。他的这篇小说就写得细致真切，而又举重若轻，实可谓“恢恢乎其于游刃必有余地矣”。

《一个虚脱症患者的发言片断》的结构非常巧妙，叙事也干净利落。它通过一位作家的自我标榜的浮夸话语，与晚报记者的寻求真相的实证话语的对照，揭示了作家自恋型的病态人格与精神上的“虚脱症”病象，创造出很有喜剧意味和讽刺力量的修辞效果。

陈忠实晚年的这几篇反讽性短篇小说，质量虽属中品，但锋芒和深度，仍然有所欠缺。其实，这也不是陈忠实一个人的问题，而是中国文学普遍存在的问题。由于作家的个性和批判意识总是受到严重的遏抑，导致中国当代文学的反讽写作经验，始终停留在一个很低的水平上。我们缺乏第一流的讽刺作家和讽刺作品。我们的反讽要么流于轻飘飘的感叹，要么流于恶狠狠的调侃，缺乏真正意义上的幽默感，缺乏对人性同情的理解，缺乏对生活深刻的洞察。我们应该认识到，只有当一个时代作家的反讽意识充分自觉的时候，只有当一个时代的反讽文学足够成熟的时候，这个时代文学的整体成就，才会达到理想的水平。

三、风土完厚：发掘三秦的道德精神

陈忠实乡土情结很重，很为自己的陕人身份自豪。就像他常常为农民辩护一样，他也常常为陕西尤其是关中文化辩护。他不仅很少从整体上批评陕西人和陕西文化，还倾向于认同那些赞美陕西人和陕西文化的观点。王大华的《崛起与衰落——古代关中的历史变迁》中那些褒赞关中、肯定传统的观点，为《白鹿原》的叙事，甚至为他后来的“三秦人物摹写”，提供了观念和精神上的支持。

事实上，陈忠实早就有开掘陕西的精神资源的文化意识，早就有塑造具有“心灵震撼”效果的“陕西人形象”的文学行动。他在《白鹿原》中塑造的朱先生和白嘉轩，就属于这种很能代表关中人道德精神的人物形象。2005年他开始写作“三秦人物摹写”系列纪实小说。他要为那些非凡的陕西人树碑立传，借以褒赞陕西人的“精神气质和心理形态”。虽然他仅仅写了《娃的心娃的胆——三秦人物摹写之一》与《一个人的生命体验——三秦人物摹写之二》两篇小说，但是，也足以使读者看见他写作此类作品的立意和宗旨之所在。

小说《娃的心娃的胆——三秦人物摹写之一》的情节事象，可以看见陕西人性格的刚烈和对抗战胜利的巨大贡献。《一个人的生命体验——三秦人物摹写之二》中，陈忠实写出了柳青在绝境中的绝望和决绝，也表达了自己对柳青人格和道德精神的敬仰和赞美。但是，陈忠实的“生命体验”角度远远不能详尽地表现人物与现实的尖锐冲突，无法揭示复杂的生活内容。同样，他所津津乐道的“文化心理结构”理论，似乎也无济于事，因为，人物的悲惨的生活和苦难的命运，涉及到了多种复杂的社会因素和叙事内容，远非“文化心理结构”所能概括和解释。

柳青晚年早已摆脱了自己时代的僵硬的认知模式，或者说，已经通过艰难的努力，完成了对自我的启蒙。从现实感和深刻性来看，柳青的思想已经达到了那个时代的最高水平，甚至达到了具有世界性和人类性的高度。同时代的作家，很少有人达到这样的认识水平。陈忠实应该将这样的柳青写出来，将他在思想和人格两方面的升华过程揭示出来。

时移世易，世情、民俗、人心的变化需要进入到具体的历史情境，以批判的态度和分析的方法，来揭示新的环境如何塑造了新的人，来揭示巨大的社会力量如何改变了人们的心性和行为，又如何改变了生活的方向和品质。

文学是一种积极的行动。它致力于改变人们的意识和人格。也就是说，仅仅写出感性的印象，是不够的，因为，它所提供的不单是“社会心理信息和意象”，还应该通过对现实的批判性分析和叙事，为人们的精神生活提供启蒙性的力量。也就是说，对于一个作家来讲，怀着乡愁的冲动，抒发对故土的热爱和眷恋，表达对生活在故土上的人们的赞美，固然是一种正当而美好的情感态度，但是，他同时还要有一个批判的向度，要用启蒙性的叙事来揭示故乡的另一面的生活——它的残缺和丑陋。陈忠实晚年的短篇小说之所以在总体上给人一种力量不足、深度不够的感觉，大概与他写作上的批判性太弱不无关系吧。

（原载《当代作家评论》2018 年第 1 期，全文 17000 字，陈浩文摘）

路遥小说的超越性境界及其文学史意义

王兆胜

路遥小说越来越受到学界重视，近些年的研究成果以加速度增长。不过，无视、忽略甚至贬抑路遥的小说者也大有人在。在已有研究成果中，许多还停留在技术分析层面，而观念化、概念化、静态化研究更多，这就限制了阐释的客观性与准确性，也不利于从文学史角度对路遥的小说价值进行定位。

一、超越底层本位的天地情怀

目前，对于路遥小说的价值定位主要集中于现实主义。值得注意的是，在现实主义原则下，尤其是强调路遥底层本位时，不能忽略一个更广大的世界，那就是“天地境界”——一个远超现实人生的更为宏阔的巨大时空。

一是关于大地，这在路遥小说天地境界中至为重要。研究者多从“黄土地”论路遥小说，出现关于恋土情结、黄土文化等概括。由于过多强调现实的维度，致使这方面的研究窄化了路遥小说的大地情怀。其实，路遥小说的大地情结，既将黄土地作为地域文化的载体，更具有形而上的哲学意义。

二是关于天空，这是路遥小说天地境界的更广大背景。在路遥小说中，天空景象的描写甚多，研究者多将之视为景物描写，其实它还包含了天地情怀的更多信息和密码。天空是一扇天窗，天空万象如一个个棱镜，它们映照和折射出天地的丰富与神秘，也昭示着某些难以言传的符码与大道。

三是关于宇宙，这在路遥小说研究中既是个盲点又是天地境界的核心内容。现实主义论者往往是俯瞰式分析路遥小说，将注意力主要放在城乡、土地、人情、世态上，即更关注人的生存环境和生命状态，较少将视野投向天际，更难看到地球之外的茫茫宇宙，这就带来对于路遥小说解读的偏向和迟钝。事实上，路遥小说多有关于宇宙的描写，这些描写在路遥小说中不是可有可无的部分。

也许有研究者认为，在路遥小说关于宇宙及其宇宙飞船的描写与主题无关，甚至成为败笔。这一设想将忽略宇宙意识之于小说人物及其作家的深刻影响。很显然，天地情怀和天地境界之于路遥及其小说决不是可有可无的，而是意义十分重大，它成为改变小说乃至作家精神品格的望远镜和显微镜。首先是不可知的神秘感。其次是博大仁慈的情怀。最后是万物齐一的价值观。

路遥是现实主义者，也充满理想主义，是主观性很强的客观型作家，但他还是一个有着天地情怀和天地境界的天道主义者。因为有天地大道藏身，其小说才能突破“人的文学”和“平民文学”的局限，有着更为广阔的视野，更具深度、厚度、质感，更有文化与审美的魅力。这是“五四”以来中国新文学的重要收获。

路遥小说的特殊性和价值在于，将底层本位与天地情怀结合起来：一方面，以底层人民为本位，显示其现代个性风采；另一方面，通过天地境界的光照，为底层现实民生注入天地智慧。

二、关于婚恋的辩证理解

如果说中国现代新文学有什么突出贡献，恋爱自由和婚姻自主恐怕为其一。可以说，有爱而婚、无爱而离、失恋则死，成为中国新文学的一种观念性母题。路遥小说以婚恋为中心，既追求婚恋的自主自由，又不将爱情神化，而是将爱情与婚姻进行了辩证理解，从而超越了“五四”以来新文学的局限与盲区。

第一，爱情至大，却不能因失恋而死。路遥小说非常看重爱情。不过，路遥并不将爱情绝对化，更不会因失恋而死。中国现当代文学形成一种爱情至上病，即将爱情看得大于天，别的都可有可无。路遥小说中的爱情描写超越了这一局限，在美好的爱情中，注入更健康的内容，赋予更广阔的天地，提升了境界品位，是对中国现当代文学的一大贡献。

第二，爱情固然美好，但必须有所附丽。长期以来，新文学传统往往孤立甚至绝对地书写“爱情”，于是爱情就变得表面上纯粹而实际上简单。路遥小说的爱情很少孤立存在，更非进行为爱而爱的简单表达，而是与家庭婚姻、现实生活以及人性理想相联系，从而赋予了爱情更坚实的基础与底色。这对于中国新文学无疑是个巨大的反拨与突破。

第三，初恋珍贵，可爱情又会不断生长。在新文学的观念中，一个人如不能与自己的初恋情人结为婚姻伴侣，那一定是不幸福的，有的甚至将无爱的婚姻变成永久的坟墓。路遥的小说突破了这一限制，既写初恋的动人心魄，又不将之神化，从而给予婚姻和恋爱关系以更宽泛的理解。在路遥看来，初恋及其爱情固然是家庭婚姻的基础，但没有爱情的婚姻并非决无出路和希望，如经营有方，它就会像割韭菜一样再生出新的爱情。这是充分肯定爱情的再生性与成长性。

第四，爱情是纯洁的，但并不自私。在强调人的个性及其解放过程中，爱情自觉不自觉被赋予了相当的“自私性”，于是在小说中人们互相攻伐和争夺爱情。在路遥的小说中，神圣的爱并不自私，而是一种可以“出让”甚至“奉献”的品质，从而使爱情的光芒更加耀眼夺目。这是新文学健康发展一股不可忽略的力量。

第五，婚姻无爱是不道德的，但有爱不一定就幸福。路遥的小说实际上回答了这样一个问题：婚姻需要爱情，但有爱的婚姻不一定长久。路遥提出一个更重要的命题：没有或失去爱情的婚姻是不道德的，但爱情增多的家庭婚姻是否就会稳定和幸福呢？可见，在爱情与婚姻的关系中，路遥的小说又增添了新内涵。

“五四”以来的中国现当代文学历时百年，在许多领域和方面都有较大发展，然而在婚恋关系上的理论和实践却并不理想。一个最突出的特点是，过于表面和简单地看待“爱情”尤其是初恋，对于恋爱与婚姻关系的复杂性、现实性和内在张力缺乏深入探索和深刻反省，特别是表现在理念大于实践、惯性大于反思、智力大于智慧。路遥小说在此探寻是有价值的，许多方面都有所推进。

三、“同呼共吸”的心灵叙事

小说家应该怎样叙述，人们众说纷纭。路遥小说继承了鲁迅和柳青等人的小说传统，有更多介入感和一己体温。不过，路遥是通过“同呼共吸”的心灵叙事“积极的介入”小说的。所谓“同呼共吸”既有一种积极介入的距离感，又是心气相通的知音之感，是一个作家与时代、场景、人物、读者等的强烈共鸣。这是以虔诚之心进行的全身心投入式写作。读路遥的小说，我们既能感到作家离文本很近，甚至直接活跃于作品中；又能感到作家一直在塑造强烈的自我形象，以便代作家发言出声。其中，我们既能看到作家通过自我形象站出来进行的大段议论，又能看到作家的身影、情感、体温以及如在耳边吹拂的呼吸。路遥是五四新文学以来最有代表性的情感型作家，在小说中不仅有激情，还有深情、同情、温情。

一般认为，路遥小说中过多的议论是一种局限甚至败笔，因为小说理论告诉我们：作者要靠人物形象说话和推动，作家应少出来直言。但若摆脱理论成规，尤其不简单套用理论，我们又应给予路遥的小说议论以更多的理解和高度评价。这是因为，作为一个“积极的介入”的小说家，他的议论也是一种文体形式，是作家自我形象的宣言，好的议论对作品有画龙点睛之妙。当小说叙述带领读者进行漫山遍野的游荡，富有思想和智慧的议论无异于遍地开花和指点迷津。

激情和深情在路遥的小说中随处可见，它是由激情发动后，直接进入灵魂深处，有开掘地下岩泉之功。它深刻透彻、清冽甘美，读这样的文字若在畅饮玉液琼浆。同情与温情是路遥的小说心灵叙事更为内在的秘密。如果说激情与深情如海涛雷电，同情与温情在路遥的小说中无疑具有渗透力，它在不经意间传达与浸染，从而起到细雨润物、落叶无声的作用。在路遥的小说中，不论是笔下的人物，还是一草一木，抑或是作家的自我形象，还有作家本人，都有一股阳光般的温情蜜意，通过同情、感恩、祝福相互交融，如水般渗透着焦渴者的心田。

路遥的小说还有一种叙事，即多用“亲爱的”“是的”表达。据笔者细读后统计，路遥的小说共用“亲爱的”为160次，“是的”为136次。一般说来，两个词出现频率如此之高，既不可思议，又会被视为局限和败笔，因为小说理论忌讳重复。不过，对此也要做具体分析。路遥的小说有那么多“亲爱的”，首先，因为他爱这个世界，即使是反面人物甚至恶人，也往往能看到其光彩；其次，与描写对象进行真诚的心灵沟通，以获得同呼共吸的知音感；再次，用艺术手法使之更易感应共鸣。至于说“是的”之运用，也与作家的“心灵叙事”有关。

（原载《文学评论》2018年第3期，全文18000字，陈浩文摘）

回忆的诗学

——论张承志的早期小说

李松睿

张承志早期小说创作的重要特点，是不断让主人公在叙述过程中展开回忆，将过去的生活从已经深埋的历史地层里挖掘出来，使之重新在当代社会被唤醒，并在今昔对照中展开对人生的思考。在张承志这一时期的几乎所有小说中，我们都能够发现类似的情节结构。无论是《骑手为什么歌唱母亲》里的主人公铁木尔对蒙古额吉的反复追忆，还是《黑骏马》中的白音宝力格在寻找索米娅的过程中对童年生活充满悔恨的回忆，抑或是《北方的河》的主人公对少年时代的回忆与反思，无不是将70年代的往事重新带回到叙述的当下。为什么张承志在其早期作品中如此执著地书写着回忆？作家笔下的回忆又是以何种方式表现出来的？这些回忆对于作者来说究竟意味着什么？本文的写作就是回答这一系列问题的尝试。

从《老桥》“后记”的表述来看，张承志之所以要在作品中不断召唤出各式各样的回忆，似乎最主要的原因是过去那些人与事给他留下了太深的印象，使得他把小说当作了留存这些记忆的手段，并希望“同时代人和未来的人们”能够分享自己的所见所闻、所思所想。不过与此同时，他不愿意像80年代的大部分人那样，将过去十余年的岁月视为一段不堪回首的惨痛记忆，弃之如敝履，而是将其看成“沉重的遗产”，坚持携带着那些记忆继续前行。

正是《老桥》“后记”在对待回忆时存在的这种微妙的差异，透露出张承志处理记忆问题的两种不同方式。也就是说，虽然张承志的早期小说基本上都在描绘各式各样的回忆，但却存在着两种不同的书写方式。而它们之间的差异与张力，既显示了张承志早期小说创作的诗学特征，也揭示了作家在这一时期的思想和精神状态，并为我们理解张承志此后的创作转向提供了部分线索。

张承志早期作品处理回忆的第一种方式，是将小说讲述的故事转化为主人公的回忆，利用讲述故事的年代与故事讲述的年代之间的距离，将整个情节推向遥远的过去，让主人公反复琢磨、咀嚼那些逝去的人与事对于自己的意义，并由此为小说染上凄美、感伤的气息。一个最为典型的例子，当属作家的小说处女作《骑手为什么歌唱母亲》。与同时代作家相比，张承志的小说要高亢、积极得多，作家在回首往事时，更愿意将那些回忆当作一笔必须严肃反思并继承的“沉重的遗产”，而非避之唯恐不及的债务。

处理回忆的第一种模式在小说艺术上相对简单，甚至可以说有些笨拙，显然是初涉小说写作时的选择。随着作家在文坛上的地位的提高，他对自己的写作也越来越有自信，逐渐开始尝试创作一些在叙事意义上更加复杂的作品。因此，在《绿夜》《黑骏马》以及《北方的河》这类作品中，我们会看到张承志创造出了处理回忆的第二种模式。

在第一种模式中，叙述者展开回忆的时间起点非常模糊，使读者只能隐约猜到那应该是“文革”结束后的某个时间点，却无从去打探清楚。似乎作家匆匆忙忙地让叙述者展开回忆后，就转而书写回忆的具体内容了，根本无暇为读者提供线索让他们弄明白回忆得以生发的具体情境。这就使得在这种模式的小说中，叙述者的回忆内容构成了作品的主体部分，而回忆的行为则只能作为叙事标记、引子或尾声这类附属物存在。然而在第二种处理记忆的模式中，张承志没有仅仅具体描绘叙述者对往事的回忆，同时还以较多的笔墨呈现主人公在“文革”结束后的生活，使得小说叙事在今昔对比中展开，既让小说结构变得更加立体、复杂，也丰富了作品蕴含的社会思考，将作家的情感指向和价值立场表达得更加显豁。

在《绿夜》《黑骏马》等作品中，秉持着理想与诗意的主人公在小说开头处与日常生活格格不入，然而伴随着追寻记忆的旅程，他获得了将深埋在历史中的往事重新续接到当下社会的机会，使得他能够修正自己的思想和情感，并开始与生活和解。不过在完成《黑骏马》后东渡日本，以东洋文库外国人研究员身份从事中北亚历史研究这段时间，张承志对此前那种反思“纯洁的理想”并选择与生活和解的态度就产生了犹疑。于是，在完成于日本的《北方的河》里，其基本的叙事模式虽然和张承志第二种书写记忆的模式一样，都是在当下的社会生活与对“文革”时代的追忆之间的交错中展开，却充满了激动不安的情绪。

于是，在张承志的早期小说中，两种不同的对记忆的书写方式代表着截然相反的生活态度。在第一种模式中，追忆的旅程最终再次确认了当年的理想。也就是说，无论那段不堪回首的岁月有多少苦难与伤痛，它都成为主人公成长道路上的宝贵财富，并滋养着他今后的人生旅途。于是，由当下向旧日时光的回望变成了对过去的确证和坚守。这样的人生态度无疑与改革开放时代“一切向前看”的社会氛围发生着激烈的碰撞，甚至单纯地谈到那段记忆本身，就已经构成了对同时代人的挑衅和冒犯。这一点，张承志无疑非常清楚，他明确表示自己“将永远恪守我从第一次拿起笔时就信奉的‘为人民’的原则……哪怕这一套被人鄙夷地去讥笑，我也不准备放弃”。

不过，第一种模式中与同时代人论辩、抗争的意味，似乎随着张承志小说写作技巧和社会地位的提高而发生了改变。第二种书写记忆的模式要比第一种更为复杂，也更加精致，在艺术上要完美、自足得多，但其中所蕴含的对待生活的态度却丧失了后者的挑衅性。正如我们在《绿夜》《黑骏马》中看到的，主人公都执意“要循着一条纯洁的理想之路走向明天”，毫不犹豫地将过去的生活抛在脑后，然而当他们带着满身的伤痕与苦痛回到往日的家园后，却发现那“纯洁的理想”并没有让他们感到幸福，意识到生活中并不仅仅有光明、善良与正义，它同时还裹挟着庸常、污秽与龌龊，如果拒绝后者，前者也无以附丽。于是，他们不约而同地放弃了反抗的旗帜，选择与生活和解。因此，这类作品是张承志作品序列中少见的一些没有张扬激越情绪的小说，弥漫着浓郁的感伤气氛。

因此，回忆无疑是张承志早期小说创作的重要主题，并伴随着作家小说写作技术的成熟和思想倾向的变化，发展出复杂多样的叙述形态。或许，我们可以用“回忆的诗学”来指称张承志这一时期的小说创作方式。在《骑手为什么歌唱母亲》这类作品中，由于作家执著地坚守逝去年代的理想，使得其对回忆的呈现，完全成了再次确证、升华当年理想的手段。在叙述形态上表现为淡化对当下情境的书写，用较为生硬的方式“强行”展开对记忆的描绘。而在《绿夜》《黑骏马》等小说里，张承志以颇为纯熟的叙述技法使故事在当下与过去之间反复摆荡，让两种截然相反的价值观念相互映照，最终，主人公修正了自己当年“纯洁的理想”，与生活和解。这似乎意味着张承志曾在很短的时间内，放弃了自己一直坚守的另类理想，拥抱当时文坛的主流倾向。不过很快，随着东渡日本从事学术研究，与主流文坛拉开距离，使得张承志笔下的回忆再一次表现出极强的异质性，成了对庸常、肤浅的当代社会的抨击。在这个意义上，回忆既是张承志早期小说的重要主题，也是作家思想状态的“风向标”。似乎张承志对待生活的每一点细微的态度变化，都能在回忆的书写模式中找到相应的影子。因此，虽然《北方的河》在问世后广受好评，收获了巨大的荣誉，但其中对待记忆的态度却预示某种异质性的东西正在萌芽。作家后来的创作变化也表明，这种异端倾向将使张承志逐渐与文坛主流疏远，走出一条特立独行的道路。

（原载《首都师范大学学报（社会科学版）》2018 年第 3 期，全文 13500 字，陈浩文摘）

文学传统的“外发”与“内生”

於可训

自二十世纪九十年代以来，文学界谈论回归传统的声音日见其多。这原本不是一个新话题，可以说自二十世纪初的“文学革命”反传统之后便有，只是在不同时期，有不同的说法罢了。这其中的原因虽然复杂，但主要的原因还是因为二十世纪初那场“文学革命”的反传统太过极端，难免要激起固有文化的反弹，而从西方学来的东西又不能完全解决中国文学的问题，故而反求诸己，回头从传统中去寻找现代文学创造的经验和资源。

但这样一来，也造成了一个历史性的后

果，即从此以后，传统和现代成了对立的两极。久之，则造成了一种二元对立的思维模式。这影响到现当代文学研究，长期以来，研究者往往把传统和现代看作是两个对立的存在，甚至是两个冲突的阵营，文学处在这个对立冲突的两极之间，要有作为，就只能作一种单向的选择，要么回归传统，要么走向现代。

现当代文学发生发展的历史证明，传统与现代的关系，远不是这么简单。很长时间以来，人们往往认为，中国现当代文学的发生，是西方影响的结果，而接受西方影响，又是以颠覆自身的传统，即所谓反传统为前提。这个流行的说法虽然说出了一个普遍存在的事实，却也遮蔽了中国现当代文学发生的一些“内生”性因素，以至于因此把中国现当代文学完全看作是一种“外发”型的文学，即外力作用的产物，割断了中国现当代文学与文学传统的血肉联系和整体关系。事实上，在二十世纪初“文学革命”的发轫期，就有学者、作家把当时正在发生的“文学革命”，看作是中国历代诗文革新运动的历史延续，而且致力于寻找白话新文学与中国古代白话文学之间的历史联系，在古今白话文学之间，构造与文言的正统诗文并行不悖的一种新的文学传统，甚至以之取代正统诗文，视为中国文学的“正宗”。后来又有人把中国文学区分为“言志”和“载道”两大传统，把承袭“言志”传统的晚明文学革新运动，看作是“文学革命”的直接源头和动因。认为“五四”新散文受晚明小品文影响，更是一个普遍的共识。这说明，即使是主张激进的“文学革命”的一代学人，也不否认现代新文学与文学传统之间一脉相承的内在关系。这些学者、作家的认识，对后来的现代文学研究产生了很大影响，开辟了一个由“外发”到“内生”的研究现代文学发生发展的新思路。无独有偶，在近三十多年来引进和译介的一些域外论著中，也可以看到，一些西方汉学家和海外华裔学者也在努力从中国古代文学传统中发掘影响现当代文学发生发展的内缘因素，说明从中国文学的内部运动去寻找现当代文学发生的动力，重建传统与现代的关系，确实是一个不容忽视的问题。

在中国文学发展历史上，不论是见诸文字，还是流于口传，已经孕育着白话文学的萌芽，有的已长成参天大树，如果没有西方文学的影响，也将缓慢地发展出现代的白话文学。“五四”时期建构的白话文学传统，就是一个证明。虽然不能在“现代文学”与“白话文学”之间画上一个等号，但“现代文学”是经由倡导“白话文学”的“文学革命”肇始，尔后在不断追求现代的过程中结下的一个成熟的果实，却是不争的事实。而且，“白话文学”也是“现代文学”的一个异名和显在的文体形式。

一个民族的文学传统，不是单边的存在，而是复合的结构。因而建构一个民族的文学传统，可以有不同的层次和角度。就中国文学整体发展的历史而言，所谓正统诗文，是由历代文人的诗歌散文创作建构起来的传统，历来居于正宗地位。自宋元白话文学兴盛，明清以降，“白话文学”日渐受到重视，近代以后，渐有觊觎正统诗文宗主地位之势。到了“五四”时期，“文学革命”的倡导者就由宋元明清的“白话文学”，上溯中国文学的既往历史，从中发掘白话文学萌芽生长的因素，努力在正统诗文之外，建构一个以“白话文学”为正宗的新传统。虽然这一新传统在当时并未得到广泛认同，但却是倡导“文学革命”的重要依据，并以融入、赓续这一传统为“文学革命”的目标取向。到“文学革命”成功，白话新文学日渐占据主流地位之后，又因其通俗的形式和大众化的效用，再度成为革命斗争和民族解放的利器，包括后来的为革命和建设服务等。在这过程中，被颠覆的不是中国文学传统的全部，而是文言传统的单边。相反，在颠覆文言传统的同时，却使白话文学传统被系统发掘，得到重建。

当然，自近代以来，中国文学对传统的继承，一直都是单边突进，疏于顾及全部。西方学者在研究城市文化与乡村文化的区别时，曾使用过一个“大传统”和“小传统”的概念。如果把这个概念移用到中国文学传统的研究，也可以说，中国文学的“大传统”应当包括历代文人创造的正统诗文和起于民间的白话文学两个方面。这两个方面在中国古代是相互补充、相互为用的。当正统诗文的创造力濒于枯竭，或陷入精神困境、风气颓靡的时候，往往要向民间创造的白话文学学习，从中汲取精神和艺术营养，或标举白话文学的意义和价值，提升其品格和地位。明清以后，更是如此。回观宋元明清白话文学日益兴盛，日渐受到重视的趋势，尤其是明清两代的正统诗文“专事模仿”“徒为沿袭”的状况，两相比较，仅就中国文学的“大传统”内部正统诗文和白话文学的消长而言，以白话取代文言的文学革新也属势在必行。这次的文学改良虽然没有触动正统诗文的根本，但接下来的“文学革命”就视正统诗文为“谬种”“妖孽”，必欲除之而后快。正统诗文由此被打入“死文学”的囚牢，被“文学革命”全面“废除”。此后接续重建的传统，虽然以“民族的”自命，但基本上是起于民间的白话文学传统，如从“五四”时期就已经开始，到二十世纪三四十年代达于极盛的通俗化、大众化的提倡，五六十年代以“革命历史演义”和“新英雄传奇”为代表的话本小说传统的复兴，都是这个单边的白话文学传统“偏至”发展的证明。

正因为现代中国文学自“文学革命”之后，逐渐走上了一条“偏至”发展之路，所以才有对于传统不断的检讨和反思，在这个过程中，被偏废的正统诗文的某些理论和创作遗产，也得到了甄别和利用。最典型的如二十世纪五十年代，在讨论新诗发展道路的过程中，倡导“在古典与民歌的基础上发展新诗”，这个“古典”，所指就主要是正统诗文中历代文人的诗歌创作。这些被“文学革命”彻底否定的文学遗产，不但成了这期间讨论诗歌形式问题的主要理论资源，而且，在创作中也为当时的诗人所取法、借鉴。郭小川所创造的“新辞赋体”和尝试把词曲的形式融入叙事诗，就是这期间重续“古典”诗文传统的产物。虽然这场有关新诗发展道路的讨论，最终并未为新诗找到一条公认的发展道路，但却在一个民间的白话文学传统“偏至”发展的时代，为文人创作的正统诗文争得了继承和再造的合法性地位。

新时期以来，鉴于这种“偏至”发展的文学传统，已经造成了可资利用的历史资源匮乏，文学创作的形式僵化、风格单一、创造力枯竭的状况，新时期的文学革新，一方面对外开放，向西方学习借鉴，另一方面同时也以开放的心态面向传统，正统诗文的遗产开始得到有效的开发和利用。二十世纪八十年代“朦胧诗”对温李一派诗风的继承和“新笔记小说”对笔记文体的转化，是这期间的文学重续压抑已久的正统诗文传统的重要表现。随着传统文化在整个社会生活中的地位日益提升，尤其是文学自身对追逐西方新潮的反省，从二十世纪九十年代以来，已有许多作家开始了创作转向。在这个转向的过程中，虽然仍有莫言式的向民间

“大踏步撤退”和贾平凹等作家依旧钟情于白话小说的经验，但也有许多作家把目光投向一个比文学更深广的传统。这个传统不仅仅是上述包括正统诗文和白话文学在内的文学的“大传统”，而是包括这个文学的“大传统”在内的更大的整体的中国文化的传统。如有人就提出，小说创作可以回到中国古代文字著述文史哲不分的“原始的‘书’”的状态，并身体力行地进行了创作的试验。韩少功的《马桥词典》《暗示》等，就是这种试验的产物。此外，如张炜、迟子建等作家用纪传体、编年体、方志体、纲鉴体史书的体制创作了长篇小说。前述“新笔记小说”，则进一步由短篇发展到长篇。凡此种种，说明这期间的作家，在立足本土经验，取用本土资源方面，已经超越了正统诗文和白话文学二元对立的格局，开始进入一个更加高远廓大的境界。

中国文学自来植根于一个深厚的文化著述传统，它的前身是一个文史哲不分的混成体，后来虽然从这个混成体中分离出来，却仍留有很深的原始印记。中国文学对中国文化浸润深透，而且与各种文化著述的文体边界也很模糊。论者此前曾以“史传传统”和“诗骚传统”言其对小说的影响，事实上“史传传统”和相关文化著述传统，对整个文学的影响同样至关重要。二十世纪九十年代以来，上述这批作家的创作转向，回到这样的一个著述的传统中来，是回归中国文化躯体宽厚、乳汁丰满的母体，可供利用和转化的创作资源自然不可限量。虽然不能说这样的创作转向，已经获得了圆满成功，但对当今文学开发利用本土文化资源，推动中国文学不断融入世界、走向现代，也带来了一些重要的启示。

（原载 2017 年 8 月 14 日《光明日报》）

网络文艺处在“雅化”关键期

董　阳

截至 2017 年 6 月，我国网络文学用户规模达到 3.53 亿，根据网络小说改编的电影、电视剧、网络游戏铺天盖地。据清华大学课题组发布的《2016 中国 IP 产业报告》，中国 IP 影响力排名前 100 位，网络小说就占了 61 部。这意味着，无论你读不读网络小说，将来你看的电影、电视剧，听的歌曲，玩的游戏，很可能都跟网络小说有关。可以说，我们正处在“网络文学 +”——一个由网络文艺“接管”大众文化的时代。

这不是危言耸听，从文化发展史角度看也并不奇怪。一时代有一时代之文学，网络文学其实就是互联网时代的通俗文学。今天被我们奉为经典的元杂剧、明清小说，都是通俗文学，都是在底层文人大量的民间创作基础上，于勾栏瓦舍的频繁演出中，涌现出来的大众文艺精品。远的不说，金庸武侠本来就是在报纸上连载的通俗小说，它继承了晚清民国以来通俗文学传统，最终融入主流文化，而我们看到的许多武侠小说衍生的电影、电视剧、流行音乐、网络游戏、漫画，其核心的创意正是通俗小说本身。今天我们将《西厢记》、四大名著奉为经典，把金庸小说放在很高的位置，将来某部网络小说被奉为新名著，某部由网络小说改编的电影被奉为新经典，完全是有可能的。

有人说，网络小说怪力乱神、子虚乌有，怎么能够担当这样的重任？在我看来，网络小说在发展初期，有过放任自流的阶段，确实存在泥沙俱下的问题，有的还很严重。但“风物长宜放眼量”，今天正是包括网络小说在内的网络文艺从亚文化向主流文化转换的关键阶段。对此，我们既要有信心、有心胸，也要对问题和难度有足够的清醒意识。

目前，“网络文学”在数量上已经“+”得够多了，但在质量上还有更大空间，现在的重点应该从“+”得多转向“+”得好，从增量转为提质。这三四年来，“IP”这个英文缩写在中国的媒体上频频出现，几乎到了妇孺皆知的地步。“IP”的本义是“知识财产”，在我们使用的过程中，主要是指网络小说的授权改编和衍生。这主要是因为，中国网络文学体量实在是太庞大了，中国年轻人的想象力和创造力大量投入网络文学中，其规模在全世界首屈一指。而且随着网络视听和传统影视市场不断扩容，各路资本纷纷介入，大量收购IP，网络小说身价水涨船高，据说有的网络小说IP估值几个亿。之后就是我们今天看到的现象，海量网络小说改编项目上马，大有“狂轰滥炸”之势。

从经济效益看，网络小说自带粉丝，根据网络小说改编的作品会有市场保障。但从实际情况看，真正实现口碑与票房双赢、社会效益和经济效益双丰收的情况并不多见。以至于一些网络小说的粉丝们，一听说要改编成网络剧，就预感挚爱作品将要被糟蹋的负面反应。这种现象非常值得注意，它意味着如果“+”得质量不好，口碑与票房分歧过大，“粉丝经济”的游戏很可能就玩不转了。

中国社会物质生产正在经历从重“量”到重“质”的转型，文化产业也到了瓶颈期和转型期。那种“得IP者得天下”的想法是非常外行的，即便从经济效益上来说，也是十分片面的。网络小说向其他艺术形式的改编，难度并不亚于原创，丝毫不能掉以轻心。只有“+”得专业，“+”得有品质，才能实现双赢，也才会产生正面的社会效益，把票房成功转化为文化成功。

我们还要认识到，相比于网络小说，影视和游戏作品影响更为广泛，网络小说改编过程中，要在价值观表达上具有清醒意识。一部网络小说动辄上千万字，更新速度极快，文字水平参差不齐，价值表达未经深思，此类问题普遍存在，即便所谓“大神级”作品也不能免俗。影视改编不能停留在照搬的层次，而应当在文化品质和价值内涵上做出有效提升。

此前网络小说读者主要是青少年群体，他们正处在价值观形成阶段，并不具有成熟判断力，而且由于这个群体相对封闭，小说中存在的价值观问题往往不容易察觉和公开。一旦推送到大银幕和小荧屏上，其价值观冲突就格外激烈，比如某些“宫斗”作品所宣扬的“丛林法则”，某部“穿越”作品出现的“乱伦”问题，等等，都曾引起社会舆论激烈争议。要强调的是，这种争议并不意味着社会不宽容，我们要清醒地意识到，网络小说在“+”的过程中，不但需要艺术形式的转换，同时也一定程度上隐含着青少年亚文化向社会主流文化的转换。改编者在价值观表达上应当具有底线意识，以正面价值观给人以积极健康的文化影响。

大众文艺的兴盛是文艺高峰形成的广大基础，对大众文艺进行吸纳和提炼，正是文艺高峰形成的必由之路。经过20年快速发展，中国网络文学已发展成“庞然大物”，并对我国文化生态起着越来越显著的塑造作用。从早期的野蛮生长到前几年的规范管理，再到最近的IP衍生，网络文学所“+”的内容越来越多，其影响更是无处不在。对此，我们不仅要从产业的角度去看它的体量之“庞大”，更要从文化的角度看它的影响之深刻。宋词、元曲、京剧、小说，都源于民间疯长的俗文化，经文人提炼萃取而成经典文艺样式，今天的网络文艺，也正处于“提纯”“雅化”的关键阶段。事物发展往往“起于青苹之末”，这个事实越早看到，我们就越有文化自觉，就越能顺势而为，引导创作，从而繁荣社会主义文艺，筑就新时代文艺高峰。

（原载2017年11月17日《人民日报》）

“文学批评共同体”如何重建，怎样主体？

徐　勇

“文学批评共同体”的形成，要到1980年代。1980年代以来，文学批评的个人性逐渐得到彰显。主体性逐渐显现出来。但因为当时作为普遍共识的“新时期共识”的存在，文学批评虽极具个人性，但仍能从整体上把握和看待。也就是说，这是一种“新时期共识”下的文学批评。文学争鸣是当时“文学批评共同体”的存在方式。文学争鸣虽然带有思想的激烈交锋和不同观点的碰撞，但这并不影响“文学批评共同体”的稳固存在。这样一种以文学争鸣的形式存在的“文学批评共同体”虽看似松散、随意，但其实十分牢固。当时普遍认为，很多（甚至可以说任何）问题，都可以通过争鸣而形成“共识”，也就是说，当时的人笃信，真理越辩越明。这都是因为有了“新时期共识”或者说“共名”的存在。

1990年代以来，随着“新时期共识”的破灭，以及人文精神大讨论的发生，文学批评出现了极大的分化。在这个年代，文学批评逐渐演变成自说自话，和制造话题（比如说贾平凹的《废都》事件）相并存的局面。在这一语境下，命名和制造话题的相关性，成为文学批评共同体的存在方式。这是一种以话题的形式存在的文学批评共同体。虽然，也存在所谓的学院派和非学院派的区别，以及所谓“思想”和“学术”的分野，但这些区别带来的，常常只是文学批评方式和批评话语的差异，并不影响“文学批评共同体”的存在方式。话题的相关性，使得“文学批评共同体”的存在具有权宜性和临时性特点，随着话题的产生和转移，“文学批评共同体”也面临解散和重组的可能。

文学批评的阶段性特征，使我们明白，“文学批评共同体”的存在，某种程度上也具有阶段性特征，我们应该意识到，离开了特定时代的语境，便不可能很好地讨论“文学批评共同体”的重建。

当前的语境就是，中国作为大国崛起，以及民族复兴逐渐成为现实。站在民族复兴的角度，对历史和传统，特别是革命史进行重评和重估就成为必要。在这种情况下，历史性地重估、重评其实也是重造或再造。重建“中国文学批评共同体”的主体价值，有必要放在这一重建的语境和重评的脉络中展开。也就是说，我们重建“中国文学批评共同体”不是要回到 1980 年代，或者说 1990 年代。重建是为了服务于当前时代的文学的历史任务。这一任务就是习近平总书记所说的“要创作生产出无愧于我们这个伟大民族、伟大时代的优秀作品”。

如果说 1980 年代“中国文学批评共同体”的主体价值体现在以现代化意识形态为主导的新时期共识的话，那么今天重建“中国文学批评共同体”的主体价值，首先是要凝聚和强化民族复兴这一当前时代的共识。也就是说，重建“中国文学批评共同体”既是为了凝聚共识深化认识，也是这一共识下的文学/文化上的自觉自信的表现。这就需要处理好“中国文学批评共同体”与国家和民族这一更高意义上的“想象的共同体”之间的关系。换言之，“中国文学批评共同体”是为了服务于民族复兴这一更高的要求的，它的主体意识在更高的层次上就应是民族主体意识的表征。同样，民族复兴所带来的民族认同感也应成为它的身份认同的源头。“中国文学批评共同体”的主体价值的重建应始终围绕民族复兴这一主题展开。

在今天，要超越话题式的存在方式，而应重建以问题意识为导向的“文学批评共同体”的存在方式。也就是说，我们可以以问题意识的提出的方式来重建今天的“文学批评共同体”的存在方式，以此凝聚新的时代的共识。

这些问题有，中国经验的文学书写问题，文学写作中的中国作风与中国做派问题，中国文学的现实主义传统问题，等等。这既是在老调重弹，也是在更高的意义上展开的重评与重建。其目的是，通过这些最为基本而具体的问题的重评导入到文学普遍性命题的重新思考，而不是相反，先有一套文学的普遍命题，而后以中国文学作为验证的做法。后一种是自近现代以来的做法。换言之，我们今天所要做的是，如沟口雄三所说的那样“以中国为方法，以世界为目的”，“以中国作为方法的世界，就是把中国作为构成要素之一，把欧洲也作为构成要素之一的多元的世界”。

重建“中国文学批评共同体”的主体价值，有必要重建文学批评的宏大叙事话语。今天的文学批评如果还是在自说自话，还是在一味地以制造话题（且不论这话题是真命题还是伪命题）为导向的话，这样的文学批评的共同体及其主体价值的重建也仍将是虚弱的，且无法面对当前现实并发表自己的声音的。要想重建“中国文学批评共同体”的主体价值，就必须与我们当前的时代保持一种彼此呼应或因应的关系，必须与我们这个时代的时代精神和主题相契合，只有这样，“中国文学批评共同体”的主体价值的重建才可能牢固且具有现实意义。习近平总书记提出的“要创作生产出无愧于我们这个伟大民族、伟大时代的优秀作品”这一新的时代的要求，其实是提出了文学批评的宏大叙事建设。文学批评要以民族复兴、爱国主义和人民中心为主导，要以史诗写作作为批评的伟大目标，结合文学写作中的中国经验，建立中国自己的文学批评的宏大叙事标准。

“中国文学批评共同体”的主体价值的重建体现在，第一，明确和重建文学批评的主体地位及身份。在今天，文学批评，既不是1980年代的个人主义式的，也不仅仅是1950年代的主流意识导向式的。文学批评既不高于文学创作，也不是文学创作的仆从，文学批评应重建自己的一整套话语。在今天，文学批评共同体的主体价值，体现在文学批评话语体系的建设上。我们既不能仅仅使用作家的经验阐释和理论概括，也不能袭用西方的批评话语。我们要重建文学批评的中国话语，只有这样，才能重建文学批评的主体地位和身份，只有这样，才能面向或针对中国的文学创作发出或展开自己的有效阐释，并促成一种真正具有中国经验的文学写作和文学批评的产生。这就要求我们跳开学院派与非学院派、体制内与体制外、传统媒体（纸媒）与新媒体（网媒）之间的区分和限制，以更加开放和包容的态度，围绕真问题的提出和自身批评话语系统的建立，展开其实践。

第二，“中国文学批评共同体”的主体价值的重建，应以成为阿甘本意义上的“同时代人”为其目标，而不是简单的棒杀或无原则的捧抬。文学批评共同体同作家的关系，同我们这个时代的关系，应该是一种“奇特的关系，这种关系既依附于时代，同时又与它保持距离。更确切而言，这种与时代的关系是通过脱节或时代错误而依附于时代的那种关系。过于契合时代的人，在所有方面与时代完全联系在一起的人，并非同时代人，所以如此，确切的原因在于，他们无法审视它；他们不能死死地凝视它”。

简言之，我们与这个时代，既需要契合，又必须保持距离。说契合，是指在时代精神和主题上与我们这个时代保持一致。而要保持距离，则是指我们要有自己的立场、自己的主体价值，要能对我们这个时代保持必要的警惕、惊醒并具有批判能力。只有这样，我们才是在今天的和当下的意义上重建“中国文学批评共同体”的主体价值，而不是相反。

（原载2017年6月21日《文艺报》）

论民间故事的改写

刘守华

民间故事是人们十分熟悉和喜爱而又具有宝贵价值的口头文学样式。原生态的民间故事存活于人类的口头语言之中；文字出现以后，人们将口述故事以书面写定，转化成为书面文本，有的称为“记录”，有的称为“重述”，有的称为“写定”，有的称为“整理”，不论是概念确立还是在写作实践上，我国学界长时期都缺乏规范性的明确要求。直到1956年经过一场关于民间文学搜集整理问题的大讨论，《民间文学》杂志才在社论中明确提出：“忠实的记录，慎重的整理，这是当前需要引起大家注意的头等重要的事情。一切参加民间文学的搜集整理工作的人，应当把它们看得像法律一样尊严。”由此，“忠实记录，慎重整理”便成为写定民间口头文学的规范性要求流行开来，这些作品在发表署名时，也就通称为“××搜集整理”了。其实这些故事的来源和书面写定的情况差别很大，既有按往昔记忆写出的，也有面对口述人讲述现场笔录或事后追记的，还有的是讲述者自己动笔写下来的；因而有的文本只有干巴巴的情节梗概而不见枝叶，也有的按时尚趣味进行文学加工而弄得不伦不类。有鉴于此，上世纪 80 年代初编纂中国民间文学三套集成时，为着增强民间文学工作的科学性，便一律用“采录”来取代原先的“搜集整理”了。

在编纂《民间文学集成总方案》中，最初仍沿用我们多年使用的“搜集整理”一语，只是特别强调了“忠实记录，慎重整理”的要求。1990 年 3 月 6 日印发的关于故事集成吉林卷审稿纪要的《简报》，按照主编钟敬文先生的意见，引人注目地提出：“过去发表的民间文学作品署名常常标明‘搜集整理’字样。鉴于过去整理的做法缺乏统一的规范，差别很大；同时集成工作对作品的记录、整理又有自己特定的要求，与一般作品的做法不同，因此会议规定故事集成作品执笔人署名标明为‘采录者’，以示区别。”随后举行的编选工作会议及印发的纪要重申这一规定，并引述了钟老就此发表的意见：“钟敬文主编在谈到这个问题时，特别指出这是如何理解民间文学的文学性问题……有些人对民间故事的态度，一方面是习惯于‘加工’，其次是对民间文学的‘文学性’理解得不够准确。”此后编定和正式出版的故事集成以及歌谣、谚语集成，便按此意见均用“采录”取代“搜集整理”字样，使之成为一种通行的规范性要求了。

尽管在一般人看来，“采录”和“搜集整理”似乎并无实质性的差别，可是就广大范围内的民间文学工作而言，由于“整理”和“创作”之间并无明确界限，其灵活自由度便常常促使执笔者走向非民间文学乃至反民间文学的境地。现在以“采录”二字标明其工作的特殊性质和要求，本身就鲜明地体现出忠实于民间文学本真面貌的科学性。虽然在已成书的卷本中，忠实于原作的程度实际上很不一致，但作为一种从事民间文学工作的基本理念改变了，因此其学术意义是巨大深远的。

就现在流行的民间故事书面文本来看，其贴近口述原生态的情况，大体可区分为三种类型。一是接近原始记录稿的。二是有一定程度加工的整理。整理内容包括：思想内容的适当增删、情节结构的适当调整、细节的提炼修饰、语言的加工润色等。孙剑冰笔下的故事，如《天牛郎配夫妻》这本书大都采用这种整理方式，它代表了在报刊上发表的保持民间口头文学特色较好的那部分故事书的整理情况。三是接近于改写的整理。

1956 年我国民间文艺界曾就民间故事的搜集整理问题展开过一次大讨论，我当时写成《慎重地对待民间故事的整理编写工作》一稿投寄《民间文学》，于 1956 年第 11 期刊出，成为焦点之一。文章就当时中学文学课本中选载的《牛郎织女》课文进行评说。针对有人赞誉故事文本对人物心理和某些生活细节“达到刻划入微，合情合理”的艺术成就，我认为这样做恰好脱离了民间故事主要通过叙说故事情节来刻划人物、突出主题的本来特色，因而不可取。我那时强调以尊重民间故事本来形态的慎重态度来整理写定民间故事文本的基本精神，虽然是可取的，可是将“整理编写”不加区分地混为一谈却失之偏颇，正表现出自己当时在民间文艺学知识上的浅陋。就笔者亲身经历的这一事例进行反思，给予我们这样的宝贵启示：开掘民间故事这一文化宝库，除通常的采录写定文本之外，还有如同《俄罗斯民间故事》《格林童话》以及《意大利童话》这样的“改写”民间故事之作，出自这几位文学大家笔下的民间故事，其辉煌光焰丝毫不亚于他们笔下的其他文学成果。

关于怎样改写，我有以下几点意见。首先是故事篇目的选取。通常的故事文本写定，是就作者自己直接进行田野调查所得的口述资料整理写定，我们现在所说的改写，是参照已编印成册的书面故事资料再加工。在此，编纂《中国民间故事集成》所遵循的全面性、代表性和科学性的“三性”原则还是适用的。特别是要注意选取篇目在民族地域、题材、体裁、风格上的代表性，尽力展现出中华文化的绚丽多彩风貌。按故事学研究中的“类型”来选择篇目有利于构建中华故事的百花园。

其次是文学加工的实施。格林兄弟的《德国民间故事集》和卡尔维诺的《意大利童话》都采用了半“科学”的方法，在民间大众口述的故事里，加上了自己个人的色彩，而且还把故事的各种不同说法统一起来。删去故事中粗俗部分，对故事的表达和意象作了润色，并力求文体风格前后一致。这样处理出来的文本不是为了民俗学研究，而是为了大众的阅读，成为改写民间故事的成功范例，也为民间故事的改写提供了可资借鉴的宝贵经验。

应该把改写这个工作的特点和价值与个人的文学创作区别开来，另外如果将改写和写定原作相比较，改写所构造的文本面貌似乎可以用“似与不似之间”来要求。所谓“似”，就是它应具有民间故事的特殊韵味，不同于纯粹个人创作的小说之类；所谓“不似”，即它不是简单重述或抄袭那些流行的书面故事文本。这里还存有一个保护故事原创成果的知识产权问题，不能不郑重对待。在保持原故事基本面貌（核心母题、主要角色、主干情节）的前提下进行适当的文学加工和修饰，应当被作为民间故事的一个新品种来看待。其目的在于延续每个故事自己的生命，其中还包含尊重，保留原故事所含的习俗信仰根基。可是要做到既不对原作生搬硬套，又须保留原作（并非某一单篇文本）的生命神韵，实际上是比通常的“整理”或自己独立编写故事更为繁难的一项工作，须付出创造性劳动才能做好。

我在上世纪90年代问世的《故事学纲要》中，讲到中国民间故事的采录，曾列举了山东的董均伦、江源夫妇，北京的孙剑冰以及湖北的王作栋，作为中国当代故事搜集家的几位代表，并就其成果与经验给予评说。其中董均伦、江源两位的成就值得我们特别注意。新中国成立后，董均伦、江源两人合作搜集整理故事，出版了《传麦种》《金瓜配银瓜》《龙眼》《宝山》《金须牙牙葫芦》《玉石鹿》《石门开》《三件宝器》《玉仙园》《匠人的奇遇》《找姑鸟》等十多本故事集。他们两人以民间文学工作者的身份，在长时期深入群众过程中，用“安营扎寨”的办法来搜集故事；作为群众中普通的一员参加故事活动后，依据自己的记忆复述或整理出来。这些故事在发表和出版时，有时署名为“董均伦、江源记”，有时署名为“董均伦、江源著”，多数作“董均伦、江源搜集整理”，一般都有适当的文学加工，加工的幅度不一。由于他们熟悉群众的生活、语言，笔下的故事大都较好地保持了民间故事原来的风格和魅力。就其文学价值而言，和阿·托尔斯泰的《俄罗斯民间故事》乃至《格林童话》相比并不逊色，是具有独特风格的杰出艺术作品。但加工程度不一，而又未作具体说明；未保存关于这些故事讲述和流传的情况及原始资料，因此把它们作为民间文艺学科学资料来使用时，便有着一定的局限性。

民间故事改写，显然不可能一蹴而就，须接受读者赏析，吸收批评意见，才能臻于完美。就改写民间故事这个新鲜话题展开讨论，希望引起学界足够的重视，同时，还希望通过此文鼓励有志者进行改写故事的多样化实践，以促进百花竞艳。

（原载《民俗学研究》2017 年第 1 期，全文 7000 字，祝鹏程摘）

山陕后稷神话的多元化民间叙事

段友文　刘　彦

作为周族始祖神和农神，后稷在整个社会文化体系中占有重要地位，是封建社会的正祀之神，其神格品质在保持正祀之神基本特点的同时，又显现出地方化、民间化的趋势；其神职功能更为多元化，除了“教民稼穑”之外，又有司雨、治病、驱邪等现实职能。山西晋南、陕西关中是农耕文明的重要发源地，具有典型农耕文化特质的后稷神话即生长在这片土壤之中。后稷神话在民间的传承、发展、演变路径呈现出多样化的特点，在民间体现出与主流社会不同的传承方式和叙事形态，文化内涵更加丰富，在人与自然、民众与社会、主流与民间的交流互动中转化为具有现实意义的地方性知识。通过对不同时空环境下的后稷神话所呈现出的不同叙事方式进行解读，不仅有助于把握后稷神话在“文化传统”构建过程中所产生的积极作用，还可以深刻揭示后稷神话传说的基本特征和演变规律。

一、山陕后稷神话的传承特征与传承主体

晋陕后稷神话的民间传承主体，既有着“民”的一般性特点，又具有特定地域民众的文化特质，其传承特征主要表现在两个方面：

其一是农耕文化语境下的家族思维。周文化本质上就是农耕文化，发达的农业生产给民众创造了富足的物质生活，最终形成了宗法礼制。山陕民间叙事中的始祖后稷鲜明地体现出了这样的宗法礼制特征。陕西岐山县城西有周公庙，周公庙的创建虽在唐代，但其宗法秩序仍承续着周代以来的礼制规范，形成了以男权为中心的建制格局。当地民众对于周公庙建筑的等级格局则称之为“背子抱孙”。这样的认识是以姜嫄为宗族中心，更加强调家族伦理关系的有序性。

其二是趋利避害的合宜性选择。从生产生活的实际出发，依循着“合意愿”的原

则有选择地祭祀，逐渐形成以后稷为中心的祭祀文化圈。民间的后稷信仰主要体现着民众的现实生活需求，具有现实功利性的特征，更多地保留了稷神的“自然属性”，祈求风调雨顺和庄稼丰收是民众最大的愿望。

二、山陕后稷神话的口头叙事

后稷神话在山陕民众的口头叙事里，形成具有鲜明地域性和历史性的异文，主要可分为两大类：一类是散存于古代典籍文献以及相关研究著作中的后稷神话传说；另一类是至今仍流传和保存于地方文献资料中的后稷神话传说，反映着民众的生活史和思想史。志书、文史资料等地方性文献多由地方文化精英编纂，其中保存的大量神话传说故事，体现了与主流文化相一致的价值取向，同时也贴近民众，在一定程度上体现了民众的价值观。后稷神话的口头传承不同于正史记载，体现出鲜明的地域性，直接反映了民众的现实生活愿望和情感诉求，对于后稷的诞生、教民稼穑等事迹有着民众自己的解读视角和叙事方式。

后稷感生神话在山陕民间传说中所占比例最大，与地方文化联系紧密，叙事重点更侧重圣母姜嫄。后稷神话的民间口头叙事与经典古籍记载既相联系又有不同。从叙事内容来看，共同之处主要有三点：一是民间传说中保存了后稷的正统帝系身份，均对姜嫄为帝喾妃子一事详细记述。二是后稷的出生皆因姜嫄踩踏雪地中的巨大脚印而受孕，但留下脚印的人并不明确。三是后稷出生后都曾被三弃，皆因受到神奇护佑最终成为周族始祖。从叙事方式及情节素来看，不同之处有以下几点：一是姜嫄形象成为叙事的重点。姜嫄的形象更为具体化、生动化。其间体现出重视子嗣的生育观念，这显然是在后世的农耕社会生活中形成的，在叙事中与后稷的诞生紧密整合在一起。二是地方风物的渗入，情节素构成更为丰富，后稷神话向具有地方化的传说转变，成为一种解释性的地方知识。上述民间叙事作品中，情节上延续了古老神话的叙事线索，后稷诞生神话成为后世传说滋生的土壤，它们相互之间体现为源与流的关系。相同的人物、相似的情节使上古神话与民间化的地方叙事建立起了逻辑上的承续关系，从民间文学的文体角度来看具有质变的性质，然而从艺术创作方式来看，又有着明显的传承轨迹，两者有着诸多共同性。

三、山陕后稷神话的空间叙事

在山陕独特的地域环境中，对后稷神话的记忆不仅以语言的形式进行时间性的传承，而且在空间的维度里，以各种物质载体为传播媒介记述后稷神话的活形态叙事同样是传承过程中至关重要的形式。这样的叙事形态突破了口头叙事在表现空间方面的缺陷，使后稷神话在山陕的空间范围内坐实为一种民众日常生活的有形标识，与其他叙事形态共同构建起后稷神话的象征和知识系统，因此，可以从物质空间和精神空间两个层面来深入解读后稷神话的民间叙事过程。

（一）自然空间中的后稷神话

在山陕黄河流域的广阔地域空间里，后稷神话流传广泛而深远，至今仍保存着后稷庙、戏台、教稼台等文物遗迹，历千年风雨而不衰。后稷神话已物化为一个分布范围极广的后稷遗迹文化丛，主要分布在山西的稷山、万荣、闻喜，陕西的彬县、武功、岐山、扶风等地。此外，武功周边的扶风、岐山、彬县均分布有后稷祠庙、姜嫄墓等遗迹，形成了一个遍及黄河流域涵盖晋南、陕西关中地区的蔚为大观的后稷遗迹文化丛，在民众的深层记忆里构筑起一个不同于行政空间观念的后稷文化网络，形成了一个跨县份、跨省区的后稷祭祀文化圈，进一步推动了民众精神空间中后稷神话叙事体系的建立。

（二）民众精神空间构建中的后稷神话

与后稷遗迹关系密切、相互影响的是伴随民众精神生活的后稷信仰，在中国古代民俗信仰体系位于正祀之列的诸神里，后稷是具有典型意义的一个“帝王”。他的事迹不仅在于创立周族，还在于农耕文化的发明。后稷祠庙在地域社会和民众心目中的“力量”，在各种仪式行为中得到表达和强化。对山陕各地有关后稷信仰碑文的解读，透视出后稷神话在民间是一个成千上万次被“重复”的过程，在这个过程中，乡村的历史和神灵的威严得以建构和巩固。在实际功能上，这些民间叙事在更大的历史地理空间中建立起“亲密”关系，而后稷神话在漫长的历史发展过程中，也经历着不断被选择的过程。后稷崇拜的民间叙事里，其神职功能产生了更多符合民众理想诉求的转变。在民众精神空间中构建起的后稷信仰体系里，后稷是一个既保存有经典叙事中作为周族始祖和发明农业的正祀神格，同时又在民众解释传统中衍化出司雨、驱涝等神职功能的民间神格形象，这成为后稷神话得以久远传承的重要因素之一。

四、山陕后稷神话的行为叙事

研究民间行为叙事离不开实地调查，我们在山陕乡村进行后稷神话的调查中，也自觉地从民众行为切入，观察民众围绕后稷神话而产生的一系列行为过程。民众对于后稷的尊崇已转化为日常生活的一种行为方式，护佑民众生活平安和满足人们子孙繁衍的美好愿望，同时蕴含着强烈的祈求风调雨顺和庄稼丰收的美好心愿。祭祀、祷祝、祈求等民俗活动中以后稷为中心展开的行为叙事，至今在民间仍极为丰富多彩。后稷神话在晋陕民间的传承一直遵循着民众主体的现实生活诉求，以民间化、生活化、仪式化的行为过程再现着后稷神话在地方传承进程中的再生形态，从而使后稷神话在民间化的行为表述过程中转变为有着实用意义的“地方性知识”，隐性地存在于民众生活之中。

小结

通过对后稷神话在山陕民间的传承状况及叙事模式的调查研究，我们发现：

第一，后稷神话的文化特质与民众认知心理是契合的。后稷神话所体现出的宗法礼制、家族观念以及护佑农业生产的神职功能都符合民众直接的生活愿望，并与民众生活相结合，稷神信仰已成为民众较为稳定的民俗生活模式。

第二，后稷神话在民间的叙事模式是立体呈现的。民间叙事与文人叙事、官方叙事等不同，从存在方式来看，运用了民众所能认识掌握的多元化媒介，从语言、物质，再到人的身体行为等，因而形成了口头叙事、空间叙事、行为叙事的活态叙事模式，在时间和空间的维度里立体、动态地展现了后稷神话在民间的传承状况。

第三，黄河流域孕育了古老的华夏文明，山陕地处中原腹地，成为上古神话发生、发展的重要地域。后稷与尧、舜、禹等始祖神历来被官方纳入到正统祀典系统之中，但他们在民间的传承中折射出不同的文化选择。

（原载《中原文化研究》2017 年第 2 期，全文 10000 字，祝鹏程摘）

越界：1958 年新民歌运动的大众化之路

毛巧晖

1958 年新民歌运动，又被称为“大跃进民歌运动”或“文艺大跃进运动”。1958 年 3 月，毛泽东在成都会议上倡议搜集民歌，他认为“民歌是中国诗的一条出路”。在随后的汉口会议和党的八届二次大会的讲话中，毛泽东又提到民歌搜集，他认为老民歌、新民歌都要搜集，并且提出了具体的搜集办法。此后，各地积极响应，纷纷发动与组织民众写诗、作画。但是这场运动并没有持续很久，到 1959 年二三月间郑州会议上，毛泽东就表达了对“诗歌卫星”的不满。很快这场轰动一时的“全党办文艺，全民办文艺”的运动仓促落幕。

一、数字中国：民间文学的大繁荣

1958 年中国各地搜集的民歌难以计数，参加者达上亿人，从十几岁的孩子到六七十岁的老人都加入其中。民歌进入了很多领域，从表达意见的大字报、意见簿到人民代表大会和各种大会，它成为一种普遍的表达方式。“说唱体”成为惹人注目的新文体。

在各级党委的组织下，全民进入了民歌创作与搜集的时代，具体而言，通过以下几种形式：（1）开辟诗歌创作园地，如陕西、河北、山西等地，县城设置诗亭，乡里建有诗宫，各个村社推出诗廊、诗台，各家各户门口挂着诗牌或墙上设有诗碑。这一方式给民众提供了创作的平台。（2）丰富多彩的民歌创作活动。各地开展多种样式的诗歌活动，如赛诗、民歌演唱赛会、诗歌擂台赛及展览等，其中赛诗会最有影响，它是民间歌会的移植与延续。（3）组织活动。各地纷纷开创群众创作大会、群众文艺创作跃进大会、民间创作积极分子会议、青年民歌手大会、群众诗歌创作小组等，尤其诗歌创作小组，遍及全国。

在这一运动过程中，民间文学研究机构积极组织与参与。中国民间文艺研究会（以下简称“民研会”）是当时全国性民间文学研究的组织与领导机构。从它成立就参与到民间文学刊物《民间文学集刊》《民间文学》等编辑与出版、民间文学搜集等工作。1958 年，它更是积极参与到新民歌的搜集与研究工作。此外，民研会还召开了多次民歌座谈会大力宣传。此外，还编辑出版了《红旗歌谣》《民歌一百首》等文本，以及《论新民歌》《向民歌学习》《大规模地收集全国民歌》《一九五八年中国民歌运动》等研究著作。

以上历史数字与民歌搜集、创作状况，

在中国民间文学发展史上史无前例，但是有关这场新民歌运动，研究者质疑较多，如民歌作者的身份、民歌的归属以及民歌的社会作用、民歌中“无民间”等。而这恰是这场民歌运动在思想史上的特殊性，也是它的独特之处。

二、大众化：身份转换与政治认同

晚清以来的现代知识人借助民间文艺“化大众”，他们到民间去，用民众喜闻乐见的形式传播“文化知识”，他们的目的是“教导大众”。但是到了40年代，中国共产党领导的解放区提出了文艺的新形式，即“萌芽状态的文艺”“工农兵的文艺”等，提倡知识分子到民间搜集民间文艺，并以此为新的创作形式，如轰动一时的《王贵与李香香》、新秧歌运动等。这与20世纪10—30年代所提倡的文学的民间形式不同，民间成为文学推广与实践的场域，到新中国成立后尤其是新民歌运动时期，可以说登峰造极。在这一运动中，民歌与新诗的边界消解。如果用当下的话语表述，就是“越界”。在1958年新民歌运动中，民歌表达方式与表达功能产生了越界——“民间艺人”与“作家”的阈限被打破，新型的“农民诗人”与作家一起都是社会主义“文艺战线上的先锋”，他们共同抒写新的政治生活与劳动生活，且作家文学和民间文学的“目标受众”都发生了转换。

新中国成立后，在全新的政治语境中，工农群众的角色与身份发生了巨大变化。但是作为文化建设主力的工农群众，他们的文盲率很高，尤其是农村，可能要达到95%。为了应对这一状况，新中国成立初期掀起了“识字运动”。工农群众掌握文化知识，为新民歌运动提供了一个前提与基础。同时也打破了民众对于“文字”的神秘感。随着掌握了书写技能，工农大众迅速按照国家的布置，进入了新中国“文化建设”的队伍。这一过程与当下接受现代教育的艺人不同，他们脱离了“民间艺人”，被冠以“农民诗人”的称号。这在文学领域超越了“作家”与“艺人”之间的阈限，而且将民间艺人视为社会主义“文艺战线上的先锋”。这一突破使得民间文学超越原有“界限”，民间艺人成为“作家”一员，他们不仅是创作者，还是文艺鉴赏者。这就使得彼此之间的“区隔”被打破。“民间艺人”与“作家”获得了共同的文化身份与话语表述权力，他们的作品都是新的政治生活与劳动生活的抒写。与此同时，作家文学和民间文学的“目标受众”亦发生转换，民歌不再是民众传唱，而成为“诗坛”作品，如《诗刊》《人民文学》等主流文学刊物发表大量民歌作品，同时，田间等诗人则追逐诗歌的民歌化，期望诗歌在“乡村扎根”。但是在他们的创作中，都没有顾及与思考民歌与诗歌之间的差异，即口头与书面的差异。对于口头文体而言，“文字文本”的价值不能完全展现其艺术性，民歌的歌词与歌手所表演的民歌也不同，民歌表演中歌手的方言、节奏、表情等不能呈现在歌词中。可见这两者之间的“越界”不仅仅是身份与受众的转换，更需要考虑到书面与口头关系的复杂性。

新民歌运动中须特别关注的还有一点就是民歌与画作的结合。与民歌和新诗的关系相比，新民歌运动中民歌对绘画、音乐等其他艺术样式的影响则较为成功。当时，天鹰就认为：“新民歌这一阵强大、刚健之风，不仅使诗歌平添了许多春色，也影响了文学艺术的其他样式，特别明显的是对绘画的影响，群众的诗歌创作运动蓬勃发展的结果，带动了群众的壁画运动。”1958 年 8 月，江苏邳县的壁画入京展览，引起较大范围的轰动，而且也在较大范围内掀起了一个高潮。时至今日，江苏邳县的农民画依然兴盛，与此有着直接关系。

因此，在新民歌引领的大众化运动中，民歌与新诗的跨界交融，使得民间文学承载者的身份发生了转换，“民间艺人”逐步转化为“农民诗人”，“民间文学”与“作家文学”的区隔被打破，他们的“目标受众”完全一致，内容亦相同，都是对“社会主义新中国”的抒写。这种貌似民间文学进入主流的跨界域，但是它并没有关注到“口头”与“书面”转换的复杂性，这种简单的转换只能昙花一现。但是民歌与绘画的交融，却对后世形成了积极的影响，从 1958 年的壁画运动，到当下的农民画繁荣，就是很好的证明。

三、交融与变异：民间文学价值与功能

这次打破“民间”与“作家”界域的方式，不仅为民间文学带来了短暂的繁荣，而且民间文学的价值与功能发生了变异。前者已经提及，它的价值之一教化被提升到国家层面，即政策传达与意识形态表述，这与作家文学彼此交融、互为表里。在新民歌运动时期，民间与官方相互交织，应由作家文学宣传的政策、意识形态，则由民间自我完成、自我实现。

在新民歌运动中，民间文学的表达功能发生了变异。民间文学从产生之日起，它就有民众表达与交流思想情感和认识看法的功能。但是在新民歌运动中，民歌主要成为国家话语的反映与应对。当然我们也不是说所有新民歌都不具有历史价值，而是说因为民歌的表达功能被异化，民歌不仅是民众情感交流的形式，而且它还成为政府开会、政策宣传的形式。这样，民歌的表达功能被泛化，走向了极端。但是在新民歌运动中，少数民族民歌就不像很多汉族地区的民歌，功能异化、价值完全改变、“民间”缺席。比如，在新民歌运动中，傣族也根据历史的变迁和社会情境的变化，编了新的民歌，但是这些民歌的表达功能和实用功能却没有完全丧失。因此对于这次新民歌运动的分析，不能进行简单的同质化批评与反思，要注意到它内部的差异性以及民间文学价值与功能的特殊性。

总之，1958 年从民歌领域开始的大众化运动，不再是知识分子到民间去，而是要消融于“民间”，“民间艺人”与“作家”界限被打破，民间艺人与作家共同成为新的“社会主义文艺”新军。同时民歌与新诗的阈限亦被突破。随着历史的车轮，这一“盛况”烟消云散，而从五四新文化运动就开始探索的，民歌对于新诗的意义，既走到了巅峰，也开始滑向反面。

（原载《民族艺术》2017 年第 3 期，全文 7000 字，祝鹏程摘）

民俗场:民间文学类非遗活态保护的核心问题

郑土有

在非物质文化遗产保护中，民间文学类遗产无疑是保护难度最大的，因为它以口耳相传的形式传承，随着人们娱乐方式的多样化以及生活方式的改变，绝大多数民间文学作品的生存状况堪忧，处于濒危的状态。在民间文学类非遗保护中，强调传承人的保护，是完全必要的。与此同时，必须思考的问题是：传承人不是天生的，而是后天养成的。因此，引入民俗场的概念，分析研究传承人是怎样养成的，是在怎样的环境中养成的，是保证有效进行传承人保护和培养的前提。

一、民俗场：民间文学“文本”演述的文化空间

民间文学的讲唱活动是在约定俗成的场合进的。这种场合有的有固定的时间和空间，如庙会、歌会等；有的没有固定的时间和空间，如劳动场合、婚礼、丧礼中的讲唱。我们可以将这种场合称之为民俗场。任何活态的民间文学作品传承都离不开民俗场，传承人的养育也离不开民俗场。

首先，这与民间文学的特性与功能密切相关。民间文学是一种口头叙事文学，其载体是口头语言和肢体语言。它不像书面文学可以在书房里由个人独立创作完成，可以在私密空间里独自阅读欣赏，民间文学必须在至少“二人在场”的公共空间里完成，共时地既要有“创作者”（讲唱人），又要有听（观）众，否则，就不能完成民间文学“文本”的演述过程。所有这些功能的实现都需要在公共的空间来完成。

其次，民间文学的传承人（故事家、歌手、说书艺人等）都是在民俗场的长期讲唱过程中逐渐成长、成熟的。传承人的成长是一个自然而然、循序渐进的过程。民间文学传承人的养成，没有一套固定、规范的教与学的模式，是在实践中成长的，通常都是在“听”的过程中慢慢学会，在“练”的过程中逐渐成熟，在“争（竞争）”的过程中脱颖而出的。如在上海郊区奉贤农村，每到夏天的夜晚，男女老少围坐晒场乘凉，唱山歌，听山歌。有许多山歌爱好者就这样听着、学着、记着，后来自己也成了山歌手。

最后，民俗场的存在与否，决定了民间文学作品的命运，也决定了是否能够不断出现新的传承人。即便是在同一文化圈内，处于相同的文化背景和外在环境，由于民俗场的原因，同一门类的民间文学作品都会出现截然不同的情况。山歌的演述民俗场已完全消失，其生存状况最糟，处于消亡的边缘；赞神歌的演述民俗场仍存在，但比较单一，基本局限于民间庙宇和庙会，时空限制较大，但因有信仰因素的支撑，生存状况尚可；而宣卷的演述民俗场较为多样化，同时宣卷艺人有可观的收入，激励了年轻人学习

的积极性，故传承情况最好，目前处于繁荣状态。

二、民俗场的缺失：民间文学面临的窘境

如上所述，目前民间文学传承面临濒危的局面，最主要的原因就在于民俗场的消失。

首先，民间文学作品失去了演述的语境。民间文学是口耳相传的口叙文学，讲唱者没有了讲唱的机会，慢慢就遗忘了；民众没有了听、学的机会，新的传承人也就不可能出现。因此，民间文学作品慢慢走向消亡也就不可避免。就民歌来说，在少数民族地区，由于民俗场（歌会、歌圩）的存在，传承情况普遍较好，但汉族地区的民歌目前大都处于濒危状态，原先那种集体劳动、农闲劳作的场景已经不再，现在绝大多数年轻人已经不能讲述完整的民间故事、唱民间歌谣。

其次，民俗场的消失，必然导致传承动力的减弱乃至消失。像任何人类的创造活动一样，民间文学作品的传承也需要内在或外在的动力，或是因情感的抒发获得精神的愉悦，或是能带来精神上或物质上的某种好处，如名声和荣誉，甚至获得直接的经济利益，如旧时在吴语地区农村，会唱山歌的人在农忙时可以得到更多的雇工机会，得到比别人多的工钱。而这种传承的动力往往形成于民俗场的演述过程之中。通过演述，讲唱者的能力得以体现，获得群体的认同，随之给他（她）带来种种“好处”，然后产生示范效应，逐渐转变为一种传承的动力。

最后，失去了养育民间文学传承人的池塘。如前所述，传承人是在民俗场的演述中不断磨炼成长的。民俗场就像一个大池塘，传承人就是其中的鱼，池塘干涸了，鱼就活不了。为什么同一池塘中，水质相同，食物相同，有的鱼长得快，有的鱼长得慢？这主要取决于鱼自身的基因和特性。传承人也是如此。生活中的每个人都是民间文学的传承者，但优秀的传承人是少数，因为他（她）们具备一般人所没有的特性，如开朗外向的性格、超强的表现欲、良好的表达能力、优美的嗓音等，而这些优点是在民俗场的演述中慢慢显现出来的。这是一个自然而然的过程，没有人为的刻意的因素。

三、民俗场是否可以“恢复”“再生”

不可否认，绝大多数传统民间文学演述民俗场的消失是不可逆转的事实，也是社会发展的必然结果。但是，民间文学作品的活态传承、传承人的养成，又离不开民俗场，那么，我们是否可以在民俗场的“恢复”“再生”方面作些努力呢？从这些年的实践来看，在某些领域是可以有所作为的。

首先，最为理想的方法是，在条件允许的情况下，尽量恢复民俗场。在非物质文化遗产保护的大背景下，一些庙会、传统仪式、歌会陆续得以恢复，在一定程度上为民间文学作品提供了演述的场所，起到了良好的效果。如赞神歌在吴语地区具有悠久的历史，但1949年后列入封建迷信被禁止。上世纪80年代以来，随着改革开放和思想解放，伴随着民间信仰的恢复，赞神歌的演唱才逐渐从“地下”走向“地上”，在庙会活动中公开演唱。直到被认可为非物质文化遗产项目，赞神歌的演唱才步入了正常轨道。这些年来，许多地方的赞神歌演唱活动相当活跃，如笔者在莲泗荡刘王庙庙会调查时发现，每年参与的赞神歌歌班达十几班，分别

在庙宇的东西厢房、庙外水面的船上以及租借庙外的农家演唱。由此可见，只要民间文学演述的民俗场能够恢复，具有顽强生命力的民间文学就可以传承。

其次，有些民俗场不可能再恢复，但可以采用“移植”的方法，逐渐形成一个新的民间文学演述民俗场。时至今日，一些民俗场已不可能再恢复，但这种赛歌、对歌的形式，可以引入民众生活以及新的民俗活动中。目前，各地都十分重视恢复传统的民俗节日、庙会等，但总体内容不够丰富，充分运用当地的民间文学资源，哪怕是采用“借用”“组合”的形式，都可以充实民俗活动的内涵，同时也可以促进民间文学的传承。如上海市杨浦区南码头街道将旧时的码头号子排成节目，在社区组织的夏季纳凉等活动中表演，取得了较好的效果。

再次，利用文化场所“再生”民间文学演述民俗场。目前，各地都在大力加强群众文化场所的建设，如在街道社区设立文体中心，在乡村建设文化礼堂等。讲故事、唱山歌、说书等民间文学演述活动可以进驻这些场所，一方面，丰富群众文化的内涵；另一方面，也能促进民间文学的活态传承。例如，“上海故事汇”在这方面已经取得了良好的效果。这说明即使是在像上海这样的大城市，讲故事仍然有听众，仍然受民众的喜爱。因此，在社区文体中心、乡村文化礼堂中引入民间文学演述内容，应该说是具有广阔前景的。

最后，客观地评价民俗表演。目前，在一些旅游景点，为了吸引游客，往往有各种各样的民俗表演，包括民间文学作品的演述。如在绍兴、周庄的游船上，船工会唱民歌，并收取一些费用。事实上，这种民俗“表演”客观上也能起到一定的传承作用，也可以培养新的传承人，不失为一种新的民俗场类型。目前的问题是缺乏引导和指导，表演者的水平参差不齐，如果能对他们进行适当的培训，使之真正了解当地的民歌，掌握民歌的演唱技巧，并鼓励他们与游客互动，其效果会更好。

（原载《长江大学学报（社会科学版）》2017 年第 3 期，全文 8000 字，祝鹏程摘）

食品谣言的传统变体及叙事生长点

施爱东

在具体讨论网络食品谣言的类别及特征之前，我们先简单回顾一下口传时代的传统食品谣言。口传谣言大多具有叙事特征，一般讲述某个损害事件，谣言不仅涉及损害行为，还有特定的执行者，以及具体的损害对象。我们大致将之分为四类：一是下毒；二是下蛊、下瘟疫；三是下秽物；四是食物相克。

现代食品工业的发展为大众生活带来巨大便利的同时，也带来了巨大的困惑。一是生产空间和消费空间完全脱离，消费者难以监督生产流程；二是现代食品工业日益专业化的生产过程，全都超出了公众的常识领域，食品种类、形式和口味日益多样，新鲜食品层出不穷，人们与生俱来地对那些新生事物抱持怀疑态度。网络食品谣言无论在数量上还是攻击频率上都远远超出了传统食品谣言，但是通过对新旧谣言的分类比较我们可以发现，万变不离其宗，多数网络食品谣言还是传统食品谣言的变体。

食品添加剂（下毒）谣言：社会上普遍弥漫着一股对于食品添加剂和食品生产方式、制作环境、存贮运输、政府监管诸环节的严重不信任情绪，滋生了大量的食品谣言。非法添加剂彻底搅乱了公众对于食品添加剂的理解，人们将食品添加剂等同于化工毒剂，视作洪水猛兽。为了吸引眼球，方便理解，谣言家还常常给食品添加剂贴上传统毒药标签“砒霜”等。

虫害与病害（下蛊、下瘟疫）谣言：癌症正日益成为人们最恐惧、最关心的病害。取代传统“下瘟疫”谣言的，是各种食物“致癌”的谣言。此外，随着现代卫生知识的普及，“病毒”“病菌”也已经取代传统的“蛊”，成为令人望而生畏的新病害。每有流行病肆虐，食品谣言就会趁虚而入，甚至异国他乡的病风一吹，中国的谣言草就会动起来。当英国出现疯牛病的时候，“少吃牛肉，小心疯牛病!”之类的谣言就出现了。

污秽食品（下秽物）谣言：谣言家常常借助这些秽物来编造食品谣言，用“垃圾食品”来攻击那些他们所不喜欢的工业食品。污秽食品的谣言往往通过污名化的原材料，或者令人作呕的加工环境、混乱的加工环节来激起公众恶心、恐惧的不安情绪。

食疗与食物相克谣言：传统的食物生克信息一般属于私相授受、代代相传的传统知识的一部分，并不以扩散和传播为目的，与网络谣言的广泛性传播诉求是截然相反的。但是到了自媒体时代，情况发生了变化，一切“有用”的信息都被当成了可以卖钱、骗粉的噱头；缺少此类信息时，胡编滥造也得编些“必备知识”出来，用以浑水摸鱼、骗粉吸金。受传者一旦上当，下一步就会被这些谣言家牵着鼻子走，先是关注，继而洗脑，然后点击其广告。

谣言的新题材一：假食品。传统谣言中，很难找到假食品谣言。但当代却出现了很多假食品谣言。公众之所以信谣传谣，正是因为有了现实的食品安全问题，相信前车之鉴。谣言是一种过激反应的叙事，社会上的假货越多，滋生假食品谣言的可能性也就越大。流行时间较早、持续时段最长、争议最多的假食品谣言当属假鸡蛋谣言，其实假鸡蛋谣言是假的，一些人打着所谓人造鸡蛋技术的幌子骗取培训费才是真的。

法律无法消除公众心中对于“假食品”的疑虑。在这种雾霾弥漫的舆论环境中，普通老百姓很难清醒地辨识那些常识范畴之外的食品传闻是否谣言。假食品谣言多了，公众的恐慌情绪被调动起来，智商和判断力就会急剧下降。即使那些认为自己不信谣的人，也会在选购食品时受到谣言影响，甚至抱着宁可信其有的心理参与谣言传播。

谣言的新题材二：基因变异的食品。转基因技术自从进入公众生活以来，就从未摆脱谣言的追咬，甚至可以说，现代科技史上从未有一项技术像转基因一样受到如此频繁的谣言攻击。转基因谣言的影响是如此深远，信谣与辟谣的不同态度足以使夫妻反目、兄弟成仇，转基因问题早已不是纯粹的科学问题，而是政治问题、信仰问题。我们很难在有限的篇幅中对此展开讨论。转基因被严重污名化，连累许多本来与基因问题无关的食品，也被贴上基因标签而成为谣言攻击对象。关于肯德基的“激素鸡”或者

“转基因鸡”有六个翅膀八条腿的谣言，大概是近十年最流行的食品谣言之一，网上充斥着诸如《肯德基转基因食品，远胜当年鸦片》《肯德基的鸡翅长鸡脚！转基因厉害!》之类的帖子。

涉及现代食品工业和生物技术的谣言，多数都会跟人体的内在机理、基因等问题联系在一起，暗示食用这些东西将会改变人体的机能或结构，诸如“牛奶会杀精”“常喝奶茶会导致女性不孕”“吃微波炉加热的食品可能致癌”等等。谣言总是语不惊人死不休，唯恐不能引起受传者的注意，因而特别偏爱聚焦于生命和繁殖（性器官、性能力）两大主题。凡是涉及基因变异类的谣言，多数都会贴上致癌、致命、死胎、影响生育、断子绝孙、性功能障碍之类的标签。

网络食品谣言无论在数量上还是攻击频率上都远远超出了传统食品谣言，但是通过对新旧谣言的分类比较我们可以发现，万变不离其宗，多数网络食品谣言还是传统食品谣言的变体。那么，网络食品谣言相对于传统食品谣言而言，其谣言叙事的创新之处又表现在哪些方面呢?

（一）新材料新技术背景下新题材的产生

新的材料和新的生产方式为食品谣言提供了新的素材，只有当食品添加剂的滥用危及到了公众的安全、当转基因成果进入了食品工业、当造假技术突破了公众的传统认知，新题材的食品谣言才能在公共传播中引起反响和共鸣。

基因工程的出现，大大地扩展了谣言的素材，许多原来极少受到谣言攻击的蔬果，因为贴上了转基因的标签，从而被消费者视作禁忌食品。此外，由于癌症在健康话语中的分量不断加重，“致癌”已经成为当代食品谣言中最常见也最惊悚的字眼，某类食品致癌、某种添加剂致癌、食物的某种处置方式致癌。相应的，防癌、抑癌也就成了最吸引眼球的卖点。在微博和微信朋友圈，各种保健、养生类的食品谣言最为丰富。

（二）劝导篇幅加大，专业术语和精确数字的出现

随着国民整体教育水平的提升，科学的话语权日渐得到肯定，打着科学的旗号为食品谣言助长声势，已经成为网络食品谣言的惯用手法。类似的食品谣言中，打着美国或日本科学家旗号的“研究成果”最多，而且常常利用中国人的数字崇拜，罗列出各种貌似精确的数字。使用一些似是而非的概念，说一些让人似懂非懂的话，言必称美国科学家、日本科学家，动不动来点无从查考的统计数据，无形中给人一种知识渊博、神机莫测的错觉。

（三）图像的出现改变了谣言信息的构成要素

口耳相传的谣言是单纯的听觉谣言，网络时代的图片和视频谣言主要是视觉的，也可以是听觉的。图像信息直观易懂，加强了谣言的感官冲击力，有助于谣言的说服力和可信度。语言文字的谣言一般会有时间、地点、人物、事件，可是，图像的食品谣言凭借其视觉冲击，可以只展示其关乎食品安全的核心信息，忽略时间、地点和人物。

网络谣言呈现出的一系列新特征，归根结底是因为职业谣言家的出现，他们会煞费苦心地撰写《科学家终于找到牛奶致癌的确实证据》，不辨真伪地爬梳各种各样的食

物相克说，加工制作成“21 世纪人类健康必备，食物相宜、相克”表，捕风捉影地夸大食品添加剂的危害，无中生有地虚构转基因的“重大新闻”，然后借助传统谣言的叙事方式，专拣公众健康的软肋上拿捏，要么致癌、致命，要么影响生育、性功能，造成断子绝孙的后果。

当然，食品谣言的蔓延也不全是空穴来风。如果没有食品企业自身的过失，公众的信心没有丧失，谣言家哪来兴风作浪的巨大能量？此外，食品行业内部的恶性竞争，也为谣言生产提供了素材。食品谣言的泛滥，既有传统谣言的结构性要素，也有现代食品工业的不安全威胁和谣言家的推波助澜；既有媒体哗众取宠的成分，也有公众科学素养偏低的问题。可以预期，随着生产力的不断发展，食品工业还会不断地有新工艺、新材料的进入，每一种新的变化都会造成生产与消费之间新的疏离，增加新的不信任，有不信任就一定会有焦虑、有谣言。所以说，谣言永远在路上，辟谣总是滞后半拍。

（原载《民族艺术》2017 年第 5 期，全文 20000 字，祝鹏程摘）

民俗生命的循环：神话与神话主义的互动

杨利慧

如果要对 20 世纪后半叶以来国际民俗学领域里的热点话题和概念做一个总结的话，那么“伪民俗”（fakelore）、民俗主义（folklorism）、民俗化（folklorization）以及“民俗过程”（folklore process）大概都应在其中据有一席之地。一部分学者如美国民俗学者理查德·多尔逊（Richard Dorson）对此采取了负面的、消极的批评意见，另一些民俗学者表现出的宽容、理解和积极进取的态度，他们主张将民俗的种种新形态纳入民俗学的严肃研究范畴之中，以此拓宽民俗学的传统研究领域，很多人尝试将民俗的不同形态理解为民俗生命的不同发展阶段。比如德国民俗学者赫尔曼·鲍辛格（Hermann Bausinger）将“民俗主义”定义为“现代文化产业的副产品”，它标示着“民俗的商品化”以及“民俗文化被第二手地体验的过程”。德国民间音乐研究者费利克斯·霍尔伯格（Felix Hoerburger）将民俗的第一种形态叫做民俗的“第一存在”（first existence），后一种形态叫做“第二存在”（second existence）。民俗学者劳里·杭柯（Lauri Honko）则进一步把民俗的生命史细腻地划分为 22 个阶段，其中前 12 个阶段属于民俗的“第一次生命”（first life）或者从属于它，剩下的 10 个组成了它的“第二次生命”（second life）。

但是，在笔者看来，无论是积极还是消极、支持还是反对，上述两派态度似乎都将“民俗”与新形态的民俗（不管叫做“伪民俗”“民俗主义”“民俗化”还是“类民俗”）截然区分开来，尽管也看到二者的彼此融合，但更多强调的是二者之间的差异，而对它们的内在关联进行着力探索的成果相对较少；而所谓“第一”和“第二”生命阶段的划分，也多少有些简单和僵化，有直线进化论的明显印记，比如在杭柯的模式中，从第一次生命到第二次生命便标示着民俗的生命阶段从低到高的不断“进化”，尽管他声明这22个阶段的顺序在现实中可能会有差异（平行或者省略等）。其实，民俗与新形态的民俗、“第一次生命”与“第二次生命”之间无法截然分开，更无法对立，而是相互影响、彼此互动，呈现出一种循环往复、生生不息的状态。

本文将以笔者对河北涉县娲皇宫地区的女娲神话与信仰的长期跟踪调查为基础，特别是以该地旅游产业对女娲神话的挪用、整合和重述为田野研究对象，细致考察社区内部的神话传统（所谓神话的“第一次生命”）与旅游产业生产的神话主义（“第二次生命”）之间存在的交互影响与密切互动，以进一步充实神话主义的相关研究，并从这一特殊的视角，修正上述民俗生命观的不足与缺陷。

一、娲皇宫及其旅游产业

涉县位于河北省西南部、晋冀豫三省的交界处，面积1509平方公里，下辖17个乡镇、1个街道办、308个行政村、464个自然村，全县人口42万。涉县是中国女娲信仰最为盛行的地区之一，如今全县境内大约有近20座女娲庙，其中建于中皇山山腰处的娲皇宫是历史记载最为悠久、建筑规模最为宏大的一座。整个建筑群分为山下、山上两部分，多为明清时期所重修。山上的主体建筑是娲皇阁，通高23米，由四层组成，第一层是一个石窟，石窟顶上建有三层木制结构的阁楼，里面供着女娲造人和补天等的塑像。每年农历三月初一到十八是娲皇宫庙会，方圆数百里以及山西、河南、河北等地的香客纷纷前来进香。笔者对涉县娲皇宫的女娲神话和信仰的关注始于1993年，从那以后，娲皇宫成为我追踪考察女娲神话及其当代传承的最为重要的场所之一。2006和2008年，我先后来此调查时，注意到了一个新现象：导游对当地女娲文化的传播具有不小的影响。2015年8月，我对娲皇宫的导游及其神话讲述活动开展了为期6天的集中调查。跟踪导游们对普通游客的讲解，观察她们在不同语境中的表演，也和娲皇宫里的普通售货员、卖凉粉的老大妈聊天，聆听她们讲述女娲神话，还对游客进行了问卷调查和随机访谈。2016年4月，笔者又赴娲皇宫进行了三天的短期调查。本文的撰写便立足于这些调查成果之上。

二、导游词：以社区神话传统为基础

导游词在旅游景点的形象建构及其传播过程中起着至关重要的作用，因此往往成为地方旅游产业建设的重要环节之一。娲皇宫景区的导游词底本一般由了解情况的地方文化专家撰写。多年来，娲皇宫景区的导游词底本一直是由王艳茹撰写的，根据她自己的陈述以及笔者对她撰写的导游词的文本分析，可以发现底本依据的资料来源主要有三种：第一是当地的口头传统，用王艳茹的话说，是“老辈人口口相传的讲述”；第二是相关的古文献记录，例如《淮南子》《风俗通义》等；第三是专家学者的著述。由于当时能够查阅到的网络和书本信息有限，在该地进行大规模旅游产业开发之初，在将女娲补天神话写入导游词的过程中，制作者主动来到距离娲皇宫较近的索堡镇采访当地百姓。尽管在后期的加工整理过程中，为了追求叙事的完整性、语言的凝练以及与主流思想的一致，制作方对采集来的文本进行了一定的加工，增加了开头（解释天塌的原因）和结尾的阐释，但是，故事的主体基本沿用了民间原有的说法。

娲皇宫景区导游词对女娲补天和造人神话的重述，鲜明地体现了神话主义生产的特点：以建立并促进旅游产业的发展为动机，对神话进行挪用和重新建构，神话被从其原本生存的社区日常生活的语境移入遗产旅游的语境中，作为被展示的客体和被销售的商品，为通常来自社区外部的游客而展现。但是，从上面的访谈资料及其分析可以发现，神话主义的生产过程及其结果——导游词对于女娲补天以及伏羲女娲造人神话的挪用、加工和重述过程——并未与原有的神话传统相脱离，而是直接来源于社区内部百姓口述的神话，并以此为改编的基础和主体；制作方的加工往往只在“细部上的衔接”，例如添加“合适”的开头、结尾以及一些连接性的细节，交代主人公的身份和来历，以便让叙事在整体上变得“更完整、更周密”。另外，重构的内容还包括了语言的凝练以及主题思想的“升华”。可以说，在这一个案中，制作方的工作只像是加入的些许粘合剂和催化剂，而整个产品的主体依然是社区内部的神话传统。

三、导游与游客的互动

神话主义的生产和传播离不开其实践主体。对景区导游以及游客之间互动关系的考察，对我们深入认识神话与神话主义之间的循环模式至关重要。所谓“第一”和“第二”生命的直线进化观，正是在这里显出了简单和僵化。

导游在工作中往往并不是简单地背诵和照搬导游词，而是会根据游客的需要以及具体的讲述情境，不断调整叙事内容和表演策略，从而使其叙事表演保持流动的活力。笔者在田野调查中发现，实际上导游的工作过程往往并不是一方单纯地讲、一方被动地听，而是导游与游客彼此互动。在此过程中，一方面，导游在工作过程中，会接触到天南海北来的游客，这些游客也会把自己了解或者改编的神话讲给导游听，从而丰富导游的语料库；导游在工作中，有时也会将从游客那里听来的神话故事，再转述给其他的游客听。尽管有写定的导游词底本做基础，但是导游的知识来源依然是开放而非僵化的，她们会在工作中积极汲取其他游客传播或改编的神话，并及时将其中有趣和“应景”的部分，重新回馈、传播到更广大范围的游客中去。另一方面。导游通过讲解，会将神话主义（以社区内部的神话传统为基础和主体）传播给游客，而游客听完导游的讲述以后，也可能把它再讲给其他人听，从而促成了神话从社区到旅游产业、再从旅游产业回流进社区（包括原来的社区以及更广大范围的社区）的循环。

四、讨论与结论

通过这一个案，笔者尝试提出一种“循环的民俗生命观”，这一观念主张：民俗与“新形态的民俗”（伪民俗、民俗主义、民俗化、类民俗等）、神话与神话主义之间，存在着内在的关联，无法截然分开和对立；民俗的生命发展阶段并非简单的直线进化，而是相互影响、彼此互动，呈现出一种循环往复、生生不息的状态。“循环的民俗生命观”有助于进一步破除学界和社会长期以来固守的本质主义以及直线进化论的民俗生命观，重新检视民俗与伪民俗/民俗主义/民俗化/类民俗、神话与神话主义之间既相互区别又彼此关联、循环往复、生生不息的关系，从而以更开放的态度来对待新形态的民俗，并从中更深刻地洞见民俗的生命力。

（原载《民俗研究》2017 年第 6 期，12000 字，祝鹏程摘）

祛魅型传承：从神话主义看新媒体时代的神话讲述

祝鹏程

杨利慧等学者以“神话主义”来概括当代社会把神话传统从原生的语境中提取出来，植入新的语境中，被当代社会不同的人群挪用和重述的情况。“神话主义”的概念引导我们去关注神话在新媒体时代的传承状况，尤其是其与后现代社会中的消费文化和文化产业的关系。在互联网等新媒体中，神话主义的实践者以年轻人为主，他们是新型的神话传承人。这些人对经典神话的态度不像农耕时代的先辈那样虔诚与恭敬，甚至常常对神话展开解构性的改编与挪用。在他们的传承中，神话中的信仰成分往往是阙如的。本文借鉴马克斯·韦伯的概念，把这种传承人命名为“祛魅型传承人”，把这种传承命名为“祛魅型传承”。“祛魅型传承”指当代民众出于娱乐或商业等目的触及神话等民间文化，不再把神话视为真实可信，也不再把其中的信仰成分视为生活的准则与指导，但其对神话的改编实践在客观上起到了传承神话作用的现象。

“神话段子”指的是互联网中的民众将经典神话“段子化”，以戏谑、调侃的方式来解构、重组神话传统，从而制造谐趣，并为网民大众共享的文本。“神话段子”由年轻的网民大众创造，集中出现在各类笑话网站和微博、微信等社交平台上。这种对神话的传承是典型的祛魅型传承，其制造者是典型的祛魅型传承人。本文在神话主义概念的启迪下，以“神话段子”为主要对象，结合神话电视剧、网络游戏等神话主义的种种实践，细致分析祛魅型传承的成因、特点，探讨其对神话传承潜在的影响，进而展望新媒体时代民间文化传承研究的前景，以期能对扩展新的研究领域有所贡献。

一、祛魅型传承兴起的背景

在当下社会，人们仍然和神话发生着频繁的接触，但神话传承情境发生了很大的改变，从而促成了祛魅型传承的出现。

首先是社会的现代化与世俗化促成了神话之“魅”的失落。总体来说，前工业时代的神话往往与仪式等神圣场合联系在一起，它为人们提供了仪式和道德行为的动机，还告诉了人们如何去进行这些活动。而对于都市中世俗化的青年一代而言，神话未必是和仪式紧密相关的产物，庙会、祀典等承载神话的仪式空间也失去了信仰的内核，成为纯粹的文化景观。神话是虚构的叙事的观念则深入人心。

其次，课堂等正规教育场合正逐渐成为年轻一代神话启蒙的重要场合。在学校教育中，神话往往是作为民族文化遗产和教育资源而被介绍给学生的，诸如《大禹治水》的神话，课本往往强化了其为国为民、公而忘私的精神；而《愚公移山》则突出了其老当益壮、坚持不懈的美德。这些约定俗成的、正面的文化意义构成了年轻人理解神话的基础。当人们说起某个神话母题时，脑海中自然会浮现一系列正面的价值。

最后，互联网文化的兴起，创造了全新的表达方式。电子文化直接促成了戏仿的兴起。互联网是一个开放的参与式媒体（participant media），人们轻轻一按，就可以通过顶贴、回帖、转帖等技术参与到文本的生产与传播中。在宽松的环境里，大众更容易接纳对传统的改编，对神话戏谑化的解读也成为可能。纵观近年来的网络文化，对神话等文化经典的戏谑与改编一直是大众瞩目的现象。

在当代年轻人的眼里，神话已不再是被奉为圭臬的“洪范”，而是成为了大众消费的对象、可供利用的文化资源。神话包含的核心精神成为新一代演绎、乃至颠覆神话的基础。而新媒体则为年轻一代提供了新的表达方式与灵感，告诉他们神话可以以这样的语法和修辞被呈现出来。祛魅型传承由此产生。

二、祛魅型传承对当代神话传承的潜在影响

1．“以传统为取向”的综合传承

我们很容易造成二元对立的错觉，认为传统社会的民众对神话的了解与传承更为全面，而当代人对神话的了解与传承则是零碎的。实际情况未必如此。

在传统民间社会，神话传承主要依托口头讲述和仪式场合展开传承，当地民众对神话的了解带有浓厚的地方风物色彩。但是在尚未形成统一国族意识的农耕社会，当地民众却未必知道这一神话在其他地区流传的异闻，刑塘村的村民很可能不知道汶川地区流传的种种禹的神话，对禹以外的其他神话也未必都了解。

神话主义对神话的利用往往是综合性的。在学校课本中，神话文本的编写多带有鲜明的民俗主义（folklorism）倾向。当下的神话剧、神话题材的网络游戏、玄幻小说往往融合了诸多神话母题，比如动画片《哪吒传奇》就融汇了夸父追日、三足乌、女娲补天等神话，以及《封神演义》中的大量传奇故事。祛魅型传承人所接受的神话文本，往往是“以传统为取向”（tradition-oriented）的综合性文本。年轻一代对神话知识的接受由此呈现出了综合性、体系化的特点。他们在编写、创作各种神话主义的文本时，也会融汇很多神话的情节和梗概。如下面这个段子《神话串烧》：

> 据说马良画了十个太阳，后羿射掉了九个，还有一射歪了，划破天。女娲去补天，补完之后，夸父就去追太阳，死了之后变成两座山，堵在愚公门前，愚公就开始移山，他把多余的土，丢到了海里，不小心把精卫淹死了。精卫为了报仇就填海，填海填过了头，发生了洪水。一个叫大禹的人，就来冶水。可是水太大了，把马良淹死了。这个故事告诉我们人不要太做，no zuo，no die！

创编者们选择了最具代表性、典型性的母题，融汇了不同神话的文本和主题内容。糅合到一起的神话文本要比很多地方性的口传神话更加系统，呈现出更加体系化的特

色。这一特点在篇幅相对短小的是“神话段子”中尚不明显，在那些长篇神话电视剧中则体现得淋漓尽致。

2. 神话成为特定群体日常交流的表达资源

作为青年亚文化的“神话段子”具备了解构经典的权威性与神圣感，乃至质疑当下社会的秩序和现状的意义，这种对秩序的颠覆往往还被网民大众用来阐释自身的社会现状与生活体验，调侃自身的处境。比如，在网络上，一个段子如此戏说我国家喻户晓的神话——《女娲造人》：

> 女娲娘娘最开始是用手捏，精心捏出来的小人儿都齐齐整整的。参见金城武谢霆锋刘德华范冰冰……到后来女娲娘娘烦了，就拿柳条儿沾了泥甩，一甩一片泥点子。甩出来的小人儿就都长得跟闹着玩儿似的，参见我们……

整个段子戏仿了起源神话，以神话中确立的尊卑秩序与现实生活中的审美品味的类比来制造笑料。以荒诞的逻辑揭示了消费主义社会的审美格调，也以自嘲的方式表达了普通民众弱势的社会处境。

在祛魅型传承中，神话转变成了更加个体化的叙事。神话成为特定群体的话语资源、年轻网民自我言说的工具，也是当下年轻人用以表述自身世界观的重要方式。

3. 有限度的传播范围

神话成为了网民建构群体身份的工具，他们的言说诉求推动了段子的生产，而段子又反过来强化了小群体的群体认同。这些青年亚文化的标记使神话成为了网民群体的内部知识，也使其成为了网民建构身份的工具。因此，段子往往在小群体内部传承，它只能流传于具有特定的知识结构与生活经历、同时精熟于网络表达方式的年轻网民中。如今，尽管这些段子的影响也部分地传播到了互联网以外，出现在手机短信、晚会小品、相声，以及一些休闲通俗读物上，但其影响和效应是有限度的，其对传统神话传播渠道的影响与反馈能力尚属有限。

三、从祛魅型传承展望神话主义研究的前景

祛魅型传承人仅仅把神话当作一种文化资源来使用。人们改编、传播这些段子，动机不是为了讲述神话本身，而是因为神话中的某些内容或某种信仰形式符合大众现实的需要或某种情感。所以，在考察新媒体对当代神话传承的影响时，我们有必要充分关注祛魅型传承人的主体意识与诉求，以及他们使用体裁的行为方式，把对神话传承、传播的考察转向以下问题：年轻一代出于什么需要改编神话？他们如何在新的语境中使用神话的内容与形式？神话是如何和其他体裁相融合的？他们的生活状态与实践对神话传统产生了什么样的影响？

面对神话主义现象，我们也需要革新研究的方法。在神话学文史考证传统的基础上，采取跨学科的研究方法，尤其是重点借鉴文化研究中的青年亚文化研究、符号学研究、身份认同研究等方法，以及传播学研究的方法与思路。从动态的视角记录、考察网民大众改编神话资源的过程，从政治、社区、技术、受众、传播者等多种角度综合考察文本的生产。将体裁的形式、功能与讲述结合在到一起进行研究，从而全面掌握神话主义的生产方式与传承形态。

（原载《民俗研究》2017 年第 6 期，全文 12000 字，祝鹏程摘）

非物质文化遗产社区的能动性与非均质性

——以街亭村民间信仰重建过程中村民的互动为例

安德明

街亭村位于甘肃省天水市麦积区中部，居渭河支流东柯河中上游河谷地带，因此过去又被称作“东柯谷”，属温暖湿润的传统农业区，该村距市区约20公里，有4000左右的人口，其中除少部分学校教师、卫生院员工等公职人员外，大部分均以务农为生。根据方志记载和口述材料来看，至少从民国时期开始，这里就一直是街子镇（后来又在不同时期称“乡”或“公社”）政府的所在地，是方圆10多个行政村政治、经济、文化和宗教信仰（民间信仰、佛教、道教、基督教、天主教）的中心。

街亭村四面环山。在东山山腰平缓处，建有一组庙观群，名叫“崇福寺—杏林观”，但当地人都习惯把这里称作“爷山”（“爷”是当地人对神灵的敬称）。从山上残留的石碑和古钟上的铭文来看，这处庙观至少在明万历年间就已经出现。按照老人们的回忆，1950年代以前，尤其是在“破四旧”以前，这里的庙宇十分齐全，山上建有凌霄殿、灵官殿、大佛殿、财神殿、娘娘殿、药王庙和城隍殿等多处神殿，供奉着几乎所有在人们心目中占有重要地位的神灵——显然，爷山上的神灵构成，综合了佛教、道教和地方信仰等多种宗教信仰中的因素，并由此形成了一个混合的、但又相互协调的信仰体系。山上早年的香火也十分旺盛，香客们主要是来自方圆三十里地区的村民，但有时也会有从市区或外省很远的地方来的朝拜者。后一类的香客，尽管是在很偶然的情况下出现的特例，却成了街亭村人提及爷山时强调山上的神灵如何灵验的重要证据。

1949年中华人民共和国成立之后，爷山上的信仰活动开始受到限制，山上的庙宇，则被改造成了初建的街子小学和中学的校舍和教师宿舍。在随后开展的“破四旧”运动中，庙内所有的神像也都被摧毁，从此，二十多年间，除了一些虔诚的信仰者在家中私下进行祭拜之外，爷山上公开的崇拜活动，被彻底禁止。到了20世纪70年代中后期，当地在山下平坦地带建起了新的中学和小学校园，在学校陆续搬迁的过程中，山上大部分的庙宇也都被一一拆除，拆下的木头和砖瓦，做了新校舍的建筑材料。最后，山上只留下一座城隍殿。

城隍殿之所以幸免于难，其表面的原因实际上很简单，因为这座庙宇位于整个庙观群的最外端，在旧校舍拆迁和学校搬迁的过程中，它一直被用作储藏家具和其他财物的仓库。然而，当地人从传统信仰的角度，却对此给予了另外一种解释，那就是，因为城隍神力无边、灵验无比，所以没有人——包括那些为“公家”做事的人——敢于决定拆除城隍殿。这种说法，实际上反映出当地人观念中对自己与不同神灵之间的关系所具有的不同理解，基于这样的理解，他们对不同神灵采取的态度也有很大的差别。这一传说的流行，则进一步加强了人们对于城隍的信仰，由此为城隍信仰以及围绕整个爷山庙观群的庙宇、信仰和仪式的重建，打下了基础。

尽管按照人们信仰观念中一个相对松散的大体的神灵系统，城隍的地位要远低于玉皇大帝，但是，在街亭村及其方圆地区，他却被视作最重要的神灵来敬奉，在某种程度上，他实际上充当着许多地区民间信仰中普遍存在的地方神的角色。对当地人来说，他们虽然供奉多位神灵，也相信这些神灵之间存在着一定的等级秩序——其中尤其确定的是，玉皇大帝具有至高无上的地位；但是，对于城隍的敬奉，却始终是多神信仰中最基础、最重要的部分。

从 20 世纪 70 年代末以来，与全国范围传统复兴的潮流相呼应，街亭村和方圆地区的村民也开始了重建自己传统信仰的活动，这项活动至今还在进行当中。

综观街亭村爷山神庙的重建过程，可以发现：起初是那些虔诚的信众为了个人的利益最早上山敬神，他们的行为以及相关的灵验故事吸引了更多的香客参与进来，由此导致了街亭村民间信仰的复兴，拉开了当地庙宇重建的序幕。随着越来越多的人群作为行动者主体而加入到这一过程中来，街亭村神灵崇拜的复兴便从个人的行为演变成了集体或公共的事件。由此引发了在国家政策和地方策略之外的村民之间复杂的动态互动。为了重建仪式的顺序和规程，不同的群体提出了不同的意见，并根据多种多样的记忆、宗教取向、个人动机和创造性等，对之加以实践。这些意见和实践有的彼此协调一致，有的则彼此冲突。

经过不同群体之间的争论和协商，一部分惯例的以及新创造的仪式程序被公众接受为有关爷山神庙及其祭拜的新的公共知识，与此同时，一些香客却不得不放弃他们已经长期坚持的老传统，转而遵从这种被发明的规程。

结合这个个案的调查，我们可以进一步得出如下一些结论：

首先，在任何一个社区，从来不会有一个现成的、有机或本真的传统，供人们随时启用或传承和延续。相反，那些今天被我们以“非物质文化遗产”相称的各种传统事象，在保持相对稳定的因素持续传承的同时，总是充满了动态性和创新性，始终处在一种被不断创造和重建的状态，而并非一成不变。

当然，需要指出的是，那些相对稳定地传承下来的核心要素，是使传统得以重建的前提。就街亭村民间信仰传统的重建而言，这种稳定的因素，就是对于神灵持续的信仰及相关的集体记忆，它构成了人们重建庙宇和祭拜仪式的内在动力，也是传统信仰所以能够在历史长河中虽历经种种冲击仍绵延不绝的重要基础。街亭村民间信仰得到恢复与重建的 30 多年，也是中国社会意识形态日益走向宽松、开放和多元的 30 多年。国家政策和地方政府对待日益盛行的民间信仰的态度，越来越宽容，越来越多的人开始意识到民间信仰的存在理由与重要价值，民间信仰因此得到了全面复兴。毋庸置疑，非遗保护工作的展开，进一步发挥了解放思想的作用，彻底消除了人们以往因国家相关政策的严厉管控而形成的疑虑，并为民间信仰在意识形态领域提供了一个合法的位置。但是，归根结底，民间信仰能够得到重建、复兴和持续传承，最根本的原因，还是在于它在传承和享用这种文化传统的社区内部有着长期深厚的影响，在于社区成员确保和维护这一传统生命力的坚定决心和切实行动。

第二，在文化传统重建或再创造的过程中，始终存在着官方与民间的冲突与协商。为了重建曾长期被视为“迷信”的民间信仰，一方面，传承这些信仰传统的民众要尽力规避和应对来自官方力量的限制或压制，另一方面，他们又总是试图借助官方力量来为自己争取更大的权威和更多的合法性，并且要在一个更大的话语系统中增强自己的地位。

第三，尤其重要的是，重建或传承一种文化传统的社区内部，并不是怀着完全一致目的的一个均质、同一的整体，而是充满了多种力量复杂动态的互动。不同的立场、不同的动机和不同的诉求，都会在重建过程中得到展现和表达，相互之间不可避免会出现碰撞、冲突、交流与协商。那么，在这样的过程中，谁才能够代表社区，哪种意见才是有代表性的意见呢？这种现象与相关问题，已经引起一些民俗学者的关注和讨论，但研究者还是无法做出一个明确的判断。不过，可以肯定的是，冲突或协商的结果，必然是达成妥协，形成一个所有各方都不完全满意却又可以接受的成果。这种在相互妥协的基础上形成的新发明，就是我们在不同语境下以“传统文化”或“非物质文化遗产”等不同概念加以标识的对象。

（原载《云南师范大学学报》2017 年第 6 期，全文 14000 字，李煜华摘）

民族化自然哲学的现代性构建

——论西部少数民族文学的生态思潮流变

金春平

西部少数民族生态文学的发生，肇始于西部本土和西部闯入型作家群体的异域性视觉景观和文化自省。宏大的文明形态更迭，以自然性的日常生活涌入到了民族作家的个体世界，在地方性的知识生产过程中，西部被域外的话语制造者赋予了诸多的想象性空间，也由于西部的文化地理区隔，西部的被言说基本被框定于东部的殖民化权力范畴，生成与东部现代都市空间中，人的主体性压抑相异的原生态荒野自然、壮美自然、浩阔自然的美感判断；而人在西部自然洪荒中主体性的消弭，孕育了置身其中的超脱、孤独、疏离的心理体验，西部自然成为美丽而神秘、粗犷而蛮健、悲壮而荒凉、清静而寂寞的诗意远方，积淀为闯入型西部民族作家的集体美学意象。但对于本土民族文化言说者而言，西部远非只有浪漫诗意，西部地区“高、寒、旱”的自然劣势，整体较为脆弱的生态系统，深刻影响着西部民众的日常生活和生命感悟，制约着西部社会的现代转型和历史走向，自然之于人的恩惠或桎梏，西部民族作家的体验要更为深切，于是，西部民族作家以其异质型的内部分化，从生存自然与人文自然两大维度，对人与自然之间的关系进行着价值反思与生态建构。

明清以来，西部游牧文明的天人合一、万物和谐的自然景观，不断经受着农耕文明的侵袭；1949 年之后，在农业社会主义改造和实现工业现代化的感召之下，开垦拓荒、工业进军、城镇化建设在西部地区全面实施；20 世纪 80 年代以来，西部地区又遭遇到了工业文明及其衍生的商业文化的全面进攻，实现了物质丰富、社会进步等现代性成就之时，改造自然、人定胜天、技术崇拜、经济至上等人地理念的意识形态得到合法强化。政治体制的推动和物质欲望的膨胀，让人类持续征服自然的代价，是陷入新一轮现实生存的巨大灾难，草原沙化、湖泊消失、动物灭绝、环境恶化。生态系统的破坏，也延伸到了文化生态的失衡，当政治霸权和消费主义的诸多竞争性、改造性、进取性的价值理念，浸透到宁静安谧自足的西部农牧空间时，人的精神世界也陷入了混乱无序的心灵窠臼，漠视生命、放纵贪婪、信仰坍塌、弱肉强食，从自然到人类、从生存到心灵、从身体到精神，人在现代化的蛊惑之下，最终自吞现代化的苦果。

在国家现代化建设的战略导向下，西部大地是一片天然而亟待开垦的处女地，向自然索取生存资料以获取物质的极大丰富，是西部现代化转型的应有之义。但政治制度当中法制化的理性建设、自然生态的生命启蒙，却未能随着社会物质现代性的诉求而展开。狂热的政治意识形态当中的反科学、反规律、反整体的唯人类论，人类在世界秩序中作为万物灵长的过度自信确认，因人类自我探寻的无所依傍和参照失效，忽略了在何种程度上拥有支配自然的技术力度，最终在实践中走向了自由境界的反面——人类又一次步入了技术、消费、权力意识形态网织的文化蒙蔽当中。西部民族生态文学将人类初级的农耕化生产方式和无序的工业化征服，对游牧原生态和谐图景破坏进行危机灾难的艺术演绎，探幽着生态危机形成的历史、社会、政治、人性的根源，深蕴着对“强势人类中心主义”的反省，构建着“限制性人类中心主义”的生态启蒙理性精神。

回族作家张承志的《胡涂乱抹》中西部民众的地域自信，源于对本土感情的固执，“工业化进程和技术是不可能消灭那辽阔得几千里一望无边的大草原的”，但自信无法抵挡现实的残酷：“大草原也会死，会退化为沙漠”；《晚潮》中一度丰茂的草原，如今“裸露着赤褐的石脉”，这一切仍然无法阻挡源于物质贫穷抱着中产阶级梦幻者的开采。发展经济的正当性，正消蚀着少数民族精神生活的信仰与智慧，让人一步步远离自然之母而陷入孤绝的生存境地。

与小说文体表达生态危机和自省的隐晦不同，西部民族作家常借助纪实散文和报告文学等非虚构文体，对日益严重的生态恶化景观进行描绘和思考。藏族作家古岳的《忧患江河源》《谁为人类忏悔：嗡嘛呢叭咪吽》《写给三江源的情书》等纪实散文，融新闻记者的田野考察、藏传佛教的慈悲胸怀、生态危机的反省忏悔、生态和谐的赞美展示于一体，并以信徒般的精神膜拜和朝圣般的宗教虔诚，呼唤着重建人与自然的精神和谐。蒙古族作家冯秋子的《荒原》以内蒙古察哈尔地区草原生态沙漠化的情感痛切为基调，对人类自然观进行历史梳理和文化审视，夹杂着对游牧民族苦难历程的缅怀，以及对集体化变革为耕的改造实践批判，冯秋子进入到游牧文化和农耕文化混杂的人类生存方式的反思层面，并对历史的沉重进行着悲怆痛哀。

西部少数民族作家普遍认为，居于生态系统中心位所的人类，与非人类自然存在物之间形构的权力支配和话语霸权，是人类文化与自然理念的歧途之因，而人与自然的断裂，带来了人类存在的文化生态与精神生态的崩溃残败图景，因此他们常借助前现代的游牧文化和乡土文化，对工业现代化和物质现代化进行后现代式的解构。游牧文化朴素的顺天而生的贵生哲学，所孕育的万物生命崇拜观，是生态重建和危机解除的救赎之本，它在对人性异化和虚无的卸负中，构建着文化守成主义的人文话语，融贯着弱势人类中心和生态民主的生命理性精神。

西部民族生态文学的动物书写，以生命高贵和权利平等的文学言说，批判了狭隘的人类利益中心论，揭示了人类在生物精英和文明物种旗帜掩盖下的唯我本能，祈盼着人与动物和谐相处的美好前景。

西部少数民族生态文学，在生存环境恶化的体验、传统文化天人合一思想的启示、多民族多神宗教的促生、游牧文化敬畏生命的德守认知的地域文化合力之下，经历了感性认知到理念自觉、人文话语依附到生态话语独立、先锋式探索到集体化认同的过程，沿着生态危机的文学预警、危机根源的文化审视、生命高贵的信仰重建、生态和谐的文化拯救等主题方向展开。游牧文化敬畏生命的自然伦理和道德资源，让人与自然的节制欲望、参悟万物、敬畏神灵具备了文化前提；游牧文明顺天而生的生产生活方式，以及所孕育的无拘无束的原初、本真、阔达、率真的民族性格，让人与自然的和谐具有了历史前提；文化西部中乡土文化和道家思想的天人合一处世之道的厚重、绵长、悠远，让人与自然、人与人的和谐具备了伦理基础。西部少数民族生态文学让自然物象重新回到现代人的审美感知和生命体验范畴，这是对游牧文化自然崇拜的思想呼应，也是用新启蒙的姿态重启自然理性的现代性反思；西部少数民族文学中自然主体的重新复魅，将生命的道德关怀与伦理观照由狭隘的人类推广到了自然之神，构建着生命哲学层面的文学伦理倾向；西部少数民族生态文学解构着工具、科技和物质现代性，整体性的对人类沙文主义、自然达尔文主义、社会达尔文主义进行着价值批判，并以人与自然的精神共鸣、心灵和谐、自然诗意的浪漫情怀，建构着文学中的批判性与肯定性的美学风范；西部少数民族生态文学在生态民主现代性的观照之下，打捞着农牧文明的伦理质素，在人的生命启蒙与生态理性现代性的文本实践中，试图完成人性异化的救赎，也由此形构出西部少数民族生态文学所特有的生命意识、悲悯情怀、神性敬畏和诗意哲思的美学气质。

（原载《中央民族大学学报》2017 年第 1 期，全文 12000 字，李煜华摘）

“内部的构造”:从少数民族文学到多民族文学

汪 荣

在人文社会科学的发展历程中，一些涉及宏大叙事的理论关键词的提出，往往会带来一系列的连锁反应，导致整个学科的范式转移和重新洗牌，少数民族文学学科也不例外。近年来，与少数民族文学学科相关的理论关键词的创造不绝如缕，其中较为突出的是:“重绘中国文学地图”（杨义)、“中华文化板块结构”（梁庭望)、“20 世纪中华各民族文学关系”(关纪新)、“华语语系文学”(史书美)、“汉语新文学”（朱寿桐)、“文学的共和”（刘大先）等等。这些理论关键词的提出，不仅带来了众声喧哗的理论探讨，还推动了少数民族文学研究的创新和发展。

回望新世纪以来的少数民族文学学科史，“多民族文学”无疑是学科内最重要的理论关键词。毋需多言，只要对近年发表的少数民族文学研究论文稍加统计，就会发现“多民族文学”的概念其实已经被广泛接受和使用，并在少数民族文学研究群体的内部完成了概念的自觉转换和理论的自我更新。“多民族文学”的命名催生了新一轮的话语生产与知识生产。作为一种文学史观念，它将既有的文学史材料在新的理论框架下进行加工整理，从而赋予了新的意义。那么，作为“少数民族文学”在某种意义上的进阶版框架，“多民族文学”与以往的“少数民族文学”概念有何不同?“多民族文学”给少数民族文学学科带来了哪些新的可能性?少数民族文学学科的“多民族文学”转向到底意味着什么?这正是本论文试图解答的问题。

有必要指出的是，本论文将在对“内部的构造”这一理论关键词的阐释中展开。所谓“内部的构造”，指的是在长时段的文化接触与文化交往中，各民族之间以文学为媒介不断进行新的排列配置、合纵连横与综理会商，从而生产出与“国族建构”相对应的“共同体文学”。在“内部的构造”这一概念中，“内部”意指中国这个统一的多民族国家的内部，它相对于“外部”，强调的是国境线以内的政治版图和文学版图。“构造”包括双重意涵，它既是名词，指涉固态的文学结构，描述“已经是什么”；它又是动词，指涉此一文学结构的有机性、流动感和液态化，强调各民族文学与时俱进、因地制宜的潜能，描述“将会成为什么”。“内部的构造”既描述中国文学内部结构的现实状况，又暗示中国文学内部将会发展出的新型的结构。

在近年来的少数民族文学学界，“中华多民族文学史观”的概念得到了众多研究者的认同，建立一种“多民族、多时间、多文学、多历史的文学史观”成为学科发展的新愿景。从少数民族文学到多民族文学，“多民族文学史观”作为奠基性话语的提出意义重大，它既是少数民族文学学科发展中范式转移的标志，同时又在一定程度上推动了主流学界对少数民族文学的观念更新。

从帝国到民族国家，从无限国家到有限国家是中国现代转型的宏大背景，而现代民族国家的形塑往往被视为现代化的标志。自“民族国家”理论进入现当代文学研究学界以来，引起了巨大的反响，使得“20 世纪中国文学”的地形图需要在中国“现代国家想象”的观照下进行重绘。而少数民族文学作为国族建构（state building）的侧翼，其特殊的族裔属性以及由此带来的民族话语与国家话语之间的张力尤其值得我们关注。

在当代少数民族文学的场域中，和“多民族比较文学”相反的是存在着“单边叙事”的现象。何谓“单边叙事”？根据学者欧阳可惺的定义，“就是一种把日常生活经验中的整体丰富、随意多样的现实，或简约或重写成被控制的、在策略上事先限制的叙事。”具体而言，“单边叙事”的特征，就是在当代某些少数民族文学的文本和叙事中，一方面“没有对非我族的‘他者’的叙述，或是简约化和限制对‘他者’的叙事”。另一方面，“着重写本族群、本民族的叙事：想象虚构的都是单一的本民族的故事，其中出现的是纯粹本民族的事件、场景、人物、观念和理想。”换言之，在进行“单边叙事”的作品中，作者会想象一个“没有他者的世界”或者是“他者很少的世界”，并且只着眼于一个封闭性的“自我的世界”。

与“单边叙事”不同，“多民族文学”反映的是统一的多民族国家中国总体性的生活世界，再现的是共同体的文学生活。

在多民族文学的“文学生活”中，关于“族际交往”的再现是最重要的部分。在跨民族的文化接触与文化交往中，格外值得注意的就是各民族在连结时交叉与节点之所在：它既处在不同民族之间的夹缝位置，又在缝隙中产生了新的政治、社会与文化的能量。苏珊·弗里德曼认为，地缘政治差异和文化差异为叙事提供了起因、动机和材料，也构成了叙事的驱动力。在不同人群的接触地带，跨文化的交往可以充当“叙事马达”，推动故事的前行并对叙事产生重要影响。“族际交往”是多民族文学巨大的叙事动力，也是多民族文学中“多”的意涵的具体体现——所谓的“多”，并不是指彼此孤立的单一民族用加法所构成的松散组合，而是在彼此连结的基础上用乘法所构成的紧密整体。在这个紧密的整体中，“族际交往”是实现“跨民族连结”的重要纽带。

无论在历史脉络还是现实境遇中，中国都是一个复杂的共同体。当历史进入现代，“中国”才在流动中固定下来，她以现代世界体系中的“民族国家”作为社会与政治的单位，在传统的基础上开始重新集结和自我形塑。有必要指出的是，中国的现代转型并非是从帝国的容器直接转移到民族国家的容器，而是如葛兆光先生所说，“在中国，并非从帝国到民族国家，而是在无边‘帝国’的意识中有有限‘国家’的观念，在有限的‘国家’认知中保存了无边‘帝国’的想象。”因此，我们现今所认识的“中国”其实是在帝国的现代转型中自我生成的民族国家，在这个新的民族国家框架中，保留了大量的帝国遗产和民族情感，这是“中国”作为统一的多民族国家的合法性来源。

综上所述，以“多民族文学”为方法，从“内部的构造”出发思考，从少数民族文学到多民族文学的转向是一个重要的范式转移和观念更新。“多民族文学”是少数民族文学走向中国文学的整体视野的标志，也重新定义了国家文学与多民族比较文学。同时，它还用“共同体感觉”取代了“单边叙事”，从而再现了有机连结的民众世界。“内部的构造”，既是“多民族文学”产生的原因，又是“多民族文学”发展的最大动力。

（原载《中国比较文学》2017 年第 2 期，全文 16000 字，李煜华摘）

从开天辟地到“解放”来了

——佤族司岗里神话的历史表述

高 健

一、“这都是从司岗里出来的”：起源的结构

我在佤族田野调查初期，有时会陷入这样的“困境”：当地人演述的司岗里并不是我所预期的关于“开天辟地”“人类起源”等情节的司岗里神话，有时甚至只是一些民间情歌或新佤歌。但是，当我提出质疑后，当地人往往反驳道：“咋个不是司岗里，这都是从司岗里出来的。”造成这种“田野误会”的原因既包括民间文学研究中所认定的体裁概念与本土口头传统之间的脱节，也包括研究者与佤族人对司岗里认知的偏差。

“这都是从司岗里出来的”这句话在佤族田野调查中经常会被听到，万事万物的起源往往都会被归并到司岗里，这既是对司岗里神话叙事的概述，也是佤族人表述事物起源的一种话语方式，而形成这种观念与司岗里的语义、叙事结构和叙事传统等都不无关系。

司岗里的语义有着地域上的差别，即佤族阿佤支系认为“司岗”是岩洞的意思；佤族布饶支系认为“司岗”是葫芦的意思。但是，在佤族人日常交流中，岩洞与葫芦并不用“司岗”这个词来表示，阿佤支系用“格岱阿朗”（gēdai alang）这个词来表示山上的石洞，布饶支系用“西念”（si ngīan）这个词来表示葫芦，而“司岗”则指的是剽牛桩、葫芦纽或为了防止家猪钻篱笆而绑在猪脖子上的架子等，它的日常语义有栓、捆绑以及限制的意思，并进一步引申为一种具有集合意味的状态。也就是说，“司岗”只有在具体的司岗里神话演述或宗教祭祀活动语境中，它才指涉人类起源的山洞或葫芦。我们再将关注点转向“里”这个词，在佤族各支系中，“里”都是出来的意思，进而又引申为分开以及生出来的意思，如佤族人经常用“叶瓜达里”（yīex mguah dax līh）来表示始祖，其中“叶”与“达”分别指始祖母与元祖父，而“瓜”与“里”相对应，分别指孵化与分出来的意思。所以，不管“司岗”为何，我们都可以将司岗里看作是一种对事物起源的表述。当然，要想进一步阐释司岗里的含义，我们还得结合其具体的叙事情节。

基于"司岗"的两种语义差别，作为神话叙事的司岗里大致又分为两种异文，即阿佤支系的"人从岩洞出"；布饶支系的"人从葫芦出"。其异文情节单元分别为：

阿佤支系：（1）人被困于岩洞；（2）一种动物听到岩洞有人声；（3）岩洞被打开；（4）各族群祖先陆续出来。

布饶支系：（1）（洪水泛滥后）人在葫芦里；（2）一个人牺牲自己被砍死；（3）葫芦被打开；（4）各族群祖先陆续出来。

总之，从狭义的角度来看，司岗里是对人类起源的解释，这被认为是司岗里神话的"重头戏"。与许多民族一样，佤族司岗里认为现在宇宙形成之前的状态是混沌的，"那时候，宇宙间只是灰朦朦的一片。"这里的混沌更多的是强调一种状态，因为紧接着就要产生新的世界，一个新的未来即将开始，所以，我们可以将其理解为一种自然的、多种可能性集合的状态，即"什么都是"（everything）。混沌的状态是短暂的，必须打破此状态才能迎来新的世界，这就引入了一个世界性母题——"凿开宇宙之卵"。我们把司岗里中宇宙起源与人类起源结合起来阐释，会带来不一样的启迪。无论是岩洞，亦或是葫芦，都具有宇宙起源之前的混沌特质，它们都是黑暗的、封闭的、浑圆的、集合的。同时，在岩洞或葫芦中所产生的人类始祖并不是单独的，而是多个族群一同走出来，而在出来之前，这些不同族群的始祖则是"相浑沦而未相离"的状态。

二、"我们佤族为什么没有文字"：他者的差异

司岗里神话中的同源共祖母题叙述了作为他者的其他族群，其主要情节是人类从岩洞或葫芦里出来后发展为多个族群，并叙述不同族群的语言、文字、体质、居住地、生产工具等差异以及这些差异的来源。

把这一母题放回佤族日常生活语境中，我们会发现它的叙述内容与潜在思想正是司岗里根据现实社会情景而进行适应性调节建构起来的。值得注意的是，当涉及到汉族或傣族等"强势民族"时，司岗里往往会讲到佤族文字为什么丢失，佤族为什么会居住在山上等情节，这也就是大林太良所言的"否定性文化起源神话"。比如，我搜集到的一个文本这样解释佤族为什么没有文字："……神后来教我们佤族识字，只教我们佤族人，把字写在竹子上，被我们烧掉了，把字写在铁上，被我们搞烂掉了，把字写在牛皮上，被我们吃掉了，神说咋个可以这样整，就去教汉族识字了，所以你们汉族有文字，我们佤族没有文字，我们佤族的文化都记在脑子里。"这类神话在否定自我的同时也正是在肯定与之相对的强势民族。司岗里将这些自认为或被认为劣势的差异通过神话表述为神的旨意或本族祖先自我选择的结果，并且在族群起源甚至是人类起源时就已存在。

佤族人非常强调人与自然万物的沟通。田野调查中司岗里演述人经常会反复强调那时候的动物、植物等都是会说话的。这一方面是为了司岗里情节能够顺利开展，另一方面则是强调人与万物的可交流性。

三、"贡本"与"本究"：祖先的足迹

在佤语中，历史可以用如下两个词来表述："贡本"（mgrong nbēen）与"本究"（nbēen njū），二者都有"本"（nbēen）这个词，它在民间话语中通常被解释为"故事"，而"贡"（mgrong）与"究"（njū）则可以分别理解为"路线"与"辈、代"的意思。

所以，在佤语语境中，我们可以将历史这个概念表述为“迁徙路线的故事”或“一辈辈、一代代祖先的故事”，此二者也正对应本节将要讨论的迁徙神话与家谱记诵。

“迁徙”是司岗里的一个重要故事范型（story-pattern），许多演述人在讲完宇宙、人类、文化起源后就进入到人类的迁徙部分，这一故事范型往往贯穿于司岗里的后半部分。其中所述迁徙地点大多是可考的，司岗里在某种程度上也因此成为佤族的“信史”。

因为阿佤支系认为司岗里就在今天缅甸佤邦营盘区的巴格岱（bagēdai），所以迁徙路线就有了一个固定的起点。离开巴格岱（司岗里）之初，所有人都是在一起的。尔后，司岗里演述人往往会强调一个叫做“囊魁冒”（nang kua mo）的地方，正是在这个地方佤族人开始分开。所以，在阿佤支系不同寨子、不同姓氏的司岗里迁徙叙述中，自“囊魁冒”之后的迁徙路线就会出现差异。

四、“‘解放’来了”：当下的调适

1957 年，佤族司岗里第一次被局外人书面文本化，在《佤族社会历史调查》中以《佤族历史故事“司岗里”的传说》为题公开出版，在这个文本的最后一段，出现了关于“毛主席”“共产党”“解放军”等叙述：

> “……后来共产党来了，带来了毛主席的道理，解放军帮助我们有四年了，领导我们种地，开石头，挖水田。他们想让我们佤族懂道理，解放军领导我们种地，让我们好好工作，给了我们种子，叫佤族头人去昆明和北京参观，去到重庆、上海、广西、衡阳、贵阳和霑益等地。我们在昆明开了会。佤族懂得了道理，经玉溪、元江和通关回来，在普洱喝了酒，在思茅开了会。从思茅到登维，到可恩寨到勐朗坝，到佛房到同祖，到田坝，到募乃，才到阿佤寨，帮助我们佤族懂得很多道理。让我们到西盟开会，不懂的人不懂了，懂的人懂了，并讲毛主席的道理给别人听。解放军也讲毛主席的道理，领导我们老百姓，还给我们东西，给我们衣服、裤子、帽子、鞋子和布等，像兄弟一样地帮助我们每个人，给我们盐巴，给我们线。后来妇女也去了。这是很好的，领导我们认识道理。来了女干部，她们讲了话，很好，领导我们妇女好好工作。发给我们谷种、豌豆种、蚕豆种、红薯种和洋芋种。领导我们挖水田，挖水沟，积肥，让我们用热水泡谷种。我们谷种才能长得好，谷穗长得饱满。这样佤族愿意组织互助组和合作社。完了。”

这个文本的演述人是岩扫，他既是西盟窝努寨的头人、大布拆，同时又担任“马散区团结爱国生产委员会”主任，并且作为佤族头人代表曾到北京等地参观。正如我们看到的，岩扫把他的所见所闻以及所感创编（compose）进司岗里，并演述给调查组的工作人员。

作为神话的司岗里，变异性是其主要的特征，但是神话的变异并不仅仅是因为记忆的遗失、口耳相传的偏差以及地域的区隔，语境的转换也是神话变异的主要原因，而像佤族这样的民族，1950 年代以后其所处的社会语境的变换程度前所未有，司岗里神话的内容、结构与载体也势必会发生相应的改变。

（原载《民族文学研究》2017 年第 3 期，全文 11000 字，李煜华摘）

“一带一路”话语体系建设与文化遗产保护

朝戈金

正如中国政府在《推动共建丝绸之路经济带和21世纪海上丝绸之路的愿景与行动》中所宣示的那样，增进沿线各国人民的人文交流与文明互鉴，让各国人民相逢相知、互信互敬，共享和谐、安宁、富裕的生活，是“一带一路”倡议惠及于民的中国方案。只有倡导文明交流互鉴，尊重各国发展模式的自主选择，存异求同、兼容并蓄、美美与共，才能真正促进文化间对话。而如何在尊重文化多样性和人类创造力的前提下，结合相关国家的文化遗产保护实际，深入挖掘共享遗产之间的文化联系，营造文化间对话的良好氛围，提炼出一系列共识性话题，推进双边和多边的人文交流，就成为国家文化遗产领域的政策制定者和学界不可推卸的责任。

2017年5月，教科文组织总干事博科娃在“一带一路”高峰论坛的“增进民心相通”平行主题论坛发言，呼应了习近平主席所提出的“丝路精神”，体现了中国与联合国教科文组织富有活力的合作。文化遗产保护已然成为相关《公约》缔约国普遍关注的共同事项，并在几十年的发展中形成了国际社会共同使用和相互理解的话语系统，这便为“一带一路”建设倡议的话语体系建设奠定了良好的话语资源和对话空间。

非物质文化遗产维系着相关社区、群体和个人的文化认同和持续感，在民众的传承和实践中世代相传，在当下具有重要的文化意义和社会功能。令人稍感遗憾的是，国内学界和政策制定者对文化遗产如何融入“民心相通”的话语建设尚未给予高度关注，在近期出版的研究报告中，既有“一带一路”的大数据分析，也有“五通”的指数统计，但在“民心相通”这个专题下没有找到任何有关勾连文化遗产与人文交流的信息；即便是列国志也几乎无涉文化遗产保护的基本情况。以下，我们仅以非物质文化遗产保护的国际合作为主线，通过相关的几个话题来讨论一带一路的话语体系建设问题。

在一带一路国家中，尤其是在传统的丝绸之路沿线国家中，非物质文化遗产得到这些国家社会各界的重视，在抢救、保护、传承、弘扬、清单编制、申报等环节的工作中，这些国家的政府、民众和相关专业人员都秉持比较积极的姿态，以不同的方式努力落实联合国教科文组织在非物质文化遗产保护方面所倡导的原则和方法。较其他地区而言，传统丝绸之路沿线上一些国家，自然环境相近、地域上彼此相邻、文化上长期互动和交流、天然阻隔不多等原因，更容易形成民族学所定义的“经济文化类群”和“历史民族区”等区域性文化板块。若是结合这一区域的名录项目来看，把文化遗产的保护工作与人类社会的发展进步的关联作为主要考量的维度，则该区域和次区域目前为外界所知晓的遗产项目，从诸多方面为我们提供了大量鲜活的样例，昭示着人类文明的进步和发展，民众的诗性智慧和惊人的创造力，在不同的国家或地区文化传统中以什么样的方式，成为维系和协调社会组织、传递知识和价值观、提供无可比拟的审美愉悦、建构人与自然的关系、发展人自身的综合能力的重要源泉。这方面的例子实在是太多了，这里随手举例说明。在中国新疆维吾尔自治区的维吾尔民族中间长期流传着的麦西热甫，就是一个生动的事例。麦西热甫是维吾尔族传统文化的一个极为重要的载体。作为一种综合性的文艺表现形式，该项目集纳着成系列的民俗实践和表演艺术形式，将饮食和游艺，音乐和舞蹈，戏剧和曲艺等整合为一体。不仅如此，麦西热甫还是民间的“法庭”，负责断是非，调节冲突，也是“课堂”，教导民众礼仪规矩、道德伦理、文化艺术及传统知识等。这就等于说，一宗综合性的民间文化遗产，以其生命力和影响力，参与了社会文化的模塑和建构。

与生物进化的线性特征不同，文化的进化往往是通过非线性的方式达成，有时可能要跨越遥远的时空距离。不同文化之间的交流互鉴，对于人类进步而言，其意义和作用，往往超乎我们的预想。文化交流上的难和易，也往往与文化交流的特质有关。

通过《非遗公约》名录观察文化合作的现状，颇能说明问题。在世界遗产名录中，按主题统计，海洋与海岸 49 处，陆地建筑 149 处，文化景观 103 处，林地 91 处，城市 190 处；按跨境计，共有 37 处（其中文化遗产 19 处、自然遗产 16 处，混合遗产 2 处，濒危遗产 1 处），虽然涉及 65 个国家，但在已列入的 1073 处遗产中占比不高。而综观非遗名录中，有个现象引起我们注意，那就是一带一路国家完成的跨国联合申报，比起其他地区来，在数量上多，在参与范围和规模上也比较大，且不论《非遗公约》较之《世遗公约》还“年轻”太多：在一带一路国家已列入名录的 258 个项目中，有 20 项是两个或两个以上国家联合申报的，占所有联合申报项目的三分之二。其中有两个项目的联合申报超过了 10 个国家：一是“猎鹰训练术：一宗活形态人类遗产”，由 18 个国家联合申报；二是“诺鲁孜节”，由 12 个国家联合申报。一看便知这两个项目都是主要在传统丝绸之路沿线国家的主导下完成的。阿拉伯联合酋长国牵头发起“猎鹰训练术”的联合申报，参与国家还有奥地利、比利时、捷克共和国、法国、德国、匈牙利、意大利、哈萨克斯坦、大韩民国、蒙古、摩洛哥、巴基斯坦、葡萄牙、卡塔尔、沙特阿拉伯、西班牙、叙利亚，这些国家横跨亚洲、欧洲和非洲。诺鲁孜节由伊朗发起，参与申报国家还阿塞拜疆、印度、伊朗、伊拉克、哈萨克斯坦、吉尔吉斯斯坦、巴基斯坦、塔吉克斯坦、土耳其、土库曼斯坦、乌兹别克斯坦。丝绸之路沿线国家尤其是中亚国家联合申报的项目明显高于其他地区，就是这类文化遗产拥有诸多共享因素的一个表征。

假如我们看一看保护非物质文化遗产政府间委员会评审机构就“猎鹰训练术”所作决议，就会对《非遗公约》及其《操作指南》所蕴含的理念有更为切近一点的理解。决议指出：猎鹰训练术最初是一种获取食物的方法，但随着时间的推移，该传统在社区内部和不同社区之间逐渐形成了与自然保护、文化遗产及社会参与的更多关联。训练猎鹰，繁育它们，与它们建立更为密切的关系，成为许多国家的常见做法，虽然在一些具体环节上有所不同，但训练猎鹰的基本方法，大体上是相同的。训鹰人认为他们自己是一个群体，还认为训鹰活动意味着与过去的联系，与自然环境和传统文化传统的联系。决议特别强调该传统为相关社区提供了归属感、自豪感和持续感，以及增强了文化认同。也强调该传统对“自然状态”的尊重，以及对自然环境的保护，对保护猎鹰物种的积极意义等侧面。这里传递了至少这么几层意思，包括但并不限于：关于非物质文化遗产的保护，有助于增强关于人类文化多样性的理解和包容，有助于与鼓励和推动不同文化之间的彼此欣赏和对话，有助于增强特定文化传统的社区和民众对自身文化的自豪感和自信心，有助于环境保护和人类在利用自然资源时应有的小心谨慎，取用有度的态度，有助于在动物的使用和驯养过程中，具有人性和人道主义的情怀，也就是说给予动物应有的关爱和尽量顺应它们的天性而与它们建立关系等。这些层面的考量，乃是一种既尊重不同文化传统，又符合现有联合国人权文件精神的立场。这里鲜明地、毫不含糊地传递了关于非物质文化遗产保护与人类社会可持续发展之间的直接关系，进而对这种关系对人类社会的长久发展的意义做出了比较完整的阐释。

共同参与“诺鲁孜节”申报的12个国家在地域上相邻，文化上长期相互影响，具有彼此相同或相近的文化事象，这并不难理解。从联合申报这个行动本身，也可以看到历史上丝绸之路在推动各个国家之间相互交流、相互影响方面的直接的或潜隐的作用。另外，这种基于扩展的分批多次申报的过程，也是增进相互了解和彼此欣赏的有益实践。“诺鲁孜”意为“新的一天”之意，具体时间指春分之日。从这一天开启的新年庆祝活动往往也是人们祈求未来生活繁荣的日子。在大约为期两个星期的节庆活动中，相邻各民族民众用象征纯洁、光明、财富和生命活力的饰物装扮环境和居所，与亲人们围聚在餐桌旁，享用大餐。也会隆重装扮起来，探亲访友，与邻里交换礼物，对长者表达敬意等。大型的公共仪式活动也会以多种方式进行，音乐、舞蹈、其他类型的街头表演等，都构成了诺鲁孜的组成部分。评审机构在决议中认为，诺鲁孜节日实践的开展，涉及民间文化活动的诸多方面，包括庆典、仪式、游戏、餐饮、音乐、舞蹈、口头艺术、手工艺等。因此，该遗产项目有助于加强社会的文化认同和持续感，有助于通过家庭和公共集会促进和平和谐和相互尊重，并通过社会之间的互动，增进不同社区的彼此了解。在新的历史条件下，该传统也会借助大众传媒、英特网、研究机构、非政府组织和其他方式向更远的地区传播。而据联合国新闻报道，现在全球每年有3亿人在3月21日共同庆祝这个传统节日。

“民心相通”的话语资源，在我们熟悉的大量非物质文化遗产项目中都能观察到，例如近年来列入2003年《公约》名录的烤馕制作和分享文化、蒙古包制作技艺、皮影戏、剪纸艺术等等，到处都洋溢着文化彼此影响的痕迹，到处都体现着人类极为出色的学习能力和再创造能力。而且，就以“沟通民心”而言，从口头传统（如玛纳斯、格萨尔、江格尔、兰嘎西贺等史诗）到表演艺术（木卡姆、阿依特斯、呼麦、多声部民歌），从传统节日（端午、春节、中秋、清明、泼水节）到人生仪礼（成年礼、婚礼），从有关自然和宇宙的知识和实践（珠算、二十四节气、中医针灸、太极拳、少林功夫）到传统手工艺（宣纸、龙泉青瓷、坎儿井、多民族的乐器），这些传统文化表现形式不论进入公约名录与否，大多跨界共享，通过民间互动，交流对话，水到渠成。润物无声的文化互鉴，往往比那些官方设计并推行的规划，更为有效和持久。

（原载《西北文学研究》2017 年第 3 期，全文 15000 字，李煜华摘）

满洲心象

——论顾太清创作与晚清旗人社会心理

刘大先

顾太清（1799—1877），姓西林觉罗，名春，字梅仙，有《天游阁集》（诗七卷、《东海渔歌》词六卷）、小说《红楼梦影》和戏曲《桃园记》《梅花引》传世。这些作品中常自署西林太清春、太清春、太清西林春、云槎外史，晚年也曾署太清老人椿、天游老人等名号。在有清一代词人中，“男中成容若，女中太清春”之说已成陈套。王蕴章《然脂玉韵》卷四列徐灿、顾春、吴藻为清代妇女三大家。俞陛云《清代闺秀词话》称：“清代闺秀工填词者，清初推徐湘蘋，嘉道间推顾太清、吴蘋香……卓然为三大家。”总体而言，她以词名世，在文学史上颇有一席之地，得格高意远、清刚淡雅之评。她的一生贯穿嘉庆、道光、咸丰、同治、光绪五朝，正是清中转末的关键时期。在这个今经文学和洋务运动兴起，西方文化通过译书局、传教士、留学生、报刊等新兴媒体日益传入，逐渐改变着整个中国的思想与文化的时代，她的作品只流传于范围极小的上层文人圈。本文将顾太清诗词置入旗人文学的谱系中，用以观察旗人贵族社会文化的一个侧面，而《红楼梦影》这部称得上并不出众的《红楼梦》续书在此种视野下，也别有一番耐人寻味的旗人社会心理中“中兴”意蕴。它们在某种程度上是一种“满洲心象”。所谓心象原是心理学上指头脑中浮现出的知觉形象或者组织样式，我这里用来指称作家在现实物象的感觉和体验基础上，在文本中有意识或无意识地创造出的艺术形象。这种具有满洲旗人色彩的心象，凸显出近现代转型中特定人群的社会心理，也可以从中看到在彼时整体性的文化焦虑以及通过文学弥补修复内心威胁感的努力。

顾太清的创作空间与交游网络限于女性诗友、旗人姻亲和少数文人士子。李芳已经指出，她的主要文友是同时代的闺秀名媛梁德绳、吴藻、许云林、许云姜、沈善宝、李纫兰等人。1839 年，她还与沈善宝、项屏山、许云林、钱伯芳等贵族命妇和官员女眷结成秋红吟社。出入闺阁内外，使得顾太清“最终成为有清一朝‘书写女性’中的佼佼者”，被文学史研究者视为晚清闺阁文学的代表人物之一。她的自书稿本名《天游阁集》，而天游阁是顾太清在荣王府邸中的居室名。

满族文化传统中女性地位较高，在满洲执掌神器大宝之后，还保留了这方面的一些要素。比如满族妇女多天足，在家族事务中也比汉人女子多一些自主权和主动性，但这与现代女性自觉意识完全不可同日而语。顾太清接受儒家文化的道德观念、审美意象和艺术风格的熏陶，作品不出深厚巨大传统的规范。职是之故，她的词题材往往比较狭窄，多为记游、咏物、赏花、题画、听琴，在技法和理念上师法宋人为主。况周颐曾言："太清词得力于周清真，旁参白石之清隽，深稳沈著，不琢不率，极合倚声消息。求其诣此之由，大概明以后词未尝寓目，纯乎来人法乳，故能不烦洗伐，绝无一毫纤艳涉其笔端。曩阅某词话谓：'铁岭词人顾太清，与纳兰容若齐名。'窃疑称美之或过。今以两家词互校，欲求妍秀韶令，自是容若擅长；若以格调谕，似乎容若不逮太清。太清词，其佳处在气格，不在字句，当于全体大段求之，不能以一二阕为论定，一声一字为工拙。此等词，无人能知，无人能爱。夫以绝代佳人，而能填无人能爱之词，是亦奇矣。夫词之为体，易涉纤佻，闺人以小慧为词，欲求其深隐沈著，殆百无一二焉。"

其实，不仅是闺门中人大梦不愿醒，整个清帝国在19世纪以来逐渐都进入到一种持续性的危机之中，而对于危机的无法解决和回应，在作为统治阶层主体的旗人群体那里，都或多或少地产生了自我催眠式的梦幻。正如1820年，龚自珍的著名诗句中所写："秋气不惊堂内燕，夕阳还恋路旁鸦"。在帝国夕阳晚景之中，龚自珍这样的"山中之士"表征了思考社会走向的趋势。梁启超谓："当嘉、道间，举国醉梦于承平，而定庵忧之"，"数新思想之萌蘖，其因缘固不得不远溯龚、魏（源）"。返观旗人贵族的常态心理，顾太清《风入松（春灯次夫子韵二首）》是个显例：

"沿河新草绿堪挑。花柳渐开包。六鳌海上凌风至，献明珠、火树蟠桃。十里朱阑画阁，满天月壁星轺。太平乐事庆清朝。结伴走天桥。钿车游马笙歌队，望青帘、春酒新烧。红烛缘街引路，浮圆到处元宵。

华堂春暖设春筵。灯彩月华天。上元南极开芳宴，宴群仙、香袅云盘。彩服庭前儿女，貂裘门下衣冠。春王宝箓注延年。松柏岂云残。喜君与我生同岁，祝三多、乐胜从前。好景何如今夕，新诗载入芸编。"

此词作于1837年的正月十五，是当时太清的典型词作，志得意满、喜气洋洋，沉浸在家庭的幸福之中。词中的"清朝"在现实中却并没有那么多"太平""好景"，而是内忧外患已经逼近，东南沿海祸起多端，外商小规模的挑衅引发的战争已经爆发过多次，胥吏阶层贪墨舞弊，无赖游民蠢蠢欲动。顾太清全无了解，不过是在词中做一个盛世清秋之梦。有意思的是，在这种幸福的表象下，奕绘倒时时有种纳兰性德式的悲剧感，《书杏歌题太清所作巨幅》诗中写道："秋日凄凄百卉腓，忽忆春风旧游处，万株红杏南山下，最爱一枝临野渡。半载频劳寤寐思，一日图成洛神赋。远胜夭桃韵更浓，比到梅花势尤怒，粗枝肥萼插晴昊，春气洋洋何以故。画师自喜向我云：今日真为不空度。我闻乾隆年中邹小山，曾写盘谷一树春光妍，高宗爱之岁有御题咏，至今松风苔壁雕红颜。世间万事兴废有如此，乃知好花好画好诗，得意不过片时间。"

值得注意的是，顾太清常常写到梦，往往借此表达空灵悠远的惆怅或自感身世，《定风波·恶梦》："事事思量竟有因，半生尝尽苦酸辛。望断雁行无定处，日暮，鹡鸰原上泪沾巾。欲写愁怀心已醉，憔悴，昏昏不似少年身。恶梦醒来情更怯，愁绝，花飞叶落总惊人。”用《诗经·小雅·棠棣》“鹡鸰在原，兄弟急难”典，这是创伤记忆不时袭来的印记。

《红楼梦》无疑是清中叶后这种情绪最佳的反映，其后续书甚多，然而多难以合辙。顾太清的《红楼梦影》也是无数续书中的一种，是清人所撰红楼梦续书中较晚的一种，成书于咸丰（1851—1861）末年。单从思想上来说，《红楼梦影》在这些续书中并无出奇之处，并且一反《红楼梦》原书的青春旨趣，颇有老妇之陈腐套词。小说写贾宝玉离家出走，贾政四处寻找，后在毗陵驿将其从一僧一道手中领回，从此回归“正道”。花袭人破镜重圆，薛宝钗产下麟儿，史湘云生了女儿，贾氏在皇恩下重振家声。平儿在凤姐的体恤下扶正还生了儿子，宝玉和贾兰中榜入职翰林院，贾芝和贾苓分别定了亲。贾政因为办理边疆有功，拜了东阁大学士，官居极品，子孙官带荣身，“福禄寿三字也算全了”。这种刻意扭转《红楼梦》悲剧意味的美好结局，一方面可能显示了顾太清在时代和社会局限性中的历史认识，她无力瞻望未来，寄希望于天恩浩荡、皇考庇护；另一方面潜意识里也许感觉到自己这种理想化设计的虚妄，所以小说戛然而止，因为她实在不可能为似乎走上一帆风顺人生途径却时时“郁郁闷闷”的贾宝玉寻到什么出路。

（原载《文学遗产》2017 年第 5 期，全文 18000 字，李煜华摘）

当代中国少数民族文学研究的三种范式

欧阳可惺

在 21 世纪的中国，很少再有人说少数民族文学研究仅仅是某个少数民族文学研究者的文化专利。这是因为从 20 世纪 50 年代开始，当少数民族文学作为一门学科出现在当代中国文学研究视域时，中国文学学科及学术研究便赋有了新的内容。当一个少数民族文学的历史发展与 20 世纪以来中国社会现代化进程的同步并行、形影相随；当一个少数民族文化在全球化多种社会思潮影响下启蒙新生、丰富多样；更重要的是每一个少数民族个体都在中国经济社会的共同体中通过与“他者”多重关系的实践实现自己的诸多梦想，这时，一个仅仅来自民族自身内部的文学研究话语表达显然就不够了，少数民族文学自然而然成为众多国内外文学研究者群体的共同对象。同时，对于中国少数民族文学的研究而言，学科自身来自国家行为的定位以及少数民族自身现代性意识的唤醒或再次唤醒，给少数民族文学研究提供了研究者群体确立自我主体地位的动机，这种动机一经形成便在学科研究的过程中被具体的实践操作完成并呈现出各自不同的学术体系，使得多年来少数民族文学研究具有了相对固化的研究范式及鲜明的范式类型。显然，我们可以说这是当代中国少数民族文学学科日益“达到成熟的标志”。

在作为一个学科的当代中国少数民族文学的研究过程中，由于不同研究者群体所运用的研究范式各有差异，于是形成了当代少数民族文学研究领域中范式类型的不同。我们这里讲的范式类型的分类，采用的是一种广义的类型学分类方法，即把当代少数民族文学中研究者主体运用的范式作为研究对象进行分类并区分为不同的类型。按照这种分类方法，作为一个科学共同体的当代少数民族文学研究队伍，也是一个个来自天南海北、五湖四海的学科研究群体，其内部不同的研究者群体在多年具体的科学研究过程中形成了各自不同有着明确主体地位的学术动机、固定范式，而在每一个研究者群体的学术研究动机和研究范式下都集聚了有着一致或相似的信念、思维方式、科学习惯、学术传统和成功示范工具等的从事本民族或多民族文学研究的老、中、青工作者。他们勤奋努力、笔耕不辍，在 60 多年的当代中国少数民族文学研究过程中，留下了诸多的学术成果，为后人从事中国少数民族文学研究提供了不同的研究范式类型，丰富了中国文学学科研究的完整性，在文化意义上持续性地促进了当代中国社会文化的能动性建构。在笔者看来，这些少数民族文学研究范式类型可分为三种，即国家主体范式、民族主体范式、关系论范式。

国家主体范式。这是一个常见的少数民族文学研究范式，也是被众多研究者进行了系统阐释描述并被多年来实际操作的学术传统。自 20 世纪以来，随着现代化进程的推进，中国作为统一的现代多民族国家，不仅要政治变革进步、经济建设发展，也要在文化上体现出现代国家意识形态对各少数民族传统的引领、渗透，进而通过文化影响各少数民族对现代中国的认同和形塑，为多民族国家的各民族团结做基础性的文化铺垫工作。国家主体范式自始至今是站在国家利益中心、国家文化立场、国家文学构成的历史逻辑起点来看待少数民族文学的存在发展和价值取向。

民族主体范式。这是一个大量存在的少数民族文学研究范式，也是被较多的来自少数民族身份的研究者实际操作的学术传统。在一些汉族文学研究者中，有个对少数民族文学的惯常理解，认为“少数民族关于文艺的本质观则与儒家学派相悖，他们有一个基本一致的认识，认为文艺的本质是创作主体和生命价值的自由表现。”在笔者看来，此话部分正确，但显然是一个对少数民族文学本质的静态、单向的想象性理解，这其中有意或无意地忽略了当少数民族文学作为一个学科呈现在我们面前时所具有的现代性本质；也忽略了少数民族文学作为少数民族现代化进程中民族主体性表达的时代意义；同时，也忽略了少数民族文学自身在民族历史发展过程中所具有的社会性功能价值，这实际上是一种对少数民族文学的刻板印象。当代中国少数民族文学研究面对的是少数民族社会文化生活中存在的由作者、文本、读者等构成的动态性文学活动，即面对的是由文学连接和生发的在区域社会文化建构过程中呈现出来的社会文化事实。在笔者看来，不管研究者采用何种范式，对少数民族文学的历史发展过程的描述、讨论却不能刻板和简单化，研究者不能、也无法对 20 世纪以来少数民族文学现代性转型的事实视而不见或避重就轻，我们需要的是一个开阔的文学社会学、文化社会学和文化政治学的视野。实际上，在现代性条件下，当我们把每一个少数民族文学都作为一个独立的文化主体“他者”来考量时，当我们了解了少数民族文学文本生成及生产的历史景观和文本自身所蕴涵的诸多意味后，我们就对少数民族文学研究的民族主体范式不会感到陌生。民族主体范式，就是站在本民族文化立场、民族文学构成的历史逻辑起点来看待少数民族文学的存在发展和价值取向。这种研究范式也可以说是文艺国家化运动直接带来的衍生物。

从研究范式的内在规定看，民族主体范式的理念内涵和具体实践性环节显然不限于此，由于篇幅不再赘述。在笔者看来，就范式整体而言，这是一种最具自我民族文学“现场”本色意味的研究，由于研究者大都是少数民族“文化共同体”的成员，深知自我民族的生活方式、文化记忆和精神信仰，也敏锐感知当下民族集体中不同阶层人们的“感觉结构”或“情感结构”的内涵，他们能够把鲜明的民族主体意识和个人主体的学术理念意志等“身心经验”凝聚在当代中国少数民族文学具体研究中，所以，其成果的原典性价值是不言而喻的。但是，作为一种范式，在具体的操作过程中往往会呈现出一种隐约的状况，即把自我民族文学与多种“他者”的某种距离化，这种距离化虽然还不能称其为是有意味的“区隔”，但研究主体的自我内在限制若隐若现，其中，甚至包括了与自我民族生存密切关联的社会日常生活之距离。显然，这里有把作为民族主体表达的自我民族文学“悬置”起来观察的“光晕”色彩。

关系论范式。这是一种把少数民族文学与汉文学、外国文学、少数民族文学之间各自作为主体及主体间性关系的研究，它既是宏观的全球化背景下族裔文学关系的研究，更多地是中国多民族文学具体关系间的个案研究、比较研究。这个范式历史悠久，具有简洁、直接并总体性综合研究的特征，在构成上有比较庞大的各民族研究者队伍。关系论范式是多方相互影响、互动的研究类型，所以，在一定程度上该范式是一种趋向于民族学、政治学、社会学、文化学和比较文学等多学科研究的范式。当代中国呈现出来的文化特征，既是“一体多元”的，又是“多元一体”的，多元是建立在中华多民族国家统一的“一体”基础和价值取向上的文化存在。就文学而言，中国多民族文学的集聚汇合构成了国家文学的整体性存在，56个民族的文学都须在当代中国文学和全球化背景的舞台“大合奏中演奏自己的声部。”在这里，每一个演奏者都不想自己的声部音色式微，作为少数民族文学往往在演奏自己声部时都要努力彰显自我民族的主体存在。此刻，讨论主体之间的关系问题就是最为重要的了。

最后，要说的是，当代少数民族文学研究范式类型的划分并不是绝对的，也可能不止这三个类型。范式在运用操作时，在国家主体范式中也含有民族主体意味的细微表达，在民族主体范式中也有相当的国家主体意识出现；至于关系论范式中，既有独立操作的国家主体范式和民族主体论范式，也有这两个范式之间的关系纠缠互动。这三种不同的范式所面对的都是当代少数民族文学，研究对象没有改变，但三种范式是在不同的相互关系中看待少数民族文学，最后成果呈现出的学术价值取向也不尽相同。对一个具体的研究者而言，他可以自愿地从忠于持守一种范式转换到忠于持守另一种范式，他选择新范式是便于研究对象的客观适用性；他也可以永远不变换自己的研究范式，因为确信老范式能够解决一切问题。不管如何，范式的选择可以各行其便、各得其用。可研究者在具体的操作中又往往发现“新范式是从旧范式产生的，他们通常混合着传统范式以前用过的许多概念和操作上的语汇和注解。但是，他们很少以完全是传统的方式用这些借来的东西。在新范式的范围内，老的术语、概念和实验同其他东西开始了新的关系。”这是科恩50多年前细致、不厌其烦的描述。而今天，我们面前呈现的少数民族文学研究不正是这样的状况吗？

（原载《民族文学研究》2017年第5期，全文23000字，李煜华摘）

台湾原住民盘瓠神话类型与来源研究

周　翔

本文所论盘瓠神话是指以“狗立功娶女子”为基本情节的神话，包括那些故事主角名称并不称为盘瓠的神话。这类神话的流传地域十分广泛，我国南方瑶族、畲族、苗族、仡佬族、黎族等少数民族地区都曾搜集到，尤以瑶族、畲族还有苗族东部方言区流传最为丰富且最具代表性。具体来看，根据狗立功情节的不同，又可以把盘瓠神话分为立战功、取谷种、治病三种类型。

治病型主要流传在仡佬族、黎族地区。仡佬族的神话是说土王的女儿腿上长了恶疮，狗用嘴舔好了，犬娶了土王的女儿为妻，到山洞里住下。

1992年9月，俄罗斯学者李福清与布农族学者达西乌拉弯·毕马（田哲益）在台湾省南投县信义乡地利村采录到的一篇名为《公主与狗》的神话，讲述者全绍仁（Nakas），男，75岁，属布农族丹社群人，由达西乌拉弯·毕马翻译整理。这也是目前见到的情节最为完整的台湾原住民盘瓠神话。

布农族人在很早很早以前，是从大陆来到台湾。在很早很早以前，布农族有一位头目（领袖），布农族的头目也就是中国的皇帝。头目生下了一位公主，她渐渐地长大了，长得很美丽，很受到父王母后的宠爱。有一天，不知道是什么原因患了皮肤病，身体都溃烂发脓。她的身体痛痒得不得了，非常痛苦，终日躺在床上翻滚着，不停的呻吟和痛哭。公主的病情越来越严重，头目及夫人非常伤心，请了许多巫医替公主治病，可是还是无法治好公主的病。头目和夫人拥抱哭泣，头目说：“我一定要治好女儿的病。”于是在大道衢道叉（岔）路上公开通告说：“只要是能治好公主皮肤病的人，即使是乞丐，只要能治愈公主的病，公主一定许配给他。”通告一个多月后，仍没有见到有人能治疗好公主病的人，头目越来越紧张焦虑和伤心。结果有一天，很多人围观头目的公告，有一只公狗突然跑到前面，把公告用爪撕掉后就跑走，头目的兵丁迅速的抓到了这一只狗，准备把它杀死。有人说把它带去见头目，疏忽之际，被狗脱逃了。这只狗溜进了公主的房间，狗见到公主痛苦不堪，它跳上公主的床上，用它的舌头舔公主的全身上下。说也奇怪，公主的病痊愈了，头目和夫人都非常高兴，狗也留在公主身边陪伴公主。有一天，头目对女儿说："这只狗留在身边恐怕不好。"便要赶狗走，狗听了，目光直瞪头目。头目对狗说："如果你能够变成人，我的女儿，一定许配给你。"狗听了摇摇尾巴好像很得意的样子。头目又说："如果你能够在三十天之内变成人，公主一定嫁给你，如果不能变成人，以后再也不可以来这里。"狗离开了皇宫往山上走，头目的兵丁在后面追踪，沿途经过一片森林，最后，狗走进一个大石头，内有一洞是狗住的地方，兵丁窥见它进洞，便回去了。到了第廿八天，兵丁又上山偷偷监视这只狗，（当时）狗已经快要变成人了，只剩下头未变成人形，狗发现兵丁监视它，生气的大骂说："为什么偷偷监视，约定的日期要延期一天，变成三十一天。"它把兵丁赶下山。到了第三十天，兵丁又上山探视，岩洞已经空无一物，到处都找不到。第三十一天的晚上，头目召来众人开会，这位狗先生也偷偷地溜进去参加。会议结束后还有一个人没有离开，在椅子打瞌睡，扫地的仆人见到他，并不知道他就是那只狗变的。仆人把他叫醒，他没有回应继续睡，仆人去找兵丁要赶走他，兵丁来到时，他已经走了，他走进了公主的房间，公主见到他非常欢喜。头目见状说："你们可以结合，但是必须马上离开这里到很远的地方去，不要再让我看见你们。"他们开始整理行装准备到远方去，便离开了。不料后有追兵想杀狗先生，他们拼命逃走，最后逃到海边，海边有一条船，他们乘坐小船，逃到了台湾的鹿港，他们在那里定居下来，后来他们生下了孩子，后代子孙也越来越多了，这个故事是告诉我们，布农族的祖先是从大陆来到台湾。

布农族的这则神话也属于治病型，与黎族和仡佬族神话属于同一类型，都包含公主有疾、王张榜许诺婚配、狗来揭榜、狗治病立功、人与狗避世而居等情节，不同的是黎族、仡佬族神话附会到了星象，布农族神话没有。

另据李福清搜集的资料，排湾族、卑南族以及汉化的平埔凯达格兰族的盘瓠神话核心母题与此类似，都是说女儿有病，父亲便宣布谁能治好女儿的病，便把她嫁给谁，后来狗用舌头舔公主长疮的皮肤而治好公主的病，但是没有张榜公告、狗变成人等情节。

有学者提出，犬祖神话可以视为盘瓠神话的原生态，虽然这一观点有待商榷，不过将台湾原住民犬祖神话作为参考，或许有助于我们分析台湾原住民盘瓠神话的来源。

既然布农族没有犬祖神话，那么，李福清认为布农族的这则盘瓠神话是外来的，尤其是从大陆传到台湾的想法就很有可能成立，其著作中也视之为"大陆故事在台湾"的代表。他的理由主要有：文中头目说成 tumuku，一定是日语的头目。皇帝也叫 huang-ti，这些词汇皆应是外来语，为布农族所没有的，日本占领时代之前布农族也无头目。像布农族的神话中，就含有不少汉族民间故事的因素，如皇帝、狗撕掉通告及兵丁等。……布农族的神话可能较为晚期且借自大陆。

从类型上分析，布农族的这则神话属于盘瓠神话的治病型，与仡佬族和黎族神话相似。李福清其实注意到一个关键地名——冲绳（琉球），他引用了郎樱《盘瓠神话与日本犬婿型故事比较研究》一文中许多资料，发现冲绳（琉球）的犬婿型故事和台湾布农族盘瓠型神话有很多相似之处。而郎樱的论文证明了：第一，日本的犬婿民间故事源于我国少数民族的盘瓠神话传说；第二，盘瓠神话传说流传到日本的路线：我国东南沿海——冲绳——日本本土；第三，盘瓠神话传说在日本的流传过程中，失去神话传说的特点，逐渐民间故事化，其始祖意义也是由浓渐到淡，直至消失。

通过对盘瓠神话的类型进行分析，或许我们可以得出以下观点：第一，盘瓠神话根据狗立功的情节可以分为三个类型：立战功型、取谷种型、治病型，台湾原住民盘瓠神话属于治病型；第二，盘瓠神话在台湾原住民中并未被广泛接受，流传度也不高；第三，台湾原住民盘瓠神话的来源，很可能是先从我国东南沿海传至冲绳（琉球），再由冲绳（琉球）传至台湾，但归根结底，还是源自我国大陆地区。

（原载《江汉论坛》2017 年第 8 期，全文 12000 字，李煜华摘）

语言与台湾民众的“国族认同”

朱双一

甲午战后百多年来，台湾民众的民族、国家、政治认同与语言问题密切相关。日本据台后，压缩汉语空间，推行日语教育，但台湾民众仍保有强烈的汉民族意识，寻找各种途径来学习和保存汉语汉文化。如写作汉诗有押韵、平仄对偶等格律限制，非用汉语（包括其方言）无法吟诵，汉诗创作也就成为维系汉语的重要手段之一；写汉诗常要用典，这就要求作者必须加强其中国传统文化的修养，并由此进一步增强他们固有的汉民族认同感。

除了传统诗文活动外，从祖国引入新文化运动所倡导的白话文，更具有多重意义。黄呈聪指出：推行白话文使“现时中国文化的进行有一日千里之势”，“我们的同胞若是晓得白话文，便可以向中国买得现代的新书和报纸杂志来启发我们郁积沉迷的社会，唤醒我们同胞的大梦，这就是改造台湾新的使命了！”当前“台独”派鼓吹日本先进、中国落后、日本统治带给台湾现代化的说法，与之大相径庭。黄朝琴则将汉文保存与民族性的维系紧紧联系在一起：“我们台湾的同胞，亦是汉民族的子孙，我们有我们的民族性，汉文若废，我们的个性我们的习惯我们的言语从此消灭了！”蔡惠如也称：台湾人乃黄帝的子孙，汉文的种子如果断绝，“我们数千年来的固有文化，自然亦就无从研究了。连我们自己的民族观念都消灭了”，这将使台湾人沦为劣等的人类、异族的奴隶。《台湾民报》曾转载都德小说《最后一课》，小说中老师哽咽演讲的“现在我们总算是为人奴隶了，如果不忘祖国的语言文字，必还有翻身之日”一句，必令台湾民众感同身受。如连雅堂整理台湾方言，其编撰的《台语考释》序言中，既指出“台湾之语传自漳泉，而漳泉之语传自中国，其源既远，其流又长”；又表示“余惧夫台湾之语日就消灭，民族精神因之萎靡，则余之责乃娄大矣”。可见整理和使用“台语”是为了保持和彰扬固有民族精神。

1930年前后延续数年之久的“乡土文学”和“台湾话文”论争，其实是台湾左翼作家内部的论争，双方都具有文艺大众化的启蒙目标。“台湾话文”的提出缘于台湾作家面临的的客观困境以及他们的主观心理倾向：从政治上讲，他们被迫说日语，失去了讲汉语普通话的条件；但在国族认同上仍坚持自己是汉族人、中国人，因此很不情愿说日语。于是他们试图通过说台湾话——汉语的一种方言——来消解这种“不能”和“不愿”相纠结的困境。台湾话文字化后来并未成功，但在搜集整理台湾民间文学方面取得了丰硕的成果。当今有人将此“台湾话文”运动视为1980年代后具有“去中国化”色彩的“台语”运动之源头，无疑是对历史的扭曲。

1937年后，报刊汉文栏被禁，但汉诗创作仍延续着。1945年光复时台湾的语言现实是：大多台湾人既会日语，也会某种汉语方言，但不会听、说汉语普通话。这时台湾民众充满学习民族共同语的热情和主动性。如杨逵编印包括《阿Q正传》在内的“中国文艺丛书”，采中、日文对照方式，便于台湾同胞借助已有的日语能力来学习中文。主持“国语推行委员会”的魏建功、何容等，根据台湾话乃汉语的一种方言，语音、词汇等都具有对应的关系，认为通过方言来学习普通话乃一捷径而大力提倡。吕诉上用闽南方言创作轻喜剧《现代陈三五娘》即其成功实践。数十年的持续努力，使台湾成为中国各方言区中推行汉语普通话最好的省份。

1980年代以来，“台语”“台语文学”运动成为“台湾民族”论建构的重要一环。它们为“台语”塑造长期受欺压的悲情形象——批评国民党为了加强其统治而推行“国语运动”，其手段严苛、粗暴，压抑了本土语言。事实上，当代台湾的语言场域中，“台语”始终占有一席之地，并未被完全取消。1979年郑良伟《台语与国语字音对应规律的研究》一书，立意与光复初期提倡通过方言学国语相似。吕正惠在其论文中一方面追溯中国“书同文”的悠久传统，指出采用普通话用以全国人民的相互沟通和书写记录的必要性和必然性；另一方面又指出全中国“言殊方”的实际存在，提倡适当加入方言以丰富普通话。对国语运动的批评主要集中在当年学校对于学生说方言，采用挂牌、罚站乃至打骂等处罚手段。不过也有人指出，此习气乃日本人所遗留，而非国民党从大陆带来。这一点在日据时期文学作品中可以找到不少例证。至于藤井省三《台湾文学这一百年》书中所谓日本殖民当局将“近代国家的国语制度”带入台湾，使得“全岛共通的‘国语’（按：指日语）超越了经由各方言、血缘和地缘所组成的各种小型共同意识，而形成台湾‘等身大’的共同体意识，可说是台湾民族主义的萌芽”，对照台湾民众坚守汉语的历史事实，其荒谬性显而易见。

很显然，近百年来台湾的语言状况颇为复杂，日语、汉语普通话及其不同方言乃至多种少数民族语言交织在一起，但汉语始终是最基本的语言，这是由绝大多数台湾人的民族属性所决定的。汉语各方言固然读音上有所差别，但早已有统一而通行的书写文字，要另创一种文字书写方式，既很困难，也不必要。至于某些人出于意识形态目的而进行政治性操弄，并无学理上的依据，其成功的可能性也甚微。

（原载于《文学评论》2017年第5期，全文14000字，朱双一摘）

“中国”之“死而复生”

——白先勇小说的一种解读

沈庆利

在台湾文坛乃至整个世界华文文学版图中，白先勇的创作上承中国历史持续不断的家国流离和“家道中落”传统，下启二十世纪后半期众多华人作家的“跨海”离散叙事。白氏深厚浓烈的“中国情怀”，鲜明独特的“中国叙事”，既复杂多棱又“高瞻远瞩”的中国认同观念，在“中国”热浪滚滚的今天，都令人“触目”，并值得细细加以体味与研究。

白先勇的小说具有浓郁的象征意味，他的早期作品如《芝加哥之死》《谪仙记》等，通过主人公之死象征了“（文化）中国”的消亡和“中国认同”的纠结。对于《芝加哥之死》的吴汉魂来说，精神已失，只有肉体尚存，活着还有什么价值？“汉魂”已丢，徒具行尸走肉的生活能有什么意义？吴汉魂的“死亡”，与其说是“身死”，不如说是“心死”，而哀莫大于心死。而吴汉魂们的“心死”，某种程度岂不象征了“中国”在海外华夏儿女中的死亡？小说中多次重复的那句符咒式的话语：“吴汉魂，中国人，三十二岁……”，短短的“传记”里更像是在揭示出中国情怀的某种夭折。创作于1965年的《谪仙记》则更加娴熟地运用了“家国一体”的象征手法，进一步实现了“主题命意的扩大”。小说中的女主人公李彤出身于国民党高官豪门，身为独生女的她从小被父母视为掌上明珠，过着不可一世的贵族生活。然而这种天仙般的幸福人生却随着国民党当局在国共内战中的失利，尤其是李彤父母在乘坐太平轮从大陆逃离台湾途中的不幸罹难而戛然截止。“失家”且“失国”的李彤遂流落为异国他乡的“孤魂野鬼”，并逐渐变得玩世不恭，成为玩弄人生、玩世厌世的“交际花”，终于在威尼斯“游河跳水自杀”。李彤这一人物形象被作者赋予了极为鲜明的象征意味。她与她的三个亲密小伙伴分别戏称为“中美英俄”之“四强”，李彤则自称“中国”。而这位出身高贵却命运多舛、性格高傲却终究难逃悲剧宿命的貌若天仙的年轻女性，不也正代表了海外游子心中的美丽祖国形象？难怪那群与李彤一起流落到欧美的中国留学生们，因失去李彤而一下子失魂落魄了，宛如失去了“主心骨”一样。白先勇通过《芝加哥之死》《谪仙记》等作品，淋漓尽致地抒发了流离海外的华夏儿女“失家”“失国”与“失（文化之）根”的悲哀。

而到小说集《台北人》中，我们发现那些当今中国社会已经消失或正在消失的“老中国”传统和社会文化现象，诸如下级对“长官”的忠贞不二；仆人对主人“亲人”般的忠心耿耿和热爱，以及“桃园结义”式的兄弟情义，都“自然”且饱含诗意地加以呈现。这部小说集简直就是一座琳琅满目、让人目不暇接的文化（中国）博物馆，一座构思精巧且让人流连忘返的“文化大观园”。作家不仅将古代中国的诸多传统“复活”在自己的创作里，更以一种现代视角“回望”过去年代里的恩怨情仇。他在创造性地运用和转化传统中国的“红颜祸水”“生死轮回”一类故事原型的同时，又因时空和文化心理的距离，使所有的“过往”都蒙上了一层唯美而神秘的面纱。

白先勇笔下富有经典意义的“中国故事”，常常离不开那一个个继承了中国文化传统的性感“尤物”、“迟暮美人”声情并茂的“演绎”。藉由她们对美好青春和富贵荣华不可抑止的热恋、痴迷和回味，作家本人也反复回味并留恋着那个“风光不再”、甚至行将消失的“老中国”，并对之加以艺术化、审美化的想象。在这种文化心理的反复回味流连、感喟唱和之中，一个古色古香、活色生香且传奇生动的古老中国形象跃然于纸上。于是那个悠远深厚的文化心理的“中国”不仅得以“复生”，而且更加美轮美奂，充满了诗意和情趣。

这是唐诗宋词里的中国，这是《红楼梦》和《牡丹亭》里的中国，这是古代戏曲里传唱的中国。诗情画意与浮生若梦融为一体，“春宵一刻值千金”与“青春不再”“忽喇喇似大厦倾，落得个白茫茫大地真干净”的虚无难以切割。这是日常诗意化的中国，这也是文人雅士笔下的中国——一个在人们心中存活了数千年，却似乎又从未真正出现过的梦幻中国。记忆永存，怀念常驻。“梦幻的中国”最大限度地契合了人们的故国回望与想象，同时也寄托了海内外华人对美好中国的共同心理期待。笔者认为《台北人》在世界华文文学史的最大意义和价值，乃在于它塑造了一个“文化中国”的经典原型，为当时及以后众多包括中国大陆作家在内的全球华人作家，提供了一个难以逾越的典范。

而“梦幻的中国”与“现实的中国”，“虚构的中国”与正在被建设、被建构的中国之间，绝不可能是完全疏离的关系。相反随着中国大陆经济实力的崛起和传统中国文化的复兴，“梦幻中国”与“现实中国”、“虚构的中国”与“建构的中国”、“历史（抑或未来）中国”与“当下中国”之间正呈现出越来越大的交集，而且在本质上不可分割地融为一体。在以白先勇为代表的华人作家那里，“中国”既是文化和心理上的，又是空间和地理上的，是一个融汇了古代与现代、历史与未来、梦幻与现实的“大一统”的中国，一个具有不可抑止“向心力”的中华民族的化身。

（原载于《世界华文文学论坛》2017年第3期，全文14000字，沈庆利摘）

今天我们为什么纪念陈映真？

赵稀方

陈映真与当代中国的错位，最典型地体现在他与几位当代作家的“对话”上。与陈映真先后有过交集的当代作家有阿城、张贤亮、陈丹青，还有王安忆。在我看来，这些对话可以作为一个切入口，来观察陈映真思想的历史特征，观察中国现代思想的匮乏点何在，思考我们到底在哪里错过了陈映真。

据查建英编《八十年代访谈录》，80 年代末，阿城在美国见到陈映真。阿城这样回忆："我记得陈映真问我：作为一个知识分子，怎么看人民，也就是工人农民？这正是我七十年代在乡下想过的问题，所以随口就说，我就是人民，我就是农民啊。陈映真不说话，我觉得气氛尴尬，就离开了。当时在场的朋友后来告诉我，我离开后陈映真大怒。陈映真是我尊敬的作家，他怒什么呢？"查建英这样记述陈映真与张贤亮："那个会讨论的是环境与文化，然后就上来张贤亮发言，上来就调侃，说，我呼吁全世界的投资商赶快上我们宁夏污染，你们来污染我们才能脱贫哇！后来听说陈映真会下去找张贤亮交流探讨，可是张贤亮说：哎呀，两个男人到一起不谈女人，谈什么国家命运民族前途，多晦气啊！"还是同一本书，访谈陈丹青的部分，陈丹青这样谈论陈映真："我记得安忆描述她在美国见台湾作家陈映真，陈问她以后打算如何，她说：写中国。陈很嘉许，夸她'好样的'。安忆听了，好像很鼓舞、很受用似的。多么浅薄啊！为什么'写中国'就是'好样的！'哈维尔绝不会夸昆德拉：'好样的！写捷克！'屈原杜甫也不会有这类念头……"

阿城、张贤亮、查建英、陈丹青这些 80 年代的精英人物，正在批判左派政治、改革开放之际，处于"走向世界"的历史想象之中。这种时刻他们听到陈映真的发言，无法不产生强烈的落差感，"强烈的社会主义倾向，精英意识、怀旧，特别严肃、认真、纯粹。但是他在上头发言，底下那些大陆人就在那里交换眼光。你想那满场的老运动员啊。"在众人眼里，陈映真无非是满口"社会主义"、"第三世界"的"老左"而已，早已落后于时代。

当代中国思想的主要范畴就是"左"与"右"，也就是说，是社会主义与资本主义的对立。从中国的问题意识出发，我们能够谈论陈映真的视角无非如此。本文试图走出中国大陆的思想范畴之外，回到台湾历史经验的独特性，建立一个新的观察视角。相对于中国大陆，台湾历史经验的独特性是什么？很清楚，是殖民地境遇。陈映真一生的主要关注正在于反对殖民主义，其它如"第三世界""资本主义""社会主义"等都是由此带动的次要范畴。

自 1895 年后，日本割据台湾 50 年，留下了深重的殖民地创伤。然而，光复以后的国民党政权并没有对日本殖民统治进行清算。从对日战争中走出来的国民党政权，为什么到了台湾就不再对抗日本了呢？其中原因并不难理解，这是因为在冷战结构中，台湾已经迅速与美国、日本、韩国等成为同盟，对抗苏联、中国等社会主义阵营。既已结成同盟，昔日的敌人就变成了朋友，台湾历史从此空缺了一节"抵殖民"的课程。不但如此，战后美国、日本又重新控制台湾，形成了新殖民主义，这就更是雪上加霜了。台湾社会的历史性格，以及当代台湾的很多问题，都可以从这种"历史空白"中得到解释。

有关于殖民主义批判，霍布森曾揭示了"生物进化论""文明使命论"等帝国主义自我合法化理论。新殖民主义的矛头所在，则是前殖民地国家和地区在政治独立以后，仍然不能摆脱帝国主义的操纵。陈映真的贡献在于将新殖民主义批判提高了文化的高度，并且带入了消费主义的视角。在这种新的殖民主义形式中，跨国企业和消费主义是陈映真最为注意的。在陈映真看来，当西方人在台湾投资的时候，他们所带来的是一整套价值观，随之而来的，是在跨国企业和消费主义中，台湾本地人认同上的迷惘和心灵上的破碎。

中国近代以来一直没有完全的殖民地经验，不过这是否意味着殖民主义批判与中国无关呢？很多中国学者都是这么认为的，不过问题恰恰应该以相反的方式提出来：即作为一种意识形态控制的帝国主义是如何在没有实际殖民的情形下取得成功的？

在小说《唐倩的喜剧》中，我们发现，陈映真所描绘的台湾 60 年代的状况，其实与中国的 80 年代有颇多相似之处。经历过 80 年代的我们都知道，那个时候中国大陆的存在主义等西方思潮的风行以及出国热，并不亚于台湾，这也佐证了中国虽非殖民地，然而在精神上却并不能豁免于西方的文化支配。就此而言，陈映真的殖民主义批判对于中国是有借鉴意义的。

一直到 90 年代以后，中国大陆工业化的种种负面后果显露出来，我们的批评界才开始注意到批判消费主义。他们没有注意到，多年之前，就在我们努力追求消费的时候，陈映真就已经在批判消费主义了。陈映真所说的第三世界的遭遇，正是目下中国大陆正在经历的。高能耗企业、生态污染、消费主义的同质化、传统文化的消失，这些都是我们目前面临的问题。联想到中国很少出现诸如陈映真、黄春明那种反省国人在外资企业中的认同困惑或心灵异化主题的文学，可见我们在这个方面的文化意识是完全缺乏的。

在中国大陆已经遭受严重污染的今天，张贤亮欢迎“污染”的言论，已经变得很可笑了。陈丹青所说的“写中国”，和阿城所说的“人民”的问题，有一定相关性。陈映真称赞王安忆“写中国”，是在批判殖民性的背景下提出来的，因为在被西方思想操纵下，台湾很多作家已经不会写台湾本地。事实上，在 80 年代的中国大陆，情形也类似，那个时候主宰文坛的是“现代派”，是向往蓝色文明的《河殇》。一心要走向世界的陈丹青觉得自己是“国际视野”的，所以断言陈映真很“浅薄”。“浅薄”的到底是谁呢？最可惜的是阿城。阿城其实是注重民间文化传统的。不过，在陈映真问起有关“人民”的问题时，刚刚经过文革的阿城本能地把它理解成了政治的陈词滥调。其实，陈映真在说“人民”的时候，恰恰强调的是在地，是与外来殖民文化相对的。就这样，本来可以相通的阿城和陈映真错过了，还惹得陈映真“大怒”，真是历史的误解！最神奇的是王安忆，虽然她通篇写了她对于陈映真的不理解，然而她在《英特纳雄耐尔》开头轻描淡写地说了一句话：“这个人，使我在一定程度上，具备了对消费社会的抵抗力。”现在看来，这句话是很有预见性的，她本能地抓住了陈映真的思想精髓。

陈映真的历史经验较我们提前了 20 年，台湾 70 年代已经开始反省工业化，中国大陆直至 80 年代才开始改革开放，所以阿城等人不能理解陈映真。不过，如果仅仅是因为时代落差的话，在我看来，则并不算什么大的问题。最为重要的是，陈映真给我们提供了晚清以来中国一直最为匮乏的批判殖民性的视角，这才是陈映真的真正意义所在，这一点我们至今还不能真正理解。

（原载于《中国现代文学评论》2017 年第 6 期，全文 12000 字，赵稀方摘）

失败的潜能：关于钓运的文学反思

张重岗

1970 年代初期，美国准备把琉球群岛管理权（附带钓鱼岛）转交日本的消息，在海外华人留学生中激起了巨浪。短时间内，保卫钓鱼岛的呼声响彻整个美国。挺身而出的华人留学生们，开始重新思考自己的处境和位置，并热切地关注中国、东亚乃至世界的局势和状况。保钓运动，就像一场精神上的地震，在海外华人知识界引起的震荡远非言辞可以形容，并且几十年来仍不断扩散，至今余波未了。这一精神的浪潮，甚至当时就波及到台湾，推动了思想和社会的变革。

作为一个思想史事件，保钓运动的兴起、衰落和延伸不断产生精神上的能量，促使我们思考许多问题：保钓何以成为一场运动？这一运动在方兴未艾之际又如何难以为继？保钓精神的涣散和延续的辩证该当如何理解？在文学方面，保钓文学的出现则是这场运动的意外收获。面对那些曾经滚烫、至今仍有余温的文字，我们需要考察它们的缘起、脉络和关怀，并进一步追踪经受了社运洗礼的钓运人士的人生轨迹，探究他们在写作上如何延展、转化了保钓的精神，并聚焦于其中的核心美学思想，即他们如何重新观照自我和外在的世界。

一、《昨日之怒》：保钓运动的文学证言

张系国于 1978 年出版的长篇小说《昨日之怒》，对保钓运动作了全景式记录。这部小说甫一问世，即引发热议，在短短两年之内发行八版。至今它仍是保钓运动重要的文学证言。小说故事发生的时间，已经是在钓运浪潮退去之后，因而才使得“流产的运动”成了一个问题。曾受钓运影响的海外华人，每个人都以自己的方式表达对这一运动的态度，并进行新的人生选择，同时承受自己的选择所带来的后果。

对钓运的思考，对于张系国及其同道是一个长久的课题。钓运的问题，远非自身所能回答和解释。在更广阔的视野中，才能看清其中的一些症结和困扰。在文学层面，他描述了钓运人的欢笑、痛苦和奋斗，也试图上升到理论层面，从民族性、文化与政治行为之间的关系的角度加以深入反思。这里所提出的问题，在以后的钓运书写中得到了延续。

二、《玉米田之死》：钓运人的生存困境和回归之梦

对于钓运人的生活状态做了悲剧性描述的，还有平路完成于 1983 年的小说《玉米田之死》。如果说张系国写的是钓运人士在现实中的回归大陆、台湾之路的话，那么，平路写出了梦想中的回归之路。

小说的中心环节，是陈溪山的失踪和死亡。他何以失踪？小说的叙事始终聚焦于这

一核心的问题。作者的神来之笔，是让叙述者亲自走进玉米田，去感受玉米田里叶子和叶子之间的空隙间所发出的细细的声音的召唤。玉米田的绿色的茎叶中，包藏着当年的钓运人士陈溪山的秘密。叙述者在嘈切的玉米叶的摩擦声中，感觉到的是自己的血液的澎湃，是对自己的童騃的觉悟。这样，陈溪山的梦想以心灵感知的形式在另一个人的身上获得了生命。

平路捕捉到了玉米田的召唤这一意象，可以说是这篇小说的成功之处。作者的巧思在于，她不是泛泛地描述钓运人生，而是把钓运视为一种原动力，并通过一个意象把这种原动力凝聚起来。借助这种方式，平路完成了钓运的文学化。

三、《浮游群落》：钓运的反思及其前史回溯

完成于 1978 年的《浮游群落》，作为台湾六十年代青年运动的省思之作，隐约透露了刘大任与钓运之间的精神联系。如果说保钓运动是在六十年代社会思考的延长线上，那么对刘大任来说，钓运反思的意义在于提供了反思台湾知识青年的社会运动及其精神状况的开阔视野。

就此而言，《浮游群落》不仅仅是对压抑的台湾六十年代社会机制和氛围的生动描述，同时也是对这种社会状况中滋生蔓延的知识青年主体状况的内在省察。刘大任不仅用他的魔力一般的文笔对威权下的社会生存做了描摹和渲染，还站在资本主义批判的角度揭示了威权政治与新型市场资本主义对文化领域的操控。

这是刘大任所勾勒的台湾左翼的精神遗产。其价值体现为反思层面的对主体革命的看重。若联系到钓运的中心议题，刘大任对这种活力的捕捉和呈现，应归结于他在保钓运动中所经历的挫败感及其后的内在反省。

四、《青春之歌》：在历史断裂点上的浅吟高唱

与刘大任的人生沉淀类似，郑鸿生对台湾钓运一代的梳理和反思也经历了漫长的过程。在将近三十年之后的 2001 年，他追忆七十年代左翼青年生活的《青春之歌》终于杀青问世。

在台湾的民主化遭遇挫折之际，对七十年代的回溯，意味着重新激活对民主化起源的追问。在起源和进程之间不断地思考，意在开启闭锁的历史之门，唤醒民主化的思想动力和内在活力。

郑鸿生在《青春之歌》中描述了保钓作为导火索所引燃的青春之火的蔓延。得到来自美国保钓的书刊信息后，青年学子把来自海外的动力化为自己的思想和行动，在台湾自觉地树立自己的左翼立场，寻找台湾左翼的传承，也产生了重新认识中国的渴望，在此机缘下打开了第三世界的视野。正是在全球性的视野中，他把当时发生的这一切称为“台湾迟来而短命的六〇年代”。

由保钓所点燃的烽火，在今天仍在燃烧。不管在当时还是之后，保钓运动都是一个内涵丰富的概念。这条抱持终极反抗态度的左翼之路，一开始就是与宣讲身份认同、族群意识、英美式民主的右倾势力区分开来的。解严之后台湾在社会改造和民主化问题上所产生的分歧，可以从这里找到线索。

从 1970 年底保钓运动的爆发算起，至今已经接近半个世纪。关于钓运的书写在此期间始终不曾停息，其精神价值亦随之得以彰显、延续和转化。其中，保钓文学的出现引人关注，可谓这场运动的意外收获，这些

作品从不同角度呈现了钓运价值的诸多面向和内涵。张系国的《昨日之怒》以半自传体小说的形式，抒写钓运亲历者的感受和认知，对钓运之所以流产的原因进行了反思；平路的《玉米田之死》以现代主义式的思考，探究钓运人在日常生活中的生存困境，对其内心的梦想进行了追踪呈现；刘大任的《浮游群落》、《远方有风雷》和郑鸿生的《青春之歌》在剖析六七十年代青年思想状况的基础上，对过去和现在进行了内在的联接，在文学和精神层面展现了钓运的失败在主体成长和历史认知上所蕴藏的意涵，并开启了关于第三世界左翼之路的持续思考。

（原载于《暨南学报（哲学社会科学版）》2017 年第 11 期，全文 14000 字，张重岗摘）

试析 1950—60 年代台湾青年的“虚无”，重新理解“现代主义与左翼”

——以陈映真、王尚义为线索

李　娜

一、作为启蒙的虚无

陈映真早期创作中，受到最多关注的无疑是《我的弟弟康雄》。康雄这个“少年虚无者”，铭刻了 1950 年代末、1960 年代初台湾知识青年一种挣扎于困顿中的精神状态。陈映真自认此一时期的作品是“忧悒、哀伤、苍白而苦闷”，而与他一同度过这段“惨绿”时期的小伙伴尉天骢说，当是时，“陈映真的虚无是一种启蒙”。心有不甘探寻出路的几代青年对康雄的钟情，尽管总不免投射着小布尔乔亚的顾影自怜，却打开了 1950 年代白色恐怖截断的青年反叛者的精神谱系。

这些青年经历了战乱和流亡或从日本殖民到光复初期家国意识大变动，民主思潮的一度活跃（1945—49）和冷战之下的大肃清，他们的青春文学有着历史的沧桑感，以时而热情，时而忧郁，更多疏离、否定和迷惘的笔法，来表达他们对压抑时代的感受或生存意义的追索。二十多岁的陈映真和王尚义，是其中特别有天分、特别敏感，阅读与思考都超乎寻常的两个。

正是从“虚无”，从青年对现实的疏离、否定，以及如何疏离的角度，将陈映真《我的弟弟康雄》与王尚义《野鸽子的黄昏》放在一起，进行历史化的细读，会发现它们有着如此意味深长的互文相关性：这是一个探索 1950 年代末、1960 年代初台湾青年的“虚无”的历史构造，重新理解现代主义与左翼之间的张力的契机。

二、辽远而切近的虚无

《我的弟弟康雄》中，康雄出场就以日记宣称为“少年虚无者”。对康雄来说，虚无首先是个激进的“追求”。尚未经过戮力实践的人生，虚无源自对现实的不满和意义的追索，是对宗教、婚姻、社会经济现状的否定。这些“虚无”的表征可以脱离台湾具体时空的脉络，追溯到旧俄的“虚无主义者”。“虚无”意味着他是“一个不服从任何权威的人，他不跟着旁人信仰任何原则，不管这个原则是怎样被人认为神圣不可侵犯的。”

陈映真自我回顾，在高中阶段读了许多旧俄小说“似懂非懂”，却让他对初中时在父亲书房不告而取的《呐喊》，有了“较深的吟味”；1958 年上大学之后，在牯岭街读到 1930 年代左翼文学和中国革命的历史、社科书籍，唤起了对遍地红旗的新中国的向往——这些知识和思考上的累积、冲击，让幼时邻家大姐姐的被捕、车站前枪毙匪谍的布告，得到了历史性、结构性的理解。

在《我的弟弟康雄》中，可以看到陈映真既同情康雄，也需要告别“康雄”。康雄有限的实践（打工以及搬到劳工中居住），包含着旧俄知识分子的人道主义和“走向民间”，在台湾的处境就如同康雄的细瘦苍白、眉目清秀，有着没能发育的“一身未熟的肌肉”。

与《我的弟弟康雄》依托姊姊的告白/忏悔、强烈指向青年的内在主体状态不同，王尚义《野鸽子的黄昏》透过“我”的回忆，在“脱俗”的自然风景与恋情描写之外，更突出对现实的荒谬的指认，颇有加缪《异乡人》之风。但《野鸽子的黄昏》有与《我的弟弟康雄》相似的“主体与文本”关系：“存在主义”风格的书写中包含对“存在主义”之为思想途径的限度的突破。

三、此间的“父与子”

在这两部容量不大的小说里，都有一个可以小心拎出来——未必是作者的自觉，也并非刻画、凸显的主线——的结构：长辈与子辈的冲突。而青年对于政治、宗教、爱欲、友情的探索和矛盾，都可附着其上，交锋其上。

《我的弟弟康雄》中，父亲每次出现，几乎都伴随着“可怜的”这一形容词。曾“独学”“社会思想”而“转向宗教”的父亲说，“人应该尽力的摆脱贫苦这一恶鬼”，而康雄却意识到“富裕能毒杀许多细致的人性”——父亲对既有的社会经济状态，并不能做出批判性的说明。他把康雄的自杀归于“上世纪的虚无者的狂想和嗜死”的蛊惑。丧失了批评“有问题的富裕”的父亲，已经无从理解子辈理想主义的挣扎。

《野鸽子的黄昏》中“我”的姑母和康雄父亲属于不同的等级，但他们都有着或有过某种社会关切，而且姑母有资源，一定程度上可以开展具有公众意涵的事业。但康雄父亲和姑母在子辈眼里，一个是失败了，一个是堕落了。子辈在虚无的反叛中，试图走出个人的小天地，向社会层面扩展，而看似对此负有责任也有意愿或资源的父辈，不是转入“神学和古典”中自我安慰，就是将社会工作化为个人光环。

1950 至 1960 年代，台湾反叛青年的反宗教有着特定的社会内容。爱神却不能爱人，爱真理却不能爱人——这是同样缠绕王尚义和陈映真的问题。对王尚义来说，牧师和教会以空洞的爱为借口、以等级的爱为形式，实则是“出卖了耶稣”。而对陈映真来说，对宗教的态度可能更为复杂。从小跟随家庭浸润于基督教，此时又有了初步的社会主义图景的陈映真，在透过宗教寻求社会改善的力量这一点上，有超过王尚义的想象和持续的探索。他要求一种更体现耶稣真精神（某种意义上，就是社会主义）的宗教，这也是他日后几度从教会“出走”又“回归”，并且对“解放神学”特别亲和的原因。

四、虚无、现代主义与左翼

陈映真对台湾现代主义的批评有阶段性的差异。1967 年他对“现代主义”发起激烈批评时，认为自己没有出过“现代主义的疹子”，但他批评的其实是现代主义逐渐风行时，许多作品表现出来的追求诡奇晦涩、刻意伦理倒错、脱离现实、不以思想贫乏为意的倾向。如果我们回到深受存在主义哲学、西方现代文学以及旧俄文学影响的台湾现代文学的产生期，特别是透过《我的弟弟康雄》与《野鸽子的黄昏》这两个被认为具有叛逆/另类气质的青春文本，就可看到，现代主义曾经和一代人的经验、情绪有过一种不同的配合方式：不仅不是“移植”着西方对荒谬和悲怆的表达形式，反而是能够让他们迅速疏离不合理的现实，以探索理想社会和人的出路。本文想要强调的是，应该重视从 1960 年代青年——这被认为是苦闷而“喑哑”一代的虚无、疏离的特定状态中释放的能量。如果没有经过这一环节，台湾青年或许不会那么快、那么自然地走到 1960 年代后期至 1970 年代的激进思想探索和“回归现实”的行动风潮中去。

在另一个层面，陈映真对现代主义的批判是随着朦胧形态的“左翼”的孵化和集结逐渐激进化的。1963 年之后，陈映真获得了更多中国大陆革命和社会主义的信息，知识和思想的发展推动他走向行动时，不管是对读书会成员还是他们想要接近的“工农”，现代主义文学显然是不能令人满足了。美国反越战、反种族歧视运动中产生的民歌、纪录片等形式传入台湾，也启发了他对于民众的艺术形式的思考。也就是说，陈映真对现代主义的不满，更在于左翼的思想、对象渐渐清晰并走向行动时，要求一种更配合的文学，而现代主义文学的弱点，其实不只是“横的移植”和空洞劣质，而是“现代主义”本身存在的过于注重个人主体感觉和状态，与社会实践的要求之间的冲突。

但拉开大的时空来看，现代主义与左翼不但在萌生期相互拉扯，在“反叛”的精神和指向上，“现代主义”和乡土文学论战中提出的“现实主义”也是连续的、相通的。在当下，要探寻更贴合时代的、更能感染青年的文学形式，或许是时候，打破诸如“现实主义”和“现代主义”这类因特定历史条件和运动需求而形成的壁垒，重新反思、启动战后台湾文学的经验和各种“另类”资源了。

（原载于《文艺理论与批评》2017 年第 6 期，全文 20000 字，李娜摘）

海外视域下的民众、宗教观念与中国民间文艺经典的塑造

——以《定县秧歌选》的外译阐释为例

江 棘

1933 年由中华平民教育促进会（简称平教会）成书出版的《定县秧歌选》成为中国现代民俗学草创期的扛鼎之作，重要原因是定县秧歌的搜集整理工作体现了在当时最先进的方法指导下，中国民俗学和民间文艺整理工作能达到的高度。笔者认为，要进一步解析《定县秧歌选》不同一般的经典化道路及其生成本身，离不开另一条“他者”的阐释路径的考察。

1926 年，集结了一批留学欧美学者的平教会将总部搬到河北定县，开始了举世闻名的“博士下乡”“教授下乡”之旅。《定县秧歌选》的搜集编选归于孙伏园领导的平民文学部，实际操作是与李景汉所领导的社会调查部合作完成的。西德尼·甘博，传教士，社会学家，摄影家，曾于 1931 年秋至 1932 年春作为平教会社会调查干事居于定县。出版有《定县：一个华北乡村社会》，逝世后出版英译《定县秧歌选》。海外学者认为前者大部分是已有成果的重复。而后者的“导论”，大幅抄袭了由李景汉、张世文署名编定、瞿菊农撰序的中文版《定县秧歌选》的前言和序言。1933 年版《定县秧歌选》序言曾介绍此项工作的具体分工，并无甘博半点踪迹。然而在《秧歌选》英译本的相关介绍中，则给人以甘博及其“自带”团队才是定县秧歌搜集调查工作主导者的印象。平教会关于这个问题有过明确的说法，即甘博对于定县社会调查工作给予过热心指导，同时在经济上也予以慷慨援助。在海外语境中，《定县秧歌选》之所以会被视为甘博主导的著述，与晏阳初及平教会的“纵容”态度不无关系。

19 世纪末以来，宗教传播与社会改造结合的主张在中国获得了发展的土壤。甘博 1918 年任职于北京基督教青年会，正处于社会福音神学的发展背景中。而到 30 年代，甘博的工作重心由教会事务转向燕京大学的教学与社会调查，也与 20 年代后号召唤起民族认同、抵制基督教的“非基督教运动”的迅速发展有关。与海外将平教会视作基督教在华分支机构的声音类似，“定县秧歌”在海外之所以被如此重视，是因为相关工作被“西方”纳入了内在于自身的设定中。这也有助于我们理解甘博对定县秧歌的阐释态度以及相关主流话语。在美国，学界多把定县秧歌作为日本侵略者和共产主义尚未进入的“前社会主义时期”古老中国社会的反映，看重其传统的延续性的文化和“文献”价值。这与领域内“权威”甘博的怀旧叙述不无关系。而甘博之所以并未展开更多学理性讨论，或与他摄影家身份以及长期

从事社会调查工作的训练有关，但也是同时作为教会人员，甘博在自身的宗教信仰和观念影响下，无法深入与弘阳教等本地信仰盘根错节的定县秧歌的民间思想和信仰深处。

1954 年附于甘博定县著作中的四出秧歌译本和 1970 年版全译本虽署名甘博，其实有三篇并非他原译。陈逵，字弼猷，湖南攸县人，教育家、翻译家。1930 年，陈逵将定县秧歌中《打鸟》《蓝桥会》《四劝》三剧全文译出，刊于美国当年第 11 期《戏剧艺术月刊》；1954 年，甘博没有做任何说明，便据为己有；1970 年，又仅仅标注此四剧版权归于英属哥伦比亚大学出版中心，得其授权出版而略作改动，陈逵就在定县秧歌的译介中被抹去了姓名。甘译本对于陈译本有极大量的照搬，但二人译本存在不少处理上的不同。一方面，依据民俗表演理论以及口头程式理论等，两人翻译的源文本《定县秧歌选》本身是将场上表演案头化，丧失大量与瞬时性表演及其环境相关信息，导致了翻译意义的差别。另外，陈逵译本省略了定县秧歌对于女性外貌描写中惯常出现的“三寸金莲”、丑夫少妻夜间不堪的生活场景的描写，并添加译者主观色彩浓重的、富于乐观精神的价值判断等，令我们有必要对陈逵的处理动机作一番细致的考察。

陈逵在美国的诗刊发表主要阵地之一是《中国留美学生英文月报》。从陈逵发表于此的诗文中可以感受到，他的内心经热烈向往美国这一“自由民主故乡”到困惑失望，长期而深刻的刺激，坚定了他的民族性、人民性立场，这恐怕也正是他回国不久便决意翻译定县秧歌这一反映底层农民文化的民间小戏最重要的内在动因。陈逵在具体剧目的选择上也体现出了从人民性的立场和角度在秧歌戏中读出“新可能”的期盼。他选择的这三出，前两出提倡自由恋爱；《四劝》则体现了女性的苦境与隐忍，显出“向上”反抗的情感势能的强烈与合理性。同时，这几出戏完全展现的是真切世俗的小民生活场景，并没有定县秧歌和民间戏曲中常见的对神仙信仰的表现。前述陈逵种种省译和主观增译的处理，亦可能是出于被激发的民族意识，希望发掘出他期待的民众精神与心理，从民间的所谓“旧文艺”中，彰显出“新可能”与乐观未来。

被视为《定县秧歌选》海外阐释权威的甘博有此成果，与“非基运动”背景下在华基督教势力的应对调整策略和本土化进程有内在关联，而陈逵译介《秧歌选》的个体动机，则吻合了“非基运动”发生的时代心理。关于基督教的不同态度和立场，成为《定县秧歌选》海外阐释沿不同路径延伸发展的潜在激发因素。在实践上，基督教青年会等相关机构深入介入了中国公民“现代化”主体的规训、管理进程。另一方面，与 30 年代走向高潮的民众教育运动呼唤的群众力学和民众政治相应和的对于民众思想“新可能”的解读，却形成了其隐性的对抗，再次证明中国近代民众启蒙的复杂性与特殊性。

（原载《文学评论》2017 年第 2 期，全文 16000 字，郑熙青摘）

“内在现代性”与相关问题

——论竹内好对《倪焕之》的翻译与解读

董炳月

日本学者竹内好（1910—1977）所译叶圣陶长篇小说《倪焕之》，1943年9月10日由大阪屋号书店出版发行。竹内处理原著的时候表现出多方面的主动性。其一，改书名为“小学教师倪焕之”；其二，制作“人物表”，列出16位小说人物的姓名、身份；其三，翻译原著1—19章而删除了20—30章；其四，删除了原著中夏丏尊的序文《关于〈倪焕之〉》、正文后所附茅盾的评论文章《读〈倪焕之〉》、叶圣陶的《作者自记》等，撰写了《译者序》。日文版《小学教师倪焕之》由三部分构成：《译者序》、人物表、小说正文。竹内的翻译具有“重构”的性质。“重构”是基于他对小说价值的理解。

《译者序》写于1943年5月23日，开头部分将辛亥革命后近20年间中国社会的重大历史事件与文学运动结合起来论述，呈现了竹内好的“文学/国家”同一性意识与政治意识。长篇小说《倪焕之》构思宏大，写及中国现代史上的三次历史事件：1—19章讲述青年教师倪焕之投身乡村教育事业、接受五四精神影响，其中第2、3两章倒叙辛亥革命发生、上海光复时倪焕之的学生生活，20—30章讲述倪焕之在上海参加五卅运动、与共产党人王乐山相识的故事。但是，竹内《译者序》强调《倪焕之》与五四的关系，称小说为“五四时代的纪念碑”。这是竹内删除《倪焕之》20—30章的原因之一。竹内好在认识民国前期“文学/中国”的时候有自己独特框架，即：《阿Q正传》＝辛亥革命，《倪焕之》＝五四运动，茅盾小说＝五卅运动。他认为“茅盾的作品”如《蚀》三部曲等等比《倪焕之》更成功地表现了五卅运动。由此看来，删除《倪焕之》描写五卅运动的后十一章是这个框架的需要。不过，竹内的这个框架在认识相应时代的中国与中国文学方面颇为独特，但存在着明显偏差，因为它将鲁迅文学的价值相对化、降低了。鲁迅的《狂人日记》等作品显然比《倪焕之》更能体现五四精神。

进而，《译者序》通过对叶圣陶文化身份及《倪焕之》文体特征的分析，提出了“内在现代性”（“内在于中国自身的现代性”）问题。这“内在现代性”包含两个层面：一是本土作家叶圣陶通过《倪焕之》展示的、未受西方影响而自然发生却类似于西方的那种属性，二是这种属性从“文学”问题扩大为“国家”问题。竹内将叶圣陶的“小说作法”作为“现代中国”来认识，引申出“中国的现代文学直接就是中国自身的现代性的展开”这种结论。实质上，“内在现代性”问题是整篇《译者序》的核心问题。因为，在竹内看来，中国在五四时期获得了“自主性的现代”“独自的现代”。《译者序》对《倪焕之》与五四精神之关系的强调，实质上也是对中国“内在现代性”的强调。

1943年的竹内好从《倪焕之》中阐发出中国的“内在现代性”并非偶然。本年他持续思考“现代”问题并付诸文字，与《译者序》几乎是同时撰写的《〈中国文学〉的停刊与我》《关于现代中国文学精神》等文章均有论及。而且，撰写《译者序》五年之后，1948年4月，竹内好在名文《何谓“现代”——日本与中国的情形》中讨论日中两国现代性的差异，归纳出了“转向”与“回心”两种不同的现代化类型。他说：“我认为日本文化在类型上是转向文化，中国文化则是回心型的文化。日本文化没有经历过革命这样的历史断裂，也不曾有过割断过去以新生，旧的东西重新复苏再生这样的历史变动。”（日语汉字词“转向”指转变立场或者背叛固有的信念）他追求起源于内在变革的文化价值，因此否定现代日本优等生式的“转向文化”，肯定中国的“回心型文化”。此文将鲁迅纳入“东洋的抵抗”的思考，并纳入对于“回心”与“转向”的论述。必须注意的是，此文通过鲁迅阐述的“回心型文化”和“东洋的抵抗”，与五年前竹内在《译者序》等文中阐述的“内在现代性”具有同质性，但同样写于1943年的名著《鲁迅》却未讨论鲁迅与中国“内在现代性”的关系。由这一事实，可以看出叶圣陶及其《倪焕之》在竹内好思考“现代”的过程中所处的重要位置。叶圣陶与《倪焕之》更早地被竹内纳入对于“现代”的思考、参与了竹内好建构中国式“现代”的过程。1948年《何谓“现代”——日本与中国的情形》一文对作为“东洋的抵抗”的代表人物、作为中国“内在现代性”体现者的鲁迅的理解，处于竹内好对于叶圣陶与《倪焕之》理解的延长线上。在竹内好的“现代”论述中，叶圣陶与鲁迅获得了作为抵抗式、内发性“现代”体现者的同一性。

竹内《倪焕之》的翻译完成于1943年4月，《译者序》写于1943年5月下旬，都是在1941年12月8日日军偷袭珍珠港之后。1941年12月16日，竹内好曾撰写表态文章《大东亚战争与我们的决心》，将支持“大东亚战争”与自己的职业结合起来，声称“我们研究中国，与中国正确的解放者协作，让我们日本国民了解真正的中国。”这种态度也体现在《倪焕之》的译介中。《译者序》对于中国“内在现代性”的阐述，背景是当时日本思想界的“现代的超克”论，具有抵抗英美“现代”的性质，与政治、战争层面日本对英美的战争相呼应。战时竹内好中国观的悖论性，也体现在他对《倪焕之》的阐释与处理之中。一方面，他在日本侵华、日本国民蔑视中国的情况下努力认识中国、发现中国的价值，另一方面，当他努力参与战时日本文化意识形态建构的时候，中国又被歪曲、利用。1943年的中国，面临的不是追求“内在现代性”的问题，而是“超克”日本入侵者、国家独立、民族解放的问题。

（原载《文学评论》2017年第3期，全文15000字，郑熙青摘）

救亡的“寓言”：晚清小说中的波兰亡国书写

胡闽苏

本文通过考察晚清小说对于“波兰亡国”题材的书写，希望探索以下问题：在晚清小说中，“波兰亡国”的异质性表述是如何与本土的书写经验相结合，其间受到来自哪些方面的影响，最终产生了怎样的表达效果，将“波兰亡国”这一固着的话语重新还原到具体的书写情境中去。

在晚清书写波兰亡国的尝试中，康有为《波兰分灭记》（1898）是当时最为详尽的波兰亡国史著，其目标一方面在于敦促皇帝坚持变法，另一方面则是对“改革策略不足之处的控诉”，其中的个人色彩和政治隐喻几乎不加掩饰。康有为试图在《波兰分灭记》中建立“晚清—波兰”的对应关系，书中波兰的灭亡包含着线性的亡国时间表，波兰亡于某个关键的时间节点，如果无法在此之前奋发，那么国家就会沦入无药可救的境地。康有为希望年轻的皇帝了解，中国正在无限地接近这一节点，而坚持维新变法是挽回局势的唯一途径。康有为还通过修改历史叙述本身来强化这种对应的关系。波兰不再是外在于晚清的参照或者前景，而是直接成为了晚清本身，俄国的所指也由具体的敌人变成清朝各种可能的敌人。通过互文性的叙事，康有为建立起了以变法的坚定程度为标准的帝王谱系，波兰国王的形象对于读者（光绪帝）的训诫意义，也只有在这一谱系中才得以完整地显现。此种意义的生成方式并不基于异域历史叙述的内在逻辑，而是来自晚清作者自身的政治实践和思想理路。由于异域历史逻辑与本土政治话语之间的冲突，《波兰分灭记》的叙述往往出现自相矛盾的情况。在表述的形式上也存在两种明显不同的风格。

梁启超在理论上给予了晚清小说书写波兰亡国的可能，在他的推动和倡导下，“小说界革命”将异域历史题材带入了本土小说的视野。1901 年刊载于《杭州白话报》的《波兰国的故事》，作者独头山人，即孙翼中，认同革命思想，但小说内容基本改写自维新派的梁启超作于 1896 年的《波兰灭国记》，几乎没有生发任何与原文不同的政治见解，改写都是出于通俗性而不是政治性的考量。在处理文末梁启超的议论时，孙翼中不仅没有加入任何自己的观点，还删去了有关帝国主义时代国际法有名无实的激进内容，只留下较容易理解的对于俄国“诡计多端”和波兰“自取灭亡”的评价。由此可见，《波兰国的故事》的改写策略所体现的并不是政治派别之间的话语竞争，而是通俗化的叙事倾向。1900 年后，晚清的波兰亡国史译介无论在数量还是质量上都取得了显著的进展，并随着日俄战争的爆发达到高潮。晚清通俗文体中的波兰亡国书写在体量上也逐渐丰富起来，但原因更多来自小说叙事获得来自在地语境的支持。1904 年在上海上演的“新戏剧”《瓜种兰因》将波兰亡国的历史描述成与土耳其之间的礼仪之战。带有明显影射意味的段落在戏文中随处可见，并且已经预先存在于观众与读者的期待视野。戏剧形式并非如启蒙者所想象的只是作为传递思想的工具，而是反过来决定着严肃意涵的呈现形态，由于晚清小说作者对此环节缺少关切，使得“新小说”“新戏剧”的启蒙价值在实际的传播过程中极易脱离理论设计者的掌控。启蒙议题与异域新知正被置于通俗性的文学市场，其形式本身成为了消费的对象。原本来自明确的知识背景和政治语境的词汇被抽象为吸引消费的符码，异域题材的文学作品又是依据这些来自本土的阅读兴趣建立起来。

晚清读者的兴趣绝不仅仅局限于对议院、侦探、跳舞等异域风情的想象，传统的英雄和男女题材类型仍然受到大众的追捧。如波兰英雄哥修士孤的生平为题材的艳情小说，薛凤昌《离恨天》（1905），故事框架几乎全部来自《波兰衰亡史》，叙事严格按照历史文本的线索推进，但作者又开辟了完全不成比例的本土书写空间，历史源文本的地位大大降低，仅作为空洞的叙事框架。哥修士孤与儿依萨的爱情故事在史书中相对简单，小说不仅增加了具体的情节，而且整体上改变了叙事结构，其通过不断制造新的客观障碍和矛盾冲突来延宕叙事的手法，无疑来自才子佳人传统。到了小说的后半部，叙事模式与异域历史之间的差异逐渐显现，使得小说结尾处二人遗憾的永别变成了人工制造的劣质惨剧。

到了连载于《十日小说》的《波兰镜》（1909—?），则抛弃了基本的历史叙事框架，以晚清小说常用的连缀结构组织而成。小说推动情节也不再依靠历史叙述所提供的时间线索，而是通过人物跨越情节的行动来串联。小说叙事完全脱离了历史叙述的影响，使得文本的异质性和真实性受到根本的动摇，本土化和非历史化程度达到极致。四卷二十回的鼓词小说《绣像国事悲》（1910）是非历史化叙事的典型。小说由四个故事组构成，分别对应了战争，改革，亡国和灭种主题。四个故事组自成体系，在情节结构和故事类型上都有明显的不同。与康有为一样，小说作者“鸡林冷血生”也制定了有普适性的灭亡进程表，不过此时已经没有了文学与历史，本土与异域之间的龃龉，因为小说所处的历史时空全然是伪造的。晚清的波兰亡国书写最终消除与异域历史逻辑之间的关联，变为了只属于本土的波兰亡国想象。

本文所讨论的文本对于“波兰”及其所包含的视野都毫无兴趣。虽然异质性的题材融入了本土的小说叙事，但其书写策略是具化的，始终趋向于一种封闭的自我指涉，而回避了与不同文化语境之间对话的可能。

（原载《中国现代文学研究丛刊》2017年第2期，全文15000字，郑熙青摘）

“文明等级”的提升

——论丁韪良译中国神话传说和诗歌

王　剑

丁韪良（W. A. P. Martin，1827—1916）可谓19世纪后半叶中西文化交流史上最重要的西方人士之一。在引领中学西传的过程中，他以英文翻译了中国神话传说和诗歌50余首。丁韪良一生各个领域的翻译活动都是多重复杂动机支配之下的产物。他英译中国神话传说和诗歌与近代西方列强对中国的“文明等级”定位密切相关。18世纪以来，伴随着其自我优越意识的攀缘上升，以及殖民征服所需，西方学者以种族肤色为界，将全世界不同民族以白种人、黄种人、黑种人为序排列为高低等级，建立起“文明”“野蛮”“蒙昧”的世界“文明等级”秩序，中国人被定位于野蛮行列。18至19世纪，关于中国“野蛮”的文明等级定位由最初的精英话语转变为社会大众共识。

19世纪两次鸦片战争以来，英、法、美等西方“文明”国家以武力打开“野蛮”中国的大门，凭借一系列不平等条约，攫取到大量殖民利益，征服之后的既得利益则需要以国际法的名义加以维系。不论是为了使中西方已经签订的不平等条约获得国际法体系内的严格合法性，还是促使清政府遵守和履行不平等条约，都有必要赋予中国“文明”的身份象征。但中国并不符合启蒙以来由西方国家确立的诸多“文明”标准，且西方殖民势力并不愿真正给予中国平等主权国家的法律地位。在19世纪下半叶西方国际法体系中出现了权宜性质的“半文明”话语，企图依靠这种文明与野蛮之间模糊地带的文明等级定位，既维持本国在华殖民利益，同时拒绝中国应有的平等权利。

作为近代来华传教士，丁韪良与西方殖民势力存在千丝万缕的联系，懂得中国“半文明”的定位对于维持西方在华长远殖民利益的重要意义。为了将中国在西方公众想象中的文明等级定位由“野蛮”向“半文明”提升，作为权威汉学家的丁韪良不仅在英文著述中对中国古代文明多有褒扬之辞，也选择了通过翻译中国民间神话传说和诗歌等通俗文学作品这一更加直观有效的方式，旨在为西方资产阶级政府的对华殖民政策赢得社会内部的支持。

丁韪良对翻译对象的题材做了刻意筛选。第一，为了说明中国人并非麻木呆板的民族，丁韪良特别注重选择能够表现中国人人伦情感的作品，也选译了许多反映中国人宗教情怀的作品。在丁韪良看来佛教并非与基督教彼此不容的异教，它在中国的流行不仅证明中国人具有接受外来宗教的可能，而且早已为中国人接受基督教奠定了观念和词汇方面的基础。第二，为了说明中国人并非缺乏想象的民族，丁韪良也注重翻译能够体现中国人想象力的作品。比如，在《月下独酌》中，诗人李白将自己独自饮酒的经历想象为有月、影作伴，二者共饮共舞，直至相期云汉。第三，为了说明中国人并非原始野蛮的民族，丁韪良还注重选译能够反映中国人道德品质的作品，且这些品质都与基督教所宣扬的道德价值相关。第四，西方自古希腊起，女性地位就被视为衡量一个民族文明程度的标准之一。因此，在英译中国神话传说和诗歌时，他有意选择了能够反映中国女性积极形象的作品。

由于丁韪良自己也是诗人，他翻译诗歌通常是以诗译诗，甚至在翻译神话传说等散文体时也采取了押韵诗体的形式。丁韪良在翻译时并不着眼于传达原作独特的审美艺术价值，尽量以符合西方读者阅读习惯和理解水平的译文传达原作主题，或表达自身诉求，充满了对原文的改写和再创造。最明显体现在译作诗行的数量上，目的在于对原作进行“简化”或“强化”的处理。《木兰词》中与作品主题关系不大的细节，以及原作末尾“双兔傍地走”的譬喻都略去不译。相反，《月下独酌》原诗 14 行，译诗却增至 24 行。丁韪良为了强化想象力主题，经过译者改造的译文以更为细腻的描写传达出比原作本身更为自由的主观想象。

作为汉语语言艺术的最高形式，汉诗往往语贵含蓄。然而，为了明确传达原作主题，易于西方读者理解，丁韪良在译文中大量增添了个人的阐释、点评和概括性语句，以“显化”的方式化含蓄为直白。丁韪良在译文的具体用词方面还广泛使用了归化与适应的策略，往往借用读者熟悉的西方文化形象来传达原作里的中国元素。丁韪良在多处以基督教概念翻译中国文化元素，一方面是其灵活适应性策略的体现，另一方面则在于向西方读者暗示中国本土传统中已具有类似于基督教的原始要素，进而争取西方社会对于基督教在华传教事业的支持。丁韪良甚至在原诗的基础上借题发挥，借助中国本土的文化资源，传达自身的政治和宗教诉求。

考察 19 世纪下半叶以来西方来华传教士的著述和翻译活动，会发现，在其中文著述和英汉译著中，充斥着大量以西方文明来对比、贬低中国文明之处；而在其英文著述和汉英译著中，又存在着对中国文明的大量赞扬和美化。造成这一现象的重要原因在于这一时期西方对中国的“文明等级”定位——在中国，要打破中国人在传统的华夷天下秩序中所形成的中华文明自我优越感；在西方，则要在国际社会中将中国定位于“半文明”的地位，以便为西方在华的殖民利益和传教利益服务。由于以西方的“文明”标准来剪裁中国的传统文学资源，在这种西方中心主义支配之下，丁韪良向西方所传播的只不过是西方近代“文明”的自我镜像，而非中国传统文明的真实形象。其翻译的根本动机是为了维持西方在华的殖民和宗教利益。

（原载《中国比较文学》2017 年第 2 期，全文 12000 字，郑熙青摘）

“满洲”铁路叙述与日本帝国神话

朴 婕

1905年日本对沙俄之战胜利后获得了中东铁路长春以南路段，并于次年成立南满洲铁道株式会社（简称“满铁”）加以管理。日本从此把持了东北南部的交通命脉，并由此获得铁路沿线的矿山开采、土地商租、林木采伐、沿线附属地建设、治安管理、医疗卫生、教育科研乃至驻军等权益。“满铁”的重要作用决定了“铁路”叙述在日本的殖民宣传与文化侵略中占有相当比重。“满铁”自身就注重利用文艺来宣传“满洲建设”。“满洲铁路”叙述可以构成日本文化政治的一个代表，体现出日本如何树立超“民族—国家”形象，谱写自身的帝国神话。

1909年，夏目漱石受接任“满铁”总裁的好友中村是公邀请来到“满洲”旅行，并于回国后发表纪行文《满韩处处》。夏目漱石叙述中体现出日本文化政治的运作，即建立观看“满洲”、观看世界的方法。“满洲”对于夏目漱石是一种景观，他没有考虑景观本身的成因、历史文化背景及其与作为观察者的自己之间的关系，而是以自己所在的位置、自己对它的理解来观看和定义它。“满洲风景”只是作为日本人展开活动的空间或陪衬存在，以表明他们何以为“满洲开拓”所吸引，或展现他们劳动环境之恶劣以及他们取得的成果。对近代中国更为了解的德富苏峰分别在1906年和1917年两次来到中国游历并留下纪行，“满洲”被夺目地描述为富于原始生命力的景观。从这种充满生命力的“满洲”叙述中不难读出对传统、对自然的怀乡病。日本作家将它放置于“满洲”时，却将“满洲”等同于原始，来映衬出日本的现代和文明。来华日本文人在表现“满洲”时主要强调其自然性，也暗示“满洲”在“自然”之外的领域乏善可陈。

现代交通工具尤其是封闭的铁路迫使人按照它所提供的视野来认知世界，进而改变人的认知方式。施韦尔布希指出铁路运输的高速度急剧地压缩了空间，只能依赖概念上的时空来判断自己的所在。吉登斯将这种时间与空间都从具体时空中脱离出来、以抽象的概念来重新定义的状况称为“脱域”。铁路的准点发车，迫使人们必须接受机械时间，推动了用抽象的二十四小时制来划分时间的时间意识的全面普及。机械定义的时间与抽象的空间联系起来，重构了人们对时空的理解。

铁路对空间的重构还能切实地作用于现实空间。当时在“满洲”拍摄的影片多有表现土地丈量、铁路建设的纪录片，这意味着以现代标准为土地重新赋值，使东北的自然原野转变为一种发展资本，然后按照日本对它的需求来加以改造和建设。“满洲铁路”景观，便是按“满铁”计划的另一个世界。它虽然依托于东北的土地、自然和人文风物，但它与东北的原始空间没有太大关系。既然“满洲新天地”是建立在资本之上的不同于自然天地的另一个天地，它就很容易与日本的资本联系起来，并进一步与日本本土联结成“想象的共同体”。“满铁”也着力营造这种连接感，在建立之初就推出一系列绍介和概览，并邀请日本文人来此专门书写纪行，将“满洲”的自然、人文特色以及它们对日本经济、政治发展和“大东亚”文化建设可以起到的作用介绍给日本本土民众，吸引他们对“满洲”的关注。“满铁”还利用其电影部门，用影像这种更直观的媒介让人们感到日本、“满洲”、朝鲜的一体。“满铁”所到之处，已经成为“国境”的象征。

通过铁路驻军感受到他们为“天皇陛下”的付出，揭示出“满铁”与日本帝国“神圣性”之间的关系。促成“满铁”建立的日俄战争是日本对西方强国所取得的第一次胜利，也是日本认为自己可以跻身世界一流国家的转折点，所以“满铁”成为日本帝国崛起的象征。在信仰与世俗功能的共同作用下，“铁路 = 国体”的意识在日本逐渐成形。“满洲铁路”叙述沿袭这一点，以铁路在“满洲”的铺设来见证日本帝国的崛起与扩张，日本帝国的“神圣”光晕也通过铁路延伸到了殖民地。

1941 年“满铁”成立 35 周年之际，“满铁”系统下的满洲新闻社邀请著名作家菊池宽创作《满铁外史》，希望以文学的鲜活语言来展现“满铁”从日俄战争后建立到九一八事变之间的政策实施、人员更迭和建设成果。菊池宽赋予这段历史以浓郁的史诗色彩，多次渲染“满铁是日本的战线”，是为军队“输血的动脉”，“经营满洲是今后日本生命的延伸，是为日本建立另一个国土”。“满铁”见证了日本的崛起，日本的崛起又反过来赋予“满铁”以“神圣”的责任，使它成为如报喜天使一样宣告日本走向世界的旗手。然而日本所设想的东亚崛起、足以与西洋相抗衡的东亚文明，是以西方现代化为内核的文明，只是这个内核给套上了一个东方的或者日本的外衣。

《满铁外史》中的主人公所引以为豪的道德品质是节制、恪守秩序，尤其是对自己的职业有着绝对的认同，实际上都是资本主义精神。《满铁外史》中“满铁”负责人对日本国内保守势力的抵抗，彰显出的正是资本力量对传统官僚势力的抵抗。充满“和魂”的人恰恰是现代改革的力量，而非日本传统势力。“天皇神圣性”之中也已经混杂着资本属性。可见，所谓“和魂”是以日本的文化传统将资本道德化的表现。这样不仅“满洲”或中国是日本利用西方视野所看到的镜像，日本自身的历史传统也已经是被现代文明所重新定义、选择后的结果。

（原载《外国文学评论》2017 年第 3 期，全文 14000 字，郑熙青摘）

“空洞”的所指:《一个中国人在中国的遭遇》与文学形象学的另议

王 茜

对于以创作科幻小说闻名于世的凡尔纳来说，《一个中国人在中国的遭遇》（以下简称《遭遇》）是一部鲜为人知的作品。在小说中，凡尔纳全凭二手资料想象了年轻中国富翁金福的一段人生遭遇。《遭遇》的互文性表现为它分享了凡尔纳众多科幻小说共有的双重叙事结构：表层叙事中“平静—动荡—平静”的循环结构与深层叙事中“理性—非理性”的矛盾张力结构。凡尔纳的不少科幻小说都以“奇异旅行”为主题。在《遭遇》里，主人公金福由于收到银行破产的假消息，以为自己的财富已化为乌有，便打算先购买百岁险然后自杀，以便使爱人娜娥和老师王哲人得到保金，但当一切筹划妥当时，却突然得知破产消息为假，重燃生机的金福不得不踏上旅程，追寻与自己签订了谋杀合同后便神秘失踪的王哲人。金福和凡尔纳科幻小说里作为现代理性文明化身的旅行者们没有本质区别。在小说里，金福从上海启程北上，经南京、襄阳、樊城、西安、天津、通州，到达北京，在北京后又返回通州，经塘沽、秦皇岛，最后返回上海。和凡尔纳的科幻小说一样，《遭遇》也将重心放在描写旅行过程中的种种遭遇上。

虽然欧洲 18 世纪以来的长篇小说常常以“旅行”为中心结构作品，但是凡尔纳的奇异旅行却极有特色，因为他的旅行是放置在“平静—动荡—平静”这个完整结构中的一部分。如果说旅行意味着平静的生活出现了变动，人物被抛入动荡之中，那么凡尔纳一定要让这种动荡重新复归于平静。与在时间轴上展开的循环结构相配的，是平衡的空间结构。“平静—动荡—平静”的表层叙事结构背后，又隐含着“理性—非理性”的对立关系。《遭遇》中包含两个平行世界：一个是理性的现代文明世界。但是这个世界很快便受到了非理性力量的冲击，金福原本安稳的人生不停地受到各种匪夷所思的力量的搅动，而恰恰是这些非理性的荒谬因素真正推动着金福的人生进程。“理性—非理性”的对立结构普遍存在于凡尔纳的科幻小说中。凡尔纳的科幻作品常常以被自然科学知识武装起来的理性自信的现代人为主角，善于利用知识和科技手段应对难题，非理性的偶然事件和灾难却会突然到来。科学、理性、人道主义精神与偶然性和神秘命运力量的互动关系，共同驱动着小说情节的推进。

《遭遇》中的中国其实是一个“空洞”的中国形象。凡尔纳曾经查阅过大量关于中国的资料，但从未亲身到访过中国，使得《遭遇》无法摆脱 19 世纪的法国对中国的普遍看法：一方面将中国想象为一个具有传奇化理想化色彩的文明礼仪之邦；另一方面认为中国的社会生活穷苦而衰败，并且需要西方的启蒙理想来加以拯救。《遭遇》的叙事者是一个作为绝对异域中的观看者的他者，这在小说的叙述方式和话语表述的风格中都有所体现。《遭遇》里涉及到的历史事件主要是太平天国运动，为的是塑造关键人物“王哲人”。他是太平天国战士，在躲避追捕时被金福父亲收留，变成了沉着冷静、性格温和的教师和哲人。在小说中，太平天国运动主要充当了形成对比的背景，用以在历史与现在、非理性的革命暴乱与理性安稳的人生之间建立起富有张力的关系。在这些双重关系中，起初前者是潜藏的，后者是显现的，但当王哲人受金福之托担负起谋杀者的职责时，“隐—显”的二元关系又颠倒过来。王哲人是推进小说情节进展的功能性符号，其遭遇是小说“理性—非理性”深层结构的象征性表达。其次，凡尔纳对中国地理空间的描写也表现出消解历史本质的特点。金福一行人在中国大地上南北颠簸，由旅程串联起中国各地的景观形成了关于中国的空间想象。凡尔纳以带有客观知识论立场的现代文化视角，在想象中观看中国大地，被凡尔纳写来都像是一本用以展览知识的地理书，看不出任何历史深度。

《遭遇》沿袭的是作者在其诸多作品中一以贯之的心灵路径和叙事特点。与描写远距离、长时间旅程所使用的简约文字形成对比的，则是凡尔纳不惜在驴车、帕斯卡三角形手推车、波士顿救生衣等交通工具上花费的大量笔墨。交通工具是运动的载体，是奔波和动荡之中的静止之地，是陌生世界和莫测命运中令人安心的理性依托之所在，也是人应对为命运所主宰的非理性生存世界的理性方式。

科学是凡尔纳艺术世界中的重要主题。但是凡尔纳科幻作品的艺术魅力在于将科学知识与人的命运结合在一起，讲述的是人类借助科学而拓展生存世界的无限可能性。虽然凡尔纳的作品看似都在为科学高唱赞歌，体现出科学带领人类进步的梦想，但实际上他却是一个自然神论者。虽然承认科学推动文明进步和造福人类的力量，但凡尔纳同时也从未忘记人类随时会受到非理性命运力量和偶然性的播弄。凡尔纳将对人类生存状况的思考表达为浪漫主义的抽象形式，即在剥离了具体社会历史文化语境的基础上思考“人的生存”问题。《遭遇》中的“中国”和科幻中的自然一样，是既潜伏着不可知的命运力量、又需要以人的理性能力加以应对的生存空间。然而非理性的命运因素出现在拥有独立历史文化传统的国度时会被视为败笔。但是，作为形象学研究中的一个案例分析，它却展示出借助异国形象书写而理解书写者审美心灵的路径。

（原载《中国比较文学》2017 年第 4 期，全文 11000 字，郑熙青摘）

论著评介

《在现实与历史交汇处沉思——当代思想视野中的文学理论问题探析》

党圣元著　辽海出版社 2017 年 2 月版

在我们这个时代，如何重塑理论自觉，需要学者不停地探索实践。党圣元先生在耳顺之年推出的力作《在现实与历史交汇处沉思——当代思想视野中的文学理论问题探析》，以旗帜鲜明的文化立场与针砭明确的现实意义，融古今中西为一体，是当今文艺理论界在理论自觉与文化自信方面，具有相当的思想深度、历史厚度和哲学高度的成果。

自上世纪 90 年代中后期以来，党圣元先生就提出了“大文论”“国学视野”“文化通识”等一系列的观念与方法，在学界引起了广泛关注和积极回应。他全面系统地将上述观念与方法运用于马克思主义文论、传统文艺思想与文学批评以及当代文艺理论批评与文化研究各个领域，形成了以马克思主义文论中国形态化及其相关问题、当代思想视野中的文学理论前沿问题、文学价值观及其规范问题、当下文艺理论批评热点问题为核心的四大问题域。在这部书中，他系统地总结、反思新时期，尤其是新世纪以来文艺理论批评的发展演变轨迹，并且重点对若干影响了新时期文艺理论批评进程的重要理论问题重新予以梳理和认知。全书涉及的问题极为广泛，比如文艺的社会功能定位问题，文艺与政治、经济的关系问题，文艺与伦理道德的关系问题，社会学批评、阶级分析的有效性与局限性以及如何重构问题，文艺理论批评中的话语权力问题，文艺及理论批评的文化心理问题，以及马克思主义文论中国形态化、当代形态化、大众形态化问题，古代文论资源当代价值之再发现以及如何转化问题，“西马”文论、西方文论本土化问题等。在全球文化交融和思想价值碰撞更为激烈的当下，基于当下的文艺理论批评与社会生活的密切关联，就更加需要结合当下思想文化发展所呈现出的新趋势、新形态，在新的历史高度上，对上述诸问题进行重新审视和深度反思，矫正在行进过程中所出现的偏失，并且结合当下中国的现实，重新定位文艺理论批评的思想航向与理论功能。作者对于上述问题深入系统的论述，对于当前文艺理论批评的思想深化和理论创新，具有极其重要的意义。

在他看来，要构建具有中国特色、中国风格、中国气派的文论话语和价值体系，应按照立足中国、借鉴国外，挖掘历史、把握当代，关怀人文、面向未来的思路，着重把握好民族性、原创性、系统性三个主要方面：第一，体现民族性。中国当代文论话语和价值体系构建，要坚守中华文化立场、传承中华文化基因、展现中华审美风范，使当代文论体现出特色鲜明的民族性特征。当代文论建设，要加强对中华优秀传统文化特别是传统文论资源的挖掘和阐发，努力实现创造性转化和创新性发展，使当代文论与当前文化相适应、与现代社会相协调。只有把中国实践总结好，才能有更强的能力为解决世界性问题提供思路和方法。第二，体现原创性。当代文论没有中国特色，归根到底在于没有原创性。跟在别人后面亦步亦趋，不仅难以形成中国特色的文论，也解决不了我国的实际问题。只有以中国问题、中国经验、中国实际为研究起点，提出具有原创性的文论观点，构建具有自身特质的文论学科、学术话语与价值体系，我国文论才能形成自己的特色和优势。第三，体现系统性。当代文论要特别注意加强话语体系建设，体现出文论的系统性。要善于从文艺创作实践中提炼标识性概念，打造易于国际社会所理解的文论新概念、新范畴、新表述，建立起以人民为中心、以核心价值为引领、以中国精神为灵魂、以“中国梦”为时代主题、以中华传统优秀文化为根脉、以创新为动力，融会了当代中国经验的“大文论”话语体系。

坚持以问题意识为导向、理论联系实际，强调现实关怀与当代意义，是全书的鲜明特色，弥足珍贵。以问题意识为导向，就是面对中国当代的文艺研究状况、文化思想和社会文化现实进行提问，使当代文论介入当代文学思想和文学思潮的话语实践之中，介入文化产业、审美文化、图像阅读等文化现象中，推动文论研究从过去的形而上学诉求转向现实优先的关切，从理论世界转向生活世界，在此基础上，对当代中国的文艺化现象和发展经验进行卓有成效的分析和理论提炼。出入于古今之间，联类古今，形成古今互视、古今对话，是全书的重要特色。返本开新，在传承中发展创新，在发展创新中传承，已经成为我们这个时代包括文学研究在内的整个思想文化建构的一个突出主题。通过古今的互视与对话，达到以古鉴今、以古视今，实现古今之间的视界融合，达到对所关注问题的认识，既有现实的高度，又有历史的深度，这种“通古今之变”的诉求，是作者所追求的学术目标，也体现在本书的书名上。

（夏　静）

《中国思想传统中的文学观念》

夏静著　上海三联书店 2017 年 9 月版

在西方中心主义研究模式为主的背景之下，对于中国固有的传统文学观念，研究者们往往是以一种“纯文学”的理念来进行解读和批评。这其中，无论是借用古典时期亚里士多德的诗学系统，还是现代文学阐释学经典的文本、作者、读者体系，中国传统文学观念中辨丽横肆的思想，及体大虑周的话语集合，常常被这类研究方式所遮蔽、支离，并且横生出一系列问题。本雅明在《选择的亲缘》一文的导言中，深刻地指出文学研究的不同层次：“批评关心的是艺术作品的真理内容，评论则注重题材，两者的关系由文学的基本规律决定……打个比方，我们把不断生长的作品视为一个火葬柴堆，那它的评论者就可比作一个化学家，而它的批评家则可比作炼金术师。前者仅有木柴和灰烬作为分析的对象，后者则关注火焰本身的奥妙：活着的奥秘。”① 而风行于世的各类“窄而深”的专科研究，如本雅明所言的评论者，在分析、解读中国传统的文学观念时，多以自身理论逻辑与思想情绪的自洽为目的，进行“题材”意义上的表面活动，忽视了中国文学观念以及作品背后自成一脉的思想文化背景和话语体系。有鉴于此，夏静教授所著《中国思想传统中的文学观念》一书，整理、提炼出中国文学观念中原初意义的微观单位，将其纳入中国思想文化发生、变化的历史语境之中，在此研究基础上，对文学观念进行“批评意义”（本雅明语）上的阐发，使其贴近中国文学艺术通变位育的真理。

圣人云：“名不正，则言不顺，言不顺，则事不成……故君子名之必可言也，言之必可行也，君子于其言，无所苟而已矣。”（《论语·子路》）中国文学观念的提出，往往不是面对着具体的文学问题，而是存在于三教九流，一系列涉及人与宇宙，人与社会的思想话语中。而西方自古希腊始，就以严密的分学科模式来理解人与宇宙（如亚里士多德的理论著述体系就分为诗学、修辞学、伦理学、政治学、物理学、天文学等等），现代学科和大学体制更是强化了这种认知系统，以之来解析中国传统文学，便是“名不正，言不顺”的比附，歪曲。《中国思想传统中的文学观念》此书将中国思想历史上具有本源意义的概念，范畴作为主要研究对象，正是基于此种考虑。由此把文学观念的批评解读置入中国的思想文化传统之中，以“大文化”“大文论”② 的视阈来审视。这样，从命题概念的提出上，与时下流行的西方解读模式相区别，对各个原初语素一一“正名”返本，真正建立符合中国文艺批评真实的历史语境和语言系统，一定程度上弥补当下文学研究中常见的理论错位，话语空白以及文化断层。诚如夏静教授在书中所作出的种种努力，捕捉到中国传统文学观念和文学批评的发生、变化深受三代礼乐文明和其后诸子百家之学的哺育，这一基本历史环境，并且在形态和思想气质上，受三才、阴阳、五行、八卦等文化内涵的熏染。在此基础之上，提出并解析了一系列的关键范畴：文、象、气、乐、礼、和、参、诚、养，从中体味、梳理出中国文学观念的思维特点、审美准则，及其背后的个体生命、社会活动、历史变迁和后世回应。

刘勰在《文心雕龙·序志》篇中谈到了文学理论著述的艰难：“夫铨序一文为易，弥纶群言为难。虽复轻采毛发，深极骨髓，或有曲意密源，似近而远，辞所不载，亦不胜数矣。”在《中国思想传统中的文学观念》书中，作者运用了多样的批评策略来处理各类观念范畴，使之更加符合各自的特征。对于文、气、乐、礼、和这五个实体性的文学观念元语素，采取第一步，释名；第二步，梳理源流，编订谱系；第三步，辨明该语素对于文学发生、发展的意义，来详加审定，细致论述。在第一步释名过程中，不仅务求对有关的传世文献进行完整呈现，还大量参证多年以来的出土材料，胪列精要，使阐释基础更加充分。在第二步源流梳理和谱系编排中，将元语素的相关衍生命题都纳入进来，比如“文”这一范畴，所覆

---

① 汉娜·阿伦特编：《启迪——本雅明文选》，张旭东，王斑译，三联书店 2008 年 9 月版，第 24、25 页。

② 夏静：《何以“大文论”?》，《西北大学学报》（哲学社科版）2012 年第 6 期。

盖的“文德”“文武”“礼文”“文教”“文学”“文章”等一系列关联概念都进行整合、辨析。使得“文”这一语素所具有的复杂多面的内涵意义与价值取向得到尽可能全面的认知。在此基础上进行的第三步——辨明其对于文学发生、发展的意义，才能真正贴近古人环绕这些语素展开的价值和话语构建，与粗放的套用西方理论进行的理论建设划清界限。

对于“参”“诚”“养”这类关联性、功能性的语素，作者则将其放在中国思想史发展变化的脉络上来论述。比如“参”，书中由古今对于“惟人参之”理解的差异出发，梳理出古人通过“参”的意义传达出对于“三才”的理解，表明了在整个传统文化中，“参”是体现天、地、人三才存在形态以及意义关联的枢要。进一步通过对“参”意义世界的描绘，表明中国文学观念与思想传统所共通的天人合一境界要求，“参”所代表的“主客交融”这一方法论体系的重要性。同样的，把“诚”放入先秦子学、汉唐经学、宋明理学的思想演进脉络；把“养”放入主体实践、社会文化、历史传统的发展过程中，不仅更好地理解了这些文学观念在知识建设层面的状况，还对古代思想传统中对应的意义构成与信仰确立相印证。

庄子曰：“不言则齐，齐与言不齐，言与齐不齐也。故曰无言，言无言，终身言，未尝不言，终身不言，未尝不言。”《中国思想传统中的文学观念》对于中国古代文学思想的研究侧重于“关键词”阐释，即认可传统的文学观念在思想文化发展中，有其自身的逻辑脉络，有其自我的生命轨迹。在找寻规律、元问题、元范畴的时候，往往会忽略一些古代文学思想的真实内涵——其特征为既关注文学思想整体的复杂性，又关注其纵向的过程性，把理论批评与实际的创作实践相结合的审慎态度。若对一部书进行以上的挑剔和指责，是较为容易的，我们更应该看到每部著作对于作者以及整个研究史的阶段性意义取向，子曰：吾道一以贯之。夏静教授在努力完成本书的构思与著述的同时，也在反思建设中国自身文论话语进程的诸多曲折，正如她敏锐地指出：“在文学思想史乃至思想史的研究中，思想的相似性是否等同于理论的连续性，是一个根本性的前提问题。见于过往的文学思想以特定的问题意识为抓手，甄别不同经典文本的相似性特质，以期找寻理论的连续性脉络，是颇为常见的做法。如此这般构建的文学思想史，是一种历史的还原或是一种理论的幻想，的确令人思量。”① 这一系列的反思和研究成果也是本书极好的延续与补充。

（陈　濛）

① 夏静：《思想的相似性与理论的连续性关系辨正——以曹魏文学研究为例》，《中国社会科学评价》2017 年第 3 期。

《美学麦克卢汉》

李西建 金惠敏编 商务印书馆2017年9月版

近年来，金惠敏教授带领一批青年学者，以北美媒介生态学派的开创者和最著名代表人物马歇尔·麦克卢汉（Marshall McLuhan，1911－1980）为中心，致力于揭示国内外传播与媒介研究中长期被遮蔽的“美学面向”和“人文内涵”，为长期以来被“技术决定论”所困扰的媒介生态学研究引入了一种感性与美学之维，开创了媒介生态学和麦克卢汉学研究的“审美范式”。不同于美国主流传播学的经验主义媒介研究，“审美范式”不以“媒介内容”而以“媒介效应（或后果）”为对象，不从技术的角度而从感性、审美、人文的视角切入，关注的是媒介的人文取向和价值建构。“审美范式”也与欧洲传播学中的媒介批判学派相异，它强调媒介的“后果”而非如批判学派那样轻视媒介的效果研究，注重从美学的而非政治经济学的角度去说明媒介的性质。

作为“审美范式”的媒介生态学和麦克卢汉学研究发轫于2012年，以金惠敏在《江西社会科学》2012年第6期筹划推出的“麦克卢汉与媒介生态学研究”系列论文——《“媒介即信息”与庄子的技术观——为纪念麦克卢汉百年诞辰而作》（金惠敏）、《消费时代的价值期待——从〈娱乐至死〉看媒介生态学的人文理论面向及其未来》（李西建、张春娟）、《论麦克卢汉的媒介生态学思想》（张进）——为标志。在其论文中，金惠敏力图通过对接、打通麦克卢汉最著名的命题——“媒介即信息”——中所蕴含的为电子媒介所标志的整体性思维方式和中国先秦道家代表人物庄子对技术的大量整体性与感性论述，指引出一条构建媒介美学、开拓中国媒介生态学未来的坦途。此后，金惠敏陆续在《哲学研究》《中国人民大学学报》《文艺理论研究》、英国 *Critical Arts* 等国内外权威期刊发表了多篇麦克卢汉媒介美学思想研究的重量级论文，在《中国图书评论》《文艺理论研究》《江西社会科学》《东岳论丛》《北京科技大学学报》《南华大学学报》《汉语言文学研究》等期刊相继推出了多个麦克卢汉与媒介生态学美学研究的专题专栏。这些论文着意从技术理性批判、美学维度张扬和人文主义反思切入对媒介生态学和麦克卢汉媒介思想的研究，开辟出一个迥异于以往媒介研究路径的媒介生态学研究的全新方向。可以感觉到，一个强调媒介研究之“美学”面向的媒介生态学“北京学派”（或曰“审美学派”）正在成长为国际媒介生态学和世界麦克卢汉学研究中的重要一维。金惠敏也因此被北美媒介生态学学会会刊《媒介生态学探索》邀请为编委，参与国际学界对媒介生态学学派的建构。

2014年9月，以纪念麦克卢汉《理解媒介》出版50周年为契机，由金惠敏倡议发起，由陕西师范大学文学院、中国社会科学院文学研究所、加拿大多伦多大学麦克卢汉研究部、中国中外文艺理论学会媒介分会联合举办的“麦克卢汉/媒介研究与当代文化理论”国际学术研讨会在西安隆重举行。此次会议不仅是麦克卢汉媒介研究的一次盛会，更是媒介美学和“美学麦克卢汉”的一次盛会。来自美国、加拿大、英国、意大利、奥地利、塞尔维亚等国家的麦克卢汉学者，与中国社会科学院、中国人民大学、北京师范大学、中国传媒大学、陕西师范大学、西南大学、江西师范大学、中国青年政治学院、华侨大学、江汉大学等科研院所和高校的专家学者们，齐聚一堂，围绕麦克卢汉的美学、媒介、感性、人文价值以及媒介生态学和当代电子文化等话题各抒己见，展开了深入而热烈的讨论。2017 年，金惠敏依托商务印书馆领衔主编“文化研究丛书”，并于同年推出了丛书首部著作——《美学麦克卢汉：媒介研究新维度论集》（李西建、金惠敏主编，商务印书馆 2017 年 9 月出版）。该文集既是对 2014 年麦克卢汉会议盛况的反映，也是对一段时期以来国内国际学术界关于“美学麦克卢汉”研究的一次系统总结。论文集的作者来自中国、美国、加拿大、意大利、奥地利等不同国家，是多国麦克卢汉媒介研究专家通力合作、集体智慧的学术结晶。作者同仁们共同秉持如下理念：尽管以提出“媒介即信息”“地球村”“冷热媒介”等理论而享誉全球的加拿大思想家马歇尔·麦克卢汉在学界主要被定位为媒介学者，但其媒介研究的范式和真髓则在美学研究（或文学研究），即就麦克卢汉而言，不仅存在一个“媒介麦克卢汉”（譬如“数字麦克卢汉”和“印刷麦克卢汉”），还有一个“美学麦克卢汉”。具体而言，麦克卢汉媒介研究的方法论是美学研究，麦克卢汉的内在精神是美学精神，沟通媒介和文学两个领域是麦克卢汉对感性整体的寻求，或如他本人所坦承，其媒介研究是“应用乔伊斯”，由此，麦克卢汉可归为媒介研究领域的审美现代派，或曰审美后现代主义者。美学是理解麦克卢汉的绝佳入口。

该论文集编辑的初衷，不只是丰富和改写我们对麦克卢汉本人形象的认识，也并非仅仅是要恢复麦克卢汉媒介研究的真容，而更属意在媒介研究中开辟出一种美学研究的路向，同时在美学研究中开辟出一条媒介研究的路向，让媒介研究和美学研究彼此贯通、各有增益，最终开拓并推进“媒介美学”研究与学科建设。正因于此，论集所收录的 20 余篇论文，皆以“美学”“感性”“人文”“艺术”等视角研究麦克卢汉作为选录标准。譬如金惠敏的论文《感性整体——麦克卢汉的媒介研究与文学研究》从“感性整体”这一在麦克卢汉媒介与文学两个研究领域间的相通性入手，探索在媒介研究中坚持文学性和批判性，同时在文学研究中关注媒介的作用。加拿大多伦多大学麦克卢汉研究部主任多米尼克·杜南教授的论文《媒介研究的诗学渊源》通过定量研究和语料库的方法，突出了现代主义诗学和传播理论之间的相似和差异，同时从语用效果论的角度对美学和媒介研究进行比较。意大利博洛尼亚大学艾琳娜·兰伯特教授的论文《后视镜中的麦克卢汉媒介研究：旋涡、螺旋和人文教育》探讨的是麦克卢汉的媒介研究与他深厚的人文背景之间的关联。首都师范大学易晓明教授的论文《艺术感知与技术感知的交合》则对现代主义的艺术感知与麦克卢汉新媒介理论的电力媒介技术感知之间的交互关系展开了论述。

可以毫不夸张地说，《美学麦克卢汉：媒介研究新维度论集》的出版，是“美学麦克卢汉”研究进程中一次具有里程碑意义的标志性事件。它既是国内外学者关于媒介生态学和麦克卢汉“审美范式”最新研究成果的一次巡礼和集中展示，也是“美学麦克卢汉”研究的一个全新启程，我们当可期待一个充满生机活力的“媒介美学”学科和媒介生态学“北京学派”之冉冉升腾、生长、茁壮与繁盛。

（李昕揆）

《弃逐与回归：上古弃逐文学的文化学考察》

尚永亮著　上海古籍出版社2017年10月版

尚永亮在先秦文献材料严重缺失的情况下，另辟蹊径，以独特的学术眼光拨开历史烟云遮蔽的诸多细节，探索上古弃子、弃妇、逐臣的实存样态及文化关联，有效解密了其形成原因和文学嬗变，并从理论高度总结了这一文化现象背后蕴含的规律和主题，《弃逐与回归：上古弃逐文学的文化学考察》这一成果，从源头上填补了弃逐文学研究存在的若干空白。

一、以比较的视野探寻上古弃子与逐臣间的文化对接

作者首先从神话学层面对后稷等弃子故事进行全方位的深度剖析，并在东西比较的视野中，概括出弃子故事中蕴含的核心命题，从生命哲学层面揭示出人与自然、社会、命运的关系，以及这些关系由对立到消解的过程，由此探寻后世贬谪流放者与弃子命运间的高度共通性，为其寻找早期源头，从中抽绎出“被弃、救助、回归”的弃逐模式。

随着神话的消退，家国意识开始发酵。作者从伦理学入手，对具有家国双重身份的弃子典型案例逐一分析，深层探讨弃逐文学的发生学意义。从准弃子虞舜，到宜臼和申后，到申生和重耳，这些案例中，深隐着上古子、臣被弃被逐的文化因子和恒定规律。家国一体，君父同构，子臣共命是先秦文明时代的特征，随着国家意识的升腾，弃子的政治身份开始越过家庭范畴，上升到国家层面。此时的弃子开始与逐臣互相补充，从单纯的孝到孝忠并存，完成弃子逐臣身份的合一。至此，上古弃子与逐臣文化之间的内在关联和发展脉络已然清晰地呈现在我们面前。

从神话学和伦理学两个层面对上古弃子进行考察无疑是审慎和切合上古文化形态的，而东西文化比较的视野则使得弃逐文学获得了普泛性的文化意义。作者在从源头上追寻弃逐文化原型的同时，又将弃子与逐臣间如何关联与对接的内在理路进行了规律性的清理，将微观与宏观融会贯通，于微观中有宏大的发现。

二、以弃逐为纽带链接诗骚间的文化关联

追溯上古弃逐文化，诗骚显然是无法避开的重镇。作者立足文献、文本，在检讨前

说的基础上，对颇有争议的《诗经》弃逐诗篇逐一考索，辨明其本事与主旨，为下文探讨提供牢不可破的依据。值得一提的是对《诗经》弃妇诗篇的考察，将不少学者纷争不决的问题坐实的同时，又实事求是地保留了“是非得失未易决”的多义之作，显示了客观求实的学术精神。在此基础上，细考弃妇诗与逐臣诗的异同，认为在以权力与依附导致的强势、弱势间的不均衡性上，二者有着相似的结构形态，为与屈骚的关联埋下有力的伏笔。

对屈原诗篇及其后半生活动的系统分析紧扣阴阳学说，对《离骚》中象喻系统中的关键情节“求女”这一内涵进行深度辨析，为求贤臣之说提供了新的视角。又从故乡、政治、自我、终极四个层面对屈原流放过程中的回归情结展开解析，展现了屈原丰富复杂的心路历程。其中对屈原经历了多种自我价值观否认的认同危机，在不断起伏中向着自我回归的解读，无疑拓深了对屈骚作品的理解。

诗骚内在文化意蕴及文学表达上的关联研究，作者从用《诗》角度切入，发现自春秋以来，在用诗中已形成了夫妇与君臣置换的趋势，从而使得男女关系与君臣关系之关联有了发生学的基础。而《诗经》有些诗篇如《邶风· 柏舟》等因本事未明及文本的多义性，为男女君臣相互涵纳提供了可能。作者将《诗经》中的弃逐诗如《小弁》《四月》等与屈原《离骚》间的关联逐一细考，寻找其间的内在关合与承续流变，为《离骚》中以象喻方式将弃妇、逐臣两条线索绾合为一提供了新的力证。作为逐臣诗的典范，《离骚》有机涵融了弃妇诗的言说方式和更为丰富的象喻功能，并将自我志节之坚守和多元回归情结融贯文中，为弃逐文学开拓出了崭新的表现天地。

三、从历史学视角考察弃逐故事的文学变奏

作为典型弃逐案例的伯奇故事贯穿了先秦至汉晋的历史长河，充满扑朔迷离的传奇色彩，并以其独特的吸引力触发了后世文人群体性的关注，成为弃逐文学史上一道独具魅力的风景线。面对伯奇故事缺乏早期史料支撑，后期史料众说纷纭的情状，作者以细密而审慎的态度对所有材料详加考辨，以其在汉晋时期的文学变奏为考察重点，揭示其在弃逐文学史上的意义和价值。

汉代经学家多以《小弁》出于伯奇之手，对此，作者在第三章“《小弁》作者及本事平议”中即已辨明其不确。在第六章中，以此事为中心，从历史文献、学术源流、“孝”之伦理等角度，对其本事和流变予以深入考察，围绕历史与传说两维，详细分说了伯奇故事在经学、史学、思想家和文人层面呈现的不同情形，使之日趋历史化，或融入主体的认知和感受，使其文学言说不断变形。随着《琴操》之《履霜操》的出现，最终传说让位于历史，文学变奏出经典，形成弃逐故事的完整结构形态。从弃逐文学的角度对伯奇故事的嬗变进行细密周全的考辨，实乃作者之首功。而对《琴操·履霜操》中伯奇事件“谗毁、弃逐、救助、回归”动态流程的理论总结，则揭示了《履霜操》成为描写弃子遭遇和抒悲泻怨之代表性作品的原由。汉晋以后，《履霜操》引得无数文人进行群体性模仿，更使得它在弃逐文学史上具有十分深远的影响。

（何海燕文　徐光明摘）

《中国文学史之成立》

陈广宏著　上海古籍出版社 2017 年 3 月版

一

19 世纪末 20 世纪初，“中国文学史”书写活动逐渐兴起，一百多年来在文学教育、文学研究以及整理文化遗产、铸造民族国家的过程中，起到了无可替代的作用。20 世纪八九十年代，学界展开“重写文学史”大讨论，人们才比较深入地思考文学史书写活动的本质和意义，进入“文学史理论”的探索。相对而言，“文学史学史”的研究起步更晚，直至 21 世纪才有直接以此为题的专著出版，如董乃斌《中国文学史学史》、如戴燕《文学史的权力》等。可以说，尽管这一领域似乎仍有很大的学术空白可供填采，但如果仅仅只是拾遗补缺，势必难以独树一帜，必须扩大视域才能有所创获。陈广宏的新著《中国文学史之成立》，堪称该领域扛鼎之作。

通读该著，最突出的感受即中国文学史书写考察的地理尺度大幅延展。中国文学史之由来，一是有中西文化交流，二是有西学东渐过程中的日本中介，故欲深入研究，当同时考察近代西方和明治日本。在这样的视野下，书中提出不少新颖的观点，弥合不少矛盾的现象。同时，该著考察文学史的成立，不只着眼于体例、结构、书法、史观等叙事层面的问题，还扩大学术方法的视野，使全书带有概念史研究的色彩，指出“文学史”是一种知识体系，是西方文化近代转型的产物，是近现代西方思维框架的组成部分，是“文学”民族化和审美化的结合。陈著内感应着“文学”这一概念的历史演变，外缩结着现代学术制度的空间传播，呈现出极为宏大的格局和整然彰著的架构。

二

陈著正文三编九章，或考掘相对稀见之史料，如据新发现的斋藤木文学史讲义立论，据“皇家亚洲文会北中国支会”相关文件勾连日本学者狩野直喜在上海与欧洲汉学界的联系；或考论如赤门文士、太田善男等学人，或考释曾毅编著文学史这一被人遗忘的学术公案。

跟随陈著的架构，中国文学史之成立过程彰然可见。第一阶段是文学史书写从近代西方到明治日本的传播，可谓是中国文学史的“史前史”，第一编《明治日本：新旧汉学之间》以大学分科为标志的现代学术制度之建立、以赤门文士为代表的泰纳文学史观的引入、以狩野直喜为代表的中国小说戏曲史研究的发端，正是明治日本学者中国文学史书写活动的三个标志性事件。陈著借助日本学者中国文学史著由粗转精的显性表现，挖掘出日本汉学由古向今转型的隐性因素，展示了实证主义思想与社会学研究方法在中国文学史书写中的普及和狩野直喜完成新汉学向现代学科转型的过程。

第二阶段是晚清中国对明治日本中国文学史书写的移植，第二编《清末民初：新知的移植与调适》的主要内容。本编三章分别将林传甲置于“明治日本学者的文典及修辞学——西方古典语文学”的脉络中，将黄人置于“日本明治二十年以来的文学论——英国19世纪文学观转型”的脉络中，将曾毅置于“新汉学者的文学史模式——法国泰纳的文学史模式”的脉络中，都是学界未曾展开的，较为系统地展示了早期中国文学史著的影响源：从外在学科构架到核心观念，从具体的观念、理论再到相对完整的文学史体系。

第三阶段是民国时期文学史体系的本土化实践，第三编《胡适之后：文学史建构的多维拓进》的主要内容。“五四”以来，在胡适的影响下，中国文学史的建构进入新的阶段。“纯文学史”和“俗文学史”的兴起，皆彰显了中国文学史书写的新动向，作者特别指出这两种文学史书写的背后，仍有日本学者的影响。全书最后一章专论刘大杰《中国文学发展史》，认为至此中国文学史体系完成本土化。

三

作者精彩的思辨，尤其是细节的考证，可以说上述整个大框架皆建立在大量外语与中文文献融汇及严谨的考证之上。如书中考察“文学”概念的形成，这个概念与中国传统的文章、文辞及文学等概念有交叉有分别，极易混淆。陈著对此有辨析考据，认为“国别文学概念的出现，是现代意义的文学、文学史观念得以确立的一个至关重要的因素，那么，作为跨语际的转换，像东京大学那种国别文学学术体制的形成，正可看作是新概念在制度上的临界”。这个判断为“文学”概念史的研究制定了一个标准，可以防止拼命拉长中国“文学”概念史的冲动，为文学史、学术史、概念史的研究都提供了一个参考和界限。

再如，书中指出古文运动以来，“文章”一词发生了重大变化，如钱基博《文心雕龙校读记》亦已指出：“周濂溪称文以载道，所以显文章之大用。而彦和则论文原于道，所以探制作之本原。”陈著并进而追问其背后思维结构的演变，认为自《周易》以来，“文”是自然之道这种“神理”的呈现，基于对此宇宙之自然构成法则的认识，注重语言文字形文、声文等组织构造，是中世文学追求的一个重要目标。而古文运动以来，“道”已转为伦理学意义上的社会伦常秩序，因而文学观的重心，由关注文学如何表现的形构论，向文学表现什么的价值论的范式转换，最终将文道关系作了明确的划分。

总括而言，陈著揭示出“文学史”这一近现代西方知识体系的来龙去脉、基本结构、价值基质，集中探究这一知识体系向东亚传播的历史脉络和空间途径，展示其中过滤、改造、解构、重塑等种种经验，架构俨然而陈言务去，考证精细而能见其大，洵为充实而有光辉的探索。

（潘德宝文　徐光明摘）

《远游越山川——魏晋南北朝文学史研究论集》

戴燕著　复旦大学出版社 2017 年 12 月版

“远游越山川”，取自陆机《赴洛道中作》，作者取之冠名盖有深意。该书涵盖作者自 1989 年至 2016 年近三十年间的代表性论文共 18 篇。该书主题可分为四个部分：第一部分是以曹丕、曹植为中心的汉魏文学史论，第二部分是以陆机、陆云为中心的晋代文学史论，第三部分是以“永明体”为中心的南朝文学史论，第四部分是论述现代学术史上的魏晋南北朝文学研究。该论文集既有以文本解读为基础、以考证为辅助手段的勾稽沉隐，又有以社会史、文化史、艺术史为背景的文学现象的勾勒与阐述。前沿部分重点阐述了作者关于魏晋南北朝文学史的新构想。由此，笔者推断，“远游越山川”既是作者在魏晋南北朝文学史领域上不断攀跻、一苇渡河艰辛与勇气的写照，恐亦暗含似陆机去吴入洛进入新阶段的惶恐与不安。

一、不积跬步，无以至千里

在该书后记中，作者提到：“中日前辈学者在魏晋南北朝历史也包括文学史方面所做研究、取得的成就，非我这一代人所能轻易望其项背，遑论超越。从那时起，因此我花了很多时间在系统地梳理这个领域的现代研究史上。”在学术界普遍追求大破大立的时代氛围里，作者梳理学术史的沉潜功夫尤其值得称道。《文史殊途——从梁启超、陈寅恪的陶渊明论谈起》分别介绍梁作和陈作的写作背景，指出梁作是梁启超怀着“最崇拜”的心情、“大着胆”作的一篇“批评”，而“拈出天师道来展开有关陶渊明思想的论述”也是由于陈寅恪对天师道问题的持续关注，尽管就此梁陈二人似有点针锋相对，但就私人关系来看，梁启超对陈寅恪的学问是称赞有加的，而“抛开学问这一层，陈寅恪倒是常常扮演着梁启超坚定盟友的角色”，以此交锋为铺垫，作者又交代出梁公“由文入史”的转向，以及陈公为学术史所标举的“由史入文”的研究方法。《在研究方法的背后——读小尾郊一〈中国文学中所表现的自然与自然观〉及顾彬〈中国文人的自然观〉》一文中，作者揭示出以小尾郊一为代表的日本学者颇具特色的材料处理方法，“小尾郊一很注意把一些表面看来似乎没有什么关联的材料搜罗排比在一起，以显示事物的发展是由许多条线索纠结错综在一起的。文学史上常常有那么些难以解释的现象，一旦进入到当时的历史环境中就变得很好理解”。而顾彬的著作却较为有效地避免了日本学者琐碎的弊端，“在一个新的框架内重建过去的文学发展过程”。在《鲁迅的药与酒及魏晋风度》一文中，作者指出鲁迅在该文中“完全抛开了以单个作家的生平及其作品构成章节的文学史格套，另选出‘药’和‘酒’来，做了整个魏晋文学史的叙述引线，进而刻画出一种特殊政治生态和生活方式下的时代精神”，并揭示出鲁迅在学术史上的意义，而该文最有意思的是，作者“以其人之道还治其人之身”，在揭示鲁迅写作此文的背景时，正是深入到鲁迅的实际生活中去，揭示出“药”和“酒”这两因素对鲁迅关注点的影响，而恰恰这种贴合自身的写作方式使鲁迅不仅挖掘了魏晋南北朝之文人精神，亦使魏晋文学文学史也烫熨进鲁迅之精神。

作者认为，“对学术史加以整理，主要是为了看清楚过去学者都做过些什么题目、为什么要做这些题目、做这些题目的方法，在这个过程中，同时审视自己，知己知彼，寻找新的切入口。”由该书第四部分我们可以看出作者摸索学术史所作出的努力，需要指出的是，这是作者一贯的态度，《文学史的权力》《陟彼景山》均是其上下求索的成果，“远游越山川”正是由作者“跬步”所积。

二、材料的扩展和以感悟法来把握材料

作者提到：“在写作硕士论文的过程中，我已经意识到研究文学，却不能把自己限定在文学的范围内，古代的‘文学’并不就等于今天的‘文学’。”因此，作者紧密联系社会史、文化史、艺术史等相关领域进行研究，力图“还原魏晋南北朝文学的历史场景”。

首先，需要指出的是，作者的研究方式与陈寅恪不同。后人所标举的作为陈寅恪“文史结合”方式的“以诗证史”和“以史证诗”，前者是史学研究史料拓展的一种方式，而后者则是将文学至于政治史视域下的一种考察。作者的研究方法与此不同，首先在于文献资料的扩展不仅仅局限于史部，作者所涉及的文献往往横跨四部、兼及中外。以《洛神赋：从文学到绘画、历史》一文为例，据笔者统计，作者征引古人著作36部、今人著作26部、今人论文3篇。又如《从〈文选·情赋〉看，情为何物》中便引子部儒家类、杂家类、术数类已经道教经典以证观点。其次，并不将政治史与文学进行简单的贴合，政治制度只是作者考虑的一个维度，而是否将其纳入论述的范围则并不一概而论，如在《从吴郡到洛阳——论西晋统一王朝中的陆机、陆云》中，揭示出陆机创作《五等诸侯论》和陆云创作《逸民赋》是二人以文章融入西晋思想的主流和表示对一统天下的西晋王朝的拥护。在《“飞驰”新解》中，作者在代表政治权利的邮驿制度和作品传播之间插入舆论扩散的维度。政治和思想层次的加入，明晰了这两篇文章的历史背景。

此外，随着文学外围研究的程式化、套路化，近年来，越来越多的学者呼吁专注文学本体的研究，而如何结合文学与其它领域也需要学者们进一步思考。作者的研究正是在这方面提供了范例。如《从〈文选·情赋〉看，情为何物?》一文，作者并非简单选取道教作为部分魏晋南北朝赋创作的背景泛泛而谈，而是从《文选》“情赋”这一表面看来并无道教背景的类别入手，抛开后代人情即情爱、感情的预设观念，揭示出“情赋”所收赋中，“交接之大纲”与房中术要求男女交接应该节制要诀的对应，以及对女子容貌、体态的形容也符合房中术中要与“好女”交接的要求。又如《“飞驰”新解》一文，作者便将“飞驰”一词的诠释置于秦汉时期邮驿制度的背景下，发掘出“汉魏时期文章传播和舆论制造相关的更加丰富的信息”。作者研究方式与外围研究最大的不同在于，她在文献解读的过程中发现有问题，而不是将文学研究预先置于“文

学与XX”的框架中，如“情赋”之情为何种情？为何“飞驰”一词会与政治优势相联系？这种文学与其它领域的联系是隐蔽的，却体现了更深的时代性和历史性。

作者在介绍小尾郊一的著作时提到，“不同于中国传统的考据学，考据学靠的主要是理性判断下的严格推理，材料的运用上必须一环紧扣一环，而日本学者却更多地依靠感悟来把握材料之间的联系，在使用上比较灵活，不受过多的限制”。作者长期以来关注日本学界的动向，对日本汉学家的治学之道领悟颇深。依靠感悟而非严格的版本、校勘、考据等中国传统治学之法来把握材料之间的联系，这也是作者运用材料的办法。如何感悟？作者似未言明。笔者不揣冒昧，认为作者所言之“感悟”似乎仍指要落到以文本细读、比对为基础的文献解读方式。这或许也就是作者一再强调“一切新思路、新结论，都要得到文献的配合及验证”的原因。除了上文所举《从〈文选·情赋〉看，情为何物》揭示出“情赋”类与房中术之关系外，《洛神赋：从文学到绘画、历史》中，在述及洛神形象演变的历代文献中，作者敏锐地揪出蔡邕《述行赋》与《洛神赋》之间的联系——“蔡邕此行，是在灰心、疲惫、愤懑的状态下，与黄初四年曹植离京时的心境相仿佛，都怀有对朝中谗佞之人的极度不满。”又如，《高唐赋》中神女的彷徨不定而终归“不可乎犯干”，“恰如《离骚》所写与‘吾’若即若离的宓妃。”

三、由点及面的讨论方式

由小问题切入，升华到文学现象的讨论。作者一再表示要“避开以作家作品、文体流派为中心”的文学史研究方式，因此作者所关注的往往是文学现象和文学环节。此类问题的研究易流于肤廓，然而作者亦强调，“一代有一代之文学，一代也有一代之学术，但归根到底，对古典文学的研究都要以文献的解读为前提”，因此为避免概述式的阐释，作者往往从小问题着手，以此一斑可窥全豹。如在《〈祖饯诗〉的由来》一文中，作者不仅考述了《文选》中“祖饯”这一类诗成立的缘由，并由此讨论文学的发生问题，即文学与祭祀仪式的关联，以及将祖饯诗纳入到六朝贵游文学的讨论范围，并涉及文学往往附着于社会习俗、风尚的现象。又如《陆云“用思困人”及其他》中，作者通过陆云给陆机的信分析一些文学史上的现象，比如“一个作家会关心什么样的文学问题，客观的写作环境和抽象的文学观念会在他落笔之际发生怎样的影响，而他的作品又究竟是如何动手完成的”。

四、魏晋南北朝文学史研究的新构想

该书虽然为作者近三十年论文的结集，但作者的行文风格统一、关注的焦点一以贯之，即打破魏晋南北朝文学史以作家作品、文体流派为中心的文学史的研究方法，探索新思路。作者在前言中，从东晋到隋这一段挑选出五篇文献，分别是：嵇康的《声无哀乐论》、东晋孙绰的《喻道论》、沈约的《宋书谢灵运传论》、魏收《魏书·释老志》、《隋书·经籍志》集部的楚辞、别集、总集类。而上述文献之所以入选，是因为“不但可以看到魏晋南北朝各个时期文学潮流的变化，也可以看到在魏晋南北朝这一历史时期，有过哪些与文学相关的重大议题。”

作者的思考总是与总结学术史与关注前

沿研究联系在一起的。在《六朝文学研究的趋向及我的一点看法》中，作者以《金楼子校笺》《玉台新咏汇校》《文镜秘府论汇校汇考》三书为代表，就相关领域的学术史和作者的思索进行阐述。在介绍子部《金楼子》一书时，作者标举钱穆将其与学术文化、门第社会相联系的做法，希望拓展、突破自刘师培以来将其作为文学史史料的研究思路。在介绍总集《玉台新咏》时，作者抓住学术史中对于该书编者、编撰时间等焦点问题的梳理，并逐渐缕出一条研究动向，即该问题解决的关键依赖于版本。作者由此表达了对最近六朝文学研究中，追究“著作原貌”风气的反省——“以保持原貌与否来评价版本，会不会悬得太高?”在《文镜秘府论汇校汇考》一书的介绍中，作者呼吁做研究要了解一部书的全部背景——“由外而内，由古及今”，并将其比喻为“文学的旅行”，在此，“远游越山川”一题中应该也暗涵有文学研究突破“国别的、时代的、学科的限制”的努力。

此外，还想谈及的一点是，与其它学术著作相比，作者注释十分严格且详实。第一，丰富观点的背景细节。该书第 27 页作者述及“《文选》成为士人举子必读的诗文范本”，尽管唐代文选学兴盛似已成常识，作者仍不避烦屑出注介绍隋至唐末文选学兴盛的过程。第二，高度重视文献本身的有效性。如第 27 页，作者在述及胡克家重雕尤袤本所引《记》一则时，引述《文选李善注引书考证》考证，指出该《记》并非李善所引，而是尤袤本添加进去的。第三，防止孤证不立。如第 38 页，该书正文述及《高唐》《神女》二赋在内容上有前后衔接之处，“它们可能本为一篇，后来被抄写的人断成了两截”，在注中便引桓谭《新论》为光武所断之例，以示作者推论并非无据。作者丰富的注释有助于读者了解相关的背景知识，进行查验，同时也显示出作者严谨的学术态度，以示言必有征。

（董　双）

《中古文学与佛教》

陈引驰著　商务印书馆 2017 年 6 月版

梁启超曾说：“我民族对于外来文化之容纳性，惟佛学输入时代最能发挥。故不惟思想界生莫大变化，即文学界亦然。”（《翻译文学与佛典》，《梁启超全集》第七册，北京出版社 1999 年版第 3805 页）陈引驰《中古文学与佛教》一书所重点探讨者，即是佛教传入后对中古文学界所产生的“莫大变化”。

该书所说之“中古”，是指魏晋南北朝到唐代。作者之所以将讨论的范围限定在“中古”，是因为：“佛教与中国文士与文学发生接触、关联，最有声色的阶段是在六朝、隋唐的中古时代，而从最初的冲撞到交流、融会也是在这一时段内完成的，而就文学由此产生了新的图景而言，尤其是在唐代。”实际上，该书的主体内容，都见于作者在本世纪初出版的《隋唐佛学与中国文学》（百花洲文艺出版社 2001 年版，以下简称“初版”）一书中，作者坦言：“书中的主要认识和构想，多年来并无根本的变化。”初版的内容提要曾这样介绍该书：“构画了唐代文士在儒、佛、道三者间的浸润与抉择、禅风变迁中诗人的姿态以及烙印于文学中的痕迹；还特别讨论了民间宗教诗歌和敦煌变文等世俗文学与佛教文化的深刻关联，力图展示出较为完整的佛教图景。”增订本《中古文学与佛教》在保留原有内容的基础上，新收了作者近十年来有关中古文学与佛教的最新研究成果，故基本的观点虽无根本性的变化，研究的广度和深度却有了明显的拓展和推进。

在书名上，初版用的是“佛学”，而增订版改为“佛教”，一字之差，实际也体现了作者近些年来的最新思考。在作者看来，“佛学”以佛教的义理为主，“佛教”则范围更加广泛，不仅包义理，还涉及人物、经典、仪式和信仰等诸多层面。就此角度而言，用“佛教”代替“佛学”，不仅在概念上更为合适，且亦更加符合该书的内容。总体而言，该书可划分为四部分。第一章为一部分，主要是学术史的梳理，其作用类似于“引言”。二、三、四章为第二部分，主要涉及唐代雅文学（上层文学）与佛教之关系。五、六章为第三部分，主要涉及俗文学（民间文学）与佛教之关系。最后一章为第四部分，主要探讨的是志怪传奇与佛教的渊源问题，实际兼有雅文学与俗文学两个方面的内容。显然，作者对该书的结构安排是做过一番精心考虑的。

第一章《晋隋文学与佛影鸟瞰》原为三节，主要是对唐以前文学与佛教之关系作一历时性的考察。佛教早在两汉之际便已传入中国，故而以往考察文学与佛教的关系时，多从汉代开始。但作者认为，佛教“真正进入中国文化的核心，对中国士大夫的心灵产生影响，实在两晋之际”。因此，该书以晋代为起点，重点考察了东晋士僧的交往、佛教对山水诗和声律的影响、隋代佛教与宫廷文学的关系等问题。在新增的《〈文心雕龙〉“论”之儒释交叠》一节中，作者注意到被刘勰视为“论家之正体”的《白虎通义》，“既不与刘勰关于‘论’之文体观合拍，从文学史上之创作实际看，也绝不具有代表性”。作者对此做出了独到的解释，即一方面本土的阐《易》诸“论”为“述经”“曰论”提供了支持，故而“宗经”的刘勰视《白虎通义》为“正体”；另一方面，《白虎通义》设问而释答的体式，在佛教论典中较为常见，而此一情形为刘勰所深悉。因此，作者认为“刘勰以儒家之立场，界定、梳理‘论’之始末名义，并选文定篇，其思路旅途中，应曾漫游佛典之疆域。”此一节的增入，更加突出了第一章“史”的脉络特点。

在第二部分中，作者择取了李白、白居易、李商隐、王维、杜甫、柳宗元、韩愈、李翱等作家为代表，来考察佛教与唐代文学的关系。在作者看来，李白、白居易、李商隐虽然都是“与道教关系密切而热心修道的诗人”，但“其实他们与佛教的联系也非常之深切”。因此，该书作者力图从作品所留下的道、佛二者复杂关系的印迹中，去“探究诗人有取于宗教的究竟是什么”，以及在作品中“究竟呈现出如何的面目”。最后，作者认为李白是一个“道佛交影的诗人”，实际是对李长之《道教徒诗人李白及其痛苦》的补充；他论证白居易有一“出道入佛”的转变过程，并断定“白居易在晚年是以佛教徒自许的”，实际是对陈寅恪以白居易为道教徒的说法之商榷；而对李商隐“浮世无常的锐感”之论述，则深化了苏雪林、陈贻焮等学者的相关认识。第三章《禅学流变中的诗人》，延续了第二章的“抉择”主题。如在有关王维禅学接受的论述中，作者指出身处南北禅交替之际的王维，在禅坐的问题上，“倾向于北宗而与南宗的主张有异”。在论述柳宗元和白居易时，作者显然有意将二人安排在一起以达到对比的效果。面对中唐兴起的新禅学（洪州禅），柳宗元持激烈的反对态度，白居易则“将洪州的精神与他素所信奉的老庄道家哲学融合为一，在自己的生命途程之中实践着这一新的禅风”。这一章较初本增加了《杜甫与佛禅》《柳宗元反禅之背景》分别作为释论一、二。前者所涉及的问题，自郭沫若以来，吕澂、谢思炜等都有较为深入的讨论，但陈氏的主要目的，应是以杜甫为例，意在说明“身处佛教文化臻于鼎盛的大唐，几乎任何一位文士都无从免于佛教之影响”这一观点，而非对杜甫与佛教关系这一公案作一判断。释论二，作者自注云是对柳宗元一节的重写，问题意识有所不同，“是从具体的历史境遇解说柳宗元何以对当时的禅风有激烈的批评”。

研究唐代文学，显然无论如何都不能略过古文运动。而论唐代之古文运动，就必然要涉及韩愈。因此，该书第四章《古文运动与儒佛关系》，重点讨论的即是韩愈。与以往的许多研究不同，作者首先追问的是：在韩愈之师辈如梁肃，同道如柳宗元等人那里，儒学和佛学的关系为何不存在如韩愈那样的紧张？为了解决这一问题，作者考察了古文运动的来龙去脉，认为韩愈之前如梁肃、独孤及等古文家在思想上其实是儒、佛并重，真正对儒、佛二家所说之“道”作细致分析和区别的，是韩愈。韩愈在《原道》等文中对儒道所作的“空前明晰的解释”，使得“儒家意义大明”，故而“针对释、老的排斥也就突出出来”了。与之相反，柳宗元和李翱则主张“统和儒释”，与韩愈相比表现出截然不同的价值取向。尤其值得指出的是，李翱在内心修养方面，“力图贯通儒、释，援禅以释儒”，“在理论层面上为儒学汲取佛教观念打开了通道。”

正如作者在《跋》文中所指出的，“中古时代的宗教、文学逐渐呈现出日益鲜明的雅俗分层”，因而在考察了唐代雅文学之后，该书的第三部分开始了对俗文学与佛教关系的探讨。在第五章《唐民间佛教诗歌传统》中，作者选取了王梵志诗和寒山诗作为研究对象，先讨论了王梵志诗的民间性特点和死亡主题，继而对寒山诗的时代、性质、内容作了考察。与以往大多数研究不同，该书在处理王梵志和王梵志诗、寒山与寒山诗的关系时，并未将作者与作品完全对应，而是主张“在人与作品之间做适度的分离考察”。如此一来，无论是王梵志诗，还是寒山诗，都被视为一个层累的文本。这不仅避免了传统作者——作品模式所带来的诸多矛盾，也使得文本的阐释空间得到了拓展。该书第六章《敦煌变文的佛教缘起》对变文的概念、体制、转变、题材及特色等问题，提出了许多在当时可谓独到的见解。比如就变文与变相之关系，杨公骥等认为变相似应居于主导地位，变文则是解说变相的附属性存在；该书却认为“变文在转变演述中是主导性的，而变相的存在是附属性的”。又如因注意到变文和讲经文的基本体制都是韵散交错，故而作者据此推测二者应有共同的渊源，即“印度文化中源远流长的讲唱结合的文艺形式”。

继诗歌、变文之后，作者最后将眼光转向唐代志怪传奇与佛教关系的问题之上。第七章《志怪传奇之佛教渊源》构成了该书的第四部分，除了延续该书的主题研究之外，本章也充当了“结语”的作用。顾名思义，本章最主要目的自然是探讨佛教对以志怪传奇为代表的叙事文学在题材、观念等方面的影响。但窃以为该章最精彩的地方，在新增的第二节《佛教故事之口传入华》中。作者指出，佛教故事的传入，有书面和口头两种形式，而以往的研究多重前者而忽略后者。因此，作者先以《大唐西域记》为例，推证其“记述佛教传说故事的书面典籍和口头传播两种来源方式及两者错综交织之表现，条例并分析其特点”；继而又在释论三中对中印文化交流的口语途径作了细致的考察。在新增的释论五《中古佛教文学研究：回顾与展望》中，作者显然不再局限于具体的个案研究，而是要从学术史、方法论上作一思考和总结。作者不仅对佛教文学的相关概念作了有效的界定，回顾和总结了以往的研究，也提出了自己对于今后佛教文学研究的看法，颇富启发意义。

作者自道该书是“按照问题性安排”，故该书所体现的问题意识往往非常明显。作者所没有直言的，是该书强烈的对话意识。通读全书可以发现，作者每一个问题的提出，基本都有较为确定的学术对话者。除前文所提及的李长之、陈寅恪、郭沫若等学者之外，郑振铎、杨公骥、陈允吉等，也都是作者学术对话的对象。问题意识使得该书主题较为突出，对话意识则使得观点十分鲜明。仅就此二点而言，该书在学术史上的价值就非常值得重视。

（沈相辉）

《六朝隋唐汉籍旧钞本研究》

童岭著　中华书局2017年6月版

全书分导论和上中下三篇，上篇汉籍丛考，中篇经史发覆，下篇辑佚考辨。

导论选取唐贞观十九年（645）这一特殊的历史年份作为切入点，描绘了当时的世界格局，由此窥探中古世界存在的微妙联系与神奇张力。中古世界的文献对于今人而言大多已经成为“佚籍”，域外文献尤其是日藏汉籍的新发现则是极为珍贵的宝藏。

上篇汉籍丛考：第一章《公元九世纪前汉籍东传丛考》，界定“汉籍”的定义，介绍汉籍东传的路线，海路和陆路。考查史料中最早可见的汉籍：《论语》和《千字文》。分析隋唐时代汉籍东传的载体形态：遣唐（隋）使、留学生、留学僧。第二章《“钞”“写”有别论——六朝隋唐书籍文化史“关键词”考辨》，从小学的角度分析“钞”“写”二字的不同，而“钞本”与“写本”也不相同。第三章《扶桑留珎：日藏六朝隋唐汉籍旧钞本佚存初考》根据《日本国见在目录》统计现存经史子集四部书目，数量颇为可观，介绍作者过眼的佚存旧钞本十种解题，均为残卷，如《古文尚书》《毛诗正义》等。第四章《草创时期的日藏汉籍旧钞本研究——以狩野直喜、罗振玉等五人为例》，介绍杨守敬、内藤湖南等人的贡献和日藏汉籍旧钞本《京都帝国大学文学部景印旧钞本》的诞生、具体目次。

中篇经史发覆：第五章《六朝后期江南义疏体〈易〉学谫论——以〈讲周易疏论家义记〉残卷为中心》，介绍《讲周易疏论家义记》残卷的发现，存有《释贲》等九卦释文，在经学研究中具有不可估量的作用。推论江南义疏学家在祖述王弼《易》学思想，破除汉儒繁琐章句之学后，建立了以王弼为尊的《易》学门户。第六章《隶定古本，不绝若线——唐钞本“伪〈古文尚书〉”九条、神田二种考铨》，梳理两汉《古文尚书》系谱，东晋南北朝时期出现了“伪《古文尚书》”的隶古定本，这一现象在唐玄宗天宝时期因为推行楷书而日渐消亡，只有传到日本的汉籍才保留了“隶古定”的形态，其中的代表便是“九条本”和“神田本”两种“伪《古文尚书》”。第七章《六朝旧钞本〈礼记子本疏义〉研究史略——兼论“讲疏”“义疏”之别》，介绍《礼记子本疏义》的发现和概况，梳理残卷发现初期罗振玉等人对此所作的考订，六朝旧钞、唐钞或日本传钞，众口不一。后世日本学人如铃木由次郎等继续前人的研究，关于此残卷依然存在许多待解决的问题。第八章《六朝时代古类书〈琱玉集〉残卷考》，推断《琱玉集》成书于六朝末期，介绍《琱玉集》的出典并进行综合研究。第九章《唐钞本〈翰苑〉残卷考正》，重点在对《翰苑》残卷注引书的综合考证。

下篇辑佚考辨：第十章《隋唐天台宗“外典”与义疏学之关系举隅——〈弘决外典钞〉引〈孝经述议〉校读札记》，考辨《弘决外典钞》所引《孝经述议》，天台外典征引义疏学的特质为节录和去典。第十一章《京都毘沙门堂藏萧子良〈篆隶文体〉旧钞本考——兼论南齐建康皇室学问的构成》，考订《篆隶文体》的序文和正文，并思考南齐建康皇室的学问构成。第十二章《旧钞本古类书〈秘府略〉残卷中所见〈东观汉记〉佚文辑考》，从日藏旧钞本古类书《秘府略》中辑出八则《东观汉记》，略附考证。

全书的特点如下：（一）扎实的文献学基础，如考察《琱玉集》在中国的存录情况，《隋志》和《旧唐书·经籍志》不载，《崇文总目》《通志·艺文略》“类书部”有录，推测《琱玉集》可能亡佚于元初及元末的兵燹灾难中。（二）小学知识的娴熟运用，如综合运用《说文》《广韵》等书辨析“钞”“写”二字，“钞”为“叉取”，即部分拿走，“写”为全取，全部拿走。钞本时代的“钞”书则是选钞、节录，撮举要义，“写”书则是全部誊录。（三）比较研究的学术方法，如将敦煌古类书与《琱玉集》进行比较，其中通用的记载有“半面”“五行”“一见”等，另有其他条目运用相同的典故，这些证据表明六朝隋唐时代此类典故存在相通的社会基础。（四）严谨审慎的治学态度，对旧钞本进行时间断代是研究的第一步，然而因为缺少足够的证据或是证据杂乱，有时难以做出精准的断代，只好先行搁置，以待发现新证据进行判断。如对《赵志集》残卷的时间断代，根据文中出现的人名“司户萨照”，唐代，县有“司户”，主管民户，则此人可能为唐代地方官员。然而从诗体看，残卷近初唐诗风，但并无唐代标准的近体诗形式，且文字多为六朝别字，这样就无法给《赵志集》一个准确的时间断代，作者也并未急于下结论。（五）尚待开拓的学术空间，如考查《经典释文·周易音义》“异本说”之一源出《讲周易疏论家义记》后，分析了陆德明的学术秉承，肯定了陆德明的学术贡献。对于《经典释文》的研究，今人多从语言学角度出发，而不重视陆德明的学术构成，这个问题尚需进一步的深入研究。（六）图片的运用，检阅全书引用的图片，共二十余张，涉及旧钞本影印图片、印章、论学手稿、名刺、砖画，种类繁多，借助图片解读文本，读者眼前的文本变得有即视感、立体感。如在考论《篆隶文体》时，作者考查“龙书”“倒韭篆”，结合旧钞本的图片，很直观的就能理解何为“龙书”，何为“倒韭篆”。

（徐光明）

《六朝声律和唐诗体格》

杜晓勤著　北京大学出版社2017年3月版

声律和体式在六朝至唐代的诗歌研究中具有重要的意义，但其难度也显而易见。首先是古往今来，关于声律的研究成果不计其数，然而进展却十分缓慢，很多难点和疑点积千年之久不能破解，前人的争议无法决出定论；其次是六朝到唐代是诗歌声律的形成发展期，尤其在中唐以前，诗人们对于声律的认识有一个由生到熟的过程，对于体式的分辨和规范一直在探索之中。即使到明清时代，相关的诗学理论也没有达至完备。因此，要从事这一选题的研究，不但需要深厚的诗歌声律学的功底，要善于在纷繁的歧见中寻找合理的见解，更要通过自己对这一历史时段全部诗歌创作的声律分析，找出接近事实的答案。

杜晓勤从20世纪90年代中撰写博士论文开始，就选择了这条难走的道路，时隔二十年，又奉献出这本在系列论文基础上写成的《六朝声律和唐诗体格》，看起来所采用的依然主要是声律的分析统计和归纳法，但无论是攻克难点的勇气、将问题穷追到底的锐气，还是视野的开扩以及思考的细密，都大大地上了一个新台阶。因而得出了不少可以作为定论的新见，使声律和体格的内在关系得到了切实清晰的展现。这些论文或许没有构成系统的“诗律史”，但是目前学术界并不缺乏各种自构体系的“史”，缺的是对史的链条上各个疑点和难点问题真正一扎到底的深透研究。

近二十年来，关于永明体和律体的关系仍旧是声律研究的热点，各种新说的出现，既开出了新的研究思路，也形成了更多的迷雾，因此本书上编选择了几个争议较多的疑点逐一剖析。如沈约曾经说过：“子建‘函京’之作，仲宣‘霸岸’之篇，子荆‘零雨’之章，正长‘朔风’之句，并直举胸情，非傍诗史，正以音律调韵，取高前式。”以前曾有学者用近体诗律分析这四首诗。杜晓勤敏锐地看出这种分析法缺乏历史意识，指出应该用永明律去衡量。他通过分析比较近年来各种关于永明诗律的论著，选择参考何伟棠提出的12式永明律句、七种84式永明律联，简化为几种永明律格式，全书涉及永明体的诗歌分析均以这些格式为据。由于研究者不一定都认同这种格式，使用者是需要一定的判断力的，其得出的结论与诗歌发展大势相符，因而有其可信度。在永明新体向律体发展的这一链条上，杜晓勤最重要的贡献是对大同句律这一节点的阐发。梁大同年间永明新体在形制、风格上的变化，以前已经有学者论及。但与之同步的声律变化还没有人注意到。本书阐明了发生这一变化的原因在于"二二一"句式的增加，以及"二二一"句式中韵律结构与语法结构易于一致。其研究思路特别值得重视，因为句式和诗歌表意功能的关系，目前研究虽已有所涉及，但还少见；声律变化与表意功能的关系，更是罕见有人阐发。而这恰恰是律诗形成和发展的原理所在。诗歌形式的研究，归根到底要落实到诗歌的表现功能，只有深入到原理的探索，一切形式的研究才能显示其意义。

齐梁体、齐梁调、齐梁格，都是唐诗在律化过程中出现的现象，也是历代诗论一直没有说清楚的问题。当今学人也因此而众说纷纭，莫衷一是。本书中编对这一问题的分析，是我近年来所见过的最全面透彻的答案。作者指出盛唐人已经总结出齐梁体诗联内调声的两种方法，均可有效避忌永明声病说中的"平头"病。这应该是近体诗律成立之后，盛唐人尝试用新的诗学理论和创作思维对永明体、齐梁诗格律特征的一次新审视、新规范。作者又在以上论证的基础上，辨析了杜甫、皮日体、陆龟蒙的"吴体"和"齐梁体"的差别，晚唐五代齐梁体的格律特征等问题，其中最重要的是考察了唐开成年间的"齐梁格诗"，指出："齐梁格诗"是刻意模仿齐梁诗且有意犯有声病的五言诗，体式与近体五律迥然有异，所以属于古体诗——"格诗"这一大类。开成元年省试改用齐梁格，是晚唐诗歌史上引人注目的一件事。本书不但通过对当时留存下来的两首齐梁体格省试诗的声律分析，确认其体实与白居易、刘禹锡的齐梁体相近；而且进一步分析了这次进士试改革的背景与牛李党争有关，书中用丰富的史料说明文宗改革的方向与李党文化观、诗学观较为接近，其目的在惩戒整个官场、文坛的浮华文风，使之复归典正质实。根据以上分析，进一步辨明了文宗所提倡的"齐梁体格"，与齐梁诗歌的题材、意境和风格关系不大，应该主要指的是诗歌体式和格律。即要求举子打破近体诗律限制，任意用韵，不必粘对，不避病犯。

唐代文集的分类是考察唐人分体观念的重要依据，由于唐代作家中，白居易对自己文集的编撰、保存意识最强，具有极为自觉的诗文辨体观念，其自编文集的文体分类也很复杂，因此本书下编主要选择了从《白氏文集》的考察入手，并利用作者在日本工作期间搜集到的《白氏文集》的旧抄本、手定本，以及日本学者研究白集版本的最优成果，对其编撰体例和诗体分类，作还原性的探讨。书中有关这些日藏旧抄本的文献价值的介绍，对于国内学者来说，本身就是大开眼界的。而作者利用这些善本的考证对白居易本人的辨体观念进行细入的研究，更是在诗歌体式研究方面打开了一条新的思路。

除了上述种种创获以外，这部著作还为声律的统计、归纳分析法展示了新的前景。书中最后所附的关于《中国古代诗歌声律分析系统》的开发经过和使用功能的说明，将其方法提升为所有研究者都可以使用的软件系统，使古典文学的传统研究法和当代科技的发展接轨，无疑是功德无量的大好事。同时杜晓勤也以这部书中的研究实践说明：这种分析和统计只是研究的工具和基础，必须和文献考证、文本体悟以及文学史背景的研究紧密结合，落实到问题的提出和解决，才能有所突破，有所前进。

联系杜晓勤早年研究诗律的专著来看，这部近作不仅显示出他在学术上达到的新境界，而且已经建立起他独特的学术个性：由于曾花三年工夫写过一部百万字的20世纪隋唐五代文学史研究综述，他善于广泛搜集前人的相关成果，且能敏锐地从中发现问题；对于电脑软件等新科技的熟悉，又使他的工作具有很高的效率；他不追求新颖宏大的选题，而是踏踏实实地在自己熟悉的领域内深耕细作，根据论题的延伸自然扩大研究的范围，努力解开文学史链条上的一个个悬案，以追穷寇的精神反复考索论证，得出坚实可靠的结论。这正是值得在当前学界大力提倡的学风和方向。

（葛晓音文　郑韵扬摘）

《唐代文馆文士朝野迁转与文学互动》

吴夏平著　中国社会科学出版社2017年12月版

继其《唐代中央文馆制度与文学研究》（齐鲁书社2007年版）《唐代文馆文士社会角色与文学》（中国社会科学出版社2012年版）之后，吴夏平又撰有《唐代文馆文士朝野迁转与文学互动》，作者以唐代学官、史官、秘书省官员、“三馆”学士朝野迁转考证为基础，论述文士在朝廷与地方之间的迁转路径、方式及其与文学之关系。书中附录的五种迁转表，既是考证的具体成果，也是该著展开论述的立足点。著者综合运用中国传统考据学与西方文学社会学理论相结合的方法，从多学科交叉视域出发，统摄以“权力——制度——文学”的基本理念，多角度多层面多方位地论述了以下五个问题。

一，学官朝野流转与文学互动。唐代官学制度承自前代而益完善。教育理念、教材、教学等方面，与之前相比，均较稳定有序。最为重要的是，唐代教育与科举考试关系非常密切，考试在一定程度上左右了教育导向。但二者之间，又有很明显的张力，体现出国家需要与个人发展的不协调性。学官选任受政治大环境影响。大体来讲，前期重经学，后期重文学。这与科举考试的变化是相应的。因此，学官社会地位也呈现出前高后低的动态变化。总体上来说，朝廷“通经致用”的立场一以贯之。但这种文教政策，难免受到社会风气等各种因素影响，重经与崇文相互纠缠。学官的社会流动有两种情形，一是阶层变化，一是空间移动。这是因为，唐代学官被纳入整个官僚体系运转之中。因此职务升黜反映出阶层变化，京城与地方之间的流动体现出空间移动。空间移动的方式，主要有正常职务迁转、贬谪、出使、入幕等。学官作为文化载体，把京城文化输入偏远地区，与此同时，学官本身也受地方文化影响。

二，唐代史官朝野迁转与文学互动。唐代史官有别于前代有变化：一是史馆为独立机构，已脱离秘书省；二是史官集体修史，与以往私人著史不同；三是史官为临时差遣，事毕即停。史官既为兼职，例无品阶。因此必须有一本官，以作领俸和迁转之用。史官社会流动与学官不同，史官选任比较重视学识和家族两方面因素。唐代既有纯以修史为务的史官家族，也有借助修史抬高门第的家族。史官空间移动主要有正常迁转、贬官、入幕、出使等方式。史官流入地方，往往通过培育史学人才、重建文人群体等形式对当地产生影响。史官迁转与史学变化，对山水游记等文体产生重要影响。隋唐时期选官制度发生了根本性的变化，一是官员异地任职，二是州县僚佐一改过去辟掾制度，统一由中央选任。这样一来，异地任职的州县官员，必须借助图经，才能掌握为官之地的相关情况。所以，唐代“类史官”文士的地方任职，加之以前代如郦道元《水经注》等地理著作的影响，唐代山水诗文写作逐渐发展，山水游记成为一种文学新样式。因其与史学传统及史官文化关系密切，山水游记呈现出写实新的文体特征。

三，秘书省朝野迁转与文学互动。秘书省是唐代国家图书馆，秘书监和少监主要从事图书的庋藏和整理工作。秘书省下辖著作局。秘书监和少监与地方之关系，主要表征于职务迁转。地方官吏迁入为秘书监、少监者，以刺史和使府府主为多。秘书监和少监离开京城到地方任职，以州刺史和方镇诸使为主。这表明此秘书监和少监已进入高官系列，所以，其地方任职的影响，主要表现在地方治理的善政上。著作郎地方流动的途径主要是贬谪。著作佐郎则较少转任地方官。综合起来看，著作郎官更多地是作为地方官转任京官的过渡。贞观三年（629）别立史馆事件，对碑志文产生影响。唐代重视文化建设，搜访逸书作为秘书省重要职能，活动频繁。图书使或图籍采访者从京城到全国各地搜书，推动强弱势文化区域之间的交流沟通。期间发生的各种学术和文学活动，丰富了文学史的内容，具有重要研究价值。

四，学士朝野迁转与文学之关系。唐代学士群体，主要分布于弘文馆、崇文馆和集贤院。弘文馆是以皇帝为中心的宫廷机构，崇文馆是以太子为中心的宫廷学馆。弘文馆在中宗景龙年间发展至鼎盛，成为一股重要政治势力。玄宗即位之后，这批学士大部分被贬逐。集贤院，正是为取替弘文馆而设，成为开元时期以玄宗为中心的重要宫廷机构。但弘文馆并未撤销，主要因其招收王公贵族子弟，是当时最好的贵族学校，实际上是以教育机构被保留下来的。集贤院之设，究其实质，是玄宗对前朝制度的改弦更张，颇具政治上的“拨乱反正”意味。“三馆”初设，意在政治而非文学。不过，既为帝王陪侍机构，同时兼有宴游等娱乐性质。弘文馆和崇文馆学士的地方流动有两个重要特点，一是流动方式以贬谪为主，二是群体性。集贤学士的朝野迁转也与政治密切联系。“三馆”之文学史意义。弘文馆学士群体在遭受两次大规模贬逐后，几近消歇，而由其所主导的宫廷诗风在盛唐延续，诗歌命脉悬系张说一线。张说曾兼任景龙文馆学士，开元时又以一代文宗身份担任集贤院第一任知院事，故其既能绍续前代，而又能开一代新风。

五，校书郎和正字朝野迁转与文学。唐代校书郎和正字主要分布于秘书省、弘文馆、崇文馆、集贤院、司经局等机构。各馆所置校书郎、正字的时间和员数，随着馆所功能和地位的变化而发生改变。校书郎和正字作为基层文官，主要职责是整理藏书，校对文字。这些官职的设置，反映出唐代官方藏书机构的基本情况。校书郎和正字为文士起家之良选，职位竞争较为激烈。受职务性质影响，校书郎和正字的选任，重视科第出身和文学才能。中晚唐进一步加强了选任管理，进士出身者比例得到提高。校书郎和正字作为文士释褐官，其地方流动特征更加明显。其路径，主要有入幕、任县职、特别差遣、觐省等，其中入幕和转任县职最为常见，反映出唐代官员迁转基本规律。真校书郎和真正字与“试校书郎”“试正字”有区别。前者是指在京城文馆任职者，后者则是幕职所带之京衔。两者名同实异。校书郎和正字任职期间的文学活动，往往体现职务特点。比如诗歌，记录期间生活情状和心理状态。笔记小说的撰著，则充分利用了藏书之便。这里面，隐含了一个重要事实：唐代藏书机构与书籍编纂活动关系密切，而书籍活动又关涉到知识结构和文学观念等问题。校书郎和正字的送别诗，具有重要文学史料价值，不仅蕴涵特殊的“芸阁”意象，而且揭示出群体活动的诗歌竞赛性质。从中还可以看到这个群体的心理变化，以及在地域文化传播方面发挥的重要作用。

制度与文学之关系的研究，已取得令人瞩目的成绩，形成具有特色的研究范式，但在其发展过程中也出现不少问题，比如未能对“与”的涵义进行充分理解和发掘，过于重视文学外部研究因而不能很好地解决文学内部的审美问题，制度与文学关系史的梳理偏于简单化和直接化等。有鉴于此，未来研究不仅要反思中国文学与西方文艺理论之间的适应性问题，更应重思制度起源，并由此建构新的研究理论和学术方法，在跨学科研究中尽可能避免知识性错误，及伪考据等现象。（吴夏平《“制度与文学”研究的成就、困境及出路》，《北京大学学报》2017年第5期）这部著作正是其实践上述设想的佳例。

（陈才智）

《唐韵的阐扬——姚贾的理论内涵及传承影响研究》

张震英　白爱平著　人民出版社2017年12月版

姚贾诗人群体以姚合、贾岛为中心，是唐代继韩孟、元白两大诗派之后出现的重要诗人群体，考察姚贾诗人群体，有助于深入了解中唐诗歌的诗史沿革，以及中晚唐诗歌间的文学嬗变。《唐韵的阐扬——姚贾的理论内涵及传承影响研究》以姚贾诗群作为研究对象，围绕姚贾并称的理论内涵与传承影响两大问题，多层面多角度对姚贾并称进行剖析和解读，初步建立了关于姚贾研究的较为完整的体系。该著由张震英撰写绪论，第一、二、三、四、五章，第六章第三节，第七章引文、第一节；白爱平撰写第七章第二节、第三节、第四节；第八、九、十章；刘宁撰写第六章第一、二节。最后由张震英负责统稿与审定。

该著突破传统意义上诗人个案分析或局部研究的常规，以时间为经，以问题为纬，多层面多角度对姚贾并称进行解读和剖析，较之以往的单篇个案零散研究有较大拓展。著者将姚贾研究由晚唐五代推向宋、元、明、清各代，由以往的诗人个体分析层面，推向诗人并称与群体研究层面，由诗文诗史的阐释层面，推向理论批评层面。不仅对学界深入认识姚贾的内涵外延及在文学史中的地位影响等问题有借鉴意义，而且对于古代诗歌研究特别是中晚唐诗歌研究也具有一定的推动作用。同时，该书更有结构体例与研究方法上的创新。其学术价值主要表现在：

一，围绕姚贾现象的理论内涵与传承影响两大问题，将关于姚贾现象的研究推向深入。该著以姚贾作为核心与线索，将姚合贾岛个人、姚贾诗人组合、姚贾诗人群体，及姚贾对宋元明清历代的影响等众多问题，从宏观角度结合起来，通过现象探究本质，改变了当前学界关于姚合、贾岛个案零散以及多局限于晚唐五代领域的现状，将姚贾及其相关问题的研究推向系统化、理论化，并使之趋于细致深入。

二，从学理和诗史两个层面对姚贾并称进行了较为深入、系统的研究，在研究方法上具有一定程度的创新，初步建立了对姚贾现象研究的框架体系。具体包括姚贾并称的源起与确立、内涵与特质、延伸意义、审美复变、创作环境、姚贾异同及姚贾优劣等核心问题，同时初步梳理了姚贾在晚唐五代、南北宋、金元、明清历代的影响与传承情况。

三，辨析姚贾异同与成因，指出姚贾都注重苦吟，但源于寒士精神与闲适趣味的不同，二人艺术旨趣的差别也很明显，姚合重“求味”而贾岛偏“求奇”；贾岛的苦吟追求奇特的表现效果，抒发内心孤介不平之气；而姚合的苦吟用力于创造含蓄的意味，表现普通人生的感受。姚贾虽然在创作的主要追求上有“求奇”与“求味”的不同，但彼此之间的相互影响亦相当明显。“求奇”的贾岛也有不少诗味浓厚之作，而重于“求味”的姚合也经常表现出对奇异语言方式的探求。在中唐诗学繁荣的局面里，不同诗派的诗人之间部存在着相当多的创作交往，作为两个因共同的苦吟态度而形成密切交注关系的诗人，姚贾之间的相互影响和创作上的彼此渗透值得留意。

四，对于学界以往未曾涉足或研究不够深入的许多关于姚贾现象的问题进行探索尝试，并取得初步成果。如在文学发展史背景下对“姚贾现象”及其成因、内涵、表现等问题作了具有开拓性的研究，首次对“姚贾诗歌的特质”“姚贾延伸意义的总结”“姚贾对山水田园审美主题的继承与新变”“姚贾与韩孟元白张王等诗人的关系”“姚贾异同”“姚贾优劣及其所反映出的文学接受背景的探讨”“姚贾对‘高密派’诗人和‘同光体’诗人的影响”等以前学界基本没有涉及的问题予以总结阐释，因而具有多方面的创新价值。

五，该著对出土新材料及其研究成果多有吸收。如新近出土发布的《唐故朝请大夫秘书监礼部尚书吴兴姚府君墓铭并序》，详载姚合生卒年及其仕历，特别是姚合受韩愈提携出任万年县尉的事实，纠正了宋明以来学界普遍认为“与贾岛同时而稍后，似未登昌黎之门”的错误认识，为确定姚合生平籍贯、姚贾交游、姚合与韩愈之师承以及部分诗作的创作年代等提供了新的佐证。

该著也存在有待完善之处。主要表现在：其一，姚贾周围集合着无可、朱庆余、顾非熊、刘得仁、马戴、喻凫、周贺、郑巢、李频、方干等中晚唐诗人，晚唐五律新风的兴起是那个时代众多诗人共同作用的结果，该成果突出了姚合、贾岛二人的作用，对于周围其他诗人，还有张籍、王建以及后学的贡献阐释较少，今后需要继续拓展。第二，在对姚贾内涵的探索中，较少涉及于其有重要影响的宗教特别是盛行于唐代的佛、道二教对姚贾诗歌的分析，对于深受佛、道思想影响的这两位诗人，显然需要更精微的探究。第三，因为时代文化背景与审美好尚发生了较大的变化，后学对姚贾的学习接受情况趋于复杂与多元，传承脉络也趋于复杂，很难梳理出较纯粹清晰的师法轨迹，在此方面的研究，尚有待进一步细化。

（陈才智）

《东亚汉文学研究的方法与实践》

张伯伟著　中华书局2017年6月版

为了与西方学界在特定思潮下兴起的“汉学”研究作深度对话，并摆脱百年来中国学术的西方中心取向，作者建立起“汉文化圈”概念作为研究方法，并尝试架构出自立于中国传统的文学理论体系。在《中国古代文学批评方法研究》一书中，作者已通过“内在结构”与“外在形式”两方面，探讨了在接触西洋学术之前中国文学批评的民族特色与理论体系，其中便有关于建立“中国学派”的思考及其与美国学派、法国学派的比较研究。时隔十余年，《东亚汉文学研究的方法与实践》的出版是这一思考的深化与拓展，作者在对域外汉籍“新材料”进行收集整理的基础上，提出并探索了包括书籍史、文学史、文体学、文献学、目录学等领域在内的若干“新问题”，最终履践“作为方法的汉文化圈”这一核心理念。

该书共分四编。“导言”部分提出了以新材料、新问题、新方法为第的域外汉籍研究三阶段。第一编“总论”，首先通过对陈寅恪“以文证史”法与兰克史学、布克哈特艺术文化史的比较，引发关于人文学理论与方法问题的思考。并继以《中国古代文学研究的理论和方法问题》与《东亚汉文学研究的新展拓》两篇文章阐明精神，弥纶全书。以下三编则是对理论方法的多面实践。第二编“书籍环流与文学互动”，将文学现象放诸亚洲文化交流的整体视野，探讨了《清脾录》的东亚流传与诗学变迁、杜诗在东亚的典范确立、三五七言体在东亚的动态变异三个问题。其中《典范的形成与变异——东亚文学史上的杜诗》一章，分别描写了杜诗在中国、日本和朝鲜形成典范的过程异同，并深入剖析了观念在旅行中发生变异的个中缘由。关于杜诗在日本的流传情况，有学人认为江户时代已确立起独尊地位，然而作者在广泛掌握文献的前提下，认为读者群的扩大是江户时代的普遍情形，对杜甫的褒扬多出于别集序跋而缺乏文坛领袖的鼓吹张目，且江户诗坛的步趋风向复杂多变，从而并非杜甫成为文坛典范的确立时期。这种极具思辨性的细致分析，展现出了作者对文论材料强大的处理能力，也为学界关于诗坛宗尚的考察提供了可资借鉴的思考范式。作者关于杜甫形象在日本的变异及其背后审美特质的探微，更超越现象表层而深入到了社会文化史层面，是“以文证史”及“新文化史”的具体实践。第三编“行纪与笔谈”，聚焦于朝鲜使团到中国的使行记录与东亚文人笔谈两类文献材料，提出了对之进行学术研究的若干专题。对于东亚行纪中的记载，学界多信以为真，甚至认真强调其可靠性，然而作者《东亚行纪“失实”问题初探》一章对其真实性提出质疑，并归纳了失实的形成原因，例如“前后抄袭导致的失实”一节，指出有学人将金景善《燕辕直指》中抄自朴趾源《热河日记》的言论误认为是金景善自己的看法，且对材料前后语境有失详辨，而得出了不甚准确的研究结论。作者拨开了沿袭抄录、观看态度、外交辞令等因素对真相的遮蔽迷雾，对学界合理利用材料、正确把握文献性质提供了诸多启发。第四编“目录与史料”，收录了关于朝鲜汉籍中的经部文献及私家注杜书目两篇考论文章，以及《从朝鲜半岛史料看中国形象之变迁》一文。其中关于朝鲜作为他者而对中国形象的注视与书写的论析，指出明清易代之际，朝鲜上下对清朝充满轻蔑，而对中国从明代时自居“小中华”的“朝天”态度转变为了“燕行”。而后来情况有所变化，加上西学东传的影响，日、朝国内存在多种势力，就朝鲜而言有亲中、亲日、自尊等多种局面，东亚文化开始走向从十八世纪中叶到二十世纪的复杂格局。在他者的观看中，我们得以反观自身也回看他者，进而对东亚文明共同体的新建展开未来畅想。作者在学术研究背后始终抱有一种深沉而宽广的现世关怀，对古代的探求，其实指向今日，对异域的观照，是为了更好地理解自己以及未来的共同发展。

五四以来，文学的观念与思考方式在西学冲击下发生了巨变，现代中国的文化生态也脱离了古代历史语境，如何穿越古今、中西隔阂，而对古人具备“了解之同情”，是当代学人面临的困境与考验。二十一世纪初，学界曾掀起关于“失语症”的讨论，有学者认为中国现当代文化基本上是借鉴西方话语，而长期处于文化沟通、表达和解读的“失语”状态。也有学者进一步反思，认为学界其实对西方理论体系也未能良好消化，所谓的“失语”实则为“失学”，不是运用西方话语的问题，而是有无学问、是否能提出新理论、产生新知识的问题。总而言之，无论根源症结是否在于西方话语体系，学界的这种焦虑反映出了当代学人在“不古不今”“不中不西”的时代夹缝中无所适从的彷徨困惑。而张伯伟建立起的“汉文化圈”理念，某种程度上就是对这种困境提出的一个出路。如作者《从“西方美人”到“东门之女”》一文所言，我们要试图在西方的、欧洲的、美国的知识生产方式之外，发现一个东方的、亚洲的、中国的知识生产方式，从而更好地认识汉文化，更好地解释中国和世界的关系，最终推动东亚文明的发展。然而自立于汉文化传统，却并不意味着盲目排斥西方，全球化时代已然打开，东西方文化交流的格局无法逆转。揆诸历史，宋代儒学面对佛学的外来冲击及儒释道并存的复杂思想环境时，并非一味排佛，而是援释入儒、为我所用、自我更新、复振道统，最终建立起宋学精神这中国思想史中的重要一环。作者在汉文化圈的核心指向下，几乎每章都在与西方相关理论进行沟通、对话，如兰克史学、布克哈特艺术—文化史、彼得·伯克提出的“文人共和国”、萨义德“旅行中的理论”、欧美“新文化史”、法国学者巴柔的“形象学”等等，正如作者自述，“我们的观念和方法应该自立于而不自外于、独立于而不孤立于西方的学术研究”。

（王　芊）

《中国的恋歌:从〈诗经〉到李商隐》

［日］川合康三著　郭晏如译　复旦大学出版社2017年9月版

川合康三在接受南京大学卞东波采访时曾提到他写《中国的恋歌：从〈诗经〉到李商隐》（下文简称《中国的恋歌》）是受到了日本和文学的启发，其中的恋爱因素是这类文学作品最鲜明的特征。他说：“中国的恋爱文学不太发达，但不是没有。所以我就写了这本书来讨论这个问题。我觉得，文学中的男女关系很重要，因为可以反映许多复杂的社会关系。”川合对于中国恋爱文学的感受是很准确的，纵观中国古典诗歌史我们也可以发现，能够在其所处时代为人称道的诗歌或是受到评论家高度评价、能够支撑起这一时代诗坛大梁的作品，通常都不是爱情诗。产生这种情况的原因，并不是中国古代爱情诗的艺术水平低下，而是很大程度上受到了封建社会主流思潮儒家文学观的限制。因此，川合从世界的视角并以域外学者的视野向我们介绍了中国的恋歌，正如他序言中提到的“这本书是尝试从日本过去对中国古典文学的解读中解放出来，到更广阔的世界里把握，让读者由此重新体会中国古典崭新的魅力，这是本书的初衷。”抛开那些产生滞阻的因素，或许我们能从他的讲述中看到中国古典爱情诗的另一面。

从结构上看，《中国的恋歌》共分四讲。第一讲为古代的恋歌，主要选取了《诗经》和汉乐府中的一些名篇。第二讲为魏晋南北朝的民歌，包括主角是女性的叙事诗和南朝的恋歌。第三讲为唐代的恋歌，由悼亡诗和闺怨诗、传奇和女道士的恋歌组成。第四讲是李商隐的爱恋诗。从该书的架构中，我们可以看到作者对古典爱情诗有整体的把握，每一讲以朝代来划分，能够让读者直观的感受到古典爱情诗在诗歌史中的变化和发展。尽管所选取的诗歌作品数量有限，但也足以将爱情诗的线索梳理清晰。从内容上看，作者对作品的解读采取文本细读的方法，但绝不是就字面意义来阐释，而是结合古今中外不同语境下的类似作品进行横向地解读。对具体的一个作品也不囿于单一的情境，而是在多种情境下进行观照。尽管书中对作品的分析是以单独作品呈现的，但线索性非常强，往往是由其中的一种现象延伸出这一现象在整个诗歌史中的变异情况，以小见大。这些方面是该书最值得称道的地方。

而作为读者要带着怎样的目的去读诗，川合很好地回答了这个问题。该书给我留下深刻印象，也是该书最具特色的地方，正是他以最淳朴、真实的方式对诗歌的解读。如果简单总结一下，我认为以下几个方面很值得注意：

一、合乎情理地解读作品

文学作品在创作之初本身就带着作者的奇思妙意，它不是现实的记录，而是经过作者在现实基础上的再创造。同样，对作品的解读也不能完全做到与现实一一对应，特别是古代的作品，由于时间久远，很多内容无法证实。但是也不能随心所欲或是按照惯常思维去解读作品，关键要做到合情合理。川合对作品的解读就很好地意识到这一点。如汉乐府的《有所思》，川合认为整首诗中贯穿着爱恋的主题，表现出恋爱中女子复杂的情感变化。他不太认同王汝弼的说法，即女子的家人们因男子对女子的背叛而幸灾乐祸，于是抛弃了她。女子在被男子背叛而遭到家人见弃的说法听起来似乎有些不合情理，但是早在《诗经》中对《氓》“兄弟不知，咥其笑矣”一句的解释中已有了这样类似的倾向，王汝弼可能更多的是从这一角度来考虑的。但既然诗歌背后的故事我们无从知晓，不能准确地推测，那么川合遵从文本的解读更为合理。

二、别具新意地解读作品

李商隐诗歌的朦胧多义性给作品的解读带来很多障碍，尽管我们秉承“仁者见仁，智者见智”的包容态度去接受不同的诠释，但是似乎总有不尽如人意之处。川合的解读则往往别出心裁。如李商隐的《夜雨寄北》，是中国初中语文教科书中的篇目，对题目中的“北”多作方位词来解释。川合认为，“在日本，有‘北の方’这种指妻子的词”。虽有学者考证从写作时期上来讲，写给妻子并不成立。但是，“‘北’这个暧昧的说法，似乎也暗示着对方是秘不可宣的异性。”（《中国的恋歌》第146页）再如对李商隐《锦瑟》“沧海月明珠有泪，蓝田日暖玉生烟”诗句的解读。川合将这一联诗中的每个意象旁征博引地作了详尽的解释，进而又将它们糅合在一起，提取出其中的共性，然后再嵌入整首诗的意境当中。从他的文字中，读者仿佛对诗意的朦胧性有了确切的感知。重要的是去感受，而不再是去弄明白它要写的具体内容和情节了。

三、富有启发性地解读作品

阮籍的《咏怀诗》，主要是吟咏抒发诗人怀抱，表现诗人情致，其中饱含着诗人对现实世界的感悟和内省、对生命的思考以及对未来人生追求。川合分析“昔日繁华子”一首认为，它所表现的内容是同性之间的欢爱，这显然和这组诗歌的主题不符。为什么会插入表现这一主题的作品呢？川合提出了这个问题，虽然他没做出具体的阐释，却引发了读者的思考，激起了读者探究的兴趣。他对中国恋诗中属于“同志文学”范畴的作品颇为关注，而这一内容在国内的学术研究中并不是热点。他发现，在“进入唐代以后，这类歌咏男色的诗突然消失了。现实生活中的男同性恋关系自然还一直继续着，可是再诗中却不再歌咏。”（《中国的恋歌》第89页）那么，产生这一变化的原因是什么呢？川合认为是文化中男同性恋关系的意义改变了，可能会涉及某些社会问题，这为后来者的研究提供了路径和方向。

四、具有谱系性地解读作品

对诗歌作品的谱系性解读是川合擅长的研究方法。他曾在《终南山的变容》一文中从《诗经》、汉赋、盛唐、中唐诗歌入手，讨论终南山这一意象使用的呈现情况，由此反映唐代文学的变化。他的《中国的Alba——谱系的诗学》一书，同样以线性化结构来研究诗歌。在《中国的恋歌》中，我们从目录章节能看出他是在运用谱系性的研究方法来解读中国古典爱情诗。而在具体作品研读中，这样的痕迹也随处可见。如在探讨李商隐《夜雨寄北》和杜甫《月夜》之间的关系时，他将传统的闺怨诗和《月夜》作了比较，他认为《月夜》更具个人化，而《夜雨寄北》在某种程度上可以看做是男性的怨诗。在诗歌的内部结构上，杜诗以月为媒介，从现在跨越到未来，而李诗是从将要发生的未来回想到过去，又增加了一种视角。通过两首诗作的简单比较，对中国古代闺怨诗作了谱系性的梳理。在具体而微的内容或用意上，作者也往往采用谱系性的解读方法。如涉及《木兰诗》中的“女扮男装”，就勾连了《史记》、明代小说以至文革时期的《红色娘子军》中的相关内容，作了线性的梳理。又如在讲解李商隐《无题》诗“别易见难”的用意时，提到了曹丕的《燕歌行》和曹植的乐府诗。对诗歌作品的谱系性解读，能够使读者把握文学发展和变化的流脉，从宏观的视角观照文学的发展，而只有清晰地认识到这一点，才能更好的理解中国古典诗歌，品味其中的魅力。

从《中国的恋歌》一书中，我们看到了川合对中国古典诗歌的研读至精至深，正因为他有这样的学养和造诣，其著作的意义才具有了丰富性。对于这本书，我们不单单是从域外专家的视野来再次审视我国的古典诗歌，同时，也启发我们以不同的研究方法去解读作品，并引导我们抛开一切的框架和束缚，回到诗歌本身，剔除心灵的杂念，回到我们最朴素、最纯真的感动，探寻诗何以为诗的真谛。

（张珈萌）

《域外汉籍与宋代文学研究》

卞东波著　中华书局2017年6月版

卞东波从其博士论文《南宋诗选与宋代诗学考论》开始，就已涉足域外汉籍研究，稍后出版的《宋代诗话与诗学文献研究》也是在这一领域继续耕耘的结晶。不过，这两部专著对于域外汉籍材料的利用，主要还是以对“新材料”的考证为主。在新近出版的《域外汉籍与宋代文学研究》中，著者对于“新问题”与“新方法”的探索，抉发出更多文化、学术意义的追求。

全书共分三辑十二章。《导论：域外汉籍对中国古典文学研究的现代意义》，总述了著者利用域外汉籍介入中国古代文学研究的态度，即“在东亚汉文化圈的语境下，结合域外汉籍研究来丰富、拓展及加深中国古典文学研究，包括研究资料的发掘、研究方法的创新及研究范式的转型。”第一辑“域外遗珍”，主要研究了一些仅存异邦的孤本秘笈，如蔡正孙《唐宋千家联珠诗格》

《精刊补注东坡和陶诗话》和曾原一《选诗演义》等书的文学、文化意义。第二辑“域外受容”，从传播与接受的角度，考察了部分宋代文学作品，如欧阳修《庐山高》《醉翁亭记》与朱子《斋居感兴二十首》等在东亚汉文学中的流传情况。第三辑“域外版本”，则剖析了一些宋代文学文本的和刻本、朝鲜本，如朝鲜本李壁《王荆文公诗注》与日本正中本《诗人玉屑》的版本价值。

全书仍以对“新材料”的收集、考辨为基础展开。从其功用看，则有“补阙辑佚”与“正误纠谬”两个方面。就“补阙辑佚”而言，如朝鲜本李壁《王荆文公诗注》保留了被刘辰翁删削的不少李壁原注与“补注”“庚寅增注”，质量优于本土流传的元刻本。与这部书相关的版本研究，成果十分丰富，而著者的研究更为细致深入。由于全书以宋代文学中心，补阙辑佚的重点实际上又围绕《全宋诗》展开。再看“正误纠谬”。以《诗人玉屑》为例，此书域外刊本比较重要的有日本正中本（五山版）与朝鲜本，源出于宋本。而今存宋本的品质又并非上乘。据作者考证，宋本舛讹脱漏之处，正中本均未误，而正中本中的一些明显误刊，朝鲜本又做了部分改正，这两项都有助于今后《诗人玉屑》的重新整理。

当然，域外汉籍的研究，如果只停留文献研究的层面，显然还没有发挥出这些“新材料”所可能且应当具有的价值。在第七章中，著者提出了“东亚的世界文学”这一概念，用来指称“越过本国国境而在他国产生影响的文学”，其中“典范流变”的现象尤为突出。本书就欧阳修的《庐山高》《醉翁亭记》在朝鲜文学中的变形讨论了这一现象。根据《朝鲜实录》的记载，在这一时期，欧阳修的作品为整个统治阶级所喜好，被尊为至高的文学典范，这就与他在中国本土的际遇有了微妙的差别，作一比较，将更有助于我们认识这些域外材料的意义。而典范变形又不是凭空发生的，牵涉到传播中的“书籍环流”问题。张伯伟曾以《清脾录》为例，分析了东亚的“书籍环流”现象，又指出可以从书目、史书、日记、文集、诗话、笔记、序跋、书信、印章、事物等十个方面探究汉籍之东传。该书则以《诗人玉屑》为例付诸实践。此外，著者也根据具体材料对研究方法作出修正，如认为“可以通过日本汉籍的古注来考察汉籍的流传，因为在注解这些汉籍时必然会引用到当时可见的典籍，以此可知汉籍在日本的流传情况”。特别的是，著者将这些存在千丝万缕联系的文献相互勾连，仿佛建构出一个具有东亚视野的“文献网络”。这一网络基于以下几种因缘生成，一是人际关系，二是学术关系，三是地域关系，几种关系相互交叉。如《联珠诗格》的编者为南宋晚期的蔡正孙，注者为朝鲜的大学者徐居正，最后又由日本人校勘、翻刻，融入了中日韩三国的元素，堪称东亚汉籍史上的独特景观。正是在这样一个网络中，“域外汉籍”作为一种眼光介入了宋代文学研究，进而使得东亚视野与宋代文学这两种视域融为一体。

该书在分析诸多文献时，尤重发凡起例。就全书所涉及的文献而言，以集部注本最多。就宋诗宋注而言，近年学者关注的注本大多重在释事，而在该书中所涉及的晚宋几部诗学著作的注解形态则普遍偏重释意，这就揭示出宋诗宋注的另一面向。此外，该书也考察了诸多域外文人所作宋诗之注，堪称这一领域的拓荒者。如果我们把视野稍稍放宽的话，似乎可以这样认为：东亚古典学术的最重要形式就是注释。古人无不在尊重经典文本的结构与意义的前提下，在旧体系中注入新意涵，从而以述为作。对于这些注本的考察，也可以看出古典阐释的某些相通之处。因此，对于通例的阐发，也就不限于一书之体例，而可以扩展到某一时代、某一地域之中，其中所见东亚阐释之学的共同点，一是阐释分歧集中在开篇，二是“折衷群言”的注释方法与原则。当然，也存在诸多差异，又都与各国文化环境之不同有关。通过这一问题的分析，又可以看出著者研究中另一经常使用的方法，即比较。正是通过将文献置于版本谱系与文化谱系中进行比较，著者才发掘出不同文献的特色。这自然让人联想到程千帆对于比较方法的运用。著者秉承师门传统，更将此法从中国诗学这一领域延伸开去，既有文献上的比较，又将视野拓展到东亚，将维度扩展到中西。著者能与古为新，在熟练运用传统研究方法的同时，又为之注入新的生命力。

当然，某些问题还有待于进一步探索。就我所能想到的，大致有如下数：一是存与佚关系问题。虽然说典籍流传中存在一定偶然性，但某些相关的典籍全亡于中土而存于异邦，其间也未尝没有值得深思的地方；即便同样流存的典籍，它们在不同文化土壤中也会生成不同的影响。是什么造成这种差异，怎么看待？二是残片与全体的关系。域外汉籍中的某些材料，实际上也是作为残片而存在的，它们对于改变传统文学史图景的意义何在？三是对话、比较与批判的关系。首先是针对域外汉籍材料本身的批判，其次是借助异域之眼对中国古典文学本身作批判，期待著者于此能有更多的抉发。

著者作为利用域外汉籍研究宋代文学的先行者，二十年来，孜孜不倦，硕果累累，一方面辛勤于材料的收集、考辨，另一方面以南宋诗学的研究为基础，步步为营，日益拓展，演进到对于新问题、新方法的探索。我们期待著者在东亚世界文学的研究、唐宋诗日本古注本研究、宋代笔记在日本的流传与影响研究等课题上的新进展，相信这些新成果会呈现出域外汉籍与宋代文学研究的新境界。

（杨　曦文，郑韵扬摘）

《欧阳修和他的散文世界》

洪本健著　上海古籍出版社 2017 年 3 月版

欧阳修丰硕的创作成果及其对有宋一代文学乃至文化的巨大影响历来受到学界重视，近年来对欧阳修散文的研究更是取得了丰硕的成果。洪本健新作《欧阳修和他的散文世界》就是一部具有里程碑意义的学术力作，著作能集广度和深度于一身，堪称“致广大而尽精微”，表现了洪先生深厚的学术功底和严谨的治学态度。

洪本健在著作中总结了欧阳修的人生经历、思想发展以及散文创作，并将其与唐宋诗文革新运动发展过程以及北宋中期政治、经济、文化背景这一纵一横的两条线索联系起来，进行全面且深刻的考察，体现出宏阔的学术视野，充分地体现出本书中“世界”一词的内涵。

首先，作为研究欧阳修散文的专著，著者并没有仅仅将目光局限于欧阳修的散文本身，而是全面结合其人生经历、思想发展来看待欧阳修的散文思想和创作实践，这种对欧公整体的关照，深刻地揭示了欧阳修散文风格逐渐形成的内在原因。其次，该著不只关注欧阳修本身，更将目光投向其所处的时代背景，即整个北宋中期政治、经济和文化等方面，进一步深刻揭示出欧阳修散文成就的时代成因，说明了欧阳修对当时文坛乃至整个北宋文化发展的重要性，还原了北宋中期文坛的风貌。此外，该著还将欧阳修放在文学史纵向发展的线索中考察，清晰地阐释了欧阳修对前辈作家的继承和发展，以及他对后辈作家的深远影响，让读者对欧阳修在文学史，特别是散文史上的地位有了新的认识。

该著作以反思的智慧和勇气，关注于欧阳修散文研究中的种种成说，这种关注或深化了成说的内涵，或纠正了成说中的一些谬误，多有发覆之功。在欧阳修散文研究中，“六一风神”是研究者绕不开的经典论题，它是对欧阳修散文艺术魅力的高度概括。这简单的四个字内涵丰富且含混，急需深度阐释使之变得明朗而清晰，该著中就有这种深度阐释，这正体现了其发覆之功。首先，究竟“六一风神”是在欧阳修人生哪一个阶段形成的，形成过程具体如何，历来少有论述，该著作对这一问题进行了精心的探索。其次，对“六一风神”的发覆之功还体现在对这一概念内涵的挖掘上。该著注意到了“散文诗化”这一现象大量出现在欧阳修散文创作中，并且认定这是“六一风神”的重要标志。

该著作对其他一些问题的探索也多有拨云见日的效果。历代学者对《相州昼锦堂记》的解读有相互矛盾之处，著者则从庆历党人的交往情况以及韩琦的为人处世入手，指出庆历党人虽然有着深厚的友谊，相互支持，然而“遇到是非问题”“绝不因是同道而迁就”，因此著者认为《相州昼锦堂记》的内涵实际上是欧阳修在赞颂韩琦丰功伟绩的同时委婉地提出告诫，希望好友谦虚谨慎。此外，许多研究者对于研究对象往往虚美，过分拔高，而著者则恪守客观的学术精神，敢于指出欧阳修的谬误以及写作中不及他人之处。

拜读大作，我们既折服于著者扎实的学术功底，又惊喜于检索、数字统计等科学方法带来的新发现，洪本健对旧学与新科技的巧妙结合堪称学界的杰出表率。

洪本健扎实的学术功底集中地体现在对文献的汇总、梳理以及分析上。值得一提的是，该著在全面汇总文献资料的同时又能做到有所侧重，尤其重官方史传、类书、丛书以及历代文学流派领袖著作中对欧文的接受和评价；同时，著者也着力于关注文坛主流之外的小众观点，往往也将目光投注到一些鲜为人知的文人笔记中。就整部书而言，著者遍搜经史子集，征引的著作近四百部，论文数十篇，从先秦子书、作家别集到最新的研究成果，文献数量之多，涉及范围之广，在之前的欧文研究领域是极为罕见，表现出深厚的文献学功底。著作中除了收集材料的丰富与多元以外，在此基础上对材料的分析也有可圈可点之处。著者能把一个时代或一个流派具有代表性的作家的观点梳理在一起，通过他们对欧文的接受评价，分析出这一时期或某一流派的共同倾向以及不同流派对欧文态度的差异。

在扎实学术功底的基础上，著者更是与

时俱进，将先进的科学方法引入古代文学研究中，将许多传统研究无法实现的成果，通过客观的数据清晰地展现在读者面前。著者对数字统计以及图表的运用为“嘉祐多士”提供了有力佐证。同样，在探讨欧阳修的碑志创作时，也运用了检索、统计等现代科学方法，在这些数字的基础上，又进一步结合旧学的分析法解读了这些数据背后的意义。

（刘越峰文　董　双摘）

《宋赋研究:权力与形式》

胡建升著　上海交通大学出版社 2017 年 7 月版

学术界对赋体文学的研究愈渐深入，其中对宋赋的研究也在不断探寻新的视角和方法，取得了一定的进展和成果。但是相较于宋代其他文学样式如诗词的研究，关注度仍然较为冷淡，且关于宋赋研究的专著尚未问世。胡建升的《宋赋研究：权力与形式》（下文简称《宋赋研究》）则着意弥补宋赋研究领域的缺憾，以专著形式深入探讨宋代赋体文学的特质及价值，推动了赋体文学尤其是宋赋研究的进一步深入。全书共分为十二章，从“宋赋：一个权力于形式的文学场域”“宋代科举与赋风”“宋学与赋风”“宋代党争与赋风”“宋代古文运动和赋风”“宋人以文为赋论”“宋人以学为赋论”“宋赋辨体考述”“文赋散文化论”“文赋理趣论”“宋代科举试题用韵考述”“宋代科举试赋格律论”等不同角度和层面对宋代赋体文学进行了全面而深入的挖掘和论证，呈现出一些新的视角、观念和方法。

首先，从《宋赋研究》一书的副标题可以清晰地看出，作者寻找了两个极为重要的研究角度作为架构全书的思想核心。虽然是有宋一代赋体文学的研究，但是作者并未采取传统的以纵向时间为线索的文学史研究方法，而是以专题形式，针对不同层面、不同维度的问题分别讨论。作者认为，宋赋不是一种纯粹的文学形式，现存宋赋学家的主体身份大部分是朝廷官员和学术精英，因而这种文学体裁实际上承载着宋代精英文化的书写与建构，宋赋作为一种文学样式，一种知识论述，作为士人文化认同的资本以及文化权利与政治权利转换的重要媒介，与宋代的政治、学术、文学等各方面均有千丝万缕的关联。因而将其置入宋代科举、宋学、党争、古文运动等宏观社会文化背景中进行考察，揭橥宋赋与社会政治思想文化之间的相互影响，深入体认其作为知识阶层建构自身文化身份及政治权利合法性与合理性的话语方式，如何在复杂因素的作用下发生与流变。这些问题的深入又紧紧围绕权力与形式的核心论题展开，问题意识贯穿始终，这种研究视角利于在现象描述的基础上对研究对象进行多维透视，挖掘其发生链条上的关键环节进行深入剖析，聚焦核心问题而学术视野宏阔，真正观照文学发生的综合因素，使其立体化、丰富化。

其次，《宋赋研究》具有跨学科、跨领域的研究特质，不拘泥于传统文学研究视角与方法，广泛借鉴文学人类学、社会人类学、文化人类学、比较政治学、后现代思潮等多种学科的理论知识和研究方法，不设学科壁垒亦不生搬硬套，讲求合理地借鉴或化用，以期为宋赋研究寻找更好的阐释视角和解读方式，颇有他山之石，可以攻玉之效。比如在探讨宋代党争与赋风的关系时，作者认为学术界常用的皇权与相权描述宋代政治权力的结构容易导致将二者关系简单化、对立化，不利于准确考察士大夫的政治角色和立场。因此引入了社会人类学中的“元权力”或“元资本”概念，将其作为一个政治场域来审视传统的皇权和相权，能够更加合理解释社会政治关系和权力现象。在阐释宋学与赋风的关系时，作者敏锐地关注到宋学知识论述地主体与赋学创作主体重合，北宋后期宋学各学派在反思宋学初中期圣人主体价值观基础上开始转型为绝对真理的价值观，而南宋理学的道体同一性是在北宋对儒学真理性追求基础上发展而来，其主体化、自律化和实践化对南宋赋体创作产生巨大影响。这些观点从宏观文化层面观照宋代赋风的发展流变，深入细致地考察宋代赋体文学的嬗变实况，具有深刻的思想性和理论建设性，展现出作者宏阔多元的视角和灵活博采的研究方法。

再者，《宋赋研究》秉持了文学本位的核心观念，虽然研究视角多元立体，涉及政治、文化、学术等多个层面，但研究的出发点和落脚点始终在文学文本上，其最终目的是探究宋代赋体文学在不同因素作用下呈现出的丰富形态及其动态发展过程。任何一种文体定型后都具有自身独特的艺术功能和审美风格，是一种带有封闭性、自足性的文化形态模式。作者对宋代赋体进行了详赡的考辨，将其分为散体大赋、文赋、骚赋、骈赋和律赋。文赋作为宋赋的一种独特形式，作者认为文赋的散文化特征主要表现在句式层面、词语组合的灵活多变以及结构的丰富变化，并且进一步认为文赋注重用审美方式展现对事物的理性思考，融汇了审美态度和理性哲思，极富理趣。作者亦从音韵学、声律学等角度考察宋代科举试赋的用韵和格律，探究宋赋这种文学形式自身的内在发展规律，回归文学本身挖掘其形式的自我创新与完善的过程。

《宋赋研究》这部专著以宋赋为研究对象，围绕权力与形式的核心议题，从宏观与微观、内部与外部等多维视角考察宋赋的文体特征、风格嬗变以及与社会政治、学术、文化等背景的相互关系，文献资料翔实，学术视野开阔，可见作者严谨的学术精神与探究意识，推进了宋代赋体文学研究的进程。

（谷中兰）

《元末明初大转变时期东南文坛格局及文学走向研究》

饶龙隼著　国家图书馆出版社 2017 年 11 月版

为了与外来的文学观念相调剂，将艺术哲学和审美心理之类危微因素落实到文学自身规定性上，饶龙隼标举“文学制度”观念，以此引导学人重新认识中国文学的制度内涵。早在《上古文学制度述考》一书中，作者既已标举中国固有的“文学制度”观念，通过对先秦两汉的文学艺术和群经诸子的研究，梳理了中国文学制度的本源与流别。而《元末明初大转变时期东南文坛格局及文学走向研究》作为作者二十余年研治明代文学的重要成果，是其将“文学制度”观念引入中国文学研究的又一部力作。

该著将静态的空间描述和动态的历时描述贯穿起来，通过元末明初南北文化被隔裂和东南文人呈地域群落分布两大表征，来具体地阐述东南文学生态之形成、元末明初大转变时期东南文坛格局及文学走向。书中总体把握了元末明初文学的体貌、构成、特征和演变，描述了庙堂文学与地方文学之互动进程，以及地域特性与流派属性之交糅互渗，这提供了颇具开创意义的学术范式和理论模型。

全书为三个部分：第一部分为“导论”，分为“宋南渡文化重心偏移东南”“宋元易代南北儒学之消长”“元时期文化重心遗落东南”“东南沉积为人文荟萃之地”四个小节。作者设置区域文化变迁的大背景，逐层描述宋元以来文化重心偏转东南的历史进程，揭示元末明初时期文学发展的时代特征。

第二部分为上编“东南文坛格局”。其引言由“元末东南文坛总体格局之形成”和“明初东南各地文学群落之消歇”作为基础支撑，来建构东南地域文学的“层级理论模型”，并通过整体把握、动态描述和焦点透视，将元末明初东南地域文学层级分成文人个体、领衔作家、文人圈属、核心次文学群落、次文学群落、文学群落和泛文学群落。为直观表见不同层级的关系，书中精心设制了“图表二元末明初东南地域文学层级构造的集合图解”，并概述曰：“元末扰乱，群雄割据，某一方文士在特定的环境里，聚合成相对独立的文学圈次；并在深广的文化区域范围内，自由滋长出多个次文学群落；又从中突出一个核心次群落，且在该核心次群落的带动下，形成更高级位的地域文学群落，从而将各次文学群落容纳其中；及至应聘到明廷之后，各地文人以群落归附，齐聚朝堂，并驱较胜，进而扩展成泛文学群落，同时争相推出领衔作家，以标举各方的地域特性，共同敷饰明朝开国气象。”基于上述技术策略和理论模型之描画，作者将该编分列为四章，选择以金华文学群落、吴中文学群落、岭南文学群落和闽中文学群落为典型个案，分别进行全景式的考述，详尽论析其思想内涵、活动形态、艺术特征。

第三部分为下编“明初文学走向”。作者在引言部分引入“文学制度”观念，从文学自身的规定性来描述西昌雅正文学生长历程，切实到位地走进江右文学群落的历史情境，力求修复西昌雅正文学的历史形态，探寻西昌雅正文学的艺术特质，描写庙堂文学与西昌文学的互动关系，揭示主流文学须接引地方资源之规制，重新评价定位明初馆阁文学，探究其思想内涵和艺术资源。为实现上述目标，本编分列四章，分别研讨了西昌故家的文化基质、江右儒学别派之弘传、西昌文学的雅正特质、西昌雅正文学之生长。作者重点对江右文学群落在东南文坛格局中的特别地位进行分析，首先描述出元末明初雅正文学生长的三段式进程：西昌雅正文学→江右雅正文学→馆阁雅正文学；进而揭示了主流文学要接引地域文学的生机活力，而不一定始终局限于中央庙堂的文学发展规律；最后指出台阁体的三重突破：突破馆阁文学与山林文学界限、突破庙堂文学与地方文学界限、突破公共写作与私人写作界限，从而构拟出地方文学与庙堂文学的互动关联。

本书在学术上的重要创获有三个方面：第一，材料的使用有所拓展。本书在对文学研究常规文献的使用之外，增加了多项文献资料种类：一是地方文献，如方志、山志、寺庙志、道观志等；二是家乘资料，如家谱、族谱、家集等，书中“附表一西昌故家旧族聚居繁衍信息一览表”即作者通过相关家乘资料汇编而成的；三是学术史资料，如《宋元学案》《明儒学案》、书院史料、风俗传说与宗教信仰资料等，书中“图表十三刘氏一传弟子所承清江儒学意脉简表”即据《宋元学案》编制；四是田野调查资料，如文物遗存、实地勘察记录、现场采访等，书中“故家旧族的文化基质”和“江右儒学别派之弘传”两章，作者便对该区域的山川地理、自然风物、水土长养、族群聚居、经营劳作以及风俗教化等内容进行详细地考察和分析。第二，理论观点上有所更新。主要表现在区域文化变迁大背景；地方文学与庙堂文学之互动；引入文学制度观念及理论方法；对馆阁文学的深度省察和重新评价等四个方面。第三，在研究策略、技术手段上的实验。作者在语言文字上力求整饬、凝练、雅正，句式呈骈偶化，如书中目录的各级标题十分整饬，正文亦多偶句联翩；通过列表统计的方式，直观展现书中所使用的文献资料以及各章节的结构框架、理论观点等，使引文更加简明，表意更显直观，如书中共有图表19例、附表2例，均是作者在庞杂繁复的文献资料中梳理出来的；注重对文学发展过程的描述，一步步地推导结论，具有很强的逻辑性，如书中的“导论”和上下两编的引言部分均集中体现了作者一贯的言必征实、推导描述的文风和超强的思辨力。

该著一经出版，便受到了学术界的关注和高度的评价。如黄霖说：“此著很实在，真正从文学实际出发，非常注重文献资料的发掘。并且表格简明扼要，如第368页的‘图表十九’清楚表达了下编的框架结构；梳理精细，年表可以精确到日期。”詹福瑞说：“此著关注文献很多，不限于传统的文集，可见龙隼下了很大的功夫。并且他论及‘文学制度’，一直在做理论方面的探索，有很强的思辨能力及理论创新勇气。”刘跃进说：“该书的总体格局十分好，且语言简练中不乏抒情，十分具有特色。”孙逊说：“该书在常规之外，提出很多规律性认识。同时，书中对‘地方文学与庙堂文学的消长’的论述，很给人启发。”除此之外，同行学者亦专门撰文对该著进行评介，如何宗美在《元末明初文学研究的重要推进》一文中，称赞该著有多重极为重要的学术意义：“首先，相对于明末清初文学研究来说，元末明初文学研究向来薄弱，饶著对此作了极大的开掘和弥补。其次，对于元末明初历史转型时期文学的研究，饶著找到了有效的支点，此即文化、群落和地缘，这便使历史转型时期文学研究有了切实可行的着力处和方法论。再次，对于文学群落和地缘文学的研究，饶著所尝试的‘层级理论’和‘文学制度’视野下的探索，可以说大大区别于现今有些较为粗略的研究，由此使文学群落和地缘文学研究获得了真正意义的文学史研究之价值，这应该也是该著的一个重要意义。”（《中华读书报》2018年4月25日第10版）查清华在《创通地域文学与主流文学研究》一文中，亦指出该书：“从区域文学的视角切入，既深究区域内文学活态，又关注与其他地域文学的互动消长，将地方区域文学连通庙堂文学，使地域文学纳入主流文学发展进程之中。这样既避免名作家独擅文学史话语权而致大量名位不高作家的成就被忽略之弊，又不至于让地域文学研究囿限于方隅而消解与庙堂文学、其他区域文学互动关联的客观事实。地方文苑作为主流文学的流转之地，应与馆阁翰苑同时并行、互补联动，地方文学为庙堂文学提供了腾挪的空间，而庙堂文学则接引地方文学的生机活力。可以说，这是一部创通地域文学与主流文学研究的力作。”（《文汇报·读书周报》2018年4月23日第7版）

（田明娟）

《明代建阳书坊之小说刊刻》

涂秀虹著　人民出版社2017年9月版

涂秀虹《明代建阳书坊之小说刊刻》（下文简称《小说刊刻》）一书是迄今最全面论述建阳小说刊刻情况的著作，著者经过十数年的艰难跋涉，悉心搜集整理建阳刊刻小说版本，并深入建阳地域文化之中，通过对建阳理学传统、书院教育、史学文化、清官文化、民间信仰等地域文化的研究，揭示了建阳刊刻小说特征形成与地域文化的互动关系，为明代小说版本研究与地域文化研究的开辟了新路径。

一、《明代建阳书坊之小说刊刻》的文献价值

福建建阳为宋元明三代全国刻书中心之一，在中国印刷史上的地位令人瞩目，现存明代小说三分之二以上的刊本出于建阳书坊，建阳刻书对于明代小说的繁荣乃至中国古代小说发展走向具有决定性意义。由此，《小说刊刻》的研究重点即是对建阳小说刊刻版本进行全面清理与考订。一是通过版本调查，掌握明代建阳刊刻小说的概况。明代建阳刊刻小说众多而引人注目，现存仅明朝万历年间建阳小说刊本就达70余种。按照类型分类，建阳“讲史小说”有21种；“神魔小说”中，《西游记》有7种，其他类17种；明代“公案小说”多出于建阳书坊，现存12种；经典小说“三国”刊本25种。该书对各个版本都作了简明提要，大大方便研究者进一步研究。二是利用版本校勘对比解决小说史难题。通过对建阳版本特色的把握，通过与其他地方刊刻版本的细致对比，能清晰理清不同版本之间的复杂关系。如建阳刊刻《水浒传》中，余象斗双峰堂本是现存《水浒传》版本中明确刊刻时间最早的一本，通过对建阳刊本《水浒传》刊刻和传播的考证，可以判定田虎王庆故事不是施耐庵原著所有，而是建阳书坊的插增。又如对《水浒志传评林》简本的考察，使我们理解简本小说是根据时代变化以及不同读者需求而定位，处于不断变化的状态中，通过《三国志演义》嘉靖壬午本与建阳刊本的比勘，我们能清晰看到建阳刊本的通俗化、娱乐化特点。

二、建阳小说刊刻的地域性特征

《小说刊刻》鲜明特色是对建阳刊刻小

说的地域特征研究。余秀虹重点探讨建阳刊刻小说在题材选择、编刻类型、传播接受上与建阳地域文化之间的互动关系。如解释建阳刊刻小说为何缺少“人情小说”，著者认为建阳作为“闽邦邹鲁”“道南理窟”，深受朱子精神深刻影响，建阳书坊刊刻小说多通过讲述故事来演绎儒家义理，在刊刻形式和销售定位上以普及文化、教化民众为文化责任，故而少有人情小说。建阳地域文化传统对出版文化的影响，不仅仅表现在编刻类型与版式上，更表现在小说题材和内容选择上。该著将讲史小说、神魔小说、公案小说三大类型，一一与建阳史学文化、清官文化、民间信仰进行文学文化研究，得出了许多富有启发性的结论。首先，建阳有很深的史官文化传统，朱熹《资治通鉴纲目》在建阳大量刊刻，对讲史评话和讲史小说文体的兴盛产生了深远影响。其次，武夷地区信巫好鬼的文化背景促使神魔小说的兴盛；建阳“家有法律”的社会传统以及宋慈、海瑞等清官人物崇拜是公案小说出版传播的社会文化基础。该书还考察了建阳书坊与江南书坊的互动，两地小说刊刻在小说情节、版式方面的借鉴、融合等方面的交流与影响。应该说，建阳刊刻小说的地域研究是对明清代小说研究的细化和深化，正如袁世硕所言，《小说刊刻》开辟了“明代通俗小说史书写的另一种模式”。

三、文学社会学研究方法的灵活运用

近年来，小说出版、传播等文学社会学研究，拓展了古代小说研究的众多领域。《小说刊刻》灵活运用文学社会学方法考察了建阳小说刊刻、传播、图像传播等前沿问题，得出了许多富有创建的结论。一，余秀虹擅于从明代政治、社会制度、政策等去考察小说刊刻的深层原因。我们知道明代通俗小说十分流行，小说除了在纸质阅读之外，还有口诵耳听、纸牌游戏等多种传播方式，而建阳简本小说是最富有特色的传播方式。又如“明代建阳刊小说及其地域文化特征”一节，通过对小说稿源、刻工以及读者消费力的考察，探讨小说的生产、销售与接受的整个社会学研究，从大量县志、出版史文献中，还原出建阳小说刊刻的社会运作过程。二，该书中还借鉴阅读社会学知识，对建阳教育普及与读者定位的关系进行考察，展示建阳图书销售与传播特色；建阳小说刊本以图像丰富而著称，而插图传统渊源是与读者定位相关的，刻书业繁荣与中下层普通民众对通俗文学的需求，促使了建阳插图小说刊本的流行。可见，运用阅读社会学的方法去考察小说的生产与流通，是研究小说的有效方法。三，从刊刻到流通的社会视角来观察小说的发展史。如“讲史小说之文体兴盛与按鉴编撰方式”，通过考察明代《资治通鉴》类图书的流行，揭示了古代长篇小说的叙事是在对史传的模仿中逐渐成熟起来的；比如明代重视法律知识的普及，法律规定官吏必须讲读律令，随之而来的明代讼师职业出现与讼师秘本的编刊，以此来观照明代公案小说的的产生与流行，为我们理解公案小说提供了新的认知视角。

总而言之，余秀虹在福建刻书史、建阳刊刻小说与地域文化研究上成绩卓著。《明代建阳书坊之小说刊刻》是目前对建阳小说刊本文献的最全面研究，在研究方法与视野上，为小说史研究带来新的启示，必将促进古代小说史研究的深入发展。

（陶运宗）

《文选旧注辑存》

刘跃进著　徐华校　凤凰出版社 2017 年 10 月版

刘跃进主持编纂的《文选旧注辑存》(以下简称《辑存》)是一部集成性的学术著作，为古籍整理、文本细读树立了一个全新的典范。该书以尤袤本正文为经，以各本所存旧注为纬，并系以案语，对异文、音注、讳字等加以详细的说明和精要的辨析。在版本搜聚、异文比堪、文字训释、方法启示四方面有突出特点。

一、采撷众本

书名为“旧注辑存”，力图囊括至今尚存的《文选》所有旧注。包括李善引前人注、李善注、五臣注、《文选集注》所引各家注、旧钞佚注以及史书古注等。书中搜罗《文选》众多版本，可谓竭泽而渔。主要版本有尤袤本、陈八郎本、北宋本、集注本、敦煌本。重要参校本有朝鲜正德本、奎章阁本。另外还参考明州本、建州本、赣州本。在众多参校本中广泛收集到一些较为稀见的日藏古抄本，如九条本、三条本、室町本、观智院本、上野本、弘安本、正安本、静嘉堂本等。将这些稀见版本收入《辑存》无疑使“选学”研究的广度和深度得到进一步开拓。

《文选》中很多作品选自史书，相应的正史也是重要的参校文献。《史记》《汉书》《后汉书》采用的是现存时代既早、部帙最为完善的南宋黄善夫刻本。《三国志》《晋书》《宋书》《南齐书》《梁书》则据上海涵芬楼百衲本。编者还注意到法帖碑刻，参校的重要资料有：秘阁本摹王羲之书《东方朔画赞》、隋帖《出师颂》、唐摹本《女史箴图》、陆柬之书《文赋》、柳公权书《演连珠》、新疆伊犁《燕然山铭》石刻等，从一个侧面反映出该篇作品在当时存在的一种风貌，具有不能忽略的版本价值。

《辑存》在考订方面博观约取，涉猎古人笔记及今人研究著作约六十种，同时还有征引专门的“文选学”丛书、论著二十余种。这些著作或订正文字形态，或训释词句意思，或考辨典章制度，对阅读原文、理解文义有祛疑解惑的关键作用。

二、比堪异文

《辑存》因汇辑众多版本，正文、注文方面就出现了极为繁多的异文。有些异文两义皆可通、有些属于通假字或异体字、有些为讹脱衍误，这些异文的存在，为我们探究文本意义、版本流传、六书演变、古籍校勘提供了直观的实例，有着多方面的参考价值。(一)凸显诸本的正误优劣。版本不同，必然会产生异文，通过异文的对比权衡，又可以判定不同版本的是非优劣。《辑存》排比众本，使各本讹脱衍误在对比中呈现出来，又显示其是非优劣。(二)为版本系统的源流探讨提供重要线索。《文选》每个版本并非泾渭分明地隶属于某一系统，而是相互之间存在不同程度的交叉影响。特定的异文，往往就是特定版本的标记。《辑存》将这些异文通过汇辑，使得各个版本的复杂面貌得以直观地呈现，为版本系统的梳理汇集了丰富的第一手资料。（三）证实与证伪。《辑存》一书在广搜众本的基础上，通过版本互堪，以坚确无疑的根据，一方面可以证实前辈学者的精当考订，另一方面也对似是而非的判断给予澄清。

三、形音义的探索

《辑存》在文字方面尽量保存原貌，在音韵方面努力钩沉辑佚，在训诂方面多方释惑析疑。（一）异体字、俗体字。《辑存》收录的古抄本包含形形色色的异体字和俗体字，不仅可以与《玉篇》《经典释文》《匡谬正俗》《干禄字书》中的俗字相印证，还可以作为版本考察的旁证，对字形变迁、造字方法的研究有着重要的参考意义。（二）音注价值。“文选学”从音注发轫起步，但这类著作除了留存的李善音、五臣音外，其余已大部亡佚。《辑存》从现有的资料中特别将相关音注材料勾稽而出，从而使之再次焕发学术之光。辑录了萧该、曹宪的《文选》旧音，还将敦煌残卷释道骞《楚辞音》的音注采录入书。（三）辨正训诂。《文选》有些作品古奥典雅，加上传写讹误，注释者或因不明训诂，或因不知通假，或因不识讹字，而妄加穿凿，曲意解说。有鉴于此，《辑存》编者从诸家考订之作中择取可信之说，对旧注加以辨正。另外对某些习见的字词，也援引前人训诂，加以明晰的解释。

四、细读文本的启示

文学研究的角度纷繁各异，方法也层出不穷。无论用什么方法，最终都绕不过作品，最终还是要落实到作品上。作品研究，或强调理论的阐释，或注重文献的整理，都要以文本细读为基础。细读的前提则要有一部较为可靠的文本。关于如何细读文本，《辑存》通过两万余条具体的实例，向读者说明：要从“有字处”开始细读。通观全书，似乎只是罗列正文和注文的文字异同，但这正是关键的第一步。细读文本，首先是一字一句的校读，其次才能积句成章、积章成篇，达到通读全文的程度。只有积累了坚实细密的文献基础，才可能有进一步的理论升华，才能从“有字处”向“无字处”迈越。

自上世纪英美新批评派提出“文本细读”的理论后，一时蔚为风气。现今中国古代文学研究界受该理论启发，也纷纷倡导“细读文本”。其实，二者之间还是有所差异的，前者强调的是以语义分析作为诗歌批评最基本的方法，后者则意在摒弃空洞的文学外部研究，要求回归文本并立足文本。古代文学研究与英美新批评派的诗歌研究之间存在一定的鸿沟，不能不加辨析就轻易地将其理论“拿来”使用。具体到古代文学，如何细读，《辑存》开启了一条切实可行的途径，为经典阅读树立了一个可资效仿的范例。

（马燕鑫文，徐光明摘）

《宋代科举资料长编》

诸葛忆兵编著　凤凰出版社2017年6月版

宋代科举在千余年的科举史上具有举足轻重的地位，但是研究宋代科举却大非易事。最为关键的原因即在于，宋代的科举制度，有一个经过反复变更、逐渐定型的过程。不同时期的制度变更，就涉及到头绪纷繁的各类文献。这些文献不仅来源不同，而且彼此之间的记述，详略不一，且时有相互牴牾之处。诸葛忆兵纂辑出版了《宋代科举资料长编》（下文简称《长编》）一书，给今后的宋代科举研究提供了极大的便利。编者不仅在文献的网罗方面，旁搜远绍、掇拾遗佚，而且对于资料之分门部居，也别具心裁，甚有巧思。现将其荦荦大端者，表而出之，或许对于指示研究者如何利用此书，不无裨益。

研究宋代科举，首要之务，即须对整个制度之流变，有一清晰之把握。这方面虽有若干通论性著作可资借鉴，但若涉及一些具体的细部问题，则仍需回到文献本身，下一番细致的研索功夫。《长编》为我们检阅第一手文献，提供了极大的便利。这主要体现在：一是，此书仿效李焘《续资治通鉴长编》之体例，遵循“长编宁失于繁，无失于略”之要旨，博采原始文献，对史料进行分年系月之编排，穷源竟委，意在揭示科举制度在整个宋代变化、定型之过程。同时，在史料之处理上，依照文献之性质、优劣，以及可以相互参证之处，精心比勘，颇便参考。二是，此书围绕科举改革之重大事件，除采录相关史料之外，尤其注意搜集当时大小官员所上之奏章，以见出当时舆论之各种倾向，以及贡举法令出台之前因后果。三是，此书对于开科取士之年份，特加留意，不仅开列进士名录，而且补苴缺漏，间有辨正。编者还将与各榜登科进士相关之轶事，汇集于名录之后，颇有助于读者了解当时科场之风气。

欲对宋代科举有一真切之了解，还需更进一步，对于当日科场取士之各类文体，具备较明晰之认识。依循宋代科举考试内容之前后变更，《长编》对于不同时期之科举时文，着意加以搜罗和辑录，提供丰富之文本例证。其最为用力之处：一是，不管哪一层级、哪一类型的考试，只要是科场时文之作，都细大不捐，一概采录，力求完备。二是，熙宁三年（1070）之后，殿试改以对策试士，而殿试对策颇受时人重视，因而保存情况相对较好，对此，《长编》进行了相对全面的辑录。殿试对策中，时常会涉及对于时政要务的评论，因而同时也可感知某一时期的时代氛围和其背后的政治文化。三是，除了辑录遗存至今的宋人科举时文之外，大量散见于宋人别集之中的科举考题，尤其是策问问目之类，也被有选择性地辑录。有助于我们了解宋代官员之命题，与其自身素养之关系。

一般来说，某一研究领域专事文献辑录的资料集，其对于研究者的参考意义，绝不仅仅在于提供常见材料，而是要以一种竭泽而渔的态度，穷尽几乎可以找到的所有资料。《长编》在文献搜罗的广度和深度上，都有了极大的开掘。举凡正史、类书、笔记、宋人别集、方志，都进行了仔细的爬梳剔抉，尤其是对于《全宋文》《全宋诗》的充分利用，大大丰富了史料的来源，提供了不少以前为我们所轻忽的关键史料，从而也为宋代科举研究提供了许多新的开拓空间。大略言之：一是，宋代科举研究中的某些专题分支，可以依托此书提供的丰富史料，再次进行深度研究，例如宋代的制举、词科、武举之类。二是，宋代的学校取士问题，虽然受到学界的关注，有过一些探讨，但似乎尚多流于制度层面的梳理，而欠缺反映学校生活之丰富细节的微观考察。《长编》辑录了相当大分量与宋代学校有关的文献，为从事宋代学校之研究，提供了丰富的文献依据。三是，与宋代科举相关联，或是因宋代科举而引发出来的一些社会现象，也可借由此书作为导引，展开较为深入的考察，或许由此也可开辟一些新的问题视角。即以我阅读直观感受，有两个方面，特别引起我的兴趣：一是书中收录了大量的科举题名记一类作品，二是南宋后期涉及贡士庄记载的大量出现。

在宋代，科举考试已成为士人走入仕途、跻身官僚队伍的主要途径。因此，对于科举功名的艳羡，就成为了一种弥漫于全社会的风气。于是，在宋人的别集、笔记中，就留下了许许多多与科举有关的诗文、轶事，流传于世间。虽然在史家看来或许过于零散，但它们却是反映社会风习、时代面貌最生动、最有趣的材料，因而自有其特殊价值，端赖于研究者如何加以利用而已。《长编》将其裒辑在一起，集中收录于《综合卷》中，提供了许多意想不到的视角。根据收录文献的类型，可以有以下几点收获：一是，从《全宋诗》中勾稽出了大量与科举相关的诗歌，内容极其丰富，特别有助于我们了解宋代科举的一些习俗和时人的心态。二是，从《全宋文》中辑录了大量与科举相关的文献，种类十分多样，既有涉及科场事务的官员奏议、考官试策的策问问目，还有送人赴考的赠序、各种类型的题名记之类。三是，从宋代史料笔记中也采录了大量与科举相关的材料，这里面涉及的内容比较庞杂，既有涉及制度沿革的掌故，也有历次科考的一些奇闻轶事。

在如今这样一个学术研究已经高度依赖电子文献和数据库的时代，编纂一部二、三百万字的文献资料集，似乎并不是什么难事。加之，按照通行的惯例，这样的资料辑录工作往往是分包给学生去做，或者邀约若干学者集体合作，所以，如果一部资料集是成于众手，那么其学术价值如何，往往也不那么令人放心。然而，《长编》编者完全是自讨苦吃，本着文责自负的态度，以一种单打独斗的精神，硬是凭着一己之力，花费数年时间，独自完成了此书的编纂工作。用作者自己在后记的话说："所有的书籍，皆由自己一一阅读；所有的文献资料，皆由自己一一编年、考辨。"这种打硬仗的精神，似乎在今日的学界，已经比较少见了。正因为所有的文献材料，都经过编者自己审慎的考辨和编排，因而就极大了减少了错误的可能性。而这背后的学术依据，就是作者所发表的一系列相关研究论文，可资参证。更难能可贵的是，作者在资料辑录过程中，也严格遵循学术规范，充分吸收了已有的研究成果，所辑录的文献，但凡已有校点、编年、笺注、考辨之类先行成果，都一律加以采用，而并不以采用所谓原始版本自炫。这既是一种实事求是的务实态度，也是对于他人所做工作的尊重，而所有引用的文献，都在书后开列的引用书目中，一一加以注明。总之，这部书既可以说是一个宋代科举研究的文献渊薮，同时也可以说一位严谨学者的良心之作，后者在今日则显得尤为珍贵。

（林　岩文，郑韵扬摘）

《清代杜集序跋汇录》

孙微辑校　人民文学出版社 2017 年 6 月版

孙微辑校的《清代杜集序跋汇录》一书将有清一代杜诗学文献的序跋汇为一集，共收录470余篇序跋，是清代杜集序跋文献首次最大规模的结集，为学界提供了大量珍贵的第一手文献资料。兹不揣谫陋，试对《清代杜集序跋汇录》一书所取得的成绩和特色评述如次。

一、《清代杜集序跋汇录》的文献价值

清代是杜诗学发展的高潮期，涌现出的杜诗学文献数量众多。而清代杜集序跋无疑是研究清代杜诗学史的重要文献材料，其中体现出的注杜思想、注释特点及成书背景、刊刻过程、版本递嬗等信息，对于深入解析杜诗学史的演进过程、杜集版本的流传、清人的诗学思想和诗歌理论等，无疑具有重要的文献价值。然而清代杜集数量众多，其中的许多稀见之本散落于各个文化单位或个人手中，搜寻起来颇为不易，学者往往难得一见。孙微通过多年苦心孤诣的搜求，对清代杜集序跋进行了最大限度之纂录整理，辑成《清代杜集序跋汇录》一书，首次将有清一代存佚的 210 多种杜集中 460 余篇序跋纂录，可谓集腋成裘、兼综众美。除少数常见文献外，书中的大多数资料都是首次披露，为杜甫研究和治清代杜诗学史者提供了大量宝贵的第一手资料，其搜罗之备，用力之勤，皆前所未有。如张羽《杜还七言律》、汪枢《爱吟轩注杜工部集》、周篆《杜工部诗集集解》、许鸿磐《六观楼杜诗抄》、赵星海《杜解传薪》等数十种文献都是海内孤本，可谓吉光片羽，弥足珍贵。这些稀见杜集序跋的整理出版，必将促进学界对杜诗文献学史的深入认识，从而推动杜诗学研究的发展。

二、序跋文献辑校中的创获

对现存清代杜集序跋的编纂，著者秉持尽量亲见原书的原则，拒绝使用二手资料，力争最大限度地避免仅从前人的书目和著述出发，致使谬误流传、错讹辗转因袭之弊。同时又花费巨大精力，于浩如烟海的清人别集及方志、书目等文献中，对散佚之杜集序跋进行了最大限度之钩稽与纂录，将这些文献与存世清代杜集相互补充、相互印证，对于加深对清代杜诗学的认识无疑会起到重要的补充作用。因为这些散佚序跋不仅对了解

散佚文献有很大帮助，亦能帮助我们进一步了解存世杜集的基本情况。如康熙时邓铚有六七种集杜之作，目前只有《北征集杜诗》存世。本书编者从陈僖《燕山草堂集》辑出《闲居集杜序》（注：《燕山草堂集》收录有《邓田功闲居集杜序》），从方象瑛《健松斋集》辑出《邓唐山集杜诗序》，从方中通《陪集·陪古》辑出《北山集杜诗序》《栲岑集杜诗序》等，这些序跋的辑出为我们全面了解邓铚的集杜情况提供了极大便利。又如乾隆朝周春《杜诗双声叠韵谱括略》一书，今所见《艺海珠尘》本前只有周春之《自序》与《小记》，并无他人之序。然李慈铭《越缦堂读书记》云："《杜诗双声叠韵谱》八卷，前有王西庄、卢抱经、钱竹汀、秦小岘及武进刘尚书权之序。"可见当时为周春此书作序之名家颇多，本书编者遂从卢文弨《抱经堂文集》、钱大昕《潜研堂集》、秦瀛《小岘山人文集》中分别辑出三篇序文，均为周春《杜诗双声叠韵谱》所作。从这些未被收入刻本的序文中可以看出，当时钱大昕诸人对周春这种仅执"双声叠韵"一法以绳杜诗的作法颇持异议，而周春对这些质疑却颇不以为然，故其刊行《杜诗双声叠韵谱》时仅存自序，而将诸名家之序全部刊落。可见杜集序跋是促进我们了解清代杜诗学的发展过程及其纷繁复杂的学术背景的重要途径，对这些散见序跋的大力钩稽，体现出编者深厚的文献功力。

三、点校精准，体例严谨

韩成武在此书之《序》中说："对杜集序跋进行标点句读，看起来是不值一提的小技，其实蕴含了多种学问，是很吃功夫的。这不仅需要对杜诗学史有相当深入的了解，而且需要各个方面的综合知识，若无深厚的文献学功底和一丝不苟的精神恐难以胜任。"其论可谓知言。因为对杜集序跋进行点断需要反复揣摩古人语气，颇费斟酌。而且清代不少杜集的序跋文字颇为漫漶，甚至难以辨认。为校补这些漫漶讹误之处，编者需要多方访求别本，互相校补订正，庶成完璧。还有许多杜集序跋系手写上版，多为行草，且异体、俗体字多，有些字辨识起来颇为不易。孙微凭借多年来对众多杜诗版本文献深入细致的研究，积累了较为丰富的古籍整理经验，在校点序跋文献的过程中又采取了颇为审慎的态度，最大限度地保持了文献原貌，为学界提供了可据之文本，积功十余年，耗费了无数心血。如今读者欲查阅清代杜集序跋，翻检即得，可免去许多奔波劳顿之苦，孙微之造福学林，真是功莫大焉。

此外，该书的体例设置亦极为严谨，全书所收杜集序跋按照原作者之生年次序先后排列，并参酌杜集之刊刻与成书时间。同一种杜集之不同版本或批本则编排在一起，以求做到以书统序。对辑录的序跋分别注明原文出处、所据版本、收藏单位以及页码、索书号等信息，读者查检复核十分方便。此外，清代杜集序跋的作者多达四百余人，其中大多数序跋作者的生平事迹，此前未有过考证，颇难知悉其详。该书则通过翻检碑传、墓志、年谱、方志、家乘等众多相关文献，对大多数清代杜集序跋撰写者的生卒年、字号、籍贯及生平事迹进行了较为充分地钩稽、梳理和考证，用力甚勤，这对清代文人生平的研究亦具有重要的参考价值。

随着杜诗学的飞速发展，构建杜诗学文献研究的基础，尽快编纂完成《杜诗学文献丛刊》已经成为越来越迫切的任务。如今《清代杜集序跋汇录》一书的出版，标志着学界对杜诗学 基础文献的编纂又迈出了坚实的一步。该书凝聚了编者十几年的心血，为清代杜诗学研究奠定了坚实的文献基础，具有极高的文献价值和学术价值。该书体例完备，校点审慎，对于深入解析清代杜诗学的嬗变具有重要意义，相信该书的出版必将促进清代杜诗学研究取得深入发展。

（左汉林文　陶运宗摘）

《敦煌吐鲁番本〈文选〉辑校》

金少华著　浙江大学出版社 2017 年 4 月版

出土文献对于促进古文献研究的深入具有重要意义，故自敦煌吐鲁番等地出土《文选》写本后，立即引起了学术界的高度关注，涉足于此的学者众多，研究成果丰硕。然而一百多年来的研究还存在着很多不足，如写卷收集不全、录文不够精确、校释过于简单等等，对敦煌吐鲁番写本《文选》作一全面系统的整理非常必要。

金少华《敦煌吐鲁番本〈文选〉辑校》收录敦煌吐鲁番出土文书中的《文选》写卷共 44 号，其中敦煌写卷 34 号，吐鲁番写卷 10 号，缀合为 24 件，在梳理前人研究成果的基础上，总结百年敦煌吐鲁番写本《文选》的研究成果，最终整理出了一个收集写卷最多、考证最为翔实的集成式的汇校本，为敦煌学、文选学的发展作出积极贡献。

全书将敦煌吐鲁番本《文选》写卷分为“白文本”“李善注本”“佚名注本”三类加以校录。每件写卷均撰题解一篇，简要说明底本及参校本、原本完缺情况、抄写年代判断和前人著录研究情况，然后依据目前已公布的最为清晰完整的写卷图版进行录文，用传世刻本《文选》及唐以前收录《文选》篇目的书籍校其异文，并综合运用音韵、文字、训诂、校勘等专门知识，结合《文选》体例、李善注例，在吸收前人正确意见的基础上对异文作详细分析，考辨是非，撰成校勘记。

详细的校勘记是《敦煌吐鲁番本〈文选〉辑校》最大的特色。在敦煌学研究的初期，学者们往往采用简单异文汇录的研究方式，这一方式在当时还是有价值的，毕竟能看到敦煌原卷或其影本的人是极少数，公布出异文，可以为没有条件的学者提供研究的材料。但现在绝大多数敦煌吐鲁番写卷的影本已经公布，再作“某，某本作某”这样简单的异文校录已经失去了意义。该书对敦煌吐鲁番写本《文选》与传世刻本的异文加以分析、证明，尽可能作出一个准确的判断，而不是简单地作异文汇录。如《西京赋》“炙炰夥”，敦煌本“炙”作“𤒹”，此前的学者多不识“𤒹”字，做出了各种误读，该书则利用大量例证证明“𤒹”为“䏑”之讹形，“䏑”又为“𦟗”之简作，“𦟗”则《说文》“炙”字籀文。敦煌本薛综注“䏑，炙也”正以通行字注籀文，后人既改赋文，又删薛注，转非《文选》原貌。

该书除对《文选》的校勘外，间或对

其它文献做校正，不少论断也可圈可点。如《西京赋》“载獫猲獢”，敦煌本李善注引《毛诗》“载敛歇骄”，该书称：“考 P. 2529《毛诗》写卷《驷驖》经文、毛传并作‘敛’，适与底卷李注所引合，是李善所据《毛诗》作‘载敛歇骄’，与赋文用字不同，此李注引书‘各依所据本’之例也。”这一方面更加证实李善注的体例，另一方面也可确定唐作“载敛歇骄”的毛诗版本流传较广。又《西京赋》“寻景追括”，薛综注“括，箭括之御弦者”，敦煌本作“括，箭之又御弦者”，该不仅据《释名》证敦煌本之“又”为“叉”字之误，且据之论证《说文》“括”字说解之“築”当为“檃”字之误。

总之，该书是关于敦煌吐鲁番本《文选》研究的集大成之作，在《文选》学和敦煌学方面都有很高的学术价值。

（郜同麟）

《近代报刊与诗界革命的渊源流变》

胡全章著　北京大学出版社 2017 年 5 月版

《近代报刊与诗界革命的渊源流变》是著者近年来继《清末白话文运动》《中国近代作家片论》之后推出的一部力作。该著基于近代报刊原始文献史料，全面深入地探讨了 19 世纪末孕育、20 世纪初兴起的诗界革命运动的渊源与流变，全景式地展现诗界革命运动的整体状况与历史细节，丰富了学界对于这场声势浩大、影响深远的诗歌革新运动的认知，是诗界革命运动和中国诗歌古今之变研究的重要论著。

全书基于原生态近代中文报刊诗歌诗话文献史料，对晚清诗界革命运动历时性的渊源流变和共时性的复杂形态进行了全方位的梳理与研究。主体内容分三编：上编在西学东渐、报章勃兴和思想启蒙的文化背景下，探寻中国诗歌近代新变的征兆与先声；以《清议报》《新民丛报》为中心描述诗界革命运动从发端、展开、高潮到消歇的历史过程；中编以几十种国内外综合性报刊、文艺期刊、白话报刊、妇女报刊、革命报刊的诗歌诗话专栏为透视对象，重理晚清诗界革命的政治、地域、诗人群版图，揭示新派诗运动多声复义的驳杂形态及其在诗体语体方面的多元探索；下编在近代报刊视野下，探讨黄遵宪、梁启超、蒋智由、高旭、马君武等新派诗人诗歌创作的原初形态、时代反响与流变轨迹；辨析诗界革命运动与晚清革命诗潮、五四新诗运动的密切的历史关联；探究诗界革命运动在中国诗歌古今之变过程中所发挥的津梁作用。

该书的创新意义与学术价值主要体现在四个方面：其一，在古今嬗递与中西交汇的历史文化背景下，将诗界革命作为一场文学思潮运动加以系统论述。该书在章节设计及行文过程中以诗界革命运动的渊源流变为主线：作者分析了早期报刊诗歌近代新变的征兆与趋向，揭示了诗界革命运动发生的历史必然性及其并非一种先声的问题；立足于

“以旧风格含新意境”这一“诗界革命体”的核心观念与创作特色，区分了诗界革命的主潮与支脉。夏曾佑、谭嗣同、梁启超的“新学诗”实验和黄遵宪的“新派诗”只能作为诗界革命运动的前奏或先导，诸如时调歌谣、学堂乐歌、新粤讴等诗歌形式均是诗界革命运动的有机组成部分，但只是其支脉与变调而并非主流。1903 年 9 月后《新民丛报》“诗界潮音集”专栏的难以为继是诗界革命运动走过高潮期的标志，但诗界革命运动渐趋消歇后，女性报刊诗歌与革命诗歌创作对其有所承续与延展。作者特别注意到，“革命派诗人”其实都有过创作“诗界革命体”诗歌的时期，存在过一段“诗界革命与革命诗潮交错期”。

其二，从近代报刊视野来考察诗界革命运动的渊源与流变。近代报刊是诗界革命运动赖以开展的阵地，学界长期以来对原始报刊诗歌史料重视不够，成为制约这一研究领域的瓶颈。该著透过近代报刊视野，基于报刊原始文献史料梳理诗界革命运动的流变历程，揭示出近代传媒与诗界革命的共时影响与历时意义。报刊视野是一种接近历史现场的切入角度，更是一种原生态意义上的探究呈现。基于近代传媒视野，作者修正和补充了学界关于诗界革命的报刊阵地、诗人队伍、主题内涵、诗体风格、流变轨迹、历史影响及至性质地位等方面的描述与评判。通过近代报刊文献史料的原生态意义上的呈现，作者揭示出文学现象中曾经被遮蔽的一面，并对诗界革命研究领域中诸多语焉不详、尚无定论的重要问题做出了可信的判断。书中辩明了诗界革命运动报刊阵地中核心报刊与呼应性报刊的联系与区别，改变了言及诗界革命只列举数个代表期刊的混沌状态。《清议报》《新民丛报》等刊物诗歌栏目是诗界革命的核心阵地，《大公报》《鹭江报》《时报》等综合性报刊，《新小说》《绣像小说》《二十世纪大舞台》等文艺期刊，《安徽俗话报》《江苏白话报》等白话报刊以及《女子世界》《中国新女界杂志》等妇女报刊是诗界革命的响应阵地和外围阵地，对诗界革命运动有着不可忽视的推动与延展作用。书中以近代报刊视野考察新派诗人群，这种探讨既是对以报刊诗歌栏目为主线的体例的一种补充，又在评析诗人诗作时摆脱了作家作品论的传统阐释模式，既照顾到诗界革命运动的发展过程，又从传媒视野透视了新派诗人创作历程的转变。作者从近代报刊视野透视梁启超诗歌的思想面貌与艺术形态，透过原始报刊史料窥探饮冰主人的时代面影、心路历程与诗学实践，从而理清了任公从打破传统、锐意创新、自成一体到复归传统的诗歌创作路向及各个阶段的历史影响。

其三，该书体现出关注中国诗歌古今之变的宏观视角，探究诗界革命运动在中国诗歌从传统走向现代的历史进程中所发挥的津梁作用。诗界革命运动本身就是一场以近代报刊为主阵地的新诗坛的诗歌革新思潮，全书从诗歌革新精神与路径等层面评析了相关诗歌作品的主题内涵与诗体风格，其中贯穿着梳理中国诗歌近代化变革脉络的宏观思考。书中不仅关注了 19 世纪后期大量出现的中文报刊诗歌所体现出的古典诗歌的近代新变征兆与趋向，而且揭示出诗界革命运动对五四新诗运动以及 20 世纪以降直至当下的旧体诗词创作的重要影响。即使是具体的某种诗歌类型，书中也从诗歌革新的流变过程着眼。例如，第六章阐明了近代歌诗与白话报刊诗歌在中国诗歌近代化转型过程中的历史作用，第八章对革命诗潮与诗界革命运动之交错时期的共时性的驳杂形态予以揭示，突破了二元对立、突变进化的阐释模式，发现了文学史本身的丰富与复杂，反映了近代文学从传统向现代嬗变的艰难轨迹。

其四，将诗界革命运动作为晚清思想启蒙运动的有机组成部分加以探讨。作者结合近代社会思潮和文学思潮的脉络，系统分析了诗界革命运动新民救国的思想启蒙性质，并在此基础上进一步梳理出启蒙救亡思潮与近代文学新变之间的复杂关系。无论是阐发早期报刊诗歌的近代新变征兆，还是指出诗界革命广泛存在的响应者与“同路人”，以至揭示诗界革命运动与革命诗潮、五四新诗运动的关联，均贯穿着作者对近代诗人救亡启蒙创作心态的持续关注。近代报刊批判现实、启迪民智的办刊宗旨，新派诗人所体现出的忧患意识、启蒙精神、爱国情怀都是作者行文一旦涉及必将重点阐发的。“以旧风格含新意境”只是“诗界革命体”的风格特色，其本质还是在启蒙救亡、新民救国的主题意蕴。这也是梁启超等人所提倡的“然革命者，当革其精神而非革其形式”的重要内涵。通观该书可以看出，诗界革命运动流变过程也是近代诗人思想与心态变迁的外在表现。

诗界革命是中国近代诗歌研究甚至整个中国近代文学研究领域的重要话题，学界对其有着持续性的关注，也积累了相当丰厚的成果。相比之下，该书作者基于对大量近代报刊诗歌诗话文献史料的整理，空前地扩大了对诗界革命的考察范围，征引报刊文献达五十余种，提及的新派诗人以数百计，突破了拘泥于少数诗人与报刊的视野局限，从而拓展了诗界革命运动的地理历史版图。

该书的完成，受益于近代文学研究界普遍重视报刊史料建设、关注传播媒介变革的研究风向，作者也是这种学风的积极推动者与参与者。可贵的是，作者始终坚持将史料工作与近代文学变革这一重大论题联系起来，守正出新，对已有学术观点作出了某些纠正、补充与超越，推动着相关论题的深入发展，为今后的相关研究提供了有益的借鉴。

（朱春雨）

《探索丁玲——日本女性研究者论集》

秋山洋子　江上幸子　前山加奈子　田畑佐和子著

台湾人间出版社 2017 年版

本书的四位作者：秋山洋子、江上幸子、前山加奈子、田畑佐和子，是丁玲研究界知名的“四人帮”。她们从何时得有这一称号？还有，这究竟是自称还是他称？我都一无所知，也从没有向她们求问过。但我确实多次看到她们搭帮结伙地参加学术会议，还曾受邀参加过她们的读书会：在东京，田畑家充满艺术氛围的小客厅里，会读《萧军日记》在延安的部分，一个人准备了译稿，另外三人围绕译文和原文进行切磋讨论，从人物关系、事件原委到词语的理解，都逐一考索，那种寻根问底的态度，让一贯粗枝大叶读书如翻书的我深感汗颜，因此也留下了很深印象。

“四人”之中最早有所了解的是田畑，1983 年至 1984 年间我和北京语言学院孙瑞珍老师邀集一些朋友编译《丁玲研究在国外》（长沙：湖南人民出版社 1985 年 3 月出版），其中收录了她的两篇文章：《丁玲会见记》和《〈牛棚小品〉解说》，前篇可能是丁玲初获平反之后最早会见的外国人所写的访谈录，当然特别引人注意。但我们当时对田畑的了解也仅限于此，所以在书的《导言》里把她和美国的聂华苓、法国的苏珊娜·贝尔纳一起称为“作家”。1988 年田畑和江上来中国参加研讨丁玲的学术会议，那时丁玲已经去世，她们到位于木樨地的丁玲旧寓看望陈明先生，我们得以直接见面，后来我去日本留学，有了更多的交流机会。1990 年在东京田畑带我和翻译杂志《中国现代小说》（苍苍社出版）的同人们聚会，我终于知道她的志趣更在文学翻译。还有一次见面是在大阪，好像是她的一篇随笔获奖，为参加颁奖仪式而来，却想到在此地留学的我，特地写信约在一家很高档的咖啡店茶叙，让我特别感动，交谈中也更感觉到她的“作家”气质。比起学院派的研究论文，田畑似乎更热衷文学写作，在我看来，文学翻译同样是文学写作之一种。

和江上最初见面当然也是 1988 年，那次我还陪她和田畑一起访问了牛汉先生。江上不仅汉语说得流畅，且性格坦率，行动飒爽果断，直言快语，不像一般日本人那样客气委婉，我们的交流很快没有了距离。应该就是在那次，我知道她以前曾作为日本青年访问团的成员来过中国，受到过周恩来总理的接见。1989 年 4 月我到大阪留学，给江上写信报告情况，翌年她邀请我到东京参加“一九三〇年代中国文学研究会”“日本中国当代中国文学研究会”的活动，让我深入了解日本的中国现代文学研究状况。日本学者在研究会上的严谨，和在会后餐聚时的放达，都是在那时领略到的。一次晚餐会上松井博光先生和高畠穰先生开怀畅饮，话也越说越多，但我那时的日语程度只听得片片断断，现在完全想不起他们所谈的内容，却清楚记得他们最后的相对落泪，推想是谈得深入心扉。“四人帮”的另外两位先生：秋山和前山，都是经过江上介绍认识的，留学期间她们都对我呵护有加，我回国后一直保持联系，来往更多，在此不能细数。近些年，我每次因事路过东京，四位先生只要知道，都会相约餐叙。

“四人帮”是一个亲密融洽的自由学术组合，她们的年龄却颇有参差。田畑出生于 1938 年，在四人中最为年长，1960 年毕业于东京外国语大学中国语学科，随后进入东京都立大学大学研究生院研究中国现代文学，而恰在此年 5 月，著名学者竹内好为抗议日本众议院强行通过新的日美安保法案辞去了都立大文学部教授，田畑因此无缘在竹内好先生的门下受教。秋山和前山分别比田畑小四、五岁，都是在 1960 年代初期开始读大学，并且都选择了中国语言文学专业。秋山后来回顾说：“那时中日尚未建交，学习中文及中国文学的学生尚属少数，但与对中国不仅缺乏理解也不甚关心的普通日本民众不同，多数选修中文的学生都极为关注中国革命及中国的社会主义建设。而与他们同时代，因《太阳照在桑干河上》而获得斯大林文学奖的丁玲，在 20 世纪 50 年代学中国文学的学生眼里，是能够代表中国文学令人炫目的存在”。

秋山看似淡淡的叙述里，其实牵连着重

要的历史事件。首先应该注意的是“中日尚未建交”，而铸成这一事实的则是二战结束后形成的世界冷战格局。1951年9月签署的《日美安全保障条约》标志着日本作为一个国家明确站在了以美国为首的西方阵营，和社会主义中国处于对峙状态。其次，同样值得注意的是，即使在此种状况下，在日本国内也仍有“关注中国革命及中国的社会主义建设”的人们，田畑、秋山、前山等选择中国文学为专业的学生即在其中。从一定意义上，可以说她们的选择意味着对国家权力主导的冷战意识形态的有意背逆，这是促使她们关注丁玲这位作家的深层动因。

但自1957年在中国发生的“丁玲批判”使她们陷入困境，田畑由此受到的冲击最为激烈，因为她在大学时代恰好经历了丁玲作为“革命中国”的代表作家从耀眼位置上被打落下来的变动，田畑说，尽管她以丁玲为题写完了硕士论文，但此后她便长时期“断念了丁玲和中国文学的研究”。可见幻灭与创痛之深。秋山和前山读大学时“丁玲批判”已经成为既定事实，也许没有像田畑那样感受到精神挫伤，但也没有像前辈学人竹内实、高畠穣、丸山升等人那样，直面“丁玲批判”这一事件，冷静分析批判言论的暴力性，或以扎实的考证，追问由这些暴力性言论构造出来的“事实”（如所谓的“丁玲转向”问题）之真相，并进而思考中国革命的复杂与曲折；从田畑和秋山的后来追述隐约可以感受到，作为年轻的女性学生，她们不仅仅是因为思考力尚不足以应对如此沉重而宏大的问题而选择了对“丁玲批判”事件保持缄默，或者感情用事地由此疏远了中国文学，实际上她们是以更为迂回的方式，探索着接近“中国文学”和理解“中国”的新途径。正因为如此，大约过了十多年之后，丁玲和她的文学才因为另外的契机重新进入她们的关注视野。

据列在本书第一篇的秋山洋子的文章《20世纪70代日美的女性运动与丁玲》所言，这契机首先来自在美国等经济发达国家和地区兴起的“第二次妇女解放运动”，关于此次运动的特点，秋山文章亦做了简要的说明。概言之，该运动之早期发端可追溯到19世纪女性要求参政权、争取和男性平等社会地位的运动，二战以后则逐渐发展为全面批判男权主导的社会所造成的性别等级差异的思想潮流。但秋山等人之所以对来自美国的女性主义（Feminism）运动产生共鸣，则并非因为新鲜好奇，而是源自自身的生活处境。如秋山所描述的那样，作为知识女性不能学有所用，只能在家里做主妇，这使她深感苦恼，而在1960年代所谓“经济高度增长”的日本，这其实是很多女性普遍遭遇的困境。秋山等人的“女性主义”意识是从自身的人生境况里生发出来的，所以她们的观察和论述也就总是带着浓厚的个人经验印记，并以此区别于那些漂浮在理论层面进行概念操作的女性主义论者。在这样的脉络里，丁玲及其作品重新进入她们的视野，亦可以说是她们青年时代“中国文学经验”的再度复苏。

（王中忱）

《文学的时代印痕》

李松睿著　北京时代华文书局2017年3月版

《文学的时代印痕》是李松睿2017年3月出版的一本现代文学研究论文集，收录了作者近年来在现代文学研究领域广受好评又具有议题和方法上的共通性的十篇论文和四篇书评。“时代印痕”一词，原本是评价前辈学者研究之时的惯用语，似乎写作中那种有关历史位置的清晰体认总是令人遗憾的。“印痕”暗示着被动性，暗示着研究主体被一条时代绳索紧缚其中、动弹不得，因而折射出一种隔绝于政治的“纯文学”想象。李松睿却反其道而行之，正面使用了这一词语作为全书的标题。正如他在后记中所言：“文学研究显然不应该完全脱离文学文本，纯粹对外围问题进行分析，相关讨论必须建立在细致的形式分析的基础之上。而时代背景、社会生活等问题带给艺术家的种种压力，最终也会在文学形式上留下深深的印痕。因此，文学的形式特征一边联系着作品的美学特质，一边则与作品所属的时代相连，是文学研究必须详细考察的中介物。”将文学的“时代印痕”不是视为需要被排除的“历史局限”，而是作为文学形式研究的入口，这一行为本身就折射出一种特别的立场——既非故作天真地将文学与“政治”全盘剥离，又拒绝机械的时代决定论，而是将文学形式视为沟通文本之“内部”与“外部”的“中介物”。

李松睿对于“翻译”的注目，正是这一“内外之间”的文学形式研究观念的集中体现。书中有两篇文章直接讨论翻译问题，一篇是关于威尔斯《星际战争》的晚清译本，另一篇则是关于鲁迅的翻译。“翻译”正是一个“中介物”：它是中国文明与西方文明相遭遇的场所，也是在译者与翻译对象及外部环境的博弈中诞生的产物。在前一篇文章中，李松睿借用刘禾的《跨语际实践》，以“对抗”而非“过渡”的观念来理解晚清译作。从而，晚清那些看似有失原意的译作就不再是毫无用处、需要后来者被取代的“过渡性作品”，而是留下了近代中国知识人“对抗”西方文明霸权的痕迹。有了这样的视野，李松睿才能捕捉到，晚清翻译家心一在翻译威尔斯的《星际战争》时出现的指代混乱不能仅以水平不够视之，而是身为“黄种人”的译者对于威尔斯之以“白种人”代表全人类的立场的挑战。然而，那些看似更为“精确”的当代中文译本却全盘接受了原文中欧洲中心主义的视角。同样，鲁迅在翻译《死魂灵》时看似凭空飞来的古怪句式“是聪明，聪明，第三个聪明的”，也并非仅仅是溢出其“直译”原则的特例，而是指涉着现实中成仿吾对其“闲暇，闲暇，第三个闲暇”的批评，是鲁迅之创造性风格的体现。除了这两篇文章，李松睿对于“翻译”的兴趣还体现在有关赵树理语言的研究中。近年来有不少研究者注意到，赵树理将自己的写作称为在“知识分子的话”和“农民的话”之间进行的“翻译”行为。通过以“翻译”的眼光观察赵树理小说中方言土语的具体呈现情况，李松睿进而发现了赵树理与周立波在对待方言时的态度差异：后者作品中的方言往往沦为一种“装饰”，而前者则由于在方言和“知识分子语言”之间更加出入自如、持平等态度，因而被视为获得“无产阶级立场”的证据。“翻译”不是将一种语言视为另一种语言的附属品，而是提供了在不同语言的关系中理解“译者”之能动性的别样视角。

不仅“翻译”是“中介物”，文学作品本身也是一种“中介物”。就如艾布拉姆斯在《镜与灯》中为艺术品的四要素（作品、艺术家、世界、欣赏者）所画的那个著名图式，“作品”居于其他三要素的中心，一切阐释艺术的方式都是从艺术与其他要素的关系展开。落实到中国现代文学，讨论文学作品的“中介物”性质时，就会遭遇到在文学史上争论不休的文学与现实的关系问题。现代文学在其诞生之初以“写实”宣告自己与传统文学的断裂，20 年代末的革命文学以“留声机器”的精神进行自我标榜，而后来的革命现实主义又将早期革命文学视为“想象的”，进而命名一种新的“现实”观念。通过分析这一过程，李松睿指出，现实主义理论并非天然就联系着意识形态话语，而是存在着二者在20 世纪 30 年代的特殊环境中所完成的“耦合”过程。提出现实主义理论并非必然是意识形态的附庸，意味着一种对文学与现实关系的重新“打捞”：一方面将文学与现实的关系与机械的反映论模式分离开来，另一方面也试图超越那种将文学与政治视为二元对立的思考框架。本书中有两篇文章分别讨论了老舍和沈从文在 20 世纪 40 年代的写作。在这两篇文章中，李松睿将老舍 40 年代的北京书写视为在地方与国家、特殊与普遍、具体与抽象之间的“缝合”，更通过与柏拉图之“理念论”的对比，将沈从文 40 年代的创作视为抽象原则向现实世界的“引渡”。40 年代的时代精神往往被描述为号召个人汇入集体洪流、文学为政治服务，老舍和沈从文大多被视为这一时代精神的两端：前者积极投身抗战文艺的创作，而后者则陷入小世界中的独自呓语，“为抽象而发疯”。李松睿却从中看到，老舍和沈从文其实都在尝试沟通审美世界与现实世界的可能。“文学”并非在“政治”面前全然消泯或处于抵抗“政治”的位置，恰恰成为他们处理审美与政治、理念与现实、内部与外部关系的“中介物”。所谓“缝合”和“引渡”并非意味着文学自律性的丧失，而是证明了“文学”具有对“政治”进行调试的可能，也就进而证明了文学自身的强度所在。

老舍和沈从文在 40 年代的文学选择，其实关系到现代文学史在作家评价上的一个关键问题——“转向”：如何从一个五四式的个人主义知识分子“转向”为革命服务和站在人民立场的写作者？在作为“转向”之典型的老舍和“无法转向”之典型的沈从文之外，还有着“转向”过程不那么典型的鲁迅和卞之琳。然而，李松睿拒绝那种仅以内容或体裁的改变来判断“转向”的粗暴态度，试图追问：鲁迅杂文的意义是否仅仅建立在题材的进步性上？卞之琳从诗歌转向小说创作，是否就实现了他的“进步”？李松睿指出，鲁迅和卞之琳的“转向”不仅表现在内容和体裁上，更表现在文学形式内部。鲁迅的杂文中充满了梦想与现实、名与实的对立，他却总是坚决地选择后者；而卞之琳总是试图将“所遇到的外部事件转化为某种观念”，则呈现出其尝试介入时代的“进步”尚未完成。如果说，在老舍和沈从文的分析中，形式研究的“中介”性质在于从内部形式的症候向外延伸为对作家与现实关系的体察，那么，在鲁迅和卞之琳的例子中，一种作为“中介”的形式研究则帮助人们避免了意识形态批评的机械性和对文本细部的忽略。这正是这种“内外之间”的形式研究的灵活之处。

对于“内外之间”的“中介”位置的着迷，似乎为李松睿的写作带来一种非规整的美学。“错位”“误认”“碰撞”，以及前面讨论过的“缝合”和“引渡”等等，都是他的文章中常见的词汇。文本中那些变动不居、裂隙丛生之处，成为他刺中意识形态症候、打开新的问题空间的起点。事实上，这正是后现代思想家们在质疑边界的明晰性时所采取的策略，福柯的“谱系”、霍米巴巴和萨义德的“混杂”都属于此列。李松睿对“中介”的强调，正是为了打开传统中被认为是自律性的审美空间，在内部的文本形式与外部的社会历史之间建立一种互动的视野。福柯在《知识考古学》中曾提到“印迹”，它是在那些清晰的界限和系统之外的偏差和不确定之物。回到本书标题——“文学的时代印痕”，“时代印痕”就是福柯笔下的“印迹”。它不是某种外在的政治强力遗留的创伤，而是文学努力突破自身封闭性、与广阔的时代环境建立联系时产生的痕迹，是那“活生生的、脆弱的、颤抖的”（福柯语）历史的照相。

（罗雅琳文　熊　鹰摘）

《黑暗的明灯：中国现代派与欧洲左翼文艺》

邝可怡著　商务印书馆（香港）有限公司 2017 年 6 月版

邝可怡著《黑暗的明灯：中国现代派与欧洲左翼文艺》不仅是中国现代派研究领域的重要成果，同时也对中国左翼文学研究具有重要意义。该书以现代派作家（主要是戴望舒）的翻译和创作活动为主要考察对象，“试图在世界文艺思潮的宏大版图之下重构中国现代派与欧洲左翼文艺之间的关系脉络，揭示中国现代性发展的混杂性（hybridity）和异质性（heterogeneity）特点。”（序，iv）邝可怡指出，“中国现代派与欧洲左翼文艺的研究，将为跨国的现代主义论述提供另一方向探讨其内在的复杂性，亦为‘全球化’和‘在地化’的左翼文艺研究提供‘中国左翼作家联盟’以外的考察对象，以其开拓相关课题的研究视野。”（序，V）整体看来，该书横跨中国现代文学、翻译文学、比较文学、文化研究等多个重要研究领域，视野宏大，立意高远。

在共计七章的论述中，作者以锐利的眼光，详实的考证，严谨的论述，揭示了中国现代派与欧洲左翼文艺思想之间较少为研究者关注的思想渊源。其中，尤为值得关注的是作者对现代派译介欧洲左翼文艺的考察。作者在第一章“导言：两种世界文艺思潮的‘相遇’”中总体论述了中国现代派与欧洲左翼文艺之间的关系。所谓“两种世界文艺思潮”，基本指马克思主义文艺思潮与现代主义文艺思潮。对于身处1930年代中国历史语境中的现代派来说，他们“一方面试图摆脱受苏联或日本无产阶级运动影响的中国左翼文艺，另一方面则积极引介欧洲诸国不同倾向的左翼思潮，参照之下提出反思性的论述。”（P4—P5）显然，中国现代派作家深感左翼文艺思想仅仅来源于苏联和日本两地将会不可避免地导致左翼文艺思想日渐单一且僵化的弊病。在当时，现代派曾为中国文坛引介过多种文艺思想，其中包括法国象征主义、英国颓废派、日本新感觉主义与左翼文艺、俄苏的未来主义和普罗文学等。因此，他们有意识地在苏联和日本之外，寻找“异质”左翼文艺思想资源，以丰富中国左翼文艺思想。

第二章，邝可怡通过对戴望舒的翻译活动的考察，以个案研究的形式，再现了现代派的左翼文艺思想译介实践。戴望舒于1934年翻译了高力里（Benjamin Goriély，1898－1986）的《俄罗斯革命中的诗人们》（Les Poètes dans la révolutionrusse，以下简称《诗人们》）。该书法文版于1934年3月出版，1937年7月开始，戴望舒翻译的《诗人们》便开始在施蛰存主编的《现代》和《文艺风景》两个杂志逐步刊出，由此可见戴望舒对翻译时效性的重视。该书作者高力里经历复杂，他生于波兰华沙，曾参加十月革命，后离开俄国，在比利时、德国、法国等国辗转，最终定居巴黎。高力里在书中对1927年至1932年的苏联文学进行了论述，他认为，1919年至1921年是苏联文学发展的关键时期，当时革命还是一个“一体两面的生物”，诗人的抒情人格和集团革命基本上还可以和谐配合；可是往后进入社会建设时期，两者之间就出现裂痕。作为苏俄革命和文艺事业的亲身参与者，高力里对苏俄文学的介绍和论述受到了欧洲文坛的注意。更重要的是，他对苏俄文艺思想的介绍并未遵循某一单一的思想立场，而是试图描绘苏俄文艺思想的复杂性，尤其是不同左翼文艺思想之间的竞争离合关系。这种对多元左翼文艺思想的介绍深深地影响了戴望舒。邝可怡认为，戴望舒对《诗人们》抱有如此之大的翻译热情，其主要目的有二，其一在于回应中国翻译领域的“红色浪潮”，其二在于反思国内的左翼文艺。通过翻译高力里的法文著作，戴望舒试图在苏俄和日本之外，为中国左翼文学引入新的左翼文艺思想资源，即“这幅共产主义者和非正统左翼作家和谐并列的图像，的确是戴望舒所向往。”（P71）

本书第三章“‘转译’中的法语左翼文艺”讨论了戴望舒另一重要翻译活动，即他于1932年翻译的俄国作家伊凡诺夫的《铁甲车》。不过，邝可怡认为，“戴望舒对俄苏文学的翻译并非始于无产阶级文学。诗人乃从世界文学的视野，持续关注十九、二十世纪的俄苏文学……戴望舒关注俄苏文学从十九世纪的经典著作至十月革命以后当代文学承先启后的发展，伊凡诺夫《铁甲车》更被视为转折时刻俄罗斯新闻学的代表作。”（P91）通过对俄罗斯文学长期的观察，戴望舒比一般译者更能把握无产阶级文学在整个俄国文学发展过程中的重要意义。

通过上述研究，邝可怡对中国左翼文艺的思想源头进行了新的开拓。长期以来，左翼文艺研究往往侧重对俄苏和日本两大思想理论来源的研究，而邝可怡通过对戴望舒的翻译活动研究，为这一领域引入了欧洲左翼文艺思想这一重要来源，拓展了左翼文艺研究的视野。同时，也催促研究者进一步重新审视1930年代中国左翼文艺思想版图的构成，并就异域思想理论的本土化过程进行更加细致的研究。

第四章“现代派与‘新世界主义’”探究了戴望舒对法国作家保尔·穆杭的翻译。面对欧战后不同意识形态，特别是法国国内重新兴起的民族主义，穆杭尝试提出一种思辨性的、不再与民族主义对抗的新世界主义（cosmopolitisme nouveau），并从文学层面对异域文学及异国情调（exotisme）的书写加以论述。这一新世界主义在穆杭的小说中得以体现，使其小说充满了异域风情和跨国元素。戴望舒、刘呐鸥、穆时英、叶灵凤都曾翻译过穆杭的作品，而其中又以戴望舒为主要译者，尤其是他翻译了穆杭迄今为止唯一一部中译短篇小说选集《天女玉丽》。邝可怡在书中对这部小说选集的翻译出版情况也进行了详细的考察。

延续前几章对戴望舒的研究，邝可怡在第五章对抗战期间戴望舒的翻译活动进行了研究。其中，戴望舒对马尔罗作品的翻译颇值得关注。马尔罗的《征服者》（1929），《人的状况》（1934）均以中国革命为主题。前者涉及1925年广州的工人运动，而后者则以1927年上海的工人运动及政党之间的矛盾冲突为历史背景展开叙述。作为重要的左翼作家，马尔罗以中国革命为主题的小说创作很大程度上代表着欧洲左翼知识分子对“革命中国”的想象。就戴望舒而言，从翻译欧洲现代派作品到翻译欧洲左翼文学，在不少研究者看来是一个重大的转变，因而总结戴望舒是从“雨巷诗人”到“爱国诗人”。然而，邝可怡认为，这种对诗人的总结过于简单化，她认为“雨巷诗人”和“爱国诗人”分别代表的艺术和政治取向，在诗人身上其实不能截然二分。（P206）

第六章“中国现代派的先锋性探索”以《新文艺》杂志为考察对象。该杂志从1929年9月创刊，到1930年4月停刊，共出版8期。在有限的出版时期内，现代派作家在《新文艺》杂志上翻译了大量外国左翼著作，并就“先锋”这一话题展开讨论。“政治先锋”和“艺术先锋”的关系问题是他们讨论的重点。在实际的创作和翻译活动中，现代派作家往往面临的是“政治先锋”与“艺术先锋”双重先锋性的两难处境。在讨论先锋诗人马雅可夫斯基之死时，戴望舒认为其自杀的原因正源于上述双重先锋性给诗人带来的矛盾。

最后一章“中国现代派小说的都市风景修辞”探讨“风景”（landscape）在现代派小说中的概念意义，颇能体现研究者文本细读的功力。

综上，邝可怡著《黑暗的明灯：中国现代派与欧洲左翼文艺》在严家炎、孙玉石、吴福辉、李今等前辈学人的研究成果基础之上，将现代派置于更宏阔的历史文化背景之中，就其与欧洲左翼文艺之关系进行了深入开掘，这既是对现代派研究的重要推动，也是对中国左翼文学研究的有益开拓，而对于占据本书绝大部分篇幅的现代派作家戴望舒研究来说，更是值得特别重视的研究成果。

（翟　猛文　熊　鹰摘）

《弱势民族文学在现代中国:以东欧文学为中心》

宋炳辉著　北京大学出版社 2017 年 7 月版

如《弱势民族文学在现代中国：以东欧文学为中心》的后记中所言，宋炳辉这本出版于今年（2017）7 月的研究著作，乃是他在个人求学、治学过程中逐渐形成的“问题意识和研究视角”的自然延伸。概括言之，便是在贾植芳和陈思和二先生影响下，所形成的对“弱势民族文学与现代中国文学发生发展之关系”问题的关注。在世界性视野下对中国文学进行考察，这也是新时期以来，中国现当代文学研究中一个成果倍出的重要面向。但此书的集结并非一蹴而就，它的前身是 2007 年由南京大学出版社出版，收在“文本与文化：跨语际研究”丛书中的《弱势民族文学在中国》一书。此次“重版”，体例和内容均作出较大调整，干脆可以说是一次改写，反映了这一时间跨度中作者学术研究的进展、问题意识的调整和思想的深化。较之南大版的“东、南、北欧诸国文学”合论，本书所论文学之国别聚焦于中东欧地区，前作论及的邓南遮、易卜生等作家则被剔除；又在时序上“增加了晚清民初时期的内容”，更突出了书名新增的“现代”二字。但这里的“现代”并未谨遵“中国现当代文学”之学科轨范，而是包容了从“清末民初”“五四新文化时期”“20 世纪三四十年代”乃至迄于今日的“共和国时期”等时段的较为松散笼统的时期/性质概念。

全书凡十二章，每章或以时间为线索，或以具体问题为指归进行叙述，在篇幅上两者恰好相当。只是作为作者在此领域“工作的一个阶段性成果”，由于兼容了源起于形形色色的问题关切（如裴多菲《格言诗》七个译本的竞争经过；世界语作为代表了一种社会理想的翻译媒介的不透明性等），写作于不同时段的学术论文的缘故，体例上似有未圆之处。如第五章“共和国时期弱势民族文学译介与民族文化建构”与第十章“新中国 60 年的东欧文学译介与研究”，论域即有部分重合。而即使格于“东欧文学”之标准，作者也不愿割舍的“民族意识与世界意识的纠缠——泰戈尔在中国的译介及其影响”一章，更透露出正副标题中“弱势民族”与“东欧文学”两关键词间若隐若现的张力。

在作者看来，“弱势民族”并非有着恒定内涵的本质性概念，而是于“中国为建立现代民族国家而经受了空前动荡和变迁的时期”，在现实国际局势和历史情境下，现代民族意识觉醒的中国人为“确立自身的民族地位”，而在和其他民族进行强弱对比中生成的。一个民族的“强弱”与否，固然有其政治地位或经济实力的限定性，但界定其是否能归为“弱势民族”，却取决于它在具体历史境遇下于“中国主体的视域”内的呈现，“是一种文化互动（cultural interaction）的结果”，因而具有一定主观性。作者有意将“弱势民族文学”树立为中外文学关系研究中一个独特而边缘的参照系，以有别于美国、西欧等“现代化先发国家”的“强势文化和文学”，并试图在这种镜像式的认同中反照出“中国民族主体意识”的生成和演变之路。南大版丛书主编周宁在总序中直接拈出“后殖民主义文化批判”一语，也揭示了本书作为试图将一条“被压抑和遮蔽的中外文学关系线索”进行集中梳理阐释的跨文化研究，对该领域强势话语（如特别重视中国与个别国家如美俄日的文学关系）自觉的反抗意义。

以上面的标准律之，作者认为，近现代以来符合“弱势民族文学”标准的国家包括英法德意等强国之外的欧洲文学，日本以外的亚洲文学以及非洲、拉丁美洲及其他被殖民地区的文学。尽管如此，作者并未特别言明选取东欧文学而非其他弱势民族文学为中心的原因所在，也许是由于前者的确在中国现代文学范围内，出于茅盾和周氏兄弟等“文坛大佬”的大力提倡而成了行之有年的“文学现象”的缘故。但这是否意味着，即使在“弱势民族文学”内部，也有一些民族文学比另一些更“弱势”？换言之，一些“弱势民族文学”在接受国能够造成林语堂所说的“今日绍介波兰诗人，明日绍介捷克文豪，而对于已经闻名之英美法德文人，反厌为陈腐，不欲深察，求一究竟”的“强势”局面，使得左右阵营一时皆欲藉此争夺读者、自高身价，而另一些“弱势民族文学”则相形见绌，或水土不服或乏人问津，这一范畴内部各组成部分间的差异性，似乎还有待从文学接受的角度进行更加细致的探讨。在这个意义上，作者特意留下的泰戈尔访华演讲，却遭受“误解”、“隔膜”和批评的个案，貌似有伤体例之纯，倒恰好在与东欧文学的对照中凸显了文化背景和历史境况同中有异的民族间达致相互认同的复杂性。

关于“弱势民族文学”概念，它另一重作者未详作申述的不稳定性在于，在特定的历史情境下，某一“民族”可能是“弱势”的，而它的“文学”却是“强势”的。历史的狡黠可以轻易造就这样的悖论，本书专章论述的“米兰·昆德拉在中国的译介及其接受”就是如此。和以拉美魔幻现实主义代表马尔克斯一样，米兰·昆德拉是少数在当代中国“对从普通读者到作家、批评家等各个文化层面都产生广泛影响”的作家之一。宋炳辉对这一文学/文化热潮的过程和原因进行了细致的剖析，认为昆德拉在中国的“走红”与其“弱势民族”背景有关。但不可否认的是，昆德拉虽然来自于和中国有着相似“政治制度和意识形态背景”的“东欧社会主义国家”，但在被引介入国内之前，早已在世界范围内——尤其西欧美国获得了崇高声誉。尽管一个作家的创作本身和读者对他的接受印象常常是两码事，但这无疑得益于冷战后期国际局势日益明朗的新变化。国内读者——尤其是作家群体对他的热烈追捧，诚如作者所言，体现了“中国作家在以西方强势国家文学为主导的外国文学影响下的内心焦虑”，也未始不带着以此为师，另辟蹊径以寻求“世界”认同的热切希冀。这些无不暗示着在以周氏兄弟为代表的“现代文学”传统中，以“弱小民族文学”为资源，对抗西方主流现代性话语的文学/文化策略，在“当代中国”全新的世界图景中正逐渐褪色、失效的事实，而“弱势民族文学”这一“关键词”本身的不透明性和不同时期有效性的差异，似乎也有待更进一步的清理。这些问题的绽露，也许是这本于义理辨析和史实考据均称优长的跨学科著作带给我们的意外礼物。

（夏　寅文，熊　鹰摘）

《新文化运动百年纪念文选》

陶东风　张蕴艳　吴娱玉编
中国社会科学出版社2017年11月版

新文化运动百年纪念已落下帷幕，而留在舞台上的则是人们的思考：对于这段一直活在当下而没有真正过去的历史，我们应该纪念什么和如何纪念？应该回忆什么和如何回忆？用美国汉学家舒衡哲（Vera Schwarcz）在纪念五四运动70周年时撰写的文章《五四：民族记忆之鉴》的话说，新文化运动或五四运动的纪念—记忆—阐释史，本质上属于通过不断涌现的书写和再书写，来显示“一个民族如何通过对自己与其过去的关系之自觉，不断地解释它的特性和使命”。从她写作此文到现在，又一个25年过去了，围绕新文化运动/五四运动的话语权争夺并未停息，各种公开的官方纪念和私人、半私人的个人回忆不断交叠，新的记忆叠加于旧的记忆，新的书写涂抹了旧的书写，而旧的记忆和书写又在今人笔下通过各种形式得到重述或重构，并对新的记忆和书写加以反哺。新文化运动/五四的意义之解释和再解释、生产和再生产的过程，也体现了记忆的覆盖和反覆盖、遮蔽与反遮蔽的复杂博弈。

从而，五四遗产在一定意义上就是通过有关五四的话语故事得到持续不断的再生产，这看来也是它不可避免的宿命。整理、追寻这些话语故事的不同版本，有助于通过考古式地揭示历史记忆的各种叠加版本，探寻新文化运动/五四的多重面相，开拓新文化运动/五四的思想文化资源，寻求建构政治共识的多重可能，以资应对今天如何纪念、纪念什么以及如何阐释的困局。

舒衡哲将五四的记忆史（所有关于五四的回忆和言说的总和）称为“寓言化”（allegorization）的历史。所谓“寓言化”即“将历史作成批判现实的镜子”，因为“随着时间的推移，历史的真相及其教训已发生了变化。每代新人都因为他们自己的需要和抱负，为‘五四’启蒙运动创造了不同的意象。”这样，“寓言（allegory）是指为了有明确目的来教育当代的记忆重建”。舒衡哲还引用了历史学家刘易斯的观点，认为关于五四的各种追忆的总和，是“一个共同体或国家的集体回忆，或者说国家的领导、诗人及贤人等，有选择性的回忆某些事情，并视其为重要的事实和象征。”从舒衡哲区分的五四记忆史的两大来源，即“纪念”和“回忆”（前者是与重大政治事件相关联的集体性的活动，而后者则是个人性记忆），以及她对官方五四纪念意图变迁的追溯，都可见出这种选择性记忆的寓言本质（她甚至把五四天安门示威运动刚刚结束不到三个星期罗家伦写的《五四运动的精神》视作关于五四的“第一个寓言”）。舒衡哲特别揭示了在1949、1969和1979年三个历史关节点，知识分子必须使自己的五四回忆“适应中国政治生活中的决定性转变”，是否忠于官方五四形象成为检验一个学者是否对党忠诚的严峻考验。

郭若平2014年出版的专著《塑造与被塑造——“五四”阐释与革命意识形态建构》更为系统地梳理了对“五四”的这种“寓言化”阐释——他称之为有关五四的“话语故事”——30余年的历史，并提炼出四个有代表性的“五四”话语故事——他称之为“文本”：“79文本”，“89文本”，“99文本”和“09文本”。这里的“文本”并不是指单篇文章，而是四个文集：1.《纪念五四运动六十周年学术讨论会论文选》，系1979年5月2日至9日中国社会科学院举行的纪念五四运动60周年学术讨论会的论文集；2.《五四运动与中国文化建设》，系1989年5月5日至7日中国社会科学院举行的以“五四运动与中国文化建设”为主题的学术讨论会论文集；3.《五四运动与二十世纪的中国》，系1999年北京大学纪念五四运动80周年国际学术研讨会论文集；4.《五四运动与民族复兴》，系2009年4月28日北京大学“纪念五四运动90周年暨李大钊诞辰120周年理论研讨会”论文集。这四种关于五四的文本（话语故事）各有其潜在的意识形态诉求，当然也都是寓言。大体言之，“79文本”为“思想解放”的寓言，是对新时期前中国社会政治生态与思想生态的反思性产物，走出“现代迷信”是这个寓言的核心。“89文本”是“现代化”的寓言，它“借助对古今中外文化同质性与差异性的分辨，来获取中国社会现代化的认知地图。”这个版本的三大话语基石分别是：以民主与科学为精髓的“理性主义”，传统文化的“创造性转化”以及“马克思主义的现代形式。”“99”版的“五四”话语故事呈现分裂之势，90年代以来的激进主义、保守主义、自由主义、民族主义等纷纷登场，新启蒙运动所建立的“脆弱的同质性”（不同程度地存在于“79”和“89”版中）业已解体。“09文本”延续了诸主义纷争的局面，但“民族复兴”论题异军突起，因为它呼应了当下“中华民族伟大复兴”的政治意识形态目标。

郭若平以十年为单位选择四个选本（文本群）来概括“五四”故事/寓言的四个版本，大体可信（粗疏难免）。但所有选本都是有缺陷的，它在展开某种关于五四的言说可能性的同时，也难免局限或堵塞了五四话语故事的其他进路。这首先是因为文本的局限。除北大版之外，2009年其实还有社会科学文献出版社的五四纪念文本，而且即使两者加起来也仍然不能囊括其他大量文本。其次也因为任何对五四的总结都不可能不带着特定的角度和价值立场，在有所发现的同时也必然有所遮蔽和忽视。

（张蕴艳摘）

《超越消极写作》

李建军著　作家出版社2017年11月版

李建军新著《超越消极写作》由作家出版社2017年11月出版，共计34.5万字。

此著收录了作者此前发表的一些曾产生过广泛影响的文章。可以说，这本评论集不仅体现了李建军的文学观念、批评方法、“价值立场和趣味倾向”，而且能从中看到作者的人文情怀、对当下文学病灶的忧虑和未来文学发展的期许。整体上，本著具有如下特点：

其一，作者批评的“初心”就是好处说好，坏处说坏。文学批评面对的是文学作品，而文学作品的高低优劣是有一定的评价标准的，这个标准不受作家名气、身份地位的影响。在这个意义上，“著名作家”并没有批评的豁免权。有些“著名作家”的成名可能因为在特定时期文学形式、手法上有所突破，也可能因为迎合了最新的文学潮流，而他们的作品在人性刻画、道德建构等方面可能毫无建树。这样的“著名作家”是需要以历史的眼光重新审视的。另一些“著名作家”因为写作惯性，在已耗尽了最切己的生活经验的情况下，进行一种书斋式的想象性写作，这样写出来的作品必然是内容贫乏和脱离现实的。重复性写作对当下文学是一种戕害，却因“著名作家”的光环得不到揭露和清理。而指出这些问题正是批评家的职责所在。

李建军的文学批评所做的正是“剜烂苹果”的工作。在李建军的文学观念中，伟大的文学作品，是那些具有人道情怀（如中国古典文学中的《史记》和杜诗）和现实主义精神的作品（如19世纪以来的俄苏文学）。然而他并未将这个“伟大传统”中的作品仅仅看成一个“精致的瓮”，而是特别看重作品的道德感召力。他认为：“一部伟大的小说，是能以朴素的富有诗意的方式，写出人性的美好和庄严的小说。”这些作品既悲天悯人，又中正平和。李建军正是以古今中外的优秀作品为参照，考量当代文学尤其是著名作家的作品，直指其弊病所在，在文学发展的大视野中，精微地剖析文本肌理。批评“著名作家”是需要勇气的，是会让一些人不舒服的，但是越是“著名作家”，责任越大，影响越大，越需要严苛以待。

莫言是荣获茅盾文学奖和诺贝尔文学奖的“大作家”。文学奖是对作家创作的肯定，但另一方面，正如李建军所说，几乎所有文学奖都不可避免地牵涉利益、权力乃至政治。极端地说，文学奖乃是偏见的产物。以获得文学奖来肯定一个作家的所有创作是本末倒置。“与其贸然说某项文学奖‘欠某作家一个奖’，还不如平心静气地问那些获奖作家这样一个问题：我们奉献给读者的作品，配得上我们所获得的奖赏和荣誉吗?”从“写作伦理”角度看莫言作品，李建军敏锐地指出，“莫言的创作并没有达到我们这个时代精神创造的最高点。他的作品缺乏伟大的伦理精神，缺乏足以照亮人心的思想光芒，缺乏诺贝尔在他的遗嘱中所说的‘理想倾向’。……在他的作品的内里，总是漫卷乖戾情绪的乌云，总是呼啸着诡异心理的狂风。他的作品也许不缺乏令人震惊的奇异效果，但是，缺乏丰富而美好的道德诗意，缺乏崇高而伟大的伦理精神，缺乏普遍而健全的人性内容。他的获奖，很大程度上，是‘诺奖’评委根据‘象征性文本’误读的结果，——他们从莫言的作品里看到的，是符合自己想象的‘中国’‘中国人’和‘中国文化’，而不是真正的‘中国’‘中国人’和‘中国文化’”。

其二，在于“其言直”。但是却直指问题所在。确实，如作者所说，莫言的一些作品（如《红高粱》），其文学资源是西方现代主义，并没有多少中国“传统文学”和“口头文学”的创造性继承。在这样的作品中，莫言用西方人熟悉的技巧和叙事方式，写出了符合西方人想象的“中国故事”和中国人的“国民性”。而真正具有中国品格的作品，恰恰是诺奖委员会中那几个中国文学评委所无法理解的。

中国人对莫言获奖“与有荣焉”，仿佛沐浴了“承认的政治”的荣光，而西方人则通过莫言作品进一步加深了对中国和中国人的“刻板印象”。所以，在李建军看来，诺奖的“光晕效应”，可能会进一步加剧莫言的自恋，遮蔽他创作上存在的问题；获奖是理性思考中国文学发展现状的契机，而不是盲目自大的借口。

以中国古典文学的标准看去，莫言的作品过于铺排而不懂节制，想象力被炫耀式挥霍：“莫言写作最大的问题，就是‘文芜而事假’，——芜杂、虚假、夸张、悖理，这些就是莫言写作上的突出问题。莫言的作品中，没有中国文学的含蓄、精微、优雅的品质，缺乏那种客观、冷静、内敛的特征，缺乏那种以人物为中心、从人物出发的叙事自觉。相反，莫言的写作，是极为任性恣纵的；他放纵自己的想象，习惯于根据自己的主观感觉来写人物，常常把自己的感觉强加给人物，让人物说作者的话，而不是人物说自己的话；让人物做作者一意孤行要他们做的事，而不是他们根据自己的处境、性格和心理定势可能做或愿意做的事。”莫言像个土皇帝那样对自己作品中的人物进行专制控制，而不是像沈从文、汪曾祺那样“贴着人物写”。过于侧重让人眼花缭乱的所谓“技法”和不接地气的想象力，使其“与大地上的苦难擦肩而过”。李建军的文学批评让我们看到，一个执意排斥“思想性”的作家，在他那些形式大于内容的作品中充斥着怎样的价值虚无和人性缺失。

而另一位“著名作家”贾平凹创作上的问题更是沉疴宿疾，病入膏肓。李建军对《废都》的评论其实不仅仅针对这一作品，而是试图对价值混乱和精神迷失的转型时期的社会状况提出批判性思考。

与90年代初市场经济的勃兴、文人被边缘或下海相对应的是人文精神的失落，消费主义和个人欲望的无限膨胀。《废都》正是时代精神的折射，呈现了知识分子在社会转型时期的精神状态。《废都》的写作方式，李建军称其为“私有形态的写作”。在李建军看来，“私有形态的写作”是一种“异质性写作”，“它的视域极其狭窄，关注的是只有作家自己和极少数人感兴趣的生活内容，而不是具有普遍意义的人类经验和共同体验。而伟大的写作追求的则是对丰富的人性内容和广泛的人类经验的深刻展示”；“私有形态的写作是极端主观和任性的写作。它敢于蔑视被所有正常人信奉的价值理念和人道原则。它常常把人写成似人非人的怪物”。也就是说，《废都》带着病态欣赏的态度描写部分知识分子的猥琐和沉沦，并没有指出向上的道路，其“腐朽的、粗野的享乐主义法则”在所有社会中都是糟粕。以这样的精致利己主义的浮躁心态进行创作，是无法产生伟大作品的。伟大作品虽然不能挽狂澜于既倒，但在价值立场上应该对道德颓势保持警醒和批判的态度。

其三，“道德的严肃性和文化责任感”是李建军文学批评的核心观念。今天的批评家很少有人还在坚守这种19世纪的现实主义批评立场，但是对于当下的文学和社会状况来说，发出“必要的反对”的声音是非常需要的。

收录这本评论集中的所有文章，立场鲜明，明白晓畅，没有话语缠绕和过度阐释，有的是峻洁硬朗的文风和批评的初心。作者给文学立了一个高标，以此把脉当下文学特别是“著名作家”的创作。因为只有高标准，才能督促作家“超越消极写作”，跻身伟大作家的行列，才能使“甲虫”在“大象”面前自惭形秽，才能使“豌豆”在“珍珠”面前不那么自恋。李建军通过文学批评实践告诉读者：要分清“甲虫”与“大象”、“豌豆”与“珍珠”，需要读者阅读经典作品提升文学修养，需要批评家廓清迷雾、因势利导，否则就是失职。

如此，以这样的标准，作者让读者看到刘震云的《手机》《一腔废话》，阿来的《尘埃落定》等作品，在语言上与中国文学传统何等乖谬，这些任情使性的作品“拧巴而饶舌”，飞舞着“绣花碎片”；以这样的标准去看《狼图腾》《大秦帝国》等作品在精神上是何等扭曲。

西方现代主义文学，在上世纪80年代的中国曾被奉为圭臬，它对中国文学发展有过积极意义，但也产生了不少消极影响。李建军以王小波、残雪等作家为例，说明模仿和“误读”对作家创作的伤害。那么，文学的未来之路在哪里？在李建军的视野中，路遥作品的现实主义精神仍是需要的。或许，“超越消极写作”的可能性就存在于现实主义的广阔道路中。

（刘晓宇　田　泥）

《感叹诗学》

敬文东著　作家出版社2017年9月版

敬文东的新作《感叹诗学》，由作家出版社2017年9月出版，共17.2万字。

这是一部极具丰厚价值的汉语诗歌批评与研究专著，包含大量深入细致的诗歌文本细读和新颖深邃的诗学理论阐发。该书彰显着鲜明的哲学色彩和深刻的理论深度，以中西方丰富的诗学、哲学与文学理论为观照视野，结合大量有关中国古典与现代诗歌的品评与鉴赏，创新性地总结归纳出了以“感叹诗学”为核心概念的汉语诗歌理论主张。同时在写作方式上又不失轻松谐趣而诗意优美的语言风格，该书作为一部诗学理论著作，自身也蕴含着如诗一般的象征意境与讽喻意涵，“诗与思”的交相辉映，传递出“愁与乐”“笑与泪”的“感叹”内涵，并以此独创性的角度为基点，生发出一种新鲜独特的诗学理论视角和一套别具创意的诗学发展理念，极具理论意义和创新价值，不失为一部哲思与诗意兼具、理论与文采俱佳、融合中西、横贯古今的优秀诗学理论著作。

在纷繁林立的诗歌理论批评著作中，作者选择并挖掘出“感叹”这一与众不同的切入角度，并开创性地提出“汉语诗歌——无论现代还是古典……都建立在感叹的基础之上”这一基本观点，作者直截了当地指出，“感叹诗学，就是汉语诗歌必须以感叹为本质”，无疑将“感叹”视为诗学理论中的核心概念。当然，作为全书的题眼和理论内核的中心，“感叹”实际上具有着丰富的意涵和复杂的发展路程，其“前世”

可以上溯至孔子的“诗可以兴观群怨”的“兴”，而转世至“今生”，“感叹”也经历了曲折多艰的生长与转化之路。沿着“诗之兴”的多重演变路径，全书顺流而下、洋洋洒洒，分别从“兴与感叹”“感叹与诗”“诗与叹词”“诗与颓废”这四个部分，展现了诗在不同向度上的精神与容貌。从最初的起源——“诗之兴”，到诗之基础与宿命——“感叹”，再到感叹与诗歌的记号——“叹词”，最后到诗歌的超越性“颓废”，环环相扣、层层深入，一步步厘清了诗歌艺术的兴发过程与超越精神，勾勒出了“感叹诗学”的整体脉络，不仅对古今中外优秀的诗歌个案进行了超高水准的探讨，还对诗歌艺术与文学场域中的诸多关键性问题进行了极具深度的思考，在此基础上，最终为当代诗歌的新道路指明了方向——那是归根到底来自传统的、宿命般的“感叹”的“再创造”。

在正式论述“感叹”之前，作者先把“兴”与“感叹”作为单独一章放在最前面展现出来，这就是在对“感叹”乃至对汉语诗歌艺术进行追本溯源，可以看出作者在从发生学的角度进入其诗学理论的构建。毫无疑问，作者从中国诗学史中的诸多概念中选择了“兴”作为感叹的源头与诗歌艺术的上游。作者在书中引用了赵沛霖的断语：“从兴产生以后，诗歌艺术才正式走上主观感情客观化、物象化的道路，并逐渐达到了情景相生、物我浑然、思与境偕的主客观统一的完美境地，最后完成诗歌艺术特殊本质的要求。”（赵沛霖：《兴的源起》，中国社会科学出版社 1987 年，第 184 页。）而“兴”之所以从“赋、比”等概念中脱颖而出，在作者看来是由于“诗之兴”在抒情性和有声性上与感叹相通。诗之兴不仅是抒情的，也是有声的，因而必然是感叹的……感叹不仅是抒情的精华，也是声音的精华，更是抒情和声音在体用不二的维度上唯一的交集。需要注意的是，成为了感叹之源头活水的“兴”并不等同于“诗之兴”，其自身也经历了前世今生的转换，经过了声音化的兴，才与感叹相同。因此，作者在这一章内主要按顺序回顾了“兴”的演变与转折，以及随之而来的多重含义。在一开篇作者便引入了西方学者麦克卢汉的媒介理论思想，得出了“将兴看作内爆型延伸和外爆型延伸（分别是感觉器官与中枢神经，和运动器官与身体本身在各自领域的延伸）的统一体”的结论。在作者看来，兴似乎更倾向于内爆的特性，对于兴最原始的发端——宗教—祭祀之兴，其“生命感发状态”和“感发力量”所带来的激情，意味着一种能量和爆发力，进而去“感化神灵，感动宇宙洪荒”。然而，宗教—祭祀的仪式终究只是人类言语稀缺状态下的一种表达方式的产物，紧随着语言的发展和饱和，宗教—祭祀之兴必定要宿命般地转化为世俗之兴，也就是“兴”的第二阶段，也即兴的今生——“诗之兴”。这次关键性的转化，使“兴”褪去神学色彩，走向诗学与语言学转向，也走向了兴本该享有的根本特征：滋生与转化。从宗教—祭祀之兴转向感叹性的诗之兴，一方面经历了滋生与创化出的抒情性，另一方面进行了兴的声音化，最终完成了兴的转世长途，走向了与“感叹”密不可分的真正源头——诗之兴，从而在之后进一步“演变成了诗歌的艺术形式，兴也成为了诗的同义语”。

解决了兴与感叹的关系，再处理感叹与诗的关系似乎就并不难理解了。进入到第二章节，作者似乎抛弃了一些西方的理论观照，而是深入到了中国最深厚的土壤，传统的先民与熟悉的诗歌，开始成为了“感叹诗学”的主要关注对象。作者在这一章正式进入了“感叹”这一概念的阐述，分别从感叹的由来、诗歌的抒情传统以及感叹的标志这三方面展现了感叹与诗之间的关系。感叹作为一种人类最早获取的本能，最初源于先民对于外在之物的惊讶。同样是由于人类拥有了语言，因此才逐渐摆脱了寂静，咿咿呀呀的、尚待发育的惊讶，也因此必将让位于抒情化、声音化的慨叹。与此同时，慨叹也有了实质的对象和内容，慨叹作为感叹的最高形式，其自身具备两种向度的极端化，一是哭泣，一是狂喜。而对于从古及今的逆境大于顺境居多的中国文人，情绪累积加叠而来，最终成就了以哀悲为叹的美学原则。无论是惊讶还是慨叹，无论是哀悲还是狂喜，感叹的实质都是高度浓缩的抒情。作者将抒情看作“诗之精髓”，并认为这同时意味着诗的一种可公度性、可直观感知性，也可“为全诗的主题、情感走向和诗意范畴划定界限，或给出一个大致的轮廓”，既能将诗的内容形式化，也能将诗的语言内容化。诗的形式是“用最佳的秩序安置最佳的词汇”，诗的内容之核心，或者微缩形式，则是包孕着声音性与精神性的感叹。而这也“指向了诗即抒情这一素朴却并不简单的结论，指向了诗 = 抒情 = 感叹这个暗中一直存活的恒等式”。早在感叹的初级阶段——惊讶时期，感叹就必须要通过叹词来承载。作者指出，早在甲骨文中就有叹词出没，这无疑也是“兴”穿梭于甲骨文时期的绝佳互证。如今的叹词已经和表情达意、述说情绪融为一体。叹词成为了感叹的代码，也因此顺理成章地变成了诗与抒情的象征和根底所在。虽然经历了旧诗向新诗的蜕变，一部分以“虚字”为代表的叹词从诗中退了出来。但叹词或许会被隐藏，却能随时显露其精神与容貌，也绝不会让诗意增减分毫。

纵使从旧诗到新诗，不少守旧文人任然坚守着一种旧诗情结，但新诗的出现自有其必然性。因为新的经验的层出不穷，旧有的有限词汇已经很难对这些新事务新经验进行吸纳与包裹。因此叹词不得不面临着势在必行的现代转换。诸如“兮”和“呜呼”这一类攸关于古意的叹词，开始滋生与创化出一些典型的现代情绪。借用语义上的“古今转渡”，新诗在中国文学“被译介的现代性”的大背景下，遵循着以哀悲为叹的美学原则，获取了被迫认领的孤独感。和现代汉语诗歌一同前来的，是现代性终端产品的单子式个人，新诗的情绪底色也是对孤单的反复慨叹，并且无法得到解除。但新诗对现代性的批判也仅限于此，不仅不能与波德莱尔以降的西方现代主义诗歌对现代性的猛烈炮火无法相比，相反在新诗看来，“叹词犹如好钢，必须用到赞美现代性这个刀刃上”。然而现代性所带来的多样性在暗处意味着一种危险，因此反映在诗歌中，叹词则不得不面临两种结局：帝国化或屁声化。帝国化是将其纳入帝国的轨道，成为其中意识形态的一部分；屁声化则是让危险性、多样性的感叹像被禁忌之物那般旋生旋灭。即便叹词经历了以上种种的严厉规训，但作为现代性的产物，仍然有着难以被规训的、暗中傲视并对抗着体制的力量，在寻找着自由的抒情基址，重拾诗之精髓。然而在这里作者的论调似乎并不乐观，在他看来“眼下，不过是叹词刚刚逃离囚禁的时刻，幻觉中，还自以为进入了广阔的天地。……自有新诗起，叹词的自由，就没有大于过那只有着诸多面相的手掌。”

第四章节中作者将“颓废”这一主题引入“感叹诗学”中，并将其放置在全书末尾，卒章显志、升华主题，可见作者有意要赋予“颓废”一个更大的诗学抱负。当然，这里意义上的颓废与我们日常所说的颓废有交叉，也有分化。情绪状态类似，但诗学意义上的颓废似乎承载着更多的情感面向，在作者这里更令其担负起了诗歌新道路的远大理想和艰巨任务。作者满怀希望地展望：“诗歌新道路能跟克服感伤和自恋，谨守人生的无意义本质，把持每一个共时性的黑点现在，在慵倦与张扬相杂陈的蔑视深情中，纵情于醇酒、妇人，欢快于连神仙也看不尽的人间。”作者在这里引用了麦克卢汉的“反环境”的概念，形象地说明了颓废对于诗的平庸化世俗化的警醒作用。诗歌新道路热衷于解剖现实环境，与蔑视一同生长。而作者看来，“笑着的蔑视才是最高级别的蔑视，笑着的颓废则将慨叹提升到一个新的境界”。万古愁，也要行即刻之乐、及时之乐，这是蔑视性的现代汉诗，是颓废并笑着的现代汉诗，以具有超迈性的感叹为生长点，又在感叹的推动下提升叹词、更新感叹，颓废并且面带笑意地写作，“创造新的诗歌样态，开辟新的诗歌境地”。感叹诗学，这是中国诗歌新道路的战略性面向，也是中国人在汉语表情达意方面的宿命本身。

（石　佳　田　泥）

《抒情的张力》

岳雯著　上海文艺出版社 2017 年 7 月版

岳雯新著《抒情的张力》，由上海文艺出版社 2017 年 7 月出版，共计 22 万字。

此著选取 20 世纪 80 年代初期的小说作为研究对象，但并不局限于特定的时间与空间中。事实上，任何一个时期的文学都有它的源起，如果仅仅将这一段时期的文学切割出来，做一个平面化的空间向度的考量，势必得出一个肤浅的结论。任何一个问题都不是孤立的，都有“历史化”的必要。其实，返回到 80 年代初的文学，除了群情激昂的时代氛围，一个直观的感受是抒情话语在小说中的大量呈现甚至泛滥。在本书中，作者不把“抒情话语”当作一个本质性的概念实体，而是追溯它在文学中的表现形态，选择了王蒙、张洁、张承志和汪曾祺作为个案来讨论抒情话语在 80 年代初期小说中的表现形态，分析抒情话语所涉及的小说文本、批评和历史之间的辩证关系，讨论在什么样的条件下抒情话语得以可能被表达，而这样的表达又指向了怎样的文化政治。

在作者看来，对于王蒙小说中抒情话语的分析是为了以抒情为视角讨论知识分子与革命的关系。80 年代主流意识形态的一个很重要的方面就是重建“革命”叙事。王蒙等“归来”作家确实积极呼应了时代的主题，特别是他们对于“革命”信仰的一再重申既是他们重返文坛的策略性保证（当然，这么说并不是要质疑作家的真诚度），也是在“革命”认同已然失效的时代试图重新凝聚或者强化曾经有过的“革命”认同。王蒙的这一诉求，某种程度上也帮助了主流意识形态克服“文化大革命”所造成的“革命”信仰危机，重新回到“修订”过的“十七年”的政治立场上来。在王蒙的小说中，关于“忠诚”的抒情性言说占据了重要位置。然而，在这一高亢的抒情音调下面，仍然埋藏着深沉、低回、沉郁的低音，那就是对曾经付出的代价之意义的怀疑、质问，对神圣价值的嘲弄，甚至不乏消沉与感伤。这两重声音的存在构成了王蒙抒情话语的多重“视界”，显示了作家在建构新的自我认同过程中所遇到的精神疑难。为了回避过分抒情，王蒙在小说叙述中采用了反讽的修辞形式，然而，正是在喋喋不休饶舌式的反讽运用中，混合了夹缠着激情、怀念等多种元素的抒情成分。

对于现代化的想象与规划也是80年代主流意识形态的重要部分。从“文革”的“创伤”里挣脱过来的人们面临的一个重要问题就是如何讲述“现代”，如何重新规划对于“现代”的想象。张洁以她的创作提供了一个想象“现代”的范例。张洁的创作一开始就显现出了与时代合拍的抒情精神——真诚的信仰、单纯的情感和感伤的语调，以及对于未来的乌托邦式的想象共同塑造着张洁和80年代初期的小说创作。之后，张洁通过抒情话语的反复实践，不断强化爱情的价值，意欲从社会主义意识形态中拯救出具有血肉经验的“个人”，将“爱”视作一个历经浩劫、满目疮痍的社会重建自己，开启新的航程的动力之源。此后，张洁再度进行调整，加入到“改革文学”的合唱，以饱含了浓郁激情的议论，回应了主流意识形态对她的“询唤”。张洁为“改革英雄”注入丰盈的情感内容，使之承担抒情性的功能，为论证改革合法性提供情感支撑。

对于张承志这一代“知青”作家而言，当“文革”结束以后，他们需要重新建立个人与人民的认同关系。张承志前期所有的小说创作基本都是围绕“做人民之子”这一主题而展开，强大的抒情主体经由思想的反省和语词的历练终于成长为“人民之子”。他将具体的人的形象——额吉升华为草原母亲的形象，然后将草原母亲这一形象象征为已经获得本质力量的“人民”。经过两度“升华”，实现了从具体的个人到本质的抽象化转移。此时，“人民”这一概念构成了中介，取代了之前个人对以革命、政党和阶级为核心的国家政权的直接认同。这一变化特别重要，意味着这一代作家从个人出发，抵达的仍然是公共话语。将“人民”作为认同的对象，也是精英知识分子建构自身的途径。

汪曾祺的小说也蕴含着“八十年代的人的感情”。主宰他的小说的不是意义，而是情绪、氛围和语调。他提供给80年代文坛的，与其说是一种思想认识，不如说是一种审美感受。汪曾祺反对在小说中议论，或者离开故事单独抒情，但他认为可以通过“理想化”的方式来抒情。他在沿用“现实主义”概念的能指的同时，悄悄改写了它的所指，用“对于生活带有抒情意味的情趣”替换了现实主义的意识形态内涵，实现了“人道”和“抒情”的融合。

作者通过对以上作家创作实践的分析，从中发现，抒情话语在80年代初期的小说中大量出现，具备了与主流意识形态对话的能力，从而包含着丰富的含义：第一，抒情话语是对个人主体性的申张。它将“人”从集体主义的大叙事中解放出来，使“人”的感情得以抒发，“人”的思想得以传达。抒情话语回应了70年代末80年代初的人道主义思潮，开启了人们对于“人”的认识，预示了“人”将成为文学的主题的出现。第二，因为共同经历了“文革”的灾难，有着关于“文革”的集体记忆，80年代初期的作者与读者正是通过抒情话语在文本中进行沟通与交流。抒情话语因而包含了许多具有现实针对性的政治内容，充当了当代文学的“动员”结构，将少数精英知识分子关于民族国家的未来规划，变成“多数人的信念”。第三，当抒情话语将“人”从“共同体”中解放出来之后，面目一致的“人”势必要落实到有着各自清晰面目的“个人”。先锋文学的兴起意味着“个人”从政治生活中逃离出来，重建生活叙事。“个人”无意参加“共同体”的合唱，转而在与市场意识形态的共谋中开始了消费“自我”。抒情话语自此衰落了。

同时，作者指出正如任何一种文学情境都有它赖以生存的土壤一样，“现代派”与先锋文学开始兴起之后，20 世纪 80 年代初期小说中的抒情话语开始走向式微。这当然有外部原因。当中国迈入改革时代以后，随之而来的经济和文化的剧变让所有人置身于新的社会意识形态场域中，中国需要在全球化的情景中探索自己的发展道路。对于小说家而言，新兴的社会经验扑面而来，叙事与叙事技巧都重新绽现了新的神采。在这一契机下，抒情话语并没有获得足够充分的时间来经历完整的发展过程以及建构系统的理论体系。更深层的内部原因则是抒情话语赖以生存的知识谱系正处于断裂的危机之中，无力支撑起作家们将抒情进行到底。本著分析了以王蒙、张洁、张承志为代表的主观抒情与以汪曾祺为代表的客观抒情。事实上，这两类抒情背后都有着不同的知识谱系。

王蒙、张洁、张承志体现了主观抒情的特点，即抒情主体的形象鲜明，感情直露、在叙事行进的过程中伴随着感情的汹涌与爆发。这一抒情话语背后是以浪漫主义为代表的西方现代知识谱系。为什么是浪漫主义而不是其他成为这一时期小说家的选择？显然，这与“文革”结束，将个人与国家政治高度关联的社会结构开始发生变化有关。浪漫主义对于“自我”的高度肯定契合了这一时期个人的自我意识高涨的心理需要，成为小说家自觉或不自觉的选择。更重要的是，80 年代初期，当“世界”视野在主流意识形态默许下重新打开时，最先进入人们视野的，是一份携带着 19 世纪文化基因的阅读清单。虽然不能在读什么与写什么之间直接划等号，但不可否认的是，这一时期抒情话语的盛行，隐含着浪漫主义的文化逻辑。小说家与读者也正是在这一共同的阅读背景下达成了通过抒情重构民族国家想象的默契。

汪曾祺则体现了客观抒情的特点，即含蓄、内敛，作家的主观倾向通过营造诗情画意的氛围来抒情。这一抒情话语背后是以意境论为代表的中国古典知识谱系。这一古典体验在社会主义意识形态建立之后下被强行切断，到了“新时期”，经由汪曾祺，又重新“复活”了。其意义在于，重新唤起了经历了“文革”充满创伤体验的人们对于恒常、稳定的传统中国的回忆与想象，在重温传统士大夫的写作趣味的同时也重新发现了“日常生活”的意义。这与国家政治话语将关注重心转移到“社会主义现代化建设上来”恰恰具有某种一致性。但是，以意境为代表的中国古典传统事实上早在清末就遭受极大冲击而发生断裂，人们的心理结构与情感结构已然发生极大变化，这就注定了意境在“新时期”的复活只能是昙花一现。这也是为什么汪曾祺始终是一个异质性的存在的原因。

从这一角度看，抒情话语在复苏之初就已埋下了式微的种子。随着对西方文化的介绍渐次展开，20 世纪的西方现代主义文学理论和哲学思潮，以及包括了唯美主义、象征主义、未来主义、存在主义、荒诞派等在内不同流派的文学作品等译介进来。被进化论所浸透的小说家们自然将发生于西方20世纪的现代主义文学思潮视为超越了19世纪而更为高级的文化形态。此时，“现代”成为未来文学的发展方向，于是，语言问题与叙述技巧成为小说的本体论问题；与之同时，现实主义与浪漫主义均被看作“落后”的文学思潮，抒情话语作为浪漫主义的表征自然也被抛弃。如果说，在王蒙、张洁、张承志和汪曾祺的笔下，由抒情话语所造就的个体是带着集体“印迹”的个体，那么，到了余华、苏童、格非、马原等作家的先锋小说的笔下，个体意味着集体经验的彻底破裂，为消费主义意识形态所塑造的个体正在历史中诞生。

在此基础上，该著重申了80年代初期的文学呈现了丰富的可能性。其中，抒情话语象征着80年代的知识分子对于“新时期文学”乃至未来的一种设计：从个人出发，建构“共同体”。集体主义并不必然作为个人主义的对立面而存在，相反，从个人发出，对于共同体的想象可以克服个人主义自身的困境。在“个人主义”遭遇困境的今天，重温这一路径，固然是为了打开20世纪80年代初期小说新的空间，同时也是为当下的小说创作思考和探索一种新的可能。

（田　泥）

《博弈：女性文学与生态——20世纪80年代以来女作家生态写作》

田泥著　中国社会科学出版社2017年5月版

田泥当代文学研究新著《博弈：女性文学与生态——20世纪80年代以来女作家生态写作》由中国社会科学出版社2017年5月出版，共33.9万字。

田泥是属于在女性文学和女性文学研究两方面左右开弓并卓有所成的作者，十多年前曾以清新朴素的散文集《女性笔记本》张扬女性主体姿态，稍后又有学术著作《走出塔的女人》对20世纪晚期中国女性文学及与之相关的女性生存问题做了较为细致全面的探究和梳理。那以后，田泥继续倾力于新时期以来中国女性文学的研究工作，三十余万字的《博弈：女性文学与生态——20世纪80年代以来女作家生态写作》，便是展示其这些年来研究成绩的沉甸甸的收获。通读全书，我感觉这部著作具有这样几个明显特色，值得细细数说。

其一，理论视野开阔，观照视角独特。在对中国当代女性文学的研究上，理论界已经涌现了很多可观的理论成果，这令该领域的研究者们有时会感觉已经处于无话可说难以为继的尴尬境地了。在对女性文学的本质和书写向度的探求上，田泥也曾陷入到类似的困惑和停步不前的境地中，而正得益于其较为开阔的理论视野，抑或同时还得益于自身文学写作和理论研究的双栖身份，最终田泥借助生态视角和思维完成了她的理论跋涉，并由此有了崭新发现，那就是：先验的中国女性书写一直与本民族故事和本土策略合拍，在生活场景、民间、乡土、城市经验中获取资源，女性写作的本土实践与中国文化自身逻辑相契合，在顽强抵抗资本力量渗透的同时也有着自己的书写逻辑，从而能以独特方式呈现出自己多样化的审美追求。在得出这一结论的过程中，该书对上世纪 90 年代才最终确立了自身存在的西方生态女性主义理论进行了成功的借鉴和运用。值得期许的是，作者并没有捋撦来新名词或时髦理论用以自炫的意思，更无意把西方生态女性主义的成说拿来切割和评判中国的女性文学，“生态女性主义”只是给她提供了一个绝佳的理论资源和视角，让她能够以别样的价值立场、话语方式、思维方式完成对女性文学的深度透视。换言之，该书对女性写作秘密的探求完全是基于本土女性写作实践的本土化理论建构，在客观而科学地归纳出中国女性生态书写的现实情形和发展趋势的同时，该书亦有另一个巨大收获，亦即参与了对中国本土生态女性主义和生态美学理论的建构工作。当然，对中国本土生态女性文学批评体系的建构工作并非一人之力或者一本两本书就可以完成的，还需要有更多的研究力量跟进，而该书在这方面筚路蓝缕的开拓之功是毋庸置疑的。

其二，熟稔女性文学文本，有关理论阐释透彻扎实。该书的写作既然是借镜西方生态女性主义理论，需要阅读大量有关理论文本是无需置疑的。同时，作者深谙这样的现实——西方生态理论本身实际上是一个小于女性文本的存在，而中国生态批评思潮相对于女性写作来说也是滞后的，因此并没有悬浮在纯粹理论层面上夸夸其谈，而是紧密结合大量有关本土女性文本进行抽丝剥茧，从丰富的文学事实出发，尊重中国女性文学的发展逻辑，从而得出扎实而严谨的科学判断。其不仅仅对 20 世纪 80 年代以来如王安忆、张洁、铁凝、迟子建、张抗抗、乔雪竹、黄蓓佳、素素、蒋子丹、乔叶、卫慧、林白等女作家有影响力的文本予以了充分的重视，也同时对那些由于历史、文学制度和史料等影响而被遮蔽了的众多非主流女作家如余秀华、白玉芳、李勇坚、刘富琴、萨娜等的文本投以关注的目光，如是，其获得了足够丰富的文学样本和有生态价值判断的女性文学史实。在进入相关作家及其文本世界的解读和剖析时，作者没有先入为主地进行理论预设，而是贴近文本，在这当中寻找蛛丝马迹，从而显示出其敏锐的洞察力和睿智的判断力来。譬如，其认为王安忆具有浓烈的伦理色彩和意识形态话语性，这在某种程度上妨碍了其小说如“三恋”等对“性爱”本身各个层次的深入探讨；认为铁凝《麦秸垛》里的母性意识是含混的矛盾的统一体；在考察乔叶笔下的堕落女主人公得到众多读者理解这一文学接受现象时，意识到这本身不仅关涉到了价值判断问题，也其实是一个时代情态与感知的问题；在看到素素以大气磅礴、婉然绰约的风格“独语”出东北的生命气韵与精神内核的同时，也不失时机地提醒人们事实上东北的寓言和故事又并非仅仅属于东北的原乡记忆这一容易被忽略却值得深究的事实；在对卫慧文本的解读上，注意到其从自我纵欲中回归传统现实，但在回归中仍然存在着尴尬与间歇……类似对女性作家作品闪耀着智慧火花的独出机杼的论述在该书中比比皆是，这自然和其饱读女性文学作品且能一直保持着自己鲜活的阅读体验和灵敏度有着不可分割的关系。

其三，对中西女性生态文学进行有益比较，实现当代女性文学与传统文化之间的对接。由于中国本土生态文学是得到了西方生态之水的滋养和浇灌下结出的带有中国本土气息的灵动之果，作者不仅仅着眼于对本土女性文本进行研究，同时还把《啊，拓荒者》《我的安东尼亚》《寂静的春天》《浮现》《玛拉和丹恩历险记》《斯莱尼克斯》等不同时期的一些重要西方女性生态文本也引入到了自己的研究视野中，进而对西方女性生态文学的发展轨迹给予了一番必要的梳理。正是在中西比较的视域下，她注意到中西方女性生态写作的本质差异，简言之，西方生态女性写作是为了女人“诗意地栖居”，而中国生态女性写作则是为了人类“诗意地栖居”。同时，在对中国当代女性文学表达的源头探溯上，作者不仅仅局限于当代女性文化和文学叙事，其更向传统深处进行探察，从而发现了女性文学事实上的两个源头：书面的女性文学源头和民间文化资源的影响。正是在对当代和传统关系的脉络对接中，作者意识到了当下中国女性生态写作其实并不像某些人所认为的那样经验匮乏，因为生态哲学经验、民间经验和宗教思想这三种精神力量共同构成了当代女性生态写作的强大基石。

其四，对当下女性写作困境洞中肯綮，有针对性地提出了解决方案。基于对女性写作现状和发展趋势的详尽考察，该书敏锐地意识到了上世纪90年代以后女性写作尽管在跨界的多层发展中获得了生长路径，但同时也有一些遗憾与之相伴而生，这具体表现为女性意识和主流意识、消费意识之间的暧昧与含混，女性写作除了依附自身发展逻辑外，还遭受到了经济资本力量的侵入，因而与消费主义逻辑和粗鄙化影视改写之间存在着对抗与妥协、迎合与拒绝的博弈现象，一部分女性写作贴近市场、产业化进行生产，主题、标准和模板依照大众和市场的选择而定。这些都极大程度上影响了女性小说、散文和诗歌等的成色并改变了女性写作自身发展的轨迹。有鉴于此，作者对于女性生态写作如何更好地承担起对历史的审视和对现实的问责进行了很有意义的思考，其给出了未来女性生态写作摆脱困境的路径，亦即女作家应着眼于从生态学视角立足本土，秉持中国天人合一的文化精髓，突破本土视野走向世界，恪守与男性、社会、自然和谐相处的生态美学原则，探寻和揭示导致生态危机的思想与文化根源，也对自己在自然和社会中的位置予以重新界定，并从中挖掘中国女性文化本土建构的特质以及中国女性文学乃至中国本土文化的生长点，捕获女性生长与中华文明一脉相承的精神因子，最终才能体现出审美生态追求的多样化来。而女性写作要建立这样一种全新的生态文化理念，必须具备足够的反思精神、忧患意识和超越意识，秉承圆融、智性的生态书写，才能完成对永恒意义的求索。不消说，田泥在该书中给出的解决女性写作困境的方案是否能变现成女性写作者们的创作自觉，这将会是另外一个问题。但经由此，我们不难发现兼具女性写作者和女性文学研究者双重身份的田泥对当下女性写作所抱持着的谨慎乐观态度和真诚期待。

《博弈：女性文学与生态》一书记录着她这些年理论思考和精神体验，也彰显出作者对女性现实与实践经验的探索，并试图寻找女性文学乃至中华民族大文化生长点。因此，此著具有足够的学术价值与社会价值。

（乔世华）

《20 世纪海派文学新论》

刘永丽著　商务印书馆 2017 年 12 月版

刘永丽新著《20 世纪海派文学新论》，由商务印书馆 2017 年 12 月出版，共计 28 万字。

该书以 20 世纪海派文学作为研究对象，考察西方现代工业文明对中国民众价值观念的冲击及重塑，并探究其对文学的书写方式产生的影响。毫无疑问，20 世纪是中国社会政治、经济、思想文化等社会组织形式发生重大变迁的时代，变迁的根源在于西方工业文明的冲击。麦克卢汉在《理解媒介》中，自始至终强调的主题是："一切技术都是肉体和神经系统增加力量和速度的延伸"，即是说随着各种现代技术——诸如时钟、照相术、印刷术、汽车、电影、广告、无线电等的出现给人的视觉、触觉、听觉带来的感受方式、经验体系的变化，以及由此导致的思维方式、价值观念的改变。这些变化也影响到文学创作的方方面面。该书在具体的论述中，紧扣现代科技产生的新事物所带来的各种观念变革，并进而考察其对海派文学的书写方式产生的影响。该书第一章：早期海派中的西洋器具与现代观念，从晚清以来传入中国的西洋器具入手，考察器具带给人的各种艳羡体验，并在此基础上分两个层面考察民众现代思想观念的变革：一是市井日常人生中对西方现代价值话语体系的接受情况，二是民族国家话语中的现代认知，重在考察知识分子在面临西方现代政治、经济、文化入侵时的诸种价值观念选择。该书第二章：摩登上海的新奇体验与新型观念，即是着眼于现代交通工具、电影、留声机、广告等现代科技的出现给人们观念带来的改变，并进而分析其对文学产生的影响。第三章：战争年代的现代审视与反思，考察在战争的特殊历史时期，作家对现代性的反思及审视。第四章：革命现代性的反"物质"书写与观念"改造"，分析在建国后的特殊历史时期，革命现代性出现的新质内容及对民众观念的影响。第五章：消费时代的物质与观念变革。考察在 80 年代以后，随着现代商品经济的重新浮现，物质话语的重新崛起及其中所蕴含的观念形态。总之，本论著在具体的论析中，紧扣 20 世纪海派文学中出现的"新质"展开论析，力图展现之前海派文学研究中没有出现过的内容，使论著有创新意义。

该书题名为《20 世纪海派文学新论》，其"新"的研究特色表现如下：

首先，该书重点考察传统向现代社会转型过程中海派文学出现的一些新质素——由于现代机器体系的出现产生的新质素，也是传统社会中从来没有过的新事物，并进一步考察这些新事物给民众带来了什么，由此分析其潜隐的社会的历史的文化的深层意蕴。刘易斯·芒福德指出，机器体系在人类的生活环境中开辟了一个全新的领域，创造了一个与传统农业文明不一样的新时代，在人的感觉领域引起了深层的革命，并由此导致了观念的转变："机器体系拓展了人类器官的能力和感受范围，向世人展现了感觉上的新领域，一个全新的世界"，同时，也创造了机器体系下的艺术形式。受文化熏陶的人在这个新领域中劳动、感受，和思考，从而建立了新的文化价值体系。所以机器体系"最具有深远意义的影响在于通过机器体系所创造的、机器体系本身所体现的全新的生活方式"。比如，机器化大生产创造和促进了与传统的男耕女织社会不一样的新的合作精神和行动方式，天文学仪器的运用创造了新的空间观及宇宙循环的秩序，以及钟表的使用导致了民众时间观念的改变，等等。所以，机器体系"对人们思想和行为所带来的挑战是以往任何一种技术体系所未曾有过的"。该书正是着眼于20世纪海派文学呈现出来的由于现代机器文明的出现所带来的全新的世界、全新的生活方式、体验方式，探讨其存在的社会文化根源。该书在具体的论述中，紧扣现代科技产生的新事物所带来的各种观念变革，并进而考察其对海派文学的书写方式产生的影响。在现代科技发展大致固定的当代历史时期，该书尽力抓住海派文学中革命现代性出现的新质素、现代商品经济的重新浮现产生的新质素，力求剖析当代海派文学中由于"新质素"的出现导致的观念变迁，进而分析其对文学的影响。

第二，在具体的文本分析中，该论著关注心理体验结构的层面。我们知道，"现代"给人类所带来的巨大变动，不仅是生活方式的改变，更重要的是民众观念的改变，心态的改变，情感体验方式的转变。在探讨有关现代社会的转型时，舍勒提出："现代现象是一场'总体转变'，包括社会制度（国家形态、法律制度、经济体制）和精神气质（体验结构）的结构转变。"舍勒尤其强调"心态（体验结构）的现代转型比历史的社会政治经济制度的转型更为根本。"而体验结构的转型，在文学中的表现尤为显著。进入现代社会，人们的情感体验发生了很多变化，诸如因为钟表的出现产生的时间观念的变化，因为交通工具的出现产生的空间观念的变化，……等等。丹尼尔·贝尔认为，我们的技术文明不仅是一场生产（含通讯联络）革命，而且是一场感觉的革命。在传统农耕文明社会里长期稳定的情感、感觉体验，在现代社会中也发生了变化。比如传统文学中涉及到与离别相关的思念、相思的情感体验，大多很悲切，如同生离死别。因为在交通不发达的传统社会，两人一别后，天高地远，不知何时才能相见。而在交通发达的现代社会，出门的快捷，信息的发达，都为远行提供了诸种便利。所以与离别有关的思念、相思的情感由此也发生了变化。不仅是情感体验，涉及人生的各种体验都有了巨大变化。那么，西方现代工业文明侵入到中国，中国开始了被迫现代化的过程后，民众的价值观、伦理观以及心理体验、情感体验都有了哪些变化？在海派文学中是怎样展现出来的？并如何进一步影响到文学创作的？该书重在考察、探析这些问题。

第三，在研究方法上，该书尽量避免片面的、局部的论述，而采取现象学的整体性的观照方法，以建立在大量原始文献、影视资料、文学文本上的实证研究为基本特色，熔微观探究与宏观把握于一炉，注重个案分析与一般推论相结合，多角度、多层面、多方位地对观念的变迁，作深入、细致、系统的稽考与总结，力求客观地还原历史。同时，运用人类积累的各种现代思想成果如社会学、伦理学、文化人类学、民俗学、女性主义、殖民主义、空间、日常生活等理论，对20世纪文学中的海派作家作品进行客观的历史分析，以求对都市现代化进行在文学中的呈现方式有一个准确的把握。

该书通过审视“现代”工业文明带来的现代新物产生的诸种感觉方式及观念形态的转变，最终要解决的问题是：我们需要有什么样的都市发展理念？我们究竟需要什么样的文化形态？我们应该有什么样的文学？

丹尼尔·贝尔说：“每个社会都设法建立一个意义系统，人们通过它们来显示自己与世界的关系。……这些意义体现在宗教、文化和工作中。在这些领域里丧失意义就造成一种茫然困惑的局面。”审视百年来的海派文学，可以发现，我们片面地追逐了西方的工业文明及科技文化，而忽视了从我们民族文化内部来寻找养分，且在对西方工业文化的追逐过程中，存在着“为我所用”的心态，片面地强烈了利己、享乐、纵欲的因素，而忽视了理性、社会公德及人文关怀。所以，我们需要那些能确立有价值的“意义系统”的文学想象，能建构合理的城市发展观念的那些想象。而合理的科学发展观应该以人为本，以人的价值、人的需要、人的潜力发挥为中心，不仅注重经济增长，而且要顾及政治民主、文化价值观念、自然协调、生态平衡等各方面的因素，最终造就具有优良素质的国民。

（田　泥）

《中国百年流行小说(1900—2010)》

谭光辉著　商务印书馆2017年12月出版

《中国百年流行小说（1900—2010）》，分为上下册，于2017年12月由商务印书馆出版，共计89万。该书系统地梳理并论述了自1900年至2010年的中国流行小说概况，清理了隐含在流行小说的主题与情感中的大众心理特征，对中国百年大众文化做出了简明扼要的概括，主要内容如下。

第一，系统地清理了中国从1900年到2010年间的小说出版情况或销售情况。对不同时段的小说，根据情况采用了不同的清理方法，给每一个时期的小说做出了一个按再版次数、印数或销售排名排序的排行榜。这个系统的清理工作在国内研究工作中属首次。对1949年之前的小说，根据权威书目文献详细记录了每一个版本并做出数据统计。对1949年至2000年间的小说，根据书目查询了再版或重印2次以上的所有小说的不同版本的印数，并做了累加。对2000年至2004年间的小说，清理了大部分可查询的权威畅销书排行榜，按上榜次数进行排名。对2005年至2010年间的小说，选取了开卷公司的虚构类图书排行榜。因为可能收集不到全部小说的所有版本，所以在论述过程中又用了一些回忆、评论中的印数版本信息或社会反响文献作为补充或参考。流行小说排行榜是该书论述的基础。为了得到详细的数据资料，课题组成员共查询各种书目中记载的小说版本5000余种，根据书目指引查询各种版本的小说版权页6000余种，最终遴选出小说630余部，按年代制订了分期排行榜单。

第二，对流行小说理论进行了梳理。定义了流行小说，给出了宽定义和窄定义。对解释流行小说的八个理论（压抑理论、大众化理论、经典化理论、社会文化理论、娱乐消费理论、实用主义理论、技术主义理论、营销理论）进行了清理与介绍，解释造成小说流行的八种可能原因。对流行小说与大众文化之间的关系进行了论证，以说明该书的现实文化意义。对20世纪流行小说的运作机制进行了梳理与评价，解释流行小说与整个文化制度之间的紧密关系。

第三，对上榜小说进行分类、细读、论述。首先根据这些小说的题材分为不同的类型，然后细读文本，分析小说流行的原因，找出其中的共同因素，揭示该时代读者的兴趣点，发现他们渴望了解的真相、需要宣泄的情绪、被压抑的潜意识等问题，进而解释该时代流行文化的特点和倾向。该书论及小说400余部，较详细地讨论了100余部。对每一本小说进行细读分析后得出一个结论，再将这些结论进行分析，发现共同性，再结合该时代流行文化的构成要素进行综合。

第四，给每一个研究时段的流行小说提炼出一个流行文化的总主题，以概括该时代最显著的流行文化特征，然后在这个总主题之下详细讨论了流行文化的支流，概括该时代丰富的流行文化体系。流行文化的总主题，在晚清是解放与革命；民初是哀情与游戏；20年代是个性解放；30年代是苦难与个人英雄主义；40年代分为三个板块，国统区是浪漫主义，沦陷区是对庸常与苍凉人生的叙述，解放区是在乐观主义中呈现问题。新中国建立之后，流行文化的分期没有严格按10年一个时代细分。1949—1966十七年间，流行文化的主题是民族仇恨与阶级仇恨及由此派生的群体英雄主义；文化大革命期间更强调阶级斗争与和平时期的平民英雄主义；80年代是自由主义精神；90年代是多元文化启动的年代，核心是趣味主义；新世纪前10年充满浓烈的青春气息。流行文化的变迁与政治、经济、主流文化、意识形态均有关联，因此，提炼出的流行文化主流情绪都可以放在具体的历史文化语境中讨论，同时又可以弥补精英文化叙述的遗漏。

第五，在上、下两编的末尾，对每一个时期的流行文化主流与支流进行了总体描述与回顾，以使分散在各章节中的论述综合成一个有体系性的文化概括。流行文化概括有别于主流文化概括，主流文化概括更注重个体性与深度，流行文化概括更注重整体性和涵盖面，因此能够更全面地了解中国百余年来大众文化心理的变迁轨迹。

第六，全书查询小说6000余种，基本上涵盖了110年来社会影响最大的小说。列举参考文献500余部，查询重要评价文献2000余种，引用文献700余条，客观地呈现了这些流行小说的社会影响和评价，重点突出了排名最靠前的小说及其流行原因，给中国百年大众文化做出了注解，总结了大众文化特征。

基于以上内容的构架，该书还注重数据在文学研究中的作用。在文学研究中，以数据为重要理论立足点的研究不是没有，但是如此系统地将数据统计作为最重要的元素对百年流行文化进行描述的研究却是凤毛麟角。该书尽最大可能搜集了大量的数据资料，最后把排名靠前的资料保留下来作为研究的依据，使论述显得更具说服力。用数据作为理论出发点，因而论述与分析就显得更具科学性和客观性。该书还突破了常规文学史按文学性、名家评价、史家评价遴选论述对象的文学史结构、写作方式，按印数销售排名进行作品遴选，按题材类型组织结构，按意义大小进行综合评价。所以该书就突破了严肃与通俗的分类研究模式，将这两种研究方式进行了合理的综合。此外，该书按解释流行原因的方式展开对作品的论述，而非传统文学史按史家解读的方式展开论述，这样就将小说的意义与大众文化特点结合得更紧密，尽可能避免了研究者本人的主观性。具有突出的综合性特征。在细读研究各流行小说的基础上，着力于发掘一个时代的流行小说共性和总体趋势，从而提炼出整个时代的流行关键词，这就有别于分散式的文学史评述。

同时，该书还纠正了中国文化史对中国百年来的文化特征解释的某些偏误。由于论者坚持用数据的、事实的、历史的、客观的、现象的态度对待历史，因而就得出了更直观的关于流行文化特征的概括。该书还提供了丰富的版本、印数、销售数据资料。中国百年小说的版本、印数、销售资料散落在庞杂的资料库之中，本研究将这些分散的资料进行了系统的整理，并把过于分散的资料在排行榜备注中进行了说明，为后来的研究者提供了便利。通过中国110年间的流行小说主题与情绪流变的梳理，系统地论述了其间的大众文化心理和大众文化流变轨迹。通过现象分析的方法，重新解读了中国百年流行小说。该书结论可以应用于中国现代、当代的文化描述与分析之中，也可以应用于其他类似的大众文化研究领域，还可以为现代文学版本学、目录学提供参考。

此著得到了学界的认同。赵毅衡认为，谭光辉完成的不仅是一本流行小说的文学史，而是为我们展示了一种强有力的思维方式，可以为文化运行的本质性漩涡形态去蔽。朱寿桐认为《中国百年流行小说（1900——2010）》打破了原先经过通俗文学研究建构的非俗即雅的学术框架，将流行文学视为一种文学现象而不单单是一种特别体裁。这非常符合中国现代小说的历史真实面貌，也非常有利于理解中国现代文学发展的历史规律。理论上具有深沉的探索性，文学史的研究方面具有相当的开拓性，而且对于中国现当代通俗文学和非通俗文学关系研究具有相当的借鉴意义。唐小林认为该书填补了中国现当代文学研究的一个重要空白，构建了一部视角独特、更为客观、学术价值更高的中国现当代小说史，并为中国大众文化研究提供了新的角度和观点，开出了新的方向。关爱和为该书撰写了推荐语：20世纪，小说成为文学家族中的新宠显贵。由街谈巷议、道听途说者之所造，一跃而为文学之最上乘，作家辈出，读者云集。小说因其熏浸刺提之特殊魅力，为引车买浆者流与雅夫绅士所共爱。而后有流行，而后有经典。经典者不一定流行，而流行则极可能成为经典。此谭光辉教授研究百年流行小说的用意所在：着意在流行，有待其经典。通俗文学研究专家汤哲声评价说：《中国百年流行小说（1900—2010）》是一部非常重要的流行小说研究著作。它通过梳理1900—2010年间中国流行小说发展的历史脉络，从理论启示与现实指导两个方面对流行小说的意义进行了再发掘，为建构契合流行小说自身特点的研究范式做出了贡献。

（田　泥）

《小说课》

毕飞宇著　人民文学出版社2017年2月版

此书是丁帆、王尧主编的“大家读大家”丛书之一，“邀请当今人文大家深入浅出地解读中外大家的名作，让大家（普通阅读者）来共同分享大家（某个领域大家）的阅读经验”。《小说课》应该说做得非常出色，它结合毕飞宇自身的写作经验，让读者们享受到了优美、生动的阅读盛宴。

毕飞宇是著名作家、茅盾文学奖得主，曾经在南京大学所开的课程《小说课》大受欢迎，在北京大学讲的《水浒传》和《红楼梦》也颇受好评。《小说课》就是毕飞宇以这些年讲小说的“教案”为基础，加工改写而成，集中展示了他对小说的一些理解。

毕飞宇的《小说课》，除一篇《反哺——虚构人物对小说作者的逆向创造》是谈论自己的创作经验，其他诸篇都是谈论对前辈作家的阅读感受。这些前辈作家既有中国的，也有外国的；既有古代的，也有现代的。对于想要深层次地认识毕飞宇的读者，尤其是对于毕飞宇的研究者，认真研读这册《小说课》是十分必要的。我们现在依照目录顺序罗列一下《小说课》谈及的作家。首篇《看苍山绵延，听波涛汹涌——读蒲松龄〈促织〉》，这谈论的是蒲松龄；《“走”与“走”——小说内部的逻辑与反逻辑》谈论了《水浒传》和《红楼梦》；《两条项链——小说内部的制衡与反制衡》谈论的是法国作家莫泊桑；《奈保尔，冰与火——我读〈布莱克·沃滋沃斯〉》谈论的是英国现代作家奈保尔；《什么是故乡？——读鲁迅先生的〈故乡〉》谈论的是鲁迅；《刀光与剑影之间——读海明威的短篇小说〈杀手〉》谈论的是海明威；《倾“庙”之恋——读汪曾祺的〈受戒〉》谈论的是汪曾祺。还有两篇“附录”文章，一是《我读〈时间简史〉》，另一篇是《货真价实的古典主义——读哈代〈德伯家的苔丝〉》，研究的是英国作家哈代。王彬彬认为，毕飞宇在走上小说之路后，与上述这些作家相遇、碰撞。某种意义上，“毕飞宇的小说创作，就是与这些前辈作家碰撞出的火花，也可以说，是与这些前辈作家的对话。这册《小说课》让我们明白了毕飞宇与前辈作家建构了一种怎样的关系。对于研究者来说，细读这些作家，能够更准确和更深刻地理解毕飞宇的小说创作”（《〈毕飞宇〈小说课〉评析》。

此书有这样几个特点，一，是属于作家谈写作，比较真实，有作家本人真的体会，不隔；二，是细读，不是泛泛而谈，而是大量的文本分析，作品分析；三，语言平易，让读者容易读进去。

有许多汪曾祺的研究者，指出《受戒》这类作品也有着幽默的艺术风格，毕飞宇提出了不同的看法。其实这仍然是一个对语言的感受问题。在《倾“庙”之恋》中，毕飞宇说：“许多人都说汪曾祺幽默，当然是的。但是，我个人认为，‘幽默’这个词放在汪曾祺的身上不是很精确，他只是‘会心’，他也能让读者‘会心’，那是体量很小的一种幽默，强度也不大。我个人以为会心比幽默更高级，幽默有时候是很歹毒的，它十分地辛辣，一棍子能夯断你的骨头；‘会心’却不是这样，会心没有恶意，它属于温补，味甘，恬淡，没有绞尽脑汁的刻意。不经意的幽默它更会心。有时候，你刻意去幽默，最终的结果往往是‘幽默未遂’，‘幽而不默’的结果很可怕，比油腔滑调还要坏。”

王彬彬认为，戏谑与唯美是两种叙述风格，二者传达的情感和价值观念是很不一样的。这两种叙述语言相交杂，本来容易让人产生不和谐感，容易让人读之而不快。但汪曾祺却有效地避免了这一点，就因为两种在情感和价值观念上有着差异的语言，却又在音调和节奏上是完全一致的。音调和节奏的一致，保证了小说的叙述在总体上的和谐。“我要说，这是毕飞宇对《受戒》的非常精彩的评说，也是对汪曾祺研究做出的独特贡献。我没有见到另外有汪曾祺研究者对《受戒》做出过这样的论述。我自己虽多次读《受戒》，也没有觉察到小说是以唯美和戏谑两种风格的语言完成的，因此，毕飞宇的此种评说，也给我教益和启发。”

申霞艳则撰文指出，《小说课》提醒我们每位作家还有一份隐藏的“阅历”—阅读的历程和历史。“毕飞宇用八篇解读经典的讲稿告诉我们如何进行细读，如何抵达小说的奥妙和玄机，如何理解作者的隐蔽之思和曲径通幽，打通这些幽微玄秘的关节最终会提高我们的阅读理解和写作能力。”他选的篇目堪称经典中的经典，没有一篇属于冷门。《故乡》《促织》《项链》等是我们在语文课本中学过的，义务教育是文学最为广泛的传播方式。《红楼梦》《水浒传》乃家喻户晓之作；至于海明威、奈保尔，是获过诺贝尔文学奖的大家。这些篇目最大限度地保证了交流的信息对等原则。毕飞宇从来没有准备用某个生僻的名字吓倒我们，他一点也没有炫耀阅读视野广博的意思。申霞艳研究读毕飞宇对鲁迅对《故乡》的解读，这样一个经典篇目，毕飞宇是从鲁迅的基础体温谈起的，“是冷构成了鲁迅先生的辨别度。他很冷，很阴，还硬，像冰，充满了刚气”（《小说课》，90 页）。这构成了毕飞宇和所有鲁研界中人的区别，他不像批评家一样借助概念剖析小说，而是借助身体的感受来传递一个作家对另一个作家的感觉。毕飞宇的感受并非空穴来风，他还为鲁迅的冷在文本中找到了对应物：“我冒了严寒，回到相隔二千余里，别了二十余年的故乡去。”并由这个严寒谈到鲁迅的象征。接着他分析了两个比喻“豆腐西施”和“圆规”，这都用在杨二嫂身上。这时你会发现鲁迅的幽默与讽刺能力，与最激动人心的口号科学相关的意象被用于杨二嫂这样的农村妇女身上，产生奇特的张力。在闰土身上，鲁迅通过记忆中少年闰土与现实中的闰土比较，以一声“老爷”突出人民身上的奴性和麻木；在杨二嫂身上，我们还记得一个贬义词“恣睢”，有刁钻和谄媚之义。在文尾，杨二嫂告密，然后顺走了狗气杀。告密觉得自己对主子有功，拿走东西变得理所当然。毕飞宇由此注意到人物之间的关系，人民内部的关系并不是团结的、和谐的，闰土与“老爷”之间的关系也不是先天的，相反在童年的时候，闰土比“我”更强势，他的奴性是一种社会性而非自然性，同时这种奴性深深地嵌于主体内部，故言“哀其不幸，怒其不争”。《故乡》的人物设置也预示了阶级性并不可靠，鲁迅对于阶级关系和人民内部关系的想象均超出了其他作家，正是这种思想的异质性使鲁迅感到铺天盖地的寒冷。申霞艳还认为，毕飞宇除了调动细读感受之外，也在调动自己的人生经验，让阅读和人生互相砥砺。他在讲稿中尽量避免使用大词，包括概念和术语，但我依然想要触及思想这样一个玄虚的命题。这些贴着文本的解读也悄悄地呈现了毕飞宇的思想脉络，他一直在有意识地对阶级观和宏大叙事进行清理。无论面对的作品是中国的还是西方的，他都会谈到人性。这个人性可以是普遍的人性，也可以是具体的国民性、民族性。(《“写作是阅读的儿子”——毕飞宇领略小说的方法》，《读书》2017 年第 11 期)，

毕飞宇谈论古今中外的小说，绕来绕去，其实都离不开一个中心点：语言。王彬彬说，这是令他对《小说课》感兴趣的首要原因。在评析前辈作家叙述语言的同时，毕飞宇又往往有意无意地表达一些对小说语言的理论性思考，这也是难能可贵的。在《看苍山绵延，听波涛汹涌》中，毕飞宇对《促织》中“此物固非西产”一句十分赞赏，并且上升为理论：“所以，‘此物固非西产’这句话非常妙，是相当精彩的一笔。经常有人问我，好的小说语言是怎样的？现在我们看到了，好的小说语言有时候和语言的修辞无关，它就是大白话。好的小说语言就这样：有它，你不一定觉得它有多美妙，没有它，天立即就塌下来了，只有出色的作家才能写出这样的语言。”

毕飞宇在书中提出了许多有趣的观点，其中一个就是“每一位作家都有自己的基础体温”。在他看来，中国的现代文学中，基础体温最高的是巴金，鲁迅的基础体温已经非常低了，但基础体温最低的是张爱玲。“如果张爱玲还活着，我一定不会靠近她，我会拒绝跟她握手，我受不了张爱玲的冷”。毕飞宇认为：小说家最基本的职业特征是什么？不是书写，不是想象，不是虚构。是病态地、一厢情愿地相信虚构。他相信虚构的真实性；他相信虚构的现实度；他相信虚构的存在感；哪怕虚构是非物质的、非三维的。虚构世界里的人物不是别的，就是人，是人本身。(《反哺》) ——薛子俊认为，“毕飞宇连用了四个“相信”，坚定表达了自己对文学虚构的信仰。在我看来，这话既是他的“职业观”，是他的“小说观”，也是他的人生观。这句话藏着打开《小说课》大门的钥匙”(《从经典中寻找启发——读毕飞宇的〈小说课〉》，《人民日报》2017 年 3 月 29 日)

《小说课》出版后，受到研究界和读者的热烈关注。《人民日报》《光明日报》《北京晚报》等重要报纸都发表报道和评论。《人民日报》的评论称：“《小说课》照亮了文学经典里那些幽暗的角落，也照亮了虚构与直觉，带着我们完成一次对理性思维与现实世界的突围。”(薛子俊)《光明日报》2017 年 4 月 2 日的评论《窃蜜和窃蜜者的愉悦——读毕飞宇的〈小说课〉》(庞余亮)认为，《小说课》中几乎到处出现了毕飞宇式的“别别窍”——这不仅是一个书生倦眼后的感叹，而是一个优秀作家的贡献，他把一个小说家通过千锤百炼的阅读和写作实践“窃”得的蜜，又原原本本地坦白出来。

(高　原)

《朝山》

岳永逸著　北京大学出版社 2017 年 4 月版

十年前，自己曾有一次难得的体验。那是在川藏地域的一次朝山，独自一人向着一座雪山顶峰不断地攀登，汗水撒着一路，内心在不断咀嚼近年里生活的反复，身心情感随之起伏，渐次升腾超离，终究在雪山顶峰得以休憩……当时我就在琢磨，这大概就是人类学或民俗学领域中的朝圣体验吧！

十年过去了。岳永逸教授的这本新著《朝山》，不但唤醒了我这唯一一次的朝山记忆，还由此勾连出有关中国民间信仰、民间庙会研究的若干问题。此前，永逸兄已有佳作在先：《灵验、磕头、传说：民众信仰的阴面与阳面》（2010）、《行好：乡土的逻辑与庙会》（2014），这本集其大成，集中论述中国民间信仰、民间庙会，将民间信仰、民间庙会中有关灵验、红火、热闹、行好、磕头等本土语汇提升到学理层面，有效地对当代中国庙会的传衍与变迁进行解读，可说得上是对中国民间信仰、民间庙会的一个整体而深入的研究。

一、本土经验催生理论创造

在岳永逸反复论述的“心灵图景”之中，作为庙会核心部分的民间庙宇，是个体生死依托的场域，以庙宇作为神人共处的神圣空间，演绎、诠释着生命的本源、意义与归宿。

显然，作为日常生活集中呈现的庙会，绝非仅仅源自于宗教或商业，它还与特定的宇宙观、生命观、文明形态、生活方式、生活品味和情趣互为表里、因果。因此，乡土中国的庙会是民众日常生活中活态的、周期性的民俗事象，在家与庙的共享空间中生发、转换、传承。庙会中有特定的人群组织，如香会香头等，以敬拜神灵为核心，展开的缤纷活动和心灵图景，是底层信众践行的“人神一体”的集中呈现。

岳永逸最为独特之处，是对民众人神一体的造神逻辑的高度肯定，进而将乡土庙会视为一方水土与一方民众，在家与庙之间让渡、转换的动态过程，而不是仅仅将其视为脱离日常生活的祭拜或节日庆典。这样的研究方法，使作者能够打破微观与宏观、传统与现代、国家与社会、时间与空间、神圣与世俗、狂欢与日常、个人与社会、客位与主位、客体与主体等二元话语的藩篱，尤其是突破了人与神、家与庙、公与私、一神教与多神教的机械对立。

以往这个领域的研究，经常陷入到这种陷阱里，宗教、迷信、正祀、淫祀、一神、多神、本土、外来等等。换言之，中国的民间信仰、乡土庙会不能被置于西方宗教学话语框架之中，这种叙事方式会给我们带来严重的先天不足，让研究者不知不觉地俯视、蔑视乡土宗教。在西方框架之下，宗教被视为单线进化论的，一神教是最高级别的宗教，乡土宗教则是迷信和原始的，制度性宗教、救赎灵魂等是高级的，而以行好、灵验为内驱力的朝山、庙会则是低级原始的。

岳永逸的叙事方式明显是要超越这种二元对立，跳出这个死穴。只有正视乡土信仰，才能真正将其转化为一种能激发并凝聚民族心性的精神性存在。

二、聚与散：家庭与圣山的遥相呼应

在研究方法层面，最为引人关注的可能即是作者对“神人一体”信仰方式的论述。人神一体的宗教、便是“乡土宗教”的集中呈现，是日常生活的延续、而非断裂。该书没有像其他相关论著那样，片面地将香会神圣化，反而是将民间庙会还归到日常生活，更加注重香会的“行香走会”，关注以个体人为中心的充满艰辛、喜乐的香客们。《朝山》的讨论与叙事方式，有点行动社会学的意味，不把民间庙会中的行动者放在神圣与世俗、制度与扩散的死板框架里。在家与庙二者的关系上，以往著作多将二者割裂。而该书则把空间视为信仰的平台，不论是圣山，还是家中，甚至在其他场所，神圣与世俗、家庭与祭祀都可以合一，时间和空间相互融汇，神人即可一体，神俗成为一体。

60 多年前，许烺光就使用了“家庭宗教（family religion）”一词，家庭宗教的核心就是祖先敬拜。不论学界先后提出的“圣地庙会”“庙宇宗教”“做宗教”“造宗教（making religion）”“协商宗教（negotiating religion）”“帝国的隐喻”等等各种概念，但不管精英如何呐喊、改造与教育，家作为最后免遭国家干涉的“神圣的保留地”，依然没有彻底被改变。从中可以看到，中国乡土庙会与宗教具有极大的伸缩性、灵活性与变形能力。朝山庙会是暂时的，那是外向的公；家中过会则是永恒的，此为内向的私。

该书另一个核心问题是庙会的“聚散”格局。多年以来，源自基督教一神论的“制度宗教”概念制约着中国本土宗教的研究，也成为该书没有明说的一个试图否定的逻辑。过去，长期陷于“家—宗族”与“庙—宗教”这组片面对立的二元话语的桎梏之中，根本无法说清楚中国民间宗教的种种让渡现象，也就是中国的民间信仰绝不是处在一种固定、僵化的一个极端上，而是在两端之间来回转换，在传统与现代之间、乡村与都市之间、神圣与世俗之间、官方和民间之间、圣山与家庭之间。庙会之时，神被人们各种具体呈现，不论是形象还是作用，庙会散了之后，神转换成别的存在方式进入家庭和日常生活。于是固定的场所弥散，或者说“精神化”成不固定的空间。

三、庙会是个角力场

庙会的形态一直在变化，因为其内在和外在的力量一直在变化。就以国家和民间这一组张力而言，我们可以看看历代中央政权如何组织祭祀系统。儒家信仰也是一种弥散的宗教形式。汉族人所有的祖宗祭祀实际上都是一种非常弥散的信仰方式。中国没有西方基督教那种自上而下的制度化的宗教形态。所以国家祭祀、地方崇拜与家中过会、朝山庙会等等，在信仰社会学的话语中本来就没有什么矛盾与冲突。因为有国家祭祀，所以才有民间信仰。这是一种对应、相互建构的信仰方式，或者是反向认同或社会学的双重性。双方互为对立，又互为规范；表面上是彼此对峙，实际上却相互对应。任何一种民间信仰只要一旦被纳入国家祭典，经过权力“认证”，淫祀就变成正祀了。

今天，更多的力量介入进来。非遗、香火经济、家族复兴、农村文化、传统节日……最终还要牵涉到土地产权的重新界定和社会、亲属关系网络的重组，这些都已经把民间信仰的界域扩展到极其巨大的尺度和背景。这些力量要把民间信仰纳入宗教领域、文化领域、经济领域，甚至全球化的境遇，就我的田野资料看来，很多庙会就不愿意被收编进入宗教，如陕北的黑龙潭庙会、福建的妈祖信仰……所以，我很赞成岳永逸的核心论述：在多方参与的情况下，庙会成为了——你方唱罢我登场的“社会剧场”。这些活动虽然被各个方面浓妆艳抹地展示出来，但其活跃其中的主角却并非底层信众，而是不同程度居上位的利益群体。这才是中国民间信仰或民间庙会的结构性难题。

对于民间信仰而言，人与土地的关系，山川神明的空间关系，是最为关键的，而这会随着中国农村文明的转型继续发生令人意想不到的变化。

（李向平）

《壮族布洛陀神话研究》

李斯颖著　中国社会科学出版社 2017 年 5 月版

布洛陀神话是布洛陀文化的重要载体和核心内容，它跨越了数千年历史时空，随着壮族及其先民的繁衍发展而流传下来，在流传过程中不断被注入特定时代的内容，使得神话内容日益丰富，神话结构也日益完整，即由原始的片断性神话逐步发展成体系性神话，对壮族人文始祖布洛陀信仰习俗和麽经布洛陀的传承，起到了重要的催化与纽带作用。因而，对于布洛陀神话的收集、整理和研究，是全面、深入进行布洛陀文化研究的重要节点，一直受到学者们的关注。但是，以往对于布洛陀神话的研究视角较单一，视野较为狭窄，尚缺乏全面性、整体性和深入性研究成果。近日，中国社会科学院民族文学研究所青年学者李斯颖从神话学和比较文学的新视角，对布洛陀神话进行了多维度的深入研究，写成 40 多万字的《壮族布洛陀神话研究》一书，由中国社会科学院出版社出版。这是作者集十多年的田野调查、收集资料和潜心研究的结果，作为长期从事并组织开展布洛陀文化研究的老学者，为李斯颖博士取得的新成果感到由衷的高兴，更为布洛陀文化研究取得又一新成果感到欣慰。承蒙作者惠赠，我得以阅览尚飘逸着墨香的新作，被书中新颖的篇章设置、凝练新意的章节名称、开阔的学术视野和独特的研究视角所吸引，并且对其执着的学术追求、扎实的专业素养、睿智的分析、精彩的论述、充实的内容和鲜明的观点而感佩。欣喜之际，特撰此文，与学界同仁分享。

一、扎实的田野调查与丰富的材料支撑

扎实的田野调查与丰富的资料，为该新作提供了厚实的支撑。作为民族神话的研究，必须进行广泛、深入的调查，充分掌握相关资料，才有可能进行全面、深入的研究。作者是从广西上林大山走进京城求学深造的壮家子弟，从本科、硕士到博士，一直师从著名壮学学家梁庭望、南方民族文学研究专家刘亚虎教授，受过严格的专业砺练，具有扎实的田野功底和执着的敬业精神。虽然其求学和深造于京城，工作于京城，然其心系壮族，研究的重点亦放在广西。10多年来，作者一直往返于广西百色、田阳、平果、巴马、东兰等10余个县市，对布洛陀神话及信仰习俗进行追踪调查，足迹遍及山区壮乡村寨，访问各地熟知神话的民间麽公或歌手，翻阅和拍摄了大量民间保存的麽经布洛陀手抄本，现场观看麽公的仪式，参加一年一度在田阳敢壮山举行的始祖布洛陀祭祀活动，获得了大量的第一手文字资料、图片资料和映像资料，对布洛陀神话的类别、内容和传承有了全面了解。而后又将调查范围扩展到布洛陀神话流布的贵州、云南等地的壮族、布依族和水族地区，为开展布洛陀神话的全面、深入的研究奠定了厚实基础。作者长期深入壮族山寨调查，其中的艰辛与甘苦，自不待言。正是多年执着的坚持和不懈的努力，作者获得并积累了丰富、翔实的资料。进而对各类布洛陀神话的文献资料及研究成果进行查阅和广泛收集，如《壮族麽经布洛陀影音译注》《布洛陀经诗》《壮族神话集成》《布洛陀寻踪》等，集各种资料之大成，从而为从整体上开展布洛陀神话的立体性和全景式研究奠定了厚实的资料基础，同时也为审视、借鉴前人研究的基础上，寻求新突破，实现了新超越。

二、新视角新方法，力求新突破

自20世纪初以来，随着壮学学者对始祖布洛陀文化资源的挖掘，吸引了海内外及学术界关注的目光。广西、云南、贵州及北京的学者相继组织开展布洛陀文化的考察与研究。一时间，各地方或各学科的专家学者纷至沓来，前来广西进行调查。特别是自2005年以来，应百色市和田阳县人民政府的邀请，广西壮学学会在每年举办的百色市布洛陀民俗文化旅游节期间，组织召开布洛陀文化学术研讨会，每年确定一个研讨主题，邀请国内外专家学者撰写论文，出席会议进行研讨交流，会后将与会者提交的论文结集出版。如今已连续召开了12次。此外，许多攻读硕士、博士学位的学生，在导师的建议和指导下，将布洛陀文化研究作为毕业论文。可以说，经过10多年的研究，包括麽经布洛陀、布洛陀神话及信仰习俗在内的布洛陀文化研究蓬勃开展，取得了丰硕成果，不仅发表了大量论文，而且还出版了一系列专著，无论是研究广度还是深度上都有了很大发展。然而，作为壮族创世史诗的麽经布洛陀和布洛陀文化，内容丰富，博大精深，寓意深刻，研究空间尚大，许多问题尚有待于拓展、提升与深化。在如此语境下，作为一位青年学者，要在布洛陀文化研究中有所建树、有所突破与超越，需要有新视野、新视角、新方法、新立意，进行专题性深入研究。多年来，李斯颖博士一直参与布洛陀文化活动，对目前的研究状况及薄弱环节深有了解，于是选择从神话学和比较神话研究的视角切入，发挥自己专修民族文学的专业特长，对布洛陀神话作了全面、系统、

深入的研究。在书中分设语境篇、文本篇、文化篇、比较篇四个部分，就篇章设置而言，颇有新意，篇章中的题意、内容和视角，给人以耳目一新之感。

在“语境篇”中，作者从民族文学的专业视野，对布洛陀神话的流布范围、壮族麽教与麽经、麽仪式与布洛陀诗的特质及其关系、布洛陀口述神话传说的类型、内容与特点作了清晰梳理和全面论述，这在以往学者的研究中是少有的。“文本篇”则利用调查收集的神话资料，对布洛陀神话母题进行解构与研究，并且对布洛陀神话叙事链与侗台语民族神话元叙事进行阐述，显得条理分明，内容清新。在“文化篇”里，分别对布洛陀形象的多重内涵、布洛陀神话中的族群思维模式、布洛陀神话中多重社会关系的隐喻、布洛陀神话的文化特质等作了全面分析和深入揭示，把布洛陀神话分为创世神话、反映人类的生产生活及其习俗的神话、地方风物的神话传说三类。其中，创世神话又可分为关于开天辟地即天地形成的神话传说、人类起源神话即对于人类来源和繁衍的神话传说两类；反映人类生产、生活及其习俗的神话又可分为布洛陀发明人工取火和烧烤熟食的传说、布洛陀指点人们寻找水源和挖井引水的传说、布洛陀造田地造谷种的传说、布洛陀发明房屋的传说、布洛陀教人们纺纱纺布缝衣的传说；地方风物的神话传说中又有布洛陀与敢壮山的传说、封洞岩的传说、姆娘岩的传说、姆娘岩与敢壮山歌圩的传说、布洛陀与灯笼坡的传说、布洛陀与封将坛的传说、祖公和姆娘的传说、布洛陀发明火的传说等。作者将大量纷繁复杂的布洛陀神话材料进行了合理划分，突出了其中更体现壮族历史文化特性的母题。同时对每个母题都进行了详细分析，把每个母题细化为若干二级母题甚至三级母题，揭示壮族神话中特有的民族特征，例如“开天辟地”母题中对磐石的信仰，“顶天增地”母题中对稻作生产劳作的描述，兄弟分家母题中独特的天、地、水三界观以及对水的崇拜，人类起源神话中对男女神与生育母题关联差别的关注，日月起源神话中对壮族先民太阳崇拜及其母题演化的考察，物的起源母题中着重探讨了与壮族稻作文化最密切的稻谷与牛的起源神话，在“文化和社会秩序的出现”母题中特别强调了造文字与历书、造麽及其仪规、捕鱼与造房等推动壮族文化与社会进步的重要要素。如此分析与提炼，凸显了布洛陀神话母题在世界神话共性的基础上的民族文化与历史特性，具有其独特的“唯一性”，使得其丰富独特文化闪耀在布洛陀神话之中。作者在提炼母题的基础上又构造了“布洛陀神话母题链”的叙事形态，它能够帮助我们从整体上把握布洛陀神话叙事的内容，紧扣其核心主旨。其深入的分析，充实的内容，鲜明的观点，成为该书的一大学术亮点。

“比较篇”是该著作的又一亮点，作者将布洛陀神话与他族群神话进行了横向比较，包括侗台语族群的“巫”文化传统、越巫信仰语境下的侗台语民族神祇比较、口传形式的比较、壮族布洛陀与瑶族密洛陀的比较。这是基于作者对民族文化相互交流与影响规律的认识，拓展学术视野，关注与壮族有同源关系和接触交往关系的其他族群的相关信仰与神话叙事，如布依族报陆夺、水族拱陆铎、毛南族卜罗陀及瑶族密洛陀的信仰与叙事等，探讨这些叙事的地区与族群特点，提出了广义与狭义的布洛陀神话传承区。“狭义的布洛陀神话流传区”是指“仍有壮族人讲述布洛陀神话、举行相关仪式及节庆活动、传承其相关信仰的壮族传统居住区。壮族聚居区是布洛陀神话流传的核心区域。”（该书27页）而“广义的布洛陀神话流传圈”包括布依族神祇报陆夺、水族神祇拱陆铎和毛南族卜罗陀等相关神话传承区域，这些神祇名称上与布洛陀相似，所流传的神话内容也多有雷同，属于百越文化叙事体系发展的结晶”。（该书28页）对研究布洛陀文化的区域影响、跨族群交流都有着重要的意义。与此同时，作者还将布洛陀神话母题与侗台语相关族群的神话母题进行了横向比较，生动揭示了壮族与这些族群在文化上的亲缘关系。在对大量材料与分析的基础上，回溯出侗台语族群早期神话的元叙事，这有助于我们从总体上理解和探索侗台语族群的早期叙事特点、文化精髓。对这一问题的思考，同样具有世界性的意义，它“对于我们今日理解、接纳和认同世界各族文明的相似和多样性同样有着重要的引导作用”（该书192页），反映了作者开阔的学术视野以及对同源民族文化的深刻认识。

《壮族布洛陀神话研究》一书，是作者集多年的田野调查、资料收集、深入研究和学术积累的新成果，是布洛陀文化研究的又一佳作。该书的出版，丰富、拓展、提升和深化了壮族布洛陀文化研究，值得庆贺。

（覃彩銮）

《中国创世神话母题（W1）数据目录》

王宪昭著　中国社会科学出版社2017年9月版

神话是人类漫长的发展历程中积淀出的不可再生的文化遗产，也是人类历史文化信息的重要载体，其中创世神话在各民族神话类型中地位突出。“母题”是神话叙事的重要元素，有其自身的典型含义，也具有相对稳定的结构功能，可以作为神话的基本分析单位。通过中国创世神话母题（W1）数据目录可以对中国神话进行深入细致的研究。

中国社科院民族文学研究所王宪昭研究员近年来在神话母题索引的编纂和研究上做出了可观的成绩。近几年来，他主持完成国家社会科学基金青年项目《中国少数民族口传文化母题研究》、国家社科基金后期资助项目《少数民族人类起源神话研究》等多项国家级课题，出版《中国民族神话母题研究》《中国各民族神话传说典型母题统计数据》等神话学专著。目前已完成中国各民族神话母题分类、编码以及典型神话类型的数据库建设工作，2013年12月由中国社会科学出版社出版的《中国神话母题W编目》可谓神话母题研究的代表作。2017年他又出版了《中国创世神话母题（W1）数据目录》一书。

作为目前中国各民族创世神话研究的重要检索引擎和母题工具书，该成果是王宪昭原有成果“中国神话母题W编目”中“W1．世界与自然物”的升级版，列举的中国创世神话母题由原来的3级母题升级为5级母题，母题数量由原来的4607个扩展为12583个。该书正文为“母题编目图表”，为展现母题数据目录的逻辑性、直观性和检索便捷性，本目录在表现形式上采取了表格与注释相结合的表述方式，每个创世神话母题均包含“W 编码”“母题描述”和“关联项”三个部分。

总体而言，这部工具书立足国际学界的学术规范，又体现出了编者鲜明的个人立场。本编目正文的表述采取了直观的图表形式。不同层次的母题序列能展示出各类母题的层级关系，增强了母题外在表现形式的逻辑性和系统性。在中国各民族创世神话的母题体系建构方面，该书将创世神话母题划分为 9 大类型，即①世界（宇宙）起源概说（W1000 ~ W1099）；②天地（W1100 ~ W1499）；③万物（W1500 ~ W1539）；④日月（W1540 ~ W1699）；⑤星辰（W1700 ~ W1779）；⑥天上其他诸物（W1780 ~ W1799）⑦山石（W1800 ~ W1869）；⑧江河湖海（水）（W1870 ~ W1979）；⑨其他物质与生物（W1980 ~ W1999）。

在此基础上，每一个类型又会逐级划分出更细致的下一层级。编者将神话母题由小到大划分为名称性母题、情景母题和情节母题等三种情形，努力凸显母题的逻辑性、直观性。如在创世神话（世界与自然物的产生）这个类型中，母题目录的排列注重叙事内在的逻辑关系。如关于“造物”类，编者将其所包含的母题依次表述为：（1）造物的原因；（2）造物的时间；（3）造物者；（4）造物的材料；（5）造物的方法；（6）造物的结果；（7）与造物有关的其他母题，体现了紧密的内在逻辑关系。

此外，书后附有“《中国神话母题 W 编目》10 大类型简目”“汤普森母题类型表”等附录，以便读者进一步全面了解中国创世神话母题的体系性，也便于国际间叙事文学的关联性研究。此外，编者还在编目目录图表中对一些母题附加了注释，丰富了母题的内涵与外延。编目的所有母题均为王宪昭个人对中国各民族神话母题的提取和归纳。

编写一部如此宏大的工具书是一个浩繁的工程，从母题文本研究与最终形成母题目录是一个复杂而艰辛的过程。一方面需要准确记忆与反复论证，另一方面需要积极应用现代技术手段。在这部书里，编者付出了艰辛的劳动。王宪昭在前言中向读者交代了他的编制过程，从中不难看出编者所付出的心血：

（1）采集神话或相关文本。包括古代文献文本与田野调查采录整理的文本。

（2）文本数字化。借助计算机技术，将神话文本转化为便于检索与摘录的电子文本，在计算机上形成自己的神话文本数据库。

（3）提取核心母题或基础性母题。在神话文本阅读基础上，以文本的主题为导向首先选择一定数量的重点母题，作为母题类型的基础。

（4）利用数理方法建构母题体系。如利用微积分、拓扑学知识对母题排列进行预测，利用统计学方法对母题概率进行统计等。

（5）将中国神话母题与斯蒂·汤普森《民间故事母题索引》对照。通过对照，对已产生的母题查遗补缺，调整或修正母题类型与母题描述。

（6）母题顺序编排。使用“Microsoft Excel 工作表”对各类型已有的母题进行自然排序与编码，同时通过观察与分析进一步修正与调整。

（7）目录格式转化。将“Microsoft Excel 工作表”转化为便于操作的“word 文档”格式。在“word 文档”格式下，每一个大类下面的母题按照一定的逻辑关系进行 5 级划分，同时对一些关联项做出必要的标记，以免某些母题在不同的类型中反复出现或重复编码。

（8）母题目录呈现。通过设置计算机模块检索改进母题类型编排与表述，注重母题呈现的规范性、系统性、直观性和科学性。

（9）母题增补。根据神话文本的发现对原母题目录进行动态性增补。

作为国内外第一部系统的中国神话母题的表述、编码与检索，该书编纂的意义重大。细读全书，我们认为有以下价值：

（1）有利于推进神话比较研究。“母题”作为神话的分析元素，一方面有其自身所具有的典型含义，另一方面也具有结构功能的相对稳定性。在研究过程中把“母题”作为神话的基本分析单位，即从作品基本元素或叙事单元入手进行梳理识别，不仅具有较为成熟的理论基础，而且会使各民族神话的比较更为直接便利。

（2）有助于神话系统性研究。本目录对进一步梳理创世神话的内容与体系具有重要的作用。通过目录中预设的创世神话母题，可以从不同角度建构出神话叙事体系，进而寻找创世神话叙事的逻辑规则。

（3）有利于神话的类型学分析。针对类型学方面分析而言，母题的提取与表述表象上看带有随意性，但其本质却体现出神话包括叙事文学内在的类型结构。通过本目录的总体体例设计，阅读者可以进一步探讨该神话类型的组合规律，同时对进一步了解和批评 AT 民间故事分类、艾伯华中国民间故事类型、丁乃通中国民间故事类型乃至 ATU 民间故事分类都将起到重要的鉴别作用。

（4）有利于深入解析神话叙事结构。本目录表明，众多母题可以组合成不同的神话叙事类型，即具有普遍性分析意义的“神话叙事结构模型”，依据这些模型，理论上可以对任何一篇神话进行量化分析、定性分析或比较研究。如①链条式叙事结构；②发散式叙事结构；③嵌入式叙事结构；④平行式叙事结构；⑤复合式叙事结构；⑥其他形式叙事结构模型。等。

（5）有利于神话数据库建设。目前，信息传媒与网络新技术的迅猛发展导致社会科学研究方法的根本性变革，在神话数据的梳理与神话数据的检索方面，系统的母题目录可以作为最直接的学术与方法支持。

（刘艳超）

《诸神纪》

严优著　北京大学出版社 2017 年 9 月版

新近，严优书写中国远古神话谱系的《诸神纪》广受好评。虽然古代中国的神话是碎片化式的，但仍然有着海量的文献需要去耙梳、阅读，更不用说二十世纪以来官方和民间搜集到的大量的口传文本。因此，没有甘心坐冷板凳的文案功夫，没有大胆的取舍和游刃有余的表达力，要在一个基本合理的架构中轻快地讲述、叙写五彩纷呈的中国神话都是不可能的。显然，多年对神话有着浓厚的兴趣，广泛阅读和思考，严优具备这些条件和能力。

就框架而言，《诸神纪》分为上、下两篇。上篇主要是以黄河流域为主的中原系，下篇主要是黄河流域之外的非中原系。中原系又按照时序，依次是创世时代、大母神时代与男神时代。男神时代又按照三皇五帝排序。五帝之后还讲了中原大天神的终结者，帝喾。下篇主要按地域来分述神系，诸如西边的西王母和昆仑山神系，东边的帝俊、羲和等东夷神系，西南的廪君、蚕丛、杜宇等古巴蜀神系，南边的东皇太一、东君、云中君、湘君和湘夫人等南楚神系。此后，还就特色明显的女神和少数民族神话各写一章。这样，在有限的篇幅内，《诸神纪》将中国神话的基本风貌井然有序又翔实地呈现在了人们面前。

《诸神纪》对这些系列神话的叙写、讲述也进行了创新性的尝试。每个单元分为了导言、故事、掰书君曰、原文出处和插图五个板块。导言是引子，主要介绍某个神话的基本主旨。故事，乃每个单元的核心、重中之重，是严优对这些可能散见于典籍或乡野的神话故事的当代译写，抑或讲述。掰书君曰、原文出处和插图三个板块都是围绕新编的故事而来，但又自成体系。在掰书君曰部分，主要是给大家分享她对这个神话的认知与诠释，还包括学界对这个神话有些什么研究成果，有哪些点可以商榷、探讨等，对话色彩浓厚。原文出处，则几乎是一个严谨的学者的工作，它将与新编神话故事的相关典籍记载，当然是相对集中和主要的文献资料之原文一一列举出来，在作者、古人、神祇、读者之间形成交互感染与叠合的对话关系。让人称道，增强视觉效果的插画，与或抒情或说理或纪实的文字并驾齐驱，让《诸神纪》有着连环画般的轻漫、欢快又不失其谨严、庄重。

浅白通透 “轻学术”的神话学

“轻学术”是严优自己对《诸神纪》的定位。何为“轻学术”？不是学术书，却又有着学术的味道；妙趣横生，却又处处隐藏着机智与理性；图文并茂，又不花里胡哨，反而典雅清透。这种通俗和学术之间的中间状态、过渡状态的取径，绝对是危险的。但正如所呈现的那样，处处有着创新的《诸神纪》做到了。

对于神话的重述方式，通常有两种路子：一种强调科学性、资料性而所谓学术的路径；另一种则是改编或创编，结合具体时空以及受众的期待，按照自己的理解进行文学加工。在具有道德优越感的科学主义路径的规训下，整个20世纪对中国神话的采录，“忠实记录”的前一路径始终都是主流。反之，任何有违“真实”的改、编、创都会被人不同程度地质疑、诟病与批判。

然而，严优根据自己的美学追求，对神话大胆地进行了洋溢着时代气息的“新编”。基于早年作为一个聆听者、阅读者、研习者的经验，严优认为，对简洁却恢宏壮阔与诗情画意浑然一体的神话阅读，应该是兼具崇高与优美的审美体验。所以，她对新编的神话力求在文学性的描述和简洁之间找到平衡，且不违背神话要解决宇宙、人类和文化一些根本性问题与人类童年期的幼稚与朴拙等基本的美学特征。

这种变通与灵活是当下多数学人难以做到的。学者们习惯的是引进某个理论，或创设某个阐释模式、范式。对于如何将纯理性的认知亲力亲为地变得浅白通透以让更多人了解，要么是不愿、不屑为之，要么是心有余而力不足。在此意义上，自我解放和释然的严优是幸运的。她的神话学是一个没有镣铐的舞者在天地间的随风起舞，酣畅淋漓，如痴如醉。这种严肃的态度、充分的准备，是对表达自由和自由的追求、对时代的敬畏、对读者的尊重。

文化传承 断裂后的民间自救

如果将《诸神纪》的出现，跳出狭隘的神话或神话学的圈子进行审视，我们就会发现这本书有着更为深远的象征意义，将严优力图弘扬中国神话的写作称之为“民间”对传统文化的自救运动也未尝不可。

无论东西方，对一个特定族群或者文明体而言，主要意在解释天地万物起源和族群生发、演进的神话，作为一种智慧抑或思维，具有独一无二的不可替代性。与古希腊罗马神话的谱系相对简明和因为基督教的横扫而基本藏匿在书籍中不同，在中华大地上传衍的神话是多源共生、多元一体的，而且还是活态的。然而，中国神话的传承始终面临着一种受抑制的不利局面。

在儒家思想大行天下的时代，神话，尤其是中原系神话，不是被历史化，就是被伦理化。千百年来，碎片化、边缘化是远古神话在精英文化中的常态，虽然皇帝们为了强调自己“君权天授”的合法性，循环往复地炮制着新的神话故事；鸦片战争以来，因落后挨打而求自强的总体语境，又长期使得对本土文化的污名化成为一种革命性的姿态。在相当意义上，不同时期知识精英倡导、实践的启蒙、运动以及革命，都是以西方为标杆的。周作人一直热衷于翻译推介希腊神话，以至于20世纪50年代，童痴般的他还在做这些事情。对周作人而言，希腊神话是美的，文学的，是有创造想象力的。反之，本土的神话，神话中的很多神祇，也是在大江南北的庙里被民众供奉的这些神祇，则被结结实实地贴上了“迷信”的标签。为了反对所谓的迷信，神话也成为破除迷信和庙产兴学运动要革命、抑或改造而被株连的对象。所以，尽管在上世纪二三十年代，包括茅盾在内的很多学者都在写神话学，但这些拓荒者们更喜欢译述西方的理论，征引西方的例子。

换言之，对本土文化的自贬、自毁在这一百多年一以贯之。这使得在今天，当官方突然说要恢复传统文化、弘扬优秀的传统文化时，与百姓已经习惯性接受的关于传统的观念之间有着相当大的错位，甚至裂缝。其实，就政府主导的非遗运动的名与实而言，也有着欲说还休的尴尬。虽然甘肃、河南的伏羲女娲祭典都已经名列国家级非遗名录，但无论是申报文本还是申报成功后的媒介报道，都基本屏蔽了老百姓向女娲娘娘求子等仪式实践。这样的状况，同样不利于古典神话的再生与传承、传播。

自我救赎 “拯救”故事也滋补孩子

远古神话作为一个“武库”“弹药库”，其元素、符号又接二连三地被当代流行的影视剧断章取义地恣肆使用，成为取悦大众而“吸金”的遮火皮，成为功利主义与消费主义主导的快餐文化的工具与策略。看似传承神话的当代“神话剧”乱象，实则也是促使严优为神话正本清源而进行“轻学术”写作的动力之一。

或者出于一个现代自立女性的直觉与敏感，严优曾直言不讳地指出，这些形式上是大女主剧、大女神的“神话剧”的本质依旧是“小女人剧”。即这些流行剧只不过是以女性为主角，女性戏份多一些罢了，它不但无助于女性主体意识的树立，还悄无声息地弱化着女性的主体意识。因此，在《诸神纪》中，不但有“孤独的大母神”这个单元，还有专写月神嫦娥、爱神瑶姬、美神宓妃、战神九天玄女和性爱兼音乐之神素女的“诸女神”单元。再加之散布在其他单元的女神，女神的篇幅、比重远大于男神。细心的读者不难发现严优这一偏袒女神，并希冀当代女性自信、自立、自强而自由、自在之“私心”。

正是这些深思熟虑，严优以自己的方式将远古神话盘活。《诸神纪》既给读者揭示了丰富的情意满满的神话世界、大气磅礴的神话思维与大开大合的智慧，还在自我救赎的同时，希望完成女性的救赎。这样的“轻学术”写作，显然是与时俱进地真正地在传承、传播优秀的传统文化。传统成了现代的传统，现代也是传统的现代，二者之间不再有永远无法跨越的银河。所幸的是，严优并不寂寥，《诸神纪》也非孤例。半年前出版的《中国故事》同样掀起了一阵“中国故事风”，一苇集六年之力写出这本中国自己的“格林童话”，通过漫长而孤独的中国故事重述工作，希望能用这些与《格林童话》一样优美的本土故事给孩子们撑起一片更广阔的天地，“拯救”中国故事的同时也滋补中国的孩子，进而寻找中国文学和中国人灵魂深处的根源与动力。

（岳永逸）

《日常生活的苦难与希望》

户晓辉著　中国社会科学出版社2017年10月版

如何确立新时代民俗学的认识论、方法论和价值论？这个没有止境的学术问题长期以来很折磨人，主要是处理个案考察的复杂性与理论把握的精准性，体现出民生关怀意识和学者入世精神，以期深厚和深刻。户晓辉近著《日常生活的苦难与希望——实践民俗学田野笔记》（中国社会科学出版社2017年10月版，分上、中、下三篇，约57万字，在“三论”方面取得了重要突破，是一部戒虚妄、求真实的力作，呈现出挥之不去的具有普遍意义的“乡愁情结”，拓宽了人们对相关问题的现实观察和理论认知。主要特点有三：

一是贯穿生存的实践理性。作者开篇把对出生地——故乡的全面呈现当作一项任务，“对我而言，这个任务至少包含着对故乡的重新理解、表达和目的条件还原，因为故乡不仅是过去的已然和现在的实然，而且是将来必须被创造（说）出来的某种东西，也就是理性的应然和未来的可然”，着力以实践理性的整体洞悉克服非理性倾向的碎片感知。据此，全书避免言事而不言道、言道而不言事，突出生活实证与实践理性的相互引发，即把家族史生活事件与场景真实复原，通过对实践理性的过滤和追问，广泛沉思什么是已然、什么是可然等问题，实实在在问询作为普通人怎样能够过上“好生活”的家族成因和制度保障。这是实践民俗学最要紧的理论任务和目标，哪怕这样的普通人萎缩在“眼屎一样大的地方”。普通人的生存从来不都是甜腻甚至油腻的，必然掺杂着种种苦难与丝丝希望。全书或叙经典，或明政术，意显而语质，旨在对这些朝夕相伴的苦难与希望予以实践理性的深刻把握，架起联通认识由低而高、由浅而深、由粗而精、由小而大的“桥梁”。无疑，这是实践民俗学朝向哲学化、历史化、现实化的一种努力探究，值得称道！

二是举证家族的丰富事件。刘勰说：“百姓之群居，苦纷杂而莫显”。作者根据自己的生活经历和调研过程，倍感成为故乡代言人的现代使命是不能被搁置的，必须用可靠的记忆和翔实的材料“开始发声”。全书重视事核，举证丰富，主要以祖孙三代为叙述对象，时间从上世纪 50 年代末父母“支边”开始，追溯半个世纪以来的流年时光和生老病死，汇总起来犹如一部生生不息的家族档案史，记录着他们经过不同政治经济时期的人生履历和欢欣悲苦，字里行间感情丰沛，而且没有回避家族不幸与个别细节，说明了环境与生存、性格与命运组成的复杂关系——有时是必然有序的，令人追怀不尽；有时是偶然无序的，令人惆怅不已。更重要的是，作者把对故乡的历史描述、体察心理和现实认识，提升到时代解析的高度，能够使读者有一种“过电影”的感觉，由此根据全书“中篇”的十几个问题而产生诸多平常又广大的切身思考。一句话：在家族史中梳理时代变迁的过程和钩沉制度的缺失。做到这一点，实属不易，需要作者的“才”“胆”“识”“力”“情”，尤其为人的真诚和丰厚的学识，拒绝无病呻吟和张口大言，这不是整天躲在书斋里不问世事的“面墙之士”所能为。另外要特别强调的一点是：一个普通家族单元的幸与不幸常使人茫然无知并束手无策，生命往往是一场折腾和虚寂，最后仅是块墓碑而已。我们常读古人家族变迁的突出感受，在户晓辉的这部书中似乎也得到了验证，可谓古今皆然。

三是凸显冷静的批判精神。深刻的反思都离不开彻底的批判。作者不愿做“嗫嚅翁”，崇尚在层出不穷的生活事件基础上的实践理性批评精神，他说：“本书着力寻求并还原我与家人（实际上也就是普通人）在日常生活中共同具有的常识感、公平感和正义感，并且运用条件还原法，把当年我与家人未能明确意识到的行为目的条件加以清晰还原，这实际上也是立足未来的实践理性立场来看过去和现在”，“把我们的这些共识推进并提升到现代价值观的公识层次，由此反思日常生活的伦理行为和政治行为的目的条件”。全书图文并茂，逻辑清晰，收放结合，合理推进，叙述流畅，既有长篇大论，也有言简义丰，精彩之处随手可拾，能够有机地处理散点透视与理论一统的关系，试图从“过去—现在—未来”的时空关系厘清家乡的旧貌和发展，显示出作者难能可贵的独立思考精神——以多方面冷静地批判为主轴的理性解析和引导，深刻之处在于：当一群普通人的性格、遭际看似决定了不可摆布的命运的时候，既有历史带来的因袭性和机械性，也有人为关系制造的裂变性和对立性，如何铲除“恶”的根源与建设“善”的体制，或为有关人论的追问和努力的方向，这就是追求健全的人、健全的思想以及健全的生活，全书的主要意图在此，或有生存的明镜作用与历史的通鉴作用。张居正说：“天下之事，虑之贵详，行之贵力，谋之在众，断之在独”，作为学者经纬人事，户晓辉的这部书至少做到了“虑之贵详”“断之在独”。

钱穆先生说：“学问非以争奇而炫博，

非以斗胜而沽名”。户晓辉才华横溢，通治学之道，已有多种思理入妙的著述问世。他的《日常生活的苦难与希望》不同时下常见的越世高谈、蔓延杂说、混洞虚诞、烂如锦绣的文字表现，而是写得扎实透彻，鉴远而体周，在认识论上没有一刀断开形而下的体察与形而上的洞察，时时在实践理性的轨道上行进并深入阐发问题根本、权衡时政大要；在方法论上既能蹲着在生活中思考，也能站着在思考中生活，把自己变成了在寒暑易往中“一根思想的芦苇”，力求内证与外证结合、家族与社会链接，彰显伦理大义，孜孜矻矻“为生民立命”，揭示出他们在苦难中寻求“乐土乐土，爰得我所”的希望，自觉延续了古君子关心民瘼的现实焦虑和历史情怀，这是最可贵的学者兼济精神和价值观念。新时代民俗学的研究非常需要这种精神的支撑和价值的体现，以求审仁义之间、辨同异之理、知变化之纪，弄清楚什么是真非与什么是真失，以释天下之惑，在不确定性中寻找和落实确定性的人伦和机制，落脚点正是芸芸众生翘首以盼的“好生活”，尽可能给“故乡”和“乡愁”注入新的内涵诠释与理性评价！

（朱怀江）

《盘瓠神话文论集》

中国神话学课题组　学苑出版社 2017 年 10 月版

盘瓠神话，可以从两个维度来界定。一个维度是神话类型，这是我们较为熟知和习惯的，即有“许诺——立功——嫁女——繁衍后代”等主要母题链的神话类型。这一神话类型的主角一般是一只犬，犬名多为盘瓠，也有别的名称。除此之外，我们往往可以看到，故事主角在有的异文中变成了青蛙，也就是说，立功之后与女子婚配的不是犬，而是青蛙。我们可以视主角是盘瓠的为狭义的盘瓠神话。狭义的盘瓠神话与主角为青蛙的异文，以及主角虽为犬但名称不是“盘瓠”的异文共同称为盘瓠型神话。另一个维度是从“盘瓠”这个名称来界定，即凡是与盘瓠这个名称有关的神话故事，都统称为盘瓠神话。比如在瑶族中流传的渡海神话，此神话说到瑶族先民在迁徙渡海时遭遇大风大浪，是盘瓠保佑瑶民的平安。这个神话一般用来阐释盘王节的来源。从这个维度来界定的盘瓠神话所包含的神话类型就不止一种，本论文集两种维度的内容都涉及。

盘瓠型神话目前依然以活态的形式在中国大陆苗、瑶、畲、黎等诸多民族地区流传，在中国台湾以及日本、东南亚也有发现。盘瓠型神话依然与苗瑶畲黎等民族的生活息息相关，比如在湖南怀化地区的麻阳，苗族每年都要划龙舟祭祀盘瓠。广西、湖南等广大地区的过山瑶，每年也要过盘王节祭祀盘瓠。畲族依然保存有描述盘瓠神话的祖图长连，在一些仪式中要张挂起来。同时，由于盘瓠是一只狗，对于这一以狗为祖的文化现象，这些民众多少又有一些忌讳，具有一种矛盾纠结的心理。所以，对盘瓠神话的深入研究，厘清其来龙去脉、性质、生存状况，依然具有重要的现实意义。

自东汉应劭在其《风俗通义》中记载盘瓠神话以来，一直受到历代文人的关注与研究。有关其起源、流变、接受、认同等，至今依然是学界讨论的热点。宋代罗泌在《路史》中就有比较完整的《论盘瓠之妄》，专论盘瓠神话之非真实性。在《风俗通义》之后，新的相关材料不断被搜集记载，特别是近一个世纪以来，有几次大的搜集工作，比如三套集成，这些搜集工作极大地丰富了盘瓠神话异文及其语境信息的库存。随着资料的积累，盘瓠神话研究不断深入。目前，在中国知网上用篇名搜索“盘瓠”一词，可找到 178 篇文章，用主题搜索可找到 571 篇，用全文搜索则为 4758 篇。在读秀上，同样用“盘瓠”搜索，可找到相关的条目 20558 条，找到相关的中文图书 729 种。这些数据说明，盘瓠文化的研究比较受到重视。不过，从专著来看，目前数量还很少，仅有何颖著的《盘瓠神话新探》（1992），李祥红、王孟义著的《瑶族盘瓠龙犬图腾文化探究》（2010），盘瓠神话论文集也仅有由张永安主编的《盘瓠研究》（1990）、泸溪县民族事务委员会编的《盘瓠研究与传说》（1988）。

2017 年，中国社会科学院启动了学科建设的“登峰战略”，此战略分为优势学科、重点学科、特殊学科三类，民族文学研究所承担的重点学科为“中国神话学”，课题组由吴晓东、王宪昭、毛巧晖、周翔、李斯颖等人组成。中国神话范畴很广，此课题的重点偏重于中国少数民族神话。那么，怎样切入进行研究才会对中国神话学起到一定的推动作用？这是一个需要深入考虑的问题。无论如何，课题的进行总是要从某一个点入手，在目前大的学术背景下，运用新的理论方法进行研究。经过再三讨论，课题组决定从影响大且颇具特色的盘瓠神话切入，切实解决一些问题，同时也希望以个案的研究来带动方法的探索。

盘瓠神话的研究是中国神话学的一个组成部分，它的进行依赖于中国神话学的发展水平。自从西学东渐以后，中国神话学作为一门独立学科，得到了长足发展。就研究对象而言，学者们不仅从古文献里梳理出了大量的文本，同时也通过几次大规模的搜集工作，从民间搜集整理除了大量的活态神话，特别是少数民族地区流传的一些神话。学者们利用这些资料展开了类型学上的比较研究，写就了数量颇为丰富的论文论著。不过，这些成果大多是“向后看”的，是溯源性的，盘瓠神话的研究也有这一倾向。但目前在“神话主义”的概念下，很多学者越来越关注“当下”，关注盘瓠神话在新语境下的变化。就方法论方面，学者们引进了西方各学派的方法，包括历史地理学派、仪式学派、心理学派、功能学派等等，对本学科的研究无疑起到了非常重要的作用，但是，神话学上历史遗留下来的很多问题远没有解决。就盘瓠神话来说，其起源、流变、认同、现状等问题依然远未定论。可以说，在方法论上，目前中国神话学正处在一个徘徊期，不少学者正努力探索，比如四重证据法的提出、语言基因的提出，等等。希望这些有益的探索，能使盘瓠神话研究受益。

作为此课题的开端，学者们特辑一组论文，编辑成《盘瓠神话文论集》，分别从不同视角对盘瓠神话进行讨论。本文论集共收录论文 21 篇，分为“盘瓠神话的文本研究”“盘瓠神话与仪式研究”“盘瓠神话的当下意义”三大部分。这些论文选题较为多元，“盘瓠神话的文本研究”部分主要从历史文献、现有神话母题出发，探讨盘瓠神话起源演变、母题的结构、艺术化过程及多重意义等，囊括的盘瓠神话母题异文丰富。“盘瓠神话与仪式研究”从若干地方个案出发，探讨了盘瓠神话的活态传承与变异叙事等过程。“盘瓠神话的当下意义”则对活形态盘瓠神话叙事在当下的现实意义、重构过程、传承个案等进行了深入思考。

（吴晓东）

《锡伯族当代母语诗歌研究》

孙诗尧著　暨南大学出版社 2017 年 11 月版

《锡伯族当代母语诗歌研究》综合研究锡伯族当代母语诗歌，阐释锡伯族母语诗歌的背景、形成、特征及其在中华多元一体文学格局中地位。著作结合社会史实、文化语境对当代锡伯族母语诗歌代表性作品进行梳理、阐释，完成从语言形式、主题、意象三个维度的本体研究。

著作立足“本体研究”“民族文化关系研究”两个理论基点。

诗歌本体形态包括语言韵律、意象、主题在内的诗歌审美世界诸多要素，决定诗歌的审美面貌与呈现风格。语言是诗歌的基本形态，韵律是声音要素，意象是诗歌形象、情感世界的基本构成。对于诗歌研究，本体切入更能够把握诗歌的类型特征与审美形态。与此同时，著作在勾连作品背后的社会、文化、心理等因素的同时，把诗歌本体与民族社会、文化环境的变迁结合起来。

对于诗歌风格的传承、诗歌题材的选取，锡伯族当代母语诗歌创作过程及其价值评判、历史影响是对中华民族文化“多元一体”的伦理坚守——汉族文化与少数民族文化、汉族文化与单一民族文化、各少数民族文化之间的多层面交织、叠加互渗的关系的坚守与见证。著作展示的是锡伯族母语诗歌如何参与中华多民族文学总体审美格局的过程，这是少数民族文学回归本体研究的一次实践。在这过程中，最具特色的当属锡伯文在诗歌创作中所体现的审美性。因此锡伯文的原生性与发展性、民族性、时代性、审美性关系问题还需深入探究。

首先，新疆地域文化异质性主要表现在少数民族文化的多样性上。新疆少数民族文学创作是在中国当代文学发展中是一个具有典型意义的文化空间。

其次，锡伯族母语文学（诗歌）研究的缺失，正是锡伯族文学研究系统性缺失的表现。全面剖析母语诗歌作品，深入探究母语文化，能够弥补锡伯族文学单系统研究的缺失。与此同时，描绘出母语诗歌自己的发展规律和脉络，把握其与汉族文学、其他民族文学互动，对于中国少数民族文学关系研究具有重要意义。

另外，从语言谱系角度上讲，锡伯族母

语诗歌研究属于广义上的满学研究。如何评价满学视野下的锡伯文诗歌，是著作论述中的薄弱环节。

整体上，锡伯族当代母语诗歌作品可以看作是一个多民族复杂互动、彼此交融的关系场，这可以构成我们理解民族精神文化现象、透析民族语言艺术创造力的切入点。总之，这些作品集中体现出中华民族文学（诗歌）的多样性及其各自的不可代替性与“一体”性。母语诗歌的语言载体——锡伯文是具有民族历史承继性的；语言本体上，母语诗歌全面展现了锡伯（满）语文该有的音韵美感；母语诗歌秉承了汉族古典诗歌整齐分行（偶数）结构形式和押韵（多数为偶数句）特色；题材选取上，母语诗歌积极彰显民族历史文化特色，并以积极赞颂祖国和人民、赞颂中国共产党、赞颂社会主义的鲜明主题昭示民族文化、文学的命运与中华民族文化、文学命运休戚与共的立场；内容上，母语诗歌对本民族特有历史的追忆、他民族的文化交往的再现，同样是多样文化生命轨迹充分得到尊重与借鉴的成果。

锡伯族当代母语诗歌研究，采集并翻译作品资料，保证例证的新颖性、独创性；对作品既进行宏观观照，又进行具体细致地研究和论述，做到点面结合。这是本书的创新之所在。同时，在确认创作文本的原创性和历史性基础上进行深入个案分析，在寻求诗歌传统性与现代性、民族性与世界性之间的对话中突显出某些建设性的理论基点，应该是著者未来着力研究的方向。

少数民族文学不仅为中国文学提供民族性，而且要通过民族性更有力、有效地通向文学性。通过阐释创作的整体风格、特点、意义、困境与趋势等问题，锡伯族当代母语诗歌研究完成了锡伯族母语生成、演化历程与民族历史纵深处的诗性追忆。著作展示的作品，扑面而来的不是所谓“少数”创作的焦灼感，而是沉静恬淡的心气、爱憎分明的骨气。潜心写作，将民族历史、日常生活、个人体验自然地融入母语诗情当中；以歌颂和抒情为主题，表达一种语言自信和文学魅力；沉浸在时代主旋律的号角里，肩负着祖国与人民赋予先祖的重任继续前行；积极生活，努力构建一种安稳、缓慢的世界。这是母语诗歌里锡伯族人们的生活状态。诗歌沉淀下的乌孙山、伊犁河、察布查尔大渠、“大西迁”等物质、精神资产符号，是人们对生活印迹与精神文明敬仰的有力表达。

总而言之，著作以母语作品为例，秉承少数民族文学的本体研究范式，透过作品对历史命运和现实困境进行诗化反思，对民族历史记忆进行追怀，并涉及社会语境、文化生态、写作伦理、新世纪发展等问题。在以后的深入研究中，相信著者会发掘出基于作品论的诸如民族身份与民族文化生存困境、文学本体和文化问题、民族历史和民族社会转型等相关理论增长点。

（刘大先）

《口述与书写：满族说部传承研究》

高荷红著　暨南大学出版社 2017 年 12 月版

该著作是在国家社科基金青年项目《口述与书写：满族说部传承研究》（批准号：09CZW070）基础上修改的，全文分为绪论及正文五章，从“多重视野下的口述与书写”“满族、满语及满族说部”“家族与满族说部的传承”“记忆·演述·书写”“21 世纪的满族说部”五个方面，分别讨论了国内外口承与书写研究的理论方法论流变、满族说部的概念界定、穆昆家族组织与说部传承方式、记忆在口头演述与书写传统中的作用，以及当代信息技术对说部传播的影响等重要问题，迄今已出版的 40 部满族说部文本及其多层面的知识图景由此得到了全面清理和重构。

逾千万字的满族说部文本承载了厚重的历史，如此体量庞大、文化多元、传承路线较为复杂的专属性文类，首要问题就是研究文类自身的属性、传承人的特质以及文本的解读。

满族说部反映了满族及其先世从远古至清末、民国不同时期的生活。“乌勒本”在辽金时期应已成熟。最早的说部体遗文，可追溯到辽金时代，且数目可观。目前，很多传统的满族说部已散佚，有的因为年长者的离世不再为人所知，有的仅保留在民众的记忆中，有的仅有片段留存。从已出版及即将出版的 51 部来看，满族说部的文本演述、流布和传播主要经历了七个时期：口述记忆时期；以口传为主讲古习俗盛行时期；明末清初新说部大量产生时期；康乾至宣统讲述说部习俗定型期；辛亥鼎革影响下对满族母族文学有意识传承期；满族说部与乌勒本定名时期；新中国成立后以迄当下的定型期。

满族说部保留较好的地区与语言的保留情况有关，有的满族说部依托其满语存在，相对而言，黑龙江省的宁古塔地区、瑷珲地区、阿城地区，北京、石家庄地区，我们在以往的研究中提出了相应的文化圈概念。在不同地区，其说部的类别还是有所差异。体量庞大的满族说部的传承不仅依赖传承人，更依赖于传本，对于传本的重视自然是各族需要做好的必备工作。家族中的文化专家来延续满族说部的传承，家族中良好的讲古氛围使得下一代乐于勇于去承担继续传承的重担，如我们探讨的富察氏家族、纳喇氏和其他家族（如马亚川）。富希陆回忆，富察氏家族所以能够世代传讲“乌勒本”说部，代代有传承人，关键是历代穆昆达忠实遵照祖先遗训，管理好祖先传下来的各式各样的大小说部传本，不使其毁坏或遗失。满族大户望族早年都有此类大同小异的约束，对说部留存起了保护作用。家族的作用不可忽视，我们认为，满族说部在其穆昆组织下产生，依仗萨满教传承发展，其传承的边界有的很清晰，有的则看似模糊，但并未超越穆昆本身。

目前满族说部国家级传承人富育光因家族内部世代相沿的传统和规训是他能够掌握

巨量叙事资源的关键，家族的训练使他承继了民间故事家的特质，又因他善于书写、勤于调研、有较高的文学修养，长期的记诵—书写实践也造就了传承人及其说部文本的独特性。富育光集聚了多种有利条件，才成为其中脱颖而出的佼佼者。富育光的几位徒弟，尤其是宋熙东和安紫波，他们代表了以评书为代表的传承人及满语传承人。

满族说部历经口语、文字、印刷术和电子媒介时代，其传承方式从以口述为主到以书写为主，讲述语言也从满语到满汉兼行再到以汉语为主。满族及其先世语言、文字的发明对满族说部传承带来了极为深远的影响，基于穆昆组织的家族内部传承使得其文本以各种方式留存。不同家族对传承人的训练方式、记忆诀窍略有不同，其文本因传承人后天的努力呈现不同的样貌。满族说部传承研究对在21世纪电子媒介强力冲击之下各民族口头传统传承问题，提供了可资借鉴的个案依据和理论支撑。

该著的新意在于引入媒介研究和传播学的理论与方法，从历时性与共时性两个维度对满族说部的形成与发展、记忆与演述、文本与语境、传承与传播、非遗保护与代表性传承人认定制度等相互关联的学理问题作出了定向勘察和深入阐释。

（旻　文）

《遥望那一树缤纷——台湾文学漫论》

刘登翰著　江苏大学出版社2017年1月版

《遥望那一树缤纷——台湾文学漫论》是刘登翰先生80年代到新世纪初从事台湾文学研究的论文结集，是刘先生关于台湾文学思考的结晶之作。这一时间段，也是他开始涉猎台湾文化到转向港澳等海外华文文学，视域逐渐宏阔的阶段。

这部著作分为三辑。第一辑讨论台湾文学思潮与论争，包括“建设台湾新文学”、台湾乡土文学论争等议题，其中“分流与整合”的研究视角贯穿论文始终。第二辑集中于诗歌论述，刘先生以学者兼诗人的双重身份，对现代诗进行了深入的理论阐述和细致的文本分析。他从历史的维度考察现代诗的发展轨迹与文学风貌，同时在《台湾现代诗人23家论札》《台湾女诗人12家论札》《台湾的儿童诗创作》等文章呈现了不同背景诗人的诗歌创作特征，此外他还关注到游离主流诗歌之外的女性诗歌及儿童诗，填补了台湾诗歌研究的部分空白。第三辑以台湾现代小说为主，选取了白先勇、黄春明、施叔青等具有代表性的作家，涉及的内容包括台湾现代主义、乡土写实、跨境书写等重要议题。刘先生借助文本、电影等媒介，探讨文学与政治的纠葛、传统与现代的转型、民族性与世界性的多种面向。那么这部学术著作能够脱颖于驳杂的台湾文学研究作品，它的特色在哪里？它在台湾文学研究中，又占据什么样的位置呢？

第一，整体视野。刘先生在书中提出了

20 世纪中国文学的整体视野——“分流与整合”。当代文学研究的一个重大收获，就是把长期被研究者忽视的台港澳文学重新纳入中国文学史的范畴。这种“整合”，不仅“描述和概括出 20 世纪中国文学发展的全貌，它的全部运动方式、存在形态和历史经验”，而且带动包括中国大陆文学在内的华文文学成为一门独立的学科，形成一种同心圆体系。这个体系以中华文化为圆心，包含大陆和台港澳文学，外一圈是以中文为写作语言的其它国家和地区文学，而这个海外华文文学圈还叠合着另一个所居国的文化圈。这种叠合而存在的特殊文学现象，也为文学研究开拓了新的视野，例如文学在地理空间上的定位；文学在不同历史语境的重新解读；文学理论如何阐释文本等等。但文学发展的复杂性就在于它并不是铁板一块，刘登翰认为，台港澳文学的分流过程，有三方面因素产生了重要的影响：一、本土特征的强调；二、外来文化的影响；三、社会的不同发展。这些因素的影响使得台港澳文学发展出了自己的独特形态。例如在《论台湾移民社会的形成对台湾文学性格的影响》一文中，刘先生认为台湾移民社会的特征和性质形成特殊的文学风貌，而这种带有在地形态的文学体系，并没有自外于中华文化的辐射圈之外。最后，他提出了 20 世纪中国文学整合研究可以从两条路径继续探索：其一，“通过交往和交流，打破阻隔，形成一个共同享有的文化/文学空间”；其二，“在重构中整合”，而所谓“重构”，应该是对意识形态和政治的超越，寻求历史的和解，这也是台港澳文学研究的价值之一所在。

第二，文本细读。书中第二辑和第三辑的诗歌小说研究并不止步于丰赡的学理阐述，而是建立在细致的文本分析之上。刘先生以作家论为方法指导，分析作家所处的历史语境与空间位置对创作的影响，例如城市对文学创作的作用。香港可以说是介于大陆与台湾间的缓冲地带，这个处于第三者的异域空间，同时接受大陆与台湾两种文学碰撞，触发了许多台湾作家的创作灵感，像余光中与施叔青都与香港结下了不解之缘。在《余光中·香港·沙田文学》一文中，刘先生认为，余光中香港旅居的十一年，不仅转变了他的创作重心和艺术风格，“从甜美的乡愁转向对中国社会的痛切关注……其风格也由绵细委婉变成悲郁怆恸”。同时余光中还积极参与香港的文学活动，当时聚集的一批“沙田诸友”形成了香港一道独特的文学风景。施叔青与余光中的不同在于她具有台湾经验与美国经验，这两种文化的交错使得她能够深入到香港这块矛盾的土地。《在两种文化的冲撞之中——施叔青小说创作剖析》《关于施叔青“香港三部曲”的评论》和《施叔青：香港经验和台湾叙事——兼说世界华文创作中的“施叔青现象”》三篇文章中，刘先生集中于施叔青的《香港的故事》系列小说，“香港三部曲”等作品，通过环境描写、心理的刻画，再现香港这块殖民场域下复杂的社会阶层，以及在“施叔青现象”后所隐藏的身份认同问题。

第三，诗化语言。这一特点在第二辑的诗歌研究尤为明显。刘先生作为一个有着亲身写诗经验的学者，曾有诗集《瞬间》等发表。他对诗歌的理解，不仅仅是外部研究者的视角，更带有创作者感性的认识与体悟。因此他读出了杨唤“痛苦的呻吟”；郑愁予“羁旅的忧愁”；席慕容“浪漫的私语”等等。这些都给予读者一种美感的阅读体验。

刘登翰在后记中谈到他从事台湾研究的始末，偶然的接触和热情驱使他投入到台湾文学研究，后来又由于种种因素转向港澳和海外华文文学。他颇为遗憾地说到，“写作这些文章（大部分）时，我尚未到过台湾，对于彼岸的文学，我只能遥望那一树缤纷；而今往返台湾数十次，有了许多亲近的台湾文学界、艺术界和其他各界的朋友，对台湾文学反倒陌生起来，充其量只能是——遥望那一树朦胧了。”刘先生以自谦的姿态谈到对台湾文学的陌生，然则他的著作犹如黑夜中的提灯，对于身份认同，民族性与现代性，后殖民主义等议题则以抛砖引玉之姿，引导着后辈继续关注台湾地景与文学史书写。

（李朝霞）

《百年香港文学史》

黄万华著　花城出版社 2017 年 7 月版

黄万华 2017 年新著《百年香港文学史》是其关于整个汉语新文学史建构理念中极为重要的一部分。这部专著的文学史视野开阔，理念创新，见解新颖，从中华民族文学的整体格局中勾勒香港文学传统的形成，没有局限于一时一地，而是立足香港、面向全局，突破“中国性”、凸显“中华性”，呈现出别具一格的文学史写作新范式。

首先，独具一格的“大文学史”视域。近四十年辛勤耕耘于汉语文学研究领域，著者逐渐形成了极为宽广、宏阔的文学史思路（他以“华文文学”指称中国大陆境外的汉语文学，而以“汉语文学”指称整个中华民族用汉语写作的文学）。他将“台湾文学史”“香港文学史（兼及澳门）”和“海外华文文学史”看作覆盖整个华文文学不可或缺的组成部分，彼此呼应、沟通、整合，这有利于客观准确地思考华文文学和中华文化之间整体性的复杂关系，这种关系既指向各区域华文文学和包括五四新文学传统在内的中华文化传统之间的历史联系，也涉及各区域中华文化影响下各国各地区华文文学之间的关系。如此，将“百年香港文学史”置放于整个中华民族文学发展史的历程中来考察，其面貌必然清晰明了且豁然一新了。如对“战时香港文学”的判定，认为“香港在成为战时中国文学中心的同时，也面临着弱化，乃至中断文学本土化进程的危机，因为香港成为战时中国文学的一个中心，主要是依赖、孕蓄于内地作家南来‘旅居’香港所带来的文学力量”，展示出战时“中原心态”对香港文学本土化进程的影响；再如在“左右翼共存中的战后香港文学格局”中，揭示其与大陆/台湾鲜明严酷的冷战意识形态尖锐对峙不同，香港的左右翼文化阵营“并非双方势不两立，而是充满了文化张力”，而且双方共同的“中国文化情结，使得战后香港成为中华文化传播之地，使得香港文化不脱离母体而得到发展，更使得政治尖锐对立的左右翼文化有了共存空间”。这种高屋建瓴的文学史视野赋予了著者理性、清晰又富有整体性的理论判断。

其次，新旧结合的文学史书写体例。其“新”主要是指在文学史的阶段划定上，该书分为早期（19 世纪后期——1945 年）、战后 30 年（1945 年——1970 年代）和近 30 余年（1980 年代至今）三个时期。这既不同于以往单纯以政治转捩为文学史断代的划分体例，而是尽量回归对文学本体变化的思考与肯定，也蕴含着著者独出机杼的文学史观念：述评结合的研究理路。本书虽以《百年香港文学史》为名，但在内容和写法上仍然坚持“文学史”和“文学批评”的区分，对早期和战后 30 年的香港文学展开文学史的描述和判断；对 20 世纪 80 年代以来的香港文学，则认为其尚“不宜入史”，而采用“文学批评”的方式，以当代人的视角来评论当代文学。这种书写既尊重历史的后视效力，可切实把握史料的内在关联和文学思潮、审美风尚的嬗变历程，以做出有说服力和概括性的判定；也观照身处其中的当下文学及事件，以同代人的观感留下相对鲜活有力的生命碰撞，以备为将来的历史书写留存宝贵的现实档案。而其“旧”主要是指在文体选择与安排上，大体遵循小说、诗歌、戏剧、散文的旧例。每一时期先是总体性的文学史概述，然后依文体逐一阐发论述，详略得当，轻重有别。

再次，相对一致的文学价值标尺。为了有效梳理和呈现整个汉语文学的历史和水平，并发掘出一些根本性、原点性的母题或特征，著者曾就其文学史中作家“入选”的标准提出了较为严格和相对一致的尺度，即“坚持文学的经典筛选和文学史的历史传承性”。无论哪一地区的文学，入史的“既有‘饮誉世界的文学大家’，也有‘其创作明显指向经典性，反映出中华民族新文学达到的高度的重要作家’，还有‘代表或引导了地区、国别、一个时代审美趣味的改变，从而在那一时代的典律构建上产生重要影响的作家’，更有‘在各个文学领域中以其独异个性取得艺术突破，或在其居住国文学史中以其开拓性创作占有重要地位的众多作家，其作品往往也有着不可忽视的经典性或潜经典性’”。《百年香港文学史》也循此标准与尺度，侧重于经典文本的细读和香港经验的传承与凝聚，其重点阐述的作家有鸥外鸥、侣伦、刘以鬯、舒巷城、高雄、崑南、亦舒、金庸、西西、也斯、叶灵凤、曹聚仁、董桥、黄碧云、李碧华、吴煦斌、董启章等，无不是百年来香港文坛上各种文体的行家里手甚至集大成者。这些代表着不同时空、文体、领域、阶层等维度的作家汇聚一起，共同构成了百年香港文学史的地形图，从而生动、深刻、全面又多元地展示了香港现代文学的发生发展状况。

最后，翔实的资料和前沿的观点。同以往“诗的存在是为了印证思潮（理论）的存在”的文学史习见不同，作者一向注重从丰富的文本资料出发，去发现文学历史包含的丰富经验。《百年香港文学史》资料的“细全深新”看得出作者殚精竭虑，材料运用去伪存真、去粗取精上，特别注重对香港文献所提供的第一手资料的发掘，格外注重对香港本土研究人员及研究资料的引用，既重视文学史演变的追寻和判断，也尊重历史现场感，令人耳目一新。由此生发或引用的最新研究成果和前沿观点，不胜枚举。而在此基础上，著者在历史的与美学的批评标准下收获了众多新颖而有说服力的观点。如就“香港旧体文学和早期新文学”的关系，著者指出“以旧体诗表达进步、变革思想”，从而反映出“旧体文学一直参与香港社会历史的进程”，而非如大陆五四时代批判旧文学以为新文学开路。再如谈到战后香港

"家园意识"的产生及形成时，举例吉士的《香港人日记》（1947），结合历史情境和日常情感，从而突破了简单的"殖民地心态"论，而发掘出超越殖民地意识形态的"香港意识"。如此等等，这些打破陈俗与常规观念的结论无不凝聚着著者细腻、精深而又实事求是的释读姿态。

（于京一）

《台湾当代散文空间诗学研究——以台北为中心》

林强著 人民出版社2017年5月版

散文诗学研究素来难治。

由于散文理论和研究方法的匮乏，散文研究往往表现为作家作品的评析或创作思潮的梳理。而对于散文学元理论问题，如叙述与抒情、虚构与纪实、结构与节奏、时空表征等，学界尚缺乏精密深锐的理论创新之作，也缺乏从丰富的散文流派、地域散文脉络中进行更具诗学张力和哲理内涵的个案研究。在诸多元理论问题中，时空是语言建构文学世界的基本架构，也是人类表现世界的基本方式。因此，时空诗学问题，是作为文学母体的散文必须攻克的学术难关。

林强的《台湾当代散文空间诗学研究》就从时空诗学问题入手，做出了独具一格且新意迭出的学术探索。首先，在空间诗学方面，作者化用凯文·林奇《城市意象》的五组概念——道路、边界、区域、节点和标志物，确立散文空间诗学研究的五个基本维度——道路诗学、高楼诗学、场所诗学、区域诗学、边界诗学，探讨人类感觉和表达空间的五种基本范式，从语义学的角度分别阐释。其中包括：巷弄与街道想象的诗学景观——从农业社会的乡土想象到现代工业社会的现代主义想象再到消费社会的后现代想象序列；高楼想象的诗学景观——现代主义的两极化想象和单向度的语义滑动，形成高楼的荒原与神性对位的空间形式；场所想象的诗学景观——真实与戏拟兼具的政治空间混杂着难分记忆与想象的日常生活空间以及文艺共同体想象空间；区域想象的诗学景观——在旁观和内视的诗学观照之下形成都市中心区域的梦幻、疏离空间和漫游的消费空间；边界想象的诗学景观——乡土世界的空间缝合和城市边界的荒芜与异化空间。凭借对城市空间研究史和社会学理论的熟悉，作者清晰地界定了散文空间诗学研究的核心概念、基本框架和基本方法；但这些都不是简单地理论搬用，作者立足于台北这座复杂之城，通过实地探访和丰富的文献占有与扎实的史料考证，还原出台北这座城市空间景观的世代风华，也从元理论的角度建构出世人感觉与表达城市空间的基本方式和特点。这部著作立足于深度的个案研究，其所建构的立体化空间诗学概念又具有较强的思辨性且成体系化，研究路径既借鉴又有别于城市社会学的相关研究，故而具有较强的典范性意义和方法论启示。

其次，在时间诗学方面，虽然作者并未

表明散文时间诗学的研究向度，但作者的研究横跨当代这一长时段，且成功运用了雷蒙德·威廉斯的“感觉结构”理论，勾勒出台北人五六十年来的心灵变迁史和诸种感觉结构类型与审美风格；可以说，该著亦为散文时间诗学研究开创了独特的视野。立足于台北这座混杂着乡土与都市、现代与后现代、殖民与后殖民、威权与民主诸种属性的东亚城市，作者不但细细解剖了台北城市空间的前世今生，也在散文的琐碎低语和洪钟巨响中还原并想象了台北人几个世代的心灵地图和抒情风格。从农业文明时代的乡土亲情到城市工业文明中心灵的碎片化与异化再到消费社会中的心灵漫游；从威权时期台北人的压抑与反抗到对异国文明——美国的梦幻追求再到“解严”后的解构与戏拟；在在显示出在乡土—都市的文明脉络和文化风格的演进中，形成了“台北人的乡土社会—古典想象与文化乡愁、工业社会—现代主义想象、消费社会—后现代解构与悠游”的感觉结构类型和抒情风格。这三种感觉结构既有相对独立的类型特征和美学规范，又彼此涵纳、混杂乃至相互拆解，从而全方位展示出台北人在历史风云中吟唱出的既波澜壮阔又丝丝入扣的心灵秘史。

此外，相对于台湾学界已有的台北散文主题研究，林强的研究深入到散文文本形式结构层面。他从都市文化风格的演变中梳理出台北散文超现实时空形式和意义结构、后现代散文的差异空间美学形态等散文文本时空形式的新变脉络，这无疑呈现出作者在散文时空美学研究上的功力。

此书新颖之处还在于方法论上的创新。作者成功运用城市社会学、感觉结构理论以及场所精神的分析方法，从横向上建构出空间诗学的五组概念和关系图式，又在纵深上贯穿了时间诗学的感觉结构类型和抒情风格脉络，在纵横交错的理论探索中将感觉结构落实于文学地理学中的“地方”，使全书在理论的烛照中缓缓展开散文文本的时空结构和台北人的心灵地图。紧张的理论思辨与方法探索和张弛有度的叙述节奏、细腻的文本分析高度融合，全书读来意趣盎然。

当然，作者也意识到此书的不足。作者以陌生人和闯入者的身份介入台北城市与散文的研究，这既让他能够摆脱在地人的先见和成见，以相对客观的心态和视角观察、勾稽历史演变中的台北城市意象结构和散文风格；又使他因外地人的心态区隔在研究中表现出阐释的焦虑和异位。后者的不足需要研究者在后续的研究中无数次地重返现场，通过更细密的文本追踪和文史互证，方能更准确地敞开台北这座典型的东亚之城更隐微的空间秘密和心灵图式。总体而言，林强立足于台北城的散文时空诗学研究，提炼出周密有效的城市文学研究理论框架和方法路径，为北京、上海、香港、澳门等东亚城市汉语文学研究提供了可资借鉴的理论和方法。

（吕若涵）

《影响与接受——中英浪漫主义诗学的发生与比较》

范丽娟著　中国社会科学出版社 2017 年 2 月版

范丽娟的专著《影响与接受——中英浪漫主义诗学的发生与比较》2017 年 2 月由中国社会科学出版社出版。该书主要采取的是中西方比较的方法，并在接受理论框架下，阐释中西方文学影响和接受的关系研究，意在探讨中国五四浪漫主义诗学同英国浪漫主义诗学之间在影响和接受过程中所呈现出的相似性与差异性，并探讨影响和接受过程中所呈现的复杂文学机制。

总体而言，该书从比较诗学和接受美学研究视角，详细论述了中英浪漫主义诗学在本体特征上的共性表现和差异表征，既注意把浪漫主义置于文艺思潮发展演进的历史语境中，探讨浪漫主义同古典主义、现代主义与后现代主义的关系，是我们看到浪漫主义思想理念的传承性和诗学意义的当下性；又着重阐释中国五四浪漫主义在对英国浪漫主义诗学理念的影响和接受过程中所呈现的民族化、本土化的特点。该书的创新之处在于从女性主义视角探讨中英浪漫主义时期女性在各自历史中的地位和受教育状况，女性阅读和女性书写及女性史学的构建。

该书的学术价值首先在于它的中西对比性。西方浪漫主义史学在英国取得了辉煌的成就，并在世界范围内产生了巨大影响。中国现代诗学的重要特征就在于它西学东渐——以五四新文化运动为起点，以对西方文学作品和批评文论的译介为手段，同时肩负着民族解放的历史使命感和对崭新时代的憧憬，中国五四浪漫主义史学展现出借鉴、吸取西方浪漫主义精髓，却又不同于西方浪漫主义的民族风采。因此中英浪漫主义诗学的比较不是凭空的比较，而是影响的比较、接受的比较。

作者在第一章详细地概述了浪漫主义诗学在西方的发展过程，从浪漫主义对古典主义的反叛开始，进一步追溯了 19 世纪时西方浪漫主义对现代性的批判，认为浪漫主义是重视个体的，注重“自我”内心情感表达的思潮。同时，作者认为，浪漫主义思潮和后现代主义有着千丝万缕的联系，表现在从“回归自然”到生态主义，从平民意识到大众文化，从女性的崛起到生态女性主义等等。在第二章中，作者详细分析了英国浪漫主义的发生与诗学特质，认为浪漫主义是英国诗歌演变的内在逻辑必然的结果，英国两代浪漫主义诗人，从“湖畔派”乡村生活抒情为主的第一代到第二代的更具战斗意识、反叛精神和民主政治倾向的拜伦、雪莱和济慈等。作者认为，英国浪漫主义的诗学特质是强烈情感的自然流露，尤为推崇想象，歌颂自然和自我与自然的契合，还以异国情调表达其想象力和乌托邦理想。英国现代派同时批判并继承了浪漫派的传统，形式上的反对和诗学实质的继承相结合。中国浪漫主义也有浪漫主义文学的理论自觉，中国新文学的第一个十年中，浪漫主义创作群体异军突起，以体态完备的文学创作登上历史舞台。同时，作者认为，五四浪漫文学的奇特景观和后来的骤然衰落，是中国新文学发展历程中的一种重要现象，因为西方浪漫主义思想与五四精神契合，同整个五四的社会思潮、理论思潮相对应。中国五四时期的浪漫主义，同样经历了从“革命的浪漫蒂克”到“文艺大众化”。在第三章中，作者讨论了中英浪漫主义诗学本体论阐释，分别从自然家园与人性自然，中英浪漫主义诗学的心灵诉求，以平民化的立场发现民谣和口语，以及张扬个人主体性，崇拜个人天才的诗人主体性建构，来概括两国的浪漫主义诗学的表现。最后，在第四章中，作者着重讨论了浪漫主义的兴起与女性诗人、女性主义的深刻联系。

作者认为，英国浪漫主义西方话语不仅作为一种体现了某种先在的强势理论话语形态而成为中国现代诗学颠覆古典诗学的内在动力，而且随着西方话语在中国现代诗学领域的逐渐深入，这种强势话语也成为中国现代浪漫主义诗学自觉建构的体系化结构中的躯体和血肉。浪漫主义文学的主体性主要体现在作家在结构作品时强调主体对客体的能动作用，特别是主体意志、情感、想象、灵感等心理因素的自我实现，不同于现实主义的理智、感知、经验等，追求的是一种实现自我的生活诗意。同时，浪漫主义革命者是现代性标志的先锋性代表，浪漫主义也是一种现代性标志的民族性构建，五四浪漫主义诗人和作家在对西方浪漫主义的接受过程中，站在本民族传统的立场上和社会时代要求相吻合。从中国文化的角度出发，站在中国文化的传统和发展背景上看，如果西方浪漫主义在进入中国的时候存在误读现象的话，那也多半是一种有意的“误读”；而“从反抗性和个性主义角度理解、把握浪漫主义”不仅不是中国文坛“失落”浪漫主义的“最基本的特性”，而是中国现代诗学在浪漫主义思想上的中国特色表现。

该书结构清晰明确，妥当地勾勒并追溯了浪漫主义在两国的历史背景、发展脉络和基本表现形态，体现了一定程度的创新性和思考深度。该书论述提升了中国五四浪漫主义诗学与西方话语，尤其是与英国浪漫主义思想的紧密联系以及在中国文学现代化过程中的地位，引申出我们在今天这样一个全球化的语境中，对文学乃至文化的民族性传承和发展，对异域文化的影响和接受等问题的进一步思考。遗憾的是，该书因为涵盖的理论、历史和地域过于广泛，作为一部专著选题略显太宽，可以考虑集中在一些前人未有详尽论述的论题，如女性主义和浪漫主义诗学的关系上多下工夫，这样论述可以更加深透一些。

（郑熙青）

《后殖民翻译研究反思》

王富著　中国社会科学出版社2017年7月版

王富的专著《后殖民翻译研究反思》2017年7月由中国社会科学出版社出版，该书为教育部基金青年项目《后殖民翻译研究反思》最终成果。该书选取后殖民翻译理论几个重要的关键词如表征危机、历史转向、翻译策略、文化杂合等为切入点，并通过这些关键词，将给更多的关键词串联起来。

第一章表征危机，通过帝国之眼，他者为上两种表征观来反思表征危机。作者梳理了语言表征危机的历史，从现代主义尤其是哲学的语言学转向之后，表达出现危机，直接反映到翻译观念中去，就体现了语言的符号化，翻译只能是一种改写，整个过程受到了意识形态、权力、翻译目的等诸多因素的操控。历史转向后，抹杀了任何一种阐释的客观性，质疑和结构了以往的历史真实观，进一步深化了对表征危机的认识。作者认为，“帝国之眼”和“他者为上”分别代表了两种东方主义的表征。该书从新历史主义视角反思后殖民译论对历史史实的重组和筛选，从正反两方面史实论证历史转向的片面性。作者认为语言表征危机及其影响下的翻译理论是一种话语建构，可用来对翻译研究进行文化层面的归纳，颠覆或完善原有的翻译理念，但缺乏对翻译时间的指导意义。作者认为，自我中心主义不是文化殖民的决定性因素，而翻译除了是殖民扩张的工具，也是相互借鉴的重要方式。

第二章权力转向。作者认为权力在后殖民语言现象中主要是通过福柯所说的“规训性权力”方式来施行的，第三世界对欧美文化的巨大向心力和认同力是权力势差和语言文化势差合力作用的结果。该书从一个侧面补充丰满表征危机和历史转向，在意识形态、赞助人、诗学、操纵、改写等关键词的反思基础上，着重从泛权力论、二元对立的窠臼、混杂的困境、文化平等的乌托邦批判与追求的悖论等方面反思。作者认为，后殖民翻译太过绝对化和扩大化，其含义有必要重新界定，以防后殖民语境适用范围无限扩大化，并认为后殖民是指高势能文化在政治、军事和经济等霸权下主动推行的文化侵略主义。本章还从语言势差论出发，反思泛权力论。

第三章反思后殖民的异化归化策略，如归化一定是民族中心主义吗，异化能抵抗民族中心主义吗，译者身份与翻译策略的选择有何关联，等等。

第四章以文化杂合（融合）的史实为基础，反思中国语境下强弱文化翻译与后殖民翻译的区别，如多元一体的文化格局与内部殖民的关系，中西文化翻译的非殖民性，中国翻译实践对西方的启示等。结语主要通过定位翻译及其文化战略、总结全文来重构后殖民翻译诗学。

该书是一项大型的综合性研究项目，涉及后殖民翻译研究、当代其他翻译理论、各种翻译史、语言学、哲学等各个领域以及当代的社会文化语境，内容庞杂，既需要宏观布局更需要微观分析。但该书是对后殖民翻译研究关键词的全面批评性反省，对后殖民翻译理论的普适性提出质疑。作者认为，后殖民表征观的核心问题不在于能否客观再现，即表征的非客观性，而在于它故意对另类表征观的忽略和遮蔽，故意只强调帝国之眼和恶意误现。纠正后殖民表征危机的途径就在于摆脱对权力的恶意操纵，摆脱自我中心主义，以谦虚、尊重、包容、平等的心态善待他者，以他者为上，努力做到近真。

作者从中国翻译史的角度史论结合，探讨汉文化与其他文化关系，将后殖民翻译理论及其对自身的反思运用于中国语境之中。他认为，中国多元一体的文化格局是对内部殖民论的有力修正和补充，不考虑中华文化的独特性，任何文化理论都难有世界性的普遍价值。他强调，中国主体文化对待佛教、伊斯兰教等他者文化的态度有一定的启示，值得西方学习。

该书将翻译定位在后殖民语境、主体间性与多元文化语境之间，将翻译的文化战略定位在战略本质主义、多元一体与和谐共生之上。作者希望在探讨翻译史学的研究对象和方法的基础上将这一领域推进到后殖民翻译史学，并试图以多元文化主义的翻译史学弥补后殖民翻译史学的不足，以多元系统论、共有系统论和文化研究派的其他翻译思想弥补后殖民翻译的激进偏失，构建一套适合中国语境的、特殊的、独立的后殖民翻译理论话语。

该书融多种研究方法为一体。首先是视点研究，即选取若干关键词来归纳反思后殖民翻译理论。而运用哲学、语言学、文学理论及翻译理论等跨学科的知识深入探究后殖民翻译理论是该书尚未实现的理论目标。该书在进行具体分析时也充分重视实证，力求资料翔实。

作者称在该书中试图采用的是后殖民式的文化立场，不偏袒汉文化，而是站在弱势文化的立场上——无论这种弱势文化是相对于西方文化的中国文化，还是相对于汉文化的少数民族与周边小国文化，坚决反对任何形式的文化霸权，倡导多元文化主义，通过对话建构和谐的文化关系。

该书写作引用文献翔实，分析概括准确，除少量网络百科来源外，具有很高的文献索引价值，讨论问题在中国翻译学领域内尚未有人涉足，因而有开风气之先的功效。书中提出和运用的“文化势差”概念在解决问题上相当有效。具体例证虽然不够具体，但足以支撑书中的论点。

（郑熙青）

《华裔美国英语诗歌研究——比较诗学视域中的语言表征》

宋阳著　中国财经出版社出版 2017 年 7 月版

宋阳著《华裔美国英语诗歌研究——比较诗学视域中的语言表征》一书于 2017

年7月由中国财经出版社出版。20世纪60年代起，美国的少数族裔通过大规模民权运动争取自身应得的平等地位，在文学研究领域，便是包括华裔美国文学在内的亚裔美国文学、非洲裔美国文学和犹太裔美国文学等少数族裔文学的蓬勃发展。至今对华裔美国英语诗歌的研究还缺乏应有的重视，本书希望能尽早发掘出华裔美国英语诗歌独特的美学特征与文学价值。

该书主要依据目前国内外华裔美国英语诗歌研究领域的三个重要材料：《华裔美国诗歌选集》（Chinese American Poetry：An Anthology，1991）、《亚裔美国诗人：传记、著作索引与批评原始资料集》（Asian American Poets：A Bio-Bibliographical Critical Sourcebook，2002）和长篇论文《华裔美国历史与社会现实生活的跨文化审视：华裔美国诗歌》。根据三个文本对诗人及诗集的选择、批评，选定三位主要华裔诗人李立扬、宋凯西和陈美玲的全部十本诗集，以及1971年（第一本华裔美国英语诗集出版）至今各阶段诗人的代表诗集。

该书的研究对象指具有华人血统，尤其是出生于美国的诗人用英语创作的诗歌作品。本书中的重点研究内容："意象"研究涵盖面较广，包括物象、人物、对特定群体的指涉、场景、隐喻等等。

该书具有重要的学科建设与补足意义。现今国内的华裔美国英语诗歌批评面临着诗歌作品理解与批评难度高、族裔文学研究中的刻板族裔批判态度、缺乏中文译介引发的语言阅读困难这三重主要的障碍。本选题对国内外华裔美国文学及少数族裔文学等研究领域都能提供有益的补充作用。其次，该书对离散文学及比较诗学研究具有重要意义，华裔美国英语诗歌的语言与意象上的创新和发展拓宽了离散文学的书写和批判空间，对语言文化与意识形态多样化关照下的比较诗学范畴提供了极好的借鉴。最后，该书能为包括华裔美国文学在内的少数族裔文学提供一种新的批判视野。本书选择将族裔性批评与文学性批评两种视角相结合，在发掘其被长期模式或忽略的文学审美性的同时，反观其作为族裔文学之独特的社会、历史与文化价值，对华裔美国英语诗歌做全景式的观照。

第一章讨论了美国华裔英语诗歌中汉语符码的嵌入问题。有四种常见的情况，一是已经具有约定俗成的符号对等，二是诗人将相关的汉语内容翻译成对应的英语，第三类嵌入是拼音的形式，也可叫做"语音翻译"，四则是直接使用汉字，相对罕见。作者认为汉语符码嵌入代表了一种文化记忆，但同时，由于美国华裔的文化语境技术生存状态发生了改变，因此异质语境中的"文化错位"导致华裔美国英语诗歌的嵌入汉语符码产生变形和改写，通过批评、挪用、保存和转换等方式将文化记忆与现实语境相联系。

第二章以华裔美国英语诗歌的节奏为研究对象，从音步、叠句、停顿等格律角度探究华裔诗人的节奏操控手法及目的。音步数量或多，或少，效果或绵长或短促，都体现了音乐性节奏与族裔性内容的完美统一。叠句不仅是诗歌具有反复吟唱的节奏美，还可以突出某些关键性词组或诗行，加深读者的印象，有时还可以用来表达一首诗的主题思想。停顿是华裔诗人的另一种操控诗篇节奏的途径，能使诗篇呈现抑扬顿挫的节奏美。

第三章分析了大写字母逆用、正体和斜体交叉使用、图画元素的加入这三种具有代表性的书写编译，从诗与画的跨学科视角，讨论华裔美国英语诗歌的超越传统英语诗歌书写常规的语言变异现象背后的社会价值与美学意义。大写字母的逆用不仅丰富了诗篇的表意能力，更是华裔诗人言志的一种有效的途径。而并用正体与斜体则能传神完成离散个体的族裔情感素描。突破英诗排印规则的带有画面元素的书写变异，体现了族裔情感在文学视觉表达上达到的新高度。

第四章研究了华裔美国英语诗歌中的文化意象，从最必需、最现实的文化记忆——食物意象、最抽象、最理论的文化记忆——宗教意象，以及与华裔诗人最贴近、最获珍视的文化记忆——文学典故三方面切入，探究华族文化记忆与美国本土经验的交叠与协商对华裔诗人的文化意象书写的影响。

第五章研究了美国华裔诗歌文本个案，首先以比较的方法研究了美国早期华人文学中的代表《埃仑世纪》和当代华人诗人王性初的新作《孤之旅》，均反映了海外游子在异域的孤独和思想的情绪，包括华文文学在内的离散文学等世界性写作正在为越来越多国家的写作者身体力行，他所代表的对世界家园的关注和对人类生存问题的思考是美国华文文学的终极价值所在。同时，本章还研究了美国华裔中取得最高成就，获得最广泛主流社会认可的当代诗人李立扬，认为他的工作经历和家人工作的影响、他与基督教文化深厚的联系以及他童年的心理创伤这三个因素是诗人作品中具有画面感并呈现出黯淡、朦胧的背景上闪烁着明亮而又鲜艳的中心意象形式的主要原因。

该书选取了较少有前人研究的论题，即美国的华裔英文诗歌写作，并因此贡献出非常独特的一部研究，为这个领域提供了有价值的研究和资料。作者对美国华裔英文诗歌写作的特点概括清晰简洁，虽然作者力求将艺术分析和族裔经验相结合，但在例证分析中，与族裔经验相结合的更多是内容而非形式，对文学语言掌控的手段与族裔经验之间的关系分析上略有生硬之嫌，如果可以提供更多的例证，或者更多有逻辑的分析，则会让这本书的论证加强许多。

（郑熙青）

《德国文学中的中国女性形象》

谭渊著　武汉大学出版社 2017 年 11 月版

谭渊所著专著《德国文学中的中国女性形象》于 2017 年 11 月由武汉大学出版社出版。本书为许明武、谭渊主编的中外语言文化比较研究丛书中的一本，是国家社会科学基金青年项目成果，由华中科技大学学术前沿青年团队项目资助出版。

该书重点研究 17 世纪至 20 世纪上半叶德国文学家对中国女性形象的接受、解读和文学再创造，同时探索东学西渐和中国文化软实力对德国文学发生影响的机制。全书紧扣德国文学家笔下的中国“她者”这一独特视角，着重分析了德国文学家塑造的“中国亚马孙人”“中国公主”“中国女诗人”“政治女强人”“觉醒的女性”“四川好人”等具有典型意义的中国女性形象。在个案分析中，本书从中国素材的传播轨迹入手，从译介学、文学关系史料学、文学形象学、变异学、侨易学等角度全面梳理了德语文学中的中国女性形象，对“世界文学”图谱中的文学互动关系进行了建设性的解读。书中尤其关注德国作家笔下的中国女性形象的演变与同时代文坛论证、社会话语的紧密联系，指出中国“她者”形象在德语文学世界中曾被寄托了男女平等、女性自由、女性觉醒等价值观念，进而被塑造为女性解放运动代言人、欧洲女性文学和德国工人运动的榜样，成为东西方共同的精神财富和中德文学相互推动、相互融合的光辉典范。

西方文学历来就有将东方人作为表现对象的传统，有关资料非常丰富。本书从作为基石的文学关系史料入手，通过考证文本、形象、母题之间的承继关系，将上下数百年的资料系统组织起来，尽力还原中德文学对话的多层、动态结构。虽然 20 世纪之前从未有德国作家踏足中国的土地，但是德语文学中有关中国题材的作品出人意料地丰富。德语文学家对中国产生兴趣的原因是什么？为何中国女性会成为焦点？究竟是什么因素激发了文学家的创作热情？本书主要探索德语文学大师歌德、席勒、黑塞、布莱希特等人对中国女性形象的接受，研究的难点在于必须深入把握第一手材料，才能突破“东方学”思维模式的禁锢，真正揭示出中国“她者”形象在德语文学中崛起的文化内因。研究从传播史—接受史—文学再现史—功能史四个维度全面着眼。第一部从史料学研究入手，探寻源头，深入发掘第一手文献，充分整理和把握歌德、席勒、黑塞、布莱希特等德语文学家“中国作品”的原始材料；第二部通过译介学研究，对传入德国的中国古典文学、文化资料进行系统梳理、分清源流，还原“知识场”——德语文学家认知中国的知识基础和文化氛围；第三步运用德法传统比较文学研究的方法，通过精确的文本比对和话语分析去勾勒、剖析“她者”文学形象深层的话语结构；第四步运用变异学及侨易学研究方法，从文化和话语环境角度对“她者”形象的生成与变异进行深度分析，并运用手稿还原、核心话语跟踪等市政方法分析“她者”的演变过程，挖掘作家创作的心理动机，力求还原中国元素“原文—译本—解读—模仿—创新”的译介和变异轨迹，勾勒出“她者”在德语文学家心中的魅力之源。

在具体的分析中，作者分析了 17 世纪巴洛克小说中的中国女性形象，如德国作家哈格多恩的长篇传奇小说《一官》中首次出现的“中国亚马孙人”形象，哈佩尔《亚洲的俄诺干布》中受洗的“中国皇后”等，发现虽然中国当时不过是为传统的骑士冒险故事提供了新奇的舞台，但越来越多中国的真实细节被编织到了小说中，这其中，“中国亚马孙人”母题影响深远，但与“殖民”“传教”话语联系甚多，折射出欧洲人征服中国的愿望和文化、宗教上的优越感。作者继续分析了 18 世纪欧洲的中国热，对中国文化的译介，中国主题的戏剧登上舞台（如意大利歌剧中中国女子的表现），真正来自中国的戏剧如《赵氏孤儿》的改编热潮也在欧洲经久不衰，而《图兰朵》的故事尤为影响深远。作者详细分析了席勒笔下的中国公主，认为这个形象敏锐地结合了时代的呼声和妇女解放的思潮，走在了时代前列，并且由于人物内心的细腻刻画，成为德语文学中的中国女性形象重要转折。在 19 世纪的讨论中，作者主要分析了歌德的创作和中国的关系，尤其是他在对《梅妃》和

《冯小怜》的改写中对“中国女诗人”的塑造，并结合当时女性作家在德国的地位，提出中国女诗人的形象对德国“天才女性”之争的革命性冲击。在20世纪的讨论中，作者着重关注了德国汉学兴起后，比尔鲍姆与黑塞笔下的后宫女强人褒姒，德布林与克拉特朋笔下觉醒的女性，海棠，作为德国工人榜样的上海女工，沃尔夫的《泰扬觉醒》，以及布莱希特笔下作为寓言的“她者”的“四川好人”，表现出20世纪德国作家利用已经成型的某种“滞定型”的基础上表达自己的声音。

该书的研究内容新颖，角度独特，非常全面细致地展现了几个世纪以来德语文学中中国女性形象的变迁史，和德国对中国文学文化的接受史，除了详细清晰的史料归纳和分析之外，作者在正文后的附录中翻译引录了较为少见的几种文学史料，不仅佐证了本研究的内容，而且为其他相似话题的研究提供了材料。该书所搜集的多幅珍贵插图、书影多为第一次与中国读者见面，为展示德国人眼中的中国人形象提供了真实而直观的第一手资料。

（郑熙青）

《文化殖民与都市空间——侵华战争时期日本文化人的“北京体验”》

王升远著　生活·读书·新知三联书店 2017 年 12 月版

在新著《文化殖民与都市空间——侵华战争时期日本文化人的“北京体验”》的绪论中，王升远提出，在研究中不想将视野仅局限于狭义的“文学”“典型文本”，而试图在兼顾重要文人、学者经典论述的基础之上，不放过“非著名”所撰写的与论题密切相关的不同文体的、有代表性的重要作品。在结构上，以“问题意识”的连缀布局谋篇，使与“问题”相关的文本可自由进出、自由“对话”，保持必要的开放性，力图实现“文史互证”。在书中，作者对侵华战争时期日本文化人的“北京体验”做了不设限、只设问的路径选择，将这一时期的日本文学与思想置于“北京”这一话语空间下，进行了一些独辟蹊径的阐发。对学术研究自身逻辑的起源及方法论的反思正是步步为营的当代学术发展之必须，而王升远的“北京学”所择取的正是这种反思性维度。在结构上，此书“上”（佐藤春夫、阿部知二、周作人等知识精英）“下”（北京天桥以及人力车夫等社会底层问题）兼顾；“虚”（对日本文学作品的阐发）与“实”（对相关历史文献、统计资料等的搜求）并举，“问题意识”在多维视点间得以多岐化的展开，这种尝试所试图揭橥的，恐怕正是共时性结构的呈现所带来的研究自反性的可能。

此书最有趣的是作者有关日本文化人之“北京天桥”和“人力车夫”叙述之讨论。作者极力去想象和呈现全景的历史，此类考察关乎近代以降，尤其是知识分子和文教机构大规模南迁语境下，沦陷时期北京世相和北京人“精神史”，亦在“看—被看”的权力结构中表征来自日本的漫游者、观察家之心态和动机。书稿第四、五章论及的从“天桥”“人力车夫”与“文明—野蛮”的表象化附会，到殖民逻辑借助的“东方主义”所折射出的“现实中国”的文明进程，无不与当下语境中的争论议题相关。近代日本文化人书写的“北京”“中国”，洁净—污浊、先进—落后、文明—野蛮等有关日本与中国的论断交光互影，最终演变为“中心—边缘”的对立。然而，日本在否定中国在亚洲文明中心地位、试图强化自身作为亚洲新盟主之文化尊严的“去中心的中心化”实践中，其间的复杂、纠缠远非近代泰西列强的亚非殖民逻辑所能通约。北京天桥、人力车夫也都不过是可产生“涟漪效应”的透视装置，继之而起的还有“琉璃厂”“八大胡同”“戏园”“茶馆”等，在近代西方文明人士眼中，这些难以“文明”名之的众生相当如何评述？或许投向对象的“文明”眼光才会导致对象被凸显、放大，亦会导致不应有的遮蔽、抹杀。若我们能以“北京（中国）”为方法、以世界为目的去反向认知，那么“文明”与否的答案或许便因此而不同。作者透过对村上知性“北京文人论”等一系列个案的深入辨析，质疑了萨义德式“东方主义”的东亚射程。作者在意识到了东亚问题内在的种种复杂、混沌与纠葛后提出的“东方内部的东方主义”，作为返回“本体”与“事态”的“本体阐释”就更值得我们深思了。作者对侵华战争时期的日本文化人的“北京体验”进行了如同“万花筒”式的考察，即在必要的“时空封闭”的内部，多面镜像折射同一个“芯”，论题的“内在复杂性”才被凸显出来，由此规训着著述的“问题意识”在复数的视角下交互考察、参证。

此外，以思想重镇周作人为代表的文化精英在北京沦陷时期的涉日活动、言论及其天人交战之际的艰难抉择等，应基于新材料做出新的理解。时至今日，我们的周作人研究大多依然停留在声讨“汉奸文人”的政治论断层面。作为学者，既要遵循历史真实性的约束，亦当小心规避潜藏在惯常历史叙述背后的指令性引导。关于北京沦陷时期的周作人，除了“政治判断”之外，今人的“失语”常常根源于缺少必要的“在场”视角而导致的遮蔽，而在北京与周氏有过交往的日本人之记述便是周作人研究中不可或缺的第三维。在第9、10两章中，作者将侵华战争时期日本文化人的周作人书写区分为写实性作品中的实像和虚构性文学作品中的虚像两部分，对补全周作人被遮蔽的另外半边脸大有补益。基于对大量的中日文一手文献调查、互证，王升远指出，以鲁迅为参照物，日本文化人笔下阴性、理智、隐忍、温和、从容、博学、不触及对方敏感神经、易于轻松交谈的周作人形象是战时闯入者们所需要的。此外，作者还对周作人文学在日本的译介做了广泛的调查和细致的辨析，指出在侵华战争时期的日本，周作人“亲日派”形象的生成乃是原作者、译者、出版机构、相关舆论人士以及特殊时期译入国“期待读者”多边互动的结果。基于这些日文新材料，作者完成了对北京苦住庵主人的一次祛魅，将原本平铺杂陈在周作人身上的文学、历史表述之虚实区分出来，凭借拉开距离的历史想象力、洞察力和判断力，赋予研究对象以血肉、经络和情感，复原了理解北京沦陷时期周作人所必需的复杂政治、文化情境。在“问题意识”的指引下，作者创造性地构建起文学与历史之间的互文性关系，为日后的周作人研究提供了必要的基石。

“作为方法”的学术研究路径并非是“作为对象”的研究范式，而是“作为目的”的研究范式，王升远通过将“北京”方法化，为我们提供了基于反思和批判性的维度探索一种自反性“北京学”的可能。

（汪徐莹）

学术会议

全国马列文论研究会第三十四届年会

2017 年 10 月 13 日至 15 日，由全国马列文论研究会和辽宁社会科学院《社会科学辑刊》编辑部联合主办、辽宁大学文学院提供特别学术支持的全国马列文论研究会第三十四届年会暨“当代中国马克思主义文论研究的理论创新”学术研讨会成功召开。来自中国社会科学院、北京大学、复旦大学、中国人民大学、华中师范大学、山东大学、四川大学、辽宁社会科学院、辽宁大学等高校和科研机构的 150 余名专家学者与会。大会就“习近平有关文艺问题讲话研究”“当代中国马克思主义文论话语体系创新性构建及批评实践研究”“马克思主义文论与中华优秀传统文化会通关系研究”“马列主义文论经典文本与元典精神研究”等议题展开充分讨论，气氛热烈，会议取得丰硕成果。

此次会议围绕“习近平有关文艺问题讲话”研讨议题，专家们反响强烈。董学文认为：习近平总书记《在文艺工作座谈会上的讲话》中高屋建瓴地阐释了社会主义文艺精品思想，创作论是其精品思想的核心内容。在习近平总书记看来，创作社会主义文艺精品首先必须坚守艺术理想、志存高远；其次，不断进行艺术探索、创作精益求精；再次，始终贯彻创新意识，精心打磨；最后，还要协调处理精品形态与风格自由、普及与提高、领军作家与网络写手等关系。习近平文艺精品创作论是对经典马克思主义文艺创作理论的推进和发展，对于繁荣当前文艺创作和批评具有重要指导意义。丁国旗就习近平总书记关于民族文学的世界视野问题作了最新的阐释，他认为习近平总书记的文艺观立足于如何将民族文学搞上去的主题，主要包含三点：第一，重视文艺创作、着眼民族复兴。第二，坚定文化自信、弘扬中国精神。第三，希望民族文艺为世界文化贡献力量。就习近平“以人民为中心的创作导向”观念，上海社会科学院马驰研究员认为：习近平总书记在文艺工作座谈会中提出的“人民是文艺表现的主体”这一观点非常具有当下意义。理论工作者的任务需要认真界定人民的具体范畴，有责任地做深入的分析，在社会主义民主、法治的基础上对人类思想史上有关人民及其人民主权的学说进行全面的梳理，重建一个适用于社会主义法治体系的人民概念，唯有这样，我们在文艺理论和实践层面才能有所依据。徐放鸣以增强文化自信、构筑文艺高峰的江苏实践为例来观察习近平《在文艺工作座谈会上的讲话》发表以来文艺界的可喜变化，他认为，面对新的时代环境和文艺的使命，马克思主义文艺理论的研究需要积极走进文学现场，贴近当下的创作和批评实践，把握文艺发展中的创新探索，及时回答现实中出现的实际问题，从中寻求马克思主义文艺理论自身发展的创新视域。

就当代中国马克思主义文论话语体系创新性构建及批评实践的研讨议题，专家们聚焦“理论研究的问题意识”及“理论对现实的关怀品格”，展开热烈研讨。党圣元指出：文艺是时代前进的号角，最能代表一个时代的风貌，最能引领一个时代的风气。在中国当代文学理论批评的发展历程中，马克思主义文学观始终居于主导地位，在问题意识发生、意识形态属性、学术立场与方法论诸多方面均起着导向性作用。吴元迈认为：应建立马列主义研究的问题学，聚焦对重大问题的发生发展、碰撞论争与前景的研究。中国特色社会主义的巨大成就举世瞩目，中国的马克思主义研究也不断取得新成就，并且必然会走向实践、发生作用；必须首先了解、分析世界，认识到马列主义文艺学研究与创作实践相结合的重要性。姜晓秋认为，十八大后，中国特色社会主义进入了一个新阶段，特别需要马克思主义中国化的文艺理论作指导，也亟待我们有中国特色社会主义的优秀文艺作品来复兴民族的中国梦。张政文提出：问题意识的实现或者马列文论在当下的创新，要求我们必须高度重视设置当代马列文论研究的核心议题；要有一个非常明确的、理性的、标识性的学术态度。避免形而上学；坚持历史唯物主义和辩证法的观念看待学术。

季水河提出马克思主义文艺理论创新的中国问题意识的三个方面：一是社会变革意识，二是文艺发展意识，三是理论建构意识。针对文学与现实的关系，谭好哲认为：当代马克思主义文化理论研究亟需对三个突出问题给予时代性回答与解决：其一是政治多极化、文化多样化背景下，国际范围的文化领导权问题。其二是经济产业化、传媒化背景下，文化价值观接受问题。其三是文化现代性发展中的民族传统文化传承问题。胡亚敏聚焦文学文本中的审美与政治关系提出21世纪我们如何看待重新政治化以及在重新政治化的语境下审美如何走向政治的问题。张奎志研究发现：如何实现既保持文学自身的特点，又实现其政治教化功能，是文学所面临的一个重要课题。傅其林关注马列主义文学理论的本土化推进问题，他认为以群1960年代初主编的《文学的基本原理》从哲学视野下的文学观念到文学规律体系、话语范畴、文学实践经验等层次推进了马列主义文论本土化的合法性建构，为马克思主义文论本土化建设提供了有益的范式基础。刘方喜认为：《庄子》匠人故事技艺论被后世广泛征引，对中华传统文艺思想史有深远影响。今天的文化自信与对包括道德理想、审美理想等在内的传统文化理想的认同密切相关，超越近代以来形成的线性进化的断裂历史观及与此相关的历史虚无主义、文化虚无主义，中华传统文艺建立在小生产者自由个性基础上的价值观和审美理想，经创造性转化和创新性发展，可以成为当代中国社会主义文艺价值和理想体系的构成要素。张进讨论了丝路活态审美文化资源与马列文论研究的拓展问题。张红军从现代文学的组织方式与生产方式入手，探讨中国马克思主义文学理论的理论形态与中国传统的文人结社这一组织形式之间的内在关联。

马列主义文论经典文本与元典精神研究是此次会议的核心议题之一。孙文宪关注马克思主义文论的艺术生产问题，他认为马克思在《德意志意识形态》中非常明确地提出，关于生产的问题由生产本身、生产和需要之间的关系、人自身的再生产、人的关系的再生产四方面组成。马克思后来在《剩余价值理论》中对生产研究有更明确的表述，特别指出生产研究不仅适用于对物质生产的研究，也适用于对精神生产的研究。马克思的艺术生产论可以提供广大的阐释空间，有待于我们开拓和深化。高楠就马克思在《〈政治经济学批判〉导言》中提出的物质生产与艺术生产的不平衡理论指出：艺术生产具有物质生产与精神生产双重属性，因此与其他生产的关系是双重属性关系；艺术生产是综合的社会实践活动，因此在综合性上融涵其他生产；艺术生产与其他生产互为生产，但并不是彼此成比例关系的生产；艺术生产与其他社会生产无论是历史还是当下均具有必然的不平衡关系。赖大仁围绕马克思主义人的观点和人学思想指出，人的解放、全面自由发展问题是马克思主义文论最深厚的根源和更值得重视的方面。吴晓都指出，列宁的文论思想是马克思主义文论的组成部分，是其理论与执政实践的有机结合，坚持在民族文化立场、文化基石上的文化自信是马克思主义文艺理论、文化构建的优良传统之一。江守义对典型人物和典型环境的关系进行深入的思考。

此外，李世涛就詹姆逊马克思主义研究的身份问题展开探讨，韩春虎从历史端、文化端、现实端三个层面探讨意识形态的起源过程，卓今讨论了作家的主体性与现实主义的关系问题，等等。

（刘瑞弘　冯　静）

中国中外文艺理论学会第十四届年会

2017 年 8 月 19 日至 20 日，中国中外文艺理论学会第十四届年会暨“当代中国文论的创新发展”学术研讨会在辽宁大学隆重召开。此次会议由中国中外文艺理论学会主办，辽宁大学文学院承办，来自国内外各大高校、科研院所、学术期刊及出版机构的 300 多位专家与会。会议围绕“立足本土，开拓创新”主题，探索了当代中国文论创新发展之路。

一、中国文艺理论主体地位的确立

确立自身的主体地位是当下中国文论创新发展的首要任务。丁国旗认为，习近平关于文艺问题的基本立场和观点主要有两个：一是繁荣发展民族文艺；二是重视我国文艺的世界影响。民族文学与世界视野这两个维度，为中国特色社会主义文艺的繁荣发展指明方向。吴子林以维特根斯坦、钱钟书等人的述学文体为例指出，学术研究是一门创造性的艺术，述学文体不仅关涉学术表达形式，而且关涉学术思想的创造。周启超从“世界文论新景观与比较诗学新气象”出发指出，近年来“世界文学”作为一种新理念不断涌现，其既是国际间文学的互动之“网”，也是民族间文学的博弈之“场”。徐放鸣以韩国纪录片《超级中国》为例指出，域外各方对中国形象做出种种“他者”构建，形成了复杂多样的中国形象传播状态，值得学界关注。马大康从“文学活动论”着手认为，“文学活动论”必须进一步深入到文学行为中去，把文学活动视作言语行为与行为语言的深度融合，而这实质是向中华传统文化的精神回归。

二、马克思主义文艺理论的创新运用

如何创新运用马克思主义文论，是建构中国马克思主义文艺理论的根本任务。姚文放认为，马克思所说的“艺术生产”主要是指创作活动而与批评无涉，但其文学批评实践却显示了强大的生产性。20 世纪诸家

“理论”的浸润造就了马克思“艺术生产论”形神各异的风格特色，彼此之间的相互影响也成为推动文学批评学理流变的一个重要因素。邢建昌认为，文学理论发展经历反映论、审美反映论和文化研究论的理论演进，其动力来自现代以来文学理论学术史的传统、特定时代意识形态塑造和党派政治的介入、全球化语境下西方理论从总体性叙事向依托于特定知识型提问转向的潮流三个方面。宋伟认为，从实践存在论视域重新阐释马克思主义美学，旨在摆脱长期以来所谓正统的教科书式的马克思主义解释模式，尤其是摆脱唯物主义物质实体论和唯物主义反映认识论的僵化模式。在马克思实践论哲学与海德格尔存在论哲学之间建立起某种对话性的境域融合，可以彰显马克思主义在后形而上学语境中的当代美学意蕴。

三、西论中化过程中体用问题的反思

建构当代中国文论体系的一个重要问题是厘清西论中化过程中长期以来的体用关系问题。高建平对“崇高”进行了反思和探索，他指出“崇高”并不局限于作为一种文学风格的形容词性范畴，更是一种名词性的美学范畴，从而将关于“崇高”的研究推上新的高度。段吉方提出如何从作为方法的“西方”角度开启对当代西方文论反思研究的问题，主张让西方文论的话语反思真正进入“客体化”的研究过程。毛宣国认为“意境”研究必须从中国美学和艺术实践出发，吸纳来自西方现代和中国传统美学的思想资源。孙士聪提出，福柯在中国先后经历了20世纪70年代末、80年代、90年代以及新世纪四个时期，见证了新时期中国学术话语的历史性变迁，这本身构成了自我反思的一个契机。赵奎英认为，“道与逻各斯”的比较框架虽已深入人心，但在中国传统哲学中，“名”与“逻各斯”更具可比性。透过二者的比较框架，可以看出中西诗学在诗学观念、审美理想和话语形态上的歧异及沟通的可能性。竺洪波重点评述王国维、胡适、陈寅恪研究《西游记》的学术贡献，揭示了大师们学贯中西的学术风格及对于当下学界的启迪和昭示意义。

四、当代文论的领域拓展和范式创新

时代发展日新月异，文艺理论须紧跟时代的步伐，从多方位汲取养分来丰富和完善当代中国文艺理论建构的方式方法。高楠认为，具体普遍性是文学的基本属性，文学理论对于具体普遍性的二元论的观念肢解，导致了具体普遍性在文学理论中的丧失，在当代应建构适于具体普遍性研究的文学理论。王德胜认为，文艺美学的“不确定性”构成了文艺美学在对象把握上的优势：当文艺美学将自身作为一种“可能的学理方式”来加以考量时，文艺美学的存在意义可能会得到有效彰显，这也使文艺美学较之其他学科更有可能在当下文化语境中实现突破。刘方喜认为，在新的物联网分享时代，西方消费文化理论对新的物联网分享文化研究依然有重要启示，辨析其基本理论思路，对于推进范式新转型仍有必要。刁克利就作者研究问题指出，作者研究应坚守作者作为文学起点和核心的理念，明确作者在文学理论中的架构。他提出应区分文本外与文本内的作者，建构作者生态研究理论与方法，倡导作者与读者融合的新观念。

本次年会延续了往届“传承与创新”的主题，会上的发言与讨论颇具启发性与建设性，展现了当代文论经典与现代交相辉映的时代特色，展现了中国文论界最为前沿的思想动态，必将推动当代中国文论的创新发展与体系建构。

（张文杰）

弘扬中华优秀传统文化 建构马克思主义文艺理论学科学术话语体系——中国社会科学院第四届马克思主义文艺理论论坛

2017 年 8 月 26 日，中国社会科学院第四届马克思主义文艺理论论坛暨“中华优秀传统文化与马克思主义文艺理论学科学术话语体系建构”研讨会在山东威海召开。论坛由中国社会科学院马克思主义理论学科建设与理论研究工程领导小组主办，中国社会科学院文学研究所、山东大学马克思主义文艺理论研究中心、山东大学（威海）文化传播学院合作承办。中国社会科学院副院长张江致信本次会议。

张江在致信中指出，本次会议将议题定为“中华优秀传统文化与马克思主义文艺理论学科学术话语体系建构”，这是一个非常重要也很有价值的题目，也是 2016 年 5 月 17 日，习近平同志《在哲学社会科学工作座谈会上的讲话》中给我国哲学社会科学研究提出的努力方向和目标之一。党的十八大以来，以习近平同志为核心的党中央对弘扬中华优秀传统文化、弘扬中华民族精神十分重视，在这样的背景下，我们来研讨“中华优秀传统文化”与“马克思主义文艺理论学科学术话语”三个体系的建构，非常及时和必要，这是广大理论研究工作者的光荣使命，我们一定要积极进取、不负重望，不断取得高质量的理论成果。

中国社会科学院文学研究所党委书记张伯江、外国文学研究所党委书记党圣元、山东大学（威海）党工委副书记周慧如、山东大学文艺美学研究中心主任谭好哲、山东大学（威海）文化传播学院院长张红军出席会议。本次会议开幕式由中国社会科学院文学研究所丁国旗主持。

来自全国各大高校与科研院所的 50 余位马克思主义文艺理论家及文学批评家参加会议，并围绕“中华优秀传统文化与马克思主义文艺理论学科学术话语体系建构”等议题进行了深入研讨。

张伯江从新文化运动两项文化遗产的百年实践角度切入，谈了关于当代马克思主义文艺理论建设中优秀传统文化如何提炼的问题。他认为白话文运动取得历史性成功的原因主要有两点：一是人民性，二是继承和延续了民族文化传统。传统戏曲在二十世纪上半叶的兴盛和此后的渐趋衰落，其中的教训也在于是否植根于民众和是否遵从文化传统。回顾马克思主义理论传入中国的百年历程，可以清楚地看出，凡是正确理解马克思主义精神、合理吸收西方先进理论方法、深度契合和顺应中国优秀传统文化发展方向的，都得到了健康、蓬勃的发展。那些偏离了马克思主义立场、观点和方法，违背了中国文化精神的主张和实验，都没成气候。

党圣元就马克思主义与传统文化之间关系谈了自己的观点，他认为，我们应该秉持一种会通融合、综合创新的文化通变观，深入领会习近平总书记关于中华优秀传统文化传承发展系列讲话的精义，学习和贯彻习近平总书记《在哲学社会科学工作座谈会上的讲话》精神，坚持以马克思主义为指导，运用马克思主义的立场、观点与方法，把握马克思主义与以儒家文化为主体的中华传统文化之间的关系，准确定位中华优秀传统文化在当代中国思想文化体系中的意义与作用，通过会通方法、当代眼光、文化通识，推进中华文化创新发展。

丁国旗主要从文艺本质属性的新界定、文艺功用的新阐释、艺术家素养的新要求、文艺精神内涵价值的新期待、文艺人才培养的新思路等五个方面总结了习近平总书记文艺思想的基本内容，并就文艺本质的“人民性”问题进行了详细阐释。他认为，能不能准确阐明文艺的属性问题，实际上决定着一种文艺究竟是谁的文艺、是为谁服务的文艺、是进步的还是落后的文艺等一些带有根本性的问题。将“人民”作为文艺的本质属性，是习近平总书记文艺系列讲话中反复阐明的，体现出中国特色社会主义文艺的基本规律和根本特征，为广大文艺工作者提供了正确的理论遵循，从而也与各种非社会主义文艺划清了界限。

张永清从恩格斯的家庭环境、与父母的通信、生活状况等方面切入，探讨了青年恩格斯的文学活动，并对马克思、恩格斯的思想变化及文学批评做了深入的阐释。泓峻从现代文学的组织方式与生产方式入手，探讨了中国马克思主义文学的理论形态与中国传统的文人结社这一组织形式之间的内在关联。孙士聪从马克思主义文化领导权的视角对列宁“文化革命”进行了再阐释。范玉刚主要从人民性价值取向入手对中国文论话语体系建构进行了探究。凌晨光以阿多诺《新音乐的哲学》一书作为讨论的具体对象，探讨了音乐存在的不同方式问题。江守义认为，外来的马克思主义文论和本土的文以载道的内在契合性，是马克思主义文论获得理论生长点的一个途径。孙书文认为，中华美学精神与马克思主义美学观念可形成实质性对接。传承中华优秀传统文化，弘扬中华美学精神，文艺作品才能魂有所依，文艺创作才能强基固本，才能出现文艺高峰。

大会第一场主题发言由谭好哲主持，范玉刚担任评点人。大会第二场主题发言由孙士聪主持，张永清担任评点人。除大会发言外，本次会议还安排了两场小组发言，与会专家学者围绕会议主题进行了热烈而广泛的讨论。

第一小组发言由贾洁主持，李永新担任评点人。第二小组发言由王贵禄主持，姜飞担任评点人。贾洁认为伊格尔顿通过重提“悲剧人文主义”的概念，对西方自由人文主义的悲剧观、“无利害性”“延续性”观点予以了猛烈批判。李永新从“强制阐释论”的角度审视了作为当代西方文论重要流派的英国文化研究，认为这一理论流派在发展过程中存在场外征用、主观预设、非逻辑证明与反序的认识路径等缺陷。郄智毅认为我们要建设的当代中国文学理论话语体系应具有当代性、本土性和正确的价值观。文学理论要为最广大人民的根本利益服务，以中国文学的健康发展为宗旨。王贵禄认为文学出场学是在马克思主义哲学研究的中国学派——出场学的基础上，提出的一种文学研究的观念与方法。文学出场学有其所聚焦的问题谱系、相对稳定的研究理路、通常采用的研究方法、标识自身特质的话语体系，从而使这种研究范式显示了较大的潜能。

在本次会议中，50余位马克思主义文艺理论家及文学批评家在热烈的讨论中擦出了思想的火花，发现问题，解决问题，在马克思主义文艺思想指导下，紧跟时代步伐，感受时代脉搏，研究时代问题，推动了我国马克思主义文艺理论的发展与繁荣，提升了马克思主义理论对于现实的阐释力与解决问题的能力。

（张雨楠）

聚焦“媒介文化：人与文学”——中国中外文艺理论学会新媒介文论分会第五届年会

2017年12月3日，“媒介文化：人与文学”学术研讨会暨中国中外文艺理论学会新媒介文论分会第五届年会在北京召开。此次学术研讨会由中国中外文艺理论学会新媒介文论分会、中国社会科学院大学人文学院、中国青年政治学院中文系、《媒介批评》杂志联合主办。

中国社会科学院文学研究所丁国旗、中国社会科学院文学研究所陈定家、同济大学艺术与传媒学院蒋原伦在开幕式上发言。会议开幕式由中国社会科学院大学人文学院张跣主持。

丁国旗认为，习近平同志在十九大报告中宣示中国特色社会主义进入了新时代，在这样一个新的历史时期召开本次学术研讨会意义重大。习近平同志在文艺工作座谈会上强调，要坚持以人民为中心的创作导向，这个“人”是指一个个的具体的人，文学最关注的也是一个个具体的“人”的生存状态，所以本次会议的主题“人与文学”是一个非常值得关注的话题。

陈定家回顾了中国中外文艺理论学会新媒介文论分会的缘起和发展历程，并介绍了我国第一部网络文学年鉴《中国网络文学年鉴》和《媒介批评》杂志。习近平同志在中央网络安全和信息化领导小组第一次会议上首次提出“网络强国”战略，在十九大报告里面八次提到互联网，在党的新闻舆论工作座谈会上强调：“我们过不了互联网这一关，就过不了长期执政这一关”，可见新媒介文化研究非常重要。

蒋原伦认为，媒介文化研究既是一个极其广阔的领域，又是一个新兴的研究领域；既是一个积极活跃并和当下生活紧密相关的领域，又是一个没有经典和传统作品的领域。媒介文化研究的主要任务是给某种文化现象以媒介学的阐释或者媒介技术方面的解释。今天的社会文化已经和媒介技术的发展融为一体，因此媒介文化研究必然要面对文化和技术融合这一现状，并做出自己的回答。

张跣首先介绍了中国社会科学院大学的基本概况。他指出，进入21世纪以来，以互联网为代表的新媒介对当代文化与文化理论产生了难以估量的冲击和影响。媒介文化表征着世界，占据着世界，全面形塑着我们的生活风格、人际关系、信息方式、价值观念和审美素养。媒介文化就是这个世界的基本文化形态，媒介就是这个世界。他认为，关注媒介文化，研究媒介文化境遇中的人和文学，对人文学者而言，是任务，也是使命。媒介与文化认同，媒介文化与主体性，媒介文化与文学观念的嬗变，跨文化视界中的网络文学与媒介批评，新媒介语境中的文化生产与消费等问题的相关研究，已经成为当下文艺理论研究必须面对和思考的新问题。

刘方喜认为，媒介即“关系”，在麦克卢汉的电子媒介时代，信息生产者、传播者、消费者建立起来的关系主要是信息性的，而且是单向性的，指导数字媒介的互联网微博 1.0 也是如此，以社交网络为代表的 Web2.0 开始建构双向性和互动性的关系，物联网是建立在 Web2.0 基础上的。物联网开始建构人与人之间的物质性的关系，在此意义上称物联网为“超媒介”，它不仅传播信息，而且传播物，因此在人与人之间所建构起来的关系不仅是信息性的、关键性的关系，而且也是物质性的关系。人类社会由电子媒介的消费主义时代，进入数字媒介的分享主义时代，物联网开启了一个新的时代。

本次学术研讨会聚集了众多学界专家学者，设有大会发言、小组讨论两种形式。大会第一场发言由孟登迎、张意主持，蒋原伦、刘方喜、李勇、郭必恒分别发言。大会第二场发言由陈定家、丁国旗主持，许苗苗、吴琼、汪民安、徐敏分别发言。与会代表围绕媒介与文化认同、媒介文化与主体性、媒介文化与文学观念的嬗变、跨文化视界中的网络文学与媒介批评、新媒介语境中的文化生产与消费等会议主题展开小组讨论，碰撞出智慧和思想的火花。

（张雨楠）

“文化自信与文化间性”国际研讨会暨第六届国际东西方研究年会

2017 年 9 月 9 日至 10 日，由中国社会科学院文学研究所主办、兰州大学文学院承办的“文化自信与文化间性”国际研讨会暨第六届国际东西方研究论坛在兰州大学举行，来自美国印第安纳—普渡大学、加州州立理工大学、德州大学圣安东尼奥分校、德国美因茨大学、南非约翰内斯堡大学、中国社会科学院、南开大学、浙江大学、吉林大学、山东大学、首都师范大学、西南大学等国内外高校及科研机构的 40 多位专家、学者参加了本次会议。研讨会开幕式由兰州大学文学院比较文学与世界文学研究所所长张同胜主持。

兰州大学校副校长潘保田出席大会并致辞。兰州大学文学院院长李利芳向与会专家介绍了文学院的发展历史、学科建设，认为此次会议深具学理性、思想性和时代性，将对文学院的一流学科建设与国际学术交流产生积极的影响。中国社科院文学研究所金惠敏代表会议主办方之一，对各位学者的参会表达了谢意，希望专家展开热烈的对话与深入的交流。

本次会议围绕“全球化时代文化自信”“全球化时代的文化间性”“中西差异思想研究”“中西文学与文化中的价值观比较”等议题展开研讨。

金惠敏作了《关于文化自信与文化间性》的主题报告，指出以英国脱欧和美国川普主义为标志的后全球化时代的启动，似乎突然之间将中国推向一个经济全球化引领者的位置。与这一经济角色相应，中国适时提出“文化自信”的民族文化发展战略。其核心内容是对中华传统文化的自信并为之而自豪，但由于所有的“自性”都是从与“他性”的关系中产生的，因而“文化自信”就一定是一种以主体间性为哲学基础的文化间性，而不是中国威胁论者如亨廷顿所担忧的那种亚洲普世主义。“文化自信”的底蕴是儒家的“和而不同”，意在达成一个文化的星丛共同体。

欧洲科学院院士、德国美因茨大学的Alfred Hornung作了题为“孔子和美国”的主旨报告，通过详细的文献考证，历时地梳理了孔子思想在美国的译介及其对美国诗人庞德的创作、政治家富兰克林执政思想的影响，并就孔子学院的稳步发展提出了自己的建议。南非科学院院士、约翰纳斯堡大学的Keyan G. Tomaselli作了题为“文化中国和文化译介”的主旨报告，结合自己国际旅行中的感受，比较了南非与中国的文化差异，介绍了两国在电信领域与影视制作方面的合作与交流，认为文化差异观念是民族身份认同的前提，强调文化对话交流的重要性。陈勋武在题为《世界主义：人类共同体与文化星丛》的专题报告中以当代西方哲学家哈贝马斯、博格、阿沛亚与本哈比等人的著作为出发点，集中讨论了当代世界主义的两个核心追求：即建立一个法治的，规范化的世界秩序与建立一个包容、宽容、共容、开放的文化星丛的世界社会。刘悦笛作了题为《走向后人类时代的“儒家后人文主义”》的报告，他指出人类随着科技发展面临后人类境遇，“后人文主义”遂在欧美得以兴起，中国儒家应积极对应这种挑战。儒家并不仅囿于人文主义，由此可以反本开新出一种本土化的“后人文主义”，它在先天或者后天、本能与培育、自然与使然的张力之间来确定人性的基本结构。只承认人的生物根基的“自然主义”，只相信人的后天养成的“培育主义”，在当今西方学界所形成的尖锐矛盾，可在儒学智慧那里得以根本化解：既承认人性的自然根据，又接受人性的后天濡化，并在二者之间“执两其中”。从人类发展的理想状态来说，“完成的自然主义”就等于“完成的人文主义”，反之，“完成的人文主义”也等于“完成的自然主义”。朱鲁子作了《亚里士多德〈诗学〉探本——从〈诗学〉主流汉译将“Ελεος”误译为“怜悯”说起》的报告，从翻译的角度出发探讨了在文化交互作用中的相关问题。为了克服《诗学》中“Ελεος”主流译法的表面性和肤浅性，应该以“懊悔”取代“怜悯”。通过这个现实的详细事例分析使我们进一步思考在文化镜借中存在的问题和所面临的巨大挑战。丁子江从神学、哲学和科学的三维辩证出发，深入分析了文化构建的哲学机制，并进一步提出“神学建立信仰，科学建立事实，哲学建立理性。”

在两天的会议中，国内外专家从哲学、美学、比较文学、社会学等视域，对相关议题进行了广泛而深入的研讨。专家们在东西方文化对比、参照、融通中探讨了文化自信、文化间性、文化研究范式、文化文本的传播媒介与途径等问题，也探讨了在全球化背景下现代主义理论体系、儒家仁政思想、跨民族想像、跨国旅行体验、生态女性书写、流散文学特点等文化交流问题。

金惠敏在总结发言中谈到，此次会议是一次“高大上”的学术会议，国内外哲学研究、文化理论、文学艺术等领域的研究专家相聚一堂，发言者有着广阔的视野、深邃的思考和澎湃的激情，同时体现出一种包容、开放的学术观念。

研讨会互动积极，讨论热烈，见解独到。“世界主义”“后人文主义”“文化间主义”“球域化”“知识共同体”“别现代”“认知叙事学”等前沿的理论术语让人耳目一新。文化自信与文化间性国际研讨会暨第六届国际东西方研究论坛因此成为一次极具学术价值与现实意义的会议。

（张同胜　郭茂全）

正视问题，寻找出路——中国特色马克思主义文艺理论学科、学术、话语体系建设座谈会

2016 年 5 月 17 日，习近平总书记在哲学社会科学工作座谈会上发表重要讲话，并做出了建立马克思主义指导下的哲学社会科学学科体系、学术体系、话语体系的重要指示。为落实习近平总书记讲话重要精神，中国社会科学院马克思主义文艺理论优势学科、文学研究所马克思主义文艺与文化批评研究中心于 2017 年 8 月 15 日召开了“中国特色马克思主义文艺理论学科、学术、话语体系建设座谈会”。

习近平在讲话中指出，学科体系同教材体系密不可分，学科体系建设上不去，教材体系就上不去；反过来，教材体系上不去，学科体系就没有后劲。就教编写材问题，丁国旗借采访杜书瀛的经历，对此做出了说明。他提到杜书瀛在编写《文学是什么——文学原理简易读本》时，尽量避免过于抽象化、学术化，选取具体问题进行辨析。他认为，将高高在上的理论拉回到现实中，力争将文学基本问题论述清楚，这才是对学生有益的事情。金永兵进一步强调文学理论教材就应该对文学基本问题进行探讨，这些基本问题一定是从历史中梳理出来的基本问题，是回应现实文学挑战、文学症候的基本问题。杨杰看到，现在教材中各种声音纷繁复杂，严重影响到了学生的学术判断。因此，他认为，回到马克思主义原典，回到马克思主义的基本观念、基本框架和体系，加强教材建设，至关重要。面对当下文学、文化存在的各种各样的问题，孙士聪认为文学概论、马克思主义文论能否将其揭示出来并带入到文学理论的视野中，才是教材编写是否成功的关键。王贵禄对文学概论的编写提出了更为具体的建议，他主张文学概论应包含四部分，即马克思主义文学基本原理、基本原理涉及到的文学问题、名家运用文学理论分析文学问题的经典案例、学生练习使用文学理论。目前文学概论的基本框架缺少第三部分内容，学生不会使用理论，遇到文学问题无从下手，这是值得深思的问题。

马克思主义文艺理论的教学情况一直是困扰学者的难题，也是建构中国特色马克思主义文艺理论学科体系、学术体系、话语体系不能回避的问题。崔柯经过对高校马克思主义文论教学情况的深入考察，深切感受到马克思主义文艺理论课程在高校里的情况不容乐观：课程开设较少、师资力量薄弱、教

材冗杂，这些情况在当下高校普遍存在。他认为，未能给学生提供完善、系统的课程，是马克思主义文论课堂效果欠佳的原因之一。金永兵根据自己的亲身经历提出开设马克思主义文论课程，要引导学生带着问题去读原典，并在中国化的表述中让学生理解马克思主义文论的基本概念、范畴和命题，为他们进行深入研究打好基础。丁国旗指出，不仅学生很少读经典，部分老师亦是如此，课堂效果不好也与老师们对问题的理解不到位、难以取信于学生相关。只有从最基本的概念范畴出发，与现实紧密结合，课程才会有新意。高建平指出，任何理论都有阐释的空间，马克思主义文论的基本观念和命题学生需要掌握；而其中大量的理论空间，则需要老师在教学过程中启发学生去思考，培养学生的思考能力。

建构中国特色马克思主义理论学科体系、学术体系、话语体系，既要回归原典，也要与现实相结合。针对当下年轻学者对西方马克思主义的了解远远超过了经典马克思主义这一现象，刘方喜指出，对西方马克思主义了若指掌，却不阅读马克思、恩格斯的经典著作，这是马克思主义文艺理论发展存在的最大问题。胡继华进一步指出，不读经典，不是马克思主义文论研究者应有的态度。建构中国特色马克思主义文艺理论学科体系、学术体系、话语体系，不能绕开马克思主义文论经典。秦益成则认为，如今许多学者只想到创新，但创新需要基于原典，需要坚持马克思主义最基本的理论与原则。丁国旗根据文艺理论界存在的问题，呼吁学界应从问题出发，在解决问题的过程当中探索体系建构的方法和路径。张永清指出，体系的建构需要一个过程，而学者们既身处过程之中，又独立于过程之外。这不仅要求学者从问题出发，不断地与经典对话，同时也要求学者关注西方马克思主义文艺理论成果。包明德针对过去中外对马克思主义文论的阐释多融入了主观的理解和演绎这一问题，指出从马克思主义原典出发，对于正本清源至关重要。不仅如此，他还提出应尊重马克思主义中国化的已有成果和西方马克思主义，将基础理论研究与应用研究并举，把国外经验和国内研究成果相比较，在比较中形成文论发展的张力和动力。陈定家指出，回归经典不是回到起点，初心不能忘记，但要有发展的眼光，理论是指向未来的。

建构中国特色马克思主义文艺理论学科体系、学术体系、话语体系，既要高屋建瓴，也要脚踏实地；既要回归原典，也要关注现实；既要回归本土，也要关注西方，如此，才能真正做出自己的理论品格和特色。正如丁国旗在最后总结时所言，三个体系的建构要以马克思主义为指导，但最终如何落实还需要学者们集思广益，这是学界共同努力的方向。尽管过程是漫长的，但在这个过程当中应当保持自觉和自信。

来自北京大学、人民大学、中国社会科学院等高校及科研机构的 20 余位专家学者参加会议并发表观点。

（王园园）

延安文艺讲话为后世留下宝贵遗产
——中国社会科学院第二届马克思主义文艺理论青年论坛

今年是毛泽东同志《在延安文艺座谈会上的讲话》发表75周年。9月16日，中国社会科学院第二届马克思主义文艺理论青年论坛暨“延安文艺与当代文艺发展”学术研讨会在兰州大学举行。来自中国社会科学院、兰州大学、延安大学等科研机构和高校的40余位中青年学者与会，围绕“延安文艺的主要特征及其贡献”“现实主义创作方法研究”“红色经典形成的理论探讨”“对革命文艺的评价与评论”等议题展开了深入研讨。

标志党的完整文艺思想体系确立

“延安文艺”作为一个伟大时代的文艺收获，在革命、建设、改革各个历史时期，都对中国文学的发展产生了重要的影响。丁国旗认为，毛泽东同志《在延安文艺座谈会上的讲话》主要解决了革命文艺与革命文艺工作的一系列问题，系统阐发了关于文艺创作和文艺批评的一系列重大理论原则，为当时我国革命文艺运动的发展指明了方向。惠雁冰表示，“讲话”结合中国革命的具体历史单元，结合民族文学的写作传统，结合“五四”以来中国现实主义文学的发展方向，参照苏联社会主义现实主义的创作方法，在新的历史阶段下，建构性地提出了呼应历史要求、贴合民族传统、彰显中国气派的现实主义文学理论，成为“五四”新文学以来中国现实主义文学发展的历史性界碑。

揭示了文艺创作和文艺工作的一般规律

在新的历史语境中，我们该怎样看待延安讲话的理论遗产？怎样评价延安时期广大文艺工作者的文艺创作？延安文艺创作的精神与理念在今天有哪些价值？这些问题成为与会学者讨论的焦点。丁国旗认为，“讲话”具有鲜明的时代特征：一是“讲话”是在马克思主义基本理论指导下形成的，二是“讲话”针对当时的革命形势与文艺状况做出的正确选择，三是“讲话”确立了党对文艺工作的绝对领导。另外，将马克思主义普遍真理与解决实际问题结合起来，运用辩证唯物主义、历史唯物主义的思想、观点、方法，也是“讲话”留给我们的宝贵文艺理论遗产。对于“讲话”的当代价值，高照成认为，“讲话”虽然是在当时特定的历史背景下形成的，但它同样揭示了文艺创作和文艺工作的一般规律：文艺是有意识形态性的，文艺工作者应深入民众、深入生活，文艺创作应为了人民大众，文艺批评应坚持政治标准和艺术标准兼顾等等，这些基本遵循都没有过时，并会一直成为文艺工作主导思想。惠雁冰表示，在民族文艺的复兴诉求日益迫切的今天，面对西方文艺理论对中国当代文学的侵蚀，如何凸显以人民为主体的创作观，如何展现以民族文化为主导的审美观，“延安文艺”所锻造的可贵的“中国经验”、典型的“中国故事”与鲜明的“中国气派”，无疑成为中国当代文学消弭崇洋情结、重塑文化自信、激扬民族情怀的重要推力，也成为中国文艺理论不断发展的重要基石。从这个意义上来讲，“延安文艺”将是一种特殊的并具有持续省思价值与深度借鉴价值的历史镜像。

开创文艺工作新局面

2014 年 10 月，习近平总书记主持召开文艺工作座谈会并发表重要讲话，科学分析了文艺领域面临的新形势、新情况、新问题，创造性地回答了事关文艺繁荣发展的一系列带有根本性、方向性的重大问题，对在新的历史条件下，开创文艺工作新局面作出了全面部署。贾洁表示，针对文艺批评出现的诟病，习近平总书记提出应采用“历史的、人民的、艺术的、美学的观点”开展文艺批评，这一表述应景对时，是对马克思主义文艺批评标准的新阐发，指明了中国文艺批评发展的方向，对于重塑当下文艺批评精神，形成良性文艺批评环境，构建具有中国特色的现当代文艺批评理论体系具有十分重要的指导意义。

专家关心中国文论自身构建

与会专家还就中国马克思主义文论自身构建进行了探讨。卓今表示，中国形态的马克思主义文论坚持人民性、实践性、民族性，是一个根本方向性问题。中国在进行文艺理论的自身构建中，要善于对旧术语进行改造，及时创新、建立与时代紧密相连的新术语。他以张江提出的“公共阐释论”这一鲜明论断为例，认为“公共阐释”是一个宏大的理论构建，“公共阐释论”的提出为建构中国当代阐释学的基本框架确立了一个核心范畴，是在“强制阐释论”基础上的理论延伸，也是在与各种思想体系和理论流派的碰撞过程中得到启发，经过实践环节后提炼出的标识性概念。从“强制阐释论”到“公共阐释论”的理论创新，充分体现了马克思主义理论形成的方法和路径，具有巨大的理论价值和现实意义。

此次论坛由中国社会科学院马克思主义理论学科建设与理论研究工程领导小组主办，中国社会科学院文学研究所、兰州大学文学院合作承办。

（朱　羿）

“古典戏曲文献与文本研究”研讨会

2017年8月19日至20日，由中国社会科学院文学研究所古代文学优势学科、《文学遗产》编辑部、国家图书馆出版社共同举办的“古典戏曲文献与文本研究——以《古本戏曲丛刊》为中心”学术研讨会在北京召开。来自十余所高校、研究机构的三十余位学者出席了会议并做了发言。

《古本戏曲丛刊》（简称《丛刊》）是新中国成立以来最重要的古籍文献整理工程之一，目标是编纂一部系统完备的中国古代戏曲总集。1953年，时任北京大学文学研究所（中国社会科学院文学研究所前身）所长的郑振铎提出《丛刊》编纂设想，拟按时代顺序和戏曲文献类别，收录宋元戏文、明清传奇、元明清杂剧，并及曲选、曲谱、曲目等珍稀古籍资料。20世纪50年代至80年代间先后出版了六集。其后，出版工作陷入困顿。直至2012年，中央文史研究馆馆员程毅中提议把《丛刊》后续部分列入国家古籍整理出版规划项目。随后，在中国社会科学院文学研究所和国家图书馆出版社的共同努力下，2016年3月，“《古本戏曲丛刊》六集”由国家图书馆出版社正式出版，主要收录清代顺治至乾隆时期的作品，共收传奇和戏曲别集77种，共计109种剧目。目前，七集、八集的编选工作正在紧锣密鼓地开展之中，争取在2019年全面完成，为全书画上一个圆满的句号。

本次学术研讨会主要探讨《古本戏曲丛刊》在戏曲研究中的重要价值，并对七集、八集的选目提出具体建议。

中国社会科学院文学研究所所长刘跃进指出，国家大力提倡传承传统文化，戏曲是最具中国特色的艺术形式，值得学界特别关注。《古本戏曲丛刊》六、七、八集陆续编纂出版，能够推动戏曲小说的深入研究。戏曲研究包括案头与舞台两个层面，此次会议以“文献与文本”为主题，希望在版本作者、人物形象、故事主题、艺术手法等传统研究之外，更为重视历史文化环境之中戏曲作品的传播衍变过程，凸显经典作品的继承性。

国家图书馆出版社总编辑殷梦霞对参与《丛刊》工作的几代学者致以谢意。《丛刊》六、七、八集是在充分吸收前辈学者的研究成果上，由著名戏曲研究学者吴书荫领导下的专家团队重新拟定目录，选择版本、寻找底本。在此过程中，参与其中的学者专家、文学研究所和国家图书馆出版社都付出了艰苦卓绝的努力。六、七、八集的责任编辑程鲁洁则从编辑的角度，总结了六集的相关工作。

北京语言大学吴书荫在主题发言中重点谈及了两个问题，其一是《丛刊》的整体设想，其二是《丛刊》的重要价值。他介绍了《古本戏曲丛刊》作为一个宏大系统的古典戏曲文化工程的整体构想，并回忆了自己参加《丛刊》五集编撰时的细节以及《丛刊》六集的编撰过程。此外，他还谈到了近来重要的戏曲研究成果，并对《丛刊》后两集和数字化的工作做了展望。

专家发言主要围绕三个方面的主题加以展开。首先，与会学者充分肯定了《丛刊》的重要意义。四川师范大学赵义山认为，

《丛刊》中保存的曲学信息，对于深入研究和全面考察当时处于原生态的曲学史流变状貌，有着十分重要的价值；梅兰芳纪念馆刘祯提出，史料的获得与整理是研究的基础，《古本戏曲丛刊》的编印使大量罕见剧本得以保存，深餍学界之需求，为戏曲研究者提供一手材料，并由此催生出一大批学术研究成果，助推学界的繁荣，有裨于戏曲学科的建设。直至今日，这项工作仍极为重要。

其次，会议着重讨论了《丛刊》及戏曲文献的编纂整理问题。河北师范大学杨栋追忆了吴晓铃、卢前等前辈的风范；中山大学黄仕忠以《全明杂剧》的编纂为例谈及戏曲文献整理的若干问题；中国艺术研究院戴云讨论了《丛刊》中收录的几部碧蕖馆旧藏传奇；浙江大学徐永明以国内外数据库建设为参照，对《丛刊》的数字化建设提出了建议。

再次，以《丛刊》收录文献为基础的个案研究。第一，版本、目录等文献学研究，如东南大学徐子方《赵琦美抄校本古今杂剧新探》、复旦大学陈维昭《清代金瓶梅戏曲的版本、作者及其与演艺史的关系》、南京师范大学孙书磊《张潮〈笔歌〉所收杂剧的文献与理论价值》、中国人民大学郑志良《清初曲家汪光被考论》、中国戏曲学院裴喆《清代曲目胜录》、文学研究所李芳《清代旗人剧作叙录》；第二，戏曲的文体学、形态学、演出学研究，如北京大学廖可斌《晚明文人戏曲的“戏剧化”倾向》、华东师范大学李舜华《明代礼乐与演剧考绪论》、中山大学黎国韬《明教坊编演杂剧中的院本插演》、中山大学陈志勇《〈乐府红珊〉与晚明单折戏的仪式性演出》等；第三，戏曲曲本的个案研究，如北京大学李简《从〈红梨记〉杂剧第四折看元杂剧的流传》、辽宁大学胡胜《读〈洞天玄记〉札记》、武汉大学程芸《龙继栋〈烈女记〉传奇东传朝鲜王朝考述》、四川大学丁淑梅《“拜月”插图之出相、入戏与展演——以〈古本戏曲丛刊〉收录容与堂梓李评本〈幽闺记〉与武进涉园〈喜咏轩丛书〉凌刻本〈拜月亭记〉为考察中心》、中国戏曲学院吴新苗《不一样的“烟花粉黛”——嘉庆朝青溪故事与“青溪”杂剧》等。

《文学遗产》副主编竺青做了大会总结发言。他指出，在一天半的研讨中，与会学者以《丛刊》为中心，以“回顾”和“前瞻”为关键词做了或宏观或微观的探讨。他认为，一方面，纪念《古本戏曲丛刊》，应该从编撰、印刷、发行三个方面的价值来加以强调。它不仅是学术史史料，同时也是印刷史、书籍史的重要史料。另一方面，需要注重《丛刊》等传统文献与大数据、云计算、定量分析等研究方法的结合。如何更好地加以利用《丛刊》，发掘其更深的价值，则是日后研究的方向。

（李　芳文　郭丹曦摘）

中国中古(汉—唐)文学国际学术研讨会

2017年11月18日至19日，由华南师范大学文学院、华南师范大学中国文学与文化研究所主办，加拿大维多利亚大学亚洲太平洋研究学系协办的“中国中古（汉—唐）文学国际学术研讨会”在广州召开，来自中国内地及港台、美国、加拿大、日本等国的近三十名学者参加了此次会议。

会议开幕式由华南师范大学文学院张巍主持，华南师范大学中国文学与文化研究所所长蒋寅、加拿大维多利亚大学亚洲太平洋研究学系林宗正分别致辞。蒋寅、林宗正表示，中古时期是中国文学首次在外来文化的影响下发生重大变化的转折期，也是中国文学焕发出活跃的创造力，在多个层面达到艺术成功的伟大时段。新世纪以来，在新观念、新方法、新材料（域外汉籍和出土文献），以及老调新弹的历史眼光的刺激下，中古文学研究涌现了很多新的学术热点。此次会议召正是为了拓宽中古文学研究的学术领域，推进对此段文学史的认识把握。在为期两天的研讨当中，与会学者主要围绕以下几个主题展开讨论：

一、对于中古文学史的新认识与新观照

胡大雷（广西师范大学）通过南北朝对比分析认为，南朝尚文而北朝尚事功；在“文笔之辨”上，南朝重“文”而北朝重“笔”；在撰作上，南朝重诗而北朝重赋；在文体改革上，南朝“以诗为赋”而北朝“以赋为诗”。林理彰（加拿大多伦多大学）探讨了“盛唐”这一诗学概念的理论内涵，并分析了高棅《唐诗品汇》在“盛唐”诗学概念形成中所起的作用。林宗正（加拿大维多利亚大学）借助当代西方叙事学理论来对唐朝诗歌形式进行深入分析，具体从梦、诗史、家庭、音乐与知音四个主题的书写来思考唐朝诗歌里所传达出的叙事概念。

二、对于中古传统经典的崭新诠释

朱晓海（台湾清华大学）深入解读《刺客列传》认为，人性的基本结构中包括“人渴望被肯定”，这种渴望成为自身最大的软肋之一，会被他人充分利用，《史记》中的刺客也难以逃脱这种宿命。张伯伟（南京大学）从文学史的角度，对《春江花月夜》的若干争议问题进行探讨，他认为七言诗到了《春江花月夜》才能从哲理的高度思考人生问题，在品格上彻底摆脱了闾里歌谣的传统。张巍（华南师范大学）在评析前人众说的基础上，探求杜甫《饮中八仙歌》章法的渊源和流变，他认为其直接源头是汉魏六朝的人物品评韵语。

三、对中古文学的文化观照

釜谷武志（神户大学）通过梳理先秦至唐代文学或史书中表现“偶然”相关的语汇，揭示偶然与文学的密切关系。他指出“惊情”可以成为文学作品，特别是诗

歌创作的动机。王力坚（台湾中央大学）梳理并探析魏晋南北朝皇家园林的历史演变，及其与社会生活、王朝政治发展的关系，从政治、地域和人文三种因素，对该时期皇家园林的文化生态进行系统而深入的诠释。吴相州（广州大学）关注类书“乐部”文献的乐府学价值。他以欧阳询《艺文类聚》、徐坚《初学记》、李昉等《太平御览》的“乐部”为例，通过与《乐府诗集》的对比，说明类书“乐部”对理解《乐府诗集》内容、辑佚和校勘乐府学文献的的重要性。

四、对中古作家、作品的深入研究

许云和（中山大学）认为，丁廙《蔡伯喈女赋》完整地记录了蔡琰归汉前的生活经历和状况，证明了《悲愤诗》中史实的真实性。他还指出，蔡琰《悲愤诗》是建安十八至二十二年间邺下文人集团一次集体性文学创作活动的产物。川合康三（日本国学院大学）通过梳理并详细分析“冥搜”二字在杜甫诗歌中的使用情况，指出“冥搜”是一个表明杜甫对超越现实的世界、目不可视的世界进行探索的词汇。蒋寅（华南师范大学）认为，杜甫的咏枯病树组诗：《病柏》《枯椶》《病桔》《枯楠》，不是对植物题材的记叙性书写，而是典型的托物言志的咏物之作，折射出杜甫晚年思想的变化，透露了他最终释放政治抱负而专注于诗歌创作的心理动因。戴伟华（广州大学）以“永贞革新”为特定的时空，在综合分析刘禹锡、柳宗元作品和《本事诗》《旧唐书》相关材料的基础上，反推刘、柳之文学与政治才性。

五、对中古文类与范式的探寻

田菱（罗格斯大学）以孙绰作为深入理解中古早期文学史和写作实践的个案，她认为孙绰的交游诗，主要从《易经》和《诗经》取材来解释宇宙和政治现象，实质上则仰赖老庄思想来重塑宇宙范式、塑造庾冰的形象。吴妙慧（俄亥俄州立大学）深入分析陈琳为袁绍所拟《为袁绍檄豫州》和为曹操所拟《檄吴将校部曲》两篇檄文，认为文中对“无血腥战争”理想的表述，表现了以“美文”手段来平衡甚至取代“武力的手段”的文化理想。王平（华盛顿大学）将谢灵运的《述祖德诗》置于谢氏家族的崛起和谢氏家族谱系背景中进行分析，认为《述祖德诗》能较好地反映谢灵运的自我认同，回答了作者“我是谁”的问题。孙明君（清华大学）解析了杨素廊庙与山林兼之的文学范式的内涵，并追溯其廊庙山林合一人格结构形成的历时性过程，探究廊庙山林合一人格结构和文学范式在初盛唐时代的发展轨迹。

六、对中古文学研究学术史的梳理

吴光兴（中国社会科学院文学研究所）将文集“首赋”体制以及《文选》“甲赋乙诗”的问题置于目录学、辞赋文学史、两汉学术史三位一体的角度下审视，他认为在《七略·诗赋略》基础上建立的“文集”制度，诞生在以赋颂为最高文学价值的东汉前期文化建设的高潮阶段，“首赋”机制堪作其根本特征，其体制之建构，以一世纪六十至八十年代最为关键。马茂军（华南师范大学）通过梳理六朝派传统在唐、宋、元、明、清的实际存在，揭示了具有庄骚精神的六朝派，确实做到了以复古为创新，它被主流意识形态遮蔽后成为了中国文学的隐传统和隐主流。宁稼雨（南开大学）从六朝小说的文献整理、断代文体史的建构和文化文学分析等方面，对六朝小说自1919年以来的发展过程作了历时的回顾和评价。徐国荣（暨南大学）厘清了从章太炎、刘师培、黄侃、鲁迅、周作人到陈寅恪等学者对魏晋六朝之学的开拓之功，揭示了魏晋六朝之学在二十世纪上半叶学术研究中的重要意义。

会议闭幕式由华南师范大学马茂军主持，广州大学戴伟华致辞。戴伟华表示，这次研讨会体现了中西两个文化圈、学术圈的接触，为中国和国外中古文学研究学者提供了一个平等而友好的学术交流平台。总体而言，此次会议提交的论文质量很高，论题也相当广泛，体现了中古文学的研究现状和水平。这虽是一次小型国际会议，却集中了国内杰出的专家和国外成就卓著的学者。与会学者畅所欲言，对中国中古文学相关问题进行了深入探讨，这对国内外的中国中古文学研究将起到重要的推动作用。

（马玉琴文　刘延玲摘）

中国宋代文学学会第十届年会暨宋代文学国际学术研讨会

“中国宋代文学学会第十届年会暨宋代文学国际学术研讨会”由中国宋代文学学会主办、中国人民大学国学院承办，于2017年9月1日至2日在中国人民大学召开。来自海内外九十多家高等院校、科研单位和出版机构的学者、专家约一百五十人参加了本次学术盛会。会议主要特色如下：

其一，研究视野多维拓展。首先是广度的拓展，不少论文以跨时代、跨国别、跨文体、跨艺术领域等不同视角观察宋代文学史。如内山精也《作为职业的诗人——宋末元初诗坛发生了什么》、周裕锴《苏轼眼中的杜甫——两个伟大灵魂之间的对话》、孙克强《试论况周颐唐宋词赏析的词学意义》、蒋寅《翁方纲宋诗批评的历史意义》、杨理论《日本江户时代的诗学递变与杨万里接受》、张鸣《文学与图像：北宋乔仲常〈后赤壁赋图〉对苏轼原作意蕴的视觉诠释》等。其次是深度的开拓。一些学者比较深入地讨论了以往很少关注的文学现象。如洪本健对宋人笔记补史功能与杰出士人魅力的研究，王伟勇对宋元咏兰诗的研究，马东瑶对日记体诗歌的研究，郑永晓从《佩文韵府》看康熙后期唐宋诗之争等。同时，学者们又能对老的学术议题重新挖掘和阐发，开陈出新。如巩本栋对“乌台诗案”的重新发掘，王兆鹏对辛弃疾《菩萨蛮·题江西造口壁》寓意的重新解读等。

其二，文体学研究成果突出。如张海鸥《偈文体源流和形态》、王基伦《陈师道〈后山诗话〉的文体观探究》、谢佩芬《简刚巧构——周必大碑志特色析论》、周剑之《节奏的新变：宋代骈文独特风貌的语言学阐释》、李飞跃《诗曲交侵下的词体重构》、方笑一《论宋代殿试策文的文本形式》、侯体健《〈文房四友除授集〉的形式创造与文学史意义》、王晓骊《宋代题名与题名记》、辛晓娟《汪元量的歌体创作》、董岑仕《论宋代谱录著述的历史变迁》等，都从文体的角度拓宽研究对象，成绩斐然。

其三，研究方法多元化。有的善用理论思辨，如沈松勤《简论"宋调"的体性特质及其成因》、张毅《朱子的"格物游艺"之学与"中和"之美》、谢琰《"道喻"的日常化趣味及思想史意义》等；有的擅长审美感悟，如肖瑞峰对苏轼诗中西湖镜像的研究，伍晓蔓对陆游记梦诗的研究等；有的凸显史学功底，如诸葛忆兵《欧阳修在科举变革中的作用》、张剑《孔平仲与新旧党之关系》、曾祥波《宋代经筵"坐立"之争及其回应之道》等；有的考辨功夫过人，如朱刚《关于婺刻〈三苏先生文集〉所载策论》、刘成国《王安石、安国兄弟生卒年新证》等。

（苏碧铨文　郑韵扬摘）

2017国际中青年学者宋代文学研讨会

2017年8月25日至27日，由中国社会科学院《文学遗产》编辑部、厦门大学中文系联合主办的"2017国际中青年学者宋代文学研讨会"在厦门大学召开。来自全国各高校、科研单位以及日本、韩国、新加坡、中国台湾的三十多位中青年学者参加了会议并提交论文，内容涉及日常生活与中国古典文学、经典文本的接受、重要作家的行实与创作、制度与文学、空间与文学、域外汉籍等宋代文学多个研究领域。会议特点主要有：

一、主题明确。日常生活与宋代文学，是此次会议的核心议题。中国宋代文学研究会副会长张剑首先从意义、路径等方面对这一议题进行了宏观、前瞻性的思考。马东瑶对陆游等日记体诗进行了研究，指出日记体诗在题材、内容上的平凡与琐碎，容易流入平庸。但平与奇的悖反，则使之形成丰富的内涵表现与艺术风貌。刘宁以欧阳修为例，指出对盛衰的领悟，为欧诗的日常书写带来独特的张力。李贞慧指出，欧阳修的《归田录》在记录日常生活的同时，也有其威严与庄重的一面，宋代士大夫的责任感与日常生活之间有矛盾，也有融合。陈珀如以王安石晚年隐居半山时期的交游、生活为核心，探讨了文人庭园与文学写作的关联。锺晓峰以《陆游书写与"诗穷"论述》为题，揭示了陆游的物质生活对其心灵与诗歌的深度影响。曹逸梅考察了黄庭坚以物品交换为中心的绝句创作。林岩考察了北宋政治家司马光退居洛阳时期的人际网络、日常雅趣。王秀云对宋代"代书"诗所显示的多重文化意蕴进行了析论。汪超研究了杨万里的阅读生活。以上论文多以日常生活为切入点，展现出文学表现的丰富性。

二、重视宋代文学史上的名家、大家。会议论文以范仲淹、梅尧臣、欧阳修、司马光、王安石、苏轼、黄庭坚、陆游、范成大、周必大等宋代大家为论题的，就达十九篇之多。浅见洋二从"故人""天公"、催诗、诗材、诗眼、诗债等若干方面，细腻地分析了苏轼、杨万里诗中山水的拟人化问题。黄奕珍结合宋代思想与学术的相关成果，探讨了“异族”论题对陆游的意义。曾维刚考察了范成大走向巨擘的诗学历程与成因。侯体健以周必大为样本，论述了南宋祠官文学的多维面相。刘成国对王安石生平中改字、封爵等问题重加考订，解决了王安石行实中的一些疑点、难点。朱刚、赵惠俊从不同文献记载苏轼前身的差异、对立、由此及彼的改造与捏合中，还原了这一故事的真相及其在宋代禅宗史上的作用。卞东波关于中日举办的两次赤壁会的考论、绿川英树关于黄庭坚在日本室町时代流传考，钩稽了域外稀见史料，为苏、黄研究提供了第一手资料。

三、问题意识凸显、研究手段多样。谢琰从制度之学与宋学开山两方面，揭示了范仲淹在宋代学术史上的地位与贡献。成玮在欧阳修的音乐思想与诗学之间找到了联系。李贵将文学中的声音与公共关怀、私人记忆与大众情感联系起来。张淘注意到了苏轼古诗中大量加入对仗的反常规做法。张蜀蕙探讨了南宋诗文中的信州道路。刘京臣将数字方志与域外汉籍结合起来进行考证。韩国学者林惠彬介绍了《燕行录》的不同版本。叶晔用文本变异的机制来考证《兵要望江南》的著作权。裴云龙从“反经典”来研究王安石散文的经典化历程。锺志伟、姚华从戏谑、游戏的视角来研究宋人对唐人经典文本的模仿与改造。周剑之将叙事学与古代诗论结合起来研究诗境。李飞跃从异质同构、文体互渗的角度来研究词体。钱建状探讨了宋代隐士的政治企望与文学交游。以上诸文皆能新人耳目，触发思考。

闭幕式上，中国宋代文学学会副会长周裕锴、朱刚，日本宋代文学研究会会长浅见洋二，分别对此次会议作了总结发言。张剑代表《文学遗产》编辑部致闭幕辞。这次会议，观点创新、文献新见、论题集中、交流充分，推进了宋代文学研究的深入发展。

（钱建状　张经洪文　郑韵扬摘）

第二届南京大学域外汉籍研究国际学术研讨会

第二届“南京大学域外汉籍研究国际学术研讨会”2017 年 7 月 1 日至 2 日在南京大学文学院召开，来自中国大陆、中国香港、中国台湾、美国、加拿大、日本、韩国、越南，凡 62 所大学，以及中华书局、上海古籍出版社、凤凰出版社、中西书局、安徽教育出版社、广西师范大学出版社等出版机构，约 90 位学者参加了本次盛会。该次大会对 2007 年首届南京大学域外汉籍研究国际学术研讨会召开以来，10 年间的域外汉籍研究事业进行了总结与展望。大会也产生了良好的国际影响，与会的海外学者回国后，也纷纷介绍了该次大会带来的冲击和感受，大会分三组讨论进行。

A 组有王宝平的《笔谈文献刍议——以〈大河内文书〉为中心》，陈捷《关于琉球〈选日通书〉及新发现的韩国国立中央图书馆藏本的价值》，童岭《唐帝国的东亚情报与佚籍〈高丽记〉再考》，水上雅晴《日本中世公卿与汉籍：以年号资料中的“难陈”为考察中心》，金程宇《一封唐人尺牍的东亚传播史——法藏致新罗义湘及其相关问题》，申翼澈《燕行使与“养汉的”：译官·私商眼中的中国青楼与娼妓》，徐毅《清代中朝文人来往尺牍论略》，吴正岚《金昌业在燕行中的频繁提问与其家族的燕行文化——以“雪窖记忆”和“影响的焦虑”为重点》，朴现圭《〈岣嵝碑〉在韩国的流传和变异考》，冯翠儿《新罗〈鍪藏寺碑〉考论》，稻畑耕一郎《地理学家志贺重昂的汉诗——兼论美国得克萨斯州的汉文“阿拉莫之战纪念碑”》，漆永祥《纵然万里来相会，憾恨知面难知心——论朝鲜燕行使笔下的清朝皇帝形象》，郑墡谟《从成寻的〈参天台五台山记〉看熙宁年间高丽使臣的在宋活动》。

B组有道坂广昭《关于日本传存的〈王勃集〉残卷——其书写形式以及“華”字缺笔的意义》，程芸《龙继栋〈烈女记〉传奇东传朝鲜王朝考述》，水口幹记《日本最早类书〈秘府略〉的编纂及其背景——通过对文人滋野贞主的考察》，佐佐木孝浩《日本古籍所见中国古籍装帧的疑问》，陈正宏《江户本与江南本——以和刻套印本〈米庵先生百绝〉〈米庵藏笔谱〉为例》，卢京姬以《17—18世纪朝鲜和江户文坛对王世贞编著书的接受与刊行之比较研究——以〈艺苑卮言〉和〈世说新语补〉为研究中心》，静永健《站在禹域的角度来看日本古汉籍的特征》，王小盾《论日本音乐文献中的古乐书》，毛文芳《图籍视野与东西观照：20世纪初Henri Oger〈安南人的技术〉之相涉问题》。

C组有廖肇亨《不负艰难到海涯：琉球册封使诗文中的海洋经验与异国情调》，林宗正“《金山联玉》与黄遵宪任职三藩市总领事的三年期间——从《金山联玉》对黄遵宪美国诗歌的一些想法”，张哲俊《第三种比较文学关系与东亚文学》，衣若芬《文图学与东亚文化交流研究理论刍议》，卞东波“宋代文本的东亚旅行：黄庭坚《演雅》的日本古注本及《演雅》在朝鲜汉文学中的传播”，俞士玲《许兰雪轩诗窜窃批评的社会、政治、文化、性别因素分析》，本次域外汉籍大会出现了许多域外汉籍研究的青年学者，比如左江“《唐绝选删》研究”，还有张勇、高平、付星星、刘学军、刘一、叶杨曦、曹逸梅等学者或考察某一文体在东亚的流传变迁、或考察韩国学者的诗经学研究、或研究某一意象在中日韩的不同文学绘画表现、或考察中日学者交往。

闭幕式由主持人张伯伟与十二位代表依次发言，有代表认为十年一届的第二次域外汉籍大会的召开可以视为域外汉籍研究工作进入到了2.0新时代，同时第二届大会中更多青年学者的涌现与更多国家学者的参与都展现了域外汉籍研究的欣欣向荣。

（付佳奥　李晓田　任哨奇文　徐光明摘）

第一届古典学国际学术研讨会

2017年11月18日至19日，由北京大学人文学部主办、北大中文系承办的第一届中国古典学国际会议在燕园李兆基人文学院召开，参加会议的共有海内外专家学120余人，汇集了中国古代文学、古汉语以及古代文献学等方面的众多专家。

开幕式由北京大学中文系杜晓勤主持，中文系主任陈晓明、台湾大学徐富昌、东京大学大西克也等致辞。大会发言部分，在北京大学葛晓音主持下，来自牛津大学的罗伯特·恰德从拉丁语教育以及中国文言文等角度探讨了关于英国古典学“classics”与中国古典学之间的异同，表达了对于中国古典学这一概念的浓厚兴趣；而来自美国华盛顿大学的康达维作为致力于翻译《昭明文学》的翻译学家，认为翻译本身就是一种高水平的学术活动，并且列举了一些文本翻译过程中的谬误，强调对于翻译来说深层次的文本解读、训诂考据以及版本研究的重要性。继海外学者发言之后，安徽大学的黄德宽、台湾“中研院”的陈鸿森以及北京大学的王邦维三位学者，分别讨论了《诗经》《论语》以及郑樵《通志》这三部典籍中的相关学术问题。

紧接着是为期两天的分组讨论环节。不同领域的学者就不同的学术探讨主题分组进行讨论：“出土文献和古文字组”，讨论范围从甲骨、金文到清代学术；“中国古代语言文字组”内容涉及古代文字、音韵、训诂、语法、语言学史等；“古代文学组”面对中国古代典籍，经典性特点突出，或是对经典作家、经典作品、经典母题的讨论，或是对“什么是文学”等理论问题的讨论；“思想文化组”则呼吁中国古典学不应该忽视形象学（图像学）的方面。

11月18日下午古典学会议的第一组为“出土文献”分会场。上海大学历史系主任宁镇疆根据清华简《芮良夫毖》中“必探其度，以貌其状；身与之语，以求其上”一句的“官人”术与《大戴礼记》《逸周书》等文献记载相合的情况，对古代早期选贤任官制度做出了分析。首都师范大学刘乐贤报告中谈了北大汉简《儒家说丛》中发现的几处需要补释的地方，并根据简文和补释对今本《晏子春秋》的一些内容进行了校读。香港中文大学沈培从不同学者对清华简《越公其事》一篇简文中“波”字的释读谈起，详细讨论了“波”“播”等诸字的联系和区别。北京大学胡敕瑞报告了在阅读《吴越春秋》一书时发现的两处疑误，并从汉简中寻找相关例证，对这两处疑误进行了令人信服的校读。之后，北京大学陈侃理则利用北大汉简《赵正书》篇对司马迁《史记》和《过秦篇》的互相抵牾的史实进行了辨析考证，并对司马迁的史笔发表了自己的看法。

11月19日上午的古代文学组的研讨中，台湾大学李隆献做了题为《先秦两汉“女祸说”的源起与承变》的报告。他谈道，“历史叙事”乃撰作者之历史、文化记忆，而非“实录”。基于对这一观点的认同，论文结合中西方理论和研究，考察先秦两汉“女祸说”的起源、发展和转变，并就褒姒、夏姬等较为著名的负面女性人物相关事例进行梳理、诠释。复旦大学唐雯在题为“女皇的纠结——《升仙太子碑》的生成史及其政治内涵重探”中，谈及虽然此碑用了大部分的篇幅表达了对仙界的向往和对长生的追求，篇末也表明“刊碑勒颂”的目的在于“用纪徽音”，但从碑复杂的生成史，可以看出此碑碑文由武后亲撰亲书，撰成后由当时所有在位的宰相一一署名背书，还一一保留了所有造碑责任者的题名。武后对待此碑的正中态度与立碑之迫切可见一斑。这块碑所承载的意义应不仅仅限于借纪念一个已经升仙千年的王子来表达武后对长生的渴望，更不可能如后人轻薄地认为的那样，向天下人宣示她对二张的宠爱。武后在碑文撰写过程中是有对李弘的形象有联系的。

亦有学者关注到音韵与训诂方面。杜晓勤在《汉魏六朝韵脚字校考》谈道：“中国古代的诗歌虽然用韵方式复杂多样，有通篇一韵与篇中转韵之分，有隔句用韵与每句用韵之别，而且各时期韵部分合与各人用韵宽严也并不完全相同，但还是具有明显的规律性和用韵的限定性，所以我们在处理诗赋等韵文的韵脚字异文时，也可以从音韵学和声律学的角度，对之进行分析判定。”

最后的圆桌会议与闭幕式部分中，学者们将讨论的议题集中到“中国古典学”，纷纷对这一概念进行了阐释。国家图书馆原馆长詹福瑞谈道：“中国古典学包括两个内涵——中国古代文献、中国古代经典，关于古典的断限，有的学者断在汉代。我个人认为把古典的断限放在1911 年。”北京大学廖可斌指出：“我们要借鉴西方概念，同时结合中国的特点，创造具有特色的中国古典研究。”北京大学孙玉文谈道：“什么是古？1911 年以前是古；典，就是古代典籍的意思；学，只要有明确的对象、有相应的方法，就可以叫做学。”

（高　丹文　郭丹曦摘）

“学科评论·十年前瞻”古代文学高峰论坛

2017 年 10 月 10 日下午，出席中国社会科学院《文学评论》杂志创刊六十周年纪念会的二十余位古代文学研究专家学者，参加了由文学研究所古代文学优势学科、古代文学研究室共同举办的“‘学科评论·十年前瞻’古代文学高峰论坛”。

该次论坛的主要议题是：一、中国古代文学相关领域学术史与学术前沿问题回顾与评价；二、中国古代文学相关领域学术发展趋势与方向前瞻。论坛分为“先秦至唐宋文学”和“元明清文学”两组。

在“先秦至唐宋文学”组的讨论中，詹福瑞、徐公持、陆永品、张新科、王兆鹏、汪春泓、葛晓音、陶文鹏、董乃斌、刘宁先后做了主题发言。与会专家学者首先对二十世纪古典文学研究历程进行了回顾，并围绕“加强理论研究，更好利用文献”、“重视经典作品，探讨主流问题”“关注内部问题，坚持文学本位”等话题展开了深入讨论。在“元明清文学”组的讨论中，左东岭、关爱和、彭玉平、王达敏、郑永晓、孙逊、李玫、朱万曙、杜桂萍、潘建国、宋莉华先后做了主题发言。他们回顾了近年来中国古代文学学科发展的大趋势及存在的问题，并对古代文学研究中“通”与“专”的辨证关系、作家及文体间的“横向打通”研究思路、近代文学的学科归属及概念界定、文学史研究的边缘化现象、小说戏曲研究中的文献意识意识、中国古典小说在西方的传播和接受等问题进行了深入研讨，强调了构建元明清文学研究价值的必要性，提出了学科未来十年发展的前瞻性意见。

最后，刘跃进、竺青和张剑分别在两组会议上做了小结。刘跃进指出，作为现代学科的古代文学研究，已走过六十余年的历程，并在当下面临着“新时代”的挑战与转型。此时对学科发展的历史进行回顾、评价得失，具有相当的必要性；与会专家对学科发展提出的建设性意见，不仅切中当下研究的薄弱之处，而且对于未来十年的学科建设具有前瞻意义。

（林甸甸　朱　姗文　董　双摘）

明代文学国际学术研讨会暨中国明代文学学会（筹）第十一届年会

2017年11月9日至11日，由中国明代文学学会（筹）、中国社会科学院《文学遗产》编辑部、暨南大学文学院、暨南大学出版社联合主办，香港浸会大学人文中国研究所协办的明代文学国际学术研讨会暨中国明代文学学会（筹）第十一届年会在广州召开。来自海内外的一百三十余位专家学者与会，共提交论文一百余篇。

9日上午，会议开幕式由中国明代文学学会（筹）常务副会长左东岭主持，暨南大学校长胡军致欢迎辞，中国明代文学学会（筹）会长黄霖，《文学遗产》编辑部马昕代表主编刘跃进，暨南大学文学院院长程国赋，与会学者代表铃木阳一、毛文芳先后致辞。与会学者围绕以下几个方面展开讨论：

一、明代各体文学研究。诗词文方面，魏宏远（兰州大学）认为，王阳明诗歌的现代性、主体性及文学史影响仍待深入研究。雷磊（湘潭大学）考辨黄峨作品与杨慎的关系。张仲谋（徐州工程学院）梳理明代词史中的四派、二体及江南地域词人群体、家族词人群体。周明初（浙江大学）认为，宋濂是文学史上被遮蔽的诗人。李慈瑶（宁波大学）论述了李攀龙史传体书写的三种立意模式。小说戏曲方面，铃木阳一、王子成（日本神奈川大学）分析冯梦龙编纂“三言”的政治意识。纪德君（广州大学）指出，元明词话是明代长篇通俗小说不可忽视的近源。李军均（华中科技大学）分析元明传奇小说对唐宋传奇的爱欲叙事与雅俗互融特质的汲取。刘天振、卢怡羊（浙江师范大学）从动机与体例两方面探讨明代志怪小说的编纂特点。廖可斌（北京大学）论述晚明文人戏曲的“戏剧化”倾向。朱万曙（中国人民大学）以徽池诸腔为中心，分析明代民间戏曲的文化品格。

二、明代文学思想研究。左东岭（首都师范大学）指出，中国文学思想史研究应区分文献的文体属性及其不同价值，以推动研究的精细化。陈广宏（复旦大学）认为，《诗源辨体》标志着相对独立的古代诗论史的出现。方锡球（安庆师范大学）认为，万历年间徐渭、李贽、汤显祖关于唐诗变化的新观念，是促成公安派“诗变观”产生的原因之一。魏崇新（北京外国语大学）分析汤显祖《牡丹亭》与晚明儒学之间的联系。刘尊举（首都师范大学）辨析作者身份、生命姿态对明代古文写作的微妙影响。史小军（暨南大学）详细梳理20世纪以来文学批评界对明代七子派的接受情况。郑利华（复旦大学）探讨晚明诗学对七子派复古系统的承袭与重构。许建业（香港城市大学）论述李攀龙所编《唐诗选》中的“唐无五言古诗而有其古诗”及其诗学意义。

三、明代文学与文化关系研究。毛文芳（台湾中正大学）分析《安南来威图册》所包含的域外文化交流现象。冯小禄（云南师范大学）考证冯克宽的状元身份及《使华诗集序》作者等。赵维国（上海师范大学）关注关羽崇拜在朝鲜半岛的接受及其对朝鲜汉文小说的影响。陈书录（南京师范大学）着力发掘明清时期文学与地域商贾、地域文化之间的交叉互动关系。陈恩维（广东外语外贸大学）关注岭南地域文化与岭南诗派的关系。

四、明代文学文献研究。黄霖（复旦大学）考证内阁本《金瓶梅》并非崇祯本原本。程国赋、郑子成（暨南大学）梳理日藏《考订通俗演义三国志传》的版本系统。孙小力（上海大学）考述杨维桢著作的版本。杨绪容（上海大学）探讨继志斋刊《重校北西厢记》的特征、价值与意义。杨骥（华东师范大学）考证明传奇《三社记》作者是晚明曲家潘之恒。郑幸雅（台湾南华大学）探讨了王世贞《世说新语补》的版本问题。

五、明代文学其他问题研究。张德建（北京师范大学）研究明代“正文体”及其背后的思想秩序重建。叶晔（浙江大学）梳理《牡丹亭》中的集唐诗，分析汤显祖的唐诗知识结构。徐永斌（江苏省社会科学院）讨论文士书画作品主动进入市场与江南文艺市场的发育。徐永明（浙江大学）利用 GIS 技术，对明代妇女作者的地理分布作可视化的呈现。

11 日上午，会议闭幕式由中国明代文学学会（筹）副会长兼秘书长陈书录主持，各小组代表总结发言，中国明代文学学会（筹）常务副会长左东岭致闭幕辞。会议增补武汉大学陈文新、暨南大学程国赋为中国明代文学学会（筹）副会长，增补何诗海、叶晔为理事。

（何志军、程　刚文　陶运宗摘）

“集部文献整理的经验与问题”学术研讨会

2017 年 4 月 15 日至 16 日，由浙江大学人文高等研究院、中国社会科学院文学研究所古典文献研究室和浙江大学中文系联合举办了“集部文献整理之经验与问题研讨会”在浙江大学之江校区成功召开。

该次研讨会进行了五场学术讨论。第一场学术讨论由胡可先主持，陈尚君、张高评、傅刚、王基伦和刘真伦分别作主题发言。陈尚君《许浑乌丝栏诗真迹与传世许集宋元刊本关系比较分析》对许浑的乌丝栏诗真迹和许浑诗集的三个宋元刻本中录存许诗的情况进行了梳理，着重分析了乌丝栏诗真迹在诗题、内容及鉴定许浑与他人互见诗方面的独特价值，力求最大限度地还原许浑诗的初始面貌。张高评《诗文总集整理之思与行》以《全宋诗》《全宋文》和《宋诗话全编》为例认为，断代诗文总集的编纂应该有系统的思维、完备的体例、宏阔的视野，还需要谋定而后动，加强与学界同行的沟通、并随手记录与所编总集相关的文献资料，编制相关的工具书或学术副产品。傅刚《由〈类要〉论〈玉台新咏〉原貌》根据晏殊《类要》所收录《玉台新咏》的诗句，在此前讨论的基础上进一步确证赵均覆宋陈玉父本最符合徐陵编辑的原貌，明代的通行本如徐学谟刻本、张世美刻本等，均经过后人的重新编排。王基伦《〈昌黎先生集〉校勘举隅：从朱熹“文理说”谈起》从语意、对偶与用典、排句与重出字眼、类字和句末语气词的讨论为例，说明朱熹从他主张的“文理说”出发对《昌黎先生集》作了不少改动，我们在校勘韩集的过程中应谨慎取舍，最大限度地寻得正确真实的原文文字。刘真伦《关于〈韩愈集〉整理学术体例的几点思考》对其整理韩集的经过和《韩愈文集汇校笺注》的校勘、注释和笺疏体例进行了详细说明，并对汇校过程中碰到的困惑作了重点分析。

第二场学术讨论由张高评主持。卢盛江、胡可先、陶然、周明初和张廷银分别作了主题发言。卢盛江《〈文境秘府论〉整理的几点体会》着重论述其整理《文境秘府论》的经验，特别强调亲自做版本调查和查阅原始传本、对版本之外的材料和文献本身作了深入研究的重要性。胡可先《欧阳修词笺注例说》对欧词注释的体例、内容和特点都作了思考，总结了欧词笺注的13个关键要素，同时结合自己笺注欧词的实践对以诗证词、以物证词和俚语释例等要素进行了举例说明。陶然《关于词集校勘的几点思考》从校笺柳永词的实践出发，总结了词集校勘的经验，认为在词集校勘过程中订律是非常重要的手段，很多异文都可由此判定是非。辑佚和笺注时也应谨慎，辑佚要有充分的证据，笺注应避免强作解人。周明初《〈全清词〉误收之明代女性词人举隅》论述了易代之际女性人物朝代归属的不易甄别，并着重对《全清词》误收部分女词人的情况进行了辨析。张廷银《由王振声诗文及书信看普通文人的普通写作》认为清末民初的普通文人王振声并未将全副心力用于诗文创作，他的这种态度代表了中国古代部分文士的生存与写作状态，对于我们了解普通文人的生活及写作过程有很好的启发意义。

第三场学术讨论由卢盛江主持。高克勤、周相录、查屏球、李成晴、和刘明分别作了主题发言。高克勤《集部文献整理的典范——〈中国古典文学丛书〉编辑出版回顾》从选目、整理者和编辑三个角度回顾了《中国古典文学丛书》的出版历程。周相录《集部文献整理的乱象——以〈新编元稹集〉为例》对《新编元稹集》中存在的校勘、编年、辑佚、笺注等方面的问题作了考辨。查屏球《抄本文集的编纂与流传方式——日传有关〈白氏文集〉成书资料三责试析》结合三种日本材料探讨了《白氏文集》的生成、流传方式。李成晴《中古别集篇序、附哉义例考——以〈文选〉李善注注引“文帝集序”为问题生发点》认为所谓的“文帝集序”实际上是曹丕繁钦、陈琳两封书信附载于自己文集中时所拟的解题性质的小序，并对中古别集篇序、并载的现象提出了新的见解。刘明《谫论六朝别集的版本调查与整理》对六朝别集的存佚和整理情况进行了梳理，并对版本调查的步骤和应注意的问题进行了论述。

第四场学术讨论由查屏球主持。罗宁、张燕婴、李剑亮、咸晓婷和叶晔分别作主题发言。罗宁《伪书、伪注、伪典——〈锦带书〉和〈锦带补注〉》通过分析《锦带书》的文风和用语、考察北宋时期的出现的伪注、伪典现象认为，该书是北宋时期的一部作品，它的出现与当时编造伪注和伪典之风的盛行有关。张燕婴《丁日昌致翁同龢信札考释》一文对《丁日昌集》失败的丁日昌致翁同龢的十二通书札进行了详细的考证。李剑亮《民国词学文献整理与词学编年史编撰》对其正在从事的民间词学文献的整理情况进行了总结，并认为这是探讨写本时代诗歌传播特征的重要方面和有效途径。叶晔《〈暴公子〉本事考证及其边界问题》对王世贞《乐府变》中的《暴公子》进行了详细的考察认为，其本事乃嘉靖后期都察院副都御史鄢懋卿出巡总理两淮、两浙、长芦和河东盐政之事，并此引发对晚明新题乐府研究的新思考。

第五场学术讨论由王基伦主持。刘成国、刘宁、孟国栋、郜同麟分别作了主题发言。刘成国《机遇、挑战与回应——数据库时代古典古典文学研究中的考证》结合作者撰写《王安石年谱长编》的经历指出，数据库时代搜寻文献资料更便捷、全面，也使传统的考证范式面临崩溃，因此在考证中应追求高精确性、批判地使用材料，注重论证的逻辑性，并自觉地追求考证背后的宏大问题。刘宁《对诗文集注释的几点思考》总结了新时期诗文集注释中注音的几种情况，即不主音、汉语拼音、直音、反切，这几种注音方式各有利弊，这一问题反映了诗文集注释的复杂性。如何充分吸收音韵训诂学研究的发展成果，为古籍注音建立一套科学的仿佛，值得深思。孟国栋《书画文献与明清别集的校理——以傅山诗集的整理为例》对新版《傅山全书》中存在的辑佚、重出和校勘方面的问题进行了梳理，并对书画家文家的整理提出了自己的看法。郜同麟《汉代文赋校释拾零》对汉代文赋中十余组词句的字形、字义和字音提出了新的校释意见，对汉代文献的解读和注释有很大帮助。

（孟国栋文　陶运宗摘）

中华文艺思想研究：理论与实践学术研讨会暨《中华思想通史》文艺思想编2017年编撰工作会

2017年4月11日至12日，由中国社会科学院《中华思想通史》文艺思想编主办，陕西师范大学文学院、西北大学文学院、安康学院承办的“中华文艺思想研究：理论与实践学术研讨会暨《中华思想通史》文艺思想编2017年编撰工作会”在陕西安康召开，三十余位学者参加了此次研讨，围绕以下议题展开了热烈讨论。

一、中华文艺思想研究如何传承、发展中华优秀传统文化，是与会者关注的重中之重。《中华文艺思想通史》及其资料长编就是要系统梳理出中华民族思想文化发展的脉络，厘清中华民族文艺思想史上的诸多观念，探寻中华民族文艺思想史上“一以贯之”的观念是什么，探讨中华文艺思想史上不断创新的观念有哪些，重视原生性及其衍生性问题，以呈现观念背后的历史复杂性。传统文化的创新还要有新材料作为支撑，结合新近发掘出土材料的同时，也要注意新材料的“思想性”，资料的搜集、编纂工作必须围绕“思想史”这个主题进行，为思想史服务。

二、《中华文艺思想通史》的形态问题，也引发了学者们的热烈讨论。中华文艺思想通史以马克思主义唯物史观为指导，以体现人民性、思想性为目标，对于如何坚持这一指导原则和目标，与会者从理论与实践两方面进行了深入的探讨。从理论层面看，文艺思想通史的编纂就是要重新学习和运用马克思主义的理论武器，深入挖掘历史典籍中富有思想和理论价值的文艺思想资料，善于运用这些资料来构建、阐述博大精深的中华文艺思想的历史发展过程和丰富内涵、鲜明特征。与会者还认为，在编撰过程中，我们还需要注重诸如文艺的社会功能、教化作用，以及如何从“技艺”的角度看待中华文艺等等问题。具体到写作过程中要始终坚持人民性的大走向，要充分认识到历史的丰富性、复杂性，注重在一些节点性问题的研究上取得创新性的学术突破。

三、如何进行《中华文艺思想通史》的写作，是会议的核心议题。与会者认为，文艺思想史写作的主要问题是：首先，注意问题的提出和选择，特别是如何从浩如烟海的材料中去发现和找出“真的问题”进行深入研究和阐释。其次，要体现主流文艺思想及其所代表的意识形态，忠实于历史发展事实，真实地还原中华文艺思想发展演变的历史风貌。最后，要本着实事求是的原则，具体问题具体分析。

（王晓玉文　董　双摘）

中华文学史料学学会古代文学史料研究分会2017年年会

中华文学史料学学会成立于1989年，古代文学史料研究分会成立于2006年，随着近代以来文学研究学科化发展的日益成熟，中华文学史料学自身也已有了不短的学术史，亟待总结经验，辨剖得失利弊，指明前进方向。有鉴于此，同时为促进中国古代文学史料学与地域文学文献的研究，增进会员之间的学术交流与友谊，中华文学史料学学会古代文学史料研究分会2017年年会暨中原文学文献国际学术研讨会于2017年10月7日至8日在郑州大学举行，来自中国社会科学院、复旦大学、山东大学、台湾东华大学等40余家高校和科研机构的专家学者参加研讨。不仅就上述中华文学史料学学科发展进行了切实有益的切磋，广泛深入的交流，而且在作家作品、方志墓志、出土文献、电子文献、石刻史料、图像史料、口头史料、域外史料等各个领域，均有新发现或新发明，同时围绕中原文学文献，对文学史料学的地域文学文献研究方向，也有良好的推动与增进之功，会议圆满且取得丰硕的研讨成果。

郑州大学罗家湘主持大会开幕式，10月7日上午在郑州大学举行，郑州大学校党委常委、纪委书记许东升、郑州大学文学院副院长许志远、古代文学史料研究分会会长郑杰文分别致辞。主题发言阶段，郑州大学俞绍初论述了古籍整理的基本方法，复旦大学杨明谈了自己整理《陆机集校笺》的几点做法，南昌大学文师华分析了元代文人杨维桢的行书墨迹《张栻城南诗卷》，中国社会科学院文学研究所陈才智发表了他对《韩偓集系年校注》进行的勘补工作，台湾东华大学程克雅诠释了胡绍煐《昭明文选笺证》引用“三礼”对史料进行的注释。小组讨论期间，与会人员分为五个小组，围绕中国古代文学史料学科的理论与方法、中国古代文学名家名著史料研究、大数据时代文集的编纂与研究、中原文学文献的梳理与研究、古代文学文献的梳理与研究等五个主题展开了广泛而深入的讨论。小组讨论结束后，各组的主持人分别做了小组汇报总结，简要介绍了各组的发言、讨论情况，有机呼应和补充了大会主题议程。10 月 8 日，在大会闭幕式上，郑杰文和郑州大学文学院书记甘剑锋分别做总结发言。甘剑锋与下届年会的主办方青岛大学文学院的有关人员举行了交接仪式。顺应与会同人“既要开花、更要结果”的良好愿望，在这次会议论文集基础上，学会将编辑出版《中华文学史料》第四辑，献给成立三十周年的中华文学史料学学会。

（陈才智）

中国郭沫若研究会第三届青年论坛综述

2017 年 4 月 21 日到 22 日，中国郭沫若研究会第三届青年论坛在海南省海口市召开。本届论坛由中国郭沫若研究会、《历史研究》编辑部、海南师范大学文学院、《海南师范大学学报》编辑部等单位联合主办，来自全国三十余所高校、科研机构以及学术杂志社的五十多位郭沫若研究领域的专家、学者以及相关研究人员参与了论坛。论坛开幕式由海南师范大学文学院院长邵宁宁主持，海南师范大学副校长过建春致欢迎辞，中国社科院主办的《历史研究》杂志常务副主编周群、中国郭沫若研究会副会长魏建分别为论坛致辞，中国郭沫若研究会执行会长蔡震为论坛做主题演讲。本届论坛围绕着“北伐前后的郭沫若”这一中心议题，共收到了三十余篇有着较高学术质量的论文，问题主要集中于北伐前郭沫若思想的马克思主义转向、北伐前后郭沫若的行状以及思想动态、郭沫若与北伐相关的作品在世界范围内的译介与接收，以及郭沫若与海南等。与会专家、学者分别从文学、历史、政治、文献学等多个维度对这些问题进行了研究和阐释，论坛在严谨而热烈的气氛中进行，共进行了七场讨论，由《中国现代文学研究丛刊》齐晓红、《中国史研究动态》苏辉、《东岳论丛》曹振华等主持。与会专家、学者们通过相互讨论、切磋，进行了深入而又富有建设性的交流，共同推动了郭沫若研究的进展。

一、多学科视野下的郭沫若研究

对于郭沫若的研究不能仅仅局限于诸如文学、历史等单一的学科内部，而是要在多学科视野下走向整合，这样才能呈现出一个多角度、多侧面的更为完整和统一的郭沫若的历史形象。尤其是对于“北伐前后的郭沫若”而言，其思想变动是巨大的，而这种思想变动必然会在其生命轨迹的各个侧面都得到表现，而并非集中于其中某一个维度。在本届论坛中，与会专家、学者即从各自的专业领域出发，并经由论坛这个平台，构建起了一次多学科之间关于郭沫若的交流，使郭沫若研究在学科之间实现了的跨越和对话。与会学者们从文学和思想史领域，在历史学领域，郭沫若、翻译及海外郭沫若研究、中国古典文学、文献学以及影视文学等多学科角度对郭沫若进行了全面的考察。本届论坛针对郭沫若所做出的研讨是跨学科的，这正符合了郭沫若这样一个全面发展的人物所独具的特性，学科之间的交流使得一个更为立体的郭沫若的形象被发掘了出来。在论坛的框架下，来自于不同学科的学者们在互相沟通与质疑之中汲取更多的养分，在资料与方法上互相借鉴，共同将郭沫若研究推向一个新的高度。

二、史料的深入发掘与思想的当下性转换

对于中国现当代文学研究而言，史料的发掘与整理是一件系统、宏大而基础的工作，而在郭沫若研究领域，由于郭沫若本人对其创作和文字经常性的修改和一些在记忆上的误差，故而尤其强调对于史料运用的准确性。在本届论坛上，与会学者在史料的发掘方面可以说是下足了硬功夫、苦功夫的，他们言必有据，论从史出，力求在最大程度上做到论证的严谨和精确。不仅如此，在深入挖掘史料背后所蕴含的思想资源的同时，与会学者们还始终将目光投向了当下，特别注意这些思想资源在当下语境下的转换，以郭沫若研究来带动一些对于当下学术和社会热点问题的讨论，为本届论坛增添了当下品格和人文关怀。

在参加本届论坛之前，中国郭沫若研究会名誉会长郭平英女士专程远赴汕头，为与会学者们带来了郭沫若北伐前后的珍贵史料，她亲自拍摄了现藏于汕头海关关史博物馆中的许多关于郭沫若的档案、信札等实物照片，对郭沫若在南昌起义之后的“潮汕七日红”时期所为中国共产党做出的工作进行了一个历时性的描述，作为郭沫若的直系亲属，郭平英女士在叙述时的客观谨严的态度使在座学者感到钦佩，而郭女士所展出的史料和照片更是让与会人员直观地感受到了那个“千秋英烈血喷烟”的时代，进而证明了郭沫若在北伐前后行为和思想的一致性，其对于马克思主义信念的执着以及为了这个信念而进行的艰苦卓绝的抗争都是值得学者们进一步去研究和弘扬的。

三、不同代际之间的学者交流

中国郭沫若研究会副会长魏建在为本届论坛致辞时总结了中国郭沫若研究在近几十年来呈现出的“马鞍形”的变化，并指出在经历过20世纪80年代到90年代的大起大落之后，目前的郭沫若研究正在迎来一个新的春天。通过回顾郭沫若研究的发展历程，魏建认为，青年学者的不断加入是近年来郭沫若研究重新振兴的一个重要因素。本论坛名为“中国郭沫若研究会青年论坛”，整合郭沫若研究的新生力量则成为了论坛开设的主要目的之一，论坛不但汇聚了郭沫若研究领域的专家、资深学者，还吸引了郭沫若研究的青年力量，还有汇聚了不少刚刚涉及郭沫若研究领域，乃至于初次涉及郭沫若研究领域的更年轻的学人们，这使得郭沫若研究团队形成了一个梯队式的发展面貌，不同代际之间的学者在本届论坛中互相交流、互相吸取经验，共同形成了一个

郭沫若研究的良性学术生态体系。在本届论坛的举办过程中，一些尚处于学术起步期的学术新人和青年学者的加入，成为了一个值得注意的亮点。

（吴　辰文　熊　鹰摘）

赋到沧桑：抗战时期的汉诗抒情与修辞策略

2017年6月2日至6月3日，由复旦大学中华文明国际研究中心主办的访问学者工作坊“赋到沧桑：抗战时期的汉诗抒情与修辞策略”在智库楼209会议室召开。本次工作坊由美国俄亥俄州迈阿密大学杨昊昇与复旦大学中文系张业松共同召集，吸引了来自海内外的近二十名专家学者共同参与。

在开幕式上，来自北京大学中文系的吴晓东做了题为《沦陷区诗歌的抒情性问题》的演讲，他通过对南星、路易士、朱英诞等诗人为代表的现代派诗歌群体的梳理，回顾了沦陷区诗歌所经历的由沉寂、萧条到复兴、中兴的过程并着重探讨了其抒情性特质，引发了在场嘉宾的强烈共鸣。

会议第一场主题为“抒情与政治——抗战意识和诗歌风格的选择”，由美国肯塔基大学现代与古典语言系的罗靓主持。首先发言的是来自河北大学中文系的刘玉凯，他以许多细节丰赡的个人回忆对诗人雷石榆的人生经历及创作历程进行了回顾，梳理了其左翼思想的形成过程以及在广州及西南诗坛的巨大影响。其后，来自北京大学中文系的吴宝林，围绕自己近年新发现的胡风诗文展开讨论，以“九一八”事件为分界线探讨了在此前后胡风思想与想象的区别及转变。本场最后发言的是来自中国作协现代文学馆的徐伟锋（北塔），其发言以戴望舒抗战时期诗歌风格的嬗变为主题，探讨了抗战时期的戴望舒在思想与艺术方面所做的调适与反思，以及在抗战前后诗歌风格的选择与转变。三位发言人的精彩论述引发了在场学者及听众的深入思考与热烈讨论。

会议第二场主题为“在场与记忆——沦陷区诗歌寻幽探微”，由复旦大学中文系张新颖主持。首先发言的是来自华东师范大学中文系的刘晓丽，她以《诗季》杂志为中心，重点考察了伪满洲国汉语诗歌的特点。其后，中央民族大学中文系冷霜通过分析吴兴华在北平沦陷时期诗歌中的表意策略，试图反映“隐微写作”中的“化古”现象。而后，德国法兰克福大学汉学系杨治宜以汪政权要人诗歌为切入点，为大家解读作为记忆场域的南京。最后，首都师范大学中文系的袁一丹以周作人和顾随和诗为研究对象，探寻沦陷时期不为人知的师道、诗心与禅机。

会议第三场主题为“乡愁与离散——战乱中的南洋歌诗”，由复旦大学中文系张业松主持。首先是由“国立台湾大学”中文系高嘉谦，为大家带来“烽火流离下的诗与史：论星洲、槟榔屿的抗战粤讴与汉诗”的主题报告。其后，新加坡国立大学中文系林立深度分析了新加坡日据时期的华文旧体诗，并声情并茂地为大家朗诵了粤语诗歌，反响热烈，会议气氛融洽。本场最后，工作坊的召集人杨昊昇与大家分享了其关于郁达夫诗歌的研究。这位“骸骨迷恋者”战时旧体诗中的遗民情结及其现代性引发了大家的思考。

最后，上海交通大学人文学院张中良提出虽然抗日战争对中国文化造成了巨大损害，但同时也在某种程度上为其提供了一个复苏和创新的契机。

至此，工作坊报告环节圆满结束，各位学者热情不减，积极参与到圆桌讨论和互动当中。

（齐　悦、鲍绿漪、冯允鹏、周春雨）

“现代文学与书写语言”国际学术研讨会

时值“文学革命”一百周年、《学术月刊》创刊六十周年，北京大学中文系与《学术月刊》杂志社合作，于 2017 年 9 月 23 日至 24 日在北京大学举办了“现代文学与书写语言”国际学术研讨会。

章太炎尝云：“文学者，以有文字著于竹帛，故谓之文；论其法式，谓之文学。”百年来，“现代文学”经历了由当下而历史，逐渐经典化、知识化、学科化的历程，并带来关于其范围和内涵的多样理解。如何判定“现代”，如何界定“文学”，本次会议不预设立场，旨在返回“书写”，从语言形式的角度呈现“现代文学”的内在肌理。

与近代西方“语音中心主义”趋向相比，汉民族乃至整个东亚汉字圈的语文传统更注重书写，在书写文字统一性（“书同文”）的同时保持口语多元。时至晚清，这一格局在“言文一致”“国语统一”等外来观念影响下遭遇挑战。“文学革命”也伴随着“书写语言”的变革，这一进程绵延至今。所谓“书写语言”，包括了文学语言、文法、文类、文体、语体、音韵、词汇、文字、段落、标点等诸多方面，都在本次会议讨论的范围。

本次会议第一场，日本京都大学平田昌司提交了《章太炎“文”说溯源》、北京市社会科学院的季剑青提交了《“声”之探求：鲁迅白话写作的起源》、复旦大学的倪伟提交了《古文的欧化及其限度——析论章士钊的“逻辑文”》、日本关西大学的沈国威提交了《国语的科学，科学的国语》、北京大学的王风提交了《现代文本·书写形式·新文学》。会议第二场，日本东京大学的藤井省三、澳大利亚昆士兰大学的张钊贻与厦门大学的张治都关注于翻译，而北京大学的张丽华则提交了《通向文化史的现代文本文献学——以鲁迅“随感录”〈新青年〉刊本与〈热风〉本的校读为例》的论文，通过对鲁迅随感录北新书局《热风》本和《新青年》刊本之间七处异文的校读，以及对《热风》在北新书局出版过程的考订，展示了印刷文化如何深刻参与了现代文本的书写，并对现代文本的校勘方法与目标提出了新的看法。在会议的第三场中，北京大学的吴晓东、岭南大学的许子东、复旦大学的段怀清和北京师范大学的林分份则从书写语言、叙事等不同角度对废名、张爱玲、赵紫宸、黄药眠的文学作品进行了分析。会议的第四场，来自日本的千野拓政和陈力卫都对中日之间的汉语问题进行了探讨。本次会议的第七场则关注话语，华东师范大学的文贵良提交了《吴稚晖：“自由的胡说”与游戏文》、西安翻译学院吴进则发表了《粗鄙语与20世纪中国文学》、河南大学的刘进才提交了《话语、戏仿与革命——论阎连科小说的语言探索》的论文。

（熊　鹰摘编）

“四十年代的国家想象、地方经验与文学形式”学术研讨会

2017年是中国抗日战争全面爆发80周年。西南交通大学人文学院和《学术月刊》杂志社合作，于2017年10月28日至29日在成都举办了“四十年代的国家想象、地方经验与文学形式”学术研讨会，以纪念并探讨相关问题。北京大学吴晓东、四川大学李怡、北京大学姜涛、华东师范大学刘晓丽、《学术月刊》张曦等一批国内相关领域的专家学者参加了会议。围绕中国抗战文学中的“建国”问题、中国抗战的“国际性”书写、四十年代文学中的“地方经验”与国家想象、沦陷区文学中的“国家意识”与文学形式四大主题进行了学术讨论。

在纪念中国抗日战争全面爆发80周年这一历史背景下，大会围绕沦陷区文学的言说方式、大后方民族主义话语的历史形态与运作机制、“伪满洲国”“伪蒙疆”和“野人山”等复杂边缘空间的文学书写、“民族形式”论争中的地方性与世界性、沈从文、汪曾祺等个体作家的在地经验等话题，展开了广泛而深入的交流。会议采取论文一对一评议和开放交流并举的方式，充分保证了不同学术观点的深度交流和碰撞。

（熊　鹰摘编）

纪念《野草》出版90周年国际学术研讨会

2017年11月20日至21日，由复旦大学中文系、复旦大学左翼文艺研究中心主办的“纪念《野草》出版90周年国际学术研讨会”在上海复旦大学召开。来自澳大利亚、日本、韩国、印度，和北京、上海、南京等国内外的30余位鲁研界专家学者参加为期两天的研讨会。其中包括中国作家协会副主席阎晶明，澳大利亚的张钊贻、寇志明，东京大学藤井省三，中国社科院张梦阳，复旦大学陈思和、陈引驰、郜元宝、张业松，北京第二外国语学院赵京华、北京大学王风等。

与会学者以《野草》研究为主题，对国内外学界的《野草》研究史进行了回顾与反思，并进一步提出很多创新的解读和观点。会议所涉及的具体议题有：

1.《野草》与鲁迅思想发展及文体变迁之关系；

2.《野草》创作及成书经过；

3.《野草》周边一：《野草》与鲁迅当时现实处境之关系；

4.《野草》周边二：《野草》之创作与中西文化及文学之关系；

5.《野草》周边三：《野草》在世界各国的翻译与传播；

6.《野草》独特的语言和文体探索及其在中国文学史上之地位；

7. 与《野草》相关的其他中国现当代文学问题；

8.《野草》各篇之再读与重评。

在会议第一单元"《野草》名篇再解读"中北京鲁博陈漱渝发表了《一往无前：鲁迅反抗虚无的独特方式——兼谈〈野草〉研究中的新索隐派》，上海鲁迅纪念馆、交通大学文学院王锡荣提交了《说"喜欢""欢喜"和"大欢喜"——也算〈野草〉研究》，华东师范大学中文系罗岗提交了《何谓自觉为"奴才"的"奴才"?》。会议的第二单元与第三单元分别为"《野草》发生学与'本事'考"与"《野草》主题及其诗学特性"。中国作家协会阎晶明、南京大学文学院王彬彬、中国传媒大学文学院刘春勇、鲁迅博物馆陈洁、中国人民大学文学院张洁宇、同济大学文学院张闳、李国华北京大学中文系王风、复旦大学中文系张业松等都提交了论文。

值得注意的是，本次会议设置了"比较视野下的《野草》研究"和"中国以外的《野草》研究"两个单元，与会学者分别论述了《野草》与日本、《野草》与西方表现主义、《野草》与印度佛教、《野草》与尼采以及《野草》在世界各地的接受情况。赵京华在《"二战"后日本的〈野草〉研究》中指出，《野草》文本内部研究的两条路径和文本外部关系研究的副线，并有继承和发展的明显脉络可以寻迹；这与欧美和中国的《野草》研究多有不同，而在探视鲁迅心灵的哲理演化及其艺术的原乡风景方面提供了独到的启示。日本学者秋吉收正好则在提交的论文《〈野草〉与日本——关于两个"诗人"》中对比了鲁迅和芥川龙之介两位作家，指出他们都未以诗人闻名却始终对诗未能忘情，对"诗"和"诗人"有极高的评价和向往，这表现了他们对文学心存理想而始终未曾达到的失落。

（熊　鹰摘编）

《诗刊》创刊60周年座谈会在京举行

2017年是《诗刊》创刊60周年。六十载春华秋实，这份由中国作家协会主办的新中国成立后的第一份诗歌刊物，讴歌人民创造生活，见证伟大时代发展，走过了光荣而不平凡的历程。中央领导同志对《诗刊》创刊60周年十分重视和关心，中央政治局常委、中央书记处书记刘云山同志专门打电话，对《诗刊》创刊60周年表示热烈祝贺。中央政治局委员、书记处书记、中宣部部长刘奇葆同志也祝贺《诗刊》创刊60周年，他指出，《诗刊》是引领中国诗歌创作的一面旗帜。创刊60年来，刊发了一大批高品质、有影响的优秀作品，培养了一代又一代优秀诗人，为繁荣社会主义文艺作出了重要贡献。他希望《诗刊》社的同志们发扬光荣传统，深入学习贯彻习近平总书记系列重要讲话精神，坚持党的文艺方针，坚守高质量的办刊标准，推出更多精品力作，用丰沛的诗情、高尚的诗意和多彩的诗句，抒写属于中华民族伟大复兴时代的宏伟诗篇。

1月23日，《诗刊》创刊60周年座谈会在北京中国现代文学馆举行。中国作协党组书记、副主席钱小芊出席座谈会并讲话。中国作协副主席吉狄马加主持会议。中国作协副主席何建明、高洪波等出席。

钱小芊代表中国作协和铁凝主席，向《诗刊》创刊60周年表示热烈祝贺，向所有关心、支持《诗刊》的朋友表示衷心感谢，向全国的诗人致以节日的祝贺和崇高的敬意。钱小芊指出，党中央对文学事业高度重视，习近平总书记在文艺工作座谈会和中国文联十大、中国作协九大开幕式的重要讲话，深刻阐明时代发展对文艺工作提出的新要求，深刻回答事关我国文艺事业长远发展的一系列重大问题，深刻揭示社会主义文艺发展规律，鼓励我们不忘初心、继续前进，同党和人民一道，努力筑就中华民族伟大复兴时代的文艺高峰。我们要深入学习领会和贯彻落实习近平总书记的文艺思想，深入学习领会和贯彻落实党中央的文艺方针和文艺工作的决策部署，努力推动文学事业和诗歌创作健康发展。

钱小芊说，诗歌是人类精神创造的重要形式，是文学皇冠上的璀璨明珠，诗歌历来生动地体现着民族精神，诗人历来最敏感、最热情，古往今来的优秀诗人，大都得风气之先、引领时代风尚。我国素来以诗的国度著称，从《诗经》《离骚》，唐诗宋词，到百年来的新诗，形成了极为深厚的伟大传统。要坚定文化自信，继承发扬优良传统，以更多为国家立心、为民族铸魂的诗歌作品振奋民族精神，高扬时代之声、爱国之声、人民之声主旋律。多刊载唱响祖国颂、英雄颂的作品，有力激发人们强烈的民族自豪感和国家荣誉感。要把人民的冷暖和幸福放在心中，把大众的喜怒哀乐倾注在自己笔端，讴歌奋斗人生，刻画最美人物，用诗性的语言，感人的韵律发出人民之声。要坚持高品质、高品位、高质量，推出更多留得下、传得开、叫得响的诗歌作品。提高原创力，拓展诗歌的题材、内容、形式和手法，在提升精神高度、文化内涵和艺术品格上多下功夫。稳住心神，甘于寂寞，精益求精，发挥好诗歌以文化人、以文育人的作用。

钱小芊指出，《诗刊》要坚守艺术理想，始终把社会价值和社会效益放在首位，努力推出更多有筋骨、有道德、有温度的作品。要提高原创力，拓展诗歌的题材、内容、形式和手法，在提升精神高度、文化内涵和艺术品格上多下功夫。诗人要迈出书斋阁楼，走出方寸天地，走到社会和人民群众中去，从平凡中发现伟大，从质朴中发现崇高，经过对生活的提炼、对生活的生动表达，展现特殊的诗情和意境。要不忘本来，吸收外来，面向未来，树立正确的历史观、民族观、国家观、文化观，用博大的胸怀拥抱时代，用深邃的目光观察生活，把优秀的作品展现给社会、呈现给人民。要积极吸收借鉴、推陈出新，焕发古体诗的时代光彩。真正做到办刊有责、办刊负责，高门槛、严把关，强化品位意识、质量意识，发挥好诗歌以文化人、以文育人的作用。

钱小芊说，要为诗人与社会的交流搭建平台，为诗人成长成才创造机会。进一步丰富人才培养方式，通过多种形式吸引青年、培养青年。引导青年诗人爱我们的党爱我们的国家，展现向上向善、乐观积极和充满理想的精神风貌，引导青年诗人加强思想积累、知识储备、艺术训练，在创作实践中提高学养、涵养、修养。要加强诗歌理论批评工作，引导青年诗人增强文化使命感、创新责任感，在为祖国、为人民立德立言的实践中成就自我、实现价值。要锐意创新，开拓全媒体时代《诗刊》事业新局面。聚焦编辑的文化素质、审美水平和职业道德的培养，全方位提高编辑业务水平。抓住文学期刊“回暖”的大好机遇，乘势而上，开拓进取，让《诗刊》各项事业迈上新台阶。结合网络发展，研究新媒体规律，拓展渠道、创新思路，实现刊物新的发展。加强刊物新媒体建设，积极利用各种方式，打造符合刊物特点的新媒体平台，为诗歌传播插上翅膀，不断提高刊物的社会影响力。

《诗刊》常务副主编商震汇报了《诗刊》近年来的发展情况。《诗刊》原主编叶延滨，诗人李松涛，评论家骆寒超，诗人晓雪、刘立云、玉珍等先后发言。大家从各自的角度，深情回望自己与《诗刊》一同走过的难忘的岁月，探讨诗歌创作艺术和诗歌理论评论，对这份重要而特殊的诗歌刊物寄予新的期待。大家谈到，自创刊以来，《诗刊》一直坚持与时代同行，与人民同步，刊发了许多载入中国当代文学史的诗歌作品，发现、培养了一大批杰出的诗人，引领诗歌创作发展。可以说，《诗刊》60年的发展见证了我国当代诗歌的繁荣发展，《诗刊》已经成为我国广大诗人和诗歌爱好者的精神家园。大家希望《诗刊》在新的历史时期，以诗铸魂，引领风尚，薪传中国诗歌艺术传统，以更多优秀的诗篇，为繁荣发展社会主义文学事业，实现中华民族伟大复兴的中国梦作出更大贡献。

来自全国各地的诗人、评论家代表郑欣淼、屠岸、朱增泉、岳宣义、谢冕、吴思敬、李少君、黄亚洲、金哲、丁国成、赵振江、王石祥、查干、朱先树、寇宗鄂、龙汉山、张建中、黄怒波、刘福春、欧阳江河、王家新、郁葱等出席座谈会，中国作协各单位各部门负责人，《诗刊》部分老领导老前辈及全体工作人员与会。

（原载《文艺报》2017年1月23日，记者李晓晨）

继承“讲话”精神 坚持人民中心
——“学习习总书记讲话，重温延安文艺传统”座谈会侧记

由中国社会科学院中国文学批评研究会、中国当代文学研究会、中国中外文艺理论学会联合召开的“学习习总书记讲话 重温延安文艺传统”纪念毛泽东《在延安文艺座谈会上的讲话》发表75周年座谈会不久前在京举行。著名诗人贺敬之，原中国

艺术研究院副院长黎辛发来了书面发言与致辞。张江、高建平、白烨、程光炜、刘跃进、陈众议、党圣元、丁国旗、陈福民、李继凯、段建军、梁向阳、魏建国、高君琴等专家学者20余人参加了座谈。大家就延安文艺讲话的时代价值、习近平总书记关于文艺工作的系列讲话的理论贡献等发表了看法。

贺敬之在给会议的祝词中谈到，他是在学习和践行《在延安文艺座谈会上的讲话》的过程中成长起来和不断进步的，“讲话”是毛泽东总结人类文艺发展基本经验，结合中国社会和中国革命的具体实践，创建毛泽东文艺思想的重要文献。这个文献的重大意义，是运用马克思主义的观点与方法，解决中国文化建设和文艺发展中提出的种种问题，从而实现了马克思主义文艺思想的中国化，使中国的革命文艺和后来的社会主义文艺得到了马克思主义文艺观的行之有效的统领和指引，经历不同历史时期都得到了应有的繁荣与巨大的发展。75年的实践与历史证明，《在延安文艺座谈会上的讲话》的基本观点与主要精神，是科学的、有效的，经得起历史的检验；今后依然对我们的文艺工作和文艺发展有重要的指引作用。习近平总书记在2014年、2016年发表的关于文艺问题的讲话，是近年来党关于文艺工作的深入论述与系统总结。这个讲话结合当代社会与当前时代的需要，在文艺与生活、文艺与人民等重要问题上，继承和发展了毛泽东《在延安文艺座谈会上的讲话》的理论要点与主要精神，提出了建设社会主义文艺的新要求与新希望，是继毛泽东《在延安文艺座谈会上的讲话》之后，马克思主义文艺理论中国化在当代时期的新发展与新成果。

《在延安文艺座谈会上的讲话》已经发表75年，但作为当年在《解放日报》编发“讲话”的编辑，黎辛回忆起当年的情形依然历历在目。在谈到《在延安文艺座谈会上的讲话》的重要意义时，黎辛说，“讲话”推动了延安的群众文艺运动，引导了解放区的革命文艺和新中国成立后的社会主义文艺，现在来看，仍然充满思想的光辉，值得继续学习，深入领会，并以此为指南建设中国特色的社会主义文艺。

张江在发言中提出，毛泽东同志《在延安文艺座谈会上的讲话》是中国共产党第一次科学、系统地阐述自己的文艺主张和文艺思想的历史性文献，“讲话”提出了一系列富有创建的理论观点，确定了党在民族解放运动中领导文艺工作的基本理论、路线、方针，标志着中国共产党文化思想体系的确立，是党的思想文化建设的一座历史丰碑，是马克思主义理论中国化的光辉典范。时过70多年，习近平总书记在文艺工作座谈会及中国文联十大、中国作协九大开幕式上的重要讲话，继承发扬了毛泽东“讲话”精神，鲜明提出了坚持以人民为中心的创作导向、创作无愧于时代的优秀作品、将中国精神作为社会主义文艺的灵魂、培育和践行社会主义核心价值观等观点。习近平总书记从文艺“为了谁”“表现谁”“相信谁”“依靠谁”等几个方面坚持、深化和发展了毛泽东《在延安文艺座谈会上的讲话》中提出的“为群众”和“如何为群众”的问题。习近平总书记所提出的关于文艺批评的“历史的、人民的、艺术的、美学的”四个标准，是对恩格斯提出的“美学的、历史的”标准的继承和发展，同时也是针对今天文艺创作上虚无历史、悬置人民、缺乏艺术追求、丧失美学精神等文艺病象提出的新标准，是马克思主义文艺理论中国化的最新成果。

毛泽东同志《在延安文艺座谈会上的讲话》与习近平总书记关于文艺工作的讲话之间的传承与发展，是座谈会上很多学者关注的焦点。刘跃进指出，两个讲话都有一个核心，即文艺为人民，《在延安文艺座谈会上的讲话》中提出的民族化、大众化的两个方向，75 年后看依然有效。陈众议认为，习近平总书记关于文艺的讲话，对延安"讲话"既有传承，又有发展，习总书记的讲话中有两点特别值得关注，一个是世界眼光，一个是古今关照。在程光炜看来，贯穿两个讲话的是一种积极的人民性。讲话所强调的人民性是在逆境、坎坷中不断激发自己的力量。当代文化越来越多样，人性、自我不断发展，但回看路遥的作品，依然激动人心，这是为什么？程光炜认为，是因为路遥写出了一代人积极的人生态度。作家写悲苦也是一种真实的生活，但把这些作品和路遥的作品放在一起看，我们更尊重路遥的作品，路遥也经历过千回百转各种困难，但始终有一种积极的自我引导的力量。从这个角度看，延安"讲话"和习近平总书记的讲话，不仅仅是执政党重要的理论文献，同时对作家艺术家个体也有重要启示，了解讲话的意义与价值，不能仅仅从一己感受去看，讲话不是个人的角度，而是国家的、民族的视野。

陕西延川的《山花》杂志是著名诗人曹谷溪和已故著名作家路遥等人于 1972 年创办的一张文艺小报。在 2015 年的全国两会上，习近平总书记提到他曾和路遥住过同一个窑洞，有过深入交流，并说到路遥和谷溪创办《山花》的时候，还是写诗的，不写小说。

座谈会上，《山花》杂志主编高君琴介绍了他们的办刊经验。高君琴说，《山花》创办 45 年来，一代代山花人坚持着"写人民，人民写"这一优良传统，带动了延川其他门类艺术的发展，也形成了当地重视文化、重视文学艺术人才的良好氛围。《山花》创办之时，因"文革"期间全国所有文艺报刊停刊，因此，引来很大的关注。《山花》创办 40 多年来，先后走出了以路遥、曹谷溪、史铁生、陶正、闻频、海波、远村、厚夫等为代表的四代山花作家群。其中有中国作协会员 13 人，省作协会员 19 人。延川《山花》不仅影响和引领着几代延川人的文学梦想，其知名度还辐射到全国和海外。有学者称此为"全国罕见的山花现象"，也有学者直接称延川作家群为"山花作家群"。如今，《山花》不仅是培育延川文学艺术人才的基地，也是延川文化艺术事业最具影响力的品牌。延川山花编辑部在县领导的重视下，由过去的内设机构升格为经费、人事独立运行、6 人科级事业单位。"在这个全国人民刷朋友圈的时代，延川有那么多人还在阅读《山花》，这也是我们作为编辑最为欣慰的事情。"高君琴说，《山花》的办刊方向，正是对毛泽东"讲话"精神与习近平总书记文艺工作的系列讲话精神的践行。

（原载《中国艺术报》2017 年 6 月 2 日，金涛）

第二届北京文学高峰论坛主题活动举行

2017 年 10 月 13 日，北京作家协会、北京十月文艺出版社、十月杂志社、十月文学院联合举办的“第二届北京文学高峰论坛：全国文化中心建设中的北京文学力量”主题活动在京举行，论坛就北京文学与中国文学发展中的诸多重大议题和前沿课题展开讨论。

该论坛也是第二届“北京十月文学月”核心活动之一。

中国作家协会副主席、书记处书记、党组成员阎晶明，北京市委宣传部副部长韩昱，北京出版集团总经理、十月文学院院长曲仲等领导出席会议。著名作家阿来、叶广芩、刘庆邦、宁肯、红柯、石一枫，著名文学评论家孟繁华、白烨、陈福民、张柠、陈晓明等出席会议。

中国作家协会副主席、书记处书记、党组成员阎晶明表示，几百年来中国文学的高峰都与北京有关系，比如曹雪芹的《红楼梦》和鲁迅创作的最高峰时期都是发生在北京这座城市，他们不一定都是北京人，但是这就是文化中心的魅力。

他指出，在鲁迅离开之后，这座城市还有老舍，老舍之后还有一大批的作家，从全国各地涌入这个地方，在这居住、工作和创作，而且以北京为题材的小说数不胜数。自王朔以来，北京再次成为文学创作的一个中心地带，但是在表现上有了一些变异，它不再是以地理方位、地域文化为特色的一种表达方式，而变成一个概念，一种意识形态和语言方式。而在叶广芩的笔下，北京又一次回到了一个有地理感、有故乡感的书写。

接着，论坛回顾了五年来的北京文学成就，中国当代文学研究会会长、著名文学评论家白烨评点到，这几年，乡村、都市、历史、现实等被大量书写，与此同时，现实主义创作特色明显并且成绩突出，《中关村笔记》《陌上》等都给人留下深刻印象。“作家们视野开阔，视点下沉，以自己的方式讲述中国故事，关注历史现实背后人的心理与精神境遇，小说创作的整体走向更加接地气，更加扬正气。”

沈阳师范大学教授、著名文学评论家孟繁华表示，过去五年中篇小说质量均衡，创作队伍齐整，生产发表机制成熟。《世间已无陈金芳》《声音史》等敢于直面人的精神性难题和时代困境。“从某种程度上来说，文学应该有必须坚守的价值观和艺术理想，今天的小说创作也需要重新回归文学经典的传统，在‘守成’的基础上扎实创新。”

北京文学与“一核一城三带两区”城市文化建设是论坛上的一个重要议题。

北京十月文学出版社总编辑韩敬群说，北京出版集团北京十月文艺出版社已召集了不同年龄段的多位知名作家对大运河文化带、长城文化带、西山永定河文化带进行长篇小说、纪实文学等不同文学体裁的选题策划，力求用文学的温度和力量，见证城市的沧桑巨变，串联北京的文化记忆。

对此，被视为“京味儿作家”代表的叶广芩坦言，“一核一城三带两区”虽是地域性概念，但必须有文化的积淀和托举才能真正立起来，而这是作家应该承担的责任。

她同时提到，科学的进步和时代的发展带给这一代作家广阔的视野，和读者也有更深层次的交流，这都将帮助文学创作迈入佳境。

《十月》杂志常务副主编、著名作家宁肯提出自己的观点，“如果城市也有故乡的话，你最初生活的地方，比如大运河旁、长城旁、永定河旁，就是你的故乡，特别是如果你已离开三十年，甚至是四十年。”他认为，围绕“一城三带”有无尽的题材。我们的新大陆就在我们自身。一种新的角度，一种新的选择，就是一些新的掘进。

青年作家石一枫则认为，北京文学关于“一城三带”城市文化建设的书写，既要书写国家故事，也要有个人故事，个人与国家是紧密相连的。

北京文学，是面向全国的开放的北京文学，当日论坛中，评论家、作家不断通过各自观点强调这一点。中国社会科学院副研究员、青年评论家刘大先说，北京已经不是一个具象意义上的地理空间或者地方性的概念，它其实是一个无形的象征，一个隐形的在场，这样的北京具有中国文化的象征意义所在。

（原载 2017 年 10 月 3 日“中国新闻网”）

第四届“当代中国文论：反思与重建”高端学术论坛举行

在习近平新时代中国特色社会主义思想指引下，中国文论研究如何适应新时代要求，成为文学研究的时代课题。2017 年 11 月 3 日至 5 日，第四届“当代中国文论：反思与重建”高端学术论坛在天津举行，来自全国文论界和批评界的名家汇聚一堂，以“中国传统文论的传承与创新”为主题进行了深入研讨。

中国社会科学院副院长、党组成员、中国社会科学杂志社总编辑张江出席会议并作主题发言，天津市政协副主席、天津师范大学校长高玉葆出席会议并致辞，会议开幕式由中国社会科学杂志社常务副总编辑王利民主持。

立足阐释的公共性

张江指出，20 世纪中叶以来，所谓“阐释”或“诠释”，成为西方哲学、文学、历史学及其他诸多学科的核心话题。以西方理论和话语为中心，研究和建立本民族的阐释理论，无异于沙上建塔。中国阐释学何以构建，起点与路径在哪里，方向与目标是什么，功能与价值如何实现，是必须面对和解决的迫切问题。

张江强调，我们必须坚持以中国话语为主干，以古典阐释学为资源，以当代西方阐释学为借鉴，去实现传统阐释学观点、学说的现代转义，建立彰显中国概念、中国思维、中国理论的当代中国阐释学。理解并承认阐释的公共性，是构建当代中国阐释学的重要起点。应当坚持以“诠”为根据，以“阐”为目的，努力汲取“阐”与“诠”二者之优长，互容互合，从而创建以“中国阐释”为标识性概念的当代中国阐释学基本原理。

张江的发言引起与会学者的热烈讨论。中国社会科学院外国文学研究所党圣元表示，对中国传统文论精义的探究是一个不断阐释的过程，用以阐释的方法也应是多样的，它并不是一个封闭的、完美无缺的系统。吉林大学文学院张福贵提出，我们所创造的文论体系必须“世界性价值与个人意识”兼含，“有了世界性价值，我们的中国方案才能被世界认同，才具有公共性，而这种公共性的价值体系离不开个人性的思想创造”。中国社会科学院大学张政文认为，从认识普遍性到阐释公共性昭示了人类在共同理性、共同普遍性和命运共同体中实现文明进步、文化发展的思想必由之路，“公共阐释论”为重建当代阐释学提供了中国方案。

清华大学外文系王宁认为，应将中国现当代小说放在世界文学的语境下来讨论。没有世界文学的影响和启迪，中国现当代小说的传统就不可能形成，而没有中国现当代小说的重要贡献，世界文学就是不完整的、有所缺憾的。

促进中西古今文艺理论深度融合

中国社会科学院文学研究所高建平提出，传统的传承需要引入“未来的向度”，变被动为主动，激活传统，催生新的理论生长点。四川大学文学与新闻学院傅其林强调，传统文论只是一种思想资源，理论原创才是中国当代文学理论合法性建构的正当路径。中国社会科学杂志社王兆胜认为，现代的科学研究有其优点，但中国文论也有“目鉴心评”的长处，这是我们宝贵的财富，中国文论话语若将二者相结合，就会变得更有力量。

“人类文化的统一性与民族文化多样性之间是辩证的关系。”中国社会科学杂志社副总编辑李红岩认为，统一性是认识人类社会任何问题的基础，在这一基础上，才能够科学地认识多样性与特殊性。湖南师范大学文学院赵炎秋呼吁，中国文论话语体系建设应当努力吸收中西文论中的养分，将现实作为理论话语生发的平台与基础，真正做到“超越中西，自主构建”。北京师范大学文学院方维规表示，“只要是好的理论，就可以为我所取，为我所用”。华中师范大学文学院李遇春认为，在中国文学复兴与重构中国形象的过程中须保持清醒，坚持中西主体间性立场，与西方平等交流，辩证地重构全球化时代的中国新形象。

北京大学中文系陈晓明表示，中国传统文论与西方文论在文学价值观、批评方法、批评气质及批评语言多个方面都不同，如何从中实现创造性转化，需要不断地关注与思考。四川大学文学与新闻学院曹顺庆提出，以西方理论强行阐释与转化古代文论是需要警醒的。

北京师范大学文学院李春青认为，中国近一个世纪以来的文学理论研究成果为理论重建提供了非常好的研究范式与尝试路径。中南大学文学与新闻传播学院毛宣国认为，修辞批评为中国文论话语的建构提供了可行的方法与路径，“使文学批评通过语言的分析落到了实处”。中国社会科学院文学研究所丁国旗认为，习近平文艺思想所蕴含的中国传统文论与马克思主义文艺理论及其现实问题维度，为创造性转化、创新性发展提供了线索与指导。

重识当下语境

华中师范大学文学院胡亚敏建议以马克思的社会理想为内核和基础，在新的语境中对价值判断作出新的设想和阐释。浙江大学传媒与国际文化学院王杰认为，当代中国电影、网络文学等新现象用既有美学理论无法完全说明，创意经济和消费经济使审美关系发生变化，当代美学和马克思主义美学应随之作出调整。杭州师范大学人文学院洪治纲注意到，新时期之后“言志”文学迅速升温，大量的诗人和作家越来越注重微观化的日常生活书写，而日常生活诗学的兴起就是其重要标志之一。

中国人民大学文学院程光炜表示，在当代语境中重新挖掘柳青及其《创业史》，会发现其中更多的艺术价值。华南师范大学文学院段吉方认为，批判理论作为一种西学话语，正面临着本体化和中国语境的考量，中国当代美学的发展需要一种立足于中国语境的批判理论。

“文学一路以来的传统是极其偏重书面文学的，忽略了数量更为庞大的口头文学。”中国社会科学院民族文学研究所朝戈金认为，完整的诗学体系至少应涵盖东方与西方、古代与当代、口传与书面、文学与艺术等多个维度的研究成果。扬州大学文学院姚文放说，中国传统文论中“意—象—言”理论发端于中国古典哲学，它丰富的内涵对文学创作具有重大的理论价值和实践意义，如今这一理论又得到了心理学的支持。中国社会科学院文学研究所刘跃进认为，“齐气”的主要特质带有明显地域性的齐俗特征，与齐地的地理位置和文化传统密切相关，而“齐学”的学术背景也影响了当时的文学创作。

会议由中国社会科学杂志社与中国文学批评研究会主办，天津师范大学文学院、《中国文学批评》编辑部承办。

（原载《中国社会科学报》2017 年 11 月 8 日，作者王婷婷）

《诗刊》社第 31 届青春诗会作品研讨会召开

谁怜把酒悲歌意，非复桃花潭水同。冬日可爱，冬日的江南甚美，这个冬日，有人负喧独坐，有人相约桃花潭畔，把酒言诗，心旷神怡。2017 年 12 月 8 日，由《诗刊》社、桃花潭文化艺术中心共同主办的“第 31 届青春诗会作品研讨会”在位于安徽省泾县的桃花潭文化艺术中心举行。此时的桃花潭，天色揉蓝，水流潺潺，空气清澈，给人一种恍如世外桃源之感。《诗刊》常务副主编商震、桃花潭文化艺术中心联合创始人刘永琴、河北省作协副主席大解、《解放军文艺》原主编刘立云、浙江省作协副主席荣荣、新华社安徽分社总编辑陈先发、济南大学教授路也、著名青年评论家胡亮等 20 余位诗人、评论家出席，研讨会由《诗刊》三编室副主任蓝野主持。

研讨会上，商震谈到，桃花潭是一个诗意浓厚的地方，这不仅仅是由于李白的《赠汪伦》，还与近些年桃花潭文化艺术中心在文化交流和发展方面的积极实践有关，与《诗刊》的合作也很精致，每一期都会留下很深的印象，这也源于我们活动的意义和价值与桃花潭有契合的地方。商震还提到，此次参加研讨会的导师大部分不是“青春诗会”时的指导老师，这是为学员们寻找一种陌生感，听听不同的声音。一个青年诗人要有自己的审美，要有创造力，要有自省能力，要学会自我监督，只有这样，才能增强自己的写作能力。写诗如在沙漠里打井，不仅要找准位置，还要有深度。一个诗人，首先要热爱诗歌，并不断增加文化知识的积累，增加经验的整合和梳理能力，以此来拓展审美的宽度。

陈先发认为，汉诗精微，对语言的每个位置都有要求，对细节、细部要保持警惕，小篇幅保持大容量，要精准表达。年轻诗人的写作中语言精准性的缺失是比较普遍的问题，江汀的诗歌，有当代汉诗中不可多得的精准，他对细部的把握细致入微，这与朵渔、曼德尔施塔姆有相似之处。冷峻的理性、家族史、北京生活、社会的浮躁等杂糅其中，有一种雾气。但江汀的诗过早形成了自己稳固的模式，形式感成熟，调子低徊，不够巧，这就少了些趣味。他的语言可以再活泼些，轻重要有一种平衡，年轻人的写作要在不确定中去寻找变化，在不断变化中寻找可能性。在谈到茱萸时，陈先发提到，诗歌是以语言为手段，以语言为手段的同时又以其为目的，现代性建立的基础是真正探索个体的复杂性。茱萸是个人复杂性比较突出的一位诗人，但他并未真正形成思想的复杂性。写作就是区分，古典资源的东西很多，传统并未消失，只是存在于我们的生活当中，茱萸真正来源于生活层面的少，在语言表面滑行，充满表达的弹性，但从生活中得到的启示少。

“年龄大了，时间就像被挤掉一样，十年前的事还像昨天一样”诗人大解说，语言像是砌墙的砖头，每一块砖头都要精准，不然容易塌掉。白月的诗歌中短诗居多，诗虽短，意义却是敞开的，语言节制、通灵、多义，读之有闪烁的亮点，很有智慧。但语言的过于节制，容易造成一种紧张感，影响意义生成，无法给人杀伤力。他建议白月可以尝试写叙事诗，语言落到具体的细节，避免空转、打滑，这样诗歌才能鲜活、生动、有趣味。谈到张二棍的诗歌，大解很有感触，他认为张二棍很善于表现当代生活，写苦难很具象，写农村生活很细致，写个人苦难延展性强，诗歌语言朴实、准确、有张力，《挪用一个词》一诗，在棺木上刷漆的老人那种超越生死的达观，富有哲理。另外，张二棍的诗歌向度明确，线条清晰，但边界却是开放的，他的叙事的现代性，来自于真实的苦难。

荣荣认为，林宗龙的诗歌前后泾渭分明，写法不一样，前半部分读起来费解，后半部分则很顺畅，他的诗歌很有探索性、日常性，有内蕴，像鸡尾酒，很美，他对语言的处理有冒险精神，对平庸写作的不满足感才有了创新，语言欢跃下带来写作的满足感。如果能注重诗歌的和谐性，外在形式和内在精神更贴近，隐喻有所指，能指、可指，意象的转换更自然一些，那么，他的进步会更大。武强华的诗歌则触角活跃，很亲切、轻盈，给人一种轻松愉悦之感，像啤酒，淡淡的，却很爽口。但缺少透明与辛辣，写作路子有些单一，这也需要人生阅历和锤炼。天岚的诗歌与他们的不同，抒情性强，诗意澎湃，有很多判断句式，略显可爱。他对诗句的经营像散装白酒，洒脱。这样的诗歌有激情，诗意饱满。但写得有些啰嗦，有些拖沓，对节奏的把控能力还需要提高。最后，荣荣还提到，他们的诗歌创作，让她看到了当代诗歌类型化写作被破解的可能性。

胡亮说，杨庆祥的诗歌语言上有变化，思想上有承担，其语言景观也很复杂多变，有时精确，有时恍惚，有时古雅，有时跳脱，有时严肃，有时活泼，有时现实，有时超现实。诗歌应该是理性与非理性的织物，杨庆祥的瑕疵在于有时过于理性。李其文的诗歌拥有显而易见的几个词根：海洋，渔村，田地，山峰，自然的庙堂。这些成为其全部写作的背景性存在。他的写作总是在海与山之间切换，试图重现一种天人合一的道家美学或道家哲学。这种美学或哲学，肯定不会见诸所谓城市文明，而只能见诸渔民或山民的日常生活，见诸其日常生活中不能被轻易辨认出来的某种饱满的仪式感。其不足在于，有时过于写实，不能在具象与抽象之间轻盈切换。袁绍珊的诗歌写作是受体验引导的，具有摇曳多变的节奏感，有时是缓慢的、铺排的、堆积的，有点像汉赋或蒙古长调；有时是迅疾的、轻盈的、跳跃的，有点像口占小令或即兴演奏。其不足主要表现在才华外露，不够节制。

路也认为，钱利娜和秋水的诗歌中女性意识比较明显，特别注重人与自我的关系。钱利娜的诗歌深邃、神秘，有着水与火的交融之感，隐喻也颇为直观，是外冷内热型的，像是从原始力量中产生的秩序。内心的挣扎、痛苦，被处理得非常具象，很有个人风格。但她的诗歌有种片面的、不均衡的力量，如果写作手法、内容更丰富饱满一些，思维意义上会更有广度和宽度。秋水比较擅长写瞬间、刹那，不在诗中进行道德判断，她的诗有对生活的感悟，有很深的底色。语言含蓄，有节奏，有很强的抒情性，如《橘子》中对橘子“站立在白瓷盘里”的描写，很有诗剧的感觉。但秋水的写作也存在“碎片化”的问题，需要更宏观的视野，建立起自己的精神谱系。

刘立云谈到赵亚东和黎启天的诗歌时，认为两人都在调整自己，在认识新的高度，明确自己的写作。说起黎启天的诗，他提出诗有三类，一为简约，一为故乡（写实），一为细节。黎启天的诗歌似乎都与之有关，有对自身的正确认识，这是很难得的，他的诗形象很鲜活，情感也很真实。刘立云也提出了两点建议，一是要花时间做案头工作，并很形象的以“看见了高峰，他在苦苦攀登”来形容，二是要处理好经验与经历的关系，即“触及了困难，他在迎风洒泪”。在语言上，要让传统走到现实，打破惯有的排比句式。赵亚东的诗歌，语言纯粹、自然、朴素，风格也改变以往的凌厉，变得柔软，思想越来越细致。但他仅仅解放语言还不够，还要解放思想，要使自己的诗歌更有锋芒。

来自冰城哈尔滨的赵亚东，在桃花潭，想必要比别人感到温暖些，作为学员代表，他说自己在参加“青春诗会”时更像是一名诗歌爱好者，向老师们学习思考方式，学习对世界的认知方式。他认为自己的写作一开始是单纯的灵性、灵感写作，后来逐渐进入自觉写作，并开始系统训练自己。这两年的创作得到了老师们的指点，“青春诗会”让他收获很多，也让他对写诗有了很大自信，让很多像他一样对诗歌热爱的年轻人有了更快、更具体的进步。

新时期以来，面对社会的复杂多变，个体意识苏醒和现代性崛起过程中，诗人如何在自身的困境中、在当下的生存藩篱中实现个体的突围，是值得反思和探索的问题。“青春诗会作品研讨会”是一次针对“青春诗会”学员近两年诗歌创作的诗会，也是不同的诗歌创作个体的又一次相互碰撞，每年举办一次，它不仅对青年诗人找出自身诗歌创作存在的问题有帮助，还对青年诗人如何汲取社会生活中的各种资源，形成自身复杂多元的个人语言大有裨益。诗人是时代的见证者，青年诗人有着很好的记忆力，他们对诗歌的态度和自身的创作，影响着诗歌事业的发展，这次研讨会对青年诗人的写作有着特殊意义，或许多年以后，当再次回想，心中仍会感到美好。

（原载 2017 年 12 月 14 日《诗刊》社“微信公众号”）

贯彻落实党的十九大精神　创造新时代的新史诗
——第二届中国文学博鳌论坛在海南举行

2017 年 12 月 12 日，以“贯彻落实党的十九大精神，创造新时代的新史诗”为主题的第二届中国文学博鳌论坛在海南琼海开幕。中国作协党组书记、副主席钱小芊，海南省委常委、宣传部部长肖莺子出席论坛开幕式并致辞。中国作协党组成员、副主席李敬泽主持开幕式并就会议议题作说明。

第二届中国文学博鳌论坛由中国作协主办，中国作协创研部承办，海南省作协协办。中共海南省委宣传部副部长朱寒松，海南省文联名誉主席韩少功，海南省文联主席、党组书记孙苏，中国作协创研部主任何向阳，海南省作协主席孔见和来自全国各地的 60 余位作家、评论家出席论坛开幕式。

钱小芊在致辞中指出，此次中国文学博鳌论坛的举办正值深入学习贯彻党的十九大精神之际。党的十九大是不忘初心、牢记使命、高举旗帜、团结奋进的大会，在党和国家发展历史上具有划时代的里程碑意义。我们学习领会党的十九大报告，要把握好习近平新时代中国特色社会主义思想、新时代、中国特色社会主义文化这三个关键词。党的十九大把习近平新时代中国特色社会主义思想确立为党必须长期坚持的指导思想，这是党的十九大最重要的贡献。在习近平新时代中国特色社会主义思想的指导下，党的十八大以来，我们解决了许多长期想解决而没有解决的难题，办成了许多过去想办而没有办成的大事，推动党和国家事业发生历史性变革，开创了中国特色社会主义事业崭新局面。党的十九大指出，中国特色社会主义进入了新时代。新时代处于“两个一百年”的交汇期，是我们国家从富起来到强起来、从全面建成小康社会到建设社会主义现代化强国的历史进程。新时代我国社会主要矛盾转化发展为人民日益增长的美好生活需要与不平衡不充分的发展之间的矛盾，不平衡不充分不仅是就物质生产讲的，也是就文化生活、文化发展讲的，讲的是经济发展与文化发展之间的不平衡以及文化自身发展的不充分。同时，人民对民主、法治、公平、正义、安全、环境等方面提出了不同以往的更高要求。社会主要矛盾的发展变化为我国文化发展创造了更为广阔的前景，提供了更为有利的机遇。党的十九大把中国特色社会主义文化提升到了一个前所未有的高度。党的十九大报告指出，“文化自信是一个国家、一个民族发展中更基本、更深沉、更持久的力量”，文化兴国运兴，文化强民族强，没有文化的繁荣兴盛就没有中华民族伟大复兴。党的十九大通过的党章修正案，把中国特色社会主义文化与中国特色社会主义道路、理论体系和制度一道写入党章，强调“这有利于全党深化对中国特色社会主义的认识，全面把握中国特色社会主义内涵”。三个关键词，与我们的文学创作、理论评论紧密相联，与我国文学事业的繁荣发展紧密相联。认真学习贯彻党的十九大精神，学习贯彻习近平文艺思想，推动中国特色社会主义文学事业繁荣兴盛，是文学界面临的光荣使命、肩负的神圣职责。

钱小芊强调，中国特色社会主义文学要积极反映新时代。反映时代是文学工作者的重要使命。如何深刻地反映和展现新时代，是摆在每个文学工作者面前的重要课题。前不久，习近平总书记给乌兰牧骑队员回信，对乌兰牧骑扎根基层、服务群众的精神予以高度评价，这为广大文艺工作者坚定以人民为中心的方向，创作更多传世之作提供了根本遵循。我们要不忘文学初心、牢记文学使命，站在新的历史方位，把握时代脉搏、聆听时代声音，从波澜壮阔的时代全景和丰富多彩的社会生活中获取素材和灵感，更加全面、真实、深刻地把握和书写好我们身处的这个伟大的新时代。中国特色社会主义文学要满足人民日益增长的美好生活需要。人民日益增长的对美好精神文化生活的向往和追求，是社会文明进步的必然要求。人民对美好生活的需要包含着对文学更高水平更丰富多彩的需要。我们的作家要始终把文学的社会效益放在首位，践行社会主义核心价值观，讲品位、讲格调、讲责任，抵制低俗、庸俗、媚俗，传递人民的心声，成为社会正义与人性良知的守护者。中国特色社会主义文学要实现从“高原”向“高峰”的飞跃。伟大的时代呼唤伟大的作品。要大力加强对现实题材创作的支持力度，鼓励作家深入生活、反映现实，精心描摹中国经验、细致书写中国故事、深情赞颂中国梦想、大力弘扬中国精神，努力推出更多讴歌党、讴歌祖国、讴歌人民、讴歌英雄的精品力作，向着文学的“高峰”攀登。

肖莺子在致辞时说，习近平总书记在党的十九大上所作的报告进一步明确了文化建设在中国特色社会主义建设总体布局中的定位，提出了新时代文化建设的目标，指出了新时代文化建设的基本要求。此次中国文学博鳌论坛的举办，对深入学习贯彻党的十九大精神和习近平文艺思想，具有重要意义。中华民族的伟大复兴，既要有经济的高度发展，又要有文化的高度发展。相信论坛将对新时代中国特色社会主义文学事业的繁荣兴盛起到积极的推动作用。近年来，海南始终高度重视文学事业的发展，将海南文学发展纳入文化发展战略，文学创作呈现出繁荣活跃的良好态势，文学影响力不断增强。今后，我们将进一步探索新的举措，鼓励作家深入生活、扎根人民，将本土经验转化为人民群众喜闻乐见的文艺精品，创作出更多无愧于时代和人民的佳作。

据了解，第二届中国文学博鳌论坛将以主题发言、分组讨论、大会交流等多种形式展开。与会作家、评论家将围绕中华民族伟大复兴的历史前景与中国特色社会主义文学的初心和使命、中国特色社会主义新时代与中华民族新史诗、坚定文化自信与弘扬中国精神、传统文化革命文化先进文化同当下文学写作的关系等进行深入探讨。

（原载《文艺报》2017 年 12 月 13 日，记者李晓晨）

唐德亮诗歌研讨会在京举行

由中国报纸副刊研究会、中国少数民族作家学会、中国新文学学会、广东省文艺评论家协会、清远市文联主办，市评论家协会、市作家协会、清远市清远诗社协办的唐德亮诗歌研讨会2017年11月18日在北京举办。贺敬之发来贺信。中国作家协会党组成员、书记处书记、副主席、中国少数民族作家学会会长吉狄马加以及来自中国作家协会、人民日报社、诗刊社、中国社会科学院文学研究所等单位40多名专家参加研讨。

中宣部原副部长、文化部原代部长、中国作协原副主席贺敬之在《致唐德亮诗歌研讨会》的贺信中说："在我心目中，唐德亮同志是新时期涌现的一位优秀的马克思主义文艺战士与新闻战士。他在诗歌创作、文艺批评、社会批评等方面取得的成就和经验，是值得我们大家研究和学习的。对于我这个要求自己活到老，学到老的老人来说，在我心仪的老、中、青许多对象中，唐德亮同志是不可缺少的一位。"吉狄马加代表中国作协、中国少数民族作家学会发言，他充分肯定了唐德亮诗歌创作成就与方向，他认为，在中国当代诗人中，唐德亮的诗歌有生活，与时代紧密相连，尤其是浓烈、鲜活的乡土气息和民族特色，给我留下了深刻的印象。唐德亮不仅是一位活跃的少数民族诗人，在当下整个中国诗坛也有一定的影响。他的诗，不仅有民族特色、生活气息，还有使命担当精神。中国报纸副刊研究会会长、中国诗歌学会副会长曾凡华说，唐德亮敢于在诗中，杂文与评论中说出自己的心里话，他的发声影响了很多人，他的诗歌能把握大题材，如长诗《惊蛰雷》。他的诗有时代性与感召力。中国作家协会全委会委员、诗歌委员会主任、《诗刊》原主编叶延滨认为唐德亮是广东重要的诗人，在多元的中国诗坛，唐德亮是非常有特点和鲜明个性的优秀诗人，他身上集中了三个重要的特色：一是他是少数民族诗人。二是他身处改革前沿广东。三是他如前辈诗人贺敬之说的是个"战士诗人"。中国社科院文研所刘方喜认为：唐德亮对诗歌有一种执着的精神，坚守诗歌创作，他的影响力与创作成果，值得敬佩。国际诗人笔会副主席峭岩认为：唐德亮给我的印象，是一匹文坛的黑马。唐德亮的品德、为人、诗作，征服了我，我敬服他。人格力量是我们诗人应该追求的。他创作几十年，有长短诗，很丰富。

中国新文学学会名誉会长张永健、广东省文艺评论家协会副主席谭运长，广东省作家协会副主席杨克，以及石祥、刘方喜、胡军、高昌、彭程、曾镇南、石英、朱先树、刘颖余、王光明、聂权、刘佑生、杨志学、初小玲、杨玉梅、贺颖、丁慨然、王琴珍、姚荣启、蒲波、绿岛、文军、陈保志等数十位专家或发言，或提交了论文。清远诗人唐小桃、曾纪勇、曾新友及媒体记者也参加了研讨会。清远市委宣传部副部长、市文明办主任戚华海，清远市文联副主席肖进代表清远市有关方面发了言。研讨会由中国报纸副刊研究会副会长兼秘书长初小玲主持。

（曾新友　曾纪勇）

民间文学类非物质文化遗产的保护与传承——全国第三届牛郎织女传说学术研讨会

2017 年 1 月 7 日至 10 日，“民间文学类非物质文化遗产的保护与传承——全国第三届牛郎织女传说学术研讨会”在山东省沂源县举行。此次会议由中国民俗学会、山东省沂源县人民政府联合主办，沂源县文化出版局、中国民俗学会中国牛郎织女传说研究中心承办。研讨会上，来自中国民俗学会、中国社会科学院、北京大学、台湾大学、山东大学等多所机构、院校，民俗学、人类学、非遗保护等多个领域的专家学者济济一堂，围绕“民间文学类非物质文化遗产的保护与传承”，通过主题发言交流新理念，探讨新路径，分享新成果，为推动非遗项目的保护和传承凝聚共识，提供智力支持。

在开幕式上，沂源县委书记王义朴致欢迎辞，他对来自全国各地的专家学者表示欢迎，并介绍了沂源县社会、经济、文化发展的现状和未来设想。中国民俗学会副会长、北京大学中文系陈泳超代表中国民俗学会会长朝戈金对此次会议的召开表示祝贺，他认为，在多方共同努力下，此次会议必将深化对于牛郎织女传说的认识，并且可以为当地地方文化资源的开发利用提供好的参考建议。山东省政协文史资料委员会原主任、山东省民俗学会会长刘德龙也发表了讲话。

中国社会科学院文学研究所施爱东、北京大学中文系民间文学教研室陈泳超、山东大学儒学高等研究院民俗学研究所刘宗迪皆是中国民间文学研究领域的佼佼者，他们在民间文学理论建设以及非遗实践保护工作方面声名卓著。会议上三人对当下中国社会的非遗保护工作提出新的理念，施爱东对仓促实施“民间文艺作品著作权保护”带来的弊端进行了细致分析、陈泳超针对当下非遗保护中政府的角色提出“无为即保护”的新观点、刘宗迪则呼吁民间文学类的非遗保护要“超越语境、回到文学”。同样来自山东大学儒学高等研究院民俗学研究所的刁统菊则认为民间文学类非遗的保护主要在于唤醒普通民众的文化自觉。云南大学中文系董秀团针对民间文学类非遗保护则提出“活态传承”，具体应该从传承仪式语境、再造文化空间、续接民俗链条等方面着手。

来自台湾的洪淑苓、丘慧莹、林仁昱则分别对古典诗歌、戏曲宝卷以及台湾在日治时期的牛郎织女传说存在情况进行了介绍。洪淑苓以 19 世纪至 20 世纪中叶（清代至日治时期）的台湾古典诗为例，分析其中所描绘的牛郎织女传说和七夕习俗，指出这些诗歌中的“七夕寄内”主题特别扣合七夕的情境，更可彰显诗人的伦理情怀。丘慧莹则以四本江南地区的牛郎织女故事宝卷为分析对象，指出民众不但可以宣讲宝卷，随着石印技术的普及，还可以阅读宝卷，牛郎织女故事宝卷就是在民众的宣讲与阅读中，日益流传广远。林仁昱以日治时期的画册报刊以及民众口述内容为资料，探究二十世纪初台湾七夕传说的再诠释与风俗变迁。

自2005年起，以叶涛为首的山东大学民俗学、民间文学专业的师生们，开始启动沂源县牛郎织女传说的调查与研究。十年磨一剑，在研讨会上，叶涛针对沂源当地牛郎织女传说的在地化过程进行了详细梳理，“在天成象、在地成形”是沂源牛郎织女传说的最大亮色，他进一步指出，探寻民间传说的起源地是无意义的，但探寻传说的在地化过程，讨论传说的传承地却是必须的，更是有意义的。来自浙江农林大学的毕雪飞、山东大学威海分校的赵珊珊、华南理工大学新闻与传播学院的储冬爱、河北省民俗文化协会会长袁学骏则对牛郎织女传说在日本、韩国和中国广东、河北等地传承流变的在地化过程予以介绍。山西大学文学院的郭俊红则对2006年以来全国各地的牛郎织女传说的非遗申报、保护、传承情况予以述评，指出在地方化视域中审视牛郎织女传说，讨论的重点不应该是文本表面所陈述、争论之史实是否正确，而应该转向各地牛郎织女文化的传承者（民众）的情感、意图与认同情境。

另外，来自上海大学的黄景春、浙江师范大学的宣炳善、山东建筑工业大学的姜波则分别对牛郎织女传说的母题链接、道教信仰以及民间美术中的牛郎织女题材予以讨论。

本次研讨会会址所在的山东沂源县，在2008年与中国民俗学会共同建立了学会二级研究机构——中国牛郎织女传说研究中心，同年沂源县牛郎织女传说成功入选国家级非物质文化遗产代表作名录，这表明沂源牛郎织女传说得到了国家层面的肯定，也是该传说传承与保护的标志性事件。面对急剧变化的信息传播方式，以及民众对于接收信息形式的诸多改变，如何扎实地做好民间文学类非遗的保护和传承工作，任重而道远。

（郭俊红文　祝鹏程摘）

《中国民间文学大系》学术体例研讨会暨“大禹神话与口头传说”学术研讨会

2017年5月19日，由中国民间文艺家协会、山东省民间文艺家协会、山东省民俗学会联合主办，山东大学文化遗产研究院和儒学高等研究院承办的《中国民间文学大系》学术体例研讨会暨“大禹神话与口头传说”学术研讨会在济南举行。中国民间文艺家协会分党组书记、驻会副主席、秘书长邱运华应邀出席会议。来自中国社会科学院、中央民族大学、华东师范大学、华中师范大学、杭州师范大学、上海大学、湘潭大学、黑龙江大学、华东理工大学、山东社会科学院、山东大学和部分山东地区文史工作者等30余名学者出席研讨。

2017年1月，中共中央办公厅、国务院办公厅印发《关于实施中华优秀传统文化传承发展工程的意见》，其中，中国民间文学大系出版工程被列为国家级重点项目。《中国民间文学大系》学术体例研讨会开幕式由山东大学文化遗产研究院副院长、山东省民协副主席张士闪主持。邱运华在致辞中介绍，中国民间文艺家协会将在争取政策支持、促进高校联动、深化基层调查等方面努力推动项目实施，力争将30多年来学术界在民间文学研究方面取得的学术进展体现在《中国民间文学大系》的编纂过程和学术体例中。山东大学文化遗产研究院、历史文化学院院长方辉介绍了山东大学民俗学学科发展情况。山东省民俗学会会长刘德龙指出，《中国民间文学大系》学术研讨会及相关研究工作的进展，对山东民间文学研究的进一步深入有着历史性、方向性的推动作用。

据悉，《中国民间文学大系》在2017年2月23日起由中国文联、中国民协宣布正式启动编纂工作，具体任务是完善中国口头文学遗产数字化工作，在搜集整理民间故事、歌谣、谚语的基础上，整理出版中国民间文学原创文献，为中华民族文化保留珍贵鲜活的记忆。本次研讨会正是围绕民间文学类型分类、民间文学编纂体例、编纂工作实践经验等核心问题展开讨论，旨在推动《中国民间文学大系》在上世纪80年代“三套集成”的工作成果上再进一步，加强学术体例的规范性、科学性、可操作性和可普及性，为中国民间文学大系出版工程建言献策。

围绕《中国民间文学大系》的学术体例问题，与会学者发表各自意见和建议。中国社会科学院贺学君以中国民间叙事诗的概念划分为中心，强调分类体例的确定应立足于中国本土民间文学的特性，在编纂过程中要推行具有可学习性的民间文学书写模式，针对少数民族民间文学的搜集工作，建议以注音、注释的方式收录民族语言版本。

山东大学文化遗产研究院刘宗迪建议，学界应以大系编纂为契机，既要克服民间文学收集整理中的过度实证主义倾向，也要超越狭隘的学院派视野，尊重民间文学的文学性和采风传统，将大系定位于民间文学的传播和传承，并建议编纂体例打破单纯的地区分卷方式，确立以文类作为第一层架构、以地域作为第二层架构的编纂体系。

华东师范大学王晓葵提出，应考虑《中国民间文学大系》的受众分类，面向学者强调其原生态的记录价值，面向大众则可注重其文学性，并建议以编纂索引、分布地图、中国民间文学辞典的方式体现新时代民间文学的学术价值。

上海大学黄景春针对如何协调民间文学本真性与可传播性的问题，建议在各省卷本的基础上去粗存精，出版面向全国读者的精选本，重视对已出版的民间文学作品的收录。

华东师范大学田兆元则建议，在书写上体现中国本土话语形式，同时应关注民间文学的多元形态，尤其是民间文学在信息化时代伴生的新内涵。

华中师范大学孙正国提议以博物馆的形式活态地呈现出民间文学的多个面相，建议吸收更多青年学者积极参与到编纂工作中去。此外，还有学者针对资料收集、编撰体例等问题提出建议。

地方文史工作者王全宝、王庆安基于自身丰富的民间文学搜集、整理经验，建议从民间文学作品流传地文化生态的整体视角处理所搜集到的资料，在编纂中体现民间故事的魅力。

“大禹神话与口头传说”学术研讨会由刘德龙主持。顾希佳以大禹传说在《中国民间故事继承·浙江卷》中的文本呈现为例，指出传说始终存在口头与文本反复双向互动的传播方式，文本与口头的互相转换正是中国民间文学的特征。中央民族大学林继富指出在汶川大地震后羌族家园重建中大禹作为文化符号被记忆，其背后折射出经受苦难的羌族对家园的渴望。田兆元以大禹神话在当代的叙事形式，探讨了民俗学与神话学研究的新路径。黄景春强调大禹神话的创世神话特性及其对中华民族文化系统构成的意义。刘宗迪通过对《山海经》的文本细读，指出《山海经》所记述的宇宙秩序背后，隐藏着一个以大禹布土造地为中心的创世神话系统。孙正国以当代江汉平原流传的大禹治水传说为例，分析其背后隐含的水利兴国与纠乱治世的国家文化叙事。中国社会科学院文学研究所谭佳由“禹赐玄圭”神话切入，通过梳理新时期以来出土玉珪与先秦文献对“圭”的叙事，提出在中国神话历史与圣人传统的历史叙事中，“物”具有重要的功能和思想史意义。漆凌云提出在非物质文化遗产保护语境下国家意识、地域文化、商业需要、文化传承等因素为当前研究大禹传说提供了新的视域。《长江大学学报》强琛表示要以《长江大学学报》神话学专栏为园地，为推动大禹传说研究助力。华东理工大学刘捷提出大禹传说在地域传播的扩大过程蕴含着华夏之别、内外之辨的分界观念。张宝辉、王全宝、李胜华等来自地方的民间文学搜集者、研究者则分别介绍了大禹传说在山东地方上的流传概况。

“大禹传说与口头传说”学术研讨会以中国古代神话中重要组成部分的大禹传说为中心，进一步深入探讨了口头传说的内涵、特性及其相关研究方法。山东大学民俗学研究所师生在近期进行的田野考察中发现，山东省内存在大量与大禹治水传说相关的名胜遗迹和民间传说，他们将结合民间文学大系工程，对当地乃至全国的大禹神话与传说展开更广泛深入的调查和研究。

（祝鹏程摘编）

“挑战与机遇：新时期中原神话研究”学术研讨会

7 月 15 日，民间文学学家张振犁《中原神话通鉴》（四卷本）新书发布会暨“挑战与机遇：新时期中原神话研究学术研讨会”在河南大学举行。与会学者围绕《中原神话通鉴》的价值和意义、新时期中原神话研究等议题展开讨论。

《中原神话通鉴》是张振犁于上世纪八九十年代带领河南大学“中原神话调查组”田野作业的成果，其中既包括当时中原地区流传的中国古典神话异文，也汇集了的民俗、文献等资料，具有重要的学术价值和社会价值。据介绍，《中原神话通鉴》（全四册）计 174 万字，393 幅图片，800 多篇民间神话故事。在会议致辞与研讨发言阶段，河南大学副校长张宝明、中国民间文艺家协会副主席、河南省民间文艺家协会主席程健君、河南大学出版社社长张云鹏、北京大学社会学人类学研究所高丙中、中国社会科学院文学研究所吕微、中国社会科学院民族学与人类学研究所色音、华东师范大学社会发展学院田兆元、华中师范大学人文学院陈建宪、山东大学刘宗迪、中国社会科学院民族文学研究所吴晓东、上海交通大学高有鹏等学者分别发言，围绕《中原神话通鉴》的价值和意义以及新时期中原神话研究的相关问题展开讨论。

河南大学副校长张宝明强调了《中原神话通鉴》的价值，认为与 20 世纪八九十年代相比，今天的中国和中原地区在社会、经济、文化等方面发生了急剧重大的变化，相关的学术研究也有了新的变化，这种变化赋予了中原神话新的价值。因而，《中原神话通鉴》的出版，就有着非常重要的学术意义，必将对历史学、神话学和民俗学的研究产生积极而深刻的影响。

河南民间文艺家协会主席程健君则提出以张振犁为首的学术队伍已经形成了一支“中原神话学派”。这个学派注重田野考查，将活生生的生活作为一部大书，从民间文化、民间生活、民间社会的角度来看神话。从哲学、史学、民俗学、文化学、宗教学等诸多角度，罗列、挖掘中原神话的深层内涵和典型意义，从而构建起了东方原始神话的模式，为中国神话学规范化的学科建设和中原神话学的构建奠定了基础。

北京大学高丙中讨论了现代民族国家语境下中原神话的价值与意义，认为体现在中原神话中的民众创造体现了民间的文化自觉，让我们意识到国家精英是把这些当做异己来对待是错误的，从而与自己的传统和解，让我们看到现代中国的精英跟民间的紧张关系、传统跟现代的紧张关系是可以解决的。

河南大学吴效展望了中原神话与考古学资料相互印证的可能性，认为中原神话对中华文明探源工程起到了辅助作用，也意识到这类研究存在方法论的问题，如如何判断这些现代口承神话的科学研究价值，能否直接拿来当做信史或原生神话使用等。

中国社科院吕微则进一步提出了建设中原神话集成的建议，他认为以中原神话为代表的现代神话给学者提供了一个反思古典神话的机会，它所提供的信息和可能性是非常丰富的。要提供这些现实的丰富性和可能性，就必须把张先生和他们的弟子们这一个团体所做出的几十年艰苦卓绝的努力——神话文本、调查报告、笔记、日记等汇聚成一个系列。

华东师范大学田兆元则在肯定中原神话调查的基础上，提出了进一步努力的建议，他认为语言文本只是神话的一种方式。此外仪式行为、叙事行为构成神话讲述的主要方面，中原神话可能通过庙会、节庆来实现。所以学者还需要对表现神话的仪式系统、行为模式、景观模式进行记录与研究。

学者们表示，当代南方少数民族史诗、神话研究发现，中原神话与西南少数民族神话有着千丝万缕的联系，中原神话资料不再是孤证，这将改变我国神话学、上古史研究的局面，或将提供一种探索中华文明起源的口述传统视角；神话是一个民族的天条与戒律，是民族智慧的最高表现，提供人们生活的意义与精神归宿，《中原神话通鉴》在保存民族文化方面意义重大；这部巨著收集了大量第一手资料，完整揭示出中国古典神话在中原地区的流传状态，表明中国古典神话不仅没有失传，而且谱系清晰，自成一体，彰显了中国文化的巨大价值与魅力；张振犁教授是神话学民俗研究的实践者，他所坚持的从民间社会采集神话、在田野中发现并考察活态神话的研究路径，为神话研究提供了新的研究方法和思路。针对中原神话研究的进一步发展，与会学者也纷纷提出了诸如创建数据库、引入多种形式进行呈现、重视神话哲学的研究等建议。

本次会议由河南大学文学院、河南大学出版社、河南省民间文艺家协会、中国民俗学会主办，来自中国社会科学院、北京大学、华中师范大学、华东师范大学等高校和科研机构的30多位学者参加了研讨会。

（祝鹏程摘）

"首届东亚民俗文化与民间文学论坛：当下东亚各国民俗文化传承的现状与走向"国际学术研讨会

民俗文化对于国家文化建设、民族认同、个人生活有着非常重要的意义，作为"生活世界"的民俗本身就是人类生活和文化活动的展现形式之一，而传承则是民俗文化赖以存续的基础，是文化再生产的动力。在民俗学研究中，传承一直都是一个核心问题。尤其是近年来，在全球化背景下与现代化进程中，各国、各地区民俗文化的传承不同程度出现了式微、衰亡、复兴、重构、再造等现象，民俗文化如何传承，政府、市场、学者等各方力量如何介入，"文化持有者"的主动性和能动性如何发挥，在"民俗主义""民俗化"等视角下如何重新界定传承主体的身份、传承内容的真伪，面对新媒介对日常生活的侵入如何避免其对民俗生活的遮蔽，非物质文化遗产语境下民俗文化的"遗产热""开发热""公共化"等一系列问题涌现而出。总之，民俗文化如何在新的语境中传承与发展，是当代民俗学研究中不可回避且必须解决的重要问题。基于此，2017年8月20日至22日，由云南大学、韩国延世大学主办，云南大学文学院、云南大学云南省非物质文化遗产研究基地、延世大学中文系、延世大学中国研究院承办的"首届东亚民俗文化与民间文学论坛：当下东亚各国民俗文化传承的现状与走向国际学术研讨会"在云南大学召开，来自中、韩、日三国的40多位专家学者共聚一堂深入研讨，在以下问题上获得了重要认识：

一、对当下东亚各国民俗文化传承状况的分析和思考。"当下""东亚""传承""走向"是本次论坛的关键词，对这些问题的思考体现了当下民俗学者的使命担当。在大会的主旨发言中，云南大学李子贤立足于近六十载学术生涯的深厚经验和丰富田野资料，从动态与稳态、载体与主体、无为与有为三个维度对当下云南少数民族民俗文化传承的现状与走向进行了细致观察和深入思考。指出：社会转型期中的云南少数民族民俗文化发生了诸多变化，民俗文化在存续的同时，式微、激活、衍生、传承中的嬗变等现象并存，民俗文化传承的状态、方式、基石及研究者的角色定位等问题值得深思。韩国延世大学白永瑞结合"遗产热"与"开发热"的背景，从哈佛中国哲学课和中国的儒学复兴运动两个案例入手，阐释中国古代传统文化在当下的再运用。中国社会科学院安德明将中国民俗学的发展纳入非物质文化遗产保护的世界语境中予以审视，从1970年代末以来中国民俗学的重建与复兴、学科理论与方法的新拓展、社会参与与学科转向等方面讨论中国民俗学的新进展和动向。

大会发言和分组发言阶段，各国学者或从整体上探究民俗文化的传承问题，或从具体的文化现象和民俗事象切入，描述和呈现这些民俗事象的传承状况。其中，神话、史诗等传统研究领域仍然受到学者们的重视和关注，韩国首尔大学赵显卨、延世大学洪允姬，云南大学董秀团、黄静华、李世武、高健、王丽清，普洱学院李莲，日本大学于晓飞，中国社会科学院张多分别以韩国石神话、济州 Samani 神话、云南少数民族神话、布朗族茶祖神话、赫哲族“伊玛堪”、拉祜族史诗、彝族《梅葛》、佤族司岗里神话、哈尼族神话、拉祜族《牡帕密帕》为例，探讨了神话与史诗的传承价值、传承场域、当代社会文化实践、再造与重述等问题。

除了关注并讨论神话、史诗等传统研究领域，学者们还关注了其它民俗文化的传承问题，台湾东华大学刘惠萍，韩国济州国立大学许南春，日本首都大学何彬、成城大学刘颖、爱知大学繁原幸子，贺州学院陈丹分别从台湾女娲娘娘信仰、韩国地域性传统文化、现代城市社会环境下的日本传统民俗、女书文化、刀耕火种和烧荒文化、过山瑶婚姻民俗等个案出发，探讨了民俗文化传承中的“正典化”“现代化”与文化再生产、传统民俗在现代社会中的生存方式等问题。云南大学段炳昌、秦臻、罗瑛分别以剑川白族传统节日、哈尼长街古宴、景颇族目瑙纵歌为例，讨论了民俗传承发展过程中节庆的存续、消亡与再造现象。日本神奈川大学佐野贤治从民具名称的国际标准化与数据库化着手，提出了建立世界常民学的倡议。中山大学邓启耀从摩梭民族服饰工艺传承的实例出发，提出了可持续发展的相关建议。北京师范大学高志明分析了当今民俗文化传承的时代特征。以上学者从不同的视角出发，但都共同切入到本次论坛的主题即当下东亚各国民俗文化传承的现状与走向。

二、民俗文化和民间文学的比较研究。此次研讨会的一个主要目的正是为东亚民俗文化研究者搭建比较研究的桥梁，通过不同国家、地区的比较，更好地聚焦和回答民俗文化的传承问题。韩国首尔大学赵东一与京畿大学金宪宣、延世大学田英淑、济州大学王艳，日本常叶大学繁原央、共立女子大学远藤耕太郎，云南大学李道和、杜鲜分别对济州和云南神话、韩国的《仙女和樵夫》与傣族的《召树屯》故事、韩国与中国的海神信仰、日本和中国的舜子谭故事、中国少数民族歌谣与日本古代歌谣、中国古代文献和越南汉文小说、印度与中国的大黑天信仰进行比较研究，探究了不同国家、地区、族群民俗文化的关系、交流、影响，进而在更广阔的范围内对民俗文化的传承状况进行整体审视。日本神奈川大学博士生程亮对中国、日本、欧美狐仙研究学术史的梳理也是某种意义上的比较研究。

三、图像民俗及其它民俗文化事象的探讨。图像叙事、图像民俗是民俗文化传承的重要方式，其研究日益受到学界关注，本次论坛有多位学者从图像角度切入对民俗文化传承的探讨。韩国延世大学金善子、罗相珍，台湾东吴大学鹿忆鹿从图像学视阈分别对中国少数民族女神神话中“袋”与“绳”的象征性、云南彝族马缨花图案的神话象征、吴任臣《山海经》图像进行解读。此外，日本共立女子短期大学冈部隆志对纳西族“祭署”仪式进行细致分析，对反思工业文明下民俗文化传承中人与自然的关系有重要启示意义。日本成城大学山田直巳研究了日本中世纪时期的干道交易故事。华东理工大学张正军从文献记载、造像、现况等方面对日本冲绳的石敢当信仰进行了梳理。

综上，本次论坛为当下民俗文化传承现状及走向的深入研讨开了一个好头，各国学者注重田野调查、比较研究、文献梳理等基本方法的运用，围绕民俗文化在东亚各国和地区不同文化传统、不同文化语境中的嬗变与传承，展开了充分讨论和深入交流，提出了众多颇有启发性的观点。

“首届东亚民俗文化与民间文学论坛”

的开启，为民俗文化研究者搭建了更广阔的学术交流平台，对推动云南大学民俗学、中国少数民族语言文学的学科发展也有重要意义。云南大学中国语言文学学科有悠久的办学历史，民俗学、中国少数民族语言文学两个专业有深厚的学术传统。自 20 世纪三四十年代以来，老一辈学者就深入到西南少数民族地区进行调查研究。徐嘉瑞、叶德均、李广田等著名学者，都曾从不同角度切入到民俗学的研究。张文勋、朱宜初、李子贤、张福三、傅光宇、秦家华等老一辈学者在学科建设和研究方面做出了开创性的工作，一批中青年学者也成长起来。在学科学位点建设方面，20 世纪 50 年代起，中文系开设《人民的口头创作》等课程，师生参与大规模的采风活动。1959 年首次在全国设置了少数民族语言文学专业并开始招生。1978 年，成立了少数民族文学研究室。1980 年，受教育部委托，为全国 19 所高等院校开办了《少数民族民间文学概论》师资培训班。1983 年，民俗学首次招收硕士生，1992 年正式获得硕士学位授予权。中国少数民族语言文学于 2006 年获得硕士学位授予权，2016 年开始招收博士。中国少数民族艺术二级学科博士学位授权点于 2000 年获批。通过几十年的耕耘和发展，云南大学的民俗学、少数民族语言文学研究已经在民族民间文学理论建设、神话学、史诗研究、西南少数民族文学、民族文化与民俗等方面形成了自己的学科优势和特色。云南大学中文学科曾举办过多届中日民俗文化的国际学术研讨会，而此次论坛的召开，是本学科学术交流传统的承续和深入的一个标志。

（董秀团　高　健）

“世界华文文学区域关系与跨界发展”国际学术研讨会

近年来，世界华文文学各区域（包括中国大陆以及台港澳、东南亚、欧美澳等）之间的区域关联和互动关系已成为学术界一个新的热点，其论题广泛涉及海外移民历史、各区域历史与文化的发展，各区域华文文学的本土化历程，中国现当代文学与各区域华文文学互动以及传播与接受等等。

为了进一步推动世界华文文学研究，加强跨学科跨文化跨语际的学术交流，2017 年 4 月 7 日至 9 日，中国艺术研究院《文艺研究》编辑部、浙江大学海外华人文学与文化研究中心、浙江大学中国现当代文学与文化研究所在杭州共同召开“世界华文文学区域关系与跨界发展”国际学术研讨会。会议聚集了来自美国、加拿大、英国、日本、韩国、新加坡、马来西亚、中国大陆、中国台湾、中国香港、中国澳门等十多个国家和地区的高校科研院所专家学者百余人，共宣读了六十篇会议论文，对“区域关系与跨界发展”相关问题及其概念内涵展开了热烈讨论，提出不少颇具启发性的观点。会议议题主要包含以下三个方面：

一、“区域关系与跨界发展”的新状态

在华侨华人近两百年的离散和本土化的历史进程中，各地区的华人彼此虽有较大文化差异，但同源同根的民族血缘将它们紧密联系在一起。王列耀在《华侨华人与百年中国文学及海外传播》的发言中指出，华文传播的过程表明华侨华人不仅是百年中国文学海外传播的生产者、传播者，还是不可或缺的接受者，对传播渠道、传播效果都有着重要的作用。因此，引入“华侨华人文学”的视角并重新考量文学史的书写，对于认识百年中国文学及其时代使命将会有重要的意义。

这次会议立足于各区域的本土化发展的基础之上，同时也进一步厘清各区域跨界时所带动的思想文化交流。赵稀方试图走出中国大陆的思想范畴，回到台湾历史经验的独特性。他对陈映真及其作品基于“反殖民性”视角的评价，对于调整中国现当代文学和港澳台华文文学的关系有着重要意义。罗鹏以海内外五位当代作家为例，对他们各自不同背景下的叙事特点进行了深入分析，从而在这种差异性中审视并反思其文学文本的意义和价值。世界华文文学因涉及到西方文化与中国文化的互通与交流，在中西方交流过程中，作家创作在跨文化的议题上有着自己的思考。苏晖和王璐均以美国华裔作家的英文创作作为研究对象，探讨全球化时代移民的伦理身份与伦理选择之现状与趋势。

二、各区域文学的本土化追求

世界华文文学大体由台港澳、东南亚、欧美澳三大区域的华文文学构成。此次会议有关台湾和香港地区的研究论文数量最多。白杨关于台湾现代诗人的转向研究、杨翠关于杨逵农耕书写的研究，黄美娥对金门作家吴均尧的研究，张岩泉关于余光中的新文学评论的研究，吴晓关于洛夫诗歌中“天涯美学”的研究，王钰婷关于台湾女作家对大学生想象共同体形塑过程的研究，樊善标对萨空了的报刊生涯的研究等，均值得注意。

本次会议中，东南亚华文文学研究也有不少亮点，潘碧华对丘萩园的研究，周锦聪对马华诗人周若涛的研究，廖冰凌对《三顺伯番邦历险记》的解读等可谓其中的代表。此外，欧美澳华文文学研究、日韩华文文学研究的成果在这次会议中也得以充分展现。

三、学科范畴与热点问题的探讨

世界华文文学的学科建设和理论架构是与会学者关注的一个焦点，大会就此进行了深入探讨，其中以“汉语新文学”与“华语语系文学”较为突出。朱寿桐继续推介他提出的“汉语新文学”学科概念，提倡通过共同语言来跨越政治立场、地理疆域，以求世界华文文学定义的客观性。山口守同样从语言问题入手，强调华语文化的多样性，进而提出研究“华语语系文学”应该注意到母语并非均质化的特点。金进对“华语语系文学”这一术语进行溯源，并对其所涉及的后殖民主义立场以及立场的合理性问题做了阐释。此外，在世界华文文学的“疆域”问题上，古远清、杨际岚等人都贡献了自己的观点。除了理论辨析，本次大会在“离散叙事”“新移民文学”“跨媒体文化”“社会空间理论”“生态文学”“文化

杂糅”等理论实践方面也取得了丰硕成果，为世界华文文学学科建设提供了新的视角。其中颇具代表性的发言包括游俊豪的《离而不散的话语新诗：〈四海为诗〉文本分析》、舛谷锐关于马华文学中的雨林描写的发言，孙彦庄、孙彦彬关于马华生态文学的文化背景的发言，周德成关于新加坡新生态文学语言杂糅现象的发言等。

综上所述，此次研讨会尝试将世界华文文学由“外部研究”推向“内部研究”，在研究范式与方向上做了新的调整，并取得了可观的成果。与会代表期待世界华文文学能摆脱长期以来形成的“中心—边缘”的思路，在原有的基础上进一步拓展学科的内涵和外延。

（黄晓燕文　郑海娟摘）

“中华文脉与华文文学”国际高峰论坛

“中华文脉与华文文学”国际高峰论坛暨《世界华文文学论坛》百期巡阅研讨会于 2017 年 10 月 10 日至 12 日在南京召开。本次论坛由江苏省社会科学院主办，文脉研究院、《世界华文文学论坛》编辑部承办，盐城师范学院、泰州学院协办。来自美国、加拿大、马来西亚及全国各省市近 50 位华文作家、学者参加了会议。

何谓文脉、如何理解中华文脉与华文文学的关系是本次论坛关注的首要问题。黄万华以欧洲华文文学为例探讨了本源文化与“他者”文化的交流。卢新华谈到对中华文脉的独到认识与文化“走出去”的重要性。方忠回顾了江苏省世界华文文学研究的进程，并梳理出吴文化与汉文化在世界华文文学创作、研究中的体现。庄园聚焦于去国后刘再复对高行健的评价，讨论文学批评“转化性创造”的意义。

探究中华文脉与华文文学的关联要落实于具体作家作品，以个案为根基建立文学史叙述的线索，勾勒中华文化海外传播、承续的脉络。作为近年来世界华文文学研究领域的新兴学术增长点，海外华文文学研究在此次论坛中成为讨论的热点。这主要体现在两个方面。首先，海外作家、学者对海外华文文学发展现状及历史情况做了梳理与介绍，其中具有代表性的发言包括王威关于近年来海外华文文学新动向的报告，潘碧华以马华文学为例讨论海外华文文学多样性的报告等等。其次，国内专家、学者对重要作家作品进行解读，并从总体上把握海外华文文学的发展特征与趋势。北美华文文学引起了较多与会学者的关注，相关研究包括程国君对北美新移民文学的全球性主题的探讨，张堂会对纽约作家鲁鸣的长篇小说《背道而驰》中的艾滋叙事的分析，刘云、刘红英对北美华文文学的婚恋题材及伦理问题的关注等。

台湾文学作为世界华文文学的重点研究对象，同样倍受重视。不同于北美新移民文学的新鲜感与现场性，台湾文学研究历史较久，沉淀了一批专注该领域的重要学者，研讨也由具体作家作品的论析逐步走向历史性的梳理与经典的再解读。在重读经典方面，沈庆利以白先勇《芝加哥之死》《谪仙记》及小说集《台北人》中的部分篇章为中心，论述了其中深厚浓烈的“中国情怀”、鲜明独特的“中国叙事”和复杂多棱又高瞻远瞩的中国认同观念，从中华文脉角度重读白先勇。刘俊关注施叔青的小说《度越》，认为施叔青从早期探索个人心理的现代主义逐渐走向现实主义，并最终在宗教中获得战胜自己的力量，显示了一条回归传统文化的创作轨迹。白杨围绕李碧华《青蛇》、严歌苓《白蛇》对“白蛇传”故事的重述，重点分析了该故事中青蛇形象的演变及其意义。朱立立探讨了台湾作家蓝博洲的左翼文学书写，认为其非虚构写作是对杨逵、陈映真等传统左翼精神的自觉继承，在当今台湾社会历史观异化的情境下值得高度肯定。凌逾在香港这座城市中注意到“跨界创意”的身影，追溯其形成的缘由与动力，为文学与电影、文学与建筑、文学与地理等各领域的交叉跨界提供范式。

在史料梳理与综述方面，朱双一从“保钓”后海外华人的新中国认同热潮，旅美华人认同新中国的文艺运动，叶嘉莹、於梨华访华观感和新中国认同，“中国周末”与“陈若曦旅馆”四个方面详细梳理了“世界华文文学研究”学科创立前史。赵稀方重新考证了香港文学的起点，将学界一般认为的1874年向前推进，追溯至1853年香港第一部中文报刊《遐迩贯珍》。赵小琪重点考察了台湾新生态本土诗人想象的中国社会空间的二重性，认为它体现在民本政治、家庭伦理等方面。艾尤聚焦于大陆当代作品在台湾的出版情况，指出台湾学者偏爱历史小说、文化散文、先锋文学、儿童文学、青春文学、网络文学及影视文学等类型，并从两岸历史文化一脉相承、文学发展的互补共生、新媒体引发的交流热潮等方面进行了具体剖析。

论坛同时对华文文学的概念、界限及其在现当代文学版图中的位置等问题进行了研讨。谭桂林以严歌苓《芳华》为例表达了对华文文学写作境界与格局的看法，提出中国故事需要中国思维，但也要讲求世界性的眼光。杨洪承论述了华文文学的边界与中国现当代文学研究问题，提出应反思20世纪中国现代文学之拓展空间，审视日益扩大的华文文学自身内涵外延应有的学术规范和路向。

论坛最后举行了《世界华文文学论坛》创刊100期纪念活动，在座专家、学者亦谈起自己与《世界华文文学论坛》的学术交往及该刊在华文文学学科中的历史地位。

（邓　瑗文　郑海娟摘）

鞭子与提灯：陈映真文学与思想学术研讨会

2017年3月17日至20日，由两岸关系和平发展协同创新中心主办、厦门大学台湾研究院文学研究所承办的“鞭子与提灯：陈映真文学与思想学术研讨会”在厦门大学召开，两岸文化界40余名专家学者与会，分别从文学、历史、政治、社会等不同角度展开学术讨论。

陈映真素来被视为台湾左翼的一面旗帜。赵刚从自身接受《夜行货车》的经历入手，指出这篇小说是陈映真对“乡土文学论战”的经典介入，具有战斗性与导引性，以文学形式定义乡土文学乃反殖反帝的第三世界文学。《夜行货车》也是陈映真面对台湾新殖民地资本主义社会、日益撕裂的“省籍关系”、如何论述“中国”这三大危机感的应对。“在同时与新殖民主义西化派、反共亲美本土派，与亲美反共中国文化派的三面作战的困难条件下”，陈映真企图借由文学的力量，对广大可能为右翼本土派透过身家叙事所召唤的“台独”潜在参与或支持的青年们，进行用心良苦的“导引”。曾健民指出，陈映真的社会性质论从政治经济的分析开始，再进入阶级分析，进而联系到该时期的各种政治、社会、文化文学运动与其进步的或反动的内容，最后归结到社会变革论——变革的性质、变革的对象以及变革运动中的阶级主力在哪里，谁是同盟者等问题。台湾的社会性质论为左派统一运动提供基础。吕正惠主要谈陈映真在上世纪 60 年代统左思想的形成，他指出台湾四代知识分子把陈映真视为偶像，作为革命运动在台湾的遗腹子，陈映真与台湾一般知识分子的最大不同是从不承认国民党政权在台湾统治的合法性。邱士杰认为陈映真的思想贡献之一是：尽管台湾战后因为国民党政权而实现了台湾经济基础的资本主义化，但他注意到与此相适应的主流意识形态不能支持台湾经济的可持续发展，即“精神的荒废”。

陈光兴认为理解外省人与本省人的精神处境与困境，是陈映真在台湾内部克服民族分断的实践，陈光兴通过小说细读勾勒外省人在半个世纪的历史进程中生命与政治道路的起伏。他从陈映真的第三世界视野，讨论分断体制下的“外省”失乡人与“本省”沦落人。王墨林从《加略人犹大的故事》谈陈映真的人道主义的社会主义的革命美学观。刘奎认为陈映真笔下的忧郁既是人物的生命形态，也是叙事与认知的结构性要素，与所谓“左派忧郁”不同的是，在台湾白色恐怖的年代，忧郁这类超出统制范围的情感结构，也暗含人的感性解放的潜能，因而具有情感政治的实践内涵。吴舒洁从陈映真早期的家庭书写讨论“市镇小知识分子”的家国伦理，认为直到 1987 年的《赵南栋》，“离家”才被“回家”所取代，这是成长为马克思主义者的陈映真从“家”的幸存者身上所看到的新希望。肖宝凤通过梳理刘大任的陈映真评论，观察台湾当代左翼思想的张力、困境及对大陆知识界的启示意义。徐纪阳认为陈映真的早期小说在结构、语言、意象和主题等方面与鲁迅相合之处颇多，在台湾延续了中国新文学传统的鲁迅一脉。马雪把《忠孝公园》视为“思想剧”，探讨“大和解”的可能与不可能，指出陈映真的“大和解”是民族、阶级与人的复归。

陈映真先生对现实主义的推崇是有目共睹的，他呼唤一种宽阔的现实主义。诗人詹澈从陈映真前期小说《面摊》《将军族》与后期小说《归乡》《忠孝公园》中的人物与自身亲友的“原型”对应关系，有力地驳斥了“台独派”以“理念先行”对他出狱后小说的贬低，指出陈映真现实主义创作的一贯性。张立本认为从《苹果树》《死者》可知，陈映真写作之初便关切“人如何生活于世界？如何活着才是人”。这一问题意识暗示了陈映真认为人应设法认识己身所在环境的社会条件，也显示了陈映真 1960 年代的小说具有的现实指向性、政治性。陆卓宁则探讨陈映真的“主题先行”与文学情怀，“主题先行”并不表明陈映真认同“恋爱加革命”的概念化写作，并非忽视文学的艺术性与审美性，而是“表达思想”的创作信念。樊洛平认为以《归乡》《夜雾》《忠孝公园》为标志的创作，以老年视角的回眸唤起台湾被遗忘的历史记忆，以起落沉浮的个人命运见证台湾社会史，以忧患反思的态度清理殖民地台湾遗留的精神荒废，直面“战后”“解严后”的岛屿政治生态，将台湾社会亟待解决的思想清理任务，再度尖锐地提到了时代面前。《归乡》、《夜雾》、《忠孝公园》也引发了彭明伟对当前台湾社会日益剧烈的族群政治矛盾冲突进行“历史性”思索。日本侵略、内战—冷战所造成的创伤如何疗愈？彭明伟认为三篇“分断历史小说”对抗的是割裂两岸联系的台湾主体性的历史论述。陈美霞通过陈映真的《铃铛花》《山路》《赵南栋》来讨论他对白色恐怖创伤历史的再叙述与中国认同的话语建构，同时呈现陈映真充满耶稣意味的左翼情怀。

陈映真并非单纯书斋式的作家，而是一个积极介入社会的知识者。创办《人间》杂志、投入社会运动、批判“台独”思潮等等都是他文化实践的一部分。黎湘萍指出陈映真始终在探索新的“人”、新的“社会”是什么？台湾所有的社会、政经、历史、环境、族群、两岸、民众史等议题都可以在陈映真创办的《人间》找到源头，《人间》的精神气质与思想探索在彼时此时都是独此一家的。韩嘉玲通过大量历史照片展示了作为社会运动据点的《人间》，她认为《人间》是陈映真除了小说之外，与时代更为近身肉搏的尝试。《人间》每期编辑会前都有读书会、讨论会，分析社会政治、经济问题。她分别谈了陈映真对民众剧场的贡献，以及《人间》同仁的多种作为：继承与挖掘台湾人反抗的历史，探索台湾左翼文艺的新方向与形式；结合社会运动、探索面向为工农的左翼戏剧方向；继承台湾左翼历史到进一步思考冷战结构下民族分裂的原点。陈良哲分析了《人间》的开始与结束。张均凯从陈映真的序文及由此辐射的人际网络，考察他的“统”“左”认知、运动足迹与实践图景。

朱双一以陈映真、林书扬等为中心，批判“台湾民族主义”的建构、“日本殖民统治赞美论”、大众消费文化下的“亲日”思潮、西川满与皇民文学问题。王睿从台湾语文教育讨论陈映真在台湾接受状况，通过陈映真相对于龙应台、余光中在台湾语文教育中的“真空”状态，凸显了台湾语文教育“去中国化”、恋殖氛围、反共压抑、消费文化等“台湾问题”。

研讨会上，两岸学者从多方面呈现一个立体的有情感温度的陈映真。闭幕式播放了高重黎执导的电影《我的陈老师》，与会者共同缅怀陈映真先生。

（陈美霞）

中国比较文学学会第12届年会

2017年8月17日至20日，中国比较文学学会第12届年会暨国际学术研讨会在河南大学隆重举行。大会由中国比较文学学会主办，河南大学文学院和《汉语言文学研究》编辑部共同承办，主题为“比较文学视野中的世界文学”。来自 68 所海内外高校与科研机构，以及出版机构的 500 余位专家学者出席会议。

大会于 8 月 18 日上午开幕，由学会秘书长、北京大学张辉主持。中国比较文学学会荣誉会长乐黛云、国际比较文学学会前会长博登斯（Hans Bertens）、普林斯顿大学贝尔曼（Sandie Bermann）以及中国社会科学院副院长张江发来了贺信。在开幕式上，河南大学党委书记关爱和表示热烈欢迎。第 11 届中国比较文学学会会长、四川大学曹顺庆致开幕词并对学会工作进行了总结：中国比较文学学会在 2016 年 7 月成功获得国际比较文学学会第 22 届年会的承办权；2017 年春，学会正式启动申请计划，将努力推进“比较文学与世界文学”学科成为一级学科；3 年来学会坚持贯彻并完善管理制度，成为合格的国家一级学会；学会积极理顺与各省级学会和二级学会的关系；筹备 2017 年年会并保证年会顺利召开。会议承办方、河南大学文学院院长李伟昉介绍了河南大学文学院的历史与现状，指出年会主题就是要倡导不同文化文学之间的相互交流、平等对话、互通互鉴、和谐发展。

本次会议设立了 12 个议题：比较文学变异学；比较诗学的新问题与新方法；走向世界的中国现当代文学；中国译介学与世界文学；比较文学与东亚文学研究；世界文学观念中的区域、民族与文化；文学人类学的中国途径与问题；世界文学经典重读与文学史建构；美国华裔、亚裔文学研究；世界文学与中国河南作家群；文学人类学的中国路径／‘一带一路’与中外文化交流；宗教研究与比较文学。大会举行了 7 场专题学术报告，12 个分组举行了 60 场分组会议，此外还专门开设了“青年论坛”和“人工智能与人文学科”自由论坛两个专场论坛。

曹顺庆会长以“变异学理论与国际比较文学发展的新方法”为题开启了年会的专场学术报告。他认为，变异学理论体现了比较文学的中国话语观，变异性、异质性首次成了比较文学可比性的基础。清华大学/上海交通大学王宁做了题为“全球化进程中的中国文化与文学发展走向”的学术报告，指出世界文学的概念进入中国以来不仅有助于中国作家了解外国文学，更能促进中国文学走向世界。上海外国语大学谢天振在题为“回到严复：再释‘信达雅’——兼论文化外译理论的探索与建设”的报告中，重新讨论了严复的“信达雅”标准，并分析了梁启超、陈康、吴献书等人对“信达雅”的误读，指出严复的本意实为求“达”。北京大学讲席教授、博古睿研究院学者、美国夏威夷大学荣休汉学家安乐哲（Roger T. Ames）用“儒家与‘非神’的宗教”（Confucianism and Atheist Religion）重申中国传统中的“宗教性”问题。他认为中国古代哲学所强调的“自然而然”，是将自然视为一个自我繁衍和自我转换的圣秘（numinosity），这正是“天人合一”“和而不同”等“关系性”观念的逻辑基础。中国人民大学刘小枫以“历史哲学与中国文明的思想负担”为题，指出中国思想界应摒弃西方历史哲学思路，不应再试图将之变成自己的哲学。北京大学张辉在“文学与思想史研究的问题意识”的报告中，以王国维、鲁迅与中外文学经典的联系为出发点，梳理了比较文学视野中文学与思想史研究的传统，呼吁激活“如何说”与“说什么”之间的关联，重建比较文学的人文学品格。

大会其他的主题学术报告有：国际比较文学学会会长、香港城市大学张隆溪的

《尚待发现的世界文学》；中国人民大学杨慧林的《“我是”的重构与世界文学的“发生”》；北京师范大学方维规的《“世界文学”vs.“全球文学”：何为经典?》；浙江大学周启超的《新世纪16年来世界文论界研究热点》；上海外国语大学宋炳辉的《对话与认同之际：比较文学的人文品格与当代使命》；中国社科院/上海交通大学叶舒宪的《文学人类学30年——回顾与前瞻》；延边大学/山东大学（威海）金柄珉的《对中韩跨界叙事研究的几点思考》；南京师范大学汪介之的《俄罗斯文学的特质及它在世界文学中的地位》；南开大学王立新的《希伯来神话的两大类别及其特征》；北京大学/南方科技大学陈跃红的《老话题的新思路：当代高科技条件下的人文与科技关系再思考》；美国普渡大学托托西（Steven Totosy）的《大数据与文学研究》；以色列特拉维夫大学阿尔方达里（IditAlphandary）的《对后人类视域中人道主义罪行与叙事限度的回应》；河南大学李伟昉的《朱东润〈莎氏乐府谈〉价值论》；天津师范大学孟昭毅的《当前比较文学研究的跨界方法》；中国人民大学高旭东的《谁是世界文学：英语世界还是非英语世界?》；南京大学何成洲的《作为事件的世界文学》。大家从各自的独特角度切入世界文学问题，展现了比较文学跨学科、跨语言、跨文化的学科品格，多视角多方位地回顾历史，面对现实，思考未来。

在大会期间，学会选举并通过了学会第12届新增理事会成员名单。在随后的理事会议上选举了新一届常务理事会，清华大学/上海交通大学王宁被推选为新任会长。

（郑熙青摘编）

“中国时刻”需要实在的学术内容——同济大学“比较文学学术前沿”高端论坛

2017年5月13日，中国比较文学学会、上海市比较文学研究会和同济大学人文学院中文系比较文学研究所共同主办的“比较文学学术前沿”高端论坛在同济大学举行。来自全国50多所高校和科研出版机构的百余名代表齐聚一堂，切磋研讨。

在开幕式上，陈思和作了题为“比较文学的教学理想”的主旨发言。他指出比较文学是一门语言开阔的学科，并对从事比较文学的学者们提出了需掌握四五门语言的忠告。其次，陈思和从比较文学学科的曲折发展谈到了中国比较文学学科的先天不足。最后，他呼吁中国的学者有责任提出自己的比较文学理念。

在第一场议题为“比较文学的未来发展”的研讨中，张隆溪在主旨发言“论比较文学与世界文学之关系”中特别指出：一，比较文学必须要有独立性。二，世界文学在现代的兴起，在于走出西方中心主义。第三，提醒中国学者要打破民族的观念，不要将目光狭隘地聚焦在“中国应该有一个中国学派”的问题上。第四，指出了未来中国比较文学研究者应当改变世界文学文化力量和文化价值的不平衡，要将本国文学传统中的经典推介到外域。

宋炳辉在主旨发言“对话与认同之际：比较文学的人文品格与当代使命”中认为，以语言、文化、国族、学科等跨越性研究为宗旨的比较文学，从其萌生期开始就始终面临着差异与普世、多元与整体的形而上命题的挑战。克服差异、寻找相似，乃至提升普世性，是学科基本的运思逻辑。但对比较文学人文使命的思考，应该做外延式考察，即从学科的演化历史和当下态势中，重新发现不同阶段、不同文化历史时空中所呈现、所蕴含的观察时间窗口，从而使理解与考察向未来的可能性，向不同的文化和历史经验敞开。

同济大学朱静宇用克劳迪奥·纪廉在《比较文学的挑战》中“法国时刻”和“美国时刻”说法，称比较文学已进入“中国时刻”，呼吁建构有别于法美学派的、自成体系的、经得起推敲的中国比较文学学科理论。淮北师范大学杜明业和同济大学隋少杰分别就“中国比较文学学术话语建构”和“比较文学的责任”等话题提出了自己的看法。

在第二场“比较文学与思想史”议题的研讨中，中国人民大学杨慧林在“利玛窦与福柯对爱比克泰德的读解——关于‘知’与‘行’的追究”的主旨发言中，指出：福柯 1982 年在法兰西学院的讲座中不断提及爱比克泰德的论说，并通过“看护自己”与“认识你自己”的关系，描述古希腊哲学向基督教观念的转换以及“主体的现代模式”之生成。而爱比克泰德也是中国人接触西方思想的起始，利玛窦的《二十五言》便是译述爱比克泰德的《道德手册》。杨慧林认为，如果以利玛窦和福柯对爱比克泰德的读解互为参照，“知行关系”究竟是落实于道德践履，还是通过“行”而重构一种理解结构？就此，爱比克泰德之于后世的意义也许在“语内”和“语际”的比较中更为清晰。

北京大学张辉在主旨发言“文学与思想史研究的问题意识”中认为：文学与思想史的跨学科研究，事实上在中国比较文学学科发轫之初就已付诸实践。王国维的《红楼梦评论》、鲁迅的《摩罗诗力说》等是典范之作。他从文学与思想史研究的问题意识出发，强调下面的问题。其一，将文学与思想、心态和精神的历史联系起来，应该是相互渗透和交融；其二，文学与思想史的连接，非但不是要简单地用文学和语言的材料证明思想史的结论，而恰恰是要激活“如何说”与“说什么”之间的有机关联。其三，文学是对真理问题和个体命运具体而直接的表达，因而也为质疑约定俗成的常识与定见、和所谓普遍规律提供了最大可能性，而这也正是比较文学的题中应有之义。上海交通大学杨明明、上海师范大学郭西安以及上海大学的肖有志分别就“日尔蒙斯基的早期比较文艺学思想演变”“作者、文本与语境：比较视域下‘知人论世’观的方法论省思”“诗艺之志——作为宗教思想家的索福克勒斯”等话题展开了探讨。

第三场“比较文学的新方法与新领域”的议题研讨。上海大学陈晓兰以 1905 年中美双方互派使团访问为例，从双方留下的旅行记述，窥见双方相遇前后彼此的情感态度、价值评判、文化误解与现实回应，折射出中美之间实力的悬殊和政治体制、社会现实、礼仪文化之间的巨大差异。复旦大学王柏华、同济大学葛中俊、福建工程大学林晓霞以及西安电子科技大学刘建树等分别从译介学、文化翻译研究、世界文学等角度对议题展开了讨论。北京师范大学王向远在“‘译文学’与比较文学、翻译文学的理论建构”的主旨发言中，从道安提出的翻译的“五失本、三不易”说切入，将佛经原文中的5种与汉语表达格格不入的情形加以删减或改变，是“五失本”。之后的“三不易”，王向远认为，从文字训诂及道安一以贯之的翻译思想来看，“不易”并非不容易，而是不变、不轻易之谓。“三不易”是对译者提出的三条勿轻易而为，概言之：勿轻易以古适今，勿轻易以浅代深，勿轻易臆度原典。可视为翻译的“三戒”。

（朱静宇）

跨文化语境下的华语电影国际学术研讨会

2017年10月28日，《中国比较文学》编辑部、上海市比较文学研究会、上海外国语大学文学研究院联合主办的“跨文化语境下的华语电影国际学术研讨会”在上海外国语大学召开。来自国内外数十位学者围绕华语电影的发展以及华语电影在世界范围内的影响与接受，从跨文化的视角进行探讨。

中国比较文学学会副会长、上海市比较文学研究会会长、《中国比较文学》常务副主编宋炳辉主持开幕式。会议首先由上海市委宣传部文艺处处长聂伟致辞。上海外国语大学文学研究院院长郑体武希望本次会议能对上外课程设置、人才培养、课题研究起到推动作用。《中国比较文学》杂志主编谢天振以莫言小说改编电影的成功案例，论证电影在沟通中外文化方面的重要作用。

第一场研讨会由谢天振主持。美国加州大学圣地亚哥分校张英进在题为“以移动视角审视世界电影与华语电影”的报告中，从宏观角度阐述近年学界关于世界电影与中国电影的理论新进展。世界电影的理论发展与世界文学相似，都涉及中心/边缘、主导/抵抗等方面的论证。然后他分析了世界电影的新概念，如达德利·安德鲁提出“时区与时差”的分类，来描绘世界电影都市、国家、联邦、世界和全球五个历史时期。他指出这些时期的特征常常是重叠和共存的，而且电影“本质上和它自身是脱节的”。他再次回顾了英文学界对华语语系电影的持续论争，主张采取流动性的灵活新定位。索思摩学院孔海立介绍了在美国文理学院教授华语电影25年的一些经验：一是主题研究，关注华语电影对重大历史的再现；二是音乐、舞蹈、色彩等角度；三是分析华语电影中作为艺术手段和电影技巧的美学形式。

第二场研讨会由上海大学金丹元主持。上海大学林少雄以《我不是潘金莲》为例，阐述了技术叙事语境下华语电影的新突破。他认为该片海报、剧照借鉴了中国山水画的意境与形式，人物原型则衍生于传统小说中的女性形象；他还分析了电影中圆形图像构图的技术与文化含义。他指出该电影的新突破主要有叙述和表演空间的拓展、艺术观念从表现转向呈现、对舞台艺术的借鉴，但是电影对两性关系的思考实际上是一种倒退。复旦大学中文系杨俊蕾的发言题目为“国际化商品的特效技术‘拟造’华语玄幻古装片”。她注意到华语电影的“历史古装化”“古装玄幻化”现象，指出在前技术阶段就已经存在严重的“文化斜视”。她认为华语奇幻电影过度依赖国际化技术，不仅阻碍影像自身的叙事，而且会遮蔽华语电影的本土特点。上海师范大学赵宜反思目前 IP 开发的惯性误读，指出 IP 开发探索时期的创意囤积、产能过剩等问题亟待解决，以粉丝经济为基础的 IP 改编和开发远没有发掘出应有的潜力。上海外国语大学宋炳辉的发言题目是“作为资源的译制电影：‘十七年’间东欧电影的引进”。他认为外来电影作品的引进一直是本土创作的重要资源。他重点介绍了对东欧电影的引进，指出意识形态对译制对象的选择影响重大，他还描述了在译制片引进方面官方意图与民间接受的分歧现象。他认为在中国电影发展史上，共和国初期“十七年”间东欧电影的译制是中外电影关系史上一个特殊的现象，在特定的国内外政治、文化语境中，给当时的观众留下了特殊的印象，其影响力一直延续到新时期开始。

第三场研讨会由宋炳辉主持。上海大学金丹元在“‘华语电影’中的‘民族想象’与差异性审美”报告中，提出“华语电影”概念与全球化语境下的文化断裂、身份认同有关，体现了全球化、现代化，同时又有着不同的意识形态色彩。他指出，在大中华情结和全球化思潮影响下，两岸三地的电影自觉与不自觉地在影像叙事中营构了各种“去地域化”的空间审美意象，但是不加区别地抹杀差异亦不合适。华东师范大学冯果的发言“叙事与事件——中国电影的跨文化传播”，通过分析教授华语电影时外国留学生的接受情况，发现外国学生对不熟悉叙事与不熟悉事件类型的电影接受度最低，而对熟悉叙事与不熟悉事件类型的电影接受度最高。上海外国语大学王庆福选取“慰安妇”这一共同的主体，以国内纪录片《三十二》和旅日华人导演纪录片《盖山西和她的姐妹们》为例，结合不同的文化背景对两部纪录片进行叙事比较，探讨跨文化语境中的创伤记忆主题，影像表征的同与不同和原因。他认为，纪录片对创伤记忆的表征应当深化内容，将目光放到应对与处理上。上海戏剧学院厉震林从进口片与国产片市场份额占比差距悬殊的现象出发，指出：要缩小与国际市场高度的落差，培养复合型跨国电影人才，增加中国电影的国际市场份额；要缩小与一带一路电影的隔阂，使中国电影通过一带一路走向世界；要将东方情怀转化成国际语言。

在大会的闭幕式上，张英进总结发言。他认为，电影既是工业也是文化，在关注大片票房等热点的同时，也要深入工业背后的问题。技术的发展使电影的视觉表达压倒了故事，这给电影研究提出了挑战。他指出电影背后的文化不仅是种族文化、传统文化，还有通俗文化，不能只用精英的学术范式来研究通俗样式。此外要重视电影的地域差异和接受差异。最后，他强调要用比较的方法，电影本身是综合艺术，可以从多角度进行研究。宋炳辉最后致闭幕词。

（高　伟　张梦云）

“外国文论与比较诗学研究会”第十届年会

2017年4月27日至30日，由全国外国文论与比较诗学研究会与中国社会科学院文学理论研究中心主办，吉首大学国际交流与公共外语教育学院、吉首大学文学与新闻传播学院承办的中国外国文学学会“外国文论与比较诗学研究会”第十届年会暨“当下外国文论前沿与当代中国文论建设”学术研讨会在湖南省吉首大学召开。来自全国20余所高校和研究机构的60余位专家学者应邀与会，提交论文50余篇。

“世界文学”概念理念的讨论是研讨的重点，与会学者着重从中国问题意识来理解“世界文学”概念。中国社科院贺骥认为，相较学界普遍接受的歌德的“世界文学”概念而言，维兰德提出的狭义的“世界文学”概念（“所有民族和所有时代的世界各国文学最杰出的作品的总和”）具有更强大的生命力。中国社科院吴晓都从边缘视角切入，认为中国传统文学一直在参与“世界文学”的生成，俄罗斯文学、文论中就能发现中国古典文学、文化思想的影响因素。暨南大学黄汉平提出建立世界文学语境中的“华语语系文学”概念，认为这一概念提供了跨越国别、种族和文化间隔，并兼具本土性理论建构的全新思路。吉首大学杨玉珍对中国语境中的“世界文学”进行历史的梳理，认为“世界文学”概念的语义变迁与中国文化和中国问题的时代转型有深刻的互动关系。

跨文化的文学理论旅行以及中国文论的普遍与特殊之争是年会的热点。复旦大学汪洪章提出，中国学者在探索理论创新之路时，不应盲目地“拿来”，自甘被西方理论“殖民”。浙江工业大学刘圣鹏同样主张跨文化比较中的中国立场，提出传统国学的现代性之路，是将传统国学的概念论理体系置于中国传统和现代的历史现实之中，将现代中学的概念论理体系与现代西学并列齐观，并进行概念的互阐。上海师大朱振武教授重点阐述在研究、接受西方文论时的中国文化本位问题。《中国社会科学》杂志社张聪提出“中西文论的普遍与特殊之辩”的问题，认为应采取多元分层的“对话主义”立场，摒弃普遍主义与特殊主义的偏执，建构出可与异域“他者”、与历史的“自我”进行对话的中国当代文学理论。吉首大学刘泰然指出西方式的“观看之道”未必是一种普遍的模式，而中国式的“生成”式的文学、艺术表达方式仍然包含着一种应对现代问题的生命力。湖南师范大学张文初则批评了当代中国学者用西方理论对中国古代文论中的某些概念进行的误读。广东外语外贸大学张进从“元比较”的层面深入到比较诗学背后的“伦理无意识”，认为比较诗学在“科学”的表象下隐含着一种“诗性机制”。他提出，比较诗学不是对客观事实领域的研究，而是对诗性空间的建构，是超越国别文学与世界文学的二元对立所生成的“第三空间”。延边大学马金科以中国史传叙事与韩国诗话为例，提出跨文化传播不一定是同文类的线性传播，还可能是观念形态的发散性传播，由此产生跨文类的变异。

对前沿理论、前沿问题和前沿现象的引介和思考。山东大学凌晨光以“索卡尔事件”为切入点，针对“理论之后”文学理论面临崩溃的困境，提出突出理论的叙事性即是回归文学的切入点之一。南京大学江宁康对齐泽克的《事件》这一文本进行分析，并引申到当代西方文化政治批评理论核心问题的探讨。复旦大学陈靓梳理了美国本土文学研究中的“杂糅性”理论，指出杂糅的概念逐渐从边缘发展成为文化阐释和批判的核心概念，与多元文化的发展密不可分。首都师大孙士聪关注时下学术研究的热点问题“微文化”，重审微文化作为研究客体的优先性、研究视角的多元性以及研究主体的反思性等问题。五邑大学杨建国考察“大众”概念的语义变迁，重现了中、西不同语境下“大众”谱系的历史建构过程。湖南科技学院李文浩通过对时下最新的文化产业的考察发现，科技在推动文化产业发展的同时也通过评判标准与思维模式影响观念变革。

对西方文论经典进行再解读和再阐释也是此次会议的要点。浙江大学周启超从学术史的角度指出中国学界对结构主义的理解和接受有简单化之嫌。结构主义是值得我们在今天的语境中去重新解读与深度勘探的重要理论资源。广东外语外贸大学陈开举梳理了雅各布森诗学理论，探讨了形式主义文论向文化研究的转向，文学伦理学批评对该理论的纠偏。中国社科院任昕重点分析了美国式的“个人”概念，指出爱默生的《论自助》鲜明地表达了美国式个人理念，成为确立美国个人主义观的基础。华东师范大学金雯对英国启蒙主义时期的同情观念进行知识考古学式的梳理，在情感史和文学史中寻找一种同构的关系。暨南大学黄曦耘关注罗兰·巴尔特与普鲁斯特在对待生活与写作的关系理解上所体现出来的共同理念。中国社会科学院博士生孙烨探讨了蒂尼亚诺夫的戏仿理论。四川大学傅其林认为里夫希茨的美学思想一方面促进了中国本土化的马克思主义文艺观建构，一方面也阻碍了富有创造力的中国马克思主义文艺理论的合法性建构。

（罗　琼）

全国高校国际汉学与中国文化外译学术研讨会

全国高校国际汉学与中国文化外译学术研讨会于2017年5月12至14日在南开大学举办，该会议由南开大学外国语学院中华文化国际传播研究中心、北京外国语大学国际中国文化研究院和北京外国语大学比较文明与人文交流高等研究院共同主办，由北京外国语大学世界亚洲研究信息中心承办。会议五大议题：国际汉学（中国学）研究与外国语言文学学科建设、中国文化（文学）的对外译介和传播研究、国际汉学（中国学）的发展历史与现状、国际汉学（中国学）研究人才的培养和中国文化外译人才的培养。

在13日和14日上午的大会主题发言上，在学科建设层面，有学者认为应该为汉学成立一个独立学科。北京语言大学阎纯德从词源学的角度解读（Sinology）。他认为汉学作为西学视域下的中国文化研究，已经成长为显学，涉及中国的文学、语言、历史、政治、经济等多个方面，很难将其挂靠在别的学科，并且汉学在促进中西文化互识、互补，以及在走向共同繁荣的过程中扮演着不可替代的作用，因此现在应该为汉学成立一个独立学科。

北京外国语大学张西平认为，中国学研究与汉学研究都从海外的视域出发研究中国的传统经典；但中国学研究的范围更广，还涉及现当代中国的政治、经济、文化和外交等方面的研究。当代欧洲汉学一个突出的问题是不包括蒙学、满学和藏学。中国学研究正好能涵盖这些研究对象。

对于中国文化如何走出去的问题，有学者认为中国文化走出去需要适应国外的接受期待。谢天振就此谈了文化外译的几个认识问题。当代中国文化走出去，西方民众对中国文学文化的热情远远不及严复、林纾时代中国民众对西方的热情。审美期待不同，翻译方法、翻译策略必然要改变，以传统译入理论指导当今译出实践显然不合适。谢教授强调需要澄明三个认识误区：第一，认为中国文化外译应抓住话语权。文化外译不等于对外宣传，主要为了促进中西方文化交流。第二，认为文学译介应“彼此尊重”“平等交流”。现在西强我弱的文化态势并没有根本改变，不应该秉持一种所谓的“平等交流”观念，即译入多少，就应该相应地译出多少，否则就是不相互尊重。第三，认为翻译必须忠实，拒绝文化过滤。可以说没有文化过滤的翻译是不存在的，翻译必须考虑到译入语民众的审美心理、意识形态和阅读习惯，并以接受者的尺度对源语文本有所改写、删除甚至添加。

有学者对中国文化走出去一味迁就西方读者的审美趣味提出了不同意见。上海师范大学朱振武从海外汉学家英译中国文学时所使用的策略和出现的问题为出发点，对中国文化走出去的误区和措施进行深入思考。他认为中国文学的英译在选材方面缺乏调研，具有盲目性，翻译过程中采取双重标准，即英译汉以源语文化为指归，汉译英又以译入语文化为指归。中国文化走出去要摒弃单纯强调中国文学作品质量、译作质量，过高估计译入语接受者的审美能力，而忽视译作被接受和传播的政治、经济和市场因素。中国文化走出去不能一味迎合西方的审美趣味而失去自我，要有文化自觉、文化自信。惟其如此，中国文学才能真正地走向世界。

有学者从典籍外译的角度探讨了国际汉学与中国文化走出去的关系。南开大学王宏印详细论述了典籍外译的三个阶段和三种境界。第一阶段为汉族汉籍阶段，可称为“轴心时代”。这一阶段以汉民族典籍为本位，表现为单向传播（由内向外）和波状传播（由中心到边缘），形成我族主义的境界，即我族文化中心论。第二阶段为民族典籍阶段，既包括民族典籍的外译，也涵盖少数民族典籍与汉族典籍的互译，以及少数民族典籍之间的互译。第三阶段是海外汉学阶段，这一阶段表现为海外的中国文化和文学的创作，较典型的作品如高罗佩的《大唐狄公案》和林语堂的《京华烟云》；再加上跨域边际文化人的自作自译，构成了跨文化的多元形态。王宏印由此探讨了异语写作、无本回译等相关译论。这一阶段达到世界主义的境界，即多元文化共生论。

在个人经验方面，南开大学谷羽讲述了与俄国汉学家合作翻译中国诗歌几十年的心路历程；北京大学李明滨讲述了《俄罗斯汉学文库》的编撰经历，提到很多与俄罗斯汉学家交流与合作的轶事；上海师范大学李照国回顾了自己翻译《黄帝内经》的经历，认为由于现在译者古文功力不足，翻译方面常常出现对源文本理解的错误。

分组论坛共宣读论文160余篇，涉及多个语种，除了英、日、俄、法、汉等大语种外，还涉及突厥语、柬埔寨语、老挝语等小语种。研究方法呈现出多样化，涉及民族志、译介学、文体学、传播学、比较文学和语料库语言学等多个领域。研究内容主要集中在中国儒道禅经典、现当代文学和少数民族作品的传译，以及西方汉学家、传教士的个案研究。

会议最后宣布成立全国高校海外汉学研究学会筹备会，选举北京外国语大学张西平为首任会长，并决定下一届学会会议将于明年在上海外国语大学举办。

（杨立学）

史料与史实

听文学大家讲古典名著

——“文学讲习所”纪事之一

李宏林

1953 年到 1955 年，我在中央文学研究所（1953 年 11 月更名为中国作家协会文学讲习所，现名为鲁迅文学院）学习。第一期和第二期学时最长，是文学讲习所的创建与蓬勃发展时期。从第三期起改办成短训班了。

第二期招收 45 名学员，由全国各省市文联和作家协会报上 100 多名备录人员。我的工作年限和革命经历其实都不符合入学条件，由于当时我已经有几个剧本在省内报刊发表并由剧团演出，抚顺市文联领导亲笔修书力荐我是可塑之才，我才被破格录取。当时我 18 岁，年岁比我大一点的同学如邓友梅和孙静轩都 20 多岁了。

同朋友谈起文学讲习所时，都关心我们那时学什么和怎样学。为了学员学习有所收获，先任命诗人田间为所长，后任命教育家、作家吴伯箫为所长。由于当时国内政治生活和文艺环境都比较平静，所以由他们拟定的教学计划可谓真正意义上的文学工程。学习方法以自学为主，就是坐下来整天读书，系统地学习中国文学和世界文学，在每个单元学习中都邀请专家作专题讲课。

学习中国古典文学单元时，来讲课的都是重量级名家，第一位来讲课的是文化部副部长郑振铎。这位上世纪 30 年代的著名国学大家，身材高大，头发后梳，前额饱满，戴一副宽边眼镜，腋窝里总夹个大皮包。他围绕中国古典文学的诗歌、小说、戏剧、俗文学传统等讲了四次。郑先生给我留下最深印象的是他不时地说他在书摊上发现了什么什么古杂书，每部书都在几十册上下，他用几天时间都一一地看完了，并谈出他对书的评价。我成天地读《三国演义》，读了半个月，还没有消化，而郑先生读杂书，读得不仅神速，还能作出定评，我真是佩服之极。用现在的话说，那时郑先生在我心中就是个超人。再让我难忘的是，每次郑先生把皮包往桌上一放，对下边的学员一眼不瞅，讲完课夹着皮包就走，师生之间没有一点交流，所以学员只记住他讲了什么，而对他的内心一无所知。

讲中国古典文学的都是鸿儒：李又然讲《诗经》，游国恩讲《楚辞》，冯至讲杜甫，阿英讲元曲，宋之的讲《西厢记》，聂绀弩讲《水浒传》，冯雪峰进行学习《水浒传》的总结讲话……在这些大师级的人物的授课中，给我留下很深印象的是游国恩老先生。当时他可能 50 多岁，但是在我们这些年轻人的眼里他已经是位老人了。供职于山东大学的游国恩老先生是新中国成立后中国最知名的《楚辞》专家。当时出版的有关《楚辞》的著作大多出自游先生之手，也就因为他是中国传介《楚辞》的第一人，讲习所才特意从山东大学请老先生来北京授课。游国恩每次讲课都是从济南坐火车赶到北京。他个头不高，但是总有几个年轻的、身高于他的助手陪在他的身后助他讲课。老先生圆脸，腰杆挺拔，尤其是那声音，如铜钟一样发声洪亮，在讲台上一站，朗朗地背诵一段《楚辞》，眼神即刻明亮，他开始进入屈原营造的气氛中。在几个小时里，他忽而声高忽而声低，一直游走在神秘、怪异、美丽的诗的境界中，一时他就变成了屈原，好像是他写作的《离骚》《天问》，是他投进了汨罗江。在容纳几十人的讲堂里，学员们寂静无声，大家像面对屈原似的目不转睛地盯望着这位完全屈原化了的教授。游先生的《楚辞》课无疑非常受大家的欢迎。

在学习中国古典文学单元中，重点学习的作品是《水许传》，不分组别，学员们都要埋头读这本经典著作。当时讲习所对学员学习进程掌握得很严格。光未然的秘书、后任《剧本》月刊主编的颜振奋，一时被《楚辞》迷住了，他读书落后于教学安排，为此受到严厉的批评。所谓自学，也是在管理下进行的。所以在一个多月里，在讲习所的大院中寂静无声，人们的眼睛都是盯向书中的一百单八将，晚上的谈资也是宋江、李逵等梁山好汉的故事。

谁来讲《水浒传》呢？是时任中国人民文学出版社副总编辑、杂文写得极好、被称为“鲁迅第二”的聂绀弩。聂绀弩细高的身材，脸颊削瘦，不修边幅，更不讲排场。他讲课不登讲台，就在第一排课桌前袖着两手来回地游走，嘴里叼支香烟，一只眼睛被烟熏得眯缝着，似乎他还喝了一点酒。他与周总理在黄埔军校是同事，周总理曾戏称他是“20 世纪最大的自由主义者”。他没有讲稿，所谓讲课就是他想到哪儿就讲到哪儿。其实这时的学员们已经把《水浒传》读得倍儿透了，只想听听他有什么独到的见解。别说，他真谈出了大家没有意识到的内容。比如，他说《水浒传》有两大弱点，一是杀人太多，武松血洗鸳鸯楼，好人坏人一起杀，连丫环都不放过，这就不好。二是歧视妇女，你看宋江杀阎婆惜、武松杀潘金莲、杨雄杀潘巧云等等，都是扼杀妇女的自由权，是封建妇女观的典型反映。聂绀弩顺口提到的这两点当时真没有人提到过，现在回想起来，看似心不在焉、外表散淡的聂绀弩，却怀有一颗善良的心，是位人道主义者。他从血腥的杀杀打打中呼唤人的尊严和妇女的自由，他是“五四”精神的传承人。

学习讨论结束，冯雪峰要来讲习所作总结。消息传出去，一些所外的文学界人士也赶来听讲，于是不得不加座椅。

那年冯雪峰 50 岁，瘦弱的中等身材，长脸儿，笑面，目光慈祥，稀疏的分头稍灰白，他不像郑振铎那样有官相，不像聂绀弩那样像个流浪汉，更不像游国恩那样为诗而颠狂，他就像个穿着整齐的隔壁大叔。关于在总结中讲什么，教务处的同志早把学员们讨论《水浒传》时的各种观点作了汇报，他便有针对性地作总结发言。他讲的基本观点是怎样理解现实主义，《水浒传》是古典现实主义的巨著，它真实地反映了历史上平民百姓反抗封建压迫、群起而造反的经历。现实主义的首要条件是真实，《水浒传》所反映的起义的胜利和失败都是真实的。他强调，现实主义不能脱离历史的具体情况，强求古人按照现今的思想追求去行事不是历史唯物主义观点。历史上的农民起义成功了是帝王轮换，失败了是四下走散，放下武器被朝廷招安在历史上是常见的农民起义的一种结果。无论是哪一种，人民起来反抗封建统治，都是对封建统治的沉重打击，动摇了封建王朝，启示了被压迫的人民群众，是推动历史前进的巨大动力。这样，就把造反与招安的分歧融合起来，这两者不是分立的，而是历史上农民起义中的一个总体的两种现象。冯雪峰还对《水浒传》的章回式结构和人物塑造等方面对中国文学的重大贡献作了分析。他的总结发言是用历史唯物主义观点和马克思主义文艺观，阐述了《水浒传》在中国古代文学中的经典地位和久远意义。

前几年中央电视台播放电视剧《水浒传》的时候，就剧中的缺陷我在报纸上连续发表了几篇评论文章。有的朋友感到奇怪，你这位新闻记者怎么评论起《水浒传》了？朋友们不知，早在五六十年前我就登上“梁山”，同一百单八名好汉相拥相抱了。

（原载《文艺报》2017年9月1日）

关于萧也牧之死与平反的几则史料

邵 部

萧也牧本名吴小武，因发表《我们夫妇之间》受到批判，于1953年调往中国青年出版社文学理论编辑室从事编辑工作。1969年4月15日随团中央系统下放黄湖（位于河南省信阳市潢川县）“五七干校”，1970年10月15日受迫害致死，1979年正式平反。关于萧也牧之死及平反情况，张羽的《萧也牧之死》和石湾的《红火与悲凉——萧也牧悲剧实录》有较为详细的介绍，但如下几则新发现的重要史料还未见使用，遂辑录于此，并做以简要说明，以期能够为这一历史事件提供更多的细节，还原历史现场。

一、萧也牧黄湖检讨残篇

在笔者走访萧也牧长子吴家石先生的过程中，意外发现了一则萧也牧本人的手迹，没有抬头和落款，残缺不全，仅余一页半的篇幅。据内容判断，疑似为在干校去世前不久所写的检讨。“文革”开始不久，萧也牧的手稿、书信、藏书均被查没，以后也没有寻回。因而，萧也牧本人在干校期间的手迹就显得尤为珍贵。写作这篇检讨时，萧也牧在孤立无援的处境中忍受着肉体的病痛，精神濒临崩溃的边缘，字里行间弥漫着一种悲观绝望的情绪（辨认不清处以□代替）：

> 因为自己的罪行，到黄湖来已经快两年多了 。你到黄湖是干什么？说是为了赎罪、改造自己呀！但是看一个人，首先看他的行动。到黄湖来，一点也看不出是为了赎罪、改造自己。而正好是为了对抗无产阶级专政。这是十分突出的矛盾现象。在我们伟大的社会主义的国家里，竟然有人如此，该当何罪？这在我是想都不敢想的，但阶级斗争是不以他人的意志为转移的。我回想起这个问题，非常恼火。问题在哪里？为什么会出现这种情况，总觉得需要再三思索。
>
> 我自进黄川医院以后，总觉得心虚，自知身上的病愈来愈多，一心想逃避劳动，他的目的是怕死。再加上自己懒得出奇，在劳动上更不行。有人说，我干活就像一个新鲜活死人，“只还有一口气”。自思把身体养得好一些再说。同时今后的事，□□要清醒一些，平时少说话，凡事要想一想。
>
> ……
>
> 在受审人员屋子 很少说话，总觉得自己的脑子中没有话要说。受审人员对我提过这个意见，才想起这件事来，但是仍然回答不出来。自己对自己目前的精神状态，也是

十分讨厌。

根据自己的情况，放在自己面前的问题是该怎么办？这样下去肯定是没有前途的，曾经□自己苦恼过。首先□□□□，带着自己思想中的问题去学习毛主席著作，突出具体措施，从行动上取得改正。学一点，用一点，在“用”上下功夫。同时在其他各方面，要严以待己。大问题不放松，小的问题也要改正。大事的根源常常是由小事引起的。特别要自己注意的是说得到做得到。

这是我目前存在着的问题。“历史经验值得注意”，我很有必要把自己经历作回顾，从而解决现在的问题。我怎样变成了一个有罪的人？这里也有深刻的教训。否则说是说，做为做，归根到底还是并不好的，五七年是分界线，怎样地犯下了罪，又怎样屡教不改。这个问题是考虑过的，但是始终在枝节问题上，而不是从根本问题上去考虑。于是一错再错，终于犯了更大的罪行。这是长期以来存在的问题，始终是没有解决的。自文化大革命以来，终于又跳出来。这都是由自己的反动本质——原来的阶级立场所决定的。

因此，自己的反动的世界观的改造，应该是□不放松，□毫不原谅自己，把自己当立足点彻底地移到无产阶级这方面来，对我来说，要经过长期的甚至是痛苦的磨练。这件事，是头等大事，而且要取得立竿见影的效果。不能像过去那样说了不算，毫不见行动。在这问题上一方面在大的问题上多下功……

在纸张的背面，还有一行歪歪扭扭的字迹：“要时刻记住自己是一个犯罪的人。”

不长的残稿之中一连出现了七个“罪”字，可见，“我怎样变成了一个有罪的人？”成为在生命晚期不断困扰着萧也牧的根本问题。对于这位热忱地拥抱“革命”，在“革命”成功之后却不断被边缘化的知识分子来说，萧也牧实在难以从内心的自省中找到答案，解决自己为什么会是一个“反革命”的问题。因而，他只好追溯到自己的出身，认为“自己的反动本质——原来的阶级立场所决定的”。于他而言，这可能不仅仅是囿于当时外界环境的一种叙述策略，更重要的是能够寻找一个说服自己的理由，以便在面对外在的和自我的“质问”时，搪塞过关。其实，这一情形在很大程度上也是知识分子在“当代”的共同遭遇。

萧也牧之所以如此悲观绝望与所在单位的阶级斗争形势有关。当时干校实行军事化管理，按照军队的连排编制。以原单位的组织形式为底子，中国青年出版社、少儿出版社被编为七连。萧也牧所属的七连二排由文学编辑室和政治理论编辑室组成。七连是干校著名的“四好连队”，阶级斗争工作突出。对此，时任干校革委会主任的王道义颇感困惑，在听取了七连的工作汇报后，曾在笔记中写下这样一句话：“七连阶级斗争的现象一直不断，其他连队为什么反映不多？”1970 年 3 月初，革委会开始酝酿落实“一打三反”的指示，布置各连先进行摸底。尤其是在七连出现了“马期企图谋害军代表案件”之后，武斗之风更炽，萧也牧经常受到“革命群众”殴打，处境堪忧。因《红岩战报》事件，他被七连划为批判中的“重点人物”，冠以“现行反革命”的罪名。10 月 6 日下午，萧也牧在一号稻田晒草时受到群殴。“从这一天开始，吴小武下不了床了，整天整夜哼叫不止”，又由于得不到营养和及时的治疗，最终于 10 月 15 日去世。

二、一则申诉材料与萧也牧死后余事

10月18日，萧也牧的爱人李威女士携长子、二儿媳赶赴到黄湖农场料理萧也牧后事。在察看遗体之后，李威对萧也牧死因产生了怀疑，并在日后的萧也牧平反中成为家属最为关心的焦点问题。1979年以后，李威等曾就此事多次向有关部门递交申诉材料。在一份名为《关于吴小武同志之死的补充材料》的材料中，李威详细讲述了河南之行前后发生的事情：

吴小武同志是七〇年十月十五日，在团中央五七干校去世的。中国青年出版社留守处的赵世权通知我们："吴小武因心脏病已死"，并说"干校出版社连队的领导会将吴小武安置好的，你们是否就不用去了。他的问题是敌我性质的，你们去了影响不好，要和他划清界线。要相信干校连队的领导。"我对吴小武同志的突然死亡，感到很奇怪。吴小武同志生前除心脏病外，没有什么其它病症。吴在中国青年出版社工作十七年，从来没有休过什么病假。所以，我们还是坚持要去。并和赵世权讲，请他立即去电保留吴的遗体。

七〇年十月十八日，我们赶到干校。刘文致（当时连队的连长，现任出版社党委书记，机关党组成员）陪同我去看吴的遗体。吴的遗体停放在外面贴满大标语的牛棚里的一个薄皮黑箱子里。我上下将吴的遗体摸了一遍，发现吴的双腿青肿未消。脸部半边也有青肿的伤痕。我当时立即向刘文致提出疑问，说："吴小武不像病死的。"刘文致讲"如果不是病死的，我们就不这样处理了。（不知他会怎么处理？）你说这种话要负责任。"这时，牛棚外面传来一群小孩子整齐呼口号的声音……刘文致说："群众要知道你这么说，后果你可自己负责。"我当即提出要求"要医生给吴小武生前的诊断证明和吴死后的检查尸体的证明，否则不能埋。"

第二天，在我们住处来了很多人，对我进行围攻和谩骂，并向我吐唾沫。说我与吴划不清界线，不像共产党员，为吴翻案等。后来，刘文致和我说"你们不同意埋，群众意见很大。群众起来了，我们也没有办法。"就这样在没有通知我们和我们根本不同意的情况下，强行将吴埋了。连埋在什么地方也没有告诉我们。至今遗骨无法找到，真是死无葬身之地。

吴被埋后，刘文致与我们讲，"你们可以回去了。如果生活有困难，吴家刚可以留当农工。"（吴家刚随吴去干校当时十四岁。）我们没有同意，坚持带他回去。我们去河南时带的路费不多，回京时五口人 只剩下一块二毛钱，无法回来。出版社不但分文不借，还要我们给他们饭钱，说是"群众食堂不给钱，群众不答应。"这样，我们在那里耽搁了半个月。后来，看我们实在没有钱，饭钱说让我们写了借条，轰我们马上走。干校离火车站三百里地，我的精神和身体在这重重的打击下，也病倒了。在孩子们再三请求哀告下，才让干校去信阳拉东西的卡车把我们"捎"到信阳火车站。在信阳火车站，我们上天无路，入地无门，在信阳火车站待了三天。一人一天啃两个火烧。后来，还是我想方设法，向在郑州工作的，过去的战友家里借了一点钱，这样才回到北京。回京后，出版社留守处的赵世权，在宿舍大楼到处宣扬说：我们游山玩水去了。这还不算，在我重病卧床期间，三番五次逼我们搬家。因我们无处搬，竟以拆门窗停水电相威胁。三天两头以查视为名，半夜三更到我们家捣乱，使我们日夜不得安宁。

回京后，我的三儿子吴家刚精神失常，两眼发呆，经常半夜三更哭醒。我们慢慢追问他，才将吴被阙打后，吴对他讲的话说出来。并说吴死后，给他办“划清界线学习班”时，阙江（阙的儿子）对他说：“你爸爸是反革命，死有余辜，你要划清界线，不要坚持反动立场。不要胡说八道，这才是你唯一的出路。”

在文革前，我长期在基层做党的纪律检查工作和人事保卫工作。死人见过不少。我总觉得从吴遗体来看，不像是病死的。而像是疼痛饥饿而死的症状。加上我三儿子吴家刚提供的情况，我长期以来做了大量的调查工作。我始终相信我们的党绝不会忘记她的这些含冤死去的忠诚战士。吴小武同志，不仅是我的爱人，而且是我共同为党为人民奋斗的老战友。吴小武同志，在那战火纷飞的岁月里，经受了严峻的考验。在解放后，他一直任劳任怨地为党工作。在他经受挫折的时候，他仍然坚持坚信党，相信人民，仍然与党与人民同心同德，埋头工作。这样的同志，我无论怎样，也不相信他会反党反人民反社会主义。我相信他的问题终究有一天能搞清楚。

这一天，我终于盼来了。我们的党粉碎了四人帮，又恢复了党的实事求是的光荣传统。在这种形势下，我多次上访党中央，反映问题申诉意见。在中组审干局的关切、过问下（当时中纪委还没成立），吴小武同志问题于七九年七月才得以平反昭雪。党恢复了吴小武同志的本来面目。推倒了强加于他的一切污蔑不实之词。七九年十一月在八宝山革命公墓开了追悼会。

……

这则材料看起来有些琐碎却不乏关键的历史信息。鉴于当时的历史环境，李威在材料中谈到的诊断证明和检查尸体的证明是否存在目今还是一个疑问，而且，由于萧也牧去世时间为 15 日上午，正是干校出工时间，身边并没有直接目击者。因而，萧也牧具体死因至今仍在官方结论和家属意见之间存在着分歧。由于事件当事人从没有就此公开发表过言论，这则材料无疑从侧面提供了许多当时的线索。

另外，这则材料极具生活质感的叙述，在日常生活的面向，为我们呈现了一个悲剧事件背后的故事。面对诸如萧也牧之死、老舍之死、傅雷之死等当代知识分子的悲剧，历史和文学史的叙述多是在国家层面的宏大叙事上寻求它们的意义空间。可是，作为一个具体的悲剧事件，它们同时也具有日常性，即日常生活的面向，受难者家属的生活轨迹很可能会从此发生根本性的转变。一九七九年十一月一日，阳翰笙在四次文代会上做了《为被林彪、“四人帮”迫害逝世和身后遭受诬陷的作家、艺术家们致哀》的发言，宣读了一份一百余名的受难者名单。要知道每一个名字背后，又会有多少看不见的血泪。萧也牧去世之后，李威开始了漫长的申诉过程，直到去世都始终生活在这段历史之中。萧也牧之死成为她后半生走不出的情感节点。对于吴家刚而言，干校经历则是他一生的梦魇，在精神上受到极大的刺激之后，他之后的生活也因此改写。这何尝又不是这一悲剧事件中的一部分呢？

三、1979 年平反文件与萧也牧追悼会悼词

1979 年 9 月，在拨乱反正的大背景下，中国青少年出版社重新审查了 1969 年对萧也牧的错误结论，通过《关于吴小武同志的结论的复查意见》的文件正式为萧也牧平反：

关于吴小武同志的结论的复查意见

吴小武同志原是我社文学编辑室编辑，在无产阶级文化大革命中受到审查，一九六九年九月经中国青少年出版社大联合总部作出审查结论和处理决定。

吴小武同志在林彪“四人帮”反革命修正主义路线的迫害下，被错误的定为敌我矛盾实行群众专政，监督劳动，在病中又几次遭到殴打，他在精神上和肉体上都受到严重摧残，致使吴小武同志于一九七□年十月十五日含冤而死。

无产阶级文化大革命中，对吴小武同志在山西民大参加“突击社”问题进行了审查。审查结果，吴小武同志没有问题。吴小武同志一九三八年参加革命，在战争年月里，跟着党和毛主席干革命，他服从组织的分配，密切联系群众，踏实地为党工作。解放后，吴小武同志在党的领导下，积极从事青少年文学读物和革命回忆录的编辑出版工作，工作是有成绩的。文化大革命初期，吴小武同志参加出《红岩战报》，反对对《红岩》一书的污蔑，态度是鲜明的。复查认为，一九六九年对吴小武同志的审查结论和处理决定是错误的，应予撤销，推倒一切污蔑不实之词，给吴小武同志平反昭雪。

中国青少年出版社党委会
一九七九年九月十八日

《复查意见》澄清了萧也牧的历史问题，肯定了他作为编辑的工作成绩。但是，关于“他在精神上和肉体上都受到严重摧残，致使吴小武同志于一九七□年十月十五日含冤而死”的说法，家属表示不能接受，坚持追究具体当事人的责任。因而也就有了 1980 年、1985 年另外两次《调查报告》。当然，这是后话，且按下不表。

补开追悼会作为正式平反的一个重要仪式，相关事宜在文件下达之后顺理成章地被提上日程。不过，在筹备阶段，李威等与中国青年出版社在如何表述萧也牧死因这一问题上发生了争执。追悼会能够顺利举行，很大程度上是双方不想错过四次文代会在京召开的时机而有所妥协的结果。此前，李威与中青社达成了一个口头协议，在悼词之外，由萧也牧二子吴家斧向吊唁者讲述父亲受迫害致死的具体情况，但不能点出当事人的姓名。双方达成一致意见之后，萧也牧追悼会最终于 1979 年 11 月 7 日在八宝山革命公墓礼堂补开，晋察冀边区战友、文艺界人士三百多人参加。追悼会由中国少年出版社社长兼总编辑陈模主持，萧也牧生前好友、中国青年出版社副社长李庚致悼词。

悼词作为萧也牧平反事件中的重要史料，其中所蕴含的历史信息已无需再做强调，现全文辑录于此以为文章的结尾：

吴小武同志追悼会上的悼词

我们怀着十分悲痛的心情，哀悼我们革命队伍中的一位好党员、我们出版界一位有才干的老编辑、一位文艺战士——吴小武同志。吴小武同志原名吴承滏，笔名肖也牧，浙江吴兴县人，1918年生，1938年参加革命，1945年入党。青年时就学于东吴大学吴兴附属中学、杭州电业学校，1937年春到上海浦东益中电机制造厂实习和做工。日本帝国主义进攻上海时，回乡参加吴兴县民教馆的救亡宣传活动，吴兴沦陷后，辗转北上，进入临汾山西民族革命大学。1938年初，到晋察冀边区，参加牺牲救国同盟会五台中心区的革命工作。参加革命以后的三十年间，历任晋察冀边区行政委员会《救国报》编辑，晋察冀边区四分区地委机关报《前卫报》编辑，"群众剧团"编演。晋察冀抗日救国联合会宣传部干事，晋察冀边区总工会。《工人日报》编辑、《时代青年》社编辑，华北局青委干事，团中央宣传部编辑科副科长、宣传科副科长、教材科科长，中国青年出版社文学编辑室编辑、副主任。

吴小武同志早年参加革命，在战火纷飞的年代里，紧跟共产党、热爱毛主席，经受过严峻的考验，几十年来，他艰苦奋斗，努力工作，为党的事业作出了自己的积极的贡献。他对同志热情直率，注意团结，密切联系群众，服从组织分配，努力完成党交付的各项任务。吴小武同志热爱文艺工作，他注重深入生活，往往夜以继日地写作。其作品先后出版的有：《山村纪事》《海河边上》《母亲的意志》《地道里的一夜》《难忘的岁月》《罗盛教》等，这些作品中的优秀小说和散文，含有浓厚的生活气息，乡土方向，具有独自的艺术特色。1951年，文艺界某些人对肖也牧同志的短篇小说《我们夫妇之间》，作了不适当的批判。事实证明，这篇小说表现了干预生活的热情，基调是健康的。他所编写的《走共同富裕的道路》《建设美丽的家乡》等通俗政治读物，宣传走社会主义道路，对土改后的广大青年读者产生了积极的教育作用。

吴小武同志任中国青年出版社文学编辑室编辑、副主任期间，为我社出版文学作品做了大量工作，他对组织稿件十分积极认真，经其组稿出版的《红旗谱》，是百花文坛中的一朵鲜花，《枫香树》《太阳从东方升起》等，也是广大读者十分喜爱的好小说。他不仅热情地联系老作家，而且积极培养青年作者，帮助他们修改作品，为他们出版的第一本集子写序言，向读者推荐。他参加创办的《红旗飘飘》丛刊，对继承和发扬党的优良革命传统，培养青年的共产主义理想、情操，积累党史资料，都起了一定的作用。

吴小武同志1957年被错划为右派，现在已予改正，恢复党籍和政治名誉。

文化大革命初期，吴小武同志积极参加出版《红岩战报》，反对对《红岩》一书的诬蔑，立场坚定，旗帜鲜明。他遭受林彪、"四人帮"反革命修正主义路线的污陷和迫害，在精神上和肉体上都受到严重的摧残，致使吴小武同志于1970年10月15日含冤去世。以华主席为首的党中央粉碎了"四人帮"，吴小武同志也得以平反昭雪。今天，我们悼念吴小武同志，要纪念他对革命事业做出的贡献，纪念他历经艰难挫折，仍然坚持革命信念，努力为党工作的革命精神；我们要学习他那那种对工作对同志十分热忱，对审阅稿件的严肃认真，对青年作者积极培养的负责精神，学习他从事创作的刻苦精神，我们要化悲痛为力量，肃清林彪和“四人帮”的流毒，坚持社会主义方向，坚持无产阶级专政，坚持党的领导，坚持马列主义毛泽东思想，在自己的工作岗位上，为实现我国的四个现代化，积极奋斗，勇往直前！

安息吧！吴小武同志！

1979 年 10 月

古本新生

——写于《古本戏曲丛刊》第六集出版之际

豹　挥

遗　志

1958 年 10 月 16 日，郑振铎花了大半天时间，写了一篇《古本戏曲丛刊序》（第四集序）。第二天是星期五。郑振铎在凌晨就起床了。他几十年如一日，习惯在清晨工作。按计划，这一天，他将以团长身份率中国文化代表团赴阿富汗王国和阿拉伯联合共和国访问。因为是启程出访的日子，所以，在儿子郑尔康的记忆中，父亲这天起得好像比平日更早些，天色还是乌黑。郑振铎记完当天的日记，又给在上海的老朋友靳以写了一封信。吃过早饭后，郑振铎向母亲和妻子辞了行，由郑尔康送到机场。因天气原因，飞机暂时不能起飞。郑振铎又回到家里。下午三点，代表团秘书来电话，说机场通知可以起飞。临出发时，郑振铎笑着对家人说："这次，我是真的走了！"这是他留给亲人的最后一句话。

这架载有中国文化代表团的图 104 客机飞临莫斯科正东面，到达楚瓦什苏维埃社会主义自治共和国卡纳什地区时失事，乘客和乘务员全部牺牲。噩耗传来，举国震惊，周恩来则通宵未眠。1958 年 10 月 20 日，《人民日报》头版右下角，用黑框发布了这条消息。

郑振铎生于 1898 年 12 月 19 日，牺牲时离他 60 岁生日还有两个月。因为这次要远行，恐怕赶不回来过 60 岁生日，家人在他临行前几天为他预先庆祝了。

《古本戏曲丛刊》和《中国古代版画丛刊》是郑振铎晚年最用心力的两部大书。他在逝世前一天为《古本戏曲丛刊》第四集写的序，就成为这位大文豪一生中的最后一篇文章。

在 20 世纪 50 年代，郑振铎担任的职务除了文化部副部长兼首任文物局局长，还有北京大学文学研究所（中国社会科学院文学研究所前身）创所所长、国务院古籍整理出版规划小组文学组召集人。作为"五四"一代文学巨匠，郑振铎不但是作家、学者、编辑家、藏书家，也是中国俗文学研究的开山者。他在上世纪 30 年代就发表了包括《中国俗文学史》在内的许多成果。在抗战时期，郑振铎在上海孤岛，在极其艰险的情况下，竭尽全力，拼着身家性命，搜救古书，其中就包括常熟脉望馆藏的元明杂剧三百余种。当时，郑振铎就发愿，要有系统地汇集影印古代剧本，把数千种古剧本编成一个丛书，以供后人研究。所以，五十年代初，郑振铎就与商务印书馆谈起，希望他们能把张元济影印《四部丛刊》的事业继承下来。1953 年春，商务印书馆才派专人来征求他的意见，首先印什么？郑振铎说：还是先印戏曲吧。

郑振铎对中国戏曲认识之深刻，对传统戏曲感情之深沉，完全表达于他为《古本戏曲丛刊》初集写的序中：

> 中国戏曲在人民群众之间有广大深厚的基础，它们产生于人民群众里，植根于人民群众的肥沃的土壤上，为历代的人民群众所喜闻乐见。我们可以说，没有一种文学形式比戏曲更接近人民，使其感到亲切、感到欣慰，而且得到满足与享用的了。它们在农村的临时搭盖起来的戏台上演唱，在城市的庙宇里或游艺场上演唱，它们传达出人民的情感与愿望、人民的欢愉与忧戚，人民的愤怒与痛苦。在戏曲里，最能够看出人民的爱憎是如何的分明：凡是人民所憎恨的昏君权相、贪官污吏、奸雄恶霸，我们的剧作家也必予以贬斥，使之丑化，使之为人民所唾弃；凡是人民所崇敬所喜爱的正直忠贞的英雄烈士，所同情的负屈含冤的男女，我们的剧作家也必加以褒扬，予以伸雪，使之正义大张，使之感动人民以至于哭泣难禁。

这篇序，发表于1954年《光明日报》新创刊的《文学遗产》副刊第一期上。这些文字，深沉真挚，饱含对人民大众、对中华古典民族文化的热爱，今天读来，仍让人感动不已。

郑振铎提出“丛刊”编纂设想，成立了《古本戏曲丛刊》编委会。他的整个计划是，征集北京图书馆、北京大学图书馆等公私所藏，联合国内各大学、各图书馆、各戏剧团体和戏剧研究者，集资影印，每集印六百部。按时代顺序和戏曲文献类别，从初集始，依次收录《西厢记》及元明戏文传奇、明清传奇、元明清杂剧，并及曲选、曲谱、曲目、曲话等，并组织文学所的专家选目落实，作为内部参考资料，交由上海商务印书馆印刷，编号发行。编委会中有赵万里、傅惜华、吴晓铃等加入。——但在实际编辑工作上，几乎是郑振铎一人承担，其他编委则是提供藏书，或参与商量所选剧目等。

1954年至1958年，郑振铎主持出版了“丛刊”的前四集，前三集收录元明清三代的杂剧、南戏和传奇，每集各计剧目100种。《初集》1954年出版，收录元杂剧《西厢记》和元、明时期戏文传奇100种。其中第一种书《新刊奇妙全相注释西厢记》为海内外孤本。《二集》1955年出版，收录明代传奇100种。其中文林阁刻本《张子房赤松记》《高文举珍珠记》《刘秀云台记》等较为稀见。《三集》1957年出版，收录明末清初剧作100种，绝大部分为梨园钞本，不少为梅兰芳、程砚秋等名家收藏。与前三集不同，《古本戏曲丛刊四集》1958年出版，专门收录元明两代的杂剧，收录杂剧总集8种，共有370多个剧本，以元人杂剧为最多，凡传世的元杂剧，几乎搜罗殆尽。其中明万历顾曲斋刊本《古杂剧》聚集各家所藏，配成全帙，弥足珍贵。

这七百余种珍贵戏曲文本的影印出版，堪称学界盛事，甫一问世，立即引起巨大反响，极为有力地推进了戏曲研究及相关学科的深入发展。上世纪50年代以来，中国戏曲史研究成为重要的学科，尤其是元明及清初戏曲研究能够取得突出成就，这套大型文献起了至为关键的作用。

但是，郑振铎的突然离世，使得《古本戏曲丛刊》的出版陷入最大的困难，而以后更多的波折更是郑振铎生前不会想到的。

波　折

1958 年郑振铎不幸逝世后，《古本戏曲丛刊》的续编，大而言之，可以说有两续两停。当年在文学所举行的郑振铎追悼会上，何其芳就代表文学所表示，要继承郑振铎遗志，把编纂《古本戏曲丛刊》的工作继续下去，出齐这套书。同时，文学所决定，以后各卷不设主编，不设编委会，以保持郑振铎主编的地位。

此后，在国务院古籍整理出版规划小组组长齐燕铭的积极支持和指导下，这项工作由吴晓铃接续主持，与赵万里、傅惜华、阿英、周贻白、周妙中等学者合作，于 1964 年先出版了第九集，收录宫廷大戏剧目十种。正在继续编纂第五集的时候，十年浩劫来临。——这是一续一停。

1983 年，第二任古籍整理出版规划小组组长李一氓，又抓紧了《古本戏曲丛刊》的续编工作，多次召集研究人员和出版社、图书馆的负责人商谈。这年的 5 月 11 日，他在中国社会科学院文学研究所主持的古本戏曲和古本小说的工作会议上讲话，说："为了纪念郑振铎先生，要继续完成《古本戏曲丛刊》，实现郑先生的愿望。先解决五、六、七、八集，1985 年再议十集。这样才对得起郑先生，也对得起后代人。希望能看到全书。我承担了古籍规划，就负有责任。"

《古本戏曲丛刊》第五集于 1985 年由上海古籍出版社出版，收录明清传奇剧目八十五种附二种。这一集主要是吴晓铃与邓绍基、刘世德、吕薇芬、么书仪等学者合作，已故汪蔚林先生也参与了部分工作，中华书局的周妙中先生查访资料，致力尤多。

但第五集出版之后，第六集就遥遥无期，直到刚刚过去的 2016 年。因为搁置、停顿时间过长，很多人对《古本戏曲丛刊》的后续出版抱悲观态度，有的学者甚至称之为"烂尾工程"。——这是二续二停。但殊不知，这其中还有一些故事。

刘世德是当年参与其事的"个中人"。当年，文学所曾成立"《古本戏曲丛刊》课题组"，刘世德担任组长，组员有吕薇芬、么书仪、王永宽、侯光复等人。他说，《古本戏曲丛刊》没有继续编下去，主要是因为资金断档。当年为《古本戏曲丛刊》事，他与邓绍基一起找到李一氓，李一氓讲，"支持第五集的出版"。刘世德听了，又高兴又失望，因为"他原来是答应五、六、七、八集都支持"。"丛刊"第六集没有继续，刘世德认为还有一个原因，是因为设了主编，所以上海古籍出版社和文学所两家单位当年搞坏了关系。中间还有一件事，是有出版社来找到杨镰，想把《古本戏曲丛刊》"打散了"出，资金由文学所找。这事当然最后也没有谈成。

即使在第六集已经出版的今天，学者们也都承认，在郑振铎去世后，现今谁也没有当年郑振铎的资望、地位和学术能力，能以一人之力统筹协调这么巨型的一个古籍出版工程，更不用说像他那样一人独力编纂了。——巨人的时代已经过去了。

但不管怎么说，第五集的出版，毕竟把这项大工程推进了一步。在第五集出版后，李一氓又公开发表文章呼吁，他说："我更希望他们（指编者和出版者）继续密切合作，把第六、第七、第八集陆续编印出来。这件事不仅是中国戏剧界的大事情，也是中国文化界的一件大事情。"（1983 年 8 月 3 日《解放日报》）

但各种各样的困难在那摆着。这件大事情真正发生转机，则已经是二十六年之后了。

转 机

因为丛刊第六集迟迟未出，不仅原定计划中的清代戏曲还有大量的存本未及编集和影印，半个多世纪以来在海内外陆续发现的元明戏曲剧本，也有待编目和收录。进入 21 世纪之后，重印《古本戏曲丛刊》和完成余下各集的编集影印工作，一直是学界共同的心声和期盼。从上世纪 90 年代开始，不少知名学者就呼吁要完成《古本戏曲丛刊》的编纂出版。

2012 年底，中央文史馆馆员、中华书局原编审程毅中上书国务院古籍整理出版规划领导小组，恳切建议完成《古本戏曲丛刊》。时任规划小组组长柳斌杰很快批复。古籍办收到程毅中建议后，即组织专家论证，将《古本戏曲丛刊》列入《2011 年——2020 年国家古籍整理出版规划》。

2013 年，中国社会科学院文学研究所决定重新启动《古本戏曲丛刊》六、七、八集的编纂工作。文学研究所高度重视，所领导中，刘跃进就是研究古典文献出身，对《古本戏曲丛刊》巨大的学术文化价值当然非常清楚。所方积极与各方沟通联络，迅速组建由文学研究所牵头、有关老中青学者共同参与的"丛刊"六、七、八集编纂工作协调小组，具体负责组织工作。所里参与此项工作的学者则主要是古代文学研究室研究戏曲的李玫、李芳等人。

程毅中的建议，在 2012 年《古籍整理出版情况简报》上刊出，被国家图书馆出版副社长殷梦霞看到了，她敏锐地意识到此事意义非同寻常。在时任国图出版社社长郭又陵的支持下，她迅即与各方联络，同时向国家古籍整理出版规划领导小组提出申请并上报出版计划，争取此一出版项目。国家古籍整理出版规划领导小组办公室对《丛刊》继续出版大力支持。她事后坦陈，其他一些大出版社也有这个条件，但她认为能由国图出版社来出此书，也是一个自然而然的结果。因为国图出版社自 1979 年成立以来，一直关注明清小说、戏曲出版，在这方面有相当的积累。经过几代人近四十年努力，他们拓展了一片天地，形成了自己的风格，成长为一个以整理影印历代珍稀文献为特色的专业学术出版社。依托众多文献收藏机构和专业学者的支持，近十多年来，国图出版社在古代戏曲文献的整理出版方面也积累了丰富经验和丰厚资源，取得了了不起的成绩。自 2002 年起，该社先后出版《北京图书馆藏升平署戏曲人物画册》《古本西厢记汇集初集》《郑振铎藏古吴莲勺庐抄本戏曲百种》《哈佛燕京图书馆藏齐如山小说戏曲文献汇刊》《国家图书馆藏西厢记善本丛刊》《北京大学图书馆藏程砚秋玉霜簃戏曲珍本丛刊》《哈佛燕京图书馆藏韩南捐赠文学文献汇刊》《梅兰芳演出剧本汇编》《清末民国戏剧期刊汇编》《富连成戏曲文献汇刊》等戏曲专题文献。

殷梦霞曾谈到，为了出版《古本戏曲丛刊》，他们有顶层考虑，包括人才建设。她还说，此事最应该感谢程毅中先生，他对中华文化倾注了感情。最让殷梦霞感动的，是程先生本来是中华书局有影响的资深编审，但却并没有因此而排斥国图出版社。殷梦霞说，程毅中先生有大的视野，大的胸怀，大的思考，却没有私心。

同样，找谁来编，也是一个最关键的问题。殷梦霞她们认为，因为中国社科院文学研究所是原发起与主持单位，此事必须有文学所点头才行，也必须由文学所牵头才会成功。抱着相同目的，有着共同学术追求，双方的合作商谈过程十分顺利。

2014 年 1 月 18 日，文学研究所和国家图书馆出版社共同组织召开了第一次编纂出版工作会议，确定了“丛刊”编纂出版工作规划及具体工作方案。会议决定“丛刊”六、七、八集的编纂出版工作将在充分吸收前辈学者已有成果的基础上，拟定目录，开展搜集底本工作，并确定了出版时间。

按照会议决议，六集的具体选目及版本确认工作委托吴书荫负责。吴书荫在吴晓铃先生前后几次拟目的基础上，根据五集的出版情况和近年来新发现的文献资料，整理确定了六集和七集的目录，并对作者、版本及作品时代都做了详细的考证，并且在郑志良、戴云的协助下对选目进行修改确定。编纂工作协调小组充分尊重吴书荫的学术判断，同时又广泛征询相关专家对第六集的建议，最后确定选目及版本。

但是，真正的挑战才刚刚开始。这项工作的巨大困难，除了人事方面复杂的原因，底本搜求的难度也是最重要的——《古本戏曲丛刊》六七八集之所以迟迟未有出版社愿意承担出版，其中一个重要原因，就是底本浩繁，搜集工作十分艰难，让懂古籍出版的出版社望而生畏。

艰 巨

认领承担古本戏曲丛刊六七八集的任务后，国家图书馆出版社高度重视，第一时间将项目列入社内近年重大选题，由社长方自金亲自挂帅，负责居中联络、寻找底本事宜；同时为确保项目按计划进行，组织了专门团队，抽调社里有相关学术背景及丰富出版经验的优秀编辑，组成以殷梦霞为核心，以廖生训、于浩、程鲁洁、南江涛、苗文叶、李精一等编辑为骨干的专业编辑团队。在这套书搜集底本和编纂过程中，国家图书馆出版社社长方自金付出了巨大心力。方自金是一位严格而务实的管理者，《丛刊》第六集立项后，能在艰难的环境中渐次推进，乃至顺利完成，与他的组织协调、敦促督战有极大的关系。

正式开始工作前，国图出版社了解到上海古籍出版社当年出版《古本戏曲丛刊五集》后，曾经筹备过《古本戏曲丛刊六集》的出版工作，遗留下一批吴晓铃当时整理提供的资料。这个消息让殷梦霞她们深受鼓舞，希望通过与“上古社”携手合作，依托吴晓铃当年的积累，可以大大缩短《丛刊》六集的资料搜集时间与编辑制作难度。为此，殷梦霞、廖生训亲赴上海，和“上古社”一起寻找当年准备的《古本戏曲丛刊六集》的出版资料与文献。“上古社”高克勤社长“非常赞同我社提议和想法，积极派人去总编室、档案室甚至远郊的仓库四处寻找”，遗憾的是，因时日已长、人事变迁，当年吴晓铃交付的资料已荡然无存。虽然经历了一场从满怀希望到遗憾失望的心路历程，殷梦霞、程鲁洁却没有时间气馁，她们知道，既然有了承诺，既然没有捷径可寻，那就只能踏实的安下心来，认清形势、直面困难，下定决心一切从头开始——确定选目、搜集资料。

选目确定后，版本的比对校勘和选择还需要专家的鉴别与意见。吴书荫一直对底本的选择严格把关，并不断提供底本收藏信息。根据记载，《西川图》藏于中国艺术研究院。但经过查看比对，出版社方面发现在艺术研究院所藏几种《西川图》底本都不是六集所定底本。正当程鲁洁她们一筹莫展时，吴书荫提出《西川图》这一底本曾由齐如山收藏，很可能藏于哈佛燕京图书馆，通过这一线索，出版社果然在哈佛燕京图书馆找到了需要的《西川图》。

《古本戏曲丛刊六集》从选目到最后制作完成一直得到专家学者的把关和审定。不仅由文学所李玫、李芳审定目录、版本、作者，直到全书快要付印时，吴书荫、郑志良还对部分作者进行了考订与修正，如雪蓑道人、鹤苍子等人的具体姓名，由于学术界还有争论，最后为求稳妥起见，在作者项还是使用别号标注。

此前出版的初至五集、九集，文献成本的收集提供主要是由编纂方完成的。出版社主要负责后期的编辑出版事宜。时移世易，到第六集目录确定后，文献底本的收集任务却责无旁贷地落到了国图出版社的肩上。尽管从一开始，殷梦霞、程鲁洁她们就知道，编纂出版《古本戏曲丛刊》第六集，底本的搜集是最重要也是最困难的工作，但当进入实际的具体工作时，程鲁洁她们还是感到了前所未有的挑战。因为这是一次规模巨大的搜集工作。

国家图书馆出版社因为背靠国家图书馆，有先天的优势。六集所涉及底本中，国图拥有过半。出版社向馆领导汇报相关情况，得到馆长韩永进、副馆长张志清等人大力支持。根据六集选目，国图出版社将分散在国家图书馆、艺术研究院、首都图书馆、上海图书馆、浙江图书馆、南京图书馆的各种戏曲目录提交给各图书馆。2014 年 7 月，国家图书馆出版社与上海图书馆签订关于使用“上图”底本的协议。2014 年 12 月，与国家图书馆古籍馆签订“馆藏文献开发和使用合同”，与此同时，古籍馆则已着手进行相关文献的拍照。

在韩永进、张志清的推动下，国图古籍馆高质高效的提供了六集相关底本的扫描，在其后几种戏曲底本由于版本问题，需要替换重扫时，古籍馆副馆长陈红彦不厌其烦快速提供底本。中国艺术研究院也以戏曲文献藏有量丰富著称。令国图社感激的是，她们提出文献使用申请后，及时得到了中国艺术研究院众位领导及学者热情鼓励和倾力支持，不仅快速高效地提供所需底本，时任院长王文章和图书馆特藏部的俞冰还对丛刊的编纂出版工作进行了具体的指导。第六集出版之后，程鲁洁还记得当时去“艺研院”图书馆拍底本的辛苦。酷暑天气，她陪两位出版社的摄影师李奇明、侯沙沙钻进闷热的库房，两位摄影师一呆就是大半天，他们要一页一页，小心翼翼地拍照。

众多与国图出版社有着长期友好合作关系的藏书机构，如首都图书馆、上海图书馆、南京图书馆、浙江图书馆、北京大学图书馆、美国哈佛燕京图书馆等也都怀有以学术为天下公器的胸襟，为本书提供了他们的珍贵馆藏。

即使如此，程鲁洁她们在各家图书馆查找六集文献时，仍然遇到了有目无书，有书无目，收藏状况与记载不符的各种情况。面对这种复杂状况，在编纂过程中，出版社方面及时与专家沟通，调整选目。六集出版后，程鲁洁她们仍然觉得由于时间仓促，六集的编纂可能还存在疏漏之处。

为了保持文献原貌，2016 年 3 月出版的《古本戏曲丛刊》第六集所选用底本中原有的题跋和批点等，全部予以保留，原书的扉页、题签也全部采用。各书曾有的收藏者和现有收藏单位的印章，也全部予以保留，力图最大限度地反映各书的原貌并体现曾经收藏和流传的情况。为适应新时代戏曲研究的需要，方便更多的学术研究者及戏曲爱好者研读、使用这套丛书，文学研究所和国图出版社决定乘《丛刊》六、七、八集编纂工作重启之机，将《古本戏曲丛刊》初集至五集、九集以大三十二开精装版式重刊。此次重刊，在保持丛书原貌的同时，对所收剧作的作者、版本等内容介绍做了一些整齐划一的工作。

国家古籍保护中心是全国古籍抢救、保护与整理的指导机构，从“丛刊”六集筹备伊始，“中心”就对这项工作给予了高度关注与支持，中心领导不仅参加“丛刊”六集的编纂工作会议，提出具体建议，推进项目实施，在底本搜集阶段，更是不遗余力地提供帮助，做了很多繁琐细致的协调联络工作。作为“全国古籍保护计划”的重要成果，“丛刊”六集的出版，也正是对国家古籍保护中心所倡导的将优秀文献、孤本秘籍化身千百服务社会、嘉惠学林之宗旨的切实践行。

值 得

距郑振铎逝世已经 58 年，备受学界瞩目的《古本戏曲丛刊》最新成果，《古本戏曲丛刊六集》终于 2016 年 3 月问世。“丛刊”六集收录清代顺治至乾隆前期的作品，共收传奇和戏曲别集七十七种，共计一百零九种剧目。包括《昊天塔》《埋轮亭》《钟情缘》《百子图》《蟠桃会》等珍贵孤本在内的一批古代戏曲文本化身千百，嘉惠学林。《古本戏曲丛刊》是迄今为止最大的戏曲作品总集，收集了留存于世的绝大部分戏曲孤本与珍本。《古本戏曲丛刊》是中华人民共和国成立以来规模最大的古籍整理成果之一，也是当今中国优秀传统文化继承和积累的重要标志。“丛刊”六集的出版，使这一伟大工程向最后完成又迈进了坚实一步。

2016 年的 8 月 22 日，《古本戏曲丛刊》六集出版座谈会在北京召开。

座谈会上，不少老学者一说到郑振铎当年的工作，感情仍不能自已。程毅中说，郑先生主持《古本戏曲丛刊》，对学术研究有很大的作用，“我深得它的好处”。此书出版的难度极大，而国图出版社因为有多年影印出版古籍的经验，才能胜任，“我在‘中华’时，也不敢争取，知道困难重重”。“要感谢出底本的藏家。”已经八十多岁的程毅中一连用三个“值得”表达他高兴的心情：“丛刊”六集出版，值得祝贺，值得表扬，值得读者感谢！——“我就是一个读者。”

黄仕忠说，新中国成立之后，戏曲研究为什么能兴盛，就是因为有了《古本戏曲丛刊》。郭英德说，搞戏曲研究的，边边角角都要摸到，资料的全，是很重要的。卜键说，《古本戏曲丛刊》的编纂出版，是学术史上的一段佳话，几代研究者都受惠于此。朱万曙说，此书嘉惠学林，他是学着《古本戏曲丛刊》长大的。廖可斌认为，“丛刊”中的语言、文字资料极为丰富，是一座宝库，有很高的思想史、文化史的意义。刘祯认为，“丛刊”奠定了戏曲史学研究的坚实基础。郑振铎当年的构想很有体系性，这套书整体完成后，在中国学术史上，其地位都会是很高的。

“化身千百”，是刘跃进讲到《古本戏曲丛刊》时说得最多的一个词。他说，郑先生发愿编纂《古本戏曲丛刊》，到中国传统戏曲研究蔚为大观，直接地反映了一个多世纪以来，中国文学研究中价值观念的变化，即，从郑振铎那一代五四人开始，把文学艺术视为社会的脉搏、大众的心声，开始重视这些俗文学的价值。《古本戏曲丛刊》第六集能在中断三十年后出版，正是时代给我们这一代学者的机遇。“丛刊”有着丰富深刻的文化意义，其中之一，就是我们民族的文化自信。

《古本戏曲丛刊》六集一共一百七十函，深蓝色布面线装精装。摆在大厅的一个大的条案上，和“丛刊”的一二三四五集和九集一起，像一座山。至少四代学者，参与了“丛刊”的编纂，他们的研究也从这部大书中受惠。如今，面对着这座书山，所有为此书贡献了心力的人，从中受惠的人，都会觉得从郑振铎开始的这四代人的工作，是值得的。

（原载《中华读书报》2017年1月18日）

文坛人物

弄潮儿向涛头立

——批评家王干

李洁非

一

S→I→S1

I→S1→非 S①

读者不必以为上面是什么物理学公式之类。那是批评家王干八十年代某篇文学论文中，对于诗人顾城创作之精神世界所内含的悲剧性“形式结构”，加以抽象的表示。如今，很难想象从事文学批评，会采取此种样式。而在我来说，见到这一串符号，则莫名地生出亲切感，嘴边油然浮出会心的笑意——作为另一个经历过相同段落的批评者，我对此再熟悉不过，甚至当年自己亦曾这么干过。在八十年代中期，文学批评一度深深迷恋科学主义，所谓“三论”的控制论、系统论、信息论，以及玻尔、海森堡等现代物理学巨擘的理论，在文学观念革新过程中被心慕手追，许多作者与文章，极力摹仿科学的风度，热衷于将文学问题的讨论数理化。此种风尚，人们一时鲜能置身其外，虽然骨子里大家不过是“文科生”，却纷纷企图披一件科学家的外衣。

对于王干来说，这是一个深深的记号，有如古玩中的鉴定依据，确凿地标明了他闯入评坛的时间和岁月。当然，除此以外，它还有一层意义，亦即同时标明了王干身登评坛时的姿态。显而易见，那是充满了新锐和前卫精神、挺立潮头的姿态。因为即便在八十年代中期，也并非所有人都以这种姿态向评坛挺进，那些持重守成之人，会本能地与新的潮流拉开距离，坚持使用老一套的批评语言和范式。所以，在当时，一个批评者愿意如此组织和表达其批评见解，实际上是非常鲜明地亮明立场：自己将同文学的变革紧紧站在一起。

这便是青春期的王干，在八十年代文学批评中的亮相。而我以积三十年与此人相识的印象作证，这种姿态几乎从未自他身上消失。后一点，是更加令人吃惊的。“弄潮儿向涛头立”，遥望曩昔，此种身影还有一些别的人，然而转顾目下，存者寥寥，王干庶几就是从八十年代“弄潮”至今而不倒的唯一幸存者。这个人仿佛“驻颜有术”，能让活力与青春这样长久不衰。从朦胧诗到网络文学，他没有错过任何一个文学热点，三十多年以来中国当代文学的变迁，在他笔下保持着全部连续性。如果试图仅借一位批评家的批评生涯，去追踪三十多年文学的缕缕

① 王干：《透明的红萝卜——顾城诗歌的悲剧性》，《在场》，云南人民出版社2013年版，第21页。

丝丝，恐怕王干即是不二之选。面此，吾等曾经同路之人，难免敬愧交加。王干做到的，盖非所谓“坚持”那么简单；里面着实饱含了对于当代文学发展的巨大热忱与殷殷关切，不体会这一层，无以知其心之拳拳。

二

然而，我意外地也对他感到一点陌生和新鲜。这次有机会去读他各时期的文章，才发现许多年前，他主要是一个诗歌评论者。我认识王干，约当1987年左右，那时他关注的对象，应该主要已置于小说。加之我本人从来是新诗门外汉，故对诗评界孤陋寡闻，王干早年那些大作也就无缘见之。跨越这么多年，突然面对作为诗评家的王干，那种感觉相当独特。

“文革”后的文学复苏和变革，诗歌是走在前头的。我后来因做文学史研究，不得不补了一些课，这才知道早在“文革”晚期，北岛、多多、芒克诸人即已在白洋淀以流浪者姿态，用诗歌自由地探索超出时代政治之外的文学，而其他文学体裁，无论小说与散文，当时却都还被时代闷得死死的。这就是为什么，“新时期文学”肇初，朦胧诗便挣脱镣铐、翩然起舞，而小说等辈却在观念和技术上落后一大截。王干开始即致力于诗评，从一个侧面说明他对文学潮流的敏感以及关系之紧密。相比之下，我那时却溺于古典，还没有被当代文学的骚动所传染。

邂逅一个往昔的诗评家王干，已属意外，但更使我讶异的，是他这些诗评之作的质感与质地。按照我们一般人的通俗的想法，诗或与诗有关的事物，或天马行空，或羚羊挂角无迹可求，总之是极感性极灵异的，诗评之异于一般的文学批评，也应如此。八十年代中后期，诗界兴起一股“非非主义”，因颇为轰动，吸引了我读过几篇他们的宣言檄文之类，印象就非常挥洒和浮嚣。依我对后来主要作为小说批评家、活动家的王干的风格之了解，是以机敏与激情见长，如果按图索骥，彼事诗评，亦当有此面目。岂知不然，这次读他几篇诗歌评论代表作，如《历史・瞬间・人——论北岛的诗》《透明的红萝卜——顾城诗歌的悲剧性》《辉煌的生命空间——论杨炼的组诗》《直觉的苏醒：思维结构和嬗变和调整——论朦胧诗的认知方式》《新的转机——第五代—新生代—后崛起的一代》等，皆煌煌大论、条分缕析、理路井然、密思谨识。这些论文的写作方式，我不禁想到了“学院派”字眼，虽然那时还未曾有此说法。王干的小说评论，以鲜活的感性和“在场”“直击”的经验形态有别于同侪，但其诗歌评论，却偏偏走着理性、思辨的路线。此人之有个性，一至于斯。照这几篇诗歌论文来看，转做小说评论后，他完全有能力亦更有理由，拉开架势去写那种高头讲章、体大虑周的作家论、作品论一类文章，然而他反而不这么干了，摇身一变，以轻骑兵方式在小说评坛冲锋陷阵，大量地写一些及物即时、随物赋形、见情见性的文章。

虽然我对诗评知浅闻少，难以置喙，但王干的旧作有不少地方仍带给我新鲜感。例如1985年10月，他曾写下这样的句子：“北岛的时代已经结束了。”[①] 我们知道，北岛乃当代诗歌一个时代之象征，很多后起之辈，都以跨过他的身影作为自我突破的进阶，“北岛死了”曾经是诗坛一句极富煽动

① 王干：《历史・瞬间・人——论北岛的诗》，《在场》，云南人民出版社2013年版，第19页。

力的口号。王干上述说法，虽不像“北岛死了”那么耸人听闻，但却可能是类似意思的较早提出。他在文中下此断语时，尚未从全盘超越和扬弃朦胧诗的立场出发，而是假由朦胧诗内部诗路诗格的比较，提出“江河、杨炼的时代即将来临（今天是创造史诗的时代）”[①]，但无论如何，他对北岛的怀疑，都有“春江水暖鸭先知”的意味，可见他的见识在当时诗评界之前卫。写于1987年的《新的转机——第五代—新生代—后崛起的一代》一文，应该是受到上一年年末《中国诗坛1986现代诗群体大展》的激发，而就诗界大变革及未来走向予以总览、前瞻和纵论的一篇雄文，辞气之盛，在王干历来批评中无有过之者，劈头第一句：“现在需要重新开始。”[②] 我觉得是借镜于胡风1949年的名句“时间开始了”。但这里我于此文，最想说的并非其行文的勃勃青春之气以及它对诗歌前景的种种展望，而是里面出现的几个崭新语词和提法。其中之一是“新生代”这个字眼，文曰：

> 新生代后期出现了人类，没有新生代的巨大磨难，便没有现代文明的历史。[③]

随后作者明确作出“把北岛之后的一大群诗人比作新生代”[④] 的表述。如今，“新生代”已是针对小说创作某个群体、现象或发展阶段的通用语，而以我所知，它大约到九十年代中期才普遍用于小说批评，而王干用此词却早至1987年，故我怀疑，是他将这术语首先引入了当代文学批评。又一字眼，是“后崛起的一代”；如果我未错记，“后××”的构词法，整个八十年代并无踪迹，也是九十年代以降，方始蔚然成风；这样看来，此文又成为另一流行词的始作俑者。稔知近数十年文坛变故者，都了解王干素有“命名大师”之才，这里他以一篇文章而催生两个流行词，即为明证。

但我们不可据以认为，王干诗歌评论一味以观念、创想为先，缺少对诗人作品的灼见与发微。实际上，正如我前面所说，诗评家王干相当“学院派”，相当注重文本解读。有时候，此种工夫或功力，近乎达到洞穿对象的地步。在他对顾城的批评中，我读到一段令人惊艳的话：

> 顾城老是想回避现实生活的矛盾和冲突，而企图回归大自然的明朗与亲切之中，但人与自然也并不是能够全部和谐地相处，人与自然之间时时发生着悲剧，当顾城把整个交付给自然的过程中，自然也以另一种内在的强大力量制约着人。[⑤]

称之“惊艳”，可能有些残忍；但作为一位批评者，以卓越的预见，早早作出这样的论断，吾人不得不为之击节。顾城隐居激流岛，犹在本文发表一年后；其杀妻自戕，更是有待五年之后。然而王干上述诸语，何啻直指其悲剧，从根因到结局，字字不爽，断可谓不刊之论。知人论事，无过此矣。

① 王干：《历史·瞬间·人——论北岛的诗》，《在场》，云南人民出版社2013年版，第19页。
② 王干：《新的转机——第五代—新生代—后崛起的一代》，《在场》，云南人民出版社2013年版，第58页。
③ 同②。
④ 同②。
⑤ 王干：《透明的红萝卜——顾城诗歌的悲剧性》，《在场》，云南人民出版社2013年版，第23页。

三

九十年代初，王干达于其批评生涯最夺目的时刻，他所发明与首倡的“新写实小说”，引领了那时文坛的潮流。1988 年 11 月，《钟山》杂志在无锡举行了“现实主义与先锋派”研讨会（文学研究所似乎也是发起单位之一），我本人亦得与涉此会，记得王干在会上作了主旨性的发言，翌年，《钟山》随即辟设了“新写实小说大联展”，不久，王干于《北京文学》发表《新写实：近期小说的后现实主义倾向》一文，就“新写实“的概念及创作表现，作出全面完整的论述。

正如他文中所谈及的，当时小说创作陆续出现了像刘恒《伏羲伏羲》、朱晓平《桑树坪纪事》、方方《风景》、刘震云《塔铺》《新兵连》、池莉《烦恼人生》等一批作品。但这些作品的出现，是散落的，孤立的，起初并未结束为一个方阵。是王干从中抽取出来某种属性，并以“新写实”名称为之命名，然后通过《钟山》挑旗推动，把它变成当代小说继先锋主义之后一个新的潮流和重要阶段。其中，当时的刘恒、刘震云、池莉诸人，或者乃是新人，或者虽非初登文坛但声名犹未鹊起，他们一跃而至小说翘楚，王干确实功不可没。当代文学批评，在上世纪七八十年代的时候，全非后来那种自说自话、温温吞吞、言不及义的样子，而是指点江山、挥斥方遒，对创作实践时有再造之力，以致足令作家惟批评之马首是瞻。“新写实”正是这一批评强势时代最后一个范本，文学批评引领并推进整个时代文学步伐的历史，以后似乎就画上了句号。又数年，因“新写实”之成功而在文坛已有“命名大师”地位的王干，复曾撰其“新状态”之词，并为作家出版社编“新状态小说文库”，推朱文、鲁羊等人，亦获一定反响，然时势已非当初可比，批评家的华彩乐章渐渐有了曲终之态。

返棹而寻，王干命名“新写实”的傲人之功，一方面有乘乎势运的可遇不可求的天时地利，另一方面，终归是他作为优秀文学批评家的创造力的体现。重读《新写实：近期小说的后现实主义倾向》，当能了解这种创造力在时代的激发下，是如何不可阻遏地被尽情释放。文章伊始，便精准地陈明了“新写实”口号的提出依据及内涵：“开拓了新的文学空间，代表一种新的价值取向。虽然目前未能构成完整的体系，但在作品中所体现出的一些共同审美意向和阅读指向，已值得我们进行阐释和解析。”① 亦即，“新写实”将能把文学路径拓得更宽、对过往的文学价值有所更新和改易，并且所影响到的对象除了创作自身，亦将同时施诸读者的趣味。寥寥数语，理路明磊，充分显示论者对所论之事成竹在胸、洞如观火。不知别人怎样，我在读这样简简单单几句话时，深感于八十年代文学批评的锐气以及立言的明晰。彼时批评家既言能有据，亦知其所言抵于何物，故而中鹄中的，切实地发明和激活创作。反观现在，批评文章大多不知所云，绕行在连作者都未必明了的各种浮论之间，徒然令人昏昏欲睡而已，而创作与批评于是便日益阴阳两隔，异途而行，

王干有很强的理论创新能力，但这种创新断非对时髦的盲从或对洋文的袭抄。《新写实：近期小说的后现实主义倾向》一文，使用了当时令人耳目一新的表述。一是

① 王干：《新写实：近期小说的后现实主义倾向》，《在场》，云南人民出版社 2013 年版，第 86 页。

"还原"说，一是"零度写作"。依我的印象，如果这两种表述后来成为文学批评常用语，即始于该文。关于"还原"，王干这样说：

> 现实主义和后现实主义都强调表现生活的真实性，但采取了相异的方式。后现实主义不像现实主义那样通过"再现典型环境中的典型人物"来表现生活的真实面貌，它反对这种理念概括与归纳的"典型"方式，而注重对生活原始面貌和原发生态的"还原"。①

关于"零度写作"，则说：

> 只有将主体人格的思想、观念、情绪、意识冷冻处理，进入一种透明无瑕的真实状态，才能保持生活本态在小说中绝对的客观呈现。所以称后现实主义为客观主义并非贬义，骂它的小说叙述者是冷血动物也许正是褒词。②

随着他讲"还原"，另一个词"原生态"也流行起来，以至今天走出文学批评，成为很日常的用语。在"还原"的概念中，王干力图重塑"现实主义"的出发点。其实，八十年代中期以后文学观念革新的主要方向，是对"现实主义"的根本怀疑，尤其是假由结构语言学能指大于所指的理论，推导出"再现真实"在文学上既不可能亦根本有违文学的艺术特性和天性，从而普遍地推崇"叙述形式"。王干的思路是对上述先锋派文学的修正，他不像后者那样完全视"生活的真实性"为无稽之谈，打算重新承认它的存在，然而主张变革和废弃古典现实主义的"典型化"方式，走另一条"对生活原始面貌和原发生态的'还原'"的路子。事实证明，他的这种思路对于修复被先锋文学破坏了的文学与现实、文学与读者的关系，同时又避免回到老路上去，是很有效的方案。八十年代中期以来，由于恣肆的艺术颠覆，文学与普通经验世界以及读者审美认知，裂隙过大，已经反过来造成文学生存的惨淡和寂寞。"新写实"能够重新建立文学与生活的通道，它之获得作家与读者的双向认可，原因在此。至于"新写实"的那个"新"字，则着重体现在"情感零度"的理论中。古典现实主义强调教化，注重以人道主义伦理输入社会，此为其"旧"；而"新写实"提出叙述层面上的"客观还原的要求，自然需要作家冷却感情的热度，进行一种无调性、无色彩的冷面叙述"③，是为其"新"。

除上述两点，王干"新写实"概念，还特别讲求"作家和读者的'共同作业'"④。古典现实主义是一种作家单方面主导的文学过程，作家乃给予者，阅读者则完全处于被给予的位置，这就是古典现实主义说教感的由来。而经过"新写实"调整之后的秩序，"由单向的灌输到双向的沟通，后现实主义对现实主义的阅读关系进行了根本的调整。在这种调整的背后，暗示着支撑以往小说的那种中心的崩塌。因为作家在通过作品对读者进行种种道德的、伦理的、政治的、审美的灌输时，灌输者，始终处于一种高人一等的讲坛上，他是整个世界的中

---

① 王干：《新写实：近期小说的后现实主义倾向》，《在场》，云南人民出版社2013年版，第86页。

② 同①书，第91页。

③ 同①。

④ 同①书，第93页。

心，世界按照他的意志构成。而强调读者的阅读机制则无疑取消了灌输者，迫使作家从讲坛上走下来，与读者持同样平等的态度进行‘对话’。”①

藉此粗略梳理，不难看出王干构想与提出“新写实”，认知之透辟，理路之明彻。当时，彼年龄未届而立，正是头脑最锐、闯劲最足的光景，不过与此同时，我们必须看见时代造人的因素。换成当下，很多人三十来岁还自视为“孩子”，但王干在这样的年龄，却写出了足令文坛改弦易辙的文章。八十年代中国，有诸多缺陷，将其神奇化大可不必，然而有时回首当时某些往事，则确乎不能不慨然于它在精神上的砥砺与进取。

四

长期以来，作为“新写实”“新状态”等潮流的始作俑者，王干被定格为一种文坛活动家的形象，抑或说，与某些一味勤奋笔耕的同行不同，他更多地以擅长宣传与鼓动的批评家形象示人。这有时会伴随一种印象，亦即，他的批评特色在于“制造”说法，为文坛增添一个又一个热点，而文本细读则非所长。

以前我如果想起王干，多半也是这样。这次集中读他文章，印象竟然为之改观。虽然是老相识，但彼此难说读过对方所有文章，是很自然的。所以王干若干旧作，我其实还是初次见到，尤其是他的一些作家作品评论。而此类篇什，颇能带给我新的体验。

比如写高晓声的《苦涩的“陈奂生质”——高晓声新论之一》。文章劈头第一句写道：“高晓声的小说主体形象是农民，即令那些以知识分子出现的人物，形象也是按照农民的思维习性和心理方式完成性格历程的。”② 前半句“卑之无甚高论”，后半句却令人眼前一亮；以我过去读过的有关高晓声的评论而言，点出这一现象的句子，似为仅见，显出了王干对于作家作品的观察之细。后面又有一句：“对阿Q们，鲁迅是‘哀其不幸，怒其不争’，而高晓声对陈奂生们的态度则是：‘怒其不幸，哀其不争’”。③ 两个词稍移换位，一举揭示现代和当代两位不同作家笔下人物的基本形态。这种评点，幅度至小，小到有些令人恍惚，但是，时代的况味却绵久不断，需要一点一滴地品咂。读这样的片断，我真的不禁对王干感到了一点陌生，发现他做批评不止一副笔墨，而也有闲花幽草的细腻。俞文豹《吹剑录》记：“东坡在雪堂日，有幕士善讴，因问：‘我词比柳词如何?’对曰：‘柳郎中词，只好比于十七八女孩执红牙拍板，唱杨柳岸晓风残月。学士词须关西大汉，铜琵琶、铁绰板，唱大江东去。’”我以往只知王干评论颇具“大江东去”旷放风，其实，他也能唱“杨柳岸晓风残月”。

同样体现着细腻的，亦如《苏童意象》里的这句：“我对苏童小说中的人物的名字略作考察，发现他们的名字居然大多是与‘红’的韵母‘ong’相同或相近的词。”④ 这样的考察，已近乎细琐，有点日本人做学问的风味了。文中还提到，“苏童对文学的理解可以用一个‘光’字来概括，他把自己的创作活动称之为‘寻找灯绳’的过程，这种温馨而又不免有些惶惑的感受表明苏童

---

① 王干：《新写实：近期小说的后现实主义倾向》，《在场》，云南人民出版社 2013 年版，第 96—95 页。

② 王干：《苦涩的“陈奂生质”——高晓声新论之一》，《在场》，云南人民出版社 2013 年版，第 80 页。

③ 同②书，第 85 页。

④ 王干：《苏童意象》，《在场》，云南人民出版社 2013 年版，第 103 页。

对光影的特殊感情。他说：‘小说是灵魂的逆光。’文学作为一种‘光’自然不会有契诃夫那样解剖刀式的深刻与冷静，它追求的是一种影的效果，尤其作为‘逆光’那种‘影’的意识就更为突出，而‘影’在其美学意义上是与‘意象’一致的。它们都是艺术视知觉复合在作家灵魂空间的产物，都是凭借主观情绪摄取的人生现象，都是人性之光折射的结果。”① 这样的论述，既是分析，同时何尝不是诗意的捕捉？其实，我在读《苏童意象》时，甚至觉得王干的笔调亦因对象而一变，毫无高头讲章的格局，而变得随笔化、散文化，隐隐贪恋着笔墨情趣。

近年，他为已故汪曾祺先生写了几篇文章，除开汪老文坛耆宿、本地郡望的缘故，我以为还因他对汪氏“文学趣味”于心戚戚然焉。汪一生为文，非常注重“挖掘、分享日常生活的诗意”②，从内心深处沁出一种使小说散文化的意趣。王干还写过一篇《寻找一种南方文体》，里面自称：“直到如今，我的评论文字仍含有大量的描述成分，有时描述甚至大于说理。我对描述有种特殊的喜爱，因为我在描述时感到笔端有种说不清的滋润和灵动。”③ 这与他对汪氏小说的仰慕，应当流出同源。我也由此想起，晚近王干在写作上，爱散文犹胜于爱评论，连他所获鲁迅文学奖，也是其中的散文奖而非评论奖。把这些迹象归拢在一起考虑，或许会让我们对多年来主要以批评家鸣世的王干君的研究，找到更多的维度或途径。

（原载《读书》2017 年第 8 期）

① 王干：《苏童意象》，《在场》，云南人民出版社 2013 年版，第 117 页。
② 王干：《论汪曾祺的和谐美学——纪念汪曾祺诞辰 90 周年》，《在场》，云南人民出版社 2013 年版，第 289 页。
③ 王干：《寻找一种南方文体》，《在场》，云南人民出版社 2013 年版，第 193 页。

余华:温暖与百感交集的旅程

朱 伟

1

我通过《十八岁出门远行》认识的余华。《十八岁出门远行》是林斤澜与李陀接手《北京文学》后,1987 年第一期的小说头条。这个不到 6000 字短篇的结构极其巧妙:我在山区公路上走了整一天,到黄昏时想起了旅店,找旅店时见到了汽车。搭车是一个转折,没想到车又坏了,坏到没法再修。这时有五个人骑着自行车从坡上下来,抢车上所载苹果,我在阻拦中被打。然后,更多抢劫者涌来,搬空了苹果,开始拆卸汽车,我发现司机也是同伙,他跳上拖拉机,抢走了我的背包。于是,天黑了,只剩下遍体鳞伤的汽车和遍体鳞伤的我。结尾是,我躺在汽车里,见到父亲正在整理一个红色的背包。父亲说:“你 18 岁了,该去认识外面的世界了。”“他拍了一下我脑后,我就欢快冲出了家门。”叙述已经非常老练。它不写承上启下的故事,只写悬念与悬念的意味——从旅店到汽车到司机到抢劫,最后躺在汽车里,“没想到旅店你竟在这里”,又出乎意外,用结尾联结了开头。在路上那时是时髦话题,没想到余华能以这样简略的线条,只以“走过去看吧”做支点,留出很多空白,就完成了这题材中的象征。这个短篇已经显示出余华出类拔萃的两个特点:睿智的构思能力与对精妙叙述的迷恋。构思决定框架,而叙述乃建筑美学。小说一开头,他就写“我从早晨里穿过,现在走进了下午的尾声,而且还看到了黄昏的头发”,推进极快,“黄昏的头发”是影子,他迷恋这样的句子。他写那个修车的司机撅起的屁股上有晚霞,轻易就摆脱了叙述的陈腐。

如果对比三年前,1984 年,也是发表在《北京文学》第一期头条的《星星》,就能意识到余华经历过怎样的脱胎换骨。《星星》是他第一篇发表在重要刊物上的小说,写一个智力超过他年龄的孩子(我以为,性格原型就应该是他自己),迷上小提琴后得罪了左邻右舍,也招惹了孩子们。最后,父母决定把小提琴卖掉,于是孩子忧伤极了。这是一篇因果明确、叙述直白的习作,当时的《北京文学》请他到北京改稿,让他加了一个光明的尾巴。那是苏辛群主事的时代。

余华因为这篇《星星》,进了海盐县文化馆,之前他中学毕业后,在一个乡镇卫生所当牙医。他认识我后告诉我,他最初的创作是由崇拜川端康成始——因为读到《伊豆的歌女》,使他有了最早的创作欲,他从川端康成小说中读到敏锐的多愁善感。他后来对川端康成的概括是:“川端拥有两根如同冬天里的枯树枝一样的手臂,他挂在嘴角的微笑有一种衰败的景象。”他说,改变是 1986 年春,一本《卡夫卡小说选》。在杭州的一家书店里,当时只剩下一本,朋友先买了。随后，回到这朋友家中，他许诺托尔斯泰的《战争与和平》，换下了这本《卡夫卡小说选》，读到《乡村医生》后，如醍醐灌顶——原来小说还可以这么写。他说，是卡夫卡解放了他的想象力，教会他要用异常锋利的思维，轻而易举，就直抵人类的痛处。他读到的这本《卡夫卡小说选》，应该是外国文学出版社 1985 年出版，孙坤荣主编的。

1987 年余华像是迅捷完成了一个三级跳，一下子就成为莫言、马原之后，新生代作家中最耀亮的一位。他先在《北京文学》又发表了一个篇幅不到 4000 字的短篇《西北风呼啸的中午》，写一个陌生人上门，莫名其妙地拉“我”去看望一个将死的、其实并不相识的朋友。这个荒谬的中午，“我”被拉到一个死人身边，作为“朋友”，认了一个悲伤的母亲。这个荒诞结构，是他在《十八岁出门远行》成功的基础上，进而思索人与人关系的结果。写完后，他大约马上意识到了短篇小说空间局促而无回旋余地，于是就有了中篇小说《四月三日事件》。那时他还陷在抽象的荒诞里，《四月三日事件》令我想到法国新小说派代表人物罗布－格里耶，它的主题是恐惧。小说以第三人称“他”，叙述童年视角中敏感到夸张的感觉世界。“四月三日”是个莫须有事件，是“他”在不安中感觉到会有什么“事件”发生。这预感从对“他”构成诱惑的女同学白雪的暗示与梧桐树下那个中年男子始，延续到最亲近的同学、父母与邻居。“他”先是处处感觉，大家都在背着他议论他；然后，事情真按他的想象发生，他处处感觉到被监视，所有人都参与了监视。他因此就感觉“四月三日”会有针对他的谋杀，结尾便爬上了停在车站一列货车的煤堆，决心离那个“阴谋”远去。小说是由荒诞想象构成的因果，作为他的第一个中篇，说实在的写得有点累。他告诉我，这小说其实是他儿时梦魇的写照。他说他儿时梦到最多的是周围长满青苔的井，说不清在梦里曾滑到井里多少次。再有，就是在梦里杀人，没有杀人经过，只有因杀人带来的惊险追捕，常常吓出一身冷汗。他说他儿时因此有莫名的惊恐——走在狭窄的路上，常怕正常行驶的汽车会突然冲过来撞到他；夜晚走在弄堂里，对面过来的人影也会吓他一跳。在《四月三日事件》一开头，他就写道：“他突然发现自己踩在她躺倒在地的影子上，那影子漆黑无比，那影子一动不动。这使他惊讶起来。”这个“她”是“身穿淡黄色衬衣”的白雪。

紧接着《四月三日事件》，这年年底，他又在《收获》上发表中篇小说《一九八六年》，跳出惊恐开始写残酷。《一九八六年》有一个引子，交代“文革”中一个历史教师失踪，留下妻子与一个三岁的女儿，妻子后来改嫁了。历史教师是因研究古代刑罚而被抓，当晚其实他逃跑了，所以，小说真正开端，是他变成疯子，回到了镇上。这小说有意思的是写受尽精神折磨的疯子与女儿现在一家的关系，从象征的角度，疯子当然代表“文革”那一段无法回首的过去。小说里，疯子回到镇上，影响了已经生活在新时代中女儿的欢乐，给“她”母亲带来了惊恐。疯子在自己身上做古代的种种酷刑表演，那些鲜血淋淋的表演显然是他的研究与“文革”记忆的综合，他的表演就一次次传递给“她”母亲，赋予她噩梦。最后，“她”母亲终于恢复了正常，如释重负地说：“天亮时我听到他的脚步，他走远了。”这时，疯子已经死了，“她看到父亲的头发全白了”，生活就迅速平复，他们三人又可以一起上街了。结尾一节，余华换了一个视角，写疯子叫着“妹妹”迎面而来，伙伴就对“她”说，这疯子在寻找他妻子，并暗示“她”看前面走来的母女。于是，“她看到这母女俩与疯子擦身而过，那神态仿佛他们之间从不相识”，“她俩走得很优雅”。从这个中篇起，余华找到了他独特的落点：以优雅的语言写残酷。这篇小说里，他写太阳，已经是“一颗辉煌的头颅，正在喷射鲜血”；写火焰，已经是“一堆鲜血在熊熊燃烧，噼噼啪啪四溅的鲜血溅到了他的脸上，像火星一样灼烫”。余华的写作方式与苏童是截然不同的，余华迷恋这种锋刃割裂皮肉中的张力。

2

1988 年第一期《北京文学》发表余华的中篇小说《现实一种》，我们当时读到，都吓了一跳：他怎么能这样，似乎带着微笑，就轻松洒脱地写一个家庭，亲人之间越来越残酷的报复？一改 1987 年他对抽象提炼的兴趣，这个中篇小说的故事性特别强。这残杀表面看是由哥哥山岗仅 4 岁的孩子皮皮不经意将弟弟山峰的儿子摔死始，但余华其实在写皮皮用耳光等待堂弟“如愿以偿的哭声”时，就铺垫了这种轻松的残酷。4 岁的皮皮当然不懂得生死，他把堂弟抱出去看太阳，麻雀飞下来时，他觉得手里抱着的东西越来越重，自然就松了手。是余华的叙述令我们惊悚：没有这样写生命如此之轻的。山峰的儿子轻易就摔死了，山峰于是让山岗交出皮皮，做什么呢？让他“把那滩血舔干净”。余华描写，皮皮望着那滩亮晶晶的血，竟“想起一种鲜艳的果浆”，他伸出舌头，“一种崭新的滋味”竟“油然而生”。山峰随即一脚踢去，山岗就看到儿子“像一块布一样飞了起来”。

两个孩子都死后，山岗与山峰的媳妇各自选择的报复手段是——山岗买回来一包肉骨头，带回一条小狗。他不动声色地把肉骨头煨烂，让山峰自愿绑到窗外那棵树的树荫里，用木板固定了双腿，将烧烂的肉骨头涂在他脚底，引小狗来舔。山峰奇痒难耐，就开始笑。余华写他的笑声“像两片铝片刮出来一样”，“笑得连呼吸的空隙都快没有了”。山岗却在旁边问他：“什么事这样高兴？”他让自己的兄弟活活笑死，不知余华如何能出其不意，想到如此恶毒的残酷。

山峰死后，杀人偿命，山岗于是被枪毙，他被戏剧化地连击三枪，而山峰媳妇的恶毒，是假充他妻子，捐献了他所有的器官。最后一节写医生们如何瓜分山岗的尸体——剥皮，取走他所有的脏器，最后一个外科医生要剔除肌肉与筋膜，带走骨骼。余华写他捏捏粗鲁的肌肉，对山岗的躯体说：“尽管你很结实，但我把你的骨骼放在我们教研室时，你会显得弱不禁风。”优雅又俏皮的文字，将冷酷写到淋漓尽致，这就是坏笑着的余华。

与《现实一种》同时间，他在 1988 年第一期南京《钟山》上发表了另一个中篇《河边的错误》，写一桩其实并不复杂，却叙述得扑朔迷离的杀人案。幺四婆婆的鹅被放到了河边，她去赶鹅时被杀。就如侦探小说的写法，余华在第一节就交代，当事人共有五个：三个男人，其中有一个是疯子，一个女人，最后一个是孩子。案情本是清楚的：凶手就是疯子，作案也非谋财害命，因为幺四婆婆将攒下的钱折成一条，都搓在麻绳里了。余华有意隐瞒着疯子与幺四婆婆的真实关系，小说结构在当事人被调查过程中的心理扭曲所造成的迷离中，案情继续发展，河边继续杀人，一直延续到那个目击者孩子被杀、另一位当事人自杀。余华是有意不交代彼此的因果，让你思考“错误”的意味：是疯子错杀，还是调查酿就了错误？最后，刑警队长开枪打死了疯子，“因为法律对他无可奈何”。公安局长为了保护刑警队长，让他在医生面前扮演精神病人。这个中篇显得有点冗长，这是故事内核容量不足的缘故。

紧接着，就读到他在《收获》上发表的《世事如烟》。我记不清自己究竟是哪年初见余华了，向他求证，他说是 1988 年 9 月，他进鲁迅文学院后，之前与我通过信、通过电话。通信与电话我是记得的，我记得他得意地笑着的声音：“我知道，《十八岁出门远行》发表后，朱伟就会来找我了。”在我记忆中，依稀 1987 年下半年是与他见过面的，地点也许是在李陀家里？那时我住白家庄，李陀住东大桥，距离很近，我经常骑着自行车就过去了。我记得是在李陀家里，我们一起聊过笔记小说。80 年代下半期，在西方现代主义的种种技巧都已不再新鲜后，开始有回头看古人小说的回流。回头一看了不得，我记得那次话题就是聊古人的想象力与叙述之简洁。我读的是民国吴曾祺编的《旧小说》，上海书店的影印本。记得余华当时说他读的版本，不知是否为民国江畬经选编的《历代小说笔记选》，那也是上海书店影印出版的。

我感觉，《世事如烟》明显是在阅读笔记小说的背景下，余华对自己的又一次迅速超越。没想到他能如驾清云般，轻松就掠那些陈腐而过，以“如烟”二字就鸟瞰了。不似我，迷恋而拘泥之。这个中篇用第三人称叙述，其中的角色都用数字或其他符号：7 一病不起，算命先生说是被儿子克的，儿子换成鸡，病就渐渐好转了。接生婆的儿子是司机，司机梦见轧了灰衣女人，去找算命先生。算命先生说，防止另一只脚也踏进死里，路上遇到灰衣女人就要停车。司机花 20 元钱买下灰衣，开车轧了衣服，女人回家就死了。司机去参加灰衣女人儿子的婚礼，在婚礼上因屈辱自杀，也没逃过衣服的宿命。司机死后，接生婆深夜出诊，去的是坟场，接生回来遇见算命先生的最后一个儿子，算命先生的儿子死了，接生婆自己也死了……

这小说似乎处处在写命运之手操控的神秘宿命，算命先生似乎是枢纽所在。但在“如烟”的标题指向下，所谓命途，无论司机与灰衣女人、与 2 和 6 的女儿，无论 3 与她的孙儿、瞎子和 4、算命先生与他儿子与 4，都只是“世事”“众生”，一张脱不出的棋网而已。说余华“轻松掠陈腐而过”是因为，他能像《聊斋》故事一样，精妙地写接生婆的阴间接生；能借葛洪的《抱朴子》说算命先生的续生术，脱出窠臼写“采阴补阳”；能不断脱离直接因果写意外；这一切的一切都构成一个个坚实的，供“如烟”鸟瞰的，棋格般的局部。在这些精彩局部的组接下，他以一个中篇，就凌驾了笔记小说的传统叙述类型的综合。

更重要的是“如烟”的叙述。叙述效果，其实才见作家的真功夫。余华写这个中篇里司机见接生婆洗脸，竟能将水写成“像一张没有丝毫皱纹的白纸，母亲正将这张纸揉作一团”。小说中写得最精彩的段落，大约是第三节导致司机自杀前，新娘给他擦脸的过程和最后一节 4 裸着的歌声导引瞎子走进江水的诗意。余华写新娘给司机擦脸，先是“毛巾迎面而来，抹去了 2 的手指”，这是视线，像蒙太奇；然后，“一只手轻轻按住了他后脑，他体会到了五个手指的迷人入侵”。当他后来变得一无所有时，新娘按在他脑后的五个手指，又变成了“五个生锈的铁钉”。叙述入骨了。

瞎子与 4 这一对关系，是小说中的超现

实叙述。4 的声音是瞎子眼前的鲜艳，余华写瞎子初听这声音，“像水果一样甘美”，“飘来时似乎滴下了几滴水珠”。结尾 4 的歌声携带这瞎子走向江边。余华描写，4 感觉到，江水正在给裸身的她“穿上一件衣服”，而 4 的歌声伴着江水慢慢淹没瞎子的时候，瞎子又听到了那几颗水珠的跳动，“似乎是 4 微笑发出的声音”。余华说他写作进度很慢，这样的文字，确实是寻寻觅觅的结果。

3

1988 年 9 月，余华离开了海盐，进鲁迅文学院读书了。鲁迅文学院与北师大合办了一个研究生班，这是鲁院第一次培养文学硕士，当时的说法是，为了“青年作家的学者化”。

一个文学青年，因为一个短篇、两个中篇小说，就读上了研究生，这也是只有 80 年代，才可能成为的现实。

还记得第一次去鲁院找余华的情景。他和莫言住一个房间，莫言是在解放军艺术学院毕业后，到这里来读硕士的。从军艺来的还有刘毅然，刘毅然原是在军艺教电影课的老师。鲁迅文学院办研究生班似乎就这一届，因此吸引了很多人。我的熟人中，有北京写报告文学的沙青、写《无主题变奏》的徐星、写《塔铺》的刘震云，部队写《黑峡》的王树增。刘震云是北大毕业后，已经分配到了《农民日报》当记者，他在《农民日报》的宿舍就在鲁院后面，是个走读生。外地来的，我熟悉的，有吉林写《瀚海》的洪峰、黑龙江写《北极村童话》的迟子建、安徽写《心弦》的严歌苓等。刚到鲁院时，余华还带着海盐的习气：手插在牛仔裤口袋里，耸着肩，叉着腿，头发中分，说话声响亮。他带我去食堂，就算是请了饭。

那段鲁迅文学院期间，余华成了我家常客。那时我家有一个录像机，找录像带一起看电影，就成了一项大家欣欣然的活动。第一批录像带是吕梁从他秦皇岛的家里拿来的，我记得有斯科塞斯的《出租汽车司机》、安东尼奥尼的《红色沙漠》、费里尼的《8 $\frac{1}{2}$》《放大》、雷乃的《去年在马里安巴》，都是他自己翻录的。秦皇岛海风潮湿，录像带发霉，图像很差，有的都放不出来了。然后到张暖忻那儿去借，从张暖忻那儿借到的印象最深的片子是法斯宾德的《玛利亚・布劳恩的婚姻》。再到军艺刘毅然家里去借，刘毅然那里借到的印象最深的是贝托鲁奇的《巴黎最后的探戈》和戈达尔的《芳名卡门》。

我家那时房子很小，仅里外两间，大家就都席地坐在化纤地毯上。记忆中余华最赞叹不已的是伯格曼的《野草莓》，最讨厌的是威斯康蒂的《魂断威尼斯》，以致《魂断威尼斯》只看了三分之一，他就固执地坚决不让看了，那里马勒的柔板多深情啊。《野草莓》开头写年迈的伊萨克教授做了个梦，梦见街上的钟没了时针，教堂的丧钟响起时，拉棺木的马车将灵柩卸到了他的脚下。大家就一下子都被震撼了。影片写老教授于是决定开车去参加从医 50 周年的仪式，途中回到他老家，看到当年景象。野草莓联系着他的青春期恋人，表妹莎拉。感人的是，老教授去看望他还健在的母亲，母亲让他去拿那个玩具盒，当年的玩具还在，孩子们都走了，世事如烟。余华最喜欢的是《野草莓》的结尾——参加完仪式的伊萨克晚上入睡前，看到莎拉在指引他寻找父母。他站在山坡上，看到年轻的父母正在河边钓鱼。时光倒转了。

那段时间余华和格非经常在我家相聚，聊天南地北。记忆中最难忘的是1990年夏天，余华、格非一起在我家看世界杯。那个决赛之夜，我们准备了啤酒与各种吃食，余华坚挺马拉多纳，我则赌德国队，格非态度游移。那是贝肯鲍尔主帅的德国队，他站在球场边，就似乎拥有着无限力量。那晚其实卡吉尼亚停赛了，马拉多纳被布赫瓦尔德钳住，跌跌撞撞只有一脚射门，但余华就是喋喋不休地说，德国是一架陈腐的马车。既然打赌，就会时时觉得险象环生、呼吸急促。胜负似乎是在快终场前奠定的，沃勒尔冲入禁区被绊倒，布雷默罚的点球。我还记得余华当时气急败坏的样子，随后便自嘲："阿根廷虽败犹荣，阿根廷虽败犹荣!"此时天色已大亮，大家伸着懒腰，方觉在地毯上坐得腰酸背痛。刚进鲁院时，余华还沉浸在古典小说的典型场景里，1988年底在《北京文学》发表了中篇小说《古典爱情》：公子柳生赶考途中被大户人家的花园吸引，在"吟哦"声下，见到了绣楼上的小姐惠。随即就伫立窗下，雨中还在等待，直到感动了惠，让丫鬟放下根绳子，使他攀上绣楼缱绻。四更时分小姐惠剪下秀发作定情物，催他离去，临别时说："不管榜上有无功名，都请早去早回。"余华设计的故事曲折是，等柳生落榜归来，花园已颓败不存，惠难觅踪影。三年后，柳生再赶考，遇饥荒年间，以人为粮，在小酒馆竟遇到成为菜人的惠，已经被人买下了一条腿。他以盘缠赎回惠的腿，保了她全尸，将其洗净后埋葬。有意思的是，再过几年，柳生清明祭扫惠，在墓旁搭了茅舍，惠竟在夜晚身披月光而来。第二天他挖开坟冢，见她栩栩如生，通身长出粉红的鲜肉，那条断腿也已长好，似在安睡，不久便可醒来。结尾是，此晚惠再来，悲戚地说："小女本来生还，只因公子发现，此事不成了。"余华重新组合了经典桥段，出色的还是叙述。比如他写绣楼上惠的声音如"滴水般轻盈"，柳生还是"沐浴到了"。写小酒馆里凄厉的喊声，则"似乎被剁断一般，一截一截而来，柳生觉得这声音如手指一般粗，一截一截十分整齐地从他身旁迅速飞过"。

1989年初给我写的短篇《鲜血梅花》，他用一个武侠的标题，写类似博尔赫斯的交叉小径。"鲜血梅花"是指主人公阮海阔父亲阮进武的梅花剑，余华写此剑沾满鲜血，"只需轻轻一挥，鲜血便如梅花般飘离剑身，只留一滴永久盘踞剑上，状若一朵袖珍梅花"。阮进武在剑上留下99朵梅花后被人所害，余华的描写是"双眼生长出两把黑柄的匕首，舒展的四肢暗示着某种无可奈何"。阮进武妻于是等了15年，等儿子长大，自焚了自己，让他去寻找仇人。这小说其实是写阮海阔寻找仇人的盘桓之路，母亲告诉他两个人的名字：青云道长与白雨潇。他先见到武林中的两个类型：满身涂满剧毒花粉的胭脂女与满头黑发都是暗器的黑针大侠，分别托他向青云道长打听刘天与李东的下落。他因记着青云道长而错过了白雨潇；见了青云道长，又先顾打听刘天和李东，错过了自己的问题。他无奈只能在重新寻找白雨潇中遇到黑针大侠与胭脂女，告诉了他们李东与刘天的下落。等到三年后见到白雨潇，白雨潇说，你的杀父仇人是刘天和李东，三年前已经死在了胭脂女与黑针大侠之手。他的寻找路线，走了一个圆，是冥冥中被安排的。余华轻松就消解了功夫，傲视了武侠模式。

这篇小说发表在《人民文学》1989年第三期的小说专号上，一起发表的还有格非的《风琴》、苏童的《仪式的完成》。

1989年他还在南京《钟山》上发表了

中篇小说《此文献给少女杨柳》，故意用三个清晰的时间点与三个形象可游移的人物，构筑了一个叙述迷宫。1989 年我在《读书》上开“最新小说一瞥”专栏，记得我当时是专门将时段与人物关系列了一遍，才明白了余华的角色替代伎俩。

4

《此文献给少女杨柳》里有三个时间：1988 年 5 月 8 日、8 月 14 日与 9 月 3 日。5 月 8 日是遇到少女杨柳的时间，这个杨柳大约与“昔我往矣，杨柳依依”有关。8 月 14 日是少女杨柳死后贡献角膜的时间，9 月 3 日是外乡人恢复光明，坐上去小城的汽车的时间。在车上遇到舟山的沈良，讲述临解放，国民党军官谭良在小城指挥工兵埋了十颗定时炸弹。余华借这三个时间，交叠了“我”和“外乡人”、杨柳的关系，也交叠了谭良、沈良的插曲。5 月 8 日，先是陌生少女走进“我”，干扰了“我”的生活，“我”被逐到街上，就遇到了外乡人。外乡人说，10 年前的 5 月 8 日，他在路上也遇到这样一个少女，因过目不忘就患了眼疾，后来送到上海治疗，8 月 14 日因移植了少女杨柳的角膜而复明，9 月 3 日为寻找杨柳的父亲，上了来小城的车，却在车上遇到沈良，被当年谭良埋下的炸弹所牵制。小说一共分四章，第三章的叙述，变成 5 月 8 日少女走进“我”的住处后，“我”患上了眼疾，在上街买窗帘时遭遇了车祸，8 月 14 日在上海医院里做了角膜移植，捐献角膜的少女杨柳是因白血病死亡，9 月 3 日与外乡人、沈良一起，坐上了回小城的汽车。读到这里，你就意识到余华的叙述策略了。最后一章的“漏斗”是，“我”找到杨柳家，杨柳的父亲说，女儿一生都没去过上海，但她确实 8 月 14 日安静地死在了家里。我进杨柳的房间见到照片，确实是 5 月 8 日来的女子，而杨柳生前所画，留在她印象里的男子，则就是外乡人。这个结构有意思在，时空变移其实是吸引你注意力的陷阱，他事实要写“我”与少女、与外乡人想象、神游中那种不可名状，那种深夜走在街上、灯光与阴影下的惶惑，这是余华跟我说过，他驱逐不走的儿时记忆，窗帘也是一种凝固的意象。

鲁迅文学院的研究生班是 1991 年春节前毕业的，余华毕业后先成为嘉兴市的专业作家，分到了一套 30 平方米的房子。在这房子里，他写完了第一部长篇《在细雨中呼喊》。《呼喊与细语》是伯格曼的电影，那段时间余华沉浸在对伯格曼的热爱中，这电影一定启发了他自己对呼喊的体悟。伯格曼电影开头那晨雾氤氲中大树的光线，不同频率嘀答着时光的钟，然后是艾格尼丝艰难的喘息，我们当时就感叹不已。生死、隔膜、怜悯、亲情，余华借了这“呼喊”的意象，斑驳的记忆如同重新曝光显影，他将钟声换成遥远的雨滴声，在雨滴声中展开池塘、田埂、泥土、小桥、母亲蓝方格的头巾与父亲握着的长长的粪勺，展开时光荏苒中各种童年、少年情景的纠缠、悲伤，剪不断、理还乱，难以自制、无法释怀。这第一部长篇，余华就选择贫困的农村为他叙述的基点。他在 1994 年编辑他的第一套三卷本作品集时写过一个自传，自传中说他生于杭州，一岁时，父亲为了当外科医生，从杭州到了海盐，母亲也只能放弃了在杭州的生活。按余华自己的说法，到海盐后，他家住在一条胡同的末尾，胡同外就是农田，父母的医院被一条河、一座桥隔成两半，这就是他在小说里描写的南门。小说的第一节，“我”就看到两个城里孩子“穿着商店里买来的衣裤”，坐在树荫下的小圆桌边吃早餐。这两个城里来的孩子，应该就是余华和他的哥哥。小说里，这两个孩子的父亲是苏医生，而“我”父亲，则是一个天天咒骂“我”祖父、半夜钻出斜对门寡妇的被窝，再钻回母亲被窝的无赖村民孙广才。余华说，他是从小与农村孩子一起玩耍长大的，但重要的是，他在这部小说回首往事时，就将“我”换成了农民儿子的视角，这为他凝注乡村中国提供了便利。他在思考这部小说的落点时，就已经明晰了：没有孙广才这样父亲的童年记忆是苍白无力的。因这清晰认识，才有了他之后越写越深刻的《活着》《许三观卖血记》，直至《兄弟》。

《在细雨中呼喊》似乎是童年记忆中的故乡，但余华当然不是小说中的“我”孙光林，他似乎在这些玩伴之中，似乎又站在远处看这些童年情景，这是最值得称道的叙述者选择。这部小说里写各种各样的死亡，刚开始是“我”弟弟孙光明的死，他在摸螺蛳时为救一个八岁的小孩淹死，余华描写，“我弟弟最后一次从水里挣扎着露出头时，睁大眼睛直视耀眼的太阳”，像一幅画。然后是“我”母亲的死，母亲之死很大原因是因为“我”父亲孙广才与“我”哥哥孙光平。孙广才将家里东西都陆续搬到寡妇家，孙光平也半夜从寡妇的后窗进出。孙光平后来娶了媳妇，孙广才管不住自己的裤裆，孙光平在羞辱中割了他爹耳朵而被判刑，出狱后，母亲就释负吐血死了。母亲死后，父亲住进寡妇家，天天喝酒，喝醉酒就掉进了粪坑。这就是农村的真实。小说里写的最好是祖父孙有元在“我”父亲的嫌弃中等待的漫长的死亡，他死了一次，要被埋葬的时候又活了，余华写他“像一袋被遗忘的地瓜那样搁在那里”，而他儿子孙广才则为他的不死越来越丧失耐心。

这部长篇，写的都是无奈——无法抑制的欲望所构成的命运无奈。他写孙广才的欲望，出门卖菜回来，等不及回家，找个没人的房子，在鸡啄脚的戏谑中，在长凳上就兴冲冲履行了“欲望的使命”。他写寡妇赤裸裸就勾引了苏医生；而苏医生的小儿子向同学传阅女性生殖器照片，竟想强行去看一个70岁老太太“真的东西”；大儿子则在僻静的胡同里施暴于少妇，被游街劳教，最后死于脑溢血。“我”养父王立强，一个人武部干部，在办公室桌子上被捉了奸，要用手榴弹炸死捉奸人，结果炸死了她孩子，再炸死自己。一切皆因非常原始，无法遏制、无法抗拒的欲望。

小说里“我”在性萌期曾瞩目的两个对象：村女冯玉青与同学曹丽。余华在开头第二节就写冯玉青早晨站在门口微微右侧地梳头，“初升的阳光在她光洁的脖子上流淌，沿着优美的身姿曲折而下”，很青春照人。但这美好象征轻易就被村里的王跃进睡了，失了自尊。“我”成年后再见，她已经变成了小男孩鲁鲁的母亲，一个悍妇。她晚上接客被警察抓住，鲁鲁就成了孤儿。而曹丽与音乐老师的私情也很快暴露，写出厚厚的交代材料后，也就毫无自尊地埋没了短暂的高傲美丽。

这个长篇也分四章，每章四节，余华按读者的阅读兴趣，轻易就做时空跳跃，可读性极强。从第一节的“南门”到最后一节“回到南门”，小说写“我”在蒙蒙世烟中渐渐萌醒的过程。刚开始，弟弟孙光明的死，使他意识到，河“需要别的生命来补充自己的生命”。然后，苏医生的大儿子苏宇告诉他“我也和你一样”，使他走出手淫的恐惧与战栗，懂了友情。在祖父对弟弟孙光明的诱害中，他知道了阴影的无奈。最终，在最亲近同学的诬陷中，他懂了走过绝望，还能回到亲密，慢慢理解了这个爱恨错杂的世界。余华在写这部长篇的过程中，是越来越享受叙述构成张力的乐趣。他用这样的语言："我的身体已经失去了过去的无忧无虑"，"总之，当我们凶狠地对待这个世界时，这个世界突然变得温文尔雅了"。

5

紧接着就是《活着》。《活着》的篇幅还不到12万字，大约是他写得最短的长篇。记得90年代初，我们曾在一起说到长篇小说的容量，余华的观点，长篇的篇幅，15万字内就够了，读着不累。

表面看，《活着》的结构有点笨。由一个类似他自己当年在文化馆下乡采风的身份，引出历经沧桑的老人的讲述。其实，以"我"的视角看老人，凸显了油画色彩斑驳的画面感。小说开头，"我"看到老人的脊背与牛一样黝黑，犁开的田地像"水面上掀起的波浪"，老人唱起粗哑苍老古朴的歌，正是这画面，深深感动了张艺谋。老人以一个个人名吆喝着牛，到小说结尾，你才知道，这些亲人构成了老人一生的辛酸依恋史。最后。这个家只剩下他，福贵，他买下了这头待宰杀的老牛，也称"福贵"，他们还活着。活着是进行时，老人讲述这活着的过程太凄苦了，张艺谋拍成的电影，因此而至今不能上演。

我觉得，一个人生，真不可能遭遇不断接踵而来的那么密集的苦难。陪伴他的亲人全死了，最后只剩下他命最硬，余华把这历程极端化了。

老人讲述的解放前部分，是一个富家少爷的吃喝嫖赌败家史。余华写他的富，用了一个别致的说法："我们走路时鞋子的声响，都像是铜钱碰来撞去的。"少爷迷上了赌，将100多亩地家产都输给了龙二，净身出户，只能成为佃户，从头做起。而进城为他娘请郎中，又被抓了壮丁，亏得能躲过战场上的子弹，成了俘虏后得以回乡。土改时，事情反过来了：亏得他把100多亩地都输了出去，使龙二成了替死鬼。这个故事很典型。我大伯解放前本也有几十亩地产的，母亲在我儿时就老说，亏得你大伯年轻时吃喝嫖赌，把这地都输给了人家。要不，一解放，他的成分就是地主。

解放前这段，有意思是用了戏谑。余华居然形容嫖妓就像水喝多了要去方便一下一样，"说白了就是撒尿"。他的小说里，没有鼓荡情欲的兴趣。他让"我"喜欢上一个胖胖的妓女，"她躺在床上一动一动时，压在上面的我就像睡在船上，在河水里摇呀摇呀"。他让"我"骑她，"骑在她身上像是骑在一匹马上"，荒淫无度。

解放后也有戏谑。人民公社炼钢铁，"福贵"老人的讲述是，到城里买回一个汽油桶。汽油桶怎么炼铁呢？在桶里灌上水煮。1958年炼钢铁是建土高炉，用烧窑的方式。余华大约没见过窑厂，亏他想出来这么个水煮的黑色幽默。水当然是煮不化废铁的，但因夜间守炉睡着了，水烧干，汽油桶爆炸，铁竟就意外炼成了。再一个黑色幽默，是悲伤的——县长的女人生孩子大出血，学校组织孩子们去献血。儿子有庆因为跑得快，排到了第一位，却因不守纪律，被拖了出来。但排队的孩子居然血型一个都对不上，只有他是对的，结果，一抽血，抽不停了，硬是把个儿子抽死了。

余华是通过一个个死，写活。解放前，家败了，"我爹"就从粪坑上掉了下来。他蹲在粪坑上出恭，原来两条腿是像"鸟爪一样有劲"的。娘病了，"我"进城请郎中被抓壮丁，回来娘已经没了，这都死得合理。解放后，三年自然灾害，媳妇家珍得了软骨病，却没死，第一个死的是只有13岁的有庆。然后，聋哑的凤霞好不容易出嫁了，找着一个憨厚老实的二喜，却难产死了。凤霞死了，家珍也死了；家珍死了，二喜夹在水泥板里，也死了。二喜死后，唯一剩下二喜的儿子苦根，竟也因为吃多了煮熟的豆子，撑死了。我总觉得余华的心硬，他能这样接二连三地写非正常死亡，贫困中的命，太脆弱。

这部长篇写得朴素。其中感人的是凤霞送人与有庆喂兔子那段。把凤霞送回去，余华先写风中“凤霞双手捏住我的袖管，一点声音也没有”，“两只小手搁在我脖子上，手很冷，一动不动”。进了城，放下她，要送走了，她“只是睁大了眼睛看我”。写有庆，一天三顿放学前割草喂兔子。成立人民公社，羊充公了，他还是每天三顿地送草，直到羊被宰杀了，他不知所措再去羊棚看，棚里已经空了。再给他买了两头，人没饭吃了，就把羊换成了粮。写得最感人的当然是家珍，她辛劳一世，送走了两个亲生的孩子，陪伴“我”走过最难的日子，最后安安静静地就走了。余华写她的最后是，“胸口的热气像是从我指缝里一点一点漏了出来”。因为这些辛酸的感人，老人陪伴着蹒跚的老牛，在夕照中絮叨一个个亲人的名字，就有了特别苍凉的感觉。这个《活着》，每读一遍，都读得伤心，也就会有趁着在世，要珍惜亲人的觉悟。

余华后来在这部小说单行本出版时写了个前言，他说，他是在听到一首史蒂芬·柯林斯·福斯特（Stephen Collins Foster，1826～1864）所作的《老黑奴》后，被这首歌深深打动，才引起了写这部长篇的冲动。这首歌是福斯特离开家乡去纽约前创作的，当时他父亲与两个兄弟都已去世，两个姐妹出嫁，另一个兄弟也去了克利夫兰，家空了。“老黑奴”是他妻子家的一个老黑奴去世的真实原型。这首歌里唱道——

“快乐童年，如今一去不复返。亲爱的朋友，都已离开家园，离开尘世，去那天上的乐园。我听见他们轻声呼唤着我，我来了，我来了。我已年老背驼，我听见他们轻声呼唤着我……”

余华说，他是从这首歌里听到一种对苦难的承受力，听到一种在承受一切中无怨无悔地活下去的态度。他说，这部小说的写作，其实改变了他对现实的敌对态度，使他意识到，作家的使命不是发泄、控诉或揭露，而应该展示高尚。这高尚“不是那种单纯的美好，而是对一切事物理解之后的超然”——人生必要走过艰难、苦痛、欢乐、悲伤，这就是活着。所以他说，他写成了一部“高尚的作品”。

余华与陈虹是写《活着》时结婚的，《活着》的解放前部分，他是请了创作假到北京写的；回到嘉兴，再写完了解放后部分。这部长篇发表在1992年第六期《收获》上，1993年陈虹作为空政文工团的创作员，分到了房子，他也就成了随军家属。这一年我下决心离开了《人民文学》，到三联书店，因为《人民文学》荒废了我整整6年生命中最宝贵的时光。到了三联书店，先是创办《爱乐》杂志，那时三联书店寄居在永定门外一家面包厂里。余华有了新家后，置办了一套音响：美国的音箱，英国的功放，飞利浦CD机，按他自己的说法，“像联合国维和部队”，然后就有了我领他去买CD的故事。那时常去的是陈立在北新桥当掌柜的那家店和小魏在新街口当掌柜的那家店。余华开始买CD是1994年，记得1994年11月我与他聊音乐，有一个对谈叫

《重读柴科夫斯基》，发表在《爱乐》第四辑的柴科夫斯基专辑上。那时候他已经买了300张CD了，他说，音乐“像是炽热的阳光和凉爽的月光，或者像暴风雨似的来到我的内心”，很疯狂。

（原载《三联生活周刊》2017年28—32期）

郭预衡

祝晓风

一

今年是恢复高考四十年。1977年恢复高考，可以说是改变当代中国命运的一件大事。那一年北京地区的高考作文题《我在这战斗的一年里》，影响最大、给人印象最深刻，几乎被历史定格为一个文化符号。那年，国家亟须出高考题和改卷的老师。教育部找到当时在北师大的郭预衡，要求他放下手中所有的工作出高考题，语文作文题《我在这战斗的一年里》，最后就是出自郭预衡先生之手。郭先生说：“这样时代特点很鲜明的题目，可以让大家都有的写。”郭先生刚去世的那几天，报纸上发消息，许多都用这样的标题：北师大送别恢复高考首位作文出题人郭预衡。在郭先生的讣告中，却并没有提这一节。但有身为学者的郭老的学生说，郭老的成就，当然在于他的学术研究和教学，在于他的《中国散文史》，但为高考出题，也是为国家的教育事业做贡献，“一个大学者，做这样的事，更是了不起。”——而我却认为，从另一个角度说，郭老因为这个作文题目而被千万人记住，也是个让人欣慰的事。

郭先生还有一件事，在八十年代的教育界和学术界影响很大，就是他两次评博导都没评上的事。这件事当年传开的时候，人们就当成段子，其实却是真事。第一次申报的时候，郭预衡被告知，要先紧着老先生，所以没评他。第一次没评上时，郭先生倒也说了，北大的季先生（季羡林）比我大，他都还没被批准呢！可第二次评的时候，又说是要照顾六十岁以下的，郭先生年龄又大了。第三次，从师大党委到教育部都签好字，把郭先生没评上博导当作一个遗留问题来处理。但拿到国务院学位组的时候，据说有些评委提出像郭预衡先生这样的情况，别的学校也有，不能破例。当时郭预衡说“博士生导师里还有各种申请啊！”——他就拒绝填那些表。后来北师大中文系帮着填了，但是找郭先生签字时，郭先生不签。郭预衡先生第二次没评上“博导”，立即就在整个学校和教育界引起了很大反响。北师大就让时任研究生院副院长的童庆炳，去教育部，找国务院学位委员会办公室。对方的回答是：这件事情不是你的事情，也不是我的事情；就我们来说，肯定是希望郭老先生“博导”的资格能够解决，但这个是老先生的事情。童庆炳多年后还说，“我真的觉得这件事情对郭预衡先生很不公平、很不公道”。

究竟是哪些老先生或者哪位老先生不同意郭预衡评博导，我问过不少人，都没有问出个明确说法。一种说法是，当时在一些比郭预衡更老一辈的学者那里，有一种看法，就是说这个人此前几十年，比较风派。童庆炳曾说：曲中缘由，不待细说了。——似乎他知道一些内情，可叹童先生前两年也魂归道山，没法再问了。

郭先生第三个比较有名的，我觉得是他自我评价的三句话：他说他自己“少年时期，有十几年太幼稚；青年时期，有十几年太骄傲；中年以后，直到如今，又有几十年太糊涂”。——这几句话我第一次听到，是在郭先生家里，他对我当面说的。我当时听了，既惊讶，又有点儿震撼，只是觉得这是他的自我解嘲。其实，这两句话是他在1999年前后写的一篇文章里，就已公开发表的。而他后来和人谈话讲这几句时，和他文章里写的竟然一字不差。而郭先生一生的人生经验，或者说人生智慧，他自己归结一句话就是：“认识自己愚蠢，对我来说，是最难得的学问。”

二

当然，真正让郭先生留名于世的，还是他的学术成就，在他一生众多成就中，标志性的当然是他的《中国散文史》（上海古籍出版社，2000年）。此书三大卷，仅仅正文就两千多页，一百五十多万字。郭先生为写此书，可以说遍读古人文集。这是他积毕生功力，贯通古今，呕心沥血之作。前几年，一位北师大的教授和我聊到郭先生时说，中国古典文学，如果说主要就是诗与文的话，那么，郭先生以一人之力著成《中国散文史》，可以说占了古典文学的半壁江山。这话有一定道理。在这里，请允许我录下几句学界对此书的公论与定评，以使更多的读者对此书和郭先生有一个概括的了解。郭先生去世后，北师大文学院院方拟写的公开评价，是这样说的：《中国散文史》“是我国第一部由个人独立完成的体大思精的古代散文通史，其体例之精深、观点之鲜明、思路之缜密、材料之翔实、文字之优美，都达到了空前的水平，填补了古代散文研究的空白”。陈宏彝说，巨著《中国散文史》将经史子集的主干部分，即历代各体“文章”加以粹精取弘，理清脉络，开发珍藏。当代人不讲“国学”则已，要讲国学，又无力去通读“四库”“诸子”的话，则不能不以《中国散文史》一书为根基，为向导！“郭先生是中华传统文化的守护者。”邓魁英则说：郭先生是一个大学者，在中国文学方面可以说是学贯古今，对古典文学有非常高的造诣，对现代文学也有相当的研究，他的《中国散文史》，“确实是独步国内，也是独步天下”。“他的地位是完全凭自己的研究论文和著作赢得的，不靠炒作，就是凭个人能力。”

郭预衡在古代文学研究与教学方面的成就，是完全成体系的。当年，国家教育委员会将《中国文学史》立项列入了“七五”计划，而郭预衡便承担了“七五”计划中三部文学史的编写任务，即《中国古代文学史》《中国古代文学简史》《中国古代文学史长编》。这三部文学史，从编写到出版，从“七五”一直到了“九五”，郭先生为了保证质量，写作、编纂的时间很长。出版后，高校教师反映相当不错，学术界也有好评。比如对《长编》，刘跃进的评价是，对文学史的教学和研究，具有不可替代的独特价值，是很有使用价值的新型文学史论著，“读过之余，时时感到一种近于鲁迅文学史研究的大家风范”。

郭先生是河北玉田人，生于1920年11月，后来到天津、北京读中学。1937年抗战爆发后，他曾回家养病一年多。1941年考入北平辅仁大学国文系，1945年毕业，留任助教，同时被史学所破格录取为研究生，从陈垣学史源考据之学，1947年毕业。1950年任辅仁大学讲师。1952年辅仁大学并入北京师范大学，他即为北京师范大学中文系讲师。1955年加入中国共产党，同年赴匈牙利讲学。1957年回国后，仍在北京师范大学中文系教书。1979年任教授。他曾任中文系副主任，也当过中国古代散文学会会长、北京市文艺学会副会长、北京作家协会理事；长期担任《文学遗产》《红楼梦研究》编委。1990年离休。2010年8月4日逝世。

郭预衡青年时所受的学术训练，是真正的中国传统的一套旧学功底，根基扎实，文史兼通，与五十年代后上大学的一代学者所受教育，完全不是一回事。郭预衡当年在辅仁大学国文系读书时，受业于几位文史大师。其中，余嘉锡讲目录学，沈兼士讲《说文解字》，赵万里讲校勘学，刘盼遂讲经学历史，顾随讲诗，孙人和讲词，孙楷第讲中国小说史，储皖峰讲中国文学史。1945年，郭先生毕业后留校，担任余嘉锡先生的助教，同时考取陈垣的史学研究生。亲炙名师，当然是郭先生日后取得大成就的一个极有利的条件。但当时受业这些名师的，并不止二三人，而后来取得大成就的毕竟寥寥。其中个人修行，还是很重要的。

郭预衡曾说，他青年时代有两个时期集中读了不少书。当年从河北老家出来，到天津读中学。“七七事变”爆发那年，他17岁，正好生病，就回家休养。他说，那时他自己已有了较强的独立阅读能力，记忆力又好，就利用在家休养的一年多时间，系统而又集中地看了不少书，主要是读史。第二个集中读书的时期，是上个世纪50年代，他被派往匈牙利“讲学”两年多。这使他避开了国内连绵不断的政治运动，得以集中时间读书，学习，从事研究。他从我国驻匈大使馆借来一整套《鲁迅全集》，认真研读，获益极大。郭先生本来是把鲁迅当做“五四”时期的一位大作家来读他的著作的。他上个世纪50年代在《光明日报》发表研究鲁迅的文章，也是从这个角度。这次通读鲁迅，他发现鲁迅不仅是作家，也是学人，而且是前所未见的学人。同自己见过的学人相比，鲁迅似是学人之中的异端、学林之外的学人。郭先生称自己“平生为学，服膺鲁迅”，就是从这时开始的。

“平生为学，服膺鲁迅”，不是一句空话。郭预衡几十年来，致力于中国文学史研究，其中很重要的思想武器就是鲁迅。他说，鲁迅的文学史见解，现在看都是领先的，只是我们并没有真正把鲁迅的学术思想运用到研究中。

鲁迅不仅是一位大作家，也是一位大学者。但历来对作为作家的鲁迅，研究很多，而对于作为学者的鲁迅，研究得则相对少得多，因为这需要研究者更多的学术素养。而郭预衡的鲁迅研究，独树一帜，有特别的价值。首先，是郭预衡研究鲁迅时间很长，从上世纪五十年代中期，直到晚年，长达五十余年；二是郭预衡主要是把鲁迅作为一个“学人”来研究，郭预衡的鲁迅研究，集中于探讨鲁迅在古代文学、文学史及文艺遗产思想等方面的学术思想，发掘鲁迅在这些方面的学术贡献；第三，也是最重要的，就是郭预衡把鲁迅的文艺思想、学术思想作为他自己的一种学术思想运用到古代文学研究之中，贯穿几十年。郭预衡的鲁迅研究的主要观点，在现在仍有价值，而他发展、运用、发挥鲁迅的文学观点、文学史思想而著述的文学史研究成果，从某种意义上，也是鲁迅研究的衍生成果，是用另一种方式在研究鲁迅，是当代鲁迅研究的一个很值得探讨的部分。

在郭预衡所有关于鲁迅研究的论述中，他对鲁迅的文学史观的研究，论述最多，也最有价值，他说："鲁迅是文学史家，这不仅是因为他写出了一些文学史的著作，如《中国小说史略》和《汉文学史纲要》之类，而更重要的则因为他在很多文章里显示了卓越的史识和史法，提出了研究文学史的线索和途径。关于史的唯物观点和辩证方法，也主要是散见于许多文章之中。概括地说，有下列几个方面，即：关于文学史发展规律的探索；关于作家和作品的历史评价；关于文学史著作的体例及其他。"（《鲁迅研究中国文学史的观点和方法》，《郭预衡自选集》，620 页）郭先生认为："在编写文学史的时候，就不应仅仅限于作品分析的范围，而是应该把一部作品放在全部文学史发展的长河中，看它究竟比前代的作品有了哪些新的成就、新的特点。例如关于《史记》中人物传记的描写，就不能不和前此的《左传》或《战国策》作些比较，从而具体地指出《史记》一书在描写人物方面究竟继承了什么，开创了什么。文学史评述作品，如能从'史'的发展角度落墨，我以为既可区别于一般的作品评论，又可以更好地指出文学发展的脉络，从而也就有可能给予读者在一般作品评论中所不能得到的关于史的发展的知识。"（《谈谈文学史教科书的编写问题》，见《古代文学探讨集》，北京师范大学出版社，1981 年 4 月，3—4 页。）这样，郭先生比他上一辈和同辈的许多研究古典文学的学者，理论水平明显高出一筹。理论素养高，理论上有独到建树，是郭先生学术上的一个突出特点。同时，郭预衡是先有自己的学术专长、厚实的学术根柢，然后研究鲁迅，把自己治学的体会与鲁迅的研究相互印证、发明，这本身就极有价值。这与时下一些一上来直接就把"鲁迅研究"作为一个"专业"方向来研究的做法，是很不一样的。从中国古典文学的角度研究鲁迅，郭预衡的研究，是最深入、最透彻的。但是，我们现在并没有把郭预衡的鲁迅研究，放到一个宏观层面来认识。有鉴于此，我曾专门写过一篇小文章《郭预衡的鲁迅研究》，发表在《鲁迅研究月刊》2011 年第 6 期。

郭预衡晚年，还有两篇重要文章发表，一是《中国的文化传统与"尊孔"、"批孔"》。这是郭预衡运用鲁迅思想，来看待当下的一些现象，对"全球祭孔"提出不同看法，甚至于尖锐批评，揭示了"尊孔""批孔"背后的历史文化问题。他说："在鲁迅先生看来，袁世凯、孙传芳和张宗昌这些权势者，也和古代的权势者一样，其崇儒尊孔，都是为我所用。从刘邦到袁世凯，虽改朝换代，而尊孔这一文化传统，却历久而不衰。"（《郭预衡自选集》，山东文艺出版社，2007 年 1 月，641 页）"鲁迅的文章虽然可以说是批孔的，但他批的主要是那尊孔的。鲁迅立论的根据，不是'经济'，而是事实。从袁世凯到张宗昌，都有尊孔的故事，鲁迅讲得很有意思。这些故事不像是鲁迅捏造的，却是令人深思的。"鲁迅的论断，还有郭先生的文章，对那些头脑狂热症和心智迷乱症患者，是一付清凉剂和醒脑汤。二是《郭预衡自选集》的《自序》（山东文艺出版社，2007 年）。郭先生在这篇文章中，对他自己的人生与学术，作了概述与总结，是理解郭先生的必读之文。同时，这部自选集也值得重视，因为这是作者晚年亲自编定的，是他一生主要学术文章的结集。

《中国的文化传统与“尊孔”“批孔”》这篇文章，郭先生最早寄给我，希望在《中华读书报》上发表。当时我觉得文章有点儿太长，就没发。但当时我和郭先生通了电话，问他可不可以转给《鲁迅研究月刊》。郭先生说，他和这个杂志很多年没有联系了，人都不熟了，但同意我转给他们用。文章转给《鲁迅研究月刊》后，很快就发表了。后来，此文压缩后，于2005年9月29日又在《新京报》上发表，在社会上引起较大反响。

三

郭预衡在他那一代人中，有一定特殊性，也有一定的典型性。在五十年代，郭预衡除了教学，还有一个任务，就是“统战工作”做得非常多。那时郭预衡三十五岁左右，比刚刚毕业的邓魁英一辈大十岁左右，但郭预衡和他的老师一辈比，又小二十岁；但那时邓魁英他们还是助教，而郭先生是四十年代就已经研究生毕业，五十年代已是讲师，按年龄、资望一分，郭预衡又和老先生们分到一块儿。所以，郭先生入党后，做老先生们的思想工作的事，就压到他肩上，由他组织教师、当然也会包括老先生们政治学习、思想检查。而这个工作是很难做的。邓魁英说，大家可能体会不到，我们的老先生们每一个人一个脾气，每一个人一种经历，每一个人一个学术特点，郭先生“做这样一个工作，人人都满意，那是非常难的，我们都看在眼里”。但郭先生一直在做这个工作，既要做老先生的思想工作，又要发挥他们的优长和积极性；郭先生做的是统战工作，在这个位置上，他就要承担一些东西，所以“我们就觉得郭先生是很受委屈的”。而大家说起郭先生，都一致认为，他不论是在学术上还是在生活上，都总是为他人着想，对人宽，待己严。另外，面对现实中的各种是非，不公平待遇，郭先生的沉默以对，冷眼而观，“不去讨公道，不去要说法”，反而赢得了大家加倍的敬重，觉得郭先生是一个“坐硬板凳的书生，但又是一个真正的硬汉”（童庆炳语）。

关于郭先生的为人，我作为小辈的小辈，了解很少。我只想说一件大家经常提的事：在恢复高考开始那两年，郭先生既是北京地区高考语文题的出题组织者，同时也是1978年北师大文革后招考首届研究生的实际主持人之一，那两年，他还在中文系当副系主任，是有些实际权力的。但是，他自己的孩子那两年高考，只差几分却没有考上北师大。——这在今天，似乎是不可想像吧。

第二件事，是我亲历。2000年《中国散文史》出版，北师大为郭先生开了一个出版座谈会暨八十寿辰的庆祝会。这个会我参加了。在这样一个喜庆的会上，作为主角的郭先生只讲了不到十分钟，讲的是什么呢？讲的是他自己这本《中国散文史》中的一个学术失误。

话回到文章开头。关于郭先生在八十年代没有评上博导一事，我们其实可以从他自己的叙述中，找到答案。在《郭预衡自选集》的《自序》中，郭先生说，1957年他从匈牙利回到北京师大，正值“运动”期间，一天到晚是开会、讨论、批判。最初一个时期，郭先生跟不上形势，他自认为是一个“旧知识分子新党员”，是准备接受批判的。却没有料到，在很多前辈老先生倒大霉的时候，“我竟被错认为‘又红又专’”。“如此一来，我在某些先生眼里，也就不免讨厌。直到最近十几年间，在人家心里，对于我这‘又红又专’，也未必释然。”（《郭预衡自选集》，《自序》，8 页）——这自然就为以后的“奇遇”埋下了种子。由这段叙述，我们也可以明白，郭先生对自己评不上博导到底是怎么回事，心里最清楚。据郭预衡的学生熊宪光回忆，郭先生曾对他说，（郭先生）自己“年轻时候不懂事，写了一些不好的文章，特别是批判他人的文章”。当年“受重视”，有过挺风光的一段，而那时，一些老先生却在挨批斗，人家对他郭预衡有看法，那是很正常的，很能理解的。而郭预衡对自己被“错划为”“又红又专”，“一帆风顺”，其实心情是矛盾、复杂的，晚年也是有清醒反思的。他说：“因为‘又红又专’，也就‘一帆风顺’。尽管‘文化革命’初期，我和某些先生曾有共同的命运，也曾当过‘牛鬼蛇神’；但到‘文化革命’后期，我又谬被推举，处于是非之地。如此一来，做人固不容易，做学问也难随心所欲。”“但出乎意外的是，这时虽然难于做学问，却似乎增长了学问。”（《郭预衡自选集》，《自序》，8 页）

冷峻的反省，化于平淡的自嘲。这般境界，真不是一般人可以达到的。

郭先生反思了自己，从具体的人事恩怨中解放出来，反而获得了精神的自由，得到了超越。他的自我反思，可以帮助我们从更高的层次上思考历史。

四

人和人就怕有感情。感情再浅，也会影响你对他的评价；感情再深，即便是骨肉至亲，也有分别的那一天，而且，感情越深，到那一刻就越会徒然增加分别的悲痛。这真是没有办法的事情。不过，人的一生其实非常短促，一辈子一眨眼就过去了。——从这一方面说，人和人无论感情深浅、交情厚薄，其实说到底，就是一面之缘。人生一世，都有无数的一面之缘，但并不是每一个，你都想记下来。

可以说，2010 年最让我悲痛的事情，就是郭先生去世。8 月 6 日下午，李岫老师突然打来电话，说郭预衡老先生去世了。我一时回不过神来。8 月 8 日，我约了侯艺兵，一同去郭老家，见了郭夫人；然后又到文学院去看了看。8 月 10 日，上午我去了八宝山，给郭先生送行；下午又赶到北师大文学院，从头至尾听了郭先生的追思会。追思会一直开了四五个小时，大家都有说不完的话。大事小事，点点滴滴，都可见出郭先生为人正直，对人宽厚，待人以诚。我亲耳所听，对郭先生有了更深刻、更真切的了解。

我认识郭先生，缘于叶嘉莹先生的介绍。上世纪 90 年代早期，叶先生在京津两地经常来往。开始两年，我在天津上学，但来北京较多；后来到光明日报工作后，又经常回天津。这样，叶先生有一些事情，比如捎个信，送个书什么的，就叫我跑跑腿儿。叶先生是老辅仁大学的，和郭预衡先生同级，都是 1941 年上辅仁。同级的同学中，还有史树青。上世纪 90 年代，每年九月的第一个周末，辅仁校友会都要组织聚会，老辅仁的同学大多会来。地点就在西城区定阜街一号。

1952 年“院系调整”，辅仁大学主要和北师大合并，其中老校址这部分，就主要归了北师大。聚会就是在这栋很大的青砖老楼，当年叶先生、郭先生他们读大学时，上课就是在这栋楼。近些年，许多电影电视剧拍老北京，经常用这个地方作场景。那些年的聚会，人还多，我曾在那里见过王光美。

连续几年，我都随着叶先生参加他们老同学的聚会，就和郭先生认识了。相熟之后，有时就愿意去看看他。郭先生的书房很小，甚至是局促。屋里除了一张很小的写字桌，还有一张行军床，上面也码的都是书。凡是第一次到访的客人，不论年龄、资历，有无官阶，人家告辞时，老先生都要从二楼他家，亲自送到楼下。我后来还带了一些朋友拜访郭老，他都是如此。《中国散文史》和《中国古代文学史长编》出版后，郭老自己跑到邮局，一个一个给人家寄书，这当中也包括我这个小辈。——事前我打过电话，但老先生坚持不让我去他家取。其实，我想去郭先生家，也无非是想多见先生一面，多听他说说话。

上世纪九十年代到二零零几年，至少有三次，叶先生他们老同学聚会，中午我和他们一起吃饭。有一次，在枪厂胡同阎贵森先生家，郭先生、叶先生一起聊天，聊到《论语》，比较有意思。还有一次，在新街口一家餐馆吃饭，饭后，叶先生让我开车送郭先生，但郭先生坚持自己打车。那时郭先生也已经八十多了，但身手还敏捷。他向众人摆手，然后疾步走向马路边，拦下一辆出租车的情景，我现在仍历历在目。

闲聊时，郭先生自然也会说一些旧事。他说，当年他做余嘉锡助手，本不想考研究生，因为他那时还没有今人所追求的学位观念。后来考试，也不甚在意，四题只答了两题。后来上课，陈垣问郭预衡为什么只答两题？郭先生说他只会两题。而陈垣说，两题最多只能给你五十分，但我给你七十分，“文章好，可以中举！”郭先生当年做史学研究生，就是这样破格被录取的。郭先生说，当年陈垣教他们研究生，让他们一字一句地读顾炎武《日知录》，然后校勘，写笔记，并从中找出错误，写成短文。他还说过，上大学时，他和叶嘉莹先生没有说过话，甚至都不怎么认识，因为那时男女分校。——当年老人们聚会时，叶先生曾亲自指给我看，她们当年的女生楼和男生楼。还有，以前圈子里流传，北师大老校长陈垣有一对“金童玉女”。玉女刘乃和，都知道；但这“金童”是谁，说法不一，一种说法是启功，也有人说不是。我当面问郭先生，他说，这“金童”是柴德赓。

1999 年前后，侯艺兵正忙着给山东画报出版社出版他的摄影集《世纪学人》，要把二十世纪中国人文社科的老一辈学者都囊括进来。我知道他的这部书里居然还没有叶嘉莹和郭预衡，就拉着他一起，分别采访了两位先生，把二位先生的内容收入书中。2001 年夏天，这部大书出版，送给了郭先生，郭先生很高兴。2007 年下半年，我应邀为《中国青年报》开个专栏，写一些老学者，我第一个写的就是郭先生。2007 年 11 月 5 日文章发表后，我到北师大给郭先生送报纸去。那天下午郭先生在休息，没有见到。过了几天，郭先生寄来一封挂号信。

晓风同研：

前日驾临舍下，我正在呆睡之中，未能晤谈，甚以为憾。送来几幅照片，都可留作我们交往的纪念。

我这几日小病，并未影响体力，请勿惦记。

我今天寄几张字给你。从我写的字看，我的体力还是不错的。

我有时想，一个人写的“笔力”，是可以表现“体力”的，我比较注意这个问题。但从网上看，讲书法的人似乎不讲这个问题。

我写的几张字是：①芳草有情皆碍马，好云无处不遮楼。

②几座好山成主客，四时佳兴共渔樵。

③丽日和风春淡荡，花香鸟语物胎苏。

我自己觉得，“芳草有情皆碍马”一联，似乎较有“体力”。

你看如何？其他再谈了。

安好。

郭预衡

07，12，4

信仍是用钢笔写的。他之所以把三张字的内容也抄出来，原因之一，大概是郭先生怕有的行草书我认不出来。郭先生还写给我有一两封短信，连同信封，我都珍藏着。“芳草有情皆碍马，好云无处不遮楼”，“几座好山成主客，四时佳兴共渔樵”，是郭先生晚年心境的写照。

郭先生书法好，在圈里有名。钟敬文先生曾有一联赠郭先生：“联语挥毫，辛勤常代我；散文有史，创建首推君。”上联是说，钟先生晚年自撰联语送人或题辞，常请郭先生挥毫代为书写。两位老先生的合作珠联璧合，在学界传为佳话；下联则是钟先生赞扬郭先生撰写《中国散文史》的成就。

我问过郭先生，说看您的字，和启功先生的神韵有些仿佛。郭先生说，我们都是从学习王羲之入手啊。郭先生因为书法好，向他求字的人也比较多。费振刚等校注的《全汉赋校注》（广东教育出版社，2005）的书名，湖北的学术名刊《长江学术》的刊名，都是郭先生的字。叶嘉莹先生前些年在中华书局出书，也请郭先生题写书名。北师大文学院迎门，并排两幅书法，一是启功的，还有一个文学院院训“弘文励教，镕古铸今”，就是郭先生题写。北师大的一些老教授，也都在家里以挂郭先生的字为荣，为雅。这当然不仅是因为郭先生的书法确实好，而且是因为大家实在是敬佩郭先生的为人。

我2006年出了一本小书，也斗胆请郭老题写书名。老先生很认真，专门写了两幅，让我和出版社选用。而郭先生的那句话——“认识自己愚蠢，对我来说，是最难得的学问”——我近年年纪渐长，也把它抄下来，经常读一读。

（原载《随笔》2017年第6期）

良师益友丹晨兄

包立民

陈丹晨先生是我在《文艺报》工作期间的领导，长我10岁，应该说他是我的前辈、师长，但他从不以师长自居，而视我为朋友。我的老友可谓多矣，但在治学上对我帮助最大的当推他了，故我以良师益友视之，以丹晨兄称之。

我是上世纪80年代初调入文艺报社的，当时《文艺报》复刊不久，首先要搭建领导班子，新建的班子，除冯牧、谢永旺、吴泰昌、阎纲诸位是老《文艺报》的人外，陈丹晨及编辑部的中青年编辑，全都是从各单位调入的，彼此不熟悉，需要一个磨合的过程。

我最初分在新闻部，后转到副刊部，正归陈丹晨副主编分管，也许是半个宁波同乡的缘故，我与丹晨兄一见如故。记得我最初写的杂文《闲话唐玄宗》《浮士德的悲剧》，都是先请他过目指正，并由他引荐给上海《文汇月刊》主编梅朵先生的，后梅朵先生在京城见了我，上下打量了一番说："原来这么年轻，还以为是位老先生呢!"说我年轻，实过不惑，并不年轻了，也许文章写得有点老气横秋，故有老先生之感。这两篇杂文，连同《张嘉贞缘何不营家产》一文，均被收入《中国新文艺大系（1976—1982）杂文集》，一部有学术价值的杂文精选集，居然选了我三篇，前辈严秀先生真是太抬举我了。由此而论，丹晨、梅朵、严秀都于我有知遇之恩。

我与丹晨兄在文艺报社共事约 10 年，90 年代初，他和主编谢永旺都调离报社，一别近 10 年。再见面时，他告诉我，近 10 年来他应邀赴香港中文大学做了多次访问学者，除了讲学、写作外，主要精力放在搜集巴金资料、写作巴金传记。我知道丹晨兄是研究巴金的专家，长期致力于写作"巴金评传""巴金传记"，与巴老有 40 年的交往，也是巴老信得过的一位挚友。他真心拥戴巴老的"讲真话"精神，身体力行，传承发扬。

我是巴金的"粉丝"

谈起巴老，青少年时代，我曾经是巴金的"粉丝"，还是"铁杆粉丝"。记得上世纪 50 年代，我在上海和平中学求学，校内藏书不多，于是到离家较近的江苏路图书馆借阅图书。这是一家区级图书馆，三层楼房，馆内藏书较丰，尤其是现代文学，诸如郭沫若、茅盾、郁达夫、巴金的小说应有尽有。我对巴金小说情有独钟，曾借阅了一二十部小说，几乎把馆内的巴金小说借阅一遍。当年的图书管理员见我痴迷于读书，有一次笑着问我近视多少度，我漫不经心地回道大约 1000 度。他劝道，要保护眼睛哦。我笑了一笑，但未听进他的善意劝告，致使近视度数越加发展，成了"瓶子底"。回想当年如痴如醉地阅读巴金小说，主要是被小说中的男女主角为了追求爱情、自由、平等、博爱而不屈不挠地与封建礼教、专制独裁作斗争吸引，当然也是朦朦胧胧、似懂非懂的青春期的一种叛逆反映。毕竟当年还是一个未成年的青少年学生。我曾经把这段痴迷于"读巴"的经历，与丹晨兄交谈过，他听了若有所思地回道："我也有过这样的经历，可能大多数巴金小说的爱好者，都有这种经历。"无独有偶，丹晨兄"读巴"经历与我竟然如此相似，诚如他在《明我长相忆》一书的"我的记忆"一章中写道："那时，在我家附近，有一所图书馆，是黄炎培先生主办的中华职业教育社属下的，设在浦东大楼最高层。图书馆规模虽然不大，但比较健全，藏书较丰，够我这个中学生看的了。一个月交两角钱租金，每次可借两本书。几年以后，这个图书馆的文学书，我大致上都借阅过一遍。""对于我来说，巴金是其中最主要的一位启蒙老师。我是从他那里最早懂得了爱，懂得了爱人类，懂得了人生的目标应该使人变得善良些，对别人有用些，是为了给人间添一点温暖。也许，巴金的作品对中学生更有吸引力些。因为热情洋溢，宣泄苦闷，渴望到更广阔的世界去自由

翱翔，正符合青春期的少男少女的心怀。”（《明我长相忆》三联书店 2017 年初版）

丹晨两访巴老

平心而论，我作为一个热爱巴金的读者，只是走进了图书馆，粗粗地阅读了他 10 多部小说，浅尝辄止。而丹晨兄则大不相同，他登堂入室，真正走进了“巴金书库”，他不仅读书，而且不断地走近巴老，与巴老有了较多的接触交往，从而加深了对巴老的了解，聚沙成塔，变成了研究巴老的专家学者。1963 年 2 月 4 日，他以外文出版社《中国文学》的名义，由崇敬巴老的一位青少年读者，变成《中国文学》的青年编辑，首次从北京南下，来到巴老家中，进行了多次拜访（采访）。第一次谈创作，谈《灭亡》《家》《春》《秋》；第二次谈巴老的生平、家庭及日常生活，还参观了巴老的寓所。当巴老领着他参观时，他发现这是一个非常朴素的家庭。“使人吃惊的是到处都是书，连客厅、过厅、走廊、改造过的卫生间（后来知道汽车间也成了书库），都放满了书。中外古今的书籍都有。外文书中又有英、法、俄、德、意、日、世界语……更不必说那间虽说宽大却又被书挤得只剩一些很小隙缝的书房了，似乎一举手、一投足都可能碰翻那些堆在地上的书堆。一排精装的绿色封面的十四卷本的《巴金文集》也陈列在书柜里。巴老大概发现了我的局促，就招呼我到草坪去走走”。丹晨兄真幸运，初访巴老家，就目睹了真正意义上的“巴金书库”，还得到了巴老的签名赠书（后他又大胆向巴老索求《巴金文集》，巴老不以为忤，还一口答应。因家中“文集”不全了，致使巴老又花了多年时间从各处收集、分批陆续寄赠，才配套成他手中的这部《巴金文集》）。这次访问，对丹晨兄以后写作“巴金评传”“巴金传记”来说，意义十分重大，仿佛冥冥之中，老天爷注定了要他来完成这个使命。这确是他走近巴老带有决定性的第一步。

作为一位写巴金的传记作家，丹晨兄是以他的真诚、正直赢得了巴老的信任。“文革”期间，丹晨身在外文局《中国文学》杂志社，也遭到了诸多骚扰冲击。尽管他只是杂志社的一名中层干部，因为他不参加“造反派”，而被“造反派”扣上“保皇派”和“修正主义黑苗子”“文艺黑线黑干将”等政治帽子，最后又一起下放劳动，名为走“五七道路”，实为“劳动改造”，剥夺人身言论自由。他由自身的遭遇，联想起巴老在上海的处境。上海是“文革”一月“红色风暴”的策源地，也是“四人帮”的大本营，而巴老正是上海文艺界最早被打倒的“黑老 k”，是“众目睽睽”的人物。有关批斗巴金的传闻、大字报、小字报及油印小报纷至沓来，由外地传到京城，传到丹晨的手里，丹晨不可能看不到，心里也不可能不担忧。

3 年后，丹晨从干校回到《中国文学》杂志社（也许是对外宣传的需要，该杂志未被停刊）。1973 年 7 月，丹晨得到了一次上海去出差采访的机会，获悉巴老已回家，仍住在武康路原来寓所。他想马上去探视，又怕“上海帮”爪牙耳目众多，大白天去拜访会引出麻烦，于是选了一个晚上，来到巴老家叩门。开门的是巴老的九妹（人称九姑），九姑问清情况后，告知巴老与家人去看电影了，他另约了隔天晚上再来。

第二天晚上，丹晨如约前来，终于见到了巴老。10 年不见，巴老老了，鬓发苍白，满脸皱纹。他带着迷茫的神情从房间里走出来，却一下子认出了丹晨。他们在过厅的饭桌两边，面对面坐下聊了起来。丹晨首先向他问候，又说北京好多朋友都很想念他牵挂他。巴老谢谢大家的关心，说到自己的情况，只是说“还好、还好”。后又告诉丹晨，两星期前，工宣队找他谈话，宣布“按人民内部矛盾处理”。当丹晨问道：“这个按人民内部矛盾处理是什么意思？是指您本来就没有什么问题，就是人民内部，还是敌我矛盾，但按人民内部矛盾处理，以示宽大?”巴老听了，有点为难，有点结巴：“我也不知道。他们就这么说的，也没有别的解释。”（参阅《明我长相忆》）

这次夜访，是在“文革”特殊时期，是在巴老尚未解放，头上的“帽子”尚在造反派手中捏着的情况下进行的。巴老心有余悸，谈话十分谨慎，所以交谈时间不长。但是，对巴老来说，丹晨能在“文革”黑云密布之际，在他的“门前冷落车马稀”，人人躲着他，惟恐躲之而不及的危难岁月中，敢于冒险上门拜访探望，并把京城友人的牵挂思念带给了他，使巴老内心得到慰藉，从而对丹晨产生了好感。尤其是他事后获知，丹晨回到京城，把巴老的近况转告京中友人，卸下了友人对他的多年思念，更是令他感念。诚如巴老后来在致友人唐弢信中所写：“还有一位陈丹晨同志到上海出差，居然找到我的家里，他也讲起你对我的关心。这些都叫我感动……”从这封信中，可看出巴老对当年丹晨的夜访，是既惊又喜，后又由感动转为信任。

10 年前后的两次访问，促成了巴老对丹晨的信任。正是巴老的这种信任，转化为丹晨不避艰难、孜孜不倦、精益求精，数易其稿不断撰写《巴金评传》《巴金的梦》《巴金全传》的动力和助力。至于 40 年来，丹晨兄如何一步一步走近巴老的，今年初，三联书店出版的《明我长相忆》一书中都有了较清晰的交代，恕我不再赘述了。

丹晨兄是位仁人君子，是位不虚饰、不遮掩的性情中人。诚如他的老友邵燕祥所说：“丹晨其人，好学深思，待人以诚，明敏又温润”（见《风雨微尘》卷首言，东方出版社 2017 年 1 月出版）。我与他相交多年，深受教益。每有所作，常向他请教，他不厌其烦，认真批阅，连错别字也不放过，还不吝赐文点评剖析。在《新民晚报》上，他主动撰文《张大千的情和理》，评论我编著的《张大千家书》（2009 年 4 月山东画报出版社出版，2016 年元月三联出版社再版《张大千家书》增订本前，征得他的同意，我把他的这篇评论，当作增订本代序刊印）。友有益友、挚友、畏友之别，丹晨兄不仅是我的益友、挚友，而且还是位肯直言批评的畏友。从他身上，我体察到了巴老真诚的待友之道，也看到了丹晨兄身体力行承继巴老“讲真话”、办实事的精神。

（原载《文艺报》2017 年 5 月 3 日）

小说家刘建东

刘庆邦

旅游有驴友，上网有网友，喝酒有酒友，打牌有牌友。我的牌友比较多，恐怕几十个都不止。刘建东是我的牌友之一。

我承认，我喜欢打牌。不是斗地主、扎金花和面三家那些打法，我主要喜欢的是结对子边打边升级的那一种。有朋友为我总结，说我喜欢三样东西：喝酒、打牌、写小说。把写小说排在最后，小说虽说有些委屈，她也不会说什么。只是把喝酒排在第一，打牌排在第二，我有些不同看法。比起喝酒来，我对打牌好像更热衷一些。朋友相聚，先喝酒，后打牌，喝酒是在为打牌做铺垫，酝酿情绪。或者说，喝酒是戏帽子，真正的大戏是打牌。干脆这么说吧，你让我喝一夜酒，我绝对不干，而打牌一打一个通宵，记不清有多少回了。

说起打牌来，有人问我来钱吗？我说不来。不来钱，不联系实际，那有什么劲呢，没劲！我说不，挺有劲的，挺有意思的。当你抓到一手难得的好牌，会激动得脸上发热，心跳加快，手梢儿也会微微发抖。有时你的牌很糟糕，眼看就要被对方拉下台，但由于对方用力过猛或过于保守，造成失误，你不但没有下台，反而升了一级，这时也会难掩喜悦之情。人的天性中都有爱玩的成分，玩时确有快感，快感来自心跳。快感是有记忆的，要找回记忆中的快感，没有它法，只有重复。所谓成瘾，就是重复的结果。

第一次和建东打牌，大约是建东在鲁迅文学院中青年高级研讨班学习的时候。如果我没记错的话，建东好像还是鲁十四高研班的班长。那天我去鲁院讲课，讲完了，建东他们留我喝酒，喝了酒打牌。打牌四人一桌，除了我和建东，还有周晓枫和魏微，他们三个是同班同学。我和晓枫一头，建东和魏微一头。一般情况下，打牌开始前，要拿出两红两黑四张牌，通过抓牌派一下对，抓到同样颜色的便结成搭档。但只要有我和晓枫同时在场，这种派对的程序就免了，晓枫会主动提出和我一头。晓枫之所以愿意和我打对家，并不是我的牌技多么高明，是我的态度好，整个打牌过程一直对她持鼓励和称赞态度，从来不责备她。有时她会因偶尔出错牌而自我懊恼，自我责备。这时我更得说没事儿没事儿，咱们不在乎这一城一地的得失，最后的胜利是属于我们的。当然了，我也愿意和晓枫一头，因为晓枫的嘴巴子厉害。打牌的同时也难免打打嘴仗，我拙嘴笨腮，不善打嘴仗，而晓枫是伶牙利齿，敏捷、反应快，词儿又多，常常令对手招架不住，有些发蒙。对手一分神，我们的胜算就增加了几分。您别说，我和晓枫从北京打到四川，从广东打到云南，说打遍天下无敌手有点儿吹牛，赢多输少倒是真的。和建东一交手，我就觉出来了，建东也喜欢打牌，而且打得认真、诚实、沉稳、自信，牌技也相当不错。不打不成友，打过一次之后，我和建东就成了牌友。

和建东见面，我不记得我们谈过小说。写小说的似乎都这样，背后吭吭哧哧地写小说，甘苦自知，聚在一起就不说小说了。小说是写的，不是说的，是心里的事，不是嘴上的事，把小说放在嘴上当事儿说，会让人觉得不好意思，甚至心生排斥。每次相聚，建东都会说打牌吧，我说好啊。给人的感觉，我们的职业好像是打牌运动员，而不是写小说的作者。有一次，魏微从广州到北京来，一个电话，把建东从石家庄召唤过来聚聚。带着聚会的兴奋劲儿，我们一起打牌。

那场牌刀光剑影，战斗异常激烈。因势均力敌，每升一级都很艰难。有一个回合，可视为经典战役，我至今记忆犹新，几乎可以复盘。轮到我主打，我自打自亮，亮的主牌是方块八。我亮主牌历来比较慎重，手里至少有三四张同一花色的，我才会亮主牌。我亮的效果还可以，接着又抓到几张方块，加上底牌收起来的方块，共有 14 张主。在扣底牌时，我想到了也许有人会反，每样各扣两三张。这把牌我最不愿意让人反，一反局面将难以收拾。怕什么有什么，魏微还是用两个黑桃八把我的方块主反掉了。造反有理，人家有条件造反，我只能接受现实，我说完了，底牌扣了不少主。魏微笑了，边揭底牌边轻轻说：还可以。我怎么办？我毫不松懈，决不放弃，无论在什么条件下，我都得保持必胜的信念。主牌少了没关系，那我就在副牌上做文章，争取把副牌组成一个团队，用团队的力量和魏微手中强大的主牌抗争。当手中剩下九张牌时，我手中只有一个大猫和八张方块。成败在此一举，这时我出了一对方块，意在把别人手中的方块全部打下来，然后由大猫开路，实现方块一把甩。出一对方块时，我最担心的是魏微用一对主牌把方块毙掉，那样的话，我的计划只能泡汤。这时我说了一句话：把魏微的一对主八打下来！我知道，前面出方块时，魏微已没了方块。我知道，魏微亮的一对主八仍按兵未动。我还知道，魏微在反牌“炒地皮”时，一定在底牌里埋了不少分，她的计划是最后双抠，埋分翻番，跳着升级。我说把魏微的一对主打下来，其实是反话正说，打的是心理战。到了决战的关键时刻，气氛稍稍有些紧张。我看魏微眉头皱了一下，像是有所犹豫。作为魏微的搭档，建东表现不错，很守规矩。我看建东有些着急，但建东一句话没说。魏微的决定是不毙，贴了两张副牌。结果可想而知。最后摊牌时，魏微哎呀哎呀，懊悔不迭，她手中还有两对主牌都没能派上用场。建东对魏微没有半点埋怨，却为魏微开脱说：庆邦老师真是老谋深算哪！

我不敢得意，说对不起，不好意思。我还想说，打牌七分在牌，三分在技，最重要的还是实力。风水轮流转，运气总会有眷顾你的时候。但我没说。

写建东，怎么也该写写建东的小说吧，这样老拿打牌说事儿算什么！建东的小说创作实绩有目共睹，还用说吗？不用说了。从建东的长篇小说《全家福》登上《收获》那天起，我就记住了建东的名字。《收获》的门槛是比较高的，小说能上去不容易。我的长篇小说《遍地月光》曾给过《收获》，他们先说要压缩一些，放了一段时间，后来还是退给了我。从这个事情上说，建东比我厉害。建东不光长篇小说写得好，中篇和短篇小说都有不少精彩之作。这里就不一一列举了。

（原载《文艺报》2017 年 4 月 14 日）

关于朱山坡

林　白

极少见到青年作家像朱山坡那样，低调与才华兼具，热情与冷峻并置，质朴与智慧浑然一体，世事洞明又有赤子之心……

我去过朱山坡在北流乡下、北流县城和南宁的三个家。他出生的地方是真正的乡村，离县城很远，比我插队的民安还要远得多……那个村子的名字也叫朱山坡。是在山坡上，上了半山坡还要再上十几二十级的石头台阶……房子当然也是泥砖房，也是潮湿暗阴有一种南方乡下的霉味……同样是乡下，离文化中心的遥远程度大概就有湘西凤凰可比，而湘西自古至今出过多少大作家大文人，惟广西是真正的天远地荒……我来想一想，假如出生在上世纪60年代，一个在六靖乡下的人，需要走多长时间才能到达北京。首先他要从那个叫做朱山坡的村子里走下来，走下山坡走到乡道上，然后他要坐在自行车的后架上，到公社所在地坐长途班车，坐上四五个小时的汽车才到县城，然后从县城再坐班车到玉林，在玉林等候大半天然后坐上开往衡山的火车。有时要先到柳州，到柳州之后转车到衡山，衡山再转车到武昌，之后到郑州再转一趟车……从北流到北京，如果顺利，要走上三天三夜，如果不顺，那就要走上一个星期……有一个北流的前辈，他上世纪60年代考上中国人民大学，他在路上就走了整整7天……几千里路一路走来，他在路上写了一首长达1400多行的抒情长诗，是马雅可夫斯基的阶梯式，题为《从南疆来到天安门广场》……当然朱山坡不是生于上世纪60年代，他出生在1973年，这一年“文革”尚未结束，通往北京的铁路依然如旧。

朱山坡在县城的房子离我家也就隔了几条街，我去坐过，待了半小时。房子足够大（县里的房子都大），不过没有看出足够的生活气象……然后，2015年我忽生奇想，打算在南宁买一套二手房，将来每年回到南宁住上两个月。在南宁5月的烈日下，朱山坡一趟趟替我看房子，他或者骑摩托车，或者我们约在某一个小区门口碰头……房子总是不合适，要么太贵，要么地点太偏，要么窗口外面有一个烟囱……他在南宁也买了一套二手房，我去看了，有100多平米，房子够大，从上一任房主那里继承了全套家具，不过觉得很空，他一个人生活，更显其空。他书架上都是我喜欢的书，它们精神抖擞地排在一起，目光炯炯……它们在这里代替了他的亲人……我问他，你怎么吃饭呢？他说有时候自己做一点，有时候出去吃……这也是我上世纪80年代在广西图书馆和广西电影制片厂的日常生活……我很想在朱山坡所住的小区，或者他小区旁边的小区买上一套二手房，我可以把钥匙交给他，不在南宁的日子，他可以帮我开窗透气。万一我病了，他会把我送到医院去……岁月苍茫，而朱山坡是一个可以依靠的朋友。

我第一次见到朱山坡是2005年，那年

张燕玲组织了一个活动，文友们在玉林开会，到北流容县参观。那时候他的名字还在龙琨与朱山坡之间，他写诗，几乎没写过小说。就是那年年底，《花城》的栏目“花城出发”发表了他的小说，从那个时间开始，我吃惊地看到，有一扇闸门在他身上打开了……或者说，他扛起了一道闸门，短篇中篇长篇小说，从那道隐秘的门汹涌而出……他的书，从开始的每年一本两本到现在的每年三四本。在一个文学已经不再给人光荣的年代，在北流那样一个不容易生长文学的地方，朱山坡枝繁叶茂。

朱山坡这个前政府办公室里的“刀笔吏”，曾经发奋要成为“县衙第一笔”、整日窝在办公室苦思冥想写领导讲话的人，难以想象，如何忽然之间长中短篇小说浩浩荡荡……我的人文地理与他几乎重叠，同在鬼门关（真实存在、《辞海》认可的关隘，古代流放犯人由此经过）以南，但他跟我完全不同，是另外一种类别的文学物种，生长着不同的触觉，有着不同的感官……去年看到他的长篇小说《风暴预警期》，那个蛋镇，跟他出生并成长的那排村是如此的不同，跟我成长的陵城镇又是如此的接近……自行车和猫精、看电影的人、疯子、不合时宜的诗人和手风琴……兽医、气功大师、总是写信寄给“中央军委”的偏执者、来自广东高州的商贩，吃青蛙的人……尤其是那些因为不育而备受折磨、痛苦而愧疚的女人，以及怀抱梦想不顾一切的女孩……我觉得我太应该写出他们了……他们实在应该就是我写下的……我曾经那样真切地与他们同在一个时空中……但是我没有，是朱山坡写出了他们……他在北流的小镇之外创造了另外一个现实，那就是蛋镇。

这还远不是他的巅峰。今年夏天我又收到了他的新长篇《马强壮精神自传》，一个有关乡村知识分子马强壮的故事，一个能把《新华字典》背到 138 页的人，学杀猪、当盲流、办假证、精神错乱……读之有趣却又包含了复杂的当代中国经验……朱山坡的作品连成了一条绵延的路，通向遥遥的远方……我怀着羡慕嫉妒吃惊的复杂心情望着走在这路上的人，他日行千里，势不可当，他的前方辽阔而旷远。

（原载《文艺报》2017 年 12 月 8 日）

李敬泽：回到传统中寻找力量

舒晋瑜

他曾经将自己想象为“一千零一夜”的见证者，注视着那些小说家、诗人和散文家，倾听他们的讲述，写就《见证一千零一夜》；他曾经试图“为文学申辩”，他说，我并不是那个理想读者、那个深刻地理解文学之价值并且能够恰当贴切地领会文学之精义的人，我想探讨的是：我如何成为这样一个人？这个人，他在这个时代是否可能和如何可能？于是在《致理想读者》中梳理了诸多关于文学的思考和表达。

现在，他寄情于李商隐和梅特林克的“青鸟”，在《青鸟故事集》里写下了对异质经验的感悟和奇异的历史镜像。貌似出手无招，却是以艺进道；貌似东拉西扯，却是渊博奥妙。

李敬泽，中国作协副主席，著名文学评论家。坊间流传多年的一个说法，文学青年进京三件事：登长城、吃烤鸭、见敬泽——他在作家中影响之大窥斑见豹。

然而光环之外，他还是一个经常处于被逼稿状态中的纠结的写作者，一个既然要做就一定做好的摩羯男，一个把什么都搞“杂”了的文人。

在被定位为“既是散文、评论，也是考据和思辩，更是一部幻想性的小说”的《青鸟故事集》腰封上，李敬泽还是“评论家中的博物学者，作家中的考古者”。

总觉得应该羽扇纶巾，或朱子深衣，才和他骨子里的追求相符；又觉得似乎他从来也没被俗世尘嚣打扰过，不然，何来那些风雅闲散、怡然自得的文章？何来时而与嘉靖年间人“话不投机”，时而又与大明王朝的外国囚犯盖略特“一见如故”？

他沉浸在自己构建的世界中谈笑自若，在时光隧道中穿梭自如，在古今中外辽阔无边的精神视野沉吟梦想。

更难得的是，他也让读者跟着他阅读侦探小说般追随到底，跟着他的奇想飞驰。

这在众声喧哗的时代，几乎称得上奢侈。

《青鸟故事集》写的是此地与云外异域之间的故事。《山海经》中为西王母取食的三青鸟，飞到唐代成为信史，比如我们熟知的“蓬山此去多无路，青鸟殷勤为探看”；比如南唐李璟的《浣溪沙》中“青鸟不传云外信，丁香空结雨中愁。”飞到现代，成了戴望舒《雨巷》中那个“丁香一样的结着愁怨的姑娘”。

中华读书报：《青鸟故事集》被定位为“既是散文、评论，也是考据和思辩，更是一部幻想性的小说”？

李敬泽：我不在意定位问题。要说是散文、随笔也可以，说它是非虚构，我也不敢保证里面没有虚构的成分。新文学以后，我们建构了一个文类传统，规定了小说应该是什么样子，诗歌是什么样子，散文是什么样子——但中国传统中，最根本的是“文”。现在拿出《庄子》让你给他一个现代归类，你一定会抓狂：这是虚构吗？非虚构吗？是小说散文论文吗？都是都不是。这些事情，庄子不会想，他所写的只是“文”而已。

我不是拿自己和庄子相比，而是说，在新的互联网时代，或许将迎来古典的“文”的精神复兴。

2016年我在《十月》开专栏“会饮记”，包括几年前出版《小春秋》，经常有人较真，问我写的是什么体裁？用必须给个说法的目光盯着我。小说应该是什么样子，散文应该是什么样子，是一百年来照着西方的文学体制定的，不是天经地义。为什么非要把一棵草药使劲塞进中药店柜子的抽屉里呢？

中华读书报：阅读《青鸟故事集》，能感觉到您写作的快乐。

李敬泽：是这样的。文学文本除了意义还有意思。如果没有意思，不如直接写论文。首先是有意思，把意思写足了，意义自在其中。

中华读书报：“十六年后，重读当日写下的那些故事，觉得这仍是我现在想写的，也是现在仍写得出的。”看得出您很有自信。

李敬泽：这里面有一部分文字写在十几年前。那时候还是不甚自觉的写作者，写下的这些文字中呈现的历史的、人性的面向，今天看不仅没有过时，反而变得更加突出、重要，更具现实的针对性。我确实觉得，这十几年来眼光、趣味以及文字的方向没有太大改变，只是比那时候写作的自觉性强一些。年轻的时候，有一点信马由缰的任性，不在乎别人怎么看，只要写得痛快。到一定岁数之后，对写法的思考，自觉性、方向感会强一些。

中华读书报：十六年前的内容，现在看有何意义和价值？

李敬泽：体现在两方面：一方面是认识伟大传统的丰富性。我们现在谈起中国文明容易把它简单化，实际上我们的伟大传统是一条浩瀚的大河，不知道容纳了多少涓涓细流，包括汉唐以来对异质经验的接受吸纳融汇，以及在这个过程中经历的种种误解，同时也是好奇、是创造性转化。另一方面，在现在这个“全球化”时代，不同的文明、文化乃至不同的国家地域交往固然越发密切，但交往中的想象、偏见、错谬，不是减少了，而是更高概率地发生着。恰恰是“全球化”的时代，会形成很多习焉不察的误解和偏见，而且相当牢固。从汉唐到明清，很多事情我们现在仍然经历着。这种误解本身就是一种想象，是一种文学经验、文学题材。面对误解，表现误解，是达成理解的必要途径。

“我最好是做个无所事事的读者。我从来没想过自己要写。”李敬泽说，他从来没想过要写什么，也从来没有立志当小说家，或要精研小说搞评论、要成为学者。写作起步时，他已近而立之年。

中华读书报：腰封上所概括的“评论家中的博物学者，作家中的考古者”，准确吗？

李敬泽：从书本身来讲确有一种考古的趣味。什么叫考古？从学理上讲，福柯是运用了考古学方法；从实际上讲，考古是专门的特殊的学科，是通过古代有限的物质遗存推论和恢复古代的生活。这遗存和当时活生生的整体相比可能百分之一、千分之一都不到，这是考古的根本境遇。对我来说这也是文学的思想方法和想象方法，是从有限的、也许是有把握的东西，去推论整体。像考古学者，也像侦探。比如福尔摩斯，他的侦探方法和考古方法一样，从有限的东西，比如从一个鞋印推断犯罪嫌疑人的身高、经历和身份。

中华读书报：您的评论是否也采用这样的方法？

李敬泽：自出道以来，我的评论文章被夸或被贬，都是说“李敬泽的文章不像评论”，或者说“李敬泽的评论文体独特”——我没有自觉地这么想过。可能在天性和趣味中包含着某种特点，在写作中表露出来而已。我愿意称之为庄子式的知识兴趣和写作态度。博杂的、滑翔的、想象的、思辨的，一方面是回到“文”的伟大传统；另一方面，伟大传统不是死的传统，是在新媒体时代重新获得生命力的传统。在互联网新媒体的时代，这个传统正重新获得生命力。

中华读书报：您说博杂，这种博杂来处是哪里？是大学吗？

李敬泽：从一开始搞“杂”了。大家都说上世纪70年代是封闭的时代，从我个人来讲，反倒是比较幸福的。十岁以前我还在保定，每天除了疯玩，就只有一件事：看书。我母亲在出版单位工作，院里有一个封存的仓库，那是一座巨大的图书馆，什么书都有。我就乱七八糟地没有目的地看，没有学业的压力，没有父母要求的压力。托尔斯泰、三岛由纪夫、范文澜、吕振羽等等，当然什么也看不懂，大部分是白看。我从一开始看书就养成了不太有路数的趣味。

后来考上大学，四年下来，课上得三心二意，书却看了不少。毕业后又一直做编辑，接触的一直很杂。总而言之，把学问搞“杂”了。

中华读书报：在大学里就开始写作？写作是受谁的影响？

李敬泽：上世纪 80 年代，大学里都是指点江山的人物，很多人都是文学青年，我不是。诗也没写过。看到周围的同学在写诗，摇头晃脑的样子很奇怪。大学毕业我才二十岁，去《小说选刊》当编辑，根本没想写什么东西。

当然人的一生肯定不断在受一些影响。我很幸运，在工作中碰到的上级、同事都是杰出的人。很难讲得特别具体，实际上会有潜移默化的影响。我正式写作起步很晚，1993 年才开始硬着头皮写点东西。有人问在那之前，你干什么？我说，人生除了写作难道没有别的事情可干吗？

我也不觉得早或晚有什么意义。早写或晚写，对写作者来说，一切都是不浪费的。有人说你在 1993 年才开始写，之前不是浪费了吗？我从来不认为是浪费。我对自己没有很强的写作规划。较大规模的写作行为，比如开专栏写整本书，都是被逼着写的。如果不被逼着恐怕不会写，看人写总比自己写幸福得多。但是如果被逼着，做就一定要做好。是典型的摩羯座性格吧。

中华读书报：“被逼”着写作，是一种什么状态？

李敬泽：我的写作生涯伴随着被逼稿被催稿，对于和我合作的编辑来说几乎都是噩梦。去年在《当代》《十月》开专栏，马上付印了，写完发给编辑，还要一改再改。刊物出来要在微信推出了，仍然要改——总能发现表达不准确的地方，总认为可以更有力，更简练。幸亏我是摩羯座，虽然没有强大的动力，确定一件事之后还是蛮勤奋的。要做的事会尽我的全力。

任何上手的事，我都受不了凑合。特别是在文字上。这和我曾经从事的编辑工作有关。看到文字不审慎，逻辑混乱、表达不准确，我就受不了。一个写作者，对文字负责任，对自己的表达、对表达的意思负责任，是写作的基本伦理。提笔就该负责任。不是要求你的语言多么摇曳生姿，至少表达要清楚明白。孔子讲“辞达而已矣”，这个要求高吗？不高。能做到这一点的，不多。作家批评家中也有不少是辞不能达。

李敬泽说，自己有一个“好处”，就是成长得慢，什么事都慢半拍。真正开始写作是三十岁左右的事情，就连找到写作的自觉性，也是近几年的事情。但是，作为评论家，他的批评精准生动，不但得到作家们的深切认同，在评论界也有良好的口碑。

中华读书报：您的批评，往往能切中要害，也最被作家们认可。这其中有何妙诀？

李敬泽：不是我有什么高明，是不同的批评家有不同的旨趣和学术志向。有些批评家对一部作品的批评，最终目标不是对作品的充分理解，而是从作品出发建构自己的理论，学术性和理论性更强。我不是这样的批评家，但我对他们满怀敬意。我自己更偏于感受，更有文人气。当然，也许批评家最好的境界是这两者兼而有之。

中华读书报：看得出来，您的文章深受中国传统文化的影响，鲜活感性而且有一种文人的风骨。中国传统文化的重要性不言而喻，但是我们今天继承得似乎远远不够。您怎么看“传统”在批评中的影响和作用？

李敬泽：谈中国的文章之道，无论批评史还是文学史，大家觉得山穷水尽的时候，都是回到先秦，回到孔孟，回到老庄、《左传》《战国策》，再往下就是回到司马迁。为什么？因为他们确实有着巨大的原创性。同时，他们的力量在于混沌未开，像一片汪洋，后来的文章只能从里面取一勺。

我最近还看了唐宋八大家的文章，和先秦文章相比也差得很远。先秦那种汪洋恣肆、无所不包、看不出界限的气概，那种未经规训、未经分门别类的磅礴之势，那种充沛自然的生命状态，只能令今人望洋兴叹。这大概也是一千年来那么多的聪明人反复回到传统中寻找力量的缘故。

2017 年是新文学一百年，我们要意识到我们现在的文学体裁和门类，实际上是一个现代建构。我们应该、也有可能重新从原初的“文”的精神那里获得新的力量和新的可能性。

（原载《中华读书报》2017 年 3 月 22 日）

生前是传奇，身后是传说

——追忆钱谷融先生

李 洱

几个月前，华东师大中文系文贵良教授打来电话，又发来邮件，说学校要为钱谷融先生的 99 岁诞辰出一本书，望我也能写点文字。我犹豫了一下，答应了，后来却没有写。如今在高校，似乎有个不成文的规矩：如果没有读过某位先生的博士，似乎就不能算是某位先生的弟子。照此说来，我没有资格来写这样的文章。后来，文贵良教授又打过电话，我就支支吾吾地把这个意思表达出来了。文贵良教授劝我还是写几句。没想到，那天中午我打开电脑，就在网上看到钱先生在 99 岁生日当天驾鹤西去的报道。

我第一次听到钱谷融先生的名字是在 1983 年。那一年，我进入华东师大中文系读书。当时学术界有“南钱北王”一说，“南钱”指的是钱谷融先生，“北王”指的则是北大的王瑶先生。不久，在《中国现代文学史》课上，冉忆桥老师告诉我们，写论文时要引用经典作家的观点。她举例提到，钱谷融先生的观点就是经典作家的观点。多年之后我才知道，冉老师曾做过钱先生的助手。冉老师本人就经常引用钱先生的话来说明问题，引用最多的自然是《论“文学是人学”》和《〈雷雨〉人物谈》里的话。如今回忆起来，冉忆桥老师是非常优秀的大学教师，她手把手教我们如何写作业，如何写论文，在中学语文和大学文学教育之间做了一个很好的衔接。冉老师也告诉我们，华东师大中文系教授当中，施蛰存、徐中玉、钱谷融、史存直，可以称为“先生”，别的教授，你们可以称为老师。我们自然能听出这句话的分量。在此之前，我们只知道“先生”是鲁迅先生的专用名词。

当时给我们上课的老师，有钱先生的多位弟子，他们也刚刚毕业留校任教，中文系83级是他们的第一届学生。这些老师都属于知青一代，大都有过下乡插队的经历，对教学和研究都极为认真，教同一门课的两位老师，一位在台上讲课的时候，另一位也会坐在下面听讲。我记得很清楚，宋耀良老师和夏中义老师当时给我们讲《文学概论》，他们就互相听课，当然这也可能是系里的要求。有一次宋老师在文史楼一楼朝北的小教室里讲课，夏老师就坐在我旁边阅读朱光潜先生翻译的黑格尔的《美学》，并做了很多笔记。当时中文系办公室是一排平房，就在文史楼的后面，门口盛开着夹竹桃。它们暗香浮动，但据说带有某种毒性。给我们上《中国现代文学史》课和相关选修课的，还有许子东老师和王晓明老师，他们是钱先生的研究生。关于钱先生的很多观点，很多习惯，我们自然又从这些老师那里知道不少。钱先生的另一位弟子殷国明就在我们班上实习。我记得他讲的是《小二黑结婚》。我还记得那天特别冷，钱先生本人亲自陪同前来，就坐在下面听讲。殷国明老师上来就介绍自己是钱先生的弟子。他当时既紧张又兴奋，有点结巴，“小芹”这个名字有时候要重复多遍。殷国明老师当时又黑又瘦，课后我们就直接以“小二黑”称之了，也胡乱议论“小二黑”是不是觉得某个女生像“小芹”才这么紧张和兴奋的。扭头一看，钱先生就在旁边，吓得我们直吐舌头。钱先生对殷国明说，多讲几次就好了。钱先生的另一位有名的弟子李劼，当时还在读研究生，喜欢演讲。他更是言必提到钱先生。如果我没有记错，李劼的硕士论文就叫《“文学是人学”新论》。李劼最喜欢提到的另一个词叫“双向同构”，大意是说审美客体与接受主体是“双向同构”的关系。在文史楼三楼朝南一间大教室里，李劼说，钱先生的理论就是“文学是人学”，我的理论就是“双向同构”。从事文学创作或研究，最重要的素质是敏感，钱门弟子无疑都是敏感的。但龙生九子各不相同，钱门弟子每个人又有着自己鲜明的风格。

钱先生本人，我们只能在一些学术讲座上遇到。不过，钱先生从来不讲，都是他陪着别人来讲。他甚至都懒得坐到讲台上，而是和学生一起坐在下面。钱先生曾陪着王瑶先生来华东师大讲课。王瑶先生口音极重，讲的是什么，除了来自山西的同学，我估计很少有人听得懂。我只记得王瑶先生讲上几句，就朗声大笑，露出满嘴黑牙，并因为笑得厉害而气喘不已。徐中玉先生也曾陪着李泽厚先生来华东师大讲课，但李泽厚先生讲的却是刘再复先生的《性格组合论》。李泽厚先生粉丝众多，一般的教室盛不下，所以讲课的地点换成了学校的礼堂。上个世纪80年代的华东师大中文系，能领全国风气之先，徐先生和钱先生无疑是起了极大作用的。某种意义上，在相当长的时间里，钱先生和徐先生已经成为华东师大中文系的象征。

大学毕业之后，有一次我从河南去上海，去过钱先生家里一次，是与格非一起去的，当时格非在读钱先生的博士，然后我们在师大二村的小饭馆里陪钱先生吃饭。钱先生点了响油鳝糊和豌豆苗。我也曾陪着格非去过徐先生家里，每次格非都要在师大后门买一瓶红酒。钱先生不抽烟，徐先生则抽牡丹烟，我与格非由此讨论过抽烟对身体到底有没有害。五年前，有一次在北京开会，我请徐先生吃饭，赵丽宏和南帆作陪。年过九旬的徐先生，一次还能喝二两茅台。与学生在一起，这两位先生一点架子都没有，说

“如沐春风”当不为过。

大约在2010年，有一次我去华东师大讲课，当时的中文系主任谭帆教授约徐中玉先生和齐森华先生一起小聚。谭帆教授说，钱先生知道我回师大了，本来也要来的，临时有事来不了，托他问个好。我当时自然是感动不已。2013年夏，我去杭州开会，路过华东师大，在逸夫楼下的咖啡馆里，有幸与钱先生有过一次闲聊。我记得李莲娣向钱先生介绍说，这是李洱。他说知道知道，我们师大的学生。当时有不少人看到钱先生，都过来与钱先生合影。钱先生手拄拐杖，非常配合，来者不拒。我还记得钱先生当时的眼睛。年过九旬的老人，眼睛还那么明亮、灵动，能随时观察到周遭的一切动静，让我着实暗暗吃惊。

2016年11月，钱先生来北京出席中国作协第九次代表大会，我去看望过他，并陪他吃了两次工作餐。有一次，南帆、吴俊、杨扬和我，陪着钱先生在餐厅吃饭，我发现钱先生只吃肉，不吃青菜，钱先生解释说，这是因为青菜嚼不动。钱先生嚼不动青菜，却嚼得动烤鸭和酱鸭，令我们感到惊奇。晚上我送了几盒茶叶给钱先生，杨扬在旁边说，这是好茶啊。钱先生的一句话，给我留下深刻印象：“是不是好茶，明天早上喝了就晓得了。”算下来，这是我与钱先生仅有的几次近距离接触。

众所周知，在现代作家中，钱先生最喜欢的作家是鲁迅和周作人，手不释卷的是《世说新语》。钱先生本人写得很少，但这双脚走出来的路，却是一条与当代中国文人不一样的路。众人皆看到了钱先生的散淡，钱先生本人也常自称“懒惰”，但我常常觉得，这“散淡”和“懒惰”中，或有深意存焉，不然，他的文章不会写得那么好。钱先生早年曾著有一篇散文《桥》，据说那只是他20岁出头时写的一篇作文。我至今没有看到这篇文章，只是听格非讲过其中的大意：人们都说要到河的对岸去，但“我”却以为没必要过去了，那边的风景跟这边是一样的，看了这边就行了。不久我又在另一篇文章中看到，钱先生关于“桥”还有另一种说法。钱先生认为，盈盈一水间，脉脉不得语，千古的悲剧，就是因为缺少了一座桥。钱先生无疑是有大智慧的人，这大智慧中，怎能少得了对人生苦况的深刻理解。认为千古悲剧是缺少一座桥的钱先生，在他的晚年何不是把自己当成了一座桥，试图让更多的人通过文学，好走出那千古悲剧？

钱先生仙逝于9月28日，这一天也是孔夫子诞辰的日子，我国台湾将这一天定为教师节，大陆的很多专家学者也建议将我们的教师节从9月10日移到9月28日。作为一个在现代文学馆工作的人，我或许也应该顺便提到，这一天也是中国现代文学馆峻工典礼的日子。钱先生对中国现代文学馆是很关心的，也是现代文学馆的学术顾问，是“唐弢批评奖”的顾问，是《中国现代文学研究丛刊》的顾问。我在替中国现代文学馆起草的唁电中说：“钱谷融先生，中国当代杰出的文艺理论家、文艺批评家、文学教育家，他杰出的工作为中国现当代文学赢得了荣誉。钱谷融先生，生前是传奇，身后是传说。”我想，了解钱谷融先生的人，或许都会认可这个说法。

传奇和传说，注定是不朽的。

（原载《文艺报》2017年10月13日）

王富仁先生的两堂课

鲍国华

2002年5月，我考入王富仁先生门下攻读博士学位。15年来，使我不能忘记的是先生的两堂“课”。之所以加上引号，是因为这两堂课没有在教室中进行，听者也只有我自己。

2003年春节过后，我回到北京师范大学校园，给王富仁先生打电话，希望到先生家中拜访，就博士阶段的学习计划和论文选题向他请教。先生说第二天在学校南门对面的同春园饭店有一个小型聚会，约我同往，聚会后再详谈。我按时赴约，却意外地见到了好几位仰慕已久的现代文学研究的前辈学者，这才感受到先生的良苦用心：他是想在我和这些前辈之间架起一座桥梁，使我在今后的学术道路中有更多可以请教的师长。面对这些前辈，我心里不免惴惴，只是默默地聆听他们在思想与学术方面的高论，生怕错过一句话，饭也顾不上吃。王富仁先生看出了我的紧张与矜持，不断地劝我吃菜。午饭过后，随先生走进北师大南门。因为尚在寒假中，行人稀少，冬日的严寒更使校园显得寥落凄清。我们走进当时设在科技楼的中国现代文学教研室，慢慢坐下，慢慢谈。先生吸烟，我喝茶，就这样度过了一个下午。先生问我是否已经有了博士论文的思路，我提出了关于“学者鲁迅”研究的几点设想。由于这一选题涉及古代文学与古代文化，大大超越了我的知识结构，心下不免惶恐——一个现代文学专业的研究生，居然不知天高地厚地企图越界到古代。没想到很快就得到了先生的肯定。先生说：鲁迅的学术研究、尤其是他的小说史和文学史研究，值得进行全面的梳理；选择这样的题目，也符合你的个性气质。这后一句话给我极大的震撼：原来先生对每一个弟子的志趣、能力与状态都有相当准确的把握，也因此对每个人有着不同的学术预期。后来听钱理群先生说，王富仁先生善于激发学生的长处（钱先生又何尝不是如此），则进一步加深了我对于这堂“课”的印象。得到先生的肯定，我有了信心，便向他请教对这一选题的建议。先生又点燃了一支烟，娓娓道来，每讲到开心处，便忘情地嘿嘿笑着。渐渐地，先生面前的烟灰缸被烟头堆满，教研室里也似烟笼寒水月笼沙。我杯中的茶水越饮越淡，先生的谈兴却越来越浓，给我的启发也越来越大。先生特别强调，研究“学者鲁迅”不要简单地把学者与思想家和文学家的身份分隔开来，那样只会割裂鲁迅的世界，而应该把学者置于鲁迅生命的整体之中，这是选题成败的关键。谈话结束，窗外已是华灯初上。我送先生到南门坐出租车回家，一路上觉得灯光下的校园非常温暖。临上车时，他回过头对我说：“读博三年，记住这次谈话。”看着出租车渐渐远去，这次谈话、或者说这堂课已深深地镌刻在我的记忆中。先生指导学生，不滞著于技术，而强调研究者与研究对象的灵魂对话与生命交流，从而使每一篇论文都成为对于研究对象生命的延展和对于研究者生命的历练与充实。

2005年夏天博士毕业后，我回到家乡工作，每日忙于仕途经济，虽不时和先生通通电话，见面机会却不多。只是在先生到北京主持学生论文答辩或参加学术会议时，登门拜访，和同门一起聆听教诲，不再有单独问教的机缘。

2016年初夏，任教于华南师大的同门周佩瑶发来短信，告知先生在春天的一次例行体检中发现患有肺癌，须进京化疗，让我择机看望。佩瑶特别叮嘱，化疗使先生的容貌大有改变，见面时一定要控制住情绪。放下手机，久久不能平静，便与先生的长子肇磊大哥联系，得知疗程刚刚结束，先生已回汕头，下一疗程要等到夏末秋初。此后多次联系，终于在教师节的前一天到望京寓所看望等待化疗的先生。又是一个下午，我来到望京，打通先生的电话，先生特地出来接我。看到他戴着一顶帽子，照旧嘿嘿笑着，似乎没有大的改变。走进房间，先生示意我坐下，摘下帽子，放在桌上一本书页翻卷的黑格尔《历史哲学》边。由于化疗，先生的头发已全部掉落。我的眼泪不由自主地涌出来。先生反而平静地安慰我，说自己70多岁了，生老病死都很正常，王瑶先生就是在这个年龄去世的，所以没有什么遗憾。之后就立刻询问我的学业，近来在关注什么课题。我一一作答，先生眼中立刻焕发出光彩，指出这个题目要注意什么，那个题目可能存在哪些问题。时光似乎回到了14年前的那个下午，先生在讲，我在听。不同的是他不再吸烟，只和我对坐喝茶。茶渐淡，先生的谈兴却渐浓。我不忍打断，却担心先生的病体无法支撑，多次想要起身告辞，先生却一再说再聊聊、再聊聊。三个多小时过去了，我实在不忍，只好谎称预定的返程票时间快到了（其实我没有定返程票），告辞离开。先生执意要送我，站在楼门外的台阶上，和我挥手作别。我走几步，回过头，先生在挥手，眼中流露出殷切的关怀和鼓励；我再走几步，再回头，先生还在招手，眼中依旧流露出殷切的关怀和鼓励；我再走，再回头，先生还在……短短的一段路，我却走了很久。终于，拐过街角，再回头，先生的身影已被高墙阻隔。突然间，一种可怕的感觉涌上心头，这会不会是先生最后一次给我单独上课呢？我不敢再想，只得一边快步离开，一边仰着头，拼命抑制住眼泪。

后来又多次和先生通电话，匆匆数语，只是年节正常的问候。先生剧烈的咳嗽和急促的呼吸，让我不敢也不愿打扰。从先生读博三年，毕业后又问教十余年，聆听先生的课程和讲座可谓多矣，但这两堂“课”却成为我记忆中的珍存。记得十多年前看过陈凯歌先生的电影《和你在一起》。影片在陈凯歌全部的作品中只能算是中规中矩，但其中一个场景却让我难以忘怀，就是王志文饰演的江老师给主人公刘小春上的最后一课。江老师的钢琴声与小春的小提琴音相伴，演奏李斯特的《安慰曲》。一曲终了，师生陶醉期间，相顾无言。还是江老师的一句话打破了沉默：“我们的课上完了。”后来每次重温这部电影，都只为这个片段。我知道，其中包含着我对于王富仁先生单独授课的记忆与想念。

王富仁先生于今年5月2日辞世，5月6日我到北京参加先生的遗体告别仪式，当天下午回到天津，接下来一周的时间都在恍惚中度过。未曾想却在又一个周六梦见了先生。那是一间灯光灰暗的教室，先生独自坐在讲台上，着一袭白衫，灯火阑珊中只有先生身上发出温暖的光。我走上去抱了抱他，静静地回到座位上。

先生的课开始了……

（原载《文艺报》2017年6月7日）

文坛纪事

2017年文学大事记

1月

2017年中国作家协会迎春茶话会在京举行 1月17日，2017年中国作家协会迎春茶话会在京举行。中国作协党组书记、副主席钱小芊主持茶话会，吉狄马加、何建明、李敬泽、白庚胜、阎晶明、吴义勤等党组书记处同志参加活动。中国作协主席铁凝出席茶话会并致辞。灯光里的国二招宾馆嘉和厅流光溢彩，茶话会现场暖意融融，洋溢着节日的喜庆气氛。中国作协党组书记处同志来到老作家、老同志中间，和新老朋友一一握手，畅叙情谊，共谈文学，他们所到之处，不时传来阵阵欢声笑语。

中国作协发出致全国作家和文学工作者的新春贺信 1月22日，中国作家协会向全国作家和文学工作者发出新春贺信。贺信表示：2017年，中国作协将加强引领、积极作为，增强本领、勇于担当，增进联络、加强服务，把高举旗帜、改革创新、激发文学创造活力，作为中国作协工作的主线，继续在全体会员中开展深入学习贯彻习近平总书记重要讲话精神专题培训，不断加强理论武装；着力推动中国作协深化改革，进一步增强工作活力；努力团结和带领广大作家和文学工作者，以谱写中华民族新史诗的雄心壮志，铸就中华民族伟大复兴中国梦的文学高峰，以更多优秀作品回报伟大时代和伟大人民。

《诗刊》创刊60周年座谈会在京举行 1月23日，《诗刊》创刊60周年座谈会在京举行。中国作协党组书记、副主席钱小芊出席座谈会并讲话。中国作协副主席吉狄马加主持会议。中国作协副主席何建明、高洪波等出席。《诗刊》常务副主编商震汇报了《诗刊》近年来的发展情况。《诗刊》原主编叶延滨，诗人李松涛，评论家骆寒超，诗人晓雪、刘立云、玉珍等先后发言。大家从各自的角度，深情回望自己与《诗刊》一同走过的岁月，探讨诗歌创作艺术和诗歌理论评论，对这份重要而特殊的诗歌刊物寄予新的期待。来自全国各地的诗人、评论家代表郑欣淼、屠岸、朱增泉、岳宣义、谢冕、吴思敬、李少君、黄亚洲、金哲、丁国成、赵振江、王石祥、查干、朱先树、寇宗鄂、龙汉山、张建中、黄怒波、刘福春、欧阳江河、王家新、郁葱等出席座谈会。中国作协各部门各单位负责人，《诗刊》部分老领导、老前辈及全体职工与会。

中国作协深圳创作之家恢复重建 1月13日，中国作家协会深圳创作之家在深圳举行开工仪式，中国作家协会副主席何建明，深圳市建安集团董事长杨定远，中华文学基金会秘书长李小慧，中国作协办公厅巡视员谭金顺，广东省作协副主席、深圳市作协主席李兰妮等参加活动。

据悉，原建于麒麟山下的深圳创作之家，1997年被征用。后经中华文学基金会等部门的沟通与努力，“中国作协深圳创作之家恢复重建项目”于2017年初开工建设。建成之后的中国作协深圳创作之家将成为推动文化发展繁荣的载体，承担起满足与港澳台及海外作家进行文学交流的重任等。

2 月

2016 年度中国作家出版集团奖在京颁奖 2 月 17 日，2016 年度中国作家出版集团奖在京颁奖。中国作协副主席、中国作家出版集团管委会主任何建明，中国作协书记处书记吴义勤，中国作家出版集团党委副书记梁鸿鹰等出席颁奖会并为获奖者颁奖。中国作家出版集团所属各报刊社网负责人和干部职工 200 余人与会。颁奖会由中国作家出版集团管委会副主任徐忠志主持。

中央第六巡视组向中国作家协会党组反馈专项巡视情况 2 月 18 日，根据中央巡视工作领导小组的部署，中央第六巡视组向中国作家协会党组反馈专项巡视情况。中央巡视工作领导小组成员杨晓超主持召开向中国作家协会党组书记钱小芊的反馈会议，出席向中国作家协会党组领导班子反馈专项巡视情况会议，对中国作家协会党组主要负责人和党组领导班子抓好巡视整改工作提出要求。中央巡视工作领导小组办公室负责同志向钱小芊传达了习近平总书记关于巡视工作的重要讲话精神，中央第六巡视组组长陈瑞萍代表中央巡视组分别向钱小芊和中国作家协会党组领导班子反馈了专项巡视情况，副组长陈毓江、黄河、文秋良参加反馈会议。中国作协主席铁凝出席向领导班子反馈会议，钱小芊主持会议并就做好巡视整改工作作表态讲话。

中国作家协会发布 1 号公报公布专门委员会组成人员 2 月 27 日，中国作协发布 2017 年 1 号公告，公告称：中国作家协会书记处日前研究决定了中国作家协会第九届小说、诗歌、散文、报告文学、儿童文学、军事文学、影视文学、文学理论批评和网络文学等专门委员会组成人员，现予公布。

中国作协主管文学社团工作通报会在京举行 2 月 27 日，中国作协主管文学社团工作通报会在京举行。中国作协副主席白庚胜出席会议并讲话。中国作协机关党委常务副书记李霄明，中国作协创作联络部主任彭学明、副主任吕洁，以及来自中国作协主管的各文学社团的有关同志参加会议。白庚胜在讲话中通报了中国作协过去一年的工作及 2017 年工作重点，对各文学社团未来的工作提出了要求和希望。李霄明、彭学明分别通报了 2016 年中国作协主管文学社团的有关工作中国少数民族作家学会常务副会长叶梅向、中国丁玲研究会会长王中忱介绍了研究会工作情况。

3 月

中国作协党组发表《努力筑就中华民族伟大复兴时代的文学高峰》的署名文章 在 3 月 1 日出版的《求是》杂志第一期上，中国作协党组发表题为《努力筑就中华民族伟大复兴时代的文学高峰》的署名文章。文章分四个部分，小标题分别是：一、增强文化自信振奋民族精神，二、深入火热生活刻画最美人物，三、激励创新创造多出时代经典，四、不断深化改革建设作家之家。

2016 年中国网络小说排行榜年榜在京揭晓 3 月 16 日，2016 年中国网络小说排行榜年榜发布会在北京举行。《男儿行》《云胡不喜》《雪中悍刀行》等 10 部作品入选已完结作品榜，《乱世宏图》《血歌行》《一寸山河》等 10 部作品入选未完结作品榜。此次活动由中国作协网络文学委员会主办、中国作家网承办。中国作协网络文学委员会主任陈崎嵘、《文艺报》副总编辑徐可、国家新闻出版广电总局数字出版司网络出版监管处副处长程晓龙出席发布会。

“红色家园”征文颁奖仪式在京举行 3 月 20 日，由人民日报社和中国作家协会联合举办的“红色家园”征文颁奖仪式在京举行。中国作协副主席白庚胜、《人民日报》社副总编辑吕岩松出席活动并为获奖作家颁奖。人民日报社文艺部主任梁永琳介绍征文情况。王巨才、贺捷生、梁衡、邵丽等获奖作家出席颁奖仪式。

本次征文活动自2016年3月启动，至10月底结束，共收到包括散文、随笔、诗歌、报告文学等在内的各类稿件近万件，征文评选委员会经过两轮筛选、实名投票等环节，最终评选出10篇获奖作品，有贺捷生的《去成都看红军哥哥》，梁衡的《方志敏最后的七个月》，铁流、纪红建的《叫声大爷大娘》，李青松的《赣南闹红》，董雪丹的《英雄的情话》，刘岸的《长征前夕的密报》，王巨才的《走巴中》，乔忠延的《歌声里的延安》，李庆文的《灵魂遗址》，邵丽的《巾帼》等。

中国作协邀请网络作家走进作协 3月22日，鲁迅文学院第十届网络作家高研班学员走进中国作协，举行专题座谈。中国作协副主席李敬泽出席会议并讲话。中国作协创联部主任彭学明、鲁迅文学院副院长邢春、中国作协创研部副主任李朝全以及研修班师生共60余人参加座谈。李敬泽在讲话中向参加培训的网络作家提出三点希望：首先要自觉地、深入地学习贯彻落实习近平总书记关于文艺工作的重要讲话精神，深刻认清自身对国家、对民族、对人民的重大责任，并体现在题材选择和日常创作中。第二，要大力弘扬中国精神，体现社会主义核心价值观。要以高度的自觉遵循和践行社会主义核心价值观，让中华传统文化中代代相传的宝贵财富在作家笔下焕发魅力和光芒。第三，要坚定文化自信，开拓网络文学道路。不仅面向国内，更要向世界提供体现中国精神、表现中国形象、讲述中国故事的大众文化产品，

4月

中央决定李屹同志任中国文联党组书记 4月1日，中国文联召开干部大会，宣布中央关于中国文联党组主要负责同志的任免决定。中共中央决定：李屹同志任中国文学艺术界联合会党组书记；免去赵实同志中国文学艺术界联合会党组书记职务，改任中国文学艺术界联合会党组成员。周祖翼、黄坤明、铁凝、赵实、李屹等出席并讲话

首都文学界弘扬中华优秀传统文化研讨会在京召开 4月11日，“首都文学界弘扬中华优秀传统文化研讨会”在京召开。会议由中国作家协会《中国历史文化名人传》丛书组委会、中华辞赋杂志社联合主办。数十位作家和专家学者就进一步深入学习贯彻习近平总书记关于传承与弘扬中华优秀传统文化的重要讲话精神、全面落实中央《关于实施中华优秀传统文化传承发展工程的意见》进行了深入广泛和具体的研讨，提出了许多有益的建议和意见。中国作协副主席何建明，以及熊光楷、郑欣淼、倪健民、闵凡路、任玉岭、李炳银、张陵、黄宾堂、郭启宏、陶文鹏、刘彦君、白烨、丁国成、梁东、启骧、曹国炳、黄彦、袁志敏、叶子彤、张国才、王改正、蒋东阳、马建勋等来自首都文学界的作家、文史学者、词赋家等参加了研讨会。中国作家出版集团管委会副主任徐忠志主持了会议。

中国作协扎实推进“两学一做”学习教育常态化制度化 4月18日，中国作协党组召开扩大会议，传达学习习近平总书记关于推进“两学一做”学习教育常态化制度化重要指示精神和中央推进“两学一做”学习教育常态化制度化工作座谈会精神，学习中央《关于推进“两学一做”学习教育

常态化制度化的意见》，研究中国作协“两学一做”学习教育工作。中国作协党组书记钱小芊主持会议并讲话。中国作协党组书记处吉狄马加、何建明、李敬泽、白庚胜、阎晶明、吴义勤和各单位各部门主要负责同志参加会议。会议讨论通过了《中国作协关于推进“两学一做”学习教育常态化制度化的实施方案》。

2017年中国作协定点深入生活项目论证评审会举行 4月26日，为进一步推进作家深入生活工作的实施，2017年中国作协定点深入生活项目论证评审会在京举行。中国作协创作联络部主任彭学明、副主任冯秋子等15位专家参加评审论证。2017年定点深入生活项目的征集与申报工作自1月9日开始，至3月31日止，共收到符合要求的申报材料267份。46家团体会员中大多数团体会员满额申报，文学社团和文学报刊社也推荐了申报，行业系统申报尤其踊跃，人数超过往年。今年的申报者中既有创作实力比较强的作家，也有不少创作活跃的青年作家、网络作家，尤其是自由撰稿人、签约作家、网络作家等新兴文学群体的申报人数逐年增加。评审论证会上，与会专家围绕题材的独特性、选题的可行性、作家的创作实力等展开讨论，投票产生了2017度定点深入生活扶持项目。

5月

中共中央办公厅印发《中国作协深化改革方案》 新华社北京5月4日电近日，中共中央办公厅印发了《中国作协深化改革方案》（以下简称《方案》）。《方案》强调，必须紧紧围绕党和国家工作大局及中央全面深化改革总体部署，强化中国作协深化改革的责任和担当。通过全面深化改革，进一步明确任务，转变职能，优化结构，创新举措，真正把中国作协建设成为对广大作家和文学工作者有强大吸引力凝聚力的群团组织，团结带领广大作家和文学工作者推出更多无愧于民族、无愧于时代的文学精品。

中国现代文学馆第五届客座研究员离馆暨第六届客座研究员聘任仪式在京举行 5月12日，中国现代文学馆第五届客座研究员离馆暨第六届客座研究员聘任仪式在京举行。中国作协主席铁凝出席仪式并为客座研究员颁发聘书。中国作协副主席李敬泽在仪式上讲话。

中国现代文学馆客座研究员制度是中国作协培养青年文学评论人才的重要举措。自2011年以来，已有五届50余名青年批评家陆续加入客座研究员的队伍。客座研究员制度的设立，有效地促进了优秀青年批评家的成长，赢得了文学界和学术界的充分肯定，产生了广泛而良好的社会影响。第五届12名客座研究员届满离馆，被聘为中国现代文学馆特邀研究员。徐勇、王士强、李丹、李伟长、金春平、白惠元成为中国现代文学馆第六届客座研究员。

中国作协在京召开“纪念《在延安文艺座谈会上的讲话》发表75周年”座谈会。 5月21日，中国作协在京召开“纪念毛泽东同志《在延安文艺座谈会上的讲话》发表75周年”座谈会。中国作协党组成员、副主席李敬泽出席座谈会并讲话。中国作协书记处书记吴义勤主持会议。李敬泽在讲话中谈到，75年来，毛泽东同志《在延安文艺座谈会上的讲话》为中国革命文艺和革命文艺工作者指明了前进的方向，有力地回答了“文艺为什么人”和“文艺如何为人民服务”的问题。重温《在延安文艺座谈会上的讲话》，对于我们加深对习近平总书记文艺思想的理解，推动中国文学的繁荣发展具有十分重要的意义。中国作协少数民族文学委员会副主任叶梅、八一电影制片厂副厂长柳建伟、中国作协影视文学委员会副主任范咏戈、中国作协创联部主任彭学明、鲁迅文学院常务副院长邱华栋、鲁院学员喻之之、中国作协报告文学委员会委员黄传会、中国作协少数民族文学委员会副主任朝戈金、中国作协儿童文学委员会副主任王泉根、中国作协影视文学委员会副主任艾克拜尔·米吉提先后发言。

庆祝中华诗词学会成立三十周年暨促进诗词文化繁荣发展座谈会在京举行 5月31日，庆祝中华诗词学会成立三十周年暨促进诗词文化繁荣发展座谈会在京举行。中共中央政治局常委、中央书记处书记刘云山，中共中央政治局委员、中央书记处书记、中宣部部长刘奇葆对中华诗词学会成立三十周年表示祝贺。中共中央政治局委员、国务院副总理马凯为中华诗词学会成立三十周年撰文填词以表贺意。中国作协党组书记、副主席钱小芊，全国人大华侨委员会副主任委员、中华诗词学会顾问令狐安，中华诗词学会会长郑欣淼等出席会议。钱小芊在讲话中代表中国作协和铁凝主席对中华诗词学会成立三十周年表示祝贺，郑欣淼代表中华诗词学会作了题为《把握历史机遇，加快发展步伐，开创中华诗词事业新局面》的主题报告。梁东、周迈、颜芳、赵庆荣、王文钊等诗词界代表先后发言，畅谈当下涌现传统诗词热潮的积极意义，并就如何促进传统诗词的进一步发展提出建议。

6月

第六届徐迟报告文学奖颁奖典礼暨2017年全国报告文学创作会在浙江举行 6月6日，由中国报告文学学会、浙江省作协、中共浙江湖州市委宣传部、湖州南浔区委区政府共同主办的第六届徐迟报告文学奖颁奖典礼在徐迟的故乡——浙江南浔举行。此次活动以“高擎民族旗帜，抒写精彩故事”为主题，中国作协副主席、中国报告文学学会会长何建明及周明、傅溪鹏、理由、李炳银、黄传会、陶斯亮、万伯翱等有关领导和专家与会，并为获奖者颁奖。

徐迟报告文学奖由中国报告文学学会与浙江省湖州市人民政府在2001年创立，每两年评选一次。第六届徐迟报告文学奖最终评出获奖作品8部（篇），包括李延国和李庆华的《根据地：中国共产党人不能忘却的记忆》、程雪莉的《寻找平山团》、章剑华的《故宫三部曲》、张国云的《致青藏》、高建国的《一颗子弹与一部红色经典》5部长篇作品，曹岩的《极度威胁》、朱晓军和杨丽萍的《快递中国》、马娜的《天路上的吐尔库》3篇中短篇作品。中国报告文学学会还授予周明、傅溪鹏“中国报告文学事业终身贡献奖”，授予黄宗英、理由“中国报告文学创作终身成就奖”。

体育题材文学作品创作座谈会在京举行 6月13日，由国家体育总局和中国作协共同主办的体育题材文学作品创作座谈会在京召开。国家体育总局副局长、党组成员赵勇和中国作协副主席何建明等出席会议。与会作家张炜、柳建伟、关仁山、鲁光、徐剑与运动员和教练员代表申雪、丁宁、管健民等进行创作对话。会上，国家体育总局领导、运动员、教练员代表向各位作家逐一递交了创作委托书。体育文学作家创作团队作者，体育题材创作运动员、教练员代表，以及体育总局机关相关司局和直属单位领导参加了座谈会。

中国作协第九届主席团第二次会议在京召开 6月13日，中国作家协会第九届主席团第二次会议在北京召开。中国作家协会主席铁凝主持会议。会议深入学习贯彻习近平总书记在中国文联十大中国作协九大开幕式上的重要讲话精神，审议了钱小芊同志《在中国作协九届二次全委会上的工作报告》，同意提交中国作家协会第九届全国委员会第二次全体会议审议。会上通过了中国作家协会第九届全国委员会副主席候选人，提交中国作家协会第九届全国委员会第二次全体会议选举。何建明同志和白庚胜同志由于超过任职年龄界限，不再担任书记处书记职务。会议根据《中国作家协会章程》第30条规定，审议通过了部分团体委员变更事项。同意侯志明、白希同志分别接替张颖、杨文志同志为中国作家协会第九届全国委员会委员。

中国作协九届二次全委会在京召开 6月14日，中国作家协会第九届全国委员会第二次全体会议在北京召开。会议深入学习贯彻习近平总书记在中国文联十大中国作协九大开幕式上的重要讲话精神，贯彻落实全国宣传部长会议精神，分析研究文学发展状况，总结中国作协2016年以来的工作，研究部署2017年下半年工作。中国作协主席铁凝主持会议。中国作协党组书记、副主席钱小芊作工作报告。会议增选中国作协党组成员、书记处书记阎晶明为中国作家协会副主席。中组部、中宣部等有关部门负责同志到会指导。中国作协各直属单位、机关各部门主要负责人列席会议。

7月

中国作协离退休老同志喜迎党的十九大暨庆祝建党96周年书画展举行 7月1日至10日，由中国作协离退休干部办公室举办的“丹青颂党恩——中国作协离退休老同志喜迎党的十九大暨庆祝建党96周年书画展”在京举行。中国作协副主席阎晶明出席活动。

本次展览共展出书画作品50余件，参展作品以展示党的十八大以来我国经济发展、社会和谐、民族团结、山川秀美为主要内容，抒发了离退休老同志对党的热爱之情和对中国特色社会主义的道路自信、理论自信、制度自信、文化自信，展现了老同志振奋精神、奉献社会，为党的事业增添正能量的精神风貌。

中国作协党组发表署名文章《努力从文学的“高原”迈向“高峰”》 在7月2日出版的《求是》杂志2017年第13期上，中国作家协会党组发表题为《努力从文学的“高原”迈向“高峰”》署名文章。文章分“党的十八大以来文学领域出现新气象、新变化”，“中国文学坚持砥砺前行，努力从‘高原’向‘高峰’迈进”两个部分，用扎实的工作和丰富的成绩，讲述了党的十八大以来，在党和政府的关心支持下，在习近平总书记文艺思想的指引和激励下，中国文学正在步入繁荣发展的新阶段，努力由“高原”向“高峰”攀登的可喜变化

中国作协作家权益保障委员会全体会议在京召开 7月17日，中国作协作家权益保障委员会举行换届后的第一次全体会议。中国作协副主席阎晶明出席会议并讲话。中国作协作家权益保障委员会主任张健，副主任张抗抗、吕洁，委员武和平、张雪松、王晓渭、王忠琪、邓江华、侯庆辰、妖夜、盛敏及中国作协创联部权保办相关同志参加会议。会议回顾了上一届委员会的工作，讨论了本届委员会的工作计划，委员们对即将开展的普法巡讲、编纂作家权益手册、网络文学版权研讨会等工作提出了实质性建议。

中国乡村诗歌高峰论坛在青岛举行 7月29日，第二届中国乡村诗歌高峰论坛在青岛平度市举行。中国诗歌学会副会长吴思敬、《诗刊》社常务副主编商震，以及来自

中国诗歌学会、文学诗刊杂志、知名高校的百余位诗人、学者，围绕中国乡村诗歌现状及未来发展方向展开探讨。论坛期间，第二届“诗探索·春泥诗歌奖”颁奖典礼同步举行，黑龙江诗人赵亚东的组诗《遥远的土豆》等三位诗人作品，获得“春泥诗歌奖”。论坛以“中国乡村诗歌走向”为主题，为全国各地不同风格的乡村诗歌流派提供交流学习的机会，深入发掘中国乡村诗歌历史的同时，与时俱进，寻找新时代发展方向。

8 月

上海国际文学周在虹口区揭幕 8月15日，作为中国作家对话世界作家、中国文学对话世界文学的活动平台，2017上海书展·上海国际文学周在浦江饭店拉开帷幕。原中国作协党组书记金炳华，中国作协副主席、党组成员、书记处书记、著名评论家李敬泽，上海市作协党组书记、副主席王伟，中国作协副主席、上海市作协副主席、著名作家叶辛，区人大常委会主任吴延风，上海市新闻出版局副局长陈丽，上海市作协党组副书记、秘书长马文运，区委常委、宣传部长吴强出席主论坛活动。

本届国际文学周以科幻文学为主题开展各项活动，叶辛、李敬泽、弗拉基米尔·博亚利诺夫、马丁·卡帕罗斯等31位海内外作家将参加包括主论坛、诗歌之夜在内的49场文学交流活动。其中，主论坛围绕“地图与疆域：科幻文学的秘境”展开讨论，24位作家发表看法与见解。“诗歌之夜”则将邀请23位作家出席，他们将为广大读者诵读诗歌。

2017年中外文学出版翻译研修班”在京开班 8月21日，由文化部、国家新闻出版广电总局、中国作家协会联合主办，中国图书进出口（集团）总公司、中国文化译研网承办的“2017年中外文学出版翻译研修班”在北京开班。来自30多个国家的50余名作家、翻译家、出版人在京参加为期8天的研修活动，与中国文学、出版、翻译界进行面对面交流，选译作品、切磋技艺、分享经验、对话未来，推动中国文学出版更好地“走出去”。中国作家协会副主席李敬泽、中宣部文艺局局长汤恒、文化部外联局副局长朱琦、国家新闻出版广电总局进口管理司副司长赵海云等出席了开班仪式并致辞。开班仪式上，与会嘉宾还就“中外文学、出版、翻译交流”三个主题进行了交流。

第二十四届北京国际图书博览会“中国作家馆”开馆 8月23日，第二十四届北京国际图书博览会“中国作家馆”开馆仪式在中国国际展览中心新馆举行。中国作协主席铁凝，中国作协党组书记、副主席钱小芊出席开馆仪式并为“中国作家馆”揭幕。中国作协书记处书记、中国作家出版集团党委书记吴义勤致辞。中国作协副主席贾平凹，以及阿来、苏童、李一鸣、扈文建、乔叶、任林举、谢有顺、张悦然等文学界80余人参加活动。开馆仪式由中国作家出版集团管委会副主任徐忠志主持。

2017年中国网络小说排行榜半年榜揭晓 8月23日，由中国作协网络文学委员会主办、中国作家网承办的2017年度中国网络小说排行榜半年榜揭晓。《择天记》《书剑长安》《诸天至尊》等10部作品入选已完结作品榜，《第五名发家》《放开那个女巫》《写给鼹鼠先生的情书》等10部作品入选未完结作品榜。中国作协网络文学委员会主任陈崎嵘认为，此次排行榜反映了网络文学现实题材作品逐步增多、新人佳作不断涌现的良好态势。

9 月

第五届中国诗歌节在宜昌开幕 9月12日晚，由文化部、中国作家协会和湖北省人民政府主办的第五届中国诗歌节在湖北省宜昌市开幕。文化部党组书记、部长雒树刚出席开幕式并宣布第五届中国诗歌节开幕。中国作家协会党组成员、副主席、书记处书记吉狄马加，文化部党组成员、副部长董伟，中共湖北省委常委、宜昌市委书记周霁出席开幕式并致辞。湖北省副省长郭生练主持开幕式。开幕式后举行了以“诗颂中华”为主题的文艺演出。

本届诗歌节以“诗咏盛世，圆梦中华”为主题，接下来的5天里，将举办“诗歌中的现实主义精神与诗人的社会作用”诗歌论坛、“诗歌爱国主义传统的当代性与诗人写作”诗歌论坛、“诗在民间”系列诗歌诵读会等丰富多彩的活动。此次诗歌节由文化部艺术司、《诗刊》杂志社、湖北省文化厅、湖北省教育厅、湖北省作协、宜昌市人民政府共同承办。

第四届“中华铁人文学奖”在大庆颁奖 9月20日，以铁人王进喜命名的“中华铁人文学奖”第四届颁奖大会在铁人故乡大庆油田铁人纪念馆隆重颁发。中国文联、中国作协主席铁凝发来贺信。全国政协文史和学习委员会副主任、中国作协原党组书记李冰，中央组织部原常务副部长、铁人文学基金会名誉会长赵宗鼐，中国作协副主席、中华文学基金会理事长何建明，中国作协副主席高洪波，铁人文学专项基金管理委员会会长阎三忠和石油石化海洋石油系统的有关领导以及获奖作者等200多人参加了颁奖大会。

第四届“中华铁人文学奖”共评出56部（篇）作品奖和19名个人奖。经评委一致提议，对中华铁人文学奖和铁人文学专项基金的创立和发展作出重要贡献的王涛、赵宗鼐、张丁华、高洪波、关晓红、李秋杰6名同志授予特别贡献奖，对已故的铁人文学奖发起者和创立者陈烈民、张锲、雷抒雁3名同志授予特别纪念奖，授予周绍义等9名石油石化系统作家为“中华铁人文学奖成就奖”。

中国作协文学工作者职业道德委员会成立 9月21日，中国作协文学工作者职业道德委员会成立大会在京举行。中国作协主席铁凝出席会议并讲话，会议由中国作协党组书记、副主席钱小芊主持。中宣部副部长庹震，中国作协党组、书记处吉狄马加、阎晶明、吴义勤出席。

中国作协文学工作者职业道德委员会由28名来自各文学门类的作家代表和相关社会人士组成，由中国作协副主席刘恒任主任，阿来、范小青、周大新、赵丽宏任副主任，是中国文学界加强职业道德建设的自律机构。在当天举行的中国作协文学工作者职业道德委员会第一次全体会议上，审议通过了《中国作家协会文学工作者职业道德委员会章程》和《中国作家协会文学工作者职业道德公约》。

第十届全国优秀儿童文学奖颁奖典礼在京隆重举行 2017年9月22日，第十届全国优秀儿童文学奖颁奖典礼在中国现代文学馆举行。中共中央政治局常委、中央书记处书记刘云山，中共中央政治局委员、中央书记处书记、中宣部部长刘奇葆分别作出重要批示，向获奖的作家表示祝贺，向为我国儿童文学事业作出贡献的广大作家和文学工作者表示敬意。中国作家协会主席铁凝，中国作家协会党组书记、副主席钱小芊，中宣部副部长庹震，中国作家协会党组成员、副主席、书记处书记吉狄马加、李敬泽、阎晶明，中国作家协会党组成员、书记处书记吴义勤，中宣部文艺局副局长孟祥林，以及儿童文学界作家、评论家、出版家高洪波、束沛德、金波、樊发稼、海飞等出席颁奖典礼，并为获奖作家颁发奖杯和证书。颁奖典礼隆重热烈喜庆。颁奖典礼由李敬泽主持。董宏猷、彭学军、郭姜燕、王立春和王林柏代表获奖作家发表获奖感言。

本届评奖，从 3 月 15 日发布征集公告开始，到 8 月 4 日投票选出获奖作品，整个评选过程历时 4 个多月。评委在充分阅读和讨论的基础上，经过五轮投票从 464 部参评作品中评选产生了 18 部获奖作品。参评作品数量超过往届，整体水平较高。最终脱颖而出的这 18 部作品比较全面地体现了中国儿童文学当前的创作特点。

“百年新诗贡献奖”在苏州太仓颁奖 9 月 23 日，由全国诗歌报刊网络联盟主办、太仓市文联协办的“宝玉陈杯·百年新诗贡献奖”在苏州太仓市隆重举行颁奖仪式。中国作协原党组副书记王巨才出席颁奖仪式并为晓雪、叶延滨、赵振江、赵银虎等颁发“百年新诗贡献奖”荣誉证书和奖杯。

由 15 位全国诗歌报刊网络负责人组成的评委会，授予贺敬之、郑敏、屠岸、李瑛、余光中（台湾）等 5 位九十岁以上的老诗人“百年新诗贡献奖·创作成就奖，授予晓雪、谢冕、骆寒超、吕进等 4 人“百年新诗贡献奖·评论贡献奖”，授予白航、野曼、严阵、邹岳汉、叶延滨、张默（台湾）等 6 人“百年新诗贡献奖·编辑贡献奖”，授予飞白、江枫、赵振江等 3 人“百年新诗贡献奖·翻译贡献奖”，授予殷之光、乔榛“百年新诗贡献奖·朗诵贡献奖”，授予赵银虎“百年新诗贡献奖·公益贡献奖”。同时，还授予焦家良、陈九谕等 5 人“诗歌万里行贡献奖“、陆健等 74 人“万里行优秀诗人奖”。

中国文艺评论传播联盟在京成立 9 月 26 日，中国文艺评论传播联盟在京成立。成立仪式由中国文艺评论家协会、中国文联文艺评论中心主办。中国文联党组成员、副主席郭运德，中国文艺评论家协会主席仲呈祥出席活动并致辞。中国文联理论研究室主任庞井君主持成立仪式。活动现场，第二届“啄木鸟杯”中国文艺评论年度推优发布大会暨中国文艺评论网新版上线仪式同时举行。

中国文艺评论传播联盟由《中国文艺评论》、中国文艺评论网、《光明日报》文艺部、光明网、中央人民广播电台综艺节目中心、《中国艺术报》《文艺报》《诗刊》、中国作家网等单位共同发起成立，旨在搭建平台，凝聚力量，更好地贯彻落实习近平总书记关于文艺工作的重要讲话精神，褒优贬劣，激浊扬清，更加有效地引导创作、推出精品、提高审美、引领风尚。

广西文联第十次代表大会举行 9 月 26 日至 28 日，广西壮族自治区文学艺术界联合会第十次代表大会在南宁举行。中国作协党组书记、副主席钱小芊，中国文联党组书记、副主席李屹，广西壮族自治区党委书记彭清华出席会议并讲话。广西文联主席洪波受广西文联第九届委员会委托向大会作工作报告，自治区妇联主席刘咏梅代表群团组织致贺词。

洪波再次当选广西文联主席。韦苏文、石才夫、龙倩、田代琳（东西）、匡达蔼、李滨夙、吴晓丽、张燕玲、林燕飞、周文力、郑军里、钟桂发、唐正柱、黄云龙当选副主席，田代琳（东西）再次当选广西作协主席。凡一平、王勇英、龙琨、田永、田湘、丘晓兰、严风华、吴小刚、盘文波、盘妙彬、蒋锦璐、潘红日当选广西作协副主席。

10 月

第二届“北京十月文学月”活动丰富多彩 10 月 12 日至 29 日，第二届“北京十月文学月”活动在京举行。10 月 12 日，第二届“北京十月文学月”启动暨“十月签约作家”计划发布活动在十月文学院举行。中国作协副主席李敬泽，北京市委常委、宣传部部长杜飞进，中宣部出版局局长郭义强，北京市委宣传部副部长韩昱，北京市新闻出版广电局局长杨烁，北京出版集团党委书记乔玢，北京出版集团总经理、十月文学院院长曲仲等出席。开幕式上，阿来、刘庆邦、叶广芩、宁肯、关仁山、邱华栋、红柯、李洱、徐则臣 9 位作家与北京十月文艺出版社签约，成为首批“十月签约作家”。李敬泽、施战军、邱华栋、格非、陈晓明、孙郁、白烨、孟繁华、陈福民、欧阳江河、张清华、张柠受聘成为十月文学院顾问委员会首批顾问。

10 月 13 日，北京作协、北京十月文艺出版社、《十月》杂志社、十月文学院联合举办第二届北京文学高峰论坛。本届论坛的主题是“全国文化中心建设中的北京文学力量”。阎晶明、白烨、孟繁华、陈晓明、李朝全、张柠、陈福民等评论家，阿来、关仁山、叶广芩、刘庆邦、宁肯、红柯等作家围绕论坛主题展开讨论。

从 14 日到 29 日，还有“文学之声：我们这一代的阅读与写作”文学讲座，“温润美丽心灵：原创文学与戏剧教育论坛”，“网络文学论坛：聚焦精品，聚力提升——全国文化中心建设中网络文学的使命与担当”主题活动，第二届中俄十月文学论坛，“瓶颈与出路：青年作家创作论坛”等活动相继举行。

《习近平关于社会主义文化建设论述摘编》出版发行 新华社北京 10 月 15 日电由中共中央文献研究室编辑的《习近平关于社会主义文化建设论述摘编》一书，近日由中央文献出版社出版，在全国发行。

《论述摘编》共分 8 个专题：坚定文化自信，建设社会主义文化强国；坚持以马克思主义为指导，牢牢掌握意识形态工作领导权、管理权、话语权；高度重视理论建设，加快构建中国特色哲学社会科学；培育和践行社会主义核心价值观；提高全民族思想道德水平；坚持以人民为中心的创作导向；推动文化事业全面繁荣和文化产业快速发展；提高国家文化软实力，讲好中国故事。书中收入 361 段论述，摘自习近平同志 2012 年 11 月 15 日至 2017 年 7 月 26 日期间的讲话、报告、演讲、指示、批示、贺信等 70 多篇重要文献。其中许多论述是第一次公开发表。

中国作家协会召开党组书记处扩大会议，认真传达学习党的十九大精神 10 月 26 日上午，中国作协党组书记处召开扩大会议，传达学习党的十九大精神，研究部署中国作协和文学界学习宣传贯彻党的十九大精神工作。中国作协党组书记、副主席、书记处书记钱小芊主持会议。中国作协主席铁凝，中国作协党组成员、副主席、书记处书记吉狄马加、李敬泽、阎晶明，中国作协党组成员、书记处书记吴义勤出席会议，中国作协机关各部门和各直属单位主要负责同志参加会议。

会议决定，近日召开中国作家协会第九届主席团第三次会议和中国作协机关全体人员大会，认真传达学习党的十九大精神。组织团体会员单位负责人学习十九大精神专题研修，组织召开首都文学界、少数民族文学界、网络文学界、文学社团、文学专门委员会学习贯彻党的十九大精神座谈会。鲁迅文学院在各类培训班课程设置中，要把学习党的十九大精神作为重要内容。要根据党的十九大精神，加强文学创作的规划组织，推动文学创作。

第三届“城市文学论坛”在京召开 10月28日，由北京联合大学师范学院主办的第三届“城市文学论坛”在京召开。开幕式上，北京联合大学党委书记韩宪洲致辞。自中国社会科学院、北京大学、北京师范大学、中国人民大学、北京外国语大学、北京社会科学院、首都师范大学、沈阳师范大学、北京联合大学、南京师范大学、山西大学、石河子大学等高校和科研机构的70余位专家和学者与会。北京联合大学师范学院院长张志斌主持开幕式，北京联合大学师范学院教授王德领主持大会主旨发言。

大会由主旨发言和三个分会场的轮次发言组成，分别围绕新世纪城市文学研究、现代性与城市、空间美学与城市文化研究、古代文学中的城市书写、西方文学中的城市形象等问题展开多层次的论述和切磋。

中国校园文学馆在潞河中学挂牌 10月28日，中国校园文学馆近日在北京通州区潞河中学揭牌启动。中国当代文学研究会校园文学委员会会长吴思敬先生出席揭牌仪式。

校园文学是以校园内的学生创作为主体的文学现象，对于学生人文精神的培育和审美素养的提升有着重要作用。由于校园文学具有自发性、民间性的特点，相关资料大多没有得到很好的收集整理。中国当代文学研究会校园文学委员会在今年工作会议上决定建设中国校园文学馆，面向全国收集整理校园文学的历史资料，至今已初具规模。中国校园文学馆的主要功能包括收藏、展览发布和研究推广等方面，所收藏的资料有全国各地大、中学校的校园文学资料，既包括文学刊物、个人文集，也包括有关理论研究文献等。目前该馆继续面向各地学校收集资料，丰富馆藏，拓展功能。

中国作协召开九届三次主席团会议传达学习党的十九大精神 2017年10月31日，中国作家协会第九届主席团第三次会议在北京召开。会议传达学习了中国共产党第十九次全国代表大会精神，紧密结合实际，对文学界学习贯彻党的十九大精神工作进行部署，作出关于学习贯彻党的十九大精神的决议。中国作协主席铁凝主持会议。中国作协党组书记、副主席钱小芋传达了党的十九大精神，并就做好十九大精神学习宣传贯彻工作提出具体要求。中国作协主席团成员出席会议，副主席吉狄马加、李敬泽、张炜、徐贵祥、高洪波，主席团委员阿扎提·苏里坦、邵丽、周梅森、梁鸿鹰等分别发言。中国作协机关各部门和直属单位主要负责同志列席会议。

会议强调，学习宣传贯彻党的十九大精神，是文学界当前和今后一个时期的首要政治任务。要充分认识党的十九大的重大意义，以高度的政治自觉做好党的十九大精神学习宣传贯彻工作，迅速兴起文学界学习宣传贯彻热潮，把广大作家和文学工作者的思想统一到党的十九大精神上来。会议还审议通过了部分团体委员变更事项。

11月

第四届“当代中国文论：反思与重建”高端学术论坛在天津举行 11月3日至5日，第四届“当代中国文论：反思与重建”高端学术论坛在天津举行，该论坛由中国社会科学杂志社与中国文学批评研究会主办，天津师范大学文学院、《中国文学批评》编辑部承办。来自全国文论界和批评界的名家汇聚一堂，以“中国传统文论的传承与创新”为主题进行了深入研讨。中国社会科学院副院长、党组成员、中国社会科学杂志社总编辑张江教授出席会议并作主题发言，天津市政协副主席、天津师范大学校长高玉葆出席会议并致辞。清华大学外文系教授王宁、中国社会科学院文学研究所研究员高建平、中国社会科学院外国文学研究所研究员党圣元、北京大学中文系教授陈晓明、北京师范大学文学院教授李春青、中国人民大学文学院教授程光炜、华中师范大学文学院教授胡亚敏等就中西古今文艺理论深度融合问题发表了自己的意见，展开了深入的对话。

全国当代文学研究首届青年论坛在京举行 11月3日至4日，由北京第二外国语学院中国文艺评论基地、中国当代文学研究会主办的“面向新时代，书写新华章——全国当代文学研究首届青年论坛”在京举行。中国作协副主席阎晶明、中国文艺评论家协会副主席路侃、北京第二外国语学院党委副书记计金标、中国当代文学研究会会长白烨等出席开幕式并致辞。

在两天的论坛上，徐则臣、申霞艳、杨庆祥、鲁太光、金理、黄平、李振、王晴飞、闫文盛、杨晓帆等来自全国各地的近50位青年学者、作家、批评家，围绕何谓“当代性”、百年新文学再发现、当代文学研究的新思维等话题展开深入交流。

第二届网络文学双年奖在慈溪颁奖 11月5日，作为第五届宁波（国际）文学周的重头戏之一，第二届网络文学双年奖昨在慈溪颁奖，酒徒的历史架空小说《男儿行》获金奖，愤怒的香蕉的《赘婿Ⅰ》，疯丢子的《百年家书》，郭羽、刘波的《网络英雄传Ⅰ：艾尔斯巨岩之约》3部作品获银奖，齐橙的《材料帝国》等6部作品获铜奖。

第二届网络文学双年奖由浙江省作家协会与宁波市文联、慈溪市委宣传部联合主办，于2016年11月正式启动。来自影视、出版、网站、作家、评论家、媒体等六个界别的19位推荐评委进行为期半年的推荐工作，此后，由12位来自不同界别的初评委，终评委两轮评选，最终评选出本次双年奖的金奖1名、银奖3名，铜奖6名和优秀奖15名。

新文学百年展在北大红楼开幕 11月21日，一场“文白之变：中国新文学诞生百年纪念展”在北大红楼新文化运动纪念馆开幕，160余件文物从语言、文学、教育等方面多角度展现文学革命发生发展，尤其是白话新文学构建的历史，揭示新文化运动对后世的影响，包括陈独秀、胡适、钱玄同、刘半农、鲁迅、周作人等文学革命先锋人物往来信件、白话手稿，一系列有关新式标点符号、注音字母、简化汉字、标准国语与国音等文物。

《雨花》杂志创刊60周年座谈会在南京举行 11月26日，《雨花》创刊60周年座谈会在南京举行。中国作协党组成员、副主席阎晶明，江苏省政府副秘书长王思源，江苏省委宣传部副部长徐宁，江苏省作协主席范小青，江苏省作协党组书记、副主席韩松林等出席会议。来自全国各地的作家、批评家、文学编辑等100人与会。会议由省作协党组成员、书记处书记贾梦玮主持。

自创刊伊始，《雨花》杂志始终坚持“立足江苏、面向全国”的刊物定位和“不厚名家、不薄新人”的选稿方针。60年来，《雨花》杂志培养了一批又一批文学新人，使他们成长为江苏文学乃至中国文学的中坚力量。

广东省作协举行签约文学评论家签约仪式暨“粤派批评”座谈会 11月28日上午，广东省作家协会首届签约文学评论家签约仪式暨“粤派批评”座谈会举行，贺仲明、徐肖楠、申霞艳、张德明、胡传吉、龙扬志、向卫国、陈培浩、柳冬妩、李德南10位签约评论家齐聚一堂，省作协党组书记、专职副主席张知干，省作协党组成员、专职副主席范英妍向评论家颁发了聘书。签约仪式后，10位评论家还就如何振兴“粤派批评”发表了自己的意见和看法。

第二届“中华文学基金会茅盾文学新人奖”及“网络文学新人奖”揭晓 11月30日，由中华文学基金会、浙江省桐乡市人民政府发起主办的“中华文学基金会茅盾文学新人奖”揭晓。纪红建、曹有云、包铁军（格日勒其木格·黑鹤）、刘稀元（西元）、张小伟（张楚）、李修文、牛学智、郑晓泉（东君）、祁媛、任晓雯等10位青年文学家获奖。

第二届“中华文学基金会茅盾文学新人奖”增设“网络文学新人奖”。获奖作家包括唐家三少（张威）、酒徒（蒙虎）、孑与2（云宏）、天下归元（卢菁）、天使奥斯卡（徐震）、我吃西红柿（朱洪志）、愤怒的香蕉（曾登科）、骠骑（董俊杰）、爱潜水的乌贼（袁野）、希行（裴云）。除10位获奖作家之外，管平潮（张凤翔）、陈词懒调（徐孟夏）、观棋（柏跃跃）、风御九秋（于鹏程）、丁墨（丁莹）、红九（宋艳红）、忘语（丁凌滔）、疯丢子（祝敏绮）、静夜寄思（袁锐）、鱼人二代（林晗）等10位网络作家获得提名。

12月

中国网络作家村落户杭州 12月9日，首个“中国网络作家村”在杭州市滨江区白马湖畔揭牌成立。中国作协网络文学委员会主任、中国作协网络文学研究院院务委员会主任陈崎嵘被聘为名誉村长，网络作家唐家三少成为首任村长。

据悉，网络作家村”是集形象展示、交流互动和集中创作等功能于一体的公共平台，首批5位国内知名网络作家已签订入驻协议。据了解，滨江区将从线上、线下两个层面建设网络作家村，打造从作品创作、作品改编到版权交易、项目孵化、影视动漫游戏衍生开发等产业生态链，将在创投基金、版权保护等方面予以政策扶持。

纪念《收获》创刊60周年在沪召开 12月9日下午，“文学家园——庆祝《收获》创刊60周年”座谈会在《收获》所在地上海市作家协会举行。莫言、贾平凹、苏童、余华、王安忆、格非、阿来、迟子建等近六十位中国重量级作家齐聚一堂，共同庆祝这份中国最有名的文学刊物的六十岁生日。

座谈会上，作家们纷纷谈到，当下文学创作面临许多新的挑战，读者的审美趣味愈发多样化，文学的生产和传播方式，不免遭到图像时代、大众流行文化的冲击与影响，存在一定的“速食化”倾向。时间坐标上，优秀的定义有没有变化？而面对纷纷扰扰，文学编辑们又该如何发现、催生更多对得起岁月的佳作？诚如作家王安忆所说：世界变化那么快，60来风风雨雨，但《收获》的坚守似乎暗示着，生活再怎么多变，也有不变的内核，作家正是寻求书写不变的东西。

第二届中国文学博鳌论坛在琼海举行 12月12日至14日，以“贯彻落实党的十九大精神，创造新时代的新史诗”为主题的第二届中国文学博鳌论坛在海南琼海举行。论坛由中国作协主办，中国作协创研部承办，海南省作协协办中国作协党组书记、副主席钱小芊，海南省委常委、宣传部部长肖莺子出席开幕式并致辞。中国作协党组成员、副主席李敬泽出席论坛并就会议议题作说明。中共海南省委宣传部副部长朱寒松，海南省文联名誉主席韩少功，海南省文联主席、党组书记孙苏，海南省作协主席孔见和来自全国各地的60余位作家、评论家出席论坛开幕式。

论坛以主题发言、分组讨论、大会交流等多种形式展开。与会作家、评论家围绕中华民族伟大复兴的历史前景与中国特色社会主义文学的初心和使命、中国特色社会主义新时代与中华民族新史诗、坚定文化自信与弘扬中国精神、传统文化革命文化先进文化同当下文学写作的关系等进行了深入的探讨。

宁夏作家协会第八次代表大会召开 12月12日，宁夏作家协会第八次代表大会在银川召开。中国作协党组成员、书记处书记吴义勤到会致辞。自治区党委宣传部副部长周庆华出席会议并发表了重要讲话。自治区文联党组书记崔晓华主持开幕式，自治区文联党组成员、副主席苏保伟致开幕词。自治区文联党组成员、秘书长庾君，作协退休的老领导、老作家、特邀代表，以及来自全区各地的近100名作家和文学工作者代表欢聚一堂，共商宁夏文学事业的发展大计。

郭文斌当选宁夏作协第八届理事会主席，马金莲、王月礼（漠月）、闫宏伟、李进祥、李金瓯（金瓯）、杨梓、张学东、季栋梁、赵华、钟正平当选副主席，王怀凌、张嵩、杨风军、杨富国、赵建银（梦也）当选主席团委员。作家石舒清任名誉主席，评论家郎伟为顾问。

辽宁省作协第十次代表大会闭幕 12月13日，辽宁省作协第十次会员代表大会在沈阳闭幕。会议期间，与会代表认真贯彻落实习近平总书记的系列讲话精神，以党的十九大精神为指引，分组讨论省委书记陈求发同志讲话，凝心聚力谋划文学强省建设，为未来辽宁文学事业的发展指明了方向。

大会选举产生了省作家协会新一届领导机构，滕贞甫（老藤）为主席，于晓威、王菁、孙伦熙、孙惠芬、沙宪增、林雪、金方、周建新、孟繁华、贺绍俊、盖成立、韩春燕、鲍尔吉·原野、薛涛为副主席，刁斗、王多圣、刘庆、李铁、张颖（女真）、张连波（津子围）、张鲁镭、常延霞（满城烟火）、魏立军（月关）为主席团成员。依据章程，经第十届主席团提名，十届一次理事会通过，还聘任了名誉职务。

中国少数民族作家学会文学奖2017年度颁奖典礼在海南陵水举行 12月15日，中国少数民族作家学会文学奖2017年度颁奖典礼在海南省陵水县举行。中国作家协会副主席、书记处书记李敬泽，中国少数民族作家学会常务副会长叶梅，海南省作家协会主席邢孔建，陵水县政府副县长陈春梅出席颁奖典礼。

经评委的最终评审，苗族作家刘萧的长篇小说《箪军之城》、裕固族作家铁穆尔的散文集《苍天的耳语》、回族作家王树理的散文集《大道通天》、普米族作家鲁若迪基的诗歌集《时间的粮食》、蒙古族作家包广林的报告文学集《二十世纪中国蒙古族学者》等5部作品获“优秀作品奖”；满族作家赵玫的中篇小说《蝴蝶飞》、藏族作家尹向东的短篇小说《河流的方向》、彝族作家左中美的散文《拐角，遇见》、瑶族作家林虹的散文《江山交付的下午》、白族诗人冯娜的诗歌《冯娜的诗歌》等5部作品获“单篇优秀作品奖”；黎族诗人李其文的诗歌《往开阔地去》、汉族作家刘大先的文学评论《文学的共和》等2部作品获“新锐奖”。

中国作家协会网络文学中心成立 经过近一年的筹备，中国作家协会网络文学中心于28日在京成立。新成立的网络文学中心为中国作协所属事业单位，在中国作协党组书记处领导下，主要负责网络作家联络服务、网络文学研究评论和管理引导、有关文学网站和社团组织及各级作协网络文学工作的沟通联络等工作。2018年，网络文学中心将组织网络文学界深入学习贯彻党的十九大精神，以习近平新时代中国特色社会主义思想为指导，努力做好网络作家入会、培训、深入生活、网络文学优秀作品推介等工作，实施重大题材规划和重点作品扶持工程、网络文学评论支持工程等项目，并举办中国网络文学周、中国网络文学论坛等一系列重要活动。

（白烨编纂）

2017年逝世的文学界人士

王 泽

香港漫画作家王泽，2017年1月1日在美国辞世，享年93岁。

王泽，原名王家禧，1928年生于天津。1944年考入北京辅仁大学美术系西洋画专业，毕业后曾在天津文化宫从事美术家工作，1960年在香港法属天主教会担任儿童《乐锋报》杂志美术指导与编辑。60年代初，王家禧开始漫画创作。1962年，他以长子王泽之名为笔名创作了《老夫子》漫画系列，风格幽默兼具讽刺，风靡华人世界近半个世纪，被誉为“最具生命力的华人漫画”。《老夫子》还多次被拍成电视、电影、动画片、舞台剧等等。

周有光

中国著名语言学家、文字学家、经济学家周有光，2017年1月14日在北京逝世，享年112岁。

周有光，原名周耀平，1906年1月13日出生于江苏常州。中国著名语言学家。1923年，他考入上海圣约翰大学主修经济，语言学。1927年毕业于上海光华大学，1927年至1949年先后任教于光华附中、光华大学、江苏教育学院、浙江教育学院，任职于江苏银行、新华银行，并由新华银行派驻纽约和伦敦。1949年回国后，任复旦大学财经学院教授。1956年起任中国文字改革委员会、国家语言文字工作委员会委员，语言文字应用研究所研究员，中国社会科学院研究生院教授。周有光的语言文字研究中心对中国语文现代化的理论和实践做了全面的科学的阐释。周有光是汉语拼音方案的主要制订者之一，他主持制订了《汉语拼音正词法基本规则》。1980年开始，任《不列颠百科全书》国际中文版中美联合编审和顾问委员会中方三委员之一，出版中译本《简明大不列颠百科全书》和《不列颠百科全书》国际中文版。任《中国大百科全书》总编委委员，《汉语大词典》学术顾问。主要著作有《汉字改革概论》《语文闲谈》《中国语文的时代演进》《现代文化的冲击波》等。周有光85岁以后开始研究文化学问题。周有光在语言文字学和文化学领域发表专著30多部，论文300多篇，在国内外产生了广泛影响。晚年出版有随笔《朝闻道集》。

刘锡庆

北京师范大学教授刘锡庆，2017年1月15日因病在珠海逝世，享年79岁。

刘锡庆，1938年10月生于河南滑县。1956考入北京师范大学中文系，1960年毕业留校任教。历任北师大中文系写作、当代文学教研室主任，北京师范大学中文系教授，中国现当代文学专业博士生导师。；兼任中国写作学会副会长、顾问，中国当代文学研究会常务理事，北京作家协会理事、教育部中小学语文教材审查委员等。

2005年加入中国作家协会。著有《基础写作学》《写作丛谈》等。曾获《文学评论》优秀论文奖、首届北京师范大学人文社会科学研究优秀成果论文类一等奖、第六届中国当代文学研究优秀成果表彰奖等。

张　颔

著名历史学家、古文字学家、考古学家张颔，2017 年 1 月 18 日在太原逝世，享年 97 岁。

张颔，1920 年出生于山西介休。曾任山西省文物局副局长兼考古研究所所长。其研究领域广涉古文字学、考古学、晋国史及钱币等，先后出版了《侯马盟书》《古币文编》《张颔学术文集》等著作，其作品把考古学、古文字学、历史学融为一体，在中国学术界产生重大影响。1965 年，主持了山西侯马东周晋国遗址的发掘工作，于 1976 年发表《侯马盟书》，为晋国史的研究提供了新的佐证，被国内外史学界公认为新中国考古史上的一项重大贡献。1979 年，张颔又发表了《侯马盟书丛考续》一文，对其进行了更深入的探讨。张颔在诗文、书法、篆刻方面也颇有造诣，在国内外都享有极高的声誉。

冯其庸

著名文史专家、中国红楼梦学会名誉会长、中国敦煌吐鲁番学会顾问冯其庸，2017 年 1 月 22 日在北京逝世，享年 93 岁。

冯其庸，号宽堂，斋名瓜饭楼。1924 年 2 月生。江苏无锡市前洲镇人。曾任中国人民大学教授、中国艺术研究院副院长、中国人民大学国学院院长、中国文字博物馆馆长、中国红楼梦学会会长、《红楼梦学刊》主编、中国戏曲学会副会长、北京市文联理事、中国汉画学会名誉会长、中国炎黄文化研究会副会长、中国戏曲学会副会长、中国艺术研究院终身研究员等职。1990 年起享受政府特殊津贴。2011 年 12 月获首届中华艺文奖终身成就奖。2012 年 10 月获首届吴玉章人文社会科学终身成就奖。

冯其庸先生以研究《红楼梦》著名于世。著有《曹雪芹家世新考》《沧桑集》《论庚辰本》《石头记脂本研究》《论红楼梦思想》《梦边集》《漱石集》《瓜饭楼重校评批红楼梦》《瓜饭楼诗词草》等专著 35 种，并主编《红楼梦》新校注本、《红楼梦大词典》《中华艺术百科大辞典》等书。

杨祖陶

著名哲学家杨祖陶，因病于 2017 年 1 月 22 日在武汉大学中南医院去世，享年 91 岁。

杨祖陶，1927 年生于四川达县。1945—1950 就读于西南联合大学和北京大学哲学系，师从金岳霖、汤用彤、贺麟、郑昕、洪谦诸教授，毕业后留校任教，1959 年调武汉大学执教，任西方哲学教研室主任。曾任武汉大学哲学系教授、博士生导师、中华外国哲学史学会顾问、湖北省哲学史学会名誉会长。代表著作有：《德国古典哲学逻辑进程》（国家教委高校出版社优秀学术著作奖）；《康德黑格尔哲学研究》；《精神哲学》（中文首译本）；《欧洲哲学史稿》（陈修斋、杨祖陶著）（国家教委优秀教材一等奖）；《康德〈纯粹理性批判〉指要》（杨祖陶、邓晓芒著）（教育部优秀社科成果二等奖）；《康德三大批判精粹》（杨祖陶、邓晓芒编译）；康德三大批判全译本（《纯粹理性批判》《实践理性批判》《判断力批判》）（邓晓芒译、杨祖陶校）（教育部优秀社科成果一等奖）等。主要论文有："黑格尔逻辑学中的主体性""康德哲学体系问题""康德范畴先验演绎构成初探""德国古典哲学的现代价值""德国近代理性哲学与意志哲学的关系问题"等。

霍松林

著名中国古典文学专家、文艺理论家、

诗人、书法家、陕西师范大学终身教授霍松林，于2017年2月1日在西安家中辞世，享年97岁。

霍松林，1921年9月生，甘肃天水人。1951年赴陕执教，历任西北大学师范学院中文系，西安师范学院（陕西师范大学前身）讲师，陕西师范大学文学研究所所长、教授、博士生导师。曾任中华诗词学会副会长，中国杜甫研究会会长，陕西诗词学会会长，中国文艺理论学会、中国韵文学会常务理事，国务院学位委员会第三届学科评议组成员，日本明治大学客座教授，中国唐代文学学会副会长、秘书长及会刊《中国唐代文学研究年鉴》主编等。

霍松林有多种唐宋文学和文艺理论研究专著，都被认为是这些领域的“开山之作”。主要论著有《文艺学概论》《文艺学简论》《〈西厢记〉简说》《〈西厢记〉述评》《李白诗歌鉴赏》《宋诗三百首评注》《历代诗精品评注》《诗的形象及其他》《白居易诗译析》《文艺散论》《唐宋名篇品鉴》《历代好诗诠评》《唐宋诗文鉴赏举隅》《唐音阁文集》等30多种；主编《唐代文学研究年鉴（1983—1988年）》（6卷）、《中国古典小说六大名著鉴赏辞典》《万首唐人绝句校注集评》《辞赋大辞典》《中国古代文论名篇说注》《中国近代文论名篇详注》《元曲精华》等50多种。

夏传才

中国古典文学研究著名学者、诗人、河北师范大学教授夏传才，因病医治无效，于2017年2月7日下午在石家庄逝世，享年94岁。

夏传才，1924年生于今安徽省亳州市。20世纪40年代开始发表诗作，50年代从事古典文学研究。后任河北师大教授，博士生导师，中国诗经学会会长。主要论著有《诗经研究史概要》《诗经语言艺术》《二十世纪诗经学》《诗经学大辞典》等，另有诗集《双贝集》《七十前集》《思无邪斋诗抄》等，并主编多部丛书与教材。

魏继新

中国作家协会会员，四川省南充市作协主席魏继新，2017年2月7日因病去世，享年67岁。

魏继新，笔名蓝获。四川广安市人。1969年上山下乡。1971年后回城。1979年开始文学创作。1984年加入中国作家协会。著有小说集《燕儿窝之夜》《铁梗襄荷》等、长篇小说《三个铁女人》等、话剧剧本《一路同行》等、长篇报告文学《一代天骄》等。曾获全国第二届优秀中篇小说奖、四川省第二届优秀短篇小说奖等。

萧道美

中国作家协会会员、江西省上高县文联原副主席萧道美，2017年2月10日在宜春上高逝世，享年75岁。

萧道美，江西吉安人。1963年参加工作，历任上高县文教局干部、文化馆干部，江口中学教师，上高县教育学校教师，上高县文联文学协会主席，专业作家，文学创作二级。著有儿童文学集《老憨你好》《莘莘学子谣》，中篇小说《光荣的留级生》《D-Y小队在行动》等。曾获江西省谷雨文学奖、《人民教育》最佳优秀作品奖、《少年文艺》优秀作品奖等。

孟广臣

北京文联原理事、延庆作协名誉主席孟广臣，2017年2月11日因病在北京逝世，享年85岁。

孟广臣，1959年开始发表作品。1980年加入中国作家协会。著有小说集《王来运经商记》等、长篇小说《拓荒》等、诗集《妫川百景诗》等、民间故事集《长城脚下的传说》等、散文《烽火长城》等、杂文集《孟广臣杂文集》等。曾获中国首届北方民间文学二等奖，建国45周年优秀奖、佳作奖等。

那　耘

作家出版社编辑部原主任那耘，2017年3月30日因病在山西运城逝世，享年62岁。

那耘，满族，1982年开始发表作品，2014年加入中国作家协会。原为《中国》杂志编辑，后到作家出版社工作。著有长篇小说《赝人》。其编辑的图书曾获第十一届全国少数民族文学创作“骏马奖”、第五届中华优秀出版物奖获奖图书提名奖、2003年度全国优秀畅销书（文艺类）、第五届全国优秀外国文学图书奖二等奖等。

周传基

中国资深电影人，电影理论家、翻译家，影视评论家、教育家周传基，2017年4月4日在芝加哥医院辞世，享年92岁。

周传基，1925年3月12日出生于北京，祖籍山东。1950年毕业于山东大学文学院外国文学系，获英国文学学士学位；1981年任教于北京电影学院；1992年6月获得北京电影学院第一届“金烛”奖；1995年为美国旧金山大学讲授电影公共课，创办周传基影视实验学校并担任学校校长；1999年参与创建云南艺术学院电影电视学院；2014年9月发起举办首届候车时周传基一分钟国际手机电影大赛；2016年3月获上海影评人奖首届“电影理论与评论贡献奖”。

牛正寰

中国作家协会会员、兰州商学院副教授牛正寰，2017年4月6日在兰州逝世，享年67岁。

牛正寰，别名牛正环，笔名文远。1980年开始发表作品。1995年加入中国作家协会。著有短篇小说集《驽马》（合作）、《夜歌》、散文集《一花一世界》《动静之水》等。曾获甘肃省第一、二届优秀作品奖，首届丝绸之路艺术节敦煌文学二等奖，第四届敦煌文艺二等奖，《飞天》散文诗歌大奖赛二等奖等。

黄　易

中国香港作家黄易，2017年4月5日病逝，享年65岁。

黄易，1952年出生于香港，毕业于香港中文大学，以独树一帜的武侠作品著称于两岸三地。其代表作品有：《覆雨翻云》《大剑师传奇》《时空浪族》《星际浪子》《寻秦记》《破碎虚空》《超级战士》《大唐双龙传》等。

胡真才

中国作家协会会员、中国外国文学学会西葡拉美文学研究分会副会长、人民文学出版社外国文学编辑室编审胡真才，2017年4月14日因车祸在北京去世，享年67岁。

胡真才，1950年出生于陕西旬阳。1975年参加工作，1978—1980年在人民文学出版社文学进修班学习，1988—1990年到阿根廷进修西班牙语国家文学。历任国家出版局版本图书馆办事员，人民文学出版社编辑、副编审、编审。20世纪80年代初开始发表作品。译著有长篇小说《中奖彩票》《寒水岭匪帮》（合译），戏剧剧本《维加戏剧选》（合译）和《回归本源——加西亚·马尔克斯传》（合译）等。所编图书《塞万提斯全集》《荷马史诗》分获第三、四届国家图书奖。

杨 洁

中国第一代电视导演、制片人、电视艺术家杨洁，2017 年 4 月 15 日因病在北京逝世，享年 88 岁。

杨洁，1929 年 4 月 7 日出生于湖北麻城。1954 年她从青岛人民广播电台调至中央人民广播电台，1958 年进入中央电视台，1961 年开始担任央视戏曲节目导演，同年执导的京剧《香罗帕》在 1981 年被评选为全国优秀电视艺术加工文艺节目。1976 年参与为毛主席录制传统戏曲曲艺节目，并在湖南拍摄过湘剧传统戏《追鱼记》等上百个湘剧剧目。1979 年和邓在军联合执导《中央电视台春节联欢晚会》。1980 年执导电视剧《崂山道士》从此开启了电视剧导演生涯，1982 年—1988 年历时 6 年拍摄完成我国首部神话电视连续剧《西游记》。此剧获得 1988 年的全国电视剧飞天奖以及《大众电视》金鹰奖特别奖，杨洁也因此入选新时期（1978—1987）全国影视十佳导演，并名列十佳电视导演之首。

王富仁

中国现代文学研究会原会长、北京师范大学文学院教授、汕头大学文学院终身教授王富仁，2017 年 5 月 2 日因病于北京去世，享年 76 岁。

王富仁，1941 年生，山东高唐县人。1962 年 9 月至 1967 年 8 月，山东大学外语系本科；1967 年毕业后，在山东聊城四中任教多年。1973 年开始发表作品。1977 年考取西北大学中文系现代文学专业硕士研究生，1981 年毕业，获文学硕士学位；1981 年 10 月至 1982 年，西北大学中文系教师；1982 年考取北京师范大学中文系现代文学专业博士研究生，师从李何林，1984 年毕业，获文学博士学位，为中国第一位“鲁迅研究”博士。1984 年 10 月至 2002 年，北京师范大学中文系讲师、副教授、教授、博士生导师。2002 年前往北京师范大学珠海校区中文系任教，2003 年受聘汕头大学文学院终身教授。主要学术研究方向为鲁迅研究、中国文化研究、中国现当代文学研究、中国左翼文学与文化研究。曾任中国作家协会会员，中国现代文学研究会、中国鲁迅研究会、中国闻一多研究会理事。著有评论与论文集《中国反封建思想革命的一面镜子》《中国文化的守夜人——鲁迅》《中国现代文化指掌图》《先驱者的形象》《文化与文艺》等。其鲁迅研究与“新国学”理念，在学术界产生了重要的影响。

胡冬林

吉林作协副主席、作家胡冬林，2017 年 5 月 4 日因病于长春家中逝世，享年 62 岁。

胡冬林，1955 年出生。曾为吉林省作家协会第八届主席团副主席、国内自然文学的重要作家，著有《拍溅》《蘑菇课》《原始森林手记》《狐狸的微笑》《鹰屯》《野猪王》等优秀作品。散文《青羊消息》《拍溅》、长篇动物小说《野猪王》蝉联三届吉林省政府长白山文艺奖，长篇散文《蘑菇课》获第三届“在场主义”散文新锐奖，长篇儿童科普小说《巨虫公园》荣获第九届全国优秀儿童文学奖。

李泰洙

中国作家协会会员，延边龙井市作家协会原主席李泰洙，2017 年 5 月 9 日因病在延边逝世，享年 81 岁。

李泰洙，笔名碧波、李三，朝鲜族。1959 年开始发表作品。1993 年加入中国作家协会。著有长篇小说《世界动物运动会》（合作）《春三月》《爱情是 S》，中短篇小说《圆月和峨嵋月》《新苗》等。曾获韩国 KBS 优秀奖等。

张晓翠

中国社会科学院文学研究所编审、退休干部张晓翠，2017 年 5 月 10 日因病在北京逝世，享年 86 岁。

张晓翠，浙江鄞县人。1953 年毕业于上海复旦大学新闻系，分配至北京新华总社；1953 年 11 月至 1956 年 11 月调入中国作家协会《文艺报》做编辑；1956 年 11 月调入中国社会科学院文学研究所从事《文学评论》编辑以及现代文学研究工作，历任编辑、副编审和编审，1991 年 6 月退休。

张晓翠主要致力于中国现代文学研究，尤其是文献资料的发掘整理与编辑、校勘、注释和审稿工作，撰写了《沉钟社始末》《浅草社始末》《瞿秋白少年时代生活侧记》《冯至传》等著作，参与编纂了《瞿秋白文集》《中国现代散文选》（第 5、6、7 卷）、《中国现代文学社团流派》（上、下卷）等。

杨益言

中国作家协会会员、名誉委员，重庆市作家协会名誉主席杨益言，2017 年 5 月 19 日因病在重庆逝世，享年 92 岁。

杨益言，四川省广安市武胜县人。早年参加革命工作，后被捕，被当局囚禁于重庆渣滓洞。中华人民共和国建国初期，为了对青年进行革命传统教育，罗广斌、杨益言和刘德彬三人，把他们在狱中切身经历写成报告文学《圣洁的血花》。1958 年又写出革命回忆录《在烈火中永生》。在此基础上，罗广斌和杨益言创作了长篇小说《红岩》，被认为是红色文学的经典作品。

陈　冲

河北省作家协会原副主席陈冲，2017 年 6 月 4 日因病逝世，享年 81 岁。

陈冲，辽宁海城人。著有长篇小说《粉红色的车间》《腥风血雨》《送你下地狱》，中短篇小说集《无反馈快速跟踪》《会计今年四十七》《陈冲短篇小说集》《克拉玛依之梦》，电视连续剧剧本《皇亲国戚》（20 集）等。曾以长篇小说《铁马冰河入梦来》获河北省第二届文艺振兴奖，《小厂来了个大学生》获全国第七届短篇小说奖等。

袁仁琮

贵阳学院教授袁仁琮，2017 年 6 月 23 日因病在贵阳逝世，享年 80 岁。

袁仁琮，侗族。1956 年开始发表作品。1997 年加入中国作家协会。著有小说集《山里人》，长篇小说《破荒》，中篇小说《留守》，文学理论专著《新文学理论原理》等。主编《新时期少数民族文学作品选·侗族卷》及散文集《情满冰雪路》等十部。作品曾获全国少数民族文学创作“骏马奖”等。

刘　蒙

作家、散文家，小说选刊杂志社原社长刘蒙，2017 年 6 月 26 日因病在北京逝世，享年 82 岁。

刘蒙，笔名柳萌，1935 年出生，天津宁河人。著有散文随笔集《生活，这样告诉我》《心灵的星光》《岁月忧欢》《寻找失落的梦》《中国当代散文精品文库——柳萌散文》《当代散文名家精品文库——柳萌卷》《悠着活——柳萌散文随笔选》《柳萌自选集》（三卷）《村夫野话录》《年少起步正当时》《梦醒黄昏》等20余部，作品多次获文学奖项。

叶宗轼

舟山市作家协会名誉主席叶宗轼，2017年7月3日因病在舟山逝世，享年87岁。

叶宗轼，民盟成员。1955年开始发表作品。1984年加入中国作家协会。著有长篇小说《泣血流年》《船神》，中篇小说选集《海边人家》，儿童散文集《海洋上捕鱼人》《好玩的海滩》，长篇报告文学《大海的呼号》《南海观音》，电视连续剧剧本《唐老五家事》等。作品曾获浙江省第二届优秀中篇小说奖等。

李成琳

重庆市渝中区作协副主席李成琳，2017年7月5日因病在重庆逝世，享年55岁。

李成琳，民盟成员。2014年加入中国作家协会。著有《夏日心情》《时光滴落》《济航》《琴·境》等作品。作品曾获重庆市文学奖等。

李学艺

《飞天》杂志社编辑部原编审李学艺，2017年7月10日因病在天津逝世，享年75岁。

李学艺1965年开始诗歌创作。1988年加入中国作家协会。著有叙事诗《昨天的梦》《心石》，组诗《从沙海打捞的绿荫》，诗集《春魂》《老乡诗选》《野诗》等。作品曾获第三届鲁迅文学奖全国优秀诗歌奖。

吴清友

知名台湾企业家，诚品书店创办人吴清友，2017年7月18日因病去世，享年67岁。

吴清友，1950年出生，台南县将军乡马沙沟人。在1989年3月创办诚品书店，该书店由于坚持特别的书店文化："尊重走进书店里的每一个人"，创新书店的经营模式，如首开24小时营业、结合商场模式销售等，在两岸三地享有很高知名度。

王传洪

原解放军文艺社社长王传洪，2017年7月18日因病在北京逝世，享年90岁。

王传洪，江苏苏州人。1983年加入中国作家协会。多年从事部队宣传、新闻、文学编辑工作，曾主编《解放军文艺》《解放军歌曲》《昆仑》等刊物，参与编撰《百旅之杰——二十军史话》《叶飞传》等。

粟光华

重庆市黔江区作协副主席粟光华，2017年7月24日因病在重庆逝世，享年59岁。

粟光华，土家族。2012年加入中国作家协会。著有中短篇小说《远寨》《哦，沉香木》《明天在哪里?》《兰香鲢》等，作品曾获重庆市文学奖等。

文　兰

陕西省咸阳市作家协会名誉主席文兰，2017年7月30日因病在西安逝世，享年74岁。

文兰，民进成员。1976年开始发表作品。1990年加入中国作家协会。著有长篇小说《三十二盒录音带》《丝路摇滚》《命运峡谷》《大敦煌》《米脂婆姨》，中短篇小说集《攀越死亡线》，创作电影剧本《三十二盒录音带》，电视连续剧剧本《啊！妈妈》等。

缪印堂

著名漫画家、中国美协漫画艺委会委员缪印堂，2017年7月31日在北京逝世，享年82岁。

缪印堂，1935年1月出生于南京。1956年起先后在《漫画》杂志、中国美术馆、《文艺研究》《民间文学》等单位工作。1981年调中国科普创作研究所，为该所研究员，高级工艺美术师。全国先进科普工作者，获国家特殊津贴。

缪印堂从事漫画多年，创作领域较宽，八十年代起较多精力从事科学漫画的探索，被誉为“科普漫画第一人”。著作有《缪印堂漫画选》《漫画艺术入门》《科学漫画创作概论》《世界幽默画赏析大观》和《儿童益智漫画》等。1992年还被入选英国剑桥出版的《国际传记词典》。

张志诚

内蒙古自治区群众艺术馆原副馆长张志诚，2017年8月1日因病在内蒙古逝世，享年77岁。

张志诚，蒙古族。吉林双辽人。1971年开始发表作品。1990年加入中国作家协会。著有中短篇小说集《大漠雪》、短篇小说《房后的沙地》等。作品曾获民族文学优秀作品奖等。

王立道

青海省作家协会原副主席王立道，2017年8月15日因病在西宁逝世，享年86岁。

王立道，1951年开始发表作品。1986年加入中国作家协会。著有长篇小说《沙沱情暖》《南园风情录》，散文集《霜后花》《中外文学人物荟萃》（合作），长篇传记文学《烛照篇——黄伊和当代作家》《神工奇缘》，小说集《失踪的情侣》等。曾获青海省文学创作优秀作品奖等。

周劭馨

原南昌教育学院院长周劭馨，2017年8月24日因病在广东逝世，享年80岁。

周劭馨，江西永新人。1958年开始发表作品。1986年加入中国作家协会。著有评论集《文学的求索》，专著《中国审美文化》等。曾获江西省人民政府优秀文艺成果奖。

李国涛

山西省作协荣誉委员李国涛，2017年8月30日因病在太原逝世，享年87岁。

李国涛，笔名高岸。江苏徐州人。1948年毕业于徐州中学。1950年参加工作，历任中学教师，山西省哲学社会科学研究所《学术通讯》编辑，《汾水》编辑部副主任，《山西文学》杂志主编，省作协副主席，研究员。1955年开始发表作品。1979年加入中国作家协会。著有长篇小说《世界正年轻》《依旧多情》，评论集《〈野草〉艺术谈》《STYLIST——鲁迅研究的新课题》《文坛边鼓集》，随笔集《世味如茶》，论文《且说山药蛋派》《小说文体的自觉》等。小说《世界正年轻》（长篇节选）获1991年《人民文学》优秀作品奖。

雷　铎

广东省社会科学院文学研究员、原副所长雷铎，2017年9月6日因病在广州逝世，享年68岁。

雷铎，原名黄彦生，广东潮安人。1974年开始发表作品。1983年加入中国作家协会。著有长篇小说《男儿女儿踏着硝烟》、报告文学《从悬崖到坦途》、短篇系列小说

《人生组曲》等。曾获全国首届优秀报告文学奖、全军首届“八一”奖等。

钱谷融

著名文艺理论家、教育家、中国文艺理论学会名誉会长、中国现代文学研究会顾问、上海市政协第六、七届委员、民盟华东师范大学委员会原主委、华东师范大学中文系教授钱谷融，2017 年 9 月 28 日在上海市华山医院逝世，享年 98 岁。

钱谷融，原名钱国荣，笔名钱谷融。1919 年 9 月 28 日生于江苏省常州市武进县南夏墅镇。1938 年入学国立中央大学国文系。1942 年入重庆市市立中学教书。1943 年秋任教于重庆国立交通大学，1946 年 5 月随交大迁回上海。1951 年华东师范大学成立，调入中文系任教，历任讲师、教授。1957 年，钱谷融发表《论“文学是人学”》一文。1979 年，他招收了第一届中国现当代文学专业硕士研究生。1988 年，他开设了华东师范大学中国现当代文学博士点。曾任《文艺理论实践》主编，中国现代文学研究会副会长。1986 年出任华东师范大学文学研究所所长，至 1997 年退休。

钱谷融 1988 年获上海市人民政府颁发的上海市劳动模范荣誉称号。1999 年当选为中国文艺理论学会第四届理事会名誉会长。2008 年荣获上海市第九届哲学社会科学优秀成果学术贡献奖。2014 年荣获第六届“上海文学艺术奖”终身成就奖。所著《〈雷雨〉人物谈》荣获上海市哲学社会科学优秀著作奖。钱谷融主持、参与编写了多种大型文学研究丛书，为中国现代文学资料的整理做出了卓越贡献，由他主编的国家“七五”期间重点科研项目“中国新文学社团、流派丛书”，获得全国高等学校人文社会科学研究优秀成果奖一等奖。其他代表论著还有《文学的魅力》《散淡人生》等。

高　莽

中国社会科学院外国文学研究所研究员、世界文学杂志社前主编高莽，2017 年 10 月 6 日因病在北京逝世，享年 91 岁。

高莽，黑龙江哈尔滨人。1943 年毕业于哈尔滨市基督教青年会。历任哈尔滨市中苏友好协会、东北中苏友好协会翻译、编辑，中苏友好协会总会联络部干事，《世界文学》杂志编辑、主任、主编，编审；中俄友好协会顾问，中国翻译工作者协会理事，俄罗斯作协名誉会员。1954 年加入中国作家协会。1997 年俄罗斯总统授予其友谊勋章。

著有随笔集《久违了，莫斯科!》《妈妈的手》《灵魂的归宿》《圣山行》《心灵的交颤》等，传记文学《帕斯捷尔纳克》，译有剧本《保尔·柯察金》以及《臭虫》《澡堂》《冈察尔短篇小说集》，普希金、阿赫马托娃、马雅可夫斯基等人诗作，帕斯捷尔纳克自传《人与事》等。绘画作品《巴金和他的老师们》为中国现代文学馆收藏；所画普希金、托尔斯泰、高尔基等人的肖像为外国文学馆或纪念馆收藏。

罗马丁

罗马丁，2017 年 10 月 7 日因病在梧州逝世，享年 93 岁。

罗马丁，原名罗晁馨，广西容县人。1957 年开始发表作品。2004 年加入中国作家协会。著有诗集《西江早霞》《北回归线》《南方热土》、长诗《李济深》《春天的传单》《西江东流去》等，另有散文、小说、诗论等作品。

黄毓璜

江苏省作家协会创作研究室原主任黄毓

璜，2017 年 10 月 9 日因病在南京逝世，享年 78 岁。

黄毓璜，江苏泰兴人。1986 年加入中国作家协会。文学创作一级，享受政府特殊津贴。著有论文集《文苑探微》，系列散文《乡忆》《逆旅琐记》，随笔系列《云烟过眼》《都市风景》，文集《苦丁斋思絮》（上、下卷），论文 100 余篇等。

宋　歌

北方文艺出版社原社长、总编辑宋歌，2017 年 10 月 11 日因病逝世，享年 78 岁。

宋歌，原名宋汇滨。黑龙江海伦人。1960 年开始发表作品。1991 年加入中国作家协会。出版诗集《春风春雨》，中篇小说集《西湖情泪》《逃婚的姑娘》《瓜田月下》，长篇小说《血土》《从山洞中捡来的姑娘》《渤海国传奇》《混沌》《日食》《月晕》等。

王　辉

天津社会科学院名誉院长、天津市社会科学界联合会副主席王辉，2017 年 10 月 15 日因病在天津逝世，享年 87 岁。

王辉，1930 年出生于天津，祖籍河北省黄骅县。1947 年加入中国共产党，曾任天津市第一中学地下党支部书记。天津解放后长期在党政机关工作，曾任南开区委办公室主任，天津市委办公厅主任、市政府办公厅主任、副秘书长、市政府法律顾问委员会主任。1981 年在南开大学社会学专业班学习结业。1986 年至 1998 年任天津社会科学院院长、党组书记，研究员，天津地方志编修委员会常务副主任，天津市十一届、十二届人大代表，十二届人大常务委员会委员。曾任中国社会学学会副会长、天津市社会学学会会长、全国哲学社会科学规划组社会学学科组成员、天津社会科学院名誉院长、天津市老年学会会长、天津市社会科学界联合会副主席，天津文史研究馆馆员。主持了一系列社会课题的调查和分析研究项目。晚年在《天津日报》开专栏，“王老汉专栏”“相约周日”、《天津老年时报》“王老汉杂话”“相约王老汉”“王老汉乱弹”和《天津市广播电台》的“老年人生感悟”等，2010 年获《全国第二届老年学大会杰出贡献奖》。

出版有随笔集《小脚女人与波音 747》（天津社会科学院出版社，1991 年），《爱情七个音符》（第一主编），《秃鹰与无穷花——美韩访问杂记》《醒悟人生》，《大洋彼岸的风流》《王老汉文集》《社会聊斋：心旅》等，及《社会学浅谈》《天津市犯罪问题调查文集》（主编），《生活方式》（合著）等著作。

未　凡

中国诗歌学会理事未凡，2017 年 10 月 18 日因病在沈阳逝世，享年 82 岁。

未凡，满族。沈阳市人。1958 年开始发表作品。1988 年加入中国作家协会。著有诗集《爱恋的足迹》《心灵抒情诗》《未凡情诗选》《时光隧道爬行的情感》，诗论专著《话语诗魂》等。

忆明珠

江苏省作协常务理事、专业作家忆明珠，2017 年 10 月 25 日因病在南京逝世，享年 91 岁。

忆明珠，原名赵俊瑞。山东莱阳人。1979 年加入中国作家协会。文学创作一级。著有诗集《春风啊，带去我的问候吧》《沉吟集》《天落水》《忆明珠诗选》，散文集《墨色花小集》《小天地庐漫笔》《落日楼头独语》《白下晴窗闲笔》《小天地庐杂俎》《忆明珠散文选》，及诗文书画合集《当代才子书·忆明珠卷》等。散文集《荷上珠小集》获全国首届散文优秀作品奖。

林甘泉

著名马克思主义史学家、古代经济史学家和秦汉史学家林甘泉，2017 年 10 月 25 日下午因病在北京逝世，享年 86 岁。

林甘泉，1931 年 11 月生，福建省石狮人。曾任国务院学位委员会第二届学科评议组成员、国务院古籍整理出版规划小组成员、中国史学会副会长，中国秦汉史研究会会长、中国郭沫若研究会会长、中国社会科学院学术委员会委员、中国社会科学院历史研究所所长、党委书记等重要职务。1984 年被国家科委授予“有突出贡献的中青年专家”称号。1991 年获国务院颁发的政府特殊津贴。

林甘泉从事秦汉史、土地制度史、经济史、史学理论的研究。曾参加郭沫若主编的《中国史稿》撰写工作，是第二、三册主要执笔人。著有《中国古代政治文化论稿》《林甘泉文集》；主编《中国经济通史·秦汉经济卷》《中国封建土地制度史》第一卷、《郭沫若与中国史学》《中国历史大辞典·秦汉史》《中国大百科全书·中国历史·秦汉史》《中国历史 25 讲》《孔子与 20 世纪中国》，合著有《中国古代史分期讨论五十年》。先后发表《亚细亚生产方式与中国古代社会》《20 世纪的中国历史学》等数十篇论文。

王步高

古典诗词研究学者、《大学语文》系列教材主编王步高，2017 年 11 月 1 日在南京逝世，享年 70 岁。

王步高，1947 年生于江苏扬中。1969 年毕业于南京大学外文系德文专业。1984 年获吉林大学中文系唐宋文学专业硕士，曾在江苏古籍出版社任编辑，其间考入南京师范大学攻读词学研究专业博士。1991 年调东南大学文学院，先后任副院长、院学术委员会主任。曾任全国大学语文研究会副会长。

王步高著有《梅溪词校注》《司空图评传》等学术著作及高校教材四十多种。主编《大学语文》系列教材，为全国“十五”“十一五”规划教材之一，获 2002 年国家优秀教材二等奖。主持东南大学“大学语文”课程，获 2005 年国家教学成果二等奖。

伍松乔

四川日报报业集团伍松乔，2017 年 11 月 4 日因病在成都逝世，享年 69 岁。

伍松乔，四川泸州人。1970 年开始文学创作。1999 年加入中国作家协会。著有散文随笔集《姓甚名谁》《川人记忆》《记者行吟》等，主编“巴蜀红色旅游丛书”等。作品曾获中国新闻奖、四川省文学奖等。

张孝杰

中原诗人张孝杰，2017 年 11 月 16 日因病逝世，享年 47 岁。

张孝杰，河南开封人。1990 年开始发表作品。2016 年加入中国作家协会。著有诗集《钟声的颜料》《风铃的回响》《搏击》等。

彭世贵

湖南省湘西州《团结报》社副刊部原主任彭世贵，2017 年 11 月 18 日因病逝世，享年 54 岁。

彭世贵，土家族，湖南龙山人。2013

年加入中国作家协会。著有散文《七月的阳光》《经典湘西》《太阳下的风景》等。曾获第四届全国少数民族文学创作“骏马奖”。

吕必松

著名语言学家、语言教育家、对外教育学科专家吕必松，2017 年 11 月 22 日因病在北京逝世，享年 82 岁。

吕必松，1935 年 6 月出生于江苏省泰兴市。1961 年毕业于华东师范大学中文系。1982 年任北京语言学院院长，连任两届。1987 年兼任国家对外汉语领导小组成员和国家汉办主任。曾任世界汉语教学学会会长、中国对外汉语教学学会会长、国际汉语教育学会荣誉会长、《世界汉语教学》主编等职。吕必松是中国对外汉语教学学科的重要奠基人，长期从事对外汉语教学与研究工作，先后出版十多部理论著作和汉语教材。

吴子敏

现代文学研究专家、中国社会科学院文学所研究员吴子敏，2017 年 11 月 22 日因病在北京逝世，享年 84 岁。

吴子敏，1933 年 10 月生，江苏苏州人。中国社科院文学所研究员，享受政府特殊津贴。参与撰写专著《中国现代文学史》《中华文学通史》等，论文有《论“七月”流派》《中国文学的新成就》等，编著有《鲁迅论文学与艺术》《〈七月〉〈希望〉作品选》等。

张宝坤

中国社会科学院文学研究所研究员、退休干部张宝坤，2017 年 12 月 2 日因病在北京去世，享年 83 岁。

张宝坤，笔名方土，1935 年 8 月出生于辽宁省沈阳县。1995 年 9 月退休。主要从事古典文论的研究。主要代表作有：《辽金元古典文论》（丛书）、《中国大书典》（主编之一）、《唐代传奇美学成就论略》（论文）、《毛泽东思想与中国传统文化》（论文）等。

范伯群

中国现代文学研究专家、苏州大学文学院教授范伯群，于 2017 年 12 月 10 日在苏州逝世，享年 86 岁。

范伯群，1931 年 9 月 29 日，出生于浙江省湖州市。1951 年 9 月，考入复旦大学中文系。1955 年毕业后，至南通中学任教。1957 年，与曾华鹏合作于《人民文学》5、6 期合刊发表《郁达夫论》。1960 年，调入江苏省文联从事创作理论研究和《雨花》编辑等。1967 年 9 月至 1973 年 2 月，参加江苏省省级机关下乡及省“五七”干校。1973 年 3 月，到苏州市四十二中任教。1973 年 11 月，调入苏州市文化局工作。1975 年 5 月，调入苏州市文化馆文艺组工作。1978 年 4 月，调入江苏师范学院（现苏州大学）中文系任教。1981 年 4 月，被评为江苏师范学院中文系副教授。1984 年，获国家级有突出贡献中青年技术专家称号。1986 年 4 月，被评为苏州大学中文系教授。1983 年至 1988 年，担任苏州大学中文系主任。后任苏州大学通俗文学研究所所长、博士生导师，苏州市文联副主席，江苏省作协名誉理事，中国现代文学学会理事等。1986 年，主持国家首批哲学社会科学 15 个重点项目之一“中国近现代通俗文学史研究”。1991 年，获第一批国家级政府特殊津贴。1992 年，当选为江苏省第八届人大代表。

著有《王鲁彦论》《现代四作家论》《礼拜六的蝴蝶梦》《中国现代文学社团流派》

（上、下集）、《民国通俗小说鸳鸯蝴蝶派》《中国现代文学史》等，与曾华鹏全著《鲁迅小说新论》《郁达夫评传》《冰心评传》，主编《中国近现代通俗作家评传丛书》，与朱栋霖合作主编《1898—1949中外文学比较史》，编著《民初都市通俗小说》丛书、《中国近代文学大系——俗文学集》等。2007年，独著《中国现代通俗文学史（插图本）》由北京大学出版社出版。范伯群对于中国近现代通俗文学研究的开拓与贡献，为中国现代文学研究开辟了全新的领域。

丁景唐

文史学者、出版家丁景唐，2017年12月11日因病在上海去世，享年97岁。

丁景唐，1920年出生，原籍浙江镇海。1938年起，在上海编辑《蜜蜂》《文艺半月刊》《小说月报》《文坛月报》等刊物。1944年，毕业于上海光华大学中文系。新中国成立后，历任上海市委宣传部文艺处长、宣传处长、新闻出版处长、上海市出版局副局长。1979年出任上海文艺出版社社长兼总编辑和党组书记。1962年，加入中国作家协会。系二、三、四届全国文代会代表、中国鲁迅研究学会理事和顾问理事、中国出版工作者协会理事和上海市出版工作者协会副主席，上海市编辑学会名誉顾问、中国韬奋基金会理事，中国出版工作者协会第一、二届副主席。1995年，获中国作家协会参加抗日战争老作家纪念奖。主要著作有《犹恋风流纸墨香——六十年文集》《星底梦》（诗集）《妇女与文学》《学习鲁迅作品的札记》《瞿秋白著译系年目录》《左联五烈士研究资料编目》《诗人殷夫的生平及其作品》《瞿秋白的研究文选》《鲁迅和瞿秋白合作的杂文及其他》《中国现代著名编辑家编辑生涯》等。丁景唐还是著名藏书家，主要收藏近代、当代文学等新文学书刊。曾出版《丁景唐自用印谱》，主编《中国新文学大系（1927—1937）》20卷。

高　深

中国作家协会会员、名誉委员，辽宁省锦州市政协原副主席高深，2017年12月13日因病在沈阳逝世，享年82岁。

高深，回族。辽宁岫岩人。1946年参加东北民主联军回民支队，转业后从事新闻与期刊文学工作近40年。曾任中国少数民族作家学会副会长、辽宁省作协顾问。1952年开始发表作品。1980年加入中国作家协会。著有诗集《高深诗选》，杂文集《高深杂文随笔选》《庸人好活》，小说《军魂》等。其作品获第一、二、四、六届全国少数民族文学“骏马奖”。

余光中

台湾著名作家、诗人、翻译家余光中，2017年12月14日在高雄逝世，享年90岁。

余光中，1928年出生于南京，祖籍福建永春。1947年入金陵大学。1949年随父母迁香港，1950年赴台。1959年获美国爱荷华大学艺术硕士。先后任教于台湾多所大学。曾两度应美国国务院邀请，赴美国多家大学任客座教授。1972年任台湾政治大学西语系教授兼主任。1974年至1985年任香港中文大学中文系教授，并兼任香港中文大学联合书院中文系主任二年。1985年，任台湾中山大学教授及讲座教授，其中有六年时间兼任文学院院长及外文研究所所长。

余光中一生从事诗歌、散文、评论、翻译，驰骋文坛逾半个世纪。出版诗集《舟子的悲歌》《蓝色的羽毛》《白玉苦瓜》《天狼星》《与永恒拔河》《隔水观音》等；散文集《左手的缪思》《望乡的牧神》《焚鹤人》《听听那冷雨》《记忆像铁轨一样长》等；评论集《掌上雨》《分水岭上》《从徐霞客到梵谷》《井然有序》《蓝墨水的下游》等；译有《老人和大海》《英诗译注》《美国诗选》《土耳其现代诗选》《理想丈夫》等。其诗作如《乡愁》《乡愁四韵》，散文如《听听那冷雨》《我的四个假想敌》等，广泛收录于大陆及港台语文课本，尤以《乡愁》流传最广。

屠　岸

著名诗人、翻译家、出版家、人民文学出版社原总编辑屠岸，2017 年 12 月 16 日在北京逝世，享年 94 岁。

屠岸，1923 年生，江苏省常州市人。本名蒋壁厚，笔名叔牟，曾用笔名李通由、赵任远、叔牟、社芳、花刹、张志镳、碧鸥等。1946 年肄业于上海交通大学。历任上海市军事管制委员会文艺处干部，华东地区文化部副科长，《戏剧报》编辑、编辑部主任，中国戏剧家协会研究室副主任，人民文学出版社现代文学编辑室副主任、主任及副总编、总编、专家委员会副主任。

屠岸 1941 年开始发表作品。著作有《萱荫阁诗抄》《屠岸十四行诗》《哑歌人的自白——屠岸诗选》《诗爱者的自白——屠岸的散文和散文诗》《深秋有如初春——屠岸诗选》《倾听人类灵魂的声音》《诗论·文论·剧论——屠岸文艺评论集》《夜灯红处课儿诗》等。译著有惠特曼诗集《鼓声》、《莎士比亚十四行诗集》、莎士比亚历史剧《约翰王》、莎士比亚长篇叙事诗《鲁克丽斯失贞记》（与屠笛合译）、斯蒂文森儿童诗集《一个孩子的诗国》（与妻子方谷绣合译）、《英美著名儿童诗一百首》《英美儿童诗精品选》三种、《英语诗歌精选读本》（英汉双语）、《迷人的春光——英国抒情诗选》（与卞之琳等合译）、《我听见亚美利加在歌唱——美国诗选》（与杨德豫等合译）、《济慈诗选》《英国诗选》。编辑《田汉全集》（任副主编），选编有《外国诗歌经典 100 篇》（与章燕合编）。其《济慈诗选》译本获第二届鲁迅文学奖文学翻译彩虹奖。

（白烨　程朝霞　祝晓风编纂）